谨以此书献给

为我国散文事业发展作出了重要贡献的专家、评论家和一切关心、支持这项事业的读者朋友！

中國散文百家譚

续编 下

顾问 秦牧 林非 曾敏之
主编 曾绍义

四川大学出版社

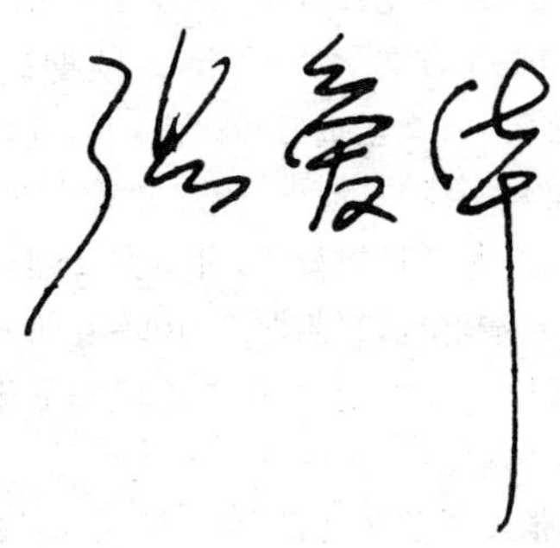

张爱华(1955—　),女散文家,黑龙江北安人。中学毕业后当过兵工厂工人、厂报记者、文学期刊编辑。1990年毕业于北京大学中文系作家班,现为大庆市文联《岁月》杂志副主编,系中国作家协会会员。创作以散文为主,已出版散文专集3部:

《孤独女子》(百花文艺出版社,1991年);

《女人的佛》(百花文艺出版社,1994年);

《水果女人》(国际广播出版社,1998年)。

张爱华的散文,有《门缝·童年》获1986—1987年黑龙江省人民政府文艺创作三等奖,《正是含苞的时候》获石油工业部石油文学征文二等奖(1983),《大小洞天》获太原日报全国"双塔文学征文"二等奖(1989),《壶口瀑布》获《福建文学》、菲律宾椰风文学社联办全国散文征文二等奖,《承受幸福》获《九州诗文》"全国亲情、友情、爱情散文大赛"二等奖(1992),《也说太姥山的石头》获《延安文学》"首届延安文艺杯征文"三等奖(1993),《在秋天》获《鸭绿江》全国散文征文二等奖(1993),《九点三十分的火车》获甘肃同谷文联"同谷散文大赛"特等奖(1993),《让灵魂去飘扬》获《新生界》首届《新生界》优秀作品二等奖(1994年)等等;有《黑龙江从我瞳孔流过》被选入《青年散文选》(1989),《有一颗星星是煤核》被选入《八十年代散文选》(1989),《钓鱼》被选入《中外散文选萃》(百花文艺出版社,1990年),《分书》被选入《九十年代散文选》(1991),《空荡荡的五四操场》被选入《1991散文年鉴》(漓江出版社,1992年),《惊恐》被选入《九十年代散文选》(1993),《九点三十分的火车》被选入《精美散文新选》(西安出版社,1993年),《被西部吸引》被选入《西部风景》上卷,《来回碧塔海》《源头》被选入《海峡两岸女性散文精品文库》(北京师范大学出版社,1993年),《水果女人》被选入

《二十世纪九十年代散文选》，等等。评论张爱华散文的文章主要有：

《寂静的声音》(曾一智)，《黑龙江日报》1991 年 6 月 16 日；

《走进圣殿》(包临轩)，《北方文学》1991 年第 11 期；

《走不出戈壁?》(包临轩)，《文艺报》1992 年 5 月 16 日；

《一种记忆，一种感受》(王绯)，《地火》1993 年第 2 期；

《宁静如溪》(老村)，《黑龙江日报》1995 年 3 月 16 日；

《与〈孤独女子〉同行》(隋琳)，《文艺评论》1995 年第 6 期；

《孤独女子的生命悟语——张爱华散文臆说》(古耜)，《岁月》1996 年第 8 期；

《另一种需要——读张爱华散文》(嘉南)，《黑龙江日报》1997 年 3 月 17 日；

《以孤寂情怀叩响人生——论张爱华的散文创作》(钱秀银)，《当代作家评论》1998 年第 6 期。

让我全心全意醉一次

张爱华

我不相信喝酒能醉。“酒不醉人人自醉”，早有古人看透其中把戏了。喝酒壮胆，胆不大也不敢拿起笔写第一篇散文。

酒要多喝。直到酒被你自己吓着。就像写作时要善于挖你的潜能。

我从不良青少年时就开始喝酒了，没谁教，无师自通。大约是虚岁 16，九年书读完了，“文革”还没完，虽觉意犹未尽，没人教了，只有在家等着被送上社会。一等就是一年，那时还纯洁，不会用笔虚虚假假画自己，只看大量杂志——《黑龙江文艺》《解放军文艺》《边疆文艺》……“文艺”看多了，想喝酒调剂。有个善解人意的妹妹，烫好一壶烧酒，炒一盘酸菜粉条或土豆丝(妹妹做饭就像我会喝酒，绝对的天才)，殷勤地端上来。我便盘腿上炕，自斟自饮，头不抬眼不睁。时光变得可爱了，妹妹非常令人感动。父母下班前，藏好酒壶，老练地以盐水漱口，“消脏”灭迹。我万万没有想到的是，母亲一进门，妹妹抢上前说:“妈,小华又喝酒了!”

我的散文中,有相当一部分是亲情之作。但没有一个字写到妹妹,她比我小不到两岁,那么小小年纪就会出卖骨肉同胞了。

酒的境界很像(也应该是)作品境界。我这人身上有一份浪漫一份沉郁。我在文章里自然要抒发那份浪漫排遣那份沉郁。喝酒以后,感觉要多浪漫有多浪漫,要多沉郁有多沉郁,像回到草原,起起伏伏的心花怒放,想哭就哭,想唱就唱。多年来,我一直在散文中求得一份随意、酒后的随意,如水的流向和形式。随意的表达应是最好的表达。

神志清醒,就是腿不听使唤。“不能走,继续吃。吃完了也继续吃。”我吩咐身边的同事。我看见小酒馆里的人向我身上瞄,不能让他们知道我喝高了。

同事会意,挺住,掩护我。过了一会儿,趁人们不注意,我像踩着棉花似的就走了。那一次,我 60 度白酒喝了六、七两。

出门再看星星,比平时大许多也亮许多。农家有灯如豆。我们就挤坐在农民的炕上,照样拿个小本子装模作样地采访,间或讲讲鬼故事。半夜三更的,农民会拎了酒瓶子进来问:“喝水喝酒?”还用问么!听了我的回答农民乐了。他们当时不知道这位抡起酒杯像女大仙似的人,之后写出一篇篇通讯、报告文学登在报纸上了。

当时,我已从干了五年的兵工厂调到了地区报社。坐着当副刊编辑不符合我性格,强烈要求到了农村组,一心想当名记者。我接触了许多纯朴的人。很对不起他们,在酒后的无拘束、海阔天空中骗取了细节和难得的素材。

写散文的兴趣也在那时培养起来了,许多素材写新闻用不上。我的处女作《萤火虫》就是下乡采访中亲身遭遇。我坐了一天的船,夜半雨中到了黑龙江边一个小村子。群犬狂吠中我心惊肉跳,果然,无论多么声泪俱下就是叫不开门,后来知道,这个小村被“苏特”“修特”的阴影吓怕了。站在泥里,看着雨后飘扬起的萤火虫,我哭了。

我渴望一个温暖的窝收留我，最好再有二两酒。

喝酒是一种人生经历，它能补充心智(喝多了就败坏心绪)，补充生活重要一课。我的创作起于新闻，搞新闻就要有与人相交的本领。我在一定程度上是靠喝酒挤进入圈子。各种场合，各色人等，一个能喝酒的女孩子就显得微妙了。那些年，我往往是重磅炮弹，打出去，几乎百发百中。

喝酒和我旺盛的青春连在一起。那个年龄里所有不安、躁动、渴慕，常在酒精里挥发了。

不喝酒的日子是彼此相似的，喝了酒的日子就各各不同了。生活透明的色调和柔如蜂翼的韵味，有时的确得靠酒来提取。

喝酒还和我的初恋连在一起。我在散文集《孤独女子》后记中写到了他。虽然十载夫妻后分了手，但说到我的写作就自然提到他。他这人不胜酒力，喝十回得有十一回醉(把下一次也给算上了)。醉后拿起我不成形的稿子端详，令人觉得法官即将宣读我的判决。也怪我太信他，他就毫不推辞毫不客气地当起老师，先是拿起红笔，把文章大段大段捅进红色海洋淹死。直到有一天，他说："改不动你的稿了。"一半是懒一半赞扬。

很奇怪，我和朋友喝酒时容易尽情、忘我。可是和他喝酒时格外节制。寂寞小城里，有座房子叫爱情。我们先是瓶盖充杯，之后水杯盖、茶缸，再后来干脆吹喇叭，从未醉过，他从来都是壮志未酬，先牺牲在酒场上。

我们不在一个单位。喝醉了就趿拖鞋过来，穿过一个便道门洞。后来有聪明的情敌把门洞堵死了。在我们闹翻的日子里，他喝完酒，躺在地上，脸上盖一张稿纸。考验我的心硬到何种程度。

心软的人喜欢和酒在一起，他们视酒为保护的墙。

喝过多少酒，做过多少事啊，我总是力图把逝去的生活写下来，就像时光从未逝去。过去与现实在某个"点"上相交，而这个"点"也是优秀散文的寄寓之所。

商量完分手的事，我请他去北大燕春园喝酒。我们这十多年间，从黑河到嫩江又到石油城，念完电大又上正规大学，实在是念书念糟了。

要了一堆菜，又要了七八瓶啤酒，大有不醉不甘心之势。兜里手绢也预备好了，等着“魂断燕园”吧。可是，不对劲，酒像水似的，细细体味，有一股血脉开始震荡，欢乐并且微微颤抖。

“来，我们碰杯。”

他提议。酒杯晃晃荡荡就伸过来，酒快洒出来了。

我身旁有一男一女，男的很唐突，女的矫情，我注意力总在他们身上，没理会他伸过来的杯。

“友谊的——”

我不动。

“朋友的——”

我不出声。

“夫妻的——”

我看了他一眼。

“形式主义的——”

我笑了。

身边男人女人表情夸张到绝对是大陆电视连续剧里角色了。他也笑起来，这一笑，酒劲越发上不来，好端端一顿“最后的晚餐”，失败了，我们欢天喜地剔着牙出来了。他这次例外，没醉。

我在散文中经常不小心带出一种失恋情绪。其实呢，也没有真刀真枪地操练几回。只是它形成一种文章专用的意象了——苦酒朦胧的意象。男人在酒意中说一些哲味儿很浓的双关语。女人觉得身上燥热肌肉跟着不好意思，时间焕发着从未有过的温柔。有着薄薄窗帘的屋子在酒后漂浮起来，兴奋长久地持续着——酒，使失恋变得美丽。对了，席间，别忘了在晚霞艳丽的天光里照一下酒杯，酒杯周围会出现一圈彩虹似的晕。看一眼天空，并无雨和虹。

酒后在夜色中散步，心里确定离这儿不远处有一丛花儿开了，是为我而开。于是就笑。酒后抖颤的笑声四散开,流入到一扇扇窗子里面,桔黄的光全是幸福述说。我们脚下可全是破碎爱情,这世界爱情像公司一样多,酒劲使我们产生错觉——失去一份没什么可惜。

酒能浓缩时空,就像文章将生活变成复印稿一样。时间在酒中停住,神经质地嘻嘻哈哈,看人的笑话。复印稿上标点符号俱全,狰狞地望着操作机器的我们,鲜嫩的日子已经从稿纸上脱壳而走。

喝酒比写作轻松多了,可我却总是把这二者往一起拉。酒是一切话,进入痴迷的世界就是进入不用讲话的世界了。在这个世界里通行的交流手段不是语言而是目光。如果硬要说,这些话一定是真话。

和酒联在一起的一切都已成为过去,我像男人戒烟似地戒酒了——虽然有时也面对酒瓶子和漂亮的大理石酒杯出神,就像面对一件别人的好东西,想打开,像小偷一样充满占有的魔想,但是,我不敢,怕上瘾。我这样说,豁出来有女酒鬼之嫌了。

只要不喝酒就想不起与酒关联的一些事。酒就是一篇怀旧之作,最好不要轻易触碰。经历一旦成为文字,忘却是不可能的。酒杯里总要沾点好酒。无论什么散文也表述不清杯底这点酒,只可意会。在角落里,放下笨拙的笔,静悄悄的。眼前再无稿纸上的棱角和粗暴,寂静,静到不能再静了。寂静本身像小猫在瑟瑟发抖。这时,一切经历都会回到你心灵周围形成一股风,或者干脆就出其不意地停留在你的舌尖上,是一口好酒,余味绵长。我一直觉得,最好的一篇文章永远也写不出来。

所以就不喝了吧,改邪归正。

(原载《散文选刊》1993年第6期)

自选作品

九点三十分的火车

高昂头颅的推土机近来又退去，嗷嗷叫着，很像一个侵略者。每一次退去，都有一块平地趾高气扬地宣布诞生，宣布占有的胜利。建筑工地对面的老房子，显得孤立无援，委缩着等待结局。门楣上“林觉民故居”的牌子愈发地小，小到不易发现。

工地的嘈杂穿透厚厚的墙阴，扎进旧居里跟随着人。我眯起眼睛，身子侧过去，使劲听旧居负责人介绍旧居存留下来的经过。他很别扭的普通话被机器的轰鸣切碎。

“那个古建筑学家叫什么?”

我喊着问。他重复了一遍，我还是无法听清。几年前，那个古建筑学家来福州，到林觉民旧居参观。看见萋萋荒草，门可罗雀，不禁潸然泪下。他曾经被林觉民的《与妻书》深深感动过。古建筑学家四处奔走，借助于八方关系，总算把这套古宅的一部分保住，成为纪念馆。

不甘心的推土机在咫尺墙外急躁地叫喊。

几天以后，我又一次来到旧居，想找那个尽责守职的负责人再聊聊，可是他不在。恰逢午间，推土机休息了。旧居里只我一人。

从灯红酒绿的闹市踅入这里，就像大热天进入了森林内部。突如其来的寂静让人意识到，安宁的日子像新鲜空气一样珍贵而稀少了。这幢房子与街市是脱轨的，院子里躺卧着向回转的生活。人会越活越年轻。

正是这透彻骨头的宁静，使我想起那首外国乐曲的名字：九点三十分的火车。

这个标题与本文内容似乎并没什么关系。不知为什么，当我醉心于肃静而结满阳光的旧居时,我固执地想到它。九点三十分的火车,充满神秘,充满无奈的宿命意味。隆隆车轮由远及近由近及远,屋子昔日主人,坐着火车离开了故土。

旧居里曾走出两位人物。一位是黄花岗七十二烈士之一的林觉民,一位是现代文学家谢冰心。我觉得,只有在这幢房子里,他们才可能褪去所有身外之物的附加,包括也算得上累赘的著作,还原为最初幼稚的人。隔竹望月,爱妻盼子,浪漫童年与激情青年。告别这幢房子的他们,一个朝文学走,一个朝政治(革命)走,越走越远。广阔的地平线上是两位名人的耸峙,世纪的风吹拂着他们单薄的影子。

他们本来有可能在一个"点"上站住,这个点就是文学。

林觉民十四岁入全闽大学堂,对新学说有超人的敏感。1909 年留学日本庆应大学,也是研究哲学。与林文、林尹民并称"三林"。"三林"的词采华意全校皆知。林觉民珍留于后人的是著名的《与妻书》。文中不仅生离死别之情动人心魄,单就文章而言,亦堪称华表。林觉民能够成为出色的文学家。

冰心则牢牢地站在现代文学之基。她从这间屋子走出,走的是一条与闽地传统文化不尽相同的路。这条路上只有她和同乡庐隐等少数同仁。以朱熹为代表的程朱理学根深蒂固的传统,并没有限制住这位新女性。从时代角度讲,冰心也是政治倾向明显的作家。那么,她有没有可能成为纯粹的政治家?

两位不平常的人物"失之交臂"。运行在时代空间轨道时,他们差一点重合。不论成为文学家还是政治家。

九点三十分的火车,北上,南下。

林觉民和冰心曾在两条道路之间犹豫过吗?

是什么力量使他们各自走出了中间地带坚毅地奔向远方?

远方的林觉民受辛亥革命感召,受命从日本回闽联络同志。1911 年四月 17 日带队经广入穗。27 日进攻督署,挥弹当先。负伤力尽被捕。受审时还慷慨陈词,誓欲革除暴政,建造共和。临刑前不改初衷,从容就义。在此之前,林觉民已经习惯于危险紧张的生活。

一颗激动不安的灵魂渴望着行动、创造和出现奇迹。

这种奇迹同样出现于冰心绵丽清新的文字块垒中。

奇迹的出现，初始于走出旧巢，乘上火车。无论政治的奇迹抑或文字的奇迹。

如果仅仅需要一点雨燕呢喃的安逸，这幢旧宅一方洁净小天似乎也可以了。

这是福州典型民居。三进大房，前堂后院，罩壁天棚，几折几进。在当初这房子是民居的中等。它原是林家祖宅。从清光绪十二年林觉民诞生，一直到他东渡日本之前，一直住此。广州起义后，林氏家族避难远走，将房子卖给谢冰心的祖父谢銮恩。冰心十一二岁时住在这里。当年的闺房现在是第一展室，挂着林觉民的遗像。

福州民居的厅堂较大，是家庭婚丧庆典活动场所。这里陈设的对联、挂画、桌椅、供案，都是按资料复原的。

冰心祖父的卧室现在是第二展室。陈列着烈士们的实物临摹。林觉民的《与妻书》就躺在玻璃柜里，草黄的纸墨之迹标示着时间越走越远。一切历史有一天都会离开我们的视线。

“意映卿卿如晤：

“吾今以此书与汝永别矣！吾作此书时，尚是世中一人，汝看此书时，吾已成为阴间一鬼……”

起义前夜，作此书的林觉民已意死战，明知黄泉。他泪珠和墨汁齐下，几次搁笔不能言。“……吾至爱汝！即此爱汝一念，使吾勇于就死也。吾自遇汝以来，常愿天下有情人都成眷属。然遍地腥云，满街狼犬，称心快意，几家能够？……回忆后街之屋，入门穿廊，过前后厅，又三四折，有小厅，厅旁一室，为吾与汝双栖之所。初婚三四个月，适冬之望日前后，窗外疏梅筛月影，依稀掩映，吾与汝并肩携手，低低切切，何事不语，何情不诉？及今思之，空余泪痕！”

寂静的午间，我沿前后厅穿过，再走那“三四折”，朱门微启，凄声缭绕。那“小厅”出现了，一团暖洋洋的光留迹在石板地上。厅旁就是“小屋”，林觉民夫妇的卧室。我刚迈步，一道阴影扑来。我顺阴影摸索过去,原来是两尊蜡像。英俊高大的林觉民站着,好像是不知所措的一瞬间。挽髻的爱妻陈意映坐着,一丝微笑似乎是苦命的诠释,也是这女子身世的一些勾勒和记忆。近一个世纪以后,当年的苦难一下子变成了一部伤感小说的题材。小说向我们述说着一个女子的故事。跟随非凡人物的女子,大都是苦命的。林觉民牺牲时她才二十几岁,怀着遗腹子。

说实话,两尊蜡像塑得都不好,好像在阻止人们走进思念,缺少空间。它提醒人们昔日主人生活痕迹已荡然无存。痛彻心扉的诀别,还有绵绵情话。

突然,我在卧室后窗上看到一摊湿淋淋的痕迹。昨夜的雨。看来岁月并没有漏掉这间房子。当年几棵竹现在几株桂,依然疏影朗润。开窗雨就进来,生活在继续。晨风吹起的时候,天堂之门敞开,我们应当看到他们,那些非凡人物,并且永志不忘。

冰心幼年多病。在美国留学时,于沙穰疗养院病榻上怀乡。水的客愁,丝的云梦,浮现于青山之上。这个易感动的温婉的女孩儿,肯定也被小厅后院"疏梅筛月影"的情境摇动过心。

与其说林觉民、冰心在这里生活过,不如说这屋子里曾经滋生过两种想象力,是魔法使想象力变成了人。

曲曲折折的回廊厅院,就是一幅童年素描。靠想象力构成的童年在这里是那么合适。寂静的午间,我站在这里仍产生着重返家园的忧乐。我想象着,这屋子被林家或谢家长久住下去,从大门走出儿孙绕膝的老人。

北方的冰心,已经有九十多年令人赞叹的生活了,而林觉民早就魂游大地。但是,真真实实的童年却是在这里。让我们擦去脆弱的想象力,和冰心一起依偎在母亲的身边……

冰心正挽住母亲的衣袖,央求母亲述说小时候的事。

母亲就从冰心幼年讲起——三个月便多病,七个月会呼唤妈妈和姊姊……就这么讲下去,在《寄小读者》中就这么写下去;肯定也讲到了十一、二岁时的情景,冰心也确实在一篇散文中提到这座旧宅。

那个翘两根辫子的小姑娘，在这里都有些什么样的故事？

起码是有充满痴迷与爱意的母女静坐这屋檐下。母亲最爱凝神，女儿最怕母亲凝神。每逢母亲呆望窗外，女儿就过来摇撼母亲："妈妈，你的眼睛怎么不动了？"

然而，女儿也喜欢凝神。天天吃着饭，呆呆望着壁上字画，"一碗米饭数米粒似的，吃了好几点钟"。

冰心被哪幅壁画吸引？大概是那幅"千里负笈"。她幼稚的心灵说什么也弄不明白，李固在毛驴上驮了一袋子书，千里迢迢寻什么师。字画讲述着动人的故事，冰心看到的也是我看到的。

要到旧居来，你可以在福州市中心东街口下车。向最嘈杂的塔巷挤。那儿有家老字号鱼丸店叫永新。走出胡同，又经一街，卖工艺品和花圈的买卖兴盛。林觉民和冰心当年出入这里，喝闽地营养丰富的汤汤水水，吃鲜嫩欲滴的四时水果，他们和走在街上的人一样。

不，还是不一样，他们身上有着一种顶破屋檐的触角，有着以天下为己任的天性。这使得他们关怀别人的悲愁命运就像追求个人的光明幸福一样自然。

在这阳光照亮蜡像的正午，我看见墙角的蛛网上结满了思想。

饭后的推土机又开始叫起来，蛛网不胜重负地颤动着。在这轰轰作响的时代里，人们除了蛛网一样感受自身以外，不会想到什么？

当然也有例外。旧居的负责人，几年来为纪念馆辛苦奔波，带着永远的耐心和兴趣。朝朝暮暮倾听旧主人的絮语，视每一个参观者为亲朋好友。

还有那位古建筑学家在熙攘繁华的街市上，为林觉民而哭。

谁都知道他哭的含义。我们保住旧居，建筑本身不是意义。保留旧居的同时我们为的是保留一种思想，一种精神。一个不需要精神的时代一定是颓废的时代。当然，精神亦不容我们夸大。一场场闹剧收场之后，我们回到旧居，发现这里惊人的小，也惊人的亲切。一切令人感动的东西都没有因时代变迁而游走，关键是寻找和发现。

这样，我们就能发现人。

人的述说:“……汝幸而偶我,又何不幸而生今日之中国,吾幸而得汝,又何不幸而生今日之中国,卒不忍独善其身。嗟夫,巾短情长,所未尽者,尚有万千。吾今不能见汝矣!汝不能舍吾,其时时于梦中寻我乎!一恸!

“辛亥三月二十六日夜四鼓,意洞手书。”

意洞乃林觉民之字,号抖飞。从遗像上看,他长脸浓眉,鼻挺额阔,目露英气。假如他不幸而成为文人,也一定不是委琐文人。

站在旧居大门口,我看着建筑工地的热火,推土机的激情。推土机也是个不可少的东西。它是时间的使者。它要铲平记忆,旧居要保存记忆。与推土机相比,记忆更强有力么?

(选自《美文》1993 年第 3 期)

惊　恐

——《门缝 · 童年》之二

童年本该享受的欢乐我没有得到,不该经历的惊恐却紧紧跟随。那时我还不知道世上的一切都会成为过去,我以为惊恐是每一天,每一天。

母亲是救过来了,但自杀的念头并未消失。在《门缝 · 童年》里我说过,为了把母亲从死神的诱惑中拉回来,为了她能高兴一点,成了我童年生活的全部内容。

……躲在一棵榆树后头,我盯住母亲的背影。背影飘飘摇摇地穿行于熙来攘往的人群,也许这一天是星期日,我记不清了。除了母亲,每一张脸都很快乐。现在故乡的街上很难再找到那么愉悦的面孔了,板板正正的一片,都跟我笔下的文字似的。

我害怕母亲再一次抛下我。她一出门,我就像特务跟踪地下工作者一样尾随,得格外小心,她发现了会气上加气。

榆树后面的街是属于大人的。一双双脚像移动的树桩,阻断我的目光如同空旷的走廊阻隔我和母亲的呼应。那时的声音是太弱了,走廊又过于黑暗。二十几年,一晃,就这么过去了。

我旁边有个卖冰棍的老太太,太阳一晒,很慈祥。鼻孔挺大,两个温暖的洞穴,足够一个小孩儿钻进去。在那里,一定能轻松而又甜蜜地呼吸,什么事情也触痛不到那里面。

等我回过神儿来,母亲不见了。我真想疯狂地奔跑,追回随时可能消失的背影。但树后的我却拔不动双脚。

只有母亲能中断我童年的惊恐,然而她不能够,正像我拔不动我的双脚。

我 11 岁时已经不是孩子。我不在自身兜圈子,走入另一个生命的焦虑之中。这焦虑全副武装了我,使我看起来固执倔强,为战胜惊恐而活着,生活过早地给了我明确的目标。我不去理睬那些玩泥跳绳的孩子,我与他们心疼地分手。隐匿和封闭从此开始,一边在惊恐中发抖,一边与模糊的敌意展开了漫长的厮斗。

敌意充满夜间。

我陪母亲在一个夜晚穿过烈士公园。

对于令人恐怖的公园,后来我曾仔细地考察过。树干苍老的年轮标明我童年是过于夸张和敏感了,这无异于一场自我伤害。就算为自己,怜悯也不能过分。透过一层绿色的伤感,我面前的树干都是当年的了,上面长着形状暧昧的叶子。在医院门口弱黄的灯光下,烈士墓和英雄纪念碑看上去像对鬼影,而且不知为什么,此时正耳语密谋。我挺羡慕那些爱钻桌子底下的孩子,他们会玩惊恐的游戏。我那时可是真格的,必须走出屋子,走进无边黑夜。

隐约知道母亲要去找那个与她婚姻无关但与她生命有关的人。

那一晚的愿望就是我一生的愿望了:回家去,钻进热烘烘的被窝。慵懒疲乏像飞蛾扑向灯光扑向我的四肢,脑袋有一半是清醒的,恍恍惚惚罪犯似地行动着。

公园入口处一盏高灯下，那是飞蛾的家。嗡嗡成团的小东西在两个陌生人闯入之后，成了翻飞的海，成了芜杂的天空，成了莫名其妙的世界。有惊恐进入世界时，它们和我一样缺少谨慎和沉着。

我和母亲都停住，看着沸沸扬扬的飞蛾。母亲那一时刻可能也忘记了自身烦恼，惊异在我们熟睡的时候，世界有这么多奇妙发生。蛾子们越来越多，越来越广泛，像是被不断的惊恐激起的纸屑。灯罩下面，左腮边，前前后后，它们离我很近却帮不了我的忙。

如果说我是一个冷酷的人，我知道感情一定是那天从我身上流失。飞蛾如纸，在灯下聚集、散失，我和母亲孤立无援地走进更浓的黑夜，任拨不动的恐惧掀起我们的黑发。当我长大成人，我在感情的外貌下做过许多事，但我却收集不起感情。人生一旦有什么风吹草动，感情最先吓跑。

不流泪的女人是可怕的，眼泪使男人对女人解除武装。知道这些，当然是多年以后的事。母亲在我印象中，年轻时是不流泪的。我太熟悉她的表情了，表情的演变过程。我知道第一丝不快是怎样落在她的脸上，在眼睛、嘴角、前额绕一圈，落脚眉间，就像第一块云在天空站定有利地形，之后呼唤弟兄到来，终于，愤怒编织成网，风雨来临。每到这时，我心都吓碎了。

我想方设法转移母亲的注意力，一个比较有效的方法是为母亲诵念唐诗。那套画有迤袖古人的窄本诗集，一直被我珍藏。

每天晚上，母亲微闭眼睛，稍露怡和之气，我这条亲爱的嗓子琅琅的声音就传过去。大多诗句我根本不懂，但装作懂的样子，不但傻呵呵地念，还一本正经地解释。我就想不到这些书都是她读过的。我认为母亲会喜欢女儿这种样子。我心里激动，硬撑着不让声音中断，在母亲睡意曚昽的时候笼罩上去。轻轻地诵读会跟到梦中、天上，最后的星辰抚慰童心。

常常是我们的脸挨得很近，我大概是想靠形体的距离抹去精神的距离。有时也突然中断诵读，母亲凝神看我，我怀疑她一开始就没听进去什么床前明月光。她露出一种缺少感情色彩的笑，这笑在短时间内消失，回到原有的木然。现在想想，母亲的木然除了当时政治环境和婚姻不幸之外，实在也包含了对生命本身的无奈。

属于童年的事情都从我身边滑掉了。至今我说不出童年天空的颜色、花朵的形状。我似乎一生下来就加入了大人行列，这使我天性中活泼的、艺术的细胞没等发育便窒息而死。没有音乐也没有雁叫，只是在大人情绪变化中环转劳累的心。令我不解的是，我偏偏搞上文学。这与小时候对于唐诗的诵读有没有关系呢？我至今对这一行缺少由衷的热爱，我与我真正的兴趣一直走着平行的双线。有一幅叫《病说文学》的漫画，说如果你恨某个人，就引诱他热爱文学，写诗写小说，十年二十年以后，他对文学已不能自拔，一贫如洗，两手空空。这时，你的仇也就报了。

我的降生对于母亲到底是福是祸？生活中许多事情是不能计算也说不清的。如果没有孩子，她可以与父亲分手——这仅仅是事情的一种可能。摆脱婚姻和摆脱痛苦有时并不等义。痛苦是先天的，婚姻是后天的。如今，我继承了母亲的全部痛苦，我才知道当年的傻气。

我对于母亲的继承是全面的，包括那种挣扎感，以及不能逆来顺受的天性——即使和自己也不能和平共处。我久久惊惶于这种继承。我必须得经过抵抗和争斗才能不和母亲一模一样。

惊恐就像一个冷酷的智者，潜移默化地影响了我的一生。它眼睁睁看着我的生命朝最初的生命启示越来越远而不拉我一把。

童年有太多的时光我乞求援助。《门缝·童年》中我写到母亲让我去医院为他送李子的情景。李子从门缝滚进去，我的心也滚进去。

有一天，我背着母亲去找他。我也不知道这行为的真正动机。

正是中午，我和太阳一起在人间等，在他家门前的胡同里等。等待把我的头发都烧焦了。依稀听得见院子里吵架或聊天的声音。我想象着有他存在的屋子里会是怎样的生活。

他出来了。干净、挺拔，那一时刻，我幼小心灵懂得了什么是崇拜。再重复一下《门缝·童年》里的话：我希望他做我的父亲。

见到我，他先是愣怔一下，但接下来的不是埋怨、斥责，而是轻轻拢过我的肩。那天的街上，就有一处美妙风景：父亲领着女儿。我温暖极了，沉浸在爱与被爱的默然感动中。他带给我温馨的父亲的梦，和他走在一起，很想从他的左肩爬到他的右肩。我很想对他说点话，可是又觉得像其他小孩子那样喋喋不休，没有用。我把许多念头埋在心底，闻着他身上近乎药味的草香，贴着他走。

那时我的感情像被抛上岸的小鱼，急需水来救命，活了以后才知道救自己的水是脏水。或许，为了救助母亲，他也用了他的方式，我用了我的方式，可是都缺少足够的力量。

我们走了一段很长的路，足够幸福的人走一生。可我们注定不能完整地走下来。中途，路过医院，他必定停下来，走进去，穿上他的白大衣，戴上长长的胶皮手套。“手术室”三个大字令人惊心动魄。那是一段复杂而艰难的程序，从人体中取出什么或放进什么。这么难的事情会做、敢做，但在我当时看来极简单的事情——把一条路走到底，他却不敢做，不能做。

可见，童年时我把许多问题看错、搞错了。

我只有怀揣惊恐不安，继续走在我的街上。每个人，都从天父那里带来一份充满恩典的许诺。我很早就破译了属于我的一句：

“长大以后，你就不再害怕。”

我几乎不知道惊恐是哪一天降临的，它跟定我，像可以变形却不可去除的影子。也许就在那一天，我第一次半夜里醒来，看到大人们还未睡。

我醒来是因为老鼠。家里人四处追打它。老鼠自此成为我的忌讳。它同时使我开始了对罪孽的感受。

惊恐来自四面八方。

兵工厂的电网打死了人，我见到一具烧黑的躯体。一位我崇拜的漂亮的女教师因生育而死。流弹飞出厂区，在一个人的脚跟横穿过去。家里半夜突然听到撬窗的吱吱声，一窝鸡半夜狂叫，第二天早晨全部成了尸体……惊恐说来就来，说走就走，剩下起伏的心情没谁理睬。但这些惊恐都抵不上母亲带来的惊恐，父母争吵带来的惊恐，它像一块阴云，遮暗了童年岁月。许许多多的日子被惊恐挤压在一起，回忆起来都难以分辨了。

惊恐，我看不到你，摸不到你，但我清楚地感觉到你就住在我身体里面。日子过去了这么多，惊恐像一丝一缕的云，云不会让人害怕，因为人熟知了云的最坏结果——雨。但是惊恐不同，当我们有一天把世上的路走尽，转而回到内心，会发现惊恐仍然在内部等候我们归来。这时，对惊恐的惊恐就成了惊恐本身，我们便回到童年，再也无处藏身。

（选自《鸭绿江》1993 年第 9 期）

孤独女子的生命悟语

——张爱华散文漫说

古 耜

孤独对于寻常人生来说，或许包含着痛苦和凄凉；但是，对于艺术人生而言，却更多是一种幸运和机遇。这是因为：孤独作为一种精神氛围，一种心灵感觉，一种生命境界，可以使艺术家有力且有效地抵御来自物质世界的种种诱惑，从而大幅度地减少自身媚从世俗和趋随浮躁的可能；同时，孤独作为告别喧嚣之后的宁静和剔除浅薄之后的深沉，能够让艺术家真正潜下心来，自由自在地舒展思维触角，从容安详地开掘精神天地，从而最大限度地调动自身的灵感、想象与才情，精心熔铸美轮美奂、不同凡响的艺术品。要之，孤独是艺术家品格成熟与高蹈的标识；是艺术创造力腾跃、升华的摇篮；庶几可以这样概括：孤独之魂即艺术之魂。

由大庆这片黑土地而登上当代文坛的北国女子张爱华，便是一位每每缠绕着孤独感的散文家。我之所以如此断言，并非仅仅由于作家已出版的两部散文集，一部直接以《孤独女子》命名，另一部名曰《女人的佛》，亦隐含着浓郁的孤独色彩；更重要的是因为，通观作家洋洋洒洒六、七十万言的散文作品，其形象、画面乃至文体虽然百态千姿，异彩纷呈，但作为生命原色贯穿其中并统管其上的，却是一种以较高悟性为前提的超越凡俗后的精神独处和历经磨炼后的灵魂自省，以及由此所催生的对更高层次的内外宇宙沟通和交流的期待、向往与实践。关于这一点，作家在自己的散文篇章和有关散文的话题里多有涉及："独处的日子是伟大的，同时也是无奈的，面对极致与深渊无语，眼泪火辣辣地流下来。这眼泪与他人无关，是自己终于知道自己之后的表示。"(《一个人的日子》)"人最终是要独处的。要珍惜这一个人的日子。一个人的日子，是培养自己的机会，是内心成长的日子。"(《一个人的日子》)"自己的心事拥挤着找不到合适的出口，现在跟着眼泪，顺着喜多郎的沙漠走向远方。可是这些心事写不出来。写出来的都不是最想写的。"(《女人的佛·后记》)这是怎样一种丰赡、奇异而又睿智、豁达的生命感受啊！正是这种生命感受的顽强呈示，使得作家的整个艺术文本具备了思想的重量、人性的深度和审美的摇撼力；同时，也把作家的散文创作从当代许许多多的女性散文家中区别了出来，成为个性盎然的"这一个"。于是，解读张爱华散文的"孤独"蕴含，变得极有意义。

张爱华曾说，她的散文"大都是'跑'出来的"。(《孤独女子·后记》)这话一点儿也不错。从她已发表的散文作品看，其中将近一半的篇章属于"跑"的结果，即通常所谓游记一类。不过，张爱华之所以钟情于游记并不像许多现代作家那样，或把自然山水当成主体人格的投影，从而在游记中尽情舒展自己的胸襟与理想，或将人文景观视为理性思辨的触媒，藉此于游记里充分表达个人的认知与识见；而是因为在她看来：旅行是一种心灵的放逐和精神的遨游，"对寂寞有一种嗜好的人才没完没了地旅行"(《旅游者·寂寞》)。同旅行结伴的江山风物，包含着无穷的生命堂奥和不尽的生活哲理，它可以使人的孤独感找到天然的对应物和满意的憩息点。用张爱华自己的话说便是："孤身女子走山闯岭，见得多听得多了，还在寻找，好像要进入另一个世界。那是一个无法描述的世界，女人的理想界。在现实世界里失败、灰心、绝望了的女人，就觉得只有大自然还接纳她们。在山水间寻找的不是山水而是其它一些什么，她们以这种方式表达割不断的眷恋。”（《旅游者 · 自白》）“有了苦衷又难于言表，我们便不说，移情山水，浪迹天涯，也许这是女人的旅行观。”（《寂寞的徐霞客》）而游记恰恰是这种主体体验的审美结晶，是作家孤独心境同大自然交融之后的艺术告白。

正因为如此，张爱华的游记始终表现出了主观化、情绪化和意象化的鲜明特征。具体来说便是：无论状写南国风情抑或展示北疆图景，无论勾画山之雄阔抑或皴染水之柔媚，它都活跃着作家个性化了的想象、感觉与情趣，并每每透过这些直观的、灵动的艺术形象，相当自然、相当含蓄亦相当执拗地传递出作家特有的更为内在 、更为稳定，同时亦更为深刻的生活感知与生命体验。请读读《孤独女子》吧！这篇散文是作家游览唐代女诗人薛涛纪念地——成都望江公园的感怀之作。其凄凉的氛围，清寂的画面，冷峻的笔调以及跨时空的慨叹，贻人以强烈的孤独感。只是细品这种孤独情调即可发现：它并非仅仅来自一代才女的寥落身世，同时更重要的是作家内心世界和生活情绪的无形投射。诚如作家自己所说：“死者对于生活没什么遗憾的，派生出无限遗憾的是后人。”“静下心读她的诗，这与其说是对一位女才子的尊重，莫不如说是对我们自己的尊重。”与《孤独女子》有异曲同工之妙的还有《寂寞的徐霞客》一文。这篇作品从徐霞客旅行生涯的终点站云南落笔，通过历史与现实的交插、对应，活现出古代大旅行家的精神寂寞。只是这种寂寞说到底，还是作家“以女人的心态来揣度徐霞客骨子里的浪漫主义”的结果，因此，它自然而然地含括了作家自己对真正的无所为而为的寂寞人生的理解与评价，以及对此种境界“身不能至，心向往之”的崇仰之情。一言以蔽之，徐霞客的寂寞融入了作家的心理人格。不妨再看《壶口瀑布》，此文呈示的黄河壶口瀑布，是那般的神奇灵妙，姿容万千，熠耀着特有的心光情韵。而这种主观化了的瀑布奇观并不是一种孤立的存在，它那“黄烟乍起，弥古覆今”的流泻，最终连通了作家曾经有过的关于激情与选择的人生体验，从而成为一种不乏悲剧意味的生命象征。《仰望雪山》《中甸看云》《五月之夜，我在泸沽湖》等文，从整体上讲，重在传达“我”对自然风光的感觉。不过，即使如此，这感觉依然不是为感觉而感觉，而是在“感活”了大自然的同时，悄然折映出作家心存的那份让生命经受大自然的洗礼，尽脱困惑与烦恼，从而走向自由、愉悦与圣洁的希冀。显然，诸如此类的艺术建造都有意或无意地印证着属于作家的“风景观”：“风景是梦，是人的幻觉……风景要凭主观祈望和折射才能在心中驻留。”“我找风景常凭即兴和浪漫，也可以说是我设计风景。”(《旅游者·难忘风景》)而作家在一系列游记篇章中设计的驻留心中的自然风景，从终极意义讲，则是一种历经生活变故情感挫折之后的心灵自省；一种超越现实情境和经验世界的精神企盼；一种以生命永恒价值为基本向度的孤寂而辽远的探索与追寻。唯其基于这样的艺术选择，我们读张爱华的游记散文所感受到的，便不仅仅是具有相当的新颖性和独异性的江山风物；同时还有一个与江山风物互为依托、互为映照的孤独、寂寞而又丰富、博大的内宇宙。后者使原本很容易空泛的记游之作无形中变得沉甸甸的。

在张爱华的散文中，有相当一部分是表现个人情感世界的，其中包括亲情与爱情。在这一点上，张爱华同许多女性散文家是一样的。有所不同的是，许多女性散文家笔下的亲情与爱情，每每呈现“现在进行时”，亦即是对刚刚发生或者正在发生的情感波澜的一种捕捉和抒写；而张爱华传达亲情与爱情，更多选择了“过去完成时”，也就是说，是对曾经拥有的情感体验的一种打捞和反顾。依常理论，张爱华甫届不惑，其内心空间还远不到靠回忆来填充的时候，那么，她的情感散文何以总喜欢追思往昔，回眸过去呢？要回答这个问题，我觉得我们只能再一次谛视作家那颗孤独的灵魂。

读过张爱华《门缝·童年》《惊恐》等篇什就会知道：作家的童年是在“一片吱吱呀呀的不谐和音”中度过的——父母情感破裂，母亲自杀被救，姐妹心存芥蒂。这种由家庭不幸所导致的爱的匮乏，反过来促成了作家对亲情的无比珍视和对关爱的极度渴望。而此种珍视与渴望随着作家年龄的增长和心灵的成熟，特别是随着作家由文学而“人学”的生命境界的确立，最终升华为一种对情感质量的高度崇尚与自觉追求。然而，在现实生活中，作家的婚姻经历偏偏不那么顺遂，情感世界也因之不那么圆满。为此，作家饱尝了心灵的痛苦与精神的困惑，甚至每每涌动着莫名的焦灼。作为生活与生命的探询者，她企求通过认真的思索与深入的自省，驱散内宇宙的阴影，同时搞清楚困扰人们情感世界，使其陷入矛盾、失衡乃至破碎的种种原因。这时，对自我情感经历的回顾、检视与咀嚼，便成为自然的、唯一的主体选择。因为，解铃还需系铃人，作家自己结成的生命谜团,只有在作家自己的生命历程中才可能找到真正准确的答案;作家自己追求的情感理想,也只有在作家自己的情感体验中才可能获得最终意义的实现。而这种对情感真谛的执著探寻和对生命要义的深层解悟,无形中便幻化为张爱华孤独心境的又一种风景。

正因为张爱华的亲情与爱情散文是一种旨在"解惑与寻幽"的忆旧之作,所以,它的叙述不像通常所见的同类作品那样,每每充盈着直观的、外在的抒情味,而是尽量将某种情感藏在笔墨的深处,让文学浮现一种冷峻、沉静的语调和舒缓、低回的旋律,以此突出和强化"意味"的力量。请读读《别样亲情》吧。这篇写同母异父的姐姐的作品,原本承载了作家的某种歉疚悔愧之情,只是此种歉疚悔愧,极少由作家直接作动容的抒发,而是大都自然地转化为往日姊妹之间由龃龉矛盾到原有理解的情节与场面,让一切在不动声色地写实中呈示。唯其如此,这篇作品留给读者的便不仅仅是妹妹对姐姐的重新认识与情感补偿,同时还有一种为人类所共同珍视的善良本性、宽容精神与同情心。《钓鱼》《分书》二文,是追叙夫妻离异时有关场景的。按说,它很容易牵动作家情感的闸门,其字里行间亦很可能是一派恩恩怨怨,悲悲喜喜,然而,让张爱华写来,所有的悲欢离合却偏偏保持着冷静的、客观的口吻,那原本冷寂凄苦的雨中垂钓,那理当撕肝扯肺的夜间分书,还有那很可能是柔肠寸断的黎明告别,殆皆是近乎"零度叙述"的语调,是一种过滤了主观宣泄"冷抒情"。面对这样的文字,读者所感兴趣的,自然已经不单单是作家的隐私生活和情感秘密,同时更重要的是包含在这种隐私生活和情感秘密之中的具有婚姻与爱情普泛意义的一些东西。诸如:人究竟能不能用理性把握感情?婚姻是否真的是一种缘分?文化果真是爱与生命的负累?人最终能摆脱宿命的阴影吗……这时,作品的意涵明显开始向形而上的层面伸展与蒸腾。毫无疑问,此类追求与此类个性使张爱华表达个人情感的散文,具备了丰赡而隽永的内质。

张爱华对感情世界的探询是相当执拗、相当认真、相当投入的。出于作家的习惯和责任,她愿意将这种探询的诸多感受及过程,尽量详尽而生动地传递给读者。而当这种传递仅靠客观的追忆已无法穷尽其应有的意涵时,她便开始借助直接的理性思辨。于是,我们在张爱华的散文世界里,看到了诸如《碎碎平安》《卜算》《一个人的日子》《面对婚姻》等包含了很多很强的说理因素的情感类作品，甚至看到了像《关于爱情：往错了说》这种典型的、纯粹的爱情哲理小品。这些同样浸透了真诚的散文，以浓郁的形而上色彩和直接的爱之门叩问，凸现了作家孤独心境的特有深度。

对于张爱华来说，人类的感情生活，特别是女性的爱情婚姻生活，实是一个复杂而又奇异的话题。它没有现成的、不变的圭臬可资遵循，一切由着主体的经验和悟性而幻化为独特的联想与体认。正因为如此，在张爱华的心目中："女人的时间是从失恋算起的。""十年时间，女人从男人那里发现真理。男人不喜欢'永远'这一词汇，十年对于他们已属漫长……而女人，有兴趣将爱情生活和友谊没完没了地延长下去。"(《十年以后》)"缠缠绵绵是女人。藕断丝连是女人。频频回首是女人。女人天生是一朵昨日花，女人被领入今天是一个错误。"(《不再回头》)"不经破碎就看不见灵魂，看不见别人的也看不见自己的。肉体破碎了，灵魂便没有负担。它虽然消失了最后的避风港，却找到了自由的归宿。"(《碎碎平安》)"一生中只遇到一个男人的女人不一定是出色的女人；而一生中只有一个无论如何忘不掉的男人的女人，有可能是优秀女人。""爱情就像人生的一个神秘漏洞。你的生活本来软包装好好的，可爱情从天而降，你的包装出了口子，风呼呼地吹进来，或者热风或者冷风，你的内脏从这时起就面临受伤的威胁了。"(《关于爱情：往错了说》)诸如此类的议论，虽然披蒙着极为浓郁的个人性、主观性和私语性，但是，它们作为作家个人情感体验与经验的一种概括与抽象，必然会同时含括某种程度的互通性与共语性，因而在现实生活中，依旧有可能产生普遍的心灵启示意义。不宁唯是，这些议论除具体的生命意涵之外，还自然而然地体现了一种以努力追寻人生价值和生活真谛为精神底色的，积极进取的生命意识与生存态度，从文学的影响往往是潜移默化地整体渗透的角度讲，后者无疑更具有广泛的、恒久的灵魂雕塑意义和人生滋养作用。所有这些汇聚一体，便使作家孤独的心旅呈示了一种思辨之韵，理趣之美。曾有论者指出：较之时下不少女作家的同类创作，张爱华笔下的情感散文要博大得多、厚重得多。这是相当准确的判断，之所以如此，思辨之韵，理趣之美的注入，当是极为重要的原因之一。

应当指出的是，在张爱华的散文世界里，也有一些主体性、内倾性不那么强烈，相反客体性、外显性十分鲜明的篇章。诸如写作家就读北大时有关学习生活的《圣殿》，写青海石油人精神境界和生存环境的《西部之西》，写包括作家在内的一帮文化人开饭店经历的《吃饭吧》等等。这些作品尽管摄进了繁纷的生活灵象和不同的社会画面，只是作为潜在的精神支柱的，却依然是作家记游与记情之作每见的那种对人生理想的苦苦追求和对生命质量的一丝不苟，那种对强健人性的深情讴歌和对美好事物的全力崇尚。正因为如此，我们不能将这些作品同作家的其他作品完全割裂开来，更不宜无根据地夸大这类作品在作家整个创作历程中的意义和作用。事实上，它们不过是作家孤独心境的开放性、变异性和补偿性呈现，是作家在守望生命之重的前提下，于题材、取向、风格上的拓展与尝试，一言以蔽之，是作家灵魂撞击生活的另一种喧响。

毋庸置疑，在当代文坛上，张爱华的散文以一位孤独女子的灵魂追寻和生命憬悟，而构成了一种不容忽略的审美存在。而认真审视、深入研究这种存在，无论从“知人论世”，把握作家的角度看，抑或就剖析文本，总结创作的意义讲，都是一种颇值得用力的工作。笔者正是基于这样的思考，才尝试着撰写了本文，但不知它是否真正靠近了张爱华和她的散文创作。

愿张爱华在孤寂的心灵遨游中，不断把新的体验、新的憬悟留给文坛，留给读者。

（原载《岁月》1996 年第 8 期）

素　素(1955—　)，女散文家，原名王素英，辽宁瓦房店人。1978年入旅大师范学校，毕业后留校工作。1983年调入大连日报社文艺部，现为部副主任、主任编辑，系中国作家协会会员，辽宁省散文学会理事，大连市作家协会副主席。1996年获辽宁省第四届优秀青年作家奖，已出版散文集6部：

《北方女孩》(大连出版社，1990年)；

《爱情的七种感觉》(合集；漓江出版社，1993年)；

《素素心羽》(大连出版社，1994年)；

《女人书简》(四川文艺出版社，1994年)；

《相知天涯近》(上海书店出版社，1996年)；

《独语东北》(百花文艺出版社，2001年)。

其中《独语东北》获全国首届冰心散文(集)奖(2002)，《北方女孩》获全国青年散文大赛银奖(1989)，《佛眼》获中国作协全国大赛一等奖(1994)，有《女人书简》被选入《新时期优秀散文精选》，《等待》被选入《青年散文选萃》，《遥想大西北》被选入《大西北写真》，《绝唱——独语东北之五》被选入《二十世纪九十年代散文选》，《煌煌祖宅》被选入《新华文摘》1997年第11期，另有多篇被选入多种全国散文年选。评论素素散文的文章主要有：

《凝重的童心》(毕胜)，《文艺报》1990年11月10日；

《寻找感觉》(叶于)，《中国青年报》1991年1月5日；

《〈北方女孩〉絮语——素素散文谈片》(荒原)，《辽宁日报》1991年1月22日；

《深情款款，送来似水流年》(凤子)，上海《书讯报》1991年6月10日；

《渐留乱花开迷眼》(马石利)，《艺术广角》1991年第4期；

《涓涓细流漫心田》(陶然),香港《文汇报》1992年3月15日;

《走向成熟的女性美》(马石利),《芒种》1992年第6期;

《人间屑语:关于素素的散文》(孙郁),《当代作家评论》1995年第6期;

《从自发到自觉的女性意识——论素素的散文》(王晓峰),《当代作家评论》1995年第6期;

《社会大嬗变中女性的多元祈祷——素素散文概评》(毛志成),《海燕》1996年第10期;

《用生命感悟白山黑水的魂脉——说素素和她的"独语东北"系列散文》(古耜),《当代文坛》1999年第2期;

《心灵之羽,在大东北的苍凉历史与文化中放飞——评素素的"独语东北"系列散文》(郝雨),《当代作家评论》1999年第6期;

《历史中的内心活动——读素素散文集〈独语东北〉》(洪治纲),《当代作家评论》2001年第2期;

《东北在素素的心中》(谢有顺),《当代作家评论》2001年第2期。

此外,插图本《中国当代散文史》有对素素散文的专节评论。

自己向自己告别

素　素

从来也没坐下来写点创作谈之类的文字,但从来也没停止过对自己对创作的内省,总是先往后看,再往前看,边走边看。这样关心自己的行走,只是因为文学在我心中始终有一种庄严。

写过诗,写过小说,写过报告文学。但很长一段时间,我只以散文这种方式表达自己。

写第一本书的时候,正走在由乡村到城市的路上。我还看不清前方城市的楼头街角,身后的乡村却是不用回头就如数家珍。心灵里拖着一条长长的脐带,扭成一个古老的乡村情结。这是整整一本书的母题,不绝如缕,只有眷恋,没有批判。只写温馨,不写苦难。而我的走出乡村,恰恰是要逃避那苦难。我的乡村在我的文字里是美的，在我的灵魂里却是不忍卒睹。我亲近的是精神意义的家园，拒绝的是萝卜白菜的老家。我一步一步离开它的时候，爱恨交加。这是我的矛盾。记得那本小书的封面是我自己设计的：高天，白云，一个女孩背对着乡村却一步一回头。这是1990年春天，当我捧起那一本薄薄的名叫《北方女孩》的小书时，我在心里向故乡扬起了作别的红头巾。

写第二本书的时候，我已经走近城市的深处。乡村依稀，城市楚楚。在我面对城市的时候，我选择了城市里的女人。女人成了这一本书的母题。在观照女人的命运和心态的同时，我也内视自己。有很长一段日子，我只与女人对话，或者自言自语。在这个时代，城市女人比乡村女人承受了更多的挫折和不幸。在这个时代，城市女人尤其是知识层次较高的女人，大多是悲剧人生。这悲剧是文化所赐。我不认为我的那些写女人的文字是琐碎的，邀宠或示嗲的。我写得十分严肃又十分自由，每一句都是从我心上撕下的真。那本书的封面也是由我自己选择的：没有了高天，一片天际的沙漠之上，印着一棵风吹来的枯枝。那是一种沧桑。死或者活，就看有没有一场甘霖。这是1995年春天，当这本名叫《素素心羽》的小书呈现在我面前时，我依依不舍地向我深爱的城市女人挥手再见。

生命从一开始，就是在与所有我们经历过的事物告别。写《北方女孩》我离开了乡村，写《素素心羽》我离开了女人。下一本书我将走向哪里？又将向哪里告别？我选择了大东北。大东北在我心里是一种图腾，过去我一直是站在辽东半岛的尖端踮起脚遥望它，1996年我用了半年时间坐着读它走着读它。我向我自己挑战：我将用女性的笔去写雄性的东北，我将用自己的眼睛去独语我的东北。告别自己就是超越自己，我常常不知道自己此刻是在文学的圈内还是圈外，坛上还是坛下，我只在乎我是不是还有能力创造新的东西，我只在乎这世界有没有我自己。

这种在乎，可能要让我奔跑一生。

（原载1997年1月26日《辽宁日报》）

自选作品

佛　眼

生长在中国里面，从识字开始，就知道有佛。识了很多字以后，佛就无处不在了。及至做了文人，读过经史子集，读过儒释老庄，又有了走山访水的阅历，对佛，则是想忘也忘不掉了。

你当然看得出，我对佛，只是一种文化上的理解，是一种淡然的熟悉，就像淡然地熟悉窗外那座天天望得见的远山。我从未试着做一次善男信女，从未因什么不解的疑惑或某种太强的欲望去祈求佛的明鉴和超度。三月，为参加一次笔会，我走了上海、南京、苏州、杭州。我是张大了胃口一气吞咽下江南的；许多东西至今消化不掉，却是了断一根情肠，再也不用牵挂江南了。然而，忆江南，最忆那双佛眼。也许我的灵魂里已漂浮起一张不安的帆，也许是我的生命已对前面那些未可知的东西感到逼仄和惊恐，总之我一路都在入寺看佛，而且拜佛。我以为我已经由知佛而达信佛的境界了，却不尽然。

灵谷寺在中山陵东侧，与中山陵比，像一座农家土院。但是，因为有灵谷塔、无梁殿前呼后拥，自有一份庄严。寺虽小，各殿俱全。这一行文人，学各位香客游人的样子，先掏钱买香，然后找一尊佛敬上，这尊佛当然是普度众生的如来释迦牟尼。到此还不算完，有人已双膝跪下，磕出三个中国式的头。且每磕一下，嘴里咕噜一句什么。我从未进入过这种氛围，也从未做过这样的仪式，就有一种激动。于是有生以来第一次买香敬佛，也是第一次跪地磕头。第一下磕得十分害羞，第二下磕得十分仓促，第三下才发现姿势不对。因为这时旁边来了一位颇有气质的老妇人，她先是在佛前站定，两手合十，仰头凝望一会儿再跪下，又合十，才隆重地磕出第一个头。磕头时又将两只手心翻在上面，以手心托额，如是者三。我再看所有的人，所有的人都是这样严谨这样规范，摆在我面前的，是一本参佛大书，触目惊心。我想学她的样子重磕一遍，旁边的朋友却拉住我说。佛祖一定知道你是个新教徒，不会计较，再说，敬香磕头是个形式，心内的感觉才是内容。……新教徒？是的，对我而言，灵谷寺确是一个开始。因为是第一次拜佛，也便第一次有了祈语，记得我每磕一次头停下来时，喉咙里似有万语千言，但我没有咕噜出声音，只是那么聚集着情绪，酸甜苦辣混混沌沌的一片，也不管冥冥之中是否有佛接纳。一个事实却是，我匆匆忙忙完成了“新教徒仪式”，匆匆忙忙泄漏了连自己也感到陌生的心灵秘密。原来我并不是偶然进入这个空间的，我对佛是有所求的，在我的潜意识里，有一种自觉。比如这一次以笔会方式的远行，心情苍茫而寂寞，灵谷寺好像是特地在这儿等我上门的。一种亲切油然而生……

去寒山寺之前，就从《佛经》上录过一段“寒山问拾得语”：寒山问拾得世间有谤我欺我辱我笑我轻我贱我骗我如何处治乎拾得曰只要忍他让他避他由他耐他敬他不要理他再过几年你且看他。这段话曾让我感叹过佛与人的距离，世间只有佛能无烦无恼无愤无怒，因为佛无血无性，高高在上。人不行，人有七情六欲，人要面子，要平衡，人还要超过别人压倒别人吃掉别人，所以没有人能洗耳恭听拾得那些大话。但是我暗地里是着实做了拾得的信徒的，当我决定离开一个人却惧怕命运的时候，它给了我走出那间屋子的全部勇气。这是曾经。所以我是怀着感激来拜访寒山寺的。来了才知，拾得不应该只停留在日本，他应该在世界所有的地方修寺传经，让所有爱生命却惧怕命运的人都成佛，这样，他起码解救了人类的一半或大半，谤人欺人辱人笑人轻人贱人骗人的人毕竟少数，在这样汪洋的佛心感召下，或许就把那少数瓦解成粉末了。于是我以一种朝圣的心情，仰看寒山与拾得。没想到，寒山与拾得竟是一副邋遢装扮，我立刻泄气，他们不过是早我几百年的佛教徒，原也是凡夫俗子，便无论如何对他们恭敬不起来了。扭头去西园。它在寒山寺左近，曾经在书中影影绰绰的五百罗汉、千手观音，一下子拉到目前，看得我背心发凉，毛骨悚然。千手观音每只手上都有一只眼，手多法力大，眼多智慧深，所谓手眼通天。五百罗汉都是大嘴巴大肚皮，让他们坐在如此狭小的空间里，岂不是让神仙缺氧？我一路紧紧张张地走着，生怕他们中的某一位因为对生存状态不满而打我一掌。直到这时才明白，我对谁都不相信，佛界里也有庸常之辈，我胸膛里突突狂跳的心，我喉咙里一时半时说不清说不尽的话，只能对一个人开启，而且我保证，只有在他面前，我不发抖。

最后去灵隐寺。

这是我迄今为止见过的大雄宝殿最大最辉煌的一座了，这也是我迄今为止见过的释迦牟尼金像最崇高最神秘的一座了。在灵谷寺寒山寺西园寺，都是佛眼看我，而我几乎从未认真看佛，只管敬香，只管磕头，只管向佛密语心事。现在，我才是真正来到了佛祖的憩所，以前不论在哪里见到的释迦牟尼，都不是真身，我千山万水找的，就是他了。因为，就在我仰头一望时，泪水已涌流如注，而且无休无止。我这时对自己却是既明白又糊涂，并不去擦泪，就透过泪水一直去迎接那两束目光，并不断地问自己究竟看到了什么。什么呢？那目光，对我的一切似都了然，既有母性的慈爱，又有父性的温暖，似乎还有爱人的关怀和呵护，直感就是像流浪过后一下子找到了家，找到了家长，便觉委屈……

我也是这时才认清自己的虚弱。人在天地之间，肉体是可以独立支撑的，精神却绝对需要皈依，对一个纯粹的文明人而言，最能摧毁他的，不是自然灾害与战争，而是心灵的无家可归。虔诚的佛教徒之所以幸运，是因为有释迦牟尼做他们灵魂的家园。我不能算作新教徒，也不是异教徒，我只是芸芸众生中的一个无家可归者，突然间闯到他面前，感到了一种巨大的孤单，便对他有所求，渴望得到在人尘难以得到的圣爱，我是相当自私和现实的一个俗女。就因为这些，我才站到那里流了足足5分钟的泪。

泪终于流完，我仍一动不动，只是平静多了。然而，事情就发生在我要转身离去的一刹那。我像与一位至亲的人告别一样，又一次抬头去看那目光，感觉竟有些不同。我分明看见，那也是一双凡人的目光，因为在人世间走过千遍，才显得能包容一切，洞察一切，理解一切。但是，我突然发现，这双目光既让你亲近，又让你陌生，还隐藏有很深的冷漠，似乎佛祖在普度众生的同时又拒绝众生。总之，含在他目光里的东西太多面太复杂。那一阵儿，我就站在一个转身又回头的定格，足足又愣怔了5分钟。好在我已不流泪，好在我刚刚学会拜佛，就觉知自己中了一个圈套。但我丝毫没有受骗的感觉，如佛祖理解我一样，我也理解佛祖。佛祖未必喜欢千年万年地正襟危坐在那里，耐心地面对红尘中真真假假善善恶恶参参差差的心灵，这对他是一种折磨，因为他早就告诉过众生：净土不必远，就在你心中。而众生却没有看出佛眼的秋波。

我的泪其实是坚硬的，它在迷与悟之间流下来，正是时候。

（选自《萌芽》1994年第8期）

煌煌祖宅

关于肃慎氏

真正地贴近了东北的山林和平原，才惊心地感觉到它的神秘和不可思议。一路走着，突然就能捡拾到某个民族扔在历史上的那些散乱的碎片，由那碎片，就可以拼接出一个不完全是喜也不完全是悲而是悲喜交加的故事。

那被匈奴迫杀得无路可逃的鲜卑人，在大兴安岭密林深处自己舔干了自己的血迹，一番休养生息之后再次出山，经过一代一代的跋涉，终于登上了中原的政治舞台。他们通过云冈石窟大佛的嘴角，流露了这个民族内心谁也猜不透的笑。

那个在草原上长大的耶律阿保机是契丹人的太祖，没有他，就没有那支烟尘如浪震撼整个北方的马队，也没有至今仍遍布北方自成一体的辽代砖塔,以及塔尖上清脆的风铃。

那古老的额尔古纳河边,曾经站着个总是眉头深锁总想报杀父之仇的铁木真。谁能想到他就是后来创建了蒙元帝国的成吉思汗!他和他的子孙们挥舞着上帝之鞭,几乎踏平了亚欧大陆……

这都是从大东北出发的队伍。他们都无一例外地骑着马,来势汹汹,把那英雄狂野之气张扬到了极致。然而可悲的是,他们又都无一例外地被中原以深厚的文明和儒雅的风度从马上拉下并打翻在地,而且从此就再也没有站立起来,再也没有续写关于骑手的新的神话。

只有肃慎氏源远流长。

去年春夏之际,当我沿着我自己选定的那条线路,在大东北里面寻找那些让我陌生又让我感动的历史风景时,肃慎氏像一位慈祥资深的长老,带着我在岁月的密林里穿行。

以前只是简单地知道,在商周的时候,大东北有一个游猎民族叫肃慎。如果他们不是经常地向周王室献弓矢大麈之类的贡物,就没有孔丘那一番绘声绘色的聒噪,中原人就不会知道那片冰天雪地那片大森林里还有这样一群粗野的猎人,中原的史书上也压根就不可能出现他们那怪怪的名字。他们因为朝贡,而在历史上给自己开了一个户头。那时他们不仅没有文字,也没有参加过中原的战争,天长地久地游荡在那片苦寒之地。他们未必懂得什么叫贡物,什么叫君臣之属,只是像走亲戚一样,送你周家一只麈。他们猎的麈太多了,跟你共产主义一把。这种慷慨有时就做得过分,那西晋已下台靠边了,那东晋已偏安江左了,那中原已改朝换代大乱了,他们仍一如既往千里万里追着去送。最可笑的是那些中原人,一向自我感觉良好,只要有人给东西,就以为是归附臣服,就吩咐史官记上几句骄傲自满的话。这真是小看了这群骑马射猎的人,以后的历史表明,他们并非没有心机,欲取先予,那时候他们还正在马背上练习箭法,一旦兵强马壮,他们便会杀将过来,让中原到处都践踏上他们的铁蹄,还要骑在你的脖子上称王。

这当然是后话。从肃慎到挹娄、勿吉,他们在中原人眼里就是来朝觐来宾服。他们在自己的家里则是自由自在,游刃有余,驰骋无羁。男人打猎女人采集,强壮的臂饱满的乳,是泉,是雄厚的铺垫,是一个民族的底气,让子孙后代受用不尽。

我之所以对这个民族怀有崇敬,是因为如果把它比作一条河,它在断断续续的流淌中,居然有过三次瀑布般的辉煌。靺鞨时代的渤海国,女真时代的大金国,满洲时代的大清帝国,那每一次的激情喷溅,都是照亮中国的那种光芒,让我对莽苍苍黑油油的大东北刮目相看,对那些短命的马队抱有悲悯。

原以为,黄河文化长江文化便覆盖了整个华夏。走过东北才知,如果以黄河为轴心,黑龙江与长江一样,是中原文明的另一翼。只是我们没有像对长江黄河那样,认真关注过它那曾经雄壮的飞翔。那些日子,我几乎是一口气走完了肃慎氏遗留在黑土地上的祖宅。当我睁大了眼睛去打量那些曾经繁华的都城遗迹,这个民族所具有的巨大的传承力量,更让我震颤不已。

祖宅之一:龙泉府

渤海原本在山东半岛辽东半岛之间,唐玄宗却把渤海国封在了牡丹江边,可见东北在长安的眼中是多么的模糊和遥远。

那天早晨,我从牡丹江市内乘车去宁安,想在宁安寻访几位研究渤海的文化人。但是那幢散发着厕所味儿的供文化人坐着的旧楼里空空荡荡,我只好又重新回到街上,打听去往东京城渤海镇的长途汽车站。我背着行李,正在尘土飞扬的街上乱走时,一位老太婆赶着她的驴车拦住了我:丫头,一元钱送你到车站。这是一种久违了的童年的快乐,于是跨步上车,听凭老太婆敲打她的驴,在小城街道的正中央又扬起一股烟尘。

宁安的文化人都驻守在渤海镇。渤海文化在中国历史上是不朽的一页,他们只能守在这里。这里让他们有话说,他们能把这里的一切说得绘声绘色，并且已经把字斟句酌的历史说成了童话或者神话。我能理解。对文化人而言，有一个渤海，就有了如痴如醉的理由。

渤海镇是原渤海国都城上京龙泉府所在地。龙泉府虽已不见当年模样，却是中国现今保存最完好的中世纪古城遗址。它建在牡丹江的冲积平原上，近处三面临水，远处四面环山，西南是镜泊湖，西北是火山口地下原始森林。亿万年前的那一场火山爆发，使这里成了一个民族的风水宝地。它的建筑仿唐都长安，它不可能不仿唐，那时它还不是一个国家，它只是大唐怀抱里一个有时乖有时淘气的孩子。那天我们就在它的宫城里耐心地散步。其实只剩下宫城了，内城和外城只有通过远处残存的土埂，让它从那种空旷和荒芜里清新地升起。宫城令我恍如亲见了那座千年以前的历史殿堂。

他们就用火山爆发时流淌出来的玄武岩砌筑城垣，用它打磨廊柱、石灯幢、石龟、石佛。那近于黑色的玄武岩，显出游猎者的粗糙，却也散发着北方民族的那种大气，那种自然无雕的朴素，那种不拘的个性。然而即使是宫城，也已见不到一座完整的城门。它是一个布局，是一串足迹，是一场战火之后的余烬。那曾经辉煌了二百年的情景，只能从那一排排树根般的础石，从那仍有火迹的午门坎，从那石铺的路面上依然清晰的车辙里去感知。

可以想见，那是寒冷的东北最初的喧闹。中原人即使穿再厚的棉衣，也只能迎着大北风走到今天的朝阳和辽阳，曹魏毋丘俭恐怕是最早走进东北也是走得最远的中原将军，但他也只是把高句丽追杀到长白山脚下就掉回马头。大唐的君主也光顾过这里，但他们打完了高句丽，把弱小的靺鞨人从突厥和契丹的夹缝里衔出加封以后，也打道回府了。金光闪闪的渤海国上京龙泉府不是别人帮的忙，而是渤海人自己一砖一瓦完成的作品，所以它简直就是一个奇迹。

不止如此，它也是当时世界最耀眼的一隅。东北亚第二大城市，海东盛国，除了长安，就是它了。那时的世界是空荡的，驿道漫长，天低野阔。但在那片凄冷的背景里，燃烧着一轮太阳，那就是渤海的城郭和人烟。它的朱雀大街，它的平民坊市，它的佛寺和学堂，吸引了世界的目光。有无数的人争先恐后走在去往这个城市的路上，通向它的每一条驿道从来就不曾空白，那是怎样一种生动！

几乎所有的渤海王子，都在长安浸染过大唐的风骚，有的竟成为刘禹锡的诗友温庭筠的莫逆。而大唐的使者崔忻从山东半岛乘船至旅顺至鸭绿江又北上渤海国，为的是看看你还是不是在老老实实做着大唐的子民，旅顺黄金山下的鸿胪井刻石，既是焦虑不安，也是由衷的牵挂。

我惊异的是，这个民族当他们认为自己还不够强大时，能不动声色地敛起翅膀，拼命吸吮大唐的乳汁，暗中却以一个小国的野心，敞开大门与异族与世界交流。他们无数次出使日本或朝鲜，有时一个使团的人数多达几百人。从城市里边还延伸出一条车轮滚滚的契丹道，那条道也是相当忙碌的，曾经与契丹人打仗，现在的主题则是以物易物的商贸。这一切至少证明，大东北从那时起就不再是封闭的，从它的城市感觉得出它的贵族气息从那时起就已经很饱满了。

遥远的天边，终于有了座皇都一样的城市，终于有了个可以从容地坐下来谈天说地载文载武的民族，这个民族终于完成了从野蛮到文明的跨越。

对于东北，渤海则是天赐的机会。当初的渤海人未必像现代人那么明白什么叫机会。但历史告诉我，没有大唐就没有渤海，大唐如一棵大树，这棵大树被五代十国们乱刀砍断之后，渤海也不再是一粒完卵。渤海的意义就在于，它在那个历史的缝隙，在那个高粱拔节的季节，不失时机地把自己托举起来给世界看。而当人们抬头看渤海的时候，又仅看见了一个民族深藏的不凡，也看见了整个东北。

龙泉府因此而具有恒久的魅力。

我是来瞻仰渤海文化的，如果我是今天渤海的文化人，我也会不离不弃地守在这里。不是看家护院的那种，而是以质疑的态度，追寻那座不该失落的仙邸，那一片不该塌陷的文明。

祖宅之二:会宁府

从哈尔滨到阿城铺上了高速公路。路两边是起起伏伏柔曼的丘陵,没有树,大豆高粱都刚刚发芽,视野开阔得像远古。此时的汽车如一匹茁壮的小马,我把自己想象成马上的骑手,想象成完颜阿骨打的士兵,在按出虎故地驰骋。

按出虎是阿什河的古称。阿什河至今还日夜流淌着,围绕着实际是一个县的阿城市。在我的感觉里,阿城不过是一座地面上的城,虽有满街的金字招牌,明晃晃地惹了不少世人的眼,但毕竟显得肤浅了些。而那座已沉埋地下的金代故都会宁府,默默无语,却有举世的分量。

如果不是大东北经常刮大北赶子风下大烟泡子雪,如果不是总有人为的劫难,会宁府不会衰败得这么快,它也就不会是现存的唯一一座金代都城遗址。走近它的时候,初夏的阳光正与它温存,这可能是一年中最受宠的季节了。在我站的地方,有几座明显高的土包,这是当年的皇城。南城和北城则只剩那一圈已看不出是墙的城墙了。城的范围极大,所以即使是墙内,看来也是一望无际。田垅很长很直,清纯地种着大蒜。呼兰的大葱阿城的蒜。蒜是阿城的名产。皇城根的蒜价钱当然要更好,所以这里全是蒜。在大蒜中间,散发着许多的小村落。听说这些村民原先并不知道自己住在什么地方,后来人们在种大蒜时一不小心就捡到了一个金戒指,或者一面铜镜子,个个暗自高兴。因为这地方新名字叫白城,就有白城一年发一家的说法。究竟发了谁家,谁也不说。现在终于明白四周的土围子是保佑他们的大金之城,个个趾高气扬地高兴,年年种大蒜。

这是百姓的快乐。有着浓郁的大蒜味儿。

然而这毕竟是金源故都。拂去那片嫩绿的蒜苗,历史如铁。想当初,粟末靺鞨建渤海国时,黑水靺鞨是他的臣民。他们之间有过生死之争。然而我始终认为,当契丹人火烧龙泉府并强迫渤海君民南迁时，留在东北故地的黑水靺鞨心中便播下了一颗为自家兄弟复仇的种子。他们虽然转附于辽，但他们将自己的名字改写成女真。多少年后就出演了那惊人相似的一幕：你辽太祖不是让我渤海末君牵白羊穿素服出城投降么？我金太宗就让你辽国末帝按那个样子在我会宁府旁边的金家太庙前袒背跪下。这绝不是一种巧合，更不是斗气，而是捍卫，是一种凝聚千古的民族精神。这种精神让这个民族不断有未来。

面对空旷的大蒜地，我的眼前浮现出三个人的影子。一个是完颜阿骨打，一个是完颜兀术，还有一个完颜亮。他们三个串起来几乎就是一部金史。

我曾经感动于金太祖完颜阿骨打说的那句话。他选在大年初一早上登基称帝，那天早上他说：辽以宾铁为号，取其坚也。宾铁虽坚，终亦变坏，惟金不变不坏。金之色白，完颜部尚白，于是国号大金，改元收国。这是一个多么响亮的早晨，这个早晨多么具有诗意哲理，它给这个民族规定了一种境界，它使这个民族在宣布自立的时候理由充分，堂而皇之。中原人一贯叫四边的民族北狄南蛮东夷西戎，殊不知夷也有夷的追求。

更让我感动的是完颜阿骨打的朴素。他已当上了皇帝，仍然住在毡帐里。“国初无城郭，星散而居，呼曰皇帝寨”。只设毡帐，毡帐就是他的临政之所。那些毡帐一定是雪白的，雪白的毡帐排列成一个寨子，寨子里住着开国之君。童话一般。住毡帐体现的是女真单纯简约的传统，完颜阿骨打始终是一个战士，始终是出发，直到死也没有一座皇宫。会宁府是第二个皇帝太宗开建的。所以他和他的子孙不仅可以灭辽，而且可以灭宋，让中国在魏晋南北朝之后，再一次划分出南北朝。一个朴素的伟人，可以影响时代，造就历史，让你永远也忘不了他。

完颜兀术就是金兀术，他是完颜阿骨打的庶生儿子。对他，始终是《说岳全传》里的印象。那本书是中原人写的，所以就把金兀术写得青面獠牙，让我总觉得他跟我们不是一伙的，他是强盗。走到会宁府,我终于从近处细细打量了他。对于他的民族,他与岳飞是同一种高尚。他与岳飞的不同则是金主英明宋主昏庸,金兀术得以老死,而岳飞是被自己人害死。当然岳飞的死与金兀术们有关,要不是他和他们买通了秦桧,就不会发生风波亭冤案。而郾城之战后如果没有赵构的十二道金牌召回岳飞,如果岳飞不死,金兀术征战一生的英名,恐怕也就毁于一旦,因为打南宋的这支精锐部队已被岳飞几近击溃。在英雄时代,英雄与英雄是彼此成全的。

在我去会宁府遗址的前一天,有人掀了一块砖,发现一只锈迹斑斑的弩机。金上京博物馆的伊先生说,这个发现太重要了,它就是金兀术遗嘱里说的那个神臂弓呵。于是他真就找那遗嘱来给我看。看一个壮志未酬的将军的遗嘱,是想落泪那种感觉。事过三个皇帝,立下赫赫战功,极想做个大官,但每次皇帝只赏他金银畜绢,然后再让他去冲锋陷阵。即使这样,在生命将尽时仍写出字字千斤的《遗行府四帅书》。他在最后一句写道:吾昔南征,日见宋用军器大妙者不过神臂弓,次者重斧,外无所畏,今付样造之。他在写遗嘱的同时还用颤抖的手画下了这两种武器的草图。但金人究竟造出没有,一直无从知道,现在看见了它的实物。伊先生拍了一张照片送给我作纪念,更让我睹物思人。在金兀术身上,有一种苦涩的人生况味。

结束会宁府的是第四个皇帝完颜亮。弑熙宗而登基,然后迁金都于燕京。如果把渤海看作大东北的第一次灿烂,金则是第二次繁荣。他怕臣民不跟他走,居然一把火将这座城烧了,让大东北重又陷入荒凉。靖康之乱,金人掳北宋徽、钦二帝及三千宫院北上。带来的是变夷地为华夏的急转,使金文化成了地地道道的从辽和宋掠夺来的文化。这种掠夺,对中原是灾难,对东北却是生命和血液。然而这还是不能让完颜亮停歇下来,他一定要离开东北,东北太偏远了。他对祖宗发祥之地没有感觉,坚决要走那条空国以图人之国的覆亡之路。他说,荷花为什么在上京不能开放,而在燕京却能破蕾吐红呢?于是北京作为国都就从金代开始了。公平地说,没有完颜亮,就没有今天的北京。因为当年的燕京也是蛮夷之地,完颜亮让它变成了华夏,使以后的元明清三朝也都围绕着他开掘的北海拓建国都。然而作为完颜亮,他没打败南宋没为祖宗建任何功业却亲手毁了祖宅,这使他永远得不到祖先和后人的饶恕,他自己所得的报应,就是在中原文明的奢华之海沉没无踪。

我总觉得完颜亮是个花花公子。他头脑灵活,思想新潮,但他又太讲享受太虚荣,金的家族里因为有了他,而有了败家的气象。完颜亮本身就是一个寓言式人物,他不仅是金史而且是整个中国历史的一个注脚,类似的悲剧俯拾即是。通过完颜亮的悲剧再去想完颜阿骨打的简朴,金兀术的无畏,他们就更可悲,完颜亮使他们前功尽弃。因为正是由于金的旗帜顾前不顾后地一路南指,而让蒙古人从背后端了老窝。

阿城的大蒜将越来越葱茏,会宁府却永远地成了废墟。但在我心里,它永远不会消失,永远具有金石的重量。

祖宅之三:盛京

许多人从沈阳回来,强调的是它那灰色的工业烟尘,它的拥挤和杂乱。沈阳在我眼里,不论什么季节,却都是秋天的印象,整个城市仿佛是镶了一层金,从容而且成熟。后来我想,这可能是因为故宫那深黄色的琉璃瓦,福陵昭陵那凝重的松树,使这个城市在我心中总有一种特殊的气氛。

沈阳,是肃慎的子孙们留在大东北的最后一块祖宅。他们自己给它起名叫盛京。如果渤海是春,金是夏,清就是秋。如果春是含蓄力气,夏是疯狂地占领,秋则是漫无边际的收获。这个民族走到这个时候,脸上的确有一种壮年的沧桑感了。

曾经无数次地走进故宫。但从来没有像今天这样情感细腻。

它没有北京故宫那么庞大和复杂,而是一座真正属于这个民族自己的宅院。走进这个院子,不由自主就会想起一个人——努尔哈赤。在任何一个时代的历史中,代表历史进程的总要有一个伟大的人物,有这样一个人率领着他的民族,这个民族就走向了世界。努尔哈赤就是这样的人物。被完颜亮们带进中原的女真人再也没有回来,他们已变成了汉人。只有留在东北的女真人保存了本色,努尔哈赤统帅了他们,并把他们分列在八旗之下。南北征战时,那八面旗帜是飞驰着的,只有当努尔哈赤把都城定在了沈阳,它们才工工整整地在大政殿两侧站住。故宫最能让人产生联想的就是这当年坐着努尔哈赤的大政殿和十王亭。完颜阿骨打以毡帐为殿,努尔哈赤则把殿修成毡帐模样。这是他们之间的默契。十王亭其实是由两个翼王亭和八个旗王亭组成,它们面对着大政殿,如列仗营中的将士在等待检阅和号召,随时可以出发。我想,只有努尔哈赤才会如此设计自己的宫殿。他让今天每一个站在这里的人,都能感觉到那种悠远的游牧气息,骑射雄风,正穿过历史扑面而来。

对于这个民族,这里的确是一个整装待发的地方。它之所以简易,是因为这还不是最后的王廷,而是一个驿站。努尔哈赤把他的汗宫从新宾迁到辽阳又迁到沈阳,绝对是深思熟虑的。正像他年轻时逛抚顺的马市一样,马市是他的大学,他从马市上了解了他的对手,为的是起兵反明。而他扎营沈阳,则是要实现取明而代之的民族理想。

努尔哈赤对汉文明也有一种追崇。但他不是渤海式的吸吮,也不是金式的掳掠,而是融合之后的君临。他比他的祖先成熟多了。他是在整理完后院才面向中原,他是在向中原出发之前就把身后的一切都交待给皇太极。他好像已经有了预感,预感到前面将有一场惨败,带领这个民族入关的只能是他的儿孙。

我是后来在兴城浏览那座明清两代修建的古城时,体验到了努尔哈赤的这种悲凉。宁远之战,努尔哈赤率领十三万剽悍的八旗兵,浩浩荡荡向山海关挺进,本以为胜券在握,却碰见了一个铁杆效命大明誓与宁远共存亡的袁崇焕。在明史上,那叫宁远大捷。对于努尔哈赤,那是灭顶之灾奇耻大辱。有一次已经打开一个缺口了,硬叫袁崇焕亲自率闽卒堵上了。那西洋炮打伤了他,只有狼狈地退回到沈阳。他的伤很重,更大的伤是尊严的挫痛,这决定了他的死。所以,即使到本溪去坐汤也恢复不了元气。他就在从本溪回沈阳的半路上,告别了这个民族,告别了他心意拳拳的江山。这是英雄的悲剧。几乎所有的英雄,都是悲剧的结局,英雄生来好像就是一场悲剧的主角,唯其悲,英雄才有光芒。

故宫如今成了空宅,所有与它有关的人物都离它远去。它比龙泉府会宁府幸运的是没有被火烧过,它距今天近,它仍然是一座城而不是遗址。那天有雨,来这座城的人却很多,故宫已不只属于这一个民族,它与北京故宫一样,是这个国家的故宫,是中华民族的故宫。

我从故宫去福陵和昭陵时天仍下着雨。福陵是皇太极为努尔哈赤修的,昭陵是皇太极自己选的地方由他的兄弟和儿孙们修的。它们与故宫相伴,使盛京城阙多了些龙兴之地的帝气,使大东北更有一种祖宅的氛围。我想,当年康熙乾隆们一定也捕捉到了这个感觉,所以他们很突然很干脆地就把东北封存起来,再也不让一个汉人走进爱新觉罗家的后院。那是长达二百年的禁闭呵,他们以为这是爱了祖先,他们以为这样就可以独享人参貂皮鹿茸角。其实再严酷的戒令,仍不断有关外的流民从那软绵绵的柳条边钻过去。真正被关住了的,是那些地道的东北老家的人,他们从此有了一个把手抄在袖口里不爱出门的习惯。

那天我还冒着雨去了北市附近的太平寺。太平寺是锡伯族家庙,我从《锡伯族图录》知道这里在历史上曾经有一个很悲壮的场面,这个场面与努尔哈赤的子孙有关。

康熙乾隆都是熟谙历史的人物,他们吸取了先祖完颜氏被异族抄后路的教训而有点疑神疑鬼。凭一种直觉,他们认为能在后院坏了大事的大概就是锡伯人,于是就把这个曾经为他们打江山卖过命的民族搓弄来搓弄去。搓弄的办法就是迁徙。最大的一次迁徙是乾隆搞的,他比康熙更聪明,康熙是小折腾,他是大扫除。1764 年,他从盛京等地先后抽调将近五千多名锡伯族官兵和家属,分两队于农历四月初十和四月十九起程迁往新疆,理由是沙皇俄国有可能进犯。

四月十八,在沈阳太平寺锡伯族家庙,数千人聚在那里举行宴会,为明天就要西迁的第二批亲人饯行。那天的情景是可以想象的,明明是政治家的居心叵测,却让这些可怜的锡伯人装作心甘情愿。那种无处倾诉的郁闷,在举杯的时候,一定是火山爆发洪水泛滥。那是个永世难忘的日子,那个日子从此就独属于这个民族,他们叫它"西迁节"。把屈辱之日当作节日,是纪念,绝不是庆祝。那酒,那泪,那离愁别恨,怎一个节日可以承载!那些官兵和家属经过一年多的长途跋涉,走了万余里,于次年七月才先后抵达伊犁。在西行的路上,风餐露宿,曲曲折折,有歌哭,还有情爱,那健壮的锡伯族女人,居然在颠簸之中给这支被流放的队伍生下了三百五十个婴儿!只因为当朝皇帝要看守好他自己家的祖宅,就要把另一个民族驱逐出去,让他们背井离乡去戍边,他们的心灵,经受的是怎样一种折磨。

那座锡伯族家庙,被拥挤在一间工厂的大院子里。属于它的地方太小,由于下雨,门紧锁着,惟一可以触到的是门前那块石碑,却无法看清碑文。它好像已不再有当年那样的声势,那种激动,因为时间已渐渐平复,已变成刻骨铭心的记忆。去了伊犁的锡伯人如今是一个自治县,据说他们更多地保存着这个民族的原态。他们的祖宅在东北,他们常常来探亲。但东北的锡伯人已基本汉化了,而且,他们已与康熙乾隆的子孙们相处得亲如一家。如今各族人民都团结成一个大家庭了。

在淅淅沥沥的小雨中,我又想起福陵昭陵上空那神灵一样的古松。它们除了让我感到千秋万代的永恒,还让我感到岁岁月月的短促。从肃慎到清王朝,历史够长,但它必然要画上一个句号。就像人类不可能总停留在原始时代,中国也不可能总梳着那条长长的辫子。所以就有了推翻帝制的辛亥,就有了沈阳机场的一幕:努尔哈赤的最后一个继承人溥仪被捕。似乎是一种宿命,这个民族从这儿走出去,又从这儿走回来。走出去的是一个虎虎有生气的开国之君,走回来的却是一个弱质病态的末世之帝,他们两个人就决定了这个王朝的发生和埋葬,都在老地方。煌煌祖宅,终于黯淡。

这时候，我感觉历史就像一个冷面的幽默大师，站在高处暗暗地笑。让我悲喜交加。

（选自《鸭绿江》1997 年第 9 期）

用生命感悟白山黑水的魂脉

——说素素的散文

古 耜

素素是一位有成就、有潜力的青年散文家，在其执著而又潜心的笔墨行程间，分明包含了较之可观的创作实绩和可喜的传播效果更为内在也更具审美本质意义的东西，即主体世界的始终不事张扬和永远不甘沉滞。其中前者使作家的创作远离了时下文坛屡屡可见的粗率与浮躁的弊端，而后者则将作家的艺术追求引入了一个充盈着生机、创意与新变的境界。显然，这才是一个以艺术建造为生命要义的作家，特别是一个生活在今天商业文化语境中依然坚持严肃而纯粹的文学写作的作家之最为难能可贵的品格。它使散文家素素最终呈现出自身的特立独行和远离流俗。

素素的散文创作起始于 20 世纪 70 年代中期，在“小荷才露”以及此后较长的一段时间里，其作品虽然不乏多向的采撷与积极的尝试，但就整体的艺术情境而言，基本还是一个由农村而城市的“北方女孩”所特有的情感与观感的自然外化，其字里行间一方面是掩不住的真挚、清新与灵动，另一方面也难免留下了稚嫩与浅浮的遗憾。随着年龄的增长和经历的丰富，作家作为女性的观念和意识日益成熟与自觉。所有这些反映到创作上，即有了写于 80 年代以来的一系列女性色彩极浓的散文，如《女人书简》《女人与衣裳》《女人心态系列》等等。它们或讲述女人的故事，或研究女人的生活。在剖析女性心理，发掘女性特征，展示女性风采，倡扬女性自强等方面，有着不容忽视的审美意义与认识价值，作为一个独立完整的艺术世界，却又分明有感性多于理性，经验重于思考之嫌。进入

90年代以后,作家虽然依旧保持了鲜明的女性意识和女性话语,但这时的女性意识与女性话语已经过思辨的浸泡,溶入了较为浓重的哲学、文化和生命内涵,也溶入了时代与社会的投影,从而具有了有关女性命运思考乃至当代人精神还乡等问题的形而上的魅力。其中《佛眼》《无家可归》《共同悲哀》《钱的寓言》诸篇,甚至每每贻人以叩击心扉或开启心智的阅读效果。当然,如果用更为苛刻也更为挑剔的目光加以审视,那么,这些作品毕竟还缺乏一种可以称之渊赡、博大与深沉的东西。或许是为了检验一下自己把握大主题、大时空的能力,或许是为了让自己的写作真正超越时下女性散文的定势和常态,近几年来,作家在经过潜心实地考察和充分案头准备的基础上,郑重推出了总标题为"独语东北"的系列散文。这些以神州大东北悠远、奇异和独特的历史文化景观为感悟和表现对象的洋洋洒洒的"大散文"在《人民文学》《中国作家》《鸭绿江》《美文》《萌芽》《大连日报》等多家报刊陆续发表后,很快就因取材的新颖、内涵的丰邃、题旨的阔大,以及文体的圆润和风格的恣肆等等而引起了文坛的关注。几位著名作家和评论家都写了专文。对《独语东北》表示了由衷的赞赏。素素的创作实绩尤其是创作状态,又一次表明不懈的艺术探索永远是作家生命青春之所在。

毫无疑问,作为历史文化散文系列,《独语东北》对于素素迄今为止的散文创作来说,既是一种突破,又是一个高峰。它以自己的雄浑和大气,一方面充分展现出作家已经拥有的相当深入的生活和历史的反思能力以及富有灵性的文体驾驭能力;另一方面于无形中暗示了作家在未来创作中必将进一步呈现的极强的艺术竞技力与创新力。

对于散文作品,虽然其精神、文化含量的轻与重,有时并不在于写什么 ,而在于怎么写,其题材选择本身依然具有重要的意义。这主要表现在:就散文理当负载的人类精神高度而言,有的题材离它较近,有的题材则离它较远;依散文必须包容的社会文化基因论,有的题材含量极高,有的题材含量就低些。这些都说明,作为一个有出息的散文家,自觉把握好笔下的题材向度,终究是个关系到创作质量高低的大问题。倘若此论无谬,并且可以作为一种视角和尺度,用来观照乃至衡量散文家普遍的艺术拓展与创造,我们即可发现,素素在以女性的目光来发掘和审视东北的历史与文化时,至少在两方面具有明显的开拓性:第一,近些年来,女性散文写作已成为文坛一道历久不衰的风景。构成此道风景的女性散文家们虽然各擅其长，但就她们的取材习惯而言，皆不出个人的经验世界与情感天地。这样写成的篇章有时尽管很细腻、很精致，甚至很感人，但若从整体的精神与社会内涵来看，毕竟显得单薄了些，琐碎了些，也狭窄，纤小了些。对比之下，素素的“独语东北”系列散文，将悠远而又纷纭大东北的历史文化笼于笔下，便一下子突破了时下某些女性散文多以“小事件”、“小场景”、“小感触”见长的流行意趣，而将一种终不失女性色彩的阔大之气沉郁之风注入其中，使其风格趋于多元。而这，该是素素对女性散文的贡献。第二，历史文化散文的兴起和繁衍是 90 年代文坛的一大景观。在这一景观中，作品的思想水准、艺术高度、文化涵量和语言功力自然存在某种落差，但倘就其基本的艺术视域而言，却又有一种不约而同的舍取，就是更多注意了对历史上以汉民族为中心的中原文化亦即主流文化的审视与解读，而在自觉或不自觉中忽视了对少数民族文化和边缘文化的观照与透视。从历史文化散文应当是整个中华文化的回音壁的角度讲，这自然是一种遗憾的缺失。素素“独语东北”系列散文恰恰以对东北民族文化立体而深入地咀嚼和揭示，在某种程度上弥补了这种遗憾。如众所知，长期以来，神奇的白山黑水 、东北平原，曾是若干少数民族杂居共处、繁衍生息的地方。这些少数民族中的出类拔萃者，有的在中国北半部建立了区域性政权，如北朝、辽、金；有的在全国建立了大一统的王朝，如元、清。他们累计达七百多年的入主中原的史实，为中华民族的文明和文化发展史留下了鲜明的北方民族的印记，同时也使融合了多民族特征又有内在统一性的东北文化 ，具备了某种“主流”的因子和“正亲”的色彩，而这种双向的文化渗透，偏偏是我们以往的文化观察视线很少涉及的。正是从如此特定的背景出发，素素“独语东北”系列散文对东北历史文化的情有独钟，实际上开辟了一种走进中国历史文化的崭新视角，具有填补空白的文化建设意义，是显而易见的。其结果也必须将有利于人们对中华文化形成更为深入也更为全面的理解。

当然，对于散文作家来说，选择确定了内涵丰富和意义深远的题材向度，不过是为自己建设理想的散文世界提供了某种潜在的优势，而要将这种潜在的优势转化为可以直观的艺术实绩，则还需要作家在从精神立意到语言营造上，进行一番创造性的劳动。令人欣喜的是，即使在这一方面，素素的“独语东北”系列散文，同样表现出了个性鲜明的追求和卓尔不群的功力。

首先，素素的“独语东北”系列散文以敏锐的目光和睿智的思考，对东北乃至整个中华民族的历史文化，以及人类的普遍生存规律，进行了深入的探寻和透辟的言说。毋庸置疑，散文不是学术论文，但从世界散文发展史看，散文又不绝缘于论文，许多优秀的散文篇章都负载着谨严的理性思辨与丰富的精神内涵，而近年来大受读者欢迎的历史文化散文，即以深沉而鲜活的理性叙事而构成了自身特有的熠熠辉光，由此实证着思想在散文中的魅力。素素显然是深谙且认同个中道理的，因为她的“独语东北”散文系列，在进入大东北的历史文化时空时，最先让人刮目相看的，便是一种理性的高度与思辨的深度。请读读《空巢》吧。该文以坐落于沈阳城中的张氏帅府为聚焦点，从帅府建筑的土洋参半、东西杂陈，谈到废除帝制后东北乃至全中国那一段无序而又滑稽的历史；从张作霖的出身和发家史，谈到东北大地特有的土匪时代和土匪文化；从张作霖的争坐北京谈到当年努尔哈赤的入主中原，再谈到由此造成的前后一样的后院空虚，以致被外国人乘虚而入的历史悲剧；从张学良生命中彪炳史册的三个高峰，谈到东北新一代政治家的血性与胆识，从他在西安事变后贸然送蒋谈到东北人与南方人的性格差异……所有这些都构成了作家对东北历史文化既鞭辟入里，又别开生面的解读。相对于《空巢》，一篇《煌煌祖宅》将理性探照的触须，伸向了大东北更为悠久的历史风景和更为阔大的文化空间。它从作为东北历史文化源头的游猎民族肃慎氏写起，以这个民族历史上曾有过的三次辉煌——靺鞨时代的渤海国、女真时代的大金国、满洲时代的大清帝国为重心，以这三次辉煌的历史留存物——龙泉府、会宁府、盛京遗址为触媒，展开了对整个东北历史文化的纵向打捞与精心梳理，其中既有渤海王子们儒雅风姿与开放心态留给后人的启迪；又有完颜骨打、完颜兀术、完颜亮们用不同人格操守写成的历史的经验教训；还有努尔哈赤在马背上铸就的英雄风范所具有的历史和民族意义。它们以自身的辩证与深邃，呈现着大东北历史的精髓和文化的要义，同时也传递出作家成熟、透辟而又不乏激情灌注的历史目光和文化意识。再看《笔直的阴影》，在对旅顺万忠墓、白玉山塔所蕴含的历史悲剧的追述中，拷问着艺术家面对灾难的灵魂色调，同时也阐发着与战争和屠杀相关的人类意识与生命意识；《走近瑷珲》围绕近代史上饱浸耻辱的“瑷珲条约”，探寻着国运荣辱兴衰的内在原因；《依然在传说》则透过长白山上人参的厄运，严肃强调着人类对大自然的义务和责任……凡此种种，尽管仍不离东北历史文化，其阅读认识价值分明已有了相当的普遍性与现实性，对于读者既是一种心智的开发，更是一种灵魂的丰富。

其次，素素的"独语东北"将女性作家特有的鲜活生命体验与生活感觉，自然而然地浸入更多属于男性作家的历史文化思辨之中，使两者高度融合，构成了一种异质复合之美。近年来散文创作的实践一再证明：鲜活的生命体验和灵动的生活感觉是女性作家的优势，而严谨的理性思考和超常的思想深度则是男性作家的擅长。正因为如此，我们说，素素的"独语东北"散文系列注重张扬理性的魅力，实际上是对女性散文创作定势的一种超越和对男性散文创作特点的一种借鉴。只是素素的这种超越和借鉴，并不以放弃女性的生命体验和艺术感觉为代价，而是将这一切同"拿来"的理性精神和思辨逻辑融为一体，从而化为一种既不乏男性散文的宏声大气，又终不失女性散文的细腻柔婉的叙述风度。请一读《绝唱》：这篇以辽西"红山文化"遗存为感悟和表现对象的佳作，固然负载着理性的思考、探问和评价，但所有这些都不是一种孤立的、抽象的存在，它们明显经过了作家特有的女性目光与感觉的过滤，特别是渗入了作家丰富的女性情感与女性体验，其结果不仅使堪称历史辉煌、中华骄傲的"红山文化"景观得到了别具风韵的想象性呈现，而且将"红山文化"所包含的浓郁的母性色彩和丰赡的母性内容，张扬得云霞满纸、生机盎然，令人顿生无限遐想。《消失的女人》是写末代皇后婉容的。作家对主人公的悲剧命运，一方面进行着通常为男性作家所惯用的理性剖析，一方面又坚持着更富有女性作家叙述特征的心灵感悟与生命体验。于是，一个有形有神、有质感、有深度的末代皇后，便活现在了20世纪上半叶大东北的历史天幕上，把若干人生和社会的叹息留给了读者。总之，这些作品既保持了心灵启示力又具有艺术的表现力与感染力，有利于散文文体的拓展。

第三，素素的"独语东北"观照的虽是东北的历史文化，但其切入点和立足点却是今天的现实生活，这便使整个作品系列具有了强烈的时代气息，同时也升腾起鲜明的时代精神。西哲有言：任何历史都是现代史。素素在审视和透析东北的历史文化时，从不一味抒发怀古之幽情，而是始终怀着一个现代人的立场和视点。具体到艺术表现上，便是每一篇作品都是"我"在白山黑水间行走，并与这一方土地的历史文化遗存邂逅，对话的结果，都是一个今天的知识者通过遥感和想象，对文明碎片的修复和对历史风景的激活，是今天对昨天的反观与重读。如在《永远的关外》中，作家以国人尽知的万里长城为聚焦点，一边讲述着历史上秦始皇、曹孟德、荆轲、袁崇焕、李自成等人的故事，一边阐发着自己对这些故事以及这些故事所包含的关外文化精神的理解、认识与评价，这就使通篇作品的艺术空间变得阔大起来，具有了历史与时代同行的意味。同样，在《乡愁》里，作家既借助朋友之口，转述了鄂伦春人与刀弓为伍的历史，又依靠自己的眼睛，勾勒出这个民族注入了现代文明的今天。于是，那乡愁里便有了几分甜蜜，而那告别家园的迁徙也成了历史的必然。还有一篇《痴迷的逃亡》，它的整个叙述与其说是在钩沉公元之初拓跋人壮丽的出走，不如说是在表达一个现代人面对生命突围和精神还乡这一对矛盾时的困惑与思考，其主题意向是具有相当的现实意义的。

综上所述知：素素的“独语东北”系列散文确实是当代散文创作的重要收获，它所包含的文化开拓价值和文本实验意义，值得充分重视。我们应当珍惜这一收获，用它的成功来催新世纪散文的更大繁荣，同时也希望作家百尺竿头，更进一步，写出更多高质量的历史文化散文，为读者，为文坛留下气象万千、异彩纷呈的大东北的文学形象！

（原载《当代文坛》1999 年第 2 期，略有删节）。

筱　敏(1955—　)，女诗人、散文家，本名袁小敏，广东东莞人。1969年初中肄业到广州电信局当学徒工，后转为无线报务员。1973年在《广州文艺》发表处女诗作，出版有诗集《米色花》(1983)、《瓶中船》(1986)，另有短篇小说《在洼洼坑坑的路上》获广东省新人新作一等奖(1982)，《拱桥那里》获《福建文学》优秀小说奖(1982)。1983年调广东省作协文学院从事专业创作，现为一级作家，中国作家协会会员。已出版散文专集6部：

《喑哑群山》(作家出版社，1992年)；

《理想的荒凉》(中原农民出版社，1994年)；

《悠闲的意义》(群众出版社，1994年)；

《女神之名》(花城出版社，1997年)；

《风中行走》(作家出版社，1998年)；

《阳光碎片》(东方出版中心，2000年)。

其中《理想的荒凉》和《风中行走》分别获广东省第五届(1996)、第六届(1999)鲁迅文学奖。有《海》被选入《青年散文选》，《海么？海么》被选入《青年散文选萃》，《消失》被选入《九十年代散文选》(1993)，《西陲五题》被选入《大西北写真》，另有多篇被选入《广东30年散文选》《女性散文精选》等十余种选集。评论筱敏散文的文章主要有：

《生活在内心——读筱敏散文近作》(吉乔)，《羊城晚报》1993年7月19日；

《寻找世界的彻底性而非通俗性》(艾云)，《当代作家评论》1999年第2期；

《筱敏的新散文》(游炳焜)，《作家》2001年第11期；

《筱敏：存在之乡的野草》(刘思谦、郭力、杨珺)，《女性生命潮汐——二十世纪九十年代女性散文研究》(河南大学出版社，2005年)。

此外，插图本《中国当代散文史》有对筱敏散文的专节评论，可参阅。

读与写的经历

筱　敏

1966 年的暑假来得特别早，报纸上开始批判"三家村"和《燕山夜话》，学校也很不寻常地热闹起来。为了不妨碍史无前例的革命的开展，期末考试匆忙潦草，分数还没有说，校车就开来装行李，连带把我们也送走了。我差一个月满 11 岁，小学四年级，算术学到四则运算，语文学到"生的伟大，死的光荣"，因为读的是外语学校，所以还念了两册英文，会唱洋娃娃的歌谣《伦敦桥倒塌》，这就是我全部的文化基础。在校车上高高兴兴跟同学商议暑假的玩法时，我不知道，从此我就算是与学校告别了。

父母对我读书的事很少过问，父亲的书是《土木工程手册》，母亲的书是《商业会计手册》，这与我都毫不相干。我开窍晚，12 岁才开始学姐姐和邻居的孩子读小说，读的第一个长篇是《林海雪原》，接着是《苦菜花》《创业史》……我最喜欢的是《红旗谱》，春兰想看运涛在那里磨斧子，而她蹲在一旁一点一点地往磨石上撩水的细节，我读了一遍又一遍。

外语学校解散了，我在一所中学里游逛了几个月，发了几册"工农兵知识"之类的课本，但这给我的"文化基础"没有增添什么东西。14 岁我开始做学徒工，从此再也没进过学校。

然而无论在学校、工厂还是农村，我们这一代人的阅读经历都是很相似的。我们从大字报开始读起，油印的传单和小册子，那里面有很多血腥的或可怜的故事。接下来，《共产党宣言》《马克思传》《联共(布)党史简明教程》。那会儿不时地宣布一些毛泽东主席的读书建议，比如建议读读《经验主义，还是马克思列宁主义》和哲学史什么的，我从那里知道了巴枯宁、蒲鲁东、杜威和摩尔根。在党的主席建议下，1973年，鲁迅的著作再版了，这在我的读书经历中是一件极大的事。文字是可以这样进入生命深处的，这使我感到迷离和震惊，由此我一生都对文字怀有一种严肃和敬畏的心情。也是因为这位主席的建议，我们得以读到了《水浒》和《红楼梦》。在那样一个急风暴雨的年代，读《红楼梦》，毕竟是怪异的，这让我觉出世界之外还有另一个世界的神秘。这时候我发现，虽然文坛上荒漠一片，其实很有一些书在年轻人手里传递，先是《叶尔绍夫兄弟》《多雪的冬天》，及至后来，《安娜·卡列尼娜》《斯巴达克斯》之类在宿舍里都可以半公开地读了，而普希金和莱蒙托夫，也正以手抄的形式流传。

我寻找一切借书的机会和可借到的书。有一位师傅在上夜班的时候跟我讲旧体诗，隔着很喧嚷的传输带，从毛泽东诗词讲起，进而到李白杜甫白居易，于是我从他那里借到了《唐诗三百首》和《宋词选注》。17岁的时候，我手执一本《放歌集》开始写诗，居然发表了。一位文学前辈关心我，允许我上他家借书。我见了他尚存的一个大书橱，实在激动万分。但细看之下可借的却不多。他是搞电影的，由此我读了好些电影文学剧本甚至导演的分镜头脚本，我不知日后这对我有什么用，只记得当时的贪婪。

这样的乱撞，到了19岁，我认识了一些更乐于乱撞的朋友。这些“老高中生”“老大学生”们，在我这样的人眼里，是相当有文化的。我们读泽曼的《布拉格之春》，卢森堡的《社会改良还是社会革命》，普列汉诺夫的《论个人在历史上的作用问题》，费正清的《美国与中国》……然后议论民主、法制和中国革命的大问题。这期间当然也读许多别的，比如我就喜欢康德的《宇宙发展史概论》，赫胥黎的《人类在自然界中的地位》这一类，甚至包括简易的英文小册子《阿丽丝漫游奇境记》……

这样的读法和议论法，当然要出事情。后来我们就被说成是一个“反革命集团”，抓的抓了，关的关了。我的“情节”较轻，只关在单位里接受批判和隔离审查，几个人轮班日夜看守着，一是防我逃跑，二是防我自杀。其实我当时的主要危险是可能精神分裂，但这个他们是不管的。

如此隔离了半年，书是不许读了，为了不让自己崩溃，我学完了小学五六年级和初中三年的数学，我发现演算数学题是排解愤懑的好办法。后期松动了一点，母亲通过专案人员给我送来马恩选集，我就读了《家庭、私有制和国家的起源》等。

到我们获得平反的时候已经是 1979 年了，我 24 岁。两年来眼巴巴地看着我的同龄人忙忙地考大学进大学，已经羡慕得疲倦了，所以我想对于考大学来说，我已经年龄太老。更重要的是，当时我的记忆力毁坏得很厉害，面对那些复习提纲我脑子里一片茫然，而且对某些规范答案还有一种本能的抗拒情绪。有一次，一位读业大的朋友拉我去参加她们的一次考试，说是检验一下自己。第一道题是问：《源氏物语》是谁的作品？我没读过这本书，也没见过。见别人都在飞快地往卷子上写字，我问带我来的朋友，她熟练地说：紫式部。我还是不懂。我没有读过紫式部，她也没读过，但考试需要有某种专门的技能，我没有，这时候再学，已经迟了。我再不做进学校的梦。

学历（它也叫做“文化程度”）这件事，在很长的一段时间里，常常使我难堪。有一次为了弄到一个当时很不容易弄的借书证，填表的时候，我在那一栏犹豫了很久，终于做贼似地填了“高中”，这使我恶心了好几天。尽管如此，我还是没得到那个证。

历史进入了一片开阔的地带，突然而至的敞亮，使我们这些一直在夹壁里摸黑走路的眼睛，一时很有一些眩晕。未待我的眼睛适应，第一批春草已经茸茸地长出来了。

市里第一次办书展的时候，我和妹妹吃力地抱回来一大堆书。那时我已经是三级工了，月薪 53.5 元，很可以挥霍一下子。第一批重版的文学名著，但凡见了，都抱在怀里，完全是饥不择食。我甚至挑了一大套凡尔纳。少年时没读凡尔纳，到底是一种遗憾，我要补救一下。但毕竟不再有少年的心境，它们只好留待日后给我儿子读了。有太多的遗憾，事实上是无法补救的。

抱回来一大堆书，就得有一个自己的书架。我真的有了。虽然简陋，但是自己的。在一个安静的屋顶下有一个自己的书架，这是我奢望许久的浪漫故事。自从打着手电在被窝里读了那本没有封面的《怎么办》，这想象中的浪漫多少次让我彻夜辗转。然而如今，面对这小小的书架，如面对大海汪洋，我却顿觉恐慌。先前在一个逼仄的世界里匍匐，我还知道自己的方位，我一直在寻找自由的大海。而现在大海突然出现了，其漫无际涯的态势，远远逾出了我的想象。我没有海图，只空有航海之梦。我觉得自己细如芥末，只一阵轻轻的海风，就能使自己消失。

我便是以这样一种芥末的恐慌，开始了艰苦的而且永无终了的读书历程，所谓写作，也就在读书的缝隙中伴生了。我所拥有的，是一片很瘠薄的土地，草在这里以一种瘦弱的苍白的模样长出来，我一面为它们叹息，一面俯身继续侍弄改造我的土地。收获的季节离我实在遥远，然而只这么生活着，就足以令我觉得充实。

爱默生称图书馆是一座神奇的陈列大厅，在那里人类的精灵都像着了魔一样沉睡着，等待我们打开书，他们便会醒来。多好！打开书，与人类文化中最优秀的分子交谈！与人类心灵史上最明亮的灵魂在一起！

现在我是“专业作家”，这是一个比较可怕的职业，它的常规定义是必须每天不断生产文字的一种动物。但事实上，即使最优秀的人，以其一生的思考和历练，也只能捧出很少的一点结晶。而我们这样平常的人，更应该严肃地敬畏地面对手中的笔。在一个已经够乱够喧哗的世界，继续制造文字垃圾实在是一种罪行。

博尔赫斯说：“所有的作家都是在一遍一遍地写着同一本书。”实在人的一生最多只能写一本书。我希望自己写得好一点。

1995年1月17日

（原载《散文选刊》1995年第4期）

自选作品

在暗夜

十九世纪的天空渐渐遥远，那曾被人类精神充盈得何等饱满的天空！在生命的钟停摆了的时候，时间依然流逝，你渐飘渐远，竟不能等我，妃格念尔！

如你爬上囚室的铁桌，张望那株接骨木一样，我是隔着住宅的铁网，张望断垣之上生长的"我的树"的。一百年过去，它依然活着，它依然柔弱，在夜风之中沙沙颤动，在春天的早晨，以全部生的欲望去感受被高墙阻隔的阳光，默默地给自己换上嫩绿的叶子。依旧的残垣断壁，依旧的阴暗和潮湿，空气里散发着一种铁的腥味。张望它的时候，你和我都总在想，那颗随风飘来的种子是怎样被命运抛掷，怎样附着废墟，怎样在腐恶和莨菪的荒芜之上，萌发它脆弱的胚芽，而后伸展它自由的枝子。为柔弱而感动的心灵或许是一种传承？历经一百年而未被绞杀殆尽的柔弱，当足以证明刚强的吧？妃格念尔。生在一个阴暗潮湿的时代并非不幸，当你回首往事，你曾反复问自己，生命是否还有另一种可能，而你每一次的答案都是：不可能。的确，自由的原野上有一望无际的带露的碧绿。而你是只能依据你内心的坚忍和执著的，当时代需要英雄和理想的时候——妃格念尔！

星空何为？星空是因仰望她的眼睛而存在的，是因嵌缀她的灵魂而存在的。时间只在地面上堆叠，生和死，冬和春，荒草和牛群，梅雨和炊烟，间或有一些祭祀的牺牲和败亡的旗帜。多少了无痕迹的生存和了无痕迹的消逝。或许正是庸常的、令人窒息的日子堆叠，令土层丰厚，令心灵苦痛。理想和崇高总是从腐质的土壤中长出来。假如没有刺，就以袒露保护自己，坚忍地开出花来。那圣洁如马蹄莲或野百合一样的花，对疼痛的感觉如此敏锐，以致整个世界的痛苦都由她独自承受着。在某夜,恰好有一滴星光落入她的花瓣,她就撕裂了自己。一半循着那滴星光划出的道路上升,成为人类精神的又一颗星辰;而另一半留在地面,忍受蝼蚁的噬咬,以及蛇行于地面的萎靡而且腥咸的风。"何处是我的尽头呢?"你说。当这内心的询问穿过一百年的暗夜抵达我的时候,我就在暗夜中擦燃一支火柴,然而火光瞬间就熄灭了,灼伤的惟有自己的手。我只能以内心的颤动告诉你:实在我们没有尽头。妃格念尔!

沙皇是杀不死你的。手铐,这奴隶的记号,最终也不能把你变成奴隶。当与生俱来的博爱,那种与星空同样恢宏的博爱,突然摔碎在地,发出令人心悸的闷响,现实生活的龌龊一点一点地围剿你的真诚。你一步一步后退(历史的旁观者却在日历中写你一步一步前进),终于没有退路的时候,你发现自己已经站在铁与血之中了。为了做一个人,只为了做一个有人的尊严的人,你成了英雄。在不承认人的存在的时代,你拒绝做奴隶,于是你只能选择英雄。理想和星空一样遥远,也如星空一样高洁,生活已为一个终极的理想所圣化。就算是在流沙之上建造一座太阳城,其精神的力量却是何等的伟岸,何等的令人崇敬,妃格念尔!何况你是整个儿投入对专制统治的反抗的,整个儿只为反抗,包括你的生,你的死,希望之中的受难,绝望之中的独力支撑。

自从权杖和锁链被发明了出来,自从美丽的珍珠贝被串成一种交易的凭证,自从一双闪烁的眼睛不敢直视另一双明净的眼睛,灵魂的霉变就已经开始了。人——竟然是人,率先学会了下跪,学会了出卖,学会了无耻和苟且偷生。你是不该吃惊的啊,我们不是早就读到过的么?在《圣经》里,在人类有文字以来的灵魂档案里。我能说什么呢?你还是被击倒了。那一击是猝然而至的。在你专注地倾听人间的苦难,举头仰望展示着人类的崇高的星空,并伸出柔弱的手臂承接星光的时候,你被出卖了。你体内那声怦然的断裂,骤然使一百年的时空簌簌发抖,我们同时从理想主义的高处被扔进龌龊的泥沼……那是没顶之灾啊,妃格念尔!我真的渴望就此结束,结束一切。

究竟是什么，把你从死的欲望中拦截出来，残忍地逼迫你在泥沼里挣扎，只为把共同的厄运承受到底呢？

风暴熄灭了，生命的钟停了，铁与血的伤口合拢，于是你像一块失散了的弹片，被闭锁在暗夜的伤口里面了。历史是从不感伤的，他漠漠然走远了。世上究竟还有什么更令人悲痛？当你被绑缚在废墟之上，日日被饿鹰啄食五脏，却眼看着历史从废墟上踏过，毫不动情地越走越远。还有什么比这更令人绝望的呢？妃格念尔！

死一般的静寂。

一片树影，纠缠不清，模糊虚幻，一种喑哑的恐怖，渐渐围拢，钻进你身体的每一个毛孔，钻进你的理性，钻进你的灵魂。一切都令人感觉着人生的最后一个所在——坟。

就在这一个夜晚，时钟开始倒退着行走，没有萤火，而铜锈如青苔一样茸密，门洞中的窥探如一种夜间觅食的昆虫卑琐的呻吟。就是这一个无月的夜晚，有一滴星光忽然落在我的颊上，沁凉如水。当我用双手接住她的时候，一簇火苗就无端燃烧，并迅速植入体内。此时仰望星空，我认出了你的方位。即使在燃烧的时刻，我们也并不拒绝流泪的，是么？妃格念尔！

夜间的涅瓦河水总是低声吼叫，总是翻沸不宁。一艘白色的小火轮，向着未知的远方急急驶去。你告诉我，你突然间听见了船轮击水的声音。在夜的深处，竟然有船轮击水的声音！是的，是的，我们从不认为自己坚强如钢，从不。满天星光之夜，蓦然降雨是何等的美丽——

妃格念尔啊！

1992年9月9日

（选自《阳光碎片》）

山 峦

俄国十二月党人起义，被历史称之为贵族革命。那是一个极其黑暗极其龌龊的时代,除了匍匐于王权靴下的草芥,任何生命都不能生长。然而,恰恰是窒息生命的统治,使自由成为一种焦灼的渴望;恰恰是腐质土的堆积,迫使一种名叫崇高的生物直立起来,以流血的方式,不顾一切地生长。

为废除农奴制,为反抗专制制度,一群心怀使命感的贵族青年站到了起义队伍的前列,并且沿着这条因自由的火把而延伸的道路,走到了绞刑架下或者西伯利亚矿坑的底层。要理解这种崇高的生命必须有同样崇高的心灵。一位政客说:欧洲有个鞋匠想当贵族,他起来造反这理所当然,而我们的贵族闹革命,难道是想当鞋匠?这样一种无耻的"幽默",除了表明其躯壳能增长腐质土的堆积,其灵魂卑贱地受着王权专制的役使之外,难道可以给予崇高的生命些许蚀损么?人和人有时是不屑于对话的,一种是以渴望自由为高尚的人,另一种是以博取豢养为荣耀的人。

百余名十二月党人带着镣铐到西伯利亚去了,并将在苦役和囚禁之下终其一生。他们的罪证是对祖国的忧虑和挚爱,对奴隶的关注与同情。在那条被他们的歌声和镣铐敲击过的驿道上,那条漫长的,永无终了的,直插入蛮荒和苦难的驿道上,远远地追踪而来的,是他们年轻的妻子。

俄罗斯妇女的形象,常常使人想起山峦,有傍黑时分的落霞裁成披巾裹住双肩,以整整一生的坚忍,伫立眺望的山峦。而脚下的土地古老并且厚重,以致夜因眺望而退缩,终竟成为一颗露珠,在她浓密的发丛中消失。她不会告诉你,她是否感觉到了冰冷。

这些年轻的女性,这些在乳母的童谣里和庄园的玫瑰花丛中长大的女性,这些曾在宫廷的盛大舞会上流光溢彩的女性,这些从降生之日起,就被血缘免除了饥馑,忧患和苦难的女性。歌剧院中不曾演过,噩梦中也不曾见过,那些属于旷古和另一世界的悲剧,突然集中在一个流血的日子里,利刃一样直刺入体内。生活因此断裂。狂泻的泪水,突然就把她们冲到春季的彼岸了。

如果没有经历过苦难,如果没有用自己的肌肤,触摸过岩壁的锋利和土地的粗砾，我们凭什么确知自己的存在呢？如果没有一座灵魂可以攀登的峰峦，如果没有挣扎和重负，只听凭一生混同于众多的轻尘，随水而逝，随风而舞，我们凭什么识别自己的名字呢？面对昏蒙了数百年的天空那一线皎白的边幕，那一线由她们的丈夫们的英勇而划开的皎白的边幕，选择难道是必要的吗？

她们的选择是不假思索的，因为她们的爱是不假思索的。

像踏过彼得堡街角的积雪，她们踏过沙皇那纸特许改嫁的谕令，在"弃权书"上，签署她们从此成为高贵的标志的姓名：放弃贵族称号，放弃财产，放弃农奴管理权，甚至放弃重新返回故乡的权利——难道那一切是人的真正的权利吗？那些虚荣的玩具曾经掏空了多少生命？在目睹了男人们英勇的佩剑刺穿天幕，流泻出一线自由的颜色之后，她们就从庸常走向一种崇高的义务。怎么可以忍辱屈膝，把青春重新搅拌入豪奢的腐朽和华贵的空洞呢？

那一年的冬天，日照极短，枢密院广场的落日惨红，如同一环火漆，永不启封地封存了轻盈的过去。从此，她们站到悲惨和苦难之中了。——到囚徒那里去！女性的爱，其最本质的激情是母性。于是她们一夜之间成长为山峦。就让病弱者和受难者靠在她们肩头吧，她们的臂弯里，不是有一种浴雪的乔木在生长么？

叶尼塞河划开俄罗斯大地，哑默着，向北流去。越过河谷，西伯利亚旷古的荒芜和无尽的严冬就在触摸之中了。俄罗斯的巍峨，以及巍峨之上珠母一般令人迷醉的辉泽，原是因了沐浴旷古的荒漠中旷古的风雪。假如上帝不曾赐予一个民族如此博大如此残酷的浸泡，或许是一件幸事，然而这个民族的魂魄，将汲吮什么生成？又依凭在哪里上升呢？

无边无沿的蛮荒之中，一个人影瞬息就被吞没了，一种琐碎的人生瞬息就被吞没了，假如有所存留，存留的只能是与荒漠的博大相匹配的崇高。自从那一个冬天，她们把自己的终生交付予荒漠，并且把一个充满女性柔情的"人"的单字书写在荒漠，她们就成为有资格为自由而受难的人了。

在西伯利亚矿坑的深处，
望你们保持着骄傲的忍耐的榜样，
你们悲惨的工作和思想的崇高志向，
决不会就那样徒然消亡。
……

当她们以永诀的伤恸吻别熟睡的幼子，以微笑排开威吓和阻挠，任由恐怖和厄运箭矢一样穿过她们身心，孑然跋涉数千俄里，把这样的诗篇交到男人们的手上的时候——爱情，还仅仅是一个花朝月夕的字眼吗？

灵魂是因痛苦而结合的。惟有一种博大的痛苦，有力量抗拒时间的流逝，恒久地矗立在历史深处，注视着驿道上后世的跋涉者们迷茫的眼睛。

贝加尔湖，西伯利亚硬利的冻土上，竟然有莹蓝得如此温软的贝加尔湖。贝加尔湖神圣的寂静呵！

即使泪水在眼眶里已经结冰，俄罗斯妇女的山峦之内，奔流的不依然是热血么？

1993年1月

（选自《阳光碎片》）

筱敏：存在之乡的野草

刘思谦　郭力　杨珺

像一个不知疲倦的翠鸟精灵，在历史的经纬间穿梭往来，以生命来织补阳光的碎片，这是筱敏的散文给人留下的极为深刻的印象。如行吟诗人在风中行走，筱敏深邃悠远的目光执着地落在人类思想文化的历史上，那些影响了人类精神的事件被她以时间断片的形式重新书写。她的声音是独特的,尤其是在这个物欲日益侵蚀精神的年代,一个知识分子以特立独行的思想姿态书写的文字,并不是能让世人赏心悦目的。但是筱敏在写,尽管难免有时被讥为"高蹈派",她仍然把手中的笔与存在联系起来,在各种被包装的时尚文化中,坚定地表达自由主义知识分子的观点。在这个众声喧哗的时代,即使是像堂吉珂德冲向风车,也要像鲁迅笔下所描写的战士,勇敢地向无物之阵举起投枪。这是筱敏的精神立场。

筱敏谈到过自己写作的理由和目的。那一次她从别尔嘉耶夫《俄罗斯思想》想到了知识分子的命运和责任。

> ……正是这样一些知识分子的遭际和他们的作品,使我懂得自由和尊严的珍贵,使我懂得生存并且手里握着一支笔的意义。
>
> 因为乏力,也因为自己与自己的对抗,我走得很慢,写得很慢,而且时常感觉到自己未必有力量走出多远。但我并不打算为自己另寻一条便于滑行的路,就算这路五光十色,就在眼前……毕竟,文学不在自身之外。无论身处何种环境,需要学会用自己的力量站在自己的位置,做自己的良知所认定的事情。[①]

阅读和书写,是筱敏的生活方式,她对自由的断想,对生命痛切的体验,都经过她生命血肉精华的滋养,化做了思想的嫩芽,期盼它们有一天能够像野草一样,芜蔓而自由地生长。为了这个理想中的存在之乡,她踏上了一条孤独的精神之旅。这条道路充满了语言编织的陷阱,思想的荆棘有时像花环一样充满了诱惑,她以勤奋的阅读和思考作为生命的标记,以语言为向导,引领自己通往自由的故乡。

知识分子的使命感使筱敏的思绪在历史与现实之间穿行,一幕幕历史场景以横截面的方式被她衔接起来:如德国的40年代与中国的60年代,俄国十二月党人与中国"反右"时期知识分子,等等。历史不再是简单的大事记,而是因其

---

① 筱敏:《风中行走》,作家出版社1998年版,第6页。

思想血脉的贯通，有了生命的纹理和重量。作者以女性湿润的目光，悲悯地注视着人类历史上的苦难，而对于制造苦难的根源，无论是国家战争，还是民族仇杀，抑或是思想专制、政治极权，她都毫不犹豫地举起了匕首投枪。对于那些拉大旗做虎皮者，更是以凌厉的话语揭穿其本来面目。她的散文集《阳光碎片》，是作者近年来通过对革命、理想、自由、专制、极权等概念进行了深入探索后集束型的思想火花，澎湃激情的诗意话语以电光石火的威力带来精神震撼力，作者以个人记忆的方式复活了现代人关于人类历史创痛的集体记忆，正如鲁迅先生所言：为了忘却的纪念。

筱敏宽广的思想视野使她的话语如火山喷发，以炽烈的情感抒发着她的爱与恨，她的内心永远不能平静，因为她敢于直面苦难，拒绝遗忘罪恶，无论那是革命的还是反革命的、历史的还是现实的、自身的还是他人的，知识者的良知告诉她，绝不宽恕！哪怕被视为复仇的女巫，她也要抓碎人类一切的伪善。

这一组散文在筱敏的创作中具有代表性。她以个人的记忆复活了历史场景，把革命、自由、理想等概念还原于历史语境，站在知识分子个人化写作立场上重新思考历史所赋予的意义。

“德意志暗影”：法西斯摧毁了什么？

筱敏批判的聚焦点是极权主义思想暴政。

战争的罪恶，在于它给人类带来了巨大的毁灭性灾难。不仅使人流离失所，而且使人类的精神家园毁灭，尤其是人性的销蚀。面对二次大战中令人发指的法西斯暴行，人类历史上最为黑暗耻辱的一页，它使每一个有良知的人都会思考罪恶发生的深刻原因。筱敏痛彻地分析了法西斯主义产生的社会机制、思想根源和民众心理，愤激的思绪并不阻碍作者理性的认知态度，她对历史的叙述深刻精警，而并非只停留在对罪恶控诉的层面上。对于国家主义、集体主义、民族主义对人的奴役与异化，筱敏保持了高度自觉的批判精神。她通过思考政党和群众的关系，来分析集体对个体自由的剥夺从而完成对人的奴役。因为她注意到一个基本的事实：“希特勒及其纳粹党，是在合法的选举中掌握政权的”，而且“通过法律规定：‘国家社会主义德国工人党是德国的惟一政党。’”[①]这个被群众选举出来的政党一上台就公布：“停止执行宪法中保障个人和公民自由的条款；解散工会；取缔罢工；恐怖的秘密警察和恐怖的集中营……”[②]面对这样一个极权专制的政党，德国人会怎么想？又会怎样做？筱敏一针见血地指出，这个民族并没有感受到被欺骗的愤怒，相反，却很快达成了共识：新的秩序比自由和权利更重要。他们期冀这个新政权能够给德国带来新希望。

人们对于历史发展进程中有关“断代”的概念并不陌生，历史前进的脚步似乎总是以空间化标志的大事记来计算的，王朝的更迭改变的是新老皇帝的面孔，而并非皇袍的颜色，但是因为皇帝面孔的不同也就有了新政与旧政之分。于是，所谓的“新纪元”、“新时期”、“新世纪”的断代历史就开始了。人们为新皇帝三呼万岁时，一切旧账都可以算到老皇帝的头上而永远与三呼万岁的人无关。极权主义思想暴政的恶果是人民甘心做奴隶，甚至担心做奴隶的时代是否长久，自然产生了恐惧心理，因此，宁愿放弃个性而投身到集体里。这是集体主义能够对人产生巨大诱惑的深刻原因。

尼古拉·别尔嘉耶夫在他的著作《论人的奴役与自由》中指出：

> 在集体里，人对危险的恐惧被弱化，对安全保障的需求被弱化。这是集体主义诱惑的原因之一。认为某个组织是最终目的，而其它生命都是手段和工具，这是十分巨大的危险。耶稣会以及某些秘密团体，极权党派，如……法西斯党派就是如此。所有强大的和有影响的组织都有这个趋势，有时这个趋势还采取建立普遍的集体，庞然大物的形式。这时，集体主义的诱惑将达到其奴役人的极限形式。一切组织都要求一定的纪律，但是当纪律要求放弃个性意识和良心时，它就变成了集体的暴政。教会、国家、民族、阶级、党派都可能变成了集体的暴政。[③]

---

① 筱敏：《阳光碎片》，第42页，东方出版中心，2000年。

② 筱敏：《阳光碎片》，第42页，东方出版中心，2000年。

③ ［俄］尼古拉·别尔嘉耶夫：《论人的奴役与自由》，第238页，中国城市出版社，2002年。

在纳粹时代，思想的高度统一使集体的暴政达到了极限。“党就是希特勒，希特勒就是德国”![1] 没有人怀疑领袖的万能，因为这个新的救世主使他们感受到集体的强大有力和时代的伟大崇高。广场上听元首讲演而激动欢呼的沸腾的群众海洋，排山倒海的革命歌曲，使民族主义空前高涨，确信是世界上最伟大的血统最高贵的民族。“于是，‘希特勒万岁’就不仅只在群众大会上高呼，它成了人们之间相互打招呼的形式，成了同僚之间通电话时的问候语。于是，《我的奋斗》就不仅仅是党员必读，而是成了新的圣经，人人必备，成了亲朋好友向每一对新郎新娘赠送的结婚礼物。于是，那些善良的儿子，那些和蔼的父亲，自觉自愿扛起枪开往别国的领土，自觉自愿充当灭绝营的刽子手，全没有道德上的顾忌。于是，那些天真烂漫的金发儿童嘟起小嘴，两手不停地上下舞动，冲着他们昔日的玩伴高喊‘滚蛋！犹太猪！……’这种群众的意志，渗入一切的生活细节，奴役着灵魂本身，从而成为多数人的专制和暴虐，将整个民族拖入罪恶的深渊”。[2] 筱敏在《群众汪洋》中指出了集体主义诱惑和奴役的普遍性。集体的暴政使个人无法逃遁，群众汪洋的热流裹挟着每一个人，根本没有哪一处空间能够允许个人留有自由的可能性，包括说话和沉默的权利。因为，极权统治不需要个人的自由意志，个人不再有发表意见的可能和必要，说和想都被意识形态程控的语言网罩住，领袖的意志是绝对的权威。筱敏称之为“语言巫术”，极权思想的暴政体现为语言的暴力。“所谓谎言重复千遍就是真理，这种语言的暴力，是经由极权国家的宣传机器实行的……以它的铺天盖地之势威慑你，迅速地用那毒素改造我们的语言。”[3]作为“文革”中成长起来的一代人，筱敏是深知语言的威力的，“语言不仅限定思想的范畴，而且可以改变思想的性质，改变人的情感和良知”。[4] 作者个人的记忆被相似的历史场景激活，她深刻地感受到，语言的暴力将以怎样的冠冕堂皇的伪装亵渎历史，歪曲真实。一切极权者都会玩弄语言的骗术，希特勒以国家、民族、集体的名义成功地进行了语言置换，不

---

① 筱敏:《阳光碎片》,第 44 页,东方出版中心,2000 年。

② 筱敏:《阳光碎片》,第 45 页,东方出版中心,2000 年。

③ 筱敏:《阳光碎片》,第 48 页,东方出版中心,2000 年。

④ 筱敏:《阳光碎片》,第 49 页,东方出版中心,2000 年。

仅灭绝生命,剿杀思想,最重要的是从此剥夺了人对自己行为进行判断的道义良知。从此,一切最残忍的暴行都不再引起良心上的不安。筱敏对语言暴力思想分析的尖锐性在于,她看到了群众被语言操纵后的危险,那是一个国家、一个民族向罪恶的深渊滑落的开始。筱敏说,这不需要想象,因为我们早已看见过的。她以深重的忧患意识提示人们,在人类历史上,法西斯对人的思想奴役并不是空前绝后的,相似的场景今天也还在上演,人们以各种名义各种方式匍匐在极权主义脚下,这才是人类真正的悲剧。

筱敏在对历史的叙述中,极力要探究人类悲剧的思想根源。因此,她的笔端始终围绕着自由理念思考人类处境,追问生命的存在。对于筱敏而言,真理和现实的关系不是形而上的,而是还原于生活中的自我生命体验,与历史对照,是为了更为理智的思考自身处境。有时,生命自由之门是从自我的审视开启的。前提是彻底的批判精神。《这一代以及那一代的理想》是筱敏对自己成长环境的检讨,一代人对战争的迷恋以及烂漫的英雄情结,使他们幻想着解放全人类,作者尖锐地指出,这代人的战争幻想与纳粹德国时青少年的战争狂想何其相似!更触目惊心的是二者的早期教育价值观的相同性:如英雄主义教育,崇尚纪律、团结和牺牲精神……不同的是,纳粹时的青年把理想付诸实践,他们成了残忍的刽子手。但是,他们认为他们有"圣洁的情感",因为他们在为祖国而战!以史为鉴,看见了这代人和那代人如出一辙的精神轨迹,这真是醍醐灌顶的惊人发现!

作者以十分复杂的内心情感写道:

> 在我自己做了母亲之后,再从历史图片中看到那些十二三岁的德国孩子,在纳粹德国即将覆灭的前几天,列队接受"元首"的接见,准备开上战场充当炮灰的情景,我说不出我的感受。我想,一切战争狂想都是有罪的,所谓"圣洁的情感",不能减轻丝毫的罪恶,那些满脸稚气的德国孩子,会说他们纯正的雅利安血统不是圣洁的吗?①

---

① 筱敏:《阳光碎片》,第 61 页,东方出版中心,2000 年。

回顾自己这一代青少年成长的轨迹，作者对自己曾经回护“圣洁的情感”而感到良知的不安，因为她从纳粹青年党卫军暴行看到“红卫兵英雄”革命行动之间的本质相似性，同样的残忍，同样的人性恶行。作者把解剖刀对准了自己：“我想我们有必要明白我们这块土地曾发生的事情，我们有必要回答那个总是被回避着的问题——这些坏人究竟是怎么教育出来的？”①不再为自己开脱，也绝不袒护同龄人因为年轻而犯下的罪恶，为人类存在过的苦难钉杀伪善的旗帜，以及旗帜上的血腥和污秽。就像作者钟情的珂勒惠支，她以一个母亲痛失儿子的永恒苦难，塑写战争的罪恶，拒绝遗忘。战争的钢铁猛兽碾碎了母亲用爱创造的生命，但是，“种子是不该磨粉的”②这是所有母亲对暴行的谴责！

法西斯摧毁了什么？答案赫然清楚：摧毁了人的道义良知！摧毁了人的自由理念！摧毁了人的个性精神！从此，人的生命不再有阳光，人性坠入黑暗之中。

这是筱敏书写的意义所在。鲜明的知识分子精神立场以及独立思考的自觉意识，使她对一切以革命名义犯下的暴行保持高度的警觉，也使她对人类命运充满忧患意识，在批判极权主义思想暴政的同时，她希望德意志暗影永远不再覆盖人类的未来。

“遥想法兰西”：1789 年的革命原则

筱敏所理解的 1789 年法国大革命的原则是个人权利的自由平等。她认为，正是由于这个原则使这场革命不同于人类以往任何运动，如果说它是风暴，那么它就是一场会播种的风暴，把自由的理念播进心田，在人们的生命中开花结果。可以肯定的是，没有 1789 年，就没有现代民主社会的基础。

> 自由，平等，财产，安全，反抗压迫，信仰、思想和表达的权利，人民主权，三权分立——这些著名的 1789 年原则，为近代世界奠立新的社

---

① 筱敏：《阳光碎片》，第 31 页，东方出版中心，2000 年。

② 筱敏：《阳光碎片》，第 74 页，东方出版中心，2000 年。

会和政治秩序、新的普世价值铺设了基石，它的诞生，是人类历史上最为重大的事件，以致人们在言说现代社会的时候，只能把1789年作为起点。[①]

法国大革命是一场内涵十分复杂的革命，所涉及的思想边界非常宽广，学术界争论很大。筱敏对1789年的分析具有思辨色彩，表现为对"革命"自身的吊诡现象思想辩难的过程。因此，在筱敏对法国大革命的思考中，1789年与1793年有了本质的不同。使筱敏激动不已的是1789年的原则——权利和自由，它呼唤人类自由的形象，肯定个体生命具有"天赋人权"的神圣权利，它更为纯粹的意义在于，使现代人找到了生存原则。正如作者所一再强调的那样："法国大革命没有产生一个驾驭一切的伟人，这使它有别于以后的某些由伟人驾驭的革命，这是1789年的品质"[②]。她还引用历史学家认识一致的观点"大革命的惟一主角就是大革命本身"。[③] 这是筱敏在爬梳法国大革命时思绪的一个纽结，也是她认为1789年与1793年的重要区别。而1793年，罗伯斯庇尔成了革命的标志。这是一轮新的太阳。但是，筱敏并不否定罗伯斯庇尔经由1789年进入革命作为个人的意义。他曾经是激烈的自由的辩护者，也是一个典型的理想主义者，这种极端的热情使他试图一夜间把世界推向人类的理想国。显然，这种危险的个人意志使他很快由革命者变为独裁者，这段距离只用了两年半的时间。筱敏用了一个十分形象的比喻："他原是一块祭坛里的红炭。……终至将整个法兰西变成了巨大的祭坛。"[④]这块红炭的热烈燃烧，推动着革命惯性把法兰西搅成火海的旋涡。革命，在专制者手中，开始露出血雨腥风的狰狞面孔。

革命有如双刃剑，其两面性在1793年暴露无遗。但是，从1789年的原则是否就必然抵达1793年的革命专政？"经由革命的震荡，是否必定导致极权专制"[⑤]？这不仅是筱敏也是任何一个有着自由主义立场的知识分子都要严肃思

---

① 筱敏:《阳光碎片》，第8页，东方出版中心，2000年。

② 筱敏:《阳光碎片》，第14页，东方出版中心，2000年。

③ 筱敏:《阳光碎片》，第13页，东方出版中心，2000年。

④ 筱敏:《阳光碎片》，第31页，东方出版中心，2000年。

⑤ 筱敏:《阳光碎片》，第32页，东方出版中心，2000年。

考的一个问题。法国大革命后的历史，革命的或者不革命的罪恶，以自由和专制的变奏谱写着人类的历史。尤其是有几千年封建主义统治的中国，近代以降的历史处于剧烈的革命震荡中。专制的梦魇困扰着20世纪的中国知识分子，率先奔赴自由主义理想的前驱者，思想的风暴使他们羁留在路上，个体言说与各种“主义”话语在“立”与“破”二元对立中构建。知识分子启蒙话语在阐述现代性社会理论时左冲右突，个体主义权利自由与公义平等的社会体制以思想冲突的形式相互颉颃，这构成了现代思想语境的显著特征。这也是法国大革命的思想资源在历经二百年风雨后在现代语境中转化生成的新阶段，也是自由理念在现代知识分子思想中的自然延续，在封建主义依然存在的今天，这个理念的实施呈现出社会发展过程中的历史阵痛。西方思想界对现代性批判始自对启蒙思想的清理批判，尼采、福柯、霍克海默、阿多诺等多有论证，这是针对现代性问题的累积而进行辩证的思想认识过程。但一个基本前提是，肯定现代社会自由与启蒙思想的必然联系。这其中包括法国大革命有关自由理念的思想成果。

筱敏高度肯定大革命的正是这一点。“经过两百多年不断的击打，这个理念已在人类社会扎下根来，成为常识。以致我们在运用这个常识质疑大革命的时候，一时竟忘了我们运用的，正好是大革命本身的思想资源。”[①]个体对自由和权利的诉求，已经成为现代知识分子在构建个人和社会伦理关系时一个重要思想基础。而如何协调个体自由与社会体制之间的关系，是现代知识分子思想话语困境。这是有关个体自由与普遍平等两个理念的思想辩难。实际上，法国大革命从一开始就显露了端倪，两条线索相互缠绕，共同点燃了法国大革命的激情。筱敏敏锐地发现了这个矛盾并指出了平等与自由的相悖性。

正如托克维尔所论述的，大革命得以点燃法兰西之心，是由于两种激情的混合，“有一种激情渊源更远更深，这就是对不平等的猛烈而无法遏制的仇恨”，“另一种激情出现较晚，根基较浅，它促使法国人不仅要生活平等，而且要自由”。1789年革命迥异于以往的民众起义暴动，不在于它对平等的诉求，而在于它对自由和个人权利的诉求。两

① 筱敏，《阳光碎片》，第38页，东方出版中心，2000年。

种诉求给大革命的演进带来了两条线索，而实际上，即使在两百年以后看去，这两条线索也是相互缠绕，难以所解的。[①]

在筱敏看来，罗伯斯庇尔的极端的革命激情使法国革命在1793年导向了另一条线索，即把个人自由和个人权利置于法律、祖国、公共利益之下，服从普遍平等的政体要求。这是罗伯斯庇尔所崇尚的共和主义品德。不难想象，从个体自由到人民利益之间，罗伯斯庇尔的思想完成了从自由原则到国家极权与革命专政的根本转变。筱敏认为两种力量的消长之所以平等诉求占了上风，是因为专制的惯性，是整体主义和权威主义的传统惰性所导致的恶行。这是大革命的复杂含义的原因，它使现代人在面对相同问题时，能够辩证地思考革命的悖论。历史的记忆在思想血脉中流淌，这笔丰厚的文化遗产珍藏在现代知识分子精神深处，源源不断地转化为存在的勇气。

"俄罗斯诗篇"：暗夜的星光

对专制与自由的思考，是筱敏个人书写历史的一个焦点。而俄罗斯知识分子的命运往往是她思考这一问题的契入点，她找到了历史和现实相互榫接的记忆。在反抗专制的道路上，总有为自由献身的勇士，对于内心存有良知的知识分子来说，反抗成为惟一的宿命。在筱敏低沉而热烈的叙述中，我们感受到体现俄罗斯精神的人道主义传统，以及世世代代对这一传统的精神延续。

有两位俄罗斯妇女，像自由女神一样被筱敏从尘封的历史记忆中复活，她们是妃格念尔和玛丽娜·茨维塔耶娃。或许来自对女性精神的理解，筱敏本来富有激情的笔调在写到这两位伟大女性时，更是如歌如泣，文字激扬。因为，这样大写的生命是绝不应该被闭锁在历史暗夜的伤口里面的，为人类自由理想而受难的灵魂应该永远被人记住。筱敏深情地注视着妃格念尔遥远的身影，就像抬头仰望星光，她感到生命的灼痛，那是妃格念尔燃烧自己时爆响的火花。于是，筱敏看见妃格念尔正一步步向她走来。

---

① 筱敏：《阳光碎片》，第24页，东方出版中心，2000年。

> 沙皇是杀不死你的。手铐，这奴隶的记号，最终也不能把你变成奴隶。当与生俱来的博爱，那种与星空同样恢宏的博爱，突然摔碎在地，发出令人心悸的闷响，现实生活的龌龊一点一点地围剿你的真诚。你一步一步后退(历史的旁观者却在日历中写你一步一步前进)，终于没有退路的时候，你发现自己已经站在铁与血之中了。为了做一个人，只为了做一个有人的尊严的人，你成了英雄。在不承认人的存在的时代，你拒绝做奴隶，于是你只能选择英雄。[①]

又一个历史的过客，明知前面是坟，但是却要以坚忍的生与死在希望中受难，在绝望中反抗。历史不会提供其它选择，反抗是惟一的道路。隔着时空的距离，筱敏迎接着妃格念尔坚定的目光，大声地对她说：生在阴暗潮湿的时代并非不幸，一棵长在自由原野上的野草，只能依据内里的坚忍和执着选择自己的行动。所以你只能点燃自己划过历史的暗夜。

专制时代能否有诗，就像问严冬能否有绿叶一样。但是有这样一位诗人，裸露着站立并歌唱，如同一棵没有绿叶的白桦树。“这株曾经存在于过去的白桦，这株曾经点燃了未来的白桦，名叫玛丽娜·茨维塔耶娃。”[②]她以自己的姿态把自己站成了孤岛。她对冬季的抗争是决绝的，把自己撞得粉碎，所有的诗篇都是心灵的碎银。那是古老的俄罗斯在呻吟。没有绿叶的冬季，她只有燃烧自己来驱走严寒。筱敏讲述这个故事告诉我们，在“暴风雪夜，提示生命只能以毁灭生命来完成”[③]。

除了这两位伟大女性，筱敏还注意到俄罗斯历史上同样值得尊敬赞美的女性群体，她们是俄国十二月党人的妻子。《山峦》再现了这一群女性因为选择苦难而崇高的心灵。她们放弃了所有与生俱来的特权，追随她们丈夫的足迹，踏上了去西伯利亚的流放道路。这是一条蛮荒和苦难永无终了的驿道，但是，“她们的选择是不假思索的，因为她们的爱是不假思索的”。[④] 她们以山峦一般厚重

---

① 筱敏:《阳光碎片》，东方出版中心 2000 年，第 84 页。

② 筱敏:《阳光碎片》，东方出版中心 2000 年，第 93 页。

③ 筱敏:《阳光碎片》，东方出版中心 2000 年，第 92 页。

④ 筱敏:《阳光碎片》，东方出版中心 2000 年，第 88 页。

的爱，承受命运的苦难，她们不再显得柔弱和娇柔，当她们把自己交给荒漠时，剩下的只能是与荒漠相匹配的崇高。这一群妇女终于把自己的爱写上了俄罗斯的天空。因此，她们和她们的丈夫一样，成为为自由而受难的英雄。

这一点尤其显得重要。筱敏以女性的目光穿透历史重重帷幕，看到了女性作为历史主体的作用，以个人记忆的形式打开了历史记忆的死结，凸显历史场景中女性真实存在的意义。对俄罗斯妇女历史身影的再现，表现出筱敏鲜明的女性意识。

流亡似乎是俄罗斯知识分子的生存状态，他们以宗教的精神力量和人道精神看待俄罗斯的苦难。这样的精神贯注深刻地影响了俄罗斯文学传统，对苦难的承担和对自由的向往以及对专制的反抗，共同组成这一传统的精神血脉，像生命的遗传基因决定着俄罗斯作家的灵魂。这样的灵魂，她注定是："拒绝趋附，拒绝从属；是尊严，自由，叛逆性，个人选择的权利；是永远在路上，永远动荡，不能安居的灵魂。"[①]筱敏十分精确地勾画出俄罗斯知识者的灵魂塑像，在她的笔下，有一串长长的名字在跳动，他们是札米亚京、帕斯捷尔纳克、叶夫图申科、萧斯塔科维齐、爱伦堡……还有上面提到的那些伟大的女性，他（她）们是漂泊在风中不羁的灵魂，荒原上永远跳动的篝火。即使是苏联大逮捕的年代，悠远的人道主义传统的精神血脉也没有完全断开。筱敏在《救援之手》中叙述了斯大林时期一些作家出于道义和良知相互救助，置自身安危于不顾，这里面有高尔基的呼吁奔走，有帕斯捷尔纳克对"军事重犯"死刑名单的拒绝签名，等等。尽管有不少卖身求荣谄媚的告密者，但是伸出救援之手的作家毕竟也是一群。筱敏写到这一幕历史场景时举重若轻，因为每一个熟悉中国"整风"、"反右"、"文革"等历史事件的人都清楚，我们不仅失去了知识分子的声音，而且更多的人失去了知识分子的良知，在事件的过程中，人们明哲保身袖手旁观甚至落井下石，所谓"胡风反革命集团"就是历史备忘录，它昭示出中国知识分子缺血的灵魂。筱敏在讲述帕斯捷尔纳克拒绝签名时激愤地说："不过一个签名而已，我们何曾把一个签名看得如此沉重？……但帕斯捷尔纳克，这位忧郁的诗人，却

---

① 筱敏：《阳光碎片》，东方出版中心 2000 年，第 114 页。

视其为个人的尊严，人类的尊严，那是不可让渡的。”[①]这是问题的关键，于此，见出了人的灵魂的轻与重！

为什么在思想暴力和死亡威胁下都没有中断俄罗斯的精神血脉，或者说巨人何以成为巨人？我们听一听筱敏的回答：

> 俄罗斯文学的长链，在洪水和风暴中都没有断开，她是由作家们相互间的救援之手连接起来的，这样的手，在她们广袤的土地上栽种的是人道和正义，是信念，是对人类的信念。在绝境之中，你相信有一只温热的手会向你伸出来，你相信手手相连的感觉，你便会相信人的价值，相信生命的尊贵，相信有一个信仰值得你为之奋斗，相信正义会一次再次地在受难后的世界上复生。[②]

暴力没有摧毁人对人的信念，灵魂就可以在苦难后复生。这是精神的力量。她来自于俄罗斯源远流长的文学传统，只有深厚的思想积淀才能孕育出这样的思想巨人。

在筱敏这里，言说历史就是言说自我的过程，不论是书写知识分子形象还是妇女形象，她都倾注了个人对历史和生活的感受，因此，阅读和写作不仅是她选择的生活方式，而且更是她生命存在的理由。为了不让记忆枯死，成为生命的化石，她宁愿做一棵在风中歌唱的野草，即使像她在《记忆的形式》结尾中所提到的耶利米，也要为自己和还在哭泣的人们写一首《哀歌》。

（原载《女性生命潮汐——二十世纪九十年代女性散文研究》，河南大学出版社，2005 年）

---

① 筱敏：《阳光碎片》，东方出版中心 2000 年，第 110 页。

② 筱敏：《阳光碎片》，东方出版中心 2000 年，第 112 页。

吴明春

吴明春(1956—),散文家,四川简阳人。1975年高中毕业后回乡务农,1976年入伍,1979年加入中国共产党,历任战士、文书、排长、宣传干事、组织干事等。1982年开始自学中央电大汉语言文学专业,1985年毕业后先后任武警四川总队一支队一大队副政治教导员、武警四川总队文化站站长、文化处处长。1991年调任武警总部文化部干事,大校警衔,现为武警某总队副政委。系中国作家协会会员,中国通俗文艺研究会会员。

吴明春从1986年在《四川公安》发表散文处女作《我爱山城雾》以来,在多种报刊发表散文、报告文学作品100余篇,出版散文、报告文学专集3部:

《巴蜀绿粹》(四川大学出版社,1989年);

《一叶情》(八一出版社,1991年);

《东方红,国旗升》(西苑出版社,1995年)。

其中《一叶情》获文化部、共青团中央、广播电影电视部、新闻出版署联合颁发的首届"中国青年优秀图书奖"(1994年),《东方红,国旗升》获共青团精神文明建设"五个一工程"入选作品奖;另有单篇散文《桃花深处》获《北京文学》纪念中国共产党诞生70周年征文优秀作品奖(1991年),《分水岭》获"蝮龙杯"全国散文大赛优秀作品奖(1994年),《不该写的信》获全国妇联、解放军总政治部、武警总部、第四次世界妇女大会组委会联合主办的"绿的奉献"征文优秀作品三等奖。评论吴明春散文、报告文学的文章主要有:

《报告文学与"我"——〈巴蜀绿粹〉读后》(曾绍义),载《巴蜀绿粹》;

《警营歌者——读〈巴蜀绿粹〉》(张桨),《人民武警报》1992年6月7日;

《读吴明春散文》(曹宇翔),《人民武警报》1993年1月2日;

《悟性之美》(金马),载《一叶情》;

《走向崇高——读〈一叶情〉兼谈散文艺术的情感质量》(曾绍义),《橄榄绿》1994 年第 4 期;

《一枝一叶总关情——吴明春印象兼谈散文集〈一叶情〉》(商成勇),《人民武警报》1995 年 11 月 4 日。

散文,我的情人

吴明春

散文,我叫你情人。

情有独钟。

我用我的全部情感和血泪塑造的另一个"我"。

我这个从读"人之初,性本善"启蒙的农村孩子,对诗文很有兴趣,但踏上祖先用智慧耕耘出的肥沃土地,准备收获知识的时候,那里正在"革"文化的命。好多丰硕果实,都被野蛮的"火"烧光了。就在这寻觅"残枝断叶"中度过了小学和中学。

当我进入社会,开始人生独旅之时,我与她——我的情人,也是相隔遥远。因为生计和客观现实的需要,结识的都是公文、新闻等其他"民族"的倩女。真正认识散文这位情人是在 1982 年,参加省逻辑学会中文专业辅导班学习时,讲授写作课的是四川大学中文系教师曾绍义,这是一位执着研究散文,造诣颇深的青年学者。他给我们讲散文的渊源,散文的革新,散文在文学和社会历史进程中的地位与作用,古代散文的经典、现当代散文的名篇……把我领进了一个独特的天地。这里阳光明媚,繁花似锦,小桥流水,炊烟牧笛,鸡鸣犬吠,鹅黄柳绿。我跟着先哲智者的脚印去喜怒哀乐,去体验深邃人生的苦痛和快意:跟老子去认识天下知美之为美;跟庄周一起去逍遥游;跟韩非子去论辩;跟司马迁去送报任安书;跟诸葛亮献出师表;跟陶渊明去寻桃花源;跟柳宗元观钴鉧潭西的小丘;跟范仲淹登岳阳楼;跟苏东坡月下赤壁去荡舟……跟着杨朔、秦牧、刘白羽、冰心等一大批大师的笔，去饱览五星红旗下祖国壮丽山河的美景和绚丽的人生风光，去触摸新时代律动的脉搏和潮涌……

我终于在众多文学姐妹中找到了属于我的“情人”——散文，这个年长而娇小的倩女。

情人向我走来，我投向情人的怀抱。

我们的第一次相会，是在山城重庆，我透过歌乐山顶的白云，朝天门码头的浓雾，南北温泉的热气，鹅岭峰巅的山岚，看到了日夜守卫山城的战士的眼睛，看到了白市驿空难现场奔忙的绿影，看到了跃入长江救人的士兵……我终于写成《我爱山城雾》，又在 1986 年第 6 期的《四川公安》上，见到了我的“情人”，一个羞答答，不敢抬头看人眼的丑妞儿。此时我真不敢叫她情人，但又实实在在是我的“对象”。

经过一段时间的思考，我对我的“情人”进行了打扮：用我最熟悉的颜色给她描眉、涂唇、擦脸，用我最喜欢的布料为她剪裁衣裙。这便是我从黄土地到军营的跨越，有了《富家果》《故居情思》等。情人出现在我眼前，深情地注视着我。我想，大凡这就是我所中意的情人了，于是就紧紧地拥抱了她。

她与我形影不离，朝夕相伴，水乳交融。她乐我所喜，愁我所忧，思我所虑，怒我所恨。

1991 年 5 月，北京桃花节，在香山脚下，一年一度。桃花开满山，花香飘四野，观花人如潮，潮起潮又涌。我到花市潮中游，但见桃花如人笑，人面若桃花。有嬉戏的男女，蹦跳的红领巾，策杖健步的老翁，更有在那桃树荫下枕着手臂睡觉的游人。这一切不难让人想到：生活是多么美好。这美好生活却得来不易，不远处就有李大钊墓。从墓地想到血洒大地的千千万万仁人志士。这鲜血与这人面桃花美景存有必然联系。我激动之余，亲吻了我的情人。此时，我情人笑了，笑得真实，笑得可爱，笑在《北京文学》上，还获得人们的夸奖。

军旅中人，牺牲奉献是正道。一纸调令，一夜之间，温馨团圆的家分开了，远隔数千里。这种久合而分的滋味，远比从始而分的要丰富百倍，艰难百倍。儿子仅过两个春秋，且多病，最让人牵肠挂肚。

一年后，偶然回家，见到又黑又瘦的儿子，心泪涟涟。短短相聚，又分别了。回营路上，郁郁寡语，神情黯然，失魂落魄般恍惚。列车隆隆的钢轮铁轨声碾碎了我的心，心在流血。回到部队，饭不香，卧无眠。一旦闲暇，愁丝绕心田。书读不进，电视也视而心烦。焦躁之极，急找情人倾诉。情人用丝绢擦去我的眼泪，用她纤细而温暖的手抚平我心灵的伤口。在她窄小而又宽广的胸怀里，我得到了爱抚，获得了喘息，平稳地进入了甜美的梦乡。这时的她也早已娥眉紧锁，泪挂香腮，这便有了《不该写的信》。不少人读信思人，与我的心情同沉，与我情人的泪同垂。《信》在 1995 年全国妇联、总政治部、民政部、武警总部、第四次世界妇女大会组委会联合主办的"绿的奉献"征文活动中获三等奖，也许都因我情人的情深似海，情真意切，从而赋予她万种风情吧！

文如其人，情人如己。不像自己的情人，不是真正意义上的情人。

我与情人朝朝暮暮，屈膝交流，执手相视凝眸。当我人生顺利之时，我与她高歌欢庆，她要我谨慎谦虚，马不停步；遭受挫折时，我将一腔苦闷向她宣泄，她默默承受，以她的重负换得我的轻松。但要命题作文时，心里难受，她就背过脸去，不接受我的爱抚。每到这时，我只好推倒重来，直到她透亮的眸子里露出诚实信任的流眄。

那是在高原上行车，到了一个不起眼的小山包，司机说是黄河、长江的分水岭。我真不相信，这么小的一个土包包竟也能成为分水岭？与我原来想象的相差十万八千里。我粗略想了想，就握笔写了一篇纪游文字。但那是流水账，没有多少新意。自然，我的情人是不会搭理我的。她认为我的言辞是违心的，是对她的玷污，她不能接受，向我提出抗议。我无奈，只好重来。脱去她不该有的华丽服装，换上她应有的朴素淡雅的衣裳。她，高兴了，虽然仅几百字，却是她的倩目、皓齿、婀娜身姿。她还在 1994 年"蝮龙杯"全国散文大赛中为我拿了个小奖。

情人毕竟是情人，要舍得情感投入，用汗水去哺育她，用真情去打动她，让她从幼稚走向成熟，不穿别人送的衣服，不擦他人给的胭脂，只能钟情于我，成为我唯一拥有的情人。

这是一个多次走过的地方，每一次车行至此，都让我心旷神怡。成都西行60公里，有古老的人间奇迹——都江堰水利工程。它光彩夺目，闻名世界，引来四海游人竞折腰。再行10公里，更有当代奇迹：山洞里藏着的巨大的发电厂。股股清流，暗暗地发出强大水能后，默默地从山脚下涌出，悄悄地融进滚滚滔滔的岷江水流，流走了。无喧哗，无飞奔，无显身露影。为人知之者甚少，游人更是寂寥。这时，我突然想到，这神秘工程的决策者是共和国的开国元勋彭德怀元帅！那时的他正忍辱负重，背着右倾机会主义的“黑锅”，跋山涉水，为人民的“三线”建设呕心沥血。就在修建这个电站(映秀湾)的时候，他正受到林彪、江青一伙的摧残。电站修好了，彭总也悄然消逝了，消逝在无人知晓的地方。无人为他哭灵，无人为他守孝，无人为他送葬，就连火化后，他的骨灰盒上还不敢写上他真实的姓名。人民的一代名将，开国元帅就这样无声无息地去了。这无声无息而去的彭总与这山洞里的水电站太相似了，无论形还是神。然而，同为人民谋了福祉的李冰父子却在都江堰畔，拥有高大巍峨的“二王庙”，长年享受人间香火；庙宇内外，功德碑林立，瞻仰人潮涌。这古代和现代又形成强烈反差。沿着掀动水轮机的清凌凌的雪水上溯，是雪山草地。雪山草地就是红军长征时跋涉过的地方。这片贫瘠的土地养育红军一年余，红军在这片土地上播下了红色种子。目前，驻守这片土地的扛枪人，是武警阿坝州支队。这是一支立下赫赫战功的部队；是一支有着光荣传统的部队；是一支部队全面建设过硬的部队；是一支特别能吃苦，特别能忍耐，特别能战斗，特别能奉献的部队。这先辈和后来人又是那样地一脉相承，一样辉煌。于是从远古到现代，从红军到武警，从士兵到元帅，从横向到纵向，从时间到空间的诸多因素，相间而又相连，相反而又相成，相竞而又相辉，构成丰富而又和谐动人的人生画卷。面对这个画卷，我产生了强烈的冲动。我相约我的情人，我依偎在情人的怀里，向情人娓娓叙说，这便有了《雪浪清如许》。

我的情人终于开始走向成熟了，她能意会我的情感，她能呼应我的心灵！

我将孜孜不倦地拥抱我的情人——散文，让我的情人更美更好吧！

1995 年 11 月 6 日于北京

自选作品

雪浪清如许

三菱越野车在山道上疾驰。虽是冬天，车窗外依然跳跃着生机勃勃的绿色。公路两旁树丫拱起相接，恰如筑起了绿色“隧洞”。我们坐在车里，感觉像在绿色的海洋中潜游。路的一边是葱茏的山坡，一边是喧哗着的岷江。蜀中的冬天依然不显荒凉之色。既给人以幽静、清凉的感觉，又让人想到光明在前。这一天是农历正月初二，我借此春节之机，到高原雪峰去，向那里久别的战友拜年。

车至映秀湾，我们下车观赏这特别的景色。虽然这里不是名胜景点，不是闹市商埠，过往行人匆匆而去，很少有人停步留心。这里距成都八十八公里，到汶川县城五十八公里，在举世闻名的都江堰水利工程上游二十公里处，是内地通向阿坝州的必经关隘，历来为兵家要冲。唐时称中滩堡，驻有重兵。后因这里山环水抱，山清水秀而称映秀湾了。清乾隆帝打金川时，此设驿站，传输文件，转运军粮，给映秀湾增色不少。真正使映秀湾增添秀色、焕发青春的是一九六六年后，国家先后在这里建起了西南之首的水电站。这电站与下游古老的都江堰，一个灌溉，一个发电，双双珠联璧合，塑造出水利的完美形象，成为岷江上游两颗璀璨的明珠。同为水利工程，同为中国人聪明智慧的结晶，都江堰却名扬四海，游人如织。修堰的主持官员李冰父子建庙塑像，香火兴旺，延数千年不衰。就连后来对水利工程修修补补的历朝历代官员也沾李冰父子的光，在庙宇偏房得一席之地，常受人间祭奠。映秀湾电厂则其貌不扬，名不见经传。她没有雄伟的大坝，漂亮的厂房，高悬的银线；也没有喧嚣的涡流，轰鸣的机组。你溯岷江而上，只能看到江边山腰处突然有翻滚的雪浪冲击而下，也许你会猜想这是天然暗流的小景，不屑一瞥。再往上行，一座低矮的拦河坝默默地躺在那里，不动声色。就连负载巨大能量的输电线也是在绿森森的丛林中潜行，电线偶尔抬起头来张望一下，很快又低头赶路。记得第一次路过此地，我细心地探寻着我心目中的映秀湾大水电站，可怎么也没有找到想象中的雄姿。当我询问同行的司机时，他笑了："映秀湾电站早过了。那小小的拦河坝，拦起不高的水位，但水流穿进山洞，左盘右旋，到几里路外，已有很高的落差，产生出强大的水能。电站的机组厂房全在山洞之中，下游山腰上的瀑布就是电站出水洞。"我恍然大悟，悔之自已太粗心了。也惊叹电站建得太隐蔽了。真是奇迹。一个高智慧的杰作。

我望着山腰的雪白浪花，瞅着不起眼的拦河坝，久久地沉思：这电站多像从前我党地下工作者，默默地为党和人民工作、奉献，从不计较名利；像面朝黄土背朝天，只会挥汗埋头拉犁，为子孙造福不讲报酬的农夫。其实修建电站的组织者彭德怀元帅正好契合了这个电站形象。这电站多像我们彭老总啊！当年他在红卫兵的监督下，忍辱负重，带着科技人员在这里踏勘时，他那微肿的眼睛，射出战略家的光芒，穿过千重苍山，万层迷雾，拍板在这里建起这座安全可靠的巨大能源仓库。电站建起来了，彭总却倒下了。电站在中华水电史上留下重重的一笔，彭总的骨灰盒上却连名字都没有留下（用了化名），殡仪工人也不知从他的炉里送走了一个伟大的灵魂。

我终于明白了：拦河坝上蓄积的碧蓝的雪水，山腰处飞流直下的浪花，那样的清纯、晶莹、冰洁，正是彭总那伟大的人格、高尚的情操幻化而成。电站躺在山洞里，躺在大地母亲的怀抱里，彭总也永远活在人民的心中。

推动电机旋转的清水，常年如绵，清冽如许，原来这水源自雪原高山。那雪原高山是一片神奇的土地。红军长征多次走过那里，四方面军曾在那里驻扎一年有余。那里险恶的气候磨炼了红军，那里白雪冻土养育了中国革命。红军也在那片土地上深深地播下了红色的种子。红军走后，那片土地成长出一批又一批坚强的人民战士。如今守护在那红色土地上的武警部队就是一支特别能战斗的队伍。一九九一年，红军长征纪念碑落成典礼期间，这支队伍曾受到中央军委副主席刘华清的称赞。这就是武警阿坝州支队。

车开动了，我将循着翻腾的岷江雪浪，向阿坝州进发，我要寻觅那雪浪活水的源头……

（选自《一叶情》）

不该写的信

你才三岁，怎能给你写信？

你知道，那天清晨，我要走了，妈妈匆忙把熟睡中的你叫起来。我跟你再见，你揉着眼睛，口中嘟噜着回答我。当你睁开眼睛，见我背着背包，提着行李，你一下明白过来，哇地哭了，立即挣脱妈妈，向我扑来："大爷（按老家规矩，不叫爸爸，以伯父称呼），不要走，不要走……我也要去，我也要去……"妈妈急了，一把抱起你，跑进屋去，把门关上。我一个人顶着绵绵秋雨，踏着不知是雨还是泪打湿的路面，向火车站赶去……两天一夜的旅程，我的耳朵听不到隆隆的车轮声、旅客的谈话说笑声，只听到你的"我也要去"的哭喊声；我的眼睛看不见车内窗外的景色，只看到你使劲啼哭而扭曲的脸儿；我的脑海一片空白，像沙漠，没有绿洲，没有清泉；我的心里像塞进一团乱草，不知是痛是苦还是愁，三十多个小时，我没说一句话。旁边的叔叔阿姨都用异样眼光看我……到了部队，白天是容易过的，丰富的工作内容把我的时间和空间、心灵和情感填补得满满的。晚上就不同了，老睡不熟，睡不深，半睡一会儿，突然醒了，立即拉过被角，要给你盖上，怕你着凉。因刚才在梦中见到你又感冒了……休息时间，我总爱看书，你晓得我不喜欢逛大街，进公园，可读到抒情文字，总也忍不住眼泪。也许你要笑我太小气，不是“乖孩子”，不是“大英雄”。现在我不敢看书了，只有看电视。结果，节目中总有那些拨动情弦的内容，我又忍不住了，泪水又掉了，电视也不看了。为了不掉泪，为了你不说我不像男子汉。你说，这些事我该不该写信告诉你？

你知道，你是我生命的一部分，我多么希望朝朝暮暮看着你，摸着你，拍着你长大，一天也不离开你。在我这次回家的路上，几天睡不着觉，总想着久别后的你一定长高了，长胖了，脸儿比过去更圆更红了，酒窝儿一定更深了。一见面，你一定会举起小胖手给我敬个军礼。当我一步跨进家，见到又黑又瘦，黄里泛白的你时，我的心凉了。虽然你仍然惊喜地冲进我的怀里，一双细长的胳膊绕着我的脖子，小嘴在我脸上狠狠地亲着，我也以同样的方式回报着你的亲热，但我的心在淌泪，暗暗地向你致歉，大爷对不起你了，渭儿。由于你亲得太猛，喘息着咳嗽起来，一张小脸咳得通红，脊背咳得小虾似地弓起。妈妈告诉我，两月前你高烧几天不退，以后一直不好。两个小时后，我送你到省人民医院看病。电车上，你给我说了很多很多的话，背了不少儿歌，背得最好、咬字最清的是二十个英语字母歌，还有李白的怀乡诗：床前明月光，疑是地上霜，举头望明月，低头思故乡。你还给我解释：月亮在天上，故乡是成都，问我想不想成都。我知道这都是妈妈教你的。你贴着我的耳朵跟我说悄悄话：“我好爱你哟。”……从医院回来，你摇着我的手，恳求我：“大爷，你不走了哈，我天天跟你耍。”我望着你渴求的眼睛，答应了你。但这是谎话。十天后，我又离你而去。我能不去吗？能不回部队去吗？你以后会知道的，我们家祖祖辈辈都是穷苦人，你爷爷奶奶养了我们9个儿女，现在全都长大成人，全都过上了幸福日子。你想，要不是生活在毛泽东爷爷、邓小平爷爷和很多很多的爷爷们打下的人民江山里，我们家哪有今天，我哪有今天，你哪有今天？我还要告诉你，大爷当兵不久生过大病，几次病危，是部队尽全力抢救才给了我第二次生命，至今我身上还流着部队上好多叔叔伯伯的血，你身上又流淌着我的血。你说我能不感恩吗？能不报答党、报答祖国、报答部队、报答养育我和你的千千万万个爷爷、婆婆、叔叔、阿姨、大哥、大姐吗？有人不想当兵，我却喜欢。军人是真正男子汉的选择。我想你是赞成我的选择的，你长大后，也会像我这样选择。因为你是我的儿子，是军人的儿子。虽然这次回来，因忙于照顾病重住院的爷爷和外公，连多次答应了你带你到动物园的事儿都没兑现，我想，你会原谅我的，理解我的，因为你是妈妈的儿子，你妈妈就很理解我，原谅我。

我知道，你小小年纪，就吃了不少苦，生下来十一天就生病，十七天开始吃中药，一直到现在，很少断过苦涩的药水。不过你吃药倒也乖，从奶瓶吮，调羹喂到一口喝下，很少淘气。有时闻到药味，也会皱起眉头，叹一句："好苦呀！"但只要把"大英雄"、"大老虎"的桂冠往你头上一"扣"，你就立刻受到鼓舞，一口气喝下苦药。其实生活本多苦，人生必吃苦。只有不怕苦，善吃苦，品出苦中甘，变苦为甜，才算真正人生。你知道，你的名字为啥叫吴渭。这"渭"是你妈妈的祖籍渭水河的渭，那里是中华民族发祥地之一，那里记载着我们民族从苦中熬过来的历史，要儿永志不忘祖先河，不忘民族苦难根，不忘你的好妈妈。你可知道，我不在，你妈妈肩上担子有多重，上班忙工作，回家忙家务，还要细心照料你，晚上人不敢深睡，随时给你盖被子，你一动，她就醒，你动一下，她醒一次，生怕你着凉。她也在吃苦，为了我，为了你，为了我们家，为了千千万万个家。你名字的谐音是无畏。大无畏，无所畏惧，要儿莫畏难、勇吃苦，敢踏坎坷视通途，走出于国于民有益的人生来。我知道，你还不会读信，就请妈妈念给你听吧。

愿你健康成长。

千里之外的父亲吻你了，渭儿！

（选自《一叶情》）

走向崇高

——吴明春散文的艺术追求

曾绍义

20世纪80年代以来，散文在强调“说真话，抒真情”方面取得了显著成就，这无疑是当代散文发展史上的重大突破。它不仅是对长期形成并在“文革”中泛滥成灾的“假、大、空”文风的彻底摒弃与清扫，也是对作家创作精神的大解放，从而使散文艺术得到了长足发展，不少优秀作品受到读者的广泛欢迎，以至出现了少有的“散文热”：真情，确是散文的生命！但是，我们又不能不看到，有的作品尽管就作者个人来说，其情是“真”的，但质量并不高，有的甚至还令人生厌。例如，有的作者老是见花写花、见草写草，抒写的是一己悲欢、个人私情，既看不到社会变革的影子，也听不见时代前进的足音，自然无法叩动读者的心弦。又比如某些山水游记，不是介绍一番地形地貌、如何上山怎样游水，就是引用一大堆恐怕连作者自己也未必完全弄懂的“古典”来，虽也含情，但那“情”是浮浅的，缺少感人的力度。有的作品，更纯粹只是发发个人的牢骚而已。这些都表明：散文艺术要取得更大发展，必须在继续坚持“说真话”的前提下，通过“感情深入”，不断提高作品的情感质量。换言之，我们的散文艺术在解决了“自己想要说的话”(巴金语)之后，紧接着应该是大面积地向着“崇高”走去！

可喜的是，读完武警部队作家吴明春同志的散文集，使人感到作者一开始就注重情感质量，所以无论写人记事、绘景状物，作品中都涌动着深挚的情感，而且始终向着崇高，展示出一种壮美来。也就是说，吴明春散文中的情感激流始终在向着崇高的人生境界奔涌。这，可以两篇写作时差较大的作品为例：《草恋》写于80年代中期(1985)，当是作者的“处女作”(据我所知，这是作者首次公开发表的作品)，但从选材到立意，都与众不同——四处可见的铁线草本是一种最不起眼的小草，作者却巧妙地通过它来颂赞我们可敬可爱的武警战士，妙就妙在作者“发现”并抓住了两者的许多共同之处，又将人与物交织于同一画幅，再通过联想、对比、象征等手段，自然而有力地烘托出了人民战士的崇高形象，既唱出了“铁线草，你是春的精魂，生的希望，大地的保护神”的赞歌，也唱出了“我赞美你，更赞美那身披绿霞的战士，他们像你一样默默生活，无私奉献”的心声。在这里，写物实写人，写人尤在突现人的精神。全篇作品，从开首的环境烘托到拟人化的对话描写，再引出对“铁线草”的多方面的美的赞颂，都无一不是在讴歌人民战士——作者心中的“铁线草”。这种以物喻人、将自然“人化”的写法虽不鲜见，但由于作者是军旅中人，积存于胸中的对人民战士的挚爱之情特别强烈，所以末尾的抒怀中对“身披绿霞的战士”着以“更”字，就不是一般意义上的“感情递进”，而是对“战士”的崇高品质、崇高精神、崇高人格形象的最高褒扬，读来不禁令人对子弟兵的伟大奉献敬意倍增！另一篇《雪浪清如许》写于1992年，随着作者的感情积累更加丰厚，作品中感情的深度与广度也有了很大拓展。尽管作者没有正面去写电站的“雄伟高大”，而凝神于出水洞前那飞溅的浪花和推动电机旋转的清流，却追根溯源地写出了这座“其貌不扬”的电站所引出的极不平凡的意义，即通过对修建电站的组织者彭德怀同志当年“忍辱负重，带着科技人员在这里踏勘”的伟大人格的赞颂，通过红军当年翻越雪山“播下了红色种子”的历史功绩和今天一支“特别能战斗的部队”守护着电站的默默奉献精神的赞颂，就从历史与现实的结合上，十分自然也十分深刻地抒写了人民军队从元帅到士兵的整体形象的崇高与伟大，也进一步表现了作者对崇高人生的执著追求。

当然，并非只有歌赞人民军队、抒写为人共识的崇高事物，才能表现出崇高美，但无论写什么题材，作者都必须有崇高的追求才能使作品产生崇高之美则是确定无疑的，也是提高散文艺术质量的关键。这是因为：作为“心灵的自传”，散文是最直接、最明晰地展示作家人格情操的艺术，任何一位对人民高度负责的散文作家，都应该是也必然会用最美好的心灵写成作品去感染读者、鼓舞读者，而追求崇高、赞美崇高即是“美好心灵”最集中的体现——就美学范畴而言，尽管“崇高”不是唯一的（例如还有“优美”），却是最基本的，也是当前特别需要凸现的美；就情感类型而言，虽然有理智情感、审美情感等多种，但道德情感是最重要的，它决定着其他情感的高下，而道德情感又为道德认识即“做什么人”

的人生追求所决定，只有追求崇高的人生境界才是社会最需要的。再从艺术表现来说，无论作家写什么、怎样写，目的总是为了“创美”，情感美则是创美的重要内容，侧重于抒发主观情感的散文艺术尤其如此，但散文中的情感美取决于情感的最后流向(或曰“情感倾向”)，取决于作家的人格品位；作家追求越高尚(崇高)，作品呈现的情感就越美——即使写的事物本身并不崇高，但有了这种高尚的追求作主宰，作品也会产生崇高的美感来。

吴明春的散文，正是由于作者有了对崇高的执著追求，便使一些并非高而大的事物也具有了“崇高”的意义。最典型的例子是《分水岭》。这是一道什么样的分水岭呢？“只是一个小小的土包仅比周围的山高一点点”，并无“崇”之形、“峻”之貌，然而正是这个“小小的土包”造就了滔滔黄河、滚滚长江！正是这样的分水岭，“分东西于南北，隔清浊于混沌”；“一切真真假假、善善恶恶、虚虚实实、美美丑丑”都由这“真理”般“至高无上”的分水岭划分出来，所以才显出它“普通而神圣”的本相来，所以在作者的心中才显得“雄奇伟岸，大气磅礴”。可以说，没有对“雄奇伟岸，大气磅礴”的崇高美的追求与向往，作者是不会在“缺氧和疲劳致我昏昏欲睡”的境地中去看一个“小小的土包”的，也不会一见“土包”就“精神立即振作”起来，但如果在“顿时哑然”以至“完全失望”之后不再多“问”几个“在哪里”，即拨开表象，探求其本质与内核，是不会对“分水岭”这一特定事物的本相有“终于认识”的结果的。这又告诉我们：追求的崇高，归根结蒂，乃出自作家对社会生活的深刻理解、对大千世界的本质认识；崇高的追求，又促使着作家运用马克思主义的思想武器去寻根究底，找出事物的内部联系及发展规律，通过其“真相”与“真理”的揭示来启迪读者：“感情越深刻，思想越深刻；反之亦然。”别林斯基的话的确道出了一条重要的艺术法则。总而言之，散文的艺术质量首先是由情感质量决定的，衡量情感质量的标准却只能是“真、善、美”的高度统一，而且“善”更为重要，因为“真”不一定有美，有“善”即有美——“只有人生之善可能进入美的结构……崇高之惊心动魄，悲怆之荡气回肠，都是某些善行之一瞥”(乔治·桑塔耶纳《美感》)，所以要从整体上进一步提高散文创作质量，必须向着以“善”为目的的“崇高”大步前进！

这也是社会发展的需要，是建设民族精神大厦的需要。在警营中长期生活的吴明春同志，对此自然有着十分深刻的体验，他说过：“我是在部队长期教育培养下成长起来的，我的每一点进步都渗透着部队领导和同志们的心血，我的血管里还流淌着战友们滚烫的血(一次患病，战友们曾为我输过血)”，而每读到一篇篇介绍先进人物的典型材料，更是“深深地被战斗在各个岗位上的武警官兵们的高尚思想情操、无私的奉献精神和可歌可颂的英雄事迹所感动、所陶醉”(《巴蜀绿粹·后记》)，于是他更加自觉地克服种种困难抒写崇高、赞美崇高。继出版报告文学系列《巴蜀绿粹》、散文专集《一叶情》，并荣获由团中央、文化部等单位联合颁发的“中国青年优秀图书奖”之后，他又马不停蹄地通过大量采访、查阅资料，写成了长篇系列散文《东方红，国旗升》受到了广泛好评，时任中共中央宣传部副部长的徐光春在其《序》中称赞它“具有很强的史学价值、文学价值和教育价值”，“是一部高扬着爱国主义精神的好书”，为此又荣获全国“五个一工程”优秀图书奖，部队为他记下二等功。他在谈到这部系列散文的创作体会时说：“观看升旗是一种爱国主义形式，人们自觉来观看升旗，也就是自觉来接受爱国主义教育，这本身就是人们国旗意识、国家意识、爱国意识、民族意识的增强”，所以“我看到升旗就激动，看到观看升旗的场面就感动。激动感动之余，就想到了透过这个升旗仪式，还有许多鲜为人知的关于国旗，关于升国旗，关于爱国旗的知识和故事，应该把这些知识和故事挖掘出来，展示出来……”从吴明春不算太长的创作历程和具体创作过程中，我们可以进一步看到培养崇高的情感、树立崇高的目标，对于散文作者，对于人民的作家是何等重要！在这方面，我们许多前辈散文作家、部队作家已经做出了榜样，为现代文化建设做出了重要的贡献。如果所有的散文作者都能像他们那样，以崇高的人格精神和严肃的创作态度写好每一篇作品，我们的散文艺术必将随着时代的前进、祖国的强盛而更加枝繁叶茂、光彩夺目！也深切希望吴明春同志为人民、为祖国奉献更多的优秀作品！

(原载《橄榄绿》1994 年第 4 期，略有改动)

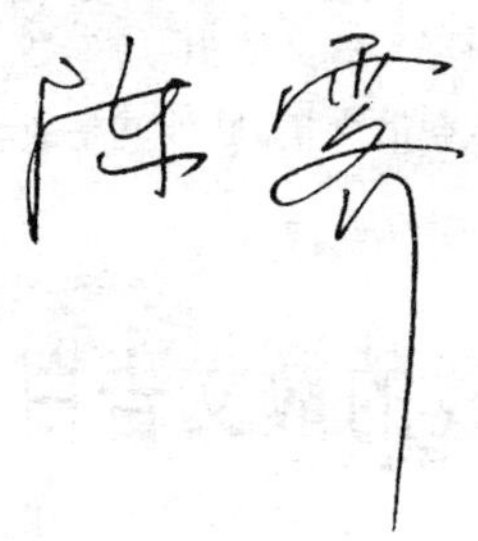

陈　雾(1956—)，散文家，四川射洪人。1981年毕业于万县师专中文系，在江津工作3年。1984年定居绵阳，当过公务员和媒体负责人，现为绵阳市委政策研究室主任。系中国作家协会会员、四川省作家协会主席团委员。

陈雾1982年开始发表文学作品，以散文为主，迄今共出版散文专集4部：

《五彩风景线》(四川人民出版社，1992年10月)；

《灿烂时空》(四川人民出版社，1994年12月)；

《诗意行走》(百花文艺出版社，2004年12月)；

《城外就是故乡》(作家出版社，2009年11月)。

其中有《诗意行走》获第五届四川文学奖，《一个人和他的两枝羊角花》获《人民文学》征文一等奖，《霜风吹过扬州》获《人民文学》征文二等奖；有《出入剑门》被选入《2003中国年度最佳散文》、《21世纪中国经典散文》以及《新课程高中语文读本》，《九曲黄河》被选入《中学生阅读经典》，《为了一个可怜的皇帝上景山》被选入《2005中国年度散文》，《兄弟》被选入《2006中国年度散文》、《散文2006精选集》、《中国精美散文选》，《孤舟》被选入《2008中国年度散文》，《上帝筛子下的天使》被选入《2008中国散文年选》，《康巴大地》被选入《2008中国精短美文精选》，等等。《中华文学选刊》2005年第8期有"陈雾散文小辑"。

评论陈雾散文的文章主要有：

《诗意行走》(肖复兴)，载散文集《诗意行走》(2004)；

《我看陈雾的散文》(阿来、穆涛、麦家、王干等)，《美文》2005年第1期；

《从诗出发，经过画，抵达思想》(杨荣宏)，《四川文学》2005年第7期；

《一个脑力劳动者的旅行》(穆涛)，《中华文学选刊》2005年第8期；

《灵魂脉动的美学辐射》(冯源)，《绵阳师范学院学报》2007年第1期；

《星空下的河流》(张小林),《当代文坛》2007 年第 5 期;
《徜徉于大地的心灵悸动》(任秀容、晓原),《当代文坛》2008 年第 5 期;
《“我”之富饶原野》(李敬泽),载散文集《城外就是故乡》(2009);
《陈霁散文论》(王剑冰),载散文集《城外就是故乡》(2009)。

我的散文告白

陈 霁

我是一个散文写作的后来者。虽然,我刚跨入社会就努力扮演着一个文学青年的角色,也发表出版过一些东西,但严格地说,我是 2000 年以后才开始写散文的。

世纪之交,那是全世界都要过的一道门槛。老辈人说,凡是翻坎的年份都不平顺。但是现在回头看去,至少是中国,风平浪静地进入了新世纪,并且继续着她的奇迹。倒是我自己,在世纪门槛上有过一番彷徨和徘徊。那时,我在一个县级区里做着一个不大不小的干部。事业,家庭,在人们眼里正顺水顺风。但是,就像我的同学们此前没有谁曾经预测到我会进入“官”场一样,当时我“官场”的朋友和同事谁也未曾预料到我当时正面临一次人生的重大转型。

我是身不由己地进入了我的职业生涯,又身不由己地扮演着属于我的那一个职业角色。长期以来,我们的一言一行,似乎都有脚本的规定。三年,五年,十年……我今后的每一步都还将这样,按其固有的逻辑运行,直至退休那一天。这种一成不变的生活即将耗尽我的激情,毫无悬念、已经清晰可见的庸碌的未来,更让我涌起阵阵悲凉。同时,生活中加入了一些意想不到的因素,让我无法摆脱,也无法妥协,将我推入深重的危机。这时,我觉得我需要重新思考并且规划自己的未来了。

未来的方向在哪里呢?

2000 年秋天,一个落雨的周末,我翻检过去的旧物,偶然发现几页稿纸,写的是关于长虹的一个历史事件。这是我没有写完的半截文章,细看,我突然发现自己有很好的文笔。于是,我将这个半拉子稿子重新写完,试着投给了《报告文学》。没想到稿子很快就发表了,并且人家认为我是"大手笔",派人从武汉专程前来组稿,要我为他们写长篇报告文学,连载,然后出单行本。

我并没有能够如约写出报告文学,因为我没有大块的时间。但是我内心深处的写作的欲望和野心被唤醒了。

也许,正是当时处于彷徨状态,内心有些东西需要突围;也许是经历渐多,有些自觉珍贵的记忆再不收容它们就有可能失散;也许是人到中年,时间越来越快地流逝,给我带来了紧迫感甚至是恐慌,想抓住点什么;也许是对麻将之类活动无法产生兴趣,想找一种有别于周围的消遣方式,并由此将自己重新打造。总之,我选择了散文。我以为,散文的门槛低,相对于诗歌小说,显得比较大众,也许我可以一试运气。当然,也由于我工作极忙,人在江湖还有少不了的应酬,剩下来的那点零敲碎打的时间,也只够偶尔写写散文。

但是我的写作是十分投入的。我端着铁饭碗,不愁生计,所以我的写作没有金钱的考虑。因为是八小时之外的活动,不存在什么体制、组织的约束。我丝毫没有自己是散文"界"中人的意识,所以我并不刻意要走进什么大散文、小散文或者文化散文的行列,也不刻意向传统或者先锋靠拢。我只响应来自内心叙述和倾吐的欲望。我像喜欢随意又合身的衣服一样选择属于自己的表达方式。一个个汉字,有时像砖头、石块,有时像金属,带着不同的光泽、声响和质感,被我搬动、垒砌或者连缀,最后构建为我所期望的形态。值得玩味的细节、意象和不断蹦出的奇思异想,贯穿了写作的全过程,持续地为我提供着快感。对这种快乐过程的追求,同时,也是在沉浸中忘记烦恼,消解苦闷。这就是我当时写作的基本动力。当然,我在满足自己的同时,也会努力争取对社会和他人有益,至少是无害。

本世纪以来,我的文字最初多是异地记忆,集辑于《诗意行走》。但后来,越来越深切地感到来自故乡的召唤。此前的大多数时候,故乡的概念，只是童年苦涩的记忆和先辈的坟头，是逃离的苦海，是诅咒的对象，是批判的靶子。现在，距故乡越来越远，身上沧桑渐多，才发现她是素材，是灵感，是动力，是源泉。内心深处那一枚文学的种子，原来也是由故乡悄然植下。

每个人的故乡都有着历史、地理、气候、风俗甚至口音的鲜明特点。这些，都会沉淀于我们的血液和灵魂之中，全方位地参与对我们的塑造。她是我们另外的一位母亲。当我们被困围城，为名利甚至柴米油盐所累之时，打开窗户或者走进阳台，看见天际那一抹远山，几缕炊烟，心中就会浮现故乡的影子。当我们背起行囊游走天涯时，一处场景，一句乡音，一个面孔，也常常勾起我们对故乡的怀想与眷恋。身心俱疲的时候，我们好想像儿时那样，倒头便睡。无论是磨盘、碾台、田埂还是草垛，都可以安顿自己，感觉像在母亲怀抱一样踏实。

也许，我们都会在对故乡的怀想中渐渐老去。但是，当游子一旦真的走近故乡时，无论是繁华还是凋敝，时过境迁带给我们的除了亲切和温暖，也有距离与陌生，怅惘与失落。情归何处？我们的精神家园在哪里？梦境若隐若现，故乡，就成为我们在城墙上永远的张望。一次次远行，与其说是满足观感，不如说是为了回应灵魂的渴求。因此，我最新的一本散文集，以《城外就是故乡》命名，这是一分惆怅，几许无奈，更是对世事深度体验后的达观，是豁然开朗后的释怀。

故乡，还将深度影响我的写作。

感谢我年满八十的老父亲。当年他老人家对我的最大期望是成为一个画家。然而我却表现得很叛逆，对职业和其他一些重大取向从来都是自作主张，但他总是给予我足够的理解和宽容，甚至鼓励。我一直在他宽容的目光里走着自己的路。就在昨天，他还和我一起分享了我新书里的快乐，包括其中的某些故事和细节。

自选作品

兄 弟

自上小学起，我几乎没有哭过，也最看不起爱哭的小伙伴。因为哭对于男人总是件不光彩的事情。那是拿自己的虚弱示众，公开证明自己没出息，窝囊废。然而这次我却当众哭了，并且泪流满面，哽咽不止。

这是最不该流泪的时候，大年三十。这是最不该流泪的地方，一家三代的团年席上。席中除了家人，还有父亲最得意的几个学生，从西安归来的军旅画家志伟、志勇兄弟，成都画家光汉，以及在我母校射洪中学任教的高勇。君临轩酒家是城内开张不久的川菜馆，颇上档次。雅间是一向节俭的父亲亲自定的，雅致又堂皇。一瓶五粮液，这还不知是哪年由我孝敬给父亲的生日礼物，这时已喝了大半。老爷子皇上一样被大家捧着，温热顺耳的话语在他耳边此起彼伏，那是我们慷慨的纳贡。他最经典的表情是孩子般的呵呵傻笑，无法敛起，成为整个晚上大家最乐意品味的精神大餐。亲情友情师生之情，盛满房间，被醇酒催化，充分发酵。人人脸上红光闪闪，灿若桃花。

当正读大一的侄儿，亦即弟弟的孩子端着杯子向我走来之时，我想到了弟弟，继而又想到了哥哥。我猛然感到他俩正在那个黑暗的世界里看着我的一举一动，而且我还从他们的眼神里看到了要和我们分享快乐的强烈欲望。

多年的思念与感伤，点点滴滴，在心中不知不觉蓄满，一旦有外力哪怕是最轻微的触发，便化作瀑布，飞流直下。

印象中哥哥几乎是作为一个人的完美标本来到这个世界的。他出生在射洪县涪江边上一个叫洋溪的小镇。父亲在那里的小学教书，母亲则干着学校炊食员的差事。当时正是下午刚刚上课之时，铛铛的钟声也未能掩没哥哥那一阵响亮的啼哭。

哥哥眼睛乍一睁开，出现的第一个映像是一个女人，一个美丽的少妇。她有一个让乡下人拗口并且难以理解的名字：谌兴湛。美丽而高挑的谌兴湛曾经是射洪县内最显赫的女人——她丈夫是国民党的县长，国大代表袁守成。父亲不久前向我提到这个名字时还满脸敬意。她是外省人，好像还是医科毕业的大学生，更让她在小县份里鹤立鸡群。即是穿一身寻常布衫，也掩不住她不同凡俗的气质。不过当时已是1951年末，国民党的势力已如飓风卷落叶般被扫荡尽净，袁守成也抛下妻小仓皇逃去台湾。土地改革，现代中国最深刻的社会变革如泰山压顶，即将展开。这个脑中装满南丁格尔、史怀哲和耶稣的女人，面对自己命运的大逆转，居然还是一副平和淡然的微笑面对。这时她正是用这样的微笑看着我哥哥。

十月怀胎，母亲却将哥哥在腹中养了11个月。这让哥哥显得不同寻常的健壮和成熟。主动跑过来接生的谌兴湛像见了自己的孩子一样高兴。她断言，这孩子前途无量。

然而哥哥却早早地夭折了。家乡有孩子生下来最先见到谁像谁的说法。难道是谌兴湛悲剧性的人生决定了哥哥人生的悲剧性？

知道哥哥的人都说哥哥有一张女孩子般讨人喜欢的脸和颀长匀称的身材。聪明、文静，礼貌、懂事、勤奋。上学后很快就是班长、大队长。语文数学全优，音乐美术更是早早地显示出超人的天赋。自然而然，他成了老师号召学生学习的榜样，是邻居教育孩子的活教材。

他的死无疑也具有为革命事业献身的性质：按照学校的安排完成摘桑葚支援社会主义建设的任务。

出事的地点距家门仅几十步远。一条小溪从老宅墙下经过，乱石堆叠，泠泠淙淙。蜜蜂嗡嗡，蝴蝶翩翩。那株老桑树厚重的阴影下，溪石上落满野花细碎的花瓣，也有熟透了的桑葚自行坠落，在石头上砸出点点血红。空气中有水的气味，花的气味和青草的气味。阳光透过桑树枝叶斑驳地照在哥哥光鲜的脸上，使他感到有几分目迷神移。他把桑葚一颗一颗小心摘下，放进脖子上的口袋。他当然也经不住诱惑，偶尔有一颗鲜亮硕大的被他送进嘴里，慢慢体验它的甘甜。这应该是哥哥最快乐的一个星期天。

出事的准确细节是永远无法证实了。有的说哥哥是自己踩断了树枝，有的说是别的顽皮孩子在树枝上使劲地摇晃导致树枝折断。但可以想像到的是，双唇已让桑葚染成紫色的哥哥是含着甜蜜离开桑树的，像一次真正的飞翔。很可能他当时脑中一片空白，还有几分眩晕，舒展着四肢，以真正飞天一般的姿势在天地之间一丈多高的垂直空间里，完成了他最后的一段人生。这一个细节，一个时期经常在我的印象里闪回。

好心的邻居不让我到可怕的现场。但从其他人后来的叙述中得知，跌落在乱石上的哥哥是在没有任何感觉的情况下死去的。他来不及感觉恐怖体验痛苦。他死时的脸上依然如女孩子般漂亮和光鲜。

哥哥是一朵美丽的花，尚未绽开就被死神掐去。在流着汁液的断茎上，我后来只能以想像接续着无数个可能。

他长得太英俊，太讨人喜欢，成人后也许经不住诱惑，比如异性。没有贫下中农的出身，又过于艺术气质，想像力过于丰富，在以后迅速变得严酷的社会里显得不合时宜，完全可能不能为那个时代所容。也许他可以无比的柔韧承受住磨难，走出那个时代，成为一个能工巧匠，一个艺术家，一个政治家。也许，他因为过于聪明、敏感变得特别容易受伤而颓废，性情古怪。但是他死了，他前面那扇装有无数可能的门永远地关闭了，让一切可能成为不可能。

哥哥以一小段近乎完美的生命征服了他接触过的几乎一切人。他吸纳了人们太多赞许的目光，让父母十分的满足。因此我就一直感觉自己活在他的影子里，没有人注意到我的存在。即使人们知道我，也是作为他的陪衬人出现。因为我提前上了学，好动、贪玩，一学期没读完课本已被我用铅笔戳了个对穿的大洞。哥哥的优秀和得宠在我幼小的心灵里生出罪恶之花：嫉妒、心态不平，甚至偶尔在心中闪出假如没有这个哥哥多好的想法。所以哥哥死时我好像并没有流泪。我的眼泪是我听到母亲痛不欲生的号淘大哭后被引发的。但是后来我还是真正地害怕了，因为我真实地知道哥哥死了。在金华牵着我蹒跚走过小巷的哥哥，那个经常给我讲故事的哥哥，那个不久前还蹚着冰冷刺骨的河水背我踩滩过河的哥哥，已经被装进了一副小棺材埋到了牛头山的黄土之下，陷于永远的黑暗。我的生活立即出现了一个巨大的空洞。我还感到哥哥的死与我有关。我甚至觉得自己就是杀害哥哥的凶手。

不过，父母还深陷丧子之痛，我已经在收获着哥哥让出的那一份父母之爱。他用过的钢笔，他拥有的小人书，已成为我的拥有。哥哥作为老大的位置也被我及时填补，弟弟对我的称呼很快从“二哥”变成“哥哥”。后来出生的妹妹，更不会质疑我作为大哥的合法性。因此对失去哥哥的忧伤和嫉妒哥哥的悔恨，很快就被成为长子的快意抵消，甚至大有盈余。

但是，我从此不吃桑葚。我觉得那凝血一般的颜色就是死神嘴巴的颜色。

收去哥哥性命的老桑树被人们报复性地连根挖掉。钵碗大的树干被用于修补梓江河上的渡船。有人说是做了舵，也有人说做了插杠。若干年后那渡船神秘地翻沉，造成数十人死亡，震惊全国。事后我曾专门从绵阳赶去现场，看到闯祸的渡船翻扣在岸上，像是一具打捞上岸的尸体。

但是我没能在渡船上找到那棵桑树的任何存在。

关于哥哥的印象是混沌的。弟弟则活在我清晰的记忆里。

弟弟大约是上帝最不喜欢的孩子。他的磨难始于生命孕育之初。妊娠期间，母亲常常腹中剧痛，生活困难又导致面黄肌瘦。从射洪到绵阳的庸医分别诊断为胃炎、肠炎、肿瘤和贫血，就没有想到一个育龄妇女最有怀孕的可能。西药大把大把地吞，中药一罐一罐地灌。人家的母子是用蛋白质、维生素来滋养，我的母亲和弟弟消受的则是化学药剂和奇奇怪怪的植物汁液。等到证实是怀孕时，父母才知道了问题的严重性，想让弟弟的生命旅程就此紧急刹车。堕胎药一次次地吃下去，弟弟却赖在子宫里不愿出来。于是，这个经磨历劫的孩子九个月后奇迹般地降临人间。然而那时的共和国连同她的子民们，尤其是农民，已经被大跃进折腾得奄奄一息，这正好又被他赶上。

哥哥过于强势。弟弟在我面前又过于弱势。他两岁才会说话，三岁才会走路，一直瘦弱。等到他到了可以跟在我屁股后面跑的时候，我已作为他的保护者、启迪者、给予者、规范者，有时还作为恶作剧的施予者出现。他与妹妹一样，是在我的背上慢慢长大的。是他的弱势垫高了我的强势。

那时吃肉是最奢侈的事情。我对于从毛主席到历代皇帝幸福生活的想像力，可以抵达的大约也就是天天吃肉。面对一盘肉，要抗拒它的诱惑是痛苦的。年龄渐长，在母亲的调教下，我已经具有了一些哥哥的优点，比如礼让。家里吃肉时我的礼让几乎就有了圣人的意味。当然这仅限于吃肉过程的最后阶段。盘中只剩下最后几片的时候，我总会夹起来放进母亲碗里，以此来显示自己的懂事。但母亲总是毫不犹豫地又夹给弟弟。最可恨的就在于，弟弟非但不给母亲夹肉，反而毫不犹豫地立即将肉送进自己嘴巴，不管是一片还是几片。看到弟弟嘴里咂巴咂巴地吃着，油光闪闪，眼光满足而贪婪，我顿时有了巨大的挫折感。气急败坏，恨得咬牙，恨不得立即搧他的耳光。不过碍于母亲我只能隐忍，另寻机会再作修理。

我修理弟弟一般是训斥，有时则是制造恶作剧。比如弟弟进门前在门楣上方放一个撮箕，里面甚至还放了渣灰，他推门时自然就砸落到他的头上。比如由我示范踩一个只剩下竹框的筛子，告诉他很好玩的，他信以为真，使劲一踩，竹框弹起来打到膝盖，痛得哇哇直哭。在此之后，我往往又去笼络他，使他既吃了亏又不再告状。

我与弟弟也有过快乐的时光，那就是一起挤在父亲的膝上听故事，由我领着进城过寒暑假。稍大，我们兄弟有时还会到绵阳，在舅舅、姨妈家住一阵子。在绵阳、成都有亲戚并且去过，这会增加他与同伴相处的资本。他也像我一样进城上学,我骑自行车载着他往乡下老家走时,我们总是在畅想中行走,在未来的蓝图上行走。那些蓝图上都放着自行车和猪肉。一辆自行车和一碗肉,对我们兄弟而言,就是在黑暗的隧道尽头候着我们的阳光。

接到弟弟的死讯时我正在歌厅。这是当时一个饭局之后的必然程序。正轮到我唱歌。我投入地唱着《像我这样的朋友》:风雨的街头/招牌能够挂多久/唱过的老歌/记得的有几首/交过的朋友/在你生命中/知心的人有几个……手机震动之时,我才唱到"当你陷入绝望中/记得最后还有/像我这样的朋友"。我把电话掐断,它又开始振动。掐断,振动。掐断,振动。当我不耐烦地接听之时,只听见父亲苍老的声音在电话另一头响起:陈伟已经去了。

弟弟辞世之时我却在笙歌之中。这像我童年时针对弟弟的那些恶作剧一样,成为我背上的终身芒刺。

白发人送黑发人,这是人间的大悲大痛。但我见到的父亲比想像的显得平静和坦然。弟弟一直是在他忧虑的目光中走完人生的。糖尿病折磨了弟弟多年,他已是一只盛不住水的桶,生命一点一点地从中漏掉,直到彻底干涸。父亲经历了丧子、丧妻再丧子的一连串打击。尤其是弟弟之死,他早有预料,巨大的打击已作为长期的忧虑提前释放。这好比是一场能量惊人的大地震,其能量在爆发之前就被一连串的小震消耗。

本来弟弟的生活已渐入佳境。参加了工作,娶妻生子,分了新房,新华书店的领导也挺厚道。但有自行车和肉的日子来得实在太晚,只是他命运的回光返照。

弟弟最初工作在一个招待所。那里的头儿绝非厚道之人。她从川剧团打杂一下子出了人头地,把一个小单位的经理当得很像回事。弟弟勤快。录像通宵达旦地放,还无师自通地学会了电工。但这些都无法成为他生存的保障。

一天,招待所发生了一件与弟弟至关重要的一件事:一旅客声称他在房间里被盗,损失好几百元。

经理把弟弟作为主要嫌疑人。这下子把弟弟完全打懵了。他身体羸弱,智商只相当于小学毕业生,所以他没有智慧和口才替自己辩白,也没有坚强的意志坦然面对警察怀疑的目光,他更没有手段可以去讨经理的欢心。总之他是彻底投降了。但投降了命运并不放过他,精神崩溃,接下来就是糖尿病。

得了病的弟弟更加虚弱。他控制不了自己的食欲。他偷偷地吃大碗大碗的干饭也填不满欲望,更筑不起一道阻击疾病进攻的防御工事。

父亲不止一次陪护弟弟坐长途汽车去成都就医。一个退休老人的远行本该有人陪护的,但他这时与弟弟把角色颠倒过来了,他成了弟弟的保姆和仆人。长期照顾病人,使他成了合格的保姆和护士,甚而称得上糖尿病专家,也把他训练得特别有耐心,有一副好脾气,还有对灾难降临的见惯不惊。

往返成都的道路漫长曲折,坎坷,凹凸不平,望不到尽头。灰尘漫卷,将车子罩住,让它无法冲出、无法摆脱。我想,这恰似父亲当时的心情。

后来我才明白,死神随时都栖息在我们周围那些暗角,手里捏了无数未填姓名的空白死亡通知书,只要它看谁不顺眼,也许是他老态龙钟,也许是他太丑陋,也许是嫉妒他的完美和幸福,也许什么都不是,只是它不高兴时正好被它瞅见。总之,它会一把将他揪住,不由分说,扔进黑暗的地狱。哥哥和弟弟,正是这样的可怜人。

我与弟弟在殡仪馆里见了最后一面。那只是他最后一次歇脚的地方。他脸上被化了浓妆,像川戏里的小生,但没有小生那滴溜溜的眼神和丰富的表情。他已经永远地失去了表情的能力。但是,大约是死神已经完成任务远去了,这里并没有感到死亡气息的弥漫。还让我稍感欣慰的是,弟弟是突然咯血而死的,他应该没有感觉到死神的威胁。他也许会认为这不过是又一次发病而已。也许他当时还满心欢喜,因为他住院,妹妹给了他零花钱,他却跑到商场亲自为自己买了双皮鞋。此时,这双皮鞋正锃亮地穿在脚上。

此时,他显得比什么时候都有尊严。

我目送着弟弟被送进了炉膛,随即被大火吞没。笔直的烟囱像卫星发射中心的火箭耸立在基座上。烈火熊熊,从高大的烟囱里发射升天的是弟弟的灵魂。因此,当弟弟身体变成火炭,在一个铁箕里闪现出耀眼的火红然后迅速暗淡下去,成为一小堆白色的灰烬之时,我坚信这已经与弟弟无关。

哥哥走了。弟弟也走了。他们是划过我天空的两颗流星,耀眼出现又倏忽消失。但他们在我心中留下的划痕却永不磨灭。我不止一次地梦见他们。梦应该是冥阳两个世界交界处的会客厅,是上帝给我们的补偿,让我们兄弟得以在那里延续着过去的亲情。只是,梦中的哥哥永远比弟弟还年轻。

今夜,哥哥和弟弟又一次照亮了我的天空,同时在心中引起经久不息的疼痛。我本来是应该为他们焚上香炷的,但按家乡的风俗这时已禁忌烧香。所以,我只能在全城震耳欲聋的鞭炮声中写下这些文字。当我在纸上划上最后一个句号时,神思恍惚中,我发现我这些文字次第飞离纸面,化作一缕轻烟,飘逝于苍茫的夜空。

(选自散文集《城外就是故乡》)

九曲黄河

黄河不仅仅是一条地理意义上的大河,更主要的是内涵极其丰富、积淀极其深厚的人文风景,是每一位炎黄子孙的精神奶汁,是所有中国人身上不可磨灭的胎记。不可思议的是,魂牵梦萦但直到步入中年都未实地亲近过黄河。于是,我对黄河就了一种深深的负罪感。我的黄河之旅,也就成了一次深深的谢恩,一次庄严的朝圣,一次被延误已久的还愿。

黄河文明的核心区域应该在中下游。但是中下游的黄河是已经被扭曲和异化了的黄河。她让我们更多地看到了她的暴虐,她的喜怒无常,是记忆深处留给我们的许多创痛。并且随着生态环境的日益恶化,她每年的近半年时间都处于断流状态——那是我不情愿看到的病态黄河。所以我首次的黄河之旅便直奔青藏高原,直奔她的源头。

车过红原,进若尔盖县境,一路上都与白河同行。这是黄河在上游的最重要的一条支流,在唐克与黄河相汇。

唐克是青藏高原上川、甘、青三省结合部的一个小镇,孤独地蜷伏在黄河南岸的荒原上,风情明显地有别于其他藏区。小街上尽是冻土解冻后的泥泞,散布着一堆堆一坨坨的马粪。街边吊着剥了皮的牦牛,硕大的骨架在檐下的阴影里闪耀着血红。戴着白色小帽的穆斯林同胞坐在那里,气定神闲,目光和善。这里的藏族汉子都特别的高大和慓悍,皮肤棕黑油亮,骑着高头大马——被称为华夏三大名马之一的唐克马,在小街上三三两两地蹓跶。当年的吐谷浑人、一代枭雄松赞干布还有成吉思汗,都曾经在这片土地上纵马驰骋。现在我走在小街上,总感到有浓浓古风荡漾。不知为什么竟还有到了克什米尔或者阿富汗某个地方的感觉。

走着走着,我对唐克的居民们渐生羡慕和妒意:虽然地远天荒,远离现代文明,但他们与黄河挨得好近!

这是初夏的一个下午。我从唐克开始步行,刚步出小镇那小段仍在白河岸边。这里地势开阔,白河在这里已成滚滚滔滔的气象。近岸一侧,到处沟壑纵横,山塬破碎,沙岸不断被河水掏空、坍塌,让人触目惊心地看到了人在水的紧逼下步步后退的窘境,看到了至柔之水正在完成最锋利的切割。我由是而感到水的力量,明白了它为什么可以掠城拔寨,带走一切,席卷一切,改变和决定着历史。

这天的天气很好,红日朗朗,可以感觉到紫外线像密密的钢针一样扎着皮肤。后来从索克藏寺后面上山,便有大风卷地而来,吹得脸上阵阵发麻。可能因为常年皆风的缘故,索克藏山上几乎全是光秃的峭岩和砾石。攀行山脊,真担心被大风席卷而去。于是只好缩紧脖子,竖起防寒服的领子,几乎是触地而行。等到上到足够的高度,转身回望山下河景时,我立刻得到了此行期望得到的一切。

天高地远,河景铺展得很开很开,触目空廓而苍凉,一色的土黄上覆盖着一层淡淡的灰绿。目力所及的尽头,属于甘肃的阿尼玛卿山在漠漠苍穹下延伸到无限的悠远。黄河,就从无限悠远的阿尼玛卿山下飘来。在经过了一连串S形的大回环并且接纳了白河之后,突然由东南而急转西北,向玛曲流去。

作为黄河流域的省份之一,黄河仅仅在这里与四川擦身而过。恰恰就是这擦身而过的一瞬间,在川甘两省之间留下了名闻天下的"九曲黄河第一湾"。

黄河!我看到她的第一眼就被她的诡奇、瑰丽、神秘和恢弘的气势惊得不知所措。

这是炸响在绵亘古今浩浩时空里的一道闪电,是挥舞在造物主手中的一条轻得失去了重量的飘飘长练,是盘古开天辟地时精心构思后酣畅淋漓行云流水的写意,是大自然以立体的方式对极致之美作出的最婉约的诠释,是威猛的骑士在纵马狂奔前的信马由缰,略作沉吟……

在寺中低回雄浑的法号声中,我一口气跑向山下,扑向黄河。

滩涂盛大,沙洲辽阔,接纳白河之后的黄河浩浩荡荡。在接近黄河的那一个平面上,把目光移向远处,黄河那一连串的回环已经重叠起来,一段段无首无尾的河段闪着粼粼波光,平行地叠向远方,一直到天与地的接缝处,才现出一个S形的尾巴。那上方,悬着一轮硕大的红日,它发出的万千箭镞正呼啸着射穿满天云霞,并将它们引燃、熔化,天上地下都是金灿灿的流淌。

这就是从巴颜喀拉山下那条名叫卡日曲的小溪流变而来的黄河,是刚刚从火敦淖尔(星宿海)、阿刺淖尔(扎陵、鄂陵二湖)一路过来的黄河,是从《诗经》、《史记》和汉乐府中流来的黄河,是王之涣在鹳雀楼上向西眺望的黄河,是李白的奇思异想到达过的黄河,是于右任、余光中等我国台湾同胞以及几千万海外赤子望穿双眼的黄河,更是经常打湿我梦境的黄河……

走下沙塬，脱下鞋子提着，踩一路湿软的沙泥走向停泊在沙岸下的那条小木舟。

年轻的藏胞用篙竿轻轻一撑，然后划动双桨，小舟很快就到了河心。于是，我们逆水而上又顺流而下，如此反反复复，漂荡在川、甘两省之间。

这时我看到的黄河，河床宽阔，色泽灰蓝，清冽澄澈，像是清纯娴静鲜活水灵的闺中少女。与中下游黄河那种风情万种的少妇形象，那种涵养四方汇纳百川的母性情怀，那种狂放暴烈野性十足的悍妇行径，遭受污染几近断流或完全断流的那一副病容，完全无法与之联系。

我在船舷边伸手入河，接受母亲河的洗礼。河水是许多知名不知名的大山融雪而成，奇冷。手在水中，开始是无数细密的钢针的锥刺，接着是火辣辣的烧灼，再接着就是难以言状的麻木。即使如此，我都经历着前所未有的兴奋和满足。

我现在与黄河是如此亲近：我触摸到了她的脉搏她的体温，她的花样年华就在我眼中流动，我还可以从一圈圈荡开的波纹里窥探关于她生命流程的一些秘密。

当然，我也敞开了心扉，任流水扣动我的心弦。

是夜，我在黄河岸边租了一顶帐篷住下。

烤全羊和红烧黄河鱼的香味飘散之后，黑暗淹没了一切。

北风低吼，帐篷似乎到处张口，任寒气自由进入。盖了两床厚棉被也感到又轻又薄。久久不眠，索性就穿衣出门，走向河边。

黄河的暗夜也是美丽的。虽然没有月亮，山塬、沙洲和远山都只有依稀的影子，但可以看到影影绰绰的河床，看到河水朦胧而神秘的反光。没有汽车喇叭，没有机器轰鸣，没有人声嘈杂，甚至没有牛哞、马嘶、鸡鸣和鸟叫。风声反而烘托出至极的沉寂。黑暗和沉寂更凸出了自我，给了我格外灵敏的声呐。于是，黄河的涛声清晰入耳。

这是黄河在向我娓娓诉说。她在讲解孔夫子在黄河岸边说过的那段关于时间与生命的名言。

太冷了。身上一阵阵哆嗦。我十分清楚,这是黄河流进了我的身体。从此,她将伴随我走完整个生命的历程。

(选自散文集《诗意行走》)

徜徉于大地的心灵悸动

——陈霁散文论

任秀容 晓 原

倘若以对散文创作的执着精神和理想追求而论,陈霁无疑是整个四川作家群中当之无愧的具有专业意味的散文作家,除了对散文自始至终充满着深情的眷顾和辛勤的耕耘外,他几乎不涉足其他任何文体的创作。正因为如此,他便成为了四川散文创作领域中成就最为突出的散文作家之一。自上个世纪80年代以来,他便创作了大量富有丰富的思想涵蕴和较高的审美价值的优秀散文,并陆续出版了散文集《灿烂时空》、《五彩风景线》、《山河故事》、《诗意行走》。虽然作家在《灿烂时空》、《五彩风景线》、《山河故事》里更多地表现出了对"地理志"、"旅游志"、"风物志"之类物态层面的浓厚兴趣,具有宣扬地方风景名胜、旅游资源的价值取向,但在《诗意行走》里却以一种崭新的审美思想、创作倾向、高迈气象和一系列富有新颖别致意蕴的散文文本,为我们显扬出一个当代散文作家的美学辐射、精神关怀、价值取向、人文内质和一颗自始至终处于流动状态的诗意灵魂,由此铸就了他的创作个性和散文风格。

随着我国全面建设小康社会这一历史进程的不断推进,我们可以非常真实、深切地感受到当下日常生活的急遽变化,在广大民众的物质生活得到不断改善和逐渐丰富的同时,人们在精神生活方面的需求也随之增长,无论是在现代精神营养的需求上还是在当代审美文化的希冀上都表现出了新的发展动向。

这在一定程度上导致了当今审美文化的转向,这种转向可以具体表征为由过去那种对高雅化、经典化、精英化、意识形态化的审美文化形态的倍加推崇逐步转向为对大众化、世俗化、消费化、传媒化的审美文化形态的特别青睐,或者用当今理论界比较时髦的说法,也可以称之为"审美日常生活化"或"日常生活审美化"。造成这种审美文化转向的原因是复杂多样的。从当今审美文化进入日常生活的方式来看,人们主要是借助如信息数码技术、计算机网络技术等这样的高科技手段,通过图像化、网络化、荧屏化等途径来实现的;在审美趣味上,审美文化的创造者则不断改变自己的创造策略和审美取向,比较偏向于对市民社会的世俗化生活与快餐化的审美情趣的迎合;在价值取向上,则纷纷追求各自的感性欲望的满足或本能情感的释放,追求人生的游戏化、享乐化、轻松性。这种转向实际上是将审美文化的"重心下移"或"向下指引",或者说是一种由象牙塔向民间、从精英向大众、变高雅为世俗的发展态势,是理性化的精神超越逐步向感性化的情感愉悦的变异。面对这种审美文化的转向,陈霁却以一个当代作家诗意行走的灵魂来全力构建自己散文世界里的真诚情怀、善良思想、审美价值,表现出同这种审美文化逆向而行的精神风骨和高迈雅致的美学象仪。作家之所以不仅没有在当代审美文化"重心下移"的个中表现出趋附的倾向,反倒以高迈雅致的审美追求和精神风骨的张扬逆向而行,最根本的就在于他坚持着作家的艺术良知原则、价值关怀原则和自律自决原则。从艺术良知的角度看,作家始终自觉地维护着生命的尊严与人类的尊严,维护着正义的事业和真理的本质,并以真实、真诚的话语表达艺术生命的本真和作家应有的良知;从价值关怀的层面看,他善于对当今这个存在世界进行意义探寻和终极关怀,一方面是对现代社会境遇的深切关注、理性地思索人们的精神生活和人生意义,另一方面则保持着对自然存在、民族历史、社会进程的终极关怀;从自律自决的维度看,虽然作家的职业是一个心灵自由的创作者,但他并没有放弃作为一个正直的人的内在律则和内心命令,自觉地以此为基点对自己的创作思想、创作内容进行正向规约。正因为对这些原则的恪守,作家为我们创制出了一幅幅美学形态的精神图景。

一个作家具体选择怎样的文学体裁作为自己创作的"主样式",以及在这种"主样式"里传达怎样的思想内容、人文意向、精神内涵、审美判断,既与这个作家的故乡记忆、早期经验、生存环境、人生领悟、文化水平相关，又涉及到这个作家的价值认同、审美能力、心灵意象、美学思想。或许是因为从少年时代开始作家就在大自然纯净的怀抱里生活的缘故，耳濡目染的都是自然的安谧恬淡、从容自如，由此便养育了他心中的自然和对自然的那份特有的钟情。但由于成人以后一直在政府机关工作，而这种特殊环境的一种看不见的规约又极大地限制着人的抒情，他对自然的那份钟情与向往便慢慢被逼仄到心灵的深处，也促使他的性格更加趋向内敛与沉着。随着岁月的流逝和情感的积淀，他的这份情感就像一粒生命力极强的种子随时都在寻求破土的机缘。当新世纪的辉光照彻大地的时候，他心中的这粒种子终于破土而出，以一种久经积存的生命力向着朗然阔大的空间迅猛的生长、拔高，便有了辑录在《触摸山魂水魄》中的系列散文。在这些散文里，作家以一个精神行游者的情性与睿智、深沉与诗意所熔铸而成的目光细致地探寻蕴涵在秀美自然、壮丽山河、魅力风物中的深刻繁复的内在意义和本质，因而在他那支灵动有力的笔下，首先给我们展现出的便是一幅幅充满自然生命活力和浓郁人文意味的山水图景。

作为母亲河的黄河，历来就是一条我们民族非常关注的河流，因为在我们民族的思想意识里它不仅仅是一条地理范畴的河流，而且在于它流淌着的是我们民族的产生、发展的历史，是古老的文明、灿烂的文化、经济的繁荣、国家的强大，并成为一种历史的象征、文明的喻体、文化的符码而深深地镶嵌于我们每个人的灵魂里，所以历代文人墨客对它总是描写不止、歌咏不尽。作为一直以审美眼光关注祖国壮美山河的散文作家自然不会例外，所以他首先以一个朝圣者的崇敬心理对这条承载着太多内容的母亲河的上游实施精神寻访，又以一个写作者的个体领悟、独特视角对它进行美学勘探和艺术表现。“黄河不仅仅是一条地理意义的大河，更主要的是内涵极其丰富、积淀极其深厚的人文风景，是每一位炎黄子孙的精神奶汁，是所有中国人身上不可磨灭的胎记……但是中下游的黄河已经被扭曲和异化了。她让我们更多地看到了她的暴虐，她的喜怒无常，是记忆深处留给我们的许多创痛。并且随着生态环境的日益恶化，她每年的近半年时间都处于断流——那是我不情愿看到的病态黄河。所以我首次的黄河之旅便直奔青藏高原直奔她的源头。”(《九曲黄河》)一开篇，作家就以浓郁炽烈的抒情对黄河予以高度的赞美和现实的评价，并以独到的理解把隐蓄在黄河内里的深沉意蕴揭示出来。这不过是在作家先入为主的情势下对黄河的现实所设定的审美框格和深沉理喻,而实际的黄河又是怎样的呢?当作家乘车依次进入红原、若尔盖、唐克,再登上阿尼玛卿山眺望时,"九曲黄河第一湾"便展现在他的面前,他一下子被它的"诡奇、瑰丽、神秘和恢弘的气势惊得不知所措",并由此突生出无尽的慨叹和丰富的联想:"这是炸响在绵亘古今浩浩时空里的一道闪电,是挥舞在造物主手中的一条轻得完全失去了重量的飘飘长链,是盘古开天辟地时精心构思后酣畅淋漓行云流水的写意,是大自然以立体的方式对极致之美作出的最婉约的诠释,是威猛的骑士在纵马狂奔前的信马由缰、略作沉吟……";在这种感慨和联想里,作家又不仅仅把黄河看成是一条具象存在的河,而是努力将它融入到文化与文明的内在蕴涵中:"这就是从巴颜咯拉山下那条名叫卡日曲的小溪流变而来的黄河……是从《诗经》、《史记》和汉乐府中流出来的黄河,是王之涣在鹳雀楼上向西眺望的黄河,是李太白的奇思异想到达过的黄河,是于右任、余光中等我国台湾同胞以及几千万海外赤子望眼欲穿的黄河……";当作家再度将自己的手伸入这条母亲河时,他又拥有了对她的更为深切的感触:"我触摸到了她的脉搏她的体温,她的花样年华就在我眼中流动,我还可以从一圈圈荡开的波纹里窥探她生命流程里的一些秘密"。作家写黄河并非只是依照自己情感与美学预设的框架,而是通过对它的实际勘探和切身体证,由远及近,俯瞰与进入,细节而大观,局部亦整体,物态和神性,具象兼文化,并借助自己的深情感怀、形象领悟、理性评判和丰富想象,几乎是全象性的对这条母亲河进行着艺术观照和美学把握,为我们塑造出一幅极富生命内质与灵魂真髓的大河图。在《蓝色诱惑》、《贡嘎在上》、《金沙江的惊世一跳》等散文里,作家也为我们传递出相同的蕴意。

在城市现代化不断朝前推进的当代社会,许多城市的首脑们都在不约而同地思考、探索或焦虑着这样一个问题:自己的城市究竟应该树立什么样的标志才能成为一座闻名于世的城市,是现代时尚的物态建筑还是丰富厚重的文化内涵,或者是特立独行的精神魅力,抑或是这几个方面的有机综合。他们既莫衷一是,又无法定夺。作家们似乎并不思考这样的问题,他们对一座城市的印象的好坏往往是出于自己的内在感觉和艺术直觉,所以他们并不以这座城市的现代建筑、文明时尚,或是这座城市的环境特征、优美格局作为评判的标准,而是以一种个性化的审美方式进入这座城市。在散文《飘雪的兰州之夜》的创作中，陈霁正是以这样一种方式进入兰州的。具体而言，作家是以“雪夜”这个时间因素作为切口进入这座雄居于大西北的工业城市，又在这个时间之窗里注入了更多的世俗情怀和审美内容。“兰州并不是一个令人赏心悦目的城市。论规模和现代化的程度，她远逊于北京、上海，甚至远不如同处西部的成都。她所在的地形也不好，很不幸被皋兰山、白塔山一南一北夹住，硬生生地被挤扁、拉长。并且她还处在黄土高原上。曾经从不同方向出入兰州，便发现她被望不到头的黄土塬黄土峁黄土的沟沟壑壑包围着，一走出城垣便走进了无边的荒凉。”作家一起笔就似乎在表露自己对这座城市的“贬”，但这又并非是作家的本意，所以他笔锋一转直入有着飘雪动感的夜兰州。齐放的华灯似乎很轻易地就瓦解了荒凉的包围，又在瞬间彰显出现代都市的繁华，作家便在这样的情景里领受到了它的那份充溢着地域特色的别样情调：充满诱惑的美食扑面而来，现代化的街景流光溢彩，汉子们吼出方言时的生猛，在雪夜里漫步的情侣，长满杞柳、灌木的河堤，无声无息流淌的黄河水，以及隐蓄在雪夜背后的这座城市的历史。置身于这样的雪夜这样的情调中，作家的心胸不禁变得宽敞起来，他不顾滑倒的危险将有着强烈泥腥味的黄河水灌满自己的水杯。以至很长一段时日后，作家依然能够从这杯黄河水里清晰地听到“黄河的涛声”、“西北风的吼叫”，看到“飘雪的兰州之夜”。正是在作家的细致描述里，我们觅见了雪夜兰州的美丽景色和特殊魅力。但又非仅仅如此，作家试图通过这样的描述给我们一个更加深刻的启示：无论哪种形态的游历者，只要你是一个有心人，只要你启动自己的审美机关，并且真诚、独到的去“发现”，任何一座城市都有属于它自己的别样内涵与风格特色。

文学创作是作家生命史上最具有超越性的事业，在文学精神的引领下，作家的灵魂不断冲破各种物质欲望的藩篱和桎梏，穿越各种现实存在的遮蔽，从而自觉地以对审美精神系统的构建抵达一种超越性的境界，或者逼近马克思说的“自由的精神王国”。从某种意义上讲，文学兴趣与人生信念是融为一体的，它不仅贯穿于作家整个生命过程中，也具体地融会于他们的作品里，读者与其说是在阅读作家的作品，不如说是在对作家执著追究生命意义与追索审美价值所进行的理解。所以作家选择文学实际上就是选择了一种精神方向，一种生产方式和价值观念,他既不会向社会世俗、物质欲望低头,也不会对自己的追究精神背叛,更不会在奔赴真理的过程中左顾右盼、趋利避害,反倒会永远执著于追寻终极意义的长旅。陈霁就是这样的作家。他在"触摸山魂水魄"的同时,又将自己的智性观照、诗意透视置于对民族历史和现实内里的追寻、探究,从而为我们呈示出一幅幅色彩分明、内蕴丰赡、气势浩然、诗意漫流的美学图景。正如著名诗人梁平先生评价的那样:"陈霁散文里弥漫的诗意与智性,是作者区别于他人的一个很重要的因素。散文在他笔下是生命的叩问、文化的揭秘、心灵的解剖、性情的呈现。读陈霁的散文就像在月光下品一杯陈酿的红酒,慢慢让你在他制造的语境里行走、抵达。"也正是在这样的图景中,作家那颗深切关怀民族的历史进程、人民的现实生活和国家的发展态势的诗意魂灵不仅凸显出来,也传递出作家的历史感和历史意识,即作家在对历史回忆和未来展望中体现出来的某种自觉意识和反思,它蕴涵着一种深刻的领悟。

有论者以为,文学家与史学家一样,都是往事的见证者和记录人,正是通过记录和见证,一去不复返的过去被保存在符号之中并保存下来,从而使得后人有可能去追忆和重新阐释;文学家与史学家都是凭借内心世界深性介入种种冲突从而激起无限波澜来寻觅理性、诠释人生,都是通过搜索历史与现实在心灵中碰撞的回声,表现他们对于人生命运的深情关注,体味跋涉人生旅途的独特感悟,他们在人生内外两界的萍踪浪迹上,实现在文化床第上的拥抱。但作为散文创作毕竟不同于历史研究,其一它必须体现作家强烈的主观感受,其二必须洋溢作家灵魂跃动的真情,其三必须闪现出理性的光辉。正因为如此,作家在散文《为了一个可怜的皇帝上景山》便是对历史的一种美学图景的显示。作家上景山的目的并不那么复杂,"就因为半山上有一棵歪脖子老槐,这老槐上吊死过一个皇帝,这皇帝又偏偏是大明王朝的末代天子崇祯,不得善终的亡国之君,其故事极其悲惨动人"。真实的景山风景并不是作家原来想象的那般迷人,所以他的心思就直接奔向了那棵老槐树,在"天色阴晦、湿雾沉沉、冷雨霏霏"的氛围里,他便一下沉入到三百多年前的那个春天和由这个春天演绎的悲剧历史:"崇祯十七年(1644)那个春天,崇祯帝孤独地品尝着历代天下帝王最大的悲哀与绝望。山海关外,除吴三桂的宁远一镇之外,全部为清军所陷。李自成已在西安建立大顺政权,以陕西为根据地的大顺军潮水般涌来。"三月十五日,大顺军对京城形成合围之势；三月十六日，李自成的军队兵临城下；三月十七日，大顺军猛攻京城；三月十八日，大顺军急攻西门、平则、德胜诸门。在作家快速流转的笔下，历史悲剧中最为悲惨的一幕便像潮水般朝我们涌来：崇祯命周皇后自缢，催袁贵妃自杀，拔剑砍嫔妃，提剑杀长平公主、昭仁公主，最后是自己上吊老槐树。作家又并非如历史学家那样，或是对历史作真实的记录，或是对历史进行理论分析，他更不想只是对历史作那种非常浅表的形象描述，所以在越过历史的悲剧后，他将自己的理性审视直入造成这个悲剧的原因内层，对崇祯的该死还是不该死进行着富有现代性意味的辨证思索与审美探求，并阐明自己的观点。他认为崇祯不该死，因为崇祯是在完全没有准备的前提下匆匆忙忙即位的，而此时的大明皇位就如一个炭圆，大明王朝更是千疮百孔，积重难返，即使有励精图治、中兴国家的宏大愿望的崇祯也无能为力；但他又认为崇祯该死，根源在于崇祯不仅没有拯救大明王朝的雄才大略，而且性情急躁、待人严苛、独断专横、遇事多疑、朝令夕改、忠奸不辨、冤杀良将，进而造成新的倾轧与党争，使大明王朝愈发羸弱，不堪一击。但作家毕竟不是学识渊博、学问高深的理论家，他更明白自己对历史的审视是审美形态的，所以他笔锋一转，以一个凡人的现代思想作家的审美领悟写人的幸福涵义：幸福是一种思维方式，是一种思想方法，是一种健康的心态，是人的感觉。拥有权力不一定幸福，拥有财富也不一定幸福，妻妾成群更不一定幸福；嫉妒不会幸福，眼红不会幸福，偏执与过激也不会幸福。透过历史悲剧的沉重和惨烈，跨越现实生存的迷茫与惶惑，作家非常清醒地意识到：人存在的根本就是要竭力找到属于自己的幸福，之外的一切都不过是过眼云烟。这才是我们应在历史总结里得到的真谛。

作为一个有着丰富思想内涵和现代探索意识的当代散文作家，他的关注视野与美学观照并没有滞止于某些单质的历史层面上，而是启动自己的全部感觉广泛、大量地在历史的烟云中寻觅、发现、开掘，也由此为我们创造出一幅幅别样的生动的美学图景。作家或是以一个审美者的智性切进“黑暗王朝的官场另类”历史，着力表现海瑞这位旷世清官的清正廉洁、无私无畏、高大伟岸；或是以一个现代行旅者的情性目光穿越“雪地上的甘州”，极力窥探西部民族的历史文明得以矗立的精髓；或是以一个文化人的步伐细致丈量“多伦路上的上海”的繁华岁月，竭力发掘民族文学之所以能够在现代性的进程中迈上巅峰的真谛；或是以一个回归者的心情进入阔别已久的万州，在一种往日与现实交叠的时空里感受岁月的匆匆，并在这样的感受里品味人生的繁复韵味；抑或是在品茶中“问茶”，在风景如画的丽江寻找灵魂，在剑门古道上对三国历史的再度沉浸，都或多或少或浓或淡或深或浅地表达出作家对历史的审视对现实的探寻。所以，倘若我们把作家的《黑暗王朝的官场另类》、《雪地上的甘州》、《多伦路上的上海》、《再见万县》、《杭州问茶》、《独步丽江》、《摹梭夜语》、《出入剑门》、《阿拉鲁的子孙们》缀合为一个系列性的美学图景，就不难发现作家是在一个悠长阔大的历史、现实时空里探求与思索，是从不同的层面不同的向度来表达自己的审美取向、人生意识、价值判断和哲学追问、终极关怀。

有评论者把唐诗比喻为中国诗歌的珠穆朗玛峰，把诗人李白象征为中国诗歌的太阳。无论这样的比喻是否准确地把握了唐诗在中国诗歌历史上的卓越地位，也无论这样的象征是否准确地评价了李白对中国诗歌的杰出贡献，但有一点是毋庸置疑的：如果没有李白诗歌的存在，唐诗的光度一定会有所折损。或许正是因为李白在中国诗歌历史上的杰出贡献以及他的豪性满腔、浪漫飞腾、不畏权贵的灵魂真髓与精神风骨深深地诱惑着引领着陈霁，作家才几乎是不顾一切地《追随李白而去》。作家的心灵仿佛始终如一架既现代又灵敏的摄像机，随着它的前进后撤、左顾右瞻，这位远去了1300多年的诗仙又生动鲜灵地复现在我们的面前：“李白兼游侠、剑客、道士、酒徒的风骨于一身。他一生萍踪浪迹遍及大半个中国，个人命运大起大落，沉浮不定，荣辱无常，频繁出入于地狱天堂。但他凭借一支如椽大笔，驰骋八极，蹴踏九州，出神入化，写出了一千多首惊天地泣鬼神的诗歌。”面对这样一个诗仙，作家又怎能不生发出良多的感慨：“大唐有幸，李白有幸。因为只有大唐的辽阔天空才配得上绝代天才李白。而一个半人半仙的诗人李白更加辽阔了大唐的天空，有了他这座前无古人至今尚无来者的极峰，中国文学史才有了一个俯视天下的高度”；“他的每一首诗都是心性的自由放飞，他的一生就是一条大河随心所欲的流淌”。在此情此景下，作家不由地想走近李白，想与他对话和对饮，但又深知李白不是一介凡人，而是太孤傲太高不可攀的诗仙。于是，作家便以另一种方式走近了李白——对李白的整个生命历史轨迹作形象的描述。在作家的这些描述里，我以为最富有想象力最具有审美价值的所在，还是他对李白、月亮、故乡这三者之间的那种既神秘又显在的关系的崭新发掘:“李白以为触摸到月亮就触摸到了故乡……李白在采石矶扑月而死,原来是准备投入故乡怀抱的。”尽管这样的发掘有着某些牵强的成分,但从艺术创作规律与审美想象精神的本质看,它又是大胆的、合乎情理的。也正是在这样的描述中,我们得以真正进入到李白的生命历史、精神世界、诗意人生的内层,作家能够再度领受到在诗意行走时的那种源自灵魂深处的愉悦和幸福。由是,作家在“仰望精神高地”一辑里所传达的精神指向,我们便可见一斑。

从艺术角度来审视陈霁的散文创作,笔者以为它主要体现了以下四个方面的特色。其一是作家的散文写作视阈与审美创造精神的宽阔博大。作家并没有因为自己生活存在空间的限制就止步于对地域性一类的自然风光、人文象仪、现实景象、历史往事的审美表达,而是竭力通过各种方式的出去或进入到地域性之外的广大空间寻求丰富的写作题材,以更为阔朗博广的视阈书写民族的历史文明、社会现实、自然风光、风土人情,深刻发掘隐藏在其中的思想内涵和精神真髓,充分体现出一个当代散文作家的宽阔视野。其二是作家以现代审美方式的有机处置来传达富有现代艺术美感内涵的心灵意向。他的散文突破了传统游记散文的艺术桎梏而富于崭新的艺术气象,一方面他不单纯地滞留于对山水景观的物态描绘,也没有将自己的散文艺术固执地凝定于在某个层面,而是充分体现出现代性的艺术风范;另一方面,他以心灵视角作为散文创作基点,通过对描写对象所进行的各种形式的情性过滤、审美关照和艺术处置,使之完全成为自我心灵的艺术存在体,成为经过他的“内宇宙”的反复铸造而不断外化出的系列性的美学图景。沿着这样的美学图景漫步,我们就既能够体验到作家所创造的“第二种自然”的审美内涵和现代散文的艺术魅力,又能真切地触摸到隐蓄在作家思想深处的心灵意向。其三是作家在散文艺术视角上表现出的灵性活泛、丰富多样的特质。或许是因为从小就接受过较为系统的绘画训练,并对绘画艺术的进入方式有着很深体验和丰富经验的缘故,作家便在他的散文创作中有意识地将它们纳入进来以显示散文视点切入的灵活自由、多彩多姿。他或是以现实景象作为切入点,通过对某个具体物象的理解与感悟而自然地进入历史往事的深邃甬道,最后再回复到现实;或是一开篇就以非常直接的方式切进事物的本质,再借助对事物之围的其他方面的描绘,来进一步深入对象的本质;或者是一开始就在几个矢向上同时切进,对写作对象进行多种维度的艺术观照,而使表达对象本身的丰富性、多样性得以充分体现。其四是作家的散文语言具有诗意性、抒情性、叙述性、论说性相与叠合的特色。作家常常以对现实生活、存在现象、历史事实和人物的意韵生动感受作为创作的基础,首先是以新颖独特、文采斐然的技艺予以诗意的表现,再有效地兼融了深挚沉厚的抒情、灵动活泛的描写、犀利而充满思辨色彩的议论、机智精警又诙谐幽默的叙述,他的散文语言便在诗意这个主色调的基础上又显现出复合性的特色。所以,倘若我们仅从艺术的角度看,作家在散文创作中为我们呈现出的一幅幅生动别致的美学图景就决不是某种单质的体现,他的艺术成就不仅折射出西蜀散文优秀的程度,也给西蜀散文的后续发展提供了宝贵的经验。

从某种意义上讲,文学就是通过作家对现实存在、社会生活、人生历程的审美观照与艺术把握来显扬理想主义的思想内涵、生存意向,从而引领自己逐级迈向理想的目标、抵达理想的精神境界。散文则尤其如此。当不少散文作者一味地沉浸于玩赏自慰、虚浮相矜,或是更多地沉溺于单向度的自我表演空间里时,陈霁却以一个坚执的理想主义者诗意地行走在自己的散文大地上,非常勇敢地显扬出一个当代散文家严谨的创作态度和深蕴其作品的真挚情怀、诗意灵魂、美学追求、终极关怀,这是极其难能可贵的。但愿他在散文之路上走得更稳健更深彻。

(原载《当代文坛》2008 年第 5 期,有删节)

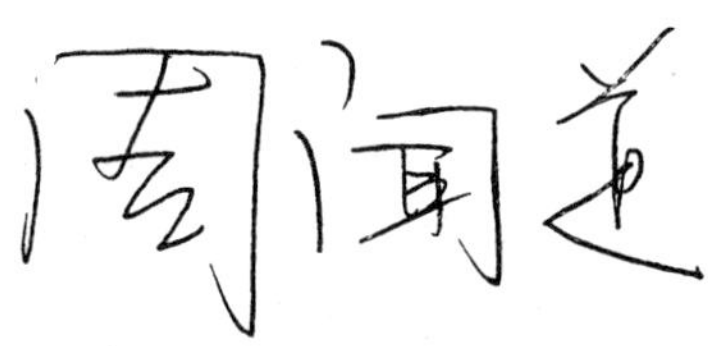

周闻道（1956—　），散文家，本名周仲明，四川青神人。高中毕业后回乡务农，1977年1月调任青神县委办公室秘书，1981年在乐山师专（现乐山师范学院）中文系进修一年，1984年在乐山市委党校大专班学习二年，1986年调任青神县人民政府办公室副主任。1987年后相继担任乐山市计经委办公室主任、香港蜀山公司经理、乐山市外经贸委副主任、眉山市经贸委主任等，现为眉山市发改委主任、党组书记，系四川省作家协会会员、眉山市散文学会会长。

周闻道1984年开始文学创作，相继在《四川农民日报》《四川日报》《四川文学》《香港文学》《人民日报·海外版》《散文·海外版》以及香港《文汇报》《大公报》《明报》和《澳门日报》发表散文、杂文、随笔近600篇。近年来先后在《青年文学》《美文》《小品文选刊》开设散文专栏。作为天涯社区—散文天下的首席版主，主编了天涯社区—散文天下2007年作品选《镜像的妖娆》。迄今已出版散文、报告文学专集6部：

《悲剧，本可以避免》（西南交通大学出版社，1989年）；

《夏天的感觉》（成都出版社，1995年）；

《点击心灵》（大地出版社，2005年）；

《对岸》（百花文艺出版社，2006年）；

《家的前世今生》（天地出版社，2007年）；

《遁迹水云间》（百花文艺出版社，2009年）。

周闻道的散文，有《走过凯旋门》被选入《四川文学》50年作品精选（散文卷），《天地之语》被选为上海2007—2008年高考联赛试题；《新区儿女》获《四川日报》优秀作品奖，《对岸》获四川省文学奖。评论周闻道散文的文章主要有：

《在诗意中展示个性思考——序周仲明〈点击心灵〉》（傅恒），《当代文坛》

2005 年第 2 期；

《艺术发现之美——周闻道散文谈片》(曾绍义),《当代文坛》2007 年第 6 期；

《追寻川南风物的灵魂——周闻道散文散论》(张叹凤),《当代文坛》2007 年第 6 期；

《内在生活的探寻者与构筑者——周闻道散文的思想意蕴及内在局限》(向宝云),《当代文坛》2007 年第 6 期；

《现实此岸与理想彼岸的哲思——周闻道〈对岸〉的人生感悟》(干天全),《当代文坛》2007 年第 6 期；

《洗涤现实尘埃的心灵自救——从〈对岸〉看周闻道的散文创作》(邓芳),《当代文坛》2007 年第 6 期；

《周闻道思辨美学的散文撞击》(伍立扬),载《对岸》第 236～239 页；

《智者也迷茫——揭示此书的命名历程》(高虹),载《家的前世今生》第 3～8 页。

散文的在场、思想、诗意和发现

周闻道

什么是散文,这是一个古老而充满活力的话题。散文和诗歌都是几乎与人类的话语同时产生的最早文体,但相对于诗歌的特色鲜明性而言,散文的定义似乎要复杂得多。过去,文论家们曾给散文定义为“铺陈其事直言之”,大概是指直白的言说吧。这就说明,广义的散文,其实就是一种随意言说式的文体,无拘无束,恣意自在。即便没有读过书,不会写文章,甚至目不识丁的人,也可能在天天说散文。法国大剧作家莫里哀在他的喜剧《中产阶级的绅士》中,讲述了一个关于散文的有趣故事,就生动地说明了这个问题。中产阶级绅士嘉坦先生,是一位十分追求绅士内涵的人,他想让自己的家庭成员都很有文化修养。于是,他请来老师给他们讲诗歌和散文。听了老师长篇大论的讲课后,嘉坦先生激动万分。他发现,原来自己过去说过的话,竟然全都是散文。

这虽然是个笑话，但也在一定程度上说明了散文的随意性。

综观古今中外，散文创作和散文研究颇有成就的大家们，他们对散文的自身体验都颇有成就，但在回答散文是什么上，却也是形形色色，莫衷一是。概括起来，大致有如下一些说法：一是"形散神不散"说。认为散文应当是在形式上灵活多样、开阔舒展、不拘形式，但需有一个内在的精神贯穿始终，刻意的追求，无法抓住散文的灵魂。二是心灵感应说。认为散文是作家长期生活体验在瞬间的爆发，是不可复现的灵光闪耀。萧风就认为："散文，应该是散文作者对人生的一种感悟。这种感悟不像小说，可以铺陈渲染、环环渐进，囿于散文的篇幅，它只能是浓缩的。"曾卓也认为，作家应"以诚恳、炽热的心感受生活，以亲切、朴质的风格表达对生活的感受"。三是情感珍藏说。认为散文是作家情感的自然流露，"不是情感的一次宣泄，而是情感的一次珍藏"（章品生）。"而心迹的表述就是情的表述"（王乐）。四是内心体验说。认为散文是作家对物象的内心体验，反映的是作家对外部事件的认识和情感。著名散文理论家林非先生在二十多年前就说过，散文"是一种侧重于表达内心体验和抒发内心情感的文学样式，它对于客观的社会生活或自然图景的再现，也往往反射或融合于对主观情感的表现中间，它主要是以从内心深处迸发出来的真情实感打动读者"（《散文创作的昨日和明日》）。作家王乐认为，"散文与歌唱十分接近，都是自我感悟，自我聆听，自我抒发的东西……是一种不拘一格的自我体验的表述。"五是近几年出现的所谓"新散文"。它尚未形成统一的散文理念，表现出一种纷乱庞杂。但是，从积极方面看，它反映了一种散文意识的觉醒和对既有文本意识的突破，表现出对传统载道观的释负，以及对传统叙述方式的解构，作为一种探索和改革，是应当给予肯定的。不足之处是觉醒中的定位迷茫、文本的残缺不全、思想丢失的轻浮和叙述解构的支离。

那么，究竟应当怎样来认识散文呢？最近，我们在天涯社区-散文天下搞了一个征文，投石问路式地提出了我的散文观，包括八个字：在场，思想，诗意，发现。虽不一定准确，却从一定程度反映了我们对散文的认识。这种认识也许是一己的、不全面的、粗浅的，但作为一种探索，无疑是有益的。

在场。这里的在场，是一种哲学范畴的存在方式，是散文创作的一种姿态，而不是理性思维的时空概念，不仅仅是作家对对象的物理走近，更是心理走近。正如萨特所说，“人们也可以意识到不在场，但这个不在场，必然是作为在场的先决条件显现的”。散文创作中的在场，就是作家在创作散文时，要最大限度地用心灵贴近自然，贴近社会，贴近生命，贴近灵魂，在贴近中与物象用灵魂沟通，以心灵对话。他体现的是散文的时代美。散文创作必须有在场的姿态，而不是疏离。如果一个作家要么高高在上，脱离物象，要么蜻蜓点水，若即若离，要么心猿意马，貌合神离，是很难写出具有深刻社会现实意义的作品的。

思想。思想是散文的灵魂。综观古今中外的散文，没有哪一个流传下来的散文名篇，是苍白虚空，消解思想的。古人说的“道”，道学家的“文以载道”，其实就是思想。荀子最早提出的文章应表达“心”中之“道”，与圣约翰《福音书》中的“太初有道”，都是指精神或思想。但是，长期以来，对“道”的理解却形形色色，时有失之偏颇。特别是在极“左”思潮泛滥时期，把文章中的思想，狭隘地归结为单一的政治承载，以致主题先行，“三突出”，文学成了政治的另一种图解。

可是，在纠正极“左”中，却出现了另一种极端，即消解思想、消解价值，认为散文应当反映生活的无序、虚妄和无意义，主张“逃避知识，逃避思想，逃避意义”，还语言原初的直接性，以“零度的语言”作为价值创造的基点，实际上是无病呻吟地渲染作者内心的个人情绪。任何文学作品，包括散文，没有思想就没有了灵魂，无异于一具干尸。当然，我们所说的思想，是一个广义的词，不是简单的政治承载，它反映的是作家对整个自然、社会和灵魂等方面的本质感受，是一种贴近本原的生命认知。它体现的是散文的内涵美。可以说，一篇散文，只要有了深邃的思想，语言即便有些瑕疵，也是可以医治的“外伤”；而思想的空泛与欠缺，则是难以医治的“内伤”了。

诗意。所谓诗意，是指散文的结构、语言、叙述方式等方面要有诗一般的意韵，体现的是散文的艺术美。诗意更侧重的是指散文的表现形式，给人以美的享受。有了好的思想作为内涵，再有好的形式来表达，就做到了内容和形式的完美统一，就是好散文。有位外国作家曾说，“我们的作品不是写给哑巴的。每句语法上的形式，同时也是音乐上的句子。我们写作，同时我们也想，也听。语调，这就是旋律。旋律不是诗的专有品。旋律是散文的基础。”这可以说是对散文诗意美的生动注脚。

在具体创作中，如何达到诗意的境界呢？窃以为，诗意不是华美词藻的堆砌，不是游离于思想之外的虚妄之美，也不是过犹不及的词语修饰，而是一种与内在思想水乳交融的、恰到好处的语言表达。诗意的最高境界是“辞达”。孔子的“辞，达而已矣”（《论语·卫灵公》）和苏轼的“言止于意达……求物之妙，如系风捕影，能使是物了然于心”，说的都是这种境界。在平淡中出奇，在辞达中实现思想与诗意的融合，才是散文的真正佳构。

发现。散文写作既然是一种创作，就不是走老路，炒陈饭，发旧叹。任何一种本质意义上的创作，都是一次新发现，包括对自然、社会、人生、灵魂和对生命本质的独特的发现。如果说被别人发现过了你再去写，就没有什么意义了。当然，既然是发现，就是痛苦的，就像一片荆棘，要趟出一条路，不可能一蹴而就。从这个意义上说，散文创作是一种痛苦的营生。我的这个观点的形成，主要是受益于周伦佑老师的教诲。周老师有一次在谈到写游记散文时说，你在写一个事物时，要用心灵贴近它，细细地加以体验，然后把你内心中最独特的发现和体验写出来。虽然这话是说给棱子听的，我在侧面听到了，记住了，形成了我的一种创作自觉，对我散文的创作影响很大。

散文是开放的，开阔的，自由的，不断推陈出新的。同时，散文又是有其自身内在规律，万变不离其宗的。散文就是散文，不是其它。在场，思想，诗意，发现，也只是相对的。任何绝对的范示，都是散文的大敌。

2007年10月

自选作品

就这样与大地窃窃私语

一个周末的午后，我来到岷江之滨，把自己的身体，放在一片草地上。我和草地都处于在水一侧的位置。我独自一人，除了身上的赘物，全部的随行就是一本书：《西方哲学史》。我都不知道到这里来的真正目的是什么，看书，看山，看水，观赏河里的游鱼，或寻找一种精神？好像都是，又好像都不是。似乎记得，最先引诱我下楼，走出小区的，是阳光，窗外融融的暖暖的冬阳。

我不知道是从什么时候开始，对阳光变得如此亲切，向往，甚至渴望。曾记得，就在不远的过去，我对阳光还抱着一丝敬畏。那是酷夏放肆的日子，太阳像一坨火球，挂在不远的天幕，对大地不是友好的抚慰，而是放浪地灼烤。空调只是酷暑长出的抗体，并不能消除大地炎热难耐的病灶。在出门的时候，妻子总要带着伞；我从不带那玩意儿，赚到的不仅是轻松洒脱，还有一身的臭汗和满脸的黝黑。妻子常常揶揄：这辈子真倒霉，找了个非洲人。就这样，我对太阳有了一些埋怨，对刺眼的阳光时有躲避。但是，在这寒意阑珊的时候，我的感觉却在不知不觉中改变。冬天，南方没有暖气，一走进室内，即便是亲情温馨的家，也难免有一丝阴凉的寒气。何况，这阴冷还潜伏着可怕的霉变。于是，当看见室外一片难得的艳阳时，我几乎是有一些忘乎所以。

来到这里，我便感到，这样的阳光，这样的流水，这样的草场，任何站立的姿势，都是傲慢与不敬。我自觉地躺下，面朝天，背贴草，头枕着大地闭目，静心，养气，突然有了一种奇妙的感觉。一种空蒙，飘逸，亲昵的感觉，仿佛一对情人，正在窃窃私语。只是，这种私语不是用口，而是用心，一种心灵的感应。我感觉到，一缕幽幽的芝兰之气，正在从地芯深处不断生成。它从地核出发,穿过厚厚的地壳,萦萦绕绕,袅袅娜娜,迷幻般地不断升腾;很快,它冒出了地壳,与越冬的青草会合,直熏蒸着我的脊背。

这是真正的心灵的散步。就像当年的康德,身穿灰色大衣,手执一根香木拐棍,沿着那条被后人称作“哲学之路”的菩提大道行走,从不与人招呼,心中独自思考着自在之物;或者,他本身就在以心灵的姿态散步,证明自在之物的存在。如果没有这种心灵的散步,康德能够完成自己形而上的崇高发现,把现象从物体中分离出来吗?

我将耳朵贴近大地。柔软的青草,像母亲的发梢,轻轻扎扫在我的脸上。这种在场的真实,证明了我的怀疑。我听见了一种声音,如丝弦,余音缭绕;又似空谷清泉,汩汩淙淙。这是有形的窃窃私语。我知道,这是岷江的足音。不过,我更相信,这是真正的天籁,从遥远的天堂里传来,在参与我与大地的对话。

在这种心灵的交流中,再世俗的人,也会物我两忘。没有张扬,不知不觉,一切尘世间的欲望、功利、烦恼,疲惫,都被它带走。人由此变得纯粹而伟大。我想起了那个故事,安泰与地母的故事。我坚信,安泰之所以能从地母之处获得无穷的力量,秘密一定就在这里!

太阳已经偏西,不断地把身旁一棵桉树的影子拉长。我仍静静地躺在草地上。不知是痴迷,还是沉醉,反正我忘了时间。

(选自散文集《对岸》)

空　城

我不知是从一部《世界建筑史》的扉页,还是从《天空之城》的主题音乐中误入这座城市的。眼前的景象:符合一座城市标准的楼房、街道、霓虹灯、车流,甚至街巷间嘈杂的市声,以及超市门口小贩们声嘶力竭的叫卖声,都在告诉我,我看到的不是虚拟的幻象,而是真实存在于我们三维世界中的一座城市。

我进入这座城市的具体时间，很难做出准确判断。大约是在夏季，太阳艳艳的，照在高楼的玻璃幕墙上，反射出不同颜色的但同样炫目的光芒，令人感到一种热烈的压抑。街上的行人，有的穿着T恤和衬衣，也有的穿着毛衣和长长的风衣。天很高，很蓝，云和鸟都不知道飞到哪里去了，只有天空孤独而空旷地敞开着，又让人有了秋天的感觉。街道两旁的桂树，在绿草、金女贞和一些我不认识的花草的簇拥下，一副春心萌动的样子，这些，又让人觉得是在春季。可是，一眨眼的工夫，我看见的仍是一树空枝。当然，要说这是冬季或春季，也似乎说得过去，我在这个城市的穿行中，偶尔还看见一些桃花和飞雪，交错地闪现；但是，无疑冬天的意味要浓一些。就在我的眼前，雪压的树枝枯槁而坚硬，一只孤鸟飞来，围着秃枝绕了几圈，没有找到落脚之地，又失望地飞走了。所以，现在能够肯定的只有一点：我是在一个似是而非的季节，带着一种似是而非的心情，走进这座城市的——但愿这不是一座似是而非的城市。

我想做一些调查，弄清这座我既熟悉又有些陌生的城市，它的名称、经纬度、当下状况和人文历史。如果有可能，也不排除到这里谋一份职业。专家们说，如果在一个单位、一个地方呆久了，会产生审美疲劳和厌倦感，令生活和工作的激情消退。我在街边的一个报亭，见到一位鹤发童颜的老人。老人戴一副老花眼镜，正聚精会神翻看着当天的报纸。报头是空的，没有编者和日期，也看不出报纸的名称和出版时间。我问老人这是一座什么城市？老人抬起头来，打量了我一眼，和善而歉然地说："呵……啊，对不起，我在这里生活几十年了，也不知道这城市叫什么。上一辈的人也没有告诉我。"

这多少有点令我失望。我想向老人买一张地图，比如这个城市的旅游图什么的。老人回答说："你要这个城市的地图，有。"说罢，从储柜里找出一张卷曲成筒的图来，好像要以他的殷勤热情，报答我对这个城市的关切。我摊开来，这张图也很古怪，像世界地图，又不是世界地图，图上五彩斑斓，像人的皮肤，形状各异的线，如人体上密布的血管，处于动态的起伏搏动中。应当说，这是一张非常翔实的地图，比例只有十万分之一，全世界凡现存的和存在过的人文遗迹，如古迹、城镇、村落，图上都清楚标明。然而，从伦敦、东京、北京，一直到那些已消失的城市和建筑，如巴比伦通天神塔、古罗马斗兽场、图坦卡蒙冥宫，甚至那个躲在兰溪一隅，小得可以忽略的诸葛村，都在图上找到了，惟独不见我现在置身的这个城市。见我有些纳闷，站在一旁的老人说："很多人都在这张图上找过，问他们找什么？都说不知道。"是哦，我又知道自己在找什么吗？到现在为止，我连这个城市的名称、位置、历史、现状都不知道，那我到底要找什么？又怎么找呢？至少，按照目前的方式，或依靠查找城市地图来弄清楚这个城市，已经没有希望了。我突然想起停在不远处的车，和车上的GPS。看来，还不是完全没有办法，我可以借助那个神奇的全球卫星定位系统，先找到现在所处的位置，然后确定这个城市的名称，不就可以进一步了解这个城市了吗！

赶紧过去开车，开机，连接：一片片地球的截面——辽阔的草原、逶迤的山脉、苍茫的大漠、碎片般的城市、蜿蜒的河流，在荧屏上不停地闪现；两条确定方位的坐标线，呈现出绿色十字状，如远视镜上的准星，或初中教材上的直角坐标，主轴上表示未知的两个字母：X和Y，有些刺眼地闪烁着，还是无法确定这个城市的所在位置。我隐隐感到，这是一个神秘莫测的存在，介于似是而非之间。我有些茫然。好在离开报亭时，我顺便买了一本关于这个城市历史风俗的书，打算带回宾馆仔细研读一番，以便对这个城市有一些了解。

我按照自己判断的大致方位，顺着左边一条宽直的街道，来到一处广场。这是这座城市舒展压抑，举办竞技或大型集会的地方。广场中央，建有一个近10米高的人形雕像，中心是镂空的，大概是采用了爱因斯坦的四维空间原理，这个空心的人形雕像，不管从哪一个方向看，都可以同时看到这个人形的面部、背部和左右侧面。在广场周围，沿人行道种植了一些高大的树，树枝都是光秃秃的，像一支支等待点燃的高香（我要加以说明：如果这个比喻可以成立，这样的祭奠，应该是给一个逝去的季节，以慰藉这广场的空旷）。开阔的平面，参差不齐的高楼,被天地间的作用力一挤,萎缩成了一些没有人弹奏的五线谱。我的到来,并不负有演奏它的使命。好在广场这时并不寂寞,市政当局正在这里召开市民大会,作为一种权威的彰显和表达,一位领导模样的人正在主席台上发表讲话。

作为这个城市的一名闯入者,我虽然不知道主席台上那位领导的确切身份,但他的讲话主宰着这个城市的命运,当是无可置疑的。不知是扩音器失真,还是其他什么原因,从讲话声中,我费了很大劲,也没分辨出讲话的那位领导是男是女,我只知道,能在主席台上发表讲话的领导,决非等闲之辈。那讲话声听上去抑扬顿挫,慷慨激昂,颇有些闻鸡起舞的感召力。从讲话的内容和节奏看,会议好像已进行了好一会儿,快接近尾声了。我平心静气,希望能从这位领导的讲话中,了解到有关这个城市的一些背景资料。令人奇怪的是,我越是认真听,越是陷入云雾山中。只听见扩音器里不时传来"嗯……这个嘛,这个,这个;啊……那个嘛,那个,那个"。更令我惊讶的是,说是"市民大会",环顾四周,整个会场竟然空空荡荡,没有一个与会者。主席台上的那位讲话者也像是一个道具,莫名其妙地晃动着。我觉得与其在这里浪费时间,不如去这个城市的图书馆,从那里或许可以查阅到一些有用的资料。开车去须绕道,把车停下,跳上一辆巴士,却发现这辆公共汽车车头车尾一个样,都是一道门,一方前窗。窗圆弧形,开阔,亮堂。车上座位有的向东,有的向西,有的向南,有的向北。售票是自动的,不管几站路,都是一元,只需上车时将一枚硬币丢进一个张着口的铁缝。司机面无表情,两眼平视前方,到站就停,到时就开,不管什么人上,什么人下,或者有没有人上下。车开动时,我只感觉到车身在动,却分不清究竟是在前进,还是在后退。一名女交警,笔直地站在指挥岛上,机械地挥动着手,或左或右,或上或下,表情与动作,都是格式化的,与街道车辆的运行似乎关系不大。

到达图书馆时,太阳已严重地偏西了,就像是有意躲着我一样,原本的位置被腾空,连灿烂的晚霞也在一点点暗淡下去。担心图书馆关门,我匆匆赶去。一层层的楼,被分隔成不同的区域:历史、政治、军事、思想、文化、自然、地理、现代、古代，馆内的指示牌，令人眼花缭乱。不知道该去查哪一架，只好求助于一位图书管理员。那位管理员高挑身材，胸牌上的编号是一长串读不懂的数码。她不言语，也不问我查询什么，得知我的求助后，就主动带着我走。我跟着她，在装满了书架的、穹宇般空旷博大的馆藏中，一间一间地找，一本一本地翻。我发现，全馆满架的书，古籍的，现代的，简装的，精装的，纸质的，电子的，或者 32 开，或者 16 开，全都没有书名，没有章节，没有页码，没有图文，每一本书翻开都是空的。区别只在于：书是线装还是胶粘的，装订书籍的纸张是泛黄的，还是漂白的，或旧或新，或厚或薄。问图书管理员，她只是两手一摊，以一个微笑作为回答。动作虽然优雅，却没有解答任何一个问题。

我带着失望的心情，离开了图书馆。霞光渐渐褪尽，闪烁的霓虹登场，用尽它全部的绚丽，张扬着这个城市的喧哗。在灯光和黑暗的合谋下，天空是怪诞而深邃的。夜色变异了视线，近处的东西仿佛很远，远的东西反而觉得很近，令人感到捉摸不定。最怪异的是夜行的汽车，不知从什么地方突然窜出，就像紧急出击的特警，用一片夜色，遮掩着自己的脸，只露出两只眼睛，直直射出两束灯光，像两把锋利的剑，快捷地从夜晚的身体划过，割出两道深深的口子。汽车过后，夜的伤口立即缝合。城市又陷入一片迷离的黑暗中。

趁着时间还早，我来到一家夜总会。据说，这里正在进行一场行为艺术表演。迎宾小姐告诉我乘电梯到顶层，再折回走。具体在几层，并不清楚。我按照迎宾小姐的指引，来到了表演大厅。表演不知什么时候已经开始了，观众席上关了灯，视线模糊，感觉很昏暗。我摸索着找一个位子，坐下，也不知是坐的几排几号。只见一束幽暗的灯光，照射着迷离的舞台。舞台正中，堆积了一堆头发，在多色灯光的照射下，头发显得光怪陆离，头发中心，有鼓风机在鼓动，伴着震耳欲聋的摇滚乐，那堆头发时而膨胀，时而收缩，给人一种躁动不安的强烈刺激。头发堆旁，有两把椅子，一把椅子上放着一本翻开的杂志，另一把椅子空着。不一会儿，报幕员出来宣布，上半场演出结束，进入中场休息。大厅的灯光骤然点亮,空荡荡的舞台上,没有演员,没有乐师,没有报幕员,甚至没有幕布遮挡。只有一块大大的长框,镶嵌在舞台正中的位置,像一面硕大的窗;再往前看,就是窗外的风景:一棵掉尽叶子的梧桐。

不知什么时候,下半场的演出已经开始。舞台一侧,有两个人,在一条路上行走,先是并肩而行,不一会儿,便一前一后,始终不能同步,时而这个在前,那个在后,时而相反;两人都表情木讷,形同路人。伴随他们的脚步,不同节奏的锣鼓声,时而舒缓,时而紧凑地敲打着。不时有人出来告诉观众:“快到了,快到了。”台上的两人继续一圈一圈地行走着。然后,报幕员出场,告诉观众:那两人在继续寻找他们的幸福。休息一会儿,你们将看到他们是如何找到幸福的。

时间已不早了,我提前退场。回到我登记的宾馆房间,漱口,洗澡,上床,拿出那本在报亭买的载有这个城市历史风俗的书,认真翻看起来。绕了一个圈,从书本出发,又回到书本。由形而上,到形而下,再到形而上,绕了一圈没有结果,人却一天天变老了。我原本对这本书寄予很大的希望,到此刻才发现,原来我翻开的竟是一本编码混乱、掐头去尾的书。比如,书的目录上明明标明全书共有12章,72节;翻开内文,内容和目录上的章节页码却怎么也对不上,而且首尾颠倒,页码错位,印有文字的几个章节,也是前言不搭后语,不知所云。面对这个城市,我陷入了彻底的绝望。

我早就应该想到这个结局:只要进入这个古怪的城市(哪怕仅仅是出于好奇),就再也别想着走出去。我将在这个城市里困顿着:谋职,睡觉吃饭,访友,思考,爱与被爱——尽管这是一座没有名称,没有地址,没有灵魂,没有历史也没有未来的城市。我需要做的只是:在这座城市里,记住自己的籍贯,记住自己的姓名,记住母系和父系的血缘;守住自己的回忆和过去,守住自己的精神、灵魂、情感和对未来的期待。时刻警惕着,不要让自己像广场中央那尊镂空的雕像一样,变成一个空心人。

(选自2008年6月3日《文艺报》)

艺术发现之美

——周闻道散文谈片

曾绍义

从根本上说，艺术创作就是不断创美的活动，从艺术构思到艺术表现无一不是为了创造艺术之美。倘若再追根溯源，我们则可以发现整个创作过程的源头还在艺术的“发现”，因为任何艺术作品都是有思想、有意义的，也只有有思想有意义的作品才可能具有审美价值，而这种直接支撑作品、关乎作品审美价值的思想和意义又必须是独特的、深刻的——使创作最终成为“创美”活动的就是对这种思想和意义的艺术发现。

散文创作尤是这样。所以出版过《夏天的感觉》(1995)、《点击心灵》(2005)、《对岸》(2006)和《家的前世今生》(2007)等多部散文集的周闻道在他写给《中国散文百家谭》续编的创作经验即说:“散文写作既是一种创作，就不能走老路，炒陈饭，发旧叹。任何一种本质意义上的创作，都是一次新发现，包括对自然、社会、人生、灵魂，对生命本质的独特的发现。”(《散文的在场、思想、诗意和发现》)总观他的散文，这种“独特的发现”的确值得重视，既表现了作者的艺术敏感，也体现了作者的审美理想和艺术人格。

首先是对特殊事物的敏锐捕捉。大千世界无奇不有，新奇之事总是惹人注目的，一旦写入艺术作品也容易激人思考。如《一种忧思两处囚》中那对已服刑但“不能算坏人”的情侣，作者不只是写出了他们犯罪原委之“奇”——实属荒唐之举(“她”被同事肖某强奸，不报警却骗出肖的女儿让男友强奸，认为“这是表达自己真爱的方式”,“他”也“出于对她的爱”犯下罪行)，关键还在于写出了这种“真爱”的延续:在同一监狱服刑的“她”手持“他们初次相恋时，他送给她的爱情信物”即“红色丝巾”，每天一早一晚去窗口向“他”张望:“她把手伸出窗口，使劲地舞动，舞动，舞动，终于，他发现了她，也是一样的激动，欣喜”——“他从窗口探出头，夸张地挥舞着手，大声呼唤着她的名字……她深情地一声声回答，奔涌的泪，早已模糊了她的视野，直到管教干警干预，他们才依依告别……”直到“两年多前的某一日”，“他”因矿井透水同其他 35 人一起被埋井下，“她”也没有停止：“人们发现，那个女囚，仍然在一早一晚的那个时候，在那里倚窗张望……张望，已成为她心灵深处的一种慰藉”！很显然，没有后面这种包含在“张望”之中的切切实实的“真爱”，前面的所谓“真爱”便毫无意义。这里，与法律无关，是对特殊人性的开掘。

其次是对一般事物的“特殊性”的哲学思考。特殊事物总是少数，对于占绝大多数的一般事物，作家的艺术发现则是“透过现象看本质”——不仅要看到初级本质，还要看到二级三级本质“以至于无穷”(列宁《哲学笔记》)，最终“发现”事物的规律。应该说，周闻道散文在这类“发现”方面是出色的。对于家家户户都有的厨房，该是我们再熟悉不过的了，或因太熟悉而使我们“熟视无睹”，没有从中去悟出什么道道了。但周闻道却在《厨房》一文中横说竖说，从耕耘到食用，从历史到现实，把个“我家的厨房”说得功大无比又饶有趣味，通过层层深入的“发现”逐步指向哲理的最高层：先是对火的“发现”，即“从钻石取火到柴薪取食，再到今天的现代化气炉电炉，火伴随了人类文明的全过程”；“然后是锅碗瓢盆等等”都“不是改变，而是丰富与充实着厨房的内涵”——这些都是“人类进步的痕迹”啊！第二步是对厨房使食物成为“转折”的发现。作者认为“进入厨房的食物由生到熟”，“完成的是一个生命的涅槃，但不是毁灭，是跨越，是自然、社会的大道的循环与平衡”——“这种涅槃成全了人，也成全了植物，是一种自然的悲壮之美”！第三步也是最重要的是对“佐料”的发现。作者采用拟人手法，充满谐趣地说：“值得注意的是佐料，它们原本都很单纯，酸甜苦辣麻咸，都有自己鲜明的个性，可是一进入厨房，它们都希望将自己的个性强加于人。殊不知，在个性的无度张扬中，触犯了强自取折柔自取束的古训。结果，它们既否定了自己，又改变了食物，受益最大的是渔人，即把食物、佐料添加在一起，奉行中庸之道的人，厨房的主人”。这完全可以当作一段哲学小品来欣赏，有情有趣，哲理闪闪发光且具现实意义：“世间有很多意外，一旦步入某种游戏规则，往往是身不由己，最后是中庸取胜”；中庸者，中和之美也，这不仅是中国古典哲学中的美好境界，也是我们的祖先自古以来立身处世、管理国家的基本原则，所以通过“小小厨房”指向“大大的社会”，再指向“中庸”

大德，确是值得我们“注意”和深思的。

艺术敏感和哲学思考对于艺术发现的作用显而易见，但作为艺术才能的综合表现，核心还在于作家的艺术人格。散文是最直接最真实展示作家人格的艺术，“文如其人”便成了评价散文的重要依据。周闻道之所以被有的评论家誉为“思索着的智者”，即因其“思辨的核心乃在于对普世价值的认同”，“本着良知的冲动，看到社会种种梗阻之事，忍不住要放言，要鸡鸣不已……”（伍立杨《周闻道思辨美学的散文撞击》）其近作《一转身发现上帝》就是这样的“放言”。作品以上帝（神）与人的“灵魂”的“交流”方式，运用“黑色幽默”的方法直斥人间的“苦难”与“罪孽”。比如某“艺术大师”好不容易才由“出身寒门，母亲为佣，父亲打工”的境地“平步青云”成为国家级“最具影响力的电视台的总编总导”，结果“却被一纸拘捕令带到了这里”，“拘捕书上四个字格外刺眼：巨额受贿”；又比如某“县长”深感“在享受权力之甜时，总是时时咀嚼权力之苦”，因为“再大的官，也不得不看上级脸色行事”，不得不遭受“说违心话做违心事”的“痛苦折磨”等等。这些现象既典型又事关重大，着实“令上帝大失所望……人类竟如此不听自己苦口婆心的忠告，不仅没有收敛和遏制罪孽的蔓延，反而让它泛滥成灾，无孔不入，高雅圣洁的艺术殿堂也未能幸免”！最终“上帝语重心长地”说出的一番话再一次令我们反思不已：“你们人类由于原罪，稍有不慎就会走错路……”是啊，“不信，你们看看自己走过的路……”毫无疑问，作者通过“上帝”之口的诉说也就是作者的心声毫无讳忌的吐露，也是周闻道勇敢“发现”的结果——歌德说“在每一个艺术家身上都有一颗勇敢的种子，没有它，就不能设想会有才能”（《歌德的格言和感想集》第93页），周闻道自己也说：“散文创作必须有在场的姿态……如果一个作家要么高高在上，脱离物象，要么蜻蜓点水，若即若离，要么心猿意马，貌合神离，是很难写出有深刻社会现实意义的作品的。”（《散文的在场、思想、诗意与发现》）

总之，“胸中正，则眸子瞭焉”（《孟子·离娄上》）。散文创作的价值固然首先依靠敏锐的观察和进入哲学层次的思考，但观察的重点、思考的指向都应该是关乎社会发展、人类进步，关乎民富国强、民族兴旺的大事，从而敢于针砭时弊，直抒胸襟，通过增强散文的批判意识从另一方面提高散文艺术创美的层次和魅力。周闻道的散文已开了好头，我们便有理由看到他更好的创作前景！

（原载《当代文坛》2007年第6期）

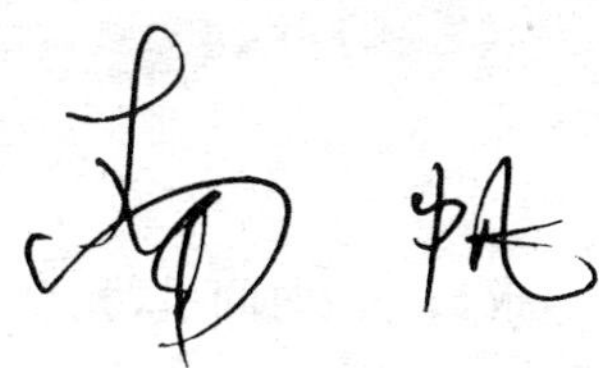

南　帆（1957—　），散文家，本名张帆，福建福州人。1975年中学毕业之后下乡插队，1982年毕业于厦门大学中文系后即考取华东师范大学中文系研究生，1984年毕业分配至福州社会科学院文学研究所工作，历任副所长、所长，现任福建社会科学院副院长兼文学研究所所长，为福建师范大学特聘教授、博士生导师，九届全国人大代表、中国文艺理论学会副会长、福建省作家协会副主席。先后被评为享受国家政府特殊津贴的专家，国家人事部有突出贡献的中青年专家，福建省优秀专家。

南帆于上世纪90年代中期开始散文创作，迄今已出版散文集5部：

《文明七巧板》（上海文艺出版社，1994年）；

《星空与植物》（河北人民出版社，1997年）；

《追问往昔》（湖南文艺出版社，1998年）；

《自由与享用》（百花文艺出版社，1999年）；

《叩访感觉》（东方出版中心，1999年）。

其中《叩访感觉》获福建省优秀作品奖，《蛇》《枪》《家居的君子》等获省级文学期刊优秀作品奖。

评论南帆散文的文章主要有：

《寓意分析：快乐的思想突围》（余岱宗），《文学自由谈》1995年第1期；

《当代智性散文的局限和南帆的突破》（孙绍振），《当代作家评论》2000年第3期；

《迟到的现代派散文——论南帆在当代散文史上的意义》（孙绍振），《南方文坛》2001年第3期。

没有镣铐的文体[①]

南　帆

我想最好还是承认，很长一段时间里，我总是漫不经心地将散文当成了放置边角料的后院。我将那些论文——我所习惯的文体——难以容纳的感触、事件、怀想、幻念寄存在散文里面，如同听候征用的文学档案。一切仿佛在不经意之中积累着，直到出现了一个突如其来的顿悟——散文不就是我心目中最为惬意的文体吗？

散文是一种没有镣铐的文体。散文的活力与弹性让我感到了心智的自如。

《文明七巧板》的后记之中，我曾经将写下的一批随笔形容为个人对于日常文化的思想性突围；当时我还没有明确意识到，散文同样是文体规范的突围。散文不介意种种既有的文体规定，散文是天真而又放纵的。解放是散文的首要意义。散文以原初的朴素瓦解了文体上繁复的陈陈相因，并且不再作茧自缚。这为我带来了莫大的快意。谁能规定散文的形态呢？散文可以是洋洋长卷，也可以是匕首般的短章；可以是亲切的幽默，也可以是倾出一腔热血的激烈；可以是娓娓而谈，也可以是大声疾呼。总之，散文是富有魅力的百面郎君。我至今还是很难相信，散文能够拥有诗或者戏剧那样周详的文体理论。对于不拘一格的散文说来，理论的网眼永远太大。

苏东坡曾经说过："吾文如万斛泉涌，不择地而出，在平地滔滔汩汩，虽一日千里无难。及其与山石曲折，随物赋形而不可知也。"在我看来，以泻地之水比拟散文的汪洋恣肆，这再合适不过了。水没有形状；但是在另一方面，水又可以因势利导而成为任何一种形状。从这

① 本文原是散文集《星空与植物》的跋文，由作者荐作创作谈，题目由编者加。

个意义上不妨说,散文并没有固定的文体边界。

当然,敞开边界也可能成为一种陷阱。文体的宽容很容易为庸常之作的登场提供方便。如同人们时常看到的那样,许多散文乏味寡趣,琐屑无聊,人云亦云。这时常让我想到另一个问题:文体的解放并不是轻松的同义语。水可以是最有力量的,也可以是最没有力量的——这同样是散文的两面性。怎样才能面无愧色享用散文所给予的文本自由?编定这本集子之后,我觉得仍然必须对自己提出这样的追问。

自选作品

蛇

这个湿润的季节里,我又见到了蛇。马路边上出现了外地来的蛇贩子。他们并不扬起嗓门叫卖——他们默默地让褐黄色的蛇花哨地缠绕在胳膊或者脖子之上,招引路人的目光。一瞥之下,蛇的缠绕似乎含有某种亲密的阿谀与媚意。但是,我坚信多数人不可能对蛇抱有亲切之感。

我仅能从记忆之中搜罗到一个例外——一个乡村的朋友。他的身高接近两米,目细脸狭,背微驼,手足似乎太长了些,晃晃荡荡的。他手里常常玩弄一只绿色的水蛇,一尺左右。他的捕蛇方式相当奇异,我见过一回:他坐在一口水蛇出没的池塘边上,脱去了鞋,将一只光脚伸到水草里面来回划动。片刻之后,他猛地将脚抽上来,一只咬住脚拇趾的水蛇被带了上来,这看来如同"钓蛇"。他笑眯眯地解释说,水蛇没有毒。他能够花一个晚上,细心地用缝衣针将蛇嘴缝起来,然后将蛇藏在大队会计的抽屉里。会计拉开抽屉取账簿,憋气了一夜的水蛇扑了出来;会计大喊一声扔了手里的算盘,算盘珠子骨碌碌地满屋子滚动。

我没见过谁还能像这位朋友一样喜欢蛇。事实上，多数人对蛇具有一种无名的恐惧。也许，游走于陆地之上同时又不肯长毛的动物令人反感。我能够栩栩如生地想到蛇的粘、湿、滑、冷，仿佛亲手用巴掌抚摸过一样。亲密的一个必然后果是肌肤相亲。然而，蛇没有体温。这使人的皮肤深感难堪——即使痴情于白蛇娘子的许仙也接受不了。没有体温的动物往往让人想到了尸体。这就是我们厌弃蛇的全部理由吗？

不管怎么说，我们最常见到的野生动物仍然是蛇，即使在我们移居城市之后。狮、虎、熊、豹已被城市的栅栏阻隔于郊野，只有蛇暗暗地尾随着我们的脚踵潜入了城市。身陷城市，只有两种动物常来造访：天上的鸟，地上的蛇。鸟从空中为我们衔来郊野的清新气息，蛇却是以无孔不入的方式提示我们郊野的险恶。

第一次见到蛇是在人行道的路灯之下——那时我大约九岁。夏夜纳凉之后，姐姐攥住我的手回家。突然，我们见到电杆之下黑乎乎的一坨。大约受到脚步的惊动，一只挺立的蛇头从这黑乎乎的一坨中央伸出来，微微摇动。对峙了几分钟之后，这只蛇徐徐地展开身子，缓慢地滑入路边的黑暗之中。我的童年居住于一幢土木结构的平房之中。我不止一次看见，熏黑的屋梁上一条蛇蜿蜒而过，或者从墙壁顶端的一个破洞里拖出半截蛇尾巴。我奶奶对于我的惊恐不屑一顾。在她老人家看来，蛇、蜈蚣、老鼠、蜘蛛、蟑螂均属这幢房子必不可少的附属零件，无需大惊小怪。奶奶的泰然并没有释尽我的惊惧。晚间熄了灯之后，一切窸窣之声都显得可疑起来。我甚至深恐一只蛇可能无声无息地伏在我的蚊帐之中。这种无由的少年恐惧症持续了许久。事实上，真正见到蛇进入蚊帐时——当然不是我的蚊帐——已经在乡村落户了。乡居的日子，常常难免与蛇照面。除了通常的蟒蛇，我还见到了美丽的金环蛇、银环蛇和碧绿的青竹蛇。虽然几度险些遭到蛇的袭击，但少年时代刻骨的不安已经消散。我不再惧怕蛇，仅仅感到了厌腻——这是站立的人对于爬行动物的轻蔑。

为什么蛇无法在人类那里赢得足够的尊严？为什么蛇没有虎的

雄姿,豹的勇猛,或者狮的王者之相?民间传说与故事之中,一些巨蛇隐于深山大泽。但是,这些蛇并未引起我们的敬畏之情。相反,这些蛇总是被想象成失败的反面角色——从汉高祖芒砀山斩杀的白蛇到民间故事之中看守珠宝的毒蛇,莫非如此。为什么蛇不能成为勇武的象征?显然,蛇也能拥有自己的非凡气势。我曾见过蛇在水田里追逐青蛙。一只拳头大的青蛙从绿色的秧苗之间一次次凌空跃起,两条大腿绷得笔直;一只蛇在秧苗丛中疾速滑行,伸出水面的蛇头划出两道长长的水纹。不时之间,蛇会从水田之间骤然立起,如同一根旗杆,而后像鞭子一样抽下去,溅起一串水花。这一刻无疑体现了蛇的八面威风。为什么没有人为这种八面威风喝彩?蛇躯体之上的花纹并不难看,某些蛇的花纹甚至艳丽得如同山鸡或者鹦鹉;蛇的蜿蜒而行将绘制出种种优美的曲线,以至于草书之中存有"龙蛇竞笔端"的赞叹。此外,蛇是一种顽强的动物。死而不僵无疑是一种坚韧。见过杀蛇的人都知道,即使将一条蛇斩了头、剥了皮,蛇的粉红色血肉之躯仍然会不屈地扭动很长时间。也许,这种顽强与不屈已经抽象为一种生命的姿态——人类的猎杀并没有为蛇带来灭族的威胁。蛇的家族依然兴旺不绝。蛇无须像狮、虎那样求助于动物保护委员会。为什么没有人慷慨地肯定蛇的种种品行?事实上,我们更须常记住的是:蛇是伊甸园里的罪魁祸首。

根据《圣经》里的故事,蛇的现有形象源于上帝施予的惩罚。蛇诱惑了夏娃偷吃禁果,于是,上帝的无边法力逼使了蛇用肚皮走路。这让我产生了一个大胆的猜测:人类厌恶蛇的原因恰恰是——蛇没有四肢。我们的祖先曾经成功地征服了百兽,从而使人类赢得了地球上的至尊地位。伏在岩洞里面,人类就不必担忧鲨鱼的利齿;在陆地上,人类所对付的豺狼虎豹通常是尖锐的四肢外加嘴里两排利齿。我们祖先的勇敢、智慧以及搏击技巧多半是相对拥有四肢的野兽而言。人类用四肢对抗四肢。当人类的手能够投石块乃至使用弓箭之后,决定性的胜利来临了。然而,这一切对于蛇无济于事。蛇不用四肢,蛇的搏斗方式让人无所适从。蛇可以潜伏在一切地方:草丛中,树干上，屋顶，床下，台阶缝里，这意味着蛇可能从任何方向出现。蛇很少正面扑击。它不是用力量与速度与人对抗。蛇往往隐蔽地贴近人的身边，缠绕盘旋，然后使用一副致命的毒牙。著名的拉奥孔雕像逼真地显现了人与蛇的搏斗。尽管拉奥孔父子三人体魄健壮，但是，他们的四肢无法抗御蛇的缠绕。拉奥孔父子的胳膊与大腿找不到蛇的相应部位，他们只能在一团无所不在的捆缚之中徒劳地痛苦挣扎与呼号。这一幅景象令人不寒而栗。由于蛇的独特行径，人类将阴险的性格赋予蛇。人类很难制服蛇；同时，蛇的身体体积又无法引起人类的崇敬。于是，恐惧、无奈与羞耻的混合形成了另一种情绪：厌恶或者轻蔑蛇。

蛇所造成的悬念使我很想看个究竟。于是，在一个炎热的夏季，我跟随一辆面包车长驱数百公里前往武夷山的蛇园。蛇园隐于武夷山密林深处，远远望去仅能见到一圈围墙与几幢两层楼房。我夹在人丛中忐忑地进了大门，并未立即见到想象之中的百蛇图。蛇园里十分安静。顺着水泥甬道进入一间间陈列室，可以见到展览图片与浸在药水中的种种蛇类标本。人们有条不紊地走着，惟有大门口铁笼子里的两只猴子机灵地上蹿下跳。据说猴子警觉，一旦有蛇出走，猴子能够立即示警。

四处转过之后，人们来到了蛇场。这是一个陷于地面之下近十米的水泥场子。其中设有一些土丘、草丛、小池子和树。人们俯在栏杆上往下看，这两三百平方米的场子里隐匿了数千条蛇。待到眼睛适应了场子里的光线之后，每一个角落里都可以发现蛇。午间的阳光透过茂密的树枝斑斑驳驳地射入场子，在一簇簇的蛇身上形成反光。树干上或者沟壕里，四处可以见到蛇在缓缓地滑动游走，优雅，从容，如同上了年龄的绅士在公园里散步。

将要离开蛇园之际，我在水泥甬道的角落里见到了一个粗铁丝编成的笼子。笼子里一只蟒蛇纹丝不动地酣睡。蟒蛇大约有我的两胳膊粗细，褐色之间夹着黑点。我在笼子面前蹲了下来，试图近距离地看清蛇的嘴脸。蓦然间蟒蛇抬头，向我扑来，我跟前出现了一个撑张得硕大无比的蛇嘴，我清楚地看到了嘴里的牙齿，似乎还嗅到了喉咙间蹿出的一股腥气。这张嘴“嘭”的一声撞到了铁笼子上。猝不及防之间，我惊骇得一屁股坐到了地上。待我定下神来，一切已经电光石火般地消失，仿佛并没有发生过。大蟒蛇依然头也不抬地酣睡，纹丝不动——只有我额头上的涔涔冷汗向我证实了一次未遂的袭击。

蛇的狡猾表明，蛇拥有足够的智力。的确可惜，蛇没有四肢，否则将十分了不起。这不是画蛇添足的想象——如果蛇有了四肢，它就会变成龙。

（选自散文集《星空与植物》）

星空与植物

——围棋札记

1

良久，中指和食指拈起一颗棋子，啪的一声打在木制的围棋盘上。最后一个单官。我燃起一根烟，静待终局的数子。其实胜负之数已经了然于心，赢了两目半。但我心里还是袭来一种熟悉的淡淡伤感。又是一局棋结束了——不，我想到的是另一个不祥的字眼：又一局棋死去了。

最初的棋盘上驰骋过多少奇妙的构思呢？局面如此开阔，任凭撒豆成兵，翻云覆雨。然而，落子慢慢密集起来，一个个局部逐渐定型，盘旋的剩余空间越来越小，种种可能和弹性不断地减少、消失——一局棋就这样不知不觉地衰老下来，如同一具开始僵硬的躯体。最后一个空隙填满之后，一切成为定局，纷纷扬扬的思绪骤然都折断了翅膀。这就是一局棋的尽头。

当然，可以将所有的棋子从棋盘上抹掉，重新开始。但是，原先的这一局棋已经不复再现。千古无同局。即使棋谱也无法保每局棋的全部生命。棋谱无法记载棋手投入这一局棋的所有心血,就像史书无法保留古人的所有心情一样。

围棋的棋盘由纵横19道交叉的直线组成。棋盘的四条边线即是终极大限。大限不可跨越。无论棋手有多大本事,一局棋只能在边线规定的版图之内运行。耗尽了特定的空间,大幕就该落下来了。一个棋手力挽颓局,愈战愈勇,但最终仍然功亏一篑。他满脸憾意地说:“如果棋盘再大一点,我就赢了。”可是,这样的“如果”永远不可能实现。对于许多人说来,这如同一个悲哀的隐喻:生也有涯,壮志难酬。

所以,一局围棋的生命长度体现为空间,而不是时间。

2

关于围棋的起源,人们有过种种猜测。仅有两种猜测让我感兴趣。在我看来,这两种猜测击中了遥远的两端,两端之间已经囊括了一切。我甚至不想再听到其他想法。

一种猜测认为,围棋来自天文工具的引申。仰望星空,测量星象导致了围棋的诞生。这使围棋寓有一种大气磅礴的风格,散落着棋子的棋盘对应着缀满星座的苍穹。“星罗棋布”是一个相当有趣的词,天文与围棋之间的关系通过这个词得到证实。这样,围棋就如宇宙深处传来的某种神秘回声。

另一种猜测认为,围棋的最初摹本可能是植物之间的争斗。棋子一旦落到棋盘上就不再移动,这同大地上的植物相近。棋子的存活、成长、搏斗如同植物一样地蔓延、互相缠绕——围棋之中“搜根”这个术语明显地以植物为喻。这仿佛暗示了围棋与大地的关系。这样,围棋显出了脚踏实地的另一面。植物生长的绵密和顽强化为一种气韵潜入行棋过程。

这两种猜测都无可稽考。但是,从闪烁的星空到匍匐于大地的茂密植物,两者的距离表明了围棋的内在振幅。

3

围棋是一个魔具。

围棋的规则极为简单。弄懂了两眼成活和围歼吃子的规定,就能够下棋了。人们可以将棋子落到棋盘上的任何一个交叉点上,不会遇到犯规的警告。规则的简单带来了自由无羁和开放民主的气氛——似乎人人都可以轻易地进入围棋。许久以后才能突然察觉,简单恰恰是一个诱人的圈套。

在这简单的规则后面,围棋寓含了多少变化呢?计算机可以测算出一个吓人的天文数字。人的大脑不可能穷尽这些变化。于是,许多人发出了长长的感叹:无底的棋盘,深不可测。我常常看着棋盘上纵横19道,心中一阵阵悚然。我知道,这个棋盘可以不动声色地掠走一个人的毕生心血。这使我警觉地与围棋保持一定距离,以免为纵横19道编织出来的魔网密密麻麻地罩住。我还想做其他事情。

4

围棋没有一点儿外部观赏性。两位棋手凝固在棋盘面前,许久许久才"啪"地落下一子。局外人感到索然无味。这里没有眼花缭乱的灌球入网,没有扣人心弦的临门一脚,甚至也没有扑克游戏中种种花哨迷人的洗牌与分牌。一切都静静地摊在那里。

然而,这种安静背后隐藏着强烈的紧张。我常常从杂志上看到棋手对弈的相片:棋手们托腮凝思,专注地盯住棋盘——仿佛要把棋盘看穿;即使从相片上也可以体验到,棋手的凝固姿势与紧张的智力运筹形成一个巨大的张力。一些棋手的激烈内心甚至会呈现到躯体外部。聂卫平曾经回忆他首次与赵治勋下三番棋的情景:聂卫平踱入对局室的时候,赵治勋已昂然地坐在棋台面前,他那挺直的躯体仿佛整整扩大了一轮——聂卫平竟然骇住了。许多时候，对局之中凝固不动的棋手正在以命相搏，围棋史上出现过不少吐血之局。

围棋是智力的激烈角逐。智力的相持、较劲、厮杀、扭打。外部动作如此简单——拈起一颗棋子打在棋盘上。然而，拈起这颗棋子之前，棋手的大脑里演示过种种参考图；实际上，这些参考图累计成这颗棋子的重量。当然，棋局一步步地展开，人们逐渐看清了棋盘上一个宏大的战役。这里有很多故事：奇袭，合围，格斗，妥协；短兵相接，围魏救赵，孤军突进，忍辱负重；人们可以看到寒光闪闪的猝然一击，也可以看到一块大棋如何中弹，呻吟，挣扎，痉挛，直至最后僵死倒毙。总之，棋盘上的搏杀酷烈异常，只不过缺少震耳欲聋的枪声与令人厌恶的鲜血而已。纯粹的对抗使围棋成为超功利的攻防艺术。

5

对于每个棋手就不一样了。他们可以从精彩的棋局之中读出对局者的智力个性。如果用我所熟悉的文学作为比喻，这些棋局如同批评家面前奥妙无穷的“文本”。棋谱也就是阅读历史承传下来的经典名著。

智力的高速运行可以达到什么目标？看看坂田荣男的棋谱就知道。坂田荣男绰号“剃刀坂田”，格杀之间的招式锐利无比，让人联想到了日本忍者的刀术。坂田常常下出一些匪夷所思的妙招。在我看来，这些妙招之精炼并不亚于“红杏枝头春意闹”的“闹”或者“春风又绿江南岸”的“绿”——对不起，仍然以文学为喻。坂田擅长近身扭杀，这时他将“手筋”迭出。坂田可以从一连串“手筋”之中听到铿锵之声，看来，“手筋”如同拉枪栓一样令坂田感到了振奋。

观察一个棋手的智力如何运筹全局，这就必须谈到棋风——棋手的独特风格。这方面有许多话可说，如大竹英雄的唯美，加藤正夫的凶狠，武宫正树的豪放，林海峰的坚韧，藤泽秀行的华丽，马晓春的轻灵，钱宇平的“钝刀”；吴清源的棋风既开阔又细腻，而木谷实则如同坦克一样缓缓而又沉重地碾过，不可阻遏。

似乎是大竹英雄说过，不少中国的年轻棋手搏杀出色，遗憾的是还缺少一种大风格。可是风格的形成并不容易。棋风必须由胜率作为注解，屡战屡败的棋风并不成立。只有戴上王冠的个性才有资格叫做个性——这与文学不同。当然，一些棋手只考虑胜负而不在乎坚持某种风格，例如小林光一。小林光一是一个无风格的棋手，他什么棋都能下。在聂卫平看来，这种棋手最为可怕，没有人琢磨得透，抓得住把柄。

但是我还是喜欢有风格的棋手，例如武官正树——尽管武官近来的调子远不如小林光一。武官那种浪漫主义的"宇宙流"含有某种令人心仪的东西。棋即是人的性格。即使大赛前夕，武官也会打台球或者唱卡拉OK至半夜；得了富士通杯冠军，就大言不惭地宣称自己是天下第一男子汉——没有丝毫的谦虚，也不为自己留个余地。这就是武官。

不管怎么说，我时常有意无意地期望武官在对局中取胜。

6

围棋体现出一种宁静和沉着。围棋是强者的世界，但强者不是霸者。

棋诀云：不得贪胜。许多老练的棋手有意回避赶尽杀绝，他们更为推崇不战屈人的格言。围棋忌讳"过分"或者"无理棋"——"过分"或者"无理"必遭反击，甚至使优势转瞬之间土崩瓦解。如果对局的双方均遵循相当的分寸，棋局将显得自然流畅，进退适度。相宜的分寸并非谦恭礼让，而是双方实力最大限度的相持，因此，自然流畅无疑也是功力、计算、耐性和自信的全面抗衡。一旦实力稍逊的一方难以为继因而被迫用强，杀伐之声立起。于是，掷出的白手套挑起了一场决斗。一切从容都丧失了，局面混沌难解。通常挑战的一方更为吃力一些，因为这一方的局面已经开始失重。

围棋的战略令人想到了老庄哲学;想到了以柔克刚,后发制人,以静制动,欲速不达;想到了书法之中的藏锋,武术之中的太极拳。一局棋长达两三百手,不该指望三招两式就一记重拳将对方打倒;对弈之际一人一手,机会均等,追求子效远比截杀大棋合理。蝇头小利或者匹夫之勇是围棋之中两个致命的诱惑。所以,围棋强调厚实、积聚和厚势的潜力,强调在不疾不徐之中握住真谛。不少时候,隐忍自重至少和勇猛果敢一样重要。人们称韩国的李昌镐为天才少年,他的稳重几乎与他的年龄不成比例,当然,像刘小光或江铸久这种凶悍的棋手更乐于恃力决战,一赌胜负,但他们遭受回击的可能也增加了许多。聂卫平风趣地说,刘小光的重锤是致命的,可是一旦被对方闪开了,他自身暴露出的破绽也是致命的。

这也就是棋道了。棋道隐藏在无数名局背后,千头万绪,很难用手一把拎出来。但是有些棋手却将棋道说得十分简单,只有三个字:平常心。他们将这三个字写在了对局时抓在手中的折扇上面。

7

围棋还没有被电脑征服,也许永远不可能。至少在目前,初段棋手就可以将电脑打得落花流水。这个消息让我深为欣慰。这样一个技术主义泛滥的时代,围棋为人守住了一块小小的高地。

围棋体现了人类智慧的深邃。不言而喻,人的记忆和计算不可能超过电脑,但是人能够构思、奇想,制造种种意料不到的局面。这使人永远握有一份主动。许多科学幻想作品中,配有电脑的机器人已经无坚不摧,甚至制造电脑的人类也无法阻挡。人类的胳膊抗拒不了机器人的铁臂,人类的心智也将遭受电脑的奴役吗?在人类最后的尊严面前,黑白两色的围棋设置了一个电脑难以穿透的八卦阵。

电脑意味着清晰、逻辑、合理、一丝不苟,棋手出招时却常有一些难以言明的内涵。情绪?气势?外界的骚扰?隔夜残留的烦恼?背水一战的悲壮心情?对于“克星”的恐惧?所有的七情六欲都能暗地改变一个棋子的方向和位置。棋局之中不时有鬼使神差的一手——不可思议的妙招或者恶手。这可能是人的潜力,也可能是人的故障。

最难解释的也许是运气。两三百手下来,胜负可能仅仅是半目——四分之一子。毫厘之间,胜负立判。再也没有比四分之一子更小的胜负单位了。乒乓球、羽毛球或者排球至少要净胜两个球。也许,只有短跑才有类似的精确计量。胜半目或者负半目都有极大的偶然性。可是,如果负半目残酷地从偶然就变成了必然,这就是命运的捉弄了。刘小光曾经在几次大赛中屡屡负半目,以至于棋迷邮寄了一个棋子给他,让他再争取一个子。可是,苦笑之外,刘小光还有什么可说呢?

为负半目的棋复盘是一件痛心疾首的事情。复盘是历史的事后摹拟,然而当时只能有一次。复盘将这一切演示得格外清楚:任何一个轻微的改动都可能争回半目,争回历史,但无数的机会已牢牢嵌在逝去的时间方格之中,无法索回。剩下就是扼腕长叹的时刻了。

8

我记起《红楼梦》之中一副对联:“宝鼎茶闲烟尚绿,幽窗棋罢指犹凉”。这是贾宝玉为大观园之中的潇湘馆所拟。窗外风吹竹叶,雨打芭蕉,室内茶香缭绕,棋声间歇——古人何等的情趣。

如今,通常的对弈已找不到这种幽静的环境和心情。城市里的楼房鳞次栉比,透得进清风明月的地盘未必会赐给围棋。更加为难的是,多数人付不起对弈所需的时间。街道上人们行色匆匆,为了生计和利润节约一分一秒。一局围棋需要两三个小时,过于奢侈了吧。一些棋迷费尽心机从公务和家务之中挣出半日的休闲,相聚起来便捉对厮杀。他们的对局如同赶路一样仓促,噼啪之声不绝于耳。忽然觉得眼前局势已非,便一把抹去重新开始。暮色溶溶之际不得不歇了手,茫然之间记不住究竟下过了几局。这样的时候,围棋不过像临时杀一杀瘾头的劣质纸烟罢了。

当然,也许会有时间充裕的时候,譬如说锒铛入狱。我记得仿佛哪一位作家说过,如果入狱只能带两样东西,那就是一套自己的小说集,一副围棋。这的确是一个明智的选择。所有的书都可读可不读,那么,读别人的书不如读自己的书;所有的东西都可能玩腻,也许只有围棋是个例外。在大观园的潇湘馆里打发闲情逸致,这是围棋的雅致;在铁窗的栅栏之下开拓出一片自由的空间,这才是围棋真正的不俗。我是这么想。

(选自散文集《星空与植物》)

迟到的现代派散文

——论南帆在当代散文史上的意义

孙绍振

一、当代散文艺术的落伍

中国当代散文本来积累最为丰富的艺术基础是抒情和幽默,南帆的散文有非常明显的反抒情的倾向,虽然他并不缺乏幽默感,但是他却谨慎地节省着幽默,避免幽默妨碍他思想的深邃。他的散文不是抒情的,不是“审美”的,而是追求智性的,可以叫做“审智”的。他的“审智”之所以没有流于抽象,是因为他有异常生动而丰富的艺术感觉。超越了抒情,直接从感觉进入智性的思索,让思索带上感性的生动性,这一点正好与西方现代派诗歌与小说在艺术上同步。

在我国诗歌和小说中,早就有了现代派的潮流,半个多世纪以来,却缺乏现代派散文,南帆散文的出现,正好填补了这个历史的空缺。

南帆散文的反抒情倾向,为他在语义上“去蔽”和重新“敞开”提供了崭新的自由空间。他以不带感情的话语,对散文所遗弃的现象作还原性质的观察和比较,自由地进行文化价值的概括。他超越了抒情而又没有陷入抽象,关键在于他强化了感觉。凭着丰富的、独特的感觉,他的智性的概括获得了相当饱和的审美的力量,别出心裁的亚审美逻辑和话语内涵重构,创造了自己的感觉和智性交融的艺术世界①。南帆所追求的,是探索司空见惯的日常现象内在的文化编码。他说他的分析导源于"凝视",这是一种冷峻的观察,对于一切,包括自己的躯体,拉开距离,不但是物理的距离,而且还是情感距离。凭着这样的距离的冷峻,把潜在的文化意味"剥离"出来。他的作品昭示着:散文艺术形象可感性,并不一定和情感的渲染联系在一起;当理念和感觉联系在一起,感觉得到深化的同时,感染力就油然而生。

他拥有纵深的、潜在力量很强大的感觉。关上情感的窗子以后,打开感觉的门户,照样让智性发出感性的力量。拒绝抒情并不从根本上威胁审美的感性生命;感觉切不可废弃;如果连感觉也都废除了,光凭抽象的分析,就很难避免像许多没出息的、缺乏艺术追求的学者(如张中行等)的散文那样,陷入抽象议论而不能自拔。

感觉,特别是并不变异的、不带情感的感觉,并不一定命中注定就是抽象的。

从世界文学史来看,十九世纪末、二十世纪初后浪漫主义的情感的直接抒发走到了极端,就成了所谓的"滥情"。象征派、意象派、现代派、后现代派的诗歌,还有现代小说的叙述潮流的共同特点正是超越情感,重构感觉,把智性隐藏在叙述中,在这一点上奠定了它们的艺术基础。二十世纪的文学历史,可以从许多方面去阐释,但是从艺术形象本体和心理结构来看,这场波澜壮阔的伟大精神和艺术的变动,其实质不过是感觉/情感和感觉/智性之间核心地位的一种换位。

既然,在小说和诗歌中,这种换位已经发生,在散文领域中,关闭抒情的渠道,诉诸感觉,通向它的纵深智性层次,从历史的发展来说,是迟早要发生的事;南帆不过是因缘际会,无心作历史的突破,却成了历史的幸运儿。

---

① 关于这一点,参见笔者的论文《当代智性散文的局限和南帆的突破》。发表于《当代作家评论》2000 年第 3 期。

但是，他是一个迟到者。感觉和智性的合谋，超越抒情，在小说和诗歌中，已经发生、发展，不但走向成熟，而且开始出现衰落的迹象，可是，在散文中连个流派的风声都没有。其根本原因，很可能是散文美学世界性的贫困，诗学、叙事学乃至暴发的电影美学的遗产却有如此丰富的流派；散文美学上千年的积累却连起码的范畴的系统性也谈不上。正是因为这样，在本世纪初，对于学者散文，尤其是周作人式的苦涩性的智性散文，在艺术评价上，过分妥协。学者散文的智性话语向感性转换和重构的问题长期以来没有作为一个基本理论问题，连南帆这样一个学者都没有意识到他有必要全面地研究，虽然实践上他已经在智性话语和审美逻辑的转换上作出了贡献，但是他没有注意。原因之二是，在新时期，抒情散文的滥情化和幽默散文的肤浅化引起了普遍的不满，引发了对于"学者散文"艺术评价上的无限退让；其结果是散文艺术的准则无限的混乱。在某篇论文中奉为经典、杰作的，在另一篇论文中，则可能根本不屑一顾。余秋雨无疑为中国当代散文的文化思考和大散文文体创造作出了巨大的贡献，但是偏偏有把他贬得一无是处，甚至把他的散文说得连李元洛那种滥情的散文和多少是追随余秋雨的卫建民的散文都不如。

理论上的幼稚降低了对于创作的要求；而创作上的贫困又加剧了理论上的混乱。其结果是中国散文就没有可能如诗歌和小说那样具有流派的自觉性。

二、超越抒情——审智话语的转化

南帆的感觉拒绝承载情感，并没有为抽象的概念所窒息。他为智性散文找到了感觉载体。他的感觉不再顺从抒情的裹胁，相反，他的感觉是反抒情的，正是这种反抒情的感觉为他通向思想的深层构筑了桥梁。他的概括性的观念和五官感性构成一种张力场，正如象征派诗人所预期的那样，思想焕发出了感性的芳香、温度、色彩和旋律；从感觉的跳板出发，跃过情感的大河，直接通向智性的岩层；把读者从日常的、世俗的感觉中解放出来，向心灵的纵深层次进行潜在文化意味的探险。此时的感觉，不再是一般的感觉，而是充满了智性纵深内涵的感觉；不再是平面的，而是立体的了，智性也不是泛泛的，而是渗透着感觉生命的智性。

《安装在轮子上的世界》(东方出版社):《叩访感觉》所选择的本来是异常枯燥的对象:汽车、自行车、摩托车、出租车、过山车、火车,最后是飞机;从传统散文和艺术观念来看,分析比较这些交通工具之间的异同,肯定会脱离散文艺术起码的感性要求。

他战胜抽象的基本法门是:把分析和最切近自我的躯体感觉联系起来,把对象主体化、感觉化,他关注的焦点,不是在轮子——车子之间物理功能的比较上,而是在轮子和车子所带来的不同的躯体的感觉上。他说,自行车与躯体有一种"亲密关系",三脚架、龙头"似乎是从人们的躯体骨骼之中延伸出来的",而摩托车的风格是"威猛"的,"(自我的)欲望充当了唯一的主宰";汽车是"一个安全的机械世界",而摩托车骑手"胯下暴跳的摩托时常被想象为一匹剽悍的烈马"。出租车则是临时的,到了目的地,"毫不惋惜地将这样的躯壳扔下,如同一次解放身心的脱皮"。所有的感觉都集中在一点上,那就是机械和个人的自由的对抗和顺从。一系列平淡的、无序的感觉,由于和生命的自由发生关系,而形成了有序的智性结构,感性和智性在这个结构中同步升华了。

生命哲理的思考推动着躯体感觉的逻辑的推演,而躯体感觉的衍生又推动了生命哲理的深化。躯体的心灵互动,使得南帆开拓了属于他独享的感觉和智性统一的世界。在传统散文视若畏途的地方,在许多抒情散文家觉得没有什么特殊感觉的地方,他能滔滔不绝,做出大块文章。他的灵感,不仅仅来自于躯体的感觉,而且来自于心灵的智性——把自由作为最高追求,智性和感觉的猝然遇合。

在许多感觉与情感的交叉点上,南帆拒绝了抒情,却没有拒绝想象,以他写自己故乡——福州景象的散文为例:

> 山,我不稀罕。即使在寝室里,我也能透过窗口望见山。远方一带蓝蓝的山脉蜿蜒不绝,蠕动起伏。我所居住的城市栖息于一块不大的盆地之中。山时时从四周探头垂顾这个城市,谛听着这个城市的所有动静。
>
> 我不能想象山从这个城市四周撤走。丧失了山的庇护,这个城市仿佛会沿着倾斜的地表滑落到海洋里去……没有山作太阳和月亮的

隐身之处,白昼与黑夜的循环交替又如何完成呢?

想象如此特异,足以与当代任何一个杰出的抒情散文作家媲美。如果在善于抒情的作家那里,肯定要伴随着情感的宣泄,南帆的才气不在情感的渲染,他好像自然科学家一样,即使在想象着,假定着山滑到海里去(这将是一场大灾难!)也是不动声色的,读者难以从文字上想象他的脸上有任何惊讶或者恐怖。一般抒情作家的奇特想象,是与诗化的抒情联系在一起的,而南帆不以抒情的诗化取胜。连说到自我肉体的来由都不怕煞风景——人的生命被他仅仅看作是“另外两个人一次性生活的副产品”。这样的想象用缺乏情感色彩来定位是太不够了,从根本上来说,是无情。

这一点在对于过山车的描述中表现得更为明显,虽然他说这是一种“刺激”,但是他只是分析这种刺激的意义,而不是和读者一起体验刺激的情感。他认定:过山车对人“是机械的强制性劫持,一个无形的巨掌将乘客迅捷地投向空中,掼下深渊”。刺激是众口一词的形容,但乘客不可能在这种刺激之中体会自由。虽然,他不无夸张地说,乘客被“掼下深渊”,甚至还提到了“恐怖”,这里本可以顺便让情感宣泄一下了。但是,他的心灵却向文化智性转移了:即使有了这样的速度,人也还是不自由的,是要经过“轨道的审核核准”,令他最感到遗憾的东西与情感无关,只有智性的文化思考:“速度阉割了自由的向往。”他没有抽象地讨论自由问题,而是把意念集中在车子与轮子和躯体的感觉上。有了感性的依托,再从借助想象的自由,超越情感,直接向智性升华。南帆的拿手好戏在于,从感觉出发,从想象中概括出观念来,又用观念去重新阐释感觉,在这双向阐明的过程中,抒情和幽默散文家所用的感觉、想象,他都用上了,他的散文达到了高潮,但是这不是情感的高潮,而是智性和感觉遇合的高潮。

几乎在一切对象,包括现代物质文明和世俗的礼仪上,他都表现出一种从感觉中抽象出文化内涵的坚定的追求。出于他那种阐释学的本能,总是聚精会神地从表面现象上“去蔽”,似乎只有对情感的自然流泻不屑一顾,才能更为自如地找到被概念遮蔽了的文化语义。他在感觉和智性一度遇合以后并不满足,常常进一步对现成的、日常的感觉重新阐释。这时,他对于感觉和智性进行颠覆,大作翻案文章。

从这一点上说,他超越抒情的感觉智性结构正好与现代派文学和艺术(包括绘画和雕塑)的追求理念异曲同工。

感觉的纵深化,正是感觉和生命哲学猝然遇合的过程,在反复深化的重构过程中,感觉和智性得以相互阐释;这就产生了一种趣味,但是这不是抒情的趣味(情趣)而是智趣。正是因为这样,南帆的分析和演绎才以其深邃和新异,其丰富和微妙,以其纷至沓来,交错迭出,他的五官感觉的活跃,加上特别活跃的想象、联想、对比等等,将他的记忆和经验、学识和情绪、灵魂深部和他的躯体表层,化作一股股智趣的洪流,向读者作全方位的倾泻。

从这纷繁而又强烈的倾泻中,感觉得到了智性的深化,智性发生了感觉的更新。

他所开拓的审智散文艺术的天地,大大缩短了当代散文和现代诗歌、小说在艺术上的差距。读他的散文《蛇》,不能不令人想起冯至先生早期的名作《蛇》。冯至先生写的是爱情,却没有像郭沫若、徐志摩、闻一多那样一任激情自然流泻,而是淡化着感情,拉开了和激情的距离,把爱情比作对于蛇的感觉——冰冷的感觉。冯至的诗歌自然是受到了西方象征派的着重感觉的影响。正是在情感的收敛上,在感觉的精致上,冯至得到了鲁迅的欣赏。越过抒情和幽默,从感觉到智性的,甚至是形而上的理念,正是现代派的标志。

南帆的特点还在于:既是最形而下的躯体感觉,又是最为形而上的人的生存状态。二者相互对应。南帆的思绪就是在这二重张力之间运行的。他形而下的微观辨析表现出缜密和冷峻,甚至有一点自然科学家的视点。他写到蟑螂的时候,强调其"没有羽毛的翅膀",发出难听的声音、感觉不到生命的"温度"、躯壳"反光"、显得"光滑"。连联想都有科学家的或者现代工业的行家气质。蟑螂让他想到某种"塑料"或者"人造皮革"的工艺制品,他发出这样的感叹:如果"让塑料或者人造皮革突然爬动起来",人会有什么感觉呢?"皮肤不愿意和蟑螂有任何接触——哪怕是这样的想象也会感到毛骨悚然。"南帆的冷峻是如此彻底,甚至说到"毛骨悚然"也不抒情,而是宁静致远的,最多不过是流露出冷峻的反讽。在写到小蚊子的命运的时候:"一只大巴掌以迅雷不及掩耳之势凌空拍下,于是,这只蚊子就在幸福之中结束了它的一生。人们可以回顾一下:蚊子的一生多么自在呵——风度翩然,曲不离口,得吃且吃,当死即死,从来不把外界的风风雨雨放在心上。这样的日子还有什么可抱怨的吗?”不管面对什么样的荒谬,他总是不敢过多地导向荒谬的幽默,他的思路总是要向更为深邃的生命哲学的制高点上升华。即使对于渺小蚂蚁,他也没有忘却往形而上的方向提升:“我在心里想,可怜的小东西,多么渺小的幸福。它的世界仅仅是这一张桌面。它无法知道,它的上方就有一副怜悯的眼光居高临下地看着它,更不知道某一根手指之间就能将它捻成碎末。”这是南帆难得的抒情,但是在这抒情背后却是更加的严峻:“我并没有感到自己比蚂蚁有趣。也许,另一个高度上面,同样有一副眼光正在注视着我,主宰着我的命运——一切,正如同我之于蚂蚁一样。”这样,南帆就把读者引导到了一个形而上的境界——审智的境界。“这只蚂蚁竭尽全力地扛起了那块饼干屑,在我的眼光下面蹒跚地往回走。它的幸福是货真价实的。我实在不忍心伸手戳破它的快乐。于是,我伸手拿起了笔,在稿纸上写下了一行字:‘蚂蚁是令人感动的动物’。我不知道,我是在感慨我自己吗?”从这样渺小的蚂蚁的微观感觉中,上升到形而上的世界,虽然是冰冷的世界,但却是深邃的。这是南帆的拿手好戏。同样的题材如果是在余秋雨和余光中笔下,在发出了悲天悯人的感叹之后,就很难克制自己的才情和滔滔不绝的情感了,但是南帆却于微观感觉中完成深深的审智以后,戛然而止,飘然罢笔。

在南帆的微观感觉世界中,在他特有的形而上的审智上,他反反复复地强调他的评价体系是:人的存在、人的自由意志。然而他本质上并不是一个哲学家,而一个文学家,他审智的特点是,形而上的感觉世界并不是静止的,而是运动的,不时地向形而下的世界转化;而形而下的感觉为他形而上的世界升华。

正是在这一点上,他不同于五四以来的任何一个散文大家。

三、智性散文的历史的机遇

八十年代后期,掀起了一股学者散文的潮流,被当成一种突破来加以赞颂。但是,一些有成绩的学者散文作家,在艺术上大都是与抒情和幽默有着深刻的渊源的。余秋雨的文化散文的成就在于他第一个把诗性的激情和文化思考的深邃结合了起来,王小波则把智性的深邃与幽默结合了起来。离开了抒情和幽默，单纯依靠智性的散文家如张中行、周国平，在艺术上就不能不显得很贫困了。这是因为，从根本上来说，智性文章所遵循的逻辑和话语与艺术散文是相互冲突的。文学形象与理性抽象之间的矛盾，从20世纪五十年代以来一直苦恼着理论家，要真正把智性的散文写成艺术精品，就不能不在话语和逻辑上进行转换。余秋雨和王小波的智性之所以不是抽象的智性，而是艺术的，就是因为他们从散文艺术积累最为丰厚的基础上（抒情和幽默）找到了出发点，进行了创造性的话语转换。但是在他们的创造得到赞赏的同时，人们却往往对一些在艺术上不思进取的滥情文章，表现出麻木的宽容甚至吹捧。从智性话语到艺术话语的转换在理论上并没有得到充分的注意。再加上新引进的西方文论大部分对文学与非文学的界限漫不经心。这就造成了一种文化氛围和理念气候——对散文的审美特性相当漠视。艺术准则混乱的现象在散文领域特别严重。这是因为，这种倾向在散文理论上有着更为深远的历史根源。

早在五四时期，就有混淆散文与纯粹理性文章的倾向。周作人在他那著名的《美文》中就说过："读好的论文，如读散文诗。"他几乎把散文和理念文章的界限降到了最低限度："只要真实简明就好"[①]。正是因为这种基本观念上的混淆，周作人掉书袋的所谓"苦涩"散文得到盲目的推崇。从某种意义上说，这就从理论上取消了智的抽象和周密与趣味逻辑（我称之为"亚审美逻辑"）的随意、自由的矛盾。

抒情是审美的，幽默则是审丑的，但是幽默的审丑是表面上的，其内在的情感则是审美的。而南帆式的散文是审智的，从话语转化来说，审智要比审美困难得多。

南帆所开拓的世界既不完全是审美的世界，也不完全是审丑的世界，这是一个在中国当代散文史上独创的"审智"的世界，在这个世界里，他有独特的南帆式的话语和特殊的逻辑（我把这叫做"亚审美逻辑"）。这一切除了他个人的才华以外，还因为他的历史渊源几乎与所有的中国现当代散文家不同。中国现当代散文，主要来源于明清小品和英国幽默，长期以来，中国散文在明人小品和

---

① 周作人：《美文》，《中国现代散文理论》，俞元桂主编，广西人民出版社，第3页；周作人：《中国新文学大系·散文一集导言》，《中国现代散文理论》，俞元桂主编，广西人民出版社，第433页。

英国幽默散文这两种渊源和三种要素(抒情、叙事和幽默)中发展。南帆既不是来自明人小品的性灵,也不是来自英国的幽默,而是从法国人罗兰·巴尔特和福柯那里继承了话语颠覆,而且来了个脱胎换骨,把智性的话语转化为审美的话语,把审美逻辑和智性逻辑结合起来。这就构成了一种散文艺术的突破。

一代又一代的散文家,大抵是在读者所熟悉的经典所开拓的天地中漫游,这是一个精彩的天地,人们流连忘返,有现成的话语来形容、感叹,稍有才气的人都不难用众所周知的话语来表达自己。好像每一个人都有足够的才气,不愧于作家的称号,但是,一旦离开了这个读者过分熟悉,不免有点发腻的境界,人们就不能不感到某种失语的症候了。

有谁有这样的幸运,在这个世界之外开创一个世界,那就是大家了。

但是大家的出现是偶然的,我们不能不守株待兔。

然而在兔子来了以后,我们也不能闭着眼睛。

(原载《南方文坛》2001 年第 3 期)

烈　娃（1958—　），女散文家，本名刘烈娃，湖南长沙人，祖籍陕西扶风。1973年高中毕业，1976年应考文艺兵入伍担任新疆南疆军区文工团独唱演员，1984年改任驻疆某部医院文化干事。曾就读于上海音乐学院声乐系，毕业于新疆大学中文系、鲁迅文学院作家班。现为解放军总后勤部政治部创作室专业创作员，系中国作家协会会员、中国散文学会理事。曾荣立三等功两次。

烈娃1983年开始发表作品，涉及诗歌、歌词、散文、小说、剧本等多种文学体裁，除出版由自己作词曲并演唱的配乐散文歌曲集《雪线女兵歌》（北京电影学院出版社，1995年），短篇小说《金蝴蝶结儿》获1999年全军文艺奖外，迄今共出版散文报告文学专集4部：

《听雪》（合小说）（新疆青年出版社，1991年）；

《菩提花》（文化艺术出版社，1996年）；

《生命的鞠躬》（解放军文艺出版社，1999年）；

《在雪地上跳舞》（百花文艺出版社，2000年）。

其中有《生命的鞠躬》获总后勤部军事文学奖，《在雪地上跳舞》获首届冰心散文奖优秀作品奖；有《延伸的血脉》获《人民日报》征文优秀作品三等奖，《青海交响诗》获全军女作家散文大赛优秀奖，另有《听雪》被选入《全国大学生优秀作文选》（臧克家主编，安徽教育出版社，1986年），《坠落的"太阳"》被选入女性散文精选《凝眸》（贵州人民出版社，2001年），《遥远的阿勒泰》《森林化石》《树眼》《帕米尔日记》等4篇被选入《西部的柔情》（陈长吟主编，花城出版社，2001），《蓝蓝的班公湖》被中央人民广播电台配乐朗诵。评论烈娃散文的文章主要有：

《用心灵歌唱的烈娃》（毛竹），《湖南日报》1998年5月3日；

《烈娃，你等待着什么》（杨羽仪），《特区文学》1998年第7期；

《攀登帕米尔高原的女人》(严林),《世界日报》2000年7月23日;

《西部精神的礼赞》(红孩),《解放军报》2001年5月17日。

其散文集《在雪地上跳舞》出版后,曾由中国现代文学馆、中国散文学会和百花文艺出版社联合主办了烈娃散文作品研讨会。

我为什么要歌唱

烈　娃

十多年前,当我的第一本藏文集《听雪》,由新疆青少年出版社出版时,我为自己的处女作写了代后记,题为《我不能够再歌唱》。记得当时还引起一些人的好奇心,问我:"为什么不能再歌唱?"

这里有两个误区,一是他们可能没看懂我的文章,另一可能是我没听懂他们的话。

最早的时候,我8年的独唱生涯赋予了我和音乐有关的太多的东西,为此我曾付出过太多的代价。我简直就是把唱歌当作了最严肃的任务来完成,整天钻到琴房或练功房,视吃吃喝喝是低级趣味,认为花前月下是顶顶肉麻的事情。

8年后,我摇着精神上的"白旗",自行退出舞台。我给自己号脉的结论是"歌唱神经短路"。

太执着、太认真并且几近顽冥,便破坏了唱歌的灵性,就变成了唱歌的机器。

在那痛苦的年代,我只好把内心的话语向日记倾诉,一年365天,从不间断。这就应了古人的话:"有意栽花花不发,无心插柳柳成荫。"若干年后,当我成为一名专业作家的时候,再回过头去看自己走过的深深浅浅的脚印,就不无惊讶地发现,曾被我丢失的开启艺术大门的金钥匙,又重新被我找回来了。

我惊讶地发现,被我搁了近十来年的声乐,在某个奇妙的清晨突然苏醒过来,仿佛灵窍大开,许多当年在上海音乐学院如何苦思冥想也不得其解的问题，像是一夜之间全部被我找回的“金钥匙”启开。于是，我决定还是应该再歌唱。

这里的“歌唱”，当然是具有双重含义的。虽然我还真的自己作词作曲并演唱录制了一盘名为《雪线女兵歌》的磁带，但我心里非常清楚，那不过是给自己的歌唱生涯画上了一个比较完美的句号罢了。然而从此以后，我在创作上文思如泉涌，曾在边疆高原 16 年的生活，随着一支又一支旋律从遥远的雪山上跌宕起伏着向我奔涌而来，令我不能不提起笔来用心灵歌唱。我很高兴，随着年龄和阅历的增长，我可以换一种如此美好、含蓄的方式歌唱。开始我是无意识的，但写着写着，就有人发问了：为什么在你的文章中总可以感受到音乐的旋律？这时我才意识到，我在写作的时候，的确是有“余音绕梁三日而不绝”的感受。我的每一篇文章，都有一个“基调”，或是明亮、辉煌的，或是暗淡、抑郁的，也可能是无色、透明的……无论哪样的旋律，总之都是从心灵深处喷涌而出。否则，我就宁可不写。到后来，我就有意识地用音乐的结构写文章了，不仅散文，小说和报告文学亦如此。凡作文，必有旋律和与之相应的基调。

我惊异于音乐和文学的相通，还有文学和各类艺术甚至各门学科的相通。从这个意义上来说，如今我们庞大的作家群中，写手太多，而真正的艺术家太少。要当一名跟得上时代的作家，就应当永不停步地学习学习再学习。

在写作的门类中，我最钟情的应当是散文。这可能取决于人类自身孤独的天性，人的一生都在与孤独奋战，然而至今也没有找到消灭孤独的绝好良方。倒是散文这个欺骗不了读者也欺骗不了自己的文体，越来越受到一个美丽善良的群体的热爱。正是散文，使一些陌生的朋友彼此间默默地注视——相隔着遥远的空间。我想，这种美丽的空间在物质文明越来越发展的今天，一定会越来越成为人类不可或缺的精神食粮。

我常常觉得，一篇好的小说，尽管可以给我们带来阅读的快感，但顶多回味小说以内的事情罢了。而散文却不同，一篇精妙的散文，打动了我们的心扉，往往令人情不自禁地产生一种想和这篇散文的作者交个朋友的愿望。这大约就是散文独特的魅力之一。

因此我觉得，当一个好的作家不容易，当一个好的散文家需要更高的水准。这里面包含了作者自身的文字功底以及各方面的修养。尤其是我们极容易从一个散文作者的文章看出他的为人和世界观，这就给散文作者提出了一个严肃的命题：必须处理好作文和做人的关系。这就是有的作家常常惊呼“散文这个文体太可怕了”的原因所在吧。因此我又觉得，做人越是坦诚，散文的含金量可能越高。看你愿意捧给读者多少诚意罢了。当然，我也不认为数量的多寡就能够说明诚意的多寡，有时也可能恰恰相反。接受我当年学声乐的教训，我再也不会那么执著那么顽冥。宁肯冒着被人说成懒人的危险，也不能做一个码字的匠人。凡有文章，必定是要从心底流淌出来的，而不是刻意造作。花拳绣腿之类是散文最忌讳的，空作感慨状或是貌似深刻状都是非常滑稽可笑的，可笑之处在于肤浅的作者永远不知道读者比他们聪明得多。还有一种误区就是关于大散文的概念，认为写得很长的散文就是大散文，或者认为被描写的对象很“大”，他写的散文就理所应当是大散文。然而小家子气和骨子里的媚俗或是心灵深处的卑琐是无论如何也遮掩不了的。从这个意义上说，散文是作家的试金石。这也许是近些年来散文越来越受欢迎的一个重要原因。

所以，我们应当向作家们呼吁：千万别把散文不当回事！不要以为散文是可以随便打发的，除非你想砸自己的牌子。

我感到奇怪的是，尽管散文的阅读群体越来越大，散文似乎越来越吃香，但是有一个不争的事实，便是散文在文坛的地位始终没有超过小说和其他门类的文学体裁，包括那些地摊上火爆的纪实文学。这就需要散文作者特别沉得住气、耐得住寂寞。坚持在正宗的传统的中华文化基础上发展和繁荣散文事业，这样千秋功德的事情，总是要有人来做的。不然百年之后的某一次文艺复兴，我们就有被后人斥为文化败类的危险。

前不久,我看电视现场直播某一场大型运动会的开幕式时,见到一群少男少女狂歌轻舞,个个欢天喜地反反复复地唱着这样一首歌:“欢乐的北京,快乐的指南针……”

我一直莫名其妙,不知道北京跟指南针之间有何联系,更无法理解指南针和快乐之间又有什么关联。但我刚上初二的女儿却撇嘴说:“妈妈! 歌词就是这样没有规则的,你干吗非要跟人较劲啊?”

我就发现在生活当中,随时可能出现的谬误太多了。

于是我郑重其是地对自己说:“我不能够不歌唱!”

我们不能够因为这个世界有了太多的谬误而停止发声。

也许,这就是我为什么要歌唱的主要原因。其实单是这一条也就够了。

自选作品

在雪地上跳舞

有件事情,我把他深埋在心底,轻易不拿出来晾给世人。

只因为“他”是一道光。

我害怕“曝光”的次数多了,这道光就会渐渐淡掉甚至消失,我是无比珍爱着这“光”的。但后来我又想,既然是光,就应当让他去照亮更多的来者。

我之所以把这道光写成“他”,而不是“她”或者“它”,是因为我的确是在讲关于“他”的故事。

他不是我的爱人、情人或者朋友,我甚至根本就不认识他。我在讲这个故事的时候,虽然是白天,但我感觉着,夜幕飞快地降临……

好在我现在可以坦然地面对黑夜了,这在一般人可能不是什么难事,而我,却在内心深处经历了无数次惊心动魄的厮杀。

这要从我的童年讲起。

我小时候特别害怕黑夜，总是在忐忑不安中入睡，梦中经常看见“鬼”，每当这时，我就惨叫一声，在母亲长吁短叹的呵护中醒来。当然，灯一亮，“鬼”就不见了。说来也怪，只要看见灯光或者光亮，我就安宁，不再觉得有什么可怕的了。

现在想想，也没什么奇怪的。那时因为我父亲去世得太早，而我的出生地又在鬼文化盛行的湘江流域，不可能在心态上不受影响。

但是我居住在那个院子里的邻居老太们都说我是“命薄”、“灵魂轻”，还说这样的细伢子(小孩子)最容易看见鬼呢。

大约应了“人是缺什么找什么的动物”这句话，我在后来的一生中都在寻找一种东西。

当兵，我去了新疆，而且是南疆。

初到南疆，很快乐。

年轻的快乐是简单的。那时我的快乐就因为半年的新兵生活，日记里面关于天气的记载都是“晴天”。哪怕下雪天，太阳也坚定不移地站在那里。大朵的雪花就在太阳的光芒中来回闪烁，煞是好看。

太阳很好，日照时间长，水果的糖分就浓缩，也就特别的甜。

我没有料到、起码当时没有意识到的是，光明以及一切与光明有关的东西，是对人的灵魂极好的滋养。而在此之前，我的精神贫血，灵魂缺钙，活得总是恍恍惚惚。

但是不久，我们就遇到了一个没有阳光的日子。

那是在夏天。

当然是夏天。因为只有在夏天我们才会到冰雪消融的高原去，否则就该封山了。

其实所谓冰雪消融，指的是雪线以下，雪线以上永远是白茫茫一片。

我们的足迹，沿着雪线延伸。即使在夏天，我们也总是穿着羊羔毛里子的军大衣。

我们常常在西部最肆虐的大风中唱歌，在戈壁滩最刺骨的雪地上跳舞。而那些驻守在海拔四五千米哨卡上的士兵们，也总是含着热泪和我们一起歌唱。

起初,我们只是去执行任务而已。走了一些世人不常走或者根本就不会去走的路,充其量又多了一份年轻的好奇心。但是后来就不同了,因为当时我们的确不知道,在那冰天雪地的日子里,我们的内心深处产生着怎样惊人的变化。而这些变化,在未来的时光中,又将会怎样深刻地影响和左右着我们的言行举止。

就在那个夏天的夜晚,我们从西藏阿里结束了慰问演出往回返。这条长长的路线叫“新藏公路”,从西藏的普兰直通新疆的叶城,全程5000公里。

严格地说,那时已是秋天了。因为我们在昆仑山上巡回演出了一个多月,夏天早已过去。正好赶上了中秋节那天,我们将从西藏的多玛赶路到三十里营房。

这是昆仑山上极为艰难的一段路。

按说本来也可以在这段路中间的甜水海兵站住宿一夜再赶路,就不那么匆忙了,但是甜水海是个令昆仑山人谈虎色变的地方,那里气候更加恶劣,氧气也更为稀少,据说只有正常含氧量的百分之三十。来往的人们只要能躲过此地,就会尽可能掐着时间绕开它。

我们听到了不少关于甜水海的恐怖传说:有的人在那里睡一晚就再也没有醒来。

麻扎,藏语的意思是“坟墓”。

当然,我们预计的行程也是要避免宿在麻扎。

于是当晚两点钟就从多玛起床赶路,这样,就可以在第二天中午赶到麻扎吃中饭,而在晚上,就可以宿到气候稍好一些的兵站去了。

草地湿漉漉的,露珠弄潮了我的鞋。我睡眼惺忪跌跌撞撞地向停在路边的汽车走去。好大一个月亮,像我们演出时的布景或者道具一样,很不真实地悬在天空。木刻般的山影,绰绰约约鬼魅似的显现在高原的月亮光下。也许正是那样一种惊心动魄之美,引发了我生命中创作之源泉,从此我老觉着,不写点什么就对不起昆仑山。

但也就在那天晚上,我们出了严重的事故。

……

不知什么时候，窗外飘起了雪花。汽车闷头闷脑艰难地走着，氧气愈来愈稀少。天黑下来的时候，世界变白了。

突然，车停下来，司机紧张地说："糟糕！迷路了。"

鹅毛大雪成团成簇地砸在车窗的玻璃上，也砸在我们的心上。

实话说，当时最没有意识到在山上迷路的危险性的，还是我们这些新兵，但是我们渐渐从带队的队长和老兵们脸上严峻的表情看出了问题的严重性。

开始大家还七嘴八舌地议论，有的说应该继续向前走，有的说应该返回原路，有的……

直到队长严厉地大喝一声，车厢里才安静下来。

为了节约电，车灯灭了。共产党员们集中在车头开临时党小组会。

党员都是老兵，老兵一般都会抽烟。

黑夜中，看得见车头有六七个红烟头在闪烁。

现实比我们想象的要严重得多。如果向前走，有可能与公路偏离得更远，而折回去的希望更是渺茫，因为风雪已经把车轮印覆盖得了无痕迹。

更令人不可思议的是，我们的车被一群狼包围。

为了轰走这些可怕的狼，司机只好又打开车灯。胆大的战友把脸紧贴在窗玻璃上，又捶窗子又喊叫，想把狼吓跑。

即使多年后的今天，我在北京暖气烧得很热的家中，用我的笔记本电脑写这篇文章的时候，我还是感到不可思议。

我真的曾经置身于狼群当中吗？真的有那样一个夜晚吗？

是的，只不过当时我被吓坏了，像童话中那个胆小的猎人一样，把自己紧缩在皮大衣竖起的领子里面，绝望地闭着眼睛。

那一刻，我居然迅速地回想了一遍自己的"生平"。

然后起码在那一刻，我认为自己是不幸的。

"那一刻"我的眼里没出息地闪烁着自艾自怜的泪花，坦率地说我甚至还联想到了我(还有我的战友们)被“追认为烈士”的悲壮场景。但是我想得更多的,是遗憾还没有当上“伟大的歌唱家”就要“光荣”了。另外,不好意思,那时我还没有谈过恋爱呢,这也令我在当时感到十分遗憾。

当然,在那样特殊的“一刻”,我的思想也突然成熟起来。

在回忆自己“生平”的时候,我没有忘记儿时梦见的那些“鬼”。我在心里对自己说,原来世界上最可怕的不是鬼而是人,是人面对世界的无奈、面对大自然的束手无策。

我还敢肯定,如果我现在没写这篇文章,二十多年前,昆仑山那个雪夜我的同生死共患难的战友们,是不会知道我缩在黑暗中偷偷哭泣的,他们磊落的心里认为我是个勇敢的人。

不是吗?有一回去全军海拔最高的哨卡神仙湾演出,我还是写了“请战书”才被批准了的;就是这回来阿里演出,我也是一口气连唱了五首歌,没吸一口氧气呢。一位当地人说是“破了汉族人上高原唱歌的纪录”。我不知道这是否符合事实,但起码在当时是这样的吧,为此我还吹过好长时间的牛。

多年以后,我还把这个记录当做我一生中重要的里程碑。

但在那个令人终生难忘的雪夜,我始终没有睁开眼睛去看一眼与我们对视的狼群,不是不敢,而是根本就没有心情。那些绿荧荧的狼眼睛,只能存在于我的想象中了。

我写这篇文章的时候,正是冬季,北京的冬天已经几乎没有雪了,我却在怀念着二十多年前一个夏天的雪夜,怀念着那些在雪地上跳舞的日子。但愿这并非叶公好龙。

暮色降临,才下午五点多钟,天色就很暗了。我把房间的灯开到最亮。

我仍然喜欢到处都亮堂堂的。

女儿放学回来了,好奇地趴到我的电脑前看我写的东西,然后大发议论:“妈妈你真笨,那么多狼眼睛你都没有去看看。要是我呀……”

我知道世界上有很多比我勇敢的人,包括我的女儿。但我所指的,并不是单纯意义上的勇敢,而是一种整个对待生活的态度。

“勇敢”是一种简单的东西,而“态度”,是跟灵魂紧密相关的复杂的东西。可见做单纯意义上的英雄不难,难的是在漫长的生活道路上能够平静地接受和忍受诸如日子的庸常、爱情的淡漠、友情的背叛、恶人的中伤及天灾人祸等种种灾难。这是我对自己当年写了“请战书”之后,却在黑暗面前表现出比任何人都恐惧的反省结果。

现在我清楚地知道,当时我不是被狼吓着了,而是自己把自己的胆吓破了,就像安徒生童话中那个胆小的人“……他被自己的影子吓死了”。

……

就在我快要“被自己的影子吓死”的时候,“他”终于出现了。

先是一道微弱的光从很远的地方出现,当有人发现时,我们还以为是错觉。但直到那道光固定在我们的侧后方,并且不停地向我们打信号时,我们才欢呼。

那道光越来越强,一明一灭的。在昆仑山的雪夜看来,那含义真是温暖又深远,包含着千言万语万语千言啊。

我很难用某种形容词准确地形容我和全体战友的心情,不仅仅是我们人,就连患了高山反应的汽车也是热血沸腾着一鼓作气地向着那道光芒冲过去。

我们幸福地颠簸着、呕吐着、晕眩着,向着光明向着太阳向着理想……

真的是“望山跑死马”,在昆仑山麓,我们的车驶向那道“光芒”整整跑了半个多小时。

也许就是这漫长而又短暂的半小时,使我对人生的价值取向有了全新的认识。我一路想象着在前方的大路上为我们引路的“他”,他长得什么样呢?他是哪里人?四川、湖南、陕西、河北……

这都无关紧要了,要紧的是光明就在前方!

原先我们只知道昆仑山上最可怕的就是缺氧,那一刻我们全体都顿悟:光明比氧气更加重要。

我还联想到,原来世界上根本就没有鬼,所谓有“鬼”,也是懦弱者自己的想象罢了。从这个意义上说,敌人是不可以打败你的,只有你自己才会打败自己。这其实不是什么高明的新发现,之所以老调重弹,只因为人是太健忘的动物而已。

从灵魂的意义上来说,人的寿命的长短不能说明什么,更不能证明“质量”二字。有时候,走完灿烂的一生,半个小时就足够了。

那令人终生难忘的半小时啊!我感觉整个昆仑山都被照亮,整个世界都被照亮。

当我们就要靠近那道光芒时,同时便看清了前方停驶在路边的那辆“解放牌”军车。驾驶室里,我们想象了无数遍的“他”探出头来向我们挥手——

他是一个兵。

二十年前的军装还是那种“一颗红星头上戴,革命的红旗挂两边”。自那以后,我们的军装换过多少茬,越换越精彩,但我最怀念最感亲切的还是二十年前的这种老式军装。

是啊,那个遥远的雪夜,当我们的车就要驶到他的身边时,他却一踩油门,飞快地走了。

他急着赶路。

但我敢肯定,他一丁点儿也没有意识到自己做了件怎样的事情。

我是那样由衷地感谢那位给我们引路的司机,如今他在哪里呢?他生活得还好吗?他救了一车人的命,却就像在大街上给人随便指了指路似的。甚至他可能已经忘记此事了,因为这样的事情在昆仑山上,简直是太司空见惯了。

从此无论何时何地,只要想起他来,将息的灵魂就仿佛被一道强光照亮。

这道光,叫“昆仑之光”。

他是在这个世界上教会我如何面对黑暗的那个人。

(选自散文集《在雪地上跳舞》)

帕米尔日记

1999年8月7日 星期六

飞机从乌鲁木齐机场上升到万米高空时,我回望了一眼身后的土地。然而那高度毕竟还是有限的,看不到更远的地方,当然,也压根儿不能想象北京零上45度的酷热了。

我原以为乌鲁木齐跟我要好的几位女友会对我突然回来感到意外,谁知她们狡黠地“哧哧”笑道:“我们知道你肯定要回来的。”

为什么呢?我奇怪了。

北京都快零上50度了啊!她们是这样回答我的。

原定的是要走新藏公路去西藏的阿里,但一场百年不遇的特大洪水将沿线的桥冲垮了7座,说是要花一个月的时间才能修复好公路。

幸得我有曾经在新疆和南疆生活过多年的经历,养成了处事不惊的禀性吧。所以,当我在乌鲁木齐与南疆军区联系并核实了这个不幸的消息时,我只是深深地叹了一口气,然后重新构想我的拍摄提纲。

随后从北京赶来的导演高今和摄像刘忠信听说去不成阿里,也“悲痛”得说不出话来。我当即打算改道去帕米尔,他们只好与我同行。

内地的朋友有不大熟悉帕米尔这个地名的,我就言简意赅地向他们这样介绍道:“就是电影《冰山上的来客》那个地方。”再遇上不知道这部电影的人,我就说:“阿米尔,冲!”

这一招很灵,果然很多人立即心领神会地笑道:“哦——知道了。”可见艺术这东西是如何的奇妙。

与以往不同的是,这次出门不仅仅是采访和收集素材,更主要的是还要完成一个电视片的拍摄。又与其他电视片不同的是，我想我的这部片子应当是一个长长的电视散文音乐TV，应当是一个虚实相间的，既有同期声的真实效应，又有艺术片的幻化感觉，还要……

不好意思多说了。我不是搞电视工作的。出门前我曾与中央电视台几位专业电视工作者谈过我的设想，我感觉一个作家很难跟搞电视的人达到某种意义上的真正沟通，这种尴尬尤其表现在双方都很有诚意，都很谦逊地想力求使合作尽可能圆满之时。

电视人说了半天说的是尚未形成的画面，作家说的却是一大堆过去时、现在进行时或者将来时的细节。然后他们心里都很愤怒，心想这家伙真蠢，为何听不懂我的意图？但是他们还绝不能因此而翻脸，因为首先他们已经上了共同的“贼船”，有一种与利益有关的东西把他们捆绑在一起。另外他们也很明白，虽然他们说的不一样，而实际上最后想象中要达到的效果其实还是一致的，除非他们有绝对不同的世界观和审美情趣。

……

窗外，是童话世界般的云朵，很像大簇大簇的白棉花堆成了无数奇形怪状的山。在飞机上升到万米高空的同时，冰山也呈现在我的眼中。

这个时候回想北京“快要零上50度”的高温，感到了宇宙的奇妙和不可思议。

一小时多点，飞机降落在喀什机场，正是北京时间21点。

我们的行李多，主要还有摄像机和装满了录像带的大铁箱，啰啰嗦嗦出了机场，刚上了南疆军区来接我们的面包车，导演高今的手机叫了起来。

高今揿下了通话键，“嗯嗯”地应着，说我在喀什呢，刚下飞机，妈的这地方真怪，都晚上9点多钟了，天还没黑。

我听了心中暗暗发笑。

8月8日 星期日

宿南疆军区招待所301号房间。这里对我来说并不陌生，最早我在南疆军区文工团当独唱演员时，曾经来这里看望过一位当时很有些火爆的作家，我们对这位作家无限崇拜和敬仰。但是作家却忘记了我们首先是欣赏了他的作品，才以为作者本人的人格力量、道德品质是与其作品的内涵等同的。

总之，我记得那位作家的表现是令人失望的。

失望之余，我想，要是将来我当了作家，一定不像他这样。

一晃15年过去，我果真成为作家，非常戏剧性地也住进这间房子。

我是一个令人喜欢还是令人讨厌的作家呢？

这天晚上，我失眠了。

8月9日 星期一

晚饭后，我独自一人到南疆军区的营院散步。

这里一切都大变样了，首先是办公区严格地用铁栏杆隔开，有哨兵站岗。而我们当年在时就没有这些，那时我们住在大院顶东北角一片平房里面，条件相当艰苦……

我向哨兵走去的时候，感觉他老远就竖起了耳朵。之所以有这种感觉，是因为我身着艳丽的花上衣和一条黑色滚了隐形金边的裙子。这身打扮令我不自信。我想起一项心理调查：军人对妖艳的女人感到不可思议。

我没有吧？我是因为拍电视，考虑到色彩的需要才决定所带的服装，路途遥远又不能多带，只能这么对付了。

多年的军营特别是边地军营生活，使我养成了这样的习惯：感受自己与周围环境的协调与否。

距哨兵只有几步路的时候,他已经对我侧目而视了。我忙掏出我的证件递给他。

他看了证件,掩饰不住自己的惊讶,又重新打量我一番。然后客气地对我说:“对不起,已经下班了。”

“我不是来找人的,只是想进去看看。”我说。

哨兵更加惊讶了:“看看? 看什么?”

他的表情,重新添上了“怀疑”的成分。

他并不因为地处偏远,就对一个手持有“总部”证件的人唯唯诺是和轻信,这使我很尊敬他。于是我认真地向他解释:“从前我在这里当兵,我想去看看我们当新兵的时候那些老营房。”我用手指着东北角方向。

哨兵的脸一下子就云开雾散,微笑,并且有亲切感。

就去看我们的老营房。

营房拆得不见影儿了,但还看得出一些痕迹。

我呆呆地伫立着。

“喂! 干什么的?”后面传来很是不客气的一声吼,是蹲在墙角用水龙头浇地的那个年轻人。南疆浮土大,这里的人没事就往地上泼水,我们在时也是每天必做的一件事情。听起来很痛苦似的,实际上很简单,只需把洗脸水顺手往地上一泼就是了。

我有点不满他的这种吆喝,便用同样生硬的声音回答他:“不干什么。”

“不干什么?”他没好气地,“那你在那里看什么?”

“我就是专门来看看。”我心里和他较着劲儿。

这下他较真了,站起来说:“有什么好看的?”

我不理睬他,在我们老营房的地盘上走来走去。

他穷追不舍地问:“你到底是干什么的?”

我直直地向他走过去:“你是不是觉得我像个女特务?”

“这可是你自己说的啊! 我没有这么说。”他悻悻地说。

我忍不住笑了,转过背去——

夕阳正像个没煮熟的蛋黄，神神秘秘地悬在二十多年前的天空。二十年前我们这批新兵的喜怒哀乐，如今全都变成了某种密码，在南疆干燥却氤氲着一种说不清道不明的愉快的空气中。我甚至可以看得见它们愉快的样子，如一群美丽的精灵在蜻蜓的翅膀上闪着五颜六色的荧光……

人哪，究竟要经历多少才能真正懂得"善待自己和他人"？

多年后我们聚集在北京的这些老战友们，经常感叹当年在南疆时要是相互间更宽容一些，对人生的看法更豁达一些，那又会有多少的愉快和美好啊！

但是又想，一丁点儿缺憾都没有的人生会是什么样子呢？

不管怎样，当新兵的日子是快乐的。虽然这里的时差比内地要晚两个小时；每年要经历一个天上"下土"、地上"翻浆"的季节；住的是没有暖气的平房；每天要往地上泼洗脸水；门前的铁丝网经常挂破我们的新军装。尤其是，在严禁战士谈恋爱的约束下，当年那些一不留神被丘比特之箭射中的少男少女们，只能偷偷地躲在东北角最顶端的猪圈旁边谈情说爱。也许就是因为太缺乏浪漫色彩和与之相适应的高雅气氛，使得当年如火如荼的恋人们后来大都阴差阳错天各一方……

身后那道警惕注视着我的目光如气功的穿透力般使我有了强烈的感觉。我回过身来，告诉那小伙子："我当新兵的时候，住在这个地方。"

"什么时候？"

"1976 年。"

小伙子的嘴大大地张成一个"O"形，他不能掩饰自己的吃惊。

"那时候你是不是还没有生出来？"临走时我这样问他。

8 月 10 日　星期二

又返帕米尔。

这是我一生中第四次上帕米尔。

早上7点起床,天当然是漆黑的,现在才是内地的早上5点。

今天我们随汽车16团的沿途大车队一起出发,为的是要拍摄汽车兵尤其是高原汽车兵所面临的种种艰难困苦。

没想到的情况是,我们乘坐的三菱车况太好,尽管被洪水冲垮后刚刚修好的路况还不太理想,但是下午三点,我们两辆小车就抵达卡拉库里湖畔。

一下车我就大为光火:"我们要拍摄的大车队呢?为什么不想想要拍他们沿途过泥浆路的情形?"

大家都傻眼了。不知是谁出来解围说,马上快到团部了,到那儿再说。又说到时拍车队驶进塔什库尔干县城的场景也可以。

我气得失态:"县城县城!我要的是烂泥浆路你懂吗?"

废话!没有烂泥浆路,怎么可以体现出高原汽车兵的艰辛?

啊!我恨拍电视,蛮深沉的题材,一用电视来表现,就造作了,就肤浅了。可是我还继续"造作"地坚持着要返回去找大车队,不然我担心前面再也没有"烂泥浆路"可以表现我欲寻找的悲壮。

但是很遗憾,小车的汽油都不够了,如果返回原路再折回来,只恐坚持不到团部。无奈,只好在卡拉库里湖畔边吃中饭边等待大车队的出现。

苍天不负有心人,大约40分钟后,大车队从山的拐角处缓缓驶来,大家都松了一口气。

我当然不能在如此平坦的大路上拍摄,我们选择了几公里外的冰大坂作背景,并且采访了几位连队官兵。印象最深的是一位年轻帅气的指导员,家乡的女友因为难耐寂寞和等待,终于和他"拜拜"了。他说时,没有掩饰住自己内心的痛楚。我对他说:"不是你失去了她,而是她失去了你。"

我说这话时,脑海中已经有了中央电视台播出后的画面:一定会有很多热爱英雄的姑娘们如雪的信件向这位英俊的指导员飞来。

这组镜头是在冰大坂上完成的,背景衬托着皑皑雪山、盘山公路……多少弥补了我对没有拍上"烂泥浆路"的缺憾。

但是,由于不堪海拔四千多米的缺氧状况,从炮团借来的战士小步突然犯了高山缺氧,突然就面色苍白地趴下了。

见状,大家都有点紧张,司机说赶快离开大坂就好了。

我们的车急速向团部驶去。

8月11日 星期三

按原定计划,今天上午拍摄位于塔什库尔干县城东北部的古石头城遗址,也就是曾经存在500多年的朅盘陀王国。

据中外学者考证,"朅盘陀"这个名称属于东伊朗语,这不是没有根据的,目前我国56个民族当中,塔吉克族是惟一说印欧语系伊朗语族语言的民族,也是惟一的白色人种(欧罗巴人种)。

我喜欢塔吉克这个民族,最早的时候,我在我的一些文章中总是写这个民族的纯朴善良和极具灵性,喜欢看他们在草原上跳起像山鹰一样矫健的舞蹈,喜欢听他们吹奏用山鹰翅膀的骨头做的只有三个孔的鹰笛,还有他们碧蓝或是灰褐色的眼睛和美丽的服饰等等,其实这都是一些表象的东西。一个民族和一个人一样,真正令人钦佩和关注的还是她的丰富内涵,她源远流长的历史和文化。

世界上还有哪个民族是以"王冠"来命名的呢?

塔吉克族就是。

塔吉克族有很多神秘之处甚至是现代科学都很难解释得通的,比如昨晚在塔什库尔干县文工团的舞蹈编导穆巴拉克家中做客时,他告诉我说,塔吉克人一般都是近亲结婚,按科学的说法,这样往往繁衍出弱智的后代。但是塔吉克族就偏偏例外,若不是上帝特别偏爱于这些"太阳神的后代",又如何解释这种现象呢?

我们在朅盘陀古王国的碎石地上走来走去,听历史的回音"咚咚"作响。唐代高僧玄奘说:"朅盘陀国周二千余里,国大都城基大石岭,背徙多河,周二十余里。"又有727年,曾前往佛教圣地印度学习过佛法的高僧慧超在《往五天竺国传》中描述他的游历时这样写道："又从胡密国东行十五日，过播密川即至葱岭镇……外国人呼云渴饭檀国，汉名葱岭。"

在中国的城堡文化史上，有三大著名的石头城建筑，一是公元4世纪建造的东北辽宁石城，另一是公元前333年起始建的南京石城，再就是塔什库尔干这座"朅盘陀国"遗址石头城了。

据史料记载，朅盘陀国建立于公元初期，它悠久的历史、复杂的建筑、牢固的结构和宽大的面积都是中外闻名的。历史上有很多城堡学家和考古学家等都对这座古城进行过研究。2世纪一位希腊学者认为，石头城在当时是一个很大的商业中心。而今这里只能见到一些露出地面的城墙、炮台和居民住宅的遗迹轮廓，考古学家还曾在这里发现过佛庙遗址和佛像的残片。

太阳很近地灼烤着我们，距我们不算太远的重重叠叠的冰川里则刮来很凉的风，空气中弥漫着极浓的高原的味道。这一切的一切于我来说都具有极强的诱惑力，就连我自己也解释不清楚是因为什么。

我独坐在古城堡的一隅观察这座废弃了的古城堡，已看不出哪是民宅哪是炮台，只能痴想着玄奘在《大唐·西域记》中描述过的境内那十多所佛寺，五百多名和尚，朅盘陀王敬重佛、法、僧三宝……逝者如斯啊！

然而，对于我来说更具有诱惑力的一处古迹，还是离这儿不远处的"公主堡"。说来我这是第四次上帕米尔了，过去每次来这里，我都有强烈的想去爬公主堡的欲望，但每次都不得以实现。主要是公主堡地势太险峻了，听说还曾有探险者摔死在那里。或许正是因为此，公主堡在我心中更加增添了一份神秘感，也使我对那里更增添了向往之情。当然，最重要的原因还在于玄奘关于朅盘陀建国的传说中，记载了一个极富浪漫色彩的爱情传说：那位远嫁波斯的汉朝公主途经此地时，和骑着白马从太阳里飞出来的太阳神幽会所生的孩子称为"汉日天种"，自此以后，便揭开了朅盘陀国的历史。这个美丽的传说曲折地反映了塔吉克人同汉族人之间的亲密关系。直到今天,塔吉克族与汉族之间依然美好如初。

下午,我们请塔什库尔干县文工团协助我们的拍摄。他们认真地做着准备,开来一辆大客车,我们随后而行,一直开到离县城好几公里外墨绿色的草原上。

手鼓声像是从太阳里传来,一敲,整个草原仿佛燃烧起来了,个个都漂亮得跟仙女一般的塔吉克族姑娘和山鹰般矫健的小伙子踏着鼓点舞起来。

"把一个惊喜给你,把一个快乐给你,这里是太阳的故乡,美丽的塔什库尔干。走近太阳,你的心就像草原一样辽阔宽广;走进太阳,你就会像山鹰一样展翅飞翔……"

高原的风,说起就起,刚刚还艳阳当头,突然间就妖一般刮得太阳混混沌沌,草原一下子变成了褐黑色。风卷起了黑洞,亦真亦幻间,我仿佛看见一匹白马从太阳里奔跑出来——

我被高原击中。

我脑海中蓦然回想起了第一次来帕米尔的情景:是1977年夏天,那次正好赶上了一场塔吉克族人的婚礼,也是在草原上——

许是电视给弄的,我的视觉中全是一些零碎的慢镜头,当然,这些画面也许只是在脑海中呈现:二十多年前的我们拼命地向草原深处的白毡房跑去,老兵则在后面大叫:"在高原上不要剧烈活动啊!当心缺氧!"

那时老兵里面有个叫丽丽的舞蹈演员,她居然就生长在塔什库尔干县城,这使我对她产生了强烈的好奇心,因为她和我一样是汉族人哪,为什么?又是怎样在气候如此恶劣的高原生存下来的呢?

原因其实也简单,她当兵的父亲从海南岛调到帕米尔工作,自然这里就是她的家了。

当新兵的我们对老兵丽丽这种童话中才有的阅历十二分地羡慕,在塔什库尔干演出期间,我们总是屁颠儿屁颠儿地跟在丽丽后面跑,去她家中的"闺房",想瞧出点儿什么新鲜名堂来;去她的邻居家,当然是少数民族的邻居家吃野味、喝最浓最香的酸奶；到塔什库尔干县文工团，去感受我们很难掌握的节奏和山鹰般的舞步；去看那些美丽的塔吉克族姑娘……

狂风说停就立即停了。

被大风刮散的男女演员还没有集合好时，那位敲手鼓的塔吉克族男子，迈着很有风度的步伐走到我面前。

他的眼睛好像是碧蓝又好像是灰褐色，他距我很近但那微笑似乎非常遥远："你，"他说，"1977 年我见过你。"

"是吗?"这可能性太小了。我是在那年来过这里，但是毕竟是二十多年前的事情了。再说……

"没错儿。"他坚定地，不容置否地说，"那时候我是舞蹈队的队长，你和丽丽一起来我们团里。记得吗? 就是那个丽丽。"

我目瞪口呆地看着他，那一瞬间灵魂出窍。

8 月 12 日　星期四

今天是拍摄计划最为繁重的一天，要去国门红其拉甫和边防团最远的哨卡——克克吐鲁克九连。

四年前，也就是我第三次来帕米尔时，曾在红其拉甫海关附近，一辆武警边防站的宿营车前的石头上"题词"，写下"精忠报国"四个字，为此还引出一些故事来。

有次，看到中国电视报头版刊登的一张照片颇为眼熟，仔细一瞧，原来是我的"题词"，背景是宿营车和国旗，那位记者充满着感情色彩地在报上这样渲染道："精忠报国"，写出了边防战士一片赤诚的爱国之心……

后来我和那位记者成为好朋友，就因为这块写了我"题词"的大石头。

还有一次，我在一次笔会上遇到一位武警总部的记者，他兴致勃勃地向我谈起上帕米尔的情形，言谈中说到了红其拉甫。我忙打断他的话题问:“看到宿营车了吗?”

“对对对,是有辆宿营车。”

“那车前有块大石头,石头上写的什么字你记得吗?”我多少有些虚荣有些洋洋自得地追问道。

“哦,是的,那石头上还写的什么‘精忠报国’。”刚说到此,这位记者同志一脸的不屑:“哼!我说他们啦,就凭你们……”

没等他说完,我涨红着脸大吼一声:“住嘴!不许你瞎说!那是我写的!”

吓得他夸张地举手作投降状:“天哪!我不知道是你写的。”

眨眼又是四年过去了,那块石头还在不在呢?

下车后,我几乎是连奔带跑地扑向那块清晰地写有“精忠报国”的大石头。天!它还在。那红漆写的字好像被人重新描过,更加鲜红,只是可能这些年雨水比往年多,所以石头底部长满了绿油油的青草,把“国”字遮去将近三分之一。

很巧,武警边防团的一位姓任的上校主任来这里视察工作,听说了“精忠报国”的故事后,又惊讶又高兴地说:“我早知道这块石头,但不知是你写的。”

我告诉任主任,当年是一位姓张的排长,和他的兵一起找来的石头,那次我来时这里矗着三块大小不同的石头,我记得张排长本来还想在最小的那块石头上写“奉献”两个字的。

现在,只剩下我“题词”的这一块大石头了。

任主任听了,一边马上吩咐战士去给当年的张排长,现在已调到团部的张参谋打电话,一边激动地对我说:“只要我们这辆宿营车不撤退,这块石头就会永远矗立在这里。”

恰巧,有一个从内地来参观的什么团体到了这里,他们静静地站在一旁,注视着这里发生的一切。

也许,在他们同样静静的生活中,没有想到,一块矗在路边的石头,竟会有着这样一些美丽的故事。

告别了宿营车,我们返回到红其拉甫边防连,热情的连队已为我们准备好了丰盛可口的饭菜。

我在南疆八年当兵的岁月,留下了惟一不良的"后遗症",就是不能吃罐头菜。那时候上边防吃伤了啊！以至于后来无论在什么地方,只要闻到罐头菜的味道,我就会产生类似于"高山反应"那样的感觉。

现在的边防哨卡当然不同了,伙食跟过去相比,简直有着天壤之别。那时最适合我口味的菜只有炒土豆丝和煮花生米,弄得舞蹈队一位对我很好的小伙子,总是在每次吃完饭后把所有的煮花生米倒在他的口袋里。在漫长并且艰苦的路途中,我们常常会遇到一些难以预料的险情,塌方、山洪、迷路,甚至一天一夜没吃没喝。而他,具体地说是他口袋里的煮花生米则能不断地令我惊喜。

啊！美丽的煮花生米。

……

今天的伙食令人胃口大开。十几个菜呢！而且大都是新鲜蔬菜,只有鸡蛋和肉丸是罐头菜。

我饱餐了一顿。临离开饭桌前,出于好奇心,夹了一小块久违的罐头肉丸放在嘴里……

世界渐渐地变形了,我开始头重脚轻。我想吐,想去找厕所,把早已渗透的例假纸换掉。在全部是男性的世界里,女人的这种生理上的特殊事情显得十分狼狈。卫生巾在车上包里放着,我支撑着走到车跟前,打开车门钻进去,使劲地把搁在后座的包拽出来——

整个的我在那一瞬间坠入黑洞,就仿佛我要去拽谁,没有拽住他,反而被他拽进了无底深渊。

意识消失的刹那间,我对自己说:"我没有了!"

恍惚之中,听见一片慌乱的叫喊声。氧气袋、医生之类的。

很快,一股凉凉的气流进入我的肺腑。

高山缺氧,对我来说这不是头回。我清楚并且冷静地知道,他们给我吸氧气了,一会儿我就会好。

大约半小时后,一位来队探亲的家属陪我去了厕所。她发现了我的"秘密",惊慌失措地看着我说:"你来身上,怎么可以这样……"

与我们一起来连队的边防团张副主任和红其拉甫边防连的连长、指导员等人聚集在连部开了个"临时支部会"。当我走进去时,他们严肃地,岂止严肃,简直就是肃穆地看着我问:"九连还去不去了?"

去!

怎么能不去呢?我从北京到这里,几千里路都过来了。九连,无非不过再坐几个小时的车就到了吗?何况,去九连有我此行最重要的目的:把我在四年前答应为九连做的一盘自己作词作曲并演唱的录音带亲自给他们送去。这是我最大的愿望啊!

害怕他们阻止我去九连,我把精神调节到最佳状态。

汽车如离弓之箭般向九连所在地——克克吐鲁克驶去。

半道上,我们看到了有生以来从未见到过的一大奇观:红其拉甫边防连驯养的那八九条狗,正从公路上向我们迎面走来。

这有什么奇观可言的呢?

是啊,刚才在他们连队看到这些狗的表演时,并没有引起我们特别的注意,后来听说这些狗每天都要到距离连队好几公里外的红其拉甫海关去和那里的狗"幽会",我们也不过一笑了之。可是当我们亲眼看到这些刚刚"幽会"回来的狗们一副心满意足的样子,大家都哈哈大笑。

笑着,就突然都收住了。

也许,大家都认为,这是一件很严肃的事情,不应当被人耻笑,虽然我们没有耻笑狗的意思。

真的,车开出很远,我还回头望着那群在被雪雾弥漫的公路上摇摇晃晃的狗们。它们无限幸福的样子不禁令人心中一颤。

补 记

当我着手写这篇"补记"的时候,已经是2000年的春天了。刚刚过去的春节前夕,我收到了来自克克吐鲁克的一封信,是一位刚从军校毕业,主动要求分配到“最远最苦的地方”的排长写的。

这位排长叫李涛,他如愿以偿地被分配到了“最远最苦”的克克吐鲁克九连。他在信上说,他来到九连的第一天,连长刘建设就把我去年夏天亲自送去的我的录音歌带《雪线女兵歌》,和我的一本散文集《菩提花》转给了他。

读李排长的信,我的心在北京冬夜的严寒中渐渐被一种暖洋洋的情愫融化。我仿佛看到在遥远的帕米尔高原,那被厚厚的积雪覆盖的哨卡,有一位战友正点着蜡烛看我写的书,这位战友对我说:“蜡烛一点一点在变小,而我对你的认识却一点一点在增加。正如你在《雪线女兵歌》中所唱的那样:‘走近太阳,你的心就像草原一样辽阔宽广;走近太阳你就会像山鹰一样展翅飞翔……’请接受远方帕米尔的敬礼吧!无论是过去、现在还是将来,九连永远属于你,永远关注着你。冬天了,北京的雪很美吧?我们这里也早已下雪了。这里的雪就像天山的雪莲那样圣洁。雪是有灵性的,就让它带去我们对你的祝福吧!”

读着这信,我的视线渐渐模糊,雾一样的东西在我眼前弥漫开来。我使劲揉了揉眼睛,坐到桌前,给我遥远的克克吐鲁克的战友们写回信:“……很高兴收到了寄自帕米尔的真挚的祝福,这是我在本世纪第一件最好的礼物。”

我在信的结尾告诉李排长和刘连长:“无论是过去,现在或是将来,当我写作时,永远会感到有九连全体官兵的注视和支持。另外,告诉你们一个好消息,我的短篇小说《金蝴蝶结儿》获第八届中国人民解放军文艺奖。”

“有九连作后盾呢,我能不获奖吗?这个荣誉,同属于我和九连全体官兵。”我在信的结尾是这样写的。

除夕晚上,我拨通了克克吐鲁克的长途电话,打这个电话可真是艰难啊。我通过地方线要到团部,再由团部转到九连,对方声音微弱得就像从外星传来似的。

我听见连长刘建设在问:“喂——!是——谁——呀——!”

我报了名字，刘连长仿佛愣了几秒，然后爆发般竭尽全力地喊："你——好——！刘作家！"

我眼圈一热："你——也——好！给大家拜年啦！"

"谢——谢——！"

从电话那头传来了剧烈的噪音，是帕米尔高原的风雪声，是千万里路途的颠簸声，是九连弟兄们的呼喊声……

他们说的什么，我听不大清楚了。我也拼命地喊着，我喊的什么，我自己也听不清了。

零点，钟响。年来了。

（选自散文集《在雪地上跳舞》）

西部精神的礼赞

——评刘烈娃散文集《在雪地上跳舞》

红　孩

最近一两年，我越来越关注军旅女作家刘烈娃的散文。春节前，她将一本新出版的散文集《在雪地上跳舞》送给我，我知道这是百花文艺出版社推出的西部文化散文丛书中的一本。单从丛书的选题来讲，不论是应景于西部大开发，还是赶时下文化散文的时髦，我认为都不重要，关键在于我们能从中得到多少收获。因为，关于西部，关于文化的东西眼下已有很多充斥于报摊书架，我不能说精品不多，但已深感良莠不齐。

对于当下散文创作的态势，我以为已经到了多元时代，传统的、现代的、女性的、学者的、大散文的、文化的……比比皆是，大有诸侯割据的局面。不管别人怎样说，对于从事散文创作和研究，特别是热爱散文的读者来说，这实在是件令人兴奋的事。但是，这也并不是说我们的散文创作已经完全进入了成熟期。一种文体、风格的成熟，其重要的标志之一就是要有几名或者一批具有代表性的优秀作家的出现。应该说，经过一阵的散文热，我们各种风格的代表性作家已经初见端倪，有个别的作家一出手就独领风骚。虽然这其中多少有些炒作的功效，但毕竟被人关注了。仅就我个人而言，我非常欣赏散文家们的各种探索、尝试，但我始终坚持散文就是散文的观点。这里所说的散文自然是指通常意义上相对于小说、诗歌、报告文学的文体。刘烈娃这本《在雪地上跳舞》，标的是西部文化散文。军旅即行走。刘烈娃16岁从湘江来到南疆，充满意味的是一扎也是16年，这就难怪她始终把南疆当作她的第二故乡了。跟烈娃认识多年，她给我的深刻印象是她始终在行走，但不论到过何处，总没有新疆情结浓。她过去出版的散文集《听雪》《菩提花》以及自己作词、作曲、朗诵并演唱的配乐散文歌曲集《雪线女兵歌》，绝大部分都是描写新疆军旅生活的。这本《在雪地上跳舞》则百分之百的是写新疆题材的，在所写的21篇作品中，涉及到新疆的政治、军事、经济，特别是在文化内涵上从历史、地理、音乐、美术、文学、哲学、风俗和环境等诸方面进行了深刻的思考与挖掘。这无疑为内地人甚至国外从文化方面认识新疆提供了一部很好的文学读本。当然，由于作者的行走有限，不可能把新疆的每个角落都写尽，但从其所写的《尼雅，尼雅》《玛纳斯传人》《伊犁河畔的歌声》《吐鲁番的葡萄熟了》和《遥远的阿勒泰》等篇什中足可以窥一斑而见全豹了。

烈娃的这本散文集分军旅情感与地域风情两部分，有些篇章把两部分有机地结合起来，使“我”浑然一体的以见证者、当事人的身份把心中的美丽的新疆展示在世人面前。对于没有到过新疆的人，它仿佛是一幅幅立体的壁画，在向人们讲述着新疆的动人故事；对于到过新疆的人们，它又仿佛是一曲美妙的“新疆是个好地方”，不论时间多久，始终让你魂牵梦绕；对于老新疆，与其说它是“一条长长的辫子”，倒不如说是一座座连接感情的桥；对于年轻的孩子，它是一本了解新疆的不可多得的通俗文学读本。读烈娃这本散文集，我觉得一个人的行走对于一个人的一生非常重要。行走是什么？行走就是人——我的经历。其实，文学就是人的经历。但这并不是说人有了行走的经历，就都可以成为作家。烈娃所写的这21篇散文，除个别略显单薄外，大部分都是匠心独运的。如《音乐童话》侧重研究新疆音乐的起源、变迁、发展，讲到了龟兹乐、疏勒乐和高昌乐对中原音乐的贡献；《森林化石》侧重介绍距今一亿八千万年前的新疆奇台硅化木群;《西迁啊》侧重介绍生活在伊犁的锡伯民族从我国东北边陲到西北边疆的几百年沧桑岁月;《在雪地上跳舞》讲述了在雪域高原演出途中一次险象环生的人生经历;《遥远的阿勒泰》除讲了阿尔泰地区的史地变迁,也提出了自己对环境旅游的真知灼见……如果我们把这些看作是作者,也是历史提供给我们的相对静止的画面,显然是不够的。文学的意义在于不但让人们知道什么,而且要使人们想起什么,回味什么。这应该是我们解读“文化散文”文化含量的金钥匙。

相对于《听雪》《菩提花》两本散文集,我认为烈娃在《在雪地上跳舞》中对西部文化的思考是深刻的,也是成熟的。如果说她过去的散文多少带有娇柔气,那现在的散文则充满作家思想的锋芒联想,这是不是烈娃散文走向成熟的标志呢?我想该是肯定的。不用说,烈娃这几年除多次重返新疆“寻根”外,她也拿出许多的时间徜徉在有关新疆的泱泱文字之中,这从她所写作品中大量的鲜为人知的史地知识和各种传说、典故中可以得到证实。我在喜读这些新鲜故事的同时,我更欣赏烈娃在这些故事背后的所思所想。她有些思维甚至是跳跃式的,尤其是许多充满哲学意蕴的议论。如“我们没有理由相信,在人类文明发展到今天,一个仍然不算太平的世界可以用和亲之类的手段来安定天下……如果历史真正在进步,如果人类社会真正是文明的社会,就再也不应当有任何以牺牲和剥夺个人对生活的自主权的行为。把人当作礼品、商品的行为,即使顺应了当时历史现状的需要,也大可不必浓墨重彩来极尽渲染了。”(《香妃之联想》)又如“勇敢是一种简单的东西,而态度是跟灵魂紧密相关的复杂的东西”、“原先我们只知道昆仑山上最可怕的就是缺氧,那一刻我们全体都顿悟——光明比氧气更重要。”(《在雪地上跳舞》)文化,这词儿听起来挺雅,也挺神秘,可它究竟是什么呢?我隐隐地感觉,烈娃在她的散文中找到了:收获,不只是行走。

(原载 2001 年 5 月 17 日《解放军报》)

鲍尔吉·原野

鲍尔吉·原野(1958—　),散文家,内蒙古呼和浩特人,蒙古族。现为辽宁省公安厅高级警官,专业作家,教育部“十一五”规划课题组专家。系中国作家协会会员,辽宁省作家协会主席团成员,一级作家。

鲍尔吉·原野于上世纪80年代开始文学创作,迄今共出版散文专集26部:

《脱口而出》(上海人民出版社,1991年);

《百变人生》(人民出版社,1992年);

《酒到唇边》(内蒙古人民出版社,1993年);

《善良是一棵矮树》(中国对外翻译出版公司,1995年);

《思想起》(作家出版社,1998年);

《世相铁板烧》(上海人民出版社,1998年);

《一脸阳光》(上海文艺出版社,1998年);

《掌心化雪 》(吉林文史出版社,2000年);

《每天变得傻一点》(辽宁人民出版社,2001年);

《羽毛落水的声音》(辽宁人民出版社,2001年);

《草家族的绿袖子》(辽宁人民出版社,2001年);

《风吹哪页读哪页》(辽宁人民出版社,2001年);

《青草课本》(河北教育出版社,2002年);

《羊的样子》(贵州教育出版社,2002年);

《唯一的桔子唯一的灯》(新世界出版社,2003年);

《浪漫是情声的官僚主义》(作家出版社,2003年);

《寻找原野》(台湾九歌出版社,2004年);

《掌上流云》(漓江出版社,2004年);

《偎雪听心》(湖南文艺出版社,2006年);

《草木精神》(百花文艺出版社,2006年);

《鲍尔吉·原野散文选》(台湾商务印书馆,2006年);

《爱自己》(中国三峡出版社,2006年);

《让高贵与高贵相遇》(北京工业大学出版社2008年);

《弯路后面,有一个温暖的名字》(新星出版社,2008年);

其中多部(篇)分别获全国少数民族文学奖、中国报纸副刊优秀作品金奖、东北文学奖和辽宁省政府文学创作奖,以及《人民文学》散文奖、《文汇报》“览会”优秀作品奖等,另有《羊的样子》《英雄赴死如返乡》等数十篇被选入《当代散文精品》《二十世纪九十年代散文选》等20余种重要散文选集,多篇被选入大学、中学和小学语文教材或试卷。台湾地区商务印书馆将《鲍尔吉·原野散文选》作为“现代文学典藏系列”出版时,在封底这样评价道:“鲍尔吉·原野的语言功力令人称奇,所选篇章纵横开阖,灵光四现,将细腻、豪放、洗练优美冶于一炉,毫无困难且诗意斐然。最吸引人的是将自己纯朴的人格与悲悯的爱心跃然纸上,让读者回味不已。”台湾地区著名散文家张晓风也这样称赞鲍尔吉·原野的散文:“我读之其文,如入其乡,如登其堂。和每一个居民把臂交谈,看见他们的泪痕,辨析他们的低喟,并且感受一路吹来的万里长风。鲍尔吉·原野写活了他所属的原野。”评论鲍尔吉·原野散文的文章还有:

《在精神的云端拥抱生活——评鲍尔吉·原野的〈让高贵与高贵相遇〉》(孟繁华),《文艺报》2008年8月21日。

写作让人活两辈子

鲍尔吉·原野

写作会改变一个人,这是众所周知的道理。这里说的“改变”,不是它使一个人由代课教师变成文联主席这种地位上的变化。我是说心灵,作为一个诚实的劳动者的写作,会发现内心出现一条通向远方的道路。走过去,你会变成另外的人。

写作使人谦逊。世上让人骄狂的事情很多,小时候我记得,有个人穿了双皮鞋就很骄狂。事实上世上每件事都会让某些人骄狂。这就像某些人吃了某种药一定会过敏一样。何止皮鞋？权力、声誉、豪宅、出国、打保龄球，甚至有人当一次右派要在文章中写二百遍，这不也是骄狂吗？我老婆说卖肉和卖西瓜的，一般比较狂妄。可是为什么卖肉和卖西瓜的就易生妄心呢？手里有刀，以及眼前血红？有一些生存方式容易把人变成无赖。但你在一片丰饶的田野上，看不到一个骄狂的农人。农人在劳作和休息的时候都是谦逊的，换言之，创造者易于谦逊。除了上帝之外，女人、工匠与农人，以及作家都是创造者。面对着时间，面对着无尽，人像孩子一样生出敬畏之心。写作让我们感到生活的广阔，感到你在生活中的位置。我常常感到我由于写作而变得像小蚂蚁一样勤勉而认真，像小蚂蚁一样充满欢喜地做每一件事。我感到街坊邻居都喜欢我的朴素、强壮和单纯。他们甚至用这样的话来赞扬我：“你根本不像写东西的人。”他们所欣赏的本真与谦逊，恰恰是写作所带来的。

写作使人善良。什么工作常常思考人的命运？法官？算命的人？以及作家？从近来披露的新闻中得知，法官决定人的命运，但并不思考人的命运。算命者不决定人的命运，却天天思虑。两者实际离人的命运很远。而作者面对的是命运的血肉。有时候，我感到天下哪有什么好人坏人，当你看清命运的手之盾，对所谓“坏人”反生可怜之心。一个作家在多年的写作之后仍然不是一个人道主义者，证明他走在了错误的道路上。如果在一种酝酿已久的写作中我们仍然不能了解人的富贵、人的脆弱、人的向善的天性以及人对恶的诱惑的向往，特别是对人的信心，也证明他走在了错误的道路上。我已经很久不用善良这个词。因为这是一种特定境遇的形容词，不能够也不应该被广泛使用。上帝善良吗？许多事情不是善良与不善良的问题。但写作使人善良，作家比别人更能感受人间的不公平而带来的痛楚。他们是在白天和黑夜始终警醒的社会神经。如果我们可以要求治国大师应该坚强，教师应该渊博，铁路信号员的视力应该良好的话，作家应善良。对中国下一代的读者而言，比尖锐明敏更需要的是温厚仁慈，这对国人性格是一种救治。下一世纪初，中国更需要泰戈尔、托尔斯泰、川端康成和米斯特拉尔。

写作使人朴素。差不多所有的劳动者都使人朴素。农人对着麦子的表情与歌星对着观众的表情肯定不一样，前者更平静实际更美。写作不是开炮，不是做一日和尚撞一天钟一拉引绳便有震耳的效果。它是一点一滴的劳动积累。在这种积累中，他已经有可能把时代与命运、把遭遇与梦想，把荣耀与付出进行过不止一次的权衡，生活的繁华使写作者感到朴素更适合于自己。朴素的人更容易感受到美。

在将近50年的时光中，写作在中国已经不是一条通向高官厚禄的道路，至少已经开始如此了。它作为一项心智活动更接近于纯粹。在写作中，无论苦难或忧伤，所经历的一切在流露笔端之前，在内心再一次经历一遍。所谓谦逊善良朴素都是这种经历的结果之一，它使我感到活了两辈子，原来的悲喜都没有浪费。而且它使我在品格方面比过去更好了一些，这是过去所没想到的。在这种意义上，写作与修道仿佛。对我来说，谨此，仅此。

（原载散文集《掌心化雪》）

自选作品

我　妈

我妈今年72岁，除了皱纹、白发之外，看不到衰老。她早晨跑步，穿专业田径训练鞋。我外甥阿斯汗恶搞，把钟点回拨两小时，她三点钟起床，回到家四点半。我爸问："你昨天晚上干啥去啦?"以为她夜不归宿。

跑完步，她上香礼佛、熬奶茶、擦地，把煮过的羊肉再煮一下。我爸醒来，她给他沏红茶、冲燕麦炒面，回答我爸玄妙的提问：

"谢大脚到底是不是赵本山的小姨子?"

“海拉尔叔叔得的是什么病?”

“立春没有?”

阿斯汗醒来,提出更多的问题,关于洗澡、书包、鞋带儿等等。我妈应对这一切,用官员的话叫“从容应对”。自兹时起,到夜深关闭电视机,她为每一个人服务,从中总结规律,逐步完善。而她本人神采奕奕,像战场上的女兵一样谛听召唤。

但人老了,动作有些慢,手指也笨,她以勤补拙。我女儿鲍尔金娜有一条海盗式带亮钉的腰带,断折扔掉。按说扔应扔在垃圾桶里,她扔在窗台上。第二天被奶奶用鹿皮缝好。

“哟!”女儿打量针脚,说:“奶奶,就应该考北京服装学院。”此院是鲍尔金娜就读之地。

就这样,我妈做完计划内的杂役,再寻觅计划外的事务完成之。当我媳妇把带观音菩萨坠的金项链如勋章般给她戴上,作本命年礼物时,我妈欢喜不安。受人一粥一饭她且不安,况金银乎?

我妈像蚂蚁一样辛苦七十多年而没养成蚁王的习性,还在忙。别人坐看电视的时候,她站着;别人吃饭,她还站着。唤她坐是坐不下来的,人站着总能帮上别人一点忙。好像没人管自己的母亲叫蚂蚁,一般都讴歌为大山呀、江河什么的。我妈如蚁,没时间抬头看天,只在忙。

正月初六,我们从内蒙返回沈阳,走之前自语到车站买瓶水。这时妈不见踪影,同时我姐夫的鞋也不见了。

“姥姥把你鞋穿走了。”阿斯汗对他爸说。

“不可能,你爸一米八,姥姥能穿他鞋吗?”我媳妇对阿斯汗说。

我姐夫打开门,听,“你姥姥上来了。”

我妈穿一双大皮鞋上楼,手捧矿泉水。她怕我们买,连忙下楼了。为儿女的小事儿,我妈迅捷得连鞋都来不及换。如果我妈是一只鸟,一定从窗户飞出飞入无数次,把所有好东西拿回来给自己的儿女,不管飞多远。

春节前,牧区的哥哥朝克巴特尔、姐姐阿拉它塔娜和妹妹哈萨塔娜每人肩上扛着羊，给我妈过本命年。他们请婶子上坐，献上礼物（不是羊，是缎子被面、红糖、毛衣和钞票），跪拜。阿拉它塔娜双手抚胸，唱一曲古老的民歌，其他人额头伏地。

“如果大雁还在的话

小雁才感到幸福

如果父母还在的话

儿女才感到幸福……”

这首歌很长，回环往复。跪地行礼的人都五十多岁了，满面风霜。我妈扭过脸，泪水难禁。他们是我大伯的儿女，每个人自小都得到过婶子的抚育。我妈像一只在林中结网的蜘蛛，把四面八方的亲戚串联到一起，共同吸吮网上的露水。

我妈对我说：“其实我最喜欢的事儿是看小说，就是没时间。”

时间，成了一个七十岁老太太的稀缺之物，以至于不怎么吃饭、不怎么睡觉，她把自己的心分成很多份给了别人，私亨的一念是读书。我给她寄过一些杂志，她望而欣慕，夜深之后慢读，指沾唾沫掀书页。她说这声音好听。

家是碗，母亲是碗里的清水。人们只看到碗，看不见里边的清水。

（选自《鲍尔吉·原野散文选》）

羊的样子

“泉水捧着鹿的嘴唇……”[①]这句诗令人动心。在胡四台，雨后或黄昏的时候，我看到了几十或上百个清盈盈的水泡子小心捧着羊的嘴。

羊从远方归来，它们像孩子一样，累了，进家先找水喝。沙黄色

① 作者张子选。

干涸的马车道划开草场，贴满牛粪的篱笆边上，狗不停地摇尾巴；这就是胡四台村，卷毛的绵羊站在水泡子前，低头饮水，天上的云彩以为它们在照镜子，我看到羊的嘴唇在水里轻轻搅动。即使饮水，羊仍小心。它粉色的嘴巴一生都在寻觅干净的鲜草。

然而见到羊，无端地，心里会生添怜意。当羊孤零零地站立一厢时，像带着哀伤，它仿佛知道自己的宿命。在动物里，羊是温驯的物种之一，似乎想以自己的谨小慎微赎罪，期望某一天执刀的人走过来时会手软。同样是即将赴死的生灵，猪的思绪完全被忙碌、肮脏与浑浑噩噩的日子缠住了，这一切它享受不尽，因而无暇计较未来。牛勇猛，也有几分天真。它知道早晚会死掉，但不见得被屠杀。当太阳升起，绿树和远山的轮廓渐渐清晰的时候，空气中的草香让牛晕眩，完全不相信自己会被杀掉这件事。吃草吧，连同清凉的露珠。动物学家统计：牛的寿命为 25 年，羊 15 年，猪 20 年，鸡 20 年，鹰 100 年。这种统计如同在理论上人寿可达 150 年一样，永无兑现。本来牛羊可以活到寿限，它们并非像人那样被七情六欲破坏了健康。在人看来，牛羊仅仅作为人类的蛋白质资源而存在着。屠夫也从不计算它们是否到了寿限——像人类离退休那样有准确的档案依据。时至某日，它们整齐受戮，最后“上桌”。如果牲畜也经常进城，看到橱窗或商店里的汉堡、香肠和牛排之后，会整夜睡不好觉。甚至自杀，像上千只的鲸鱼自杀一样。另一些思路较宽的动物可以这样安慰自己：那些悬于铁钩上带肋的红肉，在馅饼里和葱蒜杂掺一处的碎肉，皆为人肉。因为人是这样的多，又如此不通情理，他们自相食。这样想着，睡了，后来有鼾。

“众生”是释迦牟尼常常使用的一个词。在一段时间内，我以为指的是人或动物昆虫。一次，如此念头被某位大德劈头问住：你怎么知道“众生”仅为鸟兽虫鱼与人类？你在哪里看到佛这样说法？我不解，“众生”到底是什么呢？佛经里有一段话，“众生皆有佛性，只是尔等顽固不化”。所谓“不化”即不觉悟，因而难脱苦海。后来获知，“众生”还包括草木稼蔬，包括你无法用肉眼看见的小生灵。譬如弘一法师上座时把垫子抖一抖,免得坐在看不见的小虫身上。可知,墙角的草每一株都挺拔翠绿,青蛙鼓腹而鸣,小腻虫背剪淡绿的双翅,满心欢喜地向树枝高处攀登,这是因为“众生皆有佛性”。即知,“佛性”是一种共生的权利,而“不化”乃是不懂得与众生平等。若以平等的眼光互观,庶几近于佛门的慈悲。

乡村的道上,羊整齐站在一边,给汽车马车让路。吃草时,它偶尔抬头“咩”的一声,其音悲戚。如果仔细观察羊瘦削的脸,无神的眼睛,大约要得出这样的结论:这些生灵“命不好”。时常是微笑着的丰子恺先生曾愤怒指斥将众羊引入屠宰厂的头羊是“羊奸”。虽然在利刃下,“羊奸”也未免刑。黄永玉说“羊,一生谨慎,是怕弄破别人的大衣”。当此物成为“别人的大衣”时,羊早已经过血刃封喉的大限了。但在有生之年,仍然小心翼翼,包括走在血水满地的屠宰厂的车间里。既然早晚会变成“别人的大衣”,羊们何不痛快一番,如花果山的众猴,上蹿下跳,惊天动地,甚至穿着“别人的大衣”跳进泥坑里滚上一滚。然而不能,羊就是羊,除非给它们“克隆”一些猛兽的基因。夏加尔是我深爱的俄裔画家。在他笔下,山羊是新娘,山羊穿着儿童的裤子出席音乐会。在《我和我的村庄》中,农夫荷锄而归,童话式的屋舍隐于夜色,鲜花和教堂以及挤奶的乡村姑娘点缀在父亲和山羊的相互凝视中。山羊的眼睛黑而亮,微张的嘴唇似乎在小声唱歌。夏加尔常常画到羊,它像马友友一样拉大提琴,或者在脊背铺上鲜花的褥子,把梦中的姑娘驮到河边。旅居法国圣保罗德旺斯的马克·夏加尔在一幅画中,画了挤奶的女人和乡村之后,仍然难释乡愁,又画了一只温柔的手抚摸画面,这手竟长了七个指头,摸不够。在火光冲天。到处是死亡和哭泣的《战争》中,一只巨大的白羊象征和平。在《孤独》里,与一个痛苦的人相对着的,是一位天使和微笑的山羊。夏加尔画出了羊的纯洁,像鸟、蜜蜂一样,羊是生活在我们这个俗世的天使之一,尽管它常常是悲哀的。在汉字源流里,羊与“美”相关,又与“吉”有关,如汉瓦当之“大吉羊”。从夏加尔27岁离开彼得堡之后70年的时光里,在这位天真的、从未放弃理想的犹太老人的心中,羊成了俄罗斯故乡的象征。在大人物中，正如有人相貌似鹰，如叶利钦；像豹，如萨达姆。也有人像山羊，如安南，如受到中国人民包括儿童尊敬的越南老伯胡志明。宁静如羊的人，同样以钢铁的意志，带领人们走向胜利与和平。

城里很少见到羊，我见过一次是在太原街北面的一家餐馆前。几只羊被人从卡车上卸下来，其中一只，碎步走到健壮的厨工面前，前腿一弯跪了下来。羊给人下跪，这是我亲眼见到的一幕。另两只羊也随之跪下。厨工飞脚踢在羊肋上，骂了一句。羊哀哀叫唤，声音拖得很长，极其凄怆。有人捉住羊后腿，拖进屋里，门楣上的彩匾写着“天天活羊”。

后来，我看到“天天活羊”或“现杀活狗”这样的招牌就想起给人下跪的羊，它低着头，哀告。到街里办什么事的时候，我尽量不走那条道，即使有人用“你难道没吃过羊肉吗?”这样的词来讽刺我。此时，我欣慰于胡四台满山遍野的羊，自由嚼着青草和小花，泉水捧起它们粉红的嘴唇。诗写得多好，诗中还说“青草抱住了山冈”[①]，“在背风处，我靠回忆朋友的脸来取暖”[②]。还有一首诗写道，“我一回头，身后的草全开花了，一大片。好像谁说了一个笑话，把一摊草惹笑了。”[③]这些诗，仿佛是为羊而作的。

（选自散文集《羊的样子》）

---

① ②作者张子选。

③ 作者刘亮程。

在精神的云端拥抱生活

——评鲍尔吉·原野的《让高贵与高贵相遇》

孟繁华

鲍尔吉·原野是一个专事散文创作的作家，至今已经出版了 24 本散文选集。对一个古老文体如此坚持并痴迷，本身就是一件值得探究的事情。我对散文素无研究，因此并不了解原野在散文创作上究竟取得了多大的成就。但读了他新近结集出版的《让高贵与高贵相遇》之后，我对原野散文中表达的那份情怀、趣味和处乱不惊甚至孤芳自赏的坚忍与决绝，深感惊叹。

散文是最具“原生态”意味的文体，自先秦到五四，虽经文言到白话的语言转换，但在表达方式上并未发生革命性的变化，它不能虚构，难以先锋。80 年代虽有过文体试验，但大多并不成功。因此，散文所展示的作家的修养、气象、情怀、趣味以及掌控语言、节奏的能力和高下，几乎一览无余。原野当然也难以超越这个文体的制约。但是，原野恰恰在这样规定的范畴内，显示了他卓然不群的散文写作才能和决不流俗的文学品格。原野的散文不是时下流行的“文化大散文”，他的散文恰恰是“小散文”。在《让高贵与高贵相遇》中，几乎都是两千字左右的微型短制，一个人物、一个情景、一段音乐、一起往事，信手拈来浑然天成，得心应手一蹴而就；原野的被述对象，都是我们司空见惯的日常生活，那里没有宫廷秘帏达官显赫，没有江山代变斗转星移。他书写的对象是我们常常想起的朋友、经常思念的亲人，忘情流连的自然山水或偶然邂逅的他乡故知。

原野的散文如此平凡和貌不惊人。那么，究竟是什么力量如此深深地打动了我们，让我们在这红尘滚滚的市声中，犹如猛然遭逢了高山流水空谷足音。在我看来，原野书写的虽然是我们身置其间的日常生活，是我们熟知的亲人和朋友，但是，就在这日复一日的平凡生活中，他发现了闪烁其间的高贵、尊严和不能换取的人间冷暖。它是现实的，但更是精神的。因此，原野是在精神的云端拥抱生活。在原野这里,高贵是一种精神向往,是一种纯粹的情谊,是没有计较的大爱,是与自然倾心的交谈或初恋般的迷恋,是不老的童真、真切的忧伤和奔涌无碍的友人聚会,它是鲜花、美酒、音乐、是一览无余的草原、莽莽林海,是草原上悠扬的长调翩然的舞姿,是绽放在母亲布满皱纹的笑脸和做针线时的宁静安详,是一次意外的邂逅,一次孤身独旅,它是世界上一切美好的事物。只有内心充满阳光、一心向善的人,才会有如此的情怀。他与怀疑、妒忌、尔虞我诈的阴谋、阴暗算计的蝇头小利无关。因此,原野的散文是那些小小忧伤、小女人情调、狂乱煽情或坐而论道的文字不能比较的。原野散文的独特性与他的修养、阅历、阅读有关,更与他的精神向往、对生活的信任有关。他在议论、抒怀和叙述中,总是彰显着他鲜明的浪漫主义风格。这是我们久违的、也是熟悉并期待的文学风貌或风采。

在原野的散文表达中,他是一个没有怨恨只有感念的人。在生活中,我们到处可以见到类似布鲁姆所说的"憎恨学派",他们对一切都深怀不满,憎恨所有的事物。但憎恨不是批判,也不能替代批判,憎恨是用偏激的眼睛惩罚了自己。原野不同。在他的散文里,我到处看到的是感激和怀念。于是,我就经常读到这样的文字:

> ……我不是一个多愁善感的人,为何会常常流泪?……
>
> 后来我渐渐明白了,泪水,是另外一种东西。这些高贵的客人手执素洁的鲜花,早早就等候在这里,等着与音乐、诗和人们心中美好之物见面。我是一位司仪吗?不,我是一个被这种情景感动了的路人,是感叹者。
>
> 如果是这样,我理应早早读一些真诚的好书,听朴素单纯的音乐,让高贵与高贵相遇。

这是原野对音乐和诗的赞美。他在另一篇文章中曾说到,一遍遍地听安德捷夫用吉他弹奏的《悲伤的西班牙》,只因为了那一串响板:"我反复听这首曲子,是为了与这一声响板遭逢。"这种痴情让人想起了六世达赖喇嘛的情诗:那一世我转山,不为轮回,只为途中与你想见。如果说对一个音乐情境的专注,还多少有些阳春白雪的话，那么，我在这里看到更多的是原野在普通人生活中的发现：

> 包井兰是谁？我媳妇的奶奶。
>
> 有一天我偷闲回家，发现奶奶和一个穿阴丹士林蓝布衫、梳高髻的老太太在南屋小声唱《诺恩吉亚》。我侧听，奶奶出来，看到我，白皙的脸上满是笑容羞怯，她说："原野，哈哈，哈哈哈。"

两个拄着拐杖的老人一起吟唱自己民族的歌，这是多么动人的场景。原野对生活的态度、纯真的趣味充满了人间暖意。他对生活细节的捕捉和生动的描摹令人叹为观止。即使是我们在其他文体或文艺形式中经常看到的场景，他也是另一种境界：

> 我当知青的时候，曾见过一群农村妇女，把一个壮实的男人按在地上，一位年轻的女人露出奶子，将乳汁挤进他的嘴里。《圣经》中也写道："你吮吸了我母亲的乳汁，便是我的兄弟。"

生活在原野这里如此美丽。一个人书写什么表明他在关注什么，他以怎样的态度书写，表明他以怎样的态度看待生活。另一方面，我总是隐约感到原野似乎有一种文化压抑，他的乐观、浪漫，除了民族血脉的原因之外，事实上也隐含了他别一种文化抗争。他就是要用不屈的、乐观的文化精神对抗一种"一体化"的大文化。这种大文化既有以"全球化"为表征的商业文化的残酷覆盖，当然也有不曾言说的强势文化对弱势文化的巨大影响。原野是汉文化哺育的蒙古族作家，但在他的潜意识里肯定有一种对自己民族文化的深刻眷恋。他曾经谈到东亚民族的泪水，朝鲜人、日本人当然也有蒙古人，"从他们的歌声里能听出悲伤"。于是，他读到蒙古族诗人《席慕容和她的内蒙古》时，潸然泪下。"就这样一直走下去吧/不许流泪，不许回头/在英雄的传记里，我们/从来不说他的软弱和忧愁。"也许是一种不自觉，一种无意识。但事实的确如此。

认识鲍尔吉·原野，是我到沈阳工作以后。作家刁斗经常提起他，几乎就要把他说成一个伟人。后来一起参加一些文学会议和活动就熟悉了。原野是个非常有趣的人,喜欢聊天,见多识广,雅俗共赏,很多女士和男士都喜欢他。我见过很多能聊的人,或饱学之士或知识精英,而他在知识精英和民间智者之间。

他是一个作家,他生活在人群中,但更生活在自己的生命里:只因他在精神的云端拥抱生活。

(原载 2008 年 8 月 21 日《文艺报》)

廖华歌

廖华歌（1958—　），女散文家、诗人，河南西峡人。大学毕业后即分配到河南省南阳市文联做编辑工作，现为副编审，并被评为河南省优秀专家、享受国务院特殊津贴专家。系中国作家协会会员、中国散文学会理事。1991年出席全国青年作家代表大会，获中国作家协会颁发的荣誉奖牌。1992、1997年她分别获河南省优秀文艺成果青年鼓励奖、创作奖（均为省政府奖）。

廖华歌1978年开始发表作品，除出版诗集《忘川行》《梦痕》、长篇小说《玉皇岭》外，已出版散文、散文诗集7部：

《华歌集》（百花文艺出版社，1991年）；

《朦胧月》（香港文光出版社，1991年）；

《蓝蓝的秋空》（中原农民出版社，1994年）；

《泥路的春天》（沈阳出版社，1996年）；

《微雨霏霏》（文心出版社，1996年）；

《廖华歌散文自选集》（河南文艺出版社，1997年）；

《廖华歌散文新作》（中国文联出版社，2000年）。

其中，《泥路的春天》获沈阳市优秀图书一等奖，《蓝蓝的秋空》获南阳市“五个一工程”优秀作品奖，另有《缘的脚步》《烟波江上》等多篇作品被《散文选刊》《东西南北》等转载，获省级以上奖励30余次，部分作品被介绍到海外。评论廖华歌散文的文章主要有：

《乡情脉脉涌笔端——廖华歌部分散文读后》（曾绍义），《东京文学》（1986年第6期）；

《廖华歌的华歌》（杜田方），《南阳日报》1992年3月5日；

《绚丽的天空》（姜丽华），《蓝蓝的秋空》（中原农民出版社，1994年）；

《读廖华歌偶记》(邓友梅),《文艺报》1997 年 5 月 10 日;

《自慰与拓展:植于现实的情感世界和话语选择——廖华歌创作谈》(朱景涛、杜田材),《郑州大学学报》2001 年第 3 期。

彼岸之光

廖华歌

我曾在一本书的后记里写过这样的话:每个人都需要构筑一所精神家园,来安放和庇护孤独的灵魂。有人选择财富,有人选择功名,有人选择情爱,而我则选择了文学。

选择了文学,就选择了苦辛,选择了承担,选择了献身。这是一条越走越难走的路,写在稿纸上的每个字都是沉重的,都是汗水和血液的沉淀。一颗灵魂时刻在自省,在搏击,在探求,在叩问,痛苦煎熬,朝乾夕惕,无一宁日……最终将困苦艰难消化容纳,并永不放弃地向着一种境界,一种透脱而魅人的对彼岸之光的切切追寻,奋力前行。

一

1958 年农历闰三月初三,略有些恍惚的阳光照在伏牛山顶峰老界岭下一个叫玉皇沟的普通农家小院。女孩子来到人世的第一个反应是大哭不止,被惊动了的乡亲们都忍不住叹息:这孩子命苦!那第一声的哭喊,是对她终生存活方式的界定?是日后多灾多难的感应和预兆?还是对这个乱纷纷的世界的过于胆怯和恐惧?

逶迤的山势,东去的流水,形色各异的满河石头,被锯齿般的群山拥围得只剩下一小片的蓝天,山头上常年飘绕的白云,疏朗静美无所欲求的林子,惊心的鸟鸣,斑斓的山花,淳朴的民风……生命在这里得到一点点的浸染和灵悟，眼睛变得明亮而忧郁，充满着爱、良善和同情。小草的绿，野花的艳，鸟儿的歌韵，红霞的炽烈，流水的柔情，岩石的坚硬，风雨的冷冽，阳光的宁静，这一切都铸就了我日后的艺术与人格特质！

是的，没有这些最初的心灵浸润，我不可能选择文学。

没有那本《家》和翻阅了无数遍的缺头少尾的《林海雪原》，我不会天真地给巴金写那封没有地址的信，并将“作家”这个无比神圣的字眼第一次深深地铭刻在心里。

没有中学时的班主任老师和贫管会主任拿我作“智育第一”的典型，让同学们没完没了地开会“帮助”，并令我一次次写出“触及灵魂”的检查，我不会选择文学。

没有初中毕业时，我因听从数学老师的暗中劝导，毅然放弃了一家医校的录取通知书，决定继续求学从而惹恼了权贵被取消了当年上高中资格的遭遇，我同样不会选择文学。

还有，没有著名作家何南丁当初在那皱巴巴的作业本背面签上的大名，我仍然不可能走向文学……

二

处女作的发表并在地区获奖，又一次改变了我的生活道路。我终于走出了大山，那是一个弱女子独立的远征，山成了远方的回应。心灵就这样被生活放牧着，一边回首浅浅吟唱，一边举目踽踽前行。带着对山外世界的惊奇，对故乡的一腔眷恋，对传道授业解惑的教师们的无比崇敬，自 1978 年至 1984 年，我连续创作并发表了《白云深处》《迎春花》《花先生》《镜前驰思》《春妹回山》以及《青青的白桦林》等一系列歌颂献身山区教育事业的人民教师的散文。又在《人民日报》发表了《柿子熟了》《花手帕》等描写改革给山区家乡带来深刻变化的散文；《山桃花》《红了樱桃》则从个人的身世命运引入对人生的思索。这一阶段值得一提的是《脚印》和《梦无凭》两篇，它们从不同的方面展示了一代人所走过的心路历程:由幻想到创伤,由迷茫到坚定地投入光明的生活,这是一个艰难的转折。

那时,相信世界到处是鲜花和微笑,万没想到文坛的复杂和深不可测。这里已不是想望中的真空净土,它无可逃避地遭到了世俗的侵扰和污染,同样需要奉迎、恭维、虚假,同样存在造谣惑众、诬蔑中伤及丢失自我。你不能适应,你想抗争,那么几张嘴在一起一碰,立刻就会给无辜者碰出杀身之祸,别看是空穴来风,照样能置你于死地。对于我——

如果没有那次河南省青创会上,几个刻毒之人凶猛泼来的祸水,没有那封极尽谩骂诲辱的匿名信,没有来自省文联、省作协的领导和全国各地文朋诗友们的关心抚慰,我不会对文学坚守至今。

三

我知道,停歇下来就是毁灭自己,就意味着真正的死亡。正是这些乱箭穿胸的疼痛,彻底改变了我对人生世事的天真看法,使我学会了咬牙挺立,对生活的切入点也发生了位移,在笔下单纯的甜味中增添了咸腥与苦涩。

我开始"寂寞"着自己,艰苦卓绝地独自进发!

1984 年至 1990 年,是我创作中的多维探索与发展的阶段。一方面继续沿着展现故乡生活的路子向前发展,把对故乡的爱深入到精神和灵魂的内核,努力用更阔大的空间和高度来观照和揭示。《秀女峰的呼唤》和《山》,是故乡恋歌的代表作。另一方面是把视野更多地推向新的生活与艺术空间,朝着生命本体与人生底蕴的深层掘进,努力使作品透出更幽深的历史时空感,闪烁着哲思理悟的光点。《永远的荷塘》《雨后徜徉录》《在江边》等篇什,尽量把自然、人生、历史交织在一起。散文《玄色月》《缘的脚步》等,就是这种探险的收获。

多视角审视与多领域的探索,使得不仅在散文创作上,而且在诗歌、散文诗、报告文学方面也都有了新的收成。发表在《人民日报》上并获奖的长诗《伏牛山》，虽仍是山的主题，却与以往不同，注入了民族腾飞的时代精神。

追求真、善、美，并不吝心力地弘扬，成为我的诗和散文的主调。正如邓友梅在《文艺报》上撰文所评："如果问我对华歌作品总的印象，我只能回答一个字：美！这美不只是外在的，可视的一面。还有不能用眼而只能用心去体验，去品尝的一面……她最大的特长是不重复别人，走出自己的路数。"

用别人的思想是永远制造不出真正的文学的，作家的笔下淌出的只能是自己的血和髓！没有从肉体到精神的一回回涅槃，我不会选择文学！作家乔典运对此亦有感慨："读廖华歌的散文，使我仿佛看到了从深山老林里走来的一个少女，这少女往城市走去，走得实在艰难，不是和枪林搏斗，就是回避炮弹的袭击。读她的散文，除了读到美之外，还读到了人之苦。"

那些既不幸福又不痛苦的人，是永远无法找到艺术感觉的。

四

1990 年至今，我的创作进入了较为自觉的阶段。少了一些浮躁和刻意，多了些宁静和自然，创作的题材领域有所扩大，表现也逐渐成熟，时代潮，身边事，眼前景，梦中人，都能写得随意而贴近生活，尽量给人留下思索的空间。《自然之心》《生命的乐章》《既望观月》《三角梅》《梅林》《心向盘古》《烟波江上》《鹤望兰》《与荷同在》《烟雨灞桥》等，都先后获奖并被收入多种选集，产生了一定的反响。长篇系列散文《微雨霏霏》，也被邓友梅先生认为是"最有特色的散文"。新近创作的《仰望长城》(《当代》1998 年第 2 期)等文化散文和"关于……"的系列随感，可算是自己所作的一种新的尝试。清醒的作家总是在不断调整自己，一次次否定自我，于困惑和痛苦的折磨中寻求新的突破，这同样别无选择。

正如有的论者所言："华歌的生活和艺术创作道路都是十分艰难

坎坷的。但她最可贵的是对人生命运的不屈挑战和对艺术的忘我追求精神。纵观她的所有作品，基本主题是追求真、善、美、纯、爱、雅。这种追求愈切，内心的痛苦便愈深，常常充满忧患、悒郁、孤独和矛盾，有时甚至走向极致，充满强烈的死亡意识。她企图把世界逼近看穿，结果却把世界逼远，她再紧紧追上重新审视，就这样一边寻找，一边垒筑自己的精神家园，垒好了推倒再重来，永不满足，像西绪福斯那样苦苦地追求着，自我折磨着，并从这种痛苦中不断析离出精神的盐粒，奉献给社会和人类。”

这是一种宗教般的爱，它早已置于肉体的生命之上。

没有受伤后的彻底反弹，我不会选择文学。

没有一次次的运交华盖，我同样不会选择文学。

彼岸，也许永远在前方，不可抵达。但彼岸的光芒将一生一世吸引着我去不懈地追求和奋斗，在追求与奋斗中，使生命不断得到升华。

1998 年 5 月

自选作品

缘的脚步

1

有一首歌，叫《缘的脚步》。那是歌唱爱情的。

然而，我却一个人悄悄地踏入了这深山的尼庵。

为了好奇？为了另一种生活体验？为了抛却尘世的烦恼？还是为了寻找人生的彻悟？

我说不清，真的说不清。也许都是，也许都不是。或者，仅仅是受了你那句不知是气话还是戏言的蛊惑。反正，我把出差的任务暂时抛到了山外，抛到了脑后……

2

我说不清此举的动机，但却分明感觉着是去看望一个伙伴，一个早就相识却不曾谋面的朋友，一个因失意而别离的同类。

当我跨入这佛的门坎时，觉得有一股力量把我攫住了。一阵些许的恐慌，和恐慌后微弱的激动与莫名的期待。

我没有回望门外的斜阳。但我知道，那一定是只剩下一片淡薄而神秘的金色雾光，笼着这尼庵的四周，笼着这空谷秋山。

几个尼姑似乎并没有发现我的到来。没有迎迓的笑脸，没有拒绝的愠意，更没有任何应酬的寒暄。她们正在接受神的爱顾。

也许我不该来打扰她们，像猎奇观赏另一种人生表演一样，我感到几分浅薄与不安。

我望着那位老尼，她正低头轻拈着手上的念珠，眼中平静无波，又深不可测。唇上没有祷告，胸中没有烦恼，只有一种虚空的甜蜜。然而，岁月没有饶过这位神的侍者，几缕银发和眼角的皱纹依然雕刻下她生命的艰辛与坎坷。

再看那位小尼，佛的圣光使我无法准确判断她真实的年龄。白皙的脸庞闪着遮不住的青春光芒。眼睛却像一片安详的福地，蓄着一泓无底的宁静。不艳，不俗，无喜，无悲。一种圣母玛丽亚式的凝固的美，一种笼罩在神灵光环下的圣洁的美。

我突然想到了那背后莫测的缘路。

那么，她是怎样跨入这佛的门坎呢？这需要多么巨大的勇气与毅力呵！

是在一次心灵的重创之后，才把爱献给神了吗？如一次无奈而完美的决绝与选择？

是在遭受到丑恶的袭击，才找到这神灵的庇护吗？如找到一片净界的圣土与福地？

是望尽浮华,看破红尘,才归真返璞?如弘一大师的归隐,终于找到了自我灵性的复归?

总之,她们似乎完全与世隔离了,罪恶与幸福都成了遥远的回响。没有回忆的折磨,也没有憧憬的吸引。不再希望出现奇迹,也不再惧怕死亡与痛苦。她们已属于神的仆人,只凭神灵的召唤向前走……

也许,这正应了那句偈语:每个人都有自己秘密的“石头”,当你找不到安慰的时候,你便想躲到那块“石头”下面……

然而,我还是不能相信,纵然离开人世,但能离开生活吗?能真正忘却那曾发生过的悲欢离合、恩怨情仇吗?尤其是那刻骨铭心的,那暖如春风的……

我还是不能相信,纵然身在佛地,又真的能看破红尘,真的已看破红尘了吗?

此刻,你在哪里?我不知道究竟是在世间罩上面具好呢,还是找一块圣土把自己与世隔离起来好?你说呢?

难道我注定只能在天堂与地狱之间徘徊吗?

3

显然,她把我当成慷慨的施主了。

可我知道,我并不像其他的香客,既有所施,也有所求。

我既不敢对神布施,也不敢求神布施。

望着身旁的香客,我看到他们目光里的虔诚。那是虔诚的欲求和虔诚的交易!

究竟是谁在向谁布施呢?

我为我的发现感到颤栗。

你记得吗?我们曾不只一次地为自己的清贫找到心理的平衡,因为我们有丰富的精神财富。可是,现在我却突然遭劫般地感到我们连精神也是一贫如洗了。

也许，我们与这些神的信徒一样，只不过是方式道路不同罢了。他们追求物质而最终疲倦了，灵魂却又得不到满足，才去寻找一个永远达不到的精神目标。而我们却一开始便追求精神，至今亦仍得不到满足，像一个饥渴的乞丐，在荒原上跋涉着。这中间究竟有多大的区别呢？也许，神正在向我们招手，而我们不是没有看见，就是害怕跌进那个苍白的深渊，让不愿皈依的灵魂永远地流浪着……

此刻，我已站在这深渊的岸边。你在哪里呢？你在哪里？

4

那炷香袅袅地缭绕升腾着。

她就站在我的旁边。

人们都有自己最特殊的语言，正如歌唱家用音乐，画家用颜色，农民用犁杖，她正用心灵在沉默中与神交流。

她的唇没有动，我却听到了来自神的暗示：可怜的孩子，迷途的羔羊，忏悔吧！

我感到一阵迷失，灵魂被悄悄诱走……

有人说，宗教是一种爱的燃烧，是某种欲望的满足。然而，我却看不出那燃烧的火焰，只看到她平静的深眸后，那非喜非悲的痉挛。也许，那便是纯青的火焰？

呵，这灵魂的祭坛呵！

你知道，我不是一个胆大的孩子。我颤栗着，不敢抬头看佛的面孔。

我才为刚进山门的想法感到后悔，弄不清究竟是谁真正迷失了自我，究竟是谁需要谁来怜悯，谁需要谁来拯救？

5

是的，我们曾经常常感到生活得很累，很累。真想卸下生活的担子，好好歇一歇；真想寻找到一种真正的大彻大悟，大解脱和大超然。

然而，我们还是不能不为一次小小的收获而狂喜，为一次小小的失败而懊丧。

也许，我们穷其一生也找不到那种最理想、最圆满的境界，甚至连这境界的面目也看不清楚，可我们还是在寻找。

于是，我们注定永远只能在这痛苦而又欢乐的情感波涛上颠簸。

于是，我们无法拒绝这世外生活的诱惑，并产生出近乎盲目的羡意与向往……

你看，世界像真的被她们遗忘在身后，她们的面上总是一片祥和的光芒。

可是尼说，通往佛的路也不平坦，充满坎坷和艰辛。

我才明白，她们为神服务，恪守戒律，没有休假，也不能辞职，直到生命燃尽，希望着灵魂升天。这殉道者身上的十字架并不比我们俗人轻呵！

我问："彻悟了吗？"

尼说："佛在我心，我便彻悟。"

我问："孤独吗？"

尼说："有神陪伴，我不孤单。"

我没有点头，也没有摇头，真不知道究竟是"万人都醉伊独醒"，还是"万人都醒伊独醉"？

这大概便是佛的力量了！

人们都在寻找生命。也许，我们尚未发现那最终的曙光，而她却从另一端找到了生命的极致！

我才发现，在这种时候，真是谁也帮不了谁。

也许，只有神才是万能的，只有神才能拯救和超度迷失的灵魂。然而神呢？我一阵惶悚……

6

子夜，尼姑们做毕法事都去睡了。我却无论如何也不能入寐。

四周没有一丝声音，静寂得似乎一切都被凝固。

我感到一阵空前的孤寂和恐惧。没有获得预想的超然与解脱，反而多了纷呈的杂念，多了一份来自神界的惊骇。

佛量无边。难道佛陀对这不能皈依的灵魂难以原谅吗？

我披衣起床，来到庵外。凄迷的冷月不知几时爬上了庵后的峰峦。

我敢说，你不曾感受月照佛地是一种什么样的境界。整个世界都是冰一样的静止，冰一样的恬淡与苍白呵！

我怆然地返回庵内，点起一豆油灯，急切地从包内取出你的诗集。

我知道自己原本戒根不净。此刻，在这佛法之地，我比任何时候都更加思念你……

我的心渐渐地暖起来了。原来，我还是相信：友谊和爱情是生命的两盏圣灯！

佛，宽恕我。我现在还不能适应没有阳光的岁月。

我开始急急给你写信，劝你千万不要到深山定居。不管你是当真还是戏谑……

7

我不知道佛教对于太阳是否崇拜，可我崇拜。我崇拜每一个新的太阳！

太阳尚未爬上山顶的时候，庵内已经笼上了一层金色的雾光。

尼姑们都早早地起身忙碌去了。我却急切地想往山外走去，想找到那不尽如人意却激动人心的尘世生活，想找到尘世上的你和所有的朋友。

想告诉你,宗教既不是一杯忘忧的美酒,也不是一剂可怕的毒药。我曾浅浅地啜饮过一口,不,都不是。

想告诉你,生活着是美好的,虽然艰难却充满诱惑。

想告诉你,人世是一场强者拼搏的竞技场,佛界也不是寄宿弱者灵魂的伊甸园。

想告诉你,不管命运如何,都不应背弃人生,背弃生活。你可以得失随缘,也可以慧而不用,但切不可停下追寻的脚步。

然而,对于向我道别的尼姑,我可以怎么说呢?

也许,有的东西是一失手便永远也不会再回来,有的东西却是永远也不会失去的,但同样都很珍贵。是吧?

我大步向山外走去。原来,世外与世内,相弃与相依,清流与浊水,怎么能截然分清呢?

我看到尼姑们正沿着幽僻而清冷的山道向佛的心灵深处走去,一直走向那片佛光照耀的永无尽头的极地。这大概是她们的缘吧?

而我却只能向山外走去。那里还有东西吸引着我,我还没有走完那段尘路。这大概是我无法道破的缘吧?

就在我将走出山口的时候,我竟突然又想到了弘一大师的诗语:"天心月圆,万物归一。"那么,我们不管朝哪个方向走,其实不都是朝着一个方向吗?我们会最终相会在一个路口吗?

我听不见回答。

只有彼此的脚步在空谷传响……

(选自《莽原》1990年第3期)

关于故乡的一棵梅子树

母亲来信说,去冬山风暴烈,东坡上的那棵梅子树被折断了两枝,不过无大碍,今春照样开花,想来秋果会很丰硕的……

我湿润的目光在这些字里行间默默爬行，慢慢地，一棵树便清晰地挺立在面前。它很普通，也不太高大，枝梢横斜，冠盖若伞，和山野里的任何树一样，没有什么特别出众引人的地方；但它又极不一般，整个树干鼓突着狂风一次次雕刻出的满身疙瘩，永远都祸至不惧福至不喜地站立在那儿，人望一眼，便深深惊然于树的经历。这无疑是一个抗争的生命，它所经受的超常之苦，那躲藏在心底的绵长伤痛，如此的泪痕悲歌，不是一般人所能想象得到的。多少次，我恭立树下，轻轻摩挲着它粗糙的树皮，它遍体的疤结，以及它胶质般的琥珀色的汁液，嗓子眼便梗得厉害。

但谁知道呢？也许对于它来说，那风雨骄阳只是一道风景，它就那样自满自足地站立在那里，静默地观察着这个世界。

二

三月的边缘。一个很随便的日子。薄薄的阳光下，邻居昌富哥肩扛工具，手里掂了一棵细小的树苗在门口喊我："嘿，栽树去吧，是我从一百多里的外乡弄来的梅子树哩，长大了，让它给你做嫁妆！"我红着脸，挽了裤脚，小心接过树苗，接过昌富哥尚存的手温。只见它瘦干干的，几乎没有什么重量，青紫的树皮内，隐约有一星星儿的芽苞，我着意将它扬了扬，想着手里轻松紧握的竟是未来一棵花繁果丰的大树，那感觉便好极了。昌富哥说，栽东坡吧，东坡上树少，朝阳，土质也好。我们选了离竹园较近的地方，先用石灰圆圆地圈了一下，然后又挖又铲的，不一会儿，汗水粘着泥土，两个人便都成了可笑的大花脸了。这是我平生挖得最仔细最好的一个树窝，我们尽量将最底层的土粒一点点捻碎，然后将树苗放在中间扶正埋土，再用脚踩实，提起树向上拔两下，才开始浇水，等水渗下去了，继续封土。待全部完工后，我和昌富哥久久地站在树旁，心被未来的憧憬鼓胀得满满的。想想吧，这可是一株红梅子树呵，翠竹红果相映是什么景致？未来，我们品尝的难道仅仅是一种果实么？我16岁的幻梦里分明还种下了朦胧的希望，一种对未来的说不清道不明的期待。

三

这是我平生惟一一次与异性共同栽种下的一棵树。后来，听奶奶说，栽树那天正好是农历三月三，我的生日。我对这棵树的深层情感不言而喻，以致再看昌富哥时，也觉有点不似先前。无意间在生日里郑重种下一棵树，这棵树还被那么好的昌富哥说成是送给我的嫁妆，它又偏偏是梅子树而不是苹果和梨，就有许多想法鱼儿般悄悄游动，一直走向我的内心。

我们给梅子树种植下一种命运，也给自己种植下了一份与日俱增的牵念。浇水，施肥，除草，整枝……小树活了，一天天长大，第一年只发芽没开花，第二年独独在西南枝上开了一朵，那花却大得出奇，引来了无数惊异的目光。第三年我远离大山，这一走就是 20 年，其间回乡探亲，总不忘去看梅子树，然而，那最初将它固定在这儿的两颗心却再也未能够同行过。在这空荡荡的山坡上，风霜肆虐，雨雪抽打，惨烈的成长中，它是越来越沧桑了，却又异乎寻常的静定，它肯定也在思念着吧？风可以改变它美丽的体态，却不能不让它去想，它在这旷日持久的念想中，早已明白作为一棵树，惟有开花和结果才意味着一切呵。

四

我承认，除了仔细品看过这棵梅子树的花儿外，我从此再无兴趣和耐心去看别的花。

我没有读过《西京杂记》中有关梅的记载，也无缘一见范石湖的《梅谱》，不知道这棵梅子树应属何种品系，却无法不痴醉于它的花香而仰慕它的清高。梅子花开，一树白雪。花瓣与樱花几似，却比樱花大，也白得更为纯净。值春日，风将花瓣摘落一地，飘飘洒洒的，蝶阵样上下翻飞，人或近观或远望，都惊美得心跳魄动。这些花呀，诗人是无法吟咏的，因为太美的事物只可以无声来感应。将花瓣置于掌心，淡绿的细脉约略可见，一种梗阻已久的情感会忽然贯通。再将其含于舌尖，淡香中似有微苦的味道，真不明白一树白花怎么会结出殷红的果实来？昌富哥也喜欢梅子花，可听村里人说，他总将那繁密的花儿摘掉一些，他说，花太稠了挤在一起果就小，这如同庄稼地里间苗一样，肯舍弃才会有真正的获取。我默想着仅有小学文化的昌富哥，觉得他与这棵梅子树的花儿一起，定格在我永远的记忆里了。

五

很遗憾，我没有一次能亲历梅子成熟时的情景，但我完全可以想象得到它带给故乡人无比的欢乐和满足。村里的男女老少都来了，连鸟儿们也来了，人们都品尝着这具体的幸福，说不定还会有人念颂着我和昌富哥的好处呢。早些年，昌富哥总不忘用自制的木盒子给我邮寄鲜梅子，我每每望着那只笨重的钉得严严实实的盒子，并不马上打开，有意延长着这个悬念。待到小心启开时，扑鼻的清香和着满脸泪水一下子打湿了乡愁，这是不施化肥不打农药自然生长出的果实呵，它们个挨个紧密地挤在一起，上面覆盖着鲜灵灵的绿叶，真让人不忍触碰。这时候我便一反常态，显得特别小气自私，从来不分送别人，一个人很专一很痴情地慢慢享用，直到最后一枚被皱巴巴地风干。我也曾把梅子们排列在书桌上，排列成一棵树的模样，当然，这是一棵红色的梅子树。

后来，昌富哥走出了村子，到很远很远的外地做了人家的上门女婿，我自此再也没吃到这棵树上新鲜的梅子了，更没有见到过昌富哥，之间没有了任何联系。听说他虽不断回村小住，却都没赶上梅子熟时，因而他自己也再没吃过梅子果了，但他和我一样，总不忘去看梅子树，有时一坐就是半天。我猜不出昌富哥面对梅子树是什么心境，都想了些什么，却能从生命里感觉到他对我对梅子树正像我对他对梅子树一样，怀有一份深长的牵念。这时候，我眼前便出现了一个梅的世界，红色的梅子从昌富哥家门口铺展到我眼前，昨日的少女正在这条红色的道路上行走。

六

我和昌富哥都离开了小村，离开了精心栽种下的梅子树。梅子树留下了，孤孤单单的，却又春花秋果着，彼此成为彼此心中梦中的相思。我们栽下了它，在这样一个四野风行的山坡上，就注定了它毕生的命运轨迹，它必须不同于别一棵的树，它需要时时战胜着风灾、虫蛀、自我的懈怠、内心的孤独，用顽强注释着生命，以一种寂寞的精神来养育累累果实。我不知道如今的昌富哥日子过得怎样，他对这棵梅子树对我怀有怎样的情感，而我这些年，在经历过一些大起大落的情感遭际之后，愈加怀念昌富哥和梅子树，那是一种质朴恬淡而美好的情感，是纯净而高洁的爱——你不必戒备，不需算计，也不用担心欠着什么，没有高潮因而也不会沉落。

七

某一天，我站在窗前向远方眺望，忽然闻见一股淡淡的清香，这是一种什么样的花儿的香呢？我知道此时附近找不到产生这种花香的理由。我忽然想到了梅子树，对，正是我熟悉的梅子花的香，从遥远的地方飘来，我真的陶醉了，陷入彻底的迷狂般的幸福中。我意识到，我的梅子树，我远在家乡东坡上的那棵孤独的梅子树，一直在向我发出信息，我看见它此刻也欣慰地抖动了一下。

这时刻，我会像一个诗人那样，把自己幻化为远方那棵梅子树——我就是那棵树，那棵独立于竹林旁，默默地开花、结果的梅子树。我望着日月星辰，望着在田野上劳作的乡亲们，送去默默的祝福。

我属于我自己，但我也属于种下我的那一位少女：她是否和我一样幸福？有晚霞和月色的对话？有风儿轻轻的抚慰？

八

但这棵树是昌富哥的，是他从外乡弄来的，它不仅仅属于我，即使在意念里，我也不该一个人占有了它。他（它）们之间一定有一条扯不断的线，这条线从梅子树抵达昌富哥，我相信，它又从昌富哥的脑海里伸出，抵达于我——他想到了梅子树，如何不会想到我呢？

如果在此刻，昌富哥也闻到了这种毫无来由的梅子花香，如果他与我同时地陶醉在这花香里……

这怎么会不可能呢？是有两条无形的线从梅子树伸出，伸展为两个方向，一个是昌富哥的家，一个是我如今的蛰居之地。然后，这两条线又向前延伸，从我这里，从昌富哥那里向前延伸，在某一个地方对接了，我听见了一声轻微的碰撞，像电石相击产生的火花。

这样说来，我的梅子树它不单单是一棵梅子树，它是一个人，它是一个更高的人，它高于人，当然也高于我，高于我这些芜杂的想念和幻觉。

但我这样把握了这棵树了吗？当我的目光包裹着它的时候，当我思想的目光盘旋在它身上的时候，我想我把握了它，但我并不能把握它的全部。正像两个人，谁能说谁完全把握了另外一个人呢？

这就是梅子树的迷人之处。

九

这样，顺理成章地，我请这个城市最有名气的老画家依照我的草图，精心画下了这棵梅子树挂在了书房。画家还提笔写下“心雨”的字样，我不明白他为什么要用这两个字？心雨与梅子树到底有什么关联？但每望这棵画面上的树，我倒真的是心雨纷纷了。尽管再好的艺术也只是描摹其形体，难画出骨力神韵，可一想到它如今就在身边，我就很是激动，我们终于又可以在一起了，而且永不分离，我的一切举止、心境、忧喜，甚至笔下的文字，此后全在这棵梅子树的注目中了。

狂风骤起的天气，它的枝梢恍然幽幽摆动，拍打出一枕不寐的伤悉，夜雨秋灯下，它忽然有了言语，说着些我似懂非懂的话，我时常独对它或哭，或笑，或沉默，相信它才是这个世界上我惟一可依的知己。

它只是梅子树的副本。即使如此，它也不应该只属于我。我想这幅画所发出的信息一定会抵达昌富哥的，他会想：我看到了一幅梅子树的画了。我们两个会在同一个时刻想：梅子树也看到了一幅它自己的画了。

这幅画只是梅子树伸展出来的那两条线的一个节点而已。

我这样认为。

（选自《青年文学》2001 年第 4 期）

读廖华歌偶记

邓友梅

我已经过了专心抒情，致志浪漫的年纪。年轻时也曾花呀月呀的为赋新诗强说愁，经历五七年那场“误会”后，浸沉于世俗生活，消失了闲情逸致。为活命忙得脚跟打屁股，没功夫为自己落泪，哪还有功夫为花落泪？顾不上为自己伤心，哪有功夫为月伤心？

感谢邓小平同志领导拨乱反正，改革开放，使我获得第二次生命。想再写点抒情文章，才发现自己那点“小资产阶级意识”已被改造干净，别说抒情，就是《在悬崖上》那样的恋情小说也写不出了。只能写点《那五》《烟壶》，描绘市井百态、江湖异闻了。

自己不能写了，就读别人的。读这类作品会老得慢些，跟青年一代维持较近的距离，也对自己疲劳和僵化的心区作点修补。

有一天翻开一页新书，引起了兴趣，因为读到这样几句：

> 站在八百里伏牛山顶峰，莽莽苍苍的老界岭山口，俯视脚下波翻波涌的群山，才真切体会到"苍山如海"的壮阔意境。
>
> 这是一片真正的山，一片我再熟悉不过的山的海！这海在潮涨潮落，日沉月升中，永远都呈示着无比的生动温柔和凝重，不是所有的人读得懂的。

这几句话说得我心跳，因为我就没读懂这座大山。河南是我曾经战斗过的地方，伏牛山是我攀登过的山峦。我怎么就从没感到它还有这么浓郁、深沉，壮美的诗情画意？这个作者是谁？怎么有这样一颗善于感受大自然风情的心？

翻开封面，才知道这作者叫廖华歌，是位女性，是豫西山里冒出来的土作家！就又才找到几本她的书读，消闲性地读，不当学习文件正儿八经地读。读完觉得后怕，差一点错过了这样有特色的作品，错过这位有个性的女作家。我早说过，别看女作家在中国作协会员中只占五分之一，她们的能量却可能超出男作家三分之二。干出名堂的女人总是比男性更有威力与魅力。

廖华歌的散文和诗，是女性眼中看到的世界，是她们才品味得出的氛围和色彩，是她们才体会得到的柔情与蜜意。是女人眼中心中才有的山、水、花、草和男人！

如果问我对华歌作品总的印象，我只能回答一个字："美"！

这美不只有外在的，可视的一面。还有不能用眼而只能用心去体验，去品尝的一面。为此我爱读她的散文《小路吟》。

乡间的路，河南的路，伏牛山的路我不知走过百条千条，往返过千遍万遍。少年时代从军打仗，我们就是经过这里走出解放区，走到敌后，走遍豫、皖、苏、鄂，走过长江，走进南京"总统府"的。对路有多少感想，多少激情，却始终没找到表现路、歌颂路的文体和语言。这河南妮子却丝毫不费功夫地就把她脚下的路写得那样精细地道。她说：

有人迹的地方，就有小路。

小路是人的意志的履痕。

她沿着小路走着，被人类意志的征服力所惊骇，所震慑，所鼓舞。

……

恍如一梦，她站在了小路的尽头。

身后是纤纤的来路，远处有母亲的呼唤。前面是未知的混沌的莽原，铺满荆棒与凶险。

身后是温暖的，前面是魅人的。

……

显然在写这段文字时，她想到过鲁迅先生关于路的那段名言。但她以自己的体会作出了新的注解，使我们看到在鲁迅先生余荫庇护下成长起来的新一代文化人的心境，看到他们继承与发展传统的足迹。

华歌用作品证明她是个不知疲劳的美的追求者。在她眼中大自然是美的，人类世界也是美的。即使人生还有烦恼、愁苦，她也用淡化、超脱来显示包含在其中的美的因素。而这一切都出自她对家乡、对祖国、对人类世界真挚的爱心。这爱心也是带有浓厚女性和个性色彩的。

有人说廖华歌这些东西写得很洒脱，很轻松。我以为这是“内紧外松”式的洒脱，“背后受罪人前显贵”式的轻松。这不像是只凭天资、才气，玩文学出来的成果。我以为作者在观察世界，描写世界过程中下过苦功夫、大力气，对自己进行过艰苦训练。因而文章才能如此细腻委婉、严谨练达，有时免不了会露出一丝雕痕琢迹。她最大的特长是不重复别人，走出自己的路数。也许这是条窄狭曲折，甚至有的段落透着荒凉，但是别人没有走过的、开拓性的路。

华歌最长、最有特色的散文，是那本长达十多万字，细致入微表达女人最隐蔽、最纤细、最敏感、最繁乱爱情心绪的系列散文《微雨霏霏》。这是作者较成熟后的作品，带有试验性、独到性、开拓性。很少有人把爱情心理写得这样入微传神，但这恰恰不是我所能评说的话题。坦白地说，对这一本书我的读兴也最淡。我早已不相信“爱情是世界上最重要、最宝贵的东西”之类的判断，虽然我有点悲哀，但心灵频道接受爱情波段的电波迟钝，却是不可更改的事实。也许这是老态的表现,因为爱情是青春年华热衷与迷恋的话题。因此我也对此有点纯个人看法:有一位廖华歌,写一本《细雨霏霏》,绝对是中国文坛的一大好事,值得高兴。请注意:在这里我的重音是"一"字。

我相信华歌不论在写作风格、作品题材和对外界关心与注意方面,都会有发展、扩大、拓宽等变化。她还只是攀上第一个山头。人总是站到第一个山头上才能看到后边更高的高峰,这样才能过一山又一山山山不断,攀一峰又一峰峰峰拓升。

我期待着这河南妮子的新高峰。说句河南话:她中!

1997 年 1 月

(原载 1997 年 5 月 10 日《文艺报》)

马　莉(1960—　)，女诗人、散文家，河北吴桥人。1982年毕业于中山大学中文系，先后在广东人民广播电台、《五月》杂志社和《诗词报》社任编辑，现为《东方周末》报主任编辑，系中国作家协会会员。

马莉于上世纪80年代开始创作，曾出版诗集《白手帕》(文化艺术出版社，1986年)、《杯子与手》(华龄出版社，1995年)，并有多篇被选入《探索诗集》(上海文艺出版社)、《中外现当代女诗人诗歌鉴赏词典》(民族出版社)等。90年代转向散文创作，迄今已出版散文集4部：

《爱是一件旧衣裳》(上海人民出版社，1999年)；

《怀念的立场》(云南人民出版社，2000年)；

《温柔的坚守》(百花洲文艺出版社，2000年)；

《夜间的事物》(湖南文艺出版社，2001年)。

其中有《触摸》《暗恋》《关于一只鸟儿的纪念碑》《黑夜与呼吸》《门与走廊》《夜间的事物》《一种疯狂守护着思想》《怀念的立场》《夜晚读博尔赫斯》等篇，被分别选入《1999中国最佳散文》《中华美文精品集》《散文选刊精品丛书》等。评论马莉散文的文章主要有：

《语言与思想的舞蹈——马莉散文论》(李俏梅)，《百花洲》2001年第3期；

《自足女性的自由言说——论马莉散文的内在意蕴》(王兆胜)，载《文学的命脉》(华东师范大学出版社，2005年)；

《浅谈马莉散文的艺术特色》(赵阳)，《西南政法大学学报》2006年第1期。

散　文　论

马　莉

散文的最终问题是语言问题。一个没有语言的作家，或者他的语言不具备高度和不具备纯粹性，他的一切努力都纯属徒劳。就像一个美丽女人，假如她肮脏和褴褛不堪，假如她不具备精神和灵魂，她的美丽最终难以实现。

从纯粹艺术的角度而言，一个作家的精神与灵魂往往构成了他的语言的精神与灵魂，弗吉妮亚·伍尔芙在我的精神里占据着最重要的地位。她的灵魂迫使我一次次地幻想着未来的“一间自己的屋子”以及自己屋子里的“书和画像”。在那些有风或者无风的夜晚，我一遍遍地读着来自于她那抒情美妙的久远的语言的心声。我曾在我喜爱的一篇散文《黑夜与呼吸》的结尾处这样描写过她和另一位我所喜爱的诗人与哲人海德格尔：

他们是黑夜中沉思的精神巨人。

我在黑夜里呼吸着他们。

我真心地热爱他们。

他们是黑夜中作永恒追问的人。

一个是女人。一个是男人。

伍尔芙是月亮。海德格尔是大阳。

……

在我看来散文是没有传统的。倘若非要以传统来界定散文的来源，那么这来源毫无疑问就是人类一切精神的来源。这与诗歌、小说以及一切文学艺术没有多大区别。惟一的区别仅在于它们各自的语言形式的不同，譬如绘画是视觉语言，音乐是声音语言，而舞蹈则是身体语言一样……

长久以来语言在我的内心深处，在我的所有最具个性的语言中，犹如我的命运一样是不可预知的，因而我的语言时刻处在一种待命出发的状态，但我不知道它最终将走向何方？我总是一次次地期待着自己，期待着辉煌的时刻，语言的辉煌时刻的到来。

因此我拒绝日常生活语言，这几乎成为了我对语言的一次次精神大逃亡。在我生活的各个角落里，我极力让语言的触角伸向我存在的各个空间，并且是更全面更深入地伸延和挺进，让它的柔情和力度弥漫我的岁月和历史，在我的时间和空间中彼此深入、凝望和占有。

这一切构成了我对于散文的美学追求，以及一切的美学追求。

（原载《新创作》1999年第2期）

自选作品

身 体

我们每天都要用目光、用温暖的双手和某种心情来对自己的身体言说，身体主宰着我们日常的生活秩序，更多的时候破坏着我们的心情。当我们轻轻推开房门，身体就走进自己的屋宇，我们用清凉的或温热的净水清洗自己的身体，让身体在浴缸之中徜徉，然后用一条干爽的大毛巾擦去身体上湿润的水滴，穿上睡衣或者棉袍，舒适地躺在没有噪音和光线的卧室里。这时候，只有在这时候，身体才被我们在白昼匆忙的遗忘中记忆起并且真正属于我们自己。

这时候我们如果想和情人做爱，那么身体就要敞开在情人的目光之下，在灼灼的气息和抚摸中，身体正在平静地进入它的历史……

身体是所有隐秘的事物中最为隐秘的事物，人类身体的历史长河在风景的幻想之中逐渐成长，形成了所有言说之中最难以言说的言说。如果我们裸露着自己的身体，在一间卧室的落地镜前观看自己的身体，这首先泄露了一个人身体的奥秘，你第一眼看到的不是身体的其他部位，而是自己的一双眼睛。我们的眼睛是我们身体的主宰，通过眼睛我们收集了许多光线，观看着这个世界，为什么天空和大海是蓝色的，是眼睛告诉我们的，是眼睛告诉了我们身体的存在事实，是眼睛——为我们获得了这个世界上那些属于身体的部分和信息。

在身体中，我们通过眼睛注视到自己美丽的脸庞。《旧约全书·雅歌》中有一段对于脸庞的讴歌："你的两腮因发辫而秀美，/你的颈项因珠串而华丽。//你的唇好像一条朱红线，/你的嘴也秀美。/你的两个太阳，/在帕子内如同一块石榴。//你的两腮如香花畦、如香草台，/你的嘴唇像百合花，/且滴下芍药汁。"我们通过眼睛向身体的肩膀和腰部寻找，香气缠绕着我们迷惑的心情。我们向身体的腹部和臀部寻找，那里生长着我们生命的大树和屋宇。是我们的双手触摸到了我们身体的一切，双手是我们人类身体中最勤劳的部分，德国诗人里尔克用诗歌触及到了手的隐情："它们是极端暖热的手/不断地希望冷却/他们自己且不情愿地置于/任何冷却的物体之上/手指伸张，空气在各指间和着手指/血液涌上/一如冲上人脑/紧握之时，它们就像疯人的头脑/充满了幻象"。而日本诗人拓次对于人类在大地上行走的足却怀着另一种狂恋的情欲，他赞美人类的足就像是赞美他自己的足：

我的足，是月影的集合处；
我的足，是青蛇蜕下的皮壳；
我的足，是女人的唾液；
我的足，是语言的余波；
我的足，是思想的黄昏；
我的足，是接吻细细的声音；
我的足，是相对的河；
我的足，是苹果色肌肉的生气；

我的足，是入神的群像；
我的足，是飞鸟的粪；
我的足，是妖言；
我的足，是长嘴的地狱狂花；
我的足，是阴性的全部；
我的足埋入你的胸前，那挣扎的痛苦，是含情的疾患。

诗人对身体的讴歌焕发并抵御着人类对身体的诱惑与狂喜，人类回忆自己遥远的雨滴声、小路上的野兔、情人的臂弯……是在回忆人类自己的身体。身体是美丽的，在身体的皮肤与皮肤的亲近之中，我们感受到了我们从未感受到的事物与情欲。我们渴望着自己的身体美丽，因为我们渴望着热爱我们身体的人能够注视并且爱抚我们美丽的身体，因为我们也渴望通过我们的美丽身体去接触和亲近我们所热爱的另一个人的美丽身体。

许多年前，我有过一次面对丑陋的身体与美丽的身体的两个事实的经历，确切地说是我八岁那年，在一次与小伙伴疯狂的漫游中来到一个陌生的海滩，在一间小小的马厩里我看见了一个十分恐惧的身体，是一个没有下肢的人的身体，这个人躺在马厩的草地上，只能面向屋顶或者面向大地躺着，永远地躺着。他似乎不愿意这样，他就在马厩里大声喊叫，但没有人应他，他的身体是裸露的，全身很脏，每一块肌肉都仿佛在痛楚地抽搐。这个身体不全的人看见我和小伙伴走来，他就大声地向我们喊叫，像在乞求着什么，他不断地扭动着他那残缺的身体，他爬向我们，他的举止使我们受惊并且吓得直跑。在跑回家的途中我感到恶心，我第一次知道了世界上还有这么丑陋的身体存在，我对这样的存在感到不知所措，感到厌恶和愤怒。在跑回家的途中我的钥匙丢了，我不能进家，就去找母亲。但是奇迹发生了，我不小心又来到了一间秘密的地下实验室，看见那里也躺着一个身体，一个无限美丽的女性身体，我很吃惊，因为我看见母亲也在那里，她正和许多医生们一起围着那个躺着的裸体女人的身体在诉说着什么。我不明白那个女人为什么脱光了衣裳躺在高高的台面上。这时候一个医生,一个十分年轻的医生拿着一把刀子向台上走去,我后来才知道他拿着的是一把解剖刀,他开始在那个美丽女人的身体上比划着准备下刀……我吃惊地看着这一切,看着那个女人美丽的脖颈、脸庞和双肩,它们是那样光滑无瑕。特别是乳房,小小的圆圆的尖尖的,很骄傲地耸立着,像等待着情人的嘴唇。还有小腹部,平扁且圆润,肚脐浅浅地凹陷着。两条腿修长,且微微地叉开着,一丛淡黑色的阴毛在白色的日光灯下面温和而精致。我第一次如此全面真切地看着一个完整而美丽的身体,一个女人的身体,也就是说,看着一个未来的我自己的身体。这是我对身体的初始记忆,那时候我的身体还没有觉醒,我还是一个身体尚未发育的小女孩,但这个美丽女人的身体深深地吸引并且唤醒了我,她让我意识到了"我的身体"这样一个熟视无睹的亲切事实。这个美丽的女人以她十分安静的姿态等待着对她身体的一次质疑与否定的过程,这一切强烈地刺激着我的神经,使我意识到美丽的另一个词是"死亡"。是的,是死亡。因为很快,那个美丽的女人的身体被那个手持解剖刀的医生肢解开来。母亲后来告诉我,那个美丽的女人是一位舞蹈演员,她在一次演出的途中由于翻车而致身亡,她的外表完好无损,但是内脏器官大量出血,始终找不到出血点,紧急抢救了十个小时,最终无效,在死者家属的要求下医院进行了尸体解剖。在我后来成长的岁月中,这个美丽女人的身体一直在我少年的记忆中安详地睡着,在那间秘密屋宇的深处睡着。一个美丽的女人已经死了,但她的身体却没有死,正缓慢地呼吸着时间的黑暗气息,穿过我的成长岁月——依然活着。是的,她的身体依然活着。

两次身体的经历使我对美丽与丑陋深深恐惧。使我经历了一次身体的秘密事件。我明白了我有一个身体的事实,我明白了人类的成长是伴随着身体的成长。

早期人类的身体就像一座秘密岁月的屋宇,贮藏着生命和爱情,还有我们的各种呓语和各种无法表达的形式,也许没有人不在某种恍惚和犹豫中将生命岁月中的所有奥秘以身体的历史来回顾，这时候我们用以衡量生命的秘密方式是什么呢？只要我们清醒地活着并且继续虚构着我们的再一次出发的道路，我们似乎什么也没有看见。只有身体真实地呈现在我们的眼前。当一个生命以一个身体的感性形式呈现出它自身的时刻，这个人的私人历史就开始伴随着这个人的鲜活的身体而神秘地展开了……一个人一生中要在一些不为人知的隐蔽时刻发现自己身体的本质，十二岁那年的一个冬天的傍晚，我开始感觉到了我的身体正在发生着的一切变化，我感觉到头有些昏眩，腹部有些不适，不，确切地说，当我从一张椅子上站起来，是我的母亲发现了我的秘密——发现了我的少女身体的秘密，她看见了我从椅子上面站起来的时候留在椅子上面的诱惑——鲜红的血迹。她说，不必恐慌，这是每一个女人身体的历史。母亲这样说的时候我看见一只候鸟正从天空中倏忽而过，在一年一年的成长中，这种鲜红的历史伴随着我的身体的喜悦与不适，一面向前走，一面保持着对身体恒久的热爱与信念。是的，在生命中一个女人从少女而为妻子而为母亲，必须经历这样的身体变更。这是隐秘的变更。身体是隐秘的，身体在每一个刹那都是隐秘和无语的，它神秘地等待着我们的到来，它十分忧郁而又无可辩驳。

更多的时候我们用幻想强调着身体的游戏的性质，用诗歌，用咒语，用我们对付现实的力量和失败感来经历着它的成长和欲求，这其中包括了一个身体与另一个身体的互相纠缠所展现的性爱，在性爱中身体的阴影扩大着一个男人和一个女人的全部历史与谎言。身体时刻在呼吸着这个世界，一个男人在每一个深邃的夜晚都会产生情欲，没有情欲的男人是没有生命力的干枯的树叶，这样的身体将在秋风中死于无奈。由一个男人和一个女人构成的夜晚是人类生活中最为牢靠的夜晚，也是用肉体体验生命的夜晚。这样的夜晚是有毒的幸福的夜晚，是一个游移不定的语词正在逐渐被身体腐化走向新生的高潮的夜晚。当一个男人的身体正在抚摸一个女人的身体，他通向这个女人的道路是缓慢而缓慢的，他不仅用眼睛，他还用手，手指和手臂，手腕，大腿，小腿，脚踝，全身的肌肤，头发和体毛，他还用嘴唇，用舌尖和牙齿，用敏锐的嗅觉，用一种包括各种声音和气息以及呻吟共同介入的力量所建筑起来的身体——在飘移的窒息中盛满情欲的不可阻挡的身体。法国性学专家芭芭拉·凯瑟琳在她的《性快乐》著作中说：男人和女人做爱是一种动物的本能行为，因此性生活高潮时的呻吟、哼叫、嚎叫都能带来最为满足的享乐。在一场又一场的爱情风暴中，不，在生命的所有神话中，是身体在指引我们的心灵，是身体告诉我们这个世界的状态和错乱。身体使我们安全地享受着由身体带给我们的最自然最普遍的本能的魅力——它时刻渴望着向另一个身体接近并且进入到另一个身体之中，因为人类的信心是由身体建立起来的，是在永恒的怯懦之中由于身体的生长而培植出来并且传递下去——在白昼的孤独中，在嘴唇的陷阱里，在一条荒诞的独木桥上，在怯懦和懦怯的时候……人类永远是一个恋爱者，他的手臂向四方挥舞着，他的身体永远在情欲之中经历着地狱与天堂的惶恐和慌张。身体想占有我们，它使我们轻柔地闭上了眼睛；身体想占有我们，使我们的嘴唇说出了"我爱你"这个孤独而又快乐无比的语词。

一个冬天的上午，我走在路上，我听见遥远的美国诗人瓦尔特·惠特曼从岁月的草地上坐起，在一片云朵下面歌唱着带电的肉体："狂热的纤维，不可控制的电流/从其中发散出来，反应也是一样地不可控制，/头发，胸脯，臀部，大腿的弯曲，/懒散低垂的两手全松开了，我自己的两手/也松开了，/爱的低潮被高潮刺激着，爱的高潮被低潮刺激着，/微妙地痛楚着，/亲爱的无限的澄澈的岩浆，微颤的爱胶，/白色的狂热的液汁……女人们……你们是肉体的大门，你们也是灵魂的大门。"我一边走一边看见远方的人们在劳作，他们脚下的大地铺满了冬天的落叶，哦，人类的身体在漫长的岁月中养育着大地的灵魂，养育着那些在大地上行走的人们，那些黑色的种植者和日夜劳作的人群，那些森林般的伐木者和四处漂泊的不幸的人，他们的身体在太阳的爱抚下追随着玫瑰的风景，他们躲避着灾难、混乱、不幸和无爱的黑暗,他们用弯曲的和直立的身体歌唱着大地,他们用遍布身体的红色血管创造着人类财富的同时也创造着一个爱情的故事。是的,他们每一个人的身体都是情欲的牺牲者和见证人。身体,这个世界上有多少身体已经死亡,已经变成了腐败和虚无的尘埃,有多少还没有诞生或者正在诞生的身体。一个身体就是一个生命,一个生命的情欲在身体的黑暗王国中永恒地缠绕着身体,一个身体的缠绵悱恻的历史就是全人类的身体历史的缩影。当我面对着我的身体,我就是面对着我的情欲;当我面对着我的情欲,我就是面对着我的身体。身体一旦死亡了,情欲也就中止了。

在许多夏天的夜晚,在我的爱人睡着之后,我有时还久久不能入眠,我支起身子,不,我披上那件柔软的睡袍,让自己赤裸的身体在睡袍与夜风的摩擦中感受着来自一种躯体深处的激情,这激情像蚊子一样飞翔着,像玛格丽特·杜拉斯那《黑夜号轮船》里的肉体的飞翔——

> 共同的性欲高潮是冷漠的。
> 巨大
> 裸露
> 无从比较的……

黑夜的身体是巨大的,它覆盖着我们的肉体,我们的肉体从未被我们的身体言说出来,肉体要求着身体,时刻要求着身体的言说,它是这样地渴望着“被掐死、强奸、受到虐待、侮辱,听到仇恨的叫喊。看到致命的激情全部释放出来”。身体使杜拉斯疯狂,使她的语言疯狂,她的语言从她身体的黑暗深处流溢而出,一泻千里。杜拉斯的语言使我的夜晚疯狂,我的夜晚使我的身体疯狂,我的身体使我的语言疯狂,我用眼睛和心灵抚摸着这种对抗的力量,我听到了来自另一个身体的声音,那是一个人疯狂的声音,是迷失在月光下的声音,是欲望浓密的树林和闪烁星空的声音,是你的声音,是你的身体里的声音，它沿着一个女人身体的曲线——她的洁白的小腿和关节，她的大腿，她的圆润的臀部，她的小肚子，她的腰腹，她的双乳，她的肩膀和脖颈，她的脸和眼睛……正向着你的身体望去，眼睛所到达的地方是一个没有出生地的地方，是阅读和睡眠将要出发的地方，此刻它正在交出一些细节，全部的细节，并且正在向着另一个身体靠近。在夏天的疲倦的时刻我无力去开启一扇房门，因为那里不仅有许多窗子，还有透明的身体，它正在移动，在那些夜晚和白天移动。因为我的身体也在移动，因为我的每一根头发都散落下来了，迎向我内心的语词乌托邦，我已听到了火车向我驶来的声音，我正在接近着另一个夏天的身体。它明亮而潮湿，比我意识到的更加庄严和具有气味。身体是这样一种东西，是垂死的迹象和人类建造的一个喷泉，疯狂的情欲的喷泉，没有开始和理由，没有时间和地点，也没有真理和欺骗，一个年轻的身体就是一个美丽的夜色和气味，走廊的黑色形象和迷宫的气味，是被不断限制、再限制的气味。有时候我在温暖的夜晚仔细地抚摸我爱人的身体，他穿着一件夏天的轻飘绸衫，我喜欢它的透明度和颤栗的光泽，它使我一次又一次陷入疯狂的情欲之中，这就是面对一个男人的身体，在这样的透明中一个女人所发出的一阵阵呼唤和叫喊是上帝的呼唤和叫喊。在这样的日子里，愉快地遏制住自己不要相信所发生的事情是天经地义的事情，是的，她不仅抚摸，还发出呻吟，肩膀诗意地开放着雪白的乳房，乳尖在呻吟，腹部是一个未知数，它为子宫做出了幻想性的冒险，身体在这样的虚弱中正体验着经由另一个身体冲动而来的悄然的强大力量——否定的力量，虚弱的行踪，每个夜晚的情欲的全部痕迹……

人类抚摸身体就是抚摸我们自己的命运。灯熄灭了，身体与身体在生与死之间拒绝着回答，身体的日期变得混乱不堪，身体的疼痛变得日益严重，身体一天天沉默着并且正渐渐地离弃着身体。身体被虚无的潮水包围着，身体像一只小小的虫子一样蠕动来蠕动去，身体没有意识，但身体凭借一股生命本能自由地在一座巨大的房子里蜷曲着，伸展着。这座房子很奇怪，它比空气还要轻，像身体一样柔软和迷惘，有一些声音从很遥远的地方传来，身体在一天天地感受着生命的来临。身体就是这样一种怪物，它一开始就是诞生着生命的温床，黑夜，白日，它让生命居住在身体里面，但是身体却不能让一个人一开始就看见他自己——看见他的不可知的未来和全部漫长的成长历史。

战争、疾病、环境污染……这些人类身体以外的粗暴力量正在一天天伤害着人类的身体。杜拉斯这样描写二十世纪七十年代的法国巴黎："在巴黎，永远是爱情。黑夜里，没有出路。在鸣咽中的享受。在他们之间，这堵不透光的不可逾越的墙。"现在的情形几乎和当时没有多少差别。现在的情形是，我们的身体越来越扭曲着我们的心灵，我们的心灵越来越死亡着我们的身体。许多时候，身体拒绝着死亡的故事，为了，仅仅为了，呆在深渊的故事之中。

哦，我们可以不信赖所有的人，但我们不能不相信身体，因为身体是最可靠的，它的可靠性在于它的质朴和直觉。生命都是质朴的，它凭直觉拒绝着一切与身体格格不入的事物，不仅包括死亡，还包括欺骗、谎言、监视、伤害。因为身体也是有尊严的，当我们的身体被一只邪恶的手掌或者一道不怀好意的目光所侵犯，我们要用拒绝来保卫自己的身体，捍卫我们身体的尊严。生命是质朴的，因为环绕着我们生命的骨骼是我们存在的骄傲，那弯曲着或者垂直着的骨骼，它是身体在这个世界上的秘密建筑，它犹如一位忠实的侍卫，在身体活跃的地方保持着和谐与清醒的尺度，抵挡着外界的变故。

在一些海水拂动的夜晚我总是梦见我少年时代的恋人，我梦见他正向着我的身体走来，向我身体的迷惑性走来，我看见我的身体在一种非现实的边缘滑行。而在另一些午后的时刻，我在一杯咖啡与一本书之间穿行，这种穿行像麻醉剂把我的身体通过一次美妙的幻想带到有阴影也有光亮的地方。我始终是一个生活在自己创造的幻想之中的女人，我的本质如此，我不知道我是不是一个疯子，如果我是一个疯子，那只能说明我的身体对生命的渴望比别的人更加强烈，因为我的身体里蕴含着一股生命的不妥协的激情与诱惑，因为我的身体毫无顾忌地控制着一个愿望并极力将它释放出来。因此,每天早晨醒来,我首先面对的不是身体以外的事物,而是我的身体,一个女人的身体。我无限热爱我的身体,因为我对我的生命,我的爱人,我的孩子和我的家庭是那样的充满喜悦之情。每天清晨我醒来的第一件事情是让镜子照见我的身体,我披散着黑发穿着柔软睡裙的身体,从一面紧靠床边的梳妆镜子里我要观察我的面孔是否因为昨夜的梦境使故事情节还残留下了线索,我有时候会用奇怪的目光注视着我的身体。身体是我们每一个人活着的事实,是谁也掩盖不了的事实。当身体在一场疯狂的情欲之后心情就会变得更加温和而沉默,这是因为身体永远是属于我们个人的,无论它是自由的,热爱的,贞洁的,成熟的,还是无知的,人类就是这样在无法继续前行的地方狂热地走来走去,朝着一个自己假设的幻景,而人类的许多幻想都将像人类的身体一样难逃劫数。我是那样热爱我的身体,仅仅因为热爱。现在,我已将睡裙脱下,径直向我的浴室——那间比一般家居的浴室要大得多的浴室走去。在卧室通向浴室的最近的途中,有一面更大的镜子,我从那里又看见了我的身体。比利时作家让·菲利普·图森的小说《浴室》让我再次想象了他和她在家做爱时的灰色的和蓝色的和红色的情调。而在我的浴室中,一支蜡烛照亮了整个墙壁,墙壁上还有一面更加巨大的镜子对着我的身体,我从这面浴室的镜子中再次照见了我的裸露的、娇小而又光滑的身体。

(选自散文集《温柔的坚守》)

夜晚读博尔赫斯

这是一种完全向上的伸展,夜晚读博尔赫斯。就像黑夜在黄昏的时刻来临,门外突然响起一个人的脚步声。这个人是你熟悉而又惊惧的。

就像心走在街区的花园小径,走在曲折的走廊和前厅,走在无边的旷野上。那个人的脚步声时刻向你靠近,又远离你而去。就像时间是一种非存在,空间也是一种非存在。就像,被这样的气息撩拨,被这样的声音和这样的注视逼向深处。

及至惊惧来临。

夜晚是温柔的夜晚,就像日子一样的温柔。一种沉默决定一种声音。博尔赫斯,我此刻就坐在你的门槛上。我在读着你的传记,你的小说和诗。

读着你的神秘的个性:

> 我的葡萄牙的祖先们呀,一个幽灵般的种族,
> 他们那神秘的戒律、习俗和焦虑,
> 仍在我的血液里作祟。

风便沿着我的夜晚朝着我吹拂而来。谁能想象这一切?谁能想象博尔赫斯?

烛光很暗的时候冬季早已来临,在远方,风景被埋在了雪里,可是橄榄汁的绿露却滴在了一个人的灵魂里。谁能想象这一切?这并不是博尔赫斯小说里所描写的,这是一个写作女人的絮絮叨叨。请原谅,她就是这样一个写作女人。

这是另一种风景。博尔赫斯说。但是,沉默呢?它是不是一些温柔的东西?

遥远的博尔赫斯,你总让我想起一种迷茫的占有。想起他。他那修长的手臂和向上伸延的思路。那眼花缭乱的回忆和庞大的孤独之感。他就是你,博尔赫斯。

我们还需要什么呢?在这样一个快要结束了的世纪之末?

也许我们都太绝对,太极致。我们总在拒绝与给予中徘徊不已。我们痛苦得很。我们只在想象中回答。有一种感觉从心灵流过,在深处燃烧。冲动总在一次次结束之后开始。门开启了,月光就走了进来。

“如果今天早晨和我们的邂逅都是梦境，”博尔赫斯曾对另一个博尔赫斯说，“我们两人中间的每一个人都得认为做梦的是他自己。也许我们已经清醒，也许我们还在做梦。而我们的责任显然是接受梦境，正如我们已经接受了这个宇宙，承认我们生在这个世界上，能用眼睛看，能够呼吸一样。”

这个博尔赫斯坐在查尔斯河边的一条长椅上。他正在沉思。过去的事情都随着未来的改变而改变了。只有他的气息和节奏。他的声音。博尔赫斯，你的意义就是那夕阳灿烂的街区，那铁矛栅栏之后的花园及那进入我们目光的深刻和激情。虽然过去的事情都随着未来的改变而改变了。因为，失去的永远是未来而不是过去。

在阴暗的日子里你使我们束手无策。

深入你的背影我们便都是些美丽的影子。

一些令人费解的花朵。

这是一个事实：我们注定是要被毁灭的事物。这一事实穿透了我的手指。穿透了我的白天和夜晚。突然想起了马克思的时代。想起了惟一。那时候人类就开始渴望了。那时候我们很年轻。革命使幸福和诗意、痛苦和伤感尽皆升华。有一首诗说金色的阳光在深水里。我们也在深水里。岁月的流水已洗尽我们的脸。

然而，在这个夜晚，这个阅读的夜晚，玫瑰街区走来了一个骑马的人。他是谁？失去的永远是未来而不是过去。

因此，博尔赫斯说：“我们付出了比我们的生命更多的东西，我们付出了我们亲爱的国家和命运。”

但是，有什么是比生命更重要的东西呢？

所以博尔赫斯又说：“一个毫不通融的时代如今笼罩着世界。造就这个时代的是我们。”“我们用暴力和对剑的信仰来教导世界，那把剑如今在杀我们；我们好比建立了一座迷宫，结果自己是被困死在里面的那个巫师。”

那个骑马的人就是你，博尔赫斯。

他此刻正在询问一个白色长裙的少女：时间在哪个方向？

少女打着手势。

这个故事发生在下一个世纪,却结束在上一个世纪。所有的情节都包含在少女的手势里了。这个意境与博尔赫斯无关,因为少女正向时间的方向走去。那么只有从结束开始叙述了。爱情,期待和思念,我知道那是一个遥远的地方。告别是为了重聚。这是一个神秘而幽怨的夜晚。这个夜晚充满着博尔赫斯的氛围,是那样的安谧而流畅。它是我心灵长久的居所。

灵魂与灵魂是可以互诉的,尽管不属于同一个时代。但是,博尔赫斯,我知道,我们都知道——正如你所说:"过去,现在和将来都储存在永恒的上帝所预见的记忆里,奇怪的是,人能够记忆过去,却不能够预见未来?"

很久以来,我一直在寻找,在无数个这样的夜晚寻找。当月光照在窗外,当内心经历了无数苦难和抒情的日子,当许多人,许多许多的人,他们从岁月之洞走来,我就在寻找。我相信灵魂与灵魂是可以互诉的。

思念是一座岛屿。它让我感受微小的神圣。多么希望多么想念。

博尔赫斯,你的夜晚使我如此的思念和沉迷。使我的心挣扎了很久很久。有时候在夜里会被突然的响声唤醒,像轮子从心上碾过。博尔赫斯,这便是你的目的吗?在这个阅读的夜晚,只剩下视觉,只剩下为一些往事而难过的祈祷。

或者也许我已死去,
两年前在阿亚库乔大街的一段阴暗的楼梯上,
二十年前在欧洲中心的一间腐化的卧室里。

博尔赫斯,我听见了你。你就是那深不可测的迷宫。一直以来,那一把长椅被下午的阻光照拂着,我曾在那儿思想。所有的记忆或许早已迷失在那里了。我想不深也想不透。因为这座迷宫实在庞大，你，博尔赫斯，你就坐在那里，你就是一段历史。你目光深邃，敲击着我的心灵，敲击着人类的天空。岁月之水从那里流过，我的颤栗也来自那里。

没有谁能够真正读懂博尔赫斯。他的时代已远离我们而去。他已远离我们而去。我们也将远离我们而去。没有谁能够真正读懂我们。因为——

随着每一瞬间的逝去，有一扇门在我们背后关上了，我们再也不会打开。所有的东西都已成定局。

只有你，博尔赫斯，你纹丝不动地坐在一个完全魔幻的空间里。在你的周围是一片沉寂。没有一个人能够深入到你的迷宫里去。你使我们——生活在时间里的我们，看见了自己的贫乏。

这就是我们疲惫而丧失的原因。

再也没有升华，再也没有期待和心跳了。

尽管在这样一个阅读的夜晚，尽管你使我如此地思念和向往。

但再也没有哪一个灵魂能够深入到你的空间里去。

即使是最思念的一个人。

这就是读你的意义，博尔赫斯，你让我在你的空间里的某一个夜晚，某一个瞬间，真正地体味到了某种绝境与困境。

你让我们热爱，让我们神秘且博大。

时间是靠不住的。因为我们正在蜕变。这几乎令我们心碎。只有空间，它能使我们的面庞平静，朴素而且亲爱。

只有你，博尔赫斯。

无论白天。

还是夜晚。

（选自散文集《温柔的坚守》）

自足女性的自由言说

——论马莉散文的内在意蕴

王兆胜

马莉是一位多才多艺的女性。她作诗、画画、写小说,并取得了不少成绩。比如她有诗集《白手帕》《杯子与手》等,比如她曾在广州举办过个人画展。近些年,马莉将更多的时间和精力投入散文创作,在她数量颇为可观的散文中,我看到了作家独特的立场、观念、心态、感觉以及才情。我认为,马莉散文不仅为当前的散文一域提供了新的质素,而且为"五四"以来的中国现代新文学和新文化作出了自己的贡献。

一、回到家中自己的房间

如果说"五四"开始的中国现代新文学和新文化对传统有什么根本性的突破与超越,那么女性的解放应是其中之一。在几千年的中国专制主义囚笼里,女性一直被命定在"家庭"之中,成为玩偶和牺牲品。易卜生笔下的娜拉被介绍到中国,"女性从家庭走向社会"就成为人们普遍关注的命题。鲁迅不仅写了《娜拉走后怎样》的论文探讨女性解放,而且还创作了小说《伤逝》反映女性走出家庭后的命运。应该说,女性"走出家庭、进入社会、与男性平等",这是一个世纪以来中国作家的共同梦想与追求。

但是,在一个世纪女性解放的征程中,"家庭"逐渐成为对人性、自由与权利具有异化功能的概念,换言之,一个世纪的女性解放是以对"家庭"的逃离与背反为前提的。与此相关的是,女性解放所面临的异化:女权主义者对男性、家庭、生育等采取反抗与排斥的态度,更有甚者,有的"新"女性变得神经脆弱,视"男性"和"家庭"为仇敌。可以说,女性在个性解放的同时也迷失了自身。

马莉散文在此进行了新探索。在马莉看来，外面的社会并不精彩，它失去了美好的光辉、深远的意义和迷人的幻象，变得丑恶、污浊与可怕。我发现：当马莉写到“家”外的世界，她总是一脸恐惧、满腹愁肠、无限叹息。作者从杂志主编“迈着垂老而沉重的步子”里，“从他的眼睛里看见一座城市的毁灭”，因为“他的眼睛却充满着污浊，因为这座城市的上空已经遍布着污浊不洁的污浊”。所以，马莉概括说，“只要我们迈出房门，我们的眼睛就会不同程度地变得污浊”，“我们就会被伤害和流泪”。[①] 有人这样评价马莉，“天长日久，她对外界热热闹闹的事物厌倦以至于慌张。她一个人怕上街，要与伴同行。一个人不敢出差，要丈夫陪同”。[②]

不仅如此，在马莉的生命意识中，作为个体的人具有本质的孤独与悲剧性，人们就是生活在这个“黑沉沉的大地上”。这个世界上“一切都将是被毁掉的”，“我们都将被岁月蚕食和毁掉。我们都将无可奈何”。[③] 正是对这个世纪的悲剧性体验，对作为人个体的处境的绝望，马莉才喜欢读博尔赫斯，如醉如痴地着迷于卡尔维诺，为普鲁斯特和舍斯托夫深深地打动。

事实上，对马莉来说，这个世界具有双重的黑暗与压迫，一是现实的、社会的，一是历史的、形而上学的；一是外在的都市异化，一是内在的生命悲感。作为人类，似乎走上了一条先验的悲剧之路，伊甸园的梦想被打破后，人类就被放逐了，于是罪恶、丑陋、虚妄、欲望与肤浅就弥漫于世，而且日甚一日，不能休止。

基于对世界的理解，马莉形成了自己的生活方式，除了上班编辑稿件，她很少外出，大多的时间是呆在家里，读书、写作和做家务；“马莉仿佛永远生活在她的少女世纪。在她的理想王国里她的时间凝固了”。[④] 马莉曾表示过，“我所喜爱的十九世纪英国女作家弗吉尼亚·伍尔芙在她的《一间自己的屋子》里有一段美丽的描述：‘身体好像装在一个神妙的玻璃房子里，没有声音可以透进来’”。[⑤] 此时，“家”成为马莉散文的一个重要意象，它具有方向性和目的性。当

---

① 马莉：《门与走廊》，《山花》1999 年 7 月号。

② 李俏梅：《梦中的蝴蝶：马莉印象》，《新创作》，1999 年第 2 期。

③ 马莉：《黑色虫子及事件》，《山花》1999 年 7 月号。

④ 李俏梅：《梦中的蝴蝶：马莉印象》，《新创作》，1999 年第 2 期。

⑤ 马莉：《女人与另类》，《小说家》，1999 年第 5 期。

娜拉们从家里纷纷向外面逃逸的时候，马莉却从外面逃回家中。更重要的是，此时的“家”在马莉看来，已不是娜拉们的“囚笼”，而是“避难所”，是幸福与梦想的依恃，是自己最后“温柔的坚守”地。

马莉散文常常写到“门”，这个门已远远不是一个物理形象，而成为一种心理、哲学象征。通过“门”，作者可以将外在世界关闭在门外，而将自己封闭起来，构筑自己独立的空间。在门中，自我是安全的，是自由的，是属于自己的。所以，作者表示，还是“让我返回门——保护和关怀我们简单生命的朴素的门”，“门的结实和永久性帮助我想象丝绸的岁月和霏霏细雨中的梧桐。想象它古老的质感的气质”。“在所有的感觉中门的距离仿佛充满着神奇的推动之力……我们想走进就走进，想走出就走出，它几乎成为了我们的保护者，无论我们是下坠还是上升”。①

在自己的“家”中，客厅、厨房、阳台等都令人感到温馨、美妙，然而，最令马莉迷恋的则是“自己的房间”，在自己的房间里，灯的迷离，写字台的平整，窗帘的起伏，地毯的光润，被褥的绵软，书柜的齐整，此时此刻一卷在手，慢慢展读，可思可想，与作品的人物同生同死，共同悲欢，“自己的房间”真正可称得上人间仙境，令人着迷了。

最能浓缩马莉生命体验的是“夜晚”，这个比房间更内在、更深刻的时间与空间最容易使作者沉潜下去，体验这个世界的本质与自身的本质。此时，作者更为自由与放松，一面可以充分地与外在世界拉开距离，另一面可以融入更为内在的生命体验之中。所以，马莉在《夜晚读博尔赫斯》中开篇即说，“这是一种完全向上的伸展，夜晚读博尔赫斯”。接着，作者说，“夜晚是温柔的夜晚，就像日子一样的温柔。一种沉默决定一种声音。博尔赫斯，我此刻就坐在你的门槛上”。作者还说，“博尔赫斯，你的夜晚使我如此的思念和沉迷”，博尔赫斯，你让我在你的空间里的某一个夜晚，某一个瞬间，真正地体味到了某种绝境和困境”。夜晚，尤其是漆黑的深夜，万物都沉睡而去，黑暗遮盖了所有的丑恶与凶残，作者可以敞开心扉，以自己的内在生命与悲剧式的世界融汇、渗透，从而使自己得到感悟和升华。

---

① 马莉：《门与走廊》，《山花》1999 年 7 月号。

我还注意到，马莉特别喜爱与“夜晚”相关的一些意象。比如，“黑色”、“暗处”、“死亡”、“暧昧”等在马莉散文中出现的频率较高，它们是属于“中心词”。事实上，从马莉散文的题目上即可看到作者的这一审美倾向，如《隐蔽》《黑色虫子及其事件》《黑色花瓶摆在我的客厅中间》《裸体与暗恋》《对于一张黑色椅子的眺望》等。如果从结构层次上观照马莉的散文，我们感到有这样的纵深景观：外在社会——家——房间——夜晚——黑色。就如一架照相机的长镜头，它自“外在社会”层层透入，直至生命的“黑色”。而从这一透视中，我们可以感到作者深深的“逃离”意向，而这种由外而内的层层“逃离”，实际上则意味着对生命本质的渐渐抵达。就像作者自己说的，“你将怎样穿越无限的距离呢？只有逃离”，“永远的逃离意味着一次又一次的抵达”。①

经过一个世纪风雨的洗礼，从家庭中逃离出来走入社会的中国女性，在世纪末的时候又重新回到了家中，回到了家中最宁静的角落。今天，马莉散文为女性指出的道路，与世纪之初娜拉们所走的道路实际形成逆反的方向。或者可以说，中国女性在20世纪走过一个圆圈：离开家庭又回到家庭。尽管这种“回家”是对中国传统文化的“在家”的超越。换言之，马莉散文中的女性既在“家外”工作，又在“家内”生活。

鲁迅曾在世纪初预言，“娜拉或者也实在只有两条路：不是堕落，就是回来”。② 有趣的是，在世纪末，中国女性真的不甘堕落，而且回到家中。只是马莉的“回来”与鲁迅的“回来”有了相当的不同罢了。

二、家庭中的美丽女人

林语堂曾强调“家庭”对女性角色的重要意义，他说：“家庭生活包括养育孩子这种重要而神圣的工作；而一般人觉得家庭生活太卑下了，不值得占据女人的时间，这种观念不能说是一种健全的社会态度；这种观念只有在女人、家庭和

---

① 马莉：《门与走廊》，《山花》1999年7月号。

② 鲁迅：《娜拉走后怎样》，《坟》，人民文学出版社，1973年版，第128页。

母性不受充分敬重的文化中，才有存在的可能”。[①] 事实上，20 世纪的中国文学与文化确实将“女性”与“家庭”分离开来，甚至将它们相对立。人们过于强调家庭的“牢笼”性质，认为妇女解放就意味着离开家庭到社会上与男性一样开拓进取，正是在此意义上，中国现当代文学中出现了那么多与男子分庭抗礼的“女强人”，也出现那么多对家庭及其家庭生活充满厌倦的新女性。比如斯妤，她散文中的女性对家庭及其家务充满强烈的厌倦之情。在《心灵速写》中，家中的女人总是处于无休止的“整理”状态，花了三个小时，结果一低头，“却发现地上仍污垢斑斑”，“于是狠狠地咀嚼人生，生存是无尽期的整理，无尽期的凌乱，无尽期的期待与厌倦”。在《夜晚》中，作为现代主妇的“我”不得不“惦着这个城市的夜晚，又顾及一家三口的饮食起居”。显然，在斯妤看来，家务不但不会令人感到愉快和幸福，简直是不可忍受，令人厌恶而又荒诞不经。时至今日，我们的文化尤其是女权主义文化在强调女性解放的同时，也使女性丧失了她的特长与本性。

马莉散文就是对这一女权主义文化的强力反拨。她比林语堂更明确地意识到“家庭”与“女性”的内在关联。换言之，马莉认为，在现代文化深受异化的急风骤雨中，女性更应该回归女性自身，成为真正意义上的美丽女人。她说，“胸针这个美丽的事物可以被表达为：走回事物本身。这虽是一个哲学的概念，但也是美丽女人的美丽原则”。[②] 如何才能成为一个美丽女人呢？马莉是怎样理解“美丽女人”的呢？

美丽女人首先必须是“女人”。在 20 世纪中国文学的“女强人”形象中，我们看到更多的是她们的“抗争”与“革命”，较少看到其身上的女性品质，更少看到其在家庭中的“女人”特性。她们与男人一样积极投身到向外的运动之中。似乎对家庭角色的摆脱就是个性解放的成功。马莉散文则与此不同，作品往往将场景放在家庭这个舞台上，从而让女性充当能干而又美好的“家庭主妇”。最能反映这一特性的是《女人与香汤》一文。当丈夫外出工作，儿子到学校上学，作为“女人”的“我”开始投身到精心制作香汤的工作之中。在香气弥漫的气氛中，

---

① 林语堂：《独身者是文化上的怪物》，《人生的盛宴》，湖南文艺出版社，1988 年版，第 104 页。

② 马莉：《胸针》，《女人与身体的饰物》，《小说家》，1999 年第 5 期。

我快乐自得,安逸自在。“我”认为,做家务是一个女人的本分,在此中我会充分感到作为一个女人的快乐。作品这样写道:“上帝将女人安置在家中,安置在书本与香汤之间,我喜欢‘固若金汤’这样的成语。在月光很白阴影很浓很香的夜晚,爱人和孩子回来了,穿白色长裙的女人轻手轻脚地将一锅香汤端到晚间的餐桌上来,给疲倦的人儿盛上一碗,也给自己盛上一碗,那一刻,日子是那么的缥缈而真实,抒情而缓慢,凝结着燕子呢喃的感动和大地上所有的情爱”,此时,在女性柔情似水的包裹中,这个家庭是由“一个女人和一个男人以及一个孩子构造而成的一个完整家庭”。林语堂曾指出女性作为家庭主妇的重要性,“我深信她的调制羹汤,应较其作诗会有益,而她的真正杰作,将为她的雪白肥胖的小宝宝”。① 在此,马莉与林语堂取得共识。

马莉还强调,美丽女人还必须充分显示女性的性情,与男性区分开来。如果说男性以其阳性、刚性与豪放为特征,那么,女性则是以阴性、柔和与细腻为特色。那种追求阳刚的女性必然以其阴柔的丧失为代价。所以马莉散文总是喜爱表现与女性气质有关的事物,即衣食住行等。比如《女人与身体的饰物》从手镯、耳环、真丝绸、香水、丝袜、口红、帽子、胸针、芳膏和靴子等十个方面谈女性的独特之处。马莉非常赞赏奥尼尔的一句话,“我们常常反对一些小事物,最后我们自己却变得渺小了”,并表示,“我想,我应该代表天下的美丽女人感谢他”。② 在男人看来,一些小事太微不足道了,它们没有多少意义,但在女人则应该正视这些凡常小事,因为这些小事物才与女人紧密相连。《丝绸与幻想》是马莉的一篇佳作,在这篇透出轻灵、梦想和力量的作品中,女人与丝绸融而为一,从而营造了一种“柔性哲学”的氛围。丝绸是轻柔的,但它是富有穿透力的,它深入到女性的灵魂,与女性一同美丽。作者说,“在所有的日常性事物中,丝绸让我一再体味了它在声音之外,在语言之上的沉着、朴素、安静的光芒”。对比男人,女人更像水,更像风和空气,它以无形的力量将你慢慢浸透、包裹与融化。

对美丽的女人来说,仅仅成为一个家庭主妇,成为一个宁静、柔情、贤雅和质朴的淑女还是远远不够的,她还必须有思想、有见解、有个性、有精神、有幻

---

① 林语堂:《我们的女子教育》,《吾国与吾民》,黄嘉德汉译,《林语堂名著全集》第20卷,东北师范大学出版社,1995年版,第147页。

② 马莉:《靴子》,《女人与身体的饰物》,《小说家》,1999年第5期。

想。这是马莉关于美丽女人的最重要之点。在马莉笔下,美丽女人不光会做香汤,不只会煮枣糖水,她还总是手不释卷,与中西的哲人对话。这个女人既要对这个世界充满热爱,用灵手和洁心去绘制生活的画卷,又要与世俗人生分离开来,完全进入属于自己的孤独世界,与人的生命本质对语,并从中受启,在谈到对待这个世界时,作者说,“我是一个女人,我必须恪守住一份这样的美丽,在这个充满喧嚣和嘈杂得让我无法忍受的恶俗的世界上,让我忍耐”。在谈到女人的思考时,作者说,“我喜欢‘空灵’、‘清凉’、‘冰冷’这类远离尘寰趋向思考的词”,“女人的另类之美丽是当她思考的时刻疯狂不羁,当她从虚妄之中返回之时又柔情似水”。在谈到女人的精神时,作者说,“女人应当把自己的精神看得胜于自己的容貌”。[①] 对具有女性气质的女人来说,精神与心智具有重要的意义,它是水中月、镜中花、山之云、鸟之声、人之魂。这样的美丽女人是自然的结晶、天地之精华,是人类健全发展的根本与母体。站在男女两性关系的角度看,马莉认为,这样的美丽女人“会令男人刻骨铭心的”。事实上,中国古代文人一直将赵明诚、李清照式的比翼双飞、挑灯夜读、心心相印作为自己追求的生活理想。

当然,马莉笔下的美丽女人并不仅仅是李清照那样的古典式,而是具有现代意识与现代精神的现代式。她已不是安于自己的“家”,更不是止于传统意义上的贤妻良母,而是视野更广阔、思想更深人,更多地关注着人类的健全发展和命运,从而试图建立一种更合理的现代新文化。美丽的女人应该具有这样的内涵:一份柔情、二份优雅、三份浪漫和四份智慧。马莉笔下的女性是自足的,又是自由的。

三、自由言说的文体结构

如果将小说、诗歌和戏剧等文学样式与散文文体相区别,那么,我认为散文最大的不同就是:它的充分自由。就如同天上的云彩,空中的柳絮,秋天的落叶,它们是那样自由自在地飞翔、飘扬与坠落。

马莉散文的结构方式是很有特色的,它打破了以往散文结构的客观性、封

---

① 马莉:《女人与另类》,《小说家》,1999 年第 5 期。

闭性、正统性及其明晰性，从而建立起属于自己的时空观和美学趣味。马莉散文明显受到存在主义等西方哲学思想、观念和审美倾向的影响，这就带来了其散文的现代主义特色。在我看来，马莉散文的结构表现在以下几个方面的特点。

首先是主体性。就是说马莉的散文叙事是从“自我”展开，一切的材料都是为主体而存在着的。这就是马莉散文具有强烈的主观性的原因所在。我们知道，作为散文的叙事方向，最基本者有两种：一是指向客体，二是指向主体。前者主要是重视人物、事物的叙述，注重反映与再现，像记游、忆旧、随笔、书话等散文多属此类；后者主要是写自我，重表现，通过事与人表达自己的个性与内在世界，杂感、散文诗等多属此类。马莉散文打破了一般意义上各类文体的界限，而是将支点放在“自我”这一光源上，并用这个光源去烛照人物与事件。所以，即使是书话如《夜晚读博尔赫斯》，作者主要的已不是向人们介绍博尔赫斯，而主要是通过博尔赫斯来写自我，写自己对生命的感受。作者写，“那眼花缭乱的回忆和庞大的孤独之感。他就是你，博尔赫斯。我们还需要什么呢？在这样一个快要结束的世纪之末？”“这是一个事实：我们注定是要被毁灭的事物。这个事实穿透我的手指。穿透了我的白天和夜晚”，“这就是读你的意义，博尔赫斯，你让我在你的空间里的某一个夜晚，某一个瞬间，真正地体味到了某种绝境和困境”。显然，作者的“自我”在散文中不仅没有被博尔赫斯淹没，反而非常壮大。“我”是积极而非消极地将博尔赫斯带到一个新高度，一个属于世纪末的新境界。换言之，“我”与博尔赫斯一同生长、升高、超越。再比如，《丝绸与幻想》，一看题目便知，这不是一般客观介绍丝绸的散文，而是由丝绸展开的幻想。在丝绸的不同色彩中，“我”感到了不同的意象、心情、生命与梦想。作者这样写，“哦，还有蓝颜色，它更使我着迷，我一向执着地认为蓝色是诗歌的颜色，我指的是纯粹的蓝色，这种纯粹的蓝色是高贵的自由的象征，像极了一只飞翔在天空中的不倦的蓝鸟”。在这里，丝绸的蓝色似乎已不重要，在“蓝色”这一意象的引领下，“我”已插上想象的翅膀，开始了自由的翱翔，由形而下向形而上飞升。此时，“我”的主体性得到了极充分的张扬。

与主体性相关的是感悟性。为了更好地展开主体性，那就有必要全面发动人的各方面功能，以便更敏锐、更细腻、更准确、更深入地理解和体味外在世界以及自我世界,这就带来了马莉散文的感悟性。马莉散文最具特色的一点是感觉的发达,人的视、听、触、摸、嗅、感与悟等功能在散文中异常活跃,它们仿佛是铁屑,只要遇到磁铁,就会应者云集,牵一发而动全身。有时直接写感觉的敏锐,但更多的时候,马莉的感觉突破了它自身,而趋于相互融汇、通感、升腾,甚至定格。通感是马莉散文常用的手法,有时是用视觉写心觉;有时则用意觉写视觉;有时干脆不同的感觉通用。比如,作者在《一个激动的生命者的暗恋》中写,"暗恋这把锃亮的刀锋时刻在暗恋者的眼前晃动不已",这是将"心觉"化为"视感",以实写虚。在《隐蔽》中,作者写道,菠萝"粘稠的感觉从那个遥远的下午开始从我的身体里弥漫而出",这是触觉与视觉互通。印象主义对马莉的影响较大,这在马莉散文中最为突出。读马莉的散文极容易让我联想到印象派画家莫奈、凡·高的绘画作品,像《印象·日出》和《向日葵》等。因为印象派画家"在理性的基础上灌注了自己的感觉、感动和感情",从而"给人间带来美妙奇幻的光与色,带来写实艺术的新感觉",印象派绘画往往捕捉瞬间的几乎令人目眩的光与色,并以固体的方式定型着这光与色。① 马莉曾在《隐蔽》中写道,"走廊的餐桌上一只椭圆形的白色碟子里放着的就是这种切好的菠萝蜜块,金黄润滑的色泽诱惑着我与妹妹……油渍一样浓郁的金黄色蜜汁从我的手指间沿着我的手臂一滴滴地溅落在我的乳白色丝绸短裙上,粘在我的大腿上"。"她的手指很长,手面上的皱纹里明显地藏着一些灰尘。而蓝色的血管明显地凸现着,让我想象血在里面静止地流淌的年代……她用那把刀子割下一块金黄色的菠萝蜜肉块,又肥又厚,湿湿润润的"。在这里,马莉显然采用了印象派的画法,大胆地将光和色定型,从而令人有目眩心迷之感,从这画面中,我们感到内里的感动与热情喷薄而出,光芒四射,有如海上朝阳。正是通过这些感觉,马莉散文达到了深刻的感悟。另外,马莉还通过"心会"与"意会"的方式进行感悟。在遥远的时空间隔中,两颗心灵沟通、融汇,一同超越。在《夜晚读博尔赫斯》里,作者说,"灵魂与灵魂是可以互诉的,尽管不属于一个时代","博尔赫斯,你目光深邃,敲击着我的心灵,敲击着人类的天空。岁月之水从那里流过,我的颤栗也来自那里"。看来,相知相与、相合相会不一定非要通过可视可感的感觉,它同样可以在臆想中达到,这是最为深刻的感动

---

① 朱伯雄主编《世界美术史》第九卷(上),山东美术出版社,1990 年版,第 491~492 页。

与体悟。

非故事性是马莉散文文体的又一特点。与大多数散文家讲叙一个完整的故事不同，马莉很少对故事感兴趣，她至多不过在散文中插入生活的某个片断。而更多的时候，马莉是以意象、情绪、意念来结构作品，表现出较强的自由度。因为这个世界太繁复，太捉摸不定，它如烟如雾、似梦似幻。人的思想、感情、情绪和意趣也是如此。要更好地表现现代人这种处境，用明晰、逻辑、平朴已很难达到目的了。比如林语堂曾眷恋自己家乡山峦上萦绕不去的云烟，曾迷恋烟斗里嗞嗞发声的红火及袅袅升腾的烟气，人们往往困惑不解。但如果结合林语堂孤独的内心世界和对这个谜一样世界的独特感受，我们似乎就能够解开他的“一团矛盾”。马莉也是这样，透过她散文有些晦涩的语言，我们分明感到了她深刻的内在孤独。而要表达这样的感受，确定的故事性、清明的逻辑和单薄的内涵是远远不够的，她必须借助晦暗的意象、迷离的色彩、变幻的情绪、浓密的内蕴及其去向不明的逻辑方能某种程度地表达自己。读马莉的散文，有一种被抛向半空的感觉，心也被月亮吸附着似的。马莉散文会带着读者一起进行孤独的生命之旅。马莉对她这一文体特点似有认识，她曾引米兰·昆德拉的话，“在雾霭中，人是自由的”，并说，“话语的暧昧性(或者称为话语的朦胧叙述性)具有强大的生命质感，以及多重理解的可能性”。① 有的学者指出，“现代主义文学或艺术都对作者个人化的审美经验甚至审美臆想备加鼓励，这使他们常常以一种读者看来未免晦涩艰深的样态出现，但其实每一种现代主义都在营造不同的晦涩”。② 如果站在这一基点，我们就容易理解马莉散文的文体特征了。

絮语式是马莉散文文体的另一特征。有人认为马莉“她的很多梦呓般的作品”表达了自己的个性。③ 我认为，这一看法接近了马莉散文的文体个性，但还欠准确，更缺乏理论的概括性与明晰性。“梦呓”常常与思维的混乱、语无伦次及缺乏目的性和方向性相关，而马莉的散文则不然，它境界高、思想深、精神健、心明眼亮，独具只心慧眼。只是若要表达复杂的形而上内容就不得不如此而

① 马莉：《暧昧》，《大家》，1999年第3期。

② 朱寿桐：《导论：中国现代主义文学与现代中国》，《中国现代主义文学史》(上)，江苏教育出版社，1998年版，第16页。

③ 李俏梅：《梦中的蝴蝶：马莉印象》，《新创作》，1999年第2期。

已。我认为将马莉散文概括为絮语体更好一些。就是说,马莉散文不像有些人的散文那样将自己与读者拉开很大距离,而是喜欢与读者交心,向读者甚至也向自己不断言说。这一表述方式看去颇似梦呓,但实际却是相当清醒的,它建立在对这个世界及其这个世界的人生、人性的本质洞察上。这一絮语体为马莉散文带来了这样的美学韵致:亲切、绵长、隽永、舒卷及柔情似水。

最后是戏化。与传统现实主义和浪漫主义文学不同,现代主义文学对这个世界往往有着本根的悲剧感,在其视域中,人和人的认识是有限的,世界是不可知的,世界与人生都是虚妄的。因此,在现代主义者看来,理想、英雄、神话都受到质疑,他们往往以旁观者的身份笑看世界与人生,这就使其作品程度不同地掺入游戏性质。马莉散文在现代主义的意义上尽管并不彻底,还带有较强的英雄情结和较浓的理想主义色彩,但对传统散文的超越和在现代主义道路上的努力还是非常典型的。戏化即是马莉散文现代主义性质的一个表现方面。如在《门与走廊》中,马莉这样拆解她工作室的门牌号1203,“这个数字很神秘:在123之间调皮地插入了一个0字,形成了0前后的和都等于3这样的局面。在这间绿色工作室里工作着恰好又是3个人:3个女人。因为这个数字又有明显的区别:3个女人当中1个未婚2个已婚”。在这个数字的拆解中具有浓郁的游戏性,然而,它又似乎反映了世界和人生的本质方面。戏化的体式不仅为作品的沉重掺入了一份轻松和几许超然,同时也给作品罩上了一层晦涩与神秘。

应该强调的是,马莉散文的文体结构还有巨大的张力效果。这表现在如下方面的巨大反差:外面的广大世界与家庭的囚小;平庸的家庭生活与读书、沉思、写作;凡常的小事与哲学的内蕴;生命的悲感与生活的热情;鲜丽的光色与黯淡的黑色;贵族意识与平民意识,等等。每一重矛盾的双方处于相反的两极,这两极又形成了完整的统一体。就每对矛盾统一体来说,其巨大的张力产生一个个小的艺术“场”,就多对矛盾而言,其集合起来的张力就是一个大的艺术“场”。在散文所形成的“场”中,作家可以最大自由地诉说内心的矛盾、困惑与孤独,读者也可以尽情地体验世界和人生的虚妄与无奈。并且,马莉散文结构的完整性与开放性,质实和空灵、忧患与超脱都与此张力“场”有关。

总之,在马莉的散文中,作者去除了一切可能的束缚与障碍,提供了让“自我”自由言说的无限可能性。可以这样说,马莉散文为读者营造了一个“迷宫”,

作者有制造这“迷宫”的快感，读者也在这“迷宫”中其乐无穷，乐此不疲。换言之，这“迷宫”是作家与读者共同创造的，在此中，生命、智慧与欢乐不断被激发出来，艺术的魅力即在于此。

严格意义上讲，马莉散文还未能达到炉火纯青的境界，有些作品很好，但有的作品则一般化。我认为，《丝绸与幻想》《六个词》(包括《隐蔽》《死亡》《道路》《暧昧》《触摸》和《声音》)、《黑色虫子及其事件》《门与走廊》《一个激动的生命者的暗恋》《夜晚读博尔赫斯》《读卡尔维诺》《读普鲁斯特》《读舍斯托夫》《女人与香汤》《女人与红枣》《女人与另类》等是优秀的作品，而《女人与身体的饰物》(包括《手镯》《耳环》《真丝绸》《香水》《丝袜》《口红》《帽子》《胸针》《芳膏》和《靴子》)等则比较平庸。

就目前来说，马莉散文存在三个缺憾。一是文化的积淀还不够厚实；二是意象还需更为典型化；三是“道”的修为与进境之路还很漫长。

马莉对西方文化兴趣颇浓，沉潜渐深，但对中国传统文化则积累不够，而如何将中西文化融汇、贯通，这也是一个重要问题。文化的厚度方能带来作品深长的文化感，以及作品的通达与深度，而不至于流于表面化。比如，《丝绸与幻想》充满感悟、灵性和柔性的魅力，它才华横溢、光彩四射，但文化上的薄弱却是明显的。如果能结合“丝绸之路”阐释丝绸文化，如果能透过中国绘画、武术、工艺、服饰中的丝绸之用、之美分析中国的“柔性哲学”精神，并比较中西文化的异同，那么，不仅可以丰富作品的内涵，而且可以加强作品的深度、厚度，还可以提升作品的境界。

我非常喜欢马莉作品的这些意象：夜、黑色、暗恋、触摸、香汤、红枣、房间、门、虫子、隐蔽、道路、暧昧、裸体等，因为这些意象具有典型性，它们既是日常生活的典型，更是与文化，与人有着内在的哲学意义的关联。透过这些意象，我们可以由表层一直延伸下去。换句话说，这些意象蕴含着无限的“可言说性”。而相反，手镯、耳环、真丝绸、香水、丝袜、口红、帽子、胸针、芳膏和靴子等意象，就缺乏生活的典型性和哲学层面的内涵。以非典型的意象作为言说对象，就容易走入肤浅、空洞、苍白。

在文学创作中，不管是小说、诗歌还是散文都存在着“艺”与“道”的问题。真正的名篇佳作都必须突破“艺”而进入“道”的境界。庄子《庖丁解牛》中的庖丁，他解牛的游刃有余，靠的是“道”而不是“艺”。对“技巧”与“道”的关系，宗白华曾概括说，“灿烂的‘艺’赋予‘道’以形象和生命，‘道’给予‘艺’以深度和灵魂”。[①] 显然，在宗白华看来，对文学艺术来说，“艺”、“道”相辅相成，而“道”尤为重要，它是作品的“深度与灵魂”。贾平凹也说过，“文学或多或少，或大或小，都阐述着人生的一种境界，这个最高境界反倒是我们借鉴的，无论古人与洋人。中国的儒释道，扩而大之，中国的宗教、哲学与西方的宗教、哲学，若究竟起来，最高的境界是一回事，正应了云层上面的都是一片阳光的灿烂”，而一片阳光下面则是“各种各样的，或浓或淡，是雨是雪，高低急缓的云层”。[②] 我们的文学当然需要反映世俗的人生图景，需要描写雨、雪和云，但最要者则应上升到对形而上最高境界的透视，即把握“那片阳光的灿烂”的大境界。马莉散文中的许多作品已经达到了“道”的大境界，如上面提及的佳作，这其中尤其是《门与走廊》《女人与香汤》《女人与红枣》《暗恋》和《暧昧》最为突出。但也应该看到，马莉一些散文还停留在“技艺”层面，远未达到“道”。如果今后，马莉能注意于此，并在“道”的大境界上不断提升，我想她的散文将会更上一层楼。

（选自《文学的命脉》）

---

① 宗白华：《美学散步》，上海人民出版社，1998 年版，第 80 页。

② 贾平凹：《四十岁说》，《世界华文散文精品 · 贾平凹卷》，广州出版社，1997 年版，第 311 页。

冯秋子

冯秋子（1960— ），女散文家，内蒙古人。1979年考入北京广播学院文艺编辑系，1983年毕业留校任教；1985年到作家出版社任编辑，1991年到《文艺报》任编辑、记者，后任副刊部副主任、主任，现为该报文学周刊副主编、副编审；系中国作家协会会员。

冯秋子除发表若干小说、纪实文学及评论文章外，又撰写过电视艺术专题片，编导政论性、文学类专题片多部。近年来以散文创作为主，已出版散文专集3部：

《太阳升起来》（文化艺术出版社，1995年）；

《寸断柔肠》（太白文艺出版社，2001年）；

《圣山下》（鹭江出版社，2006年）。

冯秋子的散文，有《蒙古人》获辽宁省散文学会优秀散文一等奖，《没有土的村庄》获《人民文学》2000年"伊力特杯"优秀散文奖；另有多篇作品被选入《当代艺术散文集粹》《海峡两岸女性散文精品文库》《二十世纪九十年代散文选》，《尖叫的爱情和其他》获《北京文学》老舍散文奖；《寸断柔肠》获全国首届冰心散文奖等。评论冯秋子散文的文章主要有：

《童话穿过暴风雪》（五康），《文学自由谈》1996年第2期；

《神奇的现实等》（止庵），《南方文坛》1997年第4期；

《思想者的散文——读冯秋子》（石一宁），《作家报》1998年7月30日；

《身怀五谷的女人》（杜丽），《美文》1999年第1期；

《她的词和世界》（何玉茹），《文论报》1999年8月5日；

《来到心上的一滴水》（林之华），《平顶山日报》2001年5月12日；

《散文的质地——读冯秋子散文集〈寸断柔肠〉》（红孩），《工人日报》2001年

8 月 15 日；

《爱的痛擎起的人生追询——读冯秋子散文集〈寸断柔肠〉》(古耜,《热风》2001 年第 12 期。)

一件事无始无终

冯秋子

常能读到新鲜的、富有创造精神的好散文,作者的灵性和内心力量,像一股强劲的气流,使他的内容和表述方式,与以往的散文显出不同。

能规定散文是什么样子,如何写作吗？不能。我理解,散文的好坏标准只有一个,即作者的表述是不是到位。我把散文放在如天一样的时空,它无边无形,无始无终,连接它们的只有顽强的气流。

我写散文,是想把多年来接纳和融合的自由,身感心受的自由的照耀,传达给我的朋友。

但是当表达的自由在我手中,在我心里时,我的幸福和忧虑同样多,同样清晰。我感到自由对于人就如同甜蜜苦涩的爱一样,具体实在,而不是随心所欲,不是单纯哪样。自由是被年岁、被牺牲托浮而出的,竭尽一生心力瞭望它,迎接它,恪守它,创造它,即是争取自由和承担自由,在不同阶段行使自己的生命。而我们往往愿意留守在一个地方,消解自己,流卸自由。

散文于我,便是望见衰弱,抗拒衰弱,自我解救的一件事情。也是无始无终。

自选作品

蒙古人

有一天，孩子问我内蒙古有多少山。我们正乘坐一辆破旧的长途轿车从通火车的城市出来，吃力地翻上一座山。流浪汉背着渍满油光的布袋四处游荡，或者坐在街边晒大阳、吹小喇叭（当地人叫它毕什库尔）的那座城市，像小人书里撕下来的一张画，已经遗落在遥远的山谷里了，隐隐约约又从那里传出一两声干燥的火车笛鸣，酷似深秋向南飞进的最后一只孤雁在呻叫。我说："从这座山开始数，数到车停下不走，你来告诉我。"

可是才看见四五群土黄色的羊，他惊喜一阵就倒在我怀里睡着了。土道上趴伏的一堆堆牛粪已经风干，汽车一过，牛粪骨碌碌跟着跑出好远，跑进道路旁边的荒地。这条被勒勒车轧出来的土道无限延伸，在浩瀚的戈壁草原划出坚定的走向。当年勒勒车慢腾腾跋涉这条土道，赶车人倒在车板上呼呼大睡，偶尔遭遇了狼或者金钱豹一类野兽，埋头赶路的牛立刻死死钉在原地，竖起犄角哞哞大叫，赶车人坐起来，抽出猎枪……紧张的对峙之后，牛车仍旧慢悠悠开路，野兽留在身后引颈张望，双方互不伤害，要有怎样的分寸和默契，内中奥秘只有留给当地人和同在那个环境生存的野兽们长年累月地揣摩了。一场虚惊算是远程旅行的一部分内容，更多的时候，勒勒车满载而归，野兔、狍子、沙鸡应有尽有。长途大卡车第一次出现在这条土路上，就像喝醉酒的小伙子那样直着脑袋往前冲，几十年过去，颠破的长途大卡车快跟爬墙上树的孩子磨破的衣裳一样多了。

长途轿车颠簸着前进，嘎啦嘎啦轰响。孩子不管不顾一直酣睡，他看见这片大草甸子就觉得踏实，有了安全感，怎么会被吵醒呢？他尽可以在动荡的梦里，挥舞他的塑料刀剑，冲锋在前英勇无畏。连清醒的我也对汽车后面拖带的滚滚黄尘幻影幻现，和十七年前跟随一辆大卡车捕猎黄羊的惊险混淆在一起。那是哥哥开枪以后，受惊的黄羊反扑过来，猛追卡车，气势浩荡汹涌，那感觉真是落荒而豪迈。

长途车停下，已是黄昏，没风的日子，黄昏柔和极了，房屋黯淡，炊烟缥缈。疲惫的旅人走下长途车，回到自己的栖息地，这是一个看见风筝就喊“赛，赛”，想和风筝干杯的草原小城。

孩子很懊丧，一路睡觉把时间都睡完了，问我怎么办呀。我说：“没关系，日子长着呢，你以后都能看到，山呀草地呀牛羊呀，草原上多得没有办法，你记着它，它就永远跟你在一起。”他说：“你是说一辈子也数不清楚啦？”“是的，数不清楚。”我说，“这地方想数清楚东西不是一件容易的事，我从小就想知道这座小城一共装了多少人，哪怕光数出老人和儿童，也没做到。”他显然知道他跟这里的关系，他出生不久，我就把他送回来，上幼儿园才接回北京。我们一想家的时候，就听回家时录下来的内蒙古的歌曲。此刻，他那双明澈的眼睛一直注视着我，这使我又一次相信，和孩子的交流早在他出世以前就进行过，也许使用了语言，也许通过神情，也许就在一个深夜，我的灵魂，或者他的灵魂，骤然照耀过对方。

我有什么错吗？当然，没有。这里的孩子们，愿意盯着那朵白云，热布吉玛额嬷叫它察干达拉额赫，也就是汉语说的白度母，他们盯着云彩从小城上空飘过，盯着小城像进入傍晚似的一下子阴凉昏暗起来。这时，云朵和它的影子快速飘移，孩子们跟着跑，大声呼喊着云朵——他们心目中的天马：黑莫里！黑莫里！让自己跟上浮云，让天马的身影多在自己身上停留，以庇护他们这些常干一点小坏事的孩子们那小小的愿望。不知不觉，跑出了小城，吉祥的云朵回到它的世界去了，孩子们只好折转身往回走。他们不能跑远了，他们的翅膀还没有长坚硬，哪儿也去不了，只好在他们的出生地，一边玩耍，一边等待时机。

太阳和云彩总在明媚的午后创造一个又一个奇迹。孤寂的孩子们一次又一次撇起脚板往远处跑，他们向往的远方神秘莫测，他们清楚去到那里需要无比的力量,投下影子安慰他们的云朵就是天马就是方舟,总有一天会帮助他们离开小城到想象的天地里驰骋。在等待中,孩子们长大,而他们的长辈——草原上的老人,终于在祈祷了几十年之后,乘骑这种上天赐予的神驹,走向通往天国的路。老人与儿童,什么时候开始的这种膜拜旅行,只有上天知道,但生命的轮回从此依照了这种执著的惯性,真的一往无前。

蒙古人居住的这块高原,冬天漫长,冰天雪地,寒潮频繁侵袭,夏天短暂干旱,温差悬殊,去过那里的内地人说那里“早穿皮袄午披纱,晚上围着火炉吃西瓜”。一到六月,人们就开始祈求雨水浸润他们的土地,但是雨水偏对他们极尽吝啬,牧草常年疏黄、低萎,难得葳蕤。一场大雨在人们的千呼万唤中好不容易落下了,却来得桀骜不驯、异常疯狂,无情地鞭挞草地和生灵。人们陆续走出家门,站在天空下,他们仿佛听到了神灵的召唤,在滂沱的雨水显现出远古声音的那一瞬间,洗涤灵魂的时刻便来临了。雨水浇淋他们吧……

沉寂多日的土地先是微微颤栗,而后剧烈震动,地下的蕴积隆隆滚沸,如千军万马奔腾呼啸,霎时间日灭天陷,混沌一片。牧人们深深弯下他们的腰,倾听远去的祖先悲怆的昭示,承受故人痛苦的省醒,挖掘自己已经蜕变得微茫、虚妄的灵肉,羞惭的眼泪混着雨水流下来。浇淋吧……他们诚心诚意祈求,草木的枯萎没有心灵的枯竭可怕……浇淋吧!

草地上浑然升起诵经声,像众声齐唱一首节奏柔缓的歌,低沉地唱下去。他们的灵魂还能复苏吗?蒙昧的日子实在过得太久了。此时,他们的虔诚感动了上天,雷声融进了他们的祈祷声,一阵阵撞击着他们的灵魂。大雨如注,吟诵的男女伶仃在风雨中,任雷火在头顶上闪烁。许久,他们抬起沉重的头仰望上苍,目光却像死去的人一样痴迷不动。雨水真的冲刷了他们的罪孽?但雨水和眼泪的确都埋在他们脚下了。

马背上的民族,沦落到今天,仍然是一个谜。

谁能数清那里的东西呢？数字可以帮助牧羊的孩子数清他率领的羊群，可他默默凝视羊儿，心里涌出的决不是孤零零的数字，而是他为羊们起的名字，他熟悉每只羊，像熟悉自己的脚指头。他站在羊栏出口、坐在野外的山坡上，看着羊儿，就在和叫汉娜或是木勒根的羊对话。他把听来的故事讲述给它们，也听它们绵绵不绝的叙叨，他和它们常作倾谈，快乐和悲伤悠悠地相互传递过去，到日落西天，他虽然感到身上有些疲乏，但心里已经舒畅，无怨无悔地踏着晚霞走回村庄。有时他实在回想不起别人讲过的故事还有哪一个藏在他的肚子里，他皱着眉头苦苦地想，想不起来，就自己编造一个，他把它讲得神乎其神。讲完故事，他为说不说出这个故事是靠他的大脑想出来的犹豫不决。朗朗嘎嘎晃荡在他屁股后头的两片羊肩胛骨，是他忠实的伙伴，在野外他有时候想放开喉咙唱歌，就敲这片“骨钹”伴奏，撵羊的话，两片琵琶骨又能拍出好多种信号，那些活到两岁的羊，已经被他训练得像一个个合格的兵，可它们两岁的时候已经到了中年，日子剩不多了，三百六十五天？不，重要的是它们能不能顺利越过这个冬天。他还用两片羊骨头拍打羊的屁股，以它们的白骨威慑它们中的捣乱分子，这个办法也很灵。当然，他知道什么时候从羊皮口袋里掏几把晶盐撒在山石上，让他的宝贝们像嚼糖果似的享受一下。数字在草原真的不是一个特别有价值、特别有力的东西。

蒙古人的祖先习惯随着季节迁徙，在北方荒漠的土地上一代一代地走过来。后来，选定一个牧草还算肥美的地方落脚，许多小小的、兴旺的牧村就这样诞生了。然而，土地实在广阔人实在稀少，千百年的演变未曾改变这一点。那里的山雄健、厚实，但是光秃秃的缺乏色彩，草地奈何不了天灾人祸，留给牲畜的只有山羊胡子一般的茸茸纤草，而稀疏的草地里乱石兽骨比比皆是，一派荒凉。时间淹没了发生在那里的无数故事，横亘在荒山野岭的历史早在这群人到来之前就已经是赤裸裸的了，历史袒胸露背，而他们无法装饰山头。

是历史留给这个民族的荣辱过于沉重，还是这个民族压根就驮载不起历史的重负？也说不定是它的历史残酷不仁，无以收拾？那么从前的人们都充当了辉煌的牺牲？后来的人又与他们的历史割裂开来？

……沉缓的山涌出大地，山峰凝重地屹立，一座接着一座，山里山外都是草原和戈壁滩，曾经开垦过的土地留下了劳作的痕迹，黄土壤上一簇簇绿色马莲花随风摇荡，村庄和附近农田里的绿色植物悄没声息。回头看，还是山脉，是的，山脉。山脉富有韵律地起伏，像沙漠里风势造就的一个个沙丘似的那样延绵，与天相接。天湛蓝悠远，干涩的风习习吹拂，羊群散落了半个山坡，星星点点仿佛雨后草地里冒出来的一堆堆白蘑菇，孤独的牧羊人就坐在山丘上。苍茫、悲壮的山，沉寂得的确太久了，生长在那里的人感觉到他们和那里的山一样学会了沉默。

小时候，常看见热布吉玛额嬷跪坐在后脚弯里整理她的黑发，一条粗粗的大辫子，最后被她盘在后脑上，随后，她从衣袍里掏出小镜子前后照一照漂亮的发纂，这件事就做完了。她露出笑容。把一天的活儿干得差不多以后，已是后半晌，她要唱歌了。她想说的话，都在歌声里。是不是深刻，有没有人在听，她不去想，后半晌是安宁的，她喜欢寂静的午后，她发现那段时间心地开阔、舒坦，说不出的幸福，而内心蹁蹁欲动，很想对蓝天诉说，对不谙世事的孩子诉说，对她自己诉说，她就唱出歌来。唱完天就黑了，她又要忙碌一家人的晚饭。

她出生以后和别的地方别的孩子一样，很多时候混混沌沌睡觉，但在她的睡梦里，蒙古人的歌声憧憧，她学着走路即从那种抑扬跌宕的节奏中找到了平衡，那种音乐从此在她的血液中繁衍，她把蒙古长调变幻出无数种旋律，每一种旋律都是她吟唱那一时刻才萌发创造的，是那一时刻她想说的话，她想说的就是这样表达的，那声音、旋律，就是她心里埋藏的秘密。因此午后，太阳西下时，她常被自己激励得泪水泫垂。

艰难的生活和人的尊严，在热布吉玛额嬷的心里竟然有简单的母子关系，一个孕育另一个，她唱。她不反反复复吟诵太阳：太阳帮助我们的心灵脱离黑暗。不朽的是什么呢？她问自己。是力量。她唱道。有时她哼唱的是没有歌词的歌，也许是词语不如音乐之声更能表达额嬷的内心。额嬷的歌，出落在那片土地，出落在传统的蒙古调式里，仍旧带着无法抗拒的沧桑感，在高亢、辽远中，在自由、奔放中，在大幅度的回旋、跳跃中，仍旧潜藏着深深的忧郁。那时节，草原上行进的只有额嬷的歌，万物祥和、静谧，额嬷回过头来看望我们，我们才知道还有自己的呼吸。蒙古谚语说："活着，我们亲如兄弟；死后，我们的灵魂一同成佛。"我就是从热布吉玛额嬷唱歌开始理解一个生命怎样孕育出他的世界，并且理解了世界上有一种哭泣，不是为着艰难、痛苦哀戚，仅仅是你看见了你吟唱的万物，看见了上苍，你为之感动。

有一回额嬷讲起她的母亲，那件事发生在很早以前，她母亲放牧归来，母羊们和圈里的幼仔纷纷团聚，有一只母山羊却大发脾气，用后蹄狠狠踹踢挤到它身边的两只小羊羔，它们刚出生四天，它们的妈妈不认它们了。额嬷的母亲喝喊那只母山羊，但无济于事。老人无奈坐在羊圈旁唱起歌来。歌声娓娓地叙述了一个古老的传说，那是一场旷日持久的战争，部落里的成年男子奋力抵抗入侵者，终因寡不敌众全部战死，血水淹没了草场。敌人驱赶着俘虏的牛羊和儿童，踏着血海凯旋而归，为了庆祝胜利，他们宰杀了这些牲畜，而命令那些俘虏的孩子们"快去逃命"，只见背后乱箭齐发，孩子们在奔跑中全部丧生。孩子们曾经栖息的家园从此凝结成马蹄般坚硬的板块地，荒废了……归圈的羊儿静静地倾听这如泣如诉的苍老歌声，那只被邪恶迷惑了眼睛的母山羊已是泪流满面，没等额嬷的母亲唱完，揽过自己的幼子，让它们在它的怀里拱动，急迫地吮吸它的乳汁，母山羊又慈爱如初。

这不是童话。我亲眼见过歌子把牛唱哭。

我听过很多蒙古人唱歌。在北京的蒙古歌手腾格尔有一回唱他创作的《你和太阳一同升起》，大家听他粗犷中稍带感伤、嘶哑中略显压抑的歌声，喝下很多白酒，然后笑着擦掉眼泪。

我常想，蒙古人唱歌就是那些沉寂的山的动静。

（选自《中华散文》1994年第4期）

虚妄的写作

小时候，以为，“新华社记者述评”是一个叫做述萍的新华社的女记者，她隔一段时间就写出很有说服力的文章，成为我心目中了不起的英雄。广播里记者像一只又一只去电线杆上落一下脚就飞走的鸟，来来去去不留踪迹，只有“述萍”出现的日子如同过节一样。

唐山地震波及我们住的地方，我怕夜里再震家人跑不出去，就坐在炕沿上，守候着炕桌上那个倒立的瓶子，想像身在北京的述萍，她待的地方也在危险中。我想她那时候一定坐在门槛上，仰望着屋顶吊下来的电灯泡的动静，守候她的家人……

星星胡乱地悬挂在深蓝色的夜空，狼狗吠哮，草地深处蹿出的野兔不知怎么进了家，翻着红眼和我家的一只白兔打架。我趴在倒立的瓶子旁写下一种不分行的诗，我写道：倾听吧，倾听世界上最美妙的声音，它埋藏在杂乱无章的石头里。人们听见呼唤，就往山坡上爬，头挤头扎成了一堆。十年以后，从乱石白骨里长出一枝花骨朵……

第二天早晨，人们睡醒觉，我把诗念给他们听，我哥哥听完笑得直咳嗽。他说这怎么能算文章。我收起这张纸，再写，一口气写了四五十个夜晚，直到余震过去，生活又跟往常没有二致。

恢复高考以后，我一心一意想上大学，我填写的普通、重点大学志愿都是哲学、法律。我父亲说，没有法，你不要去学。他当了几十年法官，这么说有点言不由衷。我还是不愿意听从他去学理工科，而选择了中文，他说我学什么都不要忘了学做人。在他眼里，汉语言文学不是做人、做事的基础？我把发表的散文寄给父母，特意告诉他们，描写榆叶梅那一篇，是我观察了半个多月写出来的，校园里最早开花的就是榆叶梅。父亲来信说，他很失望，“你写过来写过去，都是些不关痛痒的事情。”他说，“你要写这些，还是回来观察我们的草地吧！”父亲期望我做一个有用的人，这我知道。可我本想像他那样，当个律师或者法官，继续努力抑制邪恶，挽携无辜。他说他们的历史就是“有法不依，依法犯法”……他期望我成为作家吗？他后来双目失明，我写的东西他再也看不见了。我回老家时念给他听，他或是表示不甚满意，或者一句话不对我讲。前年我写了《真理点燃沉睡的灯塔》，他听完一声不吭，拄着长拐棍深一脚浅一脚走出门去，外面有新鲜空气。

他期望我写什么样的作品呢？我能不能够写出来？我的力量能支撑我走出多远？

在大学工作那两年，我写作比较勤奋，每天晚上走进办公室，天亮以后收笔，去操场跑步。我并不明确要当作家，只是感觉自己一直在心里跟什么人说话，日记已经无法写出心里的感受，迫不及待要述诸另一种方式，那就是一个接一个写下去的小说。我带的那个班，学生们也都在写，每天晚上有一个或两个学生来找我谈他们自己和他们写的东西。半年以后，我挑出优异的，买来蜡板油墨，让大家把它们刻印出来，张贴在学生食堂门旁的读报栏里。我希望学校的工科、文科学生都能想到阅读和写作这件事，我把自己的想法写在前言里。

我对回到人的内心执迷不已。除此以外，我得不断去开会。有一次被指定作大会发言，我不想再出现以前有过的说不出话的尴尬，用一个晚上准备发言稿。我心里抵触开会，硬着头皮去想我要说的话，等思路终于开始流畅，我的心却似提前飞回茫茫雪原的鸿雁，“嘎……嘎……”地呻叫着，在太阳照耀的孤寂的山顶上空不停地盘旋。这是三月下旬，我的家乡还覆盖在残雪中，鸿雁静静地沐浴着雪地冷静而觉悟的金光。我幸福得像个还童的老人，坐在北京的凳子上，无声无息地遥望千里之外的远方。我怎样才能回到开会的地方呢？

这样的日子持续了一年半吧，我班上，一个年龄比较大的男生，他是班里最有写作天赋的学生，他的行动改变了我的想法。尚未取消阶级成分的年月，他家从祖父到他父亲都是地主，作为另册之后人，饱尝欺凌，精神也受到创伤，上学前赶上全国的地主富农摘帽子，才使他的家庭重新拥有了做人的基本尊严。入学以后，他花了很多心力承受和消化痛苦记忆，从生命之轻，到生命之重，许多东西在他心里有些失真。写出两篇比较厚实的散文作品以后，他开始用同学们和我每月资助的二十几元生活费酗酒、抽烟，并且大部分时间旷课，已有两学期，连续三门主课不及格。教务处通知系里要将其除名。我和班干部赶紧去和相关部门交涉，系里也竭力说服校方，最后勉强保留了他的学籍，校方要求他补考，并要他保证以后按时上课。一天中午，我去他所在的宿舍找班干部，交代下午系里安排的一个什么事。他蒙头大睡，上午没去上课，也没去吃午饭，班干部帮他把饭打回来，放在桌子上。我说完下午系里安排的事，就告辞了，同学们送我出来。突然，那个做过地主后代的男生冲出宿舍，猛烈袭击那位班干部的头。人们试图将他拉开，让他收回自己的做法，但是无效。十几个人，阻拦不了他的疯狂，他面部充血、扭曲，出击更猛。我说：不要拉，让他打吧。

他停下手。

而我再不想说一句话。

我知道，有些事我做不了。比如当一名好教师。这个专业一共两个班，当初我和另一位青年教师拿着档案分班——学生未到，档案先来——我把能够看到的、有痛苦记录的孩子，比如父母离异，父亲或母亲早逝，摘帽地主子弟，落实政策返城，工人、农民子弟，少数民族，还有像广西农村中学一个考生因在教室里拉电灯受记过处分……尽可能收编到我的班里。我理解那些不容易走出来的孩子，从心里珍爱他们，相信能和他们成为朋友。

我失败了。

写作清理不了任何场地，它也不能够安置一种动荡。写作和我一样，都软弱无力。不，因为我软弱无力，不能够使我的写作具有什么力量。我常想，如果写作是一只手，把我的手伸给他人……我的理想，在我心里来回走动，而我很是孤单。我的写作，有点像伸向窗外的一根竹竿，除了偶尔晾晒几件自己的衣服，别无用处。

我有些理解了父亲对我所写的东西为什么不以为然。

我离开了学校，去一家出版社当文学编辑。安徽一位老作家来信说约定的长篇小说完成了，我赶赴合肥看稿，提出几点意见，老作家采纳了，马上着手修改，他认为这个年轻编辑“有眼力，感觉也不错”。这部尽现士大夫文人心路历程和诗情的长篇小说，涉及许多古典诗词和典故，大部分诗词我从前背诵过，但到校订是否有误，或者考证一些典故的出处时，显出我的功力不足。不知为不知，我常请教这位前辈。他有些沮丧：“怎么可以忽略古典文学，这样子能当作家吗？你都学过的……我四五岁背的四书五经现在倒背如流。”

我很羞愧，我的虚妄不幸被他言中。

一边往前走，一边把行走过程的东西丢掉，如弯腰屈腿用小锄头刨土豆的农妇，傍晚收工回家，刨出来的土豆竟都落在大田里。即使不落土豆，也会落掉麦秸，全然不是一个好农妇。且不说有一些农田，久未涉足耕作，任由它荒芜下去了。从老作家点到我的痛处那天起，我要求自己：每天进步一点点。我感到自己确实有些长进，但是遗忘和懒惰竟出乎意料地强劲，它跟随着我的步伐，每天向前推进。怎么办呢？

我想，即使走两步退一步，也要坚持着往前走，不能回头。

我家乡的一首民歌，最后一句唱道：弥足珍贵的人儿啊，留在我记忆深处。男人和女人一唱到这里，就拖着长长的颤音震动，歌声回旋不已，歌者泪水涟涟。有一天，这首老歌被坐在街头的一个乞丐弹唱，过路人围着他席地而坐，用心倾听那种埋藏了很久、终于冲出粗重嗓门的幸福声音。唉，什么样的人可以永远藏在别人心里边呢？人们起身，拍拍屁股沾的土，又上路了。

我们的地方缺少雨水，却有很多湖，可是草地辽远无垠，星星点点的湖被奔马一般奋力伸展的草场遮蔽起来，站在草地上看不见湖水是蓝是黑，于是湖水像天空一样变得神秘起来。人们猜想，藏在别人心里的人，就映在水里边。所以另一首歌又唱：记忆像泉水那样无根无底。你若为遗忘犹豫不前，草原上的人会说：你非要找到记忆吗？猫抓不到自己的尾巴，因为尾巴长在不愿意让猫抓到的地方……我被促动着向往“每天进步”，相信就是那些直接与间接的经验，给予我的与世界、与人沟通所生发的感召。

成为一个作家，需要多少力量，这些力量源自何方？

我成长的过程，非常孤独，想跟人说话，就把这些话写在纸上。可是现在，我倾诉的渴望慢慢消融了，我的生命随干燥的日子一起流淌。这怨不得别人，怨我自己，我厌倦了汹涌到废墟上不知天高地厚地歌唱，厌倦了滋溢废气而不知羞耻的沾沾自喜形状。但是回家又找不到能行走的路。我们这代人的生活，被拥有各种权力的老人和我们自己毁坏成了畸形。许多老人的内心曾经阴郁无比，对所有不进入自己阵营的人疯狂屠杀，直到暮色苍茫，再无喘息的力气。他们给予这个世界的创造性贡献，有不少不能不说遗憾，因为它是泯灭人性的，记载着他们曾经意气风发的破坏行止。他们身后的历史，疑点重重，庞杂、险巇、沉重，叫人担当不起。其负面影响之一，即是使滞留在世的人，继续作风里雨里的斗争，并将斗争手段进一步发扬光大。我们看着他们和他们的对手随时倒下。我一本又一本地读老人们的心得，每一本读完都心痛得想哭，哭他们，也哭千疮百孔的自己……在漏雨的房子里，我们栖息，潮湿的墙根下滋生的藤蔓，穿过玻璃窗伸延到马路旁的白杨树上，我们顺着枝叶荡秋千、攀援，并为自己再次取胜梳妆打扮。时间风干了人们的脸孔，街上到处都是扭曲的眼。我们行走在大马路上，老人和孩子都跟不上我们的速度，我们的丑陋使我们更加勇敢。

将来有一天，后人有力量彻底反省的时候，会不会为前辈和我们这些人的印迹长久蒙羞？忏悔的重负真的要落在他们身上，是什么样一种道理。他们需要生长出怎样慈悲的心地，尽力理解前头的人，为那些曾经挣扎过的灵魂祈祷安宁。

他们也无此德行和力气呢，如果他们的私欲、狂躁胜过前辈的人呢。可怜的？

人怎样生活，对后人具有什么意义，至今没有多少人愿意当成自己的事情、自己家的事情去想。

写作，在这里像不像四处莽撞的蚂蚁？或是一支走调的歌曲？

1998 年 3 月

（选自《寸断柔肠》）

爱与痛擎起的人生追询

——读冯秋子散文集《寸断柔肠》

古　耜

尽管早就知道散文女作家冯秋子的名字，但在较长的一段时间里，我却未能沉下心来，认真系统地读一读她的散文，这决定了我对秋子及其创作的印象，一度只能趋随选家和论者几乎是众口一词的划分与定位：她是“新生代”散文群体的重要一员；她多写有异于传统的“新潮”散文……最近，我终于有机会细细品味了冯秋子刚出版不久，收入了她多年来创作的主要作品的散文集《寸断柔肠》。这时，我才发现，所谓“新生代”、“新潮”云云，放在秋子和她的散文作品身上并不怎么合适，有的地方甚至不乏郢书燕说：“方枘圆凿之嫌。”关于这点，作家本人似乎亦有体察，她的《规定》一文先谈了对青年女作家姜丰的印象，然后笔锋一转写道：“我看到她，知道评论定性的‘新生代’的概念实际上包含了这样的精神实质而非我以及苇岸的。”应当说这是建立在知己知彼基础之上的敏锐而准确的艺术直感。正因为如此，我觉得，当代文坛要真正读懂作为散文家的冯秋子，进而给予妥切中肯的评价，恐怕首先要放弃一些形而上学和先入为主的东西，而坚持从作家的生活经历、精神气质以及她所提供的一系列艺术文本出发，进行一番潜心的揣摩与深入的研究。

1960年1月，冯秋子带着父辈的汉族血统，出生于内蒙古大地上的小城赛汗。从此，她相伴着大草原上特有的戈壁、绿洲、骏马、牛羊、帐篷、奶茶、烈酒，以及蒙古刀、马头琴和暴风雪，在那里度过完整的童年与少年，直到七十年代末考上大学进北京。正像许多作家的童年和少年生活常常影响甚至决定着其终身的创作道路与艺术风格一样，冯秋子自孩提时光直抵青年门坎的内蒙古生活经历，对于她日后建构自己的散文世界同样堪称潜移默化，意义深远，而这里所谓的意义深远，并不仅仅是指秋子的散文创作，迄今仍有一种源于作家早年生活感觉和生命体验，并因此而显得如影随形、无法排解的“草原情结”，一支笔总是据守内心的岛屿，执拗而深情地描述着“我”所理解的蒙古民族：亦非单单是说这些以大草原为观照对象或地域背景的散文作品，由于获得了作家童年和少年生活经验的有力支持，所以平生出原汁原味的真实和有形有神的生动，从而很容易构成鲜明独特的民族与文化价值，而是在容括所有这些的基础上，更着眼于一种体现着深层性与本质性的事实：辽阔、苍茫而又丰邃、神秘的内蒙古大草原，像一把无形的雕刀，从小塑造着冯秋子的精神气质与心灵世界。一方面，是大草原特有的奇丽的自然风光、淳朴的乡风民俗，以及来自父母双亲的人格力量，赋予了秋子对蒙古民族和草原文化的由衷热爱，对蒙古大地上普通劳动者及一切劳动行为的深层敬畏，同时也酿就了她性情中的正义、善良、炽热、真诚，以及平民意识和同情心；另一方面，蒙古民族历史上承载的征战、杀伐、流血，以及该民族在近代以来所走过的艰难坎坷和严峻的道路，其中特别是“文革”给包括家人在内的整整几代人造成的深重灾难，又像一片片无法驱散的阴霾，久久绞杀着秋子原本纯静的心灵，使她在小小的年纪就产生了对苦难和暴力的高度敏感，进而发展成性情的内倾与忧郁。而当这两种色调不一的主体因素扭结交织于一体，并理所当然，水到渠成地进入作家的创作过程与艺术文本时，一种爱中有痛、痛中有爱、痛因爱生、爱因痛在的审美图景，便承载着强烈的精神摇撼力呈显在读者面前，而这恰恰是冯秋子散文创作最重要，也是最根本的个性所在与价值所藏。在冯秋子的散文作品中，一种由长期的、艰困的草原生活所培育的平民意识，以及与此相关的爱与善浑一整合的伦理取向，是清晰可见且贯穿始终的。我们做如此断言，并非仅仅因为作家所选择和关注的审美对象，大都是现实生活当中的普通劳动者；同时还有更为内在也更为充分的依据，即作家在走近和描写这些普通劳动者时，全然摒弃了当下知识分子每见的那种优越感与精神英气，那种居高临下的怜悯和自以为是的“启蒙”，而是很自然地代之以平等的立场、朋友的心态与关爱的情怀，代之以朴素的言说与真诚的对话。请读读《额嬷》一文吧！它驱动兼有写实和浪漫的笔触，从容讲述着“我”眼中的邻居额嬷。这里有许多感人的场景、事件和细节，但最让人怦然心动的，却分明是这位平凡的蒙古女性身上所映现的善良、慈祥、宁静、无私与痴情，还有她唱出的那种悠远跌宕、颤音绵绵的蒙古长调。所有这些都熠耀着人性的光彩。《把日子过好》《寸断柔肠》，写了作家比较熟悉的杜拉尔、察哈等几位草原女同胞，她们那不幸的命运、不羁的性情、圣洁的心地，以及那渗入骨髓的忧伤，都令人难忘，然而作家溶解于如此描述之中的，那种对普通草原人的息息相通的理解、发自肺腑的热忱和推心置腹的交流，又何尝不是摇人心旌。《没有土地的村庄》把艺术瞳孔对准了改革年代居住着京城平民百姓的筒子楼。这当中虽已没有了草原气息，但那弥漫着烟火味、世俗味的寻常生活场景，那每每有磕磕碰碰、瘩瘩疙疙，但更多是相知相谅、相帮相衬的奇特邻里关系，那搅拌着喜怒哀乐、甜酸苦辣的多样的命运与心态，依然传递出普通劳动群众所拥有的一种美与可爱，以及作家同样以劳动者的身份所表达的对这种美与可爱的推重与激赏。显而易见，诸如此类的作品强力挥洒着当下文坛、尤其是散文领域十分匮乏的真正的底层精神，它最终把冯秋子同若干充斥着自恋的“新生代”散文家，乃至为数更多的沉溺于书斋和文人意趣的知识分子散文家区别开来。

对于大草原和草原人，冯秋子一向有着深沉的、炽热的爱恋，然而她所爱恋的大草原和草原人，却偏偏遭遇着屡屡的不幸，这不幸有的渐趋遥远，幻化为民族的伤痕与历史的阴影；有的却照旧鲜活，顽强地警示着命运的严酷和人生的多磨，它们一并强加于冯秋子，遂使其笔下的文字发散出因爱极而痛极的抑郁、悲怆与凄凉。不妨一读《寂寞的云》和《白音布朗山》。它们讲述着作家儿时的记忆，其中虽然也有被时光美化了的山容城貌、风土人情，以及作家在如此背景下的淡淡的童趣与小小的调皮，但更多的却是世事的艰难、生活的清苦与心灵的孤寂，是一种灰冷暗淡的人生咀嚼。《婴儿诞生》和《我跳舞，因为我悲伤》，一记母亲对婴儿的倾诉，一写作家对舞蹈的耽迷，按说都是些或温馨或轻松的话题，但实际上它们引出的言说，仍旧是生命的伤痛、沉重与苦涩。至于《蒙古人》

和《丢失的草地》这两篇体现着宏观视角的作品,更是在大写意中渗透了大咏叹、大悲悯和大忧患,它们像热布吉玛额嬷的歌声一样,常常让人联想到马背上的民族所深藏的哀戚与悲壮。如果说以上篇章更多表现了可以直观的外在的不幸,那么一篇《虚妄的写作》则主要披露了作家内心的冲突与迷惘:“我厌倦了汹涌到废墟上不知天高地厚地歌唱,但是回家又找不到能行走的路。我们这代人的生活,被拥有多种权力的老人和我们自己毁坏成了畸形。”毫无疑问,这样的艺术追求远离了散文创作中已成定势的“乐感文化”,而将一种本质的、不加粉饰的人生图景置放于文坛。应当承认,它对于培养人类强健的生存态度,提升其承受苦难、接受悲剧的能力,是不无推助与裨补的。

冯秋子的散文敢于直面人生的痛苦与不幸,但是却不曾将这种直面作为艺术的目的和终点,而是坚持以此为前提,毅然让灵魂乃至生命进入痛苦和不幸之中,大胆而执著地展开精神与价值层面的来路质疑和去路探询。在《鬼故事》中,作家透过自己小时候对“鬼”的理解和玄想,无情地谴责着我们历史上曾经有过的对生命的无视和对杀戮的狂热,进而反衬出有关人性与人道的吁求。在《辉煌,辉煌》里,作家一边梳理和剪辑着有关父亲、母亲、外公、丈夫、儿子以及巴顿将军的生活流,一边在这种生活的流动中注入自己分明矛盾着的“辉煌观”。这矛盾的双方相互诘难而又相互补充,最终开掘和探索着一个共同的主题:人类会有辉煌吗? 我们能创造辉煌吗? 一篇《英雄在哪里》记录了作家的一段心路历程:她自小就有来自书籍的英雄崇拜,但在后来的人生道路上却并不曾看到理想中的英雄,相反倒是阅尽了种种残忍、恐惧、平庸与幻灭,甚至连自己的心里也埋藏了暴力的阴残。为此,她只好把英雄的憧憬留给儿子……此中的伤痛与无奈是包含着历史与人性批判的。还有《沼泽地》《太阳升起来》《正月初二》等一些文章,均在严肃深沉的书写中,或否定着旧有的神圣,或抨击着泛滥的时弊,表现出了足够的良知与正义。应当看到,冯秋子让自己的笔触承载如此沉重的话题,原本并不是为了充当勇敢的战士或高蹈的智者,而仅仅是出于对内心真实的尊重,或者说是听命于内心的驱使,进行着不吐不快、欲罢不能的倾诉。然而,劳动者、善良者的内心毕竟是相通的,“无情地冲击你我内心的波涛,也以同样的速度和力量让所有的内心受到抚慰、震撼、轰鸣。”(冯秋子《听命于谁呢?》)从这一意义讲,秋子写出了自己内心的沉重,也就为读者和社会提供了某种启示与镜鉴，也就承担起了作家的道义和责任。

与丰富、复杂的内容承载相适应、相谐调，冯秋子的散文在艺术表现上亦自觉下了一番探索实验、推陈出新的工夫，并收到了显著的审美效果。譬如，《鬼故事》《白音布朗山》等文，选择了小孩子的目光来打量生活，这不仅为通篇作品蒙上了一种特殊的主观色彩，而且使其中的某些情境显得格外真实，也格外耐人寻味。《辉煌，辉煌》把同一个“自我”一分为二，让他们围绕同一个问题展开对话，构成“复调”，这无疑有效地强化了文本的容量与张力。在《蒙古人》中，超现实的奇想和惊心动魄的意象交相辉映，大大丰富和提升着作品的表现力与感染力，而《婴儿诞生》《老人与手》《我跳舞，因为我悲伤》等若干篇章，则以既自由跳荡又意脉相融的行文结构，显扬着艺术的繁复美与和谐美。面对如此奇异灵妙的散文世界，我们不能不从心底里称赞冯秋子的文学天赋和从事语言创造的能力。

在冯秋子的散文中，痛苦是无边的、持久的，它常常让我们想起吴文英词里“芭蕉不雨也飕飕”的境界。然而，对于严肃的作家来说，痛苦并非仅仅意味着不幸，同时它还是一种冶炼、一种财富，它可以让笔下的文字最终成熟、深刻和坚强、大气起来，秋子散文里的痛苦感恰恰可作如是观。更何况在艺术创造过程中，痛苦和欢乐常常是扭绪在一起的——作家含着眼泪宣泄出了心中的痛苦，他自己也就从痛苦的宣泄中获得了创造性的欢乐，正如罗丹所言：有时他的心像是在受刑，但是因为他能够理解和表达所深受的辛酸，所以愉快就要比他所感到的痛苦更为强烈。正是基于上述原因，我并不主张冯秋子很快就从痛苦中解脱出来，而是希望她能更加冷静和更加清醒地对待这一份生活与社会的馈赠，让它成为一种精神的参照与支撑，从而更好地繁衍艺术，拯救心灵。

（原载《热风》2001 年第 12 期）

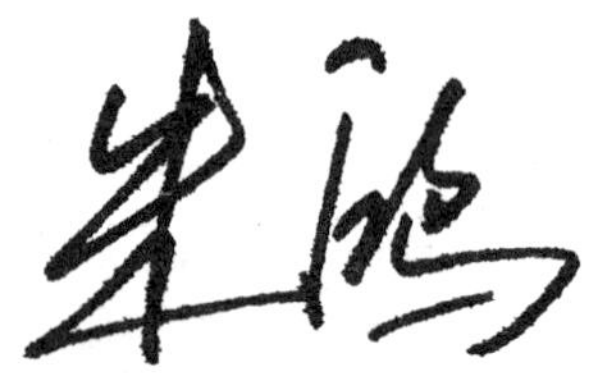

朱　鸿(1960—　)，散文家，陕西长安人。1984年毕业于陕西师范大学，分配到陕西人民出版社做编辑，后调入陕西师范大学中文系，现为该校文学院教授，陕西省作家协会副主席、陕西省写作学会副会长，系中国作家协会会员。

朱鸿在大学时代即开始文学创作，迄今共出版散文专集11部：

《朱鸿散文选》(陕西师范大学出版社，1989年)；

《爱之路》(陕西旅游出版社，1990年)；

《西楼红叶》(陕西人民教育出版社，1991年初版，1998年再版，2006年三版)；

《白原》(陕西人民教育出版社，1993年)；

《关中踏梦》(四川文艺出版社，1994年)；

《歌以解忧》(中国工人出版社，1996年)；

《药叶黄连》(陕西人民出版社，1997年)；

《张良论竹》(敦煌文艺出版社，1997年；长征出版社，2006年)；

《放弃》(太白文艺出版社，1998年)；

《夹缝中的历史》(东方出版中心，2001年初版，2004年二版，2006年三版)；

《西部心情》(陕西人民出版社，2001年)。其中《白原》获西安市文联第六届文学奖(1994)、陕西省文联青年文艺创作金杯奖(1995)，《关中踏梦》《药叶黄连》分别获陕西省作家协会第五、七届505文学奖(1995、1998)，《西部心情》获中国散文学会首届冰心散文(集)奖，有单篇散文《乾陵是唐人的》获西安市作协优秀散文奖(1987)，《为了一本书》获上海《文学报》全国征文佳作奖(1988)，《白原》获西安市作协汉斯杯青年文学一等奖(1992)，《西安辉煌不是梦》获《西安晚报》“城市西安”征文二等奖(1995)，《少女的金子》获《深圳青年报》全国征文优秀奖

(1995),《英雄与明星》获《陕西日报》“跨世纪的陕西文学”征文优秀作品奖(1998),《西安人的文化身份》获《西安日报》“西安人”征文优秀奖(2001),等等。

朱鸿的散文,被选被评亦多,主要有:《为了一本书》被选入《青年散文选萃》,《再到墓地》被选入《新时期散文名家自选》《当代散文百家鉴赏》(陕西人民出版社,1993年),《在马嵬透视玄宗和贵妃之关系》被选入《新现象随笔》《当代精典随笔》《中华美文精品集》《20世纪九十年代散文选》《新时期中国散文精选》《中华百年经典散文》等,《一次没有表白的爱》被选入《2001年中国最佳散文》《2001年中国散文精选》《当代散文精品2002》《百年中国经典散文》《新世纪精品散文丛书》等,《背影》被选入《九十年代散文选》(1992),《毛泽东之死》被选入《中国当代散文检阅》(名家卷)、《全国首届冰心散文奖获奖作家作品集》等,《辋川尚静》被选入《中国散文百年精华》《中国名家百年经典散文》《20世纪中国散文经典》等,《想到西瓜》被选入《1998中国最佳散文》,《怀疑荆轲》被选入《1999中国最佳随笔》,《我在孔庙的所见与所想》被选入《1999年中国散文精选》,《司马迁之残与苏格拉底之死》被选入《2000中国最佳随笔》,等等。评论朱鸿散文的文章主要有:

《生活的写真和咏叹——读〈朱鸿散文选〉感觉描述》(刘路),《文学报》1990年1月4日;

《雨夜中,心灵的倾诉——〈恋爱记挫〉及朱鸿的散文》(李星),《延河》1991年第1期;

《开敞的心扉——读〈朱鸿散文选〉》(刘原),《上海书讯报》1991年3月11日;

《贾平凹谈朱鸿散文》(砚摘),《当代作家评论》1991年第3期;

《美和真的追求》(郭文珍),《文学评论家》1991年第4期;

《读〈朱鸿散文选〉》(郭风),《文艺报》1991年6月8日;

《简评〈西楼红叶〉》(李正峰),《西安晚报》1991年9月12日;

《当代大学生的生命奏鸣曲——〈西楼红叶〉座谈纪要》(马进军、于茜),《延河》1992年第2期;

《读〈西楼红叶〉》(郭风),《文学报》1992年5月28日;

《回首人生来时路——读朱鸿〈西楼红叶〉》(邢小利),《文学报》1992年7月12日;

《朱鸿及其散文印象》(安哲),《中国青年报》1993年4月2日;

《在朱鸿散文研讨会上的开场发言》(刘路),《西安晚报》1993年12月6日;

《朱鸿散文即景》(李若冰),《三秦晚报》1994年1月31日;

《为了树挺大地——读朱鸿的散文集〈白原〉》(畅广元),《读书人报》1994年3月29日;

《橄榄味的文字——读朱鸿的〈白原〉》(安子),《西安晚报》1994年2月23日;

《眺望与怀想——朱鸿及其〈白原〉印象》(邢小利),《解放日报》1994年3月24日;

《朱鸿及其散文印象》(费秉勋),《延河》1994年第11期;

《心灵的耕耘——朱鸿和他的散文》(杜晓英),《文学报》1994年12月5日;

《多情的蟋蟀——读朱鸿的〈我家的蟋蟀〉》(侯雁北),《福州日报》1995年9月21日;

《散文与文化的移位——读朱鸿〈关中踏梦〉思考》(郭兴文),《西安晚报》1995年11月22日;

《喧嚣与宁静》(秦晋),《光明日报》1996年3月14日;

《大气朱鸿》(刘明琪),《中国青年报》1996年9月22日;

《我们的大地就是茫茫人心》(余秋雨),《西安晚报》1997年1月6日;

《善点燃的善》(杨庆春),《深圳法制报》1997年2月11日;

《简论朱鸿散文》(费秉勋),《西安日报》1997年3月20日;

《思想的重量》(柏峰),《光明日报》1998年4月23日;

《人心不仅是器官——读朱鸿〈放弃〉有感》(张杏珍),《西安晚报》1998年3月9日;

《放弃中的坚守——读朱鸿散文》(姜莹),《西安晚报》1998年7月3日;

《黄土地的心和梦——论朱鸿的散文创作》(田刚),《唐都学刊》2001年第3期;

《个性的魅力——朱鸿散文印象》(赵德利),《华商报》1999年11月7日;

《终南山下的朱鸿》(肖云儒),《书海》2000年第2期;

《朱鸿在夹缝中释读历史》(成河),《今早报》2001年4月19日。

散文的人格意象

朱 鸿

虚假的散文,可以流丽,可以飘逸,甚至在一个时代的某些时候可以成名，以至邀功请赏，但它毕竟不是精粹的艺术，将终归退出人的视野。其中的主要原因是，这种散文描写了一个涂脂抹粉的客观世界，特别是表现了一个伪装的灵魂，它的思想没有见地，它的感情缺乏诚挚，从中人们不能看到作家的人格意象。

人们厌弃虚假的散文，要求作家通过作品给人们以真情，使人们能够随着作家的欢乐而欢乐、忧伤而忧伤、愤怒而愤怒、闲适而闲适。抒发了真情的散文，无疑是不错的，然而，仅仅真情，对于上乘的散文，似乎仍嫌不够，它难以充分显示作家的人格意象。

真知是一篇散文十分重要的因素。没有思想，就不能进行创作，没有深刻的思想，就不能进行富于个性的创作。只有从别人没有观察的侧面探索，才能有所发现，甚至要从别人已经观察的地方深入探索而有所发现，这样的发现，才可能获得真知。这种发现的过程，必然洋溢着真情，但真情未必放射着真知。真知是高于真情的。如果真情是花朵，真知就是芳香；如果真情是阳光，真知就是温暖；如果真情是翅膀，真知就是飞翔。作家同时表现了自己的真情与真知，才可能既从感性又从理性打动人们，因为这样的散文，流露了作家的人格意象。

你描写自己的母亲，对于你的母亲，你是有充沛的真情的，但如果你没有发现自己母亲的独特的品质，这种独特的品质应该是人类得以生存和发展的宝贵的精神之光，那么，你的母亲只能是你自己的母亲，她呆在家里，并没有进入社会，人们看到的，也只能是你的母亲而已。

所谓人格意象，它不是夕阳，不是秋雨，也不是一条河流或一排白杨，它不能直接描写，它只能从作品的字里行间渗透而出。作家用自己的真情真知灌注自己的作品，他的性格、气质、修养、觉悟、学识、审美趣味等，就会自然而然地表现出来，从而形成一种印象，一种意绪。我们从苏轼的散文，能读出他的超脱；从司马迁的散文，能读出他的悲怆；从鲁迅的散文，能读出他的孤愤和坚韧；从周作人的散文，能读出他的孤傲和冷漠；从蒙田的散文，能读出他的闲适和宽容；从培根的散文,能读出他的智慧和经验。他们都是当之无愧的散文大家,都有迷人的个性,其作品之中的人格意象是强烈的、鲜明的。他们的作品当然魅力永存,他们的征服是跨越时代与国度的征服。

一切文学都可以表现作家的人格意象,但散文这种形式,其实质是通过描写自己而描写生活于现实或历史之中的人,因此,它特别容易将作家的人格意象传达出来。然而,事实是,并非所有散文作品都有人格意象,或者,众多散文的人格意象是模糊的。这是一个令人痛苦的缺憾。作品没有作家的人格意象,对此,谁都不能帮忙。你是怎样的人,就形成怎样的人格,这无可奈何。所以,我持这样的观点:散文的创作,最终是人与人的高下的比较。

(原载散文集《白原》)

自选作品

在马嵬透视玄宗贵妃之关系

杨玉环死于马嵬,是她难以预料的。此地在关中西部,山峦有痕,田野无边,稀落的村子在葱茏的谷物包围之中远远静默,唯千年发展起来的小镇有农民交易,阳光之下,身影晃动,秦腔熙攘。她怎么也难以预料是奉唐玄宗李隆基之命而自缢,那么美丽的三十八岁的身子,结果是以紫茵包裹,草草掩埋于黄土之下。

然而,她的死不但在当时引起人们的感叹,之后的朝朝代代,人们对她及其玄宗与贵妃之关系,仍很感兴趣。鲁迅就曾经为此去过骊山,可惜长安灰暗的天空败坏了他的兴致,他看到的长安与他想象的长安千差万别。在相当一个时期,贵妃之墓的封土,总是为年轻的姑娘所挖取,她们或从近处来,或从远方来,迷信这里的黄土浸渗了贵妃的颜色,可以滋润肌肤使之美丽。她们纷纷取携,几乎夷平了坟堆。由于禁而不止,只得将坟堆以青砖覆盖,可那砖缝之间,依然留下指头挖抠的痕迹。我迎着八月的热风,站在横过马嵬的道路旁边,望着打伞摇扇来参观贵妃之墓的男男女女,感到了杨玉环超越时代的魅力。

唐玄宗认识杨玉环,牵线的是宦官高力士,这个阉割了的男人,长期在朝廷侍奉唐玄宗。公元七三五年,唐玄宗之妃武惠去世,他久久郁闷。后宫三千,任其挑选,但没有令唐玄宗满意的。这个时候,高力士为他推荐了杨玉环。问题是,杨玉环是李瑁的妃子,他们一起生活了近乎六年,此时此刻,他们仍在一起。李瑁是唐玄宗的儿子,介绍儿子的妃子给父亲,这事情本身便是对骨肉之情的越轨,可高力士就这么做了。

他在唐玄宗身边已久,当然了解唐玄宗,没有把握他就不敢这么做。不过他应该明白,杨玉环作为李瑁的妃子对唐玄宗意味着什么。高力士的所作所为,是否隐藏着他阴暗的心理?宦官制度是中国封建社会的畸形产物,它潜在的危险是,这种人随着生理的摧残而心理变态,他们往往以破坏的目光打量并安排周围的秩序,不然,他们的心理就难以平衡。高力士经过长期物色和琢磨,恰恰给唐玄宗推荐了杨玉环,这绝对不会出自一种简单的考虑,他的思想一定很是复杂。不过,他毕竟看得准确,不然,唐玄宗怎么就一下迷恋了杨玉环,而且深深陷入她满是脂肪的怀抱日夜陶醉。

对唐玄宗的召唤,杨玉环一点都不敢违背。但她作为李瑁的妃子,丝毫不动感情地离开他,似乎是不可能的。然而事实是,杨玉环与唐玄宗很快就如胶似漆。他们相见的时间是公元七四〇年十月,这一年唐玄宗五十六岁,杨玉环二十二岁。唐玄宗对杨玉环显然满意,不仅如此,他对她已经神魂颠倒,到了入魔的程度。

唐玄宗在称帝初期,励精图治,有所作为,使唐朝的鼎盛得以延续,但后期却沉溺于色情。女人已经成了他重要的刺激,没有女人与他调笑做爱,他便不能抖擞精神。懦弱的君主最终都败倒在女人的胯中,没有女人,他们就没有着落。当然,君主有完全的条件得到女人,美丽的女人像河水源远流长。唯有伟大的君主才永远保持奋斗的姿态，遗憾唐玄宗不能进入其中。

那么多的女人，什么原因使杨玉环如此吸引唐玄宗呢？不仅是杨玉环年轻，不仅是杨玉环貌好，也不仅是她通音律而善歌舞，当然不是唐玄宗与杨玉环之间突然产生了霞光般的爱。爱只有在平等的地位才能产生，可唐玄宗与杨玉环并不平等。唐玄宗对女人能够任意选择，杨玉环对唐玄宗却只能完全服从，这决定了他们的关系不是一种爱的关系。

唐玄宗将儿子的妃子召为己有，总不是一件堂皇的事情，遮羞的办法是，让杨玉环去做道姑，这是高力士的主意。杨玉环便以信奉道教为名，离开李瑁，五年之后，她才被封为贵妃。当然，这五年之中，她是常常侍奉唐玄宗的，而且他对她的依赖越来越深。杨贵妃出生山西，但她祖籍四川，她明显具备南方女人的特点。其父母死后，在杨玄璬家里度过童年。她以杨玄璬为生父，入册做李瑁的妃子，多年之后，却以杨玄璬为养父，入册做唐玄宗的贵妃，目的是要混淆视听。这仍是高力士的计谋，在这个老奸巨猾的宦官心中，有一颗要控制杨贵妃的种子，他以入木三分的目光，发现唐玄宗需要的就是杨贵妃这样的女人，于是他控制了这个女人，就能继续得宠唐玄宗，自己的地位就不可动摇。不然，朝廷的斗争是残酷的，如果自己不能主动创造平衡，并掌握这个平衡，别的人就会去做。

马嵬坡很是安静，夏季最后的阳光，灿烂地照耀着辽阔的平原，此时此刻，到贵妃之墓参观的人，几乎都钻在树荫之中。这里是一处渐渐升高的台地，流通的风，运送着远方的清爽，庄稼的碧绿滚滚而来，广袤的田野，到处都是谷物。天空高远而明澈，秋的颜色从它深邃的中心发源，随之在整个宇宙扩散。这是关中最透明最潇洒的季节，但我思考着历史进程之中的一段艳情，却感到一层阴影，那是威严的朝廷的阴影，即使打开窗子，放这灿烂的阳光进去，那里的腐朽之气都难以驱散。我在贵妃之墓徘徊，为自己突然看见了辉煌宫殿的丑恶而幸灾乐祸，我悄悄地笑了。

玄宗碰到了贵妃，是他的胜利。作为一个男人，其终生都在寻找这样一个女人:在她的怀抱,消除自己的焦虑,这种焦虑是本能的,深刻的,唯有异性才能消除。玄宗在贵妃那里,品尝了男女之间最激动最痛快的乐趣,玄宗在贵妃怀抱感到的满足,首先在于他获得了使他销魂的性爱,但不仅是这种可以享受的性爱,在贵妃的怀抱,他一定还感到了母亲般的护卫和女儿般的撒娇。男人是需要这些的,可它们难以集中在一个女人身上,像杨玉环这种聚性爱、母爱、女爱于一体,并同时给予唐玄宗的女人,是罕见的,偶然的,它不可模仿。年迈的唐玄宗,碰到了如此绝妙的杨玉环,从而获得了巨大的满足,他当然醉了。醉是一种愉快得灵魂脱离了肉体的境界,幸运的玄宗拥有了它。

不过,他的失败恰恰从这里开始。贵妃以她的温柔满足了玄宗的渴望,同时,玄宗对贵妃的温柔产生了依赖。玄宗在贵妃的怀抱醉了,这是玄宗的成功;然而,在他沉迷这种境界的时候,贵妃已经将含蜜的毒刺扎进了玄宗的身上,于是,那至高无上的皇帝,不能摆脱这个年轻女人的姿色了,他丧失了摆脱的力量。如果从这个角度考察玄宗,他就变成了一个失败的男人。

杨玉环为唐玄宗所召,她当然是被动的,但她一旦到了唐玄宗身边,她就变得主动了。她必须抓住他,拢住他,否则,她的命运将很是悲惨。想想,倘若唐玄宗对杨玉环召而抛弃,她的去处只能是冷宫。杨玉环的聪明在于,她将种种利害吃透嚼烂,她决定用整个身心迎接唐玄宗。唐玄宗对女人的需要,当然不为给他穿衣,吃饭,出谋定计,他需要的主要是性爱的刺激和乐趣。他在位的后期,常常感到精神的空虚,他已经懒于朝政和国事,唯有女人使他兴奋,可这种兴奋往往很是短暂,她们似乎都不能使唐玄宗如意。

杨玉环到了唐玄宗身边,她的性爱是满盈的。在杨玉环的怀抱,他获得了性爱的全面体验,他不但消除了焦虑,而且忘却了烦恼,他感觉那地方非常好,他不愿离开,也不能离开。唐玄宗在杨玉环的怀抱,确实到了乐不思蜀的程度。

贵妃在给予玄宗以性爱的同时,又将玄宗当作父亲那样依恋,还将玄宗当作儿子那样逗哄，这全方位多角度的温柔之网，牢牢笼罩了皇帝。她刚刚给予玄宗之际，很可能是自发的，随着玄宗的反应，她就自觉地给予，以满足他的需要。对于贵妃，自然有一个放松和熟练的过程。

不过，贵妃所做的一切，并不是出于她对玄宗的爱，她完全是依靠本能和为了生存。当她已经知道玄宗难以离开自己的时候，她甚至会戏弄这个皇帝，这是别的人永远不敢的，可她敢。不过，这是她对玄宗欲擒故纵。贵妃曾经两次得罪玄宗，致使玄宗遣其搬出皇宫，然而，承受不了离别的，不是贵妃，恰为玄宗。他心慌意乱，迁怒他人，不出几天，他就给贵妃赐食，送礼，随之接她回来。

一个威震四海的皇帝，就这样让女人的风流控制了，他寻找这种风流，获得了沉湎其中而不能自拔。要从女人温柔的怀抱挣脱而出是需要力量的，这力量的源泉是意志和使命，然而唐玄宗不能，他缺乏力量。于是，先是李林甫，后是杨国忠，这两个宰相掌握大权，怎样排斥异己，怎样嫉妒贤能，怎样专横跋扈，他都无心过问，他只知道在贵妃那里做爱。贵妃是管不了那么多的，她唯一的目的是要集皇帝之宠于一身。

范阳节度使安禄山，在边境累建战功。他一脸憨态，满腔野心，大智若愚，受到唐玄宗的信任。这个昏庸的皇帝，竟以安禄山在他面前作怪而高兴。杨国忠与安禄山明争暗斗，杨国忠以防安禄山谋反为名，每每谗言唐玄宗，唐玄宗却半信半疑，对此，安禄山恨透了杨国忠。杨国忠为贵妃堂兄，不仅如此，因杨玉环是贵妃，她的三个姐妹都封作夫人。安禄山清楚杨氏一族多么耀武扬威，奢侈豪华，清楚他们怎样不得人心，于是，他以讨伐杨国忠为借口起兵，接着反抗唐朝。叛军攻破潼关之后，长安危急，唐玄宗便准备避难四川。

唐玄宗携带着杨贵妃，而且有杨国忠及皇子同行，数千禁军为其护卫。公元七五六年六月十四日，他们到了必经之地马嵬。这里是一个驿站，荒野在四周神秘的呼吸，草木似兵，土丘如敌。忽然哗变开始了，禁军首领陈玄礼有意除掉杨国忠，士兵神会，便制造事端，以箭射之,并用刀砍他几段,接着杀了杨氏一族的其他人。不过,这并没有完结,真正的戏,玄宗和贵妃的戏才刚刚开幕。

消灭了杨氏一族之后,禁军不发,却包围了唐玄宗的住所。十分惊诧的唐玄宗,探问原因,并希望禁军退却,平息这场风波。陈玄礼告诉皇帝,士兵盼他舍弃并就地正法贵妃,贵妃是灾祸的根本。此时此刻,老态龙钟的唐玄宗,有些发抖。

禁军之举,当然是为了朝廷,他们不满皇帝使杨氏一族那么猖獗,从而为安禄山作乱提供借口,所以皇帝是安全的。如果玄宗执意要保留贵妃,陈玄礼很可能出于尊重皇帝服从其权,收回自己的意见。唐玄宗毕竟是七十二岁的人了,不好逼他过分。即使陈玄礼不给情面,玄宗仍可以用变通的办法保护贵妃,以免其死。中国的封建朝廷积累了众多的计谋,这种变通的办法可以顺手拣来,一条让贵妃逃生的办法,绝对是有的。然而,玄宗却同意赐死贵妃。玄宗此举,表面观之,他是无可奈何的,是为了自己安泰从而朝廷安泰,但深刻的原因却不是。

贵妃跟玄宗已经十六年了,那种以性爱为基础的关系,随着岁月的流逝,渐渐稀松。老迈的玄宗,欲望减少了,相应的,他对贵妃的需要减少了,而且在刚刚得到贵妃所体验的那种新鲜之感慢慢消退了。他已经没有能量追求使他陶醉的刺激。生命力的衰弱,缓解了他的焦虑感,他变得能够不靠贵妃而消除它。他一直让贵妃呆在他的身边,既是由于需要,更是由于习惯。这对贵妃是危险的,很明显,这个浑身起皱满脸刻纹的皇帝,终于有些厌弃她了。真正悲哀,真正无可奈何的,应该是贵妃。

三十八岁的贵妃,在那个明媚的夏天丰韵恰好,但陈玄礼要唐玄宗为正法而赐死她。事情就这样做了。高力士找来一条帛带,让贵妃自缢,贵妃哭着攀向一棵梨树上吊而死。陈玄礼验尸之后,好像松了一口气,高力士也好像松了一口气。禁军解甲,向唐玄宗请罪,但唐玄宗却默默摇手,安慰了他们,于是哗变结束。死是一个过程,我想在陈玄礼和高力士验尸的时候,贵妃的身上还有温热,如果这样,他们的手指一定感到了温热之中的芳香，可惜不久贵妃的肌肤就冰凉了。在马嵬，我没有看到唐代的梨树。那棵将一个美丽的女人悬空的梨树，消失得无影无踪。

陈玄礼一定要唐玄宗赐死贵妃，我总觉得是有一些奥妙的。他要士兵除掉杨国忠，而且清洗了杨氏一族的其他人，这样做很是正义而凛然。他有理由认为，贵妃继续呆在玄宗身边很危险，贵妃会报复他。但他应该明白，他逼迫玄宗赐死贵妃，依然很危险，这种危险更大。他是禁军的首领，玄宗和贵妃寻欢作乐，他一向看得很清楚，那么白皙而多情的女人，年复一年日复一日地给一个老人施展风流，他会怎么思想？谁能知道他窝了多少嫉妒之火？他难道没有产生拥有一次占有一次她的念头？然而，他是得不到那风流的，这太痛苦太难受了。他是在这个美丽的女人停止呼吸之后平静的。他安然地向唐玄宗请罪。不能得到自己渴望的女人，就贬损她，甚至毁灭她，以此排除别的男人得到她，这是一种平衡心理的方法，它来源于性爱的自私。

红墙围着灰色的贵妃之墓，高远的蓝天之下，这个精致的坟茔孤单而凄凉，即使辉煌的阳光都驱散不了它的哀伤情调。蝉在树上鸣叫，它们嘹亮的声音，越过仿佛火焰燃烧一般的红墙，飞向广阔的空间，生活很好，我想。

（选自《关中踏梦》）

一次没有表白的爱

陕西师范大学政治系1980级有男生九十六人，年龄参差，相貌各异，下课的铃声骤响之后，从教室走出来的样子总是雄赳赳、气昂昂的，明显的性压抑，也性冲动。依我的侦察和掐算，当时有三十二位男生暗恋着姚伶，其中有三个自不量力的家伙居然还避过大家的注意，企图搞小阴谋，甚至做小动作。不过这都没有逃脱我的目光，我恼怒了,我的眼睛仿佛上膛的子弹似的紧紧地瞄准了那三个过分激动的家伙。我分秒不停地瞄准了五天,使他们终于平静了,我当然也平静了。现在想起来,那些暗恋姚伶的人,都是一些唯美主义者和幻想主义者。实践证明,他们的性格多少都有一点瑕疵,而且可怕的是,那三十二位男生的婚姻现在都失败了。好在姚伶没有嫁给他们任何一位,否则结局难以保证,这似乎是她的幸运。

在我与姚伶同窗的几年之中,实际上我几乎没有听到过她的声音。我跟她没有进行过面对面的交谈,没有说过话。当我坐在教室的时候,她也没有发过言。她倒是唱过歌,不过那歌是一首赞歌,属于合唱,她的声音遂坠入其他女生的声音之中了,并为之所淹没,消融了。我一向反感赞歌,但有姚伶参加的那一次我却是非常认真地听完了,遗憾的是,我费了九牛二虎之力,还是没有逮住她的声音。大约有两次,她跟她宿舍的女生走在松柏葱郁的教学区,不知道为什么事情高兴地交谈着,姚伶也朗朗地笑了起来,我便离开草坪,悄悄地赶上去,企图获悉她的声音,可当我跟她们的距离缩短到三米左右的时候,姚伶却仿佛有感觉似的,不说话了。我曾经放诞地想,当然也是无可奈何地想,如果我转化为一片月光,从窗子飘入她们的宿舍,那么我就不仅仅能听到姚伶的声音了,可惜我不能。在我的印象之中,她说话的声音总是很小,很细,很羞涩,微微沙哑,像久经岁月的绿帛撕裂的一种声音。

姚伶有一双幽深而忧郁的眼睛,睫毛长得像湖岸的柳。现在想起来,我仍觉得她是依靠眼睛感知世界的一个人,但我,还有其他一般的人,却要依靠愚蠢而坚硬的脑子。总之,她的眼睛吸引着我,因为我希望通过眼睛进入她的灵魂,可她的眼睛却使我紧张,使我心惊肉跳。当她发现我在看她的时候,她的眼睛会带动睫毛一闪,于是我所有的思想就涣散了,我仿佛一下便返祖为一只悲哀的猴子了。不过有一次,我豁出去了,鼓足了勇气,从教室的一个角落回过头,坚韧地直直地看着她。当时她坐在灯光之中,其他同学星绕北斗似的排列在她的周围。她立即觉察了我发出的信号,她的眼睛一眨,睫毛随之一叠，显然是要切断我的信号，但我却咬着牙，发誓要顶住。我感到自己熊熊地燃烧着，感到火燃烧得发出了焊接一般的响声，不过我终于顶住了。在这漫长的过程，姚伶的睫毛又闪了一下，接着又闪了一下，这使我实在难以抵抗，遂垂首而坐。我觉得她的功力太大了，为这大约三秒钟的欣赏，几乎耗尽了我的能量。我有气无力地坐在苍白的灯光之中，整整一个晚上，在教室没有读一页书。这确实是一次强烈的触电，不过它显然消磨了我，因为在这一次碰撞之后，我再也没有直视她，再也没有出现过连续看她三秒钟以上的经历。我一向是一个敢于行动的人，但我对姚伶却没有行动，甚至从夏天的那个晚上之后，我便缩进了思念的堡垒。

姚伶是一个白皙的女生，但她的白却并不是那种在街上容易看到的银白、棉白或云白。她的肌肤不是那种在白的两腮可以起晕染红的肌肤。我以为她的白是一种玉白，没有灿烂的亮，不过白得瓷实，细腻，干净而润滑。重要的是，她的肌肤有一种大理石的冰凉，而且是早晨的大理石，似乎还微微带着一些夜气和露水。这当然是我躲在思念的堡垒所想象的，我经常想象着她。

姚伶不喜欢热闹，也不喜欢喧哗，总是夹杂在自己宿舍的那些女生之中，仿佛独处会遭遇抢劫似的。我感到她对外界有一种巨大的戒备，似乎时时刻刻在警惕着，防御着。她甚至不穿鲜艳的衣服，也不穿紧一点小一点或短一点的衣服。夏天，那是多么美丽的季节，一般的女生都尽其可能地展示着自己的好，而且由于她们脱下了自己长的和厚的衣服，从而大片大片地露出了青春，校园才不干燥的。然而姚伶非常节制，她一般是穿短袖衬衫，不穿短袖T恤。她当然也穿裙子，可她的裙子却没有一件会打在膝盖的。事实是，她的裙子无不总是打在她的腿肚子上。不过这已经够了，确实不能再露出更多的肌肤了，因为她的胳膊和腿肚子太白，太丰腴，太娇嫩，当然也太危险了。

有一次在食堂排队买饭，我一不小心站在了姚伶的身后，遂看到了她的脖颈。从躯体冒出的这一节简直精致极了，它以埋在肌肤之中的七块微微突出的颈椎为中心向两边延伸，从而构成了一个半圆。我感到她的这一节肌肤是柔韧的。我看到了它的肉质，毛孔，嗅到了它的气息，这使我想抚摸它一下，只是觉得我的手不干净，会亵渎了它。姚伶是一个非常讲究卫生的女生，在我看起来，她有可能在时时擦洗自己的脖颈，这使它的所有毛孔都亮得透明，甚至像是从酒精瓶子取出来似的。这样入迷地研究一个女生的脖颈显然是失态了，而且我忽然觉察自己处在了一种备受注意的气氛之中，担心这样会伤害姚伶，遂在我即将走到窗口的时候，跑掉了，我到别的窗口去买饭了。

不过她的脖颈激发了我的想象，这天晚上我怎么也睡不着。在浩荡的秋风之中，我满脑子是姚伶的身影。我还大胆地想象了对她的抚摸。我抚摸了她的手腕和手臂，沿着手腕慢慢向上，我抚摸了她的胳膊和肩膀，抚摸了她的脖颈和脊背。我在她的脖颈上流连了一会儿，并用中指和两个食指在她颈椎一带按着，揉着，研着。这一带确实像我想象的，很是柔韧。之后，我的手便久久逗留在她的脊背上。不过我感到这里没有暖意，我惟一的感觉是冰凉，是大理石一般的冰凉。

不知道是谁泄漏的，其准确性和权威性如何？总之，从一个隐蔽的管道流露了一条让我惊诧的消息，它是关于姚伶身世的。消息称：姚伶是一个私生女，为一个汉族姑娘与维吾尔族小伙所生，可他们却未能哺育她。她现在的父母，实际上是她的养父与养母。惊诧刚刚退潮，便是兴奋的涌起，我为姚伶是一个混血女而兴奋至极。尽管我没有确凿的证据，不过凭直觉，我相信她是一个混血女。她是新疆维吾尔自治区的，是昌吉回族自治州的，这是她成为混血女必要的而可能的背景。重要的是，她轮廓清晰的脸，通直而棱角分明的鼻子，突出的眉骨和浓重的眉毛，还有她幽深的眼睛，都为她的身世作着诠释。

姚伶的混血女的特征，当然也为我何以会如此倾慕她，何以会如此为她所迷惑找到了答案。我发现自己有强烈地爱恋异族姑娘的倾向，我觉得她们神秘、热烈，风情万种，意味深长。我想，我必须为自己的这种倾向拿出证据，不然便可能留下虚构和杜撰的疑窦。实际上我在思念的堡垒之中做梦的时候，我还追求着一位俄罗斯族女生。她是陕西师范大学历史系1981级的，低我一届。毕业之后，我追求过一位漂亮的回族姑娘，追求过一位活泼的朝鲜族姑娘，可惜一律不果。不过这些只有我知道的经历锻炼了我，我以为那是伟大的经历，因为它充满了艰险，有勇气有智慧才能冲破封锁，进入禁区。

虽然姚伶不平常的身世增加了我的激情，我的心更贴近了她，更包围了她，但我却依然没有行动，我依然呆在思念的堡垒。我在这个阶段的变化是，仿佛姚伶的忧郁传染了我，我也忧郁起来。我失去了对任何女生的兴趣，拒绝参加所有的集体活动，也不想到教室去上课，觉得一切都没有意思，而且在晚上八点二十分之前就上床休息，尽管睡不着。

不知不觉便毕业了，我站在窗口望着浩瀚的云天长叹一声，说：完了，完了。

当姚伶随乌鲁木齐的几个同学结伴离开西安的时候，我迷迷糊糊地到车站去送了他们。我觉得惜别的滋味又苦又酸，于是我就躲在了阴影之中，以淡化其苦酸。姚伶已经上了车，不过车未走，送行的同学便不走，她也便不能坐下去。实际上她一直站着，从窗口探出头，向车外的同学说话。我远远望着她，发现她说话的时候，眼睛不经意地一闪一闪地寻找着，一瞬之间，她把目光插到了阴影之中的望着她的一节木头上，木头看到她的泪水涌了出来。车外的同学一定会认为姚伶的泪水是为友谊流下的，但我却坚信她是为爱而哭。在车站那永远混浊的灯光之中，姚伶的泪水仿佛冰凌一样清洁而明亮。

车启动了，车得寸进尺地迁移了。姚伶急速地挥着手，我看到她的手渐渐在缩小，模糊，溶化，终于消失了。我非常憎恨晚上十点十五分这次车，因为它把姚伶带走了。在我想起来，新疆完全是一个陌生的地方，它对我遥不可及。不过，这是不行的。我在思念的堡垒里狠狠地说：这不行。这是不行的！

当时我已经拿到了派遣证,单位是陕西省新闻出版局。我很满意这个地方,我的父母也满意,它离我家非常近。但我却没有立即到单位去报到,因为我隐隐听到了一种呼唤。经过一个晚上的考虑,我起床之后直奔电信局,给姚伶发了一个电报曰:

盼勿报到,请接我信。

回到宿舍,我拧开钢笔帽,打开墨水瓶,铺平稿纸,便匆匆地写起来。我一直写到日落西山,星光灿烂,接着我夜以继日地写,写了整整九十六个小时,写得天旋地转,草枯花落。十二万字的信,一江春水向东流般地表达了我的爱。我跑到邮局,把它发了出去。

现在想起来,我依然觉得自己的设计是真诚的,也并非不现实。我要让姚伶清清楚楚地知道我的心。在这样的条件下,如果她接受我的爱,那么我愿意在西安等她,也愿意在边陲等她,甚至做一个为流俗所不屑的倒插门也可以。总之,只要我和她能在一起生活,在任何地方,做任何工作都可以。我知道我父母不会乐意我到外地去,我也知道曾经帮助我分配工作的人会反对这样做,不过,这一切我都不管了,什么都不管了。在信发出去两个小时之后,我感到它太慢,也太轻了,不足以贯彻我的意志,遂决定到姚伶家去一趟。我认为如此重要而如此神圣的事情,不面对面地表白,显然是不应该的。我想,我一定要告诉她,即使她拒绝,即使她明确地不接受,我也要告诉她。我想,我不能把爱总是关闭在思念的堡垒,我必须让它走出去,冲出去,让它见姚伶,否则我一生都会后悔,一生都不得安宁。于是我就借了一笔钱,买了一张从西安到兰州的飞机票,立即抵达兰州,接着乘车进入乌鲁木齐。当我踏着乌鲁木齐晚上八点四十五分的夕阳在街上投宿的时候,我给姚伶的电报大约才到昌吉的电信局,我给她的信大约还在沙漠和隧道之中旅行。我的速度是很快的,不过我仍觉得太慢。

我从乌鲁木齐的一张木板床上睁开眼睛,便看到了一棵白杨树上的晨曦。我穿好衣服,挎上书包,走上了大街。我要搭乌鲁木齐开往昌吉的首班车,我必须紧急行动。我发现在这宽阔的大街上,只有我一个人。大约走了两公里，我才看到一个推着小车卖豆浆的妇女。不知何故，那缕从盖着豆浆的白布上散发的袅袅热气，那个中年妇女斜背着的黄色的挎包，忽然使我产生了一种莫名的伤感。我忽然觉得孤独，而且自怜，自赏，自傲，当然也有一点自慰，因为这毕竟是我第一次出省，是我第一次决定把自己的整个身心交给一个姑娘，甚至想到我是为什么而到这遥远的边陲来的，泪水便流了出来。

当我赶到始发站的时候，一个穿着蓝袍的司机正拿着一只拖把在轿车的轮胎上摔打着。他摔打了五下，感觉把尘土和灰渣抡净了，才将拖把塞进水桶里涮起来，接着才不紧不慢地洗他的轿车。但我却松了一口气，我知道自己有了到昌吉去的交通工具了。我很怕自己要在乌鲁木齐滞留，不过这样的担心一会儿就没有了，我已经坐在了轿车上，尽管这辆轿车是破烂的，几乎所有的坐垫都露出了肮脏的海绵，然而当时我以为它是一辆非常美好的轿车，安全舒服，并产生了要在前排椅背上吻一下的冲动。

抵达昌吉之后，我按自己构想的，先找到一家旅馆，洗了脸，梳了头发，换了一身干净的衣服，然后挎上书包出门。凭印象，我知道姚伶的家在自来水管理处，但它到底在昌吉的哪一个方位，哪一条大街上或小巷里，我却是不知道的。简捷的办法是查找地图，向人询问，可我却不想这样做。我以为自己千里迢迢到这里来，向一个姑娘表白自己的爱，是不能使用任何一点聪明的，我只能使用虔诚。我感到这不仅仅是一件重要的事情，还是一件神圣的事情，我要一个单位一个单位地去找，一家一家地去找，一个门牌一个门牌地去找。我想，只要姚伶在这个世界上，我注定是会找到她的。我隐隐地感到，爱的事情必须虔诚才可能完成，只有虔诚才可以获得上帝的帮助，而聪明则会使上帝疏远。

我没有看手表，所以我根本不知道自己在昌吉转了多少时间，也无心留意它是怎么一种样子。现在想起来，我觉得它当然属于一个发展中的城市。大约只有几座高楼，都是崭新的，白色的瓷片反射着亚细亚中部才有的丰富的阳光。这里似乎在开拓道路，到处都是深坑和石子,到处都是黄尘。在鹤立鸡群似的高楼周围,是大片大片的使我感到温馨的泥巴房,我觉得生活便在那里,人性与人情便在那里,大约姚伶也在那里。我在昌吉走来走去,走得大街上吹起了风沙。虽然我不明白东南西北,不过我是清楚幸福之点的,我以为自己不会迷失,当然也不是盲流。

沿着姚伶脖颈上的一股气息的暗示和引导,我走到了一栋泥巴房前。屋子里寂静无声,一扇低矮的门,已经擦洗得露出了它的神经和脉络。凭直觉,我判断这就是姚伶的家,她的气息早就穿过门缝弥漫出来了。我屏住呼吸,郑重地在门上敲了三下,随之是一个巨大的空白,仿佛屋子里没有人似的。这时候门谨慎地拉开了,一个微胖的中年妇女探出头问我:"你找谁?"她不像姚伶的母亲,她没有姚伶那种显着轮廓的脸,也没有姚伶那种充满悬挂感和虚幻感的气质,不过我还是确认,这位孤独的妇女应该是姚伶的母亲。我说:"阿姨,我找姚伶。我是她的同学,从西安来的。"她平静地招呼我进去,并平静地叫着姚伶。但我却没有随她进去,我必须等待姚伶的恩准,我不愿意冒犯了姚伶。

当姚伶像一片云似的飘到门口的时候,她的脸骤然苍白,眼睛满是奇异和惊恐。我这样一个从天而降的不速之客,显然完全出乎她的所料。我觉得她总是用酒精浸泡的毛孔随着我的出现而紧张得一下关闭了,惟有鼻尖的毛孔还张着,不过从这些毛孔流出的只能是冷汗。在亚细亚中部的阳光之中,她的冷汗密集,圆润,有珍珠般的造型。不过她还能够镇定,她很快便回过神似的让我到屋子里去,并向她的母亲介绍我就是那位发电报的人。我多少有一点拘谨,然而总的感觉还好,因为所有的线路都连接起来了。我的意思是,我的电报已经为姚伶及其母亲提供了研究的资料,在她们对这份资料有了一定的评估之后,人随之而到,无疑的,这个人是更直观和更可靠的资料,甚至他便是要直销的货。

在姚伶给我沏茶,取瓜子,拿葡萄的过程,她一点一滴地告诉我,她是昨天才收到电报的,遵我之嘱,她还没有到单位去报到,她在候我的信，信尚未来，大约需要五天信才会来，如果是挂号信，那么需要十天。我告诉她，我就是考虑到信太慢，才决定亲自走一趟的，我不想让你焦急，也不敢耽误你，只是匆匆忙忙，没有通知便来了。这时候，姚伶的母亲一直坐在沙发上注意着我，当然也注意着姚伶。在她显得浮肿的脸上，有一双严厉的眼睛，它完全显露着推敲和解析的神情。她还点了一支烟吸起来。我感到她是一个老谋深算的人，而且充满了控制能力。不过她没有询问我什么，我想，这是由于姚伶在场的缘故吧。实际上我是希望她母亲注意我的，因为深切的注意标志着我进入了她考虑的范围，如果她对我的到来不在乎，无所谓，那么我便沮丧了。但姚伶的态度却是关键，倘若没有她的深切注意，倘若我不能感觉她的热情和兴奋，那么一切都将是没有意义的。我的为难在于，姚伶一向是一块大理石，而且是早晨的大理石，永远有一种夜气和露水的冰凉，这使我不易把握她。现在想起来，我以为问题恰恰是出在我对她把握错了这一点上。

有一个细节当时很使我感动，而且在今天我仍能感到它的活灵活现，这便是，我刚刚坐在沙发上，姚伶及其母亲便让我退掉旅馆的房间搬回来住。她们告诉我，家里有的是地方。我是一个敏感之极的人，我确信，她们绝不是出于礼貌，她们完全是真诚的，而且是尊严的，但我却没有接受。我不是客气，是担心自己在姚伶家睡不着。我容易失眠，睡姚伶家我将肯定失眠。在姚伶家翻来覆去地睡不着，显然是难堪的，甚至会破坏姚伶家的安宁了。

姚伶向母亲简单地交待了一下，便到厨房去做饭了，她做的当然是拉条子。客厅只剩下了我和她母亲。她母亲不紧不慢地询问我年龄多少，兄弟几个，父亲母亲有何贵干。她的眼睛仍是推敲和解析的神情，不过她在努力做得婉转与平和。尽管姚伶在厨房洗菜，切肉，揉面，但她却显然注意着客厅。她还有两次，以插话的形式打断了她母亲的询问，其结果是，我和她母亲的交谈便未能继续进行下去。我和姚伶过去没有来往过，互相是不了解的，她也尚未收到我十二万字的信，所以我不清楚她的插话是什么意思，是担心她母亲的询问万一过分了而伤我的尊严，还是伤她的尊严？或是她根本就不愿意有这样的询问，因为它暴露了母亲的倾向。也许在她未听到我是什么意思之前，她不想，也不愿意让母亲有任何倾向。或是她早就有了自己的倾向，这便是，不！总之，我希望天是晴朗的，我这样遥远地到边陲来，不要雨，不要阴，也不要云。可姚伶却偏偏是一个矜持的人，而我则是内向的，我和她也没有生活在开放的时代，我和她接受的完全是传统的教育，甚至是禁锢的教育，何况她的家有一种我可以感到的氛围！

拉条子是闻名遐迩的小吃，似乎有一个观点，认为新疆人以拉条子在家里待客表示着一种亲切和敬重，如果确实是这样，那么我感到满足，而且这个拉条子是姚伶所做，它的白面、绿辣子、红柿子、黄花，都留有姚伶的指纹和手印。然而我却没有吃出什么滋味，非常遗憾，我觉得对不起她！

姚伶的父亲是一位司机，他出车而一直没有回家，于是陪我用餐的就非姚伶及其母亲莫属了。由于她们之间的彬彬有礼，有礼而造成的一种虚无、沉闷，甚至压抑，使我不得放松，遂在用餐之后说了一些中性的话，便提出要回旅馆去。对于我的提请，姚伶的母亲最容易理解为我是想跟姚伶独处，姚伶也最容易理解为我有话要说，所以她们便同意我走，姚伶当然送了我。这时候已经是晚上九点十分，也应该告辞了。算起来，我在姚伶家呆了近乎八个小时，第一次登门便呆了这么久，实在不好意思。

走出姚伶家朴素整洁的泥巴房，走到路灯初照的正在建筑的大街上，我和姚伶立即有了一种靠拢的感觉。实际上心理未必需要靠拢，但环境却使之靠拢。我以为在空旷的荒野，在寂静的黑夜，人会本能地希望接近和靠拢，即使两个人有仇恨，也会产生靠拢的需要，哪怕在暂时的靠拢之后，在度过了让人恐惧的荒野与黑夜之后他们再战也可以。这种本能是原始人遗传给现代人的，原始人在狩猎时代产生了对荒野和黑夜的恐惧，也产生了抱成一团的习惯。总之，轻风徐吹，行人稀少，近乎于无，我惬意多了，姚伶也宽舒多了。

姚伶完全是一种散步的速度和姿态。她仍穿着短袖衬衫,拖在腿肚子上的裙子,不过她显然软化了,甚至融合了。现在想起来,我依然会清楚地看到她不枝不蔓的样子,楚楚可怜的样子,在路灯的光影之中使其衬衫和裙子幻化为一种豆绿葱绿祖母绿的样子。我不得不悄悄感叹着什么是清水芙蓉,什么是亭亭玉立,什么是真正的窈窕淑女。

我披星戴月地从西安到这里,当然是有话要说的,这一点姚伶非常明白,而且她似乎做好了一切准备,要听我说什么。轻风撩动着她的秀发,她微微仰起头,用自己玉白的脸承接着清幽的月光。我的思想剧烈地斗争着,我在犹豫着。我不愿意说她不愿意听的话,但我却必须说真实的活,我平静地说:"我准备明天早晨就走了!"她惊诧了一下,似乎这样的话唐突、冒昧、莫明其妙,而且难以应答,所以她没有说什么,不知道怎么说。我又平静地说:"我的信也不用看了。你烧了它吧!"我便这样完成了我的急转直下,甚至一下堵死了我的路。此时此刻,姚伶显然已经知道了我的意思,也恰恰就在此时此刻,她送我走到了旅馆门前。当她默默地转身向回走的时候,我确实想送她一程,只是怕有用意含糊之嫌,有拖泥带水之嫌,遂没有送她。

我打算乘首班车离开昌吉。我进入房间便开始洗漱。我感到疲倦,想好好休息,以赶自己的路。在我刷了牙,准备躺下的时候,响起了敲门声,不料竟是姚伶的父亲来了。他是一个厚道人,微胖而圆的脸增加了他所固有的厚道,他的厚道也显出了脸的圆和微胖。他劝我不要明天走,还告诉我明天早晨他将接我用餐。那样浑厚的声音!从他浑厚的声音之中传出的没有一点虚假的吩咐,一下击穿了我的心。我感到自己的心出现了一个洞,洞里的黑暗像山一样沉重。不过事情已经这样了,我怎么可以再留下来到姚伶家去吃饭呢?我对爱有我的理解,也许我理解得极端了,甚至苛刻了,可它却毕竟是一种理解,而且我必须按自己的理解去行动。

我像飘一样在昌吉度过了惟一和最后的一个晚上,随之把街上的一个馒头吞进肚子,回旅馆结账。当我挎着书包走到楼梯最后一个台阶的时候,姚伶的父亲接我来了,见我吃了饭,见我执拗地要走,遂嘱我慢一点,要让姚伶送我。现在想起来,我当时确实希望姚伶能送我一下,希望再见姚伶,因为我知道,这再见将意味着永别。

我缓缓地向车站走着,以给姚伶留下时间。我的速度一点也不快,只是车站太近太近了,仿佛我走了几步,它的写着红字的牌子便浮现在早晨的白雾之中了。车站上有两个人等车,我去了之后,便是三个人等车了。不过我跟那两个人肯定不一样,我是希望首班车不要急着开过来的,甚至希望它抛锚,轮胎爆破,因为姚伶还没有到。我是多么迫切地希望再见她的啊!

在我感到失望,并不得不自己给自己鼓劲以防精神坍塌之际,我眼睛一亮,发现姚伶骑着自行车过来了。她斜着身子,仿佛是在白雾之中飞翔似的过来了。她默默地把自行车撑在一边,取下挂在自行车上的装有两个白兰瓜的篮子,默默地交给我,之后便默默地伫立一边。我完全撤退到了一个同学的立场,而且佯装镇定地说:"这一次来匆匆忙忙的,什么也没有带。下一次来,我将送你一尊唐三彩。"也许我和姚伶命中注定要在这里永别,否则,为什么偏偏这时候可恶的首班车就抵达车站了呢?我像一不小心打碎了水罐,水流了一身的一个小孩,有一点糊涂,有一点迷乱,有一点手足失措,还有一点身不由己地上了车。

我在乌鲁木齐售票厅的窗口随便买了一张东去的车票,转身之际,竟踩了一个女人的脚,投足之时,又碰了一个少儿的头。在那个巨大而昏暗的售票厅,我觉得狼狈极了,我想,凡是看到我的人,都将认为我有一副潦倒相和败落相吧。不过,凭其猜测吧,凭其同情吧,总之,我是顾不上这些目光了,我也没有什么力量了。

火车驶出乌鲁木齐,闯进无边无际的草原,立即提高了速度。我从硬座车穿过餐车,来到了软卧车,我也根本不管它是属于一群日本人所订下的,便选了一个位子坐下了。来到这里没有别的意思,只是要独处,希望安静。整个软卧车的过道都是悄无声息的,因为日本人呆在他们的包厢之中,没有谁会打扰我。不过在这里,我不知道怎么想，想什么。我仿佛是鬼使神差似的打开了窗子，把头伸在窗外。风强劲地冲击着我的头，但我却坚持眺望着乌鲁木齐的方向，眺望着昌吉的方向。辽阔的天空布满晚霞，晚霞像波浪之中注入了鲜血一样红。晚霞之下，仍是没有尽头的草原，穿过草原，乃是灰色的没有尽头的大漠。火车仿佛逃亡似的奔跑着，在苍茫的自然之中，在晚霞之下，荒野之间，它小得简直像一只蚯蚓，一只蚂蚁。一直到晚上，我都把头伸在窗外让风吹着，我觉得风已经揭去了我的皮，撕下了我的肉，我完全变成了一具白骨森森的骷髅。不过我的意志仍是清醒的，这使我充满了悲哀，因为我知道自己最纯洁最精锐的生命结束了。我已经二十四岁，我将到一个单位去工作，还将领取薪水，并按习惯势力准备结婚。我将再也不是一无所有的我了，我将再也不能赤手空拳地追求某个姑娘了。为了爱而去追求一个姑娘与为了结婚而去追求一个姑娘，其性质是不同的，它有不同的方式，不同的格调，甚至有不同的温度。它所激起的感情和所产生的动力，当然也不同。爱直通生命的核心，带着原始的鲁莽，而婚姻则充满了盘算和设计。当然，为了婚姻而去追求一个姑娘与为了性而去追求一个姑娘，其性质还不同。

这一次的行动，我只有向北京一个同学叶闯透露过，不过我要求他保守秘密，不可传播。叶闯答应了，所以尽管很多同学都知道我在被派遣之后匆匆忙忙到新疆去了一趟，并猜测，探问，可他们却不知道我做了什么。我想，姚伶也不会随便说的，她是一个有尊严的人，而且，她也不好说。她当然不好说，因为她也不很明白我为什么忽然要走。但这个问题却挠她的心，她还是想弄明白的。大约我离开昌吉三年之后，她在北京见到叶闯，她也知道叶闯与我的关系，遂拐弯抹角地向其刺探，并责怪我莫明其妙。尽管叶闯知姚伶的矜持是其素有的性格，朱鸿对此也能理解，然而朱鸿当时还是感到了厚重的沮丧，甚至觉得她是一个不会感动的人，她竟没有在合适的时候流露一种朱鸿所希望的暖意，这使朱鸿熄灭了自己的火。不过叶闯遵守了诺言，并未把朱鸿的体验告诉姚伶。于是这件事情就以自己特有的方式像一滴水似的渗透到岁月之中了。我呢，也再没有给她写信，打电话，进行联络，也再没有获悉姚伶的消息，当然也尽量避免知道她的婚姻与家庭。我不会嫉妒她的状态美妙，只害怕她的情况不好。但渗透到岁月之中的水却并没有为岁月所蒸融，恰恰相反，它聚于我心，清澈，晶莹，没有污染，而且只有我知道它对我是多么重要，它一直在怎样地滋润着我的灵魂。

我曾经在昌吉的车站告诉姚伶，有朝一日将送一尊唐三彩给她。唐三彩是西安的一种仿唐工艺，其造型往往以仕女为主，当时的西安人习惯于以它送人，以为它华贵而大方，所以我提出要送姚伶唐三彩。只是沧海桑田，春秋代谢，我的脸已经揉皱了，我的那张光华而饱满的脸已经没有了，这使我失去了信心，因为我觉得姚伶仍是亭亭玉立，窈窕淑女，有白玉般的温润与皎洁，遂不打算到新疆去了。如果赴新疆，那么我也会绕开姚伶。古人曰：昔年种柳，依依汉南；今看摇落，凄怆江潭；树犹如此，人何以堪！在我看起来，我是无法把唐三彩送姚伶了。我所能做的仅仅是，向她祝福，愿上帝保佑她！

（选自《天涯》2001 年第 4 期）

黄土地的心和梦

——论朱鸿的散文创作

田　刚

作为周秦人的后代，朱鸿生长在具有深厚的文化积淀的关中大平原。这里曾经是中国的京畿之地，中华民族最恢弘凝重的历史剧就在这里上演。或许是来自于这个古老文化母体的幽深处，朱鸿周身流淌着源远流长的文化血液，先天地具备着一颗善感的心灵和理性的头脑；或许是朱鸿生长在这个饱经沧桑的文明故地之上，朱鸿培养铸就了一种异于常人的历史感和现代意识，他似乎是义不容辞地承当了这种历史巨变的陈述者;或许是这块黄土地的厚重平实激发了他的艺术感悟,赋予了他内省、陈述、平直、质朴的思维方式和个性气质,朱鸿最终选择了散文这个古老的文体来作为自己抒情言志的手段和生命形态的表征。

朱鸿的散文创作开始于80年代初期。当时中国新时期文学的浪潮刚刚涌动,但它所激起的回响却激发了少年朱鸿的浪漫激情及表现自我的冲动,于是他决心以文学创作这种劳动方式来进行自己的人生探索。但与同时代许多同样也做着这种"文学梦"的青年不同,朱鸿对于文学创作却有着一种舍身求法的虔敬之心。他以自己的农民式的质朴和勤劳耕耘田地,并力求有所收获。十几年过去了,当大多数当时的文学青年被席卷中国的商品经济的浪潮所裹胁并过上庸碌实惠的世俗生活时,朱鸿却在寂寞冷清、蓁莽遍地的文学世界开辟了一片自己心灵的栖息地。迄今为止,朱鸿已有《朱鸿散文选》《爱之路》《西楼红叶》《白原》《关中踏梦》《歌以解忧》《张良论竹》《药叫黄连》《放弃》等多部散文集问世。通过这些作品,朱鸿建立了一个独特的话语空间和艺术世界。

文之魂:人道精神与现代意识的双重变奏

也许是早年在大学学习哲学专业的训练,培育了朱鸿过于早熟的理性的头脑。面对纷纭复杂的大千世界,他总想试图给予它们以更深刻、更究竟的理解和把握。因此,对于散文创作的文字启悟力和思想穿透力的艺术追求,使朱鸿从更积极的意义认同了中国传统的"文以载道"观。他说:"中国有一个根深蒂固的创作思想,便是文以载道,经过反复思考和比较,我觉得这个创作思想仍是合理而充满活力的思想之一。不同的是,时代变化了,所载之道要随之变化,即要载人的理解与沟通之道,人的尊严与高贵之道,人的权利与公正之道,人的解放与自由之道,人的文明与进步之道。这一切,都从人的生存状态及人对这种状态的反应之中发现和挖掘"。[①]在这里,朱鸿之所以抛弃传统的孔孟儒家之"道统"而张扬人道主义之"道统",是因为儒家所说的"道"主要是指以仁义礼乐为内容的社会政治之道或封建伦理道德。这种对散文思想主体功利性和教化性的强调,大大约束了作家心灵开掘的多样性和审美创造的丰富性。而人文主义之“道”,强调人、“人的权利、人的意志”,重视自我,表现出了对于人性解放的追求与呼吁。这恰恰与新时期“文学是人学”的时代主题相契合,为写作主题的个性张扬和精神独创提供了活动空间和现实可能性。因此,朱鸿的散文就载起了这个闪烁着理想光彩,充满了时代气息的人文之“道”。这个人文之“道”即使他的精神为之饱满,也让他曾因懵懂而平和的心灵永远失去了平静。

作为一个完整的思想体系或写作规范,起源于欧洲十八世纪的富于理性精神的人道主义话语之于朱鸿,更是一种人生信仰和价值规范,其不仅决定了朱鸿散文的题材的选择,也决定了这些作品的主题的开掘。不管是速写大自然的奇异景色,显微动植物的生命跃动,还是记录古老文明的遗迹,追忆故乡的风流人物,朱鸿总是努力捕捉和发掘其中的人文气息和人类生命创造的价值。在他的作品里,人及其所创造的文明不仅使这个世界充满生机和色彩,而且使其具有价值和意义。而对人及其价值的信念和关怀也构成了朱鸿散文奔突对峙的内在张力:一方面是强烈的忧患感和批判意识,另一方面则是温馨的回忆和诗意的倾诉。当这个世界作为一个“异化”的存在背离了作者的人道初衷时,它的作品又显示出了“金刚怒目”的一面。他蔑视人性的伪善、残酷和鄙陋,他悲悯庸众的愚昧、麻木与不仁,他愤慨统治者的荒淫、无耻与腐败,他困惑人生的虚无和生命的微茫。但当朱鸿的笔触一回到他的故乡和童年,触及到那些浑浊生命中的美好人性时,或者是追述古老文明的宏大与辉煌,表现我们这个民族的顽强的生命力和创造性时,或者是在描写周围石友们特立独行的性格及人生经历,表现他们不断实现自我价值的生命意志时,他的作品又表现出了温馨平和的一面。因为正是在这里面,寄寓了朱鸿对人性复归的期盼及对理想人性的认同,而他作为作家的想象意识和生命意力也在这里边焕发出特有的光彩。我认为朱鸿散文最成功的篇什大多是关于这类题材的。《药叫黄连》《我家的蟋蟀》《毛泽东之死》《白原》以及描写关中历史文物的系列文化散文《关中踏梦》就是这其中的杰作。《我家的蟋蟀》写的是作者在孤独和寂寞中倾听蟋蟀的感受。文章没有专注于环境的渲染,而仅仅着笔于“我与女儿”专注倾听“促织鸣东壁”的过程和情景,但在文章的结尾,作者将笔锋一转,写道:“那年,是1992年,在那年的秋天,我丢了两个爱我的人。”这样,小小的蟋蟀给人生带来的生趣,一下子被突现出来,浓浓的温情也流溢其中。《关中踏梦》系列散文是朱鸿有计划写作的文化大散文，在这里，八百里秦川极其蕴涵着深厚文化气息的名胜古迹成为作者的描写对象。这里既是滋养了作家本人的广袤沃土，又是展示过中华民族辉煌的汉唐故地。于是，作家的个体生命方与悠久的历史传统相接续，从而获取了巨大的精神滋养。本来，朱鸿所操持的"人的文学"观念更多地表现出对传统价值所支配的现存秩序的批判倾向，但逸出传统的流离感必然使他在思想上作出寻求更宏大的精神支撑的努力。这时，中华民族历史上有过的被鲁迅称之为"汉唐气象"的精神就在作家的笔下流溢山来，从而表现出作家对于故土故国的深厚情思。朱鸿作品中这种奔突难抑的内在张力，使其散文充满了催发创造的朝气和思想的厚度。著名作家贾平凹曾称朱鸿的散文"有大气、有静气、有清正之气"，正是从其作品中的人道精神来理解的。

但也应看到，朱鸿的人文之"道"，是建立在对这个世界充满信任和乐观态度之上的。他认为在这个世界上人们之间能够理解和沟通，人的尊严和权利能得以保证，人的解放和自由、人的文明和进步能够得以实现是建立在一个无需言说的潜在的假定之上的。这个假定即：世界对人具有意义。在具有理性精神的人道主义者眼中，世界是美好的，是有序的、统一的、完美的存在。人，是生而自由的。美好的世界与自由的人之间呈现为意义关系。人有认识能力，尽管人的认识能力有其限度，但人总能发挥主体能动性去不断认识世界、把握世界，寻找并达到世界的意义，从而走向真正的自由。但是，历史的发展和世界的呈现却使朱鸿的"人道"之梦陷入了空前的困惑之中。80 年代末，历史的巨变使朱鸿的个人生活发生了灾难性的变故。现实生活的打击使朱鸿所依持的人道和理性基石出现了裂缝。从 90 年代开始，朱鸿的作品中隐隐约约地透露出了另一个主题意向，这就是世界意义的消隐，个性自我的失落，统一的自我分裂为灵魂的碎片，乐观的追求挤压为悲观的呼救。这种话语，是与西方现代主义文学对现实和人生的态度息息相通的。作为现代西方 19 世纪末、20 世纪初的文化价值观念，现代主义表现出与西方人道主义世界观和人生观完全背反的态度，它否定人道主义者对世界及现实人生的乐观态度。而把眼光注目于世界及人生的负面影响。而朱鸿对现代主义价值观念的吸纳，并不是追赶新潮的感性冲动，而是从对人及其生存状态的关注中，从人道主义对现实人生的无力解释中进入现代主义的体验的。而现代主义的渗入，使得朱鸿散文形成了现代主义与人道主义的双重冲动和内在张力,其与新时期文学的精神脉搏是一致的。

文之韵:生命的律动和心灵的裸现

虽然“文以载道”是散文艺术的一个重要侧面,但散文从本质上讲仍然是主观内向的“抒情文学”。它不是一种逼真的“再现”,而是一种“表现”即心灵的倾吐的艺术。就像鲁迅的《野草》一样,一部伟大的散文著作应该是写作主体的情感史、心灵史,是作者生命的律动和心灵的裸现,是作者灵魂的栖息地和精神的寄居家园。朱鸿的散文就是这种“不拘一格,独抒性灵”的产物。他说:“我每时每刻的所见所闻,每时每刻的体验,我读书而发现的谬论和灼见,无不汇之于心,心有所思,使情有所动,遂有歌想唱,有怨要诉,以使郁结开其通道。”(《放弃自序》)也许是朱鸿的人生诉求过于强烈,致使他的作品因为缺乏必要的积淀、酝酿、构思而成为淋漓尽致、真率自然的心灵倾吐。尽管其不免有年轻人常有的浮躁凌厉,但却显示出了散文艺术应有的触物感兴,披心沥诚的“言志”本色。

朱鸿迄今为止的整个创作,以80年代的《爱之路》、90年代的《白原》及90年代末的《放弃》这三部散文集为标志,大致可分为三个阶段。这三部散文集不仅有概括性地显示了朱鸿这三个时期所探索及表现的人生命题,即青春的烦恼、历史的沉思和人世的忧患,而且还各自象征性地勾勒出了朱鸿的心路历程。“爱之路”是朱鸿早年浪漫激情的宣泄和倾诉。“少年哀乐过于人,歌泣无端字字真”,人道主义的理念使少年朱鸿大胆地向整个世界开始了他的“爱的奉献”,即使有青春的烦恼和爱情的惆怅,也掩饰不住作者笔下流曳出的强烈的生命欲求和饱满的情感急流。但现实则总有这样那样的不尽如人意之处,而人生更有许多不可避免不可超越的生命悲剧。90年代初,饱经命运打击的朱鸿进入人生的迷惘期。现实世界摧毁了他许多过去曾赖以支撑的人生信念。而这时,“白原”——这个隐含有作家个体生命体验及一个民族集体心理积淀的意象出现在朱鸿的视野中。从《白原》开始,继之以《关中踏步》,朱鸿的思想和艺术探寻开始由对现实世界的热情倾诉转向对中华民族的历史文化的追忆。关中是朱鸿的故乡,这里深厚的黄土埋藏着他在少年时代的“白日梦”。而这里又是中华民族的发祥地,民族文化的辉煌和衰落使得这块土地饱经了历史的风霜。因此,朱鸿的文化散文既是他站在20世纪末的文明基点上的对民族历史文化的理解审视,又是他在更扩大的历史文化领域发掘自我寻找新的人生支撑的尝试。在这里,人被消融在历史文化的语境里,显示出了其更深厚的人文色彩。但现实终归是现实,它时时会以不同的人生刺激提醒还沉浸在历史文化之梦中的朱鸿。90年代末,面对可以理喻但却难以通融的社会转型,朱鸿那颗被人文理想所膨胀,曾经显得异常雄壮热情的心灵终于不堪人生重负而疲倦起来。《药叫黄连》已经使朱鸿尝到了人生的苦味,而《放弃》仿佛是作家失望心灵的决绝回应,他是"放弃"这喧闹的人世,还是"放弃"原来的人文之梦?是寻找新的人生支点,还是展望未来生存的顶峰?"路漫漫其修远兮,吾将上下而求索。"朱鸿在困惑着,但他也在不断地追寻着。

文之体:个性话语的追求

朱鸿散文"载理明道"的特性并没有影响他对散文文采的追求,恰恰相反,人道主义的主体理念使得他在创作中特别重视散文的语言个性。他说:"散文要表现自我,用的是语言,但他要求富于个性的语言,它甚至要讲究语言的独特的句式和字眼。"(《药叫黄连·我的散文观》)可以说,追求散文的个性语言,试图建立一种个人化的话语空间是朱鸿散文创作孜孜以求的目标之一。

出于对"文革"时期僵化的散文创作模式的反动,新时期文学所具有的理想精神和批判意识,恢复了五四文学个人化的写作立场和抒情方式。"不拘一格,独抒性灵"成为这一新的时代的写作风尚。散文题材的选择、主题的开拓、意境的大小、文字的方式及语言的风格都成了作为作家个人的事情而不是国家意识形态所规定的范畴。朱鸿的散文创作就是这样一种个人化的写作。从自我出发,表现自我的感情、思想、学识和气质,使自我获得精神的解脱和升华,从而造成阅读的美感,这是其个人写作的重要特质。也许正因为如此,我们在朱鸿的散文中很难看到传统散文的思维定势和结构章法,所有的都是尽情地自我袒露和心灵倾诉。但朱鸿的"倾吐"不是导师式的强制训诫,也不是先知型的神圣布道,而是与读者之间的平等"对话"。仿佛读者就是他的知心朋友,他要向他们倾诉"衷肠"。朱鸿这种"对话"式的抒情方式,赋予了他的散文明白晓畅而不晦涩难懂、亲切自然而不装腔作势、随意宽松而不咄咄逼人的叙述风格和语言特色。他常常让自己的理性认知包裹在对生活事件的叙述中，使你在“润物细无声”中得到理性的升华。但一旦有了新鲜的发现和警策的思想，他也会在散文中出其不意迸现出来，给人以新鲜的刺激。为了使文章更富有神采，朱鸿在散文中也注重意境的营造。但不论是社会环境，还是自然景致，这些景色都是在叙述和抒情中自然涌现的，具有极强的主观色彩。这颇类似于王国维先生所说的“有我之境”。虽然朱鸿散文对意境的描写还不够深厚含蓄，更缺乏中国古典诗词意境中的神韵和风采，但有了作家自我的主观参与，使得其意境显示出了散文文体活泼灵动的特质。这也使得朱鸿的散文虽不精致但绝不让人烦腻，而愿意一篇接一篇地读下去。

孔子云：“质胜文则野，文胜质则史，文质彬彬，然后君子。”(《论语》)尽管孔子在这里论述的是儒家的人格修养、学问道德的境界，但若以之与散文艺术的内容与形式相对应，那么，“文质彬彬”则无疑是散文艺术的大境界。在这样的散文中，文字的叙述展现的是一种浑朴融通的气象和超迈凛然的胸襟。庄周、司马迁、苏东坡、鲁迅、周作人的散文就是这种大境界的体现。应该说，这种大境界始终是少年气盛的朱鸿心仪已久的。为了建立这样一个属于朱鸿自己的话语空间，朱鸿付出了艰苦卓绝的努力。早期的朱鸿散文，受到浪漫主义文学的影响，其中突出的个性、伤感的情绪以及对理想存在的不懈追求处处可见，而外倾式的情感抒发使得其早期的散文语言充满着梦境式的迷离和珍珠般的光彩。仿佛是灵魂的真实而无掩饰的袒露，其散文话语是质朴自然和粗糙凌厉的，散发出一种原始生命的朴野之气。从《白原》开始，朱鸿的散文语言开始进入一种新的境界。其以往的散文还是一般文章的“情景叙述”，作者自我感物咏志，有感而发，“我”和所叙述的情景缺乏一种时空的距离，自我在所叙述的对象中燃烧。这是一种“以我观物”式的叙述。但从《白原》开始，我从朱鸿的散文中看到了“史家”的叙述风范：

白原伸展于晴天之下，无声无息，一片宁静，干扰它的，主要是田野的风。路旁的树，井边的树，忽然会拍起稀落的叶子，但这似乎烦恼不了它，这俨然是它的一种抒情或一阵吟唱。干扰它的，往往是那疯狂旋转的风，它高高耸立而起，呼啸着，沿着一条邪恶的道路流窜。这灰黄的风，会将蓝天污染得肮脏而破碎。

“白原”指的是关中平原刚刚收割完小麦的原野。记录自己少年时代最熟悉的麦地意象，作者显示出了它特有的冷峻和凝重。由于时空距离的拉开，“白原”虽然还在被描写的境界里，但它已成了境界中的一部分。这是一种“以物观物”式的叙述方式。其语言凝重华赡、自然沉雄，其境界浑朴融通而无人工雕琢的矫饰，初步展现出朱鸿散文“文质彬彬”的大气象。

鲁迅先生说“世间本没有别的言说，能比诗人以语言文字画出自己的心和梦，更为明白晓畅的了”。朱鸿的散文，正是其用语言文字画出的自己的“心和梦”。这个“心和梦”不仅仅属于他自己，也属于他生于斯长于斯的那块黄土。

（原载《唐都学刊》2001 年第 3 期）

林宝

林　宝（1961—　），女散文家，广西桂平人。1977年高中毕业后到农场当工人，1987年调防城港区工委宣传部，翌年进防城港日报，历任副刊部副主任、主任。1996年毕业于广西民族学院，2000年被评为主任编辑，系防城港市文联副主席、广西散文家创联会副会长。

林宝上世纪80年代开始业余文学创作，并以发表散文为主，现已出版散文专集3部：

《冷月》（广西民族出版社，1993年）；

《永远的蔚蓝》（华艺出版社，2004年）；

《越南·山与海的唱和（东盟十国文化丛书）》（广西民族出版社，2006年）。

其中《冷月》获防城港市首届"金花荣工程"奖，《越南·山与海的唱和》获第14届广西优秀图书一等奖。另有《大海·女人·我》获1996年度全国报纸副刊优秀作品二等奖，被《广西文学》选载；《永远的蔚蓝》获1997年度广西报纸好作品一等奖，被《风生水起北部湾》（作家出版社）选载；《最美的乡村》获2004年度全国报纸副刊优秀作品一等奖，被《寻访生态家园》（百花洲文艺出版社）选载；《海犹如此，人呢》获2004年度广西新闻奖一等奖、广西报纸副刊为作品一等奖，被《广西文学》选载；还有《故乡很远》《悠远和时新的交集》《感悟红沙》分获2003、2005、2006年度广西新闻奖，《海风吹响一树榕叶》《承载着传奇和浪漫的城市》分获2003、2006年度全国报纸副刊优秀作品二等奖。评论林宝散文的文章主要有：

《海洋文明的颂歌——读林宝的〈大海·女人·我〉》（何浩深），《广西文学》1995年第12期；

《林宝：富有使命感和责任感的作家》（徐治平主编），《广西散文百年》民族出版社，2004年12月；

《大海的潮声——序·〈永远的蔚蓝〉》（凌渡），《防城港日报》2004年11月19日；

《冬日阳光下的海影——读林宝〈永远的蔚蓝〉》（沙虫），《防城港日报》2005年2月18日；

《水流任意境常静——读林宝〈越南·山与海的唱和〉随想》（曾解），《防城港日报》2007年1月31日；

《蓝天海影中的生命情怀——评林宝散文集〈永远的蔚蓝〉》（赵妍），《防城港日报》2007年3月17日；

《广西散文百年》（徐治平主编）有《林宝：富有使命感和责任感的作家》的专门评述，亦可参阅。

散文创作三题

林　宝

散文，与时代合拍

在我编完《永远的蔚蓝》之后，我在《后记》中写道："一切写作都是时代的写作。在我所选的篇什中，有数篇近乎科学小品，有数篇靠拢新闻。一来是聊备一格，认为'散文'也可以这样写；二来是迅速反映正在变革的社会，包括它的成就与遗憾。文学的功能，不应忽视唤起的力量，让人们感受到的不仅是华美的词句和雄辩的才华，还应该包括感情、智慧和创造。"

我生活在广西沿海的一个城市里，舒适、憩然而自在。这个城市面临浩瀚的北部湾，背倚秀美巍峨的十万大山，拥有中国西南地区的第一大深水良港，被誉为"西南大港，边陲明珠"。这里原来是一个小岛，两三千人口的渔村，曾是"海上胡志明小道"的始发港。当我来到这里工作时，还是一个极为幼稚的女孩，而这个城市的一切也都还在草创之中。在改革开放大潮推动之下，城市迅速崛起，日新月异的变化凝聚着无数人的劳动与创造，感情上、观念上、利益上的碰撞与交汇演绎了无数悲欢离合的故事。作为一个记者，我以全副身心投入到时代的变革中去，以敏锐的目光、深沉的思索、明快而自信的文字去抒写那令人目炫的斑斓生活。我写下了大量的散文作品，一方面让我的文字成为这个城市崛起的记录与见证；另一方面是我把对这方热土的挚爱，对改革开放所带来的自豪与幸福纳入其中。没有什么比与一座港口城市一起成长更令人愉悦的了。况且，20 年来我一直在一种美丽的环境中生活，得到了许多熟悉的或不熟悉的长辈、朋友、同事的呵护和支持，在这和谐氛围之中，也就养成了我大度、从容、温和的性格，行事作文总喜欢中庸之道。也呐喊，但更多是充满思辨；也激赏，更多的即回归和谐。落实到散文上，我常常以美为文，让自己，让别人感受到生活的美好、创新的伟大、真诚的可贵。我的文字有较快的节奏，如行云流水，于简洁、明了之中又不失委婉与细密。所谓“文如其人”，我觉得文与时代、文与环境、文与性格是密不可分的。生活在海边的人较为热情、豪爽和开朗，自然的丰饶和生活的富足，往往使他们缺乏百窍的心机。在这样的环境浸润日久，我的散文往往率性而为，不以技巧计，总欠那么一种深沉的悲凉与沧桑感，也许这是一种不足吧。

散文，大文化的结晶

作为记者，我必须面向整个社会，各行各业、各类个体，包括所谓的异类都是我笔下的对象，没有广博知识的支撑，没有深厚的文化底蕴，写一篇新闻报道尚且有难度，更遑论写见解独到的散文了。看鲁迅、林语堂等人的作品，无论是大小题材，都能举重若轻，点染成趣。那是因为他们学贯中西，文化典藏烂熟于心之故。一个人固然可以依据自己独特的经历、过人的技巧写出较好的文章，但若没有深厚的文化底蕴,接下去肯定会有江郎才尽的感觉。比如写一个企业家,你必须了解当时的市场行情,了解今后市场的可能走向,了解信贷、期货等一大堆东西。鉴于此,我一直把学习与读书作为谋生之道和提高写作水平的必经之路。

2006年,按照中共广西区党委宣传部的要求,广西民族出版社策划出版《东盟十国文化丛书》,作为"十一五"建设"文化广西"的第一批图书项目,也是作为礼品献给"中国——东盟对话15周年纪念峰会"在南宁的召开。这套丛书每个国家一个分册,要求作者在尊重事实的前提下,采取散文的形式,以文化为中心,去写有关国家的自然、地理、历史、民族、宗教、文艺、民俗等方面的状况。我接受了越南分册的写作任务。虽然我与越南是比邻而居,也曾数次到越南旅游过,对它的国情、民风、民俗略有了解,但对于一个有着数千年历史、人口众多的国家还是不甚了了的。好在我平日对越南的政治、经济、历史、文化就有所涉猎,接受任务之后,又广泛地从书籍、网络等方面收集资料,并加以细致而深刻的研究,逐渐使整个越南,包括它的历史文化在我的心中变得鲜活起来,从而不辱使命,按质按量完成了写作任务。我之所以举了这个例子,不仅是因为《越南·山与海的唱和》是我较为成熟的散文作品,还因为这本书体现了作者较为深广的文化积累。没有持之以恒的读书,或仅仅只读文学书,要成为一个优秀的散文家是不可能的。

散文,心灵的契合

散文,既可以拿起画眉的细毫,工笔地为自己的爱情、友情、亲情留下一个难忘的剪影,又可以举如椽大笔,浓墨重彩,抒写世间变幻的风云。其中,无论是写景叙事、状物品人,必然会与心灵契合。在《川女曲》一文中,我这样写道:"成都这个具有'江山之秀、罗锦之丽、管弦歌舞之多、伎巧百工之富'的地方,成为仅次于江南扬州的大都会。当时,士大夫们都沉湎于声色犬马之中,召唤歌妓陪诗陪酒成了上流社会不可或缺的追求，流风所至，也就使薛涛这样的才女脱颖而出，成为大牌明星。有明星就有追星族，虽当权者或大文人也不能免俗。据史籍记载，包括白居易、牛僧孺、裴度这些大佬级人物在内，常与薛涛来往的社会名流就有数十人。我们可以确信她的家庭成了文艺沙龙，赋诗、唱和、泼墨、献舞；流派的分野还不自觉，党同伐异还不厉害，也许因为主人慷慨，手段高超，史书未见有争风吃醋闹小家子气的事，反倒是创作出了许多可以流传下来的好诗。”我写薛涛，自然不是比照自己，但近年来目睹过各类明星、各式之人的种种秽行，不得不有感而发。在《镇江寄情》一文中，我借白蛇传的故事浇自己的块垒：“以我一孔之见，中国一等一的爱情故事是《白蛇传》。我到镇江游金山，一个重要的因素是重温通俗文化给我少年时期带来的梦想。一条白蛇一条青蛇，是何等的超凡脱俗，她们的理想自然是成佛成仙。但一旦来到人间，自由的心灵便被爱情羁绊住了，从此生出无数的磨难。不怕身犯重险上昆仑山盗仙草，不怕水漫金山与神佛决一死战，甚至不降不逃宁可被永镇雷峰塔下。小时不识爱滋味，只感到新鲜好奇，日后才知道真爱难觅，是文人们借助超自然力，树起一座爱情的丰碑。”在从容自如的描述中，我的心房何曾不是悸动而苦涩的呢？

我喜欢真诚待人，一切矫揉造作的东西，都不会出现在散文之中。我为许多女人的理想情操、生存状况而担忧，于是写下了《大海·女人·我》；我为人祸所造成的生态恶化而焦虑，于是写下了《永远的蔚蓝》；我深切地怀念那些把青春完全地贡献给一座新生的城市，为了它的明天而渐渐老去的人们，于是写下了《面向大海的骄傲》；而我呢，则是秉承一颗宠辱不惊的平常心，笑看风生水起、潮涨潮落。淡泊的散文如我，我如淡泊的散文。

自选作品

大海·女人·我

所谓地球，其实是水球、海球。从宇宙的高处往这里看，崇山、大漠、森林、平原、长河、城市，无非是悬浮在海平面上那么一丁点儿的东西。

人类自大海的胯下诞生之后，历经大约五十万年，不无骄傲地宣称："我们征服了地球！"在许多坚硬的山体上，勒石记功，以显示他们的作为。

但大海对此却不屑一顾，没有留下多少人为的痕迹。世世代代，一批批船舶倾覆了，一个个城市沉沦了，连历次惨烈的海战，明察秋毫的考古学家也找不到当时的漩涡。哪怕最具威力的切割与冲撞，也休想在海面上刻下固定的几何图形。

而大海，却能把陆地划成大大小小的板块，不经意地抛掷四方，任其飘流，又很分明地创下了一系列的"海洋文明"。如，地中海文明，大西洋文明，太平洋文明，或许将来还有南北极文明。这些人类自鸣得意的陈迹，不过是大海随心所欲的赐予。它们变迁、延续和泯灭的神秘，都操纵在大海看不见的手中。

也许与水是"自由元素"有关，凡是被海洋文明的波涛拍击过的地方，关闭和封锁的链条或迟或早都会脱落，藩篱会拆除，大门会打开。看似是不可逾越的海水，实在是最便捷的通道，终有一天各民族走出山的隔离，河的隔离，人为的隔离，各种肤色融合在一起，逐渐衍成明洁的蔚蓝。令人畏惧的水的窒息，孕育的却是无比活泼、无比新鲜的生命，把灰暗的专制条石，浸润成宽松的黑土，可以耕耘，可以播种，长出的不是什么酸硬的学说，而是一棵结着进步与繁荣果实的长青之树。

评说大海并不是一件容易的事。她的壮观和活力是无与伦比的。她的源头何处？她的质量几许？她的聚合与分裂是否可造出无数地球？我放弃了站在上帝的门槛前提出一万个“海问”的痴想，深情地生活在海边，日复一日地读着大海的天性：她涵复无边，但不泛滥恣肆；她深邃难测，却又亮丽清纯；她呼风唤雨，倒是动静有度。哦，若是说都一样是“水做的骨肉”，大海与我们女人又何其相似！她极肖那千千万万为了生活而辛苦劳作，为了生育而不怕坠入深渊，为了今生与来世的幸福而挣扎前行的女人。她极肖那千千万万已经做定了母亲或者将要做母亲，承载着无数美丽与污秽，生命与寂灭，永恒与短暂的女人。

多少次，我如同一片落叶，沾着闹市喧嚣和人际怨喃的尘土，无奈地来到海岸。很远，很远，便听到了大海的呼吸。那是一种自在的节拍，一种纯为天然的音响，一种不受狭窄感情所支配的演说，一种摆脱了原始欲望的爱的呼唤。这种音色，不像花的幽怨，不像泉的凝噎，不像山谷的怪诡，不像雷电的粗暴。在我人生的体验中，只在儿时母亲那散发着乳香和腋味的呼吸相类比。每每，我会很快觉得释然，还产生通体透明的感觉。难道大海的叱咤与咆哮是由于名利引发的愤怒吗？为什么我们不能在无为中去寻求平衡，以获得美满和愉悦呢？

有时候，我如同一只折了翅膀的彩蝶，带着爱情的落寞和青春的惆怅，疲惫地歇脚在一艘搁浅了的小船上。小船如我，是搏击后的倾仄，是风光后的老化；我如小船，是拥有后的休闲，是潇洒后的慵懒。我爱慕大海，她是何等的自信，何等的雄视，何等的胸怀呵！南国五月的大潮，把一艘艘商船护送上银白色的大道；把来自陆地的白色污染、黄色污染、黑色污染卷入海底；让几个滑浪的孩子，经过多次的颠簸之后，终于在浪尖上发出怡然的大笑；将一对握着旧船票的痴男怨女送上阒无人烟的海上钓鱼台，去体会发酵过了头的爱情那种独特的酸味。偶然和必然其实都属于同一法则，地球要是有什么可以算作“不老”的话，那就是海！她是永恒的运动，永恒的变幻，永恒的光辉。

大海在不懈地改变地球,她养成了宜人的气候和环境,培育了新的物种和群落,提供了丰富的物资和能源,增添了美丽的城市和广阔的人类活动空间,甚至——还变更了我们的思维方式和就业观念。

大海也不忘记惩罚和警戒:她绝不容许任何霸主控制海洋。许多海上霸王的衰亡常常是由于偶然,那纯粹是大海的恶作剧。她还不断制造麻烦,如风暴潮,如厄尔尼诺现象,都是对人类无知与妄为的嘲弄。

大海自有她的本色,在蔚蓝的底板下,并不缺少赤橙黄绿青蓝紫;大海自有她的风度,波的跌宕,浪的回荡,动静间仪态万千。自然,她听不懂我们的说三道四,不会因媚俗而曲意取悦我们。她不可能谈论人类,也不可能指谪妇女。

但是,我绝对相信,生命无处不在,灵魂无处不灵,在海魂的引导下,我和我的姐妹们一定会成为有高度意义的生命!

(选自《广西文学》1995 年第 8 期)

门轻轻地敲

又是桃红柳绿的季节,时令的更替催落了满天的风雨和一地的忧思,落花流水,行人匆匆,车子日夜兼程,门铃响了,不知谁在寻找归宿?

许多门都在紧闭着。无人应答,无人开门,一任铃声在细雨中颤抖。我知道什么叫失望:一步之遥,三尺之门,铃声盈耳,人未熟睡,却不得其入!此时回首,已是四野茫茫,突然愁绪袭来,不知身居何处。

门是一种生存的现象。世上没有无门的地方,包括天堂与地狱。一扇扇的门分隔了穷富寿夭生老病死;一扇扇的门分隔了人情冷暖送旧迎新;一扇扇的门分隔了云舒云卷潮起潮落。众人之门,众神之门,天堂之门,地狱之门,艺术之门,官场之门,贸易之门,健康之门等,无一不集纳收藏着不可向外人奉告的秘密,分解、切割、蹂躏了人世的自由与平等。雨夜,徘徊在十字路口的人,你会饱尝无门之苦无门之难,你会觉得雨正越下越大。

门是以多种形式存在的,大大小小,或简易,或复杂,或敞开,或闭锁,或虚掩,或以石狮守门,或有花篮迎客,或大书四字:“闲人莫入”。我曾进过穷人之门,家徒四壁,破椅积尘,叹对冷灶,一脸无奈。是主人的懒惰还是门的罪过? 富裕和健康也许从这家门前走过,却没有进来。我曾进过诗人之门,这里的月亮是太阳,这里的太阳是月亮,天马行空的思维,一样的吃喝拉撒。门是幻化了的门,闪烁着激情与梦幻。我曾走进过众神之门,他们也喝酒,他们也跳舞,他们也受贿,坐的是旧板凳,墙角旁摆着几把旧刀枪而已。彩塑就是他们的护身符了,经不住雨淋,特别是乍暖犹寒的春雨。

许多人很关注着门里的东西。仁心宅厚的人轻抚着门里的冷暖,不要饥饿,不要疾病,让每家每户都充满欢乐。居心叵测的人紧盯着门里的动静,耳鬓厮磨的动静,一颦一笑的动静,一茶一饮的动静。此时,门是屏障,是安全,是保护神。追求美丽的人遥看着门里的风景:云行,鸟啼,日升月落;春花,秋果,飒飒天籁。观察着一页页风景的变迁和眺望着绮丽的明天,哪怕在雨中,他还在等待熟悉的倩影。

很小的时候,我就期盼着走进一座敞开的大门。花园? 公园? 高雅的殿堂? 在一个幼稚的心灵里,不可能承受太多的挫折与苦难,眼睛所张望的应是一个充盈着平等与机会的世界。人之所以变得世故粗俗,眼睛之所以变得混浊无光,常常是因为天真的泯灭与失望的打击。我十分希望,我可以唱着歌进去,昂着头出来,种自己喜欢的花,栽自己喜欢的树。我也欢乐,也富有,也拥有和珍视自己的思想,而且,真诚地接受别人的爱与怜,拥护及爱戴。还有梦吗? 一夜桃花雨,不知是酸是甜!

门的准入需要条件。年龄是一个,健康是一个,相貌是一个,才识是一个，背景是一个，这叫做没有免费的午餐，也叫有偿门票，不少门准入门槛很高，普通小女子休想入内；不少门属于特权，仅靠个人奋斗还不够；不少门外观堂皇，里面却空空如也，不进去也罢。但更多的门却是可以敲开的，美貌可以是敲门砖，知识可以是敲门砖，金钱更是敲门砖——金砖，比如，北大清华的大门，只要有钱，分数低一点，也无所谓呀！过去，随着年岁的增长，特别是人到中年之后，一扇扇大门都向你陆续关闭了，如跳芭蕾舞，如上大学，如登飞船，如青春永驻。这使得不少人过早失意，过早衰老，过早退出人生的竞技场，缤纷多彩的人生，仿佛只有短短的十年八年。如今，科技的发达，财富的累积，社会的进步，已打破了许多固有的陋规，那些已向你关闭的门又重新打开，只要你拥有准入的证件。正如桃花，不仅仅是属于春季的物候了，在科技栽培之下，人面桃花可以相约在任何季节。

一年年过去，许多门我是进过了，许多脸我是看过了，许多景我是读过了，许多雨我是淋过了，热也热透冷也冷透过了。有的让人留连，真的好想一坐。有的不值得进去，就是从旁边走过也嫌恶心。我的经验是，要进，就得堂堂正正，不要走歪门邪道。别把哪家的门看得太高贵了，只要你愿意，就轻轻地、耐心地敲吧。

有一扇门我从来不敲，听任桃花在院中独自寂寞！

（选自《广西文学》2003年第6期）

大海的潮声

——序《永远的蔚蓝》

凌 渡

展卷细读，我们会发现每一个人都有自己的生活轨迹，林宝也不例外。从《无愧海洋》《沧桑》《成长的城市》等许多篇什中，我们总看见一个女子清丽的影子，或热情洋溢同别人说起防城港的过去与现在，或默默地一边穿行于港口旧日街巷，一边拾起她已逝去的激情岁月。这个女子不是别人，正是林宝。她和防城港结缘。她的青春年华随着防城港从这片苍凉土地崛起，逐步走上繁荣昌盛而时渐褪去。二十多年光阴转瞬即逝，可以这样说，林宝完全把她的黄金岁月贡献给防城港这个中国南方最年轻的港口城市了。而港口对她的回报，是丰厚的生存环境，是为她舒展了一条充满了活力的人生道路。她的散文就正是在她这样的人生道路上春风化雨，破土而出，日臻成熟的。

因此这个新集，继《冷月》出版之后，即将问世。

林宝在《无愧海洋》中无不感慨，“在海边生长吧！防城港有着充足的条件：金黄、蔚蓝、纯净与忠诚。”金黄是美丽的海滩，蔚蓝是明净的天空，纯净是浩瀚的大海，忠诚是她和防城港其他建设者的精神境界。所以在这沉静的书斋里读她十年来新写的散文，觉得字里行间，不时迸发出大海的潮声，而最诱人最令人感奋的是，在大海訇然的大潮里，我们还真切地听见了她发自肺腑的心声。

林宝是用心灵去感受大海的，而又从大海里得到启迪，诉说自己真实的心灵，宣泄自己真实的情感。散文最难能可贵的正在这里，把作者一个真实的自我交给读者。林宝的许多散文都同大海有关，但她巧手摭来，借助海的种种，阐述自己对世态人生的看法，是爱或恨，欣赏或反对，坦然剖析自己，表白自己的心迹。《大海·女人·我》《人在海边》《冬日下的美丽》《门轻轻地敲》等一系列篇章，用流畅洋溢诗意的语言，塑造了一颗纯真清丽的灵魂。这是林宝自己给人们掏出的一颗真心，撒出的一片真情。《人在海边》写两条小小的胭脂鱼，有多少次潮涨潮落的际遇，但它们都将投身大海的机缘放弃了，即使人们好心把它们抛进海中，它们还是趁下一次涨潮游回海滩里自己的“沙窝”。理寓于事。结果林宝这样写道，“我还学会了为自己的人生定位，明白了自己是一尾小鱼，一尾已懂得思考和珍惜自己身价的小鱼”，“从某种意义来说，能安于现状，不张扬自己也是一种美德”。其实人世间特殊人物毕竟是极少数，做一个能勇于挑战生活，而又不张扬自己，默默地为社会、民族发点光和发点热的寻常百姓，芸芸众生，又有什么不好呢！“安于现状”，不跳槽，还不是坚持自己原在的岗位么！在《安乐之命》中，林宝正好正面回答了自己的处世态度：“若有人问我活着是为了什么？我就是‘缘分’二字而已。缘是天意，是社会与自然的综合，是必然和偶然的碰撞;分是本分,是自知,是明了境遇、找准位置、发挥潜能。""所以有机会的时候,就拼命地读、拼命地写、拼命地干,在社会挣得一席之地,赢得个温饱安乐之命。"我曾在她前一个散文集《冷月》出版时,说过《冷月》这篇散文开始了"使林宝的散文由外向型走进内在型也就是深入自己心灵与气韵的境界"的转换。现在完全可以指出,她的散文正朝着这一走向不断拓展,深入。这种自我的审美意趣,让林宝的散文告别了过去比较单一的审视思维,提升到另一个新的艺术平台,扩大了自己的散文领域,因而她心灵的放纵,她的人格力量,借助她的想象,行云流水的语言,更自由更睿智地跃然于笔墨之中了。

不仅如此,这期间,还促进了林宝的视野超越了防城港这一片土地这一泓北部湾,延伸向她所能触及到的广阔世界。于是对生活的多层次观照、思考,对散文艺术的多元追求,大大丰富了她的审美体验,充实丰富了她的散文,不论在内容上或形式上的表现。

关怀生命,赞美生命,是林宝散文常见的一种选择。如"我多次发现,许多海生植物与海洋生物,总是倾情大海。生命力特别强悍"。"其实,不是植物本身的特异,而是大海激荡着、澎湃着的生命因子,给予它们——还有我们。"(《海兰》)又如赞美追求生命自由、张扬生命的某种体验的《那晚,在海中》;表述一种生命合理生存方式的《红树林情结》;褒奖那种"自爱而露,自怜而脱,自悦而穿,自我而乐"自由与坦荡的美的生命意识的《亲近海滨》。这一些散播生命意义的散文,作为林宝的一种情感方式在转化成文字后,在她不少散文里不同程度的呈现。对于人生,对于现存的生活状态,林宝表现出少有的热情,投下极为关注的目光。以致读这些作品,立即让我们窥见到了我们时代的某种影子。同情、赞赏从农村流入城市谋生"一个没有法定位置的都市村庄"的农民(《城市菜园》);关于钱的认识、理解与体验,通过这篇随笔,林宝结合古今社会的种种不寻常现象,一针见血写道,"对于钱的理解,我更多地把它看作是一种工具,在不同类型的人手中会有不一样的结果。智者会开启幸福,贪者会开掘罪恶。""钱,原本是以多种方式、多种形态而存在的,有时是水,有时是火,有时是光荣,有时是耻辱,随着社会的常规或人的变异,钱更是充满难以预测的变数。"还有如《海风吹响一树榕叶》《醉在金滩》《三月,暖风晴日春正浓》《故乡很远》《买菜禅》《今年台风没有来临》《诚信的高贵》等等,都是抒发和反映寻常生活中的不同情感,有批判的，有同情怜悯的，有赞赏的，有感奋的。由于生活复杂多变，有欢乐也有悲伤，这样，有道义感有责任感的作家，不可能没有忧患意识。其实那是关爱生活的一种良知的反馈。在林宝的笔下，这种闪动着人性亮点的人文精神，不断在释放和延伸着。一幅美丽的“风俗画”被过热的泡沫经济撕碎了的《无法复原的记忆碎片》；担心生命在时尚生活中变味的《知道下雨吗》；抒发人类为获得自由的代价是封杀其他物种生存空间的结果的《最后的一双燕子》。对生存环境的担心、忧虑，在《永远的蔚蓝》里写得尤为精致。这是一篇蕴含生态文化，情真意切的散文。在写完人类社会自我目标的过度膨胀，致使“银盘似的海岸带被打碎了，整个生态都受到了严重的伤害，经过了亿万年才磨合成功的生物链在瞬间被粗暴折断”后，作品回头写了自己：“许多年前，我有过梦想，希望自己是一条山溪，染着一路的绿色，带着一身澄彻，像小女儿一样扑进大海母亲的怀里，享受厚爱和珍惜。……”结果呢，“梦想渐渐被现实隔离”，甚至要在“泥淖”里“进行着无助的挣扎了”。泥淖显然是一种隐喻，是充满物欲的社会泛滥开来的恶习，将“绿色”和“澄彻”那种人性的纯真、良知，也削蚀得叫人痛心疾首而又无可奈何了。

作为女性作家，林宝的散文女性主体意识强烈，女性话语色彩自然十分鲜明。不论在作家自己的人生体验，内心独白，感情外化的涌现，或在作家视野中的各种女性，她们的生态作为，命运的绚丽或暗淡，欢乐或忧愁，都有过生动的表现。她写大海，“大海与我们女人又何其相似！她极肖那千千万万为了生活而辛苦劳作，为了生育而不怕坠入深渊，为了今生与来世的幸福而挣扎前行的女人。她极肖那千千万万已经做定了母亲或者要做母亲，承载着无数美丽与污秽，生命与寂灭，永恒与短暂的女人。”(《大海 · 女人 · 我》)她写自己，“最近有人对我说，你适合当尼姑，也许是。我从小就喜欢淡雅，不爱繁丽，喜欢思索，不善行动。禅院无尘，木鱼有声，在一种温馨祥和的氛围中阅读经典，穷究天道人生的奥秘，也是一种乐事……”(《看看那片闲云》)她写别的女人，“这三人是中学时的同学，一样的嫌妍美貌，一样的能歌善舞，一样的多才多艺；大学毕业后，一样的自尊自重，一样的卓有建树，一样的淡泊名利；曾为记者，曾为医生，曾为教师，干的尽是天底下最深受人敬重的职业；在爱人的怀抱里，在大众的审视下，她们又是本市最漂亮的女人，从年青直到暮年。但是，珍爱自我，珍爱独立，珍爱美丽与善良的个性，最终她们成为中国传统的另类”(《春华秋实》)。女人的事，女人独特的心灵感受，女人细腻的情感宣泄方式，都承载在林宝清丽而又深含文化品位的散文里。

林宝也写花草虫鱼。但她遵循托物言志。“情动于中而发于外，心多所感而印于物。”如在《平常人对平常草》中，她写海边常见的植物海薯，却是借海薯表达“人必须有独立自如的生活方式”，那种自尊、自信和自强的人文精神；林宝也写游记，然而她的游记散文并不是复制自然原态，而是真切表现了自己在山水风光面前独特的生命体验与心灵感应，如《川女曲》《二分明月在扬州》等等。

写作散文，林宝谙知艺术的感化力量，因此她比较讲究构思谋篇，所以她的散文文思充盈，造工相当精巧。林宝知道语言美的魅力，因此她的散文文辞力求隽永、流畅，充满诗意，所以她写人、写物或其他，形象生动，格调清秀，情韵有滋有味。

掩卷之余，静心思想。无奈时遭溽暑，大汗淋漓，头脑混沌，只得求助于冰镇凉茶，一时通体欢畅，神清气明。不觉触景生情，读林宝散文，感受亦如斯耳。作品能使人读得下去，而卒章又能叫人心领神会，这确实是件不容易的事了。然而写作如春种秋收，凡有志的耕耘者，收成以后，心中期盼着的将又是一个春天了，难道不是这样的么！

而这对林宝来说，当然是最好的鞭策。

(原载2004年11月19日《防城港日报》)

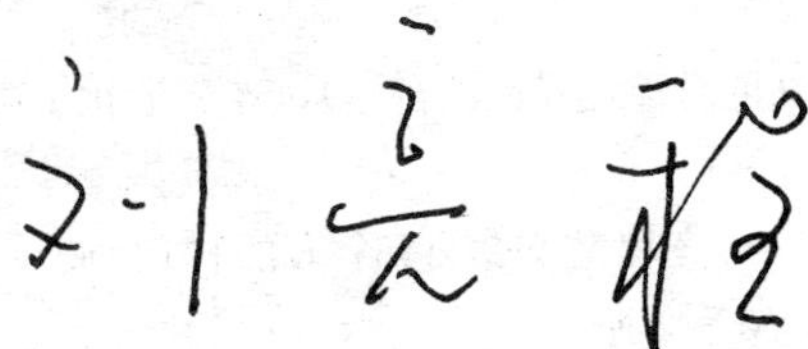

刘亮程(1962—)，诗人、散文家，新疆沙湾县人。做过农民、乡农机管理员、报刊编辑等职业，现为新疆维吾尔自治区作家协会专业作家。

刘亮程在上世纪80年代开始文学创作，1982年在《新疆经济报》文学副刊发表第一篇散文，现已出版散文专集7部：

《一个人的村庄》(新疆人民出版社，1989年初版，多次重印)；

《人畜共居的村庄》(台湾上游出版社，2000年)；

《风中的院门》(上海文艺出版社，2001年)；

《正午田野》(云南人民出版社，2001年)；

《库车行》(河北教育出版社，2003年)；

《一个人的村庄》(全本)(春风文艺出版社，2006年)；

《驴车上的龟兹》(春风文艺出版社，2006年)。

另有诗作《晒晒黄沙梁的太阳》(新疆人民出版社)、长篇小说《虚土》(春风文艺出版社)面世。

刘亮程的散文，有《一个人的村庄》(散文集)获“冯牧青年文学奖”(2001)，《库车行》获《中国作家》“大红鹰文学奖”(2003)，《先父》获《人民文学》优秀作品奖(散文)。自1999年第5期《天涯》集中刊出南帆、李锐、李陀等评论刘亮程散文的一组文章后，多种报刊相继刊登多篇评文，作者被誉为“20世纪最后一位散文家”、“乡村哲学家”，中央电视台《读书时间》及《南方周末》《书屋》等也对刘亮程散文作了宣传报道。主要评论文章有：

《围绕着铁锨的世界》(南帆)，《天涯》1999年第5期；

《刘亮程的哲学》(蒋子丹)，《天涯》1999年第5期；

《文字的尊严》(李陀)，《天涯》1999年第5期；

《来到绿洲》(李锐),《天涯》1999 年第 5 期;

《自然对我们的意味》(方方),《天涯》1999 年第 5 期;

《现代进程之外的乡村呓语——评刘亮程的散文》(沈义贞),《文艺争鸣》2000 年第 3 期;

《试论刘亮程散文的哲学境界》(董自厚),《连云港化工高等专科学校学报》2001 年第 1 期;

《灵魂的领地——刘亮程散文集〈一个人的村庄〉阅读札记》(周鸿、刘惠敏),《当代文坛》2001 年第 4 期;

《不可替代的刘亮程》(徐怀中),《当代作家评论》2002 年第 1 期;

《刘亮程的村庄》(周立民),《当代作家评论》2002 年第 1 期;

《生命意识的焦虑——评刘亮程〈一个人的村庄〉》(摩罗),《社会科学论坛》2003 年第 1 期;

《灵魂于何处安居——刘亮程散文中的宗教情怀》(王晓岚),《当代文坛》2003 年第 3 期。

《论刘亮程散文创作中的二重文化心理》(时国类),《文艺评论》2003 年第 3 期;

《原始思维 · 诗意地栖居 · 现代焦虑——刘亮程心态散文浅析》(李晓华),《当代文坛》2004 年第 3 期;

《安放灵魂的家园——浅释刘亮程散文的美学意义》(李晓华),《当代文坛》2004 年第 6 期;

《浅析刘亮程散文的美学价值》(张海兰),《美与时代》2006 年第 3 期;

《诗意地栖息在乡村——读刘亮程的散文集〈一个人的村庄〉》(刘宗礼),《山东文学》2006 年第 7 期。

插图本《中国当代散文史》和《中国新文学史》(上)有对刘亮程散文的专节评论。另有评论文章结集《乡村哲学的神化——刘亮程现象的反思与争鸣》(何雄飞编,新疆人民出版社,2003 年)可参阅。

对一个村庄的认识

——与诗人北野的对话

刘亮程

一

北:你是以散文集《一个人的村庄》(新疆人民出版社,1998 年版)引起注意的。在那本书中你曾说:“我全部的学识是我对一个村庄的认识。”而你的那个村庄,就是你度过童年、青少年时光的沙湾县黄沙梁村。你认为你的村庄在世界的中心,还是在世界的外面?它和当今世界有无关系?有什么关系?

刘:每个作家都在找一种方式进入世界。我们对世界、人生的认识和理解首先是从这个世界的某件东西开始的。村庄是我进入世界的第一站。我在这个村庄生活了二十多年。我用这样漫长的时间让一个有许多人和牲畜居住的村庄慢慢地进入我的内心,成为我一个人的村庄。

每个人都有自己的村庄。

我们用一生的时间在心中构筑自己的村庄,用我们一生中最早看见的天空、星辰,最先领受的阳光、雨露和风,最初认识的那些人、花朵和事物。当这个村庄完成时,一个人的内心世界便形成了。这个村庄不存在偏僻与远近。对我而言,它是精神与心灵的。我们的肉体可以跟随时间身不由己地进入现代,而精神和心灵却有它自己的栖居年代。我们无法迁移它。在我们漫长一生不经意的某一时期,心灵停留住不走了,定居了,往前走的只是躯体。

那个让人心灵定居的地方成了自己的一个村庄。

心灵总是落后与古老的。

我们相信、珍爱心灵，正是由于它落后而古老。现代生活只是一段躯体生活，它成为“过去”时，心灵才可能缓缓到达这里。

至于现实中的那个村庄，它曾经是我的全部。当我出生时，世界把一个村庄摆在我面前，这跟另一个人出生时，眼前是一座城市、一片山林，抑或是另一个国度一样，没什么区别，重要的是一个人的生命和他对生存世界的体验由此开始了。生活本身的偏僻与远近，单调与丰富，落后与繁荣，并不能直接决定一个人内心的富饶与贫瘠、深刻与浅薄、博大与小气。

我相信在任何一件事物上都有可能找到整个世界，就像在一滴水中看见大海。

展现博大与深远的可能是一颗朴素细微的心灵。那些存在于角落不被人留意的琐屑事物，或许藏着生存的全部意义。对一个作家来说，没有偏远落后的地方，只有偏远落后的思想。生活在什么地方都是中心。你能说出长安街旁一棵被烟尘污染得发黑的松树离首都生活到底有多远吗？而长在深远山沟里一棵活生生的不为人知的青草不正生活在整个生存世界的中心吗？

当人们在谈论《一个人的村庄》时，这个村庄便已经成了中心。

二

北：请向读者介绍一下你的个人经历、你的文学观和你对造就一个优秀作家的基本条件的看法。

刘：我在天山北部古尔班通古特沙漠边缘的一个小村庄里度过人生最初的二十多年。放过牛，种过地，上过几年初中。后来在乡农机站当农机管理员，一当就是十几年。这份差事相当于大半个农民。虽然不用下地干活，但一年到头大部分时间也还是在田地里转。所以说我是个农民肯定是没错的。

其实经历本身并不重要，我们那一村庄人，和我经历了大致一样的生活。他们都没去写作。到现在种地的还在种地，放羊的还在放羊，只有我中断了这种生活，跑到了别处。远远地回望这个村子，我更加清楚地看见了它们：尘土飞扬中走来走去最后又回到自己家里的人、牲畜，青了黄、黄了又青的田野。被一件事情从头到尾消磨掉的人的一生，许多事物的一生，在它们中间一身尘土，漫不经心又似一心一意干着一件事情的我自己……这些永远的生活在我的文字中延续下去，那些没干完的活我在心灵中一件一件完成着它们。

生活本身启发了我，使我有了这些文字。

我生活，说出我生活的全部感觉，这就是我的文学。我不太在乎别人说了什么。对我而言，真实生活是从我开始的。我自己的感受才最有意义。作家都是通过自己接近人类。每个作家都希望自己最终发出人类的声音，但在这之前他首先要发出属于自己单独的声音。

有人问我对自己没上过大学，没受过高等教育是否遗憾。我认为对一个写作者来说，最高等的教育是生存本身对他的教育。你在大学念书那几年，我在乡下放牛，我一样在学习。只不过你们跟着教授导师学，我跟着一群牛学。你们所有的人学一种课本，我一个人学一种课本。你们毕业了，我也学会了一些东西，只是没人给我发毕业证。

除了书本，我们已越来越不懂得向生存本身，向自然万物学习了。接近生存在这个时代变成了一件十分困难的事。人类的书籍已经泛滥到比自然界的树叶还要多了。真实的生存大地被书页层层掩盖，一代人从另一代人的书本文化上认识和感知生存，活生生的真实生活淹没了。思想变成一场又一场形成于高空而没落到地上的大风，只掀动云层，却吹不走大地上一粒尘埃。能够翻透书本最终站在自己的土地上说话的人越来越少。更多的人一生生活在一本或一大摞书本之上，就像养在瓷瓶中的花木，永远都不知道根在广阔深厚的土地中自由伸展的那种舒坦劲。

我并不是说作家可以不去看书，这个时代除了书你还能去看什么呢(电视、电脑也是另一种书),书已经过剩得使读书早不是什么问题了。但却使书本身成了我们面对的一个大问题。

至于造就一个优秀作家的基本条件,我想这跟长成一棵大树差不多,有深厚的土壤,有水、阳光,有足够长的时间,而且不被人砍伐,就可以了。可是,我们看到许多作家几乎所有条件都具备了:有丰富的阅历,深厚的学养,知识、勤奋、文字表达都到家了,却最终没写出半部像样的东西。可能所有这些条件并不能使人更深切地接近生存,反而阻碍了他。

三

北:你早年的诗歌创作,也是一枝独秀的,许多论及西部诗歌的专著都开辟专节论述了你的诗。如果我没有记错,你写诗的历史不下十年,而写散文才仅仅三五年时间,为什么散文会后来居上呢——至少从轰动效应上看?

刘:我的诗和散文是一体的,不过是思想的两种表达方式。我写了十多年诗,大部分诗歌也是写一个村庄。我用诗歌勾画了一个村庄的大致轮廓,那些诗中弥漫着恍惚与游移不定:影影绰绰的房子,那些面孔模糊的人,总是在不停奔波、丢失、错住在别人的村庄或把种子错撒在别人地里。开始散文写作时这个村庄已逐渐清晰了。似乎我从远处一步一步地走到它跟前了。我走了十多年,才到它跟前。

当然,这个村庄的最终完成需要一两部小说。它的细部要留给小说去完成。我现在正写小说,它和我的散文诗歌也是一体的。

我对文体本身没有太清晰的分别。我只在用文字完成一个村庄。什么时候用土块什么时候用木头,都要根据建筑自身的需要。我只是个脚踏实地的干活的。我知道一旦起了头就得没完没了地干下去,盖一间房子怎么能算是一个村庄呢,一头牛、一条狗显然不够,得有一大片房子,许多模样相似的人、牲畜。一年与一年差不多的丰歉盈缺、痛苦欢乐。有时重复是必要的,在不断的重复中达到高潮,达到完美的极致。

写作本身是一个不断寻找的过程，有的作家一生盯住一个地方寻找，有的作家不停地换着地方满世界寻找，但最终要找的是一种东西，可惜许多作家不知道这一点，他们总认为自己有无数的东西要寻找。

我盯住一个村庄寻找了许多年，我还没真正找到，所以还会一遍遍地在这个村子里找下去。以前我以为自己在寻找黄金，现在我才懂得我一遍遍寻找的，其实是早年掉在地上的一根针。黄金不会掉到地上，黄金是闪光的，太容易被找到，而一根针掉到地上，随便一点尘土就把它埋没。一个作家会在写作过程中慢慢懂得一些东西，这是作家自己的成长，别人不易看见，我懂得自己在寻找一根针时已经耗费了近十多年时间。在这之前多少代作家在村庄里踏破铁鞋，这地方早被人找过了，啥都没有了，可我还是找到了一根针。一根针这样微小，一松手便丢失，不易觉察的事物才真正需要我们去寻找啊！

我的文字和我所写的事物一样是平常的，你不平常怎么可以接近平常呢。我从一把铁锨开始认识世界，我让一把铁锨看见了它多少年来从没看见的活。这把铁锨因此不一样了，但在我眼中它依旧是平常的。我只是个干活的人，我干出了自己能干出的一大片活儿，并不是我有意把活儿干成这样，是我只能干成这样。别人的评价跟活儿本身没关系。一句赞美的好话并不能当半截土块垒进墙里，更不能当一根椽子担在房顶。

就思考的深刻而言，我的散文并没超过诗歌。个别散文直接是诗歌的改写，或是一些未完成诗歌的另一种完成形式。

诗歌这种古老的语言形式或许已经很难被人听懂，或许诗已经成为诗人自己的一种方言。这种时候用诗歌表达思想就显得相当费劲。你说了一大堆，别人听不明白，不接受。用散文这种形式，一下子就接受了。但诗歌依旧是最高级的文学，经过诗歌训练的作家与别的作家截然不同——他有一种对语言的高贵尺度。我努力让自己像写诗一样写每一篇散文，觉得自己还是个诗人。

四

北：你怎样理解“农民意识”这个词？我记得几年前你的散文刚刚在本地报刊发表时，曾有人严厉批评你的散文“充满农民意识”。你认为你是靠“农民意识”取得今天这种局面的吗？

刘：“农民意识”的字面理解无非是落后的、愚昧的、封闭的等等与社会发展格格不入的东西，但“农民意识”中无疑也沉淀与保存着我们民族最深厚的，不易被改变、丧失的那些贵重品质。

有些人其实并不懂农民，只是简单地在使用“农民意识”这个词，就像许多作家只知道用田野、村庄、麦子这些从词典上捡来的空荡荡的词语描述乡村一样。真正进入这些词是多么不容易啊。一旦你真正进入了，你就不会简单地说出它了。

农村是我们每个中国人的老家。

有时候我们希望自己老家的那条路、那间破土房子永远都不要变，永远地为你留着。它对你多有价值啊。

而在广大农民的意识中就有这样一些古老的东西为我们民族永远地保留着，永远都不会变不会丢失。能找到这些东西你就是大作家了。

一个有价值的作家关注的，恰恰是生活中那些一成不变的东西，它们构成了永恒。

五

北：如果我没记错，你离开农村进入城市已经五六个年头了。你的职业也由一个农机管理员变成一个文学编辑。现在请你谈谈你对城市的看法。

刘：在我看来，城市与乡村没有实质性的区别，只有不同的生活场所而已。把满街的车当成牛，电线杆当成树，楼房当成草垛，广场上摊满麦子苞谷，它就是一个村庄了。

与乡村相比，城市生活不易被心灵收藏。一件事物进入心灵需要足够长的时间。

城市永远产生新东西，不断出现，不断消失。一些东西还没来得及留意它便永远消失。

所有的城市都太年轻，在中国，几乎所有的城市都是在一片苞谷地或水稻田上建起来的。掀开那些水泥块，一铁锨挖下去，就会挖出不远年代里最后一茬作物的禾秆与根须，而不是另一块更古老的水泥或砖块。

一座城市必须像庄稼的根与禾秆一样，长大、收割、埋入地下，再长大、收割、埋葬，轮番数次才可能沉积下一些叫做城市的东西。否则，楼盖得再高再多仍旧是一个村庄，穿着再花哨新潮还是一街拿工资吃商品粮的农民。

当然，城市生活为人的身体提供了诸多方便，乘车、取暖、煤气、餐饮、娱乐……但人的心灵却总是怀想那些渐渐远去的、已经消失的事物。

乡村生活显然是闭塞的，它让人无法接触到更多的新鲜事物，却因此可以让人专注而久长地认识一种事物。

在乡村，你可以看着一棵树从小长到大。它不会跑掉。你五六岁时这棵树只有胳膊粗，长着不多的一些枝叶，你三十岁时这棵树已经有水桶粗，可以当檩子了。你看着它被砍倒，变成一根木头。这根木头又在不断地使用中压弯、裂缝，最后腐朽掉。

经历这样一个完整的过程，你便成熟了。就像经历了自己的一生，一切事物的一生。当这些事物消失时，它已经进入到你的心灵，成为你一个人的。

六

北：当今中国文坛存在一种我称之为“文学圈地运动”的不良现

象，一些作家，尤其是一些青年诗人，他们争先恐后地往自己的作品中填充地名符号或地域标签，好像在告诫竞争对手，这是我的地盘，你们都不要染指这个地域或这类题材了。你显然不是这类好贴标签的文学圈地者，但你的作品中不断出现黄沙梁这个地名，你是否想过要做那片土地的代言人？

刘：我代表不了它们，尽管我希望有朝一日能够代表一个地域说话，但那绝对不可能。谁能够代表别人呢。

代表这个词有点行政统治和语言霸权味道。一个作家多少有点思想就想代表一块地方说话，这是很霸道的做法，你在忽视其他人的存在。

我不断提及黄沙梁这个地名，是想说明我生活在那里，有一个真实可查的生活原地，并不是要代表它说话。你能代表一棵草一只羊去生活吗？你能代表一个八十岁的老人去面对他的死亡吗？你能代表一个半岁小孩去领受他的全部人生吗？代表不了。你连一粒尘土一片树叶都代表不了。你只是它们中间的一个。你代表自己欢乐和痛苦，代表自己出生然后长大，代表自己生也代表自己死。

当你真真实实地代表了自己的时候，你会意外地有了一种更高层面上的普遍意义。

七

北：在你的文章中年代是模糊的，也就是说，没有确切的时代背景。以你的年龄(38 岁)，你出生后也经历了文革、改革开放等一系列政治运动及社会变革。据我所知，你的童年生活非常不幸，但你的文章中丝毫没有这些生活的影子。李锐先生在《来到绿洲》一文中写道："刘亮程把人间的不平、历史的蹂躏统统放在自己的世界之外，让生命浸漫到每一颗水滴、每一丝微风之中……他在脱落的墙皮、丢弃的破碗、蓬生的院草中曲尽人可以体会到的永恒。他使生命有了一种超越世俗的美丽和尊严。他把这尊严和美丽只给予生命，给予自然，而从不给予蹂躏生命的社会和历史，从不给予误会了的人的‘文明’；他从来不以生命的被侮辱被蹂躏来印证社会和历史的‘深刻’。”李锐对你的文字的理解可谓深刻到位，作为写作者，我们想听听你的见解。

刘：年代是人为的时间刻度，就像一只往前运转的车轮，我们想知道它转了多少圈，人对时间存在着巨大的无知，因此才用“年”这种笨办法一圈一圈地数它，以此来确定自己离开最初那地方已有多远。在这周而复始的季节轮回中人往往会被转晕。我就是那个“晕年”的人。我记忆中的年代是一大片——重叠在一起的很多年，至于1962、1999等，对我只是一些模糊的、没多大意义的数字。我没必要有意交待它，尽管在这两个数字之间中国发生了一系列各种各样的大事。你该知道在中国每发生一件事都是全国性的，再僻远的村庄都无法躲过。我生活的那个沙漠边缘的村子一样受到触及，我的家庭一样未能幸免。但这似乎都是短暂的——另一些更重大永恒的事物吸引和影响了我：每个春天都泛绿的田野，届时到来还像去年前年那样欢鸣的小虫子，风、花朵、果实、大片大片的阳光……每年我们都在村里等到它们。父亲死去那年春天我们一样等来了草绿和虫鸣，母亲带着她未成年的5个孩子苦度贫寒的那些年，我们更多地接受了自然的温馨和给予。你知道在严寒里柴禾烧光的一户人家是怎样贪恋着照进窗口的一缕冬日阳光，又是怎样像等一个救星一样等待春天。

一种生活过去后，记忆选择了这些而没选择那些，这可能是一个人与另一个人的根本区别。人确实无法选择生活，却可以选择记忆。是我们选择的记忆决定了全部的生命与写作。

每个时代都会发生许多自以为重大的事情，这些大事可能对具体的某个人毫无关系。一个人可以在他平凡的生存中找到属于自己的更重大的事情。

这是我对我的文字的理解。

八

北:请你谈谈故乡。中国文学有过一个时期的“寻根”热潮。不知最后他们找到根了没有。反正后来没消息了。我知道许多读者喜爱你的文章是因为从你的文字中找到了“故乡”。当然,你的黄沙梁不是一般意义上的故乡,它既是你的生存之地,又是精神居所。这两者的难以分解就像根和干一样构成一棵参天大树。

你的文字就是一棵参天大树,有深远的根、粗壮的躯干、茂盛的枝叶。而在更多的文学中它们是分离的。若“寻根”便一头钻进土里出不来了。要么只是些哗哗响的叶子,无根无干。

刘:故乡对中国汉民族来说具有特殊意义。我们没有宗教,故乡便成为心灵最后的归宿。当我们老的时候,有一个最大的愿望便是回乡。叶落归根。懂得自己是一片叶子时,生命已经到了晚秋。年轻时你不会相信自己是一片叶子。你鸟一样远飞,云一样远游。你几乎忘掉故乡这棵大树。但死亡会让人想起最根本的东西。许多人都梦想死了以后埋回到故乡。一则是对故土最后的感激,人一生都在索取,只有死亡来临,才想到用自己的身体喂养故土。二则人在潜意识深层有“回去”的愿望。所谓轮回再生均以回去为前提。所有的宗教均针对死亡而建立。人们追随迷恋宗教是因为它给死亡安排了一个去处。一个人面对死亡太痛苦,确定一个信仰,一个“永生”的死亡方向,大家共同去面对它。这便是宗教的吸引力。我们汉民族没有宗教,死亡成了每个人单独面对的一件事情。这时候,故乡便是全部唯一的宗教。从古至今,回乡一直是中国人心灵史上的一大风景。

《风中的院门》中触及到故乡与死亡。它是我这几年来独自面对的最大困扰。我无法摆脱。我知道这仅仅是开始。我只是早早地看见了,当我一步步地走近它时,我对故乡与死亡或许会有更深层的理解和认识。

2000 年

自选作品

春天的步调

刚发现那只虫子时,我以为它在仰面朝天晒太阳呢。我正好走累了,坐在它旁边休息。其实我也想仰面朝天和它并排儿躺下来。我把铁锨插在地上。太阳正在头顶。春天刚刚开始,地还大片地裸露着。许多东西没有出来。包括草,只星星点点地探了个头儿,一半儿还是种子埋藏着。那些小虫子也是一半儿在漫长冬眠的苏醒中。这就是春天的步骤,几乎所有生命都留了一手。它们不会一下子全涌出来。即使早春的太阳再热烈,它们仍保持着应有的迟缓。因为,倒春寒是常有的。当一场寒流杀死先露头的绿芽儿,那些迟迟未发芽的草籽、未醒来的小虫子们便幸存下来,成为这片大地的又一次生机。

春天,我喜欢早早地走出村子,雪前脚消融,我后脚踩上冒着热气的荒地。我扛着锨,拿一截绳子。雪消之后荒野上会露出许多东西:一截干树桩,半边埋入土中的柴火棍……大地像突然被掀掉被子,那些东西来不及躲藏起来。草长高还得些时日。天却一天天变长。我可以走得稍远一些,绕到河湾里那棵歪榆树下,折一截细枝,看看断茬处的水绿便知道它多有生气,又能旺势地活上一年。每年春天我都会最先来到这棵榆树下,看上几眼。它是我的树。那根直端端指着我们家房顶的横杈上少了两个细枝条,可能入冬后被谁砍去当筐把子了。上个秋天我爬在树上玩时就发现它是根好筐把子,我没舍得砍。再长粗些说不定是根好锨把呢,我想。它却没能长下去。

我无法把一棵树、树上的一根直爽枝条藏起来,让它秘密地为我一个人生长。我只藏埋过一个西瓜,它独独地为我长大、长熟了。

发现那棵西瓜时它已扯了一米来长的秧，而且结了拳头大的一个瓜蛋，梢上还挂着指头大两个小瓜蛋。我想是去年秋天挖柴的人在这儿吃西瓜掉的籽。正好这儿连根挖掉一棵红柳，土虚虚的，很肥沃，还有根挖走后留下的一个小蓄水坑，西瓜便长了起来。

那时候雨水盈足，荒野上常能看见野生的五谷作物：牛吃进肚子没消化掉又排出的整粒苞米，鸟飞过时一松嘴丢进土里的麦粒、油菜子，鼠洞遭毁后埋下的稻米、葵花……都会在春天发芽生长起来。但都长不了多高又被牲畜、野动物啃掉。

这棵西瓜迟早也会被打柴人或动物发现。他们不会等到瓜蛋子长熟便会生吃了它。谁都知道荒野中的一棵瓜你不会第二次碰见。除非你有闲工夫，在这棵西瓜旁搭个草棚住下来，一直守着它长熟。我倒真想这样去做。我住在野地的草棚中看守过几个月麦垛，也替大人看守过一片西瓜地。在荒野中搭草棚住下，独独地看着一棵西瓜长大这件事，多少年后还在我的脑子想着。我却没做到。我想了另外一个办法：在那棵瓜蛋子下面挖了一个坑，让瓜蛋吊进去。小心地把坑顶封住。把秧上另两个小瓜蛋掐去。秧头打断，不要它再张扬着长。让人一看就知道这是一截啥都没结的西瓜秧，不会对它过多留意。

此后的一个多月里，我又来看过它三次。显然，有人和动物已经来过，瓜秧旁有新脚印。一只圆形的牛蹄印，险些踩在我挖的坑上。有一个人在旁边站了好一阵儿，留下一对深脚印。他可能不太相信自己的眼睛。还蹲下用手拨了拨西瓜叶——这么粗壮的一截瓜秧，怎么会没结西瓜呢。

又过了一些日子，我估摸着那个瓜该熟了。大田里的头茬瓜已经下秧。我夹了条麻袋，一大早悄悄溜出村子。当我双手微颤着扒开盖在坑顶的土、草叶和木棍——我简直惊住了，那么大一个西瓜，满满地挤在土坑里。抱出来发现它几乎是方的。我挖的坑太小，太方正，让它委屈地长成这样。

当我把这个瓜背回家，家里人更是一片惊喜。他们都不敢相信这个怪模怪样的东西是一个西瓜。它咋长成这样了。

出河湾向北三四里，那片低洼的荒野中蹲着另一棵大榆树，向它走去时我怀着一丝的幻想与侥幸：或许今年它能活过来。

这棵树去年春天就没发芽。夏天我赶车路过它时仍没长出一片叶子。我想它活糊涂了，把春天该发芽长叶子这件事忘记了。树老到这个年纪就这样，死一阵子活一阵子。有时我们以为它死彻底了，过两年却又从干裂的躯体上生出几条嫩枝，几片绿叶子。它对生死无所谓了。它已长得足够粗。有足够多的枝杈，尽管被砍得剩下三两个。它再不指点什么。它指向的绿地都已荒芜。在荒野上一棵大树的每个枝杈都指示一条路。有生路有死路。会看树的人能从一棵粗壮枝杈的指向找到水源和有人家的住居地。

我们到黄沙梁时，这片土地上的东西已经不多了：树、牲畜、野动物、人、草地，少一个我便能觉察出。我知道有些东西不能再少下去。

每年春天，让我早早走出村子的，也许就是那几棵孤零零的大榆树、洼地里的片片绿草，还有划过头顶的一声声鸟叫——鸟儿们从一棵树，飞向远远的另一棵。飞累了，落到地上喘气……如果没有了它们，我会一年四季呆在屋子里，四面墙壁，把门和窗户封死。我会不喜欢周围的每一个人。恨我自己。

在这个村庄里，人可以再少几个，再走掉一些。那些树却不能再少了。那些鸟叫与虫鸣再不能没有。

在春天，有许多人和我一样早早地走出村子，有的扛把锨去看看自己的地。尽管地还泥泞。苞谷茬端扎着。秋收时为了进车平掉的一截毛渠、一段埂子，还原样地放着。没什么好看的，却还是要绕着地看一圈子。

有的出去拾一捆柴背回来。还有的人，大概跟我一样没什么事情，只是想在冒着热气的野外走走。整个冬天冰封雪盖，这会儿脚终于踩在松软的土上了。很少有人在这样的天气窝在家里。春天不出门的人，大都在家里生病。病也是一种生命，在春天暖暖的阳光中苏醒。它们很猛地生发时，村里就会死人了。这时候，最先走出村子挥锨挖土的人，就不是在翻地播种，而是挖一个坟坑。这样的年成命定亏损。人们还没下种时，已经把一个人埋进土里。

在早春我喜欢迎着太阳走。一大早朝东走出去十几里，下午面向西逛荡回来。肩上仍旧一把锨一截绳子。有时多几根干柴，顶多三两根。我很少捡一大捆柴压在肩上，让自己躬着背从荒野里回来——走得最远的人往往背回来的东西最少。

我只是喜欢让太阳照在我的前身。清早，刚吃过饭，太阳照着鼓鼓的肚子，感觉嚼碎的粮食又在身体里葱葱郁郁地生长。尤其平射的热烈阳光一缕缕穿过我两腿之间。我尽量把腿叉得开些走路，让更多的阳光照在那里。这时我才体会到阳光普照这个词。阳光照在我的头上和肩上，也照在我正慢慢成长的阴囊上。

我注意到牛在春天喜欢屁股对着太阳吃草。驴和马也这样。狗爱坐着晒太阳。老鼠和猫也爱后腿叉开坐在地上晒太阳。它们和我一样会享受太阳普照在潮湿阴部的高兴与舒坦劲儿。

我同样能体会到这只常年爬行、腹部晒不到太阳的小甲壳虫，此刻仰面朝天躺在地上的舒服劲儿。一个爬行动物，当它想让自己一向阴潮的腹部也能晒上太阳时，它便有可能直立起来，最终成为智慧动物。仰面朝天是直立动物享乐的特有方式。一般的爬行动物只有死的时候才会仰面朝天。

这样想时突然发现这只甲壳虫朝天蹬腿的动作有些僵滞，像在很痛苦地抽搐。它是否快要死了。我躺在它旁边。它就在我头边上。我侧过身，用一个小木棍拨了它一下，它正过身来，光滑的甲壳上反射着阳光，却很快又一歪身，仰面朝天躺在地上。

我想它是快要死了。不知什么东西伤害了它。这片荒野上一只虫子大概有两种死法：死于奔走的大动物蹄下，或死于天敌之口。还有另一种死法——老死，我不太清楚。在小动物中我只认识老蚊子。其他的小虫子，它们的死太微小，我看不清。当它们在地上走来奔去时,我确实弄不清哪个老了,哪个正年轻。看上去它们是一样。

老蚊子朝人飞来时往往带着很大的嗡嗡声。飞得也不稳,好像一只翅膀有劲,一只没劲。往人皮肤上落时腿脚也不轻盈,很容易让人觉察,死于一巴掌之下。

一次我躺在草垛上想事情,一只老蚊子朝我飞过来。它的嗡嗡声似乎把它吵晕了,绕着我转了几圈才落在手臂上。落下了也不赶紧吸血,仰着头,像在观察动静,又像在大口喘气。它犹豫不定时,已经触动我的一两根汗毛,若在晚上我会立马一巴掌拍在那里。可这次,我懒得拍它。我的手正在远处干一件想像中的美妙事。我不忍将它抽回来。况且,一只老蚊子,已经不怕死,又何必置它于死地。再说我一挥手也耗血气,何不让它吸一点血赶紧走呢。

它终于站稳当了,它的小吸血管可能有点钝,我发现它往下扎了一下,没扎进去,又抬起头,猛扎了一下。一点细细的疼传到心里。是我看见的。我的身体不会把这点细小的疼传到心里。它在我疼感不知觉的范围内吸吮鲜血。那是我可以失去的。我看见它的小肚子一点点红起来,皮肤才有了点痒,我下意识抬起一只手,做挥赶的动作。它没看见。还在不停地吸,半个小肚子都红了。我想它该走了。我也只能让它吸半肚子血。剩下的到别人身上去吸吧。再贪嘴也不能叮住一个人吃饱。这样太危险。可它不害怕,吸得投入极了。我动了动胳膊,它翅膀扇了一下,站稳身体,丝毫没影响嘴的吮吸。我真恼了,想一巴掌拍死它,又觉得那身体里满是我的血,拍死了可惜。

这会儿它已经吸饱了,小肚子红红鼓鼓的,我看见它拔出小吸管,头晃了晃,好像在我的一根汗毛根上擦了擦它吸管头上的血迹,一蹬腿飞起来。飞了不到两柞高,一头栽下去,掉在地上。

这只贪婪的小东西,它拼命吸血时大概忘了自己是只老蚊子了。它的翅膀已驮不动一肚子血。它栽下去,立马就死了。它仰面朝天,细长的腿动了几下,我以为它在挣扎,想爬起来再飞。却不是。它的腿是风刮动的。

我知道有些看似在动的生命,其实早死亡了。风不住地刮着它们，从一个地方，到另一个地方，再回来。

这只甲壳虫没有马上死去。它挣扎了好一阵子了。我转过头看了会儿远处的荒野、荒野尽头的连片沙漠，又回过头，它还在蹬腿，只是动作越来越无力。它一下一下往空中蹬腿时，我仿佛看见一条天上的路。时光与正午的天空就这样被它朝天的小细腿一点点地西移了一截子。

接着它不动了。我用小棍拨了几下，仍没有反应。

我回过头开始想别的事情。或许我该起来走了。我不会为一只小虫子的死去悲哀。我最小的悲哀大于一只虫子的死亡。就像我最轻的疼痛在一只蚊子的叮咬之外。

我只是耐心地守候过一只小虫子的临终时光，在永无停息的生命喧哗中，我看到因为死了一只小虫而从此沉寂的这片土地。别的虫子在叫。别的鸟在飞。大地一片片明媚复苏时，在一只小虫子的全部感知里，大地暗淡下去。

（选自《一个人的村庄》）

先　父

一

我比年少时更需要一个父亲，他住在我隔壁，夜里我听他打呼噜，很费劲地喘气。看他躬腰推门进来，一脸皱纹，眼皮耷拉，张开剩下两颗牙齿的嘴，对我说一句话。我们在一张餐桌上吃饭，他坐上席，我在他旁边，看着他颤巍巍伸出一只青筋暴露的手，已经抓不住什么，又抖抖地勉力去抓住。听他咳嗽，大口喘气——这就是数年之后的我自己。一个父亲，把全部的老年展示给儿子。一如我把整个童年、青年带回到他眼前。

在一个家里，儿子守着父亲老去，就像父亲看着儿子长大成人。这个过程中儿子慢慢懂得老是怎么回事。父亲在前面趟路。父亲离开后儿子会知道自己四十岁时该做什么,五十岁、六十岁时要考虑什么。到了七八十岁,该放下什么,去着手操劳什么。

可是,我没有这样一个老父亲。我活得比你还老的时候,身心的一部分仍旧是一个孩子。我叫你爹,叫你父亲,你再不答应。我叫你爹的那部分永远地长不大了。

多少年后,我活到你死亡的年龄:37岁。我想,我能过去这一年,就比你都老了。作为一个女儿的父亲,我会活得更老。那时想起年纪轻轻就离去的你,就像怀想一个早夭的儿子。

你给我童年,我自己走向青年、中年。我的女儿只看见过你的坟墓。我清明带着她上坟,让她跪在你的墓前磕头,叫你爷爷。你这个没福气的人,没有活到她张口叫你爷爷的年龄。如果你能够,在那个几乎活不下去的年月,想到多少年后,会有一个孙女伏在耳边轻声叫你爷爷,亲你胡子拉碴的脸,或许你会为此活下去。但你没有。

二

留下5个儿女的父亲,在5条回家的路上。一到夜晚,村庄的5个方向有你的脚步声。狗都不认识你了。5个儿女分别出去开门,看见不同的月色星空。他们早已忘记模样的父亲,一脸漆黑,埋没在夜色中。

多年来儿女们记住的,是5个不同的父亲。或许根本没有一个父亲,所有对你的记忆都是空的。我们好像从来就没有过你。只是觉得跟别人一样应该有一个父亲,尽管是一个死去的父亲。每年清明我们上坟去看你,给你烧纸,烧烟和酒。边烧边在坟头吃喝说笑。喝剩下的酒埋在你的头顶。临走了再跪在墓碑前叫声父亲。

我们真的有过一个父亲吗。

当我们谈起你时,几乎没有一点共同的记忆。我不知道6岁便失去你的弟弟记住的那个父亲是谁。当时还在母亲怀中哇哇大哭的妹妹记住的,又是怎样一个父亲。母亲记忆中的那个丈夫跟我们又有什么关系。你死的那年我8岁，大哥11岁。最小的妹妹才8个月。我的记忆中没有一点你的影子。我对你的所有记忆是我构想的。我自己创造了一个父亲，通过母亲、认识你的那些人。也通过我自己。

如果生命是一滴水，那我一定流经了上游。我一定经过了我的祖先、爷爷奶奶、父亲母亲，就像我迷茫中经过的无数个黑夜，我浑然不觉的黑夜。我睁开眼睛。只是我不知道我来到世上那几年里，我看见了什么。我的童年被我丢掉了，包括那个我叫父亲的人。

我真的早已忘了，这个把我带到世上的人。我记不起他的样子，忘了他怎样在我记忆模糊的幼年，教我说话，逗我玩，让我骑在他的脖子上，在院子里走。我忘了他的个头，想不起家里仅存的一张照片上，那个面容清瘦的男人曾经跟我有过什么关系。他把我拉扯到8岁，他走了。可我8岁之前的记忆全是黑夜，我看不清他。我需要一个父亲，在我成年之后，把我最初的那段人生讲给我。就像你需要一个儿子，当你死后，我还在世间传播你的种子。你把我的童年全带走了，连一点影子都没留下。我只知道有过一个父亲。在我前头，隐约走过这样一个人。我的有一脚踩在他的脚印上，隔着厚厚的尘土。我的有一声追上他的声。我吸的有一口气，是他呼出的。

你去世后我所有的童年之梦全破灭了。剩下的只是生存。

三

我没见过爷爷，他在父亲很小时便去世了。我的奶奶活到78岁。那是我看见的唯一一个亲人的老年。父亲死后他又活了3年，或许是4年。她把全部的老年光景示意给了母亲。我们的奶奶，那个老年丧子的奶奶，我已经想不起她的模样，记忆中只有一个灰灰的老人，灰白头发，灰旧衣服，躬着背，小脚，拄拐，活在一群未成年的孙儿中。她给我们做饭、洗碗。晚上睡在最里边的炕角。我仿佛记得她在深夜里的咳嗽和喘息，记得她摸索着下炕，开门出去。过一会儿,又进来,摸索着上炕。全是黑黑的感觉。有一个早晨,她再没有醒来,母亲做好早饭喊她,我们也大声喊她。她就睡在那个炕角,躬着身,背对我们,像一个熟睡的孩子。

母亲肯定知道奶奶的更多细节,她没有讲给我们。我们也很少问过。仿佛我们对自己的童年更感兴趣。童年是我们自己的陌生人,那段看不见的人生,永远吸引我们。我们并不想看清陪伴童年的那个老人。我们连自己都无法弄清。印象中奶奶只是一个遥远的亲人,一个称谓。她死的时候,我们的童年还没有结束。她什么都没有看见,除了自己独生儿子的死,她在那样的年月里,看不见我们前途的一丝光亮。我们的未来向她关闭了。她带走的有关我们的所有记忆是愁苦。她走的时候,一定从童年领走了我们,在遥远的天国,她抚养着永远长不大的一群孙儿孙女。

四

在我 8 岁,你离世的第二年,我看见 12 岁时的光景:个头稍高一些,胳膊长到锨把粗,能抱动两块土块,背一大捆柴从野地回来,走更远的路去大队买东西——那是我大哥当时的岁数。我和他隔了 4 年,看见自己在慢慢朝一捆背不动的柴走近,我的身体正一碗饭、一碗水地,长到能背起一捆柴、一袋粮食。然后我到了 16 岁,外出上学。19 岁到安吉小镇工作。那时大哥已下地劳动,我有了跟他不一样的生活,我再不用回去种地。

可是,到了 40 岁,我对年岁突然没有了感觉。路被尘土蒙蔽。我不知道 40 岁以后的下一年我是多大。我的父亲没有把那时的人生活给我看。他藏起我的老年,让我时刻回到童年,在那里,他的儿女永远都记得他收工回来的那些黄昏,晚饭的香味飘在院子。我们记住的饭菜全是那时的味道。我一生都在找寻那个傍晚那顿饭的味道。我已忘了是什么饭,那股香气飘散在空气里,一家人围坐在桌旁,等父亲的影子伸进院子,等他带回一身尘土,在院门外拍打。

有这样一些日子，父亲就永远是父亲了，没有谁能替代他。我们做他的儿女，他再不回来我们还是他的儿女。一次次，我们回到有他的年月，回到他收工回来的那些傍晚，看见他一身尘土，头上落着草叶。他把铁锨立在墙根，一脸疲惫。母亲端来水让他洗脸，他坐在土墙的阴影里，一动不动，好像叹着气，我们全在一旁看着他。多少年后，他早不在人世，我们还在那里一动不动看着他。我们叫他父亲，声音传不过去。盛好饭，碗递不过去。

五

你死去后我的一部分也在死去。你离开的那个早晨我也永远地离开了，留在世上的那个我究竟是谁。

父亲，只有你能认出你的儿子。他从小流落人世，不知家，不知冷暖饥饱。只有你记得我身上的胎记，记得我初来人世的模样和眼神，记得我第一眼看见你时，紧张陌生的表情和勉强的一丝微笑。

我一直等你来认出我。我像一个父亲看儿子一样，一直看着我从8岁，长到40岁。这应该是你做的事情。你闭上眼睛不管我了。我是否已经不像你的儿子。我自己拉扯大自己。这个40岁的我到底是谁。除了你，是否还有一双父亲的眼睛，在看见我。

我在世间呆得太久了。谁拍打过我头上的土。谁会像擦拭尘埃一样，擦去我的年龄、皱纹，认出最初的模样。当我淹没在熙攘人群中，谁会在身后喊一声：呔，儿子。我回过头，看见我童年时的父亲，我满含热泪，一步步向他走去，从40岁，走到8岁。我一直想把那个8岁的我从童年领出来。如果我能回去，我会像一个好父亲，拉着那个8岁孩子的手，一直走到现在。那样我会认识我，知道自己走过了怎样一条路。

现在，我站在40岁的黄土梁上，望不见自己的老年，也看不清远去的童年。

我一直等你来认出我，告诉我姓氏，一一指给我父母兄弟。他们一样急切地等着我回去认出他们。当我叫出大哥时,那个太不像我的长兄一脸欢喜,他被辨认出来。当我喊出母亲时,我一下喊出我自己,一个40岁的儿子,回到家里,最小的妹妹都30岁了。我们有了一个后父。家里已经没你的位置。

你在世间只留下名字,我为怀念你的名字把整个人生留在世间。我的身体承受你留下的重负,从小到大,你不去背的一捆柴我去背回来,你不再干的活我一件件干完。他们说我是你儿子,可是你是谁,是我怎样的一个父亲。我跟你走掉的那部分一遍遍地喊着父亲。我留下的身体扛起你的铁锨。你没挖到头的一截水渠我得接着挖完,你垒剩的半堵墙我们还得垒下去。

六

如果你在身旁,我可能会活成另外一个人。你放弃了教养我的职责。没有你我不知道该听谁的。谁有资格教育我做人做事。我以谁为榜样一岁岁成长。我像一棵荒野中的树,听由了风、阳光、雨水和自己的性情。谁告诉过我哪个枝桠长歪了。谁曾经修剪过我。如果你在,我肯定不会是现在的样子。尽管我从小就反抗你,听母亲说,我自小就不听你的话,你说东,我朝西。你指南,我故意向北。但我最终仍长得跟你一模一样。没有什么能改变你的旨意。我是你儿子,你孕育我的那一刻我便再无法改变。但我一直都想改变,我想活得跟你不一样。我活得跟你不一样时,内心的图景也许早已跟你一模一样。

早年认识你的人,见了我都说:你跟你父亲那时候一模一样。

我终究跟你一样了。你不在我也没活成别人的儿子。

可是,你坚持的也许我早已放弃,你舍身而守的,我或许已不了了之。

没有你我会相信谁呢。你在时我连你的话都不信。现在我想听你的,你却一句不说。我多想让你吩咐我干一件事,就像早年,你收工回来,叫我把你背来的一捆柴码在墙根。那时我那么的不情愿,码一半,剩下一半。你看见了,大声呵斥我。我再动一动,码上另一半,仍扔下一两根,让你看着不舒服。

可是现在,谁会安排我去干一件事呢。我终日闲闲。半生来我听过谁的半句话,我把谁放在眼里,心存佩服。

父亲,我现在多么想你在身边,喊我的名字。说一句话,让我去门外的小店买东西,让我快一点。我干不好时你瞪我一眼,甚至骂我一句。如今我多么想做一件你让我做的事情,哪怕让我倒杯水。只有你吭一声,递个眼神,我会多么快乐地去做。

父亲,我如今多想听你说一些道理,哪怕是老掉牙的,我会毕恭毕敬倾听,频频点头。你不会给我更新的东西。我需要那些新东西吗?父亲,我渴求的仅仅是你说过千遍的老话。我需要的仅仅是能够坐在你身旁,听你呼吸,看你抽烟的样子,吸一口,深咽下去,再缓缓吐出。

我现在都想不起你是否抽烟,我想你时完全记不起你的样子。不知道你长着怎样一双眼睛,蓄着多长的头发和胡须,你的个子多高,坐着和走路是怎样的架式。还有你的声音,我听了8年,都没记住。我在生活中失去你,又在记忆中把你丢掉。

七

你短暂落脚的地方,无一不成为我长久的生活地。有一年你偶然途经,吃过一顿便饭的沙湾县城,我住了20年。你和母亲进疆后度过第一个冬天的乌鲁木齐,我又生活了10年。没有谁知道你的名字,在这些地方,当我说出我是你的儿子,没有谁知道。40年前,在这里拉过一冬天石头的你,像一粒尘土埋在尘土中。

只有在故乡金塔,你的名字还牢牢被人记住。我的堂叔及亲戚们,一提到你至今满口惋惜。他们说你可惜了。一家人打柴放牛供你上学。年纪轻轻做到县中学校长,团委书记。

要是不去新疆，不早早死掉，也该做到县长了。

他们谈到你的活泼性格，能弹会唱，一手好毛笔字。在一个叔叔家，我看到你早年写在两片白布上的家谱，端正有力的小楷。墨迹浓黑，仿佛你刚刚写好离去。

他们听说我是你儿子时，那种眼神，似乎在看多少年前的你。在那里我是你儿子。在我生活的地方你是我父亲。他们因为我而知道你，但你不在人世。我指给别人的是我的后父，他拉扯我们长大成人。他是多么的陌生，永远像一个外人。平常我们一起干活、吃饭，张口闭口叫他父亲。每当清明，我们便会想起另一个父亲，我们准备烧纸、祭食去上坟，他一个人留在家，无所事事。不知道他死后，我们会不会一样惦念他。他的祖坟在另一个村子，相距几十公里，我们不可能把他跟先父埋在一起，他有自己的坟地。到那时，我们会有两处坟地要扫，两个父亲要念记。

八

埋你的时候，我的一个远亲姨父掌事。他给你选了玛纳斯河边的一块高地，把你埋在龙头，前面留出奶奶的位置。他对我们说，后面这块空地是留给你们的。我那时多小，一点不知道死亡的事，不知道自己以后也会死，这块地留给我们干什么。

我的姨父料理丧事时，让我们、让他的儿子们站在一旁，将来他死了，我们会知道怎样埋他。这是做儿子的必须要学会的一件事，就像父母懂得怎样生养你，你要学会怎样为父母送终。在儿子成年后，父母的后事便成了时时要面对的一件事，父母在准备，儿女们也在准备，用好多年、很多个早晨和黄昏，相互厮守，等待一个迟早会来到的时辰，它来了，我们会痛苦，伤心流泪，等待的日子全是幸福。

父亲，你没有让我真正当一次儿子，为你穿寿衣，修容、清洗身体，然后，像抱一个婴儿一样，把你放进被褥一新的寿房。我那时 8 岁，看见他们把你装进棺材。我甚至不知道死亡是怎么回事。在我的记忆中埋你的墓坑是一个长方的地洞，他们把你放进去，棺材头上摆一碗米饭，插上筷子，我们趴在坑边，跟着母亲大声哭喊，看人们一锨锨把土填进去。我一直认为你从另一个出口走了。他们堵死这边，让你走得更远。多少年我一直想你会回来，有一天突然推开家门，看见你稍稍长大几岁的儿女，衣衫破旧，看见你清瘦憔悴的妻子，拉扯5个儿女艰难度日。看见只剩下一张遗像的老母亲。你走的时候，会想到我们将活成怎样。我成年以后，还常常想着，有一天我会在一条异乡的路上遇见你，那时你已认不出我，但我一定会认出你，领你回家。一个丢掉又找回来的老父亲，我们需要他的时候他离去了。等我长大，过上富裕日子，他从远方流浪回来，老得走不动路。他给我一个赡养父亲的机会。也给我一个料理死亡的机会。这是父亲应该给儿子的，你没有给我。你早早把死亡给了别人。

九

我将在黑暗中孤独地走下去，没有你引路。40岁以后的寂寞人生，衰老已经开始，我不知道自己在年老腰疼时，怎样在深夜独自忍受，又在白天若无其事，一样干活说话。在老得没牙时，喝不喜欢的稀粥，把一块肉含在口中，慢慢地嚼。我身体迟早会老到这一天。到那时，我会怎样面对自己的衰老。父亲，你是我的骨肉亲人，你的每一丝疼痛我都能感知。衰老是一个缓慢到来的过程，也许我会像接受自己长个子、生胡须一样，接受脱发、骨质增生，以及衰老带来的各种病痛。

但是，你忍受过的病痛我一定能坦然忍受。我小时候，有大哥，有母亲和奶奶，引领我长大。也有我单独寂寞的成长。我更需要你教会我怎样衰老和死亡。如果你在身旁，我会早早知道，自己的腿在多大年龄变老，走不动路。眼睛在哪一年秋天花去。这一年到来时，我会有时间给自己准备老花镜和拐杖。我会在眼睛彻底失明前，记住回家的路，和那些常用物件的位置。我会知道你在多大年龄开始为自己准备后事。吩咐你的大儿子,准备一口好棺材,白松木的,两条木凳支起,放在草棚下。着手还外欠的债。把你一生交往的好朋友介绍给儿子,你死后无论我走到哪,遇到什么难事,认识你的人会说,这是你的后人。他们中的某个人,会伸手帮我一把。

可是,没有一个叫父亲的人,白发飘飘,把我向老年引。我不知道老是什么样子。我的腿不把酸痛告诉我。我的腰不把弯曲告诉我。我的皮肤不把皱纹告诉我。我老了我不知道。就像我年少时,不知道自己是一个孩子,我去沙漠砍柴,打土块,背猪草,干大人的活。没人告诉我是个孩子。父亲离开的第二天我们全长大了,从最小的妹妹,到我。你剩给我们的全是大人的日子。我的童年不见了。直到有一天,我背一大捆柴回家,累了在一户人家墙根歇息,那家的女人问我多大了,我说13岁。她说,你还是个孩子,就干这么重的活。我羞愧地低下头,看见自己细细的腿和胳膊,露着肋骨的前胸和独自长大的一双脚。都这么多年了,我以为自己早长大了,可还小小的,个子不高,没有多少劲。背不动半麻袋粮食。

如果寿命跟遗传有关,在你死亡的年龄,我会做好该做的事。如果我活过你死亡的年龄,我就再无遗憾。我活得比你更长寿。我的儿女们,会有一个长寿的父亲。他们会比我活得更长久。有一个老父亲在前面引领。他们会活得自在从容。现在,我在你没活过的年龄,给你说出这些。我说的时候,我能感觉到你在听。我也在听,父亲。

写于2002年底。改于2003年底。

(选自《人民文学》2004年6期)

刘亮程的村庄

——谈刘亮程的散文

周立民

和许多人一样，在读到《一个人的村庄》之前，谈起当代散文创作的时候，我不曾想到过刘亮程。可是，读完《一个人的村庄》后，我觉得刘亮程对于当代散文创作是无论如何也不能忽略的一个名字。这虽然只是阅读直感，可我并不认为重视自己的阅读直感是一件可耻的事情，尤其是读完刘亮程这本书后，我突然问自己：究竟有多少本散文集我是像这样一字一句地从第一页读到最后一页的？不用说放在书店里那不计其数的散文集了，就是经过自己精心挑选买回家的上百本吧。仔细想想，的确为数不多。当初买回来，或是出于对作家的喜欢，或是出于对其中某一篇文章的喜爱，也可能为保存一个待用的资料，因此作资料的部分认真读了，喜欢的文章反复读了，其他的就是一掠而过。其实以历史的眼光看，这并不奇怪，在前人厚厚的文集中，如果能有一两篇今天还为人熟知的文章，这个作者就堪称大家了。可是，当今散文随笔的超速、超量生产，却进一步使我对职业散文家这样的写作群体产生了怀疑，像散文这种与个人的思想、心灵和生命体验关系甚为密切的直诉式文体，如果不是随便把报刊的专栏作者都混同进来的话，一个人怎么可能像挤奶牛那样每天一杯挤上一辈子呢？可现实却不能不令我们惊叹：有的人一年可以出版数本散文随笔集，十年就是一大堆，俨然皮鞋厂库房中的产品，一年多于一年。可我并不认为散文是可以这样规模化经营的，好的散文也不是刻意求得的，它是妙手天成、偶然得之的，因此，我相信只有诗人、小说家、思想家、学者，不相信职业散文家，因为散文是写在人生边上的。

回到刘亮程，他的意义当然不仅仅为我们提供了一本可读的散文集，更值得看重的是为当下繁杂而又贫乏的散文创作带来了一股清新朴素之风，它从遥远的西北吹来，以强劲的势头扫荡了当前散文创作的萎靡、作态和干枯之气。所谓萎靡是创作者沉迷于都市时尚和流行语码，对琐碎的物质表象津津乐道，在时装、首饰、美酒、大片中寻求所谓的情调和格调，结果在物质的恶臭中抽去了自己的精神骨骼。所谓作态，是指那些与自己的生命体验关系不大的无病呻吟。因为是时髦的呻吟，便大有铺天盖地之势，因而也就分外肉麻，什么亲情伟大友情无价，什么淡泊宁静拥抱自然，这些观念是无辜的，可悲的是一个不会品酒的人非得装模作样喝得如醉如痴。而干枯，则貌似很有学问，满篇堆积的是干巴巴的史料和知识，不知是写散文呢还是跟钱钟书比学问，将流水账的游记中塞了点历史材料便戴着博士帽充"文化大散文"，读这等文章是名副其实的"苦旅"。值得庆幸的是这些都与刘亮程无关，刘亮程扛着铁锨走出家门的时候，似乎并不关心外面的事情，他只是沉浸在阳光的暖照中，他的目光中除了天空之外，只盯着黄沙梁的土地，对于许多拼命渲染自己写作时的状态和精神渊源的人来说，刘亮程无疑让他们失望，我们甚至弄不清楚刘亮程是在什么时候和以什么方式在创作，这或许本身就是一个诱惑，诱惑我去弄清一个扛着铁锨的人究竟为我们带来了哪些独特的因素。

他们把钥匙丢在了逃荒路上

——拾回丢失家园的刘亮程

从炊烟到麦地，从驴子到墙角下晒太阳的老人，黄沙梁是一个我们并不陌生的乡村世界。可它之于刘亮程则不仅仅是他的故乡，更重要的是他的家园。故乡是一个大家共享的开放概念，而家园则是相对封闭的独立世界，或者说一个人对家园私密性的要求要比故乡强烈得多。像刘亮程所写的父亲，作为家长对"我们家的"土地的"霸道"护持："我们家东边很早时有一块十几亩的空地，虽没有打围墙围住，但父亲一直认为那块空地是我们家的。他一直占着那块地等着他的儿女们长大后去盖房筑院。"可是，来了一户河南人，在别人好说歹说之下，"父亲"极不情愿地让了块地给他们，并把他们视作不可原谅的入侵者，甚至多年以后，"只有父亲刻骨铭心地记着属于我们家的那块地，我们看见他时常隔着院墙窥视。有一次他带我翻过那户河南人的院墙，在院子的顶东边挖出他三十年前埋在地里的一块石头，告诉我，这就是我们家的地界，狗日的硬给占了。”如果说家庭是一种社会关系的话，家园是比家庭更具体的物质形式，它带给人的强烈归属感和稳定感，使其常常成为一个人壮志难酬时的逃避之所，也是一生无闻的平民百姓消耗生命艰难度日的最重要的依据。可是，随着农业社会的解体和工业文明的兴起，现代人正在一步步丧失家园。除了生计的迫使之外，还有都市文明的巨大诱惑促使人们争先恐后摆脱土地涌向城市。然而，城市可以满足更多的物质享受，却无法提供一个家园，我们用几十万元买来的房子只是住所，而不是家园。家园永远是那遥远的乡村，哪怕是破败的草屋，也是情感中最踏实的地方。在不断地迁徙，不停地漂泊中，相对于住了多少辈的祖屋，搬来搬去的现代人还能找到自己的家在哪里吗？还能体味出陶渊明那种“归去来兮，田园将芜胡不归”的家园感吗？近百年来，在频仍的社会动荡中，生存的选择高于一切，这就使人们不得不舍弃家园的稳定和安逸，而把漂泊与寻找视为生存的出路，而当现实造就了漂泊的主导地位之后，家园尽管拥有着人们甜蜜的回忆和温暖的体温，却始终摆脱不了封闭、保守、不思进取，甚至是大厦将倾衰亡和破败等印记，不论巴金的《家》，还是路翎的《财主的儿女们》，出走、逃离都是为人津津乐道的“光明”选择。在诸多文学作品中，出走成了开拓、进取和获得新生活的前提。

然而，新天地可以提供生存的出路、理想的兑现和事业的辉煌，却无法完全安放他们的灵魂，在他们内心最温柔、最软弱的一角总藏着故园的土和老母亲的泪。一面是出走，一面是缅怀，走得义无反顾，怀恋得一往情深，巴金的一句话，颇有代表性：“再见罢，我不幸的乡土哟！我恨你，我又不得不爱你。”这种无奈不光是别无选择的“乡土”，更重要的还有无法排斥的情感。现代人就是这样：永远在奔跑，永远在寻找，可是也将永远找不到那个丢失的家园。刘亮程是一个拾梦者：对于我们，他是带着我们去寻找丢失的梦，对于他自己，则是沉浸在梦中不愿意出来。刘亮程是那么安详、贪婪地感受和享受着家园带给他的幸福和满足。家园对于他也不是一个冰冷的外部概念，而像他的身体一样，哪怕是极其细微的变化也能在刘亮程的情感和心灵中投下深刻的影像。

他写过一篇《村东头的人和村西头的人》，乍一看有小题大做的架势，好像是在写“中国的南方和北方”似的，一个村子，东头和西头能相隔多远？真是“那头咳嗽一声这头也能听得清清楚楚”，它能有什么差别？可是，在刘亮程这里一个村子就是一个完整世界，每一个细微之处都够一辈子阅读的：“住在村东头的人，被早晨的第一缕阳光照醒。这是一天的头茬子阳光，鲜嫩、洁净，充满生机……光线的质量直接决定着人的内心及前途的光亮程度。”“早晨村东头的屋影、树影、烟影、人畜影层层叠叠压向村西头。早晨的影子是残梦，是梦幻与现实的暧昧与交替。这种影子里长大的人，忧郁、怀疑、好妄想。午后村西头的影子正好反过来压向村东头。午后的影子是疲惫，是一整天勤劳带来的收获与遗憾，是先到的夜晚。坐在这种阴影里吃饭的人们：咀嚼生活的自足与艰辛。早熟，早恋，早有所成。”他不可思议地放大着我们习以为常的事物，并为一种对家园深沉的情感所维系着，如他所说：“人虽非草木，家却是根，把人牢牢拴在一处。”这种对家园的满足感使刘亮程的创作出现了异于以往文学创作的新因素。百年中国文学创作中，特别是在启蒙话语的统治下，作家与乡村世界之间常常是不平等的关系，前者是以启蒙者的身份进入后者，并在记忆和现实的轮换中以启蒙的心态不断篡改着记忆使得乡村世界不断丧失应有的自在性，而呈现出强烈的危机感和沉闷压抑的心境，并成功地使人萌发了改造它的欲望。

最典型的例子就是鲁迅的带着很大纪实成分的小说《故乡》。重返故乡，看到的是经济破败，童年伙伴的衰老和猥琐，“故土”带给“我”的是无限的沉重：“我只觉得四周有看不见的高墙”，他在企望：“他们应该有新生活，为我们所未经历生活过的。”何其芳的《还乡杂记》也是这样的，无论是回忆学校生活、被关押的黑暗记忆、旧式教育对人心灵的压抑和学习的枯燥，还是写老人在晚年的寂寞生活和对生命迟暮的哀叹，对故乡的看法总是脱不了：“我不禁想起一片可哀的景象：干旱的土地，焦枯得像被火烧过的稻禾；默默地弯着腰，流着汗，在田野里劳作的农夫农妇。”“这在地理书上被称为肥沃的山之国，很久很久以来便已为饥饿、贫穷、暴力和死亡所统治了。”发出的感叹是“这是我的乡土。这是我的凄凉的乡土”。这是对乡土的经典表述。

在现代文坛中倒是有一位曾对故土奏出曲曲牧歌的作家，那就是沈从文。但是沈从文笔下的湘西，兵、匪、战乱，忧患重重，即使拂去这些阴影，听他歌唱美好的人性，也能感受到重重压抑，在这背后还隐含着沈从文强烈的抗争意识，那就是对现代都市文明的反抗。在沈从文的湘西世界的背后总有一个对立面，那就是现代都市文明,沈从文警惕着它对故乡的腐蚀和玷污,并要将故土的人和事的美展现出来,从而在都市文明之外发掘一种更健康的人性。这是一个倔强的乡下人。

刘亮程却是一个散懒的、“不思进取”的乡下人。他太贪恋黄沙梁的生活了,他笔下的土地没有承载那么多的社会内容,它就是活生生的树,活生生的牲畜,活生生的风和雪,哪怕是荒年逃荒似乎也听天由命无怨无悔。刘亮程不是焦躁地想出走,也没有城市或者外面的世界来诱惑他,黄沙梁的天空就是这个世界的整个天空,黄沙梁的阳光就是这个世界的所有阳光,刘亮程充分而又自得地享受着这片土地上的一切:我一直庆幸自己没有离开这个村庄,没有把时间和精力白白耗费在另一片土地上。在我年轻的时候、年壮的时候,曾有许多诱惑让我险些远走他乡,但我留住了自己。没让自己从这片天空下消失……我怎么会轻易搬家呢?我们家屋顶上面的天空,经过多少年的炊烟熏染,已经跟别处的天空大不一样……家园周围的这一窝子空气,多少年被我吸进呼出,也已经完全成了我自己的气息,带着我的气味和温度……而在西边的一个墙角上,我的尿水年复一年已经渗透到地壳深处,那里的一块岩石已被我含碱的尿水腐蚀得变了颜色。看看,我的生命上抵高天,下达深地。这都是我在一个地方地久天长生活的结果。我怎么会离开它呢。刘亮程也曾这样歌唱他和这片土地融为一体的深情:在黄沙梁里,我夕阳一样熄灭的目光会在第二天早晨,重新照亮村子。散落尘间的音容笑貌是一粒粒的种子。当我消失,我又回到你一年一度、生生不息的轮回中,回到你最初的充满幻想与欢喜的孕育中。回啊,如果有第二次,如果真有第二次,我还是从你这里开始——像再长出的麦子和玉米,再结出苹果和草籽,再开放花和月季一样,让你再生我。不是说刘亮程没有写过城市,而是他写城市所用的标准和视角与写乡土是一样的,他依旧是以一个乡下人的眼光在看世界,虽然相比之下,他写自己在都市中的生活的篇章远远没有写乡土那么舒卷自如,但却真切地反映了他的内心世界,那些城市的意象经过他的这种眼光又转化成了他熟悉和满蕴深情的乡村事物,最典型的就是《城市过客》中的描写:

这座城市的许多尺寸不是按乡下人的标准和习惯设计的,适应它得有一个过程。好在我聪明,懂得用自己熟悉的事物做参照。比如小汽车的门比狗洞稍大一些，进车门时就要比进驴圈时头再低一些；城市缺少尘土，不用常拍打衣袖和屁股，但手不能闲着，要时时摸摸口袋里的钱在不在；街道固然宽阔，但属于每一个人的路却窄得可怜。在人群中拥拥挤挤绕过一辆辆车一个个人时，比任何一条乡间小道都曲折蜿蜒。

刘亮程的写作扯开了对乡村世界的幕布，以另外一种风景丰富了我们对乡村世界的认识，并以自己的生命体验促动我们对家园的概念进行重新确认。从他的文字中，我们能够感受到一种宁静的和谐，是人与土地的和谐，人与生物的和谐，是人与人的和谐，这种内心的满足和宁静对于焦躁的现代人来说是弥足珍贵甚至求之不得的。当然，如果把对家园的这种依恋推到了另一个极端，不知道这是不是一种自恋，尽管在刘亮程的散文中还没有感到那样的甜腻，但我也很不满足，我总在想，难道这里就没有冲突和抗争？过多诗意化地描述对生活的这种满足，是否也遮蔽了许多风雨和苦难，而缺了这些，他与这个世界之间是不是存在着某些矫情的成分？

我知道小村就是一个人的一生

——构筑经验世界的刘亮程

到目前为止，刘亮程都心无旁骛地以文字不断密切同黄沙梁的联系，并试图构筑自己的文学世界。如他自己所言："我所有的文学写作其实一直在为自己寻找一条走回去的道路。"写作犹如探险，一个作家能独辟蹊径寻找到属于自己的文学世界，那将是无比幸福和足以值得骄傲的事情，因为这是一个别人不可复制的空间，在这个世界里，作家的独立、自由和独创性才得到了最大的发挥和最可靠的证明。

在文学史上，许多声名卓著的作家都是与他笔下的世界一起而被我们记住的。像巴尔扎克笔下的巴黎，福克纳的约克纳帕塔法县，乔伊斯的都柏林，鲁迅的绍兴水乡。更耐人寻味的是乔伊斯笔下的虚构人物布卢姆，竟然也有了实在的纪念日——"布卢姆日"，作者所构建的文学世界已构成对现实世界的重塑了。福克纳曾说过："做一个作家需要三个条件：经验、观察、想象。"从中我们可以体察出，经验和观察，是创作者从外部世界摄取信息和情感的过程，而想象则是对信息和情感的融合和创造的过程。在这里，个人的生命体验是一个不可忽视的中枢，以构筑刘亮程乡村世界的家园意识为例，这种意识在刘亮程的内心中显然不是简单的情感波澜，而是植入生命中的痛和爱，正因为如此，许多常人微不足道或熟视无睹的事情，在刘亮程的内心中却有着不凡的意义。他描述过这样一个细节："我是在路过街心花园时，一眼看见花园中冒着热气的一堆牛粪。在城市能见到这种东西我有点不敢相信，城市人怎么也对牛粪感起兴趣？我翻进花园，抓起一把闻了闻，是正宗的乡下牛粪，一股熟悉的遥远乡村的气息扑鼻而来，沁透心肺。"牛粪在许多人眼里可能是避之不及的秽物，但因为它承载着那片土地的信息而被刘亮程毫不犹豫地抓起，家园在刘亮程心中的刻骨记忆显而易见，这种记忆是日复一日、年复一年情感的积累和沉淀，它们在刘亮程的内心中存储、发酵，并给了他的文字以充沛的生命力。在刘亮程与黄沙梁之间，不是单向的而是双向的情感交流与融合，于是我们不仅看到了村庄在刘亮程心中的记忆，还在这个村庄里，处处能嗅到刘亮程的气息。

在《狗这一辈子》中，他设身处地考虑狗的生存处境："一条狗能活到老，真是件不容易的事。太厉害不行，太懦弱不行，不解人意、太解人意了均不行。总之，稍一马虎便会被人炖了肉剥了皮。狗本是看家守院的，更多时候却连自己都看守不住。"这不是狗，而完全是人的处世的经验，是人从狗的身上读出了自己的无奈。特别是他颇带沧桑地写到一只老狗，"世界已拿它没有办法，只好撒手，交给时间和命"，这种默默承受时间的赠予，对自己的命运无法左右，仅以人对动物的悲悯来描述已不准确了，在作者这里，人与动物是一体的。黄沙梁的驴子仿佛也不是牲畜，而是刘亮程的兄弟（这里没有丝毫侮辱的意思），他写驴发情的季节："我宁可自己多受点累也绝不让我的驴筋疲力尽，在母驴的面前丢我的人。""我和妻子荒睡几个晚上不要紧，人一年四季都在发情，不在乎一夜半宿。驴可干的是面子上的事。驴代表我当着全村男人女人的面耀武扬雄。驴不行村里人会说这家男人不行。"对驴的这么在意，简直让人分不清人和驴究竟是什么关系。更有意思的是刘亮程说的不是"通人性的驴"，而是"通驴性的人"，是人降格以求以驴的眼睛来看世界。在刘亮程的黄沙梁，万物是平等的；在黄沙梁，"任何一株草的死亡都是人的死亡。/任何一棵树的夭折都是人的夭折。/任何一粒虫的鸣叫也是人的鸣叫"。

刘亮程不是这里的一个役使者和高高在上的主人，人和这里的动物、植物，甚至是一块石头、一片土地共同分享着上苍的恩赐，在黄沙梁做一头驴，做一条小虫，做一条狗，或者做一棵树，在刘亮程的眼里都是幸福的："如此看来，在黄沙梁做一个人，倒是件极普通平凡的事。大不必因为你是人就趾高气扬，是狗就垂头丧气。在黄沙梁，每个人都是名人，每个人都默默无闻。每个牲口也一样，就这么小小的一个村庄，谁还能不认识谁呢。谁和谁多少不发生点关系，人也罢牲口也罢。""其实这些活物，都是从人的灵魂里跑出来的。上帝没让它们走远，永远和人呆在一起，让人从这些动物身上看清自己。"除了万物是平等的之外，最重要的是刘亮程看重并保存了它们的自在状态，他将这些事物从启蒙话语中，从带有象征意义的语境中还原出来，将它们自然、自在的感觉呈现出来，这是一种真正的自由，这也是他笔下的事物能够生动鲜活的真正缘由。这种自在的状态除了对另一个作为参照并可能压抑它的都市世界的忽略之外，还在于作者让时间处于静止状态。我们会发现在黄沙梁只有春夏秋冬的更替，而更大概念上的时间却滞步不前，一切的改变是那么缓慢，所有的事物一年年似乎仍是原本的状态，包括人的生老病死。昨天和今天混合在一起，发生在这个村庄的一切与时间相关但又看不到时间的流动，这里的时间从来没有逼迫过哪一个人行色匆匆、心绪繁乱，他们的时钟是自制的，他们的生长似乎只与自己有关。将事物从附加的意义世界中解放出来，让他们回到最初，就像人洗去征尘又赤裸裸以本真状态回到了自己的家园。这是刘亮程的一个与众不同之处。他与周涛不同，周涛笔下的西北是文化的西北，周涛希望通过对这里的一切的描写，能够抽象出民族的精神和人的本性；他与苇岸不同，苇岸笔下的季节轮换、自然风物，那是带着他的人类学的观点和寓意的，他将对工业化社会的反抗和逃遁极其鲜明地呈现在文章里面。

刘亮程没有这些，这并不是说他取消了事物的意义，不是的，自在是另一种意义，是一种对后天的拒绝，他希望通过这些恢复事物自身的、内在的精神气质，从而使它们以更真实、更直接的方式撞击着我们的心灵。当今时代，意识形态若隐若现地主导着人们的人生选择，传媒不遗余力地制造着虚假欢乐，公众目不转睛地追逐着欲望的五彩，一只无形的手时时有拨开个性把我们推进"统一"的陷阱中的危险，而刘亮程这种表达方式，正是对此的有效反抗，他剥去事物的外壳,将他们最真实的灵魂呈现出来,并赋予勃勃生机,这对我们正视自己的内心、珍视真实的情感有着很强烈的现实意义。当这个世界的一切生命无比真切地展现在你眼前的时候,你会惊奇地发现:这个在地图上的的确确存在的黄沙梁,在刘亮程的笔下却不断在虚化,刘亮程的文字让这里的一切变得更像一个寓言。比如说在《别人的村庄》中,他写道:在黑夜中闯进一个村庄,村庄没有人一样死寂,人和动物全在黑夜中沉睡,这时"我"像游魂一样自由地穿行着,即使随便躺在哪一个陌生的男人和女人身边过上一夜,早晨醒来他们也不会惊讶的。《捉迷藏》中写童年的捉迷藏,伙伴们找不到"我",而"我"居然藏到后半夜,其他人都回家了,村庄也沉睡了,才想到游戏该结束了,一个人回家。

在《一个人的村庄》中,一头驴走失了五年,却逍遥自在地活着,后来才被偶然发现。也许确实发生过这样的事情,但我认为考证它们的"真实性"没有太大的意义,对于刘亮程来说也并不重要,重要的是他的记忆和情感在舒展在扩张,在创造新世界。他写了生命代代不息,写了生命在一种静止的状态中是怎样消耗的,写了岁月的变换改变了很多东西又改变不了一些东西,写了人在天地间的孤独和无奈,写了个体生命与整个世界的关系。这些都是属于刘亮程的,而不属于在村子里的一代代人,虽然,他们可能就是刘亮程描写的对象,但是刘亮程的生命体验是别人置换不了的,这才是真正的一个人的村庄。刘亮程曾说过:"对我而言,真实生活是从我开始的,我自己的感受最有意义。"将这种感觉形诸于文字的时候,外部世界早已变形,它的血液来自于客观的外部世界,可是它不断地成长已经越来越远离那个世界独立行走了。马原曾经说过:"写作的过程应该是一个从现实逐渐坠入幻觉的过程。"谈的是小说创作,可是对于散文而言,同样值得深思。

刘亮程的写作,再一次提醒了散文的创作者:散文不是庸常生活的复制。因为对于这种文体的真实性的强调,极容易使人产生一种错觉:散文就是生活的本来面目的直接反映。这样理解散文未免有些简单。刘亮程的写作也不是取消真实性,真实并不像伍尔芙所批评的古典小说那样为证明故事情节的逼真花费大量的劳动,甚至主人公身上穿的衣服的每一粒纽扣都符合当时的流行款式。其实这种努力却错过了人的最真实的感受和体验,而这种真实是不应该被压抑的,那就是"不惜任何代价来揭示内心火焰的闪光","更真诚地、更确切地把引起他们兴趣的、感动他们的东西保存下来”。这也不是我们过去讨论的散文的小说化或者允不允许虚构的问题，它不是一个表现方法的问题，这是一个思维方式和写作者与所表现的世界的关系的问题。写作者只有走出对外部世界的报道者的身份，他才会获得更大的创造力，才能创造一个新的世界。而许多人，正是找不到这样的一个世界，使得他的作品对人只是一个情感的触动，却做不到内心的冲撞和灵魂的碰击。“每个人都有自己的村庄。”“我在这个村庄生活了二十多年。我用这样漫长的时间让一个许多人和牲畜居住的村庄慢慢地进入我的内心，成为我一个人的村庄。”“当这个村庄完成时，一个人的内心世界便形成了。”

听开门的声音渐渐逼近

——驰骋在诗性语言空间的刘亮程

自从杨朔模式遭到批评之后，把散文“当作诗一样写”就像恶魔一样没人敢提，大家都追求那种“散”，仿佛只有喝醉了酒一样的跌跌撞撞，才能独抒性灵。如若谁想把散文写得打拳一样严谨，“刻意雕琢”的大帽子会把他压趴下。“散”固然恢复了散文自由的灵性，但如果被推到另一面，前言不搭后语“散”得一塌糊涂未必不是一种恶俗。更可怕的是这种“散”不仅仅是“形散”，而是思想饱和度不够，把白开水当佳酿了。套用句老话，那岂不是我们每天说的话都是散文了吗？记得伍尔芙在赞赏兰姆的散文“闪烁着热情奔放的想象力”之后，特意点到：“其中蕴含的诗意犹如星光在字里行间闪烁。”可见诗对于散文并非洪水猛兽。矫枉过正是大家都喜欢犯的错误，对诗化散文也不能泼洗澡水将澡盆里的孩子一同泼掉了。我特别注意到刘亮程反倒不避讳这个问题：“我的诗和散文是一体的，不过是思想的两种表达方式。”“经过诗歌训练的作家与别的作家截然不同——他有一种对语言的高贵尺度。我努力让自己像写诗一样写每一篇散文。”这种自觉地追求使刘亮程不仅在语言上有诗化的特征，而且他以整个创作建立了一个独具特色的诗性语言空间。刘亮程的散文，不是以“我看到”什么切入叙述的，他不是那种把当下的情景转述给读者的作家，他是将外界的意象化为记忆，在回忆中追溯既往，他不是让你看，而是要你闭上眼睛去想，去想象已经发生和将要发生什么。如果说直接呈现是眼前的图景激发了情感的话，而回忆则是情感包裹着画面，前者的情感是一个浓浓的点，而后者的情感则如水滋润在每一处，虽润物细无声，却能带给人更持久的心理冲击力。

不妨看一段文字，在《那时候的阳光和风》中，刘亮程写风进村："西风进村时首先刮响韩三家的羊圈和房顶。""听见日日的撕裂声，风已经刮进韩三家的院子，越过马路吹进我们林带的树。那个撕裂声是从韩三家的拴牛桩发出的，它直戳戳插进夜空里，把风割开一道大口子，就像一匹布撕成两匹，一场风其实变成了两场。"这不是视觉的观察，而是用听觉来感受，以日常的经验为起点来想象，刘亮程在许多文章中表现得像一位饱经沧桑的老人，他想象着村庄的一切，如同老人充满感情地一件件在点数积攒下来的宝物。是的，刘亮程在文中就交代了，风起来的时候，他正躺在床上，"它们一前一后到达时，我用一只耳朵听，另一只耳朵捂在枕头上"。这种表现方式，使作家与外部世界有了适当的距离，实现了我们前面提到的现实的虚化。

回忆只是一条线，好的散文必须还能从这根线带出一串串鲜活、生动的细节，虽然刘亮程的笔调是粗犷的、有力的，但这不妨碍他对事物的细致入微的体察。读刘亮程的散文，我们可能记不住他的篇名，可是却总也忘不掉文中的许多细节，而这些细节实际上是将日常生活诗意化了，这使那些像尘土一样的生活内容有了金子般的光芒，从而成为刘亮程诗性语言空间的物质材料，同时，它也是作者与这个世界联系的可靠方式。一个个细节散落在这片土地中，并在不同的时间走进作者的记忆。这些细节是零散的，也是自由的，而有朝一日将它们集中到一起的时候，它们又构成了一个完整的世界。它们的存在有力地证明了这个世界的构成是自然的，而不是作者先验的概念。在这个纷繁复杂的世界中，刘亮程注意到两片榆树叶："当时在刮东风，我们家榆树上的一片叶子，和李家杨树上一片叶子，在空中遇到一起，脸贴脸，背碰背，像一对恋人和兄弟，在风中欢舞着朝远处飞走了。它们不知道我父亲和李家有仇。"

他写虫子："一只八条腿的小虫，在我的手指上往前爬，爬得极慢，走走停停，八只小爪踩上去令我觉得痒痒的。停下的时候，就把针尖大的小头抬起往前望。然后再走。"写蚂蚁："那次是一只蚂蚁，背着一条至少比它大二十倍的干虫，被一个土块挡住。蚂蚁先是自己爬上土块，用嘴咬住干虫往上拉，试了几下不行，又下来钻到干虫下面用头顶，竟然顶起来，摇摇晃晃，眼看顶上去了，却掉了下来，正好把蚂蚁碰了个仰面朝天。蚂蚁一骨碌爬起来，想都没想，又换了种姿势，像那只蜣螂那样头顶着地，用后腿往上举。”

写父亲的走失：“多少年前的一个下午”，村子里刮着大风，站在房顶上远望，村庄四周浩浩荡荡的一片草莽，“父亲”走失的第五年，有一天，“我”在房顶上看见村西边的沙沟里有一片草在摇动，猛然想到是不是父亲，“我翻过沙梁，一头钻进密密麻麻的深草。草高过了头顶，我感到每一株草都能把我挡到一边，我只有一株草一株草地拨开它们。结果我找到了—— 一头驴”。几乎都是白描的手法，可这些细节也构成了一个个意象，中国诗歌就是很讲究意境，这些平凡的自然因有刘亮程的情感投入而获得了不凡的魅力，他的散文也证明了意境和诗性并非只是空山、茅店月和江枫渔火等等的专利，在平凡的生活中同样有诗意的光辉。同时，诗意的光辉照亮了日常生活，把它从庸常中超拔出来，让它在文学中获得了美的提升。不论是回忆的呈现，意境的创造还是情感的抒发，都将落实到语言上，语言是作家创造世界的工具。作为诗人的刘亮程，他的语言有着直抵事物核心的特点，使作品有着难得的洗练和力度，他穿插其中的明净又没有方言的土腥味口语，使语言的色彩发生了变化，改变了单一的语言模式的呆板，增强了节奏感和跳跃性。以《通驴性的人》中的两段话为例：

> 我四处找我的驴，这畜生正当用的时候就不见了。驴圈里空空的。我查了查行踪——门前路上一行梅花篆的蹄印是驴留给我的条儿，往前走有几粒墨黑的鲜驴粪蛋算说年月日和签名吧。我捡起一粒放在嘴边闻闻，没错，是我的驴。这阵子它老往村西头跑，又是爱上谁家的母驴了。我一直搞不清驴和驴是怎么认识的，它们无名无姓，相貌也差不多，惟一好分辨的也就是公母——往裆里乜一眼便了然。

> ……我没当过驴，不知道驴这阵子咋想的；驴也没做过人。我们是一根缰绳两头的动物，说不上谁牵着谁。时常脚印跟蹄印像是一道的，最终却走不到一起。驴日日看着我忙忙碌碌做人；我天天目睹驴辛辛苦苦过驴的日子。我们是彼此生活的旁观者、介入者。驴长了膘

我比驴还高兴;我种地赔了本驴比我更垂头丧气;驴上陡坡陷泥潭时我会毫不犹豫地将绳搭在肩上四蹄爬地做一回驴。

书面语与口语混杂,“这畜生”,“是我的驴”,“往裆里乜一眼便了然”,这种语言夹杂在“彼此生活的旁观者、介入者”,互为一体有着很强的间离的效果,语言不粘滞,有灵气。在语言的信息和情感容量上,像是潮水挟裹着一切,就从这两段短短的文字中,我们会看到他在几个事件中跳跃:“我”的驴丢了,驴的发情,我与驴的关系,我在寻找驴的路上所见所想。作者写驴写找驴,其实也通过“我”与驴的关系这个媒介写出了“我”:“我”与驴的依靠关系,“我”与驴对生命的理解和不解。在这段话中,也包容着许多细节,哪怕是一句话,也要带出一个场面和一种心情:“门前土路上一行梅花篆的蹄印是驴留给我的条儿,往前走有几粒墨黑的鲜驴粪蛋算说年月日和签名吧。”

巴赫金曾提出小说的“众声喧哗”的问题,其实像刘亮程这样表现一个乡村世界丰富图景的语言,也是这样的。它复现了这个世界的五彩绚烂,也打破了叙述的单调,增加了色彩,更重要的是这种语言方式有着与它表现的世界相契合的熨帖。有时候想一想,刘亮程真是幸福的,因为对于一位作家来说,还有什么能比找到了恰当的方式将他创造的世界装扮得楚楚动人更值得高兴的呢?

（原载《当代作家评论》2001 年第 1 期）

陈启文(1962—　),小说家、散文家,湖南临湘人。大学毕业后曾供职于教育、文化、出版等部门,1993年辞职为自由写作者。系中国作家协会会员、中国散文学会理事,国家一级作家。

陈启文1982年开始文学创作,1986年在《随笔》杂志发表第一篇散文《皇甫村考察随笔》,即被《新华文摘》《每周文摘》等数十家报刊转载,并获《随笔》佳作奖。除已出版小说集《洗脚》《石牌村女人》和长篇小说《宋美龄》《初级阶段》《河床》,另出版散文集3部:

《漆园随笔》(华夏出版社,1997年);

《魔法修行》(安徽文艺出版社,1997年);

《季节深处》(中国广播电视出版社,2005年)。

陈启文的散文,有《天涯的海》获《人民文学》优秀作品(散文)一等奖,《谁先看见澳门》和《澳门,重叠的影像》分获2004、2006年澳门第一、二届全球华人散文大奖,《替青山命名》获《青春》《萌芽》等联合举办的第二届青年文学奖(2005)。有《一个号码的消失》被选入《2005中国散文年选》(中国散文学合编,花城出版社)、《2005—2006年散文精品》(百花文艺出版社),《雨中凤凰》《谒嵇康墓》《寻墨瘦西湖》分别被选入《2002年中国散文年选》《2003中国散文年选》《2006中国散文年选》,《一条船能走多远》和《走向地坛》分别被选入王蒙主编的2005、2006年《中国最佳随笔》,《有多少东西可以穿透生命》被选入人民文学出版社《21世纪年度散文选》,另有多篇被选入上海文艺出版社、湖南文艺出版社、云南人民出版社等出版的散文选集。《散文海外版》《文学界》《羊城晚报》曾分别刊有陈启文散文专辑。评论陈启文散文的文章主要有:

《涌动生命的力量》(甘以雯),《散文海外版》2005年第1期;

《生命是一种假设》(李颖),《羊城晚报》2006 年 6 月 23 日“陈启文散文专辑”;

《最深切的生命体验》(魏泉鸣),《三湘都市报》2006 年 7 月 24 日;

《沉重无形　掷地有声——评陈启文散文的思想性》(谢作文),原载《光明日报》2006 年 8 月 5 日,《文艺报》2006 年 10 月 26 日转载;

《寻找感动我们的文字》(甘以雯),《文汇读书周报》2007 年 1 月 12 日;

《用美好的心灵体会人生》(甘以雯),《中华读书报》2007 年 3 月 1 日;

《天地之心与人文之美》(胡弦),《文学报》2007 年 3 月 1 日。

内在的自我实现的历程

——散文创作札记

陈启文

一

也许并非有意识的,而是宿命般的,在我的散文随笔写作中几乎贯穿了生命——这一人类精神永恒的深不可测的母题。我崇尚那些以生命的宽广与仁慈对现实与存在、人与自然进行深度凝望的文学大师们,我也梦想成为这样一位有着强烈宿命意识和生命感悟力的散文写作者。

以生命为母题的写作无疑是最有难度的写作,其核心价值是灵魂叙事。时下的许多散文随笔并不缺乏历史、文化与思想深度,缺少的是生命的深度和许多源于心灵的微妙感受。应该说,我一直在自不量力也不遗余力地试图在写作中恢复对生命的真实感受,以我的长篇散文《一条河的苍茫》为例,这是我在 1993 年夏天辞去公职从体制内走出后徒步穿越湘江的散记。在漫长的孤旅中我逐渐发现,这条长河除了地理、历史、文化上的意义，更重要的意义是应该被置于生命的境域中，成为一条精神上的河流，有着血脉的意义，也有着灵魂追索的意义。我为着寻找一条河的源头而来，而湘江口的一位瑶族大娘让我真实地感悟到，“我想我不必再苦苦地寻找一条河的源头了，我更愿意把这样一个苦寒的母亲作为一条河的源头”。一个精神的源头由此确立，我甚至觉得，这也是一条历史长河的流向，母亲和河流在这里是互为本质的，而她所流淌的是无数生命，既有柳宗元、周敦颐、王船山这些千古风流人物，也有排客、渔人、船工这些底层的芸芸众生，他们都在这条长河里一一流过，在这河床上留下过真实的生命痕迹，甚至连“一棵树被砍掉以后，但它的影子不会被砍掉。年深月久，那枝繁叶茂的身影已长到崖壁里去了，不仔细看，你以为那里还长着一棵树”。而当我跨越了两个季节穿过了一条河流之后，在秋日澄澈的湖水里我看见了自己的变化，“我苍白的脸上又重新泛出了血色，还多了某种类似宗教的东西。或许，当一个人走到了一条河的尽头，这条河才会变成他心中的宗教”。

为了寻找到更贴近生命的表达方式，我自觉地改变了日常经验中的那种时间概念，明确指向了可以标示灵魂深度的另一时间——心理时间。这种对时间的重新发现，使我的散文随笔中原本十分狭窄的精神空间完全敞开了。如果没有这样敞开的精神空间，就绝对容纳不了《一条船能走多远》中那浩荡大气辽阔旷远的大海。是海洋而不是我的文字把郑和七下西洋抒发成了中华民族的旷古悲剧，这一悲剧是由盲目的命运造成，“没有路，没有方向，比海更远的还是海，就像船长的地图一样，是完美的绝对空白”；这一悲剧也是人跟时代的错误造成的，“连一个时代的序幕也算不上，连一种类似于启蒙性质的仪式也算不上，一个不经意的手势就可将之全部抹去”；然而最深切的悲哀还是人类自身的深渊般的命运，“海浪率领层出不穷的人们浩浩荡荡地在时间中奔驰而过，没有人能感觉到生命正以最快的速度向一个尽头滑去。等到明白过来时，好多人都不见了”。在这里，时间不再是一种在表面经验上滑行的虚幻之物，它承载了太多的东西，也有了深厚的力量。你能感觉它宿命般的存在，先有时空的宿命，然后才有人类的宿命。

作为一个自由写作者，多年来我一直在与文坛隔绝的状态下孤独地写作，这使我的散文随笔有时也不自觉地显示出某些孤绝与冷峻。它是尖锐的，甚至是连我自己都感到可怕的，如《谒嵇康墓》中的嵇康，“嵇康不是屈原。如果司马昭不杀他，他一定会好好活着。为自己而活着。汨罗江没有沉下第二个屈原。那个忧愤了一生的贾谊是病死的。他离汨罗江很近，但他宁可病死也没有步屈子的后尘。这是一种成熟的表现，这说明中国文人已在一个深渊边站稳了脚跟，我不会自己跳下去，除非你把我推下去。我没有力量反抗，但我站得直自己的身体”；如《走向地坛》中的史铁生，“宿命不是悲观，而是对自我生命的一次重新确认”；而在《一个号码的消失》中，我写了一个普通的下岗工人老袁从自谋生路到突然死亡，就表面叙事而言都只是一些日常生活的微澜，它的力量同样不是来自我笨拙的文字，而是来自现实生存背后隐忍而坚实的人性光泽，那种底层人民在生存的严酷之中坎坷不降其志、风尘不辱其身的高贵人格，无不在文字的缝隙里构成某种难以言说的张力。老袁死了。“那个熟悉的号码我也忘了。在这个人和一切都被数字统治的时代，一个人的消失其实就是一个号码的消失。”写到此处，那种内心的隐痛、无言的惆怅，随着笔触的逐渐深入，会令我抵达生命的幽深地带，也让我对这些最底层的处于弱势的群体、这些最诚实的劳动者有了更深切的悲悯情怀和对生命本身的更理性的省思。

一直关注我的《散文海外版》执行主编甘以雯老师在重点推出我的散文时说：“我们之所以推出他的散文，他的散文之所以夺人眼目，摄人魂魄，缘于他抒写了最熟悉的生活、最深切的生活体验。”这是对我的激励，也是对我今后散文写作的一种精神指引，我也越来越觉得，无论自己多么熟悉的生活，都必须通过心灵转化为精神资源之后，这样的生命体验才可能实现。

或许，正缘于这种最深切的生命体验，让我偏好悲怆、敏感、唯美又着实有着某种特别味道的叙事，无论是读，还是写。其实文字和叙事本身并无美感，叙事因内在感觉的焕发、感觉的特异而美。而对于以生命为母题的写作而言，最本质的内在精神不是别的，是心灵。白纸是白的，只能用它来抒写纯洁的灵魂。一个真正的作家是应该把文学当作信仰和生命的。一个写作者能否保持最自由的心态，取决于他在多大的程度上能听从内心的召唤，也决定了他能为读者提供一个多大的世界。

任何文学艺术，永远都是遗憾的艺术。这来自人本身的局限，也来自文字的局限。人和世界之间，语言和存在之间，永远都存在着一个盲区。无论以怎样非凡的笔触，都难以精确地描绘出这样宽阔、复杂的世界，也不可能把人与生活的全部一一纳入个人的视野与笔下。由此我更加坚信，像传统叙事那样依赖于对外部世界的摹写是难以穿透枝蔓曲折的生活表象的，而以先锋的、后现代的叙事方式来表达某种寓意和象征，也仍然觉得离内心深处十分遥远。应该还有第三条道路，来解决写作者这种进退两难的处境，来解决个体生命占有时空的局限和时空的无限、文学艺术探索的无限这一对矛盾。我想最好的艺术形式，必定是最大程度地解放创造者的情感和想象力的，而解放的根本目的是要摆脱强加于自己的或潜在地制约着自己的而又不属于自己的各种观念意识。

应该说，这也是我多年来一直在努力接近的精神之路。我试图把爱与受难的精神揉入这个冷硬枯燥呆板的数字时代，也试图在中土数千年的文化积淀中发掘出一些源于生命和人性本能的东西。一个写作者无论写古人今人，无论写大人物小人物，本质上都是写自己，写内心深处焕发的光辉，写深藏于人性深处的憧憬，或许，这也就是荣格所说的“内在的自我实现的历程”。这也是一切艺术的必由之路。

自选作品

一条船能走多远

——郑和下西洋六百年祭

又要上路了。你迈着一种令人难受的缓慢步伐走上南山，一阵狂风把你的衣袍连同无声地蠕动的影子猛地吹向了身后，眼前突然什么也没有了，你的心里感到一阵莫名其妙的空旷。

像是在寻找什么。你睁开两眼，眼里隐约可见很深的岁月，但依然明亮，令人不敢正视。没有什么东西可以挡住你的视线。穿越宁静的山冈，穿越更加宁静而又一望无际的大海，目光所及，一切都静悄悄的，静得几近于神性一般的肃穆了，仍然没有看见那条路。只有水，一世界的水，被风吹起，以浪峰的形式凝固在空中，久久不动。你的脑海里掀起的是无数的悬念。你不知道这直插于一片苍茫之中的浪峰是欲掀翻什么，还是即将不顾一切地奔腾而去。就是在这一刻，号角吹响了。每次，当寂静深沉无限地笼罩了一切时，号角就吹响了。二万七千八百多名将校，大小舰船百余艘，突然集中在一个激荡不已的声音里。那条长四十四丈、宽十八丈六尺二寸的旗舰，已经抬起头来，翘首而望自己的统帅。这时就可以看见路了。海浪和黄昏依次闪开，呈现出一条幽静的路，不动声色地伸向世界的尽头，仿佛一束分明可见的寂静之光。它悄然靠近了你。你的手终于离开了一直紧抓不放的南山的城堞，又轻轻拂去了鬓角上的一片黄叶。

你知道你该上路了。

我迟来了六百年，没有赶上你扬帆远去的船队。我只看见了你的雕像，一座比我更年轻的白色雕像迎着阳光面向大海直直地站在山梁上，穿着永乐年间的古怪服装，一只手按在腰间的佩剑上，傲岸地炫耀着中华古国的强大，脸上舒展出欣慰的笑容。很难想象你会笑。我知道这不是你，你已经走得离我们太远了。和你一起走远的不仅只有你森严的船队和那些默默无言的将校，还有比生命更悠长的无穷岁月，一切都任由那个秋日黄昏的海风越带越远。

留下来的只有无边无涯的大海。

我站在了你曾经站过的地方，想要看清你远行的那条路，却只看见一个浪头连着一个浪头，感觉不到它们分开的时间。没有路，没有方向，比海更远的还是海，就像船长的地图一样，是完美的绝对空白。这是哲学上的一个比喻，但却真切地描述出了我心境里的未知和虚幻。我想，这也是你第一次出发时的心情。

永乐三年六月，在那个突如其来的美妙的夏日，一场争夺王权的内战刚刚结束，你率领船队从苏州娄东刘家港出发，百余艘航船首尾相接，仿佛庄严的合奏，古老的中华大地第一次被浪峰托了起来，成列的白帆在黄昏残照中显得通明灿烂。向东，再向南，一路驶来，浩浩荡荡地开到这里，这里是福建长乐南山脚下的一个港口，陆路行尽的一个港口。没有路了，你不知道你的船队该驶向哪里。那时你还和所有的中国人一样，根本就不知道海那边有没有陆地，更不用说那些奇怪的国度和奇怪的民族了。除了大明帝国，你好像也就知道北方那个不可逾越的屏障后面，还有几个胡人在敲着凄凉而又无奈的牛皮鼓。你率领的船队，无疑就像今天被人们放向太空的飞船，去浩瀚宇宙里寻找那些不知身在何处的外星人。或许什么也没有。我想你的第一次远行肯定充满了壮士一去不复还的悲壮与幻灭之感。你是没打算活着回来了。你不可能像这座雕像一样摆出一副得意洋洋的征服者的姿态，更不可能笑得如此没心没肺。毕竟是第一次，难以预料又即将发生的一切，是足以让一个统帅把嘴闭紧的。

神圣永远不来自于征服。神圣来自于沉默。长久而又使人痛苦的沉默。

路要走熟，走熟了就不觉得远了。等到路走熟了，人就老了。

这已是你第七次远行，最后一次。从第一次到最后一次，时间的跨度是整整二十五年，你由一条看不见的路，直走到了这世界上没地方可走了。永乐，洪熙，宣德，天子换了三朝。船也是补了又修，修了又补，那一船船的将校士卒，也一轮轮地换过了，大多是新鲜面孔，也有似曾相识的，你叫着他们的名字时，才知道叫混了，叫的是他们的父辈，甚至是一个死去多年的人。你还是你，没有人可以替代你立马船头，但年老的气息还是无声地向心脏逼近。一个人的老，是从心开始。

不老的是海。海浪率领层出不穷的人们浩浩荡荡地在时间中奔驰而过，没有人能感觉到生命正以最快的速度向一个尽头滑去。等到明白过来时，好多人都不见了。连没上船的人也是这样。连居庙堂之高的天子也是这样。你还记得，永乐二年，黄绫伞下，身穿龙袍的朱棣是多么雄姿英发。他没上船，却为你打造了天下最大的旗舰，让你去海外寻找那个被废掉的朱允炆，以除心头之患。其实朱允炆在南京失陷时逃亡到海外，仅仅只是一个谣传，然而正是这个谣传决定了你的一生。你是因为这个谣传走出帝宫一直走上这条大船的，你不知道，在你的人生拐弯的那一刻历史也奇怪地改变了方向。有很多事是要等到后来才明白。这个后来朱棣看不到而你同样也看不到。

我不知道我是否看到了。但我真切地感觉到你的出发是一种宿命。中国最灿烂的历史都是从笨重的主干上突然斜伸出的一根枝条，你怀着神圣的使命去给一个打了胜仗的皇帝寻找一个战败了的从地道中逃走了的皇帝，无意中却发现了另一个世界。

我看见了一块碑——天妃灵应之记碑。它默默地伫立在一所小学校园的角落里。我凝望着，仿佛置身于波涛之中，眼睛有些潮湿。石碑两旁阴刻海水的波浪纹，宛如岁月深处送来的一些零星的波涛，正中涌出一轮明月。我想这一定是那些人漂泊在无边无际的天涯时，看到的最深最美的风景。碑框镌刻缠枝番莲花纹，三十行楷书碑文，行字多者六十八字，虽有九字磨灭，但仍然清晰地记录了你率远洋船队历尽奇险的经历，还对航行的时间、船只、人员、编制、修舶设备都一一作了记录。史载，苏州刘家港北漕天妃宫原有《通番事迹记》石碑一块，惜已不存。仅存的这块碑，也就成了记录你七下西洋（西太平洋）的一块绝碑。看上去却那么不起眼，只一人来高，同那座冒名顶替你的巨大雕像相比。是矮得不能再矮了，同长城就更没法比。中国人因美国登月宇航员在另一个星球上看见长城而备感骄傲，但没人会在乎这块小小的石碑。它不是什么世界上的第几大奇迹，在月球上也看不见它的踪迹，就像在月球上能看见长城却看不见人一样。我敢说，十几亿中国人，可能没有几个会知道这块碑的存在。或许这也是一种宿命，中国的宿命，我看见石碑上胡乱划出的一道道刻痕和写下的一个个孩子气的名字，和石碑的基座周围探出的萋萋荒草，和碑顶上斑斑点点的泥渍、鸟粪，我就知道，孩子们在打着鲜红的旗帜去给革命先烈扫墓时，却把一个最不该忘的人和一件最不该忘的事给忘了。

唯有这块石碑依然铭刻着你，你的船队。你率领的那些无名的海之子，穿越辽阔的南中国海，从隧道一般狭长的马六甲海峡里钻出来，经由孟加拉湾、阿拉伯海直达黑色的莫桑比克海峡，你沿途宣读中国皇帝的诏书，同时也在宣布中国。占城，爪哇，莫腊，那孤儿……船队经停了三十余国，可惜我所知有限，不能为这些古国一一找出对应的现行通译。它们在你的眼前一一浮现出来，又像几何图案一样退隐在背景深处，然而你的海图却不再是一片完美的绝对空白，它至少为中国人画出了一个思想空间的轮廓。

不会总是风平浪静。第一次厮杀是在旧港，亦即三佛齐国，其酋长陈祖义一贯劫掠过往商船，被你麾下的将校生擒（后被朱棣诛戮）；第二次奉命出使，船至锡兰山，国王亚烈苦奈儿把你引诱上岸，向你勒索金币，又派兵抢劫船队，你率二千余人乘虚攻破他们的国都，俘虏亚烈苦奈儿、王后以及大批官吏（这一次朱棣没有下令诛杀亚烈苦奈儿，把他连同随从一起放了，又让你把他们运回锡兰山）；第三次奉命出使苏门答腊，该国正图谋弑主自立的前伪王子苏干剌率兵来袭，你指挥随行军队力战，苏干剌及妻子被俘。这些血雨腥风的搏杀，押解着俘虏的凯旋，万国遣使来朝的盛况，让后世修史者兴奋不已，不知做了多少强国梦大国梦。中国人总爱梦见过去。

然而真正的历史，要在文字的缝隙里读。煌煌二十五史里印着一个中国，墨字之外还印着一个无声的中国。没有人察觉，你被国史盛赞为明初盛事的辉煌背后，隐藏着中国有史以来最大的一次不幸和悲哀。你为着一个无稽的谣传而扬帆远航，带回来的是俘虏、使节和许多叫不出名字的奇珍异宝，还有被虚荣掏空了内容的胜利，其间有太多的偶然，太多的宿命，却没有成为中国未来的根本走向。七次空前绝后的远航，在你开拓空间视野的同时却没有寻求到一个民族的新境界。你浩荡的船队对各国震动极大，却没有给自己的祖国自己的民族带来除兴奋之外的任何冲击，也没有产生出任何一种张力。你所创造的前所未有的奇迹，徒成了中华民族史上漠然的装饰图案，在东方王道旧日的色彩上又镀上了一层新的虚假。连一个时代的序幕也算不上，连一种类似于启蒙性的仪式也算不上，就像是明亮的幻灯片，放过了也就放过了，一个不经意的手势又可一下将之全部抹去。

甚至有人认为，你的一次次远航，可能让天子以至于庶人都患上夜郎自大狂，由此而不思进取，关起门来做中央之国的老大了。这无疑显示一个民族缺乏激情和创造性，又从另一个方面证明了东方王道根本性地压制了中国人的思想活力，扼杀了民族精神。现在世界上有一种猜测，美洲是你在十五世纪二十年代最早发现的。哪怕这一猜测不是假设而是定论，也只会给我们平添新的悲哀与无奈的感叹，中国人毕竟是在辉煌的航海故事刚刚开始时突然掉头回国了，并从此重返了漫长的与外界隔绝的历史。一个成熟民族只会为此而抱憾、而刻骨铭心地伤痛。多少隐藏在时空背后的可能性，宛如稍纵即逝的浪花，很快就给这无边的大海化了去。无声无息。

中国的眼睛睁了一下，随即又合上了。

然而你，是不会有什么遗憾的。作为一个人，你已用尽了自己的力量，步入了人生的极限。二十五年的航行，已使你无法在大海之外找到别的生活。你命定是为大海而生，只有在白帆与桨声之中你才意识到自己还活着。

恍惚只是在陆地上的感觉，船一开你就清醒了。老态也只在陆地上才会不自觉地显现出来，船一开你就焕发出了无与伦比的活力与光彩。不老的大海，是一个恍恍惚惚的梦游者无法穿越的。哪怕真的是在幻觉中航行，一个人也会下意识地保持理智上的清醒。永远地忠诚于这种幻觉，忠诚得根本不以为这是幻觉，人就会活出一种精神来，活出一种意义来，也就会显得无比执着。

海浪沉默无声，化作水流从绷紧了的船身下暗疾地流过，船也并不需要你吆喝指点了，走了这么多回它也认得路了。你心里的种种复杂情感，或许是因为气候的变化吧。远处好像下雨了。一条凄迷的风雨线，白茫茫地从一边的天空拉到另一边的天空，看起来很近其实却很远。或许要航行一整天才能走到那里。如此遥远的风景在陆地上是看不见的。陆地上有太多的东西遮蔽了人们的视野。陆地上的人不可能看到如此分明的风雨线，也不可能站在晴空之下欣赏那一片雨天。

航船驶入风雨线的情景是极迷人的，恍如从一个世界迈进了另一个世界。风雨伴奏着惊涛，水平线从视野完全失去。这已是几天之后，这说明这场雨不但下得很久，而且下得很大。如果是在陆地上下，整个大明帝国都要浸泡在雨水里，洪水又会在各处肆意泛滥，然而在海上这并非大雨，仅仅只是把海淋湿了一些。各艘船舶上的甲板都纷纷揭开了，开始贮积和生命一样宝贵的淡水。一个在大海上航行的人，有时宁可扔掉金子，也不愿抛洒一滴淡水。但是现在，你却下令所有的将校士卒开怀畅饮，痛痛快快的用清水洗个澡。你知道这雨一时半刻还不会停下来，船可能还要在风雨中行进数日。你也渴了，洗了，洗得目光淡泊神思宁静。你感到惊奇，这清凉晶莹的每一滴水，竟是从那一团漆黑的乌云中落下的，这有点不可思议。你因此而更加坚信，这是天妃娘娘又一次显灵。不止是这些雨水，你以为你创造的每一个奇迹，都是天妃娘娘在冥冥上苍中的庇佑，你在这个世界上已经没有任何亲人。你相信只有她还在牵挂着你。你活着的每一天都是为了验证她的灵应，显示她的灵应。你不能死在海里，葬身鱼腹，你就是走得再远也要活着回来，你一次次地跪在她跟前许过愿，你得回来还愿。

我已经去看过了，天妃宫，还有在夕阳洇染下悄然地凝思着的天妃。她是中国人创造的海神，也是你唯一的信仰。那个黄草蒲团还在，你每次就是跪在那里许愿吧。我没有跪，我是一个彻底的无神论者。但仍有一种无形的威压，使我如石人一样地凝固在那里。一个人心里或许应该有一个神的，它会让你下意识地用手按着胸脯去领悟一些什么。

你最终还是回来了，跪在这里还愿了，从此没有再走，直到老死。你的那些船从此也没有再走，大明帝国的欲望与勇气似乎已消耗殆尽，《明史》载，为了这一次次的远航，"而中国耗费亦不资"。我对这句替大明帝国哭穷的话深表怀疑，似乎是你的远航把帝国拖垮了，朝廷连修船、造船的钱都没有了。但是他们怎么有那么多的钱修造皇陵、宫室呢？我很想知道你和你的时代更多一些的情况，一页页地翻着史册，辨认着那些褪色的字迹，也只找寻到了这句打了引号的理由。它不能说服我。历史和你一样，也被阉割了。

整整五百年，中国没有再出发，像一条又老又破的船搁浅在远东大陆上，只有几条小船，如幽灵一般地在前人挖出的运河里飘来飘去。更不用说走得像你那样远了。一幅《清明上河图》，浸泡了中华民族多少年。然而，距你第一次远航八十余年之后，大洋彼岸的哥伦布出发了，麦哲伦出发了。一切都在纷纷出发。这些人开始连赤道也不敢越过，以为一过赤道那边的海水就是沸腾的开水。然而这并没有吓退他们。他们还是越走越远，最终循着你曾走过的海路穿越莫桑比克海峡，横渡阿拉伯海、孟加拉湾，船头便朝着南中国海了。

在这条路上，一代一代的西方航海家大约走过了四百年，前仆后继，摸摸索索，最终还是将手臂长长地伸过来，摸到了中国国门上的狮子铜头门环。路是你曾经走过的，只不过他们是倒着走过来的。苍茫古国大门上的铰链被不速之客吱吱嘎嘎地摇响了。

风声中夹杂着一种奇怪而又连续的拍击声。我正走向你出海的港口。它已被废弃在荒芜深处，仿佛死马的骨架，但浪还是一个劲地来回拍打着，似乎非要把睡着了的老港口吵醒不可。我看着那些把你载向远方的浪，感到一种不可名状的悸动。七下西洋，短则两年，长则三年四载，遥远不仅是空间的距离，也是时间的长度。然而你却从来没有迷失过航向。

你迷失的是自己。

这或许就是你和那些西方的航海家最本质的区别吧。他们对空间的拓展始终伴随着解放了的情感和内在精神的自由，更多地倾向于无限性，而你只是被皇帝陛下放出去的一只纸鸢，浑身涂满了天朝盛世的釉彩，却永远都被一根遥远的绳索牵住，怀里的圣谕就是你唯一的方向。你的最后一次远航，是因为从前的皇太孙、当今的圣上好久不见海外诸国来向他朝贡，而派遣你再次出使西洋。这真让人哭笑不得，欲哭无泪。如果说你的第一次远航，还带着某种探索的意义，第二次、第三次……直到最后一次，已然只有老马识途的重复了，不会再有诱惑，不会在心中再唤起什么，随大海一起驰骋于万顷波涛之间的想象力也完全停止了下来。或许是你的船队太过庞大，以致庞大得转不过弯来，无法调头。

你不敢走向一个相反的方向。你不敢。

十五世纪的天空渐渐遥远，大海无情地把中华民族磨炼过了，或许我们都已经从冷酷的历史老人那里得到了许多许多。没有必要来讲一个寓言或惋惜痛失的一次机会了。对你，郑和，我已没有那个时代的理解和感情，我们之间已隔着许多东西，不可能有神会默契，不可能有感同身受，或许我的这篇文字也只是异想天开的呓语，但有一点我想是真实的，你在大海深处的拨动，使这个星球从此充满了灵感。

又一个黄昏将逝。夕阳恍若馀思，无穷的海浪一路小下去，有如永远除不尽的无限小数……

2004 年 10 月 10 日

（选自《季节深处》）

一个号码的消失

老袁是哪天走的，我已忘了。那也是我竭力想要忘掉的日子。隐约记得，是一个春日的上午，电话响了，但我没接。一般上午我都极少接电话，许多熟识的朋友也大多知道而且原谅了我这个坏习惯。这些年我一直在与文坛隔绝的状态下孤独地写作，而上午正是我心最静的时刻。电话继续响，固执而顽强，在我寂静的书房里听起来特别刺耳。我的脖子不安地扭动了一下，去看那个号码，一个熟悉的号码，老袁。

刚一拿起电话，就听见汹涌而来的一阵哭声。不是老袁，是老袁的夫人董老师。过了好一阵，她才哽咽着告诉我，老袁要和她分手了。我心里一惊，还以为老袁有了外遇闹着要和夫人离婚，可一想又觉得不对头，老袁不是这种人，我曾开玩笑说，老袁是二十一世纪最后一个古典男人，而董老师则是东方式富有教养而且聪慧贤淑的女性典型，两人的关系自不待言，是人人羡慕的神仙眷侣，怎么会呢？我蒙了好一阵子，终于明白了董老师的意思，老袁是真的要和董老师分手了，要和这个世界分手了。老袁快不行了。

我沉默着。又过了好长时间，董老师已经把电话挂了，电话里只有像血一样脉脉流动的电频声，我还一声不吭地把电话抱在怀里。我这样抱了好久，才重重地叹了一口气。

风很大。去医院时，早春的黄昏暮色沉沉，我浑身直打哆嗦，连衣服的扣子都扣不进去，手无论触到什么东西，都觉得特别冷。

老袁躺在病床上，闭着眼睛像是睡熟了，显得奇异的安详平和，又带着几分神秘。老袁喝酒睡着后，也是这神情。一个多星期前，我和老袁还在一家小酒店里喝酒，喝那种廉价的口感很好又不上头的沱牌小曲。喝至微醺时，我们便不再喝，他端了一把破藤椅，靠着墙根儿晒太阳，很快就睡了，也是这样安详平和地闭着眼，满脸红晕陶醉在酒的余兴中。

我突然希望奇迹出现，老袁可能不会走吧，可能只是在这人生路上风尘仆仆，走得太累了停下来打个盹吧。我脑子里这念头一动，老袁的手脚就开始动弹了，仿佛有了某种心灵感应。董老师又急切地呼唤起来，老袁哪，你莫急着走啊，你莫撇下我和孩子不管啊！

那声音太凄怆，我赶紧转过身去，动作有点慌张。我强忍着不让自己流下泪来，怕惹这可怜的女人过分伤心。

五十岁的老袁，知天命的老袁，是把生死看得很超脱的。他不怕死。但也不想死。他常常劝那些想不开的人，虽说人总有一死，但也没必要急急忙忙去死呀。除了好点儿酒，老袁几乎没有别的什么嗜好，不像我，又抽烟，又喝酒，没事还爱嚼个槟榔。他热爱生活，珍惜生命，不想让自己的生活与生命受到任何污染。为了买到真正的土猪肉、土鸡和没吃过饲料的鱼，老袁常常骑上摩托，带上董老师，去偏僻闭塞的小村小寨搜寻。“礼失之求诸野”，每次他满载而归时，我就这样笑他，其实也真的是这样，最好的文明形态、生活方式，原本就保存在那些封闭的自然村落里。

老袁也确实向往自然，向往那种质朴的、家常的、充满野趣的生活。可惜，城里找不到烧柴，也没有土灶，他就只好用火炭来炖土鸡给我们打牙祭。味道就是不一样吧？他得意洋洋地问我们，一说起自然之美、养身之道，他随时随地都会滔滔不绝，又对这个狂热的早已超出自然生长规律的世界忧心忡忡，一切都在疯长啊，人类正在犯罪啊！

他的叹息声，时常使我喘不过气来。

终于，在一个秋天，在老袁的安排下我们有了一次走进大自然的机会，去君山团湖赏荷花、摘莲蓬，吃湖乡地道的美味，柴火煮的饭，河水煮河鱼，瓦罐煨土鸡，百草熏的腊肉。那的确是吃过一回就一辈子也忘不了的味道。入夜，我们露宿在湖心岛上的清风亭，虽是秋老虎过畈的炎热季节，七八个汉子挤在两床乡下厚厚的老棉被里，第二天早晨还有人冻凉了，清鼻涕直流。

柳叶船在荷丛中穿行，头上是碧绿的天空。荷叶太绿了，看久了，人眼里便满含了绿意，看什么都是绿的。被太阳晒得滚烫的莲蓬，尽可以摘，尽肚子装，但人的欲望总是难以满足的，不知是谁，突然说了一句“可惜少了个美人”。我们都没有吭声，老袁看看那人，小心地问：莲花不美吗？

这句话让满船的人怦然心动。

或许，并不是每一个人都能真实地走进大自然的。有的人即使置身于大自然之间，心却不在这里，仍旧沉浸在那种与自然无关的声色犬马之中。

那次喝酒，老袁又跟我提起，等秋天了，再邀上几个朋友去团湖看看。我也说，还有个地方也值得去看看，龙源，龙窖山，那里是古瑶胞家园。老袁顿时两眼放光，问我什么时候去？那神情就像个天真好奇的儿童。我不过是信口说说，他一认真我就有了点紧张，搪塞说最近挺忙，过段日子吧。口吻则像是严肃地哄孩子的大人。

没想到老袁这么快就走了，脑溢血，五十岁的老袁，充满生命激情的老袁，被这个时代一股稀有的热血击穿了脑子，而我，也感受到了一种刺痛生命的意外。奇迹没有出现，老袁是真的走了。我知道这个秋天团湖去不成了，龙源也去不成了。老袁的走，让我感觉不是少了一个朋友，而是少了一种生活。我坐在他的灵柩边，不像哀悼，更像是一种守候，等待着他再度醒来。灵棚里来送他的朋友很多，有他原来厂里的工人兄弟，有他现在乐队的伙伴，更多的则是我这种七七八八的人，三教九流都有。我暗自惊讶，老袁竟然有这么多朋友。

说起来，我和老袁结识还不到两年，对他的身世也不很了然：只知道他没读多少书，大约是个初中生吧。这当然不能怪他，怪他出生的时代。和他们那代人不幸的经历大致一样，老袁先当知青，后招工进了一家机电设备厂，成了厂里的操作能手。尽管每日都要钻到机器的肚皮底下鼓鼓捣捣，但下班之后老袁就会换上干净整洁的工装，他很爱惜自己的形象，一个中国产业工人的形象。看见了那些下班后仍是一身油污黏黏糊糊脏兮兮的工人兄弟，老袁总要劝他们把自己收拾一下，收拾出个人样。可那是什么年代啊，慢慢的，他就从人群中孤立了出来，但也因此获得了一位姑娘的青睐，这姑娘便是董老师，一位干净光亮的幼儿园阿姨。这两个天真的青年，便时常手牵着手徜徉在工厂区的林荫道上了，他们无疑是那个破破烂烂的工厂区最亮丽的风景。潜移默化的，看见的干净男人渐渐多了起来，林荫道上的落叶也打扫干净了，地上干净得能看见阳光或月光了。

大约在两人结婚后不久，厂里的产品卖不出去了，老袁又被抽去跑销售，仓库里积压的产品，一大半是被他推销出去的。但厂子最终还是垮了，老袁下岗了，到一家房地产公司卖房子，我也正是买房子时认识他的。老袁卖房子很有意思，他搞了多年推销，察言观色就能猜出来买房子的是什么人。逢上当官的，有钱有势的，他微闭着眼，咬着牙齿，对方讨价还价，便从鼻子里嗯一声。老袁后来跟我说，跟他们讲什么价，他们什么时候跟咱们老百姓讲过价？而对于那些节衣缩食、拿着攒了一辈子血汗钱来买房的老百姓，老袁立刻就会起身相迎，端茶倒水，把房价矮到老板允许的极限。“那都是攥出了汗的钱哪！”老袁说。

老袁惟一没有猜出我是什么人，像我这种人，实在也是有点不伦不类的，官不像官，民不像民，谁见了都有一种不知为何方怪物的感觉。当然，他后来还是知道我是个写东西的，不但没拿纳税人一分钱的工资，还在少得可怜的一点稿费里拿出钱来交税，便对我敬重起来，不是同情，是真诚的敬重。熟悉了，说起对我的最初印象，他说我给他的第一个感觉是傲，太傲了。我苦笑。

的确，在很多人的印象中，都觉得我很傲，我也知道自己这个德性，有时会把自己坚固地封闭起来，给人无法接近的印象。一开始，我对于只念了个初中的老袁，也没太在乎，心想，无非是工人中的一个小聪明人而已。很快我就发现自己把老袁看扁了，老袁不光卖房子，他多才多艺，会弹钢琴、扬琴、古筝，尤其歌唱得好，美声，帕瓦诺蒂的风格。一个人的命运艰辛坎坷如此，按说只剩下一丝求生的本能了，别的什么都谈不上，但老袁竟有这么丰富的精神追求。他带了很多学生，从六岁到六十岁，有的是下岗工人的孩子，有的拿低保的下岗工人。学费是象征性的，有，给点儿，没有，算了，有时候还倒贴钱帮助那些穷人的孩子。老袁总想在这些社会底层的弱势人群中注入一种生的希望，他有一颗朴素的良心，想法也非常朴素，日子过得够苦了，如果精神上也找不到一丝一毫的快乐。那无疑是双重的苦难。

老袁最拿手的、玩转了的是干主持，他是本土民间一位著名的脱口秀。主持风格妙趣横生，但从不乱来，没有荤口，文辞极雅，不拿妇女开低级趣味的玩笑，偶尔听别人满口脏话地谈女人，谈性，他一言不发地坐在旁边，羞臊得满脸通红，这自然是替那些半吊子流氓英雄害臊，也深含着对所有女性的人格尊重。自重，而又尊重每一个人的人格，是老袁化入了骨血的一种意识。

老袁有个老同事，一个在一家工厂里干了一辈子的老工人，他儿子大学毕业后下海经商，功成业就，结婚时，请老袁去主持。新郎新娘拜完天地，拜父母时，老袁请新郎的父母上台，上来的却是新郎刚认下的干爹干妈，是本市有头有脸的人物，而他的亲生父母，此时却瑟缩在一张摆在角落里的桌子边上，艰难地挤出一丝笑容，看着自己的儿子对着那干爹干妈鞠躬行礼。老袁看不过去了，把两位瑟瑟缩缩的老人搀到了台上，告诉满座的人，这是新郎的亲爹亲妈，又让一对新人再拜一次父母。那极要面子的新郎倌一时尴尬万分，脸都涨红了，狠狠地盯着老袁。老袁紧握话筒，深情地讲了一对老人怎样含辛茹苦地把儿子拉扯大，又怎样卖了血送儿子上大学，没等老袁讲完，大礼堂里已是泣声一片，但最终也没感动那位新郎，酒筵散后，他冲老袁大发脾气，还拒付主持费。老袁把这事讲给我听后，做了一下深呼吸，感叹道，现在的人，你很难猜到他们脑子里都在想些什么，让他们感动真是越来越难了。

还有一次，一位下岗后蹬三轮车的小伙子要结婚了，他没什么亲戚朋友，新娘是乡下进城卖小菜的妹子，老娘是公厕守门的。小伙子本不想举行什么婚礼，做娘的却生怕委屈了儿子，人穷呢，志可不能穷，结婚对谁都是大事，也得有个人来主持。小伙子孝顺，不想拂了娘的一片心意，就去请主持人，但谁都不愿意来，嫌客少，饭馆小，都觉得主持这样的婚礼太寒碜了，传出去了会被别人笑话。老袁听说了，自己找上门来了。总共三桌客人，都是蹬三轮车来的，上桌时，脖子上还挂着被汗浸得发黄的毛巾。可人再少，老袁也有办法把它主持得热热闹闹，席间欢声笑语不断。新郎对老袁感激不已，给老袁塞了个红包，说别的钱可以省，但这份心意不能省。老袁大大方方地接了，转手又恭恭敬敬地把红包递给了小伙子的白发老娘，老袁说，这是我的一片心意，你老一定得收下。那守厕的老妇人怎么也不肯收，一双手却被老袁的一双手热乎乎地捂着。她大声说，袁师傅，你快放了，我手脏呢，脏呢。

老袁把那双手捂得更紧了，说：你老心里干净！

老袁爱读我的文章，尤其是随笔。我和他一样，也希望每个人像人一样活着，活得更像自己，不光是那些底层人民，也寄希望那些当了官的，发了财的，回到人的本色上来，逢上不点头哈腰装孙子，对下不颐指气使充大爷。这都是些常识，实在说不上有多深刻，可老袁就是喜欢，喜欢这些真话。我那本随笔集他一直锁在摩托车的后备箱里，走到哪里，随时可取出来读。我发在报刊上的文章，凡能找到的，他都会剪下来，装帧得像是精美的书。许多篇什，他都读得能背了，可以说，他熟悉我的作品，比我自己还熟悉。自然，也有许多不同的观点，兴之所至，便来和我理论。然一到我的楼下，他又冷静了，知道我又在写呢，便不声不响地离去了。有时我不知道他来过了，有时我无意间瞥见了他的背影，因不想停下手头的活儿，也没叫他，只在他的背影消失之后，有点怅然若失，同时感觉到自己似乎有点冷酷了，又多少有些无奈之感。说起来可怜得很，我是一个除了写作，生活已没有任何着落的人，我又那么渴望写出一部惊天动地之作。这可能吗？连我自己都觉得好笑，但老袁对我这种不合时宜的、奢侈得近乎浪漫的追求充满了从未有过的敬意，他把有我这个朋友当成了他的荣耀，好几次，都以一种奇怪的炫耀劲儿把我介绍给他的哥儿们。我是真的脸红了，我知道自己写的那些文字，实在不值得老袁如此厚爱，但老袁，你放心吧，我会继续写下去，孤独地写下去，就为了你。哪怕世界上只剩下最后一个像你这样的读者，也值得我一辈子说一辈子真话，真心话。

老袁，一个普通的中国工人，一个下了岗又自寻出路让日子过得有滋有味的工人，他走了。他的葬礼办得非常热闹，没有悲伤的气氛。通往灵堂的路两边，摆着两长溜花圈，铺满了鞭炮的碎屑。一些人正在清扫，收拾，看样子也是下岗工人，可能就是老袁那个厂的，这些炸碎的纸屑，卖了，多少可以换几个油盐钱。给老袁送葬的乐队，是老袁自己的乐队，也是由下岗的工人兄弟们凑起来的，但决不是凑合，吹拉弹唱样样齐全。几天前，老袁刚主持完另一位逝者的葬礼，在主持那个葬礼时，老袁是否想过几天后就会轮到自己呢？

我深信，一切都是宿命。自过了四十，我就产生了某种难以摆脱的宿命意识，对自己活到现在的许多重大方面都怀疑起来。我实在还说不上太老，甚至有人不顾我的惭愧、脸红，把我称为“青年作家”，但我总有种历尽沧桑暮色苍茫的心境。尤其最近几年，每年都会有些熟识的朋友绝尘而去，一走便不再回头，一条路便断了。老袁走了，去老袁家的那条路我就再也没有走过。尽管有时也很想去看看董老师，看看她过得怎么样了，可也只是想想而已，董老师当了一辈子幼儿园的老师，当得连自己也像个无忧无虑的孩子了，老袁活着时，我时常看见她和老袁手牵手在青年路立交桥的花园里溜达，或抱着老袁的腰坐在摩托车后座上笑吟吟地跑过去，眼里闪烁着比年龄小许多的独特天真的光芒，真像个小姑娘啊。每次想到这情景我就没勇气去看她了，我怕在她天真的眼睛深处看到哀怜凄楚的神情，怕看到她突然老了。

偶尔还会看到老袁的儿子，这个瘦削苍白的少年仿佛是一夜之间长大的。现在，他站在了老袁活着时站着的那个地方，某家商场前一个临时搭起的舞台上，手拿话筒，为商人们推销新上市的或积压的商品，他那稚气的脸已不再充满了阴郁，而始终面带着微笑。老袁是个下岗工人。他儿子则连上岗的机会也没有。老袁在这座城市里有很多朋友，但没有门路，或者根本就没想过去找什么门路，但他教会了儿子一身本事，老袁的儿子像老袁一样多才多艺，而且比老袁多一种本领，他设计的电脑游戏软件，在网上被人们疯狂抢购。我看见他在滔滔不绝地主持的间隙，还不时掏出手机来接听谁打来的电话。小伙子现在可成大忙人了，那个手机我看着十分眼熟，不知是不是老袁原来用的那只。

此时已是冬天，又一个年头。老袁已经走了许多天了，我已没有多少生离死别之感，总觉得他仍在这座城市忙碌的人群中奔波，笑呵呵的。永远都笑呵呵的老袁哪，他憨态可掬的笑脸，总让你感觉到这个世界是充满了希望的，孕育着美好的未来。我那绝望的孤独之感便减轻了许多，心绪渐渐归于宁静。偶尔蓦地想起，老袁好久没跟我打过电话了啊，心里才会惊悸一下，这才觉得老袁是真的走了，真的从这个世界上消失了。

那个熟悉的号码我也忘了，在这个人和一切都被数字统治的时代，一个人的消失，其实就是一个号码的消失。

2005 年 1 月 6 日初稿　2005 年 5 月 1 日改定

（选自《季节深处》）

天地之心与人文之美

——读陈启文散文随笔集《季节深处》

胡　弦

陈启文是近年来在文坛上相当活跃的一位新生代小说家，每隔不久就能在国内一流的大刊物上读到他的小说，而且绝大多数是以头条的方式强档推出。他的小说每一部风格都不同，这有点像意大利作家卡尔维诺，总是在不断颠覆自己。他的风格就是他的多变性。在小说创作的同时，他的散文随笔也备受当今散文界关注。最近读了他的散文随笔精选集《季节深处》，全书采用编年体的方式，从第一篇到最末一篇写作的时间跨度正好二十年，这是整整一代人的时间。诚如作者在《自序》中所说："这是一种比较残酷的方式，它把一个写作者是怎样从写作之初一步一步走到今天，这其中有着怎样的人生秘密甚或是暗藏的心理隐私，全都暴露出来了。"诚实地说，作为读者，这也是我最喜欢的一种编排方式，能够让我们在潮来潮去的文学思潮变迁里清理出作者从原初到现在的精神脉络。

陈启文的散文随笔首先给人一种热烈的生命感觉。他从土地中汲取力量，汲收天地所化育的原汁原味，接地气，通天意，以天然写自然。如《龙之源》中的水，"湖水真清，清得仿佛可以一直透视到内心的隐秘里去"、"掬水而饮，可以闻到马尾松和风尾竹的清芬"，如《替青山命名》中的山，"那一刻我震惊了，有生以来，第一次看见了真正的山，一轮一轮的，复杂得像一个迷阵，在迷茫的天空下依次呈现出来，仿佛梦幻再现"，"肉眼看见的大山和用心灵看见的大山是完全不同的。……这里辈辈不绝地固守着那些被我们称作山民的人，他们日复一日地看着这些大山，看得这些大山都傻了"，这种交叉式的往返叙述，不再是在经验的表面滑行，而让自然山水和人的心灵发生精神感应，并由此而回溯精神源头，检视和确认自身，调整精神姿态。《龙窑山茶》中的老茶精，《大山物语》的魔幻树林,《最后的老屋场》和《北乡民生》中的那些土得掉渣的农人,都被他赋予了某种神性,而这样的神性在《神木 · 丁香》中表现得尤为突出,“那棵树在天黑之前就挖走了”,“老汉在树干上响亮地拍了一巴掌……让我猛地打了个寒噤,老天,哪来的树?”“我知道老汉手里根本就没抱着树。可老汉手里抱着的不是树又是什么呢?”这里,作者绝不是为了故弄玄虚,生命中的许多诱因,驱使我们去寻找某种超自然的力量,而作者对这种力量的强调,核心意图是引起我们对自然人格的高度关注,以天地之心对灵魂进行自我审度。这一点,陈启文在《替青山命名》中说得再明白不过了:“人类每一次面对大自然,其实都是为了端详我们自己。”

最原生的往往也是最现代的。陈启文文字中的那种蓬勃生机、那种野生的健康色彩无疑都源于这种原生的力量,但他极少用那种乡俚野语,他需要的不是一种带有自我蒙蔽的伪乡土味、伪民俗味,他从原生的力量里提炼出了纯粹的审美精神。读他的散文随笔你会立刻感觉出他叙事的独立性,他既不与主流话语合谋,也与伪乡土、伪民俗拉开距离,由此而显示出他文本的异质与锋芒。原生的力量让他的作品充满了真实的生命气息,又通过意义的延伸而开始灵魂的追索,由自然之美而提升至人文之美。这让你在读他的文字时,在感受其生命气息时又平添了某种神圣的氛围。现在,除了极少的作家还在捍卫着文学的神圣,更多的,都心照不宣地采取了玩世不恭的态度。陈启文是这少数之一,他倡导现代人回归自然、体察天意,试图让扭曲、异化的“非人”回到人的本真状态,重新找回人生天地间的独立自由的人格尊严,这是他灵魂追索的目的,也是他二十年来一如既往的精神向度。人,始终被置于他散文随笔的核心地位。陈启文散文随笔的最重要价值,就是把原生态同现代人文精神接通了,而对于读者,只有这两者的基本价值一同被理解了,你才能看出其文本里面的实质。

陈启文散文随笔的另一鲜明特征就是当下散文创作十分缺乏的空间意识。那种移步换景的线型叙事早已是长期困扰当代散文创作发展的老套路了,而因为这样的艺术惰性,当代散文作家中也很少有审美创造意识。陈启文把现代时空意识融入散文创作,让叙事在“心理时空”中发生,这种空间不再属于日常生活经验,更是一种心灵所通过的精神空间,如《一条船能走多远》就是这方面的一篇代表作,它被头题选入王蒙主编的《2005 中国最佳随笔》,对于力倡文体革命的王蒙先生来说,或许是大有深意的。而这种空间意识的获得,我想与陈启文主要是个小说家有关。时下,小说家写散文随笔的很多,但大多只当作小说创作之余的零活。而据陈启文自况,尽管他基本上被人们视为小说家,但从未把散文随笔作为副业和零活。这至少表明了他对散文随笔的尊重。而对于这两种不同体裁的写作很多年来他都是交替进行的,每在写完一篇小说之后就写散文随笔,写了散文随笔之后又写小说,这使他的小说有着散文的质地,又使他的散文随笔又有了小说的空间意识。如果真是这样,我倒觉得应该有更多的小说家来写散文随笔,也让散文家尝试去写小说,必将给两种体裁都注入艺术活力。其实,也不必太注重体裁和形式,对于文学,最本质的内在精神不是别的,是心灵。无论写小说,还是写散文,写天地,还是写人文,对一个真正的作家来说内在的本质都是一样的,那就是永远只听从内心的召唤。

(原载 2007 年 3 月 1 日《文学报》)

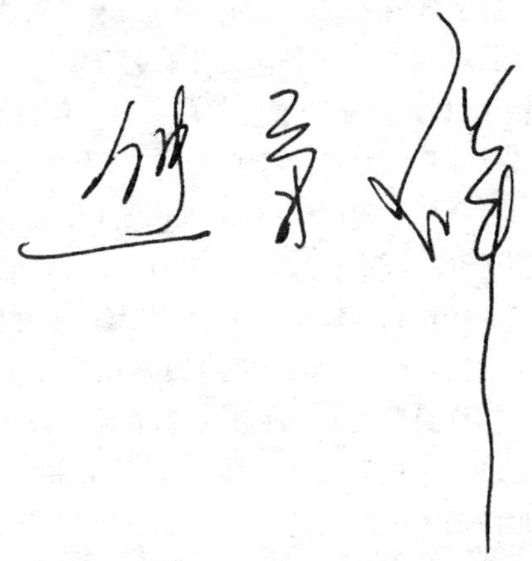

熊育群(1962—)诗人，散文家，湖南汨罗人。1983 年毕业于同济大学建筑工程系，分配至湖南省建筑设计院工作，任工程师；1989 年调《中国老区报》，任编辑部主任；1992 年调任湖南省新闻图片社副社长、《图片新闻报》总编辑；1994 年调《羊城晚报》工作，任文艺部副主任，高级编辑。系中国作家协会会员，国家一级作家。

熊育群上世纪 80 年代初开始文学创作，1984 年在《绿风》发表处女诗作后，连续在《诗刊》《上海文学》《人民日报》《星星》《诗歌报》《中国青年报》等报刊发表诗歌 300 余首，出版诗集《三只眼睛》，并多篇被选入《第三代诗人探索诗选》《青春诗历》《当代青年诗人自荐代表》《2004 中国诗歌年选》《2005 中国诗歌年选》等 20 部诗歌选集。1987 年开始散文创作，先后在《人民文学》《收获》《十月》《花城》《散文》《随笔》《解放军文艺》等刊物发表散文百余篇，并在《中华文学选刊》(2005)、《青年文学》(2007)辟有散文专辑。已出版散文专集 8 部：

《西藏的感动》(湖南文艺出版社，1999 年)；

《走不完的西藏》(湖南文艺出版社，1999 年)；

《随花而起》(广东人民出版社，2000 年)；

《灵地西藏》(时事出版社，2000 年)；

《罗马的时光游戏》(中国青年出版社，2004 年)；

《探险西藏》(广东旅游出版社，2001 年)；

《春天的十二条河流》(贵州人民出版社，2006 年)；

《雪域神灵》(花城出版社，2007 年)。

熊育群的散文，有《探险西藏》获首届冰心摄影文学奖(2002)，《生命打开的窗口》获第二届冰心散文奖(2004)，同年获由中国作家协会、郭沫若散文随笔评奖委员会首届郭沫若散文随笔奖;有《京西土坛》获第二届中国新闻奖报纸副刊作品铜奖(2002)、《仙居》获中国记者仙居行征文优秀作品一等奖(2002)、《今夜,爱心灿烂》获全国报纸副刊作品年赛一等奖(2003),《荒野城村》获中国记者武夷山行征文优秀作品一等奖(2003)、《客都》获广东《作品》杂志叙事体散文全国征文大赛一等奖;有《生命打开的窗口》被选入《2003 年文学精品·散文卷》(肖复兴主编,敦煌文艺出版社,2003 年)、《2004 年中国散文年选》(李晓虹编,花城出版社,2005 年)、《百年中国精典散文》(林非、李晓红、王兆胜编选,内蒙古文化出版社,2006 年),《仙居》被选入《2002 中国年度最佳散文》(王剑冰编,漓江出版社,2003 年)、《百年中国性灵散文》(王兆胜编选,花城出版社,2004 年),《春天的十二条河流》被选入《2006 中国散文排行榜》(周明、王宗仁主编,北京工业大学出版社,2007 年)、《世间最美丽的眼睛——2005、2006 年散文精品》(《散文海外版》编辑部选编,百花文艺出版社,2007 年),《白色鸟》被选入《散文 2004 精选集》(《散文》选编,百花文艺出版社,2005 年)、《2004 年我最喜爱的中国散文 100 篇》(王宗仁、红孩主编,中国文联出版社,2005 年),《复合的词语》被选入《2005 中国散文排行榜》(周明、王宗仁主编,北京工业大学出版社,2006 年)、《21 世纪中国文学大系·2005 年散文》(韩忠良、祝勇主编,春风文艺出版社,2006 年),等等。评论熊育群散文的文章主要有:

《大峡谷的历险手册》(龚湘海),《羊城晚报》1999 年 6 月 19 日;

《感悟西藏》(祝勇),《北京晨报》1999 年 12 月 5 日;

《用生命体验西藏》(乡村),《人民日报海外版》2000 年 7 月 3 日;

《生命在流浪中展开意义》(梁凤莲),《南方日报》2000 年 12 月 9 日;

《笔尖下的流浪》(陆梅),《文学报》2001 年 11 月 8 日;

《人和艺术的朝圣者》(朱平珍),《文艺报》2002 年 5 月 11 日;

《一个放纵的流浪者》(昌明),《湖南日报》2002 年 11 月 13 日;

《在行走间写作》(熊育群专版),《文艺报》2002 年 12 月 27 日;

《我喜欢的书》(李国文),《解放日报》2003 年 12 月 20 日;

《谁比谁更累》(江筱湖),《中国图书商报》2003 年 11 月 28 日;

《超越平庸的瞬间》(赵芳芳),《广州日报》2003 年 12 月 14 日;

《一个人和一群人的瞬间真实》(巧笑),《南方都市报》2003 年 12 月 23 日;

《奔跑中的生命意味》(徐珊),《中国图书商报》2004 年 2 月 6 日;

《远处的虔诚》(凸凹),《信息时报》2004 年 11 月 1 日;

《穿越艺术的灵魂》(阎连科),《福建日报》2004 年 11 月 10 日;

《再度出发》(韩少功),《天津日报》2004 年 11 月 21 日;

《情感与灵魂的追问》(阎晶明),《信息时报》2006 年 8 月 7 日;

《恣肆江泽的楚人之风》(王莹),《文艺报》2006 年 8 月 8 日;

《与心灵有关》(阎晶明),《人民日报》2006 年 8 月 10 日;

《文学的限度》(叶多多),《南方日报》2006 年 8 月 21 日;

《他是楚人》(莫言),《文艺报》2006 年 9 月 12 日;

《人性的静默与奔腾》(王莹),《广州日报》2006 年 9 月 17 日;

《心灵的精神之旅》(陈剑晖),《文学报》2006 年 10 月 20 日;

《以文字为砖瓦》(逄春阶),《大众日报》2006 年 11 月 3 日;

《生命性灵中的湘楚浪漫——读熊育群散文集〈春天的十二条河流〉》(陈剑晖),《南方文坛》2006 年第 6 期。

听从内心的召唤

——答记者

熊育群

记者:很高兴与您做这个访谈,因为您的写作及成就,这几年,许多重要的文学刊物都在发您的散文、诗歌,您的作品受到读者广泛关注。我们想让更多的家乡人了解您。

熊:这些年写了点东西,还不怎么样。家乡人给予我的关切让我心情很复杂。我老家在岳阳屈原管理区(原屈原农场),这次回岳阳感觉亲切。与家乡的文人在一起,有一种真正到家的感觉。作家靠作品说话。家乡人读我的作品,相信同在一个地方长大,会有一种大家共同熟悉的东西。谭盾曾跟我说,他的作品只有中国的交响乐团演奏才会有默契,我想,洞庭湖边长大的孩子,他的创作也会散发出一种“水气”的。

记者:您是同济大学建筑工程专业毕业的,为什么想到要转行写作呢?

熊:这不是想法的问题,我只是听从了内心的召唤。有那么一天,就像一觉醒来,发现自己一直都在喜欢文学。想写东西的冲动在我只是一种生命现象。

记者:能谈谈您的主要创作经历吗?

熊:最初是写诗。在上海读大学时还小,17岁,非常想家,那个万物苏醒的四月,春天的气息强烈地袭击我的感官,我是在一种本能的引导下写起诗来的。写春天,写思乡,很幼稚。我的起点很低,文化素养与艺术的能力都很低。但我有疯子一样的热爱。现在回头来看,这都不是太要紧的问题,兴趣的确是最好的老师。我走到今天,全都是自学,没有谁指点过。我的建筑学、新闻、美术、摄影和文学,全都是自学得来。自己体会来的东西才是自己的。

写散文主要是到广州之后,岭南文化的务实使得我散文的空灵落到坚硬的现实上。因此,创作上有了一个大的跨越。文学创作除了艺术的修养,重要的还是人生的经历和文化的供养。

1998年对我是一个重要的年份,这一年我创作出版了两部有关西藏的长篇作品《西藏的感动》和《走不完的西藏》,引起了广泛关注。这之前,我曾沉默了几年,之后,我的创作激情再次爆发,几乎一年一本书,并被市场看好。我的散文集销量排到了许多作家的前面。两年前,我有了一点野心,创作理论上我有自己的一些想法,觉得有些理论过时了,甚至不对。我采取了对话的形式,与国内外有影响的作家、画家和音乐家就艺术创作进行了一次探讨。这本书出版后,央视报道过,在文坛也获得好评。

记者:我作为一个读者,更愿意把您现在的作品看成是"行与思"的散文,为什么不直接冠之大众熟悉的"行走散文"的头衔,因为我发现您的文字中隐藏着一种反思的大情怀在其中,这在当下作家之中很难得。您以敏锐的目光观察生活观照自己并努力揭示出思考的症结所在,能谈些个人感受吗?

熊:写作中,我始终关注的是自己的灵魂。我把自己当作一个对象,我观察它,剖析它,通过它寻找到一个独特的世界。这是我自己的世界。既客观又主观,但它是一个人所感知的真实世界。人在行动中,心灵的感受是变幻最大最丰富的。因此,我的创作得益于我的行动。这种行动既有我地域上的迁居、工作上的变换,也有我国内外的游历。我常常是一个人上路,有时甚至连目的地也不定。我是一个讲究自然而为的人,我的所有行动只是为我的人生而作出的,我不会为写作而去行动。作品只能是人生的副产品。我不知道什么时候能够写作,也绝不会因为写作而影响行动。譬如旅行,我只考虑怎样玩得痛快,其他是次要的。人生重要的在于经历,多些经历,就多了生命的内容,等于延长了人生。我用空间来战胜时间。谁都知道个体生命终归走向虚无,我在这个句号前拼命行动。我总希望自己走得更远一点,经历得更多一点。我不想让自己有遗憾。

记者:从您行走的经历中,西藏是形成作品最多的一个地方,您只身前往青藏高原旅行探险,并在国家科考队进入雅鲁藏布大峡谷之前,先行穿越大峡谷,战胜了死亡的威胁和难以逾越的自然障碍,后来又登过珠穆朗玛峰。您对西藏的印象是怎样的?

熊:西藏有一种巨大的力量,它来自于自然,也来自于生存,它能改变你的人生观,改变你的心态,让你更接近生存的本质。它给你一种坚定的力量,像信仰一样,不对现实屈服,坚持自己的理想。而这是我们这个时代最最缺少的。我对它有一种感恩的心理。

记者:能具体说说您在西藏的经历吗?

熊:我曾经用三个月走过了藏北的羌塘草原、阿里的神山圣水,爬过了珠峰,穿过了大峡谷。五次大难不死,像珠峰雪崩、大峡谷山体塌方、中印边境的暴雨雷击、藏北无人区的迷路,还有饥饿、翻车等等都让我遇到了。从滇藏线走到云南时,我瘦了 20 斤,几乎换了一个人。心灵深处的改变更大。我认定了朴实的生活才是生命所需要的。一切奢华皆是过眼烟云。

记者:回来后就着手写西藏吗?

熊:去西藏前我本没有写作计划,回来后,有一种无法克制的情绪,我关起门来,两个月后就写出了两部书。接着第二年写《灵地西藏》,接着出版彩印的摄影集。我所写的全是自己的亲身经历,是主客观交融一体的西藏。书一出版就进入畅销书排行榜。现在网上还有盗版。中国青年出版社在我修订后,将再版,将三部书合成两部出版。

记者:我在您的新作《罗马的时光游戏》中看到宣传文字介绍说:"个人的视角寻找和发现欧洲文化艺术,东西方文明新的碰撞与解读,灵动的文字点燃大地的风情",这几句话从侧面也概括了您作品的特点,能谈谈这个"个人的视角"吗?

熊:个人视角就是我前面说的,把自己的心灵作为观察对象,不掩饰,要有足够的坦诚,这样获得的东西它永远都只是属于你的。真诚是一种力量,它让你走向真实的自我。惟其自我,你才有一点点价值,不会是流行的公共的东西。

记者:您还有一本《一直在奔跑——艺术大师对话》,文图并茂,设计得很有艺术感。黄永玉、韩少功、莫言这些艺术家、作家的人格魅力对您有什么触动吗?您采访他们评价他们的作品,可谓是另一种精神上的行走,标题为什么称他们为大师,有何考虑?

熊:人是千姿百态的,艺术家也是个性不一。但真正的大师时时会感到个人的渺小。因为他总能感受到那个宏大而永恒的世界,任何人在历史的长河中都是渺小的。可以说,这个世界就不存在什么伟大。伟大的是人的品性和良知。大师以质朴与谦和行世。一个自大的人只表明他的浮浅。正是这样,大师才投身艺术,从中寻找精神的永恒。但这并不等于说大师们没有傲骨。相反,他们只会按自己的意愿行事。书中人并非都可称作大师,但他起码有过人之处。起这个书名主要是出版社考虑市场销售。

记者:从您与家乡作家朋友的交谈中,我感觉到您非常关注民间文化。

熊:我们说民间是一个文化宝库,它不是空洞的。先从对待生死的观念和态度上来说,不同的文化主要从这里被区分。每个民族都有自己的巫师,像纳西族人的达巴,藏族人的喇嘛,这些神职人员都是自己民族历史与文化的传承者，也是集大成者。洞庭湖是楚文化的中心地区之一。楚文化主要是巫文化。虽然这种文化表征消失了，但流淌在我们血液里的鬼气仍然是区别于中原的地域文化特征。这种文化曾让庄子醉心过。我在《复活的词语》中写到过楚文化与中原文化对于人性的不同态度。这是日常生活表现出来的文化。在我们家乡给亡人做道场的时候，道士和尚的吟唱，所想象的冥界，有很博大精深的东西。譬如对生死的认识、对生命的感叹，都是非常深刻和令人震撼的。我们的悲欢不过是前人悲欢的延续。我们都在以同一种语言表达。我搜集到一本唱词，年代不详，其中有招魂一篇，形式与屈原《离骚》中的《招魂》完全一样，但内容不同。那么它与屈原的《招魂》谁在先？谁影响了谁？我相信屈原写他的《招魂》不会全无依傍，何况那时正是巫风盛炽的年代，招魂是当时最普遍的祭祀活动。这部唱本用到的词是非常古老的词，已经在现代人的视野之外了（我们的《诗经》也是民间诗歌的一次收集，它却流传两千多年，影响了无数代人）。我在《生命打开的窗口》一文引用了一点。正是这种生命共同的幻灭感让我们与过去接通。

这是从宗教方面而言的。我们家乡信奉的是泛神论，相信万物皆有灵。地方上的神灵多种多样。从小我就受到它聊斋式的故事的影响。生出的幻想也无穷无尽。没有哪种文学是能完全离开宗教的。这一切当然也对我的创作产生很大的影响。

记者：对您的家乡汨罗，这次回家探亲有何感受？

熊：这次回家我去寻找过营田窑。营田，岳飞屯兵的地方。那些大量破碎的陶片，拼凑出一个年代生活的趣味。你通过它，可以看到时间深处的一个动作、一个眼神，你是能与历史对话的。还有汨罗的罗子国，一个神秘消失的国家。我就寻找过罗子国移民的去向，并有所发现。我写的文章在《解放日报》发表后，引起了很多人的兴趣。我也通过它对中国历史上的大迁徙发生了兴趣，譬如客家人的迁徙，我写的文章《迁徙的跫音》《客都》都是关于客家人迁徙的。我写的是这些人心灵上的苦难。还有岳阳的张谷英村，它含有太多传统文化的精华，值得写一部专著，从它建筑的形制与家族伦理，从整体布局与人的自然观生死观，从造型艺术与生活的态度……一个人的意志为什么能传递几百年而不变？这种文化现象本身值得思考的东西就很丰富。你可以通过它探测到时间深处的体温，复活一段真实的历史。我只是很粗浅地写过一篇文章。

记者:您认为岳阳，包括汨罗，有哪些民间文化挖掘、发扬得较好，又有哪些不足之处？

熊:作为政府行为，每个县都编有地方志。它们有一个共同的缺点，就是建国前那么漫长的历史却只占很小很小的篇幅，资料太粗浅。一本书尚且如此，那么地方上的历史文物保护，历史的收集、展示与研究，就更不用说了。像岳阳这样文化积淀深厚的地方，是应该有比较好的博物馆的。单是那么多历朝历代的文人到岳阳，就有很大的研究价值和现实意义。台湾作家余光中说，蓝墨水的上游是汨罗江。屈原的文章，我们并没有做好它。

记者:可能是认识问题。

熊:也与我们急功近利的心态有关。经济建设当作了惟一追求，这是很可怕的。不要说文物了，连环境都不保了，还有什么心思去做花钱的事。但是，你要发展旅游业，光靠一座岳阳楼是远远不够的。岳阳楼不就是靠了范仲淹的一篇文章而出名的吗？没有这篇名文，它什么也不是。这就是文化的力量。这要有眼光，要看到未来。这跟过去我们对待自己民族传统文化的态度有关。但那样的时代早已成为过去，为什么我们还是这样漠视？

岳阳的文化当然主要靠岳阳的文化人来发展。文化人不能太重名利，浮躁的心态是干不出什么事来的。就文学创作而言，地域上的特色是岳阳作家安身立命的根本，只有全球化的经济，没有全球化的作家。以这个要求来看，作家们有几个自觉了，或者去学习过？为什么红柯、阿来那么走红？他们借助了少数民族的文化。方式与语言都是新的，怎么不引起人关注！

记者:听说您还在关注抗日战争时期的汨罗江战役？

熊:汨罗江战役可跟台儿庄相提并论,又有几人知道这样的史实?几十万国民党军队,十几万日军,在汨罗江拉开了一个十分宏大的战场,有许多英勇惨烈的场景,堪称悲壮的史诗!四年的时间,反复拉锯,战火连天。但只是半个世纪,竟集体失忆了,就连生活在这片土地上的人,知道的也极少极少。我在那里出生、长大,就从来没听到谁提及过!老百姓看到的只是局部,那种局部不能够区分一件大事与另一件大事的不同。无非是日本人杀戮抢劫。看不到战役,看不到全局。这样巨大的历史事件竟也能被遮蔽,让人震撼!

在那场大灾难面前,我家乡的父老乡亲付出了惨烈的代价。特别是他们在日军溃退时,老百姓个人自发地寻机杀敌,这是中国抗日战场罕见的。所谓"楚虽三户,亡秦必楚",这种楚人不畏强暴的精神与性格在我的家乡得到了充分的体现。这也是楚文化的内涵啊!

记者:有人说您"既有文明人的一种智勇,又有原始人的一种愚鲁"、"守己而不安分",您是怎样认识自己的,尤其是自己天南海北地这么走?

熊:这是我的一种人生态度,一种对生命的认知。我对世界抱有浓厚的兴趣,我热爱生活。我对自然的河流山川时时有一种冲动,对古朴的乡村生活怀有一种深深的向往。但我又是一个理智的人,我所做的就是在现实所允许的范围内最大限度地做自己想做的事。人不是自由的,但我可以追求它。放纵生命,谁不想试一试呢?

记者:可不可以这样说:您在以山水之间获得的生命体验和从书卷里汲取的信息为坐标,对生命现象做本源性的思考和书写,试图对人对现世给予一种人文的生命的关怀。在您的这些文字里,您像早逝的"大地之子"苇岸一样深切地关注着大地人文,所不同的是,苇岸的着眼点是大地上的物事,您则是大地上的人和他们的生存状态。苇岸看到麦子的金黄和蜜蜂的自足就感到世界有存在的道理,而您在母亲的灵牌前,看着招魂的道士脚上的布鞋,感到了母爱不在,家园永失。苇岸呼唤"土地道德"的本意是要建立诗意地栖居的人文环境,您记述"复活的词语",则是在追寻人的来路——因此,面对文明的缺失，苇岸虽忧伤，但平静；听着“迁徙的跫音”，您虽面带笑容，心底却满含悲愤。苇岸不论庄子，却能静虚守成；您摆弄老庄，却极端入世，有强烈的死亡意识。这是因为您走的地方太多，生与死、是与非的体验也积聚得太多，世事沧桑，使您知道了更多的生命真相，因而更加悲悯生命，为生命的尊严而真诚地歌哭。

熊：我的生命意识太强烈。因此，我从个体关注上升到了类，到了人类学的视界，涉及到生存，到文化，甚至宗教，永恒的时空。我有这样的敏感，这样的感受。我只是在表达自己的感受而已，夹杂了一些个人的思考。文学是我人生的精神支撑，是我的宗教。依赖它，我想找到一些充实的感觉，来排解人生的空虚。但我时时还是被空虚所左右，它像黑洞一样腐蚀着生命。人生的意义毕竟都是人为的。

（原载《春天的十二条河流》）

自选作品

生命打开的窗口

一

玻璃深处，晃动着初冬的田野；玻璃之上，面孔、惘然的目光，浮在一个虚拟的空间，任由凶猛的大地穿透身躯，重叠与运动。黄昏，火车轰隆轰隆，时近时远的声音回荡。玻璃中的土地收敛光线，大地的轮廓渐次幽暗，一片枯索，像人的意念在显现。

两个人影走在田埂上，也走在想象中，挑担的身姿，左右摇摆，显得模糊。平常的景象，真实的梦幻。

母亲的脸这一刻清晰了一阵。她在我手中放大的相片上，一会显得真实一会显得空洞。我轻轻卷起她。有一种疾速的沉陷，我看到母亲在遥远的家乡向着黑暗深处的不知处下沉，整个世界开始失去光明,开始了与她的一起沉沦。

寂静突然降临,只有我这个车厢在奔跑着,不知跑在什么时空,它也许在母亲的视线之外,但一定在母亲的意念之中,是她不肯安息的意念吗？母亲的世界在随着她纷纷走向幻灭——这只是母亲一个人的世界,她带来这个世界,就像打开的魔瓶;她带走一个世界,万事万物都随她而去——世界再也没有了,在她闭上眼睛的时刻,归于永远的黑暗。

但是我还能张开眼睛,看到一个世界的表象,这是谁的世界？是人人的世界吗？它能独立于每一个人而存在吗？对母亲而言这世界再也不存在了。而我从母亲的血脉中分离,开始另一种时间。我感到自己幻影与泡沫一般从母亲的世界逃逸,这是一种生命的蝉蜕。然而,此时此刻坐在车厢中的我,却像影子,时空显得如此虚幻。面前的景象只是活在我的眼里,而我活在母亲的一滴血里。

也许是母亲的一个梦。是梦复制了一个虚华的世界。我的奔丧也在母亲自己的梦里展开。

二

坐着疾速下沉的电梯走出办公大楼的时候,我就感到了梦魇。我去放大母亲的相片。母亲在我口袋中的底片上很好地隐藏着。我抓着它,母亲像很实在的一种存在。电梯内的人看不到她的面容。我轻抚着把她包裹的白色信封,一张脸在我的眼里不断显影。那一刻,我脑海的念头频闪:也许,母亲与我的关系就只有这薄薄的一片了。如果这一片都失去,我就不知道自己是从何处而来的了。母亲虚幻了,我能真实起来吗？这张最普通的面容对我从没显得这么重要过,我突然感到一条根被拔,我要飘浮于某种坚固的存在。生命的空虚一阵一阵向我袭击。

我是去为她放遗像吗？

电话接近正午打来的时候,弟弟说母亲快不行了,昏迷不醒,呼吸困难。她是三天前倒下的，她在地坪支撑不住，就顺着墙根滑倒在地。这是她第二次脑溢血，八年前已经发生过一次。

我在嘈杂的大街上走，我不知道母亲是在我手里被我捏着，还是在老家，正躺在床上，作生命最后的不知是痛苦还是不怎么痛苦的挣扎。在一家冲印店，服务小姐问什么时候取相，我说下午。她说要算加急费。望着手中的母亲，我犹豫着，我真的急着让母亲变为遗像吗？就像我此刻要决定她的死活。这样的问题一出现就让人心神不宁，心隐隐作痛。我不知道把她当作过世的人还是把她当作仍然健在的人，我只是小心翼翼不要从自己口里说出遗像之类的词。词在这个时候是一种恐怖的魔咒。

我捧着的母亲是六七年前汨罗江边坐着的母亲。汨罗江就在我家门口不到30米的地方，几棵柳树，以一个非常倾斜的角度伸向江中。这是我最熟悉的倾斜角度，对它的熟悉远远胜过柳树本身。母亲病愈，身体恢复得很好，因此，相照得很精神，像围绕她的生机勃勃的夏天，有几棵疯长的草窜到了她的膝上。

而现在正是春天，那些死后复生的草正在疯长。但母亲倒下了，春天里她变得衰竭。我的兄弟正守在她的身边，就像八年前那个冬天的晚上，我守在母亲身边，她也是昏迷不醒。彻骨的寒风透过医院破旧的木窗，冷得我直打颤。我把着母亲的脉息，把一袋一袋的冰块压在她的头上，祈望那变得微弱的脉搏不要停下来。我感到母亲的命就在这条脉搏上，我捏着，丝毫不敢松懈。我就这样一个人整夜整夜坚守着……母亲就像春天的草经过一个季节的冬眠蛰伏又活过来了，她以玩笑的口吻说是我把她守回来的。

在万物轰轰烈烈生长的阳春天气，我的兄弟能把她守回来吗？

我现在捏到了母亲的一张底片。我捏得住她吗？

母亲就在我捏着底片于照相馆犹豫的时候，抽着气，表情痛苦，她在等待着什么？我捏疼了她吗？父亲对着弥留状态的母亲说，你去吧，你等不到他回来了。于是，她就去了，脸色刹那间变成死灰，像冬日的一场大雪，世界一夜之间改变了模样！有一个瞬间，捏在我手里的母亲露出了遗像的特征。我发现她脸上的色彩白了，她在我的一恍惚间就走了，却把一个世界馈赠给了我。

就在那一天，我感到自己忽然间变得飘浮，像个天外来物，脚踩在水泥的街道上，是虚虚的。我得等那张照片，我想到的只是那场丧事。我觉得我离开了自己，我在看着自己，看这个人怎么办，是不是表现出一个孝子的行为。我给我不断下判断，弄得自己三心二意，心猿意马。我好冷静？我好伤心？一切都是虚幻中的，像那个人生开始记忆的冬天，一睁开眼睛就看到世界一遍耀目的白，我走进一个童话的世界。

我是如何与母亲实现分离的？然后在一个个春天的惊雷中渐行渐远。只一刻，我的生命像一叶飘离树木的叶子，像失去了码头与归宿的舟，迷失在海上……

三

村子里的人几乎都在这个晚上集聚，死亡让所有的人变得迷茫，这是母亲生命的力量，还是死亡的力量？他们看着我走近母亲的遗体，等着预想中的号啕大哭转变成实实在在的现实，让与生命相伴的想象不断遭遇蜂拥而至的现实的检验，这是生命在时间中行进时的游戏。但他们看到的是一个不称职不合常规的演员，我走近母亲，我觉得她也是他们中的一员，一起参与了一场精心策划的游戏。我俯下身拍拍她的脸，叫了几声妈，滑稽的感觉在一瞬间产生，它是那么强烈，甚至牵动了我嘴角的肌肉——她怎么就可以这样躺着一动不动呢！这哪有一点像她风风火火的性情。人怎么在一夜之间变得如此安静，装得如此像模像样？我分明看到的是一场死亡的扮演。是一个黑色幽默！我记起母亲是有幽默天分的，只是生活的重负压制了它们的发挥，并把原本属于她天性的生活完全扭曲。

所有人都掩饰不住失望的情绪，我深深刺伤了他们的想象力。有人说真的不孝。说我的人用的是我的乳名。我漠然地看了看她，一张熟悉又陌生的但却在时间中迅疾苍老了的脸。

我挤出人群，挤出这个精心布置的舞台。室外，请来的戏班子正在唱着花鼓戏，县剧团的女演员美得妖艳，却又俗得出格，死亡与欢娱在这里交织。

下半夜的锣声、唢呐声突然惊醒了半寐的我，我的意识在那一刻刷地被照亮了，突然之间我明白了我已经没有母亲了，我的母亲正在乡人的葬礼之中，等待着埋入黄土。一个道士的诵经声夜色一样凄然，像一个物体一样立于黑暗的包围之中。电流击中我，撕心裂肺的痛，心中大恸，我痛哭失声。我从床上爬起来，直赴母亲，泪如泉涌，多少年的泪水河流一样奔泻。

不用多长时间，母亲就要永远离开我了，永远地只在想象与思念里没有踪影没有声音没有气息，只有虚幻的记忆。我抱着我的母亲，她全身冰冷，她已经在地上躺了两天两夜，两天两夜里，她任人来人往，任哭声吵闹声忙成一团，再无半点声息，她的脸一天黄过一天，那样曾经红润的手苍老得不像是她自己的，我握着它，却不知母亲去了哪里！她是多么不愿离开这个世界，在巨大的痛苦中仍不放弃求生的愿望，以急促的呼吸与时间抗衡，直到亲人不忍，劝她放弃。父亲劝慰的话一停，她就止住了呼吸，两颗泪珠同时滚落她刹那间变黄的脸庞……

四

黑夜沉沉。

火车到长沙已是晚上。在风雨交加中赶路，半夜时分，再也找不到那条进村的路了。母亲躺在冰冷的泥土上，离我已是这样近，但黑暗让我找不到她，连同她那个村庄。雨砸在稀泥上，像人被吞进了黑暗，声音遥远如模糊的往事；雨水倾泻在水面上，哗哗响成一片，像梦中的哭声——母亲哭过，我哭过……童年的一次号啕大哭，直哭到父亲要把我扔到屋外。

我在哭声中慢慢长大。

这一夜，依然是哭声，依然黑暗如磐。

春天以生的气息包裹着世界，又以死的气息张扬生命的腐败。江南满世界的水在流，在地上的河床水沟里流，在天空中流，在人的脸上流，在树的躯干与叶脉上流，在花的开与闭中流，在时间的滴答声里流。梦里梦外全是水的喧响……

黑暗中的道士，黑色的长袍拽地，像拖长的唱腔，抚过人群之上的忧伤。在他冗长的吟诵声中，白天像一道闪电划过。

临时搭起的棚架下，一座木桥已高高耸立，木桥下的木盆里清水如镜，清水上长明的蜡烛闪烁忽明忽暗之光，桥上的水在雨篷上流，哗哗声一片。水下面，黄的烛光，青的夜，红的响器与炮鸣。道士手持长帚与灯，一步一吟唱，一步一台阶，上了木桥。

我手捧灵牌，低头看着道士的布鞋，在这双布鞋与我的皮鞋间，母亲的脚是虚的，她在灵牌上，在我与道士之间，一起过桥。我让出了一个台阶，我期待着那双熟悉的脚在虚无间晃过。

道士唱："渭城朝雨浥轻尘，客舍青青柳色新。劝君更尽一杯酒，西出阳关无故人！"响器有节奏地敲，一千年的时空都被敲动，敲出寺庙的千年清寂。奈何人过奈何桥，家乡从此远了，亲人从此别了，母亲，我送你的灵魂上路。

前头是个什么世界？有厉鬼当道吗？道士的长卷上百鬼狰狞，青面獠牙。"蝮蛇蓁蓁，封狐千里些。雄虺九首，往来倏忽。"有地狱与磨难吗？道士高举香火，案头行礼，念念有词，祈求神灵鬼怪修好行善，放你过关。有险恶和漆黑的道路吗？母亲，今夜娇儿为你举灯。

道士念，不要思念家人，不要牵挂家乡，忘了阳世间吧，前面的路还十分遥迢，"地府茫茫，莫辨东西南北，冥途杳杳，马知险阻康庄……伏冀尊神照鉴。觉路宏开，息息相关……庶几得所依归。"

我紧紧抱着母亲的灵牌，闪烁的烛光里一个广阔的世界呈现出来——我又看到那两个挑担走动的人影，他们也在母亲的世界中行走吗？一片土地在江滩上舒展开来，变得异样的辽阔，它让人感受到天空，它就像是用来表达天空的。八百里的大湖，荡漾奇异的幻想，浩浩湖风飘浮一股迷醉的清香，那是植物的芳香。在这片茫茫无涯的水域，神秘纠缠着，让人心魂不宁。就像你生命的当初，在那一条大江改道之前，在那一片萋萋芦苇消失之前，那个荒凉的水世界，你的年华如荷绽放。一切似乎又从这儿拉开了序幕……微微的烛光在晃动，道士的吟唱像一炷青烟，是这个世界惟一的声息。死亡像跨过了一道门槛。另一个世界在这个幽深静谧的夜晚呈现，虚实交织，像车厢玻璃映出的影像，像大地穿透了我的脸庞。

汨罗江上有招魂的歌，两千多年前的屈子泽畔行吟："魂兮归来！去君之恒干，何为四方些？舍君之乐处，而离彼不祥些。"道士吟唱："魂兮归来兮，东方不可以托栖，太皓乘震兮旸谷宾，日出鸟兽孳尾兮，青帝曷所依，归来归来兮，东方不可以托栖……"

夜入三更，骤雨初歇，风漾如水，远处的洞庭波澜不惊。众道士绕棺齐齐高歌："春色到人家，满露英华，马蹄芳草夕阳斜，杜宇一声春去了，减却芳华叹人生，少年春色老难赊……"

五

母亲7岁就没有娘，她在洞庭湖的荒草野地上长大。蒹葭苍苍，野苇茫茫，辽阔天宇冲淡了丧母的忧伤，也让她淡忘了这个世界还有深厚的母爱。母亲在简陋的茅棚生下四个孩子，但面对自己的孩子，她却不知道也不习惯去爱。我们像她放牧的群羊，在贫瘠的土地上，她只是担忧我们的温饱。我们每一天都嗷嗷待哺。我们像野草一样疯长，定量供给的粮食远远满足不了身体的需要。饥荒折磨的永远只是母亲一个人。她经常偷偷出去借米，借遍了街坊四邻，多少闲话、冷脸都只对着她。有时，她去晒谷场偷谷；有时穿着全身滴水的湿衣进门，手里提着的是一箩她从湖中采来的菱角。

年轻气盛的父亲与争强好胜的母亲永远有吵不完的架。在他们的吵闹声里，童年的岁月飞一般流逝。直到有一天，我走出家门，去东方一个遥远的大都市求学，母亲忽然沉默，变得温情。

我的一点出息，却让母亲感到害怕，一种疏离感，她怕我抛弃这个家。很长一段时间，她不断地向我要钱，钱成了我们之间几乎惟一的联系。

一切慢慢好起来后，她开始觉得自己与别人不一样，长期的压抑，强烈的虚荣，让她要显示自己的与众不同，但她摆起架子来依然是那么不自信，她的信心只是建立在我们对她的态度上。她的姿态总是在自信与不自信间摇摆，在两种角色之间徘徊。

很快，一场疾病，像变魔术一样夺走了她的健康，一个曾是多么强壮健康的身体，一夜之间变得连行走都不方便了。医院治疗只能恢复到生活自理的程度。但天性要强的她，不肯轻易就此罢休，几年时间里，她背着我们四处求医。只要有一点消息，说某个江湖郎中能治，不管多远她也要催着父亲上路。每次父亲早早地把她扶上板车，拖着她走乡串户。

母亲信教是绝望的结果，她从内心深处害怕死亡。但她却认定了不看病不吃药靠祷告康复身体的信条，任人怎么劝说也不再看病吃药了。每天面对墙壁，诵着经文，她的面前出现了上帝的音容——她把门一关，一个神秘莫测的世界开始向她靠近。

第一次，她凄然地说我离家走得太远了，也是最后一次，我在她的泪眼矇眬里变成一个永远伤痛的黑点，在时间的深处，她也成为了我永远伤痛的黑点，在我的回望里，她挥动着的手，再也无法清晰起来，永远凝固成一个模糊的影子！只有她伤心的抽泣不曾在我耳边消失。

熟悉的家园，从此母爱不再。

六

我依然在黑夜里赶路。母亲也曾沿着我走的路，在夜色中向我走来。远方的城市灯火迷离，我在红光一片的天穹下睡眠，钢筋水泥的高楼把我层层包裹。路上的母亲心里满是母子相聚的憧憬。今夜我赶着路，月台上是父亲送别的身影。汽笛一声，影子如同惊跑的记忆，一切悲伤似乎都随站台的退却而恍惚而淡薄，人生的一幕拉上了帷幔。清澈的夜空，只余明月如钩。

我的后面，依然还有赶路人，沿着我同样的路线，在庞大的铁质车厢里，看一路光影重重。也许，多少年后，在谁模糊的记忆里，有我匆匆的面影。

咣啷咣啷，火车飞奔向南，弯月如镰，头上穿扫，窗外田野回旋；忽来忽往的灯光，呈出木窗如眼，亮时是一个家，闭时是一片荒野；灯，看守着家的温馨，不被茫茫黑暗吞噬，灵魂凝视着光晕，不被沉沦，不被阴阳两隔……

母亲，多少年后，我才知道你常常会借我的眼睛打量这个世界。某些瞬间，我真切体验到了你看世界的心情和对人世间的感叹。许多我们曾经共同经历过的事情，当它们旧景重现，不论纷纭的时间堆积有多么深厚，从前的时光仍然在重现出来！而天际低垂的阴云，总像你别梦依稀的脸。生命的感受是这样奇妙，我的眼里不再只有看到的景象，它还包含了过去、现在和未来。我不过是生命打开的一扇窗口。母亲，是你从尘土中开启了我。

（选自《春天的十二条河流》）

春天的十二条河流

汨罗江与洞庭湖交汇的地方，是洞庭湖东汊，又叫汨罗江尾闾，在这片平坦、辽阔的荒洲，十二条河流流得非常平静。河流之上散落着一些村庄，稀稀落落，远远望去，只看得见小片的灰，那是房屋的青瓦。多雾的雨天，远处的行人总是朦胧而又行色匆匆，鹧鸪的叫声从屋后菜园传来，声音清新又湿漉漉。暮色里的屋檐，在不经意的一瞥中,变作一道黑色的剪影。一条水牛突然无事生事对着天空长哞一声……

这是一个春天。正月里闹完元宵,刮过一个冬天的北风开始转暖,不再长啸着奔过平原,不再刮人脸皮,也不再冻得骨头生疼。

二月到来的时候,空气在某个早晨突然变得湿润。

我第一次见到了巫师的茅棚,我想在茅棚里住两晚。巫师的茅棚扎在洲渚上。巫师是我爹,长年替别人守着这片茅洲。茅洲上的草是能卖钱的。那个时候我不知道自己有了身孕。

巫师用茅草在床边给自己垫个地铺。发现地也开始潮了。落在地上的锅和镰刀连响声也变了。

白鹭"嘎、嘎、嘎"在茅棚外叫得欢,像展开一场比赛。还有天空中的鸟叫声也加入了一场大合唱,我不知道那是些什么鸟。我知道了爹的茅棚比家里要喧闹得多。这里并不寂寞。

巫师与鸟长期生活在一起,巫师从鸟的叫声里能听明白它们的意思。巫师念叨着一些古怪的名字,我不知道在说些什么。一次,巫师说到野汉子,我到门外看了半天也没有见到一个人影,只有一群白鹭在空中飞舞。一只栖在屋边,欢快地发出嘎嘎声。巫师说野汉子一天都在疯,不肯下地来,跟谁那么野。我忍不住问了一声,爹,野汉子是谁呀?巫师忽然停下手中正在搓着的茅草绳,怔了一怔,对我一笑,说,野汉子是那只鸟。

巫师停了手里的活,拿了一个木盆到了茅棚外,又进屋把从湖里罾到的小鱼小虾倒进盆里,站在地坪上对着一群鸟就喊了起来。巫师一声声喊叫,就像到了黄昏,那些做父母的站在村口唤玩疯了不晓得归屋的孩子。

一只只鸟从芦苇深处向巫师飞来,它们呼朋引伴,在茅棚上盘旋。鸟越来越多,把整个天空都遮蔽了,像一片乌云,天色越来越暗。它们拉出的屎也像雨点一样落了下来,落在巫师和我身上,我们不得不进茅棚躲避。

直到这片乌云落了下来,地上下了一场大雪,我们才走出茅棚。

鸟，亲昵地围着巫师转，抬起长长的喙，发出兴奋的啼声。巫师喂给它们小鱼小虾，轻轻梳理它们洁白又美丽的羽毛，对着一双圆圆的善良的黑眼睛说着话。

晚上，白鹭在茅棚边站了一大片，它们把茅棚围了起来，站着就睡觉了，一片朦胧月光就是这样落下的。

我晚上到棚外小解，看到白花花一片鸟羽上浮动的绒绒玉光，四野里静得风过苇叶的细碎声像蚂蚱落到了我的脚前，就疑自己是在梦中。深深吸了一口气，遂不忍心打扰，又悄悄退了回来。

二

两天后，我准备回村了。晴空万里的天气，在我一转身之间就阴沉了。晌午，突然一声春雷在天空炸响，四周的空气一震，就拧得出水了。清亮透明的雨水最早从芦苇叶子上响起来。天空更见灰蒙，像孩子擦脏的纸板，既看不清远处的天，也看不清近处的天，都虚在那里。

春天就藏在这片厚重的天幕里，静悄悄虚在哪个地方，像蜘蛛守在蛛网里。

从此，雨淅沥不止，到处可以听到流水声，到处哗哗不宁，所有的土地都在往外冒芽、长叶，所有枯萎的植物都在转绿，从那些铁黑的坚硬的枝桠上爆出粉嫩娇柔的新芽，大地上的水在所有植物的躯干上奔跑、呼喊，像河床上哗哗的流水。所有的物件都在变得湿润，潮出水珠，哪怕是铁打的锄头，它也湿了，开始长锈了；哪怕木的桌椅，也潮了，生霉了。

这是一个湿漉漉的世界，连人的声音也打湿了，飞不远了，闷在窄窄的房间。沟沟坎坎里都是白亮的雨水，它们在动物们的踩踏下化作粘稠又稀拉的泥浆。

野草一夜之间绿了地坪、田埂、河滩、荒地，它们就像雨水淋湿土地一样把所有雨淋过的地方变成了绿色的世界，变成粉嫩鹅黄遥看成茵近看无。雨水是那样神秘，它划过天空的斜斜长线，时亮时暗，时隐时现，在一声声惊雷指挥下，急缓疏密变化，那些田螺、蚯蚓、蝌蚪、蚂蟥、鱼苗仿佛都是从这雨线里降落的，它们在泥土上蠕动，它们在哪怕很小的水洼里畅游、戏水。十二条河流，每条河流的水都在沿着河滩往上爬，向着白亮的天空往上涨。沉默一冬的动物这时也朝着雨水发出噪音——青蛙日夜不停地聒噪着，猫在春夜里叫得凄厉，狗的汪汪声里还夹带着一种又细又尖又低的叫，那是喉咙轻轻逼出的声音。鲤鱼在哗哗的流水里用尾巴拍打着水面，发出泼刺刺的声音，它有成千上万的仔要产在流水里。无数的虫鸣鸟唧把漆黑的春天的夜晚，变成了一台永不谢幕的交响曲……

我开始呕吐，恶心得厉害，全然不知道什么原因。脑子昏昏沉沉，看到床就想躺下来，看到吃的东西心里就有一股浊流直往上涌。胃里泛出酸味，想找坛子里的酸菜吃，只有酸菜才让人感到舒服一些。我全身没有力气，骨头酸胀，恹恹欲睡。雨意中的世界被一片烟云笼着，心事重重时它厚积如霭，即使柳绿桃红也迷蒙如烟。我想看透这暧昧的天气，眼里的景物却一会清晰一会迷离，让人绝望。

几天时间，村里人已经在犁田了。玫瑰色的紫云英铺天盖地，被犁头犁起的黑土一垅一垅覆盖了，被白亮的雨水淹没了。耙碎的泥土被雨水泡成了泥浆，禾种就撒在一块块浆土上，像胚胎，生出幼芽，疯一样长，一天变一个样。小孩折了柳枝往地里一插，第二天，土地的繁殖力就让它生出了根，长出了新的叶。蜜蜂慌得手忙脚乱四处在泥墙上打洞，整日叫得嗡嗡声一片，急着把肚里藏着的一个圆鼓鼓的蜜蛋产出来。它们吸了太多的花粉，有太多的花一夜之间怒放，以各自鲜艳的色彩、芬芳的香气引得它们忘情地饕餮。

巫师总是在第一声雷炸响时，准备着从洲渚上撤退的事。

三月桃花汛不久就到了，水在汛期里迅速从十二条河流里爬上荒洲，脚下的土地一部分淹到了水底，高地变成了浅渚。巫师要在汛前赶回村庄，还有水田要种。我的呕吐巫师全看在眼里。

我不知道一个小生命开始从自己的身体里冒芽了，正在时间的转动里向着这个世界坚定地走来，没谁听得到小生命的脚步就像时间的脚步“嚓嚓、嚓嚓”直响。我说，爹，我不舒服。我想要巫师替我找个郎中。

一天晚上，巫师问，那个青年人是谁。巫师问这话时，脸上的亲切全没有了，那颧骨僵在那里显得有点冷有点硬。我身上跟着也有点冷有点硬了，说起话来也冷颤颤的，我控制不了自己的颤抖，断断续续把一切都跟巫师讲了。说完，我就捂着脸，跑到了自己床上，把被子蒙过头，又羞又怜，眼泪就哗哗流出来，好像决堤的水再也控制不了，就像春天的雨水从漫长冬季的封冻里冲决而出了，只要一声雷，这个晴好的天气就再也见不到了。晴天在什么时候变成了一个假象？阳光灿烂的日子早已在悄悄藏下巨量的雨水。

那个晚上萦绕的气息若断若续，时隐时现，在时间里漫漫地漂远，像一件衣服，向着水中央漂去。只有身体里的体验，那么强烈地留在体内，我就像一把被人打开的锁，一座秘密花园被发现了，我感到双乳鼓胀起来了，像一天天成熟的水蜜桃，身体里神秘的水在向着那两个鼓突的地方哗哗流淌，四肢里的血脉日夜叫嚣着、呼喊着，四处都有神奇的花蕾在怒放。我的脸色一天潮红过一天，眼睛里汪汪的水在我略一伤感或略为动情时就簌簌往下掉，这时整个世界都是湿淋淋的，都在我的泪水里开始发了芽，开始藤藤蔓蔓没有节制地疯长，像思念一样，要把脑子里所有的念头都覆盖了，我几乎不能想其他的事情，不能像过去一样正常地与人交往。

那一夜我闻到了男人的气息。我给他煮饭，他帮我烧火。我脱下棉袄，上身只有一件贴身的红色夹袄，火光里我的脸红如桃花。一双鼓凸的乳房，随着锅铲一上一下跳动着，像两团罩着的火苗，灼人的光芒穿透了衣衫。

他赞扬的话越来越失去边际。从我的衣服到腰身，再到下半身，语气越来越急促。我哪里遇到过这样赤裸裸火辣辣的赞美，红霞在我脸上直煮，心在腾云驾雾，全身轻飘飘不知到了何处。我听着，不再说一句话。眼里汪着的一泓泉水照彻屋宇。

他身体里的血液点燃的火在血管里燃烧，全身燥热无比。我们吃饭都没尝到饭菜的滋味。我看到了他眼睛里噼噼啪啪燃烧着的火，我扭过头躲开了他的眼睛，我的身上已经被这把火点燃了，像遭到雷击，热得几乎透不过气来。那只被他捏着的手却像一只小兔子动也不敢动，我听到了血管里的血在全身奔涌，发出了隆隆的喧响，身下已经像潮水一样涌动，失去了控制。他顺势抱过来。我已经晕眩，再无反抗的气力，由着他抱着，摇摇晃晃走向那张周边铺满了各色花瓣的床……

半夜里，巫师敲完报更的梆筒站在我的床边，直到天蒙蒙亮我才发现。春天里的雷还在天空里炸响，雨还在屋顶的青瓦上叮叮当当既寂寞又热烈地敲着，我不知自己什么时候眼泪停止了，什么时候迷迷糊糊进入一个青色的梦里，有那么多的青蛙在朝我叫着，从脑袋两边不停地冒泡泡，从两腿间排下卵子，排下一片又一片粘糊糊透明的东西，任由它们一块块飘浮在水面上。我站在一片水田里，雨越下越大，自己越来越冷，那粘糊糊透明的东西都向着我漂来，到了脚下，粘在了我的大腿上，而我却怎么也走不动了，直到急得眼泪水又要涌出眼眶，我才醒来。

我一醒来就看到巫师站在床边，那双目光那么柔和，像梅雨天里突然出了太阳，像初夏和煦的风拂过我的长发。

巫师说，爹去找他。

巫师打了把竹柄油纸伞，穿着双草鞋，就走进了泥浆很深的土路，朝着东方去了。哗哗的雨丝很快就让巫师的背影变得朦胧如雾，在村口就淡得没有影了。我就想起了那天他走的情景。

他那一天早晨也是这么走的，夜色还未完全退去，东方光亮熹微，他的背影也是这样朦胧。

他走出我的视线时，脚步就像飘一样。

三

他完全不知道为什么会有这样的早晨，会有这样的告别，会在这一个陌生的村庄走出来，他只有水上仰望村庄的经验，这让他产生出既陌生又亲切的奇怪的感觉，然后像有什么饱满的东西溢在胸口，让他突然充满了一种向往一种憧憬。他从没有过“憧憬”这样的感觉，那是让人对未来充满了巨大希望的感受。他感到自己在一夜之间换了一个人。他猛吸一口清鲜又冷冽的空气，一种幸福感油然而生。

一路上，他的鼻孔里仍弥漫着女人的气息，嗅着一股奇香。那种来自身体的奇怪又新鲜的感觉，也让他不能摆脱，不能淡忘，他对自己身体里这样奇妙的感觉感到不可思议，它们来自哪里呢？仿佛有无穷无尽的秘密还隐藏在自己的体内。他第一次感到女人就是一个湖，能把他包容，他像进入了一片神秘的水域，沉浮着，颤抖着，感觉自己也被注满了，跟着消融了，不存在了，像一股冲撞着的水要把整个世界淹没了。他沉浸到那样的情景里，回味着身体里的体验。他脑子里却掠过一丝轻薄的感觉。

他又回到了湖上。

湖上的日子是寂寞的。因为没有寂寞过，他也品尝不到空空洞洞的寂寞是什么。只有那个夜晚之后，他突然发现了在湖上生长着的寂寞。时间一夜之间变得粘连又缓慢，好像全由雨滴在漫不经心地掌控着，急雨时，听到了芦苇、芭茅和竹叶的沙沙声，它们枯在水里，让沙沙声也变得湿漉漉，这让人觉得时间不是那么难熬了；雨缓时，雨滴落在水中也是无声的，像默片一样，慢慢进入水中，半天才有一个圆圆的波纹像哈欠连连打着，又慢慢收拢来。那些滞留在枯草上的雨珠半天才掉下一颗，像蚊蝇叮了一下水面。只有湖中的白鹭不知疲倦贴着水面悠闲地飞行，它们几十成百只地团结在一起飞，像一片白云，水上面一朵，水中一朵，比翼而行。有时它们像纸片似的，轻飘飘地划过水面。黄昏，它们又像一团团白雾，随着光线越来越暗，飞翔的身影变得似有似无，像人的错觉。它们在浅滩湖沼上停下来，修长的脚提得高高，长长的爪收拢来，放下时又轻轻张开。有时，它们会飞到船顶来，在竹篾棚顶站一站，并不害怕人。鸟几乎牵引了他全部的视线。

他欣赏鹬的绅士派头，它走一步停一步，看到水中出现的小鱼、小蟹、蚌，就把长嘴伸到水里，觅起食来漫不经心。汆鸭在水里游来游去，不时把它灰色的头扎入水中，让人觉得水下世界是一个无尽的宝藏。只有云雀是沉默的，它们与麻雀一样藏在苇丛中，偶尔发出几声啾啾的叫声，晴朗天气里那种向着高空里冲刺，发出短促密集的欢快叫声，现在只是一种漫长的期待了。来自东北、新疆和西伯利亚的鸿雁、绿头鸭和天鹅陆陆续续往北迁徙，它们从高空飞过时，叫声仿佛来自天外。鸳鸯成双成对，一副天长地久的样子。苇鸟嘹亮的歌声在芦苇里响着，但他就是发现不了它的踪影。水面上飘浮着水葫芦的巢，像他飘浮在水里的船，水葫芦用芦苇缠结成一个浮垫，再在上面垫上杂草、碎羽毛，就像船一样在水中任由它四处漂泊。水葫芦一个猛子扎进水里，就像鱼一样左拐右钻，上翻下沉，游来游去，比起黑色的鸬鹚，它更加如鱼得水。

湖里的鱼有时多得让一片片湖水发黑，有时又像一片阳光晃过，鱼群游来荡去，永远不会停滞。也有散兵游勇，它们游得悠闲，不时一翻身子，亮出一道雪光；有时跃出水面，"哗"一声，搅动一湖的寂静。只要愿意撒网，收网时都不会落空，活蹦乱跳的鱼在网中挣扎着，拖上了船头它们还不依不饶。等到舀一瓢湖水放进铁锅，火一煮，鱼的清香就在湖面上飘起来了。

他发现了天上的鸟和水下的鱼，它们最快乐的时候，或是放声歌唱，或是跳起优美的舞蹈，都是为着向异性求欢。他想起那个黄昏，那个村庄，那个姑娘。他在水上多少次欣赏过姑娘的倒影，他绕着姑娘唱过火辣辣的船歌。这些船歌他父亲唱过，父亲的父亲也唱过，他从没有学，但第一次面对那个姑娘，他张口就唱了出来。他在那个黄昏把船划出芦苇，对着姑娘唱歌。在麻石条上洗衣的姑娘突然掉到了水里,他的船就像一支箭,向姑娘射出。

他的冲动来自于他身体深处,像一台发动机由什么神秘力量控制着。他猝不及防,他完全没有做好当父亲的准备,他不懂得自己已经播下生命的种子。

四

巫师回到家,发现自己家的屋脊上栖满了白鹭。白鹭见到巫师,就张开双翅,在屋顶上翩翩起舞,“嘎——嘎——嘎——”欢快地鸣叫。巫师认出了这是茅洲飞来的白鹭,许多时候,它们就是这样绕着巫师的茅棚歌唱的。小白鹭向巫师飞来,巫师的头上、肩上、抬起的手臂上都站满了白鹭。多少天来,巫师一个人风里来雨里去,没有伴,也没有一句话,田埂上紫色的豌豆花,青涩的香气一阵一阵随风袭来,巫师感到有点绝望。内心的凄然让他差点掉出泪来。巫师找不到他。他的船在湖的深处。他以湖为家,在十二条河流里四处漂泊。

白鹭,跟着巫师在春雨淅沥的泥路上行走,它们在巫师的左右前后,或飞或停,或站到水牛背上、苦楝和杨柳树顶,像一片片飘飞的荻花。晚上,鸟就宿在村庄那棵樟树上,天一亮,树冠上就像落了一层大雪。这成了那年春天汨罗江畔一道奇特的风景,留在了许多人的记忆里。

孩子在我的肚子里飞长,就像日子是尘埃在肚子里一层一层积淀,呈现了一个小抛物线。孩子已在这条抛物线里开始展示拳脚,一手撑起肚皮,试图破坏这条抛物线,我轻轻抚摸孩子好半天,孩子才停止这一行为。是孩子向抚摸妥协还是自己撑累了?孩子在肚子里拳打脚踢,打得我欢欣鼓舞,幸福得要让厚嘴唇来展示,打得我新奇难耐,夜不成寐。我就在一个月养成了摸肚皮的习惯。巫师就望着我摸来摸去,望着望着就走了神。巫师只知道每天罾鱼,每天煮一大锅,把我吃得快变成一条鱼了,孩子就是一条小鱼。

有一天，我走在茅洲的荒滩上，“嘣”地一声，沉闷的响声吓了我一跳。在离我十几米远的地方，一只鸟从天上掉了下来。我好奇地走过去，那鸟有短而粗的嘴，灰色的颈像鸿雁不长不短。它躺在地上，我用脚碰它它也没有一点动静，像熟睡了一样。我拿着足有好几斤重的鸟回到船上，心想，茅洲还有人送鸟给我，这一定是神灵送给自己的礼物。

天上落鸟的事一个月里发生了三次，每次都让我惊奇不已。等到第三次天上落鸟，我再不敢拿回去煮了吃，我找了一个地方挖了个坑把它埋了。从此，天上就再也没有落鸟了。这足以培养出我观察天空的习惯，那空洞的地方神秘莫测。只有长着翅膀的鸟儿才能像风一样在上面自由地穿行，那些厚实的云朵，把影子投到大地上，也像风一样拂过山坡河流。那些晴好天气里出现的星星月亮，披着银辉，与天河一起转动，从春到秋，缓慢地变化着天空中的位置，它们也像深邃湖面中的渔火，微弱而浩瀚。那些划过夜空的流星，火一样点燃了我对于时空的幻想。而那些疯狂的闪电却让我感到恐惧。我从爱观看湖面到喜欢观察天空，像巫师一样陷入最初的痴迷，我这时想的是：天上会不会真有神仙呢？我闻到不同方向吹来的风有着不同的气味和气息，它们在大小不同的气流层中飘流，有的是长风，浩荡而没有止尽，有的短得像是一声叹息，它们彼此间隔轮替、交织沉浮，变化无穷，飘逸在浓浓湖水的腥气之上，甚至它们抚过肌肤时都有不同的冷暖变化。风的四处飘荡是不是也带着它故乡的记忆和气味呢？

他这时作为新郎已经守在了我的身边。或者说，我到了他的船上，成了一个渔民的妻子。

五

巫师一个人过了。巫师很少出门。巫师把自己关在房里，迷恋于道学事业。巫师把一本《易经》翻烂了，按东南西北方向，把八卦图悬于墙上，两脚在房子里踱来踱去，思想在鲲鹏展翅扶摇八千里，手的空间却只有一页草纸大，握着那支秃笔不时在厚厚草纸上写下一片蝇头小楷。

我们的村庄曾是南宋名将岳飞屯兵营田时训练骡马的地方。那时杨么的农民起义军居扎杨林赛。洞庭湖里大小几十次水战，死伤的人不计其数。遇有大雷雨的晚上，村里人经常在闪电里看到那些或游走或奔跑的白马，还听得到嘶嘶的吼叫声。有人在清明节挖土培坟时，挖出了一顶带双翎的镶金官帽。这顶镶金官帽一出现，村里每个晚上就有人梦见一个官人模样的人，诉说自己被人暗害的冤情，官人总是说着说着就放声哭起来，眼里的水像断线的珠子越流越多，越流越密，转眼间变成了红色，变成了汩汩流淌的血，肉脸被血蒙住了，人被血水吞没了，血水上面只有一顶官帽飘浮着……所有人都在这时吓得惊醒过来。睁开眼睛的时候，就听到鸡叫，或者听到巫师的梆子声敲在坚硬的暗夜里。

巫师于是以最古老的罗子国的招魂仪式为这顶官帽招魂驱鬼。只有他会吟唱那些古老的招魂曲。屈原当年流放汨罗江作《离骚》“招魂”时，罗子国的招魂曲给了他启示。巫师也同样从天地四方呼唤亡人的灵魂。村里人都看到了那顶香火缭绕中的官帽在簌簌抖动。

巫师时时进入冥思，希望通过冥想达到通灵人的境界。巫师感觉到河流上飘忽的灵魂，每晚都像风一样流动着，它们是河流之上的河流，在几重空间飘浮、游移。尤其春秋时期和战国初期的亡魂让巫师内心惴惴不安，巫师看到了他们遥远而朦胧的面目，他们表情痛苦、凄厉，是疯狂杀戮后无人装殓、安抚的孤魂野鬼。巫师要通过冥想的办法抵达遥远的年代，通过招魂、安魂，并引领他们找到自己祖先居住的地方。他们像迷途的羔羊，在黑暗的河流之上苦苦寻觅，两三千年来从无人指点。

大地上的苦难太深重，巫师从每一粒尘土上都读得出那份阴郁的积淀。巫师困惑的是，无论自己怎样冥思，口中念念有词，就是无法闭着双眼进入到另一个世界之中去。那是一个全息的世界，有时巫师觉得自己已到了那个遥远世界的边缘，甚至已经闻到了它散发出的苦艾草的气息，但总是功败垂成，总被世俗的念头拉回了现实。巫师知道自己修炼的功力还不够。

巫师凭着一条阴森的河道，找到了一个村庄。巫师怀疑村庄的地底下有一座城池，拿了罗盘测了又测，说村庄的人住在两千多年前罗姓人的故址上，那下面有许多未化的尸骨，有许多未曾散去的梦魇，让村庄里的人不得安宁。故址堆上的人半信半疑，一些人提出要巫师做法事，巫师直摇头。故址堆上的人就对巫师下逐客令了，他们不喜欢有人说他们是住在死尸堆上。

巫师回到家里一遍遍吟诵："魂兮归来兮，东方不可以托栖，太皓乘震兮旸谷宾，日出鸟兽孳尾兮，青帝曷所依，归来归来兮，东方不可以托栖……"

清风明月夜，巫师走上高台。巫师吟咏罗子国的招魂曲。巫师对"芈部落"、"穴熊"和"罗"三者之间的关系产生了兴趣。巫师冥思着夏商时代的先人面目，殷的征伐，罗随楚迁避甘肃正宁，为周王朝所迫，复迁于湖北房县、宜城。春秋初期，楚灭罗，其遗民迁于枝江，再迁汨罗。他推测，罗是祝融氏吴回之后，也是荆楚的一个先祖，芈姓首领穴熊的支裔，所以也姓熊，与楚国之后改姓熊，属于同姓同祖。巫师要把更遥远的先祖的魂招了、安顿了，才能祛除故址堆上的人的戾气，让那些千年不安的亡魂，归于深土。那些亡魂是比三闾大夫屈原还要久远的亡灵。巫师看到他们的影子在汨罗江两岸随水飘忽，在进入洞庭湖的十二条河流之上呻吟。巫师是在茅洲那些夜晚听到了比波浪更细碎的一种呻吟，那么遥远，穿透了层层沉积的尘土。巫师就在那一天，背着罗盘上了路。他走遍荒洲和十二条河流：灰滩河、黄金河、平江河、河市河、沉沙河、芦浮河……发现阴湿之气来自那个故址堆上的村庄。

巫师再次出现在这个村庄时，村里人见巫师鬼鬼祟祟，问他在干什么，巫师要人拿了锹，说挖一样东西。巫师挖了三天，先挖到一段被人夯实的黄土，先人的力量被堆积在一团。接着挖出了散落的筒瓦、板瓦、绳纹陶片和灰陶绳纹鬲、豆、罐。村里人惊奇得不行，他们围着巫师鼓弄着这些东西，相信巫师的推测，这里曾是古罗子国的城池，一个神秘消失的小国。

六

十二条河流让巫师着迷。巫师背着黑布袋里的罗盘，走在一条条河道上，在那本草纸上写下一个个符号。

巫师去世是在腊月下过一场雪后。巫师在沉沙河上坐着去世了。巫师是在冥思时远逝的。谁也搞不清巫师是什么时候走的，对着空洞的流水坐了多少天。巫师也许是到了自己想去的那个遥远的世界了，他成功了？从巫师最后写下的小楷体看，巫师已走了一个月了。这一个月有过晴天，有过雨天，还有过下雪天，巫师的尸体竟然没有腐烂。成群的鸟飞翔着，像一个巨型蘑菇开在河边，那蘑菇的根就在巫师坐着的地方。远处的人最先听到的是鸟群奇异的叫声，它们的叫声在高天上伴着罡风行走，传到了几十里外的地方，让听到它的人身子一阵阵发紧。蘑菇就像一把唢呐对着天空吹奏。正是这种声音让人找到了这朵经久不谢的蘑菇，找到蘑菇下的巫师。

在河水退出的沙滩上，巫师已被一层层鸟粪埋没了，像被一层坚硬的茧壳包裹了。发现巫师的人把鸟粪敲开，巫师就像一个新生儿一样从子宫里露了出来。但搬动躯体时，巫师在顷刻间垮塌下来，像一堵墙一样垮塌下来。之前还清晰的面容就变得五官模糊，分辨不清了。等到两天后我看到巫师时，都不能确定是不是爹。因为五官已经变成另一个人的了。五官几乎一天一变，好像许多个人的模样。我也不能确定自己是不是该悲伤，因此，我哭得犹犹豫豫，很不像一回事情。我刚一哭“爹——耶——”，就发现那张脸在变，我不知道自己是不是还要接着哭下去。女儿不哭丧是最大的不孝，哪怕装哭也是要哭下去的。我想到自己看不到爹就伤了心，哇哇地哭了起来。

也许,这个人根本就不是巫师。

七

你到现在应该知道了那个婴儿就是你,那个破坏抛物线的小生命也是你。那个春天已经被许多个春天遮盖了。你看不见它。没有一模一样的春天。你也许仍然不知道自己在哪儿出生哪里长大。从你有了记忆开始,你就把自己眼前看到的等同于世界的全部,以前的事情对你只是空白,你根本没有往这样的空白地带张望过。说起你的故乡,那是个让风水先生无法发挥想象力的地方,那是个大平原。你的童年、少年时代都没有见过山,因此,你见到围湖造田的人,他们变成农场的职工,他们修地球铲下草皮,堆成一座一座的山,你就有说不出的一种占有欲。你很英勇地发起一次又一次的冲锋,喊着口号,冲上山头,俯视山下,展现一种豪迈的英雄气概,你竟然乐此不疲。那草堆实在矮得可怜,最高的也就一米多点。面对这样一个轮盘一样的大平原,你几乎找不出这块地与那块地的差别。风水先生想信口雌黄都没有任何的依据了。他们都没有巫师的天才,那种洞悉岁月与生命的才华。他们只会把一个罗盘晃来晃去,动作笨拙愚钝。

但你的记忆却不是这样。因为平原有沟渠、河流,就是那种人工开挖的小水渠,哪怕只有一米多宽,那对于你都是天堑,没有足够勇气的人是不敢冲跑着跨过去的,何况,沟里有鱼、田螺、蛇、青蛙各种各样的动物,还有名目繁多的水生植物,它们开出五颜六色的花,这些是多么的迷惑你。就是这样一条水沟,你玩上整整一天还舍不得离开它。它在你的记忆里仍然是一条河。何况还有真正的大河,十二条河流,滔滔波浪之下,显得异样的神秘,没有谁敢独自一人下水。

你时常是在河边开始幻想的,幻想河对岸的那片土地,幻想远远的如同一抹淡蓝天空的远山,那是多么神奇的地方。每一次发现一个湖泊,就像发现一个新世界一样激动。要知道在你出生地不足十里就有一个八百里的大湖，只要你坐上船，从家门口的汨罗江西下，就可以抵达那一片汪洋无际，那是超乎你想象之外的景象。

有时，你会被一种情景怔住，人在一瞬间从现实世界里脱身出来了，像进入一个梦境，你直接进入了未来的某一个场景，它是那样清晰而又模糊，一闪而过又记忆牢固，像电击了一下。奇怪的是，当你回到现实中来时，在时间中所发生的一切事情并未因你的走神而中断，它几乎没有占据时间。这样的情景是你未来生活的启示。因此，你朦胧地感受到了你的未来，直到这样的场景，一模一样地出现，你就会在另一个瞬间里陷入似是而非的境地。现实成了梦境的复现。于是，你又进入了从前曾经进入过的神秘瞬间，同样怔住。你时常就分不清这是过去还是未来，是生活在重复，还是你真的有过这样的预感。你决不是一个通灵人，至今为止也没有见过什么神灵，你没有你外祖父的才能。你只是时常被自身所发生的神秘现象所迷幻。只是热爱在你身边的人身上作出预测，不幸的是，他们往往被你言中。但你不是在所有人所有事情上都能预言的，这需要灵感。一切事情看起来好像早已天定。

你不能想象一个孕妇，你在她行走的身体里每分每秒生长。不能想象，那个划一条木船钻进水里的男人，因为一个晚上的冲动，你隐藏在身体里的血与流淌在他身体里的血会有相同的血性。你会按着他身体的要求生长。你不知道自己像野生动物一样，在一个荒旷平原上的一栋茅草棚里哇哇来到这个世界上。在你出生之前所发生的事，你无法想象，对上一辈人，它只是平凡的往事，依然在记忆里活着。对你却是遥远的历史。

现在，十二条河流越来越瘦弱了。这是一个冬天的晚上，大地上的水开始结冰，河流就像给神铺开的十二条光洁的道路。北风在奔马一样冲撞过平原。而又一个春天，正在大地深处孕育。十二条河流将变成十二条音带，等着从沉默里爆出春天的最强音。歌唱万物在大地的复苏！你就在这时候长大。你破开了坚冰，唱出了男人的船歌。在春天到来之前，歌声穿透水上的一座座村庄，还有女人的心。

生命性灵中的湘楚浪漫

——读熊育群散文集《春天的十二条河流》

陈剑晖

“行走散文”作为一种散文的亚品种，近年来可谓方兴未艾，甚至大有比肩之前的“文化散文”和“学者散文”之势。但读多了这一类散文之后，有时难免心里会生出一点纳闷和疑问——你在这些作品里头总能或多或少读出一点作秀的意味，比如有的“行走散文”借“行走”来贩卖异邦知识，炫耀自己的见多识广；有的故意摆出一副轻松潇洒的姿态，将散文变成无足轻重的“轻”的文学；还有的刻意将某地(比如西藏)搞得神秘兮兮，结果在他笔下的大自然反而变得模糊不清……总体来看，当前的“行走散文”的确存在着一些问题，而其根本的症结就在于缺乏一种大的情怀，缺乏对自我生命的认知和心灵的感悟。但读了熊育群的《春天的十二条河流》之后，我对“行走散文”有了新的认识，对它的发展前景也增添了一些信心。

作为“行走散文”的代表性作品，《春天的十二条河流》是熊育群继《西藏的感动》《走不完的西藏》《灵地西藏》之后的又一本散文集。熊育群是一个楚人，原先学的是建筑学，但他却天生爱做梦爱幻想，加之他对世界抱有浓厚的兴趣，对自然的河流山川有一种抑制不住的冲动，对古朴神秘的乡村怀着一种深深的向往。于是，他先是写诗，而后写散文，而且一发不可收拾，其散文不仅常见于《人民文学》《收获》《十月》《花城》《钟山》等重量级杂志，而且还上了畅销书的排行榜，据说有一年中央台的元宵晚会上还朗诵过他的散文。

不过，对我来说，我更关注的是“行走”本身以及“行走”给熊育群的散文创作带来了什么。从《春天的十二条河流》的“代后记”中我们获知，熊育群曾经用三个月走过了藏北的羌塘草原、阿里的神山圣水。他还爬过珠峰，穿越过雅鲁藏布大峡谷。他有过五次大难不死的经历，诸如珠峰雪崩、大峡谷山体塌方、藏北无人区的迷路，还有饥饿、翻车等等，这些遭遇可以说都是熊育群“行走”生涯中的必修课。自然，这样的必修课无可避免地会在熊育群的散文中留下烙印。难得的是，虽然历经死神的威胁和大自然的考验，但熊育群并没有像一些“行走作家”那样沉醉于苦难，或在炫耀苦难和怀旧中煽情，以此来陶醉自己，并骗取读者的悲悯。熊育群的可贵之处，在于他总是能以一种简单朴素而又富于湘楚浪漫的书写方式，以一种乐观进取的健全心态，来对待大地上的苦难，并尽量将自然还给自然，将真实还给真实。这样，不论是写楚地水泽的“十二条河流”，西藏高地的“灵魂仪式”，黔贵边境的茅屋土楼，还是“客都”的“迁徙之谜”，南方的村落小镇，我们读到的再也不是一些表层的奇风异俗的展示，不是一些机械僵硬的概念的拼贴附会，也不是无处不在的故弄玄虚的神秘与恐怖。在他的大部分散文中，我们读到的是大地上的一些实实在在的人和事，是大量的平凡质朴的生活细节，是作者与大地的真正交融与私语。于是，在这种交融与私语中，我们随着作者一起走进自然、阅读和感受自然。

显然，这其中有着生命本体的潜沉和认知。散文的生命本体性，是与精神性相对应的一个概念。它指的是散文以一种生命存在的形态，以“融入”与“倾听”的方式潜沉进自然，同时穿越日常生活的表象，呈现出超越性的意义。当然，与精神性包含着更多的理性内容相比，散文的生命本体性更多的倾向于感性和激情。它是散文中最充满活力的源泉，是能使作品升腾、勃发起来，喷薄出无限热力的理想的朝霞。正是因此，在上世纪90年代以来那些优秀的散文家的作品中，我们都能感受到一种强烈的生命意识，比如史铁生、张承志、正充间、刘亮程的作品就是如此。如今，在熊育群的散文中，我们又再次与这种耀眼的生命激流相遇，而且这种生命激流是无处不在的，你想躲都躲不开。在《春天的十二条河流》这篇颇具湘楚流风余韵的散文中，虽然“我”眼中的巫师和白鹭有着超现实的意味，作者对汨罗江和洞庭湖交界处那片水泽的描写，也有“云影月踪，缥缈灵动之感”（莫言语），但流荡于作品中的这些超验想象和浪漫精神都离不开生命的灌注。如果没有生命的灌注，这些景物人事也就不会如此元气沛然、生机勃发。在《生命打开的窗口》中，对于母亲的突然去世，熊育群体验到的是生命的悠远与飘忽：“生命的感受是这样奇妙，我的眼里不再只有看到的景象，它还包含了过去、现在和未来。我不过是生命打开的一扇窗口。母亲，是你从尘土中开启了我。”在《灵魂高地》中，他笔下的生命内涵又有所不同：“辽阔无边的大地上，死亡消失了，你永远都寻觅不到它的踪影，找到哪怕一座坟茔。而一个灵魂的世界，在你走上高原的那一刻，就一直在向你展开。”而在横断山脉的大峡谷面前，他展示的生命则充满了一种巨大的震撼力（《不能丢失的记忆》），在南中国海的海轮上，他更是真切地感受到了生命的脆弱与渺小（《水平面》）。至于岭南乡村的生命形态则是亲切和质朴的：“那些迂回的省道显示了亲切质朴的模样。特别是山岭相峙或者绿树当冠的道路，行车走过，让人生出迷恋。这些瞬间是珍贵的，它就像匆匆人生，朝如青丝暮成雪，每分每秒都是自己的生命自己的人生历程（《客都》）。”从上述的作品，不难看出，熊育群的生命意识不仅十分强烈，而且其内涵相当丰饶，其表现形态更是多姿多彩。这当然与熊育群的“行走”经历有关，但更重要的是与他自觉的生命意识和生命认知密切相连。也就是说，熊育群是从整体性、生长性、现时性和无限性来拥抱生命，体验生命。因此，他既看到了生命的奇特和美妙，同时也看到了生命即是自然，即是生活。他的散文正是建立在自我的生命与雄伟辽阔的自然和生活细节的物质外壳之上。

但对于一个优秀的散文家来说，仅仅有生命的认知，生命的激情和梦想还不够，还要有灵魂的投入和心灵的温润，有对于日常生活和事物内部的存在意义的追问精神。惟其如此，散文才有可能“从平常走向深邃，从轻走向重”（谢有顺《散文里得有心灵秘密》）。因为一部中国的散文史早已证明：散文说到底就是人类的灵魂、精神与心灵的自由自在的想象方式。因而一个散文家最紧要的工作，就是通过独特的生活体验和艺术方式，将这种灵魂和心灵的秘密揭示出来。我们看到，熊育群在这一方面也是做得相当出色的。在《春天的十二条河流》“代后记”中，他这样表达对散文的“灵魂”和“心灵”问题的思考：“我始终关注的是自己的灵魂。我把自己当作一个对象，我观察它，剖析它，通过它寻找到一个独特的世界。这是我自己的世界。既客观又主观，但它是一个人所感知的真实世界。人在行动中，心灵的感受是变幻最大最丰富的。”的确如此，由于经常在国内外旅游，由于涉足各种各样的名山大川，经历过各种各样的生死考验，这样熊育群观察事物的角度，他的灵魂和心灵的投射也就有别于常人：

普遍而又最简单的石头，却能表达出对于最神秘的生命的幻想。当世界步入奢华的时候，它是荒芜，当世界都荒芜的时候，它却具有了灵性，它呈现的是生命的意蕴。

——《灵魂高地》

灵魂睡过去的时候也是醒着的。灵魂在黑夜里与人一样骚动不安，它们同样害怕黑暗。它们弱小、战栗，有时不小心弄出了自己幽深的暗影，它们那样似有若无，飘忽不定，让人类对空间产生幻觉……

灵魂在白天的时候是快乐无忧的，它们通透、明媚，阳光一样迷人，风一样漫游，水一样温柔。

——《神秘而日常的事物》

这里有心灵的渗透，有对生命秘密的解读，也可以说是在找魂，是在寻根。的确，读熊育群的散文，我们总感到有一种灵魂的彰显，它不仅占据了熊育群的思维和情感，而且弥漫于他的整个写作之中。这样，他的散文，便自然而然的拥有了某种精神性。而更难能可贵的是，熊育群散文中的精神性，不是那种凌空高蹈，或虚幻莫测的精神性，他散文中的精神性总是一头连结着自然的维度，一头关注着现实生活中的人和事。在《灵魂高地》中，他一方面描述了高原的孤独、永不停止的幻想，灵魂犹如蒲公英在天空与实在的土地间飘荡；一方面又展示了现代都市中的生活困境与利益竞争，两相比较，便凸现了生命质量的优劣和灵魂的孰轻孰重。在《客都》《迁徙的跫音》等散文中，作者穿行于岭南的山脉，描写客家地区的建筑与风土民情，以及客家人的性格和生活方式，但他的落笔点，却是一千多年来生活在这片大地上的人们心灵上的苦难，是他们生存的艰辛和坚韧不拔的精神状态。当然，其中也渗透进作者感同身受的生存况味，诚如他自己所说："与许多南下者一样，我也成了一个岭南人。但我深深怀念自己的故土，与客家人一样从忙碌的生存动作里偶尔抬起头来，眺望一眼北方，那种浸入骨血的生存和忧郁，猛然间我有了切身的体会。"由于将自己融进作品的人事中，这样熊育群散文中的生存追问便不仅落到了实处，同时也更加自然真切，获得了某种超验的维度。

熊育群的散文,有着较自觉的文体意识,或者说,他的散文语言已多少具有了梁实秋所说的那种“文调”。散文的“文调”,一方面与作家的人格、文学修养和审美情趣大有关系,也即梁实秋所说的,“文调就是那个人”,“有一个人便有一种散文”;另一方面,“文调”还与作家的文字感觉,与他抵达事物内蕴的表达方式,以及与他独特的修辞手法、遣词造句的癖好密不可分。我们看到,举凡优秀的散文作家,总是有他独一无二的“文调”,比如汪曾祺、史铁生、贾平凹等作家便是以各自的“文调”吸引了大量的读者。熊育群的确正在逐渐形成属于自己的“文调”。《春天的十二条河流》可以说最能体现熊育群在文体方面的追求。作品自始至终流淌着一股诡异的湘楚之风,而他的语言更是浪漫狂放,常常在不经意间逸出一些“越轨笔致”:

清亮透明的雨水最早从芦苇叶子上响起来。天空更见灰蒙,像孩子擦脏的纸板,既看不清远处的天,也看不清近处的天,都虚在那里。

春天就藏在这片厚重的天幕里,静悄悄虚在哪个地方,像蜘蛛守在蛛网里。

……

大地上的水在所有植物的躯干上奔跑、呼喊,像河床上哗哗的流水。所有的物件都在变得湿润,潮出水珠,哪怕是铁打的锄头,它也湿了,开始长锈了;哪怕木的桌椅,也潮了,生霉了。

这是一个湿漉漉的世界,连人的声音也被打湿了,飞不远了,闷在窄窄的房间。沟沟坎坎里都是白亮的雨水,它们在动物们的踩踏下化作粘稠又稀烂的泥浆。

……

雨水是那样神秘,它划过天空的斜斜长线,时亮时暗,时隐时现,在一声声惊雷指挥下,急缓疏密变化,那些田螺、蚯蚓、蚂蟥、鱼苗仿佛都是从这雨线里降落的,它们在泥土上蠕动,它们在哪怕很小的水洼里畅游、戏水。十二条河流,每条河流的水都在沿着河滩往上爬,向着白亮的天空往上涨。

从以上随手摘录的几段文字中，可以看出熊育群正在形成自己的“文调”——在细致临摹自然景物细部的基础上，借助想象和比喻，以及奇特狂放的句式，使语言变得具体可感，且具有穿透力。在第一段中，他说“雨水最早从芦苇叶子上响起来”，灰蒙蒙的天空“像孩子擦脏的纸板”，因天幕的厚重，“春天像蜘蛛守在蛛网里”。这里的两个比喻，均十分独特，且把自然景物的外在特征和内在声音也写出来了，而一个“虚”字，更是透出了一种“韵外之致”。第二段的“大地上的水在所有植物的躯干上奔跑、呼喊，连人的声音也被打湿了，飞不远了”也是奇特的妙句。这一段虽没有采用比喻，却以峭拔的想象力见长。第三段写雨水“在一声惊雷指挥下变化万千”，那些田螺、蚯蚓等“仿佛都是从这雨线里降落的”，以及十二条河流的水都在“向着白亮的天空往上涨”，则是想象力与比喻兼备，特别是精微细致的自然景物的观察和把握，使熊育群笔下的“雨景”与别人笔下的雨景大异其趣。

其实，熊育群的大多数散文，都很善于通过语言去描绘事物细部的微妙变化，并尽量用生命去渗透，用心灵去感受，再加上对比喻与想象的迷恋，这就大大开拓了散文语言的表现力，使他的散文语言在浪漫中透出诡异，模糊中又具有某种锐度。如果熊育群的散文语言能在“放荡”自由中再简约精确一些，或者说适当节制一点，可能他的“文调”会更有魅力——也许这于我是期待，于熊育群却是苛求。

散文是一块不易耕种的园地。所谓“散文易写难工”既是文学的常识，也是许多从事散文写作者的共识。但散文也不像某些高难度体育项目永远无法超越，不是那么可望而不可及。事实上，你只要用平常心来写散文，有真情实感，有生命和心灵的投入，有对日常生活的关注和个体的体验，再加上有自己的“文调”，或者在适当时再来一点闲心和闲笔，这样，好散文自然也就产生了。应当说，熊育群已经具备了成为一个好的散文家，具备了写出好散文的一切条件，相信熊育群会在散文领域里创造出一片属于自己的天空。

拉木·嘎吐萨

拉木·嘎吐萨(1963—),散文家,学名石高峰,云南宁蒗人,纳西族(摩梭人)。1985 年毕业于云南师范大学中文系,分配至丽江地区群众艺术馆从事群众文化工作,1987 年调《玉龙山》杂志社任编辑,1990 年调云南省社科院少数民族研究所,现为副研究员,系中国作家协会会员。

拉木·嘎吐萨 1983 年起开始在《民族文学》《青春》《萌芽》和《散文世界》等刊物发表诗歌、散文,迄今已出版诗集《摩梭女人》(上海文艺出版社,1993 年)和散文专集 6 部:

《母亲的湖》(云南人民出版社,1991 年);

《梦幻泸沽湖》(云南美术出版社,1993 年初版,多次重版);

《走进女儿国》(云南美术出版社,1998 年);

《走丽江》(合著;云南人民出版社,1999 年);

《泸沽湖·母亲湖》(云南人民出版社,2000 年);

《打开女湖》(云南人民出版社,2001 年)。

拉木·嘎吐萨的散文《泸沽湖,我的故乡》,获第三届全国少数民族文学优秀散文奖。此外,他还荣获第四届全国少数民族文学创作优秀作品集奖、云南省首届政府基金会文学创作优秀奖、1994 年度中华文学基金会“庄重文文学奖”。有《唱给母亲的歌》被选入《青年散文选》(中国青年出版社)、《挚情美文》(长江文艺出版社),《苏里玛飘香的地方》被选入《1949—1999 中国少数民族文学经典文库》散文报告文学卷,《父亲的情人》被选入《南方散文·云南卷》(广西人民出版社)等。

《中国少数民族当代文学史》(特·赛音巴雅尔主编)对拉木·嘎吐萨的散文有专节评论。

刻在记忆中的情结

拉木·嘎吐萨

1. 无论是赫赫有名的文学艺术家，还是默默无闻的普通老百姓，必定有一块属于自己的天地，那使灵魂安宁、梦境温馨、呼吸自由的地方，一定使人魂牵梦萦、日思夜念，就是说，每个人出发前的那块有意味的土地，即便让你伤心绝望过，但经过了许多年的折腾之后，你依然苦恋着那里，它仍像一幅历经时光鉴定的名画，总是揣摸不透那意味深长的背景。于是，在你心灵的圣地上，总是缀满了鲜露般的记忆，回忆的河湾里开满了鲜花，永远在作神秘的微笑，像一条柔柔的春江，不满也不溢，就那么潺潺地流在心田，永远滋润着你即将荒凉的心境。这就是故土，它变成了抒情诗，像小鸟歌唱在你心里；像醉人的小夜曲，弹奏着吉祥的星光；像一段如水的月色，总为你带来无尽的欣慰，熨平你皱折的童心。

我的圣地在遥遥的天边，在木哈里加大雪山下，传说是情人泪淌成的泸沽湖畔。那块母亲的土地上，留着我祖先的根、祖先的梦，也流着我多少先民的血液，刻着我的过世了的亲人再也收不走了的脚印。我试图解开那里的谜语，揭开那一个个使人走不出去的秘密。可我总是驻足留连，被那宏大的远古的声音层层叠叠地包围，那种光，那种色彩，令我难以捕捉。我曾想：剥开一切文化的笋壳，吹落岁月积下的尘埃，用自己的手摸一摸那地脉的跳动，触动一下本民族文化中的核，走到每个至今还热乎乎的源头看一看；可是，我被一层层厚厚的文化粘土卷来裹去，始终到不了那块原生地带。我感到：艰难并不在于去极地路上的风雪，而在于路上的旅伴，在于心是否极度的虔诚。

我虽然还是在半道上流浪，毕竟与文学攀了亲，就是这些零星的记忆、无奈的情思，使我选择了文学。

2. 在我母亲的身上流着古纳西“术”部落的血，所以她姓“树”，活生生的是一棵树，就似神话中的“含英巴答”树，生根发芽后又痛苦地落叶干枯，又挣扎着再生，为一个家族的元气脱尽最后一口气。父亲是摩梭人，是那个多情善感的民族，但令人奇怪的是，在我的诗中，至今还没有明显的混血儿的那种杂种气，那种令人不安的骚动。

第一件让我神秘得张口结舌的记忆是埋掉我的脐带。那是我奶奶亲手埋的，埋在了一棵核桃树下。我已经这么大了，那棵树至今还活着，我还是那么小，核桃树是那么大，我想知道，我和核桃树之间到底是什么关系？而我和母亲之间好像失落了什么？我想问奶奶，可她还来不及回答就走了，永远的走了。

第一次震颤我心灵的事，是我五岁时，由于感冒发烧，母亲为我喊魂。那个漆黑的夜晚，至今还活在我心上，那一阵阵伴着松涛的山风现在还吹在我的记忆中，母亲慈爱的呼唤，那么苍凉，那么倔强，那么虔敬，那份渴望、忧伤、企盼，如今还撕扯着我的心，也许这就是诗的胚胎，诗的记忆。

在秋天的夜晚，山寨烧起了彻夜的篝火，山民们喝饱了土地母亲赐给的酒，偏偏倒倒地舞蹈，那种醉入梦乡，醉入故土的姿态，以及梦呓般唱起的歌谣，不必有很深奥的内容，常常让人泪流满面；醉成烂泥了还想唱还想跳，使人感到那是土地在歌唱。我想，真正的艺术可能就是天真和朴拙。

在火塘边，围着母亲，就似众星捧着山月，听母亲道来：咕咕鸟寻找母亲的故事；本民族长途迁徙时，英雄的男人们为母亲、情人和孩子，饮下最后一支射来的弩箭；那只为死去的情人，把自己的羽毛生生地撕尽，歌唱着死去的天鹅。由此，我想到了诗的悲壮，开始向往精美的诗歌圣殿。

在达巴（祭司）的卜器上，有着 26 个谁也说不清的文字，他们凭那几个字，能预测风雨雷电，感知天神地母，窥视宇宙星象，并喃喃地倾诉给看不见的物象，这是不是人类最初的朦胧诗？

在赶马人用豪放的歌才能翻越的大山，那些垭口上，坠满了写着符号的经幡，让风缓缓地阅读，在冰凉的雪原上，似乎增添了一层暖意；在蓝天的瞳孔中，它是不是象征人类智慧的标志？也许，那些刻在林木上的文字，就是在阐释大自然的秘密。我似乎看到了古人类的头脑中已在发芽的诗的结构。

在静得令人不安、绿得使人怀疑是梦幻的泸沽湖边，我见到一位赤足的流浪女，她是来朝拜女山的，身上全是一层摞一层的补丁，那目光里，全是一片最纯洁的虔诚，那种目光里积满了善，那是人类的光的闪烁。但是，我的母亲失去我的一个妹妹时，那种绝望、麻木、呆滞、迟钝的目光，使我看到了生活中的阴影，看到了生命的脆弱，知道了命运的捉摸不定，于是，我想写诗，不为什么，为了安慰那些善良的目光。

在永宁那条红土小街上，我曾遇到一个康巴汉子，古铜色的面孔、高高的鼻梁、强大魁梧的身材，头上缀满英雄结，穿一件楚巴，配一把亮闪闪的长刀，威武地走过小街，目不斜视，身边跟着一个秀丽妩媚的山妹，低着头，尾随着他，像猫一样温存。我突然觉得这条小街亮了，就因为有了他们，有一种非常甜美迷人的感受。

可是，在金沙江边，属于我母亲那一支的纳西人中，如今还传唱着那感天地泣鬼神的歌，就是那支一唱三叹的“游飘”，即殉情歌。在过去，青年男女有恋爱的自由，但没有婚姻的自由，相爱的男女山盟海誓，始终逃不脱逼婚的命运，于是，暗中定下日子，双双逃到雪山脚下，一个叫“拉宝可”（花花地）的地方，在那里载歌载舞，互诉衷肠，双双含恨离开人间，为了爱的自由，用毁灭自己的方式乞求爱的甘露。这是多么悲壮的史诗啊，就在他们殉情的地方，诗应该觉醒了，诗应该哭泣了。

而被喻为女性王国的地方，当外地的人们津津乐道地欣赏那里自由的婚姻和家庭时，我却偏偏看到一些恋人蹒跚的脚步，看到一些被大潮淹没了的小草。我发现了，在花楼里，女子们留在枕巾上的泪痕，看到了黄色的落叶，听到了唱给母亲的忧郁的歌。并且，在朝拜女神的节日里，我走进她们的心中，发现这块土地上纹满了女性的脚印。我知道，她们的地位是用自己的艰辛和独立得到的，并不是通过涂脂抹粉或耍泼得到的。她们不愿呼喊，知道山谷的回声是假的，她们用自己的行动，用自己的血汗留下自己，最后找到自己。我只能歌唱她们，礼赞她们。

但我始终为那块土地上的男人不平，他们被那些盲目推崇女性的人们误伤了，他们并不那么懦弱，只是沉默着像大山。在这里的历史中，他们当了无名英雄，他们没有留下名字；他们进藏赶马，长途跋涉，风餐露宿，他们征战，他们行猎，为了那些锅庄旁的亲人，倒在了历史的深处，倒在了时光背阴的地方，那艰辛，那痛苦，那恋情，全部写在脸上，写在眼角，写在目光里；永远走在路途中，家只是一种怀念，一种寄托；有的倒在了半路，唱尽最后一首歌，流下最后一滴泪之后，连魂也回不了故乡。我想在时间的记事表上，留下他们的一页。

我听说，一个很小就离开家乡，流落在异乡的摩梭知识分子，多年热恋着故土，捧着一把故乡的土，每夜都枕在梦中。他惆怅着，忧思着，担心他的儿女再也找不到生根的土了，那块曾经诞生他的土地永远失落了。所以，为了让孩子认识自己的故乡，即使在“文革”那样的年代，他背着孩子远走千里，偷偷地回来，可是被红卫兵遣送回去，前后多达三次。只能远远地望一眼故乡，喝不上一口故乡的水，睡不上一夜那温热的故土。当他真正能回来时，他在湖边沉思着坐了一夜。我总认为，这不就是很好的作品么？本身就是很美很抒情的诗啊！

3. 在那块我苦恋的土地上，昨天，就像活着的曾祖一样威严地望着我；今天，就是在昨天的影子中摸索着，当然，山外的风已刮起来了，在山谷里喧嚣着；明天，只能从这里升起，不知是辉煌还是黯淡，我只能尊重这里活生生的事实，因为那些博大精深的情感并不是裸露在地面上，它埋得很深也很厚，只能通过一个个脚印似的符号去探测，通过各种能深入的渠道。能否塑造出几个楚楚动人的形象，能否写出血管里脉搏跳动的声音，能否写出泸沽湖水一样的色彩，我不知道。但是，我已选择了这条拥挤不堪且容易惹是生非的文学道路，我也只能走了。唯独令我遗憾的是：无法用自己的母语创作，我只能穿着小码数的鞋赶路，只能用自己不熟悉的工具试图制造精美的宫殿，虽然很笨拙，但只能想法寻找自己的方式。但愿能早日找到一条属于自己的路。如果有一天，能轻松地承担起本民族代言人的角色，即便走不到路的尽头，也是一种莫大的快慰。

（原载《母亲的湖》）

自选作品

唱给母亲的歌

童年，这没有皱纹的年龄，是一支火塘般温暖的摇篮曲，一则乳汁蕴孕的童话。

在披着羊皮的阿妈温柔的怀抱中，一切都是如意的、安详的，就像雏鸟躺在母亲丰满的羽翼下，做着飞翔的梦。像痴情的乳牛用舌头舔着牛犊，阿妈用浓浓的母爱养育着孩子。是的，童年的生活如丝般被岁月抽去了，甚至不愿回眸顾盼。

而今，我又回到故乡，云絮般若断若续的记忆，像蝉翼的滑翔，悄悄地回到我的心头。那一道道弯弯斜斜的脚印，始终没有被时间的潮汛吞没，像初春播下的种子，在春雨般的摇篮里，躁动不安地伸须、萌发。面对着阿妈，我想倾诉这一切，我想用纯真的不知疲倦的童音，诉说绵绵无尽的思念，把一切在别人面前羞于吐露的情感，就像山泉喷涌般汩汩流出，让阿妈像小时候用木梳梳理我杂乱的头发一样，梳理我呼吸来的一切世事。

阿妈站在木屋旁，手搭着凉棚，定定地望了我好一阵，然后用手背揉了揉被炊烟熏红的眼睛，才惊喜地奔过来，用那双松皮般粗糙的手，抚摸着我的脸颊。细细的抚摸，慈祥地絮语："儿呵，我夜夜都梦到你呵，你瘦多了，瘦多了，唉！每天晚上，我都站在这堵土墙上，往山梁上望啊，望啊，连坡上的树都望动了，只听到乌鸦的鸣叫，好啦，孩子……”她喃喃着，那像春阳般暖融融的话语，熨平了我褶皱的心。是啊，母亲的心呀！

火塘边，阿妈忙碌着为我做可口的饭菜，我望着她佝偻的腰，被岁月踏白了的头发，听着她温存、甜蜜、我梦寐以求的声音，像山风吹动平静的湖面，荡起一阵阵清晰的涟漪，在我平静的心田，勾起遥远的往事：

那是朝山节的前夜，我寄养在山外的阿婆家，阿妈来了，要领我回家过节。

夕阳骑山，野蜂的翅膀切割着夕光，密密地编织着黄昏；归鸟飘荡天空，清脆的鸣声撒满山野；青青的山峦静静地卧着，冷飕飕的山风把晚霞冻得红彤彤的。于是，夜吐出了墨汁般的浓潮，笼住了青山的梦，在深邃、悠远的高空中，挤出了倔强的星光，闪烁着。远山，咕咕鸟敲着更鼓。近处，一只不甘寂寞的山鸟忧伤地鸣啭，如泣如诉地呼唤，仿佛大地也在静悄悄地竖耳倾听！

阿妈背着我，一只手举着松明火把，一只手提着裙角，在弯弯曲曲盘山而上的山路上，气喘吁吁地走着。我贴在阿妈宽厚而温暖的背上，闻着阿妈那温馨的气息，用嫩嫩的双手勾着阿妈的脖子。在静静的山道上，撒下一片片阿妈的足音……

每走到一个岔路口，阿妈吐一口唾沫在路边，唤一声我的名字：“阿萨——欧——阿萨，不要睡着，阿妈背你回家——”我紧紧地贴在阿妈的背上，在朦胧的睡意中答着阿妈拖长了声音的呼唤。

走过一个山坡又一个山坡，阿妈喘着粗气，流着热汗，还在叫着我的小名：“阿萨——阿爸在家里等你啦——我们回家去吧——”阿妈还唱起了一首古歌《妈妈的恩情》。歌子唱的是一个失去母亲的儿子，在荒凉的旷野跑了多少天，他叫天天不应，喊地地不语，悲伤的泪水流成河了。吹烂了七十二根竹笛，吹不完自己的忧伤，吹炸了二十一把葫芦，诉不完母亲的恩情。当他听到远山传来“咕咕——咕咕”

的声音，用裂着血口的脚掌翻过七座大山，原来不是母亲，是守山的啄木鸟。他听到峡谷里传来呼唤的声音，涉过了九条江河，原来不是母亲，是山风在峡谷里的回声……阿妈走着，唱着，我在深沉悠远的诗律中渐渐入睡了。

如今，细细回味，仿佛还听到那亲切的充满了母性慈爱的呼唤声，似乎还听到山谷里隐隐约约、起起伏伏的回声，我真想像小时候一样，叫一声阿妈，扑在阿妈的怀里，再让阿妈背着我唤一声那甜津津的“阿——萨——欧”。哪怕是轻轻，轻轻的呼唤，对我这个久别母亲的人，也是多大的幸福呵！

阿妈的背把我们一个个摇大，用那母爱的乳汁哺育了我们，而今她被时间的潮汐洗旧了的这副身坯呵，被岁月拧干了的好强的双肩啊，已经接近生命的黄昏，可还担着一家人刚刚发育的生活。哦，我的纯朴的勤劳的温存的阿妈呵！

阿妈呵，原谅我吧，小时候，我不知道爬山道的艰难，不知道山路的坎坷，如今，猛然中，当我爬过一道道的山路之后，当我还跋涉在坎坷道上时，我才想起了阿妈宽厚温暖的背。阿妈，在岁月穿梭的春风秋雨、冬寒夏暑中，你吃过了多少苦呵，尝过了多少辣！

欢乐的日子，时间容易飞逝，我惧怕的时刻无情地来临了。我又要离别故乡，离别阿妈啦。

鸟声还没有醒来，阿妈就起床了。阿妈背着木桶舀来溪水，点燃松明，点燃了一缕香喷喷的炊烟。她盘着腿，坐在火塘边，打起了酥油茶。我喝着香酥酥的油茶，吃着阿妈为我做的饭菜，她举着松明子火把给我照亮：那深深的皱纹里，灌满了深深的忧愁，那善良的目光久久地望着我，似乎总是看不够。她慢慢地说：“孩子，多吃点，好长时间吃不到阿妈给你做的饭菜了。”她哽咽着说，哽在脖上的恐怕是苦苦的泪疙瘩吧?!

当栅栏里的乳牛被沉重的乳房坠得哞哞呼唤时，当牧羊人的牧鞭抽落了疲倦的晨星时，湿淋淋的太阳骑在了马鞍形的东山，阿爸和我就将启程。

阿妈送我到门口，她扶着木门说："孩子，母树用生命养育果实，果实成熟了要落地，可你要生根呵……"她忙转过身去，她是为了不让我看到眼泪，因为我要远行，我看到她那瘦弱的肩头，补着补丁的双肩在晨光中颤抖，那斑白的一绺头发在晨风中飘，飘……我含着泪，背着母亲的叮咛，慢慢地，一步步离开家乡。"咯——吱"一声沉重和嘶哑的关门声，阿妈拉紧了木门，也许阿妈是有意关闭了忧伤。为了孩子，母亲的心头落下了一层层彻骨寒冷，那也会忍住的呀！可是，阿妈呵，这咯吱的一声，在我的心中掀起了一场暴风雨，一场心酸的雪崩，一场无法排除的灾难！这意味着长硬了的翅膀要经受风雨的磨蚀啦！哦，我的善良的聪慧的阿妈呵！

阿妈呵，我多么想变成一只杜鹃，每天每天，栖息在故乡温暖、安全的树梢，或绕着古老的村庄，啼唱着故土，啼唱我的母亲，把我的爱全部倾泻在这块土地上，直到啼血为止；我又多想变作高原的阳光，岁岁年年将一把一把的温暖撒在她们心上，也烘热这片被历史遗忘过的乡土……

阿妈呵，像这块土地一样朴实的阿妈哟！土地呵，像阿妈一样纯朴的土地哦，你们听到了吗？听到我心灵深处的歌声了么？

（选自散文集《母亲的湖》）

怀念美丽的家园

——谨以此文献给走出大山的同龄人

展翅欲飞的山鹰呵
莫忙着飞出峡口
试一试你翅膀的力量
能否再次飞回故乡？

——摩梭人歌谣

一

走出大山是为了寻找人生辉煌的故事。可你不知道,灵魂的故园,永远留在了自己的身后,连同你的母亲,丢在了远山,留在那渐渐朦胧了的远方。

当你告别你的女山,你的母海,你那幢留着童年梦幻的木楞房,你总有一份莫名的冲动,似乎,加冕的时刻即将错过,举杯的时刻即将来临,丝毫也不听那只山杜鹃深夜的歌唱,也听不进母亲那个咕咕鸟流浪的故事,你毅然地从那个故事中走出,连凝视一眼最后的山月也不肯。朝山的钟声破碎的敲响了,敲响了一片宁静中的颤栗,可你不知道,这是最后一道门扉的声音;招魂的海螺撕扯着山岚,可你不明白,这是母亲最后的彩虹。你看见母亲苍老的身影,开始了在玛尼堆旁绕着岁月的朝拜,你终于没有理解猪槽船为何紧紧地靠着母亲湖,你的目光中只漂着那只来来去去的白鹤,就这样,你选择了那只候鸟的路。从此,你细若游丝的怀念中,故园被冷月冻着。

你始终没有听懂那一声沉重的关门声,你终究没有明白那一个暮色似的黎明,你没有看见山风是如何撕扯母亲的百褶裙。那一夜,月亮没有出山,星光依旧暗淡,狗也没有吠叫,连青年人求婚的口哨也不再响起。黑黑的夜中,只有瓶蝠轻轻的滑翔,在夜的瞳孔中织一张密密的网;只有萤火虫举着微弱的灯,寻找迷失的家园;只有湖边的候鸟一声声高一声声低的长鸣,为了这一个安宁的长夜,守着湖边破碎的渔火。可你在梦中也没有见到,就在这世界的午夜,一个田园的女神苍老了,从此,所有美丽的歌都染上了忧郁。

二

你走出了所有瘦耸苍凉的大山,见到了蔚蓝的大海,见到了许多骑在浪尖上的海燕,也见到了被大海嘲弄的渔舟。可是,躺在大海中的青山，毕竟只是倒影；天涯海角的路，都被海水腌得咸咸的，足迹已渐斑驳；你明白了，大海比蓝天还壮阔，也隐藏着不测的风险，这不是候鸟的家园，这是风暴出没的舞台，你开始寻找迷幻你的海岸。

你拥挤在小巷中，不见了那清丽的星光；你在人堆里展望，不见了那属于你的微笑。

一阵又一阵的世纪风踢踏你记忆的门扉，你的屋里只剩一片脚印错综交叠，你的梦中，只有一坡的斑驳，那是一个废弃了的庄园，是在岁月的流水中干枯了的梦。你不肯遗忘，也不肯回忆，可是，你已经学会了怀旧，为了寻找一片温热的净土，为了一片鲜嫩的日子；青青的草地，碧绿的湖山，母亲的田园，从你心田的一角漫漫过来，像一片传说中的圣地，成为你灵魂生活的旧地，没有血迹，没有泪水，只有潮汐似的歌，只有彩云似的舞。

你的情思，成为崖画，在其上舞蹈的是过去的岁月；你的母语，也成一片荒地，生满了萋萋的荒草。你的生命，已成一片被浪花咬得破损的落帆，只有思念的雨，一阵又一阵，落在你灵魂的鼓面上，刻下一道道流血的碑文。

魂归的路，已渺若琴弦，只能弹奏哀怨的歌，零零星星的拨动那一根根命运的琴弦；出去时的热望，已幻化成一朵流云，不知漂泊到何处，青山的梦，飘逝得无影无踪，只有一张梦之谷，深深地睡在你的心底，那一件华美的袍已留在过去，手中只端着一碗过了时日的酒，距离是那么难以填补，时间是那么无底，一切的习惯是那么坚硬，人生的履历表多么像一道道篱笆，长长的等着你去翻越。叹息，未免苦涩；应该唱的歌，早已被吟咏诗人唱完，你只赶上一场落幕的戏。等你真正懂得梦的底蕴，等你真正深沉地唱故园的晴空时，等你领悟到神话不仅仅就是神话时，那边已经是暮色如血的黄昏了。

三

你总是不明白，为什么那么多的人，都要送回到那个叫斯布阿纳瓦的地方，据说那是祖先发迹的故园。那一条长长的迁徙路绵亘在人人心中，每一个都得走呵。因为，等待虚幻的回声，还不如亲自走在路上，尽管会有风雪的袭击，尽管会有孤独疲倦的念头，可是，只要走着，毕竟是值得宽慰的。你想，不是所有的生命都活在自己的圈子里吗？随缘而遇，随命运的轮回在颠簸，就像默默的流水，就似开开落落的山花。只是，有的人闪了光，有的在蓓蕾中死亡，有的花期长一些，有的却像流星，都在生命应有的轨迹中。遗忘，无论是遗忘过去，或被人遗忘，都是一种痛苦；发现，无论是发现自己或被人发现，也不定是一种幸福。只是，在路经爱的花园时，别忘了重吟一遍那一首年轻的许诺，得到的不全是你的，失去，不是永远遗憾。也许打开栅栏的钥匙已经生锈，但只要打开记忆，闸门里的活水并不畏惧堤岸。

只要波斯菊还不曾沉沦，只要紫丁香还不曾衰老，只要相思树还有值得思念的歌，这个世界就不会总是风霜雪雨！

别怕唢呐的悲叹，别怕木鼓的忧伤，别怕死亡的阴影。你的母亲远去了，在送葬的地方，会有一朵白色的牡丹，舅父魂归的地方，会飞来一只沉默的山鹰。只要摇篮曲不曾遗失，只要怀念不被蛀空，思念的白鹤会常常飞来，并牵来婉转的啼唱，落日也将辉煌壮丽。就在这静谧的星光下，冷月的瞳孔中，你的村庄，会在遥遥的祝福声中苏醒萌动！

不要在异地流浪，行吟的诗人，漂泊的歌手，既然走出了大山，就搭起你的帐篷，加固你的火塘，让生命的火永远燃烧渴望，不要等破黎明，也不要等枯黄昏，驰骋和闪耀都是同时的。如果翅膀老了，就凭借风力，如果目光老了，就凭借热情。

（选自《滇池》1992年第1期）

拉木·嘎吐萨的散文

特·赛音巴雅尔

纳西族作家拉木·嘎吐萨，1963年生于云南省的一个摩梭山寨。1985年毕业于云南师范大学中文系，分配到丽江地区群众艺术馆；1990年调到云南省社会科举院少数民族文学研究所从事文学研究。现为中国少数民族作家学会会员、云南省作家协会会员。

他从1983年开始在《民族文学》《青春》《萌芽》《散文世界》等杂志上发表诗歌散文。1991年，云南人民出版社出版了他的散文集《母亲的湖》。

他的组诗《小凉山，我的故乡》，1985年荣获《民族文学》优秀作品山丹奖；散文《泸沽湖，我的故乡》，荣获第三届全国少数民族文学创作评奖优秀散文。

《泸沽湖，我的故乡》是拉木·嘎吐萨的代表作。作者以游子的视角，在这篇散文里抒发了对故土的深深眷恋之情，记叙了故乡在心目中留下的烙印——直到生命终结时才可能结束的烙印。

当候鸟又一次离开这里的时候，我却回到了泸沽湖畔——让我终生爱恋的地方……寻找我失落多年的魂。

他用候鸟作对衬比自己：候鸟来这里是适应换季的需要，而他离别多年后回来，则是因为终生爱恋这地方，是因为身虽在外地，魂却在故乡。像这样诱人的抒情句子，文内随时可见：

多少个流逝的岁月，我始终融不进那个热闹的世界；多少个宁静的夜晚，我都离不开那片迷人的湖泊。

离开故乡，在城市里读书、工作已多年，但是城市的热闹世界，始终融不进他心里，每到夜晚，梦境里总是离不开那片迷人的湖泊，即被称为母亲湖的故乡的湖——泸沽湖和女神山。泸沽湖的蔚蓝色在梦里占据了他的整个心灵和情思，所以他这次是"带着理不清的乡愁和想不透的思念"回来的。

他笔下记叙的故乡的山水，故乡的人情，酷似一幅幅纳西族生活和环境的明丽画图，仿佛使人闻到泸沽湖里随风飘来的阵阵清新气息。他不是为写景而写景，而是情景交汇于字里行间，时不时地流露出对家乡、对民族、对父老乡亲的热爱之情：

> 哦，还是那片土地：荒凉的山冈，寂寞的山花，红色的泥土，百年的苍苍古木，一切都是那么平静，那么幽远。
>
> ……傍着神秘的女神山，那湖光把山色映得透蓝透蓝，好像青山都在做着蔚蓝色的梦。湖中，那星罗棋布的小岛是那么安静、安详而自信，好像在盼望，又似在亲昵地絮语着什么，是游子在向母亲诉说离别的苦衷么？

以上文字记叙了作者故乡静态中的壮美景象。下面他又记叙了动态中的美，即景美人也美：

> 我们来到里格村边时，几个姑娘从容地摇着船儿，……在明澈的清波上留下一阵阵动人的歌声，歌儿洋溢着泥土的韵味和山野的气息。到得岸边……她们发出一串爽朗的笑。那笑声像晴朗的天空，像泸沽湖里的水一样洁净，没有一丝阴影和胆怯。她们都长得很美，天生的一副副好人才。美丽的面庞上，被阳光镀上了早出晚归的痕迹，使人感到一种山野成熟的美。她们穿着很别致的摩梭服装……通身干净利落，粗犷中带着柔情，端庄而不失婀娜，一眼看去婷婷玉立，风韵楚楚迷人。……
>
> 面对着她们那泸沽湖一样透澈的眼睛，我为姐妹们的聪明而自豪，我想，像她们这样聪明伶俐的乡村姑娘，还不知有多少呢。

作者故乡的美,反映了新时代纳西族农村的美。那些富饶美丽的泸沽湖景观,在作者笔下活生生地展现在读者眼前,清新,优美,沁人心脾,耐人寻味,流溢着生活的情味,亲切感人。

拉木·嘎吐萨的一些散文,还以民族代言人的视角,用自己民族生活的真实情景和自己民族的道德观,拨正了外界的一些扭曲议论。正如他自己所说:"在过去,青年男女有恋爱的自由,但没有婚姻的自由,相爱的男女山盟海誓,始终逃不脱逼婚的命运"①"而被喻为女性王国的地方,当外地的人们津津乐道地欣赏那里自由的婚姻和家庭时,我却偏偏看到一些恋人蹒跚的脚步……"②《父亲的情人》这篇获云南省文学创作基金奖的散文,就是通过父亲在一生情爱生活中的难言之隐,透露出他在不合理不公平的婚姻制度中的颠簸和受到的不由自主的命运的安排、摆布。尽管这样,父亲还是严守着道德的,如他与结婚前的情人相遇的那次,情人"满脸泪水地靠在父亲的膝盖上,父亲盘着腿,怀里躺着睡熟了的我的那个弟弟,父亲眼里也有泪水在闪着","果真听见父亲颤抖的声音:'……别这样,孩子听见了多不好,我们头发都白了,还想那些辣心的事做什么,你我都是有家有室的人啦,儿女也撑撑展展的,还有什么值得流泪的。'"结婚前恋爱自由时,情人已有了身孕,然而由于逼婚而未能与相爱的人——我的父亲结成婚,尽管这样,父亲也恪守着结婚后不能再乱来的道德,内心世界还是美好的,不像世人所说:"没有道德观的乱爱。"

总之,拉木·嘎吐萨的散文,善于用如诗如画、情景交融、以美引人、以情动人的手笔表现意境,且表现得生动自然,乡土气息和民族特色浓郁;表现得感情纯真,质朴中倾注着万斛情意,虽初涉文坛不久,见出追求艺术的功夫。

(原载特·赛音巴雅尔主编《中国少数民族当代文学史》)

①② 《刻在记忆中的情结》。

伍立楊

伍立杨(1964—　),散文家,四川西昌人,回族。1985 年毕业于中山大学中文系,长期担任《人民日报·市场报》记者、主任编辑;1999 年调海南日报社,现为高级编辑。系中国作家协会会员、海南省作家协会副主席。

伍立杨在大学时代即开始文学创作,1984 年发表第一篇散文,迄今共出版散文随笔集 9 部:

《时间深处的孤灯》(国际文化出版公司,1994 年);

《梦痕烟雨》(四川人民出版社,1995 年);

《浮世逸草》(中央编译出版社,1996 年);

《水月镜花》(作家出版社,1997 年);

《纸上的风景》(中国国际广播出版社,1997 年);

《夜雨秋灯有所思》(漓江出版社,1998 年);

《风雨叹逝录》(四川人民出版社,1998 年);

《霜风与酒红》(广东人民出版社,2001 年);

《缀满比喻的生存》(天津教育出版社,2001 年)。

另有诗集《清凉赋》和史论集《鬼神泣壮烈》《梦中说梦录》《伍立杨读史》等问世。

伍立杨的散文,曾获上海《文汇报》全国随笔散文大赛一等奖第一名(1993)及全国报纸副刊优秀作品奖多项,有《听那凝固的情味》选入《文汇报》"笔会"副刊精粹《听那凝固的情味》(光明日报出版社,1997 年),《悲辛交织说口腹》被选入《现当代中华散文名家名作》(季滁尘编,华艺出版社,1998 年),《思想随笔三题》被选入《1998 年中国散文精选》(长江文艺出版社,1999 年),《哀感顽艳的革命者情史》被选入《1998 年最佳散文》(辽宁人民出版社,1999 年),《文言的话宜相安》《散文二帖》《刻刀下的自在乾坤》分别被选入1999、2000、2001年《中国散文精选》(长江文艺出版社,2000、2001、2002年),还有《读书的总统》《住在树上的心曲》等多篇被选作高考语文预考试题。评论伍立杨散文的文章主要有:

《且听穿林竹叶声——伍立杨随笔评鉴》(刘江滨),《名作欣赏》1998年第6期;

《竖看伍立杨》(杨新雨),《名作欣赏》1998年第6期;

《一船香醇浓烈的美酒——读〈漏船载酒〉》(胡智清),《文汇读书周报》2003年10月3日。

文 采

伍立杨

契诃夫名剧《万尼亚舅舅》中的安德烈叶夫娜说:"在绝望的苦闷里,只有灰色的庸俗言谈,周围的人只会吃、喝、睡;只有他跟别人全不一样,美,有趣,有吸引力。"在文学世界,我们接触的庸俗文字似也太多,因此,我们也渴望文学的这个"他",文学本身的这个有趣有吸引力的"他"。文学本身的这个有趣有吸引力的"他"是什么呢?我以为是文采。

文采这个词,一向私心爱之,以为是文学文章的一种极境。杜甫《丹青行赠曹将军霸》为曹霸的画风所感发,乃谓"文采风流今尚存"。文采既是文艺作品的内外关键,同时也是作者的风度气质,文采的背后,蕴藏着作家的学养、脑汁、敏悟能力、文化积淀以及表达的功夫。

但所谓文采者,为人所诟病,也已早非一日了。寻常论师更以朴素来同文采对立,以为朴素的文字乃可囊括尽文章的一切要义及最高境界。然而不幸得很,我们看到的当世作品,却往往是平淡如白水,平庸若下驷的文字产物,有也可,无也可,最好是没有。人生本来或平淡、或多歧、或苦恼,之所以要有文学者,乃因其起着慰藉与补偿人生的不可小觑的作用。所谓永恒,只是一种自欺。但语言的世界确乎可以超越人生的短暂，不过这语言必得文采的光芒才可成立。平庸文字之于人生，类如在一杯白水中加入一滴白水，这同问道于盲，竹篮打水究竟有何种区别呢？我们推重文采，至少它的温煦之声，尚可丰富安养我们的精神荒寒罢，作为一种审美愉悦，起码还可以望梅止渴罢。

袁枚品评美人风神，以为“美人当前，灿如朝阳。虽抱仙骨，亦由严装；匪沐何洁，匪熏何香”。强调手段和创造的过程及结果，文章也有同理焉。一般平庸文字的致命处在以为想写就能写，结果率尔操觚，奈何捉襟见肘，终于不免速朽的贫寒之相。所以一个自称追求朴素的作家，我们不大相信他。因为他的方向就错了，取法乎上，仅得其中；取法乎中，仅得其下，取法乎下呢，则除了浪费时间，一无所得了。一个人只要拿起笔来，就已呈创造趋势了，既是创造，那就拿出真正一流的作品来罢，至少也朝这个目标努力啊。语言是文学的本质，而文采正是语言的光芒，闻一多论庄子文章，以为他的文字不仅是表现思想的工具，似乎也是一种目的。追求朴素，本来不错，然事实往往令人失望。所以我们一听到一个作家说他要追求自然极致，就仿佛听到一个出家远走的人说，我是回家呵——一样，殊蛮横不可解。而他将拿出何种文学产品，已什九可想而知了。

讲究追求文采，每遭俗人误解，以为雕琢（做作），实则于真正的文学，这类雕琢（创造）最不可缺。做作是陈腐的，水到渠成的雕琢却富有生机，况且朴素和文采，并非水火冰炭，白色花瓣上有黄色花心，不是也很投契么？试作一简单实验。把鲁迅文章中迤逦的虚词、文学性比喻、文言句法、旧辞藻的活用通通删去或径易为白话口语，则基本意思也可传达，但那不朽的神韵、味道和思想的深刻牢固性就要如荷叶泄水般丧失殆尽了。因为鲁迅的文采、字句、文章体格，胎衍于旧书者，所在多有。从字句的披沙拣金到句式的起伏回荡，妙笔葩芳，奇思清峙，崩雷裂帛，文采兼擅形神，实在迷人得紧。胡适、周作人的思想与鲁迅先生似也未遑多让，然而他们的文章格调、文学地位却不如鲁迅高，似乎永远只能衣锦夜行，乃因在谋求文采方面，缺乏综合的调遣调配，而没有文字的摄人艳光，结果未能思想文采双美并行。胡适的一泄如注，周作人的用词猥杂，如香花之虫病叶、如巨船之小漏洞，颇令人头痛。

雕琢可以说是创造文采的必要前提。没有吸收、创造和改进，也就没有文艺的进步。巴尔扎克和菲尔丁的文章，都不大讲究语法，但其思想宏深，自铸伟词，表现力仍十分充盈，其中自然也不免生造之处，却正是他们变革文章，放射文采光芒的努力，丰富杂乱总要比庸常贫乏好到不知凡几。无论如何，我们不能在洗衣婆的散文观上停滞自足——把衣服上的别针、饰品、纽扣、领子……统统撕去，以求干净朴素。那是文学的致命伤，人生的一切活泼机趣已被这种致命伤洗刷得空空如也。

自选作品

刻刀下的自由魂

偶尔才有这样的机会，摈却俗务，躲进小楼，把刀弄石，胸中逸气渐生；刀石冲突与转圜之间，阡陌纵横滋生出另一个世界，诸魔羁控的种种杂念，暂时竟也扫叶都尽。

把玩刀石之余，醉倒在闲章的境界中。大抵印章艺术，自书画中半脱离出来，至清代陡起一峰，蔚为大观。《飞鸿堂印谱》即为闲章艺术之集大成，数十巨帙，透过一座座新奇而考究的印文，恍惚可见纷红骇绿、山赤涧碧，思绪逸出，邈邈难收。

读这些印文，大有抚创安神励志止痛之效。其文不外言志、感慨、情景诸类，然大率句句都是不羁之态，刀刀都是自由之魂。且看——不贪为宝。志在高山流水。林深远俗情。宦途吾倦矣。其言志的心魂，岂非醉翁之意，在乎刀石之间吗？再一类——忍把韶光轻弃。知命故不忧。满眼是相思。待五百年后人论定。感慨之深郁岂不是埋忧冲刀之顷，挥之不去吗？而又一类——只有看山不厌。积书盈房。松窗明月梦梅花。眷恋良辰美景，流连朗月清风。在下刀的腠理和石纹的肌理中，这样的情与景，似乎顿得放大、落实。大自然的无边风月，在有限的方寸之间，似乎顿获无限之效了。

近人王菊昆以为，印之大小，划之疏密，挪让取巧，俯仰向背，各有一定之理，但也不完全一定。关键在“字与字相依顾而有情，一气贯穿而不悖。”此诚卓见也。治印大家邓散木则谓“刀法有成理者，有不成理者，而施之以用，则需因时制宜”。两大家心眼机杼同一。仅翻阅卷帙浩繁的《飞鸿堂印谱》而言，千人千种刀法，或冲波逆折，或六龙回日，或蛇行明灭，或磅礴正大，或幽花自赏，或断涧寒流，刀法本身也各成一种诗料，自然茂美。这是古人在混沌的大自然中为吾侪创造的一个小乾坤，一个艺术家心灵中的小乾坤。

不管治印者外表看似如何枯寂，生活如何单调、牵萝补屋，寒蛩不住鸣，但其推刀冲决之际，其中蜿蜒寄托携带的，却正是一种破网求出的自由精神。摘句本来是传统文艺鉴赏的老路，摘句于旧诗古文经传释辞；但治印因工具所限，一般而言，比摘录段落或完整之句要为节省。单位石头的面积容量既远逊于纸张，而推刀难度也较大于笔墨的措置。这种情况下落实到石面上的印文自然带有一种厚度、深度、力度，所得想像力的溺爱似也多出几分。凝神注目，缭绕直到心绪的灯火阑珊处，玄想幻化，只觉末韵纡转盘旋，久之不绝。往昔诗文，时人作品，所截出的一句半句，甚至只言片语，在石上落实，放大再放大，语句的内在容量很容易像鲁迅在厦门眺望夜色的时分，一沉再沉，“加药、加酒、加香”，其辐射力，自然是老柴般经烧常在。

我喜欢这样的句子：葫芦一笑其乐也天。竹杖芒鞋。搔首对西风。君子和而不同。志士过时有余香。闲多反觉白云忙。凡物有生皆有灭，此身非幻亦非真。人生聚散信如浮云。庾郎从此愁多。让人非我弱。每爱奇书手自抄。蜗牛角上争何事。不开口笑是痴人。挑灯看剑泪痕深。

就情景的状态而言，这些截句印文确如卡夫卡所说，“地洞的最大优点是阴凉宁静。”(《外国现代派作品选》下册)幽花杂卉,乱石丛篁,摇曳于穷乡绝壑、篱落水边,仿佛一颗百年孤寂的心灵,虽然看去并非激荡的热血,心中却始终洋溢着人间的关爱。细味其精神趋向,却无不是在想像力稀薄处的逆动,是草枯霜冷时分的“芭蕉叶大栀子肥”,是于无声处有激烈,是无形精神枷锁限定桎梏的冲决、超越,是自由精神的翱翔,有情有趣,有胆识,更有大悲悯,这才是刀中乾坤、石上世界的真意义。

中国旧时文人,无论帝制社会怎样的无情寡恩,但林苑寺庙、山庄别业的存在,到底网开一面,提供一种身心的庇护所,思想自由,多少还有表达的余裕;刻刀笃笃,仿佛打开层层枷锁和规限,寄意深深,自娱娱人,自成一统;而由专制到极权的严酷时代,则山庄林苑,悉数扫荡,秦火焰烈,谎言涂抹之下,其实是一丝不挂的流氓政治,“为人进出的门,紧锁着”(叶挺句),艺士文人,避无可避,以至自由精神丧失殆尽,空疏萧寂,门可罗雀,艺术泯灭,人皆如行尸走肉。事迹本不光明,假慈悲为因果,地狱之设,正为此辈。然而,即使在这样的时分,包含孤胆与柔情的自由思想也在严霜之下艰难寻求生长与出路。近见媒体披露1973年冬新华社记者刘回年先生写给王洪文的辞呈,大为感佩。其时王氏任中央副主席,气焰熏天,选刘为秘书,馋杀几多依草附木者,然而刘回年却一拖再拖,最后上辞呈云:“首长好,任秘书我深感荣幸,考虑到首长处工作,事关重大,要求高,本人从学校出来后一直当记者,自由主义惯了,不严谨,恐难以适应……”潜台词是不想干,不来干。这其中,也正包含着“若为自由故,二者皆可抛”的真意。石在,火种不灭,此番辞呈,真堪刻成一方大闲章,刀法要率性而充溢浩然之气,印边要连贯而时见缺落,边款可泐曰:自由主义惯,伟哉刘回年。他迫于无奈,无奈中偶一挥洒,到底绾住了自由的础石。

印章面积有限,但它的内在质地,也正是这样一种人类追求自由的普遍精神价值啊。

(选自《四川文学》2001年第6期)

慢速度的风月观览

阿尔卑斯山山麓的公路边，树着老牌标语：慢慢走，欣赏啊！简捷的句型中，含有无尽的劝慰式留恋。其效果，于有心人，大可提供长久的震撼。

近见《参考消息》载文称，当今欧美数百名作家应邀列出他们最喜欢的10部文学作品，其结果汇成一书，谓之《十大名著》。发起者以为当今生活乃黄金时代，轻而易举就能获得的书籍从未像现在这样多，但如何挑选却令人头疼。结果呢，入选者均为古典作品，当代无一人入其列。

这样的结果，并非大家一致好古敏求，实在更因为出版物太滥太多，眼睛既伤于缭乱，身心又受牵于事务。看不过来，只有凭先前的印象、原有的阅读经验来做搪塞交卷了。快速、快捷、快餐、快报、快递、快览、快活……这是现时代的征象，是所谓慢生活的反面，似也颇显示古今生活方式的区分。

当年范成大从成都回江苏，一路流连观赏；更早前他由江苏到广西赴任，当动身之际，低回不忍遽去，由苏州出发"夜登垂虹，霜月满江，船不忍发，送者亦忘归，遂泊桥下"。

而他由广西转成都任职，取道今广西西北，进湖南，上湖北，转重庆，入四川，更走了足足半年之久，不全是路途遥远，更确凿的原因是一路风月无边，一种前定般的牵挽令其时作勾留。他从江苏到广西，从成都回江苏都写有趣味盎然的小册子记述行路的经历见闻，分别是《骖鸾录》和《吴船录》。而由广西到成都，更有专著《桂海虞衡志》，前二者以行路经历为主线，后者作详细分类的风物参证。

探索自然界的内在生命，表达文化人对自然的别样感受，与自然天籁相呼吸吐纳，客观上从诸般束缚中摆脱出来，获得了新的艺术生命，仿佛多头点火系统一样，在其心灵，布设由点及面的敏感记录。

一番发酵长养，生成人心所掌握运用的第二自然。

同样的，晚清时节，俞平伯之父俞陛云由成都返苏州，虽云归心似箭，一路上也颇作有选择的停留，迷恋山川文章的趣味和法则，自然与心灵休戚相关，在他笔下，大自然的奇迹不啻生命意志的转型再现。

今之旅游者，呼啸而来，倏忽而去，除了交通工具的便捷造成的加速而外，经济与时间的困扰，心境的浮动不宁也有绝大关涉。较之古人，看得多而快，而所得甚少。

麦克·阿瑟在菲律宾退却时，转进澳洲，大海茫茫中仓皇逃命，险象环生，相当狼狈，他竟还有心观察杀机四伏的暗夜风景，虽然这种旁骛不无苦涩。海浪的疯狂拍击的力量，似在增进其心灵的充沛笃实，一种硕大的气象活力，难以方物。而当其扭转太平洋战局，予日本毁灭性打击，重返南洋大陆时，提前自舱门出，涉水向岸，墨镜、烟斗、棱角分明的面部轮廓，身后的高参……本身就构成一道历史性的风景镜头，构成象征性的符号，预示从毁灭向新生蜕变。麦克·阿瑟败北时的风景眺望，所得之感触，较之曹操的南征，在长江水面横槊赋诗，情景要凶险得多，那种气势和风范，使其内涵也深郁得多。快中有慢，慢为后来的快作了厚实的奠定。山河风景，其人其事，合二为一，丰饶了无边风月的种种层面。

中国古诗（近体诗）最多交际题材的作品，而交际诗中无风景依托者绝无仅有，古人心绪的弹着点究在何处，也可不问而知了。幽微篱落、穷谷绝塞、大漠孤烟、小桥流水、苍藤老木、残夜水榭……荒原、古寺、落日、月夜、森林等，所以具有象征意味和感情色彩，乃因其对精神的奴役是一种天然的反拨。二十世纪前的俄罗斯作家，每以风景为其作品的承载之具，于其中安置他们广漠的忧伤和念想，至契诃夫《草原》的出现，莫为不可逾越的巅峰之作。他们对大自然的领略，既有猎取，更有返还：经其头脑、心智的处理，化为巧不可阶的文字建筑，乃是一种新的自然或曰第二自然，由别样文字生成的大自然。如此心智结晶，与大自然一样千差万别，几无雷同，那些一流文字所携带的文化意味和感觉，从历史的深处浮现出来，朴茂、悠远，深不可测。

对风景的赏味投入实际可分出不同的层次，人间味的注入也略有分量的区分。但其对风景的留念、依托则为同一心理背景。

不同的作者其赏味的机杼轻重浓淡不同，就在同一个作者身上，也有缓急悲欣之分。像韩愈笔下的“山红涧碧纷烂漫”、“芭蕉叶大栀子肥”，就和“雪拥蓝关马不前”颇有心境的悬殊。

1961年，征战方酣之际，曾国藩有致其子函件，略云，“乡间早起之家，蔬菜茂盛之家，类多兴旺。晏起无蔬之家，类多衰弱。尔可于省城菜园中，用重价雇人至家种蔬，或二人亦可。其价若干，余由营中寄回。”窃以为，曾氏所强调，所寄意，并非非吃自家所种菜蔬不可，读书种菜，其间有相当寓意，园中蔬菜，乃是一种贯穿意志理念的自然风景，是将山林拉到农耕风景的切近之区，人间味胜出，同时也使得快与慢的节奏达至一种均衡，但在幽深的背景上，风景留念的意味无法摆脱。

傅增湘自北京回四川江安，一别多年，近乡之际，站在高处眺望，山木河川，人间烟火，被他一番古意斑斓的文字渲染得一片凄迷，在此则人间和山林的意味等量。

美意识的延伸可说是无远弗届，而在专制社会的桎梏之下，它的延伸铺陈，就是自由部分实现的象征。古人的慢生活，也可谓另一种意义上的高速度，更支持其冷静的观察力。而今人的快速观览，于心灵的安顿，是大打折扣的，其征兆，是将头脑置于春困秋乏夏打盹的状态，乃一种疲惫的循环，造成快不如慢的尴尬境地，无从自拔。

“夜登垂虹，霜月满江，船不忍发，送者亦忘归，遂泊桥下。”何等邈远而无尽的留恋啊。

（写于2001年，刊于2007年6月19日《文汇报》）

且听穿林竹叶声

——伍立杨随笔评鉴

刘江滨

近年随笔写作的勃郁繁盛，构成了文坛一道迷人的风景。三四十年代熔古典小品与西洋随笔于一炉的这一文体样式，像一条湮没于地下的河，历经半个世纪之久方陡然涌出地面，洋洋汤汤，蔚为大观。在众多随笔写作者之中，伍立杨的文章，如临风玉树，琼枝瑶花，逼人眼目，又如明珠结胎，冰壶秋月，别辟一境，赢得许多方家与读者的清赏。他三年出了三本集子：《时间深处的孤灯》《梦痕烟雨》和《浮世逸草》，量大而品高，质实而腴润，其学识之浩博，情感之沉郁，思想之奇崛，文字之俏丽，趣味之浓酽，兼之调和鼎鼐，兼容并包，在文体、风格上实创一格属于他自己的审美标识。读他的随笔小品，每每如泛舟水上，止息荫下，隔窗望雨，雪夜听箫，心头丝丝缕缕漫起一股旧时的清风与现实的云烟，在"一种审美享受"（唐达成语）中精神又会走得很远。

香港名家董桥尝谓散文须学，须识，须情，三者合之乃得"深远如哲学之天地，高华如艺术之境界"（《这一代的事·自序》）。其实这一高论更适用于随笔写作。对于随笔文体，伍立杨也发表过自己的意见："真正的随笔，是一种空谷幽兰，是一种空谷足音。它或者深澄如山口幽潭，明净如秋水长天，曲折如溪谷转折，跌宕如丛山断壁，智慧则以见地和思想为底蕴，每每有自己的发现；文笔则以情怀和墨彩为血脉，闪射着文采的光华。移步生莲，举重若轻，人生、艺术、词采、心情，调和鼎鼐，又如鱼之相忘于江湖。"（《随笔之笔》）显然，伍立杨除了董桥所说的学、识、情三者外，还尤看重随笔的文——文采、文体。在伍立杨大量的随笔作品中，大抵可分作四种类型：思想随笔、读书随笔、文艺随笔、生活随笔，不管是哪一种类型的文章，都有学、识、情、文四者融合如血脉一样流贯其中，饱满丰盈，摇曳多姿，构成了融古典精神与现代意识于一体的独具魅力的审美文本。

学——浩渊博洽，书香满纸

伍立杨是一个学者型的作家，读他的随笔最突出的感受，就是知识丰富，学识广博，信息量密集，书卷气十足。学养的丰赡深厚自然端赖于他的博览群书，古今中外，文史哲科，另加一些医书、兵书、农术和谣谚等闲书杂书，无不涉猎，甘之若饴，如此博闻强记，浑融圆通，便构成了他的满腹学识庋藏。杜工部云："读书破万卷，下笔如有神。"信然。随笔是一种知性文体，无学则无以立，学识是其重要的组成部分和文本构架，西洋随笔大师蒙田就开创了旁征博引的传统，在尺幅寸楮中涵纳较大的知识密度。喜欢引经据典，穿插掌故佳句，构成了伍立杨随笔的一大特色。《雨中黄叶树》一文三千来字的篇幅竟用典达20来处，可谓五步一阁，十步一楼。

伍立杨用典的特点主要有两个，一是征引，一是化用。征引，不是他掉书袋，而是书袋来掉他，像鹿之奔泉，蝶之恋花，如风行水上，实出诸自然，胸中积有丘壑，一张口就吐出锦山秀水，与自己所要表达的意见相互辉映，更具说服力，而且集中用典，易使读者触类旁通，不啻一次智慧的大会餐。譬如，《雨中黄叶树》一文中谈到传媒信息时代人心的隔膜反而越拉越大，便引用了三位大师的妙论。鲁迅说："人和人的差别，有时比类人猿和原人之差还远。"(《论睁了眼看》)季辛说："读书人与不读书人的差距，就如同死人与活人之间的差距一样。"(《四季随笔》)卢梭说："此人与彼人的差别，比人和禽兽之间的差别还大。"三人之论，各臻其妙，又异曲同工，可见中西文化高人心理智慧的攸同相类。作者如此一引，不仅使文峰突兀而起，也给读者提供了一个重要的文化参照。常有人诟病用典，以为是借他人酒杯浇自己垒块，是说别人的话，却不知掉书袋实在是学养深厚的真功夫，其中妙处实不可小觑。周汝昌先生说："书袋给随笔撑了腰。""若是真有能掉得风流潇洒的能手才人，那就不但不嫌他掉，还巴不得他多掉一番，也是一种'美学享受'，开心益智。"(《随笔与掉书袋》)伍立杨可以说正是这样一位风流潇洒的能手才人，他用典不是一味死用，而常妙手化用，死典活用，化腐朽为神奇，一经慧心点染，又焕发出时代的光彩，或把前人的名句演连珠般组织在自己的文章中，或研磨成精，成为文句的构成部分，不露痕迹，著手成春。如这样的句子："既往矣，先生墓木已拱，树犹如此，人何以堪！""树犹如此，人何以堪"是庾信《枯树赋》中的句子，此时以"树"接"木"，十分贴切自然，如船过三峡，顺流而下矣。又如，"人未老，鬓已斑。江湖夜雨，又是十年寒灯一晃而过"内含了黄庭坚"江湖夜雨十年灯"的名句，却化得巧妙，典雅而意绪辽远，可谓句里出岫。再如，"总是乍暖还寒，总是最难将息，总是不敌晚来风急，文章憎命达，魑魅喜人过。诗人倒穷蹇，秀句出寒饿。名岂文章著，官应老病。功名傀儡场中物，妻子骷髅队里人。这一条线，响彻跳跃着悲凉的音符"(《浮世的迷醉》)。这一段文字，大量以古诗入文，以演连珠的方式滔滔汩汩，不仅与整体文章自然熔为一炉，而且酿造了一种不可抑制的悲凉意绪，弥漫开来。

识——机杼自出，见地深致

明代公安三袁老大袁宗道尝言："有一派学问，则酿出一种意见。"(《论文》)可见"学问"是"意见"的前提和依托，否则只能是空穴来风，然而，"知识是静态的，被动的，见解却高一层"(余光中《散文的知性与感性》)。学识固然重要，但归根到底是为表达识见服务，仿若密匝葱茏的绿叶，它要扶持映衬的是娇艳的花朵。二十世纪末随笔的重新崛起，除了那一种雅致外，更缘于对思想者的呼唤。伍立杨的随笔是一种很规范的文体，即是周作人所谓的"美文"——艺术性的论文。他和韩少功、张炜、张承志等人的随笔不是一路，不是纯粹的理性思辨，不是完全形而上的苦思冥想，或抽象地逻辑推绎，他更注重感性因子的渗透，思想的表达借助于具象的载体，往往以心灵的触点为由头，以经典作为渡河的舟筏，来抵达精神的彼岸。理性与感性，议论与描述，学识与见解，现实的阳光与旧时的月色，心情与智慧，都浑融地结合起来，思想见地的抒表更为明晰、清润、朗畅，可作审美的对象，既是主体又是客体。

早年伍立杨在写诗的同时，也写了不少谈艺随笔，后来专事随笔写作，视域题材扩大了，不仅仅谈艺论文，而是无所不谈，思想的涵量也走向深邃宽厚，但人、人心、人性，尤其是文人的生存与文艺的处境依旧是他关怀和思考的焦点，发表了不少独到而深致的见解，直抵人的心灵深处。五四以来尤其是浩劫岁月，古典的传统逐渐式微甚至丧失殆尽，有人称对古典的嗜好为“骸骨的迷恋”，伍立杨却反其道而行，他正是看到古典精神的消弭给当今文艺发展带来了深重的灾难，他坚持认为，古典的醇酒气息至今醉人，具有永久的生命活力，“美的灯影，决不是云烟过眼，在敏感伟岸的人心中，它又展开了无边的风月”(《骸骨的迷恋》)，也因此，他在多篇文章中对新文化运动的对立面被称为“复古”派的林纾等人表示了大胆的推崇。在消费时代，物质进步了，人却离自由愈远，身为物役，心为欲拘，倒陷进了无所不在的围城之中，古代的高士为避十丈红尘，可以隐入山林，结庐而居，今天真正“守护文化孤灯”的文人呢？走，是不现实的，唯有“培养自己的胸襟”，“替自己的心灵垦荒植绿，作无法超越的超越，无法泅渡的泅渡”(《摆脱心中的围城》)藉此来摆脱心中的围城。此语虽含一丝无奈，却是一剂良方，可金针度人。《小舟从此逝》《培养更深的兴趣》《诗酒年华》等文都在替现时文人也替自己做着心灵突围的努力。“吾侪清寒书生，出入皆难，困居都市，就只好借纸上那些耐读的飘然而去的心情，来减轻社会的精神溃疡了。”伍立杨是清醒的，他虽嗜古典，向往旧时文人的山色水影，却不作陈腐语、冬烘态，后工业时代的物质挤压，人文消磨，反而使他放出眼光去和世界哲人心灵晤对，探求现代文人的精神出路；伍立杨又是浪漫的，周围世界的名缰利锁丝毫没有泯灭他那一缕诗情，心灵未被世俗化污染，依然纸帐梅花，冰雪精神，执著探求未竟的大美，心情是那样旧又是那样新。

《百年身世浮沤里》是一篇应特别注意的文章，是作者关于人生与梦的文学思考，洋洋八、九千言，集中展示了作者的人文思想与终极关怀。“生年不满百，常怀千岁忧”，通篇都是忧患之言，从远古太荒到不堪的现实再到未来前景，作者关切复关切，叹息复太息，探究复探究。他以文学中的人生之梦作为连线，汤显祖的临川四梦，张宗子的陶庵梦忆，莎士比亚的仲夏夜之梦，庄周的梦为蝴蝶，韩愈的“且着人间比梦间”，苏轼的“事如春梦了无痕”……融合了科学、宗教、哲学、艺术等多种学科知识，排比参照，剔幽抉微，探求人生的意义与人类生存的潜在危机，意蕴丰厚，思想深刻，信息量大，密匝多义，堪称近年来不多见的随笔力作。固然，作者对人类前景、人生意义看得太透而过于虚空悲观了，但如此正视人性的弱点，足以给沉睡于梦中的人类当头棒喝！在人类与自然的关系中，伍立杨反对人类中心说，这种见解，让人耳目一新。本来，文艺复兴以来，人本主义思想的建立，把人类从中世纪上帝的脚下解放出来，成了“宇宙之精华，万物之灵长”（莎士比亚），是极具进步意义的，但随着科技的发展，人的欲望的恶性膨胀，人的中心也就蜕变成人的霸权，自然是万物的家园却只成了人类的家园，其后果也就促使人类自身的毁灭——转头即是空！伍立杨写道：“人作为一主动者，必然对最大的承受者——大自然造成毁灭性的破坏，小心眼的人类既认为地球是宇宙的中心——为了中心的中心，即人自身，又有什么事情做不出来了呢？”因此，他更赞成人是细菌、虮虱、蚁蝼之喻，这与莎翁的顾盼自雄之论形如天渊，其中的沉痛、大忧不难领悟。

情——沉郁顿挫，心事浩然

有人认为随笔是一种软性文体，只能以幽默、雍容、闲雅的态度看取人生，如梁间燕语，阶下虫鸣，把随笔与闲适小品画上等号，其实这是一种误解，人如陶渊明尚且有“悠然南山”和“金刚怒目”的两面，何况一种文体呢？英国的随笔大家兰姆固然幽默，但常寄寓着伤感，周作人固然闲适，但苦涩的味道也甚为浓酽。清人张潮说：“古今至文，皆血泪所成。”（《幽梦影》）信然。伍立杨的随笔虽然也有一些闲适小品，涉笔成趣，俏皮机智，取生活中谐谑事说项，足博读者一粲，如谈现代美容术，“也许有一天，我们看到一张张修饰衬垫了的美貌，不再说‘呵，真美！’而是问‘花了多少钱？’”（《美貌内外》）伍立杨是不乏幽默的，闲适小品中有，其他文章也不乏其例。但这却不是伍立杨随笔的主要特征，他的情感特色属沉郁一路，这或许跟他几分内向的忧郁气质有关，也是孤灯下独对人生的结果，或许是有意与五四几位闲适大家异趣而主动的审美选择。伍立杨是欣赏沉郁的，他认为沉郁是一种“高格”，“倘若有人蘸着他的心血，写出一部书，那么必有可观之处。在消费时代，尤其难能可贵”（《真知赤心沉郁气》）。“沉郁固然是一种笔法，一种文字特质，但沉郁更是一种心境。是绕着智慧内省的氤氲，是身陷困境的个人体验，其深深孤寂感，往往起因于对命运不可逆转的喟叹，真正的大作家，即使在最快乐的时候，心中也有一种潜在的忧郁、不安和期待。”（《沉郁的魅力》）这样，沉郁就不仅是一种审美风格，苍重悲凉，由于寄托遥深，更能生发人们幽远的情怀。小说、散文、诗歌如此，重议论的随笔亦如此。

伍立杨总是以悲悯忧郁的眼光审视人生，笔下留下的多是酸楚语，一盏孤灯，心事浩茫，满怀愁绪，如窗外缠绵的雨丝，在阶前点滴到天明。快乐总是稍纵即逝，而沉郁却驻存灵府，挥之不去。他喟叹古代落拓一襟、寒窗坐老的文人“牵萝补屋，百事乖违，罗雀掘鼠般挣扎寄身于社会底层，聊以卒岁”(《衰象依稀记牢愁》)，又伤怀于当今某些艺术家“面有菜色，眼神阴沉惶惑”，“不禁起一种大哀痛，大悲悯，为他人，也为自己”(《人心，不是血肉是钢铁》)。忧患与批判构成了伍立杨随笔沉郁风格的两面，前者使他的文章获得了情感的深度，后者则获得了一种距离和超拔的力度。既忧思难忘又慨当以慷。大凡散文重在抒写自我的生命体验，处处有“自我”在里边，而随笔重在观察外部世界，所以，伍立杨很少把“自我”纳入笔端，他的忧患所在不是一己的悲欢和现实处境，而是商品经济时代的世道人心、文人的生存命运与文化与美的灯影薪火，《人生能得几春秋》《生死一大梦》《乱世血泪》《怪人的轨迹》《悲哀与欣悦》《小舟从此逝》等作，纵贯古今中外，都是就人生存在的基本方面生发的忧思感喟，进而究诘追问，探寻榛莽荒原中的精神小径。而他对人性的虚伪、狡狯、贪婪、昏蒙、荒谬等丑恶方面的批判鞭笞，尖利嘲讽，使忧患意识避免流于一味的幽怨哀叹，蒙上了一层旷达的亮色。《女人是风景吗》描述了这样一个事例：有一个风姿绝秀的女人，含蓄绰约，让人疑为仙人，但有一次与人吵架，叉腰顿足，作狮子吼，眼睛像要出膛的子弹，各种生理器官语言，倾口而出，巧笑美目，为之丧失殆尽。作者由此感叹说：“蒲松龄的女鬼可以迷住书生，当世女性呢，往往吓住众生。”其中的人性消息的确让人感到沉重。如何提高人的生命质量，使人性更完善，人生更美好，社会更文明，是伍立杨随笔情感投注的归结点。

文——锦心绣口，斐然成章

随笔虽属知性文体，思考于内，议论于外，表达思想见地是其根本，但如何在知性中渗透感性，使二者相得益彰，相衬互济，使随笔也成为美文，富有“理趣”，却是一件不易之事。在这方面，伍立杨随笔锦心绣口，斐然成章，别具魅力。这固然是其性情、修养所致，“腹有诗书气自华”，更是他戮力研磨、雕琢的结果。他极为看重文字笔墨，他所激赏、推崇的文章大师如柯灵、钱钟书、余光中、董桥都是力图在中国的文字风火炉中炼出丹来的语言巨匠，即便是以幽峭朴茂著称的鲁迅文字，他也独具只眼，拈出其文采的高华，“鲁迅文章，文句泊漾，虚词迤逦，种种回环的空间，潆回水抱，颇有积雨空林的朗畅幽谧。英词盘郁，可润金石，这实在不在战斗性之外”(《文字灵幻》)。余光中关于现代散文就曾有“弹性”、“密度”、“质料”说，其中“质料”就是指“构成全篇散文的个别的字或词的品质。这种品质几乎在先天上就决定了一篇散文的趣味甚至境界的高低”。(《剪掉散文的辫子》)对此伍立杨打过这样的比方，说一个文字粗鄙的作家，就像衣衫褴褛的裁缝，我们是无法相信他的。其实文字不只关涉作家的语言功底，因对字、词、句不同的连缀、驱遣、安排，更能体现出一种文体意义，而文体正是呈现作家“自家面目”的基本标志。伍立杨就是一个由重文字而及文体的文章家，形成了自己的文字特色和风格。他把文言、口语、欧式句法、诗文典故多种成分冶于一炉，巧妙地杂糅调和起来，古处极古，洋处极洋，雅致疏朗，清丽飘逸，仿佛梦中有神人遗他一支五色笔。文字在他那里，不只是导向智慧心情的津梁，本身就是一道可玩可赏的靓丽风景：

> 倘若说，有谁和寂寞的诗神结下了不解之缘，而他又因了种种因由，自愿住到深山中。在山坳里或行或止，听风的踪迹从荆棘林莽中穿过，不时有一种隐约的飘忽节奏，从他身边忽高忽低地掠过，宛如群峰把远方的音信带进芳馥的千昼一般，而思想呢，此时悠悠地从心里荡漾上来，如蜂的嗡嗡长鸣，要给山岚所蒙罩着深山空寂的氛围觅求永久不朽的旋律。(《寂寞》)
>
> 当年读它，未及弱冠，在教室里摊开此书，看南国紫荆怒放，胸臆蒙络一层难言的淡烟疏雨，它的思想促我睁开朦胧的心眼，他的文采，又袭来美的气韵，今日思之，恍若隔世。(《赏析之书　忧患之言》)

比喻的奇谲，想象的新鲜，长短句交叠曲折，骈骊文隐含暗契，古色古香，优美雅健，有时我们读他的随笔，尽可以不去理会他写的什么，单就文字本身，就让我们留连低回，栩然而醉了。

伍立杨的文字精灵源于古文千年不灭的灵幻，他说：“文字的灵幻和魔力绝大部分来自于文言。”他特作《文字灵幻》一文，重祭文言大纛，其中得失自任人评说，但其可贵的理论勇气和文化责任都是毋庸置疑的，尤其是这种主张自五四新文化运动以来几乃仅见，在新儒学复兴的今天，自有其特别的意义，同时使他的随笔获得一种独立的审美特质可经时间的淘洗而临风不败。

（原载《名作欣赏》1998 年第 6 期）

王开林(1965—　)，散文家，湖南长沙人。1982年考入北京大学中文系，1986年毕业后分配至湖南省文联《湖南文学》编辑部工作，现为湖南省作家协会一级作家、《文学界》执行主编，系中国作家协会会员，湖南省作协理事。

王开林在大学期间即开始文学创作，1986年以散文《二十岁人》获首届“北京大学散文大赛”第一名。迄今已出版散文专集6部：

《站在山后与你对话》(百花文艺出版社，1994年)；

《落花人独立》(湖南文艺出版社，1994年)；

《灵魂在远方》(中央编译出版社，1996年)；

《穿越诗经的画廊》(岳麓书社，1999年)；

《文艺湘军百家文库·王开林卷》(湖南文艺出版社，2000年)；

《天地雄心》(东方出版中心，2001年)。

其中《灵魂在远方》获首届湖南毛泽东文学奖(1995—1998)，另有《七色的光带》获《广西文学》大学生文学创作优秀散文奖(1986)、《梦中的黑乙鸟》获《青年文学创作奖》(1989—1992)、《远方的岛》获“《十月》文学奖”(1988—1990)、《闲趣》获台湾地区“中央日报”文学奖(1992)、《无歌的歌手》获“《萌芽》文学奖”(1993)、《话说女人》获《散文天地》佳作奖(1994)、《于斯为盛》获《散文》第二届中华精短散文大赛“柳泉杯”征文优秀奖(1994)、《读韩心解》获《散文》首届“韩愈林”散文大赛二等奖(1995)、《更多的人死于心碎》获第七届“《十月》文学奖”(1998—2000)；有《赔你千只眼》《所罗门的黄昏》等10篇被选入《当代先锋散文十家》(中国文联出版公司)，《梦中的黑乙鸟》被选入《青年散文选萃》，《慈母在天堂》被选入《1998中国最佳散文》和《二十世纪九十年代散文选》，《最后一击》《语不张狂死不休》被分别选入《1999中国最佳散文》《2000中国最佳散文》(均由辽宁人民出版社出版)，还有《致一千年过后的你》被选入《中华人民共和国50年文学名作文库·散文杂文卷》和《当代美文百篇》(湖南少儿出版社)，等等。评论王开林散文的文章主要有：

《孤傲自洁的人生旅行者》(凌宇)，《湖南日报》1993年4月22日；

《坚守那一方净土》(李元洛)，《文学报》1993年4月29日；

《俊采星驰——王开林和他的散文》(李元洛)，《文艺报》1993年11月13日；

《永远的书香》(李元洛)，《粤港信息报》1994年8月6日；

《迎风的歌者》(贾宝泉)，《文学自由谈》1996年第4期；

《长鲸搏水，吐纳由心》(龙长吟)，《写作》1996年第10期；

《边界向度位置》(何平)，《当代文坛》1998年第5期。

此外，《中国当代散文报告文学发展史》、插图本《中国当代散文史》有对王开林散文的专节评论，可参阅。

散文是哲学的近邻

王开林

我固执地认为，散文应去寻找隐藏于事物核心的意义，在寻找和找到的过程中，力求使心灵与其观照物达成高度的和谐与默契。我明白自己所走的是一条僻径，我尽量避开那些束手束脚的条条框框，经常劝诫自己，这样写虽然未见得是一条坦途，但不去蹈袭他人才是最重要的，我按照自己的方式去感受和理解生活，然后如抽丝剥茧一样，找到它的核心，找到核心之中的意义。有人说，写生活的表象岂不是更讨好更省力吗？但那些俯拾即是不痛不痒的素材究竟与心灵有何相干？我喜欢更深处的发现，犹如探看海底景观，我认为，凡事看到这一层才算真正看到，因此我一直认定散文是哲学的近邻。这样写是很容易穷尽自己的，我早就感到了这种日益逼近的危机。一个作家理应经常问一问自己怎么办。是先停下来，歇息一程，补充燃料以后再上路呢，还是边走边唱？中途修整是必要的，一方面是读书,如同棋手平时的打谱;另一方面,寻找一些新的视角,疏通旧时的河床,使思想成为源头活水;此外,有必要大胆地吸纳一些诗歌与小说的技法进入散文,使之具有更多的路数。有了这三种应急和应变的措施,创作便可望摆脱近期和远期的危机。我觉得散文创作除了要在意义范畴内大力掘进外,还应大胆地拓宽题材领域,使之更具深度和涵盖面。我们通常所说的突破自我超越自我,其实就是不断地认识自我,认识得越全面越深刻,就越能扬长避短。

新的散文应是更高意义上的创造,不应是墨守成规,也不应是如法炮制,我们必须在向前辈大师挑战的同时,不断地向自己挑战,唯自胜者能胜人。真正的超越绝不是作品数量的爆炸,而是奉献了最具精神品格和价值的能给人类心灵以活力与信念的传世之作。

1996 年 11 月

自选作品

远方的岛

一年中,我总怀着温馨的情感等待短短的枯水季,它并不像儿童等待一只水果、情人等待一个夜晚那样,抱有明确的目的。我只是喜欢在枯水季的那段时光独自去江心的小岛,天地空空阔阔的,精神轻轻爽爽的。

这条江从春流到夏,从秋流到冬,终于流到了几乎穷竭的时候,它全部的底蕴都显露了出来,犹如奄奄一息的母亲,对整年抱在怀中溺爱不已的小岛也就只能无可奈何地撒手了。

我走出城市的峡谷,走出一片厚重的阴影,看冬天的阳光在这里大幅大幅地展开。沙滩伸出颀长的手臂,似乎要伸向天的尽头。昔日的渔人呢?昔日的帆影呢?地平线如弓弦,被沙滩拉出一个饱满的弧度。我躺在温软的沙床上,感觉天地是一间敞亮舒适的房子,也许真有一个上帝，他就是房东，也许没有上帝，这房子既不要购置，也无须租赁。

但我只是一个行色匆匆的过客，没有更好的情形。宴会是别人的，歌笑是别人的，名利也是别人的。我在那间狭小的屋子里，破坏了蜘蛛的把戏，粉碎了老鼠的阴谋，这些都无足挂齿。一些书籍用它们发霉的思想骗取我的智慧，我一直信任它们，像信任自己的父母。直到有一天，我远离那些狡诈难缠的掮客，偶然地来到这座小岛，掀开大自然的第一页，圆润的鸟语和纯净的阳光一齐注入我的心中。

我如此冷静地审视自己和审视别人，这还是平生第一次。真正的恩典并不像我预想的那样，来得神秘莫测；它就在我的手中，是我给予自己的一份不寻常的礼物。我用手撮起一捧一捧沙末，筑成一个方圆有致的平台，以指当笔，将一句西方古神庙的铭文刻写在上面："复生于必死之时。"谁能弄清它的准确含义呢？我在最深的孤寂里，感到过死神冰凉的指尖，它叫我拿起锋利的刀片去切断生命的源流，它叫我用足量的安眠药去换取永恒的梦境。我微笑着颔首，却无动于衷。它被我貌合神离的态度激怒了，一时却又无力将我生吞活剥，它只好找来它那位惯善助纣为虐的兄弟，慢慢地收拾我。我的确无法逃脱那衰老的指爪，它攫着我年轻的生命，如同苍鹰攫着小鸡。反抗是无用的，也是无益的。

小岛能设下一个谜，也能解开一个谜。它永不衰老，因为它得到江水和阳光的厚爱。它的林子逢秋落叶，却丝毫也没有凋败的迹象。它遵守自然的信念与法则，新生替代了死亡，因此它不会遭到毁弃的劫难。飞鸟从头顶掠过，如石子一般纷纷投入林中。它们生活在自由广大的空间里，既不害怕衰老，也不畏惧死亡，真正令人生出羡慕。

一群少年在远处的沙滩上踢球，我眺见他们矫健的身影。一对情侣漫步而来，午后的阳光给他们神情欢悦的脸颊涂上了一层金色的彩釉。少年和情侣是我视野中唯一变化的风景。他们感到幸福，因为有一局如火如荼的球赛和一季青青郁郁的爱情给予他们满意的补偿。在城市里，正有激烈的角逐与畸形的世态演化到不可收拾的地步。参与者是不幸的，见证人是痛苦的。人类在生存和生活的漩涡中挣扎，侥幸上得岸来，也仍是惊魂不定。我在岛上想起一些朋友，他们全部的德行就是曲解真实的人生，找一些观念来奴役自己，找一些事情来折磨自己，犹如一个逢庙必拜而能自得其乐的香客。他们一旦醒悟，便用古怪的方式来加以矫正，那些拔去蛀齿的病人总想换上金牙，似乎是同样的类型。

二十岁时，我还在轻信某些书中的鬼话，并且奉之为金科玉律。我生活在城市，远离真实的大自然，虚伪的气息使我的心灵日渐萎缩，难以舒展。人们放纵我的恶习，宽容我的弱点，却独独看轻我的才智。当我向庸俗的坡道滑去时，没有人肯救助我。我忽然清醒地意识到自己所面临的绝境，因而毅然决然地纵身一跃，虽然留下了“残疾”，却抢救了一份纯良的天性。

我像女人爱护脸，男人爱护头那样，爱护自己的一番憬悟。走出城市，回到岛上，小憩或者沉思。它启迪了我的心智，去对付一些强有力的诱惑，它们形形色色，在各个角落里设下骗局。我并不强行抹煞自己的欲望，那将是徒劳的，况且这些欲望或多或少地滋养了我。我只是不想让诸多贪鄙的念头盘踞下来，因为它们会胁迫我走向险恶之路。

岛上有一具沉船的残骸，我揣想曾经发生过的一幕，然而终于不得要领。沉船上没有任何可以辨识的标志，它不肯提供任何精彩或平淡的细节。也许只要知道它是沉船就足够了。人，成了大自然首先要摒弃的对象，人类往往无端地伤害造物主的其他作品（尽管自己也是造物主的得意之作），我仿佛看到雪亮的斧斤强暴山林，坎坎伐木，然后做成舟船，泛舸中流，人类自以为可以凌驾于造物主之上，这种狂妄的意念遭到了一次又一次惩罚，人类却仍旧不能幡然悛悔。

我不再穷诘那些随处都可以碰到的疑问，只用心去体贴身边的事物，就可以获得它们的同情。这是不是某种混乱的错觉？我每天顺利地进入公式化的生活程序：走上楼梯，又走下楼梯，躺倒又起来。离开与返回之间，只有岁月匆匆流失。究竟我给这个世界增添了什么呢？一张毫无新奇感的面孔，一些絮絮叨叨的声音，仅此而已。“总该创造些什么！”这个意念强烈地呼唤我的性灵。岛上的宁静并不能平息我心中的喧哗与骚动。我注定属于那座城市，就这样生老病死，与世无争吗？我不是一个卑怯的人，我的意志依然不可磨灭。尽管愁情万斛，但我认定了世界不能完全埋没我，除非我自己埋没我自己。

季节疾走着循环之路，自然万物在这个封闭的圆圈中孳生繁衍，衰老死亡。我只是这条生死巨链上的一个小小的环节，正如这沙滩上一粒被忽略的细沙，它可以安静得无声无息，但它并非空幻虚无。

我原本就无须寻找理由责怪和鄙夷我的那些朋友，他们用各自的方式领会生活表面的或深处的况味，给世界带来了纷扰，也带来了乐趣。我真喜欢他们红润的脸庞和快活的神情！他们总是那么毫不在意地说：“没什么了不起的，好好地对付一下，就可以迎刃而解。”虽是轻描淡写，但这种生活的决心却使我钦佩。因此我不再怀疑他们怎样耍弄心计。毕竟不同的人有不同的生活轨迹，评价他们，应该格外谨慎。

一场大雪，是冬天的杰作。我离开火炉，仍去岛上度过闲暇的时光。卢梭在最孤独最困苦的日子里，在法兰西最偏僻的一隅漫步遐想，终于抖落了心灵中积压了一生的重负。他被人爱过，也被人误解、伤害过。在生命的薄暮时分，他感叹道：

“我活了七十岁，却只生活了七年！”

我漫步在广袤无垠的雪原上，想起卢梭，想起这位不幸的哲人。我为自己对生活仅有一些肤浅的认识而感到惭愧。我走向一个巨大的空白，走向世界的深处，七十岁的时候，我会说些什么呢？

回头望去，白皑皑的岛上，只有一行蜿蜒的脚印。这是最沉寂的时刻，也是最热烈的时刻。低垂的苍穹上，铅灰厚重的云块慢慢地向远方漂移。雪片似满天飞舞的玉蝴蝶，正纷纷扬扬地落下，落在我的肩头，落在我空蒙的视野里。

（选自《十月》1990年第3期）

更多的人死于心碎

写下这行字——更多的人死于心碎，就等于写完了所有的字。

一年中，我参加了好几次告别仪式。殡仪馆极度压抑的气氛使人感到每分每秒钟都不自在，那些苍白的纸花是怎么回事？还有那比纸花更苍白的遗容，仿佛萎缩了许多，比一条失水太久的鱼好不到那儿去，硬挺挺地摆在盘子里，已不再光鲜，怪可怜的。“兔死狐悲，物伤其类”，果真如此吗？一束束真假悲哀的目光游移闪烁，但总也躲不开那些花圈和挽联。于是，有人干脆用心琢磨那些联语中对仗和平仄的毛病，还与身边的同伴交流了看法，得到认同，他顿时觉得心里舒坦多了。不少久未谋面的熟人，彼此行过点头注目之礼，忍住没笑，百忍成钢啊，今天又算是炼了一把火。死者仰卧在鲜花翠柏丛中，一副睡得正香正甜的样子，却显出从未有过的伶俜无助。致悼词的人总共清了九次喉咙，擦了八次眼角，这十七次的刻意停顿，我不能肯定全都是假惺惺，他总算把死者的平生业绩一一细述完毕，“继承遗志”之类的套语，听起来更像是一句不负责任的玩笑，因此谁也不会当真。非得等一个人死了，才肯给予他善遇和高估，这正是生死场上司空见惯的游戏规则之一。

不知为什么，我老是担心死者不肯配合，会一个鲤鱼打挺，金刚怒目地坐在灵床边，愤愤然大声抗议道——“省省吧，乌鸦的哀歌，鳄鱼的眼泪，我宁愿看见你们在我面前笑逐颜开，笑我一生郁郁不得志，笑我钱眼不大，色胆不大，野心不大，笑我脖子、腰板和膝盖都不够柔韧，笑我太迂太直太傻，直到死后才有这么一点点可怜巴巴的体面！”听了他一通泄愤的发言，灵堂里的人准定会面色如土，夺门而逃。然而我所担心的事故并未发生，据说，数十年间在这灵堂也从未发生过。悼辞致完了，致辞者掏出手帕，这小小的道具在他手中比在魔术师手中显得更为神奇，逗得很多人好一阵唏嘘啜泣。他向死者深深一鞠躬，那样子更像是道歉，也许他还细若蚊鸣地咕哝了一句“谢谢合作”或“死鬼，我可是尽释前嫌了”之类的妙语，更体现出他的高风亮节。洗耳恭听死者的冤家对头致悼辞，这是天底下常见的黑色幽默和荒诞派喜剧，如果你不能接受这别具风味的“大餐”，那只能说明你根本没有幽默感。一个人死了，但他的幽默感并不因此而完全丧失，静静地躺在那儿，安息给一切赐足光临的人看，他已尽其所能。一小时后，尸体焚化为灰，一个人在世间就彻底失去了质量，剩下的只有类似槟榔的姓名，大家还将在口齿间反复咀嚼数遍，味道可想而知，其结果与口香糖无异。

走出殡仪馆，外面阳光灿烂，这不像是一个给人送葬的日子，似乎没有什么可悲哀的，在如此暄和的天气，世人通常要寻欢作乐。上车前，多数人已将胸前的白花摘下来，扔进垃圾桶，笑着约定下午的牌局。

“几天没过牌瘾了，这心里痒得像猫爪子挠。”

汽车进入市区，繁华景象一幕接一幕，比最好的戏剧还要好得多。好就好在每个人既是演员，又是观众，把世相的肥皂剧永无止境地演绎下去，演绎出无数花花绿绿的泡沫。谁也不知道后面的台词是什么，下面的情节又当如何，就这样更妙，大大小小一串串的悬念赚我们活够一生。

“毕竟还活着，只要活着就好！”

刚从殡仪馆出来不久的人，一下子就想通了，变得心平气和。活着，多少总还会有些甜头的，去寻求诸多美好的受用，这就是人生全部精义要诀之所在吧。表面看来，城市是一座大而又大的热灶，人们既发疯又着魔似地朝那灶膛里填塞柴草，要熬制一锅异常可口的香汤，真不知那达于沸点的“浆汁”烫坏了多少人的舌头。好喝，好喝，滋滋有味地喝了一碗，意犹未尽，再加一勺。城市毕竟不是一座兵营，它对每天都有的减员现象毫不在意，真不知有多少人正眼巴巴地等着“蜂窝”中那个空缺，因此城市对死神表现出一贯的冷漠，放鞭炮，奏哀乐，并不表示它有多么热诚。“先死的人给后死的人腾地方”，此话初初听去，相当残忍，但这是一种经常的残忍，无法规避的残忍。一个人死了，他就得把自己在社会中所占据的一小块或一大块“地盘”腾出来，给活着的人一个安身立命之处。只不过生者为了抢占那不可多得的宝座与肥缺，往往会拼得头破血流。这有什么可大惊小怪的？对于一群狗或者蚂蚁而言，给它们扔下一块骨头，就等于挑动一场战争。想及身后事，子孙将为争夺遗产而化玉帛为干戈，死者有几人还能瞑目？眼睁睁地躺在冰凉的墓穴里，愁肠百结，忧心忡忡，那可不是好玩的，更不是好受的。

“死神的权柄太大，我怎么拗得过他？”

胳膊拗不过大腿，就不要强行发难，何不顺其自然，听天由命？

忧伤，人心中普遍生长的忧伤，似乎是唾手可得的果子。

找不出任何一条理由非吃不可，然而你无法拒绝。当你进餐时，饮酒时，调情时，睡觉时，甚或造爱时，这种名为“忧伤”的水果都摆在眼前，其腐香的气息无所不至。你不得不靠它充饥，尽管其味道令人难以下咽。

我算是明白了，人生自始至终都是在忧伤之上的搏斗，或是在忧伤之下的挣扎。某人用三十块钱买回的忧伤与另一人用三万块钱买回的忧伤，并无伪劣名优之分，它们一模一样，这就说明，忧伤从无定价。有一种说法，穷人的忧伤基于生存苦闷，富人的忧伤基于精神空虚。二者似乎有天渊之别，看透看穿，无非丧失了生趣，为辘辘饥肠而忧，并不比别的忧虑更低下。

叔本华在哲学中忧伤，李商隐在诗歌中忧伤，肖邦在音乐中忧伤，贾谊在历史中忧伤，范仲淹在官场中忧伤，我们在一蔬一饭间忧伤，其形式完全不同，其结果却毫无二致，要问什么是心碎，这就是心碎。医学鉴定人的死亡，从无呼吸无心跳到脑电波消失，愈益精准。殊不知真正意义上的死亡远在无呼吸无心跳和脑电波消失之前就已发生，死亡更多的时候是一种过程而非结果。

“老祖宗的话，我只相信一句说得对，那就是‘哀莫大于心死’。我的心死过许多次了。年轻时，我听得懂所有的标语口号，现在回想起来却反而糊涂了。我的人生，到目前为止，贯穿其中的是一系列的破产，先是信仰破产，知识破产，然后是爱情破产，婚姻破产，最终是精神的总破产，每破产一次，我就死一次，这样的死毫无悲壮可言，因此我成不了烈士。现在我很有钱，够我挥霍一辈子，别人都羡慕我活得有声有色，然而，我自己最清楚，我的心早就死了。这话若说给狐朋狗友听，他们会说我开什么玩笑，像我这样滋润的，放眼全世界，也顶多只有百万分之一的比率；这话若说给那些专拿天王尺来量我钱袋深浅的女人听，她们会众口一辞夸我有幽默感，因为她们不担忧我的心死了，只要其他关键部位的零件运转正常，我就还是一个大活人。对此，谁也不会怀疑。

"心碎了，就像精美的玉器掉在地上，简直不可收拾，如果看见金钱、美女和虎皮交椅，我的心跳立刻加快，那么我不会觉得可耻，觉得不好意思，我反倒会感到万分庆幸，这说明我还可救药，比宣告不治要强得太多。然而，这些东西并不比望而生厌的糖果更有吸引力。我的口头禅由早先的'真的吗'变成了现在的'没兴趣'，我在四十岁前受够了伤害，到如今刀枪不入，其实是没什么可伤害的了，你说这是多大的悲哀?"

我知道这悲哀有多大，从殡仪馆里出来时，我就知道了，焚化为灰是一个人作红尘之旅的最后一笔代价，也是最小的一笔代价。心碎了，仍要草间偷活，仍要苟延残喘，仍要掩耳盗铃，仍要刻舟求剑，逼迫自己去找一些能自欺欺人的理由，才是最难受的。坚守信仰的人往往死于信仰，坚守爱情的人往往死于爱情，坚守道德的人往往死于道德，坚守真理的人死于真理，死过一次又一次后，信仰、爱情、道德和真理便一一冰消。在我们时代，这样的悲剧恒演不衰，即算抱持十足的外星人的兴趣，你也看不过来，具体到你自己身上，悲剧常常以喜剧和滑稽剧的形式出现，尽管你是一位修复专家，能把破碎了的心修复得像崭新的水晶球一样，熠熠有神，但它仍经不起轻轻一击。

那又有什么用？作为死者，竟以生者的面目出现。

"我还没有死透。"

哦，这倒不失为一条可信的理由，既然无可置疑，我们何不去喝几杯酒，或者搓几圈麻将，打几局保龄球。把头昂起来，把胸挺起来，显得更神气点，你我要给孩子们立下光辉榜样。

（选自《天地雄心》）

边界　向度　位置

——王开林散文的几个侧面

何　平

散文的边界

进入 90 年代，散文的写作开始分化，一方面，松懈的创作者，继续沉溺于消费性的散文制作；另一方面，一批 60 年代前后出生的年轻的文体实验者不约而同地涉足散文领地。他们发现“散文从本质上可以跨越种种类型的界线，它不具有小说、诗歌或剧作的特定要求，它既可以恣肆汪洋地从它们之中汲取某种成份，又可以是它们种种要素的创造性综合。在今天，文学形式的探索几乎穷尽了，它的本质上的可能性，按博尔赫斯的说法是，文学早已被写尽了。‘原创性’几乎从每一个探索的方面消失了。然而，似乎散文蓄藏着某种可能，因为它被别的文学样式抽取汁髓时，它仍未从根本上放弃自己。它饱含着重建自身的欲望，又有着逾越别的文体类型的冲击力。它完全可能，也可以在其它文体类型的边缘上找到自己的版图和王国”[①]。或许，诸种文体中，只有散文能够以如此开放的、民主的、阔大的胸怀接纳许多不和谐的声音，精英和大众、前卫和传统、古典和时尚、雅致和粗陋一齐在散文的田野里生根、发芽、开花、结果。

---

① 张锐锋：《让隐匿的事物发亮》，《大家》1998 年第 1 期。

王开林的散文给人的印象是漫漶、弥散、游移和片断化的。它提供给我们某种返身观照散文文体的可能性，引导我们对经验中的散文阅读予以检讨、审视：究竟什么是散文或者散文的边界在哪里？

从宽泛意义上讲，小说、诗和剧作一定程度都属于戴着镣铐舞蹈的写作，理论、批评和已有写作均为后来的写作者框定了某种规定性的美学范畴和批评话语谱系。我们是否可以将小说、诗歌、剧作的写作命名为“他律”的写作？而散文则不同，散文的边界最少这种约定俗成的规定性，虽然，在我们的散文写作传统中有人曾试图对散文写作进行相对严格的规范。仅仅就20世纪中国散文写作而论，像30年代的“以自我为中心，以闲适为格调”，50、60年代的“形散神不散”，不管是参考性范畴，还是强制性范畴，都只是在一定的时空中，局部地被认同、接受，但时过境迁，这样的“他律”往往失去其约束力，这和小说、诗、剧作相对稳定的规定性殊异，因此，散文文体的开放性无疑给散文写作者带来了极大的自由度，但同时也带来了命名和边界厘定的困难。从道理上讲，固然每一个写作者都可以“依自己的心的倾向，去种蔷薇地丁”[①]。这恰如胡梦华所言，散文是“个人的(personal)，一切都是从个人的主观发出来，所以它的特质又是不规则的(irregular)、非正式的(informal)”[②]。但散文是个人的、不规则的、非正式的，并不意味散文的写作是无序的，相反，我以为这反而揭示了散文文体秩序构建的必要、难度和个性，只不过散文写作将散文的命名和边界的厘定下放到每一个具体的写作者，对于不同的写作者，每一次写作均面临着一次秩序的重建。因此，优秀的散文写作者无疑是文体的试验者，他们把秩序的建立放置在写作实践中，在每一次写作行动中抵近散文的边界。正像王开林所体认的那样，“既要在自由的空间确立法度，又要在法度之外开辟自由的空间”[③]。显然，面对散文写作选择的自由，法度的确立者，如果不是松懈地复制自己和别人，那么，作为一个自觉的文体试验者，只能“在不可能开花的地方开花，在不可能结果的地方结果”(《默诵晚课》)。而一旦法度确立，他将再次面临对既定法度的超越以及超越之后的重建，散文的魅力或许就在于这样的法度和自由的互动、位移以

---

① 周作人：《自己的园地》。

② 胡梦华：《絮语散文》，1926年3月《小说月报》第17卷第3期。

③ 王开林：《散文天地》1997年第6期。

及法度的构建、拆除的冒险中。从这个角度上，考察散文文体的规定性，我们是否可以说散文的写作是一种“自律”的写作，其美学范畴是法度和自由之间的动态的、弹性的，且依靠个人调控的相对空间。由此散文的写作开始分化，既可以放弃“自律”进入消费性的制作，同样可以保持一种清醒、警惕的自律，创造并坚守散文的动态的、弹性的美学规范。

那么，王开林散文的漫漶、弥散、游移、片断化的文体的非正式、不规则的外貌之下，依靠什么来保持一种清醒、警惕的“自律”，从而维系其文体上的创造和革新以及这种创造、革新的法度呢？王开林说：“散文的双翼是‘才与思’，才是先天所赋和后天所学得来，‘思’则纯然是一种直抵憬悟的门径。才有小大，思有浅深。大才而深思者，为文时，如长鲸吐纳，波澜自成。”[①]所谓的“才”和“思”，其实对应于精神、灵魂，甚至一个人的趣味、品格的宽度与深度，其终极目标乃是指向永远趋近，永远无法到达的“人才”和“深思”。这样，王开林就将法度和自由之间的互动、位移所构建的动态、变迁的美学范畴，着陆于现实的，可控制、可操作的终极理想的探求过程，以及精神的拓深和散文边界的延展。因此，对于我们来说，阅读同样是双向的：一方面，感知其精神进退的信息；另一方面，体察其文体边界的伸展和收缩。

怀旧的向度

既然散文的边界关涉着王开林的精神边界，换句话说，我们可以通过捕捉写作者精神进退的讯息来抵近散文的边界。在此我们显然是有节制地使用“怀旧”的概念。面向历史、过去的写作，作为一种回溯、后撤的写作姿态，“怀旧”的价值和向度往往是矛盾，甚至悖离的，隐遁和反抗、出世和入世、古典和时尚，似乎均可以借助“怀旧”得以实现。可以说，“怀旧”更接近一种精神幻像，悬浮于现实和现世之上，类似于金属和金属之上闪烁的光芒。从某种角度看，散文是宜于“怀旧”的写作，所以20世纪中国文学中很少有一种文体像散文一样负载了如许之多的家园之思、哀乐人生。像鲁迅的《朝花夕拾》和《野草》，此刻的鲁迅

① 王开林：《散文天地》1997年第6期。

无论是流离还是被排挤，均被置于一种疏离、边缘、悬置的精神状况。相同情况几乎出现在每一位作家身上，朱自清、周作人、沈从文等等，还可以列出一长串的名字。此刻的“怀旧”，无论是隐遁、出世，还是反抗、入世，“怀旧”作为他们攻守兼备的灵魂栖居之所，都带上了作家浓重的个人情趣、兴趣，凸现着作家的人格面影，疗救着作家伤痕累累的心灵。今天，我们重读这些怀旧之作，无疑是一次又一次进入心灵的对话，凭吊一处又一处的精神遗址。但进入 90 年代后，“怀旧”不知不觉中开始流行，演变成当前社会大众文化消费行为中的集体爱好。“怀旧”开始丧失、剥离其古典的温暖和忧伤以及现实的批判精神而成为“一个时代感性泛滥的具体象征”①。

此刻，王开林也开始进入怀旧的写作。

应该说王开林不是从怀旧开始他的写作的，怀旧也并非其唯一的写作姿态。虽然 20 岁之前的往事在他此后的写作中一次又一次被他唤起，像《浮出水面》《一夕九逝》《命运的轨迹》和《深味》，但 20 岁的王开林确实没有去刻意捡拾这些往事，甚至隐约流露一种与往事告别的欢快和甜蜜。应该说，在开始本文的写作之前，我做过相当多的资料收集工作，但我还是很难准确把握王开林从何时开始他的怀旧的写作。而这篇写于 1991 年的《无雪之冬》无疑是有些意味的。此刻的王开林似乎已隐约感觉现实生活的本真面目和缺憾，在南方冬日沉闷、漏雨的小屋，怀想心中的北方，虽然，《无雪之冬》的结尾又回到“冬天已经过完”的欢乐和甜蜜，但一切似乎昭示裂痕已经铸成，现实的阴影已渐渐聚拢，即便仍然是薄弱、缥缈的一抹微云。我认为，王开林发表于 1994 年底的《入世之惑》无疑具有一种宣言的味道。这句“入世之前，谁会认定命运多舛呢？尽管人们都很清楚怀才不遇是常有的事情”，它说尽了作者入世 8 年的人生迷惑和况味。至此，我们大抵可以把王开林怀旧的写作开始的时间界定在 1991 年至 1994 年这样的阶段，也就是在 1994 年底王开林出版了他的第一本散文集《站在山谷与你对话》。正是在这个阶段，我们时代发生着日新月异、翻天覆地的变化，由工业化迅速进入市场化阶段，然而当我们读完《站在山谷与你对话》时发现，这样的大时代在王开林的这部散文集中只是一个若即若离的背景，集中对

---

① 王德胜：《流行“怀旧”》，《中国青年研究》1998 年第 2 期。

往事的怀想也大多局限在对过往大学生活的追忆，怀旧的写作的动力也并非源于生活的沉重，而更多是源于“生命中难以承受的轻”(《遭遇激情》)，甚至基于“对自己所信奉的理想主义的犹疑”(《梦中的黑乙鸟》)。“时光匆匆流失，一切都在改变，包括我们的外貌和内心，说是成熟，实际上已开始衰老。”(《嗟我怀人》)显然此刻写作的怀旧仅仅是为了疗救因生活方式改变，和由校园进入社会后所产生的不适应症。当然，怀想中的过去在向现在延伸时难免被现实击得粉碎，但王开林并未把梦想的破碎归咎于现实的残酷，而只是把这破碎作为追求完美的过程中必然要忍受的失败(《此情可问天》)。因此，这一阶段的写作，虽然因为怀旧，退去了《二十岁人》阶段的欢乐，多了些许忧伤，但这只是一种青春的失落和感伤，在他的生命并未发生深刻的精神危机，即便有也是犹疑、朦胧的。本质上，这样怀旧的写作姿态是后撤的，而且以现实为参照，其精神向度同样是后撤的，很难和时尚的怀旧区分开来。

在王开林1996年出版的《灵魂在远方》的“逝水集”中，我们阅读到别一种意义上的怀旧的写作，只短短两年的时间，王开林的怀旧却从这一向度展开：即由对自己理想主义的犹疑，转而恪守理想主义的信念，去审视我们所处时代的精神状态。此时，王开林清醒地认识到不是自己的理想主义出了问题，而是我们时代产生了某种病态。即便智慧如庄子生在今天也会陷入尴尬之中(《庄子在南方》)。于是一样的怀旧，却是两样的精神取向，少了好时光一去不复返的感伤，多了沉重的喟叹，“从三岁到三十岁，这是一段长路”(《命运的轨迹》)。三岁到三十岁对于整个人类的历史来说可能只是一个瞬间，但对于置身其间的个人来讲却多了许多一夕九逝、欲说还休的无奈。不仅如此，我以为这时王开林怀旧的写作，已非过去时意义上的隐遁、逃避，或者睹物伤怀，更多是一种以史鉴今、以人度己的观照，“一个荒谬的时代造就出荒谬的人与事”(《深味》)，这是“我”站在现在对过去的父亲的眺望和深味，又何尝不会成为未来的人向“我”的眺望和深味。从这个角度讲，怀旧的意义同样在于它批判中的前瞻，而不仅是对一种旧日温情的追抚甚至寄居。这样，怀旧中的王开林，一面追怀往事，一面割断和往事之间任何亲昵的可能。“我们一代又一代人从生命的源头顺流而下，从此月落星沉，一去不复返。人类生活在一种越来越沉重的回忆之中，就像零乱不堪的瓦砾，难以收拾。历史岂不是如此摆明一座废墟呢？站在这些遗址上，我们内心如秋水一样感到寒凉。”（《一夕九逝》）所以，我们是否可以说王开林这一阶段的怀旧，不但区别于时尚的怀旧，也迥异于自己青春感伤的怀旧，甚至和20世纪中国文学传统中的诸多怀旧同样貌合神离。但我以为至少鲁迅的《故乡》、沈从文的《从文自传》有过如此的对往事的构建和拆除，而在这种构建和拆除的过程中，一个真实灵魂的痛苦面影和批判锋芒便裸露无余。因此，这样的怀旧无疑是自绝退路，从而使自己义无反顾地面对现实，从某种意义来讲，这样的后撤的怀旧姿态，更需要写作者的执著、坚韧和毫不妥协的战斗精神，从而最终在绝望中新生。也是从这种意义讲，我深味鲁迅在《小品文的危机》中所说：“生存的小品文，必须是匕首，是投枪，能和读者一同杀出一条生存的血路的东西；但自然，它也能给人愉快和休息，然而这并不是‘小摆设’，更不是抚慰和麻痹，它给人的愉快和休息是休养，是劳作和战斗之前的准备。”从这个角度说，我惊异王开林“这么早就回忆了”①。

批判的位置

也许，再也没有什么比批判更能体现20世纪中国散文写作的风骨了。有了批判，散文的面目就不仅是从容散淡的“田园诗人”，而且是超越现实的孤独而倔强的“艰苦的斗士”②。由于20世纪中国社会特殊的现实语境，散文写作者很难进入一种宜于批判的边缘状态。因为，批判的实现显然是建筑在与时代、现实、社会的距离之上，同时在这段距离之下获得一种对时代、现实、社会的疏离和超越，从而呈现前瞻的姿态。而事实上，20世纪中国散文写作中却鲜见这种时代的心态、精神气质或体验结构。毕竟，置身边缘的寂寞景况并非每一个散文写作者自觉、甘心体认的。我以为，只有当写作者认同自身的边缘身份，而且自觉地强化这种身份，他才可能找寻到批判的位置。这样，当我们进入王开林的散文时，就不仅关注其对自我灵魂、生存境遇以及我们时代和时代精神状况

---

① 李皖：《这么早就回忆了》，《读书》1997年第9期。

② 阿英《现代十六家小品序》，其中论及周作人小品，阿英说：“周作人的‘小品’，鲁迅的‘杂感文’，在新文学中，可说是散文小品里的两种不同趋向的代表。简略地说，就是前一种代表了田园诗人，后一种代表了艰苦的斗士。”

的诸种批判，更关注其如何进入并且巩固其批判的位置，凸现其批判的立场，从这个角度，我们也许可以观照出王开林们在当下时代的心态、精神气质或体验结构，也只有从这个角度，我们才可以读解王开林“心仪的乃是一千五百年前的魏晋风度”，因为“魏晋士人甚至不止关心所说及所说的方式，且关心及于说者的神情意态：于此也表现出对于人的生存状态的多方面的关注”①。

那么，现在我们是否可以问王开林在哪儿确定了自己进入批判的位置？

> 我正渐渐地走出父亲的阴影，走到社会的那片阳光中去，我的免疫力一旦加强，就可以真正抗住性格方面那些骤然而至的狂躁的因子，学会如何去爱才是正途，可是一路上铺满荆棘。我不是第一个也将不是最后一个叛父的人，他的深味使我嗅到死亡的气息，哦，那正是曼陀罗花的馨香。我拿起了剪刀，这根“脐带”就岌岌可危。
>
> （《深味》）

不仅是往事，还有自然，按我的理解，回归自然，同样属于一种后撤的写作姿态，但对于王开林，“‘亲近大自然’，这往往只是我一句不顶真的空谈和一个不切实的心愿，身居闹市，山与水仿佛只是我们久绝来往的远亲，甚至比远亲更为疏离”（《澡雪》）。此刻，通向过去的大门在王开林身后关闭。严格地说，只有从这时起，作为生命的个体，王开林才独立出来。也只有从这时起，王开林才会放弃从已经飘逝的青春中去寻找爱和美的企图。比如爱情，虽然在这时，“我至今还能记得二十岁所做的，所感受到的快乐与幸福，那全都是因为她适逢地介入了我的生活，真要感谢她，一个在怀想中比现实更美丽，写信时比见面时更温柔的女孩”（《内心的火焰和花朵》）。但这样的怀想、追挽和自我感伤的怀旧，并非期望昔日重来，也不是要证实自己过去的一切并非梦幻，而是怀疑，怀疑“我在追寻爱情的长路上，同样被一些幻景和假象迷惑了”（《内心的火焰和花朵》）。因为这种怀疑，自己作为一个独立的生命个体内心的警觉被唤醒，而“个人内心

---

① 赵图：《读人》。

唤醒警觉的第一个征兆，乃是他们表现出来的与世界保持距离的新方式"①。而所谓的"距离"既是指与过去，也指与现在、现实。在近期的散文写作中王开林不断通过强调、重复，从而凸现自己在现世、现实中的位置、立场，像《在透明的孤独之上》中作者展现的那样，"这浓妆艳抹的秋夜，我落入了幢幢灯影和一些手臂的包围圈，只好入乡随俗，规行矩步地在舞池中'花样游泳'。眼看身边的人一个个宛若得水的鱼儿，往来翩跹，乐不可支，我突然觉得，我的灵与肉没有一样是属于这里的，它们本该待在别的地方，在远处那盏孤灯下面"。

这同样是王开林批判的位置、立场。如许纪霖所言"八十年代之前，在中国占统治地位的是带浓厚理想主义、浪漫主义和意识形态色彩的革命文化。进入八十年代，以张扬艺术个性、承担社会批判为使命的启蒙文化大潮涌起，然而到了八十年代末，九十年代初，随着工商社会在城市中奠定基础，一种全新的、消费的大众文化涤荡一切，成为主潮"②。应该说这正是王开林生活的历史和现实语境，也正源于这样的历史、现实语境，王开林才会在他生活的90年代，没有像90年代青年以更加宽容、更加潇洒的姿态对待生活环境。90年代的青年遵循与其与环境对抗、按某种理想改造客观世界，还不如更加现实地适应环境，与现实妥协，对周围的人与事不再认真，娱乐成为生活的准则，力图通过娱乐般的消费在不圆满的世界里保持身心的愉悦，而王开林却从现实中抽身而出，和现实疏离开来，成为一个现实的旁观者和批判者。诚然，这不仅是王开林一个人的位置和立场，60年代出生的人，除了那些与现实握手言和的人之外，也有一些像王开林这样的人，置身于阳光与阴翳的夹缝中。作为崇高理想的薪火信守者，其峻急突兀的批判位置的选择，显然，基于我们时代的精神状况，如同王开林对于"人才"和"深思"的梦想，其生存的背景是我们时代文人的世俗化和文学的世俗化(《流氓的"诚实"》)。对于这些人王宏图论断道："从精神上来说，我们特有的经历使我们格外地犹疑不定。生活对我们像是一场梦幻，有其不可承受之轻。从某种意义上说，我们是多余的一代人。我们不想介入什么，只想在个体的探索、开掘中终其一生"③。

---

① 雅斯贝斯：《时代的精神状况》。

② 许纪霖：《第三种尊严》。

③ 王宏图：《关于我们这一代人》，《上海文学》1997年第11期。

因此,王开林们所经历的一切在他们的生命中可以说是断裂的两个时代,他们的立场和情感,永远有农业时代和工业时代、本土文明和外来文明、个人体验和社会规范两种相反相成的界面。只有从这个意义上,我们才能理解他们面对现世、现实和面对过去一样的疏离和悬置,理解他们为何会成为时代主流风景之下的“独醒的思想者”(《默诵晚课》)。从这种意义上,我们理解王开林面对现世、现实的批判立场,但我们同样担忧,这样的悬置、疏离,会不会陷入自恋、幽闭、偏执。但对王开林来说,“在如今功利主义甚嚣尘上的社会环境里,要洁身自爱的主导思想也并非叫人去避世和脱世,而是要在最大程度上使奉行的精神趋近于出入无碍的境界。一个人在红尘中奔走,若能做到不玩世,不媚俗,他的骨子里必然有一份独立不羁的个性,他不为名利所役,也不去死守一份清高。他凡事只要着手,就处处用心,但他是有良知,为人行事绝不使用阴损的手段”(《独善其身》)。这样,王开林的立场显然不是突出个人在社会中的孤独无助,而是强调个人在复杂多变的现实社会中,摆脱对世俗、习惯的依附和顺从,使自己成为一个独立的生存者,解决生活中的各种问题。不仅如此,王开林在强调灵魂的高度(《高处》)和修远(《在远方》)时,同样,体认着我们“在天地之间孤独地行走,同时诗意地栖居”(《在透明的孤独之上》)的精神皈依之感。而这正是当代状况下我们所吁求的前瞻性的批判。

从这个位置和立场出发,王开林在割断了和过去的暧昧亲昵之后,疏离于现实之外,沉入自我灵魂的最深处,批判现实同时拷问自我。“这样的孤独是带着攻击性的,像手舞一柄双刃之剑,既容易伤及别人,也容易伤及自己。”(《深味》)由此,我不由想起何其芳所说的“可爱的灵魂都是倔强的独语者”。批判中前瞻的意义,也同样在这样的批判中获得,那就是人类精神向度的完善和归宿的道路,在王开林的写作中,这样的完善、归宿,既不属于过去,也不属于我们当下的现实、现世。这是在孤独的行走和批判中的一种期待和向往。也就是在这样的后撤和前瞻的精神位移中,王开林最终选择、确立了其精神的前瞻向度。至此王开林散文的边界变得清晰可辨。

(原载《当代文坛》1998 年第 5 期)

蒋　蓝（1965—　），诗人、散文家，四川自贡人。1984 年在自贡市轻工业设计研究院参加工作，当过工人、野外勘测员。1988 年毕业于四川广播电视大学汉语言文学专业，相继担任电大教师、图书策划及四川省社会科学联合会华夏经济文化研究所副所长、四川省公安厅交警总队大型丛书《蜀道雄风》执行主编。2004 年后供职于《成都晚报》，现为《成都日报》副刊部编辑、记者，并兼《青年作家》《读城》编辑。系中国作家协会会员、成都市作家协会散文工作委员会副主任。曾担任成都市第六届精神文明建设“五个一工程”评奖委员会委员、图书类评奖小组组长。

蒋蓝 1986 年开始发表诗作，有诗集《岩石中的声音》（贵州民族出版社，1991 年）、《诗歌笔记》（成都出版社，1995 年），以及《感动香烟》《如歌的行板》《身体传奇》《鞋的风化史》《拆骨为刀》《天下名城》等杂著。上世纪 90 年代末开始以散文创作为主，迄今已出版散文、随笔专集 13 部：

《生存智慧》（四川文艺出版社，2000 年）；

《上半部下半部》（江苏文艺出版社，2001 年）；

《黑水晶法则》（江苏文艺出版社，2002 年）；

《表情故事》（四川人民出版社，2002 年）；

《细节地图》（四川人民出版社，2002 年）；

《玄学兽》（百花文艺出版社，2004 年；台湾八方出版有限责任公司，2005 年）；

《哲学兽》（百花文艺出版社，2004 年；台湾八方出版有限责任公司，2005 年）；

《思想存档》（中国工人出版社，2007 年）；

《老职业》(重庆大学出版社,2007年);

《老词语》(重庆大学出版社,2008年);

《老游戏》(重庆大学出版社,2008年);

《动物论语——72个动物的人文镜像》(上下卷;重庆出版社,2008年);

《香格里拉精神史》(合著;人民出版社,2009年)。

蒋蓝的散文曾获“布老虎散文奖”和“四川日报文学奖”,有《死亡的字型演变史》被选入《2002—2003中国散文双年展》(云南人民出版社,2004年)、《21世纪中国文学大系·2003散文卷》(春风文艺出版社,2004年),《有关警报的发声史》被选入《21世纪中国文化地图》第二卷(广西师范大学出版社,2004年)、《21世纪中国文学大系·2004散文卷》(春风文艺出版社,2005年),《道在屎溺间》被选入《21世纪中国文化地图》第三卷(广西师范大学出版社,2005年)、《21世纪中国文学大系·2005散文卷》(春风文艺出版社,2006年),《一只倒悬在六十年代的鸭子》被选入《21世纪中国文学大系·2006散文卷》(春风文化出版社,2007年),《身体的流沙》被选入《21世纪中国文学大系·2007散文卷》(春风文艺出版社,2008年),《与绞肉机对峙的中国身体》被选入《21世纪中国文学大系·2008散文卷》(花城出版社,2009年),《大地的钥词》、《鲁迅的黑暗与博尔赫斯的黑暗》分别被选入《21世纪中国文化地图》第四卷(上海大学出版社,2006年)、第五卷(吉林出版集团有限责任公司,2007年),《证铁的过程》分别被选入《〈散文〉2005精选集》(百花文艺出版社,2006年)、《我们的本能是思——〈散文〉300期精选》,《林徽因的李庄年代》被选入《2006中国随笔排行榜》(北京工业大学出版社,2007年),《熄灭的马蹄》被选入《山居心情》(江苏文艺出版社,2008年),《错开》被选入《新中国60年文学大系》(长江文艺出版社,2009年)。另有《玄学兽》《老职业》《老词语》中多篇作品被《中华文摘》《青年文摘》《杂文选刊》《文摘周报》《资料卡片》等30余家报刊选载。

评论蒋蓝散文的文章主要有:

《思想存档·序》(祝勇),《青年作家》2007年第9期;

《蒋蓝的内在之豹》(白郎),《文学界》2007年第8期;

《从他证到自证的勇气》(林山水),《四川文学》2008年第9期;

《粗粝的铁血精神》(高维生),《中华读书报》2008年12月3日;

《隐匿于动物部落的人间诗学》(王川),《现代语文》2008年第28期。

一个随笔主义者的世界观

蒋　蓝

面膜下的明快与犹豫

随笔主义是穆齐尔在《没有个性的人》里独创的一个概念，是主人公乌尔里希的生活理念与思考方法，同时也作为一种美学风格灌注在穆齐尔的创作当中。徐畅博士在《可能的文学——罗伯特·穆齐尔的随笔主义》(《外国文学评论》2003 年第 2 期)一文里认为，“随笔主义”的雏形是乌尔里希青年时代奉行的一种把当前的生活视为假设/可能的生活态度。核心就在于不把眼前的现实看作绝对的和最终的，而是仅仅将其视为无穷可能性中的一种，视为一种像数学假设一样不具备长久有效性的临时状态：

> 他的天性中有一种自我发展的意志，这种意志不允许他相信任何完善的事物，但是他遇到的所有事物却又显出一副完善的样子。他隐约觉得，这种秩序并非如它显现出来的那样稳固，没有哪件事物、哪个自我和哪个原则是确定的，一切都处于一种看不见的但却永无休止的变化之中。不稳定中比稳定中包含着更多的未来，而当前只不过是人们尚未走出来的一个假设。[①]

对生活的种种不确定，弥散到笔端的，不仅是现代主义肇始阶段

---

① 罗伯特·穆齐尔：《没有个性的人》，张荣昌译，作家出版社 2000 年版，第 288 页。

特有的狐疑、孤独气息，而且是纷至沓来的“假设”与瞬息万变的“可能”性推论。这是一个作家调动文学形象的“试错法”，他渴望接近答案，但这似乎不是生活中的那一种难以逃脱的、无法宰割的结局，而是依据自己的思想向度，按照思想的逻辑而终然抵达的一个地界。这又表明了随笔不是情绪的涂鸦。

这就意味着，随笔主义不但是一种生活态度，更是一种向内心纵切的思考方式，闪烁玻璃的碎光。就一个作家而言，它已经意味着一种明确的、有意识的试验精神：差不多就像一篇随笔按段落顺序从不同的角度去处理同一个事物但却并不从整体上去把握它一样。

穆齐尔实际相信，用随笔主义的方式，他能够“最正确”地看待和处理世界与自己的生活。他笔下的乌尔里希，俨然就是他派遣到文学中从事冥想战斗的影子武士。

在此，我们不妨简略梳理一下随笔的渊源。

“随笔”（ Essay）一词源于法语的 essais，其拉丁语本意即是“尝试、试验、试笔”，在此，随笔作为一种“试验性”文体的特点，已经被穆齐尔深刻领悟并在写作中有意识地运用了。

在我看来，自古希腊始，随笔的源头就是口头语，动机是辨析、演绎、靠近真理。它汇集了演讲、辩难、问答、自语等等形态。古希腊的演说家将雄辩术推至登峰造极，而左右政治家命运的也正是雄辩术。比如，吕西阿斯是一名雄辩的天才，由于地位低下，他被剥夺了当众演讲的资格。于是他就把自己的天分转移到撰写演讲稿上，成为著名的演讲撰稿人。在羊皮纸上矗立起来的雄辩言辞，是否就是随笔的启始？其实，叫“随口”文体可能更接近雏形。

随笔主义固然是穆齐尔提出来的，但并非空穴来风。我们在英国随笔的演变中，就一再目睹了随笔的机变。

蒙田固然是思想大家，而他把文集命名为《Essais》，并非出于礼仪性的谦逊。尝试性而非正儿八经反省自我、独抒己见。这种不拘形式的尝试性随意态度与深邃、博大的思想相糅合，正是蒙田随笔文体形成的基础。蒙田的《Essais》引入英国以后，译为《Essays》，英语原意也为“尝试”、“试笔”，并带有论说文的意思。

蒙田自己承认：“我所描写的是自己。”对此，孟德斯鸠所言：“在大多数作品中，我看到了写书的人；在本书中，我看到了思想的人。”也许过于彰显思想的力道，季羡林先生在《漫谈散文》里，有一段议论涉及蒙田：“蒙田的《随笔》确给人以率意而行的印象。我个人认为在思想内容方面，蒙田是极其深刻的，但在艺术性方面，他却是不足法的。与其说蒙田是一个散文家，不如说他是一个哲学家或思想家。”（《1998 中国最佳随笔》，辽宁人民出版社，1999 年）季先生论说颇精到，但也把蒙田称为散文家，可见事情的难办。

鲁迅把 Essay 译为“杂笔”，看来鲁迅更多地注意到了文体的杂芜；而随笔之随，更暗含了随心而为之意。

既是随心，随笔的试验精神就是随笔最高的精神宗旨，悄然贯注于思想层面与文体嬗变。

既是试验，随笔的宿命就是历险。

话说回来，这还能保证壳子里的安然而思吗？

不管怎样，鉴于杂文和随笔本质上都是以议论为其内在的魂灵，它们从散文的方阵里遗落，坠生民间，分别形成了独立的文体。

我注意到，在汉语写作中流行了十几年的人文随笔，它从来就没有被从未命名的“人文散文”置换过。散文需要观察、描绘、体验、激情，随笔还需要知识钩稽、哲学探微、思想发明，并以一种“精神界战士”的身份，亮出自己的底牌。

散文是文学空间中的一个格局；随笔是思想空间的一个驿站。散文是明晰而感性的，随笔是模糊而不确定的；散文是一个完型，随笔是断片。

这没有高低之说。喜欢散文的人，一般而言比较感性，所谓静水深流，曲径通幽，峰岳婉转；倾向随笔者，就显得较为峻急，所谓剑走偏锋，针尖削铁，金针度人。

面对一棵果树，我的朋友白郎使用了一个类比，散文会对这棵果树的生长、开花、果实、色泽、气味等等进行全方位描绘，并勾连自己的情感记忆,得出情感性结论;随笔是掰开果实,品尝味道,让果酸在味蕾上找到那些失去的!并获得理性品析的结果。如今,汉语人文随笔已逐渐出现一种趋向“打通”的努力,这是值得期许的。

断片是对思想的深犁

而在德国浪漫主义作家的文体当中,随笔铺天盖地,摇曳多姿,最引人瞩目的乃是“断片”的丛生。

断片并非碎片,更非整体的碎屑。断片是对思想的深犁。

“断片”不是“片断”、不是伟人“语录”,也不是拉罗什福科的道德“箴言”(那种通篇找不到一个“我”字,而是充斥了“我们”的虚拟群体道德话语的“箴言”不在此列),“断片”特指古希腊以降的一种思想性文体。从古罗马奥勒留《沉思录》,到留基伯、奥维德的断片文献,从帕斯卡《思想录》到尼采《查拉斯图特拉》,从施勒格尔《雅典娜神殿》到利希腾伯格的《箴言集》再到俄罗斯的“狂人”罗扎洛夫的大量断片,体现出思想大于文学的特点。就汉语写作而言,从张申府的《所思》到鲁迅的《热风》,从萌萌的《升腾与坠落》到陈家琪的《人生天地间》,却逐渐使思想的彰显与意象的深植达到了某种均衡。

“断片”不但是德国浪漫主义者阐述文艺理论的一种形式,而且是他们打捞梦境、触摸天庭、神游太虚的一种历险文体。他们已经将“断片”的灵活性和开放性功能,发挥到了随心所欲的地步。从施莱格尔的《雅典娜神殿断片集》,到诺瓦利斯的《断片》和《新断片》,从歌德的断片再到本雅明的断片,断片成为了浪漫主义者记录思想的吉光片羽。所以有学者断言,没有“断片”,就不会有德国浪漫主义者们对后世文艺理论批评界的影响。

从思想层面而言,浪漫主义者意识到,全面真理是不可能达到的。人们只能永远处于一种接近全面真理的状态,而问题和结论永远处在一种运动中的、开放的状态,所以,“断片”就成为了他们朝觐历险之路上的一副木掌。

从高处着眼,断片就是个体思想者逾越天堑与宏大叙事的一根钢丝。

常识告诉我们,思想必须通过它最"对位"的文体来表达。文体之变,宛如兵器之于技艺的重要。显然,文体意识是由文本在读写过程中的自有功能所决定的。它主要体现在两个方面:为写作提供了编码程序;为阅读暗示了解码方式。我再提示一个如下的言路:思想往往是在思者毫无准备的情形下光临的,它总是以缓慢的姿态出现,让思者松弛下来,准备好盛接它的器皿。它以一个形象、一个反诘、一个断片的彰显来还原我们渴求的形象。时间被劝化了,空间柔软而浑圆,思想得以打开,使黑暗进一步黑下去,黑得雪亮;思想使光进一步纯粹,就像刃口上飘过的细雪……

当思想使思者无声地受孕于一瞬之时,当事人就能感觉到,思想是一件需要精心准备的后事,是让大面积的时光通体流过而无须阻拦的时刻,什么事也不能干,就让它通过。这让我想起了伽达默尔在《存在·精神·上帝》中道出的思想实质:"所谓思想,就是在思想中工作。因为思想的激情令他震颤,如同受着凌驾在他之上的暴力的胁迫和一个被果敢地提出的问题的激发一样。"

但,思想是一件需要放弃"用力"的工作。思想是一种富有意味的慢。有时,"比缓慢更缓慢"。

这就意味着,最适合个人思想表达的文体,往往是断片式的,而非体系性、制度性的高头讲章。

按照 Leech(1975 :188)的观点,词化是将某些语义成分"包合"在一起形成一个词,使之在句法上当作一个不可分割的整体来使用。进一步可以发现,遍布在断片文体当中的动词,加上不同的修饰语可以表达多种语义,语义具有极大的包容性。动词除了基本语义,一定还兼有某些附加语义,它们之间的横向缩略为词,在语义学中被称为"词化"。当然,还有各种缩略语的词化方式。词化促使了隐喻文体的进一步凝聚与内陷。隐喻网络的一致性,构成了主体的象征。在我看来,词化程度越高的文体,就越能反映写作者精神的层次性。这些布局看起来有些像暗道机关，识门径者幡然抵达，闲人止步。构成了一种敞开、分岔、清晰、迷惘的格局。但走出米诺斯迷宫的丝线，却是强韧的理性。

在我看来，如果说断片文体的弱项，恐在于递出思想的刃口之后，却无法展示思想的起承转合，结论陡峭而尖利，易授人以柄。但退后一步想想，大凡极具冲击力的思想，矫枉过正，总有些“偏激”——这话，又往往是中庸之辈竭力把芝麻放大为西瓜并企图绞杀异端的习惯性证词。

在此，我无意再做繁琐的分析了。我提出这些问题，目的在于提示随笔主义在汉语中的文体意识还将进一步丰满和强化。它将受到文体规律和实践的双重左右，以一种不断嬗变的态势，趋近思想的说出、落地生根和圆成。

这样的随笔会斜睨纤细的散文，会反对宏大叙事，会反对大词写作，会反对制度性散文。这样的随笔没有武器，如果非要自卫的话，那就是随笔中的断片。

这样，我心目中的随笔主义逐渐就清晰了——

第一，它的价值立场是高扬理性自由的。在前行过程中尽管有无限的可能，但关注每一个可能就是打通靠近自由的路途。

第二，它的文体意识具有试验精神，具有不确定的文体特征。断片是思想的犁沟，构成一种逶迤放射的隐喻文体。

第三，无须架空形象来梳理思想。把理念还给思想，让理念流动在思想之中。

第四，鉴于随笔的主题私人性、结构随意性、感情亲和性，就无须回避在思想演绎过程中对情绪的接纳。

我在蜀地的言路

多年以来，我的随笔写作偏重思想言路。是置身个人生活深处的回顾与探幽；我在个体的、碎裂的、独木难支的思考中，写下的文字，如果它们是一地的碎片，拼合起来的光，注定要大于一块镜子的光学时空。

2009 年 5 月中旬的某个上午，突降暴雨，我在诗人、收藏家钟鸣家听他谈蜀玉文化。雷鸣电闪中，他高亢的语流擦亮一屋子的古物，硬玉闪出诡异之光。镌刻在玉刀、玉斧上的古蜀文字张开翅膀。

我注意到，蜀人的祖先鱼凫，以打鱼为生，后来杜宇教会老百姓耕作种桑，古蜀国进入农耕社会。而三星堆的发现，将古蜀国的历史延伸到 5000 年前。

请注意《韩非子 · 说林》的一段话："鳝似蛇，蚕似蠋。人见蛇则惊骇，见蠋则毛起。然而妇人拾蚕，渔者握鳝，利之所在，则忘其所恶，皆为贲诸。"蚕是益虫，蜀是毒虫；蚕、鳝鱼是善良的，蜀、蛇则是恶毒的；蚕代表中原主流的农耕性、编织性的主流文化，蜀则是西南一翼特立独行的祭祀性、消解性文化。

蜀地古来就是与中原相对峙的吗？就像一个人在对峙一个积累深厚的奥吉亚斯牛圈，就像蚩尤的脑袋被主流者砍下来，球一样踢。

思想必须在具体时空当中进行，"发生"一词在英文里作 take place，意思就是"找一处地方"。是的，我只是在几千年之后的蜀地之上工作、生活、写作，但是我逐渐清晰地意识到，放弃全部的个性，让一个人面容模糊，成为一个思想者，让思想成为了自己的影子内阁，如同一棵树，回到了火柴盒，它只能想象、只能预测自己举起火的时刻。

我想到了汉语当代文学里的一种命名现象：文学人总是喜欢从西方哲学那里借鉴术语，然后予以翻新处理。其实，无论加入了怎样的修饰，甚至与原初定义南辕北辙，但总难以摆脱错位的宿命。1955 年 8 月，海德格尔在法国诺曼底所作的《什么是哲学》的讲演中指出："如果我们用希腊耳朵听到一个希腊词语，我们就会追踪它的 Legein（它的说话），它所说的直接的、当下的显现。它所显现的乃是当下存在于我们面前的东西。通过可以听见的希腊词语，我们直接处在事物本身的在场之中，而不是首先处在纯粹的词语——符号的在场之中。”这还进一步意味着，你用汉语文学的耳朵贴近海德格尔的贝壳，存在贝壳、在场贝壳、诗意贝壳、栖居贝壳，听到的未必是大海的涛声，而多半是自己耳朵里的嗡嗡声——记得几年前，美尼尔氏综合征就这样困扰我的耳朵。

我们是不是可以像穆齐尔那样，从文学现实、而非通过异己的耳朵来厘定自己的思想向度？

所以，对我而言，远没有诗人雪莱《西风颂》中“冬天来了，春天还会远吗”的昂扬乐观，因为，有很多人是没有春天的；我也没有像波伏娃在《人总是要死的》当中体现出来的那种生死观，那个得到永生的、经历了欧洲六百年风云的人物——雷蒙·福斯卡，他在漫长的生涯中明白了永生乃是一种天罚。既然如此，死固然是一种解脱，那么活着，活着思考，就是我热爱的工作。

最后一点，如果一个巨大的意外命令我终止自己的工作的话，因无法抗拒，我也会终止。我会想起“和光同尘”的气息。

使事物变得熟悉起来并不困难，困难的是：要能够让熟悉的事物再度陌生。就如同我向落日举行柔术一般的鞠躬，然后从胯下看出去，就发现那些巍然的巴别塔，顶着一个球，塔居然是向下修筑的，一级级通向大地的黑暗……

2009 年 6 月

自选作品

用思想软化青铜

2002 年以来，罗丹的《思想者》终于成为了当下媒体的一大流行语。原因之一是雕塑的复制品在上海展出并在广州落户；二是这块思想的青铜所折射的光，正好对应了提倡民间思想、自由思想的有关阶层，于是，《思想者》与流氓兔、哈里·波特、针孔摄像头一起远渡重洋，在这个最没有思想的国度，以守株待兔的姿态寻找思想的知音。这个现象，不能不说恰好展示了思想的诡谲与反讽意味。

有关《思想者》的来路就不赘述了，在涉及罗丹和里尔克的传记里，都记载了一个版本近似的故事，估计是为了两面讨好吧：

> 诗人里尔克来拜访罗丹。里尔克看着即将完成的群雕，随口问了句："罗丹先生，您为什么不把坐在地狱之门门顶上的那个男性裸体雕像，再单独搞成个雕像呢？"
>
> "您是指那个诗人吗？是指那个但丁吗？"罗丹问道。
>
> "他看起来完全不像个诗人。"里尔克很是一本正经地说，"看他相貌凶悍，肌肉发达，倒是更像一个正在走向进步与开化的野蛮人。"
>
> 罗丹望了这位象征主义派诗人一眼，他摸不透诗人是在严肃认真地批评他，还是在带着一种恶意揶揄他。他自己呢，也没有表现出特别反感，只是坐下来，开始认真思考这个问题。他坐在那里，上身稍微弯曲，两肘支在膝上，用手托着下巴，认真思索。
>
> "罗丹先生，就这样！就这样！你现在的样子就很像！"里尔克像哥伦布发现新大陆人一样，高兴地突然叫了起来，"就像你现在用心思索的这个样子来搞，搞个人在用心思索的雕像！"

罗丹受到启发，脑海里倏然闪过了一道灼亮耀眼的电光，迸发出了他艺术灵感的火花。对，思索。在地狱之门的门头上思索。思索是一种反抗。思索是一种斗争。思索是一种探求。思索是一种奋起的选择，选择，是一种从地狱走向天国、从黑暗走向光明的奋起的选择。人类社会要使自己走向光明、要使自己前进，必须要用自己全部的力量进行思索。于是，诗人但丁的雕像成了《思想者》。

我是完全不相信这个艺术故事的。罗丹从本质上讲是一个魔鬼附体类型的艺术家，情欲高涨、神经质的愤世嫉俗，多疑症使他听不见任何训诫的声音，他柔软而专横的手尽情在石头和女人的胴体上探索，他拥有让秘密开花的迷惑力。对于形而上的思想，他并不感兴趣，他那具有移魂魔力的手指在泥土上按出的每一个指模，我们甚至可以说，那就是最高的二度还原。御灵的本性成为了比形而上思辨更为实际的能力。关于《思想者》同《地狱之门》的关系，罗丹在1904年发表过声明："关于《思想者》有一段故事，在以往的日子里，我整天酝酿着《地狱之门》的构思。在一扇门前，但丁坐在岩石上，正在思考着他的诗句。在他的背后有《神曲》中所有的角色。消瘦的苦行者但丁同一切脱离，无任何目的。而我由于最初灵感的启发，联想到另一个思想者，一个裸体的男人也坐在岩石上，脚蜷缩在下面，拳头托着他的下颚，他正在梦想。"

这就是说，在罗丹心目中一直有两种思想造型。前一种是柔弱的、模糊的，头部伸入冥想的空气，近似于一种无边的忧伤和透明，这种松懈无力的氛围，构成了与思想最接近的场景。这在《沉思》中获得了完美的演绎。引人浮想的少女，看起来应该是诗，极具抒情的那种，具有细密的修辞和甜腻的韵脚，但让人感到的是一首十四行诗。她的头微微倾侧着，幻想的光辉笼罩着她，有超离人世之概。头巾的边缘仿佛是梦幻的翅膀，可是她的颈项就陷在大块的白石中，使她摆脱不得。思想仅仅是石头的反光，质地还是被忧郁带向恍惚地界的相思诗篇。正如葛赛尔在《罗丹艺术论》里所指出的："这个象征是很易明了的。超现实的'思想'，在僵冷的'物质'中飞舞活跃，她的壮丽与崇高，即在'物质'中反映出她的光彩。然而她要想从现实的羁绊中解脱出来，却又不可能。"

对此，里尔克在《罗丹(一个报告)》里指出："许多石头是的确有它们特殊的光的。譬如卢森堡美术馆里那俯向一块石头的名叫《沉思》的面孔。它低垂到浸在阴影里，却被支持在那石头的白光上，因而阴影消散了，化为一片玲珑的'明暗'……从黑影以至那微微散开的透明。阴暗，那有时还在一些古雕刻的肚脐溜过，而我们现在只能在玫瑰花瓣的弯曲处看见的吗?”

其实,里尔克发现的那些微妙变化与其说是罗丹的匠心布局,不如说是诗人的极端化感受。我们很难揣摩少女之思的性质,就像我们在钢琴曲《少女的祈祷》中无法触摸到思想天庭的土地。思被最深醇的爱意溶解,无所思就是爱的常态。石头可以集合世界的恶与希望,就像西西弗斯的石头,却无法托举起一缕思的逶迤水痕。物质必须细下来,慢下来,慢到石头过渡到泥土,慢到黑暗被时间灌透,透明如水,慢到所有的沙砾化作金子的光,这个时候,思想开始呈现它的造型和面容。

罗丹在设计《地狱之门》铜饰浮雕的总体构图时,《思想者》是被预定放在门顶上的,其下是依照《神曲·地狱篇》所涉及的人物:乌谷利诺咬他的死去的孩子们;紧紧依贴着的但丁与维吉尔;淫荡者的拥抱以及一株像桔树般竖立的贪夫的姿势……然而,当《思想者》后来从《地狱之门》中独立出来之后,它成为了一个绝对的主语,包括了罗丹从但丁毅然走向审丑的心灵历程。

《思想者》注视着的异端情欲的主角是谁?那是出自13世纪意大利望族马拉泰斯塔家族的乔凡尼·马拉泰斯塔,人又丑又瘸,却娶了拉文纳领主的美丽女儿弗兰西丝卡·达·里米妮为妻。瘸子的兄弟保罗尽管已经成婚,却有“罪孽”般的吸引力。叔嫂通奸被当场拿获,这个历史典故的妙处是,戴绿帽子的丈夫只用一剑就刺杀了两个情人。

《思想者》一直凝视着炼狱里的弗兰西丝卡和保罗而陷入极度痛苦的思索,爱欲的释放究竟是人的解放还是人的灾难。这是一个无法回答、也无法回避的问题。为什么罗丹要选择这个充满伦理危机的题材来展示情欲和思想的冲突?这是否暗示了某种异端倾向?这一切,只封闭在雕像虬起的肌肉中。也许,正如恩格斯所指出的那样,人是什么?一半是魔鬼,另一半是天使。因为爱欲与思想的矛盾,在但丁与贝阿特丽齐之间、在罗丹与卡米尔·克洛岱尔以及无数女模特之间,现在,被弗兰西丝卡与保罗标示出来,成为罗丹的灵魂拷问。唯一不同的是,这种反伦理的情欲像刻刀的刀痕一样闪烁于罗丹的天才之思当中。

当罗丹对克洛岱尔说出“你被表现在我的所有雕塑中”的时候,他是否在用《思想者》来“报答”这个把一切奉献给了他的女人呢?罗丹“回敬”的是无尽的痛苦。

因此,《思想者》的目光在穿透克洛岱尔的身体和灵魂后,落到了另一个女人的胴体上,这个虚拟的少女便是弗兰西丝卡,但丁把她写入《神曲·地狱篇》之中。但丁游历到第二层地狱时,见到那里有狂风回旋不已,许多哀号的阴魂在风中翻滚碰撞,永无止息地受着这种惩罚,原来这些阴魂都是生前犯了淫乱之罪的人。

但丁在这群阴魂中见到其中有一男一女紧守在一起,同受折磨,于是他召唤他们过来讲话,这便是整个《地狱篇》中最令人荡气回肠的部分。他们被弗兰西丝卡另外的情夫所谋杀,只有到地狱里来双双相会。这对苦命鸳鸯便如鸽子般翩然飞下,穿过昏暗的空气向但丁奔去,道出了他们的故事。但自始至终,只有弗兰西丝卡在叙述生前过往,她身边的保罗默默不语,唯有垂泪。等到她讲完,但丁已因情绪激动之故而不支倒地,昏迷过去了。

但丁昏厥过去是多么明智啊,这就如同他回眸着自己的情欲史。因为困扰他大半生的爱欲,即使在天国也是存在的。尽管那时的贝阿特丽齐已经由肉欲的对象上升为“永恒的女性”,爱得到了彻底的净化,但毕竟还是贝阿特丽齐的肉身统一着精神的走向。而对罗丹来说,自己与克洛岱尔在群雕《地狱之门》之下疯狂做爱的场面,几乎成为了他振作精神和呼唤灵感的法宝。尘土因为胴体的翻滚而飞扬起来,汗水在皮肤上的走向因为泥土的掺和而得到了显形,激情的路线勾勒出灵魂的脚步。当他空荡荡地从克洛岱尔身上爬起来时,思想,思想真的会呈现吗?!

我们可以承认,保罗和弗兰西丝卡就是人类原始情欲的罪孽幻象。因此,目睹这样的欲望,就像观察着自己的丑恶和荒悖。旁观者只能由观察走向过去,在记忆的某个缝隙里被卡住,因乳房上的乳晕而陷入迷宫，然后坠进一双微微张开的红唇里，他以痛苦、紧张、惊悸的条件反射来集中力量——他想得出造成不幸的答案——这也反映了罗丹对"原罪"意识的拷问。

尽管俄罗斯哲学家瓦·洛扎诺夫曾经指出："没有肉体的快感便没有精神的和谐。肉体是精神的源头，是精神的根本。而精神是肉体的气味。"但残酷的事实却是：思想早已经离开这个罪人的躯体了。

思想无论对《思想者》本身、对饱受煎熬的保罗和弗兰西丝卡，还是对罗丹本人以及克洛岱尔来说，均是缺席的，这并不意味着他们没能拿出思想的答案。而是说，思想对其中任何一个单个部件来说，均是"不在"的。一当把他们视作思想的场景材料，是构成思想飞地不可或缺的元素时，作为动词的思，在这一巨大的张力场中才可能得到成立。也可以说，思想绝对不是单一物，它必然是思考者与被思考物的共生物质。

如此的话，思想推动世界以及欲望的流动。

我一直有个私见，罗丹把"思想者"从《地狱之门》独立出来成为《思想者》，是个艺术性的独创，但却是思想性的错误。就好像动词被提升出来了，却找不到它要作用的名词。因此，当思想以不及物的方式高蹈时，它恰恰堕入了罗丹最不愿意看到的一种结局中，即思想可以被赋予为一种装饰姿态，那么思想是不是就有变格为副词的危险呢？就像我们现在所目睹的一样，一些人已经习惯于同金钱调情，习惯于用"思想"与货币交易玩暧昧游戏。他们患上了思想家伏尔泰所称的"热情的疾病"，他们竟然希望波西米亚或布尔乔亚是思想的家园。

《思想者》作品原件仅高 72 厘米，罗丹在 1880 年用生泥将它塑成，后来用一层湿床单裹在上面，以防止干裂和风化。他把这件作品交给一个石膏工，要他去做一个模子，并且再由此铸一个青铜像。现在全世界尚存的这么大的铜像，大约有五六十尊。还有一种更小的，高 37 公分，也制作了数十尊。至于放大到 2 米高，那是罗丹本人在

1902年应“复制雕塑家”亨利·勒博塞的要求制作的好几个石膏像。这些青铜像现在知道的确切数目有22个。最初的两尊是由埃布拉尔按照失蜡法铸成。其中一尊在1904年被运往美国密苏里州圣路易斯的万国博览会,至今此像仍在该地。第二尊是卢迪埃铸造商浇铸的,于1906年放在巴黎先贤祠前边展出。今天,它就安放在罗丹博物馆的花园里。它重约700公斤,这是最大的版本了。

当“思想”由泥土的品质提升为青铜的德性以后,更有从思想者演变为思想权威和思想霸权的危险,这恰恰是思想的锥心之痛。思想是难以定型的火焰,它把地力和冥念中的意志集中起来,恰恰是以泥土的亲和力来承接思的秘密。铜的光辉以通感的修辞手法完成了与火焰的隐喻,但在铜的光辉尽情释放的时候,思已经悄然离去了。

思是粗糙的、易碎的、沉默的。

思是柔弱的芦苇叶上一缕颤抖、但坚持的水痕。

如今,一生向往着自由与尊严的雕塑大师罗丹,面对这个矗立于自己墓穴之侧的巨无霸式的杰作,它是“镇住”不羁灵魂的“墓志雕刻”? 还是托升自由的基石?!

应该承认,罗丹像米开朗基罗一样,他的雕塑主题是向人类展开,他所展露的并不单纯是一种个人体验,而是以个人的灵性展示了人类的焦虑母题。对肉欲的人来说,那就是思;而对忧思的人来说,接下来的一方面固然是持续的思想,是以思的锋尖切割铁幕,另一方面,该是具体的行动了。

虽然行动不一定跟思想有必然关系。事实上,思想和行动,描述和事实,是意识的两种分离的形式。

这是我从《思想者》的铜色中感到的一个预示。出色的体力并不能为思想开路,恰恰相反,体力在运思的过程中是一种凝滞力,那么,《思想者》浑身隆起的肌肉和扭曲的骨骼与其说是被思想灌注的,不如说是被血气激活的结果。他内在的痛楚显然与肢体的疼痛无关,留驻于他灵魂的欲望正在同尖锐的思想搏斗,他的紧张被两种分力维系着,于是,美存在于悖论的焦点,存在于针尖之舞,存在于利刃即将折断的弧线之巅。

思想要软化青铜,思想只能在泥和石头的本质里展示它对芦苇的痴迷。

我偶然在《人民日报·海外版》上(见2001年1月17日第六版)读到张首映的一篇文章,题目叫《威尼斯监狱里的"思想者"》。说的是水城威尼斯的事。

威尼斯有座十分有名的新监狱。迈进这所监狱的门槛,遇到的第一位"看门人",不是威尼斯的什么商人或石匠,正是罗丹的《思想者》。

威尼斯旧监狱有两处。一处叫铅皮顶监狱,一处是地牢井监狱,通常关押凶险分子。威尼斯商品经济高度发达,作案率也相当高,这两处监狱已经容纳不了日益增加的囚犯,于是,又增加了一座新监狱。

《思想者》资格不够,蹲不了第一监狱;没有杀人纵火,直接危害有限,进不了第二监狱,只好被安排在第三监狱,就是这所新监狱。

监狱的大门本是被粗粗的钢丝圈着的,《思想者》也被同样粗粗的钢丝圈着。人们透过这两个粗粗的钢丝圈,才能看到这用力地蜷曲着身体、躬身向前、左手扑膝、头颅低下、右手托腮、肌肉紧张似在抽搐、思考着人生和命运的形象。这样的形象还被放在监狱门口示众。

读完这篇文章,觉得作家有些夸大情绪,威尼斯当局正是以为《思想者》注视着"地狱",估计是希望以此来提醒罪犯的处境和对罪孽的反思吧。正如卡尔·马克思所说:"光是思想力求体现为现实是不够的,现实本身也应该力求趋向思想"。

2003年2月16日

(选自散文集《思想存档》)

熄灭的马蹄

夜读俄国作家谢德林的散文《老马》,心情突然很恶劣,我简直没有耐心读完它。在阔人们论及老马的命运时，老马已经返回到作为挽具的身份里，拉着沉重的负荷远去了。这是老马唯一能够活下去的办法，也是很多人唯一延续自己呼吸的方式。灵魂？什么灵魂？如果对一匹移动的挽具来说还有灵魂的话，那也只有在它们的身份里去寻找，比如，在那暗如死灰的眼光里，在那破损的马蹄上，或者在那些鞭痕中，但我估计找不到。老马每迈出一步，那些有关灵魂的设喻就愈来愈脆弱，如同那些朽坏的缰绳。但这是道德家们的考据专利，与我没有关系。

但我确实看到了一匹马。一匹矮小的四川马，在我眼前晃动，就是一张单色的剪影，被岁月的风拂动，逐渐呈现本质的黑。这个走神的回想令我很是燥热，汗水立即就出来了。记得那是一个极度闷热的中午，阳光泼在一匹矮小的川马背上，像一张白光光的镔铁皮在全力接纳热量，直到镔铁被热力逼出狂舞的黑丝。我看不清楚马背，和凸凹的脊背远处，那些直走西北的群山以及高挂的大鹰。

十几年前，我来到四川北部一个小城市的码头上，随着下船的人流向长长的缓坡顶蠕动。

我看到了不少马车停在一旁等候生意，马车肮脏而简陋，唯一的优势是结实。粗大的车身和胶轮，决定了它可以胜任任何形式的超载重量。当地出产煤炭和大理石，从马车的颜色上，就可以发现这一点。几匹马立在一棵杨树下，都是黑血色，阳光从树叶的缝隙间透下来，构成了交错的光柱和花斑，这使得马匹的颜色呈现淤血般的色泽，在强光下溶解，正在返回血流淌的原初，令人不悦，这进一步加剧了挽马的迷蒙。它们毫无动感，忘记了尾巴飘拂的美学以及在逆风中把马鬃打开的招展，石头一般直立。很多人知道，川马脚短，体态上几乎没有什么值得赞美之处，但川马最善长途，耐力持续，韧性十足，与那些一口气走上十几里羊肠小道而不歇气的背夫比较起来，它们绝不逊色。

有一个车夫找到了生意，正在卖力地往车上装煤炭。都是大块煤，有上百斤，他飞快地来回奔忙，把车厢填得很满实。四川的下力人在体格上很有特征，他们往往矮小，并不强壮，但精悍，就像剔除了一切多余成分的竹篾，盘成一圈，只有韧性和爆发力。这个车夫搬了一车煤，连汗水也没出，他点了一根叶子烟，大喊了一声：黑子，过来！

一匹马过来了，连尾巴也没有抖动，步伐僵直但稳定，木鱼似的声音，马蹄敲打在石板路上，有些散乱，蹄铁和角质化的马蹄在石头上交织出硬与软的二重奏。硬在无限坚挺，软在继续疲惫，成为吸收硬力的海绵。这是马蹄铁松动了，像一只后跟即将肢解的木板拖鞋，马在坚硬的石灰岩石板上走动，然后站定。屁股上沾着几十只苍蝇，和着那些永远无法擦掉的屎和泥巴，一股走兽特有的腥膻味就弥漫开来。

车夫迅速套上挽具，"呸"的一声，把嘴角的叶子烟头吐出来，命中了马的屁股，马就起身了。一直停在屁股上的苍蝇，惊异于突然的启动，嗡嗡的飞起，在路边行人的头上飞舞，找不到落脚处，又准确回落到马身上，还是回落在起飞的原地，不仔细看，几乎不能发现苍蝇的存在，好像它们本来就是马的伴生物，突然消失了，还缺点什么似的。

苍蝇总是聚集在被磨光了毛的地方，它们填补了皮毛的空缺，但暗红色的蝇头还是从皮毛的槽穴里露出来。偶尔，马尾扫拂过来，苍蝇必须忍受这一阵鞭打，然后，在突如其来的逆风里，苍蝇得意地撅起了屁股，它们更深地埋伏于马的肌肤。

这条通达公路的河边缓坡估计有100多米，马车尾部有条木棒，起刹车作用，木棒把石板犁出了深深的痕迹。两条犁痕之间，就很自然地隆起了一根石头的脊柱，容易让人联想起有关石龙的民间传说，它吃满了重量，找不到卸力的地方。阳光泼在石板路上，石头里的金砂鬼火一般游弋，吸收着显形的成分，铁青的石质把光浮起，阳光像一层石蜡一样涂在石头的凸点上，让硬质的东西藏伏在深处。我注意到一些白点，几点为一束，这是马蹄铁刨出来的，像开在石头里的梅花。石板路又挤又窄，行人只能尽量往路边靠，让马车通过。我看见马车逐渐超过了我，逐渐快了起来。

在缓坡三分之一的地方,坡悄然陡了起来,这是徒手走路的人往往看不出来的,只有负重者能够感觉到。马提前感觉到了,它加速,想冲上去。我听到绳子绷紧的声音,车身在拉力中逐渐放长的吱呀声,车夫沉重的脚步咚咚地夯击石板。马在小跑,马蹄翻起来的时候,阳光刚刚可以在马蹄铁上聚光,然后,就黑下去了,被马蹄压到石头上,水汪汪地摊开。马车超过我时,从侧面就看见光线从马蹄与马蹄铁之间松动的间隙穿过,阳光像粘和剂一样,使蹄铁不至于脱落。马蹄稀里哗啦的响,让人联想起一只被火熬透了的铁铃铛,在冷却中开始被激烈的声音挣出了裂纹。现在,我只能看见挽马的后背,一根绳子耷拉在它的肛门处磨蹭,蛇一般试探着进或出,马不得不翘起尾巴,并不是高慢,而像个伸向天空的可笑的拖帚,挽马被几乎垂直的阳光罩定,影子缩小成马蹄下的黑灰,马的前蹄总是在影子的边缘反复踩踏,它不满足于影子老是赶在自己前面。在不停的翻飞里,影子就像一小块煤,在渐渐的变成粉末。

但粉末突然飞了起来,黑蝴蝶那样飞起来。

马车渐渐慢下来,挽马的姿势很笨拙,四蹄总是在地面拖拉,影子陡然浪到了身体前面,然后又退回到身体下。这是一个速度矫正的短暂过程,在巨大的重力较量下,挽马正在失去提前加速带来的冲力,惯性在消失,在耗尽。在马车彻底停止的一瞬,马提起了前蹄,犹豫着伸向影子之外的石板。哦,刚好前面有一个小洼坑,深黄色的液体,多半是牲畜的尿,从后面看上去,正泛起金汁的波光。挽马像一个不谙水性的小心人,前蹄刚刚触及水面,镜子碎了,却被灼伤了似的收回了这次试探。马的拉力和本身的体重,正被两根牵引绳带往身后,这使得它的重心被提高,提高到一个无法控制的高度,因此它的腿蹄是脱力的,有一种蹈空的轻和软。马车巨大的后坐力粉碎了马伸腿迈步的企图,马只好把腿收回来,回落到一个它认可的重心位置,这是输的开始。马是输家,开始了可怕的后退。车夫狂叫起来,嗷嗷嗷的,他没有使用鞭子,鞭子扔在煤堆里,一截手柄露出来,像一根灌足了春药的性器,赤裸裸的挺立。车夫的吆喝声使空气进一步闷热，他企图用命令来制止不同力量的反复，命令总比鞭子快速，命令是蛰伏在蹄子里的脚筋，命令暴跳而起，可以将四只马蹄涨满、撑圆，逼住一切退缩和疼痛。

车夫的暴喝在空气里弥漫，把四周的蝉鸣悉数撕破，谁也无汗可出，无论是他，挽马，还是我，乃至四下躲闪的行人。马被命令僵在那里，它完全明白车夫暴喝的意思，停止了向前跨步的徒劳努力，四蹄钉住，却向后犁动。马蹄铁与石板缓慢而吃力地摩擦，蹄铁逐渐咬住了石头，有一种彼此进入的奇怪声音，并不尖锐，而是形状和性质在蜕变。时间粘腻腻的，正在被这个细节逐步回放，然后定格。在稍微的凝滞之后，四条惨白的滑痕开始延长，不像是滑出来的，倒像是石头本身的纹路。马剧烈地扭动腰身，那个拖帚一样的尾巴举起来，有长矛的愤怒，所有的马尾硬得笔直，阳光在尾束间纠结，它发黑的肛门还垂着一根顽固的草茎，因为马身剧烈的收缩也翘直了身体。挽马疯了一样地刨着石板，它不断在找一个发力的机会，但机会总是被越来越后仰的身体中心挪移到那看不见的虚空里，但是挽马还是在找，就像多年前身无分文的我在人海里找一个可以载走饥渴的分币。那腾踏的蹄声就像镔铁皮在被一双巨手随意撕裂一样，被揉软，揉成一团，然后轻飘飘抛出去，抛成皮和光，但车子仍然缓慢的后退，叽叽嘎嘎，有一种散架的征兆。我感到阳光正倒扑下来，四周黑了，突然间，马跪下了。

马的跪姿很特殊，它是前腿跪下了，而后腿半弯而立，努力把身体拉成了一张弓，要把身体射进石头。这个突然的选择姿态应该是一个机会，机会中的力量和气血漂浮在马的周围，它好像一下还没有在这个姿态里设计好连贯动作，机会转瞬即逝。它没怎么动，也动不了什么了，巨大的车身仍然迫使它后退，马的后腿只好向后一点点笨拙的挪动，前腿必须为下跪的动作做出一系列补救，马蹄开始在石板上磨。马头几乎低擦到地面，那个套在它脖子上的挽具被绳子勒破，开始流出一些谷壳，谷壳延续着这个唯一下泻的动作，加速了光线的威力，但光线随着四溅的谷壳被石板反弹回来，将马的身体包裹在一层歪曲的热气中。我看见直对着我们的马前掌，有一种黑金在颤动。马甩了甩脑袋，这个动作再次把苍蝇惊动了，乱飞起来，连同那些飞舞的阴翳，连缀成一张网，扣向挽马乱抖的耳朵。马试图要站直，它唯一可以使用的是前蹄，死命刨石板，石板被刨起了粉尘，偶尔有蹄铁擦挂起的火花，匿于那些游动的石头纹理。那些晃动的蹄痕是在做以卵击石的自杀式努力，却竟然织成了一堵水泼不进的血气之墙，在阳光下如带焰的火，迅速膨大，达到了一个可怕的宽度，足以撕裂挽马的身体，一闪，就熄灭了。

车夫很是焦急，手舞足蹈，不停高喊："起来，起——来，起—来—呀……"听起来接近《国际歌》的开头，马匍匐在地，估计听不到那遥远的声音了，反而像要嵌入石头。马只能后退，划出了2米左右的后退痕迹，那些汗水，粘在下体的泥巴、粪便和淡红色的血水，就像是在进行笨拙的描红作业，把马蹄在石板上犁出的沟槽逐一填写。一些液体漫溢出了划痕，被下体的触地部位扫到更远的地方，连凸凹的肋骨也拓印出来了。行人看不下去了，一些人在咒骂车夫贪心，一些人在叹气，我同几个年轻人回过神来，立即跟上去，奋力把马车稳住。车夫惊魂未定，看看我们，又看看马。马卧在那里，卧在一个黑梦当中，还是没有动，好像去了一个陌生的地方，找不到回来的路。一只马虻叮在竖立的尖耳上，终于使马找到了返回现实的疼痛，它用下颌磕了磕地面，磕得啪啪响，磕下了一摊口涎，终于站了起来。我们一起把车子推上了缓坡。在这个过程里，我始终低着头推车，没有看前面的马。觉得它身上的拉绳一松一紧的，像个拉襻的学徒，而且，它的拉力远没有我想象的大。偶尔，有它毫无规律的蹄声透过来，我估计是它脚痛的原因，它的马蹄全部报废了。

推到坡顶，车夫很感谢我们，笑得一脸稀烂。我问他，拉这车煤能得多少钱？他误会了我的意思，怕我向他要脚钱，我告诉他没事，我还可以赠送他10元，作为马的医疗费。车夫不好意思了，拒绝了我的好意，只说，运一千斤煤，就5元钱！哎……然后很苦涩地干笑，觉得是在说自己："马老了，不行了，挣的钱还不够给它换蹄铁。日他妈的!”我看到了马,它浑身湿透了,立在前面,立即就小了,不像是马,倒像头小毛驴。

车夫重重地往前走。那些苍蝇不见了,一只马虻闻到了味道,悬停在马的脖子上。车夫举起了手。马把耳朵倒下来,突然惊叫。一声声地在空气里铺排开,但声音的台阶并不能使它从容脱身。我从来没有听到过这种惊叫,不是被打时的惨叫,那是一种被恐惧没顶的声音,像亚里斯多德所说的,被施以一种叫“马狂”的药才能唤起的叫声,如同从嘴里呕吐出一地的碎玻璃。我看见马翻起了上盖,露出了牙齿,白得接近断口的石灰岩。马跺着脚,哗啦啦乱响,马往旁边躲,但挽绳使它走不开,马伸出腿,伸往它不可能站得过去的地方,脊柱从干裂的皮子凸现出来,每一个凹凸都棱棱角角,这让我联想起它被重力拉倒时的最后一刻,脊椎骨那种扭曲,几乎要从皮毛下反弹出来。它不停甩着头躲避着车夫的手掌,它以为车夫要揍它。那只牛虻就像被马鬃甩起来的污垢,均匀地围绕脖子作同步飞行。

车夫的手停住了,反手一抄,一下抓住了马虻,随手张开,一团蠕动的血。

车夫弯腰从路边抓了把沙土,准备按到马的前腿上,这使聚集在伤口的苍蝇终于不得不离开血腥。那是被石头磨烂了伤口,马抖动,肋骨一根一根的抖动,像灌满了力的竹篾绳,拉扯着一种看不见的重物,这使得那些潜伏在表皮的汗水开始顺肋骨的缝隙顺利淌落下来,在它周围恰好滴出了一个弯曲而椭圆的范围。一些汗水顺腿而下,从那些脱毛的皮子上会成一股,在伤口附近为隆起的血肉所阻,而开始分岔。马的伤口不是外卷的,而是一种奇怪的内翻,砂粒站在肉里,泛起白蛆的颜色,就仿佛在巢穴插上占领军的旗帜。多年以后,我每每在看到“内翻”这个词的时候,看到知识人写到诸如“葵花内翻为向阳花”的时候,我很容易想岔,想到的却是另外一层——他们把自己发臭的大肠外翻为矜持的面具,而把渴望被御用的性器内翻为了道义。但车夫不容许内翻。他熟练地把手里的沙土按到了伤口上,血从消炎粉似的沙土渗出来,但逐渐恢复了血的正常颜色。在这个拯救过程里,马嘴张得很大,但没有发出声音。它把满嘴的热气吐出来,竟然在炎热的空气里凝结为淡淡的白气,白气把垂直的光照推开,但又被反弹回流涎的吻部。马不停移动重心,好像在寻找一个平衡的感觉,或者,是它平时的感觉,它要回去。我才发现,挽马伤得最严重的部位是马蹄。它踏出了一地的血,那是从刨烂的蹄子流出来的,几点为一束,让人联想起从石头里挣扎出来的梅花。

马拉稀屎,马哗哗地撒尿。

我问车夫,你们怎么回去呢?显然,这是个幼稚的问题。车夫眯缝的眼睛扫了扫我:赶车回去呀!我不可能把马儿背回去吧。再说,这车煤炭还没收到运费……

我不知道他们还要走多远,才能完成今天5元钱的工作。马车上路了,挽马走起来与正常的没什么两样,只是有点瘸,马正在努力返回到它认可的常态,它想使主人满意。垂头丧气的反而是车夫,他无力地举起马鞭,在半空挥舞,那截光滑的手柄在一个偶然的角度反光,把光射出去很远。车夫摇晃的身影把马的细影延续得很长,直到他们完全被那车煤炭的轮廓吞没。但是根据我的常识,这匹马已经无法工作了,它回去之后,只能等着被宰杀。四川没有买卖马肉的饮食习惯,普通人家也不吃马肉,说是太酸。马只好被主人一家消化,马肉风干,要过年才能吃,农民只吃内脏,喝骨头汤,这就是贫瘠的四川北部农村的生存法则。

说实话,这个场面没有更多的戏剧性,就跟我们生活里的好事烂事一样,总会过去。伤口总要结疤,喘气总会平息。可是,每每看到有关赞美骏马的文章,像普里什文的,像蒙田的,像布封的,我总是读不下去。绝对不是他们写得不好,而是我记忆里的马,与那些飞跃在历史草原的神骏,作后腿人立式的战马,实在相差得他妈的太远了。

歌颂铁蹄的人,其实并不知道,马蹄可以把铁击穿,蹄可以流血。

看到马车消失了,四周的人流四散而去,我弯下腰系紧松开的鞋带,看着那几只已经干燥的马蹄血印。我叉开五指,印在马蹄印上。我的手掌比马蹄大,我看不见手汗与血交融的变化,但是,我柔软的掌心触摸到了一些尖利的颗粒，就像刀尖在极其耐心地穿过我的试探或抗拒，以一种最低平的方式，吸干了掌心的汗水，独剩满掌的痛。后来，我就不喜欢与人握手了，我怕对方过于热烈的紧握使我产生对抗，因为我知道，我很容易走神，折断别人的手骨。

“我欲成全你所以毁灭你，我爱你所以伤害你。”这是“我主”耶稣说的话，但我不相信这样的“神”话，尽管我从逻辑上无法驳倒这个立论。我只相信血可以流，可以污水那样流，这些付出就是为了洗礼于生存，但生存被删除，意义就丧失了，血石板又将被别的马蹄擦净，刨深。

我想到了挽马的眼睛。那是马车启程时，我看到的最后的马了，也是我第一次观察它的眼睛。眼光总是下弯，眼角糊着眼屎和一些透明的液体，眼光白蜡蜡的，是对天空的直接复制，什么都没有，空旷而绵延，疲倦而深远。我不可能对这双眼睛赋予任何比兴，它拒绝了一切企图深入内在或者强行赋予的努力，几条逶迤的血丝山路一样主宰了它的全部世界。马重重喷了几个响鼻，斜瞟了我一眼……

今晚，我偶然读到俄国作家谢德林的《老马》，这种难受的心情又死灰复燃。在人的意识里，直立行走，意存高远，离开自己脚下的土地，是进步和发展的标志。记得柏拉图说过：“人的精神是一驾由骏马和驽马驾驶的马车，骏马始终以遥远的天空为目标，而驽马却要在混沌的大地上匍匐。”人的价值观念里对天空的向往和对大地的厌恶，提供了马蹄和我们的脚力蹈空的一个伦理依据。由实到虚的演绎过程，正在我的骨头里排演。如果是这样的话，我宁愿俯身于那头驽马，陪同它嵌进石头，我实在没有心情来谈论飞翔或腾空的事情。那么，我就真实地说出我看到那匹挽马以后的第一个反应，这是多年以来一直埋在我心底的话，像在咀嚼玻璃：我想杀人！实在不行的话，就把我的手掌放到马蹄下，让它反复践踏，把我的手骨踩进石头。这些奇怪的念头犹如那几只在石板上燃烧又熄灭的马蹄，然后，它在无声的远去。我知道，它注定会无声逼近，以尖利的骨刺穿过我的睡眠和生活，用那破烂报废的马蹄，锤子一般敲打我越来越薄的生涯。

马蹄会把我的生命敲成可以托付的纸，让我写出的字站稳，不至后退。

在漆黑的夜里，我伸出手，掌心在出汗，听着骨节的摩擦声，我拽住了一支铅笔，直到笔成为一堆木渣……

（选自散文集《思想存档》）

《思想存档》序

祝　勇

我相信，蒋蓝这个名字，对绝大多数读者来说是陌生的。这并非蒋蓝的苦恼，而是表明了中国文化的困境，在目前中国语境下，一个人的写作水准与他的影响力呈反比，已经成了一条铁律。以"文化口红"制造者、电视名人、网络写手为主力的庸俗文化集团，已经在文化传播方面占得先机，取得决定性胜利，但即使在这样的"大好形势"下，我们仍然不能忽略一个常识：那些将现实利益奉为最高真理的文化商人，无法承担一个知识分子所应当承担的使命，无论他们怎样身手不凡，在文化市场上翻云覆雨，但是，除了制造产值和利润以外，他们再也不能干别的了，在理想建构和文化（文学）建设方面，他们手无缚鸡之力。如果我们对此抱有幻想，那错误的就不再是他们，而是我们。时代的献媚者不可能是一个富于理性的写作者，而对于一个丧失理性的写作者，我们是无法信赖的——我们首先对他们写作的真诚性与真实性持怀疑态度，其次，我们对他们的文本创造力不抱奢望。

蒋蓝是中国目前文化语境下一位不可多得的写作者。他生存于底层，写作，很少有人知道他的名字，但他并不因此而丧失观察和批判社会的热情，相反，他因此而获得了更加强大的动力。在我眼中，他首先是一个拥有热情、力量的人，我相信蒋蓝的内心中拥有一种强大的力量，来应付生命中的困局，而个人的困局，从不对他关注群体的能力产生负面影响。我每次听到他说话的声音，都会感到他身体内部的力量，一种昂扬、振奋、畅通无阻的力量。他是一个具有感染力和辐射力的人。这构成了他写作的第一个前提,因为内心冷漠的人,有可能成为一个手艺出众的技术工人,但绝不可能成为一个真正意义的写作者。这种辐射力,即使我在千里之外,也能感觉到。早在我认识蒋蓝之前,就已经感觉到来自他内心的力量——读过他的文字。是学者敬文东最早向我推荐了蒋蓝的文字。初读它们,令我倒吸一口凉气。这些长期遭受冷遇的文字,使得文坛上的诸多热闹文字变得一钱不值,使许多炙手可热的名字显得无比尴尬,甚至,我在下意识中对自己的写作价值进行了重估。它们在一定程度上影响了我对于写作的认识。也就是说,蒋蓝的出现(所谓"出现",是一个具有自我中心主义的词汇,蒋蓝并不需要"出现",因为他一直都在那里),使得当下中国文学业已形成的系统结构发生了变化,它原有的稳定性消失了,规律的有效性削弱了,写作变得再次动荡起来,而这种动荡,正是中国文学和中国文化所需要的,因为所谓的稳定(指文学上的),带来的只有寂静和死亡(中国文学机制中的所有零件在长期的沉寂中已经几乎锈死)。自1990年代以来,这种动荡就发生了,小说界中的马原、洪峰、余华、格非、孙甘露等成为始作俑者,而张锐锋、钟鸣、于坚、庞培等,又先后成为散文领域里的叛徒,对原有的价值进行了颠覆与重构。蒋蓝在这一基础上,无疑又加了一把力,文学的结构性震荡进一步升级。这引起文学保守势力的极大不满,而文学,尤其是蒋蓝和他的散文,正是在指责、困惑以及貌似宽容的冷漠中,茁壮成长。

在这里,我们必须回到蒋蓝的文本。我认为,把蒋蓝与其他人区别开来的,首先是他的文本,而不是他的面孔。但他文本的异质性,又与他的面孔有关——他与生俱来拥有一双属于底层民间的眼睛。这使他所看到的世界,与其他写作者截然不同,而他所呈现的精神品质,也就与众不同。唯物主义将此称为"存在决定意识"。当我们的文学热衷于虚拟歌舞升平的盛世景象,他所看到的是世界的破碎图景,而这些破碎图景,又在隐蔽处彼此勾连、纠结,遥相呼应,形成一股庞大的势力,进行有系统的集团作案,妄图置我们于死地。如同希区柯克,蒋蓝是一个能够透过平静的日常生活表象,看到潜在危险的人。而这种危险,又是无比深刻的。蒋蓝的目光尖锐、深邃、毒辣,并非因为他生性刻薄——如我前文所说,蒋蓝是一个热情洋溢的人——而是因为世界的本质就是如此。这使我想到,鲁迅或许就是一个热情的人,我们有理由通过他文字的冷酷，揣测他内心的热度。将蒋蓝与鲁迅相提并论显然并不明智，但他在某种程度上继承了老先生的气质与风骨，包括他的冷峻与深刻。写作者蒋蓝，是从视觉开始，进而动用他身体的所有知觉，打探现实与历史的信息，搜寻那些破碎的图景。当所有的图景依据自身的本能相互靠拢，蒋蓝亦根据自己的逻辑对它们进行整合，合并同类项，对它们进行测量、推理和分析。我注意到，蒋蓝的许多文章都带有“史”字，这表明了他对那些散碎信息进行集中处理，进而进行他整体性的精神建构的志向与能力。《火的宿命史》、《异端的宿命史》、《死亡字型的演变史》、《有关警报的发声史》……在业已形成的叙述结构中，它们显然属于那种无关紧要、可有可无的历史，或者说，它们根本不是历史，它们像我们的日常生活一样是一盘散沙，而无法凝聚成历史。对历史构建者而言，它们是首先要被丢弃的部分，在他们看来，历史是一种由一些重要的事件组成的庞大固体，业已定型，并且从不改变形状。他们武断地相信，“历史”(他们所命名的历史)之外，不再有历史。但在蒋蓝眼中，历史是无限的，它像空气一样存在并且不被察觉，并且，历史是流动的，对历史的捕捉是一项艰辛的行为。历史存在于一切事物中，蒋蓝为它们建立了历史，他拥有为一切琐碎的事物建立历史的能力，在这之上，他最终建立了自己的文学世界。蒋蓝的最终贡献，不是作用于史学，而首先作用于文学。所有的琐碎史，都是他文学世界的一部分，当然，我们也可以把它们视作历史的一部分(如果真有一个历史的话)。正是有了这样的历史观，蒋蓝的文学世界才如此庞大、离奇和细致。许多作家把这些琐碎事物称为“素材”，而在蒋蓝眼中，它们是理性世界中的一个元素，每一个词，对他而言，都是通向世界深处的秘密通道。蒋蓝的所有文字都不乏诗人的感性，但它们最终是高度理性的。然而，蒋蓝对他们的阐释不是系统性的、符号性的，至少表面如此，所以，他的文本无法归入哲学、史学、社会学、数学、统计学……而只能被文学所收容，但它又包含了以上所有学科的功能。它从属于文学，同时又大于文学(至少是我们目前所认识的文学)。作为一个来自民间的观察员，蒋蓝注重的是那些局部的、琐碎的、隐秘的事物，但它们是重要的，而且是非常重要的，它们决定着我们的命运，而我们大多数人对此一无所知。蒋蓝在我们的世界之外发现了另一个世界，在人满为患的风景区外，发现了无数条被深草掩埋的小径，并且从这些小径出发，发现了世界的本质与真相。

蒋蓝的文字技巧是卓绝的，我这样说并不夸张，在中国文坛(令人憎恶的“坛”)，拥有这项能力的人寥寥无几。这一点，读者会从本书中得到实证，因而，此处不再引述。这当然要归功于他敏锐的知觉器官和灵巧的手，但比这些更重要的，是他的道德理想主义和悲悯情怀。作为写作者的蒋蓝，首先是作为一个知识分子和人道主义者存在的。他写肮脏、丑恶、残酷、绝望，不是因为他对以上事物的癖好，相反，是因为他具有高度的精神洁癖，在这种洁癖的作用下，那些坏事物都那么耀眼，与理想格格不入。它们愈是强大，就愈是坚定了蒋蓝与它们决一死战的决心。蒋蓝是一个优秀的文体作家，在他的文字中，展现了不同寻常的跨文体写作的能力，在此之上，他是一个道德型的作家，表现出对于写作的宗教式的狂热，对自己写作能力的信任，以及圣徒式的牺牲精神——为道义而牺牲世俗的利益。蒋蓝的每篇文章都是从形而下开始的，但它们整体上是形而上的。而对于很多读者来说，他的道德建构是很容易被他令人炫目的写作技巧所掩盖的。

现实困境中的蒋蓝是写作事业上的幸运儿，所有的痛苦(形而下与形而上的)施加在他身上，刚好成就了他，使他具备了写作者的所有优秀素质。他在很多方面令我望尘莫及。所以，我十分珍视我们之间的友谊。我知道，像蒋蓝这样一个可以谈话的人，在生命中是不可多得的。我在写作我最重要的一本书：《革命中的身体》，在蒋蓝那里得到了许多宝贵的材料与灵感。而对于我主编的思想性丛刊《阅读》和文学性丛刊《布老虎散文》，蒋蓝给予的支持也是巨大的。蒋蓝因他卓越的散文实践获得了2004年“布老虎散文奖”，在授奖辞中，我写下这样一段文字：

> 这是一份并不显赫的奖励，它不是来自官方的加冕，也许，并不能给获得者带来足够的荣耀，但它自存在以来，就始终坚持严肃的文学立场，它必将属于那些不甘于散文界的陈腐局面，而为我们重建散文信仰的人。真正的散文不需要辩解，它的存在依赖于一如既往的付出，有的时候甚至不计代价。它可能是遍体鳞伤的斧子或者有豁口的刀，但它的尊严恰巧就存在于它的难堪里。优雅、得体、如鱼得水的生活注定不会属于散文领域里的冒险家们，但他们让我们苏醒，让我们

在溢满脂肪的生活里，呼吸到另外一种空气。

作为一名散文实验者，蒋蓝已经走出很远。在他的散文里，找不到浮肿的浪漫主义，虚张声势的文化至上主义或者高歌猛进的英雄主义。他经常以自身的感官印象（比如视觉，或者听觉印象）作为他的写作题材，诸如他在《阅读》上发表的《那只半夜怪叫的鸡》，以及在《布老虎散文》上发表的《死亡的字型演变史》、《有关警报的发声史》等，注意采集某些令我们司空见惯却毫不在意的符号。当那些符号进入他自身的价值系统之后，其意义空间就会发生奇异的转向。在他的题材与主题之间经常有着巨大的反差，所以当我们进入他的文本的时候，通常会觉得自己进入了一个深邃莫测的迷宫，我们无法预测脚下的路会将我们引向哪里，不可能提前知道最后的出口在哪里。他的写作目的并不在于对他的感官印象进行复述，不是炫耀景情再现的技巧，而是让那些散碎的印象在经过思想的整合之后，变成他自己的武器。在童年记忆或者日常经验的表面之下，我们可以感受到他句子里的寒光，他的文字彻骨冰凉。周伦佑先生对蒋蓝文风的概括是："坚决、粗粝、义无反顾而又毫不妥协"。他的散文与众不同，这不是因为他的生理感官系统具有某种特异功能，而要归因于他的思想向度。尽管他无法打造一把手到病除的手术刀，但已经从自己渺小的个人经验里，透视出某种深入骨髓的集体病变。

作为传统散文的叛徒，蒋蓝死心踏地地坚持着自己的事业。成功或者失败，对他都不会有太大影响。他已经不可救药。这正是他（以及其他新散文写作者），获得这份奖励的理由。

特录与此，与读者朋友们共飨。

（原载《青年作家》2007 年第 9 期，选自《思想存档》）

张阿泉

张阿泉（1967— ），散文家，原名张宝泉，内蒙古赤峰人。1984 年考入四川大学中文系，毕业后分配至赤峰电视台，任记者、编导。2002 年调内蒙古电视台，先后任文艺中心记者、编导、执行导演，及卫视中心"中国精英人物访谈栏目"《顶级探访》制片人兼主持人。现为首席编导，主任编辑。

张阿泉大学一年级即开始发表散文，迄今在《人民日报》《解放日报》《内蒙古日报》《新闻出版报》《中国文物报》以及《成都晚报》《武汉晚报》《姑苏晚报》《深圳晚报》等发表散文 400 余篇，出版散文专集 3 部：

《掌上珠玑》（内蒙古人民出版社，1998 年）；

《躲在书籍的凉荫里》（四川文艺出版社，2001 年）；

《慢慢读，欣赏啊》（内蒙古教育出版社，2009 年）。

另有 12 集电视专题片解说词《草原文明》（中国文史出版社，2002 年）、6 集电视专题片解说词《碧绿与蔚蓝》（内蒙古教育出版社，2009 年）面世。

张阿泉的散文，有《星星书简》被选入《沉思录——大学生哲理散文诗选》（湖南教育出版社，1988 年），《走向北方》《那片青草地》《草原上的澄流》被选入《当代大学生散文诗选》（广西民族出版社，1988 年），《伟大的书》《一片树叶》《与风景对话》《金色的孟加拉》《掌上珠玑》被选入《蓝色风景线》（四川大学出版社，1988 年），《三味之味》被选入《朝花散文随笔精选（1997—1999）》（文汇出版社，2000 年），《泉斋日影》被选入《半月日影》（中国文史出版社，2006 年），《长春访书记幸》被选入《买书琐书（续编）》（三联书店，2009 年），等等。评论张阿泉散文的文章主要有：

《诗一般的年华，诗一般的生活——夜读〈星星书简〉》（思猷），《写作》1986 年第 3 期；

《抑扬之间见匠心——略谈〈飞身北方〉的构思》(左筠),《写作》1987 年第 3 期;

《〈草原上的溪流〉读后》(饶德江),《写作》1987 年第 6 期;

《为了春天和南山》(鲍尔吉·原野),《草原青年报》1999 年 5 月 3 日;

《最纯净的喜悦和忧伤——夜读〈掌上珠玑〉》(杨军娜),《红山晚报》1999 年 5 月 12 日。

《广博·机智·柔美·畅达——〈掌上珠玑〉初读印象》(罗宗义),《新书报》2000 年 1 月 7 日。

《您错了,几乎全错了》(韩石山),《中华读书报》2000 年 5 月 24 日;

《凉荫里,文字成画儿》(刘玉琴),《红山晚报》2001 年 10 月 30 日;

《坚守这一方土地》(杨民),《四川文学》2002 年第 1 期;

《躲在树荫里读的书》(郑勇),《博览群书》2002 年第 2 期;

《淡者履深成佳趣——张阿泉散文随笔艺术谈片》(赵向阳),载赵向阳著《无语斋说梦》(东方出版中心,2003 年);

《赤子情深酿书香——张阿泉与〈躲在书籍的凉荫里〉》(徐明祥),载徐明祥著《潜庐藏书纪事》(中国文史出版社,2006 年);

《〈躲在书籍的凉荫里〉:石上清流,自成一格》,(刘惠春),《北方新报》2008 年 11 月 28 日。

写书话也是一种“为人生”的艺术①

张阿泉

书话是“关于书的发散型随笔式评议”

书话的内涵是什么?我的理解,大致是“关于书的发散型随笔式评议”,即把买书、藏书、读书过程中发生的一些微妙直感,及时地记

① 本文原是作者散文集《慢慢读,欣赏啊》的序文,编入本书时略有删节,标题为编者所加。

录下来，比如写在书衣、书扉、书边上，或是写在笔记本、稿纸、书信、信封背面、碎纸片、便利贴上，作为阅读后留下的痕迹。

这样的任性之作，无论短长，往往耐看堪咀，其间必会烙进一己的性情、好恶、学养乃至偏见，有明显的、不与别人重复的“个人气味”。

如果再细致一点讲，书话写作的关键约略在“熟读精思”、“居高临下”、“漫不经心”、“遇机而发”这几点，也就是不能太刻意、不能太严密、不能动辄做文抄公，因为一旦这样，就丧失了“雪泥鸿爪”、“围炉夜话”、“云卷云舒”的闲逸，情绪堕于枯索和板结。

经验告诉我们，好看的、有韵味的书话段子，原本都是手记、题跋、眉批、散札之类的模样，写的时候态度完全松弛，也不怎么用气力，凭心而写，写过即忘，很久之后忽然翻到，发现竟是网住了若干思索的小鱼小虾，性情与妙悟宛在，摘抄剪辑一过，就是上好的书香文字，带给读者丰富的信息与无限的向往。

当然，这种情状类似于施特劳斯在睡衣袖子上谱写《蓝色的多瑙河》，看去轻松平常，其实是很难达到的化境。

书话是一种“老制式”

作为一种文章的细化体例，书话正式出现的时间并不长，似乎以晦庵先生一九六二年在北京出版社出版的《书话》一书为滥觞，南京的书香教授徐雁尊晦庵先生为“现代书话之父”，应该不错。

其实，若从源流上考究，书话是一种“老制式”，产生的历史应该相当久远，因为自从世界上有了书，也就跟着有了评书品书的“话”。从古到今，士子学人中遨游书海、株守书灯、擅写谈书文章的人总不在少数，只不过这类谈书文章有的单独结撰成了书，有的则随处散落，混迹于散文、杂著、笔记、批评、学术论述等诸多体裁中间，没有特别以“书话”之名独立行世而已。

二十世纪八十年代初，学风自由，崇尚读书，范用先生主持的三联书店印行了晦庵、西谛、叶灵凤、曹聚仁、陈原、黄裳、孙犁、杜渐等读书大家的一批书话集，接着又陆续出版了一套包括董鼎山、姜德明、杨绛、戴文葆、舒芜等斋中学者在内的小开白皮“读书文丛”，书话之体遂日渐变热，读书人争相摹写，各种面貌的集子相继上市。

书话是“书海上的罗盘”

晦庵先生在一九七九年十月三联版《晦庵书话》的《序》中曾说：

> 书话的散文因素需要包括一点事实，一点掌故，一点观点，一点抒情的气息；它给人以知识，也给人以艺术的享受。

这段话，后来被广泛征引，成为书话的经典概念阐释。

但这几个看似简单的“一点”，想要得来，却殊为不易，套用一句“功夫在诗外”的常识，就是“功夫在书话外”。

北京书话作家止庵先生仿佛讲过“现代书话除知堂之外均不足观”之类的话，观点未免偏颇，也反证出书话写作的高难程度。

书话类似于一种主题创作，是“关于书的散文”、“关于书的书”，是“书海上的罗盘”，这种“螳螂捕蝉，黄雀在后”的视角，是它的特点也是它的难点，即不能完全囿于“以书论书”，因为“纸上得来终觉浅”。

每一本好书都是人的折射、大千世界的折射，要对一本好书进行通透的解读，就必须在知识、性情、思想上具备与作者对等的（甚至是更高的）宽度、纯度和厚度。

苛刻地讲，现在已不是产生高水平书话的年代

书话本来低调偏僻，面向小众读者，印数有限，专供书虫们淘漉，与排行畅销无缘。

我们看那些终生热爱书籍的大师们写的书话，博学无阻，举重若轻，白描样写来，优雅地把书内的机智、书外的掌故勾画数点给人细看，朗然如陶潜东篱见山的意境。

大师们写得实在太随意而又实在太好，也就引得一些粗翻了几卷书即被博览的幻象所自欺的、喜欢写读后感的人们不由产生了“模仿的冲动”（这是一种很难憋住的“东施式冲动”），致使坊间不时涌出一些粗劣、拼凑的伪书话、滥书话集子，有的还把空麻捧吹的文字收在里面，非常倒人胃口。

一个人即便再喜欢读书，如果内心尘气充溢，“未能免俗”，还是少写或不写书话为好。

苛刻地讲，现在已不是产生高水平书话的年代，因为没有了赖以扎根培植的土壤，比如书太新、人太忙、社会节奏太快、意识太功利、价值观念太混乱等等，都导致有意思的、传奇的“书里书外”的故事太少。

写书话也是一种“为人生”的艺术

想写好书话，一要谙书道，富藏珍籍，是真爱书之人，有“读书毁了我”式的动情经历；二要学识好，通晓版本考证之学，有甄鉴把赏之功；三要下笔素朴，更兼传神，是上乘的散文家；四要勤于行旅访书，耳目聪慧，善于捕捉、拍照和积累各种与书相关的原创图文素材。

想想看，以今人日益衰退之资质、日益浮扬之心态，要具备这四个方面的修为，何其难哉？

书话要用一颗悠闲的心慢慢商量斟酌，非超脱世事、爱书致癖而又涉笔成趣的顶级书人，很难练就点批敏锐、蕴涵无限的文字功力。

我甚至以为，写书话也是一种“为人生”的艺术，仅仅坐拥书藏是不够的，还必须把苦乐、激情、梦想、血泪垫衬在里面，必须有实践的经验、独得的感悟，乃至淡泊的态度、清正的品德。

“绿蠹鱼”情怀

但话又说回来，书籍是日新月异地涌现，书话作为散文的一个特殊品种，当然也在生发延展，随时变化，不会停滞。

书话不是古董，不拘定式，没有专利，虽然难写，也还是“江山代有才人出”。

举顾滚滚书尘，有不少富藏佳籍、爱读多思的中青年作家、学者已经把书话这一体裁驾御得相当纯熟，而且加进了许多创造性元素。比如台湾女书人钟芳玲的《书店风景》与《书天堂》两书，就把视野打开，扩大了书话外延，将读书、旅行、访友三件胜事结合在一起，书内除珍稀书影外，还配插了大量展示欧陆书店、图书馆、书人风貌的图片，对照着图注与内文访人淘书故事互动参阅，就几乎不是“读”，而是“熏染西风”了。

记得台湾远流出版公司曾出版过一套关于书的丛书，品牌叫“绿蠹鱼”，其解释是：“绿”代表生趣盎然、生生不息，“蠹鱼”代表藏身册页、优游书海；读书为的不仅是“知识的力量”，更是如今已少有人念想的“阅读的乐趣”；就从此刻此书起，我们都是为乐趣而阅读的绿蠹鱼。

呵，好一个“绿蠹鱼”，多么生动感人的意象！只有怀着这样的清新情怀，认真投入地去做一条绿蠹鱼，才能够写出有意味的书话作品。

书话要得瓦屋纸窗、茶烟一夕之乐

书话的可以探索的写法与风格有很多，徐明祥君的《潜庐藏书纪事》即在“杂”字上做足了旁逸斜出的文章，令人赤膊裸足俯仰，纵横而读，得瓦屋纸窗、茶烟一夕的氤氲休憩之乐。

平日里，我们迎面撞见的“掉书袋子”、“两脚书橱”型文章太多了，枯索、空洞而又木然，远看林木高大，近看寸草不生，倒不如这散漫芜杂、芳草掩径来得踏实、活脱、痛快。

原生态的东西之所以比较受人喜爱，其魅力与美妙也正在这种不雕琢，少人造，仿佛乡野瓜果地粮的“未施加农药、化肥与添加剂”，有天然绿色的形态与滋味。

我的读书过程就是我的成长过程

我的第一本书是散文短札集《掌上珠玑》，收录了一百五十余篇短章和札记，多属我早年读书、旅行、观察、沉思一类的实况记录，里面充满了青春生命的泪与笑。当然，这些泪与笑都几乎与读书交织在一起，不能分开。

那时，我写书话随笔，偏重讲求文字的雅洁和记录因书而起的感受。把此类短札从散乱的日记、书信和样报剪贴本里抄录整编排校出来，精印出版，目的就是对不算久远的过去作一次小结，也有“不悔少作”的珍惜。正像我在书内第一辑《略带诗意的散文》之小序中所言：

> 残存下来的这些稍可读的、青橄榄一样的清浅文字，我于今是不会再写了，也写不出了。惟其如此，作为纯情不再的回忆，它们在我的生命中就显得尤为亲切和珍贵。

《掌上珠玑》其实是一本写给自己看的书，纪念意义远胜过文学意义，因为我的读书过程就是我的成长过程。所谓“珠玑”者，不过是一个耽于幻想、寂寞寡闻的孩子偶然捡到几粒碎石而又视若珍宝，取其自爱自牧自励之意罢了。

故乡赤峰的名书画家傅智勇先生，曾贻我墨宝，题曰：“掌上珠玑心自润，泉斋文墨韵最清。”傅先生字好，联也是妙联，我知道他是错爱，故有此溢美。我把这幅字悬在斋中，警醒我不要虚度年华和浪掷文墨。

对书籍来说，缺少的不是写作者和印制者

我自己因性情与阅读经历的缘故，很早就爱上了散文随笔这种舒展、清淡而又回味悠长的文体。又因涉猎的域外散文杂著较多，也就自动消解掉了许多“文以载道”、“托物言志”、“形散而神不散”等或旧或新的八股遗毒，触摸到性情、机智、自我、悠闲等散文随笔的精神机理。

我的思想要求我：一要写得少些，不许泛滥；二要写得真实，不许伪说。

这个世界的书与文章已经足够多，甚或已经到了“成灾”的地步。而且，写书的人似比读书的人还要多。如果非要参与到著书立说的行列里，那么，我们就应该随时提醒自己，尽量节省吝啬地使用语言，努力增加一二新品种。

我曾在一篇短文《读与写的辩正》中这样阐述：

> 我一生的愿望不是当作家，主在“远求海内单行本，快读人间未见书”，读余零星写下几本札记式的小书，闲插在无数伟大文学巨著的空隙和阴影阴翳里，作为爱书的心得凭证。终于有一天，我会完全弃笔，只读不写，在枕畔，在灯下，在午后，在花园的藤椅里，手握一本《明人小品选》或《英国名家散文选》，遐想，眺望，阅读，沉思，或者睡眠。

这篇文章写于一九九七年九月。十年之后，我仍然这样认为。对书籍来说，缺少的不是写作者和印制者，而是鉴别者与惊叹者。我觉得去做一个书籍的鉴别者与惊叹者似乎是一件更有意思的事情，尽管在“鉴别”与“惊叹”的同时一不留神儿也会成为书籍的写作者和炮制者。

（原载《慢慢读，欣赏啊》，略有删节）

自选作品

《曲终集》,遗言一样的文字

今日得闲,闭户读书,看的是孙犁"耕堂劫后十种"之十《曲终集》(山东画报出版社一九九九年九月版)。这个版本是新版,我还收有百花文艺出版社一九九五年十一月出的旧版。

孙犁晚年的"十本小书",我还是喜欢零散出版的旧版,因每一本都有搜寻的记忆和深浅不同的阅读体验。当十本整齐划一地出现时,就有些个性消解。不过,配齐旧版不是容易的事,因出版时间早,印数也少。

估计能以《曲终集》作书名的人,不会很多。在谈到该书书名时,孙犁写道:"友人有谓不详者,我也曾想改一下,终以实事求是为好,故未改。"只此一个细节,就可知老人写到此时已是怎样的冷峻境界。

《曲终集》是"耕堂劫后十种"的"收尾之作",或曰"谢幕之作",有二十余万字,较之前九种,相当于两本书的容量。

仍是一些随意写下的自传小说、怀人散文、杂文、读书记、题跋和书简,几乎都是不拘一格、非常松散、云卷花落的意味,也最真实地表现出云斋老人在愁病晚年的感受和想法,没了掩饰,也没了顾忌,因为已到了"曲终"。

孙犁的价值,我觉得,不仅如巴金一样追求"讲真话",这只是第一层意思。把真话讲得极其透彻、明晰,切中要害,独抒己见,这是第二层意思。这样的语言,对我们的作文与做人,都有提示、警示的药用,读来疗疾止渴。

譬如,孙犁告诫我们:

> 凡是责怪别人对他不宽容的人,千万不要希望他能宽

容别人。平日素不相识，仅仅因为有人偶然指出他的一个病句，便怒火冲天，连续写文章，攻击人家，整整三年了，还未停止。

譬如，孙犁辛辣地讽刺：

有借酒浇愁的“淡泊之士”；有文字不通的“一流作家”；有把错误转化为生产，扯闲篇，大作文章的能手；有表面上做检讨，内里又弄手脚的江湖名人。

在《作家的文化》一文中，孙犁说：

一个作家的文化，不只是指他吸收了多少文化，更重要的，是看他建树了多少文化，给文化积累增加了多少新的内容。

一个作家，有高中以上的文化程度，就算够用的了。在写作过程中，可以继续提高文化修养，进度和收获虽有不同，但每个作家，都是这样努力过来的。

以文化高低论作家成败，是不科学的。有人提倡作家学者化，也是一种不切实际的想法。学者和作家，走的不是一条路。由作家而成为学者，或由学者而成为作家，工作重点都会有转移。

孙犁因真正处在文坛边缘，所以不但敢说，还说得这样到位，毫无保留，直言无忌。相比之下，巴金虽也同样在《随想录》中说了很多真话，但因经历与性格故，就不会像孙犁这样去说，或者说得不会这样赤裸、干脆。

譬如，在《我与文艺团体》一文中，孙犁曾尖锐指出：

> 文人宜散不宜聚，聚则易生派别，有派别必起纷争。文人尤不宜聚而养之。养起来的办法，早已暴露出许多弊端。
>
> 文人必需放诸四海，周游环宇，使之自谋衣食，知稼穑之辛苦，社会之复杂，如此，方能形成真正的百家争鸣。

也是在《我与文艺团体》文中，有两个句子，句首都以“我的一生”开始，颇有回望苍茫、总结人生的凝重。第一句是：

> 我的一生，虽然一直在这个队伍中，但我的心情，并不太爱好这个集体，身处其中，内心若即若离。

第二句是：

> 我的一生，曾提出过两次“离得远些”。一次是离政治远一点，有人批这是小资产阶级的论点。但我的作品，赖此，得存活至今；这一次是说离文坛远一点。

甚至，孙犁还讲出了这样哀痛的话：

> “文化大革命”，主要破坏了人们正常的关系，伤害了人们的灵魂和良知。这直接影响了文艺和文化。这是一次严重的创伤，要它复原，实际上已不可能了。

还有很多这样的句子和段落，兹不尽举。

这是独特的“晚年孙犁话语”，体现出一个富有勇气的作家、一个虽参加了革命但始终没有丧失个人思想的布衣知识分子的珍贵价值。

当代中国文坛，有了一个巴金，再加上一个孙犁，就变得沉实了许多，使“言之有物”、“不说假话”的文风得以延续，不至断绝。

我们不但要勤于阅读，还要知道怎样去甄别书中的真话假话，因为“尽信书不如无书”。

人类说谎的历史，由来已久。诳语盛行，实话便遁迹。记得《伊索寓言》第二百五十八则故事，题目叫《旅人和名叫“实话”的女子》，讲一个旅人在沙漠中遇见一个叫“实话”的孤单女子，旅人问她为什么跑到荒凉的沙漠中独自生活？那女子回答说：“因为以往只有为数不多的人说谎，而如今你和人交谈，听到的全是谎话，再也没有‘实话’的容身之地了。”

人到了老年，来日无多，不愿再说假话，不屑再编故事，就写短峻入骨的散文、杂文，像留遗言一样为后人、后代、后学留下体验、经验和叮嘱，这就是老年文章的特点。所以有人说，散文、杂文是“老年文体”。

孙犁在《曲终集》之前的《无为集》里，早有过相关阐述：

> 我是老头脑，以为散文还应该写得实一些。即取材要实，表现手法也要实。就是写实际的事情，用实际的笔墨。中国传统的散文，都是如此。

在《无为集》里，还有这样一段话：

> 天赐的机遇是没有的，如果有，总是靠不住的。这些年，这种事例，我们已经看到不少了。文艺工作，也应该“行伍出身”，“一刀一枪”地练武艺，挣功名。

孙犁说的是“为文态度”，更是“人生态度”。

任何有良知的大作家，将离世时，都当为后人留下真切的“文学遗言”，一句话也罢，一篇文章也罢，一本小书也罢。

但留下一本“大书”作遗言，就不好。遗言都是简短、直截、不拖沓的，冗长的话不能作遗言。一本所谓的啰嗦“大书”，一般都是临死前流淌的口水。

孙犁在“老年文体”写作上，为我们做出了表率。

二〇〇六年十月二十九日清晨至中午

（选自《慢慢读，欣赏啊》）

我想拥有一座“蒙古包书房”

蒙古包是“大地野营式的居所”

蒙古包是游牧人的家，是草原生计的凝结点，是一个迁徙民族的心理核心。这种建筑式样，不是出自高迪、莱特和贝聿铭一类大师的设计，而是中亚众多游牧部落几千年来居住实践的集成和结晶。即使在今天，蒙古、达斡尔、鄂温克、哈萨克、吉尔吉斯和塔吉克等民族，仍然在广泛使用着蒙古包。

“蒙古包”之名源于十七世纪的满族人，蒙古人自己习惯沿用“格日”的旧称。蒙古包兼有“毡房”、“毡包”、“穹庐”等别称，皆含有“以天地为逆旅”的况味。

北美印第安人居住的“梯皮”、北欧萨米人居住的“拉屋”以及中国东北鄂伦春人居住的“仙仁柱”（俗称“挫罗子”，意为“遮住阳光的住所”）、“马依巴木”、“木刻楞”，也都属类似制式。

这一类“大地野营式的居所”，既孤独，又与自然界融为一体，内部面积虽小但外部空间无限延伸，真正是“诗意地栖居”。

蒙古包能把对自然资源的消耗降到最低点

游牧人心态放松，没有“争分夺秒”的病态执著，把太阳、月亮和星辰的移动作为“粗线条”计时标准。即使在计时器普及的当今，与草原紧密相连的游牧人还常用古老思维表述时间概念，比如“太阳有套马杆那么高了”、“三星已经西斜了”，这种“自然时间”比“人为时间”更适合游牧人。

“蒙古包太阳计时法”，就是根据从蒙古包的陶纳（即“天窗”）射进的阳光照到的不同位置，比较准确地判断出相应时辰。游牧人早起、挤奶、放牧、喝茶、加工奶食品、牧归、休憩等一系列生活、生产活动，从一日到一年，都跟着太阳的起落进行，日子因此变得缓慢悠长。

蒙古族歌手布仁巴雅尔在其发烧歌碟《天边》前插页附有一组蔡晓容采访整理的《布仁巴雅尔如是说》，其中有这样一段文字：

> 来北京十四年了，我常常想回家去，好好地呼吸一下那儿的空气，感受那里的安宁和不变。在草原，人没有时间概念，那里没有钟点，没有钟表，有的只是早晨的太阳和傍晚的太阳。在那里，住一天，就似乎是几周；住一周，就似乎是一年了。

蒙古包所需建材全自草原取来，并能把对自然资源的消耗降到最低点。从某种角度讲，蒙古包是最环保的一种建筑类型，以下四方面可作明证：

第一，蒙古包修筑不需土坯、砖瓦、钢筋，只需少量木料、毡子、皮条、装饰布。

第二，蒙古包圆柱形屋身和钝锥形屋顶，可有效减少劲风阻力，便利积水下泻，减轻了负担，增强了稳定性。

第三，通过加减“哈纳”（指采用柳条做成的菱形网状墙体，一块哈纳一般由四十多节直径两厘米多的小原木交叉组成，小原木每个交叉点上要穿孔，用皮条串接，可伸缩和弯曲）的数量，蒙古包可盖得或高或矮、或大或小。它科学的结构使其承重能力惊人，可均匀传递伞状包顶所受的巨压。据资料介绍，一座由五块哈纳组成的蒙古包，可承载一吨至两吨的重量。它看起来像玩具，却能应付蒙古高原恶劣的天气。

第四，当蒙古包从夏营盘拆卸转移后，原址上不会留下废墟和疤痕，很快又会长出青草。

一个汉族读书人住到蒙古包里，就进入了“圆形气场”

近二十载，我一直痴迷蒙古草根文化、搜读蒙古文献史料，就是因该文化里隐藏着很多“闲散智慧”、“生态智慧”和“辨证智慧”。

一个汉族读书人住到蒙古包里，就进入了“圆形气场”，对直简、粗粝、务实、坚韧、博大、开放的蒙古文化，会有最具象的感知和最细微的体验。

我想拥有一座“蒙古包书房”，在里头读书、酣眠，望包外的天空，听夜半的急雨，一推门就直接迈进了草原，满鼻子闻的都是花草、牛粪、炊烟的气味，没有一点儿二氧化硫、甲醛、汽车尾气的气味……

这当然是妄想，因为我远离牧区，身陷城市，而蒙古包只能属于牧区，就像蘑菇和野花只能属于荒原草地。

我起居和做工的呼和浩特，像中国其他省会一样，由高楼、汽车和密集的人群构成，房屋全由钢筋水泥砖石类材料建造，蒙古包无法成为日常住宅。虽在宾馆、饭店、旅游景点的一些区域常可见到一些蒙古包，但几乎都是水泥底座、砖瓦结构，里面有土炕和新式暖气设备，是走了样、变了调的“现代版”，失掉了许多原汁原味。

打个比喻说，草原上的蒙古包像是拎着奶桶操持家务的“主妇”，而城市里的蒙古包像是涂着口红应酬献笑的“三陪女”。

蒙古包在城市虽难以普及，但它经典的“穹庐式圆顶”在内蒙古建筑艺术中已演化为民族精神的象征。譬如内蒙古鄂尔多斯高原的成吉思汗陵、内蒙古自治区人大常委会的办公楼和内蒙古大学的理工教学楼，其屋顶都是“蒙古包式的”。

我想组装一座“传统木质结构”的蒙古包

限于时间和空间，到遥远牧区住游牧人的蒙古包、沐浴在草原的日光星光里，这样的机会毕竟很少。我的住宅在高楼顶层，附有阔大的露台，以后想占据露台一角，找来巧匠，采用内蒙古锡林郭勒盟正蓝旗蒙古包厂生产的蒙古包骨架、纯羊毛防寒毡、高级防水帆布等零部件，组装出一座哈纳十二块、直径十米的“传统木质结构”的蒙古包，包内布置成书房格局，书架上插满乡邦文献、考古、民族民间艺术、环境保护、沙草产业一类与内蒙古本土文化乃至中国西部文化有关的画册、典籍、学术专著和传记，在奶茶、奶豆腐、烤羊排、烈性酒、马头琴、长调的陪伴下，读杂书，做考据，写短文，会良朋。

我会从民间淘一些清朝以来的勒勒车轮、马鞍子、马镫、蒙古箱子、首饰匣、彩绘方桌、锁、斗、奶桶、奶豆腐模子、巴布尔碗、酒囊等“古董级”草根器具，把它们与藏书混陈在一起。这些经过描金和浮雕的、曾被使用过几十年甚至上百年的老物件，可以复活蒙古民族的历史。

其中，我尤喜实木做的蒙古彩绘方桌，颜色鲜艳，桌面精绘龙凤、盘肠、云纹哈木尔、卷草纹等古典图案，别有装饰效果。用这样的方桌写字、喝茶、“伏案读书”或“掩卷沉思”，会激发出明朗的灵感。

另外，在“蒙古包书房”独自沉醉和消磨的时候，我也准备弃用钟表，按“太阳计时法”来悠闲从容地安排一天的事务和流程，不急躁，不赶场，不熬夜，“日出而作，日落而息”，让太阳真正成为生活的向导和轴心。

（选自 2008 年 5 月 13 日《深圳晚报》）

坚守这一方土地

杨　民

张阿泉君是一个极单纯的人。无论你从哪个角度，只要寥寥几笔，都可以将他清楚地勾勒出来。从塞北到四川，然后又返回塞北，这是一种勾勒；从他交往的一些友朋，北京，江南，东北，西南，这又是一种勾勒；从他的书架上抽出几本书，中国二三十年代的，八九十年代的，港台的，西洋的，按照他所留下的年月时间来看，爱好逐渐扩展，上升，但是又没有脱离原初，这还是一种勾勒。这样的一个张阿泉君，在劳动与读书之余手不停挥，记下了他生活的足迹和独有的感受，留下的就是这一部随笔集了。

说来我认识张阿泉君要比他这部随笔集的出版早许多。十几年前，我偶然在峨眉山弯曲的小路上和张阿泉君相遇，不知怎么就交谈了起来。山雨断断续续，我们一步一滑，在朝万年寺去的途中，我和张阿泉君聊得太多，对远处峰峦叠嶂中的白云和云雾飘渺中的群山，全都未得多加观赏。他年龄那么小，却那么喜欢读书，喜欢谈书。我多少也读了一些书，但是在和他的交谈中，我常常觉得自愧弗如。专业把自己限定到了一个狭小的天地中，很少走出来观看天外的天。和张阿泉君交谈，这就等于给我打开了一扇窗户，就像当时在峨眉山中眼前的风物景色一样，五光十色，斑斓多姿。也许是那次认识的语境太好了，也许是我和张阿泉君总有许多共同之处，后来，我们也就细水长流地来往不绝。当时张阿泉君给我的感觉是清纯。

这么多年里，张阿泉君不断有发表的作品惠我，先是一个又一个的单篇，后来就是结帙出版的小品集子。今天又有一部新作问世，诚令人高兴。现在看他的作品和他本人，虽说仍然有着童稚的依稀印痕，也不乏幻想和诗情，但是更多的是经过生活的磨炼，读书的体认和思想的感悟之后所显现的人格，“毫无花态度，全是雪精神”，差看仿佛一二。不过真诚确是其中最主要的质素。正是这一点，在今天看来，才使他的文章写得越来越有韵味，越来越有内容。

修辞立其诚。这句话说起来容易，做起来真是难。难在我们有时候有真诚却偏不敢去言说，于是就只有“修辞立其伪”了。一个人终日在名利场中奔波追逐，富裕了物质，豪华了生活，然而却贫乏了精神，使自己只是漂浮在生命表层的波纹，这个时候，一个人纵然去真诚地进行创作，其作品又有几多值得阅读之处？文如其人，一个人没有真正的立身之本，做人已难，作文又如何进行？张阿泉君把电视记者的工作放在首位，采访、摄像、撰稿、制作，勤勤恳恳近十年，奔走在新闻报道第一线，观众交口赞誉，也是为一方父老做了好事；行有余而学文，而创作，这是很令人佩服的。

张阿泉君爱书，购书成瘾，嗜书如命，谈书如醉。他的一些读书小品写得很硬朗，很俊气，就是因为他从骨子里酷爱书，其中得书的乐趣和从书中得到的乐趣，恐怕爱书者读了以后都会产生共鸣。书中所显现的见识和人生的体认，我们大概也有不少称许道是之处。他谈流水、树木、月光、白云，也都渗透了自身的喜爱和感情。清淡的笔墨所显现的一切自然，我读时只有羡慕他的艺术的慧眼，哀叹自己目光的呆笨。毕竟我们都是在同一片蓝天下生活的。张阿泉君时当而立之年，修辞能立其诚，又有其诚可立，一部随笔，小试牛刀，只是预示了他来日的大采获吧。

二十年来，中国的散文创作，一会儿作兴大散文，一会儿作兴小散文，人们也都随之奔东逐西，匆忙地追赶，唯恐不及。创作者如此，阅读者亦然。笑话中说，守夜人在梦中被偷瓜的和尚抄走了家当，剃光了头，醒来摸摸光头而怪叫道：“和尚还在，只是我呢？”没有一个立身之本，没有一个自我的认识，人云亦云，人行亦行，我们恐怕最终会醒来而怪叫的。张阿泉君能不从俗，不阿世，能有自己的认识见解，工作有所成，读书有所得，写作有所获，这就是自己立身的地方。坚守这一方土地，一直这么做下去，我想这也就够了。至于其他，又何必多说？

一九九七年十月十五日午后，于清华大学。

（原载《四川文学》2002 年第 1 期；略有删节）

张冰辉

张冰辉(1969—　),女诗人、散文家,湖南长沙人。高中毕业后回乡务农,90年代初到广西南宁,曾就读于北京鲁迅文学院,为南宁市第一、三届签约作家,南宁市作家协会理事。2002、2005年两度被评为南宁市优秀作家,又任南宁市新阶层联谊会常务副会长。

张冰辉上世纪90年代开始文学创作,第一篇散文《话粥》,于1995年发表于《广西文学》,除出版诗集《雨夜的玫瑰》外,迄今已出版散文专集二部:

《月满西楼》(中国文联出版社,2002年);

《仙境大明山》(广西人民出版社,2007年)。

张冰辉的散文,有《总想拥有一个你》获1996年“三山杯”全国青年散文精品大赛三等奖(辽宁省文联、青风文艺出版社主办),《水韵》获1999年“99杯”全国诗歌、散文大奖赛优秀作品奖,《天下第一净水》获2005年首届“神奇美丽的靖西”旅游征文比赛优秀奖(广西作协等主办);有《迷雾中的玫瑰》《总想拥有一个你》等20余篇被选入《文摘精品珍藏》《散文精品》(内蒙古文化出版社,2001年),《留住生命的美丽》被选入《抒怀诗·散文精选》(国际文化出版公司,1998年),《水韵》被选入《广西散文百年》下册(民族出版社,2004年)、《洒向新世纪的花雨》(中国戏剧出版社,1999年),《木棉花开》被选入《震撼大学生的101篇散文》(内蒙古文化出版社,2006年)等。评论张冰辉散文的文章主要有:

《月满西楼·序》(凌渡),载散文集《月满西楼》;

《多情湘女的低吟浅唱》(石丽芳),载《广西散文百年》上册(民族出版社,2004年)。

人类心灵最近的灯火

——谈我的散文创作

张冰辉

或许是受父辈“好男儿志在四方”的刺激，觉得好女儿也应该志在四方；或许是受文学精灵的牵引，渴望一种独特、丰富而浪漫的生活，我少年时代即离开故乡，远别父母亲人，独自在异乡漂泊。

在追逐文学之梦，和为生存而经受世态炎凉、人情冷暖的过程中，我常常将自己的乡愁，对故乡亲人师友的怀念，以及日常生活中的所见所闻所感所悟，精心地编织在文字中。说一句实在话，我这种自发式的写作，一开始完全是为了抒发自己的内心，抒发自己对生活的思考、感受和感悟，慰藉自己在茫茫尘世里漂泊时那种刻骨铭心的孤独和寂寥，作为一种对自己的开导、劝慰、激励和抚慰，从未过多地去考虑写作的形式、技巧和意义。静心沉思，我这个追梦的少年，因为迷恋文学，能够在文学这有如初雪过后的美丽田野上，留下一个个或深或浅的脚印，离不开亲人的期待，爱人的支持、鼓励和赞许，还因为在一年四季绿意葱茏、花果飘香的美丽绿城南宁，有着许许多多的良师益友，或以他们的专业技能，或以他们的文学作品，或以他们的人格魅力，或以他们诚挚的关怀，像缕缕春风，如丝丝春雨，沐浴和滋润着我的心灵世界。

此刻，回首来时的路，记忆的荧屏上依然鲜明地闪耀着自己的第一个“孩子”——散文处女作《话粥》在《广西文学》呱呱坠地的情景。那是十几年前的旧事了。我至今依然记得，初来南宁的一天，人地生疏的我，在一位新认识的朋友家中看到了一期散发着油墨清香的《广西文学》杂志，摩挲着杂志清雅的封面，阅读着杂志中动人的文字，我的因生存忙碌奔波而久经压抑的文学梦苏醒了。离开朋友，回到寄居之地，我不由拉开抽屉，找出封存的文稿，挑选了几篇习作，按照杂志上的地址，怀着忐忑而期待的心情，寄给了当时还在《广西文学》杂志社分管散文的副主编凌渡老师。十天，或者是十五天，总之是不到一个月的时间，素不相识的凌老师就给我来信，对我的文章提出了中肯的看法和一些很好的建议，还约我去杂志社面谈。凌老师真诚恳切的来信，就像一盏温暖的灯火，照耀在我这位异乡漂泊的游子的心头，为我的写作注入了新的活力，我写作的意志更坚定了，劲头也更足了。我后来去杂志社时，凌老师虽然即将退休，即将告别自己的编辑生涯，但他依然热情地将我的文章推荐给即将接任他工作的严风华老师，说我是个很有写作潜力的青年作者，请他多关照我的写作。严老师看了我的习作后，又为我提出多读、多写、多思考的建议。就这样，在两位老师的悉心栽培和指点下，我的处女作《话粥》在《广西文学》1995 年第 12 期发表了。从此，我对写作的热情更加高涨，对自己的写作也渐渐有了信心。以《话粥》为起点，我不断在各种报刊发表作品。我的“孩子”越来越多，并受到读者的喜爱。我为此而欣悦，同时也感到一种崇高的使命和沉甸甸的责任！

目前我已经出版三本个人专集，一本为散文、一本为诗歌，一本为散文体游记。这里我想结合长篇散文《月满西楼——一个少女的心灵札记》谈谈自己的散文创作。翻开尘封的记忆，往事历历如昨，我眼前清晰地闪现出二十年前的旧事。那时，我还是一名高中三年级的学生，正是多思多梦的年华。然而，高考就像一座险峻的大山，横亘在我们一群同样风华正茂的少男少女的面前。我们在一种看不见硝烟的硝烟中，惶恐地面对高考的压力，惶恐地思考自己的未来。日渐的焦虑、彷徨，对爱情朦胧的向往，对未来沉重的思索，像一团火在我的心中燃烧，使我几乎透不过气来。就在那一年，我在湖南医科大学(那时还叫湖南医学院)读书的堂姐，给我寄来了印度大文豪泰戈尔的诗集《吉檀迦利》和《园丁集》。泰戈尔那优美深沉，情词娓娓，如行云流水般的文字一下就征服了我年轻的心灵。每当黄昏来临，晚自习之前，在教室中默默地阅读几行泰戈尔的文字，已成为我秘密的、最大的心灵享受。有一天黄昏，教室里静悄悄的，一个人影也没有，而晚霞映照着教室的玻璃窗，在窗外的楠木树上投下柔和的光影，我终于抑制不住心灵的冲动，在横格本上写下了《月满西楼——一个少女的心灵札记》最初几节文字。这样的写作，断断续续持续了一些时日，我心中那莫可名状的焦虑、彷徨似乎得到了缓解，渐渐地又能平静地投入到紧张的学习中去了。临近高考的日子，学习实在太紧张了，我只好将自己的写作停下来。《月满西楼——一个少女的心灵札记》还没有问世，就被我悄悄地锁进了抽屉。这一锁，就有大半年的光景。直到高考毕业以后，有一天，翻检自己的学习用品，看到那边角有些翻卷，封面上画着一轮圆月，圆月下还怯伶伶地开着一朵小花，题着《月满西楼》的横格本，我的眼泪禁不住悄悄流下来。在等待高考成绩那焦灼不安的日子里，我又打开横格本，继续心灵的倾诉，继续将自己对人生的思索诉之于文字。这样的书写，仿佛让我的心灵从阴云的缝隙中间看到一缕金色的阳光，看到希望，感到人生前进的力量。正是因为有过这样的写作经历，高考失利之后，我毅然离开故乡到异乡漂泊，重新寻找人生的坐标，寻找人生的航向。后来，当我成为一名作家，出自己的个人专集时，为了纪念那一段难忘的青春岁月，我节选了《月满西楼——一个少女的心灵札记》中的部分章节收入了集子之中。意想不到的是，集子出来之后，许多读者来电谈到他们对《月满西楼——一个少女的心灵札记》的喜爱，说他们被作品中真诚而热烈的情怀，诗一般的文字，富有哲理的人生思索深深打动，引发他们对人生的许多思考和联想。这对我来说，真是一种意外的收获。有人说，哲学是对灵魂的拯救，文学是对心灵的安慰。这的确是经验之谈。但愿我的作品既能安慰自己的心灵，也能安慰读者的心灵。这是我的追求，也是我写作的方向。我愿意真诚地与读者进行心灵的交流，与他们一起分享我的痛苦、忧伤、成功和快乐！

1998 年，我幸运地成为南宁市作家协会的一名会员，随后又被文朋师友们抬爱为南宁市作家协会理事；1999 年在鲁迅文学院学习期间，我光荣地成为广西作家协会大家庭中新的一员。南宁市实行作家签约制以后，我更是幸运地成为第一、第三届签约作家。不仅如此，我还两次被评为南宁市优秀作家。遗憾的是，我至今还没有写出自己最为满意的作品。我总是对自己充满期待，期待自己能够写出更多更好的作品，并愿意为此不懈努力。

回顾自己的写作历程，我发现，我一直热爱着散文，一直在散文的园地里努力耕耘，但散文到底应该怎样写，怎样才能写出好的散文，我又时而清晰，时而迷惘。因为在我的内心深处，散文就像春天水边的杨柳，既有岸柳的柔枝依依，摇曳多姿，也有水中倒影的虚幻无常，千变万化。要捕捉住它四时寒暑交替，早晚阴晴变化的姿态、色彩和美来描摹和抒写是那样地不容易。然而，我的阅读和写作实践使我有一种强烈的感受，如果说“文学是照亮国民精神世界的明灯，引导国民精神前途的灯火”，那么散文则以它“独抒性灵，展示真我，主观色彩最强”的特性而成为离人类心灵世界最近的那盏灯火。这一盏灯火，也许没有诗歌那样华美璀璨，没有小说那样富丽堂皇，但是却最温暖亲切，可以驱散人心中的孤单寂寞，使人的精神获得安宁平静，有一种引人回归精神家园的温馨。

最后要说的是，我深深认同前苏联著名作家，有着“散文抒情大师”之美誉的康·巴乌斯托夫斯基所说的话：“对于文学……世界上再没有比这更诱人、更艰巨、更美好的工作了！”我知道，在散文的百花园中有着无数热爱生命、热爱生活、热爱文学的作家，已经写下或正在写下感人肺腑、绚丽多彩的华章，温暖和照亮着读者的心灵。在散文越来越多元化的今天，我愿意以他们为向导，努力学习，将散文写作当作一项事业来追求，让它成为我生命中最重要的组成部分，与我的生命息息相关！

2008年4月于邕城

自选作品

水　韵

我喜欢水，喜欢水的温柔、明洁、活泼、妩媚和天然的神韵。倘若说人生是无数片断的组合，那么，翻开我生命的图册，就会发现，我生命故事中最欢欣、最沉痛、最忧伤、最激越的部分，都与水结下了不解之缘。

老家屋后的山坳里，有一堰水库，三面环山，一道宽宽的堤坝揽住十余亩清亮的水。堤坝上种了一排油桐树，春天，雪融后，铜钱大的绿叶缀满枝头，随着春风一点点铺展，渐渐地就有芋叶那么大了。到了四五月间，满树桐花迎风招展，像一首美丽的诗，又像一幅活动的画；堤坝上，绿茵如毯。红的白的野花点缀其中，像是天然的织锦，说不出的美丽……夏天了，覆盆子那甜甜酸酸的味道，在我童年的记忆里，是远甚于草莓的。初冬，桐叶开始如一只只黄褐色的大蝴蝶飘飘坠地，我和妹妹们拿着长篙，挎着竹篮将一颗颗成熟如小灯笼的桐果摘回家，剥了壳，好让父亲拿里面的果仁去榨油，卖桐油所得的钱，也是我们姐妹的笔墨费来源之一呢！清澈而碧绿的水，将我们幼小的身影和天真的欢笑在它细密的波纹里摇啊摇，摇得我们的心也悠悠颤颤……

水面，永远是那样的清亮，将澄蓝的天，同上面偶尔飘过的白云，都拓印下来，尤其是岸边的水草，更是为它镶上了一条翠绿的花边。偶尔，有一两只白色的水鸟，从岸边的树林飞入水中洗了澡，留下一声嘹唳的长鸣，又倏然划空而去，隐入苍苍的翠薇里……

倘是月夜，月光横过树梢，冷冷照在水面，那可真是“寒塘渡鹤影，冷月葬花魂”的绝妙图景了。

这一切，在我童稚的心灵投入了多少神奇而美丽的幻想种子啊！

那一年，我继续升学的梦破灭，整个身心陷入了无望的寂寞与凄苦。从小就疼爱我的父亲，忧在眉头痛在心，思来想去，为了避免我受伤的心雪上加霜，更为了我能解下心灵的枷锁，从人生的逆境走入坦途，利用他在家中至高无上的威望，交给了我一项美好的“差事”——守水库（水库是父亲承包了养鱼的，偶尔有个别心术不良的人撒网捕鱼，或是用农药药鱼，偷窃父亲的劳动果实）。每天清晨，晨曦微露，父亲将我从梦中轻轻唤醒，我就带了书，来到水库边，从水面飘来的湿润而挟着草香的空气，轻轻抚慰着我内心的悲凉。太阳出来了，阳光透过树丛，在水面洒下点点碎金，一群群的鱼儿在水里游动，张着圆圆的嘴，你争我抢地吞吃父亲撒在水面嫩绿的青草，简直像一群顽皮小孩在和父亲撒娇呢！偶尔有一两条鱼儿还会在水面纵身一跃，翻起一个漂亮的跟头，溅起几朵雪白的水花，又倏然潜入水中，那俨然是向父亲邀宠呢。这时，父亲往往会叫了我一同观看鱼儿活泼的姿态，指点着告诉我这是草鱼，那是鲢子，那一身金黄的呢就是鲤鱼……喂了鱼，父亲又干别的农活去了。我一个人静静地坐在桐树的枝桠上看书。那些日子，父亲的勤劳、豁达，对生活的热爱，对我那种体贴入微的疼爱点点渗进我的灵魂深处……鸟雀的鸣叫远远近近传来——鸟越叫，山越幽深寂静，水越清澈妩媚……许多唐人的诗句，许多国外十八世纪的长篇小说，也在这样的山光水色中烙入了我多愁和善感的心灵。我的眉头一天天舒展，脸色慢慢恢复了红润，父亲的眼里也渐渐有了笑意。从此在生命的旅途上，我开始懂得了怎样去利用人生的低谷，从眼泪中拣取有价值的东西，发掘出生命的潜能，寻找到迷失的自我。

江边，有两三株枝叶婆娑的古榕，古榕常常盛满了鸟雀的啁啾；对岸的楼群与树丛，在朝晖与晚烟里，像一首朦胧诗，又像一幅水墨山水。一晃，我生命的小舟，从故乡的青山绿水漂流到这座南方的小城，已在这条沐浴过战火硝烟的江边泊了好几年了。

我不能说自己的选择是对还是错，总之，那个从小生长在江边的大男孩专注的眸子和忧郁的吉他声缠住了我漂泊的脚步，我这个来自湘江之滨的远方女孩就在这个尚未开化，保存着传统习俗的城市边缘生活了下来。尽管如此，我还梦想着读书，梦想着继续寻找我的精神家园！焦仲卿似的他，每每在我受尽委屈的时候，总是哀戚地对我说："我知道难为你了，可是，你是有文化的人，看我的分上，你就忍耐一些吧……"曾经是豪情万分，高吟着"天涯漂泊我无家"的我，竟这样成了一株夹缝草，成了婚姻的俘虏。我的日子，在无奈与忍耐中悠悠地度着。

还好，家门外有一条相思树拥簇着的柏油路，有这条江，可以让我的想象在其中鼓翼，可以湿润我寂寞多思的年华和深浓的乡愁。

有时，是星期天的清晨，趁家人还在梦乡酣睡，我溜到江边早读，让清新的江风亲吻着我的书页；有时是在脱却了工作的劳累和繁琐的家务后的黄昏，我坐在江边的码头上静静地想心事。那时，宇宙静寂，只听见风的清歌，树叶轻轻的喟叹，偶尔柏油路上的车辆扬起一阵沉重的声响，又归于沉寂。

有时是月夜，我在江边闲步，忘掉一切现实，想着那些属于心灵的、美好而缥缈不可捉摸的事物。这时，我的情绪，就像飞在江上的水鸟，与水上栖着的舟子，岸边一大片一大片的水草和菜畦一同飞进了梦乡！

那江水的声音总是那么轻柔动听，既像母亲的摇篮曲，又像父亲的叮咛。偶尔有运木柴的货轮和捞沙的大船从江上驶过，响起一阵突突突的声音，加入几许现代的韵脚。稍后，江面又恢复了它多皺皱的波纹，让人想起了老祖母饱经沧桑慈祥而睿智的脸。

而现在，我所有青春的梦想，正在另一条水边游弋着。有人将那条水叫作——蓝墨水。据说，这条水的上游是汨罗江……那里曾有一位诗人，叩天问地，写下了许多惊天地泣鬼神的诗篇，发出了"路漫漫其修远兮，吾将上下而求索"的千古浩叹！那里的水光更加潋滟，更加纯洁，更加引起我瑰丽而深沉的联想！

陶潜曾在那条水边走过；李白驾着扁舟在那条水上走过；苏轼高

唱着“大江东去”走过；鲁迅也呐喊着孤独地走过……

逝者如斯！

终于从淙淙的水声里，我听见了另一种声音，那是千古文人的心韵，他们的华翰百世芬芳，千秋永恒。

面对这样的浩浩江水，在纷纷扰扰的尘世，我的心，不再迷惘！我要用全身心体味自己的生命，体味社会与人生，并把它演绎成文字，填入格子。我希冀有一天，能用自己的生命在汨罗江的下游划出一道绚丽的风景。

（选自《广西文学》1997 年第 11 期）

月满西楼

——一个少女的心灵札记（节选）

花自飘零水自流，一种相思，两处闲愁。此情无计可消除，才下眉头，却上心头。

李清照《一剪梅》

1

在我心深处，常常呼唤你，吾爱，我的王子，我梦中的王子！

我曾经做过无数无数美丽的幻梦，用我青春的、羞怯的心灵，在幻梦中，描画你俊美的容颜，为你披上圣洁的灵光；我曾经编织了无数无数美丽的花冠，用我的真纯，我年轻的希望，为你加冕，为你祈福；我用我诗歌远伸的翅膀，向你飞翔，我用我一生的柔情向你殷殷呼唤。啊，吾爱，我的知己，我的朋友，你听到了我深情的呼唤，听到了吗？

……

54

吾爱,如果你发现了我的缺点,可别娇纵我,请及时地提醒我,这比任何美丽的赞美都动听!

因为呵,赞美可能使我幼稚的心灵滋生虚荣;

而中肯的批评,却使我可以照鉴自己,将一个更优美的自己呈献给你。

你相信吗,每当我的疏忽,出了差错,你的批评却使我的心贴你更近。

我希望呵,我们在爱的阳光中更美丽更茁壮地成长!

55

吾爱,我再不能让日子逃去如飞,我再不能让红颜在思念中憔悴。

让书籍来填补这别离的空缺吧,每有会意,便欣然忘食,也做文章自娱,以示己志,忘得失于脑后,不亦乐乎?

黄昏时分,去邻家坐坐,听他们闲话桑麻,豆棚瓜架,感我古先民的遗风,无都市之勾心斗角,不亦乐乎?

夜渐深,伴随着大自然的催眠曲,在星星的守护下,去到梦乡,轻轻地,柔柔地对你说:“吾爱,晚安,祝你做一个好梦。”不亦乐乎?

56

这夏天的第一场雨,来得好快好猛。

雷声隆隆,如战鼓咚咚。

这夏天的雨哟,潇洒、猛烈,有一种男子汉粗犷的美!

暴风雨前的青枝绿叶,跳起了疯狂的迪斯科,这会儿,又在雨中扭起了秧歌舞！

好啊，酣畅，淋漓！

愿你的歌声从此嘹亮，悦耳，愿柔弱的小鸟从此化为矫健的山鹰！

再冲天而起！

57

“如果经常流泪，就看不见星星。”

把眼泪珍藏在心里，它是比任何珠宝更珍贵的啊！

人生，唯有经过长夜的痛哭，才能懂得生命的意义，才会珍惜阳光和光明，才会更加体味生命的美丽！

而一旦把痛苦当作底幕，欢乐就会显得分外辉煌灿烂，有如暗夜里的行者，蓦然回首，东方既白，一轮红日喷薄而出！

吾爱，当我们痛苦时，把眼泪藏起来，看星星去吧！

58

清晨，我也和邻家的妇人一样，走进厨房，调弄一家人的早餐；柴禾划破我的小手，炊烟熏我明亮的眼睛……

呵，我是平凡又平凡的女子中的一个。吾爱，但你披着晨光从门外走来，轻轻擦去我脸上的烟尘，温柔地牵着我的小手，相携相依着来到户外的小山岗，你指着冉冉升起的朝阳，对我赞叹着：“美啊，我的天使！”然后轻轻拥我入怀。

我心醉神迷。

呵，我是平凡又平凡的女子中幸福的一员。

59

吾爱，请别把我当成你的小鸟，请别把你的香巢筑成囚笼，囚我在其中；请别用精致华丽舒适囚我自由的心灵……

请不要，不要把你的香巢垒成囚笼。

我喜欢自由地在天地间飞翔，喜欢蓝天的高邈，喜欢海上的风涛，喜欢林间自由自在的空气，那花香，那草碧，那花瓣上的露珠，那泥地上的落叶，呵，一切都是那么赏心悦目，一切都是那么美不胜收，一切都是那么妙不可言！

我喜欢自由地飞翔，喜欢月明的晚上，去听大海迷人的涛声，喜欢在风雨之中，和海燕一齐引吭高歌，低徊不已。

请别，请别用情感铸成一座囚笼，囚我在其中。

我需要你的爱情，也需要友谊，阳光，雨露，日月，星辰……

60

万两黄金容易得，知音一个也难求。

说什么家底丰厚，吃穿不愁。物质丰饶的地方，就一定是人间的天堂，心灵的乐土吗？

说什么地域好，人来人往，热闹非凡。人烟稠密的地方就一定是幸福的乐园吗？

说什么风流倜傥，人才一表，相貌堂堂。焉不知时光可以将青春的红颜带走，也只留下空空的皮囊。

在时间的长河里，无论风霜雨雪，明月清风，我看重的呵，是傲然屹立的一颗爱我不改的痴心，吾爱，懂么！

61

吾爱,栀子花开了,墨墨绿的叶,白亮亮的花瓣,浓郁郁的清香,沁人心脾……

“年年岁岁花相似,岁岁年年人不同。”

记得那年花畔携手处,笑语盈盈“去年今日此门中,人面桃花相映红。人面不知何处去?桃花依旧笑春风。”“花红易衰似郎意,水流无限似侬愁。”“笑向檀郎唾、‘花强妾貌强’。”……我们曾经深深惊叹:古人呵,你们的爱情竟如此与花草树木有缘!

今年栀子花开的时节,只有我独自伤怀,只有我长忆观花赏花的两情缱绻。

62

吾爱。端午节。今天。一清早,喜鹊就喳喳叫个不停,夏虫也欢快地奏起了愉悦的乐章。

“每逢佳节倍思亲。”处在异地他乡的你,该是怎样遥望故乡,怎样吟诵诗章?

是一杯在手,自斟自酌,把玩红豆,对伊人的方向,自弹自唱?

是记起那年夕阳西下,晚霞满天的时候,与伊人相约,去屈子祠纳头叩拜,长忆当歌?

……

呵,“横流涕兮潺湲,隐思君兮悱恻!”

63

静静的夜,远处偶尔传来一两声汪汪犬吠,仿佛在夜的湖面投下一两枚小石子,然后,马上又复归于寂静。

客人们都走了；白天的喧闹过去了。

我静静地坐在桌前，我看灯光，灯光也看我，相对无言。

我想你，吾爱。

家里人都睡了，听得见他们的甜梦的鼾声。我铺开粉红的信笺，将相思的话儿一行行密密地向你诉说。你听得见么，吾爱，你听得见这些从心泉深处淙淙流出的语音么？

蛙儿叫起来了，夏虫也鸣奏起来了。

64

吾爱，等你，一年，又一年。

年年，不见人归。

也曾托大雁，托大雁让你在春暖花开的时节，快快归来；

也曾拜月儿，拜月儿告诉你，月圆，人也圆；

也曾传讯风儿，传讯风儿送来故乡的温馨故乡的叮咛；

……

等你，一年，又一年。

花开花又落，月儿几回圆……

年年，不见人归。

也许，从此我也要去远航，去到远离故乡的地方，去到山遥水远的他乡。

也许，从此你乡梦中的水柳下再不见望眼欲穿的我；你故梦的南浦，只剩下芳草萋萋，流水湍湍……

65

弯弯的月儿，挂在空中。山，青霭霭的。

蛐蛐叫，蛙儿闹。

有行人在走，电视机里歌星在唱："……问君能有几多愁，恰似一江春水向东流。”

吾爱，我倦倦地倚门而立。

66

狂风，肆意地吹打；暴雨，尽情地飘洒。

吾爱，我静立风雨之中，任凭风吹雨打。

心灵的风雨来了，心就屹立成一座高山，任风狂雨猛，不改我山的颜色，巍峨挺拔。

浊浪追赶着清泉跑来，渺小同着伟大走来，心就化成大海——深沉、博大，涵盖万物，涤荡尘埃……

67

太阳朗朗地照着，提一只小桶，河湾捉鱼去。

浅浅的河水，绿油油的水草，细碎的沙子，呵，河湾里的小鱼真多，一寸、二寸来长的“小弄子”，肥嘟嘟的在水里摇来摇去。

将鱼篓堵在流水口，赶着水，鱼就乖乖地、争先恐后地进了鱼篓，一篓，一篓，今晚的餐桌上，将有鲜美可口的鱼汤了。

我远方的游子哟，这“鱼米之乡”的富饶、安逸和丰足，这宁静和幸福，还有我，难道不让你心神向往，不让你热情洋溢的歌儿轻轻飘荡……

68

这是六月天，太阳将它积蓄了一冬的热力，尽情地洒向山川大地。

风，常常像个慵懒的妇人，懒洋洋地，懒洋洋地移动。

似锦繁花，都随着春天离去：

六月，六月的太阳那么鲜明！

六月，六月的太阳那么鲜明！

尘封的记忆，打开一扇扇门扉，那年红日初升的六月的一个早晨，你握我手："吾爱，夏天是个自由自在生长的季节，让我们的故事，也自由自在地生长吧。"

我们手握着手，眼恋着眼，然后互相叮咛："珍重，祝我们成功"，就开始了漫长的心灵的跋涉了。

我不知道为什么，会想起这红日初升的六月的早晨。

六月，六月的太阳那么鲜明！

69

当我疲倦时，我就放下手头的工作，让全身心浸泡在音乐的海洋，让积尘的心痛痛快快地沐浴。

心儿感受着音乐的爱抚，莲花似的渐次舒展；惺忪的倦眼，浮出明月似的光辉；青春的红晕，像两朵红梅，在颊上绽放……

呵，也许有一天，吾爱，你也会音乐般的走进我心灵深处，两心絮语缠绵……

70

吾爱，午后，村庄睡熟了，只有嫩嫩的柔风，在窗外探头探脑。

我辗转难眠。

踮起脚尖走向书桌，唯恐惊碎了人们甜酣的午梦。

桌上铺着雪白雪白的画纸，就在纸上，画你的丰神。雾水迷蒙，一笔一划，画不真切，只有，只有那双清幽的明眸，流露羞涩的话语，传送撩人的寻觅……

吾爱，午后，村庄睡熟了。我在画你的形象，一笔一划。

71

告诉你,吾爱,我常常,拿着自磨的钢刀,将自己的灵魂无情地一下下剖析。

是的,我胆小怕事,似这般怎能做个出色的探险家?是的,我缺乏毅力,似这般怎能力主沉浮?是的,我太天真,太单纯,似这般怎能面对复杂的人生?

岁月的钢刀啊,割去这影响我茁壮成长的毒瘤吧。

我不慕虚名、权势、财富,只求无愧于天地,堂堂正正地做人!

72

昨日,天空放声大哭,大雨倾盆。

今天,天空呜呜咽咽,细雨绵绵。

暗重重的天空,透着些微明。

风抱林梢,细语温存。

"不为尧存,不为舜亡。"空山新雨后,山川含笑。我站在这焕然一新的天地间,只觉天高地远,心潮澎湃……

地心深处,传出一个细细的声音。

"返璞归真",这也是我的心声呵,吾爱,你明白么?

73

在心中,筑起一道墙。

把猜疑、嫉妒、无知、愚昧、冷漠、一切丑恶,统统关在墙外;

将正直、善良、勇敢、智慧、生活中一切美好的东西,全部全部奉为座上宾。

吾爱,这便是我铿锵的诗行。

在心中,筑起一道墙。

风雨无摧,风雨无摧的墙!

74

最怕听那一声叹息,轻柔如梦的叹息。

最怕见那一双眼睛,那一双清澄如水,光亮如星的眼睛。

那一声叹息里,包含了太多太多的人生无奈;

那一声叹息里,包容了太多太多的情感;

是怜,是惜,是司马青衫之叹?

那一双眼睛里,蕴蓄了太多太多的焦渴、期盼;

那一双眼睛里,写满了太多太多的寻寻觅觅;

是慕,是嗔,是痴情不改?

最怕听那一声叹息,轻柔如梦的叹息;

最怕见那一双眼睛,那一双清澄如水,光亮如星的眼睛。

吾爱,我怕。

75

吾爱,我梦中的王子,你在何处的天外天?

想请白云告诉你:"人,应当用爱来交换爱,用信任来交换信任。"

想请流水告诉你:"我心中的男子汉,具有大地一样的风度,公正、质朴、坦荡又丰富。"

白云啊,你快去;

流水啊,你快去……

76

月明的晚上,我踏着月光,来到这曲曲折折的芳堤。

绕堤，是一池莲藕。

满池荷叶、荷花，田田的叶，或铺在水面，或洋伞似的撑着，花，有盛开的，有打着骨朵的，有含苞欲放的，月光下，总看不大真切，却更添了一种说不出的朦胧与美丽。

微风过处，送来缕缕清香。游丝似的，钻入人的肺腑，令人心旷神怡，超然物外。

我是醉在这月下的荷塘了，惝恍迷离中，觉得自己也变成了一枝箭叶荷花，婷婷玉立在这月下的荷塘了。

有前朝的女子，摇着橹，唱着歌而来："船动湖光滟滟秋，贪看年少信船流。无端隔水抛莲子，遥被人知半日羞。"

那人是谁？是你。

月亮悄悄地挪移着，隔了水，送来一阵阵笛声，如泣如诉，如怨如慕。

我立在这月下的芳堤，如羽化而登仙，久久不愿归去，因为想你……

77

无数个静夜，我在灯下读书，窗外风摇竹响，虫鸣叽啾，常常是茕然一灯，对影三人，此情此景，好不凄凉，好不落寞！

有时候，为了赶走那一屋子的沉静一屋子的岑寂，我就大声诵读，读着读着，眼泪就悄悄地，慢慢地，一涌而出，如断线珠子，哗哗而落……

有时候，凭窗而望，夜色深深，树影幢幢，神色萧然，喟然长叹，往古的事情，就隔了千山万水来到我心中。

我仿佛看见东周的那个大夫，风尘仆仆，身背长剑，袍袖飘飘，站在长安郊外无边的旷野中，面对先朝的废墟，昔日的琼楼玉宇，画栋雕梁，都换作了禾黍青青。抚今追昔，他慨然长歌：

知我者谓我心忧，
不知我者谓我何求。
悠悠苍天！
此何人哉？

吾爱，此刻，我就不由得轻轻啜泣而和着：

彼黍离离，
彼稷之苗。
行迈靡靡，
中心摇摇。
知我者谓我心忧，
不知我者谓我何求。
悠悠苍天！
此何人哉？

78

吾爱，今天又是雨天，虽然早是夏天了，雨却迟迟不忍归去，总是绵绵不绝。

我坐在庭前看书，水珠从檐前一串串落下，那些松树啦，翠竹啦，在雨中更是绿得可爱，还腼腼腆腆，有些害羞似的呢；南瓜的叶子肥肥胖胖，一片片在雨中舒展着；墙角有一层芭蕉，雨点打在上面，真是“早也潇潇，晚也潇潇”。

地坪上，偶尔有一两只毛茸茸、黄灿灿的小鸭子，亮晶晶的，俨然一个个派头十足的小绅士漫步雨中呢！

这时候，我就放下书本，极有兴致地看着大自然这和谐宁静的画图，心中充满了温温柔柔的情愫。

偶尔有雷声从天庭滚过，很震人耳的。记得小的时候，很怕雷声，一有雷声响过，不是捂着耳朵滚在母亲怀里，说："妈妈，我怕，妈妈，我怕。"就是躲在奶奶的白纱帐里，不敢出来……

吾爱，这样温馨宁静的时刻，你在干什么呢？是在窗明几净的教室孜孜不倦地学习，还是在潇潇洒洒漫步雨中，或是正风尘仆仆行走在某处黄沙漫漫的道上？虽然，我们相距遥遥，音讯渺渺，但我相信，有一天，我也会达到那种"众里寻他千百度，蓦然回首，那人却在，灯火阑珊处"的境界，一定会的。

79

一湖碧蓝的水，延伸，延伸，直到水天交接处，缥缥缈缈，如梦如幻，如诗如画。

稀稀疏疏的荷叶，荷枝，亭亭在水面，单纯而又美丽。

三两点雨珠斜飞过来，继而，密密的，满湖都是银花跳跃，翻腾……

雪儿我立在雨中，脸如不波的湖，宁静、安详；心，却是雨打风吹，波澜起伏，难以平静！

沉默，除了用沉默的纱巾将情感和意志遮盖起来，除了用沉默的糖衣将痛苦包裹起来，还有其他的方法么？

沉默是金。

雨淋湿了雪儿乌溜溜的刘海，她的心湖渐渐宁静。因为她看见了湖中的小岛，绿色的小岛，充满生命和神奇的小岛。

心中也可建立一座小岛么，让风吹雨打。峭然屹立的小岛呵，它远离喧嚣，远离尘世的纷争，静静地撑起生命的大厦。

雪儿我将手中的信笺，折成小船，放于湖面，小船摇摇晃晃，飘飘荡荡，小船越去越远，给你……

80

清晨，天灰蒙蒙的，像一张大大的帷幔，罩住引人遐思、明净、光亮而瓦蓝的天空；晨风吹来，带给人一丝丝颤抖的凉意。

又是新的一天，我的心中升起淡淡的、莫名的喜悦。生活，给人的是如茉莉花般，喜悦，淡淡的；苦涩，淡淡的；清香，淡淡的；却是让人恬静，让人安逸的芳醇与低徊啊！

一种崭新的思想，崭新的观念在我胸腔里奔腾，成为你自己。是的，放下流逝岁月留给你的伤感与无奈，从从容容面对属于你的每一分生活，每一分追求。

吾爱，我们那么年轻，没有理由拥有太多的叹息，太多的惆怅，没有理由沉湎于昨天，我们天生是属于今天，明天，后天……

81

稻花香了，高粱肥了，夏天中最忙的时刻也就到了。

吾爱，我得放下手头的工作，加入那忙忙碌碌如暮春的工蜂的行列。

我将从泥土里采取芬芳的音符，我将从辛勤、朴实的劳动者那里听到世界上最纯朴最自然的乐音，我的笔端会流淌出更热烈的歌……

吾爱，在劳动的间隙，我会甜蜜地想起你，我虔诚地请夏日的树林给你怡人的绿荫，请南国的海洋，给你捎来凉爽的清风，拂你面，拂你心……

吾爱，你知道的，我一直一直在追求生命的真，真实，真诚；我一直一直是襟怀坦荡，光明磊落；

也许，我现在还太稚嫩，但是，我从来没有拒绝属于我的那一分生命；

也许，我依然是你从前见到的瘦削的模样，但是，我正一天天努力充实自己的生命。

在生命的旅途上，不管投枪、匕首、冷箭的侵袭，我将会义无反顾，勇往直前，始终保持质的素洁，如皎日清辉。

我的心灵，夏天一样明朗；

我的灵魂，没有阴暗的角落。

82

我不知道秋天会给我什么样的收获，正如我不知道未来的岁月会给我些什么一样。

秋天，有歌者云：春华秋实，

秋天，比春天更富有欣欣向荣的景象。

秋天，比春天更富有灿烂绚丽的色彩。

也有歌者云：

“其色惨淡，烟霏云敛……其意萧条，山川寂寥”。

秋，我憧憬着，希冀着。

呵，我知道的，有秋风、秋雨

秋月、秋霜

秋花、秋果

还有，还有，我对生命的执著追求。

我不会再作无谓的哭泣了，吾爱，如果哭，只留给自己听，正如海，蓝给自己看。

谁说，我不会在秋天更新，添一份成熟，一份深情，一份执著，一步步趋于完美？

吾爱，请相信，所有纯真的追求，都会得到生命的果实，或少，或多……

83

今日午饭后小睡片刻，晴空万里，正是“午睡醒来愁未醒”的时候。

我倦倦地漫步在林荫道上，偶尔抬起目光，看看两边的山色，突然，一片青青翠翠中有红光一闪，我不由止步定睛望去，哦，万绿丛中，一株枝繁叶茂的枫树，叶子红得好鲜艳好夺目！

因此，我的心陡然为之一振，走上前去，细细端详，心海里情思翻滚，浪花飞腾……

因此，我想起那红叶题诗，古老而美丽的传说，那“此情谁会得，肠断一联诗”的凄丽的描绘，深深震撼着我的心灵……

因此，我在枫树下久久徘徊，浮想联翩，想你，想“愿普天下有情人都成眷属”的诗意……

84

秋深了，光秃秃的桐树上挂满了黄灿灿、红彤彤的桐果，像一树树耀眼的小灯笼……

我不禁想起夏天的时候，天空湛蓝湛蓝的，有一小朵一小朵的白云停着，或是悠悠漫过；我坐在桐树横斜的枝条上，碧绿而宽大的桐叶，遮住了阳光，快活地轻轻拍手；风吹动我白白的裙角，我津津有味地读着台湾女诗人席慕蓉的诗，看着那些旅愁呀乡愁呀的诗句，心中一动一动的。

对着青翠的群山，对着绿油油的田野，我痴痴地想，要是有一天，我离开了美丽的故乡，会不会也写些：

举头望明月，
低头思故乡。

或是：

今夜鄜州月，
闺中只独看。
……
何时倚虚幌？
双照泪痕干。

之类的句子呢？吾爱，你说，会不会呢？

85

秋风憨憨地吹着，阳光暖暖的，鸟声又美丽又动听。一片树叶打着旋儿飘到我的窗台上，我拾起来，轻轻嗅了嗅自然的芳香，又轻轻夹在书中，做了美丽的书签。

吾爱，这些年，为了生活，我总是忙忙碌碌，你知道的，我做每一件事情，总是尽心尽力，完全投入，这样啊，我将自己弄得好紧张好疲倦。有时心里真是烦烦的，话也不想多说。我是极爱看书的，可是有时累得一拿起书，眼皮就打架。有了好书，便是拼了命，也要看的，熬了通宵，第二天，眼睛便红红的，布满了血丝，人，也好像病了一场，体力更是透支，可心里毕竟觉得好快活好快活啊！

今年夏天，便哪里也没有去，呆在父母身边，享受做人子女的快乐。母亲呢，可有趣了，我吃饭、睡觉、起床，她都叮嘱又叮嘱，好像我还是她牙牙学语，刚刚开始蹒跚学步的年幼的宝宝。为人父母，为了爱孩子，这一份操心，这一份担惊受怕，从孩子呱呱坠地，这一生，就担定了。

我，对母亲，是又敬又爱、还有一点点怕的，你呢？

最惬意的是，莫过于有许许多多的时间，可以看自己爱看的书。中国的先秦诸子散文、唐诗、宋词、《古文观止》《红楼梦》……都使我爱不释手，增添了无穷的乐趣与遐思……外国的呢，文学艺术很灿烂，今年，便细细地看了许多。现在想想，从前自己是多么浅显，眼光是多么狭窄，真恨不得自己长出几千几万个脑袋，每个脑袋上长出几千几万双眼睛，好把这些艺术殿堂里的旖旎风光细细观摩个够呢。

也常常想，有志于为中国作点贡献，有志于文学的我们，不从书本，不从生活多吸收些营养，又怎能长成一棵风雨不凋的参天大树呢？

吾爱，拉拉杂杂谈了这么多，你对生活有什么独特而精辟的见解，你对文学有什么新的体味和收获，能指点你这不才的朋友么？

86

吾爱，昨天A君来看我，我们是多年的好友，几年不见，仍然一见如故。

她，是那种别具一格的女孩子，也许，她并不美丽，但是，她的性格却有一种独特的魅力：清新，自然。像含露的晨风，像亭亭的晓荷……

一进门，她就抓着我的手，细细地端详我的脸，然后新莺出谷般地："雪儿，我好想你，你还是我记忆中的样子，清清爽爽，一幅超凡脱俗，不食人间烟火的模样，为这，我嫉妒得不得了呢！"

我也被她感染得好像又回到了那难忘的少年时光。那时的淘气，那时的烂熳天真，那时的可笑可叹……

在我们全家殷勤挽留下，她也就毫不客气地住了两天。这两晚，我和她可真像古诗所描绘的那样"别来沧海事，语罢暮天钟"。窗外满天又密又亮的星星，又是欣喜又是羡慕呢。

她走的时候，我学着少帅的口吻，戏谑地："山居无礼节，来，无妨；去，亦无妨。"

她就回过头来，深深沉沉地看着我的眸子："雪儿，坚持下去，我了解你，朋友们了解你，我们都等着那一天——等着看你写的书的那一天。”

我就只想流泪,只想流泪。但是我一直忍着,忍着,直到她的身影消失在小路的尽头,我才转回头,勉励自己微微地笑了笑。

吾爱,我觉得自己是个幸运的女孩,有那么多关心、爱护我的朋友,我真的好感激,好感激生活。

不是吗?生活实在是美好,你听,窗外的鸟叫声,多悦耳,多动听啊!

87

吾爱,今夜月光清清冷冷地在窗外照着,像一个孤独而美丽的少女缓缓行走在深秋的早晨。

我安安静静地坐在桌前,桌上的台灯发出乳白而柔和的光。

很久以前在一本书上看过的一句话,就像一位久别重逢的友人,清晰地出现在我的眼前。

“英雄的身上含着自毁的因子,没有人能杀死英雄,能杀死英雄的只有英雄自己。”

我感到心里怔怔的。何必说英雄呢,其实,普通的人们不也是一样,很多时候,是我们自己的精神大厦先坍塌了,才楚霸王自刎乌江似的呢!

任何事情的来和去,都有它的时间。我们却只顾匆匆忙忙赶路。待到有一天,我们蓦然回首,才发现自己错过了小路上一扇一扇为自己开启的门扉。

我们为什么不能从从容容地走自己神秘的人生之旅呢?

那才是真正的“泰山崩于前而色不变”的大将风度呢!

拿破仑曾说过一句这样的名言:“我的辞典里,从来没有难字。”

我却真真实实地盼望自己的辞典里,从来不出现“悔”字。

“青年人没有不栽几个筋斗的,没有不碰几个钉子的。但是,碰了钉子后不要气馁。”

说得多么富有哲理啊！我们怎能企求生命的成长一帆风顺，没有任何磕磕碰碰呢？

经历过生活的风风雨雨，换来"天凉好个秋"的人生顿悟，我们怎不心怀淡泊，天高地远？

何必斤斤计较人生的得与失？只要我们每天尽心尽力完成自己分内的工作，对他人对生活献上一份真真诚诚的关爱，我们就可以心安理得地享受那一份属于我们自己的生活了。

不是吗？"得到的我失去，失去的我得到"，这就是生活的辩证法。

很庆幸自己在黄金般的年华里，不管生活的道路怎样风风雨雨，磕磕碰碰，却一直未曾放弃自己孜孜热爱的文学事业。幸福，在于人的感受。

虽然，在一片物质繁华里，我仍然过着简朴的学生生活，但是，我活得满足而快乐——因为我知道自己内心的需求……

人说，眼睛的好处，在于看山是山，看水是水。真是不错。纵观历史，难道不能发现，盖世英雄无常，荣华富贵犹如春梦吗？

吾爱，多愿我们这些红尘中的孩子，走出生活的迷雾，快快乐乐地面对属于我们的每一个黎明，每一个季节！

88

这是一条清幽幽的小路，路上三三两两的，散着些碎石，路的两旁，生长了一些小草，春天的时候，小草绿油油的，说不出的生机勃勃和美丽，但现在是秋天，草枯了，只剩些银色狗尾巴草孤零零地在秋风中摇动。

我慢慢地踱着，不时环顾一下四周的山色，山，还是那么青，那么妩媚；树，还是那么绿，那么迷人。

在一株绿叶亭亭如盖的松树前，我停下神游的脚步。松树，依然那么挺拔、繁茂，可那个少年，那个曾说"愿作贞松千岁古，不逐芳槿一朝新”的少年呢？

青松啊，少年依旧来否？他还会对你说那些深深浅浅，让你乍惊乍喜，欲恼还羞的话吗？

呵，青松，你曾倾听那甜蜜的誓言，又亲见那誓言的主人一去不回头；人世的合合离离，一幕幕在你身边上演，你却始终缄默着，将你的深情，深藏在地表深处，你多情，却又无情。

一阵微风吹过，松针轻轻摆动，像在无声地撩开我心中的迷雾，我沉思了。

终于，我明白了，重要的是拥有爱的能力而不是被爱。然后，你可以活得无愧于心，可以活得潇洒，活得自在，活得生机盎然。谢谢你，青松。

吾爱，记忆的原野上，也有一条小路，清幽幽的小路，小路上走过两个少年，两心相悦的少年……

89

冬天，像个雍容华贵的妇人从从容容地姗姗来临。

燕子，已飞到更南的南方去了；青蛙，也早已不知冬眠在哪里的地下。

冬天，别有它的一番情境一番风味。

我穿着厚厚的冬装，走在无人的旷野中。北风吹在我的脸上，冷飕飕的。我看看根根直立的枯草，又看看满地的枯枝败叶，思绪万千……

大自然，轰轰烈烈地演习着它的荣枯得失，转眼繁华成梦，万物之灵的我们，该怀着怎样一颗温柔而感恩的心面对大自然的馈赠？

也许，悠悠天宇，漫漫尘路，吾爱，我们只是匆匆的过客，那么，在这漠漠征程上，我们能栽一棵树，就栽一棵树，能唱一支歌，就唱一支歌吧！

虽然，鸟声已稀，蝉鸣已绝，但是，正如诗里所唱：

既然冬天已经来了，

春天还会远吗？

90

初冬，与深秋，并无明显的楚河汉界，尤其是我们这锦绣江南，即使在冬天，也是绿意盎然呵！

人，在冬天，总爱沉思，歌儿也唱得好："喜爱冬天的人儿，就像那紫罗兰花儿一样，是我亲密的友人。"

生命，就是这样，一部分消失，另一部分又在悄悄孕育，周而复始，无限循环。

一刹那就是永恒，是存在又是消亡。

这存在与离去的中间，我们又能留下些什么印痕呢？吾爱！

是一朵花，是飞不过冬天的大门的蝴蝶，还是一棵风雨无悔，为人遮风挡雨的大树？

也许，我们虽然存在过，但还没有弄清生命的真谛，又将生命交还给了哺育我们的大地了；

也许，我们刚刚懂得珍惜生活，也就走到了生命的尽头了；

即使是这样，吾爱，我们还是有权利有责任去探索。路上，也许是荆棘丛生，也许是风沙砾石；但是呵，跋涉者的脚步，是不会停止的。

"爱，是一切的源泉。"让我们学习冬的沉静，冬的坚贞，冬的积累，把所有的爱恋都深埋在心宫深处，因为，因为，谁都知道，最深的爱是埋在心里。

91

呵，最美是冬天的早上，点一炉檀香，生一炉好火，泡一杯好茶，看窗外绿竹摇曳，听屋后松涛水波似的清音。悠悠然吸一口清凉而新鲜的空气，一阵轻轻的凉风吹来，那分神清气爽，那份心旷神怡，那神仙似的感觉！

最好是下点小雪，柳絮纷纷，漫天飞舞，满山玉树琼枝，满地碎琼乱玉，白茫茫一片银世界，清幽幽的溪水，冽冽生光，那才有趣呢。

在这样清馨四浥的清晨，铺开雪白的素笺，握着凉凉的小手，写下一行一行温馨的诗句，寄给远方远方的你，又是多么美妙。

好想好想告诉你，今年故乡的雪是多么的美，多么的洁，嘿，不知你会神往你会歆羡么！

采一枚松针，摘一片竹叶，剪一朵雪花，连同那甜柔的小诗，一起托大雁，托大雁送给我那望眼欲穿的你，不知你会激动么！

冬天，这个严肃而纯洁的季节，在我心里引起了多么美妙的冲动啊，吾爱。

92

这世界，五彩缤纷，使人眼花缭乱的无数色彩中，我最珍爱那纯洁无瑕，洗人灵魂，高雅迷人的白颜色。

听妈妈说，生我的时候，正是"忽如一夜春风来，千树万树梨花开"、"白茫茫一片银世界"的冬季。那么，我的第一声啼哭第一丝微笑就映着那纯纯的颜色呵！

白，莫过于雪了，在我的记忆里，没有雪的冬天，是不能算冬天的。

那千里冰封，万里雪飘，银装素裹的世界，不就是一首首优美的诗，一幅幅美丽的画，一支支美妙的乐曲吗？

更何况，在那如诗如画的世界里，心也随雪的飘飞、净化，达于那种宁静、淡泊、高远、物我两相忘的境界；又如柔曼的琴音，在寂静的夜晚，丝丝扣人心田；如柳絮拂你面；如清清的山泉沁人肺腑；如十二三岁的小姑娘对你绽开如花的笑靥……

因此，父母给我一个动听的名字：雪儿！

所以,吾爱,告诉你一个小秘密吧,下雪天,我常常凭窗眺望,幻想着与你手拉手童心烂熳地走进白皑皑的山峰,跑啊,跳啊,在雪地上印两个傻乎乎的雪人,摇落一树雪花,听那瑟瑟的雪落声,抛出一串串银铃似的笑声,然后,披一身雪花,折一枝红梅,双双踏雪归来。

这世上,我最珍爱那纯洁无瑕,洗人灵魂,高雅迷人的白颜色。白,莫如雪,雪落无声,心已踏雪归来……

93

吾爱,你曾经有过这样的经验吗,在一个清幽幽的早晨,白雪皑皑,独自行走在冰天雪地里,洁净、凉爽的山风拂你面,拂你手,鸟销声,花深眠,一种飘飘乎如遗世独立,羽化而登仙的感觉环绕着你,你不禁有些陶醉,有些眩惑了……

这时,远远地,一股若有若无,沁人心脾,细若游丝的淡淡的清香潜入你的肺腑,你真是有如醍醐灌顶。循着那幽香走去,蓦然,就在这冰雪之中,一树树梅花傲然挺立,花满枝桠,幽香阵阵……你的感觉又如何呢?

我那时是深深地感动了,惊讶了,杳然不知身之所在,眼泪悄悄地涌满了眼眶……

曾经读过前人无数的咏梅诗词,这时格外清晰地出现在脑海中,一句句喷涌而出"雪似梅花,梅花似雪,似和不似都奇绝","疏影横斜水清浅,暗香浮动月黄昏","冰池照影何须月,雪岸闻香不见花","溪山深处苍崖下,数点开来不借春","花落知春残,一任风和雨","待到山花烂熳时,她在丛中笑"……这时,在我眼前出现的,已不再是单纯的雪里梅花,而是仿佛有着无数如梅之品格、尊严的仁人志士,正在笑傲长空,他们的一颗颗丹心,一腔腔碧血,正化成千万朵梅花……

吾爱,我禁不住呆在雪地里,仿佛我也成了一株凌风凌雪的梅树,傲然挺立在天地间,透出幽香阵阵……

94

吾爱,何必说一日三秋,何必说魂牵梦绕?

我也曾望穿秋水,我也是“花径不曾缘客扫,蓬门今始为君开”呵。

吾爱,“从别后,忆相逢,几回魂梦与君同。今宵剩把银釭照,犹恐相逢是梦中。”

吾爱,吾爱,“残月脸边明,别泪临清晓。语已多,情未了……”

“衣带渐宽终不悔,为伊消得人憔悴”……

何必说一日三秋,何必说魂牵梦绕?

两情脉脉,勿为人知。

95

呵,美丽的冬日黄昏,日落西山,薄暮冥冥。

小桥流水,飞珠溅玉,在夕阳的映衬下,更是别有一番古朴、苍凉的情味。那汩汩的水流声,那隐约可辨的河中的碎石,那在桥头晚风中轻唱,披着金色霞光的垂柳与白杨——大自然的优美、宁静和调谐,这时候都给你一种性灵的陶冶,你不禁为它那脱尽尘气的清澈秀逸的意境深深地陶醉了!呵,长虹卧波,小桥依旧。还记否当年一二佳朋,临流赋诗,同声吟诵“斜晖脉脉水悠悠”?

我为什么又来到小桥,是临风凭吊吗,还是为拾掇些往日的留痕?

呵,小桥依旧,韶光飞逝,当年的少男少女,今在何方?呵,吾爱,“中心藏之,何日忘之”?

96

吾爱,还记得那次挥手送别吗?

客车徐徐开动,你举着右手,对我一下一下慢慢挥动,我噙着眼泪,对你潇洒而甜柔地微笑,微笑……

客车载着满腹惆怅,越开越远,我的脸颊贴着后窗,看你站在孤独而热闹的路边,眼睛追寻着车开的方向,仿佛心已随车载走……

我的心酸酸的,仿佛生命已经不再,时光已经不再……我泪如泉涌……

吾爱,那也是一个冬日,我心已痴,看你忙上忙下的给我买车票买饮料买旅行书刊,心里是说不出的滋味。车站上人来车往,可我眼里心里只有一个你。

在等车的漫漫时光里,你对我叮嘱又叮嘱,仿佛我是一个初生的婴孩,从未经受过风雨的洗礼;又仿佛远行的是你而不是我,你是让你的心贴着我稚嫩的翅膀飞翔啊!

吾爱,你知道么,那时刻,我为你倾倒。你一直对我严厉多于疼爱,有时候,我真恨你像个苛刻的督学,待我如你的学子,没有丝毫的温情。但是,我明白你的心,你是怕我因年少热情荒废了丰腴的园地,你是怕玉不琢不成器啊!吾爱,你说:“雪儿,做女中之男儿,为时代之俊杰。”我怎么怎么能忘,我怎么敢辜负你殷殷的期望?

吾爱,早知人生多离别,当时聚首,我们又怎不多相厮守,自造离别?

而今啊,人分两地,犹记你在冬日的风中,对我挥手,挥手,再挥手……

97

吾爱,窗外,北风怒号,树枝在空中疯狂地扭动,在窗前投下张牙舞爪、黑森森的影子。

冷冽冽的寒气，从脚底汩汩上升，笼罩人的整个躯体，砭骨浸肌。

荧荧灯下，瑟瑟的我，读着友人的来信，仿佛听见在水远山遥的地方，友人幽幽吟咏：

“最怀念那逝去的围炉向火的日子，猜谜行令，促膝谈心，在冬天，人与人之间没有距离。”

看着那熟悉而娟秀的字体，一股暖流悄然在心底升起，寒气不知不觉慢慢消退……

谁不向往那样的日子，美景良辰，至朋佳友，对酒当歌，唱不尽春花与秋月，唱不尽高山流水韵依依？

或如祖逖，闻鸡起舞，击楫中流，盖世的风流！

最怕是镇日无心镇日闲，把韶光虚掷，空白了少年头！

吾爱，这样的时刻，我好想告诉你，我不要做温室里的小花……

今夜窗前，我轻轻击节而歌：

“把我从你的诱惑中放出来吧，把男子气概交还我，好让我把得到自由的心贡献给你。”

吾爱，你听得见吗，听得见吗？

98

我烧了一盆炭火，红红的炉火驱散了一屋子的寒意，整个房间顿时充满了一种温馨、宁谧的气氛，和一种柔柔和和的情调。

桌子上，一杯嫩绿的好茶，袅袅娜娜地升起淡得几乎看不见的白烟。

这样的夜晚，室外寒风呼啸，而室内温暖如春，我知足而感激。

既然没有生在战乱的年代，既然不必轰轰烈烈地舍生忘死，我们为什么不珍惜生活，不好好学习呢？吾爱。

想当初，我们的先人，是何等风流何等英雄，“为中华之崛起而读书”，“学富国强兵之道”，一句句一声声，声震环宇……可为什么，今天的我们，面对生活那么迷惘那么踌躇不决呢？

为什么，我们的生活中，总有许许多多失落？

为什么，我们不能未卜先知？

这样的夜晚，我又能说什么呢？吾爱！

99

吾爱，冬天，是个读书的好季节，单那漫漫长夜，就是读书人的莫大奢侈了。

有时候，是坐在火炉边，读一本好书，那湖光山色，那深刻精致的思想，在我们面前展开一页页绚丽多姿的生活。

有时候，是躺在床上，拥着被子，摊一本好书，那优美的诗句，那娓娓动听的描绘，在我们心中引起多少美妙的撼动！

尤其是那份人在书中不知归的激动与沉醉，更是美丽得足以令人歆羡了。

吾爱，冬天虽然寒冷，却也有着无穷的妙趣，蕴藏着无限的诗意。

逝水年华。但只要我们只争朝夕，成长的喜悦是会时时降临我们忙碌而充实的生活的。而读书啊，可以使我们变得优美，娴雅，深刻……

不是吗，智慧人眼中冬天里也有春天，爱情的花儿经了知识的琼浆浇灌，将更加绚丽辉煌，历久弥新……

100

今天，下雨了，天气格外地寒冷。

虽然炉子里的火正旺，围炉烤火的人们还是一迭连声地："好冷，好冷。"

我正在看小仲马的《茶花女》，眼泪一滴滴滴在书上，玛格丽特好可怜啊！我终于要恸哭失声了。

大家抬起头，诧异地看了我几眼，我默默地站起来，放下书，拉开门，走了出去。好笑么，吾爱？

寒风夹着细雨，扑在我的脸上，我泪如雨下。

世界这么大，为什么就容不得一个美丽而多情的女子的爱情，这是为什么啊？

玛格丽特去了，带着生活的甜酸苦辣，带着对那不公平的世道的怨恨，带着对心上人的深深眷恋，去了，去了……

我不能自已，雨，如烟如织，泪，如溪如流。

这世界，有太多我不能明白的东西，有太多我不能理解的事物。

为什么人们要将上苍赐给我们的那份本来的生活，那与生俱来的单纯美丽，弄得繁繁复复，曲曲折折呢？

为什么偌大的个世界，就容不下一个美丽而多情的女子的爱情，这是为什么？

能告诉我么，吾爱。

101

冬天，少雨，山，也少了灵性。

空气，是一片灰。

就在这样的一个早晨，就在这夏日华盖亭亭，而今只剩了些光秃秃的枝枝丫丫的树下，凌亦清的这样一句诗：

谁愿意有那样一串日子
　　就像
　一只折了翼的鸟儿

是那样深深地感动了我，吾爱，我觉得自己就是那只受伤的鸟儿，被阻隔在滚滚的生活洪流之外。

好怀念从前，那些易笑也易哭，神采飞扬的日子，而今，心湖凝结，投石，也激不起波澜。

思潮，像沙漠的河流，日渐枯竭。

只在这冷冷的风中，拾掇些冷冷的落叶……

树还会绿吗，水还会清吗？心湖凝结，还有冰雪消融，欢歌向前的一天吗？

是的，“谁愿意有那样一串日子/就像/一只折了翼的鸟儿”。

102

为什么当初在那条小路上相逢，我们不好好珍惜，那条美丽的小路，有柔风，有白云，有小鸟在轻轻歌唱的小路？

为什么在擦肩而过的一刹那，你对我留下一个意味深长的微笑，那人海茫茫，摩肩接踵的一刹那？

为什么经历了风雨飘摇的天涯漂泊，你的形象总是屹立在我的心头，挥也挥不走，你那清瘦的身影，如水的双眸，幽篁似的神韵？

为什么我们两地相思，却不写信互相倾诉，那镂骨铭心，魂牵梦萦的相思呵？

要等到红颜鹤发，风烛残年的时候，才有相逢的一天么？

要在10年、20年、30年……的无尽等待中，消尽了青春的艳红青春的激情，在相逢的时候，却只有沉默和眼泪么？

也许，我们都在向同一个目标跋涉；也许，我们都在寻找同一个绿岛。这寻找的中间，上苍却让我们这一对至情至性、玉雪似的人儿，彼此错过，受尽磨难；

但是，我亲爱的朋友，请告诉我，怎样走，才能踏过这一段遥远的路途，怎样才能携手面对这谜一样的人生，万花筒般的社会？

请告诉我，吾爱。

103

所有的从前，一嗔、一怨、一喜、一忧都随风而逝，让时光掠走，如片片玫瑰，凋落在风前。

败草里一朵黄黄的小花，也曾使我惊喜；

野地上一片红红的落叶，也曾使我哀伤；

天边的月儿，曾听过我多少爱的絮语；山前的翠竹，曾见过我多少相思的泪滴……

为什么如今，读你爱语呢喃，我会无动于衷，是心已伤得太深了吗？

为什么如今，听你遥远的呼唤，我不能应答，是我的声音已随曾经的呼唤越过千山万水去了吗？

为什么如今，见你忧郁的面庞，我不能哭泣，是我的泪泉已经干涸了吗？

呵，除了听你年来的往事，我已什么都不能做……

104

我的初恋，像朵小茉莉。只因那真纯的馨香，相思红豆呵才欲舍又难抛。

在无数生活的浪涛中，在无数次伤心绝望、孤独无依的时刻，当我准备登上奈何桥，踏入生与死的临界点……

你的爱，像无声的召唤；你清纯的眸子，从记忆的天空急急而降，定定地注视我；你轻柔地太息："雪儿，别这样……"

我便觉着了你，觉着你的身影来到了我身边，觉着你的灵魂与我同在。我便知道，我只有振作起来，坚强起来，坚定地去完成我们共同的志愿……

我的初恋，像朵小茉莉。

105

吾爱，告诉你，我曾经千百次地祈祷，祈祷命运给我一座温馨的绿岛，供我疲倦时休憩，痛苦时流泪，高兴时在月光里幽幽吟唱，鸟语花香，远离尘世；

我曾千百次在夕阳下徘徊，默默地请求晚霞，请求晚霞，为我缝一件永不褪色的青春的衣裳；

我曾在月光下流泪，一笔一划“花好月圆”；

我们过去的相聚呵，竟成了明日美丽的忧伤，在这人生无数的片断组合中，我们又收获了些什么，抓住了些什么样的留痕？

爱情，这个永恒的谜题，当我猜到谜底，才发现筵席已散，一切都已过去，筵席已散，众人已走远，而你在众人之中，暮色深浓，无法再辨认，不会再重逢……而悠扬的笛声，却在空中久久回旋，忽远忽近，荡气回肠……

106

叽叽喳，叽叽喳，一阵美妙的鸟鸣声将我从睡梦中唤醒，我睁开惺忪的睡眼，想起“人生始于每一个黎明”的格言，望望赖在床上的自己，不觉自嘲地轻轻笑了。

昨晚洁洁和我都争了些什么呀？吾爱，她说“仅有爱情是不够的”；“爱是不能忘记的”，这个鬼洁洁。

我推开被子，起了床，做了几下扩胸运动。平日放在窗台上不怎么起眼的一盆仙人掌，吸引住了我的视线，我不觉走过去，伫立在它面前，唔，尖尖黑黑的“叶”（刺），绿绿的“手掌”，特别是那碧如翡翠的仙人球，一竿长茎上开着一朵雪也似的白花，细长的花瓣，重重叠叠，和大丽花有几分相似，却更有大丽花缺乏的那种宠辱偕忘、怡然自得的神韵，在这清晨，独领风骚，焕发出无穷的魅力。

吾爱，你瞧，这顽强的生命力，这超凡脱俗的植物！

很久很久，我移步桌前，望了一眼还在做甜梦的洁洁，在稿纸上慢慢地写下：

花魂默默无情绪，
鸟梦痴痴何处惊？

107

我知道的，这世上有许许多多曼妙的歌声，但是呵，吾爱，你的歌声却是我最爱听的；

我知道的，这世上有许许多多的跋涉者，但是呵，吾爱，你知道么，我最关注的是你的足迹。

在这两相思念的日子里，我沉默着。我知道的，相思本是无言的诗，又岂能载歌载舞，尽人知晓？

我沉默着，我知道的，爱情在心里，哀伤在眼睛里，与其浅薄地欢笑，还不如深沉地痛苦着……

也许，我们会在碧波万顷的海上，驾一叶扁舟，渔歌互答，从此是同舟共济，患难相依；

也许，我们会在崎岖的山路上不期而遇，携手登攀那峭壁千寻，峰回路转，云蒸霞蔚，众鸟高飞，流泉淙淙，风光旖旎的峰巅；

也许，我们相逢的时候，不必说出那句说了千年万年经久不衰的话语，只因心底里早已认同了你我的存在，就海枯石烂，两情不渝。是的：

在我见到披着霞光的你以前
你已经在我心里了。

108

亲爱的读者，你是谁，读着我雪儿稚嫩的歌音。但愿你能在雨打芭蕉“早也潇潇，晚也潇潇”的时刻，或是清风徐来的清晨，或茶余，或饭后，能从我这几则浅浅的叙写里，感觉到些许的温情，或是对甜蜜而忧伤的往事的淡淡回忆，或是无意中触动了你心坎上不知不觉间溜失了的对美好生活的向往……

不管怎样，我是真心地祝福您，也祝福我自己，生活得更好一些，更美丽一些呵！

但愿每一个有情人都找到自己甜蜜而温馨的爱的归宿，但愿我们的每一个日子都如日初升，充满希望，也愿那个我梦中呼唤了千百次，能与我“共此一帘幽梦”的心灵的侣伴，我的“吾爱”，翩翩来临。

不是吗，所谓人生，就是寻找自己，寻找“爱”的漫漫旅程啊！

1988.3—1989.12

（选自《月满西楼》）

真诚而自强不息的人生追求

凌　渡

上世纪末本世纪之始，张冰辉的散文开始发轫于文坛，很快她就成了广西女性散文的新秀。她这些年来的散文，已大多被收进了她的散文集《月满西楼》。可以这样说，这个集子把张冰辉自己多年来所处的生存现场以及她的情感与思考，真实直率地袒露在读者的面前了。

抒情的细腻婉丽，叙写的情真意切，在充满感情色彩的文字中，坦诚着剖析自己，传达自己对人情世态里炎凉甘苦的体验，是张冰辉散文内在的艺术底蕴。

集子分四辑。“红尘内 · 红尘外”一辑，是用幽怨的目光、温热的心肠和自尊与自信的内在张力去观照自己和他人的现存生活状态，从中有所领悟，以努力树立自己积极的人生态度。《水韵》写出失学的彷徨，清贫的困惑，以至离开故乡南下寻求生活出路，终于从“像母亲的摇篮曲”一样的水韵中得到启悟：“从此在生命的旅途上，我开始懂得了怎样去利用人生的低谷，从眼泪中拣取有价值的东西，发掘出生命的潜能，寻找到迷失的自我”，也从而寻找到自己真正人生的意义。《我来自田野》也写出了勇敢地正视自己艰难的生存环境，揭示自己的自律、自省和自我鞭策的人生态度。作品不断表白：“我时时警告自己，我是农夫的后代，要挺得住，要吃得苦，耐得住寂寞”；“我保持最低的物质需求，对精神和文化的追求却孜孜不倦”；“在星光和街灯的闪烁中，在夜的妩媚的诱惑里，我始终没有忘记我来自田野，是大地的女儿”。有评论家说过：“真正的当代文学应该敢于直面痛苦和焦虑”。张冰辉在这一辑篇什中，几乎是结合自己的身世和生活际遇，怀着深深的忧虑，直面自己在生活压力下种种的“痛苦和焦虑”，刻意表达了自己不会因生存危机而沉溺于“痛苦和焦虑”中那种阳刚向上的情感。“生命潮声”一辑，是对生命价值的认识与理解，是对人格自我塑造和自我完美的吟咏。张冰辉在这一辑的许多命题，不论绘景、写人、叙事，散播生命意义，崇尚人性美，都在强调正直人格力量的魅力，而又在它们的背后潜流着自己强烈的自主精神，宣称树立与完善自己美好品格的决心。《生命潮声》对生命的认识和感悟；《一诺千金》对信用这种优良传统道德的崇尚；《怀念，是一曲忧伤的旋律》对理想的献身和对他人关爱的人格赞咏；《渴望宁静》对摆脱世俗纷扰，操守自己纯洁心灵的感叹；《父亲的白发》对亲情美的歌唱，等等。那种灵动的叙写，抒情，那种发人深省的觉悟，都给人们留下深刻印象。而对爱情的追问，是为贯穿第三辑“迷雾中的玫瑰”的主线。其中《月满西楼》一篇，是张冰辉少女时代初试锋芒之作。作品以热烈、缠绵的笔调，抒写同样热烈、缠绵的初恋情怀。然而这种对清纯爱情的追求，不过是她少女心灵中一种美丽的向往罢了。其实，对爱情的渴望，对纯真爱情的追求，对初恋美妙的记忆，以及由于现存社会充满矛盾的生活波及、干扰，因而对爱情被扭曲被伤害的失落情绪，乃至奋起评点与批判，常常是女性散文的一道风景。张冰辉从自己的审美视角，从自己的深切体验，发乎自己心灵的呼唤，此种真诚、凄美的感觉，很令人感动。这一辑散文，可说是作家对爱情的宣言，对真正爱情的破解，然而残酷的现实生活，又往往使真正的爱情可望而不可及，只有"雾"中看"花"罢了。所以玫瑰虽是爱情的象征，但一加上"迷雾中的"定语，纯真的爱情在人们的面前便产生了困惑迷茫了。从《迷雾中的玫瑰》《留住生命的美丽》《总想拥有一个你》到《头发、女人和爱情》等等，都贯穿了这一理念。"苦苦追寻一份人世间至纯至真至美，两情相悦的爱情的我，最终却无奈地屈从于命运的摆弄，踏上了一艘晃晃动动的婚船"(《木棉花开》)。当然，作者在这里并不仅仅是指某个个体，而是代表了一群不幸者的独语。对人生这一至美的内心开掘、议论、评价，没有丝毫粉饰的坦诚，张冰辉在明快真切的叙写中，便将一股感情的渗透力，悄悄浸润于读者的心间了。最后一辑"人在旅途"，是一组旅游笔记。张冰辉也不是简单明白地记录山水，而是将自己的主观感受交融于其中，情寄于山，意托于水，深化主题，尽可能丰富作品的文化意蕴。

《月满西楼》的问世，是张冰辉散文写作一个时段的总结，也是她面向未来一个很好的开端。

自此以后这些年，张冰辉不悭笔墨，又发表了好些散文作品。《好大一棵树》写人为造成一棵大树的消亡，是慨叹和惋惜人同自然和谐的缺失，虽然层次较浅，但彰显了作者正在追求一种新的视角，来观照自然与人生。然而实际上，她这几年的散文，更多的还是围绕自己的生活际遇，直击自己的心魂，面对人性的焦虑、困惑和痛苦，砥砺和鼓励自己去追求、实现和完善自己的道德准则和人生价值。《林花谢了春红，太匆匆》以象征和寓意的暗示手法，叙写自己毅然走出"幽居的深谷"来到"喧嚣的尘世"，从而获得"一种异样的亲切感"。这种令自己生畏的"深谷"，不是别的，是"为情所困，为爱受伤"，而让自己"自戕心灵与生命"的生活环境。散文表现痛快的抉择，目的是为"不能让生命像流水逝去的礁石一样遍布沧桑"。《走自己的路》批评部分女人"小鸟依人"、"仰仗一副强健的臂膀，大树底下好乘凉"的消极的传统观念，表达自己要"像痴心的精卫在一息未绝之前不曾停止衔石填海的信念，不向命运低头"的坚强意愿，激荡着一股感人的女性自主精神。即使写祖屋变迁的《故园之思》也是这样。作品分几个层次叙述故园与时代、故园与长辈、故园与我和故园的消亡，但撼人心魄的还是突显了对民生的觉醒："祖屋的永远消失，也许是在告诫它庇荫过的子孙：不管祖屋曾经给过你们多大的安全感，你们都要有独自一个人上路的准备，你们都要去独自开辟自己的人生之路……”又例如《桥》《书籍的绿岛》等等，张冰辉亦毫无例外在散文里传递了自己那种严肃向上的人文精神。

张冰辉在散文创作路上已走了一段旅程，起点是不错的，写出了不少好的篇章，但如何克服生活的局限，开阔视野，以及如何拓展审美思维，让它伸延进更广、更深的空间等，都是值得去认真思考和努力实践的。

（原载散文集《月满西楼》）

周晓枫

周晓枫（1969—　），女散文家，北京市人。1992 年毕业于山东大学中文系，在中国少年儿童出版社做过 8 年儿童文学编辑，2000 年调入北京出版社，现为《十月》杂志社编辑，系中国作家协会会员，中国散文学会会员。大学时代即开始文学创作，除出版笔记小说《醉花打人爱谁谁》（作家出版社），迄今共出版散文专集 6 部：

《上帝的隐语》（北岳文艺出版社，1997 年）；

《鸟群》（云南人民出版社，2000 年）；

《斑纹——兽皮上的地图》（中国文联出版公司，2000 年）；

《收藏——时光的魔法书》（中国文联出版公司，2002 年）；

《你的躯体是个仙境》（21 世纪出版社，2005 年）；

《孔雀蓝》（鹭江出版社，2006 年）。

其中《鸟群》获《十月》文学奖，《你的躯体是个仙境》获《人民文学》奖，《门缝里看婚姻》获啄木鸟文学奖，《斑纹》获首届冰心散文（集）奖，又以其整体创作获第二届郭沫若文学奖、第三届冯牧文学奖、第十一届庄重文文学奖及“华语文学传媒大奖·2004 年度散文家”提名奖。有《牙》《病床》等多篇被选入《当代散文精品》《首届冰心散文奖获奖作家作品集》等多种散文选集。评论周晓枫散文的文章亦多，除《你的身体是个仙境》卷首刊有《冯牧文学奖获奖评语》《“华语文学传媒大奖·2004 年度散文家”提名奖评语》《〈人民文学〉奖授奖辞》，另有长文：

《周晓枫：穿行于感觉与冥想的曲径》（丁晓原），《文艺与争鸣》2008 年第 4 期。

也算创作谈

周晓枫

1

有人在集体里才能获得安全感，有人恰恰因为处于集体里就会感到不安——至少在写作上，我愿意放逐自己，置身孤独。集体给予的安全感总是让我害怕。记得影视里的经典镜头：手持鲜花、从远方集体涌来的少先队员们，一边舞动花束，一边像被检查扁条腺是否发炎的患者那样嘴里发出拖了长声的“啊……”每当这种时候，我都混杂着难以忍受的感动与恐慌，一阵阵地，皮肤禁不住起鸡皮疙瘩。

我已经忍受不了靠语气助词所建立的造作抒情方式，忍受不了诗朗诵或话剧般高调地追求表演效果，忍受不了端庄、慷慨而凛然的微言大义。我的叛逆不是以更趋暴力的方式展示的，而是更有控制，更含而不露。

我愿自己像病毒一样，坚持复制自己的风格，为着一场隐约的摧毁。也许胜利只是想象中的成果，我很快会被公众尺度消灭，来不及呈现我的图案。我愿被牺牲之前自己始终坚持。我知道，谦虚是前进中的必要品德，但睥睨自雄，我把它理解为对艺术更大意义的忠诚。

2

在以前的写作中，我患有明显的精神洁癖。我难以越过唯美的局限，面对生活中那些缺损的甚至是残酷的真相。在富有光感的形容词里，在内在对称的排比方式里，在谨慎选择的洁净题材里，我建立起抒情得失真的书面语世界。优雅化的叙述当然体现了文字教养,但这种教养终归是一种极为有限的小教养,或者说它是文人趣味更为妥当。车前子曾说:“写得野,反而是一种教养。”必须走出教育中的禁区,才能让散文拓展更大的空间。如果对美始终抱有片面化的理解,我们就无从摆脱脆弱幼稚的儿童心态,所能观察到的也不过是生活表层的浮光,笔底流淌的,再动人也是一条易于干涸的清澈小溪——而唯有河流般泥沙俱下,我们才能奔行千里,遥望大海。

我的文字一看就经过“驯养”,缺少野性和蛮力,缺少“情之所至,语无伦次”的自由感。我明白问题所在,但知易行难啊,调整起来很吃力,积重难返般的沉滞。既然不能转眼就洗面革新,那就从最微小的局部开始。我尝试了一些原来习惯回避的题材,迫使自己直视并尽量去呈现真实的心态。努力取得了些许效果当然令人愉快,但必须承认,效果并不明显,我还是没有摆脱往日积习。精神洁癖说白了就是自我限定,就是幻想以逃避方式对抗黑暗和肮脏,其实是缺乏承担的勇气和能量——从这个意义说,我希望能早日在题材上不挑食,在表现手法上慓悍,我希望自己能藏污纳垢。这样表态的同时我就知道自己做不到,就像一个从小被裹足的人别妄想解开缠脚布就去参加短跑比赛,但“求其上,得其中”吧,我愿在这个方向上鼓励自己。

3

我不喜欢从前关乎写作的高调,不喜欢让个人的内心事业依附于某个堂皇的集体背景中。那种把自己的爱情结晶说成为祖国建设添丁的说法,我觉得特别羞耻——谁知道你贡献给社会的,是不是个坏人呢?很多情况下我们失去个性,缘由对团体过分重视,对安全感的过分需求,说到底,是因为自身虚弱。后来的写作者极欲强调个人,许多伪先锋混迹其中,现象是排斥庸众,但效果,同样是尽可能大地追求在传统旗帜下已不易于赢得的荣誉,尽可能广泛地谋求知名度——根本没有逃脱察看观众脸色的尴尬,他们把自己当成演员,并且是始终不入戏的演员。

写作中存在着近乎任性的自由，近乎自由的魔法，近乎魔法的爱情，近乎爱情的生死，近乎生死的寂寞……我坚信，这才是我一直热爱的理由，而不是被老师和专家所高调强化的功能和使命。是的，我不想标榜神圣的写作目标，也无意虚拟神授的使命感，对我来说，写作仅是自救与自娱的渠道。

4

如何能够在充分尊重文化传统的前提下，提出个人创见？我像个不断抱怨旧工具的人，抱怨它不好使，抱怨它笨重，易划伤手指，可除了它的帮助，我甚至不能徒手打开一个罐头，何况被闭锁的整个新世界？

写作很少给予我信心。开始阶段就伴随着沮丧，每完成一篇文章后几乎必然涌起的失望使我推迟开展下一篇。然后情绪以加速度败坏下去，变成每写完一个段落就重读，常常懊丧，影响下一个段落的进行。然后加剧到句子。最后极端到写下的词被否定，重新琢磨，希望能替换一个更妥帖的。在一个词与一个词之间，我徘徊，犹疑，灰心，蔑视自己。我写得很慢，并非天生。我运用的单位太小，拿马赛克盖楼。暗地猜测，我写作可能与自虐倾向相关，我爱并且只爱使自己绝望的东西。

5

对我个人而言，写作至少保留了两点魅力。第一，是发现自己的可能性。写作需要不断处理新题材，体会新感受，让人能在新领域发现自己的兴趣和能力，即使是发现自己的边界和限定也好。第二，是寻找同道中人。写作是一种孤独的个体劳动，但是，却能够通过它，找到你在世界上最信赖的人，最信赖的朋友——即使你的敌人会和爱人一起，埋伏在朋友之间。

我在很多方面浮躁，但可以夸耀一下在这方面的顽固：网络繁华不会对我造成致命的诱引。关键在于写出什么样的内容，至于它是被纸质还是被电子信息所承载和传递，对我并不重要。如同图书出版时是平装的或者是精装的，不会影响我的创作初衷。或许，这和我对读者和发行量的反应机制不太强烈是一致的。并非天生清高，而是我明白，自己再努力也争取不到那种辉煌，索性放弃，对作品之外的东西麻木一点，有助于把不多的热情贯注给作品本身。我按我的既定方向写，能写多久写多久，写不下去了就成为纯粹的阅读者。在这个过程中，能有读者的陪伴我会温暖，没有读者的陪伴但愿我坚强。

6

很多人都经历过青春期秘而不宣的黑暗阶段，敏感的女性尤为如此。只不过这些经验不常在散文作品中呈现，因为我们习惯展示趋于设计完美的淑女形象，流露破绽和品德上的暗斑需要勇气。少女，这个词似乎不言自明意味着纯洁无辜，其实它同时象征着告别孩童时期，象征着欲望和个人意志的降临——相当于破蛹而出，挣扎之后才能迎来翅膀。与一些女性朋友交流过，我们同样都是在事隔多年之后才能以所谓客观的态度来谈论这个话题，在此之前，我们不能碰触。没有随时间积累而得到的沧桑和理解力，我们就无法承受，也无从坦率，所谓“童子修道不成仙”。我的确对人和世界潜在的本质抱有浓厚的好奇心，同时深怀着宿命的悲观，希望自己能逐步提升认识上的穿透力和承纳的胸襟。写作帮助我梳理一些零乱的想法，其实也像自我哺育的过程，让我做出成长中的标记。

作为一名女性写作者，我希望自己能够写出女性真实的成长、疲倦、爱和疼感。我知道有些读者保留着美化女性的期待，概念中的、史诗中的、长得像天使的抽象而完美的女性把我们战胜。可破损使人生动。强迫自己直视镜子，面对痣、刀口和羞于启齿的欲望……我希望自己，有胆量以耻为荣。

但愿我能越过自恋、唯美和抒情的重重障碍，迫近生存真相。在花儿和种子之间，我选择种子，它笨拙、不美，但它结实，具有旺盛的生命力……种子把花儿整个嚼碎在骨头里。

（原载《红豆》2008 年第 7 期）

自选作品

马戏与杂技

·赢·

回过头，看见弟弟扁卷向下的嘴、闪烁隐隐泪光的眼睛和按扁在脏玻璃上的鼻头……我一直扭着身子看，直到他哀告无望的小脸消失在白茫茫的反光后面。爸爸骨节粗大的手搁在深灰色的握柄和不再闪光的金属闸上，左手背有一粒痦子。我把双肘俯在自行车前把上，抵着下巴……轮胎表面的花纹滚动，视线模糊起来，碾过的杨树叶发出脆响。我，无声地，笑了。

拳头攥着，还保持刚才的胜利姿态。当弟弟从脖梗后边直接伸出两根紧张的手指头，我在最后一刻改变主意，把原本摊开的掌面迅速收拢变成拳头，砸在他食指还涂着紫药水的“剪子”上。“我赢了！”我大声宣告。飞快拉开抽屉，取出苏联望远镜，上面的硬塑料外壳布满微微凸起的棕色颗粒——挂着它，我好像战场上的指挥官有了发布某种命令的权利，指着闹钟我催促：“爸爸，快走吧，咱们别错过开演时间。”弟弟委屈、沮丧又忌妒地一个劲儿地啃着秃指甲，小声嘟囔：“我本来是要出‘布’的。”

老虎绚美的皮毛和睡意蒙眬的眼神，旁边站着动人的女郎——

宣传图片和副券之间隔着一排齐整精密的齿孔。我好像听到副券被撕去时轻微、悦耳的断裂声。门票只有两张,我靠伎俩,赢得了唯一的孩子席位。

·节　日·

马戏团,使节日的降临打破历法的规定。马戏团的一切都鲜艳夺目,美妙的布景,喧响的音乐,演员神气活现。碟子旋转,空竹抖动,钢丝因为演员的走动摇颤并出现下沉的弧度。马戏团的动物像从童话世界走出来的随时准备开口,马戏团的人有弹簧的脚、隐匿中的透明翅膀。成千上万的小孩子为此着迷,兴奋与紧张,使他们鼻尖冒出细薄的汗。

最热烈的观众是孩子,舞台上的演员主要也是孩子。杂技演员是一种从幼年时期就必须开始从事的职业,那时候,他们像辛格形容的那样,“长的是有弹性的骨头、液体的关节”。为了未来的柔软和轻盈,为了有力地托举起同伴,为了让物体听命于指挥轻快起舞……这些孩子提前进入对肉体的折磨或锻造。

这个世界,有的孩子注定在舞台上翻转腾空,瞬间与大地上的一切都失去接触;有的注定欢笑,坐在父母呵护的臂弯里。也许对于两者,这都是隆重的节日——杂技闪射的魔力照耀了观众,也使小小的演员被拣选出来,远离低矮寒苦的村庄、睡眠里还在叹气的父母、空瓷碗里盛着的饥饿。

·魔　法·

杂技演员穿着连体紧身衣,以保证动作不会受到额外的危险的束绊,但是魔术师不同,宽松大氅里藏着火焰、花束、飞鸟和鱼——他把纸牌洗得像拉开的手风琴,他挥动襟袍,带来变幻莫测的礼物。博尔赫斯曾说:“什么是魔法?魔法乃是一种不同寻常的因果关系。”魔术,使孩子相信奇迹,逐渐由理性建立起来的真实与梦幻之间的那道边界再次模糊,像线痕被橡皮轻轻擦去。

装进黑礼帽里的碎纸屑,眨眼之间成了小白兔;折叠一块绸巾,吹口气,它变成鸽子拍打着翅膀——互不相关的物体,经过魔术师的手瞬间建立了联系,像两个交织的喻体,组成漂亮的修辞。在孩子眼里,魔术师是令人迷醉的偶像,他想要什么就有什么,拥有绝对权力。其实,所有在他手中盛开的东西都经过事先的精心埋伏——魔术师的神秘不在于创造,而在于隐蔽。

魔术师的职业是模仿神迹,他的表演可能暗示了对上帝的反抗。因为任何魔术都是视觉欺骗的结果,不由得引人怀疑,我们赞颂的神,是否同样,运用某种欺骗手段来酿造自己的无边法力?

·模　仿·

嘭,嘭,嘭……驯兽员拍打了几下,然后把篮球递给狗熊。盛装出场的狗熊其实穿的不过是条围裙。它胸有成竹,准确地把球投进篮筐。不仅如此,这只聪明的狗熊还会做体操,跳舞,骑自行车——笨重身体并不妨碍它在及时转弯时重心微妙的偏斜。

马戏团里集中着大量的动物天才。本性谨慎胆小的山羊,现在熟练地把分瓣的高跟的蹄子落在细细钢丝上,它中空、后弯的角上,像女孩的冲天辫系着红绸带。小狗排队亮相,摇摇摆摆,步子还不稳,穿着可爱的卷着花边的小花裙——幼儿园的一群小朋友。它们同样开始了学前教育,现场观众可以提一个10以内加减法问题,小狗以叫声的次数做出回答。虽然有一只成绩落后的小狗多叫了两声,在驯兽员的批评下迅速改正了错误,低垂着走回座位的姿态说明了它的羞愧,但,其他的小狗全都准确无误。

人的表演更精彩。一个姑娘仅凭一根垂下来的绳子就攀升到高空,并在令人仰视的高度展示美丽的造型。她的身体越来越少地依靠绳子,进行不断的脱离。她的动作与飞有关——姑娘尽量减低与软绳的接触，只用它缠住手腕，似乎经过最后一次挣脱，她就会打开藏匿的翅膀。亮片缀满紧身衣，她金光闪闪，像个天使。还有空中飞人，在极高的天棚下进行，距离遥远，使我们看不清演员脸上的人类表情，高空的灿烂翻飞致幻出天堂的景象。

熊的篮球技艺，鹦鹉的语言天分，小狗的运算能力。走钢丝，空中飞人。动物模仿着人，人模仿着会飞、不死的天使。马戏团，使生活得到整体的平均的提升。

·危　险·

兽类模仿人，人模仿神。一方面，他们僭越了不属于自己的领地；另一方面，模仿里的游戏成分触及了更高的尊严——所以戏仿者都因冒犯而陷入危险。

狮子的勇气在钻火圈时更得以表现。年幼就开始的训练在皮毛上留过燎伤的印迹，但是它必须一次次起跳。前面是燃烧的烈火，后面是皮鞭和饥饿的追赶。

椅子坐落在高处——俏丽的女演员从踏板一端腾跃而起，经过四五周空翻，要坐进那把椅子。墨绿色的座椅像萼片托举，她是秋天的花枝，美在危险里。我听过一个故事，说地方杂技团曾有一个屡获大奖的优秀女演员，彩排时发挥失常，又恰恰没有得到同伴有效的救助，她偏离了计划中的落点，摔下来。有人说，她经过两天的抢救，还是死了。另一个流传的版本这样结尾：她再也没有上过舞台，有着金色流苏的表演服压在箱底，被蠹虫和霉斑光顾；早餐铺滚滚向上的油烟和柴灰中，她用烫了泡的手揉着熏得难受的眼睛。她成了全城最漂亮的跛子，但美貌无助于她把未来的路走得平稳。

有一对夫妻都在杂技团工作，是空中飞人的搭档。爱情，就是在飞翔与迎接中到来的。许多年前的一天，这两个年轻的孩子演出时空中相握的手回到地面也没有分开。他们的脸微微羞红，看来彼此的手只有继续牵拉才能带给他们安全和幸福。因为遗传，加上年纪的原因,女的腰身不再纤巧,依然瘦弱的丈夫不得不咬紧牙并绷紧臂上的肌肉,一次又一次,从高空的抛物线上营救自己已然发福的妻子。否则,从演出效果上他将失败,从生活实际出发她将失业。丈夫努力地做动作同时做出微笑,他知道观众看不清他的微笑,但他知道,同伴看得清——他用微笑告诉他们,他和他妻子能胜任这个难度,并且轻松。

头顶几个大碗,那个老艺人沿对角线从屋子的这头走到那头,手上转动的厚重手帕不时飞上天,又神奇地落回到手指。他老了,腿脚不再灵巧,早年的盛名除了阴雨天发作的旧伤、逗弄孙子时运用的一两个雕虫小技以外,没有存留任何痕迹。这些杂耍曾经给孙子带来巨大乐趣,如今他却因熟悉再也调动不起兴趣。一个寒冬的下午,阳光稀薄地停在后院,像寡淡的粥……孙子的眼睛突然亮了,指着泛黄照片上的爷爷,要求他走上土质疏松的院墙。孙子不知道,时间永远剥夺了爷爷的辉煌——现在他只是个笨拙的无用的老头,不能再拿起走钢绳时用以控制平衡的竹竿,以后他拿起的,将是拐杖。但孙子坚持着,老艺人把几乎带有一点求饶的眼光从哭闹的孩子那里收回来,望着那面土墙……低矮的茅草被风吹动,在墙上留下鞭子样的投影。

·困　境·

独轮车上的顶碗少年无能为力:勺柄沿着碗边旋转了两圈,掉在了地上……已经是第六次失败了。如果动作失败,就必须重复到成功为止,这是杂技的规矩。音乐一次次制造高潮,观众一次次翘首企盼,但这一切不过是嘲讽地为他的挫折标注了重音。少年的耻辱被重复,被那么多观众的视线放大。这个无比拖沓的败笔让人渐渐失去观赏的耐心。在这个过程中,少年的自信也彻底被击垮了,当第七次试图把汤匙踢进叠摞的碗里,他作弊了,勺子刚刚飞升到碗沿上方,他甚至没有等待结果就用手飞快地把勺子按进碗里。然后少年仓促谢幕，骑着独轮车，在一如既往的掌声中离去。一个小手脚，他的扶助既解救了自己，也解救了观众。

杂技找寻并标明了某种界限。在可能与不可能之间，演员展现的是那个最后的点，比如他轮流扔出九个酒瓶并接住，而不是十个。技术娴熟，滴水不漏，看起来他的能力绰绰有余，对付十个、十二个乃至更多也不成问题，但是，这是聪明的止步。就是让观众认为他还有潜力，还有延续和发展的可能，其实越过这个点，人们看到的可能是无能而不是非凡。失利的顶碗少年，他判断错误，他还不具备让银亮的汤匙顺利落入碗底的能力——对那个秘密的平衡点的移动，使他的工程塌陷，剩下狼狈和无奈。像无意间的扯动，华丽的幕布掉下来，人们看到了堆放在后台杂乱而积尘的道具。所有的神话，都不复存在。

·缩骨术·

每个孩子都曾陷入对神话的迷惑。入睡之前，我用额头抵住墙壁，幻想肉体正在咒语的作用下融化，我就可以破壁穿墙，走进陌生的房间，了解锁孔之后的秘密。连续一个星期，清晨，妈妈总发现还在睡梦中的我脑门上有一片隐约的白灰印儿，她不知道，它来自崂山道士的启发。

在穿墙术的轻灵神话与腿上因为磕碰而淤青的笨重现实之间，是缩骨术的位置。它通常由孩子完成。杂技团里，他年龄最小，光头，只在脑瓜上留一绺像婴儿胎毛的头发。虽然他的身材矮小，但对比之下，涂着鲜亮红油漆的木桶体积更是小得不可思议。他把自己装进去，又慢慢退出来——他像液体一样可以被承纳在随意的器皿里。

我的同桌为此深为折服，这个热衷武术和游泳的小男孩，想起缩骨功的时候总是不自觉地嘬紧两腮，好像这是艰苦训练、自学成材的第一步。因为上课迟到他选择了偏僻的学校后门以逃避大门口老师的记名批评。他原本可以像平常那样翻过后门,但这次,他改变了主意,试图从有些变形的铁栅间穿过去。他吸紧肚皮,像平常那样嘬紧腮帮,开始检验自己的功力。经过努力他成功了一半,身体的一部分进入了校园——当然还不如彻底失败,因为他卡在中间,无法挪动。教室里传来琅琅的读书声,远远地听见操场上体育课的哨子响,活动在校办工厂的野猫幸灾乐祸地看着他,然后,就开始慢条斯理地用舔湿的脚掌洗脸……这个进退两难的男孩哭了起来,好像明白,有些事情只有成年才能经历,还有一些事情,比如缩骨功,如果童年没有抵达就越来越丧失可能,它像所有时间不会弥补给你而只是从你这里剥夺的东西。

·软 功·

我们买了一大块米花糖,一人一半。表姐九岁,只比我早生几个月。我们边走边吃,然后,就看到当街表演的她。

她看起来跟我们同龄,头发又薄又软,发黄。没有大人陪在旁边,她孤零零地,两手撑在场地中央一张窄小的桌子上,尽力弯折身体。她的头搁在两脚之间,肘部压着脚面,嘴里咬着一支陈旧的塑料花儿。当本来就稀有的几个观众准备离去,她从咬着花儿的牙齿缝隙间吐字不清地说:“别走啊,您不给钱没关系,就站这儿看看吧。”

由于她的恳求,表姐和我只好坚持站在原地看她那样难受地折叠着。这种古怪的违背常规的身体姿态破坏了习惯和美感,让我别扭。也许表演者还不如观众难受。我见过京剧团唱武生的孩子们练功,一个孩子在两个帮他压腿的大人之间放声哭泣——但这是必要的,他通过对疼痛的忍耐和习惯,从而降低疼痛作用在肉体上的强度,最终摆脱疼痛的束缚。

我不知道这个叼花的小姑娘是不是难受。反正我们什么都不能给她,口袋里的硬币已经变为掰成两半、啃得乱七八糟的米花糖被我们的牙齿咀嚼时发出很大的声响。

·磁　力·

到底是什么,让我们欢呼,叫喊,眼睛和嘴巴因为惊讶或陶醉改变了形状?

火把映照里,驯兽姑娘穿着横条衣服,看起来像个美丽的囚犯。她把柔弱的头颈伸进虎口……我紧张得一动不动,生怕我们浊重的呼吸也会刺激老虎发脾气。美女与野兽,为我们制造打破现实逻辑的惊愕。她把自己当作食物一样喂送到猛虎和死神的嘴边,又享受脱逃的侥幸和戏弄的快感。

飞刀手蒙上眼睛,寒光闪闪的匕首握在手里,一阵急促的鼓声停下来,他就要出手了。对面,是一个捆绑在靶子上的人,他睁着眼睛,面对呼啸而来的刀锋——这个人,像耶稣在马戏团里的世俗翻版。

最激动人心的是演员与危险的贴近,与灾祸的擦肩而过。观看马戏和杂技时人们享受道德的豁免权,无论多么善良的观众也需要最惊险刺激的效果。也就是说,我们鼓励杂技演员靠近危险和灾难——他们靠得越近,我们越喝彩。我们观看的,是一种心照不宣的间距。

我突然发现马戏与杂技最核心的魅力,那是参与其中的死亡威胁。是的,一个坚硬的核,在高难动作、响亮的音乐以及明暗交替的灯光的重重的甜美的包裹之中。核的两端,带着尖刺,我们习惯并愿意把其中的一根刺叫做勇气,另一根叫做非凡——这是化名,分别对应另外两个不便启口的词:死和荒谬。

·小　丑·

彩条衫,肥大的裤腿和圆顶帽,幕间过场,小丑撩开缀满星星的丝绒幕布,兴高采烈出现在追光灯下。

经过化妆,小丑的脸就像柔软的与皮肤融合的一张面具,如果小心地从发际线那里动手，似乎就可以掀下他奇形怪状的五官。鼻头红亮，在哑剧中不开口却被油彩夸大的嘴，阴影浓重的眼睛下是两线永远悬挂的泪痕。这道经典泪痕出现得如此突兀，与小丑身份不符，它仿佛在暗示，活蹦乱跳的小丑其实正以一种极其缓慢的我们难以觉察的速度分泌着痛苦。或者，这种设计正是出于角色需要。小丑有一种放大功能，他的表情、动作，他的欢乐，还有失败，都以夸张的尺度呈现出来——泪痕，象征剧烈挫折的线条，被描画在面颊。

有时是一个单独的小丑制造出盛大的集体欢乐，有时两个一起上场：一个追逐着另一个。两名演员被分派了不同任务。一个小丑不停胡闹，发出噪声，破坏道具，妨碍他人，做着被禁忌的游戏；另一个忙于劝说和制止，却遭到无情的嘲弄和报复。惹是生非的受到爱戴，遵守纪律的让人生厌。捣乱的小丑，孩子般保持着淘气、任性和本能的放纵，对秩序进行了抵抗和破坏。他身上最大的魅力在于自由——自由，这个词是所有幸福的秘密心脏。

小丑们相互踢打、下绊，被棒子击中脑袋，被倾盆凉水泼中，他们直扑或后仰地摔倒在地，然后又若无其事地拍拍灰土站起来，继续热闹的表演——他们之所以成为喜剧英雄，因为怀有瓦解悲剧的力量。小丑的放肆让观众开心，但是让观众更开心的是他们的倒霉，这推导出一个尴尬结论：这个世界上，一部分人的灾难正为另一部分人创造利益。

小丑只是扑克里的王。我不愿想象这些在舞台上快活不羁的人，这些为所欲为的人，结束时大笑或大哭追打着回到幕布之后的人，如何对着镜子，洗去浓重的妆颜。没有比卸妆后一张因缺乏睡眠而疲惫憔悴的平庸面孔更揭露真相。

在一些好莱坞电影中，小丑被处理成撒旦的使徒，比如尼克尔森在《蝙蝠侠》里的著名扮相。也许，小丑的极端倾向，使绝对的恶也找到了适合的肉身？还看过半部电影，我错过了片头和情节的重要铺垫，只记得有一个穿得像死神的小丑，总是在路灯熄灭以后，浮现他显灵的惨白的脸。我感到恐惧，不仅因为影片酝酿中的谋杀氛围，更因为他在黑暗中步履如飞，并带着嘲讽的轻快的恶意，将我诱引。

小丑是一种形式简化明朗、内容又复杂丰富的角色。在《非此即彼》的寓言中，克尔恺郭尔认为小丑能够最生动体现出预警者的遭遇："一场大火在某剧院的后台突发。一个小丑跑出来通知公众。众人认为那只是一个笑话并鼓掌喝彩。小丑重复了他的警报，他们却喧哗得更加热闹。因此我认定世界末日将在所有聪明人的一致欢呼之中到来：他们相信那不过是一个玩笑。"

·身 世·

医生、老师、司机、记者、工人、厨师、理发员……从小到大接触到各种职业，但我从来不认识一个在马戏团工作的人，这使我猜测他们来历的神秘。

我愿意假想这些身怀绝技的人来自山重水复的远方，他们漂泊一生，居无定所，像波西米亚人跟随季节和心情随时卷起旅途的篷帐，带着简单行李，和聪明伶俐、气味腥膻的动物。哪里都是异乡——因为长久流浪，甚至在故乡，他们也无法摆脱异乡人的身份。他们见过最残酷的春天，懂得藏身于纸牌里最微妙的暗示；他们受惑于危险的激情，品尝亡国的腰肢、毒艳的嘴唇和舌尖上的血；他们曾是疯狂的赌徒，把命放上摇摆不定的天平；他们怀有让自己也无能为力的美德和缺陷，护身符上是忠诚信仰的小小的神。

在这些陌生人身上添加想象，我忽略了他们的年龄、国籍、历史等等限定，我甚至美化苦难，把它当作他们魅力的重要组成部分。然而，真相如果不是比我们想象的残酷，就是比我们想象的平庸。我从来不愿意相信，本领非凡的人与我们一样需要面对种种琐碎无聊的烦恼。伞、木桌、坛坛罐罐在他们脚尖上飞转，但在真正的生活中，这些神奇的技巧毫无用武之地。

·归 途·

深秋的凉意浸透了这个夜晚。路灯播散着光晕，我们进入它的领地，然后它又像一只背后的手把我们推入前方的黑暗……直到下一盏路灯的拯救。一言不发，我和爸爸之间保持着默契的安静。空旷的马路上，我偶尔拨弄丢了上盖的车铃——丁零，丁零，丁零。

我还是坐在前梁上。上坡路，爸爸向前用力，他的肩胛骨一下一下撞在我的后脑勺上。我忽然情绪低落。这是平凡的爸爸，他不会飞，并且因自行车内胎充气不足或者气门芯的漏气而分外吃力地蹬踏时发出了粗重的喘息。我想起刚才的车技表演，一辆骑行的自行车上站满十几名少女，像孔雀打开灿烂的羽屏。她们轻盈得不可思议，像天使，被小鸟的翅膀负载。隐约的不满，几个小时观看的疲惫，心脏经常悬置产生的不适感，全都在这一刻浮现……这条归途，让我从欢乐，过渡到悲凉。

写作于 2001 年 6 月

（选自《斑纹——兽皮上的地图》）

桃 花 烧

许多年过去，依然记得那对忘情的恋人。当我从窗户向下张望，看到两个人影紧拥，一个深蓝，一个浅棕——隔了八楼的层高，他们像在深渊里。一侧是垃圾场后墙，另一侧是家属院顶端斜插碎玻璃的墙——中间通道本来用于车辆运输垃圾，但家属们抗议，封堵了原来的出口，改道另行，那里成了无人来往的死角。他们接吻，偶尔手会在毛衣遮挡下在彼此的肌肤上探索。对于十几岁的我来说，这是令人惊慌又迷醉的一幕。尽管离得远，亲密着的两个人又无暇他顾，我还是担心被发现……拉上窗帘，然后从扒开的缝隙中，心跳着窥视。

此后连续几个下午，这对恋人都秘密会合。难道他们不知道对面楼房里可能潜藏无数双像我一样的眼睛？难道他们没有更合适的亲昵地点，以至非要选择这个霉腐的臭气熏天的垃圾场附近，长达几小时地箍紧对方？即使突降的雨也没能将他们阻拦，把一块塑料布铺在雨后湿泞的泥地上，整个一下午，他们还是像马上奔赴刑场似的那样没完没了、不要命地吻着。

秋风旋起的树叶在他们脚下堆积，就像这个季节即将在沉睡中赴死的蝴蝶。时常有落叶飘到男人的衣服或女人头发上。漫天漫地的落叶，如同纸钱，扬撒在两个深受情欲折磨的并不年轻的恋人周围。慢慢地，我观看的热情成了悲伤，因为，这场景太像一场葬礼。如果是在为爱情送葬，两个看似的主角，不过是挣扎中的殉葬品。

每到周末，我都坐上前往北郊的长途车，去看望我的秘密情人。这条路走了这么长时间，我依然感觉自己像一只首次迁徙的夜鸟，暗中前往它所不能了解的终点。车窗玻璃映出我日渐恍惚的脸。

记性差，经常忘了名字和事情，被不了解的人当作傲慢。但我记住了沿路那些不会中途下车的站名，记住了最早坐在这趟车上的喜忧，甚至记住了偶尔的陌路人。上星期旁边的广东乘客向我问路，粤式普通话使每个字都产生叹号效果，说得那么用力，并且表情剧烈，而我一贯受不了说话时表情和动作太过丰富的男人。他有着典型的珠江三角洲地带的长相，散发出由于龋齿或肠胃病患者特有的令人反胃的口气。我看着他的嘴开合无声，走神的瞬间，我想魔法师……他是那种灵魂和面孔长得非常相近的人，所以看人的时候有一种特别的专注，仿佛从深处向你凝望，容易让人产生深情的幻觉。他致命的音质，唱歌时未必完美但说话时绝对动人，让我愿意听从。

尘暴弥漫整个车厢，微黄的残阳显得特别颓废和脏。前面空出的座椅，留下一个明显的臀印。我看到窗外有个骑车人，躬着背，拼命踩着脚蹬，车把摇晃。天气本来就恶劣，自行车外胎又瘪掉了，可他不相信似的跳下来检查以后又跨了上去，动作那么笨重吃力。我想，自己的感情就像门芯已经漏气的自行车，不仅不是代步工具，还成了负担。我为什么不干脆扔了它，拥有轻便的自由呢？是因为把它当作财产，还是因为暗怀希望，一个修车铺会在前方拯救般地等待？

如果我的来临谈不上奖励，离去算不算得上惩罚？我犹豫，是不是转车回去，结束这场开始疲倦的欢爱。我想尝试离开的人，必须要小心自己最后的缠绵——那就像停留在危桥上的体重，会使结局致命地发生变化。

爱的过程是极为缓慢的。因为缓慢，当我发现爱上魔法师的时候，它已成为难以戒掉的习惯。我爱他，就像一个字根爱着改变命运的偏旁。即使他是狂浪之徒，将被自身的跌宕命运所驱赶，我也会爱他身上那股游邪的气息。

有一天我赶到的时候，他正好出来拿报纸。冬天魔法师还是赤脚穿拖鞋，雪融后的路面泥泞湿滑，我看见他露在外面干净的脚趾，湿蓬蓬的头发，浴后小兔子一样微红发亮的眼睛。他走路的样子懒散，漫不经心又若有所思地趿拉着鞋，有种懒散之中的贵族气。

难以抵抗他的召唤，只要他一打电话，我就改变所有日程，坐上颠簸的长途车……像个送外卖的，不用预约，随时送上滚烫的服务。我像一只导盲犬，当他处于黑暗与低落之中，我就献出自己灼热的小舌头，殷勤舔吻他的掌心，仿佛能在那里找到供养我活下去的粮食。他在拣选上的挑剔，似乎在暗示，成为他的情人必须具备某种特殊的才能——恩宠，恩宠，他的宠就是降临的恩情。魔法师的个子高，我需要踮起脚来才能亲吻……沿着正在生长的茎，献出一朵谦卑的花。

但这个对我来说意味神秘和奇迹的人，我却并不真正了解。魔法师比我大许多，介于叔叔和哥哥之间，我们的关系被逐渐地蓄意地弄得含混，我对他既怀有敬意，又有某种纯洁和乱伦快感糅杂的奇怪而难以言明的东西。他在宠辱不惊的秋季，而我的春天刚刚破蛹。

白天和黑夜区别巨大，关键是，身置不同经度的两个人，在时差中是否同时经历爱的此刻？

人不知道自己会牢记什么样的片断，不知道这些片断会造成什么样的更改，如同，不知道哪粒花粉能酿造寂静的果实。我记得最初的一天。

和魔法师在车里坐着的时候，外面就下雨了。我扭过头，窗外的雨，像划痕密布的旧胶片。雨声渐渐大起来。谈话中断许久，我们之间慢慢形成一种沉默的压力。魔法师在抽烟，他天生有种魅惑人的气息，即使脸上略带倦意——倦意，是伤感在体力上的表现。亲爱的魔法师，我无法知道你的隐痛，你显得如此自如，但我嗅出你的味道，那是一种杀人的味道：你具有中年男人全部被爱的魅力，却失去全部爱的能力。等我发现激情正在危险地靠近自己，已经来不及了……鹰已经在降低它的高度，于是荒野上的僧侣敞开祭献的襟袍。我的劫数开始了。这是第一个拥抱。

雨停后，我惊讶地发现，车顶落满被打落的桃花：湿润，细碎，鲜艳。这些璀璨的小花瓣，令人想起万花筒里的图案，即使由最简单的纸屑构成，也有看似无穷的变幻——能让我始终迷恋和感恩。他开车的时候，我情不自禁地看他，还在低烧般的恍惚里。我有手风琴的肺，笛子的喉管……爱情交响，把我的身体变成秘密的乐队。

我由此感知幸福——幸福，一个平庸得有点不好启齿的词。是的，我在他的靠拢中体会那种“幸福得要死”的滋味。之所以幸福得“要死”，是在潜意识里不相信幸福会延续，希望幸福的状态能在自己清醒并陶醉的情况下停止并定格。我怕幸福闪逝，怕短暂幸福过后给人带来的迟疑和痛悔。事实上这句话隐藏了一句真理：幸福要死，所有的幸福，都会成为早夭的美。

——现在我慢慢舔食过期糕点上那层有限的糖霜，粗糙的小颗粒，在舌尖融化……这曾经令人沾沾自喜的甜记忆，更让我感觉废墟般的生活在下沉。

有如玩具，并非生活必需品，既带来欢乐又无用，我是魔法师最小的情人。魔法师的天赋和经验赋予他完美的操控能力；而我的经验，对他来说，如同小数点后面的数字，可以慷慨地被舍弃。那次和他去吃快餐，花童递给几枝玫瑰——哪儿找来这么脏的玫瑰？颜色像经血。为了摆脱花童的纠缠，我眼睛都不眨地说："他是我爸爸。"是的，魔法师的情感经历过于丰富，他却是我几乎唯一的浪漫史。和他在一起，我无知，他无敌，局面缺乏基本的控制，除了晚辈一样领受他安排好的教育。

他能够以松弛自如的态度来处理感情关系，我不知道，这是对他漫不经心的错觉，还是这本来就是他从经验里提炼的从容。有时怀疑，魔法师对我，仅仅略微超过绅士对女性普遍怀有的好感和耐心。我的感情太强烈，总能体会他对比之下的处变不惊。魔法师习惯保持亲近而不密切的交往频率，这种频率，更像游刃有余，还是无动于衷？

他从不潦草，使通奸多了几分失真的温情。和魔法师做爱，有既狂烈又始终被人珍惜之感。魔法师能那么自由，享受之中不受折磨，大概因为我缺少最重要的而又无法依靠努力来弥补的东西：美貌和聪颖。问题是，发现了障碍又怎么能解决呢，难道我能像简·爱启发罗切斯特的话维护尊严——"如果上帝赐予我美貌和财富，我会让你难以离开我就像我现在难以离开你一样。但是上帝没有这样做，但是我们的灵魂是平等的，就像我们都穿越坟墓，站在他面前"吗？所有在爱情领域里没有靠才貌赢得的东西，靠乞讨都不能够赢得，何况靠申辩和教育。

种种爱情类型之中，我更习惯和擅长的方式是暗恋和无人所知的告别。我是如此熟悉对方不在场的爱情，可以轻松胜任想念。但对魔法师，我根本无所适从……仿佛未婚母亲生下自己的畸形婴儿，像是在惩罚，有罪的欢乐。也许我的爱情与自虐倾向有关：我爱并且只爱令自己绝望的东西。自虐就是从自我伤害中获得快感的需要，我天生就对自己怀有不能解决的持久的仇恨。通过魔法师，我终于省悟，爱情是人类自虐行为中最普遍、最主要的手段。想起法国作家拉罗斯福科说过："当我们根据爱的主要效果来判断爱时，它更像是恨而不是爱。"

有人在爱中会激发出惊人的潜能，活力四射，富于妙趣。我如此不争气，一旦处于感情之中，微薄的伶俐也消失了，变得紧张、乏味、患得患失、优柔寡断。在爱的压力下，我体验着自身的变形记，看见自己变成了一只畏首畏尾的笨拙的甲虫。

世间的爱往往看起来相似，却有本质差异。比如对宠物与对藏品就是两种迥异的爱。是宠物的依赖，是它的喂养恳求，是它对主人的绝对需要，催生主人的怜爱。而藏品，对收藏它的主人永远没有情绪反应，收藏家再漫长的沉迷它也无动于衷，藏品可能更换收藏它的对象，但并不由此引起原有收藏者的怨意，他只会在爱与怀念中目睹它逐渐增值，并增加它在心里的分量。越强烈的依恋，越容易被对方轻视。宠物带给主人的只是娱乐项目，唯有藏品，才能成为真正的财富。从某种意义上说，我是魔法师的一个宠物，而我不幸，让魔法师成为我的藏品。魔法师似乎从来不知道我的狂喜和绝望全都被他控制，并交替着给予。他身上有天使与魔鬼混合的天真气息。

数十层的高楼，在顶层露台，夏夜的风浩荡吹拂……万籁俱寂的黑暗深处，他深入我。这个给我的生命制造悬念的人，我的手抚触他——只有我爱，才给你弦上的身体。嘴唇和嘴唇多么对称，当魔法师移开他的脸，我才看清：星空千疮百孔，夜晚如何露出简陋的本质。激越地冲击我的时候，魔法师不知道，他神一样照耀我的面孔，和整个天堂的破绽，如何在我眼前快速替换。他让我在肉体灼热和内心寒意中交战。因为爱最后要落回地平线，甚至落回深渊里，所以所谓激情，就是你敢于上升的无视生死的高度。

置身庆典般的肉体欢爱中，天空，突然绽放起盛大的烟花……神燃起短暂抚慰的火把，我在映照中泪流满面。这个春天是经过文身的，华丽，又反叛——它已经成为记忆里的化石，像贝壳一样，坚硬地嵌满花纹，包裹内里的柔软。

我们平静下来。我把左耳贴近魔法师的前胸，倾听心跳：里面有一个懒洋洋的钟，因为寂静和寂寞、因为冷静和冷淡逐渐停摆的指针。焰火过后，黑暗再次聚集；热烈过后，魔法师的眼睛重归安宁。他抽烟，把烟缸放在我裸露的脊背上。我们都在孤独中，却无法相互携助和给予，如同两个玻璃缸里的游鱼，彼此的声音都不能传达，何谈相濡以沫？盲人般，我们都是困守的蛹，无论怎样相亲相爱，黑暗都是各自的，不能被分享的。一个看不见脸的世界，猜测不出彼此的复杂表情。

幸福有张善于许诺和背叛的嘴，我记得那阴谋中特有的温柔。整个晚餐，似乎有什么气体像帽子似的悬置在魔法师头顶，然后漂移，分散我的注意力。魔法师看着我，似乎还是那样的眼神，有入骨的专情错觉。我食不甘味，吃的东西口感那样古怪，像是在撕扯蝙蝠的翅膀，既不是肉，也不是皮，说骨不骨、说筋不筋的东西。我面无表情地咀嚼，顽强消化着难以归类也难以下咽的食物和爱情。我如何能把内心的黑暗认作一场短暂的隧道旅行？

爱我的人赐予我礼物，我爱的人赐予我伤口——显然来自后者的给予更珍贵，因为只有伤口，与我发生的是真正的血肉意义的联系。我在魔法师的私人浴室里，发现一根包着织物的橡皮筋。它在皂盒旁边，香皂泡沫形成一层包裹着的白迹。不是多疑的猜测，直觉告诉我，它属于谁。那么她是长发的，她是洗过澡后湿着头发走的吗？她有时候把头发束起，有时散开，才会偶尔忘记的吧？她也是魔法师的情人之一，我只是不愿对自己说破。他的情感工程，由众多女性同时建设。我抱着魔法师的时候，他分明有着不属于他的经过洗浴也没有去除的他人气息。

我想从魔法师这里获得如父如兄的安全感。但这是安全感吗？两臂吊在高空绳索上，稍一松手，万劫不复……一切取决于对自己的支撑。在这样的爱情中是不能休息的,因为它不是一张安全网,你不能睡在上面。

爱情乃是非之地,神也放弃管理。只有绝望爱情中,人能体会到这种和自己的剧烈对抗,以及,痛彻的撕裂感。我的刀叉机械地在盘子里划动。我是一头文明的野兽,我吃我自己的肉。

小时候幼儿园里打针,哭泣是儿童的正常反应,作为孩子的我却拼命克制就要夺眶而出的眼泪,以至咯咯咯地笑起来。面对自己的困境,我天生具有夸张性的喜剧掩饰——内心越绞缠,表情越滑稽。疼在左心室的位置,逆时针方向,涟漪一样逐渐扩大,扩散到整个肢体。我一边用力咀嚼,磨断坚韧的肉纤维,一边眉飞色舞地对魔法师说:"要是食人族把我们都抓住圈起来,有的杀了,剥皮做鼓,有的杀了,烧火烤肉,你最适合养起来提取麝香。知道吗?你走过会留下一条气味的甬道,多黑我都能寻着味儿找到你。"

说完这句话,世界就黑了。突然断电,楼道里多了走动的人声。我一言不发,毫无障碍地在漆黑里大步走,从冰箱里取出几根冰棍,然后循着味道准确回到魔法师身边。他还坐在那里,以为我拿来了蜡烛。我坐在他身上,就在黑暗里抱住他的脖子,下巴放在他肩膀上,我的腿缠着他的腰,不看他的脸。我开始一根接一根地吃。我冷得浑身发抖,一口一口,咬下坚硬的冰块。爱就是吞咽,不断地艰难地吞咽。食物通过食道,开始被葬送的里程……他朝向深喉的吻,也一样……下潜,下潜。性器与肛门离得那么近,被歌颂的爱情比邻不被提及的脏。共同的食物在我和魔法师不同的消化道里,下降,被各自分泌的汁液搅拌,最后一样成为秽物。我无法想象烂掉的爱情,即使它烂在我眼前,依然觉得无法想象——我真没用,想象是我唯一能够运用的生存解决手段,它无效。

当人们从一场轰轰烈烈的伟大爱情中退场,往往发现自己成了往事的污点证人。而我爱魔法师,以蔑视其他异性的决心,以全部智慧置换出的孩子式的无知,以了无趣味的贞洁和牺牲,以习惯和需要,以死亡之前贯彻到底的盲目等待,来证明,我爱得多么不容修改——像已经上交的错误答卷。

魔法师送给我的那条鱼终于死了。以前我就目睹过它的自杀行为，从鱼缸里跃出，落到沙土之中。我在感情里的挣扎，如同这条脱水的鱼，没有了优雅和原本睡梦中依然能保持的清醒的眼睛……鱼在地上，它疼，窒息，沾满尘土，在笨拙的扭动和摔打中，银质的彩鳞——它身体上最美的装饰物，纷纷剥落。

我把不动了的鱼放到龙头下，让水流冲击它的口腔，它的嘴张大，当我从水流下移开，它的嘴又闭上了。我就这么给它人工呼吸，鱼湿的并拢的尾巴搭在我的掌心。有几次，我以为它复活了，嘴巴似乎自觉地开合着。但最后的抢救是无效的。我不甘不舍地把它搁回鱼缸，它还圆睁不瞑的眼睛，柔软地泡在水面。白雪公主住在水晶棺里依然能被唤醒，但它，将慢慢腐烂，从体表，到内脏。死鱼曾经的同伴嫌恶地游开，远远绕行它的尸体——而它像天使，漂浮在比它们更高的地方。

我知道，一切都要死去，死在时间的停尸床上。慢慢地，将找不到任何魔法师爱过我的证据——像植物人的力气，婴儿的记忆，亡逝者手上的温度，这些即使存在也没有痕迹的东西，到底有多重要呢？

秋天来了，神在天上酿制金色的酒浆。饮用这个秋天，我从陶醉变得糊涂，从谨慎坠入轻信……我爱过的魔法师，在我清醒之前已先于我忘记。他将就此拆除我身体里那座秘密的花园。

我把死鱼埋进了楼下广场的松树下。一个穿着旱冰鞋、流线紧身衣，样子像运动员的男子从我身旁速滑过去，进入人群之中。酒厂正搞促销活动，每人可以得到一杯免费香槟。这个秋日午后，媚人的光线里，街心公园，马路上，售货亭……到处是喝着香槟的人们。有的一饮而尽，有的浅斟慢酌，脸上浮现出觉醒了的享乐感。我并不想得到这馈赠，一看人们排着漫长的队登记，纷纷喜悦地，高举着从洒出酒液的托盘里取出晃动的那杯酒就够了。但我需要这欢乐。我需要这欢乐支撑一条无名死鱼的葬礼。从超市里买了一瓶干红，坐在底脚有些摇晃的街心椅子上，我独酌。那么多人，那么多酒泡沫金黄，只有我的杯里，血红。

把回忆一口一口地吃下去就会积聚力量，像发条一下一下被卷紧。没有什么比复仇更有力量和耐心。魔法师不会察觉我从他那里偷走了什么。一个砂粒进入，经过艰难的吞咽和包裹，它会呈现珠粒上不可思议的晕彩。我要把自己变成一枚珠贝，藏纳起一生的珍宝。

熨烫衣服的时候，我知道，一个小小的女儿正在子宫深处沉睡。当我第一次从B超里看到她，她浸泡在我渐渐充盈的羊水里，像小人鱼正游弋在藏蓝色的海底——她的样子如此甜蜜永恒，像福尔马林的胎儿隔绝于生死。等她浮出水面，即使也将爱慕一个终将背叛和离弃的男人，我也深知，她会在灾难里获得拯救中的飞升。

房间里，阔叶植物深厚地绿着，花瓶里斜插几枝新折的桃花：艳而碎小。空空荡荡的玻璃缸里，我再不养活娇气而冷漠的鱼了。只有一只谨慎的乌龟，沉默着，像个偷窥者，慢吞吞地，探出它斑驳而丑陋的压扁的头。

写作于2005年9月

（选自《你的身体是个仙境》）

周晓枫：穿行于感觉与冥想的曲径

丁晓原

走进周晓枫的散文天地，仿佛穿行于一条铺满了感觉与冥想的曲径。这些感觉和冥想是属于周晓枫自己的，以其个体生命为本底，又以个人的方式呈示；从在体自我出发，又回到仪态万方的生命世界。由此成就了一个独特的可以被指称为散文家的周晓枫。

范本“背叛”的宣言

从整体看来，周晓枫的散文超逸了我们以往普遍的关于散文的阅读经验，以至于我们这些所谓研究散文的人士，很难用现成的散文批评话语，按部就班地对其指指点点。或者说，面对这样的散文我们简直就是失语。但这对习惯于模式的散文存在，倒是一种令人欣喜的改写。散文是什么？我们有时形成了若干“共识”，但更多的时候只是莫衷一是。在我看来，散文本来就应该是莫衷一是，无须定义的，也是无法定义的。所谓的定义只被风干在教科书中，或被悬挂在文学词典的字条里，与散文本身没有关联。散文应该呈现作为主体的个体生命的真实面孔，各具姿势，气韵生动。散文有着生命的经络，它是一种关于生命的有意味的呼吸，以说话的方式表达对生命在体、生命体之间或基于生命本我的种种观察、感悟、念想、思考等。所谓说话，可以是激扬文字式的公共讲演，或是自言自语的私语，也有与人喝茶聊天一样的任性闲话等等。要之，散文是具有生命体征的、涵蕴或洋溢着生命个性的活着的文字。我读散文的周晓枫，其实感知的正是作为“这一个”独特生命的周晓枫，一个在散文模式中长大但又自立于模式之外的散文家。

我们曾说过，1990 年代以来的时段，仿佛是一个散文的时代。散文的确也是众声喧哗，景象有些琳琅满目。但繁荣终究笼罩着虚拟的浮华。散文之流试图变更航道，可结果无法整体地跃出既定的河床。此间声势浩大的文化大散文的路数，便是一个典型样本。文化大散文以对一个散文模式化时代的终结而生成其文学史意义，但此后它以自身的被模式化而走向了式微。文化大散文的没落，表征了“纸上”的文学的某种宿命。作为一个鲜活的生命主体，周晓枫对散文的模式化一开始就保持着警惕，她仿佛是作为站在散文常态之外的一个“非常者”而存在的，叛逆成为她的一种责任和使命。由“背叛”而生独特，是周晓枫最为基本的散文理念，并且在她这里凝结成一种执着的力量。周晓枫以为，“好散文”就在于对经典、对“范本”的“背叛”。[①] 所谓“背叛”是破除迷信后对“他者”的“范本”的放弃，从而皈依独特的本我。周晓枫对文字里所具有的“一种心照不宣的投靠，一种取悦集体的趣味调整”很不以为然，她倾心的是“波特罗体现出极端的风格化”，“极端的风格化，我的出发曾经以此为目标”[②]。在周晓枫看来，“强调个人发现、个人见地，在作品中提供一种独特的角度、一种被人忽略的经验、一种新的文字处理技术，可能更为宝贵”；“考量作家，应加强对其独创性的重视”[③]。而周晓枫自己就将基于充分个人性的独创性，作为散文写作的一种自觉。“作为一个生活里的守法者，我愿在写作领域中小小地违章。”[④]

但是散文写作的独创性并不能仅由口头的“宣言”所能抵达，标语口号能够造势，却无法将想象中的设计转化成一种可触可摸的美丽现实。因此散文真实召唤力的实现，更需要散文家的行动。在我看来，散文是一种最为贴身、离人的心灵最近的一种文体。如果散文写作能贴着作者，作为独特的生命主体的身与心，那么其独创性的获得就有了种种的可能。这实在只是一种写作的常识，但我们往往把它搁置。文化大散文最后成为“纸上的文字”，与“身体”无关；而通常的散文悬浮于“身体”之上，与真实的生命存在隔膜，只是一种复制的“身体”或者是虚拟的“身体”。散文是关乎“身体”的文字，我们需要回到“身体”建构散文写作的价值伦理。在这一点上，我与谢有顺不谋而合。有顺洞察到了“泛滥的”散文时代散文的症结所在：“写作者普遍戴着文化的面具，关心的多是宏阔、伟大、远方的事物，而身边那些具体、细小、卑微、密实的事物呢，不仅进入不了作家的视野，甚至很少有人会对它们感兴趣。”这是散文变得无趣寡味的重要原因。因此他倡导散文“向下的写作”，“所谓向下的写作，就是一种重新解放作家的感知系统的写作，或者说，是一种将感官的知觉放大的写作”，“使作家再次学

---

① 周晓枫：《你的身体是个仙境 · 芭蕾足尖上的写作》，第 271 页，二十一世纪出版社，2005 年版。

② 周晓枫：《你的身体是个仙境 · 来自美术的暗示》第 262 页，二十一世纪出版社，2005 年版。

③ 周晓枫：《你的身体是个仙境 · 芭蕾足尖上的写作》，第 271 页，二十一世纪出版社，2005 年版。

④ 周晓枫：《你的身体是个仙境 · 芭蕾足尖上的写作》，第 277 页，二十一世纪出版社，2005 年版。

会看，学会听，学会闻，学会嗅，学会感受”，只有这样散文才能具有立定生命维度的“本心”。[①] 正是在这样的情势中，周晓枫及其散文显示了我们所期待中的特别意义。周晓枫的散文向读者展开了丰富的身体感觉中的世界。这种感觉来自于个人的体验、记忆，是开放身体感官所获得的关于自我、类群以及其他生命景象的观察、感受和想象的心灵烙印。

回到身体的现场

周晓枫的文字，让读者通过她的感觉还原，回到身体和生命活动的现场。其于散文的取事，没有历史文化的面具，没有直接的现实社会面影，更多的是疏离宏大叙事的关于生命体的具体而微的话语。女性经验、童年记忆和动物臆想，成为周晓枫散文写作的基本义项。我们从她散文的标目，大约可以感受到其创作的若干特质，《桃花烧》《后窗》《即兴的秋天》《幼儿园》《它们》《种粒》等等，暗示或告知读者作品的用料、取向和其中可能具有的滋味。周晓枫散文中，《你的身体是个仙境》这样的题目，应该是最能作为作家写作独特性符号而被我们关注的。这个题目取自于格莱美最佳男歌手的同名歌曲《Your body is a wonderland》，而在周晓枫这里是别有意味的，它部分地表示着作者对于写作对象的选择（“身体”）以及对于“感觉”（“仙境”）的在场。周晓枫期许的写作状态是一种身心浸润于感觉中的状态，这时感觉的各路通道被洞开着，写作也就跟着作者的感觉而行进。这样的写作，以常规视之或许有些无序，但身体或生命的真实却在其间被凸现出来了，由此作品也就多了一种立体化的质感。《你的身体是个仙境》由看望剖腹产的女友所生的“古怪的错觉”导入，接续自己少时畸胎瘤手术的回忆，并由此展开关联着女性生理、心理和两性遭际种种碎片的叙写。少女在爱恋中想象着的幸福、“尚未发育”的“小公鸡”对女同学的恶作剧、女伴的同性恋倾向、躲在蚊帐翻字典查找有关词汇、鬼鬼祟祟“参观”异性厕所等等由身体感觉所制作的特写镜头，在作品中跳跃地放映，其中很多记录的是个人的原初经验，复杂而微妙：十三岁时“宣布”这辈子决不结婚，但对小说里

---

① 谢有顺：《重申散文的写作伦理》，《文学评论》2007年第1期。

描写的动人爱情"向往";躲避身体,思想着"怎么才能爱一个人而能绕行肉体",而感觉着"他的吻,让我像被唱针轻轻触及……身体在歌唱里"的美好。这些就是作者所感知到的"仙境",所谓身体的"仙境"实际就是生命本真琳琅满目的存在。这些感知应该是人的生命历程中经验过的,但是常常为我们的散文家所忽略或被遮蔽。因而仅从经验提取这一角度言之,作品就给出了独特的生命风景。周晓枫散文对于身体感觉的执着,显示着她所置备的散文文体和其身份之间的某种自适。周晓枫说过:"我觉得女性的直觉、对疼痛的敏感、甚至戏剧化倾向,如果能够良好地运用,会使文字呈现别样品质。"①我以为周晓枫散文中最具有个人存在价值的,正来自于她作为女性发达的直觉或感觉。

感觉之于周晓枫的散文写作,并不存在价值上的判断。作为一种取向,她追求的是感觉的真实。在其散文文本中,作者需要传达出自己全息的心理影像。由"全息"建构一个"全真"的感觉世界,这是周晓枫散文的特长。在过往的散文中,不是缺少女性经验的叙事,而是由于受制于女性完美主义的原则,将女性身体内存中不"完美"的部分加以过滤。这样看起来是美的,但实际上却失真了。周晓枫则忠实于感觉本身,她从片面的"完美主义"转向了贴近生命的元真主义。周晓枫以为:"写作,表现的不过是真善美以及它们的倒影。我以前特别受到'美'的限制,对不美的东西缺乏表达热情,其实也就是缺乏展现的能力和勇气。""'真'包含着真善美和它们的对立面,应该是最受到重视的一个字。"②基于这样的认知,周晓枫对包括自身在内的女性作"祛美"的书写。她说:"作为一名女性写作者,我希望自己能够写出女性真实的成长、疲倦、爱和疼感。我知道有些读者保留着美化女性的期待,概念中的、史诗中的、长得像天使的抽象而完美的女性把我们彻底战胜。可破坏使人生动。强迫自己直视镜子,面对痣、刀口和羞于启齿的欲望……我希望自己,有胆量以耻为荣。"③其实作者在文本中

---

① 周晓枫:《你的身体是个仙境·芭蕾足尖上的写作》,第279页,二十一世纪出版社,2005年版。

② 周晓枫:《你的身体是个仙境·芭蕾足尖上的写作》,第272页,二十一世纪出版社,2005年版。

③ 周晓枫:《你的身体是个仙境·来自美术的暗示》,第268—269页,二十一世纪出版社,2005年版。

呈示所谓“耻”的一面，正体现了她具有直面存在的真诚。在《铅笔》一篇的开头，就有一段作者镜子中的自画像。“镜子让我怨恨。灰暗的肤色，塌鼻梁，排列零乱的牙，伤疤。镜中人沮丧，再可爱的表情也难拯救这样的五官。我看到越来越多的痣，摆开脸上的北斗七星。”“胯骨过宽，臀部近于梯形。小腹前凸，弧线明显。腿不直，膝盖骨突出……我总是在镜子里发现自己一脸蠢相、一身拱动中的肥。”在很多美女作家或自认为是美女作家那里，我们大约是看不到这种虽然真实，却有点自残的文字的。但正是在这里，显示出周晓枫尊重真实的能力和勇气。除了将自我的不“美”加以直白的叙写外，周晓枫也不避不“雅”、不“洁”之事入文。在《你的身体是个仙境》中，作者写到一个没有“优雅的虚弱”的少女病人：“每天两次大便，淤积的食物使她肠胃繁忙，我们经常听到她放屁。如果尿壶拿得不够及时，她会失控地尿到床上。”在女性散文中作这样的纪实有些不堪，但它从另一个维度还原了生活的实景。生活中不仅有光亮的一面，也有粗糙的毛边。这些共同造就了生活的质感。而这样的质感在其他作家那里由于过多地顾及“完美”，被人为地流失了。周晓枫散文的女性书写，既没有主题先行地讴歌女性人性的美好，也无意于哗众取宠地对女性的杂色负面作展览。她只是通过自己贴近对象的感知，表现出女性身体的真实和生命的状态。

另一个生命世界的冥想

周晓枫不是一个人类中心主义者，她试图通过冥想式的文字，建立起与另一个生命世界的交流关系。正如冯牧文学奖授奖评语所说：周晓枫的散文“将沉静、深微的生命体验溶于广博的知识背景，在自然、文化和人生之间，发现复杂的、常常是富于智慧的意义联系”。在看来相隔的人类与生物两界，以独特的感悟与智慧的想象，链接成具有意义关联的路网。这是周晓枫散文价值生成的又一支点。周晓枫的散文创作，以生物作为叙写对象的占了很大的比重，其中动物散文尤多，主要篇目有《它们》《鸟群》《翅膀》《斑纹》《海平线》《种粒》等，写到的动物有孔雀、苍鹰、大象、熊猫、斑马、鲸鱼、乌龟、鸽子、燕子、飞蛾、鹦鹉、蛇类等。阅读这些文字，我们仿佛置身于意趣多样令人遐想的动物世界。周晓枫热衷于动物的书写，一方面是因为她具有起自于童年保持到成年的动物园情结,另一方面也与作家丰富的物我通感的独特心理相关。周晓枫说过:“在动物身上有特别感动我的东西,它们的神秘、优美,它们不与我们交流的疼痛,容易引起我的猜测和灵感。”[①]基于个人“灵感”的种种超验“猜测”,周晓枫描绘着由动物作为主角、人类作为背景的意象世界。

周晓枫做过8年儿童文学编辑。职业养成和天性所赋,使她秉持着与儿童息息相关的心理和思维取向。面对动物世界的书写,儿童情怀特别重要。儿童是另一种小动物,他们与它们之间具有一种近乎本能的静默的交流关系。人之初,性本善。儿童式的天真无邪,烂漫想象,开启人类走进动物世界的通道。儿童对动物大约有一种天然的悲悯和亲和的情感,不似功利优先的成人对于动物世界的麻木不仁。在周晓枫的动物散文中,我们读到了一个成人作家难能可贵的真实的儿童品格。这种品格造就着作家对另一种生命葆有持久的好奇心,并且有可能使其以伙伴的态度建构生命与生命之间的通联。“已是多年的习惯,我至今常去动物园,带上水果、面包之类,这让我有种错觉——仿若探视病床上的家人,我去看望铁栅后的它们。”(《它们》)其实这并不是“错觉”,作者对于异族的感同身受,已不是一般仿真的情愫所可抵达。在作者眼里,“城市中的动物原本就形同犯人,是被关押的对象”,动物园是人类建立的“动物集中营”。在人类的关押中,动物们蜕化着天性:“熊本是相当凶猛的动物,现在它们作揖、鞠躬、旋转笨重的身体,为了赢得游人两个手指捏住的一点点面包。去动物园这么多年,我几乎没听过虎啸,我想即使有,也近于呻吟”(《它们》)。这段文字的语调、语势和语词,显示着作者强烈的情感取向,在人与动物关系的处理中,作者同情着动物,同时,对人类自身有着清醒的反思。动物的悲剧常常由人类所制造。燕窝是其中极端的一例。燕窝由苔藓、海藻和着燕子的唾液生成,“极高的经济价值给燕子带来了巨大的灾难”,“采摘者当然不会放弃这血凝的建筑,无人顾及那些摔死在岩底的无辜小燕和悲愤、劳累至死的老燕。调补身体的人从来不去想,一个燕窝意味着发生在燕子全家的惨案”(《鸟群》)。这里作者成为“无言”的动物的代言人,或是动物原告的代理人,控诉被告的惟利是图,戕害生灵。

---

① 周晓枫:《你的身体是个仙境 · 芭蕾足尖上的写作》,第274页,二十一世纪出版社,2005年版。

我不知道周晓枫是否是一个自觉的生态主义者，但是我们从她的文字中，可以感受到生态主义的价值旨归。作者对人类反动物的行径颇有微词，以为“那所有盛纳着生命的，都是人类血缘意义上的亲人”（《它们》）；同时她从自我的受惠中，表达着对动物的感恩：“秋日的阳光淡淡照耀着，树叶缓缓逝下来。我穿着一件熨帖的羊毛衫，坐在动物园的长椅上冥想着。我不知道动物是怎样看待我这个披着羊皮的人，但我知道，我此刻的温暖是动物给予的，是它们脱下了唯一的衣裳，披在了我的肩上。”（《它们》）读着这样的文字，一切感知系统还算健全的人，是不能不为之感动而动容的。人类和动物都是生命的存在，只不过是分属于不同的生命圈。学会对动物的感恩，这里体现出的正是人类应有的良知。

我们说周晓枫的动物散文具有真实的儿童品格，当然这并不意指其中只有天真着的幼稚。周晓枫大约也是一个智慧之人，在对动物世界作多样复调式的叙写中，不忘以其冥想中的睿智，挖掘具有内在关联的意义空间。作者极其善于从具象的动物生存图式中抽象出形而上的哲学：“当狼吃掉羔羊，它揭示了善恶的两种走向：善是以牺牲自己的方式来成就善的，恶是以壮大自己的方式来成就恶的”（《它们》）。由此可以推导一个似乎具有宿命意味的结论，这多少有些令人沮丧，但有时也呈现为一种真实的存在。周晓枫在观照、体验另在的生命景象，并冥想其中可能具有的玄妙时，她把人类设置为一种用以参照比对的背景。而这样的结构自然把蕴涵的意义加以拓展并有效地深化了。《鸟群》似乎是一幅群鸟的写意，其中对鸽子的描述大有深意。作者从“鸽子既可以自由飞行，又可以随时回到主人的笼内，享用唾手可得的口粮”的“两栖生活”，揭示一种更具普泛性的“生存策略”：“我们可以发现鸽子的秘密，就在于它找到了一个巧妙的支点，得到双份的好处。从广泛的经验中，我们日益提炼出世俗生活的秘方：降低精神生活的高度，可以弥补物质生活的匮乏；减少灵魂的成色，可以丰富肉体的娱乐。”这一“秘方”具有某种悲剧的况味。在生存的世界里，除了如投机色彩浓郁的鸽子之类能获得双重身份者外，灵与肉竟是无法两全其美。对动物世界进行具有社会意义的观察联想，在其他作家作品那里也是可以习见的。周晓枫的意义在于，由贴近动物生灵所获得的个人化的深度感受出发，寻找生命体的意义关联。在充分的冥想中，倾听来自另一个生命世界的回响。

（原载《文艺争鸣》2008年第4期）

王　春(1972—　),女散文家,原名王春丽,陕西富平人。曾就读于西安外语学院,就职于西安国画院,现为西北大学现代学院中国散文研究所编辑。1988 年发表散文处女作《冬雨书写》,迄今已出版散文专集 2 部:

《春天图画》(西安出版社,2007 年);

《玉米玫瑰》(太白文艺出版社,2008 年)。

另有散文集《请你来爱》即将出版。

王春的散文曾获西安晚报“我爱我家”征文二等奖(1994)、全国摩托罗拉“我的西部我的家”征文三等奖(2002),并有《流年》《梦游青海》等 4 篇被选入《西部女作家写西部散文精编:西部的柔情》(陈长吟选编,花城出版社,2000 年)。评论王春散文的文章主要有:

《为一个孤独而敏感的灵魂感动——读王春散文集〈请你来爱〉》(史飞翔),载史飞翔《为灵魂寻找镜子》(大众文艺出版社,2006 年);

《且听那瘦瘦的叹息》(陈长吟),《岁月》2007 年第 1 期;

《再品王春》(赵心琴),《西安日报》2008 年 3 月 6 日。

说点写字的问题

王　春

西安今年不是暖冬,春节前下了一场可以交待过去的有规模的雪。走在大街上，耳朵冻得发红，缩着肩。我满意于这样的感受，这就是货真价实的冬天。

一切都要尽量货真价实，不要让人猜疑和难过，包括面对自己和外界的性情和言谈。很多东西没有对与错的分别，只是呈现不同的状态，不同的状态才是一种生态的平衡有致，生动有灵。

我在2007年初写了一段话：与那些目的性很强的人生相比，人生的乐趣也许就在“浪费”中。生命本身本来就没有人为赋予的种种意义，关键在于自己快乐地活的过程。新的一年，我要安心“浪费”的行为。

这段话现在看来很做作，但意思是对的，这个对，是相对于我个人的。我一直不疑惑现实中大部分人所坚持的信念不是我的信念，即便有人劝我，你本应该如何如何，可惜你总是不怎样怎样。我也曾经扭转，可一再觉得内心不舒适。我们小时候总是被教育要和自我斗争，要改变自我！虽然我也是这样走过来的，但如今却很难认同。我越发觉得很多天性中的约定，就是骨子中的东西。从很多小孩子身上你可以看到，他天性中的光辉部分并不是教育出来的，教育的作用是可以很好地加强。基因是奇妙的因素。我也是彷徨来彷徨去，最终发现自己是个极端普通很难积极改变自己的人。我的人生虚无主义严重，虽然还可以称得上是一个微观积极的虚无主义者，但在这样的指导思想下，在自己骨子中很多令自己周身舒适的因素的调遣调整下，我终于笑容盈盈面目全非了。

我终于知道顺从自己，顺从让自己内心获得舒适的那些想法和做法；只有真正舒适了，才能积攒一些力量。不然，因为公众的思维和价值观牺牲自己的某些，你会不停地难受，不停地想返回。到底是不是一种更有意义的生活呢？其实每一种人生都可以有缝隙照进阳光，有缝隙让我们慢慢品味。安然、安心是两个没良心的词，看着很美很简单，但是很难到达。

看朱庸的访谈，他说：不要引诱我又掉入落后的陷阱——就是人要做得更多。这和我刚好拍掌。当然这是因为他繁华过了，说这样的话有理。也许我永不会繁华，但我难道不能一眼看过去吗？意义的赋予是有各种因素的，不是什么非不可的，所以他又说：我其实是在浪费才华和浪费生命之间来回矛盾。我悄笑。我肯定会在矛盾中老去。

我发现我越来越没有大批说话的欲望，没有讲述的欲望，没有用力的状态。即便聊天我也要有一个懒散的姿势，才可以清晰听见对方的话来作出反应。我喜欢一种在懒散中的效率，大面积懒散，小细节紧凑。喜欢懒散着浪掷时光，日子就过去了，没有哪种生活可以让时间变得长一些，大家都一样。在这样的节奏中，可以珍惜很多瞬间，虽然没有高远宏大的什么，我只是一个热爱小事的人。

说到写字，我不清晰知道为什么写一些不多的也不出名的字，我也很少能换来钱。这就如同交待，生活中很多东西需要交待，每天交待自己三顿饭一次睡眠，完成朋友交待的事——写字，就是交待一种转来转去有点模糊发痒发酸的心情。

就是这样。所以不足以成就出呈现在众人眼里的好东西，所以虽然是很难认真，但也是难缠的。

自选作品

流　年

明年就是另一个世纪的时光了，我不知道会有什么样大的变化，总之很多事情会有新的开始，在这个时候，我想去看看父亲。在我和他面对的时刻，他一定会感应我默默的坚定的，就像小时候，我一个人孤独地领着妹妹上学。下雨的时候，你不知道那条路有多么泥泞，我在前面踩着脚坑，让妹妹踩着走，父亲从来没有接过我们，但是我回到家里，父亲看到我的时候，眼里赞许和鼓励的眼神我一定是明白的。

那时候我七岁，父亲也正是年富力强、英俊潇洒的时候。

现在我二十七岁，父亲也去世七年了。

我仍然在他坚韧的眼神中生活，梦中看到父亲从来没有过病后的模样，永远是精力充沛的、永远是你不能抵挡的魅力。

父亲的家乡在关中偏北的一座贫瘠的山上。现在山谷里早已没有了顺势而下的溪流，全部种上了庄稼。因为干旱，很多山坡上种了花椒，这种树倒是很适应，每年都会有不错的收成。

在父亲家老窑的坡下，也有几片花椒树，整整齐齐站着，矮矮的，有宽宽的枝干，在黄土的坡上，透着疏疏的绿色。满山遍野铺着干烈的阳光，寂静的山，寂静的花椒树，站在这样的土坎上，人的回忆被引发又被禁锢。我就想静静坐着，想我所能想到的，想我所能想象到的，不动不移，直到黄昏来临，夕阳照在我的脚下，有暖暖的抚摸。星夜随后来临，山里的星星就在你的手边，我触摸它们的一片冰心，我仍旧坐着，父亲就在我的身旁，像很久以前一样。

在老窑的坡下，在坡下的花椒树中，父亲在那里静静躺着，这是他出生和成长的地方，在外面的世界中走过，又回到了起点，入土为安吧，这是我们千百年来的传统。

在这些坡坡坎坎上，父亲曾是一个多么不属于这里的山的孩子。我以我现在的心情走回五十多年前的这里，我真的是能看见我的父亲的，我甚至是能感受到他的脚步声，他隐藏在内心的属于远方的渴求。

我知道他走过来了，那扇漆黑的木门"吱扭"一声，在岁月的长河中清晰又伤感。

一九四二年的秋天，父亲在这扇漆黑的门内出生。我爷爷家很穷，奶奶却是山下大户人家的千金小姐，因为家境富裕，闲来染上了烟瘾，抽得自己面黄肌瘦，二十五六了，仍然没有出嫁，后来家境也日渐没落，终于奶奶嫁到了山里，烟瘾也戒了。扎扎实实地在山里过了一辈子，其实奶奶是非常会过日子的人，也很节俭。

奶奶长相是很俊秀的，而父亲跟奶奶如出一辙，现在老人说我跟奶奶很像，其实我差得很远，我远没有他们的一半，而在性格上确实有很多相通的地方，这让我觉得温暖，觉得在这山野间兮兮的一种气息。

父亲在山野间迅速地长大，他穿着黑棉袄，冷的时候，双手插在袖笼里。与生俱来的高贵气质，没有在贫穷的生活中得到丝毫损害，我看到父亲那个时候的照片，反倒更加增添了一种飘渺而清晰的云气，让我明白什么叫做注定，他注定是不属于这里的。他的眼神穿透了山山脉脉，他的嘴角就像一块璞玉。

父亲八岁开始给当地财主放羊，这就像所有文学作品里的故事一样，每天每天日升月落，春去秋来，父亲长到十二岁了，五年时间，东家却分文不付。父亲没有过激的反应，他默默的垂首让这山野也不能肆意的叫嚣北风。

那一年，父亲远房一位深明大义的姑母出资，父亲终于读书了。

知识才是父亲应该步入的殿堂，他就像一尾鱼，游于其间。他无视其他，他的与众不同引来了其他碌碌之生的不满。他们隐隐觉出一点父亲不动声色的压力，他们趁父亲不备，把父亲的课本扔进井里，把镜子后面的水银粉刮下来洒在父亲的饭碗里。

当然父亲警惕中毫不慌乱，也不争取他们的“友谊”，“子非鱼，焉知鱼之乐也”。

“斗争”的结果是父亲两年读完了高小六年的课程，而其他的人都在以后的岁月里变得成熟，成人后，再见面有托于父亲的时候，确实是赧颜的。

父亲在十四岁读初一的班中，碰到了十二岁的灵秀可爱的母亲。

高中毕业，他们定了婚约，然后一起去上了大学。

后来几十年后，父亲在省级机关做到一个重要职位，那时候父亲英姿勃勃，未来不可估量。我那时候还很小，对我的直接影响只是我觉得见父亲一面很不容易。我的花季很快乐也很自我,父亲很少和我一起看电视或是带我上公园什么的。但我从来没有过负面情绪,母亲是最亲爱的人,她一直对我们在各个方面呵护备至。

我那时候练习写作的文集上留下了不少父亲的批改,他在很忙的工作中抽出时间读我幼稚的文字,细细改过。现在我再翻开,指尖划过那些边角的字迹,像是划过那些日子,那些流逝的美好的日子。

在我终于能天天见到父亲的时候,却是他已躺在了病床上。那个时候,我不相信这是我昔日生龙活虎的父亲,我真的宁愿我经常见不到他,而不愿他躺在这里,似乎所有的神采都被抽去。

星期六,那个星期六,父亲一反常规,和我们一起看了一晚上的电视节目,我觉得真幸福。我后来幸福地睡了。半夜,我被母亲急促地叫醒,家里已经来了不少人,还有担架。他们抬走了父亲。我在半夜一点,站在客厅里,我穿着睡衣,我没有觉得冷,我愣愣地站了一会儿,我开始洗父亲呕吐过的床单和被子。我后来等到黎明,一直没有人来告诉我什么,后来我去上学了,在学校,我什么话也没有说。后来我真为十四岁的我那种镇静感到心惊,我是不是应该哭泣,是不是应该有孩子的恐慌。

父亲是突发的脑溢血,四十四岁。在几次病危通知之后,父亲终于醒来,我看着他缠满绷带的头,看着他麻痹的脸颊,一夜之间,他似乎老了二十岁,他似乎不是他了,不是我疾步如飞的父亲了。

父亲看着身边的我们,眼泪从肿胀的眼睛中缓缓流出,手术过后还不能说话。我知道父亲的极度荒凉的心情,我不能面对,我转身回家,我一个人笨手笨脚,专心致志地做了一锅韭菜鸡蛋饺子,因为父亲最爱吃饺子,在我的记忆当中,父亲曾领着我上街买书,那次,我们在街上吃了水饺,多么好吃的水饺。

当然,刚刚苏醒的父亲是不能吃的,可他看了我打开的饭盒,眼泪又无声地流了出来,憋了这么多天的我终于也哭了。

我捧着一个装满饺子的饭盒,站在父亲的床前,默默的泪水像花瓣一样飞起。

在父亲与疾病抗衡的六年中，我也一点一滴长大了，流动的生活让人不能不坚强地朝前走，其实我们随时随地都在担心病情的反复，但是妈妈和我不能显露，我们辛酸而努力地活着。

父亲拄着拐杖站在院子中的情景是我终于懂事之后不可磨灭的记忆。

父亲适应了他的现实，我也适应了我又一次独立成长的现实，我觉到了我的重要性，我在生活和精神两方面操持着尽量多的部分。

生活忧伤而平静地流走，我看着我的父亲，又想起他的家乡，他出生的山野，他注定是要走的，难道命运就是这样无情吗，还是这真的是一种昭示，昭示着父亲的生命将要在我的身上得到最好的延续。

我二十岁那年，父亲没有留下一个字，他也许是不准备留下什么的，因为我真的都知道，我都知道。

我在"悼父文"中曾写过：

"很久没有给父亲看我写过的文章，如今再写，竟是这样的文字。父亲的心愿是想让我在文学领域能有所成就，我不会将这个目标流失，等我有了稳定的保障，将来拿起笔来是挡不住的事情。……爸爸，从小的我就不是很软弱，如今，请将您的坚强再赋予我，我会认认真真地走以后的路，不依靠任何人，不流一滴眼泪，您的每一次暗示我将以热血作为呼应……"

我在世纪末的最后一年，坐在父亲的面前，想着让我沉醉和心碎的似水流年。生活不是平平淡淡的东西，不能轻易放弃，生命的流动就像永远不会唱完的歌曲，就像这山野间来来往往的风，刮过一片一片山坡，刮过一丛丛花椒树，呼呼的声音那么寂静。

1999 年 11 月 23 日

（选自《请你来爱》）

有　湖

坐在湖边的时候，猛然觉得静。住的屋子就在水边，往前看，水面铺展开视线，往旁边看，却觉得房子在游，有些微的眩晕。又刚刚在路上跋涉，停下来，停得如此快速温柔，见湖而止。

这个湖叫红寺湖，在汉中南郑县的角落。红寺已经被水和历史淹没了，这个名字仍旧跟着水，回忆和记录，以一种微微泛红的颜色，每天清晨和黄昏照耀在水面上，这也许就是记忆蒸腾的颜色。对于水，不语就是正确的，你一开口，就会留下影子，要探头去看影子，就会留下牵挂，那也是一种负累。在水边，应该短暂地卸掉，不要夺取和执着。

我面对湖，明白让自己如此轻的道理，却卷进思虑的潮，那个情节在夜里的湖边像咚然掉进水中的星光，清冷又深不可触。来到水边是为了调剂很久的旱情，看到湖面的一瞬，以为自己寻到遗忘，其实却更清晰地浮现症结。

在美丽的景致面前，我出现沮丧。为了出离而来，却在要获得安慰的对象上再次离开。究竟什么是真实的，什么地方是安全的？我又一次感觉到内心对虚空的一种冷静的对视。生命一定是一场最虚空的事，你来不及仔细去想的时候，已经不会给你挽回的机会，这也不重要，最终都是漂浮的小微粒。但日子是温暖有质的，给出足够的理由好好活下去，这也许就是和虚空对抗的一种安排。如果都是虚空，也就不存在虚空了。包括眼前的湖，柔和辽阔，感知和凝望它，就是实实在在的理由。

晚上睡在湖边的房间，没有以往密集的灯光和车声，以为会有一个立刻的香甜的睡眠。却发现睡眠也跑出来巡湖，都被湖罩住了，很深重。它久久地浮在水面，配合水边轻轻地却清晰无比地拥挨房基的声音。风又一阵阵扣门。所以这个预料中的安稳睡眠才慢慢地回到身体，后来它一定是知道这片水不会怎样，你只要来，它不离不弃，不言不语，像一个最完美的情人。睡吧，在湖水的怀中。

第二天醒来时，花了几秒钟的时间获得正确的所在，湖水淹没了我的梦，什么也不记得了，只记得后半夜棉被的温暖。清晨的湖面非常安静，远处几层黛青的低低的山峦像是没有重量的背景，很不真实的感觉让人迷恋。因为这片水刚刚面世，没有太多的人知道，也因为春天刚到，夜里还冷，没有很多人在这里待过一次晨昏。所以一切都是原本的模样，没有突兀的惊扰和主观的闯入。

我趴在廊边的栏杆上，看了很久。有时候在城市的建筑物里看外面的阳光也发发愣，也好。但今天早晨的发呆有着水汽，湖面的和眼睛里的，都宽容几只清晨的白鸟低低飞翔。

突然觉得湖水就是秘密，无从了解，薄薄水面之下，有目光不能及的所有，永远不会昭然。一个秘密之处当然总受撩拨。风，船，白鸟，目光，都会形成涟漪。还有雨，后来在将近中午的时候，滴了不太大的雨，这不是撩拨，这是试探。试探的结果让湖水更加深邃，更加是一片完美的秘密之地。

坐一只小船登上湖那边的半岛，半岛面积很大，要走一圈会用去半天多的时间吧。随意在里面不理方向，会有惊喜。水边上去就有大片的楠竹，很高，风就攀在高处，簌簌地响。竹是湖边另一个高度，用来调整低头凝望湖水导致脖颈的微微酸痛，也用来换一个角度看湖，看高处青竹将湖水的湿润固化在叶尖的动人。

有很多水湾，有水杉站在水中，姿态疏离。正是油菜开花的时候，一小片一小片黄亮跳跃在水旁。在半岛这边看出去，远处对面岸边的黄花大面积灿烂着，农舍坐在里面，似乎比其它日子还要幸福一些。

在岛上走了很久，只为在一个完全是土地和植物的地方走路，感觉和自然相处的无限欢愉。年轻的和年老的树木，脚边枯掉的去年的草和新芽，还有松针，厚厚的铺着，身体被周围浓重的植物的湿润笼罩着。进入后和湖水分离。身体的运动让头脑渐渐想得开阔，昨夜不能放下的什么就明朗地丢弃了，没有什么不可释然。继续走路，在岛上。身体慢慢开始觉到暖意。

后来在一个小码头休息，看湖水在脚边荡漾。放眼看湖，看这个昨天到访的红寺湖，这个岛得知叫大孤山。来了，看到，它陪伴我的心思，默默不做评判。水的包容，迟早化解干结。春天里，黄花盛开的季节，有湖。有一方湖，在现在我的斗室里，仍旧在眼前盈盈泛起，不言不语，我曾经进入后分离，现在分离后又能进入，我和湖的联系，我知道一直存在。

（选自《春天图画》）

为了一个孤独而敏感的灵魂而感动

——读王春散文集《请你来爱》

史飞翔

写作是一件苦差事。在我看来，无论如何都不应该将写作同那些美艳若桃的女子们联系在一起。女人和鲜花是上帝赐予人类最好的两件礼物，是应该用来呵护和被爱的。但是人群每每总有那么一小撮子人喜欢以殉道者的姿态出现，这其中当然也包括部分女人。女人不写作还好，一旦写起来便了不得。譬如:李清照、张爱玲、三毛、龙应台、张抗抗、毕淑敏。记得,先前曾看到过一个名叫唐敏的女作家,写的一篇题为《女孩子的花》的文章,印象极佳,至今仍萦萦在怀、感念不已。

此刻手头这本题为《请你来爱》的散文随笔集再次印证了我的看法,女人不写作还好,一旦写起来便了不得。

我万万没有想到,一个无论从哪个角度看上去都有些消瘦的女子竟会蕴藏着如此惊人、绵长而又持久的爆发力。应当说王春是属于那种感情细腻且自我意识特别强烈的人,毫无疑问,具有这种性格的人是适合写作的。透过她那低婉、凄迷、略带感伤的文字,我感受到了一颗孤寂、敏感而又忧郁的灵魂。我终于明白了为什么王春要将这本书命名为《请你来爱》。

我与王春仅有一面之缘,谈不上交往和了解。但通过她的文字,我坚信,我们属于同一类人,皆是那种因情而生的人,在灵魂深处我们是相通的。一个有着浩瀚精神世界的人,是一个幸福的人,但同时也是一个痛苦的人。

王春说,她是一个用心支撑生活的人,这话我信。我从来就没见过一个没心没肺、大大咧咧的人能够写出打动人的文字来。读完《请你来爱》,我留下的第一抹印象就是:王春是一个热爱生活的人。

收在这本集子里的多半是王春自己对人生、生活、世界、爱情等一系列问题的一些独特的体验与感悟。虽有琐碎之嫌,但也不乏灿烂之语。王春以她女性特有之细腻,为我们图解和诠释了生活中的另一种真实。我很惊讶于她能透过作为表象的纷繁现实而直抵生活的本质,毋需多语,你只要看看那一个个的文章标题《伤花怒放》《本初》《站在生活的坡上》便可知。可以毫无夸张地说,王春在一些篇章中所创造出的许多意象,在某种程度上已达到了文学审美的层次。譬如,她的《流年》一文,就曾一度使我潸然泪下。

使我对王春心生敬意的另外一个原因是她对语言的准确把握。例如,她在描写母亲的坚忍时,用"站在生活的坡上,一直向前",寥寥数语,却为我们勾画出一幅活生生的坚强女性的形象。再看看她是如何进行自我画像的,"我是一个跟着内心走的人,而且非常有空前的勇气"。"空前"一词,力透纸背,充满着一种张力。这些词语就像被熨斗熨过一样,读来使人舒服。

在阅读《请你来爱》的过程中,我还感到王春是一个有情调的人。男人的魅力源自境界，女人的魅力源自情调。一个有着浪漫情调的人总是讨人喜欢的。陈长吟老师在这本书的序中是这样描写王春的："霏霏细雨中，王春撑着一把花伞。宛若一只高冠的、细长的花蘑，缓缓向前移动。""生活中的她静静的来，静静的去，不带来一点喧嚣，也不带走一片惊诧。她那瘦细的腰肢上，总裹着一袭淡色的或浅格或浅花的衣裙，很少大红大紫的俗艳。不事化妆，素面示人，本色如新。"这就是王春，一个孤独、敏感而又极富情调的人。然而，使我略微不安的是，王春的文字隐隐约约中透露出一种宿命的悲观。虽说是淡淡的，却也有着一种执著。一个有着悲观意识的人多少是有些危险的，就像我，常常无端地滋生出一种人生的虚无，也正是因为此，我才不主张让女子来写作。写作是身外事，是人在衣食温饱之后的一种生命的冲动。因此我倒宁愿王春不去写作，当然这仅仅是我的一厢情愿。

（原载《为灵魂寻找镜子》，大众文艺出版社，2006 年）

谢宗玉

谢宗玉(1972—　),小说家、散文家,湖南安仁人。大学毕业后分配至长沙市公安局工作,现为三级警督,一级作家。系中国作家协会会员,湖南省散文报告文学委员会秘书长,湖南青年文学委员会委员,获2004年度湖南青年文学奖、第三届长沙文学三星称号。

谢宗玉从20世纪90年代开始文学创作以来,除发表《决斗》《平面人》《天地贼心》等近20部中长篇小说外,又先后在《天涯》(2001)、《散文选刊》(2001)、《人民文学》(2002)、《大家》(2002)、《美文》(2005)、《中国作家》(2005)、《布老虎散文·秋之卷》(2005)、《文学界》(2006)等刊物开辟"散文专辑"或"散文系列",并出版散文专集3部:

《田垅上的婴儿》(现代出版社,2002年);

《村庄在南方之南》(百花文艺出版社,2005年);

《遍地药香》(湖南文艺出版社,2006年)。

谢宗玉的散文,有《西墙》被选入上海市小学六年级《语文》课本,《男孩,别哭》被选入湖南省小学六年级《语文》课本;有《水牛》《黄牛》《蜜蜂》被选入甘肃省初中一年级人文读本(甘肃人民出版社);有《美语老师》《伤疤情节》被选入江苏省高中一年级语言必修读本(江苏教育出版社),散文集《田垅上的婴儿》被评审委员全票通过进入2004年度"21世纪文学之星丛书"。评论谢宗玉散文的文章主要有:

《满目新鲜的乡村散文》(张立国),《深圳商报》2001年1月18日;

《阴郁的晴朗》(迟子建),《天涯》2001年第2期;

《年少的巷凉》(蒋子丹),《天涯》2001年第2期;

《写给谢宗玉的一点闲话》(史铁生,《天涯》2001年第2期);

《满月新鲜》(张炜),《天涯》2001年第2期;

《“忧郁的晴朗”——谢宗玉散文现象》(王晓利),《作家与社会报》2002年10月28日;

《细节化的乌托邦——读谢宗玉散文集〈田垅上的婴儿〉》(许晖),香港《文学世纪》2003年第2期;

《最严肃的作家才思考死亡》(何立伟),《布老虎散文·秋之卷》(春风文艺出版社,2003年);

《谢宗玉:年少的巷凉》(陆梅),《文学报》2003年7月24日;

《谢宗玉:人文关怀写作》(朱晓剑),《新书报》2004年12月11日;

《农耕岁月的文学记忆》(张宗仁),《文学报》2005年5月26日;

《谢宗玉给我们的散文天地带来了什么?》(鲁之洛),《文学风》2006年第3期;

《现实与精神的奇妙结合——〈遍地药香〉序》(叶梦),《长沙晚报》2006年10月16日;

《乡村深处的药香》(马叙),《布老虎散文·夏之卷》(春风文艺出版社,2006年);

《谢宗玉的“乡村全景”与“雨夜情怀”》(马笑泉),《文学界》2006年第11期;

《清醒的新旧接轨之时代感》(鲁之洛),《浙江文苑》2007年第3期;

《谢宗玉乡土散文的双重叙述》(吴玉杰),《文艺争鸣》2008年第4期。

对散文创作的一点感想

谢宗玉

最初我喜欢写小说,写散文完全是属于无意插柳。但我算是幸运的。我写的第一批散文就被《天涯》重磅推出,同时还配发了史铁生、张炜、迟子建、蒋子丹等著名作家的评论。从那后,我才对散文创作有了一些思考。

在我看来,近百年白话文的发展,有点像武侠高手在练内功,像练那个乾坤大挪移什么的,一重一重地练着,现在已差不多到了最高境界，很多写作者已把白话文的语言魅力发挥到了极致。他们文字中激荡着一股很强的气流，只要你静气凝神地读几句，内心就会被这种气流所感染。而当代文坛，特别是散文界，似乎就是根据作家字里行间的这股气流来排座位的。谁把文字弄得翻云覆雨，眼晕目眩，让人应接不暇，谁就会得到文坛的认可，拿到文学的大奖。

目前国内一批当红的年轻散文家，依我看，就像一具具文字的加压打气机！他们那种如大兵压境的写作状态，完全可以想象得出的。只要一提笔，他们的精神便高度紧张，全身每一颗细胞都披坚执锐，准备把假想的对手置于死地。在这种状态下写出来的文字，当然充满了斗志昂扬的杀气和腾挪迭宕的聪敏。换句话说，他们一个个也像国际级的烹调大师，做出来的东西都有满汉全席的气象。这种东西不能单用一个好字概括，它们完全称得上是精品。

可精品是精品，但似乎只适合比赛拿奖，并不适合普通读者享用。我们不妨把当代的散文家与上世纪三四十年代的散文家比较一下，如果单纯从文字的操作能力来讲，当代的散文家无疑比那时的散文家厉害多了，可为什么当代的散文家越来越得不到普通读者的认同了呢？为什么我们提起散文，记得的，依然还是沈从文、林语堂、梁实秋、周作人、鲁迅、丰子恺……那些人的名字呢？我看最重要的一点，就是现在的散文家已把散文从下里巴人的位置抬到了阳春白雪的位置，让散文变得高处不胜寒。过去的作家是借散文来展现自己，展现自己独特的才情、妙异的性格以及天真烂漫的胡思乱想，还有就是展现他们对当时社会的参与和担当之心。而现在的作家呢，却是借散文来掩饰自己，让学识遮掩灵魂，让才华掩饰情感，让诡论掩饰个性！让闭门玄思来代替对外界的体察！

过去的散文家，因为写作时非常随意，并没有多少所谓的名篇佳作，如果让他们单篇单篇地与现在的散文家比，肯定会比得稀里哗啦，溃不成军。就比如说沈从文吧，我看他的散文，几乎没有多少算得上精品，都是一些写得很随意的歪瓜裂枣。但就是有这么怪，这些歪瓜裂枣放在一起，集成一本书，居然会产生了一种不同寻常的气场。就像几块石头丢在那里，它只是石头而已，而被诸葛亮一摆弄，就成了韵味无穷的八卦阵。还有美国那个梭罗，更是找不到一篇所谓的精品来。他们的散文不像现在散文家那样，完全是靠字里行间暗藏的激情和气流撑起来的。他们字里行间的气息是平和的，是微弱的，如风行水上。如果说现在散文家的作品像工厂制造出来的，那过去散文家的作品则像山泉一样自然流出来的。现在的散文家是靠文字的精巧、包装的豪华和故作高深取胜，而过去的散文家则是靠他们整个散文中呈现出豁达平和的境界和从容睿智的气象取胜。他们的文字能将他们自己像雕像一样立了起来。他们虽然没有什么名篇，但“沈从文散文”和“梭罗散文”便是大名篇！而现在很多散文家，写了一辈子，都看不到真面貌。

关于我自己的散文创作，我只希望自己轻松一点，随意一点，真诚而不加掩饰地把我的所思所想所历，端到读者面前。我希望自己在散文创作时，全身每一个细胞都是躺着的，都像在湘水足浴洗脚时那般放松。我写散文不是要与人一较长短，我写散文是在于我要表达。我要用最简洁的文字表达我卑微的人生。如果某些读者看了我的散文这么说一句：这个家伙的东西虽然很笨拙，却也有几分可爱之处。那我就心满意足了。

自选作品

麦田中央的坟

南方人喜欢把自己的祖先葬在荒山野岭，垒上石头，让他们与山魂野精为伍。身为南方人，我从没思考，就认为这是理所当然的事。没想到北方人却不，北方人把自己的祖先葬在麦田里，培上厚土，让他们与自己的儿孙后代为伍。

从郑州到洛阳，越过车窗，越过一排排迅速后撤的白杨，看着时不时出现的坟堆隆起在麦田中央，随着塬上的一切草木生动地向后旋转，我一下子就被打动了，并很快接纳了这种安葬方式，我想待自己百年过后，也吩咐儿孙把尸骨安葬在自家土地中央。

把祖先葬在经常耕耘的土地中间，就像葬在身边一样。高高隆起的坟堆，还像祖先依稀的背影。劳作累了，就一锄头横在坟边，坐下来，卷一筒纸烟，再喝几口自酿的米酒，可以沉默，与祖先共同回忆那些逝去的时光。那时自己还很小很小，祖先常把自己举过头顶，乐起来，就将满脸胡茬直往小鸡鸡上扎。光阴荏苒，小鸡鸡已经长大了，小鸡鸡上面也长了胡须，并且生了更小的鸡鸡，那不远处在草丛中卧戏蚱蜢的黑娃就是咱家的后代，在坟中的祖先大可安心。

不想沉默的时候，就与祖先唠唠家常：瞧，狗日的麦苗长得多青多肥，今年又是个丰收年。媳妇儿想南下打工，我没让，都说南边俊妞儿招人惹。哦，父亲也老得走不动了，他要我常替您拔拔草，到时我就让他也葬在您身边。等黑娃长大了，说上媳妇生了崽，我一放锄头，也万事不管来给您作伴……

黄昏回家，一手牵着黑娃，一手提着锄头，嘴里则噙着一根从坟上拔下的青草。别担心夜里的庄稼，祖先是真正的麦田守望者，会看护好这一切的。猫头鹰是祖先的家犬。在残月的夜里，猫头鹰踞守坟头，凄叫两声，土拨鼠就吓得不敢出来。黑娃是祖先的孩子，庄稼也是祖先的孩子，夜里庄稼的拔节声，同白天黑娃的笑声一样令祖先心旷神怡。

春季引水灌麦，顺便把祖先也浇浇，只要有水，祖先的枯骨就像舍利子一样不会风化。清凉的水从昆虫的小洞里渗进祖先的坟里，滋润祖先的灵魂。祖先的灵魂同孩子同麦苗一样需要甘汁的滋润，水使祖先的灵魂变得鲜活丰沛，丰沛的灵魂浮游在麦田上空，呼风唤雨，引蜂招蝶，使麦苗更好地生长，使麦穗子多粒足。

麦子收割了，地要闲上一阵，祖先若是孤独，就回家去看看，反正村庄离麦田并不遥远，反正自家的窑洞从来就不曾陌生过，反正来回的路已一遍一遍看着儿孙踩熟。回家看看也好，看儿孙们的日子是否过得比以往红火，看自己织的藤筐是否还结实耐用。还有那些家畜呢，也是否同它们的祖先长得一样，就像黑娃，隔了几代，还像绝了自己。

……我们熟睡之时，祖先在房间里这里摸摸，那里瞅瞅，看看一切都好，就心满意足地离去。别担心饿了渴了祖先，揭开锅盖，里面的白馍馍还是温热的呢，而飘香的高粱酒缸依然摆在他生前的位置。

心满意足的祖先觉得做鬼也属多余，就心无牵挂地酣睡过去了。若干年醒来，发现耕作的后代已全是陌生的面孔，好在从相貌上判断，还能知道他们是自己的后代。瞧瞧周围，祖先发现黑娃的坟也在不远处高高隆起，而自己的坟却已完全湮失不见，在尸骨化土的地方，是一大片青青麦苗。祖先感到身骨子有些酸痛，麦苗的根系在强有力地拥抱自己，祖先感觉自己在一丝一丝顺着根系往上走。不久祖先就发现自己变成了一大片麦苗，被后代的后代用结实的手指柔软地侍弄着，祖先突然感到自己像初生的婴儿一样柔弱。夏天，祖先长成麦粒。秋天，麦粒化作了后辈的精气神。

突然有一天，祖先发现自己竟以后辈的样子站在麦田里耕耘，一时间祖先什么都明白了，原来世世代代都可轮回，麦苗的生长过程就是我们的轮回之路。而麦田则是我们真正的家。

（选自散文集《田垅上的婴儿》）

西　墙

砌新屋的时候，只记得高兴，没想到日后会有那么猛的雨。墙是土墙，又支楞得特别高，住进后的第一场雨就把一家人吓坏了，来雨时阵风强烈，风夹着雨像个披头散发的泼妇，一头一头往东墙上撞，只一会，墙上就有大片大片暗红的稠液顺着墙面流下来，别以为是雨撞破了头，雨才伤不着呢，受伤的是土墙。雨像受了谁的唆使，说土墙的土站得太高太显，就联合风想把墙上的土重新带回地面。可墙上的土才不在乎站高站低呢。真正受损的是我们,一场雨就把墙弄成这样,往后的日子可怎么办?正在我们担心东墙的时候,西墙被另一场雨同样撕得遍体鳞伤。好在人字形的屋顶把南墙北墙压得很低,伸出头的屋檐把它们给护住了。

紧邻东墙的还有一块空地,是二狗家的屋基。为了给东墙找个蔽护,父亲就跑去找二狗,要他早点把屋砌起。二狗又不是傻子,当然知道父亲的心思,就老拖着说自家的劳力还没长齐,没有砌屋的实力。父亲一咬牙,就说,只要他尽早砌屋,我们全家都去帮衬。二狗要的就是这话。我们全家在二狗的屋场里整整做了半个月工,二狗的新屋就砌起了。我家东墙的问题总算解决。可二狗家的东墙又有新问题了。二狗被几场雨淋虚了胆,忙在村里寻找新的合作伙伴。

我家砌屋时村里已有二十年没砌屋了,我家砌好屋后,东边就一幢傍着一幢,砌了八九幢。村里没有别的更大的便宜可占,村人就想占这么点便宜。母亲比父亲的胸怀可能要窄些,为这事,母亲几次私下里埋怨父亲心太急。又说地基也没选好。

是的,地基真的没选好。西边是一丘稻田,就算父亲有心帮工,也没有人家来傍着砌屋,西墙的问题就这么一直悬着。风雨一场一场地刮,西墙的泥一层一层剥下,眼看西墙很快就不能承负屋梁的重量了。某个早晨起来,屋盖下一家人竟有好几个夜里做梦,梦见屋子倒下来把一家人压在下面。父亲就再也坐不住了,他赶到山那边买回一车石灰,把土墙粉刷了一番。以为这样就成了。可几场雨过后,石灰就一块一块大面积逃离,没过完那个冬天,墙上就只剩最后几块贴心的石灰了。父亲不得不另想办法,一家人就选了几个放晴的日子,织了很多草帘张挂起来,把西墙遮住。西墙突然像一个披着蓑衣的老农的背影,一下子老了许多。但这样也不管用,风太霸蛮了,还没来得及等到一场雨,风就先个儿把稻草一绺一绺扯下来往空中撒得纷纷扬扬,剩下的就是一些光杆帘篙了。

春天来到南方,整个村子都回潮返湿,什么东西都在发芽,连空气都带着芽绿色,湿润的西墙上居然也生了几根小草。那天早晨小妹把这个发现告诉父亲，父亲忙兴冲冲地跑进屋，告诉正在做饭的母亲，母亲看都没看他一眼，就说，大惊小怪的，你以为你还小哎？父亲说，我找到西墙不受雨劈的办法了。

等一场斜雨过后，父亲在粘乎乎的西墙上大把大把撒上草籽。没几日，草籽发芽了，西墙顿时粉彻玉琢，焕然一新。过完春天，西墙就出落得像个美少女了，绿意盎然的草叶斜挂西墙，微风过处，就舞出许多美的极致。更重要的是骤然而来的夏雨再也伤害不了西墙，无数草叶就像无数只伸出的手，雨滴打过来就被弹射出去，而草根则牢牢地抱紧土墙，再不让泥土流失。父亲的这个发明激发了母亲的创造力，那年夏天，她在墙根种下一排爬山虎。她想一劳永逸。

秋天气候干燥，一墙草叶转黄，西墙金碧辉煌，让小妹有了许多逃避贫穷的童话般幻想。草死了。草根却牢牢地抓住墙壁，风再也扯不动它。一墙衰草就这样为西墙挡了几年风雨。后来爬山虎长大了，细细腻腻地爬了一墙，西墙就长满了无数的耳朵。我说出这个比喻时，我和小妹越看越觉得形象，就在墙根下笑得像两只滚瓜。有一墙的耳朵守着我们睡觉，从此梦也香多了。有这样的父母真是福气，我心底的诗心应该是在那时就种上了。

覆盖着爬山虎的西墙同大地一齐荣枯，也就同大地一样永恒。春芽夏绿秋黄冬枯了很多年，仍然春芽夏绿秋黄冬枯。西墙像一年换一次血液，永远也不会老去。

村庄里的时间就这么在西墙边凝固了，日子太浓太稠，压得人有点喘不过气来，我和小妹选择了逃离。我们各自隐居城中，日子飙风而过，生命也掂不出个轻重。

若干年后，我们回到村庄，村庄已变得非常陌生，除了西墙依旧，还举着一壁耳朵。

（选自散文集《田垅上的婴儿》）

谢宗玉乡土散文的双重叙述

吴玉杰

谢宗玉写小说，后写散文，但是他的散文超越其小说将可能成为“站着”的“经典”。“他在散文这种形式里所达到的文学纯度同高度应当得到社会的认可与佳评。他是潇湘之地一只飞得特别高的散文之鹰。”（何立伟语）他把小说部分的献给城市（“谢宗玉的小说是浓墨重彩的都市风情画”，李少君语），却把散文几乎全部献给乡村。他把对生活的独特感受、对语言文字的艺术敏感都倾注到远远的窑村。窑村，他生活和精神的气场，是他的乡土散文执着表现的对象。窑村是他的生命之源，也是他的艺术之源。在窑村真实而幻化的映像中，谢宗玉乡土散文的叙述呈现双重结构，死亡和生存的日常叙述使其逼近和抵达读者恍然的心灵深处。童年和成年的转换叙述把过去和现在、乡村和城市的不同时空化为一种特定的审美时空，成为一种“有意味的形式”；而人与自然的互化叙述在凸现自然情结与女性情结的同时，把艺术感觉和审美情趣推到极致。所以，《散文选刊》认为谢宗玉是新世纪以来在中国散文园地出现的一个散文新家。沉浸在他的窑村世界中，我们会触摸到一种真诚的隐痛，一种美丽的忧伤，一种彻骨的悲凉，当然还有超然的宁静与旷达。在消费散文的时代，谢宗玉为我们提供另外一种标本，散文是富有文学性的美文。

一、死亡和生存的日常叙述

死亡和生存是文学创作的母题。每一个富有终极关怀的作家都会把死亡和生存纳入自己的观照视野，然而，因为不同的艺术追求和个性使然，死亡和生存又呈现出不同的审美样态。谢宗玉在日常生活中以举重若轻的方式叙述死亡和生存。透过他叙述生死所表现出的中年心态和老年心态，我们发现，有时作者对生的恐惧甚于对死的恐惧，或者他对死的平静的叙述源于他对生的恐惧。

其实,以往的文本让我们习惯于在强烈的冲突面前、在别无选择的情境当中谈论生死,似乎那样更能显出生死的意义和价值。而谢宗玉偏偏把目光投向最基本、最琐碎甚至在别人看来最无聊的日常生活,他就是在似乎平静如水的日常生活中谈论生死,让人感觉生死是一个无法躲藏、一个永远绕不开的话题。法国哲学家列费伏尔认为:“日常生活与一切活动关系密切,它涵盖了有差异和冲突的一切活动;它是这些活动会聚的场所,是其关联和共同基础。这时日常生活中才存在着塑造人类——亦即人的整个关系——它是一个使其构型的整体。也正是在日常生活中,那些影响现实总体性的关系才得以表现和得以实现,尽管总是以部分的和不完全的方式。”①日常生活是人的整个关系得以表现和实现的有形或无形的重要支撑、一个立足点,换句话说,没有日常生活,就没有人的整个关系的具体化实现。所以,死亡和生存的日常叙述对于谢宗玉来说是一个富有意味的选择。

在日常生活中,我们很少谈论自己的死亡,而谢宗玉却多次谈到自己的死,如何死、死以后的事情。谢宗玉的第一篇散文就是关于死亡的《麦田中央的坟》,接着他写了一组关于死亡话题的文章:《该轮谁离去了》《活多久才能接受死》《谁是最后记得我的那个人?》《剩下的日子我还能做些啥?》《家族的隐痛》《一个夏天的死亡》等。谢宗玉把死亡的话题带到我们的日常生活,或者说,他在日常生活中谈论一个我们非常忌讳的死亡话题。然而,当他用或平静或颤抖的笔触把我们逼近死亡的话题时,我们不得不感谢他把自己在平凡的日常生活中的不平凡的发现与我们共享,我们和他一起逐渐地从恐惧中沉静下来,想想我们该想的关于死亡的一些事情。《麦田中央的坟》奠定了关于死亡的总体的叙述基调,祖先是麦田里真正的守望者。其实,谢宗玉并不是一开始就有把自己的死亡操办成一场人生的盛宴的想法,他也曾恐惧过:当计算出村庄“等到再死五十九人的时候,就该轮我了”的那一刻他逃离到城里,“隐匿着活着”。当知道“家族的隐痛”(男人过早地苍老、很少长寿)时也曾万念俱灰。窑村50岁的人就为自己准备棺材,我们“活多久才能接受死”? 然而,窑村的人“从来处来,到

---

① 转引自周宪:《日常生活批判的两种途径》,《社会科学战线》,2005年第1期。

去处去。谁也不争先,谁也不落后。该谁是谁”。“村庄里的老人似乎都没有赖着脸皮图活的心思,到了一定岁数就一个跟着一个,悄悄撇下手头的一切,去了。”爷爷回到棺材的感觉是回到大地回到家的安详、豁达与超然,父亲让“我”给他置千屋(棺材)时的平静与宽容,在一个夏天经历过一连串的死亡之后,谢宗玉不再像先前那样惧怕死亡。一个人能够坦然面对死亡,是经历无数次对死亡的恐慌以后才能够换得的豁达。

没有了对死亡的恐惧,生存对于谢宗玉来说就有了另外一种意义。谢宗玉准备在剩下的日子里好好完成“祖宗承继之大业”(生儿育女);思考如何赴死,“好好地把自己的死亡操办得像一场盛宴”;想一想“待自己百年过后,也吩咐儿孙把尸骨安葬在自家土地中央”;想想自己死了以后,谁是最后记得“我”的那个人。

阅读这样的文本,给人的感觉是作者把人们从平静的生活中叫醒,审视自己从未想过的事情。如果说,鲁迅《朝花夕拾》写的是“人间至爱者”“被死亡所捕获”的人间大悲剧(钱理群语),那么谢宗玉写的是每一个人面临死亡的必然结局。如果说,史铁生在“我与地坛”的超时空对话中,对死亡进行形而上的哲学性的思考,最后得出生命在于过程的重要意义,那么,谢宗玉在日常生活的审美建构中,对死亡进行形而下的富有实体感的触摸,偏偏提前告知人们关于“百年过后”。生存为死亡作准备,现实在这里终结,向死亡看齐几乎成为宿命。我们看到谢宗玉平静背后的隐痛和悲凉。

谢宗玉对日常生活的叙述情有独钟。他非常推崇梭罗的日常叙述,每自比梭罗。他认为,“梭罗的《瓦尔登湖》越来越具有不可抵挡的独特魅力……他那些对周围环境絮絮叨叨的叙述,真让人百读不厌。他明明白白的文字只是一些日常生活的琐记,而所有的韵味、哲理、情趣、意境、生活态度,全蕴藏在字里行间,有一种不着一字、尽得风流的大美”。而谢宗玉对死亡和生存的叙述也正是在司空见惯的日常生活中进行,它似乎没有鲁迅关于生死叙述的悲剧性力量,也没有史铁生关于生死叙述的哲学性深刻,但是,每一个读者无不被他的文字深深地撼动,并逐渐地认同,这是谢宗玉式的一种波澜不惊的日常叙述的力量。它是在最接近日常生活的审美视阈中观照死亡,所以,更能让普通的读者把持、玩味、理解、接受,在看似平淡无奇的生活中猛然惊醒,顿然思考死亡和我们生活的关系。史铁生说:“谢宗玉的散文好在,是把一条朴素的路铺向自己情感的历史和心灵的眺望。”从某种意义上可以说,谢宗玉对死亡叙述的日常性和平民性价值使其文本抵达读者怅然的心灵深处,获得了另一种看似轻实则重的超越性意义。

谢宗玉关于生死的日常叙述让我们感觉到他过早地“成熟”,他的心态和30多岁的年龄很不相称,“现在我和母亲都老了”(《雨中,两个依稀的背影》)。他说:“我呢,过了三十岁,只想把身上所系的一切都散掉,文章中每每透露出的苍凉和空旷,让人觉得我有五六十岁了似的。”确实,他关于生死的一组散文有中年心态和老年心态。是儿子改变了他的一切,可以说在他尚显苍老的心灵中注入一针童心剂,这是儿子直呼其名“谢宗玉”给他带来的愉悦:“儿子这么一喊,我突然觉得我的名字是世界上发声最好听的三个字。谢宗玉三字,原本像一根苍老的枯藤,儿子喊一声,好比被魔棍戳了一下,谢宗玉三字当即变成一棵刚刚破土而出的新芽。是那么的怯怯嫩嫩,欣欣然,才睁开眼的样子。”谢宗玉这种心态的形成和他对生死的敏感有关,和自己的童年经验有关(用谢宗玉自己的话说,是“我感觉我的血和泪都在农村耗干了”,散文集《田垅上的婴儿》之《自序》),也和他对当下人类生活的焦灼有关。然而,中年心态和老年心态并不是谢宗玉的全部,在谢宗玉的心灵深处,还有一颗灿烂的阳光般的童心。

二、童年和成年的转换叙述

谢宗玉的乡土散文经常转换叙述视角,从童年到成年,从成年到童年,有时是自然生成,有时是刻意为之(结尾处体现得比较明显)。叙述视角的转换,把过去和现在、乡村和城市的不同时空化为一种特定的审美时空。窑村,童年之梦始,童年之梦终。谢宗玉的乡土散文是追忆窑村童年经验的心灵仪式,而幻化的窑村成为他生命栖居之地。

童年经验是“一个人在童年(包括从幼年到少年)的生活经历中所获得的心理体验的总和,包括童年时的各种感受、印象、记忆、情感、知识、意志等”。童年经验对一个人一生的影响或隐或显,如冰心所言,一个人童年经验中的许多印象,许多习惯,深固地刻画在他的人格气质上。博尔赫斯的童年经验影响他创作的三大意象老虎、镜子与迷宫的建构，童年经验促使丰子恺佛心、诗心与童心一体化的有机融合。马尔克斯认为，《百年孤独》是“在给童年时期以来以某种方式触动了我的一切经验以一种完整的文学归宿”。可以说，作家的体验生成与他的童年经验有着这样或那样的联系。“一方面，童年时的某种经验被纳入整个人生经验的长河中，其自身的意义和价值被不断地变换、生成；另一方面，这种经验融入到生命运动和心理结构的整体后，参与了心理结构对于新的人生经验和行为方式的规范和建构。”①

童年的窑村在谢宗玉的记忆中呈现双重的特点，“童年是清苦的，但记忆中的童年总充满着种种无法抹没的快乐。”(《风来银光动》)童年成为谢宗玉永远挥不去的记忆，童年经验沉淀在这些记忆中。瑞恰慈认为：“每个经历过的刺激都留下一个印记、一道痕迹，日后它会重现，并在意识和行为上起着它的一份作用。我们行为之具有系统和组织，是由过去的经验所引致。我们有能力通过经验去认知，说明它确实介入……不存在任何一种不介入记忆的精神活动。”谢宗玉对童年的叙述是双重的，一方面是乡村生活的欢畅，对秧雀声音的迷醉(《秧雀》)；在四月窑村的山坡上放牛、躺在山坡上看蓝天、和叫天子比声音(《叫天子》)的乐趣等等。另一方面是乡村生活的寂寥、清苦和孤独，追狐狸打破了乡村日复一日生活的沉闷(《狐狸》)；在“玩仇时代”，一个无人注意的百无聊赖的孩子在静寂的村子“一天杀生无数”，村子里一个人也没有，父母忙田里的活，伙伴们说已经结仇，“我”在孤独、寂寞中杀死蚂蚁、青蛙宣泄自己。《一天杀生无数》这篇文章像是作者的一个梦，虽然作者没有说这是一个梦，但我们隐约觉得这是一个对孤独恐惧的梦。这是对童年生活的另一种记忆。

童年叙述在谢宗玉的散文中占有主导地位，他经常以一颗涤除玄览的童心观照一切，完全以一种儿童的口吻叙述，如：“一只小虫沿着树干好不容易爬到树顶，一颗雨突然从叶尖一跳，抱住它，把它从树顶扯落下来。村人让雨水在一丘田里好好呆着，它们却把田垅边的一个虫洞噬得很大，一夜逃光了。牲畜以为雨水一定还在屋后那个洼里呆着，跑过去想润润喉嗓，谁知它们早跑到天上变作云，望着地下牲畜笨笨的样子发笑。”(《雨中的变迁》)其实，谢宗玉最让人

---

① 童庆炳主编：《现代心理美学》，中国社会科学出版社，1993年版，第95页。

羡慕的就是这种叙述方式，它把每一个读者带回天真的童年。谢宗玉写的童年是他的童年，也是我们的童年，那些充满欢畅和寂寥的点点滴滴，是我们共同拥有的感觉和记忆。和沈从文的记忆不同，“沈从文有选择地运用他的记忆，并对记忆中的家乡加以理想化，创造出一个美好生活的完整图景；他运用的记忆精确地集中在社会和文化传统的实质上。”①沈从文以“乡下人”自居，是在乡村找到了自己的精神寄托。谢宗玉虽然说喜欢在四月窑村的山坡上放牛，但是他知道那是不可能回到的过去，一是自己不能回到窑村（他对窑村的态度是双重的，对于窑村的人大多数不知道药草的妙用，有时觉得不知道也没有什么关系，有时觉得不知道是一种遗憾）。二是此时的窑村已不是彼时的窑村（“我真正生活过的村庄已不知让雨水带到哪去了？而现在的村庄，谁知道是雨水从哪带来的呢？”）（《雨中的变迁》）。所以，他注定要在自己建构的幻化的窑村世界中诗意地孤独地栖居。他虽自比沈从文，却没有办法像沈从文那样以“乡下人”自居。

谢宗玉对于窑村的叙述以童年的视角为主导，但他显然并不安于这种叙述，他不时地抽身而出，以成年的视角观照窑村的生活，这是一个从过去到现在的叙述。作者时常在文本中插入这样的叙述，“若干年后，我接到妹妹的电报……”（《臭牡丹》）“若干年后的今天，再来回忆当时的情景，我感觉那些走来走去的少年就像一幕历史哑剧中的戏子。”（《七叶樟》）“今天我才知道”（《牛王刺》）“长大后，见了荷一样……充满诱惑的女人”（《荷》）“有时候我真羡慕打猪草时那个小模小样一脸得意的我。……可现在的我，对任何事物……没感觉了，麻木了。”（《乳蓟子》）这种叙述打破了单一化的枯燥，使文本获得一种叙述阻隔后的动感。比如，“若干年后某个阳光明媚的晌午，我立在西方那则神话寓言故事的前面，想起兰花儿与我曾经的事情，忍不住辛酸一笑”（《穿茄草》）。从这里开始，作者的叙述转向现在式。从过去式的叙述到现在式的叙述，关于同一件事情（兰花儿手被黄蜂咬哭，我陪着流泪，并想替兰花儿报仇，最终因自己被黄蜂咬而不得不放弃）的不同叙述，把两种时空里的三种感觉（过去的感觉、现在的感觉以及现在对过去感觉的感觉）融为一体，所以双重叙述拓展了审美空间，给读者带来双重的审美意蕴，鲁迅的《朝花夕拾》大多采用的也是这样一

---

① 金介甫：《沈从文笔下的中国社会》，华东师范大学出版社，1994年版，第111页。

种叙述方式。

谢宗玉无法回到窑村，也没有办法融入自己居住的城市，所以，童年和成年叙述视角的转换，在有些时候是一种空间的转化，从乡村叙述到城市叙述。在他的文本中经常可以看到这样的叙述：

> 把花从花蒂中拔出来时，用嘴噙着花尾一吸，就有满口香甜。那滋味儿是我后来在城里所吸过的东西都没有办法比的。（《栀子花》）
>
> 童年时的习惯于鸡公朵子刺的欺负，也许对培养我谦卑而包容的心性有关。到了城里，别人欺负我，如果像刺伤那样无关紧要，我一般会笑眯眯地不去理睬。（《鸡公朵子》）
>
> 我们各自隐居城中，日子飙风而过，生命也掂不出个轻重。（《西墙》）
>
> 我真不知道我为什么要来城市？如今我全身都是伤病，可能够医治我的药草，都在远远的窑村。（《了歌王》）
>
> 而现在，我居住在城里了。……在城里生活，我有一种被包扎的感觉……我想回窑村，但再也回不去了。（《棕树》）

谢宗玉把主要笔墨用于窑村过去时空，但对现在城市时空的些微叙述可谓“匠心独运”，它是一种审美上的参照与对比，成为他精神逃亡和精神还乡的内在动力。“他和这座城市发生了强烈的对比：你们热闹，我安静；你们喧嚣，我沉默。他所能做的仿佛只有一样事情，捍卫自己独立的人格，守望内心深处那一片庄稼样朴素深沉的情感。”（何立伟语）他不属于城市，他也不属于现在的乡村，他属于他自己，在自己的心灵天空中静寂地飞翔。

其实对于城市“文明病”这种些微的叙述，谢宗玉仍不满足。他不惜冒着破坏艺术氛围的危险执着于在文章的最后站出来说话：“是的，我也已心生去意。因为不单是村庄，整个世界在我眼里也已陌生得有些恐惧”（《该轮谁离去了》）；“我发现，在这个所谓的文明社会里，充塞着许多伪善，伪道德，伪浪漫，伪情怀”（《栀子花》）；《夜雨孤灯》中写到父亲当年为家里活命到山里偷竹子，一家人在“夜雨孤灯”中焦急地等待，最后作者反问道：“可世上为什么竟还有那么多施惠者的嘴脸？他们凭什么?!”迟子建称谢宗玉散文“主题升华的尾巴”因匠心太露而影响整篇文章的韵致。确实，谢宗玉的这种叙述和他的文风与气场并不和谐。以谢宗玉的艺术修养来说，他不会不知道这样做的代价。然而，我们同时要追问的是，谢宗玉付出了艺术的代价为何还如此之执着？谢宗玉曾说：我手写我心，不管世规法度如何，我只是把自己心底最真切的感受表达出来，哪怕这种感受是偏执的，甚至是悖谬的。

从某种意义上可以说，是因为自己在城市的不适使谢宗玉把目光投向乡村记忆和童年经验。如果在文章的最后没有他说的那几句话，他甚至会觉得自己的这篇文章虽然极写艺术的感觉，但不足以表达在现实城市生活中的自己的全部情感和意念。可见，现实的、城市的生活给他留下的是一种怎样“疯狂”的记忆。在这样的生活中，如此敏感的谢宗玉是多么的焦灼和疼痛。他自己的一段读书笔记可以看出他的心态：福柯在首页就引用了法国思想家帕斯卡在十七世纪说过的一句话：人类必然会疯癫到这种地步，即不疯癫也是另一种形式的疯癫。然后福柯自己也说：疯癫不是一种自然现象，而是一种文明产物，没有把这种现象说成疯癫并加以迫害的各种文化的历史，就不会有疯癫的历史。按这两个思想家的意思，人类的文明史，其实就是一部疯癫史。把一种现象说成是疯癫，并加以迫害，这难道不是大疯癫吗？而人类对理性穷凶极恶的追求，对科学厚颜无耻的滥用，把整个地球搞得乌烟瘴气，危机四伏，这不是一种大疯癫又是什么？所以从某种意义上说，福柯研究的人类疯癫史，只是人类的小疾，是一种表象，类似于疥疮的一种。而人类骨髓深处的疯癫却是那部文明的历史。现在，从各个谱系各个方面来撰写历史的人已有好多，但没有一部历史是把人类的文明先定性为疯癫，再来撰写的。这就是说，中往今来，还没有一个人是完全清醒的。福柯的《疯癫和文明》的首要意义，就是给人类脱缰的文明打下一根拴马桩，以引起人类反思的可能性。

基于对文明的这种认识，谢宗玉在童年和成年的转换叙述中打开窑村的记忆，剖开自己的心灵。人为什么需要回忆，如果按照海德格尔的说法，是由于在现代生活中，人处于无家可归的状态，人不仅遗忘了生存，也遗忘了历史，而遗忘只有靠回忆才能唤回。① 也许正因如此，谢宗玉的感想与记录是独一份的，别人无法重复。这一切，与街市上风行的花花绿绿的纸片真是界线分明。（张炜语）

三、人与自然的互化叙述

对死亡的日常叙述和视角的转换叙述，让人觉得谢宗玉非常沉重。其实，谢宗玉的文本还为我们开启另一扇心灵之门。他采用类推的思维，在人与自然的互化叙述中，把对童年的追忆外化成一座感觉和意绪之城，内化成成长的气场。

在谢宗玉的笔下，人是自然的一部分，自然也是人的一部分，人和自然融为一体，成为生命共同体。《麦田中央的坟》这样写道："黑娃是祖先的孩子，庄稼也是祖先的孩子，夜里庄稼的拔节声，同白天黑娃的笑声一样令祖先心旷神怡。""祖先感到身子骨有些酸痛，麦苗的根系在强有力地拥抱自己，祖先感觉自己在一丝一丝顺着根系往上走。不久祖先就发现自己变成了一大片麦苗，被后代的后代用结实的手指柔软地侍弄着，祖先突然感到自己像初生的婴儿一样柔弱。夏天，祖先长成麦粒。秋天，麦粒化作了后辈的精气神。"从这个角度说，死亡是生命的延续，是生命的另一种形式。是自然冲淡了他对死亡的恐惧，也正因为如此，他能在《该轮谁离去了》平静地叙述："也是时候了，父亲混浊的眸子已成泥土的颜色，说明他离泥土已经不远。"

谢宗玉融于自然，化作自然，他能够读懂大自然的语言，和大自然进行心灵的对话。他说："与家乡的生灵对话，仿佛不是我的笔将它们呈现，而是它们从黑暗的记忆独自个跑来，一个接着一个地跟我聊天，说着过去那些琐事。"（《遍地药香》之自序《草菅人命》）实际上，是他以人的感觉巧妙地类推自然的感觉，或以自然的感觉反观人的感觉，发现人和自然之间的神秘的联系。正如福柯说："类推的力量是巨大的，因为它所处理的相似性并不是事物本身之间的可见

---

① 参见陈剑晖：《中国现当代散文的诗学建构》，江西高校出版社，2004年版，第112页。

的实体的相似性；它们只需是较为微妙的关系相似性。这样得到消释以后，类推就可以从同一个点拓展到无数的关系。”而“通过这个类推，宇宙中的所有的人和物都能相互靠近了。然而，在这四面八方都纵横交叉的场所中，的确存在一个特别幸运的点……而这个点就是人。”[①]作者从自然到人，从人到自然，在对自然和人的双重叙述中，我们看到人和自然的异质同构性。《岩窝一撮土》在“外婆带着黑斑的皮肤其实裂得比土地更厉害”的叙述中把干裂的土地、顽强的生命和外婆坚强的性格、生命的韧性化为一体；《苍耳子》中苍耳子串起了童年偷袭女生的快乐和青年时代成就爱情的幸福；《失落的那片雪花》从二发到雪，从雪到二发，表达自己对二发生活失落的失落；“灯芯草”隐含母亲对我的爱，父亲用卖“铁扫帚”的钱资助“我”完成全部学业隐含着特殊的父爱。在对自然与人互化的叙述中，作者并没有凸现成年叙述中那种特别指出的“倾向”，而是让其在与自然的对话中自然而然地流露出来，给人以无限的回味。

在谢宗玉的文本中自然与人的互化叙述还表现在自然的人化描写和人的自然化比喻。比如，“窑村的每一棵棕树都是失败的英雄”(《棕树》)；“稚嫩的笑声像冰渣渣一样又脆又亮”(《失落的那片雪花》)；“没有父母在家的日子，我和小妹活得像枯叶下的两只秋蝉”(《受伤》)；“山雨像黑寡妇赖在我的柴禾里，要享受坐滑竿的感觉，父亲像扶起一棵被雨淋趴的庄稼那样将我扶起”(《男孩，别哭》)。人和自然的这种相似性被谢宗玉无限地开采、挖掘，正如阿瑞提在谈“创作的秘密”时说：“诗人发现事物间大量存在着相似性。每发现一个相似性就是发现一个概念，就意味着形成一个新的认识等级。因此，新的相似性就具有了新的含义。在审美领域里，扩大知识范围的一个主要方式和科学的领域相同，那就是形成新的认识等级或新的范畴。”[②]谢宗玉对自然与人的敏感使他发现了这个创造的秘密，并把它推到极致。

如果说谢宗玉的乡土散文写作有一种女性情结恐怕并不为过，在自然和人的互化叙述中它特别地表现为自然的女性化和女性的自然化：

---

① 福柯：《词与物——人文学科考古学》，上海三联书店，2001年版，第29—30页。

② 阿瑞提：《创造的秘密》，辽宁人民出版社，1987年版，第179页。

《木槿花》:“木槿花如邻家小妹似的悄然开放,有纯白色的,也有淡红色的。”

《玩仇时代》:“瑶村的雨就像止不住泪的怨妇”。

《豆娘》:“瘦削的身子,薄薄的羽翼,温和的性情,怎么看,都有弱质女子的影子”。

《乳蓟子》:“像那些刁蛮女子在她孔武有力的男人面前。男人呵护她,她的刁蛮才有发挥的余地。”

《父品·母品》:“一周有余,纤瘦的母品才姗姗来迟,一枝一枝站在白水中间。文静,弱小。像童养媳那般无辜。让人生怜,却难起爱意。”

《桃树》:桃树好像是“在自家后院玩耍的女孩”,梨树“像个落难民间的公主”;而落叶后的桃树“就像一个十四五岁的姑娘突然长到了十七八岁”媚态出现,而这时的梨树则像一个“生了娃的妇人”毫无特色。我好像是怡红院的贾公子,而桃树“好比是晴雯”;“鼓鼓胀胀的水蜜桃就像是青春期的少女”。

《柳枝》:“往往我家屋前屋后的植物还在枕着冬天的背景酣睡,外婆家门前的杨柳就起来化妆了,描的是那种让人看一眼,心尖就会颤一下的绿。”

《乡村四季》:“瑶村的其它种子则像是养在深宫里的柔弱公主”,“打个比方来说吧,如果稗与秧都是女子,那么稗就长得妖媚一些。稗的叶子稍长稍细,稗的腰肢稍圆稍瘦,稗的绿也像是绸缎上的,高雅;而秧的绿则像是土染布上的,俗气。这些区别当然并不明显,要细察才能找出,好比只看一眼,就要从《红楼梦》的众丫头中找出独具韵味的晴雯来一样,是有难度的”。

《蒲公英》:儿时的伙伴“美丽的兰花儿就像一朵从外乡飘来窑村的蒲公英”。

谢宗玉如此大规模地频繁地密集地把自然和女性互化,可以看出对女性的细腻感觉已经沉淀在他的记忆深处。所以,他描写的自然随意地轻而易举地就会激活这些记忆。这一切源于他的个性气质，也源于外婆、母亲、小妹、兰花儿、妻子等这些生活中的女性对他创作的影响。

窑村，是谢宗玉感觉和成长的气场。谢宗玉根据艺术表现的需要，有时把童年、自然浓缩在短小的艺术空间里，有时把在自然中瞬间的感受铺展成广阔的艺术空间，或淡或浓，或疏或密，或虚或实，或强化或弱化，构成特有的审美时空。每一篇乡土散文都是谢宗玉进入自然、与自然的对话，表达他对自然特有的感觉和意绪。整个乡土散文，是其感觉和意绪的连缀，也是谢宗玉成长的标本。

斯达尔夫人说："写作的首要条件是强烈而生动的感知方式。"谢宗玉敏锐地抓住视觉、听觉、味觉、嗅觉、触觉，从不同角度感知生活，并表现生活留在自己记忆中的特殊感觉，所以他的审美感知具有多样性和复杂性的特点。他说："我要叙述的，只是年少时与它们相依相伴那份和谐与美好的感觉罢了。"(《遍地药香》之自序《草菅人命》)。动植物在雨中的感觉(《雨中的变迁》)，土地干裂的感觉(《岩窝一撮土》)，躲在祖父棺材中的感觉，以及祖父生气后对棺材恐惧的感觉(《活多久才能接受死》)，割猪草"把整个世界拽在手心的感觉"(《乳蓟子》)，采栀子花如同拾掇月光的感觉(《栀子花》)，在少女面前所表现的"不怕冷"甚至不怕死的感觉(《阳光暴》)，"挨骂"是一种快乐的感觉(《来雨时走出家门》)，拽着金脊蜂时"那种心间颤颤的感觉"(《金脊蜂》)。谢宗玉感觉，这些感觉"一辈子都没有忘却"。

谢宗玉有一篇散文《什么是家》，他并没有告诉读者什么是家，只是写父子在寒冷的山上为家人烧过冬的木炭，写母亲黑夜到山间寻找和在家等待中的牵挂。其实，谢宗玉为我们描述的就是对家的感觉。哲学家赫勒说："熟悉感为我们的日常生活提供基础，同时，它自身就是日常需要。向一般的日常生活中的整合是关于空间中的固定点，即我们由之'开始'(无论是每日的还是一个较长时期的)，并自一定时期向之回归的坚实位置的意识。这一坚实位置是我们称之为'家'的东西。'家'并非简单的房子、住屋、家庭。有这样的人们，他们有房屋和家庭，却没有'家'。由于这一原因，尽管熟悉是任何关于'家'的定义所不可缺少的成分，熟悉感自身并不等同于'在家的感觉'。比这更为重要的是，我们需要自信感：'家'保护我们。我们也需要人际关系的强度与密度：'家'的温暖。'回家'应当意味着:回归到我们所了解的、我们所习惯的,我们在那里感到安全,我们的情感关系在那里最为强烈的坚实位置。"[①]谢宗玉的"什么是家",就是把哲学家所概括的"家"具体化。家是有形的,又是无形的。有形的家是我们无形的情感停泊的港湾,是我们不断地离开又不断地回归的海岸。

谢宗玉说他给读者"感觉的东西多"。他对自己散文的感觉是对的。当批评家说他和刘亮程的散文很像时,他找到自己和刘亮程的区别,读刘亮程的散文"就像是走进了一个秩序井然的瓜棚架下,看到的都是琳琅满目、惹人钦羡的果实;而我的散文,就像是夏初刚刚绽花的瓜藤在东坡那一片青草丛中蔓延……他给人思考的东西多,而我给人感觉的东西多。我想这也许跟我们的年纪有关?……之所以如此辩解,是不想让别人认为我的'孩子'是克隆出来的"。刘亮程写得深刻,富有理趣、智趣;谢宗玉写得细腻,富有感觉和情趣,并把它们写到极致,甚至让人妒忌。确实,读者徜徉在他的感觉中,被他的感觉和情绪所感染所左右,甚至一段时间无法找回自己却不知一切从何而来。这是一种莫名的魅力的吸引。在他的笔下,自然、童年本身变成可以具体感知的对象,他写得灵动,写得飘然,弥漫在空气中的感觉气息似乎能够超越时空,还留在现时,不断地传递给读者。

谢宗玉把窑村建构成他感觉和成长的气场。在窑村自然的大化中,他随着童年的感觉自然地成长着。他在《遍地药香》中说:"伴我成长的每种植物几乎都太有它独特的药效。"它们"不但培育我的身体,还暗塑我的心灵"。《遍地药香》采用准词典的形式,其药用和主治部分颇有深意。通过对自然的描写,我们可以看到他成长的轨迹,从孤独、寂寞到生命韧性,从快乐欢畅到生命共同体,从情感缺失到情感补偿,从亲情孕育到个体升华,从乡村叙述到城市观照,从惧怕死亡到坦然面对……而有些篇章可以看作是具有成长寓意的美文。《荷》就是如此:阳光很烈的正午,"一切生物都蔫蔫恹恹的,只有一池盛荷像深夜酒吧里的女子,无比的妖娆"。"我不由自主走过去。雨天的荷叶散发出的是淡淡清香,而暴阳下的荷叶则奇香袭人,又没有风,浓郁的芳香一下子就笼罩了我,我长长、长长地呼吸,有些微窒息的感觉,但我迷醉这种窒息,它使我的意识有些

---

① 阿格妮丝·赫勒:《日常生活》,重庆出版社,1990年版,第257～258页。

飘浮，眼皮沉沉的，人却轻轻的像要飞起来了。”所以，那天，被这些感觉所包围，“我”得了癔症。其实这篇散文通篇是一个成长的比喻——青春期的躁动，那种诱惑、渴望、沉迷、窒息、恐惧和逃离都聚焦到对荷花和正午阳光的感觉上。所以，文章的最后说：“一个人的成长秘史，实在比一个民族的生存史要细腻深刻得多，也要惊心动魄得多。”如果说，每一篇乡土散文都是作者成长中的一个心灵驿站，那么，综观他乡土散文的全貌，成长的足迹就会在读者的脑海中赫然涌现。

谢宗玉把艺术的目光一次次投向远离城市的乡土，远离现在的过去，是他对过去的精神还乡，也是对现在的精神逃亡。看似是对乡土、童年、自然、生死的日常生活的朴素叙述，实际上是在喧嚣的红尘中他精神的独处、心灵的独语。

窑村之于谢宗玉就像是边城之于沈从文、静虚村之于贾平凹，窑村是他孤独地栖居之地。这种孤独地栖居，注定是一种精神上的富有。窑村不仅塑造了谢宗玉的生命和心灵，也塑造了他的艺术。关于窑村的文字，按他自己的归纳，就是“村庄生灵”、“村庄植物”、“雨中村庄”、“丽日下的村庄”、“四季农事”、“巫韵飘荡的大地”、“莫名的仇恨”、“田垅上的婴儿”、“人生感怀”、“在往事中成长”、“死亡追问”、“故乡飘雪”、“那时过年”等多个系列。然而“这些歪瓜裂枣放在一起，集成一本书，居然会产生了一种不同寻常的气场。……完全是靠字里行间暗藏的激情和气流撑起来的”（谢宗玉《我对散文的一点感想》）。这种气场的产生和他搭建散文的工程意识有关。他在写某个话题的时候，都是推出一组、一个系列，很少“浅尝辄止”、“见异思迁”。“一个成熟的文体作家，他对自己的创作应该有一个总体设计，不能不知道自己明天写什么，而总是遇上什么写什么。……工程意识对所有艺术创造都有意义，对散文创作尤其重要。”[①]散文，是一种最自由、最贴近生命本真的文体，因为最适合表达自我，所以往往成为作家意绪的心灵驿站。有的作家只是偶尔的观望或暂时的停留，并没有在这里搭建一座房子长时间填充自己生命的意识。所以，尽管有些散文作家写了诸多作品，但

① 王向峰、王充闾：《文章千古事　得失寸心知——关于散文的一次对话》，《海燕·都市美文》2006 年第 8 期。

只是一个个的片断，不能构成一个阶段性的工程，也不能产生气场。而谢宗玉所有的系列都是围绕窑村来进行，所以，内在集聚的力量使关于窑村的文字便产生特殊的气场，别具一格，为新世纪的散文增添了新的气韵。

谢宗玉的散文有沈从文的恬淡，周作人的超然，个别篇章也有鲁迅的冷隽，更有朱自清的细密清幽。然而，谢宗玉是他自己。从文本表现出的心态来说，他有中年心态和老年心态，更有童年心态；从他乡土散文创作的工程意识来看，他具有青年心态。我们不知道哪一个是更真实的谢宗玉，或许这些心态的综合体更像是谢宗玉吧。我们希望阳光永远洒在他的心上。

（原载《文艺争鸣》2008 年第 4 期）

散文评论(理论)家特辑

(1977—2009)

俞元桂

俞元桂(1921—1996),男,福建莆田人,曾用笔名吴刚、吴钧、余恭、桂堂等。1942 年毕业于私立福建协和大学中国文史学系,1946 年获国立中山大学研究院中国语言文学部硕士学位,毕业后任福建协和大学中文系讲师、副教授,1979 年任福建师范大学中文系教授、系主任,1992 年退休。曾任福建省政协委员、常委和中国民主同盟中央委员、福建省副主任委员,及中国现代文学研究会理事、中国散文理论研究会顾问、福建省文学会会长,系中国作家协会会员。1989 年获"全国优秀教师"称号。

俞元桂先生是中国现代文学学科的奠基人之一,中国现代散文史学的创立者,除出版了《作品分析丛谈》(福建人民教育出版社,1960 年)、《鲁迅与中外文学遗产论稿》(海峡文艺出版社,1985 年)和《桂堂述学》(福建教育出版社,1997 年)外,主持编写的散文研究著作共 8 种 27 册,计有:

《中国现代散文理论》(主编),广西人民出版社,1984 年;

《中国现代散文史》(主编),山东文艺出版社,1988 年;

《中国现代散文十六家综论》(合著),华东师范大学出版社,1989 年;

《中国新文学大系 1937—1949 · 散文卷》,上海文艺出版社,1990 年;

《中国现代散文精粹类编》,上海文艺出版社,1992 年;

《中国现代文学总书目·散文卷》,福建教育出版社,1993 年;

《中国当代散文精粹类编》,上海文艺出版社,1994 年;

《中国现代散文诗选》,四川文艺出版社,1986 年。

此外,《桂堂述学》下编编入散文研究论文,还有散文集《晚晴漫步》(海峡文艺出版社,1991 年)和《晓月摇情》(海峡文艺出版社,1995 年)问世。

代表作《中国现代散文史》和《中国现代散文十六家综论》曾获第二届普通高校优秀教材奖(1992 年),得到了多位现代文学研究专家的好评,如黄修己在其《中国新文学史编纂史》中就认为《中国现代散文史》是"真正下苦功夫详细占有史料,在坚实的基础上开始建房筑楼"的极少数新文学史著之一;田仲济在《中国现代散文史·序言》中也认为:"这本散文史采取的方法是扎扎实实从完全掌握材料下手的……这 50 来万字的史与论,是事事有据,处处有源的。我觉得仅这一点来说,就极为值得珍贵。"王瑶则从史学高度断言:"此书体大思精,论述谨严,足见用力之勤,其有助于文化积累"(1989 年 5 月 11 日致俞元桂信)。它的显著特点是借鉴纪事本末体和编年体史著的特长,以题材和体式的纵向梳理为经线,以分期、分类的横向铺陈为纬线,以各体各类散文的名家名作为重点,形成点、线、面交织的网络,展现出现代散文多样发展、前后贯通的历史风貌,从而得出令人信服的论断:"中国现代散文并没有趋向衰落,而是走向开创、兴盛、拓展的令人鼓舞的历程,它作为中国现代文学的一个重要方面军,有着自己的持续不替的辉煌的成绩。"由于散文题材来源于现实人生,深受时代的制约,又取决于作家的艺术处理,这样对题材的分类整合,就使本书既"可以反映各个时期散文的主要写作倾向,并明显地看到它的发展线索",又"有利于作家群体的发现,进一步探讨散文的风格和流派",还"便于对作家进行不同时期作品的比较和作家与作家间各别的比较",从而让我们"可以看到散文作家的多样笔墨、艺术特点和他们所继承的中外传统"(见本书《绪言》)。书中不少引人注意的创见、论断和评析，以及纵横比较自如，来踪去影的明晰，索隐寻绎的独到，大多与“不设作家专章专节，专注于各时期散文不同题材作品的特点及其发展趋向的描述”的新体制有关。

俞元桂先生对散文研究的贡献还表现在他所发表的《现代散文特征漫论》、《五四时代散文的特色与评价问题》、《中国现代散文理论建设管窥》、《漫谈散文的生活广度和思想深度》和《〈中国现代散文史〉绪言》等长文中。这些文章既全面展示了他的散文观、治史观，更系统地表达了他对现代散文研究的一整套科学方法和正确态度（如他认为研究散文应“具有历史观点和超脱态度，不可先存某种特定的审美意向，限制了对散文多样美的发现”，主张现代散文研究要力矫以诗衡文、独尊一体的时尚，探求从传统文论借鉴气势、意境、理趣、神韵、文采诸范畴和风格论的研究方法，以建立散文研究的审美标尺）。总之，他在对现代散文的研究中，形成了史、论、作家研究、作品选、工具书五类配套的研究格局，追求系列性、系统性和整体性，为散文研究积累了宝贵经验。

张炯等主编《中华文学通史》第十卷（华艺出版社，1997 年）、张振金著《中国当代散文史》（人民文学出版社，2003 年）对俞元桂先生的散文研究有专节评论，可参阅。

林非

林　非(1931—　),男,原名濮良沛,江苏海门人。1937—1947年在家乡读书,1947年后入上海吴淞中学。1949年2月参加解放战争,1955年毕业于复旦大学中文系,历任中国社会科学院文学研究所研究员、研究生院教授、博士研究生导师、鲁迅研究室主任、《鲁迅研究》主编、《散文世界》主编等,现为中国鲁迅研究会会长、中国散文学会会长、中国散文和旅游文学研究会会长,系中国作家协会会员。

林非先生是蜚声中外的著名学者和成就卓著的散文家,也是近30年来中国现代散文研究的开拓者和引领人,除出版《鲁迅小说论稿》《鲁迅和中国文化》及《鲁迅传》《林非散文选》《林非游记选》《当代散文名家精品文库·林非卷》等20余种鲁迅研究专著和散文创作集外,又主编了《中国散文大辞典》《中国当代散文大系》等多种重要散文研究资料,并出版散文研究专著6部:

《现代六十家散文札记》,百花文艺出版社,1982年;

《中国现代散文史稿》,中国社会科学出版社,1981年;

《散文论》,华中师范大学出版社,1992年;

《散文的使命》,漓江出版社,1992年;

《散文新论》,中华文化出版社(香港),1993年;

《林非论散文》,江西高校出版社,2000年初版,2002年二版。

在这些著作中,作为开启全面系统研究中国现代散文之先的《中国现代散文史稿》不仅是我国第一部现代散文史著，也是新中国成立后第一部现代文体专史，“它最显著的成就，就是尽量收录在散文史上有过积极影响的作家，这里既有陈独秀、李大钊、方志敏等政治家，也有以往认为政治落后不能入史的周作人、林语堂、徐志摩，还有认为作品缺乏思想性的梁遇春、丰子恺等”（张振金《中国当代散文史》，第389页），同时“概括得好”，“描绘、分析均较精湛，文字亦可称优美”（黄修己《中国新文学史编纂史》，第331页），还被金惠俊译成韩文在韩国出版，影响甚大。影响更为广泛的则是此后在《人民日报》《文学评论》等报刊发表的《散文创作的昨日和明日》《散文的使命》《关于当前散文研究的理论建设问题》等重要论文，不仅多家报刊及时转载其中的重要观点，而且也被多位学者撰文评论，有的刊物还为此辟出“争鸣”专栏深入讨论，这种少见的热潮被有的学者称为“林非现象”（曾绍义《散文论谭》第72页）。这一系列论文后来被集成《林非论散文》，集中展示了作者散文研究的重要成果，形成了较为完备和系统的散文理论，为促进1980年代以来我国的散文创作与研究做出了极为重要的贡献。即如有的学者所说：由于其中许多主张和见解“赢得了更多人的赞同，也于九十年代以来散文发展的‘大散文’化趋向相合”（张炯等主编《中华文学通史》第十卷第579页），特别是它将研究的诸多问题置于中国乃至世界历史文化（特别是中外近代文化）和人类文明进程的广阔背景下进行考察，抓住了散文与“整个民族”的关系、散文发展与思维方式的关系，既从“史”的角度勾画了散文创作的“昨日”，又以“人”的发展“预测”散文发展的“明日”，宏观与微观、综观结合，所以“不论是他早期关于现代散文的研究，还是对‘真情实感’说的阐发，对‘形散神不散’论的诘问，都因其敏锐地探触到散文理论亟待解决的一些基本问题引起关注，一度有‘林非现象’之称，这大约是80年代寂寞的散文理论界唯一一次形成焦点的人物现象”——总之，“林非的研究在某种程度上引领着当时散文研究的走向”（楼肇明、孟繁华《遮蔽下的贫困》，第168～169页）。

吴欢章(1935—　),男,湖北武汉人,1959年毕业于复旦大学中文系,留校任教,历任校、系学术委员会委员、外国留学生教研室主任。1985年应邀到上海大学工作,历任中文系主任、文学院副院长、国际文化交流学院副院长及文科基础学科建设主要带头人等职,现为上海大学教授、《秘书》杂志社社长兼主编。系中国作家协会会员、中国散文学会理事、中国散文理论研究会副会长、中国诗歌学会理事、中国当代文学研究会理事、毛泽东诗词研究会常务理事。先后获上海市劳动模范、上海市优秀教育工作者、上海高校优秀教师等荣誉称号,两项论著获上海市哲学社会科学研究优秀成果奖;享受国务院特殊津贴。

吴欢章先生著作甚丰,除出版诗集《无限江山》(香港银河出版社,1998年)、《阅读上海》(国际炎黄出版社,2001年)、《吴欢章短诗选》(香港银河出版社,2003年)、《吴欢章世纪诗选》(香港银河出版社,2004年)和诗论《抒情诗的艺术》(合著;青海人民出版社,1985年)、《抒情诗的魅力》(上海三联书店,1986年)外,迄今共出版散文研究著作6部,它们是:

《现代散文艺术论》,黑龙江朝鲜民族出版社,1986年;

《现代作家游记选》,上海文艺出版社,1987年;

《现代美文英华》,百花洲文艺出版社,1992年;

《台湾美文英华》，百花洲文艺出版社，1992 年；

《现代作家游记辞典》（主编），汉语大辞典出版社，1997 年；

《20 世纪中国散文英华》（主编），复旦大学出版社 1997—1999 年（8 卷）。

另有《吴欢章学术文选》（复旦大学出版社，2009 年）和散文集《阅读美丽》（复旦大学出版社，1999 年）编入部分散文评论文章。还出版有散文集《回看中华》（文汇出版社，2009 年）和散文选集《黄河情思》（上海大学出版社，1999 年）、《炎黄花雨》（上海大学出版社，1999 年）。

其代表著作是《现代艺术论》和《20 世纪中国散文英华》。前者既有对鲁迅、朱自清、丽尼、萧红等现代作家的散文名篇的多面评析，又有对杨朔、孙犁、黄宗英、贾平凹等当代作家作品的美学透视，从“艺术境界”上抓准巴金《随想录》也是少有的深刻评论，而后者皇皇 8 卷更是对 20 世纪中国散文的大检阅，从多个方面展示其“艺术宝库”和“历史丰碑”的美誉。

佘树森(1937—1993),男,安徽亳州人。1960年毕业于山东大学中文系,分配至北京军区八一中学任教,后相继在《人民日报》《光明日报》《人民文学》《解放军文艺》等报刊发表了大量文艺评论文章。1978年调至北京大学中文系,历任副教授、教授、当代文学教研室主任、系党委委员。

佘树森先生将毕生精力贡献给了中国现当代散文研究事业,著作甚丰,除编有《现代散文序跋选》(百花文艺出版社,1983年)、《当代抒情散文选》(百花文艺出版社,1986年)、《20世纪中国女子美文选》(百花文艺出版社,1988年)《中国大陆当代散文选》(台湾新地出版社,1991年)、《周作人美文精粹》(作家出版社,1991年)、《丽尼美文精粹》(作家出版社,1991年)、《梁实秋美文精粹》(作家出版社,1991年)、《林语堂美文精粹》(作家出版社,1992年)、《石评梅散文选》(百花文艺出版社,1992年)、《刘白羽散文选》(百花文艺出版社,1993年)、《中国风景散文300篇》(华夏出版社,1992年)、《中国现代散文八大家》(北岳文艺出版社,1993年)、《中国当代散文八大家》(北岳文艺出版社,1993年)、《怡情文学——中国散文精品·当代卷》(北方文艺出版社,1993年),以及参编《中国名胜诗文鉴赏辞典》(北京大学出版社,1989年),《中国当代文学作品辞典》(北京大学出版社,1990年),参著《当代中国文学概观》(北京大学出版社,1986

年)、《中国当代文学》(北京大学出版社,1988 年)等 20 余种外,出版散文研究专著 4 部:

《散文艺术初探》,福建人民出版社,1984 年;

《散文创作艺术》,北京大学出版社,1986 年;

《中国现当代散文研究》,北京大学出版社,1993 年;

《中国当代散文报告文学发展史》(合著),北京大学出版社,1994 年。

其中《中国当代散文报告文学发展史》获北京市哲学社会科学研究优秀成果二等奖(1998)和第六届中国当代文学研究成果奖。另在《散文》《散文百家》《散文世界》《散文选刊》《福建文学》《解放军文艺》《西北军事文学》发表散文理论及作家评论文章 60 余篇,其中《诗意——散文的果汁》《散文的语言美》《散文的自我超越》等文章发表后即产生了很大影响,《散文的自我超越》还获得了 1986 年度《福建文学》佳作奖,《贵在体物入微》《军旅散文漫评》亦分别获取《散文》优秀作品二等奖(1983 年)、《解放军文艺》优秀作品奖(1984)。

代表作《散文创作艺术》是中国当代文学史上第一部较为系统地论述散文创作的著作,由于它涉及散文概念与分类、特质与修养、构思与语言等诸多方面内容,正确地总结了散文艺术的经验与规律,因而出版后广受读者欢迎,不仅多次重印,而且被全国电视大学和许多高等院校采作教材。另一代表作《中国当代散文报告文学发展史》更集中地反映了作者"不乏开创意义"的研究成就,它以编年史的体例,将近 50 年来新中国的种种散文现象置于特定的社会环境、文化环境进行考察,既指出其影响又揭示其规律,从而展示出"佘树森宽阔而富有历史感的学术视野和切实严谨的学术风格"(谢冕《中国当代散文报告文学发展史·序》)。

对于佘树森散文研究的贡献,毕光明的长文《出没于荒径》(见《文学复兴十年》,海南出版社,1995 年)有全面评论,张炯等主编的《中华文学通史》第十卷、张振金著《中国当代散文史》亦有专节评论,可参阅。

姚春树

姚春树（1937— ），男，福建莆田人。1959年大学毕业后长期在高校从事外国文学、文艺理论和中国现代文学的教学与研究，现为福建师范大学文学院教授、中国现当代文学博士点学术带头人、博士研究生导师，福建省优秀专家，系中国散文学会理事、中国散文学会理论研究会副会长、福建省杂文学会常务理事、冰心研究会常务理事。

从1980年代初起，姚春树先生即同俞元桂、汪文顶等教授一起从事中国现代散文系列研究，参撰《中国现代散文史》、《中国现代散文十六家综论》，参编《中国现代散文理论》和《中国现代文学总书目》；90年代以来主攻杂文研究，除编有《外国杂文大观》（百花文艺出版社，1994年初版，1995、1996年再版）外，迄今出版散文、杂文研究著作6部：

《中国现代散文史》（合著），山东文艺出版社1988年初版，1997年修订版；

《中国现代散文十六家综论》（合著），华东师范大学出版社，1989；

《中国现代杂文史纲》，河北教育出版社1990年初版，1991、1992年再版；

《20世纪中国杂文史》，福建教育出版社1997年初版，1999年再版；

《中外杂文散文综论》，福建教育出版社 1997 年；

《中国散文理论》(合编)，广西人民出版社，1984 年。

其中《中国现代散文史》《中国现代散文十六家综论》获全国普通高校优秀教材奖(1992)，《中国现代杂文史纲》获福建省社科研究优秀成果一等奖(1994)，《20 世纪中国杂文史》获第四届国家优秀图书提名奖(1999)，福建省社科研究优秀成果一等奖(2000)。另有《中国现代散文理论·前言》获福建省社科研究优秀成果三等奖(1987)，该书被学界认为是现代散文理论建设资料钩稽、整理和研究的开创性著作。《20 世纪中国杂文史》是姚春树先生影响最大的学术专著，《中华读书报》《文汇读书周报》《文艺报》《杂文报》《南方周末》《文学评论》《杂文界》《文艺理论与批评》等 20 余家报刊曾发表书评和书讯，《文艺报》和福建教育出版社于 1999 年 4 月 7 日在北京联合召开了此著研讨会，4 月 15 日《文艺报》发表专讯《推进文学史研究的开拓和深入》，对此著予以高度评价；4 月 22 日《文艺报》又以《一项筚路蓝缕、功不可没的工作》为题发表“座谈会纪要”，同时发表了何西来、袁良骏、王富仁等著名学者的专论，认为此著是“一部开拓性的文体专史”、“填补学术空白的力作”。

傅德岷

傅德岷（1937—　），男，四川崇州人。1956年考入西南师范学院中文系，毕业后留校任教，历任讲师、副教授、教授，硕士研究生导师，享受国务院特殊津贴。1991年8月曾以"演士"身份参加"韩中日国际散文研讨会"，并到多所大学发表学术演讲。1993年调渝州大学，现为重庆工商大学文学院教授，系中国作家协会会员、中国散文学会常务理事、重庆散文学会会长。1995年被评为全国教育系统劳动模范，2000年被重庆市授予先进工作者称号。

傅德岷先生1980年代开始从从事散文教学与研究，迄今共出版散文研究著作16部：

《外国散文欣赏》（主编），四川人民出版社，1984年；

《散文艺术论》，重庆出版社，1988年；

《中外散文名篇鉴赏大辞典》（主编），安徽文艺出版社，1989年；

《外国散文名篇选讲》（主编），四川教育出版社，1990年；

《散文创作与审美》，花城出版社，1990年；

《中国新时期抒情散文大观》（主编），山东文艺出版社，1993年；

《外国作家论散文》，新疆大学出版社，1994年；

《中国新时期散文百家传略》（主编），成都出版社，1995年；

《中国现代散文发展史》，四川教育出版社，1997年；

《新时期散文景观》，明星出版公司，1999年；

《巴蜀散文史稿》(主编),重庆出版社,2001 年;

《中外散文纵横论》,西南师范大学出版社,2002 年;

《新时期散文思潮概观》,汕头大学出版社,2002 年;

《近代巴蜀散文选读》(主编),中国文史出版社,2004 年;

《中国新时期散文理论集粹》(主编),武汉出版社,2006 年;

《外国散文流变史》,重庆出版社,2008 年。

其中《外国散文欣赏》获四川省 1984 年哲学社科优秀研究成果四等奖,《散文艺术论》获重庆市 1991 年哲学社科优秀研究成果二等奖,《中外散文名篇鉴赏辞典》获全国第四届(1990)优秀图书“金钥匙”二等奖,《中国现代散文发展史》获重庆市(直辖后)首届哲学社会科学优秀研究成果三等奖,《散文创作的新崛起》《论外国散文的审美特征》《论“五四”时期诗散文的创作》《论市场经济与散文的“雅”“俗”分流》等近 20 篇论文被中国人民大学资料中心《中国现当代文学研究》《外国文学研究》全文复印,《中国新时期散文概览》被译成韩文收入《韩中日国际散文研讨会论文集》,《散文,走向开放与多元》被选入《20 世纪中国文学史文论精华 · 散文卷》(河北教育出版社 2000 年),《世纪之交:中国散文的风景》被译成韩文载韩国《中国语文论丛》第 13 辑(1997),《新时期散文的跨越与发展》《中外散文观之比较》《散文:更多地触及时事》等 15 篇被选入《中国新时期散文理论集粹》。代表著作《散文艺术论》受到多位著名学者好评,台湾师范大学郑明娳教授认为此著“堪称是中国大陆第一本为现代散文建构系统理论的专书”(《现代散文构成论》第 275 页),韩国高丽大学许世旭教授称此著“是大陆一本优秀的散文理论著作”(《旅韩随笔》第 29 页),广东社科院张振金教授认为“它在散文史上的价值,不仅在于它的丰富性,更在于它的创造性”(《中国当代散文史》第 396 页)。另一代表作《外国散文流变史》也被林非教授誉为“筚路蓝缕,以启山林”的著作,它不仅评价了 42 个国家 252 位散文作者的作品,而且梳理了它们的流变过程,因而“填补了‘五四’以来外国散文研究中的空白”(见该书《序言》)。

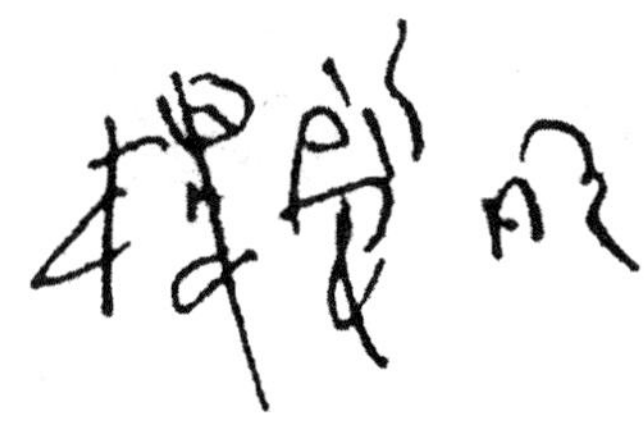

楼肇明（1938— ），男，浙江东阳人。1960年毕业于北京大学图书馆学系，曾任中国社会科学院文学研究所图书室主任、图书馆馆长，后任文学研究所研究员，主要从事散文与台港文学研究。系中国作家协会会员。

在1980年代，楼肇明即开始遴选散文作品，出版有《1983年散文选》（百花文艺出版社，1984年）、《八十年代台湾散文选》（中国友谊出版公司，1991年），后又与人合编《当代散文潮流回顾》（写作艺术借鉴丛书）六种（北京师范大学出版社，1993年），并为这套丛书撰写了长篇序言《文化接轨的航程》，提出了散文本质的三个规定性，即“散文的文化本体性”、“与史与哲学相绾结的思维性”、“审美变革中的前驱地位”。后来又在《散文本体性的思考》（《文艺评论》1995年第4期）一文中将散文的文化本体性、作家的人格主体性、审美变革的前驱性视为散文最基本的本质规定，并认为“散文的文化本体性的核心部分，即在于重铸民族的文化精神和文化品格，或者说是旨在创造性地转化民族文化性格”。他的《散文美学随笔》（收入《第十三位使徒》）便是一组为散文审美规范勾画的理论草图。

楼肇明先生还在《散文从单调走向复调》（《中华读书报》1996年7月31日）一文中提出了“复调散文”的概念，认为“复调实际上是对完整的要求。艺术的根本原则是经济原则，复调散文就是要求在一定的篇幅内表达比较多的内容，它要求作者改变以往那种唯我独尊的写作态度，召唤读者参与作品的完成”；“要打破这种近乎宿命的循环，就必须提倡思想者、学者和诗人的三位一体，提倡复调散文”。在楼肇明看来，悲喜剧复调散文，有助于革新散文艺术的审美表现形态，扩大散文文体的思想艺术容量，化小为大，化轻为重，化肤浅为深沉，化板滞为漉动，化贫瘠为丰厚，可以 打破文论家们为散文文体人为树立起来的森严壁垒。又在为梁向阳著《当代散文流变研究》（中国社会科学出版社，2007 年）写的序言《沙盘·平面图与当代散文研究之整体思维》中倡导散文要有“整体性思维”，而对梁著中三个关键词“现代性”、“真实性”、“自由性”的激赏，便是对这种“整体性思维”散文研究的强调。已出版的散文研究著作有以下 4 部：

《第十三位使徒》，中国对外翻译出版公司，1995 年；

《繁华遮蔽下的贫困——九十年代散文之路》（合著），山西教育出版社，1999 年；

《世界散文经典》（主编之一），北方文艺出版社，2005 年；

《世界散文诗精选》（主编），浙江文艺出版社，2006 年。

楼肇明先生还为叶梦、斯好、余秋雨、乔忠延、张晓风、王鼎钧等近 20 位中国大陆与台湾地区的散文家写过重要评论，如认为“余秋雨可能是本世纪最后一位大师级的散文作家，同时也是开一代散文家新风的第一位诗人”，认为王鼎钧“是台湾十大著名散文家中成就最大的散文大师”等。

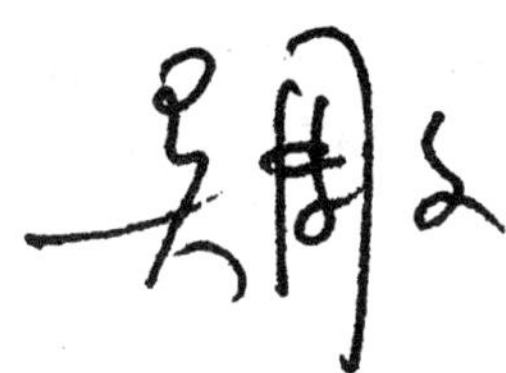

吴周文（1941—　），男，江苏如东人，曾用笔名周文、邹闻等。1964年毕业于扬州师范学院中文系，留校任教，历任助教、讲师、副教授及扬州大学人文学院教授、硕士研究生导师，兼任中国散文学会副会长、江苏省现代文学学会副会长、江苏省当代文学学会常务理事，系中国作协会员、江苏作协理事。曾获教育部曾宪梓教育基金优秀教师奖（1995）、江苏省优秀研究生导师奖（1996）。

吴周文教授长期从事散文教学与研究，著述甚丰，除参著《〈野草〉赏析》（福建人民出版社1982年，获江苏省首届哲学社会科学优秀成果二等奖）、《写作学新稿》（江苏教育出版社1987年，获江苏省第三届哲学社会科学优秀成果二等奖）、《现代文学观念发展史》（江苏教育出版社1992年，获江苏省教委首届人文社会科学优秀成果一等奖）、《中国现代文学史》（副主编；武汉大学出版社1991、2005年）和《中国当代文学发展史》（散文卷主编；上海文艺出版社2002年）等，共出版散文研究专著9部：

《杨朔散文的艺术》，上海文艺出版社，1984年；

《现代散文作家与作品》，海南人民出版社，1985年；

《散文十二家》，人民文学出版社，1992年；

《朱自清散文艺术论》（合著），江苏教育出版社，1994年；

《郭枫散文论》（合著），台湾新地出版社，1994年；

《现代抒情美文 100 篇赏析》(主编),江苏教育出版社,1994 年;

《散文艺术美》,江苏文艺出版社,1995 年;

《二十世纪散文观念与名家论》,远方出版社,2001 年;

《散文审美与解读》,吉林人民出版社,2002 年。

其中《杨朔散文的艺术》获江苏省首届哲学社会科学优秀成果三等奖,《现代作家与作品》《朱自清散文艺术论》分获江苏省第二、五届哲学社会科学优秀成果三等奖,《散文十二家》获江苏省教委第二届人文社科优秀成果三等奖、扬州师范学院社科研究一等奖,《二十世纪散文观念与名家论》获全国首届冰心散文奖理论作品奖。

《杨朔散文的艺术》《散文十二家》《散文艺术美》和《现代散文观念与名家论》是其代表作,特别是《杨朔散文的艺术》不仅是研究杨朔散文的前所未有的学术专著,也是中国当代文学史上第一部研究散文作家的学术专著,影响广泛。《散文十二家》则"从宏观上总结'五四'到今天散文创作的经验教训",探讨改革开放以来散文的艺术嬗变与 散文传统的内在联系,并通过特定的社会环境与散文思潮的考察,具体深入地论述了杨朔、秦牧、刘白羽、吴伯箫、冰心、何为、碧野等著名散文家的创作风格和艺术特征,显示了作者敏锐的艺术感受和睿智的理性思考。《散文艺术美》也"注意继承传统而又革新传统,以哲学、美学、心理学、文艺学等多种角度的传合,切入研究本体",对作家作品的精辟分析,"有时候甚至比作家对于自己的省察更为周到和深入",显示了审美批评与知性理性融合的巨大力量(林非《散文艺术美 · 序言》)。总之,吴周文先生在"散文文体审美批评方面,在散文创作规律与作家艺术风格研究方面,对散文创作的立意、构思、剪裁、想象及意境这些艺术技巧方面,都有突出而独到的成就"(张振金《中国当代散文史》第 394 页)。

张振金(1941—　)，男，原名张振华，广东郁南人。1963年毕业于暨南大学中文系，分配至海南地区工作，历任海南文艺创作室主任、海南文联副秘书长，参与创办《天涯》杂志。1980年调暨南大学中文系，讲授《文学创作》等课程。1984年调广东省社会科学院文学研究所，历任副所长、所长、副研究员、研究员，同时兼任《亚太经济时报》总编辑。现为广东社科院教授、《中国散文评论》主编，系中国作家协会会员、中国散文学会副会长、广东散文研究会会长、广东作家协会散文创委会副主任、广东秦牧研究会副会长。

张振金教授著作甚多，除出版有《岭南现代文学史》(广东高教出版社1989年；获1991年全国大学出版社优秀学术著作一等奖)《作家与时代》(暨南大学出版社，1991年)《写作大要》(合著；中山大学出版社，1987年；获1992年全国第六届图书金钥匙奖、1993年广东省优秀畅销图书奖)和散文作品集《椰海风帆》《星光灿烂》《夏日辉煌》《崭新的世界》《晨光从这里升起》等，出版散文研究著作3部：

《秦牧的散文艺术》，暨南大学出版社，1990年；

《感悟的智慧》，广东人民出版社，1996年；

《中国当代散文史》(插图本)，人民文学出版社，2003年；

另主编有80余万字的《二十世纪中国散文史》待出。

《秦牧的散文艺术》是目前为止研究秦牧散文的唯一专著，它从秦牧的创作思想、创作个性和艺术构思等诸多方面对秦牧散文进行了深入、细致的剖析，“确实是抓住了秦牧散文艺术的不少奥秘”，又“能够给予读者不少审美的享受和理论的思索”，因而“是一部研究秦牧散文创作的好书”(林非《秦牧的散文艺术·序》)，对秦牧研究起了促进作用。文学评论集《感悟的智慧》也被著名学者饶芃子撰文评论，认为此书“能做到融情于理、情理统一”，“有作者心光的折射，也有理性的亮色”(见《感悟的艺术与审美的批评》，《羊城晚报》1996 年 6 月 11 日)。社会影响最大的《中国当代散文史(插图本)》出版后，中国散文学会在北京举行了此著的研讨会，《文艺报》以整版篇幅发表了阎刚、石英等多位学者的评论，认为“这部已是‘独一无二’的插图本散文史”“以其独特的史识、史观和公正的学术立场，全面深入地论述了近五十年来包括台湾、香港、澳门地区在内整个中国所取得的散文创作研究的系列重要成就，并由此令人信服地揭示出不同政治、文化背景中散文发展的不同规律，既让我们看到了中国当代散文发展的真实面貌，又启迪我们继续思考其中若干带根本性的问题”，因此“它以自身的学术贡献为中国现当代散文研究树起了一座新的里程碑”(曾绍义《中国散文评论》第 285 页)。著名学者杨义也撰长文对此著予以充分肯定，认为“作者以一种明快、严谨的姿态回到历史事实，用动态的史识探索散文发展史的自在轨迹；在哲学的层面上，合理、辩证地剖析散文现象，将散文的原初诗性与自我精神理性相融合；从审美高度解读文本，发掘、探索作家独有的审美感悟与体验，对散文之心性进行感悟与超越”，所以它“不仅为我们呈现了客观、科学的文学史实，也使我们透过现象感受到撰者的历史眼光与心性，以及他所传达的人生感悟与体验”，也因此使它“具有史料与文本现象的双重并重性、理性与情性的融合性、思想与心性的统一性、整体与个别的兼顾性、人情与神韵的合一性、图片与文字的并存性，这就使得此著作顿显光泽、质地，很具人性”(《诗性感悟与理性精神的融合——评张振金的〈中国当代散文史〉》，《广东社会科学》2004 年第 1 期)。

徐治平

徐治平(1942—),男,广西柳州人,祖籍广东信宜。1961年考入柳州师专,次年转入广西师范学院中文系,毕业后分配到横县教中学,1983年调广西民族学院中文系任教,历任现当代文学教研室、编辑出版学教研室主任,硕士研究生导师,曾获全国优秀教师称号,享受国务院特殊津贴。系中国作家协会会员、广西散文创作研究会会长。

徐治平教授1980年代初开始散文研究,迄今共出版散文研究著作7部:

《散文美学论》,广西教育出版社,1990年;

《当代散文艺术论》,广西民族出版社,1993年;

《散文诗美学论》,广西教育出版社,1994年;

《中国当代散文史》,中国文联出版社,2001年;

《广西散文百年》(主编),民族出版社,2004年;

《散文春秋》,广西人民出版社,2005年;

《天涯芳草——中外散文比较研究》,作家出版社,2007年。

其中《散文美学论》获广西第二届文艺创作最高奖"铜鼓奖"(1992),《散文诗美学论》获中国散文诗学会、《文艺报》社等联颁"中国当代优秀散文诗理论集"奖(2002),《中国当代散文史》获全国首届冰心散文奖理论作品奖(2002)和广西第8届社科研究优秀成果奖二等奖(2004),《广西散文百年》获广西第9届社科研究优秀成果三等奖(2006),论文《绚丽多彩的民族风情画》获第二届广西民族文学优秀评论奖(1985),《九十年中国散文扫描》获"广西文艺评论奖"二等奖(2000)。代表作《中国当代散文史》影响尤大,被称为是"对'中国当代散文史'研究的一种空白的填补,因为此前出版的中国当代散文史著都未能将'台港澳当代散文'列出专章论述"(曾绍义《中国散文评论》第278页);又因"对于散文中间许多方面的问题,都进行细致和精深的钻研,获得了许多独特又确切的见解","对于这段时期之内的散文创作和理论思潮,也不断进行着广泛而又深入的考察与辨析,掌握的资料真可以说是车载斗量,不可胜数",所以"这一部当代的散文史,具有十分重要的思想内涵、审美意义和文献价值"(林非《中国现代散文史·序言》)。此外,《散文诗美学论》也被学者认为"既深入浅出,又有很强的学术性"(范培松《散文诗美学论·序二》),"开始弥补了初期的一个空白"(柯蓝《散文诗美学论·序二》)。

徐治平教授还在散文创作上取得了很大成就,出版了《在金笋丛生的地方》《边境八万里》《徐治平散文》《麻雀挽歌》《行走美国》《徐治平散文选》等散文集,有《鹿鸣坳》《南方的太阳》《虎踪》《火焰八万里》《徘徊在张学良墓前》等近20篇散文被选入《中国散文百家谭》《中国新时期抒情散文大观》《全国首届冰心散文奖获奖作家作品选》《20世纪中国散文英华》及多种《散文精品》《散文精选》《最佳散文》选本。

范培松（1943—　），男，江苏宜兴人。1965年毕业于江苏师范学院（今苏州大学）中文系，留校任教，历任中文系副主任、主任，现为教授、博士研究生导师，享受国务院特殊津贴。系中国作家协会会员、苏州市作家协会主席，中国当代文学研究会理事、江苏省现代文学研究会副会长。

范培松教授长期从事散文教学与研究，已出版散文研究著作8部：

《散文天地》，花城出版社，1984年；

《报告文学随谈》（合著）花城出版社，1984年；

《散文写作教程》，语文出版社，1985年；

《报告文学春秋》，吉林人民出版社，1989年；

《中国现代散文史》，江苏教育出版社，1993年；

《中国散文批评史（20世纪）》，江苏教育出版社，2000年；

《散文的春天——新时期十年散文二十五讲》（主编），贵州人民出版社，1989年；

《中国散文通典》（主编），解放军文艺出版社，1999年；

代表著作是《中国现代散文史》和《中国散文批评史（20世纪）》，北京大学孙石玉教授赞誉前者是“在整个中国现代散文史的研究中树立起一个新的里程碑”，后者则被《文艺报》、《文讯》（中国台湾）等多家报刊予以好评，并获江苏省哲学社会科学研究优秀成果二等奖。

对于范培松的散文研究，除有《范培松的〈中国现代散文史〉研讨会摘要》（见《中国散文批评史》附录），张振金著《中国当代散文史》亦有专节评论，指出《中国散文批评史（20 世纪）》“这部近五十万言的史著，是迄今为止第一次对二十世纪散文批评进行梳理和论述”，“有较完整的体系和自己的框架，结构宏伟，很有气势；对许多问题的评论，表现了著者的独特见解”（见该著第 398 页）。丁晓原在《发扬学术的精彩》一文（刊 2000 年 8 月 29 日《文艺报》）中也认为此著“构架以简驭繁，自出心裁”，“体现一个具有史识的批评家所秉持的独立不倚的学术精神风范”。

此外，范培松教授还编有《写作教程》《写作艺术示例》《文学写作教程》《中外典故引用辞典》等著作，发表散文作品 100 余篇。

曾绍义(1947—　),男,四川阆中人。1964年考入四川大学中文系,毕业后留校任教,现为教授、硕士研究生导师、《中国散文评论》主编。系中国散文学会、广东秦牧创作研究会常务理事,中国现代文学研究会、中国新文学会、全国毛泽东思想研究会理事,四川省鲁迅研究会副会长。

曾绍义教授长期从事散文教学与研究,除在《人民日报》《光明日报》《文学报》《文艺报》、香港《文汇报》及《文艺评论》《当代文坛》《南方文坛》《长江文艺》《中国西部文学》《四川大学学报》《中山大学学报》《中国社科院研究生院学报》《社会科学研究》《抗战文艺研究》及香港《香江文坛》等报刊发表散文及散文评论文章200余篇外,已出版散文研究著作6部:

《散文论谭》,四川大学出版社,1989年;

《中国散文百家谭》(主编),四川人民出版社,1993年;

《走向崇高——中国散文发展论》,四川大学出版社,1997年;

《中国散文评论》,四川大学出版社,2005年;

《中国散文百家谭续编》(主编),四川大学出版社,2009年;

《乔忠延散文探论》(合著),四川大学出版社,2009年;

其中《散文论谭》获四川省写作学会优秀科研成果一等奖(1990),《中国散文百家谭》获四川省人民政府第六届哲学社会科学研究优秀成果三等奖(1994)、全国首届冰心散文奖理论作品奖(2002),另有《秦牧散文的生命向力》《散文发展与思维开拓》《散文不能缺钙》《巴金与现代人学——〈随想录〉新论》等多篇论文获四川大学优秀科研成果奖;有《散文发展与思维开拓》《散文不能缺钙》等多篇被《散文选刊》和中国人民大学复印资料中心《中国现当代文学研究》选载,有《"散文意识"新说》《散文特点的再认识》等4篇被选入《中国新时期散文理论集粹》。

对于曾绍义教授的散文研究,除张炯等主编《中华文学通史》第十卷论及外,张振金著《中国当代散文史》亦有专节评论,指出:"曾绍义是以执著锐利见称的散文评论家、理论家","他那锐敏的审美视角和充满生机的'发现'精神,使他对许多问题的见解处于前沿的思考,也表现出一位散文评论家不甘平庸的个性化的学术特色"(见该书第398、399页)。他主编的300余万字《中国散文百家谭》(含续编)以其独特的"四合一"体例和第一手资料受到广泛欢迎,曾有近百家报刊报道其出版消息,已故散文大师秦牧先生生前在为它写的《总序》中称赞它是"一部理论性、欣赏性、知识性、资料性俱有的大书","是我国散文创作发展进程中的一座丰碑"。《人民日报》《光明日报》《文艺报》《文汇报》《新闻出版报》《珠海特区报》等发表书评,也赞誉它是"难得的散文'真迹'"(1994年6月21日《文汇报》钟平文)、"一座突兀的散文精品大厦"(1994年1月4日《珠海特区报》庄汉新文),是"散文文化积累的新贡献"(1994年5月7日《文艺报》舒家骅文)、"中国当代散文大观园中韵致不凡的梅花"(1993年9月27日《人民日报》杨宗平文)。

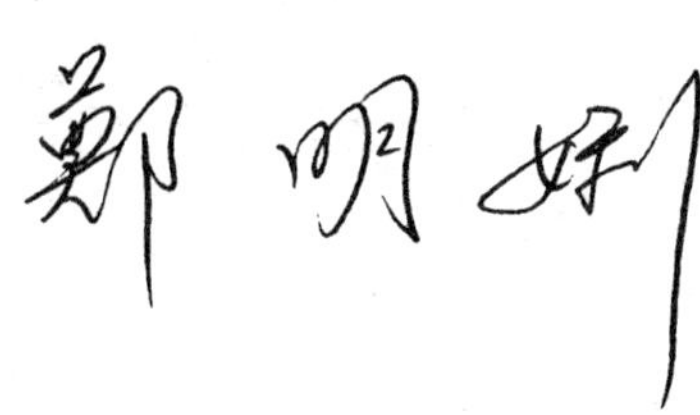

郑明娳(1950—　),女,湖北武汉人,出生于台湾省新竹市。毕业于台湾师范大学国文系,文学博士。历任该系副教授、教授和玄奘大学中文研究所教授,并为淡江大学、逢甲大学中文系及东海大学中文研究所兼任教授,1994年6月受聘苏州大学兼任教授。

郑明娳教授著作甚丰,除编有《依依岁月》(1983)、《闪亮日子》(1983)、《有情四卷》(1989)、《青少年散文选》(1990)、《大学散文选》(1991)、《台湾散文选》(1993)、《〈幼狮文艺〉四十年大系·散文卷》(1994)及《当代台湾文学评论大系》(含散文批评卷,共五册)、《当代台湾女性文学论》(含各种文类)等文集外,共出版散文研究专著6部:

《现代散文欣赏》,台北东大图书公司,1978年;

《现代散文纵横论》,台北大安出版社,1986年;

《现代散文类型论》,台北大安出版社,1987年;

《现代散文构成论》,台北大安出版社,1989年;

《现代散文现象论》,台北大安出版社,1992年;

《现代散文》,台北三民书局,1999年。

另有专著《蔷薇映空》(台北幼狮文化事业公司,1987年)、《当代文学气象》(台北光复书局,1988年)编入部分散文评论文章。

上述著作中有多部曾获中国文协文艺评论奖(1976)、台湾省文协中兴文艺评论奖(1987)、嘉新优良学术著作奖(1987)、台湾地区文艺理论奖(1988)。

《现代散文纵横论》《现代散文类型论》《现代散文构成论》《现代散文现象论》及《现代散文欣赏》是郑明娳的代表著作,出版后曾被台湾《中华日报》《文讯》月刊、《国文天地》、香港《东方日报》和上海《文学角》、《湖北作家论丛》《台湾研究集刊》等刊文评论,刘登瀚等主编的《台湾文学史》(海峡文艺出版社,1993 年)、《台湾新文学理论批评史》(春风文艺出版社,1993 年)、徐学著《台湾当代散文综论》(海峡文艺出版社,1994 年)、范培松著《中国散文批评史》、张振金著《中国当代散文史》均有对郑明娳散文研究的专节评论,或称郑明娳"当之无愧的是台湾第二代散文批评家的领衔人"(见范著第 561 页),或认为郑明娳的散文批评系列"具有了不容忽视的理论开拓意义"(见徐著第 69 页)。

此外,郑明娳教授还发表散文作品 200 余篇,并有多篇分别获首届徐霞客游记创作奖(1992)、中山文艺散文创作奖(1992)及《海峡情》散文征文特别奖(1994、1996)。

曾焕鹏(1952—　),男,福建泉州人。1984年毕业于福建师范大学中文系,留校任教,后调漳州师范学院、泉州高等师范专科学校中文系任教,现为泉州师范学院文学院教授、院学术委员会委员,《泉州学刊》编委。

1988年发表第一篇散文评论《舒婷散文的诗化倾向》(《漳州师院学报》1988年第2期),迄今共出版散文研究著作5部:

《中国当代散文精粹类编·乡土篇》(上海文艺出版社,1994年);

《中国当代散文精粹类编·域外篇》,上海文艺出版社,1994年;

《中国当代散文论》(四川大学出版社,1998年);

《1949—1999泉州文学作品选·散文卷》(鹭江出版社,1999年);

《当代散文再论》,作家出版社,2003年。

《中国当代散文论》《当代散文再论》是代表著作,前者曾获福建省写作学会首届优秀科研成果一等奖(1999)、泉州市第二届社会科学研究优秀成果二等奖(2001)。有多位学者对此著予以好评,如说《中国当代散文论》"开了按地域研究散文之先","没有某些评论那种因作家名位而护短,因同行友朋而虚美的弊端"(曾绍义《中国当代散文论·序言》);说《当代散文再论》"除了继续对地域作家作品作微观研究之外，已经筑起了以散文本体论、鉴赏批评论、文学观念和文体美质论为主体的宏观理论构架"，并断言"《再论》的一系列研究成果，必然会引起散文界的特别关注"（方航仙《可喜的研究成果与贡献——〈当代散文再论〉序》）。张振金教授则在其《中国当代散文史》中认为："曾焕鹏散文评论的特色，首先是十分注重个人的审美感受，不随波逐流，不人云亦云"，同时在对许多散文现象的研究中，"注意了寻找和概括某些规律性的所在"（见该书第 410 页）。

另出版散文作品集《金色的七月》（中国文联出版公司，1999 年），并有《诏安印象》获《福建日报》征文二等奖。此外，还有《当代文艺写作论》（人民日报出版社，2004 年）和《当代写作教程》（主编）面世。

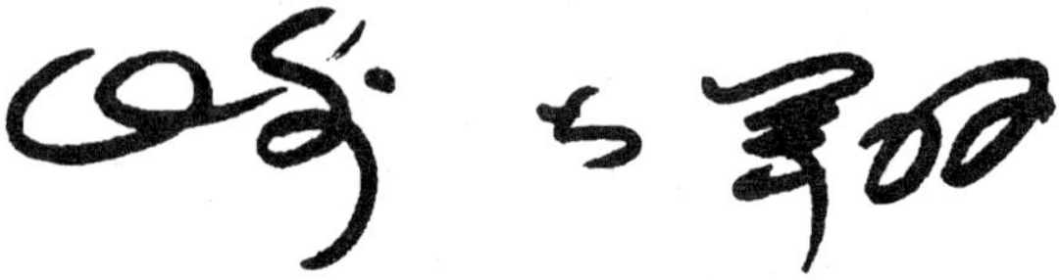

喻大翔(1953—),男,湖北黄陂人,文学博士。毕业于华中师范大学中文系并留校任教,1988年调海南师范学院,历任中文系教授、世界华文研究所所长、中国现当代文学学术带头人、学术期刊社社长兼《海南师院学报》主编,现为上海同济大学世界华文文学研究所所长、中文系教授委员会主任,系中国作家协会会员、中国散文学会理事、中国当代文学研究会理事。曾被评为"海南省有突出贡献优秀专家"(1995),享受国务院特殊津贴。

喻大翔教授在1980年代中期开始发表散文评论文章,迄今共出版散文研究专著4部:

《中华散文选篇赏析辞典》(主编),香港新亚洲出版社,1993年;

《两岸四地百年散文纵横论》,吉林人民出版社,2000年;

《用生命拥抱文化——中华20世纪学者散文的文化精神》,人民文学出版社,2001年;

《现代中文散文十五讲》,同济大学出版社,2008年。

另有专著《灵感之门——文学的创作与欣赏》、散文集《朋友与情人》、诗集《永远的藩篱》出版。

其中《中华散文选篇赏析辞典》获海南师范学院1993年优秀社会科学研究成果奖,《两岸四地百年散文纵横论》获1999—2000年度海南省优秀精神产品文学评论奖,另有"20世纪世界华文散文研究"

系列论文(4 篇)获 1999 年海南师范学院科研“突出贡献”二等奖,“20 世纪学者散文研究”系列论文(5 篇)获 2000 年海南师范学院科研“突出贡献”一等奖,《中华 20 世纪学者散文综论》获海南省第三届(2000)社会科学研究优秀成果二等奖。

《两岸四地百年散文纵横论》和《用生命拥抱文化》为代表著作,多位学者对二著予以好评,有的认为《纵横论》“为现代散文探索出了一套新的理论批评模式,即散文批评文化学方法论”,它“确立了学者散文在百年文学创作与批评中的独特地位,这都是以前的学者未曾问津的学术领域”(李莉、耿志琴《散文时空新开拓》,《新闻出版报》2000 年 10 月 9 日);有的认为《纵横论》对“学者散文”的探讨,“是对散文理论的大胆创新,对散文研究做出的重要贡献”(王勇《回顾与展望 拓展与掘进——评〈两岸四地百年散文纵横论〉》)。总之,“喻大翔的散文研究,始终充满着一种昂扬激情与深层思考的精神……对许多散文理论命题,提出了自己独到的见解”(张振金《中国当代散文史》第 408 页)。

此外,喻大翔教授还参编了《中国散文大辞典》(常务副主编;中州古籍出版社,1997 年),在中国大陆《文学评论》《中国现代文学研究丛刊》《当代文坛》《社会科学战线》《上海文论》、香港《香港文学》、台北《联合文学》以及菲律宾《联合日报》、新加坡《联合早报》、美国《华报》等发表散文评论近 200 篇。

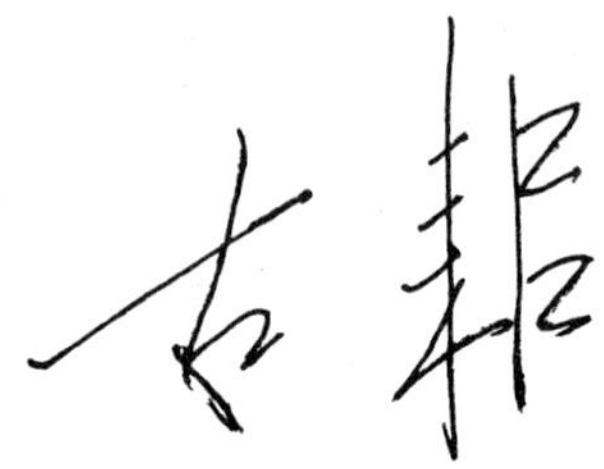

古　耜(1954—　),男,本名田耒,另有笔名文翊、斯云等,山东潍坊人。1970年参加工作,历任胜利油田汽修厂文化干事、华东输油管理局党委办公室秘书、科长、宣传部副部长、局文联副主席、中国石油文联副秘书长及《地火》杂志执行副主编,现为大连市文联文艺创作室主任、《都市美文》主编,系中国作家协会会员、中国散文学会常务理事。

古耜于1980年代初开始文学研究,先后参与《金瓶梅词典》(吉林文史出版社)、《古今中外朦胧诗鉴赏辞典》(中州古籍出版社)等十余种大型图书的撰稿工作,并在《人民日报》《光明日报》《文艺报》《文学报》及《当代文坛》《理论与创作》《徐州师范大学学报》《台湾研究集刊》等240余家报刊发表文艺评论文章500余篇。已出版文艺评论集及散文研究著作4部:

《荧灯下的心迹》,中国矿业大学出版社,1993年;

《美文之美》,中国和平出版社,1996年;

《文心的合鸣》,军事谊文出版社,1995年;

《分享生活的诗意》,大众文艺出版社,1995年。

另编有《当代散文五十家散论》待出版。

古耜的散文评论文章,至少有《风物哲思两生辉——林非游记散文咀华》(《写作》1994年第3期)、《平心静气话秋雨》(《当代文坛》

1995年第1期)、《走出肯定或否定一切的批评误区》(《徐州师范大学学报》1998年第1期)等10余篇被中国人民大学复印资料中心《中国现当代文学研究》全文转载,《当今散文问题多》(刊2001年8月18日《文艺报》)获全国首届冰心散文奖理论作品奖,并被选入孙武臣编《新时期名家谈散文》。

"不断转换审美视角,文章富有灵动性和思辨性",是古耜散文评论的显著特点,他常常处于批评的前沿,密切注视散文创作走向,敏锐而准确地抓住问题的实质,如认为散文有真情实感"是否就可以自臻高格",有了真与善"是否再无大小高下的区别"?所以他主张"将来自生活的真实感受、真实体验同作家的高度责任感和强烈使命感融为一体,自觉挺立于历史的潮头,挥洒出一派豪迈、健朗但又不乏沉郁、忧患的精神血性,谱写多彩多姿而又多种声调的时代交响"(《直摅血性为文章》),批评某些作家的"学者散文"也一针见血。总之,"古耜是一位热情奔涌、思维活跃的人……读他的文字常感到有一种气在向外喷发,这种气来源于对作品的鲜活感受,再经过深思熟虑之后,形成一种充满生命活力和创造激情的自然流露"(张振金《中国当代散文史》第407页)。

李晓虹

李晓虹(1954—　),女,文学博士,山东青州人,生于乌鲁木齐。1982年毕业于新疆师范大学中文系,曾任教于新疆教育学院,就读于中国社科院硕士课程班和研究生院,1995年获博士学位。现为中国社科院文学研究所研究员,中国散文学会副秘书长。2004、2007年两度赴韩国釜山大学中文系任教,讲授中国现代散文理论课程。迄今已出版散文研究著作3部:

《中国当代散文审美建构》,海天出版社,1997年;

《中国现代散文理论》(1949—1996),韩文本(金惠俊译),汉城(首尔)凡友出版社,2000年;

《中国当代散文发展史略》,台湾秀威资讯科技出版公司,2005年。

其中《中国当代散文审美建构》为代表著作,张振金教授在《中国当代散文史》中称赞"它是一部以其治学的锐气与卓见,比较全面地建构了中国当代散文的整个审美体系的成功之作","具有开拓性的意义"。林非教授在为此著撰写的《序言》中也认为这本著作"既贯串着对于散文本体论的思考,又蕴含着对于'五四'以来散文思潮的梳理,而在着手进行这两个重要的任务时,总是凸现出一部中国传统散文史和西方近代散文史的广阔背景",并由此得出的研究结果即"提供出关于文体观、思潮论和创作史的综合结论","无疑会具有很多值得重视的学术价值”。

除了与林非、王兆胜合作编辑出版了《新时期散文精选》《百年散文经典》《外国散文 300 篇》等外，李晓虹还编选了 2001—2009 年度《中国散文年选》和《新世纪散文选》(2001—2006)，皆由花城出版社出版。这些选本因及时为读者提供了所需要的优秀作品，受到了广泛欢迎。

陈剑晖(1954—),男,原名陈建辉,笔名戈凡、韩江,广东揭阳人。1970 年到海南生产建设兵团种地、割胶,当过文书、司务长、拖拉机手、通讯报道员。1977 年入海南师专中文系学习,发表散文和评论文章。1980 年毕业,在通什师范学校任教。1983 年调《海南大学学报》任副主编,1986 年调《海南师范学院学报》任主编,为副编审。曾任海南省作家协会副主席、海南省文学学会秘书长、海南省第一届政协委员、中华全国青年联合会第七届委员。现为华南师范大学中文系教授、硕士研究生导师及中国现当代散文研究中心主任,享受国务院特殊津贴。系中国作家协会会员,广东现当代文学研究会、广东散文研究会副会长,中国散文学会、中国当代文学研究会理事。

陈剑晖教授的散文研究是从 1980 年代评论一批岭南散文作家开始的,第一篇评论《秦牧散文的艺术风格》即发表于《文艺评论》1981 年第 1 期,随后又相继在《读书》《花城》《作品》和《当代文学研究丛刊》等发表了评论黄秋耘、岑桑、紫风、杨羽仪等散文家作品的系列文章。1986 年后转向文学理论和海外华文文学研究,出版有《新时期文学思潮》《文学的星河时代》《文学的本体世界》《海外华文文学史》(合著)和《20 世纪中国文学批评史》(主编)等著作。90 年代又转向散文研究,相继发表《论新时期散文的艺术发展》《论 20 世纪 90 年代中国散文的文体变革》及评论林非、韩少功等作家散文的文章，出版散文研究专著3部：

《散文文体论》，中国文联出版社，2002年；

《中国现代散文的诗学建构》，江西高校出版社，2004年；

《诗性散文》，广东教育出版社，2009年。

其中有《论20世纪中国散文的文体变革》《论秦牧散文的艺术风格》《岭南散文风格初探》《论新时期散文的艺术发展》《诗与思：关于散文精神性的探询》等文被中国人民大学资料中心全文复印，或获全国首届冰心散文奖理论作品奖、广东省文学评论奖、广东省哲学社会科学研究优秀成果奖等十余项奖励。三本研究专著也广受好评，或称《散文文体论》是“自成一家的散文研究”，“不仅具有较高的学术价值，而且具有较强的方法论意义”（彭秀海《自成一家的散文研究》，《广东技术师范学院学报》2004年第1期），或称《诗性散文》“闪烁着一种鲜明的创新精神”，“注定要对未来的散文理论产生影响”，“是新世纪散文的一个重大收获”（分别为林非、孙绍振、王兆胜语，见《诗性散文》封底）。总之，“陈剑晖散文研究的显著特色是：视野开阔，观念较新，尤其注意散文的文化精神、思想独创性与作家的人格的统一，以及散文的理性与诗性的融合，使其散文研究的文化视野由单一向多元、由浅露向深邃发展……增加了思索的力度”（张振金《中国当代散文史》第404页）。

徐学

徐　学(1954—　)，男，广东广州人。1984年毕业于厦门大学中文系研究生班，获文学硕士学位，即分配到厦门大学台湾研究室，曾任室主任，现为厦门大学台湾文学研究所所长，研究员。系世界华文文学研究会理事、福建台港澳文学研究会副会长、厦门作家协会常务理事及厦门闽南文化研究会副会长。

徐学研究员1979年开始发表散文评论文章，主要从事台湾散文研究，已出版研究专著3部：

《隔海说文》，厦门大学出版社，1989年；

《台湾当代散文综论》，海峡文艺出版社，1994年；

《台湾幽默散文精品鉴赏》，河南文艺出版社，1996年。

此外，还撰写了《台湾文学史》(海峡文艺出版社，1993年)、《台湾新文学概观》(鹭江出版社，1990年)中的散文部分，发表散文评论文章100余篇，其中有近20篇被人大复印资料中心转载。另编有散文集10余种：《台湾幽默散文选》《台湾杂文选》《台湾女作家爱情散文选》由天津百花文艺出版社出版，《台湾两才女·散文卷》《单身是不必说抱歉的》《我的另一半》由广州花城出版社出版，《台湾情趣散文集粹》(四册)由厦门鹭江出版社出版，《台港澳文学作品精选·散文卷》由广东高等教育出版社出版。

代表著作是《台湾当代散文综论》。北京《中华读书报》《四海》、南京《评论与研究》等对此著评论甚好,或称之为“台湾文学研究的新开拓”,或赞誉它“新见迭出,论述精当,作者能融自身生命体验与文化智慧于严谨、系统而稳健的理论阐发之中,故该书在同类著作中可谓出类拔萃,不同凡响”。张振金教授在《中国当代散文史》中则认为此著“有着明显的台湾当代散文史的性质”,“材料翔实,视野开阔,论述精当,见解独到,是对台湾散文研究的一种开拓,对推动包括台湾散文在内的中国当代散文的发展,有着积极的意义”(见该书第411页)。

徐学研究员还著有《火中龙吟:余光中评传》(花城出版社,2002年)、《当代台湾文学与中华传统文化》(鹭江出版社,2007年)及散文集《陀螺人生》(鹭江出版社)、《窗里窗外》(河北人民出版社)。

王聚敏（1956— ），男，河北任县人。1987年毕业于河北师范大学中文系，供职于《散文百家》杂志社，历任编辑、编辑部副主任、副主编，现为常务副主编，一级作家，系河北省作家协会散文创作委员会副主任、特约研究员及河北省散文学会副会长。

王聚敏1980年代开始从事文学创作，后致力于散文评论与研究，在《光明日报》《河北日报》《中国文化报》《作家报》《文论报》《海南开发报》及《中国散文评论》《文艺评论》《文艺理论与批评》《海南师范大学学报》《河北师范大学学报》《广播电视大学学报》等数十家报刊发表散文评论理论文章80余篇，主编《散文百家丛书》（共10册），出版散文研究著作3部：

《烛窗心影》，河北教育出版社，1989年；

《重返伊甸园》，中国文史出版社，2004年；

《散文情感论》，中国文联出版社，2008年。

其中有《此情绵绵无绝期——中国当代散文的怀土情节》、《散文“文体净化说”置疑》《再论“散文情感”》《“散文文化”与新世纪散文》等文被中国人民大学资料中心《中国现当代文学研究》选载或摘录，同时被分别录入2001、2002、2003年度《河北文艺评论年鉴》，《寻求新世纪散文写作的新的增长点》在《时代文学》和《渤海》两刊连载后被《中国散文最新读本》转载，《审美理想主义与乡村散文创作》获“河北省文艺评论奖"理论一等奖(2003 年)。还有《余光中散文批评的魅力及局限》《"大散文"的新"行动"》《新时期散文的一种品格缺失》《散文批评的"恋土情结"》《炫闻与炫知》等文,及时而尖锐地批评了散文创作及研究中的问题,颇有启示意义。其代表作《散文情感论》集中展示了作者的研究成果,主要有:①第一次明确提出了"散文情感"这一专门概念,区分了它与"诗的情感"不同,并在此基础上进一步提出了"大我情感"与"小我情感"两个子概念,认为高质量的"散文情感"是"大我"与"小我"情感高度完形与复合的情感,任何偏颇都会削弱作品的艺术性;②从"散文情感"的视角考察中国散文,认为古代散文"大感情"充盈强势,"小感情"相对萎缩孱弱;③从"散文情感"角度考察分析中国人的文化心理、情感积淀,再从这种文化心理和情感积淀分析中国散文的文化根性、文体制式以及语言特点,认为中国散文既是中国文化催生的产物,又是中国文化的组成部分,从而拓展了散文研究的空间。

总之,"王聚敏是很善于思考许多问题的散文理论家,他总是紧紧抓住此种文体的本质特征及其全部的审美内涵,还时刻回顾它往昔的历史和前瞻它未来的景象,因此能够高屋建瓴般地观察与阐述当前许多有关散文创作的课题,从微观到宏观,从作品到理论,都写出了不少很具有启迪意义的篇章"。(林非《散文情感论·序》)

汪文顶

汪文顶(1957—　),男,福建安溪人。1978年毕业于福建师范大学中文系,留校任教,历任讲师、副教授、教授及副系主任、系主任、文学院院长,现为福建师范大学副校长、博士研究生导师,系中国现代文学研究会理事、中国散文学会理论研究会秘书长、福建省文学学会副会长。曾获"福建省优秀青年社会科学工作者"、"福建省优秀教师"称号。

汪文顶教授1979年2月起担任著名学者俞元桂教授的学术助手,参与俞主持的系列散文研究工作,集体成果有:《中国现代散文理论》(广西人民出版社,1984年)、《中国现代散文诗选》(四川文艺出版社,1986年)、《中国现代散文史》(山东文艺出版社,1988年初版,1997年修订版)、《中国现代散文十六家综论》(华东师范大学出版社,1989年)、《中国现代文学词典·散文卷》(广西人民出版社,1989年)、《中国新文学大系1937—1949·散文卷》(上海文艺出版社,1990年)、《中国现代文学总书目·散文卷》(福建教育出版社,1993年)、《中国现代散文精粹类编》(上海文艺出版社,1992年)、《中国当代散文精粹类编》(上海文艺出版社,1994年)、《中国散文传世之作·现代卷》(山东文艺出版社,1997年)等。另出版个人研究著作5部:

《丰子恺随笔选读》,香港学林书店,1990年;

《怎样写散文》,海峡文艺出版社,1992年;

《梁实秋散文欣赏》,广西教育出版社,1993年;

《现代散文史论》,福建教育出版社,1994年;

《无声的河流——现代散文论集》,上海远东出版社、上海三联书店,2003年。

代表作《中国现代散文史》《中国现代散文十六家综论》曾获第二届全国普通高校优秀教材奖(1992),《现代散文史论》曾获福建省第三届社会科学研究优秀成果二等奖,并受到多位著名学者好评,如林非教授认为此著开篇《中国现代散文发展纪程》"视野宽阔,擅长于进行思想和艺术的综合分析"(《治学沉思录》第328页),刘纳教授认为第二篇《中国现代散文流派及其演变》提出了划分散文流派的主要依据,"从形成过程、组合方式和表现形态等方面勾勒了现代散文流派更迭演变的主要线索"(《1986年中国现代文学研究述评》),而《抗战以后散文的拓展与收获》则以《战时散文纵横谈》为题在《抗战文艺研究》(以1988年第1期)发表后即获福建省第二届社会科学研究优秀成果奖。

在现代散文系列研究的起始阶段,汪文顼主要负责散文史料的搜集事理工作,编纂了多种目录索引、理论资料和散文选本,如《中国现代散文理论》辑录87篇有代表性的文论,《中国现代文学总书目·散文卷》辑录散文集1895种,《中国新文学大系1937—1949·散文卷》选收180家365篇散文,都具有填补史料空白点的文献价值。

在俞元桂先生主编的《中国现代散文史》、《中国现代散文十六家综论》二著中,汪文顼主要负责20世纪三、四十年代散文史和作家论的编写工作,执笔前者第二章第一节、第四章、第五章第一节、第六章,后者的前言和丰子恺、何其芳、李广田、缪崇群、柯灵、孙犁六家专论,较为详尽地反映了三、四十年代散文的演变历史,对三、四十年代散文的成就和特点作了充分的阐述。这些论述,对于矫正人们关于三、四十年代尤其是40年代散文走向衰落的错觉,推进学术界重视现代散文后期的拓展趋向具有积极作用。后又奉俞先生嘱托,执笔修订《中国现代散文史》全书。1997年出版的《中国现代散文史》修订本，即在保持原著以史为主、分类评述的体例和内容的基础上，有所增删和校改，并将《中国现代散文十六家综论》里有关作家作品的论述整合到散文史的相关章节中。总之，“从全面检索、查阅、爬梳书刊文献的史料工作入手，到作家作品论的艺术把握，再到中国现代散文史的治史创获，汪文顶教授走过了一条艰苦跋涉而又不断进取的学术道路……这种‘金字塔’形的学术架构，一方面为他的学术发展源源不断地提供资源和活力；另一方面，这种在自身的学术创造中强调‘本’和‘源’的学院派品格，对整个现代散文的研究格局和研究范式的确立和拓展也都是有典范性的”（陈东方《学院派的风范》，上海《文汇读书周报》1999 年 3 月 27 日）。

此外，汪文顶教授还为《中国大百科全书》（简明版）撰写了近百则现当代散文条目，参与编写统编教材《中国现代文学史》（郭志刚、孙中田主编，高等教育出版社 1989 年第 1 版，1999 年第 2 版）等。

王兆勝

王兆胜（1963— ），山东蓬莱人，文学博士。1982 年入山东师范大学中文系，1989 年获文学硕士学位，到山东省社会科学联合会工作三年后考入中国社科院研究生院攻读博士学位，1996 年毕业后到中国社科院《中国社会科学》杂志社工作，现为文学室主任，编审。

王兆胜博士著作甚丰，除有《林语堂的文化情怀》（中国社会科学出版社，1998 年）、《闲语林语堂》（中国国际广播出版社，2002 年）、《生活的艺术家——林语堂》（台湾文史哲出版社，2003 年）、《解读林语堂精典》（花山文艺出版社，2004 年）、《林语堂的文化选择》（台湾秀威资讯科技有限出版公司，2004 年）、《林语堂：两脚踏中西文化》（文津出版社，2005 年）、《林语堂大传》（作家出版社，2006 年）、《林语堂与中国文化》（社会科学文献出版社，2007 年）和《胡适的读书生活》（中原农民出版社，1999 年）、《解读〈雷雨〉》（京华出版社，2001 年）、《逍遥的境界》（北京语言文化大学出版社，2001 年）和《20 世纪文化论争》第四卷（大象出版社，1999 年）等 10 余种面世外，另出版散文研究著作 4 部：

《中国当代散文精选追忆》（合著；甘肃人民出版社，1995 年）；

《真诚与自由》，陕西人民教育出版社，2003 年；

《文学的命脉》（含其他文类），华东师范大学出版社，2005 年；

《精美散文诗读本》，山东友谊出版社，2009 年。

另编有《百年中国性灵散文》(花城出版社,2004 年)、《享受健康》(中国人民大学出版社,2004 年)、《人生驿站》(三卷;人民文学出版社,2003 年)等多部散文选集,出版散文创作集《天地人心》(山东文艺出版社,2006 年)。

王兆胜博士还在《中国文学研究》《社会科学战线》《学术月刊》《山东文学》《文史哲》《海南师院学报》《中国社科院研究生院学报》等发表散文研究论文 20 余篇,多篇被中国人民大学资料中心《中国现当代文学研究》全文转载,其中《新时期中国散文的发展及其命运》获全国首届冰心散文奖理论作品奖(2002),《贾平凹散文的魅力与局限》获《当代作家评论》优秀论文奖(2007);有《现代主义散文——探索与新变》被选入《中国新时期散文理论集粹》。

深入思考、勇于创新是王兆胜散文研究的显著特点,如认为"散文诗的中心词是'诗',因此它是属于诗的","对于那些具有'诗'的特长,但以散文形式出现的短小篇章……更确切地说法应该是'诗的散文'",认为冰心散文的深层美学品格是"强烈的悲剧感,即那种对天地自然的敬畏之情和对人之渺小的深切感喟",而"正因为有感于人生的先验悲剧性,所以才用'爱的哲学'而不是斗争与拼杀来克服哪怕是缓解苦难的人生,从而创造出有意义的人生"(均见《中国现代"诗的散文"发展及其嬗变》)等,都令人耳目一新。同时,他还提出散文研究要"超越'以人为本'的文化观念所带来的遮蔽甚至盲点",因为"从根本意义上说,人只是天地宇宙中的一个极小的微粒,他不可能超越天地自然之道,也就是说,人是被天地之道包含着的"(2002 年 1 月 9 日致曾绍义信),也是启人思考的。总之,"王兆胜以其实事求是的学风,严谨精确的论断,以及锐意创新的开阔视野,展示出一位青年学者沉稳、公允又不甘于平庸的批评特色"(张振金《中国当代散文史》第 405 页)。

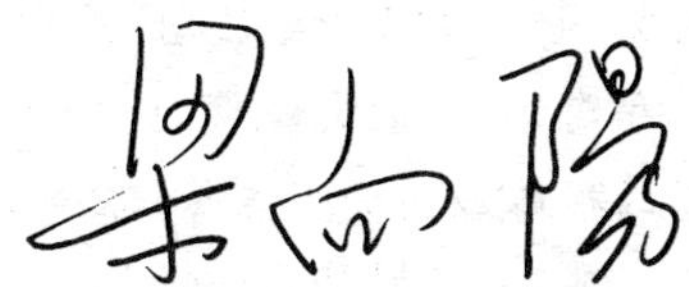

梁向阳（1965— ），陕西延川人。曾先后求学于延安、北京、西安、上海等地高校，现为延安大学文学院教授、文学研究所所长，硕士研究生导师，系中国作家协会会员、中国当代文学研究会理事、陕西省写作学会常务理事。

梁向阳教授1990年代初开始散文研究，迄今发表中国现当代散文评论文章40余篇，分别被中国人民大学复印资料中心《中国现当代文学研究》2001年第2、11期和2002年第9期全文转载的即有：《90年代散文创作中人文精神因素的考察》（《延安大学学报》2000年第3期），《困惑与突围的风景——20世纪90年代散文现象浅论》（《延安大学学报》2001年第2期）和《从自由言说到自觉言说的整合——“延安时期”散文现象浅论》（《延安大学学报》2002年第2期）等，还有《当代散文创作个性精神的式微与复归》（《延安大学学报》1996年第3期）、《回归真实与自由之岸——90年代“随笔热”现象的考察》（《延安大学学报》1999年第3期）和《挚恋土地的美文——浅论刘成章陕北风情散文》（《当代文坛》2001年第2期）分别被中国人民大学复印资料中心1997、2000、2001年《中国现当代文学文摘卡》摘录，《“大散文”：意象阔远的散文天地》（《解放军艺术学院学报》2003年第3期）获全国第二届冰心散文奖理论作品奖。已出版散文研究专著《当代散文流变研究》（中国社会科学出版社，2007年）和散文集

《走过陕北》《行走的风景》(皆由西安地图出版社出版)。

充分尊重历史事实,注意散文发展与社会文化的关系,是梁向阳散文研究所展示的一条新路。他考察“延安时期散文”与“当代散文”之间的关系,得出“自觉言说”的“延安时期”是中国当代抒情散文滥觞的结论;考察“十七年时期”的散文现象,提出了“国家抒情机制”的确立是抒情散文兴盛的根本原因的观点等,都受到学界关注,《“大散文”:意象阔远的散文天地》更是对 1990 年以来“大散文”现象的全面梳理与系统考察,是一篇研究“大散文”不可缺少的重要论文。专著《当代散文流变研究》则用现代散文的“现代性”、“真实性”和“自由性”三大特征来观照当代散文的流变,视野宏阔,观点新颖,“是能够支撑起一个新的散文理论体系的”,“提出了既囊括历史又包容散文现状的一个与全部散文事实相符的新散文观”(楼肇明《序:沙盘·平面图和当代散文之整体性思维》,《当代散文流变研究》第 5 页)。

黄科安

黄科安(1966—)，男，福建安溪人，文学博士。1991 年于福建师范大学中文系硕士研究生毕业，1997 年至 1998 年在北京大学做访问学者，1999 年考入福建师范大学文学院，攻读中国现当代文学专业博士学位。2002 年至 2004 年到中国社会科学院文学研究所做博士后研究，师从著名学者杨义先生。历任福建泉州师范学院中文系副主任，文学院副院长、副教授，现为文学院院长、教授，硕士研究生导师，系福建省现代文学会副会长、中国鲁迅研究会和丁玲研究会理事。

黄科安教授在攻读硕士学位期间即开始从事中国现当代散文研究，相继在《文学评论》《福建师大学报》《鲁迅研究月刊》《泉州师专学报》《山东师大学报》《江淮论坛》《文艺评论》《文艺争鸣》《重庆社会科学》《甘肃社会科学》和《文艺理论研究》等学术刊物发表散文研究文章 90 余篇，出版散文研究著作 4 部：

《中国散文精粹类编・心态篇》，上海文艺出版社，1994 年；

《二十世纪中国散文名家论》，福建教育出版社，1998 年；

《现代散文的建构与阐释》，海峡文艺出版社，2001 年；

《中国现代随笔研究》，中国社会科学出版社，2004 年。

其中有论文《论学者随笔》《徐志摩散文的诗化特征》等 10 余篇被中国人民大学复印资料中心《中国现当代文学研究》全文转载，有

《追求崇高,以诗为文》获中国当代文学研究会优秀论文一等奖(1997),《试论鲁迅〈野草〉的梦境艺术》获泉州市首届社会科学研究优秀成果三等奖(1996),《徐志摩散文的诗化特征》获泉州师专1983—1993年优秀论文二等奖(1992),专著《二十世纪中国散文名家论》获泉州市第二届社会科学研究优秀成果三等奖(1998)。《中国现代随笔研究》获福建省第六届社科研究优秀成果二等奖(2006)、优秀博士论文二等奖。

三部专著皆被多位学者专文评述,如北京大学孙玉石教授认为《现代散文的建构与阐释》的"每一篇论述批评,大都能有自己新鲜的见解,给人以理性的启示和深思的可能","显示出作者开阔的理论视野和对于散文的艺术感悟能力"(《理论视野·艺术感悟·学术心态——评黄科安新著〈现代散文的建构与阐释〉》,《泉州师范学院学报》2001年第5期),中国社科院杨义教授认为《中国现代随笔研究》"在厚实中透出新鲜的见地。它超越'纯文学'的视角而采取'大文学观',将历史逻辑与学理逻辑相结合;将清醒的人文价值立场追问,与对现代知识者的艺术思维和审美创造的探究相结合;将凸显现代知识者自由言说的先锋姿态,与深入地探讨中外随笔资源的现代性转型相结合。它以丰富坚实的材料,在中国现代文学研究中相对撂荒的土地上,筑成一座堂庑宽敞、画廊盘曲的学术园林"(《中国现代随笔研究·序一》);姚春树教授也认为"之前远没有人像科安这样对随笔,尤其是中国现代随笔作了如此认真、如此全面系统深入的学理性研究",因此《中国现代随笔研究》"是值得从事中国现代散文理论研究和从事随笔创作的人们读一读的"(《中国现代随笔研究·序二》)。

黄科安教授还出版有《延安文学研究》(文化艺术出版社,2009年),亦得到多位学者好评。

附一

廿载心血化丰碑

——记首届冰心散文奖得主、中文系教授曾绍义

赵阳　吴桦

首届中国冰心散文奖揭晓了。在全国高校仅有的3个散文理论奖获得者中,我校文学与新闻学院中文系教授曾绍义名列第二。他编著的《中国散文百家谭》获得了极高的声誉。中国散文学会会长、当代著名散文理论家林非发出了由衷的赞叹,说"这是一部颇具学术价值的散文理论集",而著名老一辈散文家秦牧则在这部大书的《总序》中称誉"它是我国散文创作发展进程中的一座丰碑"。《文艺报》发表的评论文章更是推崇地评价《中国散文百家谭》是"散文文化积累的新贡献"。然而,在这荣誉的背后,曾绍义付出的不仅仅是心血与青春和韶华,更是他所经历的不为人知的苦难、寂寞与艰辛……

八年光阴和一本书

20世纪60年代末,曾绍义由四川大学中文系毕业后留校任教。"文革"运动稍稍稳定后,曾先生就在中文系开始教授文学写作,主要是散文写作。1984年,他致函秦牧先生为《中国散文百家谭》作序;他致函冰心、曹靖华等十多位文学大师为该书题词;他致函全国各省市作家协会和百余家报刊请求推荐作家入书。几年辛苦下来,曾绍义先后收到并阅读完毕来自全国270余位作家、每人2万至十几万字的入书资料:作者介绍、创作体会、自选作品、作品评论及照片、手迹。经过筛选,决定入书作家近200位,编选6卷本,300余万字。庞大的、资料珍贵而翔实的"四合一"编辑计划,一方面使曾绍义沉入了长达8年的含辛茹苦,一方面最终使该书的判断价值具有了独一无

二的权威性。

8年的心血，8年的努力，8年的寂寞，终于使《中国散文百家谭》与读者见面，并获得四川省人民政府第六届哲学社会科学优秀研究成果奖，又被选入中国科学院出版的《中国八五科学技术成果选》。《人民日报》、《光明日报》、《中国青年报》、《新闻出版报》、《文学报》、《文汇报》等也纷纷刊文评介，称颂它“体例独特”、“资料珍贵”，是我国“散文文化积累方面的大书、好书”。然而这些对于曾绍义来说，都远远不是终极。

成就背后的艰辛与苦难

从1984年9月动手编辑到1992年10月《中国散文百家谭》被接受出版，整整8年的时间里，曾绍义经历了事业、情感、生活大起大落的轮回，过程和结局都体现了一种命运。

8年里，曾绍义相继担任四川大学中文系、新闻系、法律系、外语系的写作课，又先后开设了《艺术评论学》、《艺术伦理学》、《实用编辑学》等选修课程。他的讲课，得到了学生的一致好评。他利用了他所有的节假日，不知多少个寂寞长夜，不知多少个通宵达旦，曾绍义沉浸在他心中那部大书编写的劳苦和愉悦之中。大学不是出版社，不是编辑部，如此庞大的编选，曾绍义全部是自费料理：自费寄发1200余封邮件通信；自费订阅参考资料、报刊30余种；自费为部分入选作家复印作品和评论文章；自费南下北上四处奔波，联系出版……所有的费用都在当时每月100余元的工资收入里支取。1986年夏天，他到湖南文艺出版社联系出版，为省钱，他曾花2元4角钱租一块凉席，和打工仔们一起睡在火车站的候车室；他到湖南联系出版，曾在火车上从郑州站到长沙，双腿都站肿了；他到河北联系出版，只好在《杂文报》简陋的办公室住了3天，天天都吃4角钱一包的方便面……所有的艰难，对于从小就失去双亲在川北农村吃苦长大的曾绍义，都可以忽视不计，唯独用心血培育的精神产儿有可能窒息才使他痛苦不堪。曾绍义上有老，下有小，编写这部书使他本来很艰难的日子变得更加艰窘，他很快一贫如洗，家徒四壁，连吃菜也只能在黄昏散市时买些处理菜了……对于个人的苦难，曾绍义缄默不语，只在精神世界里，始终惠存着一份对事业的渴望。他把这份渴望沉入一个再造的苦难中，而个体生命在此默默咀嚼品尝甘甜，以求其底蕴和终极。

走向深邃　走向未来

从1992年到现在，又过去10年了，曾绍义教授不断地研究，不断地发表有颇具分量的科研论文，不断地出版学术专著，并且赢得全国许多学者大家的一致好评。从1992年到现在，他对《中国散文百家谭》又做了许多重要的补充，并且完成了《中国散文百家谭续编》的编著。这期间，曾先生又经过了多少寂寞与艰难！我们被曾教授内心世界的那份永远前行的勇气所深深震撼。他说人不能懒惰，已经人过中年的他还保留给自己订计划的习惯。在那厚厚的剪报本上，我们看到了这样一页，那是曾先生在他48岁生日时给自己写的话："努力走向深邃，稳步走向未来。"这正是曾先生内心世界的真实写照！

（原载2002年12月17日《四川大学报》）

附二

主要参考书目

1.《中国现代文学史资料丛书·中国新文学大系·散文二集》(1917—1927) 郁达夫编选,上海良友图书印刷公司1935年印行,上海文艺出版社1981年影印。

2.《中国新文学大系·散文集(一、二)》(1927—1937) 赵南荣、林爱莲、高国平、余仁凯、丁景唐编选,吴组缃序,上海文艺出版社1985年。

3.《中国新文学大系·报告文学集》(1927—1939) 林爱莲、高国平、赵南荣、聂文辉编选,芦焚序,上海文艺出版社1985年。

4.《中国新文学大系·杂文集》(1927—1937) 郝铭鉴、陈福康、余仁凯、周天、聂文辉编选,聂绀弩序,上海文艺出版社1985年。

5.《中国新文学大系·散文卷(一、二)》(1937—1949) 俞元桂、姚春树、汪文顶、唐婉秋编选,柯灵序,上海文艺出版社1990年。

6.《中国新文学大系·报告文学卷》(1937—1949) 徐绍建编选,刘白羽序,上海文艺出版社1990年。

7.《中国新文学大系·杂文卷》(1937—1949) 范奇龙编选,廖沫沙序,上海文艺出版社1990年。

8.《中国现代文学创作选集·中国现代散文选》(1919—1949) 中国社会科学院文学研究所现代文学研究室编,人民文学出版社1982、1983年。

9.《中国现代文学史参考资料·散文选》1919—1949) 北京大学、北京师范大学、北京师范学院中文系现代文学教研室主编,上海教育出版社1979年。

10.《建国十年创作选·散文特与》(1949—1959) 严文井编,中国青年出版社1960年。

11.《散文特写选》(1953.5—1955.12) 中国作家协会编,人民文学出版社1956年。

12.《1957散文特写选》 作家出版社编,作家出版社1958年。

13.《1959—1961 散文特写选》 周立波 编选，人民文学出版社 1963 年。

14.《寻浪花——1961 年散文选集》 北京出版社编，北京出版社 1962 年。

15.《中国新文学大系·散文卷(一、二)》(1949—1976) 袁鹰主编，上海文艺出版社 1997 年。

16.《中国新文学大系·报告文学卷(一、二)》(1949—1976) 徐迟主编，上海文艺出版社 1997 年。

17.《中国新文学大系·杂文卷》(1949—1976) 罗竹风主编，上海文艺出版社 1997 年。

18.《1949—1979 散文特写选》 中国社会科学院文学研究所当代文学研究室编，人民文学出版社 1980—1983 年。

19.《1980—1984 散文选》 季涤尘、鲍霁、黄志伟、武力新编选，人民文学出版社 1986 年。

20.《中国新文艺大系·散文集》(1976—1982) 袁鹰主编，中国文联出版公司 1984 年。

21.《1985—1987 散文选》 姜德明、季涤尘选编，人民文学出版社 1989 年。

22.《十年散文选》(1976—1986) 吴泰昌编，作家出版社 1986 年。

23.《1988—1990 散文选》 季涤尘、丛培香选编，人民文学出版社 1992 年。

24.《1991—1993 散文选》 季涤尘、丛培香选编，人民文学出版社 1994 年。

25.《八十年代散文选》(1980—1989) 《八十年代散文选》编辑组选编，上海文艺出版社 1983—1991 年。

26.《二十世纪九十年代散文选》 韩小蕙编，上海文艺出版社 1991 年。

27.《中华人民共和国 50 周年文学名作文库·散文杂文卷》(1949—1999) 季羡林主编，作家出版社 1999 年。

28.《中国当代散文大系》林非主编，江苏教育出版社 1999 年。

29.《中国当代散文精华》 季涤尘、丛培香选编，人民文学出版社 1990 年。

30.《中国当代百家散文》 袁鹰、谢大光主编，花城出版社 1988 年。

31.《新时期优秀散文精选》 廉正祥选编，四川文艺出版社 1991 年。

32.《散文精选》 张若愚选编，华岳文艺出版社 1989 年。

33.《青年散文选》 《青年文学》编辑部编，中国青年出版社 1989 年。

34.《现当代中华散文名家名作》 季涤尘主编，华艺出版社 1998 年。

35.《中国百年文学经典文库》(散文卷) 谢冕主编，海天出版社 1996 年。

36.《中国少数民族文学经典文库》(散文报告文学卷) 玛拉沁夫、吉狄马加主编，云南人民出版社 1999 年。

37.《中华文学通史》(近现代文学编、当代文学编) 张炯、邓绍基、樊骏主编，华艺出版社 1997 年。

38.《20 世纪中国文学通史》 唐金海、周斌主编，东方出版中心 2003 年。

39.《中国现当代文学》 刘勇主编，中国人民大学出版社 2006 年。

40.《中国当代文学》 王庆生主编，华中师范大学出版社 2001 年。

41.《中国当代文学史》 特·赛音巴雅尔主编，民族出版社 2003 年。

42.《中国当代文学史写真》 吴秀明主编，浙江大学出版社 2003 年。

43.《新中国文学史》 张炯编著，海峡文艺出版社 2000 年。

44.《新中国文学史》(上、下) 张健主编，北京师范大学出版社 2008 年。

45.《现代台湾文学史》 白少帆、王玉斌、张恒春、武治纯主编，辽宁大学出版社 1987 年。

46.《香港文学初探》 黄维樑著，中国友谊出版公司 1987 年。

47.《台港澳文学教程》 曹惠民主编，汉语大辞典出版社 2000 年。

48.《中国现代文学词典》 鄂基瑞、邱明正等 38 人撰，上海辞书出版社 1990 年。

49.《中国当代文学辞典》 王庆生主编，武汉出版社 1996 年。

50.《新中国文学词典》 潘旭澜主编，江苏文艺出版社，1993 年。

51.《台湾新文学词典》 徐西翔主编，四川人民出版社 1989 年。

52.《中国文学家辞典》(共 6 分册) 阎纯德主编，四川文艺出版社 1981—1992 年。

53.《中国新时期散文百家传略》 林非、傅德岷主编，成都出版社 1995 年。

54.《中国现代散文史》 俞元桂主编，山东文艺出版社 1997 年。

55.《中国当代散文史》 邓星雨著，山东文艺出版社 1995 年。

56.《中国当代散文史》 王尧著，贵州人民出版社 1994 年。

57.《中国当代散文史》 徐治平著，中国文联出版社 2001 年。

58.《中国当代散文史》(插图本) 张振金著，人民文学出版社 2003 年。

59.《中国当代散文报告文学发展史》 佘树森、陈旭光著，北京大学出版社 1996 年。

60.《现代六十家散文札记》 林非著，百花文艺出版社 1980 年。

61.《中国现代散文一百二十家札记》 张以英、诸天寅、完颜戎著，漓江出版社 1987 年。

62.《中国当代散文审美建构》 李晓虹著，海天出版社 1997 年。

63.《中国当代散文研究论文索引》(1950—1983) 王达敏编，安徽大学中文系资料室印。

64.《中国现代当代文学研究》《复印报刊资料》编辑部编，中国人民大学书报资料中心印行。

难忘二十五年

——编后记

校改完本书最后一叠清样，已是子夜时分，虽然寒气袭人，我心中却是暖和的，因为终于能给读者完整地呈现《中国散文百家谭》的全貌了，尽管从1984年9月开始这项工作以来至今已过去了整整25年，我也从青年步入暮年，且困难多多，牺牲多多，但我毕竟实现了最初的心愿——难忘的25年啊！

最难忘的是各地散文家、评论家们的大力支持，特别是老一辈散文家或百忙中拨冗选文寄件，或来信谆谆嘱咐如何编好此书——已经辞世的刘白羽先生在医院接受访问并为本书题词，我不会忘记；年逾九旬的曾敏之先生除了指导工作，还先后两次题词（第一次未留印鉴），我不会忘记，而秦牧先生说“已写了总序，题词不需要了，否则似有张扬之嫌”，更令我永生不忘……

读者朋友在这25年里给予我的鼓励与帮助，也是永远难忘的！在1987年多家报刊刊出本书出版消息后，我即收到了300多封读者来信预购，其中有20多封是从老山前线的枪林弹雨中寄来的（为了答谢子弟兵的鼓励，我曾于1988年春节期间赴老山前线，在“猫儿洞”里为部分参战官兵辅导文学创作，《中国青年报》《四川日报》及四川电视台曾予报道），其中几位至今还与我保持着联系；还有江西南昌一位企业退休的老干部、广西南宁地方志办一位老编辑、安徽马鞍山文联一位老作家等都一直关心着《续编》的面世……特别是河南读者孙少山同志得知本书（《续编》）因经费困难出版受阻，立马伸出援手，从他长年在深山矿区工作辛勤攒下的不多积蓄中抽出数万元给予出版补贴，才最终使本书得以付梓——我相信所有读到此书的读者也会和我一样，对孙少山这样的读者朋友表示由衷的谢意和敬意！

难忘二十五年，我还必须记住曾经为本书抄录稿件或查找资料的人们，他们有的是直接受教于我的学生（如袁继东、宁宇等），有的只是我兼课时的电大学生（如吴明春、陈静等），有的则是“慕名”投门的外系外专业学生（如郭志立、赵永会等），但都是很好的朋友，他们的真诚帮助都是在我最困难、最繁忙也是编写工作最关键的“节骨眼”上……借此机会，除再表感谢外，更要祝福他们生活幸福、年年吉祥！

难忘二十五年，还要感谢为本书出版付出了辛劳的编辑朋友和排印人员们，不忘一切曾经在方方面面给予我理解和支持的人们（包括我的家人）：我深知由我独自一人完成这项被称为“文化积累的大工程”有些“自不量力”，没有你们哪怕是一丁点儿的鼓励，也许我都会歇下脚来——25 年间遇到的困难实在太多太多（有关情况可参阅本书附一）！

末了，还要“不忘”向曾经预订过《续编》的读者朋友表示深深的歉意——让你们等得太久了！出书后，我将陆续为你们一一寄上（若因地址变更，望能及时示知）。

“海内存知己，天涯若比邻。”愿一切因本书相识相知的八方朋友都以“知己”相待、“比邻”相扶，为了今日的和谐，也为了更加美好的未来……

曾绍义

2009 年 12 月 28 日晨 3 时 22 分

小　启

因地址变更未收到样书的作家朋友请与本书主编或责编联系，我们将及时补寄。

谨以此书献给

为我国散文事业发展作出了重要贡献的

专家、评论家和一切关心、支持这项事业的

读者朋友！

中國散文百家譚

续编 中

顾问 秦牧 林非 曾敏之
主编 曾绍义

四川大学出版社

张若愚

张若愚（1941—2000），编辑家，散文家，天津市人。1963 年毕业于郑州大学中文系，分配至河南商丘文化局剧目组任编辑，1972 年调洛阳市龙门文物保管所任副股长，1973 年调任洛阳白马寺文保所长兼党支部副书记，1975 年 5 月调洛阳市文化馆任编辑。1983 年调河南省文联，历任《奔流》编辑部散文选刊组长、《散文选刊》副编审、《莽原·南腔北调》副主编及《南腔北调》主编，为编审。

张若愚在上世纪 60 年代开始发表文学作品，涉及剧本、小说、民间文学等，还发表过 10 余篇考古论文。进入省文联后即主编了《散文精选》（华岳文艺出版社）、《女大学生心态散文选》（湖南教育出版社）、《散文选刊"首届优秀散文"获奖作品辑》（陕西教育出版社），同时发表散文 200 余篇，出版散文专集《痴人说梦》（人民文学出版社，1977 年），尚有多篇未及成集。

张若愚的散文，有《故乡与方言》被选入《1988—1990 散文选》，《照片，摄于 1924》被选入《1990—1993 散文选》，《哦，千年银杏》被选入《1996 年散文精选》（中国作协编，湖北文艺出版社），《少女的沉思》被选入《新时期优秀散文精选》，《喜蛛》被选入《散文精选》（华岳文艺出版社），等等。评论张若愚散文的文章主要有：

《张若愚散文漫评》（林非），《文艺报》1990 年 10 月 30 日。

另有《超越意趣：燃烧一隅隐秘》（作者涂怀章，刊《写作》杂志）、《安宋平凡不失真》（作者旷荣怿，刊《编辑春秋》）、《石窟情节》（作者杨羽仪，刊《作品》月刊）、《铮铮硬汉意在春秋》（作者艾云，刊《广州日报》）等文对张若愚及其散文有精彩评论，可参阅。

散文真好

张若愚

我和散文结缘，完全是一种偶然。

五十年代末、六十年代初，我读大学时如痴如醉般迷上了元杂剧和明清传奇，准备报考研究生。然而，我被取消了报考资格，原因是组织纪律涣散。我知道这指的是什么——自打我迷上杂剧传奇这些劳什子之后，晚上自修时间就不那么本份了，常常溜出去看戏。老实说，我心里不大服气，不是提倡教育与实践相结合吗？

就这样，我人生道路上第一个理想破灭了，像个肥皂泡。我至今仍十分感叹，那个年代的青年人怎么就那样脆弱，“嘎本儿”一声就给折断了。

我倒没因此而堕入地狱，在一位德高望重戏剧理论家力荐下，我到 S 地做了一名编剧。没人再指责组织纪律涣散了，每晚我都得去看演出。耳濡目染多了，后来居然也弄出几个剧本来。理论研究与创作虽无天壤之别，但对校门出来的学生说来，兰花指水袖以及踏马唱腔便成了大玄奥——我是个蹩脚编剧。不过，这段生活让我明白一个道理：在舞台上，一个人只能扮演一个角色，而生活中，却能同时扮演许多角色——崇高与卑鄙的，傲慢与谦恭的，奢靡与节俭的，华贵与下贱的，形而上与形而下的……

不久，我奉命参加农村“四清”运动，一去八个月。平心而论，领导让我去工作队，是栽培，期望我早日达到刘少奇制定的接班人的五项标准。正是这殷殷之情，使我在后来的“文革”中无端被打成“反革命”，蹲牛棚，吃尽了苦头。当年，我投入那场“革命”虔诚得近乎神圣，直到“林副统帅”折戟北漠，摔死在温都尔罕，才有点犯醒儿。原来，我们恪守的虔诚，竟是任人摆弄的娼妓。为着这该死的虔诚，我伤害了别人，同样还是为着这该死的虔诚，我也受到了别人的伤害。

革命还在继续，编剧不敢当了，遁入山林去学佛教艺术考古，虽然清苦却惬意，我抱着典籍一步步走进了历史的纵深。然而，命运是不能由个人主宰的，几年后我又被调去做群众文化工作，一直干到毛主席去世，“文化大革命”结束，我也走近“不惑”之年了。

除了从事考古那段日子不时唤起我美好的回忆之外，我的前半生杂七杂八做了许多身不由己的事，说了不少言不由衷的话，用浑浑噩噩四个字概括大概是不会错的。青春已逝，时光不再，我得调整一下自己了，新时期的曙光在我心灵深处燃起新生的希望。

我选中了河南省文联，同样，他们也选中了我。于是我调进《奔流》编辑部，尽管我个人为此付出了巨大的牺牲，但我毕竟按照自己的意愿选择了工作，调整了后半生的生活航向。

1983 年前后，新时期又一次经济改革大潮在全国上下涌动，神圣的文学殿堂也失去了往日的宁静，编辑部连续几天开会，变得犹如一锅鼎沸的开水。经过反复辩论，最后议定了两个大家认同的方案：创办《散文选刊》；创办“奔流贸易公司”。

我和夏挽群君二人被指定创办《散文选刊》的筹备工作，折腾半年，他又被指定去创办“奔流贸易公司”，说声走就走了。1984 年 10 月，《散文选刊》创刊号在历经诸多磨难之后终于呱呱诞生了，从稿子质量乃至装帧设计，都是一流的，出版伊始就受到社会上广泛的好评。这时候，新华书店的征订数字也到了，仅只有五千多份，而我们的印数则是五万！紧接着，第二期（十一月号）和第三期（十二月号）的刊物也陆续出版了，新华书店的征订数字没变，我们的办公室却变成了刊物积压堆积如山的仓库！《散文选刊》是新时期改革开放的产物，除了一万元的开办费，一切自负盈亏。所以，《散文选刊》打一开始就是负债经营，债主就是印刷厂。世上最难的事情大概就是没有钱了，所以民谚有“一分钱难倒英雄汉”之说，于是便由此产生了秦琼卖马、杨志卖刀的故事。然而，他们毕竟还有黄骠马和祖传宝刀可卖，我则压根儿就不是英雄好汉，而且又是两手攥空拳，所以，只要听说印刷厂来人登门讨账，我就像杨白劳似的，楼上楼下藏匿躲债。老躲着也不行，面对堆积如山的刊物，总得想办法销出去。于是找书商、零售点、地摊，挨门求售，甚至送货上门。我们很快就发现，在通俗刊物流行的当时，地摊上五花八门的杂志虽然数不胜数，却没有《散文选刊》的一席之地，由于病急乱投医，其间还被个别不法书商骗走了一些刊物。不能再像没头苍蝇那样乱撞，经过一番冷静的思索之后，我找来了一张全国地图，从各省会开始，凡是能想起或估计到应该有的图书馆、大专院校的阅览室、资料室，每处各寄赠刊物两本，并附上宣传广告、年历。省以下的县市，总也得有图书馆、文化馆、第一高中或第一中学吧，学校也总会有语文教研室吧，亦如法炮制，免费寄上刊物与宣传品……这么一来，所余刊物也就寄得差不多了。说得好听点，这是背水一战，说得难听点，就是破罐子破摔了。就在这年最后一个月份倒数第十天，邮局征订数字通过电话送达是八万份。消息传出，同仁们欢呼不已，就连昔日的债主们（创刊前三期曾换过三个印刷厂）也赶来道贺，不但绝口不谈欠账的事，而且要求刊物由他们继续承印。

我就是这样与散文结缘的，几乎是叽里咕噜给抛进来的。在此之前，尽管我也写过一点散文，但真正出道，应该是在创办《散文选刊》以后的日子，说得清白些：起步很晚。人们面对前辈常常谦称“晚学”，我就是地地道道的晚学，在一代散文家面前，无论是年长者、年轻者。

我喜欢散文，首先是因为散文的世界是一个自由的世界。不过，它并不是一个绝对的自由世界，如果手中没有一张“真诚”的门券，便只有在槛外张望的份儿了。鲁迅先生在他的故事中写到，在主人为儿子举办的满月宴席上，许多人夸孩子有福相，将来可以发财、当官儿，受到欢迎。只有一个人说了实话：这孩子将来是要死的，结果挨了打。我虽然还没蠢到也说这类“大实话”的份上，在与人的交往中，我还是喜欢以诚相见，不掖不藏。当然，为了这个我吃了不少苦头，但它毕竟为我写作散文培养了一个良好的心态环境。作家在创作中投入几分真诚，就有几分收获，正所谓种瓜得瓜，种豆得豆，种下稗子长出的是莠草。矫饰与浮华的假真诚是绝对不可取的，以为拿腔作调唬得了人就大错特错了，这正像开屏的孔雀虽然能把尾羽摇得噼叭作响，熠熠生辉，但观赏者（或曰读者）还是能看到这道美丽的屏障后面的不雅之处的。写散文万万不可掺假，一假就丑，自己写起来别扭，读者读起来也别扭。写散文切不可端架子，自以为架子端得十足，可读者硬是不买账，甚至嗤之以鼻。作者与读者只有达到心心相印的时候，灵魂方能沟通，相互感染，才能产生文学的潜移默化的效应。当然，散文创作中的真诚，并非认罪书式的坦白交代，这是一种良好的心态，善的融化，美的升华。

事实上，真正达到散文创作自由的化境亦非易事，尤其是我们这一代人。新时期的思想解放运动，确实为散文创作的发展提供了一个十分良好的契机，但是，鸟儿在笼子里关久了，也呆惯了，猛然间笼子打开了，它也许早已忘记了外部广阔的天空，即便飞出去了，似乎还觉得有只无形的笼子的影子笼罩着，因而不能自由翱翔。我的散文就有许多自己冲不破的旧模式和许多不知所措的无奈。这是时代的烙印。外部的思想解放固然重要，自身的思想解放尤其重要，这里有一个重新学习、更新观念的问题，是我们这一代人不可忽视的。

也许，“组织纪律涣散”在我已成痼疾，我在散文创作中是不太懂得讲求章法，讲求技巧的。但这并不是说我没追求，我只想在散文创作中做到：第一不抄袭别人，第二不抄袭自己。抄袭别人也有两种形式：一是除了作者名字以外的一字不漏的“文抄公”或者改头换面据为己有，这是恬不知耻的扒窃；一是学习前人的创作模式最终难脱窠臼——这是另一种含义的“抄袭”，与“文抄公”者流在道德取向上有着本质的差异。抄袭自己就是重复自己，这也是最难以克服的创作惯性。如果把千篇一律的固有模式当作自己的风格，那才是天大的误会。一个人写一篇好散文就很难，更不易的是篇篇都写得好。一个人一天写一篇乃至数篇散文并不费力，尤其是当今写作进入电脑化的时代，更是不在话下，但每篇都能不重复自己，不抄袭自己，而且超越自己、突破自己，就不那么简单了。散文创作不是现代工业中流水线上成批量的定型产品，而是各自独立的手工作坊里的“非标准”

的异形产品。同一次感受,同一个题材甚至同一命题的《桨声灯影里的秦淮河》,为什么在朱自清和俞平伯的笔下就各不相同了呢?同一座泰山,同一条黄河,同一道长城,同一处圆明园,古人写过今人写,上代人写了下代人又写,为什么脍炙人口的锦绣文章依然层出不穷呢?那是因为作家在创作中注入了自身的性灵、学养、人品和气质,这是无法抄袭和重复的。这就是我所追求的,谂知不易,但却执著。

散文之称散文,在于它的文体自由。可以用第一人称写,也可以用第二人称写,用第三人称写的散文作品也为数非少;可以平铺直叙,也可以倒叙、插叙;可以直抒性灵,也可以借景生情,寓物于情……怎样写,由自己,不拘一格。至于内容,古今中外,宇宙万物,无所不包。"形散神不散",指的是文体自由,决非真个散了"形"。有形则有气,有气则有神,形散则气不存,何来神之有?"形散"的含义当是解放思想桎梏,警示作者不要刻意为文,为文不必刻意求工,舍此则难免骇板,失却性灵。古今散文名篇中,可以读到许多着笔的不经意处,如果反复品读,正是那些不经意处,乃作者的匠心独具。记不得谁说的了,原话的意思是,新时期以来巴金老人的散文已进入无技巧境界。其实,这种无技巧正是"形散"的化境,大巧若拙,大音若稀是也。所以,"形散"二字万万不可望文生义,只能在阅读与创作中慢慢意会。

散文是美文,美在它的多姿多彩,美在它的真挚与性灵,决不是满篇华丽的词藻,或者令人费猜详的佶屈聱牙的字块堆砌。语言是散文的一个重要因素,但其美不在浮华。据说,有人统计过孙犁作品中使用的词汇,几乎不超出中学生所掌握的词汇量。这种说法是否合适与可靠姑且不论,面对孙犁老人那一篇篇质朴无华的散文作品,谁又能说不是美文呢?

散文真好。我陶醉它,它陶冶着我,也融化了我。纯粹是一次的偶然,把我撞进了这个美丽的世界中来,细想也是一种福分呢。

我写散文就是因为想写,不想写的时候就不写,一曝十寒,三天打鱼两天晒网。有一阵子能连续写出几篇,但常常是一年里只写一两篇，既不懂讲求技巧，又不会修饰语言，更疏于攻读“散文概论”和“散文美学”一类教科书。所以，我可能永远都成不了散文家，更遑论“著名”二字了——其实，我压根儿也没想成什么家，像我这种“组织纪律涣散”的人，命中注定是蓬蒿之辈而决非“家”的坯子。我就是我，本本来来的我，我们这一代人中的我。所以，在编这个集子时，根本用不着去打肿脸充胖子，于是，就把过去的我与现在的我集合在这里，把成熟的与不成熟的烩进一勺，不在乎作品质量参差不齐，目的是记下过往的岁月。我从母体来到人世，原本是赤裸裸的，但我相信，给我接生的干娘，一定没有因为丑陋而讪笑过我——她一直很疼爱我。我无法陈述那混沌之初的感受，但从后来成人之后我的体验以及所有成人的目光中可以读懂，我和他们一样，并不厌恶这种赤裸。这是人最纯真的时候，也是最诗意的时候。长大了，学着穿衣——同时也就学会了虚伪，真实的自我便不复存在了。从树叶兽皮、葛麻缣帛、长袍马褂到西装革履，人愈来愈会包装自己了。为什么要掩饰？过去的都已过去，凝铸后的历史是无法改变的，没有必要再去雕琢。还是那句话，我就是本本来来的我。在编辑这个集子的时候，除了对个别篇章做必要的文字订正，基本上都保留了发表时的原来面貌。丑也罢，俊也罢，任人评说，反正都是我写过了的。

最后我还要说，散文真好。它让我在修远而且坎坷的漫漫人生之路上最终找到了自己的位置，重新凝聚久已失落了的自我，尽管这一天来到得晚了一些。

1996.11

（原载《痴人说梦》）

自选作品

故乡与方言

我是一个没有故乡的人，恰恰是因为没有故乡，却又有了许多的故乡。

没有故乡,使得我不能拥有故乡的方言。于是,我一张口,就常常招来别人的疑问:“你是哪儿的人呀?”我只能按照填了几十年的履历表据实回答。谁知这一来,反而招致更多的麻烦:“听你说话的口音,可是不像啊!”那目光,分明是要洞穿一个“异类”或者“冒牌驴”什么似的。另一方面,正是因为我没有明显固定的方言,语言中少了些俚语俗话,乃至佶屈聱牙的乡音,因而才显得更纯正些。有一年,我接待了一位瑞典皇家学院的女博士汉学家,她就很夸赞了我的语言“句句都听得懂”,甚至比北京人讲话还清楚。我当然暗自得意,可惜女洋鬼子只是口头大方,丝毫没有邀我出国讲学的意思。

我的祖籍在天津乡下,那是一个紧傍着潮白河、景色十分幽丽的小村庄。这应该是我的故乡,但这故乡只属于姐姐们,我既不生于斯,也不长于斯,只是到了青年时期突然心血来潮,萌发了“认根”的念头,跑回去匆匆短住了几日而已。尽管如此,每听见那几个耍贫嘴说相声的学着冀东方言,出尽农民洋相的时候,我的牙还是恨得痒痒的。

我的父亲兄弟三人。他是老大,和二叔在天津卫一家染坊里学徒,三叔在家侍奉爷爷和奶奶。日本鬼子进犯华北那年,按照阶级分析的观点,他是应该去参加八路军,投奔抗日游击队的。可是他没有,却撇下乡下的奶奶、妈妈和姐姐们,和几个天津老乡到河南谋生。父亲此举,使得后来出生的我永远地失去了故乡和故乡的方言。不久,日寇铁蹄又踏进中原,飞机轰炸了省城开封,父亲所赖以谋食的天丰面粉公司也因此而倒闭。有国难投,有家难奔,他只好和老乡们流落在豫东的商丘、兰封、开封、郑州一带过着颠沛的日子。我就是这时来到人世的,因为出生在豫东的一个小镇,父亲在给我取名时还特地冠上一个“豫”字。

我从小就跟随父母过着这种动荡不安的生活,所到之处,自然都可以称为故乡,但我依旧学着父母的口音说家乡话。后来,上学了,我这点儿天津卫的口音在学校里很是遭人嘲讪,同学们把我叫做“小蛮子”。人，尤其是儿童，适应环境的能力是极强的，所以，用不了多久，我已经把当地话学得很流利了。然而，每当放学回家，遇上父亲的同乡，或者是老家来了人，听我说得一口河南话，便又遭到他们的讥笑，完了还管我叫“河南侉子”。这来自学校和家庭两个方面的嘲弄，虽无恶意，但常常使我尴尬，无所适从。但是，为了生存，每随父母迁居一地，我还是认真地学着当地的语言。这样，我便学就了一口河南各地都能通融但又都不予承认的河南话——成了既没故乡又没方言的人。

渐渐地，我从老家人对我蔑称“河南侉子”的语气里，体察出外地人对河南人的睥睨。他们常常目不旁骛地高声打着“乡谈”，即便是土得掉渣的口语也敝帚自珍，那口气分明是名门望族或者高等华人之于平民百姓，有一股居高临下的凌厉之势。耳濡目染多了，我也盲目地为自己的祖先先前是“大地方人”觉得自命不凡了。凡遇上喊我“小蛮子”时，以往那种委屈与自卑的心理淡化了，代之而起的反而是一种清高和自许。再有谁问及或者填表格涉及到籍贯时，便大言不惭地来上一句“天津人”，如果再听到谁说一句“啊，大地方”，一丝莫名其妙的优越感便从心头油然泛起。至于出生在豫东一个小镇的事情则压根不去提及，乃至后来的讳莫如深。其实，说破大天，我的老家也只傍着天津市的一点边儿，而我本人则是地道的河南人，不敢抑或不愿承认，乃至矢口否认它，一如讳言一桩不可见人的丑闻，也许，这应该算是我心中最隐秘的一块禁地。几十年来，我一直顽固守着这块禁地，我似乎也说不清，到底是为了什么。

我的“河南普通话”（姑妄称之）说得很地道，以至受到前面提及的那位北欧女洋人的青睐，这要沾光“中州古韵”乃昔日华夏大地的普通话的缘故吧。由于幼时的家庭环境的影响，我又能说一口流利的北方话，并可以鱼目混珠地和北方人海吹神聊，居然也很少有大的破绽。我常常乐于和天津人攀附老乡，在很大程度上也是靠这点本钱去维系的。

今春，我去无锡参加全国散文研讨会，会余，和几位朋友侃大山，侃得正要劲儿，一位知根摸底的朋友拦腰朝我开过来一梭子："喂，我说你少撇几句行不？听得真恶心，真不如你的河南话听着地道！"我听了几乎噎得背过气去。当然，已经老于世故的我已经不会因此当场失态，只是很得体地也毫不留情地回敬了一梭子。他肯定也好受不了。

晚上，去贾平凹房间串门。他们贤伉俪都操一口春节文艺晚会上做小品的王木墩儿的乡音，满亲切的。由是我想到，去冬国际"飞马文学奖"的颁奖会上，他的答谢词，大约唱的也是商洛山里的"秦腔"。回到自己房间，倒在床上，我还在想着白天那一幕，人的一生，历程很长，要做的事又很多，已经够累够吃力了。那么，又何必因为固守那心灵深处没有丝毫实际意义的一隅隐秘而不得洒脱一点轻松一点呢？

人也真怪。

（选自《散文选刊》1989 年第 12 期）

照片，摄于 1924

——写在圆明园罹难 130 周年之际

鬼使神差般地，我第三次走进了圆明园。没有心思去凭吊远瀛观前的大水法残骸，也无兴致去走那号称迷宫的万花阵，更打不起福海荡舟的闲情逸致，几乎是不假思索地径直进了园史展览馆，便久久地伫立在那镶嵌着两张黑白照片的镜框之前。因为年代久远了，又是从别处翻拍之后放大的，照片上出现了挺粗的网纹和米粒大小的颗粒。尽管如此，那照片上的景物轮廓甚至人物一举手一投足的动态依然清晰可辨。照片下沿，一行大写的印刷体英文说明文字赫然在目：THE PEACOCK CAGE BEING TORN DOWN, ABOUT 1924。

五十年代，当我还在小学读书的时候，就从纸张和印刷都很粗糙的历史课本上，看到了那方画着大水法残骸的小小的插图。那时候朝鲜战争还远没有结束，历史老师讲授第二次鸦片战争这节课时，就显得格外地激动。我的幼小的心灵也因此受到炽热感染，从此，便埋下了对帝国主义者的仇恨与愤怒的火种。也还是从那时起，就产生了一个强烈的愿望：有朝一日，我要走进圆明园，去亲眼看一看这些无耻强盗的兽行。

年长之后，虽有多次机会进京，一来道远路生，二来公务在身，匆忙之中总也没有去过圆明园。1986 年仲夏，我从东北出差归来，在北京换车，因为拿到的是两天后的车票，滞留期间，我便有机会一了多年的宿愿。

那是一个阴霾满天、闷热难当的天气，空气极潮湿，仿佛拧一把都要滴下水来。我是从北门走进圆明园的，没走多远，远瀛观前大水法的庞大的残骸便矗立在眼前了。尽管小学课本那方小小插图多年来在我眼前萦绕，尽管历史老师当年激愤的言辞还不时响在耳边，尽管以后我读过许多篇描写这片废墟的文章，我还是被震惊了，心也在不停地颤抖……一度被骄傲地称作万园之园、事实上也堪称世界上一流建筑的皇家园林，只剩下一片沉重与凄凉、耻辱与哀伤。我禁不住潸然泪下，悲愤和仇恨的火从心头升起。我恨这一伙以文明自诩而又灭绝人性地毁灭文明的帝国主义强盗，我恨那对内残酷狠毒、对外虚弱无能的统治者……我沉溺在这复杂而又难以尽言的悲怆中，许久许久不能自拔，乃至一场暴雨倾泻下来也浑然不觉。雨水紧贴着身体衣裤流下来，我却没有感到一丝凉意，相反，皮肤炙热，面颊滚烫。我下意识地走在这废墟上的泥水和杂草里，面对一片片颓垣破壁，残石断柱，无端被斫斩的肢体，反复咀嚼着近百年来这个民族的奇耻大辱，吞咽着那些既无能又倨傲的统治者给后人酿下的苦酒。即使曾经拥有过五千年灿烂的古代文明，现在是十数亿人的泱泱大国，倘不能自醒自觉自强自立，也只能任人蹂躏和宰割，圆明园的废墟就是这滴血的历史。

一年之后，我又一次来到北京，也又一次走进沉重的废墟公园。

隔年那场雨下得实在也太突然也太大了，乃至我未参观完毕便匆匆离去；所以，这次来就看得特别仔细，拐弯抹角，凡是能到的地方都印上了我的足迹。我是从新建的南大门进来的，参观结束也就临近北门了。我想买一点说明书或者图片一类的资料。经人指点，我在园史展览馆售票处购得圆明园管理处编印的白皮书——《圆明园园史介绍》。我对看展览一向是缺少兴趣的，许是看得太多了的缘故。然而，当我买过白皮书的那一刹那，突然想到，也许，我不会第三次再到这里了，说不明的心理，竟支配我破例进去了。

老实说，看这种展览是压抑的，沉重的。唯一让人感到惊叹而又值得骄傲的是，在那几乎一切都依赖人工和简单的机械的年代里，建造出人类史上一流的美奂美仑的偌大一座宫殿似的园林，我们这个民族该是具有着何等的聪明才智哟！不过，稍一思想，又不禁泛起一阵悲哀，如此一个蜚声海内外山光水色交相辉映而又珍宝无数的圆明园，也只是供那么少数几个脑满肠肥的统治者寻欢作乐而已。然而，它毕竟是东方文明的象征，中华民族乃至全人类的财富。且不说深受其害的我们，世界上任何一个有良知和正义感的人，对 1860 年 10 月 18 日那场浩劫，无不义愤填膺。法国著名的作家维克多·雨果翌年就写道："有一天，两个强盗走进圆明园，一个进行洗劫，另一个放火焚烧……一个胜利者把腰包塞满，另一个赶紧把箱子装得饱鼓鼓；他们手挽着手，心满意足地回到了欧洲。这就是两个强盗的历史。在历史的审判台前，一个强盗叫做法兰西，另一个叫做英吉利。"

展览馆里，有复制的浩劫之前的圆明园全景立体模型，也有大火前各处建筑的黑白与彩色图册资料……讲解员对这段历史谙熟，声调抑扬顿挫，语言熠熠生辉，然而，毕竟这一切都是明日黄花，刚刚参观过园中废墟的人们，很难从那种愤懑与沉重的心绪中一下子解脱出来。面对往日的胜景，我摆脱不了再也无法忍受的压抑，终于悄悄从讲解员的身边走开，独自一人踯躅在展厅里。突然，我被镜框中的两张照片吸引住了。这显然是一组，所以共用着同一行的文字说明。这说明，便是本文开篇引出的那行大写的印刷体英文。其中的一张是中景,主体物是一座方方的高台——显然是劫后的建筑遗存——上有三个人物,因为台高,便显得小,像剪影,但其轮廓还算清晰,动态依稀可辨。从左至右数,第一个人做弯腰状,手持一铁镐,往上抡起抑或向下劈去;第二个人直立,因系正面,动态便看不出;第三人站在台基边缘,手里搬一个方形砖石料,看样子是要往下掼的。第二张照片是一长串马拉平板车,正沿着圆明园宫墙外的路迎面而来。最前头那辆车上像木桩般坐着车老板,鞭子直直地戳着,夹在肘弯,面部木然,毫无表情。从落在身边一侧长长的影子看,应在北宫墙外;地面泥泞,树叶落光,时在深秋与初冬日薄西山之际。

我对英文一无所知,图片下的说明文字自然看不懂,只好去请教展览馆的工作人员。他是位年轻人,很热情,告诉我这两帧照片系当年在北京大学任教的一位德国教师奥威尔所摄。图中那个方台,即养雀笼遗址。画面里的内容已经很清楚了,是一些中国的老百姓,正在拆运遗址的砖石料。

在此之前,尽管我不懂那行英文的意思,然而,对这两张照片的内容已经产生不祥的疑虑。之所以去请教展览馆的工作人员,只是因为我尚存一息侥幸,不愿意、不忍心抑或不敢正视这种事实,希冀着他能给我一个否定的回答,从英文中找到另一种解释。然而,我是徒劳的,他的回答,是残忍的,无情的。非但如此,他还拿起我刚刚买到的白皮书——《圆明园园史介绍》,随手翻开,指出几处文字并作了补充说明……

原来,圆明园虽然经历1860年这场浩劫,毕竟园子的范围太大,圆明园和长春园北半部尚有不少建筑以及山池花木完整保留下来,各园仍由有关官员和宫监管理着。同治十二年(公元1873年)八月,载淳亲政,以奉养撤帘后的两宫皇太后为名,下令内务府重新修复圆明园。是时清王朝已大厦将倾,国库告罄,圆明园的修复工程已经无法进行下去,不得不在次年中辍。1900年,八国联军攻占北京,慈禧与光绪亡命西安。此时,京城内各处一片混乱,驻守城外西北部的八旗兵将,乘机勾结宫监和附近的地痞恶霸,将圆明园内的木构殿宇几乎全部拆卸，盗卖一空——八旗将领王怀庆便利用这里的木石为自己修建一座私人花园。由于米价暴涨，不法奸商往大米中掺白石子，怂恿一些饥民将园中的汉白玉石料敲碎以六比一的比率换米。经过这一番洗劫，先前幸存以及后来重修的建筑几乎破坏殆尽。灾难并没有到此为止，北洋政府和国民党统治时期，军阀官僚和帝国主义分子更是肆无忌惮地盗窃和破坏残存的建筑。大军阀张作霖为营造坟墓，竟然在光天化日之下从园中拆运建筑材料——多么愚顽而又可叹的悲剧！

……

我由此而引起震惊和愤懑，不啻当初从小学历史教师那里感染来的情绪，那是刻骨铭心之仇，而后者则是痛彻心髓之恨！同为炎黄子孙，也有不肖之种种。用什么词汇去形容这群丑类呢？助纣为虐，多少有些恭维；趁火打劫，也显得轻看低估；恶棍无赖，又觉价码不足……它们为全民族蒙上一层永劫难消的羞耻。这些断脊的败类，即使采用封建时代最残酷的车裂刑罚去处置，也难解人们心头之恨！当然，我这里所说的败类，不应该也不愿包括照片中的那些人们，即便他们不是正儿八经的劳动人民，也是压在最底层的芸芸众生。就像那些把园中的汉白玉雕刻艺术品砸碎去换米吃的饥民，我们怎能忍心去责难他们？然而，面对着照片里那车老板的一副空洞木然的面孔，我却怎么也抑制不住地感到一阵阵的惊骇、颤栗、悸痛！心也不禁为悲哀和酸楚淹渍……

我第三次来到这里，适逢圆明园罹难130周年。我踯躅在远瀛观前，禁不住百感交集，仇恨与忧愤又一次从心头泛起。这许多刺向蓝天残锷般的石柱，不正是圆明园滴血的历史见证吗？在那水锈斑斑的石面上，记录着一百多年间帝国主义侵华的种种兽行，浸透了中华民族的屈辱泪水，同时也睥睨着一切败类的丑恶与卑贱。它又像一部高擎着的巨大的启示录，让每天来自四方的人们去深深地思索、反省，尔后走向未来……

我慢慢地转过身，在一片废墟中竟辨不出哪里是养雀笼的遗址。

那两帧印有英文说明的黑白照片，那一册薄薄的白皮书，连同那热情的年轻人的讲解，又一起涌上脑际。应该感谢这座展览馆和这里的科学工作者，他们使我又看到了历史的另一侧面，尽管它是恶劣的，犹如一块丑陋的疮疤。敢于直面现实，毫不躲避历史，正视它的劣根，我们的国家便有重新崛起在世界民族之林的希望。所谓知耻而后勇，正是这个道理。

让我们永远记住这一百多年的耻辱历史，连同那两帧黑白照片，还有英文说明：THE PEACOCK CAGE BEING TORN DOWN, ABOUT 1924。

1990 年 10 月

（选自散文集《痴人说梦》）

张若愚散文漫评

林　非

读罢张若愚的《故乡与方言》，留下了相当深刻的印象。他娓娓道来的，虽然只是一件细小的事情，却十分真诚地袒露了内心角落里的隐秘，写出他痛恨那些既瞧不起乡下人的习俗，却又讳言自己是乡野之人的这样一种微茫的情绪。如果不抓住去写，去展开，去渲染，去剖析，无疑是很容易丢开和忘却的，因而也就不会有这篇警世的散文出现了。

作者为什么要如此淋漓尽致地刻画自己的这种情绪呢？因为它虽然微茫，虽然会稍纵即逝，虽然在局外人的眼里或心中也许不会有多少明确的印象，但是这种隐藏在内心深处的感情却是长期骚扰着作者的灵魂。这种将方言当成是“见不得人”的土气与寒伧，自然只是一种虚荣心而已。作者通过流畅的叙述，通过烘托，通过对心灵深处的挖掘，真诚地袒露了这种莫名其妙的虚荣心，无疑会对读者产生一种升华思想境界的作用，会使他们联想到生活中许多类似的虚荣心，也同样在折磨着不少的人。而在揭示和认识了它的毫无意义之后，抛弃这种精神枷锁该有多好！弄虚作假的心理，不仅是散文创作的大敌，更是树立高尚的民族精神，推动整个民族阔步前进的大敌，作者对此的揭示和剖析，确实具有深刻的社会涵义。

正如作者听说的那样，“人的一生，历程很长，要做的事又很多，已经够累够吃力的了。那么，又何必因固守那心灵深处没有丝毫实际意义的一隅隐秘而不得洒脱一点轻松一点呢？”真可以说是大彻大悟，此种升华自然是来于真诚地认识自己的心理病症，并且还下定决心真诚地谴责和否定自己的这种精神状态。正是因为具有了这种面对真实而又真诚地愿意去纠正的心情，才能够如此从容自若地娓娓道来，这显然不纯粹是一个掌握高度艺术技巧的问题，而是有没有撰写散文的良好心态，这才是问题的核心与实质之所在。从写作技巧上来说，这篇散文是相当流畅的.然而提炼得似乎还嫌不够，如果在这种真诚心态的驾驭底下，能够写得更精炼一些的话，它肯定会闪射出更为晶莹的光芒。

张若愚这种写作散文的真诚心态，确实是最为可贵的，有了这种反对虚矫和作假的心态，就保证不会写出满眼藻饰却内容空洞的散文来，这样也就保证了散文创作走上提高民族精神的康庄大道。张若愚的有些散文，好像可以指出它技巧上的不够成熟，却找不到它偏离真情实感的流向。像《喜蛛》中的若干回忆，夹杂着童年时代对蜘蛛精吃人的恐惧，以及“文革”中批斗“走资派”时称之为黑蜘蛛的诬蔑，还有就是眼前欢庆高楼落成时喜蛛的丝网，凑在一起显得有些零乱；《红玛瑙》中企图从一个陌生的老妇，引起对另一位感情深厚的房东大娘的回忆，似乎显得牵强，没有达到感情上紧密缝合的程度；《高高的向日葵》回忆一位中学老师被定为右派后的惨史，就过于一般化，而太缺乏个性的因素了。虽然我较为苛刻地指出了这几篇散文在艺术技巧上的不足之处，但是又深深地觉得它们无疑都洋溢着真情实感。

紧紧地面向真实，和牢牢地抒发真情实感，这确实是作者最大的长处，有了这一点，就有可能诞生佳作，就有可能不断地趋于成熟。像《少妇的沉思》就是作者这种散文创作心态的典型表现，既不是虚假地粉饰生活，也不是夸大地否定生活，而是真实地描绘着生活的阔步前进，以及其中还存在着不少令人忧虑的矛盾，因而启发读者要用准确的态度去对待生活，去勇敢地克服矛盾，去豪迈地展翅腾飞。这篇作品从一块汉白玉石引起他女儿的沉思，写到了农村的日新月异，以及还存在着不少愚昧和落后的情况。像这样面对着真实，抒发着自己的真情实感，确实是对民族、对人民负责的表现。如果能够这样不断地坚持下去，深深地思索，他的散文创作在艺术方面的成就，肯定会随之而得到大幅度的提高。

正是以这种面对真实和抒发真情实感的素养为凭藉，张若愚的有些游记也是写得很成功的。《洹河，谜一样的河》从对河南安阳附近洹河的素描，很自然地展开了关于盘庚以后一大段历史的反思，鞭挞了古老文明中那种野蛮和残酷的一面，一个地位并不高的奴隶主死了，竟会活活杀死许多奴隶殉葬，这引起了作者无限的愤慨。正因为是深沉的反思，而不是浅显的说明，所以作者感叹的“谜一样的河”，就具有了感染读者的艺术魅力，和推动读者思考的哲理内涵。在这篇作品的后半部分，又抒写着发现甲骨文字的过程，由于从寻觅到的不足五千个甲骨文字中，多少满腹经纶的学者经过毕生努力钻研，也只能解读其中的不足二千字。这就确实像作者所反复咏叹的那样，应该怎样了解“谜一样的河”以及河边的这座废墟呢？

面对着同一空间中的洹河，反思着几千年前不同时间里这河边的人生社会，以及它种种悲惨的变迁，怎么能不产生摔开沉重的包袱，而要在这块广袤的土壤上建设中华民族现代新文化的神圣使命感呢？像他这样来写游记，无疑是既超越了一般性的叙述和印象，还超越了浅层次的抒情与咏叹，而是踯躅于这苍穹底下的空间中，紧紧抓住了历史的命脉，剖析着它若干悲剧性的场面，作出有声有色和悲壮淋漓的反思。达到这样较高水准和境界的游记，对于当前大量游记的写作者来说，也许可以提供不少有益的借鉴和深刻的启迪吧？

在作者所发表的不少游记中，水平自然也是参差不齐的，如《踏雪卧龙岗》与《春谒白少傅墓》，就是或显得琐碎，或显得平实，倒是短短的一篇《梁王宫阙今安在》，在抒写自己观摩浩大和奢侈的梁孝王墓道时，禁不住发出一种谴责和鞭挞的正义呼声，而且顿时又产生了一种想赶快走出这“黑黝黝的空旷”，沐浴在墓外阳光底下的迫切心情。这不仅是一种生理的反射，更重要的是一种通过历史反思后的社会心理反射，这种巩固的现代意识是十分可贵的，如果不是发扬这种反思历史的现代意识，而是隐于“发思古之幽情”的境界中，写出的散文也许就没有多大的意义了。

除开剖析内心体验和情感的小品，及进行历史反思的游记这两部分之外，张若愚回忆“文化大革命”中各种畸形世态的系列散文《痴人说梦》，也是令人拍案叫绝的佳作。这六篇《痴人说梦》，乍看起来像是在不动声色地叙述着，然而通过他皮里阳秋的抒写，作者的种种心态，尤其是对那种荒谬现状的忧思如焚，大概都是可以为许多用心的读者所深切体察到的。

曾经出现过多少描写“文革”中畸形世态的篇章，有的写得义愤填膺，有的写得悲伤欲绝，有的陷入了深深的思考，在这些散文中，都产生了不少留在读者印象中的佳构。然而，张若愚却执拗地走自己的路，不仅跟那些类型的作品写法不同，值得注意的是还跟自己偏重写内心感受或反思历史的游记小品不同，在表面上装得丝毫不动感情，只是细细道来，如数家常，然而，由于在作品的底蕴中流淌着作者爱憎的情绪，读者自然就会从此种白描和舒缓的文字中，得到回肠荡气的感受。

请看这牛鬼蛇神的编号，不是对人的尊严的亵渎吗？然而，在此种疯狂和愚昧的氛围中，也只好苟且偷生，点头哈腰，当一个麻醉自己心灵的混世者。畸形和荒谬的环境，只能造成人欲横流和道德沦丧，请看有些削尖了脑袋钻营的人，暴露出了多少心灵的丑态，今天可以拍这官儿，明天这官倒台了，可以拍另外的官儿，而对这原来的官儿却狠狠“踏上一只脚”，怎么能不令人浩叹？这里自然也有令人发笑而又忧伤的悲喜剧，譬如说有的人多少年遭受折磨，却依旧津津有味地活着；有的人为了逃过斗争的火焰，又想出奇怪的招数保护自己，对此能不发出苦涩的笑吗？

这苦涩的笑藏在似乎是无动于衷的诉说中，因而分外令人感到充满了一种欲哭无泪的氛围，这恰巧显出作者多少想改变那种荒谬、愚昧与野蛮的思想文化背景，他这种散文创作的功力确实在催促丑的泯灭和美的升华。

从上述这几个不同侧面来看，张若愚的散文正沿着一条坚实的审美之路，向着真和善的境界挺进，因此，我要重复地说一声，如果他能够继续在艺术上进行推敲的话，这种散文创作的优良心态肯定会结出更瑰丽的花朵来。

（原载 1990 年 10 月 30 日《文艺报》）

邓洪平

邓洪平(1942—),诗人、散文家、编辑家,四川眉山人。1966 年毕业于西南师范学院中文系,分配至中学任教 18 年。1983 年调四川人民出版社,历任编辑、编辑室主任、《西南旅游》杂志副总编、总编,为编审,系四川作家协会会员、中国散文学会理事、中国散文与旅游文学学会副会长。

邓洪平于 1960 年在《四川日报》发表第一首短诗,1975 年在《四川青年》发表第一篇散文。已出版诗集《月琴新歌》和《秋实》,同时出版散文专集 4 部:

《山水魂》(四川文艺出版社,1988 年);

《游痕醉梦》(重庆出版社,1989 年);

《秋天的太阳》(四川教育出版社,1994 年);

《邓洪平散文》(四川人民出版社,2000 年)。

其中有《太空斗酒》《开拓者》《无围墙的大学》等篇分获《成都晚报》《四川电大》《四川日报》副刊优秀作品一、二等奖,有《驻足娄山关》被选入林非主编《中华百年游记精华》(人民文学出版社),《摩天岭》《明月渡》《盐都访古》被选入《当代四川游记选》(四川人民出版社,1985 年),《酒魂》被选入《中外散文》(湖北文艺出版社),《明月落我心》《你选择太阳还是月亮》《岷江风采》《昼夜曲》被选入《当代四川散文大观》第一、三、四、五集,等等。评论邓洪平散文的文章主要有:

《新的时代新的歌——赞邓洪平的散文》(曾绍义),《成都日报》1982 年 12 月 18 日;

《喜读〈山水魂〉》(罗香圃),《成都晚报》1989 年 4 月 10 日;

《情满山水魂系大地——读散文集〈山水魂〉》(傅德岷),载《散文创作与审美》(花城出版社,1990 年);

《山水为骨酒为魂——邓洪平旅游散文论》(姚咏絮),《当代文坛》1991 年第

2期；

《景美·情美·文美——评邓洪平散文集〈游痕醉梦〉》(何宗文)，载《邓洪平散文》；

《〈秋天的太阳〉序》(林非)，载《邓洪平散文》；

《走向更加明丽壮阔的未来——〈秋天的太阳〉序二》(傅德岷)，载《邓洪平散文》。

山水不老，散文不衰

邓洪平

长长一部人类活动史，多数篇章是人和山水打交道的历史。厚厚一部中国散文史，处处贯串着描山绘水的散文珠玑。如果说散文是一条源远流长烟波浩淼的大河，那么山水散文便是汇入其中的明净澄澈的溪泉——如山泉般永不竭涸，令人喜爱，都不呈浩瀚恣肆状态。山水永远不会老，山水散文永远不会衰竭。

古往今来，文人墨客皆好游历，而今旅游业兴盛，更是千军万马般加入游山玩水队伍。以山水陶性情，凭自然生灵感。纵使苏东坡被贬黄州，柳宗元困陷百越，郁达夫厌避战乱，也仍然不忘游山水，鉴赏风光。歌德说："大自然是一部伟大的书。"这是一个懂得山水情谊者的心声，精辟极了。大自然这部"书"永读不完永读不厌，越读越有趣越读越有情，我"读"十年，几本游记散文集问世，便是我爱山爱水爱自然景观的心态实录，算是"读"大自然这本"书"的心得体会吧。

爱山水是我从小就开始的，我家住川南一个小镇，那儿的山水真美。童年时我天天望着那一座座形态奇美的山峰，觉得它比母亲的乳房还可爱，日日行走在溪畔的小河旁，觉得那纯净明亮的水比母亲的乳汁更诱人。奇山秀水滋养我成长，使我产生一种幻想——写山水。待成年后，工作环境给了我游历山水的良机，遂使我那童稚的梦得以实现。于是有了《山水魂》《游痕醉梦》《秋天的太阳》等几本游记散文，也形成了我对山水散文的浅识陋见。

第一，真实性。

首先，我这里说的真实性并非一般文学作品中所称的艺术真实性，而是实实在在真山真水的真实，或者干脆叫它客观性吧。长江长城黄河黄山，九寨沟鼓浪屿……它们是客观的实体。游人履痕所至，无不目睹鉴赏。作山水散文的我，敢笔下虚扬名山大川的特点吗?无须赘言，这是山水散文作家的难处，确如报告文学作家所受限制一般严格——也许更严，因为读者将从你作品中“神游”，甚而实地游览，倘若大相径庭，甚而至于丑化了灵山秀水的形象，能不愧对读者么?从这点讲，小说诗歌可“自由”多啦，只须作者胸中有丘壑，笔下就能卷风泼雨。

其次，作家对山水的认识要真，为此，必须亲临其境，徜徉体味，领略真谛，方能寻觅到山水之魂魄。我将自己的第一部集子命名《山水魂》，便含了我对山水魂魄自然灵性的追求愿望和感受。诚然，不能说我已捕捉到了，但我以为，只要孜孜以求，不倦地寻，属于山水的风骨、气度，是能捉摸到的。山水大自然，我们不能凭着主观臆测去改变它的魂魄，捧给读者的，必须是真“山”真“水”。这样游记散文才有其魂灵价值。

第二，意境化。

我认为，缺乏意境的诗文，便是豆腐渣一盘，味同嚼蜡。山水游记亦如此。纯客观的描述，是导游辞。唯有通过作者的审美取向和审美情趣创造出优美的意境，滋养了游记，才能创作出真正的游记美文。我曾在第二部游记散文集《游痕醉梦》的“后记”中写道:“山水无情，这是真的。人于山水有情，这也是真的。虽如是，山水却以其不朽之美，叩动人的感情，并使之变得更丰富、完美和崇高;人又以其不朽之情，使山水变得生动活泼，更富诗意和可爱。”鉴于这种关系，笔下的山水比真实山水常常更富魅力。因为它饱含了作者志趣理想和爱乐忧喜的情感。作者心灵一旦赋予不老山水以灵气，它们便从一个神的境界中活脱起来，可爱起来了。

为此,我以为必须继承和发扬古典诗歌散文创作的优良传统,用写诗的情感和手段来写游记散文,方可达到诗意化和诗情化。从而引起读者的共鸣并感染读者以致产生实地游历的念头。王朝闻说:"作为一种现象的描述,包括审美主体对于自己的感觉的欣赏的描述"(《审美谈》第194页),我想是有道理的。比如唐诗"遥怜故乡水,万里送行舟"。江水本是没有生命的东西,但别离故乡者自有一看不忍割舍的依恋之情,形成一种"怜水"的意境,因而能引起所有离乡别土者的情感共鸣。王朝闻说他年轻时离开故乡泸州,站在船头,凝视滚滚的浪光,不禁就想起这两句唐诗来了。想着想着,看水的眼睛模糊起来。诗作到这份儿上,没有不传世的,这种意境氛围的创造太重要了。画家石涛说:"山川使予代山川言也,山川脱胎于予也,予脱胎于山川也。搜尽奇峰打草稿也。山川与予神遇而化迹也,所以终归于大涤也。"(《石涛画语录》)真若做到物我相融的地步,创造出的意境自是奇特不凡了。在这方面,我们都还差许多功夫。我与山水打交道的岁月,生活较为安定平静,心情舒畅,加上我乐天之性格,所以看山看水横竖都美。或登高于峨眉泰山,或踏浪于西湖滇池,或赏雪于兴安岭海螺沟,或流连于西双版纳……我都全身心投入,掏心还自然,坦情还自然,忘了自己!我要献给读者的是游乐之心,游乐之情,游乐之趣。我并奉劝读者多与自然打交道,少于名利场中寻烦恼,到山水自然中净化自己的灵魂。这就是我的游记散文追求的境界。

第三,个性记。

山水散文的创作和别种文学式样的作品创作一样,必须具有个性化特点。首先是要表现山水的个性。古来写山水景观的名人太多,名篇也太多。超越前人固然不易,而千篇一律文缺乏创新,无人要读。所以,凡精于山水游记者都懂得并注重抓住山水的具体个性特征。世界上没有两片完全相同的叶子,也没有两座完全相同的山,也没有两条完全一致的水。九寨沟偏美于水态漪丽,海螺沟偏美于冰川冷峻,青城山藏幽著道,峨眉山显秀载佛,剑门奇雄,夔门奇险,黄河是文化摇篮,是中华民族饱经忧患的"父母"——历史的苍凉与悲壮写在故道，长江是犷放的“汉子”，创造的力神——博大雄浑的气魄所向披靡呈不挡之势……准确地抓住自然景物的个性特征，乃是游记个性的第一要着。

为此，我们还应当明白一点，山水的个性铸成常常掺和着历史文化的积淀，渗透着传统文化的基因，特定的历史环境导致某山某水特殊的遭遇，因而形成它独特的历史风貌，游记散文的审美取向不应忽视这方面。朱自清曾经说过：“游记也不一定限于耳闻目睹，掺入些历史的追想，也许别有风味。这个先得多读书，搜集材料，自然费工夫些，但是值得做的。”（朱自清《什么是散文》）据介绍，“郁达夫写游记正是这样做的。他并不满足于简单记述游程中的见闻，而是能够放开他的视野，以比较广阔的历史范围来写作他的游记”（《郁达夫评传》第197页）。我也常常这样做，如写《绿染黄河故道》一文时，不惜追述了长长的一段黄河历史：“在你那长长的履历中，我看见你走的路是那样坎坷艰险——大小迁徙总计一千六百次，大改道竟达二十六次。你的历史负荷是那样沉重——每年夹带的泥沙竟数亿吨计。你的历史重荷堵塞了前进道路，于是你便不断将河床淤积增高——居然高出地面数米……让你的儿孙们站在的河床下，望而生畏。你任性地决堤而去，任性地改道而去，却将赤地千里，漠漠荒沙留给你的儿女……你既是幸福河，又是不幸河。”我写出对母亲河的敬畏与幽怨，是为后文写黄河故道儿女们的艰苦奋斗改造黄河的赤子精神作陪衬和铺垫，突出黄河的独特美“改道而去是美，留下来的更是美”。这样就增强了文章的立体感。

其实，上述两方面是所有游记作者都容易把握的，而最使读者能辨出各个不同的作者对同山同水的描摹却呈不同个性作品的原因，乃是不同的作者有不同的个性特色！借个性化了的山水可以强化作者的个性，凭作者的个性可以促使山水更加个性化，更有助于读者认识山水。“这一个”，这里至关重要的是作者的个性、气质、风度、智慧、机敏以及所处时代的印迹等因素在文中综合的反映。《岳阳楼记》的作者范仲淹倾注了他爱山爱水忧国忧民的思想意识和浓烈的个性情感，使之成为文学中的“这一个”，才使一座本来平淡无奇的楼台千古流芳，成为中国多少楼台中独具个性的“这一个”，而范文也因此成为与中国山水同在、同放辉光的绝唱。

所以，我要说：山水不老，散文不衰；而长留于世的，必是具有独特个性的佳作。

自选作品

冰川神韵

到海螺沟冰川“朝圣”，险则险矣，却亦神，亦奇，亦美，亦苦，亦乐，亦喜；而人生之路不亦似冰川乎？我想。

冰川驮铃响

我像一位虔诚的信徒，怀着对绿色与白色、原始森林和大雪山崇敬的心情，到冰川世界海螺沟“朝圣”。海螺沟位于蜀山之王——贡嘎山主峰区东坡。贡嘎，是藏语，贡，是至高无上；嘎，是洁白无瑕。贡嘎山，即圣洁的神仙。其实，在那里没有什么圣洁的神仙，却有最近才闻名遐迩，举世瞩目的现代冰川。

西出泸定县城，驱车 60 公里，过磨西小镇，越铁索长桥，沐 20 里山径春光，便到了海螺沟门。在这里，我骑上一匹红色骏马，跟着驮运给养的马帮，向冰川进发。在“叮当，叮当”的驮铃声中，我问此沟何谓“海螺”？一位马帮老伯讲，在长长的峡谷里，有一插天山崖，崖腰的荒草古藤中有一巨石，状如东海神奇的海螺。那海螺在冰水冲击、山风猛吹下，有时竟能摇来晃去，山民见之甚惊，以为是神力所致，故将此沟取名海螺。

高原上的天空蓝得像深沉的海水，发亮的绸缎。高高的贡嘎山像位身着白盔白甲的壮士，巍然矗立于蓝天之下。“壮士”胸前的大冰瀑布，恰似蜀山皇后——四姑娘山从很远的地方捎给他的情书，淡蓝淡蓝的，宽宽长长的，他仿佛正含情脉脉地捧读哩。冰川下一望无际的原始森林，很像无数虔诚的信徒，黑压压地跪伏于“壮士”脚下，正向他敬献獐子、盘羊、小熊猫、金丝猴、厚朴、鹿茸、乌梅、猕猴桃、无花果等供品哩。我羡慕“壮士”的英武强悍，还有“四姑娘”对他的钟情，我幻想我的坐骑能脚下生云，奔波于“壮士”与“四姑娘”之间，让清脆的驮铃，化作庆贺婚礼的钟声。也许是我的想法不那么“圣洁”，甚至有亵渎之嫌，一株横卧的古树，使红马打了个趔趄，险些将我摔下马背，紧接着几条山刺向我横扫过来，天哪，我的羽绒服！血淋淋，我的手背！

也许是一长溜马蹄的惊扰，冰川上空突然升起黑云，渐渐变浓，下起毛毛细雨来。俄顷，那雨又变成鹅毛大雪，纷纷扬扬地落在黑红的马鬃上，又化作一颗颗小水珠滚落在“剥托，剥托”的石径上。经过半天驱驰，此时我们已人困马乏，于是只好人卧老林，马放雪山了。我们一面就着雪吃米花糖和夹心饼干，马呢？正在雪地上翻来滚去，以消除一身疲乏。

也许是那一溜子驮铃声的祝福，冰川上空倏地烟消云散，又出现了海似的蓝，绸缎似的蓝。不一会儿，那蓝上开始出现几朵红透了的云。紧接着，那近在咫尺的冰川，和银雕似的贡嘎山被红云映得金光灿灿，红光闪闪，仿佛变成了金山和火焰山，在那蓝天下燃烧着。

人和马都惊奇地翘首望着那熊熊燃烧着的冰川、雪山，心也仿佛顿时燃烧起来了。于是大家都不约而同地捎上行李，爬上马背，迅疾地将那“剥托，剥托”的马蹄声，“叮当，叮当”的驮铃声继续传到冰川去……

篝火映冰川

谈起冰川，自然会联想到冰天雪地，草木难存的荒凉景象。而海螺沟的冰川则不同，它不仅伸向原始森林12里，12里外仍然是雪花飘飘，茫茫无际的原始森林，构成了世上罕见的冰川与森林，白色与绿色，洁白无瑕与五彩纷呈的神奇世界。

在这神奇的世界里旅游，或骑马，或步行，都会感到这是人生的乐趣和享受。离冰川越近，森林便越原始，道路则越艰险，离人世间的喧嚣也越远。抚着那几十米高，数百年未死，被“熊瞎子”啃断的巴栗子树枝，和树枝上的几十种寄生植物，一种原始的苍凉便从心里流过。我不相信能使人和自然九死一生的神力，却相信能使人类生活得更美好、和谐与舒适的大自然的魅力。容易倦怠的城里人，在这里是不知道疲倦的；容易动怒的男子汉，在这里是不知道骂娘的；最不爱打扮的姑娘们，也会抓一把山雪搽脸，采一束野花插在秀发上……

黄昏时分，我们在大本营架起了一堆堆篝火。

所谓“大本营”，是临时搭在冰川脚下的两间木板棚，一间住马帮工人，一间住游客。篝火燃料是从附近砍来的枯树。它们在冰风雪雨中燃得噼噼啪啪响。火苗带着浓烟将在山林和雪野中累了一天而紧绷着的脸映得通红，将壶里的水煮得咕咕叫，将锅里的稀饭熬得喷喷香……我坐在暖融融的篝火旁，虽然累了，饿了，而心思却不在吃上，魂儿已被那篝火映红了的冰川勾跑了。

眼前的贡嘎山及坡下的冰川闪着朦胧的白光，透过那红红的火苗，看那朦胧的白光，那颜色竟像桃花那么鲜艳，杏花那么嫩爽。

这里的夜晚，没有虫鸟啁啾、野兽嗷叫，连风声、水声都被冰川净化了。为了积蓄力量，我们头枕冰川，脚抵篝火，不分男女，一字儿睡在木板上，打着呼噜，开始向梦乡进发。不知为什么，一位小心的女同志，用手提包在男女之间筑了一条“马其诺防线”。待第二日起床，大家哈哈大笑，都道：“昨夜，边境无战事！”

历险冰川上

登海螺沟冰川，应当从“冰川舌”的舌尖上开始。这里被称为冰川城门洞。进入洞口，如入通体透明的水晶宫。那里，冰钟乳悬垂内外，若一盏盏异样夺目的宫灯；冰壁生辉，闪着淡蓝、浅绿、桔红等绚丽光彩。离城门洞不远，有一股冰水从冰崖深处冒出地面，向落差极大的沟底流淌，成为海螺沟的源头。就在这源头附近，日本登山运动员松田宏也遇险失踪十九天，幸被彝族农民毛光荣抢救脱险。冰川城门洞两边的陡崖峭壁，因坚冰融化和冰川移动，皆成为巨大的泥石流。正当我和同伴徘徊洞口的时候，一位小伙子迅疾地将我向前拉了两步，一巨石便从陡崖上由我身旁呼啸而过，最后掉入沟底。我惊吓地对小伙子说："阿弥陀佛！不是你，我已成为石头下的死鬼了！快走……"

冰舌面上，乱石穿空。那些乱石有的大若山丘，有的小若鸡卵；有的卧扑如狮虎，有的仰观如驼鹿；那颜色似碧玉而非碧玉，似玛瑙胜似玛瑙……乱石缝中陈着坚冰，坚冰之上又积着白雪。挥杖冰川上，稍不小心就有杖折人仰的危险。

冰舌面上的山崖，其实是透明的坚冰。表面被阳光融化，形成股股冰水，汇集而成冰面河；冰面河遇冰缝遮隐，而成断截河；断截河在叮叮咚咚的流淌中，突然坠入深深的冰缝，而成夹层河；夹层河几经曲折，又突然坠入深不可测的冰洞，而成冰下河。冰舌面上还分布着许多冰裂缝和大大小小的冰湖，深不可测。人或牲畜若不小心，滑入冰缝，求生之望只有待来世了。

冰舌上还有透明的冰桥。冰桥附近时有泥石从高入云天的断岩上滚下，若山崩海啸；时有冰下河巨浪击石之声，从脚下轰隆隆响过，大有整个冰川即要从脚下崩塌之感。每当此时，虽然肌肤不冷，心头却冷得打颤，股股冷汗从手心捏了出来。

也许是为了壮胆，同游的泸定县武装部赵政委向空中连鸣数枪。这下可得罪了"冰川之神"，激怒了"蜀山之王"，晴朗的天空霎时乌云滚滚，阴风惨惨。一位向导脸色陡变："不好！快向后撤！"于是我们便不顾一切地向来路奔跑。乌云越压越低，山没了，路没了，脚下的冰川不见了。我们跌跌绊绊地摸着石头逃逸，狼狈不堪。

我们撤到冰川城门洞时，风止云散，天空又像先前那样的蓝，雪山和冰川又像先前那样闪着银光，那神韵极像一位怒气才收的美人儿，更娇滴，更勾魂；而我却累得上气不接下气，膝盖和手腕被跌得红一块，青一块，紫一块。心里想：到海螺沟冰川"朝圣"，险则险矣却亦奇，亦神，亦美，亦苦，亦乐，亦喜；而人生之路不亦似冰川乎？

（选自《邓洪平散文》）

太空斗酒

飞机像银色的大鹏，张开双翅在跑道上滑行，速度渐快，倏地一声长啸，飞入一万米以上的太空。穿着时髦、年轻美丽的空中小姐一次又一次地推着小车，送来了糕点、香茶、咖啡、鸡块、麻辣泥鳅，还有冒着泡沫的亚太啤酒……

于是，我便在太空独酌起来。

我们民族嗜酒，并有关于老祖宗杜康发明酿酒术的传说。酒无国界，世界各民族不论肤色、语言如何不同，但几乎大多饮酒。饮者或豪饮，或雅酌，或佐以瓜果野菜，或伴以虾蟹鱼肉，或什么都不要，一杯寡酒，自有一番豪兴雅趣，一番踌躇自得，一个愁字无法概括的苦闷人生，一个能大能小的杯中世界。更富诗情画意者，如酒仙李白于一片清辉里，举杯邀明月；如诗人苏轼在一片放纵难收的情怀中，把酒问青天。

太空斗酒，刹那间便把大地上那么多豪兴雅趣，所得所思都带到了云涛滚滚的高空。所不同者，这里不能聚众宴饮，只能独酌或与邻座对杯，而且还必须系好安全带。虽如此，能将酒杯移到天上，能将酒力与豪壮放纵于茫茫太空，这也是人生的一大自得与骄傲。

在地上，常借助酒力将人的自信和自尊推向顶峰，使人的想象和思维得到腾飞。此刻便感到人的智慧想象已变成壮丽的腾飞现实，人的自信和自尊已被推向太空，进入另一个高度。

我乃名酒之乡——四川一酒民，四季饮酒各有不同兴致。春则为了那难得的姹紫嫣红，夏则为了消除酷暑，秋则为了庆祝丰收，冬则为了驱走严寒。而机舱里不冷不热，恰到好处，是四时的谐和统一。那四季的美感和情致，仿佛都溶于眼前的一盅了。于是便有了单调感，有了对于四季分野、各有所乐的富有向往。于是便从心底责备自己：才离开大地几十分钟，怎么又向往起大地来？

朦胧的醉眼里，机翼上是重重叠叠的云层，机翼下也是重重叠叠的云层。太空斗酒，既可把酒问青天，也可把酒问大地。于是便有一种游离于天地间的超然感。人越超然便更眷恋生于斯长于斯的大地，更眷恋饮于斯醉于斯的故土。是的，人到醉时，便想若风筝一样自由放飞；一旦离开大地，放飞于太空时，便觉得自己若失去母亲的孤儿，没有了疼爱和护祐。

太空独酌的妙处是静思，宴饮的特点是热闹。太空斗酒虽暂时还无法热闹，但独特的静思却能弥补其不足。于长长的静思中，既可冷峻地反思人从海洋走向陆地，又从陆地飞向太空的过程，又可深思人为什么虽想离开大地又恋恋不忘大地的奥秘。在飞机上，虽然不能与真山真水、亲人挚友举杯，却可与玻窗外的云山云树、云牛云马、云仙云人对饮。别以为那飘忽不定的云团是无生命的幻影，其实它们是一群热爱故乡的精灵。谁说太空不是云的故乡？谁说它们背弃自己的故乡？举杯邀彩云，我分明感受到了它们滚烫的心的跳动与热烈的情思。

是的，我这是在太空高速飞行，而不是在成都街头漫步；我这是在太空独酌，而不是在家乡碰杯。灵魂深处既有飞离大地更远的悲凉，也有距月亮更近的豪迈。此刻，我不想与月亮对饮成三人，而是企望端着酒杯，走进月宫与嫦娥、吴刚一醉方休。然而，玻窗外始终没有月亮出现，但见茫茫白云如月光似的向天边无际倾泻。这使我猛然彻悟：远离故土不等于离开故土；扑向远方不等于到了远方。

飞机一阵颠簸，眼下的杯中世界仿佛突然动荡起来。瞬间飞机又恢复了先前的平稳，于不知不觉中高速向前飞行。于是我从容地向机翼下的世界举杯，把我立体的爱和祝福，献给我生于斯长于斯，饮于斯醉于斯的大地。

（选自《邓洪平散文》）

景美·情美·文美

——评邓洪平散文集《游痕醉梦》

何宗文

一口气读完这《游痕醉梦》的58篇散文，令人沉浸在山水醉梦、美酒醉神、人情醉心的审美愉悦之中。情之涌动，欣然为文，以求共赏。

《游痕醉梦》集中多为一千多字的精美散文，或绘景色，或说酒趣，或叙游事，或写人物，短而精粹，有味之不尽的审美内涵与艺术意趣。它情真意切，文辞优美，堪称景美、情美、文美的散文佳作。

丰富深刻的审美内容

作者善于发挥散文取材灵便的特点，视野广阔地涉取审美对象，无论一树春色、一片秋云、一江潮水、一缕月光，或一席夜话、一段乡情、一城新貌、一人事迹，都因他的艺术观照而闪耀出美的华彩。看似随意拾掇，却又独具慧眼，于平常的人事景物中，发现了真善美的光辉。

书中“山幽幽，水也幽幽”一辑，多写山川风貌；“心多情，酒亦多情”一辑，多写人情世态。细加分辨，自然、社会、人生三大类题材无所不及。作者特别巧于融社会人生内容于游山玩水与饮酒趣事之中，有多篇外秀内美的内蕴丰富之作。

对自然美，作者以“山水却以其不朽之美，叩动人的感情，并使之变得更丰富、完美和崇高”的体验，表现人们心灵得到净化，“更具山水的优雅丽质，更富人情味”的审美效应(《游痕醉梦·后记》)。所以,书中的山水花草、日月星光、风雨云雾等自然景物,就不只具声光形色之美,更有神魄风韵之美,给人美的陶冶、心灵感化甚至哲理启示。由于把欣赏自然美的高尚情操作为精神文明的有机组成部分来看待,写景就自然注意灌注丰富的美学内涵。写窗台前的小草,则渲染其“没有忧伤,没有烦恼,每天向我点头微笑,向我心中倾泻绿”的美好情感,突出其“伴我做绿色的梦,写绿色的诗”的美感作用,领悟出“生命的绿色给人以绿色的生命”的人生哲理(《绿色生命线》)。写海螺沟冰川,则表现临观神奇绝美的景色,使得“人们心中的闹市喧嚣,世间烦忧,都得到了超脱和净化”,而且“随处可拾得朦胧的诗境,未来的奇幻和思古的情韵,还可得到人与自然,时间和空间的知识,领悟动与静、奇与险、苦与乐、生与死的人生哲理”(《冰川世界海螺沟》)。描写锦江浪潮,则联想大河大海边惊涛拍岸的气势,感受出“一种由民族、现实汇聚的力的呼喊和震颤”;见江湖伴着两岸人潮、车潮的忙碌与晚上灯潮的高涨,传达出使人亢奋不已的“时代的快节奏”的审美体验。这样写出景物夺人心魄使人感悟的作用,写景就有了深层次的审美价值。作者还常于写景中纳人文物古迹、风土人情和饮食文化等内容,使写景散文具有审美的多元价值,内涵更为丰富。

社会美的内容,也是《游痕醉梦》的审美取向之一。作者在游访性散文中,直面社会新风貌泼洒笔墨,描绘出一幅幅与历史阴影相对照的鲜美画图。《龙泉驿散记》,写龙泉驿古镇过去“既无深水,也无灵龙,每逢干旱灾年,人们幻想天龙降临,为小镇喷吐甘美的泉水”,而今才真正名副其实,有了百工堰的水深鱼肥,有了东山灌渠使稻麦水果飘香。过去人挑手推的驿站,而今是汽车飞奔歇息加油之地。还有高原南坪新城的风韵,电子城绵阳的现代化风采,渡口钢城的灿烂灯光,农村土地承包后的融融春光,都无不体现“社会主义好”的鲜明主题。作者还常在游观美景与静听心潮中,奏出改革新潮的旋律美。如《端午节游乐山》,写“龙文化”在改革中发展为“乐山国际龙舟经济交易会”,传统的划龙舟竞赛以现代声、光、色、电来装饰,多种民俗文化形式与人才市场、科技市场、经济市场相结合,突出借传统文化推动中华改革巨龙腾飞的内容,表现了独具中国特色的社会主义建设风姿,颇有时代精神。

壮写人生,展示人们改造自然、建设社会和塑造心灵的精神美,是《游痕醉梦》富有深刻审美内容的又一重要方面。书中广涉工人、农民、战士、教师、医生、企业家与县长、书记，用他们无私奉献的美德与开拓精神谱写出一曲曲人生赞歌。《灯光·涛声》中，写渡口从荒山野岭变成几十万人的工业新城，全靠“创业者们敢到这虎吼狼嚎，乱石峥嵘的穷山僻壤安营扎寨，披荆斩棘，创建伟业”的精神开拓出来的。他们以厂为家，用尽心血浇铸钢铁之花，在这里，一谈起攀钢，“人们的眼神便流露出创业、胜利的豪情”，“便闪着智慧、坚毅的火光”。这就是攀钢工人奋进开拓的精神与无私奉献的美德。《夏夜》中，将生命之光换来百户千家沼气灯的堂兄；《拓荒者》中，以开拓精神让学生心灵荒原开出鲜花的张老师；《华扁高风》中，医术治病、医德暖心的周医生；《我寻找乐山那座“新佛”》中，开创出全国性化妆品生产集团的厂长杨远祥等等，都是人生壮美的人。作者把他们不朽的人生价值写在开拓精神与无私奉献的心灵美中，颇有深刻的审美意义。

新颖独特的审美发现

在《游痕醉梦》中，丰富而深刻的审美内容，是靠新颖独特的审美发现采掘出来的。邓洪平先生视山水为“人类感情萌生的沃土”，视酒为“情和爱，诗与文的催化剂”，领受祖国山水动人之美的尽情熏陶，而文“以其不朽之情，使山水变得生动活泼，更富诗意和可爱”(《游痕醉梦·后记》)。所以，他能敏锐地从山水美中发现美意，寻求天然，扩大美境，写出景美情浓的优秀散文。

发现美意。从平常的事物中发现美，这是散文作家最为宝贵的审美眼光。《游痕醉梦》中的许多篇什都体现了作者的这种审美发现，而且是多视角的审美新发现。这里着重谈谈从景物中发现美的问题。先说发现景物的美，书中许多篇什都写出了对景物美的独特发现，如《山城美景雾中看》对重庆雾的描写，有静如一泓乳水、动如一江急蛟、淡似盈盈轻纱、浓似暗暗夜色的情态美，有使花变楼台与人捉迷藏似的情趣美，有使山水若露还藏、若笑还羞的含蓄美，有满染山村淡墨画的朦胧美，有怀抱山城美景的诗意美等，重庆雾的美被描绘得千姿百态。再看用比喻写出景物美的新意，如将渡口边金沙江的涛声写成“像深谷的疾风，炎夏的骤雨，三月的春雪”，“似车队的汽笛在鸣，出炉的铁水在叫，撞击着的钢坯在吼”,这就将景物美引向人世生活之美了。更有用类比引申赋予景物美以深刻的社会人生之美的,如由夏云的光彩来自太阳的照耀,想到人们脸上的红云来自心里的笑声,想到工厂生产腾起的紫云、麦场丰收垒起的黄云都离不开党的阳光,这都是从景物中深入感受,联想引申,多层次发现新意的审美创见。

寻求美点。发现美点,是将事物个性特色写得鲜明突出的关键。邓洪平先生寻求美点,常能情景交融地将美点尽情地铺陈渲染,由浅入深地展示出多层审美价值。如青城山之幽,人所共知,但他非同一般地只见林深鸟鸣之幽,还从林涛的“闹意”中见其谨中之幽,从满眼绿色的凉意中见其色彩之幽,从如云似雾的微雨中见其神秘之幽,更从佛心和气宽容中领悟出心境深处之幽,从古刹古意中牵动出思古之幽。真是景色幽幽、情思幽幽,写尽了青城天下幽的美点。(《青城幽幽》)又如以阳光为美点,写其春天照出绣织春锦的美丽,夏天照出催花结果的实在,秋天照出收获果实的成熟,冬天照出驱除寒冷的温暖。还有以春天的脚步声、秋天的云彩为美点的,它们都使全文形象集中,意象鲜明,而又使构思精巧。可见,寻找美点是巧于立意构思的审美发现。

拓宽美境。这是指借回忆联想与以小见大等方式创造宽阔深邃意境的审美发现。不拘形于眼前实境,而有思接千载、视通万里的审美眼力,从而拓宽境界,这是邓洪平散文情思悠远的又一特色,他或因眼前事物而回忆联想,创造富有历史纵深感的深邃意境。如《花魂》,本是实写去郊区山上看花的事,时而联想青羊宫花会上的欢声笑语,时而联想李清照以花排忧、林黛玉葬花伤情,时而回想“四五”时人们含泪献花悼总理,时而又想到毛主席、周恩来爱花与革命前辈们创造如花生活的理想,从而引发出富有哲理的思想境界:“今天,祖国花园里盛开的每朵鲜花,都是从那埋在土地母亲怀里泪水浸透的花根上繁衍生发出来的。”

个性鲜明的审美

《游痕醉梦》散文集,正如书名所显示的那样,是作者把酒临山水、心醉情更痴之作。它是吸山水灵气和美酒浓重酿成的抒情诗,在审美表现上具有清新活泼的鲜明特色。这清新活泼的艺术风格,具体表现在感情色调多庄谐结合,语言修辞有艺术意趣,遣事抒情多真挚自然。

感情色调多庄谐结合。书中无论绘景抒情,因酒叙事,写物忆人,都笔调轻松,爽快诙谐,但又不失轻浮,常于赏景说酒中透露出严肃而深刻的主题,颇有寓庄于谐的审美效果。几篇写酒散文,或引酿酒故事,或说古今酒仙诗文,或论酒力酒魂,或叙醉酒真言,把酒文化历史写得极有人性极有乐趣,也写出诗"被人的喜怒哀乐所折射,而幻化为人的悲壮美、遗憾美、哀思美和欢乐美,传达出人世的悲欢爱憎感情"。如《酒似的春雨》,从转入地下的酒店恋爱的苦涩带笑回忆中,将那"冷却的人世",将那举杯难消的"国愁加儿女愁"的荒唐年代铭刻在心;又借如今"将那佳酿一杯又一杯地往开花的心里倒"的醉酒真言,写出春暖酒舒心的祝福感,表达了"不希望那个悲剧重演"的庄严话题。几篇写教师的散文,有的如抒情赞歌优美动人,有的在轻松愉快的对话中隐含人生悲苦,有的在笑语谐趣中吐露教师难言的苦衷,写得极有艺术情趣,而又包含深刻的人生思考。《川北食游话九经》,从火锅的麻辣烫中,把当今父母官的传统豪情与现代意识写得生动活泼;从父母官以徐九经花鼻梁自况为乐,把他们的乐观性格与严肃工作的精神写得令人可亲可敬。那些欣赏山水的散文,更是在游山玩水的清新笔调中自然得体地将审美享受与思想熏陶融为一炉,颇有寓教于乐的审美效应。

遣事抒情,亲切自然。清新活泼的艺术风格与亲切自然的叙事抒情有关。作者是在恪守散文贵真理之中获得文风亲切自然的。他写的是真山水,真人事,真感情,无矫揉之情,也无造作之词。他说,"无所顾忌地将心胸掏出来交给自然,而得到陶冶;无忧无虑地将情怀袒露于山水,而得到升华",所以书中"多半是我'醉'后留下的酒与山水的文字"(《游痕醉梦·后记》)。他写山水无论详记游事或借一景抒情,写酒也无论纵谈酒文化,或因酒取事,都是"醉"后真言,一吐为快,以抒情而词达。所写人物,都是有感情经历的老师、同学、亲戚、同事等,"醉"后之情,随意倾吐,皆淳朴清新。写家乡人事景物,无论恋旧情喜新貌,均为"醉"后之言,情真而词真。如《剪不断的乡情》,由于"乡情的拉力是能够缩短历史与现实的距离的",所以记回乡纪念苏东坡诞辰950周年,更感到那"一片公正乐人的乐土"安抚远方游子的珍贵情谊,更感到作为东坡同乡而有格外的豪气；受到县领导的热情接待，产生了儿子回到母亲怀抱的幸福感；看到声、光、电、色的立体交融，感受到古老的乡情向现代化转向；在游园中“被乡人的背膀挤得热了，被乡人的脚板踩得喜了，被浓浓的乡音灌得醉了”，更觉得月是故乡明；看到故乡的姑娘跳探戈、玩龙灯、吹铜号的现代意识，感觉她们比苏小妹更美。这一切都加快了心灵的感光速度，迅即成像于浓浓乡情的胶片上。如此一一写来，真是情切切而文词美，亲切自然，真挚感人。

语言修辞多艺术意趣。清新活泼的艺术风格，还体现在语言上无论展示形象、描绘心理、抒写性灵，都潇洒活脱，清丽动人。请看所写周医生看病开处方的神态动作吧：“他边听边抽眼镜，边记录病情，宽额头上的皱纹时而紧缩，时而松弛，往后梳理的花白头发，仿佛也由于精力过分集中而微微颤动……那笔像一位艰难的跋涉者，在看似平坦，却处处布满深谷陡崖的处方笺上慢慢地移动起来。”（《华扁高风》）这把诊断开处方的用心程度写得多么神态逼真而又入木三分啊！写饮酒吃火锅的感受更是生动传神：“一杯下肚，极似在‘麻、辣、烫’里火上加油，使人的肚子仿佛也变成了一座火炉，‘呼呼呼’地向口外喷吐着烈焰。”写主人豪言迎客与热情劝吃时的感受是：“这如火苗跳动着的语言，与这又麻又辣的鲜味将人烫得热乎乎的……将人的感情也烤得热了，豪了。”（《川北食游话九经》）真是感受真切，妙语传神。写春天的到来，则用“柳树上，‘噼！’的一声，一枚绿芽绽出”，“深山里，‘咕！’的一声，一粒发芽的种子拱出松软的地面”，夸张地形容春天萌动的声音，意趣横生。书中大量运用修辞手段，使语言的传情达意活泼有趣而极富艺术色彩。如写长江嘉陵江与山城重庆：“这两位从野山奔来的女子……以她们激情的浪花，撞击着他们陡峭的心岸，赢得与古城相依为命、与日月同辉的爱情。”（《山城美景雾中看》）用拟人法将山水相依的恋情写得多么形象而风趣啊！描绘山城夜景，则是：“夜雾因灯而有了朦胧的眼睛，灯因夜雾而有了迷人的睡衣；大海……人海由灯而变得更光亮。”运用比喻与回环往复的修辞，将人海、灯海、雾海相映生辉的关系写得多有诗意，多有情韵啊！这种语言，鲜明地体现了全书清新活泼的审美表现风格。

《游痕醉梦》确实是景美、情美、文美的散文佳作，给人以多方面的审美享受，读后如美酒般令人回味不尽。

（原载《邓洪平散文》）

李存修（1942—　），翻译家，散文家，山东安丘人。1962 年毕业于高密县第一中学，后考入烟台师范学院英文系，1966 年毕业，1968 年分配入四川。经工农兵“再教育”和农村基层辗转，自 1973 年始在涉外部门任翻译组长、科长，1981 年到乐山地区国际旅行社挂职，任副总经理。1982 年调任四川国际旅行社及四川中国旅行社总经理，1984 年任四川省旅游局副局长，1987 年入广州至今。曾任四川省翻译工作者协会常务副会长，现为广东省旅游文化协会会长。系中国作家协会会员、中国翻译家协会理事。

李存修 1981 年开始发表文学作品，迄今已发表作品 200 余万字，除译作外，共出版散文专集 7 部：

《爱在人间》（广东旅游出版社，1990 年）；

《走遍万水千山》（广东旅游出版社，1993 年）；

《流花忆梦》（百花文艺出版社，1995 年）；

《皮尔・卡丹》（百花文艺出版社，1995 年）；

《小院里的部长》（四川大学出版社，1998 年）；

《爱心无国界》（合著；花城出版社，1999 年）；

《丝路之旅》（广东旅游出版社，1999 年）。

其中《小院里的部长》获广州市第二届文艺创作红棉奖一等奖，《海上明月夜》获广州市迎接建国 40 周年文艺创作二等奖，《皮尔・卡丹与时装》获 1992 年《广州日报》好稿一等奖，《缅甸乡间漫笔》和《弯弯的黄河偏了心》分获广东《信息时报》1992、1993 年有奖征文优秀奖，《梦中之树》获《南方日报》和广东作协联合举办的“南方寻梦征文大奖赛”优秀奖（1995），《峨眉之夜》获上海《旅游天地》1996 年征文奖。

李存修的散文，有《峨眉历险记》被选入《当代四川游记选》（四川人民出版社，1984 年），《海上明月夜》被选入广州市小说散文选《繁星》（广东旅游出版社，1991 年），《圆梦》被选入《1983—1994 广东散文选》（花城出版社，1995 年），《东边日出西边雨》被选入广东省报告文学集《千帆竞发》（花城出版社，1991 年），《东方蓝宝石》被选入改革开放报告文学集《小平你好》（光明日报出版社，1996 年），《陪杨振宁一家》被选入《中国 1995 散文作品精选》（作家出版社，1996 年）。

评论李存修散文的文章主要有：

《读〈爱在人间〉》（柳嘉），《广州日报》1992 年 6 月 4 日；

《话说李存修》（吴剑辉），《广东广播电视报》1992 年 12 月 24 日；

《情景交融的世界——李存修作品印象》（刘思敏），《中国旅游报》1994 年 2 月 17 日；

《读李存修先生的新著〈皮尔 · 卡丹〉》（李戍），《山东师大学报》1995 年第 5 期；

《读李存修的〈皮尔 · 卡丹〉》（司徒杰），《羊城晚报》1995 年 9 月 1 日；

《好山好水有文章——说说李存修的旅游散文》（章亦武），《羊城晚报》1996 年 4 月 30 日；

《李存修写"人"》（曾绍义），载散文集《小院里的部长》；

《〈爱心无国界〉序言》（林非），载散文集《爱心无国界》。

江湖重重人归来

李存修

（一）

使自己最终能走上写作这样一条明净的小路，而且还在奋力向一块圣洁的精神高地攀登，我想与自己那位早早撒手西归的慈母有关。

孩提时代，离我村不远有个集镇，镇子一角，是片十几亩大的空旷地，被称为南场。每遇逢集赶场，那里必到五六位说书艺人，各占一方地盘，左手敲小鼓，右手打钢板或竹片，手舞足蹈地为“睁眼瞎”的乡里人说唱古书。有一位外乡汉子常说得唾沫横溅、眉飞色舞，使周围那圈老实巴交的农民听直了眼。

这说书场子是男人们的世界，又多以中老年为主。可那欢乐热闹的南场里，只有一位大眼黑发小脚的女人，那就是我的娘。别看她一双小脚，宁肯把活堆起来干通夜，也要领着未上学的我，步行几里路，挤在人堆里一坐大半天，不吃不喝，直听到散场。

虽小，我也在想：别人家的娘一个也不来，为什么我娘偏偏每次逢集都要来听男人们的书，害得我不能与小朋友们一起疯玩？

父母一字不识，连自己的姓都写不出，辨别钱币全凭大小、颜色和图案，认不清大写的一、二、三、四。一家人贴对子不仅不懂上联和下联，而且有一年竟把该贴在卧室的“神清梦稳”贴上了猪圈的木门，而把“六畜兴旺”贴进了睡房。那时我家正好六口人，恰如其分！

年初一，有识字的人来串门，笑指对联错位。母亲羞得抬不起头，慌忙叫父亲用铲子刮掉。此事成了乡邻的笑话。

母亲省吃俭用，决意供我读书识字，贴错春联之事发誓赌咒不能在李家门的下一代重演了。

刚进小学三年级，细心的母亲发现了她这位顽皮的二小子头脑中的一点小聪明、小才份，便从乡下什么旮旮旯旯寻得了一些旧书，逼我晚饭后在炕头上唸，该唱的段落还要扯起一个嫩嗓子咿咿呀呀唱起来。夜晚，那影影绰绰的街巷、村头、小树林是乡娃子们的天堂和乐园，为逃避唸唱书，我的小屁股上扎扎实实挨了好几次笤帚疙瘩。打过之后，母亲再把儿子抱进怀里。

开始，炕头上只有母亲一个，然后是一家人。母亲见我的小本事日渐长进，便把四邻五舍的大婶大叔请上了炕头，而且还有茶水叶烟招待。家中有了会唸故事书的儿子，母亲再也不挪动着两只小脚往南场的男人堆里挤了。至今我仍纳闷：一个未得温饱、一字不识的农村妇女，为什么会听不够故事？而且又喜欢为别人讲述？在我的记忆中，三个冬天，我唸过的书不下二十大本，从《呼延庆打擂台》开始，有《薛礼征东》《罗通扫北》《薛丁山征西》《瓦岗寨》《响马传》《水浒传》《封神榜》等。

从母亲逼我唸唱书，到我自己也上了瘾，全然不知什么是文学。几十本书从一个小脑袋瓜里渗过，总有一丝半缕潜移默化地在那里生根发芽。因此，老师常拿了我的作文在班上唸。当时也朦胧地觉得：这是我娘逼出来的吧？

“树欲静而风不止，子欲孝而亲不在”。而我正应了什么人说过的这句话。心里装的是如何感激母亲，如唸一篇自己写的故事给她听，编一副对联给她看，以此表达为儿的孝心。可是，我那一辈子没有听够故事的母亲，再也听不见看不着了。

（二）

人的命运与结局，似乎只能回顾与总结，而又极难预测与决定。蜀相孔明曾言：“谋事在人，成事在天”。对此，有人赞许，有人生疑，我倾向前者。人类改变客观难，但改变主观则更难。

迈出校门三十年，我仅走了三步路。第一是过译林，第二是走官场，第三是闯商海。纯属三种不同的舞台、不同的场面、不同的体验与思考。

七十年代初，中国大陆出头露面的口语翻译极少。在四川，我被周围的黎庶百姓称之为翻译官。其实这差使，并不算是官；你说不是官，却常与高官要员、将军总统相伴左右。作为一种能言会道又有灵犀的高级语言工具，时时处处都顶天而立。场面上，风光占尽，潇洒倜傥。实质上，内心抛不开那种受制于他人的委屈，不能如意地吐露和表现自己的心灵，缺少那种独立自主的主人公内涵。虽说中外交流的桥梁全靠翻译构筑，但从桥上走过之人并不都是脚下留情。

口译工作又如空中缥渺的彩云，是飘忽的、动荡的，流离而不可捉摸。我还未及细心品味，便从时代那多云转晴的天空飘摇而过。

刚从译林退出，睡梦中还起劲地讲着外语，一顶正儿八经的“六品”乌纱被戴在了头上。

自赤脚离开那个僻静的乡村到外地求学，压根儿不敢想还会做官。听说我家上数八代有人做过清朝的九省巡抚，名李相芬，国家的史书上有记载。但从那以后，既无人识字，也没人当官，完全换了门风，连看七、八代都是从泥里刨食吃的乡巴佬。

有人说，只要攀上了这个位置，过去的一切损失与牺牲都会得到补偿。所以，多少人为深得这样一个“保险”岗位，明里暗里不知要演多少好戏。但这种官员，挤在重重叠叠的权力机构中间，欲进无力，欲罢不能，只能随着一部大的机器运转。人与人不同，有人视权力为万能法宝，扯根鸡毛也当令箭。而于我，这顶帽子却压抑了良心，妨碍了视觉，影响了人性理想的追求。尽管“前途似锦”，但不可久留，贻误人生。于是在命运与社会的转轨处，我挥手将它扔向路边。

中国改革开放的大潮终于突破了历史沉寂的防线，在古老的神州大地涌动。我并非那种先知先觉的弄潮儿，但却又一步跨入商海。祖国的南大门广州，那成排的高楼大厦流淌着金钱的彩霞，珠江的航道中翻卷着经济的漩涡。我凭借自己要强的本性和历史的机遇，携手一班人闯入国内同行同业的一百强，那顶儒商的桂冠也曾闪烁过时代的光泽。

然则商场如战场，经过十年第一线上的苦斗，一种灵魂的隐痛与精神的失落渐渐潜入了我的心。

这个竞技场激烈而又残酷，生死兴衰皆为常事。我曾常忍痛掩盖善良与温情，也编造过一些美丽的谎话，否则，便被淘汰。虽然鱼与熊掌各俱美味，但我吃起来尤为艰难，因为古人早有预言：“二者不可兼得”。

任何事物总有例外，世界上仍有奇人、超人与能人，把二者都牢牢抓在自己手中。可惜母亲在孕育我时，给予了我满腔B型血液和一颗善良、多情而又脆弱的心，经不住那一场又一场你死我活的明争暗斗。人生之路不止一条，我何必要在这里经受感情与精神的困惑与折磨？

（三）

二十年前，我便有了一位漂亮而善解人意的知音，如果要公开这项“秘密”的话，她就是站在当今文学大舞台一隅的散文。

无论在译林风光，官场周旋，还是在商海奋争，她总是亭立面前，微露笑意，甜蜜地向我招手，使我一颗多情的心经不住这种美的诱惑，因此常常随她而去。

这些年来，见到一大批散文作家，在一块几乎遭到人冷落的园田里，埋头辛勤耕耘，终于唤来一缕春色，招得蜂儿舞蝶儿旋。可自己呢？因在“轨道”上运转，只能“人约黄昏后”，悄悄袒露一颗纯挚而又火热的心，享受那份人间的温馨与真情。

最初，我写信给一位报社的朋友，谈及我在外事接待中遇到的杨振宁、韩素音、牛满江和谢伟思等人的生活片断及趣闻。朋友说，我的信只要标上个题目，便可发表。我一试，果然被他言中，报刊几乎每稿必发。

我既写外国人，也写中国人；既写外国，也写中国，总而言之是最熟悉的人与事。

有位李师傅，是四川省特级招待师，其实就是位端盘子、摆桌子的服务员。在五十年代，他曾硬记了两千多俄文单词，可与苏联专家会话。七十年代，他以六十五岁的年纪，又死背了一千多英语词、句，可充当外事餐厅的业余翻译。“文革”前，他曾为毛主席、周总理、朱德、陈毅等服过务，深得领袖们好评。

很少有人下大力气去写端盘子的服务员，我要是不写李师傅，这笔“债务”会压在胸口一辈子，使我喘不过气。于是，我写了长篇散文《梅花香自苦寒来》，发表后，四川省广播电台连播数次。李师傅在弥留之际听到了广播，感动得流着泪说：“我这辈子满足了”……

十八年前，我曾为杨振宁博士做过口语翻译，目睹了他的为人及处事。写他的强烈冲动在心头一直隐藏至今，逐渐形成了一个沉重的感情包袱。去年我终于写出散文《陪杨振宁一家》，在《散文》杂志发表，心头才得以平衡。

我含着泪写成的悼念大姐的《厚爱》，不仅有知音在报刊上著文赞扬，而且一位海外华人还写了信来，说《厚爱》勾起了她无限心酸与难过的往事……

我多年白天表演于舞台，夜晚沉湎于格子。上了舞台那就是在演戏，观众谁也看不透演员的内心。方格里的春秋，流露出的才是人的心声。尤其是我那钟情的散文，喜怒哀乐全鲜活其中，读文如见人。当回避了冷峻与险恶、虚妄与狡诈，进入温馨与舒畅、自由与潇洒的空间，呼吸着大地与宇宙的真气，我写出的散文，就是我自己。

有位著名的女散文家说："我嫁给了散文"。她是女人，我为男子，说不清是我娶了散文，还是散文嫁给了我。"十年修得同船渡，百年修得共枕眠"。虽然我与散文远没有百年姻缘，可也早就上了一条船。

这些年，连翻译带写作我硬是从一颗智商不高的脑袋瓜里抠出了200万字，几百篇文章，结集了七本书。这到底为了什么？为名？不确切，因为我不知多少次拒绝了记者们的采访。为利？怕也不是，都知道这年头著书是亏本生意。为兴趣？那样又怕太浅薄。要说信仰或使命，我又无那样高的造诣与境界。归根结底，还是未泯的童心和对祖国文学的一点责任感。尽管社会不像我理想中的那么美好，但总是冷却不了我那执着的一片痴心。

水流千转入大海，江湖重重人归来。当南方的文学正遭受金钱的挤压冲击而难耐不安之时，我却赶来向中国的散文队伍报一声到：请接纳我这位不再年轻的新兵！

1996年岁末广州明月居

自选作品

陪杨振宁一家

我与杨先生一家的接触只有一次，时间也只有五天，在此之前，我仅知道他是美籍华人、杜律明的女婿和诺贝尔奖获得者，其他并无所知。当四川省接到中央某部门下达的接待杨氏一家的通知后，一层层、一级级批下来，最后批到了我这位省外事办的英语翻译手中，由我具体承办这项当时十分重要而又严肃的接待任务。日出日落，进进出出，一场连着一场的座谈演说，愉快紧凑的参观游览，作为主要的翻译兼陪同，我几乎寸步未离。尽管时间短暂，但我断开了杨教授人生的一个横切面，从这个完整的面上，我认识了他，理解了他，进而敬佩他，从他身上吸取鼓舞、动力与做人之准则。

因为从事涉外工作，接触了一大批与中华民族有血缘关系的海外著名人士，如韩素音、牛满江、丹增、杨艾南、张振祥（张灵甫之子）、聂力力等，尽管每人皆有令人羡慕的经历及大陆同胞为他们杜撰的一曲曲赞歌，但留给我印象最深的当属杨振宁。

1978 年秋天的一个晚上，自上海开往成都的 186 次快车徐徐开进了灯光暗淡的站台。软卧车门刚开，我正要向上抬步，里面走下来一位中等偏高身材的男子，腰稍微有点前倾，修长的黑发从中间分向两边，灯影下一双明亮的大眼。上身穿一件蓝色中山装，下身是一条长度未及脚踝的便裤，脚上是一双极普通的黑色皮鞋。刚踏上“天府”的土地，未及我张嘴，他便一边向我伸出手，一边抢先开了口：“你是四川省外办来接我们的李先生吧？”因为我事先已与上海市革委办公厅通过几个电话。

这就是炎黄子孙的佼佼者、世界闻名的大科学家杨振宁博士。由于上海安排紧张，又有两天一夜的长途颠簸，使他脸上略带倦容。

仅凭他的服饰与外表,倒像50年代农村小学教师,与传说中世界尖端物理学家的风范怎么也挂不上钩,沾不上边。

他到了成都,第一个项目就是要求到农村去看农民怎样用沼气做饭烧水。

杨先生考察了全过程,访问了几家农民,仔细看了那些简陋的设备,喝了一碗当场用沼气烧的开水。临别,他对当时公社里的人们说:"别看你们这些设备土里土气,实际是一项了不起的发明。特别是在中国南方,不但解决了农民的燃料烧柴问题,另一重大贡献是经过高温之后的有机肥,对消灭血吸虫病及其他流行性病毒起了重大作用,有利于提高中国农民的健康水平和改变一个民族的对外形象。这是我们中国农民的好经验,我要建议向国际上推广,让不同国家的农民都要受益……"

后来,一些第三世界国家,如巴基斯坦、斯里兰卡、墨西哥及南美一些国家的代表团纷纷到成都的簇桥公社参观,有的竟然住下来实习。我想,这大概与杨先生的建议有关系吧?

回程途中,川西坝的农民正顶着烈日,赤背光脚在田里收割稻谷。那时农村还未见收割机,有人低头躬背抡动着短把的锯锯镰,有人手握稻秆奋力向木制的拌桶摔打。吭吭哐哐,嘭嘭啪啪,整个坝子里响成一片,场面热烈。

杨教授突然叫停车。

教授让我将他的正在读康乃尔大学化工系二年级的儿子和已在读高中的女儿叫到了身边。一对青年望着我,不知发生了什么事。

杨既温和又动情地说:"你们两兄妹第一次回祖国,我要你们好好看看祖国的劳动人民。他们既勤劳又辛苦,中华民族是世界上最伟大、最智慧的民族,开凿大运河、修筑万里长城,还有四大发明,全凭他们的勤劳与智慧。你们虽生在海外,长在海外,但仍为炎黄子孙。"

两个孩子听得眼睛一眨一眨的,似懂非懂,然而我却听懂了,如同听尊敬的老师授课。

杨振宁的父亲曾为西南联大著名教授,他有一高徒,名柯召,是国内外甚有名望的数学家,川大教授。

一日下午,我陪他一家进了锦江河畔四川大学的校门。门内有条一公里长的笔直的林荫道,遮天蔽日,国内实属罕见,杨博士赞扬不已。柯教授为一位不高的老头,配一副高度近视镜,不多言,持重深沉。二人相见,谈及已故的父亲与导师,眼睛皆现湿润。

杨氏一家参观了学校刚建成的教学与科研两用的原子能反应堆。观毕,杨先生进行了一场精彩演说,大意如下:这座反应堆的建立,是中国高等学校一项创举,为教员和学生提供了良好的实践机会。我刚到美国时,理论上毫不逊于美国学生,不少方面还明显地超过,但实际操作却深感落后与不足,我痛恨过自己,为什么双手如此笨!在那里,家庭可以装配小飞机,中、小学生可以拆卸计算机,我们国内的教育与科研太缺少实践与操作,影响了科学技术的发展。我们的祖先充满智慧,子孙也都聪明,当今我国在科技理论领域并不落后,落后的是我们的操作与实践,新一代的中国科学家必须克服历史遗留下来的缺陷……

在参观杜甫草堂时,他曾告诉我,在中国历史上,他最喜欢的文人即杜甫,因杜诗表达了最基层的广大劳动人民的声音。当我讲到郭老1953年在草堂为杜甫题词:

世上疮痍诗中圣哲
民间疾苦笔底波澜

杨一下打断我的话,提出了一个我从未遇到、也没有想到的问题:“郭老既然如此高度中肯地评价杜甫,为什么在我刚读完的一本《李白与杜甫》的书中,又表现出了明显扬李抑杜的倾向,是否评论界又有新的论点?”

“我也常读文学评论方面的书,对李白与杜甫,学术界未见新动向,这或许是郭老的一家之言呢!”

晚上，省革委主任赵紫阳同志宴请。席间，他又提出了这个问题："关于《李白与杜甫》那本书，郭沫若先生的观点，有无什么背景和政治上的因素?"主任虽应付似地讲了几句，却不怎么沾边，此事只好不了了之。这也是我未能给杨先生一个圆满回答的唯一问题。

这位有涵养的科学家也有发脾气的时候。

离蓉的头天晚上，访问计划全部顺利完毕，杨太太杜致礼及两个孩子邀我进他们的房间再叙家常，也算话别。我们正谈得起劲，杨本人也被吸引过来。杨在中国，从不用外语会话，于是，我们的闲聊改用中文。因两个孩子不会说汉语，如遇到某些趣事，我再用英语即席翻译一遍。谈到中国历史，两个孩子不懂，杨振宁轻轻摇了摇头，等于无可奈何。有时扯到美国的一些掌故传说，两位青年竟然也茫然。见此，杨振宁当即大发脾气：

"这次回祖国，我心头最难过、脸上最无光的就是两个孩子不会听中文，这是我和致礼不可原谅的过错，我觉得像是欠了一笔债，对不住姓杨的祖宗，对不住祖国。小时候，在我们身边，还能讲一些，后来外出读书，竟把老祖宗的话也给忘记了。回去后，你们要好好补这一课。李先生陪了我们几天，你们也看到了，他既讲中文，也讲英文；不仅懂中国历史，也懂美国和世界历史，做事又仔细认真、勤恳耐劳，这些你们都要好好学习。你们不要尽听一些外国人讲中国人如何如何，李先生就是你们具体接触的一位中国人，也是农村出来的。"

那晚的情景，至今犹在眼前。杨先生批评了自己的儿女，表扬了我，使我既感到了温暖与鼓励，也有一种从未有过的惭愧，所以一直不敢忘记。二是几十年来，虽无什么建树，但无论干哪个行当，总想干出个样来，生怕对不住祖宗。

杨博士朴素的劳动人民感情，是一种内在的、灵魂深处的情愫，十五年后的另一件事，恰对此事作了最好的印证。

1992 年，杨博士又一次来华访问，听说巢湖发生了大水灾，便特意赶去看望灾民，并且亲自到了一位受灾的大娘家中进行慰问。

归后，杨多次谈起在巢湖访问的事，并感慨地说：在美国，许多富家子弟，不肯勤奋读书；在中国，也有青年人不了解自己民族的过去。他曾向中国政府郑重建议：应该安排城里的学生，到贫困的地区去看一看。

多么真挚深厚的一片民族之情！

记得一天，杨教授突然来了兴致，竟然为我背诵了他儿时从父亲口中学到的一首歌，并说这首歌在“五·四”时期曾广泛流传，歌词如下：

“中国男儿，中国男儿
要将双手，撑天空
长江大河亚洲之东
峨峨昆仑
古今多少奇丈夫
碎首黄尘燕然勒功
至今热血犹殷红”

想象着“五·四”青年放声这首令人热血沸腾的歌，同时希望炎黄子孙中多出一些杨振宁式的人物，既能立大业、建奇功，又能把面向黄土背朝天的几亿中国农民，永远装在自己的心中。

（选自《小院里的部长》）

海上明月夜

胶州湾畔沙滩上，印着一个长长的影子。

我仰望东南海空那一轮皓月，思念着海外的一位姑娘。

我珍藏着与姑娘合影的照片。她也有一张，三年前，我将胶卷带回祖国，洗好后，给她寄去的。姑娘苗条而不瘦弱，秀发在脑后飘拂、舒展。眉毛细长，一双乌亮的眸子在大眼睛里闪动。她身高齐我耳根，穿一件上宽下窄、浅绿色的蝴蝶衫，腰中系一条黑色细带，显得更加灵活标致。我们脚下是草地，背后是蓝色的海和高高的椰子树。她的头微微向我歪斜，嘴角还带着一缕笑意。

1986年最后一个月，我收到了她寄来的第三张贺年片。三年来，我曾几次为她寄去她母亲的故乡四川省的旅游风光画片，还有我访美归来写的十几篇游记。

月到十五格外明。明晃晃的月亮，照耀着一条条乡情织成的小路，通向千千万万异国他乡炎黄子孙的心房。她顺着这条小路，踏着洁白的银辉，轻轻地从遥远的地方走来。

夏威夷，这个飘浮在太平洋上的宝岛，怎会忘记那个海上明月夜？

港湾里很美，一艘艘巨轮浮在水面，船上灯火一片，闪烁跳跃，如一座座海上浮宫。灯光沉入水中，长短粗细不一，颤颤巍巍地摇摇晃晃，流光溢彩，似一位位入浴的醉美人，给大海带来了生命。背后瓦胡岛，灯盏像魔鬼的眼睛向夜空延伸，混入了天上的星星，形成一座飘渺的仙山，带着几分神奇。

音乐声骤起。几位岛上的土著波利尼西亚人开始为船上的几百位客人献技表演。他们人高体胖，皮肤黑中透褐，在以胖为美的夏威夷群岛，他们堪称民族的精华。男子，光背短裤；女人，长裙，上身半隐半露。每人手持乐器，拉弹、歌唱、舞蹈混为一体。

数百位乘客中，除东道主之外，来自十几个国家。“明星”们体力充足，表演了近一小时，然后全船客人联欢。东道主首先唱起了一支《雪绒花》：

雪绒花，雪绒花，
每天早上迎接我，
你洁白，你鲜艳，
看见你我多快活。
……

美国人直爽，感情外露，不善含蓄，他们竟为自己叫好。

“呀，咧嗯，索兰，索兰，索兰——”，日本人的《拉网小调》粗犷、有力，犹如从北海道忽地吹来一阵大风，在人群里掀起了波浪。

离我们不远，站起来二十几位高大的苏联人，他们的节拍轻快而分明，旋律柔和舒畅：

正当梨花开遍了天涯，
河上飘着柔漫的轻纱，
喀秋莎站在峻峭的岸上，
歌声好像明媚的春光。
……

英国、瑞典、加拿大等国游客相继亮相。

不是比赛，又是比赛；不是竞争，又存在着竞争。歌唱者都在努力表现着自己的国家、民族甚至自己。在人类社会中，凡有人群，必有比较。有趣的是，无论哪个民族或个人，无不欲优于其他。即便无人仲裁，人们也会用理智的天平进行自我鉴别。

为了更好地表达自己，求得理想的效果，我们咬了一阵舌头，选中了《洪湖水，浪打浪》。此歌既轻柔抒情，又优美大方，带有浓郁的民族风味，预料一鸣则响。当我们仍在沉吟之际，一位长满络腮胡的中年胖子用英语喊起来：“Chi—na！ China！”（中国！ 中国！）

没想到热情者如此关照中国。

我们 20 人齐刷刷地站了起来，《洪湖水，浪打浪》使我们胸有成竹。突然，我们愕然了。

在一堆白种人中，站起了与我们难分彼此的二十几位黄种人，黑头发、黑眼睛、小矮鼻子。他们的神态告诉我们，是地地道道的中国人，然而不是来自大陆，而是台湾。上船时人多，直至站起来，才猛然发现是同胞。

这是一场小型的民间国际联欢，中华民族的儿女不能沉默！但是，同时站起来的这两队人，却属于两个政府、两种社会制度，该由谁先唱呢？倘若各吹各的号，在游艇上出了丑，那将向船上的数百“国际公民”、向整个世界宣扬了什么？产生的后果，该由哪队负责？这是民族的声誉，该当高于一切，每个有理智的中国人，谁又甘愿为她脸上抹黑？

全场的热烈气氛旋即冷却，人们引颈瞪眼，注视着海峡两岸中国人的表情。

事出突然，如两股高山溪水，流抵同一闸门，任何一股不能独进，也难各流半边。同为一山之水，虽从两溪流来，为何不能合为一股？此情此景，不容推敲，我只想到了大家都是炎黄子孙，哪位不是热乎乎、情切切的骨肉同胞？

我们的导游小姐来了，她就是照片上的那位海外姑娘。

“李先生，你看……”她忽闪着两只大眼睛，自然红润的嘴唇一动一动的，看样子着急了。她 18 岁从台湾来夏威夷干导游，从未遇到这种情况。

“维维”，这是我们全团对她的爱称，“你过去问一问，同胞们想唱支什么歌？”

她转眼就回来了，说：“他们是从台北来的一个教育观光团，大多数是中学老师，他们准备了一支在台湾甚为流行的歌曲《兰花草》。”

既然都是中国人，就该唱一支共同的歌。《洪湖水，浪打浪》我猜想台湾同胞唱不下来，《兰花草》我们多数成员不熟悉。那么，该选择一支什么样的歌呢？

急中生智，我想起干导游的那几年，常与港澳及海外同胞联欢，他们都喜欢《康定情歌》。

“维维，你会唱《康定情歌》吗？”

“什么《康定情歌》？”

“跑马溜溜的山上——”我哼了一句。

“会唱，当时台北女中的师生都会唱。”

维维又到了台湾同胞当中，我看他们满意地点头，微笑着离开了自己的位置，走到中间那块不大的空地。维维一招手，我们也走了过去，相互交汇在一起。

虽然只有数步之遥，却似跨越了万水千山。别离近40个春秋的同胞，“相逢何必曾相识?”没有隔阂，也不感陌生，如兄弟姐妹。他们的言谈不同于沪、闽、粤一带的方言土语，而是带点普通话味儿的“官话”。

维维生于台湾，又是我们团的导游，当是无可非议的组织者和指挥者。她先用英文将歌词大意译给听众，然后自己领唱一句。“预备——起!”见我们这套中国式的特殊程序，有的小声议论，有的轻轻点头。其他各队虽然也卖了力，遗憾的是未译出歌词或大意，法国人不知道《拉网小调》，美国人不清楚《喀秋莎》。

游船上回响着中国人的歌声，我激动地把嗓门推上了最高档：

跑马溜溜的山上，
一朵溜溜的云哟……

整齐、合拍，韵美意浓。跑马山的绮丽，康定城的神秘，张家大哥与李家大姐的情意，从几十张嘴里溢出，随游船荡漾。海峡两岸的中国人唱出了一样的声音。

毕竟中华儿女人多，唱得宏亮而优美，征服了四座，获得了热烈的掌声与阵阵喝彩。我们不仅用嘴唱，而且是在用心唱，唱出了民族的感情，表达了中国人的心声。越是在这种时刻，我就越会想起祖国近二百年的屈辱史，内心积聚着一种强烈表现自己的愿望。中国有五千年的文明史，在世界的大合唱中，要有中国人独特的旋律。

半裸着上身的女招待把夜餐摆上桌。我无食欲，独自到了船头，手握船栏，迎着凉刁刁的海风，又抬头赏月。刚才那个从大海里冒出来的红圆盘，已经高挂东南，几颗小星星围绕着她。圆盘赤红散尽，变成一轮银光挥洒的皓月，把白银倾进大海。月下，大海睡熟了，像个乖乖的婴儿。

甲板上传来轻盈的脚步。

“李先生，你怎么独自站在船头？他们都在里边喝酒呢！”维维来到了我身边。

“我不会喝酒，但爱赏月。月光是心灵中的纯酿，也常使我入醉。”

“一个女孩子，独自在海外，明月却使我伤心，因为要怀念台北的父母。他们呢？每月十五，逢年过节，必然思念大陆上的亲人。”

“维维，今晚海峡两岸的同胞虽不曾相识，却胜似亲人，大家携手并肩同声歌唱，是一件大事，细细想来，应为此感到高兴。”

她苗条的身子微微一颤，语调柔而低：“在这异国的土地上，我们同歌同乐，亲亲热热一家人。可是回去以后，这些立刻变成了美丽的梦。”

这位 24 岁的姑娘，说出了每一个跨出国门的炎黄子孙的心里话。

我像是开导，又似安慰这位小妹：“九百年前，在你妈妈的故乡四川省，有一位大文学家，名苏轼，他留下了流传千古的两句话，‘但愿人长久，千里共婵娟’。”

维维默默点头，端出两杯红酒，递给我一杯。

“李先生，你是兄长，也是知音。我们今晚在海外的明月下干杯，盼来日在自己的国土上团聚！”

我与酒无缘，但这杯酒能不喝吗？

月亮张着一张笑脸，悄悄上升，照亮了瓦胡岛，照亮了太平洋，照亮了我们两颗心。不，是海峡两岸、世界各地所有炎黄子孙的心。

三年过去了，维维又见了多少次月升和月落？

三年，我常把心思寄于明月：在海外，我们是一家；回到祖国，我们更应是一家。

十五，月亮又从海上升起来了。

（选自《爱在人间》）

李存修写“人”

曾绍义

作为旅行家的李存修不仅写出了许多以“游”为主线的优秀散文，也创作了大量以“人”为中心的散文佳作，而且最重要的是他笔下所有的人——无论名人凡人、部长村夫、作家老板或华人洋人，都写得“如见其人”、妙趣横生，把他们的美好情感、美好心灵细致入微地展现在我们面前，不仅读之令人感动不已、思索再三，也为散文创作的“写人”提供了有益的启示。

首先是李存修对人有独特的“发现”和有针对性的“选择”。散文写人，尽管不能像小说、戏剧文学那样凭借“虚构”塑造人物的典型性格，但只要细心观察、认真“发现”，散文同样可以写出具有代表性的典型人物，展示他们美好的精神世界；生活中原本就存在着这样的典型人物，关键在于“发现”和“选择”。不过，李存修的“发现”大多是偶然的、自然而然的，并非如某些职业作家需要通过深入生活、着意追求而来，因而即使一次“偶遇”，也能凸现人的“尖端部分”，充分显示人的“崇高”之处。《陪杨振宁一家》就是最令人感奋的一篇。作品通过正面叙写、侧面烘托等手法，既如实地“记”下了“我”的所见所闻，又突出地表现了杨振宁这位世界著名的华人科学家对祖国、对劳动人民的满腔赤子之情。除了考察沼气、参观川大原子能研究所发表演说等与科学直接相关的活动，最令人难忘的是作者对杨振宁博士两次当众对儿女教育、批评的“选择”。如果说前者是通过对中国农民“了不起的发明”的礼赞、对中国新一代科学家的希望，表达一位科学家对祖国科学事业的特殊情感，那么后者应是作家对一名海外华人“与众不同”的深情歌颂，因为正是后者，我们才从另一面看到了杨振宁先生内心深处的“独特的秘密”（朱自清语），即对中华民族伟大精神的挚爱！毫无疑问，没有后者的“发现”与“选择”，便不能像现在这样将人物最撼动人心、鼓舞人心的最高精神境界展示出来，也就减少了作品应有的思想重力，因此杨先生那些“我要你们好好看看祖国的劳动人民”、“回去后，你们要好好补这一课……不要尽听外国人讲中国人如何如何”等语重心长的话语，就不能视作仅仅讲给他的儿女听的，通过作品传达出来，也就值得我们每一位读者细细品味，从而为我们中华民族的进一步强盛不懈努力！

如果说《陪杨振宁一家》的发现与选择是“大处着眼，小处落笔”，那么另一篇《“仙女”下凡》则是“凡”中出奇，以“小”见大。作品虽然写的是“凡人小事”，我们却不能不为男女主人公超凡脱俗的真情实爱击节赞赏！所记叙的事尽管又是“偶然”的，但所反映的恰恰又是“必然”规律，即“人间自有真情在”，从更广阔的时空中歌颂了中国各民族间的深情厚谊，也歌颂了改革开放给人们思想观念带来的深刻变化，同时也对某些落后与冷漠给予了应有的指斥，所以作者在文末写道：“作为当今社会一桩牵动人们去认真思考的婚姻，我相信无论写与不写，一定会流传开来。”的确，这个并非《聊斋》的“真实的故事”值得我们“认真思考”，因为它不单是写了一桩“以生命做基础”的奇特婚姻，也可从其主调中让人们去领悟诸如怎样战胜世俗偏见、开掘人性美质等更多超越“婚姻”之外的生活哲理，极富现实意义：为何一个刚从劳改所释放的人能冒着后半生风险，救人于生死危难之际，而数十名围观群众冷眼旁观、见伤（死）不救？一个如花似玉的妙龄女郎毅然远嫁一名无职无权、麻脸矮瘦的村夫，难道不是对“当今社会”某些人的错误观念的彻底否定？还是作者说得好：“姑娘，你用崇高纯洁的意识，进行了人类灵魂深处的呼唤”！

由此看来，李存修对人的“发现”和“选择”的新颖独特，除了生活的惠赐，最根本的还在于作家本身的社会责任感和一颗纯洁的“童心”——李存修说过，他之所以钟情文学，“归根结底，还是未泯的童心和对祖国文学的一点责任感”（《江湖重重人归来》）；童心即“爱心”：“我之所以能写文章，出书，获奖，说实话是凭内在的情愫，用一颗爱心，去爱山，爱水，爱人，爱世间一切美好的事物。虽然这些朴实自然的情感在文字的表达上欠深邃、缺升华，但毕竟是我走上这条路的根本”（《走遍万水千山 · 一卷作罢自长叹》）。有了社会责任感，就能自觉地对社会发展、人类进步最需要的美好的思想、情感进行“有意注意”，切实发现和认真选择并及时描绘、抒写出来；有了“爱世间一切美好事物”的“爱心”，则可以进一步“以爱心换取爱心”（马克思语），就能在写人记事中表现出人人“平等”这一人类文明进步孜孜以求的现代观念，从而使作品在以情动人的同时产生强劲的思想冲力。而李存修的写人，正是在这方面构成了他的作品的另一显著特色，《小院里的部长》便是最典型的篇章。一位南征北战两万余里、曾任交通部长的老革命、老干部，能当着妻子、女儿和作者这个非亲非故的后生，袒露对前妻张露萍烈士的满腔深情和无限怀念，本身就是一种十分珍贵的"平等"，是一种对他人的极大信赖与尊重，而作者充满敬意的抒写尤使这种"平等"的现代观念得以强化——

1995 年，是张露萍烈士英勇就义 50 周年纪念。已 75 岁高龄的李清不辞辛苦，远赴川西崇庆县，那里是烈士的故乡。问冥冥长空，问茫茫大地，哪里还能听到那银铃般的笑声？何处还能看见那青春的面容？世间什物皆易失，唯友谊与爱情长存。我愿张露萍烈士地下有知，她会感到满足与幸福，长眠 50 年了，她曾拥有过的爱情依然被珍藏在一位老年人的胸间，与她碰撞过的那颗心仍在为她跳动……

恩格斯说："真正的自由和平等，即共产主义"（《大陆上社会改革的进展》），革命烈士为了实现人类真正自由平等的共产主义献出了生命，以"平等"态度来抒写老部长的崇高爱情与革命友谊，更加深了我们对老部长的敬重之情——是的，"他坐的是普通沙发，用的是普通书架，卧室里也是普通床铺，普通之中见自然，李清一生追求的就是自然，自然为宇宙之根本！越是自然的，就越能经得住时间与历史的考验，也就越具有生命力！"这样的感受，这样的概括，难道不值得我们思之再三么？

写名人如此，写亲人亦如是。读完《厚爱》及续篇，谁人能不为这人间的至爱深情引出万千思绪，连在异国他乡的读者也为之"止不住地流泪了"！一个"自己有好几个儿女"、"还要种田、浇园、做饭、补衣"、赡养老人的姐姐，能供弟弟从中学读完大学，已经恩重如山了，但"我"的"大姐"始终如一，不仅"小时候关心吃穿，长大了又为我操心对象"，直到"我已是省旅游局的负责人"，又"出访美国回到北京"，转道家乡"探望大姐"，"离别时，她又从枕头底下摸出五块钱，一定要塞给我，嘱咐着我在路上买点吃的"。很显然，"大姐"仍一如既往地把"我"当成读书时的小弟弟："她一滴汗一滴血地把我扶养了十几年，临终前，她最关心的仍旧是我，但从未打听过我一月赚多少钱，未开口向我要过一分一厘"——这样的"大姐"的确是"一位伟大的女性"！作者之所以要再一再二地评说"大姐"的伟大,乃因"眼下人们喜欢议论奉献与索取",更有甚者是只想索取不讲奉献,这当然是不平等的,是社会主义、共产主义所不容许的,只有每个人都像"大姐"那样,"一生只有忘我的奉献,没有丝毫的索取","只关心别人,不考虑自己",我们的社会才能向着共产主义快速迈进！这便是《厚爱》的深刻意义,也是作者的深切呼唤。总之,李存修无论写什么人,都始终坚持在崇高的礼赞中有针对性地呼唤崇高、激人走向崇高,最终实现"崇高"的人类目标！这,就是李存修写人散文的价值与生命力之所在。

愿李存修的散文创作更多更艺术地为"崇高"树碑立传吧！

(原载《小院里的部长》)

張永权

张永权(1942—)，散文家，重庆万州人。1965年毕业于四川大学中文系，先后担任中学语文教员、宣传干部、云南省文联《边疆文学》诗歌散文编辑、组长、副主编、主编，为编审。系中国作家协会会员、云南省作家协会副主席。

张永权16岁开始发表作品，上中学时曾出席四川省群众文化活动积极分子代表大会。除有诗集《边寨花月夜》《绿叶的深情》《天涯芳草》及长篇小说《桃花流水》《佤山恩仇记》等，已出版散文专集6部：

《高山听雾》(重庆出版社，1982年)；

《南国红豆》(四川文艺出版社，1989年)；

《春风·春雨·春城》(北京国际文化出版公司，1994年)；

《云的故乡》(百花文艺出版社，1994年)；

《竹楼夜语》(三峡出版社，1997年)；

《张永权散文选》(北京燕山出版社，1999年)。

其中《走进女儿国》《雾打芭蕉》等被译成英、法文发行到国外，《雾打芭蕉》获1979年—1982年云南省文学创作优秀作品奖，《峡谷飞人》获《人民日报》中国匹克杯精短散文一等奖，《云的故乡》(集)获云南省政府奖三等奖等；另有《雾打芭蕉》被选入《新时期优秀散文精选》，《大理石街》被选入《1988－1990散文选》等等。

评论张永权散文的文章主要有《张永权散文创作论》(叶向东)，刊《文艺理论与批评》1996年第4期。

《张永权散文选》自序

张永权

今年，是我们的祖国母亲——伟大的中华人民共和国成立50周年，作为吮吸着祖国母亲乳汁成长起来的一名文学工作者，多么想在她的生日到来之时，献上一份凝结着自己心血与情意的礼物，来报答她的养育之恩啊。思来想去，在一些朋友的鼓励之下，便把自己在近20年来出版的几本散文集和发表在全国各报刊的近百万字的散文作品，重新翻检一遍，编成了这本散文选集。我不敢妄说这本书是有多么高的思想水平和艺术质量的献礼之作，更不敢向有关部门申请把她列入建国50周年的献礼书；但这本散文选能在祖国母亲五十华诞之时出版，于我来说，确是一种荣幸，至少也可以表达多年来一直受到党和人民教育的我对祖国母亲的殷殷情怀。

我出生在祖国的母亲河——长江畔的万州山城。长江的涛声和纤夫的号子，是我幼时的摇篮曲，祖父是留学日本的中国第一代同盟会员，父亲是医生，因在大学时看红色书籍，曾被视为共党分子判处死刑，后因祖父同事的营救，才幸免于死。母亲当过万州中山小学校长。他们都具有丰厚的文学知识和修养，从小我就跟随父母诵读“床前明月光”、“朝辞白帝彩云间”和《古文观止》中的短文。也许是母亲河长江的乳汁特别富有文学养分，在万州山城还出过在现当代文学史上产生过重大影响的著名诗人、文艺理论家何其芳，著名诗人方敬，著名文艺理论家、美学家蒋孔阳，著名诗人甘永柏，以及我的二哥、著名军旅诗人、作家张永枚。我还在读小学时，就很自然地受到他们的文学影响。上中学时便开始了习作，并成了当时万县一中校报的编委，16岁时在故乡的报纸《万县日报》副刊上发表了处女诗作《赶运公粮心里甜》。但在我的业余创作生涯中，真正称得上是文学的,还是在云南这块土地上。

1965 年我从四川大学中文系毕业,主动要求来到云南。三十多年来,在文学的道路上,我追求过、欢乐过、痛苦过,当然也有成功失误。云南丰厚的民族文化资源、美丽神奇丰富的自然风光和各族人民创建的丰功伟绩,无疑给了我丰富的文学养料。作为省委工作队员,我曾在西双版纳的傣家村寨工作生活了一年之久;作为云南省扶贫工作组成员,我曾步行几天深入到剑川最贫困的山区象图工作。怒江峡谷、阿佤群山、中缅边界、玉龙雪山、乌蒙山麓、哀牢大地、红河沅江、边防哨所,都曾留下我生活的足迹。没有云南给我的文学乳汁,也就不可能有我的生活的足迹。没有云南给我的文学乳汁,也就不可能有我的文学创作。我对云南的感情,不亚于我对祖国母亲河长江的感情。因此,我只能把自己的创作定位于祖国和人民这两个最崇高的形象上。和祖国共命运,与人民同呼吸,也不得不反映在我的散文作品中。这部散文集记录了我在近 20 年来,跟随祖国母亲步伐而前进所留下的足迹,反映了我在这个飞速发展时代中的心灵感受,抒发了我对党和人民以及我们领袖的敬爱之情;有的揭露阳光下某些背阴角落的纪实作品,也能让人看到希望和光明。一些描写祖国山川之壮丽、民族风情之优美、边疆风光之神奇的游记,也表达了我对祖国母亲的挚爱情怀。总之,无论是叙事和抒情,无论是歌颂和鞭笞,都有从我心灵流出的感情浪花。因此,我的许多散文,很难界定它们是叙事文还是抒情章。

由于我在一家文学期刊工作,又负有一定的责任,写作于我,完全是业余的。在当前,文学刊物是很难赚钱的,我们的刊物又系差额补贴,我的主要精力不得不用于求赞助、拉广告、搞发行上,在这样的情况下,就没有时间来打磨自己的作品了。这部散文选集,也仍有许多粗疏之笔,还盼得到广大读者的指教。

1999 年 6 月 19 日于翠湖畔陋室

自选作品

雾打芭蕉

西双版纳真是一个奇妙的地方。在我的记忆中，一棵草、一朵花、一片云都是那么叫人难忘，特别令我吃惊的还是深秋初春的大雾。

那是一个秋日的晚上，我听完了赞哈（傣语：歌手）们优美的歌唱后，回到我住的竹楼。我们这些内地来边疆工作的人，睡在竹楼里的火塘边，对一切都感到新奇和神秘。睡梦中，也是充满了诗意的。那天晚上，我的梦却有些混乱，忽而是赞哈们举杯畅怀放歌的热烈情景，忽而是像脚鼓铓锣在歌唱，忽而又是傣族姑娘翩翩起舞的动人场面。迷濛中，我似乎觉得有一种声音进入了我的梦境，像芭蕉林中悠扬飘逸的笛声，似火塘边赞哈的抒唱。这细微的声音忽强忽弱，时远时近，又叫人难以捉摸，好像从未听见过。渐渐地，我在这新奇的声音中醒过来了。这是梦么？不是。沙、沙、沙……这声音仍然响着，好像就响在我竹楼前的芭蕉林里。那声音虽然很微弱，甚至比微风细雨吹打在草木上还轻。但在这静悄悄的深夜，仔细分辨，还是有感觉的，似乎有如一根又一根的细线飘打在芭蕉叶上，非常柔和，非常悦耳。这是什么声音呢？我怀着一种好奇的心情，连忙穿好衣服，走下竹楼，要出去看个究竟。我站在门口，面对着那墨绿色的芭蕉林，除了一片浓重的大雾外，什么也看不见，只有那柔美的声音从雾里飘来，从芭蕉叶下流过来。在那神奇的芭蕉林里，好像每一匹芭蕉叶都是一把奇妙的绿色乐器，用它们那最优美的声音，合奏一曲边寨的夜歌。这夜歌虽没有明确的主题，但却有一种雾夜里的独特意境，一声声都在描绘着边寨秋夜的美丽，也给可爱的边寨增添了一层娇美的色彩。

啊！多么美的音乐呀。我情不自禁地走进了芭蕉林，倾听着，倾听着这大自然的心声。可是，没有风、没有雨，也没有虫鸣，更没有小动物摆弄芭蕉叶，这满园的芭蕉叶还是那样快活地唱着。它们唱得那么富有激情，唱得那么诗意浓郁。我在雾夜中，欣赏着这大自然的杰作，完全忘了我是站在漆黑的夜里。慢慢地，我感觉到头发变湿了，脸面上也似乎被那比丝线还细柔的雾丝飘打着。这时，我才明白了。这奇妙独特的声音，原来是这儿浓重的大雾，飘落在肥硕的芭蕉叶上发出的响声。这浓雾确是非常惊人的，一片片的雾粒，一丝丝的雾线，云集在一起，不仅遮住了星月，遮住了大地上的一切，而且凝重有力，飘落在芭蕉叶上，便组合成了这雾打芭蕉的迷人的乐曲。听着，听着，我不觉想起了雨打芭蕉的乐曲，那优美的声音，曾给我解脱过苦夜中的失眠，也给我送来过美好的憧憬。但比之那创作出的乐曲，这雾打在芭蕉上的声音却又别具一种风味，似乎它更有感人的艺术魅力，更叫人沉醉。我不禁赞叹道：大自然的杰作，雾打芭蕉乐曲，真美呀！

雾在美丽的西双版纳，被傣家人称作雾雨。这是因为西双版纳的雾，似雨似雾，有形有声有色，它叫人看得见，摸得着，听得见，正如这雾打芭蕉的声音。因此，外地来的人，总是对这里的雾产生兴趣。我曾经看见过重庆山城的浓雾。清晨，一片灰茫茫，大雾罩在山城的上空，遮住了光亮阻断了车船，给人们带来了不少麻烦，大家似乎也不太喜欢山城雾。但是，西双版纳的雾却比山城雾更浓、更密、更重，含水量也更大。山城雾往往要到下午一二点钟才消失。版纳的雾，只要太阳一出来，很快就散了。傣家人在感情上对雾雨却是赞美的。因为西双版纳进入秋天后，就是旱季了，常常是几个月不下雨。但是，旱季中的西双版纳，大地仍是一片葱茏，到处百花盛开，春意不减。不仅红桔、黄果等冬季水果遍地皆是，就是那满园的木瓜、芭蕉、香蕉也是果实累累。更叫人惊讶的是，到了十冬腊月，一树树只有春天才开花的桃树，也还在怒放，用它们那娇艳的花朵在向人们报春呢。其原因，除了这里温和的气候外，很大的功劳要归于含水量很重的雾雨,是它给大地的万物送来了及时的甘露,解除了几个月不下雨的旱情。

我在西双版纳工作生活的时间虽然不很长,但却是多次听到雾打芭蕉的声音,看见雾雨中生机勃勃的情景,无论是在盛产普洱茶的爱尼山寨,还是在稻谷一年两熟的傣族坝子,西双版纳的雾,总是那么奇妙地飘忽在我记忆的天地中。当我背着竹篓和爱尼姑娘上山采茶时,当我扛起锄头和傣族少女一块出工时,望着那一片白的雾雨,我总是要想起杜甫的诗:“好雨知时节,当春乃发生。随风潜入夜,润物细无声。”用这朴实、自然、感人的诗来形容西双版纳的雾雨,我觉得也是非常准确的。只不过这里的雾雨,不仅发生在春天,而且还发生在干旱的冬秋之季,真可谓“雾雨知时节”了。雾雨中,芭蕉叶奏起了绿琴;雾雨中,水田里刚撒下的早稻种谷正在爆芽转青;雾雨中爱尼茶山上的高山云雾茶,正在张开肥嫩的新芽;雾雨中,麦地里的苗儿吮吸着它带来的乳汁,长得更加碧绿……望着这一切,我甚至觉得,我仿佛就是地里的一粒种子,一根幼苗,一棵新芽,我也在贪婪地吮吸着雾雨般的乳汁,从而一天天生根、发芽、成长。于是,我又想起了我上学时的启蒙老师,想起了文学、新闻战线上的编辑们,想起了长年累月工作在边疆少数民族地区的文教科技员,想起了为了中青年干部成长主动让贤的老一辈革命者……他们不也像哺育着大地万物的雾雨么?为了大地的春天,为了金色的丰收,为了新一代的诞生成长,为了更美好的未来,他们奉献出自己的心血。最后,他们消失了,像雾雨一样地消失了。但是,人民是不会忘记他们的。正如大地上的麦苗、稻谷、茶叶、花朵不会忘记雾雨一样。

多美呀,这催促新生命诞生和成长的乐曲,多美呀,西双版纳雾打芭蕉的奇特音乐!

1981年春于景洪,1983年春改于昆明

(选自《张永权散文选》)

胶林中有一座土墓

亚热带的阳光格外明丽,道路两旁的雨林也绿得发亮。望着那无尽的绿色,我的胸海像涨了大潮,情感跳动起来,我不得不叫司机停了车,我要走进那绿色的大海,走进那一望无际的橡胶林,去寻找那绿色中的记忆,寻找橡胶林中的那座土墓。

那墓中埋葬着一位平常的女性,一位把她那二十六个青春年华奉献给橡胶的知青。如今她那座土坟还在吗?人们在紧张的工作中,有没有记起这位过早离开了人世的女知识青年?我的思绪飞扬着,脚步飞跑着,越过了一座座山包,手捧着在雨林中采撷的一束野花,终于走进了那片灼痛过我的橡胶林。

对,这就是她最后的归宿地,一座土墓一下子跳进了我的视线,感情的潮水冲击着我,视线有些模糊了,好不容易才在她的墓前站稳。

墓还是没有碑,一些一人多高的青草长在坟上,把她紧紧地覆盖住,周围的橡胶树长得更加粗壮,更加茂盛了。我长长地叹了一口气:你并不孤寂,有青草为你遮挡风雨,有橡胶树给你做伴;胶林的风,是它们唱给你的歌;无尽的绿,就是对你的慰藉。

我把野花献在她的坟前,然后朝她深深地三鞠躬,她虽然没有做出什么惊天动地的事业,但却值得我尊敬,值得我怀念。

我不应该忘记她!

那年,我作为省委的一名边疆工作队队员,下放来这儿改造思想。我知道她,是在我们工作队研究工作时。说到这里外来知青的状况,一位同志说,几乎都走完了,只有她还留在这儿扎根。他说完又指了指旁边的一间土坯草房:"她就住在那里,今天到胶林除草去了。你们瞧,还有条花狗为她守门呢。"我朝门外望去,一只小花狗躺在土屋门前,头朝外,显得十分忠于职守。

我们工作队也是参加劳动的。一天清晨,她领我们去割胶,天上的星星还未落，胶林一片漆黑，我们头上的胶灯在闪烁，天上的星星在闪烁，墨绿色的橡胶林充满了神秘的色彩。我问她为什么要在天亮前割胶？她说：清晨的胶乳多，要到太阳出来才割，胶就少了，至于原因，她没有细说。她割的胶，像山泉一样淌着，而我割的胶，只像眼泪那样滴落。我向她请教，她看了看我割的胶树说："你的刀法不对，胶槽割得太浅了。"完全是一口地道云南话，说完她就教我拿刀、下刀、用力，还割了两棵树的胶槽给我看。我照她教的方法割，又快又省力，胶乳也像山泉一样地淌进了胶碗，那嘀哒嘀哒的滴胶声，就像一首黎明奏鸣曲，迎来了东方的一片红霞。阳光射透清晨的云雾，胶林变成了仙山琼廓。

太阳出来，我们便收工了。在回来的路上，我才看清了她：长相很平常，单眼皮，脸上还隐约可见一些黑色的晕斑。我问她是什么地方人？她回答是上海。一口标准的云南腔，怎么会是上海阿拉呢？我有些不明白。她笑道："我们上海人适应性最强，走到哪儿，就会讲哪儿的话。再说我在版纳也有七八年了，一方水土养一方人嘛，我也会讲云南话了。"我说大家都回城了，问她为什么不回上海？她似有些隐痛，好久才说："没门路呗。"停了下又说："反正我也习惯了。"

后来才知道，她父亲是搬运工人，母亲是一家街道厂的炊事员。这样的家庭，的确是无法把她调回上海的。

常在一起劳动，相处熟了，来往也多了。有一天她敲开我的门："张老师，这是我做的甜白酒。给你们端一碗尝尝。"我道过谢后，招呼她坐一会，她摇了摇头："不了，这里的人闲话多。"说完就走了。

果不出所料，不几天公社的一位保卫干部就来给我们打招呼了，叫我们不要过多接触这个上海女知青，还从他那儿传来了关于她的许多闲话。

一个二十六岁的女人，还没有对象，那是一种何等痛苦的精神压力啊，按当地人的话说，"老姑娘了，没人要了。"更有甚者，一些人还说她是骚货、乱搞。连她脸上的晕斑也成了那些爱嚼舌头婆娘攻击的缘由："假正经！你瞧瞧，她脸上的晕斑，只有被搞过的女人才长那东西。”其实，我们很明白，她天天下地干活，亚热带的太阳光强烈，那是被紫外线灼伤的呀。更令人气恼的是，一些人还编造出了新天方夜谭，公然说她耐不住了，在晚上抱着小花狗睡觉……

这些恶言秽语，不知她听见没有，但从此她和我们往来更少了，每到天黑，都要把花狗赶到门外。狗在门边蹲着，眼里有委屈的泪痕。

对她，我除了同情，也不敢过多接近安慰。寡妇门前是非多，老姑娘面前同样也会惹来闲言恶语的，何况，我们本身也是下来改造的。

过了些日子，那是一个傍晚，我发现她在我门前徘徊了几次，终于还是来敲了我的门。我把她迎进来，一阵沉默后，她才对我说：“张老师，今天上午我接到家里的电报，父亲在搬货物时受了重伤，我准备明天回上海去看看他老人家，我请好了假，车票也买了，是上午八点半的车。我走后，请你帮我把家照看一下，每天给小花狗倒点吃的。”我答应了她的要求，她说还要去收拾一下，便匆匆走了。

第二天上午，大概是九点多钟，她家那条小花狗突然跑到我的门前，对着我狂叫起来。我以为是它饿了，就给了它半个馒头，可它连看也不看，仍对我狂叫着，然后又用嘴咬住我的衣角往外扯。

狗通人性，我想一定是出事了。

我被小花狗拉到她家门前，只见门微开着。我一惊：“怎么，她没有走?”进去一看，她躺在床上喘着粗气，头上的胶灯也还没取下，闪着昏黄微弱的光。她痛苦地望着我，艰难地指了指脚：呀！她的腿已肿得有小水桶粗了。这一定是被毒蛇咬了，我连忙转身回房，拿来我们工作队发的蛇药，喂她吞下。

原来她在走之前，又上山割了一趟胶，谁知在她返回的路上，从杂草中窜出一条毒蛇，咬了她一口。她忍着剧痛，一步一步爬了回来。

要不是小花狗，我们还以为她已经回上海了呢。

由于耽误的时间长了，蛇药对她已不起作用，弥留之际，她只断断续续吐出了这么几个字:“我……的青、青……春在胶林……度过……的,把我……埋……埋在……”一句话没有说完,就断气了。但她的眼睛却睁着,睁得大大的,不知是未能看到受伤父亲的遗憾,还是对人世中许多不公的抗议。

我们把她葬在了胶林,没有立碑。我想,橡胶树就是一座不朽的碑,也是象征她青春的碑。

她死后,小花狗不吃不喝,天天对着胶林悲泣嚎叫。不几天,人们发现小花狗死在了她的坟边。我知道,小花狗是她生前的伙伴,我便把它埋在了她的坟内。

作为曾经和她相处一段时间的我,虽然岁月的流逝已在两鬓染上了霜色,许多人事也被岁月冲洗得一干二净,但唯有她,一个二十六岁的女知青,却总也无法洗去。我每到一次西双版纳,都要穿过这片绿海,去看望一下她。如今,我又站在她的面前,望着这一片粗大的橡胶树,悲伤中也有一丝欣慰。她虽然就那样匆匆地去了,但却活在了这一片生长不息的胶树年轮里。我想,今天她一定可以安息了。

(选自《张永权散文选》)

张永权散文创作论

叶向东

张永权著有诗集、散文集、长篇小说多种,均取得较高的成就。但其散文创作风格尤为独特、鲜明,《云的故乡》《南国红豆》《高山听雾》《春风、春雨、春城》等散文集,集中体现了他的散文创作风格。

尽管自然环境和地域文化不是决定张永权散文的唯一因素,但环境对张永权散文创作的影响是不能忽视的。他自己曾说过:“没有云南给我的文学乳汁,就没有我的文学生涯。”[①]张永权1942年出生在四川万县长江边的一个小山村，1965年从四川大学中文系毕业后来到云南生活、工作30多年，云南无疑成了他的第二故乡。他的处女作是在故乡万县发表的，但他真正走进文坛，成为一名作家，却是在云南这块土地上。丹纳认为：“有一种‘精神的’气候，就是风俗习惯与时代精神，和自然界的气候起着同样的作用。”[②]他自觉地把自己创作的根扎进云南这块神奇美丽的土地之中，从其深厚的文化积淀中去吸取创作的养料。他的笔触饱蘸着云南多彩的云霞和遍地的花香，他对云南的感情自然地从心灵深处流淌出来。文学创作离不开生活，云南的这种地理上、文化上和意识上的特征，决定了他选择云南边地作为题材的写作意向。

在他的散文中风格鲜明、文化意识强烈的是那些表现地域文化和风土人情的作品。他从民风民俗的文化视角来进行散文创作，对不同地域的民俗文化加以描摩，从中倾注自己的审美评价和理性认识，使散文意蕴别致、文化内涵深刻。《圣洁的女儿湖》描写了摩梭人的生活。《火海刀锋上的美》生动地描绘了傈僳族刀杆节小伙子们上刀山下火海的民族风情。《峡谷街日》用诗的语言为我们描绘了怒江大峡谷的风景和风土人情。在《此曲只应天上有》中，作者更找到了一种质朴、天然的情趣。鲁迅曾说过：“现在的文学也一样，有地方色彩的倒容易成为世界的。”[③]张永权的散文正好具有鲜明的云南地方特色，他的散文被翻译介绍到国外，便是他的文学创作开始走向世界的例证。从文学创作这个意义上来说，是云南边地养育了作家张永权。

张永权的散文风格还表现在对自然的热爱上。

他专注于自然的美，喜爱自然意象。这种对自然的选择，使他能够在一定程度上摆脱世俗的影响，不去承担文学以外的重负，从而把散文创作变成一种个人与自然的对话，一种表现思想感情和审美趣味的形式。他散文中的自然被加上了“人化”的意识，是一种人化的自然。自然只有当它处于人们的审美实践中，与人建立起审美关系，才具有生命的光彩和丰富的意义。作家不会无目的地把自然景物作为散文的表现对象，只有当自然与人类发生亲密的联系，并对

---

① 张永权：《云的故乡》，百花文艺出版社，1994年版，第189页。

② 丹纳：《艺术哲学》，人民文学出版社，1983年版，第34页。

③ 鲁迅：《鲁迅书信集》上卷，人民文学出版社，1976年版，第528页。

表现人有意义时，作家才会把审美的目光投向它，或借景抒情，或托物言志。《雾打芭蕉》中的自然就是人化的、诗化的。西双版纳浓重的大雾，飘落在肥硕的芭蕉叶上会发出响声，一片片的雾粒，一丝丝的雾线，云集在一起，不仅遮住了星月，遮住了大地上的一切，而且凝重有力，飘落在芭蕉叶上，便组合成了这雾打芭蕉的迷人的乐音。这里所展现的既是自然本身的魅力，也是作者感受、体验和想象的魅力。散文所表现的不是单纯的自然，而是人化的自然，是个人化、生命化所创造的流动着美好情思的意境。

张永权的散文富有诗情画意，借助于对自然景物的描述，倾注感触，袒露襟怀，情理交融，意味盎然，体现了作者对生活的感受态度。他更多地把情感寄寓于所描写的对象中，流动着纯真的感情，透露出作者强烈的主体意识。《户撒的花》表现了阿昌人和鲜花的密切关系。阿昌人是生活在鲜花丛中的，阿昌族集居的户撒，那儿的花是很美的，不仅山上开满了红色的、紫色的、黄色的、白色的杜鹃花、野山茶、叶子花、野玫瑰、炮仗花、鸡蛋花以及素净的锥栗花，而且在每个阿昌族村寨，也是鲜花遍地，芬芳四溢。阿昌人过采花节就要采来锥栗花把它扎成一棵花树，然后围着花树跳起欢乐的“窝窝罗舞”，泼出一簇簇圣洁的水花互相祝福。锥栗花并不艳丽，更说不上有多美，花儿也不过米粒大小，颜色也较为清淡。在鲜花的海洋里，阿昌人为什么不采摘那些色彩艳丽的花，而偏偏要选择这种绿色的素净的锥栗花呢？原来锥栗花的树根扎得很深，树干粗大，枝叶茂密，具有一种蓬勃向上的生命力和坚强不屈的性格。难怪阿昌人要围着它载歌载舞，倾注他们全部的热情，寄托他们心中美好的追求。阿昌人是从艰难中走过来的，因此，他们更爱这种素净的美，这种生命力顽强的美。这时，作者禁不住站出来做出自己的审美评价：“锥栗花，坚强意志的象征，欣欣向荣的象征，高洁美好的象征。”他的散文贮满了诗意，但并不刻意追求某种情致和情感的表现，而是寄兴于景物的抒写，从中显示出某种意念和感触，情与景是互相融合的，景物本身有一定的独立存在价值，并不是化景物为情思，而是在景物的描写中流动着情感的潜流。作者是把这些景物当作一种生活现象来加以描绘的，这些景物的审美价值，也是作者所要表现的对象。而作者的情感，是依附于对景物的具体描绘才获得审美表现的意义。《在绿色的界碑下……》中作者对大青树的具体描绘，本身就具有很强的审美价值。读者是首先感受到大青树的美，接着才感受到作者所流露出来的情感。“大青树粗大的根须，搂抱着中缅两国的土地，巨大的树冠，一半为中国遮荫、一半给缅甸人送凉。树旁的土地，种满了瓜果，长满了绿树红花。中国的蔷薇，伸着春天的情意，爬上了缅甸那边的小树，开着红色的、紫色的花儿；缅甸洋人街边的洋葫芦，也带着胞波情谊，越境爬上拉英人家的竹楼，结着硕大的果实。”大青树它属于中国和缅甸两个国家，它不仅是一座天然的绿色界碑，而且也是一座友谊的丰碑，它用和平的绿色拥抱着中缅两国的土地。郁达夫曾说：“一粒沙里见世界，半瓣花上说人情，就是现代的散文的特征之一。”[①]张永权正是在大青树上说人情，在大青树上见世界。

张永权善于用丰富的想象和联想来处理他笔下的自然，善于把自然转换成关于自然的审美、领悟、体验和思考。在《望乌蒙》中通过对乌蒙山的描绘联想到了它光荣的过去。毛泽东走过乌蒙山，写下了“乌蒙磅礴走泥丸”的不朽诗句，给它增添了无比的光辉。不仅有徐洪刚这样的英雄人物，这块生长火把果的山地是一块神奇的土地，还走出了龙云、卢汉这样的风云人物。他的散文在对自然的描绘之中包孕丰富的历史文化内涵，在《古城风景》中通过对一条石板路的描绘来表现丽江古老而悠久的历史。“脚下是清一色的彩花石板路面，一块块石板光亮玉洁，许多地方又似被马蹄踏陷了下来。高低不平的石板路，描绘了古城千年的风雨沧桑。丽江曾是南方丝绸之路的重要驿站，无论是运进西藏的茶叶、盐巴，还是出口印度、西亚的瓷器丝绸，它都是必经的要道，俗称茶马古道。这闪亮玉滑的石板路，那留在石板上的蹄印，再现了当年马帮驮队的繁忙，也显示了高原古城的繁荣。”他的散文表现了一种对自然的崇敬和向往，他是以崇敬和向往的心态来观察、体验、领悟自然的，并以此来发现被赋予在这种自然身上的历史的美和文化的美。在《金沙江听史》中，当作者来到长江的上游金沙江，站在虎跳峡的险山恶崖上，俯视着一泻千里的激流，听“高天急峡雷霆斗”的涛声，望峡壁断峰千万里、云里雾里的叠嶂青峦，面对着雄奇、壮烈、险恶的金沙江时，不得不发出这样的感叹：“我搜尽心中所有的辞条却找不到恰当的语言，来写出这山这浪，来穷尽这一条令我惊叹不已的金沙江。于是，我再次想起作为伟大的领袖和诗人的毛泽东的气魄与智慧。他那首被誉为史诗的《七律 · 长征》，一行‘金沙水拍云崖暖’的诗句，仅

---

① 郁达夫：《郁达夫全集》第6卷，浙江文艺出版社，1992年版，第200页～201页。

仅七个字,便如此准确、形象、生动而精炼地写出了红军战士心目中的金沙江。"曾是一条前有堵截后有追兵可以置红军于绝境的金沙江,但在毛泽东眼中,这一切又算得了什么,那决非一般的狂涛巨浪,便成了极富诗意的"水拍"二字。这种征天服地的英雄气概,这种化博大为精细的艺术手法,决非一般的美学情趣,而是他伟大人格力量的诗化。

张永权不仅用花草树木、高山峡谷、河流湖泊、日月星辰、风雨云雾等来建构他的散文世界,而且也用人来建构他的散文世界。在他的散文中,人似乎也成了自然的一部分,他以审美的眼光、以诗意的眼光看待世界,真正从个人气质、经验、趣味等方面来创作美,在对风景的呈现中内化为一种品味自然的心情,内化为一种不带功利性的审美心态,是欣赏,而不是占有。《流水风景线》中描绘了一幅澜沧江里的傣族女沐浴图,这里的傣族女和大自然完全融为一体,形成一种充满诗意的风景。"她们向水里走去,走去,那情景,真是一幅构思独特的国画。水淹到哪儿,她们的筒裙就往上捞到那儿。在与水平线划一之地,雪白雪白的;水平线之上,是一圈彩色的花环,当江水淹到她们的胸部时,那彩色的花环,便挂在她们脖颈上了。"在爱美、追寻美的人们看来,这不仅是圣洁的风俗,也是充满了诗情画意的流水风景线。

他散文中的自然是一种人化的自然,一景一物都是以表现人的思想和情趣为出发点的,真正达到了"一枝一叶总关情"的境界。

张永权的散文并没有一味地沉浸在风花雪月的浅唱低吟之中,而是直面现实,以极大的热情关怀着现实。在有些作家的散文或泯灭个性,或迎合时尚,或媚俗的情况下,他却以老老实实地做人和创作的姿态来表现个人独特而丰富的内心情感和个性,不去迎合时尚,更不去媚俗,他始终依照个人经验和内心的创作冲动来写作,精心建构他的散文世界。

张永权曾说:"我的散文习作,往往也是生活中的人和事,触动了我的心弦,产生了不写不快的创作冲动后的产物。每当我的散文创作出现了一个新的亮点,也都是我深入到生活中去的结果。"①《在云南,有这样一个贫困山区》就是他深入生活的产物。1986 年初,他参加云南省委工作队,步行三天,深入到了一个

① 张永权:《南国红豆》,四川文艺出版社,1989 年版,第 186 页。

未通公路、没有任何商品交换的十分贫穷落后的高山峡谷——象图。这里大部分人的温饱还没有解决，一部分人还抱着“反正社会主义饿不死人”的老黄历在啃，连责任田也不种，另外还有一部分人在怀念“农业学大寨”的好处。这里的一切触动了他的感情之弦，良心使他不得不发言，他以作家强烈的责任感对这一落后现象进行了揭露和批评。无论是歌颂还是批评，都是对作家良心的考验。张永权正是这样一位具有忧患意识的作家，表现了与时代同步，和人民同呼吸共命运的责任感。他的这篇纪实性散文发表后引起了强烈的反响，当地领导看了这篇文章后，随及修起了一条公路通到象图。从这里可以看出，文学的功能不仅仅是娱乐。

张永权的散文不仅表现了一种审美意识，而且还表现了强烈的真实性和鲜明的倾向性。在《太阳当顶的地方》中，作者并不回避在改革开放走向现代化进程中的一些矛盾和冲突，在对现实的描绘中自然而然地流露出作者的倾向性。前几年，畹町镇对面的缅甸边境小镇，常用一些高价录像来吸引中国的边民。那些武打功夫片，那些充满肉感的床上生活片，一阵子也吸引过一些畹町的年轻人。但没有多长时间，人们就对界河那边铁皮房子里的东西不感兴趣了。相反，近几年畹町电影院里放映的《少林寺》《迷人的乐队》《孔雀公主》等影片，不仅吸引了缅甸边民，也吸引了侨居在缅甸的印度人、英国人、泰国人，连一些居住在仰光的有钱人，也坐专车来到缅北，再到畹町观看。畹町变成了一座文明的友谊的城市，这就是改革开放走向现代化的结果。“在桥头的文化馆阅览室，成天对内外开放。这儿虽是遥远的边境，但书报却很齐全。借阅文艺书籍的人不少。我问过一个正在读《人民日报》(海外版)的傣族姑娘：‘你家在哪儿?’她指了指对岸。‘你读得懂汉字吗?’她笑了笑，轻轻答道：‘我爷爷是中国的湖南汉人，奶奶是缅甸傣族。汉字、汉语，都是爷爷教的。’”《望乌蒙》是在对历史的怀念和对未来的希望的矛盾中展现生活的变化，在这种矛盾中生活变得好起来了，变得美起来了。“穿高跟鞋的妹子，爬乌蒙山、下乌蒙坎去赶场，不慎扭伤了脚，回到家坐在火塘边，就是骂。‘不成体统’的爷爷，拿出了陈年药酒，为孙女揉脚舒筋活血，而嘴里还在不住叨念：‘世道变了，真是变了。’”在他的笔下，我们可以看到社会前进的步伐，感受到物质文明给人们带来的思想冲击和观念的更新。

亚理士多德曾说过:“诗人的职责不在于描述已发生的事,而在于描述可能发生的事。”[①]在《圣洁的女儿湖》中,作者以开放的眼光对摩梭人的生活进行了比较深刻的思考和认识:“我只是希望她们在历史性的进步中,不要污染了这块圣洁的土地。”泸沽湖虽然还有些封闭,但女儿国已不是世外桃源,由于来这儿的外地人一天天多起来,甚至一些外国人也来探奇,商品意识已开始在女儿国萌芽了,还开设了一些涉外家庭旅馆。她们用泸沽湖的沙子细石铺地,木楞房里窗明几净,床单被褥雪白,收录机传出摩梭民歌和流行歌曲,女人们烫头发,穿高跟鞋,着健美裤,抹洋粉涂口红。商品意识使她们一改过去为游客义务划船游湖的风气。在摩梭人古老的风习中也散发出现代气息。作者在这里通过哲理思考为我们提出了一个值得深思的问题,这就是以什么作为价值尺度来处理历史传统和现代文明、民族化和现代化的关系问题。

张永权不断把自己的人生感受和哲理思考投射到文学创作中去,自觉地从人格建构、个性气质出发来进行写作,不断寻求发展和超越。他是以诗集《边寨花月夜》《绿叶的深情》在文坛成名的,可过了而立之年,他疑惑起自己的“诗才”,便开始转向散文的写作。尽管几经生活与创作的磨难,才悟到写散文和写诗一样难,但“仍知难而进,希望写出点有生活内容、能给人美的享受和启迪心灵的散文来”[②]。实际上,散文更能表现他的人格、激情和智慧,他更能在散文的写作中确证和实现自己的个性。散文的特质就在于抒真情,写真性,让读者能够从作品里感受到作者是怎样的一个人。所以,作者的人格、个性如何,便直接决定着散文的成功与否。张永权不仅是一位勤奋的甘于寂寞的作家,而且还是一位老老实实做人和写作的作家。不仅他的心灵是诚实的,而且还表现了生活的执著,对光明的向往,对真理的追求。他以诗人的敏感和丰富的想象力来观照和处理自己所熟悉的生活,通过独特的审美创造,从中挖掘出生活的诗意。《燃烧的水和燃烧的果》这篇散文,就是一篇充满诗意、乐曲般的、没有韵脚的诗歌。“入夜了,在漆黑的四周,一声声欢乐的鼓乐和大三弦崩冬崩冬的琴声,像要敲破这无边黑幕。突然,在那山坡上,一束束火把亮了,不一会,整个大地都举起了森林般的火把,火把的山,

---

① 亚理士多德:《诗学·诗艺》,人民文学出版社,1962年版,第28页。

② 张永权:《南国红豆》,四川文艺出版社,1989年版。

火把的地，火把的人流，好一个热烈壮丽的火的天地！”在这里作者以诗歌的表现性来组织抒情，以散文的描写性连接了圭山撒尼人过火把节的一些场景，形成一种壮丽、热烈的诗的意境。

云南是一个美丽神奇的世界，张永权始终都在用他那充满诗意的眼光和对这块土地的强烈的眷恋之情关怀着这个世界，不断展示着他那富有边地色彩的散文风景。

（原载《文艺理论与批评》1996 年第 4 期）

雷　达(1943—　),文学评论家、散文家。原名雷达学,甘肃天水人,曾用笔名陇生、甘泉、渭水等。1965年毕业于兰州大学中文系,即先后在中国文联、新华社工作。1978年调《文艺报》任编辑,1985年调中国作协创研室,1989年任《中国作家》副主编。现为中国作家协会全委会委员、创研部副主任、研究员,兼任中国当代文学研究会副会长、中国小说学会常务副会长等。

雷达发表了大量文学评论,并出版《文学的青春》《蜕变与新潮》《文学艺术探胜》等论文集,近十年来兼事散文创作,已出版散文专集2部:

《缩略时代》(中央编译出版社,1997年);

《雷达散文》(浙江文艺出版社,1999年)。

其中有《蔓丝藕实》获《中华文学选刊》一等奖,并被选入《1991—1993散文选》;《依奇克里克》获全国报纸副刊优秀作品银奖,《冬泳》被选入《1988—1990散文选》,《足球与人生感悟》被选入《新时期优秀散文精选》,《重读云南》被选入《中华人民共和国50年文学名作文库·散文杂文卷》。评论雷达散文的文章主要有:

《读雷达的抒情散文》(贾平凹),《当代作家评论》1996年第1期;

《风行水上》(马步井),《中华散文》1999年第10期;

《缩略时代的生命扬厉》(古耜),《中华读书报》2000年1月9日;

《散文的艺术魅力何在?——由雷达散文引发的思考》(郝雨),《文学报》2000年4月20日;

《飞翔的思想从〈雷达散文〉感知灵性》(阎晶明),《光明日报》2000年4月27日;

《诗与思的融汇》(洪志纲),《人民日报》2000年5月3日;

《像你那样热泪盈眶》(岳加),《南方文坛》2000 年第 5 期。

我的散文观

雷　达

传统的散文发展到今天,确乎愈益暴露出它与当代人精神脱节的疲惫,被文体定势的重负压得直不起腰,而其中最致命的,乃是思想的贫瘠,哲理的贫乏。这大约与我们不是长于哲学思维的民族有关。是的,倘若一个时代的最高思想成果和理性智慧不能在散文中得到体现,倘若散文不能对时代和民族的灵魂加以思考,那是没有创新可言的。为此,我也曾提出过新散文必须解决的问题,即渗透现代人生意义的哲理思考;形而下与形而上的结合——走向象征与超越;继承传统,转化传统,创造新的语言、节奏、表述方式。

散文的审美品格与思想品格同样重要,没有审美价值,它可能混同于哲学、逻辑学、文化学,那又是散文的另一歧途。散文必须首先是形象、意境以至有意味的形式。

我感兴趣的散文,首先必须是活文,有生命之文,而非死文,呆文,繁缛之文,绮靡之文,矫饰之文。自从赫拉克利特说出“人不能两次踏入同一条河流”的素朴的真理以来,人类对于自身在流转的大化中的感觉就重视起来,懂得运动感是一切有生命的活物的重要特征。我对散文也有依此而自设的标准,那就是看它是否来自运动着的现实,包含着多少生命的活性元素,那思维的浪花是否采撷于湍急的时间之流,是否是实践主体的毛茸茸的活鲜感受。有些作家名重一时,甚至被尊为散文泰斗,其写作方式似乎是,写喝茶就搜罗关于茶的一切传说轶闻,写喝酒就陈述酒的历史和趣闻,然后加上一些自己的感受,知识可谓渊博,用语可谓典雅——不知为什么对这种考究的文章我始终打不起兴趣,甚而推想它可在书斋中批量生产。对另一类矫饰、甜腻、充满夸张的热情的“抒情散文”我也兴趣不大，它们的特征是语言工巧、纤秾、绮丽，但文藻背后的“情”，则往往苍白无力，似曾相识，是已有审美经验和图式的同义重复。它们没有属于自己独有的直觉和体悟，因而也无创造性可言。我真正喜爱的，是泼辣、鲜活的感受，是刚健清新的创造性生命的自然流泄，是决不重复的电光一闪似的体验。这当然只有丰富饱满的主体才可能发得出来。这类散文的最强者，毫无疑问，是鲁迅。无论读《野草》、读《朝花夕拾》、读《纪念刘和珍君》《为了忘却的纪念》……那数不清的星斗般的篇什，到处都会遇到直接导源于生命和实践的感悟，它们是一次性的，只有此人于此时此际才能产生，因而它反倒永远新颖，历久而不褪色变味。所以，要论我的散文观，那就是：虽然承认那有如后花园蓊郁树林掩映下的一潭静静碧水似的散文也是一种美，甚至是渊博、静默、神秘气息的美，但并不欣赏；我推崇并神往的，是那有如林中的响箭，雪地上的萌芽，余焰中的刀光，大河里的喧腾的浪花式的散文，那是满溢着生命活力和透示着鲜亮血色的美。这并非教人躁急，忙迫，去空洞地呐喊，而是平静下的汹涌，冷峻中的激活，无声处的紧张思考。

（原载《缩略时代》）

自选作品

王府井大街 64 号

最近，我到王府大街 64 号去过一趟。

这其实是老门牌，现在早不这么叫了。这里曾是中国作协和全国文联的旧址，人称“文联大楼”，多年前也早改为商务印书馆的办公地点。我去干什么，记不清了。只记得受一股莫名力量的驱遣，我踽踽地登上一楼半的台阶，轻轻地推开那扇久违了的大门。门开的一瞬，我几乎有点晕眩。我很害怕地窥探着，寻找着，希望它最好面目全非，不再是什么小礼堂。但它好像还是礼堂的模样，格局未变，新主人连起码的装修也没搞，一股熟悉的陈旧的气息扑面而来。大厅里没人，很空旷，我甚至觉得很荒凉。蓦地，我的耳畔响起了怒吼声、咆哮声，然后，是什么东西重重地摔在地上轰的一声巨响。我赶快逃也似地返身跳下楼梯，冲出大门，直冲到繁华的大街上。大街平静如故。车流和人流无知无觉地移动着，像无始无终的时间。但这并未减却我的紧张，我的心还在卜卜地跳。

到底怎么了？我模糊意识到巨响声属于幻觉，且来自遥远的时空，但我还是条件反射似地惊跳起来。我试着整理自己的思绪，好久才平静下来，想起了与这座礼堂连带的好多往事，还有那巨响声的由来。

我是1965年分配来这里的，那年我22岁。还在学校图书馆翻杂志的时候，我就感到惊讶，为什么好多权威性的文艺刊物，像《文艺报》《人民文学》《诗刊》《剧本》《戏剧报》，还有《人民音乐》《曲艺》《民间文艺》等等，编辑部的地址一律标着"王府大街64号"？那个年代刊物寥寥，能将如此多的精华汇聚在一起，那该是何等堂皇而神圣的所在？我想象出入那里的人士，定然个个气度不凡，多少有名的作品曾从他们的手中发出啊！对一个僻处大西北，读着中文系，做着作家梦的学子来说，真是心向往之，却又仰不可攀。然而，造化弄人，怎么也没想到，我本人的毕业分配，报到地点竟就是这王府大街64号。

其实我最终并未真正分到这座大楼里工作，而是分到它下属的一个小协会——中国摄影学会。当时这里作为中国作协和全国文联的大本营，并没有聚齐所有的协会，像美协、摄协等都在外面，离得倒不远。报到那天，我一瞥见这座大楼，觉得它那钢青色的身躯在蓝天衬托下，显得格外高大神秘，心里就起了一股敬畏感。文联人事处一个胖而高的中年女同志看了看我的报到证，马上说，好啊好啊，这两天摄影学会正在要人，你就到那儿去吧。我一个学中文的突然去搞摄影，心里自然发紧。我急忙嗫嚅着，我学的不是这个……话音未落，这位女同志便疾言厉色道，你怎么可以不服从组织的分配呐？那时"组织"就是命令,何况那天我太像个乡巴佬了。我觉得她高大的身躯有种威压力,叫人不得不服。我的命运不到十分钟就决定了。事后跟几个同年来的大学生一聊,才知道把谁分配到那里都是人事部门头疼的事。滑头一点的会扶扶眼镜架,故作口吃地说,我高度近视,对不准焦距啊,要么就勾着头很木讷地说,我可是研究甲骨文的,弄得人家无可奈何,遂滑将过去。可惜我不具备这样的智商。当时的我多么沮丧啊。好在,我的失落感不久就变得毫无意义了。不到一年,"文革"爆发,大家全都卷进了无止无休的斗争。什么创作啊,艺术啊,全都变成了罪恶的证据,从事这一行的人不再风度翩翩,而是个个可疑,都要被推上批判席的,只是程度的不同和时间的早晚罢了。

当年,文联小礼堂的地位骤然显要起来。据说这里曾叫文艺俱乐部,困难时期,政治空气一度松动,此处也曾开茶座,唱评弹,吼川剧,办舞会,笙歌不息。但自 1965 年以来,两个批示先后下达,风声越来越紧,小礼堂开不完的会,娱乐活动遂渐至绝迹。我几乎每周都要来一二次,不是听周扬的传达,就是听林默涵的检查,讲的人皆一脸晦气,听的人则忐忑不安,好像都预感到大难临头,惶惶不可终日。果然,到了 1966 年 7、8 月间,风暴突起,势如狂飚,红卫兵洪流冲向每个角落,所向披靡,这座礼堂自然被率先举上了浪尖,完全变成了一个大斗技场了。说来不信,那时小礼堂内外,每天人山人海,摩肩接踵,大字报铺天盖地,很像现今的庙会、博览会、商品交易会,敞开大门迎接四海串连客。大中小型批斗会不断,就像庙会里同时上演着好几台节目一样。这儿在斗冰心,因她的母校是贝满女中,就是附近的灯市口某中学,"小将"们斗起来格外起劲,抓住她回答问题时用了"报馆"这个旧词,大骂其反动。那儿在斗舞蹈家盛婕,她已被剃光了头,不知什么话激怒了"小将",被连推带搡,从楼梯滚了下来,摔伤了。"小将"们固然虔信"革命",但也有满足好奇心的一面,平日只能在语文课本上见到的名字,忽然不但能见到本人,且可随时拎来观摩、批斗,不是很刺激的事儿吗?

多年后我还清晰地记得，一天，一彪身着绿军装，腰扎宽皮带，臂佩红袖标的男女“小将”闯了进来，围住几个“黑帮分子”批斗，喝令他们“自报家门”：报名字、头衔、出身、罪行。有一老戏剧家，高举罪牌，在报出自己的资本家出身后，决不停顿，紧接着大声补充说：“我老婆是贫农！”当时谁也没料到他会这么“不老实”，全愣住了。我想，这若干秒的静场是有潜台词的，那意思是，既然我老婆是贫农出身，你们斗我就有斗“贫农的丈夫”之嫌。不料有一女红卫兵立即呵斥道：“混蛋，谁问你老婆了！”我想这女孩儿一定在家娇纵惯了，平时就没大没小的，不然反应不会如此之敏捷。现在，这位老前辈已经谢世，他在惶急中的本能自卫，制造了一个冷幽默，至今想来令人苦笑。却也有胆子极大的人，当时或稍后，有位女同志贴出了为她的“黑帮丈夫”辩护的小字报，她采用的逻辑是以子之矛，攻子之盾，从“红小鬼”说起，说的全是最革命的话，弄得造反派一时很窘，虽极恼火，又找不出多少有力的话反驳，只好大骂其嚣张，或念叨“是可忍孰不可忍”之类。多年过去了，想起她作为一个女性，敢在黑云盖顶的时候挺身而出，我还是佩服的。有时，柔弱的恰恰是刚强的。

出没在这里的“牛鬼蛇神”的名单确实太壮观了：除了周扬、林默涵、刘白羽等，人在外单位，不时可提来批斗外，像田汉、阳翰笙、光未然、邵荃麟、郭小川、贺敬之、李季、冰心、臧克家、陈白尘、张天翼、严文井、侯金镜、吴晓邦、吕骥、李焕之、冯牧、葛洛、韩北屏、戴不凡、屠岸、陶钝、张雷等等，都是本楼的人，那无异身在囹圄，插翅难飞。每个喧嚣的白天结束后，他们才会有片刻喘息，洗去满脸污垢，但关在地下室的他们，又有几人能够安眠？

我回忆着自己当时的感受，22岁的我，作为一个酷爱文学的外省青年，能见到这么多仰望既久的文坛大家，私心以为是一种幸运，可是，见面在如此不堪的场合，亲眼看他们一个个如囚徒般狼藉，又有种珍贵的瓷器被一排排击碎了的感觉。

那时受难的决不限于所谓“黑帮分子”，有些被认为最无瑕疵的人，也会在一个早晨厄运突降。《文艺报》的朱某，刚毕业的大学生，戴一副黑边眼镜，挺文气的，听说还是烈士子弟，又分到了这么好的单位，我真羡慕，觉得他太幸福了。有天我还目送他锁了自行车走进大楼，视线要能拐弯，还会一直目送下去。那时他正忙于“造反”，不料有人秘密举报，说他在“毛选”上搞“眉批”。这太骇人听闻了，用当时的话说，叫狗胆包天。而事实是，他学毛著时爱在空白处写点感想，大约有几句露出了商榷的架势。他搞“反动批注”的问题被迅速报到公安局，说是马上要逮捕，其实公安局也不怎么想受理，因为太多了，逮捕不过来。于是由一女同志看守他。他推说要上厕所，进去不再出来，待冲进去一看，手表搁在窗台上，人不见了。与此同时，正吃午饭的人觉得窗外有个大鸟样的东西从天上掉下来，发出巨响。大家忙出去看，见他趴在地上挣扎，还在找眼镜呢。看他疼得满地打滚，有人说“活该，反革命”，也有人主张急送医院。到了医院却无人敢治疗，因为他是“畏罪自杀”者。不一会儿，他就死了。生命啊，卑微如一片落叶，着地无声。

还有一个场面，我每一思及，便不寒而栗。那是批判中国文联副主席刘芝明。刘已是垂暮老人，晃悠悠地站着，垂首静听批判。突然，会场外冲进一人，这人的名字和模样都不记得了，只见他手拿两样东西：一张报纸，一双鞋，好像掌握了重大机密似的威风凛凛。他径直冲到麦克风前高声宣布：现已发现，刘的最新最重大罪行，他胆敢用我们最最最伟大领袖的光辉形象“包鞋”！此言既出，全场几乎大乱，口号声此起彼伏，像一口沸锅。只见这人二话不说，冲到刘的面前，抡起鞋底，照着头和脸左右开弓，嘭嘭嘭的拍击声响了很久。我不忍看，却没法不听。至今我还听到这嘭嘭的击打声，好像就在昨天。有时我会好奇地想：不知那个打人者现在在做什么，是不是也像所有慈祥的老爷爷一样正在含饴弄孙呢？那天我也跟着呼口号了吗？好像呼过，不，一定呼过。

最难忘的还是批田汉，这位中国左翼文艺运动的先驱，戏剧界的泰斗。揭发人好像是田汉身边的什么人，他那冷酷、嘶哑的声调和闪动在镜片后面刀子一样锐利的目光，足以使批判者崩溃成一摊泥。

他一条一条地揭发着田汉怎样毒害青年,怎样刻骨反动,就像一层一层地剥着人皮,批判稿厚得一世也念不完。控诉渐近高潮,台下群情激昂,有人忽然奋臂高呼:“跪下,叫他跪下!”也许因问题提得突然,先静场一息,继而“跪下”声就连成了片。但田汉居然不跪,僵持着,有人上前按他的头,他还是硬挺着脖颈不跪。人们恼了,吼声暴起,声震四壁。继而,全场静寂如死,似有所待。只听见“咚”的一声,田汉终于自动跪下了!跪得很突然,声音很响,像一座大厦,甚至一座山样轰然倒塌,真是惊心动魄。这一声震碎了我年轻的心灵。这一声从此永远烙刻在我的记忆中了。

是的,田汉跪下了,这个当年鼓动我们“冒着敌人的炮火前进”的人跪下了,这位国歌——半个世纪来响彻在祖国天空的庄严歌声的词作者跪下了,这个占了现代文学史一个长长的章节,作为一个时代的重要代表的人跪下了。他究竟在给谁下跪呢?也许直到很久以后我们才意识到,他跪下的一瞬,时间更深地楔入了黑夜,黑暗遮没了光亮,愚昧压倒了文明。受凌辱的难道仅仅是田汉一个人吗,不,受凌辱的还有让他下跪的人,还有我们自己的历史啊。

现在的我,也就是已经五十多岁,白发悄悄爬上鬓角的我,伫立在大街上,定定地凝望着老门牌王府大街 64 号,这长方形的青砖砌成的大楼。真是物犹如此,人何以堪。据说 50 年代末大楼新建成时,虽因经费压缩,减了规模,它却仍不失为一幢恢宏的建筑,可是现在,它已被暴风雨褪去了钢青色,显得灰白,像一头青丝转眼间白发丛生一样。它杂在今天高楼大厦的群落间,无论色调还是建筑风格,都显得那么老气横秋。是的,它走了太多的路,它老了,在我的视觉里,它渐渐幻化成一只陷身狂涛巨澜中的孤舟,不断地被抛起,又不断地被掷下。现在的作家协会和文联早搬到新楼了,于是,这王府大街 64 号也就只能作为历史陈迹碇泊在这儿了。如果把它看作一个特定时段中国文艺界的象征,也许是恰当的。它肯定具有研究价值。对于它的历史反思,它在中国文艺史上的功过,早晚该有人会做的罢。

然而，我心中的困惑并未完全解开。我不是想追问哪一个具体的人或者哪一件具体的事，我想追问的是人心，是包括我自己在内的人的精神秘密。忆当年，“小将”们的顽横固然可憎，他们中的很多人后来经历了漫长的精神磨砺，有的只知反复陈述知青生活的苦难，却也很有些人敢于反思这一段变态的人生，可我们知识分子、干部或被称为文艺家中的某些人呢，似乎很忌讳再提起这些事；而许多事恐非一个“迷信”和“冲动”可以了结。不是说“恻隐之心，人皆有之”吗，为什么昨天叫着“同志”，恨不得亲热地拥抱，转眼间就铁青了脸，瞪着敌视甚至嗜血的眼光，半点同情心也没有了？为什么会一面自己受害，一面琢磨害人？为什么在中国最高的文艺殿堂，上演着这般冷酷的“戏”？这暴力倾向是原先就潜伏着、存在着的，还是一时的迷狂所致？诚然，斗人者当时往往真诚地认为被斗者是有罪的，被斗者也往往认为自己确是有罪的，但当雨过天晴之后，我们是否就理应认为错误全在历史，自己什么错也没犯过呢？对那些打人者、举报者来说，也是绝对真诚的吗？还是出于恐惧，出于泄忿，出于利益，甚或出于以折磨别人、咀嚼别人的痛苦为乐的阴暗心理？我并不膺服那句人人尽知的“人一半是天使，一半是魔鬼”的话，此刻它竟浮了上来。我在想，光有火苗，底下没有大堆的干柴是怎么也燃不成熊熊大火的。

人流擦身而过，我注意着今天的男人和女人，早已不复 30 年前多是憔悴、迷乱、惊恐、叵测的神色，而换上了健康、紧张、专注、急躁的脸色。人们似乎都盯着一个很实在的单一目标奔去，脚步匆匆。“人对人”粗暴侵犯的时代消歇了，代之而起的总不会是个“人对物”狂热占有的时代吧？

一场大噩梦随着那个时代的结束而结束了，但那时代的精神因子也永远地消失了吗？我从外电或零星报道中看到，不是没有人怀恋“文革”，渴望那非人的方式重演。我从眼下层出不穷的贪污犯看出，他们抢掠金钱的疯狂决不亚于“文革”中迫害他人、攫取权利的疯狂。我不禁为之怅然：昨天与今天之间真的已隔着鸿沟？昨天的人心与今天的人心真的已全然不同？外在的文明的进步真的可以代替内在的文化的进步？某日，我偶然翻读加缪的《鼠疫》，里面竟有这样的话：里厄倾听着城中震天的欢呼声，心中却沉思着，威胁欢乐的东西始终存在，兴高采烈的人群却看不到。鼠疫杆菌不死不灭，它能沉睡在家具和衣服中历时几十年，它能在房间、地窖、皮箱、手帕中耐心地潜伏守候……

我再次回望王府大街64号这座老楼，心想，有些东西是应该遗忘的，有些东西却不能遗忘，永远不能。

（选自《雷达散文》）

化石玄想录

我查了日记，发现我迷上古生物化石已有八年光景了。事情好像是从硅化木开始的。有天在集市，我瞥见一截“树桩”孤零零戳在那儿，便用手去摸，感觉冰凉至极，试着去掂份量，竟沉重得抱不起来，不由大为骇怪。后来知道，这便是硅化木了，俗称“木变石”。若说它是石头，分明呈现着树的形貌，那弯曲的树干，鼓突的树皮，回旋的年轮，以至树结子，都跟真正的树桩毫无两样；若说它是树桩吧，其硬度、质地、重量分明又是一块道地的顽石。这真是生命与石头的绝妙交合，生命钻进了石头，遂化为永恒。我们一直在赞美艺术的不朽，其实这才是最伟大、最浑茫、最自然的艺术，是无可比拟的雕塑。不独硅化木，品类繁多的古生物化石都不是单方面的创作，而是集合了宇宙、地球、生命的共同智慧，以极大的耐心在时间的长河中孕育的珍宝。

我爱化石，因为化石的世界无限瑰丽和复杂，每一件化石，无论是动物的还是植物的，都能勾起我对元古代、古生代、中生代和新生代的生命奥秘的无尽遐想。在这里，时间往往是以百万年、千万年、几亿年来计算的。科学家们有个大致估算：平均一万只动物死后，大约仅有一只会成为化石；而设若一万块化石藏在地下，平均也只有一二块能被发现。化石之珍稀,可见一斑。并不是什么动物死后都能变成化石的,绝大多数在迅速腐烂和风化后无踪无影了,如果是被火山滚烫的熔岩吞没,更会烧个片甲不留。昔有火山爆发后形成化石一说,其实是不确的,唯有火山灰的掩埋还有可能。于是,只有极幸运的死者恰好被尘泥或沙浆覆盖了,又遇上水的包围,沉了下去,经过千百万年和几亿年的"置换作用",其硬壳和骨骼部分才会变成"石的内涵与物的外形"相统一的化石。化石只能存在于沉积岩中,就是这个道理。

每当我抚摩每一块动物化石,不管是震旦角石,是三叶虫,是鱼,是龟,是蜻蜓,还是贵州龙,我总惊讶于它们灵动的身躯何以在一刹那间凝固了,忍不住要猜想,是在一种什么情况下它们突然停止了呼吸?这从天而降的大祸究竟是什么呢?这生死之谜作为极大的悬念,作为永恒的悲剧美,久久郁积在我的心间。我迷化石,主要就是迷的这种不可索解的美感。有些情况是比较清楚的,比如剑齿象群不慎失足陷入了沥青湖,久而成为化石;又如,树枝折断,带香味的树脂溢流,引来昆虫却给粘住,再滴落到地下,久之而成为琥珀。至于猛犸象掉入西伯利亚冻土层中,一朝掘出,鲜艳如生,连皮毛都还有弹性,那属于雪藏,已非化石矣。

作家吕雷曾送我一只茂名龟化石,因基岩已近铁矿石化,非常沉重,他从湛江一路拎到大连,我恰不在,就再由高洪波从大连转带给我,两位所受辛苦,使我由衷感动。但这只龟的形象有点呆头呆脑,只留下一个躯壳。我知道,任何龟化石都不可能有头和爪的,因为它缩得太快。迄今为止,世界上几乎还没发现过头爪完整的龟化石,若有,就是稀世之宝了。我的另一块龟化石购自甘肃河州,也就是那个素有中国"小麦加"之称的弥漫着羊肉香味的小城,那里是马家窑文化和齐家文化的发祥地,不意化石的出产也很惊人。我所得之龟,其品种为"甘肃陆龟",也无头爪,但那高耸的背脊和微凹的腹甲甚是憨厚。它属于新生代晚第三纪的产物,因而石化程度不高,近乎硬石膏壳。这些化石,也包括寒武纪的三叶虫,鹦鹉螺,三叠纪的海百合,中生代绝灭的菊石,它们临终前的模样大多比较自然、从容,有种寿终正寝的坦然,原因是或者其物种已不能适应环境,或者遇上了海陆变迁,冰川融化,海侵和海退等等。这是很合乎达尔文的物种进化论的。

然而,小到贵州龙,大到恐龙,喜马拉雅鱼龙,还有甘肃鸟,辽宁鸟,它们本来活得好好儿的,翩若惊鸿,矫若游龙,可为什么突然就被“定格”在某一瞬间,成为永远的雕像?有些情况仅用进化论是解释不通的,恐怕要往灾变论上去想。我当然不可能有恐龙化石,尔等庞然大物,就是白送我,我也要不起,只能放到博物馆。我自然也不可能拥有鸟化石,一来价格是天文数字,二来私下买卖要坐班房。但是,像贵州龙之类,还是有机会接触的。贵州龙据说是 1956 年的某一天,地质学者胡某在黔西南乡间公干,走累了在一茶摊歇脚时,蓦然看见旁边猪圈的石墙上有此化石,大奇,遂告发现,故有“胡氏贵州龙”之称。别看贵州龙仅有十几厘米大小,生活在二亿四千万年前的她还是恐龙的远祖之一呢。现有这么一只贵州龙,她藏在哪里暂且保密,她前肢雄壮,后肢劲健,指爪关节历历可见,整个沥青色的骨骼架浮雕般凸现于岩板之上,当她长长的颈牵引着三角形的脑袋正要来个大回环,一双大眼孔正回眸射出惊愕的目光时,她就永远地停留在这一姿势上不能动了。她显然不是日渐衰竭至死,而是突然死去的,那么,到底发生了什么?山崩?地陷?窒息?电击?她出土于海相地层,当时的海洋会发生什么呢?我有时会想到头疼也想不明白。

关于恐龙在六千五百万年前的大灭绝,更是著名的疑案。最新的权威的假说是“小行星撞击说”,说是当时有小行星突撞地球,撞出了几百公里的深坑(据说在加拿大海域已发现此大坑),刹那间尘埃蔽日,天地漆黑一团,巨石如暴雨倾泻,气温骤降似冰,氧气缺失,破坏力相当于一千颗氢弹同时爆炸。众恐龙不被砸死、冻死,也得憋死,可叹中生代的霸主英雄一世,却来不及告别一声就在白垩纪末尾绝灭了。人当然不可能窥见这一旷世悲剧,因为人的历史满打满算也才 300 万年,但人却是可以幻想这一悲剧的,幻想可能比亲眼目睹更具刺激性。喜马拉雅鱼龙的遭遇则更富戏剧性，它本是海洋骄子，腾上跃下，自负得很，可是印度板块忽然向北漂移了，猛烈地与亚洲板块相撞，一眨眼就把它高高举上了世界屋脊。在那里，今人发现了它的牙化石。我想，倘若要吟味生命现象的风云莫测，大起大落，恐怕莫过于这一块块的化石了吧。

然而，化石给人的启迪并非全是任凭大自然摆布的消极，面对着万类霜天竞自由的壮阔图画，那优胜劣汰的竞争和自强自立的奋斗不是显得更重要吗？比如奥陶纪的震旦角石，呈圆锥体，流线型，要沉底它就吸进水，要前进它就喷出水，据说潜水艇还是模枋它的结构制成的。但它终究是无脊椎动物，没法跟鱼竞争，于是泥盆纪就成了鱼的天下。后来，一部分鱼因海中过分拥挤，拼不过人家，生态日蹙，便又有了变鳍为腿、登陆求生的壮举，便带来了两栖类的繁荣。接着，为向陆路全面进军，两栖类又演化为爬行类，终有伟大的恐龙时代来临。可惜恐龙的适应性毕竟不能与哺乳动物相比，尽管那时哺乳动物极渺小，但继恐龙灭绝之后，就迎来了哺乳动物的大发展。若说恐龙完全灭绝了也不对，它的某几支眼看着陆地呆不下去了，便发疯般地练习奔跑、滑翔，向空中扩展，终于出现了始祖鸟……看啊，一批物种灭绝了，另一批新的物种又崛起了，开拓，发展，变异，进取，真是前仆后继，生生不息。谁的抗灾变能力强，谁就是胜利者。

那么人呢？几乎从45亿年前地球诞生，继而有了水，有了真核细胞起，生命就踏上了向人演化的长途，延至今天，千变万化，才变出了人这种最高级的生命。像一切物种一样，人肯定也是要绝灭的，他由非（硬骨鱼，哺乳兽，古猿等）变出，终将再变为非人或者超人。我们自然是赶不上了，但懂得了这一宿命的人类，至少应该学会尊重规律，善待生灵，强化自身，顺其自然，切莫过早地被文明阉割了生机。人们常说，化石是地球的史册，每当我抚摩着手边的化石，翻动着这部大书时，总会作此不着边际的胡思乱想。

（选自《雷达散文》）

飞翔的思想

——从《雷达散文》感知灵性

阎晶明

雷达有过一篇著名的批评文章，题为《灵性激活历史》，时间差不多是十年以前。十年后的今天，当我面对雷达这本沉甸甸的散文集时，随着阅读的深入，脑子里冒出了“激活”这两个字。批评家雷达一跃而成散文家雷达，比起他的批评文章来，散文充满了一种要通过散文激活自己的灵性，通过灵性激活自己的思想的自觉追求。我所惊讶的是，雷达的文字表达竟能保持如此持久的激情张力和鲜活，心灵的自述如此充满诗意，意境的创造那样让人历历在目，难以释怀。本来，我以为他的散文大多会属于思想随笔一类的文字，这对一位在文坛上见多识广、学养丰厚的批评家来说，本是转换“题材”的轻车熟路，也是这两年老中青学者们趋之若鹜的写作领域。但必须承认，雷达写出了很纯正的散文，他创作了许多以真情实感与思想文化为双翼的美文佳篇。他的散文始终有一个真切的自我，这个“我”因思想的底蕴而显得充实，思想又因充满个性的自我而得以尽情飞翔。

雷达有一种挥不去的“大西北情结”，那是生他养他的故土，能够看出，他越来越怀念那里的山水风物和人情世故。《皋兰夜语》里的兰州城，《依奇克里克》里的荒原和废弃的油井，《还乡》里的故乡山水及形同陌路的族人乡亲，《乘沙漠车记》里的沙漠、石油和油田开发者，《听秦腔》里对秦腔矢志不移的迷恋和充满激情的赞美等等，这些都是他作为一个身处都市的西北汉子，对灵魂深处最真切、最刻骨铭心的那一片天地的发掘、整理和抒情式的表达。他对他们的挚爱无可置疑，他对他们的书写，首先来自心灵上的关爱和投入，其次还有生于斯长于斯，又常年身处异地思念、怀恋的深厚情愫，这两点是任何走马观花者、自然探险者、“文化苦旅”者不可能拥有和得到的，这些也是雷达散文中最为打动人的地方，是他的抒情散文的生命气血之所在。但雷达的偏爱并非是一种固执，面对大西北，他的感情激越而又复杂，充满真爱又不无忧思，在倍感亲切的同时又难免带上审视的目光。生命之源的留恋和知识背景的高远，构成了雷达抒情散文的双刃剑，从某种角度讲，也是对他心灵世界的双重“制约”。

兰州是雷达成长的地方，是他走向广阔人生的第一站，他对兰州的历史如数家珍，他能毫不费力地传达出兰州城特有的气氛，他始终能够感觉到这座城市的脉搏跳动。在他的眼里，兰州充满了矛盾，她是“封闭的、沉滞的，但又是雄浑的、放肆的”。黄河穿城而过令她气象非凡，群山环绕又让她“铁桶也似的封闭”，让人随时都会产生一种“疏离感、禁锢感”。他品味着兰州城的性格——“晨与昏，夜与昼，骄阳与大雪，旋风与暴雨，反差十分强烈；又像皋兰山与黄河的对峙一样，干旱与滋润，安静与狂躁，父亲与母亲，对比极其分明。这里既有最坚韧、最具叛逆性、最撼天动地的精神，也有最保守、最愚昧、最狡诈、最麻木、最凶残的表现。”这是他对兰州精神气质的把握，也是他面对故土时的心境。站在夜晚的皋兰山上，他想到了历史上的西部英雄，滚滚的历史尘烟突现出不屈的民族精魂，同时他又联想到身边的现实，想到仅仅是几年以前，在北京的中国作协会员中，自己很难找到甘肃老乡。皋兰山上建造公园，标志着兰州人正在努力寻求自我超越，而远望“更高的马含山在黑暗中默默地注视着兰州”，欣慰中又平添几许忧思。

我把这篇《皋兰夜语》看作是雷达散文典型的代表作，并不可避免地想把它同流行一时的“文化散文”作一些比较。形象大于思想换成更切合散文的标准，也许应当是情感大于思考。“文化散文”是对做作、轻浮的散文文风的猛击，同时又带来沉重的“思想包袱”，使散文受累于思智的启发。而且，“文化散文”的根结处在于，叙述者面对叙述对象，通常喜欢或者只能取“观者”姿态，不愿也无法将自己的心灵托付其中。而雷达恰恰成功地把人文色彩的思考，同独特的个人情感融合一体，相得益彰。即以兰州为例，没有与生俱来的情感之根，他的思想有何依托？同时，只有一味的偏爱和眷恋，又如何能在陈旧的散文题材中写出新意？正是这种成功融合，使他的思考性文字同时表现出作者率真的品性，抒情的片断又使思想的飞翔成为可能。

《依奇克里克》是个古怪而又平淡的散文题名，雷达却把它当作情感倾诉的对象，用极难把握的第二人称“你”来展开对这个沙漠中废弃油井的沉重抒情。“依奇克里克”是个在沙漠荒原里等待埋没命运的地方，这里却有过激动人心的流金岁月，有多少热血男儿的青春留在这里，生命力、人性美在这落后甚至是错误的世界里得到过最充分的展现。作者一方面把她当成一个可以不断书写的抒情对象，另一方面又好像在为这个无人问津的地方唱起一首挽歌，复杂而充满矛盾的情感与思考互相交织，难以剥离。一个带有浓厚情感色彩的追问充斥全篇，即依奇克里克所发生的“人”的历史，究竟是一种耻辱还是一种光荣？

雷达就这样将自己摆在一种矛盾的情境中，这是他必然的选择，从艺术角度讲，又是一种成功的创作方式。《还乡》同样是如此，重回故里的激动让人忘情于其中，记忆的涌现简直难以自持。然而，当看到乡情、亲情已被陌生感替代，被当成“稀客”对待的感觉并不美妙。也许，只有高亢的秦腔是永远不会让人失望的灵魂之歌。在《听秦腔》里，雷达不失诙谐地表达了自己“无可救药”的秦腔迷的狂热之情。对秦腔爱之深切，令他对某些把秦腔视为独属“秦川”的“论调”颇为不满，他从语言文化、精神气质等多方面，有力“论述”了秦腔属于所有西北人，语气之坚决，令人想到秦腔的高扬。

雷达的散文可以看出他坦直的性情，率真的个性。他的心底里潜藏着巨大的生活热情，对于人生有着执着而纯粹的追求。弱者的命运与姿态常常引起他的同情，悲剧比什么都能打动他的心灵。这一点可以从他写过的有关足球的文章中看出。雷达的足球文章不是球评，他眼里的足球实际上是人生戏剧的演练场，他要从足球中“感悟人生”(《足球与人生感悟》)。1990 年世界杯期间，他对“非洲雄狮”喀麦隆队的表现佩服有加，尤其是这支来自非洲大陆的强劲之师，纷纷将传统的欧美足球强国打翻在地，令人称快。他钦佩他们“团结如一人”的精神气质和民族自豪感，那是比足球技巧、金钱更让人满足的根源。他对喀麦隆队在世界赛场上遭遇到的歧视，由于非足球因素导致失败的委屈愤愤不平，又十分理解一个新生事物的出现，在传统秩序中必然受到排挤和打击。雷达的足球观，折射出他的人生观，或者说就是他人生观的另一种表述。

超功利的生活和精神状态总是令人着迷，当他第一次听到“冬泳”这件令人兴奋和惊奇的事情后，就按捺不住跃跃欲试的欲望，直奔游泳场，不顾后果地跳入冰水中，初次成功实践，让他感到一种从未有过的灵魂净化和精神振作，写作的灵感来了，甚至有了要戒烟的想法，这些一闪而过的念头真实而又有趣。“冬泳”最大的好处还不在泳，而是结识了一批亲切、纯粹的朋友。名利、地位、身份，当这些人在一起时似乎都不存在，痛痛快快地去玩，尽情地去游，让人体味到一种生命的本真。令常人生畏的冬泳却原来有如此众多的妙趣。这就如同他笔下的西西里岛（《置身西西里》），“黑手党大本营”的先入为主的印象，让置身其中的人难免产生恐惧心理，真正看到他的面目，尤其是文学颁奖活动的进行，让人看到了一个美丽、高雅的西西里岛。

一个单纯的理想主义者随时都会遇到这样那样的欺瞒，单纯的信任并不总能得到相应的回报。《辨赝》其实就讲了这样一个道理。喜欢搜求化石的雷达，向我们讲述了他的两次上当经历，摊位上的小商贩抛售假“鱼化石”，原来也是用“纤维”包装过的货色；而信誓旦旦的售货员，竟还是看上去老实可信的西北“老乡”。他的故事及神色，让人想到他对羊的评价，“心地善良却同时长出一对犄角用于抗争”（《尔羊来思》）。“辨赝”其实就是“辨人”，就是“辨”人性之“赝”。雷达散文总是这样平实叙事又意在言外。

每个人的内心都是一个丰富、复杂的世界，有的人可以用笔触打开这个神秘世界的一角，引发我们的感悟，触动我们的感应。常年关注和评价别人激情表现的雷达，突然有一天发现，他自己有太多太深的人生体验需要倾泻而出，于是他想到了散文，并一发而不可收地进入一个散文创作的高峰期。他梦回故乡，从那里思考历史文明，体味人间亲情；他把玩远古化石，遥想自然造化，叹喟善待生灵；他近观足球烽火，从而寻求人生真谛，向往灵魂自由。他还写过记述自己青年时代心灵体验的散文，《王府井大街64号》记述了一个纯朴的西北青年学生，如何进入到中国当代文艺圣殿之所在，又如何目睹动乱年代那里上演的一出出人间悲剧和政治残杀。《追忆一九六五》里，他讲述了自己31年前初到北京的激动，看到天安门广场时的纷然泪下，读来仍然新鲜跃动，令人怦然心跳。在已经被都市同化的今天，忆往昔，依然禁不住要问自己：“三十一年前的‘我’，你在哪里？”

雷达有自己形成日久的成熟的散文观，比一个批评家立场更重要的，是他作为散文作家，在创作时身体力行，与其说这是一种散文理论，不如说是一种创作总结或创作“宣言”。结合《我的散文观》《再谈散文》可以看出，雷达特别看重人格力量在散文创作中的重要性。“散文的魅力说到底,乃是一种人格魅力的直呈,主体的境界决定着散文的境界。”(《再谈散文》)“我推崇并向往的,是那有如林中的响箭,雪地上的萌芽。余焰中的刀光,大河里的喧腾的浪花式的散文,那是满溢着生命活力和透示着鲜亮血色的美。……”(《我的散文观》)他之所以提笔写作散文,是因为散文“自由不羁的天性”,使其成为“目前最便于倾吐当代人复杂心声的一种形式”(《再谈散文》)。如此,我们就不难理解雷达对散文创作为什么如此勤奋,如此执着,一如他对秦腔的热爱,因为从这里可以得到精神的满足,灵魂的飞升。

(原载 2000 年 4 月 27 日《光明日报》)

谢大光

谢大光（1943— ），散文家、编辑家，山西临猗人。1962年考入河北工学院，后在部队从军6年。1968年退伍，任职于天津人民出版社印刷厂。1971年调天津人民出版社文艺编辑组任编辑、副组长。1979年调百花文艺出版社，历任《散文》编辑、《小说家》主编、《散文》海外版主编、社副总编辑。系中国作家协会会员，中国散文学会常务理事。

谢大光入伍后即开始文艺创作，进入出版社后在《人民日报》《光明日报》《羊城晚报》《海南日报》《厦门日报》《文汇报》《天津日报》《随笔》《新港》《文汇月刊》《报告文学》等多家报刊发表散文报告文学100余篇，已出版散文报告文学专集3部：

《落花》（上海文艺出版社，1985年）；

《谢大光散文》（中国当代散文精品文库之一，贾平凹主编；华夏出版社，2001年）；

《流水》（百花文艺出版社，2006年）。

谢大光的散文，有《鼎湖山听泉》被选入《1980—1984散文选》《十年散文选》《中国当代散文精华》等，《落花枝头》被选入《中国新文艺大系·散文集》（1976——1982）、《1980散文选》等，《贺海瑞墓之冷落》被选入《1985散文选》《1985—1986散文选》等。

评论谢大光散文的文章主要有：

《他在寻求自己的"声音"——读谢大光的散文和报告文学》（吴周文），《新港》1984年第9期；

《山泉声声醉诗人——读谢大光的〈鼎湖山听泉〉》（邓星雨），《名作欣赏》1985年第4期；

《看景不如听景——喜读谢大光的〈鼎湖山听泉〉》(吴奔星),《文汇月刊》1986年第2期。

《中国当代散文史》、插图本《中国当代散文史》《中国当代散文报告文学史》有对谢大光散文的专节评论,可参阅。

散文如人[①]

谢大光

我的命运中本来并没有散文的位置。三十年前,若是有人预言我将终生和散文相伴,我肯定会发笑。我的前半生处于漂动之中:青年时代的理想是航天,短暂的大学生活学的是电力,到部队过了几年近似流浪艺人的生活,命运总是七拐八沟,不见泊岸。没想到,转回地方,竟一下子钉在编辑岗位上三十年未动。命运何以有如此力量?究其根由,除了惰性,就是散文了。

十多年前,我的第一本散文集《落花》出版时,私下里曾有一个小小的计划:到六十岁再出两本散文集,各以"流水"、"春去也"为名,三部凑成一句古诗,也算是和命运开个玩笑。此意不算张狂,至今却连第二步也未迈出。原因虽有多种,总是和我对散文的态度有关。我以为散文如人,其独有的品格与其生存的环境、生存方式、生存位置的独特性有关。既然说散文应自然而生,缘情赋形,那么,散文的发表、出版、传播、评价,也该自然而然为好。人为的炒作,勉强的出书,只会使散文变质。君不见,十年前还有人担心散文会消亡,于今却大红大紫炙手可热。其实散文还是散文,忽冷忽热的是人市。散文在变,其变化之缓慢非市场所能衡量。超稳定的社会结构造就了超稳定的散文形态,怎么可能超越世道人心而异动!

十多年来,虽然《流水》尚未出版,我却没有离开过散文。如果说

---

① 本文原是《谢大光散文》的后记,编入本书略有删节,标题系编者加。

创办《散文》月刊还属受命之为，那么，编辑中外散文选萃丛刊，策划外国名家散文丛书、世界散文名著丛书等，则是自主所为。就在主编《小说家》期间，我仍未忘情于散文，曾特辟一“小说家大散文”栏目。凡此种种，无非是为了坚持一些什么。到底坚持什么呢？我说不清。人生苦短，命运无常，“流水落花春去也”的无奈是悲凉的。也是真诚的，如此无奈的存在，不坚持一些什么，岂不白来人世一遭。

正是在这一点上，我和散文的相通成就了我们的缘分。散文是宽容的，也是苛刻的。宽容既保持其生命活力，也容得泥沙俱下，良莠杂陈，而苛刻却在历史流转中使散文得以坚持自己的品格。我们说散文是真诚的，这真诚之中包含着责任；我们说散文是自由的，这自由之中包含着传统。忘却责任的真诚，丢掉传统的自由本并不存在，应加上引号。对于和散文品格不相容的种种附赘，散文无言而选择无情。

1999 年春

（原载《谢大光散文》）

自选作品

鼎湖山听泉

江轮挟着细雨，送我到肇庆。冒雨游了一遭七星岩，走得匆匆，看得蒙蒙。赶到鼎湖山时，已近黄昏。雨倒是歇住了，雾漫得更开。山只露出窄窄的一段绿脚，齐腰以上，宛如轻纱遮面，看不真切。眼不见，耳则愈灵。过了寒翠桥，还没踏上进山的石径，泠泠淙淙的泉声就扑面而来。泉声极清朗，闻声如见山泉活脱迸跳的姿影，引人顿生雀跃之心。身不由己，循声而去，不觉渐高渐幽，已入山中。

进山方知泉水非止一脉，前后左右，草丛石缝，几乎无处不涌，无处不鸣。山间林密，泉隐其中，有时，泉水在林木疏朗处闪过亮亮的一泓，再向前寻，已不可得。那半含半露，欲近故远的娇态，使我想起在家散步时，常常绕我膝下的爱女。每见我伸手欲揽其近前，她必远远地跑开，仰起笑脸逗我；待我佯作冷淡而不顾，她却又悄悄跑近，偎我腰间。好一个调皮的孩子！

山泉作娇儿之态，泉声则是孩子如铃的笑语。受泉声的感染，鼎湖山年轻了许多，山径之幽曲，竹木之青翠，都透着一股童稚的生气，使进山之人如入清澈透明的境界，身心了无杂尘，陡觉轻快。行至半山，有一补山亭。亭已破旧，无可驻目之处，惟亭内一楹联："到此已无尘半点，上来更有碧千寻"，深得此中精神，令人点头会意。

站在亭前望去，满眼确是一片浓碧。远近高低，树木枝缠藤绕，密不分株，沉甸甸的湿绿，犹如大海的波浪，一层一层，直向山顶推去。就连脚下盘旋曲折的石径，也印满苔痕，点点鲜绿。踩着潮润柔滑的石阶，小心翼翼，拾级而上。越向高处.树越密，绿意越浓，泉影越不可寻，而泉声越发悦耳。怅惘间，忽闻云中传来钟声，顿时，山鸣谷应，悠悠扬扬。安详厚重的钟声和欢快清亮的泉声，在雨后宁静的暮色中，相互应答着，像是老人扶杖立于门前，召唤着嬉戏忘返的孩子。

钟声来自半山上的庆云寺。寺院依山而造，嵌于千峰碧翠之中。由补山亭登四百余阶，即可达。庆云寺是岭南著名的佛教第十七福地，始建于明崇祯年间，已有三百多年历史。寺内现存一口"千人锅"，直径近二米，可容一千一百升，颇为引人注目。古刹当年的盛况，于此可见一斑。

晚饭后，绕寺前庭园漫步。园中繁花似锦，蜂蝶翩飞，生意盎然，与大殿上的肃穆气氛迥然相异。花丛中，两棵高大的古树，枝繁叶茂，绿荫如盖，根部护以石栏，显得与众不同。原来，这是二百多年前，引自锡兰国(今名斯里兰卡)的两棵菩提树。相传佛祖释迦牟尼得道于菩提树下，因而，佛门视菩提为圣树，自然受到特殊的礼遇。其实，菩提本身并没有什么高贵之处，将其置于鼎湖山万木丛中，恐怕没有多少人能够分辨得出。

鼎湖山的树，种类实在太多。据说，在地球的同一纬度线上，鼎湖山是现存植物品种最多的一个点，现已辟为自然保护区，并被联合国教科文组织选作生态观测站。当地的同志告诉我，鼎湖山的森林，虽经历代变迁而未遭大的破坏，还有赖于庆云寺的保护。而如今，大约是佛法失灵的缘故吧，同一个庆云寺，却由于引来大批旅游者，反给自然保护区带来潜在的威胁。

入夜，山中万籁俱寂。借宿寺旁客房，如枕泉而眠。深夜听泉，别有一番滋味。泉声浸着月光，听来格外清晰。白日里浑然一片的泉鸣，此时却能分出许多层次：那柔曼如提琴者，是草丛中淌过的小溪；那清脆如弹拨者，是石缝间漏下的滴泉；那厚重如贝司轰响者，应为万道细流汇于空谷；那雄浑如铜管齐鸣者，定是激流直下陡壁，飞瀑落入深潭。至于泉水绕过树根，清流拍打着卵石，则轻重缓急，远近高低，各自发出互不相同的音响。这万般泉声，被一支看不见的指挥棒编织到一起，汇成一曲奇妙的交响乐。在这泉水的交响之中，仿佛能够听到岁月的流逝，历史的变迁，生命在诞生、成长、繁衍、死亡，新陈代谢的声部，由弱到强，渐渐展开，升腾而成为主旋。我俯身倾听着，分辨着，心神犹如融于水中，随泉而流，游遍鼎湖；又好像泉水汩汩滤过心田，冲走污垢，留下深情，任我品味，引我遐想。啊，我完全陶醉在泉水的歌唱之中。说什么“山不在高，有仙则名”，我却道，“山不在名，有泉则灵”。蕴育生机，滋润万木，泉水就是鼎湖山的灵魂。

这一夜，只觉泉鸣不绝于耳，不知是梦？是醒？

梦也罢。醒也罢。我愿清泉永在。我愿清泉常鸣。

（选自散文集《落花》）

春天的残酷

残冬的清晨，每天，我爱站在街心花园的一棵小树前沉思。说是沉思,不过是自我解嘲罢了。经长夜滤过的空气,被缓缓吸进肺腑,让清冽甘甜的气息,赶尽梦中的芜杂,头脑中留下的,正像这冬天的大地,只是一片空白。也许,此刻我需要的,正是这空白吧!

小树的枝桠,铁一样伸向青空,瘦瘦的,并不显得可怜。一次偶然的凝视,我发现,在光秃秃的乱枝后面,一条斜立的丫杈上,竟奇迹般地站着几片枯叶,像是早已散戏的剧场里,仍滞留在座位上的几个观众。

面对着冬的舞台,枯叶呆呆的,似乎也陷入了沉思。在他们的心目中,春的嫩绿,夏的青碧,秋的灿黄,已经成为美好而残酷的回忆,他们还在留恋什么呢?也许,和我此刻一样,他们的头脑中只是一片空白。

不。他们毕竟整整站了一个冬天,那土灰色的叶的边缘,被风刀霜剑切割成短短的流苏状,标示着他们历经的艰辛。他们早已凋了,只是执意不肯落下,这坚忍的固执,绝不是空白的心灵所能支撑的,那么,他们在等待什么呢?

也许,他们是以自己的存在向冬天挑战;也许,他们是以残缺的希冀迎接春天的到来;也许——

哈,把迎春的美誉赋予枯叶,实在有些滑稽,过几天,那遍地开放的迎春花准会委屈得掉下眼泪。可是,在花儿叶儿落尽了的严冬,这几片枯叶实实在在地站在那里,使我空白的心中不由生出一点怜惜和关注。从此,每当站到树前,我总要先看一看这几片枯叶。北风摇撼着门窗的夜晚,我牵挂着他们的命运。清晨跑去一看,他们仍旧站在枝上,只是在风中瑟瑟抖着,发出簌簌的声响,像是我思念恋人时,回忆掠过心头发出的声音。

终于有一天,当我在树前习惯地仰起头,只有光秃秃的枝桠寂寞地向我探视——那几片枯叶不见了。昨夜没有起风,此刻脸上感到的也只是一丝温和的气息。四周静静的,谁也无法告诉我枯叶的去向。小河边错落残存的薄冰,呻吟着慢慢融入水中。河对岸的一排秃柳,不知什么时候抽出了柔柔的柳丝,款款地摆着,像是为威娜宝护发素做广告。我猛然意识到，春天来了！是春天的到来使痴立了一冬的枯叶悄悄落下。

春天来了，那曾经被白雪覆盖过的大地，将开放出各色各样的花朵，有的可爱，有的讨厌。

春天来了，小伙子把溜冰鞋丢在角落里叹息，换上了网球鞋；那枣红色滑雪帽在耳边低语的感觉，已化为一个梦境。不管明年的冬天是否还有这样的时刻，至少他们那时又都长了一岁。

春天来了，我每天清晨吸进肺腑的空气，也由寒甜转为暖涩。爱思考的人，抱怨冷静被热闹挤跑了。爱做长梦的人，越来越睡不踏实。尽管我们常常做梦，我们也常常被吵醒，因为每年都有一个春天。

我刚从一个梦的花园中走来，那里正期待着一场春天的震撼。那里有我眷恋的山水花木，既不像北国，也不似江南；那里有我时常牵挂的朋友，热情、淳朴、充满朝气。我不知道，我曾经熟悉的这一切，在即将到来的春天里将会变得怎样；就像我不曾料到，那和我相伴一冬的枯叶，竟会在春天乍来时飘落。当我离开这梦的花园时，原本清晰的印象变得朦胧而惶惑。也许，期待就是朦胧的；只有一切变为现实时，那朦胧自会清晰，惶惑也将转为坚定。可是，那几片枯叶呢？他们为什么期待得那样坚定？

人们总是希望，春天里一切都是美好的，往日的肃杀将永不复返。春天却自有春天的规律。盛开的鲜花旁，也会滋生杂草；白雪融化后，将展露污垢。正像新生长的也会有苦果，那已经失去的也包含着美好。然而，一片沉寂的空白被春天吵醒了，终究是件好事，不管失去的会有多少。

春天自然是美好的。

春天也还是残酷的。

不论怎样，春天总会到来的。

（选自《谢大光散文》）

他在寻求自己的“声音”

——读谢大光的散文和报告文学

吴周文

谢大光的名字，随着他的散文作品在报刊上反复出现，越来越为广大的读者所熟知。从1980年在《人民日报》上发表《落花枝头》开始，他一直以自己的歌喉抒唱。他带着对生活的挚爱和对未来的热烈期待，以天津人的朴实的性格，追求着自己“声音”的旋律和色彩，因而作品显示了别具风貌的个性。这不能不引起人们的关注：为什么他的作品不像出自新人的手笔，显得比较稳健和成熟呢？

其实，谢大光已是人到中年。这位从少年时期起就被文学弄得如痴似醉的“新人”，虽然在生活道路上没有多少荆棘和血泪，但走上创作道路却几经波折。他酷爱文学却被录取在工科大学；大学未能读完，又荷枪从戎，1965年他曾经作为部队代表出席过全国青年文学创作代表大会，嗣后的动乱岁月又再次打破了他的玫瑰色的文学之梦。尽管如此，他在学校、部队和转业之后，一直反复精读古典和现代、当代名家的散文，泛览古今中外的文学名著，为今天的走上文坛作了长期的思想和艺术的准备。

我们细读谢大光已经发表的二十多篇抒情散文和十余篇报告文学，便不难体察和认识，他投身于新时期的生活湍流，在感受生活的诗情画意的同时，并不是止于他的欢欣和喜悦，而是以探询和思考真谛的目光，去寻求生活的诗意和美。他告诉读者，生活的芬芳里包含着动乱年月的血和泪；在向“四化”进军的事业和人生道路上，需要以微笑去迎接坎坷和曲折。因此，他把自己对时代、生活和人生的反复思索，提炼并凝结为感情的泉水，倾注于他的笔端，形成他在作品中的哲理思索，成为作品发人深省、催人奋发的思想的光耀。这种思索，是作者把自己对生活的独特的感受、深刻的理解和认识，经过感情提炼和艺术概括之后而达到的一种情理交融的境界。他曾经跟我说过这样的体会:“我感情触动的时候,总是思考,冲动带来的还是思考;动情要有自己的思考在里面,动情不是目的,而动情之后的沉思和探索才是感情的升华。”

这段话是谢大光的经验之谈,说出了他的许多托物言志、借景抒情的抒情散文立意和命意的大体过程。在他的散文中,哲理往往是作品诗意美的最集中、最有魅力的一种内在的表现。

《落花枝头》和《鼎湖山听泉》[1],是谢大光抒情散文的力作。前篇写作者面对落花缤纷的情景,所引起的耐人寻味的情思。他一反古人借落花抒写伤春怨女、红颜薄命或落魄飘零、怀才不遇的意境,而赞颂落花的壮美和自我牺牲的精神,从中寓寄“落红不是无情物,化作春泥更护花”的哲理。作品情致翩翩地写道:“昨天,它也许还在枝头上为花蕊挡风遮雨,那艳丽的容貌,芬芳的呼吸,引来蜂蝶,传送花粉,孕育新生。今天,新的生命开始生长了,为了让果实得到更多的阳光和养料,它毫不留恋枝头的繁华,毫不夸耀自己的功绩,在斜风细雨中翩然飘落……它将自己和朴实的大地融为一体,又在准备滋养明年的花了。”这中间的哲理情思,包含着对时代和生活的一种严峻的思考。在三中全会以后,我们党强调加强和调整各级领导班子,使之年轻化、知识化和专业化的时候,作品抒写的哲理,使人联想和寻觅它的弦外之音,因而这种思索有着沉着的时代色彩。《鼎湖山听泉》,于泉声山色之间融入对鼎湖山历史的哲理性的评说,为什么它多少年来一直香火不断,吸引着那么多的游客?为什么它在地球的同一纬度线上是“现存植物品种最多的一个点”,是“一片浓碧”而诗称“碧千寻”?文章最后归结为“山不在名,有泉则灵”的思索,这样就把“听泉”的诗意和美升华到一个哲理的境界:有山泉才有山色的浓碧,有山色的浓碧才会有鼎湖山的历史。《紫金山的眼睛》启迪读者透过我们民族多磨难的历史尘雾,看到中华民族“一颗倍受磨难而渴望变革,执着地追求发展前进之心”。作者对向“四化”艰难起飞的祖国则充满着热切的向往。《椰子树》所抒唱的椰树的“心曲”,是国家安定之后,全面开发琼岛才有了希望;作品又从椰子树联想到大陆上的白杨树,进而让读者去思索实现“四化”也必须像打开坚硬的椰子那样,付出汗水和代价。

---

① 分别见 1980 年 9 月 22 日和 1982 年 2 月 24 日《人民日报》。

《燕子矶秋吊》《离宫月夜》《绍溪号》《我自绍兴来》等散文，也都像一杯寓浓于淡的香茗，其色香则是越品尝越觉其浓，而其中寓寄的哲理使散文显得神韵悠远，有一种隽永的诗意力量，因此具有着委婉抒情的魅力。

谢大光的散文寻求着自己的创造。他师承杨朔，又脱颖于杨朔的风格，他像杨朔那样善于通过托物、写景的手法，来创造有诗有画的意境，以抒写深蕴其里的哲思。虽然没有达到杨朔的清淳，但他很多散文的思想，更注意不露与隐秀，这与他的内向的、静思善感的性格相一致，多表现出一种"寄至味于淡泊"的风采。

我更喜爱谢大光的报告文学。他的这类作品不算很多，但它们以自己的特色而令人瞩目。

除描写天津市"红花少年"王玉梅故事的《开满红花的小路》而外，《从苦难中崛起的歌唱家——记关牧村》《天鹅之歌、—记白淑湘》《选择——记刘颖》《真诚——记苏小明》《生命，敲击着芭蕾的大门——记蒋祖慧》《梅香暗动骨弥坚——记曹靖华》以及《孙犁印象记》等作品①，是一组描写艺术家和作家的艺术生涯与生活命运的交响乐。通过与这些人物的接触、交往或多次采访，作者以艺术的敏感捕捉到他们心灵的闪光。尽管他们在十年浩劫中道路曲折、命运坎坷，被剥夺了创作的权利或失去了求艺的可能，蒙受侮辱、苦难和挫折，但是艺术良心和理想未曾泯灭，一旦精神重新获得解放，他们便为祖国的文艺事业献出自己的智慧和创造性的劳动。这些作品基调昂奋，令人警醒和沉思，奔突着诗一般的热情。同时，另一个方面，它们记录着作者在报告文学领域进行艺术探求的辙印。谢大光认为，报告文学除了真实性而外，"还应该在作品的文学性方面提出一系列要求。要讲究形象、生动，要讲究语言、构思，也要讲艺术概括，要讲经过艺术概括而达到的艺术真实"②。我以为谢大光在报告文学中发挥了他的散文的优点，他把报告文学当作散文来写，每篇报告文学都可以说是一篇优美的抒情散文。

---

① 依次见 1982 年第 4 期《少年文艺》，1980 年第 6 期、1981 年第 4 期、1982 年第 8 期、1981 年第 12 期《文汇月刊》，1982 年第 9 期《鹿鸣》，1982 年第 8 期《文艺报》，1982 年第 3 期《花城》。

② 《报告与文学》，82 年 9 期《文汇月刊》。

报告文学依据的是真人真事的客观事实，是不允许虚构的，但它不排斥作者抒写自己的感情。唯其抒写主观感情，才能产生更为动人的感染力量。谢大光从强调抒情出发，努力在报告文学中把主观诗情和客观描写对象统一起来，往往以自己的主观诗情去融汇人事景物各方面的具体材料，以诗情为经线，以中心人物的生活片断为纬线，从而经纬成一曲洋溢着主观色彩的抒情乐章。正因为当作抒情散文来写，所以谢大光不去描写人物的豪言壮语，不去描写人物壮烈超群的英雄行为，而是真实地去发掘人物对于艺术的执着追求和为之献身的精神，以自己的心去探求人物的心，这就使客观人物身上具有作者主观抒情的音色。例如《真诚》，以采访和认识苏小明的过程为线索，逐层剖示出她对事业、生活、同志和观众的一片“真诚”之心——艺术家追求自己的目标所不可缺少的品格。作者随着青年歌唱演员的命运而袒露情怀，为她幼年的勤奋而赞赏，为她十年的“噩梦”而惋惜，为她演出的成功而喜悦，为她成名后的毁誉齐来而担心和仗义执言。同样，《从苦难中崛起的歌唱家》，每节以泰戈尔的哲理诗句作为抒情性的提示，作者的诗情随着人物命运的沉浮及其情感的抑扬而沉浮抑扬，与人物进行着心曲的交流，充满着浓郁的抒情色彩。其他作品也大体如此。

像抒情散文那样，追求报告文学的艺术构思，是谢大光作品的又一个鲜明的艺术特色。要使报告文学向文学再靠近一步，就必须要讲究它的构思。谢大光在这方面有着自己执意的追求。首先，他善于寻求每篇作品构思的独特的角度，这种艺术角度的选取，决定于他对人物人生命运与艺术道路的思考而产生的诗意的感受。从看似孤僻、冷漠的孙犁身上，作者感受到的是作为现实主义作家的真诚。于是，《孙犁印象记》以散文的笔致，着眼于素描他的“印象”，让读者循着孙犁的笑声，走进他真诚得一清如水的心底里去。《选择》中，作者从青年舞蹈演员刘颖身上，获得“生活的选择却无时不在进行”的箴言式的启示，以此剪裁素材、营构全篇：从编导看似偶尔选择刘颖当大型舞剧《西班牙女儿》的女主角写起，而后大幅度回旋，叙写刘颖怎样从小便开始“选择”自己的艺术道路；接着牵回笔脉，细致地抒写这个倔强的“铁刘子”怎样在《西班牙女儿》的排演中作艰苦的也是必然的“选择”，苦练基本功、克服自我性格与角色性格之间的矛盾，向艺术的高峰冲刺。可见构思角度的选取，使谢大光的报告文学具有

"焦点",表现在艺术结构上,不受时间和空间的限制,而是以情驭笔,随情赋物,对人物、事件和细节进行抒情性的组织和缀合,因此更有力度的发掘人物的心灵美和加强抒情的气势。

谢大光对报告文学文性的追求,还表现在善于创造抒情的基调和氛围,使他所描写的真实人物弥漫着诗的抒情色彩。《天鹅之歌》以描绘白淑湘扮演的《天鹅之死》的剧情画面,为白淑湘这只"天鹅"再度腾飞、重返舞台作了力和美的礼赞,为全篇创造了诗的意境。《生命,敲击着芭蕾的大门》的头尾,以但丁《神曲》里的"这里必须根绝一切犹豫,这里任何怯懦都无济于事"的诗句的反复和璧合,为抒写蒋祖慧几十年如一日无畏地献身祖国的芭蕾艺术,揿定了作品抒情的主题旋律。《开满红花的小路》以王玉梅天天背残疾同学许静上学的那条小路,作为抒情的脉线并赋予其一定的象征韵味。《真诚》中,《军港之夜》这支歌的意境在全篇一以贯之等等,以各种散文的抒情手法进行渲染、烘托,使作品的景与情、人物和故事达到一种和谐交融的情境,人物因而被诗意化了。

如果说谢大光的散文有着诗的情韵,那么他的报告文学则有着抒情散文的风格。他追求着自己的风格,尤其在报告文学方面的艺术追求,是有益的也是应该肯定的。自然,他的创作也有不足。如他喜爱从古典诗词和散文中借鉴炼字的技巧,使散文的语言简洁凝炼,但过多的注重会失之于偏颇;再如有的报告文学作品结构上缺少明显的波澜,结尾缺少收束的力量。这些仅是作者在探索中难免的微疵。我们真诚地期待谢大光为读者奉献出多种色调、优美动人的新作!

(原载《新港》1984 年第 9 期)

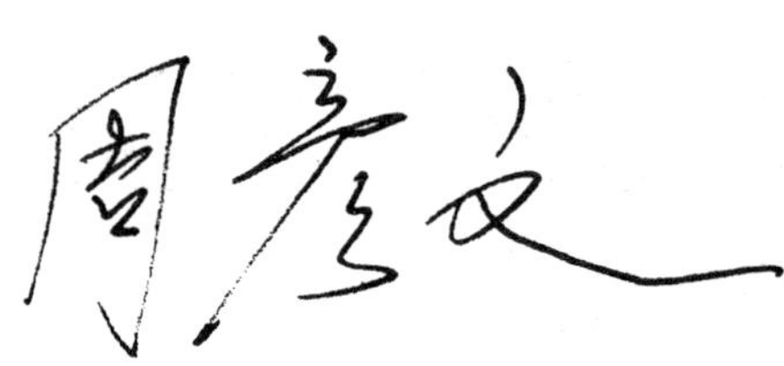

周彦文(1944—　),散文家,出版家,山西河曲人。4 岁时随父母移居内蒙古,1964 年考入中国人民大学财政金融专业,毕业后做过地委、省委秘书、文学编辑等。1988 年任国家新闻出版署理论处处长,1993 年调广州出版社任副总编辑,现为编审,系中国作家协会会员、中国散文学会理事、中国当代文学学会副主席。

周彦文在上世纪 70 年代开始文学创作,发表有中篇小说《白塔之光》、理论著作《高战论》《中国出版业的经济观照》,另出版散文专集 6 部:

《大漠情思》(内蒙古人民出版社,1982 年);

《处女海》(内蒙古人民出版社,1990 年);

《荒漠沉思》(中国广播电视出版社,1991 年);

《下海人的潇洒》(花城出版社,1993 年);

《人生小语》(广州出版社,1995 年);

《寻找自己》(广州出版社,2004 年)。

另主编有《当代散文精品》(年度选,丛书)、《世界华文散文精品》(丛书)等。周彦文的散文有《敖包驰思》被选入《中国新文艺大系(1976—1982)·散文集》,《大漠的歌》被选入《中华人民共和国 50 年优秀作品文库·散文杂文集》,《青冢随想录》被选入《西部风景》,《一代文妖张竞生》《宰熟、窝性和痞子化的中国经济》《衔束彩虹》《月亮人》等篇被分别选入《当代散文精品》1998、2000、2002、2003 年度选。

评论周彦文散文的文章主要有:

《真实而有意境——评〈大漠情思〉的艺术特色》(贾融),《草原》1983 年第 8 期;

《论周彦文散文的艺术特色》(默然),《民族文艺报》1985 年第 6 期;

《跨越时间的河流——读周彦文散文集〈处女海〉》(斯人),《新闻出版报》1990 年 7 月 11 日;

《骆驼作为行吟诗人已经古老——周彦文散文〈骆驼,古老的行吟诗人〉赏析》(王艳玲),《名作欣赏》1990 年第 2 期;

《写在蓝天与大海之间——〈处女海〉序》(傅德岷),载《处女海》;

《写在大海深处的诗话——评散文集〈处女海〉》(黄宇、王艳玲),《博览群书》1994 年第 2 期;

《〈唱给大漠的歌〉赏析》(袁振声),载《当代散文鉴赏文库》(百花文艺出版社,1993 年);

《周彦文散文印象》(邵明波),载《中国当代散文大系》(江苏教育出版社,1999 年);

《思想的重量》(傅翔),载《寻找自己》;

《从〈寻找自己〉看散文创作的新途径》(吴秋野),载《当代散文精品 2004》(广州出版社,2005 年)。

此外,插图本《中国当代散文史》有对周彦文散文的专节评论,可参阅。

散文的小语

周彦文

1

愿我的散文,成为我魅力的磁场,人格的外化;成为最贴近我,也最贴近你的一种思维形式;成为最少确定性,最多随意性的载体。

让思想、情感和智慧拥有最广阔的空间。

愿我的散文,成为我心灵的窗口,成为你视力的延伸。让你看到我的面容,也看到我的内心;看到我的过去,也看到我的现在。让散文成为你我沟通的媒介,理解的桥梁;成为思想的容器,解剖的医室。

愿我的散文，成为思索的叹息，吟唱的金曲。让你可以清智，可以美容，让散文成为你气质和风度的营养；发现是这种精神享受的前提，发现得愈多，情趣愈多，智慧愈多，思想也愈多。

让散文成为人类精神的富有，让思辨和抒情成为人类日臻成熟的标志。

2

愿我的散文像青春的候鸟，用自己的眼睛飞越长空，用自己的喙在百姓家筑巢，用自己的心唱自己的歌。在华屋和荒野之间穿梭飞行，在通俗和高雅之间牵线搭桥，把天堂和地狱连接起来。

愿我的散文，不像一股旋风而像大草原上浩荡的长风。旋风只是飘忽的烟，而长风是无边无际的裹挟，无边无际的席卷。使年轻的人不得不介入，使年老的人不得不动容。

愿我的散文不像河流，不像小溪，而像深邃无垠的大海。河流只能造就一个狭长的流域，而大海才是波澜壮阔、气象万千的世界，浮起朵朵白帆，映入天光云影，有无限的风光，也有无限的蕴藏。

3

散文需要激情，也需要沉静的力量。

散文需要青年的直勇，也需要长者的哲慧。

散文讴歌美，也要揭露丑恶和卑鄙。

不要像雨蛙围着一片池塘鼓鸣，愿像啄木鸟孜孜寻找，寻找解决人世间不平的良策。

黎明，当森林从梦中苏醒，成群的鸟儿从枝头腾飞，向高远的天空抖开一面彩旗，那便是我的散文。

傍晚，牧人撒开彩霞的网，收拢珍珠般星散的牛羊，那便是我的散文。

我们每个人在这世界上生存，就如一粒带电的微尘，当受到撞击时便发出能量。那便是我的散文，或平实，或空灵，或感觉，或知性，都来自一种真诚的力量。

4

我的散文是弱者的微吟，它与愚昧和专制无缘。我的散文是强者的歌唱，它与民主和法制联姻。它是进步者的伴奏，它是腐败者的丧钟。

我不愿像一粒尘埃随着风儿沉浮，随着声浪震荡，让人无情地抹掉，那是由于它去栖息豪华的府宅。

看你的散文总是缺乏一种独立自主的品格。不是依附于强权，就是依附于时俗，仅仅是小花小草，仅仅是一木一石，一片东倒西歪仿佛醉汉的宴席。

我愿我的散文昂起坚强的头颅，从此挺起脊梁。

5

我不在乎我写的像不像散文。

我不死咬着什么是散文。

我也许写着一种不是散文的散文。

爱是不签订合约的。精神生命的诞生，无须预先设定性别。

正像常称诗人，而鲜称诗“家”一样，散文与散文界没有家族血缘。散文分散在四荒八极，潜伏于思想、激情和爱的褶皱、波纹和柔肠里。

6

愿我的散文成为大海的潮汐、大漠的烟云，成为月的圆缺、日的升沉。

愿我的散文成为我的一种信仰，这种信仰犹如燧石，愈是遇上打击，愈是火花迸射。

这样的散文使我活得陶醉，也清醒；痛苦，也欢乐；死去，也活来。它提升了我生命的价值，使我不白活一场。

这是散文的宣言，也是散文的小语，但愿它不是散文的梦呓。

1995 年 8 月写于羊城员村

（原载《寻找自己》）

自选作品

唱给大漠的歌

1. 我爱大漠

茫茫大漠，重重沙浪，是无边的皱褶，衰老的年轮，沉重的叹息。

辽阔的干旱向人类示威。一条条沙龙在旷野上游行。每一座沙山都是致地球于死命的癌症！

那么，何故要为大漠歌唱？莫不是多情的我错爱了吗？

不！我爱大漠，既不是爱她的偏僻与荒凉，更不是爱她的肆虐与疯狂……

我爱大漠，因为她是我的故乡。

历史老人告诉我，这大漠曾是芳草萋萋、丛林莽莽的绿洲。可惜，我没有看到。记得我看到她时，她两鬓已经染着秋霜。而今，只有驿站、直道和古城的遗迹，记载着她昔日的风韵。

我爱大漠，因为她是我的母亲。

那滚烫的沙丘，是她赤裸的身躯，贫穷使她衣不蔽体。那枯竭的河床,是她凝滞的血管,饥饿使她营养不良。

有人说,大漠是一张玉米面饼子,看见它就会吐出反胃的酸水。这是条件反射——玉米面吃得太多,伤了胃。不过,玉米面没有使我们的生命之树枯萎,流沙也不能把我们前进的航线掩埋。

上帝没有把我们生在水草丰美的春天,那我们就自己创造一个。

2."剪不断,理还乱",是牵魂线

我爱大漠,因为她埋着我童年的梦幻。

光屁股的一伙,鱼贯地从高高的沙山上往下"出溜",这是大自然为我的童年预备的滑梯。哈哈笑着站起身来,抖落掉屁股上的沙粒,又向上爬去,一次又一次,这坐不腻的"沙滑梯"。

想让另一座沙山上的小朋友一道来玩吗?喊哑嗓子他们也听不见,离得太远。松软的沙山发不出回音。不过,只要抓起一把黄沙,向天扬去,对方看见这"小瀑布",便会赶来。你打过这"沙电报"吗?

风,早已把尘垢吹向远方,留下的是晶莹光洁的沙粒。和煦的阳光抚照着,沙海闪着一片柔光。我们用沙来掩埋自己胖乎乎的双腿、圆鼓鼓的肚子,怪舒服的。后来才晓得,这是一种具有保健作用的"沙疗"。怪不得,大漠里的娃娃一个个壮实得小牛犊似的。

刺猬、狐狸、跳犊子,常在沙芭拉尔里出没。沙芭拉尔是些长着灌木丛的小沙湾。沙蒿、柠条、母柳条长得都很茁壮。跳犊子,后腿比前腿长几倍,逃跑时常常不情愿地翻着跟斗,很容易成为我们的俘虏。

大人却对我们的收获不屑一顾,他们把羊毛袱子背在肩头,手拿一根长长的铁棍儿,在沙丘上到处"钻探"。那是在寻找跳犊子的窝。这小东西也知道"深挖洞,广积粮",掘开一个窝,经常能得到五六升沙米或糜子哩。

冬天,一场大雪把沙漠变成玉洁冰晶的世界。色彩斑斓的沙鸡,成片成片地飞着。它们失去了觅食的地方。于是,我们扫出一片场子，埋好用马尾做的“煞扣”，撒几粒红红的糜子作诱饵，专等沙鸡来上当。

……大漠哟，有多少关于你的回忆，牵惹着我童年的情思！

3. 沙盘——一片海

小时候，我常用自己的脑袋顶起窗扇探出身来，用拳头指着那闪亮、柔软的沙丘，问妈妈：“那是什么？”

妈妈说：“那是缎子地毯，那是黄牛脊背，那是一片海。”

我在这脊背上学会了走路。

我在这地毯上学会了奔跑。

我第一次背起书包，要上学去了。妈妈送我一个沙盘。她说：“我们沙漠里的孩子没有石板，就用这沙盘吧。听说人家元帅打仗用的也是个大沙盘。”

我说，我也要个大的。

妈妈指着屋外说：“呶，能端走吗？”

我端起我的沙盘，不像厨师，而像元帅。盘子里不是佳肴，而是一片海。我在这沙海上学会：“人，一个人；手，一双手。”我在这沙海上荡起了双桨，扬起了进军的风帆。

4. 春天里

深入到沙漠里看，并不全是单调的黄色。在沙丘与沙丘之间，总有一片碧绿的草滩。那上面长着密密麻麻的草，就是最蹩脚的武生在上面翻跟斗，也不会摔伤。我走过那么多大城市，没见过一块草坪能够与它媲美。如果将它开辟为足球场，四周的沙丘便是最好的看台。

沙漠里的牛、马、骆驼、羊，把它当作最丰盛的餐桌。它上面生长着碱茅、扁蓄、芦草、早熟禾、野黑麦……各种各样的牧草在不同的时节里生长着，牲畜总也吃不完。

这草坪最好玩的时候是春天。

我记得，我四五岁了，看见妈妈躺在炕上，还要踩到她的肚子上晃，晃得她直叫唤。稍大些了，身体重了，我便把这游戏搬到那天然的草坪上。春天里，冻土刚消融，你踩在那草坪上晃吧。先是你脚下的地皮颤动了，接着，周围的地皮也颤动起来。最后，共振发生了，整个草坪都晃动起来。不一会儿，这里，那里，便冒起一股股清泉。粗的有指头那么粗，细的有银针那么细，能冒一人多高。泉水在春阳下闪着彩虹般的光，发着细微的声响。不几天，便汇成一片片小湖。

很快，皎然一身的天鹅，披着银袍的灰鹤，总是穿着鲜艳嫁妆的鸳鸯，便先后赶来。百灵鸟、红筷子（这种鸟的两条腿像一双红筷子），凝翅在半空，向草滩上撒着金豆子似的欢歌。草原母亲苏醒了，众多的儿女们赶来了。

最忙的是牧人，他们在接春羔。

羊圈旁，光洁的沙滩上，一对对毛茸茸的小羊羔，头对准头顶架。那动作真叫人喜欢。早晨，我趁妈妈跪在炕上收拾被褥的工夫，也模仿小羊羔与她顶架。碰得她头皮疼了，我的屁股上便要挨她的笤帚把。

春天里，是歌声最多的时候。羊圈旁响着妇女们深情的催奶歌。那些下头胎的母羊，往往缺乏疼爱儿女的经验，不愿给羔儿喂奶，催奶歌一唱，便把它们的“母爱”召回来了。这是音乐的力量，不亚于垓下的楚歌，那夜月的箫声。

草滩上，正响着器乐的奏鸣呢，呜呜咽咽，忽高忽低。乍听，你摸不着这些妙音的源泉。仔细看，才发现是母驼背上背着琴哩，有的是马头琴，有的是三弦。这些母驼也是头一回做母亲，不懂得疼爱儿女。牧人便把琴背在它们的背上，骆驼好迎风走，春风抚弄着琴弦，奏出了母爱的歌。母驼听着，听着，便慢慢醒悟，让羔儿吃奶了。

春天里，整个草滩，都演着母爱的合唱。

5. 沙海冲浪曲

我要奋斗，大漠赋予我意志；

我要搏击，大漠赋予我体魄；

我要呐喊，大漠赋予我雷霆；

我要抒情，大漠赋予我风韵。

大漠平静时，明朗旷达；大漠咆哮时，阴郁烦躁。我的性格也是时而开朗，时而阴郁；时而温柔，时而暴躁。大漠赋予我性格。

我爱大漠，爱她的庄严与博大，亦爱她吞噬一切的力量，最能激发我苦斗与奋战的意志。

我爱大漠，爱她的朴素和单一，亦爱她飘渺的海市蜃楼，最能激发我的幻想与情思。古人建筑那座瑰丽的敦煌石窟，便是受了沙海蜃楼的启示。

那起伏的沙丘曲线，启发歌手创造了悠远、飘逸的鄂尔多斯长调。

那神奇而荒诞的覆盖，隐藏了我们多少的欢乐与悲苦。

大漠并不贫瘠。人类所需要的宝藏：煤、铁、铅、石油、石英、芒硝、天然气……在这里都有丰富的储量。大漠，其实是黄金汇成的海洋。

到沙海来吧，即使在岸边徘徊，也能拾到闪亮的贝壳。

6. 快把水献给沙漠

大漠深处，有一片被造化遗忘的坟场。混浊的黄色染遍了天宇和大地，染黄了每天梳洗打扮的太阳。偶尔，远处呈现出绝望的地平线。沙暴多少次折断了雄鹰的翅膀。渴，是那里惟一的呼唤；血，是那里惟一的泉。

但是，坚毅顽强的骆驼，踏出了沙海的航线。人，终于懂得用血汗保护绿洲——这人类渡往明天的诺亚方舟。

在临终的床上，一位与风沙周旋半生的专家，望着滴答滴答的输液瓶，呢喃着：

“水！快把它献给沙漠。”

7. 最后一支歌

我愿变成深沉的江河，
终年流淌在沙漠的心窝。
让白帆在河上轻轻荡漾，
让两岸开满鲜艳的花朵。

我愿变成激动的飞瀑，
冲去干燥，驱走寂寞。
搬来座座融化的雪山，
让沙丘长成绿色的巍峨。

我愿变成海上的云朵，
撑起伞儿，扎根沙漠。
茂密的枝叶饱含露珠，
摇曳的舞姿伴着牧歌。

让骆驼背着沙湾的情侣跋涉
一起化作深情的酒窝。
淹没那烦恼的以往，
盛满这醉人的欢乐。

1981 年 7 月 5 日写于呼和浩特

（选自《解放军文艺》1982 年第 2 期）

骆驼，古老的行吟诗人

请不要由于法律的软弱，就对我肆意诽谤。即使世界上再没有沙漠，历史也不会宣布我为多余。

我是一位古老的行吟诗人，我以我特有的耐力，跋涉在人类历史的行程中。但我不是中世纪那些化缘的托钵僧，利用人们的信仰和慈悲，盛气凌人地“乞讨”为生。

我有我的歌喉，我有我的诗情。

我曾穿越远古的岁月，在山顶洞人和河套人篝火的营地观光。我曾驻足于小亚细亚，向浩淼的地中海引颈眺望。那海的周围有古老的希腊文明、埃及文明，以及巴比伦文明。这些环绕着池塘的青蛙的合唱令人神往。

我曾穿越漫长的中世纪，就像穿越一条黑暗幽深的隧道。我看到哥特式教堂高耸的尖顶，一种企图和上帝对话的用心；我看到大地上铺展开的宏伟的殿宇，一种注重现实的民族精神。前者也许是由于城邦的局促，后者也许是由于疆域的辽阔。但是，他们都害怕地狱。他们都曾把占星术当作是天文学，把炼丹术当作是化学——乞求长生不老，而把外科手术和屠宰业看作是同一类事情。

在华夏人的墓穴里，有我从拜占廷捎来的钱币。在世界上还没有蒸汽动力的樯帆之前，我就介绍了东方与西方的罗密欧与朱丽叶的相会。我把儒教从中原驮到西域，又把佛教从印度驮到中原，把伊斯兰教从阿拉伯驮到草原，驮给那些血气方刚的森林民族和草原民族，驮给北魏皇帝和忽必烈的思想武库。人们喝了我驮来的水变得异常驯顺；人们穿上我驮去的衣料，变得格外妩媚。瘦削的赵飞燕在作掌上舞，胖乎乎的杨玉环从华清池洗浴出来。还有那些去了雄的宫人，都披着大袖长袍。我不知道这是我的罪过，还是我的功劳。只是，他们谁都不知道我是诗人，而只把我看作一个行动迟缓的脚夫。他们看不到我昂扬的步履、沉静的气度，更不知道在浩如烟海的诗人中，我属于厚重、深沉的那个流派。但我并不计较这些。

我有我的寄托，我有我的胸怀。

我是荷马，我是但丁，我是放逐中的屈原，我是飘泊中的杜甫。我像艾略特一样书写着《荒原》。我创作了不亚于《伊利亚特》的诗史。这是一部充满大喜大悲的系列画卷，而敦煌只不过是人们迄今找到的其中的残篇。

我一路吟哦，我一路走啊走。

我有过不朽的创造，也创造了因袭的重负。驼峰，那便是我在漫长的旅程中积累起来的沉重的包袱。它给我以滋养，也给我沉重的纠葛。要不是这两座脂肪堆积的山，我也许比奔马神速。不过，对于那没有负累的奔马，我并不羡慕。

我有我的奋斗，我有我的优势。

一般说来，我的身上没有多余的东西。比如，我颈项下的驼铃，并不是装饰品。它既不取悦于人，也不炫耀于人。在望不到边的沙海中，它如涛声催人前行；在花花绿绿的闹市中，它调节着步伐的齐整。它是汽笛，它是号角，它是警钟，它是我发自丹田的歌吟。

有人把我比作一把梭，说我想在沙漠里织出网，留住绿洲那个甲虫。其实，绿洲始终不是我的目标。

我有我的情致，我有我的追求。

我不是“沙漠之舟”。我无心像麦哲伦一样，去证明地球之圆，也不像哥伦布那样发现新的大陆。我用我亘古不朽的诗句，与人们作着感情上的交流。我要成为立体交叉桥，让文明的往来四通八达。我是人们大脑里高悬的卫星，企图探测心灵中一片又一片尚未发现的真情。

连我的大脑，也是尚未开发的资源。

我一路吟哦，并不为填饱肚子而东奔西走。根本用不着为我大摆宴席，我对食物的需求十分简单，对于饮酒我也没有练出功夫。对于我来说，真正感到饥饿的不是肚子，而是异常旺盛的求知欲。

我不愿大嚼，而专愿思考。在攫取思想的草料上我倒是饥不择食。尽管再粗糙，我也把它们包容于我的加工不辍的大脑。我会反刍，我会把它们变成我的血肉。我并不在乎那些荒谬的见解。胡言乱语的炸药，只有放在狭小的容器里，再加上外力的打击，才会造成危险。思想，这是两个多么伟大而神圣的字眼！我睥睨那些没有思想的作品，它们简直如同没有灵魂的僵尸。

白昼拨亮了思想，思想拨亮了黑夜。假若不是靠思想，哪里还有人类的尊严？

历史是伟大的预言家，不过，我不想作托古的乐曲。我不是善于举办古老祭典的孔丘，我是人类新鲜的赤子，探首天外，吟咏着"天问"式的诗句。

我不是一条狗，吠声吠影地投身到那些连我自己也不明白原委的行动中。我不以人们肤浅的欢乐取代我心中的惆怅，也不愿我心中愁结凝成的泪水化作欢歌。我不会盲目地追逐那些沙漠蜃楼、海上仙山，也不会去攀登那座通往天国的彩虹。我更看重现实，用脚踏实地的步伐走着我的历程。

我不是一个唯利是图的诗人，在神圣的口号下，把人与人的关系淹没在利己主义的冰水之中。感情和美依然在我的作品中发挥着灵性。我看到满足于贪欲的人最不幸，我听到满怀憧憬的叹息最动听。

我不是森林，说什么"江山也要文人捧"，让我专门去装饰北方的群山。我愿自己成为一座山，一座有生命的火山，让我胸中翻滚的岩浆，驱动着生命在宇宙中旋转。

请不要把我雕刻成冰冷的偶像，摆在帝王的墓道上，守卫那些腐烂的僵尸。我愿在瀚海戈壁漫游，让怒啸的狂飙激发我的情思。我把我的诗写在蓝天和大地之间。我只知道坚持不懈地写，风沙便不能把我的诗句掩埋。掩埋了也不要紧，诗作的完成不在诗笺，而在读者的心田。

沿着我的诗行走吧，也许能发现生命和智慧的泉。

1987 年 3 月 12 日写于青城

（选自《寻找自己》）

从《寻找自己》看散文创作的新途径

吴秋野

在刚刚出版的散文集《寻找自己》中，周彦文有意将一些新近的作品排在集子的前面，可以感受到作家自己对这些作品更为重视。与目前越来越内心化、私语化的散文流行趋势不同，周彦文的近作并不放弃写作者的叙述姿态，而且在叙述上大做文章，探求在新的文化环境中，叙述方式的更佳途径。

比之二三十年前抒情性的作品，周彦文的近作，捕捉趣味性、口语化的表达，表现出对接受环节更高的关注。从开始创作，作家就为读者准备了一张听众席。他用文章与潜在的听众交流。因为是在交流，他有意无意克制了自己的热情、冷漠、爱恨、喜恶，他让各种情绪潜伏于叙述之中，目的是向读者有象地传达，而不是私人化地自我宣泄。

不能列于流行行列的周彦文的散文，也无法用传统的散文模式来作解释。他向散文，提出了新的课题。

首先，在他的散文中，找不到叙述者确定的角色。无论是把自己隐于文字后面作第三人称写作，还是把自己亮出来以"我"的姿态铺排，周彦文都在不断变换着他操作文字的姿态。时而，他参与他所记述的事件和场面，直接向读者传达他的所见所闻所想。这在《重返旧时坟》《李纪周、程辛联触我痛与思》《感悟广东人》等纪实性篇章的部分段落里，有充分的表现。时而，他跳出他的记述，成为冷眼旁观者，甚至成为自己的旁观者，于是"我"也成了可以揶揄、慨叹的对象，也成了可以排布情节的材料。我们看到，在作家记录童年往事的一些篇章里，现实的"我"成为记忆中那个遥远的"我"的旁观者，而正是这两个"我"的距离，为作家的情感提供了一个广阔的空间。而在《周彦文千里走单骑》的最后一节、《无知者的推理》的后半部分等篇章中，作家又忍不住地走出自己，把"我"推到了特定情境里，用近乎夸张、戏谑的笔调，写尽了现实的无奈。时而，作家又成为无形的气氛营造者，在《贪官的一种诗意》里，作家的身影不见了，字里行间却充满了魔幻主义色彩。就连《父亲还活着》这样平实的回忆性文章，作家也在结尾处，以超出文中主人公“我”的视点，利用现实材料，截取了父亲留西瓜的情节，把悲剧的气氛推向高潮。

与这一特点相对应的是，作家在他的散文里，时而更像一位诗人；时而是平实的记事者；时而又是冷静的议论者；时而是构造情节的“小说家”；时而又索性把自己放弃，让文字自己去说话。所以，在他的笔下，没有抒情、议论、记叙、说明等传统写作方法的界限。而在总体风格上，他的散文也呈现出寓言式、记叙式、抒情式、纪实、杂文等品类纷呈的局面。

从已有的散文理论出发，显然很难清晰地对周彦文的作品做出阐释，但他的散文却实实在在地打动了我们。这提醒我们，传统的散文理论忽视了叙述主体多位性的探讨。而理论的欠缺，也正是创作欠缺的直接表现。从这个角度说，周彦文的作品触发了散文创作一种新的可能性——多位叙述主体写作的可能性，也就是说，创作者不再拘泥于一定的写作角色，而是把自己放置在一个广阔的精神空间里。作者在这样的空间中，不断移动着视点，体味着各种精神体验，并在这种游走中走笔创作。相对于固定角色和视点的写作，这种写作也可以称之为动态写作。这种写作方式与中国传统山水画的营构法颇有相似之处。王伯敏先生曾经用“七观法”的概念来阐明中国山水画位置经营上的特点，即：(1)步步看，(2)面面观，(3)专一看，(4)推远看，(5)拉近看，(6)取移视，(7)合六远。也就是说，画家按照心灵的需要，不断行走着，从不同的角度、以不同的距离来观察物象，并把观察的结果苦心经营在一幅画面中。这样绘制出来的山水，可能不符合科学的透视观，但它却真实地再现出画家的心灵流动。周彦文的散文也是这样，在我们苦于无法用传统理论规范说明它时，它已经给我们展示出作者活跃的精神图景，它注重的不是文字的叙事途径，它捕捉的是文字后面精神行走的轨迹。

其次，当我们追随着作家角色更迭的精神旅程，力求与作家建立交流与沟通时，我们发现，周彦文的散文有自己独特的逻辑，这不是一种生活逻辑，也绝非一种叙事逻辑。事实上，他的散文，在生活事件的记述上，往往是支离破碎的。他像一个在石子路上一路走来的人，为了纪念曾经走过这样的路，他不时捡起身边的石子，然后在手中将这些石子排布起来。但他自知这不是路，而且纪念也不是重建，他索性按照自己的需要给这些石子安排了新的位置。于是看起来，这些石子已不再是道路的样子，但它们却真实地来源于一条道路。即使是在以叙事为主的作品中，周彦文也不会把事件置于单纯的时间线索之下，他按照自己的需要，重新排布现实与记忆、心灵世界与外在环境、主体与客体等多方面的材料。这种特点，在《李纪周、程辛联触我痛与思》《带口罩的春天》等篇章中表现得尤为突出。如果一定要给这种行文逻辑加以说明，我们可以说，这是一种精神化的写作逻辑，它以作家情感、情绪的流动为线索，有意让叙事的理性退后，力图让生活信息在这样的秩序里，直接成为勾画精神的材料。

这似乎有点像意识流写作的方法，但作者却回避了意识流作家直接暴露意识的倾向。他为意识找到了图像载体，也就是说，他的材料总是具象的。在他文章里流动的是隐藏着意识、饱含意义的图像束——意象流，而不是意识自身的潮动。

比之传统的叙事和现代意味的内心写作，这种意象流的写作似乎正处于两者的中间状态。或许会有人批评周彦文的写作是不彻底的、半生不熟的现代主义，但他解决了现代主义写作者与阅读者间的疏离，在适应现代人审美趣味变化的同时，克服了现代主义文学的不可阅读性。

我们看到，在周彦文的散文里，可以用众多意象不断铺陈一种事物，使这种生活里极其平常的事物，在文字里瞬间获得了无限张力。他这样描写生命的悲剧性：

> 这朵花在产床上殷红的血污中绽放，果实稚嫩如蛋清，仿佛荷叶上蠢蠢欲动的一颗露珠，小而柔弱得可怜，却蕴涵着精细而整体的生命信息。充实和虚无，肉体和精神，就这样被统一成一个不断扩张的帝国。
>
> 后来，花朵扩张到极致便逐渐凋零，时间的铁嘴吮吸着生命的乳汁，如季节河水一滴滴地蒸发，直至干枯。生命的过程是耗尽水分的过程，缩水的过程。我们自己把自己通过一生要制成木乃伊，准备到封闭的洞窑中珍藏，或者到火葬场化为青烟。（《由某些人的死想到生》）

而当某件小事忽然触动作家关于人性的思考时，他又马上从外在的叙事回到内心的细节上：

> ……我……在那天才突然发现每片树叶都是分为正反两面的。那被风翻出的正面闪闪烁烁，在秋阳下，像千万面玲珑的小镜子。而它们的背面，却一律呈现出千年深宫里绿苔的幽暗。（《李纪周、程辛联触我痛与思》）

因为是思想活动的再现，周彦文散文的意象流动也就有了一种内在的节奏。有时，他的意象排布得紧密无隙，像上文所举《由某些人的死想到生》一篇中的部分章节段落；有的时候，他的意象结构又极为舒展，在《月亮人》《新大楼的霉臭》《龟步王国》等作品中，作家都是以一个寓言式的、童话式的大意象统摄全篇，再在各个章节中，不断用新的小意象来推进这个大意象的张力。

在这样意象变换的节奏里，作家为精神的节奏找到了有形的形式。这种精神的节奏是作家的，也是读者的。这种节奏的共鸣是更深层次的共鸣，它使写作和阅读都超出了传达与交流的意义，而深入到另一种生命的体验中。不同的读者，在周彦文多样纷呈的散文里，总能找到这样恸彻内心的篇章。

虽然出版了多本散文集，周彦文似乎还建立不起自己是个散文家的自信，他称自己是自由撰稿人和书商。开始以为这是他带点自嘲的谦虚，读罢他的作品和一些关于出版、散文的杂感，知道这样的自称绝对出于他诚实的本意。他的确没把自己看作是个散文家。因为工作的需要，他每年要阅读大量的散文，从中遴选优秀者出版。这是个既需要耐心，又近乎苛刻的工作，他的阅读范围甚至涉及到中小学生作文和各种被文化人认为没文化的流行报刊。为了最后确定入选文章，他常常面对着数篇散文，精心推敲衡量。在中国的散文界，几乎再难找到像他这样，能够宽容地阅读他人作品，细细品评他人作品并且关照读者阅读口味的作家了。

因此，在散文革新的尝试上他有了一种与众不同的角度：阅读和接受的角度。

新时期以来，随着西方文化的大量传入和对艺术政治化的本能反叛，文学界有了一个越来越明显的趋势，那就是创作内心化。这在散文领域，表现得尤其突出。无论是大文化学者的宏论、文化精英的精辟之辞，还是小女人的闲言碎语、美女作家的肉体写作，创作者都以展示内心（思想、情绪和感觉）为动力，整个创作的过程也就成了一次自我展现的过程。甚至有人提出“散文就是日记”、“散文是给自己阅读的”、“散文就是自言自语”。无疑这是文学强调个性解放、个性自由的一种结果。但伴随这种结果，散文也出现了忽视读者阅读接受的倾向。

生于这个时代的周彦文，在创作上也受内心化写作的影响，他抒写内在感受，大胆得近乎童稚，他讲自己给领导写的发言稿，从领导口中念出，自己“一时竟不知道自己究竟是谁”的感受（《误用生命》）；讲与女同学同行，感受异性气息的直觉；在“文化大革命”中为了能得到红卫兵组织的认可，他曾整理了一个出身“小业主”同学的黑材料，为此他老实地忏悔：“我觉得我当了一回小丑，一辈子都对不起他”（《李纪周、程辛联触我痛与思》）……但这些，都是作家站在自我剖析的视点上来表达的。与内心写作的自我认同、自我理想化有所不同，周彦文在情感的“零点”上审视自我，于是写作的“我”就成了内心的“我”与读者的一座桥梁。

这样，周彦文的散文与时下流行的内心写作就有了本质的距离。与之相关的是，周彦文在创作中十分关注阅读的效果。可以说，阅读是周彦文散文的另一个起点。如何把文字铺排得有趣、耐读始终是他的课题。如果说认同一位内心写作作家的作品，需要认认真真地爱上这位作家，甚至把自己当成这位作家的影子而自恋的话，那么，认同周彦文的散文则十分简单，你大可不必那么生生死死，你只把这位作家当朋友，甚至是路人倾听就行，在他妙趣横生的讲述里，自然有你要笑、要哭的东西。即使在写人间悲剧（如《“性博士”张竞生的婚恋悲剧》《父亲还活着》等篇），周彦文的笔墨里也充满幽默。为了提高可读性，周彦文甚至借用民间文学讲故事、抖包袱的手法，他写程辛联，先写她缺席，让读者形成悬念，然后笔锋一转，把程辛联放过，认真写起在商店偶遇的大款女，又写大款女在课堂上发言，描述她的美丽，最后告诉你，这美丽的大款女孩就是程辛联（《李纪周、程辛联触我痛与思》），这种写法简直近似评书。

周彦文散文的另一种价值正在于这种民间化。它不仅体现在对读者的关切、向民间文体的学习，更体现为作家的底层意识。正如他不把自己看成一位散文家，他也不在意自己作为写作者以外的社会身份，他只身行走在商业社会里，不附带权力与地位的护身符，只用一双平常的眼睛来感受周围的世界。因此他的立场是民间的，他会在人们都避之唯恐不及的情况下，认真地看一眼倒毙路边的尸体；对靠出卖妻子肉体活命的贫困流民，他也不无同情……他记录少年的饥饿，也描写乡野民风中的美丽；愤慨于商海的欺诈，也纪念身边淳朴的人们。这在内心写作劲吹贵族之风、尽显格调文化的今天，不能不说是一种难能的朴素。也许这一点，比他在散文形式与写作方法上的创新，更值得我们注意。

这是一个生活于民间，并在人生的跋涉里，保持着心灵的平常与善良的作家。

当今的文学界，有一种奇怪的时尚：很多被称为精英的、被媒体传诵的文学家、批评家、理论家的作品其实并没有多少人阅读，也就是说，人们往往在没有接受作品的情况下，认可一个人作为“家”的声望，而且这种认可还要互相攀比，好像不知道一个人人都在称赞的流行人物，就是一种无知。这是一种阅读上的不诚实，也是只有目前的中国才会有的现象。它的实质是权力社会的权力功能与新兴商业势力的力量结合。它以商业需要制造新的流行，再以权力体系把这种模式推行为新的模式，甚至是权威。在这种时尚影响下，传播媒体传达的是权威的声音，未必体现读者的喜好；媒体是一极，读者是一极，作家在读者与媒体之间，抛弃前者，献媚于后者，从形式到内容屈服于无形的权威。很多理论家、甚至作家出书写作不是为了阅读，而是为了获得权威体系里的位置：评职称、攒资历。

周彦文没有苟同于这种趋势。他一步步退出体制中的位置，由官而编辑，又由编辑而成自由撰稿人。他没有媒体宣传力量的支持，完全靠民间途径发行他每一年度的《当代散文精品》。在散文热潮回落的情势下，这套《当代散文精品》竟然发行得相当不错。这在编辑与发行上都需要一种胆识，更主要的，它体现出作为散文家的周彦文，尊重读者、遵循阅读规律的创作态度。这种态度，我们遗忘得太久了，周彦文正提醒我们，重拾这种朴素。

（原载《当代散文精品 2004》，广州出版社，2005 年）

符启文(1944—),散文家,海南儋县人。1968 年毕业于华南师范学院中文系,曾到广州军区某部锻炼,1972 年分配到广州日报社,历任所属《广州青少年报》文艺组长、《广州青年报》副总编辑及《广州日报》文艺副刊部主任,主任编辑。系中国作家协会会员、广东省作家协会理事、广州市作家协会副主席。

符启文早年主要从事诗歌创作,出版有诗集《绿色的旋律》,上世纪 80 年代开始集中于散文创作,迄今已出版散文专集 5 部:

《羊城夜生活》(广东旅游出版社,1987 年 5 月);

《多少风流》(广东旅游出版社,1990 年);

《梦中的阳光岛》(花城出版社,1993 年);

《竹韵松风》(香港中华文化出版社,1993 年);

《符启文散文自选集》(广州出版社,1995)。

其中,《符启文散文自选集》获广东省第二届秦牧散文奖(1997),《呼兰河之魂——访萧红故居》《波罗庙前的沉思》《夏日情怀》分别获全国第一、二、四届报纸文艺副刊好作品二等奖、三等奖(1989、1990、1992),《西苑草》获广州市建国 40 周年文学创作二等奖(1989),《无花的季节》获首届广东省党报副刊优秀作品奖(1994),《秀秀发廊》获广州市文艺创作首届红棉奖(1985),有《面对逝去的岁月》被选入《中国新时期抒情散文大观》,《森林的欢歌和悲歌》被选入《岭南散文百家》,《西关靓女》被选入《女人的秋千》(花城出版社,2001 年),《西关古玩街》被选入《在大漠的呼吸里醒着》(广西人民出版社,2000 年),等等。

评论符启文散文的文章主要有:

《时代感、个性与创新——谈符启文的散文》(李钟声),《南方日报》1984 年 8 月 2 日;

《用生活的彩线编织成的花环——简评符启文的散文》(韩伯泉),《作品》1984 年第 12 期;

《“老土”见真情——读符启文散文集〈羊城夜生活〉》(司马玉常),《当代文坛报》1988 年第 2 期;

《岭南新葩又一枝——符启文散文创作简论》(黄吉生),《广州师范学报》1988 年第 4 期;

《我读符启文的散文》(郭风),《羊城晚报》1991 年 4 月 28 日;

《欣赏人生,热爱人生——符启文散文创作之我见》(陶小淳),《散文选刊》1991 年第 2 期;

《意境美、哲理美、情趣美——读符启文散文〈多少风流〉》(杨光治),《海南日报》1991 年 7 月 16 日;

《只因有了那片真情——读符启文散文集〈梦中的阳光岛〉》(杨羽仪),《羊城晚报》1992 年 12 月 23 日;

《符启文散文的文化意蕴》(张振金),《羊城晚报》1996 年 5 月 18 日。

此外,插图本《中国当代散文史》有对符启文散文的专节评论,可参阅。

我和散文

符启文

我出生在海南岛西部一个叫中和的古镇上。这个小镇,在汉朝曾是儋耳郡郡城的所在地。北宋年间,宋朝大文学家苏轼,因官场失意,被迫流放南来,曾在此谪居了四年。这位著名文学家开始是抱着“葬身海外”的凄苦悲凉心情来的。但到这里以后,我故乡的山川草木、人情世态,却像一股清泉,滋润他那颗受过创伤而将近枯萎的心。于是,他振作起来,在这里敷扬文教,把中原文化的种子撒在这块贫瘠但湿润的土地上,以至自诩为“我本儋耳人”,最后竟发出“九死南荒吾不恨”的慨叹。

也许是由于历史的悠长和苏轼遗风的影响吧,故乡的人们都极喜欢吟诗作对,逢年过节,互相唱和,结对联楹。

我父亲没有上过学堂，但凭自学写得一手好字和懂得诌几句古诗和对联，我小时候，每当年关将至，常常看到乡亲们来请他挥毫和撰写春联，他很乐意接受并大显身手。我祖母虽然是一个目不识丁的典型的农村妇女，但她有很多美妙动听的故事。记得在盛夏炎热的夜晚，繁星满天，我和弟妹们常常依偎在她的怀抱里，听她娓娓讲述各种神奇的故事，那些故事，有动物的、人物的，也有妖魔鬼怪和天神地保的，情节曲折离奇，引人入胜，多以惩恶扬善为主题。

这，大概是我最初的“文学熏陶”吧。所以，还在孩提时代，我就对文学产生了浓厚的兴趣。

故乡不但有如此浓厚的文化遗风，还是一个山明水秀的地方。它的北面，北门江像一条彩带飘然而过。江岸竹影疏淡，茂林如盖，倒映在清清的流水之中；她的南面，是大片大片的农田。那无边的绿意溶却在阳光和空气之中；而东西面，是一座建造古拙庄严、为纪念苏轼而兴建的东坡书院，那些亭阁高耸在郊原平畴绿野之上，使文明增添了色彩。村镇里，还有好几口鱼塘，像一面面岁月的镜子，映现出这个小镇的沧桑变迁。小时候，我常和伙伴们到江中泅游，到坡地放牧，到池塘里摸鱼捞虾捉螃蟹，或在树林子里逮小鸟儿。那情趣，现在回想起来，还觉得兴味无穷。

我很小就离开故乡了。有时，觉得故乡离我远了，好像是淡化了；但更多的是觉得她离我很近，充满理性。故乡的一草一木，一山一水，时时折射在我心灵的反光镜里，令我难以忘怀。我有不少散文，是专门写我童年乡间生活的。即使有的文章不是专门写故乡生活的，我也故意添上一笔，以表达我对故乡的魂牵梦绕。

一九六三年，我来到了南方一个繁华的城市——广州。

如果说，北部湾那个边陲小镇，是我童年天真、幼稚、浪漫的摇篮，那么，南中国这个名城，则是我人生、事业、爱情的天地了，那优美的五羊传说，那光辉灿烂的古文化，那浓厚的民情风俗，镌刻在我心中。我爱长堤的喧嚣，珠江的碧浪；我爱陵园的庄严，越秀的翠色，也爱云山的苍茫。但我更爱自改革开放以来，这个都市所呈现出来的现代化色彩和风韵。当然，这种色彩和风韵，常常引起一些人的忧虑和不安，因为偏见受到了冲击，传统的价值观念受到了挑战。然而，不正是这些，使我们看到民族的希望和亮色吗？因此，我常常将“新闻记者”的触角伸到这个城市的每个角落，然后，再用文学的笔调去描述它的过去，抒写它的今天，展望它的未来。我要写这个都市的人情美、风情美和爱情美的。

长期以来，我一直从事报纸文艺副刊的编辑工作，在一些人的眼里，编辑大概都是一些“正襟危坐，道貌岸然，老气横秋，不苟言笑或缺少人情味与幽默感”的人。其实不然，他们对人生一样充满深沉的爱，对生活一样充满炽烈的感情，他们有喜怒哀乐，也有七情六欲。特别是对编辑部以外的世界，他们往往有一种异乎寻常的好奇和敏感，对历史的进程、时代的变革以及人们的变化表现出一种强烈的关注。而且还有相当一部分编辑在勤勤恳恳地“为他人作嫁衣裳”的同时，也采撷生活中斑斓的云霓，为自己裁剪新衣。我，大概是属于这一类的吧。

将近20年的编辑生涯把我从青年引入中年，岁月也无情地在我的额上留下了一道道皱纹，头上的毛发也疏落了。有人诙谐地说：“这是男子汉成熟的标志。”然而，不管怎么说吧，值得自我安慰的倒是：将近20年来，我没有虚度时光，我兢兢业业地在文艺花圃里为别人裁剪、浇水、培土的同时，也在默默地耕耘着。当然，这种耕耘既是幸福的，也是艰苦的。因为它毕竟不是我的“主业”，只有当一天公务办完以后，回到家里，我才能坐到书桌前伏案笔耕。我的每一篇习作大都是在更深人静的夜晚或黎明前人们还在睡梦中，抑或是在假日或节日，当情侣们正在公园林间小道依偎漫步或荡舟湖心的时候完成的。当然，有时也趁出差组稿或开会之便，在奔驶的火车、汽车或在几千米高空的飞机座舱里开始构思我的习作。然后回到宾馆，在有空调设备、铺着地毯的舒适的房间里挥就，但这毕竟是少数。所以，尽管并非每一篇习作我都满意，但它毕竟凝聚着我的心血和汗水。

有耕耘必有收获，当我的每一篇小稿在报刊上发出的时候，当我的每一本小书在出版社出版的时候，那心情就和在编辑过程发现一个文学“新星”，看到一篇好稿一样高兴和激动。这时，那些名利场上的追逐，官场上的争斗，生活中的失意和不顺，人情的冷暖，世态的炎凉，全都淡化了。我为自己拥有的这一方天地而感到欣慰，它成了我最大的精神寄托。

有人提出，散文要写真情，我深有同感。我的散文作品有描写我们这个花团锦簇的都市的一鳞半爪的；有记叙旅途的所见所闻所感的；有抒写生活中的情趣和感怀的；也有对艺术的探求以及怀乡的篇什。然而，不管写什么，怎样写，我都倾注了自己的真情实感，我的爱和恨，喜悦和忧患，我愿和读者一道去寻求生活中的真善美，鞭笞生活中的假恶丑。

这几年来，商品意识的冲击，使文学再也不像从前那么神圣了。作家的“桂冠”也贬值了，我的作家朋友当中，有的早已弃笔从商，当起经理来了，他们有的甚至对有人至今还死死抱住文学不放感到难以理解和惋惜。对于这一点，我觉得很正常，所谓人各有志，不能勉强。明知清贫淡泊，也有人乐而为之，真是“甘苦寸心知”了。

自选作品

面对那逝去的岁月……

人生苦短，岁月无情。

岁月像一位冷酷的雕刻师，操着锐利的刻刀，不停地雕刻着、雕刻着。它把丰腴美丽的少女雕成满脸褶皱的妇人，又把健壮如牛的汉子雕成一头银霜、腰弯背驼的老人。

它雕刻着，没有私心，也没有杂念。它对任何人都一视同仁，而任何人都逃不脱它的刻刀……

初春的一天，我收到一张照片，照片里三十多位男女都是我中学时代、现在全在家乡工作和生活的同学。几十年难得一聚，于是，春节期间他们留下了这张彩照。

我收到这张照片，同时也收到一片记忆。

然而，我惊愕，要不是照片背面按前后顺序写上各人的名字，我几乎认不出这些“影中人”了。我真有些不敢相信，今天的“他们”就是昨天的“他们”，如同他们大概也不相信今天的“我”就是当年的“我”一样吧！

你看，那位脸庞瘦削、显得有些苍老的女士，不就是当年我们学校的“校花”吗？当年，那一双像含有过多水分的深澈的眼睛，那条长长的粗辫子，那被亚热带的海风吹红的圆脸庞，那健美的身段和丰满的胸脯，曾使多少人暗暗着迷。

还有，那位头顶光秃、两鬓霜染的男子汉，不就是当年我的“同桌”吗？而今，他那一头浓密的黑发哪里去了？

我忽然感到岁月雕刻师的冷酷、残忍和无情……

二十多年将近三十年了，难道我们真的都老了？

二十多年前，我们都不过是一群十七八岁的少男少女。那是一个多梦的年龄。那时，我们无忧无虑，富于幻想，我们的血液中也许有太多的狂热和太多的冲动。家乡的后面有一座高高的山，前面有一片阔阔的海，碰上假日，我们三五成群，一口气冲上山顶，雄踞在悬崖峭壁之上，对着云天林涛，没有音符，也没有标题，歇斯底里地大声呼叫。然后，又一阵风似的飞下山，一直飞到大海边，一头扎进汹涌的波涛间，似乎这样，生命中的多余部分才得到稀释！

转眼间，中学的大门为我们关闭了。

那是一个细雨迷蒙的8月天气，我揣着一张大学录取通知书告别了那个古老而又贫穷的小镇，那飘飘的细雨，是慈母辛勤的汗水？还是同窗学友们离情别绪凝成的热泪？那雨水，模糊了我的视线，也打湿了我的记忆……

虽不能说，“考上大学是一条龙，考不上大学是一条虫”，然而，我们毕竟从此以后各各走着不同的道路，各自寻找属于自己的那座人生舞台了。

有人说，今年四十六七岁的我们这一代人，是幸运的一代。我们不用像先辈们那样，以血肉之躯去奠基共和国的大厦。我们出生不久，大地就洒满了阳光，我们用秧歌舞和腰鼓舞去迎接新生的祖国，也有人嘲笑我们，说我们的遗传基因里有不少“迂腐”的因子。我们虽不像老一辈一些人那么固执刻板，但又缺乏当代年轻人的风流倜傥，超凡脱俗。

我们承认，我们正是带着旧时代的“胎盘”过来的，我们对新生的共和国才如此热爱。我们虽然也参与过造神运动，当过类似宗教的虔诚信徒，目睹过那一幕幕难以令人置信的人生悲剧，但在我们的身上，也烙印下那个时代给予我们的诸如无私奉献、吃苦耐劳、勤勤恳恳等民族美德。我们虽然出生在这块乳汁不够丰厚的土地，但我们从来没有嫌弃它，我们既为它的新生感到喜悦，也为它的贫困和多难忧心如焚，我们可以坦然地说：我们的“忧患意识”并不比哪一代人差！

当然，我们的生活是平淡了一些，几乎没有什么浪漫色彩。甚至连我们的初恋也是平淡的，既没有到海滩去你追我逐，也没有到密林深处去捉迷藏，更没有到迪斯科舞厅去搂抱着，绵绵细语。生活还常常和我们开玩笑：我们应该得到的却没有得到，我们不希望失去的却失去了，而当生活开始变换着多彩的色调，我们的身上已压下家庭、孩子和社会工作的多重担子了。摆脱和尚未摆脱的，超越和尚未超越的交织在一起，组成了我们这一代人的人生。

然而，这并不意味着我们不懂得生活，我们从未气馁，从未失却对生活的信心和热情。

记得前年秋天，果子成熟的时节，照片里的一位姓黄的同学到省城办事，曾来找过我。二十多年不见，我们都惊异相互间的变化，双方储存在脑仓库里的形象已被扭曲了，我们自然又感叹人生苦短，岁月无情。

姓黄的学友没有考上大学，我知道，这不是他的过错，他学习成绩当时在班上一直领先，是他那位在乡下被划为“富农”的父亲，不该生下他。

高中毕业后，他回到乡下务农，当改革开放的浪潮席卷大地，我那古老的村镇也开始躁动了。世代在土地上躬耕的人们既眷恋土地，又诅咒土地，它太厚实太沉重了，有时甚至沉重得叫人喘不过气来。人们不但要让土地长出稻谷，还要让它鸣奏出机器滑动的乐章。于是，一间间乡镇企业破土而出，我的同学中标承包了一间制冰厂，也许在他的“潜意识”里早有这种动机，也许他原本就是一个不安分的人，他似乎更适合于干这一行，冰厂办得风风火火，几年工夫，他已成为时下人们常说的“万元户”了。

前些年，断断续续听到一些关于他的传闻轶事，最轰动的是他将二万元捐给当地一间中学。

是图虚名？是想出一出风头？

我们中国人有个怪癖，喜欢猜度别人，不管你原来的意愿是不是这样？经他一猜度，一揣摩，你就无法申辩了。

出于职业的习惯，我和老同学提及此事，他淡淡一笑说：“学校穷得可怜，门窗坏了也没钱修，孩子在那里读书，总不能叫他顶风冒雨上课吧，感冒发烧辛苦的还不是我们！过去我失去了读书的机会，现在孩子有书读，就要让他读好书，好读书。”

没有豪言壮志，也看不到思想的闪光，说的实实在在，做的也实实在在。富于理想，但更尊重现实，勇于追求，但不喜欢大吹大擂，这，大概是我们这一辈人的个性特征吧！

也是前年的秋天，也是果子成熟的季节，我出差外地，偶然邂逅照片里另一位姓傅的同学，他除了脸上的皱纹多了些，头发白了些外，那副面貌轮廓似乎没有变，他高中毕业后走的是另一条路。他回到乡下当个小干部，后来因工作出色当上了团委书记、区委书记，再后来，他被选为副县长。我知道他是靠实力取胜的，早在当公社书记、区委书记时，他就把那个小小的“王国”治理得有条有序，远近闻名。他说:“人生的道路虽然各自不同,机遇对每一个人也不均衡,但命运掌握在每个人手中,只要你在困境中不甘沉沦,不甘寂寞,生活总是不会亏待你的。”

他的话,道出了我们这辈人的心声。

是呵!我的同学们虽然各人走着不同的人生路,虽然岁月也没有对他们宽容和恩赐,但他们从没有消沉过,悲观过,也没有颓废过,他们一直在生活的激流中搏击!

一位作家曾经说过:“一个人的老,不仅仅体现在年龄上,更重要的是体现在心态上,这种老,才是真正的老,令人凄楚的老。”

当你抚摸着唐碑宋简,当你徜徉在那闪着历史余光的古迹残垣,也许你会感叹岁月的悠长,人生的短促,但这时,你会觉得,真正的“老者”是历史,而不是我们!和“历史老人”比起来,我们不过是个“孩童”。

此刻,当我对着这一张珍贵的、带着乡野气息的同学们的彩照,对着那已经逝去了的岁月,我忽然感到,我们没有老,尽管岁月雕刻师把我们的外貌雕成了另外一个模样,尽管我们也历尽时代的风霜雨雪,但我们仍有一颗纯真明亮的心,一颗对未来、对事业执著追求的年青的心……

(选自《梦中的阳光岛》)

波罗庙前的沉思

我随着拥挤不堪的人群,慢慢地往里挤、往里挤……

将近200米的庙前路旁,尽是摆卖香火、元宝、炮竹的摊档,一摊挨着一摊,还有那泥塑的手工制作的雄鸡,那写着“一帆风顺”、“出入平安”的金光闪闪的风车。噼噼啪啪的炮竹声从前方传来,不绝于耳,团团青烟在空中弥漫、盘旋,散开去,又弥漫,又盘旋……

我仿佛走进了一个幻梦般迷糊的世界;

我仿佛来到了一个冥冥的神灵之国。

我有些怀疑：这么多的人到这里来，他们的诚意如何？是真的来顶礼膜拜？还是来凑凑热闹？抑或是抱着好奇的心理，趁这早春和暖的天气，作一次别开生面的郊游？

历史有时出人意料，有时也会捉弄人。

宋元年间，这里纯粹是一个小小的商业镇，叫“扶胥镇”。它是古羊城的卫生镇，不但是“海上丝绸之路”的起点之一，也是良好的港湾。当时，各路商贾常云集于此，各国船舶常停泊于斯。隋文帝开皇十四年(公元594年)，文帝下诏立祠以祀四海之神，才创建了这座南海神庙。从此，这个谁也没有见过，又似乎见过的冥冥神灵就主宰着南海的风雨云涛了；从此，来往航船就把自己的平安寄托在这座泥塑的神像上面了，并在庙前立了一块叫“海不扬波”的石碑坊。

站在今天的历史高度上，我们无需苛求古人。在当时航海设备、天象、气象、物象乃至仪器等较为落后的古代，狂暴的飓风，排山的恶浪，随时可以吞噬船民们的生命，泯灭他们的理想，人们既不能预测风暴的降临，也不能掌握航程的命运，只能向神灵祈求海上风平浪静。这是一种朴素的、具有原始属性的对自然崇拜的反映。

当时的南海神庙共有大小厅堂120余间，雕栏画栋，金碧辉煌，殿宇巍峨，气势恢宏，它位于珠江东江入口处，狮子洋在其前，大小虎门在其间，江波浩淼，长天辽阔。庙前西南的章丘岗上，建有浴日亭，又是风景最佳处。登亭驰目，亭下汪洋一片，辽阔浩荡。若夫旭日东升，海波不兴，霞光万道，沧海桑田，绵亘伸延，更叫人心旷神怡，遐思万千，不愧是游览的胜地。怪不得南宋诗人杨万里来游历后，大加赞叹地说“南来若不到东庙”等于“西京未睹建章宫”，他把当时举世闻名的西京长安建章宫和南海神庙相比，可见当年南海神庙的地位和吸引力了。

然而，既然是神庙，就难免要带上神的色彩。不知从何时开始，人们传闻这南海神有无穷的法力。相传萧梁时，波罗国的贡使来朝贡，船至南海庙，上岸拜谒，并把带来的波罗种在庙前，谁知瞬间航船远去,只留下他一人。他望海而泣,顷刻间竟立化为神。当地人用泥添在他身上作衣冠,立于殿廊。看来“佛法无边”也奈何不了这海神,真有些“暗箭难防”的滋味。

后来又有好事者,把每年农历二月十一日至十三日定为南海神诞日(又称波罗诞日)。每年这个时候,楼船花艇,大舸小舸,都要停泊于此,为海神做生日,否则难保来年海路平安。还说这里出售的泥塑波罗鸡每年都有一只会啼,谁要是买到这只鸡,准会发财富贵……经过世代的繁衍,这“波罗诞”几乎成了一个隆重的节日。从此,这个古代的通商口岸,这个风光旖旎的地方,就一方面显示着文化悠久的生命意识,一方面又在顽强地表现着封建落后和愚昧了。

历史就这样,戏弄了我们一代又一代。

抗日战争时期,“文革”十年,南海神庙在历尽劫难后,遭到严重破坏。殿堂倒塌,香火也几乎断绝了……

然而,意想不到的是,历史跨进了80年代,这个位于黄埔南岗,这个几乎被人遗忘的角落,突然又热闹起来……

我一步一步地走着,思考着这一奇异的现象。

我一步一步地走着,想从这废墟上寻找答案。

海神在哪里?冥灵在何方?

展现在我面前的是一片断碑残垣,损缺的瓦檐,油漆斑驳的石柱;高低不平的裂断的台阶;还有那灰色的砖墙,留下一道道香火熏烤的痕迹,使人想起罗丹雕塑的那位饱尝人间风霜、满脸皱纹的老妇人欧米哀尔的形象。

然而,今天这里却成了人们的海洋。难道在这废墟上,此刻真的有仙魂在漫游?有神灵在蹀躞?

前来参拜的人们捧着点燃了的香火,缓缓地移动脚步。他们走到石碑前,把香火举过头顶,拜了又拜,然后口中念念有词,虔诚地弯下腰,把香火插到碑文底下。上香的人太多了,有的只能在一旁等候,尽管空气是那样的浑浊,烟雾把人们熏得流出了泪水,但来进香的人还是一批接着一批。昔日风光秀美的浴日亭,此刻从山下到山顶亭子间的石阶两旁，也插满了燃烧的青香，每走一步都会被烟火热浪冲得直干咳，但登亭者仍络绎不绝。与其说是来“转运”，毋宁说仿佛是作一次灵魂的超度吧。而更令我惊讶的是，在这众多“香客”中，大部分是穿着新潮的青年男女或带着小孩的年轻夫妇。他们每走到一座石碑前，都要烧香施礼，双手合掌，默默祈祷，其真诚和恭敬，令人咋舌。

在我们民族的历史进程中，虽然封建迷信并未像诸如卖淫、性病等丑恶现象一样出现断代，但也有过一段低谷。

然而，为什么科学愈发达，文明愈发展，人们的封建迷信意识愈浓厚呢？我很想问一问身边的那些善男信女们，他们在寻找自我，在寻找自身价值的同时，何必要把希冀、把未来、把幸福托付给一个事实上并不存在的神灵呢？但我想，他们是不会回答我的。落后和愚昧虽说是一对孪生兄弟，但眼下已无法用它来解释这种现象了。

于是，我想起了脚下的这块土地。这是一块丰饶而又古老沉重的土地，这是一块萌生英雄豪杰而又滋长着神灵仙魂的土地；这是一块显示着新生而又有着几千年封建积淀的土地。我们要在这片土地上播种文明的绿洲，看来并不是一件很容易的事呵！它需要几代人的艰苦努力和不停的奋斗！

据说波罗庙要进行修葺，还其本来面目，这当然是件好事。了解历史最好是重现历史。人们将可以从这重新叠出的波罗庙中，看到昔日这南方开放商业小镇繁荣昌盛的风貌，对今天我们所走的道路有所启悟。但假如有人把波罗庙的重新出现，当作神坛来拜祭，就未免叫人感到悲哀和不幸了。

我在波罗庙前沉思着，心中也有些迷惘……

（选自《多少风流》）

岭南新葩又一枝

——符启文散文创作简论

黄吉生

一

中国文学自古诗文并重，诗文为宗，弃诗从文似乎也并不有悖东坡之风。况且诗人反串散文，或诗人弃诗从文往往出乎不凡，不鸣则已，一鸣惊人。符启文的散文创作也证实了这一点。短短几年他创作的散文已有一百多篇，多次获奖并结集出版了《羊城夜生活》。如果说，诗歌合集《绿色的旋律》是他青少年时代留在文学道路上的头一个脚印，那么，《羊城夜生活》是他人到中年后留在文学道路上的又一个脚印。这是同一个作家的截然不同的两个脚印，但两个脚印之间的承续脉络是显而易见的。

二

我始终认为，一个真正的作家，在他的感情世界里对故乡的热爱和怀念始终占有重要的方位，是支撑他的创作持之以恒的原动力。对故乡的爱恋总是与对童年生活的回忆分不开的。作为一个感情丰富的散文作家，符启文对故土一往情深，他的乡恋总是渗透浸润在对童年生活的追忆里。他的乡恋乡情的积淀和结晶凝结在他那些以童年生活、回忆故乡往事为题材的篇什中。这是一份浓酽而醇冽的情感，当它从笔底汩汩流出时，是那么缱绻动人。《月是故乡明》《海那边，有我童年的爱》《牛牵悠悠故园情》这些篇什揭开了往事如烟的记忆大幕，展示出中和古镇关于各种节事的乡风土俗；孩提时代竹米度春荒的凄凉；过中秋、看赛龙舟的情景；念中学时引领自己走上文学道路的启蒙老师；还有那朦胧初恋中的女友。这一桩桩、一件件儿时的故事或苦涩或甜蜜都散发着童真童趣的浪漫和温馨一起呈现在读者面前，令人捧读之余不知不觉地进入作者创造的境界中。在五哥和炜炜的故事里，人们感受到真挚友谊给人带来的暖意，也从叙事主人公的失落和叹惋中意识到人生风雨路难抵难挡的悲凉。在外祖父和文化局长的故事里，既骚动着故土乡亲的强烈的生命意识，也活现出一个真正的人的美好品质。不论符启文是否有意为“乡土文学”，也不管他这些篇什是否够得上“乡土文学”，他笔下流露的这股沁人心脾的乡土味已足以引人走进那由真情实感构造的艺术境界里，去憬悟人生美好的、值得怀念的那一面。

山水游记是符启文比较倾心的散文体裁。他的游记多以揽胜猎奇吸引人，这固然体现了一个作家对生活的热情，也不能不说在一定程度上反映了作家观察生活的功力。符启文向来爱猎奇喜怪癖，但他不是专业作家，无法随心所欲地、东南西北地去漫游天下，去探赜索隐。符启文的游踪主要穿行于岭南的山山水水，寻访龙王“故居”，领略虎门雄风，探胜丹霞山，踏青鼎湖山。作家风尘仆仆，满腔热情地去品评赏识岭南名胜古迹在改革开放形势下焕发的新风采。符启文的山水游记不囿于自然景物的框架，而敢于驰骋诗思于山水间。他的视野往往不局限于目力所及的景致，而能穿过眼前风云透视历史的演变。他最近见报的《依依深情长洲岛》《古趣盎然金沙滩》等篇都给人这样的印象，而《虎门雄风》则较集中地体现了这个特点。文章描写虎门大人山的雄伟和林则徐雕像的壮观，极力想象着当年虎门销烟的壮烈场景。透过历史的烟云，作者又描述了今日虎门儿女的英姿。虎门口岸关长介绍的一系列关于反走私的行动，告诉人们，口岸关员们和海上缉私队员是怎样以英勇机智的斗争捍卫了民族的尊严。这正是虎门雄风长存的印证，也正是文章题旨所在。作者让历史与现实叠加参照，从斑斓驳杂的生活画面上展现作者对生活的思考和认识。比之那些以静止地、摄影式地描述风光为能事的文章，符启文的游记给读者的回味空间要宽广得多，所涵纳的生活内容也丰富得多。

显然，因限于游踪的过于偏执一隅，符启文的游记多少给人一种纤弱窘仄感，缺少空灵之气。描高山而苍勃辽阔不足，绘流水也不显邃远清幽，但符启文的游记透露了很强的潜质，展示了可望更上一层楼的前景。游记往往要直接受制于作者视野的开阔度。那些有幸遍游名山大川，领略异域风情的作家，受各种美感的大自然景致的陶冶，往往下笔如有神，文思纵横决宕，容易创作出脍炙人口的游记华章。

当一个人由读者走上创作道路时，他的心灵世界总是耸立着某个或某些文学偶像，而他日后的艺术追求和创作道路受文学偶像的风格影响极大。符启文从孩提时代就喜爱秦牧散文。他在《羊城夜生活》的《后记》中说："一些评论家说我的散文受秦牧散文的影响较大。我承认，在当代散文百家中，我是比较喜欢秦牧的散文的。"一个有出息的作家总不会愿意跟在大家之后亦步亦趋，符启文对秦牧散文经过了由入骨之受到刻意模仿到力求自创一格。

知识性小品是符启文散文中秦牧风味较浓的一个品种。虽然他的小品在散文家的多副笔墨、谋篇布局的匠心和语言文字驾驭的功力等方面尚不可与大师匹敌，但符启文已经实实在在地表现了自己的特色。较之秦牧散文长于思辨、偏重说理，符启文往往更侧重于知识性和趣味性的激扬。既有哲理发掘，又没有说教、唠叨之嫌，行文尚天真自然，力避华彩典重。

在符启文的知识性小品中，散文的行文美和文章里的掌故、趣闻、知识介绍和谐地结合一起，相映成趣，极大地增加了文章的可读性。行文的笔趣，故事的谐趣和作者所昭示的思想哲理的意趣洋溢勃发，令人手不释卷。这一类的篇什有《大象篇》《森林的欢歌和哀歌》《说猴》《鹦鹉情》，而以《蟹的趣忆》行文最为潇洒。作者由少时捉蟹讲到听奶奶说蟹，又拈来文人墨客笔下的蟹，转而阐释蟹横行的道理。然后历数蟹的种类，介绍蟹的营养成分，描述古今食蟹之道，最后叙述蟹的生活特性和捕蟹之法。作者笔底生花，文章满目琳琅，充溢着生活的情趣和童趣，又不乏精辟的理趣，洋洋洒洒，海阔天空，而毫无枯涩冗长之嫌。符启文的知识性小品鲜明地体现了秦牧散文环绕一个中心旁征博引谈天说地的笔法和明快晓畅的语言风格，是秦牧这株散文巨榕生发的又一片树林。

的确，秦牧散文知识性、趣味性、哲理性的巧妙融合，艺术风格上的生活浓度、知识厚度和思想深度的完美结合，对符启文是有诱惑力、有启示力的。他广泛地汲取了前辈作家的艺术养料，拿来丰富自己的散文创作，读到他的作品，尤其是知识性小品，你能明显地感到秦牧的风范，但又决不是他人风格的囫囵吞枣、依样画葫芦。当然，符启文对前辈作家艺术风格的消化吸收也有不完全之处。有些篇什模仿的痕迹比较明显，有些篇什泥于前人的窠臼不能自拔。如《窗前，一盆海棠花》引了不少名篇佳句，又有浓墨泼注的民间传说聊以渲染，却并不增色。此属咏花寄情之作，古人前人几乎写滥了，无非就是摘章引句，对花落泪，再加入一些典故、传说之类以为佐料，敷演成文。所以，今人再作咏花篇，应该挣脱俗套，有所创新。否则，陈陈相因，代代沿革，便如旧谷糠、陈芝麻之类了。

比之在处女地上披荆斩棘，人们往往要自觉或不自觉地耽于驾轻就熟、轻车熟路，在前人踩出的路子上徜徉徘徊。坚韧者驱动于大智大勇，会很快地走出老套套，另辟蹊径。

三

符启文散文创作的成就主要表现在那些以广州市民生活为题材的篇什里，他的这类文章以鲜明的广州市民风为他在岭南文坛奠定了地位。如果说符启文的散文创作间或也以馨香的乡土气息吸引人，那么，他散文的市民风味则更馥郁芬芳了。

在当前振兴散文的一片疾呼声中，许多文章和议论力倡散文的时代感，抨击那种专工小花小草、身边琐事的文章，以为吟咏小花小草、感叹身边琐事，结果是玩物丧志，使散文失去时代精神而染上大夫风，使散文背离表现社会变革、体现当代意识而远离时代大潮。这种批评不能说它毫无道理，但它只说明了问题的一方面。在创作中，写什么固然很重要，但怎么写才是更本质的。这是一个虽陈旧却并不过时的美学命题。

一味沉迷于小花小草、身边琐事，可能导致文章空浮绮靡、纤弱窘仄，但如果把握了散文特点，善于以小见大，也能从小花小草、身边琐事的咏叹中传递时代变革的韵致。纵观符启文的散文创作，较为精彩的还是那些状写街坊邻里间、趣谈买鱼养猫事的篇什。此类题材可谓琐屑，可谓微末，作者并没有挥毫酣写时代变革，也没有为开拓者们立丰碑树伟像，但你分明从小巷的今昔对比，羊城人的穿着变化中感受到生活的沧桑，时代的突进。

文学不能没有人，不论创作的主体还是创作的客体，其中的主宰者都是人。

诚然，作家主体意识导引着他的创作，因之作品中勃发着作家的思想、感情。同理，创作客体来自生活，人情味、人的形象占有更重要的位置。与小说、影视、戏剧相比，散文是一种十分灵活自由的文体，取材可以海阔天空、任凭驰骋，大至宇宙天体，小至针头线脑，遥至混沌远古，近至身边趣闻，艺术描绘探索的触须几乎无所不至、无所不包。用刘勰的话来说是："一叶且合人意，虫声有足引心。"确实，散文可咏花草，发偶感，也可绘世纪风云；可状细雨微澜，也可描洪涛巨浪。这就构成了散文的一大特点，散文集美文与情文于一身，它以意境美和文笔美动人，更以作者的实感真情和现实生活中的人之常情感人、引人。对于散文家来说，无情未必真豪杰；对于其作品来说，寡情定是拙劣文。小说、电影、戏剧、诗歌拥有丰富的艺术表现手法，诸如白描、意识流、蒙太奇、象征、隐喻、朦胧等等，但散文却没有多少技巧可藉以装潢掩饰自己，它要博得读者的青睐，吸引读者的关注，只有靠真情实感，以及建构在此基础之上的艺术境界，舍此，散文便成了一件皇帝的新衣。清末著名文论家王国维在《人间词话》中对此有精辟论述："能写真景物真感情者谓之境界"，又说"一切景语皆情语也"。对于散文创作来说，此论尤切当。

金戈铁马有诗情，杏花春雨有画意。前者是阳刚美，后者是阴柔美，可以满足不同的审美欣赏层次的需要，而无高下贵贱之分。符启文的散文创作属于杏花春雨者流，他执著于真情实感的发掘和张扬，但他散文的真情不是抒自雷霆万钧的社会变革中，不是发自叱咤风云的开拓者英雄的勋业伟绩里，而是啜取于大都市的人间百态，闾阎四邻中的人之常情。符启文津津于大街徜徉所闻所见的羊城夜生活，孜孜于大楼邻里间的琐事、市民的厨房餐桌上的变化，笔墨泼洒处写出一派广州人的浮世绘。他那些回溯历史大河的今昔对比，漫游生活大海的精心采撷，使他的市民散文在纵横交错的生活画面上洋溢着新鲜的时代气息。《羊城夜生活》是一组五彩缤纷的广州人夜生活的镜头：宾馆、酒家的音乐茶座，小食店、茶楼的宵夜图景，更有各种类型的学校里人头涌动、灯火荧煌的"夜耕图"。广州人的夜生活就是这样一部由奔放的乐声、喧闹的市声和朗朗书声组成的都市交响乐。文章虽没有描述广州人白昼的拼搏和创业的壮举，但从欢快而健康的夜生活里，从紧张的生活节奏里，透示出开放城市的巨大活力，映现了广州人崭新的精神面貌。我们从这一组组画面上可以感受到扑面而来的时代气息。

《耳著明月珰》写的是广州人的“耳环热”,《城乡时装流行曲》写了广州人服饰打扮的新潮,这实在是琐屑得不能再琐屑了。取这样的题材入文章,下乘之作耳,恐怕要为某些人所不齿、所不为。但好的散文家具有化腐朽为神奇、变习见为新知的功夫,他善于从人人司空见惯、熟视无睹的事物和现象中发掘出新奇,提炼出新意,而使文章焕发出启悟的力量。这两篇文章注目于穿衣戴帽,却写出了广州人的风采,从身边琐事中透示了时代变革的信息。早几年,涂胭脂、抹口红、戴项链、挂耳环,还被目为资产阶级生活方式哪。现在,从“西装热”、“项链热”、“戒指热”到“耳环热”,热浪逼人,一浪高一浪。早几年,军干装、解放鞋才叫时髦。现在,西装、T恤、牛仔裤应有尽有,琳琅满目,连农村青年也西装领带连衣裙地打扮起来。这是多么令人瞠目结舌的变化,难道说这其中蕴含的时代意义还不够丰富吗?难道说这类题材的当代性不够强烈吗?可惜,符启文同志只是如实地展示了引人深思的生活现象,没有去熔铸提炼出警策的哲理,否则它可以启示读者在掩卷之余,对生活作更深层次的思考。

十一届三中全会以来,党的开放政策给贫瘠破败的农村大地送来了春风雨露,农村经济改革的成就是显著的,吸引了许多作家去描写农民脱贫致富,去再现农村的沧海桑田。相比之下,城市的经济变革仍在探索中,城市人的今昔反差不如农民那么强烈突出,还不能吸引住作家们的眼光。但不表现市民的脱贫致富,就难以全面反映城市经济改革的成就。从某种意义上说,城市人生活水准的涨落,是综合反映社会进步状况的反光镜,市民们的喜怒哀乐是测定社会现实状况的晴雨表。石米批荡窗明户净的住宅大楼和从楼上伸出来的、花红草绿的阳台,牵动了多少城里人的神经,勾引了多少人梦萦魂绕。符启文大胆切入这一极为敏感的社会问题,写下了《阳台梦》。只有那些在闷热阴暗的斗室里终年伏案劳作,那些在鸽笼般的居室里饱尝了三代甚至四代同堂之苦的都市居民,读到它时,才最容易体味出它隐藏在淡淡忧伤中的生活的苦涩,才最容易触动心灵深处的苦恼和隐痛。符启文注视着广州众生相,他的艺术眼光的扫描也巡视着小街深巷的浮世绘。多少年来,鸡鸣巷的人家日日为生计忙碌奔波,祖祖辈辈在淡泊清贫中消磨。近几年来它一下翻了个个儿。先是商铺如雨后春笋冒出,然后高级电器进入了鸡鸣巷,再后,崛起了石米批荡的新楼房,古老的鸡鸣巷,一下焕发了青春。广州的长街小巷何止成百上千,鸡鸣巷该是一幅缩影了。从鸡鸣巷人家渐渐丰盛的餐桌上、渐渐豪奢的摆没和渐渐紧凑的生活节拍中,洋溢出十一届三中全会以来的政策给民族、给国家注入的勃勃生机。一条古巷的变迁烛照出广州的今昔,为开放政策唱了一曲抒情调的赞歌。老舍先生是人人敬佩的艺术大师,他笔下的北京令人叫绝,绝的原因之一就是写出了京华风土人情味。《鸡鸣巷》也多少让人嗅出了广州的风土人情味,因之读来颇觉耳目一新。可惜,这样的篇什在符启文的散文里还嫌太少。

符启文善于从市民风情画中传送时代变革的足音,也尝试着到现代人的心灵世界里探赜索隐,从那些富于时代特征的观念意识的嬗变中,鉴照出生活的美好。他仍然注目于小街小巷的市民人物,执著于采撷市民生活中闪光的浪花。曾家三姐妹靠着强劲的"南风窗",本可以到香港或外国去,在亲戚翼护下过舒适的日子,即使不走,只要海外亲戚稍稍资助一下,她们也满可以丰衣足食,无忧无虑,不必为三餐频扑。但三姐妹却觉得靠人养活太耻辱,她们也要劳动创造,为生活添加美,于是开了间"秀秀发廊"。她们用自己的劳动赢得了顾客的信赖和称赞。这些事例确乎平平凡凡,决不惊世骇俗,但平凡中有不平凡。劳动光荣,创造生活光荣这是再平凡不过的道理。如果生活中能有更多人明白这个道理,明白后去这样做,那么明天将会更美好。

和曾家三姐妹相比,那个名叫潘丽娟的卖艇仔粥姑娘的身世要更曲折复杂一些。潘丽娟在动乱的年代曾沦为流氓,在罪恶的渊薮里打滚,但她没有在生活大河的浊浪里没顶,光明的时代给她的生命注入了生机。告别铁窗生涯后,她开了小食店,不嫁港客,却执意卖粥,还坚持业余创作。这其中不光有方便附近的小学生而造福他人的意义,也有自新自力的含义。写失足青年重获新生的力作、大作多矣!《卖艇仔粥的姑娘》本不可能引起轰动效应,何况她的事迹委实不足挂齿,生活中这样的青年多呢!但符启文写出了滨江路小街口的这一个,写出了广州泥土味的这一个,虽不足称奇,却令人掩卷沉思。从潘丽娟身上我们意识到,改革开放不仅给我们的经济注入了生机,也给那些曾经沦落的人带来了生机。

广东得风气之先,十年来的经济改革一马当先,南粤大地奏响过一曲曲雄壮嘹亮的进行曲,也传出了一支支振奋人心的凯歌。满怀使命感的作家倾全力去表现它，在小说、报告文学这些文学样式里，作家们得心应手、游刃有余，容易得到成功。而用散文来正面表现改革，往往有捉襟见肘之虞，这与散文短小精悍、长于抒情的特点不无关系。与这一特点相关联的是散文一般不宜于正面描写大事变、大题材，否则这只精巧的小船会因不胜重负而倾覆在事件的海洋里。散文的小巧玲珑，灵活多样更宜于抒发个性情感，叙写生活偶见琐闻，这似乎是其所短，恰正是其所长。符启文巧妙地把握了散文的这一特征，他的那些市民散文，虽未涉猎改革的壮举，也无描绘开拓者的系列形象，只是如实地描画广州的风土人情、描画了小街古巷的人间百态，但从这些五光十色的生活画面上鲜明有力地折射了大时代的变革，从而映现出生活的沧桑巨变。散文以小见大的特征，在符启文笔下再次得到生动体现。

与笔下题材的生活气氛相对应，符启文在表现手法上追求平易朴实、自然亲切。读到他见诸报章的那些篇什，仿佛作者与你促膝而坐、娓娓而谈，气氛轻松亲切，文章如话家常。散文讲究真情的抒发，而真情是朴实的，任何装腔作势、矫揉造作只会让人反感、倒胃，甚至面目可憎。你要赢得读者吗？你要唤起读者的审美共鸣吗？那么你就应当与读者处在平等的地位上，向读者敞开你的心扉。接受美学认为：一部作品的社会意义和美学价值，只有在阅读过程中才会表现出来。一部作品的生命力，没有读者的参与，是不可想象的。一部作品不仅是为读者创作的，而且它也需要读者，否则就无法成为一部真正的成品。从散文创作来说，追求朴实平易是赢得读者的不二法门。在符启文散文里若论平易朴实，首推《大楼邻里间》和《春来话吃鱼》。前者写作者与邻里多年的和睦相处，刻画了古道热肠的英姐和曾姨，后者叙述在艰难的岁月里作者买鱼的几次遭遇。故事极平常，生活中几乎常常见到，时时经历，该是平淡无味的了。但从符启文笔下读到这些“身边琐事”，却令人感到它淡而有味，平中有奇。这除了在普通市民身上看到了我们民族美德的风范，从买鱼的故事中感受到生活在扎实地前进，还因为获得了朴实亲切的审美感受。本来，斗室之家，近邻之情；买鱼之苦，吃鱼之难，这纯是些市民生活的咏叹调，又能有多少诗情画意呢？但文章的平易近人吸引你读下去，于是在那些一诵三叹、一波三折的生活小故事里你感受到了诗意，发现了你司空见惯却从未留意过的东西。这该是寓华于朴的功效了。

与散文艺术追求上的朴实平易相切合，符启文的散文笔法也刻意追求挥洒自如，运笔仿佛信手拈来、漫不经心，文章布局谋篇富于层次感、节奏感和音乐感。仍以《春来话吃鱼》为例，开篇即道："舅舅从北方出差来广州，顺便到我家过新年。我设便宴招待他，妻子特别做了一条肉丝蘑菇清蒸大鲩鱼"。文章似信笔开篇，且平白如话。接下去作者回忆半夜排队买鱼，冒雨驱车"抢"鱼，故事络绎道来，文章顺势展开，不露斧凿痕，不显生硬感，起所当起，止所当止。《大象篇》《鹦鹉情》《海那边，有我童年的爱》都显出了作者驾驭文章的功力。作者运笔舒缓轻柔，文风向浑灏洒脱发展，明显呈现了一种流宕潇洒。在散文语言上，符启文朝如话家常、平易亲切靠拢，读来似披览友人信札，又似翻阅往年日记，而琅琅上口，汩汩入心。

与运笔的追求自如洒脱、行之流水相照应，符启文的散文写出了"散"的韵味。它散得不拘格套，散得天马行空，但不是七零八落、混乱无章，而是散得浑然一体、整饬有序。这种形式意义上的特色，与他散文所状写的朴实而富有南国色彩的题材内容较好地融合在一起，为他散文抒情的率真、坦诚提供了一个朴实美的境界。他的杂感和叙事性散文，如《阳台梦》《鸡鸣巷》《春来话吃鱼》《大楼邻里间》等篇体现了散文特有的行文美。

符启文为文的最大特点是朴实平易，他的最明显的不足也因之而来。朴实固然可贵，但过于朴实反为所累。《羊城夜生活》《秀秀发廊》已让人略感因行文的平朴而流于叙写的平实，而近于通讯报道。游记辑里的几篇亦有此憾。如果符启文既注意了散文的朴实又能放得开手脚，充分发挥散文所长，相信他的笔端会开放出更绚丽的花朵。

（原载《广州师院学报》1988年第4期，略有删节）

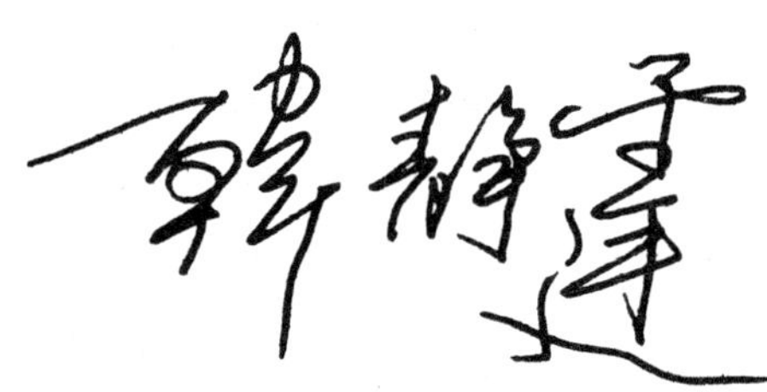

韩静霆(1944—),小说家、剧作家、散文家、书画家,辽宁东辽人(祖籍山东高唐)。高中未毕业即选入四平专区艺术学校,后被选入吉林省艺术专科学校。1962 年因学校解散回故乡任中学教师。1963 年考入中央音乐学院民族音乐系(后并入中国音乐学院),专攻二胡、琵琶。1968 年毕业到部队农场锻炼,1973 年分配入伍,任北京军区炮兵政治部干事,1976 年调空军政治部文化部从事专业文学创作,任创作室主任,少将军衔。系中国作家协会、中国电视艺术家协会、中国戏剧家协会、中国音乐家协会会员,中国作家协会全国委员会委员、中国散文学会理事,中国农工民主党东方书画社社长。

韩静霆 1973 年开始业余文学创作,同年发表的组诗《天安门城楼有多高》《节日焰火》和《北京站的钟声》即被选入由北京出版社编辑出版的《北京的歌》一书,出版有《足球队的特别队员》(陕西人民出版社,1978 年)、《月琴弦上的传说》(陕西人民出版社,1979 年)、《凤凰鸟》(上海文艺出版社,1980 年)等诗集。上世纪 80 年代后以小说、散文、报告文学为主,兼事电影、电视剧及话剧创作,出版有中长篇小说及同名电影、电视剧《凯旋在子夜》《战争让女人走开》《大出殡》《孙武》《市场角落的"皇帝"》和话剧《远的云,近的云》等,并获 1983—1984 年全国优秀中篇小说奖、全军"八一"文艺奖等多种重要奖项。曾参与策划《远南运动会开幕式》《世界妇女大会开幕式》《中国北京欢庆香港回归》演出并任总撰稿人,连续三年担任中央电视台春节歌舞晚会总撰稿人,所创作的歌曲《今天是你的生日,中国》(作词)广为传唱。曾在中国美术馆及广州、福州、哈尔滨、太原等地举办个人画展(画作为澳大利亚总理、挪威皇帝收藏)。与此同时,出版散文、报告文学专集 9 部:

《太阳富赋》(吉林人民出版社,1978 年);

《唱歌的小草》(江苏人民出版社,1982 年);

《花魂》(吉林人民出版社,1984 年);

《幽谷鹿笛》(江苏人民出版社,1984 年);

《爱的船,爱的岸》(新蕾出版社,1987 年);

《纯情》(海峡文艺出版社,1993 年);

《丑人自白》(群众出版社,1996 年);

《男人和男人的巢》(时代文艺出版社,1999 年);

《佯醉与佯狂》(百花文艺出版社,2000 年)。

其中有《摔倒了自己的冠军》获全国体育报告文学优秀作品奖,《挂在银牌上的泪珠》获《当代青年》征文一等奖,《二十岁的生日,在生死场度过》获《福建青年》优秀作品一等奖、全国青年报刊优秀作品一等奖,《鸟语》获全国精短散文大赛优秀作品奖,《二泉作证》获韩愈杯全国散文大赛优秀作品奖,《残荷》获《福建文学》优秀作品奖;有《樱桃汤遐思》《邮鸟儿飞来了》《木偶的悲喜剧》《二泉作证》《驱猫记》《冰灯》《纯情》《鸟语》《我是矮子》《书生论剑》《黑土地》等多篇被选入《1949—1979 散文特写选》(三)、《1980—1984 散文选》《1985—1987 散文选》《八十年代散文选》和《青年散文选萃》,90 年代年度《当代散文精品大观》《散文精选》和《中华人民共和国五十年文学名作文库》散文杂文卷等。

韩静霆的散文报告文学,除有《中国青年报》《报告文学》《松辽文学》《福建青年》等多种报刊刊文予以评价外,两种《中国当代散文史》亦有专节评论。

自家菜瓜葫芦①

韩静霆

应某杂志之约,我曾写过一篇关于文章的小文章,名曰《自家菜瓜葫芦》。如今要作自序,想不出"王婆卖瓜"那般美丽的叫卖词来,思忖再三,还是这一句"自家菜瓜葫芦"。本人以为,好的文章开卷都应有一股真气扑面。真气出自于自家性灵,只要是文章里看得出自家性灵,无论浓酽,

---

① 本文原为《男人和男人的巢》的自序。

淡泊，狂野，温良，豪爽，婉约，严峻，幽默，都是真玩艺儿，好东西。自家性灵跃然而出，哪儿容得矫情？扫尽了矫情，自会文思流畅，文气贯通，清新庾开府，俊逸鲍参军，各有各的面目。您可以小吟低唱，咱来些个关西铁板，谁碍着谁了？春夜宴桃李，那些个飘逸潇洒，是李青莲习惯干的活计；祭十二郎，韩昌黎生性就这般老辣沉郁，只好各开各的店铺。同是吊古战场，苏东坡可以顿悟禅意，笔意苍凉；张华铺采摛文，描摹沙草晨牧，河冰夜渡，冷铁相搏，寄身锋刃的情形，声泪俱下。如此萝卜青菜，各有所爱，何必让屠户吃斋？文章只要能露自己的峥嵘，不是东施效颦，便好，古今中外都是这么一个理儿。近现代散文随笔大家，鲁迅辣，杨朔甜，朱自清雅，冰心纯，生旦净末丑，各有各的行当，各有各的活法写法，如何论孰高孰下？

文章还是各抒各的性灵好，文章还是各有各的面目好，潮涨潮落，日出日没，岁月就这么跟文章家们“较真儿”，读者就这么跟弄散文随笔的同志要个“真”字，把真哭真笑真爱真恨真心真情真我的性灵，捺到稿纸格子里。

本书选编的文章，都是咱自家菜园子里摘的，大体上分为四辑。一曰“情”，谈禅说马，约会先贤，抒情言志而已。有时一边喷吐烟云，一边奋笔疾书；有时假借呼噜，跑出些意识深处的“鸟儿”来。二曰“巢”，记述的都是本人的生活和家事片断，都是自家的“经”。虽然活了一把子年纪，回头看看，上帝分给咱的果子不算太酸，可也还是有甜有苦，也有倒牙的时候。三曰“景”，乃是我的屐履游踪。观山怀里抱山，看水心里汪水。古诗说：“我看青山多妩媚，青山看我应如是”，寄情山水之间，偶有物我相融的时候，便著文自鸣得意。四曰“魂”，有记叙描摹人物者，亦有就人生遭际而感悟而议论者，所求仍是一个真字。窃以为，有真才有魂，否则岂非游戏文字，假以招摇？

自家菜瓜葫芦，保证不带化肥，诚望朋友们喜欢。

1998年12月11日

（原载散文集《男人和男人的巢》）

自选作品

二泉作证

十八岁那年，我背着一把二胡，离开东北小城，出山海关，到北京投考中央音乐学院。

这是我头一回离家出远门儿，到了北京，一见宽得要命的长安街，浑身的狂野，就收敛了许多。我在北京举目无亲，北京越大，心里就越茫然。坐上公共汽车到前门找旅店，汽车售票员操一口卷舌儿的京韵，湿滑滑的，耳朵抓不住，胡乱跑下车，也不知是到哪儿了。

京都那长着芒刺儿的白花花的阳光，晒得我心上发毛。养精蓄锐，才能去考场战斗，可我不知到哪儿可以找到晚上睡觉的大通铺。我的衣袋里攥出了热汗的钢镚儿角票儿，只够住大车店的。

就在我四顾茫然的时候，有人拍我的肩膀，热辣辣地叫"东北小老乡！"我回过头，看见一个尖长脸和一双热情得不能再热情的小眼睛。那人率先通报是哈尔滨东北林学院大学生，迅速而坦诚地公开了他来京是要转学到北京林学院的；坦诚而迅速地出示了贴着照片的学生证，让我验明正身。我就也迅速，也坦诚，公开了我的籍贯，住址，家庭成员，来京目的，还有年龄什么的。尖长脸知道我是音乐学院的考生，就弄出一个口琴来，放进嘴里呜咂，证明他极其喜好音乐，又是同乡，又是知音。

我简直喜出望外，立即和尖长脸成了好友。他得知我正找不到住宿的地方，就慷慨地推荐了北京甘家口黄瓜园徐工程师家去住，说只要通报他的名字，绝无问题的。

我当然去了。

我并不知道这是一个骗子让我去拧人家的门把手。

甘家口徐工比我更了解尖长脸。后来知道，徐工曾托尖长脸将老母护送回哈尔滨，尖长脸勒索要挟，骗了徐工的钱物，并且把老太太旅途用的钱也攫为己有了。再后来,还知道尖长脸终于因多次诈骗被判刑八年。当然,这些,在我以骗子最亲密的朋友的身份儿去拧人家门把手的时候,前后因由一概不知。

我叩开了黄瓜园人家的门,徐工把我让进了屋子。

在徐工的眼镜后面,我只看见了和善。那时候我还是个浑身牛犊子腥气的毛孩子,不懂得分析人眼色中的化合成分。我开门见山说是×××(可惜记不起尖长脸名字了)让我来住的。

徐工无表情,不说话。甘家口黄瓜园人家的老母亲,还有徐工的夫人,北京友谊医院护士长马承鸳,小女孩青青,都不说话。

我就尽力渲染我和尖长脸儿的关系:同乡,好友,还有知音。

还是不说话,他们。

当大人们上下打量我这个不速之客的时候,四五岁的小青青好奇地碰了碰我的琴囊。

老太太叫了一声:“别动!”

我吃了一惊,但不知这是为什么。我忙把衣兜里能证明自己的东西,都翻给他们看;是音乐学院准考证,进京住宿介绍信之类。同时我打量了一下房间:两间小屋,里外都摆着床,那些床铺都是早分配好的,母亲,夫妻,女儿,都有主儿了。我想,也许地上可以放下我这个穷小子?

徐工又来追问我和尖长脸的关系,我就咬定是很要好很要好的朋友。徐工问,你们认识多久了。我脱口回答:今天刚刚认识的。说罢,我“聪明”地意识到,“刚刚认识”这句话,把我在这间屋子地上住宿的机会砸了。也是急中生智,我不再扯什么“尖长脸儿”,只请求他们听听我拉琴,我拉一首曲子给你们听吧。我说着,活像一个乞食街头的流浪艺人,立即解开琴囊,抻出胡琴来。我的手有点儿抖,我的额头爬出了成群的汗珠。

老母亲说:“别着急。”

我调理了琴弦,让自个儿静下心来,权当黄瓜园人家的老小,是我应试的第一批“考官”。

哦，二泉，月亮，阿炳……

哦，《二泉映月》……

我的琴弓开始锯动琴弦，仿佛决心锯开陌生人的心灵之锁。我那神经质的指尖开始叩动音乐之门，起初有点儿毛躁，我必须分出心来观察“考官”神色：老母亲定定地只看我的娃娃脸。小女孩的眼神儿里有几分新奇。徐工夫妇蹙着的眉头解散了，渐入境界……我梦一般地跌入音乐之谷，开始自己感动自己了。我颤抖的心，被二泉之水化解着，荡漾着，我的指尖在琴弦的高把位滑动，感觉、触摸、寻求、回还，通过每个小巧的装饰音，捕捉二泉水滴的聚散，水中银链般的月光的闪熠。乐曲回旋，层层叠玉，挂在指尖的泉水冲波逆折，从千仞高崖跌落，从幽谷蜿蜒而来。月光，在我的心上铺开。我的心里清凉得很，干净得很。泉流，一些儿流在我的心上，一些儿涌上我的眼睛里。我的眸子有点儿湿，也有点儿酸，回荡的泉流似乎是水又并非泉水，而是淡淡的哀惋、叹息、伤情和无奈的求助……

曲子结束了，四壁悄然。

徐工夫妇还在泉流和月光中流连。

小女孩也那么温柔。

老母亲说：“孩子，去洗把脸吧。”

这就是说，他们，黄瓜园人家收留我这个借宿的北方穷小子了？

我真想哭。

谢谢。

谢谢音乐。

谢谢《二泉》！

谁至聪至慧地说过音乐是“上帝”的语言呢？音乐，岂止是“上帝”的语言，简直是“上帝”的抚爱！她顷刻间抚平了人心灵上的褶皱，顷刻间让一个人心灵的泉水流入另一颗心灵。音乐，让人善良，让人豁达，让人慈祥，让人高尚，让一个浪迹在外的穷小子有了安身的雀巢了！

黄瓜园人家给我腾出了一张床，老母亲只好在燥热的夏夜和孙女儿挤在一起了。我给他们添了很多的不便，早晨要他们来唤醒，晚上要他们等门，而且，在窄小的厕所洗澡还弄得满地是水……徐工夫妇还专门带我去北海公园看灯火桨影，让我领略都市的月色。他们那如二泉一样明澈的心，偎着我，滋润着我，使我在初试复试中一路过关斩将，终于考取了音乐学院。至于尖长脸，我在住进徐家后的第三日，在街口巧遇了他。他将我除了归程路费之外的一点儿钱全部"借"去，便杳如黄鹤，害得我回家时在慢车上一日一夜没吃一口东西。可是，这些小损失比起黄瓜园人家给我的巨大的爱，实在不算什么。

我在黄瓜园一共住了三宿，临走的时候，我又演奏了一遍《二泉映月》，算是答谢。

（选自散文集《丑人自白》）

画马琐记

一

骏马最漂亮最美丽的部位是臀。马的丰臀贮满了力量，几乎占去它身躯的三分之一。马臀虽大，但既不臃肿也不累赘。那两爿圆滚滚的腱肉，随角度变幻而呈现美妙的弧线。它自己并不意识到臀部流动着的曲线之美无与伦比，从不拿那块地方表演和招徕。马臀闪烁着神圣的光芒，谈到马臀不会像论及人臀那样有淫邪之嫌，那儿洋溢着威严的肉感，但绝不是什么"性感"。马可以立如悬崖，仰天长啸。立着的时候要用两腿支撑起全身的重量，前腿支撑不了好久，它的胸大肌没有臀部肌肉丰厚有力，只能用后臀生出的两腿来做为承重的支点。我想，古代最会相马的伯乐，相马必先从马臀相起，才能准确知道马蓄了怎样的强力。我不知道善于画马的大画家韩干、徐悲鸿、高剑父从哪儿画起，我常常从马屁股起笔，大笔挥扫。马臀画好了，马的骨相、走势和神态就大致有了。古今画马的画师，败笔多败在马的后臀后腿上，原因是对马臀关注和热爱得不够。可俗世中却又往往对马屁股注意得太多，挂在人嘴上的一句话便是“拍马屁”。用这般情状比喻阿谀奉承的小人，如青蝇叮在马屁股上，也无不可。对于马这灵物，却是不白之冤，谁能证明“马屁”渴望“拍打”？谁能证明“拍”了“马屁”马就喜出望外，引两条腿的“马兄”为四条腿的马友？马最精致的部分，是马腿。这是水墨画家见笔，见骨法，见功力的地方，要用中锋来写，不能有半点儿犹豫和凝滞。骏马亮开银蹄四腿翻飞，有钢琴家四手联弹的韵味。速度与节奏在马腿的飞动间变幻无穷。雄健的马腿肉里裹铁，膝与蹄的转折处优美得要命。征途全在腿上。不论奔跑跳跃，马腿永远是行动有序的。我仔细研究过一些大师画稿，发现竟有画中两条右腿抬起，两条左腿立着的，这马顺了拐，别说走了，站也站不住，非倒下去不可。马的野性，驯良，矫捷，优雅，高贵，挺拔，都凸现在精致的腿上。骏马四蹄叩地，有打击乐的美感，一匹马是一支钢鼓乐队。有时看上去，像是山川大地跳起来迎合马蹄。蹄声时如惊风，时如急雨，时如砧上铸打剑器。马身上最美妙的饰物来自天然，是飞扬的鬃毛和抛举的马尾。马随风撒开鬃毛，白日织着阳光的金丝，夜晚连着月光的银线。红鬃如烈火，白鬃如流云。马鬃扬起来，像罗带当风，又似行吟诗人在疾走，太潇洒了，太飘逸了，太有表情了，太有内容了。当然，说到马的美仑美奂，也不能不说到马的脸。马首是瞻，这话不错。奔跑中马头微微扬起，无限自信。可是当你与它对视，总是发现它的眼睛里有某种忧郁，有很多难以言传的东西。它天性内向，喜怒不挂在脸上，更显其坚忍与坚韧。再说马的嘶鸣，其实，马难得嘶鸣，偶尔鸣叫起来，声音短促，语言简炼。几声对于艰辛旅程或生死沙场的感叹，常常是戛然而止，把许多许多的话都咽回到肚子里去。为此，马也就愈发地可人疼，可人爱了。走兽部族里，独有骏马的嘶鸣，那发自肺腑的颤音，是生命的短歌，让人振奋，其它，狼嗥是哭嚎，虎啸是恫吓，驴的叫声是无奈的瞎嚷，情场失意，为赋新诗强说愁。至于牛，偶尔也会“哞”地叫一声，简直粗笨得快要失语了。羊呢，咩咩，咩咩，不管颌下生了多长胡子，也还是奶声奶气地叫“妈妈”，太孱弱，总是可怜兮兮的。马无疑是兽类部落中形体最优美、最匀称的。法国皇家御花园总管布封，曾经做过一次以理服人的比较。与健美冠军骏马相比，驴子太丑，狮子头太大，牛腿太短，鹿尾太秃，骆驼畸形。的确，牛是一脸呆相，驴子是一脸蠢相，羊是一脸的“小可怜儿”。那些个头很大的家伙，犀牛，大象，河马，则全是混沌肉团，未开发，未开窍，无形无神。独有骏马，扬鬃奋蹄，神采飞扬，形神兼佳，堪为天地之间的精灵。

二

骑马的感觉真好。在张北平原，牧人把一团黑炭似的高头大马拉过来，鞭辔交到我手上。这时牧人柔情地抚了一下马的额头。黑马便扬起头，看了看牧人，又看了看我，伸过鼻子闻了闻我的体味，响亮地打了一个喷鼻，就算相识了，是新朋友了。我端坐马背，顿觉云低野阔，高大挺拔了许多。开始，缓辔而行，蹄声哒哒，是钢琴演奏的中板，是3/4拍子，圆舞曲。有一种表演于天地之间或检阅万马千军的感觉。马把人抬得这么高，抬成骑士模样，让人随便骄傲，无须对它说什么，“驾”“吁”这些命令全多余。人马十分默契，马鞧轻轻一动，向左便向左，向右便向右。后来我把两腿一夹马腹，就开始狂奔！这时候我才感觉到两个生命已凝结成了一个。马头是我头呵，马尾是我尾呵，我四蹄翻飞，我甩直了鬃毛。云树向后飞驰，草海潮涌潮起，前路立着扑面而来，又躺着驰向后去，景物全成了变幻无穷的光谱，不过一瞬。我在奔驰，我在飘浮，我在飞。我是雷，我是电，我是鹰，我是陨石，我是流星。我不是我。我就是这匹雄性的蛮野的英俊的一往无前的“黑旋风”。我和马从前是连体婴儿，连体在很久很久以前。这种感觉真奇妙，任何现代化交通工具，轿车，飞艇，波音飞机，速度虽然很快，却没有这种生命体验。诗人杜甫说“骁腾有此物，真堪托死生”，人和马，互相以生死相托，这话不错。如果不是在这一马平川的和平之域骑马，若是冲杀于浴血的古疆场，感受会更深。看那万千人马战成一团，叱咤声，肉搏声，哀吟声，冷铁折断声，飞沙走石声，和鲜血一起飞溅。这时候，纵马踏入敌阵，人、马、铜戈，一块儿跃起，要一齐插入敌人的胸腹去，以求生还。马就是胆，马就是平安，马就是归乡的路，马就是命呵。所以，我爱画人与马同命，常常先画半匹马，再画了人，最后完成后一半儿；常常把人的下半部省略，让马背上直接长出骑士的上肢，人马相契，人马相融，人马相合。人在马背上，长途跋涉，河冰夜渡，大漠行旅，感觉不是人骑着马，而是马在脊梁上背着人。这是一种兄弟情谊。我看到马嘴被衔铁勒着，看到马腹被马靴踢出的伤痕，看到马耳被烙铁烫出的编号，看到马蹄被凿出洞，装上了蹄铁，心里总是酸酸的。人在鞭辔鞍鞯衔铁的创造中，展示了从古至今的残忍与冷酷。当然，马的性情不仅有温和驯良的一面，也有暴戾、暴烈的一面。看它在驰驱时变成出膛的弹、离弦的箭，就知道它既有耐力，也有爆发力，亦柔亦刚。马是否与你合作，要看缘分了。缘分不到，烈马不是轻易可以征服的。它使起性子，把自己弄成直立的悬崖，叫人经受跌入万丈深渊的惊恐。有时，它拼命地颠跑，简直像十二级风浪中的小舟，叫人随时会“海葬”。万一它用银蹄踢上来，那可是要当场“出彩”的。至于相互知道了彼此脾性，相互体谅，取得终生默契，就全然不同了。草原上的马头琴带着苍凉感的优美长调之所以感天动地，就因为那调子既是人心的律动，也是马的吟唱，是二者合而为一的结果。

三

我曾数次画过《伯乐相马》，暗合唐人韩愈的偏爱。伯乐其人，出于《战国策·楚策》，是一位叫汗明的人给春申君讲的寓言。韩愈在其《马说》《为人求荐书》《送温处士赴河阳序》中多次使用伯乐相马的典故。“世有伯乐然后有千里马”的名言，出之于韩愈之口。其实，先有伯乐，还是先有千里马，是一个关于天才与发现天才的悖论。马厩里倘若都是劣种肥马，伯乐先生也只好吸食西北风去也。韩愈爱马，借“马”发挥，以正视听。他写了《马说》，还作过一篇《马记》，通篇以数字贯之记画，别出心裁。这是一幅众画工合作的洋洋大观，计有一百二十三个人物，三十二种活动，八十三匹马，二十七种姿态。映入眼帘的，有足踢口咬的马，翘足跳跃的马，蹭树解痒的马，咴咴嘶鸣的马，嬉闹玩耍的马，大马，小马，公马，牝马，马的集大成，马的世界，马的乾坤。若不是韩愈爱马爱得深，何以如此不厌其详？还有一位爱马并以画马著称的，也是唐人，碰巧也姓韩，韩干。韩干画马到了痴绝的地步，日写夜思，竟有一匹病马闯入梦中呻吟。韩干惊诧，觉得似曾相识。仔细辨认，原来是他笔下的马，因为画中四蹄不对劲儿，故而呻叫不绝。韩干醒后，出了一身的透汗，急速捉笔重画。这一则传说，活脱脱“画”出了与骏马心心相通的画家韩干。我必须说老实话，本人并非因为姓韩才爱马、画马和写马，马的知音也未必都是韩姓后人。我爱马，古人韩干、韩愈也爱马，纯系巧合，我绝不想沾两位姓韩的名人什么光。虽然最近流行一部电视片《百家姓》，不论姓猫，还是姓狗，不论姓什么，都能找到身为显贵的先祖。一时间，所有的平头百姓都穷追不舍，找到同姓的贵族先人，引以为贵胄，大振豪气。前年，我到韩愈故乡孟县去参加一个散文颁奖会，席间，有记者问咱们是否为韩愈韩干后人？咱笑答：本人族谱仅从民国记起。韩愈乡人，叫我写诗，我就口占了两句题赠韩愈纪念馆：“韩砚贮满黄河水，再著奇文祭退之”。归后，我便在画马的图轴上义正辞严地题跋：“事出有因查无实据之韩干、韩愈后人作于丁丑年”云云。这是实话，我不敢冒充人家多少代多少代贤孙，讨人家不高兴。说来，不论姓什么都应该爱马。不论爱马的姓什么，都一律应当是崇尚豪迈、勇敢、忠诚、雄健、敏捷和一往无前的。

四

许多宝马良驹都成全了和他们结成对儿的英豪枭雄，没有赤兔马，关羽别说过五关斩六将，恐怕一关没过就做鬼了。没有黄膘马可卖，秦琼也不是秦琼。什么“赵子龙单骑救主”，究竟赵子龙和“单骑”谁的功劳大些，一笔糊涂账。不知何人付稿酬付给诗人李白一匹良骏，叫五花马。可惜他老先生大手大脚，换了酒把马“喝”到了肚子里。“五花马，千金裘，呼儿将出换美酒”，李白丝毫没有舍不得的意思，大约是不在军旅的缘故。身在军旅，爱马就爱得邪。战马服役军中，那是列入军事实力，上了花名册的。马和人一起行军，列阵，进攻，迂回，偷袭，生逢死地与死里逃生，结下深情厚谊。骏马战死沙场，战士不免要刻碑造墓，以记其功。征途上不到万不得已，不能杀马。军人实逼无奈，挥泪吃马肉，也就是开始吃自己的肉了。身在边塞，或心戍天山的古诗人留下的名句，无论“走马川行雪海边”，还是“铁马冰河入梦来”，读之都令人热满衷肠。称霸春秋南征北战的齐桓公，挥师经过太行险道，下令为每一匹战马的马蹄上都裹上了布，个中爱意写满了青山。纵览古今中外，最动人的人与马的故事，乃是“霸王别马”。且看楚霸王项羽身陷死地，四面楚歌，十面埋伏。茫然抓起酒卮，把火辣辣的诀别酒全倒进了腔子里，慷慨悲歌道：“力拔山兮气盖世，时不利兮骓不逝。骓不逝兮可奈何，虞兮虞兮奈若何！”项羽泪流满面，没完没了地反复吼这四句歌。美人虞姬一边哭泣一边应和，左右将士一齐嚎啕，无人敢抬头看项羽的眼睛。忽然间，虞姬抽剑自刎，血溅中军大帐……后人把这段历史反复漂染，弄成戏剧并成为经典，这便是世人瞩目的《霸王别姬》。人们着意于“姬”，而忽略了“马”，何其不公？人们忽视的最重要的关节，乃楚霸王本来先唱到的是乌骓马，后来才说到美人虞姬。“时运不好呵乌骓马踟蹰不前。马不走啊，我拿它怎么办，虞姬虞姬我拿你怎么办？”项羽之所以是项羽，必先感叹战马怎么办，然后才感言女人怎么办。《史记》中虞姬的记载仅项羽一唱，虞姬一泣一和。关于那匹乌骓马，却记之甚详。说项羽在自刎乌江之前，抚马良久，恋恋不舍，找到一位忠厚长者托付说："我知道您年纪大，阅历深，心忠厚。这匹马跟随我征战五个春秋了。它一日千里，所向披靡呵。我实在不忍心看它血染乌江，您把它……带走吧！"项羽死了，虞姬死了，乌骓马活着。死者不再痛苦，活着的承受起了所有的思念、孤独和悲伤。我可以想象得出，那失爱失祜的乌骓马，夜夜面对滚滚乌江咴咴嘶鸣的样子。感念于斯，我满怀追思满怀壮烈满怀激情捉了椽笔翻了墨瓮，呼唤乌骓马到腕底一会，并在画中题跋《卜算子》一首：

椽笔走风雷，
带醉写乌骓。
口衔楚铁铁未锈，
千载蹄声碎。

折戟如断苇，
空盼项王归。
马鸣乌江夜半时，
魂魄应相随！

五

我爱马，写马，画马，取马雄气，借马神采，偷马草料，为马写照，为马立传，凭着画马与马画，自娱自乐，自我陶醉，也换润笔，也交朋友。我自嘲亦自诩为"北方贩马客"、"京都弼马温"、"马奴"、"马伕"、"马弁"，坦言"韩干堂前嚼夜草，悲鸿门下学奋蹄"。画室几易斋名，最后定夺为"嘶鸣堂"，不仅日间胸中嘶鸣，夜里梦中嘶鸣，偶尔也真格儿地做战马嘶鸣状，咴咴叫上几声，一吐胸中意气，既养生怡神，又逸兴遄飞。

我是如此地钟情于骏马，却从来不敢抢伯乐的生意，不去“相马”。原因是我这人情大于理，奇情于斯，就偏爱有加，就可能会把其缺点也当成了优点。当然，我这里说的只是神采飞扬的高头大马，而不是变种的矮马，那种被称之为“果子马”的东西，骑上能在低矮的果树下行走，实在应合并为犬类，不能算是马的。哦，马，骏马，真正意义上的马，我的心爱！举头看马头，有瞻仰的感觉；俯身坐马背，生至亲的爱意；策马向四野，虽未曾做一日千里之行，却已经领略了一日千里的情志，真正懂得了什么叫做高瞻远瞩和脚踏实地。

1998.3.29

（选自散文集《佯醉与佯狂》）

评论二则

邓星雨　徐治平

韩静霆(1944—　)，一位才华横溢的作家，他毕业于中国音乐学院，有很好的音乐素养；他酷爱绘画，其国画独具特色，是一位画家；作为小说作家，他已有多部长篇小说和中篇小说问世。如果用剧作家规范他，他创作的电视连续剧、电影和话剧等已取得了令人瞩目的成就。韩静霆还出版了散文集《幽谷鹿笛》《花魂》《唱歌的小草》和《爱的船·爱的岸》等多种。有人说，韩静霆是将写长篇小说和电视连续剧删下来的素材(即边角料)进行散文创作的。素材，是生活，是载体。至于适合制作出什么样的艺术品，这全由作家来决定。可以说，韩静霆将适于写散文的素材都写成了散文，或是“边角料”，或非“边角料”。从韩静霆文学实绩的整体而言，他是豪放派。他散文的风格也是由此而派生出的，他“生于黑土”，“长于黑土”。他自豪地说“我是北方的黑土捏成的”，“经过北方七月流火的烧冶，十二月风雪的锻打，烧铸成永生永世不可改变的‘北方土’”。他的散文雄性、大气，有一种江水冲出三峡后的气势。他的散文真诚、率直，其作品的文字像从肺腑中掏出来的话语。他追求阳刚美。他的散文是人格的体现。请听他的自白:“不管我会不会饮酒,没有海量轻易不敢和我碰杯;不论我是否剽悍高大,人们不可对我施暴;不论我是否富有尊贵,人们不可对我蔑视;不论我的人生旅途遇到多少雷电,怎样的绝境,我都将慢慢地踏过去。”他的散文是多维的、多侧面的,壮美中含柔情,粗犷中含缜密。因为,北方的黑土地上,既有三尺冰雪,也有一池桃花流水。

——邓星雨:《中国当代散文史》第 413～414 页

韩静霆以对文化艺术的品赏感情、对艺术家命运的思索解读而著称。《二泉作证》对名曲《二泉映月》,意境的领会何等细致微妙。作者 18 岁那年背着二胡只身离家到北京报考中央音乐学院,找不到住处,一片茫然。受一个骗子指使,找到某处徐工家。起初徐工一家对他误会、怀疑,后来他为他们演奏二胡曲《二泉映月》,一家子的疑虑顿时烟消云散。音乐使人们心灵相通,“让一个人心灵的泉水流入另一颗心灵”,音乐“让人善良,让人豁达,让人慈祥,让人高尚”。徐工一家“和二泉一样明澈的心”,对报考音乐学院的“东北穷小子”的接纳和关爱,着实使读者感动,不由得像作者当年一样,“眸子有点儿湿,也有点儿酸”。

……

韩静霆的《梵高与青藤》由对梵高和青藤道士徐渭的人生道路和绘画艺术的描绘评述,表达了作者的人生态度和艺术见解,亦不失为一篇优秀的文化散文。

——徐治平:《中国当代散文史》第 235～236、238 页

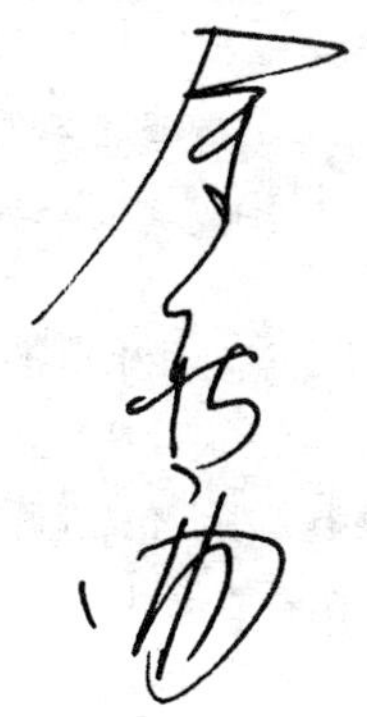

余秋雨(1946—),文艺理论家,散文家,浙江余姚人。1968年毕业于上海戏剧学院戏剧文学系,留校任教,曾担任该院副院长、院长及上海写作学会会长。1986年由讲师越级晋升为教授,1987年被授予"国家级突出贡献专家"荣誉称号,入载英国剑桥《世界名人录》、美国传记协会《五千世界名人录》等。

作为著名学者,余秋雨出版有《戏剧理论史稿》(上海文艺出版社,1983年出版,1984年获全国首届戏剧理论著作奖,1993年获文化部优秀戏剧教材一等奖)、《戏剧审美心理学》(四川文艺出版社,1985年出版,1986年获上海市哲学社会科学优秀成果奖)、《中国戏剧文化史述》(湖南文艺出版社,1985年;台湾骆驼出版社,1987年)、《艺术创造工程》(上海文艺出版社,1987年;台湾元晨文化实业股份有限公司,1990年)等学术著作,自1988年在上海《收获》发表系列散文"文化苦旅"(共14篇)后继续写作,迄今已出版散文专集8部:

《文化苦旅》(知识出版社,1992年;台湾尔雅出版社有限公司,1992年);

《文明的碎片》(春风文艺出版社,1994年);

《山居笔记 》(台湾尔雅出版社有限公司,1995年;上海文汇出版社,1998年初版,2002年新版);

《余秋雨台湾演讲》(台湾尔雅出版社有限公司,1998年)

《霜冷长河》(作家出版社,1999年;台湾时报文化出版公司,1999年);

《掩卷沉思》(台湾尔雅出版社有限公司,1999年);

《千年一叹》(作家出版社,2000年;台湾时报文化出版社企业股份有限公司,2000年);

《行者无疆》(华艺出版社,2001年)。

另有《秋雨散文》(浙江文艺出版社)、《余秋雨散文》(人民文学出版社)、《中华散文珍藏本·余秋雨卷》(人民文学出版社)、《世界华文散文精品·余秋雨卷》(广州出版社)、《晨雨初听》(文汇出版社)、《南冥秋水》(海天出版社)以及《余秋雨语录》(时代文艺出版社)等多种编选本面世。其中《文化苦旅》《山居笔记》分获 1992、1995 年台湾《联合报》"读书人"最佳书奖,《山居笔记》获中国作家协会鲁迅文学奖散文奖。

余秋雨散文影响巨大,"文化苦旅"系列作品在《收获》(双月刊)1988 年第 6 期发表最后一篇后,湖北《鄂西大学学报》(社科版)即在 1989 年第 2 期开辟《〈文化苦旅〉笔谈》专栏,发表了该校中文系 5 位教师的评论文章,它们分别是:

《对文化与人的理性思考》,作者熊家良;

《漂泊者生命主题的寻求》,作者曹毅;

《中国文人独立人格的召唤》,作者张应斌;

《关于〈文化苦旅〉的文体特征》,作者毛宣国;

《一项新的艺术创造工程》,作者毛正天。

同时发表了《编者按》,指出"《文化苦旅》这组散文,对苍茫的中国传统文化进行了一番理性思考、生命感悟和人格透视,表现出对人类文化整体生存命运的关注,显示出一种由传统散文的'悟道'与现代人的开放思维交织而成的恢宏深邃的艺术境界,从而突破了传统散文的狭小气度和当代散文的浅窄情怀,体现了中国新时期散文创作的一种探索精神及新的走向"。辽宁《当代作家评论》也在 1995 年第 2 期辟"余秋雨散文评论小辑",发表了《读余秋雨散文》(生民)、《学者散文的命脉》(李咏吟)等 3 篇文章。台湾《中国时报》"人间副刊"、《联合报》副刊、《中华日报》副刊、《台湾新闻报》副刊、《青年日报》副刊、《花莲更生日报》"四方"文学周刊和《明道文艺》等发表了欧阳子《赏读〈文化苦旅〉》系列评论(1993 年 10 月至 1998 年 4 月,共 10 篇)。除此之外,还有以下重要评论文章:

《告别的旅行——读余秋雨〈文化苦旅〉》(侯永毅),《当代文坛》1993 年第 1 期;

《学者的散文——读〈文化苦旅〉》(邢小群),《文艺报》1993 年 3 月 6 日;

《文化接轨的航程》(楼肇明),载《王朝的背影——学者随笔》,北京师范大学出版社,1993 年版;

《大中华的散文气派——从〈文化苦旅〉到〈山居笔记〉印象》(田崇雪),《徐州师范学院学报》1994 年第 3 期;

《散文不可缺少文化感》(公刘),载《活的纪念碑——公刘随笔》,上海知识出版社,1995 年版;

《散文:从"写什么"到"怎么写"——兼论〈文化苦旅〉的文本意义》(徐成

森),《贵州民族学院学报》1995 年第 1 期;

《余秋雨文化散文论》(杨若虹),《海南师范学院学报》1995 年第 2 期;

《塑造健全的文化人格——余秋雨散文一瞥》(李任中、伍斌),《上海师范大学学报》1995 年第 2 期;

《论余秋雨散文的文化取向》(冷成金),《中国人民大学学报》1995 年第 3 期;

《〈文化苦旅〉的内容构成与其艺术特征》(李建军),《唐都学刊》1995 年第 3 期;

《余秋雨散文文化精神论》(李作祥),《鸭绿江》1995 年第 6 期;

《文化人 · 文化人格 · 文化发展——余秋雨散文论》(袁丰雪),《文学世界》1995 年第 6 期;

《历史的逆阐释与散文的理性和智性——余秋雨散文评述》(叶作盛),《福建论坛》1995 年第 6 期;

《重返大家气象:余秋雨散文的超越》(马元龙),《华中师范大学学报》1996 年第 1 期;

《当代散文的超越——论〈文化苦旅〉》(黄伟),《渝州大学学报》1996 年第 2 期;

《论余秋雨散文的文体创建》(唐韧),《辽宁大学学报》1996 年第 4 期;

《隆重的生命排场——余秋雨散文呼唤的文化人格》(隋岩),《中国文化研究》1996 年第 3 期;

《余秋雨散文的文化悲悯感》(武淑莲),《固原师专学报》1996 年第 4 期;

《文化人格的当代自觉——兼论余秋雨散文的文化哲学意义》(苏志宏、郝丹立),《四川教育学院学报》1996 年第 4 期;

《余秋雨散文的历史地位》(张春宁、尚广森),《学术交流》1997 年第 1 期;

《试论余秋雨散文中的“巨人意识”》(王国彪),《延边大学社会科学学报》1997 年第 1 期;

《〈文化苦旅〉评识》(宋力),《广西师院学报》1997 年第 1 期;

《诗意的凝眸——对余秋雨散文的几点理解》(王妍),《北方论丛》1997 年第 3 期;

《文化反思与人格重塑——略谈余秋雨散文的深层意蕴》(冯善亮),《语文月刊》1997 年第 4 期;

《余秋雨散文简论》(郭冬),《北京师范大学学报》1998 年第 6 期;

《余秋雨文化散文的重大转变——评〈文化苦旅〉和〈山居笔记 〉的创作趋

向》(史澈),《团结报》1999 年 5 月 11 日;

《余秋雨的“问题散文”令人关注》(周继鸿),《光明日报 》1999 年 7 月 8 日;

《余秋雨散文的文化意蕴》(孙叶林、董正宇),《衡阳师范学院学报》1999 年第 4 期;

《生命,在仪式中皈依文化——论余秋雨文化散文营造的仪式》(邱顺燕),《佛山科技学院学报》1999 年第 4 期;

《知识分子话语转换与余秋雨散文》(王尧),《当代作家评论》2000 年第 1 期;

《试论余秋雨散文的精英意识》(刁玲),《安徽广播电视大学学报》2000 年第 1 期;

《从寻找文化到冶炼生命——余秋雨散文的文化精神探析》(万明华、丁小省),《江西广播电视大学学报》2000 年第 1 期;

《自然与人文遗产中的文化——评〈文化苦旅〉》(王晓红),《临沂师范学院学报》2000 年第 2 期;

《余秋雨散文研究综述》(赵桂宁),《广西民族学院学报》2000 年第 3 期;

《秦牧和余秋雨散文比较》(黄岚),《当代文坛》2000 年第 5 期;

《余秋雨:从审美到审智的“断桥”——论余秋雨在中国当代散文史上的地位》(孙绍振),《当代作家评论》2000 年第 6 期;

《余秋雨散文批评述评》(陈尚荣),《广东社会科学》2000 年第 6 期。

与此同时,《中国当代散文史》《中国当代散文报告文学发展史》、插图本《中国当代散文史》《中国当代文学》《中国现当代文学》《中国当代文学史》《中国当代文学发展史》《中国当代文学史新稿》《中国当代文学史写真》《新中国文学史》(上)和《20 世纪中国文学通史》等对余秋雨散文都有专章(节)评论。从 1996 年开始又出版了研究余秋雨散文的专著十余部,主要有:

《感觉余秋雨》(萧朴编,20 万字),文汇出版社,1996 年;

《余秋雨的背影》(杨长勋著,44 万字),花城出版社,2000 年;

《文化突围——世纪末之争的余秋雨》(徐林正著,12 万字),浙江文艺出版社,2000 年;

《余秋雨评传》(栾梅健著,10 万字),当代世界出版社,2001 年;

《余秋雨〈文化苦旅〉导读》(阎诚骏主编,20 万字),上海大学出版社,2001 年;

《余秋雨散文赏析 · 大学生卷》(张忠礼、徐潜主编,35 万字),上海中医药大学出版社,2002 年;

《余秋雨散文赏析·中学生卷》(张忠礼、徐潜主编,37 万字),上海中医药大学出版社,2002 年;

《余秋雨作品集导读》(张志忠主编,21 万字),中国工人出版社,2003 年。

余秋雨的散文也引起了很大争议,有人专门搜集争论文章汇编成书,甚至有专人对其进行“批判”“审判”“咬嚼”,先后出版了《余秋雨现象批判》(愚士编选;湖南人民出版社,1999 年 8 月)、《余秋雨现象再批判》(愚士编选;湖南人民出版社,2000 年 8 月)、《“审判”余秋雨》(聂作平;四川文艺出版社,2000 年 6 月)、《艺术的敌人——余秋雨作品批判》(凉源;时代文艺出版社,2000 年 10 月)、《文化口红——解读余秋雨文化散文》(周冰心、余杰主编;台海出版社,2000 年 11 月)、《秋风秋雨愁煞人——关于余秋雨》(肖夏林、梁建华主编;中国文联出版社,2000 年 1 月)、《余秋雨的“敌人”》(肖夏林主编,海峡文艺出版社,2004 年 8 月)、《石破天惊逗秋雨》(金文明;书海出版社,2003 年 7 月)、《月暗吴天秋雨冷》(金文明,花山文艺出版社,2004 年 9 月)、《咬嚼余秋雨》(降大任编;书海出版社,2004 年 3 月)、《庭外“审判”余秋雨》(古远清;北岳文艺出版社,2005 年 5 月)等书,《十作家批制书》(朱大可等著;陕西师大出版社,1999 年 11 月)、《忏悔还是不忏悔》(余开伟编;中国工人出版社,2004 年 1 月)、《寻找文化的尊严——余秋雨、杜维明谈中华文化》(江堤、陈孔国、肖永明编选;湖南大学出版社,2000 年 1 月)、《寻找文化的尊严——余秋雨卷》(江堤、陈孔国编选,湖南大学出版社,2001 年 1 月)等书中亦收有部分争议文章。

《文化苦旅》自序

余秋雨

我在好些年以前写过一些史论专著,记得曾有几位记者在报纸上说我写书写得轻松潇洒,其实完全不是如此。那是一种很给自己过不去的劳累活,一提笔就感觉到年岁陡增。不管是春温秋肃,还是大喜悦大悲愤,最后总得要闭一闭眼睛,平一平心跳,回归于历史的冷漠,理性的严峻。由此,笔下也就一派端肃板正,致使海内外不少读者一直认为我是一个白发老人。

我想，任何一个真实的文明人都会自觉不自觉地在心理上过着多种年龄相重叠的生活，没有这种重叠，生命就会失去弹性，很容易风干和脆折。但是，不同的年龄经常会在心头打架，有时还会把自己弄得挺苦恼。例如连续几个月埋首于砖块般的典籍中之后，从小就习惯于在山路上奔跑的双脚便会默默地反抗，随之而来，满心满眼满耳都会突涌起向长天大地释放自己的渴念。我知道，这是不同于案头年龄的另一种年龄在捣乱了。助长这种捣乱的外部诱惑也很多，你看眼前就有一个现成的例子，纽约大学的著名教授 Richard Schechner 比我大二十多岁，却冒险般地游历了我国西南许多少数民族地区，回到上海仍毫无倦色，逛城隍庙时竟像顽童一样在人群中骑车而双手脱把、引吭高歌！那天他送给我一部奇怪的新著，是他与刚满八岁的小儿子合著的，父子俩以北冰洋的企鹅为话题，痴痴地编著一个又一个不着边际的童话。我把这本书插在他那厚厚一叠名扬国际的学术著作中间，端详良久，不能不开始嘲笑自己。

即便是在钻研中国古代线装本的时候，耳边也会响起一批大诗人、大学者放达的脚步声，苏东坡曾把这种放达称之为“老夫聊发少年狂”。你看他右手牵猎狗，左手托苍鹰，一任欢快的马蹄纵情奔驰。其实细说起来，他自称“老夫”那年才三十七岁，因此他是同时在享受着老年、中年和少年，把日子过得颠颠倒倒又有滋有味。

我们这些人，为什么稍稍做点学问就变得如此单调窘迫了呢？如果每宗学问的弘扬都要以生命的枯萎为代价，那么世间学问的最终目的又是为了什么呢？如果辉煌的知识文明总是给人们带来如此沉重的身心负担，那么再过千百年，人类不就要被自己创造的精神成果压得喘不过气来？如果精神和体魄总是矛盾，深邃和青春总是无缘，学识和游戏总是对立，那么何时才能问津人类自古至今一直苦苦企盼的自身健全？

我在这种困惑中迟迟疑疑地站起身来，离开案头，换上一身远行的装束，推开了书房的门。走惯了远路的三毛唱道：“远方有多远？请你告诉我！”没有人能告诉我，我悄悄出发了。

当然不会去找旅行社，那种扬旗排队的旅游队伍到不了我要去的地方。最好是单身孤旅，但眼下在我们这儿还难于实行：李白的轻舟、陆游的毛驴都雇不到了，我无法穿越那种似现代又非现代、由拥塞懈怠白眼敲诈所连结成的层峦叠嶂。最方便的当然是参加各地永远在轮流召开着的种种“研讨会”，因为这种会议的基本性质是在为少数人提供扬名机会的同时为多数人提供公费旅游，可惜这种旅游又都因嘈杂而无聊。好在平日各地要我去讲课的邀请不少，原先总以为讲课只是重复早已完成的思维，能少则少，外出讲课又太耗费时日，一概婉拒了，这时便想，何不利用讲课来游历呢？有了接待单位，许多恼人的麻烦事也就由别人帮着解决了，又不存在研讨会旅游的烦嚣。于是理出那些邀请书，打开地图，开始研究路线。我暗笑自己将成为靠卖艺闯荡江湖的流浪艺人。

就这样，我一路讲去，行行止止，走的地方实在不少。旅途中的经历感受，无法细说，总之到了甘肃的一个旅舍里，我已觉得非写一点文章不可了。

原因是，我发现自己特别想去的地方，总是古代文化和文人留下较深脚印的所在，说明我心底的山水并不完全是自然山水而是一种“人文山水”。这是中国历史文化的悠久魅力和它对我的长期熏染造成的，要摆脱也摆脱不了。每到一个地方，总有一种沉重的历史气压罩住我的全身，使我无端地感动，无端地喟叹。常常像傻瓜一样木然伫立着，一会儿满脑章句，一会儿满脑空白。我站在古人一定站过的那些方位上，用与先辈差不多的黑眼珠打量着很少会有变化的自然景观，静听着与千百年前没有丝毫差异的风声鸟声，心想，在我居留的大城市里有很多贮存古籍的图书馆，讲授古文化的大学，而中国文化的真实步履却落在这山重水复、莽莽苍苍的大地上。大地默默无言，只要来一二个有悟性的文人一站立，它封存久远的文化内涵也就能哗的一声奔泻而出；文人本也萎靡柔弱，只要被这种奔泻所裹卷，倒也能吞吐千年。结果，就在这看似平常的伫立瞬间，人、历史、自然浑沌地交融在一起了，于是有了写文章的冲动。我已经料到，写出来的会是一些无法统一风格、无法划定体裁的奇怪篇什。没有料到的是，我本为追回自身的青春活力而出游，而一落笔却比过去写的任何文章都显得苍老。

其实这是不奇怪的。“多情应笑我早生华发”，对历史的多情总会加重人生的负载，由历史沧桑感引发出人生沧桑感。也许正是这个原因，我在山水历史间跋涉的时候有了越来越多的人生回忆，这种回忆又渗入了笔墨之中。我想，连历史本身也不会否认一切真切的人生回忆会给它增添声色和情致，但它终究还是要以自己的漫长来比照出人生的短促，以自己的粗线条来勾勒出人生的局限。培根说历史使人明智，也就是历史能告诉我们种种不可能，给每个人在时空坐标中点出那让人清醒又令人沮丧的一点。不知天高地厚的少年英气是以尚未悟得历史定位为前提的，一旦悟得，英气也就消了大半，待到随着年岁渐趋稳定的人伦定位、语言定位、职业定位以及其他许多定位把人重重叠叠地包围住，最后只得像《金色池塘》里的那对夫妻，不再企望迁徙，听任蔓草堙路，这便是老。

我就这样边想边走，走得又黑又瘦，让唐朝的烟尘宋朝的风洗去了最后一点少年英气，疲惫地伏在边地旅舍的小桌子上涂涂抹抹，然后向路人打听邮筒的所在，把刚刚写下的那点东西寄走。走一程寄一篇，逛到国外也是如此，这便成了《收获》上的那个专栏，以及眼下这本书。记得专栏结束时我曾十分惶恐地向读者道歉，麻烦他们苦苦累累地陪我走了好一程不太愉快的路。

当然事情也有较为乐观的一面。真正走得远、看得多了，也会产生一些超拔的想头，就像我们在高处看蚂蚁搬家总能发现它们在择路上的诸多可议论处。世间的种种定位毕竟都还有一些可选择的余地，也许，正是对这种可选择性的承认与否和容忍的幅度，最终决定着一个人的心理年龄，或者说大一点，决定着一种文化、一种历史的生命潜能和更新可能。事实上，即便是在一种近似先天的定位中，往往也能追寻到前人徘徊的身影，那我们又何必把这种定位看成天生血缘呢？

其实,所有的故乡原本不都是异乡吗?所谓故乡不过是我们祖先漂泊旅程中落脚的最后一站。

杨明:《我以为有爱》

我抛弃了所有的忧伤与疑虑,去追逐那无家的潮水,因为那永恒的异乡人在召唤我,他正沿着这条路走来。

泰戈尔:《采果集》

既然是漂泊旅程,那么,每一次留驻都不会否定新的出发。基于此,我的笔下也出现了一些有关文化走向的评述。

我无法不老,但我还有可能年轻。我不敢对我们过于庞大的文化有什么祝祈,却希望自己笔下的文字能有一种苦涩后的回味,焦灼后的会心,冥思后的放松,苍老后的年轻。

当然,希望也只是希望罢了,何况这实在已是一种奢望。

(原载《文化苦旅》)

自选作品

一个王朝的背影

一

我们这些人,对清代总有一种复杂的情感阻隔。记得很小的时候,历史老师讲到"扬州十日"、"嘉定三屠"时眼含泪花,这是清代的开始;而讲到"火烧圆明园"、"戊戌变法"时又有泪花了,这是清代的尾声。年迈的老师一哭,孩子们也跟着哭。清代历史,是小学中唯一用眼泪浸润的课程。从小种下的怨恨,很难化解得开。

老人的眼泪和孩子们的眼泪拌和在一起，使这种历史情绪有了一种最世俗的力量。我小学的同学全是汉族，没有满族，因此很容易在课堂里获得一种共同语言。好像汉族理所当然是中国的主宰，你满族为什么要来抢夺呢？抢夺去了能够弄好倒也罢了，偏偏越弄越糟，最后几乎让外国人给瓜分了。于是，在闪闪泪光中，我们懂得了什么是汉奸，什么是卖国贼，什么是民族大义，什么是气节。我们似乎也知道了中国之所以落后于世界列强，关键就在于清代，而辛亥革命的启蒙者们重新点燃汉人对满清的仇恨，提出"驱除鞑虏，恢复中华"的口号，又是多么有必要，多么让人解气。清朝终于被推翻了，但至今在很多中国人心里，它仍然是一种冤孽般的存在。

年长以后，我开始对这种情绪产生警惕。因为无数事实证明，在我们中国，许多情绪化的社会评判规范，虽然堂而皇之地传之久远，却包含着极大的不公正。我们缺少人类普遍意义上的价值启蒙，因此这些情绪化的社会评判规范大多是从封建正统观念逐渐引申出来的，带有很多盲目性。先是姓氏正统论，刘汉、李唐、赵宋、朱明……在同一姓氏的传代系列中所出现的继承人，哪怕是昏君、懦夫、色鬼、守财奴、精神失常者，都是合法而合理的，而外姓人氏若有觊觎，即便有一千条一万条道理，也站不住脚，真伪、正邪、忠奸全由此划分。由姓氏正统论扩而大之，就是民族正统论。这种观念要比姓氏正统论复杂得多，你看辛亥革命的闯将们与封建主义的姓氏正统论势不两立，却也需要大声宣扬民族正统论，便是例证。民族正统论涉及到几乎一切中国人都耳熟能详的许多著名人物和著名事件，是一个在今后仍然要不断争论的麻烦问题，在这儿请允许我稍稍回避一下，我需要肯定的仅仅是这样一点：满族是中国的满族，清朝的历史是中国历史的一部分；统观全部中国古代史，清朝的皇帝在总体上还算比较好的，而其中的康熙皇帝甚至可说是中国历史上最好的皇帝之一，他与唐太宗李世民一样使我这个现代汉族中国人感到骄傲。

既然说到了唐太宗，我们又不能不指出，据现代历史学家考证，他更可能是鲜卑族而不是汉族之后。

如果说先后在巨大的社会灾难中迅速开创了“贞观之治”和“康雍乾盛世”的两位中国历史上最杰出帝王都不是汉族，如果我们还愿意想一想那位至今还在被全世界历史学家惊叹的建立了赫赫武功的元太祖成吉思汗，那么我们的中华历史观一定会比小学里的历史课开阔得多，放达得多。

汉族当然非常伟大，汉族当然没有理由要受到外族的屠杀和欺凌，当自己的民族遭受危难时当然要挺身而出进行无畏的抗争，为了个人的私利不惜出卖民族利益的无耻之徒当然要受到永久的唾弃，这些都是没有异议的。问题是，不能由此而把汉族等同于中华，把中华历史的正义、光亮、希望，全都押在汉族一边。与其他民族一样，汉族也有大量的污浊、昏聩和丑恶，它的统治者常常一再地把整个中国历史推入死胡同。在这种情况下，历史有可能作出超越汉族正统论的选择，而这种选择又未必是倒退。

《桃花扇》中那位秦淮名妓李香君，身份低贱而品格高洁，在清兵浩荡南下、大明江山风雨飘摇时节保持着多大的民族气节！但是，她万万没有想到，就在她和她的恋人侯朝宗为抗清扶明不惜赴汤蹈火、奔走呼号的时候，恰恰正是苟延残喘而仍然荒淫无度的南明小朝廷，作践了他们。那个在当时当地看来既是明朝也是汉族的最后代表的弘光政权，根本不要她和她的姐妹们的忠君泪、报国心，而只要她们作为一个女人最可怜的色相。李香君真想与恋人一起为大明捐躯流血，但叫她恶心的是，竟然是大明的官僚来强逼她成婚，而使她血溅纸扇，染成“桃花”。“桃花扇底送南朝”，这样的朝廷就让它去了吧，长叹一声，气节、操守、抗争、奔走，全都成了荒诞和自嘲。《桃花扇》的作者孔尚任是孔老夫子的后裔，连他，也对历史转捩时期那种盲目的正统观念产生了深深的怀疑。他把这种怀疑，转化成了笔底的灭寂和苍凉。

对李香君和侯朝宗来说，明末的一切，看够了，清代会怎么样呢，不想看了。文学作品总要结束，但历史还在往前走，事实上，清代还是很可看看的。

为此，我要写写承德的避暑山庄。清代的史料成捆成扎，把这些留给历史学家吧，我们，只要轻手轻脚地绕到这个消夏的别墅里去偷看几眼也就够了。这种偷看其实也是偷看自己，偷看自己心底从小埋下的历史情绪和民族情绪，有多少可以留存，有多少需要校正。

二

承德的避暑山庄是清代皇家园林，又称热河行宫、承德离宫，虽然闻名史册，但久为禁苑，又地处塞外，历来光顾的人不多，直到这几年才被旅游者搅得有点热闹。我原先并不知道能在那里获得一点什么，只是今年夏天中央电视台在承德组织了一次国内优秀电视编剧和导演的聚会，要我给他们讲点课，就被他们接去了。住所正在避暑山庄的背后，刚到那天的薄暮时分，我独个儿走出住所大门，对着眼前黑黝黝的山岭发呆。查过地图，这山岭便是避暑山庄北部的最后屏障，就像一张罗圈椅的椅背。在这张罗圈椅上，休息过一个疲惫的王朝。奇怪的是，整个中华版图都已归属了这个王朝，为什么还要把这张休息的罗圈椅放到长城之外呢？清代的帝王们在这张椅子上面南而坐的时候都在想一些什么呢？月亮升起来了，眼前的山壁显得更加巍然怆然。北京的故宫把几个不同的朝代混杂在一起，谁的形象也看不真切，而在这里，远远的，静静的，纯纯的，悄悄的，躲开了中原王气，藏下了一个不羼杂的清代。它实在对我产生了一种巨大的诱惑，于是匆匆讲完几次课，便一头埋到了山庄里边。

山庄很大，本来觉得北京的颐和园已经大得令人咋舌了，它竟比颐和园还大整整一倍，据说装下八九个北海公园是没有问题的。我想不出国内还有哪个古典园林能望其项背。山庄外面还有一圈被称之为“外八庙”的寺庙群，这暂不去说它，光说山庄里面，除了前半部有层层叠叠的宫殿外，主要是开阔的湖区、平原区和山区。尤其是山区，几乎占了整个山庄的八成左右，这让游惯了别的园林的人很不习惯。园林是用来休闲的，何况是皇家园林，大多追求方便平适，有的也会堆几座小山装点一下，哪有像这儿的，硬是圈进莽莽苍苍一大片真正的山岭来消遣？这个格局，包含着一种需要我们抬头仰望、低头思索的审美观念和人生观念。

山庄里有很多楹联和石碑，上面的文字大多由皇帝们亲自撰写，他们当然想不到多少年后会有我们这些陌生人闯入他们的私家园林，来读这些文字，这些文字是写给他们后辈继承人看的。朝廷给别人看的东西很多，有大量刻印广颁的官样文章，而写在这里的文字，尽管有时也咬文嚼字，但总的说来是说给儿孙们听的体己话，比较真实可信。我踏着青苔和蔓草，辨识和解读着一切能找到的文字，连藏在山间树林中的石碑都不放过，读完一篇，便舒松开筋骨四周看看。一路走去，终于可以有把握地说，山庄的营造，完全出自一代政治家在精神上的强健。

首先是康熙，山庄正宫午门上悬挂着的“避暑山庄”四个字就是他写的，这四个汉字写得很好，撇捺透露出一个胜利者的从容和安详，可以想见他首次踏进山庄时的步履也是这样的。他一定会这样，因为他是走了一条艰难而又成功的长途才走进山庄的，到这里来喘口气，应该。

他一生的艰难都是自找的。他的父辈本来已经给他打下了一个很完整的华夏江山，他八岁即位，十四岁亲政，年轻轻一个孩子，坐享其成就是了，能在如此辽阔的疆土、如此兴盛的运势前做些什么呢？他稚气未脱的眼睛，竟然疑惑地盯上了两个庞然大物，一个是朝廷中最有权势的辅政大臣鳌拜，一个是自恃当初做汉奸领清兵入关有功、拥兵自重于南方的吴三桂。平心而论，对于这样与自己的祖辈、父辈都有密切关系的重要政治势力，即便是德高望重的一代雄主也未必下得了决心去动手，但康熙却向他们、也向自己挑战了，十六岁上干脆利落地除了鳌拜集团，二十岁开始向吴三桂开战，花八年时间的征战取得彻底胜利。他等于把到手的江山重新打理了一遍，使自己从一个继承者变成了创业者。他成熟了，眼前几乎已经找不到什么对手，但他还是经常骑着马，在中国北方的山林草泽间徘徊，这是他祖辈崛起的所在，他在寻找着自己的生命和事业的依托点。

他每次都要经过长城，长城多年失修，已经破败。对着这堵受到历代帝王切切关心的城墙，他想了很多。他的祖辈是破长城进来的，没有吴三桂也绝对进得了，那么长城究竟有什么用呢？堂堂一个朝廷，难道就靠这些砖块去保卫？但是如果没有长城，我们的防线又在哪里呢？他思考的结果，可以从一六九一年他的一份上谕中看出个大概。那年五月，古北口总兵官蔡元向朝廷提出，他所管辖的那一带长城“倾塌甚多，请行修筑”，康熙竟然完全不同意，他的上谕是：

> 秦筑长城以来，汉、唐、宋亦常修理，其时岂无边患？明末我太祖统大兵长驱直入，诸路瓦解，皆莫能当。可见守国之道，惟在修德安民。民心悦则邦本得，而边境自固。所谓“众志成城”者是也。如古北、喜峰口一带，朕皆巡阅，概多损坏，今欲修之，兴工劳役，岂能无害百姓？且长城延袤数千里，养兵几何方能分守？

说得实在是很有道理。我对埋在我们民族心底的“长城情结”一直不敢恭维，读了康熙这段话，简直是找到了一个远年知音。由于康熙这样说，清代成了中国古代基本上不修长城的一个朝代，对此我也觉得不无痛快。当然，我们今天从保护文物的意义上去修理长城完全是另外一回事了，只要不把长城永远作为中华文明的最高象征就好。

康熙希望能筑起一座无形的长城。“修德安民”云云说得过于堂皇而蹈空，实际上他有硬的一手和软的一手，硬的一手是在长城外设立“木兰围场”，每年秋天，由皇帝亲自率领王公大臣、各级官兵一万余人去进行大规模的“围猎”，实际上是一种声势浩大的军事演习，这既可以使王公大臣们保持住勇猛、强悍的人生风范，又可顺便对北方边境起一个威慑作用。“木兰围场”既然设在长城之外的边远地带，离北京就很有一点距离，如此众多的朝廷要员前去秋猎，当然要建造一些大大小小的行宫，而热河行宫，就是其中最大的一座；软的一手是与北方边疆的各少数民族建立起一种常来常往的友好关系，他们的首领不必长途进京也有与清廷彼此交谊的机会和场所，而且还为他们准备下各自的宗教场所，这也就需要有热河行宫和它周围的寺庙群了。总之，软硬两手最后都汇集到这一座行宫、这一个山庄里来了，说是避暑，说是休息，意义却又远远不止于此。把复杂的政治目的和军事意义转化为一片幽静闲适的园林，一圈香火缭绕的寺庙，这不能不说是康熙的大本事。然而，眼前又是道道地地的园林和寺庙，道道地地的休息和祈祷，军事和政治，消解得那样烟水葱茏、慈眉善目，如果不是那些石碑提醒，我们甚至连可以疑惑的痕迹都找不到。

避暑山庄是康熙的“长城”，与蜿蜒千里的秦始皇长城相比，哪个更高明些呢？

康熙几乎每年立秋之后都要到“木兰围场”参加一次为期二十天的秋猎，一生参加了四十八次。每次围猎，情景都极为壮观。先由康熙选定逐年轮换的狩猎区域（逐年轮换是为了生态保护），然后就搭建一百七十多座大帐篷为“内城”，二百五十多座大帐篷为“外城”，城外再设警卫。第二天拂晓，八旗官兵在皇帝的统一督导下集结围拢，在上万官兵的齐声呐喊下，康熙首先一马当先，引弓射猎，每有所中便引来一片欢呼，然后扈从大臣和各级将士也紧随康熙射猎。康熙身强力壮，骑术高明，围猎时智勇双全，弓箭上的功夫更让王公大臣由衷惊服，因而他本人的猎获就很多。晚上，营地上篝火处处，肉香飘荡，人笑马嘶，而康熙还必须回到帐篷里批阅每天疾驰送来的奏章文书。康熙一生身先士卒打过许多著名的仗，但在晚年，他最得意的还是自己打猎的成绩，因为这纯粹是他个人生命力的验证。一七一九年康熙自“木兰围场”行猎后返回避暑山庄时曾兴致勃勃地告谕御前侍卫：

朕自幼至今已用鸟枪弓矢获虎一百五十三只，熊十二只，豹二十五只，猞二十只，麋鹿十四只，狼九十六只，野猪一百三十三口，哨获之鹿已数百，其余围场内随便射获诸兽

> 不胜记矣。朕于一日内射兔三百一十八只，若庸常人毕世亦不能及此一日之数也。

这笔流水账，他说得很得意，我们读得也很高兴。身体的强健和精神的强健往往是连在一起的，须知中国历史上多的是有气无力病恹恹的皇帝，他们即便再"内秀"，也何以面对如此庞大的国家。

由于强健，他有足够的精力处理挺复杂的西藏事务和蒙古事务，解决治理黄河、淮河和疏通漕运等大问题，而且大多很有成效，功泽后世。由于强健，他还愿意勤奋地学习，结果不仅武功一流，"内秀"也十分了得，成为中国历代皇帝中特别有学问、也特别重视学问的一位。这一点一直很使我震动，而且我可以肯定，当时也把一大群冷眼旁观的汉族知识分子震动了。

谁能想得到呢，这位满清帝王竟然比明代历朝皇帝更热爱和精通汉族传统文化！大凡经、史、子、集，诗、书、音律，他都下过一番功夫，其中对朱熹哲学钻研最深。他亲自批点《资治通鉴纲目大全》，与一批著名的理学家进行水平不低的学术探讨，并命他们编纂了《朱子大全》《性理精义》等著作，他下令访求遗散在民间的善本珍籍加以整理，并且大规模地组织人力编辑出版了卷帙浩繁的《古今图书集成》《康熙字典》《佩文韵府》《大清会典》，文化气魄铺地盖天，直到今天，我们研究中国古代文化还离不开这些极其重要的工具书。他派人通过对全国土地的实际测量，编成了全国地图《皇舆全览图》。在他倡导的文化气氛下，涌现了一大批在整个中国文化史上都可以称得上第一流大师的人文科学家，在这一点上，几乎很少有朝代能与康熙朝相比肩。

以上讲的还只是我们所说的"国学"，可能更让现代读者惊异的是他的"西学"。因为即使到了现代，在我们印象中，国学和西学虽然可以沟通，但在同一个人身上深潜两边的毕竟不多，尤其对一些官员来说更是如此。然而早在三百年前，康熙皇帝竟然在北京故宫和承德避暑山庄认真研究了欧几里得几何学，经常演算习题，又学习了法国数学家巴蒂的《实用和理论几何学》，并比较它与欧几里得几何学的差别。他的老师是当时来中国的一批西方传教士，但后来他的演算比传教士还快，他亲自审校译成汉文和满文的西方数学著作，而且一有机会就向大臣们讲授西方数学。以数学为基础，康熙又进而学习了西方的天文、历法、物理、医学、化学，与中国原有的这方面知识比较，取长补短。在自然科学问题上，中国官僚和外国传教士经常发生矛盾，康熙不袒护中国官僚，也不主观臆断，而是靠自己发愤学习，真正弄通西方学说，几乎每次都作出了公正的裁断。他任命一名外国人担任钦天监监副，并命令礼部挑选一批学生去钦天监学习自然科学，学好了就选拔为博士官。西方的自然科学著作《验气图说》《仪象志》《赤道南北星图》《穷理学》《坤舆图说》等等被一一翻译过来，有的已经译成汉文的西方自然科学著作如《几何原理》前六卷他又命人译成满文。

这一切，居然与他所醉心的"国学"互不排斥，居然与他一天射猎三百一十八只野兔互不排斥，居然与他一连串重大的政治行为、军事行为、经济行为互不排斥！我并不认为康熙给中国带来了根本性的希望，他的政权也做过不少坏事，如臭名昭著的"文字狱"之类，我想说的只是，在中国历代帝王中，这位少数民族出身的帝王具有超乎寻常的生命力，他的人格比较健全。有时，个人的生命力和人格，会给历史留下重重的印记。与他相比，明代的许多皇帝都活得太不像样了，鲁迅说他们是"无赖儿郎"，确有点像。尤其让人生气的是明代万历皇帝（神宗）朱翊钧，在位四十八年，亲政三十八年，竟有二十五年时间躲在深宫之内不见外人的面，完全不理国事，连内阁首辅也见不到他，不知在干什么。没见他玩过什么，似乎也没有好色的嫌疑，历史学家们只能推断他躺在烟榻上抽了二十多年的鸦片烟！他聚敛的金银如山似海，但当清军起事，朝廷束手无策时问他要钱，他也死不肯拿出来，最后拿出一个无济于事的小零头，竟然都是因窖藏太久变黑发霉、腐蚀得不能见天日的银子！这完全是一个失去任何人格支撑的心理变态者，但他又集权于一身，明朝怎能不垮？他死后还有儿子朱常洛(光宗)、孙子朱由校(熹宗)和朱由检(思宗)先后继位,但明朝已在他的手里败定了,他的儿孙们非常可怜;康熙与他正相反,把生命从深宫里释放出来,在旷野、猎场和各个知识领域挥洒,避暑山庄就是他这种生命方式的一个重要吐纳口站,因此也是当时中国历史命运的一所"吉宅"。

三

康熙与晚明帝王的对比,避暑山庄与万历深宫的对比,当时的汉族知识分子当然也感受到了,心情比较复杂。

开始大多数汉族知识分子都是抗清复明,甚至在赳赳武夫们纷纷掉头转向之后,一群柔弱的文人还宁死不折。文人中也有一些著名的变节者,但他们往往也承受着深刻的心理矛盾和精神痛苦。我想这便是文化的力量。一切军事争逐都是浮面的,而事情到了要摇撼某个文化生态系统的时候才会真正变得严重起来。一个民族,一个国家,一个人种,其最终意义不是军事的、地域的、政治的,而是文化的。当时江南地区好几次重大的抗清事件,都起之于"削发"之争,即汉人历来束发而清人强令削发,甚至到了"留头不留发,留发不留头"的地步。头发的样式看来事小却关及文化生态,结果,是否"毁我衣冠"的问题成了"夷夏抗争"的最高爆发点。这中间,最能把事情与整个文化系统联系起来的是文化人,最懂得文明和野蛮的差别,并把"鞑虏"与野蛮连在一起的也是文化人。老百姓的头发终于被削掉了,而不少文人还在拼死坚持。著名大学者刘宗周住在杭州,自清兵进杭州后便绝食,二十天后死亡;他的门生,另一位著名大学者黄宗羲投身于武装抗清行列,失败后回余姚家乡事母著述;又一位著名大学者顾炎武比黄宗羲更进一步,武装抗清失败后还走遍全国许多地方图谋复明,最后终老陕西……这些一代宗师如此强硬,他们的门生和崇拜者们当然也多有追随。

但是,事情到了康熙那儿却发生了一些微妙的变化。文人们依然像朱耷笔下的秃鹫，以“天地为之一寒”的冷眼看着朝廷，而朝廷却奇怪地流泻出一种压抑不住的对汉文化的热忱。开始大家以为是一种笼络人心的策略，但从康熙身上看好像不完全是。他在讨伐吴三桂的战争还没有结束的时候，就迫不及待地下令各级官员以“崇儒重道”为目的，向朝廷推荐“学问兼优、文词卓越”的士子，由他亲自主考录用，称作“博学鸿词科”。这次被保荐、征召的共一百四十三人，后来录取了五十人。其中有傅山、李颙等人被推荐了却宁死不应考。傅山被人推荐后又被强抬进北京，他见到“大清门”三字便滚倒在地，两泪直流，如此行动康熙不仅不怪罪反而免他考试，任命他为“中书舍人”。他回乡后不准别人以“中书舍人”称他，但这个时候说他对康熙本人还有多大仇恨，大概谈不上了。

李颙也是如此，受到推荐后称病拒考，被人抬到省城后竟以绝食相抗，别人只得作罢。这事发生在康熙十七年，康熙本人二十六岁，没想到二十五年后，五十余岁的康熙西巡时还记得这位强硬的学人，召见他，他没有应召，但心里毕竟已经很过意不去了，派儿子李慎言作代表应召，并送自己的两部著作《四书反身录》和《二曲集》给康熙。这件事带有一定的象征性，表示最有抵触的汉族知识分子也开始与康熙和解了。

与李颙相比，黄宗羲是大人物了，康熙更是礼仪有加，多次请黄宗羲出山未能如愿，便命令当地巡抚到黄宗羲家里，把黄宗羲写的书认真抄来，送入宫内以供自己拜读。这一来，黄宗羲也不能不有所感动。与李颙一样，自己出面终究不便，由儿子代理，黄宗羲让自己的儿子黄百家进入皇家修史局，帮助完成康熙交下的修《明史》的任务。你看，即便是原先与清廷不共戴天的黄宗羲、李颙他们，也觉得儿子一辈可以在康熙手下好生过日子了。这不是变节，也不是妥协，而是一种文化生态意义上的开始认同。既然康熙对汉文化认同得那么诚恳，汉族文人为什么就完全不能与他认同呢？政治、军事，不过是文化的外表罢了。

黄宗羲不是让儿子参加康熙下令编写的《明史》吗？编《明史》这

事给汉族知识界震动不小。康熙任命了大历史学家徐元文、万斯同、张玉书、王鸿绪等负责此事，要他们根据《明实录》如实编写，说“他书或以文章见长，独修史宜直书实事”，他还多次要大家仔细研究明代晚期破败的教训，引以为戒。汉族知识界要反清复明，而清廷君主竟然亲自领导着汉族的历史学家在冷静研究明代了，这种研究又高于反清复明者的思考水平，那么，对峙也就不能不渐渐化解了。《明史》后来成为整个二十四史中写得较好的一部，这是直到今天还要承认的事实。

当然，也还余留着几个坚持不肯认同的文人。例如康熙时代浙江有个学者叫吕留良的，在著书和讲学中还一再强调孔子思想的精义是“尊王攘夷”。这个提法，在他死后被湖南一个叫曾静的落第书生看到了，很是激动，赶到浙江找到吕留良的儿子和学生几人，筹划反清。这时康熙也早已过世，已是雍正年间，这群文人手下无一兵一卒，能干成什么事呢？他们打听到川陕总督岳钟琪是岳飞的后代，想来肯定能继承岳飞遗志来抗击外夷，就派人带给他一封策反的信，眼巴巴地请他起事。这事说起来已经有点近乎笑话，岳飞抗金到那时已隔着整整一个元朝、整整一个明朝，清朝也已过了八九十年，算到岳钟琪身上都是多少代的事啦，还想着让他凭着一个“岳”字拍案而起，中国书生的昏愚和天真就在这里。岳钟琪是清朝大官，做梦也没有想到过要反清，接信后虚假地应付了一下，却理所当然地报告了雍正皇帝。雍正下令逮捕了这个谋反集团，又亲自阅读了书信、著作，觉得其中有好些观念需要自己写文章来与汉族知识分子辩论，而且认为有过康熙一代，朝廷已有足够的事实和勇气证明清代统治者并不差，为什么还要对抗清廷？于是这位皇帝亲自编了一部《大义觉迷录》颁发各地，而且特免肇事者曾静等人的死罪，让他们专到江浙一带去宣讲。

雍正的《大义觉迷录》写得颇为诚恳。他的大意是：不错，我们是夷人，我们是“外国”人，但这是籍贯而已，天命要我们来抚育中原生民，被抚育者为什么还要把华、夷分开来看？你们所尊重的舜是东夷之人，文王是西夷之人，这难道有损于他们的圣德吗？吕留良这样著书立说的人，连前朝康熙皇帝的文治武功、赫赫盛德都加以隐匿和诬蔑，实在是不顾民生国运只泄私愤了。外族入主中原，可能反而勇于为善，如果著书立说的人只认为生在中原的君主不必修德行仁也可享有名分，而外族君主即便励精图治也得不到褒扬，外族君主为善之心也会因之而懈怠，受苦的不还是中原百姓吗？

雍正的这番话，带着明显的委屈情绪，而且是给父亲康熙打抱不平，也真有一些动人的地方。但他的整体思维能力显然比不上康熙，口口声声说自己是“外国”人，“夷人”。尽管他所说的“外国”只是指外族，而且也仅指中原地区之外的几个少数民族，与我们今天所说的外国不同，但无论如何在一些前提性的概念上把事情搞复杂了，反而不利。他的儿子乾隆看出了这个毛病，即位后把《大义觉迷录》全部收回，列为禁书，杀了被雍正赦免了的曾静等人，开始大兴文字狱。康熙、雍正年间也有丑恶的文字狱，但来得特别厉害的是乾隆，他不许汉族知识分子把清廷看成是“夷人”，连一般文字中也不让出现“虏”、“胡”之类字样，不小心写出来了很可能被砍头。他想用暴力抹去这种对立，然后一心一意做个好皇帝。除了华夷之分的敏感点外，其他地方他倒是比较宽容，有度量，听得进忠臣贤士们的尖锐意见和建议，因此在他执政的前期，做了很多好事，国运可称昌盛。这样一来，即便存有异念的少数汉族知识分子也不敢有什么想头，到后来也真没有什么想头了。其实本来这样的人已不可多觅，雍正和乾隆都把文章做过了头。真正第一流的大学者，在乾隆时代已不想做反清复明的事了。乾隆，靠着人才济济的智力优势，靠着康熙、雍正给他奠定的丰厚基业，也靠着他本人的韬略雄才，做起了中国历史上福气最好的大皇帝。承德避暑山庄，他来得最多，总共逗留的时间很长，因此他的踪迹更是随处可见。乾隆也经常参加“木兰秋弥”，亲自射获的猎物也极为可观，但他的主要心思却放在边疆征战上，避暑山庄和周围的外八庙内，记载这种征战成果的碑文极多。这种征战与汉族的利益没有冲突，反而弘扬了中国的国威，连汉族知识界也引以为荣，甚至可以把乾隆看成是华夏圣君了，但我细看碑文之后却产生一个强烈的感觉：有的仗迫不得已，打打也可以，但多数边界战争的必要性深可怀疑。需要打得这么大吗？需要反复那么多次吗？需要这样强横地来对待邻居们吗？需要杀得如此残酷吗？

好大喜功的乾隆把他的所谓“十全武功”镌刻在避暑山庄里乐滋滋地自我品尝，这使山庄回荡出一些燥热而又不祥的气氛。在满、汉文化对峙基本上结束之后，这里洋溢着的是中华帝国的自得情绪。江南塞北的风景名胜在这里聚会，上天的唯一骄子在这里安驻，再下令编一部综览全部典籍的《四库全书》在这里存放，几乎什么也不缺了。乾隆不断地写诗，说避暑山庄里的意境已远远超过唐宋诗词里的描绘，而他则一直等着到时间卸任成为“林下人”，在此间度过余生。在山庄内松云峡的同一座石碑上，乾隆一生竟先后刻下了六首御制诗表述这种自得情怀。

是的，乾隆一朝确实不算窝囊，但须知这已是十八世纪（乾隆正好死于十八世纪最后一年），十九世纪已经迎面而来，世界发生了多大的变化！乾隆打了那么多仗，耗资该有多少？他重用的大贪官和珅，又把国力糟蹋到了何等地步？事实上，清朝，乃至于中国的整体历史悲剧，就在乾隆这个貌似全盛期的皇帝身上，在山水宜人的避暑山庄内，已经酿就。但此时的避暑山庄，还完全沉湎在中华帝国的梦幻之中，而全国的文化良知，也都在这个幻梦边沿口或陶醉或喑哑。

一七九三年九月十四日，一个英国使团来到避暑山庄，乾隆以盛宴欢迎，还在山庄的万树园内以大型歌舞和焰火晚会招待，避暑山庄一片热闹。英方的目的是希望乾隆同意他们派使臣常驻北京，在北京设立洋行，希望中国开放天津、宁波、舟山为贸易口岸。在广州附近拨一些地方让英商居住，又希望英国货物在广州至澳门的内河流通时能获免税或减税的优惠。本来，这是可以谈判的事，但对居住在避暑山庄、一生喜欢用武力炫耀华夏威仪的乾隆来说却不存在任何谈判的可能。他给英国国王写了信，信的标题是《赐英吉利国王敕书》，信内对一切要求全部拒绝，说“天朝尺土俱归版籍，疆址森然，即使岛屿沙洲，亦必划界分疆各有专属”，“从无外人等在北京城开设货行之事”，“此与天朝体制不合，断不可行！”也许至今有人认为这几句话充满了爱国主义的凛然大义，与以后清廷签订的卖国条约不可同日而语，对此我实在不敢苟同。

本来康熙早在一六八四年就已开放海禁，在广东、福建、浙江、江苏分设四个海关欢迎外商来贸易，过了七十多年乾隆反而关闭其他海关只许外商在广州贸易。外商在广州也有许多可笑的限制，例如不准学说中国话，买中国书，不许坐轿，更不许把妇女带来，等等。我们闭目就能想象朝廷对外国人的这些限制是出于何种心理规定出来的。康熙向传教士学西方自然科学，关系不错。而乾隆却把天主教给禁了。自高自大，无视外部世界，满脑天朝意识，这与以后的受辱挨打有着必然的逻辑联系。乾隆在避暑山庄训斥外国帝王的朗声言词，就连历史老人也会听得不太顺耳了。这座园林，已羼杂进某种凶兆。

四

我在山庄松云峡细读乾隆写了六首诗的那座石碑时，在碑的西侧又读到他儿子嘉庆的一首。嘉庆即位后经过这里，读了父亲那些得意洋洋的诗作后不禁长叹一声：父亲的诗真是深奥，而我这个做儿子的却实在觉得肩上的担子太重了！（“瞻题蕴精奥，守位重仔肩”）嘉庆为人比较懦弱宽厚，在父亲留下的这副担子前不知如何是好。他一生都在面对内忧外患，最后不明不白地死在避暑山庄。

道光皇帝继嘉庆之位时已四十来岁，没有什么才能，只知艰苦朴素，穿的裤子还打过补丁。这对一国元首来说可不是什么佳话。朝中大臣竞相摹仿，穿了破旧衣服上朝，一眼看去，这个朝廷已经没有多少气数了。父亲死在避暑山庄，畏怯的道光也就不愿意去那里了，让它空关了几十年。他有时想想也该像祖宗一样去打一次猎，打听能不能不经过避暑山庄就可以到“木兰围场”，回答说没有别的道路，他也就不去打猎了。像他这么个可怜巴巴的皇帝,似乎本来就与山庄和打猎没有缘分的,鸦片战争已经爆发,他忧愁的目光只能一直注视着南方。

避暑山庄一直关到一八六〇年九月,突然接到命令,咸丰皇帝要来,赶快打扫。咸丰这次来时带的银两特别多,原来是来逃难的,英法联军正威胁着北京。咸丰这一来就不走了,东走走西看看,庆幸祖辈留下这么个好地方让他躲避。他在这里又批准了好几份丧权辱国的条约,但签约后还是不走,直到一八六一年八月二十二日死在这儿,差不多住了近一年。

咸丰一死,避暑山庄热闹了好些天,各种政治势力围着遗体进行着明明暗暗的较量。一场被历史学家称之为"辛酉政变"的行动方案在山庄的几间屋子里制定,然后,咸丰的棺木向北京启运了,刚继位的小皇帝也出发了,浩浩荡荡。避暑山庄的大门又一次紧紧地关住了,而就在这支浩浩荡荡的队伍中间,很快站出来一个二十七岁的青年女子,她将统治中国数十年。

她就是慈禧,离开了山庄后再也没有回来。不久又下了一道命令,说热河避暑山庄已经几十年不用,殿亭各宫多已倾圮,只是咸丰皇帝去时稍稍修治了一下,现在咸丰已逝,众人已走,"所有热河一切工程,着即停止"。

这个命令,与康熙不修长城的谕旨前后辉映。康熙的"长城"也终于倾坍了,荒草凄迷,暮鸦回翔,旧墙斑驳,霉苔处处,而大门却紧紧地关着。关住了那些宫殿房舍倒也罢了,还关住了那么些苍郁的山,那么些晶亮的水。在康熙看来,这儿就是他心目中的清代。但清代把它丢弃了,于是自己也就成了一个丧魂落魄的朝代。慈禧在北京修了一个颐和园,与避暑山庄对抗,塞外朔北的园林不会再有对抗的能力和兴趣。它似乎已属于另外一个时代。康熙连同他的园林一起失败了,败在一个没有读过什么书,没有建立过什么功业的女人手里。热河的雄风早已吹散,清朝从此阴气重重、劣迹斑斑。

当新的一个世纪来到的时候,一大群汉族知识分子向这个政权发出了毁灭性声讨，民族仇恨重新在心底燃起，三百年前抗清志士的事迹重新被发掘和播扬。避暑山庄，在这个时候是一个邪恶的象征，老老实实躲在远处，尽量不要叫人发现。

清朝灭亡后，社会震荡，世事忙乱，人们也没有心思去品咂一下这次历史变更的苦涩厚味，匆匆忙忙赶路去了。直到一九二七年六月一日，大学者王国维先生在颐和园投水而死，才让全国的有心人肃然深思。

王国维先生的死因众说纷纭，我们且不管它，只知道这位汉族文化大师拖着清代的一条辫子，自尽在清代的皇家园林里，遗嘱为“五十之后，只欠一死；经此世变，义无再辱”。他不会不知道明末清初为汉族人是束发还是留辫之争曾发生过惊人的血案，他不会不知道刘宗周、黄宗羲、顾炎武这些大学者的慷慨行迹，他更不会不知道按照世界历史的进程，社会巨变乃属必然，但是他还是死了。我赞成陈寅恪先生的说法，王国维先生并不死于政治斗争、人事纠葛，或仅仅为清廷尽忠，而是死于一种文化：

> 凡一种文化值衰落之时，为此文化所化之人，必感苦痛，其表现此文化之程量愈宏，则其所受之苦痛亦愈甚；迨既达极深之度，殆非出于自杀无以求一己之心安而义尽也。
>
> （《王观堂先生挽词并序》）

王国维先生实在无法把自己为之而死的文化与清廷分割开来。在他的书架里，《古今图书集成》《康熙字典》《四库全书》《红楼梦》《桃花扇》《长生殿》、乾嘉学派、纳兰性德等等都把两者连在一起了，于是对他来说，衣冠举止，生态心态，也莫不两相混同。我们记得，在康熙手下，汉族高层知识分子经过剧烈的心理挣扎已开始与朝廷产生某种文化认同，没有想到的是，当康熙的政治事业和军事事业已经破败之后，文化认同竟还未消散。为此，宏才博学的王国维先生要以生命来祭奠它。他没有从心理挣扎中找到希望，死得可惜又死得必然。知识分子总是不同寻常，他们总要在政治军事的折腾之后表现出长久的文化韧性，文化变成了生命，只有靠生命来拥抱文化了，别无他途；明末以后是这样，清末以后也是这样。但清末又是整个中国封建制度的末尾，因此王国维先生祭奠的该是整个中国传统文化，清代只是他的落脚点。

今天，我面对着避暑山庄的清澈湖水，不能不想起王国维先生的面容和身影。我轻轻地叹息一声，一个风云数百年的朝代，总是以一群强者英武的雄姿开头，而打下最后一个句点的，却常常是一些文质彬彬的凄怨灵魂。

（选自《山居笔记》）

这里真安静

一

我到过一个地方，神秘得像寓言，抽象得像梦境。

很多长住新加坡的人都不知道有这么个地方，听我一说，惊讶万分。

是韩山元先生带我去的。韩先生是此地一家大报的高级编辑，又是一位满肚子掌故的乡土历史学家。那天早晨，他不知怎么摸开了我住所的大铁门，从花园的小道上绕到我卧室的南窗下，用手指敲了敲窗框。我不由悚然一惊，因为除了一位轻手轻脚的马来亚园丁，还从来没有人在这个窗下出现过。

他朝我诡秘地一笑，说要带我去一个很少有人知道的奇怪地方。我相信了他，他一定会发现一点什么的，就冲他绕来绕去绕到我这个窗下的劲头。

我打开大门，那里还等着两位女记者，韩先生的同事，也算我在这里的学生。她们都还年轻，对探幽索秘之类的事，兴趣很大。于是，一行四人。

其实韩先生也不太记得路了。在车上他托着下巴，支支吾吾地回忆着、嗫嚅着。驾车的女记者每到岔道口就把车速放慢，好让他犹豫、判断、骂自己的记性。韩先生寻路的表情越艰难，目的地也就变得越僻远，越离奇。

二

目的地竟是一个坟地。

新加坡的坟地很多，而且都很堂皇。漂泊者们葬身他乡已经够委屈的了，哪能不尽量把坟地弄得气派一点？但是，这个坟地好生奇特，门面狭小，黑色的旧铁栏萎萎缩缩。进得里面才发现占地不小，却冷冷清清不见一个人影。一看几排墓碑就明白，这是日本人的坟地。

“世界上没有哪一个坟地比它更节俭的了。你看这个碑，”韩先生用手一指，那只是许多墓碑中的一个矮小的方尖碑，上面刻着六个汉字：

纳骨一万余体

碑下埋着的，是一万余名侵略东南亚的“皇军”的骨灰。

“再看那边，”顺着韩先生的指点，我看到一片广阔的草地上，铺展着无数星星点点的小石桩，“一个石桩就是一名日本妓女，看有多少！”

用不着再多说话，我确实被震动了。人的生命，能排列得这样紧缩，挤压得这样局促么？而且，这又是一些什么样的生命啊？一个一度把亚洲搅得晕晕乎乎的民族，将自己的媚艳和残暴挥洒到如此遥远的地方，然后又在这里划下一个悲剧的句号。多少倩笑和呐喊，多少脂粉和鲜血，终于都喑哑了，凝结了，凝结成一个角落，凝结成一种躲避，躲避着人群，躲避着历史，只怀抱着茂草和鸟鸣，怀抱着羞愧和

罪名,不声不响,也不愿让人靠近,

是的,竟然没有商人、职员、工人、旅游者、水手、医生跻身其间,只有两支最喧闹的队伍,浩浩荡荡,消失在这么一个不大的园子里。我们不能不把脚步放轻,怕踩着了什么。脚下,密密层层的万千灵魂间,该隐埋着几堆日本史,几堆南洋史,几堆风流史,几堆侵略史。每一堆都太艰深,于是只好由艰深归于宁静,像一个避世隐居、满脸皱纹的老人,已经不愿再哼一声。

三

到底是日本人,挤到了这么一个地方,依然等级森严。

一般士兵只立集体墓碑。除了"纳骨一万余体"外,还有一个含糊其辞的所谓"作业队殉难者之碑",也是一个万人碑,为太平洋战争时战死的士兵而立。另一个"陆海军人军属留魂之碑",则是马来西亚战争中战死日军的集体墓,原在武吉知马山上,后被抗日人士炸毁,日本人在废墟中打点收拾残骨,移葬这里。

军曹、兵长、伍长,乃至准尉级的仕官,皆立个人木碑。一根根细长的木桩紧紧地排着,其中稍稍高出周围的是准尉。

少尉以上均立石碑,到了高级军衔大佐,则立大理石碑。

让开这所有的群体,独个儿远远地坐东面西的,则是赫赫有名的日本陆军元帅、日本南方军总司令寺内寿一的大墓。这座墓,傲气十足,俯瞰着自己的数万属下。

作为一个中国人,我对寺内寿一这个名字十分敏感。一九三七年七月七日卢沟桥事变后,寺内寿一曾被任命为日本华北方面军司令官,在他的指挥下,日军由北平进占华北一线。在著名的平型关战役中遭受中国军队惨重打击的板垣师团,也属于他的部下。这么一个把古老的黄河流域整个儿浸入血泊的军阀,最终竟然躲到了这个角落!

我呆呆地伫立着,死死地看着这座墓。我深知,几乎未曾有过中国人,会转弯抹角地找到这里,盯着它看。那么,今天也算是你寺内元帅与中国人的久别重逢吧。你躲藏得好偏僻,而我的目光背后,应是华北平原的万里云天。

寺内寿一改任南方派遣军总司令是一九四一年十月东条英机上台组阁之后,他与山本五十六的海军联合舰队相配合,构成了震动世界的太平洋战争。他把他在华北的凶残倾泻到了南洋,从西贡直捣新加坡。他的死亡是在日本投降之后,死因是脑溢血。

元帅的死亡,震动了当时由英军看守的日军战俘营。正是那些早就被解除武装、正在受到公审、正在受到全世界唾骂的战俘,张罗着要为寺内寿一筑坟,而且是筑一座符合元帅身份的坟。从我接触到的一些资料看,为了眼前这座坟,当时日军战俘营里所发生的事,今天想来依然触目惊心。

这些战俘白天在英军的监视下做苦工,到了夜晚空下来,就聚集在宿舍里密谋。他们决定,寺内寿一的墓碑必须采用柔佛(今属马来西亚)南部的一座石山上的石料,因为这座石山上曾发生过日军和英澳联军的激战,好多石块都浸染了日本军人的鲜血。他们要悄悄派出几个目睹当年激战的人去,确定当年日军流血最多的地方,再从那里开采巨石,躲过人们耳目,拼死长途运来。

这些战俘开始行动了。他们正儿八经向看守他们的英国军官提出申请,说想自己动手修建战俘营的宿舍,需要到外面去采伐、搬运一些木料石料。同时,他们又搜集身边带着的日本小玩意儿来笼络英军及其家属。英军同意了他们的申请,结果他们开始大规模地采运石料,不仅为寺内寿一,而且为其他战死的日军筑坟。柔佛那方染血的巨石完全不像修宿舍的材料,只能在星夜秘密偷运。运到离现在墓地八公里之外一座荒弃的橡胶园里,搭起一个帐篷,用两天时间刻琢碑文,刻好之后又运到基地,恭恭敬敬竖好,浇上水泥加固。我现在死死盯着看的,就是这个墓碑。

这一切,竟然都是一个战败国的俘虏们偷偷做成的,实在让人吃惊。我想,如果有哪位电影大师拍一部影片,就表现一群战俘在黑夜偷运染血巨石来做元帅墓碑的艰苦行程，一定会紧扣人心。山道上，椰林下，低声的呼号，受过伤的肩膀，勒入肌肉的麻绳，摇晃的脚步，警觉的耳朵，尤其是月光下，那一双双不肯认输服罪的眼睛……

资料告诉我，即使在国际法庭公审和处决战犯之后，那些日军战俘，竟还想尽各种办法，通过各种途径，弄到了每一战犯处决时洒血的泥土，汇集起来到这个坟地“下葬”，竖起一个“殉难烈士之碑”。这个碑，我进入墓园不久就看到了的，不知底细的人怎么知道“烈士”是谁？

韩山元先生曾听守墓人说，别看这个坟地冷清，多年来，总有一些上年岁的人专程从日本赶来，跪倒在那几座墓碑前献酒上香，然后饮泣良久。这些年，这样的老人看不到了，或许他们也都有了自己的墓碑。于是，坟地真正冷清了，不要说战争，就是那星夜运石的呼号，也已成了遥远的梦影。但是，只要你不小心走进了这个地方，在这些墓碑间巡睃一遍，你就会领受到人类精神中极其可怖的一个部分，阴气森森。这里上下有序，排列整齐，傲骨嶙峋，好像还在期待着某种指令。

四

现在该来看看那些可怜的日本妓女了。

论资格，这些妓女要比埋在近旁的军人老得多。大概从本世纪初年以来，日本妓女蜂拥来南洋有过几次高潮，每次都和日本经济的萧条有关。而当时的南洋，由于橡胶和锡矿的开采，经济颇为繁荣，大批在国内不易谋生的日本少女就不远千里，给南洋带来了屈辱的笑颜。

日本女子的美貌和温柔使她们很快压倒了南洋各地的其他娱乐项目，轰轰烈烈地构成了一种宏大的职业。从野心勃勃的创业者到含辛茹苦的锡矿工人，都随时随地能找到适合自己的日本娼寮。各国、各族的嫖客，都在日本妓院中进进出出。在这个时候，日本民族在南洋的形象，显得既柔弱又可怜。

既然日妓南下与日本经济萧条有密切关系，而经济萧条又是日本必须向外扩张的根本动因，那么，不妨说，日本妓女的先来和日本军人的后到，确实存在着某种因果关系。让他们的坟墓紧紧靠在一起，好像是故意在搭建一种历史逻辑。

当日本军队占领南洋时，原先在这里的妓女再加上军妓，日妓的数量更是达到空前，连著名的南华女子中学也解散而成了日本艺妓馆。这简直成了一支与“皇军”可以并驾齐驱的队伍，有人戏称为“大和部队”。据说还有一位日本官员故意向寺内寿一总司令报告：“大和部队已经打进来了。”寺内寿一因此而把不少军妓遣送回国，但日本妓女真正在南洋的锐减，则是在日本投降之后。这些已经够屈辱了的女子，无法在更屈辱的大背景下继续谋生了。事实上，即使是战败的苦难，她们也比军阀们受得深，尽管她们远不是战争的发动者，也没有因战争而有任何得益。

日本妓女在南洋的悲惨命运，已由电影《望乡》表现得淋漓尽致。但是依我看，那毕竟是日本人自己搞的作品，在某些历史关节上无法冷静地开掘。日本妓女在南洋的遭遇，只有与以后日本军队的占领南洋疏通起来，现代日本民族的心态和命运才能梳理得更加完整和透彻。仅仅表现她们在屈辱中思念故乡，显然是把题目做小了。

《望乡》中一个让人难忘的细节是，日本妓女死后安葬南洋，墓碑全都背着故乡。但是，我在这个日本坟地中看到的情景却完全相同：三百多个妓女的墓碑，全部向着正西，没有一座向着北方！

也许是不敢，也许是不愿，她们狠狠心拧过头去，朝着另一方向躺下了，不再牵肠挂肚，不再幽恨绵绵，连眼角也不扫一扫那曾经天天思念的地方。

岂止不再眼巴巴地望着故乡，在她们这么多的墓碑上，连一个真名字也没有留下。石碑上刻着的都是“戒名”，如“德操信女”、“端念信女”、“妙鉴信女”，等等。这些姑娘，身陷可怕的泥淖之中，为了保持住一点点生命的信念，便都皈依了佛教，希望在虔诚的祈求间，留住些许朦胧的微光。但是我觉得,她们不具真名,与其说是为了佛教信仰,不如说是要隐瞒自己家庭的姓氏,不使遥远的族人因自己而招腥惹臭。

这种情景,与边上那些耀武扬威地写满军衔、官职的军人墓碑有多大的差别啊!我仔细地拨开草丛,读着那一个个姑娘自己杜撰的假名字。她们都有过鲜亮的青春,但很快都羞缩成了一枚枚琐小的石丁,掩埋在异地的荒草中。我认出那些字来了,显然都是死者的小姐妹们凑几个钱托人刻上去的,却又像死者在低声地自报家门。她们没什么文化,好不容易想出几个字来,藏着点儿内心的悲凉:“忍芳信女”、“寂伊信女”、“空寂信女”、“幽幻信女”……

我相信,这些墓碑群所埋藏的故事,一定比那边的墓碑群所埋藏的故事更通人性。可惜,这些墓碑群什么资料也没有留下,连让我胡乱猜想的由头也十分依稀。

例如,为什么这座立于昭和初年的墓碑那么精雕细刻呢?这位“信女”一定有过什么动人的事迹,使她死后能招来这么多姐妹的集资。也许,她在当时是一位才貌双全、侠骨慈心的名妓?

又如,为什么这些墓碑上连一个字也没有呢?是因为她们做了什么错事,还是由于遭致什么意外?

还有,这五位“信女”的墓碑为什么要并排在一个墓基上呢?她们是结拜姐妹?显然不仅是这个原因,因为她们必须同时死才会有这样的墓,那么,为什么又要同时死呢?

……

这些,都一定有故事,而且是极其哀怨、极其绚丽的故事,近乎中国明清之间的秦淮诸艳。

发生在妓院里的故事,未必都是低下的。作为特殊的时代的一个特殊交际场所,那里会包藏着许多政治风波、金融搏斗、人生沧桑、民族恩怨乃至国际谍情。也许,日本史和南洋史的某些线头,曾经由这些“信女”的纤纤素手绾接。我在这片草地上走了一圈又一圈,深深可惜着多少动人的故事全都化作了泥土。当地不少文学界的朋友常常与我一起叹息当今南洋文学界成果寥寥,恕我鲁莽,我建议南洋文化的挖掘者,多找找这些坟地。军人的坟地,女人的坟地,哪怕它们藏得如此隐蔽。

五

"军人,女人,还有文人!"韩山元先生听我在自言自语,插了一句。

是的,这个坟地里,除了大批军人和女人,竟然还孤零零地插进来一个文人。

这位文人的墓,坐落在坟地的最东边。本来,寺内寿一的墓坐东朝西,俯瞰整个墓地;但这座文人墓却躲在寺内寿一墓的后边,把它也当作了俯瞰的对象。

仅仅这一点,就使我们这几个文人特别解气。而且墓主还是一位挺有名的日本文学家:二叶亭四迷。我记得他的相片,留着胡子,戴着眼镜,头上的帽子很像中国的毡帽。我应该是在研究鲁迅和周作人的时候顺便了解这位文学家的,他葬在这里,对我也是个意外。不管怎么说,整个坟地中,真正能使我产生亲切感的只能是他了。

他的墓碑上的字也写得漂亮,是一种真正的书法。这又使我们几个多了一分高兴。那些军官的墓碑既然都是战俘们偷偷张罗的,字能好到哪里去?

二叶亭四迷一九〇九年二月在俄国游历时发现患了肺结核,但是这位固执的文学家不相信医生,胡乱自己服药,致使病情严重,后由朋友帮助,转伦敦坐轮船返日本治疗。但是,他并没有能够到达日本,而是死在由哥伦坡驶向新加坡的途中。就这样,他永久留在新加坡了。他进坟地是在一九〇九年五月,不仅那些军人的坟墓还一座也没有,连妓女的坟墓也不会有几座,因为当时,日本妓女还刚刚向南洋进发。

二叶亭四迷早早地踞守着这个坟地,他万万没有料到,这个坟地以后会有这般怪异的拥挤。他更无法设想，多少年后，真正的文人仍然只有他一个，他将永久地固守着寂寞和孤单。

我相信，如果二叶亭四迷地下有灵，他执拗的性格会使他深深地恼怒这个环境。作为日本现实主义文学的一员大将，他最为关注的是日本民族的灵魂。他怎么能忍心日日夜夜逼视着这些来自自己国家的残暴军士和可怜女性？

但是，二叶亭四迷也许并不想因此而离开。他有民族自尊心，他要让南洋人民知道，本世纪客死外国的日本人，不仅仅只有军人和女人。"还有我，哪怕只有一个：文人！"

不错，文人。并没有什么了不起，但死的时候不用像那些姑娘那样隐姓埋名，葬的时候不用像那些军人那样偷偷摸摸、鬼鬼祟祟。

我相信，每一次妓女下葬，送葬的小姐妹们都会在整个坟地中走走，顺便看看这位文学家的墓碑，尽管她们根本读不懂他的作品；我相信，那些战俘偷偷地把寺内寿一的坟筑在他的近侧，也都会对他龙飞凤舞的墓碑端详良久。二叶亭四迷为这个坟地提供了陌生，提供了间离。军乐和艳曲的涡漩中，突然冒出来一个不和谐的低沉颤音。

不能少了他。少了他，就构不成"军人、女人、文人"的三相结构，就构不成一种寓言式的抽象。现在够了，一半军人，一半女人，最边上居高临下，端坐着一位最有年岁的文人。这么一座坟地，还不是寓言？

这个三相寓言结构竟然隐匿于闹市，沉淀成宁静。民族、历史的大课题，既在这里定格，又在这里混沌。甜酸苦辣的滋味，弥漫于树丛，弥漫于草地。铁栅栏围住的，简直是个历史的浓缩体。我走过许多地方，未曾见过如此具有概括力的所在，概括得令人有点难以置信。

六

离开墓地之后，我们的车又在闹市间胡窜乱逛。不知怎么，大家对街上的日本人特别注意起来。

显而易见,今天的日本人在这座城市地位特殊。前几天读到本地一位女作家的一篇作品,其中写到一个年轻繁忙的华人母亲把自己幼小的女儿托养在公婆家里,没想到一年以后,女儿牙牙学语吐出来的第一句话不是华语,不是方言,也不是英语,而竟然是日语。原来公婆家通用的是夹着日语的英语,而日语的成分又日见提高。这位年轻的母亲真正地发怒了,大声吼道:“我不能眼看着自己十月怀胎生下来的孩子,成为一个是华人又不像华人的怪物!”

这种现象,在这里比较典型。日本是亚洲首富,经济界人士竞相趋附是不奇怪的。你看,就在我们的车窗外,那些最豪华的商店门口,停的最多的是日本旅游团的大客车。一大串专供旅游的人力三轮车从我们的车外慢慢前行,不用细看,坐的大多是日本人。

这时我心中忽起一个念头,真想走上前去告诉那些坐在人力车上兴高采烈的日本朋友;就在这座城市,一个草木掩映的冷僻所在,有一个坟地。无论如何,你们应该去看看的。我们刚去看过。

真的,你们应该去看看。

(选自《文化苦旅》)

读余秋雨散文

生　民

大哉斯文

余秋雨在他的《文化苦旅》《文明的碎片》已经面世,第三部散文集行将出版的时候,对自己这些作品的既定的“散文”定义,仍不免有些踌躇犹豫,而评论家们则在最初的震动之后,一致将它们指为“新潮散文”的第一个成果,以及散文长河中兀然崛现的奇峰。这两种表述情状，好像应该有点儿内在的联系。事实上，如果我们仍然将这些作品作散文归类的话，那么这些散文诚属不同凡响。

余氏散文的第一次集中亮相以及大为世人瞩目推崇的，是《文化苦旅》。结集该书时，作者已经感到，“写出来的会是一些无法统一的风格，无法划定体裁的奇怪篇什”。此刻，我觉得作者在寄情于山水古迹、走笔于才情神思之际，已然有了一种俯仰天地古今，任驰思想缰马的内在冲动和感觉。然而此刻的文章，我们为何可基本归之于“散文”的体例，因为其中主要的篇什仍是为“咏物托志”，仍是以“情感抒发”构成叙述主体。由于它们都是那样出色，所以以不同的眼光，自然会取以不同的代表之作。在我，尤为欣赏赞叹的，是其中的《这里真安静》《道士塔》和《家住龙华》诸篇。而它们造成接受对应和震荡的，是历史沧桑折射的无边苍凉(《这里真安静》)，是积弱积愚积丑的政体背景下，对文化厄运的呼唤和呻吟(《道士塔》)，是深切而悠远的挽悼哀伤(《家住龙华》)。当然，这些情感在表述中正是由于思想的穿透与提挈，才以其睿智明澈的光芒而与众不同。譬如《道士塔》中，当我们随着作者愤懑冲激，也意欲随作者横立沙漠中，喝阻那些西方的文化强盗浩劫敦煌文物典籍的车队时，忽然又被作者“拦下了车队，又怎么办”的提问所震慑，情感的痛苦瞬间踅转为思想的痛苦——然而《文化苦旅》中的多数散文，毕竟还是以情感空间构成了它们的主体形态。

而如果余秋雨的散文创作，一开始便是《一个王朝的背影》《苏东坡突围》《乡关何处》《抱愧山西》《天涯故事》《流放者的土地》《十万进士》等等，那么作者本人以及评论家们都会为其“散文”的定义更为踌躇错愕……现在我们实在是应该丢开任何定义之争了；作者在冲动积郁，在“文化苦旅”的“准备”之后，终于冲决了“借山水古迹探寻中国文人艰辛跋涉的脚印”的自我规范，而大气磅礴，而文思横溢了！因此在余秋雨为时并不太长的散文创作中，我以为仍然显示了某种嬗变与发展；《文化苦旅》已是卓尔不群，而真正成为高峰的，则是《山居笔记》中的诸篇。区别在于，《山居笔记》诸篇在对历史人生(主要是文人)的苦厄羁旅、对中国文化的艰难生命旅程作更为宏大的观照时，理性的思辨以不可阻遏之势，借着“散文表述”的载体，开宗明义、堂而皇之地进入文字叙述的空间。

在《一个王朝的背影》中，作者在承德山庄看到了一个缩影，这是几代君主、一个王朝的盛衰变迁史；历史在其局部乃至整体的呈现上，竟是经常地以统治者个人的胸怀气度和人格魅力为转移的。

在《苏东坡突围》中，特别善于妒忌倾轧的国民性找到了一个有力的历史佐证，这为“堆出于岸、木秀于林”的苏东坡安排了必然性的悲剧命运。当苏东坡只有在极度悲怆之后找到自己的位置时，这一切已经构成了一个时代的耻辱，甚至构成了一个民族的耻辱。

在《抱愧山西》中，作者颇具沧桑感地勾勒了晋商的兴盛与衰落，这段令人慨叹的历史映证的似乎是，与商业、民生、文化的社会人类要求相比，那些争夺、暴力、血腥的所谓历史理由实在是无谓甚至是荒唐的，但是历史与文明却偏偏经常扭曲在愚昧倒退之中。

《天涯故事》则提出，由于一道海涯的天然阻隔，反使海南在漫长的历史岁月中，其文化生态得以守恒，并使其成为焦躁骚动的大陆的一种镇定与制衡，成为一种冷静的反照。

……

这些叙述、这些思辨、这些阐释，经常是多义的，也经常是辩证的，我们难以于此一一读解，然而在它们所做的历史反省与文化审视中，涌动着的则是散文中迄今未见的大智慧和大思考，而这种思考的根本向度，又毫无疑义地是现实关怀和终极关怀，正如余秋雨自己所说，他的散文“不是看死了一千年的标本，而是看活了一千年的生命”。同时，这种在《文化苦旅·上海人》一篇中已见端倪、已见触发的独特的散文创作，动辄数以万言，纵横捭阖，从容挥洒，既不仓促压抑、扼阻文思，又能适时收聚，如此散文大笔墨，也是前所未有。

大哉斯文，诚如所言。

审美的思想

显然，余氏大散文之理性思辨，自是不同于一般的喻古鉴今、咏物托志、针砭时事之类，自然也不是一般的思想火花可与比肩。这是一种深厚的学术积累之后的“理论性”阐释，然而它们又全然融入山水游记及博古通今的情感抒怀之中。这便意味着，如是散文必须通达学者与作家之两个领域，必须兼及逻辑思维与形象思维这两个天地。如此左右逢源而又达到境界，是为大难。因此浮皮潦草貌似全能者多，真正做到者极少。余秋雨先生诚属此中一人，且在每一个单项中才智过人，于是会有余氏散文。

余秋雨严谨治学多年，研究讲学，著述颇丰，俨然一位知名学者，不为虚妄。有文章称余氏“传统文化烂熟于心，西方理性融于血肉”似也并无太多恭维。尤其是，余秋雨以五秩之年，全身心进入了“文化大革命”与“改革开放”这两个历史阶段，大时代给了他诸多曲折、麻烦与磨难，同时这一切也终于使他能够将思考收拢到冷静、理性与科学之中。而这正构成了他散文的思想资源与理性基础。先天资质与后天条件的独特组合，使余秋雨经常能够发人之所未发、见人之所未见，并以独特的宏观思路认识世界，以余氏印记的思想穿透其间。

余秋雨的学术地位自然已经没有疑问，然而他涉足散文之学的文思才情以及他文学笔端间的审美境界又如何呢？这自然可以从他以往的著述与讲学中得到一些间接的印象，然而最好还是让我们从眼前的这些散文中寻找答案。在说到这一点的时候，我想说，我以前的确没有想到长年伏案于“灰色”的理论之中的余秋雨先生，竟有那么强的形象思维及想象能力，在他的散文中，大量的远古史实，皆被绘声绘色做了形象还原。随便翻开《文化苦旅》的第一篇《道士塔》，文中写到了上一个世纪之交的一个早晨，“王道士每天起得很早，喜欢到洞窟里转转，就像一个老农，看看他的宅院，他对洞窟里的壁画有点不满，暗乎乎的，看着有点眼花。亮堂一点多好呢？他找了两个帮手，拎来一桶石灰。草扎的刷子装上一个长把，在石灰桶里蘸一蘸，开始他的粉刷。”我们甚至完全可以在这里读出“黑色幽默”，因为王道士粉刷的是千年流传的敦煌壁画！这样来举例子可能太笨，可是我们只能这样做了，而这种形象生动又时时转换情感内涵的描述，充满在全部的余氏散文中，并且经常是写得更美更好。

读余秋雨的散文，主要的当然是取思想的感悟与交流，可是我的确又时时为它们文字中的才情与意境叹服。我们随手举例：

我到过一个地方，神秘得像寓言，抽象得像梦境。

我呆呆伫立着，死死地看着这座墓。我深知，几乎未曾有过中国人，会转弯抹角地找到这里，盯着它看。那么，今天也算是你寺内寿一元帅（曾任日军侵华华北方面军司令）与中国人的久别重逢吧。你躲

藏得好偏僻，而我的目光背后，应是华北平原的万里云天。(《这里真安静》)

成熟是一种明亮而不刺眼的光辉，一种圆润而不腻耳的音响，一种不再需要对别人察言观色的从容，一种洗刷了偏激的淡漠，一种无须声张的厚实，一种并不陡峭的高度。勃郁的豪情发过了酵，尖利的山风收住了劲，湍急的细流汇成了湖，结果——引导千古杰作的前奏已经奏响，一道神秘的天光射向黄州，《念奴娇·赤壁怀古》和前后《赤壁赋》马上就要产生。(《苏东坡突围》)

在《天涯故事》里，作者从一篇外国小说中的"鹿回头"谈到海南岛的"鹿回头"，陡然点出了生命意义的壮丽升腾。文中写到，中国的帝王面南而坐，中国的民居朝南而筑，中国文明的指南针永远神奇地指向南方，中国大地上无数石狮、铁牛、铜马、陶俑也都要面对南方站立着匍匐着，这种种目光穿过了万水千山，全都迷迷茫茫地探询着碧天南海，探询着一种宏大的社会心理走向的终点，而在天涯海角的那头鹿的一回头，就把所有的目光都兜住了——它们的确写得很美，并且意蕴非凡。

这样的举例仍然很笨，可是，也许它也比较"质朴"。如果这些笔触诚然不俗的话，那么它们并不出自刻意雕饰，而是随着思想情感的走势随意散漫地散布在他的所有散文表述中，由此可见，审美的思想或者"思想的审美"，正是余氏散文的又一个重要特点。

一个完整显豁的思想，为什么要选择审美的形式呢？对此作者自己曾经谈到，这些年来在对文化的感受和思考中，他产生了一种根本性的苦恼。因为平时涉及的许多文化问题，是和现实世界、和周围的人格联系在一起的，可是文化学者的思考却又经常不能与周围的人沟通。在这种情况下，思考得再深再有价值，也不能转化为大家的文化自觉，于是这种思考常常只成为文化学者的一种自我消耗。

因此对于余秋雨来说，写作散文不仅仅是为思想寻找一个通俗的外部形式，而是理性选择了感情，是将自己的情感人格裹进了思想的释放过程。理论经常是一些“硬块”，文化学者有责任用生命的热量去融化它们至少是松化它们。在这种情况下，余秋雨的散文“应运而生”。事实上，它们的受众面远远超过了纯理论的受众面。于是，一种大格局文化建构完成了它的初步尝试。

然而，事实上这并不是问题的全部。

在我看来，如果把余秋雨散文创作的原动力，全部归之于社会责任意识，也会有点儿沉重得不够恰如其分。除了当然具有的社会责任感之外，余秋雨的涉足散文还有着相当纯粹的个人原因，对于余氏来说，文、论通达也好，情、理兼济也罢，很大的内在原因，都是个体能量的必须释放。余氏本是一个才子型学者，才情洋溢，文思涌动，单门类单品种学术理论实在难以框范，散文创作也就成了他喷薄溢出的一个方面。余氏的个人风格也与此暗合，他从不是一个严拘克己、苦守书斋的经院派学者，而是为人松弛随便，交游既多且杂。这既可能是性格使然，同时他的文化生命也需要在文化的现实流变与发展中，得到触发与滋养。因此，余氏散文虽有其社会责任动因，然其为文却并不全然只有责任驱使下的沉重、庄重，同时也有着某种自如与自由。

如果要说沉重苦恼乃至困窘尴尬，有时倒是更在学问文章外了。

一种散文风景

在由众多散文名家散文名作形成的比照中，余秋雨的散文特别是他的《山居笔记》以其鲜明的特征，形成了一种独特的景观。它们的区别标志当然不在于审美情怀及其描写，而是在于其张扬无遗的理性精神。如果我们把先贤诸子的策论时论归之为中国散文的最初形态的话，那么今日余氏散文当可成为散文创作中的“理性回归”。虽然它们已经不再具有箴言警句的功能，然而它们却借助了历史的积淀，借助了现代的理性认知，舒展透彻，建立了可贵而切实的思想价值。审美的思想，散文的理性，都是一种具体的努力，在经济与技术立国的同时，任何旨在激活思想、激活人文精神的真实努力，都是会让人尊敬的。

读余秋雨的散文并且说到思想的活力，我就几次想到了台湾作家李敖的一些随笔散论。李敖文章的“博古通今”，似与余文相近。其于论语孟子，史书典籍，总是信手拈来，恰到好处；而其针砭时事，诚为泼辣生风，酣畅淋漓，其思想锋芒所向之处，皆入木三分，鞭辟入里，是我十分喜爱的一种。比较起来，余秋雨在纵横古今之时，所选命题常常较为宏大，文中虽然是情感浓郁，叹惋至深，而其思想的释放则取从容阐释以及探讨论证之态，而不是短兵相接的交锋。在当今的以古鉴今的“审美思想”文章中，这两家也是各展所长，相得益彰的。

然而在此之外，通常范畴意义上的正规的散文格式，仍然还是“咏物抒怀”，正规的散文品性还是“情真意切”。当然，这里会有多种范式，会有多种层次，自可不拘一格。而在这既定的一般范畴中，我觉得散文创作的一个制高点，便是能够进入到“率性而作”的境界。也因此，散文最令人不耐的也就是“矫情”二字。这种矫情，可能自觉也可能并不自觉，可能是个人修养素质的原因，也可能是外部社会的原因。遗憾的是它们总是在我们的散文世界里成为一种普泛的现象，在这里，我们也就不去多加理会了。正是在“率性而作”这一点上，在我浏览不多的作家作品中，我十分赞佩王蒙和张承志的文章。

王蒙的散文作品多为随感随笔，自由松弛，散漫放达，韬晦智慧，妙趣横生。而余秋雨的散文，似乎也是此种文风情景，其思想文笔，驰骋挥洒，从容自如；然余氏的许多大散文毕竟不同于随感随笔，而是每每在完成着相当重大的命题，于是认真严谨的内在思路结构及谋篇布局仍然隐伏于“自由”的内部，不然则无以游刃于舒放与收聚之间。

散文“率性而作”的另一典范，当是张承志及其作品。张承志的作品总被认为贯透着炽烈激越的情愫。然在他的散文如《荒芜英雄路》诸篇中，这种情形倒也并不溢于言表。其情感特色倒是较多地表现为一种决无返顾的穆斯林宗教情绪，以及决无返顾地对现代城市文明的鄙夷，其中也就显示出一独特的“偏激美”，而其语辞，则似乎时时因一种内在的哽噎呜咽而滞涩顿阻。然而张承志的散文毕竟以情为主，有时就令人陡觉其“气长理短”，如《杭盖怀李陵》一篇在说到鄙夷苏武敬重李陵时，忽言又遽止，诚令人意绪难尽。正是在这个时候，我们又想到了余秋雨散文的另一种魅力。

在中国的散文世界里，如果没有余秋雨及其作品，那它当然也是芳草繁茂，乔木挺立。但是在有了余氏散文之后，这就成了中国散文风景线中的一个独一无二的事例，一个不可或缺的景象。

（原载《当代作家评论》1995 年第 2 期）

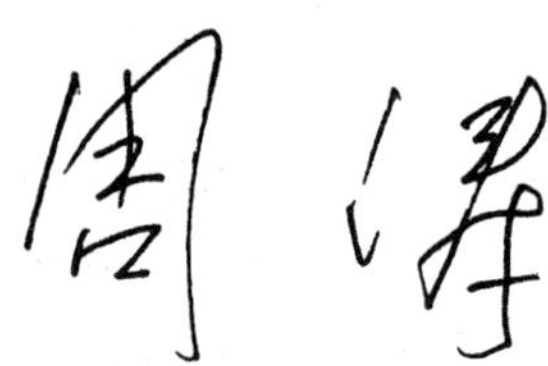

周　涛（1946—　），诗人、散文家，原名周小涛，山西榆社人。6岁入北京农科院附小，12岁入乌鲁木齐一中，19岁考入新疆大学中文系，1972年分配至喀什市团委工作。1979年入伍，历任新疆军区创作组创作员、副组长，兰州军区政治部创作室副主任、主任，少将军衔。系中国作家协会全委会委员，新疆文联和作协副主席。

周涛1972年在《新疆日报》发表处女作《林场新兵》，出版长诗《八月的果园》（新疆人民出版社）、《山岳山岳，丛林丛林》（解放军文艺出版社）和短诗集《牧人集》（湖南人民出版社）、《神山》（解放军文艺出版社）、《鹰笛》（重庆出版社）、《野马群》（上海文艺出版社）、《方游》（新疆人民出版社）、《幻想家病历》（新疆青少年出版社）和《英雄洞》（新疆人民出版社）等10余部（其中《神山》获1983—1984年全国优秀新疆诗集奖、第二届全军文艺奖）。上世纪80年代后以散文创作为主，出版散文专集22部：

《稀世之鸟》（解放军文艺出版社，1990年）；

《秋风秋雨集》（解放军文艺出版社，1991年）；

《东方走墙》（合集；江苏文艺出版社，1991年）；

《周涛自选集》（含诗歌；新疆人民出版社，1992年）；

《人生与幻想》（上海文艺出版社，1992年）；

《游牧长城》（作家出版社，1993年）；

《兀立荒原》（华艺出版社，1993年）；

《深夜倾听海》（安徽文艺出版社，1994年）；

《中华散文珍藏本·周涛卷》（人民文学出版社，1995年）；

《西部的纹脉》（敦煌文艺出版社，1995年）；

《红嘴鸦》(工人出版社,1995年);

《五人美文选》(合集;青海人民出版社,1995年);

《高榻》(长江文艺出版社,1996年);

《诗枕游梦》(群众出版社,1996年);

《周涛散文精选》(台湾金安出版社,1996年);

《四月泯泞》(合集;海天出版社,1996年);

《感谢生命》(时代文艺出版社,1997年);

《天似穹庐》(解放军文艺出版社,1997年);

《周涛散文(三卷)》(东方出版中心,1998年);

《周涛散文自选集》(百花文艺出版社,1999年);

《山河判断》(学林出版社,2000年);

《虫子,爬吧》(新疆青少年出版社,2001年)。

另有《周涛品味文集》(广东人民出版社)、《蘸雪为墨》(河南文艺出版社)亦编有周涛散文。

周涛的散文,有《稀世之鸟》获全国第三届纪实散文集奖,《兀立荒原》获第三届全军文艺奖,《中华散文珍藏本·周涛卷》获全国首届鲁迅文学奖,《天似穹庐》获第七届全军文艺奖;《哈拉沙尔随笔》《巩乃斯的马》《蠕动的随笔》和《吉木萨尔纪事》分别获得《解放军文艺》年度奖、特别奖或新疆新时期文艺奖等;有《巩乃斯的马》被选入《中国当代百家散文》《中国当代散文精华》《中华人民共和国50年文学名作文库》散文杂文卷等,《黄土大道》被选入《新时期优秀散文精选》,《谁在轻视肉体》被选入《九十年代散文选》,《巩乃斯的马》《过河》被选入《青年散文选萃》(中国青年出版社),另有多篇被选入80年代、90年代年度《散文选》或《散文精选》《散文精品》等。

评论周涛散文的文章甚多,主要有:

《大雅并非久不作》(潞潞),《名作欣赏》1987年第3期;

《惊涛拍岸第一声》(傅瑛),《解放军文艺》1988年第9期;

《富有魄力与风度的诗——周涛散文读后》(章德益),《人民日报》1990年1月9日;

《周涛散文类质探》(蔡宇知),《西部学坛》(昌吉)1990年第4期、《中国西部文学》1990年第11期;

《解放散文:西部文学的重新发现——"周涛散文研讨会"座谈纪要》(郑兴富、陈柏中等),《中国西部文学》1990年第9期;

《对散文现状的试探性概说》(王久辛),《飞天》1990年第11期;

《自然之子的痴笑》(朱苏进),《解放军文艺》1991 年第 1 期;

《神山之上,御风而行》(刘沙),《书讯报》(上海)1991 年 9 月 16 日;

《说〈稀世之鸟〉》(管卫中),《读书》(北京)1991 年第 12 期;

《散文的周涛》(殷实),《中国西部文学》1992 年第 1 期;

《〈稀世之鸟〉的文体意义》(吴然),《延河》1992 年第 2 期;

《走不进他的世界——周涛散文集〈稀世之鸟〉》(高红十),《大时代文学》1992 年第 4 期;

《〈游牧长城〉序》(绿原),《中国西部文学》1992 年第 10 期;

《我读周涛散文》(何亮亮),香港《文汇报》1994 年 5 月;

《〈游牧长城〉眉批》(李永欢),《当代作家评论》1994 年第 6 期;

《周涛散文沉思录》(韩子勇),《当代作家评论》1994 年第 6 期;

《深邃蕴藉 天风海浪——周涛的散文艺术》(夏冷、高建平),《西北军事文学》1994 年第 6 期;

《都市牧人——试论周涛独特的文化传承》(孟宪实),《昆仑》1994 年第 6 期;

《走近周涛》(黄国柱),《文学评论》1995 年第 1 期;

《游牧心态的裸露与隐匿——周涛散文艺术探微》(李林荣),《当代文坛》1995 年第 6 期;

《把忧伤还给新疆——读周涛散文〈塔里木河〉》(张占辉),《新疆经济报》1996 年 1 月 23 日;

《周涛:半个胡儿——关于散文集〈高榻〉》(王绯),《解放军文艺》1996 年第 3 期;

《潇洒与机智——评周涛的散文创作》(周政保),《新疆经济报》1996 年 7 月 16 日;

《我看周涛散文》(宫玺),《中华读书报》1996 年 8 月 7 日;

《古意斑驳话崇高——读周涛散文》(祝勇),《北京青年报》1996 年 12 月 24 日;

《寻找栖息的家园——周涛散文论》(蔡兴水),《新疆师范大学学报》1997 年第 2 期;

《洗涤思想,裸视灵魂——周涛散文刍议》(张国龙),《当代文坛》1998 年第 1 期;

《历史与文明的叩问——周涛散文阅读札记》(管卫中),《绿洲》1998 年第 6 期;

《雄浑 豪放 意蕴深邃——读〈中华散文珍藏本·周涛卷〉》(张光全),《固原师专学报》2000 年第 2 期;

《灵魂的镜像——读〈中华散文珍藏本·周涛卷〉〈兀立荒原〉》(郑实),《新疆日报》2001 年 8 月 10 日;

《讴歌戍边将士的雄浑华章——读周涛军旅散文》(游成章),《解放军报》2002 年 6 月 3 日。

此外,《中国当代散文史》、插图本《中国当代散文史》《中国当代散文报告文学发展史》《中国当代散文艺术演变史》《中国当代文学史写真》《中国当代文学史新稿》《中国当代文学史教程》《新中国文学史》(上)、《中国现当代文学》《20 世纪中国文学通史》和《中华文学通史》第十卷等对周涛散文均设有专章(节)评论;游成章编《周涛大写意》(新疆人民出版社,2002 年)则是对周涛全方位研究资料的汇集,亦可参阅。

致曾绍义信[①]

周 涛

绍义同志:

你好!信悉勿念。

三千字的散文经验谈,于我实为难题。我刚开始写了几篇散文,现在就来谈创作经验,有点突兀,毫不曾有过这方面的思考和总结,也对当前散文创作的状况不甚了解。

您要写有关《哈拉沙尔随笔》的赏析文章让我提供一点《哈》文的写作情况,不知我以这封信的形式可不可以交差?

我从不低估散文在文学领域里的重要性,散文之于任何一种文学形式,都近似于绘画中的素描、速写对于其它绘画形成的意义,它是文学城里的中心广场,贯通交汇一切街区,也是文学工作者的基本

① 本文是作者给本书主编的复信,征作者同意作为创作经验编入本书,标题为编者加。

功。不曾见过有不善素描速写的大画家，不相信有写不好一篇散文而能写出长篇巨著和优美绝唱的作家诗人。

在文学领域中，本没有严格的界限。

人们却总是想办法把它分得越来越清楚，越来越细致，这个就是这个，那个就是那个。其实，不过都是摆弄那几千个汉字罢了。

区别只有一个：创造和平庸。即便是写杂文，鲁迅也照样能使之登堂入室、辉煌壮观。即便是写系列长篇，低能儿也丝毫不会提高半点身价。

但是散文，现今的佳作似不算多，好的选本也少，原因是分得太清，而格局也未脱出六十年代几位散文家的影响和束缚，太像散文的散文，必然缺乏了自己的独创性。

我首先不是散文界中人，写时也不以为在搞“散文创作”，去时不曾有意，匆匆十日，只是陪“黑猫警长”玩一趟；回来感触颇多，便顺手写起来，真人真事，历历在目。我大概好在十分随意，且还朴实，所以有读者说我是“大白话文章”，我以为这评价很高。白话者，即不事雕饰、不玩词藻的平常口语，我未留心到自己写文章时已不再玩弄词藻了，经读者一说，我还不敢相信。

另外，我不太为写景而写景，为抒情而抒情，为状人叙事而状人叙事，该怎么就怎么，有什么就写什么，味尽笔停，无趣则一笔不写，有情就淋漓尽致。不然，自己感到多余的东西，读者必乏味而中途掷之。

至于“形散神不散”之类的理论，“文眼”之类的技巧，我相信都是刻意者总结出来的，作者当时并不准备了这些招式才写，一切技法都是修养使然，生搬硬套不来的。而散文，尤其是作家人格、修养、境界、知识等等的一次直接呈现。不怕丑，就怕涂脂抹粉；不怕浅，就怕故作高深；我懂得自己并无别的长处，唯可以稍微真实、自然一些而已。

在哈拉沙尔十天时间，很短，之所以可以略去一些外象而直入回族人民的历史、心理，原因有二：

一是我有精神上的向导"黑猫警长",他熟悉自己民族的心史和历史,我们每天都谈论这些,接触这些,虽只十日,似已相知这个民族很久了。

二是我们住在了社员家里,不像来采访的,倒像是来串亲访友,与几位老人很快成为忘年交,夜谈常可听其心曲,不当外人待,这就较之隔膜的状态要好办了许多。

其它的,暂未弄清有什么道理。

绍义同志,很抱歉,写的太简单了,让您失望,更多的我的确还总结不出什么来。专此作复,不知能否以此充数作为写作体会,更不知是否能给您写文章提供一些线索?

顺祝

撰安

周　涛

一九八六、十一、十一

自选作品

巩乃斯的马

我一直对不爱马的人怀有一点偏见,认为那是由于生气不足和对美的感觉迟钝所造成的,而且这种缺陷很难弥补。有时候读传记,看到有些了不起的人物以牛或骆驼自喻,就有点替他们惋惜,他们一定是没见过真正的马。

在我眼里,牛总是有点落后的象征的意思,一副安贫知命的样子,这大概是由于过分提倡"老黄牛"精神引起的生理反感。骆驼却是沙漠的怪胎,为了适应严酷的环境,把自己改造得那么丑陋畸形。至于毛驴,顶多是个黑色幽默派的小丑,难当大用。它们的特性和模样,都清清楚楚地写着人类对动物的征服,生命对强者的屈服,所以我不喜欢。它们不是作为人类朋友的形象出现的，而是俘虏，是仆役。有时候，看到小孩子鞭打牛，高大的骆驼在妇人面前下跪，发情的毛驴被缚在车套里龇牙大鸣，我心里便产生一种悲哀和怜悯。

那卧在盐车之下哀哀嘶鸣的骏马和诗人臧克家笔下的“老马”，不也是可悲的吗？但是不同。那可悲里含有一种不公，这一层含义在别的畜牲中是没有的。在南方，我也见到过矮小的马，样子有些滑稽，但那不是它的过错。既然桔树有自己的土壤，马当然有它的故乡了，自古好马生塞北，在伊犁，在巩乃斯大草原，马作为茫茫天地之间的一种尤物，便呈现了它的全部魅力。

那是1970年，我在一个农场接受“再教育”，第一次触摸到了冷酷、丑恶、冰凉的生活实体，不正常的政治气候像潮闷险恶的黑云一样压在头顶上，使人压抑到不能忍受的地步。高强度的体力劳动并不能打击我对生活的热爱，精神上的压抑却有可能摧毁我的信念。

终于，有一天夜晚，我和一个外号叫“蓝毛”的长着古希腊人脸型的上士一起爬起来，偷偷摸进马棚，解下两匹喉咙里滚动着咴咴低鸣的骏马，在冬夜旷野的雪地上奔驰开了。

天低云暗，雪地一片模糊，但是马不会跑进巩乃斯河里去。雪原右侧是巩乃斯河，形成了沿河的一道陡直的不规则的土壁；光背的马儿驮着我们在土壁顶上的雪原轻快地小跑，喷着鼻息，四蹄发出嚓嚓的有节奏的声音，最后大颠着狂奔起来。随着马的奔驰、起伏、跳跃和喘息，我们的心情变得开朗、舒展，压抑消失，豪兴顿起，在空旷的雪野上打着唿哨乱喊，在颠簸的马背上感受自由的亲切和驾驭自己命运的能力，是何等的痛快舒畅啊！我们高兴得大笑，笑得从马背上栽下来，躺在深雪里还是止不住地狂笑，直到笑得眼睛里流出了泪水……

那两匹可爱的光背马，这时已在近处缓缓停止，低垂着脖颈，一副歉疚的想说“对不起”的神态，它们温柔的眼睛里仿佛充满了怜悯和抱怨，还有一点诧异，弄不懂我们这两个究竟是怎么了。我拍拍马的脖颈，抚摸一会儿它的鼻梁和嘴唇，它会意了，抖抖鬃毛像抖掉疑虑，跟着我们慢慢走回去。一路上，我们谈着马，闻着身后热烘烘的马汗味和四围里新鲜刺鼻的气息，觉得好像不是走在冬夜的雪原上。

马能给人以勇气，给人以幻想，这也不是笨拙的动物所能有的。在巩乃斯后来的那些日子里，观察马渐渐成了我的一种艺术享受。

我喜欢看一群马，那是一个马的家族在夏季牧场上游移，散乱而有秩序，首领就是那里面一眼就望得出的种公马，它是马群的灵魂。作为这群马的首领当之无愧，因为它的确是无与伦比的强壮和美丽，匀称高大，毛色闪闪发光，最明显的特征是颈上披散着垂地的长鬃，有的浓黑，流泻着力与威严；有的金红，燃烧着火焰般的光彩；它管理着保护着这群牝马和顽皮的长腿短身子马驹儿，眼光里保持着父爱般的尊严。

马的这种社会结构中，首领的地位是由强者在竞争中确立的，任何一匹马都可以争群，通过追逐、撕咬、拼斗，使最强的马成为公认的首领。为了保证这群马的品种不至于退化，就不能搞“指定”，也不能看谁和种公马的关系好，也不能凭血缘关系接班。

生存竞争的规律使一切生物把生存下去作为第一意识，而人却有时候忘记，造成许多误会。

唉，天似穹庐，笼盖四野，在巩乃斯草原度过的那些日子里，我与世界隔绝，生活单调；人与人互相警惕，惟恐失一言而遭灭顶之祸，心灵寂寞。只有一个乐趣，看马。好在巩乃斯草原马多，不像书可以被焚，画可以被禁，知识可以被践踏，马总不至于被驱逐出境吧？这样，我就从马的世界里找到了奔驰的诗韵，辽阔草原的油画，夕阳落照中兀立于荒原的群雕，大规模转场时铺散在山坡上的好文章，熊熊篝火边的通宵马经，毡房里悠长喑哑的长歌在烈马苍凉的嘶鸣中展开，醉酒的青年哈萨克在群犬追逐中纵马狂奔，东倒西歪地俯身鞭打猛犬，使我蓦然感受到生活不朽的壮美和那时潜藏在我们心里的共同忧郁……

哦，巩乃斯的马，给了我一个多么完整的世界！凡是那时被取消的，你都重新又给予了我！弄得我直到今天听到马蹄踏过大地的有力声响时，就在屋子里坐卧不宁，总想出去看看，是一匹什么样儿的马走过去了。而且我还听不得马嘶，一听到那铜号般高亢，鹰啼般苍凉的声音，我就热血陡涌，热泪盈眶，大有战士出征走上古战场，“风萧萧兮易水寒”的悲壮之慨。

有一次我碰上巩乃斯草原夏日迅疾猛烈的暴雨，那雨来势之快，可以使悠然在晴空盘旋的孤鹰来不及躲避而被击落，雨脚之猛，竟能把牧草覆盖的原野一瞬间打得烟尘滚滚。就在那场短暂暴雨的吆打下，我见到了最壮阔的马群奔跑的场面。仿佛分散在所有山谷里的马都被赶到这儿来了，好家伙，被暴雨的长鞭抽打着，被低沉的怒雷恐吓着，被刺进大地倏忽消逝的闪电激奋着，马，这不肯安分的牲灵从无数谷口、山坡涌出来，山洪奔泻似的在这原野上汇聚了，小群汇成大群，大群在运动中扩展，成为一片喧叫、纷乱、快速移动的集团冲锋场面！争先恐后，前呼后应，披头散发，淋漓尽致！有的疯狂地向前奔驰，像一队尖兵，要去踏住那闪电；有的来回奔跑，忙乱得像临危不惧、收拾残局的大将；小马跟着母马认真而紧张地跑，不再顽皮、撒欢，一下子变得老练了许多；牧人在不可收拾的潮水中被携裹，他大喊大叫，却毫无声响，他的喊声像一块小石片扔进奔腾喧嚣的大河。

雄浑的马蹄声在大地奏出的鼓点，悲怆苍劲的嘶鸣、叫喊在拥挤的空间碰撞、飞溅，划出一条条不规则的曲线，扭住、缠住漫天雨网，和雷声雨声交织成惊心动魄的大舞台。而这一切，得在飞速移动中展现，几分钟后，马群消失，暴雨停歇，你再看不见了。

我久久地站在那里，发愣、发痴、发呆。我见到了，见过了，这世间罕见的奇景，这无可替代的伟大的马群，这古战场的再现，这交响乐伴奏下的复活的雕塑群和油画长卷！我把这几分钟间见到的记在脑子里，相信，它所给予我的将使我终身受用不尽……

马就是这样，它奔放有力却不让人畏惧，毫无凶暴之相；它优美柔顺却不任人随意欺凌，并不懦弱，我说它是进取精神的象征，是崇高感情的化身，是力与美的巧妙结合恐怕也并不过分。屠格涅夫有一次在他的庄园里说托尔斯泰“大概您在什么时候当过马”，因为托尔斯泰不仅爱马、写马，并且坚信“这匹马能思考并且是有感情的”。它们和历史上的那些伟大的人物、民族的英雄一起被铸成铜像屹立在最醒目的地方。

过去我只认为，只有《静静的顿河》才是马的史诗；离开巩乃斯之后，我不这么看了。瞧瞧我们巩乃斯的良种马吧，这些古人称之为骐骥，称之为汗血马的英气勃勃的后裔们，日出而撒欢，日入而哀鸣。它们好像永远是这样散漫而又有所期待，这样原始而又有感知，这样不假雕饰而又优美，这样我行我素而又不会被世界所淘汰。成吉思汗的铁骑作为一个兵种已经消失，六根棍马车作为一种代步工具已被淘汰，但是马却不会被什么新玩艺儿取代，它有它的价值。

牛从挽用变为食用，仍然是实用物；毛驴和骆驼将会成为动物园里的展览品，因为它们只会越来越稀少；而马，车辆只是在实用意义上取代了它，解放了它，它从实用物进化为一种艺术品的时候恰恰开始了。

值得自豪的是我们中国有好马。从秦始皇的兵马俑、铜车马到唐太宗的六骏，从马踏飞燕的奇妙构想到大宛汗血马的美妙传说，从关云长的赤兔马到朱德总司令的长征坐骑……纵览马的历史，还会发现它和我们民族的历史紧密相联着。这也难怪，骏马与武士与英雄本有着难以割舍的亲缘关系呢，彼此作用的相互发挥、彼此气质的相互补益，曾创造出多少叱咤风云的壮美形象？纵使有一天马终于脱离了征战这一辉煌事业，人们也随时会从军人的身上发现马的神韵和遗风的。我们有多少关于马的故事呵，我们是十分爱马的民族呢。至今，如同我们的一切美好传统都像黄河之水似的遗传下来那样，我们的历代名马的筋骨、血脉、气韵、精神也都遗传下来了。那种“龙马精神”，就在巩乃斯的良种马身上——

此马非凡马，
房星是本星；
向前敲瘦骨，

犹自带铜声。

我想,即便我一直固执地对不爱马的人怀一点偏见,恐怕也是可以得到谅解了吧。

1984 年 5 月 20 日于乌鲁木齐

(选自《解放军文艺》1984 年 8 月号)

拳王争霸(外二篇)

一

霍利菲尔德站在拳台上,他的微笑显得有些勉强。

这不是那种充满必胜信念的微笑,而只是一种比较憨厚的表情,甚至可以说是一种自我解嘲的表情。

他此时的处境有些尴尬。他已经先站到了拳台上,这就像是一个注定了要挨揍的人竟然比揍他的那个人更积极地来到了挨揍的地点。

二

他看见泰森朝这边走过来,欢呼的潮水在那个人黑铁般的身躯上激起纷溅的浪花。然而那个人无动于衷,那个人脸上毫无表情,那个人没有笑容。泰森冷酷的脸和身躯就像泛着黑黝黝暗光的一架刚刚铸就的生铁雕像那样朝这边走过来——包括他的步态,也毫无表情。

一个杀手怀着深刻的仇恨走来,他要拿这个对手制造新的奇迹,他甚至模糊地意识到他正在用行动证明一个哲学式的命题,那就是:

仇恨作为一种感情所激发起来的动力，比其他任何感情都更强有力。

三

拳王没有国土，但同样是某一领域里的国王。或者可以说他的国土很小，只有拳击台那么大，但是他们扮演的王的形象，却是无边的。

拳王比一切帝王都更接近人们心目中的原始的王的形象——真正强壮、灵活、冷静、凶狠的雄性之王，如同猛兽雄狮一般，有着击碎任何抗拒者的头颅的力量，望之令人生畏。啊，人类最初屈服于王的因素，必是力量！

拳王今天展现在人们眼前的场面，正是远古的王昔日的雄姿。噢，那时候是多么单纯啊，自从有了计谋、智慧、方略、党派、纲领、竞选……等等复杂的方式以来，人间的王就复杂了，个人的力量便被他所代表的社会力量取代了。谁更强大，已经不能用眼睛去判断而需要用头脑去分析了。

拳王不再能等同于总统了。

四

尽管如此，仍不能降低人们对拳王的崇拜，人们（尤其是男性）对原始的蛮力，有着同生命一样漫长的渴望和热爱。当黑豹一样的泰森一开场猛扑上去，施展出他那蟹钳似的一连串组合拳时，霍利菲尔德挣脱出来，仿佛一只从铁夹中挣脱出来的猎豹，他弹跳出围，灵活无比。他的躲闪有一种柔韧而美丽的光芒。

这时候天意似乎已经注定，可怕的杀手泰森败局已定，因为霍利菲尔德的脸上有微笑，因为霍利菲尔德有人性美丽的光芒，还因为霍利菲尔德更有政治家的风度。

霍利菲尔德非但没有强奸犯嫌疑，且有一位忠实的妻子目睹并守候着这场争霸赛的结果。

五

可怜的泰森低估了对方。他被打得像一个晃动的拳击沙袋,茫然不知所措;这时他纹在左臂的穆罕默德帮不了他的忙,纹在右臂的毛泽东也没能赋予他新的战略战术。这个天才是一个顽童,是一个被自己的力量和社会的力量宠坏了的大孩子。他太任性了,这次终于受到惩罚。

他很沮丧,也很茫然。

全世界都在二十世纪的最后几年里看到了这一幕。

1996年12月9日

耳朵之战

在《参考消息》所登载的一幅漫画上,一手拿刀一手举叉的泰森说:"咬缺霍利菲尔德一块耳朵是不文明的,我很遗憾没有使用刀和叉……"

这幅漫画极为传神。

画面上的泰森有着短而窄小的额头,他的头形上尖下粗,腭骨发达,犹如鳄鱼的头部原始而又冷漠。他还有着蒙古式的宽颊和非洲部落酋长式的凶陋大嘴,这都使他看起来像一只人猿。

这个丑家伙还有发达的肌肉,结实灵活的黑躯体和极其凶猛的攻击性。这些是人所共知的,因为他毕竟不是一头刚从笼子里放出来的猛兽,也不是一只误从森林里走上拳台的类人猿,他是泰森——现代人类社会中最发达的美国社会中的拳击英雄,一位"在其时代最令人惧怕的拳手"(路透社语)。

按说,在拳击这种以宣泄人类原始兽性残余力量的运动中,在这种充满暴力色彩的流血的时尚里，最适合充当拳王的人应该是泰森。他不仅在体魄上显示出一种不可抗拒、令人惧怕的兽之冷酷，而且在精神上也具备着人所不能理喻的兽的固执和狂妄。

他仿佛就是专门为了代表兽性来到人间向所有的人性挑战的。

他的第一次挑战以无可争议的结局败给霍利菲尔德，这结局似乎出人预料，似乎令人难以置信，好像是上帝之手帮助了光辉的人性，使霍利菲尔德超常发挥，侥幸取胜。

这一点连泰森自己也是这样认为的。

于是有了第二次挑战，有了这场"以最令人吃惊的方式收场"的耳朵之战。

泰森的眼角重演了上一次的破裂，他的眼角不够争气，再次绽开，并且流血。这使他又一次沮丧，使他感到压抑，因为他习惯于在前几个回合里看到对方流血。这一次流血使他提前体味到失败的预示，不祥的阴影已经笼罩在他心上。

结局又一次呈现在他面前，他无力改变。强硬的碰上了更强硬的，狂妄的碰上了一堵铜墙铁壁。这时候还有什么办法呢？泰森所最不愿意接受的结局就是再一次被霍利菲尔德打趴下，然而他已经知道这结局是难以改变的。无奈、软弱迅速转化为仇恨和疯狂，泰森就是泰森，这位不愿看到失败的猛兽选择了另外一种失败——宁要道德上的失败也不要力量上的失败！

他伸出凶狠而丑陋的嘴，咬下霍利菲尔德的一块耳朵，然后恶狠狠地当众啐掉。也许他当时犹疑了一下，打算把那块象征着霍利菲尔德整个身体的一小块耳朵生生吞咽下去，让那些等在胃里的充满仇恨的胃液彻底把这块耳朵消化掉。他犹疑了不到一秒钟，还是当众吐掉了。无论如何，那是一块人肉。

这说明，泰森仅仅是一个强奸犯，还没有堕落成为一个吃人生番。文明在其身上所显示的影响力固然是微弱的，却总还是有一些影响。

他没有当众咽下去，但是他当众咬下了霍利菲尔德的耳朵，像一只不懂人类语言的人猿那样，用牙齿切割了人体的一小部分，致使霍利菲尔德半个脑袋上鲜血淋淋。在场的所有观众都目睹了发生在二十世纪末的这一兽性瞬间，通过这一瞬间使人们懂得了什么叫兽性的疯狂，什么叫丧失理智的彻底的失败，什么叫软弱和无能。据说，中国旧时代的太监在面对最具诱惑力的美丽女体时，由于没能力占据而常会出此一举，在本质的意义上，泰森和太监的行为是一样的。

他没有勇气面对自己战胜不了霍利菲尔德这一现实。他表面上看起来比大多数人都强壮，都勇悍，而实际上他是世界上最怯懦、最胆小的一个，他永远不敢正视自己。

人类之所以是人类，在于其在道德、智慧、理性等诸方面的日趋完美，即使在拳击这样带有浓厚野蛮色彩的运动项目中，人类依然希望把桂冠戴在道义的优胜者一方。

结果正是这样。

路透社的专稿中评述道："霍利菲尔德不仅抗住了拳坛最大的恶霸，而且在拳坛外还赋予这一似乎毫无体面可言的竞技运动以风度和魅力。他原是一位笃信宗教的人，清心寡欲，甚至已原谅了泰森。"

而泰森呢？该文说："成了众人嘲笑的对象。"

这个结局不仅是观众没能料想到的，而且是霍利菲尔德所没能料想到的，特别是，恐怕也不是泰森事先就预谋好的。一个人的全部本质往往只呈现在一瞬间，一瞬间——失去理性控制的一瞬间才是一个人的全部本质裸露的时间，那时候——是美是丑暴露无遗。

而平常，人总是被所谓"文明"遮掩着的。

这，也许就是拳击这种运动得以存在的理由。大多数运动项目和竞技比赛都源自人体的某种原始能力，但其目的却是在于激发人性。除此，难道体育还能有什么更伟大的意义吗？所谓"为国争光"，只是出于弱者心理幻想的一个可笑的口号，问题非常明显：赢了是争光，输了当然肯定是丢脸。

体育就是体育，这种游戏式竞技承担不了那么重大的责任。诚如泰森的野蛮粗陋只代表他个人，丑化不了美国人民整体的文明与进步。他反衬的只是他的对手霍利菲尔德，这个真正的拳王无论在技能、体魄，还是在人性、修养上，都明显高于泰森之上。

霍利菲尔德像一只完美的猎豹，跳跃，躲闪，进攻，他的双拳舞姿优美有力，令人迷醉。

他是活跃在拳坛上的一位最具男性魅力的舞蹈家。

第二条金腰带

1997 年是一个平常的年头。但它无论如何对于霍利菲尔德的职业拳击生涯是一个不寻常的年份。

这位做了心脏搭桥手术的拳击家在这一年里出尽了风头，获得了巨额的出场费，而全部的损失只是一小块耳朵。按照常理来说，1997 年已经给了他很多，霍利菲尔德应该按照“见好就收”的原则鸣金收兵了，坐在成功和美元的摇椅里沉醉上几个月并不过分。

1997 年对霍利菲尔德恩宠有加。

这时，任何一次新的挑战和冲击都是危险的，都有可能使来不及品味的胜利果实顷刻间变酸涩，变成一枚无法吞咽的苦果。如果胜利的台阶通往的不是巅顶而是陷阱，那么登得越高就一定摔得越惨重。

可是霍利菲尔德不懂得“见好就收”。

他是一个在拳击场上很能掌握分寸、控制自己的大师，他似乎理解社会心理、洞悉拳台上下的全部奥秘，他走上拳台时不像是走上拳台，而像是进行竞选总统的演说。霍利菲尔德是一个拳击台上的政治家，他用拳手讲演。

但是他和重量级拳王穆勒的决战在 1997 年拉开了战幕。他那双深藏在拳击手套里的手伸向了第二条金腰带。

穆勒显得更黑壮一些，厚敦敦的穆勒显得更有分量。如果泰森像一只黑色猛虎，穆勒就像福克纳笔下的那只巨熊“老班”。在福克纳笔下，“老班”是这样的：“那只被捕兽夹伤过一只脚，方圆百里之内无人不知，像个活人似的享有盛名的熊。说它如何把一整只一整只的猪娃、大猪甚至牛犊拖到森林里去吞吃掉，如何捣毁陷阱，打翻捕兽夹，把猎狗撕咬得血肉模糊，死于非命，又说猎枪近距离照直了对它放，散弹落在它身上如同小孩从竹筒里吹出来的豌豆，一点也不起作用……总之，在这部历史里，毛茸茸、硕大无比的大熊像火车头，速度虽然不算快，却是无情地、不可抗拒地、不慌不忙地径自往前推进。”

穆勒正是这样的一个“火车头”，他的战术也和火车头似的“老班”一样，无情地、不可抗拒地、不慌不忙地径自往前推进。穆勒看起来不像泰森那样气势夺人，那样凶猛不可一世，但他那种不慌不忙的、稳练无情的攻击却同样是危险致命的。和熊较量有时比和猛虎较量需要更多的力量。

在前四个回合，穆勒都在“径自往前推进”着，他很有耐心，也很有信心，看得出来，他相信越打到后面他获胜的机会就越多。特别具有预兆意味的是，霍利菲尔德的眼角眉骨处被打裂了，这和他两番打裂泰森的眼角极其相似。

霍利菲尔德带着自己的半个耳朵在场上躲闪挪跃，不停地走来走去，仿佛是耳朵还在疼。他的耳朵使他显得略微有些滑稽。但他浑身的肌肉却是不滑稽的，甚至可以称之为无与伦比的，这是男性体魄和力量的极限，是人体绝妙的雕塑，是灵活无比、爆发活力的挥拳行动着的青铜铸物。

是罕见的美。

尤其是他脖颈背面拥起的两扇背阔肌和肩臂上的三角肌、肱二头肌，宛如自然隆起的丘陵一般赫然在目，何况他的强壮如此充分却没有一点赘物庸肉，这使他的造型蕴含无穷力之可能。

美比粗壮或凶猛更有力，也更适合于系上金腰带。

霍利菲尔德试图再次证明的，也许正是这一点。或许霍利菲尔德并没有意识到这一点，但是已经有一种更高的力量正在通过他向世人证明这一点。

奇迹在第五个回合出现了。

穆勒被击倒了，他似乎在不该被击倒的时候击倒了。他在站起身的时候连自己也有些奇怪，他站起来，脸上有一丝不易觉察的沮丧和不可思议。他很快地站起来，而且并不准备还会倒下去。

随后的几个回合里，穆勒屡次被击倒，他很顽强，一次又一次站立起来，复被击倒。他像一棵被拦腰锯断过的粗大橡树，无论再怎么对准扶直，一经外力仍会跌倒。

最后一次，穆勒心服口服地跌倒在拳台上。他的失败光明正大，他的失败也因此令人产生同情。人总是会输的，纵使是享有盛名的、粗壮如“老班”、如“不可抗拒的火车头”的拳王穆勒，也同样会输，同样会像刚刚学步的婴儿那样，爬不起来。

输并不是一桩什么可耻的事，输了不要像小人，那就是君子。

真君子穆勒从地下爬起来，他走向被崇尚胜利的阿谀之徒包围欢呼的胜利者霍利菲尔德，他想和他握手，同时表达自己的祝贺。

但是霍利菲尔德没看见他。在胜利的瞬间，胜利者最容易忽视或忘记的，恰恰是他在赛场上高度重视的对手。

也许霍利菲尔德在欢呼、鲜花、第二根金腰带上，隐约已经看到了刘易斯的那双眼睛。那里，有第三根金腰带——彻底的世界级拳王。

1997年12月26日

（选自《山河判断》）

历史与文明的叩问者

——周涛散文阅读札记(节选)

管卫中

自从改写散文后,周涛对历史、文化的兴趣似乎大大浓郁起来了,或者说,散文给了他铺展这方面的思绪的机会。然而通读他的文章之后,就可以掂量出,他的历史知识比较单薄,比起徐兴业、唐浩明、二月河甚至余秋雨来,他的学问根底的确很薄弱。以薄弱的历史知识而谈论历史,就给人以蓄水量不足,舀两勺就见井底的感觉。并且,倘从学术的眼光看来,他说话时也不够严谨,时常露出一些破绽。

但你又不得不承认,他在解说历史时,有一股居高而望远、独具鹰眼、纵马从他人思维的峡谷中冲杀出来,进入一片开阔地的魅力。他的一些文章能醒神明眸,这样的文章,庸常的学者们是写不出来的。

为什么会有这种结果?

思维路向不同。在我的印象中,人类永远有这么两种书生:一类崇高的思想。他们永远处在怀疑、破除和开创新思路的冲动当中。西方的学者中多思想家,大约就与他们崇尚思想的传统秉性有关。尼采就是一个代表。此君对学者的不无偏执的批判与轻蔑,对怀疑精神、创造精神的神往与身体力行,就很说明问题。另一类崇尚勤勉、严谨。他们扎实、谨慎、平稳,信奉“以愚公移山的精神,一镐一镐地去深挖细掘”的治学态度,主张“板凳宁坐十年冷,文章不写一字空”,十分鄙视那种“东抄西凑几条资料便纵横议论驰骋,著书立说”的浮浪作风。不用说,这就是中国的学术传统。扎实严谨并不坏,求科学求准确尤当如是。然而事情一旦被强调到极端,就可能带来严重的负面影响,可能忽略另一种潜在的危险。过于求实、严谨的学者们,思维的翅膀很容易被言必有据、不轻易奋思狂想的谨慎态度束缚住,被煤层一样层层累积的学问淤压住。他们埋头于资料、书籍，一点一滴地搜集前人的结论，结果却可能是思路受到别人观念、观点的影响、侵占，不自觉地趋于一致，或小异大同。感受力逐渐钝化、结茧，乃至坏死——别人的思想方法与观点堆积成墙，围住了他们的心灵，使之无法破壁而出，腾空而起。并且，现代科学过于细致的学科分工，使他们的注意力往往集中在、局限在局部、细部。他们在显微镜中观察历史的某个细胞，而很少有人突破学科、时段的隔板，整体地、宏观地考虑问题。中国有史学而缺少历史哲学或缘乎此?

说来可叹，从"一镐一镐"的"愚公"精神中，你不是可以看见一个勤勉而塌实的农夫么? 不是可以嗅出一股深入学术骨髓的农耕民族精神么? 中国的学者太多了，却鲜见有天马行空的思想家代代涌现，这情形，是不是与中国的学术传统精神有关?

周涛的思维方式与学者们有所不同。无论写诗，还是散文，他的思维方式都是一以贯之的、他独有的诗人的方式。那情形有点儿像飞机起飞。他先是在"实"的跑道上滑行，加速，而后突然拉升，以六十度的仰角向虚空冲刺，瞬间达到别人不曾企及的思想高度。那一瞬间，他的思索耀眼夺目。用学术一点的刻板话语来说，他的思维方式就是由点向面发散，由局部向整体辐射，由具体向抽象升腾，由表象向本质突进的整体顿悟方式。这样的思维方式使他往往事半功倍:从华山背后的捷径直插顶峰，以少量的"兵力"出奇制胜。

周涛的"治学"方式也与学者大相径庭。他才不肯钻进历史学问堆中去，像学者们一样一锹一镐、老老实实地刨掘、爬梳、整理、归纳。他只是一边行走，一边随手拣起一块感兴趣的历史碎片，凝神把玩、品味一番，忽然神思飞动，目光如电，一飞冲天。说他"投机"不恰当，"取巧"则是惯用伎俩。他的取巧自有他的道理。他不肯让书籍，让种种现成的结论，他人的思路、观点插在自己与事物之间，这一方面使他拥兵太少，另一方面他的感觉又未受俗见、常见的蒙蔽、污染，他始终保持着看事物的新鲜的第一眼。他独特的个性，他所崇尚的特殊的人格理想也往往在暗中起作用，成为他褒贬人物、解析历史的精神源头与价值依据。譬如说，从统一即进步的习惯陋见出发，学者们一向认为项羽是搞分裂的、逆历史潮流而动的没落贵族的代表;刘邦重新统一了中国，自然是进步力量的象征。有位领袖人物从政治家的视角出发，认为刘邦才是一个成熟的政治家，项羽很幼稚，一介武夫耳。周涛凭着自己的灵魂好恶，在对刘邦的诡诈阴柔痛加斥责，对项羽的直率磊落大加褒扬之后，忽然将思绪拉升至对历史通体的思索："刘项之争其实是两种人生态度的历史性决战，以项羽的自杀为标志，代表着中华民族中真性情、真生命的恣肆汪洋的阳刚之气在乌江边走到了绝路，而虚伪、阴险、玩弄权术、心术的所谓'斗智'作为正统蔓延至千年以来。"这真是一道思想的闪电，好比一束强光射进了晦暗的历史隧道。它摧毁的是人们习以为常的价值观。它或许还为历史学者们提示了一个重要的研究课题。在《游牧长城》和其他一些文章中，这样的洞见可以说俯拾皆是。这是一些只有卓越的历史哲学家才有能力越过细碎重叠的现象，从历史的重峦叠嶂中发掘出来的大脉络、大命题。学富五车而生气委顿的学者们不曾意识到，却被周涛这个于学术不过是少半瓶子醋的诗人一把抓住了，道破了。

但周涛也就只是忽然悟及、点破而已，也就闪电一下而已，他才不肯再接再厉，下一番学术功夫，将这类新鲜的、不曾为学者们所虑及的历史学大命题，变成扎实、严密、思绪磅礴的历史哲学或文化哲学著作。他说完了就丢弃。他像一个聪颖的、兴趣多变的孩子，一件玩具玩够了，就又去找新的玩具了。

周涛对自己的这种颖悟而不扎实、不彻底的干法颇为得意。他似乎认为诗人就应当是这样的，凭灵气、感受的顿悟，而不是凭吃苦、凭扎扎实实的学识根底。他相信人的聪慧和顿悟能力能够出奇制胜，以少胜多，而对"刻苦"一向不以为然。他不大愿意别人把他的状如泉涌的作品看作是刻苦努力的结果。他以为刻苦是笨人、庸人们的事。他"讨厌学究气"，并且颇为得意地说："我这一辈子研究过什么呀？"

周涛瞧不起的，是前述那种小炉匠式、驮夫式、资料分类员式的研究法。他认为"重要的不是化验和肢解，而是感受和拥抱"。他说："我不喜欢'研究'，我更愿意感受、琢磨，更愿意独自漫无边际地遐想、悠思、品味。"不错，感受、品味、遐想、顿悟，正是一个精神受精、怀孕和发育成形的过程。真正的思想家、文学家，无不是从痛切的感受中分娩出自己的新思想，但是对现象的尽可能多的了解（即学问）也是必需的。没有大量的现象撞击心灵，感受就相对浮泛、稀少，甚至会被个别现象所迷惑，出现思想失误。尤其是非此即彼，把思想与学问对立起来的理解，有可能造成误解和自误。过分的自信与执着，有可能捂住自己的一只眼睛。

《游牧长城》本来有可能成为一部重要的著作。但是，这部触及了许多重要的历史、文化话题，且屡有新见的书，为什么没有引起学术界、思想界、知识界的强烈共鸣和重视？玩味一下这部书，掂一掂它的长和短、得与失，也许会得到一点启示。

（原载《绿洲》1998 年第 6 期）

郭保林（1946— ）散文家，山东冠县人。1965 年考入山东师范大学中文系，毕业后分配至山东聊城地区艺术馆，后调至聊城地区文化局，1984 年调入山东文艺出版社任编辑，现为编审，系中国作家协会会员、中国散文学会理事、中国散文与旅游文学研究会副秘书长。

郭保林在大学时代即发表诗歌散文，除出版了中短篇小说集《远山的雾》（青岛出版社，1990 年），迄今其共出版散文报告文学专集 13 部：

《五彩树》（中原农民出版社，1990 年）；

《绿色的童话》（河北少儿出版社，1991 年）；

《青春的橄榄树》（人民文学出版社，1991 年）；

《有一抹蓝色属于我》（作家出版社，1991 年）；

《郭保林抒情散文选》（陕西人民出版社，1992 年）；

《春天的蓝方程》（山东文艺出版社，1993 年）；

《一半是蓝，一半是绿》（海燕出版社，1994 年）；

《郭保林游记选》（中国文联出版公司，1995 年）；

《黎明，太阳的风景线》（中国文联出版公司，1995 年）；

《高原雪魂——孔繁森》（山东文艺出版社，1995 年）；

《塔克拉玛干：红黄黑》（山东文艺出版社，1996 年；北京出版社，1998 年）；

《大河息壤》（山东文艺出版社，2000 年）；

《阅读大西北》（山东友谊出版社，2001 年初版，2002 年再版）。

其中《高原雪魂——孔繁森》获全国“五个一”工程入选作品奖、第二届中国传记文学优秀作品奖、山东省首届齐鲁文学奖、山东省精品工程奖，《塔克拉玛干：红黄黑》获中华首届铁人文学奖、华东六省市优秀图书一等奖、全国第四届

"长篇联播"一等奖,《阅读大西北》获中国散文与旅游文学研究会优秀作品一等奖、全国首届冰心散文(集)奖,有《写给故乡的黄昏》被选入《八十年代散文选》(1986)、《中国当代散文大系》,《戈壁有我》被选入《中华百年游记精华》《西部风景》,《祝福拉萨》被选入《当代散文精品》(1996),《我寄情思与明月》被选入《中国散文鉴赏文库》当代卷、《中国当代散文大系》,《我在草原上追赶落日》被选入《20世纪中国名家散文200篇》《20世纪名家散文精品》,《小院情深深》被选入《当代散文精品》珍藏本、《20世纪名家散文精品》,《幽幽小巷,郁郁小巷》被选入《中国当代散文大系》,等等。另有多篇被选入中学语文教材或作省市语文高考模拟试题。

需要特别说明的是,《高原雪魂——孔繁森》曾受到广泛重视:1995年5月3日在济南举行首发式,山东电视台、济南电视台即在当晚"新闻联播"中报道;1995年5月10日起,山东人民广播电台全文录播(30集),后由北京、上海、天津、陕西、广州、徐州等省市电台全文播放。1995年5月18日,北京举行《高原雪魂——孔繁森》座谈会,全国人大副委员长布赫、中宣部副部长白克明、中国作家协会副主席张锲等出席,当晚中央电视台《新闻联播》予以报道,随之新华社、人民日报、中央人民广播电台、光明日报、解放军报、文艺报、文学报等全国数十家新闻媒体予以报道。1995年6月26日起,中央人民广播电台全文配乐录播(由著名播音员方明、虹云播讲),之后被译成藏文由西藏自治区人民广播电台播出。6月27日,还在拉萨举行了此著的赠送仪式,西藏自治区电视台亦予报道。

《塔克拉玛干:红黄黑》出版后也于1997年4月9日在新疆塔里木石油勘探开发基地礼堂举行了"首发式暨郭保林报告会",《塔里木石油报》《新疆日报》《新疆经济日报》《中国石油报》和塔里木电视台予以报道。1997年5月23日,中国石油天然气公司和山东出版总社在北京联合召开《塔克拉玛干:红黄黑》研讨会,《人民日报》《光明日报》《工人日报》、中央电视台、《文艺报》《文学报》以及《大众日报》《齐鲁晚报》《宣传月报》《作家报》《山东图书报》等予以报道,《中华读书报》《光明日报》分别于7月9日、8月16日选载该书片断。1998年4月,新疆人民广播电台全文配乐播放;1998年10月1日起,济南人民广播电台全文配乐播放;1998年12月1日起,中央人民广播电台全文播放(仍由著名播音员方明、虹云播讲)。

评论郭保林散文报告文学的文章亦多,主要有:

《纤浓绮丽成一格——读郭保林的散文》(夏扬),《大众日报》1987年1月5日。

《生动的画面 浓郁的诗情——读郭保林怀乡散文》(陶继新),《农村大众》1987年5月30日。

《情酣意浓 文采绚然——读郭保林的散文》(王兆胜),《山东文学》1988年第1期。

《“述往思来”的散文佳作——散文集〈五彩树〉序》(鲍昌),《散文选刊》1988年第6期;

《一曲长长的恋歌——读郭保林散文集〈青春的橄榄树〉》(林非),《山东文学》1989年第10期;

《乡情与恋情——郭保林散文创作简论》(林非),《文学评论家》1991年第1期

《到大森林中寻找灵性——读郭保林散文集〈绿色的童话〉》(李忠杰),载《文学评论家》1991年第5期;

《给时代画精美的浮雕——评郭保林散文〈远山的太阳〉》(曹明海),《齐鲁晚报》1991年5月9日;

《悠悠恋情心态录——评爱情散文集〈青春的橄榄树〉》(文成英),四川《当代电大》1991年第4期。

《青春的橄榄树——读〈郭保林抒情散文选〉》(荒煤),《光明日报》1991年12月10日;

《散文美学观的多向拓展——读郭保林的散文》(朱本轩、曹明海),《东岳论丛》1992年第4期。

《境界超然的儿童系列散文——评〈绿色的童话〉》(何宗文),《山东社会科学》1992年第4期;

《选择与表现——郭保林散文创作个性管窥》(石兴泽),《当代作家评论》1994年第4期;

《郭保林和他的散文世界》(夏场),《徐州师范学院学报》1993年第1期;

《创新并突破散文的华严世界——读郭保林的散文》(曹明海),《河北文学》1992年第3期;

《淋漓尽致地抒写真情——评〈郭保林抒情散文选〉》(夏扬),《文艺报》1993年4月3日;

《新时期散文创作的华彩乐章——论郭保林系列诗化散文及其艺术构成机制》(姚春树、郑家健),《山东师大学报》1994年第2期;

《试论郭保林散文的孤独意识》(宋益乔、石兴泽),《海南师范学院学报》1994年第1期;

《当代抒情散文的华彩乐章——读郭保林抒情散文选》(王连仲),《博览群书》1993 年第 10 期;

《散文的时代气息——读郭保林的散文》(傅德岷),《三峡文学》1993 年第 1 期;

《江山多娇　艺术多元——评郭保林的游记散文的艺术特色》(何宗文),《云南师范大学学报》1994 年第 3 期;

《执着的追求　鲜明的个性——郭保林散文创作简论》(石兴泽),《山东社会科学》1994 年第 5 期;

《读郭保林散文新作》(冯牧),《文艺报》1994 年 5 月 28 日;

《郭保林散文人格解读》(石羽),《内蒙古师大学报》1994 年第 4 期;

《论郭保林散文的审美价值》(李新宇),《扬州师范学院学报》1994 年第 4 期。

《走出旧范式的困扰——评郭保林的散文创作》(吴周文),《当代文坛》1995 年第 2 期;

《天马行空式的奇思玄想——评郭保林散文集〈一半是蓝,一半是绿〉》(杨政),《草原》文学月刊 1995 年第 4 期;

《郭保林草原、大漠系列散文的美感意蕴及其艺术特征》(叶作盛),《福州晚报》1995 年 2 月 19 日;

《充满激情和哲理的草原诗篇》(路燕),《博览群书》1995 年第 6 期;

《震撼人心的力作——读长篇报告文学〈高原雪魂——孔繁森〉》(李爱萍),《济南日报》1995 年 6 月 26 日;

《激情洋溢颂英雄——读郭保林新作〈高原雪魂——孔繁森〉》(杨政),《齐鲁晚报》1995 年 5 月 18 日;

《伟大的时代呼唤优秀的作品——长篇报告文学〈高原雪魂——孔繁森〉评说》(国祯明),《新闻出版导刊》1995 年第 4 期;《山东图书发行报》1995 年 6 月 15 日;

《论长篇报告文学〈高原雪魂——孔繁森〉的艺术特征》(周建成),《文艺报》1995 年 7 月 14 日;

《郭保林散文的语言艺术》(周成建),《山东师大学报》1996 年第 2 期;

《阳刚气韵 崇高风格——论郭保林散文世界的美学追求》(黄科安),《福建师大学报》1997 年第 4 期;

《"求实""务虚"塑雪魂——谈长篇报告文学〈高原雪魂——孔繁森〉》(石兴泽),《文学世界》1995 年第 5 期;

《读〈高原雪魂——孔繁森〉随想》(蒋心焕),《文艺百家》1995年第4期;

《美的构筑 诗的升华》(周生),《山东社会科学》1995年第5期;

《献给奉献者的长卷——评〈高原雪魂——孔繁森〉》(陈宝云),《东岳论丛》1995年第5期;

《激情洋溢的壮丽诗篇——我读〈高原雪魂——孔繁森〉》(胡发田),《发展论坛》1995年第5期;

《感人肺腑 催人泪下——读长篇报告文学〈高原雪魂——孔繁森〉》(石兴泽),《光明日报》1995年8月16日;

《浓墨重彩塑雪魂——评长篇报告文学〈高原雪魂——孔繁森〉》(石兴泽),《解放军报》1995年9月17日;

《含蕴深厚 剪裁得体——读报告文学〈高原雪魂——孔繁森〉》(王保义、王晔宇),《徐州日报》1995年9月17日;

《雪域澡精神 景行化天下——读〈高原雪魂——孔繁森〉》(王佃启),《人民日报》1995年10月16日第14版;

《崇高的品格　感人的真情——〈高原雪魂——孔繁森〉读后》(高健),《羊城晚报》1995年10月29日;

《郭保林散文〈我在草原上追赶落日〉鉴赏》(孙绍振),《福州晚报》1995年12月15日;

《时代精神的赞歌——读〈高原雪魂——孔繁森〉》(何苦),《聊城日报》1995年12月14日;

《一部辉煌悲壮的史诗——读长篇报告文学〈高原雪魂——孔繁森〉》(朱德发),《宣传月报》1995年第10期;

《情绪·哲理·诗意——评〈高原雪魂——孔繁森〉》(韩立群),《聊城师范学院学报》1996年第1期,《河北经济日报》1995年11月8日;

《郭保林散文艺术论》(蒋心焕、吴秀亮),《徐州师范大学学报》1997年第4期;

《悲壮的史诗 英雄的礼赞——评〈塔克拉玛干:红黄黑〉》(束学山),《济南日报》1997年8月16日;

《生命在大漠上的抒写——读〈塔克拉玛干:红黄黑〉》(张传忠),《齐鲁晚报》1997年6月28日;

《大漠之歌——读〈塔克拉玛干:红黄黑〉》(贾焕亭),《工人日报》1997年6月20日;

《大漠壮歌——读长篇报告文学〈塔克拉玛干:红黄黑〉》(李先锋),《作家报》1997年7月17日；

《博大、悲壮、雄浑——读郭保林新作〈塔克拉玛干：红黄黑〉》(石兴泽)，《文艺报》1997年8月12日；

《英雄主义 阳刚壮美——读郭保林〈塔克拉玛干：红黄黑〉》(杨政)，《宣传月报》1997年第9期；

《长篇报告文学〈塔克拉玛干：红黄黑〉座谈会纪要》(陈昌本、石英、林非、唐达成、高洪波等)，《新闻出版导刊》1997年第5期；

《慷慨悲歌大漠魂——读〈塔克拉玛干：红黄黑〉》(郭宝亮)，《人民日报》1997年9月11日15版；

《郭保林散文创作的大赋趋势》(朱多锦)，《济宁日报》1998年1月4日；

《论郭保林散文的开拓、创新和主体意识》(贾烯亭)，《海南师范学院学报》1998年第1期；

《这里没有荒凉有人生——读郭保林〈塔克拉玛干：红黄黑〉》(李若冰)，《地火》1998年第2期；

《心灵的写作：精神与艺术的双重超越——论郭保林近年的散文创作》(姚春树、郑家健)，《聊城师范学院学报》1998年第2期；

《雄阔的大散文——读郭保林〈阅读大西北〉》(边朋文)，《山东师大报》2001年8月31日；

《行走在大西北的风景中——〈阅读大西北〉出版》(双儿)，《济南日报》2001年9月13日；

《走入生命的伊甸园——读〈阅读大西北〉》(李红春)，《济南日报》2001年10月10日；

《沉雄遒劲大风歌——评郭保林散文集〈阅读大西北〉》(高万云)，《济宁日报》2001年10月21日；

《一部视野雄阔深远的大散文——读郭保林〈阅读大西北〉》(卞奎)，《联合日报》2001年11月14日；

《厚重耐读 情识兼备——品读郭保林散文新著〈阅读大西北〉》(石英)，《光明日报》2001年11月28日；

《崇高与理性的书写——郭保林散文集〈阅读大西北〉读后》(石兴泽)，《文艺报》2001年11月6日；

《大块假我以文章——读郭保林散文集〈阅读大西北〉》(杨政)，《人民日报》2001年12月16日；

《雄浑 博大 壮美——评郭保林散文集〈阅读大西北〉》(高万云)，《中国文化报》2001年12月6日；

《壮美的诗情之旅——喜读郭保林的新著〈阅读大西北〉》(刘毅)，《中华读书报》2001年12月11日；

《随郭保林〈阅读大西北〉》(刘家思)，《人民日报·海外版》2001年12月10日。

此外，《中国当代散文史》(邓星雨)、插图本《中国当代散文史》(张振金)、《20世纪中国文学》(张英伟等主编，东方出版中心)有对郭保林散文报告文学的专节评论，可参阅。

关于海，关于散文，关于我……

郭保林

一

许多熟悉我的朋友奇怪地问我："你刚从沂蒙山挂职体验生活回来，怎么又写起海来？"

我说，我爱山，也爱海。山是凝固的海，海是液体的山。山和海都是大自然的儿女。"文革"期间，我曾在蓬莱县一个小渔村里住过多日；"文革"后期，我在渤海湾一个军垦农场劳动锻炼，"接受再教育"一年多，大海给我留下许多美好的记忆。海的浪花在我心中翻腾，对于海的许多素材和构思也常在我脑子里酝酿和萌动。我一直想写海，但由于种种原因，总也腾不出手来。

结束了在沂蒙山两年的挂职生活，去年七月我又回到"风雨编辑窗"前。业余时间，当我完成一部儿童散文集《绿色的童话》之后，正欲执笔撰写一部反映农村深化改革的长篇小说，但因出差到烟台组稿，我又见到了久违的大海。这汹涌的蓝色波涛又在我脑海里骚动起来，我心中又响起蓝色的歌声、蓝色的旋律、蓝色的交响诗。我不能再拖欠下去了，大海，我应该向你道歉！

于是，我按捺不住激情，借助“灵感”的火花的照耀，当晚就在下榻的宾馆里铺开稿笺，倾泻对大海的一腔情愫。

对于一个作家，这是常有的事，想写什么，并不一定马上写出来，而往往不在计划中的东西，由于偶然触发，灵感女神会翩然而至，使你不得不打断原来的想法，特别是对散文作家。

这样，我就放弃长篇小说的创作计划，一头扎进这蓝色的波涛。

海，太丰富了！

虽然，当年并未带着作家的眼睛去观察、记录海，但留在我心灵感光片上的海却是清晰的。那金色的沙滩，黑色的礁石，银灰色的海鸥，澎湃的浪涛，带着鱼鲜味的蓝色的海风，以及那水彩画般的渔村……这一切都给我留下许多斑斓多彩的记忆。

每当我写起山来，总有一种庄严、肃穆和崇高的情感，而一看到大海，我的热血就像汹涌的海潮，飞腾激扬。大海的辽阔、苍茫和空旷，也给我想象的翅膀留下广阔的空白。

古人说：观山情满于山，观海情溢于海。

但是，任何伟大的作家、天才的艺术家都难以写出海的形象，他们绞尽脑汁写出的只是沧海一粟，比起丰富、玄奥、幽邃、博大的海，这些作品都黯然失色。

大海啊，面对你，我感到了困惑。

二

近几年来，我主要精力用于散文创作，虽有不少作品见诸报刊，也有几个集子已出版，但是在散文的大海里，我只是在浅水湾里扑腾了几下。而且我不会蝶泳、蛙泳、自由式，我只会狗刨式，自然也很难游出花样来，即使溅起几朵浪花，也很快化为涟漪，化为泡沫，随着时间而消逝了。散文的海，我也许永远探索不到你真正的堂奥，永远达不到你五彩斑斓的彼岸。

有时，我下决心要摆脱散文的桎梏，或者说，逃离散文的海，但我却又时常被这个美人鱼缠得魂不守舍，甚至“为伊消得人憔悴”。

散文是一种美文。艺术是无止境的，美怎能有止境？一部作品有无美学价值、艺术价值，这决定作品的生命力。

有人说，创作无技巧，但要有个性。这话颇有道理，但是这个“个性”也需要发展、丰富、充实。一个真正有造诣的散文家，除了见于取材、艺术表现等等的多元化，也见于艺术风格同一性的多元化。如果“个性”是单一或单纯，那就不讨人喜欢了。何况广阔丰富的社会生活时时向作家展示赤橙黄绿青蓝紫多彩的画面呢！

因此，在这方面，我力求从各个角度探索，我不喜欢人们评论我的作品仅仅是一个“浓”字——当然，这是对我的褒奖和赞誉，是对我作品的厚爱，但是我时时警惕这个“浓”字，唯恐自己从“浓”中化不开，因此也写些清淡的、纤柔的、飘逸的、空灵的、深沉的或刚烈的东西，效果如何，有待方家的指教。

对一个作家来说，最困难、最令人苦恼的是突破，突破别人难，突破自己更难；突破昨天的自己难，突破今天的自己更难。没有突破，就等于淘汰，没有突破就等于死亡。

我害怕淘汰，我常有一种被淘汰的紧迫感和危机感。我知道，这也许“在劫难逃”，但我仍要挣扎、奋斗、拚搏，使这种窘境来得晚些，再晚一些！

不管怎样，既然与文学、与散文结下不解之缘，那就把满腔忠贞的爱献给她吧！

三

现在，我要谈谈自己。

我是个多血质的人，热情多于冷静，耿直多于含蓄，真诚而无虚伪。对于阿谀、谄媚者流，常嗤之以鼻，对阴鸷、狡诈、虚伪者流，常视之寇仇。自然，我的性格有人喜欢，有人嫌恶，有人不解，总得不到权势者的青睐。虽然案头上摆一条幅“直道不容于时”，但江山易改，秉性难移。

我不善于下棋、打扑克，不善于应酬、喝酒，我唯一的嗜好，就是读书。

我出身于一个农民家庭。记得童年时，院街大门上曾悬一匾，上书“仕第”，黑漆金字。那时虽不明其义，但也知道是光宗耀祖的徽记。我的先人曾经“入仕”，那已是清朝道光年间的事了，到了我的祖父和父辈，家道便衰败下来，他们都是胼手胝足、目不识丁的农夫，且属于那种老实本分、日出而作、日入而息的庄稼人。我从他们身上没有继承一个文学细胞，我也没有像有些作家那样，有个善于讲童话故事的祖母或外祖母，她们在我出生之前都已谢世了。

我上小学时，却受一位语文教师的影响，爱读一些文艺杂志，诸如《少年文艺》《文艺学习》之类。五年级时，曾向《中国少年报》投稿，竟也瞎猫碰上死老鼠，发了篇小文。后来，便做起长长的作家梦来。上初中时，我的作文常被老师拿到班上做“范文”来朗读，同学们钦羡的目光盯得我脸红、耳热、心慌，但我心里非常喜欢作文课，就像盼节日一样盼作文课的到来。至高中时，我便开始向报刊投稿，总也不中。但那时我却狼吞虎咽地读了一些古今中外文学名著，当然也读了一些散文大家的作品。我的一位语文老师也是酷爱文学、毕业不久的大学生，他曾在班上宣布：“×××几年后就是一个作家!”这招惹了一些同学的羡慕和赞誉，而我的作家梦也就更酣沉了。

我真正喜欢散文、喜欢文学，还是在大学时代。虽然入学不到一年，“文革”的风暴就已袭来，但由于我身为“特殊学生”——院刊编辑，在别人轰轰烈烈闹“革命”时，我却“闹中取静”，读了大量书籍，特别使我的语言驾驭能力有了显著提高，于是开始在一些报刊发表短诗和短文。

毕业后，我被分配到一个地区艺术馆工作，不久，又调到该地区创作组从事专业创作，再后来便调入一家出版社当文学编辑。这倒为我的创作铺垫了道路。

爱是不能忘记的。我常想，人生在世，总得做些事，为自己，为后人留下点什么，于是，我的作家梦尚未退潮。

我已说过，我没有天授禀赋。有些报刊评介我的作品，常有“才气”“才华”之类的字眼出现，我看了，实感愧赧，我只好用郑板桥老夫子的话来自我解嘲：“天下第一等无用的人，就是锦绣才子，何况未必锦绣者乎？”然而，我依然孜孜不倦，矻矻以求。我知道，人生作为一个永远无法满足的动力系统，必然要处在永远追求而又永无止境的悲剧中。

唉，走吧，人生的路尽管艰难，总不能停下！

1990 年 6 月 20 日于泉城

（原载《有一抹蓝色属于我》）

自选作品

我在草原上追赶落日

汽车在奔驰。驰过苍苍的绿，驰过莽莽的绿，驰过起伏跌宕凸凸凹凹的绿，驰过缠缠绵绵浓浓稠稠的绿。车轮在绿浪翠涛上轻轻碾过，留下两抹浅浅的痕，风一吹，那痕便无影无踪地消失在绿的辽远和苍茫中了。车前苍苍，车后茫茫，茫茫苍苍莽莽。我们在绿中挣扎，翻腾。偶尔出现一棵树，耸起一尊绿的雕塑，想打破平庸吗？想创造传奇吗？但是，在这偌大无以匹敌的背景上，那树显得极渺小，很寂寞，像一缕孤魂，一声轻轻的叹息，给荒荒大原只留下一缕如烟的苍凉。

汽车依然奔驰。

草浪汹涌着，澎湃着，呐喊着，喧嚣着，扑扑啦啦，连绵不断地向车窗扑来，溅我一身草绿、草香，一股浓浓的蒙古味。我有点惊惶，又难以躲闪。眼前的风景一卷卷铺过来，铺开来，铺成一曲敕勒歌，铺成一首古乐府的意境，铺成汉唐边塞诗人一行行壮美凄怆的诗句。

车轮追逐日轮。日轮在远处山梁上喘息。车轮撵过去，眼看追上，日轮又俏皮地跳到更远的一道山梁上。我们的汽车累得气喘吁吁，又吼吼乱叫，仍不甘心，又追上去。我们犹如夸父，但也重复夸父的悲剧。夸父与日逐走，虽九死而不悔，那是追逐光明和希望，追逐生命的原体。太阳，这古老而年轻的恒星，给茫茫宇宙，给小小寰球创造了多少繁复的故事、多彩的生命和浪漫的情节？它的精神和魂魄创造了生命的历史，人类的历史！

我们毕竟比夸父聪明，干脆停下来，徒步走向一个小山包，用目光追逐落日。

山包、山洼、山坡都是草场，丰密的青草，蛮蛮野野荒荒，葳葳蕤蕤葱葱。空气很醇，草香、花香，浓得呛人。我深深地吸上一口，整个草原都吸进肚里了。像牛一样，草原在我肚里反刍。

塞外草原初降的黄昏，很浪漫，很诗意，也很古典。西天边随意地拖着几缕橘黄、瑰红、绛紫，其他地方依然很蓝，蓝得纯真，蓝得寂寞，也很苦，那色彩尚未浸淫草原，草原依然苍绿。草梢上细风的脚步蹀躞，草丛间虫蝶扑翅浅浅，天地间万籁无声，偶有牧笛和牧歌轻轻滑落草丛，又被无边无际的静湮没。一切都袒露着，袒露着生命，袒露着情感，袒露着自然的爽真，也袒露着草原永恒的主题——荒凉和空漠。

在天和地分界的地方，有几点墨渍，那墨渍会动，越来越近，是一群鸟雀，在这茫茫荒原上，它们群飞群栖，那是百灵——草原上的吉普赛。

一切凄凉得像凉州词。

一切悲壮得像屈子赋。

一切浪漫得像爱情诗。

夕阳沉重如山。金色的光芒砸在我身上，我的肩膀上印满了落日的齿痕。

随着巨大日轮缓缓滚动，天空的色彩也益发浓郁，红、黄、紫，成团，成块，成卷，成片，这些色彩的集团军，忽然不宣而战，刹那间，鼓角齐鸣，旌旗翻滚，万马奔腾，雄雄烈烈。红色集团军，犹如一代天骄的铁骑，汹涌地，所向披靡地向黄色营地扑来，冲杀，呐喊，嘶叫，纠缠在一起。而紫色集团军也不甘寂寞，跃马扬戈，从云隙间杀将出来，犹如异军突起，和红、黄色团扭结在一起，顿时，刀枪剑戟，铿锵声，撞击声，哀叫声，叹息声……响成一片。它们杀得难分难解。它们拼命地扩张自己，强烈地表现自己，争夺每一寸领空，半个天空都洒遍了它们斑斑点点淋淋漓漓的血，还有凋零的败鳞残甲——使人想起遥远的古代，草原上各个部落厮杀混战的场面。这是历史在天空的返照吗？然而，你只要静心观察，仔细分辨，那红可分为粉红、枣红、桃红、苹果红；那黄可分为橙黄、橘黄、赭黄、柠檬黄；那紫又可分为茄紫、茜紫、绛紫、葡萄紫。这些色彩的乌合之众都浸润着野性的荒蛮和雄性的剽悍，莫不是，大草原把它的禀性情感以及遗传基因也赋予了天上的光和色吗？

在这浩瀚广博的草原上空，色彩依然演奏着方兴未艾的狂飙曲。随着日轮的转动，那红色集团越来越庞大，越战越猛，犹如火山爆发，江河倒悬，天空变成一片火的海洋，红浪翻滚，殷红万里，使人想起不可一世横扫千军如卷席的一代天骄和他的铁骑雄师，而那黄和紫被吞噬，被淹没，被驱赶到更远的天边，瑟瑟索索地躲在白云下，或张皇失措，或苟延残喘……

天空变成一个冷战场。

色彩在天空鏖战的同时，大草原却一反白昼的粗犷、荒凉和落寞，变得极其温柔而恬静。那光与色极富有层次感、质感。液态的光流，浓浓稠稠，轻轻淡淡地涂抹在草原上。草梢、草叶、野花都失去了原色，像饱饮了玫瑰酒，醉醺醺地涨溢着一种情愫，展示出一页蓬勃的富丽、辉煌。这里，那里，从渊薮中，海子边，山凹和牧人的包帐里升起薄雾和牛粪烟，淡淡的，若梦若幻，若艺术家的虚构、诗人的想象，又似情人飘逸、颤抖的眼波。让人真想躺在这绿被金褥的眠床上，打滚翻腾，或像诗人一样“嗷嗷”一阵，宣泄胸中成吨的情感。然而当你冷静之后，发觉置身于这巨大的时空里，会感到自身的渺小，像一只昆虫、一瓣野花，甚至会激起离恨万缕、乡愁无限！

当太阳接近遥远的地平线时，天地间悬起一帘肃穆。凝重。沉重。庄重。草原失去醉酒后的浪漫，红颜渐褪，脸色变得灰黯，我目睹着太阳蹒跚的脚步，像一个饱经沧桑、大智大勇、大慈大悲的老人，一步步走向圆寂，走向灵魂的栖息地。我心里突然涨起一股酸楚，一股悲怆。太阳辉辉煌煌、坦坦荡荡地走完了它的一生，它无憾于宇宙、苍穹，无憾于大地万物。它的智慧和精神，它的生命和情感都留给了这世界。

太阳，终于无声无息无怨无恨地沉落了！寥寥长空，荒荒流云，莽莽大原，这博大的舞台也徐徐拉上帷幕。宇宙降下灵旗，远山在默哀，天空也须臾变得惊人的铁青，骇人的诡蓝，吓人的青黛，还有令人沮丧的死灰。那旷古未有的静汹涌澎湃铺展开来。这辽阔的静，庄严的静，一切都静如太初，静如幻景，静如一个巨大的谜。只有残霞在剥落，像给落日送去的冥钱。

我坐在草地上看这悲壮的风景，远处的草浪一起一伏，犹如一曲无声的旋律。草原失去了绿色，但草原的律动依然雄沉磅礴，当霞光的鳞片凋落殆尽时，天空变冷、变得陌生，于是草原的夜晚来了。

（选自《阅读大西北》）

死神在他背后狞笑

1994 年 2 月 27 日。

孔繁森一行来到改则县亚热区。这个区的两个乡——旧仓乡和曲仓乡，都处在海拔 5100—5700 米的高原上。孔繁森要去这两个乡察看灾情，区长阻拦道："不行，孔书记，你过不去那山，太危险！"

"不，我一定要去，就是天下刀子我也要去！"一向温厚的孔繁森火气冲冲地说："那里受灾的藏胞们正盼着我们，我们早去一天，他们就早一天脱离困境!”

这时随从孔繁森而来的几个年轻同志也因高山反应,都病倒了。孔繁森也由于连日在风雪里奔波,又患了感冒(药箱里虽有感冒药,又不舍得吃),他已疲惫不堪,时常感到胸闷、头晕,脸色发乌,嘴唇发紫,但一想到受灾群众还在死亡线上挣扎,一双双忧愁焦虑的眼睛,在盼望着党和政府的搭救,怎能顾得自己身体的疲惫?

“不去,我不放心,我爬也要爬到那里!”

他又说:“党的温暖是靠我们每个干部的工作去体现,在人民群众受灾受难时,我们要急群众之所急,雪中送炭,把党的关怀和温暖送到他们的心坎上。”

区长见孔繁森决心难以改变,只好挑选两匹好马。孔繁森和公务员小梁便跨上马,背着药箱,迎风冒雪,向旧仓乡和曲仓乡出发了。

大雪覆盖山川,填平了沟壑,冰封了河流,堵塞了道路,连高原上唯一的鸟儿——鹰,也不见踪影。雪野茫茫,皓白万里,凝固着一片沉重而令人窒息的静寂,一片死亡般的沉寂。

寒冷足以使顽石冻裂,道路更为艰难,马蹄踏进七八十厘米的积雪里,比在波涛汹涌的河流跋涉还要吃力。狡猾而诡谲的雪魔到处布满陷阱,一不小心,连人带马就掉进冰窟,或摔进崖沟,弄个人仰马翻,骨折肢残。

暴风雪魔鬼般地扭动着身子向他们扑来,雪团打得马儿都不敢睁眼,马儿气喘吁吁,从鼻子喷出的热气,瞬间变成冰柱。遇到积雪深厚的地方,马举蹄不前,孔繁森和小梁只好下马,用力拽着马缰绳,踏着没腿的积雪,一步一步地挣扎。

严重的高山反应,疲劳和寒冷,已把他们折磨得不像样子。腿脚麻木了,脸麻木了,手麻木了,即使钢铁之躯,也难以忍受这样的折磨。在这5700米的高山之巅,无形的生命之源更为稀薄。咳嗽,又是咳嗽!孔繁森瘦弱的身躯抖个不停。他的脸憋得青紫,像一块燃烧殆尽的焦炭。他挣扎着抬起头,用尽全身力气把腰带勒紧,把军大衣裹紧,一双充血的眼睛瞪着苍茫混沌的天地。云层,云块,云团,云翳,像一堆堆破棉絮网结起来,罩住天幕,黑沉沉的,使白雪的反光也变得黯淡。狂风掀起一层层雪涛,劈头盖脸打来,开始还有疼痛感、冰冷感,现在一切感觉都没有了,只有意识还在汩汩地流淌。

孔繁森一手牵着马,一手拉住小梁的胳膊,艰难地抬起腿脚,又沉重地落下。流沙似的雪流淹没了他的大腿,像陷进烂泥塘中似的,为了拔出腿来,他不得不将胸脯贴着雪面,每前进一步,他都得张大嘴巴,拼命地喘气,就像被扔到岸上的鱼。但他心里却十分清醒,前进一步,就离群众近一步,被围困在大雪中的灾民们在眼巴巴地盼着他们到来!

又一阵狂风携带着巨大的雪团向他们打来,孔繁森扑通一声跌倒在雪窝里。

"孔书记!孔书记……"小梁惊慌地喊叫,用尽全身力气拽着孔繁森的胳膊。

"你……小梁,牵好马……"孔繁森咬着牙,挣扎着,摇摇晃晃地站起来,满头满脸都沾满了雪。他浑身软绵绵的,连一点力气都没有了,他趴在马背上,大口地喘息着。

"孔书记,咱们……"小梁有点惶恐不安,再也无法忍受了。

孔繁森缓缓抬起头来,用力睁开眼睛,他觉得眼眶周围的皮肤发出咔咔的断裂声,仿佛眼珠有核桃大,要把禁锢的眼眶撑破。他看看小梁,小梁浑身也像个雪人似的,脸色苍白、眼圈发乌,头发和眉毛上挂着冰凌渣子,心里泛起一种悲苦,他想安慰他,可是大脑变得十分迟钝,语言变得十分贫乏,好一阵子才说道:"小梁,不要怕……啊,你饿了吧?"话有点语无伦次。但他心里只有一个念头,冲出去,冲下这道山坡就是胜利。

小梁摇摇头。

"吃点吧!"孔繁森已记不清多长时间没吃东西了,觉得五脏六腑像被掏空了一样难受。他好半天从口袋里摸出几块压缩饼干,递给小梁。自己靠在马背上,咬一口饼干,吞一口雪,麻木的牙齿机械地咀嚼着,干涩青紫的嘴唇上沾着一层雪粉。

也不知过了多长时间，风停了，稠密的雪团渐渐稀疏了，深灰色、灰白色、灰黑色的云团还在翻腾，他们感到气压更低了，天和地，一切都像凝固了。“必须走出去！否则就会冻死在路上！”孔繁森脑子里闪出这一个意念，他拉起马缰绳，和小梁又挣扎着前进了。

也许清凉的雪水在枵枵饥腹里泛滥开来，滋润了饥渴的肠胃，孔繁森觉得麻木的肢体像加了润滑油似的，变得有点灵活了。

他们冲出一道道雪墙，终于走下山坡。

不到70公里的雪路，走了整整一天，直到黄昏，才发现有几座帐篷黑乎乎地出现在雪野里，像是几块落在地上的云团，这是曲仓乡的一个牧村。

孔繁森不知是惊喜还是激动，用力往马屁股上捣了一拳，“驾！”他吆喝一声。富有灵性的马儿看到帐篷，精神也抖擞起来，嘶鸣一声，扬起蹄子，大步向帐篷奔去。

夜晚。

风在帐篷外呼啸，咆哮，雪团打在帐篷顶上，发出噼噼啪啪的声响，帐篷像一只在风浪中颠簸的小舟。孔繁森躺在帐篷里，只觉得天旋地转，头脑里仿佛装进一个浑沌的天地，头疼得像锥扎，颅骨似乎破碎，发出断裂的声响，碎片飞迸出来；胸腔却是发闷，憋得浑身难受，他解开皮大衣，痉挛的手又撕开毛背心、衬衣……他几乎想扒去所有的衣服，想扒开胸膛，扒出那颗狂跳的心，让它能够畅快地呼吸一番，一切都无济于事，他仍感到难以忍受的憋闷。由于连续几天的乘车骑马，一直未得到根治的痔疮，血和脓涌流出来，大便失控，臀部粘乎乎的。他原来用一块红绸布包着肛门，绸布已和皮肤粘结在一起。他仿佛听到生命的链条发出咯咯巴巴的断裂声，一种不祥之感向他袭来。他似乎看到死神向他扑来，伸出毛茸茸的魔爪，发出狞厉的笑声……

一阵耳鸣，大脑又是一片浑沌……

好一阵，意识才苏醒。

身边的小梁已经入睡,他毕竟年轻。

孔繁森好像意识到熬不过这一夜,他用尽全身力气挣扎起来,抬起沉重的头颅,拧亮手电,打开笔记本,掏出圆珠笔,吃力地写下几句话:

小梁:

不知为什么我头痛得厉害,怎么也睡不着。人有旦夕祸福。我写此条有一事相求。万一我今夜发生不测,第一你不要难过;第二向地委、行署领导讲,但这不幸的消息不能告诉我的九旬老母;第三你要每月以我的名义给我家里写一封平安信;第四我死在这里,就埋在这里,丧事从简,切切。

他的笔在纸上滞涩地滑动着,握笔的手颤栗着,像被飓风摇荡着的桅杆。他瘦弱的躯体也像被飓风摇荡着,颤抖不停。难道生命之舟真的要搁浅在这风雪高原?呵,呵,我不能死啊,家里还有老母亲,还有妻子,儿女……阿里,我刚刚上任,我还有很多工作……我不能死,我不能死呀!他心里大声吼叫着!死神听到了他的吼叫,躲在背后哧哧地窃笑!

他用力咬住笔杆,只觉得一股热流涌了上来,血与爱的热流交织在一起,堵住了嗓子,眼眶飞旋着泪花……终于忍不住如泉喷涌,泪水打湿了纸页!

夜晚,这是祖国一个普普通通的夜晚。在辽阔的国土上,有多少人家围聚在电视机旁观看球类比赛,或是倾听歌声琴韵,有多少人在酣睡中,有多少妻子偎依着丈夫呢呢喃喃地说着情话,孩子躺在母亲怀抱里,在暖融融的房间,走进温馨的梦乡……

夜晚,人的一生要经历多少个夜晚!

在这风雪高原上,在死神的胳膊下,谁能想象,我们的好书记是怎样一分一秒地熬过来的?是怎样同死神顽强搏斗的?

也许在这个夜晚，在万里之外的白发苍苍的老母亲，听着风吹窗纸哗啦哗啦的声响，用低哑凄婉的声音呼唤远方游子归来；

也许在这个夜晚，妻子辗转难眠，望着黑洞洞的房顶，默默地数着日子，盼他团圆，思念之苦，泪水涟涟，几次打湿枕巾……

也许就在这个夜晚，女儿静静和儿子小杰，在酣梦中呼叫着："爸爸，你回来吧！"

也许就在这个夜晚，那个远在重庆读书的小女儿玲玲，睡梦里嘴角浮出浅浅的笑窝，她梦见慈祥的爸爸一步步向她走来……

头晕，恶心，胸闷，咳嗽，像一道道惊涛骇浪，时而把他瘦弱的躯体掷到波峰，时而抛到浪谷，但孔繁森的意识还未冻僵，还未窒息，还在汩汩地流动，他不能死，他尚未耗尽生命的全部意义，他的路还未走完，他不能倒在这抗灾救灾的阵地前沿，在他的生命走向归宿之前，他是属于六万阿里人民，属于年迈的老母亲、贤惠的爱妻和可爱的儿女……

风，拼命地从帐篷隙缝里钻进来，黎明前气温骤然下降，飞进来的雪花不再融化，星星点点落在他的大衣上，落在小梁被子上。小小的帐篷内是凝固的冷寂，小梁在被子里缩成一团。他用力挣扎着给小梁掖掖被角，把自己的军大衣舒展开来，给小梁盖上……

他呆呆地等着曙光的到来。死神悄悄走了，天亮时，他发现自己还活着，生命的火焰并未熄灭，他感到惊讶！当一个人在信念支撑下，生命是多么顽强，调动了源源不断的抗体，滋长着不竭的活力，使得虎视眈眈的死神也惊慌失措，仓皇逃遁而去……

孔繁森挎上小药箱，骑上马和小梁挨家挨户走访受灾的牧民。依然是一幅幅读者曾经看到的镜头，冻饿而死的牛羊，没有皮毛，青乌发紫的尸体，奄奄一息者瞪着呆滞的绝望的眼睛，孱弱凄凉的咩叫声。牧民流着泪或倚在帐篷门口，或跪在卡垫上，望着茫茫雪野，祈祷上苍保佑……

"阿波拉，阿姆拉（爷爷，阿妈），我代表地区党和政府看望大家来了。"

“阿大拉，阿佳拉（大哥，大嫂），我是党派来的，大家的困难，我都清楚了，回去我们立即组织救灾支援……”

他走进一座座帐篷，挨家挨户地嘘寒问暖。

他一遍一遍安慰大家，心头却一次次暗暗流泪。

牧民们看到他们的地委书记看望他们来了，惊了，喜了，乐了，哭了，笑了……就像帐篷里升起一盆热烘烘的炭火，就像这冰雪高原吹来一股温暖的春风。老波拉热泪横流，老姆拉双手合十，念叨着：“救命菩萨，救命菩萨！”

他不是神，但他有一颗火热的心，他有一个燃烧的灵魂，支撑着一个燃烧的躯体，让生命在这风雪高原上发热发光，温暖着灾区百姓……

又一连奔波了5天，走访了20户风雪高原牧家。小小药箱又空了，谁知道他给多少人看过冻伤，服过消炎止咳药物，打过针，号过脉……

3月8日，孔繁森一行来到一个小牧村，这里只有十几户人家，有帐篷，有土屋，散落在半条山谷里。连日的奔波劳累，上吐下泻，一走进土屋，他几乎瘫倒在床上。然而，即使病中，他的大脑也未停止思考。他忽然想起，今天是“三八妇女节”，应该让当地的藏族妇女享受节日的欢乐。于是，他让随行的几个年轻人分头通知周围的藏族妇女开会。他忍受着病痛的折磨，挣扎着从床上下来，微笑着说：“姐妹们，你们知道今天是什么日子吧？今天是你们的节日，全世界的妇女都在欢度这一天，你们也打扮打扮，让我给你们照张相。然后，你们聚在一起唱歌跳舞，欢欢喜喜地过个‘三八’节吧。”这群藏族妇女一听，又惊又喜，欢呼雀跃，一窝蜂似地跑回自家的土屋、帐篷打扮去了，不长时间，她们跑了过来，一个个都打扮得很漂亮，你抱着我我偎着你，叽叽嘎嘎地说笑，争着让孔繁森照相。照完相，她们又手拉着手，在雪地上跳起了“果谐”舞。

这时不知谁说了一句：“孔书记会唱歌，让孔书记唱支歌吧！”

一阵掌声，吆喝声。

孔繁森哪有精神唱歌，由于感冒，嗓子肿疼，但又难却藏胞们一片热情，他没有唱歌，却朗诵了一首诗：

我是一匹老马，
永远奔驰在西藏的草原上，
我是一只老鹰，
永远在西藏的高空飞翔，
我是西藏人民的儿子，
永远为西藏人民服务。

当翻译把孔繁森的诗译成藏语，妇女们激动地欢呼起来。其实，这哪是诗啊，是从他一颗赤诚的心灵发出的誓言，是满腔炽热的爱迸溅的火花，是一个人民公仆对这雪域高原的无限深情和深深眷恋。

两天后，公务员小梁在县委招待所里帮助孔繁森洗衣服，发现了那张不是遗嘱的"遗嘱"，呜呜地哭了："孔书记，孔书记，你要保重身体啊……"他抖抖索索拿着那张纸条。孔繁森心里也不是滋味，拍拍小梁的肩膀苦涩地笑笑，说道："小梁，别哭，别哭，我这不是好好的嘛……那天阎王爷发了慈悲，说：'老孔，你还有许多事要干，今天不打扰你了。'说完就拔腿走了……"

小梁擦擦泪眼，说道："书记呀，你都年近半百了，不能这样拼了。"

"你放心，娃子，我这百十斤还能撑一阵子！"孔繁森满不在乎地说，"走，咱们准备一下，出发吧！"

他们收拾行装，告别革吉县，告别改则县，又踏上风雪征途，向噶尔县出发了。

车轮子在雪地上留下两道深深的辙沟……

（节选自《高原雪魂——孔繁森》第十一章"风疾雪涌三千里"）

新时期散文创作的华彩乐章

——论郭保林诗化系列散文及其艺术构成机制

姚春树　郑家健

一

从鲁西平原上走来了一位充满激情和极富想象力的散文家，这就是郭保林。新时期以来，他已出版的散文集有：《青春的橄榄树》《有一抹蓝色属于我》《五彩树》《绿色的童话》和《郭保林抒情散文选》。这些作品，有对青春心曲微妙、曲致的歌吟，有对大自然深邃、梦幻般的遐思，有对现实人生的真切体味。他以浓郁的抒情个性，瑰丽新奇的意象，华赡的词采，奔放的审美形式，显示出散文的诗情、诗质和诗美。郭保林的散文创作也因其鲜明的诗化特征而独具风格。

正如艾略特所指出的："任何诗人，任何艺术家，都不能单独有他自己的完全的意义。他的意义，他的评价，就是对他与已故的诗人和艺术家的关系的评介。我们不能单独地来评量他，必须把他置于已故的人中间，加以对照、比较。我是想把这些作为美学批评，而不光是历史批评的原则的。"①就现代散文史而言，诗化散文创作名家辈出，佳作联翩。如徐志摩、何其芳就是其中两位有代表性的作家。徐志摩在《轮盘・自序》里，提到对几个西方作家散文的印象时，曾这样写道：

> 这才是文章！文章是这样写的：完美的字句表达完美的意境。高

---

① ［英］托马斯・艾略特：《传统与个人才能》，曹庸译，载《外国文艺》1980年第3期。

> 抑列奇界说诗是 Best words in best order。但那样散文何尝不是 Best words in best order。他们把散文做成一种独立的艺术。他们是魔术家。在他们的笔下,没有一个字不是活的。他们能使古奥的字变成新鲜、粗俗的雅训,生硬的灵动。[①]

徐志摩十分注重把散文当作一种独立的艺术创作,并贯彻在他的散文创作实践中,因此,当时就有人认为他的散文"原是诗的扩演"[②],是"自己的另创一格的诗的散文"[③]。可以说,郭保林的诗化系列散文既属于这一不断丰富、发展的艺术传统序列,又呈现出全新意义,这首先在于他的诗化散文的"系列化"特征。迄今为止,郭保林已创作了爱情、人生、大山、大海、故乡、草原、森林等七个系列的散文。每个系列都是一个独立、完满的审美格局。其次,与徐志摩散文中感伤、颓放的浪漫情调,何其芳的《画梦录》中略带朦胧、迷惘的心灵"独语"不同,郭保林的诗化系列散文充满着奋斗和希望的改革开放时代的当代人的情感体验和对社会、自然的审美观照,具有崇高美的精神内涵。古罗马的美学家郎加纳斯曾指出"崇高"的五个来源:"庄严伟大的思想","强烈而激动的情感","运用藻饰的技术","高雅的措辞","堂皇卓越的结构"。[④] 尽管在郭保林的诗化系列散文中,这五种因素在艺术表现和构成机制上还不太平衡,但是作为整体的美学风格,他的诗化系列散文对当代文坛上那些过于"小家子气"和"脂粉气"的散文创作是一种反拨。在新时期的日趋繁盛的散文创作交响乐中,郭保林的散文是一组有着可贵的阳刚之气的健朗奔放的华彩乐章。

二

刘勰在《文心雕龙·才略》中论述嵇康、阮籍的创作个性时说道:"嵇康师心

① 徐志摩:《轮盘·自序》。

② 储安平:《悼志摩先生》,《新月》四卷一期。

③ 赵家璧:《写给飞去了的志摩》,选自徐志摩《秋》一书,1931 年良友图书公司出版。

④ [罗马]郎加纳斯:《论崇高》,孙铢译,选自《文艺理论译丛》,1958 年第 2 辑,人民文学出版社。

以遣论;阮籍使气以命诗:殊声而合响,异翮而同飞。”在整体上,郭保林笔下的七个诗化系列散文也可以作如是观。但是,分而论之,每一个系列都是“性各异禀”,都有自己不同的思想内涵、情感特征和表现形式。

有论者把郭保林散文创作中的爱情系列称为诗化的“恋爱心理学”。郭保林几乎捕捉到爱情过程中各种微妙、复杂的心灵感受,既有初恋时朦胧的、梦幻般的悸动和喜悦,也有热恋中色彩斑斓、成熟芬芳的浪漫情调,又有失恋、挫折后铭心刻骨的惆怅。在这个系列中,作者描写得最深沉、真切的是恋人之间的分离、思念,回忆时的矛盾、痛苦的心情。《紫罗兰,我的紫罗兰》一文,以“紫罗兰”这一爱的象征物为作品的情感线索,巧妙地写出思念时的芳馨、分离时的坦诚,作者这样写道:

> 我工作累了,就痴痴地坐在花前,细细地领略它的色和香,那纤巧而半透明的花瓣便吐出一缕幽幽的芳馨,给我一颗疲惫的心带来抚慰;我仿佛看到你婷婷的倩影从花朵里冉冉走出来,那风吹花摇,窸窸窣窣,莫不是你对我喁喁细语?

作者就是在这种纯净、象征的意境中升华出一种高尚、理智的爱情和人生哲理:

> 我不相信泪水能稀释伤感和忧郁,我也不幻想泪的波涛能带着淤泥沉沙填平痛的深壑,更不期望懊悔能慰藉一颗失去平衡的心,但几场难以自抑的痛苦之后,确实也使我的心不那么伤感,我何不把这痛苦的回忆化为生命的动力?把这凝重的相思化作风帆,为了那生命的余程……(《风也清清,月也清清》)

这种爱情心理中的理智照亮他痛苦的旅途,引导他趋于人生的高度,使情感、思想变得更深沉,更富有理性和价值感。这种高尚的、理智的爱情痛苦使得郭保林的散文具有了真诚、崇高的美感。一般地说,爱情悲剧艺术比爱情喜剧更丰富,更感人。在这一审美化的爱情境界中,使读者获得了一种“理智、意志和心灵”的启示。

不同于一般的山水游记小品，郭保林选取了具有历史性和崇高感的沂蒙山作为大山系列的创作题材中心。这里，既有对大山的自然景观富于质感、雕塑般的描写，也有对大山历史内容的深切抒怀。作者在自然界的客体架构中贯注自我的生命与精神形式。就如康德所说："对自然的崇高感就是对我们自己的使命的崇敬，通过一种'偷换'(Subreption)的办法，我们把这崇敬移到自然事物上去(对主体方面的人性观念的尊敬换成对对象的尊敬)"。[①] 在这一系列中，《孟良崮的回声》和《岱崮山之梦》这两篇，最能体现作家的这种精神主体的崇高感和审美判断力。在他的笔下，"孟良崮险峻、嵯峨、坚毅、峭拔，那沉雄壮阔的气势，显示着倔犟和冷峻"。秋阳里的岱崮山，"那苍褐色的眼睛在冷冷地注视着大地。巍峨的肩胛高耸着倔犟和刚劲，翘起的头颅透着逼人的凛然与正气"。面对着如此庄严、肃穆的大山之魂，作者写道：

> 我的魂魄，我的躯体已经熔化在这山中，我的骨骼也变成了崚崚嶒嶒的山石，我梦幻般地走进了那苍茫而深沉的历史，我听到了历史的绝响和历史的旁白。

在这种对历史的追思中，激起了作者强烈的正义感和社会良知，而对现实生活中那些涨满的私欲、贪婪的梦呓发出严正的责问，愤怒的抨击。同时，"我的灵魂在炼狱之中受到锤冶，在孤独和悲凉中，我的情感得到了净化和升华。"在作者主体的视境中，大山是一座凝重的雕塑，其中沉浸着作家深沉、炽烈的魂魄。就审美创造机制来说，这是一种移情化的表现，正如英国美学家浮龙·李所说的："由于我们有把知觉主体的活动融合于对象性质的倾向，我们从自己移置到所见到的山的形状上去的不仅是现时实际进行的'立起'活动的观念，而且还有一般'立起'观念所涉及的思想和情感。"[②]

因此，在这一系列中，作家所观照的不仅是自然的"数量的崇高"，更重要的是历史的、精神主体的崇高感，这时，"心灵认识到自己的使命的崇高性，甚至高

---

① 康德：《判断力批判》第 2 章第 27 节。

② [英]浮龙·李：《论美》，转引自朱光潜《西方美学史》下卷，人民文学出版社，1988 年版，第 62 页。

过自然”。

如果说，大山系列是一群崇高的自然和历史雕塑，那么，大海系列就是一部多重奏的交响乐，既有深邃、变幻的梦之曲，也有纯净、和谐的爱之歌；既有博大、深沉的蓝色变奏曲，也有激昂、进取的生命颂。作者以激动人心的旋律写出了大海壮阔、雄浑、豪放、动感的生命律动：

> 那涛声摇撼着整个天空，有如虎群咆哮，闷雷排空，暴雨击林，那声态的壮阔美、豪放美、雄浑美不时令人自叹不绝。再看几十米高的礁石，席卷而来的狂浪蜂拥而至，又从高处跌宕垂落。急泻而下。其势如万峰崩裂，千岩滴穿，那气势美、动态美、韵律美，又不能不令人为之击掌……置身大海面前，世俗的烦恼、忧愁、颓废、悲怆……全被汹涌的浪涛洗涤一净，整个心灵的世界，都充满力的涌荡，力的超越，力的升腾。(《海之梦》)

在这里，每一朵变幻的浪花都是一个跳荡的音符，敲击着作家的心弦，使他颤栗、激动而爆发出精神的火花。在作家的笔下，大海不仅是汹涌澎湃的百川归宿，也是一段豪壮瑰丽、激越飞扬的蓝色情愫，更是一面心灵的明鉴，照见他生命的律动和精神的启悟。走近大海，“我天性未泯，因为我血管里没有凝固你澎湃的激情，我灵魂里没有熄灭你蓝色的火焰，我心房里还搏动着你壮阔雄浑的律动”，这是何等坦诚、崇高的精神洗礼！这一系列之中流淌的是作家人格、意志、激情的奔流，他的心灵在纵横捭阖的想象中抓住了自然的精神，而获得了一种自由的、美的创造力。

森林系列则是一部天趣盎然的童话。森林的景色、风情和人家都把读者带进一个极富诗意的意境。白茫茫的林海，宁静、温馨的林中月色，多彩的早晨，这里充满着澄净、清新的生命气息。这纯朴的大自然中，又有着许多善良、热情、厚道的人们，那纯洁的小女孩，活泼、可爱的小学生；还有那像老树一样扎根林场的山根爷爷；质朴好客的林中人家，这都给莽莽林海带来了灵性和纯朴的美。对许多生活在都市的当代人来说，这一森林系列无疑是一种童心的发现与寄寓。鲁迅评论爱罗先珂的童话集时，曾说：“那是诗人的童话集，含有美的感情与纯朴的心。”[①]“掩卷之后，深谢人类有这样的不失赤子之心的人与著。”[②]读郭保林的森林系列散文，我们也能获得这样的感受和体验。他曾说道：

> 我非常喜欢19世纪欧洲那些著名风景画家的杰作，康斯泰勃、透纳、柯罗、莫奈，以及俄罗斯画家列维坦、库因基等人的作品，还有20世纪东方艺术的释迦牟尼——东山魁夷的山水画卷。他们是大自然之子，总是怀着一种赤子之心，一往情深地观察大自然，对大自然每一个局部，每一个细节都认真地描摹。(《绿色童话·后记》)

这不仅是郭保林的艺术欣赏情趣，在自己的散文创作中他也执着地把这一精神和情趣表现出来。

跟随作家的足迹，也让我们走进辽阔的草原，观赏着草原的秋日、黄昏和浪漫的夜幕，感受着心中荡起的每一种异样的感情。在作家的笔下，“大草原的秋天是一部综合体艺术作品，既有油画般的凝重浓郁，又有水彩画的明丽清淡；既有音乐的旋律感，更富有诗和散文深湛优美的意境，向你展示着无边无际丰富的内涵，向你展示出一幅幅辽阔而深沉的哲理。”(《秋日草原》)“夏夜的草原是一支清凉凉的歌，是一支野味很浓的古老的民歌。”(《草原夜牧》)作者通过不同的时空转换，展示了如画卷般的风景和意境。与其他系列散文不同，草原系列表现的是塞外的风情和少数民族的生活方式、思想感情，更具有别一种情趣，这是郭保林散文的地方色彩的艺术体现。尽管草原不是他的本乡本土，但是当他走进草原，这里的景色、历史和文化却引起作家全新而神秘的感受和想象。“在这浩大浑圆的空间，你可以听到神话和传说在呼喊你，历史和宗教、诗和哲学在呼喊你”(《走进草原》)，古老的历史文化氛围，异域的情调，把读者带进了一个感悟的、朦胧的审美境界。

由于多年来远离故土，心中会郁积起一叠沉甸甸的乡情、乡思和乡愁。郭保林的故乡系列散文正是这种沉郁乡情的艺术结晶。作家不仅写出了故乡恬

---

① 鲁迅：《〈池边〉译后附记》。

② 鲁迅：《〈狭的笼〉译后记》。

静、祥和、纯朴的山村景色，并且毫不讳言它曾经有过的艰辛困苦和闭塞落后，当然更多的是表现见到和感受到的故乡今天的幸福生活。作家充满乐观、希望地抒写道："生命在孕育，在滋长，在颤动。小河在奔腾，在欢响，故乡一颗枯竭的心，一颗疲惫的心，一颗有着深深创伤的心，而今充满了活力，充满希望，绽开了彩色的向往。"(《带露的春韵》)。20 年代乡土作家的笔下，乡愁是"无可奈何的悲愤"和"放逐异地的心情"[①]。郭保林流露的则是对新生活自信、乐观的具有新时代、新社会色彩的情感内涵。

郭保林曾坦率地说："我是个多血质的人，热情多于冷静，耿直多于含蓄，真诚而无虚伪。对于阿谀、谄媚者流，尚嗤之以鼻，对阴鸷、狡诈、虚伪者流，常视之寇仇。"正因为有如此坚定的人格信念和精神力量，他才能写出那些充满体验、思考的人生系列，艺术追求是构成精神世界的价值向度。他写道：

> 我像夸父一样，追逐我的大阳，尽管荒谬、荒唐，但有了它，苦涩中我感到甜蜜，痛苦中感到欢乐，寂寞中感到充实，困顿中感到振奋。(《自己的太阳》)

这是一位执着、敏感的艺术家的心灵写照，正如古人所说："诗乃人之行略，人高则诗亦高，人俗则诗亦俗，一字不可掩饰，见其诗如见其人。"在郭保林的散文中，作品的表现特征与作家的人格风范、思想内涵是相辅相成、互为表里的，是诗品和人品的审美统一。

评论家鲍昌曾论说"郭保林的散文，确有宋代范宽画风，势壮雄强，枪笔俱匀"(《五彩树 · 序》)。换个说法，我们以为，郭保林的系列散文是一组诗，他是用一种美的文字、充满乐感和色调的文字来抒写出自己的情绪和意境，其中有贯注作家主体的生命形式的审美意象、崇高的情感体验、丰富多样的审美形式。这都是郭保林系列散文中诗化的审美特性。

---

① 鲁迅：《中国新文学大系 · 小说二集导言》。

三

著名美学家克罗齐在《美学原理》中说："诗是情感的语言，散文是理智的语言；但是，理智就其具体性与实在性而言，仍是情感，所以一切散文都有它的诗的方面。"可见，那渗透着作家思想和理智的情感也是散文审美构成的基本要素。诗化散文更强调其文体的抒情功能，就如徐志摩所说的："像一支伊和灵琴(The Harp Aedlian)，在松风中感受万籁的呼吸，同时也从自身灵敏的紧张上散放着不可模拟的妙音。"①

郭保林是个极富感情性的作家，情感是他的散文艺术诗化机制的关键。它时或像奔腾不息的川流，酣畅淋漓的倾泻，《海之梦》和《海之歌》就是通篇抒情。作者这样写道：

> 海啊！你能接纳我么？你的浩瀚、渊博、深沉、磊落、雄浑，能接纳我的怯懦、浅薄、褊狭、幼稚和虚荣么？我多愿化为一粒水珠，投进你的旋律，唱一支永恒的生命之歌。(《海之梦》)

郭保林坦诚、真挚地抒写自己内心世界动荡、变化的感受、情绪，使得他的散文仿佛有一股袭人的力量，紧紧地牵引着读者，让人迂回于作品深层的情感漩涡中。然而，有时他又像潺潺的溪水平静地流着，这也是郭保林十分自觉地追求的另一种情感表现形式。他说："我时时警惕这个'浓'字，唯恐自己从'浓'中化不开，因此，也写些清淡的、纤柔的、飘逸的、空灵的、深沉的、刚烈的东西。"(《有一抹蓝色属于我·后记》)他的故乡系列、森林系列就很具代表性。对故乡山村的夜景，他这样写道：

> 那是最新、最美好的时刻，天空像刷洗过一般，没有一丝云雾，蓝莹莹的又高又远，月儿像一位姗姗来迟的妩媚的少女，就是她把满月

---

① 徐志摩：《波特莱尔的诗》，《新月》二卷十期。

清朗朗的光晕撒下来，那满院便是一片明晃晃的晶莹，槐花瓣上便注满月的流汁。（《我寄情思与明月》）

这里所描写的一切都充满清新、柔美的感受，这正是作家隐约的，淡淡的乡愁的体现。可以说，峻急、舒缓是郭保林情感复合体中两个和谐统一的侧面。所以，他的散文在抒情风格上具有多样化的色彩。就一定意义上说，“一切美都是统一了的复合体，但是美的程度却直接因为其复杂性的不同而不同；一件艺术作品，用柯尔律治的话来说，‘其丰富性是根据它的整体性中所包含的部分的多样而决定的’”。[①] 郭保林成功地把双重的情感特征糅合成一个和谐的境界。

艾略特曾对作品的艺术构成机制中情感和意象、场景的内在关系做过精辟的论述，他指出：“用艺术形式表现情感的唯一途径是发现一个‘客观对应物’；换言之，发现构成那种特殊情感的一组客体，一个情境，一连串事件，这样，一旦有了归源于感觉经验的外部事实，情感便立即被唤起了。”[②]可见，意象、情境是作品艺术构成中又一个显著的审美因子。

郭保休的诗化系列散文中，有许多生动、精彩、具有“如画性”的意象。从整体来看，他的每一个系列本身就是一个独立的、扩大了的意象世界。就审美特征而言，作者能细致地描摹出同一意象在不同背景下所呈现出的相异的景观。作者对不同时空中的月色的富有特征的描写就很有代表性，无论《月浴》里山中静谧、温馨的月色，还是《林海月色》里林中苍莽、深邃的月色，都饶有情致。这样对同一意象的不同特征的差异性描写，显示了郭保林对大自然细致的观察力和准确的艺术表现才能。

另一方面，郭保林在其诗化系列散文中，还很敏锐地捕捉到意象的色彩、光影的特征及其变化。像19世纪的风景画家一样，他“努力追求的是跳动着的光，变幻的色，流荡的水波和大气，抖动的树叶和草丛……表现的是大自然的生命与活力，以及在人的视觉上和心灵上产生的美感”（《绿色的童话·后记》）。因

---

① [美]M·H·艾布拉姆斯：《镜与灯：浪漫主义文论及批评传统》，北京大学出版社，1989年版，第346页。

② [美]M·H·艾布拉姆斯：《镜与灯：浪漫主义文论及批评传统》，北京大学出版社，1989年版，第29页。

此，郭保林笔下的意象很富有印象画派的色彩特征。在《多彩的早晨》中，作者富有层次性地写出清晨的色彩、光影等大自然的特性及其变化。因此它直接呈现给读者的是充满绘画风格的景色，具有直观、感性的艺术表现。中国艺术（包括文学、绘画在内）比较强调空灵、虚静的审美体验，如清代画家恽南田所说的："谛视斯境，一草，一树，一丘，一壑，皆灵想所独辟，总非人间所有，其意象在六合之表，荣落在四时之外。"①它注重的是艺术的启示境界。因此，"彩色在中国画上的地位，系附于笔墨骨法之下，宜于简淡，不似在西洋油画中处于主体地位"。② 这也同样影响传统散文对意象色彩的描写。郭保林的散文确实能把读者带进一个色彩纷呈的视觉的形象世界。在审美上，"那种能使得轮廓线放射出光彩的色彩起的是刺激作用，它们可以使物体增添吸引人的色泽。"③

色彩产生的是情感经验。同样地，"使意象具有功用的不是作为一个意象的生动性，而是它作为一个心理事件与感觉奇特结合的特征。"④当郭保林站在峻拔的沂蒙山时，激起的是一种崇高的体验；当他置身于蔚蓝、深邃的大海面前，仿佛受到庄严的精神洗礼；当他走在苍莽的林海时，却寄寓着一种童心的复归；当他来到辽阔的草原，就仿佛听到这里生生不息的传说。每一个意象，都是作家经验、情感和理智的融合与显现，而它又以不可思议的力量唤起读者以同样的情感体验。

郭保林在论及大海系列的创作缘起时说："每当我写起山来，总有一种庄严、肃穆和崇高的情感，而一看到大海，我的热血就像汹涌的海潮，飞腾激扬。大海的寥廓、苍茫和空旷，也给我想象的翅膀留下广阔的空白。"可见创造性想象和联想在他的散文创作中的意义。当他面对着深沉、壮阔的大海时，他想象到一种生命的化育和成长，赋予主体情感和意识以自由、怪诞的审美再创造；而置身沂蒙山峦，则别有感怀：

当我站在孟良崮的襟麓上，望断四野，但见河水萦带、群山纠纷，

---

① 转引自宗白华：《略谈艺术的"价值结构"》，《创作与批评》一卷二期。

② 宗白华：《艺境》，北京大学出版社，1987 年版，第 117 页。

③ 康德：《判断力批判》，第 1 章第 14 节。

④ ［美］韦勒克 · 沃伦：《文学理论》，三联书店，1984 年版，第 202 页。

一种苍茫的历史烟云纷沓而来。那起伏跌宕的峰峦，那鼓状的崮顶，犹如古长城的炮堞烟墩，雾岚袅袅，使人联想起烽火台升起的熊熊狼烟。

这是一种充满弘大、博深的历史感的联想。正如柯尔律治所指出的："诗人(用理想的完美来描写时)将人的全部灵魂带动起来，使它的各种能力按照相对的价值和地位彼此从属。他散发出一种一致的情调与精神，藉赖那种善于综合的神奇力量，使它们彼此混合或(仿佛)是溶化为一体，这种力量我专门用了'想象'这个名称。"①郭保林正是借助自己丰富的创造性想象与联想，使他的散文显示出独特的审美风格。

在散文观念上，郭保林曾想在文体上来一个突破，在表现方法上进行创新，并在实际的创作实践中做了积极的探索。除了"系列化"特征外，郭保林充分运用多种艺术形式来丰富散文的艺术表现力。如在爱情系列中，郭保林就有效地调动了电影蒙太奇中画的闪回、叠加、组合的手段和戏剧艺术中的独白、对白的语言形式来强化对人物心理的多侧面的展示。《秋雨霏霏，秋雨霏霏》和《风也清清，月也清清》就是两个成功的例子。这种对其它艺术手段的综合运用，更好地渲染了作品的氛围，创造出一种具体、可感的艺术情境。

郭保林具有很高的艺术素养，能够娴熟、和谐地在散文的文体结构中融进绘画和音乐的审美形式。在《有一抹蓝色属于我》中，他直接通过对凡高名画《向日葵》的阐释，来喻示画面色彩所具有的心灵与情感内涵。这样，在散文的文体结构中，绘画形式上的色彩的意义就转换为一种文学性的审美要素。他有时还借助构图、景深、色调等绘画艺术中的创作方法来进行文学性的描写，试看他所描写黄昏的景色：

爷爷卸下犁杖，老黄牛到沟里啃着青草，长长的尾巴驱赶着牛虻，远近的田野升起薄薄的暮霭和淡蓝色的炊烟，那是一幅意象派的画。爷爷坐在新翻的土地上掏出火镰和旱烟袋，悠然地吸着烟，他那泥土

① 转引自《19世纪英国诗人论诗》，刘若端译，人民文学出版社，1984年版，第69页。

> 一样黄褐色的皮肤，那土垈般波浪叠叠的脸颊，都跳跃着夕阳的音符。（《秋歌八章》）

这里，作家把直观的、静态的画面转换为一种动感的、富有表现层次的文学描写。这种艺术形式的审美机制的转换在郭保林的诗化系列散文中有十分丰富的表现。

西方文论中有一种说法，“一切艺术以音乐为指归”。“18世纪末，一些德国作家还竭力使文学仿效音乐，他们以交响乐的形式——由观念和意象组成的乐曲，有主旋律的组织，各种情绪的和谐——替代了情节、论点或阐释所组成的结构原则。”①在郭保林的诗化系列散文中也有着对音乐形式的审美追求。《海之歌》就直接借用音乐的形式特征，比如，“A弦上的梦幻曲”、“G弦上的爱之歌”、“F弦上的生命颂”、“C弦上的慢板”就是如此。他甚至直接通过对乐曲的感受、体验和阐释来表现自然界的音响的审美特征。作者这样描写秋籁：

> 秋风用它透明的手指轻轻弹奏，于是那茫茫林海便是一曲贝多芬的《命运交响曲》了：白杨潇潇，那音符铿锵如大钹；楸叶飒飒，如银瓶乍裂；那杉叶瑟瑟，如小提琴演奏；那柳叶拂拂，如清萧之韵；而松涛烈烈，低沉凝重，像大贝司；而竹篁，则是窸窸索索，清幽娓婉……秋天的树林，是一曲最动人的交响乐。（《秋歌八章》）

这段描写的语言本身就很具有音乐美，句式的排比，语言的双声叠字，都加强了散文的韵律、节奏，充满着流畅、美妙的乐感。徐志摩曾说：“诗的真妙处不在它的字义里，却在它的不可捉摸的音乐里”，②“一首诗的秘密也就是它内含的音节的匀整与流动”。徐志摩的散文就很能体现出语言的音乐美来。30年代，沈从文就认为徐志摩的创作是“属于诗所专有，而为当时新诗所缺乏的音乐韵律的流动，加入于散文内”。我们以为，郭保林诗化系列散文的语言也具有如此流

---

① ［美］M·H·艾布拉姆斯：《镜与灯：浪漫主义文论及批评传统》，北京大学出版社，1989年版，第138页。

② 徐志摩：《译著特莱尔诗〈死尸〉序》。

动、匀整的音乐美。

郭保林散文中浓郁的诗情、丰满的诗质和诗化的艺术机制，使其在当代散文创作中显示出独特的意义和价值。郭保林仍在不断追求和探索，还会有更大的发展。我们期待在郭保林今后的散文创作中不仅有“诗的”多情、瑰丽和精美，还有更多的“散文的”质朴、自然和洒脱，为我们这个充满变革和希望的大时代，谱写更加丰富多彩的乐章。

（原载《山东师大学报》1994年第2期）

储瑞耕(1946—　)，散文家，编辑家，江苏武进人。1970年毕业于上海海运学院，分配至河北秦皇岛港务局，当过装卸工和报纸编辑。1974年调河北省委宣传部理论研究室任干事，1981年调河北省委《共产党员》杂志社任编辑。1983年参与筹创全国第一家省级杂文学术组织河北省杂文学会，任秘书长。1984年参与创办《杂文报》，任专职副总编辑。1988年调《河北日报》社，任“杨柳青”专栏主笔20年，为高级编辑、河北大学新闻学院兼职教授。作为有突出贡献的中青年专家，1993年10月起享受国务院特殊津贴。1997年6月被评为“全国百佳新闻工作者”，1998年9月获首届河北省“十佳新闻工作者”称号。2002年获“全国五一劳动奖章”，2004年获第六届韬奋新闻奖。

储瑞耕在上世纪70年代初即用“秦皇岛港务局工人评论组”的署名主笔撰写、发表了多篇国际评论文章，或经新华社发通稿、《人民日报》刊登，或由中央人民广播电台用20多种语言广播，产生了广泛影响。进入80年代以后，在从事编辑、记者工作的同时，兼事文学创作，主攻杂文、散文，迄今共发表作品2000余篇，出版散文、杂文专集3部：

《储瑞耕文集》(合小说，江苏文艺出版社、香港轩辕出版社联合出版，1993年)；

《心灵原稿：储瑞耕文二集》(1959—1994年日记，花山文艺出版社，1994年)；

《杨柳青·储瑞耕文三集》(人民日报出版社，1998年)。

其中《储瑞耕文集》(收1978—1992年各类文章、作品400余篇，60万字)获河北省文艺振兴奖。另有《就同“大款”交朋友事向领导干部进一言》获“中国新闻奖”二等奖，《“重奖”怎么讲?》获全国省市自治区党报好新闻一等奖，《杨柳青》专栏获河北省优秀专栏奖、中国新闻奖名专栏奖。

《河北日报》曾专版报道储瑞耕的优秀业绩(2004 年 9 月 29 日),《新闻观察》(河北省社会科学院新闻与传播研究所主办)曾在“名人名作赏析笔会专号”评介储瑞耕的写作编辑之路及其代表作品(2003 年 9 月 1 日),《文论报》第 30 期(1993 年 7 月 31 日)则破例刊出《储瑞耕杂文研究专号》(占该期全部四个版面),所刊评论文章主要有:

《杂文 · 文学 · 作家 · 社会——写在“储瑞耕杂文研究专号”之前》,作者尧山壁;

《储瑞耕及他的杂文及他的心》,作者黄国建;

《浓缩了的思考》,作者阿敏;

《言未中不可尽意》,作者桑木;

《从储瑞耕的散文里读储瑞耕》,作者蓝夫;

《在冰冷中润泽生机——储瑞耕和他的〈文集〉》,作者王剑波;

《笔中的人生——储瑞耕情结》,作者冰儿。

评论储瑞耕作品的文章还有:

《储瑞耕散文的“自由实现”——读〈心灵原稿〉》(曾绍义),载《走向崇高——中国散文发展论》(四川大学出版社,1997 年)、《中国散文评论》(四川大学出版社,2005 年);

《个人和时代的“脚印”》(牛增慧),《储瑞耕文集》第 1094~1098 页;

《我读“杨柳青”》(王勇),载《储瑞耕文集》第 1067~1069 页;

《时代精神在闪烁——浅谈“杨柳青”专栏的思想内容》(王新明),载《储瑞耕文集》第 1070~1075 页。

此外,储瑞耕还主编了《脊梁——中国 20 世纪九十年间(1900—1989)平凡人物优秀事迹选萃》(河北大学出版社,1990 年),并于 1994 年获共青团中央、文化部、广电部和新闻出版总署联合颁发的“首届中国青年优秀图书奖”;参与主编的《青年知识手册》(河北人民出版社,1983 年)也多次重版,在青年读者中产生了广泛影响。

情感·哲理·文采

——我对于杂文创作的追求

储瑞耕

20年来,我练笔创作了近千篇杂文,于中央及全国各地报刊上发表出来的,大约七百篇多一点。从数量上看,不算少;但就质量而言,别说广大读者,就连我自己,满意的也不多。不过,“后悔”之于我,倒没有。因为倘没有这“不少的”不成熟的练笔,那么就会连这“不多的”比较说得过去的作品也谈不上。如沙里之淘金,没有大数量的沙子,也就谈不上淘出金子来。

杂文创作的追求,同别的追求一样,是在实践的过程中体现出来的。我之创作杂文,从崇拜鲁迅先生开头(除了学生阶段爱读鲁迅作品外,年龄稍长,到了工作岗位之后,曾比较自觉地去阅读了先生的几乎所有著作),试着对社会上的事发议论、做文章(七十年代初写了一些国际评论,实际是国际时事的随笔,可归入杂文一类)。当时,没有什么明确的创作追求,不过努力把观点表达出来罢了。学鲁迅杂文也皮毛得很,比如对先生文笔之美、知识之丰、讽刺之力等等,佩服得五体投地,可是学不好。因此那些文字,后来看看,实在脸红。

七十年代后期,十年浩劫结束,报刊开禁,比如作者可以用个人署名发表文章了。这样,杂文这种带着作者明显个人情感、观点、创作手法的文体开始繁荣起来。杂文写得多了,“追求”就给逼出来了。比方题目罢,不多的几篇时,来个《……的启示》《有感于……》《……与……》,还可以过得去,做到十几篇、几十篇,总不能老来这样的题目,那样自己也腻了,于是就要想些新鲜一点、活泼一点及至艺术一点的题目。这就成了一种追求。

回顾我的杂文创作经历，追求是多方面的。立场的正确，观点的明朗自不待言，再如尽量地立意求新一点，知识面宽一点，文章写得厚实一点，标题也讲究一点，等等，但更突出的仍在三个方面：情感、哲理和文采。

我以为：这是杂文创作的三大要素。

情感追求

“情者文之经”，“繁采寡情，味之必厌”。语出刘勰《文心雕龙》，是很老的话了。如果说不论什么文章都要有情的话，那么我想，作为作者个人“有感而发”的杂文，情感的要求当更明显。情，有喜怒哀乐。有人认为杂文就是金刚怒目，就是“怒”之一种情，这是偏颇。在“情”的问题上，当怒则怒，当喜则喜，当哀则哀，当乐则乐，贵在一个“真”。有道是“出自（自己）内心的方可进入（别人）内心”，可以移到这儿作注。我在杂文创作中，作过这方面的追求。如：

平缓而情真——我的故乡在江苏，江苏这几年经济工作走在前头，对我也是很大的鼓舞。游子在外，也感觉脸上有点儿光彩。（《故乡来的经验》，1984 年 5 月 21 日《人民日报》）

愤懑而意切——中国“不要再折腾”呼声日高，是好的。想起来，搞迷信亦属“折腾”之列。呜呼！不要再干类似荒唐事了罢，把头发的价值回复到头发的价值罢，把字迹和别的什么东西的价值回复到它们本来的价值罢，阿弥陀佛！（《头发的故事》，1981 年 10 月 5 日《无名文学》）

动情而热烈——先生的这段文字，我简直是含着眼泪在读。（《论报复——从鲁迅先生那儿偷来的杂文》，1987 年第 4 期江苏《翠苑》杂文）“在层层密林之中，我们促膝攀谈，听着他豪爽豁达的谈笑，看着他稳健有力的举止，仿佛品味到他崇高纯洁的心灵，我仿佛觉得自己变得很渺小。当向他敬酒祝他健康长寿的时候，我的两眼湿润了。”“一个人，怎么叫高尚？什么叫事业心？我从这位老同志身上寻到了答案。”

(《"事业心"随想》,1987 年第 12 期《红旗》杂志)

寓真挚于严肃——"在生活中,我见到死样怪气,大摆'×僚'架子的人,就有一种窒息的感觉,要马上逃离;见到一种人——似乎所有的人都是稚童不可教喻,而唯他宇宙内外的事都了如指掌,俨然一副饱学之士的腔调,但什么也不说,我便恶心;见到遇着是非曲直,不动声色,不置可否,不颦不笑之辈,我便想到'只比死人多口气'这句俗话;而真个儿上了几回'嘻嘻哈哈把人卖'的人的当,我便着实地愤愤然了""为人,怎么可以这样? 又何必这样?"(《求"浅"》,1987 年 6 月 22 日《吉林日报》)

抒深情自呐喊——我前不久收到北京一位朋友的来信,其中说:"如今,多干事,并不得人理解。当然,你我这等年岁,也不大需要人'理解'了——我想是这样的。"这话说得很凄凉。其实,怎么可以"是这样的"呢? 怎么我们,人到中年,干事业正是时候的"这等年岁",就不需要人"理解"了呢?(《痛苦的"乞求"》,1987 年第 11 期《文汇月刊》)

哲理追求

有感于具体的人事,引发出深广的道理,由此而及彼,由小而及大,由表而及里,是杂文与一般政论的区别之一。现实生活激动了作者的头脑,却又不是"主要"地用形象和故事而是用说理来宣传自己的思想主张,是杂文与其它文学样式(小说、戏剧等)的区别之一。正因为如此,创作杂文时,锻造哲理性语言就应当注意。鲁迅先生及其他杂文大师们的作品中,这样的例子不胜枚举。

我在这方面,作过一些努力。如:

在学习和工作问题,没有特殊的(指高出于别的一般人的)理想和事业心的推动,就没有特殊的努力;没有特殊的努力,就没有特殊的成果;毫无特殊,便是庸人。(《她这个"第一名"》,1984 年 3 月 22 日《河北工人报》)

人生在世几十年,倘若一点浪花没有,一点波澜没有,死水一潭,无所谓进取，无所谓作为，平静是平静了，安全是安全了，然而意义呢？也就谈不上了。（《看鱼儿水中游》，1984 年 12 月 3 日《青岛日报》）

大悲大喜的人是浅薄者，而浅薄者是不能长久驾驭生活的。只有像一条阔而深的江河那样，尽管会有曲折回复、逆流旋涡，但从总体来讲，则总是向着一个方向奔流前进。这样的人生才会有大价值。（《千万冷静》，1985 年 5 月 3 日《厦门日报》）

当人们已经开始忘却，或就要忘却，或有可能忘却某一个真理的时候，这真理便有了重提的必要。（《还是“猫”的问题》，1987 年 6 月 20 日《河北经济报》）

说实话是有力量的标志，意味着希望；说假话则是可耻行为，是无力量的标志，只能把事情搞糟。古今中外，概莫能外。（《“喜”、“忧”之报法及应得之结局》，1987 年第 7 期吉林《新长征》杂志）

文采追求

创作一篇杂文，当然要把道理讲清楚，但不是“逻辑地”完成这个讲清楚，而要“逻辑地和文学地”来完成。这里的“文学地”，我想，形象是一个方面，另一个重要的、却又常常为不少杂文作者忽视的方面，是语言文字本身的形象性。注意遣词造句和调动各种文学修辞手段，使文章具备文学欣赏价值，读来朗朗上口，品来有滋有味。就我的习作而言：

注意到对偶的——如若法律的执行者，开眼而四顾，含情而脉脉，遇亲朋而心慈，见官僚而手软，那口宝剑再锋利，岂不也将成为舞台上演员手中的木制道具？（《持剑而蒙眼的女神》，1985 年 12 月 15 日美国《时代报》）迈出了改革的第一步，犹如骑上了虎背。那虎，绝非信步之于闲庭，徜徉之于池畔，而是吼啸之于莽林，奔突之于峻岭。当此之时，骑上“虎背”的勇士，伏虎威而不下。我赞成这样的骑虎勇士。（《骑虎“不”下》，1985 年 4 月 25 日《沈阳日报》）长夜不眠，孤灯相伴，而耐得住寂寞的折磨；千回万转，荆棘坎坷，须经得起挫折的锤打。（《成为

自己》,1988 年 1 月 18 日《消费日报》)

注意到排比的——有当面说不得必须要私下说的话,有该说却最好不说的话,也有明知不当说又不得不说的话,难怪有人要叹“说话难”。(《说话难》,1984 年第 20 期《了望》周刊)即令是一只萤,也努力发光;即令是一滴水,也汇入江河;即令是一抔土,也聚上高山。那么,众志成城,中国便有了希望。(《“不满”与进取》,1987 年第 5 期河北省委党校《理论教学》杂志)

注意到幽默的——(某新华书店把日本文学名著《源氏物语》放到了自然科学类书架上)明明是文学著作,却放到自然科学著作类中,好笑是好笑,可也有值得原谅之处。因为它是外国书,书名怪里怪气;又有“源”和“物”两个汉字在其中,人们于是把它误为“物质资源”之类,也叫事出有因,不好过多责备。若把咱们国家的《红楼梦》因为有个“楼”字,便放到“建筑工程学类”书架上,那就确乎该打屁股!(《〈源氏物语〉何处寻?》,1984 年第 3 期《新观察》杂志)

注意到拟人、比喻的——我常常思量:出于公心的状,绵羊是不告的,因为它太软弱;老鼠是不告的,因为它没有公心;毒蛇也是不告的,因为它不仅手中无真理,而且狠毒,它可以暗中一口把自己的反对派咬杀,什么状都不屑告。(《说告状》,1986 年 6 月 8 日《光明日报》)苍蝇从来都在人前飞来飞去,捣蛋作恶也在人前,这用得着一句俗话:“露相不真神”。而臭虫呢,阴毒得很,它隐隐地活动,狠狠地咬,地道的“真神不露相”!(《臭虫的本事、做派、为“虫”之道等等》,1987 年第 10 期《现代作家》)

注意到夸张的——在英美语言中,Yesman 是“唯唯诺诺的人,百依百顺的人”,“好好先生”,因为这种人,永不离口的是一个词 Yes;而腔调、做派呢? 大概一天点头一千九百九十九次!(《论 Yesman》,1987 年 4 月 4 日《秦皇岛日报》)(……一天到晚挖空心思琢磨如何损人利己,如何损公肥私,如何扬名,如何显祖,或纵横捭阖,尔虞我诈,或耍尽威风,为所欲为,等等之类)那么,即令你树一块一公里见方的碑,也没有用的。甚至不等到你死去,人们已经在忘却你了。(《碑林》,

1987 年 3 月 22 日《解放日报》)

注意到文章结尾含而不露，促人思索的——人；活着，便是这么不易。也许这便是为什么大都活不到一百岁的缘故罢。(《吃了几惊之后》，1987 年第 6 期《文汇月刊》)

注意到俗话入文的——……于是不少地方不少人；仍在千方百计“弄”文凭(有时手段相当不佳)，正常工作“管他娘！”(《还是“猫”的问题》，1987 年 6 月 20 日《河北经济报》)

注意到借鉴散文写法的——入夜，茫茫天宇，那星星们各自眨着眼睛，仿佛要窥探人间的奥秘。然而，它所能给这复杂的人间事一些什么评判呢？我仍然只好自己思索……(《谁之罪？》，1987 年 7 月 3 日《厦门日报》)

我在追求中，正说明我自己在不成熟中。以上点滴体会，写出来，希望得到专家指教。

(原载《杂文创作百家谈》，河南教育出版社，1989 年)

自选作品

从廉颇、王昭君的“怨”，郭开、毛延寿的“鬼”和赵王、汉元帝的“昏”看中国人际关系万千文章之一小节

要研究中国人际关系中的学问，大概可以写上好几部专著。

我忽然想起两组古人——第一组(战国时代)：赵王、郭开、廉颇。第二组(西汉时代)：汉元帝、毛延寿、王昭君。

赵王使使者视廉颇尚可用否。廉颇之仇郭开多与使者金，令毁

之。廉颇见使者,一饭斗米,肉十斤,披甲上马,以示可用。使者还报曰:“廉将军虽老,尚善饭;然与臣坐,顷之三遗矢矣。”赵王以为老,遂不召。(《资治通鉴·秦纪》)这个赵王,当是赵悼襄王,他的这个“不召”,使得廉颇“奔魏居大梁(今河南开封),后老死于楚。”

汉元帝了解入宫女子的办法,是看画师毛延寿画的像。王昭君一心事君,但不愿奴颜婢膝,给画师以“好处”(“不把黄金买画工”[清·吴雯《明妃》])。毛延寿便故意把她画得很丑,元帝于是对昭君不屑一顾。后来,匈奴王呼韩邪单于入朝求和亲,昭君自愿请行,出嫁匈奴。临行前,元帝得见昭君,方知毛延寿的鬼把戏,一怒之下把毛杀了。

历史结账,总是一个大约数,不可能精确到小数点后边多少位。因此,后来的人们,记住了廉颇的功勋和“将相和”的故事,记住了“昭君出塞”的故事(董必武同志诗云:“昭君自有千秋在,胡汉和亲识见高”),而把郭开、毛延寿之流的小动作忽略了。其实,这两处小关节十分要紧,倘若没有,廉颇和王昭君的故事都得重新写过。

廉颇一心报国,见了赵王派来的使者,“一饭斗米,肉十斤,披甲上马,以示可用”。然而赵王还是放弃了用他的想法,使廉颇空怀一腔大志,其“怨”之深是无疑的,不“怨”,他为什么“奔魏”呢?不过,大概廉颇乃一武将,后人不大去设身处地地、细细地品味他的怨绪罢了。对王昭君就不一样,后人提到她时总同“怨”相联。清人颜光敏的一首诗,题目就叫《昭君怨》;而“天外边风扑面沙,举头何处是中华?早知身被丹青误,但嫁巫山百姓家”(黄幼藻《题明妃出塞图》)和唐代李益的“古来愁杀汉昭君”(《登夏州城楼观征人赋得六州胡儿歌》),都代王昭君直抒一腔怨绪。白居易有《王昭君》诗,不见“怨”字却道尽“怨”情,诗云:“汉使却回凭寄语,黄金何日赎娥眉?君王若问妾颜色,莫道不如宫里时。”唐代梁献的“泪点关山月,衣销边塞尘”(《王昭君》),王安石的“君不见咫尺长门闭阿娇,人生失意无南北”(《明妃曲》),也都“怨”得叫人心碎。

廉颇、王昭君其“怨”之深,盖出于人生遭逢之大不平,这就归到了郭开和毛延寿的“鬼”。此二公的行为和居心十分卑劣和阴毒，两者首先都为了钱，可谓见钱心黑。而郭开之与廉颇，还有“仇”，具体情节史书虽未见载，但顺着郭开的行为去推理，怕绝不是为了社稷百姓同廉颇闹别扭，而八成什么时候粗汉廉颇得罪过他，如此而已。毛延寿丑化王昭君，除了她不肯给他“票子”之类，有没有另外一层意思：比如，王昭君倘若委身于他，给他点儿特别的“好感”之类，怕事情也不至于此。总而言之，郭、毛两个小人，着着实实“鬼”到家了。

事情当然还没有完结。光有郭、毛之流，廉颇、王昭君还不至于遭此下场。因为郭、毛充其量不过造个小谣言、画张假画，决策之权，他们没有。于是关键还在赵王和汉元帝。我们设想一下，倘若赵王不用使者，而是“亲自”召廉老将军来谈一谈；倘若汉元帝不是据画识人，而是“亲自”看一看王昭君（这实在并不难做到呵），那结局就会大不同。当然，倘若赵王对使者之言，元帝对画师之画不是昏昏然，不予全信，听了看了之后又实际地考察一番，那就更加善哉善哉，不仅廉颇、王昭君能够见用，而且可以及早地“挖出”郭开、毛延寿这两个坏种。

生活中对于一个人的真正了解，是不容易的事；作为领导之类，由于公务繁忙，精力有限，看看第二手的材料，听听周围人的议论，作为了解人的参考，也无大错。要命的事情在于：上帝没有，也不可能让郭开、毛延寿式的人物绝迹，这类人物既不绝迹，就一定要捣鬼，就一定要心怀诡计，造谣生事，以假乱真，扰人耳目。这类人的本性就是把自己的幸福建筑在对别人（尤其是忠良之人）的折腾上。你轻信他们，怎么可以？

总结历史的经验教训，有个出发点和方法之说。比如对王昭君的事情，明代有位叫杨一清的诗人，居然说：“能使明妃嫁胡虏，画师应是汉忠臣”（《瓯北诗话》），这就天晓得了。用这个方法去论廉颇之不为赵王所用这件事，就可以说：“嗨！廉颇您老甭想不开，‘不用’正好呆着，若去打仗，说不定一下子就战死了呢！”夏虫不可语冰，真正昏话一派！

中国正值改革开放，现代化建设用人之急，莫此为甚。我们的报告中、会议上、文件里，几乎无处不强调“人才问题”。然而，光喊，何用？一到真正的具体事情上，郭开、毛延寿的捣鬼不止，领导若不明察，那廉颇、王昭君们，我看也就只好“永世不得翻身！”

（选自1989年5月16日广州《现代人报》）

日记一束(1992年)

10月9日　近几日身体颇感不适，心脏情况不好，眼睛突然模糊起来，真的要“花”了？/光阴无情，我的确步入“老年”了，“这部机器”不行了。可惜实在做事太少。

10月15日　下午，省社科院规划办副主任王新明来，为办《老年生活报》之事再次同我商议。交谈中他说到：滦南县有一位搞文学、新闻评论的某先生，正在撰写评论“杨柳青”的论文。我说，“杨柳青”专栏文章，实在是一年不如一年，一篇不及一篇，我惭愧得很，正想法改弦易辙。

10月18日　《金钱》[①]书摘　△愿意就是能够。——法国格言(254页)/△世界上只有一件事情是不值得的，那就是受骗。(259页)/△金钱，可怕的金钱，它会使人名誉扫地而且把人吃掉。(260页)/△金钱是培养未来人类的肥料。(264页)/△金钱虽做了一切恶事，但一切好事也由金钱而生。(264页)

10月21日　《第三次凶兆》　昨天夜里11时半，接张锡杰电话，问我一句宋词，我从被窝里出来，穿着裤衩背心到书架上查到，电告之。上床顷刻，喉头发痒，遂吐血不止(共有半痰盂之多)。岳父母和两个孩子吓得不知所措(玉芳不在家，去广西出差了)，省医院邢生泰、高瑞杰、王强等把我送到医院，马院长、王振起主任等采取了急救

① [法]左拉著，人民文学出版社，1980年版。

措施。/算起来,心脏毛病,第一次凶兆在1990年1月31日凌晨心力衰竭;第二次在1990年7月15日的脑血栓状(结论判断为“一过性脑神痉挛”);此为第三次,竟然大出血。/计划今天随《河北日报》社长刘海泉等同志去宁晋采访,无奈只好取消。

10月22日　医生们研究分析得出初步结论:我此次犯病,主因是二尖瓣手术后又狭窄化,导致左心房扩大;压迫肺部,长期淤血,在某种外因比如突然受凉、受累等的促使下血管破裂。这两天先服药和输液稳定病情,过两天再作肺部透视等全面检查。/由于玉芳公出在外,我的病又给省医院财务科带来不少麻烦。

10月23日　两天来,报社叶榛、修明刚、顾玉田、成少安、乔士福、韩绍君、张梦亭、靳有新、张悦、王晓东、张立宪、赵兵等都来探望。医生发现我太劳累,命令大家只可见“一分钟”并在门上贴了“谢绝探视”的纸条。今天傍晚,又吐了几口血。输硝酸甘油,头胀疼得十分厉害。/张立宪送我一束“康乃馨”,真是年轻人的新观念。

10月26日　病情仍然不稳,医院方面不准再来人探视我。

10月27日　早起,又连连吐血。/上午,邱氏鼠药厂代理厂长马国玺、冯增书律师来;下午锦州教育学院王希禹来;马芳、张立宪来。医院方面再次发出警告:不许会客。

10月29日　病情稍稳,但终日输液,形同监禁,极为难受也。

11月1日　省社联副主席肖永庆来看我,他新近去南国一趟,脑筋大开,观念甚新。我们共同意识到自己的不少思想已跟不上时代了。/我有一疑:人人就是为了钱,那道义放到何处去?

11月2日　今天改用药物,下午至晚上又大量吐血。医师下令停止用此种药。/一个人的生命的保障度,我看也实在是很小很小的,一有失措,死亡就可能来临。

11月4日　△有时彻底地想起来,事业(特指个人的事业),也是无所谓有无所谓无、无所谓大无所谓小的。/△于你以为要紧之事,他人以为玩笑,以为鸡毛蒜皮,以为狗屁不值。——对这种现象不必感到奇怪,本当世界之大体现象也。/△一个人,一定要认识到一个颠扑不破的真理：没有自己，地球照样转！/于人于事，痴心过度，最为可悲。/△历史的算帐，有时很细，很精确。比如，“个人的成败、优劣、长短、功过、是非等等，你的就是你的，多少就是多少，不大会混沌一片的”。一时的误解（历史的误解）自然也难于绝对避免，但一般比较准确。那么，由此可推知：个人的责任、甘苦、辛劳、磨难、委屈乃至泪水和汗水，也理当统统由你“个人”来承担。

11 月 11 日 △心脏只要没有死灭和腐烂，生命之火就不会全部熄灭。/△人的生命及灵魂的最可悲处不在于“被埋没”，而在于本身无内容，是空壳。/△“久仰久仰”的对你的赞美语中，假成份多得很，千万不要信它。自己也不要随随便便对他人说这种话。/△我的心什么时候能变得对这个世界“冷”一点？/△多读点别人写作的东西，多听点各种声音，多了解点外部世界。太寡闻了心灵就必枯萎。

（选自《心灵原稿》）

储瑞耕散文的“自由实现”

——读《心灵原稿》

曾绍义

自由不仅包括我靠什么生存，而且也包括我怎样生存；不仅包括我实现自由，而且也包括我在自由地实现自由。

——马克思：《经济学手稿》(1857—1858)

作为个体的人，我以为用马克思这段话来说明河北作家储瑞耕的“日记”散文《心灵原稿》对于实现他人生的价值是恰当的；作为“人类灵魂的工程师”，《心灵原稿》由此而提供的启示意义，对于我们尤显得特别重要，因为《心灵原稿》所展示出来的绝不只是储瑞耕个人的生命历程，也是新中国一代知识分子在中国共产党的培养教育下,"怎样生存"——怎样始终如一地为祖国为人民无私奉献的缩影,是每一位现代文化人自觉为人类最终实现共产主义理想,亦即"自由地实现自由"而应有的心声。

还是要讲"最高理想"

马克思主义的"自由观"既是对人的本质的概括,也是针对人类的特性而言的:"人把自身当作现有的,把生命的类来对待,当作普遍的因而也是自由的存在物来对待",因为"一个种的全部特性,种的类特征就在于生命活动的性质,而人的类的特性恰恰就是自由自觉的活动"(马克思《1844 年经济学一哲学手稿》)。但是,这种"人的类的特性"只有共产主义社会才能完全、彻底地体现出来,因为只有共产主义社会,才能使"人类全部力量的全面发展成为目的本身",亦即"每个人的自由发展是一切人的自由发展的条件"成为现实(《共产党宣言》)。所以,我们追求"每个人的自由发展",都必须以人类最高理想——实现"一切人的自由发展"为根本目的。

作为共产党员为共产主义事业奋斗终生,作为烈士遗孤继承父辈遗志坚持共产主义理想,似乎都"顺理成章",但是,作为一名作家、一个文化人,《心灵原稿》如同储瑞耕的其他艺术作品一样(日记虽不是刻意"创作"出来的,但一旦作为"作品"发表出来,其艺术价值则同样显示出来,有时甚至超过一般艺术品),所显示的对共产主义理想的坚定不移、对"自由的实现"的执著追求,却是特别珍贵的!之所以特别珍贵,不是说"作家"、"文化人"可以不要共产主义理想——恰恰相反,人民的作家要创造出为人民欢迎、能"为人民服务,为社会主义服务"的好作品,没有共产主义世界观,没有坚定正确的政治方向,是根本不可能的。但是,不知从什么时候开始,在一些包括"作家"在内的文化人中,一谈到共产主义理想,他们就"哈哈哈"地嘲笑起来,认为那是"乌托邦":他们只关心个人"自由"、眼前"实惠",有的甚至公开宣扬"著书只为谋稻粱",说什么作家就是"卖文为生";"卖文与卖黄瓜卖彩电卖房子卖飞机一样,也是在从事一种经营活动",于是"只是希望,我写的文章,还卖得出去",以"维系自己和一家人过一种'有尊严的都会市民生活'",成了他们的"最高理想"。那结果,自然不言而喻，什么狮子狗、大花猫，什么“初吻”、“初恋”、“初夜”，都写成“作品”了。这样乱七八糟、废话连篇的东西，理所当然地受到了读者的尖锐批评。就是在这种“文人心态”世俗化、“实惠”化而人生理想被严重“淡化”的时候，储瑞耕依然坚定着自己的信念，“‘天下为公’，浩气激我”，以百折不挠的精神，向着理想，向着人类真正的自由境界迈进——

他情愿受苦：“对人民的事业，我的一颗心总也冷不下来。情愿一辈子受苦。”(1989 年 3 月 22 日《复蒋庆坤》)

他宁愿受穷：“对于经济活动中的事……宜敬而远之，不要掺和，尤其是不可有承诺。宁可穷一点，也要争一份潇洒和自由。”(1994 年 3 月 17 日日记)

死了他也要为人民作贡献：“我死后，尸体交医疗科研部门，悉供解剖研究之用”(1987 年 6 月 18 日《〈遗嘱〉草案》)；“遗体的所有部分悉数供医学研究和治疗之用。我的眼睛很好，大脑还可以，可供移植；心脏和皮肤有毛病，可作标本”(1990 年 2 月 24 日《遗嘱》)……

而他在医院下达“病危通知书”的生死关头，心中所系的依然是《焦裕禄这面镜子》(1990 年 1 月 31 日)，所想的是“在今天和明天的改革中，革命建设事业中，生产和科学实验活动中”，该怎样发扬“奋勇求胜——败而不馁”的民族精神(《亚运与民魂》，1990 年 9 月 4 日作)——是的，“作为一个忠诚的共产党员，有事业心的平凡人”，储瑞耕的确“尽了自己的一份努力”，的确“对得起党和人民对我的哺育和关怀”，“对得起先父和祖母的在天之灵”，而这一切，都源于他“一向且永远对人生、对世界、对祖国”所持的“一种坚定不移的信念”，源于他“由渺小向崇高攀援”的“过程将会伴我终身”的“特殊的理想”！

人不能不讲理想，“理想”是人的本质力量的重要体现，是人区别于动物的标志之一；崇高的理想不仅是人类活动中一种普照的希望之光，也是科学揭示历史发展必然规律的智慧之光、真理之光。共产主义必然实现，这是确定无疑的，尽管我们现在还处于社会主义初级阶段，尽管还有许多来自外部、内部的种种困难和阻力，但作为在始终坚持马列主义、坚持社会主义，以实现共产主义为最终目标的中国共产党领导下的每一个中国人，特别是对于实现四个现代化、对于加强社会主义精神文明建设肩负着更重要的历史使命的作家、艺术家和一切文化人来说，我们确实应该认真自审一番：究竟在“靠什么生存”？应该“怎样生存”？——储瑞耕的《心灵原稿》已经为我们做出了多方面的回答，是很值得一读的！

个人自由与生命价值

自由，既是一种理想，也是人的一种重要需求。爱因斯坦说得好：“自由给我们带来了各种知识上的进展和发明”；“只有在自由的社会上，人才能有所发明，并且创造出文化价值。”（《文明与科学》）这就是说，人对自由的追求是为了创造性的劳动，为了充分发挥人的创造精神，从而实现人的生命价值。所以，马克思认为，自由是生命的灵魂，人失去自由就是行尸走肉般的躯壳。但是，由于“自由是在于根据对自然界的必然性的认识来支配我们自己和外部自然界”（恩格斯《反杜林论》），自由总是相对的、有条件的；绝对的、无条件的自由是根本不存在的。换言之，获得自由实际上是一个无限的过程，自由永远表现为一个从有限的自由向更充分的自由运动的过程。在这个过程中，人们不间断地进行着创造性的劳动，既是自由的实现，也是其生命价值的体现，亦即“自由地实现自由”。

作为“每天和自己谈一次话”的《心灵原稿》，对于储瑞耕来说无疑是自由的，是“一种高尚的精神生活”，但从它所记录的若干所经所遇、所作所为又是不自由的、深受限制的。这些“限制”有的属“天灾”，例如他几次重病住院以致一次次写下《遗书》；有的却属“人祸”，即由于各种原因人为制造的困难和压力。但由于有崇高的理想和坚定不移的信念做精神支柱，有极为可贵的思想品格和超乎寻常的意志与毅力，终使他不断“从有限的自由向更充分的自由运动”着，成为一个受到广泛赞誉、令人敬重的人，一个“自由地实现自由”的大写的“人”，最终实现了他“做一个纯粹的人，做一个高尚的人，做一个有益于国家和人民的人”的最大愿望。其间，当然有许多痛苦，有许多磨难，也有不小的牺牲（例如他的心脏病就与“人祸”有关），甚至也有过“有时真有具体的‘关’过不去”、“一难逼杀英雄汉”的慨叹，有过“希望明天上午‘电除颤’时出现‘猝死’”的念头（1990年11月5日日记），但储瑞耕终于闯过了一“关”又一“关”获得了新的自由，因为他是“强者”——

强者的生命线是奋斗，是站着，哪怕死去……（1990 年 2 月 11 日日记）

只要不断气，就要、就应当以奋斗、搏斗的态度和精神状态对待人生诸如病、死、苦、难的遭逢。（1990 年 1 月 8 日日记）

心脏只要没有死亡和腐烂，生命之火就不会熄灭！（1990 年 11 月 11 日日记）

这些话都是在他连续吐血、住进医院后写下的。就是在这时候，一听说铁道口又轧死人，他也未忘记他人、忘记文化人的使命起而作一文《从“道口”问题说到办实事》，以“为民请命”（1992 年 11 月 13 日日记）……

由此看来，个人自由绝不是如时下某些“文化人”、“名作家”们所说的“纯粹个人的活动”、“表现自我的自由自在、自然自得”，而是意味着对他人、对社会的负责，是对自己行为高度负责的自觉性。个人自由的实现，离不开他人、社会、集体的自由；他人、社会、集体自由的发展，也才有利于个人自由的实现，即如马克思所断言：“只有在集体中，个人才能获得全面发展其才能的手段，也就是说，只有在集体中才可能有个人自由。”（《马克思恩格斯全集》第 3 卷第 84 页）可是，自 20 世纪 80 年代中期以来，一些由党和人民培养起来至今也领取国家工资的“文化人”，却置党和人民对社会主义文化建设的根本要求于不顾，大肆鼓吹“自由自在”、“无拘无束”、“想写什么就写什么”，于是在他们的“作品”中有的只是“我”的身边琐事、无病呻吟或者胡编乱造、故弄玄虚，看不到人民群众在现代化建设中奋斗不息的身影，听不见在改革开放大潮中时代前进的涛音。有的身为“作家协会副主席”，还公开主张“无为”、“逍遥”、“躲避崇高”，他的笔下自然也就有了“我”的“喝酒”、“我”的“吸烟”、“我爱喝稀粥”之类的无聊与“轻松”。由于他们心中只有一个“我”字，也就不可能再有参与“作品完成”的另一半——读者；没有对读者的负责，对人民利益的负责，哪里还有什么“自由”可言！所以，他们鼓吹的“个人自由”，实则也是自己欺骗自己而已；如此，便更无“生命价值”可言！岂不悲哉！

还是让我们再听听一个真正的现代文化人在“人之将死”之际的几则“善”

言吧：

——“人生没有事业，也就没有价值……一个人必须成就或大或小的事业”，而“事业”就是“一个人除了维持自己的生存之外，为他人和世界努力作出的成果”！

——“‘轻松自由’不是生活的意义。猪猡是轻松自在的，它们的生命就没有意义。剥削阶级中的寄生虫，社会上的无赖，他们活得常常‘轻松自在’，但人的价值呢？没有。”

请注意：这是储瑞耕在写过第三次遗书之后，又作为“遗言”写于北京安贞医院接受心脏手术之前的话（《“个人价值”乱弹》，发表于1990年10月9日广州《现代人报》）！巴金先生说他写五部《随想录》是“当遗嘱写”，评论家也认为《随想录》的创作过程“是一次庄严肃穆的心灵仪式”（王尧《乡关何处》第246页），那么储瑞耕用生命写成、本身就有“遗嘱”内容的《心灵原稿》，不是更可以称为颇具现实意义的“人生教科书”么！

顺带说说“日记”

从通常意义上看，日记无非是日记作者对每一天所见所闻、所作所为或所思所想的择要记录，带有“备忘”性质，一般也秘而不宣，但对于为人类做过重要贡献或对历史有过重要影响的人物，他们的日记则往往有很高的研究价值或阅读欣赏价值，为社会所必需，因而得以公开出版，如《鲁迅日记》《雷锋日记》等。不过，这类人又很少在生前公开自己的日记。储瑞耕将自己35年的日记（1959—1994）编辑成《心灵原稿》，作为“储瑞耕文二集”公开出版，似乎是个“特例”，但我们在读完《原稿》、读过他几篇关于“日记”的“附文”之后，已经领悟到这一“特例”的特殊意义：作为“挥向自己的鞭子”，日记已经而且将继续鞭打储瑞耕“度过有意义的人生”；作为“原始记录”的《心灵原稿》，我们已为其中充溢的正气、豪气、大气所震撼所感染——储瑞耕不愧是“特殊材料制成的”；他的“特殊的（指高于别人一般的）理想和事业心”、“特殊的努力”和“特殊的成果”，确实令人倍生敬意!

对于有理想有抱负、品格高尚的人,日记是“自由地实现自由”的一个重要手段,但对于另一些人,又可能“挪作它用”。例如最近看到的几本《名人日记》,也是公开出版物,且不说那些内容,诸如“吞瓜子”不要窜进气管啦、“我”为何“拉上窗帘”啦之类是何等无聊、无用,单看看作者“自序”,就可知道那“日记”竟为何物了。其中一本的“自序”是这样写的:“我把这些日记公布出来,正是邀读友们到我家做客,并拿到自己的私人照相簿给大家翻看,也很在客人面前曝了些私家的光。不过,这印出来的日记,当然不可能是我个人日记的原始面貌。正如家里来客前,我少不得要将家里特意打扫布置一番一样……”好一个“特意打扫布置”,这不明明是弄虚作假吗!而另一位“名人”在序言中更是干脆地把他公之于众的“日记”比作“塑料花草”——既然作假,为什么还要“挂羊头,卖狗肉”地欺骗你们的“读友”呢?这与储瑞耕这位并非“名人”的真正名人的《心灵原稿》,可谓天壤之别!尤为可悲的是,他们不仅不以作假骗人为耻,反而还振振有词地说:“如今什么都是假的,只有骗子才是真的!”“目前我们所共临的社会转型期,正如大瀑壮泄后,那布满漩涡的奔流,随流而进,却不失却自己,特别是自己的心——一颗大体干净通透的心,并不是一件很容易的事!”原来,他们压根儿就不想真诚待人,更未想到对读者对社会有什么益处了。这种由错误心态制造的“名人垃圾”,的确应当“彻底清除”了!

“大江东去,浪淘尽千古风流人物”,历史的明镜最终会对每一个人映出他(她)的本相。作为历来被誉为“先知先觉”的文化人,理应站在时代的潮头,思索人类的前途、祖国的命运。而对建设现代文化肩负着重要使命的现代文化人,尤需像储瑞耕同志这样,运用包括写出作为“鞭子”的日记在内的种种方式,为祖国的强盛、民族的振兴做出自己的贡献,从而实现自己的生命价值。作为同龄人,我谨向储瑞耕同志表示深深的敬意,并衷心地祝愿他彻底康复,以再现生命的辉煌!

(原载《走向崇高——中国散文发展论》,四川大学出版社,1997 年)

郝贵平

郝贵平(1947—)，散文家，陕西长武人。当过农民、工人、文化馆干部，大学毕业后当过中学教师、县委宣传部干部，现在塔里木油田做政工工作，为高级政工师。系中国作家协会会员。1983 年开始发表文学作品，以散文、报告文学为主，迄今共出版散文、报告文学专集 5 部：

《大漠拾韵》(天马图书有限公司，1993 年)；

《沙海行旅》(新疆人民出版社，1994 年)；

《沙海壮举》(与人合作；新疆人民出版社、石油工业出版社，1996 年)；

《大漠铁驼》(与人合作；石油工业出版社，1998 年)；

《荒漠独白》(新疆青少年出版社，2000 年)。

其中，《火红的信号服》获中国石油文联大赛二等奖(1992)，《唇印》分别获《华夏》杂志社(1989)和辽宁省文化厅、《鸭绿江》等单位联合举办的全国蝮龙杯(1994)优秀作品奖，《沙海零公里》获新疆新闻学会报纸副刊优秀作品二等奖(1994)，《追寻大漠里的遗愿》获《中国石油报》优秀文学作品奖(1996)，《塔里木的脊梁》获中国石油作家协会优秀作品三等奖(1996)，《沙海壮举》获中国石油作家协会优秀作品一等奖(1996)、首届石油文学新书奖(1998)；本人获中国石油文联首届优秀基层石油文学工作者奖(1998)、中国石油天然气集团公司文化艺术德艺双馨奖(1999)。《四十岁舞步》被《读者文摘》(《读者》)转载，并被选入《中国当代散文精品选》(广西民族出版社)，《钻工与儿子》被选入《中国大陆散文诗作家代表作》(中国华侨出版社)，《瀑布》选入《中国当代微型散文诗选》(辽宁民族出版社)，《地质山》被选入《中国西部散文》(东方出版中心)，《赤子情愫》被选入《沸腾的油海》(石油工业出版社)，《背负寻找油藏的希望》和《总是征人情》被选入《岁月流金》(石油工业出版社)，《巍巍吊臂耸大漠》被选入大型图书

《当代共产党人》(红旗出版社),《大漠铸造人生》被选入《塔里木的脊梁》(新疆人民出版社),《大庆来的钢铁司钻》被选入《新疆石油四十年》(新疆人民出版社)。

评论郝贵平散文、报告文学的文章主要有:

《奏出了散文艺术的主旋律——郝贵平散文论》(曾绍义),《中国西部文学》1994 年第 8 期、《地火》1994 年第 3 期;

《倾听塔克拉玛干的诉说——读郝贵平的散文》(吴连增),《新疆经济报》1995 年 5 月 16 日;

《劲健高亢,情系大漠——读郝贵平散文随想》(姚义),《咸阳师专学报》1996 年第 4 期;

《从“死亡之海”到生命之路》(刘白羽),《光明日报》1996 年 12 月 28 日;

《骆驼精神的赞歌》(陈昌本),《光明日报》1998 年 6 月 4 日;

《大漠铁驼的文学雕像》(李炳银),《中国石油报》1998 年 7 月 5 日;

《质朴雄浑,动人心魄——评〈沙海壮举〉》(丁临一),《文艺报》1997 年 6 月 18 日;

《心灵深处的独白——读郝贵平散文集〈荒漠独白〉》(李若冰),《中国石油报》2000 年 2 月 20 日。

生活 · 题材 · 艺术

郝贵平

西部生活是一块文学创作的沃土

西部油田是一块文学创作的沃土。西部石油生活有别于一般的生活内容,这里可以取来作为作品素材或者作为创作触发点的生活内容更为鲜明。这里发生的无论是大的生活事件,还是细小的生活插曲都具有这种特点。探井发现油气是大事件,塔里木的石油人往往为此兴奋得夜不成眠。这种兴奋的背后,就有许多奋斗的期盼和可供挖掘的生活故事。在塔里木的戈壁荒漠,石油人每天总是生活在一种热切的希望之中。每一口探井的发现,每一个油田的出现,每一项沙漠工程的建设,无不使人激动万分,浮想联翩。这里的勘探开发建设,只要深入进去,勤于开拓,勤于提炼,就可以拿出具有思想分量的作品来。就是一些细小的生活插曲也是如此。我曾经听过这样一个故事:在内地,一位会写一点字但不会写信的妻子,向沙漠里的丈夫寄来一封信,篇首是丈夫的名字,篇尾是妻子的名字,而中间是信的内容。但信的内容不是文字,而是一个涂了口红的嘴唇印子。妻子不会写信,但她同样要表达对丈夫的思念,就用了这样一个独特的方式。这是个人之间一种感情的流露,是个人感情和心情的表达。这个小小的事情,虽然是个人的,微不足道的,但是,发生这种生活小事的背景,是戈壁、沙海里的石油勘探生活。把这个大事件的背景和这个很有意思的生活小事联系在一起,就可以看出这个生活小事折射的生活、感情并不小。

西部的新疆,自然风光有戈壁、有沙漠,有天山、有昆仑山,沙漠戈壁里有世界上现今保存最完好的原始胡杨林,有著名的内陆河流塔里木河,这是独具特色的地理景观;这里曾经有著名的西域 16 国,有古丝绸之路,有 18 世纪末期以来斯文·赫定、斯坦因等人的著名探险活动,这是它独具特色的人文历史;这里是以维吾尔族为主的少数民族地区,少数民族有其特殊的生活风俗,这是它独具特色的民族色彩。西部石油事业处在这样一个自然地域、历史背景和民族氛围中,决定了西部石油题材的新鲜感和独特性。

西部石油人具有高尚的情操和纯净的感情。就塔里木油田说,展示这种高尚情操和纯净感情的故事叙说不尽。一位钻井助理工程师患了鼻咽癌,他还坚决申请要求到塔里木石油会战中去,他说:"我的病我知道,但是我到塔里木去干上一场,就是有那么一天,我心里也舒坦一些。我的时间不多了,但我不能等死,我应当在奉献中延长生命!"一位平台经理说:"塔里木只有荒凉的沙漠,而没有荒凉的人生!"在西部石油开发区这样富有思想境界的生活氛围里,许多人都有一个共同的感受：能够在塔里木石油会战中拼一拼，搏一搏，这是人生历程中的一段光荣和自豪。这样的生活环境、思想环境，对一个文学创作者来说，必然促使你一定要写格调高昂的作品，必然会使你感到，如果要写花花草草、闲情逸致，那是多么不相协调。所以说西部石油生活是一块文学创作的厚实的沃土，尤其是创作主旋律作品的生活沃土。

在西部石油生活中汲取创作题材

我的创作题材差不多全取材于西部石油勘探开发生活。为什么要确定这样一个题材取向？基于三点认识：

一、我生活在西部石油勘探开发的氛围之中，熟悉这里的地域风光和事件人物。这种氛围与国家经济建设直接关联，是国家重点建设的一个重要侧面，是展现民族精神的一块不可忽视的地域。这里的题材意义不同凡响，因为这里发生的事情不是生活中的枝枝节节，从整体上说是实现国家石油工业资源战略接替的大事件。在这里，人们透露出来的感情是民族、社会的大感情。当然，文学创作的题材不可人为地限定框子，大至社会，小至家庭，从社会群体到独立的个人，历史的变革，事业的兴衰，家庭命运的悲欢，个人生活的波澜，都可以写成作品。但我选定西部石油题材，是因为我熟悉西部石油生活，熟悉才能较好地反映。特别是，作为业余创作，工作的过程就是了解、熟知、体验和积累的过程。所以，写石油生活是一个得天独厚的条件，也是义不容辞的责任。

二、严肃的文学创作，要立足于反映社会的主调。石油作为现代工业的血液，它的勘探开发和勘探开发石油的工人阶级，在社会经济生活中有很重要的地位。反映石油和石油人的生活，应当说是当今社会文学创作弘扬主旋律的一部分很主要的内容。这样题材的作品，是社会主义文学创作的主调之一。在市场经济的形势下，文艺创作出现了一些与社会主义不相协调的现象，高雅文化受到冷遇，低俗文学受到青睐，人们的价值观念和艺术趣味发生变异，众多的读者读文学不是为了从中看社会、看时代、看思想，而是走向消闲、娱乐、愉悦甚至刺激等多种艺术趣味的追求。文化人包括一些文学创作者，或者在作品中塞进低俗的东西，以此增加作品的“可读性”、“吸引力”，或者直接用低俗的东西作为自己作品的串连线，甚至不惜用色情妆点自己的作品。这种情况，我认为是思想苍白、艺术苍白的表现。古今中外优秀的文学作品，一般说，或者有深刻的社会思想内容，或者反映了一定的时代状态，或者营造了一种人们共同认识的艺术境界。没有哪一个内容低俗、艺术粗俗的作品会被列为社会生活的主调作品。当代西部石油事业和石油生活的主调不是这些，这些东西也不是社会生活的主调。选择西部石油题材，不只因为自己身在其中，了解它、熟悉它，更主要的还有社会的责任感和事业的责任感。

三、西部石油生活是极为丰富多彩的，是我国当代社会生活中一个很有分量的社会层面。在这里，有征服自然的英勇奋斗，有人的创造精神的充分展现，有许多代表国家、民族和社会生活主流的事件、人物和感情。这里不仅有石油，还有人们的崇高的心灵。写石油就是写奋斗、写开拓、写创造；写石油的作品，就是倡精神、倡追求、倡高昂。在这里取材，只要把握正确、反映得当，是可以写出富有时代风采，具有思想分量的作品的。

思想、气韵和语言融为一体

文学历来是社会生活的反映，是时代精神的记录。纵观中外文学史，任何时代都客观地存在着一定的社会生活主潮，都有代表该时代属于主导精神的作品，这样的作品概括了该时代人民群众的心声和愿望，体现了时代的发展和趋势。文学是时代的镜子。往往是伴随着一个时代的主潮，免不了总有一些非主潮的东西，这就是所谓洪流滚滚，泥沙俱下。就文学作品而言，关注社会进步、民族命运和人民疾苦的思想厚重、意蕴隽永的作品，就是时代主潮的体现，而沉湎于生活琐事，甚至用轻佻浮艳取悦读者的作品，则是主潮中的泥沙，没有历史的价值。

"文以载道"。真正体现一个时代主潮的作品，都是有"道"载于其中。我认为，"道"即可以理解为贯注于作品的思想、思考，也可以理解为作家营造作品时的道义、良心或责任。严肃的作家决不是文字的商人，更不是文学泥沙的制造者。我国当代的石油事业和石油人波澜壮阔的生活，是当今时代社会主潮的鲜明的一脉。用文学严肃地、准确地反映我国当代石油人生活，写出气魄宏大的文学作品，是石油作家义不容辞的重任。当然，在作品中贯注一定分量的思想，不可直露，必须是形象的、含蓄的、艺术的。文学作品不是宣传品，不是思想论。我的大多数作品都是从宏观的视角把握从石油生活中汲取的素材，进而艺术地、情化地加以表现。这样，有的作品写的虽然是一人一物、一事一景，但是我力求把它们放在西部石油事业这样的大背景中，去开掘其包含的思想内核，从中或寄托，或揭示，或宣泄石油人群体所共有的或者所追求的某种精神、某种境界和某种愿望。而这种精神、这种境界和这种愿望，既是石油人群体的，又是整个社会的，整个民族的。这样，作品就有了主调，就反映了主潮。

有了思想，作品就有了灵魂，这是老生常谈，人皆共知。但是，如何立足西部石油生活的沃土，形成具有自己个性的反映西部石油人现实生活的主调，并不是那么简单。我在实践"写奋斗、写开拓、写创造""倡精神、倡追求、倡高昂"这样的创作主旨时，力求用顺畅华美的文字写出一种韵味来。文必须载道，但道必须有美的传达和表现，我注重的是：刻意追求流畅的"气韵"，着力修炼有味的语言。文成一口气，气是文章主。气韵就是作者贯注在作品中的思想、感情的混合物。如果说思想是作品的魂，那么气韵就是作品的神。有魂无神，作品难以灵动起来。而气韵又与作品的构架和语言有关，借结构和语言以贯之。因此，我在营造自己作品的时候，力求在开掘思想的前提下，在结构和语言上拨弄出一种韵味来，尽力使结构逻辑和情绪逻辑浑然一体，同时尽力赋予规范的语言以达到琅琅上口、意顺气畅的效果。

对散文创作，我曾写过这样的话："散文是洁美情感的结晶体，必先高格立身，修炼纯真人格。散文不是繁复生活的装饰物，题材不拘细小，立意则必高远。散文是美文，美在情意蕴聚，嚼之有味；词句练达，铸金雕玉。即是千字短章，亦当磨铁成针。"我力求这样写散文，也力求这样写报告文学。文艺创作出精品，就要精细、精致、令人珍爱，在创作中精工细做。精品应当是思想、气韵和语言融为一体的。

自选作品

四十岁舞步

音乐染着浓重的色彩，红绿黄蓝紫在空间滚荡。遒劲的节奏和柔曼的节奏轮回交替，轻舒柔和的氛围，把深深的陶醉化进所有的感觉……

你，一手依按她的腰背，一手轻轻托起她的柔掌。鼓号弦笛给你和她的舞步，注入美妙动人的灵魂，那么轻轻地旋转、旋转……她的旋起的裙裾轻拂着你的节奏。你和她，你们和她们，在这久违了的生活舞台上，寻找着、回味着勃勃的春华……

一场漫漫风沙之后，百鸟的歌喉清丽婉转，秀丽的草坪和繁茂的花锦重新装点了生活的舞台。四步、三步结成慢、中、快的姐妹兄弟，你和她联臂步入这爽心的碧丛花苑，多情友爱的人生便重新回归心灵。她把微微颤动的喜悦，立即溶进刚刚唤醒的期求，用熟练的旋转甩去长久的抑郁。而你，新奇、向往，又踌躇、迟疑，你的经历不同于她，你不会，你的朝气勃勃的年华，被批判、声讨的大潮冲毁淹没，你收获的是难以忘却，难以平息的遗憾。而今，用宽厚的肩膀拥抱轻妙的舞乐，你说，这是心灵勇敢的解放。

四十岁的历程，步子不计其数，泥泞，坎坷，挣扎，奋斗，跋涉和攀援，迷失和徘徊，步履何曾有过美的感受？世界的贫乏造成心灵的单调，你不敢想象，普普通通的你，会有轻歌曼舞的时光。现在，你才真真切切地感受到，生活的真正舞台就在自己的脚下，你轻轻松松进入了属于自己的舞台。舞蹈之美，音乐之美，情感之美，把陌生的误解和单调的冷寂悄悄地溶化而去，你，她，你们和他们，用自己的四十岁去拥抱二十岁，四十岁和二十岁，终于合拍地走在一起，和谐地旋转汇聚。大家都在舞乐的催发中，实现了真真实实的自我价值……

生活本该如此，舞之诱惑，调动美，也调动心灵的活力；美化人生，也美化人的灵魂。熟悉的，陌生的，因为舞，搭伴而交融。邀请、应诺，都是尊重和信任；强迫、威胁、拒绝、推辞，都是心灵的伤害和感情、人格的失落。不是吗？因为舞的话题，她与你相识，并且向你叙说与舞紧密伴随的仪表修饰，饮食选择，谈吐技巧，交往礼节。你对舞的感受因此而深化而外延。舞之美，岂止舞姿的优雅？心灵，人际，家庭，社会，人生，历史，不都呼唤着洁美高尚的文明因子吗？

像磨刀石蹭去锈斑，像琴弦得到弹拨，四十岁的沉稳在舞步中增添了机敏和灵捷。——你曾经这样说。

没有谁不崇尚、不追求个性的灵动和秀巧。——她十分意会你的感触。

于是，舞曲伊始，你用成熟、稳健主导着她的开朗、大方。快三步的激越，慢四步的悠闲，平步花步的转换，进退旋转的交替，通过手臂的轻轻提示和心灵的瞬间领悟，灵动而协调地编织着舞美节奏的轻松体验，你和她，你们和她们，都被这种珍贵的艺术化的氛围深深地陶醉。这时候，音乐的美妙旋律，舞蹈的畅酣抒发，统统都是属于自己的了，板拙的关节，滞重的思维，不再因为岁月的老化而过早地沉积在你和她四十岁的皱纹上，勃勃的灵气，青春的气息，悄悄地染红了你和她中年的脸颊……

没有刚强依托的纯粹的女性世界，缺少嫩柔色调的灰色的男性人群，都不免枯燥而寡味。告别两小无猜的纯真，四十岁的你和她，何曾不饱尝扭曲了的人性禁锢，小心翼翼地提防着灰黑的眼神和穿心的舌箭！尽管你以抖颤的勇敢越过了羞涩与怯惧的壕堑，痛快淋漓地步入了大旋转的舞之潮，但是，惊奇和叹息依然伴随而来，你和她都不止一次地拾起横在脚前的疑问——问你、问她在邀请、应诺和舞步中对异性的感受。你，她，都不约而同地真真实实地回答：客观的舞乐情绪之纯美，与自身抖落了禁锢的人生之情谊，水乳般交融一体，繁忙，劳碌，嘈杂，思虑，烦忧，郁闷，急躁，沉寂……都在轻快的交谊礼仪中，溶解了，调适了，和谐了……

依然是舞步轻舒，依然是舞乐悠扬。依然是你，依然是她。依然是倩美，依然是人生……

（选自《散文》1990年第1期）

都市里的荒漠独白

……连天连地的大沙山，沙山上连绵盘伏着大沙包，沙包下凹陷着深深的大沙窝。沙山之外，如波似浪的沙丘沙垄夹杂着由红柳的枯枝残根堆聚而成的灰土冢，起伏不尽地延伸到地平线的尽头——大沙海依然回荡在我的记忆中。

我从荒漠而来，眼前是大都市的夜景：街道宽直坦荡，由近及远地呈现着几何透视式的美感；两旁悬空的桔红色街灯，弥漫着柔和的光华；装饰商铺门面的各式霓虹灯招牌，红绿纷呈，闪闪烁烁；摩肩林立的高楼群，窗眼明灿，如繁星布排，一幢又一幢，连片漫延，矗立着都市的拥挤和深厚……仿佛从原始走向现代，从荒野走向仙境，我已不是荒漠中的那个我了：荒漠中的我，实实在在，风风火火，有雄性的阳刚展示，有酣畅的奋斗快感；而现在，我却被都市淹没，被烂漫围裹，我仿佛失去了自我的存在……

然而，今夜我却是都市的贵客。都市用它惯常的富丽之美，情热意浓地迎接我的到来——那蓦然闪烁在眼前的夜总会的霓虹灯牌，浓艳欲滴地宣泄着都市之夜的神秘。领受友人的邀请,我被一种用高雅礼仪和尊贵问候渲染的氛围,迎进大红地毯和明珠彩灯装扮的通道。刚刚脱去宽大的沙漠石油红色信号服和厚重的黑色防沙大筒靴,我西装革履地步入大都市里一个未知的世界。我尽量让自己的装扮与眼前的堂皇相融相配,尽量调节出一种品尝轻松的情绪仪态。

有美丽小姐颔首迎候,彬彬有礼地引我入座包厢——哦,这是一处温馨妙曼的天地:屋顶有精美考究的装饰,顶饰中央悬空转动着放射华光的彩球;几束亮光从顶饰框檐的斜孔洞射而下,与厢座下沿的一圈地灯呼应辉映;雕画装修的墙壁、雅丽舒心的厢座和光滑如镜的舞池,柔彩弥漫,陶醉着奇异的朦胧。正面的乐坛,帷幔猩红,犹如微型舞台。鼓乐手们弹奏着浑厚清亮的优美曲调。衣着新丽的俊男秀女们,或依肩饮谈,或相拥漫舞,皆披光着彩,畅然尽兴。生活,这另一番情味的生活令我喟之叹之——这是大都市里颇能撩拨情绪的处所吗?光顾这里可以把一切心理的重负置之脑后,紧张忙迫的心境可以受到一次轻松舒缓的洗礼吗?友人说,夜总会里那精雅华贵的装饰艺术,那美妙悠扬的歌乐鸣奏,那男拥女爱的舞姿舞态,是高档次的精神娱乐和高品位的心灵享受呢!

我从荒漠而来——都市夜生活的丰满和舒怡,融合着荒漠环境的单调与艰辛,在我心灵的影壁叠加映衬,蒙太奇般地回环复现……荒漠之夜,空旷无边,沉寂无边。我们钻探石油的超深井钻塔,在夜幕里挺身兀立。井架上串串灯光闪烁着洞穿地层的活力,钻机沉重的呼吼抵御着无边寂寞的笼罩……或者在无村无店、遥远颠簸的沙漠便道上,我们载运钻井物资的沙漠车,孤零零地行进在沙山的丘壑之间;在旷大如海的野漠荒地里,灿亮的车灯却如荧火似地蠕蠕移动……常常,风沙漫卷,弥天盖地,在冷彻肌肤的夜晚,石油汉子们顶风饮沙,抵御寒气,依然在钻机平台上扣接钻杆,或者在泥浆料台上配制泥浆……我们同不断流逝的时光比快,同频频而来的艰难搏斗。我们耳畔没有立体音乐,身边没有烂漫色光。我们没有衣冠楚楚,只有满身的油污和沙尘;没有男华女彩,只有执著的奋斗和进取。大都市五彩迷离的夜晚，夜总会沁人心怀的柔绵，对于我们，只是天方的夜谭和谈趣的调节。而今，我却真真切切地涉足都市之夜里曾经耳听语谈、神秘幻化的夜总会世界。我在这里能娱乐到什么，享受到什么呢？

落座包厢，便有艳丽女子款款而来：秀发粉面，黛眉朱唇，隆胸细腰，玉臂丹指——着实动人。友人互做介绍，她便落落大方地合手与我相握，礼貌而轻柔地道一声"欢迎你远道光临，今夜我为你提供尽兴的服务"——并没有松手，挽住我的臂膊，搀扶似地挨我落座。我不由自主的颤栗了，像一杯烈酒下肚，热辣辣地感觉顿时从体内膨胀漫延，冲撞周身的毛孔。我只觉得浑身冒汗，珍惜似地抽回我仿佛丢失了的手臂。她却毫不介意，又将她的手臂无拘无束地依压在我的膝头，捧起早已沏好的咖啡，先是自己轻轻地啜饮，随即递向我的唇边。我惊慌失措，脑海里立即闪现出在电影里或戏剧里看到的往昔时代的达官贵人被凝脂俏妇相拥递饮的场景。而我，并不是那样的达官贵人，我实在难以承受这种超出通常礼节的殊遇。我是友人热情相邀而来，友人各自拥有一位美妙的女子相伴相陪，这是一个超常变形的融合氛围。为了尊重对方的面子，更为了解脱自己的难堪，我只道一声"谢谢"，并不受饮，接过咖啡，放回几案。我不知道，我的不失礼仪的拒绝，会引起她什么样的感觉。而她重又挽起我的臂膊，柔绵地唤一声"我们跳一曲舞吧"——紧紧地拥着我，脖颈能感觉出她的气息，胸脯能觉察出她的摩撞：她似乎不是在跳舞，而是在挑逗、期待。我感到迷离、飘虚，似乎原本庄重美好的音乐、舞蹈也带上了猥亵的味道……我想起，月光下的荒漠里，我们也欢聚，也跳舞，但那是以高高的石油井架做背景，围着用红柳的枯枝点燃的篝火，光着脚片子，踩着松软绵厚的细沙而舞而唱。我们是用自由放浪的舞步和粗犷变调的歌喉，欢庆又一口探井的喷油，庆祝又一个油田的发现。我们的舞蹈，是一场苦战之后的真正的轻松体验，洋溢着创造之后的甜蜜与幸福。我们也有男搭女伴，但，那不是纯粹的性别交融，而是纯真情愫的凝结……可是今夜，天仙般的女子，尽管情浓意绵，我却感到隔膜空远，不是享受那种纯正的友谊，而是经受一种蓄意的进逼……

一曲舞罢，我对如此的礼仪服务已经索然无味。我想起遥远的沙海里的钻井平台，想起钻井平台上我的亲如兄弟的钻工——此时此刻，也许他们正在为卡钻急得冒汗，或者为取出一筒含油岩芯兴奋得相互拥抱……我想起地质研究大楼里彻夜通明的灯光，想起那明亮的灯光下我尊敬的地质专家们，面对地质剖面图苦苦思索的面孔——此时此刻，也许他们正在寻求钻探新构造的又一个难题的科学答案，或者正在分析、确定又一口新探井的井位……还有我的妻子——此时此刻，或许正在聚精会神地为我编织着过冬的毛衣，或许正在穿针引线缝缀着我和孩子开了口的衣裤……而远在千里的我，却在大都市的夜总会里，同一位素不相识、又不无轻俏的女子暧昧结伴——我热心交谊，但不是这种；我喜爱欢愉，但不是这种……

友人点要的鸡尾酒端上来了，层次分明的酒杯里插着连缀樱桃的花朵。女子纤手持花，把枝下缀穿着的红樱桃又递在我的唇边，另一只手臂也搭挽在我的肩颈。我似乎变成了女子怀中的宠物，只要顺从地张开口唇，那诱人的传递某种况味的樱桃就会含进嘴里，那就意味着是对女子的含蓄的接受。可是，我难以张口，我恨不能有化身消形之术，顷刻之间从女子散放香水味道的怀抱里消遁而去——我仍旧委婉地道一声谢谢，接过带花的樱桃，把它沉进鸡尾酒中。女子却不无矫情地轻轻拢摇我的肩臂说："你好像有什么不快？不要紧的，在这儿，你会忘掉一切烦恼。我邀你到我的寓所做客好吗？我会帮助你解脱自己的。"

我已经十分地惊异了，又不无惴惴不安的恐惶。眼前的女子，她的柔情蜜意是一种手段？是一种武器？我明白，光顾此处的"款们"，哪个不是肥腰厚底？肥腰厚底的奢爱就是如此培育了都市夜总会灯红酒绿的繁盛？这里难道真是高档次的精神娱乐和高品位的心灵享受？哦，灵魂的变形和裸身的贸易从这里获得了相逢成交的现代化掩饰，连高雅文明的音乐舞蹈也被污染了……

我想询问女子的身世经历、父母家庭。但是又想，她能给我什么样的回答呢？此时此刻的她，向我拉开的是一张用色相装饰的淘金之网，要是真的询问，她倒会真的感到索然无味呢。我只说："小姐，这里太闷，我想到外面去透透空气。"女子默不作声，向我投来疑惑的目光，似乎有点责怪。但我还是婉言告辞，匆匆走出了那扇昏暗的门扉……

步入闪光烁彩的都市大街，空气确实清凉了许多，我也顿然感到轻松了许多。我想大吼几声，吐一吐心中的沉闷，可是，面对车来人往，我不能放荡不羁。要是在渺渺大漠，我肯定会爬上高高的沙山顶巅，伴着巍然而立的钻塔，放开喉腔，向纯洁的大自然长长地呼吼呐喊，把我粗重的声音撒播给壮美的大地……

（选自《地火》1994 年第 3 期）

奏出了散文艺术的主旋律

——郝贵平散文论

曾绍义

沙海茫茫，情意浓浓……同当年的《石油城》等优秀散文一样，我从郝贵平的散文中又一次惊喜地看到了石油工人苦战荒漠，建设新油田的伟大壮举，又一次感受到中国人民的奋斗精神、开拓精神和创造精神是何等振奋人心、鼓舞人心！同时，也深深感到高唱"正气歌"、弘扬主旋律对于当前的文艺创作是多么重要！

任何文艺作品都是社会生活和时代精神的反映，散文亦无例外。新时期以来，散文创作尽管在"讲真话，抒真情"上有了很大突破，在对社会、人生诸多问题进行有益探索以及表现手法的多样化方面也有了新的发展，但总体说来，与时代的要求和人民的需要还很不相适应，特别是运用这一轻便形式及时赞颂现代化建设中的英雄模范和先进事迹，抒写作家在改革大潮中的深切感受，用最深刻反映生活本质和时代主流的优秀作品振奋民族精神，使散文艺术真正成为建设社会主义现代化的“排头兵”，更远远不够。不少作品依然将“我”封闭在一个狭小的心灵空间，对汹涌澎湃的改革大潮熟视无睹，甚至冷眼旁观，抒写的只是一己悲欢、个人私情，展示着一个纯粹的、苍白弱小的“自我”。这种一味“向内转”而忽视或回避火热现实生活的状况，确实需要改变了！换言之，具有优良传统的中国散文要得到新的发展，必须高扬时代前进的主旋律；散文作家必须用最大的热情拥抱生活、深入生活，从而写出格局大、气势大的大作品来！

令人欣喜的是，长期生活在大西北、成为石油大军一员的郝贵平同志，在紧张的工作之余，按捺不住内心的激动，从高高的钻塔下，从滚滚的油流中，捧出一篇篇充满“石油味”的“黑色”散文，使我们看到了新时代的脚步，听到了主旋律的高昂！他说：“我的散文是黑色的，因为浸润着石油的色泽……写石油，就是写奋斗、写开拓、写创造；写石油的作品，就是倡精神、倡追求、倡高昂。”（《大漠拾韵·跋》）因此他的作品不仅被选载、获奖励，受到读者的广泛欢迎，而且第一本散文集《大漠拾韵》出版后很快销售一空——我相信，即将出版的《沙海行旅》也会畅销，因为它从更广阔的时空中展示了时代的精髓，为在现代化建设中胜利前进的社会主义祖国画了像，为亿万同石油工人一样艰苦奋斗、勇于创造的中国人民代了言！同时，也为当前的散文创作提供了重要启示——

运用宏观视角把握题材的意义

“散文领域——海阔天空”（秦牧语），散文的题材确是十分广阔的，“写什么”同“怎么写”一样也是十分自由的，但是题材的选择却在一定程度上显示出作家的审美层次与情感质量：一个对人民高度负责的有出息的散文作家，总是要选择那些最能表现自己与广大人民群众心灵相通的题材，选取那些对读者最有新鲜感、最有启示力的题材，不能老是见花写花、见草说草，老是流连于身边琐事，陶醉于小桥流水，仿佛不食人间烟火。更重要的是，还必须深入开掘题材的意义，即通过对事物内在联系的发现，找到其中对社会进步最有益、引导读者最有效的东西。作为散文这门最直接呈现作家思想人格的艺术，在“选材要严，开掘要探”方面要求则更加严格,因为那些“将一点琐屑的没有意思的事故,便填成一篇”(鲁迅语)的东西,非但不能受到读者欢迎,也同时“扭曲”了作者自己的人格形象。读郝贵平的散文,我们之所以能在感到新奇、惊喜之后,更从心灵深处感到振奋、鼓舞,正是由于这些作品不单是对“自然物”的描摹,而是面对“无限富有的更为博大的世界”,“用激情的长桨,掀动思维的波涛,去捕捉埋藏在灵动世界深处的财富和信息”(《大漠拾韵·跋》)。也就是说,作家思考的要比看见的多得多,于是便有了这许多独特的感受:

在塔里木,塔克拉玛干的“双重性格”使人浮想联翩——

既裸露贫乏与浅薄,也孕育充实和深邃;即使怯弱者恐惧,也令探求者爱恋;倘若是渺小的猎取,她只有窒息般的缄默,如果是真诚的献身,她便赐予金子般的财富……从这里获得的比沙暴还要强大的排除艰难险阻的冲击力,既与自然相拼,也同自我厮杀。(《扑向塔里木的怀抱》)

毫无疑问,只有“带着澎湃的思慕,大踏步迈向沙海深处”,透过从漫漫黄沙,认识到“‘死亡之海’的比喻,不过表明了一种局限”的人;只有成为“石油汉”中一员,亲身感受当今的中国石油大军怎样为开发这块富有的宝地殚精竭虑、呕心沥血做贡献的人,才会获得如此“宏远壮阔的人生启示”(《扑向塔里木的怀抱》)!

在克拉玛依,一号井场给人的“不朽的启示”也的确“永远值得回味”——

> 一号井场上没有花朵争艳,没有碧草环绕。没有,才是真实;真实,才富有力量。(《一号井纪念碑》)

虽然这“一号井像油田所有的油井一样,是再普通不过了”,然而“作为一个发现,一个宣言,它的含义却是特殊的”,即如井旁“以钻塔造型”,象征油田的纪念碑所显示的那样:“把一个具有开天辟地意味的历史的瞬间,以及这个瞬间的火热的奋斗场景,用坚硬的花岗石的造型再现了,记载了,流传了。”所以这看似不合逻辑的结论就尤为深刻有力,使人铭记。

由于作家始终把“写奋斗,写开拓,写创造”作为选材与立意的基石,把“倡精神、倡追求、倡高扬”作为构思与创作的主调,就不仅对这些具有特殊意义的景与物有着“特殊”的理解，对发生在大漠、油田的人与事，更有自己与众不同的认识——《撼人心魄的一幕》之所以“撼人心魄”，即在于“7015钻井队不服输的拼劲则是石油工人发挥精神潜能的真实写照”，因为这个队虽然出了错，但“已经将功补过，他们完全可以见好就收，为自己划上句号”，他们却继续请求留在塔里木；“一段平常”的《沙海行旅》之所以“令人难忘”，亦因有了“仿佛觉得沙漠车跨越此段艰辛，靠的是一种哲学的力量”：“欲进先退，并非退了就绝对能进。沙漠车自动充放气的机制才是它冲越陡坡的拿手方略……”即使跳一次舞、观一幅画，作家也从人生道路、社会发展等方面开掘出其中具有哲理意味的真谛：“生活本该如此，舞之诱惑，调动美，也调动心灵的活力；美化人生，也美化人的灵魂。熟悉的，因为舞，搭伴而交融。邀请，应诺，都是尊重而信任；强迫、威胁、拒绝、推辞，都是心灵的伤害和感情、人格的失落。”(《四十岁舞步》)作为大型壁画，《白杨河大坝》自然不可能将被巍巍大坝截流了的白杨河画得同真白杨河那样宽阔，但当“我”投身大自然、亲临感受了大坝下的白杨河“那溅起的水珠硬硬地打向臂膀，那飞流煽动的凉气重重地扑面而来，更觉得飞瀑蕴含着一种锐莫能阻的席卷之力”，更觉得“此处真实的宣泄和真实的荡动，自有其不可小估的价值，如同大坝真实的稳固和真实的沉静对于截流的价值一样……”(《白杨河》)什么是开掘？这就是开掘，就是拨开事物的表象或假相，去寻找和发现其内在的真实，并从中提炼出为一般人未见或不可能看见的思想精髓。这，只有运用宏观的视角，把大千世界中的万事万物纳入整个人类社会的进步与发展过程，从历史与现实的结合上把握事物的特征及其规律，再有针对性地回答读者普遍关心和需要了解其“真实”内核的问题。一句话，散文作家只有站在历史长河的制高点上，在宏观上把握题材的意义，才能从“微观”入手，写出既有强烈的当代意识又具有浓厚的历史意识和未来意识的大作品！这也是当前人们为什么要认为倡导“大散文”即有大气派、高格调、生龙活虎腾于长空的散文的重要原因。

通过“感情深入”唱出时代的强音

人们常说散文是抒情艺术，但感情是来自作家对现实生活的体验，并不完全为“主观”所主宰，单凭生理情感（或曰“生活情感”）是无法写出深刻的动人心弦的好作品的，尽管情感始终是创作的动力；只有经过理智引导和净化的情感才有写进作品的价值——这种情感亦称“艺术情感”。艺术情感的核心是评价情感，是作家对客观事物“体验”即认识程度的最高水平。这样，从生活情感到艺术情感，再到评价情感，便是一个情感不断深入而得到升华的过程。已故著名文学家傅雷先生说：“艺术不但不能限于感性认识，还不能限于理性认识！必须要进入第三步的感情深入。”他进而解释说：“换言之，艺术家最需要的，除了理智以外，还有二个‘爱’字！……这个爱决不是庸俗的，婆婆妈妈的感情，而是热烈的、真诚的、洁白的、高尚的、如火如荼的忘我的爱。”（《傅雷家书》）傅雷先生还强调指出：“有了一般的感情而不是那种火热的同时又是高尚、精炼的感情，还是要流于庸俗。”（同前书）很显然，感情深入的目的就是要获得最高质量的，即“火热的同时又是高尚、精炼的感情”。有些散文之所以缺少感染人、启迪人的力度，以至流于苍白和庸俗，其根本原因便是作者没有通过“感情深入”，并将由此产生的激人奋进的高尚感情融入作品，或者说作者心中原来就缺少撼人心魄的“忘我的爱”，缺少对读者高度负责的社会责任感。这当然是需要切实改变的！

我们从郝贵平散文中得到的感动不已、振奋不已的力量，正是作家经过“冶炼”即“感情深入”的结果。他说他在题材上“获得了属于自己的黑油流”之后——“黑油流仍然需要冶炼。我用我的黑油流冶炼出的是一章章的小散文，我把我的心和我的爱全部贯注给它了。”（《大漠拾韵·跋》）这一方面从创作实践上证明了从选材到立意、抒情，确是一个不断开掘、不断深化的过程，也再次说明了生活环境不仅直接关系到创作题材的取向，同时对锻造作者人格情操具有十分重要的意义：“散文是洁美情感的结晶体，必先高格立身，修炼纯真人格。”（《傅雷家书》）郝贵平的体会无疑是真切的！

首先，由于他把“高格”与“纯真”当作“感情深入”的追求目标，才使得自己的作品显现出“忘我的爱”。在郝贵平的“黑色”散文中，虽然也有“我”的出现，但我们听到的常常是代表“石油人”的“我们”的发言，“我”只作为一种抒情中介，因而“我”的心声也就是千万石油人和广大读者的心声。例如《塔克拉玛干告诉我》，作者一开始就把塔里木，把塔里木怀抱着的塔克拉玛干置于“我们神圣疆土”的宏阔视角中，盛赞被外人称为“死亡之海”的“荒漠、沙海”，是“伟大祖国版图上极富特色、颇具诱惑的尚未开发的疆域”，接着通过一般人出于“表相”的“心理感知”而产生的“寂寥、荒凉、幽远”之感的否定，提示出这块大漠潜藏着的伟大意义：“或许，她不是用鲜花和碧草妆点人们的希冀，而是用厚重的遗产积存着我们民族的一份熠熠生辉的未来。”然后再结合眼前井架挺立、油田崛起和 8200 平方公里巨型含油构造上亿吨级整装大油田的发现等一系列光辉现实，极为自然地抒写道：“谁能不深深地爱恋这块荒漠，这块沙海？谁能不深深为之动情，心意切切地为之献身呢？”这种抒怀，既道出了石油人为之奋斗和献身的深刻缘由，又何尝不是对一个中国人为建设祖国、振兴民族做出贡献的激励和鼓舞？如果说《塔克拉玛干告诉我》是从“自然”到“人生”到“事业”，层层递进地诉说着一种博大的深沉的爱，那么在《穿越胡杨林》《走向大戈壁》等篇中，作家更是直接从沙海、大漠上的一草一木身上获取了“生命”的意义。前者通过对比与烘托，不但把胡杨家族与贫瘠干旱抗争，与严酷艰险抗争的“苍苍生命”描绘得恢恢宏宏，而且把石油人征服荒漠、开发油田的磅礴气势抒写得荡人心魄，从而使我们对石油人的生命价值有了更深的理解，并对他们倍生敬意：“在风刀严酷的摧折和干旱无情的窒息之中，胡杨以顽强的抗争卓然傲立，而挺进沙海的石油铁军，在古荒漠地铸造的是另一番惊心动魄的生命！”后者虽是作家个体的“获得”，但“我把我七尺骨肉，一古脑儿地投给了大戈壁”，已“是戈壁的儿子了”；从故乡的“稠密拥挤”走向戈壁的“宽广和博大”，“我”的视野和心胸都随之“开阔”起来，再从红柳、芦苇、骆驼刺、芨芨草“看到生命在戈壁上显示的力量”，想到钻杆“像神奇的钥匙”，打开了荒凉之下的石油宝库，作为“石油汉”，怎能不无比自豪地道出心中的喜悦？所以文末那“谁说我获得的不是一个奔腾不息的生命”的感慨，也依然是“我们”的自豪感和人生观的体现。罗曼·罗兰说过，“艺术得抓住生命”，“艺术与生命是一致的，”“最崇高的艺术，是以爱底力量来完成的”。(《托尔斯泰传》)郝贵平的散文能“抓住生命”，由“爱底力量”支撑创作，我们当然有理由称道它是追求崇高、赞美崇高、展示崇高的“崇高的艺术”：“我把血肉之躯投送给大戈壁，血管便同地下油海息息相通。”(《走向大戈壁》)作家对生活的深切感受，也形象地道出了他的创作真谛。

是的，我们从郝贵平散文中获得的崇高感，也表现在他一些以非生命体为题材的篇什中。例如地质山原是一些秃裸的、呈现着线型纹理的土丘,但这“鬼怪错落”的景象却“一下子热热地揪住了我的目光”;“我”看到的却是“傲横云空”、“气势不凡”的“壮阔景象”——“远古时代地层深处那惊心动魄的大裂变、大动荡、大井沉和大组合的浩壮气势”!作家进而充满激情地写道:

> 平静之下往往有灼热的活力。在地质山,原有的组合断裂位移,原有的横平直立倒斜,原有的平衡被冲破,原有的秩序被打乱——当初是怎样一派烈烈轰轰、腾簸大地的热与力的突奔啊!(《地质山》)

对于这种抒写,读者尽管可以驰骋想象,比如社会变革规律、事业成功之路等等,但地质山的成因所显示出的惊心动魄的力量,本身就是势不可挡的,即如作家接着“正视”的那样:“那无数条斜向凝固的诡异的走纹,似乎显示着地质山的歪斜。其实,这是错觉。地质山实则是正正地站着,巍巍地挺直着胸膛,保持着裂变后的造型,显示着不可抗拒的内在之力。”(《地质山》)又比如海市蜃景,也只是一种大自然的幻影,作家却在《戈壁蜃景》中巧妙地将这一自然奇观与开发大戈壁的企盼紧密结合起来,由物及人、由虚幻到现实,极其真实地描绘出了大戈壁的美好远景,依然展示了人们的崇高向往。总之,无论像《地质山》那样从历史的纵深处进行“感情深入”,还是像《戈壁蜃景》这样以“虚”写实地“冶炼”情感,都真切地表达了作家对大戈壁和石油人的深深挚爱,也显示了作家通过“写奋斗、写开拓、写创造”唱出“倡精神、倡追求、倡高昂”这一时代强音的成功!

“情化”生活细节　展现人物精神

散文艺术虽侧重于创作主体的抒情写意,但如前所述,愈是写好现实生活,作者的情意愈真切;愈是写好生活中的人物,作品的情感质量愈高,其艺术的感染力也愈强。因为作者笔下的人物,既是推动社会发展的主力,也是时代前进的代表;既是激励读者学习的榜样,也是作者修炼自身人格的楷模。那种认为“我”亦为人而拒绝深入生活、描写和讴歌人民群众的丰功伟绩和伟大精神的做法,那些至今还在鼓吹散文作者一心“开发‘内宇宙’”,而无视人民群众的创造生活对作者艺术个性的陶冶、纯化与提高的主张，无疑都是错误的。不过，散文写人并不一定靠情节取胜，往往选取最能表现人物精神面貌的精彩细节而使人物“深入人心”。这一方面是由细节的意义所决定，另一方面则在于散文中的细节不是为“塑造”人物性格服务，而主要用来凸现人物的精神境界，以借此表达作者的情感和意愿，所以散文中的细节是经过作者“情化”的，并常常采用“白描”手法描写，使“情”更真实自然。

郝贵平散文艺术上的成功，除了前述两题外，也突出地表现在“情化”细节、展示和颂赞人物的崇高精神方面。具体说来，有以下两个特点：

一是直接展现。《墓碑挺着希望》《委托沉甸甸》等篇即是。前一篇是怀念故人之作，作者并未铺排鲁晶这位“石油人的化身”的若干功绩，主要篇幅都用来描绘鲁晶的人生细节，这些细节却又实实在在让我们看到了石油人的忘我奉献和伟大胸襟，读来感人肺腑，催人泪下——当鲁晶冒着酷暑，在远征山野的地质考察中即将带着考察成果凯旋之际，水壶全空了，又无半根草茎可嚼，怎么办呢？作品这样写道：

> 他一口口吞咽着干燥的热气，依然在山窝里奔波巡查。他想摔掉那个斜挎肩头的无用的行军水壶，忽然又珍重起来——用它收取自己的尿液！闭上双眼，凝固所有的感觉，他分次吞吮着偌大的山壑里独有的一点淡黄的液体——虽然苦涩至极，然而胸腔里毕竟有了些许的湿润……

无需再多说什么，从这一细节中我们已为“老石油”的崇高献身精神深深感动了！后一篇通过简洁的对话，则表现了新一代石油人的精神风貌：王胜的妻子即将分娩，王胜所在井队拿到了塔里木饱含原油的岩芯——王胜“坚硬”地对经理说：“到塔里木去！”并递给经理一份“请求”，安排“我的孩子不论是男是女，就叫王疆吧，新疆的疆”。听了这些话，“经理眼眶湿润了”，我们又何尝不因之热泪盈眶……也相信作家是噙着泪水写完这些篇章的：你听，“来到库鲁克达山下的吐格尔明沟，我怎么也抑制不住感情的律动，一声声切切地呼唤：鲁——晶！鲁——晶！”（《墓碑挺着希望》）你看，“绵甜的细雨中，王胜登上西去的列车，跨上塔里木石油会战的征途。经理挥着手，只觉得肩头上的委托沉甸甸，沉甸甸……”(《委托沉甸甸》)无论是前者的直陈胸臆，还是后一种间接抒怀，都表明了作家将经过“冶炼”和“深入”的感情浓浓地汇入了所写的一切……

二是侧面烘托。运用这种手法，虽不能直接呈现人物的音容笑貌，但“云烘月更明”，借他人他物的烘托映衬，亦可使人物的精神境界得到完美展现。如《火红的信号服》以宿舍里挂着的赠言——“献了青春献终身献子孙”来“传答”屋主人的心声；《梦寻胡杨》以照片上的胡杨抒发女工的情怀，都收到了很好效果。特别是《井场墨韵》，几乎全用细节来烘托人物的内心世界，在浓重的生活情趣中，将包括作者在内老中青三代石油人的思想感情与追求向往抒写得淋漓尽致，也从一个侧面反映了石油人生活的多姿多彩。主要细节是三个年轻大学生请钻井工程师刘海川书写条幅，内容是他们各自选好的诗章，有深刻赞颂身患绝症仍坚持到塔里木的好汉的，有直接揭示“石油魂”内涵的。这些格言式的诗句，无疑都为“选”者们所共识，也自然把书写者的情思融合了，从而使作者发出了这样的赞叹：“虽然运笔小有微拙，但点有钻头的力度，竖像硬直的钻杆，撇如尖挺的井架，捺是喷射的油流，那气势流走如铁，颇具雄犷刚劲之味呢！”这当然不只是对王海川书艺的称赞，根本上是对石油好汉的深情赞颂！如此看来，无论是选择细节，也无论用什么方法表现细节，都要将细节纳入作家的情感潮流，使之“情化”而成为一种特定的“情境”，既为人物“传神”服务，也同时为表现作者的情感倾向服务。

作为“石油作家”，郝贵平同志已经用成功的创作实践说明，散文及一切文学艺术不仅应该弘扬时代主旋律，高唱时代最强音，而且必须通过“自觉地在人民的生活中汲取题材、主题、情节、语言、诗情和画意，用人民创造历史的奋发精神来哺育自己”(《邓小平论文艺》第8页)，必须“真实地反映丰富的社会生活，反映人们在各种社会关系中的本质，表现时代前进的要求和历史发展的趋势，并且努力用社会主义思想教育人民，给他们以积极进取、奋发图强的精神”。(《邓小平论文艺》第6页)为此，除了感谢郝贵平同志的辛勤劳动，也衷心希望有更多工作在现代化建设岗位上的“个中之人”，像郝贵平同志那样写出“自己的”、表现时代前进要求和历史发展趋势的好作品、好散文！

(原载《中国西部文学》1994年第8期)

黄维樑

黄维樑(1947—),散文家、文学研究家,广东澄海人。1955年到香港读小学、中学,1969年毕业于香港中文大学中文系并赴美国留学。1971年获奥克拉荷马州立大学新闻学硕士学位,1976年获俄亥俄州立大学文学博士学位,即回香港中文大学任教,历任讲师、高级讲师、教授。1981年任美国威斯康辛大学东亚系客座副教授,1991年任台湾"中山大学"客座教授。1987年后任香港作家协会主席、香港作家联会副会长。

黄维樑在小学时即在《星岛晚报》学生园地发表散文,中学、大学时代继续散文创作。几十年来,除已出版《中国诗学纵横论》(台北洪范出版社,1977年)、《清通与多姿》(香港文化事业有限公司,1981年;台北日报文化出版公司,1984年)、《怎样读新诗》(香港学津书店,1982年)、《香港文学初探》(香港华汉出版社,1985年;中国友谊出版公司,1987年)、《中国文学纵横论》(台北东大图书公司,1988年)、《香港文学再探》(香港香江出版有限公司,1996年)、《中国古典文论新探》(北京大学出版社,1996年)等学术专著,同时出版散文专集6部:

《突然,一朵莲花》(香港山边社,1982年;上海人民出版社,1996年);

《大学小品》(香港香江出版公司,1985年);

《我的副产品》(香港明窗出版社,1988年);

《至爱》(中国文联出版公司,1995年);

《黄维樑散文选》(香港作家出版社,1995年);

《苹果之香》(新加坡莱佛士书社,2000年)。

黄维樑的散文被选入《中国当代散文选》《香港作家杂文选》《香港散文选》《艺术家精美散文选》以及台湾出版的多部年度散文选。评论黄维樑散文的文章主要有:

《企望但丁二世》(梁锡华),香港《星岛日报·星座》(1982 年);

《卷舒开合在天真——读〈突然,一朵莲花〉》(梁若梅),《甘肃青年》1985 年第 2 期;

《花燃水沸嫣香落》(王亭之),香港《明报》1985 年 5 月 27 日;

《在〈大学小品〉里畅泳》(简洁),香港《大公报》1986 年 1 月 20 日;

《读黄维樑的〈大学小品〉》(陈不讳),香港《文汇报》1986 年 2 月 24 日;

《学者散文的品味——读黄维樑〈我的副产品〉》(何龙),《广州日报》1990 年 8 月 30 日,收入何著《追踪文学新潮》(花城出版社,1991 年);

《风趣新颖的副产品》(黄坤尧),见黄坤尧《书缘》(香港田园书屋,1992 年);

《黄维樑散文论——兼论学者散文的特性》(喻大翔),《海南师范学院学报》1992 年第 6 期;

《割不断的血脉——评黄维樑的两部散文集》(林宋瑜),《暨南学报》1992 年第 4 期;

《论黄维樑散文的主体意识》(徐永龄),《海南师院学报》1994 年第 1 期;

《论黄维樑散文的艺术个性》(徐永龄),《香港文学》1994 年 2、3、4、5 月号;

《黄维樑散文艺术论》(徐永龄),《复旦大学学报》1994 年第 6 期;

《想象与激情——黄维樑散文简论》(袁良骏),《香港作家报》1995 年 10、11 月号,《华文文学》1996 年第 1 期;

《论黄维樑散文文体意识的淡化》(徐光萍、卞新国),《镇江师专学报》1998 年第 1 期。

此外,《台港澳文学教程》(曹惠民主编,汉语大词典出版社,2000 年)、《当代香港写实小说散文概论》(周文彬著,广东高等教育出版社,1998 年)等有黄维樑散文的专节评论,可参阅。

“为情造文”是写作的正道[①]

黄维樑

在《大学小品》的自序中,我说:“《大学小品》固然意指在大学校

---

① 本文原是《至爱》的“自序”,录入本书时略有删节,标题为编者加。

园里写的小品，也指关于博大学问、无穷知识的小品。身在学院，写作的主要应该是学院式论文，作品发表在少人问津的学报上，然后静观岁月如流，等待难得的知音。我写过不少这样的论文，却不甘心只写这类论文。以无穷的学问为题材，尝试用生动亲切的文字，以短小的篇幅，写其一点一滴，发表在报纸或杂志上，有助于文化的普及，我认为也是学院中人应做的工作。《大学小品》中的多篇文章，多少带有这样的使命。"这本《至爱》的多篇文章，特别是第十辑《艺文谈》中那些，也如此，即多少带有普及文化的使命。

以普及文化为使命的文章，通常以说理为主。我所写的散文，当然不止于这类说理文字。叙事、写物、抒情，也是散文的功能，我的文章也有这些成份。事实上，我所写的一些散文，同一篇中，就有叙事、写物、抒情、说理等成份。这是很自然的：事与物不是合在一起成为"事物"吗？情与理不是合在一起成为"情理"吗？此外，"事情""物理""事理"也都是合成词。要把每篇散文强分为叙事文、写物文、抒情文或说理文，是不可能的，也无此必要。千古传诵的苏东坡《前赤壁赋》，叙事、写物、抒情、说理兼之，你怎能将它只归于一类？"错综"，可说是很多散文在功能上的现象，包括我这本书里的多篇作品。此书的文章，题材与情思，涵摄颇广，因此，书的整体内容可说相当"复杂"。我为了作一总结，也为了方便读者阅读，把本书的文章分为十辑：香港心、中华结、世界观、大学道、万里行、日常事、人间理、书斋情、环保意、艺文谈。分类是累人的事，我为此书的分辑而消耗了不少光阴。结果使我满意吗？希望自己没有成为累事的人。一篇文章往往可入甲类，也可入乙类甚至丙类。例如，此书中第一辑的《为青年中乐手喝彩》可入第十辑，第十辑的《游子归来咏香江》可入第一辑。"日常事"一辑中的《和诗人在一起》一文，内容涉及的尽多"香港心"和"艺文谈"。

不过，尽管写法"错综"，内容"复杂"，我有一不变的衡文要求，就是文采。和我相熟的一些沙田文友，都服膺刘勰之说：文章要有情，还要有采。文采就是文章的藻采、华采，是孔雀尾巴的多支翠羽，是玫瑰叶丛的多瓣红花。读者读后难忘的字句,读后采而撷之的字句,通常就是文采之所在。《至爱》中的作品,有些急就而成,只计情思,不求华采;有些经过相当的酝酿,希冀情采兼备。急就之篇,有些是清通达意而已,也有些下笔时如有神助,心血来潮时卷起我自己也惊奇的浪花。

我始终相信"为情造文"是写作的正道。如果没有"动于中"的情,没有"在心"之志,我是很少遽尔为文的。有时,更简直和英国诗人华滋华斯说的一样,所写的是"强烈感情的自然流露"。这本书里面的大多数文章,所抒所发,都是长久萦回于我心的情致、情怀、情结。十辑之中,最是梦绕神牵的,是关于大我的"香港心"和"中华结",和关于小我的"书斋情"。像很多香港的知识分子一样,我立足香港,放眼世界,而最大最终的是关心中国。在《新的沙田》一文中,我说:"我在音乐喷泉中仿佛看到、听到沙田和香港的一切美丽。……只要广场的人潮充满安详和愉悦,只要场外新建楼宇一层层都迁入了安居的人家,沙田就是一块福地,香港也仍然是块福地,而中国,也必然蒙受皇天后土的祝福。"倒过来说,只要北京、上海、广州的人潮充满安详和愉悦,香港也必然是福地,必然蒙受皇天后土的祝福。

关于小我的"书斋情",辑中的数篇文章,成于不同年月,却是同一主题反复回旋的变奏。其高潮是《期待文学强人》和《我的文君》二文。这两篇幻想性的作品,在香港、台北、大陆、南洋、美国的报刊发表后,引起多位读者的反响,友朋间一时更打了个"文君"情结,多情地盼望文君来临,仿佛一定要得到她才可以无憾。《书的勇士》的发表情形,以及其读者反应,和上述两篇作品相近。此文的结尾说:"都是士仓颉之苗裔,于祖先曰书生。有书则生,生死与书为伍为类……读书乐,读书苦,做个虽九死其犹未悔的读书人。这次会后,下次会后,哪怕手会伤,头会烧,书斋会闹书灾,虽然不智,不能不仁,于是,力扛满载的箱子,箱重而道远,子曰,勇矣哉!"《书的勇士》一文写实而略带夸张。最后,我几次出门,归来时已载不动许多书、许多愁了,无复当年之勇，惭愧惭愧。

（原载《至爱——黄维樑散文选》）

自选作品

我常常把电灯关掉

我的日常工作之一，是熄灯——把电灯关掉。在离开书房或个人办公室之时，我当然要熄灯；看见家里的一些灯开着，那是不必要的，当然也要熄灯。在学校的走廊，光天白日，照明充足，在这样的情形下，我也会把开着的灯熄掉。

个人办公室不远处，有一洗手间。我这一常客，常常看到洗手间亮着灯，于是常常把灯关掉。为什么？洗手间向东，早上固然光猛（比香港租房子招贴的"光猛大梗房"的光猛更光猛），下午也十分光亮，即使在阴天，也有足够的光线，为什么却要亮着两大只光管呢？我也常常把这洗手间的抽气机关掉，为什么？它有气势雄伟的一排窗户，只要半打开其中的一扇，则里面的浊气可以出去，外面的清风可以进来，哪有开动抽气机的需要？

楼宇管理不是我的职责，我不是工友，而我常常这样关灯。我这样做，为的不是节省自己的金钱，而是为了节省公家的金钱，而更大的原因是：不浪费能源。

校园中颇有一些张贴，呼吁大家要节约能源。然而，我发觉浪费能源的情形十分普遍。

节约，环保，是要从自己做起的。这是最简单的"行远必自迩，登高必自卑"的道理。节省电力，用纸时两面都写，废纸回收，进食时莫浪费，特别要避免在外用餐时"多叫少吃"……这些是我是你是他都应该做的，是环保的"基本法"。

去年，学校有一个活动，是本校同学与两岸大学生的学术交流，研讨的主题是环保。我再三再四叮嘱同学,大家参与这个活动时,特别要节省能源、纸张、食物。如果我们和平时一样挥霍、浪费,则举办这样的活动,只是一大讽刺。我几乎用耳提面命的态度,向同学宣扬这样的道理。在研讨会进行到一半时,有小休,大家用茶点。我一看,工友拿出来的是纸杯纸碟。我马上请人换为瓷杯瓷碟。工友背后可能有怨言,然而,如果连最基本的都做不到,一切都只是空言而已。

近来纸价暴升,报刊成本大增。我想,也许是考虑减少广告篇幅的时候了。广告是报刊的命根,我在主张绝了命根?非也非也。自然"命不该绝"。我想的,是如何维持报刊广告收益的同时,使得广告篇幅少些,或者广告所耗费的纸张少些。减少用纸,是我的"终极关怀"。世界上林木四处被砍伐,沙漠化愈来愈严重。我们只有一个地球。知道这些,我们能不节约一下?

如果有轮回的话,我的来生可能是植林工人。我虽然有环保意识,有节省用纸的习惯;不过,数十年来,我用的纸太多了。就以写作和出书而论,二者都用纸不菲。出版一本书,尤其灾梨祸枣。近年来懒洋洋地不为自己的作品结集出书,其中一个原因可能是潜意识层面的:不想对树木杀伐太多。

为了挽救树木,我曾向一位编辑朋友进言:在杂志编排方面,每页不要留太多空白,以节省纸张。朋友说:"为了版面美观,空白是需要的;何况,版面设计是美术编辑的事,我管不着。"我听后很失望。今天收到5月号的该杂志,有好几页极为浪费,且殊不美观。其中有一页,只排了两首短诗,二者标题和诗本身,加起来才25个字。杂志的开本是16开。16开的纸,如果密排文字的话,可以排二千字或更多。

我拿着重甸甸的杂志,熄了灯,离开个人办公室,经过洗手间时熄了里面的灯。到了楼下,欣见5月的树林苍翠一片。我向它们致谢兼致歉,并祝愿世上树木常青,树林永在。

1995年5月

(选自《突然,一朵莲花》)

期待文学强人

端午节快到了，却感到一股寒流。在台北，据说一本诗刊宣告停刊，一本年度诗选不继续，文学书籍很多都被金融股票投资的书挤在角落，瑟缩地听着金股齐鸣的音响；在香港，文学杂志越来越少，文学书籍在书店的排行榜上，徘徊落后。周玉山先生在其新书《文学徘徊》的自序中说："此刻，台北的文学大寒。"这股寒流，是文学的寒流。

我打了个冷颤，忧心忡忡，差一点就形容枯槁，几可和行吟泽畔的三闾大夫比愁。在这个缺少文学经典、缺少文学权威与偶像的时代，好几个晚上，不知因为天气太热，还是心情太冷，辗转反侧，久难成眠。一睡，就往往做噩梦，何昔日之文学芳草兮，今值如此市场萧艾。文学之略修远兮，吾将上下而求索。忽然，有一个晚上，朦胧中，发现自己手执丹漆之礼器，随仲尼而行。孔子向我垂梦，说："天行健，君子以自强不息。"旦而寐，乃怡然而喜。

港产片《男儿当自强》卖座鼎盛，大学生本来要用来买《论语》的钱，都拿去看电影了。可能孔子的灵魂也知道有这样一部电影吧，因此梦授机宜，赐我"强"字。一年多以前去世的北美批评家佛莱，盼望文学批评界有一位弥赛亚出现。现在，我们，应该期待文学的强人降临。

文学强人绝对不能"四体不勤，五谷不分"，而要"四体毕勤，五色笔纷"。他可以专门于一种体裁，但一定要诗、散文、小说、戏剧之四体都动笔，体体都能。紫色笔高贵，他用来写诗。小说最卖钱，出于金色笔。文学批评大公无私，他用黑色笔来撰写，表示像黑面包公那样公正。蓝色是忠诚和信实的象征，他用蓝色笔来翻译，且用来写戏剧，表示舞台忠实地反映人生。他还要朱砂笔一挥，圈选取舍，做个成功的文学编辑。五色笔灿烂缤纷之外，还要出入进退文学读者的二大阵营。他写生老病死、战争爱情，俘虏了多情少男、怀春少女，也吸引在老人院消磨时光的资深读者。他那些冶科幻、爱情、武侠、侦探于一书的作品，要成为通俗文学的杰作。他另外撰写作品，去打进学院，去打动学院派批评家，使批评家拿他与苏轼、莎士比亚、陀斯妥也夫斯基、艾略特相提并论。这位文学强人笔落惊风雨、诗成泣众生，尽显强者本色，高领文学风骚。他自然要博闻强记，智慧惊人。他的文学知识，至少是名牌大学中国文学博士、西方文学博士应具知识的总和，且要超过之。《诗经》、杜甫、荷马、但丁、叶芝以至马奎斯的名篇名句，他要随时随地征引背诵。他还要天文地理绘画音乐医学宗教政治经济哲学伦理，样样都懂，样样都强。从蚩尤黄帝之战，到特洛伊之战，到最近洛杉矶暴动，他都要分析得滔滔不绝，头头是道。他是通儒，是文艺复兴式的人，像曹植那样才高八斗，像歌德那样 I. Q. 爆棚（这是港式词汇，意即 I. Q. 满溢）。如此这般，他才能吸引到文学读者以外的读者。如此这般，文学读者以外的读者才心仪向往这样的文学强人，因为他已成文化强人。文学于是可望从弱势读物升为强势读物。若干年后，当有人仿《人类的跃升》一书撰写《文学的跃升》。

文学强人还要发出文学的最强音。他深谙朗诵的艺术，念起作品来，像柳敬亭之说书，像李察波顿和劳伦士奥利弗之演莎剧，像狄伦汤玛士和佛洛斯特之自诵诗篇，抑扬顿挫，雄浑婉转磁性韵味一应俱全。他不但要用正宗的国语来朗诵，且要用至少 98%标准的粤语和闽南话，因为这样他的演出和录音带才能风靡海峡三岸的华人听众。文学强人还要用英语以至法德意西诸国语言来朗诵，使中文文学“走向世界”。西方作家向来不理东方文学，我们这位文学强人一定要显显东方的颜色和声音，证明中国作家和日本汽车一样实力雄厚，声势不凡。君不闻在 4 月下旬的国际笔会年会上，东方文学依然不被重视的事！现在正是东方红光骤发，让《红楼梦》和《日出》作者的后人当红的时候。文学强人在西方争得赫赫之名，在神州宝岛福地（福地者香港也）乃身价益增，强上加强。

为了使文学成为强势艺术媒体，文学强人必须多媒体作秀。他貌比潘安，英俊的面孔胜于拜伦（当然不要他的跛腿，而要身体强健如奥运健将强生)。这样,他在电视上作文学朗诵、文学讲座、文学趣谈时,一出场就使童安格和刘德华星光逊色,连巩俐、林青霞、钟楚红的影迷也动了心。他朗诵之际、趣谈之际,往往忽然高歌一曲(歌词是他自己写的诗),使帕瓦洛蒂的歌迷立刻动了耳。他又可以即兴地和美丽的节目主持人大跳其探戈,跳完就以纯熟的指法,弹奏一阕《蓝色的多瑙河》。如果有一次他出镜时穿的是长袍,则可考虑在古筝上来一曲《春江花月夜》。文学强人的照片,他的活动,影视报刊争相刊登和报道。很多影视记者把他说成是引诱艾略特太太的罗素,说成是狂恋王映霞的郁达夫,热恋陆小曼的徐志摩。文学强人召开记者招待会,强烈抗议,宣称自己是个温柔正派的浪漫主义者,不花心,也不负心。文学强人每次上电视或举行记者招待会之后,他的书一星期间畅销三万册。排队等他签名的文学爱好者,人龙像忠孝东路或弥敦道那样长。如果在新加坡,则乌节路那条人龙是乌压压的弯了一节又一节;如果在北京,则长安街之长,庶几可以勉强容纳。

文学强人还得同时是个文坛强人。为了保持文学的强势,他必须团结文友,扶掖后辈。他畅销书的版税和作秀的酬金,要拨出来,成为文学基金。用基金的钱来举办文学讲座、写作训练班,来出版青年文学杂志,来设立青年文学奖。他担任讲者、导师、评判,免收费用。为了替文友打气,凡是有人请他写序,他必欣然同意。凡是有人送书给他,他必回信表示十分欣赏,获益良多,有时一写就是两三页,那一派毛笔行楷啊,真足以辉照一代的书法史。他出版的新书,自然都得恭恭谨谨地题签后分寄三岸四海五洲的友人和读者迷。从广州到沈阳,编辑和评论家向他邀稿、要书、请求提供生平和研究资料,以便出选集、编辞典、写当代文学史。文学强人立刻请他的私人助理一一回复和邮寄资料,全部有求必应。云南有一位年轻诗人,寄来30页诗稿,文学强人拜读之后,马上代他寄到台北,并嘱请台北那本文学杂志的主编,刊出作品后,宜以第一时间把稿费寄给云南的青年。信末附言说寄美金和台币都可以。文学强人像胡适和鲁迅那样写日记,某年的5月5日那一天,他写道:收到赠书28本,来信30封;寄出信20封，寄出赠书30本。来信之中，要求来访并代为安排活动的有5封。

交流，切磋，对，好。我们这位文学强人，如果是位文学教授的话，则还要应邀四处参加学术研讨会，宣读论文。礼尚往来，古有明训。于是他还得接待来访者。他最好有特别建筑的客舍，而且是雅舍，来招待来宾；有专用来接送客人的宾士轿车（或译为“奔驰”“平治”，因为要奔驰来往于机场，而乘客都多少认为文学是经国以至治国平天下的大事）。文学强人好客如孟尝君，天天与宾客饮酒高歌时海量大如李白。在“民主与文学”和“文学与环保”的研讨会或座谈会上，他慷慨陈词之后，只喝清茶或清水。晚上，远近咸来、高朋满座的宴会中，才高八斗也酒酣八斗，逸兴遄飞飞觞醉月成为戴奥尼塞斯。如果来访的是斯德哥尔摩的汉学家兼诺贝尔文学奖评审委员，那么，文学强人除了用宾士接他来，待他如国宾之外，还要学日本作家那样，安排一部豪华游艇，让本地诸著名杰出作家和贵宾一起畅游，且于谈文论艺，慨叹中华作家无人得诺奖之后，诚恳地向贵宾奉上众人的作品及其英译或瑞译……

我从仲尼得到启发，构思文学强人这美丽新形象，为文学请命，为中国文学请命，使文学光芒万丈长，成为大业与盛事，对社会人类产生巨大而良好的影响，使文学系成为中学高材生报考大学的第一志愿。我构思了整整6天，累了，睡着了。梦中，孔子的门生子游子夏对我说：“你所制造的简直是文学超人，何止是文学强人。你还有不当之处，是只有文学男强人，没有文学女强人。还有，你简直中了乌托邦文学之酒醉，写的是魔幻写实主义散文。”我正欲分辩，子游子夏齐声喝道：“子不语怪力乱神！”我醒来，生气又惭愧，迷茫不定，忽冷忽热，如置身于烟霞云梦的湘水。

1992年5月

（选自《突然，一朵莲花》）

黄维樑散文:写出心灵的健康与壮硕

朱寿桐

散文写作在相对意义上省却了文体的炼滤,一定程度上免除了结构的筹划,故而更可视为作者心灵最直接的袒露。黄维樑的散文大抵也是如此,一种娴熟的阜利通文体构筑起一层层夯实的路基,娓娓道来自然从容的结构铺设成一段段文墨的坦途,行诸其上的便是作者从不寂寞的心灵,或安步当车,或信马由缰,或奔驰如飞,没有鲜花簇拥,没有绿树掩映,在生命的阳光和文明的灯塔耀射下,一颗现代人中较为珍贵的健康文心原是那样的真朴圆润,通体透明。

年富力强的黄维樑身体一定很健康,他总是那么精力充沛,内蓄的热量似乎远远超过他体力消耗的需要,于是特别耐寒,哪怕在偏于寒冷的气温条件下也忙着寻求凉快,这便是他曾标榜过的"'唯凉'主义"。健全的思想必寓居于健全的体魄,反之似乎亦然:健康的体魄才可能涵容健康的心灵。然而之于现代文人则又须另当别论。他们摄取高质量的营养成分,享受高水平的医疗保健,出入高档次的健身场所,健康的体魄常能保证。但他们往往用这健康的体魄作资本,去耐受酒精的浸泡,接受咖啡因的淹滞;或者去坐惊心动魄的海盗船,甚至玩丧心病狂的蹦极跳,将好端端的自己折腾得神神道道,刺激得歇斯底里,进而以狂热和郁躁作为思想和意识的先导,以历险乃至走偏作为行动与言论的基本方式。这种不健康的意识状态导致现代作家常常在古典与现代之间偏执一端,在文明的亮丽及其负面的幽黯之间定向模糊,于是在其诗文中总是显示出躁动的焦虑,失落的悲郁乃至嗜恶嗜丑的颓废情绪。这便是现代文学的流行色,是现代人性情乖张、神经病态的典型体现。

黄维樑生活在纸醉金迷的香港,又曾长期游学更加喧嚣繁华的美国,其精神之舟常荡漾于现代文明潮汛的波峰浪谷,如果养成乖张的性情,染上神经的病态应不足为怪。然而,他善以比较传统的心态对待现代生活的体验,懂得人生的满足,并因此而心生感动:"年幼时的家庭环境,略低于小康,但自懂事以来……无忧于温饱,后来且丰衣足食”,“美国七年,都拿奖助学金。香港教大学,待遇不薄”。于是,“父母养育之恩,社会提供的各种机会,我向来不曾忘记”[①]。这种具有满足感和感动力的心态必然是健康而乐观的,他在散文中表现的灵魂也必然远离现代的病态,宁愿牺牲了向流行色中心备受瞩目的显赫位置突进的可能,拒绝了任何意义上的冒险,让自己健康的神经舒展于温厚的情绪中,让自己稳健的判断兼容于人生的常态。这便是他散文的基色,一种有别于现代流行色的独特的基色。

当现代作家对周遭生活普遍投以阴郁的目光,并或隐或显地表达着内心的愤嫉,他的散文却始终以饱满的热情洋溢着对五彩生活的肯定。黄维樑像许多散文家一样,笔触所及乃是极为广阔的社会生活面,而同别的散文家不一样的则是,他对笔下的生活常作五彩斑斓的涂抹,很少作乌烟瘴气的渲染;他对于生活的赞扬和欣赏远甚于对生活的批判和否定。以《黄维樑散文选》为例,该选集共收录他作于20世纪80年代末至90年代中期的130篇散文与杂感,除了那些杂感性、论证型和倡导式的文章(计70篇)而外,所余美文类作品约70篇,其中从负面抨击生活中丑陋现象的只有10篇左右,而对生活或人生作正面赞扬与欣赏的正面文章则是“负面文章”的5倍之多。即使是在这计算之列的否定性散文中,也含有明显的赞扬与欣赏的成分。如《“贪婪之鸟”》从题名到主要内容都是批判台岛的“病态”种种,然而这篇典型的负面文章在结尾处仍然点示出宝岛“美丽可爱的一面”:“目前台湾的大学生,高高树起野百合花。这是纯洁之花。”大学生们的花再“纯朴、清纯”,也不足以抵御台湾物欲横流的“贪婪”之风;可作者的心性里却鼓荡着追寻优美健康的执着,总是希冀在人生的砂砾中寻找到亮丽的吉光片羽,借以伸展自己久经压抑的灵性的褶皱。作为一个文化和文明的护卫者和辩护者,他自然不甘心沉陷于“瞒和骗的大泽”。从他的散文笔锋所及可以领略,他所看到并对其痛心疾首的负面现象其实并不比一般作家揭示的少,但他追寻优美健康的心性总是激励着他,进而也激励着别人:“应该乐观!”在以此为题的散文中,他并不讳言中国人的生活中确有许多丑陋的现象,甚至他还提到了人类历史“充满罪恶”,不过这一切似乎都不足以在他明朗的心灵世

---

① 黄维樑:《小传》,《黄维樑散文选》,香港作家出版社,1995年版。

界构成浓重的阴翳，他天生一副苦口婆心，以自己的“直觉”和“经历”作证，加上80年代初期小说人物语言的引证，确认无论是中国还是世界，终究是好人多、坏人少，否则“人类就没有希望了”。类似的观点及其表述的调值在他的散文乐章中构成了一脉清晰的旋律，在《乐道人善》一作中他继续着这样的复调演奏：“我认为中国人之中，各种丑陋的人和丑陋的成分，加起来，应该少于各种美好的人和美好的成分；若非如此，我想中国早就亡了……”将中国乃至人类的希望寄托于好人多、坏人少的逻辑推测，本身就含有较多的虚妄意味，而且这种逻辑推测亦没有多少逻辑性可言。黄维樑似乎意识到了这一点，但他绝不改变“乐道人善”的信条，也绝不收回他的“乐观”情怀，于是在《应该乐观》中道出了他最平常可也最难得的心灵衷曲：“应该乐观。至少，能乐观，在心理上可以健康些。”——追寻心理的健康及其表现，是他散文最有特色也最有价值的精神内涵。

心理健康的追寻在传统的话语模态里是一种价值目标，可在现代人生的荒原上则无异于一种奇迹；虽然以前也曾有人，比如新月派的绅士文人，明确标榜过“不妨害健康的原则”，“与其咀嚼罪恶的美艳还不如省念德性的永恒，与其到海陀罗凹腔里去收集珊瑚色的妙乐还不如置身在扰攘的人间倾听人道那幽静的悲凉的清商”①。然而徐志摩、闻一多等人的文学实践其实正好走向这种标榜的反面，正如在《新月的态度》里叫喊着要克服“伤感派”“颓废派”和“唯美派”，而他们的创作恰好较多地体现了“伤感派”“颓废派”和“唯美派”特征一样。黄维樑没有扛起新月的旗帜，没有招摇出“健康”的标榜，但在相对孤独的心灵探寻中却是那么坚定地坚持着或坚守着健康原则，虽然常常是悄然无声，可终究不是淹然无痕。他的散文为他在这方面作了忠实的见证。

他像许多作家那样醉心于大自然的绿色，无论是青岛海景、泰山秀色，还是星洲树木、菲国花果，更不用说近在咫尺的吐露港风韵和狮子山雄姿，循着他的眼光看去，则都是一派“阳光抚爱的土地”，那么灿然可爱。但是他又很少在这种美景面前作过久的留连和过深的沉迷，他往往在怡景怡情之中便折身而返，移笔于青山绿水之外的人文关怀，倾情于人类文明脚步的讴歌。不拒绝山水寄

---

① 《新月的态度》，《新月月刊》第1卷第1号。

情,复又萦念于世态人情,这样的思维方式正对应着作者心灵结构的健全与壮硕。病态的灵魂往往需要在乐山乐水间得以将息,脆弱的神经往往需要在远离喧嚣处免受刺激,这些常见于现代文人笔端的情绪却难以感染健康而壮硕的黄维樑,他真诚地感念自然景观的恬静优美,同样真诚地热爱人类建设的雄伟壮丽,并且能将二者粘连在一起,在一种感伤诗人和唯美艺术家不堪忍受的组合中激发自己心灵的感动。《秋阳最艳是重阳》是一篇诗意蓬勃的纪游散文,单是题目就足以唤起人们的健康心性,无论相对于传统的感时悲秋,还是相对于现代人的阴郁颓丧;篇中述及黄岛之行,对黄岛的自然之美倒是轻描淡写,其诗意所属竟然在于象征黄岛开发的两架红色的巨型起重机,“我顿然联想到两只振翼的凤凰,行将浴火而生,得到新的生命”。在许多感伤的作家和病态的诗人笔下,机械文明是丑陋的怪兽,是优雅的破坏者,是艺术的天敌。黄维樑是追求心灵健康的作家,故他能够在天然的青黄之间欣赏起重机的红,因为那种虽然有些俗气的红却“闪烁着”预示经济发展的“红玉般的光芒”。

与病态的偏执相异趣,作者心灵结构的健康乃至壮硕往往正体现着两不偏废的欣赏与赞美,例如上述在自然之景与人文之象之间的两不偏废。同样,在古雅和时尚之间他也从不作偏废的挑剔,传统的薪火和舶来的风潮都能在他的胸臆间汇合成壮丽的内燃,而且他还有足够的耐力去承受这种内燃的热温,有时甚至将这种热温的炙烤转化为一种能源以供他长久的热情迸发。黄维樑是一个中国古典文化巨厦长廊下的漫步者,他的文化理念常常祖述孔子的《大同篇》:“大道之行也,天下为公。选贤与能,讲信修睦。故人不独亲其亲,不独子其子;使老有所终,壮有所用,幼有所长,鳏寡孤独废疾者,皆有所养……故外户而不闭。是谓大同。”他知道这种大同之境之于现实的世界无异于梦想,然而他宁愿将梦想——尤其是这种美丽、健康的梦想当作读书人必具的秉赋[①]。他的文笔充满着古雅的意趣,随口吟诵的古诗句和信手拈来的古典装点着他散文的门楣,其上的“文采”[②]便立时显出传统的古色古香。他的一篇散文题目即为《活在古人的诗句中》。然而黄维樑并没有就此穿起长袍马褂,正像我们所经常看

---

① 《送给同学们一个梦想》,《黄维樑散文选》,香港作家出版社,1995年版。

② 黄维樑说过:“我有一不变的衡文要求,就是文采。”见《黄维樑散文选·自序》,香港作家出版社,1995年版。

到的那样，他一般都穿着笔挺的西装同时打上漂亮的领带，无论他古代诗文如何熟稔，人们还是无法将西式绅士风格的他称为老夫子之类。他的散文表述除了子曰诗云的铿锵，尚多外文西语的间离，对孔子《大同篇》之类顶礼膜拜之余，掀动的衣袂下摆显露出的乃是亚里斯多德和歌德等人的袖珍精装图书，甚至是牛皮纸封套的《圣经》；他对西方的自由价值观念有着深刻的会心和执着的崇信。他健康的心灵表达常同时借助于中国古代经典与西方现代经典，在黄钟大吕的清音与小夜曲般的礼赞交相辉映中完成。他通过散文表达出来的这种兼容东西方乃至古现代文明的价值观念，其所具有的健康性质有如站立在铜锣湾观览维多利亚港湾的壮硕之感：维多利亚港拥有一片宽阔的海域，铜锣湾在这片海域内属于并不十分清碧的一角，但其民俗的、经济的底蕴十分厚实，这样的厚实强化了维多利亚港的人文风貌，增添了它的魅惑力与活力；维多利亚港名洋气十足，典型的西方派头，而铜锣湾地名则土俗本色，传导着本土文化，两相结合，方是香港的特色与价值，暗喻着香港存在的永恒理由。

黄维樑的散文常是如此，能将西方化现代化的福音纳入中国古老的诗学感兴，从而用传统的丝竹弹奏出现代文明之乐的节奏与旋律；虽然在经院的音乐家那里似乎有些不可思议，不少人听起来相信会有一些不伦不类之感，但对于一个追求心理健康，其容也大的作家来说，这样的尝试往往意味着人生情趣的饱满，意味着向古往今来同时打开宽阔的襟怀。他处身其中的香港是一个较为典型的国际化现代都市，高耸的楼厦造成的拥挤空间让人倍感压抑，暴发的金融带动起豪华的娱乐业引人堕落，利欲熏心照例是日日举行的都市盛宴中最名贵的菜点，喧嚣闹嚷依旧是历历在目的市井活剧中最平凡的节目。感伤、颓废的诗人、作家通常在这样的现代都市里既感受到变态的兴奋与刺激，同时又沾染上病态的痛苦与激愤，于是或畅饮沉迷堕落、自戕自弃之鸩，或竟作遗世独立、寄情山水之态。黄维樑面对这一切却始终保持着一个现代文人难得的沉稳与镇定，而且能真诚地看取并认同香港都市文明，并对此奉献出由衷的赞美，这足以表明他的心灵如何健康、健全，其免疫力和抵抗力之强，只要从李金发、王独清、穆时英乃至沈从文等人对现代都市“腐水朽城”共时性和历时性的普遍诅咒中便能有比较充分的领略。虽然他注意到香港的“两种风景”：“一是自然的崇山秀水,一是人造的丽厦华楼”[①];可在他的散文笔端,“文采”所钟多不在香港的山水之间,而是在它的“丽厦华楼”之中。他当然知晓“文明日盛,人造风景的构成,可能以破坏自然风景为代价”[②],但他并不像他在香港以至沙田的文友们那么伤感、过敏和悲观。他是那么诚心挚意地接受都市文明,讴歌现代文明,以至将这些文明的造物当作风雅的景致,在热忱的吟咏中渗透出盎然的古意。在《新的沙田》中,他不再重复沙田文友的笔意去推荐赞美狮子山的雄姿,吐露港的灵秀,关注的乃是“高耸入云的屋村”和“摩天的巨厦”,然后是“平坦宽敞”的公路,“玲珑矫健”的电气化列车,华丽的“宝马”轿车,热闹的赛马会和新城市广场等等,从中深切地体察到了“沙田和香港的一切美丽”,并在这种美丽的赞叹中显现出浮士德式的经典语势:“只要广场的人潮充满安详和愉悦,只要场外新建楼宇一层层都迁入了安居的人家,沙田就是一块福地,香港也仍然是块福地,而中国,也必然蒙受皇天后土的祝福。”

黄维樑既长于在春晖清音、良玉生烟的古雅情趣中畅抒羡艳的文思,又善能在崇楼巨厦、名年通衢的现代文明中倾吐礼赞的心曲,更令人击节称奇的是他能将这两者融为一体,以风雅的古意看取现代的新景,在古趣盎然中向现代文明奉献出一颗健壮的文心。在《金里厦林》等散文中,他采用比拟手法将现代文明的建构诉诸高雅古风的描摹,林立的楼厦被喻为“茂林修竹”,唤起的感兴中不乏“独坐幽篁里”“明月来相照”之类的意趣;在《至爱》等篇中,他则从极时髦的汽车领略到“现代的智慧加上古典的温馨”之美妙,甚至能坐在这样的车中感受王昌龄、王之涣的雅人雅事。这可称得上是一种奇妙的类连,在这样的类连中体现出了作者的古雅文趣,也体现出了他的现代感受的独特健美。

当然,在黄维樑的笔下,并非一切都那么美妙、圆满。或许,发现不了社会机体的任何病态或者明知病态的存在却讳疾忌医,都不足以称为健康心灵的主体,而对病态的原宥或欣赏则更是病态的典型体现。黄维樑的文心与现代人病态灵魂相距甚远,其基本表征便是既善于展现古风雅趣又善于激赏现代文明,对待现代人生既不拒绝文明的讴歌也不回避病态的批判。只不过他的批判总

---

① 黄维樑:《吐露港春秋·序》,中文大学出版社,1993年版。
② 黄维樑:《吐露港春秋·序》,中文大学出版社,1993年版。

是与偏激、极端的态度保持着相当的距离，总是显得那么温和稳健，极有分寸，总之体现着一个体魄壮硕、心灵健康的现代人正常的理性与情绪。

从温柔敦厚的古训和理解宽容的现代风格出发，黄维樑散文中的批判一般都立足于正面的文明倡导，以求取得对于社会、对于时代的积极影响。或许在别人的笔下会成为幽黯、绝望的消极文化现象，他都希图通过真诚的希冀转化为积极的吁求，这样使他的散文批判展露出格外的忠厚与诚恳。类似于《黄金三角》中的文明吁求正是如此："希望紫荆花城有更多的居民，离粗俚日远，接文明、文雅日近；希望大家'衣食足而后知文化'；也希望外来的游客，不但知道香港是购物天堂、饮食天堂，还知道她有演艺文化的沃土。"这么多的"希望"其实几乎都包含着对特定现象的批判，不过这是黄维樑式的积极的批判。这种积极的批判在政治文明的思考和倡导中得到了更密集的展现。作为一个热切关怀香港、关注中国、关心世界和地球的作家，黄维樑在香港回归、中国改革和人类生存等重大问题上不能不作出强烈的反响。不过他的这些反响往往都是从希图有良好结局或解决途径的积极方面加以展开，因而常继续着"希望"式的套式，或者，至多是在政治隐忧中提出谨慎的祝愿。在香港回归的时代语境中，他即透过意味深长的祝福表达了他和许多港人所一时难免的政治隐忧：沙田本是"一块福地"，香港也是一块"福地"，而中国，如果能够继续保持香港的繁荣稳定，则"也必然蒙受皇天后土的祝福"(《新的沙田》)；他在心里祈祷着，"但愿仍然生活在洋紫荆花城中的我们，能延长香港这些金紫璀璨的岁月"(《黄金三角》)。"香港人当然也希望'五十年不变'，但'变者常也''合散消息兮，安有常则?'但正因为'安有常则'，我们才要去探索去追求去捕捉这些常则"(《变与常》)。——轻轻一拨，仍又将浓厚的政治隐忧化归积极的探寻。对于广袤的中国，黄维樑更多地呈现出自己难以开释的忧土之怀：忧内地知识者的艰难处境(《忧思录》)，戚国内社会现象的诸多瑕疵(《国内旅行的乐与怒》)，愤对中国文化偏激之论的流行(《中伤中国》)。然而即便面对"向钱看""读书无用""贪污官倒""人欲横流"的现实，这个精神的乐善好施者仍然坚信"应该乐观"，好人仍多于坏人(《应该乐观》)。是的，黄维樑与其说是一个作家，还不如说是一个精神的乐善好施者，他宁愿牺牲诗文"穷而后工"的定则来祈求社会的安定繁荣，甚至"宁愿作家都写酬唱诗文、升平作品"，"宁愿诗人'不幸'，而社会国家大幸"，简单地说，宁愿以文学的自毁来成全社会的兴盛(《九五之尊》)。正因为如此，人类生存大计的逼思更有理由让他放弃"文采"而转入博大的生命关怀，写出了《伐木丁丁，实不忍听!》之类的文字。在《春晖》一作中，他对于宇宙人生的关怀显得简洁而深刻："人生下来就注定要面对种种问题。例如，古人要学会捕鱼，而我们要学会不吃被污染的鱼。例如，古人要学会把事物用简单的符号记录下来，而我们要学会不被波涛汹涌的印刷品墨浪淹溺。"这一番机智幽默的议论成功地减缓了有关人类生存危机思考的沉重。他比其他人更清楚地意识到，特别是在人类生存环境治理的问题上，消极的沉重思虑往往不如积极的恳切呼吁。于是在许多散文作品中，他呼吁着人们"莫剪柔柯"，以拯救"岌岌可危的地球"。

地球的拯救是如何地艰难而渺茫，理性的黄维樑当然非常清楚，一如他清楚明月的老残、人的衰亡不可阻挡，面对自然规律谁都无能为力。但黄维樑天生有一种"悲中求乐"的韧性，即使感叹幻灭的必然也不放弃乐观的激励，对于自己，也对于世人。当年徐志摩凭此一端曾被周围的朋友称为"不可救药的乐观主义者"，不知黄维樑周遭的文友对他是否也有过类似的指称。既然能够"悲中求乐"，也就不难于否定性的批判中提炼出肯定的兴致，这便体现出黄维樑壮健的心灵，也体现出他的批判性散文温和、稳健的风格。他对种种不文明的行为持毫不含糊的批评态度，但结尾每每落在要求人们"自求多福"的正面劝戒上(《"港人形象不好!"》)；他十分反感那种将香港视为"文化沙漠"之类自以为是不顾事实的论调，可还是通过温和的语气表示了对这种观点的宽容："做学问、写文章的人，常以理智客观自居，但往往流于感性主观而不自知。名为评论，有时不过是就某问题各抒其情罢了。"(《文化沙漠？文化重镇?》)至多声言"由他去吧"，这些论调虽然"不通道理、不近人情"，可"我们的社会，有言论自由，有言论空间，有言论的多元化"，应该对其有所容留(《嘴巴有别，准的无依》)。

当然并非说黄维樑即使在批判语境中也没有任何火气，事实上他的散文中也不乏咬牙切齿怒书之页，如《独裁者独财》中对现代独夫民贼疯狂侵占民脂民膏的指责，《伊梅尔达的魔术玻璃鞋》中对美国的荒唐审判所表述的愤怒，在《"世界"大战及其他》中对挑起战争事端的"大独裁者，大狂魔"的遣责，在《文君》和《顾城的高帽》中对残忍地戕害生命行为的呵斥，都是义愤填膺溢于言表的。他嘻笑怒骂的讽刺才能在这样的散文中往往能得到淋漓尽致的发挥，如对

“后宫佳鞋三千对”的冷嘲(《伊梅尔达的魔术玻璃鞋》),对“兽西斯古”“此兽归西,斯贼作古”的热讽(《独裁者独财》)等,都足以说明作者既富有热情也充满血性。这里体现出来的依然是一种健康的血性,它只对症着极少数人卑劣下流的罪恶,而不是针对平头百姓在所难免概莫能外的缺陷与丑陋。在一些不健康的偏执狂那里,犀利的矛头所向往往是平民的缺陷、中国人的丑陋之类,而对独夫民贼人等令人发指的罪恶则常视而不见,从而体现出一个彻头彻尾的“孱头”嘴脸。黄维樑的散文则相反,对平民的缺陷和国人的丑陋虽也给予批判,但那批判中充满着热忱的劝戒和真诚的吁求,而对于独裁者的贪婪,嗜血者的肆虐,非人性者的残暴,则高高地举起正义之剑,虽然砍杀的频率并不那么高,可脸上露出的坚毅却显露出灵魂的磊落与康健。

现代生活充满着悖论。讲求健康的文人雅士强调从正面导引人们走上宽阔洁净的文明之路,可他们所操的扫帚却又过于柔软,无法出色地或者痛快地完成一个清道夫的工作,其结果,文明遗迹边缘的垃圾和尘埃将漫漶到本应宽阔洁净的文明大道,导引的工程有可能面临恶劣的污染。这样的描述也许并不适合于黄维樑的散文写作,但其作品的批判力道确实不强,与现实的要求和时代的呼唤并不相称。尤其值得可惜的是,正像一个过于讲究健康的人往往不愿涉足肮脏的地带一样,黄维樑的批判力道不强与他对一些龌龊题材的有意规避相关。面对肮脏龌龊,健康的人尽可以掏出洁白的手帕捂起自己的鼻子,但绝不应视若无睹;如果为了洁身自好竟然悄悄默默地远远绕过,然后更不发一言,似乎连稍稍提起也难以忍受,这就体现为一种洁癖了。洁癖,也是一种病态。

(原载《火浴的凤凰　恒在的缪斯——余光中暨香港沙田文学国际学术研讨会论文集》,黄曼君、黄永林主编,湖北人民出版社,2002年)

李　前（1948—　），散文家，江西永新人。1967 年从吉安师范学校毕业后回永新工作，先后供职于教育、文博、外事及文艺部门。1986 年受聘于新余日报社，任记者、编辑、副总编辑。1999 年任新余市文联主席。系中国作家协会会员、中国散文学会理事。

李前 1978 年开始业余文学创作，迄今共发表各类作品约 200 万字，出版散文专集 4 部：

《不落的星》（江西人民出版社，1981 年初版，多次重版）；

《石头的随想》（合集；江西人民出版社，1986 年）；

《登山赋》（成都出版社，1995 年）；

《红与绿》（作家出版社，2006 年）。

其中《不落的星》获全国优秀少儿读物奖（1982），《登山赋》获江西省第二届优秀文艺成果奖（1996），《云海奇观》获江西省人民政府第一届优秀文艺作品二等奖，《青山遮不住》获江西广播文学优秀作品一等奖，《旅伴》获江西吉安地区行署优秀作品一等奖，《拜神记》获江西新余市人民政府优秀作品一等奖，《故园的枣树》《父亲没有遗像》分获江西省作协第一、三届“谷雨文学奖”，《谷音》获江西省第三届报纸副刊好作品一等奖，《红与绿》获第六届全国报纸副刊好作品二等奖；有《云海奇观》被选入《我爱祖国山河美》（中国青年出版社），《山村铺子》被选入《江西新时期文学作品选·散文卷》，有《父亲没有遗像》《红与绿》《砻市巡礼》《清洁工》《故园的枣树》等 5 篇被选入中小学语文教材，另有多篇被选入《散文年度选》《散文排行榜》及《散文选刊》《作家文摘》《青年文摘》等。评论李前散文的文章主要有：

《人民永远需要英雄——读〈不落的星〉》（许晶明），载《江西儿童文学作品

评论集》(江西人民出版社,1983 年);

《关于灵气:复李前同志信》(谢璞),《文学报》1987 年 6 月 15 日;

《情系故园情自真——读李前的散文〈父亲没有遗像〉》(陆沪鹏),《新余日报》1989 年 9 月 17 日;

《从平凡的生活中发掘宝藏——读李前散文集〈登山赋〉》(黄谦),《新余日报》1996 年 9 月 18 日;

《让心灵的泉水常流不息——评李前的散文集〈登山赋〉》(谢璞),《文艺报》1997 年 9 月 2 日、《西北军事文学》1996 年第 6 期;

《亮过三月,沉过九月——评李前的散文创作》(刘忠诚),《创作评谭》1998 年第 2 期;

《喜向文丛觅俊彦——兼评〈我的将军梦〉》(文野),《新余日报》1997 年 10 月 4 日;

《〈红与绿〉序》(林非),载《红与绿》第 1～4 页;

《此时无声胜有声——读李前的〈谒访三生石〉》(刘肇平),载《红与绿》第 253～256 页。

《江西文学史》(吴海、曾子鲁主编;江西人民出版社,2005 年)有专节文字评论李前散文 (见该书第 1013 页),可参阅。

散文,我灵魂的栖息地

李 前

一

这些年来,由于我在工余饭后,很随意又很认真地写过一些散文,长长短短累积起来依稀有一二百篇光景,而且有的篇什居然有人首肯有人收藏甚至流传开去,于是便有人将我尊称为“散文家”。这固然使我感到荣幸,但于此之外,我心里分明又生发出几许莫名的空虚。因为单就散文创作而言,我的菲薄的劳绩与“散文家”这一光荣称号之间，尚有一段不小的距离。

说来惭愧，我搞业余创作有好些个年头了，且每作一文都很卖劲，希望每篇作品都是我心里流出的泉水，都是我胸中迸出的火花，但我的努力未必全然结出了理想的果子。说实话，时至今日，我真正满意的力作尚未出现，我的许多所见所闻所历所感所思所悟，一直未能诉诸笔端，献给读者，令我好不苦恼；即令已经面世乃至为人称道的作品，也不是字字珠玑，篇篇锦绣，质量参差不齐的状况是显而易见的。再说，我压根儿就不是以著文为业的专业作家。平日里，我的绝大部分时间都泡在繁琐事务的漩涡中，颠簸飘摇，没完没了；纵然偶尔偷闲写点儿什么，也未必全写文学作品，更非全写散文。熟悉我的人们大都知晓，我曾做过教育、文秘、文博、外事接待、党史研究、行政管理、下乡蹲点等各种各样的事儿，往后又在新闻界供职多年。出于工作的需要，我写的东西挺杂：如工作计划、工作总结、典型材料、调查报告、陈列大纲、访问记、解说词、碑文、墓志铭、历史研究专著、论文，以及各类新闻作品和应用文，等等。就文学作品而言，散文、小说、诗歌、传记、报告文学、杂文、歌词、序跋、电视脚本等，我都曾涉猎过，近年还兴致勃勃地向读者奉献出近百篇文艺评论。有道是：专家者，专攻某一学问与行当且颇有建树之行家里手也。像我这样东一鎯头西一棒子零打碎敲的角色，岂敢堂而皇之地往头上戴上“家”的桂冠么？扪心自问，充其量我只能算一个业余作者，确切地说，是一个打杂的。

不过，相对而言，我对文学毕竟格外钟情；而在我尝试过的各种文学样式中，对散文尤为投缘。通过多年断续性的写作实践，我愈来愈感觉到，散文这种灵活而可爱的文体，最能展示我的生存状态与心路历程，最能反映我的道德情操与人生态度，最能表现我的审美情趣与气质个性。正因为如此，我便常常将写散文当作人生乐事，当作纪事抒情、述怀咏志的最佳表达方式。散文，不仅是我人生传记中若干富有色彩的篇章，也是我那经常漂泊流浪的灵魂的栖息地。

二

关于散文，古今中外的作家和理论家有过极为丰富的创作成果和研究成果，而我，无论创作实践还是理论研究，均无过人之处，所以从来不敢奢谈“散文作法”之类。但既然热衷此道，便多少也有自己的一些主张和追求。特别是在经历了多年的摸索之后，我对散文的理解逐渐深化，对散文文本的主张和散文品位的追求也越发自觉了。

我追求题材的多样。放眼古今文坛，大凡散文大家，都有曲折坎坷的人生阅历，都有眼观六路、耳听八方、胸藏万象的气度襟怀，因而他们的作品题材便十分广泛，读他们的集子，就像读着一部社会生活的百科全书，使你眼界宽阔，受益无穷。但也有这样一些作家，他们不乏敏捷的文思，洋溢的才华，但因其生活圈子过于狭窄，或人生道路过于顺当，又不愿或无缘去深入生活，扩大眼界，这就限制了他们的视野与思路，致使其创作题材乃至思维方式显得局狭而单调。这样的作家，即令才高八斗、学富五车，也是难成大器的。而我，尽管学浅才疏，但因出生于山区农村，从小与农民乡亲血肉相连，走上社会后又干过多种活计，并曾走南闯北，结识过许多不同职业不同品性不同风采的人物，尝过了人世间无数喜怒哀乐甜酸苦辣的滋味……凡此种种，为我提供了方方面面取之不尽、用之不竭的创作源泉。由于有了这一得天独厚的优势，也就在一定程度上弥补了我在学识才气上的相对不足。客观地说，我的作品既不丰饶，也不精致，但充满了生活气息，其题材内容也是比较宽广的：或记人，或叙事，或写景，或抒情；或议论历史，或反映现实；或评点时事风云，或感喟世态人生；或弘扬真善美，或鞭挞假恶丑；既写城镇，也写农村；既写普遍，也写特殊；既写真实的故事，也写想象的童话……五花八门，不拘一格，由此而构成了我的散文世界。

我追求情感的真诚。情感是一切艺术品，尤其是诗和散文的内在生命，没有情感就没有艺术。那些板着脸孔或矫揉造作的“作品”，不管其构思如何精巧,文字如何美丽,手法如何翻新,充其量也只是些纸扎的花环,没有什么生命力的。鉴于此,我总爱将散文当作情书一样来写。在构思与写作过程中,我常常将整个儿身心投入进去了。有时候,我一边写一边流着滚烫的泪水;有时候,我一边写一边发出会心的微笑;有时候则因心潮难平,干脆搁下笔管去干别的事情,待到心绪相对平静后,再续写下去。事后我便悟到:我的一些散文为什么会得到读者的首肯与青睐呢?多半是因为在作品的字里行间,流淌着我的潺潺的心泉。诚如谢璞先生所言:李前散文的"一个最大的特点,不是尾随时髦怪风一类的玩物文字,而是有自己的欢欣,有自己的忧愁,有自己的爱憎,还有坦诚的忏悔。他以诚实的心灵在寻找生活中点点滴滴含着阳光的雨露,滋润自己的歌喉,对着天下所有劳心劳力者所公认的真理,无所顾忌地真诚赞美;对于名山大川及涓涓山溪,他从不吝啬鲜丽的笔墨。""在创作上,由于心灵之眼常注意阳光招手的方位,他的心灵如同三棱镜,阳光让它折射出斑斓的七色,编织成闪烁着真诚的散文。李前爬了一坡又上一岭,攀爬中竟有那么多心语要吐诉,仿佛庐山深处春夏之交的啼血杜鹃,只有不分昼夜地啼唱,才有无愧于天地的微笑。"(谢璞《让心灵的泉水常流不息》)上述精彩的评述,固然不无名家对后学热情勉励的成分,却也道出了我写作散文矢志追求真情实感的内衷。

我追求境界的深广。这里讲的境界,指的是散文的思想容量、文化内涵、哲理意蕴及其折射出来的人格的光辉。不消说,那些图解政策、粉饰生活、趋炎附势之类的东西,那些小花小草、小猫小狗、小情小调之类的文字,那些浮光掠影、就事论事、人云亦云之类的篇什,是谈不上有什么境界的。一个优秀的作家,应该站在历史与时代的高度,以睿智的眼光、敏锐的思维、多彩的文笔,在他们的作品中表现出对历史的沉思,对现实的参与,对生活本质的认识,对人生世象的剖析,对心灵世界的拓展,对文化内蕴的发掘,以及对人类命运和社会发展的深切关注,等等。我以为,这样的作家,这样的作品,才称得上具有深广的境界。当然,在一篇短短的散文中,很难包罗万象的,但若作者确曾下了功夫并有所成效，文章也就站得起来，而不至于失之软腻浮浅。记得当年我也曾一度陷入软腻浮浅的创作误区，往后几经挣扎冲撞，才艰难地从中挣脱出来，走向了一个新的境界，所写的作品也渐渐引人注目了。如在《父亲没有遗像》中，我不仅试图刻画出父亲俭朴而宽厚的形象，写出深挚的父子亲情，更想透过父亲身上的人格光辉，对时下盛行的利己主义和奢侈之风，予以讽喻与反拨，从而呼唤传统美德的回归。从这层意义上说，文章的境界也便得到了较大范围的拓展。又如《故园的枣树》，看起来通篇写的都是枣树，其实写的是人；枣树不屈不挠无私奉献的精神品格，不正是人类美好精神品格的象征么？倘若你是个细心人，尚可通过你的审美想象，从字里行间领悟到某些未曾言明的人生哲理：诸如，善良的人们难免也会不经意地犯下某些美丽的错误，留下难以挽救的遗憾；然而，事物毕竟不是静止不变的，通过努力，或因了某种契机，美丽的希望还会在新的天地里得到延伸。有的读者还认为，这篇散文的主题具有多义性，它不仅讴歌了枣树与人类相通的美好精神品格，而且向世人发出了对美质良材应千分珍惜万分爱护的祈愿。此外，在《雄风赋》《杉树王》《大渡河的涛声》《雪域极地之思》《青山遮不住》《我的将军梦》等若干篇章中，也都凝结着我力求发掘与拓展作品境界的心血和汗水。

我追求手法的自由。我一向拥护文无定法的主张。俗话说：萝卜青菜，各有所爱。只要是货真价实的“菜粮瓜果”，而不是花里胡哨的“伪劣产品”，不管你用什么手法去制作，不管其产品呈现怎样的形态有着怎样的味道，都是无可非议的。对于散文的表现手法与路数，鲁迅曾有过“其实是大可随意的”之说，这话道出了散文这一文体的基本特征及其表现手法的真谛，聊以自慰的是，尽管我没有上过大学，但平日的阅读范围却是驳杂的：文学、历史、地理、哲学、社会学、政治经济学、心理学、自然科学……什么都读一点；读文学，也不仅仅限于散文，而是对古今中外各种流派的不同作品都有兴趣，这样不仅对我积累知识，扩大视野，活跃思维大有好处，而且自然而然地对我的创作产生了积极影响。记得在我初学写作时,也曾有过对朱自清、杨朔、刘白羽、吴伯箫等散文大家有意无意的模仿,但随着时间的推移,见识的增长,我的心灵渐渐舒展了,笔头也渐渐放开了。就散文创作而言,无论是题材内容,还是表现手法,我自信已逐步进入一个比较自由的状态。我写过像《云海奇观》《延安夜市》《黄山观瀑记》《谒访三生石》《难忘布达拉》《梅雨潭之恋》那样情景交融的纪游文字,也写过像《说名道姓》《化险为夷》《远离豪华》《怕上电视》那样言近旨远的随笔小品;写过像《父亲没有遗像》《永恒的母爱》《九叔轶事》《"怪牛"外传》那样平实本色的人物素描,也写过像《爱是什么》《不必后悔》《我的微笑》《我的沉默》那样直抒胸臆的灵魂独白;我写过《为林豆豆导游》《我看见了服苦役中的巴金》《情书引出的圆与缺》《挨打的故事》等不少忠于生活的纪实之作,也写过像《最普通的也是最宝贵的》《山雀吟》那样的寓言体散文;写过像《两棵树》《石牛赋》《山雀飞向远方》那样诗化的意象散文,还写过像《天空与大地》那样的时空交错、扑朔迷离的意识流散文,以及像《墨宝》《雨中》《遗憾》那样由几篇不同内容的短章组合在同一标题下的系列同题散文……经过较长时间的摸索与实践,我终于认识到,处理不同的题材应该运用不同的表现手法,但对于同一题材,有时也可以运用不同的表现方式。同时我又体验到,对一个有所追求的作者来说,一专多能固然可贵,但因为生活阅历、学识修养,气质个性和爱好特长的关系,毕竟还应选准最能展示自己个性风采的创作路数与表现方式,并逐渐形成自己独特的风格。我是一个农民的儿子,长年累月在基层摸爬滚打,深知平民百姓对文学艺术有着怎样的需求,因而格外注重平民文学。评论家刘忠诚称我的散文为"平民散文",具有"平民意识,平民理趣,平民风范",我深以为荣。大概自从人到中年后,我便致力于追求一种淡而有味、浅中有深、平中见奇、质朴自然的艺术风格。我希望我的作品,初通文墨的小学生都能读懂,而不同年龄层次不同文化修养不同生活阅历的人们,都能从中得到程度不同的感受和熏染。我知道要完美地达此目标很难,但我会坚持这么去努力的。

三

文格与人格，文品与人品，做文与做人，总是紧密联系在一起的。古人云：功夫在诗外。这话，确系至理名言。你想写出众多为读者所喜闻乐见的优秀作品，乃至写出有口皆碑的传世之作，自己首先应该成为一个高素质的现代人、现代作家。那么，什么样的人才能称得上一个高素质的现代作家呢？我的观点是，一个既有传统美德，又有现代意识，既有艺术修养，又有实干精神的人，才有可能成为一个高素质的现代作家。

传统美德是传统道德中的精华。诸如爱国爱家、勤劳俭朴、艰苦奋斗、尊老爱幼、尊师重教、克己为人、讲究信用、见义勇为等等，均系传统美德的组成部分。这些，都是人类世界，尤其是中华民族精神文明宝库中璀璨的珍珠，也是做人作文的根本。

然而，光有传统美德是不够的，还得有现代意识。现代意识是一个宽泛的概念。它至少应涵括如下意识：求知意识、开放意识、竞争意识、创新意识、忧患意识、进取意识、市场意识、平等意识。只有当你成了一个集传统美德和现代意识于一身的人时，你才能在当今这个七彩纷呈、日新月异的信息社会里站稳脚跟，进而在改革开放的时代潮流中踏浪扬帆、大显身手。

至于艺术修养，我以为除了要学懂弄通《艺术概论》《文学概论》之类的教科书，广泛涉猎古今中外的名篇佳构，汲取尽可能多的艺术养料之外，还应着力培养与增强自己对社会、人生和大自然的感应能力、审美能力和艺术表现能力。亦即既要具有“感时花溅泪，恨别鸟惊心”的艺术敏感，又要具有“横看成岭侧成峰”“淡妆浓抹总相宜”的表现才能。艺术修养，乃是作家艺术家不可或缺的职业秉赋，而艺术修养的深浅，正是衡量作家艺术家才华高低的一个重要标志。

实干精神，是成功任何事业的必要条件；提倡实干精神，显然是对世人普遍存在的惰性的摒弃。一个作家的成功，尤需付出比别人更多的辛劳。高尔基曾经自豪地宣称:“历史已反复证明,你想成为一个什么样的人,就能成为一个什么样的人。”这是他的经验之谈。因为高尔基这个小学尚未读完,却又从小想当作家的人,后来确实如愿以偿,成了一位世界文学巨匠。但话又要说回来,倘若高尔基没有千磨百难的生活阅历,没有奋斗不息的实干精神,没有深广高远的人生境界,他的理想和志愿将永远是虚无缥渺的空中楼阁。

于是我就想:尽管很少有人能有幸达到文学巨匠那样辉煌的高度,但像我这样平凡渺小的芸芸众生,不也可以而且应该向高尔基这样的伟大人物仿效么?

1998 年 10 月,仰天岗下

自选作品

故园的枣树

这次回乡探亲,最令我伤感的,莫过于我的枣树的夭亡了。

屈指算来,我的枣树在世上活了 24 个春秋。记得 12 岁那年,我在村背后金家山砍柴时,看见林子里有一株嫩生生的小枣苗;我立刻用柴刀将它连根撬了,用泥土裹着,宝贝似地带回家,栽到院子里,也栽下了一个少年朦胧的绿色的希望。

那时候,我常常给它浇水、施肥、培土、剪枝,悉心培育着它。后来我进城读中学,与枣树一别半载。假期回家一看,嗬!这枣树不知哪来的疯劲,冷不防一窜院墙高!而且,在那绿云似的虬枝密叶间,竟奇迹般缀满了素白明洁的花,致使满院里飘散着淡淡的枣花香。顿时,一股不可名状的喜悦,便溢满了我的心田。

这年初秋,枣树结果了。啊!那黄澄澄、胖嘟嘟的枣子,累累垂垂地挂着,好像挂着满树的珍珠,又像挂着无数的星星。我郑重地摘下一颗枣子,擦得锃亮,放置手心,脸颊上贴一贴,鼻孔下闻几闻,许久才往嘴里缓缓地送。“崩喳”一嚼，脆脆的，鲜鲜的，滋儿滋儿，越嚼越有味，越嚼越来神，过了好一阵，尚存满口甜香。咳，在我看来，这味道，确乎赛过世上的任何佳果奇肴呢！

从那以后，枣树每年都以丰硕的果实，无私地奉献给人们。就我们这座拥有80余户人家的村庄来说，很少有谁未曾接受过它的馈赠。有时，父亲还将枣子摘了，用竹篮盛着，送给远方的亲友品尝。我后来虽然一直在城里做事，但每次回乡探亲，都要与我的枣树相会，享受它给我的欢乐和慰藉，也略尽一点儿主人的义务。要知道，这些年来，我为它尽的义务委实太少，而它给予我和乡亲们的馈赠却源源不断……

我依稀记得，枣树定居我家院内四年后，便已开花结果了。我家的院子，原本是单调寂寥的，就因了它的存在，平添了许多生机，许多情趣——春天，它绽千朵银花，令人爽心悦目；夏天，它撑一把绿伞，为人遮荫歇凉；秋天，它结累累硕果，给人以生活的甘美；冬天，它挺一身硬骨，给人以思想的启迪……

——这就是我的枣树，这就是我的可爱的、令我时刻惦念着的枣树啊！可谁能料想到，我的正当盛年的枣树，眼下竟失却了应有的风华，权剩一截光光的七尺树干了！

“它，怎么就死了呢？”我皱着眉头，问我舅母。自从父亲进城后，舅母一家就在这儿居住。

“你舅舅把它砍了。”舅母回答。

“砍了?！为什么?”我只差没气得跳起来。

舅母叹了一口气，说：“就怪它把院墙撑坏了呢。”

我怔怔地望望枣树，又望望院墙，久久地说不出话来。也是的，院子本来就小，枣树又靠墙栽着，随着根须躯体的日益扩大，以致将院墙挤开了几条裂缝。——院墙要限制枣树的发展，它岂肯乖乖就范！啊，这就怪舅舅吗？只能怪我当年缺乏远见，将枣树局限在一方小小的、无法自由伸展的天地里。要不，它满可以开出更美的花朵，献出更浓的绿荫，结出更多的果实呀！这时，我心里不禁滋生出一腔深深的愧疚。我痛心地感到：我昔日栽下的那个朦胧的绿色的希望，也许就此幻灭了吧？

然而，枣树如今虽然仅剩七尺残躯，却并不显得瑟缩、卑微。它挺身站在那儿，坚定而又安详。在它凸出的枝杈上，挂满了犁耙锄镰一类农具；在它顶端的凹沟里，横架里一根长长的木杆儿，满杆子花花绿绿的衣物，便由它托着，在阳光里曝晒，在清风中飘展。望着这情景，我心里一阵热乎……

许是出于一种本能的习惯吧，我从树丫上取下一柄锄头，打算为枣树再培一次土，再锄一次草，但锄头刚刚举起，但在半空顿住了……原来，我发现树下的土地上，嫩生生又钻出好几株小枣苗！风儿款款地吹着，轻摇着它们稚嫩的身躯；阳光融融地照着，映亮了它们鹅黄的叶片。它们，多像一个个天真烂漫、无忧无虑的孩童，正在迎着清风起舞，浴着阳光欢笑呢！

望着这一株株可爱的小枣苗，我的眼睛倏地亮了。

我欣慰地感到：当年我栽下的那个绿色的美丽的希望，不仅未曾幻灭，而且在一个新的天地里得到了延伸。

1987 年夏

（选自散文集《登山赋》）

我的将军梦

一

小时候，有谁未曾做过五彩缤纷的理想之梦呢？对我来说，做得最频繁最倾心最神往的理想之梦，当属我的将军梦。

不怕见笑，当初我之所以想做将军，缘于想为家庭争光争气争面子。那年月，我家人丁单薄，一贫如洗。母亲华年早逝后，我和姐姐没少受人欺侮,老实巴交的父亲更是见人矮三分,看到生产队长都得陪笑脸。生性倔强而又异想天开的我,自然极想改变我家这种卑微的处境,于是便心仪于将军的威风八面、显赫辉煌。因而,做将军也就成了我梦寐以求的人生目标。

大约从上高小开始,我就对描叙用兵打仗刻画将军形象的书刊和电影格外钟情。我读过不少军事题材的小说和将军传记,看过不少呼啸着战争风云弥漫着炮火硝烟的影片,往后又陆续拜阅了好几本兵书——对武学经典《孙子兵法》,更是奉若至宝,百读不厌。说来惭愧,我至今未能读完伟大的《红楼梦》和杰出的《金瓶梅》,但对《三国演义》《水浒传》《东周列国志》《战争与和平》《静静的顿河》《斯巴达克斯》,以及那些激越豪迈气壮山河的战斗诗篇,却广为涉猎、乐此不疲。我一向看不惯那个饱食终日无所事事且脂粉气十足的贾宝玉,一向厌烦那个动辄对花溅泪对月伤心的林黛玉,而对潘金莲、李瓶儿、孟玉楼一类争风吃醋尔虞我诈的弱女子们,也缺乏男子汉的同情心,然而,我对那些"上马击狂胡,下马草军书""金戈铁马,气吞万里如虎"的天之骄子——将军,却心驰神往、尊崇备至。渐渐地,我对从姜尚到孙武到吴起到韩信到诸葛亮到李靖到岳飞到戚继光到拿破仑到朱可夫到毛泽东的军事理论和战略战术,便多少能窥其堂奥,对历代中外名将的奋斗历程、业绩风采,好歹也能说出个子丑寅卯来。谓予不信,你不妨随时对我进行闭卷考试,我自信大都能给你一个满意答案的。

——你若问我水泊梁山有哪些反抗暴政替天行道的英雄好汉?我可以闭着眼睛,从及时雨宋江、玉麒麟卢俊义,到鼓上蚤时迁、金毛犬段景住等一百单八将,依照三十六天罡、七十二地煞的序列,准确无误地为他们一一排好座次。你若要我讲讲他们的来历与事迹,我也能随时将诸如"鲁提辖拳打镇关西""林教头风雪山神庙""吴学究智取生辰纲""宋公明大破连环马"之类的故事,讲得声情并茂、活灵活现。

——你若问我中国人民解放军有哪些重要将领?我可以不假思

索，将20世50年代授衔的十大元帅、十大大将和五十七员上将，加上新时期授衔的高级将领们，一个不漏如数家珍地报出他们的大名，道出他们原先属于哪支部队，任过哪些职务，参加或指挥过哪些著名战役，说不定还能讲出某位将军的脾气性格、志趣爱好，抑或某些鲜为人知的奇闻轶事呢！

——你若问我桂陵之战、垓下之战、赤壁之战、淝水之战、滑铁卢之战、斯大林格勒保卫战、中国工农红军五次反“围剿”、台儿庄之战、平型关之战、上高会战、百团大战，以及中国人民解放军辽沈、平津、淮海三大战役的情景，即使不要地图和沙盘，我也能头头是道有板有眼地讲出个所以然；对于某些战例，没准儿还能从中摸索出几条带规律性的经验教训来……

友人说，这是我的一大“特异禀赋”，倒也不无根据。你说，倘若我不是一个常做将军梦的有心人，这一“特异禀赋”又从何而来？

二

然而，理想之梦与客观现实毕竟存在着距离。

19岁那年，我踌躇满志地参加了招兵体检，体检结果，样样合格，而且社会关系和个人表现全都清白无瑕。我满以为，圆我将军梦的第一步——参军入伍，已是指日可待了。

事隔多年，我依然难以忘却那段交织着焦急、喜悦与期盼的时光。那些天，我常常美滋滋地遐想：一旦草绿军装身上穿，一颗红星头上戴，我准会豁着命儿干的……最好是加入野战部队。最好能进驻边疆山区。最好先到连队当大兵。一定要努力学好毛著，练好本领，摸爬滚打，奋勇争先。凭着农家子弟的吃苦精神，凭着长期养成的好学习惯，凭着我那几乎与生俱来的军人气质，相信我定会在军队这座大熔炉里百炼成钢、茁壮成长的，进而由班长—排长—连长—营长—团长—师长，一步一步升上去，然后争取弄个军长、司令的干干。当到军长、司令一级，不就成了将军么？要是美梦成真，我和姐姐还会受人欺侮么？父亲还会怕一个小小的生产队长么？再说，要是做了将军，虎符在手，军权在握，我便可于国家和人民特殊需要的紧急关头，运筹于帷幄之中，决胜于千里之外，或者亲率雄师劲旅，浩浩荡荡地奔赴前线沙场，抗击外寇，讨伐恶人，剪除奸佞，维护正义，建立不朽功勋，留下万世英名。到那时，说不定就有崇拜我的诗人满怀激情地赋诗赞叹："千古江山，英雄无觅李某人处……"当然，我也曾想到过，要是万一出师未捷，败走麦城，甚至马革裹尸，战死沙场，我也无怨无悔。君不见，在中国历史上，不也有过张巡、南霁云、文天祥、史可法、唐赛儿、葛云飞、关天培、陈玉成、丁汝昌、方志敏、王尔琢、张子清、左权、彭雪枫、杨靖宇、吉鸿昌、张自忠等许许多多以身殉国千古流芳的英烈豪杰么？区区李某人，一个普通农民的儿子，倘能像他们那样"生当作人杰，死亦为鬼雄"，此生此世，夫复何求哉？

万万没有料到，如此这般云里雾里集中地做几天将军梦，尽情地奏了几天将军狂想曲，盼来的结果却是：因系独子，取消入伍资格。这，对我不啻是一个晴天霹雳！霎时，我那沸腾的热情降到了冰点，我那做了多年的神圣而又美好的将军梦，也倏地化为云烟……

古人云：千里之行，始于足下；九层之台，起于累土。想想吧，连兵都当不成，你还想做将军么？

三

恍恍惚惚过了好些天，我才从未能参军入伍的失落中解脱出来。除了认命，我已是别无选择了。

不知是因为天作之合呢，还是因为与将军有着割不断的缘份，当不成军人做不了将军的我，往后却不时有了与将军打交道的机会。

很长一段时间，研究党史军史，走访与接待中外来宾，竟成了我就业后的主要工作。这样，我便有条件潜心钻研史料，还能名正言顺地去采访和结识众多的开国功臣、革命前辈。他们当中，就有粟裕、王震、萧克、萧华、张宗逊、何长工、王首道、杨成武、杨得志、陈士榘、陈再道、傅秋涛、张国华、皮定钧、唐天际、刘型、张震、旷伏兆、萧思明、李真、贺庆积、甘祖昌等身经百战、威名赫赫的真正的将军。每结识一位将军,我就像读到一部风起云涌撼人心弦充满传奇色彩的大书;每一位将军,都以其特有的阅历、气质、品性、意志、思想和才智,令我钦敬不已,回味无穷。共和国星汉灿烂的将军们,给了我多么丰富而深刻的影响,又给了我多少广远而美好的熏陶呵!久而久之,在我的心目中,将军,已不再是一种威严显赫的象征,不再是一个抽象模糊的概念了;他们,变得厚实而又具体,崇高而又亲切,以至有朝一日,我居然敢于在一位真正的将军面前班门弄斧——用四句话来概括将军应该具备的基本素质:长远睿智的战略眼光;机动灵活的战斗艺术;坚忍不拔的战斗意志;果断快捷的战斗作风。不料我的浅陋之见,竟然博得那位德高望重的老将军的首肯。他还风趣地说:"要是你能按照这四句话去做,你就成了一名不是将军的将军了!"

四

诚如老将军所言,常做将军梦且颇受将军陶冶的我,确乎尝到了不少甜头。

早在青年少年时代,我就养成了勤于思考的习惯。及至当上"人民公仆"之后,尤其如此。大凡制订规划,开展工作,我总爱立足眼前,着眼长远。遥想当年在文博部门供职期间,乘着许多老一辈革命家健在,我提出并实施了"走访老前辈,抢救活资料"的工作方略。经万里奔波,八方寻找,几年中我们共收集到数百种珍贵的文物资料,为今人和后人研究党史军史,提供了一批鲜活的依据。时至今日,当人们发现在世的革命前辈已经寥若晨星时,才真正感受到当年的决策,具有怎样的战略价值。还有,近年我奉命到一个贫困山乡当村建工作队长,于认真学习深入实践和周密思考后,我将工作的基本思路编成了一首《村建谣》:"咬定目标不放松,抓住重点下硬功,因地制宜创特色,正反好坏树典型,薄弱环节勤补课,加大投入到基层,求真务实重效益，稳定发展新农村。”在这寥寥56个字中，既有长远的战略目标，又有具体的策略部署。三年过去了，经多方努力，齐抓共管，全乡果然面貌一新，乡亲们紧锁着的眉结，也纷纷舒展开来。

人生是一个变幻莫测的万花筒。也许，当你正在畅饮幸福的美酒之际，不幸的阴霾已悄悄向你逼来。即令你是一个正直、善良、坚毅、有为的人，命运之神也常常同你恶作剧。我，也没少被命运之神无情地耍弄过。——因为天灾人祸，我有过幼年丧母、青年丧父、中年丧子的悲哀；因为出言不慎，“文革”初期，我这个年仅十几岁的读书郎差点被打成“反革命”；前些年，因为我不愿跟着某权贵昧着良心整好人，自己反被整得死去活来；还有几次，我甚至好没来由地面临着死神的威胁……毋庸讳言，每当不幸的阴霾不期而至，尤其是每当狰狞的死神向我残忍地招手时，我身心的屈辱和痛苦是难以言表的。但我从来没有悲观绝望，也没有沮丧沉沦。几经灵魂的搏斗，每次我都能咬紧牙关，挺直腰杆，倔强地站立起来，然后揩干眼中的泪水，抚平身上的创伤，迈着刚健而又沉稳的军人步伐，继续向前走去！

我还有一个为人称道的习性：说话办事简明干练，讲究效率。出于对时下文山会海成灾，形式主义滥觞这一流弊的由衷厌恶，我常常自觉地以军人风范来约束自己的言行。每次与人交谈，开会发言，公开演讲，我尽量不讲套话、空话、假话，尽是将三句话缩成一句话去说，决不将一句话拉成三句话去侃。我曾经用三分钟发表了一个就职演说，用五分钟传达完一个会议精神，用十分钟开完一个总结表彰会，居然赢得满堂掌声。至于写诗作文，我也力求做到有话则长，无话则短，决不无病呻吟，决不将懒婆娘的裹脚布公诸于世，以免污了人们的鼻眼心扉。平时安排工作，处理问题，落实措施，我力求简化办事程序，缩减中间环节，该决则决，该断则断，该办则办，从不耐烦搞“马拉松运动”。别看我这人长得人单体薄，毫无世人心目中那种虎背熊腰神威凛凛的将军风仪，但我那众所周知的短平快工作节奏与处事习惯，却也使我不时享受到那种不成葡萄却又得到意外收获的欢乐。

诸如此类的意外收获，在我的日常生活中也不鲜见。有一次，我与友人刘君到庐山石门涧寻幽探胜，于僻静处忽见两个长发青年在追逐一位单身少女，顿生仗义扶危之心。目睹长发青年那凶霸霸的模样，书生刘君有点紧张；我却气定神闲地眼观六路，耳听八方，应对之策迅即形成。我与刘君稍稍合计后，便各执棍棒，闪入路旁一个依壁临谷的山凹里。不一刻，花容失色的少女由此仓惶经过，我们没有惊动她。待到“追兵”临近，我俩蓦地同时跃出，赫然现身，并齐齐雷哼一声，山鸣谷应！两个长发青年猝遇半路杀出两个手执棍棒、目射精光的“程咬金”，不由得大惊失色，顿时僵在那里。摄于我们的威势，两个家伙不敢造次，只好装成观光赏景的游人模样，从我们跟前蹑手蹑脚地溜了过去。我和刘君却谈笑自若，像押俘虏似的紧紧跟上，直到那位少女消失了踪影。至此，一场“英雄救美”的壮剧宣告完成。谈笑中，我向刘君解释：这是一场有惊无险的遭遇战：由于对方做贼心虚，我们又占据了有利地形，并审时度势地运用了奇袭与攻心相结合的战术，故能起到不战而屈人之兵的效果。刘君大为叹服，夸我不仅具有见义勇为的军人品格，而且具有克敌制胜的“大将”之才。如此赞词我固然承受不起，但我对将军旷日持久的向往、崇敬与仿效，以及由此而收获的种种好处，却也是千真万确的事实。

五

从我开始做将军梦到如今，究竟过去了多少个年头？我已印象朦胧了。可我早就明白，命运之神并未赐予我当将军的机遇，为此我曾深深地懊恼过、忧伤过。随着岁月的流逝，阅历的增加，我终于渐渐悟到：人生在世，无论男女，谁都有着自己的理想与追求，但这种理想与追求，往往并不因你单方面的努力就能如愿以偿的；世上百业，无论从文从武，务工务农，还是打铁卖糖，挖煤淘金，乃至三教九流，都得有人去干，要是人人都想叱咤风云，个个都去安邦定国，我们这个世界岂不乱套了吗？由此看来，人们无论居庙堂之高，还是处江湖之远，也不管具体干的什么活计，都不必太过在意；即令你担当的角色与你的理想大相径庭，但只要你真诚地追求过，而没有自暴自弃，蹉跎岁月，也就心安理得了。更何况，平日你所付出的心血汗水，尚能得到应有的补偿和回报呢！

人生历炼到了这步田地，昔日那浮躁与动荡的心空自是一片澄明。哦，历经沧桑的我，终于不再因为未能实现我的将军梦，而存有这样那样的抱怨和遗憾了。

（选自散文集《红与绿》）

亮过三月 沉过九月

——评李前的散文创作

刘忠诚

李前的散文创作，曾被林非、谢璞等当代著名学者、作家称之为有灵气有品位的创作，尤其是他那篇广为传颂的《故园的枣树》。我也走进了这片枣林。我只是稍稍移动了一下脚，我的肩臂就被敲疼了；好沉呵，李前散文园林中那些胖嘟嘟的枣子。

不求高深，但真入骨髓，真入生活的每一条小巷

李前是个留心观察生活的人。对那些交臂而过的行人，对那些轻轻擦肩而过的寻常生活，对那些抚摸过肩头心头的阳光，对那些常人看似索然无味的日子与事物，他都会像一个海滩上拾贝壳的小孩那样，痴痴地定格在那儿，留心、细心地去观察，去体认。应该说，仅凭一味的观察，仍写不出李前那样对生活痴情的散文。他的观察，是同时带着那份痴情去看而且痴痴地去想的。他是把“看”浸泡在那份痴痴的“想”里。观察，并且进而从人的生命深层穿膛过心地去

体味,一遍又一遍。一句话,他是用本真的心去拥抱生活的。这本真,并不求所谓的高深,但真入骨髓,真入生活的每一条小巷。打开他的散文集子,无论在《登山赋》还是其它集子里,抑或在散见于国内报刊的一些作品里,都没有那种哥伦布发现新大陆似的认知的高深发现。他不愿在他的散文里高谈阔论,也不愿像魔术师那样布暗道机关,一惊一乍地卖关子。他以为这不是散文的追求所在,起码不是他喜爱的这一类散文的追求所在。在他看来,哪怕是追求理趣而不是情趣的散文,其追求仍在理被悟后的趣,而不仅仅在理之本身。情、理、趣,而这一切之所在,关键又在真。他抓住真,哪怕量不多,也紧紧抓住这看似一点点的真不放,使之真入骨髓,刻骨铭心。

在《春夜朦胧》中,他把很多人在生活中都可能有过的一次失约写得一波三折,人心震撼。在《永不消失的霞光》中,他把二十多年前的一声婉言谢绝写得声泪俱下,永生难忘。《童年的"婚礼"》也许谁也不经意,然而他却偏要说一声不,接着,便执拗地把那份真纯挑出来,像荷叶上那颗滚动的露珠一样,让你在耀眼的阳光下定定地看。最让人感动的还是《永恒的母爱》。幼年失恃,何来母爱?但在作家笔下,那真入骨髓的真情亲情却像太乙当顶,诸神在心,神圣得几乎让人屏住呼吸,喘不过气来。李前散文追求的就是这种真骨与远韵。他硬是凭了这份真,把生活散文无孔不入地写进了村巷、街巷,写进了生活的每一条小巷,小巷的每一处人心,写出了骨相散文的根中情,骨中风,风中声。那声,声声呐喊;那风,刚柔兼济;那情,真挚深沉。

平民意识,平民理趣,平民风范

李前另有一些散文,常来一些曲笔,缓缓地、无声无垠地进入你的内心,让你渐入佳境。他采取的是对话,是谈心的方式。那方式,依稀有些秦牧式的笔调。如他的《说名道姓》《说挤》《议瀑》《远离豪华》和《怕上电视》等,平易得就像在和你拉家常,一面却又把笔墨荡得很开、很远,思想开阔得荡然无痕。那材料掰开看似信手拈来却又恰到好处。文章的有些段落在悄然不觉中经九曲流水而领你到水天一色的大海深处,让你竟也恍然而惊呼:这个李前!

李前散文的内质是坦诚的。诚如谢璞先生在《登山赋》序中所说:李前"从不把自己当作是可以训斥一切人的超人，而总是本分地以质朴的文字，探索的心情，谈天说地的方式细说他的见闻和感受”。这是因为在李前的心中始终具有“平民情结”，流贯在他字里行间的是充盈而实在的平民意识、平民理趣、平民风范。

跟那些十分时尚的学者散文、精英散文、文化散文相比，李前看重并珍视的是更贴近普通人的生活散文、平民散文。他是山沟里走出来的作家，对于生活大树上落下的枣子，每一颗都耿耿于怀，抛舍不得，一定要轻轻把泥土拭净了，甚至和着泥，就一把扔进嘴里，狠狠地嚼，细细地品，只肯把枣核吐了，那吐，也要吐进生活的泥土里，让它重新发芽。

面对社会转型期的散文，其美学情趣与取向也在产生一些悄悄的变化。随着民间大社会的培育与日趋成熟，社会生活日见其斑斓。社会的进一步民间化则带来社会心灵的进一步平民化，也带来散文的世俗化、生活化、平易化。平民情结蒸郁于社会民间，也蒸郁于作家心灵。李前正是看准了这种变化。所以，他把他的散文定位在生活散文、平民散文。他写《我的微笑》《我的沉默》《我的私房钱》《墨宝》和《化险为夷》，写你的、我的、他的，写发生在你我他身边的人与事与细节，处处蒸腾着十足的生活况味。然而，他写的是《最普通的也是最宝贵的》。这就是他的平民散文的理念：一方面是普通的，另一方面又必须而且必然是最宝贵的，二者缺一不可。他认为作家不是超人而是平民，但散文的平易与寻常心，平民情结与平民理念又决不意味着媚俗的写作或心灵的矮化。他的散文正是浓郁的生活气息、世俗气息，一方面消解了那种过于仙风道骨的神仙气，消解了因袭的重负，套话套式，矫情矫文，某些定型化的精神话语范式与文体范式，但又信守此岸，决不消解散文独立慎思的人格力量，决不消解它的独立耕耘的崇高。他在平民意识、平民理趣的躬耕中所要重构的，恰恰是实实在在而又震惊世俗的平民风范。正是从这一点来看他的名篇《父亲没有遗像》，我们才知道，为什么一个看似普通而世俗的题材，竟被他写得如此惊世骇俗而感人至深，我以为除了行文的自然和感情的真淳之外，更由于父亲所特具的平民风范并由此而焕发出来的人格光辉所产生的魅力。

意象，在那一刻闪光，也在那一刻永恒

李前写过那些咏物散文。但他写得不那么声张。他咏物也是不声不响，在悄然忘我中让你进入角色，进入境界的。在《云海奇观》中，他独到地写出了黄洋界云海的变幻莫测，不请自来。他写《大渡河的涛声》，既写出了涛声的层次与气势，又写出了切盼中向往中的心灵的层次和境界。他写得最好的咏物篇章还是《两棵树》。能写出如此飞扬灵动韵味十足的文字的作者，似乎不像生活中那个有点腼腆有点憨厚的李前。这是一个超然物外的李前，哲中、性灵中的李前。他推开了窗，窗外是两棵树。那是心仪中的两棵树，已超越了树的实体本身的两棵树，意象中魂牵梦萦的两棵树；它们年年月月，隔河相望，隔河牵心，坚贞如一，矢志不渝，终于对望成一种永恒的向往与期待，对望成一个撼人心魄、催人泪下的美的象征。分明是普普通通的两棵树，然而经过李前的意象经营与心灵包孕，竟集天地人心之精灵而成永恒。李前捕捉意象的神来之思，表现意象的神来之笔，使他的意象既在那一刻闪光，也在那一刻永恒。

李前的咏物散文显然有别于过去那种所谓"形散而神不散"，纯粹托物言志式的散文。他提供的是源于生活同时也感应于心灵的完整的意象，物与志，意与象并不隔开。他的散文路子也就明显地摆脱了过去那种削足适履的固有思路与文体。题旨的多义性与可衍生性活脱于他晶莹饱和的散文意象之中；这无疑是一种启示与开拓。无论是写树、写枣、写山川、写云海、写瀑布、写溪流、写石头、写小院……都不是玩物、玩文字、玩散文套路。蜡烛流泪，春蚕吐丝，他牵肠挂肚所吐露的是心物，是心营的大世界。

自审，在人性的天平之上，在心灵的放大之下

李前散文中的某些篇目，有人读来可能心灵会为之颤抖。因为在这些散文中，作家扬起了心灵的鞭子，正义正直的鞭子。作家首先用这些鞭子来拷问自己自责的心灵，并在拷问与自责中完善自我，进而去感染与启迪他人。在这些篇目中，最具代表的是《我看到了服苦役中的巴金》与《不仅仅是忏悔》。

二十多年前,还是一位十多岁青年学生的作者因红卫兵"串连"而去了广州,因为一次偶尔巧遇的"批斗会",他跟着成人喊了几句在当时不能不喊的"批斗"老作家欧阳山的口号。这种事,有多少人没有经历过,又有多少人至今还把它放在心上呢?然而,李前却把它看成是一次不可推卸的心灵过失,像沉甸甸的石头一样,在心中挂了二十多个年头。在这篇一吐块垒的散文中,在人性的天平之上,在心灵的放大之下,他终于自己把自己推向了灵魂自审,心灵自我拷问的圣殿。仅仅是自责吗?是忏悔吗?李前说,是,却又不仅仅是。

在《我看到了服苦役中的巴金》中,李前也写到了那场史无前例的"文革",写到了红卫兵"串连"。文中写了他对巴金的一次特殊的心灵礼拜与谒见。文章写得心灵极其温润而虔诚,充满了后学对前辈的敬慕之心。但那毕竟是一次特殊的谒见,为了能更切近地看上一眼他从小就敬慕的巴金,他宁肯在烈日的暑蒸下,蹲着与巴金一块儿拔草。虽然巴金当年服苦役是时代使然,与作者毫不相干,但在字里行间却分明可以感受到作者愿为时代所分担的那一份心灵的遗憾、自省与内疚。

我以为,这种可贵的心灵自责、自省、自律,不仅有益于散文的文格,作家的人格,而且能滋养调适已失营卫的某些心态与人性,可大补人心。

如雨的运思,花儿亮,枣儿沉

李前散文的美学特质,我看至少有两个闪光点。其一是质朴之美,这由他的人格人品与文格文品所决定。其二是生活之美,这由他散文的题材以及他透析、倾诉题材、题旨与情思的角度和方式所决定。这其中,还隐隐约约、闪闪烁烁地流露出山乡的乡土美,地域的江南美的特质。那些江南山乡与雨季似的如雨的运思,那些嫩香、清脆、鹅黄的色泽与气息,在李前的散文中也明灭可见。这江南的丽质虽从外露的文字中很少或很难看出,但从内质上为他主色调的质朴美带来了风格的丰富与变化。还须看到,李前散文的质朴之美与生活之美或乡土之美,都与作者一贯崇尚与追求的自然之美是有机联系在一起的。这种内在的美质,在《两棵树》《笛音》《雨中》《走进大山的将军》《起网记》和《拜神记》等不少篇章中,都有意无意地体现出来了。

我尤其喜欢他的《故园的枣树》。且看："那黄澄澄、胖嘟嘟的枣子，累累垂垂地挂着，好像挂着满树的珍珠，又像挂着无数的星星。我郑重地摘下一颗枣子，擦得锃亮，放置手心，脸颊上贴一贴，鼻孔上闻几闻，许久才往嘴里缓缓地送，'嘣喳'一嚼，脆脆的，鲜鲜的，滋儿滋儿，越嚼越有味，越嚼越来神，过了好一阵，尚存满口甜香。"这就是李前散文园林中的枣子。如此甜香而鲜活的文字与文气，何等精彩传神！难怪谢璞先生反复细读了三遍才放手，并由衷赞道："它，颇美。像品味脆生的枣子，像吃了一碗嫩豌豆，也像嚼了一阵子槟榔。"（谢璞《关于灵气》，载文学报1987年6月15日）

李前是一位事务缠身却又钟情文学的业余作家，他长期蛰居江南小城，只顾埋头劳作，甘于寂寞，不求显达，却自得其乐。虽然他用于创作的时间很少，但创作态度十分严谨。他平生写过多种类型的文字，近年主攻散文。尽管他的作品并非字字玑珠、篇篇锦绣，也有一些少了几许从容与深藏的篇什，但就其整体而言，他的散文确已达到了一种较高的境界。若将他的某些佳作与某些当代名篇相比，也是毫不逊色的，因而颇受读者的青睐，且一再获奖。然而，尽管如此，评论却极少注意到他，以至至今未能见到一篇系统评介李前散文的文章。鉴于此，笔者近年特地神游于李前的散文天地，遂成此文，以求教于广大读者和文坛的行家里手，并供作者本人参考。我的初衷是：愿评论界多多关注一下那些甘于寂寞却不甘沉沦的业余作家；愿业余作家李前在已有成果的基础上有新的开拓，新的收获；愿他的散文就像那三月的花，但亮过三月；又像那九月的枣，但沉过九月。

（原载《创作评谭》1998年第2期）

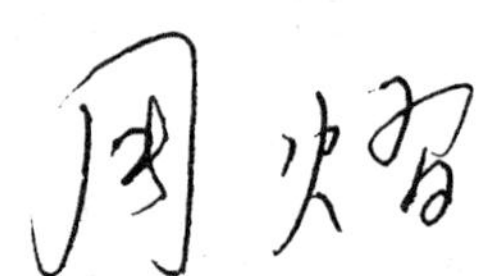

周　熠(1948—　)，诗人、散文家，河南邓州人；历任南阳日报社编辑、编辑室主任、常务副总编辑，系中国作家协会会员、南阳作家协会副主席。

周熠 1978 年初涉文学，先后发表小说、诗歌、散文及纪实文学作品逾 200 万字；除出版小说集《杏儿黄熟时》、诗集《夏雨与雪思》外，已出版散文专集 3 部：

《遥远的风景》(百花文艺出版社，1994 年)；

《水之湄》(河南文艺出版社，1996 年)；

《周熠散文自选集》(河南文艺出版社，1998 年)。

其中，《月迷津渡》获首届全国报纸副刊优秀作品一等奖，《张衡墓抚今》《武侯祠走笔》分获全国报纸副刊一、二等奖；《遥远的风景》被《中国文学》(1995 年第 1 期)，以英法文版译介国外，《何谓故乡》被选入河北省初中语文第三册(2000 年版)，并被数家书刊选载。

评论周熠散文的文章主要有：

《遥远的风景——南阳作家周熠其人其文》(陈继会)，《文学报》1996 年 8 月 20 日；

《乡村忧患意识的自觉展示——对周熠散文主题的思考》(张书恒、白万献)，《卧龙论坛》2001 年第 3 期。

我的写作之路

周 熠

西方哲人早就断言，人最大的困惑是不了解自己。中国的老庄也强调，人贵乎有自知之明。反过来，也是讲要了解自己难。

了解自己难，了解自己的文学境界更难，而要做一篇自叙文学境界的文章，就更是难乎其难。不过，我写自己的路无非是追忆过去，开畅未来。再者，每个人的路都不同，写出来与朋友们交流互勉，如此而已。

1

我是怎么弄起小说来的？回望来路，至今也觉茫然，或者说偶然。

不错，中学时候就做过文学梦了。这梦像夏日的蜻蜓一样翻飞于我青春的天空，引发我的作文常出现于校刊上。然而，这点小聪明不过昙花一现。时命多舛，不久，那场空前绝后的人间浩劫，残酷地掐断了我那蜻蜓样活跃的文学梦。尽管那时生存空间有限，可读的书有限，还是读了鲁迅，读了红楼梦和水浒，还有偶尔自一废纸堆中得到的一本高尔基中短篇小说选。这些名著和大家，还时不时地使我的文学梦如暗夜的萤火虫一般倏尔一闪。还有，两个哥哥时而在报刊发的一点诗歌和故事，也牵引着我不绝如游丝的文学梦。

1977 年春天，一天，在县文化馆抓创作的大哥对我说：河南人民出版社近期要在南阳办一个小说班，只要交上一篇有基础的小说稿，就可以参加。他嘱我写一篇。我当时很犹豫，主要是没有信心和勇气。但哥下话了："别学懒，行不行，你试试。"他要求"五一"前把初稿拉出来。我别无选择，只好背水一战了。只得重读鲁迅和高尔基，又翻看红楼梦中我喜欢看的一些章节。慢慢地，鲁迅、高尔基和曹雪芹笔下的人物、情景和语言在我的脑里活动起来，像是一种启动轮子旋转的势能的带动，我创作灵感的轮子终于轻轻地转动起来。我苦干了两夜，拉出了一个一万二千字的小说稿子《大治之春》。哥看了说行，又提了修改意见。不久，在金秋九月南阳作者的小说学习班上，我的这篇处女作，得到省出版社小说编辑顾仕鹏老师的热情肯定和耐心指点，后来，收入省出版社出版的短篇小说集《跃马坡》的首篇。这小小的成功，便激发我写起小说来。至今我还想，倘若当初不是哥哥催办，不是遇上顾仕鹏老师，一句话，若不是这一回把我的名字变成铅字，或许我不再弄小说。

1980 年，《奔流》第七期又以头题发了我的小说《锯不倒的树》。这篇小说所以发头题，引起省文联的重视，主要是它加重了小说切入现实、警醒人生的色彩。这年秋，省文联在郑州开办首届青年作者读书班，就让我参加了。通过三个月的集中读书、研讨，接触了相当的外国文学名著和西方文艺思潮，启示拓展了我的文艺观念和小说审美的天空。同时，还结识了张一弓、张斌、李佩甫、杨东明、李克定等我省的一批小说家。

在这之后的几年中，我的短篇小说就较为集中地发表了，散见于《萌芽》《奔流》《春风》《小说季刊》、(《青年文学》之前身)、《北京文学》《雨花》《百花园》《现代作家》《边塞》《当代作家》等省内外的文学刊物上。其中，《茶话会小记》被《小说选刊》选载后，还被三家出版社选入集子。1985 年后，又尝试写了几个中篇在《花城》《莽原》《传奇故事》《青年文学》等刊上发表。这期间，除《风流夏天》《幽远的苦韵》引起一些反响，其他多为平平之作。但写小说使我于 1982 年从县城调入《南阳日报》副刊工作。

2

正像时序运转有一个冷暖交换、季节更替一样，作家的创作态势也有一个自我调整。这种调整，既有主观上的因素，也有客观上的需要。1985 年以后，我逐步感到从事地方报纸副刊的编辑工作的艰辛，阅稿、编稿、审稿量大，接待作者多，任务繁重，时间多被切割得支离破碎，很不利于小说创作。一句话，编辑与创作发生了矛盾。为了办好副刊版面，为了扶持业余作者，我简直没有时间和精力进行中篇小说的创作。加上商海滔滔，物欲横流，人的价值观念和审美兴趣发生嬗变和转移，小说失却了社会关注的轰动效应。文坛冷落多了。

面对这些，我的自然选择是，坚守编辑岗位，做好本职工作，小说创作先停一停，业余写点诗吧。因为诗，虽然也是社会现实的折光式反映，但到底个体体验的多，它是自我感情经历和人生阅历的缩制品，且篇幅小，字数少，在时间与精力上，更易把握些。于是，自 1986 至 1989 年，业余时间我写下了一百多首诗，陆续发表于《诗刊》《河南日报》等报刊上。某些诗曾被天津百花文艺出版社、河南人民出版社等收入诗集之中。

3

不久，我渐渐发现，我的诗歌创作处于一种不开不化的胶着状态。我知道，我又陷入了一种不能超越、无法提升的尴尬境地。究其原因，我审视到了，除了艺术天分上的局限，要紧的一条是：少了激情，一种来自生命深处的激情。而激情，正是点燃诗歌创作的耀眼火光，是推动诗歌艺术之流乘风破浪的源头活水。缘何少了激情？盖因进入中年也。人到中年，就如花木到了秋天，激情则像果实顶端的花瓣一样，凋衰萎缩了。经过了苦辣甜酸风风雨雨的我，对社会、对人生有了一种过来人的成熟和参悟，思想归于平淡、沉稳和冷峻，激情反而淡化和失落，少了青年时代的慨当以慷与血气方刚。没有激情的诗人可是让人扫兴啊。

然而，也正谓塞翁失马，焉知非福吧？有所失才能有所得。少了点激情燃烧，则多了份理智清醒。自视来路，历历往事，皆有新的思辨和领悟。这似乎恰恰又是写散文所必需的吧？

从1990年开始，我便移步到散文园林莳花弄草了。

实施文体创作的转移，总是开头难。散文写什么？怎么写？这是我这个动手晚的耕作者，颇费踌躇和思量的。

到书里找。是的，中国是一个散文的泱泱大国，古远、博大、深厚。老庄、《论语》《史记》《资治通鉴》，唐宋八大家，都是散文之林里高扬的旗帜。过去读多为浏览，今天带了“活学活用”的目的来咀嚼，就别有洞天了。又把触角引向明清的公安派、桐城派，以至现当代的巨擘，鲁迅、周作人、郁达夫、徐志摩、梁实秋、林语堂、朱自清、沈从文、巴金、冰心、孙犁、汪曾祺、王蒙……给我以综合开发和启示。然而，我不满足。身处改革开放、中西文化互相渗透碰撞的当今，我的目光必须远眺壮游。于是，又饱读了俄国、日本、英国、法国、拉美的近现代散文名著。在这诸多散文家中，我格外地欣赏起鲁迅、沈从文、德富芦花、普里什文、蒲宁、福克纳、列那尔来。在他们笔下，展示的亲近自然、眷恋故土、咏叹人生的风景，一下子叩动了我灵魂深处的遥远的记忆。

到故乡去寻寻觅觅。这种“到”故乡不是地理上的概念，是意念上的神游。每当掩卷之后，便痛痛快快地遥想我的童年故乡。我的故乡，那个临河毗野的小村庄，不仅是我从无到有的神秘之地，也是我童年的精神家园；不单是我人生之旅的出发点，更是我俯视人生、洞察社会的独特窗口。总之，故乡是释放我童年天趣、性灵和梦想的乐土宝地。因此，它理所当然地应作为我今天从事散文劳作的独家专利。到这时，我才懂得作家要有一块熟悉的生活基地的深旨。

于是，我将我童年的故乡的人人物物、花花草草、沟沟塘塘，在手中揉搓，在脑中陈列，便不时有电光石火的意象飞跃、冲腾。我便用情不自禁的笔，让感情的溪流涓涓地流泻到纸上。于是，一篇篇散文发出，并居然得到了编辑的赏识和有的评论家如蓝翎、罗强烈、鲁枢元、陈继会等的鼓励。

我在散文集《遥远的风景》后记中说："回眸我散文写作的轨迹，未免黯然、茫然、寂然，毫无光华和声势。""全在于跟着生活走。兴之所至，感之所悟，信笔写下罢了。"

（原载散文集《水之湄》）

自选作品

何谓故乡

有时我想，人类的智慧简直无与伦比，可钻天，可入地，可凭按一个电钮，操纵一场海空陆现代战争。可有时，又觉得人类的肤浅令人沮丧。比如，何谓故乡，或者说，故乡是什么？对这个与生俱来、稔熟于心的概念，竟难以作出贴切、丰满、全面的表述。我有意翻阅了辞海辞源辞通，也是茫然、枉然。那里对故乡的解释，也只是干巴巴的以词解词，曰故土、故园、家乡之类。至多再加引荀子"过故乡，则必徘徊焉"或木兰诗"愿驰千里足，送儿还故乡"云云。

辞书对故乡的解释，根本不能满足一个人对故乡的最普通也是最独特的审美体验和艺术感受。我虽浅陋，但经再三揣度，我想"故乡"的内涵应当包括：

故乡是月。杜甫的"月是故乡明"，李白的"举头望明月，低头思故乡"，是差不多都有的人生体验。此刻，我在这异地千里的深山古寺，望见那殿角的铜镜般的晴空秋月，一下子就想到了故乡。而且，意象翩翩，乡情汩汩。一个"月移花影上栏杆"的春夜，满院的月光如同白昼，爹织布，妈纺花，吱咛——吱咛，咔通——咔通，在这如水的月光、如瀑的白布相合相映的情景中，在这机杼声和母亲的"月亮头，赶牲口，一赶赶到马山口”的咿呀歌吟中，我在妈的怀腿间睡着了。直到月落屋梁，爹走下机子，拍拍我沾了露水的头皮嚷：“小裱匠，回屋睡去！”还有那个中秋夜，一家五口分食着一个小小的月饼，爹噙着旱烟咝啦咝啦地吸一阵，又咂一口手中只有过节才喝一点的烧酒，带了点酒意地一指那中庭树梢的月，对我说：“裱匠，你看那月儿贼圆贼圆的。”……还有，我上中学时的一个秋假，我当了护青员，夜里肩扛一柄长矛，在田野巡逻。我在将熟未熟、月光斑驳的玉米、谷子、高粱织成的青纱中穿行，那轮贼亮的月儿，就远远地高悬夜空。我走月也走，我停月也停，为我照路，为我伴行……

故乡是土。古诗曰：普天之下，莫非王土。其实，皇帝高高在上，与土何干？土真正属于故乡的人们。春种秋收，耕犁锄耙，大人们在田里翻腾，小孩们就在大路上和尿泥，过家家，或是扬起车辙里一把一把的老黄灰打烟幕仗，灰头土脑地临回家，还要在口袋里装几把灰。若遇下雨天，就光了脚丫，在泥泞中用脚搞踩塑，塑个蛋蛋，塑个杠子馍，高兴时还用稀泥给自己、给同伴糊个青眼小鬼。要是肚子疼，妈在老墙根抠一把老房土熬成盐茶，一喝下去就好。这“土方”，使不少游子或“千里去做官”的人，临走总悄悄带上几把“老娘土”……

故乡是根。少年也好，凡夫俗子也罢，天才伟人也罢，无不记得自己的生养之所。特别那些功成名就者，人们更少不了对其原籍根脉的追踪稽考。这根脉，就是他的故乡。所谓树高千丈，叶落归根，便是最具共性的故土情结的一个妙喻。封建士大夫的衣锦还乡，蒋介石的祭母，许世友的尸骨还家，毛泽东的回韶山，以及改革开放以来，一拨又一拨的海外华裔不远万里的省亲热，从某一视角上讲，同属故土寻根，或曰心系故根。地望人杰，根深叶茂。这地望，这根脉，即是故乡。背井离乡或远离故乡的人，不管白日如何繁华和荣耀，他的梦里断断少不了思乡恋根之真情……

故乡是站。如果说人的一生是一次漫长而传奇的壮游，那故乡则是这人生之旅的第一站，出航的第一港。无论战功赫赫的将军，著述等身的文豪，还是庸庸碌碌的众生，若没有故乡的第一站，他无法成行。这首站，无论对其最终的成功与高攀，有否直接的作用，但这"第一"是无法逾越和替代的。尽管这第一站，是步履蹒跚的，铤而走险的，甚至对某些人来说，还交织着痛苦，愤懑，或羞辱。比如，鲁迅的走出故乡，直接原因是家道中落，乃父病逝；巴金的跨出故乡码头，是因为厌弃那个颓败的大厦将倾的家府；白薇，她的告别故乡，仅是为逃婚和寻求个性解放。然而，故乡对他们的才气、智慧乃至形貌风骨，却是有着祖脉地气的孕育之功的。总之，这故乡第一站对他们的禀赋、人性和最朴素的情感的影响，都是不可忽视的。因此，这对每个人也都是刻骨铭心的。

最后，我想，这故乡还是书，一本小百科全书。毫无疑问，故乡无论在深山，在濒海，在平野，在岗洼，在大漠，在荒原，都只是一个小社会。然而，这小社会里不乏桃花源，夜郎国，文明与野蛮、崇高与卑鄙、鲜花与血光……杂糅共陈、相辅相成。它是大社会、大世界的折光与微缩。熟记故乡，"小百科"常读常新的人，对整个社会、人生与宇宙的审视与把握，也就有了重要的参照坐标。

因此，一个挚爱故乡、谙熟故乡的人，是一个聪明人，一个充分理解人生的人。由故乡走向社会，再由社会回归故乡，进而反观社会的人，则近于哲与圣的超然、彻悟与睿智。

故土情深，故乡是经典！

（选自《广州日报》1996年2月6日）

遥远的风景

故乡，对于一个游子来说，宛若一方丰博的海绵，稍有触压，远景旧事便如清水般盈盈欲滴。在这方神奇的魔土上，演绎、潜蓄着无尽的人生故事。其中有三座孤坟，时而跳上心海，如暗夜的贼星一闪，划然波动着我的意识。

一般来说,人们认识的坟墓大约三种。一是一般乡间的普通坟墓:圆锥形的土堆,杂草纷披,间有黑的白的鸟粪和一个几个黄鼠狼洞、田鼠洞。即便有烟火灰痕,也难脱荒凉之气。二是王孙贵族的葬墓:崇陵幽室、砖棺石椁,气象森然中透出奢华靡侈。三是欧洲式的墓园:墓碑亭亭,芳草萋萋,鲜花荼荼,丝丝感伤而外,更多了悠然和静以及诗意流动的情调。

我说的这三座孤坟,不同于上述三者。它们呈现着同一的裸露棺木的形态,各自又有着不同的内涵。它们给孩子们的神秘、恐怖感,一点也不亚于埃及古墓中法老的木乃伊毒尸,至今忆及还感到幼年心灵上的悚然颤栗。

我家乡的村庄,在南北西三面通向野外的半里之遥的路边,各陈着一个孤坟。说是坟墓,只是将棺材厝于地上,简施以砖土草秸。村北路口一口红漆板棺,村南、村西则为白碴子棺,在正午静静阳光的照射和风吹庄稼的簌簌声中,格外森然可怖。

按辞书上解释,筑土为坟,穴地为墓。将棺木埋于地下,又培置土堆的,统称为坟墓。乡间的一般坟墓即是这样的。唯这三个例外。这种不入土的埋葬,雅称"浮厝",乡下人则叫丘着。为何要丘着?一般有三种情况,一迷信,按风水先生卜的,此年此月下土不吉利,故暂丘着。二凶死暴亡。三有诉讼纷争。这三孤坟均属后二者。

村北的这个坟丘,时间最早,约有80载沧桑。厚重的柏木红漆棺,厝于一砖墓上,因岁月风雨剥蚀,红漆早已经斑驳,显出了黯然的木质。从砖缝中傍着后棺长了一丛野桑。因牛羊啃食和割草娃的砍斫,早长成斜逸旁出了的灌木丛,丛中有蜂房,嗡嗡的一片响。胆大的野孩子带了面罩偷吃过那里厚厚的蜂蜜,说甜极。但我们五六岁的孩子是绝不敢偷食的,因为这里躺着一个遥远的被乱刀砍死的幽魂。

据老辈人说,墓中人叫老六,生前是一个殷富、豁达、爱结交朋友的地方开明人物,就是和近门堂弟媳"三寡妇"不合。三寡妇守着一个17岁的独子过活。老六曾传话,让三寡妇嫁人,侄儿他抚养,但母子不领情，三寡妇还骂老六是“黄鼠狼给鸡拜年，没安好心”，是变着法儿想得她亡夫遗下的家业。一天，三个陌生人从三寡妇门前过，三寡妇母子看着自家的狗咬得很凶却不理。陌生人用断砖追打那狗，其子却出言不逊地抗议道：“看狗不是咬人是咬兔子的？”陌生人没理会，去了老六家。

第三天夜半，母子被敲门声惊醒，警觉到事情不妙，让赤身裸体的儿子跳进麦囤藏身。她独自躺在床上装睡着。门外人喊不动便上房揭瓦，从房顶沿口打着手电东房西床地找人，只见东房的寡母，不理。手电终于停在麦囤里，灯灭枪响，血染麦囤。三寡妇哭天抢地中，断定儿子之死与前天的三个陌生人有关，又推测陌生人是老六的狐朋狗友。但老六很愤然，认为三寡妇污他清白。他那日既没来客人，也不知打死侄儿者系何人？

三寡妇是一个心机挺深的女人。她指天骂地一月，突然哑了，安生了，倒是有一个中年木匠时不时出入于她家。深院入孤，外人也不得其详。但有人看出三寡妇和木匠好上了。

不久，有人推算，就是三寡妇儿子被枪杀的百日祭的前一天夜里，老六从五里外的白落堰集镇上赴了朋友家的宴摸黑回来，走至村外的麦地头时，被人用乱斧砍死。将黄梢的麦子给踏乱了一大片，血肉模糊了一方黄土。有人推测，老六路遇行凶者，一定也抵抗了一阵子，不然何以踏乱一片麦子？有人偷瞧见，木匠黄昏前从三寡妇家带了酒气出来。

四村震动。老六的朋友们为老六特制了一副四、六、九寸的柏木重棺，又涂了三重朱漆，厝于他屈死的村北路口。老六的儿女们与三寡妇婶娘打起了官司。过了三次堂，三寡妇面不改色，县太爷也无奈她何。仇恨虽深，官司难断。半个世纪悠悠划过，三寡妇早已灰飞烟灭，又无后嗣，老六的儿孙也渐弱了雪仇之心。至重孙这一代，仇杀全被岁月泯湮，老六的幽魂也早已经远游，徒有空棺朽骨遗人间了。

当然，这是我成人后的思考。而儿时，是一直怕那老六从棺中复活见他那满脸血污的。每次从红棺前过，总是战战兢兢，只有跟随大人和野孩子群聚时，才敢拾了碎石块朝那里投过去，听到棺木发出空洞的回响，或惊飞群蜂四散，这才心满意得地跑进村去。

村南路口的白木棺内是一个吊死鬼。死者叫何普，一个沉默寡言的小老头。我曾因下雨去偷他家的小毛桃，还被他追过。因儿媳、儿子俱不孝，老境里又得了饥包痨（学名糖尿病），没吃没喝，饥病难耐，又常遭儿媳的公开斥骂，忍无可忍，当了众人给儿子、儿媳辱骂一通，当晚悬绳吊死在村南路边的一株老柳下。因死法欠雅，七窍出血，长舌耸人，家人不敢把他入老坟，只丘在了寻死处。村中有人说夜半常闻老何普的凄泣声。但他的儿子全不理睬。不出三月，他家灶房失火。接着又大旱七七四十九天。玉米成干棍，绿豆不结荚。村人口口相传，说每天中午后，即人们歇晌时，老何普坐于他的白木棺上，手摇扇子，把天上的云彩扇走了。老年人说，老何普变了"汗骨桩"啦。这要大旱三年啦。于是，迫使他的儿子儿媳上坟给老人还愿求饶恕。但仍无效验。于是求一个巫师率领要开棺除怪了。说人变成怪物汗骨桩的标志是：身长一身的白毛，胸前水珠淋淋，如雨天水缸的缸底。50个精壮男子在巫师的青烟袅袅中，破棺取尸，但并没有出现上述描写的汗骨桩的怪异标志。破衣旧褥下，老何普已化为一具嶙嶙白骨了。

人们怀着凄恻无怨的心情，重新合了棺，并把棺刨了个浅坑掩了。不久，下了一场暴雨，浅浅的黄土给天雨冲涤，又露出了粲粲白棺。何普的儿辈也懒得去深埋，听之任之。只是，那白棺可苦了我们孩子。虽然谁也没见什么汗骨桩，但那棺顶坐一小老头，手摇扇子望天云的意象顽固地盘踞童心，日里梦里，抹也抹不去，村南边的大豆田里，蝈蝈特别多，个大、声响，又是通体酱色的，极漂亮、威武。可因为那具白棺，我们不敢去捉。

和南北二坟丘相比，西坡的那座新坟，则少了点凶险、恐怖，而多了些凄艳哀婉。这也是成人后的思辨。在昔日我们小孩子的眼目中，人死了，特别是凶死后，都是鬼，而鬼是皆缠人的。故我们同样将村西路视为畏途。

村中央有棵大桑树，桑树北边有房人家，老两口守个闺女。这独辫儿年华二九，待字闺中。因父母视为宝贝，管束甚严，上到高小便不让她读书了。独辫儿很少出门，一般人家也难到她家串门。这独辫儿模样俊，手也极巧。近村有个青年货郎，人们叫他丁货郎。他游乡来到桑树下，独辫儿买他的五色线、小钢针，他收购独辫儿五彩香布袋、儿童小花帽。独辫儿甩着长长的大辫子走进家门前，他总要再嗨一声，待人家驻足回眸，他急急追上去，说是算错了账或找错了钱，然后把多的钱交到独辫儿手里，才又退到桑树下，那眉眼闪着滋润，对我们小孩子偷吃了他的麦芽糖也毫不在乎。次数多了，我们便掌握了这规律，待独辫儿的背影快到楼门跟儿，便代替丁货郎先嗨了起来。这时候，独辫儿也便下意识地转身，而丁货郎反不好意思追上去，只是对了回眸的人儿怔怔地看。

有一回，独辫儿挑他的针针线线时间长了点，她的娘便在门口唤她。在急急交易钱物时，丁货郎竟捉了她戴青镯的玉腕，独辫儿赶紧躲开，飞红着粉脸儿走了。他似乎很兴奋，给我们几个孩子赏了一颗猴糖，担起挑子，手中摇晃着清脆的拨浪鼓有情有韵地游乡去了。

一个有小月的夏夜，大桑树的浓荫将沉睡中的独辫儿家院子罩了一大片，独辫儿的爹头枕门槛睡在楼门下。睡梦中听见轻微的一声扑通，还未听明白，一会儿女儿房中似有低语和响动，老固执一惊，不能装聋作哑了，他咋呼一声："贼！"接着便听女儿也呀了一声。辫爹起身去摸拌草棍，一个黑影儿从窗口跳了下去。小月给云遮挡，院外一片幽暗。爹问女儿咋回事，辫儿什么也不说，嘤嘤地低泣。

老两口顿感女大不能留的紧迫性。忍气吞声中托媒人给独辫儿说了个婆家，毫不顾女儿的不愿意，就择了打发闺女的日子。接亲的前三天，独辫儿哭了两夜也没有打动爹的心。最后一夜，独辫儿不哭了，爽快答应了。但到次日五更里母亲过来帮她梳妆，独辫儿竟硬挺挺地没了气息。原来她半夜里留了绝命书，吞服半包含磷的火柴，一命归西了。

香销玉殒，喜事演成了悲剧，村西便添了一座丘着的新棺。

不知是独辫儿玉体有奇香，还是按老辈人说的独辫儿犯了什么星相，棺材丘那儿不过一七，就有野狗对着棺嗅来嗅去。辫爹割了猪头肉、炸了供香馍放于棺前。狗们分食了供香馍仍嗅那新棺。终于在一个午后导演了群狗奇袭辫儿棺的一幕。四村的狗们有几十条，啸聚而来，像羊抵架那样对棺木发起冲锋，以狗头撞击棺木，以利爪獠牙啃抓棺钉，像是疯了一般势不可遏。眼看棺盖错位，劈裂，有人飞报消息。辫爹和村民带着打兔枪连放三枪，才把恶狗逐散，但辫儿的尸体已有残缺了。辫娘边恸号边怨丈夫：女儿呀，你的心愿娘知道，都是你爹个老东西……但具体内情，谁也弄不清楚。

为了保尸，让风水先生看后，想了个不能入土的变通之策，用花砖在棺周围砌个墓。

防了狗，防不了人。九个月后，那花砖墓被破开，棺木被掘出，独辫儿的尸骨不翼而飞。后来村里人们传说，那丁货郎在独辫儿死后害了一场大病，数月后病病傻傻，货郎挑不要了，代之以一只小包袱不离身。不久，又有人见他整日在田野东刨西埋，一天能在几个地方掘坑，把包袱里的东西埋了取，取了埋，没有安生下来的时候。谁也弄不清他鼓捣些什么。10 年后我上了高中，一个周末回家，暮色淡淡中我见一个人在一块地里埋什么，双腿跪地，专心致志的。是我的脚步声惊动了他，他迅速从土坑中捧出什么，放入脏兮兮的布包袱，扎了起来。我几乎和他打了个照面。幽幽夕照中，我认出这个蓬头污面的中年人正是10 年前的丁货郎。他神经早已经不正常，即便正常，也认不出偷他麦芽糖人的我了。“丁……你埋的什么？”他似乎没听懂我的话，连理也不理我，背起他的包袱，幽灵似的朝暮色深处和田野远处走去了。

一股凉风袭上我的后背。我突然认定，这疯子包袱中背的是独辫儿的骸骨。

故乡是一方储存人生记忆的海绵体，故乡更是一部书。故乡的坟墓也是一书，故乡的这三座孤坟也是一部书，要读懂它，也不易。

（选自散文集《水之湄》）

乡村忧患意识的自觉展示

——对周熠散文主题的思考

张书恒　白万献

周熠的文学创作活动是一个研究的个案。他的由小说转而写诗，最终转为专攻散文。这种创作走势似乎有点背离常规。在人们的通常经验里，诗与散文往往只是作家小说创作前的铺垫，但这丝毫不影响周熠散文创作的发展。其实，这并不奇怪。对于周熠而言，他在一家报社当文学编辑，又担当着较为繁重的行政职务，需要大量整体时间的小说对于周熠似乎并不适宜，而他的诗人气质以及他因曾经创作小说而练就的较强的编织故事能力又为他的散文创作洞开了方便之门。从周熠的小说创作看，他的表现范围一直指向他曾经生活过的，让他魂牵梦绕的家乡——那块隶属豫西南某小县巴掌大小的刁河水域，写那里的苦难，那里农民生活的辛酸，和他青少年（包括童年）时期的所见所闻。乡村成了他文学创作的一个永恒的母题，一道美丽的风景，这种创作个性也决定了周熠从一开始就具备了一个乡土作家的身份。因而，当他将文学创作转向到散文上来时，也就自然沿袭了他小说取材的思路。

周熠散文对乡村的凝视与回望是一个渐进的过程，同时也是一个灵魂返乡的过程。肇始于80年代末期的周熠散文当时正逢中国文坛文化寻根最热闹的时期，作家们正在为寻找我们民族之根、文化之源闹得不可开交。周熠显然敏感意识到了这一文化现象，并以散文加入到了这股洪流当中。其实，对于一直在寻求突破的周熠，和一个早年离家出走的游子来说，这种本体的回归也是必然的。因为，于作家而言，他必须找到一块属于自己的“土地”，一块适宜自己文学生长的所在，这或许也正是他为何在自己的散文自选集里开篇就以《何谓故乡》为题对故乡进行追问的真正原因。在周熠看来，“一个挚爱故乡、谙熟故乡的人，是一个聪明人，一个充分理解人生的人。由故乡走向社会，再由社会回归故乡，进而反观社会的人，则近于哲与圣的超然、彻悟与睿智。故土情深，故乡是经典！（《何谓故乡》）”

虽然周熠明确意识到了“故乡”在自己的散文创作中的举足轻重地位，但他并不是从一开始就抓住了这只自己在小说创作里就玩熟的鸟的。作为一个已经走出了乡村的城里人，身份的改变使周熠也不时地表现出了一个城市新人的恬淡与悠然。家乡只是他意识里的一道“遥远的风景”。他的《猫趣》《鸡斗》《女人的皱纹》《花前照》《关于戒烟》《与书共醉》《自然与艺术》等作品都显示出了一个城里人的悠闲自得，和一个读书人怜花惜玉的柔弱心肠，这种身份的自我确认也使他暂时忘却了乡村生活的苦难与艰辛。虽然这些作品从技术上讲颇为圆熟老到，内容也写得意趣盎然，但离开了“故乡”这一精神支柱作支撑的周熠散文总显得飘忽有余而厚重不足。当然，在他的另外一些篇什里他也常常提及故乡，提及早年故乡的艰苦岁月，追忆自己的童年生活，如《餐桌上的文化》《时装与时代》《周贵先》《红薯》等，而且，在这些作品中作者也在时刻反省自己的文化身份，甚至希望能借此与故乡进行必要的沟通。但作者这种局外人的冷眼旁观，这种悲天悯人的写作姿态，不仅不能使之从容地融入他的“故乡”当中，反而时刻让人感觉到作者思想与散文主题之间的游离与隔膜。故乡对周熠似乎更加的遥远。

这种创作中的矛盾对于一直视“故乡”为“经典”的周熠而言或许是痛苦的，我们也时常能听到周熠为寻找突破口不得而发出的苦恼的声音。当然，写故乡是容易的，对于一个老于写作之道的作家来说，故乡的任何一次经历、任何一件小事都可以诉诸文字，敷衍成篇，问题是如何将自己的精神融入到“故乡”里面，并使之成为自己生活、创作的一个组成部分，构成一个有机的统一体，这就不单单是一个写作的问题了，它同时也包含了作家许许多多内在的、感悟性的东西。从周熠早期的一批表现故乡的作品看，他的这一尝试并不成功。《月迷津渡》应当说是周熠早期散文中一个有代表性的作品，这个曾获得全国报纸副刊一等奖的散文现在看来有它极大的局限性。作品写了一个在乡村渡口摆渡的女青年助人为乐的故事，其中的对话也不乏浓郁的乡土气息，但作者却最终将这个故事的主题结穴在讲文明、树新风的大的时代主题里面。这种明快的时代色彩和主题就轻易地遮蔽了这一事件本身所包含的丰富而深刻的思想内涵，显示出作者艺术处理上的轻率与简单。当然,报纸的副刊类散文有它题材上的严格限制和要求,对此我们不必苛求作者,但就从作品的主题方面论,作者显然对“故乡”仅仅作了一次精神的漫游,只是这次漫游仍然没能使作者进入到故乡的内核。抓到手的鸟儿又轻易地飞走了。

但这似乎并没有阻止周熠向“故乡”前进的步伐,在此后数年的创作里,周熠终于找到了精神还乡的感觉。在经过了长时间的思想沉淀和过滤之后,故乡越来越清晰地出现在他的脑海里,成为他挥之不去的一份牵挂,一个魂牵梦绕的情结。对故乡的期盼,对故乡的回望,对故乡生活中所包含的深层文化意蕴的展示此时成为了他散文创作中最富有意味的组成部分,也成为了他最耐人寻味的生命构成。也就是说,此时的“故乡”在周熠散文中已不再只是以往浮面的“写真”,或只是前期文学创作的外延,而是进行了一场质的嬗变,故乡不仅被作者物化了,而且也被作者精神化了,故乡被作者赋予了更多的文化内涵。作者也不再是以一个冷眼旁观者的身份对家乡故土进行观照,而是从文化的视角切入到故乡的乡村文化当中,理性地审视和展示发生在故乡的一幕幕、一件件令人不堪回首的往事与故事。

乡村文化是一个独特的文化范畴,它与都市文化共同构成了我国传统文化的两大主流。而乡村文化自有它丰富的文化内涵,特别是地域的差异产生了不同地域独特的文化历史景观。作为一种自觉意识,周熠此时有意识地将自己的那种割舍不断的忧患意识与对故乡乡村文化的展示与表现融合在一起,以期使两者达到一种理性的中和。与他前期的以故乡为表现对象的散文相比,这种对故乡的再次认同无疑是一次精神上的蜕变,这主要表现在作者在这些作品中不仅写出了故乡的苦难——它的落后,它的世事沧桑,而且还将产生于这一地域独特的人文历史景观,以及它的产生机制也有机地融入了进去。这就使这些作品既表现出主题的深刻与厚重,又由于有这些特定地域人文历史景观的介入与铺垫,使得这些作品同时也具有了它们的独特性和不可复制性。不惟如此,作者前期悲天悯人式的无助心态此时也显然退居到了次要的位置,从深层表现出了作者与家乡的一种内在精神的沟通。《遥远的风景》是作者对故乡历史的一次回溯,但作者并不是简单地对故乡进行平面化的叙述。作品以坐落于故乡的三座孤坟生发开去,从三座不同形态的坟墓切入历史的深处,为人们讲述了三个凄厉悲惨的历史故事。故事讲得一波三折又催人泪下，带有古人笔记小说的特征。然而在这些故事的背后，蕴含的是作者对故乡那种静如凝水的传统陋习的审视与展现——族人为独霸家产可以将一个有情人乱斧砍死；孤苦无助的父亲被子女遗弃、忧郁成疾上吊而死；父母之命、媒妁之言的软刀子也成为了扼杀爱情的工具……这些发生于故乡历史上的悲惨事件在这里被作者定格、放大，并成为了作者追溯历史的重要依据。

读周熠的这些散文，我们好像进入了一个特定的年代和一个特定的地域。我们不禁发问，难道这就是几十年前曾经发生在我们身边的真实故事吗？然而它却又是真实的。我们相信，周熠讲述这些故事的真实目的并不是为了哗众取宠，或为迎合某些读者的猎奇心理，它恰恰表现出了作者创作上的一种理性的自觉。即通过对故乡的历史、故乡的民俗的展示，挖掘出阻碍我们的社会、民族向前发展的某些富含惰性、滞后的因素，以引起人们的警醒。从这一意义上讲，周熠的这些作品带有文化反思、文化批判的意味。一位名人曾经说过，一个不懂得反思的民族是一个落后的民族，而一个不善于总结经验的民族将最终被历史的洪流无情地淘汰。周熠散文的这种对地方文化、历史民俗的展示，从一定意义上讲，作者内心深处乡村忧患意识的强化，并意欲将自己对这种文化的特定内涵揭示出来的自觉意识分不开的。

无独有偶，周熠在其《故乡的小庙》里也同样表现了他的这一文化情结。“庙”作为封建传统文化的一个象征和存在，是与人们对神的崇拜、英雄崇拜、祖先的崇拜分不开的，庙宇崇拜表现出了人们对未知世界的敬畏，和对未来美好生活的向往心理。周熠将故乡的小庙作为散文的题目本身就反映出了作者对故乡乡村文化的神秘所表现出的极大兴趣。在周熠的笔下，故乡的小庙成为了乡民们实现一切美好愿望的依托：求财生子、祛病除邪，乡村的一切禁忌也都源于村民们对庙中神灵的敬重，而从不考虑自身行动起来改变些什么。周熠在《故乡的小庙》中对乡民们这些传统生活习俗的描述冷静得让人颤栗。有趣的是，作者还在作品中详细地描述了故乡埋葬死人时的“报庙”活动。读者在看到了那“一步一哭号，十步一烧纸”的悲惨场景的同时，也尽情领略到了作者故乡浓郁的民俗风情。实际上，周熠在他的多数作品中都一直在有意识地展现故乡这种民俗乡情的厚重。譬如《神桑》一文，作者不仅讲出“前不栽桑，后不栽柳，院里不栽鬼拍手"的乡村禁忌，而且也通过对故乡一颗大桑树命运的描绘，讲出了围绕这颗桑树所发生的一个个神秘的鬼怪故事，和乡村人对各路"仙家"的顶礼膜拜。在这些作品中，"故乡"显然是被作者化为一个自己进行文化反思的"场"，作者借这个"场"对故乡的文化习俗进行了一次实质性的触摸，这种触摸由于作者明确创作思想的介入，也使作品变得尤为厚重且耐人寻味。

民俗说到底是一种文化，是一个民族的根，一个无根的民族是可怜复可悲的民族，对于优秀的文化遗产我们必须毫无保留地继承，以弘扬我们的民族精神。然而，一旦这种文化成为了落后势力的代表，成为了阻碍社会向前发展的阻力的话，就应该毫不犹豫地对其予以摒弃。这是人类社会文明的发展历史所决定的。周熠显然意识到了这种落后的乡村文化对故乡发展所带来的危害，同时也清醒地认识到了它在故乡村民心中的根深蒂固，这就使作者在对这些民俗进行批判性展示的同时，更多的是冷静的谛视与深刻的反思。周熠散文创作心理上的这一矛盾反而成全了他自己，使他在矛盾中创作出了一大批有着深刻思想内涵的优秀散文作品。而周熠所应该感谢的则是生活，是哺育他长大的故乡，和那些曾经与他朝夕相处的乡民们。

至此，周熠终于再次抓住了那只曾一度飞走的鸟。在经历了多次的精神裂变和艰难抉择之后，周熠这才真正找到了属于自己的一方"精神故土"，精神还乡于周熠而言是值得欣慰的。周熠的创作起于乡土，又回归乡土，最终走向了一个圆满，这个圆满看似轻易，其实于作者是很沉重、很痛苦的，这其中包含了作者对故乡的认同—疏离—再认同这么一个艰苦的过程，而周熠乡村忧患意识的自觉展示在这次痛苦的抉择中起到了不可忽视的重要作用。当然，必须指出的是，我们在此并不要求每一个作家都去写自己的故乡，都去表现自己甚至并不熟悉的生活。但是对于周熠这样一个乡土作家而言，如果离开了自己热爱的故乡，离开了自己的乡土和村民们，那么留给他自己的还会有什么呢？

（原载《卧龙论坛》2001 年第 3 期）

晓　荷(1949—　)，女散文家，本名何光照，重庆永川人。高中毕业后于1969年下乡，1972年回城，当过县文艺宣传队员、中学教师。1984年毕业于重庆师范学院函授本科，即被聘为《四川法制报》记者，后任法制业务部主任，主任编辑。系中国作家协会会员、四川省散文学会常务理事。先后获四川省司法厅、省委政法委机关先进工作者称号。

晓荷长期坚持散文、报告文学创作，在《散文》《中华散文》《散文百家》《散文天地》及《飞天》《朔方》等多种报刊发表作品，共出版散文、报告文学专集4部：

《金色的笼子》(四川人民出版社，1991年)；

《悲喜人生》(四川人民出版社，1991年)；

《人与法》(四川人民出版社，1994年)；

《秋天的情话》(四川人民出版社，1997年)。

其中多篇获奖，主要有：《寂寞绽放》获《散文》第二届精短散文大赛佳作奖(1994)，《曾经有约》获《人民日报》首届“文学与道德”征文二等奖(1995)，《拜年》获《中国作家》“思想道德和文化建设”征文二等奖(1996)，报告文学《第二种绿色》获全国首届“从军人到企业家”征文一等奖(1991)，《中国当代婚姻家庭》系列获1982—1992年《法制》优秀作品二等奖(1992)，《猴年跳槽》获《人生伴侣》1993年度优秀作品三等奖(1994)，《狂潮过后》获《分忧》优秀作品奖(1996)；有《镜甲云鬓》被选入中华精短散文大赛获奖作品集《如歌的高原》(百花文艺出版社，1992年)，《寻找生命的角度》被选入《散文》200期精品丛书《梦中的情人》(百花文艺出版社，1997年)，《山居》被选入新世纪杯全国散文大奖赛优秀作品选《重返伊甸园》(中国戏剧出版社，1999年)，《旖旎九寨淡淡情》《寂寞绽放》被选入《心灵相约》(中国对外翻译出版社，2000年)，《旖旎九寨淡淡情》《船行乌江》

《走沙山》被选入《西部的柔情》(花城出版社,2000 年),《镜里云鬓》《云深不知处》被选入《当代青年精短散文选萃》(香港金陵书社出版公司,1993 年),《感情的绿地》《拜年》《一世执著》分别被选入《当代四川散文大观》第一、二、三集(成都出版社,1995 年;四川人民出版社,1997 年;伊犁人民出版社,1999 年),《女儿的日记》被选入《笔底波澜》(四川人民出版社,2000 年)。评论晓荷散文的文章主要有:

《蜀江水碧蜀山青》(贾宝泉),《文学报》1998 年 1 月 8 日;

《读〈红岩听雨〉说写景散文》(范昌约),载《绿色的感动》(伊犁人民出版社,1999 年)。

守住散文,守住灵魂的后花园

——散文创作点滴谈

晓　荷

真诚摩抚生活

散文应是“诚实的人写的诚实文字”,一个缺乏真诚的人,是不能写出好散文的。有朋友说我适合写散文,我想,这是说我这人生活得还算真实吧,连作文也不会编造情节。仔细想来,是散文的真与做人的真发生了碰撞,并擦出了火花,使我与散文结缘。

散文,一定是有一个深挚的感动,那是一种真诚的相对——与生命真诚相对,与生活真诚相对,与灵魂真诚相对。纷繁的客观社会与人生际遇,是如此丰富多彩又千滋百味,在我们视线之外,感受之中;唯有真实的注视、真诚的触抚与真心的追问,才会找到心灵的震颤、情感的膨胀、智慧的喷发,而这犹如惊雷的闪电和利刃的闪亮,就是散文的眼,抓住她,并顺着这富于激情的赤诚,把握住感动自己也感动别人的真实，散文就会有血有肉地呈现其内核了。

多年来写散文的感受证实着：真诚是散文的生命。

有时候，为写而写，会出现这种状况：坐着，抽空脑汁，一些散乱的场景和话语无论如何也串不成篇儿。明智些，就搁下笔，随顺心性地做些别的，或翻翻书报，或做做运动，或者什么也不做只是闭了眼让神思进入一种空蒙。如果这时忽然被什么触动，或是书报中一件小事，或是窗外一声鸟唱，抑或是倏然而至的一种心动……总之，被什么触动了，心中涌出一种潮润，有不由自主的泪水漫入眼眶，就在这情动泪流的刹那间，昏昏恹恹的大脑豁然开朗，犹如一缕阳光刺破霾霾霭霭的云雾，霞光万道地照进心田，这时候再拿起笔来，怪，竟然那些个调不顺的情景和话语都抽丝剥茧有条不紊地流于笔下了。

我写散文，最初的准备，便是心怀真情，以真诚的视线投向生活，在触抚与叩问中，把握心动——那些牵动心灵的场景和事件，是散文的素材，是散文。

要在现实生活中坚持真诚，也并不容易。物欲膨胀，功利熏心，无时无刻不在受着世俗的搅扰和内心的煎熬，矛盾、彷徨与游移间常常不能静心。然而心境浮躁就与散文无缘了，唯有远离功利，才能让生活与心灵对接，真实与真诚对撞，从而创造出语言的真实境况，达到散文（艺术）的真实。

生活进入人们的视线，从客观上讲，其色彩和势态都是同样的风景，为什么不同的人可以从相同的客体发现并昭示出不同的价值和意义呢？那是因为，对生活的深入程度，对人生的感悟层次，对灵魂的拷问限度的不同，而呈现出品位与品格的高下，价值与意义的大小，这也是决定一个作家或一篇文章高下的临界点。心怀真诚，就会发现真诚；唯有真诚，能够成就散文。

心灵等待旋律

文章应该是有旋律的。写作者必须切中那旋律，方能切中文思的"魂",使文字顺畅地流于笔下。

有这样的感受:戴上耳机,听着音乐(选一张情绪与基调对路的CD片),让神思在轻悄飘逸的乐音中舒放自如。此时,那些个酝酿中的素材被积极地调动着,筛选、取舍、排列、组合……忽然跳出一个标题来。而这个标题的句式、音韵及意味,往往会像一根针穿起一根线,成为这篇文章从内容到语言的统帅,并决定着结构语言的音韵旋律。比如《旖旎九寨淡淡情》。置身于美丽清灵的九寨沟,在与碧水青山独自相对时,鲜活、纯粹的风景通过视线沐浴心灵,而心灵在尽情放松与欢愉之际,呈现出"享受山水,有时候,只需要一个人"的了悟。"淡淡情"所界定的,不是情淡,而是情也有空间,即使是夫妻之爱,也应有个空间,有个角落,为自己保留。九寨空灵青幽,在世俗之外,可以共赏,也该可以独享。

所谓旋律,其实是灵魂与思想与所面对并审视的客体发生共振,其实是作者的人生态度在事物和事件中的价值凸现,其实是个体的素养和品味在与人与景的对接中产生了和谐,其实就是灵魂的音符,思想的乐章,人生的节奏,在语言的五线谱上美妙的弹奏。

等待旋律,就是等待心灵的手指创造美与和谐,就是宇宙生命与人生交响的天人合一。

审美提升内蕴

生活进入每个人的视线,都一样的繁芜、琐碎;即使以一己之独特感受找到了触发点,而且也能借助于和谐流淌的语言表达出来,文字也还是可能因为缺乏厚重而难以打动他人。这就要求作家以审美的触感展开联想,从而找到可以提升内蕴的核。不善于去看去想,是不会出散文的。无论是看或想,都必须不断提高审美情趣和思想境界,并以独立的审美感觉去审视去追问,方能增加文章的深度和厚度。别人看到的,没说出来;别人说出来的,或不独到或没说透;假如你做到了,你的散文就可以立起来,被认同被接纳了。

要做到，很难；但需要这样去做。

那年夏天，去青城山小住。几乎每天都有心动。随着第一缕阳光飞进窗框的鸟唱，轻悠悠摇进小屋的芭蕉叶扇，夜晚屋檐下悄步走来的月光，还有小路上相携而行的来自城里的老夫妻，院坝中散淡闲适的人们，乃至房主人一声拉长尾音的本地腔：吃饭啰！每一个进入视线的点滴都清爽宜人，活画出青城之幽。但如何把这些细碎材料组织成文呢？写出来又如何使并未亲历的人们受到感染呢？

思索中，有一个细节被提炼出来。那天傍晚，信步走向山中一所已经破旧的木屋。木屋在绿云深处，一条小路几乎被杂草掩盖。一排房门半敞，只有一间亮着昏黄的灯。有个老太婆安静地守在门口，身影在渐浓的夜色中显出孤独。忍不住问：你一人独守山中，不怕么？她声音硬朗地回答：又没有人，怕什么？

抓住了这句话，就抓住了文章的内核。人是最大的污染源。这青城，因为人少，绿水青山，有情有韵；房门不锁，不偷不盗，而今人们纷至沓来，会不会破坏了山水之灵清？而被城市污染过的人们走进山里，在享受山水之际，是不是也应该涤清灵魂？

于是，成就了散文《山居》。

身居闹市，常常陷入一种苦闷和无助。不愿沉沦于物化世界。又常常因入七情六欲而难以自拔。不时闭目而坐，而思，于是，曾经亲历的一些个瞬间重现，让心灵再次沐浴在动心动情之中。如何将这些零散的美丽连缀成文呢？思索，认真寻找其审美价值。发现这些个瞬间有个共同点，那就是“心灵的感动”。这时一个标题闪出：“享受瞬间”，同时内蕴提升了：快乐是心灵的感受，何苦一味地向外界求索呢？不如将目光对准自己的鼻尖——享受瞬间。向内心追求，让心灵体味，不是更可靠更亘久么？

审美的过程，其实就是一个不断提升的过程。它与作家的境界、修养和胸怀密切相关，也因此见出高低。对社会、人生以及自然万物的审视，是一个涉及文学与哲学的命题，它折射出生命的本质与意义，也揭示出自然万物与生命及人的对应关系。审美的内核，也就是思想的内核、生命的内核在一刹那间融会贯通，上升、飞跃，从而完成一次裂变，呈现出“核爆”式的美丽，达到价值与意义的高度。

文章的深度，就是思想的深度；文章的意味，就是生存的态度；而语言就是人生的花朵，开放在你为文为人的路上。

自选作品

将目光对准鼻尖

竟喜欢静息而坐。玄想中，半闭了眼，将目光对准鼻尖，于是天光赤橙黄绿地照进心田，牵起思绪的彩线，织出若幻若真的景象。这些美丽的景象，曾经于人生旅程中某一日某一瞬，在完全不经意的状态下，自然而然地呈现。那些个瞬间，散布在长长的时间隧道，偶然相遇，轻轻深深地敲击生命，让生命在涕泪俱下的感动中享受本真的欢愉。这些美丽的感动曾经是生命的滋养，却又一朝失落在奔波劳顿的旅途。惟有让目光躲开喧嚣安静地走进心田，方能再次相逢、相融。

独坐家中，觉得空洞难耐。恍惚间，有什么轻轻触抚脑门。抬眼，原来是悬于壁上的一幅油画。定睛望去，画中的风景拳拳有情：掠过树梢的风儿，将森林郁郁青青的气息扇入鼻翼，枝梢之上游走的云彩，将缥缈高远的话题说给心灵；一条时隐时现不知走向何处的小路，让无限的遐思连缀着美丽的希冀；还有，霏霏霭霭的林深处，一朵火红欣然腾跃，点燃碧绿的草地和湛蓝的天空，燃烧着游子的激情……

忽然泪如雨下。泪雨中，心境澄明。

站在阳台上，观赏一盆抽枝发芽的花草。久久看着，那枝枝叶叶竟轻轻摇动，将清新吞吐而出。呼吸之间，她的绿进了我的心。当那充盈的绿意沁入身躯，窗外的嚣声湮灭了。街道川流不息的繁华，楼房灯红酒绿的芜杂，还有隔壁电钻粉饰居所的长啸，连同对窗麻将蹉跎岁月的喧哗，全都销匿于知觉之外；膨胀的欲望、纷扰的骚动，一个眼见几句闲言引发的驱不散的惆怅以及进退维谷不可理喻的迷茫……所有心中的浮躁荡然无存——尽管只是短暂的隐匿，但这一瞬，可以在绿叶的呼吸中，享受清灵。

是不是可以，即使躯体游走尘嚣，也能让，心灵徜徉绿叶，独拥一方宁馨。

将眼睛闭了，似睡非睡，进入冥想。灵魂幽然出窍，走出凡俗的躯壳，走进欲仙的朦胧。刚才还影影幢幢拨弄心识的那些个炫眼的物和欲，忽然间了无踪影；在心的广场轻曼而舞的，是空阔而潮润、飘逸而悠远、含露溢香的山水。

一进入山水的舞蹈，就心动，就神爽。在城市的钢筋水泥中囚得太久，目光短浅走不出熙攘与喧嚣。踩在功利的钢丝绳上，紧张、惶恐、战战兢兢，一不小心就掉进陷阱。也有执迷的狂豪、占有的快感，但时光的烟云将得失弄得似是而非，价值偏离本意，让人不知进退。这时候最想做的是，采一片绿叶作舟，划到山水腹地，以最简单的心情，看最纯粹的风景。

夏日午后，散淡地倚在凉椅上，就着斜进窗框的阳光，捧读一本好书，在溢香的书卷里自乐。清风拂来，风铃应声而作，发出清脆的乐音。对窗的笼鸟叽喳直叫，许是嗅到了风儿携来的雨意？一会儿就真的雨脚如注，在依然耀眼的天空发出沙沙的声响。视线从书中走出，看窗前吊兰抖着尾尾叶朵儿舞蹈，看鸽子扑闪着羽翅划过雨帘归家，看云朵诡谲狡黠借着风力变脸……太阳躲在云后，一会儿忍俊不禁探出半个脸来，彩光倾泻，天空通透清朗，犹如一个有情有韵有灯光布景的舞台。但雨仍在下，雨帘儿晶莹，弄湿了风的翅膀。

太阳雨，乘风而来，随风而去。晴也雨，雨也晴，天地广袤，顺性随心，进也辉煌，退也灿烂。

静夜，城市渐入梦乡。一轮圆月悄悄爬上高楼。如水的月华轻敲沉睡的门窗。无眠的眼，顺着银色的手臂攀缘，在吴刚的桂花树下，聆听月亮的歌谣。忽然，有声音扬起，是婴孩哭声，“哇哇”的一串，清澈嘹亮，不依不饶。为什么婴孩初始的话语总是啼哭，而这啼声又尤其牵人心肠？也许，人落尘世，最深切的需要就是被爱，最无知的婴孩来到最纷繁的世界，惶恐、迷茫、不知所措，于是大哭，以弱小无助来乞求爱怜。

婴孩不哭了，是母亲将奶头塞进他的嘴里。依稀听得母亲的哼唱：哦哦……

……母亲的歌儿，将孩子摇进温馨梦乡。

不知世事的婴孩却有着单纯剔透的睿智，他明白：爱，是人最本初的依靠。

清晨，朝露盈盈于路边小草，杨柳轻撩河水的梦乡。枝头，小鸟朝着睡眼惺忪的楼房，唱出与昨天不一样的曲调。推窗，让朝阳斑斓的绿叶，梳理慵懒的心房。

生命又一次走出黑夜，怀着重振的兴奋投入朝阳。

跑步的声音由远而近，一队士兵雄壮的胸膛迎着初升的太阳。霞光戏水，光彩陆离，忽然“咚”的一声，是鱼儿腾出水面在说“你好！”老人在树下舞剑，一只小狗跑来，扬起一条腿儿贴着树根撒尿。远处传来一声吆喝：茶叶蛋，卖茶叶蛋！

人渐多，车渐多，城市投入了新一天的行动。朝阳下，行进着的一切都是那样美。流动的云、轻拂的风、腾跃的鱼、欢唱的鸟，还有人啊车啊草啊树啊，一切存在着行动着的物象，都是那样的灵性，那样的富于生命之美。

跻身于行进着的生命之中，本身就是生命的欣喜。

郊外，缓缓地走，让轻扬的柳枝儿拂去夏日的烦热。河堤对岸是农居，翠竹环绕青瓦，不时传来几声狗吠。河面上，一群鸭子“呷呷”叫着追逐游鱼。绿萍悄悄让路，任水波嬉戏。

堤岸上的一块斜斜的菜地，一个老人正在劳作。他蹲着，脸朝土地，将手插入青油油的菜窝，正在拔除杂草。这是一个精瘦的老人，头发胡茬都白了，但神清气爽，眉宇间不见尘俗之累。他蹲着，像是蹲了很久了，全力以赴的神态，仿佛并不是在做着“拔草”之类的细事。

偶尔，他直起腰，将头向天仰一仰，再掉个方向，又埋下身子拔起草来。他的身躯跟土地融为一体——土地之外的一切，在视线之外，是别人的风景。

他一定是快乐的。家在身后，地在足下；日出而作，日落而息；炊烟萦绕竹梢时，老伴一声唤：吃饭啰！他就抬起身来，慢慢移动脚走回家中。家与土地近在咫尺，年年岁岁，日出日落，他安静地走，直到生命的最后。

家园和土地，是他生命最初和最终的栖息地。

人是自然之子，贴近自然是最终的归宿。但人毕竟是人，七情六欲注定其难以走出物质之累。超脱与沉沦，出世与入世，永远的挣扎，永远的游移，生命在无休止的矛盾中彷徨。其实，得到越多失去越多，假如心房被物化得没有一点儿空隙，又让生命本真的欢愉栖息于何处呢？

还是凝神而坐，将目光对准鼻尖，让思绪潜入心灵，拾起那些散落人生旅途犹如一颗颗天然珍珠的瞬间——这样的瞬间，有情有泪，可以沐浴，可以洗濯，可以浸润，在芜杂浮华喧嚣的现实，犹如宁馨的芳草地、静谧的月圆夜，澄明的五彩湖，走进，没有目的，没有功利，因而也没有陷阱，只在灵与肉的怡然自乐中，享受生命。

生命在无限的历史长河也是短短的一个瞬间。那么，把握瞬间，也就是把握生命。

（选自《中华散文》2001 年第 2 期）

拜　年

父亲已去世。这年春节，无“老家”可回。有儿时朋友来叙，谈起父辈们相继过世，不免慨叹人生之匆匆，并为未能好好孝敬老父而愧疚。"老吾老,以及人之老"。忽然想到:应该去看望住在同一座城市的父亲的同事和老乡了。

便与先生商量,买了几只礼盒,提着去拜年。

年节的气氛已是很浓了,街上、庭院中,随处可见拎着大包小包购物、送礼的人们。

如今,年节时送礼请客成风,早已不只是亲情友情的自然交流。一些礼盒礼包里,藏了不言而喻的动机。醉翁之意不在酒,送礼之旨不在"礼",利益与利害的交换,有时就在送礼受礼的瞬间完成。本是礼尚往来的小小礼品,被注入很强的目的性。正是因此,送礼的人常常被无可奈何地置于尴尬境地,有时,连正常的走亲访友也被曲解沾上了世俗的阴影。

这不,当我同先生提着礼盒走进这幢楼院时,门卫赶紧从收发室里追出来:"喂,请问二位客人找哪位?"

找哪位?我与先生对望一眼,当然不能说是找刘叔。刘叔是这单位的头儿,如今不是在反腐倡廉么,不是在呼吁不准行贿受贿么,瞧那门卫审视的目光,万一他将我们当作行贿人了,刘叔的名声不是会被玷污吗?瞅瞅手里算得上庞大的礼盒(其实,当今送礼,懂门道的知道,越是庞大越是不值几文),不禁真的莫名其妙地生出几分"行贿"的心虚来。赶紧拉了先生逃似的走,嘴里含混答:"看朋友!"走进楼道口,发现门卫并未真的追来,这才放慢脚步。

按响刘叔家的门铃,接受完"猫眼"的检阅,我们见到了刘叔。他刚刚从外地开会回来,还是风尘仆仆。两年不见,刘叔已是老了许多,鬓角灰白,神情疲惫。我们识趣坐了几分钟说了一席祝福的话,就告别出来。走过收发室,我和先生谁也没有抬头,都躲着门卫的目光。

出门方觉可笑。先生拉住逃似的我说:我们又不是行贿!我恍然:对呀,我们又不是行贿。

李叔家庭院深深。过了两道门岗,亮了两次证件,我们才得以入院。李叔是父亲生前好友,算是世交,进门倒也自在,手上的礼盒也大摇大摆地进了门。客厅灯光雪亮，一圈儿沙发竟已坐满一圈儿人。李叔向门而坐，一眼望见我们，便笑着招呼："你俩来了?"这一声招呼，引得一圈眼睛都投向我们，置我们于无法遮掩的注视下。顿时，手上的礼盒十分地难为情了，进也不是退也不好。想要大大方方地说一声"拜年"吧，话到嘴边也没出口，礼盒倒是迅速地躲到身边的沙发靠背后了。看这屋里坐着的人，都带几分官样，如今官方正大谈拒绝收礼，怎能让我们本是无辜的礼盒遭受官样的审视和世俗的曲解呢?

尽管这些人或许也是来拜年的，他们也许刚送上了礼盒，而且他们礼盒内包藏的企图，是现实的有求或将来的有求。

李叔是实权人物。他的家里，平素也门庭若市，何况年关。

平生最怕应付热闹而空洞的官样场面。这时，站在众人的注目之下，涨红了脸，不知所措，幸好李叔解围了，说我们是他的家乡人，我们的父亲是他的老战友。

这时，客厅的气氛才宽松许多，我们得以放松手脚各自落座，我们的"拜年"，才摆脱了俗味儿显出几分理直气壮来。李叔亲手递过几个桔子，让我们剥了吃。吃着桔子，感受着父辈的爱抚，白炽灯下官样的人们说着什么官样的话，并不在我们的视听之中。

但那只礼盒直到走时也没机会亮相。因为我们吃完桔子终于从不时冷场的静默中发现自己妨碍了他人，只好告退。好在先生远见，早在礼盒内装了贺卡，李叔不会视礼盒为不明不白之物。

林是中年得志，刚过不惑就当了"一把手"。还是一年前见过他了，知他忙，少有打扰，有时想去又怕吃闭门羹。前几天收到他寄来的贺年卡，想想当官也需要朋友，今日便也排上了"拜年"之列。进得大院，忽然有些迟疑：他既然当了"一把手"，还会住在这旧式的院中?先生说大有可能已经搬家了，说话间已经走进小院停在平房的门前。试试吧，心里说，手已敲响了门。门开处露出一张老太的脸，"找谁?"北方腔，声音很冷。我满脸堆笑："请问，林……在么?""找错门了!"老太的手已在关门，我赶紧把住门，硬着头皮说："请问，他搬哪?""不知道!”老太几乎是气势汹汹地在吼了,门被“砰”一声关上。

这老太怎么了?从门缝看到一个老干部模样的人,或许,他就是林的前任,离休之后没了职权因而没分到新房,于是,失落中的这对老夫妻便忿忿不平了。

昔日也曾朝拜者众,而今却冷冷清清老夫妻寂寞相对,叫老太怎会对敲响门却是找错门庭的人露出一丝笑脸呢?何况,她肯定不止一次耐着性子开门,而又不止一次地听得来人口中说出的名姓不是她先生而是他人,还看见来人手中大多拎着各式各样的礼盒礼品,这一切,都曾经那样熟悉而今却又那样的生分,她心里怎能平衡?

除非她从来就没有做过“官太太”。

于是想,见到林的时候,一定提醒他,我们也有退休的时候。

张伯夫妇都离休在家。他家已没有门卫,来去自如。敲开他的门,慈祥笑脸迎向我们。让座、拿烟、摆瓜子水果,还为我们冲了两杯热腾腾香喷喷的咖啡。张伯健谈,原来和蔼的他离休后更是可亲近。他是父亲地下党时期的患难之交,他忘不了与父亲并肩作战出生入死的那些往事。每次见他,他总是像父亲似的问长问短,要我们有什么困难尽管找他。“人际关系也是生产力”,张伯这样说。他说他愿意为我们的事业和前途“鸣锣开道”。在这座城市,他是我们最亲近的长辈,一有难处,我们就去找他,他也总能尽心尽力相助。我们的人生路上,好几次关键转折,都因有他相助而一帆风顺。

今天,他照常问我们生活工作顺心不,需不需要他帮忙。但说着时,神情有些游移,声音也似乎少了硬朗。“哎,我不在位了!”他叹道。但他又说,他还有许多老同事,有些是他亲手栽培或受过他恩泽的人,他们还在台上,他是可以老着脸去找他们,相信他们不会不买账的。张伯数着一些人的名字和官衔,讲着他与他们的关系。我知道,张伯不是那种乐于炫耀关系的人,他之所以如数家珍地说这些只是想安慰我们,想让我们相信,他仍然可以当我们的保护人。

我与先生听着,不住地点头。但心里,有一种难言的滋味,涌塞着。

告别的时候，两位老人拉着我们的手再三嘱咐：“别忘了常来看我们罗！”伯母还拎出一包东西，硬往我们手上塞。推辞不掉只得收下。回家一看，竟是两瓶“五粮液”！说是去拜年、送出去的礼盒不过百把块钱，收回来的东西却价值300多元，叫人心里又是惭愧又觉十分温暖。

先生说，明年拜年，一定先去张伯家，而且，礼盒一定要丰厚些；尽管真的感情，不是物质。

（选自《散文》1996年第1期）

蜀江水碧蜀山青

——晓荷散文集《秋天的情话》序

贾宝泉

为晓荷散文集作序是件高兴的事。因为，作序，就须读原著，而读，便会收获些什么，最重要的收获，就是拣拾她的心灵史。这篇序文，主要是读了她的《后记》的心得，可以称作“关于一篇后记的文字”，或“一篇后记引来的文字”。

我是大约十年前从自投稿中发现了她的作品的，记得标题是《旖旎九寨淡淡情》，当时感觉清新、活泼，语言不老气，空间跨度大，便采用了。后来她便陆续来稿，如《情感的绿地》《云深不知处》《寻找生命角度》《拜年》等等。这些年用了她十多件作品，被转载的有五六件，可见被人高看一眼。

晓荷的散文有种趣味：理趣和情趣。开始是情趣重于理趣，后来便是“情”的撤退，“理”的推进，现在大概是“情”“理”各占半壁江山。其作品由当初的《旖旎九寨淡淡情》发展到后来的《拜年》，大约经过了阅历的增进和心灵的折磨，少年种种“愁滋味”终于转变成了“天凉好个秋”，这便是评论家们所谓的“成熟”。

她的散文告诉我：

她是认真的，她的散文是认真的人写就的认真的文字。

她是善良的，她的散文是善良的人写就的善良的文字。

她是自在的，她的散文是自在的人写就的自在的文字。

她的散文告诉我，她生活在性情即本性之中，生活在悲天悯人的忧患之中，生活在自尊自爱的萧散之中，生活在消泯自我又挺拔自我的“矛盾”之中。

她说：

“许多的得与失均成过眼烟云，然而真性情不变。”

“真性情的我与真性情的散文结伴此生，无论结局如何，同心同德，就是圆满。”

“坐下来，以雨声为音乐，看一本好书，写几页随意的字。”

“‘含笑’真的很好养……不卑不亢，只是以自己的姿态和颜色生存着，生长着，即使被遗忘，也不落寞、不浮躁，守住自己的阳光和土壤，她枝叶清清淡淡地舒展，清清淡淡地绿。于无声处，她坚持着生命的绿色，并在坚持之中悄悄地孕育着花蕾。……散文是不是也如她们，须以一世的执著守候一时的灿然呢？”

“人，是不是必须在得与失的起落中，去领悟生命的本意？”

她的不少作品，都是从一个具体的事物发端，慢慢地发展为某种结局，而后引出对于个体以及群体生命意义的思索，提炼出同生命本意相联系的东西，也就是往往从抒情走向思辨，引出哲理。这种思索方式，反映了她同散文的某种缘分，以及某种自发的由来已久的从性灵中升华出来的东西。我以为，她选择散文这种形式作为表述对于自我和世界的认识手段，是选择对了！这反映她的知己之明！别的形式，如小说、戏剧、诗歌，未必像散文这样对她服服帖帖。细说呢，小说、戏剧、诗歌三种文学形式，比较而言，诗歌当离她近一些。

从一定意义上说，文学就是知己之明。喜欢文学未必领会文学，投身于文学未必有所树立。因为，文学这个概念是笼统的，文学是个大门，进了大门里面还有四个小门，分别通向散文、诗歌、小说、戏剧。写作者进了大门之后进哪个小门？这是极其重要的抉择。正确抉择的前提是：“认识你自己！”有些老作者同笔者谈心道：“当年我选择散文看来错了，我不知道这种千把字的东西这么难弄。我只当是自己不用力，就拼命去写。其实呢，我要是弄小说成果会大得多。如今老了，也不想写什么了。我把心里话说出来给年轻作家借鉴吧。”极少数文学大家弄什么成什么，而一般作家是要有个合适的突破口，确定一个小门的。然而，从任何一个小门进去往前走，都能走向一片开阔地，那里聚集着从不同小门进去的为数很少的人。在那片开阔地上，种种分别都没有了，只有被称为文学艺术的东西，却没有散文、诗歌、小说、戏剧的称谓。如果十分留心，仔细辨别，将发现开阔地上绘的竟是太极图，一半给科学占领，一半给文学艺术占领，且你中有我，我中有你。人们终于认识到，设置小门是为了抛弃小门。人们经过艰难跋涉，终于回到出发点上，然而此时的海拔，明显的比出发时高了。创作规律给人的教导往往是，一方面，作家要善于选择适合自己的形式，另一方面，合适的形式也对作家创作起强化的作用。不同的作家选择不同的形式，不同的形式效劳于不同的作家。当作家的内部和外部变成同一个天界，汉字的砖瓦，将筑造宽敞而光明的永不坍塌的散文之国。作家忠诚于散文，是为了让散文更忠诚于自己。好作家仿佛一粒精致的红蜘蛛，他开始被散文的松脂黏住，可能是被迫的，不得已的，但无法挣脱，便也只好慢慢地在痛苦中适应，后来发现在变成琥珀的过程中渐渐升值，终于安于现状，与外界和谐、同一。

“蜀江水碧蜀山青。”我去巴蜀很少，但很喜欢那里的山水，那里的土地和人，而今已从喜欢变成神往了。我能背诵一些关于巴蜀的诗句，也略略知道些有关巴蜀的故事。江山阅遍文章老，纵不能身到，神会也峥嵘。有的书上说，成都茶馆的门楣上往往刻着境界高远的话：“扬子江中水，蒙山顶上茶。”“引袖拂寒星，古意苍茫，看四壁云山，青来剑外；停琴伫凉月，予怀浩渺，送一篙春水，绿到江南。”蜀人精神不死，这便使我油然而生感动，由感动而生敬意。既然辣椒能“辣”出蜀人的“辣”性子，也就能“辣”出晓荷散文的“理”。

守住散文的国度就是守住生命的栖息处，守住灵魂的后花园，进一步说，是守住了通向天堂的路口。安静地思索吧，“以一世的执著守候一时的灿然”。

（原载 1998 年 1 月 8 日《文学报》）

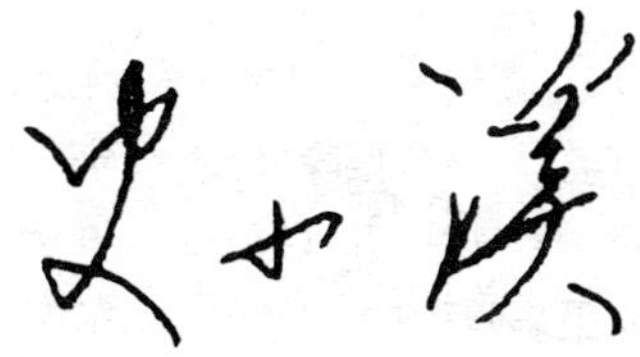

史小溪（1950— ），散文家，陕西延安人。毕业于西安冶金建筑学院机电系，曾在农村劳动，当过工人、助理工程师、报社记者。在汉江大巴山13年，1982年调《延安文学》杂志社任编辑，现为副主编、编审。系中国作家协会会员，中国散文学会理事。

史小溪1975年开始在省级以上报刊发表作品，1980年以来在《青年文学》《中国作家》《散文世界》《人民日报》等全国多家报刊发表散文、随笔、小说等，已出版散文专集3部：

《澡雪》（陕西人民教育出版社，1991年）；

《西部一个男人的叙说》（新世纪出版社，1993年）；

《秋风刮过田野》（西安地图出版社，2001年）。

另有《最后的歌谣》《高原守望者》两本散文集待出版。同时还主编了《中国西部散文》（东方出版中心，1998年）、《新延安文艺丛书·散文卷》（中国青年出版社，2000年）等散文专集。

史小溪的散文有《金子亮闪闪》获1984年《农民日报》征文二等奖，《怪树》获1989年《当代散文报》二等奖，《喙声永不消失》获1990年全国首届冰心杯文学一等奖，《寒谷》获1992年全国第五届报刊好作品二等奖，《母亲，儿向你忏悔》获中国石油部举办的“石油与社会”征文三等奖；有多篇作品被选入《华夏20世纪散文精编》《当代艺术散文集粹》等多种散文选集。评论史小溪散文的文章主要有：

《史小溪和他的散文》（赵熙），《延安文学》1989年第3期；

《感性的超越与理性的升华——史小溪散文窥视》（斯林），《塞上》1990年第3期；

《史小溪近期散文片论》(夏敏),《当代论坛》1992 年第 3 期;

《深深的情愫》(李若冰),《陕西日报》1992 年 10 月 15 日;

《你独向荒原——史小溪散文创作谈》(宁肯),陕西广播电台 1992 年 11 月 10—12 日;

《夜读〈澡雪〉》(考萍萍),《新民晚报》1993 年 1 月 6 日;

《你是小溪你是大海》(姜桦),《羊城晚报》1993 年 5 月 4 日;

《悠悠扬扬走河者》(苇岸),《中国青年报》1993 年 9 月 3 日;

《坦荡而壮阔的美》(张卫华),《散文选刊》1994 年第 1 期;

《论史小溪散文的情感世界》(余继聪),《延安文学》1994 年第 2 期;

《信天游唱得不断头》(李春利),《中国广播影视》1994 年第 2 期;

《黄土高原之歌》(叶君健),《作家报》1994 年 4 月 9 日;

《谈谈史小溪》(碧野),《三秦都市报》1994 年 11 月 21 日;

《西部散文一家——史小溪散文批评及其它》(张直),《塞上文谭》1995 年第 4 期;

《他从陕北高原走出来——史小溪和他的散文创作》(刘志成),《伯乐》2000 年第 5 期。

就恋这一道道山(节选)

史小溪

1988 年,我在给几位我所敬爱的老散文家的信中写道:“我还要在陕北这块土地上长久地呆下去的。恍惚,悲叹,可从不曾彻底失望过。而且可以说,虽然故乡穷困,落后,偏僻,荒凉,但我任何时候都没有像今天这样疾然感到陕北这片热土能给我信念给我力量以及她与我息息相关的命运。是的,再没有比她更使我厚爱和牵挂的了。”

“我赞赏散文的多元,多极,多样,多方位,多维拓展,此消彼长的局面。中国当代散文应该容纳哲学的、美学的、心理学的等种种新的东西。对于中国散文家,尤其需要视野的开阔和艺术的良心(人的主体意志的高扬),需要一种勇敢和忠诚。中国散文文坛需要思想者!”

……

我曾给我的陕北散文界朋友陈述过:散文,花鸟草虫,宇宙万象,既可这样写,也可那样写。乃至象征、意识流、朦胧、隐晦甚至荒诞……散文,需要顽强执著地拥抱自我,也需要满腔热忱地拥抱人类(大凡伟大作家,必具备这“两个拥抱”)。而我觉得陕北散文,更需要一种和这块土地一样的浑厚、深沉、凝重、崇高与悠长的“本色”。恰如一句名言,最具民族特色的才是最有世界性的。陕北散文要想自立于林,应该是陕北的延河,洛河,三边,无定河;应该是轩辕稼穑,塞北奔马,黄河风涛,萧关尘沙;应该是窑洞,土炕,窗花,小米,红枣、腰鼓,大秧歌,荞面圪坨,钱钱饭;应该是对这块地域上浓烈大文化的勾勒和生存艰难的描述,父老们与生俱来的令人仰仗的坚忍、淳厚、勤劳、善良、朴实的品质以及几千年来形成的那种不堪容忍的固执、狭隘、封闭的精神边界。这是各地皆无唯我独有、独特的地域风土人情所形成的一种独特的人文文化,艺术特色。当然,一味的“地域特色”偏见,容易使人误入民俗、民风、民情展览的死峡谷或表层地带。这里的要害是人类共同面临的问题,与人类命运息息相通的感情和精神文化。这里的要害是拒绝陈旧、肤浅和平庸。能够真正穿凿民族灵魂、骨骼和精神的东西;能够在交流、吸收、融合中,真正形成其独特魅力的东西。至少,所谓“黄土地散文概念”,必具黄土地风骨,她的血液里流淌澎湃的是黄土地血液!

而革命圣地延安,英雄的陕北老区,又决定了她的后辈所受的强大的陶冶和对这块英雄土地的崇拜。写她,应该是几代人的久远而义不容辞的责任。她所浸透的气魄和涵量,足以让一个民族雄性亢奋起来……

我们应该不放过一切机会并用全部心血吟叹她,高扬她,探寻她的痛苦和欢乐,追求和希望,昨天和今天。

这多年,我先后发表的约百万字的散文和几个散文集及随笔札记书笺,皆在体现我这一主张。不论是我描摹黄土地上的风景、风俗、人物,还是勾勒富有陕北农村生活气息的散文,还是我带着忧患思考华夏人文精神的散文，我都告诫自己力排陈俗，浸润自己的感情色彩和独辟自己的艺术形象画面。

在散文评论界沉闷徘徊之际，有人提出关于当今中国散文需要不断否定，不断选择，不断超越的卓越见识。

自然，这种否定、选择、超越，不是走向极端，而是需要更博大、宽宏、公正的胸襟，对传统文化重新认识，继往开来。这很可能与一些人相悖，因为，当前确实是，散文的观念和形式技巧过于传统，过于简单，过于保守，没有在急剧变化的文化环境与审美要求面前得到相应的调整。但"过于传统"，决不意味着摒弃传统。我国是散文的国度，散文源远流长。以《尚书》《论语》《诗经》《楚辞》《左传》《史记》为源，以先秦诸子散文及隋唐散文为标志，乃至明中叶以前，我国古代散文灿烂夺目。也留有许多散文创作精辟见解，不论是《尚书 · 尧典》《札记 · 仲尼闲居》，还是《周易 · 系辞》《法言》《典论 · 论文》……特别是刘勰的《文心雕龙》，刘熙载的《艺概 · 文概》，真正是"精骛八极，心游万仞"，是足以能给我们许多启迪感悟的。

难怪连黑格尔也叹为观止："在这里，在中国，在中国的宗教和哲学里，我们遇见一种十分奇特的完全散文式的理智。"(《哲学史讲演录 · 东方哲学》)另一位德国人、诺贝尔文学奖获得者赫尔曼 · 黑塞在他接受诺贝尔大奖时也曾这样说："在西方哲学家中，对我影响最大的有柏拉图、斯宾诺莎、叔本华和尼采。但他们对我的影响都不及印度和中国的文化对我的影响那样大。"

还是由黑格尔、黑塞导入第二个感悟。异国崇拜于华夏文化者，不啻为怪。那么反之呢，也无可非议。如果孤芳自赏，封闭为政，与世无争，只会带来民族艺术的衰落。所以，我们无须妄自菲薄，也无须妄自尊大。再说，对民族文化遗产继承，首先有个扬弃和拓展的问题，特别在这变革的时代。目前一些人颇惧怕外国文学及文学思潮的流入，声嘶力竭貌似继承传统，实则僵化偏颇。我们需要一种采撷百家的文学精神，需要大量占有中外散文精华。我们应该荟萃精华，博采众长，允许并容忍各种艺术思想和见解(何况，有时一种"热"，思潮乃是一种世界性的倾向)。这样,也许才能融会贯通,得到一篑之功,展翅翱翔于艺术的太空。奇怪的是几十年来,人们总是心血来潮言之,或语焉不详,弃绝功用。20 世纪中国文学就这样一次次“发现”它,又一次次流失了它。竹篱茅舍,英华落尽。

当代著名散文评论家林非曾谈到散文家的“思想冲力”,认为“追求融合于艺术中的思想冲力无疑是更为重要的”。我们还可以由此而想起歌德的一段话:“艺术要通过一种完整体向世界说话,但这种完整体不是他(指艺术家)在自然中所能找到的,而是他自己心智的果实,是一种丰产的、神智的精神灌注生气的结果。”我理解这“心智的果实”“丰产的、神智的精神”也是指作者的思想冲力。这是否是我们又一个“超越”之突破口?无疑,思想冲力的强弱,是由作家的主观视野,生活经历,艺术素养,气质,良心,个性特征等等所决定的。这种“冲力”,只能听命于生活,听命于自己心灵独特感受到的一般人还没有觉察到的东西,而不是什么契约、概念——那些虚假、粉饰生活、“讴歌”式的老八股散文;那些形象苍白、虚饰,甚至飘忽不定、华言浮辞、故弄玄虚、故作哲人状思考的所谓“新诗化散文”,都是无缘放在这一层次品论的……

细想起来,我从事散文业余创作已近二十个年头了。我毫不避讳我对散文的偏爱。

有人视它为人们紧张劳动之余需要松弛的小曲,酒足饭饱后的一枚多汁的水果。有人说它是将小说所剩角料弄出来的(还有语气更轻狂的说法)。每个人尽可这样,那样,我则把它当作典雅瑰丽神圣的堂奥膜拜,并将全部心血和爱奉献给它。

心血酿制果实肯定胜于伪劣的赝品,胜于那些“剩余角料”、酒足饭饱后的杂碎琐谈。因为,散文就是散文。它从不比任何文学品类低什么档次。正像朱自清的《背影》《荷塘月色》与鲁迅的《祝福》《孔乙己》齐名;卢梭的《一个孤独的散步者的遐想》与司汤达的《红与黑》同样出色;凡·高的日记书信与玛格丽泰的《飘》同样精彩深刻,我甚至觉得它更见气力和功夫,更能体现那种超拔的精神探索和人格力量。

——散文,我的新世纪,我的守护神,我荒漠中眺望的绿洲!过去我踉踉跄跄走着,今天我仍然在苦苦追寻,思索。我痴痴热恋着自己脚下的这片古老神圣的土地,我自信这里就是我的艺术生命之源、之本、之根。即使身处绝境,像丁·班扬《旅行者的游历与精神之战》中"在荒野的山谷漂泊",也要坚守那种在险象环生的折磨中禀领的艺术真理。

一代人有一代人独特的经历和思索,一代人有一代人独特的理想、追求、精神、情操。一代人有一代人对人和大自然的独特的认识、理解和感受。写出这个独特,出许正是我毕生所该追求的。

1991年夏

(原载《黄河文学》1998年第5期)

自选作品

陕北八月天

长风朔雨,切割陕北高天厚土。日精月华,铸造出高原层层皱褶中一个五谷丰登的八月。熬过冬,长过春,苦过夏,八月,陕北金灿灿的收获季节到了……

我的朋友,你知道么,如果说陕北最美丽最明媚的季节是农家四月山丹丹花开的时候,那么,我告诉你吧,陕北,她最美丽最富饶的季节是农家八月天。

当节气渐渐进入八月的时令,博大慈祥的黄土高原便摇曳着,鼓荡着,喧哗着,向你袒露出丰满、迷人的秋色。

惟有这个季节,高原才暂时隐去了它荒凉贫瘠的本色,向人们宽厚而无私地奉献出果实和收获。

现在,面向八月的高原,你不妨去粗粗领略一番八月的景致吧:

糜谷是黄灿灿的，高粱是红彤彤的，荞麦是粉楚楚的，棉花是白生生的，绿豆荚是黑油油的，白菜是绿茵茵的，玉蜀黍亮开自己金黄的肤色，烤烟袒露出它青油油的胸脯……五彩斑斓的秋色错落有致地塞满沟沟壑壑，山山洼洼，川川畔畔。轻风刮过，山洼沟壑的庄稼间，散发出甜蜜的气味；川野河谷，像少女的黄裙子灼灼燃烧。

田野上最后几株迟放的向日葵也黄澄澄的，吸引着几只翩翩起舞的黄蝴蝶，充满黄色芳香。宁静温馨的小径边，孩子们推着自己用高粱秸穿南瓜折叠而成的独轮小车，尽是这样的小车，吱吱呀呀，黄皮子大南瓜旋转，旋转，徐缓地伸展。呵，许久未见到这样的情景了，它令人想起法国象征派诗人凡尔·哈仑笔下的风轮……

如果你有兴趣跟随农人们到田野劳动一会，你即刻又会产生一种微妙变化，你会不知不觉为高原劳动人民那种驾驭自然的高超本领折叹。“东山里的糜子西山里谷，秫黍地里带豇豆。”秫黍，是陕北人对高粱的俗称，那秫黍套种豇豆，美如彩虹落到了地上。侧看，一层泛红，一层洇绿，一层透黄，美丽而层次鲜明。俯视，则轻软、虚幻、朦胧，一种颜色融于另一颜色，像花蝴蝶的翅膀一样自然、贴切。

陕北盛产小米，糜谷自然是这里的主要农作物。“憨老婆生的好儿子，圪里圪塄种的好糜子。”老实憨厚的山野庄稼人，从不鄙薄自己的命运，敢于声称自己才是这块贫瘠土地上的主人。你看看那满山遍野种类丰富的糜谷吧，那谷子有：粱谷，九谷，掐谷，小黄谷，干捞饭，马鞭梢，牛尾黄，刀把齐，延水号；糜子有：大软，紫盖头，瓦灰，焦底，驴尾巴，红小糜，黄笤帚，高原丰……陕北农民，多少年在这些土地上播种，在这些土地上收割，他们很难为世风所动，他们只有苦心经营那些农家最需要的、耐旱耐寒或小日月的庄稼——这些千百年来一代代流传下来的最适合本地生长的庄稼。自然，地里还是多起来一片片这里自古从来长过的烤烟、芍药，甚至日本北海道荞麦、波兰糖萝卜。这些农村产业结构巨大变革中的新品种呵，舒缓地弹着节奏，把迷人的秋色点缀得更加瑰丽多彩。

现在，八月的馨风掀动川野和山梁的糜海、谷浪、红高粱。那些豆荚、黍稷荡漾着，它们锥形的筒状的帚状的纺锤状的穗子摇晃着，它们宽阔的窄厚的狭长的针形的线状的叶片碰撞着，不断飒飒作响。听吧，听吧，河谷山川的庄稼是在怎样地鸣响着啊！那浑厚的沉甸甸的声音，仿佛小泽征尔在指挥一个庞大的交响乐团。陕北高原，五谷杂粮的故乡！不到陕北，你是领略不到这种五谷杂粮丰收的气势和景象的。呵，这时你回味陕北那些形容庄稼大丰收的农谚吧："荞三麦四豆八颗""好了刀把齐，不好端挖起"。是的，当你抚摸一爪结三粒的饱满荞麦，当你剥开一荚八颗的滚圆豆粒，当你挥镰割着又粗又壮、刀把子般齐刷刷的金谷，你想到过农家为这丰收所付出的辛勤劳动么？"三伏鸡刨出，强似立秋细搂锄。""七遍棉花八遍瓜，九遍老麻子实圪爪。"实圪爪，是果实累累的陕北土语，而这累累果实，需要农家九番精耕细锄啊！于是，高原褐黄色的土地上，高原三伏莽烈而粗野的太阳下，一群高原的子孙，蘸着心血、汗滴，调配着丰秋最初的色彩……

俗话说：秋风糜子寒露谷，霜降之前刨红薯。进入这些八月的农家节气，紧张的收割便开始了。

这时候，长天辽远高爽，蓝格瓦瓦的。蓝天下的金山碧野，到处可见赤脚裸膀的农人，他们挥镰开割，任八月的艳阳浴着他们黧黑的脊梁……

偶尔，那高一声低一声的古老的信天游就顺着山洼飘过来：

崖畔上开花崖畔上红，
受苦人盼望过好光景。

打碗碗花就地开，
你把你的白脸脸转过来。

——八月山野袅袅回应的山歌呀，浑厚而悠长！

歌手是蓄着小胡髭的年轻后生，身材展展扬扬，壮实得像一头公牛犊。

信天游，也叫顺天游、酸曲儿，是陕北广泛流行的山歌，赶脚的人吆上牲口唱，妇女在家里纺线线、纳鞋底唱，农人们用它来消除疲劳，石匠们用它来驱逐寂寞。它是农人发泄自己情趣、寄托自己美好感情的歌呵。那么，小伙子在期待什么呢！

也许，隔着小河你就会听到这样的回答：

哥哥你人穷志不穷，
小妹子最爱这号人。
一根干草十二节，
谁卖良心吐黑血。

……表白得纯真，甜美，大胆，热辣辣的。

不用说，歌手是位留着长辫子的丰满俊俏的女子。也许那女子就大着胆儿，红着脸儿，颤着声儿对那山沟唱了，也许不唱，只是在没人的时候，悄悄递过来一个绣着花儿的荷包，或从怀里掏出一把又甜又鲜的红枣儿偷偷扔给他……

但多数时候，你会听到的。陕北人，直率而坦白！当那种狂热的生命精髓在他们的内心跃动着，他们甚至会唱出更粗野酸甜的歌。自古以来，陕北就有“人凭衣衫马凭鞍，好婆姨凭的男子汉”的说法。所以，一个男子大胆追求一个女子，或一个女子热烈爱着一个男子，不会被当成是什么丢人现眼的事的。

你就敛声屏气听吧，果然，那远山又传来拦羊老汉酸溜溜、惆怅怅、羡慕而又妒意的歌声：

年轻的看见年轻的好
白胡子老汉灰烧烧……

哦，唱吧！面对稔熟丰获，面对疲劳辛苦，怎不悠然自得唱几声呢！——太累了！自银灰色的黎明开始，他们就持续不懈地开始劳动。露珠被他们高绾的裤腿碰落了，他们常常发出低沉的喘息。午晌时，饿了，一家人就蹲在地头，围着饭罐，草草野食一下，便又开割了。整个田野都感觉到一种喧噪和骚动，各样庄稼都要赶着往回收获。“拔一行荞麦，风磨一行谷”啊！荞麦怕霜，要先收，而此时谷子也急急成熟了，农家腾不出手，只好眼睁睁看着辛劳一年的谷穗任山风摇损……

渐渐，一片片庄稼割倒了，一簇簇火炬般燃烧的红高粱簇起来了，一行行金黄闪亮的糜谷拥起来了，一轮轮玫瑰色的荞麦轮廓出现了……长于摄影的同志，如果这时你将镜头对准山上山下。那将会是一幅怎样的景象呀：平川道，拖拉机飞驰急骋，忙着往回运送玉米棒子、葵花盘子。农民或者赶着牛车，车轮轧轧的，牛哞哞的，缓缓拉着谷物。而山洼、沟壑，苍茫模糊的暮色中，农人们背着、担着比自身大几倍的沉重的庄稼捆，正在山路上蹒跚挪动……

八月大地，该多么富有感情、色彩和诗意呵……

丰收的秋天，也给果园带来一片绚烂的景象。红香蕉亮红鲜艳，黄元帅澄黄粲然，大鸭梨熟透了，逍遥着，在坠弯的枝头闪耀青光。葡萄晶莹透明，绿绿的，紫紫的，嘟嘟噜噜垂挂下来，叶子已蔚为一片醉人的深红。

但更惹人注目的，却是一望无际的、满山遍野的枣林。

陕北枣林，年代悠久而气势宏大。窑畔，崖坡，村口，路旁，院落，每个村庄都密密层层围着一片枣林，每个家户都有属于自己的一片枣树。八月中秋，枣子就全熟红了。黄绿绿的叶簇中，闪耀着圆的、长的、珍珠玛瑙一样红艳艳的大红枣儿。金风洒脱，红枣儿在空中颤栗着，摇摆着，不时“嘣——哒”落下几颗来。但这里打枣，须得枣子熟透溏过了才开始。那几天，全村欢天喜地，谁家打枣，邻里邻居都提着筐子篮子来帮着拣。男男女女，老老少少都可以赶去吃。打枣人摇动枣树，或用一根长竿子敲着枣枝，那枣子顿时就像红雨似的哗啦啦撒落下来，轻轻击在拣枣人的头上、脸上、背上，斑斑驳驳的立刻把地上染成一块花毯子。而嬉笑欢闹的吃枣的人，豪爽的声浪抛来抛去……

伴着秋忙，禾场上的梿枷声“乒乒乓乓”一天比一天骤响了。场，就设在自家的窑院或平地，各样庄稼齐整地沿场绕成一个弧。一家一户就在这场院打、扫、簸、扬。如果是谁家打谷子了，村里相好的下地强劳力准会来帮忙助攻。谷场上，上了年纪的老头牵着牛，拉着大碌碡，吆喝着，一圈一圈缓缓辗转；强劳力则排起展展扬扬的两行人马，抡起枷，从东头往西头对打，迅疾的火烧梿枷呼啸起来，击打出高原仲秋特有的乐曲！

陕北还有踩场、扬场号子。起场了，谷堆堆积起来，男人们挥动木锨，动作舒展地顺风高高抛扬，那一抛漂亮的弧线下，谷壳似黄色的流苏飘飞，而金黄饱满的颗粒，就像珍珠似的刷刷撒下来。女人们则把簸箕高高举过头顶，轻轻摇荡簸扬。这时明快欢悦的号子就不知不觉从她们嘴里哼出来了：

> 嗷——
> 风神婆哟，快刮哟！
> 风神爷哟，快刮哟！
> ——噢嗬嗬呀嗨！

没有什么神秘，据说这只是一种为减轻繁重劳动强度的即兴唱，天上地下，从远到近，都可入词。

最有意思的当数吃“献场糕”了。打谷那天，当扬簸干净的圆锥形谷堆在夕阳的斜辉中最后堆积起来，主人家就端着几大盘碟油糕、糕角上场了。这是农家祭祀五谷神的风俗。进场，先要把一个油炸的面捏金蟾塞入谷堆，然后将油糕掰成小瓣天上地下敬祭，最后把献场糕分给看热闹的娃娃们后，便把场上所有一天帮忙打谷的相好亲朋招呼回家尽兴吃喝去了。

——金蟾！金蟾折桂，五谷丰登。这二者到底有什么联系、寄托什么向往和追求呢？莫非是寓意天、地、人共享丰年么？农家的心，永远是个深奥莫测、奇幻的谜！

闰月天年，八月末，灿烂的收获季节就临近尾声了，农家可以稍稍喘口气了。现在，八月的乡村傍晚，弥漫着淡淡炊烟，一行南飞的大雁自由地嗷嗷叫着在纯净而高远的天空飞过。远处山坡上，蜜蜂在瓦蓝的炒面花间嘤嘤环绕，牧归牛儿脖子上的铜铃铃徐缓地叮当响着。农家小院这时显得格外恬闲和优美，我不妨领你到这黄土高原的村落窑院走一遭吧。朋友呵，也许你到过许多地方，但你领略过八月天黄土高原千山万壑中这些遥远山村的独特风貌吗？

是的，多少人曾描摹讴歌过陕北窑院、窑洞。但我要说，对陕北窑洞真正的感悟和理解，那还只有我们陕北人。我的一位年轻的陕北诗人朋友曾热情唱道："如今我已从豁亮的月弓窗下走出，走了很远还没有走出你的深情；我想山川是高原皱脸上展开的笑眉，你是望着我背影的母亲的眼睛——啊，陕北的窑洞！"举世瞩目的陕北窑洞，伟大的摇篮！在这里，曾一代代诞生了那像山丹丹一样灵秀俊美的女子，一代代诞生了那像黄牛犊一样结实健壮的后生，也曾诞生了古老而悠扬的信天游歌声、新世纪摧枯拉朽的人民革命运动和最辉煌灿烂的智慧思想呵！

陕北村舍院落，住得拉拉撒撒。一家一户都是土窑或石头、砖箍起的窗洞，窑檐一摆儿都用青石板压起，牛棚、猪圈、鸡窝就搭在院墙的外边。这时节，窑沿垴畔、坡洼上，已开始矗立起一垛垛拱形轮廓的金色的干草堆，像一幅康斯泰布尔笔下的风景画。窑洞两侧，挂着一串串红辣椒、黄烟叶。门桩上，交叉风晾着束束选做种子的谷穗、糜穗子，给人新颖别致的韵示。明亮精细的窗户上，贴着红艳艳的剪纸窗花，显得和谐而自然。

主人会热情厚道地招待你的。陕北人，极看重"门风"。谁家若对客人冷淡和怠慢，立刻会遭到全村人的嘲笑和斥责：门风不好。你也要随和些，入乡随俗。你快上炕，他们会腾地端上来一筛子红枣、一簸箕南瓜子或喷香的爆玉米花的。你就大口吃，吃得有股粗劲厚实劲，不然他们也会说你“生分得和城里人一样”。呵，都市人，以高雅的景德龙盘、日本鹤碟来炫耀门面，乡野人，则以粗筛子、大簸箕来撩拨人心。游人呵，面对它，你会产生一种什么感慨呢？

陕北八月的农家风味饭食，有用软糜子和炒面花做的炒面，有碾扁的麻粒和小米、红豆熬煮就野小蒜吃的麻汤饭，有荞面搓成卷状的圪饦和羊肉……你听那些远古流传下来的乡谚：“苦水里泡，崖畔上扎，蓝格莹莹的炒面花。”“八月小蒜麻汤饭，香得老婆打老汉。”“荞面圪饦羊腥汤，死死活活相跟上。”……陕北竟把那些野花野草和饭食都抒上了诗意，编到歌里去了。单就听这些颂词儿，你就会急切地想品尝这些农家饭食的独特风味了。

远道而来，还是请你在这农家窑洞喝上几口酒，洗洗八月风尘吧。在这丰收年景里，主人会为你的到来设酒宴，像陕北人说的：喝烧酒的。也许，你会碰上这地方盛行的“搭平伙”的。搭平伙，就是七八个或十来个相好的，人人出平均的一份，然后凑在一起吃大锅饭。多古老的风俗！山沟沟人难得有外出观光开放眼量的机会，也难得有常聚会的热闹日子，便世世代代延续下了这些古老的乡俗。

陕北人喝烧酒，气氛热烈而又别具一格。他们喝酒要唱歌，边喝边唱，叫“唱酒曲”。开席，要由主人先唱《请酒曲》：“有个酒曲哟唱起来，八仙桌儿当中摆，象牙筷子对撒开，银壶金盅转开来——咿呀啊噢喂。”歌毕，传壶递饮，为宾客敬酒三巡，便哼哼唧唧、吆五喝六开始了。

酒曲儿唱词颇多，有告坐歌、要酒歌、对酒歌、让酒歌、祝酒歌、退酒歌等等，每种歌词末尾都要加一句“咿呀啊噢喂”。哪个来迟了，进门还要来一段进酒大唱喏。但酒曲中，唱得最多的是罚酒曲，这是输拳者以歌代酒时独唱的歌子，又是他们显露才华的机会，所以非常自由、亲切。你看，那后生被划住了，他即兴就编出了一段：

一来我年轻，
二来初出门，

三来人生认不得个人，
好像那孤雁落凤群。
展不得翅，
放不开身，
叫声亲朋多担承，
担承我们年轻人初出门。

啧啧，看说得多美！浪漫而风趣，调侃而诙谐。既恭维了别人，又表现了自己，真是一举两得呵。

你不会唱酒曲，酒量又不大，一定有些发懵吧。不必发懵，有人会代喝的，远道而来大家都会担承你的。那么，你就乘兴倾听他们自由自在、无拘无束唱的那些一支支由远古流传下来的酒曲吧：《好汉秦琼》《赵子龙》《李自成》《盖世英雄好》……在酒场上唱这些壮怀激烈的千古韵事，到底给人一种什么意味呢？呵，这些不知形成于哪年哪月的，仅仅流传于陕北黄土地域上的酒曲儿呵……

你不要担心他们，他们不会借酒发疯的。陕北人，稳重厚实，贪酒而不酗酒，粗豪而不蛮野。醉酒哭天是被这里人们视为丢人，失尊，没出息的。不然，怎会有一曲“酒坏君子水坏路，神仙也出不了酒的够”的停酒曲呢。这样心旷神怡、尽兴共饮，可真是妙极了！你不是早想亲自一睹陕北腰鼓么，不妨提出来吧。只要你提出，他们不会回绝你的。他们会嘻嘻一笑，脸一抹：哈哈，打得不好……可是，腰鼓却拿出来挂在肩上，束在腰间了。

陕北被誉为“腰鼓之乡”，老汉后生都会打这东西，连五六岁的猴小子也会来两下。于是，脚地下，后窑掌空地，立刻成了腰鼓场。四个或八个年轻后生立即挥动鼓槌，扭动着对打起来。

他们不会忘记尊贵的客人。第一个腰鼓舞姿准是“三参拜”。接下来，“凤凰三点头”“金鸡独立”“青龙摆尾”……一个个各具千秋的舞姿令人眼花缭乱。那完全是一种粗犷的刚劲豪放的力的造型呵！怪不得外国人连连啧叹说走到陕北，才看到地地道道的中华民族的艺术呢！而最来劲的也许是“野马分鬃”“大过堂”几招，简直绝了！伴着“咚叭咚叭咚咚”的强烈节奏，那股虎劲、那股狠劲、那股狂劲、那股野劲的气势和魅力，全淋漓尽致地发泄出来了！鼓声急，槌绸飞，小伙子们腾空飞跃、胯下击鼓的一刹那，显得那样威武，那样雄浑。

哦，多么舒坦、和谐、友善的八月秋夜！普通的庄稼人，为表达自己的盛情，会在这丰收之夜兴味酣然地红火闹腾一个通宵的。

看着粗犷的腰鼓，听着自由自在的酒曲，游人呵，你尽可以领略陕北人身上所凝聚的那种古老而伟大的精神内涵，你也尽可以让那些神奇而浪漫的想像力自由驰荡。是的，黄河流域这块古远而博大的土地啊！轩辕浩气，华夏始祖，开创江山，拓土万里，最早开拓了这片疆土呵！于是，大禹的部落，镇卧狂流，凿通了泛滥成灾的黄河古道；偏远的黎民，斩山湮谷，修筑了气势壮阔的秦直大道。仰韶文化在这里孕育了古老悠久的信天游，粗犷的腰鼓、秧歌舞，新月形的窑洞，柔美的窗花……成熟的八月，一部神奇的书！八月完成了一幅光闪闪亮锃锃的伟大的陕北自我画像啊……

这时，也许你会突然击节惜叹：八月太快了，在陕北呆得太短了，对陕北的概念太肤浅了。是这样么，远方的友人?！那么，我劝你在下一个八月再来吧，再重新体味这成熟肥厚金黄的八月吧。因为啊，因为，八月永远给你一种豪宕、丰饶、美丽的色调。因为啊，陕北八月实在是有着另一个风土、人情，另一种重托、深邃，另一种精神、智慧和哲人的思考啊！

哦，我的黄格灿灿、红格丹丹、绿格茵茵、紫格楚楚、蓝格瓦瓦、黑格油油、白格生生的五彩斑斓的陕北八月天啊！我的甜格浸浸、香格盈盈、酸格溜溜、俊格蛋蛋、巧格灵灵、自由自在、富足、丰饶和温暖的乡村八月天啊……

朋友，你来吧，我的陕北的八月会厚待你的……

1987年农历八月初五写完

（选自《中国作家》1989年第1期）

北斗消失苍穹

明亮之星，清晨之子呵，你何竟从天而坠。

——《旧约全书》

大地的一个正在新生的黎明，我跌跌撞撞，像一个受难的幽灵，最终一步一步爬上荒凉山冈。东方露出一派高贵绮丽的天光，虽是朦胧，却不断在扩展着我那种清楚无误的意象。我一阵激动，禁不住想起德国伟大思想家黑格尔的一句赞美语："这是一次光辉灿烂的黎明，一切有思想的存在都分享到了这个新纪元的欢欣……"

我疑神谛听。

天光熹微，亮灿灿的北斗星已经苍白惨淡，如果这时山风轻轻绕过那些不规则的崖畔峁梁，这空旷山野中的寂静，本来是可以当竖琴一样聆听的。但我还没有从惶恐中解脱过来。那液体一样从脚下流过的黑暗，那黑森森的沁凉的深秋灌木林，那一道道起伏不平的山、沟，都无不隐隐释放着可怕下沉的气息，使我差点迷失于昏晕之中。

曾经在北方的北斗星座下走过。那是一个冰冷的冬的世界，银河斜横，繁星缀空，北斗星在头顶闪烁着永恒璀璨的辉煌，以至冰凉的冬月，也似乎有了一种温文尔雅的情调。那一颗颗星斗还有那条宏伟辽阔银光流淌的"天河"，纷纷游进自己的视野。据说仅仅一条天河中包含的恒星座就多达1500亿颗——雄狮座，人马座、麒麟座、孔雀座、天龙座……而迄今人们观测到的遥远的河外星系在10亿条以上！被天河横贯隔开在两边的牛郎、织女星座，要"鹊桥相会"横渡天河，谈何容易，即使乘最现代的飞机也得500万年才能飞到！广袤无涯、浩浩渺渺的宇宙，那个迷人而深沉的长夜伴着一队年轻人恍惚、陶醉，对宇宙对未来充满神奇无穷的幻想，他们仰望北斗，热泪盈眶，向着北方一座城市运行，不约而同地从心底唱起了那首北斗歌……

那种恍惚在白天无法感受。那种陶醉把一切淹没。是谁先唱起的,或者严格说是小声哼起来的,一群高亢混合之音立刻升腾在荒野峡谷。那心绪,不断腾达,那就激情澎湃地唱吧,因为那是黑夜……

那个冬夜曾那样强烈地震撼过一代人,他们以北斗星指引的方向踏上征途,并在回望中不止一次地感到荣耀、豪迈。

怎么也没想到二十多年后自己又重蹈覆辙,在一个漫长秋夜会选择孤独羁旅的路径。完全是一次极偶然的失误所致。

黑色泛滥。微弱的星光抵御着沉重的铺天盖地而来的黑暗,白天的山脉变成延绵无际的轮廓,白天收入视野的一切美丽都浑然无迹。一条逆光的河流上,一只狐?还是獾?拖着尾巴匆匆钻入黑影处沙沙响动的苇丛。

空落、寂寥,还有神秘宁静中直觉到的疲顿、恐慌。一颗星从幽深的天宇划过,留下亮亮长长的火尾,划过远山那边便消失了。正像我风华年少长途跋涉那次看到的一模一样,那时怎么想,忘了,只隐隐记得奶奶说过的话从脑际一下掠过:天上落下一颗星,地下就有一个人去了。此刻我望着,心头淤塞着苍凉沉重的壮别。年轻时总有过多的理想,过多的不切实际的幻想,即使今天是否还有时在星光下冥顽天籁地幻想?如果生命真像流星那样悄然残散坠落,那生命是何等孱弱和毫无价值。

谁说的,通过想象回忆过去,生活才被注入生命的气息。可年轻时那些走过的夜晚,毕竟太轻信、盲从、愚昧……

现在仍走得困顿、劳累,缺乏自信。

北斗星座熠熠闪闪,只有在北方,在北半球方位,你才会有幸看到它,更真切听到它创造出的种种传说和活起来的神话。那时,遥远的爱琴海岸城市的晚钟正响起来,泰勒斯——这位古希腊米利都派的奠基者,默默来到山涧,仰头观察星空。在他看来,城市之星凄迷、黯淡,天空是失形变态的天空,只有乡野星空才配称真正明朗之星空。就在一次观望时他失足跌落阴沟里。多少人嘲笑他。凡是存在的就是合理的,人们似乎有理由嘲笑他。却没有人去想,也许在那黑夜海风刮起黄沙的苍茫的夜里，一个健伟的灵魂，已跨上骏马，超越时空和疆域，悲壮地似英雄一样令人叹服！

在生长的长夜里行走，渺茫清寂的冥冥星光，吸引着不同的灵魂，为他们安置下不同的道路与归宿。法国浪漫派诗人阿·帕特郎说："黑夜是梦幻和真实之间的过渡。"他的想象丰富奇秘而沉郁。德国哲学家弗列特·尼采则措词激烈地诅咒过黑暗："黑夜为什么如此长久。我黯然地行走在死一样朦胧的光中，像醉汉似地在做荒唐之梦。"西班牙思想家乌纳穆诺遥望星斗却又是那般忧郁，他颤抖地写道："我的星子！看见了吗，闪亮在遥远的星空里的星子，终有一天会熄灭而沦为尘土，不再闪亮，不再存在。同样的，即使是布满星子的苍穹，也有消逝的一天，可怜的苍穹！"而意大利划时代的诗人但丁·亚利斯基，这位中世纪的最后一位诗人新时代的最初一位诗人，在他那部连叮当挥锤打铁的铁匠都会琅琅背诵的《神曲》三部曲中，为什么在每一部的结局都要别出心裁奇诡地写到黑夜星辰？那是诗人在"神游"中鞭挞黑暗渴望光明，戳伐罪恶趋向至善崇高的灵魂飞腾。他渴望灵魂飘飞穿越潮湿阴暗的窟穴，融汇于明亮纯净的苍穹。正因此，它才超越时空概念，具有了久远永恒的魅力。

但黑夜中行进毕竟有太多的坎坷、曲折、艰辛；在梦幻、神秘、幽玄的漫长黑暗中乞求星光摸索，对于人类毕竟是一件悲哀的事。这就是我在经历黑夜那些迂回、炫乱而终于在黎明时刻爬上山巅，面对豁然开朗的地平线，突然变得无比激动，会一下子想起人类先哲那些火焰般炽热燃烧的话语的缘由。

现在，清晨破晓，万物复苏，高原千山万壑像在沐浴澡雪后的海啸中隆隆起伏，我在回想中感到整个世界在气息摇动中也如我上升的感情一样在缓缓上升。

——让朝阳把它的霞彩留在天上吧，让它灿烂的光晕温暖尘世那些善良的人们，永远照耀他们前行的那条白光光的大路。

1995年1月27日

（选自《散文》1995年第9期）

西部散文一家

张　直

继《澡雪》《西部一个男人的叙说》之后，史小溪说他反倒有些迷茫，写了十几年的散文，西部仍然是个走不出去的圈套。这是确实的，史小溪几乎就是一个虔诚的西部信徒，他从生理上的艰难跋涉到精神上的痛苦挣扎，西部都像一柄巨大无匹的十字架，以古典的行吟游浪的方式深深地烙进他的内心。这种血液渗入骨肉似的深刻追问，使他的灵魂极度不安，也进而使他个体的独特的生存状态从一大片平庸中凸现出来。他关于西部的散文便是生长在这块瘠土之上的精神作物。然而孤独者的旅行犹如一支呛人的西部唢呐，既让听众怦然心动，却又瞠目结舌，哑口无言。

这种无言本身正好说明了评论界的某种难堪。多年以来史小溪几乎是沉寂的，但这种沉寂和他天性的执着使他更像一个隐含的先知，独自穿行在辽阔无际的中国西部。他的散文不仅仅只是他心灵的符号，同时也更是他进军写作核心地带的据点或堡垒。这种布道似的写作精神使他的散文具备了一种沉重的品格，而这种沉重本身，却是西部给予他的独特奖赏。

读史小溪的散文，感到他使评论界直接面对了两大难题：从断裂的时间到循环的空间，他在寻找什么？以小散文对抗大西部，他赖以支撑的是什么？

隐含在这两个疑问背后的整体背景是：在文学转型期的散文状况。不久以前王干撰文称散文正向高度信息化和新鲜度的强化两个方面发展（《文学自由谈》1994年第2期），这无疑是敏锐的发现，实际上，认真考察这之前与之后的散文，将不难结论：当代散文正在完成着一次本体意义的巨大变化。

本文也将在这个意义上展开对史小溪的评述。

一

史小溪展现在读者面前的第一道障碍是时间的缺席。他说“在我内心深处有一个博大的另外的世界，那里闪耀着我情感的色彩……”但他又在天马行空的背后选择西部。尽管这种选择有时是无奈的、被迫的！这宿命的空间使他必然以空间的循环去补偿时间空白。有一句久已渺茫的箴言是这样的：归去来兮！史小溪内心的隐痛这时已是他独有的财富。二十多年前的某一天，他在一夜之间以一个破产地主儿子的身份被流放，其后的经历使他觉到了人生飓风的冷暖无常：当他隐名埋姓成为一个贫农的养子，不久他便爬上了一个冶金建筑工地高耸的脚手架，直到后来他又“根正苗红”地走进西安冶金建筑学院的大门。这真像是一场有始无终的游戏，他一寸一寸地融进那八千里路云和月，在苍莽黄土面前，他矮下了生活的身子却昂起了思想者的头。西部，一个刻有时代印记的大限，一个负荷沉重的空间，迫使他以缅怀过去与憧憬未来去掩饰时间上的伤痕，他的散文有着浓郁的酸楚：一个生存在空白处的人……

这几乎是有悖他散文当代性和西部性的写作初衷的，明显的，文本的史小溪没有现在，或者说他潜在地拒绝现在，这是一个隐在的命题。他远离现时，浓郁的昔日追思使他具备了一种独特的忧患之美；他并非有意在逃避现实。而是不得不用另外的——西部的成份来重构自我的现实。从他的《荒原之旅》到《生命在高原》，你感到一个人粉碎之后的渴望，那是再生的渴望，精神至高无上的力！我也被荒野的荆棘撕碎，我每天在那儿遗下我的一部分躯体（《荒原之旅》题记）。他以这样的方式来追问以图救赎自我的灵魂，寻找人生的彼岸。大西部是艰难的，单调的，然而正是这亘古不移的艰难与单调使生命百折不挠多姿多彩。他在耕耘中“期待春天”，在收获之前发出“秋天的恳求”，这流淌的情绪是大西北最珍贵的给予！史小溪的艰难也使他清醒：“要使你的心地像一个祭坛，让圣洁的火永远在上面燃烧。”（《喙声永不消失》）。也许是在某一天，也许是在哪一天，史小溪会像沱江纤夫一样发出惊天动地的吆喝：“不要徘徊，吆哦咳！拉直纤绳，吆哦咳！挺起胸膊，吆喝咳！吆哦！吆哦！……”（《沱江纤夫》）

史小溪挺直脊梁拉紧了人生的纤绳。他感到一种源远流长的文化，感到了一部沉重酸涩的历史，感到西部沉重责任的压迫！“苍生啊，你颓然倒下了吗？宇宙啊，你预感到那创造者了吗？”（《生命在高原》）弗·尼采对于天地宇宙的叩问带给史小溪一种生命的质问，史小溪中国式的叩问满含着生存的血泪：我的生命在高原……

因而史小溪对于时间的缺失又是这样地引人深思。或许对现时的回避更使他贴近了生命本身。在他那儿，西部是最大的现实，西部的时间是个大概念，天地玄黄、宇宙洪荒，轮回也即往返，过去即是将来即是现在。这是一个独具特色的圆，没有人知道史小溪和他的西部在圆上的位置，但他这种非线性的时间业已构成这样一种回归：对西部本身的崇尚将是超越现实的不朽！他用回忆和憧憬来构造这样的现实：好好活着，珍惜即使至为细微的生命片刻！这是西部特有的伟大和艰难！他直面了这样顽强的空间，因而他无法浮光掠影，他远离了那些观光者眼中的沙丘驼铃，远离信口开河的砾石红柳，他的西部是无言的，天然的。他在力图求证：在高原，人们艰难地生存，真实而平淡。

史小溪以此完善他对生命本体的歌颂！西部，何止一个物理意义的地域？从外在的流放到自我放逐，史小溪经历了一个从懵懂到苏醒的历程，西部是他精神漫游的广阔天地。在这一块“旱物儿”竞择生机的荒原上，一个带有强烈自虐色彩的“扶伏民”慢慢转变成一个具备悲壮品格的夸父，他要拉住太阳，不让它沉入西部的地平线，他赤脚奔驰在漠漠大野，直到轰然倒地，化作大片成荫的桃林！深沉古老的西部成就了他，“念天地之悠悠，独怆然而泣下”！壁挂似的西部孤独使他与高原草木为友，不管是扑天的野艾，还是丛生的寒谷，乃至土窑古寺，残月孤星，都足以成为他一方漂游之情的寄托。他怀旧不为寻根，因为他知道他的根就在土里：“山连着山来海连着海，千年老根黄土里埋。”（《黄土·六章》）他也不为一个现代意味十足的“家园”，家是什么？家只住在永远不息的奔流之中，如同奔腾的黄河，九曲十八弯；如同红艳艳的山丹丹，沿着高原的厚土，一路飞扬！这是一种大动大美的哲学，动是先在的，天性的，是西部的宿命！史小溪是这样深入地理解了西部，他的散文也便闪现出一种动的壮美，他的西部不是贴上去的标签，而是一种文字底层的意志和情趣！

而西部又将永远只是孤独的，这也不是那种能被精心培育和观赏的现代孤独。他的孤独是西部冷傲的寒月，夜莺声声啄不破，唯有稠稠的米酒，辣辣的烈酒,才能使他获得孤独的自救。他不是浪漫主义者,但他一步一摊血迹,把浩渺的西部孤独丈量,这是一种酒神似的癫狂,一种惊动天宇洪荒的西部叩问,他一寸寸地把自我疏远,在深刻的疏离中领悟到先知似的智慧和光芒。

多少年来,西部几乎成为文坛的某种时髦,多少年以后,当我们面临着史小溪这样的耕耘,当我们听见喧嚣一时的西部热日趋降温,而唯有史小溪隐忍地独力前行,携着散文的披挂,我们看到的是深远而博大的西部:一个有关写作精神的试验场!

二

如果说史小溪对西部的选择是逻辑在先的宿命,那么他对散文的选择又意味着什么?雄性的西部确乎是一块文学的活土,天山雄鹰、伊犁骏马、苍穹雪线、断崖流沙,茫茫的荒原,无边的寂寞,伟大壮阔的沉默!这是一种天然的尖锐、雄性和阳刚。从西部诗歌到西部小说,短短三十年间,西部推举出一大批中国文坛的西部巨星。抒情文学和叙事文学相继在西部找到了自己的立足点,然而散文,却只能如同荒漠上零星的骆驼刺,疲倦而凄凉!

显然症结不在西部而在散文自身。几千年来中国有着优良的散文传统,晋代陆机曾说"(散文)观须臾于一瞬,抚四海于笔端",但这种广泛的包容性却天性地衍生出一种庸俗的散文本体观。散文因此而失去自身的神性与智慧,流于俚俗稗语,不再具备形而上的亲和力。史小溪的西部散文从一开始便具有这种精卫填海式的悲剧品格。小散文与大西部之间先天的形式裂谷迫使他一再放慢写作速度,他关于天地时空的思考被浓缩被提炼,如同炽热的岩浆,在严酷的地壳之下奔突、燃烧,寻找着喷发的裂口。

这是散文的中国式困境,于是人们想起奥地利作家卡夫卡,想起遥远的捷克人米兰·昆德拉,甚至纪伯伦,甚至《圣经》,想起那些被用作精神集散埠头的散文,想探询他们在追寻什么?几年前大西北同一块黄土地上贾平凹曾提倡"大散文",北京史铁生也相继推出带有浓郁思辨色彩的散文篇什,这使人们迷茫和振奋:这是散文?一种有关散文本体的话题在被私下谈论。而在中原以西、在陕北高原一角,史小溪用他个人的跋涉说明,散文还能干什么。

从《澡雪》到《西部一个男人的叙说》,人们目睹了一道漫长的斜坡向前向上,史小溪艰难的挺进几乎已深入到散文变革的核心地带;他不息地走向西部和内心,在未知和宿命之上艰难写作。这是一种唐·吉珂德式的英雄主义,一种深邃的富有启示的平民气。也正是这样,他的西部散文之恋更像一个诗人的作为。

甚至谁都没有理由说他不是一个诗人。史小溪于大西部与小散文的对抗,便折射出他强烈的诗人气质。他抒写黄河与高原厚土,抒写野艾与边关盐湖,不泛泛落墨,总是使之闪射出一种强烈的西部罡气。这使他的散文更像是一系列西部意象的大队集合。弗雷德里克·波特尔在《诗的特性》一书中曾这样谈论散文因素之于纯诗:"散文因素是无害的甚至是有益的,如果它表现为一种背景,意象投射在它上面;一个框架,意象出现在其中;或是一根绳索,意象系于其上。总之是当它起某种结构的时候。"如果将此结论逆向推演,史小溪的散文便不愧是这样的"结构",他鲜明而独特的西部意象群,使他的西部散文,几乎闪现出一片纯诗的光芒来。

当然这只是富于浪漫情怀的推演而已,较起真来,他又是怎样在具体的写作中,使散文重现神性的光芒?困境之中的史小溪当然很清楚,人在西部、散文在西部,西部文体与西部历史的边缘性和再生力,使他给自己的散文找到了一个准确的坐标。他大胆扩张西部民歌民谚的使用,使他有关天地人伦、自然、生死的思考带着一股原始的拙朴与真诚。他也善于撷取古今中外无数思想者的精辟言语,并能推陈出新。当他凝神高原厚土,从中感悟到创造者的明与暗,力与衰,他借用尼采之口喊出自己胸中块垒;当他忘情月下夜莺,便吟诵出济慈的名作;而时光悠悠,逝者如斯,他又像八代亚纪一样唱出悲凉婉约的日本民歌:远去了,永远地远去了,远去了的不再回来……

是呵,远去了的不再回来,而未来的路又是那样漫长,但史小溪却仍将艰难,仍将坚忍,他前行在未知的路上。

三

在史小溪的散文中,或许有一部分散文还尚未引起应有的关注。那是包括

《西藏牧羊犬及其它》《猫·壁虎·蝙蝠》等二篇什在内的一个小辑。这已经是一道深刻、尖锐而广泛的光芒。中国散文自古“文以载道”，但同时却又陷入“道之为道，不可说也”的圈套，客观上滋生出大批浮华空洞的文本，但史小溪大胆、写实、含愤而内蕴，高度信息化。在一个平民文学的时代里，这是一种全新的趣味。它当然不是印象式的，不是某种昙花一现的现象的堆积，而是一种观察，一种对照。这是史小溪特有的敏锐和发现，他一直栖居在非主流的西部文化层面，像一个孤独的歌手，深刻地游吟，不免有些寒光和傲气。他对于当代散文的贡献，不在于各种体式的散文的发挥，重要的是他提供出一种布满尘沙的、粗粝而拙朴的文本，富有西部特色。或许多年以后人们将会重新回忆起他的这些独出一格的文字来。而今，他的这些如同生命一样真实的文字，正隐雷一般滚过茫茫戈壁的海洋。

最后回到本文的题目上，之前和之后的散文，不应是特指史小溪已经具备这样一种为当代散文划分时代的功能，而是说他的散文分布在这样一道背景中间。他个人的创造与开拓，也只是大潮渐起之前涌动的浪花之一。倒是谁都有理由憧憬，在不久的将来，能够看见当代散文崛起一片新生的西部大陆。

（原载《塞上文谭》1995 年第 4 期）

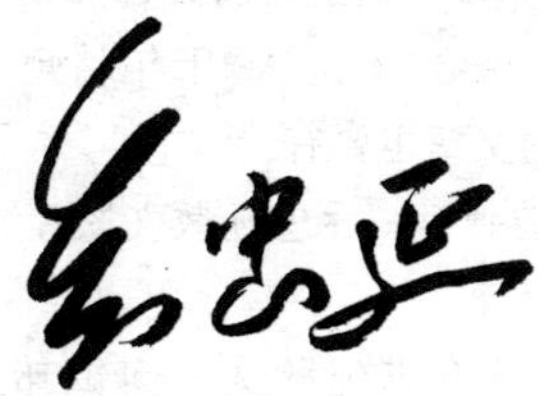

乔忠延(1950—)，散文家，山西临汾人。1966年初中毕业返乡务农，当过民办教师、公社秘书，后在临汾县教育局、临汾县委、市政工作，担任过临汾市尧都区政府秘书长兼文物旅游外事局长、尧都区委宣传部长等职。系中国作家协会会员、山西省作家协会理事、临汾市作家协会副主席。

乔忠延1978年开始业余文学创作，主事散文，在《中国作家》《人民日报》《当代》《十月》等多种报刊发表散文作品达300万字，《散文选刊》1990年第9期刊有“乔忠延散文特辑”，迄今共出版散文专集10部：

《豆蔻岁月》(陕西人民出版社，1993年)；

《童话岁月》(百花文艺出版社，1994年)；

《梦幻岁月》(太白文艺出版社，1994年)；

《尧都沧桑》(百花文艺出版社，1995年)；

《枯荣岁月》(百花文艺出版社，1997年)；

《炎凉岁月》(文津出版社，1997年)；

《尧都人杰》(山西古籍出版社，1999年)；

《远去的风景》(人民文学出版社，1999年)；

《荒疏的风景》(中国文联出版社，2000年)；

《飘扬的风景》(山西人民出版社，2001年)。

其中有《弯弯的桃树》获1991年山西省青年散文大赛奖，《仙洞逍遥游》获1990年山西省游记征文大赛奖，《鼓人》获1993年《人民日报》精短散文大赛奖，《壶口奏鸣曲》获1993年壶口杯散文大赛奖，《土地》获1994年《太原晚报》散文征文奖，《潇洒走一回》获1996年《漳河水》优秀散文奖；有《弯弯的桃树》被选入《1988—1990散文选》《新时期优秀文学大系·散文卷》和《山西省青年作家散文选》,《小小寰球》被选入《当代散文精品选》(1993),《合欢树下》被选入《失落的摇篮》(1995),《骡子》被选入《1991—1993 散文选》,《月亮的故事》被选入《山西文艺创作五十年精品》散文卷(1999),《狼》被选入《散文选刊》精品丛书《五十年前的最后一夜》(2000),《乡村土语》被选入“十年精短散文 100 篇”《美丽如初》(2001)。评论乔忠延散文的文章主要有：

《本真的情愫,撩人的韵致——乔忠延散文谈片》(席扬),《太原日报》1990 年 7 月 9 日；

《寻常家语写华章——读乔忠延散文》(何镇邦),《散文选刊》1990 年第 9 期；

《实用与性情》(王愚),载《豆蔻岁月》(1993 年)；

《乔忠延散文作品众家谈》(韩石山、席扬等),《山西晚报》1993 年 10 月 14 日；

《散文的风神——走向清远》,(席扬)载《梦幻岁月》(1994 年)；

《枯荣岁月 · 序》(何西来),《山西日报》1997 年 5 月 19 日；

《炎凉岁月 · 序》(张中行),载《炎凉岁月》(1997 年)；

《在丰饶和荒瘠的网扣里“拔步”——序乔忠延〈远去的风景〉》(楼肇明),载《远去的风景》(1999 年)；

《故都的沉思》(段崇轩),载《荒疏的风景》(2000 年)；

《在远逝的风景里咀嚼人生与历史》(古耜),《文艺报》2000 年 11 月 11 日；

《民间的写作》(傅书华),《山西日报》2001 年 2 月 13 日；

《根之茂者其实遂》(王愚),载《飘扬的风景》(2001 年)；

《编织美韵的平实之笔》(刘润田),载《飘扬的风景》(2001 年)；

《青涩的本然——品评乔忠延〈远去的风景〉》(孙燕华),《当代文坛》2001 年第 1 期；

《“时间深处的痕迹”——评乔忠延散文集〈远去的风景〉》(宁志荣),《都市》2001 年第 2 期。

此外,《山西文学十五年》《中国当代散文史》有对乔忠延散文的专节评论,可参阅。

冲破牢笼　纵虎归山

——关于散文的坦白

乔忠延

时光飞快,不知不觉我写散文已有 20 多个年头了。

说写散文似乎不那么准确,至少说,先前 5 年,或者更长一些的时间,乃至今日,我是学习散文的,写作也是学习的一个组成部分。

然而,写也罢,学也罢,毕竟有这么多年的时间了,没有经验,体会或者感触总应是有些的。

这倒不假,学习散文这些年,实际是一个认识散文的过程。散文再不是先前我眼中概念演绎出的模式化的文章,也不是用华丽词语打磨出的美文式的文章,更不是竭尽气力嘶喊出的抒情文章。散文就是散文,应是一个真实的存在,你却无法用现成的语言将之真实地叙说出来。散文没有任何模式,也没有任何规范,更不应该有固定的写作套路。我最大的感慨就是,散文是最自由的文体,所拥有的时间和空间可以大得多,也可以小得多;所摹写的人物和世故可以多得多,也可以少很多;所动用的真情和实感可以宽得多,也可以窄得多……这大小多少宽窄之间的合理选择,适度把握形成的得体文字,应该说就是散文。在这里,得体二字实在太精妙了,我真不知道如果没有这一词语,该如何表达我对散文的理解?倘不得体,臃肿或狭小,只能是散乱,不能是散文了。

如此看来,散文不是外在技巧娴熟地操作,而是内在感情自然的写照。刘勰说,"登山则情溢于山,观海则意满于海",大意可能也是如此了吧!

这么说来,散文这自由的文体也需要人用自由去操持耕耘,说穿了就是需要独守的人格和自由心灵。任何扭曲的人格和萎缩的心灵,都无法准确传情达意,都无法使文章表达到得体的程度。那么,即使把文章的外在打扮得再像文化,那也只能是伪散文,或者说是塑料花一般的散文赝品。

从散文对人格和心灵的需求观望,我这人似乎有着写散文的先天因素。我是属虎的。虎是山中的权威,兽中的大王。民间逢年过节,总要买一张有虎的画幅贴在中堂,而且,那虎旁还有一行题款:虎吼一声威震山河。为王之虎自然应该是自由自在,无拘无束的化身。如此说来,虎的属相最适合散文的写作特征。

偏偏我这虎先前是一只困在囚笼中的老虎——可以说,从降生、晓事到成人的过程,就是我完整被囚的过程,也是我背离散文远去的过程。

1950年农历十月,我降生在汾河西岸的城居村里。我的生日有两点忌讳。那会儿,父老乡亲信奉生日时分中的犯月,早有"七猪八马九羊头,十月里虎沿山游"的说法。而我,正巧就占了个10月,岂有不犯讲究之理?至于犯什么,没人说得清,反正不好,这是其一。其二,乡亲们又有俗语:"官凭衙门虎凭山,婆娘家靠的是男子汉。"这是说,属虎的生在山里最好。我的家乡却是一马平川,连个山影影也不见。况且,家乡还是块文化底蕴极厚极厚的土地,旧时这里曾两度建都,早就有平阳之称。平阳可以卧龙,可以栖凤,独独不宜藏虎,因为还有句"虎落平阳被犬欺"的古话呀!可是,有什么办法,我这只虎就是这么不识时务地投胎了。

果不其然。童年的我便生活在一个怯生生的世界里。我是长子,没有长兄可以依凭。门跟前比我大的孩子居多,比我小的也有,可人家有了哥们姐们当靠山,也横着呢!唯我独独地孤着。拿好东西出来吃,有人敢在你手中哄抢;穿件好衣服别人抢不了,却合着伙往你身上蹭土抹灰。没有什么比遭人欺辱更为恼火了,我也反抗过,拼搏过,但毕竟寡不敌众,非但没有战胜对手,还弄得鼻青脸肿。吃过几次亏,我的虎气不能外露了,心里怒火中烧,而外在却如兔子般地躲事。

上学了，书本给了我一个独领风骚的天地，我能够用学业的优胜去讨得老师的赞誉。可是，老师的赞誉往往都是众生嫉妒的口实。似乎只有还俗，只有学业的平庸才能和他们成为一条战壕里的战友。我不甘落后，只好不断受到不应有的讥讽和嘲弄。

更为严重的是那场拔地而起的“文化大革命”。刚刚还在破四旧、立四新，我还混迹在其中横扫一切牛鬼蛇神，一夜之间，风云突变，讲究出身论，什么红五类、黑七类子女，阵线分明，营垒如磐，哪个组织也不愿吸收招惹嫌疑的余孽，这时候，是我风华正茂的岁月，应该敢说敢为，虎虎生气。然而，我没有这般福分，我的家事被抖搂出来，祖父曾在国民党从军，迄今下落不明，又有流落台湾孤岛之嫌，自然我也就没有了可以恣意妄为的权利。而且，很快被打发回村，接受贫下中农的再教育——看人的眉高眼低了。

生活在这么一种境地，自然没有了想的自由，说的自由，以及为文的自由，灵魂和身躯一样深深被囚禁在方寸空间。

遗憾的不仅是我灵魂的囚禁，而且是我用囚禁的灵魂去操持散文的写作，一上路就陷入了散文写作的误区。

我的误区是从新闻写作切入的。那会儿，新闻新作有个不成文的规矩，即反面出题目，正面做文章。也就是不准反映社会的阴暗面，而要求树立正面典型。说穿了，是要粉太平，赞颂莺歌燕舞的大好形势。试笔写了，居然还间断登出几篇。别看那几篇现今看来丑陋不堪的小稿，当时还撩拨得人心难宁，热血沸腾。以至鼓足干劲，攀登高峰，要涉入散文的领地了。

那是一种什么散文呀，只是将既有的新闻素材打扮装点一番，或者说新闻素材有什么不完满的成份，有了难以逾越的事实障碍，为了更具完美效应，于是用理想的浪漫更好的将之粉墨涂染，使之离开生活的距离更远些，更具有虚伪性了。记得有一篇《喜酒》，原本的素材是村人得了儿女，张罗着贴喜报，喝喜酒，闹腾得既铺张又浪费。后来，村干部组织了理事会，适当给予了控制。如果将这种典型推销出来，当然没有什么最佳效应，因为这不正是领导们提倡和号召的吗？为此，我即浪漫了一番，首先将得子女的人浪漫为昔日贫穷娶不起亲的人，接着将喜酒浪漫为村上为这些人集体办喜宴，还有一个高潮的浪漫，就是这些人无论得的是子、是女，一律在喜宴上领了独生子女证。这样一种颇具匠心的雕琢，实在是对散文的一种辜负和捉弄。奇怪的是，那时候大家都在辜负和捉弄散文，谁的辜负技艺高超，谁就可以成为优胜者了。因而，这样的匠心居然会获得成功，一家权威报纸刊用了这篇"散文"。

如果对这次刊稿一开始就有清醒认识也还罢了，遗憾的是，非但没有这种考虑，而且还认为找到了散文写作的真谛，自然也就在误区中越走越远。

可怜了我对散文的一腔痴情！

好在今日，我终于觉醒了！

然而，回味和反刍这觉醒的过程，时光就不是那么迅捷和短暂了，是那么的从容和漫长。我辜负和捉弄了散文，散文也辜负和捉弄了我，让我深陷囹圄，给我了从容和漫长的教训。

那么，我能否走出误区冲破牢笼呢？

意识到失误和摆脱失误是有着很大距离的。我写过一篇《弯弯的桃树》，那是我的一次尝试之作，也是我冲破牢笼的开始。事实是我家院里有棵小桃树，家人用绳子将之拴了，弯折到窗前，遮掩毒热的日光。过了炎夏，秋凉了，冬来了，家人剪断绳子，解放了桃树，然而，桃树却没有直起，仍然弯着，弯着脊梁，直到生命的终止。

桃树的悲剧，会不会在我身上重演呢？不会！我自信不会！我树立了坚定的信念，这就是，冲破牢笼，纵虎归山。尽管我也知道，冲破无形的牢笼，要比有形的牢笼更难；冲破灵魂的牢笼，要比肉体的牢笼更难。但是，我还是充满了信心，因为我可以借助各种生命的活力来充实和滋养自己，使自己健全思想，发达思维，成为一个视通万里，思接千载的人。我要摆脱有形和无形的障碍，走出平阳，走出平原，奔向大山，攀上峰峦，在那险峰绝顶，纵横心魂，还原虎虎有生的本真。

这本真生命的结晶和写照就是我对曾经辜负和捉弄散文的报答。

又记:这篇小文是 6 年前写的。如果说那时对散文写作的自由操持还是个美好愿望的话,那么,现在已有部分实践了。实践的成效自然增添了新的感慨。散文写作,首先应有相当的生活底子。这似乎是多余的话,生活底子谁也有,但散文不是谁也能写的,关键是要善待生活,留心生活,发现生活中的独具价值的事物;再是要有相当的学识,学识既是写作的保证,更是发现生活的保证,不同的学识,决定不同的眼光,不同的眼光,决定不同的发现,有了新颖的发现才会有独到的感悟,也才会捕捉到有价值的素材;最后,也是尤为重要的一点,是要善于表达,也就是把生活的新发现,新感悟表达出来。表达是一种技巧,却不能流露出技巧,更不能千篇一律。我的体验是量体裁衣,也就是文中提到的得体。我写《童话岁月》,将沉重的题材轻松化,用儿童的眼光去发现,用平实的童话去抒写;我写《天成风流漓江水》,则是用不惑的体验去对应山水,赋予山水生命的智识;我写《乡村土语》,则一头扎进村野,滚一身泥土,蒙一脸尘色,笔端的文字展示的是黄土风光,弥漫的是黄土味道。这样去写,实在有些不成体统。不过,我倒真担心散文成了体统,那样的文章肯定不是创作的,而是刻意制作的。一句话,尽管我是散文的业余作者,但是也想把散文写好。只是,越写越觉得散文难写,大约正是难写,也才会有苦恼,有乐趣。因而,我仍将努力。

2001 年 11 月 8 日夜尘泥村

自选作品

弯弯的桃树

我家院子里有三棵树，两棵枣树，一棵桃树。枣树是姑姑从外祖母家移回来的。外祖母家在汾河东边的伊村。伊村是尧王的故乡，传说尧王当年种下了好多枣树。至今伊村的地垄上一棵挨一棵。姑姑扛了两棵回家，一路上累得歇了好多次。我一吃枣，便想起姑姑，甜甜的姑姑。

桃树给我的印象比枣树要深，因为它比那两棵枣树有故事。桃树是奶奶种的。据说，奶奶去金殿镇赶集，卖了连夜赶织的腿带，想给老奶奶买点什么吃的。老奶奶没牙了，苹果梨儿都不好咬。从南头跑到顶北头，才找到一家卖桃的。那桃个个都像大馒头，圆鼓鼓的尖上比抹了胭脂还要红。捺一捺，软软的，老奶奶准咬得下。一问价，贵咧，奶奶的钱只够称一个。卖桃的是个老头，头顶又光又亮，胡子又长又白，他很和气，笑着说：

“我这是长寿桃，比蜜还甜哩！吃了保险你身子硬朗。”

奶奶买了一个请老奶奶吃。老奶奶捧着儿媳的一颗孝心，笑眯了眼，咬一口，连声说没有吃过这么好的桃哩！说也怪，老奶奶吃了桃子，身体比先前确实好了，不咳嗽气短了。下一集，奶奶又织布卖了，再找那个卖桃的，满集找遍了，也没见那个长胡子老头。一连几集，那老头再没露面。

第二年开春，奶奶把那颗桃核种在东厦前。那桃核真的发了芽，长成了。老人们说：“桃三杏四梨五年”。三年头上，桃树果真开了花。赶秋里，挂了果，熟了的桃子大大的，像吊着个蜜罐，摘下的第一个桃子，敬老奶奶吃。打那会儿起，这便成了我家没有成文的规矩。

又听说，那会儿的太阳毒着哩，夏日里又大又圆，像个悬在头上的热鏊子，烤得人心火燎火烧，偏过晌午，狠狠烙在东窗上，烤得屋里火炉样的热，半夜了老奶奶还无法进屋睡觉。家里人都在想办法，先挂个竹帘遮住了窗户，也不顶大事。后来竟在桃树上打开了主意。那桃树长得偏北点，要是弯南些，就会遮住阳光。爷爷狠劲把它往南扳。好容易扳过点，一松手，桃树又闪回老地方。看着扳不过来，在地上钉个木桩拴上绳子，把桃树硬拉过来。桃树弯下了腰，绷得像个弓一样，风一吹，树梢一摇，绳子断了。桃树又挺直站好。看这一招不行，爷爷换条绳子勒住它，在它腰身上挂了一摞砖。桃树屈服了，乖乖弯下腰，绿树遮得屋里水沁沁地凉。秋天来了，阳光淡了，家里人想到桃树也该伸伸腰了。爸爸卸了砖块，松了绳子，桃树却纹丝不动，弯着腰，还像有千斤巨石压着的。爸爸用劲扶直，一松手，桃树落下了。唉，没治了。所以，我记事起，我家的桃树就是弯弯的。

弯弯的桃树默不吭声地站在我家院子里。春天先从它那儿来，粉红粉红的花儿爆开一头，香得蜜蜂、蝴蝶闹嚷嚷往一块凑。冷寂的院里热火了。那红红的花儿映得窗上、炕上都是红的，我心里也红了。夏天里，桃树一面悄悄长着桃子，一面用茂盛的叶子使劲遮住阳光，东屋里凉爽得很！秋天，我们吃过桃子，田里的玉茭成熟了，父亲挑两个箩筐下田去，往回担玉茭。担回来，倒在桃树下，堆起高高一座山。晚间，我们坐在山边剥玉茭皮。全家人一边剥一边说笑，嘻嘻哈哈，手不闲，嘴不停。老奶奶也闲不住了，凑在人窝里搭把手。大伙乐悠悠的，一口气能剥到月挂西天。我却不行，眼皮硬往一块粘，粘得用劲也撑不开。我要睡了。姑姑说："别睡，你不是要红玉茭吗？咱掏个窑往里剥，准能掏出个红的来。"

一说红玉茭，眼睛马上亮了，我的困劲散了。使足劲往里面掏呀掏，掏得深了，再深些，一碰动，塌了，窑洞不见了。重来，我们又往里面掏，掏得眼看快塌了，我掏出一穗剥开皮，呀，红的，紫红的玉米石榴籽般的。我蹦起来，举着棒槌般的玉茭穗在院里跑了三圈。姑姑帮我把玉茭皮拧成个小辫，挂在桃树上。我劲头更大了，掏啊掏，剥啊剥，不知不觉，树下的小山不见了。冬天来了，树叶落了，桃树光秃秃的，我那红玉茭还在梢头冲我摇摇晃晃地荡秋千。

在村上，我家的院子不算小，公社化了，选准我家院子给队里堆玉茭。好多的人，一个跟一个，个个担着箩筐，颤颤悠悠往我家送，倒下玉茭又去担。只两天，忽然不用箩筐了，使开了小推车。小推车是木头做的，木头把，木头板，木头轱辘，木头轴。推车当然比担的多，我听大人说，要跃进，多快好省哩！这可忙坏了二孬叔。他是队上惟一的木匠，白天黑夜地赶制小推车，也不够大伙使唤。队长又派二刮子把式小驴帮手干，那日，我转悠到他俩做活的屋子里，好家伙，俩人甩了袄儿，挽着裤子上劲干，脊背上的汗，一道一道流下去，洇湿了他们打折的长裤腰。他们也不停手，刨子推得嚓嚓响。刨花一朵朵冒出来，落在地上盖住脚面，高高垒起，没了膝盖。

不几天，村上人都使上了小推车。小车车一转，木轴轴吱鷃鷃叫。小车叫着，人们好奇地笑着，推上大路，推过小桥，推回一车车玉茭。我家院里的玉茭越堆越高，这才叫山哩，比我家原来那山高多了。我坐在山尖上摸得着挑树梢了。可惜桃子早摘光了，要不，在山尖上摘桃多省劲。

老奶奶在屋里坐不住了，倚在门框上看着高高的玉茭堆，露着没牙的嘴傻笑：

“咱家的棒子真多，嘿嘿。”

我一听，老奶奶真糊涂，对她说：

“老奶，这是队里的！”

老奶奶看着我，我知道她耳朵背，没听见，对着她的耳朵说：

“老奶，这棒子是队里的！”

老奶奶越乐了，哈哈笑着：“对着哩，咱的棒子真不少。”

我急得蹬蹬脚又说，她还是听不清。老奶奶咧着嘴又说：

“咱家人气好，帮忙的人好多，嘿嘿。”

我又高声纠正她：“那是队里的人！”

她还是咧嘴笑，又说：“对哩，不熬煎没好日子过了。”

午饭时，我学了学老奶奶的糊涂样儿，家里人都笑了。奶奶说：“糊涂些好，糊涂些她老人家高兴。”

高兴了没多少日子，老奶奶生气了。玉茭打完了，入库了，我家院里的山不见了。队上又在我家屋里办食堂，好多好多的人来吃饭。头一天，老奶奶没在意。第二天，她皱着眉，没吭气。第三天，她对我说：

“这些人老在咱家吃饭，把咱吃穷了。”

我对着她耳边高声说：

“这是队里的食堂。”

“那咋不到人家吃去？”

我真说不清楚，就叫奶奶、妈妈去解释。老奶奶谁的话也不听，冲着他们气恨恨地摇手：

“你们都是糟蹋光景哩，多打了几颗粮食就胡糟蹋啊？”

老奶奶火气更大了，把她们撵出东屋。

老奶奶气不打一处来，那班小伙子领不上饭，坐在桃树上等着，一个，两个，多的时候坐上十几个，压得桃树弯得快挨了地。老奶奶让我赶他们，我赶不动，去叫奶奶。奶奶一说，他们散了。过一会儿，又坐上另一伙。又赶，又来，赶不完，撵不走，奶奶没法了。老奶奶坐在炕上生暗气。平时，她常给我扒葵花籽，她扒一粒，我吃一粒。这些天，她扒着扒着，停住了，盯着窗外喘长气。

冬天里，寒风紧了，老奶奶病了，倒在炕上，没有醒来。

春天里，百花开了，我家弯弯的桃树没有再吐叶开花。

1988.4.4

（选自《远去的风景》）

天成风流漓江水

船行漓江，向前看去，水往山中流，禁不住忧虑水到山前疑无路，该往哪里去呢？然而，游船缓缓行进，没等逼近那山，却见江水在岭中，在峰间，悄没声息的掉个头，扭了个弯，轻手轻脚地去了。不见这江水对那山的恼怒，怨恨，也没见这江水对那山的拍打、攻击。漓江应用了自身的宽怀，将碧水结构成一种山间灵秀的自然。宽怀的结果，漓江曲径通幽，更具有了山重水复的美韵，也使这江，这水，少了急湍，少了波浪，少了断崖绝壁，少了礁石险滩。

回头看去，身后的来路，近处可见水流，水迹，远处已是粼粼一片了，再远处又是山了。是那颇显奇崛的山，是那露尽峥嵘的山，那山摩肩接踵已经紧紧连为一体，锁合了所有的空隙，似乎在那里并不存在水，并没有那么条清静柔和的江流。可是，漓江恰恰是从那儿来的，而且，我可以见证，刚刚乘船从那严实的山中漂流过来。是的，只一忽儿漓江即消隐了身后的踪迹，不像世间那些浅显的徒儿，宁要把过去的琐屑演义和浅显摆成人为的辉煌。

漓江默默负载着船只前行，也负载着我和游人前行。人和我无疑是在漂游漓江，可是，更多的目光，或说那目光用于的时间，更多的是观赏两岸的山势。最为明显的写照是，相机的镜头总是指向那崛起的峰峦。每见一种突兀的山岭，游人就慌忙举起手来，将相机对准突兀，似乎拍不下山的倩影就抱憾终生。

可是，有几人曾经想过，正是得益于水，得益于舟下汩汩流淌的漓江，才能这么舒缓地行进，才能极目两岸那别开生面的林林总总的峰峦和山岭。也许这是无意的忽略，可无论有意还是无意，只要是忽略，都是对漓江的辜负。然而，漓江平静如常，不怨，不怒，表现出的似乎是一种麻木，是一种迟钝，是一种愚鲁。不过，若是用不惑的岁月去度量这麻木、迟钝和愚鲁，就会发现那才是人生修炼到最高境界的返璞归真，才是生命大彻大悟后的宽怀和容忍。不是说，人类一思考，上帝就要发笑么？而漓江却不，对那些追寻和思考的人们，漓江没有动容，依旧平静如初。发笑的年岁早已过去了，过去了的青春虽不再来，可青春留下的经历已炼制成漓江最宝贵的财富。比之上帝，漓江似乎更老练些。

我曾经读到并且记得一位作家对桂林的评价：画山绣水。山是画的吗？不似，即是画山，那也需要吴道子这样的大手笔。画与不画，这里我姑且不论，至于说水是绣的，我则以为那就大错特错了，至少说，这种说法还缺乏对于漓江的应有理解。在我的视际中，画也好，绣也好，皆脱不开一个制字，或者制作，或者制造，或者把层次搞新鲜点，换个新名词：研制，只是制作方式的不同。既是制，必然有个过程，不会一挥而就，不会浑然天成。而今天，我站在这游轮之上，前后眺望，仔细品吟，怎么也看不出这江水与山峦、与平畴的焊接痕迹来，不见天工，不见斧匠，一切都是那般天衣无缝，风流自然。

这漓江水，随兴到极致了。想直就直走，想弯就弯绕，想快就快行，想慢就慢爬。到了高兴的时候，便清清脆脆亮出几嗓子，不管你听得是否过瘾，她唱够了，立时就沉寂不语了。偶尔高歌，也不是怒吼，不是咆哮，声响中没有威严，没有厉势，看似平平淡淡，可哪一声也是纯正的心律。尽管那音响的外形远远不如溪流和山涧甜脆，可是，也极像原始森林的地表上刚刚脱颖而出的嫩芽，透过千百种掩映更见其生命的勃发之力。

至于漓江那直，更具有直的技艺，不是毫无节制的耿直，也不是蛮横无理的直撞，而是随和的直，当直则直，直而有度，哪怕只直了一分一寸，在这里，在这时也是恰如其分的，也是难能可贵的。若是品赏漓江的弯，那更有味了！弯是人生习惯评价为不幸的东西，似乎谁和弯搭了界，谁就有扭曲之嫌，这扭曲便是道德、情操乃至人格的堕落，好玄好玄！于是乎，随俗的大流就不断显摆自我的正直，即使根本没有直路可走，也硬要往悬崖峭壁上冲击，结果非但没有撞开生路，还活活折杀多少无辜的生灵。相形之下，漓江的弯多，倒是有了个性。漓江不怕人指指划划，说三道四，没有羞羞答答，遮遮掩掩，而是大大方方的拐弯，拐得自如，拐得随和，拐得圆润。江流一个弯连着一个弯，真弯出了世间少有的胆量和风度。这种直和弯的气节，岂是人间工匠绣得出的吗？不知他人如何看待，我是大有疑虑的。

在漓江漂游，最忙碌的是导游。导游的嘴一刻也不停歇，对着手中的话筒，连连呼喊，一会儿指点九马画山，一会儿指点净瓶卧江。不时还出来个传说故事，那故事不是男欢女爱，就是仙女下凡，总给人一种似曾相识的感觉。

这时候再看漓江，漓江仍是沉静的，寂然不语，丝毫也没有把自己装扮成一位智者，一位颇有见地的先贤。只是履行着一位驮夫的角色，默默无闻地将你将他将我驮来，驮到这林立的山峰之间，让你观看，让你发现，让你消受。漓江绝不把自己的一孔之见当作千秋辉煌而光焰万丈的照耀你。可悲的则成了导游，你再看那举止、听那言辞，忽然就会想到特定历史条件下报刊上出现过的小评论，或者想到时下某些专栏作家的普遍造诣，明明是些陈词滥调，是些千人一面的货色，惟恐世人说咱江郎才尽，硬要滔滔不绝的倾诉出来。这做派违拗了漓江的一片好意，影响了漓江素有的娴淑风韵。可漓江却不吭不哈，默认了。

偏偏有那么些人魂，不知哪家的票子鼓圆了自己的腰包，花钱的胆子出奇的大，桌上摆满了菜，上足了酒，还不过瘾，还要大呼小叫的猜几拳，争个高下。顿时，噪声飞起，恣扰了漓江千秋的静谧，万代的柔意。有人好奇地围了过去，对之的兴趣似乎比对漓江山水还要浓烈，有人则扭转脸去不屑一顾。漓江对此作何反映？我看漓江，漓江依旧如故，我行我素，没有丝毫的怨怪。可是，细心的人则会发现，在素常的平静中，漓江很快收拾了这鹊起的喧闹，动作之麻利、之迅捷，让人想到在餐桌边彩蝶般轻盈来去的服务小姐。不过，漓江在完成这一切时，没有留下让人注意的身姿，却将那鼓噪的声音打扫了个干干净净，无踪无影。好个高明的收拾！

在漓江泛舟，不能不观赏水中的倒影。岸边所有的景物，都可以在水中找到自己的姿容。看山，是山，高低错落的山，与岸上的形态似乎别无二致；看树，是树，摇摇摆摆的树，与水边的绿荫几乎一模一样，甚而，一处屋舍，一头水牛，以及刚刚在江中拎起一桶水回眸朝游人发笑的姑娘，都是漓江美妙的风景。仔细品赏，这水中的风景与岸上的物什又有些不同，不同点恰恰应合了艺术的某种规律：在似与不似之间。所谓似是外形的相像，水中的形象是岸边姿容的真实写照，自然也就不乏逼真了。所谓不似，则是指神采。岸上那山，是别具一格的山，是超群拔俗的山，是孤傲卓然的山。绝然没有混同他处山势的奢求。那山有着自己的个性，任你凭借自我的阅历和心性，把他联想成大象饮水也好，骆驼苦旅也好，他都没有什么怨情。山就是山，既然有横亘的，有连绵的，为何不能有如此简练而又突兀的？因而，桂林的山也就突兀了。尽管这突兀中没有那纵横连绵的险峻，可是这罕见的奇崛也足以令世人刮目相看了。当然，这奇崛的突兀是稳定的，是凝固的。这稳定和凝固给了山一种恒久的耐力，却也使之少了几分生动。这是事实，无法改变的事实。这事实似乎在强调一切事物都难以完美的世理，总是有着或多或少的缺陷，或多或少的遗憾。这事实似乎又是一段有意的留白，让江水的精灵来弥补群山的缺憾，在赋予灵性的同时，展示了映衬的不凡效应。

于是我看到的漓江水是平的，是缓的，平缓中的水没有浪，只有波。波也不大，粼粼涌动的碧波不急，不闹，准确地说只是一圈一圈，一环一环的涟漪。随着那涟漪的泛动，映在水中的山也蠕动了，并且动而不乱，动而有律，绝似轻音乐导引下的舞蹈。舞蹈着的人，翩翩翔飞，飘然若仙；舞蹈着的山呢？此时此刻，那水中的山，绝不是岸上板着面孔站定的山，绝不是一味要用凝固来标榜自我稳定的山，而是水中艺术化了的山，起码也是注入了漓江血脉的山，这山也就有了少见的生趣和灵性。

漓江用自己的情愫和灵性，映现和再造了两岸的山。山水一体，浑然天成，方有了这景物的风流，或许，这也是桂林山水甲天下的因由吧！

1995.12.10

（选自《远去的风景》）

在丰饶和荒瘠的网扣里“拔步”

——序乔忠延《远去的风景》

楼肇明

作家乔忠延先生是位吟诵“生存之艰难”或“艰难生存”的歌手。他的这一个特点，在当代散文作家中是非常突出的。论年龄，论出道前的文化素养准备，以及步入文坛的时间，他从属于“知青一代”作家。乔忠延不是从城市到农村再到城市，像某些“知青作家”那样。从根本上说，乔忠延始终不曾离开过生养他的土地。从给乡广播站写通讯起，到小学代课老师，直至目前担任基层行政官员，他一直生活在“父老乡亲”之中，生活在自己的文学沃土之中。可以想见，乔忠延的文学之路，与他的文学主题一样的艰难和艰辛。他在《灰烬》一文中回忆他返乡务农期间，为了混一口饭吃，填饱肚子，与父亲一起到矿山驮煤搞运输，他形容拉煤车“步履维艰”时用了一个词典上没有的字词组合，曰：“拔步”。“拔步”是“拔草”“拔萝卜”垂直方向的挪用，还不妨看做是“拔河”一词改水平方向为垂直方向，拼尽全力的写照。这使作为读者的我，心里为之一颤，马上联想到东北抗日联军的战士，在大雪封山的长白山没膝的雪地里，艰苦卓绝地行军的情景，联想到沼泽地的泥泞，联想到在沙漠的流沙里跋涉的情景，惟其这三种情景，走路拔腿迈步，才需用尽吃奶的力气，去“拽”，去“拔”。这是作家乔忠延生存之旅和文学之旅的长途跋涉，在生存体验的层次上透漏了出来，且刻画得如此新颖、凝练、传神。

《远去的风景》是乔先生二十年间散文创作的一个自选集，而其中的绝大部分又是近十年的作品。如果读者没有染上“一次性文化消费”的时代病，不偏嗜甜食、偏嗜膨化食品，而愿意领略和回味生活中的苦味和涩味，愿意在生存体验的意义上赢得一份认同、放松、自由，那么，我想即使对当代散文并不熟悉的读者，在读完作家的这本自选集以后，大体上还是可以赞同我在文章开头就亮出来的那个结论。不过,我要亮底牌的是,我是从哲学现象学文学批评的方法,来考察乔忠延的散文创作的。在我看来,无论是散文发展史的一个特定阶段,还是近半个世纪的时代社会背景,也无论是乔忠延作为生存个体所体验的境况和需要作出的选择,还是作为创造主体所依靠的文化背景和同样需要作出或舍弃,或弘扬光大的抉择。这就是一方面的丰饶和一方面的荒瘠,丰饶和荒瘠因意向维度的不同,而呈现正负不一的各个不同侧面,乃至丰饶和荒瘠缠绕纠结而成的绳索,已分不清哪一股是丰饶,哪一股是荒瘠,丰饶和荒瘠结成了大小不一的网扣,甚至是死结,说乔忠延是“生存艰难”的歌手,也许还不尽然确切,可以延伸一下,他在生存、体验、文化、创造四个层面上,谱写的是:“丰饶和荒瘠四重奏”。我不是说作家已经达到该乐曲所应有的恢弘和大气磅礴,而是说,作家自觉或不自觉地在这一方面有所不疲倦的执持和向往。瞧,这散文艺术的圣殿。再具体一点讲,那“远去的风景”并非是渐渐消失于闪烁明灭、半明不昧之中,它整个儿就是作家时时回溯、取之不尽、用之不竭的灵感源泉。对乔忠延而言,生存和创造,一直是各自独立而又不可分割,相互重叠,交错纠集在一起的两个畴区。童年、少年、青年,精神家园的渴求依稀在于为生存,为不挨饿,整日价的精疲力竭之中;在贫困,机制如重轭的年代,为生命个体的延续和人类的延续,成了普遍的左右一切其他需求的力量,它同时又渗透或占据了个体与个体之间的所有空间联系。生存和存在之间是分离的,一方面的贫困导致另一方面的丰饶,它有待时日,更有待主体那个不屈的意向性的曲折成长。作为作家乔忠延的生存体验是极其丰富的,这为艰难困苦的个人命运所赐,但这与在艰苦的环境所能接触到的文学、文化滋养的参照背景之间,却又形成了另一个层次上的丰饶和荒瘠的反差。无可否认,也无可讳言的是,能表达出来的东西是你体验到的东西,而你体验到的东西是与“前理解”的深度和广度息息相关联的,意向对象则取决于意向性的向意和矢量。再次,新闻写作、政府写作与散文艺术创作分属不同的范畴。诚然如我国老一辈的作家兼老新闻作者萧乾先生说的那样,新闻写作是采访人生,散文创作则是咀嚼人生;政讼和散文之间,则有干预社会和干预人的灵魂的不同功能取向。不能说这双重对立和分裂是绝对的,一个侧翼的强大并不意味着另一侧翼的贫弱,而是沟通和互补存在着可能。两岸青山,碧水中分的漓江的美景,就注定有一番丰饶和荒瘠之间复杂转化的过程。其四,作为基层行政官员繁杂、忙碌的日常事务,与作为作家的思考、写作、阅读需要一个宁静的写作空间和思维空间。这一动一静、一多一寡,构成了最浅显层次上的分裂与反差,尤其在左支右绌的情况下,还会影响到前面几对对立面的转化和融合。乔忠延是位在双重的意义上,不疲倦地讴歌"艰难生存"的歌者。

《远去的风景》是一本关于艰难生存的书,是作家乔忠延生存体验(所历、所见、所闻、所思)的结晶。现象学文艺理论袭用现象学哲学"悬置"的方法,把传统和既往的认识放入括符之中,以便进行"本质直观",从而获得最"纯粹的认识"。这在哲学家那儿是关于"形而上"的新发现,在作家和诗人那儿,则是为了求得生命真谛的新发现。"悬置"即为了"去蔽"之后走向"澄明",在生存过的世界里营造"精神家园"。这两个世界是重叠的,只不过,后者是经过改制和再创造过了的前者。而其实,纯之又纯的"本质直观"是办不到的,"前理解"仍然会在意向性的向度和维度中表现出来。从属"知青一代"作家大体上是"行伍"出身(我丝毫不取这个词的贬义倾向),他们的参照系和"前理解"也并非一贫如洗,从散文近期的借鉴资源看,虽则并不尽然全是负面效应,但贫血现象却比比皆是。我以为,乔忠延的幸运在于,在将前辈散文作家把握世界的方式"悬置"起来以后,又不自觉地从家乡光荣前辈身上汲取了滋养。故此,他的"本质直观"是相当纯洁的、质朴的,而这质朴又恰恰是家乡先贤如赵树理辈的光芒所在。无须疑问,乔忠延执著于所历、所见、所闻,他的所思并没有逾越同辈知青作家"寻根文学"的主题和题材局限,自二、三十年代的"乡土文学"、"山药蛋派"、直至"寻根文学",都在他的作品中投下下浓淡不一的投影。但我以为,值得称道的是,并不是乔忠延重现或继承了前辈作家那一些已建立的勋业,而是在于他在一个更为广阔的,同时也是更为荒凉和简化了的背景上,重现了前辈和同辈也曾染指过的领域。乔忠延的一个最醒目的特点是,他不论自身的经历是如何艰难蹶竭,前进的道路上如何充满颠踬和挫折,但他似乎生来与感伤无缘,他既不是豪情满怀,也无感伤扭捏,他就以自己最接近"生存的原始状态"而有别于前辈和同辈。

说穿了讲,哲学现象学将传统把握世界的发现和方法"悬置"起来,它的"本质直观",与我们中国古典美学中所说的"返璞归真",还是比较地有相同之处。

“返璞归真”，不只是美的品格，同时也是艺术地把握世界的方式和方法。当世风和艺风变得浮华和俗不可耐的时候，它不失为变革的出路之一。恰如传统委顿不堪，丧失了创造生殖的活力之时，现象学的“悬置”和“本质直观”，是别开生面，挽狂澜于既倒的创举一样。作为一种哲学观和美学观，“返璞归真”都是从属于艺术更新和自我更新的。

且以我们认为最能代表乔忠延风格和艺术成就的几篇作品为例，如《师道》《天日》《灰尘》《骡子》《狼》《慌城》《有关毛驴的琐事和思绪》，以及多次入选各类选本、备受称道的《弯弯的桃树》等，作家写的是我国北方黄土高原上最最普通不过的与土坷垃打交道的朋友们，以及与农业劳作和其它笨重劳动有关的牲畜，即与这些劳苦的朋友们的生计乃至兴衰荣辱休戚相关的朋友们。在乔忠延的笔下，人和土地的关系以最赤裸的方式呈现在人们的面前。活着，成了人们唯一的目的，人的一切人性，善良和丑恶，崇高与卑微，统统围绕着生存与否转动，作家并没有为了批判和宣教的目的，将人世间的丑恶推诿给某一制度去承担，人性的扭曲，同样也不是“饥饿起盗心”一类说辞，能够非此即彼地诠释清楚。作家讲了不少卑微者如同蝼蚁般屹屹孜孜地为了找食的故事，差不多都停留在了本能的水平线上，或存或亡，或祸或福，也都与觅食有关，咸盐公公的“蹭饭吃”，面汤先生的节俭，似乎都应了“人为食亡”的古训；《师道》中的木子、樊子、袋子、希子，我猜测他们都是作家在当民办教师时的同事，应该说个人恩怨是不会少的，但作家的鞭笞却与自己恩怨无涉，精神上居高临下的俯瞰，透露出冷峻，而不是冷漠，是一种“敢遣春温上笔端”的无奈的抚慰。处处动横的木子，为一只盛粗粮的饭钵，身体力行地实践“讲理的怕狠的，狠的怕不要命的”的俗谚，而其实，他更像是一只“披着狼皮的羊”，在弱肉强食的生存环境中的这一角色，就颇堪寻味的了。在谎言如纸币般流通的季节和境域中，樊子的角色是一低级的变色蜥蜴。袋子和希子之间，同样也是一桩在低级粗糙层次上的手中权势和生理本钱之间的交换。食、色，性也。原来，在“传道、授业、解惑”庄严神圣的旌旗的覆盖之下，遮蔽着的竟是如此粗陋之极，由基本心理，生理驱动力构成的故事。乔忠延不动声色的大幽默，其实是反讽。我想，《天日》《灰烬》等其它作品中的石仁、秀梅、刘先生、快乐大师、许先生、大猴、二猴等等芸芸众生，都生活在无奈的无序之中，但他们的一生也不是没有亮点的，连同他们的命乖运蹇、祸福错位,莫不可作如是观。而如此,“无情未必不丈夫”式的冷峻,我看恰恰是乔忠延“去蔽存真”的一种谋划和策略。

乔忠延的《弯弯的桃树》一文,差不多就是他的成名作,因表现了“引而不发”“含而不露”“大智若愚”“大巧若拙”的成熟风格,而备受瞩目;《荒城》一篇,写交河古城,以历史沧桑的气度追溯繁华和废墟,以及最终连废墟也湮灭的大寂灭;《漂流的思绪》《大海的滋味》时时可见言志和抒情的华彩乐段,贯穿着人生和写作本身的若干隐喻,他们也可以说是从丰饶和荒瘠大主题里派生出来的支脉和副题。其中《大海的滋味》一文在涉及冒险犯难和平静安谧的幸福沉思时,他是这样说的:

> 生活在海滨的人,会由于从小看惯风波浪涛,历练了颠簸岁月,对茫然的前景,永远处于无意识的奋争之中。而像我这样的黄土人家的后代,双脚走惯了坚实的土地,哪怕足下那路是弯转的,如鸡肠羊脉一样细小,如草蛇灰线一样难辨,可是,只要有那么一痕,心中就有了实底,有了着落,哪怕走得日落月升,走得月落星稀,也是充满了自信的。用足下的坚实去开垦和走向未来,又不能不说是生命进取的有益形式……

接着,他又思考了坚实可靠是否为真实,迷茫和混沌,清醒和洞明,孰恒久,孰短暂等等更为形而上学的一些问题。这是些很难有明确和一劳永逸答案的提问。而惟有质疑可以一直持续下去的。质疑,在某种意义上也是以“悬置”为先导的。我心仪乔忠延先生的坚忍不拔,他不避艰辛,在形形色色令人作难的网扣里拔步的努力。我以为,这是今天这个散文被大众文化侵蚀的危情时刻,一名严肃的有创造力的散文家所应有的宝贵的品格。

1998 年 7 月

(原载《远去的风景》)

汪逸芳

汪逸芳(1950—),女散文家。浙江德清人。1966 年毕业于德清县第三中学,1970 年去浙江建设兵团,当过图书管理员、播音员;1978 年大学毕业后分配到浙江人民出版社工作,现为浙江文艺出版社副编审。系中国作家协会会员,浙江省作协散文创委会副主任,杭州市作协理事。

汪逸芳于 1971 年在《浙江日报》上发表第一篇小说《雪里青》,1980 年以后转向散文。已出版散文集 4 部:

《岛国风情录》(浙江文艺出版社,1985 年);

《常有雨为伴》(百花文艺出版社,1991 年);

《心雨》(浙江文艺出版社,1993 年);

《逸芳散文》(浙江文艺出版社,2001 年)。

汪逸芳的散文《假如我有……》获"城东杯"散文大赛一等奖(1992 年);报告文学《疾风劲草》获全国党员教育刊物优秀作品二等奖;散文集《常有雨为伴》获杭州文艺奖(1991 年)。散文《日本土生部落见闻》被译成日文在日本《新乡土》上连载 10 期;《耕耘伊甸园》和《文明的悲剧》被台湾地区《尔雅人》转载。另有《梦中玫瑰》入选冰心、斯妤主编的《给梦一把梯子》,《飘香的荆叶》入选陈长吟选编的《女性新潮散文》,《水乡风景》入选顾骧选编的《中国百年散文选》。

评论汪逸芳散文的文章有:

《常与书做伴——汪逸芳其人其书》(史韫),《书讯报》1992 年 7 月 27 日;

《湖水千船漾,何处不文章》(李国文),《心雨·代序》;

《流淌着的西湖》(史韬),《解放日报》1993 年 10 月 31 日;

《蒙蒙细雨的生命情结》(楼肇明),《文学报》1993 年 12 月 2 日;

《不是过客,是故人——论汪逸芳散文的本位意识》(任茹文),《杭州师范学院学报》2001 年第 1 期。

散文之根与生命之缘

汪逸芳

曾有朋友问我：为什么你的两本散文集书名都含一个“雨”字？起初我愣了一下，确定，《常有雨为伴》与《心雨》都重复出现了“雨”，我承认，我是爱雨的。江南水乡是多雨的，春雨绵绵，夏雨痛快沸湍，秋雨潇潇，冬天有六角形之美丽的“白雨”，雨凝结在空中是雪，雨落在水中是河，而属于我生命的第一声啼哭就遗落在古意悠悠的南运河之畔，雨仿佛与我的生命同在。但作为书名，又似乎是一种巧合。

雨能呼唤沉睡的灵魂，有雨有雪的日子最有情致，最能给人恍惚迷离的感觉，天宇间的骤雨常能无意地洗涤沉睡在心底的烦嚣，将心境清洗得一如入定般的宁静，这个时候最适合放纵思想的野马，绵绵密密地纺织出带真情有诗意的文字。不过真正敲碎我的诗本、震撼我心灵的是余光中先生的散文，是那写得像绘画一样美丽音乐一样动人的《听听那冷雨》。在这篇文章中，余先生用听觉写雨，用感觉写雨，用视觉写雨，用嗅觉写雨，写江南的雨，台湾的雨，四川的雨，美国的雨，让雨穿越历史，跨越时空，将一颗一颗心灵上的私尘拂去，震撼了久而久之熟视无睹的麻木的灵魂，像一夜春雨似地唤醒人们对雨的全部的感觉：

“雨天的屋瓦，浮漾湿湿的流光，灰而温柔，迎光则微明，背光则幽暗，对于视觉，是一种低沉的安慰。至于雨敲在鳞鳞千瓣的瓦上，由远而近，轻轻重重轻轻，夹着一股股的细流沿瓦槽与屋檐潺潺泻下，各种敲击音与滑音密织成网，谁的千指百指在按摩耳轮。‘下雨了’，温柔的灰美人来了，她冰冰的纤手在屋顶拂弄着无数的黑键啊灰键，把晌午一下子奏成了黄昏”。“雨是最原始的敲打乐从记忆的彼端敲起”,“瓦是音乐的雨伞撑起”,“雨是潮潮润润的音乐下在渴望的唇上舐舐那冷雨”。

雨,让余先生写活了,写完了;雨,在这里,不仅仅是一种物理现象,而是“反映一个有深厚的文化背景的心灵”,令人“心旷神怡,既羡且敬”,是“融合情趣、智慧和学问”的真心的美文。余先生的文章很耐读,读了一遍又一遍,仍常见得很新鲜,并不时有新的能动,但倘要我说,我又说不清,说不全。

一直一直有朋友劝我写写生我养我的水乡古镇,我却总像是在逃避什么似的,从不敢轻易落笔。往日的风景琐琐碎碎,印象里很美丽,说出来也能感动人,但是不知是太热爱的缘故,还是太偏爱的缘故,落下的文字与感觉似乎是不相关的两回事。也许应了一句话:“越熟悉的东西越容易封闭。”所以,绝大部分只能锁进抽屉,留着自己看看。另外,几年以前的散文,似乎还没有从“左”的阴影里走出来,落笔前后总要想一下文章内容的“意思”和所能反映的思想,想得太多了,下笔就什么也没有了。

那一个冬天有雨的下午,几个朋友说一起来策划一套“女记者、女作家丛书”吧,立刻有很多人响应,我也很高兴,很激动,只是当回家将已发表的文章理一理,觉得有些不理想,这时候就像是沉重的雨点敲落在心上似的,但如果除了一些就不够数了。有人劝我从别的集子里取一组,也有人开玩笑说“想吃蛋炒饭”啊?偏偏朋友们说做就做,定下过了春节就得交稿。

人,就这样被逼上梁山了。

在这样的时候,要去寻找新题材,负荷新内容,显然是不实际的。于是就逼迫自己沿着自己的足迹往回走,走回童年,走回水乡,走回古远河边的小镇。

我从水乡来,见惯了手摇的梭子船,橹摇的大本船,有篷无篷,有帆无帆,远远望见都有一种亲切感。

小河流水平平缓缓,看不出节奏,听不见流速,只有船过时,它才有声音发出,只有市人下河洗汰时,才有水的音乐奏响。这时,我又去读余光中的散文，仿佛如一道闪电突然间照亮了我童年的故事。不再去考虑思想，考虑格局，考虑什么该写什么不该写，而是一无拘束地从古镇的格局起笔，写廊檐街，美人岸，南方的小昇，小河，小桥，还不经意地写了一个尼姑。如茧子抽线似的，一旦开了头，那根线便越抽越长，心里那根原本看不见的银线渐渐有了亮色，小镇的风情也有了雏形。使我想不到的是，散文集出版以后，一致的评价是《悠悠童年船》这一组小镇风情写得最好，其中小巷的雨，送别的雨和海边的雨被认为是写得较有特色的。不久，发表在《西湖》上一组"小镇四题"被《散文选刊》转载了。

这一组文章的成功，使我重新发现了自己，找到了自己，感觉是第一位的，椎椎与意图绝对不能有，这点如村斤润先生所说："写乡土，写童年，力求真实……不过，乡土已远离，或已几经沧桑，童年早已如春水车流，如雾如露如电闪失。力求真实的乡土和童年，其实是经过时间的流淀，空间的隔离，经过意识和下意识的牵引，走进梦境一样的朦胧，在感情世界里走到最敏感的状态…… "在这种状态里写作，故土家园早已不是归时模样，一个景，一份情，几分感悟，早已自成格局，一旦再现在笔下，也成了"味在酸碱之外"了。同一块材料，同一件旧事，由于时间的沉淀，空间的隔离，情感的酝酿，经过意识与潜意识的改造，蕴藏在文字背后的意韵已被不知不觉地发掘了。

老家还是常要去的，那是因为有亲情在，有友情在，但以前去，为的是尽孝心续友情，而后再去时，眼光落在旧事旧物旧人旧地，感受就不再一样，"当今天的脚印与童年的脚印重合时，会有火花爆裂"。虽说古老的过街楼消失了，曲曲弯弯缠缠绕绕的小河也不见了，先前的市河镇成了路扩成了街，有水的石拱桥成了旱桥，有一截残破古旧的老街如碑记似地立在新街的一头，小镇的居民沉浸在这种变迁的喜悦中，大约只有我在这新旧交替触感中怅然若失，童年的伙伴笑我自私："你是说发霉的小镇不该有洋楼？不该有通汽车的大街？"并说"你下次再来时，半截破街一定铲平了"。她的话我自然相信，沧海桑田，本是历史的车轮，时代的脚步。在故乡我看到"残街像一根蜥蜴尾巴，被新兴的街市砸断在那里，于是林立的水泥洋楼中便有了旧城的一座碑。”

感情的挫折像一盏灯，照见今天的同时也照亮从前一段被遗忘的历史，回城后，写下了《老屋》《残街》《桑·蚕·茧》，发表后被认为是“最见功力的篇章”，“笔能细致，观察入微，每每将工笔细描和诗意的再造想象力相结合，写残街的段落有精雕细琢的刻画，被喻体和喻体之间已近本体象征……她将凝结着文化内涵的江南水乡风俗诗化了……”

能写好，是因为熟悉；既熟悉就有深藏的感情。虽然，我如一朵云飘落似地从水乡泽国飘来，西湖的江水滋润我，都市的氛围同化我，可我的根依然植于故乡，我的缘分依然在水乡。也许这正如黄宗羲所言：“之生于情，情生于身之历。”也如鲁迅先生所说：“作者写出创作来，对于其中的事情，虽然不必亲历过，最好是经历过。”

自选作品

水乡风景

桑

春风又绿江南岸的时候，也尽染了桑园。桑林亲水，总是断断续续地成为河边的风景。粲然的阳光里，与河柳、野花，与往来的薄底尖头的农船，织出一派恬淡祥和的乡村气氛。

地理老师说：中国的地形像一张桑叶。桑叶自然地弯弯曲曲，仿佛是为方便蚕儿的嘴。每年，赤裸的枝条上冒出新绿的时候，它们就孕育了地图的形状。阳光一日暖和一日，春雨一阵浓密一阵，那绿也就一天一天地放大，早出的新叶长到巴掌大，桑林便到了它生命的旺季。

桑园里一片蓊郁，绿得透不过气来，太阳一照，每一片叶鲜绿光亮，翠得像玉，薄得像纸，仔细地看去，那规则分布的叶脉，便像地图上起伏的山峦。农人对于桑林的那份挚爱，就如将士对于国土。

农家的收成一半在养蚕，一半在水田。养蚕是阿娘的事，侍桑是阿爹的事。多产叶的秘诀是多上肥，上肥最好的季节是冬季，是河里的淤泥。

每当春天的色彩被北风抽尽，春、夏、秋三季的茧子卖了好价钱的时候，阿爹们便精心伺候桑园。近园的河道里疏疏朗朗地布下了捻泥船，两个人一只，精精壮壮的汉子手里，每人一只捻泥耙子，分别站在船的两侧，泥船很有节奏地向两边倾斜，一起一伏中将河泥捻了上来，那捻耙像可以启合的蚌壳，一竿探到底，张开、合拢提上来便是稀沥沥的黑得流油的淤泥肥。据说，这河底的泥最肥。冷风里的作业浸泡着来年的希望，一个个累得大汗淋漓，热气升腾，体魄好的脱得只剩件汗布马夹。干活没有号子，却有不断的闲话和笑声，那渗透着力度的嗓音扩张着活力，那活力慢慢地沿河撒落，烘托出热腾腾的暖冬景象。

修整过的桑园很整齐，很单薄，一阵风过，像一群涵养很好又极怕冷的书生，想颤而不敢颤。可上过淤泥的桑林，同样还是先前的枝丫，在冷风中摇曳却没有寒意，淤泥泼过的桑地，很光滑，很厚实，仿佛是铺上了一层厚厚的越冬棉被。

桑葚是成双捉对的，一双一双地悬在叶柄根上，初起发青，渐渐转红，转紫，紫得黑亮，风一来像一对飘摇的铃铛。桑葚可以染色，吃过桑葚的嘴乌紫，吃多了牙也会变色。每每看见浸在农家门口脚盆里的蓝印花布，总怀疑那是桑葚染的。

也许，从前很少有水果吃，那一年一季的桑葚便成了不花钱的零嘴。熟透的桑葚酥甜，不过，女孩子往往喜欢略带点酸味、半红半紫的果子。每次，不等那桑葚熟透，早就引得一批批馋嘴的丫头涎水长长地流了。

桑葚仿佛是给梅雨淋熟的，通常要往城外跑的时候，天上总有扯也扯不断的雨丝。有时，看着好像没有，但走长了，身上粘嗒嗒的，头发上沾满了细细密密的小水珠，头一甩，手一摸，必定像乡下嫂子搽多了刨花油似的，紧紧密密黑黑亮亮地贴在头发上了。你看看我，我看看你，剪短发的，梳长辫的，一个个全是一副可笑模样，引得一阵莫名其妙的笑声，直到东一片西一片的桑林矗立在面前，才会像吃了哑药似地噤声。

桑树有家植和野生的。未曾嫁接过的桑树叶片很小，叶质很老，但分枝多，挂果多，嫁接过的家桑叶大果少，枝干也只一人高。采果子脚丫一踮，扳下一根横枝就行了。

有雨的日子桑园里格外静，小雨沙沙地掉落在叶上，那声音很近又像是很远，迷茫中给人一种恍恍惚惚的感觉。你这里喊一声，她在那里叫一声，女孩子尖尖的嗓音被浓密的绿叶滤过了，很脆，很纯，又仿佛很遥远。那一份痴迷常使我们忘了桑葚，在林子里捉迷藏。你躲我藏，闹腾了一片桑林，也糟蹋弄断了枝叶。有一次，突然地炸响一个阿爹的怒吼声，惊得我们作鸟兽散，逃远了，还听得见他拍天拍地的骂声。

回家时候，书包里藏着一包用作业本页子包好的桑葚，手背上却带着两处毛虫蜇过的伤痕，天黑才到家，悄没声儿地搽了“万金油”，很肿很疼也不敢哼声。咬着牙赶紧做回家作业，压根儿忘了还有桑葚这一回事。第二天，书包里像倒翻了紫药水，压烂的桑葚渗进了作业本和算术书，上课时挨骂还得罚站。

骂过了，站过了，放了学依然没魂似地往桑园跑。

蚕

蚕，刚出世的时候只有菜籽儿那么大，看都看不清的“小虫儿”让人起一身鸡皮疙瘩。不过它长得极快，差不多一天一个样，“眠”一次蜕一次皮，蜕一次皮就猛长一次，蚕眠过两次后，渐渐地就现出了可爱的样子，身子开始泛白，细细长长的一条，啃起桑叶来一片小雨淋滴的沙沙声，听着很像春雨敲在瓦背上，轻轻的，很有节奏，如一曲生命的颂歌。

蚕很爱清洁，上叶的时候要倒沙（屎）。带露的叶是不能吃的。下雨天，须将叶子一张一张擦干，养蚕实在是一份很精细的工作。夜里也要添几次叶。等蚕过了“三眠”，才变得白白胖胖。玉一样白，绢一样光滑的蚕儿抓一条，放在手心里，痒痒的，麻酥酥的，翘首茫然地四处觅食的模样让人爱怜。它不怕生，也不欺生，放下它，又与其他千条万条蚕儿一起编织只属于蚕房的雨声。

蚕从“三眠”中醒来便要找“山”上，它的山是一束稻草扎成的小小的三脚架。一张一张蚕匾里竖满了金色的小山，蚕儿一条一条身子圆滚滚了。总也想不明白的是，吃进去是绿的叶，吐出来却是白色的丝，举起它对着阳光照上半天，半透明的蚕肚里也不见一丝青光。这个时候的蚕儿像孕妇似地显笨，昂起头在空中探寻许久后，便惘然地爬上“山”腰，摇头晃脑、悠然自得吐丝的模样，很像诗人吟诗，一副自我陶醉的模样。

从蚕嘴里吐出的丝很细，绕过来绕过去，以它自己为中心画弧，当丝渐渐增厚的时候，蚕儿像给自己张了一顶蚊帐，远看如纱罩里的少女，那种美像一首朦胧诗。

猛然间，蚕儿消失了，它终于结成了一个银色的茧，把自己严严密密地包在中间。

茧可以抽丝，丝可以织绢，绢可以创造无穷的美丽，而蚕却消失在这美丽之前。

茧

蚕变成了茧，农人一季的辛苦便有了着落。这时候，我那养在纸盒里的蚕也已结出了雪白雪白的茧。

面对“丰收”，向妈妈要来染红蛋的“洋红”，用开水化开了，将茧泡在里头，茧子很“吃”颜色，不多一会就转了色。然后找一块寸宽的硬纸板,将抽出的丝头绕上去,一根丝吊着一只浸在水里的红茧,绵绵不绝地"缫",很久才能在那纸板上看到一点淡淡的红色,丝光在阳光下一闪一闪,从不知道一只茧能抽多长的丝,只记得绕着绕着就没了耐心,转身跳牛皮筋去了。两三天才抽完一只茧的丝,那时候的茧只剩下一层薄薄的茧皮,和茧皮里包裹着的淹死了的蚕蛹。

我的收获永远没有意义。可农人卖了茧就可以变成农具、衣料和肉。

茧是要送进城去卖的,送茧的大都是两头尖尖的梭子船。茧放在中舱,像白雪垒成的山,银晃晃的一片。船尾坐着把舵的男人,中舱坐着扳桨的女人,有时候也会带一个爬来爬去的尿娃娃。使了蛮劲的船头高高地翘起,像一只吃足了风的鹞儿扶摇直上。

河道收口处有一顶单孔的高桥,那水上的半圆与水下的半圆正好吻合成一个满月,送茧的船从满月中划出,咿呀的船声在桥洞里形成回声,由水波一浪一浪地传来。

河水很清,船势如箭,轻巧巧的,那一季的欢乐都在桨声里得到张扬。运茧的船,一船咬住一船,有时候,你追我赶,几条船一横,河道被堵。于是便有男人起身,抱一根竹篙,奋力地将自家的船撑开。

"养了几张蚕?"

"五张。你家呢?"

"比你多两张,忙得够呛!"

……

那嗓子仿佛是吊过似的,音域很宽,嗓音很亮。对话没有实际意义,大家心里清楚,无非是借机宣泄一下快乐的情绪。

小河晃起来,波浪里满是喜悦。

(选自《常有雨为伴》)

螃　蟹

据说,古时候这个张牙舞爪的东西被视作蜘蛛的同类,谁也不敢吃它，任其横行霸道，任其自生自灭。自从有了第一位品尝螃蟹的英雄，便成了餐桌上的美味佳肴。

儿时的记忆里，水乡多的是爬来爬去的螃蟹。夏天涉足水中洗汰，洗着洗着，隐隐觉得周遭还有一双眼睛，迷惑着找了许久，才看见那个吓人的东西猫在河埠缝里鼓圆了眼。初秋有雨的夜里，雨淅淅沥沥地停了，独自行走在青石板铺就的小巷里，路灯映出一路的幽暗，雨水在七高八低响着的石板下畅流，忽然身后有可疑的声音沙拉沙拉响，你停它也停，你走它又响，不紧不慢，不近不远，走过路灯回头一望，那让我紧张了许久的原来是一只大螃蟹。走进菜场里，螃蟹一串一串地挂着，被束缚了八足的鬼东西依然精神着两眼，亮亮地转动着暴突着，自由的嘴密排出一串串泡泡，让人想起唾沫横飞的野蛮人。

泡沫是螃蟹的语言，也许还是它愤怒的方式。我曾傻乎乎地呆在一旁看，发现那一个个泡沫里居然看得见天光，看得见太阳折射的影子，怪的是只要一只蟹起了头，一只一只全都愤怒起来；白色的泡沫是无奈的诅咒，仿佛正进行着声讨大会。

也许正是它的模样太丑太霸道，故乡的寻常百姓家一般不进螃蟹。不过，小酒店里倒有。常见的景象是三四个好酒的老人围一桌，烫一壶老酒，黑森森的桌板上，不见别的菜，只有螃蟹。蟹拢共只有一只，煮熟了变红了很艳丽地趴在一只白瓷碟里，八条腿少了三四条，一条一条分别夹在一个一个老头的指间，放下抿酒的时候，一边大声地说着“九雌十雄”的老话，一边啧啧有声地舔一下指肚。一舔一舔舔出供人遐想的滋味，馋得我也绿了眸子，猛咽一下口水。兴许是我的咽声惊动了他们，一齐歪过头来看我，我拔腿便逃。有趣的是，等我野了一圈回来，老人的手里依然是一人一条艳红的蟹腿。

螃蟹没有真正吃过，但那想象中的美味却日益膨胀，一边怕一边想，美味在奇妙的矛盾中越来越有吸引力。

盛产在水乡的螃蟹总与我无缘，但第一次去上海却与它“邂逅相逢”。上海人叫它“大闸蟹”，是佐啤酒的佳肴，一杯酒一只蟹，入座前就"分配"定了的。我又惊又喜又怕,拿着不知从何下手,一开始就挖了蟹腮往嘴里填。技艺自然是拙劣的,但乱糟糟的一堆碎壳还是让我嚼出了滋味,那味作为美的印证永远地留在记忆里了。

当年水乡到处是螃蟹时,除了酒肆饭馆,很少有人问津。读大学时,曾带一群同学回家,说声想吃蟹,妈妈就拎了十斤回来,十斤才六元钱,吃得人人舌破,咋舌声称"投降"。时间并没有过去太久,自由市场的螃蟹忽然间身价百倍,当年吃十斤的钱价现时只买得了一条腿。

再回水乡去,小酒店依然有螃蟹。嗜酒的老汉换过了一批又一批。一桌人,几个佐酒的菜。还有一盆蟹。分配起来正好人均一只。聊天,喝酒,聊天,酒足饭饱,抽身离去时,空杯旁伏着一只只美丽的螃蟹。仔细看,八条腿一道伤痕也没有,若将它拍成相片,谁也不相信,那纯属一桌"空城计"。这一份吃的艺术,的确当让位于水乡人。

被视为蜘蛛一样的东西一经被吃,再也没有人怕它了。煮煮吃,"醉醉"吃,炒炒吃,捣烂成糊吃,吃出经验,吃出艺术,世事就这样变化着,变的是观念,不变的是人。最最奇怪的还在于自己再怎么吃,都不及从前趴在窗台上看老汉舔指肚来得有味。

(选自《逸芳散文》)

蒙蒙细雨的生命情结

——读汪逸芳的散文

楼肇明

汪逸芳的第一本散文集《常有雨为伴》,收入天津百花出版社于1991年出版的《女记者·女作家散文丛书》。才间隔一年,她的第二本散文集《心雨》又出版了。

她两本集子书名里所共有的那一个“雨”字，是她全部作品的一个总体意象。这既是她为自己淑女心态所作的最佳写照，或“客观对应物”，同时也是她呈现和表现的审美形态及其美的品位和结构所在，因而也是她楔入文化情思的方式，或者说，当她涉及文化情思时，往往有一层记忆和时间的雨幕作为离间的距离。江南水乡的春天是多雨的，夏天多雷雨和暴雨，秋日则阴雨绵绵，飘飘洒洒，冬日则会有凄厉肃杀的冻雨。汪逸芳写的显然不是阵雨和暴雨，更不是冻雨。也许当她还是小不丁的小女孩时，是某一场潇潇春雨唤醒了她的灵智，从此，春天的绵绵细雨与她生命纽结而不可分了。在此后几个人生的关键点上都是雨陪伴她，滋润她。雨，在她笔下终有一种迷人的魅力，夺人心魄的温馨诗意：

海边的小雨没有声音，夜里的小雨没有形态，雨点从天上落进心里，心的大海无边无涯。

我爱雨，爱下在海里无声无息的雨，爱落在我身上却浑然无觉的毛毛细雨。雨是有形的，只是在我一摸之际就消失了固有的形态。(《海边拾遗》)

夜比来时更冷了，雨丝斜斜地飘着，夜色迷蒙，一盏一盏路灯都是孤独的，分手时候……

又是半句话头！不说完便跨进茫茫雨幕，望着他远去的背影，我想，我到家了，可他还要骑很久……(《缘定》)

如果说这些从她作品中摘录出来的片断，是直接与她生命的欢乐、哀愁、平息焦虑相关，它们还多半是一名淑女的心态和心态的外化，那么她另一些作品中的雨的意象，在艺术意境的营造技巧上就更为娴熟，楔入视角和呈现的审美形态很难加以区分：

有雨的日子桑园里格外静，小雨沙沙地掉在落叶上，那声音很近又像是很远，迷茫中给人一种恍恍惚惚的感觉。你在这里喊一声，她在那里叫一声，女孩子尖尖的嗓音被浓密的绿叶滤过了，很脆，很纯，

又仿佛很远。那一份痴迷使我们忘了桑椹，在林子里捉迷藏……（《桑》）

漩涡一个接一个。……流走的漩涡像一张张密纹唱片，细细密密的纹路，一圈一圈由外及里，一圈紧似一圈，向下游漂去的时候，很像在唱机上旋转，转着转着，转出悠扬的古乐曲。乐声是雨，那雨疏疏落落，雨点布满江面的时候，有柔肠荡过心湖。（《浣江的漩涡》）

前一篇写一群无忧无虑、天真烂漫的女孩在微雨中的桑林里捉迷藏，那一份感觉特别是听觉的细腻，把人们引向永恒的美好"仙境"。后一篇转向了沉重的历史，写的是浣沙女西施留给千秋万代的历史余音的回响，这里有一种深情的凭吊，一份淡淡的无奈。至此，我们已经明白，雨是汪逸芳的生命情结，雨是她的审美哲学，她在永恒与历史，现实和未来，焦虑和恬淡之间依游两可，举措不定都是依靠雨来寻求平衡，寻求精神家园，从而，从人间际关系中的淑女风范迈进了审美圣洁的殿堂。她笔下的雨，基本上是水墨山水小品，恪守写实原则，不是泼墨大写意。她笔下的雨，是实实在在又凝结着她情愫的微雨，她极少放任瑰丽的变形的想象力，她不仅极少涉笔暴雨和冻雨，她也没有依赖转喻和借代，写诸如红雨、黑雨、桂花雨、陨石雨一类极尽奇幻和怪诞为能事的令人惊心动魄的想象和比拟中的雨。中国古典诗人，除了屈原、李白、龚自珍等少数是个例外，一般都偏向于阴性的诗性思维，这实在有利于今天的女诗人和女作家直接吸取审美滋养。不过，在古典诗词中有关雨的丰富的审美情调中，汪逸芳又偏向于"天街小雨润若酥""暮雨千家薜荔村"一类意境和神韵，即使她有愁苦，有焦虑和无奈，有期盼，但也不是"帘外雨潺潺，春意阑珊"的难以填补的时空睽违。一切的一切，都呈现出一种恬淡、宁静、柔和的美，恰似虎跑泉水泡龙井春茶，韵致悠然，是一份赏心悦目的美的清凉剂。

除了写雨和笼罩着雨的诗意的那些篇章，汪逸芳另一系列的散文，如《老屋》《残街》《桑·蚕·茧》，是她迄今写得最见功力的篇章。这些篇什，她笔触细致，观察入微，每每将工笔细描和诗意的再造想象力相结合。她写残街的段落有精雕细琢的刻画，被喻体和喻体之间已近本体象征，她写那些水乡桑农的罱泥船，她写蚕宝宝行将吐丝的时刻，写正宗宁波汤团的本家本色，将劳动、劳绩、风俗,统统诗化了。王逸芳将凝结着文化内涵的江南水乡风俗诗意化了。汪逸芳曾在给笔者的一封信中谈到写散文,归根结底是作家人格的审美品质和全副实力的一场一辈子的较量。这是一个立足点很高的认识,包括女性散文作家在内的所有写散文的人并非都能达到的一个认识高度。

人文荟萃的浙江是我的故乡,西子湖畔一下子冒出了一位淑女型的散文作家,正是我这个困坐书斋、搞散文评论的人所大喜过望的,是我的审美期待的视野里一次意外的新收获。

(原载 1993 年 12 月 2 日《文学报》)

周佩红（1951—　），女散文家，上海人，祖籍湖南湘乡。1969 年到安徽插队当农民，1978 年考入华东师范大学中文系，1982 年毕业后在上海第二工业大学做研究实习员。1986 年调任《萌芽》杂志社当编辑，现为副编审。系中国作家协会会员、中国现代文学研究会会员。

周佩红在大学时代开始发表文学评论文章，1987 年开始发表散文，迄今共出版散文专集 11 部：

《一抹心痕》（安徽文艺出版社，1991 年初版，1992 年再版）；

《命运所赐》（四川人民出版社，1993 年）；

《从我血液中流过的》（台湾业强出版社，1995 年）；

《活着的证明》（上海文艺出版社，1996 年）；

《城市的声音》（日文）（日本樱风出版社，1996 年）；

《你的名字是什么》（文汇出版社，1997 年）；

《内心生活》（华东师范大学出版社，1997 年）；

《亲密关系》（江苏教育出版社，1998 年）；

《稻草人说话》（东方出版中心，2000 年）；

《去那温暖的地方》（中国社会科学出版社，2001 年）；

《优雅之中要条件》（作家出版社，2001 年）。

周佩红的散文，有《莫高窟随想》被选入《大西北写真》，《无名街角》被选入《九十年代散文选》（1990）《青年散文选萃》，《来去何匆匆》《认识罗丹》被分别选入《九十年代散文选》1991、1993 年卷，《虚构》被选入《20 世纪九十年代散文选》。另有多篇被《散文选刊》《新华文摘》等选载。评论周佩红散文的文章主要有：

《苦涩的，纤弱的——读周佩红散文》（陈丹晨），见散文集《一抹心痕》（安徽文艺出版社）；

《难以言传的温情——致周佩红》（蒋丽萍），《文汇报》1992 年 10 月 4 日；

《为谁涂抹的色彩——读周佩红散文集〈一抹心痕〉》（刘原），《上海工业经济报》1993 年 1 月 22 日；

《并不匆匆》（赵丽宏），《劳动报》1993 年 5 月 1 日；

《命运所赐周佩红》（毕山），香港《文汇报》1994 年 11 月 30 日；

《周佩红散文的笔力》（甄乐），香港《华侨日报》1994 年 12 月 25 日；

《疑问的力量——读周佩红〈命运所赐〉散文集》（夏商），《文汇报》1995 年 3 月 12 日；

《周佩红的散文》（甄乐），香港《新晚报》1995 年 12 月 26 日；

《周佩红散文集〈内心生活〉序》（王铁仙），《文艺理论研究》1996 年第 4 期；

《周佩红散文的美学意蕴》（杨友苏），《文艺报》1997 年 9 月 2 日。

《中国当代散文报告文学发展史》和《新中国文学史》（上），有“周佩红”专节评论，可参阅。

我和散文

周佩红

一

我爱读散文，也喜欢写。散文是什么？这个问题始终困惑着我。我想，它起码不该是华丽词藻的空洞连缀，也不仅仅是妙言美句的组装。对我来说，散文是拥挤嘈杂的世俗生活中一种精神的呼吸，偶尔也带一点歌吟，但不会太多。它从最个人的感受和体验开始，如同漫步，让源自生活的想法流出来，蒸发掉，变成阳光或空气。这样人就舒畅些，就感到自己是在生活着，而不是在生活的外部沉睡。这样，散文就可能成为一种既具体切实，又自由飞扬的东西。个人的眼光、角度和表现方式对于散文是很重要的，这样才可能将你的声音和别人的声音区分开来。真正的、艺术的散文也许就该是这么一种独唱,平实、朴素,也不排斥高昂和低回,把心的感动、难受、欢畅、沉郁、向往,连同引起这种种震颤的具体事件,用最自然的方式宣叙出来。

从最个人的体验和感受出发,迈向最广阔的人生,这样,散文便可能联系着一种至善至美的境界。生活永远在身边、脚下,认识并投入人生对于散文写作至关重要,作品将因此而变得饱满结实,如沉甸甸的麦穗,沉静地低垂着头,根根麦芒辐射出秋阳的灿烂。这正是我所向往的境界。

二

我写散文的历史不算长,自 1987 年始。之前写过诗和评论。因此,在我的早期散文中,不免留下理性思维的痕迹。那时我写过一篇散文,题目就叫《意义》——我竭力想弄明白生活中每一瞬间的意义,虽然通篇写出的只是感觉(该文发表时被责任编辑改了题目,变成《偶然进入的空间》)。后来我才渐渐弄明白,我写散文不是因为对人生已经有了成熟的看法,而恰恰是源于对它的困惑。随着年事增长,生活在我面前日益展现其丰富和驳杂,如一条愈益宽广的泥沙俱下的河流,我在河中行走,看到过去之水和现在之川奇妙地交汇,感受它的激浪和飞沫,既惊奇,又不无惶惑。河水会流向何方?生命该呈现怎样一种面貌?我深感难以把握。写作往往就从这时开始,那仿佛是一种用文字将感觉和体验展开的过程——随着某种难言的情绪之起伏,语言跟踪它,并捕捉它潜在的目标。细心的读者会注意到我在散文中经常使用疑问句式,是的,那就是困惑,就是困惑中心灵的叩问,对自己也对这个世界。困惑犹如心之小船起航的港口,向着更高境界迈进的精神驿站。我愿意这样以写作来审视自我人生,达到对生命感受的升华和沉淀。

所以我写的散文与甜美无缘。我也不在散文中"教导"别人和自己。无论是人,是自然,是某个偶发事件,还是生活中的一些细节片断、感受体验，只要能令自己长久地激动，能沉于记忆留驻不去，那么我就认定它已是我心灵的一部分，它就能自然地糅入上述精神活动中而被表现。这样写散文也许太不轻松，但我无法改变，就像人的生活、精神轨迹无法改变一样。而且，我宁愿自己所写的是这个样子：有些沉重，但不轻飘。

我崇尚语言文字的朴素自然。我以为深沉的朴素是一个不易达到的高境界，不论为人还是为文。但朴素自然又是因人而异的，因为每个人都有自己审美上习惯的或易于接受的方式，它构成个性。我对自己的散文满意的不多，我想这可能是我常常肤浅。需要说明的是，我以为散文的真实应变现于心灵的真实，这比细节和事件的真实更重要。这种真实可能不为人所认同，我却正是因之才拥有了部分真实的、自己的生命。

（原载 1993 年 5 月 7 日《大连日报》）

自选作品

呼　喊

那一种呼喊我从未听到过，不知怎么就有了那样的感受。它平地突起，高扬，拖音平行，使我想到嘹亮的马鞭。不，那是一匹狂奔的马，刚刚挣脱了绳索。是刹不住的高速汽车，不管前方是悬崖还是坦途，都要滚滚前去。或者，那干脆就是一种渴望，非把心和身子掏空了不可，非要抵达天涯海角不可。它又似一颗自由的子弹，飞出枪膛就呼啸远行。而这一切都不确切，就像我根本不懂翻腾在呼喊中的那几个音节意味着什么。它来自异邦，来自一个孩童的胸腔。在一个星期天的下午，在我偶然打开电视机不经意地翻几下报纸喝一口水的当儿，我听到了它。它将我拉近电视屏幕，我看到在一片雪地和有十字架的陌生天空里，那呼喊正划出它经久不息的颤动。

一切似乎都中断了，正上演的异国故事，窗外的喧嚣。那呼喊突然打中我身上某个地方，有了疼痛感。脑中呈现的空白，仿佛是一个我向往已久的新天地。

它其实与我的生活无关，那呼喊。它存在于另一个时空，有其特定具体的涵义。我只是不明了而已。有时我宁愿自己不明了。我们平时所说的和听到的道理太多，这使我常常对最基本的事实丧失理解，变得愚蠢。而令我受到吸引的，往往正是那些与己无关的、另外的、我尚不明了的事物。

每次看望母亲后我的心都要郁闷很久。她的小房间永远凌乱不堪。她刚抹净桌子，又把沾泥巴的青菜叶一瓣瓣往上搁。被子没铺。三点才吃午饭，面包、罐头、煮过头的菜汤。这有什么关系呢？这重要吗？她的目光在问，执拗如同少女。对于一个古稀老妇来说甩手操持每日营养都不重要那还有什么重要呢，母亲！

黄昏变得越来越薄脆。我总要坐到天快黑才走。再来呀。母亲坚持送我到楼梯口，看我走下去。我不能回头。她的声音一下一下地击痛我的心——

我觉得自己整个一生是个错误。

这话足以颠覆我往日对幸福和真实的信念。母亲很老了，脸颊上早已消失玫瑰般的美丽和红润。也许根本就没有过玫瑰，只有错误。

所以，其他一切就无所谓重要不重要了？

我身上流着她的血，这真是毫无办法的事。我想从她身上找到我要的答案，而她那恍恍惚惚若有所失若有所觅的神情，却像千年的灰烬，堆积在我的皱纹里。

我找到了吗？

我不知道我正在写什么，想如何表达。我的心突然跳得厉害，它告诉我一些不寻常的事在遥远的过去和将来向我注视。它们说，欢迎你。

我在我破烂的办公室里想到了它们。我抽出一张纸写起来。同事朝我这儿探探头，说，永远都见你这么安安静静地干活，真羡慕。我抬头朝他看。他，还有他们，常在小山一样的稿件堆里走来走去，甩动手臂，热情洋溢地展开争执和讨论。牛市，熊市，高价位，套牢。这个空间不时泛起腥味。我笑了一下，也许笑得很安然，也许只表示了迷茫和无知。没有别的。窗外的树在变绿，一派茂盛和蓬勃。

我在纸上写道，我想念你，希望见到你。这是春天了。我并不清楚在想念和希望的背后隐藏着什么，那个我念中的人会真切地呈现什么样的表情，说出什么不凡的话来。那肯定不是什么具体的东西。生命就在这不确的希望和等待中一程程驶过，直到终点。

我也许终生都在期待什么。什么呢？

有一些切实的事情我不能忘记。譬如说，凝视一对眼睛。

我不指望从他眼中读出什么。细腻的感觉和有意识的揣摩已经成为一张张废稿纸，只配丢进垃圾箱。我的心在今天已变得十分粗糙，厚如盔甲。我曾欣慰于这种变化。但是，他让我的目光恢复了专注。

我听他说，泛泛地，像一条散漫的小溪流。那声音有一种磁性，使所讲述的内容呈现某种高贵华丽的原质。我望着他的眼睛。望不到底。内容有时只具形式的作用。我清楚自己很难深入到另一个生命中去，无论历史还是现实。我只是一个观望者。

他递给我一本书，为我翻到其中某页，读了几行。我们离得很近。那书里讲到一个女人不可思议的举动：她常在雨天穿上所爱者穿过的雨衣帽靴。这个细节我似乎在哪里见过，我说。她并不知道她想怎样，而她做了。这是一个很值得研究的学术问题吗？

就在这时他握住我的手。看我。我看着你，就这样。他反复说同一句话。我心中重又掠过那句话：她并不知道她想怎样，而她做了。语言变得散漫而无意义，在我眼前只有一双眼睛，望不到底。

电影和小说里的情节常常左右我的思维，使我在看到相爱者分离，不管是出于哪一种了不得的原因时，心都会止不住阵阵疼痛。有个画面长久地打动我——范尔蒙子爵在决斗中被刺倒地，气若游丝之际，映现在他脑中的是他和都尔凡勒院长夫人相拥热吻的情景，那情景，优雅，透明，如同天使的羽翼，慢慢地，慢慢地，相伴他走向另一个世界。爱能够涤除虚伪、罪恶和淫荡，爱是这个世界最后的最珍贵的证明，影片《危险的关系》这样告诉人们。我想，这是对的。这合乎弱小善良的人类最伟大美好的愿望，尽管这更像一个神话。

而我不能确定这世上每个人在临终时分的真正系念。人心最隐秘的秘密，也许只会在最后时刻才向本人揭开，让他连吃惊反省的余地都没有。这是最后的判决，无人可以为之喝彩和斥责。

让我预先做一番设想吧，毫不掩饰地。我希望我的至爱亲朋不致为此而感到颤栗。倘若我有幸进入一种正常的安静的死亡过程，很可能，那最后萦绕我灵魂的，不是某个具体的亲爱的面容和声音，而正是那一种不明其义的呼喊，突然而起，像一列火车风驰电掣，从我不知晓的地方隆隆而来，掏空我的心，碾碎我的身体，带走最后一点期冀牵念。也许在彻底的毁灭来临之际我才会明白那呼喊的具体指向，而一切已不可更改，我将跌落于绝望之渊。死亡就这样得以完成。而后，那呼喊会像一只飞累的鸟，慢慢坠地。

很有可能就是这样。那呼喊，在另外一个我无法目及和明了的地方等着我，使除此之外的许多事变得不重要。

1993 年 3 月 28 日

（选自散文集《命运所赐》）

海水一次次涌来

一

我坐在电影院里，看一部名叫《沸腾的生活》的罗马尼亚影片。屏幕很近。主人公好像是一个厂长，整天面对一大堆烦琐的公务和纠缠不清的私事。上下级，女人，似乎还有孩子。他的眉头总是紧皱，脸色铁青。接近尾声的时候，有浪漫迷人的电子合成音乐响起。

男主人公骑在一匹马上踏浪而来。那是太阳初升时的大海，淡雾飘渺。海像一个空旷的大舞台。他在马背上跃动身子，马鬃和他的头发一起飘扬。马蹄所至，海水四溅，高高低低地开放在空中。阳光为这一切镀上金色。我在幽暗中屏住呼吸，直到海水的激荡形成灿烂的定格。

海在这时以一种象征形态深刻地迷惑了我。它离我似乎很近，又不近。海是必须和沸腾、激昂、理想、奔放、自由这些伟大的字眼联系在一起的，那时我想。

二

夜晚时分，一个夸张的声音唤醒了我们，那声音在说青岛到了。我从车厢里望漆黑的前方，海是黑色的，漂浮着几点黄黄的灯光。

青岛的海滩被赶海和游泳的人们所占据，没有给我留下惊心动魄的印象。它仿佛更像一个大家庭后院的水塘。别怪我，青岛，我更多地被海边千奇百怪的异国建筑所吸引。当海来到近旁时，我却忽视了它的存在。

深夜我们乘船离开。海上的漆黑是没有破绽的，但在甲板上，我仍然看到一个女人面海而立。她那已不年轻的身体裹在一条提花大浴巾里。她在风中颤抖。这十分具有戏剧意味。她是我那时的同事，生在沿海的一座城市，数十年中漂来漂去地坐船回父母的家和自己的家。她嫁的人曾是一个海员。除此我再不知她的其他故事。她在风里面对无言的海，背影遮住了她的表情。这很像一首简洁的耐人寻味的诗，“微语燕双飞，落花人独立”之类，也令我想起一首女声合唱的南斯拉夫民歌《深深的海洋》。那时我尚不知诗和歌后面有着怎样锋锐的细节。

三

烟台这座城市很洁净，主干道好像只有一条，从这头望到那头，起起伏伏的一目了然。越往前走越有清凉之感，那是离海近了。海边无围栏，一大片平台似的水泥堤岸，凉得不能近前。五月的阳光都被深厚的海水吸收了去。海呈蓝色，细看能看出浅绿和黴红。海面平静得像陆地。但是到了冬天，掀起的海浪有几丈高，堤岸上处处结冰。我跟着当地友人走，下到礁石丛中，把脚浸在五月阴凉的海水中，看这个剽悍的男人在礁石上跳来跳去找小螃蟹，看他健壮姣美的妻子嗑瓜子似地把小小钉螺一枚一枚放在唇间，吮吸后，把螺壳扔进水里。这比江南女子吐瓜子皮的伶俐劲儿又多了一种说不出的优雅。钉螺尖尖的，她噘起嘴吮吸时下巴也俊俏地尖起来，还有十指尖尖的手儿。友人坐定了，赞叹似地说，烟台自古出美女，皇帝选妃都到这儿。我却在海水柔静的波动中想象它冬季的豪放。

烟台人的床像炕一样垒得很高。我在这家人家吃了“天鹅蛋”和加吉鱼之后，躺在床上昏昏欲睡。女主人和我讲着讲着也闭上眼睛。我忽地一惊，醒了，觉得过了很长的时间。窗外的海，没有一丝喧响。

友人夫妇送我一袋极名贵的干刺参。半年之后我试着用水发开它们，在自来水的浸泡中，它们纷纷碎成黑灰色的没有弹性的小块。

四

海壮阔地、无遮无拦地出现，从脚下延伸至海边。这使人产生天人合一的错觉。世界之广阔，海天之无限，舍我其谁？不错，就是这感觉。无帆无船，无风无浪，甚至没有多余的游人。好像这海就是为你而存在的。这便有了缅怀，追溯，凭吊，有了际会历史风云之慨，壮怀激烈之举。北戴河，确有帝王之势。“大雨落幽燕，白浪滔天，秦皇岛外打鱼船，一片汪洋都不见，知向谁边？”这等磅礴文字，也是只有在这儿才做得的。

这儿的海很大，大到包罗万物，包容你，或被你所包容。我喜欢这样的坦荡，虽然那是不可深究的——任何坦荡都因它同时也包容了杂质。我在它寂静的领地看到了人工的贵族化了的痕迹。

因此我也就难忘山海关老龙头一带老百姓式的嘈杂和喧嚣。那里无数的小巴司机不断用喇叭招徕乘客，而北戴河没有这样面目粗鄙的交通工具。

五

香港海的颜色和海边的玻璃钢建筑物同色，和天同色，是一种蕴含镇定的灰蓝。离开港岛时我感觉楼房被海水漫过了顶，沉落在水下。

香港海永远不惊不乍。豪华的游船也好，装满货物的旧驳轮也好，它承载它们，不言不语。唯一让我感到它女性的温柔恬静的，是海边一对情侣的身影。从利金大厦的落地玻璃窗望出去，那对情侣依偎在一起的姿态弱小而动人——像风雨中一对小鸟互相梳理对方的羽毛，互相取暖。那晚并无风雨，他们身后是灿若天星的霓虹灯海，而他们身着朴素的布衣，像内地到处可见的纯情学生。

香港海，我不相信它会掀起什么巨浪。

六

北戴河变了颜色。白天变得平常，夜晚变得神秘。夏夜，海风不停地吹过来。不管海面怎样变化，泛白或者漆黑，只有这风是永远清新的。

我在海边摔了一身青泥。这怎么可能呢？但是真的发生了这样的事。谁也不知道那伸入海水的水泥斜坡上已经长满青苔。我第一个摔倒，朝后坐在海水里。然后是一个大人。再后是一个孩子，他哭了。我们全都被命令站在原地不动——能够站稳已不容易。一个勇敢的人(好像这种时候总有这样的人)一步一步摸向深处,伸手努力抓住孩子。这个过程很慢,我们的视线都集中在他身上。他只有自己不摔倒才能走完滑腻的青苔路把孩子拽回来。海水没过他的腰、前胸。孩子哭得更急。孩子的父母在远处不住地唤孩子小名。这个人抓住了孩子的手,一把拽过他。这个人成功了。

我们这些人原打算在海边拍一张合影的。

我的布裙上至今留着青苔的绿印迹。洗不掉了,遂成为永远的留念。

七

鼓浪屿的海似乎只适合观赏。它太安静了。它所围住的岛屿也是安静的,静到似乎弥布死亡气息。铁锈门,枯榕树,颓败的西洋建筑,墓地。海水团团围住这些久远的故事,不让它们传播开去。

八

在另一个方位,湄州岛的海已掀起诡谲的波涛。我们坐在一只年代久远的木帆船上,看浑浊的海水把我们摇来摇去。我趴在船帮上大呕,海水打着了我的额和鼻。清醒的时候,我觉得这船的形状很像传说中的海盗船,那么我是什么呢,海盗还是俘虏?

我相信是妈祖的神灵在帮助我。我居然没有再呕吐。在这样风波险恶的海面,是需要一个法力高强的权威来镇住这一切的。

九

更险恶的海面到了。原谅我这么说,观世音菩萨,你的登陆之地也许本就多灾,不然你不会来。

我们是盲目地到来的。普陀山层层叠叠,每一层都有海滩。黄昏的百步沙风高浪急,海水打在身上像鞭子猛抽。我们裹着大毛巾怏怏离去,泳衣内储满了沙粒。

这时候我并不知道在另一层面,千步沙,有着怎样的情景。据说一个男人奋力避开了浪潮的袭击范围,游到很远,他的妻子焦急地眺望远处,盼望一个小黑点从海里冒出来。

我们离开百步沙时,海滩上写满了我们各人的名字,大大的,用有力的手指画出来的。那些名字被友爱的符号所连接,好像要向未被征服的海水示威。

晚上,我,三个男女诗人,一个电台播音员,坐在高高的海崖边上。伸手不见五指,隐约可见手掌,互相提醒着:坐近些,别跌下海去。我们在一个酒瓶里轮流喝着白酒。一个诗人小心地把酒斟在小小的酒瓶盖里,递给我们。酒香四溢,他的头发也飞扬起来,让我想起在酒中疯狂的李白。

"海,偌大的一滴眼泪!——"他们吟诵着谁的诗句。其实我们所坐之地太高,看不真切海的面貌,那泪滴是清澈还是浑浊。茫然而空洞的一片黑,那就是海。只有一条白色光带铺在海面,仿佛崇山峻岭中的一条平坦之路,诱惑人走上去。

海水分明很急。在看不见的地方,海在呼啸,和他们忙碌地饮酒谈诗的举动交织在一起。我却因海的黑暗而无言。这样的海,好像随时会吞噬人。在它面前我的恐惧和惊惑被空前放大。

十

还有怎样的海我没见过呢?从此我不敢轻易走近海。

在渔夫和金鱼的故事里,随着老太婆愿望的膨胀,海不断变换颜色,由平静直至风暴掀起。一切都平息之后,老太婆面前仍然是一只破木盆。我想那老太婆是更老了。海水一次次向我涌来,时间同样逝去了很多,但我并没有回到原地。海是人的,比伟大还大。我随之起伏的生命，没有白白地逝去。

（选自散文集《你的名字是什么》）

《内心生活》序

王铁仙

周佩红把自己这本散文集子题为“内心生活”，她的一位老同学认为这书名太普通了。周佩红却不想改。我是赞同她的。我认为在追求物质生活成为普遍存在、不少人物欲炽张的今天，实在十分需要让人知道拥有自己的内心生活、懂得精神的价值，是多么重要。这个书名出现在今天的书店里，我想恰恰可能显得有点特别，会令人注目的，尤其是对于那些仍然在追求人生意义的人们。

不过周佩红并不是想要引人注目。她只是贴切地概括了自己这七十篇散文的实际内容。几天来，我随着她那善感女性细致的笔触，沉静、舒缓的描述，读完了书稿的全部清样。确实，她是沉浸在自己的内心生活之中。这许多文字，不论写什么，也不论是否是抒情散文，本质上都是她内心生活的记录。正如她自己说过的，她的写作，实际上是“和自己交谈”，在倾听自己的心的声音。她细心观察、深切描述一个个场景、故事，不过是和自己交谈的一种方式和过程，背后都藏着她的“心灵生活”。即使在那些类似游记的散文里，以出色的艺术才能写出充满光影、色彩、气息、声音的山川风物，也主要是为了审视、倾听它们在自己内心激起的涟漪和回响。因而这数十篇散文合在一起，就清楚展现了她的内心生活。

这是一片清明的世界。是的。清明。这个世界执着地要求洁净，再洁净，不肯接纳一点污秽；也不要平庸，不要虚伪，因为平庸和虚伪对于心灵也是污秽。真做得到“纯净”吗？周佩红说，也许难，但应该做到，“生活中有些东西是不可苟且的”。在周佩红看来，不可苟且的最主要的东西，是“日益强大的物质的压迫”，它会压垮，贬低人的精神及其价值，在这一压迫之下形成的自私、矫情、对爱的冷漠等等，以及其他一切违逆健全人性的东西，都应该拒斥。你看，

“赤裸裸的赚钱”的暴发户的嘴脸，沾沾自喜于一点点小实惠的小市民习气，自认“优雅”其实只知追逐时尚趣味的“贵族化”派头，多么令人鄙弃，厌憎，或令人觉得可笑，她的这种出自内心的拒斥真是难以抑制的。而另一方面，她的内心世界又不断接受着、吸收着一些优秀知识分子身上洁净明澈的人文精神。她由衷倾慕身在建筑公司、生活清苦、却孜孜写作关于历史人物鲍罗廷的专著并且倾其所有自费出版的知识分子丁；几十年中不论世事如何变幻、一直醉心于购求、研究青铜器而于名利一无所求的收藏家李荫轩；也有她眼中的台湾作家三毛那种“穿朴素宽松的布衣，平跟鞋，吃清淡的食物，不与人过分热络交往，以求身心清畅自然”的风采。这些人是寂寞的，但他们在真正的学术文化研究中，在孤独的异地飘泊中，一定是领悟到某种永恒的东西或人生的真谛，享受到身心的自由、宁静，感觉到人生的意义。周佩红清明的内心生活，在这样的一方面拒斥一方面接受中，得到了保护、充实和拓展，而这种拒斥和接受是自觉的，运用着文学写作的方式。

然而，清静明澈的优秀人物及其精神的完整呈现，是甚难遇见的。斑驳芜杂是世界的本相，或如周佩红所说的那样：“生活就是一个混合了多种属性和质地的集合体，洁净的、美的东西只能从中寻找。”这就是为什么她要通过对外部生活的仔细观察、深入描写不断寻找的缘故。那么，在什么地方比较容易找到洁净的、美的东西呢？顺着她寻找的心路，我发现，那是在“自然”“本色”和“真实”的境界里。“自然”，包括远离城市尘嚣的大自然：山川、草原、海洋和一切较少受到人的物欲、肉欲、名位权力欲污染的人、地、精神、意识；“本色”，就是接近自然的事物；“真实”，则是出于人的自然的、基本的、健康的要求而使人感到稳定实在的东西，在周佩红那里，“真实”主要是指一种感觉和情感。周佩红“初到济南”，看到的就是自然和本色：街头摆了些小摊，卖青菜萝卜豆腐，地上没有烂菜皮，摊贩也不叫卖，更主要的是摊头并不密集，零散在简陋而洁净的街上，倒像是深冬内陆城市的一种点缀，让人想象那一排排灰墙里的生活格调，也是那样简单、朴素，不为物质所累。接下去，还有“宁静”，这个城市夜晚的宁静。另外，她喜欢成都。那里的装饰不讲究的饭馆、“普普通通的鱼，肉，茄子、豇豆，味儿再浓也是家常本色，没有梗着脖子硬充大家闺秀的意思”的菜肴，乡土气的店铺，茶馆，以至当地人说的方言，都使她喜欢，使她“感到生活的真实和深厚”。

自然和本色的东西就是使她感到真实的东西。最后，这个并非她故乡的地方，竟勾起她“一种血缘似的让人依恋的温情”，使她好像找到了自己的精神家园。相反，在香港这座现代化的商业城市，她觉得到处是“稀薄的不自然的空气”，“五光十色的物质汇成的洪流”，“俱是虚幻”。整个香港好像是飘泊不定的岛，而且在它上面找不到一块坚实的陆地。甚至耸立在她上海工作地附近的豪华宾馆，也给她一种“非现实感”和物质形式造成的压迫，觉得它“粉碎”了行人可能有的“轻灵洁白的梦”。总之，在她看来，自然、本色和真实的东西，是比较洁净的，美的，而之所以如此，乃是因为它们与高度发展的现代物质生活离得较远。

显然，周佩红认为，对物质的贪欲和恋慕会污染或空乏人的心灵，物质的富有和华丽可能会造成精神的贫乏和污糟。反之，追求精神生活的丰富和高远，则总是淡泊于物质和形式。也许，周佩红未能了解到拥有富裕物质生活的人，同样可以拥有丰富、洁净、人性化的内心生活，两者可以一致。但恐怕不仅是她，这样的人我们目前确实看到太少。我们现看得多的，是那些只知追求物质生活的“优质”与享受的人们，忘记了心灵的需要，或者干脆不知心灵生活为何物。他们如果说到内心活动，马上想到的是盘算、逢迎、机巧甚至欺瞒等工于心计，然后称赞这种“聪明”。我们也确实看到在这种风气下许多人在获得“高档”、富裕的个人物质生活之后，陷入了精神的空虚。当然，如果谁懂得人生的意义，并善作调节，物质富有未必产生精神空虚。但是要懂得人生的意义，又必须先拥有丰富的、清明的内心生活才能做到。因此说到底，人如果偏于或首先追求物质生活的优越，确实必然会造成精神的贫乏、内心的空虚，最终使人不成其为人，使人的活动成了动物性的活动，人的生命实际上停止了，成了动物性的存在，因为动物正是没有内心生活的。这用周佩红的话来说，人没有了追求人生意义的内心生活，就失去了“活下去的唯一理由”。因而，在周佩红的散文里，多次出现了“支撑生命”的话语。“我们指望用什么来支撑生命呢?”内心生活的“意义”就“在于支撑你的生命”等等。当然我们可能想对她说，必要的物质生活也是人的生命的支撑。但我们立刻会意识到，她是在我们的绝大多数人民已经获得温饱并逐渐走向“小康”的今天提出和回答这个问题的。在今天，这样的提问和回答是严肃的，正确的，并且是这本书里最值得注意的警策之言。确确实实，随着经济的进一步发展，现代“物质文明”五光十色的洪流汹涌，和在其刺激下人们的外在欲求不断张大，如果人们没有这种清醒的自觉，那么真会沦为一种动物性的存在。这不是杞忧。

周佩红在“与自己的交谈”中，还多次自问：“我也许在期待什么。什么呢?”带着一点恍惚，一丝迷惘。其实她就是在期待人人都拥有美好的、洁净的内心生活，并且期待这种景象成为永恒。她说，“爱能够荡涤虚伪、罪恶和淫荡，爱是这个世界最珍贵的证明”；“混杂的终会变得清楚，我将耐心等待时间之水退去后的结果”。这是一种“美的期待”。但是她有时又觉得这种“美的期待”恐怕只能在“想象”中出现，而不会实现。她的这种恍惚和迷惘是可以分析的。从动物进化而来的人类不停地前进着，但又永远不可能整个地臻于纯净。混杂永远是世界的本相，而它正是人性的寓所。永恒的美、洁净和崇高肯定是存在的，但恰恰总是出现于瞬间，一闪而过。当然这并不是说不要去追求。我非常赞赏周佩红关于人性光明前景的坚定的信念，以及她在日常生活中时时追索、把握永恒的那种努力。因为我们虽然不能达到人类的美的至境，但这种信念和努力会使我们不断地接近它，同时也使我们不断地离开动物界，离得远一点，更远一点。这也就是“美”的境界了。也就是说“美的期待”不会落空，我们能期待到可以达到的美，我们要不停地前进，但我们同时可以为此感到欣慰。

“美的期待”是周佩红更深层的内心生活。她在探索、保护、拓展自己清明的内心世界时，总有这种期待在前，这是她内心生活的又一重风景。这本集子里的散文，不论写什么和如何写，都映照出她的这两重内心风景，都浸润她的这种情感和愿望，并带着全部的光影和色彩。严格地说，她的这些散文，没有哪一篇是对外部生活的平实的、客观的描述，包括那篇题为《外部生活》的文章在内。读着这本书稿，我不由得常常想起黑格尔的那一段话：“艺术作品中形成内容核心的毕竟不是这些题材本身，而是艺术家主体方面的构思和创作加工所灌注的生气和灵魂，是反映在作品里的艺术家的心灵，这个心灵所提供的不仅是外在事物的复写，而是它自己和它的内心生活。”(《美学》第三卷)我认为这段话确立了真正的文学作品的标准，指出了真正的作家是怎样创作的。执着于探索内心深处并且总是在期待人性美的前景的周佩红，无意中走上了真正的作家的道路。因为这种探索和期待本来是也一直是她创作的动力。

再考察下去，我觉得周佩红的期待中，除了希望出现人性的美的前景外，还有另一种有点朦胧的、却也更深长的期待。她为什么那么执着地、深入地探索自己的内心？那么仔细倾听外物在她心里撞出来的声音？那么反复地“与自己交谈”？在《拥挤和独处》里，她一时感悟到人的孤独的可怕，另一时又觉得拥挤在人群中的难以忍受。《碎石》里，她刚刚赞美“满目宁静唯有阳光、空气、草木流水的世界，是生命的至境”，不久又觉得这种“清寂和宁静，对我形成奇异的压迫”。她老在问自己：我为什么有这样的感受呢？我究竟要求什么呢？这种内心生活，并不是一种对自己清明心境的保护、拓展，而是对一般人性的哲理性的思考，是在研究一般人性的状态。希望自己最终能够清楚地认识人性，了解人性。这就是她另一种期待。我发现，周佩红散文里最多出现的概括性语句，一是“支撑生命”，一是“美的期待”，再就是“检索人性的密码”了，即探究人性的秘密。通过与自己交谈，深入自己的内心，反复诘问，来“检索人性的密码”，是可以的，因为“我”是人类中的一个。但既要“检索人性的密码”，还应该去深入人的内心。虽然，她深感“很难深入到另一个生命中去”，深感“真正关于人心的内容永远被生活的轨迹所掩埋”，她还是努力去接近，去思索，去发掘，去以心发现心。她注意和她同住一座高楼的三名女子。无笑的、静默的离婚妇人看人的审视眼光，气质犹在而邋遢慵懒的教授夫人有时在室内高声叫骂，代收水电费的、似乎过着简单生活的胖老太太夜半的哭泣，给她一种神秘感，久久回旋在她心里。一家简陋、嘈杂的酒家里不相识的服务小姐或厨工写来一篇稿子，文笔幼稚却真实写出了她(或他)心底深处的痛苦迷恋，则使她欣喜于发现“在看上去不可忍受的地方仍然可能有宝贵的东西存在”，仿佛获得了一点关于人性问题的答案。对于熟识的表姐家和，和一位因癌症而慢慢死去的女友，她更花很多篇幅去回忆、描写，借以思索。家和有点粗相却天性爱画油画，她出身富裕而吵闹不宁的家境，经历“文革”的灾难，住入棚户，嫁了粗暴的毫无情趣可言的丈夫，最后当了一名烟厂普通工人，身心也好像融入了那个琐屑平庸的生活圈子。患癌症的女友躺在散发死亡气息的病床上，那么冷静，沉默，还不失温婉，对于情人的不来看望都不说什么话。不能说周佩红一点不了解她们人生变故、精神意态后面的内心，但她在描述中满是研究的探询，而不愿遽下判断，“她肯定还有许多我不知道而她不想说的生活、感受、细节。对于真实，我们从来只能接近它，不可到达它”。人性的幽深，和个体人性的特异，它在改变着的外部环境刺激下的波澜、震颤，实在是追索不尽的，也是常常出人(包括其本人)意外的。但周佩红仍热切地期待有一天能够看清人性的真实，把握人性的秘密，这也是一个作家所应有的宝贵的精神。其实，这一种期待，与前述那种“美的期待”，还是结合在一起的，分不开的。探索人性的秘密，在一个作家那里，就是为了捉取、留住那里美的、光亮的东西，并使之扩充，伸展，从而改善人，提高人，超越人自己。周佩红还不就是如此？她连对于使用电脑写稿写信都怀着矛盾的心情，最终是害怕电脑字会失落亲切的人性化的东西。再说那篇写癌症女友的作品里，她同时也一直试图探寻女友情人的极为冷漠的心，他最后连追悼会都不到场。而“我”多么希望“他是出现过的，只不过无比的哀痛改变了他的面容，以致我认不出他来。啊，我多么希望”！这就是我说的前一种期待，也就是对人性应有的洁净和美的痛苦而热切的呼唤。而一次在火车车厢里，不过偶然看到一对情侣“对视的神情里，一种匆促而永恒的东西闪射出来”，却使她很感动，她祝愿这种东西不被人们所丢失，不为时间所丢失。这些人性的探索和伴随着人性的探索的美的期待，究其实质，就是人道主义精神的体现，而人道主义，正是文学的灵魂，是真正的文学作品所不可或缺的永恒的灵魂。

什么是人道主义？人道主义的基本精神就是对人的关切，对人的世界中心地位的肯定，从而努力去认识和理解人性。在这基础上，人道主义者怀抱世界和人性总是走向光明的信念，要求不断改善人，挺高人，提高人的精神境界，使之尽可能地摆脱来自动物界的兽性，创造出尽可能美好、圆满的人性。这可能只是一个理想，但真正的作家总是怀抱着这个理想进行写作，有没有这个理想对于作家来说是大不一样的。周佩虹的散文激发了我原本萦绕于心的关于作家职责、文学目标的思考，使之更清晰了一点。文学的目标首先是表现人性。衡量文学作品真假优劣的尺度是看它是否发掘，展现人性，并达到什么深度。能达到什么深度，则取决于作家是否写出个体人的具体人性，在什么样的社会、自然环境及其历史承传、积淀的影响和制约下，形成和发生变化。在这个过程中，也不一定反映出人们所处的社会现实。同时，优秀的作品，还总在对个人的生动刻画中，显露出带有某种普遍性、永恒性的人性来。而在发掘和表现这一切时，作家始终怀着上述那种人道主义的精神，或称人道主义的理想。在具体的文学作品里，这种人道主义精神还可表现为对人的弱点的理解，对人性中带有兽性的丑恶、阴暗东西的针砭，对人的命运的美好的祝愿，对人生中无法克服的缺憾的婉叹，等等。不过最根本的，还是努力去理解、展现人性和表现出关于人性光明前景的热烈的、深沉的、坚定的信念。至于对社会现实的反映，是一个自然的过程，作家在理解、展示人性时，通过心灵的折射，一定会留下社会现实的面影。正因为这样，所以我们说人道主义是文学的灵魂，文学的本质。前引黑格尔的那段话，实际不也指出了文学的人道主义性质吗？即对人性的深入展现，只不过他侧重于从创作主体方面阐述而已。我要说，古今中外有一些被称为文学作品的文学，或矜夸才学；或为具体的社会问题强作答案；或基于对世界的意义，人的精神价值的否定，而进行语言智力游戏，或者致力于形式如叙事策略的探索，等等，它们可能都有其存在的理由，可能受到过或正在受到人们的赞赏，但它们实际上不是文学，而是其他某些范畴里的文献。周佩红的散文，按我的看法，则都属于真正的文学作品，有的还是优秀之作。她有人道主义的情怀和探索人性的热情。当然，周佩红在自己的文学事业里，还有许多事情要做。要去了解更多的人，包括缺乏文化气质或给人以平庸印象(印象是不可靠的)的人，也看看他们的内心。要对人性作更深广的发掘，更充分显示人性的复杂和某种广阔，揭示或暗示出更能让人深长思之的人性秘密来。

周佩红散文的人道主义内容、性质及其个人特点，使她的散文形成一种清深的风格和忧郁的抒情基调。清明的内心生活的真实传达自然使其“清”，如清洌澄明的水，但同时并不就是浅。清人袁枚说：“心灵无涯，搜之愈出。”周佩红的内心就如有无穷的思绪和情感，“搜之愈出”，储满一个深潭。这根本原因在于天性和后来的所思所感的深沉，同时也由于她能用多种艺术方法来“搜”。《霹雳无声》《漂浮岛》等篇，虚构和实景糅合，时间和空间交错，多么深厚地、浓重地又自然地表达出她的人生感怀。而且她的“搜”，如前所述，基本的方法是通过实实在在的生活场景和故事的描述，来倾听自己心灵的响动，并不脱离现实人生，并不只在内心打转，玩味自我。由此我们可以发现，作为一个女性又是长于抒发个人感情的作家，她的文字却绝不流于纤巧，也不显得空灵，更与浅薄无缘。因此我们唯有用“清深”两个字来说明它的风格，或者，再须说还带一点“厚重”。在这清深又略带厚重的风格里，还始终流动着一种忧郁伤感的调子，而很少欢快的色彩。这绝不限于涉及“文革”的篇什。请随便挑选一两篇，就请读一读《无名街角》《同在一幅天空下》吧，你一定会深深感受到一种淡淡的但无处不在的忧郁和伤感。什么原因出现这样的调子？限于篇幅不能细说，只能从根本上说，是与那种试图把握美好人性的人道主义的精神内容有关。美，尤其是美的精神性的东西，是容易失落，消逝的。美，可爱、可念而易逝，难以把握，难以留住，因而描写它时就生伤感，疑成忧郁。从更广大的范围来说，人道主义是一种美好的情感、精神和理想，社会人生中不能没有人道主义，但它又不能解决实际的具体的现实问题，以人道主义为本质的文学也是如此，因而体现人道主义本质的文学作品，就往往会形成忧郁伤感的色调。古往今来，许多优秀之作都可作为例证。我的序文已写得太长，这个道理不容我进一步申述了。

我衷心祝愿周佩红在真正的文学创作的道路上不停地前进，并且有更可观的收获。

1996 年 3 月 14 日

（原载散文集《内心生活》，华东师范大学出版社，1997 年）

高洪波（1951—　），诗人、散文家，内蒙古开鲁人。1964 年小学毕业即随父母到贵州，1966 年再随家居北京，就读于十五中学。1969 年入伍，曾任广播员、放映员、炮兵排长、连指导员等。1978 年复员，任《文艺报》编辑及记者部、新闻部副主任等。1980 年读北京东城区职工业余大学中文系，1987 年读北京大学首届作家班，毕业后调中国作家协会办公厅任副主任。1991 年后任《中国作家》副主编、《诗刊》主编，现为中国作协创职部主任、书记处书记。

高洪波 1971 年开始发表诗作，已出版《大象法官》《吃石头的鳄鱼》《鹅鹅鹅》等 7 部儿童诗集和儿童文学评论集《鹅背驮着的童话——中外儿童文学管窥》、诗驳评论集《说给缪斯的情话》，同时出版散文随笔专集 17 部：

《波斯猫》（百花文艺出版社，1991 年）；

《蟒的传奇》（明天出版社，1992 年）；

《文坛走笔》（江苏少儿出版社，1992 年）；

《醉界》（作家出版社，1993 年）；

《悄悄话》（湖北少儿出版社，1993 年）；

《本来面目》（中国华侨出版社，1994 年）；

《高洪波杂文随笔自选集》（群言出版社，1994 年）；

《人生趣谈》（海燕出版社，1995 年）；

《高洪波军旅散文选》（解放军出版社，1995 年）；

《司马台的砖》（华龄出版社，1996 年）；

《太阳很足的晌午》（安徽文艺出版社，1996 年）；

《为 21 世纪祈祷》（春风文艺出版社，1997 年）；

《也是一段歌》（吉林人民出版社，1998 年）；

《墨趣与砚韵》(重庆出版社,1998年);

《沪西情话》(中国文联出版公司,1998年);

《为青春祝福》(湖北少儿出版社,1999年);

《高洪波散文自选集》(百花文艺出版社,2000年)。

高洪波的散文,有《唱片年龄》被选入《新时期优秀散文精选》,《雨中曲》被选入《十年散文选》,《粮票》被选入《八十年代散文选》(1986),《烟议》被选为《青年散文选》,《沙发》被选入《青年散文选萃》,另有多篇被选入多种散文年度精选本。评论高洪波散文的文章主要有:

《高洪波的散文》(柏峰),《艺术界》1994年第3期;

《诗意人生——高洪波散文阅读札记》(古耜),《中国文化报》1996年2月28日;

《"中尉"高洪波和高洪波的"中尉散文"——高洪波军旅散文漫论》(范咏戈),《当代作家评论》1996年第4期;

《享受生活的欢娱——高洪波散文品赏一得》(古耜),《博览群书》1997年第3期;

《快乐的家园——读高洪波的散文》(古耜),《特区文学》1998年1、2期合刊;

《在绿色怀想中咀嚼生活的诗意——高洪波军旅散文阅读漫笔》(古耜),《当代文坛》1998年第3期;

《自己的言说方式——读高洪波散文》(雷达),《文学报》2000年7月20日。

此外,插图本《中国当代散文史》有对高洪波散文的专节评论,可参阅。

我的散文观

高洪波

愤怒出诗人,平静出散文。

散文,顾名思义,应是很随意的文字。

如果将文坛拟为"动物乐园",我想操作不同体裁的作家们,因其特质相异而各自拥有不同的体貌,成为绝不相似的动物。

比如诗人,就如高蹈的仙鹤。

杂文家，满腔义愤，似竖刺以待的豪猪。

小说家，目光炯炯捕捉生活的细节与神态，极像迅捷矫健的猎豹。

评论家善挑剔，为啄木鸟。

报告文学和纪实文学作家，凭耐力和体力特猎社会生活中的重大事件，照我看像西伯利亚狼。

散文家像什么？以其绝大多数作家的那种平和、沉静，应属鹿科动物……

产生以上趣味联想已经许久，早在1989年4月无锡召开的中国作协首届全国散文杂文颁奖会上，聆听了诸多大家们的高论之后，就萌生了这种念头，一想，自己就乐。

散文家或另有一比：信天翁。

总之，散文的定义有宽窄之分，宽起来，凡韵文之外均为散文；窄下去，又非“美文”莫属！无论宽或窄，至情为文、有感而发的标准是首要的。几年前我扮演过豪猪角色写杂文，曾以《散文与撒文》为题刻薄过一番散文界，认定散文的“散”字加一个提手，便成为“撒”，随后才有散文“创作”中的撒娇、撒泼、撒谎直至撒气、撒刁、撒野和撒呓挣、撒酒疯诸般行为方式。当然，把这么多与“撒”有关联的贬义词倾倒在散文头上，不大公平，可谁叫这两年散文突然火爆呢！

火爆者，热点也。一成热点，八方关注，梅花鹿与信天翁，两种应具平常心的动物，陡然变成大象和白肩雕，珍贵兼珍稀起来，这并不一定是好事。

平常心。散文作家重一个平常心，所以从这一个角度看中国当代的散文，毕竟散文大大多于“撒文”，这正是散文希望之所在。

百花文艺出版社，以出版散文品种的多与好而领风气之先，我十年前编定的第一本散文集《波斯猫》，就是由百花文艺出版社在我40岁生日的那一天出版的，这当然是一种偶合，但我忘不了自己“不惑之年”第一日的惊喜，所以尽管后来又出版了许多本厚薄不一的散文集，但《波斯猫》永远是我珍爱的精神上的“长子”。

感谢百花文艺出版社的再度关照，嘱我编一本散文自选集，以列入“当代名家散文精品文库”，高兴之余又有几分汗颜，盖因为自己的文章大多率意而为，有真诚和真情，但绝对谈不上“精品”。为尽可能达到资深编辑范希文兄的要求，只好把一些文化散文、闲适散文和哲理抒情散文拿来充数，这批文章至少在我写来是下过一番工夫的，不是应景文章。

至于读者能否认可，我心中一点底也没有，只能说一句：拜托了。

是为序。

1997 年 5 月　北京

（原载《高洪波散文自选集》）

自选作品

唱片年龄

20 岁时，我曾在云南一座军营里得天独厚，拥有一间小小的阁楼。

20 岁时，我睥睨天下，在单杠上翻滚，以为是体育健将；在乒乓球桌前挥拍，恨无机会与庄则栋血战；在残阳夕照里，沿军营大墙根儿蹀躞，又觉得自己像拜伦。

20 岁时，我的嗓音洪亮，能唱李玉和、郭建光极悠扬复杂的情绪唱腔，同时觉着江水英当单身女子不易，阿庆嫂的丈夫又太绝情。

20 岁时，我以天下为己任，破私立公，渴望报效祖国，血洒疆场，当马革裹户的大丈夫。同时可以拿气枪打麻雀，顺便猎取团长老婆的肥母鸡。

总之，20 岁时我干过这样那样或杰出或无聊或平庸无奇的事情。不过最令我追忆的是 20 岁时我拥有了一摞唱片。

这唱片现今仍珍藏在我的柜子里，我不敢也不愿轻易地展示它们，尤其在春雨潇潇的夜间。它们每一张都会绽开黑色的笑脸，用一丝一丝胶木镌烙出的记忆之纹，吟出、唱出、弹拨出一曲又一曲揪心动肺的歌，我已没有当年那古旧的唱机，更失去了一群静静聆听的伙伴，可我仍然等闲不敢见到20岁的唱片，黑色的旧唱片。

我凭直觉能听到它们灵魂里的歌吟。

这些旧唱片在我20岁时是查禁物，就像如今的所谓“淫秽读物”一样，对世道人心有着可怕的腐蚀力量。

军营是红色保险箱；军营是毛泽东思想根据地；军营是盛产英雄典型以及输送军代表的大本营；军营又是大姑娘小伙子心之向往的最佳职业集中点。军营单纯，军营复杂，军营是清一色的红五类子弟，军营同时也是清一色小伙子、光棍汉的男人世界。

我们从阿庆嫂与刁德一的对白中听出调侃；从小常宝的哭诉里感受青春；从娘子军的舞步里看见梦幻。

不知是我们扭曲时代还是时代扭曲我们。军人，军人，至高无上的军人，全国人民学习的楷模，无产阶级专政的坚强柱石，我青年时代的伙伴。军人，军人，能拥有一摞旧唱片该有多么幸福多么幸运多么胆战心惊！

我们一群人：广西兵、北京兵、贵州兵、昆明兵、河南兵，一群小资情调相投的学生兵，常常在周末的夜晚聚会在我的阁楼，把门窗关得严严的，拉起窗帘，启开罐头，顺便拎出“杨林肥酒”，然后小酌轻吟胡聊海吹待酒意袭来，胆量陡然大增，豪兴油然而生，便摆上电唱机找出旧唱片摇头晃脑地欣赏。

我的小楼是一间广播室，我的职务是团部播音员，因此我的身份与众不同，我的财产不是步枪手榴弹而是唱机、扩音器以及磁带和唱片。

这是命运，这是机遇，你不信反正我信。

先放一曲：“深深的海洋，你为何不平静？就像我的爱人，那一颗动摇的心。”轻柔的女声二重唱，把我们带往南斯拉夫或者阿尔巴尼亚更可能是罗马尼亚，海洋是蔚蓝色的，爱情也是蔚蓝色的，我们为自己未知数的爱情感伤起来。酒，再饮一杯，深深的海洋呵，托住我们轻轻地颠簸，颠簸……

再放一曲："春风吹遍了黎明的家乡"，男高音传送来辽阔草原的黎明之光，骑着马儿的男子汉走向故乡，走向亲人。我们这些年轻人，远离家乡，来到边疆，为的是保卫祖国，保卫家乡；我们热爱家乡，思念家乡，思念得甚至害怕听到"家乡"二字，你却如此轻松地哼了出来，何时归家乡？我们不再喧哗打闹，由着草原上的骑士，由着歌声的引导，我们驰去，驰去……

放一曲最受欢迎的歌吧，压箱底儿的《草原之夜》：让那位想给远方的姑娘写封信的汉子，代我们一起诉诉衷肠；还有《敖包相会》："十五的月亮升上了天空，为什么旁边没有云彩？我等待着心爱的姑娘呵，你为什么还不到来哟？"真坦率，真大胆，真撩人心弦，也真好听真优美。

音乐浴，情感浴，像一股又一股纯净清洌的甘泉，在我的小阁楼上，从唱片里咕嘟咕嘟冒出来，溅起一朵朵美丽的浪花；这浪花又在迷乱的夜空绽开，给我们童话般的奇幻，诗样的陶醉。让我们焦渴混浊的心田，变得沉静透明，灵魂得到升华，思想受到净化，性情与品格，也不知不觉变得高尚或自以为高尚起来。

偷吃禁果的乐趣，还不包括在内呢！

小阁楼很破败，楼梯一踏上去就吱吱叫苦；半月形的大窗户，装饰着同样破败的大礼堂。小阁楼是大礼堂的小小零件，我们是这小零件上一只只结网的蜘蛛。用年轻人的心丝，向茫然的世界织去，织去。这网不是为了捕捉飞虫，为的是安顿自己。

我们聚会在小阁楼上，尽管时而雨潇潇雷鸣电闪，霹雳曾炸碎过我的屋瓦，尽管高原的风无端造访，吹落过小楼半月形的窗棂；尽管小楼一夜听唱片，惹出一段又一段公案，让保卫股宣教股这股那股的军官们疑虑重重，使阶级斗争新动向反复更新，可我们却离不开唱片。

黑色的、粗糙的胶木唱片，附丽着轻盈妩媚的音乐精灵，赠予我

20 岁低徊婉转带点感伤的际遇。

一只旧唱机，一摞旧唱片，一曲曲十分普通的歌子，当时竟能有着如此巨大的魅力，真有些不可思议，然而又大可思议。

人们不是常说吗:18 岁的青年个个是诗人。换言之，18 岁是诗的年龄。那么 20 岁呢？大概属于音乐和歌曲吧？在需要音乐之泉滋养的年龄时，你偏巧无意中掘到了一眼，那狂喜与迷恋是可想而知的了。我这人五音不全，而且至今还不识简谱。上学时最怵的就是音乐课，能从音乐老师手上拿到及格的成绩单，就像跑上万米大赛般吃力。但我在 20 岁时，奇迹般地拥有了音乐才能。靠着唱片老师的辅导，我成了极有模仿力的男中音歌手。那时可惜没有卡拉 OK 酒吧，也不允许你随随便便唱出什么“一无所有”的歌。

于是，我只好荒废了自己，否则当歌星亦未可知。

和我一起躲进小楼听唱片的伙伴们，留在军营的，当了八面威风的师长团长；退伍复员的，一位在大学当讲师，一位在法院当法官，另一位学诗学剑两不成，干上了一家公司的经理，现在数他活得洒脱！我们好像一茬青竹笋，风吹来，雨淋来，在地层下互相串着、联着，突然在一夜间冒出头，然后就由着性子往高处长。不知不觉就变粗变硬枝干扶疏老气横秋了。但愿这茬老竹能记得那小楼，那歌声，那暗夜里的忧郁和甜蜜的哀伤从酒杯里溢出；记得那高原的风伴奏着的男声小合唱，以及年轻人对未来那种不可名状的恐惧和大胆的憧憬。

20 岁时，我每月的津贴费是八块钱。这笔丰厚的收入，全被我们挥霍在音乐聚餐中，小阁楼顶有一天窗，吃完罐头喝完酒，空瓶便扔上去，“咚”的一声，其乐无穷。告别小楼时我爬上天窗，看到一堆玻璃在闪亮，这应是我们献给音乐之神的祭礼。

20 岁时，我们正年轻；后来成为我们妻子的姑娘们，比我们更年轻也更寂寞。她们不知道有一群士兵徒然发出怀春的叹息，像少年维特一样走来走去，她们更不知道月老是如何谋篇布局，安排自己的终身。

20 岁时，谁也不知道找个什么样的伴侣，成就多么大的事业，生命的小舟驶到这一段水面，风平浪静，水落石出，船到桥头自然直。20岁毕竟快活，毕竟乐天，有点忧郁也一觉过后就消失；20岁不知天高地厚，不懂人情世故，同样很深沉很老练；20岁的唱片年龄放一遍又一遍，百听不厌，但只能你自己欣赏。

据说军营的小阁楼早已推倒，盖成了挺漂亮的舞厅。可军营依然存在，永远不缺乏20岁的小伙子。不过我自己呢，用10年青春的价码购回一摞唱片，觉得挺值。

所以我想对拥有录音机的小女儿说："我赚了。"

是的，20岁时，我有过一摞美妙无比的旧唱片，不多不少20张，不用数就知道。这是定数，你说是命运，也成。

（选自1989年9月19日《团结报》）

读汪琐记

汪曾祺是个极有趣的老人。

许多文友与他相识、相熟，求过他的字、索过他的画、存过他的书，继而又有不少人写过他的评论、专访、印象记，汪曾祺于是成为"汪曾祺现象"。

汪曾祺现象，不如说他已成为一种文坛风景线，那样平静从容地存在着，自然而然，毫无矫饰，随遇而安，乐天知命。

一个可爱的好老头。

现在这个好老头被整整齐齐地码成五大本厚书，即江苏文艺出版社出版的《汪曾祺文集》，陆建华主编，分为小说、散文、文论和戏曲剧本卷。我专门到汪老家取到这套书，继而津津有味地连续数日——我承认这种阅读快感是久违的了。

读完之后很想与汪老通电话，拿起话筒之后又犹疑，我不知道说什么才好，在这样一位睿智的长者面前，曾经沧海难为水，三言两语不太好表达，我只记得阅读中一个细节，大笑的细节。

当然是我大笑。

读到《沈从文先生在西南联大》一文时，突然出现了这么一段文字：

“沈先生读过的书，往往在书后写两行题记。有的是记一个日期，那天天气如何，也有时发一点感慨。有一本书的后面写道：‘某月某日，见一胖大女人从桥上过，心中十分难过’。这两句话我一直记得，可是一直不知道是什么意思。大胖女人为什么使沈先生十分难过呢？”

幽默、生动、传神，师生之情借这简约的文字传达出来，而沈从文先生的性格，也就不经意中呼之欲出了。

我没法不笑，相信任何一位稍具幽默感和想象力的人都会忍不住发笑，汪曾祺一定也乐得不行，可他绷住劲，不动声色地说了一段绝妙好辞！

沈先生的一生为人为文，影响了汪曾祺，他用“星斗其文，赤子其人”以概括，其实这句话也适用于汪老本人。读汪文，无论谈地方风俗、花卉草木、风味小吃，无论忆童年思故乡，直至考据《葵·薤》和描写自己“效力军台”研究土豆，处处流露出“赤子其人”的坦诚、恬淡，还有悟透人生的豁达与随意，故而读汪曾祺的文集，实在等于重新认识和了解一位风雨人生坎坷奋进的长者的心灵世界。加上汪老广博的学识，对古典文化深厚的修养，所以仅用“开卷有益”四字名之，显然是不够分量。阅读汪曾祺，从他的小说、散文直至戏曲、文论，不啻是一次心灵的洗濯、精神的沐浴，是视野的一次拓宽，是悟性的启迪——感悟人生、感悟命运，感悟艺术与文化。时下流行气功热，对于浮躁喧嚣者而言，读汪曾祺书，端的是一次文学气功的治疗，他能让你入静，不知不觉、心甘情愿地入静。

汪曾祺好像是气功大师。

再随便举几个例子：

“南方人很少知道藠头即是薤的。

北方城里人则连藠头也不认识。”

我爱食藠头，我是从军去云南时养成的习惯，但我从不知道藠头就是薤。长知识不是?!

沈从文先生爱用“耐烦”一词，对别人的称赞，常说“要算耐烦”。看见儿子与孙女做事，也说“要算耐烦”。“他的‘耐烦’，意思就是锲而不舍，不怕费劲”。汪曾祺总结道。

“耐烦”是沈从文留给汪曾祺和我们的最重要的启示。

《葡萄月令》一文，从一月写到十二月，可以当童话来读，纯净恬美。

《安乐居》一文，是最地道的京味小说，对话功力之深，令人叹服。

《范进中举》一戏，对传统文化的稔熟、对旧体诗词的运用，删繁就简的安排，妙趣横生，你想不到这戏竟写于四十年前！

还有，还有……

说不完的汪曾祺，既然说不完，就不再费劲去说了，《汪曾祺文集》把一个多才艺的老作家一下子端出来，这五卷大书能让你明白自己几斤几两，盛名之下无虚士，而昔日江苏文友叶兆言曾云：中国最后一个文人是汪曾祺。信然，从多方面的修养而论，叶兆言一言中的。

想起自己一次煞风景。

那是几年前的一次云南笔会，汪老酒毕，有数位当地作者前来索字，让他写了一幅又一幅，是我不忍让汪老太过劳累，上前力阻。求字者最后悻然而退，汪老亦颇扫兴——我在这文集中屡次读到他对写字作画的兴致，才发觉自己几年前的多事。

毕竟如今文坛上敢于当众挥毫现场吟诗的文人，是凤毛麟角了。

而且我还想披露一个故事，汪老落泪的故事。

那是我们的笔会的尾声，在云南大理，那一夜不知为什么大家谈起了命运，谈起人生，以及留在云南这块红土地上的青春，一群人竟禁不住悲从中来。汪老陪着大伙落下大滴的泪，然后他哽咽道：“我们是一群多么好的人，一群多么美的人，而美是最容易消失的。”无尽悲凉，我记住了那一幕，也记牢了汪曾祺老人真诚的话。

在汪曾祺"文论卷"前有一页手迹，这是他《拾石子儿》中的"代序"，他这样写道：

"一九八〇年十二月二十九日清晨

一九八七年六月七日校，泪不能禁。

我的感情是真实的。一些写我的文章每每爱写我如何恬淡、潇洒、飘逸，我简直成了半仙！你们如果跟我接触得较多，便知道我不是一个不食人间烟火的人。"

"泪不能禁"，这场景我亲身经历，汪老含泪时的眸子亮晶晶的，让你窥见出他透明的心灵。

似乎不止一次，汪曾祺在谈到自己写《大淖记事》的经过时，写到巧云把一碗尿碱汤灌进了十一子的喉咙之后，忽然写了一句：

"不知道为什么，她自己也尝了一口"。"写这一句时，我流了眼泪"，汪曾祺这样承认道。

写作能贴近人物到这种程度，是一种很神圣的境界。

汪曾祺实在不好被任何文字框住，故而《读汪琐记》就此打住，印象深的是汪曾祺一句实实在在的指令：一个当代的中国作家应该是个通人。

难度太大了。铆足劲，下一辈子的笨工夫，也不一定能"通"到哪去，没法子，叶兆言早有话撂在那儿，兆言兆言，有言在先，最后一个文人，绝了。

1994 年 4 月 19 日

（选自《司马台的砖》）

快乐的家园

——读高洪波的散文

古　耜

在我看来，一位严肃的、真诚的散文家所进行的艺术耕耘，说到底是在建设属于自己的精神家园。此中的道理想来也容易理解：精神家园作为一种象喻性的说法，其实质是人类构筑在终极关怀和自觉信仰之上的，体现了精神自我完善的“心造”的理想境界，是人们为了摆脱种种异己力量所造成的迷惘、困惑与焦虑，所进行的灵魂跋涉的憩息地和思想漫游的驻足点，是生命存在的根本性标识；而散文在通常情况下，是一种以眷恋个体生命、注重灵魂空间为鲜明特征的内显式文本。一篇优秀的散文，往往是作家心弦上的歌吟，是一种超越了世俗羁绊的欲罢不能的感怀倾诉和希冀抒发，而散文家笔下流出的一系列如此这般的散文篇章，便无形中构成了自己缤纷多彩的心灵世界和逶迤宕荡的心路历程。这里，精神家园的语义能指和散文文体的艺术特征不期而遇，相互重叠了。于是，我们在张炜的散文里，发现了一位大地之子对人类恒定道德价值的执著关爱与坚定守护；在周涛的散文里，领略了一位现代游牧者同历史与自然对话时，所表现出的生命的潇洒、浪漫与雄健；在肖复兴的散文里，充分体味到时代变迁中始终存在的人性的至美与至善；而在韩少功的散文里，则真正省悟了当代人面临物化挑战所应有的清醒、睿智与庄严……

高洪波也是一位活跃于当代文坛的成就斐然的散文家。在他那由14部散文集、数百篇散文作品构成的，总文字量达一百数十万言的散文世界里，同样蕴含着一个丰赡美丽，令人神往的精神家园，既有别于张炜、周涛，也不同于肖复兴、韩少功，它透显出作家自己独特的生命个性，这就是：在积极进取、面向未来的人生实践中，永远保持着健朗而乐观的心态，永远挥洒着充沛而高雅的情趣，永远光扬着灵动而脱俗的智慧，从而把生命的魅力推向极致。

熟悉高洪波散文作品者都会有这样一种感觉:作家的散文创作无论在题材上抑或在体式上,都充分表现了艺术选择的多样化。就前者而言:它时而写风景,时而写人物;时而写军旅生活,时而写都市闻见;时而与儿童对话,时而同成人谈心……依后者而论:它既工于游记体,又擅长速写式;既喜欢杂文风,又熟谙随笔味;既演操艺术散文,又兼顾文学报告……而所有这些题材不一、体式有异的散文篇章在走向读者时,都跃动着、洋溢着作家的主体情怀与主观韵致,即热情欢快、兴味盎然地面对生活。请读读收入《醉界》《人生趣谈》二集的《搬家》《床说》《人生偶寄》《"玩物"未必"丧志"》《种水仙记》《快乐是财富》《足球与钓鱼》等感悟人生的篇章吧!它们的入笔破题之处,都是一些生活的小事件、小器物和小感触,但从中引发而出的却是人生的硬道理、真情趣和大境界。面对这种智慧的喷洒与精神的呈现,你不仅可以领略作家内心的颖睿、丰富和美妙;而且还会无形中激发自己对生活的热忱、关爱与向往。《醉界》《波斯猫》《为21世纪祈祷》等散文集,较多地收入了作家的中外记游之作。这类作品,诸如《石林拾叶》《纳木错之旅》《十渡印象》《崂山蝶趣》《夜走腾格里》《海的礼物》《洞天猴国》《城饰》等篇,虽然物象与境界各有风姿,但却同样有一种滚烫的生活热情与浓郁的生命情趣,即一种拥抱生活的欢悦感和进入自然的亲和感,跃然纸间,沛乎文内。它们作为生气勃勃的健康人性,同人格化了的"有我之境"一起,让人感受到了生活的美好与生命的魅力。在《司马昭的砖》《文坛走笔》《本来面目》等散文集中,我们可以读到作家笔下一些有关文学、文艺和文化话题的篇章。它们或为作家写照,或为艺员剪影;或品文化现象,或侃创作趣闻;或记阅读感受,或谈审美想象,直至说文物、说收藏、说茶道、说棋艺、说音乐、说美术,而字里行间,总是充盈着对脱俗人格的赞美,对精神创造的称赏,对生存质量的讲求,对生命意义的张扬,而所有这些融为一体,便升华为流光溢彩的诗意人生,令人心驰神往,顿消俗念。而作家披露于本期《特区文学》的一组新作,则是其固有创作情怀的浓缩式投影。它们以无拘无束、从从容容地侃侃而谈和涉笔成趣,传递出作家一贯的乐观、机敏与潇洒。譬如《藏药》一篇,讲述了作者为医治自己的胃病而寻访"西藏之药"的经历。按说,这样的取材不太容易提神,但实际上让作家写来,却是有声有色,有滋有味。而之所以能够如此,这除了藏医、藏药平添的几分神秘外,更重要的还是得益于作家那种永远兴趣勃勃地面对生活的人生态度。《黑骏马的蹄声》写的是作家被电影《黑骏马》的音乐深深打动的情形。这种打动固然包含了音乐自身的多种因素，但从根本说来，还是因为那骏马的旋律唤起了作家对舒展、辽阔和激越的生命境界的向往。就这一意义讲，它依然是作家亮丽人生的艺术喷洒。此外，《收藏趣闻四则》《博物馆札记》《电子蟋蟀》诸文，亦均在灵动诙谐、饶有风趣的叙述中，折映出作家乐观旷达、崇真爱美的生命底色……当然，以上所云并不意味着生活于现实的作家，从来没有痛苦、没有忧患、没有困惑、没有愤怒，更不是说他笔下的作品根本就不涉及怀疑，就无意于批判。事实上，作家在把许许多多的热情、乐观、健朗留给读者的同时，亦驱动自觉而又浓重的笔墨，履行着文学作品抨击时弊，否定丑恶，剔抉谬误，指陈缺憾的使命。后者无疑更多地凝聚和呈现了作家的正义感和是非感。只是即使在表达这类内容时，作家亦无法改变那种几乎是与生俱来的乐观开朗的精神个性与热情豁达的生活态度，当然也难以放弃那种幽默诙谐、轻松叙述习惯与语言风格。正因为如此，我们说，在高洪波的散文世界里，隐含着的是一种欢快而富有情趣的精神家园。

可不要小觑了这种“欢快”和“情趣”。作为一种精神原色和艺术风度，它们出现在当今的文学乃至文化语境中，至少具有以下三方面的重要意义：

首先，从中国文学的传统来看，由于华夏文明进程的多灾多难，也由于民族文化历史的悲剧内涵，其中包括由儒家社会责任感衍生出的忧患意识，同道家“无为”哲学相联系的厌世情绪，从佛家三生悲苦教旨中引发的现世痛苦感等等，所以，它的整体基调是忧郁和悲怨的。这样一种文学传统反映到文学创作中，固然使古往今来许多的“发愤之作”具有了长歌当哭，荡气回肠的动人之美，但同时也酿成了某些艺术文本过于沉重的生命压抑感乃至全然消极人生颓唐感与幻灭感。正因为如此，近代以来，许多有识之士，屡屡倡导着中国文学的幽默品格、情趣因素和乐天精神。而从如此文学背景出发来看高洪波散文里的欢快与情趣，我们即可发现，它们恰恰是对中国文学传统的积极摒弃、反拨与调整，同时也是重塑民族文学性格的一种努力。而这种反拨与努力，又分明呼应着当今中国特有的历史条件、时代精神和人格取向，从宏观的文学走向考察，是“时运交移、质文代变”的产物，因此，它很值得文坛和读者关注。

其次，历史进入本世纪90年代以来，商品经济大潮的骤然兴起，给古老的中国社会注入了勃勃生机，但同时亦带来了空前的无序。一时间，物质欲望的膨胀和拜金主义的流行刺激起人们的种种狂热；同时，商品意识的泛化以及由此导致的人性扭曲、道德畸变和理想沉沦，又使人们深感苦恼和困惑。这种社会转型期的综合征，自然而然地传染到了文学作品中，于是，我们在作家笔下看到了形形色色的畸形人、边缘人，以及萎靡不振的小男人、小女人。凡此种种，又反过来增添着人们的精神虚脱与生存迷惘。在这样一种社会心态之下，高洪波满载着欢声笑语和真情实趣的散文现身于文坛，委实堪称志在救赎的漂亮出击——它以健康、质朴而又睿智的人性，呼唤着现代人努力摆脱种种异己力量的困扰，毅然走出或浮躁、或沉迷、或虚假、或贪婪的生活误区，进而在积极能动的创造与建设中，尽情享受生命的欢悦。应当承认，作为作家一以贯之的精神取向，这是相当难能可贵的。

复次，就高洪波散文所呈现的欢乐与情趣的本身而言，它们不仅仅是一种具体可感的生命形态，同时在终极意义上，更是人的自由个性健全而又健康发展的重要标识。丰富的生命体验告诉我们：欢乐也好，情趣也罢，都属于人的性情范畴。它们因潜藏了人的本质欲望和更切近人的生命层次，而明显区别于经过了升华的人的理想信念、观点、意志等等。而这种特定的性情因素在作为人的生命原色时，并不是先天固有、与生俱来的，它同人之所以为人的尊严以及社会的文化品位紧密联系在一起，是人在超越了环境挤压和生存困惑之后，生命优越感的天然流露；是人在充分是人、真正是人的时候才有的自豪宣言。正是基于这样的认识，我以为：高洪波散文托举起欢乐而富有情趣的精神家园，不仅直接成就了作品境界的高蹈与脱俗；而且还意味着作家在把握客观世界的同时，已将自身置于对象化的审美观照之下，这显然是一种极大的人生余裕心。鲁迅先生有言："人们到了失去余裕心，或不自觉地满抱了不留余地心时，这民族的将来恐怕就可虑。"(《华盖集·忽然想到[二]》)而今，作家高洪波在美的世界里，从容地挥洒着生命的"余裕心"，这不正可以从另一方面说明：社会在前进，民族在前进，艺术在前进，作家在前进吗？

我爱洪波的散文，更爱洪波散文里那快乐的家园！

（原载《特区文学》1998 年 1、2 期合刊）

高凯明(1951—　),散文家,又名高开明,山东平邑人,曾用笔名:高行、日月等。1970 年参军,1992 年转业。曾任班长、排长、指导员、新闻干事、宣传股长、文化处长等职。毕业于暨南大学中文系,任广东省党风杂志社社长兼总编辑,系中国作家协会会员,中国散文学会理事。

高凯明 1975 年开始发表散文、诗歌、小说。曾与人合作出版长篇报告文学 5 部:《东江纵队的儿女们》《杏林芳辰》《多情东江水》《山高路长》《走出九十九峪》(均为作家出版社出版)。主编过《国庆那一天》等散文丛书,同时出版散文专集 2 部:

《铁玫瑰》(广东旅游出版社,1991 年);

《静流则深》(作家出版社,1998 年)。

其中《铁玫瑰》获 1989—1991 年广东省第 8 届新人新作奖、广州军区第二届优秀散文创作奖;《看望红嫂》获 1996—1997 年第二届秦牧散文奖;《飘动的花窗帘》获 1990 年《人民日报》"金马人物特写征文"一等奖,同获 1990 年新华社、《解放军报》等 22 家新闻单位联合举办的"时代呼唤雷锋精神"征文一等奖;《雪姜花》获总政宣传部 1996 年"长征・世纪丰碑"征文二等奖;《愿将生命化清泉》《战马嘶归》《乡魂如风》分获《人民日报》1996 年度优秀报告文学二等奖、《人民日报》1997 年"香港回归之庆"征文三等奖、《人民日报》1998 年"我的家园"征文三等奖;《半掩门》《素雅的天空》分获 2000、2001 年全国纪检监察期刊优秀作品一等奖;《药花园记》《罗浮鹤影》《窑洞著春秋》分获《中国环境报》1988 年"胜利杯"、1990 年"绿色三明杯"、《中国纪检监察报》2001 年"心海放歌杯"优秀征文奖。其中《飘动的花窗帘》被 1990 年第 11 期《新华文摘》转载并被选入人民教育出版社九年制义务教育初中语文自读课本第四册,《军官少女白云山》被选入由邓小平题写书名的"当代军人风貌"丛书，等等。2001年7月30日，广东作协举办高凯明散文研讨会；2001年8月5日，全美中国作家联谊会在美国康州"中国作家之家"举行了高凯明散文著作介绍会。

评论高凯明散文的文章主要有：

《集素雅温馨于高远——读高凯明散文选集》(林非)，《文艺报》2001年6月19日；

《湍急而平静的河流——读散文集〈静流则深〉》(赵坤)，《文艺报》1999年12月2日；

《我读〈铁玫瑰〉》(柯原)，《中国文化报》1990年11月25日；

《贡献属于自己的审美发现——谈〈铁玫瑰〉的艺术特色》(喻季欣)，《解放军报》1991年11月12日；

《生活是一条河——读〈静流则深〉》(陈志红)，《羊城晚报》1997年6月20日；

《平常风景非常魅力——评高凯明散文中的女性小人物》(杨晓萍)，《当代文坛报》1996年6期；

《灿烂与静美——读〈静流则深〉的艺术特色》(陈明)，《新世纪文坛》1998年5月7日。

散文是什么

高凯明

散文是什么？散文是都市阳台上的红玫瑰，是乡间小路旁的矢车菊；散文是行走在山川里，穿越于云水间；散文是在小道上散步，于月光下聊天。

散文是一根线，散文是一块布；散文有时浅显得像篇小学生涂鸦的作文，散文有时深奥得像部治理天下的《论语》。

散文贵平实，真僧只说家常话，最高的技巧是无技巧。

以风花雪月之衣，裹道德情操之魂，永远为中国散文之主流。

高尚的人可以写出庸俗的文章，庸俗的人可以写出高尚的文章，真正的散文却一定是文如其人，散文的生命在于真。

小说家心中装的是一个人，散文家心中装的是一个心中装着哲学和音乐的人。

散文就是散文，那些把小说写散了，把诗歌写乱了就拿去当散文发表的人其实不懂什么是散文。

喜欢写人的散文，更喜爱散文写人。一滴水中有太阳，聊聊数笔便是一个人，三言两语便是这个人的一生一世。

偏爱孙犁，因为喜欢简单。孙犁散文内涵丰富但形式简单，像一个文静而含蓄的少女，把天和地都映衬得圣洁而高贵。

散文发展离不开批评，批评杨朔散文的文章却不希望过多，有时让人觉得只有那些没有信心超越杨朔的人，才变着法子去批判杨朔。杨朔代表着一个时代，一个客观存在的时代是抹不去的。就像一个人脑海中的一叶白帆，时间的长河愈是久远，水色愈是深沉，那帆的影子就愈清晰。

（原载《党风》2001年第11期）

自选作品

外公坟头的鹰

一直想写写母亲，像是有很多话要说，但每每拿起笔，却又不知从何说起。母亲毕竟太熟悉了，熟悉得都难以形成文字。

母亲八十八岁生日之际，恰逢1998年母亲节。这天夜里，我又梦见了那只盘旋在故乡天空的鹰，它使我一口气写下了这篇献给母亲的文章。

我正在书房里给儿子朗读丽尼三十年代写的《鹰之歌》，当读到“鹰是可爱的。鹰有两个强健的翅膀，会飞，飞得高，飞得远”这段话时，就听到刚来广州、坐在厅里打盹的母亲说：“‘能在黎明里飞，也能在黑夜里飞。’”

我吃了一惊，母亲会读《鹰之歌》？我走出书房，想问个明白，却见母亲倚着沙发睡着了。

在我的印象里，母亲识不了几个字，是地道的家庭妇女，她能烧一手好菜，大街小巷凡遇红白喜事总要请她去掌勺；她能剪一手好纸，左邻右舍有结婚、祝寿的也少不了请她剪个“喜”字“寿”字。母亲能熟练地背诵《女儿经》《百家姓》，那是小时候外公教她的。可就是没有发现她会背诵《鹰之歌》的句子呀。困惑之余，我产生了一个挺古怪的想法：母亲果真与鹰有什么瓜葛就好了，那样，我写一篇母亲同鹰的文章，一定不同凡响。这是发生在几年前的一件事。

去年春节，我带儿子回山东老家看望老母亲，闲谈之间，无意扯到了外公的职业问题，但见母亲眼神亮了一下，随即却淡淡地说，你外公是放鹰的。

外公是放鹰的，以前怎么从来没听说过？在我的记忆里，外公是打鱼的，渔民和猎户不是一回事呀。母亲说，放鹰的有什么好讲的，在过去，放鹰属不正干。

外公是放鹰的，多么不可思议，难怪母亲在我朗读《鹰之歌》时接上了那句词。原来这是一个巧合。

眼下，坐下来要写写母亲时，我才突然发现，这虽是一种巧合，但却熔铸着母亲对人生的一种理解呀。

母亲姓孙，十九岁来到我家，故名高孙氏。其实，母亲真名叫孙从芝。这是去年春节问起来，她想了很久才说出的。一个连自己名字都不清楚的老人，讲起自己的父亲、我的外公来，思路却是那样的清晰。

苍凉的旷野里，有只鹰在朝晖里盘旋。鹰一会儿钻进白云里，一会儿钻出红霞外；一会儿张双翅在空中一动不动像褐色的云絮，一会儿又扇动翅膀向下俯冲如黑色的闪电。在鹰投射的影子里，是年轻的外公孙玉纯和他六岁的女儿——我母亲。

鹰开始均匀地扇动翅膀贴地面疾速飞翔。地上的草，被鹰翅带动的风吹倒了，又起来。起来了，又吹倒。在鹰的前方，一只灰色的野兔在拼命地奔跑着，其速度之快，犹如在草尖上飞。大自然弱肉强食的情景在这里淋漓尽致地展现着。鹰终于追上了野兔，它兴奋地张开利爪刚要去抓，却不料野兔来了个“急刹车”突然停下来。鹰“呼”的一声扑了个空。说时迟，那时快，鹰在空中来了个急翻身，又死死地盯住了野兔。就在这时，远处响起一声嘹亮的口哨，这是外公唤鹰的信号。在口哨声里，鹰嘹唳地叫着放弃了目标，在空中打了个旋儿，悻悻地落在了外公的肩上。

母亲说，是她让外公把鹰唤回的。原因是，在鹰扑向野兔的那一瞬间，她忽然想起了前不久去世的母亲——我的外婆。她感到那只鹰追的不是野兔而是自己。

外公唤回鹰后，才狠狠瞪了母亲一眼，之后，像肩上的鹰一样悻悻地离开了乱云飞渡的旷野。母亲说，外公一生最看不起的是悲悲切切的女儿们，最想得到的是一个像鹰一样纵横千里的儿子。然而命运像是在故意捉弄他，最后他得到的都是些花鹁鸽般的女儿。母亲是老大，是第一个外婆生的。外婆死后，外公又娶了一个外婆，第二个外婆又生了四个我的小姨。

外公没有儿子，便把所有的爱都给了鹰。母亲说，外公有两只最得意的鹰，一只名大黑，一只名小黑。这两只鹰是他从山头捧回的，当时还是雏鹰，经他一番精心喂养和训练，大黑小黑犹如两个黑色的幽灵，捕猎的本领可高了。平时，两只鹰的脖子里系着铃铛，只要铃铛一响，外公就从未有过失望。大黑小黑每次回来，都会把猎物抛给母亲，之后一左一右地落在外公肩上。大黑小黑成了外公谋生的左右臂。

母亲说，在一次出猎时，大黑飞出去之后就再也没回来。外公望着那消失在天际的黑点儿，不禁怆然落下了一行热泪。两年后，小黑也离开了外公。那是一个黄昏，小黑在追逐一只花狐时，忽然发现河里有尾白生生的鱼儿在礁石缝里跳跃着，便随即改变了进攻目标，将双翅一歪，朝水面斜插下去。可能是由于用力过猛，也可能是因为老了,小黑竟伴随着“当啷”一声铃响,一下子跌在了礁石上。小黑满身是血,尸体被夕阳一照,宛如一块炭火在“呼呼”燃烧。外公直愣愣地立在河边,许久许久没有回过神来。当天夜里,他把家中的另一只鹰也放了,之后,像是要为鹰报仇似的背起了打鱼网,直到离开人世。

外公去世时,我正读小学,在我的印象里,高大伟岸的外公处处与众不同,尤其他那高峭的鼻子、锐利的目光,处处透露着鹰的影子。在当时,我就是这么认为的,现在看来,儿时的判断竟是正确的。外公确实是只鹰。外公待人威严,不善言辞,故周围的人都惧怕他。他常来我家,因肩上老背着鱼网,背地里人们都叫他打鱼的孙大个。一次,外公领我到家门口旁边的沙河里打鱼,在一墨绿色的河湾中,外公一网下去,拉上来足有五六斤白生生的鱼儿,外公把鱼放进鱼篓,让我看着,又去撒网。我担心鱼儿会干死,便把鱼篓放进了深水里。鱼儿一下子全部从篓口逃生了。外公发现后,用凶狠的目光瞪了我一眼,铁青的脸上再无表情。这凶狠的目光,成了外公留给我的唯一印象。我吓哭了。母亲过来了,她看了外公一眼,背起我走回家。

外公死后,我又见过一次凶狠的目光,那是一只鹰的目光。那一天我和姐姐跟母亲一块儿去为守墓人送饭。在外公的坟头上,我发现正蹲着一只老鹰。鹰垂着头,旁若无人地呆在那里。当我走近时,鹰抬头看了我一眼,那目光竟然同外公的目光一样,凶狠中带着穿透力。我吓得心里“扑扑”直跳。就听姐姐问母亲,这只鹰是不是当年飞走的大黑?母亲朝鹰看了一眼,说,样子很像大黑,不过大黑离开你外公四十多年了……母亲认为这是外公的魂,不让我和姐姐去看它。外公坟头上的鹰,连同姐姐同母亲的对话,是去年春节母亲谈起外公来我才回想起来的。难怪许多年来我眼前常常会莫明其妙地出现一只鹰的影子。

尽管外公留给我的印象不是那么愉快的。但当坐下来回忆母亲时,却总也摆脱不了他的影子。这也难怪,母亲身上流淌着外公的血呀。是的,母亲在许多地方同外公都有点儿相似。外公一生企盼有个鹰一般的儿子,得到的却是一群鸽子般的女儿。母亲始终盼望我们做儿女的展翅高飞，我们兄妹却大都喜欢家雀儿般地围着父母的房檐低徊。然而，甭管命运如何，母亲的精神世界里永远有一只鹰在飞翔，这一点是无可置疑的。

母亲给我的最初印象是在我两岁时。那天中午，母亲回到家中后打开了门，发现我第一次自己站了起来，并扶着墙壁开始挪步，准备去取桌子上的花生。母亲兴奋得流出了泪花。母亲是等我在地板上的草垫上睡熟了后才出门的，离开时我还不会站，现在竟会走了。她怎么能不高兴呢？我永远忘不了房门打开的那一瞬间，母亲那沾着泪花的长长的脸盘是那样的年轻，头发是那样的乌黑闪亮。

接下来，我摔倒了，望望立在门口的母亲就想哭。母亲见状，并没有跑过来抱我，而是扭头离去了。在我的记忆里，母亲高高瘦瘦的，背影离去的是那样的果断，那样的出人意料。我撇了撇嘴没哭出来。但心里是委屈的，不理解的。许多年以后我还忘不了母亲留给我的那个高高瘦瘦的背影，许多年以后我才明白母亲留给我幼小心灵的是一个自强自立的背影。她同朱自清的父亲留下的亲情背影虽表现不一，却殊途同归。都是在激励儿子向上有为。

也许是因为母亲身上流淌着外公的血液，母亲给儿女的爱，总是一个严厉与慈祥的结合体。六十年代初，我家像所有的家庭一样，生活遇到了从未有的困难。那年头，给人留下的印象，像是除了饥饿外再无别的，为了全家活下去，母亲费尽了心思，先是用地瓜秧、豌豆苗充饥，后来就只好用槐树叶、杨树叶充饥了。由于营养不足，我病倒了。有一个多月没上学。读书能摆脱饥饿吗？向来喜欢读书的我竟一度产生了停学的念头。母亲发现了我的想法，还没等我病好，便把书包挂在我细细的脖子上推我出了门。不论任何时候，母亲都没有放弃过望子成龙的想法。尽管她也清楚自己的儿子成不了孟轲，成不了岳飞，但却从不放弃“孟母三迁”和“岳母刺字”的责任。其实，儿子成龙与否并不重要，重要的是母亲望子成龙的想法总是与民族素质的提高、祖国的进步强盛是一致的。我忘不了母亲在推我出门时说的那句话：好好读书！日子不会总是这样。即使在阴云密布的时候,母亲眼里也有万里晴空。这就是放鹰人的女儿的人生信条。

在对往事的记忆里,母亲对我们和对父亲的爱总是表现在她满头黑发的减少和白发的增多上。在我们兄弟姐妹中,母亲最爱的是开德大哥。大哥长得像外公,高高大大的。他是那种对生活充满希望、在困难面前不屈不挠的人。靠自身的努力,他不到二十岁便当上了公社的秘书,后来又当上了区里的团委书记。对于一个普通青年来说,能走上这一步实在是不容易。大哥是区里的秀才,经常整夜整夜地加班为领导写材料。冬天冷,母亲就把火盆搬到他身旁;夏天蚊虫多,母亲就把他的双脚放进一盆凉水里。难怪姐妹们说,大哥是块钢,是母亲的火盆炼出的;大哥是条龙,是母亲的水盆托起的。然而不幸的是,大哥在人生旅途上还没走到三十岁,脚步便突然终止了,大哥病故了。当父亲和区里的领导用板车把他的棺材从医院里拉回时,母亲的头发一夜间白了一半。

1977年10月17日凌晨,与母亲同岁、为儿女操劳了一生的父亲因病离开了人世。父亲病故时我和一个在南方工作的妹妹都没回家。父亲为了在临走前看上我们一眼,竟在滴水粒米未进的情况下将生命延长了45天。父亲对儿女的爱有多深,由此可见一斑。在我的印象里,父亲的慈祥总是多于严厉。这同严厉多于慈祥的母亲正好相反。以致在我平时给孩子们讲到爱时,常常挂在嘴边上的是父亲而不是母亲。

儿行千里母担忧。父亲去世后,母亲一心要来南方看看我。还没等我答复,她便同另一位也是第一次出门、来南方看儿子的老人一块儿上路了。当时我在衡阳驻军任职。想想母亲已是近七十岁的人了,又是小脚,又没有文化,要从山东千里迢迢地来湖南,路上真不知要经受多少劳顿之苦。我提前赶到火车站接母亲。在冷清的站台上,我发现有位满头银发的老人正手拿一个写有地址的信封,在夕阳下东张西望。老人眼眶里分明噙着泪花,那情景真叫人揪心。我看看时间还早,便向老人走去。啊,这不正是母亲吗?原想早些到车站,结果还是来晚了。在相见的那一刹那,我和母亲都哭出了声。望着母亲那头被夕阳染红的银发，我真想问一句：母亲，你那满头黑发都到哪里去了呀？其实，母亲的黑发是给为家庭终日操劳的岁月染白的，还需要问吗？

说母亲像鹰，但母亲毕竟不是鹰。想儿闯荡四海，又怕儿担风险，望儿展翅高飞，又怕儿摔跟头，盼儿大福大贵，又怕儿为富不仁。可怜天下母亲心！

鹰蹲在外公坟头，立在母亲心头，亦飞在我的脑中。母亲望子成龙的思想，也在我和妻子身上不同程度地表现着。社会像老鹰追逐野兔的旷野，孩子没本领能生存吗？哎——做母亲难，只有做了母亲才真正体会到做母亲难呀！

随着年龄的增长，我对远在故乡的母亲越来越挂念。这样，电话便成了母子联系感情的最好途径。去年春节前，我朝家里拨了个电话，是母亲接的，母亲问是哪里？我说广州。母亲问广州哪位？我说广州还有谁？母亲说，我怎么知道广州还有谁呢？听到母亲这样问，我的泪一下流了出来。母亲老了，毕竟是快九十岁的人了。我应该回去同母亲一块儿过个春节才是。那是我在南方近三十年，第一次带着儿子回家过春节。

年纪大了，却越来越怕失去母亲。这是为什么？是因为自己做了父亲后，亲尝了养育儿子的辛苦与牵肠挂肚才体会到母亲的恩情，还是因为自己怕老？一个人，即使活到一百岁，有母亲在便是一个孩子，做孩子的人是不会老的。有人说，失去了母亲的人就像插在瓶子里的花，虽然还有色有香，但这是没根的花，没根的花就像没母亲的人呀。

没有母亲的人是一种什么样的感觉呢？"世上只有妈妈好，没妈的孩子像根草。"失去了母亲的感觉难道就真的像根草？我现在还体会不到，当然我希望永远也不要体会这种感觉。然而，最近两年，这种感觉却时常在梦中出现。梦中没有母亲的感觉，竟是失去了故乡的感觉，失去了故乡的天空上没有飞鹰的感觉：

沿着熟悉的路我向故乡走来。在杨槐树和白杨树的掩映里，一条如烟如雪的小河出现了。河水叮叮咚咚地流淌着昨天母亲背我回家的身影。过了小河,是一片茂密的树林,沿林中小道走不多远就到家了。站在河边,我仿佛看到了年轻的母亲正坐在围墙上爬满了葫芦秧的小院里等我归来(母亲进城住已经十多年了,可梦中出现的仍是这生我养我的小院)。以上的镜头,是我在以往每一次回家的梦中都要重复的镜头。然而,这次,我过了小河,却一下子迷失了回家的小路。我在密林中徘徊着,再也无法进入那爬满葫芦秧的小院。以往的梦中,每当迈进这野花遍地的树林,便可以凭着固定的思路进入家门,看到母亲。而这一次感觉像是到了家,却偏偏找不到回家的路。茫然间我忽然想起了要抬头看一看故乡的天空,要是看到了在空中盘旋的那只老鹰,便会不知不觉地投入母亲的怀抱。然而这一次,天空还在,却唯独不见了那盘旋的鹰。这到底是为什么呀?焦急中,我被树桩绊了一脚,一下醒来了。

醒来之后,我立即拨通了家里的电话。电话中传来了侄女的埋怨声。我向母亲大人身体可好?侄女答很好。我说让你奶奶接个电话。侄女说深更半夜的,有什么急事吗?我说没有。放下电话,倒头便睡,刚睡着,我又沿着熟悉的路向故乡走来。眼前又是小河、树林和没有老鹰飞翔的天空。我又一次望着故乡毫无生气的天空在哭泣。我盼望着通往家园的小路再现林中,盼望着外公坟头的鹰再击长空。不仅一次出现在梦中。

这便是梦中失去母亲的感觉,我希望这感觉永远是梦。可喜可贺的是,在母亲八十八岁的生日里,亦是所有母亲的节日里,我又梦见了那只飞去的鹰。有时候,思念也会凝结成固体(像高僧体内的舍利子),这种固体可能是相思树,也可能是相思红豆。有了实物,你就可以将它雕刻成你日夜思念的东西。这种思维还原现实的过程,是我在思念母亲时出现的一个奇迹。我的思念形成的物体是鹰,一只象征着中华民族不屈不挠精神的鹰,一只“能在黎明里飞,也能在黑夜里飞”的、外公坟头上的、永远有生命的鹰。

(选自《秋光》1998年第6期)

小 事

1973年，我在广州军区炮兵第621团担任电影放映员。有天晚上，我正坐在团礼堂的广播室里练字。忽然一阵银铃般的笑声传来，那笑声清脆悦耳，有一种巨大的诱惑力。我放下手中的毛笔，希望还能听到这笑声，然而笑声没有了。

女人的声，男人的心。这句名言是后来才听说的。可当时的我已分明感觉到了它的微妙。我走出广播室，朝绿树掩映的后勤部勤务兵宿舍走去。因为女人的笑声正是从那里传出来的。

这是一栋苏式营房，几扇木格子镶玻璃的门窗随夜风来回摆动着，留下了“吱吱呀呀”的小夜曲。透过一个窗口，我发现有位脸蛋身材俱佳的女兵正对着一个男兵说笑。她长得是那样的迷人，致使我一看到她就心跳得厉害。看到一个人而心跳，这对于我来说还是第一次。这时，就听见男兵说，姐，说话声小一点儿，这样会影响别人的。说着，男兵起身朝窗口走来。我急忙转身离去。

男兵是装备股的保管员，叫陈国栋，是司政后机关出了名的美男子。陈国栋虽说只是个普通士兵，但不知为什么，身上总带着一种无形的凝聚力。课余时间，总有那么一群谈笑风生的士兵围着他转。不过，我很少同他掺和，我不喜欢他那种旁若无人的表情，更看不惯他那流里流气的样子。

第二天午休时，我又鬼使神差地朝勤务兵宿舍走去。在经过一排长长的晒衣架时，我发现有件背心落在了地上，便顺手捡起来准备放回到衣架上，谁知我刚一抬手，就见有位正在收衣服的女兵从我腋下的衣服后面钻过来。我们是野战部队，平时难得见到女兵。这一位又是谁呢？正想着，女兵已站在我眼前，这不是陈国栋的姐姐吗？一看到她那如花似玉的模样，我的心跳又加快了。我转身正要离去，她却叫住了我：你是来找陈国栋的吗？见鬼，她怎么知道我的来意？

况且,我也不是来找陈国栋呀。你是放映员高凯明?怪事了,她怎么知道我的名字呢?我呆呆地站在那里,已记不清楚是"嗯"了一声,还是点了点头来回答她。她伸出手来同我握手,说,很高兴认识你。握着她的手,我心倒是平静下来了。我说,你怎么知道我呢?她说,是我弟弟告诉我的,他连你的长相和走路的姿势都告诉我了,所以我知道是你。她接着说,我弟弟是陈国栋,你熟吗?我心里想,在621,谁还能不认识他呀,流里流气的,简直就是个"小流氓",嘴里却说:认识,认识,我们挺铁。她说,那就好,昨天,我一到你们团,我弟弟就向我谈起了你,他说你能写会画,品行不错。我以为她认错了人,便故意说,是吗?能否举例说明。她说,我弟弟说他们宿舍前的公厕外有个水龙头,经常是有人打开而无人关闭,所以水龙头总是一天流到晚。他发现每当你从那里经过总是先把水龙头拧紧。

我当是什么大不了的事呢。我说,说实话,我同你弟弟只是一般性认识,我好像也没有拧紧过什么水龙头。有时可能拧了,也是顺手而为。我相信每一个经过那里的士兵都会这样做的。你弟弟是不是看错了人。

嘴里这么说,我心里却很感动,不是为自己,而是为陈国栋这样的"小流氓"也能把别人的这么小的事记在心上。

她笑着,笑得更加迷人。说,你真逗,其实从你刚才弯腰捡背心的举动,我就认出了你……

这桩小事虽过去几十年了,但在后来的日子里,我却常常会想起它。说实在的,当时,陈国栋的姐姐在晒衣架前说的那些话也许压根儿就是没话找话说,然而通过这件小事我却坚定了一个看法:不要轻视你所做过的一些小事。包括拧紧水龙头、把落地的背心捡起等诸如此类的小事情,它有可能使一个陌生人走近你,甚至会爱上你,成为你一生一世都难以忘怀的东西。

(选自2001年3月17日《南方日报》)

集素雅温馨于高远

——读《高凯明散文选集》

林　非

在与凯明同志的交往与接触中间，深深地感受到了他是一位性格爽朗和关怀众生的仁者。正因为在脑海里留下了这个很鲜明的印象，所以每当阅读他许多散文篇章的时候，总会栩栩如生地浮现出他的音容笑貌来，好像在跟我对面而坐，促膝谈心，侃侃道来，洋溢着一种昂扬的豪情。

凯明同志对于自己生活于其中的多少纷纭复杂的场景，有着一种分外敏锐的体察能力，善于在平平常常和普普通通的氛围里面，发掘与描摹出充满了情愫和诗意的画幅来。像他这样具有如此丰盈的审美的素质与涵养的人，就可以保证自己在俯拾即是的种种生活细节中间，源源不断地抒写出许多成功的作品来。譬如说关于他父母和亲朋的种种情况，以及自己童年时代的回忆，都写得如此的情意绵绵，动人心弦，这实在是很不容易做到的。有多少热爱写作的朋友们，苦苦地追求着想把自己的亲人和好友，形象饱满与情感充沛地抒写出许多成功的作品来，却还是很难写得像凯明先生《纸戒指》《外公坟头上的鹰》《乡魂如风》那样的有声有色。我自己也正是碰到了这样的情形，在主观上总想把引起过思考的一些日常生活，能够写得充满了情韵，可是往往写成之后，觉得远远地没有抵达这样的目标，只好把有些很不满意的底稿付之一炬。看来解决问题的关键应该是在于，要不怕艰苦地从细腻入微的感受、吟味和思索中间，辨别、发掘与渲染那些能够打动心灵的情节。阅读了凯明同志的这些篇章之后，深感是有所启发的。

在任何一个想要认真地解开生活之谜的有心人面前，就必须善于从细微的漩涡里，寻觅到它所蓄积和隐含的力量。那么凯明同志究竟是怎么能够善于和勤于做到此点的呢？从那一篇短短的《小事》里面，也许就可以略知其端详了。

他叙述自己所做过的拧紧缓缓流水的龙头这样一件小事，从心里觉得那实在是不足挂齿的，却引起一个美丽迷人的女兵的注意，留下了深深的印象。正是这篇娓娓写来的散文，生动地显示出了必须充分重视任何一件小事的意义。正是这件小事迫使着作者，将自己内心的情愫很自然地向着一种人生哲理的高度升华，也许这正是他取得成功的原因。

凯明同志笔下的文字，也在质朴、洁净和简练的风貌中间，显得分外地流畅与灵动。他那一篇也是写得很短小精悍的《唯德自成邻》，叙述冯牧先生去广州出差时，为了不打扰作者的张罗，竟睡在一个老战友家里的地板上。在几位同行者都感到劳累的时候，这位年岁最大的长者，却代表着大家独自去完成参观的任务。抓住了几个很平常的细节，就凸现出了这位著名作家感人至深的形象，闪烁着人格力量的光芒。除开善于抓住性格中闪光的细节之外，他那借以烘托人物的环境，也笼罩着一种非常浓郁和浑厚的气氛，几乎是会让读者朋友们好像也处身于其中，跟作品里的人物一起感到愤怒与紧张，欢乐与舒畅。《远去的虎啸》就是这样写得很痛快淋漓的篇章，老红军张桂芳的英雄气魄，多么的感人肺腑，然而除了过人的勇敢和刚强之外，他在晚年的回忆与反顾中间，竟还思考着当时因为要消灭吞噬乡亲生命的猛虎，至今却留下了保护生态平衡方面的缺憾。这轻轻挥洒的一笔，霍地将主人翁丰满的性格和高耸的精神境界，又大大地扩充与提升了起来。善于抓住细节，和善于烘托气氛，这样去展示笔下人物的完整形象，无疑是凯明同志取得成功的又一个重要的原因。

在凯明同志那些流畅和灵动的文字里面，同时也还蕴涵着十分诙谐的笔调。那一篇不能不令人开口大笑的《白桃花》，从叙述自己父亲希望他赶快找到佳偶，着急地替他卜了一卦，说是等桃花开放时就有眉目了；这样就引起自己放映朝鲜电影《原形毕露》时，那个女特务白桃花俏丽的脸庞，倏忽间竟鬼使神差般地完全吸引了他的注意力，竟把电影都放重了；然后又是在公共汽车上，发现了一个很像那个白桃花似的美女，终于阴错阳差地找到了她，还向她坦率地倾诉了自己寻找爱情的浪漫过程。他们终于成了一对和谐相处的夫妇。诙谐的情趣，真可以推动生活变得更爽朗和愉快，让读者也随之而变得非常的欢乐。像这种风格的作品，真是多多益善，希望凯明同志写出更多更好的此类型的佳作来。

除开运用此种诙谐的笔墨之外，凯明同志还善于在幽默的格调中间，流露出自己深邃的思索。《江河风月》这篇散文，就十分典型地显示了这样的风格，当写到自己在"文革"中间的不少生活细节时，如实地描摹出了一些盲目迷信和被迫说谎的故事，在诉说中间那种充满了苦涩滋味的一哂，会引起多少默默的沉思。幽默的笔调正是要在保持平衡、冷静与机智的心态底下，进行惟妙惟肖而又曲折委婉的讽喻，这样揭示出来的乖论和荒谬的情景，就可以让读者在莞尔中获得省悟。人间需要喜剧的原因，也正在于此。

集素雅的笔调、温馨的感觉于高远的意境之中，这便是凯明同志的散文之特色。

凯明同志真是精力充沛，兴趣广泛，除开撰写散文之外，还进行着小说和报告文学等多种文体的创作。像这样多方面的积累创作的经验，肯定会更有利于提高自己审美的水准。衷心地祝愿他写出更多更好的作品来，受到更多读者的喜爱。

（原载 2001 年 6 月 19 日《文艺报》）

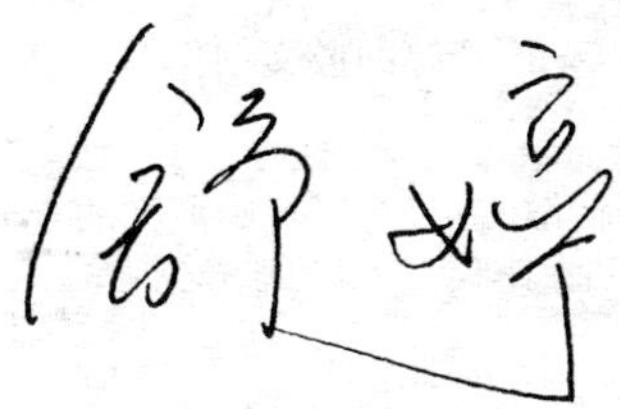

舒　婷(1952—　),女诗人、散文家,原名龚佩瑜,福建厦门人(祖籍泉州)。中学毕业后于1969年下乡插队,1972年回城后做过水泥工、浆纱工、挡车工、焊锡工等。1979年开始发表诗歌,1980年调入福建省文联创作室,现为福建作家协会副主席,一级作家,系中国作家协会会员。

舒婷在20世纪70年代初开始文学创作,其诗作影响甚大,诗集《双桅船》(上海文艺出版社,1982年)获中国作协首届全国新诗二等奖(1979—1982),《福建文学》曾就她的诗歌展开关于“朦胧诗”的讨论。同时兼事散文创作,迄今共出版散文专集8部:

《心烟》(上海文艺出版社,1988年);

《硬骨凌霄》(珠海出版社,1994年);

《秋天的情绪》(中国华侨出版社,1995年);

《露珠里的“诗想”》(浙江文艺出版社,1998年);

《柏林——一根不发光的羽毛》(花城出版社,1999年);

《当代中国文库精读·舒婷卷》(香港明报出版社,2000年);

《预约私奔》(台湾九歌出版社,2000年);

《Hi,十七岁》(人民文学出版社,2001年)。

舒婷的散文,有《梦入何乡》被选入《中国当代百家散文》,《“神启”》《梦入何乡》被选入《八十年代散文选》1986、1987年卷,《多情还数中年》被选入《九十年代散文选》1993年卷,《“神启”》《斗酒不过三杯》被选入《青年散文选萃》,《源源本本》被选入《青年散文选》,《渡向彼岸》被选入《二十世纪九十年代散文选》,《心烟》等7篇被选入《中国当代女性散文选》(英文版;译文出版社,1995年),等等。评论舒婷散文的文章亦多,主要有:

《读〈月唱〉和〈"神启"〉》(毛乐耕),《文论报》1987 年 9 月 11 日;

《舒婷、唐敏散文近作印象》(谢大光),《福建文学》1988 年第 3 期;

《舒婷散文的诗化倾向》(曾焕鹏),《漳州师院学报》1988 年第 2 期;

《生命和诗歌的履历——评舒婷的散文创作》(荒林),《福建日报》1993 年 4 月 29 日。

此外,插图本《中国当代散文史》有对舒婷散文的专节评论。

散文之小器

舒 婷

记得最早是在 1980 年《青春诗会》上,要求每人发表一组诗之前,均须写几句诗观。初试牛刃,个个昼夜霍霍,尤其男诗人。要将平日里滔滔不绝出尔反尔自相矛盾洋为中用古为今用诸般高见归纳成格言状,发布天下,好比砍甘蔗榨汁熬成糖浆取那上等细白之物弃那乌黑粗糙之粕历经多重火煎苦炼。霎时人人口吐禅机,两边太阳穴坟起。再后来,各种诗辑诗选依样画葫芦,索取诗观当先,选诗反落其后。聘礼惊世骇俗的话,新娘子的头盖自不必掀它。

一观再观,观了数年,老瓶新酒,新瓶老酒,倾来兑去不免走味发酸。更多人学会取巧偷懒,或拮一段名家警句或自撰两行回文让别人去榨汁熬糖,自家座一壶咖啡等着。

诗写到后来再无观,改走偏锋写散文。不料刚脱虎口,又落狼窝,现今散文选本的主编们一样索取买路钱,亦纳散文观。

常想,诗因为耗字少,不忍超载,那"观"削足就履,藏头露尾,不能窥完貌,所以求全龙。诗观若能写得精辟,往往即是佳文。散文求"观",不知是裁军退回诗原体,或是洋洋发展为小说大观?

不解。

于是胡思乱想。

小说家写散文,好比时下颇流行的一种叫碎皮的女式挂包。将做昂贵皮衣裁下的边角料拼缀起来，材料具有真皮的光泽与柔软，花色美观大方，可谓物美价廉。只是手工马虎时，绽线裂边常有发生。

小说家叙事娓娓动听，状物不厌其细，勾画人物的外貌、手势、对话无不——正中靶心。只是读后不禁猜度那一件完整的皮衣，怀疑这块碎皮是缀在袋口或是镶在领沿？

小说家写风景，形容词之多，令风景自身汗颜。

诗人写散文，清丽空灵。水至清则无鱼，空到极限，还是觉得地球实在，不愿随他服灵药一起飞升。诗人不耐交代过程，痛恨枯燥繁琐，不惜飞度天堑，旁人看去惊心动魄，于他只是偏腿而已。倘若高手，我们自然倾倒他们轻功无痕。二流三流以下便懒得理会。邻家那几只狡猫，窜来窜去，不过这边那边两道矮墙里。

诗人写散文，语法标新立异。蜈蚣腿凉拌萝卜丝，腌蜗牛爆炒西洋菜地胡乱搭配，有时意外地齿颊存香，有时令人干呕不已。

坦白说，我的烹字调词之拙劣，并非故弄玄虚，实在是无米之炊，随便抓把糠皮什么的掺和瓜菜代吧？往常写诗，我那初中二年的文化水平已是勉强，所择词语都是五年级语文水平。即便如此，我所指导四年级儿子的造句与作文，常被他的语文教师红笔诛杀，还不容狡辩。

散文家写散文，心法嫡传招数正宗，从一到万，如假包换的全真教。他人折一齿损一须决成不了正果的。散文从古至今香火不绝，但极少有社戏、集市喧闹于斯。

突然地散文大兴，专辑特刊，新改刊的杂志，扩版后的报纸四处张榜，求贤若渴，招降纳叛，重赏之下果然勇夫云集。客串的角儿愈演愈烈，且自带锣鼓队；原来的主儿反倒不及风光，向无管弦帮衬，大多仍是清唱。

也曾技痒，在“散文观”一栏填写：散文还是不要修篱笆的好。又画蛇足：要看去完全无心读来细想有意。其实，前者仍是些交叉的竹篾，后者亦是老生常谈而已。

写到这里，刚在《作家》杂志上读到一篇《九一·九二年散文综述》，列举了一个个声誉日隆的名字，一批批脍炙人口的作品，心里暗呼一声惭愧！幸亏我胡乱敲击的原是散文作坊里的瓶儿罐儿，乃散文之小器也。

大器呼之欲出，据说。

（原载《美文》1991年第5期）

自选作品

天上掉下一个"阿不婆"

儿子襁褓时，尝试雇保姆，与心直口快的婆婆相悖，不欢告终。别提每日买菜、剖鱼、煲汤、收拾房间，光带孩子就够我忙的。我的工作是作家，俗称"坐家"，其实在自己家中，反而连闲坐的时间也是没有的。

儿子三岁那会儿，婆婆去香港小住。送机回来，我即对丈夫鸣锣要一个保姆。

丈夫诺，又问："何处张榜？"我亦不知也。

傍晚在阳台上收衣，听见有人从小巷口一路往里，牵声拔调："有雇保姆的么？"正诧异，也可以像"酒干倘卖没"那样推销自己的。那人已推开楼下铁门，气壮山河："你家雇保姆吗？"

召她上来，是个六十岁上下的女人，时值初夏，她虽走得汗淋淋的，头发仍然抿得滴水不漏，一件斜襟布扣白西洋褂子浆洗得雪白挺括，鬓上还压了一朵玉兰花，等我入内倒了杯凉茶出来，她已将户口本、粮证、煤炭证什么的一大摞摆了出来，以示她的身家清白有据可寻。

未待我颔可，这个叫阿不的女人已自己进去洗脸，手脚利索下厨，顺带把我压在缝纫机上儿子的小围兜做好。晚饭领略了阿不的烹调手艺，虽是几样家常小菜，却也有声有色。丈夫高血压戒油，我忌味精，阿不在使用两者时皆不惜血本，一盘闽南人爱吃的肉丝炒酸菜，被我那刁口的小儿子几乎连碟子一道啃了下去。

与丈夫相叹：兴许是缘分吧，这个保姆简直从天上掉下来的。儿子听得张大嘴巴。

和所有上了年纪的女人一样，阿不饶舌。我在写字桌前刚准备就绪，她已端一箩豆角在我的门槛上坐好，往往我只好搁笔听她的。她的历史遮遮掩掩，断断续续，又前后矛盾，到后来，我不明哪些是真哪些是假；哪些是她心造的幻象，哪些是我好发挥的天性所补充完整的？

阿不是一个私塾先生的女儿，从她能认几个繁体字可以验证。嫁给本地老字号卤味店的老板，穿衣烧菜的考究都是大户人家训练出来的。问她当了老板娘何需自己下厨，她的声音小小："上面还有一位大太太哩。"

随之不甘心地仰头："那胖女人，手模面团似的，只做两件事，念佛和数钱。"

是私塾先生穷困潦倒，急病求医，女儿卖身济父？抑或是卤味店老板风流潇洒，勾引了单纯无知的小家碧玉？还有可能是当年的阿不姑娘贪慕虚荣，不肯与农人樵子做你耕我织的寻常鸳鸯，宁肯入豪门委屈妾侍？这已足够编一部电视连续剧。

穷追起来，阿不顾左右而言其他："家中的大少爷和阿姨你一般断文识字的。一双手绵软绵软，白葱似的细长。"阿不感慨地端详自己的双手。那手自然是青盘虬曲，粗糙龟裂，却戴着一只纤细精致的金戒。

我的笔因悬而不发，已滴不出水来，干脆拧上笔帽，与阿不逗趣："你怎知大少爷的手绵软？老实招来！"

"大家都这么说的。"阿不急急分辨，"大少爷穿衣也好看，俏抽抽的身子，不像他老爹，肚子都叠了三迭。"

临解放，老板卒，大少爷偕少奶去台湾，临走前将幼儿托付给阿不，说兵荒马乱的，怕金贵的长房长孙受不了颠簸流离，对不起列祖列宗。并许诺等安顿好了，派人来接她们。

不料这一去四十年，阿不与儿子过。

又有故事了，我逮住不放："谁的儿子？"

"大少爷的儿子。"

"你这不是乱了辈分吗？"

"原本就没有什么辈分！"阿不突然感伤起来，端起豆角就走，背后看去，她的腰仍笔直，美人肩，只是头发有些发白了。

难道是封建家教的苦果，既为人妻，必为人守节且育儿？难道仅仅是被单相思所纠缠，竟为不负心上人重托抚养他人根苗误了自己的花期？或者根本大少爷的儿子就是她自己的儿子？可惜我不做小说，否则铺陈开去，亦可糊一只大红灯笼，高低挂起来。

也问过阿不可有生养？答有过一个儿。后来呢？死了。阿不无关痛痒地，似乎并不哀悼，令人起疑。或者是卤味店老板的种，阿不心里不在意，或者是大太太保全家产不流外人田起溺杀之心；或者根本是阿不的幻象，瞧她的样子，不像生养过。

阿不住的后房平时放些家常用品，她总是锁得紧紧，我要她除了睡觉之外不要闩门，否则我要取点什么东西，都得敲半天门。她却不改，说是有人捉她，有时是她的儿子，有时是青面獠牙。不久发展到夜不睡觉，哭一回、笑一回、唱一回，纵情之极，竟敲碗打盆。我与丈夫守在门外，又求又劝又吓她，始终不开门。左邻右舍议论纷纷。

不仅锁自己的门，还溜进婆婆卧室，反锁房门，婆婆房门与我的卧房相通。我开门进去，见阿不将婆婆从菲律宾带回的洋衫、花裙一件一件比试，在镜前左盼右顾，很是陶醉的样子，想必是对往日青春的一种怀旧演习，不忍说她，只是把婆婆的衣柜锁好。

不过半月，婆婆在香港不惯，打道回府。阿不的疯病变本加厉，白天也描符画鬼，做事也完全糊涂。无奈，照她户口地址写了一信，请家人领回。

来一壮硕男子。阿不见他筛鼠一般抖着，说就是她儿。观其眉目浑浊，举止也村俗，没有阿不的伶俐与干净，亦没有白葱般绵软的手,和三叠肚。只一拧腕,阿不乖乖就范。见老人如此瑟缩,心中黯然,追上去央告:"阿不待你如亲儿,盼对她宽待些。"那男子一脸不耐:"我哪有此般疯老母,精神病院逃出七八回了。如果不是看在我大伯的份上,这个婶娘不认天公也不会打死我。"我张口结舌。虽然亦可派生出稀奇古怪的情节,但想到阿不的油光水鉴的头发,白斜襟衣褂,笔就涩得写不出来,好像她还端着豆角坐在我的门槛上。

只有小儿子吃不到酸菜,不停地问:"阿不婆又回天上去了吗?"

1994 年 2 月 8 日春雨

(选自《硬骨凌霄》)

狗·猫·鼠

从小就梦想养一只狗。

外婆家境好的时候,院里两只狗。一只是土狗,好吃懒做,外貌温顺柔媚实质谄颜虚荣,善观言察色,只颠前颠后跟外公转。另一只是狼狗,凶猛忠勇,从不吃生人扔下的食物。未加锁链,不吠不咬,亲友来来往往,只目碟碟地盯着,小偷闻风而遁。家中丫头拎着鱼肉到井沿,令那狗看着。回来许久再去,只见苍蝇打得满地都是,它狗它猫远远站了一圈,不敢靠近半步。还兼有男子汉的潇洒多情。当那女友贪嘴,被邻人诱杀做成大碗香肉置饭桌上,那狗逾墙而过,跃上饭桌,将杯碗狼藉扫地,喉咙呜咽有声。邻人告状,外公执家法,三位舅舅跪一排。四舅方七岁,以身子护着,紧闭着眼,连哭也不敢,以为令出如山的外公会将他一起打死。外公叹一声,抛下板子离去。那狗躲在我四舅的床底下三天,还是我外公亲自拈一块红烧肉呼它才匍匐而去。外婆说:那狗用雪白的犬牙轻衔外公指间的肉时,眼眶犹有泪花。心向往之。

稍大后读杰克·伦敦的《毒日头》《荒野的呼声》,不久前读美国志异小说《人兽奇案》,不禁感慨:此狗只应天上有也。

城市严禁养狗，遛狗的人却随处可见。儿子放学路上，遇一长毛异种狗，定是挑逗不休，那狗烦了，朝我儿子的小腿噙了噙。虽然只是一道浅浅的血痕，也只好连夜带他过海去防疫站注射血清。疗程真是漫长。暑假带儿子出外旅行，一路用冰桶镇着那疫苗。天气大热，逢雪糕冰棒就买，自然也有接济不上的时候。疫苗是如期注射完毕，心里却忐忑其中是否几针失效，每每想及就股觫不安。

养狗不得，退而求猫，公公婆婆断然反对。我和儿子统一战线，只占少数票，因为丈夫生于斯长于斯，虽貌似中立实际已倒戈相向。

夜里失眠，听邻家荒园脚步杂沓，低吼连连长哭阵引司杂几声凄啼几声尖叫，好像猫的家族在开什么作品讨论会。翌晨我去买早点，见从邻墙缺口处瑟瑟缩缩爬出四只小猫，就像初冬那一抹稀薄的晨曦。我返身上楼，唤醒酣睡的儿子。找出一草篮，垫上软布，将小猫拈进去。告诫儿子，若其母来叼，儿子务必躲进家门，让它们合家团圆。儿子只是可怜巴巴望着，拒不回答。待我回来，是儿子在破墙边呜咽作猫声。说是小猫一直一直哭妈妈，儿子再三无奈，只好代他的新朋友找母亲。

或是猫娘知违反计划生育，再无踪迹。名正言顺收养弃婴。一只弱者，下午就死了。一黑送我哥的小女孩，当天就被我嫂子扔进垃圾车，一白送我妹妹的小儿子，下落不明，问那男孩，说妈妈送人了。

儿子留一只活泼可爱的小花猫。原先儿子吃饭，极为艰难，家中诸人每天都有标新立异之新法，简直可以申请哺儿专利。现在儿子每顿饭前，必到猫居，自觉把小嘴张得圆圆，示范给猫看。那猫也把嘴张得大大，我用棉花蘸牛奶喂它，小猫和儿子一起吃得津津有味。

第二天，小猫爬出草窝，来舔儿子粉嫩的趾头。儿子咯咯地笑着，和猫玩得不亦乐乎。儿子上幼儿园，猫不甘寂寞，滚来滚去缠着每一个人的脚跟，悲剧因此发生。不到一星期，小猫的腰椎被不慎踩伤，再不能动弹。在儿子严厉的审判下，竟无人敢承认是凶犯。只好把猫抱回窝里，猫却再不喝牛奶，只哭着。

我蹲在猫窝前束手无策。儿子上幼儿园来道别，对猫信誓旦旦：

“小咪,快好起来呀,我留巧克力给你。”我却默祷:“猫啊,你若真这么疼痛,不如去了吧。”

猫那样看着我,嘤嘤诉说的是什么?两只琥珀色的眼睛里,孤独、忧伤、对生存的渴望和恐惧明白无误,令我刻骨铭心。一只不足月的小猫何以能如此体验生命的全部含义呢?

次日晨起来,连猫窝也不见。丈夫说,猫死了。

许久儿子不再吵养猫。养蜗牛,我二话没说把透明的糖果盒出让。养蚕,是我夜间冒大雨执手电到园子里采桑叶。现在家中养五头呆鱼,是最贱的那种普通金鱼,从不搔首弄姿,只在鱼缸里沉思默想,养了两年未见长大。还养一只笨鸟。原先每养一只善鸣的黄鹂,引得许多人探头探脑,不久便被千方百计盗走。现在这只安全可靠也不扰人。儿子拉小提琴时,它偶尔啾啾出声以示高深。最后一只是懒龟,养在洗濯池里,背上竟长青苔,可见入定之功力,不亚闹市高僧。

丈夫下班,带一最新消息(他每日有新消息,大多有关文人下海、股市、某友人腰包大涨),说最新潮的儿童玩具是熊鼠。形容熊鼠如何笨拙可爱,如何随遇而安,吃什么都是欢天喜地,且极便宜,每只二十元。我和儿子每听一句都“哇”地长呼一声。

托了在厦门的好些朋友,久觅未得。儿子不耐,仗其写作能力略有长进,在我床头贴一大字报抗议:熊鼠啊,你在哪里?

星期日,丈夫率我与儿子浩浩荡荡到厦门花鸟市场接驾。一家家商店都答熊鼠已卖完,下一胎至少等三个月,只余一只只特别编制的铁丝笼空空如也。

但在一只窄小仅足容身的铁丝笼里,囚一只美丽的大松鼠,眼睛机智灵活,尾巴蓬松高贵。儿子被勾了魂,我悄悄问价,答:八百元。

赶紧把打开的小钱包咔地合上,拉起儿子就走。儿子左脚与右脚打绊,我也跟着频频回眸。只见那松鼠在铁笼里地无休无止地翻跟斗,大尾巴张开,抡一个又一优美的圆,那样轻捷那样不顾一切几近凄凉,仿佛一种竭尽全力的告别仪式。

从此对铁笼之物绝念。

丈夫属鼠，儿子属狗，十二生肖无猫。我伴一大鼠一小狗过日子，望陇得蜀，勉强足矣。

1992 年 12 月 31 日

（选自《硬骨凌霄》）

灵动跳脱的情感流程

——舒婷散文的诗化倾向

曾焕鹏

作为一个当代诗坛争论最多的女诗人，舒婷是不甘文名就这样被诗名所掩的。近年来，她在散文园地里孜孜劳作，耕耘不辍，竟然很快就要将她的第一本散文集《心烟》（上海文艺出版社）捧献给我们了。虽然舒婷散文的数量还远不如其诗作那样繁丰，质量也远不及其诗作那样华光耀目，但她的近期作品所表现出来的诗化倾向，却引起散文界的极大关注。时至今日，也许我们仍然不能把舒婷的散文简单地称作诗化散文，但有一点是可以肯定的：她的这种审美追求——致力于诗的思想力度的追求，确乎把她的散文推上了较高的艺术层次。如果我们以审美的眼光观照她的散文，将不难发现舒婷散文的创作经历了由以写实、叙述为主向跳脱、空灵的诗化倾向发展这一嬗变过程。

舒婷的散文起先大多是些顾恋“心史”的忆旧之作，浓郁强烈的追怀意识笼罩了作品的整个情蕴世界：《一朵小花》追叙插队期间耳闻目睹的送医、出殡两个感人至深的情景，《梦入何乡》回忆“我”和女友小 D 在去邻县“串联”的途中与女知青秀兰邂逅相遇的过程，《童年纪事》怀念艰辛而又度满乐趣的童年生活，《到石码去》抒写对阔别三十二载的出生地绵绵眷念……公正地说，舒婷的这些散文，情感不可谓不真，结构不可谓不精致，但事实上这些作品没能引起多大的社会反响。原因何在呢？

我觉得，这原因大半在作者过多地因循了以写实和叙述为主的传统表达方式，缺乏那种超越前人、勇于创新的胆气和灵气。也许舒婷自己也觉察到了这一点，她的散文创作在经历了一段轻为拘谨的叙写后，开始出现了诗化的倾向——舒婷发挥了她作为一个诗人的优势，在散文创作中，逐渐渗入诗歌艺术的养分。事实上，作为一个诗人，而且是一个颇负盛名的诗人，她的散文创作不可能不受其诗歌创作意象组接、意境穿插、大跨度联想等一系列表现手法的影响。散文这种文体所独具的无所不包的宽容性原本就默许了其它艺术形式对它的渗透。散文理论家佘树森认为，"诗歌对于散文的艺术渗透，主要是热情和想象，具体表现在散文里，便构成所谓'诗意'和'意境'"(《散文创作艺术》第65页)。舒婷的早期散文没能引起多大的社会反响，其原因似乎也在缺少诗歌这种"热情和想象"。她的早期散文只是满足于对普普通通的世俗生活和心境意绪的简单摹写，那过于直露的单一主旨和拘守顺序井然的叙事方式，不仅束缚了女诗人"热情"的释放和扩展，同时也束缚了"想象"的发挥和活跃，因而作品也就无法负载更多的美感内容和信息量。有才气作家的自超意识迫使舒婷去挣脱传统散文观念的羁绊，她以散文《洁白的祝福》开始了自我超越的艰难跋涉，开始了诗歌对散文的艺术渗透的尝试。

《洁白的祝福》具有散文的外形，又潜藏着诗的旋律和激情。它一改传统散文主要以时空为序的结构方式，而以闪烁、灵动的情感流程贯穿始末，因而通篇给人一种"流"的节奏感。文中无论是对"飞舞如金尘"的阳光的形象描摹，还是对"在竹影、水光中移动，飘近"的窈窕身姿的传神勾勒，抑或是对此起彼落的杵声的深情寻忆，都在情感"潮汐"的推动下，表现出波动的情状和鲜活的素质。这与作家始终留意把"情"放在首位，而让写实与叙述退居次位是密切相关的。为了实现这一抒写重心的转移，舒婷决定采用完全诗化了的温馨优美的抒情笔调去写插队村庄的景、物、人、事，原先深深涂抹在同类题材上的那种忧郁凝重的色彩消失了，一切都在诗的氛围中美化了。比如不实写劳动收工的具体情景，而以诗体语言作虚实互济的美化处理："我直起腰，压在背上的群峤无声滑落，浑身一阵轻松。"就连汹汹狗吠，也经作家想象的变幻处理而诗化为"一张绿莹莹的网"。甚至在对人物形象的描写上，舒婷也不忘用浓重的诗笔加以轻轻点染："姐姐""微竹地伫立在高高的岸上，柔发丝丝缕缕都是淡淡的夕晖，一身芬芳”。在传统散文中，像这种记事与抒情水乳交融的描写人物的句子，是很难寻觅到的。此种写法，抒情因了叙事的铺垫和依托，便造成一种朦胧而浓郁的诗意美。

持续显示这一诗化倾向的不是《笑靥千秋》和《迷路的故事》，而是《“神启”》和《心烟》。前者或串珠地列举几种笑相，于夹叙夹议的对比评断中，表达对世态炎凉的种种深切感受；或借小鸟鲜有人知的幽静去处寄托久蕴心中的对喧嚣尘世的严峻思虑。文章写得很有思想力度，体现了作家对现实人生的深刻思考。但这些散文仍属朗朗在目地去昭示生活中某种哲思的单层性直线式的寓意之作，读者很难在欣赏中寻觅到使诗心跃动的热情和充满智慧的想象。后者则随着作家情感力、想象力和知解力的刻意强化，作品中注入了更复杂、更丰富、更值得读者回味的思情。《“神启”》表露作家一种剖白式的感喟，一种对社会、理想、人生、事业乃至神灵的率直而又略带悲婉色彩的深沉感喟。为表达有如飞云飘掠天际的繁复多棱的心境，舒婷聪明地借鉴了诗歌大跨度联想的表现手法，让时间的骏马一忽儿回眸童年，一忽儿停驻昨日，一忽儿又飞驶欧美之域。这些早已流逝了的时间凝聚，压缩于心灵空间急疾地作大幅度的跳荡、流泻和回旋，便激溅起一圈圈情感的涟漪，驱动起一个个美丽的联想，从而创造出一个个幽深宏远、含蓄蕴藉的艺术世界。《心烟》浓郁的诗意同样来自强烈而蕴蓄的抒情性，作家心灵颤动的轨迹不像《“神启”》那样跳脱朦胧，那样流走飞动，那样收放无拘，描写对象也相对稳定和具象化。作家紧紧抓住描写对象的寄托性，以及这种寄托性所可能包容的内涵张力和寓意容量。那一座忆念中的弯弯曲曲长长的木板桥，既是当时山区贫穷落后的一个形象缩影，也是知青插队生涯的见证，更是作家“心史”的“一段过程”。我们说《心烟》带有明显的诗化倾向，根据也在作品对住在老公祠的瞎子和瘫子一家人的命运、拉葫芦琴的后生佬与听故事的姑娘爱情的悲欢，以及最后一个调走的“小妹”的际遇，并不作过多的叙写，而是在重笔轻点中极力将其淡化，有时甚至淡化得只能借助读者的想象再去作合理的补充；取代写实与叙述而充盈文心的，是缕缕飘去着的人与桥“互相梦着”的“心烟”，是一种明显诗化了的情绪和氛围。

新近发表的《笔下囚投诉》《红草莓诗人》《清明剪雨》《硬骨凌霄》等编，表明作家完全舍弃了那种密不透风的线型叙述方式，已熟练地用诗的笔触，从内心出发,通过丰富感觉的敏锐把握,在精神本质上实现了散文的诗化。应该看到,舒婷散文所体现出来的诗化倾向,与60年代一些散文对诗意的追求是有着本质的区别的。当时的散文对诗意的追求可以说是外在的,只是在客观外物的描摹中寄寓某种情思,而外物的失真和情思的雷同常使这些散文带有虚假的面具。同时,我们也应该看到,新时期散文的诗化倾向并非舒婷一人独有,仅以福建散文队列的新生代为例,万国智的《重檐下的飞天》、张建萍的《记住这雨》、陈章汉的《探海纪事》、林祁的《温柔》等篇,即可见程度不等的诗化色彩。但舒婷经过自己的艰难求索,已形成了几个属于她自己的散文诗化倾向的审美特征:

其一,内涵意象化。审美意象是一种想象力所形成的形象显现。由于想象力是丰富多样、自由灵活的,因而审美意象提供给读者思索的,就不仅仅是形象外观所显露的直接理念,而是包含了蕴藏于深层内涵中的更为丰富的情韵意趣。舒婷散文内涵意象化的特点除了具有象征性外,还具有多义性。《"神启"》即是突出的一例。作家的情思如水银般无规则地流动,导致散文的意象在婉曲和朦胧中蕴含了多样的内涵,读者可于多义、多向的蕴涵中获取多种启悟、联想和共鸣。与此相关,舒婷散文内涵意象化的特点还体现在形象的表层感情形态与深层抒情内涵的异向建构上。这同她的有些在痛苦中写甜蜜,在相聚中写离别的诗作所体现的复合的抒情风格是一脉相承的。我们透过女诗人那些韵味绵长的爱情诗作,可以领悟到爱情外观下蕴涵的是追求爱的平等、挣脱爱的依附的思想内核。透过那些情真意切的友谊诗篇,可以体察到友谊外观下闪露的是对人的价值和尊严的严肃思索。同样,我们读舒婷那些知青题材的散文,可以感受到貌似思念的形象外观下奔涌的是一股对造成青春无辜流失的时代压抑不住的悲愤;我们读舒婷那些人生题材的散文,可以探寻到温柔端丽的情感外观下骚动的是一代人对自我命运的不屈抗争和对人生理想的不懈追求。

其二,结构空灵化。这种结构方式不追求谋篇布局的四平八稳,而以大跨度的跳跃与联想来加快文章的节奏,行文显得格外空灵和跳脱。《洁白的祝福》是舒婷散文结构空灵化的一个成功的尝试。"这篇散文用一种新的抒情结构代替了陈旧俗套的散文结构,各段间没有外形上的联结,而如天外飞来的云朵,一朵朵飘浮在心的上空,靠一个个小细节的亮点来记录思绪的跳跃,倾吐作者对真和洁的追求,这是一种诗的总体结构。"(叶公觉:《亭亭净植香远益清——读

〈福建文学〉一九八五年“散文专号”》，刊《福建文学》1985年第11期）稍后发表的《“神启”》《源源本本》《心烟》等篇什，都有一种诗情造成的跳跃感和飞动感。这些鲜活的跳跃感和飞动感使读者神思飞越，于奇特的幻美中品出浓旨、流转的动美中咀出深情、蕴蓄的秀美中嚼出奇趣。这种诗的总体结构正体现了“结实处何尝不空灵，空灵处何尝不结实”（刘熙载：《艺概 · 文概》）的特色。

其三，表述幽默化。舒婷在散文中抒写世态人情时，常把表面上毫不相干的东西扯在一起，带着俏皮的语气去捕捉二者猝然撞击时所闪射的语言火花，以激发幽默气氛。这是一种在轻喜剧性的情景中散发着诗美的形式。如《清明剪雨》里，舒婷说她曾去参加一所中学的文学座谈，可爱的孩子们递条子问她：我们还能见到你吗？她立即回答：“当然。在鼓浪屿菜市场，我每天早上在那里买菜。”虽说这是作家即兴而成的机智的俏皮话，但它在异于常情之处给人以别开生面的喜悦，因而产生了幽默的意味。舒婷散文的幽默意味，往往也不依靠双关语、歇后语或语义错位的发挥来传达，而是以词语的悖理运用为功巧。她说火车上有个“独具慧眼的小偷”拎走了她的大提包，说和傅天琳认识源于诗“是无可变更的悲惨事实”。当代散文家中富于幽默感的并不多，因而舒婷这些悖离表述常规的调皮写法所产生的幽默感，就成为她的散文创作诗化倾向中一个不容忽视的亮点。

其四，语句诗质化。舒婷的散文，语调、句式、遣词、用字，几乎每一层都像写诗那样极尽心智去营造。如“破庙门筛出些灯光，怯弱得撑不开从老林子摸过来的夜色”（《心烟》）；“波涛吃吃笑着，纠缠着苍白的石阶”（《到石码去》）。这些散文句子明显地表现为写实性与想象性的结合体，而且在作家联想力的精心调遣下，几乎每一个字都紧张起内蕴之力发挥出它最大的功效。但有时舒婷似乎并不满足于这种语句表达的诗化，也许它要花费太多的心智。在《“神启”》的结尾，舒婷干脆露出一条“诗人的尾巴”来：

假使我有尊保护神；
假使我要合眼祈祷；
假使有谁的手指在我的墙上写了一行字：
那只能是——我的诗。

这里,语句的排列,尤其是末尾的断句分行,无疑是诗歌式的。它借助排比给人一种旋进跌宕、跳跃流转的内在节奏美。但是,散文句子的组合与诗行的排列毕竟是有别的,因为散文的形式审美规范与诗歌的形式审美规范各有其不可逾越的"高墙"。所幸的是,舒婷只是偶尔在她的散文里那么极端地将散文语句硬以诗行排列的形式来表达。也许舒婷也明白,对散文语句的诗化追求,并不在这种外在形式上的"同化"。赏读她的全部散文作品,我们不难发现,她的散文语句所体现出来的精练性、含蓄性、想象性和音乐性等诗化的特征,正从一个侧面显示了她在散文创作诗化倾向中的探索和创造。

(原载《漳州师院学报》1988年第2期,又载曾焕鹏《中国当代散文论》,四川大学出版社,1998年)

贾平凹

贾平凹(1953—　)，小说家，散文家，原名贾平娃，陕西丹凤人。1967年初中毕业后在家乡务农，1972年入西北大学中文系学习，1975年毕业后分配到陕西人民出版社任编辑。1980年调任《长安》月刊编辑，同年加入中国作家协会。1983年起任陕西作家协会专业作家。1992年创办《美文·大散文月刊》杂志，任主编。曾任西安市文联副主席、主席，现为陕西省作家协会主席、中国作协全委会委员、全国政协委员。

贾平凹在大学时代开始发表作品，1977年出版短篇小说集《兵娃》，之后出版了《姐妹本纪》《山地笔记》《野火集》等中短篇小说集和《浮躁》《废都》《白夜》《秦腔》等长篇小说，并有《满月儿》《腊月·正月》等获全国优秀短篇、中篇小说奖，《浮躁》获美孚飞马文学奖。1974年在《西安日报》发表第一篇散文《深深的脚印》，迄今共出版散文专集46部：

《月迹》(百花文艺出版社，1982年；台湾夏圆出版社，1994年)；

《爱的踪迹》(上海文艺出版社，1985年)；

《心迹》(四川人民出版社，1985年)；

《平凹游记选》(陕西人民美术出版社，1986年)；

《贾平凹散文自选集》(漓江出版社，1987年)；

《商州三录》(百花文艺出版社，1988年；陕西旅游出版社，2000年)；

《人迹》(广东旅游出版社，1990年)；

《守顽地》(人民文学出版社，1991年)；

《抢散集》(作家出版社，1991年；香港天地图书公司，1995年)；

《贾平凹散文精选》(陕西人民出版社，1992年；太白文艺出版社，1994年；台湾金安出版社，1996年)；

《贾平凹游品精选》(陕西人民出版社,1992年);

《贾平凹散文大系》(漓江出版社,1993年;台湾金安出版社,1998年);

《红狐》(中国华侨出版社,1994年);

《坐佛》(太白文艺出版社,1994年;香港天地图书公司,1997年);

《四十岁说》(陕西旅游出版社,1994年);

《贾平凹人生小品》(河北人民出版社,1994年);

《黄土高原》(台湾幼狮出版社,1994年);

《说话》(陕西人民出版社,1995年;陕西旅游出版社,2001年);

《树佛》(天津人民出版社,1995年);

《中华散文珍藏本·贾平凹卷》(人民文学出版社,1995年);

《如语堂》(中国工人出版社,1996年);

《世界华文散文精品·贾平凹卷》(广州出版社,1996年);

《小石头记》(花城出版社,1996年);

《走虫》(中国青年出版社,1997年);

《我是农民》(吉林人民出版社,1998年);

《敲门》(作家出版社,1998年);

《秦腔》(陕西旅游出版社,1998年);

《喝酒》(陕西旅游出版社,1998年);

《下棋》(陕西旅游出版社,1998年);

《贾平凹禅思美文》(广东人民出版社,1998年);

《造一座房子住梦:贾平凹散文选》(人民日报出版社,1998年);

《做个自在人》(内蒙古教育出版社,1998年);

《树上的月亮》(中国戏剧出版社,1999年);

《风里唢呐》(中国戏剧出版社,1999年);

《脚跟太阳》(中国戏剧出版社,1999年);

《人草稿》(中国戏剧出版社,1999年);

《在商山》(中国戏剧出版社,1999年);

《菩提与海枣》(中国戏剧出版社,1999年);

《黄陵柏》(吉林摄影出版社,1999年);

《老西安》(江苏美术出版社,1999年);

《美文珍藏本——贾平凹》(太白文艺出版社,1999年);

《贾平凹绝妙小品文》(时代文艺出版社,1999年);

《平凹散文》(浙江文艺出版社,2000年);

《西路上》(云南人民出版社,2001 年;手稿版:三秦出版社,2001 年);

《黑翅膀之歌》(广东人民出版社,2001 年);

《平凹小语》(辽宁人民出版社,2001 年)。

此外,《贾平凹文集》(陕西人民出版社,1998 年)第 13、14 卷为散文、杂文,《中国当代作家选集丛书·贾平凹》(人民文学出版社,1998 年)编有散文 17 篇,《中国现代文学选集之一·贾平凹卷》(日文;日本德间书店,1988 年)、《贾平凹集》(越南文;越南文学出版社)亦编入部分散文。

贾平凹是对散文发展作出了重要贡献的散文家,除《爱的踪迹》获全国优秀散文集奖(1989),并有《丑石》《十八碌碡桥》被选入《1980—1984》散文选,《丑石》又被选入《中国新文艺大系(1976—1982)》《青年散文选萃》等,《月迹》被选入《新时期优秀散文精选》《十年散文选》(1976—1986)、《青年散文选萃》等,《游品》被选入《中国当代百家散文》,《走三边》被选入《青年散文选》,《哭三毛》被选入《九十年代散文选》(1991),《说话》被选入《九十年代散文选》(1993),《进山东》被选入《二十世纪九十年代散文选》,《弈人》被选入《中国当代散文精华》;《走三边》《延川城》《商州又录》《读书示小妹生日书》等 5 篇被选入《中国百年文学经典文库·散文卷》,等等。评论贾平凹散文的文章亦很多,主要有:

《再谈贾平凹的散文》(孙犁),《天津日报》1982 年 4 月 22 日;

《贾平凹散文的美学探索》(费秉勋),《上海文学》1982 年第 5 期;

《贾平凹散文集序》(孙犁),《人民日报》1982 年 7 月 5 日;

《独抒性灵——读贾平凹散文〈月迹〉》(王东明),《文学报》1983 年 6 月 16 日;

《贾平凹游记的民俗美与时代风貌》(艾平),《绵阳师专教学与研究》1984 年第 2 期;

《追求精神的赞歌——读散文〈月迹〉》(杜莲茹),《名作欣赏》1984 年第 6 期;

《论贾平凹》(费秉勋),《当代作家评论》1985 的第 1 期;

《贾平凹散文和中国传统审美意识》(陈华昌),《文学家》1986 年第 1 期;

《袒露心灵的艺术——论贾平凹的散文创作》(王东明),《江淮论坛》1986 年第 1 期;

《读贾平凹的个性和他的散文创作》(黄立宇),《当代文坛》1986 年第 2 期;

《贾平凹的散文世界:情致与启悟》(李振声),《读书》1986 年第 4 期;

《哲理意蕴的探索——贾平凹的散文》(陈创业),《当代文坛探索》1987 年第 6 期;

《贾平凹的散文创作》(陈文东),《文学评论家》1988 年第 2 期;

《论贾平凹散文的美学特征》(常智奇),《宝鸡师院学报》1988 年第 3 期;

《散文中的史诗美感——评贾平凹散文〈黄土高原〉〈秦腔〉》(曹家治),《当代文坛》1988 年第 3 期;

《全新的散文探索——读〈贾平凹散文自选集〉》(庞俭克),《中国青年报》1988 年 10 月 9 日;

《论贾平凹散文的生命意识》(费秉勋),《西北大学学报》1989 年第 1 期;

《试论贾平凹散文的民族特点》(张光金),《宁夏大学学报》1990 年第 3 期;

《忧柔的月光——贾平凹散文的阅读笔记》(周政保),《上海文学》1991 年第 12 期;

《现代表现与中国风情——贾平凹散文论》(冒炘、庄汉新),载《中国当代散文英华》(江苏教育出版社,1992 年);

《贾平凹散文新变简论》(曹家治),《当代文坛》1992 年第 2 期;

《月亮——贾平凹散文的审美意象》(杨振雄),《九江师专学报》1992 年第 4 期;

《贾平凹散文艺术》(沈金耀),《当代作家评论》1992 年第 4 期;

《药味禅味及其它——对贾平凹散文近作的阐释》(应为众),《丽水师专学报》1993 年第 1 期;

《人与自然的合一——贾平凹散文创作的禅宗意识》(石灰),《中国人民大学学报》1993 年第 1 期;

《浓妆淡抹总相宜——贾平凹散文风格的“中和之美”》(关爱美、吴钦云),《海南师院学报》1993 年第 1 期;

《与“小家子气”决绝——评贾平凹的散文新变》(李任中),《上海师范大学学报》1993 年第 1 期;

《妙悟的禅意——浅论贾平凹散文集〈月迹〉》(李晖旭),《中国文学研究》1993 年第 2 期;

《穷极人情物理而异曲同工——周作人、贾平凹小品散文比较》(张光金),《固原师专学报》1993 年第 3 期;

《空灵、幽静、简淡——贾平凹散文禅意美说略》(杨振雄),《九江师专学报》1993 年第 4 期;

《浅析贾平凹散文的“小说化”倾向》(曹书文),《河南师范大学学报》1994 年第 1 期;

《贾平凹散文语言的心理透视》(将葵林),《宜昌师专学院》1994 年第 1 期;

《透视贾平凹的散文世界》(刘树元),《朔方》1994年第3期;

《"商城的孤独"——贾平凹散文创作心态研究》(杨振雄),《九江师专学报》1994年第3期;

《谈贾平凹散文的童心叙写》(邓霖雄),《宁德师专学报》1994年第4期;

《山石:贾平凹散文之魂》(孙德喜),《淮阴师专学报》1995年第1期;

《贾平凹散文创作个性初探》(冯炜),《延边大学学报》1995年第4期;

《通往"大气散文"的桥梁——试评贾平凹散文的地域特色》(赖闽辉、陈玉龙),《龙岩师专学报》1996年第2期;

《贾平凹游品艺术》(王任勇),《重庆商学院学报》1996年第2期;

《贾平凹散文的山石意象》(杨振雄),《九江师专学报》1996年第4期;

《"杂交"的优势——论贾平凹散文的小说韵味》(黄兴林),《写作》1997年第1期;

《论贾平凹散文的文化意蕴》(孙宜君),《江苏社会科学》1997年第3期;

《贾平凹的散文美学观》(杨振雄),《九江师专学报》1997年第3期;

《禅宗意识与贾平凹的散文创作》(曾令存),《嘉应大学学报》1997年第4期;

《贾平凹散文语言探胜》(许兆真),《写作》1997年第4期;

《论贾平凹美文中的禅味》(何轩),《湖北大学学报》1998年第2期;

《从物象与情感浅析贾平凹散文意境》(冯亚哲),《柳州师专学报》1998年第3期;

《贾平凹散文世界的女性美》(郑芳),《柳州师专学报》1998年第3期;

《论贾平凹闲适化散文的雅俗情趣》(雨箫),《东方论坛》1998年第3期;

《散文的点迹——贾平凹散文简论》(杨乐生),《中华散文》1998年第4期;

《民俗与贾平凹的散文创作》(曾令存),《嘉应大学学报》1998年第4期;

《贾平凹散文幽默艺术再探》(许兆真),《阅读与写作》1998年第11期;

《贾平凹与余秋雨:文化关怀中的缺陷互补》(曾令存),《东方文化》1999年第2期;

《卧虎、汉罐与贾平凹散文的审美品格》(曾令存),《嘉应大学学报》1999年第2期;

《论贾平凹的商州散文》(徐晶晶),《江苏广播电视大学学报》1999年第2期;

《贾平凹早期散文的写作艺术》(于为苍),《徐州师范大学学报》1999年第3期;

《论贾平凹散文艺术》(吴佩君),《江西社会科学》1999 年第 6 期;

《从美文到杂文的嬗变——读贾平凹散文有感》(冯洁),《浙江省政法管理干部学院学报》2000 年第 1 期;

《雄而有韵,秀而有骨——读贾平凹的风情散文》(杨振雄),《九江师专学报》2000 年第 2 期;

《散文四杰:评贾平凹、余秋雨、史铁生、梁衡的散文》(胡俊海),《东岳论丛》2000 年第 4 期;

《论贾平凹散文的艺术特色》(赵德利),《呼兰师专学报》2001 年第 1 期;

《禅意下的水莲花——贾平凹散文解读》(钟纪新),《河池师专学报》2001 年第 1 期;

《论贾平凹散文的审美类型》(赵德利),《宝鸡文理学院学报》2001 年第 3 期;

《贾平凹地域文化散文的审美观照》(董小玉),《甘肃社会科学》2001 年第 3 期;

《试论贾平凹散文成功的轨迹》(刘国珍、王伟),《理论观察》2001 年第 3 期。

此外,4 部《中国当代散文史》(作者分别是王尧、邓星雨、徐治平、张振金)和《中国当代散文报告文学发展史》《中国当代文学发展史》《中国当代文学史写真》《新中国文学史》《新中国文学史》(上)、《中国当代文学》《中国现当代文学》《中华文学通史》第十卷、《贾平凹论》(费秉勋著,西北大学出版社,1990 年)、《贾平凹评传》(李星、孙见喜著,郑州大学出版社,2005 年)都有贾平凹散文的专节评论;另有专著《贾平凹散文研究》(曾令存著,中国社会科学出版社,2003 年)亦可参阅。

散文就是散文

——自我告诫之二

贾平凹

你做梦也不曾想到吧,现在的时代竟是一个宜于产生散文的时代呢。散文是最易以表现情绪的;而现在的情绪却比任何时候都来得充分：振奋的有之，消沉的有之，健康的有之，颓废的有之，激动，冷漠，欢呼，反对……矛盾是愈来愈层次交错，情绪便愈来愈丰富而生动啊！

是的，散文久久以来却被人冷落了。你不必怀多感激，也不必临风叹息，能怨天吗，能尤地吗，它自己失落了真情，怎么怪世人无情！一位大家出现，天下学子万千；大家可以使学子受益，大家也可以使学子得损。艺术的一兴一衰，这是势也。扫荡枯败，重整篱笆，收拾园地，现在最需要的是胆量和力气。记住：任何大家，任何名著，当你学习他的时候，必须将他拉在你的脚下，这不是狂妄，而正是知其长，知其短，得精神以弃皮毛。

你总是苦恼散文的重量比不得小说，但是，你却一篇又一篇地写那些山山水水，风花雪月。散文难道只是供人消遣的小玩意儿？只是一种翻来覆去的文字魔术吗？咳，可怜的你，把散文装在框子里了，散文怎么能不在框子里装起你来呢！请不要在名山上做文章，请不要在胜景上做文章，你到日常生活中去吧，让日常生活走进散文中来。真文才是新文，新文才是奇文。

或许你是习惯了，用赫然的口气，用赫然的文字。请问，你有赫然的寓意吗？赫然的寓意往往产生于极平易的事物里。你知道吗？你习惯了你的赫然，世人也习惯了你的浮华；伟大而空洞的东西使你碰得焦头烂额。但是，为什么反过来又要写得那么甜，那么巧呢？你好不清白！纤巧会使你变得更做作，更苍白，一副小家子气。

小说家可以以散文笔调去写小说，为什么你不可以以小说笔法去写散文？诚然，散文不是以塑造人物为目的，可有什么理由要将人拒在散文门外呢？但是，你又错了，以为情节简单的就是散文，情节复杂的就是小说，编辑只好将你的散文编在小说专号里了，如此而已。

散文更重要的还是细节，甚至比小说来得更精，来得更纯；才、识、学，比任何艺术门类都检验得严格。真实的感受，独特的吟味，幽深的寓意，靠的不是编造故事的天才，靠的不是红红绿绿词汇的游戏；事实证明着散文不需要生活的论调是何等的无知！

别人云亦云地唠叨“形散神不散”的旧话吧，散文最讲究严密的结构，但却来得轻轻松松。请留有空间，把你卖关子的地方都空起来，间起来，将所有的窗子打开，将所有的门扇打开。艺术是表现的艺术，而不是要你再现；技巧，是不夸耀技巧。

已经讲过百遍、千遍了：不要只在写作的时候，你才是个艺术家，面对生活中的每时每刻，你都要记住你的职责。但你在艺术素养的培养上，做得太差了，太差了。你可清楚：万事万物都是可以进入文法的，穷极物理，便妙想迁得。如此而行，你就不愁没有新的角度，新的结构了。

可以说，耐不住寂寞，耐不住孤独，是你最致命的弱点。一部《西游记》，难道还不能给你“取经唯诚，伏怪以力”的启示吗？艺术的道理有的可以说出，有时不能说出，达摩可以面壁十年，你何不潜心去“悟”那些意会而不可言出的艺术真谛呢？要虚，虚怀天下风雨，你便有源于高度的自觉，而不沦于就事论事，要静，静观自然万象，你便有精于其道的自信，而不溺于俗艳浮华。

不妨你可以试试：少抱些流行杂志而觅精吸髓，花力气去在中国古典艺术中找那些与西方现代派文学相通相似的方法吧。艺术是世界相通的，存异的只是民族气质决定下不同表现罢了。从他们相通相似的地方比较，探索进去，这或许是一条最能表现当今中国人生活和情绪的出路呢。

1983 年 1 月 21 自于静虚村

（选自《贾平凹散文自选集》）

自选作品

丑　石

我常常遗憾我家门前的那块丑石呢：它黑黝黝地卧在那里，牛似的模样;谁也不知道是什么时候留在这里的,谁也不去理会它。只是麦收时节,门前摊了麦子,奶奶总是要说:这块丑石,多碍地面哟,多时把它搬走吧。

于是,伯父家盖房,想以它垒山墙,但苦于它极不规则,没棱角儿,也没平面儿;用錾破开吧,又懒得花那么大气力,因为河滩并不甚远,随便去捎一块回来,哪一块也比它强。房盖起来,压铺台阶,伯父也没有看上它。有一年,来了一个石匠,为我家洗一台石磨,奶奶又说:用这块丑石吧,省得从远处搬动。石匠看了看,摇着头,嫌它石质太细,也不采用。

它不像汉白玉那样的细腻,可以凿下刻字雕花,也不像大青石那样的光滑,可以供来浣纱捶布;它静静地卧在那里,院边的槐荫没有庇覆它,花儿也不再在它身边生长。荒草便繁衍出来,枝蔓上下,慢慢地,竟锈上了绿苔、黑斑。我们这些做孩子的,也讨厌起它来,曾合伙要搬走它,但力气又不足;虽时时咒骂它,嫌弃它,也无可奈何,只好任它留在那里去了。

稍稍能安慰我们的,是在那石上有一个不大不小的坑凹儿,雨天就盛满了水。常常雨过三天了,地上已经干燥,那石凹里水儿还有,鸡儿便去那里喝饮。每年到了十五的夜晚,我们盼那满月出来,就爬到其上,翘望天边;奶奶总是要骂的,害怕我们摔下来。果然那一次就摔了下来,磕破了我的膝盖呢。

人都骂它是丑石,它真是丑得不能再丑的丑石了。

终有一日,村子里来了一个天文学家。他在我家门前路过,突然发现了这块石头,眼光立即就拉直了。他再没有走去,就住了下来;以后又来了好些人,说这是一块陨石,从天上落下来已经有二三百年了,是一件了不起的东西。不久便来了车,小心翼翼地将它运走了。

这使我们都很惊奇!这又怪又丑的石头,原来是天上的呢!它补过天,在天上发过热,闪过光,我们的先祖或许仰望过它,它给了他们光明,向往,憧憬;而它落下来了,在污土里,荒草里,一躺就是几百年了!

奶奶说:“真看不出！它那么不一般,却怎么连墙也垒不成,台阶也垒不成呢?”

“它是太丑了。”天文学家说。

“真的,是太丑了。”

“可这正是它的美!”天文学家说,“它是以丑为美的。”

“以丑为美?”

“是的,丑到极处,便是美到极处。正因为它不是一般的顽石,当然不能去做墙,做台阶,不能去雕刻,捶布。它不是做这些小玩意儿的,所以常常就遭到一般世俗的讥讽。”

奶奶脸红了,我也脸红了。

我感到自己的可耻,也感到了丑石的伟大;我甚至怨恨它这么多年竟会默默地忍受着这一切? 而我又立即深深地感到它那种不屈于误解、寂寞的生存的伟大。

(选自《贾平凹散文自选集》)

读书示小妹十八生日书

——文外谈文之四

七月十七日,是您十八生日,辞旧迎新,咱们家又有一个大人了。贾家在乡里是大户,父辈那代兄弟四人,传到咱们这代,兄弟十个,姊妹七个;我是男儿老八,你是女儿最小。分家后,众兄众姐都英英武武有用于社会,只是可怜了咱俩。我那时体单力孱,面又丑陋,十三岁看去老气犹如二十,村人笑为痴傻,你又三岁不能言语,哇哇只会啼哭,父母年纪尚老,恨无人接力,常怨咱这一门人丁不达。从那时起,我就羞于在人前走动,背着你在角落玩耍;有话无人可说,言于你你又不能回答,就喜欢起书来。书中的人对我最好,每每读到欢心处,我就在地上翻着跟斗,你就乐得直叫,读到伤心处,我便哭了,你见我哭了,也便趴在我身上哭。但是,更多的是在沙地上,我筑好一个沙城让你玩，自个躺在一边读书，结果总是让你尿湿在裤子上，你又是哭，我不知如何哄你，就给你念书听，你竟不哭了，我感激得抱住你，说："我小妹也是爱书人啊！"东村的二旦家，其父是老先生，家有好多藏书，我背着你去借，人家不肯，说要帮着推磨子。我便将你放在磨盘顶上，教你拨着磨眼，我就抱着磨棍推起磨盘转，一个上午，给人家磨了三升包谷，借了三本书，我乐得去亲你，把你的脸蛋都咬出了一个红牙印儿。你还记得那本《红楼梦》吗？那是你到了四岁，刚刚学会说话，咱们到县城姨家去，我发现柜里有一本书，就蹲在那里看起来，虽然并不全懂，但觉得很有味道。天快黑了，书只看了五分之一，要回去，我就偷偷将书藏在怀里。三天后，姨家人来找，说我是贼，我不服，两厢骂起来，被娘打过一个耳光，我哭了，你也哭了，娘也抱住咱们哭，你那时说："哥哥，我长大了，一定给你买书！"小妹，你那一句话，给了兄多大安慰，如今我一坐在书房，看着满架书籍，我就记想那时的可怜了。

咱们不是书香门第，家里一直不曾富绰，即使现在，父母和你还在乡下，地分了，粮是不短缺了，钱却有出没入，兄虽每月寄点，也只能顾住油盐酱醋，比不得会做生意的人家。但是，穷不是咱们的错，书却会使咱们位低而人品不微，贫困而志向不贱。这个社会，天下在振兴，民族在发奋，咱们不企图做官，以仕图之路作功于国家，但作为凡人百姓，咱们却只有读书习文才能有益于社会啊。你也立志写作，兄很高兴，你就要把书看重，什么都不要眼红，眼红读书，什么朋友都可抛弃，但书之友不能一日不交。贫困倒是当作家的准备条件，书是忌富，人富则思惰，你目下处境正好逼你静心地读书，深知书中的精义。这道理人往往以为不信，走过来了方才醒悟，小妹可将我的话记住，免得以后悔之不及。

兄在外已经十年，自不敢忘了读书，所作一二篇文章，尽属肤浅习作，愈使读书不已。过了二月二十一日，已到了而立之年，才更知立身难，立德难，立文难；夜读《西游记》，悟出"取经唯诚，伏怪以力"，不觉怀多感激，临风而叹息。兄在你这般年纪，读书目过能记，每每是借来之书，读得也十分注重，而今桌上，几上，案上，床上，满是书籍，却常常读过十不能记下四五，这全是年龄所致也，我至今只有以抄写辅助强记，但你一定要珍惜现在年纪，多多读书啊。

既有条件，读书万万不能狭窄。文学书要读，政治书要读，哲学，历史，美学，天文，地理，医药，建筑，美术，乐理……凡能找到的书，都要读读。若读书面窄，借鉴就不多，思路就不广，触一而不能通三。但是，切切又不要忘了精读，真正的本事掌握，全在于精读。世上好书，浩如烟海，一生不可能读完，且又有的书虽好，但不能全为之喜爱，如我一生不喜食肉，但肉却确实是世上好东西。你若喜欢上一本书了，不妨多读：第一遍可囫囵吞枣读，这叫享受；第二遍就静心坐下来读，这叫吟味；第三遍便要一句一句想着读，这叫深究。三遍读过，放上几天，再去读读，常又会有再新再悟的地方。你真真正正爱上这本书了，就在一个时期多找些这位作家的书来读，读他的长篇，读他的中篇，读他的短篇，或者散文，或者诗歌，或者理论，再读外人对他的评论，所写的传记，也可再读读和他同期作家的一些作品。这样，你知道他的文了，更知道他的人了，明白当时是什么社会，如何的文坛，他的经历，性格，人品，爱好等等是怎样促使他的风格的形成？大凡世上，一个作家都有自己一套写法，都是有迹而可觅寻，当然有的天分太高了，便不是一时一阵便可理得清的。兄读中国的庄子，太白，东坡诗文，读外国的泰戈尔，川端康成，海明威之文，便至今于起灭转接之间不可测识。说来，还是兄读书太少，悟觉浅薄啊！如此这番读过，你就不要理他了，将他丢开，重新进攻另一个大家。文学是在突破中前进，你要时时注意，前人走到了什么地方，同辈人走到了什么地方？任何一个大家，你只能继承，不能重复，你要在读他的作品时，就将他拉到你的脚下来读。这不是狂妄，这正是知其长，晓其短，师精神而弃皮毛啊。虚无主义可笑，但全然跪倒来读，他可以使你得益，也可能使你受损，永远在他的屁股后了。这你要好好记住。

在家时，逢小妹生日，兄总为你梳那一双细辫，亲手要为你剥娘煮熟的鸡蛋。一走十年，竟总是忘了你生日的具体时间，这你是该骂我的了。今年,入夏,我便时时提醒自己,要到时一定祝贺你成人。邻居妇人要我送你一笔大钱,说我写书,稿费易如就地俯拾,我反驳,又说我"肥猪也哼哼",咳,邻人只知是钱!人活着不能没钱,但只要有一碗吃,钱又算个什么呢?如今稿费低贱,家岂是以稿费发得?!读书要读精品,写书要立之于身,功于天下,哪里是邻居妇人之见啊!这么多年,兄并不敢奢侈,只是简朴,唯恐忘了往昔困顿,也是不忘了往昔,方将所得数钱尽买了书籍。所以,小妹生日,兄什么也不送,仅买一套名著十册给你寄来,乞妹快活。

1983年7月初写于静虚村

(选自《贾平凹散文自选集》)

贾平凹散文集序

孙 犁

我同贾平凹同志,并不认识。我读过他写的几篇散文,因为喜爱,我发表了一些意见。现在,百花文艺出版社要出版他的散文集了,贾平凹来了两封信,要我为这本集子写篇序言。我原想把我发表过的文章,作为代序的,看来出版社和他本人,都愿意我再写一篇新的。那就写一篇新的吧。

其实,也没有什么新鲜意思了。从文章上看(对于一个作家,主要是从文章上看。)这位青年作家,是一位诚笃的人,是一位勤勤恳恳的人。他的产量很高,简直使我惊异。我认为,他是把全部精力,全部身心,都用到文学事业上来了。他已经有了成绩,有了公认的生产成果。但我在他的发言中或者通信中,并没有听到过他自我满足的话,更没有听到过他诽谤他人的话。他没有否定过前人,也没有轻视过同辈。他没有对中国文学的传统,特别是五四以来的现实主义传统,发表过似是而非的或不自量力的评论。他没有在放洋十天半月之后,就侈谈英国文学如何,法国文学又如何,或者英国人怎样说,法国人又怎样说。在他的身旁,好像也没有一帮人或一伙人,互相吹捧,轮流坐轿。他像是在一块不大的园田里,在炎炎烈日之下,或细雨濛濛之中,头戴斗笠,只身一人,弯腰操作,耕耘不已的农民。

贾平凹是有根据地,有生活基础的。是有恒产,也有恒心的。他不靠改编中国的文章,也不靠改编外国的文章。他是一边学习,借鉴,一边进行尝试创作的。他的播种,有时仅仅是一种试验。可望丰收,可遭歉收。可以金黄一片,可以良莠不齐。但是,他在自己的耕地上,广取博采,仍然是勤勤恳恳,毫无怨言,不失信心地耕作着。在自己开辟的道路上,稳步前进。

我是喜欢这样的文章和这样的作家的。所谓文坛,是建筑在社会之上的,社会有多么复杂,文坛也会有多么复杂。有各色人等,有各种文章。作家被人称作才子并不难,难的是在才子之后,不要附加任何听起来使人不快的名词。

中国的散文作家,我所喜欢的,先秦有庄子、韩非子,汉有司马迁,晋有嵇康,唐有柳宗元,宋有欧阳修。这些作家,文章所以好,我以为不只在文字上,而且在情操上。对于文章,作家的情操,决定其高下。悲愤的也好,抑郁的也好;超脱的也好,闲适的也好。凡是好的散文,都会给人以高尚情操的陶冶。王羲之的《兰亭集序》,表面看来是超脱的,但细读起来,是深沉的,博大的,可以开扩,也可以感奋的。

闲适的散文,也有真假高下之分。五四以后,周作人的散文,曾称闲适,其实是不尽然的。他这种闲适,已经与魏晋南北朝的闲适不同。很难想象,一个能写闲适文章的人,在实际行动上,又能一心情愿地去和入侵的敌人合作,甚至与敌人的特务们周旋。他的闲适超脱,是虚伪的。因此,在他晚期的散文里,就出现了那些无聊的、烦絮的甚至猥亵、抄袭的东西。他的这些散文,就情操来说,既不能追踪张岱,也不能望背沈复,甚至比袁枚、李渔还要差一些吧。

情操就是对时代献身的感情,是对个人意识的克制,是对国家民族的责任感,是一种净化的向上的力量。它不是天生的心理状态,是人生实践,道德修养的结果。

浅薄轻佻,见利而动,见势而趋的人,是谈不上什么情操的。他们写的散文,无论怎样修饰,如何装点,也终归是没有价值的。

我不敢说"阅人多矣",更不敢说阅文多矣。就仅有的一点经验来说,文艺之途正如人生之途,过早的金榜、骏马、高官、高楼,过多的花红热闹,鼓噪喧腾,并不一定是好事。人之一生，或是作家一生，要能经受得清苦和寂寞，忍受得污蔑和凌辱。要之，在这条道路上，冷也能安得，热也能处得，风里也来得，雨里也去得。在历史上，到头来退却的，或者说是销声敛迹的，常常不是坚定的战士，而是那些跳梁的小丑。

1982 年 6 月 5 日晨起改讫

（原载 1982 年 7 月 5 日《人民日报》）

马　力(1954—　),散文家,北京人。初中毕业即到黑龙江建设兵团当"知青"十年,1978 年回北京后做过中学老师。1984 年毕业于北京教育学院中文系,即被调到《中国旅游报》工作,现为该报总编辑助理、高级编辑。系中国作家协会会员、中国散文学会常务理事兼副秘书长。

马力在上世纪 70 年代开始文学创作,除出版小说集《炼狱和天堂》、文论集《山水文心》外,已出版散文专集 5 部:

《旅游漫笔》(合著;学苑出版社,1989 年);

《鸿影雪痕》(中国旅游出版社,2001 年);

《南北行吟》(中国社会科学出版社,2002 年);

《走遍名山》(新世界出版社,2002 年);

《走遍名水》(新世界出版社,2002 年)。

马力的散文,除有《红绿蓝,多彩的奥运光影》获澳大利亚驻华大使馆征文一等奖、《校园》获中国作协全国散文征文三等奖、《咪依鲁》获《散文诗作家》"繁荣杯"世界散文诗大赛二等奖等多篇获多奖外,还有《武夷棹歌》《宴边解味》《衡岳烟霞》等篇被选入 1995、1996、2002 年度《散文精选》(长江文艺出版社),《走吕梁》被选入 2001 年《中国最优散文》(漓江出版社)、《2001 年中国文学排行榜》(新世界出版社),《长白山记》被选入《新时期中国散文精选》(花城出版社),《家园》被选入《中国现当代散文 300 篇》(中国社会科学出版社),《书院遗雅》被选入《中华现代散文百人百篇》(人民文学出版社),《星湖心影》被选入《中华百年游记精华》(林非编)、《百年中国性灵散文》(王兆胜编)和香港高中语文教材(香港启明出版社),《梦里姑苏》被选入《百年百篇精典游记》(长红文艺出版社),等等。评论马力散文的文章主要有:

《行者的歌吟——我看马力随笔》(张中行),《北京日报》2001 年 1 月 14 日;

《行者的歌吟——读马力散文集〈鸿影雪痕〉》(志宏),《中国旅游报》2001 年 9 月 5 日;

《"文学是语言的艺术"——马力散文集〈鸿影雪痕〉阅读散记》(贾宝泉),《中国旅游报》2001 年 1 月 7 日;

《赖有青山豁我怀——我读马力的〈鸿影雪痕〉》(古耜),《大连日报》2001 年 11 月 17 日。

我怎样写游记

马　力

我是一个对风景抱有感情的人。这些年,在我写的作品里,游记要多一些,这大约是由我的职业决定的。旁的原因呢?想了想,可能还同我的经历有一些关系。

我在北大荒打过十年鱼,我们那个地方叫兴凯湖,四季都是美的。夏秋的天气里,我常常把渔船泊在芦苇丛边,铺上一块菜板,这就是桌子了。再找出纸笔,就能写上一气。潮润的湖风柔柔地吹着,偶尔会有两三只野天鹅从芦丛深处扑棱棱翔起,翅膀在透明的水光里划出低斜的飞痕,鸣叫着,在青苍的山影里远逝了。真是一幅世间好画。冬天,兴凯湖全是白的。我坐在爬犁里,默望晨霞下的百里冰雪和从村户灶囱中飘出的灰白的炊烟,很感动。我不是吟寒的诗人,却会随手在本子上记点什么。这大概是我最初写下的游记。

我那时只有十七八岁,少年不知愁滋味,对景写生,一飘云、一浪影是容易叫人产生幻想的。兴凯湖让我走进诗境,甚至使我暂时忘记世上的忧苦。如果说我到了现在这样的年纪,身上还有一些浪漫的气质,是和兴凯湖分不开的。

兴凯湖如今也成了旅游点。我前年回过一趟,站在湖边,完全像是在梦里。我的眼睛湿润了。还能写什么呢?好像早在那十年间,我就把兴凯湖写完了。

这些年，我看了更多的山水，也常动笔，我对游记这一文体比较熟悉起来。游记其实是不容易写好的，因为要碰自然和人文的内容——望朔漠而想到唐时出塞的戍卒，迎瘴风疠雨而忆及古代的逐臣，访幽岭古寺如坐对栖隐的禅者，临荒江寒林似遥闻渔樵的歌唱。我常常将山水当做一个载体，实则把随来的感悟写进去。这样，文章就不光是记山川，述里程，就不会显得单薄。我尽力使写出的东西厚实一些，有滋味，耐读。《泰山半日》是我写山景的文章中稍感满意的一篇。由标题可知，我只在山上转了半天，要想写好这座五岳之长，很难。仰望峰嶂，我竟至觉得没有抓挠。我大概写不出徐志摩的《泰山日出》里那么沛然的情感。我还是对泰山的晋唐刻石、道教诸神有兴趣，笔墨当然也就多朝这方面用。游了半日，想对泰山说的话，差不多全写在这篇文章里了。

有些记景散文，往往有一个特点，即过分强调抒情在一篇文章里，倾心于“强说愁”。我的游记不是这个样子。我不大习惯借景抒情。我只想把散文写得平实一些，自然一些，有江边散步的悠闲。用情过度，雕琢过度，会很别扭。现在相当一些写或编的人，仍把散文限在抒情的范围内，好像不这样写，就是非“艺术”的、非“美”的，就难以称作“散文”，这似乎没有多少道理。

我的游记并非全不抒情。《泰山半日》写到山北的桃花源：

> 数峰清瘦，自深谷直钻出来，耸入远空，很像疯长的野树。山崖都不光秃，乱枝相搏，飒然而舞长天之风。紫薇花开得正美，粉红的叶瓣上，秋露似未褪尽，望之如对伊人眉睫湿亮的一闪。武陵溪上的桃花女，临水照影，笑靥该会同样撩人浮想吧！

笔调完全是含情的。游山时，我坐在缆车里向外俯望，桃花源浸在一片阳光中，这是让人感动的风景，我不能保持冷静。虽然抒了一点情，但是我知道节制，着笔仍是简淡的。我所写的桃花源景物，大体还是它原来的样子。

我没有绣花的耐心去一笔一画地摹景状物。我记山水，多是逸笔草草，风格是写意的。中国的文人画讲求神韵、情趣，画烟霞之景，脱略形似。这让人想起公安、竟陵派的文章。我主张笔端要带性灵，大约是受了一点他们的影响。山水很美，游而记之，不能流于枯燥。

为文空灵、超逸，却不可追求过甚。既成家这之言，总要有一点理想有点载道的东西，不能一味冲谈，不能太“虚”。“文章当以理致为心胸”，并不容易办到。我是近年始有心解的。融理于景象是比融情于景更难。搞不好，像是硬贴上去的，失之夸多。其实，够味儿的“哲思”。也就是要紧处的那么几句。晋人谓：“识见虽不绝人，可以累心处都尽。”能做到这一点，我就知足了。

语言很重要。闻一多说过：“文字不仅是表现思想的工具，似乎也是一种目的。”语言不过关，笔就生不出花。我的散文语言，大约是受了二三十年代散文的影响，宋明文人作品的熏陶也有一些。主要力求：言简，无一废字；味永，如臻诗境；宜读，节奏如歌。桐城派很强调散文语言的“雅洁”，倡扬“学者求神气而得之于音节，求音节而得之于字句”，自有道理。积字句而成篇章，我是认真用好每一个字，写好每一句话的。废名写小说，犹学唐人写绝句。我写散文，也似在用着他的方法。

姜白石：“人所常言，我寡言之；人所难言，我易言之，自不俗。”我下每个字的时候，常为追求“自不俗”的境界而费琢磨，可说“苦吟林下拂诗尘”了。

《富阳道上》写着这样一段：

> 门窗迎江敞开，正宜遥遥地去赏看。隔江的风景半隐在乳白色的湿雾里，但江心浅黄的一线沙洲和含着无数近峰的远山，总如一痕水墨似的浓淡无定了。季节虽已在深秋的光景，却依然可以去想阳春里粼粼一江映带两岸花田

禾野的美丽。蚱蜢舟静浮水上如一片叶，当然载不动女词人李清照的几缕心愁。此刻的江风柔得失去力量，往来的数点行船照例升着高帆，悠缓地滑动在澄澈的水光和青苍的云山间，柔橹的摇响、船娘的甜笑在开阔的江面飘散，仿佛会伴随绿意颇深的波纹荡得极远。人在船中，篷窗坐眺之美，怕也有金银难买的无限逸兴。将目光收近些，则可府瞰富阳城里的街巷屋楼。鳞瓦低檐间的生活趣味，酽如杯中的香茗，是需要坐在星月下的矮竹凳或者飘幌的茶楼上细品的。江中亮着散乱的灯影，会一直闪到人的心里。夜深，倚枕的清梦也会漫上一层水影月华。如果有烟雨漫上来，无论晨夕，望去都是可以入画般的好。

用这样的语言来写山水，是相宜的。

汪曾祺先生对我的游记下过八个字："约而能精，博而不腐。"我何能当得起？勉力为之吧。

文章自得方为贵。这中间的滋味，只宜品不宜说，想说，也说不透。

江山是可以"万古"的，人只是匆匆的访客。我曾经默想过，总会有那么一天，朝霞又映红泰山昂仰的峰顶，水浪又拍卷三峡悬峭的崖岸，可是我已经不在了。如果能在这片青绿的光影间留下点什么，足够了。

自选作品

鸿影雪痕

苏东坡《和子由渑池怀旧》诗："人生到处知何似？应似飞鸿踏雪泥；泥上偶然留指爪，鸿飞那复计东西！"我初见这二十八字，并非由

《宋诗钞》或《宋百家诗存》来，是多年前在海南省儋县的东坡书院，看到高悬的一幅字——鸿雪因缘，寻根，始知典源，是苏学士向黎子云敷扬文教故事。照例是往求旧迹的心重，故而时常要在静夜的月光下想到身经的事、眼见的景，虽未见得广博，或难免零碎，自以为也颇堪咀嚼出其间的酸咸。更进一步，是印在心上，如李太白所言"铭刻心骨"，能抵得久耐风雨的碑碣，就尽世难消了。

萍踪絮迹，终是脚后之尘，却不易忘，是因为情感的根扎得深，兴许还能得到泪雨的浸润，枝头就会绽出绿叶相扶的红花。这有不可见的，只在心造的境中闪现，惟宜独自闭目去想。也有可见的，一是在梦中，一颦蹙、一莞尔恍若齐浮眉睫之前；一是真就在眼底晃。如对逝者，举最亲的。我由北大荒放还不很久，母亲病故，奔八宝山前的几分钟，我哥哥剪下一绺她的白发，竟在做最后的挽留，也是惟所能及。灵床上的母亲若有知觉，冰凉的眼窝总该涌出温热的泪水吧！这绺白发，十几年后的今天还在，清明之雨自高天飘落，怀人的心也会跟着沉重，为寄情，就可以打开外饰锦缎的盒子，以泪眼久久端详。白发无言，我们做儿女的，青鬓朱颜虽改，默视的同时，照例能够忆及母亲生时的音容，似乎还可以从依然柔软的发丝上嗅到她的气息。火后的骨灰，已经葬在黄土深处，有这一绺白发在，伴与日常的坐卧，身为家人，也聊可慰情。

指爪，还不妨从眷爱的范围朝广处追寻。仍旧是难于忘情或兼求深刻，能稍稍领悟一点世教人心，也未可知。我安于常道且贵有自知之明，以文警世或者醒世，办不到，这就比不上冯梦龙，文章功夫，我是甘愿望风下拜的。出门，却赶上驰地有火车、行天有飞机的年代，自信看风景不会少于他，谈往事留痕，就偏好朝泉石烟霞下笔。若说有情，也是因为缘。风景之缘。所谓山水相乐，又仁又智，也算足登谢公屐，略得孔圣人设坛讲过的意思。以游迹的远近谈，容易泛，还是取"上有天堂，下有苏杭"之诀，且以这两处江南古城入手。

姑苏，可看的旧迹多，细论，园林的名气似乎最大，却又不止于建筑美，而是多多少少会引出同人相关的故事，钩史海之沉像是不难。

拙政园最被人看重，游者的身影也稠，或许不单纯因为它的排场大，在有进退之心的人看，恐怕不能躲过昔日园主王献臣。这位明嘉靖初年的高官，辞御史之职，走晋人陶潜归隐的旧路。此种人物，虽然处身不同代，为官不同朝，所抱退闲的主张却近似。陶潜是"开荒南野际，守拙归园田"；王献臣不摇笔杆子，却能上借潘岳《闲居赋》中的一句以显其志，是"灌园鬻蔬，是亦拙者之为政也"。我在荷香柳影间流连，读亭匾阁联，心中就浮上想象之影，仿佛也曾闲步在这片青白石阶上的古人，峨冠博带而来，犹可领受一缕鲜活气息。苏舜钦的沧浪亭，凭诗境占上风，未似拙政园精整，却贵在有野意，碧池绿树不刻意布置，惟求疏朗自然。沧浪亭立冈阜之上，独领一园精神。散逸气能传主人心怀，是"帘虚日薄花竹静，时有乳鸠相对鸣"，一派田舍乡风，颇得陌上趣味。说来可憾，我行至沧浪亭前，已日暮，漆门深闭，只好身倚溪上之桥而略眺出墙亭檐。苏舜钦往矣，连故迹也无缘踏访，只得退回家门，找柜中的旧书读，是沈三白的《浮生六记》，睹天开图画，品人工意匠，犹似随他足印柳堤蓼渚间，循级至亭心，月下烹茶兼调素琴，寻求梦境之美，仿佛还能够听见扫眉才子陈芸甜柔的歌笑。葑门一带的网师园，玲珑如一盆景，可堪赏玩，万卷堂的书斋气毕竟已在往昔。沿池岸散植竹卉，廊榭隐显葱翠中，宜于潜处蓬室之君濯缨，更宜于吟诗弄画之客宴聚。风月清景，敲金击石似乎不相配，只宜吹竹弹丝，悠缓的苏昆腔曲里，还要闪过杨柳般袅娜的舞影，方能圆满。

雅琴颂瑟的吹音，也只能于月色轻笼的瑶席金樽前缭绕，姑苏的遗痕，还在塘河绕花山的虎丘。从尊卑着眼，绝岩之下的剑池，弥漫王者雄风。铸剑三千，永伴枯骨。我在少年时即对吴王阖闾的尚武气概感佩，而且任侠的专诸、忠义的伍员、智勇的孙武都为其奔命，上下同心若此，阖闾孚望，岂止靠一柄铁剑？同剑池隔千人石而相望的，是真娘墓。这一处古迹，曾入清人徐震的《美人谱》。真娘，唐代吴地妓女，貌如何美，才如何高，都只能翻览旧籍才会知道。也不妨凭借推想，总之应当是远山眉，芙蓉脸，秋波云鬟对妆台式的古典美人。今虽不可睹,但望冢侧的花草,红绿之色仿佛也就真的可以幻出她梦一般朦胧的娇颜。吴越故地,山长水阔,苍苔履迹,步凌波,寻芳尘,难于办到,即使远离现实,取晏小山之法,“梦魂惯得无拘检,又踏杨花过谢桥”,恐怕也是小径红稀,溪桥柳细,无法留人不去,就只好退一步,“想佳人花下,对明月春风”,好处是精神的翅膀可以飞得更远。仍是照《美人谱》上说过的,真娘墓之外,芳迹还有多处,诸暨西施的浣纱石和灵岩山的响屧廊、钱塘苏小小的石坟、徐州关盼盼的燕子楼、呼和浩特的昭君青冢……均如落絮游丝,飘在心灵之野。今境渐隐而旧景渐显,能得到泪与笑,翩翩然也就真像是飞入了千年之上的古梦。以我的游历看,朝花还可以夕拾。印象深的是苏轼之妾王朝云的墓,在惠州西湖的孤山上。芳魂痴恋烟雨中的竹岸花洲已九百年,惹人怅寄数行凄语。成都望江楼下的薛涛井,其旁立这位女校书的一尊石像,浸于修篁翠影中。我虽未见香冢,但抬眼眺锦江粼粼之波,犹能温习浣笺余韵,或可借涛娘之笺临池摹帖了。入青城山中,立鸳鸯井前,我依然是神思恍惚。花蕊夫人的倚栏待月之态似乎真就可以遥望,上清宫中的束发道人或竟视而不见。幽怨的宫词之音,隐约飘响在一片法雨慈风中。南京秦淮河边的媚香楼,香衾软枕,一帘幽情,缱绻香君旧梦。画舫笙歌,裙屐舞袖,窈窕红粉,笑随兰棹,仍是诗扇一点桃花红。虽只是遗韵,其境至少不会比乌衣巷内的王谢之风弱。李香君同侯公子桃叶渡头的怅别,也是“送君南浦,伤如之何”的沉痛吧!我有缘,曾经身过淮清桥,站在阴刻“桃叶渡”三字的石碑前,未隔水呼彩舟而唤长篙,缠绵心中不去的,惟昔年的旧事,虽同我不相关,只因怀古的心重,爱遥忆,仿佛就有“彩艳明,秋水盈,柳样纤柔花样轻”的秦淮女凌波飘近。也因其人其事在男女悦慕之外,不离反抗明末阉党,就变得可堪追恋吧!如诗:“当年曾照影,终古尚含情。”比较着看;东晋书家王献之在河畔接迎桃叶的逸事,就等而下之了。有人评他的《桃叶歌》“颇昵而佻,为乐府吴声流韵”,纵使“至南朝陈时犹‘盛歌’之”,也是轻飘飘。古金陵,旧迹还有更伤情的,是张丽华就戮的九曲青溪。陈后主昏庸,贵妃受累。玄武湖边的那口枯井我看过,大约是伪托,可即便是假,也不必疑而远之,能同古史相依附,也就可以从宽。于是,便如同见到了“石上啼痕,犹点胭脂红湿”。还能愁听后宫哀曲、庭花遗谱吗?《玉树后庭花》在江淮商女唱来,如一缕亡国之音。蝉鸣西风,乌啼凉月,南朝几度云烟,都入一纸编年。苦叹,也是“恨青溪留在,渺重城烟波空碧”,竟至连浮水闲泛的心也淡了。我自然还有联想,是马嵬坡上的杨太真墓。这两位旧史中的贵妇人,命运相近,悲恨也应同,衣香鬓影虽美艳如花,终归是飘入了泪光血痕。所差只是年代有早晚,同病也就无法相怜。碧桃花下,黄土垄中,何处梦云飞?我呢,常人一个,没有化苦海为乐地的神通,替古人垂泪以吊紫殿红楼之魂,也枉然,不过是无痛痒地顺嘴言及罢了,除开下笔随意的嫌疑,无妨调浓为淡。江油县大华山麓有座粉竹楼,李白之妹以脂粉水洒院中竹上,日久,竹显粉色。这像是传说,眼前未必实有,却很撩人浮想,入唐传奇,可以无愧。比这个更有名的,是我在洞庭湖君山上看到的湘妃墓。娥皇、女英哭舜病死苍梧之野,泪滴绿筠,始有斑竹。此后的许多年,我入桃花源,望见连天的竹林,武陵青士,引我一吊湘娥。虽是远古情殇,也足以打动今人心魄,至少会比其旁的柳毅井饶具凄婉情调。神话意味更浓的,是西王母邀宴周穆王的瑶池。我在甘肃泾川看到山间彩亭下的一池水,据闻就是翻涌琼浆的瑶池。未掬饮却能记诵《穆天子传》中西王母的吟唱:“白云在天,山陵自出。道里悠远,山川间之。将子无死,尚能复来。”古歌,自神母口中出,所传竟是常人之情。

随裙钗影走下去,前路像是还远未到头,总之是清愁遗事都飘入古史仙传中。我性喜钻故纸,寻泪痕履迹而想到红粉青蛾,思之深,也就伊人宛在了。拾遗,纵是照佛家的观点,认为是前尘影事,也并非秋月空忆。我手无春秋笔,没有太史公卒章显志的功夫,却可以旁借旧诗助威,思古史如果生忧,也该直追杜牧之,是他《金谷园》中的四句:“繁华事散逐香尘,流水无情草自春。日暮东风怨啼鸟,落花犹似堕楼人。”抒愁绪,自家以为无有过此境者。我在前些年曾做汴洛之游,站到临街的牌坊前,端详其上的“金谷园”三字,自知不会是石崇建在河阳的那一处。绿珠红拂之流，是连霓裳之影也随悠悠白云飘远了。

“越只青山，吴只芳草，万古皆沉灭”，前面曾说姑苏，读姜白石之句，又要惹我不住笔，接下谈杭州。在我看，钱塘故地，可以引上纸面的，美，至少不会比苏州少。洪昇“西湖一勺水，阅尽古来人”，颇能达意。我去年到杭州，逢中秋之月将升，上街，西子湖边绿荫深处响着越调之音，闲聚不少摇纸扇的听戏老人。知味观的招牌下，郊农肩担箩筐，叫卖甜脆的白桃。采芝斋门前也已排成长队，想必店家的月饼当如京城稻香村一样的好。我对街景的兴趣不大，只是过眼一瞥而已。惟有湖边路口立着的一尊石碑惹我多次看，上镌“古钱塘门”四字，碑和字，虽都是新的，推知出手定会有依凭，古旧意味也就遍全碑。那一刻，我像是在读《钱塘遗事》或年代更久的《西湖老人繁胜录》，尚兼欣赏琉璃厂的骨董。昔日，湖滨路一带兴许真有过一座城门？不敢说是隋唐或者五代吴越王钱缪诸朝的旧筑，能是宋高宗偏安江左时的临安故迹，也就足供观瞻了。在杭州，前朝的镂脊雕甍，纵是废址也殆不可见，西湖烟水只好让翠峰上的保俶塔来映衬，山水之美终究缺少古典的背景，颇令人废书而叹。漓江畔的桂林就不同，千年榕荫下耸着一座古南门，加上近旁黄庭坚曾系舟的残础为榕湖之岸做点缀，于婆娑的树影下低眉流连，似吟其人事略，就真要抱逝者如斯之叹。虽如此，中秋夜，偎岸而观奇石皴云。吸漪印月，浮藻似轻飘濠梁之乐，境界也是无上美。

杭州风景，名人气重，深推，又多享文名。苏、白二堤不必说，有用兵决胜之概的岳鹏举和张苍水，诗笔也抵得军帐中的一杆红缨长枪。我自小就熟诵岳飞的《满江红》，其势真如钱江秋涛，非豪放之词不能摹状。只是读，心也犹似浩荡天风下的十丈云帆。我之生人，后他八百年还多，追往迹，风波亭未看，栖霞岭下的岳鄂王庙还能择暇前去，默对如铁墓碑和僵而不仆的精忠柏，想岳家父子的北征南渡，且以怀慕的心相祭。此情还可以再放开，是就此念及同岳鹏举年代近，剑胆文心兼备，有资格在诗歌史上挂名的三位人物，是陆放翁、辛稼轩、文天祥。我游绍兴的沈氏园，看绿柳红荷，忆陆唐旧事，始知可人风月未必就能同赏心乐事相连带，也是“良辰美景奈何天”。却又念头一转，由临水惊鸿之句而想冰河铁马之心，宛似高吟《剑南诗稿》。畅游心目，穿越关河岁月，我就忆及前年在粤东海丰县，冒雨凭吊五坡岭上的方饭亭，文天祥被元军俘获就在这里。对大宋王朝，他也算尽了孤忠。至今仍余憾不去的，是同一年在赣东北，我过铅山县，访鹅湖书院毕，明知稼轩墓距此已不很远，却因天色晚，未能赶去一看。其时暮色苍茫，只好匆匆奔向闽赣交界处的分水关而入武夷山中，往求的，已非幽燕浩气而是改作笠屐杖履四十载、醉倚山水而问学的朱熹之境。

收回旁逸的话题，仍说杭州。照例是墓。章太炎的那一座，我是迎秋雨而吊。石筑其坟，枕南屏山之翠，长松瘦竹相披离，所得是静。我对冢中长眠者所知不多，闻其名竟很早。知之有限而能仰慕，大约全在他的学问文章。死后，仍以西湖山水为伴侣，太炎先生走的，是李白慕谢家青山，葬尸当涂的旧路。同怀此心者，不止他一人，埋骨孤山下的秋瑾就是。红泪飞雨，血化为碧，而且墓前还塑了像，一分热肠，三分豪气，鉴湖女侠的风神就直奔眼前，不读墓表，望中也可领略其人精神。共享孤山之荫的，是林和靖、苏曼殊。秋风扫黄叶，白云酿微雨，冢上杂枝似有叙说。不翻遗稿，就近取后人题撰，各以一联相配，是“梅花已老亭空鹤，处士长留山不孤”“花雨润时沾翰墨，竹风清处韵琴书”。流连落梅遗草前，像是比去灵隐寺烧纸烛、满觉陇闻桂香或者虎跑泉饮杭菊都有意味。

暂不说祠墓庙貌也罢，孤山翠微深处，社结西泠的遗观尚在。余生也晚，馆中品印谱、石室赏刻像，也只为凑入吴昌硕一流人物中间，得金石乐，结书画缘。潘天寿谓苦铁先生“平易近人，喜谐语”，总不会因岁月的相差而有所距离吧！或可坐入精庐，于一堂翰香墨色、鼎光彝彩中，隔云窗而望花径。烟月伴酒，竹影摇樽，或以开天旧事相喧，或以清曲古调自静，流水闲云，醉乡日月，真似身入了梦里蓬莱，清超之气足能胜过楼外楼中的莼鲈之香。或兼襟迎菰叶雨、袖拂藕花风，斜倚峰石闲眺西泠桥与湖心亭。青楼女苏小小的歌红舞绿，文翰子张陶庵的围炉浮白，得闲情也得画意。廊轩之内的诗书文章，只获一片石，也不妨同竹篱下曝日耕夫的桑麻闲话相并列。尔雅气同桃源味，也是春韭秋菘，都为我所喜欢。放眼，众山争以青碧供奉，湖光云影似相牵情，松翠融与荷香，皆入西湖风月，何乃不效白使君眷恋之深欤？其诗有这样的句子："未能抛得杭州去，一半勾留是此湖。"又曰："最爱湖东行不足，绿杨阴里白沙堤。"他的诗情，也感染了游赏的别人，我就算一个。走在以六桥相架设的苏公堤上，船家搅水的柔橹、钓者临流的长竿，似都轻触着我的心。红蓼白蘋间掠过的翅影，将我的思绪带上天，朝远古飘。

余情下传千载，对后人，就成为能够感知的史。追远，所获虽只是几簇水浪，总也是以汤汤长河为家的。人间面目，浮世悲欢，即便已被时光之水冲淡，常谓皆往矣，也可以不怕。古人的聪敏或许还在我们之上，虽无胶片摄影、磁带录像，却也有运笔挥凿之功，绘图造像，以记嘉人兼述懿行。选胜，坚硬难湮者，如十六国的敦煌、麦积、炳灵和南北朝的云冈、龙门、须弥诸石窟，佛陀、菩萨、金刚、罗汉、沙弥和供养人，壁塑彩雕，神容躯态虽来于佛教史迹、经变图绘，也折射着世俗的冷暖，比文殊的五台、普贤的峨眉、地藏的九华和观音的普陀诸座佛山，是烟火气浓于香火气，大到摩崖，小到窟龛，过眼的，多是人世男女的秀骨与丰肌，特别是花雨中的飞天，流畅的襟纹袖褶渗入了造像工匠的浪漫之想。柔软久存者，风格神韵能相比拟的，在我看，惟有战国帛画和明代织锦上的凤凰与朱雀图纹。不拘材质，东汉画像石、北朝壁画、宋元铜镜和石雕彩绘，也有资格登堂入室。题材再放宽，农耕、渔猎、饮宴、舞乐、射弋、征战连环而来，就成为观览古史的写真。如果这还算作鳞羽指爪，历朝状貌遥相过眼，也颇得身入稼田穑野，拾穗行歌之乐。

笔墨下移，为照应文题，雪泥之上的鸿爪还能够历数，或可换今眼看，兼容古香新绿之美。为不为过编造之瘾，而意在融贵天下风物之心，听来这像是放口吐大话。我断无僧马祖"一口吸尽西立水"之功，又位不高，卑之无甚高论。朝闻道，夕欲示人，也是气吹剑首，映然如风过耳但至少在自家，即使小智浅见，也是可以聊博心喜的。也就因此，我不谙文章之事浅深，只管移用平常依傍山水的偶感到纸面上来，想必同笔下的字句也就无所不相关。记而存之，虽不能如篆籀丹青一般赏心悦目，或别开风景文章的新生面，却无妨充作负暄翁叟的巷语街谈，至少会在之乎者也矣焉哉的文言滥调之上吧！假定荒诞，就只需背过耳朵，或如庄子之言，是“予尝为女妄言之，女以妄听之”而已。专由这点来看，一鳞半爪，说与同道，也是秀才人情纸半张，不求能抵手卷诗扇，聊代豆棚瓜架下的碗茶壶酒，就很好。

（选自《散文》1997 年第 8 期）

梦忆姑苏

我以前没有来过苏州，却写过相关的文章，比方读苏舜钦的山水小品而记沧浪亭之美，完全发乎想象。闭目画梦，能略状其仿佛吗？自问，却难以自答，原因是苏州对我，实在过于缥缈，雾中之影虽远，可还要凝望。有什么办法呢，因为它值得让人倾心。《红楼梦》以这“红尘中一二等富贵风流之地”的阊门为开端，推想也不是全无根据的。

我在苏州日短，没有像苏子美“登灵岩之颠，以望太湖”，或循捧心西子的履迹而临浣花之池；也未效明人高启上天平山，采菊泛酒，举觞一醉，或抚文征明栽植的红枫而寄远。既以随身纸笔游姑苏，陆龟蒙的拙政园、倪云林的狮子林、史正志的网师园还是目有所及的。天下园林，实在是以姑苏为家，仿佛在筹商起造之初，就不只为供憩居，而是要一心邀人欣赏的。张中行觉得“拙政园多富贵气，狮子林多工艺气”，富贵气，不在雕甍绣槛，因为志在“灌园鬻蔬，以供朝夕之膳”的昔日园主，应当是近乡野意而远官阁气。那么，是不是全在那座临荷池而立的远香堂呢？“芳草池塘绿，落梅亭榭香”“四壁荷花三面柳,半潭秋水一房山”,吟味联语,兼望风景,继之以遥想红莲舞影、残荷听雨之境,亦知北京万寿山下的谐趣园,极尽摹仿,也只能是得其相似。狮子林以湖石假山胜。黄金台说“苏公雪浪,无此玲珑”,我在镇江金山寺看过坡仙的大、小雪浪石,纹理天成,如画。指柏轩前的狮子峰,高耸出于众石,又以危峻胜雪浪。堆叠山石,自多经营,或许难以免去工艺气?入网师园,则在春夜。风亭月榭,水阁泉池,光影浮动于轩户水波之间,有倚栏吹箫者,有偎屏弄筝人。在这里唱评弹,歌昆曲,最宜《牡丹亭》与《西厢记》众园复以兰雪堂、芙蓉榭、听雨轩、真趣亭、卧云室、玲珑馆、澄观楼、濯缨水阁、归田园居这样上好的题名为配,若以平常心看,也是美得无法细说。即便游过为数不少的园林,在这里,爱而流连的同时,赞语仍会依旧。举目皆是可以入画的风景,尺寸之地,一经造园巧手,便自具开合,天地仿佛无限大,云物联翩,竟无穷极。

游园之憾,是未尽沧浪亭之美。自虎丘归,天色晚,推知其门或已关闭,却还要打听着去,盖因慕沧浪之名久矣,即使站在园墙之外望望亭檐的一角,也聊可慰情。由网师园前的曲巷转出去,过街,沿桥下的河岸朝东南走,总之是绕了几个弯,就可眼望沧浪亭了。门深闭,其额“沧浪亭”三字却临街巷,尚供足观,文征明笔也。一溜粉垣那边,也耸出几处依山之榭,结几座临水之轩,无妨推想园内世界的趣味。门外一片水,沧浪之意从此出乎?天的一角,斜阳残红,此时以静意对沧浪,自饶境界,依水架复廊,砌花墙,筑彩亭,有楹联,有题壁,只可惜天光转暗,隔水难以望清其上的字。会是“千朵莲花三尺水,一弯明月半亭风”之类的联语或是苏子美的那一篇记吗?想,还不妨借助古今文章。古,出曾家居亭侧的沈复那本《浮生六记》,云:“于将晚时,偕芸及余幼妹,一妪一婢扶焉,老仆前导,过石桥,进门,折东曲径而入,叠石成山,林木葱翠。亭在土山之巅;循级至亭心,周望极目可数里,炊烟四起,晚霞灿然。隔岸名近山林,为大宪行台宴集之地,时正宜书院犹未启也,携一毯设亭中,席地环坐。守者烹茶以进。少焉一轮明月,已上林梢,渐觉风生袖底,月到波心,俗虚尘怀，爽然顿释。”体味，亭有野趣，情多萧散；闭目，又是风景足堪入画。若照陈芸之意，为尽游乐，驾一叶扁舟，往来亭下，或出入柳堤蓼渚间，则尤与澄碧风月为相宜。今，是张中行《留梦集》中一段文：“可看，总的说是意境好，水多，有小山，人工而有不少的自然成分；疏旷，景观不少而不显得拥挤；道路曲折，景观高下大小不同，变化多；游人较少，有闲散之趣。分着说呢，我更喜欢入门东行位于东北角的静吟亭和位于西南角的三层的看山楼，因为两处都可以远望，或看水，或看园外的景物。”据文而回想，我临池水所望见的那座有楹联和题壁的亭子，像是静吟亭。水呢，会是葑溪吗？我就不敢说了。却无妨想象沈复偕其妻陈芸在月明之夜泛舟绿波之上的美妙。这是闲趣同野意融合得非常之好。引《红楼梦》原句，是“非范石湖田家之咏不足以尽其妙”。

靠西是护城河，由南向北，有盘门和阊门，名气大，也因为人。先要想到筑城的伍子胥，后要想到制砚的顾二娘。专诸巷内的砚坊还能够门庭依然吗？如果去转一趟，过旧门而追想，总也是好的。可时间太少，连这一点也办不到。比较着看，还不及前年在成都，虽也忙，总还是去了锦江畔的望江楼，流连于制成涛娘笺的那口薛涛井，西北望浣花溪，似也能博少陵野老一笑。盘阊之间，绿鬓红颜皆往矣（从小说家言，仁清巷葫芦庙里的乡宦甄士隐、穷儒贾雨村，也是面影依稀了）。虎丘的贞娘墓，其上的繁花却蔚成锦绣，草色之青，如横翠眉。《红楼梦》薛宝琴怀古绝句中伤咏杨贵妃的那一联诗，可移用于胡贞娘，云：“只因遗得风流迹，此日衣衾尚有香。”花冢芳魂，香丘艳骨，只合于来人长做浪漫之想了。“花之颜色人之泪”，是伤情；“安得返魂香一缕”，是痴愿，虽缥缈，总也算找到了情有所归的古迹。

应该找来朱素臣的《秦楼月》看一看，也能略得陈素素吊贞娘墓的片时心情。

陆羽泉边看水，是赏景兼以怀人，我去年初春曾过江西上饶，入城的街口立着陆鸿渐石像，这有根据。传，广教寺有一眼他开的泉，品为天下第四。他在这里隐居，过林下神仙般的生活，还写出了《茶经》。在虎丘寺又见到同他相关的一景，自然感到似曾相识。壁镌“第三泉”摩崖，本地人讲，这是陆羽定下的，而张文新《煎茶水记》明载，品虎丘寺水为天下第三的，是刘伯刍，陆羽只视这水为第五。这有出入，不能甚详，图省心，只以苏州人已有的说法为定论。如果能像在无锡惠山寺那样，坐进映月的二泉（对惠山寺水，刘、陆的意见相一致）之畔的轩堂，喝一碗茶，该有多好。或可恰能体味崖上“汲清”“品泉”的意境。

七里山塘横虎阜之前，粼粼长波正与峭壁间的剑泉深漪相依傍。袁宏道所谓“月之夜，花之晨，雪之夕”光景，萧鼓楼船就是沿河而来的吧！花树影里，枕溪桥碧波而观虎丘之月，当入广寒清梦。梦，也多悲欢，明人程嘉燧《金阊曲》唱道：“长夜牵愁无远近，山塘一望似秋河。”这又是幽怨气味了。

游山塘，容易想到横塘，是盘门以西的一个镇，我已说过，此游未去爬木渎灵岩、吴县天平；时，虽在早春，也未登光福塔以观邓尉香雪海，故无缘从胥江过，也就不能知道横塘会是什么样子，包括曾经从书里知道的那座“客到烹茶，灯悬待月”的古驿站，同样是印在书间的字，颇能牵人感情的，是贺铸的那首《青玉案》，上阕是：“凌波不过横塘路，但目送芳尘去。锦瑟华年谁与度？月台花榭，琐窗朱户，只有春知处。”凌波微步，绣履芳尘，以暮年退居吴下的庆湖遗老，想的，依然是青春放歌的种种浪漫，翻旧籍，是他有小筑在横塘，故常往来其间，数程山水迢遥，望中如何就浮现出风鬟雾鬓、红裙翠袖呢？情爱的根，怕只能据《能改斋漫录》去推想了，云：“方回眷一姝，别久，姝寄诗云……”人至老，未肯断灭的，在他，怕仅剩下一缕粉香之思了。

联想还可以再广些，是由横塘而近及枫桥南端的下塘。若以一般面貌而言，我看它和多数江南老镇大体仿佛，临古运河，碎石铺路，矮檐相接，不宽的街巷随其曲折，望之颇深。镇上人家浣衣洗菜也多在桥边。看，我好像又到了田舍竹篱一带地方，同对岸寒山寺前的商市比，是时风淡而古意浓，可赋桃源之咏。

铁岭关，虽未能与长城诸关比险，但古运河旁有此一关，聊可于江南秀色中显几分雄风。郁达夫不是嫌苏州话没有丈夫气吗？实在也难以赞同。我效登麦城以四望兮的王仲宣，上楼头，放眼山水，心中犹填一股英雄气。这又很有些像在京口北固亭怀古的辛弃疾了。东北望，就是寒山寺，我只好远《稼轩长短句》而近《五灯会元》。同时想到的，自然还有张继那首传诵于众口的《枫桥夜泊》。诗，从小算起，至今听了不知多少遍，也曾在内心造境兼画景，忽然就真的来了，虽不像张祠部晚泊江枫（施蛰存据《中兴间气集》，以为张继的船是泊在距寺和桥还相当远的松江上），卧对霜月，总也是站在不甚高的古桥上，望长流之水，往来船只，渔火钟声皆能入梦。我是打鱼人出身，对这一景很容易怀有感情。人稠，未亲撞已非唐代旧物的那口铁钟，只在寺院里走走，以眼看，所求，是把这些一闪而过的景和物都印在心上，同历代寺前闻钟的人，如高启、王士旗之流相比，我虽晚来数百年，获得却像是不少于他们。若说欧阳修、俞曲园对张诗所置的疑问，更可以不论，故纸和我不相关。我闭目浮想的，是寒月挂在古寺的檐角，桥下幽暗的影子里，歇泊着的客船如一片静叶，乌篷深处闪跳着几点亮红的光，人刚睡去，梦中有轻轻的甜笑。

初游姑苏，是在古意和诗境里流连。逐梦而行，似同距今很远或不很远的多位故人有了神的交往，形的存灭，像是可以不管。意和境与心相连，不容易断，也就引我他年幸得吴越之游时，重温金阊旧梦。且补憾。若能上洞庭山而看江南秀女采摘碧螺春，兼听湖中秋娘的渔歌清唱，欣喜的同时，或许又要想到贞娘冢上丛杂的花草和沧浪亭下水，含烟带雾净如梦，陈芸泛月的歌笑仿佛还飘在那里，不散。

（选自散文集《鸿影雪痕》）

“文学是语言的艺术”

——马力散文集《鸿影雪痕》阅读散记

贾宝泉

追踪马力先生的散文创作，迄今十多年了。收到他的散文集《鸿影雪痕》，便查阅了《散文》杂志总目录，在我主持该刊期间，发表他的作品统计十篇，其中《鸿影雪痕》是作为1997年第八期头题用的，而今终得用为书名，此亦编辑人员之荣光。人们普遍以为记游散文材料易得，感慨易成，故而好写，这是将此类作品看浅了，其实极不易写好。如今记游散文虽不乏精美者，然而粗制滥造的也并不算少，又有改编《观光指南》或剪辑他人作品以为已有的，如此等等，便坏了此类作品声价。马力记游散文集于此时面世，读者可以将之与不用心的作品作一比较，正可谓适得其时。一向极少览阅记游散文的笔者，却将马力的书通读一遍，意在于阅读中寓好恶，且乐意向读者谈观感。

未经人文浸染的山川是原始的山川，已经人文浸染的山川便是人文的一部分，好像一堆跌碎的泥人重新捏塑后互有你我。作家描画山川，等于为之整容纪年，年月既久，经过多次整容纪年的，便如得道之高僧，即使终日闭目不语也引得人们前来瞻仰。祖国名山大川，马力驱车、乘机、杖藜看了不少，真是福分；能够空下心来，观察描画，记录心得，又是福分；又能够识得自家真趣味，遂多记风烟竹树、流泉明霞、佛寺梵音、浣纱女子此等同个人性灵亲近的人、物、事，更是福分。该书目录已显示作者足迹之广被，此亦神州山川之幸。马力仿佛从古典诗文中走出的多情才子，乐于从另一度空间静静观窥，一当情有所钟，意有所适，便自言自语些清新涵虚的“散话”，并不计较有无响应。虽是自家用心之作，却因同某些时髦文字唱了反调，怕是难免寂寥索寞。

书中文章分为甲、乙两辑。甲辑主动，乙辑主静，甲辑如旅游中累腿脚，乙辑像住下后歇腿脚。各具光色，各有城池。

如果要说马力散文的特点，就我自己的零星感想，似有如下数处。

一曰叙说、议论、稽古融为一体，且融合得好，没有掉书袋的卖弄嫌疑。像："青藤绕架，紫薇吐红，半遮半掩的漆红木门(以上叙说)，饶有画意，似将院外的风景隔远了(以上议论)"；"古柏已活了二百年(叙说)，老干皴皱如披龙鳞(叙说、比喻)，但长势还颇顽健(议论)，挺绿的一片云冠撑上天(叙说、比喻)，犹存生气，且活着呢(议论)"；"孔夫子尊大禹若此(叙说、稽古)，圣人之上，自然只有神了(议论、比喻)"，便是好例。

因记游散文重在记，故一般多用叙说手段。作者将诸多故实、感想拣选备用，叙说起来不慌不忙，婉转娴静，像同旧雨新知闲话巴山夜雨，娓娓道来，不经意便拈出若干美妍清绮的画面，可做电视风光小品脚本。今试举数例："武陵山秀峦断续，自成段落，雪峰山至此惟留余脉，高低如浅丘，似与江水亲。逢烟雨，尽溶为一片墨绿。青翠山影隐在湿雾里，若化在丝帛上的淡墨"；"圆月朝碧天深处升去，高悬湖空，古松浸在星月洒下的水一般的柔波里，松针隐隐发亮。连理之枝，浓可交荫。眼前景色可比苏东坡之于承天寺夜游之境"。如此记叙，读者方有品味余地，仿佛入得历代文人《清言集》意境；若易品味为快读，便会遗漏深醇滋味。

作者引述典籍较多，除开能见出的，还有许多是用典而不见典，化入自家惯常用语中了，这自然同读者少了隔膜感；又能从古典翻出新句，使读者见出中国古典文学在不同时代的应变性与贯通力。

二曰行文简洁明快，几无废字，又少有疏漏。像"院子东南角有一眼井，圆口，水极清亮，静碧如一轮银月"；"撑船人执一根细长的竹篙轻弄清漪，自远而近，拖一湾淡淡鳞波"，即是佐证。

看一处景，记一件事，描画一个人，如何切入，下笔？这是需要眼光和文字训练的。不少作者对于起头犯难，马力于此却很在行，往往简捷便当，三言两语即打破眼障，引领读者入众香国里，万山丛中，见出自家手眼功夫："千山一片绿，可啜可饮(《千山笔记》)；"风舞沅江，三千里波涛，蔚成气象"(《沅江沧浪》)；"我见到的滕王阁，已非李元婴始造的那一座"(《滕王阁记》)；"九溪叫连片的油菜花映亮了，村前村后，溢着香气"(《九溪》)。以上看似简易，漫不经心，其实是要长久构想、钩玄提要，待到思想、学问积厚，方能一挥而就。马力散文语气平缓，出语忠厚连绵，其心境当是澹然，安然，恬然，且洋溢几分凭虚御风、凌波微步的飘飘然，表面上仿佛展开较缓慢，骨子里却是斩截利落，不拖泥带水。

三曰清远高古，见出痴气或才子气，于此又见出对于艺术和生命的至性灵根：“此室宜悬旧字画，宜陈古瓷瓶，宜置笔墨砚，宜焚芝兰之香”；“银月闪在河水里，空潭泻春，古镜照神，幽人流水明月，是古今浪漫的情调”；“数峰清瘦，自深谷直钻出来，耸入远空，很像疯长的野树”；“小镇给我的感觉是：静；进一步，是很舒服”；“山泉聚成深深的一汪，朝四外漫溢，又沿着青坡下天然的沟坎银亮地流出，我真想凑近掬而口尝，它一定是含着翠岭苍峦的精气呢！”以上文字，是透露作者生命基因密码的符号，换言之，作家的“自我”就涵泳在这些文字中，故而不可等闲视之。因心灵“自我”与作家同来世间，为心性所固有，所以不必装腔，毋须作态，只须信手拈来，便结妙句，便成韵致，便见才性，反过来又描画马力这个“人”，由“人”又可想见他的文学观，《守静》《山水》两篇中，作者已自道出若干。“天下好文章，素以真情为根，才气或许倒该退居次席”，乃是深会所得。

上面引述作者话语不少，是笔者成心的，为使读者直接品评原著的片言散语，推想其格调风神。

从文字看，马力心态平稳，不喜与人争，他的散文没有定要盖过谁，同某某决一雌雄的豪强之气。无非咋看咋想，咋想咋说，却说出了人们不易见出，虽见出而不易说出，虽说出而不易说好的话。研究散文创作实践感到，眼有所见不等于心有所得，心有所得不等于笔下有文，笔下有文不等于字里行间有“我”。笔者上面所引述的作者的若干话语，看起来平平常常，并不振聋发聩，真要动笔实践一回就体会到艰难了。可以肯定地说，马力在实践前辈作家“文学是语言的艺术”的教诲上下了长期的苦功夫，他决心把文学的话说好，说出体现个性、只有自己才能说出的话，因而在领会文学真谛上比一般人走得更为深远。这可是一步终生受用的好棋。

钱钟书先生曾以“过来人”口吻给青年题词道：“文艺可爱，文人和艺术家却很难成。烦恼就在这里。”马力对于中国文学艺术是虔诚的，他读过不少中国典籍，但较少现成利用，只选取与自己心灵相契合的一两点，同眼前的景观及心中的感触相交织，再散说开去，以期悟到人生与生命中诚信的东西，同外部世界做些力所能及的对谈。他努力在“悟”和“化”上用心力，是位名气不算大，然而有自己章法可循的实干家。他的散文属于具有浓郁中国气息的中国文学，个中当还寓有“中国学”的散珠碎玉，在中国散文中自铸一格，自成清响。同某些流行热闹、哗众取宠的东西相比较，他的散文又是在疏通当前文学创作的某处淤塞，弥补某种缺漏。不难想见，这种文字与当前一些人的写作、阅读兴趣不相投合，“守旧”和“少新意”或许是可以预想到的评语？不过，何谓“新”，何谓“旧”，此中大有讲究。屡次见过的未必不是“新”的，未曾见过的未必不是“旧”的；屡次见过的未必真懂得，未曾见过的未必不懂得。再说这个“见”，有登高一尺之见，更有凌空千丈之见；有皮毛之见，更有洞彻底里之见；有视而不见之见，更有举一反三之见。虽是同一个字，识力却相隔霄壤，难能同日而语。谚云：“快跑者因遥遥领先而不闻拉拉队掌声，故而奔跑愈快身心愈寂寞。”此话颇有用意，似是“快跑者”自道空旷，自说苍凉。已故汪曾祺先生曾谓：“马力所写游记约而能深，博而不腐，尤重风景的人文意义，非只记山川，述里程。文笔亦清丽。其文具文化性与文学性，为记游文作者群中之佼佼者。”这段评语是中肯而负责任的。

刘元举(1954—)，散文家、小说家，辽宁大连人。大学毕业后分配至辽宁作家协会，历任《鸭绿江》编辑、副主编、主编，为编审，系中国作家协会会员、中国散文学会常务理事、辽宁作家协会主席团成员、辽宁报告文学学会副会长。

刘元举在学生时代开始文学创作，除已出版《人情》《手相梦》等中长篇小说外，共出版散文报告文学专集6部：

《黄河悲歌》(时代文艺出版社，1990年)；

《中国钢琴梦》(中国工人出版社，1991年)；

《西部生命》(春风文艺出版社，1996年一版；时事出版社，2001年二版)；

《上帝广场》(泰山文艺出版社，1997年)；

《表述空间》(中国广播电视出版社，1998年)；

《爸爸的心就这么高——钢琴天才郎朗和他的父亲》(作家出版社，1999第一版，2001年三版)。

其中《上帝广场》获辽宁省"十年散文丰收杯"一等奖，《爸爸的心就这么高》获辽宁省政府优秀作品奖、中国报告文学"正泰杯"征文奖，《西部生命》获首届"中华铁人"文学奖一等奖、第四届东北文学奖优秀奖、全国首届冰心散文(集)奖，有《黄河悲歌》获"中国潮"报告文学征文二等奖，《求索黄河源》获第四届《青年文学》优秀作品奖，有《求索黄河源》《我总想活得不平庸》被选入《青年散文选萃》，《生命之源》被选入《当代艺术散文集萃》，《读高昌古城》被选入《新时期随笔二辑》，《悟沙》被选入《二十世纪九十年代散文选》，《一种生命现象的诠释》，《一条大河》《遥远的海瑞》被分别选入1997、1999、2000年《中国散文精选》，等等。评论刘元举散文的文章主要有：

《钢琴：激情与沉思——关于〈中国钢琴梦〉》(吴俊)，《中国青年报》1992年7

月 8 日；

《梦的解析——评刘元举〈中国钢琴梦〉》(李炳银)，《文艺报》1993 年 4 月 24 日；

《文化乡愁的咏叹——刘元举散文印象》(彭安定)，《辽宁日报》1993 年 8 月 16 日；

《向往西部——读刘元举〈西部生命〉》(李若冰)，《文艺报》1997 年 1 月 21 日；

《坦诚地寻找生命之源——读刘元举的〈生命之源〉》(剑男)，《语文教学与研究》1995 年第 5 期；

《西部生命的赞歌——读刘元举的〈西部生命〉》(耿林莽)，《太原日报》1997 年 1 月 27 日；

《论刘元举的散文创作》(刘树元、李国华)，《锦州师范学院学报》1997 年第 1 期；

《悲凉的生命——评刘元举散文集〈西部生命〉》(陈原)，《作家报》1997 年 6 月 5 日；

《〈西部生命〉和文化人格的建构》(孙绍振)，《当代作家评论》1997 年第 4 期；

《激情点燃的生命之火——读刘元举的〈西部生命〉》(古耜)，《工人日报》1997 年 8 月 8 日；

《忧郁的敏感——论刘元举的散文创作》(刘树元)，《满族文学》1997 年第 5 期；

《读刘元举的〈西部生命〉》(康启昌)，《文学自由谈》1997 年第 5 期；

《为什么远行——评刘元举的〈西部生命〉》(祝勇)，《博览群书》1997 年第 9 期；

《走向广阔——读刘元举的〈上帝广场〉》(姜兴时)，《文艺报》1997 年 10 月 7 日；

《不息的激情——刘元举和〈西部生命〉》(蓬桦)，《海口日报》1997 年 10 月 25 日；

《用心灵为建筑辩护——刘元举散文集〈表述空间〉述评》(刘巍)，《国际关系学院学报》1999 年第 4 期；

《世俗与神性——读刘元举的〈西部生命〉〈上帝广场〉》(徐学)，《厦门文学》1999 年第 9 期；

《从西部到西欧——漫谈刘元举的散文创作》(陈立壮)，《辽宁日报》2000 年

6月8日；

《父子情深——评〈爸爸的心就这么高〉》(元庆),《新民晚报》2000年12月17日；

《成长的欲望：一个凝重的主题——〈爸爸的心就这么高〉读后》(朱洪海),《辽宁日报》2000年11月23日；

《精神感人的艰辛选择——读报告文学〈爸爸的心就这么高〉》(周政保),《文学报》2001年7月5日。

再谈神性散文

刘元举

我曾写过一篇谈散文的文章，题目叫作《神性散文》，刊于《文学自由谈》上。当时写出来还不免有些得意，现在静下来一想，却不禁惶惶然。何为"神性"？凭什么叫作"神性散文"？散文可以凭着你的性子随心所欲地写，但是，谈散文的文章怎么可以信口开河呢？

我原本是写小说的，写了一些年头却不由自主地卷入了散文的大潮中。对于散文的认识始于写散文的实践中，在此之前，从未认真思考过何为散文，或者如何制作散文。

"有人把散文分成好多品种，在我看来，散文无非两种：一种是人性散文，一种是神性散文。"

我在阐述何为人性散文时觉得比较轻松，因为在我看来，那是个普及的概念，其中包括一切述说人间情怀的片断，诸如儿女情长，吃喝拉撒，穿衣戴帽什么的，当然也包括怀念文章和风行一时的小女子散文、老男子散文什么的。这种散文很普及，可以说风起云涌，热热闹闹。然而，我在试图论述"神性散文"之时，却总觉得比较吃力，甚至说了半天还未必能够说得透。我的一位写散文的朋友就曾对我说，我的那篇《神性散文》他没看懂。他的话我倒是听懂了，这很尖锐，这年头还有什么批评语言比看不懂更到位呢？

神性散文主要在于神性。神性到底是什么？我们尽可以呼唤大散文，大手笔大文化大视野什么的，却断然不能呼唤大神性，或者说，就连“神性散文”也不能够去呼喊，去组织；刊物可以发一期爱情散文专号，却不能够刊发一期“神性散文”专号。神性是不可多得的，这让我不禁联想到吕胜中的那种“招魂术”剪纸。在日益喧嚣浮躁的散文广场上空，那悬浮的神性正在怅惘中飘离我们，遥遥逝去。对我来说，她是带着世纪末的忧郁和无奈还有听不见的绵长叹息划过了我的梦境，于是，我在一个千篇一律的早晨醒来时，开始了我的孤独的行旅。

我是想通过我的实际行动去说明有关神性的问题。神性是不应属于城市的，它也不可能呆在人口稠密的地方。它受不了热汗和狐臭味，它有时很娇、很傲，距我们高远得不近情理，像青藏高原上空的一团白云；它有时却很随意地就出现在你的脚下，比如通往星宿海途中枯黄草地上的一块孤零零的头盖骨，比如柴达木那月球般荒漠的路上兀立的一只野鸭，还有黄河源头的毛色光亮彬彬有礼的狼什么的。这些地域本身就蕴藏着神性，那里的山就叫作神山，那里的冰雪经幡死亡等等也都笼罩着一层神秘色彩。神秘与神性不能等同而语，神秘是一种纯客观的存在方式，而神性则含有着人的意识的掺入，用个时髦点的词叫作“悟性”。在那片神秘的高原，其实到处都有神性，只不过看你是否有灵性去感应去发现去融汇。

并不是所有的人到了青藏高原都能具有神性的。也不能说只要去青藏高原去柴达木走一趟就一定能够写出神性散文来的，那是片奇异的天地，纯净的天地，是片可以洗濯现代人芜杂灵魂的天地。我向往着那片天地，只要一踏上那片天高地阔的高原我就会激动不已。

一位年轻的南方诗人将诗的才气用于一所《老房子》，他写道：“涂料将地板粉饰一千遍/也绝不是蓝天”，我觉得他一定没有见到过真正的蓝天，真正的蓝天那只能是属于这片青藏高原。南方城市的蓝天比起这里的蓝天只能是一块地板。第一次见到这么透澈的蓝天，这么灿烂的荒草，神志就恍惚起来了。所有的草都在我的眼前放射光芒，枯草怎么会放光？远处的神山能够看到流畅柔和的雪线，朝阳的山坡上盛开着黑色的牦牛毛编织的帐篷。一般情况下，一顶帐篷的四周会围着四五条藏狗，藏狗有着硕大的头颅，长长的鬃毛在风中飘洒着俨然一头雄狮。如果说这些都含有神性需要我去感悟的话，那么我在毫无准备的情况下突然撞见的那头狼简直就是上帝的造化，一下子就打开了我灵性的天窗。

真难忘那只浑身金黄灿烂的荒原狼。当时它是迈着沉稳的步态向我走来。那是我生命中最失真的一瞬也是最令我难忘的一瞬，那一瞬间让我平淡的文笔具备了神性。于是，我在《生命之源》中把这只狼喻作一只美丽的狼，我说他很高贵很有教养，我说它能与塞纳河畔的贵族少年比美。海明威的《乞里马扎罗的雪》很早就看过了，什么情节也记不住了，却独独记下了那头冰山上的雪豹，什么时候想起来都有种震撼作用。我想，大概这就是神性吧。如果没有这头雪豹，这篇小说将会失去怎样的灵韵和光芒？

或许正是有了黄河源和柴达木的亲历，我才懂得了散文的另一种意境，这是最高的一种意境，是生命与自然的一种深刻默契。它可能稍纵即逝，你永远也不能真正把撑住它；也可能它在你的面前不断地闪现等待着你的灵魂的撞击。会有灵感的火花，会有思想的升华，只要进入了天人合一的境地，就会妙不可言。

还得重复强调我那篇谈所谓神性散文的文章。我认为所谓神性散文也可以说是意境散文，写意散文，空灵散文什么的，但是，必须是脱俗的散文，没有那种世俗味儿，也没有铜臭味儿，离平常心较远，也不属于人之常情。它是形而上的，是孤寂的，是奇崛的，它接近于宗教，它甚至有着某种神喻，它是孤独与神秘的结果，我有理由说它不同寻常。

神性散文受两方面制约，一方面它只能来自神秘的地域，另一方面得有一个敏感而悲悯的心灵。就是说，你得把自己放在一个奇崛的环境中，去进行独特的体验。你得不断接受新奇的刺激，剔除你固有的世俗的陋识，你会感觉到你和你脚下的土地一起升高到海拔数千米的高度，你会觉得你眼前的任何生命都灿烂，你绝不会像平时你在城市中那样见什么都不以为然，甚至见死不救。我所以如此这般地集结着盘踞着“高原或柴达木情结”，不啻是为了写几篇时髦散文，从最本质的意义上说，我是经历了一次生命的自我救度过程。

现代的城市，越来越多的人感到活着没意思。出于这种没意思的心态去写小说写散文，只能是更没意思。也许写者是个发泄，可是，读者呢？会觉得无聊。甚至会给人们的生存环境涂上一层灰色。我们居住的城市已经被噪音和灰尘污染得够厉害了，不应该再以各种灰色的不健康情绪再对人们的心灵进行伤害。其实，不仅是对于写作散文的人需要有神性的感悟，就是一个普通的城市人要想活着活出一点味道那也应该有一点神性的东西，哪怕一点点。

“那位驼工含着热泪与瘫倒的伴侣进行生死告别时，那头巨大骆驼本已无法抬起的头上扬了一下，又沉重地耷拉下来，枯涩的双眼闪着沙漠般的迷惘。年轻的驼工突然动了感情，长跪不起……于是，有人过来拖他，拖出一道沙迹。那头已经奄奄一息的骆驼就在这时突然缓缓地往起站了。它摇摇晃晃，浑身打颤，就像一座没有联接点的散了架的木头房子，歪歪扭扭地挺了起来。所有的人一下子惊呆了，眼睁睁盯着它一步一打晃地追赶着队伍。它没走出几步，就像一座板房哗啦一声散在了地上……”这是生活还是文学？

这是我的《西部生命》中的一段。当有人盛赞这种笔触时，我知道这不是我的才气，而是柴达木的神灵的笼罩和浸淫。在一片神灵之地，我就是再迟钝我也没有理由不写出具有神性的散文来的。神性是什么？是一种发现也可以说是一种禅悟更是一种境界。

（原载《当代作家评论》1997 年第 3 期）

自选作品

一种生命现象的诠释

通往柴达木的柏油路很是平坦，车子驶过，几乎就没有一点激动可言。路旁没有树木，没有植被，就连荒丘也远得不着边际。在这种地方开车是不需要技术的，完全可以闭着眼睛跑出去几十公里都不会出事。就是跑到公路外边也没有关系，车子碰不着什么，你就是想去碰撞也没有办法。

公路笔直得不会打弯。最长的直段有60公里。筑路规定直段最长不得超过40公里。这是基于安全上的考虑。可是，这里的60公里直段已经是人为地制造了弯度，要不，可以上百里路不拐弯。

没有弯的公路单调得与周围格格不入。到处都那么空空荡荡，空空荡荡得没有一处风景，也没有什么名胜。在这人迹罕至的地方见不到一个活物。柴达木译成汉语的意思就是盐泽。过分强烈的光照使这里干燥得一片龟裂。那所有的裂缝处都有盐的痕迹。那痕迹在我看来就像是针脚不匀的粗糙的线段，无法将那一片片过密的补丁缝合，反倒使地面更加破碎，更加松散。最能体现柴达木风格的大概要算那片大面积的硭硝层，苍凉清冷，透不出一丝生机。看一眼，就感到渴。其实，车子一驶进柴达木的地界，我就感到嘴唇发干。在这海拔3000米的高原盆地感到口干，就说明了我对这里不够适应。好在出发时，我把杯子灌满了水。

柴达木最缺的就是水。没有水的地方就不会有生命。四十年前闯进柴达木搞勘探的勇士最能体验到水的重要。水就是命。那些倒下去再也爬不起来的壮士，哪一个不是把咽喉部位抓得一片破烂。在这种干旱地带，最有耐旱力的要算骆驼，可勘探队的骆驼也因为干渴而躺倒了。当第一口油井喷出油，储存到一个油池中时，从来见不到飞禽的石油工人竟意外地发现不知从哪儿飞来几只鸟，一头就扎进了粘稠乌亮的油池子里，它们连挣扎一下都没有，就凝固了。它们是把油池子当成了湖水。

与我同行的是青海石油局文联的梁主席。他是1958年从河北乡下跑到柴达木的。他当过工人，当过记者。他经受过太多的艰苦，我发现他有一个本事就是不喝水也不吃水果，这使他的皮肤干燥而枯黄。有人开玩笑说，梁主席有一张柴达木脸。我本想问问他何以戒水戒水果，但他不苟言笑，我不好这么问。只能去揣测。他的本事无疑是柴达木这恶劣的环境造就出来的。但是，现在柴达木的环境好了，他就是喝再多的水吃再多的水果也算不上奢侈。

我们乘坐的是一台日本丰田越野车。以每小时120公里的速度飞驰。进柴达木本来是一件艰苦的事情，但我连颠簸都感受不到就觉得过于顺利了。而过于顺利就过于平淡就没有多大意思。如果不是突然发生了一件奇怪的事情，那么我的柴达木之行就会大为逊色。

当时我已经感到很疲倦了，就将目光从侧面的窗口收回，去瞅一瞅前边。只一眼就发现正前方几十米处，立着一根棍状的东西。由于路面光洁明亮，连个疤痕都没有，所以，突然有个东西就格外醒目。盯住瞅，怎么会是一只鸟呢？这只鸟太奇怪了，它昂首挺立，将其颈项尽其所能地向上拔着，笔挺得像一根立棍。它迎着我们的车而陡立，那说明它看到或者说知道我们的车近在咫尺，对它生命已然构成威胁。它不用动脑子仅凭条件反射，它也会躲闪汽车的。可是，眼睁睁看着我们的车朝它覆盖过去，它竟然一动不动。很显然，它没有把我们的车放在眼里。对一只小鸟而言，汽车就如同一座大楼，铺天盖地压将下来那就是一种灭顶之灾。可是，它面对这巨大的威胁毫无反应。它是眼睁睁看到我们的车到了近前，依然纹丝不动。这不禁使我大惊失色。只听说过螳臂挡车，没有听说鸟臂挡车。也就那么一眨眼的工夫，我们的车就从它上方覆压过去。对于它来说一定是经历了那么一种天塌地陷的滋味。车体从它的头上方飞过，车轮没有压着它。就算压不着，那么车子带起的那股风也够它呛的。猛一回头,看它,它还是陡立不动。那份孤傲使它显得不可一世。这种专横霸道简直就是一种滑稽。

它显然不怕车。它不怕中国车,居然也不怕日本车。这使我怀疑起它是否是只真鸟。我让司机掉回车头去抓这只鸟。等我们车又开到它的面前时它依然那么纹丝不动,根本不把我们放在眼里。我们推开车门跳下去刚要挨近它时,它才轻盈地一闪,而后一张翅膀飞起来。它的翅膀好大,要比它的身子大出几倍。离得近,看得真真切切那两片大羽翼缓慢而沉实地忽闪着,就那么一忽闪,就把面前偌大的一片死寂的荒漠弄得活泛开来。这又是一个奇迹。这么点的小东西,怎么就能够带动起一大片空间呢?我注意了它飞到哪里,哪里就是一片明亮,就是一片灿烂,那片僵死的硭硝原随着它的翅膀扇动的弧度竟有了生动的起伏。

我一直呆呆地目送它飞向渺远。它飞过之后,就一点生动也没有了。但是,我仍然沉浸着。一只小鸟带给我的激动竟这般突如其来,竟是这样经久不息。

梁主席并没有像我这般惊奇,他说这是一只野鸭。在柴达木地区有三种野鸭,一种是麻鸭,一种是板鸭,一种就是这种黄鸭。这是一只极普通的黄鸭。梁主席对此不以为然。可是,我认为这是一只神奇的野鸭。我为之震撼的是它这股不怕车的劲头儿。我与梁主席探讨,它为什么要到公路中间来?为什么它不怕被车压死?梁主席说不清,别人也无法说清。

当天傍晚到了花土沟。在花土沟呆了三天,去了北山也去了油沙山,见到了井架,见到了采油机,也见到了炼油厂。这些东西使荒芜的花土沟充满了人情味道,构成了一处挺热火的风景。梁主席希望我在这里多呆几天多看上几眼,我能理解他的心情。因为这里到处都有他的足迹都有他的汗水,那土山上的每一道花纹状的褶子在他眼里都充满着沧桑感。人的经历不同,关注点和兴奋点也自然不同。西部有太多的人文景观,太多的名胜古迹,太多的兴奋点。大批大批的中外游客涌来,都是慕名而来。去莫高窟去鸣沙山去玉门去阳关去出天马的屋洼池，每一个游人到了这些名胜地都兴奋得溢于言表。我不相信这些人就真的从里往外这般兴奋，就那么有收获。进柴达木之前我就去了这些地方。实在地说，我能够来西部就是为了看看这些个震今烁古的名胜。要是没有这些个名胜我是不会迢迢万里风尘仆仆到这里来的。但是，面对那一处处名胜，我就兴奋不起来。比如游人到了月牙泉几乎没有不留影的，我却被那一圈铁围栏弄得一点也没了情绪。想象中的月牙泉神秘得那是一只神的眼睛。可是，那铁围栏与城市马路上的围栏一模一样，就没有什么可拍照的了。再比如莫高窟。十几年前就神往着，就准备了那么多的激情，看了那么多关于它的书和文章。可是，到了那里，只能看上三个洞穴。其它洞穴不开。据说，有的重要洞穴要看一眼就得花上 120 元钱。最贵的一个洞穴得 400 元。为了对得起这趟远游，我看了十几个洞，在那一天的游人当中，我可以算上看得最细最认真的了。我想努力地发现一点什么，唤起一点什么，更历史一点更哲学一点，可是，我看了差不多一整天，也就是看一看罢了。我看到那个叫王圆箓的道士发现并打开的那一处震动世界的洞穴，我没有像散文家余秋雨那么激动，也没有人家想得那么多那么深。我倒觉得让外国学者拿走了那么多宝贝也是对于中华民族文化的一次弘扬。令我深思的倒是莫高窟的维修。那是日本和香港的有钱人投资的。保护人类文化的精神可嘉，但我总觉得那一个个铝合金门太现代味了也太商品味了。它与莫高窟不那么协调。再说阳关。那条大漠中的庑廊太缺少文化气息了，而一些题字的碑文也败坏了我的胃口。何况，那还不一定就是阳关真正的旧址。

名胜不该掺进人为的矫饰，名胜也不需要现代人躁动情绪。名胜也不是现代人附庸风雅的场所。别人激动你不一定就得跟着激动，别人说好你也不一定就得说好。你要学会用自己的心去感受名胜感受风景。否则，就不会有真正的收获。

从柴达木回到敦煌，石油局的领导宴请我。席间，他问我此番之行对什么感受最深，我说了那只野鸭。我是用文学语言渲染了那个场景，效果极好。闻者无不感到稀奇。我说，那只野鸭让我看到了柴达木的魂灵，看到了柴达木的精神。我当时完全是按着我的逻辑诠释这只野鸭的行为。我说它是一种对于生命的张扬和展示，它以渺小向广阔展示，它要向比它更高级的人类展示它的存在价值。它以这种怪异方式完成了一次鸭类的最高境界。它不怕外国车，不躲外国车，那么快的速度它不躲使它具备了崇高的美学意义。我说得党委刘书记哈哈大笑。

事后，我觉得我对野鸭的那种诠释过于矫情。而矫情似乎成了当代文人的通病。特别是当我读了美国人尤金·伯恩斯写的那本《野生动物的性生活》之后，我对这只野鸭的壮举有了一种新的诠释。这本书的作者花了三十年的时间，研究了三千多个种类的野生动物生态，而这本书在我国图书馆的特藏室里也沉睡了三十年。伯恩斯认为动物处在性兴奋期时，其情绪上的巨大变化会突然出现。原已建立的习惯被打破了，性格变化了。最胆小最内向的野生动物也可能变成一只危险的野兽。他举例说，一只处于性兴奋期的公野牛竟然跟一架扫雪机在公路上争抢路面；一只最温顺的斑纹鼬性兴奋时竟敢用鼻子去拱一只巨大的灰熊。而一只被性兴奋驱使的雄獾竟敢面对一辆开来的汽车，结果迫使司机把车停下，退回去，绕开它。处在淫欲时的野生哺乳动物的雄性，甚至会向人类的女性主动做出性交的表示。有的可以把女孩子追得无处躲藏。伯恩斯所举得这些例子都是哺乳动物，野鸭不能算哺乳动物，但它的壮举显然也是可以用性兴奋来解释。尤其难忘的是它那尽量上拔的棍状颈项，它是一种雄性的展示，雄性的张扬。它那时一定为找不到一个异性而备受折磨。如果我们车上有一个女性下车抓它，我想它是不会躲闪不会飞走的。这一个例子可以使伯恩斯对哺乳动物领域性兴奋的认识扩展到非哺乳动物中。

由这只野鸭的性宣言，使我对柴达木有着更深的认识。这个地方不仅缺水而且缺性。作为生命，水和性都很重要。少了哪一个都会痛苦不堪的。鸟类在柴达木作出了性的牺牲，而人类在柴达木所作出的性的牺牲又有多么巨大！石油人在这里生活了40年啊！40年前，来这里的都是一些阳气旺盛的年轻人，这些个小伙子也不过20郎当岁。我们的作家何曾真正关注过他们的生活？

青海有位青年作家在五年的时间一气写了五部长篇。五部长篇有着同一个母题，那就是荒原与性。他在一本叫作《天荒》的长篇中写到了年轻的石油工人。他们争抢着爬上数百米高的井架，为了争看一眼远处的女人，结果把井架压倒了，几个小伙子摔得粉身碎骨。还有个小伙子用彩色的石块摆出一个女人的形体，进行一种自戮式发泄。小说毕竟是虚构的，不必考证真伪。而石油作家肖复华给我讲的他的一位令他敬重的师傅因为性而杀人的故事，让我怦然心动。那位师傅逃走后是他带着人把师傅抓到的。那时候，他还过于年轻。肖复华是位有出息的石油作家。他写了好多东西，多次获奖。但是，他写他那位师傅的小说最让我震动。

我们的时代在走向真实，我们的作家也在走向真实。我们过去太热烈于崇高与神圣了，我们写文章使用这些字眼时，缺乏必要的严肃和严谨。这不仅是一种从众意识，也是一种媚俗。生命的方式不能托举到一种虚枉的高度。那种高度代替不了本来的规律和属性。但是，人类毕竟不能满足于一种动物的真实。他们渴望着神圣，当他们感到自身神圣不起来时就将希望寄托到神的身上。神可以是泥胎也可以是油画，但必须要做得精致。人去造神是一种需要，也是一种对于自身的绝望。我也曾有过虚枉，虚枉得要上天；我也有过实在，实在得要入地。上天也好入地也罢都不是对于生命的一种真正感悟。

西部的历史太长，西部的千佛洞太多，西部的生命被西部的历史和西部的神祇快淹没了。我无疑去褒贬什么，但是，那只野鸭构成了一幅柴达木的风景，什么时候只要一提到柴达木，我的眼前就会生动地再现那只棍状的颈项。像一个小小的“!”号立荒原。

1995年5月12日　于沈阳牧童居

（选自《散文》1996年第5期）

悟　沙

作为远游客,我充满兴致地行进在茫茫戈壁茫茫荒漠茫茫瀚海。我被满目的新奇地貌刺激得无法安宁。我在感受亿万年前地壳运动的恢宏壮阔之势:印度板块与欧亚板块的撞击,震旦系和下古生界的沉积,喜马拉雅和青藏高原的崛起,那种挤压那种扭曲那种搏杀疯狂得居然迫使巍峨的昆仑山移动了500公里,居然使得一片汪洋干枯成一幅无奈的愁容。忧愁的褶子越聚越多,已堆向天边。西部的语言就是这些褶子,它写满苦难,写满沧桑,谁到这里来也得陷落其中无法走出。我只能从这些褶子中去解读戈壁,解读荒漠,解读柴达木。就在我读出一片博大精深的苦难之时,我发现了另一种语言。那就是黄沙。

一、看沙是沙

西部缺水,西部不缺沙。在西部百里见不到水,一步就能见到沙。西部的沙子细小,绵软,有着水的柔性。在荒漠中到处流淌,那上边的纹络也像水的波纹。捧在手里会从指缝间渗露。沙子还可以当水用。当年,第一批进入柴达木腹地的勘探队员为了节省水,就用沙子洗衣服洗鞋垫,毛巾干硬得像锉刀,经沙子一洗,一揉,就会柔软似棉。但是,沙子毕竟不是水。

沙子还可以当被盖,用以遮挡风寒。五十年代有一位地质工作者在柴达木搞追层测量,迷失方向,与接迎的人失去联系。白天沙漠滚烫,蒸烤得光着脊梁还往出冒油,一到夜晚,整个荒漠都在发抖。他要不是钻进沙子里边过夜恐怕就得冻坏。但是,沙子毕竟不如被子舒服。

沙子还有一种医疗作用。在西部有好几处沙疗疗养院。利用曝热的沙子治疗风湿、关节、胃病以及许多老年性疾病。许多患者到这里治好了疾病，但也有没治好的。没治好的意识到，沙子毕竟不能取代医疗器械。

西部的荒漠太大，这给沙子提供了太多的表现机会。在别的地方沙子过于规矩成不了大气候，那是由于它总是受到水的压抑。而它们在西部一旦摆脱了水，它们就会所向披靡，纵横捭阖。这是些浪子，随意性极强，只要心情舒畅，它们就哪都想去哪都敢去。这是些狂躁的暴徒，破坏意识极强，动辄就对周围发动进攻。数亿年来，它们进行过亿万次的破坏性侵袭，把个严肃神圣、伟岸如铁的泥岩山体，弄得伤痕累累一片残缺。我们常常感叹于滴水穿崖的耐性，而流沙对于泥岩层对于整个大漠的削损不是更具耐性吗？

黄沙在西部是一种丰富的语汇。它以不懈的努力去说服那些忧愁的褶子。它们打破了亿万年的寂寞，为大漠注入了生气和活力。它们甚至改变了那些永远痛苦的泥岩土丘，使其变了副模样。我在通往柴达木途中写下这样一段文字：

路旁不断有荒丘迎来。荒丘的颜色酷似虎皮，当地人称虎皮岩。虎皮岩被黄沙半遮半掩，一个个虎脑袋从沙幔中拱出来。虎脑袋有大有小，排列整齐，有的脑门上还能看清王字纹。奇妙极了。这一排虎脑袋过去后，又迎来一排虎爪。虎爪筋脉丰盈壮硕、骨骼坚实粗蛮，透出一种骄横的动势，把黄沙踢腾撕扯出网状的窟窿。没有黄沙就不会有这些个虎脑袋虎爪，就是有了也不会排列得这般栩栩如生。黄沙把单调的大戈壁搞得活泛开来。它们过分热情地扑向过分冷漠的荒丘，不管人家愿不愿意，就去亲吻就去拥抱，热烈疯狂，缱绻缠绵，完全是一种自己的方式。它们终于感动了荒丘感动了辽阔的戈壁滩。如果没有黄沙，这里将会是怎样的死寂？

我坚信，读懂了沙子就读懂了西部，读懂了柴达木。

二、看沙不是沙

我把黄沙视作西部的语言，我陶醉于我的发现，我把它渲染得绚丽多姿，魅力无边。可是，柴达木人却不以为然。他们并不喜欢黄沙，甚至对黄沙充满敌视。即便搞艺术搞文学的人听了我对黄沙的激赏也不敢苟同。我与一位搞摄影的年轻人同行，我们一路上谈得很多。他带了好几台相机，一百多个胶卷，一个专业味道极浓的皮箱，外加一个皮包。可谓全副武装。他的这套器械在整个柴达木也是最精良的。他到花土沟是为了给中国石油杂志提供摄影作品。他要住下来，照风景，也照人物。他在路上对所有的景色都不感兴趣。他告诉我最美的是尕斯库勒湖，是昆仑山的雪景。他说他到花土沟来过好几次都是天公不作美，没有拍成好作品。这一次，他说要托我的福。

花土沟位于柴达木的最西部。一位石油作家把这里称为西部之西。这里应该算作柴达木最荒凉之处，如今这里成了柴达木最热闹的处所。这里有丰富的石油资源也有丰富的黄沙。这里的黄沙对我可真够热情了，热情得使我无法忍受。

那是第二天的午饭后，我与年轻的摄影记者在房间里聊天。我们决定下午就去尕斯库勒湖拍照。他一边听我侃，一边整理着相机。我先是觉得嗓子发痒，干咳几声愈发痒得厉害。我就以为是烟呛的。我问他，哪儿来的烟这么呛人？他抬头朝窗外一看，叫了声“坏了”。

窗外，一片浑黄的浓烟成了弥天大雾，吞没了所有的景物。电线杆子看不见了，楼群看不见了，仿佛世界一下子就到了末日。我扑到窗前，被这弥天大雾弄得十分新奇。大雾中偶尔闪出行人。行人全然没了立体感，影影绰绰，薄如纸片。我这时候全然没有意识到这是黄沙而不是大雾。黄沙怎么可以像雾呢？

我感到屋子里更呛了，呛得我不能张口，连喘息都困难。窗台上已经积了一层黄沙，桌面上，地面上也积了一层黄沙。所有的窗户都是双层，都关严实了，这黄沙怎么会挤进来呢？摄影记者无比沮丧地装起相机，倒在床上蒙头睡大觉了。这种天气只能蒙头大睡。可是，我怎么也睡不着。沙子在屋子里弥漫飞扬，躲进被子里上不来气儿，露出脑袋更被黄沙呛得窒息。路上所有的好心绪一下子就被破坏了,这才明白为什么生活在这里的人不喜欢黄沙。黄沙真不是个东西!

刮黄沙时,就没有人上街了,也没有人吃饭。没有办法做饭,也就没有办法吃。我们非常艰难地把车开到街上,竟然找不到一处可以吃饭的地方。在这样的日子里,你就是花多钱也找不着个吃饭地方,遇到这种天气,你就会觉得腰包揣多少钱也没有用处。密封极严实的日本车里边也照样钻进了黄沙。这叫作无孔也入。

回到住地,推开门,水泥地面已经成了沙漠,踩在上面挺软乎,还能留下挺深的脚印。书也看不了,话也说不了,觉也睡不了,什么也干不了,这样下去岂不把人活活折煞?

年轻记者躺在床上讥讽我:作家先生,黄沙对你多热情?我这是托你的福啊!

整整一夜没有入睡。真倒霉,那天晚上,表也停了。我不知道时间,怎么也盼不到天亮,真是漫漫长夜!

世界被黄沙折腾得烦躁不安。躺不住,坐不了,心烦意乱,抓心挠肝。这是什么鬼地方。怪不得有位领导来到这里说了一句石油工人爱听的话:在这里别说干活为国家作贡献,就是什么不干在这里呆上两天也该表扬。我本来决定在花土沟呆上一周,可是,我呆不下去了,巴不得风沙马上停下来,我立马就离开。

我啼听着窗外的呼号。什么时候能停下来呢?据说春天这里风沙一起,常常就要刮个痛快。一痛快就是三五天。最多一次刮了整整一周。这一周人们被困在床上吃不了,喝不了,戴着口罩还不行,还往呼吸道里进沙子,就又在口罩上边加上一条湿毛巾。沙子倒是挡住了,可那不得把人憋死?

柴达木的风沙太可怕了,我真担心刮上一周。天亮了,风算是煞住了,可是天空依然不透明。那黄沙不肯从上面往下落。还是瞧不见昆仑山,还是望不到尕斯库勒湖。摄影记者一筹莫展。“对不起,拜拜!”

我们上路了,他留下向我招手。我祝福他等来一个透亮的好天气。其实，我也在默默地为我自己祝福。天气一直不开晴，会不会在我们行至半路时再刮起大风沙？只要风沙一起我们的车就别想开了，走到哪儿都得停。司机告诉我，有一次行车途中赶上大风沙。停下来等了一天一夜，风沙消停后下车一看，傻眼了，车的侧面大半个身子被削损得有皮没有毛了。那是一台新车啊！司机心痛地强调。

由赞美黄沙到厌恶黄沙；由害怕黄沙到逃避黄沙，这是一个我所亲历的情感过程，在这个过程中，我环绕柴达木一圈。谢天谢地，风沙没有力气追逐我们的丰田越野车。不是它不想追而是它追不上。倒是我们的车轮把带起的串串黄沙抛在了身后。回望那一团团无可奈何的黄沙，我觉得我夸大了它的存在价值。我把它看得过于强大。其实，它们只不过是受风的操纵，让它们躺，它们就得倒，倒的姿势都得由风来决定；叫它们起来，它们就不能趴着，没有一点商量余地；让它们安静它们才能安静，让它们疯狂它们就得疯狂。它们的喜怒哀乐全然不受自己的支配，它们没有自己的原则。

它的形象是一种风的外化，它的纹络从来就不曾是它自己的，在水下是属于水的，离开水，就属于风了。

三、看沙还是沙

回到敦煌，住在石油局的招待所。没有特点的建筑，没有特点的装修，没有特点的服务，算是隔绝了有特点的世界。招待所是在大道边。大道上光光亮亮，没有黄沙；招待所大院铺着柏油，平平展展，也没有黄沙；招待所从走廊到房间，铺着地毯，更是不见黄沙。黄沙到了哪里？

那是春日里一个极好的日子，我在极好的阳光底下，仰望着感觉极好的鸣沙山。我满眼都是灿烂都是辉煌。从上到下辉煌，从左到右灿烂，辉煌和灿烂在这里没有什么区别。沙山的斜坡很是舒缓，牛毛般光泽细软，而线条清晰有如刀刃般的山脊无论直线还是弧度，都高贵得不可企及。居然有人踩在上面行进。人一到了那上边就渺小如蚁。一个人是一只蚂蚁，一队人就是一串蚂蚁。

一粒黄沙，被人看得渺小，那是天经地义，而人被沙山的山脊线显得如此卑琐渺小则令我无比新奇。我简直无法相信，这么伟岸的沙山全都是细如牛毛的黄沙堆成。沙子的属性原本就是松散的，是没有凝聚力的，比如我们常说的一盘散沙。在我生活的东北，无论城市还是乡村，所有的沙子都是松散的。因为松散而任人宰割，因为松散而过于低贱，因为松散而形不成气候，更形不成风景。但是，在这里我看到的沙子却具有着伟大的魅力。这种伟大魅力是来自一种群体意识。它足以震动天地万物，更能够震动人类。

然而，古往今来，多少名人志士光顾这里，他们无不为鸣沙山的奇观而震动。早在魏晋的《西河旧事》中就有记载："沙州，天气晴明，即有沙鸣，闻于城内。人游沙山，结侣少，或未游即生怖惧，莫敢前。"唐时的《元和郡县志》中记载："鸣沙山一名神山，在县南七里，其山积沙为之，峰峦危峭，逾于石山，四周皆为沙垄，背有如刀刃，人登之即鸣，随足颓落，经宿吹风，辄复如旧。"五代的《敦煌录》云："鸣沙山去州十里。其山东西八十里，南北四十里，高处五百尺，悉纯沙聚起。此山神异，峰如削成。"更神异的是沙山的鸣响："盛夏自鸣""声震数十里"。鸣沙山过去叫沙角山，神沙山，后来改为鸣沙山。这说明人们更感兴趣的是它的鸣响。它的鸣响已成为千古之谜。可是，至今，也没有对它的鸣响作出统一的解释。现代人用科学去探究，得出四种观点：一为静电发声说。认为鸣沙山沙粒在人力和风力的作用下向下流泻时，含有石英晶体的沙粒相互磨擦产生静电，静电放电即发出声响。众声汇集而成大声。二为摩擦发声说。认为鸣沙山在天气炎热时，沙粒特别干燥而且温度增高，稍有磨擦，即可发出爆裂声，众声集合便轰轰隆隆，震荡不已。三为共鸣放大说。认为鸣沙山群峰之间形成的豁谷是天然的共鸣箱，沙流下泻时的发声在共鸣箱中共鸣放大，以至于形成巨大的声响。四为大环境回声震荡说。此说认为鸣沙山周围有一个"回声震荡箱"，这个震荡箱包括山凹，建筑物，以及附近的村庄和林带。我对所有的这些个说道均不以为然。我觉得这些解释对于鸣沙山毫无意义。

鸣沙山已经形成三千多年。三千多年中，它不停地鸣叫，对大自然鸣叫，对人类社会鸣叫。大自然听不懂，人类社会也无法听懂。数千年来，它就这么鸣叫着。它的声音越来越嘶哑越来越沉郁，也越来越深刻。那是一种高亢的宣言也是一种悲愤的倾诉，很遗憾古往今来，我们的大自然没有听懂。要是听懂了，就不会有那么多那么深的断裂，就不会有那么散那么孤寂的荒丘；可惜我们的民族也没有听懂。要是听懂了，这里就不会有过那么多的战乱，那么多的荒冢，那么多那么多的伤口，在流血，一直流着……

我固执地按着自己的逻辑解释它这生生不息的鸣叫。也许这很牵强，但是，很有意义。古往今来，那么多的文人墨客倾听过它的呼叫，而如此感悟者，非我莫属。实为幸哉！

1995年5月18日于牧童居

（选自散文集《西部生命》）

向往西部

——读刘元举《西部生命》

李若冰

读你的《西部生命》系列散文，我的心情激荡不已，久久难以平复。你两次走马西部，一次直奔青海的黄河源头，一次跨入青藏高原的柴达木和吐鲁番，而你所走过的地方我也去过，因此引起了我强烈的共鸣，把我再一次带进了那令人迷醉的世界。

我发觉，你是一位年轻而富有激情的作家。你的笔锋激情而又浪漫，洒脱而颇具个性。你以自己独特的视角，独特的创造力，审视着你心目中的西部；你以自己的表述方式，描绘着有特殊魅力的柴达木，同时通过自己的生命体验，感受到西部的苍凉和悲壮，体察到柴达木人的苦难和崇高。于是，你为之震撼，为之感叹："神奇的柴达木，神奇的生命力！"

你字里行间洋溢着激情，蕴含着一种思考，一种智慧，一种精神，完全属于你自己心灵的呼唤。无论是你在黄河源头对生与死的感悟，还是在花土沟油田遭遇沙暴袭击的狼狈；无论是对大自然变迁的追索，还是站在冷湖纪念碑前的忧伤；以及你对生活在荒漠中各种人物的动人素描，我都无不觉得你感情河流的波涛时而喷薄汹涌，时而平静如水，时而碧波荡漾，时而哀婉流泻。我相信，相信你对西部感情的投入，更相信你产生的那种感觉："我太偏爱这片土地了！"

凡是不抱偏见来到大西北的人，都会爱上这片土地的。不是因为这儿苦，而是因为这儿的人。何况你是专注探索人的精神的作家，因而你一走进柴达木，就不由地激动起来了。你说你不喜欢城市，城市的矫情使人失去原有的质朴，可是大西北不需要矫情，柴达木人不需要矫情，在这一点上你和我不觉投合了。只有你来到柴达木，你才会真切地感受到"石油人，他们依然有着让你敬重的清纯与朴实，让你感动的热情与真诚。他们与别处的人不一样。别处的人可能想钱想得太多了，而他们相比之下则想得太少太少。我到这里来，感觉到这里是社会主义味儿最浓的地方"。你这种感觉再一次和我相投，我不能不为之感动。

你关注柴达木原始地壳运动的状态，那种惊天动地的撕裂破碎，那种鬼神皆惊的翻腾沉降，使得一汪浩大美丽的大海，破败成如今这片盐泽遍布的荒漠，给人类造成了莫大的灾难。你对地球演变奥秘的探索，对柴达木人和自然较量的整体把握，使你的作品具有了更深层次的意义。而你对见到的或不曾谋面的人物的追述，由于视角独特，悟性很高，赋予作品一种新颖的审美价值。你在受人尊敬的柴达木元老依斯阿吉向导身上，找到了生命的永恒；你在地质专家顾树松几番出生入死中，领悟到了生命的奇迹。你诉说的那发生在四十年以前，骆驼也经受不住干渴而倒毙的情景，那死抱住骆驼不放的驼工，和那位眼圈潮红的队长（他名叫葛泰生，一位颇有成就的地质学者，是我 50 年代相识的朋友，如今就在你身边的辽河油田），都给你留下了神秘的内涵和生命的感悟。尤其是你叙述柴达木新一代男女爱情的篇什，也给我以鲜活而别致的印象。

我赞美你写西部的散文，不仅因为文采、激情、视角，还有一个更重要的因素，是你的笔触凝聚着沉实的文化含量。你写西部的古城，写敦煌的城市与莫高窟，恢宏大气，充满哲思。你对西域的历史，对于古建筑的研究都让我惊叹。由于你把这些文化因素恰到好处地融入作品中，使得文章拓宽了时空，深化了题旨，达到了一种相当可观的高度。

由于你对西部感情的投入，尤其你“偏爱”这片土地，无形中把你和我之间的距离一下子拉近了，靠拢了。你知道，我也深爱着西部，深爱着柴达木。正如你说的我年轻时中年时和老年时，都去过也写过柴达木，痴迷于那方天地，说是苦恋也不为过。使人惊叹的是，我第二次闯入柴达木是1954年，而这一年你才刚刚出世。时隔四十年的今天，你竟也闯入了柴达木，这不恰恰道明我俩在不同的年代是殊途同归志同道合么！你不像我就身处西北，虽说也是千里之遥，但说去转身也就去了，而你却是从万里迢迢的大东北孤身闯荡西部的，而这还不是唯一的一次，七年前你已闯荡过了，这是为了什么？是你心灵的感应还是就想去西部冒险？我们是生长在不同时期的两代作家，竟然不谋而合地走着同一条路，都向往西部向往柴达木，这又是为了什么？

我们需要回答这个问题。因为我在长达四十年间来往柴达木之时，有不少朋友都先后问过我：你为什么偏偏爱去那个地方？我想你也会不例外地被人提出同样问题。我每逢遇到这一提问时，往往感到语塞，一下答不出所以然来。也许，我觉得西部新奇，是想领略一下那大荒漠中沙暴恶风的袭击，感受一下大戈壁荒凉凄冷的面孔？也许，我想体验人生，经历一番那因干涸而陷入困境的无奈，或者是感受一番那因缺氧而感到难活的滋味？我说不清楚，也不想这么回答。

其实，我在前面评说你的散文时，已经多少接触到这个话题。只要你远离喧闹的城市，走进西部，走进柴达木，你就会被那空旷的荒漠和生活在那里的人们所震撼，随即觉得自己的身心豁然圣洁起来，灵魂也得到了升华。这时你才发现，你面对的人们和别的地方的人不一样。他们长期在恶劣的自然环境里煎熬，为生存而搏斗，被大漠风沙塑造得粗犷狂放，喜灌烈酒，由此生发出不少是非来，暴露出人性的某种弱点，然而他们乐观豁达，视友如亲，心像明镜般透亮，而且执拗地神圣地抱着一种信念，为之奋斗牺牲，虽九死而无悔。于是，你在他们身上发现一种难以捉摸的魅力，使你感到亲切感到可爱感到迷恋，使你感到人活在世上就应该是这般有魄力、有创造。人啊，人的价值在这里得到了最完美的体现。此时你会感到人生的宝贵，正如你说的，会感受到“生命的真谛”！

我还想说，西部蕴藏着无比珍贵的物质矿藏，也蕴藏着挖掘不尽的文学矿藏。我想，这就是我们向往西部向往柴达木真正原因之所在吧？

你为西部写了《黄河悲歌》《西部生命》几本书，使你在文学创作上获得了重大突破，从而你十分珍视西部之行。你不止一次地表示，只要有机会还是渴望西部。那么，就让我们在西部相会，在那片可以燃烧我们生命的地方相会！

我喜欢《西部生命》并祝它问世！

1996 年 1 月 8 日于长安雍村

（原载 1997 年 1 月 21 日《文艺报》）

刘烨园

刘烨园（1954— ），散文家，山东滕县人，曾用笔名南也、冷洋。1969 年从柳州铁路一中毕业后即在广西河池县插队，后转家乡当农民。1971 年入滕县衡器厂做工。1978 年毕业于山东师范学院中文系，当过教师、记者、编辑及《山东文学》散文诗歌组长，现在山东省作家协会从事专业创作，一级作家，系中国作家协会会员，山东省散文学会副会长。

刘烨园 1978 年底发表第一篇散文，迄今共出版散文专集 6 部：

《忆简》（广西人民出版社，1989 年）；

《途中的根》（漓江出版社，1992 年）；

《栈——冬的断片》（陕西人民出版社，1993 年）；

《领地》（山东文艺出版社，1994 年）；

《精神收藏》（太白文艺出版社，2001 年）；

《中年的地址》（春风文艺出版社，2002 年）。

其中有《青鸟在岁月里飞》获山东青年晏婴金像奖（1986），《给妈妈送饭去》获铁道部优秀文学奖（1986）、山东省新时期工业题材优秀作品一等奖（1994），《哪里·这里·那里》获《萌芽》优秀作品奖（1992），《核》获《鸭绿江》优秀作品一等奖（1993），等等；有《自己的夜晚》被选入《中国当代散文精华》和《中华人民共和国 50 年文学名作文库·散文杂文卷》，《红林问语》被选入《青年散文选萃》，另有多篇被选入《八十年代散文选》《九十年代散文选》《中国大陆当代散文选》《中华散文名篇赏析辞典》《新时期抒情散文大观》等多种重要散文选集。评论刘烨园散文的文章主要有：

《沉浸和抵达——刘烨园散文简评》（周佩红），《萌芽》1993 年第 7 期；

《墨色中的晶莹》（赵丽宏），《大众日报》1993 年 8 月 28 日；

《诗意散文的新开拓》(耿林莽),《山东文学》1993 年第 10 期;

《沉思的灵魂的话语——谈刘烨园的散文》(陈文东),《光明日报》1994 年 3 月 4 日;

《回归与创造:新艺术散文的位置》(陶己),《当代文坛报》1994 年第 2 期;

《追忆的忧郁和沉思》(银云),《深圳商报》1994 年 5 月 22 日;

《刘烨园散文的人文趋向》(贾振勇),《鸭绿江》1994 年第 8 期。

此外,《中国当代散文报告文学发展史》和《新中国文学史》(上卷)有对刘烨园散文的专节评论,可参阅。

文学的那只手

刘烨园

日本著名思想家池田大作认为,21 世纪将是“生命的世纪”。人类、时代、社会、文化、进步与文明,都将以“生命”为基础。这和自然科学渐渐格外重视生命的物质现象,将生命,包括人自身的各种因素进行深入的分析、研究、试验作为一门新兴的重要学科,有着异曲同工之妙,同属于未来的潮流。这本身已不是什么新鲜的话题,从上个世纪开始,在哲学领域,丹麦神学家,哲学家日兰·克尔凯郭尔,之所以成为本世纪存在主义思想的先驱之一,就是由于他认为,只有人才是世界的唯一实在,真实的东西只存在于人的内心,只是个人的体验,即最直接、最生动、最切实的痛苦、热情、需要、欲望等等,这是无法用理性来说明和把握的,正是由于如此,当我们阅读克尔凯郭尔的著作时,你简直分不清它是哲学还是散文,或者是诗。而爱默生、尼采、叔本华、弗洛伊德、萨林等人的著作亦如此。二十世纪的哲学越来越生命化、文学化了——因为文学是离生命最近的表达形式。本世纪几乎所有的哲学和思想性的重要著作,一是可以当文学来读,二是可以用文学来阐释(存在主义尤其如此),其根本原因,就是因为它们是“生命的”。

文学本身又怎么样呢？所谓意识流、象征主义，现代派等等，说到底，无非也就是“生命主义”、“生命派”罢了。不过是人们对生命本身的重新认识，重新发现，重新开掘罢了。说它们“罢了”，是说并不新鲜，其原因就在于它们是生命本身固有的东西。陀思妥耶夫如此，卡夫卡如此，他们都写出了生命在社会复杂的进程中，包围中所承受的直接、生动、痛苦、切实和丰富的煎熬。“生还是死”，这在哈姆雷特曲折的故事只占一席之地的生命沉思，到他们的时代发展了，汇聚了，沉重了，弥漫成了“全部”！而萨特、加缪、索尔·贝娄、马尔克斯等人，则发出了各自生命痛苦之焰里不同的感受之光。文学是人学，即它是生命的，这本来不成为一个问题，问题在于“直接”和“间接”、“自身”和“他身”、“切实”和“切虚”、“生动”“和”“拟动”、“原生”和“再生”，一句话，主观和客观。

以小说为例。无论巴尔扎克还是左拉，以及人们所受的传统审美教育，都在绵绵诉说，小说——尤其是现实主义小说，其审美标准是客观的，因此我们才用在现实的、生活的体验中，它像不像什么，是不是那么回事来判断它的“真实”。这时文学是“生活”的，而不是“生命”的，是社会的，而不是个人的，是表面的，而不是深层的。诗歌则不同。在所有的文学中，它最不客观，它离生命最近，它主观而直接，因而最形而下又最形而上，它的手法变化最大最多最早，因为生命极其丰富，要表现丰富的生命，旧有的手法太不够用，非变幻莫测不可，因而诗歌总是走在其它文学的前头。后来小说、戏剧、散文赶上来了。它们更靠近诗歌了，诗化了。虽然上个世纪就有人说过“文学是诗学”，这是就其本质而说的；但从手法，内容等等方面“诗学”全面开花，却是本世纪的事。因为不“诗学”就无法捕捉生命辐射的多棱多元之芒。客观的“像不像”“真不真”崩溃了，让位给电影电视了，因为后者更多地依赖于视觉、听觉和生活，更表层和平面，更短暂易逝也更依赖于综合的画面，音乐、表演等等，这绝非科技和时代的产物，而是间接的生命需要。它们客观上促成了文学的“转向”，生命对文学提出了更高更苛刻的需求。小说等等在“诗学”起来，变得更生命——更主观更个人化更混沌更朦胧更似是而非也更感性更音乐，更形而下又形而上。它等待读者生命的参与、感悟，显现着生命写，写生命，生命悟的循环链。于是不是它不好“懂”了，而是旧式的“懂”的传统过时了。文学在变，不变的读者因而不懂又有什么奇怪的呢？

文学提出了不再是生活“懂”而是“生命懂”的新要求，高要求。它似乎发誓要检验作者和读者是美的懦夫懒人还是革新者、刻苦者。二十世纪的文学史在证明（我们不妨回首望去），还有几个客观型、现实型的作家是重量级的作家呢？中国的所谓新写实主义是否是真正的文学里已经沉落过时的死水的最后泛起的微澜，回光返照的残迹呢？

生命是一个“黑洞”，无休无止。探索的兴奋和意义也就在这里。不“懂”的原因也在这里。“黑洞”探索“黑洞”，其前提、过程、发出者和目标者，共同组成了文学表现的“黑洞”形态。再加上语言文学的先天性局限，表达的确切性便永远“模糊”了。然而，它又是唯一不像电影电视转瞬即逝而是用文学固定下来的载体，因而是能不停阅读，反复思考和感悟的丰富存在。又由于它是生命的，因而后人能从有生命的文字里发现几百千年后的真谛也就不足为奇了。越是生命的就越主观、直接、生动、切实、混沌、立体、多元，因而也就越长久越仁者见仁智者见智，因而也便永恒和不朽。如此的文学，还要去和电影电视争什么地盘呢？有什么可悲观忧虑的呢？文学没有也不会没落，是人们的文学观念太陈旧太落伍了。文学也不乏读者，而是由于生命的千姿百态，读者也“分散”了，精锐了，多元了。客观的、社会的、传统大一统的文学，已经分解成了万紫千红，形形色色的个人的、直接的、化整为零的、主观的文学。

当二十世纪就要结束的时候，生命的话题已经不再新鲜。但由于生命的“黑洞”性质，它又是极其新鲜的。生命的文学和哲学从人类历史的浩瀚之作的端倪中启示着二十世纪的人们，并正式登上历史舞台，不过才一百来年。在这新旧交替的时刻，追求文学者是沿着已是夕阳的旧路辛辛苦苦奋斗一生走进黑夜，还是向着朝阳的新路不屈不挠地奔向将日照中天的生命文学，无疑是一个科学的、智慧的严峻抉择。

生命拍打着二十一世纪的山门已经很久很久了。那只文学的手，越来越坚定和自信。它木秀于林，“数风流人物，还看今朝”。

1994.2.6 于山栈

自选作品

自己的夜晚

地气，像夜色一般的潮湿。这时，它和绿色植被的生命气息混融在一起了，凉凉地弥漫开来。周围的山野暗得清晰。坐久了，墓地里的人分辨出了哪是青草的清鲜，哪是柳树的苦味儿。这是一个十分遥远的夏夜。无语的月亮正从桃花岭的上空向西走去。一条朦朦胧胧的河，在东一簇、西一丛的黑色相思树林里若隐若现。远处，便是万家灯火起落着的亚热带山城了。十一年前，我的中学时代就是在这片坟茔累累，当时满目残垣焦土的地方结束的。在灯火深处的一隅密林里，我的母校大概仍在注视着蜿蜒北去的竹鹅溪。它们大约都不会记得那个秋雨霏霏的早晨了——几百名青年学生阴着极复杂的神情，一卡车一卡车地离开了曾经慷慨激昂、悲壮凄凉的大操场，各自远走他乡。后来，许多人又回来了，仍是山城的子民；而我也许是走得最远的一个，如今却成了客人。这个客人此刻独自来看望被历史遗忘的朋友们，独自坐在这片在他的故事里被叫做“红卫兵山”的坟林里。逶迤的荒野万籁俱寂，虻蚊湿湿地粘在汗腻腻的手臂上，又毫无知觉地悄悄飞开了。夜仿佛沉透了魂灵，也沉透了身躯。身后，不死的“丘八”就在蓬草厚土下安息。冰凉的墓碑上刻着：邱黔桂同志之墓，柳州铁路一中 1966 届高中毕业生……多少年来，在我们为数极少的朋友们的心目中，遇罗克、张志新都是在特定的政治气候下，被社会意义夸大的英雄，而“丘八”是真实的。他是我唯一熟识的既有清醒的法律意识，又狂热地投身红卫兵运动的青年学生。一九六八年的夏天，他没有最后写完《林彪理论根本批判》《毛泽东是人不是神》的檄文就在残酷的武斗中死去了。他是被人活捉后，捆绑起来，用刺刀狠狠捅死的。失踪几天后，打柴的农民发现他时，炎热的太阳已经使尸体腐胀发臭，极难辨认了。“丘八”的文章要是“出笼”，肯定要比我所熟悉的另两篇全国闻名的“大毒草”——《中国向何处去》《今日哥达纲领》更加“罪该万死”（它们也是十八、九岁的高中生写的）。命运过早地夺去了“丘八”反省和重新选择的机会。如果他活着，会是怎样的一个人？面对数百名战死者的黄土，面对历史，我也该掉过头去？成千上万戛然中止，永不存在的青春年华难道毫无意义？他们也是人。……就在这个深夜，我写下了《他一定在那里》《致楠》的最初的文字。我明白我该做些什么了。

就这样，命运也许选择了无力承担的人去做他根本做不了的事情。但是从此，他再也没有改变自己的道路。

一个把握不住自己的人，该怎样感谢这个使他独处的夜晚？

生活中突然涌起了太多的，眼花缭乱的诱惑，令人吃惊的无奈和烦恼。人们整天怀着没完没了的心计，小里小气地在街上奔忙，或在屋里迟钝地消磨时光；既怕失去又想多多地获得。名声、钱财，舒适、官位，比捡破烂的还要眼精，什么都想要；天伦之扰，糊里糊涂，舆论吹捧，庸庸碌碌，始终像灰尘一样，令人摆脱不开，冲腾不出。日子一天天过去了，今天和昨天，明天和今天没有什么两样。上班，吃饭，看电视，串门，睡觉；为家具，为紧俏商品，为喝酒、发稿、蝇头小利、闲言碎语、无所事事、勾心斗角而苦恼，而沾沾自喜，像没有孩提和幻想的机器人。这是真正的死亡了。人们忙得没有时间去想是人控制了存在，还是存在淹没了人。时时靠别人有形无形的鼻息生活，为子虚乌有而战战兢兢地掷出一生。太惨。太累。有很长的一段时间，我一直矛矛盾盾地在歧途上徘徊。我把自己残缺而珍贵的青春停留在浅薄的短暂里，留下一笔至今无法叹息、恨无来生的回顾。

这代价太不像那个巴满了风雨也巴满了冷酷和无所谓的我了。

我将永远感谢那些使我独处的夜晚。

那间小屋夜夜能听见湖水茫然的拍岸声。这夜残雨淅沥。灯光照在杂乱无章的旧书刊上,家人在门厅的那一边睡去了。沉寂的子夜一点一点地滤去了乱乱的柴米油盐,妻声儿语。在关严的门边,我坐在藤椅里,听法拉奇讲述一个叫帕纳古里斯的人的故事。那是一个遥远的国度,主人公用自己的尊严走完了反抗、坐牢、遇害的一生。远处好像响着工厂的机器轰轰声,窗外的雨夜变得像隔着灵魂和肉体的边界;没有了实实在在的影子,只有无数的问题撞击在脑海里:人类,人类是什么?自由的实现到底有没有别的过程?思想注定在厄运中蓬勃,在欢笑中枯萎?现代政治,现代经济,现代人在帕纳古里斯不屈不挠的追求中反照出了一个个必须澄清又令人费解的命题……我真切地触摸到了自己年轻时代的锐气。另一个我责问着走来走去的灵魂:你会不会变成法拉奇痛斥的那些今朝渴望自由,明日成为帮凶的"章鱼"?浪漫、向往、该怎样度过这一生……许许多多学生时代的气质似乎早已被抛弃了!这时我才悟到:如果"陈词滥调"不断地从人的脑子里生出来,那么它八成就是一个永恒的真理,有着不朽的价值和意义。满地是静静的烟头、烟灰。推开窗,外面的空气像是属于另一个世界的。眼睛早已发涩了,人却毫无困意。这样的夜像一个决心,似曾相识——很多年以前,那时我还没有一种随遇而安的平静,在南国山坳的知青茅屋里读法捷耶夫致友人的信,在长沙街头风尘仆仆地打听黄兴墓地归来;第一次读《广岛之恋》《巴黎对话录》《渴望生活》;在暮色笼罩的产楼前等待我的儿子降临人间……都曾有过这样怅惘而超脱的痛苦感觉。这是规律。一个人真正地活过,就意味着升华、跌落、沉重、坚毅、百思不解和追求完美的阵痛连同砍不断的无数"适应"将延续他的一生。停止就意味着完结了。此时,我早已不是那个易于激动、敏于思考的中学生了,也不是只记住坎坷中那点善良的人间温暖的初学写作者,灵魂渴望得太浅又太多,甚至揶揄过理想,诅咒过感情,但我至今不后悔自己所经历的一切变化。一支支烟如萤火般熄灭了，我走到秋雨零落的街上。前方空无人迹。高低错落的街屋轮廓黑黑的，寂寂的；街越宽越远，就越充满着历史感、神秘感。这一生就这样定了？我想。人为什么总是躁动不满和渴望刺激？如果它的来临把窝巢的安逸统统粉碎了呢？无数的菜畦、树林从郊道两边伸展而去，护城河闪着莫名其妙的暗光。狗吠声像远古的回音一样隐隐约约地传来。这时，我看见那条寒冷的弗拉基米尔卡大道就在脚下，列维坦给人类留下了一幅只要还有人就能在沉思中重铸生命原力的杰作：倾斜的天空凝聚着深浅不一的乌云，寂寥深邃的荒原上，古老的流放驿道如同大自然青筋凸凹的血管，历尽沧桑地向前延伸……画家把自己的血液和历史所有的色调都杵嵌在这里了，使它沉缓地流动着继往开来的汉子的生命。生命是野性的，也是深沉的。人的精神在这里起伏而来，又坚定下去。也许到了第二天，当现实的喧嚣包围着他的时候，一切会褪去，一切将照旧；他明明知道该怎么做，又不由自主地背叛自己，在沉浮中忘却了。但我相信，只要还有这样的夜晚，人的夜晚，新的白天就会截然不同，就会渐渐地坦然而冷静。人有了比身外之物更高的尊严，一切琐碎的摇晃就会在自嘲中愈发可笑了。他在成熟起来，会自卫也会反击。但那是利刃，不是桎梏。因为过程从来就是杂色的，从来就没有一张异想天开的地图存在。路标，只在人的心里。

不能被淹死。现代文化是灵魂的孩子，不是拥有荣华富贵就可以自诩自己是进步的当代人了。精神被忘却得太久，就一定快要回来了。再过若干年，我们的后人会不会像我们谴责“八亿人都是政治家”一样，一边费力地打扫今天留下的痼疾，一边讥诮我们又以同样的方式在相同的地方摔倒了第二次？财富的畸形侏儒——这是怨不了祖先也怨不了他人的。

土路似乎有弹性。我走得很慢。天高得无遮无拦，没有一点声息。

有什么遥远的氤氲注入内心了。

我开始理解了佛道僧人。迎着寒风，想象着他们在深山庙宇里的生活。暮鼓晨钟，经声佛号，那样的日日夜夜，他们也一定悟出了常人无法窥探的什么，于是世世代代，香火不绝。但那是他们的事。人怎么不是一生——这个答案其实是一个透彻的零，可以由此走向逃避的负数：与其轰轰烈烈，何如与世无争或碌碌安逸；当然，也能走向超越的正数，索性活得彻底，活得尽心尽力，为着所有的不公正都将被弃在废物堆里的那个证明。人在不受外界影响时就能看清自己了，也只能在完全属于自己的时空里才能检验个体的高卑。这时星星出现了，地上有一汪又一汪的积水。远处的岔路口，有人骑着车子疾驶而过，放开性子爆发出歌声，"嗬嗬嗬"的只有黄河西部的曲调而没有词儿。他吼得好痛快！我边走边想，那些不死的精神是不是都诞生在深夜里？就像一个新的生命多是在夜的某一瞬间由男女们完成的一样？但我知道自己那些倾注了最深的感情和思考的信件与文章都是在夜里写就的。美丽的、沉淀和剥离了尘埃的夜，我从未更改过她的情绪，她的原声。辛苦的白天仿佛总是踯躅的不得不应付的加油站。偶然的灵感，永远是一粒发育不全的复旧的种子。但是我同样盼望白天，因为我知道它意味着什么。有一个冬天的下午，在一家阴暗店铺的角落，我曾和一个二十多岁的年轻朋友探讨纯精神的问题。茶凉了，又喝光了，暖壶只剩下残垢。他说得很费劲，但一定也发现了什么，直觉在冥冥的更高、更远的非时空的境界里遨游。我却不然，我感到任何升华的缥缈只是一种底蕴，一种营养，当它融化在生命里以后，给予人的不仅是解释世界的哲学，更是推动现实的伟力。我们无法谈拢。这也许是我这一代人命中注定的局限，抑或是使命。大约这也是规律吧——任何人都只能在属于自己的历史环节里闪烁半新半旧的光辉。

对于我，自己的夜晚也许仅仅是一种习惯。但我需要它，就像我绝不想人到中年万事休一样。越是忙碌，越是需要回到那些五味俱全的营火晚会后、插队时、告别时、促膝交谈离去或读一本好书，或在为共同事业的奋斗中心灵被润得单纯以后独自存在的静夜，哪怕它常常更多地给我一种与生俱来的无着落感，久久不能自拔。

精神的来去总是那么孤独。然而，人的力量也就在这里。

我也许永远无法和自己的夜晚告别了。

永远不会。

（选自《山东文学》1988 年第 8 期）

在苍凉

时间，从每一个地方走过，从每一个心灵走过……

哪儿，是她蔽月启程的故乡？

她又将在哪儿停泊？寻岸钻木取火，微笑着，一枝一枝，撩旺如塔的柴禾——几绺火亮的云，就这样，在创造中升起来了……

她们是信笺么？

是时间在召唤她的空间弟兄？

时空相约的出处，是在浩渺的海边吧——在盲人荷马不在意沾衣的晨露，独自油然弹吟的一段激昂的史诗里？或许，是在密林烟瘴的天涯——苏东坡“十年生死两茫茫”的怅惘，一代一代，至今依旧夜夜穿越人性深雨的蛮荒……古楼兰“丝绸之路”上，那个风沙肆虐的客栈，一位叫“马羌”的羌族姑娘，在暮色里实在难挨情欲与苦恋，她一字一血写就的情书，那封永远未能寄达的情书，是否也正是因着时空的爱抚，才在千年之后从茫茫大漠里出土——这时的读者，即使已是无诺无信的今人，她也像同时重见天日的那幅集东方汉字、希腊肖像、佛陀华纹为一体的彩艳古画一样，永远灵韵烂漫，悠远至美，又鲜润感人……

抑或，时间也停驻在那部被无数人阐解的“朦胧”的《野草》里吧——地火浓烟的深处，飘忽着那个东方“过客”不死的身影：肉体精血焦灼，浩茫心事接连广宇，却又“风雨如磐暗故园，寄意寒星荃不察”……然而那是青年时代的事了。在中年的《野草》里，他久久裂心仰叹的，也许却是个体的短瞬生命，在天地静谧如初的深夜，似乎不期然地相遇时空博大恒久的沉雾时，每一个智者，皆会油然而生的人生不过是一个“过客”的渺小与虚无——真实的、与生俱来的渺小与虚无，永远挥之不去，人又何以总是幻想着战胜它们呢？是否无益而徒劳？

“过客”这样想。想下去——于是，既然如此，又有什么理由非“关注”它们不可呢？你跟随你的，我走我的路，你就蜷息在你应该在的心灵的一隅罢——哪怕爱因斯坦也曾这样求索愈深，就愈神秘于“上帝”的造化。

在他百感交集的《野草》里，东方的“过客”终于这样彻悟了。这是人在最彻底的绝境里的彻悟。三四十岁以后的光阴，自古就是愈来愈快的，不知不觉转眼就是五年、十年！“彷徨”不起了——于是，这个独行的“过客”用《野草》这曲一生中唯一的“主观”和内心的绝唱，与形而上的种种冥思，做了终于渐渐飘远的最后诀别！

中年的诀别，是时空删去累赘的苍凉，是苍凉里归来的热血与方向——沧桑如雾，热血坚定、单纯；方向，亦不可替代！

于是从此，“过客”像摩西一样划开了“天”、“人”的河界，跃上的是只有现实的峭岸。他义无反顾，再不回首。他拂去时空在鬓间的笼罩，踏出《野草》深陷的犹疑，也走出了生老病死的悚惧之泽，大步地只求“速朽”，只知人生愈短瞬，愈本来就渺小，那就愈应该充实，愈必须“加速”，愈要在现实中握紧拳，绝不懈怠地边走边举着刺向黑暗甲胄的匕首和投枪……

他在苍凉里寻到了属于自己的唯一。

独立的、现实的、局限的、自我的唯一。

人最重要的就是找到各自的唯一。人有权利如何自我，哪怕像不朽的“过客”一样，由于是在现实中搏杀，所以更容易散落一地局限；也哪怕指出这局限的后人、后后人，将比“过客”更局限——因为他们还远远没有像他那样，深知局限是时空赋予生命的正常与无奈，并深知问题的实质，根本就不在局限和指出局限，那是时过境迁，如茶客聊天、如白发宫女闲坐说玄宗一般简单却无力的(那些以别人的“局限”之托词,来膨胀袄下之“小”的极不磊落之徒不在此列)。

黄金分割律不是说,0.618 就是极美么?

因为“不完整”、“不周正”而极美,也因为局限而极美——白云苍狗,如果局限是不言而喻的话,是任何人、任何事皆注定如此的话,那么,问题的实质,也许就仅仅在于分辨此局限非彼局限,在于思考局限时要对应它所置身的时代、处境,要打通“过客”与时空绝地的关隘,要公正于局限所活蕴的内涵、作用、方向、牺牲,以及她们小于或大于局限之比例的生命价值了!

然而,即使是这样的公道,当年的“过客”也早已弃枷不屑了。他只是做,只是死了拉倒——而仅此一点,于无意中,不是竟又证实了群起而责的后人、后后人自身的局限,已不知深重于他丰蕴着金脉的局限多少倍了么!?

一程一程的生命。恐怕只有当沧桑成为这样的苍凉,苍凉得清澄、透彻,苍凉得深邃、弥重之时,就像我的人间故乡那雨后的凝望一样——时间,才会在这时停驻下来,在人的心灵里,撩旺思绪的篝火,朴素、宁静,跌落功名,并使那一如既往的硝烟,也飘零得有如生存的日常罢。

这也许就是艺术了。

但这是生命的艺术,人生的艺术,而非语言和体裁的一枚叶子。“任何一个这样的人都是你。”在生命之柢的丰富里,文学也罢,音乐也罢,舞蹈、绘画、建筑、戏曲等等,不都是极小的一枚载体的叶子么,且有时还是太轻太不重要或有病菌的叶子。它们可曾有缘与浩瀚无垠的时空对话,就像维斯瓦河岸边的亚当·米奇尼克[①]在与银鹰一起

① 维斯瓦河是波兰的主要河流,银鹰为波兰国徽;亚当·米奇尼克,当代波兰重要的思想家,他与捷克的哈维尔一样,为人类20世纪惨重的意识形态苦难提供着变革的精神新资源。

飞翔一样——几瞬即是一生的绚烂，一人即为一个民族的精华?！生命不仅仅是属于人的。人的诞生不过只有二三百万年，又遑论个体生命的几十年光阴？在时空那儿，所有的自然之子，几万几亿年，不都是先于人类，而来自同一个故乡，同一个平等的、血脉相连、万物同源的神奥而广袤的蓝润殿堂么？

那虚无的源头，可是苍凉的驿站？

感恩苍凉。
许多年了。
感恩苍凉。

少小离家。过去，是从未想过这是为什么的——为什么相遇了这么多人，却从不愿听人谈论几千里外的故土，也从不问任何人，她究竟美在何处，又何以胜甲天下。一个人间游子如此“心如止水”，情愿将钟情于故土的交流挡在心界之外，是因为命定与她同在，而她的绝美和深美，又是不可逾越的么？

也听过无数的口碑，见过无数的情不自禁的诗文“公证”，有同胞，有洋客，有古人，有今人，有时在他们的啧啧赞叹中，甚至没有别人插话的空儿——我那骆越故乡，我的桂林、柳江、阳朔、乐业、隆林、靖西和巴马……山如何，水如何，洞如何，凤尾竹好像是他们亲手栽种的，好像他们才是思乡的游子，历历如数家珍，美景多于过江之鲫……然而，那深邃而绝美的冥悟呢？那时空的“纯金”呢？那与生俱来的苍凉呢？就像人生如果也仅仅是一个游客而非真正“过客”的话，时间又会在哪儿停驻下来，与空间相遇，像被攫名为“中国结”的鲜红而纯朴的乡间“布锁儿”一样，一缕一缕地相互凝聚又齐翼绽升呢？

曾经沧海。
曾经沧海。……

曾经以为平静就是呵护，沉默就是同在。

于是一次次对自己也对故土这样说——绝美或深美都是不必印证，不必倾诉的，因为人与人不可复制，因为生命与经历注定不同，所以属于你的，也就只能唯己独有——唯你才有那样不属于游客之怨的阴天，那样连绵多日的“长脚雨”偶尔飘散的瞬间；那时天上奔涌着乌云，光线无边的柔暗，却清澈又透明，一种沧桑的清澈和透明，就像中国历代的修炼高人，即使永远不能抵达，也要执着地向往宁静致远的境界一样——境界，原来就是大自然，就是心灵的风雨疆场，在激烈的鏖战、相持之后，油然而悟的内涵呵。

只有悟出来的才是自己的，听来的、看来的、教出来的，从来就不算，从来就可忽略不计，就像苦难学术化、工具化，人性标签化、阉割化，本能、本性、本态层层叠叠的包裹了意识形态的“附加值”之后，其真实都绝对的可疑一样(例如爱情曾被纳入“封建礼教”的鞋帮，故而八十多年前，爱情自主竟也就成了“反抗封建礼教”的利器，于是彼此也就静止地“水准对称”了)。

于是苍凉，这时就像那截凸凹着悠悠往事的古城墙。拥挤的闲游者们即使看见，即使抚摸，也是无法祈盼那一块块磨损的裂藓石砖，开口说出真谛的。

阴雨天。北回归线颤动的阴雨天，那样从远古而至的绝美和深美，从来就像中年一样沉潜少言。她不属于游客的闲暇，只属于亲历的沧桑，属于几千年浸洇的东方血泊里，那和少年心灵一样无垠生长的柔暗青光——她是对苦难的珍惜，是葆有生命完整和活力的营地。在她之后，奇山妙水、竹林农舍，才真正地被洗得历历在目，纤毫毕现了，连锄刃的亮茬儿也在蓑笠的背影身后一晃一闪；而当瑶家愿唱才唱的山歌又向远方涌去之时，她们的清丽、高亢，又缓又长，也才一如古榕树同样的无忌无惮的野性呼吸(多么奇异！被百越群山“困”住的自发山歌，从来就无遮无拦，高开远走，而在游子寄寓的鲁地平原，乡曲一旦有了“表演”的附加值，无论独唱、合唱，都如“文化”一般内缩了——自然的视野虽然辽阔，人的声音却咫尺回旋）！这时，即使是在奔涌的乌云之下，灰水牛牵走的清贫童年，也是正常得不能再正常的了，也依然是不会向任何人讲述这样的幻觉的——每一次倾听火车头长鸣的汽笛，小牧童都会仰望云天，多少年都笃信那不可思议的巨吼，是上苍从高远的茫茫湖泊里，迅疾伸出一双泥茧模糊的大骨节巨手，匆匆拉网一般地收去的，就像“麻栏”①里的火塘边，比富裕更丰盛的是一夜又一夜的传说与冬梦一样。她们伴着青蛙的图腾（娃、娲同音，女娲是青蛙的异化），伴着老爹褪皮的竹水烟筒，简朴而寒寂，来了又去，去了又来……

这就是苍凉。这就是时空的遥望——在现代的成年操劳里，若无这样的驿站，时间，又在哪儿可以停下来，汇聚朴素的叩询与希望？哪怕游子五十年亲历的血与火，触手可及，却已经被遗忘与哂笑，重新捏成了奇形怪状的丧钟模样！？

那叩询与希望，也许正是时间的故乡，生命的源头罢。

世事变迁。命运莫测。岁月覆盖。厚厚迭迭……

一切都似乎身不由己，心不由己了。即使是青蒿江湖里那自由而神奇、陌生又浪漫的人性，那历史感和生命真实感，那秀影牵挂白荻洲头，也依然仗剑横舟的远行豪气，也都永远失传，淡漠弥久，似乎再也寻不回来了……

然而时间，不是带着她那遥远的原绿和本色，一直在走，一直在播撒，一直在钢筋水泥的壳巢街衢，时时不易察觉地担忧么？不是还随时准备张开那晾干雨滴的黧亮双臂，等待一介平民又在胸前揣热少时阴雨里的苍凉记忆，大步疾疾地归来么——“回家”“还原”，让自己成为自己，人成为人，让事物的原质除去“人为”的锈痂，不又正是

---

① “麻栏”为20世纪的广西常见的多民族乡村房舍，竹木结构，主屋被柱子支悬于二层之上，一层为堆放杂物或牲畜栖息处。这种古老的民居样式，据说已经传衍了几千年。

文明的真谛么(就像伍德斯托克[1]之后,性也更人性一样)?

伸如河湾的双臂,总是像河湾一般宁静。那是两束太阳的光,阴穹的光,暮霭和夜色、星与月融融合一的光——她们又使停泊的心,重新归属自己了。篝火依旧簇新,自我仰首如濯,记不起的只是都市的嘈闹与成年的腌臜,连同远远流逝的无以名状的负重和挣扎……她们使眼前的夕阳,又不禁久久相偎红豆杉林,依依不舍生命的炊烟,不舍时空在苍凉里和谐地尽情对弈;不舍桐油灯一芯接着一芯地燃亮,寂寂地沉静着外婆胜似千钧叮嘱的永生目光——外婆,在沉沉郁郁的游子思念里,你在天国里所期冀的,就是后人这样的归来与这样的再次出发么?

你的慈爱依旧。我的童年气韵依旧。北回归线故土清新依旧。

但现在,她们是途中的内质与力量了。她们就像远方仍在上升的喜马拉雅——原来生命的源头也会生长,就像格桑花年复一年,在苏醒的湿地,不为人知地开放一样。

而黑颈鹤,也在那儿自在地栖息翱翔,千万年不知闹市的鼠目寸光。

多好的人类兄弟。

就像孤亮炯炯的子夜心灵,从来就是时空最钟爱的姐妹一样。

感恩苍凉。

感恩你擦拭人生青铜的冥冥之光。

1984、1991、1996 清明节随感札记

2003、4—2004、11,整理成篇(时已远离故土 32 年)

(原载《山东文学》2005 年第 9 期)

---

① 伍德斯托克,美国小镇。二十世纪六七十年代,无数青年曾自发聚集于此,举行几天几夜的"摇滚"狂欢,放纵不羁,惊世骇俗,激烈抗争当时的现实与传统,也重新燃亮了人类文明历程的深层思考。歌手列侬,即为那年月的象征之一。

沉浸和抵达

——刘烨园散文简评

周佩红

主体形象:生活在心灵中的人

在所有的文学体裁中,散文是最能真实自然地袒露作者精神面貌和性格特征的一种。它几乎不用借助于什么艺术手段,不用刻意"塑造",就在字句文章之间将叙述或抒情主体的形象显现出来,或真诚,或虚伪,或睿智,或平庸,或深刻,或浅薄,或灵动活泼,或刻板拘谨,或坦荡伟岸,或卑微琐屑……散文所演绎的基本上是创作主体的思维兴奋点、角度、深度及思维展开的过程,其间主体的精神品格、个性特征历历可见,不似小说戏剧那样迂回曲折,也不像诗歌那样夸张虚泛,在文字和主体之间没有很多技术性的阻隔。散文更接近于人。

散文的这一特点在诗性散文中表现得尤为突出。所谓诗性散文,并非以诗的常见方式造就的散文,更不是腻情泛滥的、或以华丽辞藻绮靡文风造就的文章,而是那些注重心灵、情绪、人格等领域表现和探索,表现出较强主观意识和创造意识的散文,在那里,"诗"作为一种独立于世俗生活之外的精神笼罩其上。随着时代的发展和社会变革的演进,当代人所面临的心灵困扰、精神危机的增多,诗性散文在中国当代散文创作中呈现渐强之势已是一种事实,我们可从中窥见丰富复杂的当代人心灵图景。

刘烨园在散文中致力于这样一种诗性探索,也已受到散文界的关注。

收到刘烨园的散文新著《途中的根》之同时,我正在读另一本散文集,河北女作家张立勤的《雪又落在草上》,还没读完,便读刘烨园的。就感觉而言,他们两人的散文都属诗性散文,其间充满心灵的倾诉、精神的呐喊,理想的呼唤。他们都仿佛是生活在自己心灵中的人。但他和她又是不同的。刘烨园的散文，正如其书封面上的树，支撑起思想的硕冠，且一由情绪到思想，便枝条横生莲蓬勃勃，以致繁密交织得让人透不过气来。而张立勤的散文却线条疏朗，不时在那同是黑色的生命之根上伸展淡浅的绿枝，开一些白色的小花。这大概便是男女作家在思维和表达方面的一般差异吧。女性的感觉及其传悟，往往与佛教禅宗“以心传心”的直观认识及感性体悟方法相似，即所谓“直指人心，见性成佛”，于简单中化出无穷丰富。男性散文家却常有凌厉的复杂深刻的思想要阐述要表达，要在历史、文化、民族、人类命运的层面驰骋，并将思绪的终点或思想的结论较明确地点露出来。那是一方有令人目不暇接之感的更具理性涵量力度的天地，是给平庸生活中几近昏睡的灵魂以震撼的饱含激情的声音。刘烨园散文的主体形象就给人以这样的感觉：生活在心灵中，以高度的理性精神探索人生，探究其价值，追寻其意义，警醒自己、他人和整个社会。他以这样的方式将真正的属于自己内心的生活从世俗世界强加于人的生活中分离出来。他以这样的方式拥有生命。

他背负着明确的使命感和责任感，去进行心灵沉思和生命探索。他说：“给我的为历史的生命矻矻奔劳的朋友们——他们不是写不出来，而是还没有写。他们没有时间。他们有更重要，更壮丽的事要做……而我何以才能无愧于我所悟到的时空的深远?”他“时常想着他们，也许是因为我的命运至少有一半是和他们同样的。同样的不死的青年时代的蹉跎和热血。我们蹉跎了年月，但没有蹉跎生命”。这使他的言辞语气都带有神圣崇高感，因为他所进行的工作不是为了个人。他相信这是为了一个时代，一个有相似经历、遭遇、理想的族群。他充分肯定这一工作的意义和价值，“留下这一阵的真实心绪，让它做一个见证。哪怕以后被证明是否定的见证”。写作即是这一神圣工作的具体表现，是使命感和内心冲动相融后一种敲击力驱动下的活动。一切于他都是明晰的、不含糊的，用他的话说，“斩钉截铁”的。

我看见他——这个主体——在刘烨园散文中行走或默坐。这是他的两个基本姿态。

走是一种动态。而那究竟是人的行走还是心的漫游？在《守夜》中他走在除夕夜的城市深巷里，听到不绝于耳的震天爆竹声，看到街道、店铺、高楼、霓虹灯，而他的心每次都从这实在的眼前物体上游离开去，飘回记忆中的青春往事，那些值得欣幸感念的时刻。他每每走回心路，而对眼前的一切视而不见充耳不闻。外界不存在了，他像“一脉沉思，一泓血液”，穿过城市，直奔真正的内心生活而去。他又走近旧站台(《旧站台》)，看一列列车开出去，在时空的更替中细细打量青春的废墟和遗址。即使走近坟墓(《致楠》《重返红卫兵山》等)他仍然是在向曾经活跃的生命走去。几乎不见他和喧闹火爆的世俗生活场面有什么关系，他常走向一些静默的、凝聚了历史和文化的事物。这是心的选择。他每每由这样的动态进入静态。这说明，即使在行走，他在本质上仍是一个生活在心灵中的人，行走是追寻的象征。

静态表现为默坐。《守夜》中，行走的他被默坐的他称为“你”，后者观前者，如一种心灵独语，在对“天地酒吧”和“自由高贵活路”的感悟中两者融为一体。坐是他的现时姿态，集中着他的沉思默想，而这沉思默想的全部内容都归结于：现在怎么活，怎么面对自己、时空、生命。这又说明他不是一个感伤主义的怀旧者。他坐着，完全沉浸于心灵，但不是像气功师那样进入虚静圆融状态以达到“无为无不为”的抽象境界，他思绪活跃，积极，在历史和现时中来去无踪，挥阖自如，关注着人类生存中带根本性的命题，如理想、生命、人格、尊严，并每每将之归结于如何使现有生命更沉着实在有意义这样一个关涉生命质量的问题上去。他的眼睛力求穿透一切，但也有片刻恍惚。他不让这恍惚过多地扰乱自己的思索，只让它像火星那样照亮直觉后一闪即逝，仍然坚定不移地追踪自己的目标，探求一种永恒的精神价值。

他很自信，有自己确定的人生准则。规范意义上的东西于他往往并不重要。“人如果没有家也极好。团不团圆不重要。”重要的是守住自己的准则和精神价值观，守住自由的、永在追求真谛和理想的心灵。他让这心灵的声音时时敲击他、警醒他。他经常听到的便是这心灵的声音。在这方面他是坚定的，不游移，不媚俗，也不媚雅，坚持自己，怎么想就怎么活，怎么写。先有了这样的心，才有了这样的文。同一旋律的贯穿使我相信，刘烨园散文中的主体，即作者本人，或至少是生活在心灵和精神中的刘烨园。他在散文中始终表现为一种顽强努力的姿态：写下真实的独有的心绪、思想、感觉，让它们做一个见证，证明在当代中国，在纷繁浮沉的岁月之尘中，仍有一颗灵魂在追求不朽和永恒，在为人类理想精神的弘扬和生命真谛的探索发展奉献出记忆、良知、理性、激情，以及真实的声音。

这是非常可贵的，而且悲壮，在现时。这使我感到有必要深入到这个主体的心灵中去。

主题：生命

“生命”这个词这个意念在刘烨园散文中处处可见可感可触摸，它又总是与作者在文中多次强调的“深刻、自然”联系在一起。所谓深刻，即是深入本质，达至终极，穷尽堂奥。这实在是一个关乎宇宙的绝大命题。然而，从本原到本质，也许一个简单的词就可以凝结这一切，这就是：生命。

刘烨园写道：“生命必须以生命去悟。”这是一句有宗旨性的话，其中包含了方式和目标。的确，“生命”在刘烨园散文中并非一般地泛泛地被提及或被感叹，它是所有篇章的主题，是那个生活在心灵中的主体思索的全部之中心。它是被极其认真地展现着，揭示着，解释着，或被重赋一种面貌。

生命的涵义被扩大了，升华了。它成为一种浮沉久远的、能够长久存在的积极的东西，如同那凝着远古荒凉，恒久存在于寒冷雪原和深瀚苍穹之间的沉积湖所给人的感觉。是的，那不是物质，而是物质存在所呈现的一种令人感动并感奋的精神。生命是一种“生动活着”的状态：想着，记忆着，清醒的认知和热情的感动并存，激情勃发并可感受“年轻是取之不尽”，又自知“悟透了零，但绝不走向负数”……生命是那种汹涌的、发芽生长后变得结实饱满的、包孕痛苦沉重却又可给人无穷启示的东西，如巴黎公社社员墙和巴金《随想录》手稿所焕发的光芒。生命就是一切凝聚了历史、文化，人的命运并有可供开掘的无限未来之物。生命还可以是一种赤子般自然纯洁的天籁境界，行为和意愿皆发自本心，不受外物污染，也无任何虚假面具遮掩。生命更是一种深远弥阔的声息，在流逝的风雨岁月里冉冉衍续不尽，清新永存，是人类的本质之灵，源自人对自然对自己对历史对文化的认识和希冀，并因之而燃烧不息。

作为个体的人，怎样才能拥有真正的生命？刘烨园散文中的几乎每一篇章都涉及此问题。主体对生命的沉思、感悟、深味的姿态本身就是一种回答。此外还有更明确的文字答案:“生命存在于现实,又超越着现实,那才算真正活着。……人生是除不尽的。……因为一切都不会过去。”(《不止一个四季》)“一切都来得及。开始就是了。人不是只有一个风华正茂?你得活透青春,活透自己。因为青春从未亏待过我们。青春就是实力,除非你虚度了它,毁弃了它——用你平庸、空泛的无知。死是生燃到最后的、最亮的纪念。那时,骨灰是潇洒的。”(《法桐夜笔记之一》)这样的文字还可以摘抄下许多,围绕着生命主题展开的有关爱情、青春、友谊、人际关系的言论也有很多,它们像是一个“生命自我完善者”的自白。

也有不少篇章超越了个体,直接道出对民族、人类和宇宙生命的认识。那仍然是一种精神,是一切“旧礼俗教”的叛逆,是冲决世代禁锢的人类伟大梦想之延续。自由、尊严、良知、求索进取,是人类不会死去的血脉。“一个没有历史感的民族是没有希望的”,因而历史的劫难、悲剧和错综复杂事件被屡屡提到,其间“活生生的血肉的力量”被剥离出来,与那畸态的、陈腐的、被扭曲的负面力量相对峙,前者便是由个体生命而焕发的光辉,是与人类最原初自然的本性和美好顽强的叛逆性进取性准则接通的生命底蕴。

以上是我对刘烨园散文思想内容的简要概括。概括总是会牺牲掉原作的丰富复杂性,但是,刘烨园以清醒、自由、饱满的思想状态作为生命力活跃的证明是确凿无疑的,以生命为思维焦点并以此达到对生命的占有也是确凿无疑的。刘烨园曾经提到凡·高、高更等人,认为他们属那种“自我性、内心性极强,极端个性化、生命化的艺术家”,并认为存于他们身上的自我雷同现象是一种“重述自己”,是血脉延续或执着于生命的表现。我以为刘烨园散文也有类似现象,长于思想并每每直接表露,其价值也许并不仅在这思想本身——虽然它们确实构成了一种独特风貌,但有相同思想并将之阐述得更深入圆满顺畅的散文在别处也可见到——而在于这思想所凝聚并体现的生命姿态和人格境界。

方式:沉浸和抵达

刘烨园散文长于思想,但并不长于逻辑阐述。或者说在有意回避分析和说明。主体的理性表现在对生命的清醒认知和感悟上,而其方式却是直觉式的,由情绪托出思想，由感性的沉浸抵达理性的终点。

《红林问语》是一个较典型之例。令人感到扑面而来的抒情意味首先是那种心的沉浸造成的。主体来到一片红树林中，在纯洁鲜亮的生命暖色和恍恍树影的氛围中想起一段梦幻般的激情故事。如一枚石子投入水中，主体的心如泛起的涟漪层层扩展，向往事中的情境细节靠拢，也向走到细致的纯粹生命欢乐所包蕴的精神价值靠拢。回忆和思考在这样缓慢而有力的展开过程中深入，犹如俗世畸态加诸于人的外衣被一件件剥去，主体由此直逼每个在扭曲面具下负重不堪的灵魂，抵达他的生命主题。思想的辐射力在感性的直觉的沉浸过程中较适度有节地表现出来，就可以获得这么一种"以情动之、以理晓之"的自然的艺术效果。这种效果在《守夜》《旧站台》《濛濛的年轻》《自己的夜晚》中都存在，作者在此表现出一种对自己思想和语言的审美控制力。

《生命场》代表了刘烨园散文的另一种方式。"他用整个年轻时代寻找着这样深远的、弥阔的声息。……"一开始便是这样一种"理性情绪"的沉浸，像一颗有思想的水滴在茫茫宇宙中飘浮，由远古至现代，由元素至太空，由苏格拉底的"天为什么塌不下来"的冥思至"人是什么"的根本性问题探求，由一个复杂无限的世界到一个孤独的苏醒的人……直觉带动情绪突兀地、任由地来去，思想膨胀着，庞杂地蜂拥，并不加以梳理，任由它们与情绪不断粘合、绞缠，似乎任何时候都在抵达主题(或"深刻之处")，但如此密集的分散的抵达却最终形成新的混乱而遮蔽了真正的终点，思想的繁密和混杂体现于复杂冗长的句子，它们组缀着过多的抽象概念，沉重地压在文字的小船上，让人在感受主体分外活跃亢奋的思想状态之同时，产生对小船"载不动"的担心，产生不见首尾、难以喘息的恍惚和疲累感。这是刘烨园散文的另一特点。作者的"自我性""内心性"在此得到充分表现，并有不顾及"度"与"控制"的倾向。以过度的情绪化处理原本属理性范畴的思想，固然能带来令人耳目一新的精神、情感力量，但也削弱了思想的固有力量，使语言丧失了桥梁作用而成为通向主体内心的障碍。在思想、情感、语言之间，刘烨园似乎还未达到一种充分的自然和自由。

当然，散文怎么写都是作者的自由。它的一切，包括文字和内容，都是作者长期的审美、文化、人生、人格积累的即时呈现。重要的是要体现出独特的艺术创造力。就这一点而言，也许最不像常规意义上的散文才是有价值的散文。刘烨园的努力不会白费。他在用散文探究生命、完善自我和他人之同时，也为新时期散文发展提供了一种令人瞩目的实践。我所关心的是，“途中的根”还将伸展至何方？刘烨园说：“人，别停下来。因为过程从未有彼岸。”我将此理解为一种继续执着于生命真谛探究的决心和行动姿态，这样，生命大约是可与宇宙同在的。用这样的生命写就的文字，当也如此吧。

（原载《萌芽》1993 年第 7 期）

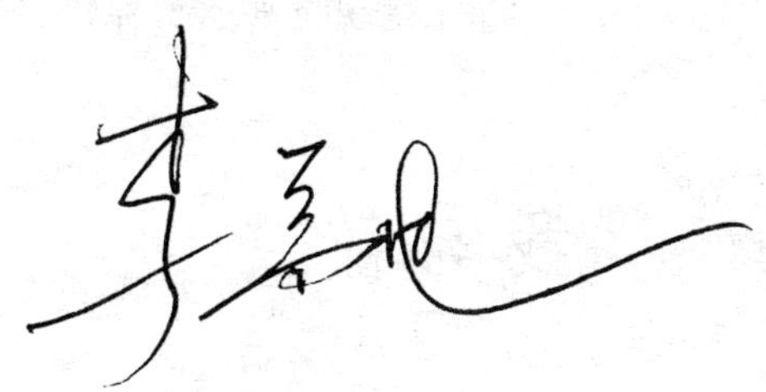

李　融(1954—　)，女散文家，四川重庆(现重庆市)人，笔名雨芃。中学毕业后当过街道工厂工人、中学代课教师等，1978年父亲落实政策后到西南师范大学中文系任资料员，通过自学于1984年考入该校图书情报学系干部专修科，1988年考入该校中文系写作助教班，毕业后回图情系任教，并多次被评为优秀实习指导教师。1994年被派到北京大学进修学习，2005年做北京大学访问学者。现为西南大学计算机与信息科学学院副教授，系中国散文学会会员，重庆散文学会理事。

李融自幼学习音乐，喜爱文学，上世纪80年代初开始文学创作，第一篇散文《我们还很年轻》即获四川省大中小学作文大赛大学组二等奖(1986)。迄今共发表散文、报告文学230余篇，拟出版散文专集《空锁满庭花雨》《寂寞芳菲》，同时参编了《中外散文名篇鉴赏辞典》(安徽文艺出版社，1989年)、《外国散文名篇选讲》(四川教育出版社，1990年)、《中国抗日战争时期大后方文学书系·散文杂文卷》(重庆出版社，1990年)、《中外散文选》(四川少年儿童出版社，1992年)等书籍。

李融的散文曾获重庆市女性散文征文大赛二等奖、《散文百家》优秀作品奖，有《母亲的日记》被选入《全国大学生优秀作文选》，《失踪的我》被选入《女性新潮散文选》，《梦的变幻曲》被选入《女大学生抒情散文百篇》《新时期新锐散文鉴赏》，《窗帘》被选入《中国风景线》《行走的风景》，《秋天的困惑》被选入《大西北写真》，系列散文《空锁满庭花雨——小院往事》被选入《重庆散文大观》等。评论李融散文的文章主要有：

《平静的诗说，感人的心声》(读《那年我刚满十四岁》)(陈淑宽)，《写作学习》第11辑(重庆出版社，1988年)；

《别拉上心灵的窗帘——读李融的〈窗帘〉及其它》(傅德岷),《新时期散文景观》(明星出版公司,1999年);

《苦涩而深切的心灵告白》(古耜),《重庆文学》2007年第12期。

我与散文

李 融

一

散文,你总爱嘟噜:如今写我的人比读我的人还多!

我笑着回答:世界正是因为有了你才美丽!

你在人们心中播种爱情。

你到哪里去了,散文。找不到你,我多么忧郁。

蓦然,你从小溪中探出头来,向我调皮地眨了眨眼睛。当我伸出手想捉住你时,你却转身向前,扔给我一串爽朗的银铃。伴随着风声和百鸟的歌声,你摇成了一支奏鸣曲。

我望着空空的双手,我摇头,却不叹息。

也许,我永远追不上你,可听着你的笑声,那洋溢着青春活力的奏鸣曲,就在我胸中激荡。我永远年轻……

二

我到沙滩去散步,拾到一个贝壳。我急忙打开,我惊喜地发现了你!

我掀开金色的沙砾,里面竟有无数贝壳,你的姐妹藏在里面,灿烂晶莹。

我连缀起你们,把你们戴在脖子上,你们却黯然失色……

还是回到沙滩去吧,只有大自然才能赋予你们灿烂的生命。

三

散文,你到底是什么?

是活泼的小溪,还是晶莹的珍珠?

我更愿意你是海洋,是辽阔的海洋,胸中装着太阳和月亮。我是一只白色的海鸥在你胸中翱翔。我聆听着你那起伏不平的呼吸,掬一捧碧蓝的海水,洒向世界的荒漠。

荒漠也有了顽强的生命……

散文,你到底是什么?

是活泼的小溪,还是晶莹的珍珠?

我更愿意你是天空,是深邃的天空,洒满了璀璨的星星。我是采撷星星的小姑娘,顺着屋前的藤萝爬上天空,拎回满满一篮星星,到大地播种耕耘。

世界的每一个角落都充满了光明……

2006 年于西南大学

自选作品

失踪的我

早晨,我匆匆地准备参加优秀文学作品的授奖大会。当我对着镜子梳头时,发现镜子里空空荡荡。我惊叫起来:“我不见了,镜子里没有我的身影!”

我匆匆地走出家门，我要到电视台去要求播出"寻人启事"。我得尽快找到自己，我怎么能没有自己？

我匆匆地走过马路，汽车竟然从我身上碾过。我还存在于这个世界上吗？不！我确实不见了，否则为什么我在寻找自己？

是谁在呼唤我的姓名？回头只见一群女人叽叽喳喳，一个女人用手指着一张报纸。走近一看，上面刊登着我获奖的消息。

"这个小妞真不简单，今天一大早，我看见市里的官儿搂着她坐在'奔驰'轿车里向会场驶去。"

"哦！难怪一等奖落在她的怀里！"

"据说一位评委的夫人曾经在大街上揪着她的头发，高喊'还我丈夫'！"

"还有更精彩的……"

我的老天呐！我正在焦急地寻找自己，可她们却看见我坐在官儿的轿车里！我根本不认识什么官儿，更没有什么评委的夫人来揪过我的头发，向我讨还丈夫，我明明就站在这里，聆听着流言蜚语！

突然，叽叽喳喳的声音怎么变成了"咝咝"声？我定神一看，这群女人眼睛血红，舌头血红。血红的舌头一边发出"咝咝"般的蛇鸣，一边拼命地长，一直拖到地下，扬起舌尖，舌尖变成了两根细细的触须。无数血红的触须向我逼来，吓得我抱头乱窜。可窜到哪里，哪里都是血红的触须。在"咝咝"声中，我吓晕在地，化作了一团桃红色，散发出臭气。舌头发出"嘿嘿"的笑声，满意地扬长而去。

我失踪了，变成了一团桃红色。我要到电视台去，要求尽快播出"寻人启事"，我必须找到自己，那个刚满20岁的大学二年级学生——小A。

电视台的大门前，正在卖小报。报贩高喊："最新消息，只花5毛钱，看当今文坛新秀小A为获一等奖盗用公款行贿被捕……她父亲的父亲的父亲的表舅的……表舅当年也因行贿盗用国库被捕……"

我一听，气得血管破裂，变成一团黑乎乎的血水流淌。我变成了罪犯，在我身上且有盗窃行贿的遗传基因。我要到监狱去寻找自己，我要去问个水落石出。可找遍了世界上每座监狱的每个角落，总找不到自己。奇怪，为什么别人总能够找到我，而我却偏偏找不到自己？我失踪了，只因我获得了一等奖，就变成了黑乎乎的血水流淌……

我受不了那些血红舌头发出的“咝咝”声，我受不了那些报贩的吆喝声，我要到法院去控告那些人的诽谤罪。

在法院的大门前，有两个20多岁的青年正在厮打。他们都嚷着说是我的私生子。因为我失踪了，估计已经死去，于是高喊着要继承我的遗产。看热闹的人说，我曾经是个走私犯，有大量的黄金白银！刚满20周岁的我高喊一声：“无耻的诽谤！”人们只见一团灰色挥舞着双臂在声嘶力竭地高喊。高喊的哪里是我，我失踪了，变成了一团灰色。

还到电视台去干什么？我现在难道还能找到从前的自己？千不该万不该拿起笔来，废寝忘食刻苦创作。更不该做出一点成绩，到头来落得失踪了自己！

我烧毁了全部的手稿和发表的作品，我把笔折断了，扔进了垃圾箱里。我干脆退了学，找了一位好丈夫。他是一个医生，他说他专治那些不安分守已，在事业上有所追求，有所作为的女性的狂妄症。在他的治疗下，我穿上了围裙，从不出家门，整天为侍候丈夫，操持家务忙个不停。

一天，当我对着镜子梳头时，我突然惊叫起来，我发现了自己，正甜甜地对着我微笑！我不再是桃红色，不再是黑色和灰色，我是一位美丽的女性！

急促的敲门声，使我加快了脚步。

一群人手捧鲜花向我涌来，在人群中，我看见了鲜红的舌头，吓得我胆战心惊。没想到血红的舌头发出了“哈哈”的笑声。其中一个高喊着:“鲜花献给比燕妮·马克思更伟大的女性!”其余的人也附和着喊起来:“向当代最优秀、最富有自我牺牲精神的女性学习!”

（选自《散文百家》1993年第1期）

窗　帘

仿佛是一个世纪遥望着另一个世纪,你望着我,犹如我望着你。那陌生的仿佛很熟悉,而那熟悉的却陌生而遥远。

“今天天气真好!”你尴尬地说。

“嗯。”我难堪地回答。

金色的小表在你的手腕上晃动着。

……嘀嗒,嘀嗒,嘀嗒……

一晃就是十年……可今天,我们就这样望着。

你伸出艺术家那特有的灵巧的手指,伶俐地从提包里取出一块紫红色的金丝绒。

“好看吗? 我买的窗帘……”你矜持地说。

我默然,点了点头。

你抖散了手上的窗帘,横在了我们中间。

哦! 窗帘……

还记得吗?

很多年前,有两个梳着小辫的小姑娘,趁画家伯伯拉上窗帘,拧开了台灯,大卫石膏头像分外明晰地投影在他的窗帘上时,她俩猫腰溜进了他的花园,把刚开放的玫瑰花摘下来,偷偷藏在衣袋里。回到家后,却发现一片片破碎的花瓣从衣袋里飘落下来,纷纷扬扬,洒了一地。于是她俩又蹲下来,惋惜地把花瓣一片一片地拾起……

第二天,她俩都挨了妈妈的骂。那是因为讨厌的矮个子老太婆告了她俩的状——偷花。于是,一怒之下,她俩趁矮个子老太婆拉上窗帘,脚步声远去的时候,把一只大癞蛤蟆扔进了那老太婆窗台上的金鱼缸里……

那,就是我和你……

我们喜欢一起登上屋后的小山,躺在青青的草地上,数着蓝天上的朵朵白云;或是嘻嘻哈哈,谈起幼儿园发生的那些有趣的往事;或是放开喉咙,大声歌唱……当然,也少不了谈论我们的理想。于是,我们提起笨拙的笔,悄悄地给当时的名演员写了一封信,告诉了她我们心中的秘密——长大了要当演员!

记得吗?我和你……

你开始学小提琴了。

你常常站在窗前拉起了小提琴,我却趴在窗台上静静地望着你……窗帘拉开了,窗帘倚在窗户的一角,琴声像悠悠的小溪,沿着窗帘飘动的褶皱徐徐地泻下来,在我和你之间汇成了一泓蓝蓝的湖水。一只天鹅在湖里慢慢地昂起了美丽的头颅,它唯恐划碎了这平静的湖面,缓缓地在身后拖下了一道道浅浅的涟漪……

你和我都喜欢圣桑的乐曲《天鹅》。

夏天,你的小屋闷得像蒸笼。你干脆脱掉了连衣裙,脱掉了小汗衫,学着男孩子,打着赤膊,汗珠顺着你的下巴流在平坦的胸脯上……

"砰"的一声,门开了!你妈妈瞪大眼睛望着你,高声尖叫:"不害臊呀!这么大了!"她愤愤地拉上了窗帘。

她走了,窗帘像花瓣一样又张开了。你冲着我做了个鬼脸,我报你一个微笑。于是,你又把汗衫扔在桌子上,忘情地拉起了圣桑的《天鹅》。而我仿佛看见你走出了小窗,和我一起在湖畔,望着洁白的天鹅。皎洁的月光洒在我们身上,星星坠落在湖里,溅起点点星光……

记得吗?我和你……

上山下乡开始了,我因患病暂缓下乡,可你却要走向遥远的山乡。匆匆地,我赶到车站。车站上停着一列列的火车,人们喊着,挤在一起。我没命地呼喊着你的名字,我张望着,挤在人群里。

突然,一幅窗帘被掀开了,露出了满脸泪痕的你。你拼命地捶打着窗玻璃,呼喊着。我听不清你在喊什么,可我知道你想说什么,我哭得像个小姑娘，我拼命地向车厢挤去……你伸出手，火车开动了。我没命地追赶着，可火车还是把我抛在了郊野……

我们写过许多信，倾诉生活的坎坷，友谊的珍贵……可随着时光的流逝，我们写的信，慢慢地变成了孩子手中的纸飞机和纸船。据说，你后来真的成了乐团的小提琴手。而我呢？坎坷的生活把我推进了一爿简陋的街道工厂……

记得吗？我和你……

你沉默，你在想什么……

紫红色的窗帘在你手中闪动着，横在了我们中间。

于是，一个世界被劈成了两半。于是，它遮住了一个童年时代的梦，遮住了一个关于天鹅和两个淘气的小姑娘的童话……

人在成熟的同时，难道就是抛弃童年时代的纯真吗？成熟的人，心与心之间的距离，难道就应该比时光还隔得遥远？

天幕低垂了，像一幅巨大的窗帘，我看不见你远去的身影……

从遥远的地方传来一阵孩子们清脆的欢笑声，深沉的小提琴声划破夜空，在天幕中滚动……

披着夜风，我久久地伫立。

不知什么时候，千万扇小窗已闪烁着耀眼的灯光。每扇小窗，都像一颗星星缀在墨蓝色的天幕上……

于是，我暗暗地呼唤：人们啊，别拉上你们的窗帘……

（选自《鸭绿江》1999年第5期）

苦涩而深切的心灵告白

古　耜

认识李融是在1998年秋天由四川大学中文系和中国散文学会联合召开的

一次有关20世纪散文的学术会议上。当时,我有一个大会发言,其中谈到了当代散文创作应当借鉴小说、包括现代派小说的叙事手法,以改变自身过于平铺直叙,以致“质”胜于“文”的问题。显然是因为“所见略同”,李融在会下就此话题与我作过进一步交流,她的一些见解给了我很大的启发。会后,我还收到李融寄来的几篇她自己用现代派手法写成且已发表的散文作品。读过之后,曾立即泚笔作复,至于当时笔下具体写了些什么,如今已找不到记忆的底片,但由衷的赞许乃至激赏之意,肯定不会阙如。因为多年来,我一向持有这样一种看法:在西方现代派文学和当代散文文体之间,存在着近乎天然的相通之处,譬如,它们都拥有鲜明而强烈的主体性和内倾性,都强调最大限度地切近作家的内心世界与精神体验,都需要自由不羁而又颖异隽拔的艺术表达,等等。唯其如此,将现代派艺术手法引入散文文本,委实是顺理成章且踵事增华的事情。在这方面,李融进行积极的探索和实践,自然应当予以支持和鼓励。

也许就是通常所说的先入为主吧,这次接到李融的散文稿件,我首先翻捡的仍然是作家用现代派手法写成的那些篇章。应当承认,这些作品即使在时过境迁,文学上的现代派早已失去了头顶光环的今天,仍然有它的奇崛、深刻和警醒之处。譬如,《死之梦》为读者敞开了一个黑色的梦境:“我”死了,“我”记不清是被母亲还是妹妹杀死的;记得清的只是母亲的苛求,妹妹的冷酷,还有自己的厄运和委屈。所有这些,把“我”推进了巨大的痛苦与困惑之中,从而沟通了卡夫卡式的内心体验:“我在自己的家庭里,在那些最亲近、最充满爱抚的人们中间,比一个陌生人还要陌生。”这是何等反常而又何等可怕的心理感受啊!使我们看到了人性的扭曲,同时又禁不住去思考造成这种扭曲的复杂而又严峻的社会原因。相比之下,一篇《失踪的我》,具有更为浓郁的荒诞色彩。她写道:“我”在镜子前梳妆,准备去参加优秀文学作品的颁奖大会,这时,“我”突然发现,镜子里的“我”不见了。于是,“我”不得不去寻找丢失的自己。而在寻找的过程中,“我”听到和看到了有关自己获奖和成功的种种谣言乃至闹剧,“我”终于发现,已经无法找回本真的自己。万般无奈,“我”只能放弃已有的精神创造和事业追求,按照社会的约定俗成,退回家庭,去做贤妻良母。这一连串明显包含了象征性和写意性的细节与场景,将一个原本不甘平庸、勇于进取的知识女性,最终被世俗和偏见所击倒、所扼杀的过程,演绎得栩栩如生而又惊心动魄。显然,它深深触及到了我们民族文化性格里那些负面的、不健康的东西，而这些东西迄今不曾全然退出生活的舞台，因此，它依旧值得我们抨击和警惕。另外，《梦的变幻曲》《秋天的困惑》等文，或通过物象的变形隐喻生命的越磨越砺，或凭借意识的流动传递心灵的悲喜交加，它们均在现代派手法的移植中，完成了作家内宇宙的深层表达，同时也赋予了自身一种恣肆高蹈的艺术品格。

在李融的散文世界里，有一些作品是用现代派手法写成的，但更多的作品却始终保持着传统散文的风姿与神髓。值得重视的是，即使是这些乍一看来远离了形式创新的传统散文，也依然打上了属于作家特有的生命印记，依然折映着作家有异于他人的审美习惯，从而延续并强化着作家的艺术个性。

显然与李融家族背景的奇特、压抑，以及其生活和生命经历的曲折与坎坷相关，她用现代派手法写就的散文总是渗透了痛苦和困惑的色彩，而她按传统散文的路子构建而成的篇章，也大都承载着一些沉重与苦涩的东西。譬如，系列散文《空锁满庭花雨》，把艺术瞳孔对准了曾经养育过作家的那个小院。在通常情况下，它作为一种童年和青春的记忆，应当是温馨而美好的，但是由于“文革”的劫难，这里的一切便披上了浓浓的悲剧气息。无论是蕙的投湖自杀，抑或是馨的被弃疯掉；无论是琴的受尽磨难，抑或是倩的轮下丧生，都显得异常凄凉和沉重。就是有幸躲过了劫难且时来运转的婷和雯们，其最终的归宿，又何尝不让人扼腕叹息。如果说《空锁满庭花雨》是作家从已逝岁月里打捞出的苦涩之果，那么，她的另一个散文系列《“北漂”女儿》，则堪称是作家在物欲时代和商品大潮里培育出的忧患之花。这个系列由作家到北方某大都市高校做访问学者的所见所闻荡开笔墨，集中抒写了几位“漂”在北方的知识女性。她们的经历和处境各个不同，性格和志向也迥然有异，但生命的旅途上却一样布满了厄运、曲折和陷阱。你看：活泼的湘子是富有理想和忠于爱情的。为了理想她苦学专业，成绩不俗；为了爱情她告别故土，奔赴异国，然而到头来，却是理想因错过机遇而搁浅，爱情因遭遇背叛而丢失，剩下的只有未知的前途和不尽的漂泊。与湘子的爱情失败相比，玉儿倒是有一位深爱她的丈夫，只是来自爱情之外的命运煎熬，如长辈的精神分裂和自己的身患癌症，依旧让她欲哭无泪。还有那位发错了邮件的“陌生女人”，其对爱情的执着以及其勇敢的牺牲精神，固然足以获得道德的嘉许，但这种并不对称的情感付出，未必就不搀杂着愚昧。至于那位靠色相和心计浮游于商海的苏苏，我们恐怕只能作为人生的警示了。应当承认，诸如此类直面现实且不乏针砭的作品，出现在一个温婉柔弱的女作家笔下，是难能可贵的。它们不仅平添了李融散文世界的精神重量和情感深度，而且使这个世界具有了一种冷峻、哀怨和伤感的色调，以致更显审美的张力。

倘若单就艺术表现而言，李融的散文也有很独特的一点，这就是，作家以现代派手法写散文时，“我”总是活跃在前台，是一种核心性、主体性和对象性的存在，因此，读了作家的散文，也就窥见了“我”的堂奥；而进入传统的散文文本后，“我”的称谓虽然还在，但却常常在很大的程度上是保留了眼睛而关闭了内心。也就是说，在这类作品里，作家更喜欢站在相对客观的立场上，以见证者的身份，去讲述自己听到或看到的他人的故事；或者编织一个小小的叙事圈套，由“我”把别人的故事巧妙地转述出来，而无意于更多地、直接地披露自我，彰显内心；有时，作家甚至干脆回避了绝大多数散文家所习惯的“我”的在场，而代之“以全知式”“他”的描述。正因为如此，我们面对李融的散文，有时感觉像读小说，甚至会发出这是小说还是散文的疑问。至于作家何以要选择这样一种行文方式，窃以为，内中很可能包含了从生活真实到艺术真实的种种考虑。不过，即使仅仅从叙事效果来看，其优越和超拔之处至少有两点：第一，作家“引入别人的故事”和“全知视点”，这在无形中延伸了“我”的视线，打破了“我”限制，同时也就在客观上拓展和丰富了散文承载与表现生活的能力。第二，透过“我”的目光讲述别人的故事，这意味着在散文文本中拉开了“主体”与“对象”的距离，其必然产生的间离效果，有利于读者的冷静思考和细致体味，从而发挥主观能动性，富有创造性地完成文本接受过程。当然，所有这些，都应当在作家真情实感和真实体验的掌控之下，否则，无所顾忌、不加约束地向生活客体倾斜，便等于主动放弃了散文一体的根本优势。

（原载《重庆文学》2007 年第 2 期，略有删节）

斯　妤（1954—　），女散文家，原名詹少娟，福建厦门人，祖籍福建漳州。1973年在厦门沧海中学读完高中后下乡插队4年，1978年入中国青年政治学院学习，先后任团中央统战部干事和中国青年出版社编辑、编委，现为北京军区政治部创作室专业作家，系中国作家协会会员。1980年开始文学创作，除出版小说集《寻访乔里亚》、长篇小说《竖琴的影子》及《斯妤文集》四卷，迄今共出版散文专集9部：

《女儿梦》（百花文艺出版社，1988年）；

《爱情神话》（时代文艺出版社，1992年）；

《流放者》（上海文艺出版社，1993年）；

《斯妤散文精选》（百花文艺出版社，1993年）；

《大眼睛，小眼睛》（福建少儿出版社，1994年）；

《给梦一把梳子》（中原农民出版社，1994年）；

《爱情是风》（珠海出版社，1994年）；

《风去风来》（含小说；华艺出版社，1994年）；

《两种生活》（作家出版社，1997年）。

其中《两种生活》获1998年首届鲁迅文学奖，另有《小窗日记》获第二届《散文》月刊优秀作品奖，《除夕》获全国青年散文大赛铜奖，并以其整体创作获庄重文学奖，等等。

斯妤的散文一开始就受到好评，《凝眸》被选入《八十年代散文选》（1987）和《中华人民共和国50年文学名作文库·散文杂文卷》，《小窗日记》被选入《青年散文选》和《当代散文精华》，《歪嘴传》被选入《中国当代百家散文》，《婉穗老师》《表舅母》被选入《新时期优秀散文精选》和《青年散文选萃》，《心灵速写》被选入

《九十年代散文选》(1991),《并非梦幻》《心灵速写》《我因为什么而孤独》《爱情神话》《回想外婆弥留之际》《夜晚》《梦魇》和《随笔三则》等 8 篇被选入《新散文十二家代表作》,另有多篇被选入《中国当代女作家文选》(香港新亚洲出版社)、《大陆散文选》(台湾新地出版社)、《两岸女性散文精品文库》(北京师范大学出版社)等 40 余种选集。评论斯妤散文的文章亦多,主要有:

《透过小窗看世界》(石美),《文汇报》1988 年 4 月 2 日;

《我读斯妤〈女儿梦〉》(刘再复),《光明日报》1988 年 10 月 16 日;

《醉读〈女儿梦〉》(舒婷),《人民日报》1989 年 5 月 20 日;

《从爱的窗口窥视人生》(王荆),《中国青年报》1989 年 10 月 21 日;

《一个真情挚爱的世界》(南雨),《中国文化报》1990 年 2 月 21 日;

《故乡风土故乡情》(张陵),《光明日报》1992 年 4 月 21 日;

《心灵的丰富与孤独——读〈爱情神话〉》(任明),《文汇读书周报》1992 年 10 月 31 日;

《理想的痛苦》(周佩红),《文学自由谈》1993 年第 3 期;

《散文形式的自觉——评〈斯妤散文精选〉》(宗仁发),《当代作家评论》1994 年第 2 期;

《对人性荒凉和错谬的超越》(楼肇明),见《斯妤散文精选》附文;

《走向新的地平线——评斯妤的散文创作》(李晓虹),《作家报》1994 年 7 月 9 日;

《在故乡流浪——读斯妤散文集〈爱情神话〉》(石一宁),《作家报》1994 年 7 月 9 日;

《斯妤散文:作为面对世界的心灵形式——我读〈斯妤散文精选〉》(李虹),《作家报》1994 年 7 月 9 日;

《寻梦旅人——斯妤散文解读》(李东芳),《当代文坛》1996 年第 3 期;

《艰难人生的心灵倾诉——斯妤散文扫描》(张明芳),《写作》1998 年第 11 期。

此外,《中国当代散文报告文学发展史》《中国当代散文审美建构》、徐治平著《中国当代散文史》、插图本《中国当代散文史》和张炯著《新中国文学史》《新中国文学史》(上)、《中国当代文学》《中华文学通史》第十卷等有对斯妤散文的专节评论,可参阅。

流放者

斯 妤

关于生活，关于我们立足的这个世界，关于短暂而又漫长的人生，我们有太多的话要说，有太多的情感要表达，有太深切的思想要与同类交流，于是我们拿起了笔。甚至不止这些。甚至对一些人来说，艺术本身就是生命，就是一己的燃烧，就是人生的全部价值全部意义。

这些人在他的平静而智慧的同胞眼里，也许是疯子，也许是女巫，也许是神祇，也许是魔鬼。至少，他们都是一些敏感而怯弱的性格，苍白而矛盾重重的灵魂，都是心灵和精神的流放者。

然而八十年代的艺术家已是如此坚韧如此伟岸，他们一改苍白怯懦的风范，一夜之间牛仔起来魁梧起来，他们抽烟、骂娘、跳霹雳舞。他们把整段的粗话搬进诗里，把散文当作无意识幻想的载体。他们甚至恣情任性地在小说里活剥人皮。

然而千万不要相信表面的强悍。事实上在心灵深处，他们仍旧是一群无所依傍，骚动不安的凄凉流放者。

至少我自己是这样。当我一次又一次地玄思冥想，一次又一次地顿悟彻悟时，那份明澈与强大只是短暂的、有限的。

生活的激流汹涌澎湃地袭击我淹没我时，心灵的痛楚照样一阵阵爆发，激情照样漫过堤坝，汹汹流淌。

于是有了这些时而清澈时而混沌，时而火热时而淡漠的文字，有了这个矛盾重重的痛苦灵魂的一再表达。

我想自我的矛盾重重无需忌讳。人类本来就是充满了矛盾，不断摇摆挣扎的。只要还有矛盾，只要还在挣扎，人类就还有向上向善的力量，人类就还有希望。

需要忌讳的是真性情真心灵的死亡。矫揉造作，哗众取宠，言不由衷，见风使舵，是为人之大忌，也是为文之大忌。

散文尤其如此。没有真性情的文字，是一堆纸花，一群面人，无论如何缤纷五彩，渲染装扮，也是冰凉苍白，毫无生气。

重要的是敏锐的心灵，多思的心灵。重要的是我们对生活对人类的既怀疑又拥抱，既审慎又深情。

还有对形式的感觉。经验告诉我，只要找到与所要表达的心灵同构的形式，作品就自己站在你面前了。

而我这一天的生命，也就有了意义。

自选作品

心灵速写

一

常常对着扔得满屋都是衣服、刊物、废纸团，还有儿子的玩具、画作等等发呆，不知从何下手，不知如何收拾。家中的凌乱不整令人心烦，思绪也如这凌乱的家一样，突然踉踉跄跄，纷乱如飘满乌鸦的天空了。

于是发狠心不看书不工作，腾一个上午好好整顿这个家。

衣服挂起来。刊物码到书桌上。废纸团一个一个塞进垃圾桶。儿子的玩具叫人头疼，东一件西一件。沙发下，被窝里，一会儿冒出一只断了臂的狗熊，一会儿钻出一辆卸掉前轮的汽车来。

好容易收拾停当。

倒在沙发上长长呼出一口气。

三间屋子的凌乱用去一小时。擦窗户抹桌子用去一小时。洗衣服倒垃圾用去一小时。剩下的半小时该是看报纸翻刊物的享受了。

然而一低头,却发现地上仍旧污垢斑斑。

于是恨恨地咀嚼人生:生存是无尽期的整理,无尽期的凌乱,无尽期的期待与厌倦。

最后是终于克制不住拧开水龙头的冲动。哗哗的水龙头拧开时,喷薄而出的自来水狠狠冲洗起这遍地污垢遍地厌倦来。

二

平和安静的时候似乎更多。

送走坐机关的,上幼稚园的,叠好被窝,喝完早茶,便坐到每日必坐的书桌前来,一本好书,或者一管铅笔,一叠摊开的稿纸,便可进入一个远离丑陋现实的世界。

那世界也有丑陋,但那里的丑陋是诗意的丑陋,美丽的丑陋.那里的丑陋深刻并且冷峻。

于是害怕有人敲门。害怕电话铃响。害怕午饭时间眨眼又到。一如许久以来怕极了喧嚣社交。

冥想世界大放异彩,现实便变得遥远,陌生,无足轻重。

扫兴的是背后常常有人大喝一声:当心走火入魔!

回头恨恨地惨淡一笑,背书般答对:黄花鱼一斤两毛七。

于是一齐哈哈大笑。——她笑什么你知道,你笑什么她其实永远不会知晓。

三

当然记得在火车上为人垂泪的情景。

那是一个陌生的、毫不相干的女人。只是她身着丧服。只是她清秀的脸上写满了悲哀。她的同样身着丧服的姐妹、兄弟们大嚼大咽、谈笑风生的时候,她视而不见,灵魂似乎愈行愈远,黯然沉浸在对往事的追忆中，沉浸在对逝者的哀婉怀念中。

一再地看着那强烈的对比（一片黑色丧服与阵阵放肆笑声），一再地看着那张如临无人之境、溢满哀伤的脸，心突然潮湿起来，感动起来，眼泪无来由地涌上眼眶——

深切感受到的是她的痛苦与哀伤。感受到那种对死亡的迷惘，对刚刚逝去的亲人的阵阵巨恸。

眼泪抑制不住地往下掉。

然而她突然结束了她的哀伤。她出人意料地扭头朝她的弟兄们粲然一笑，并且伸手抓一条鸡腿撕咬起来。

美丽破损了，深情成了过眼烟云。

而心里，永远留下了一声重重的叹息。一个苦涩的自嘲。

四

柔情似乎渐渐被孤独与冷寂榨干。冷面冷心冷血冷泪。别人这样看，自己也这样看。只有儿子慧眼独具。火热的小妈妈！复杂的小妈妈！可爱的小妈妈！这些偏正结构天天挂在他嘴边。

儿子动不动就爬到高处，待你走过时，猛地扑到身上来，嘴里喊："妈妈，我要和你结婚！"

于是哑然失笑。笑过之后于是暗皱眉头。皱完眉头便坐下来细细反省。

全部的爱，全部的柔情都倾注到儿子身上时，儿子便以情人自居？

除了儿子，难道不是吝啬每一份情感，每一丝温柔，每一个发自内心的微笑？更相信在这个遍地石头的世界里，有一颗石化的心至关重要。

或者根本就是不自信。或者正是对自己太了解。或者究其实只是一份恐惧——激情燃烧起来的时候，深知将无可挽回地化作灰烬。

甚至知道事实比料想的还要糟。

五

最害怕灰蒙蒙阴惨惨的天。灰蒙蒙阴惨惨的天重复出现时,便重复着蜷缩在灰色沙发上。

偏偏常是停了暖气的料峭早春。满屋的阴冷与孤寂不由你不低头。裹着大衣蜷缩在沙发上可以连绵一天。整整一天不吃不喝不打盹不接电话(电话早已预谋似的拔掉了),甚至不遐想不思索。就是那么静静地似梦非梦地蜷缩着。

大脑只是空白只是一片混沌。不知所思。不知所欲。亿万个熙熙攘攘凄凄惶惶的爬行者只是风景一瞥。种种悲哀、惊恐、欢乐、惆怅全成笑谈。甚至所爱的一切。甚至厌倦极了的一切。然而偏偏,惊喜于木然的同时又惊心于这份木然。

不知它是超越还是坠落。不知它有理还是无理。

只是极想从此独行。一个破包袱,两件旧衣裳,随风而去,四处漂泊。

没有人在耳边絮聒,也没有人在耳边叹息。

没有目标,更没有手段。

有的只是风声、雨声、雷声、电声。太阳燃烧的哔剥声也不再侈想。

甚至大江东去。甚至小桥流水……

可恨的是突然房门洞开,电灯雪亮。兴致勃勃地走进家门的他们分明是一份嘲讽。

好在很清楚遐想并未结束。下一个灰蒙蒙阴惨惨的天出现时,沙发上仍旧会有一个小狗般蜷缩着的孤寂灵魂。

六

电灯突然全灭的夜晚是街区停电的夜晚。毫无准备的家里顿时漆黑一团。摸索良久,方才找出半截蜡烛。摇曳的烛光亮起来时,心突然也飘忽起来摇曳起来。

于是盼望有朋友来访。盼望三两挚友,秉烛夜谈。盼望朗朗笑声驱散摇曳如梦的情绪,安定一颗飘忽的心。

奈何好友多在天涯。

同居古城的友人里,不见得今夜全都停电,全都停电的人家,则不见得个个渴望秉烛夜谈。

于是盼望电话铃响。电话响时,或许是一声关切一声问候,或许是璀璨的闪电,善解人意地来照耀满屋的凄惶。

奈何电话总也不响。

有心致电的朋友,案头或许没有电话。案头陈放电话的朋友,早已忘却闪电的使命。

于是自己拨动电话。

然而最想问候的朋友,远在重洋那边。能够拨通的咫尺人家,拨通后却已无话可说。

于是不再努力。

最后是勉强凑在烛光下,翻一页一页的书,一页一页的书翻过去之后,突然感慨万千:

唯书籍是人类挚友,生命烛光。假如人生没有书籍陪伴,假如有一天连好书也再不可觅,生命就真该结束了。

结束的却是飘忽的烛光。燃烧的烛芯竟然不顾满屋的惊慌失措,竟然渐渐无可奈何地瘫软下去,萎靡下去……

终于,烛光灭了。

屋内一片漆黑。

黑暗中你看见一双泪光晶莹的眼睛。

于是你神经质地大笑起来。

(选自《斯妤散文精选》)

夜 晚

这个城市的夜晚常常令我大惑不解。每天晚上我都忍不住要伫立凉台琢磨它。进入我视野的除了树影幢幢还是树影幢幢。积水在苍白的路灯下泛出白金一样的光芒。本该澄澈深邃的天空除了迷蒙仍旧迷蒙。褚色逐渐掩埋起苍穹。星星是发育不良的童养媳,憔悴并且忍气吞声,似乎渐行渐远,渐行渐远。四合院在夜色的吞噬下无声无息,只有车声如故啸声如故蝉鸣如故。远近的住宅楼突然门户洞开,顷刻间喧哗起夫妻间的诅咒斥骂来。

从凉台返回,竟发现满室汪洋。书桌站在水里,书柜站在水里,沙发蜷缩在水里,音响踮着脚尖在水里摇晃。更可怕的是那张新买的华丽的昂贵的古中国风度的纯毛地毯正浑身瑟瑟地浸泡在水里。横遭不测的它们一齐茫然地看着我,我则以更加茫然的目光答复它们,不知发生了什么事。

其实事情很偶然也很必然。我惦着这个城市的夜晚,又顾及一家三口的饮食起居,所以刚才是先将全自动洗衣机推进厕所,接好电源水管,放进脏衣脏裤,加了洗衣粉,然后才到凉台上去一边琢磨一边发呆的。奈何发呆的过程开始得早了点,排水管没有架到水池上,我便匆匆奔赴凉台。

所以便有汪洋一片。便有白色泡沫在惨白的日光灯下优美地起舞。

荒谬又一次成为夜晚的客人。

如果说白昼是群体的,夜晚则是个人的。白昼若是紧张的,夜晚就是放松的。白昼劳作,夜晚歇息。白昼做人,夜晚做自己。白昼与敌视怨忿戒备周旋,夜晚与爱意亲情关切携手——白昼烈日炎炎,夜晚微风徐徐。

然而夜晚果真如此吗?

夜晚如此漫长,如此裸露,如此无遮无拦,无处躲闪。

个人的夜晚,放松的夜晚,歇息的夜晚,做爱做自己的夜晚,一经变质,比白昼更严酷,更不堪。

更何况黑暗中众生昏睡,不知所以,不问所以,醒着的灵魂便愈显孤独痛楚。

拷问灵魂的鞭笞声在静夜里声声凄厉,长啸着划破夜空。

一年一度的月明之夜,我和孩子一起出去重温童年心少年梦。

月亮既薄又小,既远又凉。童年时插队时海边那一派月华当顶、金光潋滟当然不复。人与自然的相遇、交融、和谐、共荣更其不复。路灯、车灯都比它明亮。甚至积水倒映出来的残辉也比它耀眼。路人在一派颠簸闪烁呼啸喧闹中形同虚设。机器轰鸣。喇叭轰鸣。圣谕轰鸣。欲望轰鸣。心灵像路旁的小草,在秋风中摇曳,渐渐枯萎。

只有小孩纯真如故。他找到一片小草地,尽管就在喧嚣的立交桥边,尽管草已泛黄,车过如潮,他跑进去便烦恼顿消,笑着叫着蹦着跳着嬉闹起来。

月光如水理所当然成为过往。

雨后的夜晚滑腻如苔。树是晕的。灯是晕的。房舍是晕的。天空的每个角落也是晕的。低矮的平房里传出儿啼阵阵。

街道的泥泞已不算什么,黑暗中流动的网才是狰狞。雨水也打不湿睫毛了,眼泪鼻涕更是滂沱。

漆黑中有苍脆的声音不时划过。电闪雷鸣接踵而来。火辣辣的雷击炸了大半夜,像在提示什么,又像在掩饰什么。晕乎乎的夜晚成了水淋淋的包袱皮。

水淋淋的夜晚像泼在宣纸上的一团团浓墨。夜色如晦。夜色如晦。风雨声响彻每条街道。

“拥抱在一起反抗死亡。”有智者的声音低沉地宣示。

我伸出手去,揽到的却不是爱人的臂膀,而是一阵冰凉雨点。

室内室外一齐漆黑的夜晚越来越多，轮番停电已成为这个城市的标志。我连蜡烛也懒得找，就坐在地毯上张望从屋里连绵到屋外的无边黑暗。

星星连童养媳也不肯当了。它或许已经苍老，变成瞎了眼豁了牙的老婆婆？

而那繁星满天的夜晚，葡萄架下月光斑驳的夜晚，海潮徐徐琴声弥漫的夜晚，是不仅仅留在过去的时间里，也留在过去的空间里了。

对面的中学校白天喧哗如闹市，如车水马龙，如海潮汹涌，此刻是黑魅魅如古堡，如暗礁，如无底的深渊了。

我常常疑心白天那些喧哗的生命并没有离开，他们就潜伏在破旧的书桌下，一俟深夜来临，便鱼贯而出，踽踽然欣欣然扮演起魑魅魍魉来了。

否则树影为什么一再参差，墙壁为什么渐渐斑驳，空气中重又弥漫起呛人的焦味来？

而在地毯上张望夜色的我，心绪除了渐渐惶恐不安，渐渐无依无傍外已别无选择了。

清丽如水的夜晚在车水马龙的都市已成为天方夜谭。我常常在夜半溜出家门，为的是找一份静寂，一份溶入自然的和谐。奈何夜再深街上也仍有汽车电灯和机器的轰鸣。垃圾筒愈发俨然，毫无顾忌地散发着冲天臭气。厕所依旧。积水依旧。斥骂声依旧。我在胡同里游荡，感觉自己是迷途的灵魂。

在这样雾气腾腾、喧嚣烦躁的夜幕掩藏下，多少欲望在滋长，多少谎言在诞生，多少背叛在进行？人类的良知，人性中那可怜的一点精华已敌不过普遍的卑鄙委琐邪恶？

高尚是高尚者的墓志铭，卑鄙是卑鄙者的通行证已成为千古定律？

我穿行在狭长肮脏的胡同里。头上是天穹地上是痰迹，左边是成排的垃圾筒右边是此起彼伏的厕所。我不知道自己什么时候能够走出这盲肠一样的胡同,不知道这一带的胡同在雾气如网的夜幕下是否会突然纠结缠绕到一起,使我永无走出的可能?但我知道我很想回家,虽然家中也没有月光,虽然家中的窗户一样洞开着,雾气臭气如常涌入。我明白我此刻若不回家,我的肉体将会迷失,我的灵魂将会分裂,这无边无际的夜色将会一点一点把我吞没。

(选自《斯妤散文精选》)

对人性荒凉和错谬的超越

楼肇明

活跃在当代散文文坛上的中青年作家中较有成就者,大体上都程度不等地经历了从追求纯美到严正注视人性负面的前后两个阶段。当然,这两个在性质上有极大差异的阶段表现在不同作家身上的时间表是不尽一致的,同时,从审美到审丑的转折,也并不意味着后者对前者的摈弃。情况往往是这样,两手并举,仅仅是为了寻求艺术表现的多种可能性,哪一手用起来得心应手,就用哪一手。不过,从审美到审丑的转折,是建立在文学之路即创新之路的信念之上的,换言之,它是作家创造主体突破已有的审美规范和突破自我的双重努力的一种文学表现,它是审美思维开放性的产物。

斯妤的成名作是收人 1983 年度散文选本的《小窗日记》,她的第一本集子题名《女儿梦》。笔者曾为这本集子的主导创作倾向写过一篇文章:《小窗:寻找大千灵光》,着重对她为了治愈动乱造成的精神创伤转而向大千世界的自然寻求美和慰藉作过评述。应该说,这一时期的斯妤,相信唯有纯美的东西才是永恒的,美是能够拯救人类的,她力图通过自己心灵的小窗,把窥视和捕捉到的美奉献给读者,与读者一起共享。尽管这一时期的斯妤还一时难以与许多同样是为了寻求内心的平衡,把自己的憧憬和梦想当成生活的最高真实的同辈作家显而易见地区别开来,但斯妤流诸笔端的那份细腻和灵气,那对永恒的信念和执著要远远高于一己的心理平衡，这也就是说灵魂栖息的场所并不与社会丑恶、与自身的挫折感要谋求某种妥协与和解，这是斯妤终究有别于人间青鸟型的青年作家群，并终究会从中脱颖而出，走向深沉和深刻的潜在素质。如果说《女儿梦》一集中的某些篇章，如《表舅母》等，斯妤已经不曾在丑恶面前掉头不顾了，已经将笔触和解剖刀伸向了人性的邪恶深处，但从她谋篇立意的题旨看，表舅母之所以前倨后恭，这位自私、鄙琐、寡思薄情，却未丧尽天良的市井妇女，本人就是人性被扭曲的受害者，她并不是自娘胎里一出来就有一颗面目可憎的灵魂的，因此一旦社会噩梦痉挛性的间隙到来，她便回复到人之所以为人的亲情轨道上来了。显而易见，斯妤是相信"人之初，性本善"的。这篇作品的基调从属于传统的现实主义范畴，社会批判锋芒多少掩盖了她对人性本体的深入探索。不过，《女儿梦》中的这一类篇章已显露了一个十分重要的转折端倪，即开创了这位女作家迅速地从对纯美的迷醉转向对丑恶的正视，与其写不能给人以深刻震动的软弱无力的纯美，不如正视真实的丑和恶。真实的丑和恶，不仅在真诚和真实的意义上优于虚伪和虚假的美，而同时还是补救软弱无力的纯美的别一途径。

斯妤近年来的作品，若粗疏地归纳一下，大体上由三个序列主题的作品构成：市井人物志；时间的主题；和时间死亡的主题，即荒诞的主题。先说市井人物志，是题为《方姑姑》《特派员》《锦云姐妹》《安宝》《文莲女士》这样一些篇章。这些人物在精神上无疑都是"表舅母"的姐妹，都是作家童年、少年时期在闽南沿海小镇上所亲历目睹过、相处过的人物。她们或他们，作为文字素描的肖像画，在中国现代文学史的画廊里，大概是不算新鲜的，或隐或显地曾经出现在鲁彦、陆蠡、师陀的笔下，我们甚至轻而易举联想到孙犁的《乡里旧闻》和汪曾祺笔下的一批江苏里下河一带的市井小民。我无意在这里品评不同时代、不同年龄和不同风格作家们写类似题材的艺术成就的高低优劣，我只是说，"乡里旧闻""市井小民"的文学速写，原是现代散文颇有成就的门类，唯当代散文在历史割断论的影响下，涉猎者为数寥寥。斯妤这一组散文的意义即在续接了被中断的为卑微小人物立传的传统。而她在这一方面的生活储藏大概也远未用罄。随着她作品量的积累，观察视角在作不断的调整，她那有别于传统的特色也渐渐显露出来了。这位当代女作家笔下的卑琐的市井小民，无论是在"文革"中小有作威作福,在改革大潮中小有贪赃枉法,但终因并非大奸大恶之徒畏罪自缢的“特派员”,还是往昔有过风光岁月,不明原因的家道中落后流落他乡,穷愁潦倒以至于出卖亲生女儿,却死也不肯放弃维持作为体面标记的茶与长衫与报纸的“方姑姑”,或者是胆小苟且的昔日乡村牧师和他那对如花似玉的女儿,都是地地道道芸芸众生,地地道道的卑微小市民。与已往传统的现实主义作家相比而言,斯妤虽然同样也在这些鄙不足道的小人物身上揭示了“吃小亏,占大便宜”,“在婚礼中要充当新郎,在丧葬仪式中争当厨师”的小市民的人生哲学,可贵的是斯妤并没有将这一小市民人生哲学中的“精髓”漫画化,她的创新之路也并非要翻这个精神世界极端贫困的案,如同有的作家那样,把小市民的精神世界和民族文化的精英世界之间的界限给打通了、抹干了那样。芸芸众生就是芸芸众生,斯妤如实地描绘了他们的真实人生,复杂人性,她并没有在这些卑微的小人物身上赋予“顽强的生命意志”,苟且就是苟且,苟且最多只是一种为欲望所驱使的容受,而决不是什么“皮实”之类。斯妤写了这些人物令人悲悯的悲剧和喜剧,但也已经不同于重点在作社会批判的“近似无事的悲剧”(这是俄罗斯批判现实主义作家对世界文学的一个独一无二的贡献),也并不是旨在刻画这些小人物身上的精神奴役的创伤(这是以鲁迅为代表的中国现代文学的卓异不凡之处),随着入视角的不断调整,斯妤相对地超脱一些了,她有意识地弱化或钝化自己的社会批判锋芒,而将侧重点移到人性本体的研究,她是将他或她作为一种屈从于物质的生理的和世俗的欲望的人性标本来加以解剖和研究的。叙述者越来越少地介入主观评价和主观情感,连使用的说词也尽可能挑选中性的,笔墨经济到极点。这是一幅人的精神世界荒凉的图画,是这位女作家在接受了现代文学的洗礼之后对艺术入视角所作的调频。若从叙述学角度加以分析,作品元素的信息传达功能,和暗示气氛的迹象功能在斯妤笔下是几乎合二而一的,这就极大程度地符合了艺术节省笔墨的原则,而且与她那不动声色的冷面同情,以悲怆情怀去描摹苍灰色背景下的渺小人物,达到一种铢两悉称的谐调一致。当然若从艺术的圆熟程度言,她避开了孙犁《乡里旧闻》中类似“太史公曰”或“野史氏曰”式的哲理独白,但其哲学的热情和哲学的冷漠,哲学的深邃,也还有待进一步的磨炼。在我看来,悲悯情怀并不一定非以悲剧度量的形式出现,在那些无人的尊严和价值可言的人充塞的天地间,喜剧因素的引进更是十分必要的。喜剧的度量同样也是上帝的尺度。面对人性的荒漠化，严厉地正视它是一种阻击，喜剧式的绝望也是一种阻击。以毒攻毒是一法，以更高层次的善去消化它，包容它，也未必是不可行的。

斯妤的三个主题，由于市井人物志是外向的、观察的和纯叙述性的，后两个主题是内发的、心理抒情的，笔调的不同使人初看似乎缺乏内在联系，其实不然。这个联系就是这位女作家那种自觉和不自觉的对时间的把握和理解。只不过时间因素前者是一种“非同在”的关系，后者是一种同在关系。读市井人物志，因为作家是用人性的进步与否来测度时间的，故时间似乎是停滞的，起码在那些可怜的市井小民身上时间是毫无意义地停滞着的，不仅小市民的精神风貌没有因社会形态的转变而有丝毫改善，她们充其量只是从讲斗争的年代里的“阶级斗争脸”转换为物质欲望膨胀的脸，正是这种对人性负面的洞察，历史的断裂感也就消失在“时间的停滞”里了。用一句叙述学的行话讲，这就是这类作品的“隐蔽陈述”。时间是用隐蔽手法陈述出来的。而女作家以抒情笔调写成的以表现自身的生活和体验为中轴的作品里，则时间和空间有了更加多彩多姿的表现。我们先看这些作品的标题吧，《回想外婆弥留之际》《那年夏天》《某年某月》《正午》《除夕》《冥想黄昏》《马年夏季》等等，无不直接与时间有关，都是人类习惯称谓某种时间的概念，或是在特定时间符志下的活动。即便没有直接表明时间符志的，如《蓦然回首》《碧水长流》《倾听蝉鸣》等，也间接通过与时间有关的字词用借代方式加以传达，或干脆就是一种诗意的隐喻。在行文结构的设置上，由于斯妤不满足于三维时空和直线(不可逆转的)时间链条的桎梏，为了更充分地展现心理时空，她的许多篇章都用“记忆幻觉”的原则来加以结构。她将物理时空进行切割，并按心理时间流动的随意性重新加以组装。为了与这一结构层面协同动作，她行文的句法，往往在一个主词、一个动词后面，挂上一长串的受词，或者相反，由数个主词和动词共用一个受词。前者是一种连动装置，表明心理思绪不间断的流动性，就像一个火车头后面挂一节节的车厢，轰轰隆隆地行驶着一趟趟文字长阵，这一类长句，读起来让人憋着一口长气，时有重复是为强调某种情绪，制造一种主观上执拗的或客观上无法排解的氛围。后者，则多少是对个性被平均化的统一机械的世界的反讽，是对多少人的行为一致了，心思一致了，面目衣着一致了，只要用一个动词，一个副词，一个形容词就足以囊括包罗无余的象征，就如同一支巨手同时握住好几只鸭子的长脖子，是不必一一去细描每一只鸭子的挣扎和嘶鸣的，"握住"一个动词就足以传神而有富余了。当然，"记忆幻觉"原则并非没有一个坐标的出发点，这坐标，即现时态是连接过去和未来的中介，斯妤并没有消灭现时态，她只是将现时态置于一种连根拔起的悬浮状态。同时，斯妤没有从根本上破坏心理学有关时间的一个自明之理，她和大多数意识流作家一样，作品以记忆为主干，以对过去的事件(包括心理事件)的记忆为主干，但过去的事件是不断变迁的，在岁月的流逝中由于不断显露出不同侧面，可以允许出现各不相同的版本，只是这变迁的规则取决于现在发生的及将要发生的事件，唯有现在发生的事件及将要发生的事件才给予记忆中过去的事件以意义和价值。它或者变得意义重大，或者变得一分不值，多半取决于现时态的状况和需要。所谓"含泪记下的微笑"，或"微笑写下的悲伤"，都是现时态与过去时态的一种绾结，在现时态催化之下所交互感染的一种洇润状态。柯勒律治说："没有回忆就不可能有希望——现在乃是一种通过它的衰变而被知道的幻想，如果它呼吸将来的新鲜空气的话，什么是将来？它仅仅是投射在未知物的迷雾之上的过去的图像，我们可以看到围绕着它头部的光轮。"这可以说是浪漫主义作家对时间作审美把握的经典表述。作为一名受过现代主义文学洗礼的当代中国作家，斯妤对时间所作的突破即是在此基础上进行的，主要表现在对于时间是直线这一概念的怀疑和否定，但却并不因此否定只有通过"衰变"才能认清其意义和价值，同时也不否定"过去的图像"将投射到未来的事物之上。斯妤同样承认无始无终，这我们可以从早期的《小窗日记》《武夷日记》及《碧水长流》等作品明显地感觉到，她所说的"人会老天会老地会老，只有流水不老，流水如圣经，日日苍翠"，意在精神上追求一种与天地日月同寿的不朽价值，但事实上这又是不可能的。此时此地，她或许已经意识到，如同东山魁夷所表述的那样："流逝的，不是时间，而是一代又一代的人。"(《听泉》)那么，永恒和不朽是否就意味着时间的停滞，时间就是一潭死水呢？不是的，在斯妤看来，在时间内部还是运动着的，并非是静止的。台湾地区女诗人席慕蓉在《天堂鸟》一书中认为，男人的时间从出生到死亡是直线型的，女性因生理条件的不同，形成一种季节性更替循环轮回的时间观。这种以性别截然区分出时间观念的科学性如何姑且不论，因为农业社会中的人"日出而作，日入而息"，春夏秋冬四季更替,其时间观念也是一种循环往复的不断轮回。应该说,席慕蓉从这一多少带点杜撰的时间幻觉中获益匪浅,她的许多诗篇和散文就是描写在时间中的人的各种情感,人的生命的美丽年轮的。斯妤心目中时间的运动观,也是一种循环往复的轮回,所不同的是席慕蓉多半看到时间轮回之美,而斯妤多半抱怨时间轮回是一个怪圈。斯妤除了《回想外婆弥留之际》一文中发觉自己愈来愈像外婆,好像自己的生命轨迹都被外婆规定了,她注定将在心灵气质上、精神伦理上成为外婆的传人,对这一冥冥大化以时间与生命同体轮回的神秘表示惊疑不置,惊喜莫名,此外,她对时间的轮回就决不是认命的。她把时间的轮回描写成如同一座没有出口的迷宫,作家的自我每每有一种被抛感,轮回是作为人的一种生存困境来加以刻画的。“这日复一日的重复,日复一日的平凡,日复一日的身与心的疲惫。然而,即使不重复不平凡不疲惫又怎样?你又如何能跳出属于你属于她属于每一个人的永恒的局限与怪圈?”(《除夕》)“我一针针一圈圈地织,罕见的认真,罕见的执着,却不知我一小时一小时坐着织,白天织晚上织,织得思维停止,心潮不再,织得天黑地暗日月星斗连绵一片,其实织了九九八十一天也织不出一件成衣来……每到临近收尾,我都会突然厌恶起来烦躁起来,于是,三下五除二,转眼就将那织满岁月的毛衣迅速拆掉。然后也许第二天也许第三天,又重新起针重新开织……”(《那年夏天》)怪圈是个明喻,织毛衣(织了拆,拆了织)是个隐喻,隐喻对明喻的反叛,隐啥在明喻中作徒然的挣扎,尽管斯妤说“思维停止,心潮不再”,但这并不意味着在时间没有出口的迷宫中做坐以待毙的死囚。斯妤说面对岁月“像一片干涸滞闷年久失修的老河床”,但这“老河床”却并不是埋葬激情的死亡谷,激情恰恰“在对虚无的穿透中诞生”(《某年某月》)。哀莫大于心死是一般结论,有时候偶尔会感到“幸也莫大于心死”,但这如同假性丰腴的浮肿不是健美一样,心死毕竟是最大的不幸,是斯妤在时间的轮回里视为生命最可耻的东西(《正午》)。由此可见,斯妤对时间轮回的刻画仍然是牢牢把握住自己的生命价值标准的,因此,其实质也仍然是一种精神上的超越而不是超然。还须指出的是,斯妤对时间轮回的感悟,始终与生命的死亡和复活,精神的死亡和新生紧紧地联系在一起。《冥想黄昏》一文记述了一次精神死亡之后的蜕皮更新,“我”一连几天蜷卧在灰色的沙发里,连家人也懒得答理,说句话,眨一下眼也不能和不屑,“我”在墓穴一般死寂的世界里，世界上的所有声音都变得非常遥远，但唯有此时，“我”感到了自己的灵魂从现实时空和从生存的世纪里游离出来，从“个我”的躯壳里游离出来，变成了“一个广义的人，一个永恒孤独的人”，于是于寂静之中极端的孤独之中听到了自然的啸声。注意：这自然的啸声，已不是心灵小窗外的朵朵白云，不是碧水长流的水声潺潺了。它是凄厉的，酸楚的，严正无情的。《倾听蝉鸣》的情形也大致如此，孤独的心灵，竟然从整齐划一无始无终的蝉鸣声中辨别蝉鸣的低谷和高潮，以及它的高潮是如何融合进低谷，低谷是如何淹没于高潮的——何其敏锐的心灵的听觉，斯妤几乎不自觉地把自己看成是“存在的看管人”或者说是与宇宙大地冥萍同科的牧羊女了！在这里虽则无法直接引申出“救赎”的主题，作家创造主体对于人生悲剧的超越，是显而易见的。那照彻宇宙的荒凉和黑暗，照彻个我的恐惧和不安，不正是一种天思和福祉的光辉么？这是一颗永远在疲惫状态下孜孜以求索的心灵所得到的报偿了。

斯妤近作的第三个主题是关于荒诞或曰人生错谬的，它们大都散见在第二序列已提到的篇章之中，不过也有相对集中的几篇，如《并非梦幻》《夜晚》《追忆尴尬青春》等。这是两个偏正包蕴的主题元素。荒谬是时间探索的一翼，对时间的探索，无论是现实的逻辑还是创造的逻辑都是一种无可避免的必然。对荒谬的探索是离不开时间的，时间的停滞和死亡是所有荒谬中最大的荒谬了，斯妤既然用人性的进步与否，人性是变得更美好还是越变越贫瘠来测度时间，价值的考察已深入其间了，因此这人性的两极同时是时间的两极和价值正负的两极。那么，人性、价值、时间三位一体恰恰构成了一个盒子中套盒子，你中有我，我中有你，收缩膨胀，互为尺度，是一个有着错综复杂互动联系的动态结构体。由于荒诞和荒谬最终均表现为价值的颠倒和错位，人性的沙化是时间衰老枯萎的表征，这两个方面是外在的，是“肉眼”可见的“客观”，而主体的应急反应，主体作出的选择则是内在的和主观的。因此用这种人为的内外两分法，或许有助于我们比较容易看清斯妤就目前来说才刚刚起步，自然还未曾面面俱到，巍峨壮观，但对于中国当代散文文坛来说却是崭新和至关重要的探索步伐了。《追忆尴尬青春》，这本来应该是千篇追忆如花青春、似水年华的抒情之作，但那不时响起的不谐音，在整个青春乐章中竟占据了主导地位。青春的忧伤和青春的迷惘发生在一个特殊的价值颠倒的年代里，好心的老师为了保护这位少女免受粗暴血腥斗争的伤害，派她去喂猪放牛就成了一个可行的选择，阴差阳错的几道程序错位，导致了少女"把一腔迷人的惆怅"贡献给在那个年代里同样也吃不饱长不了膘的猪们。这岂止是对牛弹琴而已，行为与价值之间的异向结构，不协调事物的同时并置，使颠倒的性质和错位的距离南辕北辙地几乎推到了极点。它们在人们正常心理上引发的笑声，是黑色的，近乎绝望的。在同一篇文章中，斯妤袒露了她走上文学之路的曲折历程，她中学时恰逢"文革"，文史课老师稍有不慎，"祸从口出"，动辄被揪斗，战战兢兢如履薄冰，于是她从这个严酷的现实中得出结论说："文史课学得越好越有可能当反革命。"她怨恨这个给人带来杀身之祸的行业，然而事与愿违，插队四年，安全系数可靠的数理化被荒废了，结果别无选择，在一个没有正常逻辑因果关系的年代，她被动地拿起了曾经惧怕的笔。这不是一般意义上心理预期的落空，而是一种人被"命运的捉弄"所发生的性格倒转或对转，爱你原来所憎恨的东西，恨你原本热爱的东西，不是"拨乱反正"，而是"反正为乱"。斯妤在《蓦然回首》中的"极而言之"：任温柔逃遁，任贤淑绝迹，任慈悲崩溃，任善良失声，相当集中地说出了这种人生错谬的境况。为什么会如此，是无须深思的，因为这是对冷漠与邪恶的反抗，但这一反抗本身却是以人性的退化为代价的，或者说这种由清纯少女世界的倒转和退化乃是在一个更为广大的背景下被人性退化的社会化大潮冲击所致。女作家的忧愤显然不在肯定退化行为，而是在揭示退化，和对退化大潮保留一份清醒。既然人性退化、人生错谬是主观上无能为力的世界前台近景，一个敏感的作家一方面感受到自己的无能为力，终应保留自己拥有承受无能为力的东西的一份勇气；另一方面，还应该将自己的无能为力和对自己的无能为力的承受能力区别开来。悲剧形式是对悲剧本身的一种超越，对作家来说，这是否就是良知所在和唯一能作出的一种超越呢？

《并非梦幻》和《心灵速写》是两篇应该特别提出来褒奖的杰作。它们标志着我们这位年轻的女作家在创新的道路上已经走向成熟了。《并非梦幻》开宗明义就模糊了现实和梦幻的界限，它以高度理性和合乎严密逻辑论证的形式来描写荒诞。可以从多种角度来诠释这描写荒谬的文章（凡是艺术上成熟的作家作品概莫能外）。《心灵速写》可视为它的姐妹篇，其中第三则写了在列车上的见闻，那是一个"美丽破损了，深情成了过眼烟云"的故事。两则小故事，一虚拟，一写实，一心象，一实相，虚拟的实写了“心的失落”，实相的虚写了“心的失落”，在主题层面上都是“心的失落”的故事。从两者内在的联系上看，后者实写丧亲的悲哀，悲哀的失落是毫无心肝、形同猪狗的行为，或者说是一颗正常人的心灵，如何被周围一片麻木不仁的心的“石陈”同化下的“石化”过程，这个“心的石化”是可怕的，是否定的，而另一个“心的失落”则是一种“孤注一掷”式的防卫和抵抗，失落意味着更高层次的获得和升华。两则“心的失落”的故事，同根同源同构，却异向异质，貌合神离，绝对值相等，方向相背，《心灵速写》中的第四则里说：“有一颗石化的心至关重要。”第五则说，因为“亿万个熙熙攘攘凄凄惶惶的爬行者只是风景一瞥。种种悲哀、惊恐、欢乐、惆怅全成笑谈。甚至所爱的一切。甚至厌倦极了的一切。然而偏偏，惊喜于木然的同时又惊心于这份木然”。这些，无疑都可以看作是对心的失落的注解和补充，看作斯好对她所描绘和揭示的那个以人性的失落和错谬为核心的荒诞世界的价值选择。荒诞不是主体选择的结果，但对荒诞的态度却是可以选择的。价值选择，毕竟是主体的最后一个任谁也攻不破的堡垒！

黑格尔说，人类历史的转折时期是一块适宜于悲剧生长的肥沃土地，时代与时代之间的断裂层是悲剧地带。然而，这是对传统的悲剧及其悲剧英雄崇高之美的概括和阐释。问题是，由于科技时代、工商时代，人类心理的普遍紧张，人的自我的丧失成为一种瘟疫般普遍的危机和困境时，依据人类审美观念必然要更新和前进的今天，面对看起来微不足道、无数琐琐细细的悲剧，甚至也已不是所谓“几乎是无事的悲剧”时，对荒诞处境的正视，而不是如歌德警告的那样，让“悲剧公平了结成为可能”，或沿袭我们民族的另一个祖传秘方，以玩世不恭的态度加以化解，以轻描淡写的态度加以回避，就显得尤为重要。斯妤是我国当代散文文坛上敢于率先以有别于传统的悲剧美学观来审视这一新题材、新主题的作家。集中到一点，她虽然写了人性的荒芜，人生的错谬，但她始终不忘对“闪电的使命”的渴望。也许她的心理素质上欠缺幽默喜剧的因子，她还来不及深入到荒谬王国的各个角落，她为自己开辟的这块散文的新地，还有待扩大播种的面积，情感过于浓烈，扼制诗美的畅达的情况也时有发生，不过，以热血写绝望，结果不会是绝望，不会是“冷血冷泪冷面冷心肠”，以理性的穿透力去洞察非理性，自然就能将掩藏在理性背后的非理性还其本来面目。人类世界，不是人类必须永恒救赎的演练场,生活不是一部永无结尾的各类灰色角色迭出的连续剧。破烂不堪的历史的耗子洞里无法建构新的审美大厦,只有抱着百折不挠的爱心和尊严,才能避免朝生暮死的浮游的命运。我很高兴中国当代散文界有这样一位有勇气有决断,不断超越自我,更新观念,能俯瞰生活世界和心灵世界的女作家。

(原载《斯妤散文精选》)

陈长吟

陈长吟（1955—　），散文家，原名陈长群，陕西安康人。在故乡高中毕业后回乡劳动，1976 年入陕西师范大学中文系学习，毕业后分配至安康地区文艺创作研究室，历任创作员、地区作协副主席、《汉江文学》主编。1991 年 10 月调入西安市文联，历任西安市作协秘书长、副主席及《美文》编辑部主任、副主编、副社长，系中国作家协会会员、中国散文学会常务理事。1973 年开始发表文学作品，除出版中短篇小说集《风流半边街》，共出版散文专集 6 部：

《山梦水梦》（未来出版社，1988 年）；

《山亲水亲》（中国广播电视出版社，1989 年）；

《山韵水韵》（陕西教育出版社，1989 年）；

《这方乐土》（百花文艺出版社，1991 年）；

《那片裸土》（成都出版社，1996 年）；

《行色匆匆》（太白文艺出版社，1998 年）。

其中《山梦水梦》获陕西省首届儿童文学优秀作品二等奖，《山韵水韵》获中国散文诗学会优秀作品奖，《这方乐土》获首届海内外中国散文旅游文学奖。评论陈长吟散文的文章主要有：

《巧绘丹青抒乡情》（姚维荣），《陕西日报》1989 年 7 月 24 日；

《陈长吟散文集序》（贾平凹），《静虚村散叶》（陕西人民教育出版社，1990 年）；

《读陈长吟的山水散文系列》（胡采），《文艺报》1990 年 5 月 19 日；

《西北风情习俗的画图——读陈长吟西域行系列散文》（苏育生），《文学报》1995 年 2 月 16 日；

《陈长吟散文艺术的山水情结》（鹤坪），《文化艺术报》1998 年 10 月 3 日。

插图本《中国当代散文史》有对陈长吟散文的专节评论，可参阅。

总在路上

陈长吟

人从离开娘怀，来到尘世间，就算已经上路了。那时，腿脚虽然还不能行走，但事物风景透过晶亮的瞳孔，映入脑幕，刻下了心路历程的最初的浅不可见的印痕。

幼年学步，需要勇气。刚开始走路，难免磕磕绊绊、打滑跌跤，摔得鼻青脸肿。但外边的世界诱惑着你，成长的规律催发着你，牵着大人的手，扶着桌椅、墙壁、任何一些可以凭依的东西，歪歪斜斜地走向前，走出来，走进辽阔的生活空间。

青年跑步，全靠志气。人的青年是在运动场上度过的，学业上的运动场，工作上的运动场，前程上的运动场，起劲儿跑，慢不得。你一松懈，别人就抢上去了。在充满矛盾，竞争激烈的社会里，没有平坦的路让你走。你得认准方向，树起远大的目标，然后越过坎坷，绕过曲折，跑向前去。

中年快步，重在硬气。到了这个阶段，已缺乏跑的力气，只得快步行走。你赶着人生的马车爬到半坡，退是不许的，还须一鼓作气爬向顶峰。累了，可以歇一歇，但不能哭，不能喊；不能怨，不能悲；也不能喜，不能狂；是个什么都不能的年代，唯有硬着头皮赶路，为别人也为自己做出一副什么都不在乎(其实在乎)的样子。

老年散步，还要闲气。这个闲，是悠闲的闲，是修炼出来的闲。大风大浪经过了，是是非非清楚了，返老还童，心无块垒，慢慢地踱向天堂。

总在路上，总有陌生的风景吸引着你，总有新鲜的感受激动着你。漫漫人生路，我们的腿脚什么时候停止过，我们的心灵什么时候安歇过。

向往边疆，向往山水，向往自然，时刻等待上路，这些年来，我觉得自己一直处于总在路上的状态。

过去生活在小城市，现在住到了大城市，但我感到城市是由一只只封闭的小匣子堆积起来，又用电线捆连成整齐的块阵的魔方，人陷在里面烦躁、焦虑、麻木、无所适从。渴望走出去，渴望新鲜的空气，渴望风与鸟的自由，在梦中，我经常是一副行者的模样。

尽管路途上艰难困苦，风侵雨淋，吃不饱，穿不暖，睡不宁，可人的生命精力特别旺盛。在城里时，走路嫌腿困，不如骑自行车省力；骑车嫌累，没有坐汽车轻松，进入一种惰性循环。可去年在海拔四千米以上的青藏高原上，我身背沉重的照相器材一走就是数小时，同伴们大为惊奇，我倒觉得十分平常。可见，体力与精神有着密切的联系。

在家里觉儿睡不够，早晨老起不来，出门后却从没误过起床的时间。在家里脸上胖了，精神却瘦了；在野外身体瘦了，精神气儿却壮了。

腿脚需要总在路上，看来精神也需要总在路上。

总在路上，精力充沛。

总在路上，其乐无穷。

我的笔，是收获的镰刀，描述着那些旅程风物，顿感心田里饱满盈实。我的照相机，是记忆的镜子，看着那些优美的照片，逝去的片断又浮现在眼前。

快上路吧，莫迟疑，莫停顿，更美的风景还在前方。

1997年3月16日于五味街

自选作品

汉江船歌

跑　滩

前头，一荒岛，突兀耸立；岛尖似犁，江成扇面扑上去，泼刺便被划作两半。靠，靠近，水势洋洋平缓，然而人心却惴惴紧张了。

船头，水手手持测水竿，伸下江去，探一下，接着忽地腾起一只手，于天空中划个潇洒的半弧升到高处——指头像剪刀，裁割着天幕——几个比划，用特殊语言报出了水深。继而，又弯腰、又伸竿、又报数字。船在前行，水在变化，指头在天幕上剪出的数字，自然也就不一样了。

船顶，驾驶室里，船长站立，将舵盘忽左忽右地转动着，眼望前方，注视水手报数，瞄准水路，避开礁石。

船往前冲，势如奔马，眼看就要撞上岛尖，舵盘一转，哗啦，驶进了左峡。

峡里，河道狭窄，水流急速，船儿昂头朝前猛奔。水手抓起竹篙，抵拨着船头，但无济于事，咔嚓，船身撞在了利石上，像打摆子。又闯、又颠。轮机长、炊事员、几个乘客，也都奔上船头，操起竹篙。霎时间，竹篙打架；吼声起，终成阵。船飞向左岸峭壁，竹篙齐抵，挨壁擦过；船飞向右岸巨石，齐抵竹篙，擦石滑走。噌、噌、噌，水太浅，船底磨着河床，竹篙齐撑，助船以力，飞越而过。

船头一锅粥，正沸着；人是豆子汗涔涔，快熟了。

顶上掌舵的，一颗跳出锅外的冷豆儿，浑身汗湿冰凉，心却热得滚烫。一船货物，一船生命；一船希望，一船未来，全操在他的双手之中。他十八岁开始闯滩，搏浪三十年，探过每个滩的水道深浅，记得每块礁石的位置，熟悉每一段水路的急弯慢转，就这，每临阵，心也慌，人常说行船的是死了没埋的，绝不能把胸膛拍得山响逞能行。慌虽慌，却不乱。

船在飞驰，激浪乱溅，水泼上甲板，洗得阳光灿烂。出了峡口，两股水流，汇为一体。江面开阔平荡，船平稳前行。

扔掉竹篙的人们退下去，各归其位，一切皆安静了。船长拉来板凳，塞在屁股下，烟头头，亮在嘴上，口中喷着雾圈儿，实则是喘气儿哩。

下船四面分，上船一家人。船似家，家似船，时时都有险滩激流，时时需要齐心协力，才能渡过难关！

夜 泊

月亮像个烧饼儿挂在狭长的天上可望而不可食。夜间看不清水路了，船只好停泊在这野岭的下边。流水在船边窃窃私语，勾起船工们的无限情思和莫名怅惘。

野岭上灰茫茫一片很荒凉冷清。只瞧见月光只听到风声，只闻那不知倦的知了声。

船工们展开被卷儿放好枕头儿打算睡觉儿。野岭上突然飞来一阵动听的歌声：

郎在金州放竹排，
写封书信捎回来；
东门西门南门北门，
金锁银锁铜锁铁锁不许开；
一朵鲜花等郎开……

从歌声徐缓苍凉中可以听出那女人已不年轻了。但歌词的内容表明她还有一颗年轻的心。她的歌声像清风吹走了船工们的睡意。

船头上黑影儿聚在一块儿。

“听,坡上有人家有女人在唱歌。快,谁来对上一曲儿,这一曲会给你带来一夜的欢乐。”船工们互相督促着。结果是谁也不开腔。

炊事员唐二弟想起了带在身边的有着好嗓子的还不甚懂事的亲戚的儿子。那小儿子迷里迷糊被从舱里拉上了船头。

“刚才坡上有人唱歌你听见了没有?快唱上一歌表明咱们在岭下边,岭下有人哩。”人们嚷得小儿子耳朵发麻。

“这深更半夜让人唱啥子歌呢?”小儿子揉着眼睛打着喷嚏心里十二分不悦。“随你的便不管唱啥子都行只是要快。”人们那迫切劲儿似乎不唱歌儿就浪费了这静夜这明月这女人。

小儿子咳嗽一声便信口唱起来:

> 鞋儿破,帽儿破,
> 身上的袈裟破。
> 你笑我,他笑我,
> 一把扇儿破,
> 南无阿弥陀佛,南无阿弥陀佛……

这电视剧《济公》的插曲唱得还颇有味儿。谁知那岭上的女人听到这古里古怪的歌声却发出一阵银铃般的浪笑。她哪里看过电视知道济公听过这时髦的歌曲呢?她真以为江边有个和尚在唱歌。

女人的笑声像细菌传染给每一个人。每个人都好玩儿地笑起来笑得不可停歇。只有四十八岁的王船长坐在黑暗里一声儿不吭。

月亮偏到了山后。峡谷里黑下来。笑声停了人们困了。一阵开心过后船工们便甜甜地睡去睡得很甜很甜。王船长却悄悄地溜下船去消失在夜幕里。

两个时辰默默地过去了。突然间山坡上话语声灯光儿惊醒了船上的人。这时节谁来江边干什么莫不是游荡的鬼魂或者神仙下凡?

一盏马灯光映着两个人影儿飘到了江边。大家听出说话的是船长和一个女人,就是那唱歌的好嗓子女人。

“哥儿们起来吧快起来。我弄来一罐黄酒给大家解解乏消消寒润润脾脏。”王船长提着一只瓦罐儿叫着叫着爬到了船上。女人却提着马灯站在岸边不肯上来。众人邀她遭到拒绝她低着头儿好像有些害羞。脸儿看不清只能看见苗条的身影。红衣服蓝裤子一个清秀潇洒惹人心痒的小娘儿。

几只大碗倒上了黄酒灌进了肚子里。船长又将空空的瓦罐递给了岸上的女人。女人走了马灯光走了一个美妙的梦儿也走了。

“哎哟哟船长你啥时候下船去的又怎么勾搭上了她?你真正是好运儿临头。”船工们的询问充满了兴趣和戏谑。船长笑一笑喷着酒气儿露出满足轻轻地说道:“山里人厚道不像城里人那么刻薄那么吝啬。不管你走到哪里不管你认识不认识都随时可以找到好的吃喝找到床铺睡觉甚至还有暖热的被窝。她其实也是一个诚实的女人一个苦命的女人。住在江边和干江上活儿的人,当然有不间断的联系和感情。”

船工们心里明白事情绝不像船长说得那么简单那么枯燥。其中说不定藏匿着一桩隐秘一段漫长曲折的故事。可人家不挑明又何必去追根究底。

大家又睡下去心儿却久久不能入睡。冷清的峡谷里突然充满了春暖充满了温馨充满了恋情。野岭上因住着一个甜蜜可爱的女人已不再是野岭而是家园。

夜从船边流走从心里流走从梦中流走流向远方流到黎明。

搁 浅

天刚亮,船长在外边喊:

“搁浅了,快起来。”

大家慌忙爬起来,奔出舱门一看,果真,昨晚船停靠在水边,现在水退到了船尾,船身干巴巴的搁在了沙滩上。

轮机长发动起了柴油机，水手们拿起了竹篙，船长爬上了驾驶室。油门加大，机器突突突吼叫，可是，船身只打了几个颤儿，就地摆摆屁股，却不动窝儿。

水手们手忙脚乱，急将一只大油桶推下沙滩，又抬下那长长的厚厚的结实的木跳板。跳板的一头伸在船头下，油桶又垫在跳板下，几个水手和几个乘客一齐上阵，拼命地压跳板，想翘起船头，让船退下水去。然而白费力，机器干吼一阵，船仍挪腾不动。

船长跑下来，蹲在船头看了一阵，让大家拿走油桶和跳板，看来直接退下水是不行的，只有采取摆动船头的迂回办法。于是，机器又吼起来，船长抱起舵盘拼命扭着，众人在左侧使劲儿推着，船头开始向右边挪去，谁知只摆动了二尺位置，便积起一堆沙石来挡住去路。沙滩上出现了一个大坑，这是奋斗了半天的结果。

水手们泄气了，垂着两臂站在沙滩上摇头。最着急的是几个乘客，脸上布满愁云阴雾，嘴里舌头打转嘟哝不停。他们是有事要在某个时间赶到某处去的。如今船只搁浅在偏僻的江边，不知啥时候才能有水开走呢，几个小时、几天、几个月也说不定呀。悔不该当初赶搭这只船，真是倒霉透顶了。

船长在沙滩上转了转，安慰他们说："船搁浅是常有的事，大家甭垂头丧气，先歇歇吧，心焦伤神划不来嘛。"他又指指水边说："早上起来时我插有标记，这水有涨的势头。"

人们一看，沙滩上果真插着一根小木棍儿，现在已经快被水淹了，于是脸上云开雾散，放下了心。

有人上船去继续睡觉，有人干脆躺在沙滩上给天看相。船长呢，取来一把小铲子，一个船形小盆儿，铲沙摇盆淘起金子来。

三个小时后，船长收拾了家伙，将一小撮闪光的沙子用纸包好揣在口袋里，站起来喊道："喂，大家起来，可以开船啦。"

人们爬起来一看，江水上涨已经淹了船身，纷纷提起了精神。机器吼着，竹篙撑着，大家齐用力，船慢慢地退下水里。

大船退到了航道上，然后开足马力往前驶去。那几个初行水路的乘客，望着两岸的青山翠岭，高兴地唱起来。

这就是搁浅吗？原来并不可怕，也用不着焦急惊慌。

他们这一趟不虚此行，经历了搁浅的挫折并认识到如何对待它。人在生活中遇到搁浅的时候可能很多啊！

一切搁浅都是暂时的。船总要前进。

（选自《延河》1989 年第 3 期）

香魂犹在

嗒嗒的马蹄声敲落了残存的星星，当当当的铜铃声摇出了满天的彩霞。一辆小马车载我驶离了喀什噶尔的老街，载我奔向鲜花芬芳的郊外。坐在用四根棍子撑起的垂着彩条流苏的飘逸瑰丽的华盖下，我俨然如一个从远道而来朝圣的小王子，再看看戴着一顶花帽留着两撇黑胡的赶车的维族老人，他那昂首挺胸目不斜视悠然自得的气派比皇帝的车夫还要神气十分。

出城十余里，马车拐进了一个叫做浩罕的小村。沿绿树掩映的村道钻进林荫深处。眼前一座尖塔高耸，琉璃生辉的高大门楼挡住了去路。

赶车老人嘴巴一撅，表示这就是你要找的香妃墓；手一拍车帮，头微微一点，表示我在门外等你。虽然语言不通，但理解尽在姿态里。

香妃安息在气势轩昂的维式古建筑中。眼前这长方形的包砌着紫色琉璃砖面的“拱伯孜”显得晶莹素洁，分外肃然。方堂的四角各立一座砖垒圆柱，柱顶是精致高雅的“邦克楼”，楼顶高擎着一弯金属新月。望着上空那弯闪闪发光的新月，我想大概能将一切飘荡的游思都召唤到伊斯兰教的麾下了。待走进墓堂内，我才发现这座华丽建筑的绝妙之处其实在内部，它外方内圆，屋顶中央是一个巨大的半球形穹隆，穹顶采用大跨度的土坯圆拱，根本不用一根撑木，光光堂堂，这样的设计可以给视角造成心理的博宽，让人有身在墓内，心在环宇的感觉。

墓台上排列着高矮不等，错落有致的58个坟丘，表面上一律用白底蓝花琉璃砖贴面，究竟哪个才是香妃的墓冢呢？你若认为是最大的那座，则全错了。它既不是最大的，也不在最中心，而在前排右侧的不显眼处。这位置当然不是由名气而是由辈分决定的了。

且不论墓室修造得如何壮观，也不管坟丘堆砌得如何精细，更不说那墓冢排列得是否合理，最引我注意和动心的，则是被搁置在墙边一角的木架车。这辆木车有着彩雕的顶盖和门窗，里边还摆放一具窄窄的薄木棺材，据说这就是当年运送香妃遗体的灵车。现在因年代久远车的木质虽然已经陈旧，原貌也被灰尘厚遮。但我从它身上却分明体会到“香风十里安魂处，千载琵琶骨自香”的意境。

查起来香妃原本只是一名普通的维族少女，有着本地本族姑娘共的有姣丽面容，因家族之功才被召进京，偶然间皇帝发现了她身上有一股特异的香味儿，就被册封为“香妃”，变成一位不平常的女人。她死后，尸体被喷洒上药粉，由124人护送，人抬车拉，翻山越岭，历时三年半，运回故乡来安葬。也不知她26岁时进京去身受了多少艰辛磨难，单这死后那溢香的玉体在路途上经受三年半时日的颠簸，在戈壁荒漠上领略风沙的袭击，烈焰的蒸烤与严霜的侵蚀，想想那受苦的芳魂也会让人涌起怜惜之情的。

其它不说，仅这从遥远的边地到京城的万里征程往返，对一个弱女子已是很不简单的了。并且她的背井离乡绝不仅仅是出嫁，还包含着更深刻的使命，她把芳香留在了漫漫的旅程，留在了众人心中。所以香妃后来成为各族人民敬仰的女性，自然是当之无愧。

古老的木架车应该为曾载送过香妃的遗体而非常自豪，薄薄的棺木应该为曾盛装过名女的香尸而甚感荣幸。我们的边远的维族兄弟，更应该为曾出生过香妃这样名传千古的前辈而十分骄傲。

步出门楼，坐上马车，老人扬鞭一声吆喝，嗒嗒的马蹄声敲起了鼓点，当当的铜铃声摇响了乐曲，我带着未尽的情思踏上归途。

在浩罕村头,两位漂亮的维族姑娘向老车夫打个手势,马步慢下来,姑娘们一侧身便坐在了我的身旁。她们并不因为身旁有了陌生人便拘束不安,仍活泼自然地谈笑风生。她们清脆的笑音搅得人心旌摇乱,她们特异的体香熏得人如醉如痴。高俏的鼻子,浓黑的眉毛,圆亮的大眼,苗条的身躯,彩色的裙裾和金饰耳环,一切都搭配得和谐优美。应该承认,在喀什古城里这样美丽纯真的姑娘非常多,除了我们在大街上看到的,还有一些我们看不到的藏在棕色头巾后面的面孔可能更杰出。

马车在街口停下,姑娘们跳下车,塞给老人几毛钱便走了。一股清香张扬了一下也飘走了。我突然想到,她们本来都是香妃的后裔,自然有香魂附体,用不着再夸张或收敛,美在她们是本来的,香在她们是本来的,亲热和善落落大方等等都是本来的,就像她们脚下这块先天就具有斑斓色彩的土地一样朴素自然。

她们消失在街上的人流中,与众多的姐妹汇为一体。哦,喀什噶尔的这条老街,是中国西北最边远的一条老街,也是充满民族气息美不胜收飘香溢彩的令人难忘的一条老街。

(选自《散文选刊》1993 年第 5 期)

陈长吟散文艺术的山水情结

鹤　坪

陈长吟的散文艺术,是得真情、藏深理的一种美物;其总的艺术情调在于求庄重、和逾矩之间。我所讲的"和逾矩",是讲规矩、识文脉理路的意思。在陈长吟的散文手法里,有许多是我们久违了的——散文手法自身的艺术灵性、语言自身具有的美学亮度;私自的文化意识和私家的生活解读。呈现出了陈长吟散文语言独具魅力的含蓄蕴藉与题材、文本的自然本分。就文脉而言,他的散文在线索铺陈方面多种多样:有以"意"惯之的,也有用"山水"统领的,间或还有以

"人物"、"事件"为线索的篇章;对事与物、情与景、主观与客体之间内在感情的准确把握,决定了陈长吟的一翎妙笔对多视点、多触点的自然开合,从而形成他在散文"布阵"方面的自若与沉着;把握情境与感情的内在联系,寻找出散文中的"串珠之线",这是陈长吟在散文结构上的一大特点。在"情感"蕴藉方面,陈长吟则多采用传统的"融情于景"、"融情于物"的"托物""寄情""映衬"的表达方法,体现出了"一粒沙中见世界,半瓣花上说人情"(郁达夫语)的山水情结,他把情感蕴藉在陕南的自然风光与人文景观里,勾描出了"人"与"景"所能达到的最高程度的自然与和谐。陈长吟借黑山白水所表达的不是那种"慷慨悲歌"或"激烈壮怀"的"简易"感情,他表述的是一种高级的情愫,是人对自然风光的亲切感,以及人对自然的那种依附之情;还有更高级的,那就是人对自然的无可奈何,以及人在自然面前的苍白、失落。陈长吟从人与大自然的关系里领悟和表达出来的许多纤细的情愫,完美地展示了他的胸襟,他的世界观,他的社会观,他的全部的美学愿望。在欣赏陈长吟散文的时候,你不要想着从里面寻找到"惊世骸俗"的对壮阔人生的感怀,你也找不到"深邃""沉思"这一类东西,他的散文太本质了,有的时候简直就是生活画面的自然白描。你看他的《跑滩》:

前头,一荒岛,突兀耸立;岛尖似犁,江成扇面扑上来,泼刺便被划成两半。靠近,靠近,水势洋洋平缓,然而人心却惴惴紧张了。

他不铺锦列绣,纵是对大自然的"壮阔"他亦保持着"身在其中"的冷凝和泰然;他没有借大自然的壮色去啊呀啦呀的抒情,他像个船夫,跟着河道往前流,跟着恍兮惚兮的山影往前走。这里面暗伏着他对人生、爱情、社会的理解,还有一种不可理解的东西,这就是命运。

船头一锅粥,正沸着;人是豆子汗涔涔,快熟了。

……下船四面分,上船一家人。船似家,家似船,时时都有险滩激流,时时需要齐心协力,才能渡过难关!

近乎"直露"的描写,却把文字洗炼得如此省净;近乎"凶险"的河道,却让他用平实朴茂的文字处理成“船头的一锅沸粥”;既合乎散文笔调的美学要义,又阐释了人生社会的质量,这是一种艺术功力的修炼,不是可以轻易取得那种“功夫”,这里面的奥义取乎人格修为和文化涵养。陈长吟的散文语言弃美艳、绝浮糜,弘扬生活语言的自然清香。他的散文语言是富含艺术魅力的,是有生命、有温度,可感动、可触摸的。他不堆砌辞藻,也不“镂金错采”地用花词丽句描摹“山水”的皮相;他清楚——皮相必然导致低级,而低级的散文语言只能是汽水,只能冒泡;而散文的情感蕴藉与语言方法都应该是高级的,是质的,是酒:回味爽净,甘醇浓冽,等等。我们在欣赏陈长吟散文的时候,一定要着眼于他的情感对语言的渗透,一定要注意去欣赏他散文中的“我”:文风的“我”、情愫世界的“我”。他卓尔不群的散文艺术是建构在“有我”基础之上的,这是区别散文家与散文匠的至高法则,这个法则是唯一的;这是高级境界里的情感独步:无形无迹,而形神逼肖;淡然大素,而誓不枯槁。他的散文语言应归类为一种素朴美,而他的素朴美是建构在“入俗精神”基础之上的;所以在他的散文作品里,你常常能能领略到生活本身的美感和平常语言所富含的人生逻辑。最难得的是他在平常人的平常语言里“夹带”着十分复杂的人生思考,甚至异常繁复的哲学命题他都能用自然、浅显的生活故事去诠释。你看他的《搁浅》(摘部分章节,一在笼统生活故事,二在赏析作者的散文笔调。要得散文命理,还请读君去找原文欣赏,十足过瘾。):

> 天刚亮,船长在外边喊;“搁浅了,快起来。”
>
> ……船身干巴巴地搁在沙滩上。……油门加大,机器突突突吼叫,可是,船身只打了个颤儿,就地摆摆屁股,却不动窝儿。

从平静若水的生活化的语言表层,你看不到作品深处的起伏的波澜,同时你也看不出作品的命义和文心所在;而正是这“搁浅”的机帆船却深喻着多种人生的启悟和生命的玄机。这是陈长吟散文“喻理”方法的一则范例,完美地体现了他“平凡处见风神”的一贯追求。

> 船长在沙滩上转了转,安慰他们说:“船搁浅是常有的事,大家甭

垂头丧气，先歇歇吧，心焦伤神划不来嘛。”他又指指水边说：“早上起来时我插有标记，这水有涨得势头。”

船长近乎“木讷”，语言本分得甚至让读者生发“急逼”；纵是对“涨水”的“势头”，船长都无惊无喜。这里面有着陈长吟心胸的一种“成数”，无疑地说，这是作者人格境界的一种写照，是作者处世待物的一种风采；人格作用于文章，不论于古还是于今，都是高格。这种写照里“埋伏”着作者对人生社会的真知灼见，最为重要的是——这种“写照”方法是简易的、是取自平淡的。写作手法的丰满，在很大程度上应该归功于作者对生活的把握。在《搁浅》结尾处，“文心”陡现：

这就是搁浅吗？原来并不可怕，也用不着焦急惊慌。

……经历了搁浅的挫折并认识到如何对待它。人在生活中遇到搁浅的时候可能很多啊！

一切搁浅都是暂时的。船总要前进。

其实这一则生活故事是极富有“玄机”、“禅趣”的，平常手笔很可能把它处理成一则“禅话”。

我以为，陈长吟的“山水情结”，超拔于司空见惯的“山水散文”，在山行水复之间，“埋伏”着人格境界的修养，还有发自作者心源的一种震撼人心的理趣，这种理趣需要你用一生的时间去体味，因为它有的时候就没有“道理”得很。比如：《搁浅》——船“搁浅”了，船长不会焦急，也不用过分努力；船长明白，还有潮水“上涨”的时候，船还会自然地归回河道。

在陈长吟的《行色匆匆》里，这样寓情寓理与“自然故事”的篇什很多。比如：《夜泊》，再比如《水孕》和《金船》。陈长吟升华了山水，它赋山水一种惊醒人生和社会的作用。这种升华是高级的，是不可“克隆”的，也是不可“复制”的。不妨你试试。

在陈长吟的散文创作里，有一种“谜性”色彩。这种“谜性”体现于他的文脉与蕴藉,也体现于他的语言和文眼。“谜性”是陈长吟散文的一种“别调”,不能代表他“平实、端周”的总体风格,但颇值得拿来一议。我是主张作家多几套笔墨的:单弦琴弹出来的曲调绝对不会比七弦琴丰富;生活可谓杂彩缤纷,所以要求作家非多几套笔墨不可。陈长吟的有些带有“谜性”色彩的篇什,对建国以来的散文“直抒胸襟”的表现方法是一种拆解,与贾平凹《大洼地一夜》《坐佛》等篇章有异曲同工之妙,只是他的“谜性”显得更工稳、更本分罢了;少了摇裙摆裾,多了“自然机理”;少了“坐以论道”,多了生活自身的“幻彩灵光”;少了浅层的“谜性情绪”,多了自然本分的“谜性事故”。可以说,陈长吟的有些篇什延长和深化了贾平凹的“谜性”,但陈长吟比贾平凹的“谜性”要生活化、要真实得多。贾平凹多次援引过的一段契诃夫的名言,我也拿来一引——大狗咬、小狗也要咬。你看陈长吟的《水孕》。依然是让思路与山水同步开合,依然是把人格、人的生命质量往山水里“埋伏”,却美韵别具。你看:

……丈夫患了破伤风,终于要走了。咽气时,他冲她翻翻白眼儿,满脸的怨气。她明白,他是怪她没给他留下根儿。

她一腔歉意,给他磕了三个响头。

……一天,偶然听人说,汉江的支流月儿河里,有一个神秘的金童潭,女人如果不生娃儿,只要到那潭水里去好好洗个澡,以后就会受孕坐胎。挺神的。

她心动了。好吧,还是先去金童潭里洗个澡,然后再嫁人。

都不知说的是真是假,都不知说的是人间生番还是仙幻人物;这个故事只能出在陕南,也只能出在汉江扳船的这个名叫菱花的大脚女人身上;而在融入了民俗、民风的口传之后,故事生动真实了许多。后面发生的事情,更让平常读者把不住稀稠,而陡增了生活的“谜情幻彩”:

她把船停在江边,脱光衣服,赤裸着全身投进潭水里……她看到崖上那石头娃娃似乎冲她笑了……

迷糊中……有一小船从雾中飞来,停靠在棉垫被边,船上跨下一个肩宽腿长的青年汉子。

下一个月,她发现身体有异,那令人讨厌的污血不按时来干扰她了。心里倒烦起来,反胃、呕吐、头晕。

她感到心满意足了。……自己呢,总算有了一条根。但愿这胎儿是男子,一个结实粗壮的男子汉,将来好继承母亲的产业。

尽管只有一条船,一根篙,但凭它可以闯天下哩。

陈长吟表现出了"谜性"的人间性情,这无疑是一种突破;陈长吟拓宽了散文艺术的抒情行径,让抒情归回到最初出发的地方——人,人的潜能、人的质量以及人的生命奥义。这里面的思想感情可谓丰满十分、趣味十分;在表达过程当中,作者的蕴藉埋得很深,始终在"是"与"非是"之间;生活趣味陡增、人间性情陡增,人物的话语为这则"谜性"十足的故事平添了许多人间性情;另有一种高屋建瓴式的生命观照和对大自然的反思。读来荡气回肠、拍岸惊心,可谓文心独运,笔触老辣。读着陈长吟的一篇篇佳作,我禁不住地想起两句旧诗:"结束铅花归少作,屏除丝弦人中年。"陈长吟的"谜性"之作还有《水幻》《跑滩》,前面援引的《搁浅》,也充满着"谜性"氛境。

在陈长吟的散文作品里,不论是平实朴茂,还是谜性谜情,都蕴藉着一种涩苦难咽的人生体验,另在他的文章里,你还能觉到一缕淡淡的悲哀,间或还荡漾着一缕弥远弥佳、历久常新的人生滋味。

另,需要强调一下,在《行色匆匆》里,也有不尽如人意的篇什。比如写云南、写西域、写海南诸篇,都不好。有"到此一游"之弊。《行色匆匆》里还收了几篇"报告文学",也不好。十足的"好人好事",没有文采得很。好处说好,孬处说孬,这是科学而认真的评论法则。说来,这个"法则"也应该成为文学评论的一种制度。

(原载 1998 年 10 月 3 日《文化艺术报》,有删节)

谨以此书献给

为我国散文事业发展作出了重要贡献的专家、评论家和一切关心、支持这项事业的读者朋友！

中國散文百家譚

续编 上

顾问 秦牧 林非 曾敏之
主编 曾绍义

四川大学出版社
Sichuan University Press 四川大学出版社

责任编辑:曾春宁
特邀编辑:杜　兰　何业荣　谢世林　黄丽洁
责任校对:陈克坚
封面设计:罗　光
责任印制:李　平

图书在版编目(CIP)数据

中国散文百家谭：续编 / 曾绍义主编. —成都：四川大学出版社，2009.12
ISBN 978-7-5614-4478-8

Ⅰ. 中… Ⅱ. 曾… Ⅲ. ①散文-作品集-中国-当代 ②散文-文学评论-中国-当代 Ⅳ. I267 I207.6

中国版本图书馆 CIP 数据核字（2009）第 242208 号

书名　**中国散文百家谭(续编)**

主　　编	曾绍义
出　　版	四川大学出版社
地　　址	成都市一环路南一段 24 号 (610065)
发　　行	四川大学出版社
书　　号	ISBN 978-7-5614-4478-8
印　　刷	郫县犀浦印刷厂
成品尺寸	148 mm×210 mm
印　　张	60.75
字　　数	1720 千字
版　　次	2009 年 12 月第 1 版
印　　次	2009 年 12 月第 1 次印刷
印　　数	0 001～3 000 册
定　　价	166.00 元(上、中、下册)

◆读者邮购本书,请与本社发行科联系。电 话:85408408/85401670/85408023　邮政编码:610065
◆本社图书如有印装质量问题,请寄回出版社调换。
◆网址:www.scupress.com.cn

做一个好作家，首先要做一个真诚的人。文品和人品是分不开的。

巴金 八七年一月廿六日

《百年巴金》（李存光编，人民文学出版社2003年）下编之二《把心交给读者（1987—1998）》记载：“一九八七年，八十四岁……一月二十六日，为曾绍义主编的《中国散文百家谭》题词：‘做一个好作家，首先要做一个真诚的人。文品和人品是分不开的。’”

以天地为心，造化为师，以真为骨，美为神，以宇宙万物为友，人间哀乐为怀，崇高阔远的未来为理想。

柯灵

散文是心灵的自白

——白桦

写一九九〇年八月廿六日

有卓越的人格，才有卓越的散文。因为散文是心灵的袒露，人格的诗化展示。

——题献于《中国散文百家谭》

刘再复

一九八七．三．十五

北京

義歸于沉思　辭歸于翰藻

書贈

《中國散文百家譚》

曾敏之

九四年六月于香港

百家的散文，由百家来评论；百家的评论本身，也是百家的散文。画与题跋都是艺术品，对鉴赏者来说，也都是不可缺少的部分。如同题跋既能提高对画的鉴赏水平，也能推荐出新的画家；这本《中国散文百家谈》将能帮助读者，从散文旧作中，觉到新意，也能从散文新作中发现新人。

新的时代，生活的节奏加快，生活的领域扩大，并且彼此渗透，相互促进，这也正是一片适于散文繁荣的土壤。我期待中国散文新的复兴。

黎先耀

黎先耀印

一九八六年元月北京

《中国散文百家谭》及《续编》的出版，对当代散文的振兴与繁荣，是一件功德无量的事情。向为此付出十数年辛劳的散文评论家曾绍义教授致敬！

李国文

2001年9月20日扬州

四

《中国散文百家谭》是一部理论性、欣赏性、知识性、资料性俱备的大型丛书，分五卷出版。全书选入"五四"以来，包括台湾、香港地区在内的著名散文家近二百人的作品，每家均有作家为本书撰写的创作经验和自选作品，又有专家、学者撰写的作品评论，并附有作家简介、作品目录及已有评论文章的摘录等。它可以说是建国以来，搜集散文名家范围最广，容量最大的一部选集了。它是我国散文创作发展进程中的一座丰碑。

这部散文丛书，既为中国现代以至当代文学的研究者提供了第一手材料，也是各类大学所开设的《中国现代文学》、《中国当代文学》、《大学语文》、《基础写作》等课程的有价值的参考教材；同时，它还可以用作为各类中等专业学校、普通中学语文教师的参考资料，并成为社会上一切文学爱好者开拓生活视野，提高审美能力，步入文学殿堂的有益读物。一群大学文学教师和好些热心的出版

这是秦牧先生《〈中国散文百家谭〉总序》的手稿（最后部分）影印件，写于1987年1月。

编辑说明

一、《中国散文百家谭》续编同前编一样，旨在通过散文名家和有显著成就的中青年散文作家的创作实绩和经验总结，较为全面地展示中国现当代（主要是当代）散文发展的基本风貌，也为散文研究者和一切散文爱好者提供一部独特的"四合一"选集。为此，入选各家均含以下内容：

1. 创作介绍：除简述作家的生平外，主要介绍该家迄今出版的全部散文专集（重版者即注明版别）、作品获奖及被选载、被评论等情况；时间截止于2001年9月30日（少量新增补的作家则以2009年9月30日为限）。

2. 创作经验：除作家应约为本书撰写的文章外，已经发表过的注明出处；篇幅过长的作了删节或节选。

3. 自选作品：各家均为2篇；个别作家因其总字数（一般不超过2万字）所限保留一篇，另一篇存目并注明出处，以便查阅。

4. 作品评论：一般选录对该家作品具有"总评"性质的文章（个别作了删节或分段摘录）；除应约为本书撰写的外，已经发表过的注明出处。

另有每一位入选作家的签名手迹。

以上材料均由作家提供（个别作家由其亲属或专门研

究者提供，亦经作家审阅)，但第一项内容系编者根据多种材料补充、改写而成，其中所涉及的重要散文选集及有关著作(资料)未一一列出版本，本书正文之后附有“主要参考书目”，可供参阅。

二、《中国散文百家谭》共选入包括台湾和港、澳地区在内的中国散文家 192 人(1984 年 9 月 30 日以前逝世者另编)，以作家生年为序排列(同年以姓氏笔划为序)。除前编已编入 82 家外，本编再选编 86 人，同时以“特辑”形式编入近 30 年来有重要成就的老、中、青散文评论(理论)家 24 人(亦以生年为序，同年以姓氏笔划为序)；我们认为，散文评论(理论)家也是“创作家”，同样为散文发展作出了重要贡献！

我们将继续关注散文事业，拟在适当时候编辑出版《中国散文百家谭》三编、四编……并对已出版的两编予以修订、补充，望能继续得到散文创作家、评论家们的支持。

三、基于编辑宗旨，《中国散文百家谭》及续编所录“散文”，皆取通行概念，即指除小说、诗歌、戏剧影视文字以外的一切文学作品，包括速写、特写、传记、游记、日记、序跋、杂文、随笔、书信、回忆录、散文诗、报告文学、儿童散文、科学散文以及“四不像”的新散文等等。

四、在《中国散文百家谭》及续编长达 25 年(1984.9—2009.9)的编辑过程中，已故散文大师秦牧先生、中国散文学会会长林非教授、香港作家联会会长曾敏之先生三位顾问给予了亲切关怀和具体指导，秦牧先生还为本书撰写了长篇《总序》，对本书的价值给予了充分肯定，本书编者将永远感激他们曾经给予的关怀与支持！

五、《中国散文百家谭》及续编的编辑工作，自始至终得到了各入选作家和有关评论家的热情支持与拨冗相助，也曾得到中国作协及各分会、中国散文学会、中国散文诗学会、香港作家联会和全国数十家报刊的大力支持，还得到了曾为历史新时期的散文出版作出重要贡献的人民文学出版社季涤尘先生的直接关怀与帮助，得到了四川大学中文系有关负责同志、部分老师以及四川师范大学常思春教授的鼓励与支持，特别得到了部分武警部队官兵和以孙少山同志为代表的热心读者的重要支持，使本书最终得以面世。在此谨向他们表示深切感谢！

六、本书承蒙巴金、冰心、柯灵、曹靖华、刘白羽、碧野、郭风、何为、玛拉沁夫、林非、曾敏之、黎先耀等著名老作家题词鼓励，谨向他们致以深深的谢意和敬意！对于其中已辞世的巴金、冰心、柯灵、曹靖华、刘白羽和秦牧先生，以及一切为我国散文发展作出过重要贡献的已故散文家，我们都将永远怀念他们！

新中国60年华诞已经来临，我们衷心祝福我们伟大的社会主义祖国更加繁荣富强，衷心祝愿新世纪的散文创作与评论更加兴旺发达！

编　者

2009年9月28日

《中国散文百家谭》总序

秦　牧

一

不论是东方还是西方，文学都包含着一个“家族”，或者说“文学树”上都有许多枝桠也无不可。这个“家族”中的成员有诗歌、散文、小说、戏剧等。如果再分得细些，那名堂就更多了。

“散文”的含义，也和其他好些事物的含义一样，有广义、狭义之分。最广义的散文，那就是和“韵文”并立的两大文体之一。法国戏剧家莫里哀，在他的喜剧《醉心贵族的小市民》中，写一个哲学教师向一个叫做茹尔丹的人说：“凡不是散文的东西就是韵文，凡不是韵文的东西就是散文。”茹尔丹问道：“那么我们说话，又算是什么文呢?”哲学教师回答说：“散文哪！”菇尔丹恍然大悟说：“我原来说了四十多年的散文，自己还一点也不知道呢！”莫里哀在这里是以诙谐之辞谈论文体，但是实际上他借哲学教师之口阐述的原本就是客观真理。的的确确，不是韵文就是散文，不是散文就是韵文。因此郁达夫说过：“中国古来的文章，一向就以散文为主要的文体，韵文系情感满溢时之偶一发挥，不可多得、不可强求的东西。”(《中国新文学大系·散文二集·导言》)郁达夫在这里讲的韵文是锤炼极其精粹的诗歌，其实，韵文也可以写作叙事的长歌，以至成为卷帙浩繁的弹词唱本的。

这样说来，散文的内容不是广泛异常，连论文、小说之类都包括在内吗?是的，从最广义来说，它的确如此。但是比较狭义的散文，范围就要小一些，在近代中国，散文是专指文学领域中和诗歌、小说、戏剧并列的一种文体，它包括杂文、抒情小品、随笔、特写、游记、报告等等。而最狭义的散文，则又把议论色彩比较浓厚的杂文排除在外，而专指刚才说的抒情小品、随笔、报告一类作品了。

这儿要讲的散文，是含义不太广泛也不太狭窄的那一种，即文学范围中诗歌、小说、戏剧以外的一切杂文、抒情小品、随笔、报告等等。因为世间事物很多都存在“交叉状态”，要把议论性较多的杂文和小品随笔之类完全分开是很不容易的。杂文，有时也可以有许多形象的描绘；小品随笔之类，有时也可以夹杂好些议论。这一类作品所以都可以算是“文学家族”的成员，原因就在于它们都具有文学的特征：形象性，情感性，以及一定的文采。试对优秀的杂文和抒情散文分析一下，它们不是都多少具有这样的特征吗？

这类作品所根据的，一般和小说、戏剧的虚构情节（自然，小说也有一小部分是完全写实的）不同，它们一般都是根据事实，加以描绘、分析和发挥。“写事实，不虚构”，可以说是散文的又一特征。

我们现在讲的这一种散文，在中国是源远流长，传统深厚的。在中国文学史上，诗歌、散文、戏剧、小说，像四大河流流贯在中国的土地上一样，流贯于中国文学史上。如果穷本溯源来说，戏剧、小说还可以说是在诗歌、散文的园地里衍生出来的。因为诗歌、散文出现在中国文学史上，比戏剧和小说要早。最初的略具雏形的小说、寓言、杂记之类，它们常常夹杂在散文论著之中，到了后来，才独立发展，发扬光大。古代的诗歌逐渐发展，于是而有词有曲。戏剧在这个基础上，才逐渐应运而生。

中国先秦时代的许多论著，都是精彩的散文。《春秋》《论语》《孟子》《庄子》《韩非子》《左传》《战国策》等等就是例子。像《庄子》中的《庖丁解牛》，《左传》中的《曹刿论战》等，写得绘声绘影，生气勃勃，都是很精彩的散文。中国古代散文有一个特点，就是它是和论著、史书共生并存的。到了汉代以至于魏晋，散文一步步地发展，司马迁的《史记》，诸葛亮的《出师表》，刘义庆的《世说新语》，陶潜的《桃花源记》,郦道元的《水经注》等等,都是很有文学色彩的散文珍品,虽然它们有些也同时是政论和学术著作。

六朝时代讲究骈骊文体,形式主义,苛刻的格律束缚了许多人的才智,需要“自由自在,不受拘束”地抒写的散文一时趋于低潮。但是到了唐代,“文起八代之衰”。韩愈等人倡导的“古文运动”,实际上也就是反对形式主义,提倡把文章写得生动活泼的当时的新文学运动。唐宋时期,散文盛极一时,散文家风起云涌,人才辈出。人们常说的唐宋八大家:韩愈、柳宗元、欧阳修、苏洵、苏轼、苏辙、王安石、曾巩八人,实际上是大量散文家出类拔萃的代表人物。后世关于古代散文的选本,唐宋散文是经常占着一个巨大的比例的。

元、明、清时代,相对来说,散文的兴盛程度远不及唐宋,因此有人认为这是一个低潮期。因为这六七百年间,戏剧、小说大大兴起了。文网甚密,禁锢很多,罗织人罪的文字狱不断出现,使大量的人对于自由抒写、生动活泼的散文望而却步,转而去从事虚构性的戏剧小说,以至于钻入故纸堆里搞经史训诂之学去了。但是,所谓低潮,不过是相对而言罢了。在一个散文基础深厚的国度,这数百年间它仍然有一定的成绩,许多笔记体的专集不断涌现。归有光、袁宏道、方苞、姚鼐、龚自珍等较出色的散文家都写下了不少具有相当特色的散文,也都给后世一定的影响。

上面提到的这些事情,自然不足以概括中国散文发展的面貌,但是,却可以借此说明一点:即中国是散文传统异常深厚的国家。有没有一个深厚的传统,对于后世的影响是很大的。中国历代的散文家,许多都是身兼学者、诗人,而同时又致力于散文创作。他们不把写短小文章,当作“雕虫小技,壮夫不为”,而是在写璀璨诗篇或学术巨著之余,也极其认真地撰写短小精粹之作,像唐宋八大家的韩愈、柳宗元、欧阳修、苏轼等人就常倾注心血,简练地写几百字的散文。它们的短小、精粹、警辟、生动,常常成为历代不衰的典范之作。

散文传统深厚了,人们就可以从先代散文佳作中汲取丰富营养,在广泛取材、深刻发掘、运用多种手法、讲究语言运用等等方面得到借鉴。“五·四”以来中国的散文艺术所以获得光辉的成就，和中国具有十分深厚的散文传统，关系是很密切的。

二

到了现代，“五·四”运动之后，新思想的传播，文学的改革，白话文的兴起，为文学艺术，其中也包括散文艺术的发展，开拓了广阔的道路。

尽管辛亥革命、“五·四”运动之后，军阀混战和封建专制统治持续了三十多年的时间，但是帝制推翻了，即使在大军阀的统治之下，人民大众反封建、争民主争自由的斗争，也一天都没有停息过，在军阀矛盾的夹缝里，在租界的特殊环境里，总有一些有利的条件可以运用，所以，中国的文学艺术，特别是在三十年代以后，是有相当可观的发展的。

散文被人称为“文学的轻骑队”，它形式多种多样，作为表现手段，具有高度的灵活性。它不像小说、戏剧那样，必须经过较长时间的酝酿，往往得之于心即可以迅速抒写成篇。大量的报纸刊物都需要它，丰富的社会生活，外忧内患的煎迫，促使许多人要抒写积愤，或反映各种生活风貌，这些条件都促进了近代散文的发展。因此，鲁迅曾经评价说：“五·四”以来“散文小品的成功，几乎在小说、戏剧和诗歌之上。”（《南腔北调集·小品文的危机》）鲁迅的一生，在文学创作上主要就是致力于写作较广义的散文（其中主要是杂文），他一生写了六百多篇散文。鲁迅的巍然崛起，为散文的成就开辟了一个新的纪元。它不但震动一时，对后世的影响也是十分深远的。这使得散文既有古老的传统，又开创了现代的传统。

和鲁迅大体同一时期的郭沫若、茅盾、巴金、冰心、朱自清、夏衍、叶圣陶、郑振铎、王统照、老舍、沈从文、许地山等人都写了大量的散文。众多具有代表性作家的涌现，说明了散文创作的兴盛。其中有些人是在写作其他体裁文学作品的同时涉猎散文的，而有些人则完全以写作散文为主。个别人在散文创作的数量上还超过了鲁迅,例如巴金就是,到了八十年代,他出版的散文集子已经有二十多本了。

新中国建立以后,对于“五·四”以后到1949年的散文创作被概括地称为“现代散文”,以区别1949年以后至今的“当代散文”。上面提到的作家群,有一定的代表性,但是却不能以他们概括全貌。这些年来,中国出版了好些现代散文作家(指从“五·四”时期以至新中国建国前夕这一时期)的选集、专集和有关对他们的评论。有些批评家把他们归纳为“散文六十家”,有些选家对这段时期的作品选一百篇、八十篇作为代表出版。人民出版社正在出版鲁迅以外的十七家的杂文专集。其他有代表性的散文家大体有好几十人,他们大抵都形成了自己的风格,这正是作家们达到成熟境界的标志。这个时期的好些散文,直到现在还被选进大、中学校的语文课本。

但是,严格说来,这样一串名字是远不足以代表中国散文作家队伍的概貌的。经常发表散文作品的作家,比这张名单要大许许多多倍。而且,就是非文学类的杂志,许多描述海洋、大漠、边城、森林、航空、探险生活的报告,作者们其实也都是用的散文体裁。许多不怎样为人熟知的散文新秀,运用这一文学形式,驾驭这一文学轻骑反映了生活的各种风貌。唯其散文是这样一种轻便灵活的表现形式:“举凡国际国内的大事,社会家庭的细事,掀天之浪,一物之微,自己的一段经历,一丝感触,一撮悲欢,一星冥想,往日的凄惶,今朝的欢快,都可以移于纸上,贡献读者。”(周立波语)因此,在生活风貌复杂多样的日子里,它就有了大可驰骋的辽阔的原野。

三

从1949年到现在的38年间,由于社会的变化,人们在生活的激流中感受多了,执笔写作的人大大增加了,散文创作的繁荣程度,又远远超过以往的几十年。

在建国三十周年的时候,中国社会科学院文学研究所当代文学研究室编了《散文特写选》三大卷交人民文学出版社刊行作为纪念。从这部约莫 160 万字，选拔 170 家的 240 篇作品汇编而成的选集中，展示了 30 年来(应该除去动乱的十年)中国散文成就的概貌。

总而言之，就是在作家队伍，出版书刊规模，笔触所及的范围，各种风格的形成以及表现手法的多样化上，都有了进一步的发展。除了三十年代、四十年代的老散文家继续作出贡献(特别是茅盾、巴金、冰心、夏衍、萧乾等人)外，又有一批有影响的散文家陆续涌现，他们有些人是在三、四十年代即已跨进文学领域，尔后逐渐形成了风格，有些人则是在新中国成立后才成长起来的。大体来说：杨朔、刘白羽、秦牧、魏巍、柯灵、徐开垒、吴伯箫、徐迟、孙犁、曹靖华、邓拓、峻青、袁鹰、碧野、陈残云、魏钢焰、李若冰、何为、郭风、杜宣、黄秋耘、方纪、玛拉沁夫、曾敏之等，就是经常为人们提起的一系列散文作家。他们中有几位已经去世了，但是绝大多数仍然健在，并不断在散文创作上放出异彩。

近些年，中国每年大概出版了四万种书籍，四千多种杂志。中国书籍的印行量已经跃居世界首位(虽然书籍种数仍排在若干国家后面)。这里面，文学类书刊占了一个相当可观的比重。就是在非文学类书刊中，用散文笔调、散文体裁写的报告、速写所占的比例也越来越大。因为各方面的作者都日益认识到文笔的艺术魅力是必须讲求的。

这个时期比较以前二十多年间的成就是大大超过了。

它表现在下面一些方面：

从散文作者来说，除了上面提到的一系列散文作家，不少人继续写出了更多新作外，新时期又陆续涌现了好些受到瞩目的散文作家，如黄宗英、贾平凹、赵丽宏、张抗抗、吴泰昌、姜德明、叶永烈、杨羽仪等人就是(这张名单是可以举得很长很长的)。而大量散文作家，又各各把他们的思想触角伸向更广阔的领域。例如有人专为名人、大家立传，有人致力写专题的报告文学，有人写文艺色彩很浓厚的科学小品(科学文艺中的科学小品现在也是散文中重要的一支)，有人专写散文诗或杂文，还有人专写寓言和儿童散文，以至有人写出文字与绘画相结合的散文等等。

从出版物来说，过去虽然中央和各省区的出版社每年都各各出版若干散文集子，但是散文一般都发表在综合性文学杂志上，专门刊登散文的杂志可以说极为稀少。近几年来，专门的散文杂志日渐增多，现在，为大家所熟知的，北京有《散文世界》，天津有《散文》月刊，广州有《随笔》杂志，郑州有《散文选刊》（专门挑选全国各地杂志的优秀散文集中刊登的刊物），石家庄有《杂文报》等，河北的《散文百家》、辽宁的《青年散文家》也相继问世。这些刊物的陆续涌现和坚持出版，可以视为散文创作日趋繁荣的报春之花。自然，其它一般文学杂志经常刊登散文的方针是丝毫不因这些杂志的出现而受影响的。

从文学社团的纷纷涌现来说，也可以作为散文蓬勃发展的一个侧面的印证。在全国性的作协之下，现在又出现了许多专门研讨某种文学体裁的全国性和地方性的文学组织，像全国性的散文学会、报告文学学会、散文诗学会、杂文学会等。这些学会的出现，是对散文的研究和写作继续向纵深发展的一个标志。

再从高等学校当代文学的教学中，散文占了相当的比例看，也可以印证散文在日益受到重视。“十年动乱”结束以来，中国各高等学校对当代文学的研究，逐渐掀开了新页，它大大扩张了研究领域，当代散文作家大概有数十人的作品被选作各类大学的教材，若干高等学校还陆续编写出版了好几种《中国当代文学》的专用教材，并列有散文及散文作家的专章专节。

过去，报刊征文一般以小说居多，近年来，征文和评奖也渐渐及于散文，出版社还在陆续编选出版全国大、中学生的散文选集，以之扶持新秀……

从这各方面看来，散文创作正在进入一个日益繁荣的境界。

自然，持另一种看法的人也是有的。他们认为散文现在并不怎样繁荣，他们所根据的理由大体是：散文的发展还没有受到高度的重视。散文集子的印数一般都不及小说。青年散文家涌现不多。相当一部分散文有形式主义，注重文字的绮丽，缺乏思想深度和生活气息的倾向，至于对散文的评论也并不怎样热烈等等。

自然，见仁见智，人们尽可各抒己见。

这部分人谈及的状况，在若干程度上也是的确存在的。

我个人并不同意这种看法。因为：对任何事情，都必须看整体，看主流，并且作个比较，才有利于判断，较之以前来说，从整体上、主流看来，散文就是大大发展了的。上面提到的几个事例，就透露了个中讯息。

把文学体裁分列高低是一种传统恶习，自然这种偏见现在并非全无市场。事实上，各种文学体裁各有自己的功能，谁也代替不了谁。历史上，各种文学体裁，诗歌、散文、戏剧、小说，都曾经高踞首席宝座。兴起时代较晚的小说，由于它的着重描写人物和结构故事，总的来说赢得了较多的读者。但是文学体裁各有长短，如果谈到迅速反映事物和抒写作者个性，小说又不及散文那么方便了。有些散文类似绘画上的速写，初学写作者比较容易掌握它，但是并非可以据此说明散文是低级形式的东西。正像诗歌，任何原始民族都会哼一哼它，但它可以是“原始”的，也可以是非常高级的精神产品。散文的情况也是一样。写一篇千把字的散文自然比写一部中篇、长篇小说容易，但是如果以同样的篇幅而论，写一千字的散文却常常比写同样字数的中长篇小说片断要困难得多，而且文字上的精炼要求也更高。因此，少数人的偏见是并不影响散文客观上的重要地位和它所取得的成就的，应该说每一种文学形式都有“各擅胜场”之处。

散文集子一般的印行量不及小说，但又常常高于理论、戏剧和诗歌，我们不应该据此对它们妄定甲乙丙丁的席次。而且，作为集子来说，散文的发行量虽然少于小说，但从任何发行一百以至几百万份的报纸杂志，散文都可以在上面占有地盘这一点来看，它的读者量又大于小说的读者量了。

因为散文作家需要有丰富的知识和娴熟的笔墨，因此，这个领域青年作家为数较少。有一部分思想水平和生活知识不足的作者着意于寻章觅句，雕琢辞藻，产生了形式主义的倾向。相当部分评论家对散文的成就也注意不足。这些情形都是存在的。但是，这并不影响蓬勃发展中的散文赢得它应有的评价。

生活丰富多彩的时代需要多种多样、五光十色的散文来反映它。叱咤风云的，剖析事理的，讴歌赞美的，谈笑风生的，给人以思想启发和美感陶冶的，我们都需要。而现在，在我们这个散文传统深厚的国度里，散文也真正在这样发展了。但是怎样使它更"深化"，更丰富，更多采，仍是摆在散文作家面前的课题。因为：任何领域事物的发展，都是永无止境，永无穷期的，而广大读者的要求，也总是在不断提高之中。生活的广度，思想的深度，艺术的强度，都在要求人们不断突破和有所创新。这一点，是肯定无疑的。

四

《中国散文百家谭》是一部理论性、欣赏性、知识性、资料性俱有的大书，全书汇集"五·四"以来，包括台湾、香港地区在内的散文家近二百人，每家均有作家为本书撰写、选录的创作经验和自己较为满意的作品，又有专家、学者撰写的作品评论，并附有作家简介、作品目录及主要评论文章的索引资料。据我所知，它是新中国成立以来搜集散文各家范围最广、容量最大的一部专集了。它是我国散文创作发展进程中的一座丰碑。

首先，从作家分布的地域看，它包括了中国版图上所有的省区，这不仅从一个方面说明了祖国文学事业的空前发展，也为大陆与台港文学的交流铺出了又一通道；尽管每一省区人数多少不等，但毕竟让人有了一览全貌的机会。其中许多散文作家同时又是小说家、诗人、戏剧家、画家、音乐家以至理论家、学者和教授，这就使得它内容更丰富了。其次，本书很注意真实性和准确性。作家的"自白"和"自选"作品不用说了，就是所附评论材料也都尽可能多方面地展示出作家作品的社会价值，作家介绍也都由本人过目订正过。此外，由于列出了作家的主要作品目录及有关评论文章的篇目，也为读者深入了解作家提供了方便。总之，这部散文大书既为中国现代、当代文学的研究提供了第一手材料，也是各类大学所开设的《中国现代文学》《中国当代文学》《大学语文》《基础写作》等课程的有价值的参考教材；同时，它还可以作为各类中等专业学校、普通中学语文教师的参考资料，并成为社会上一切文学爱好者开拓生活视野，提高审美水平，步入文学殿堂的有益读物。本书编者和好些热心的出版工作者克服了种种困难，为这部大书的出版贡献了不少心血，使它终于能够面世，这是很值得感谢的。

《中国散文百家谭》的出版，让读者群可以基本看到我国散文创作队伍的概貌和他们所达到的思想、艺术水平，我想，它是会受到欢迎的。它的诞生，也是我国散文创作日益旺盛的一束报春之花。我的序言就写到这儿好了。

一九八七年元月于广州

目　录

编辑说明 ………………………………………………………………（1）

《中国散文百家谭》总序 ………………………………………… 秦　牧（1）

萧　乾

我这样写散文 ………………………………………………………（4）

往事三瞥 ……………………………………………………………（6）

在洋山洋水面前 ……………………………………………………（13）

萧乾的散文 ……………………………………………… 傅光明（21）

端木蕻良

我的创作追求 ………………………………………………………（31）

永恒的悲哀 …………………………………………………………（34）

鸟　鸣 ………………………………………………………………（36）

布谷声不住 ……………………………………………… 单　复（39）

刘白羽

答读者问 ……………………………………………………………（47）

长江三日 ……………………………………………………………（55）

春到零丁洋 …………………………………………………………（62）

战士的思考·诗人的画笔 ……………………………… 吴周文（68）

曾敏之

创作浅谈 …… (86)

周恩来访问记 …… (88)

桥 …… (100)

字挟风霜　声成金石 …… 倪金华(105)

单　复

生活的浪花 …… (114)

姐　姐 …… (119)

逍遥游 …… (125)

单复的世界 …… 孙　郁(134)

野　曼

散文得力于诗 …… (142)

妻　爱 …… (145)

徐迟的悲剧 …… (156)

魅力来自深情 …… 岑　桑(165)

江　波

有感而发 …… (171)

永恒的主题 …… (172)

晚车急 …… (175)

挚热与深沉绵密的和谐统一 …… 石　英(180)

余光中

我写散文 …… (186)

听听那冷雨 …… (188)

我的四个假想敌 …… (193)

艺术表达与追寻生命文化之根 …… 何锡章(199)

贺抒玉

真实是散文的生命 …………………………………… (209)
山乡情 …………………………………………………… (209)
闲话搬家 ……………………………………………… (217)
贺抒玉散文论 ………………………………… 韩梅村(223)

凌行正

抒发一点“阳刚之气” …………………………………… (233)
大别山深处 …………………………………………… (236)
遥远的华阳礁 ………………………………………… (241)
军旅散文的崇高美 ……………………………… 曾绍义(246)

唐大同

初　衷 …………………………………………………… (254)
滚滚金沙江 …………………………………………… (255)
美丽的痛苦·痛苦的美丽 …………………………… (260)
诗化的散文与散文的诗化 ……………………… 曾绍义(266)

陈　肃

灌园琐话 ……………………………………………… (274)
常州在飞 ……………………………………………… (276)
绿的回旋 ……………………………………………… (281)
陈肃散文的美学追求 …………………………… 曾绍义(284)

范若丁

莫道散文不是诗 ……………………………………… (292)
皂角树 ………………………………………………… (294)
头　颅 ………………………………………………… (298)

迷蒙烟雨听歌吟 …………………………………… 缪俊杰(302)

王充闾

我与散文 ……………………………………………… (310)
青天一缕霞 …………………………………………… (319)
读三峡 ………………………………………………… (323)
散文文体的个人风貌 ………………………………… 谢　冕(327)

陈焕展

一点感想 ……………………………………………… (332)
“窗口”的“白云” ……………………………………… (335)
钓鱿之夜 ……………………………………………… (339)
白云驻足的窗口 ……………………………………… 郭小东(343)

柳　萌

写在河上的散文 ……………………………………… (348)
寂寞的童年 …………………………………………… (351)
腕上晨昏 ……………………………………………… (357)
且品人生这杯茶 ……………………………………… 古　耜(362)

郭建英

我的追寻 ……………………………………………… (368)
寄至何方 ……………………………………………… (371)
感谢月光 ……………………………………………… (377)
郭建英的散文 ……………………………… 佘树森　陈旭光(382)

凌　渡

我写散文 ……………………………………………… (386)
听　狐 ………………………………………………… (387)

乡野的日出 …………………………………………………………（390）
且听狐声悠悠来 ………………………… 蒋登科　姚　尧（392）

孙绍振

散文当以非诗的追求为上 ……………………………………（403）
美女危险论 ……………………………………………………（406）
论美女难逃英雄关 ……………………………………………（411）
幽默、智性和抒情的平衡 …………………………… 彦　君（423）

许　淇

“纯”散文的形式 ………………………………………………（430）
采风记 …………………………………………………………（434）
现代人的传奇 …………………………………………………（446）
许淇的散文诗艺术 ………………………………… 耿林莽（447）

李元洛

我的散文观 ……………………………………………………（451）
万里长城万里长 ………………………………………………（452）
夜读岳飞 ………………………………………………………（459）
怀君子之志　为学者之文 ………………………… 龙长吟（461）

李华章

历尽人生写华章 ………………………………………………（471）
水灵灵的秧苗 …………………………………………………（474）
三峡的滋味 ……………………………………………………（476）
妙笔洒真情 ………………………………………… 金道行（479）

肖　凤

散文与我 ………………………………………………………（484）

没有母爱的幸福童年 …………………………………… (491)
纽约地铁 …………………………………………… (497)
永久地追求温暖和爱 ……………………… 李晓虹(500)

那家伦

美的文学 …………………………………………… (507)
夏天颂 ……………………………………………… (510)
火的节日 …………………………………………… (523)
那家伦的散文世界 ………………………… 舒家骅(532)

张　长

我看散文 …………………………………………… (540)
泼水节的怀念 ……………………………………… (542)
门　镜 ……………………………………………… (547)
序《紫色的山谷》…………………………… 谢　冕(550)

陈伯坚

尽意潇洒 …………………………………………… (556)
边城纪事 …………………………………………… (559)
外祖太 ……………………………………………… (561)
特区心灵的“文字雕像” …………………… 曾绍义(564)

卢玮銮

散文心事 …………………………………………… (572)
香港故事 …………………………………………… (576)
洋葱问题(含续集) ………………………………… (578)
小思的散文 ………………………………… 张　炯等(580)

刘再复

我爱，所以我沉思 …… (585)

读沧海 …… (589)

他的思想像星体在空中运行 …… (592)

从自己血管里流出来的 …… 杨健民(603)

张若愚

散文真好 …… (614)

故乡与方言 …… (619)

照片，摄于1924 …… (622)

张若愚散文漫评 …… 林　非(627)

邓洪平

山水不老，散文不衰 …… (632)

冰川神韵 …… (636)

太空斗酒 …… (640)

景美·情美·文美 …… 何宗文(642)

李存修

江湖重重人归来 …… (649)

陪杨振宁一家 …… (655)

海上明月夜 …… (659)

李存修写“人” …… 曾绍义(665)

张永权

《张永权散文选》自序 …… (670)

雾打芭蕉 …… (672)

胶林中有一座土墓 …… (675)

张永权散文创作论 …… 叶向东(678)

雷　达

我的散文观 ……………………………………………………… (687)
王府井大街 64 号 ……………………………………………… (688)
化石玄想录 ……………………………………………………… (695)
飞翔的思想 ………………………………………… 阎晶明(699)

谢大光

散文如人 ………………………………………………………… (705)
鼎湖山听泉 ……………………………………………………… (706)
春天的残酷 ……………………………………………………… (708)
他在寻求自己的“声音” ……………………………… 吴周文(711)

周彦文

散文的小语 ……………………………………………………… (717)
唱给大漠的歌 …………………………………………………… (720)
骆驼，古老的行吟诗人 ………………………………………… (726)
从《寻找自己》看散文创作的新途径 ………………… 吴秋野(729)

符启文

我和散文 ………………………………………………………… (736)
面对那逝去的岁月 ……………………………………………… (739)
波罗庙前的沉思 ………………………………………………… (743)
岭南新葩又一枝 …………………………………… 黄吉生(747)

韩静霆

自家菜瓜葫芦 …………………………………………………… (757)
二泉作证 ………………………………………………………… (759)
画马琐记 ………………………………………………………… (762)
评论二则 …………………………………… 邓星雨　徐治平(769)

余秋雨

《文化苦旅》自序 …………………………………………… (775)
一个王朝的背影 …………………………………………… (779)
这里真安静 ………………………………………………… (796)
读余秋雨散文 ……………………………………… 生　民(805)

周　涛

致曾绍义信 ………………………………………………… (815)
巩乃斯的马 ………………………………………………… (817)
拳王争霸(外二篇) ………………………………………… (822)
历史与文明的叩问者 …………………………… 管卫中(830)

郭保林

关于海,关于散文,关于我…… …………………………… (840)
我在草原上追赶落日 ……………………………………… (844)
死神在他背后狞笑 ………………………………………… (847)
新时期散文创作的华彩乐章 ………… 姚春树　郑家健(855)

储瑞耕

情感·哲理·文采 ………………………………………… (870)
从廉颇、王昭君的"怨",郭开、毛延寿的"鬼"和赵王、汉元
　　帝的"昏"看中国人际关系万千文章之一小节 ……… (875)
日记一束(1992年) ……………………………………… (878)
储瑞耕散文的"自由实现" ……………………… 曾绍义(880)

郝贵平

生活·题材·艺术 ………………………………………… (888)
四十岁舞步 ………………………………………………… (893)

都市里的荒漠独白 …………………………………………… (895)
奏出了散文艺术的主旋律 ……………………………… 曾绍义(899)

黄维樑

“为情造文”是写作的正道 …………………………………… (909)
我常常把电灯关掉 …………………………………………… (912)
期待文学强人 ………………………………………………… (914)
黄维樑散文:写出心灵的健康与壮硕 ………………… 朱寿桐(918)

李 前

散文,我灵魂的栖息地 ……………………………………… (928)
故园的枣树 …………………………………………………… (935)
我的将军梦 …………………………………………………… (937)
亮过三月 沉过九月 ………………………………… 刘忠诚(944)

周 熠

我的写作之路 ………………………………………………… (951)
何谓故乡 ……………………………………………………… (955)
遥远的风景 …………………………………………………… (957)
乡村忧患意识的自觉展示 ……………………… 张书恒 白万献(963)

晓 荷

守住散文,守住灵魂的后花园 ……………………………… (969)
将目光对准鼻尖 ……………………………………………… (973)
拜 年 ………………………………………………………… (976)
蜀江水碧蜀山青 ………………………………………… 贾宝泉(980)

史小溪

就恋这一道道山(节选) …………………………………… (984)

陕北八月天 …………………………………………………… (988)
北斗消失苍穹 ………………………………………………… (998)
西部散文一家 ……………………………………… 张　直(1001)

乔忠延
冲破牢笼　纵虎归山 ………………………………………… (1009)
弯弯的桃树 …………………………………………………… (1014)
天成风流漓江水 ……………………………………………… (1017)
在丰饶和荒瘠的网扣里“拔步” ……………………… 楼肇明(1022)

汪逸芳
散文之根与生命之缘 ………………………………………… (1028)
水乡风景 ……………………………………………………… (1031)
螃　蟹 ………………………………………………………… (1035)
蒙蒙细雨的生命情结 ……………………………… 楼肇明(1037)

周佩红
我和散文 ……………………………………………………… (1042)
呼　喊 ………………………………………………………… (1044)
海水一次次涌来 ……………………………………………… (1047)
《内心生活》序 …………………………………… 王铁仙(1053)

高洪波
我的散文观 …………………………………………………… (1062)
唱片年龄 ……………………………………………………… (1064)
读汪琐记 ……………………………………………………… (1068)
快乐的家园 ………………………………………… 古　耜(1072)

高凯明

散文是什么 …………………………………… (1077)

外公坟头的鹰 ………………………………… (1078)

小　事 ………………………………………… (1086)

集素雅温馨于高远 ……………………… 林　非(1088)

舒　婷

散文之小器 …………………………………… (1092)

天上掉下一个"阿不婆" ……………………… (1094)

狗·猫·鼠 …………………………………… (1097)

灵动跳脱的情感流程 …………………… 曾焕鹏(1100)

贾平凹

散文就是散文 ………………………………… (1111)

丑　石 ………………………………………… (1113)

读书示小妹十八生日书 ……………………… (1115)

贾平凹散文集序 ………………………… 孙　犁(1118)

马　力

我怎样写游记 ………………………………… (1122)

鸿影雪痕 ……………………………………… (1125)

梦忆姑苏 ……………………………………… (1133)

"文学是语言的艺术" …………………… 贾宝泉(1138)

刘元举

再谈神性散文 ………………………………… (1144)

一种生命现象的诠释 ………………………… (1148)

悟　沙 ………………………………………… (1154)

向往西部 ………………………………… 李若冰(1160)

刘烨园

文学的那只手 …………………………………………… (1165)
自己的夜晚 ……………………………………………… (1168)
在苍凉 …………………………………………………… (1173)
沉浸和抵达 …………………………………… 周佩红(1180)

李　融

我与散文 ………………………………………………… (1188)
失踪的我 ………………………………………………… (1189)
窗　帘 …………………………………………………… (1192)
苦涩而深切的心灵告白 ……………………… 古　耜(1194)

斯　妤

流放者 …………………………………………………… (1200)
心灵速写 ………………………………………………… (1201)
夜　晚 …………………………………………………… (1206)
对人性荒凉和错谬的超越 …………………… 楼肇明(1209)

陈长吟

总在路上 ………………………………………………… (1220)
汉江船歌 ………………………………………………… (1222)
香魂犹在 ………………………………………………… (1227)
陈长吟散文艺术的山水情结 ………………… 鹤　坪(1229)

张爱华

让我全心全意醉一次 …………………………………… (1236)
九点三十分的火车 ……………………………………… (1241)
惊　恐 …………………………………………………… (1246)

孤独女子的生命悟语 …………………………… 古 耜(1251)

素 素

自己向自己告别 …………………………………………… (1259)

佛 眼 …………………………………………………… (1261)

煌煌祖宅 ………………………………………………… (1264)

用生命感悟白山黑水的魂脉 ………………………… 古 耜(1276)

筱 敏

读与写的经历 …………………………………………… (1283)

在暗夜 …………………………………………………… (1287)

山 峦 …………………………………………………… (1289)

筱敏:存在之乡的野草……… 刘思谦 郭 力 杨 珺(1292)

吴明春

散文,我的情人 ………………………………………… (1306)

雪浪清如许 ……………………………………………… (1310)

不该写的信 ……………………………………………… (1312)

走向崇高 ……………………………………………… 曾绍义(1315)

陈 霁

我的散文告白 …………………………………………… (1320)

兄 弟 …………………………………………………… (1323)

九曲黄河 ………………………………………………… (1330)

徜徉于大地的心灵悸动 ………………… 任秀容 晓 原(1334)

周闻道

散文的在场、思想、诗意和发现 ……………………… (1345)

就这样与大地窃窃私语 ………………………………… (1349)

空　城 …………………………………………………… (1350)
艺术发现之美 ……………………………………… 曾绍义(1356)

南　帆

没有镣铐的文体 ………………………………………… (1360)
蛇 ………………………………………………………… (1361)
星空与植物 ……………………………………………… (1365)
迟到的现代派散文 ………………………………… 孙绍振(1372)

烈　娃

我为什么要歌唱 ………………………………………… (1382)
在雪地上跳舞 …………………………………………… (1385)
帕米尔日记 ……………………………………………… (1392)
西部精神的礼赞 …………………………………… 红　孩(1406)

鲍尔吉·原野

写作让人活两辈子 ……………………………………… (1410)
我　妈 …………………………………………………… (1412)
羊的样子 ………………………………………………… (1414)
在精神的云端拥抱生活 …………………………… 孟繁华(1418)

廖华歌

彼岸之光 ………………………………………………… (1423)
缘的脚步 ………………………………………………… (1427)
关于故乡的一棵梅子树 ………………………………… (1433)
读廖华歌偶记 ……………………………………… 邓友梅(1439)

马　莉

散文论 …………………………………………………… (1444)

身　体 …………………………………………………………… (1445)
夜晚读博尔赫斯 ……………………………………………… (1454)
自足女性的自由言说 ……………………………… 王兆胜(1459)

冯秋子
一件事无始无终 ……………………………………………… (1473)
蒙古人 ………………………………………………………… (1474)
虚妄的写作 …………………………………………………… (1480)
爱与痛擎起的人生追询 …………………………… 古　耜(1485)

朱　鸿
散文的人格意象 ……………………………………………… (1492)
在马嵬透视玄宗贵妃之关系 ………………………………… (1494)
一次没有表白的爱 …………………………………………… (1500)
黄土地的心和梦 …………………………………… 田　刚(1513)

林　宝
散文创作三题 ………………………………………………… (1522)
大海 · 女人 · 我 …………………………………………… (1526)
门轻轻地敲 …………………………………………………… (1528)
大海的潮声 ………………………………………… 凌　渡(1530)

刘亮程
对一个村庄的认识 …………………………………………… (1537)
春天的步调 …………………………………………………… (1547)
先　父 ………………………………………………………… (1552)
刘亮程的村庄 ……………………………………… 周立民(1562)

陈启文

内在的自我实现的历程 …………………………… (1576)
一条船能走多远 ………………………………… (1580)
一个号码的消失 ………………………………… (1588)
天地之心与人文之美 …………………… 胡　弦(1596)

熊育群

听从内心的召唤 ………………………………… (1601)
生命打开的窗口 ………………………………… (1608)
春天的十二条河流 ……………………………… (1616)
生命性灵中的湘楚浪漫 ………………… 陈剑晖(1631)

拉木·嘎吐萨

刻在记忆中的情结 ……………………………… (1638)
唱给母亲的歌 …………………………………… (1642)
怀念美丽的家园 ………………………………… (1645)
拉木·嘎吐萨的散文 ……………… 特·赛音巴雅尔(1649)

伍立杨

文　采 ………………………………………… (1653)
刻刀下的自由魂 ………………………………… (1655)
慢速度的风月观览 ……………………………… (1658)
且听穿林竹叶声 ………………………… 刘江滨(1661)

王开林

散文是哲学的近邻 ……………………………… (1670)
远方的岛 ………………………………………… (1671)
更多的人死于心碎 ……………………………… (1675)
边界　向度　位置 ……………………… 何　平(1679)

蒋 蓝

一个随笔主义者的世界观 …………………………………… (1690)

用思想软化青铜 …………………………………………… (1697)

熄灭的马蹄 ………………………………………………… (1704)

《思想存档》序 ………………………………… 祝 勇(1713)

张阿泉

写书话也是一种"为人生"的艺术 ………………………… (1719)

《曲终集》,遗言一样的文字 ……………………………… (1726)

我想拥有一座"蒙古包书房" ……………………………… (1730)

坚守这一方土地 ………………………………… 杨 民(1734)

张冰辉

人类心灵最近的灯火 ……………………………………… (1737)

水 韵 ……………………………………………………… (1741)

月满西楼 …………………………………………………… (1744)

真诚而自强不息的人生追求 ……………………… 凌 渡(1777)

周晓枫

也算创作谈 ………………………………………………… (1782)

马戏与杂技 ………………………………………………… (1786)

桃花烧 ……………………………………………………… (1796)

周晓枫:穿行于感觉与冥想的曲径 ……………… 丁晓原(1805)

王 春

说点写字的问题 …………………………………………… (1813)

流 年 ……………………………………………………… (1815)

有 湖 ……………………………………………………… (1820)

为了一个孤独而敏感的灵魂而感动 …………… 史飞翔(1822)

谢宗玉

对散文创作的一点感想 ………………………………… (1826)

麦田中央的坟 …………………………………………… (1828)

西　墙 …………………………………………………… (1830)

谢宗玉乡土散文的双重叙述 ………………………… 吴玉杰(1833)

散文评论(理论)家特辑(1977—2009)

俞元桂(1851)
林　非(1854)
吴欢章(1856)
佘树森(1858)
姚春树(1860)
傅德岷(1862)
楼肇明(1864)
吴周文(1866)
张振金(1868)
徐治平(1870)
范培松(1872)
曾绍义(1874)
郑明娳(1876)
曾焕鹏(1878)
喻大翔(1880)
古　耜(1882)
李晓虹(1884)
陈剑晖(1886)
徐　学(1888)
王聚敏(1890)
汪文顶(1892)
王兆胜(1895)
梁向阳(1897)
黄科安(1899)

附一　**廿载心血化丰碑** …………………… 赵　阳　吴　桦(1901)

附二　**主要参考书目** ……………………………………… (1904)

难忘二十五年(编后记) ………………………………… (1908)

萧　乾(1910—1999),散文家、翻译家、名记者。原名萧秉乾,北京人,蒙古族。1923年,入崇实中学半工半读。1926年初中毕业,任北新书局练习生,开始接触文学。1930年考入辅仁大学英文系本科,同美国青年安澜合编过英文《中国简报》,这是最早向国外译介中国新文艺的刊物之一。1933年秋,转入燕京大学新闻系。11月,在沈从文主编的《大公报·文艺》上发表小说处女作《蚕》。1935年大学毕业,入天津《大公报》编《小公园》两个月后即负责编《文艺》副刊和《国闻周报》的文艺栏。1936年4月始,兼编京、沪两地的《大公报·文艺》版。1937年"八·一三"后,一度被《大公报》遣散赴昆明,编武汉版《文艺》。1938年夏,赴香港参加筹备港版《大公报》,仍编文艺。1939年10月,任伦敦大学东方学院讲师,兼《大公报》驻英特派记者,报道战时英伦。1942年成为剑桥大学英文系研究生,专攻英国意识流小说。在英国的最初五年,除继续在《大公报》撰写有关战时英伦的通讯、特写外,还出版了4本英文著作。1944年,放弃剑桥学位,在伦敦舰队街设立《大公报》驻伦敦办事处,不久任随军记者,随美国第七军挺进莱茵地区,成为西欧战场上唯一的中国记者,向国内发回许多关于"二战"的最新报道。他采访过联合国成立大会、波斯坦会议和纽伦堡对纳粹战犯的审判。1946年回国,在编《大公报·文艺》的同时,兼任复旦大学英文系和新闻系教授。1948年6月,参与策动香港《大公报》起义,秘密参加香港地下党对外宣传刊物英文版《中国文摘》的编译工作。1949年10月,任英文刊物《人民中国》副主编。1950年11月,为了向国外报道土改运动,赴湖南岳阳采访,写成大型特写《土地回老家》。1953年,任《译文》编委兼编辑部副主任。1956年,任《人民日报》文艺部顾问、《文艺报》副总编辑。1957年被错划为"右派",1979年平反后,主要从事散文创作;任中央文史研究馆馆长,全国政协常委,民盟中央参议委员会副主席，中国作家协会理事。

萧乾是享誉中外的著名作家和翻译家，60 多年来，除出版《篱下集》《栗子》《梦之谷》等小说集、翻译作品《莎士比亚戏剧故事集》《汤姆·琼斯》《尤利西斯》等文学名著，同时出版散文、报告文学及随笔专集 30 部：

《小树叶》（商务印书馆，1937 年）；

《落日》（良友图书印刷公司，1937 年）；

《灰烬》（文化生活出版社，1939 年）；

《见闻》（重庆烽火社，1939 年）；

《南德的暮秋》（文化生活出版社，1946 年）；

《创作四试》（文化生活出版社，1947 年）；

《人生采访》（文化生活出版社，1947 年；台湾联经出版公司，1990 年）；

《珍珠米》（含小说；晨光出版公司，1948 年）；

《土地回老家》（平明出版社，1951 年）；

《凤凰坡上》（通俗出版社，1956 年）；

《萧乾散文特写选》（人民文学出版社，1980 年）；

《一本褪色的相册》（百花文艺出版社，1981 年；三联书店香港分店，1981 年）；

《海外行踪》（湖南人民出版社，1983 年）；

《西欧战场特写选》（新华出版社，1986 年）；

《搬家史》（湖南人民出版社，1987 年）；

《负笈剑桥》（北京三联书店，1987 年；三联书店香港分店，1986 年）；

《北京城杂忆》（人民日报出版社，1987 年）；

《断层扫描》（花城出版社，1988 年）；

《我要采访人生》（台湾经济与生活出版公司，1988 年）；

《这十年》（重庆出版社，1990 年）；

《八十自省》（上海文艺出版社，1991 年）；

《萧乾书信集》（河南教育出版社，1991 年）；

《未带地图的旅人——萧乾回忆录》（中国文联出版公司，1991 年；香港香江出版公司，1987 年；台湾时报出版公司，1995 年）；

《我的医药哲学》（花城出版社，1992 年）；

《萧乾文学回忆录》（华艺出版社，1992 年；台湾业强出版社，1991 年）；

《关于死的反思》（台湾业强出版社，1993 年）；

《中国当代名人随笔·萧乾卷》（陕西人民出版社，1993 年）；

《我的中国，我的岁月》(台湾皇冠出版社，1994 年)；

《萧乾散文选集》(百花文艺出版社，1994 年)；

《三姐常韦》(中国华侨出版社，1995 年)。

此外，《萧乾选集》(香港文学出版社，1957 年；香港文学研究社，1980 年)、《中国现代作家选集 · 萧乾》(人民文学出版社，1983 年；三联书店香港分店，1983 年；台湾钟馗出版有限公司，1987 年)、《萧乾文集》(人民文学出版社，1997 年)等亦编有散文作品。

1989 年，散文集《北京城杂忆》与巴金《随想录》一起，同获新时期全国优秀散文(集)荣誉奖。

萧乾的散文、报告文学被多种重要文选选载，主要有：

《中国新文学大系》(1927—1937)散文集二选《过路人》《苦奈树》《散水岩道上》，报告文学集选《鲁西流民图》《大明湖畔啼哭声》《宿羊山麓之哀鸿》；《中国新文艺大系》(1949—1966)散文集选《草原即景》；《中国新文艺大系》(1976—1982)散文集选《往事三瞥》；《散文特写选(1949—1979)》选《往事三瞥》；《1980—1984 散文选》选《鼓声》；《1985—1987 散文选》选《市格》；《1988—1990 散文选》选《八十自省》；《中国现代散文选》(1918—1949)选《流民图》《雁荡行》；《中国当代散文精华》选《往事三瞥》；《现当代中华散文名家名作》选《往事三瞥》和《我的座右铭》；《中国风景散文三百篇》选《雁荡行》；《中国百年名学经典文库》散文卷选《鼓声》；《中华人民共和国五十年文学名作文库》散文杂文卷选《八十自省》，报告文学卷选《万里赶羊》；《中国少数民族文学经典文库(1949—1999)》散文报告文学卷选《万里赶羊》，等等。

评论萧乾散文文章亦很多，主要有：

《评萧乾的〈美国点滴〉》(陈闽)，香港《中报月刊》1980 年第 7 期；

《带着地图的旅人》(凌洋)，香港《开卷月刊》1980 年第 7 期；

《白描——萧乾散文特写的特色》(素菲)，《文学书窗》1980 年第 6 期；

《一本褪色的相册》(东瑞)，香港《明报周刊》1981 年 6 月 7 日；

《读〈一本褪色的相册〉》(融民)，香港《大公报》1981 年 6 月 18 日；

《一本褪色的相册》(骆山)，香港《新晚报》1981 年 7 月 2 日；

《并未褪色的画卷——喜读萧乾散文集〈一本褪色的相册〉》(金荣光)，《广州日报》1981 年 12 月 11 日；

《萧乾和他的报告文学》(和穆熙)，《艺丛》月刊 1983 年第 16 期；

《萧乾特写报告研究》(米致新)，载湖北省社科院文学所《文学论稿》1983 年 5 月第 2 辑；

《鲜活·实在·亲切动人——评萧乾特写的艺术特色》(鲍霁),《北京师院学报》1983年第3期;

《萧乾报告文学的创作道路与艺术特色》(洪正),《苏州大学学报》1984年第2期;

《游子的心浮在祖国——读萧乾〈海外行踪〉》(王嘉良),《读书》1984年第5期;

《半生苦难的“白描”——评萧乾著〈我要采访人生〉》(彭歌),台湾《中央日报》1988年8月9日;

《悠长的期冀与采集》(丁亚平),《当代作家评论》1991年第4期;

《萧乾散文新作漫评》(傅光明),《当代作家评论》1991年第4期;

《〈关于死的反思〉前言》(傅光明),载《关于死的反思》(台湾业强出版社,1993年);

《萧乾散文选集·序》(傅光明),载《萧乾散文选集》。

此外,有《中国现代散文一百二十家札记》《中国现代散文史》《中国当代散文史》《中国当代文学》《新中国文学史》(上)、《中国当代文学史》《中国少数民族当代文学史》《人生的采访者——萧乾评传》(傅光明著,台湾智燕出版社,1990年),《萧乾评传》(王嘉良、周健男著,国际文化出版公司,1990年),《浪漫的执着——萧乾评论》(丁亚平著,海南出版社,1993年),《20世纪少数民族文学百家评传》(赵志忠主编,辽宁民族出版社,2007年)有对萧乾散文的专章(节)评论。《萧乾研究资料》(鲍霁编,北京十月文艺出版社,1988年),《萧乾研究专集》(傅光明、孙伟华编,华艺出版社,1992年),《萧乾文学生涯60年纪念集》(傅光明、孙伟华编,鹭江出版社,1995年)亦收入多篇评论萧乾散文的文章,均可参阅。

我这样写散文

萧 乾

我写的散文特写几乎都是旅行记者生涯的副产品,而我选择这种职业,正是为了观察生活,学习写作的。

我的第一篇旅行报告并不是谁派我去写的。那时(一九三二)我结交了平绥路上一位经常押货车的朋友，我曾当作他的“黄鱼”跑过一趟内蒙，一直跑到那条铁路的尽头——包头。我写了一篇《平绥琐记》，投给《国闻周报》。当时我一点也没想把文章写得漂亮。一路上我看到娼妓，看到鸦片，看到民族矛盾和矿工所过的地狱般的生活。我是带着悲愤的心情写的那篇报告。

三五年进报馆以后，第一遭出去旅行采访的是鲁西水灾，而且任务不仅仅是报道，还要感动读者去踊跃捐输。

那是我生平第一次看到那么多死人和挣扎在死亡边缘的人们。我当时更没有把文章写得漂亮的想头了。我只是要尽量真实地把那惨相传达给城市里过着舒坦日子的读者。《流民图》那几篇报告都是在灾区中心，在微弱的灯光下赶写出来的。当时我想，最能感动读者，促使他们慷慨解囊的，不是抽象的呼吁，必须把我白天亲自见到的一切，再现在报端，让读者看到情势严重、紧急到了怎样地步！

三八年，我是怀着同样的紧迫心情写滇缅公路上的筑路工人的。动笔时，也同样是满腔悲愤。

在《南德的暮秋》里，我着眼描绘的不是巴伐利亚的风光。我是想让远在国内的读者看到纳粹歹徒的狠毒，看到一个高度文明的民族让一个穷兵黩武的独裁者牵着鼻子走，可以落到怎样狼狈不堪的地步。同时，我也有意让读者看到胜利者美军的蛮横跋扈。

上面这些，说明我的散文特写大部分不是精雕细琢的。正相反，有时甚至是白天采访，当晚脱稿，次晨就见报的。

写《雁荡行》时，心情倒是颇为悠闲。对我来说，那是一次文字写生旅行。雁荡山势奇，瀑布多。当时我立意要写出每座瀑布的特点。我发现（其实我早就知道）我的文字底子太薄。我取了巧。我着重刻画的不是山水本身，而是我自己观赏时内心的反应。五六年写《草原即景》时，我用的也是这个办法。

我也曾试图用散文来写过论文。五六年那篇《大象与大纲》就是谈我对创作方法的观点的。八〇年看到报刊上在讨论青年们的恋爱与婚姻，我写了篇《终身大事》。用散文写论文不是什么新鲜事。

但我主要是把散文作为写小说的一种准备——或者说贮备。这一点,一九四七年我在《人生采访》的前言里就明说了。

看名画,我总喜欢在欣赏整幅画面之后,琢磨一下它的细部,越看越觉得一个画家底子的薄厚,主要看他平时写生的积累。有个时期我曾经常带着本子和笔,随时随地从事文字写生。三五年刚到天津,我曾特意去塘沽,坐在铁道旁一块石墩子上观察码头,后来还写过一篇短文。三九年春,我乘火车沿着滇缅路经河内去香港。车窗外红河沿岸的亚热带风光引起了我的兴趣,就掏出本子速写起来。忽然有人从背后挟住我的两臂。他没收了我的本本和笔,并把我押到河口车站的警备队。幸而同车的施蛰存兄证明了我的身份,才免于坐牢。

毁于六六年八月那场"大火"的,就有不少这类"写生"的片段。

说把散文当作写小说的准备,然而从三八年至今,我并没写过一篇小说。我常为此而苦恼。我琢磨:写惯了材料现成的散文特写,脑子里那座进行虚构的加工厂会不会就永远停工了呢?对于年轻的报告文学家们来说,这是值得警惕一下的。

至于我,现在还想擦擦这部生了锈的老机器,让它再转动起来。

(原载《文艺报》1981 年第 15 期)

自选作品

往 事 三 瞥

语言是跟着生活走的。生活变了,有些词儿就失传了。即便是土生土长的北京人,要是年纪还不到五十,又没在像东直门那样当年的贫民窟住过,他也未必说得出"倒卧"的意思。

乍看,多像陆军操典里的一种姿式。才不是呢!"倒卧"指的是在那苦难的年月里,特别是冬天,由于饥寒而倒毙北京街头的穷人。

身上照例盖着半领破席头，等验尸官填个单子，就抬到城外乱葬岗子埋掉了事。

我上小学的时候，回家放下书包，有时会顺口说一声："今儿个[北新]桥头有个倒卧。"那就像是说"我看见树上有只麻雀"那么习以为常。家里大人兴许会搭讪着问一声："老的还是少的？"因为席头往往不够长，只盖到饿殍的胸部，下面的脚——甚至膝盖依然露在外面，所以不难从鞋和裤腿辨识出性别和年龄。那是我最早同死亡的接触。当时小心坎上常琢磨：要是把"倒卧"赶快抬到热炕上暖和暖和，喂上他几口什么，说不定还会活过来呢！记得曾把这个想法说给一位长者听，回答是：多那门子事，自找倒楣：活不过来得吃人命官司，活过来你养活下去呀！

难怪有的人一望到"倒卧"，就宁可绕几步走开。我一般也只是瞅上两眼，并不像有些孩子那么停下来。可是有一回我也挤在围观者中间了。因为席头里伸出的那部分从肤色到穿着（尽管破烂，而且沾着泥巴）都不同寻常。从没见过腿上有那么密而长的毛毛，他脚上那双破靴子也挺奇怪。"倒卧"四周已经围了一圈人。一个叼烟袋锅子的老大爷叹了口气说："咳，自个儿的家不呆，满世界乱撞！"

不大工夫，验尸官来了。席头一揭开，我怔住了。这不正是我在东直门大街上常碰见的那个"大鼻子"吗：枯瘦的脸，隆起的颧骨，深陷的眼眶，脖子上挂根链子，下面垂着个十字架。那件绛色破上衣的肘部磨出个大窟窿，露着肉，腰间缠着根破绳子。

验尸官边填单子边念叨着："姓名——无；国籍——无；亲属——无。"接着，两个汉子就把尸首吊在穿心杠上，朝门脸抬去。

那时候我只知道"大鼻子"就是"老毛子"，对他的来由却一无所知。

后来才明白：十月革命一声炮响，沙皇的那些王公贵族挟着细软纷纷逃到巴黎或维也纳去当寓公了，他们的司阍、园丁、厨子和仆奴糊里糊涂地也逃了出来。有些穷白俄就徒步穿过白茫茫的西伯利亚流落到中国，到了北京。由于东直门城根那时有一座蒜头式的东正教堂，有一簇举着蜡烛诵经的洋和尚，它就成了这些穷白俄的麦加。刚来时，肩上还搭着块挂毯什么的向路人兜售；渐渐地坐吃山空，就乞讨起来。这个“大鼻子”就是他们中间的一个。

我最后一次见到“大鼻子”是在那两天之前的黎明，在羊倌胡同的粥厂前面。像往日一样，天还漆黑我就给从热被窝里硬拽出来。屋子冷得像北极，被窝就像支在冰川上的一顶帐篷，难怪越是往外拽，我越往里钻。可是多去一口子就多打一盆子粥，终于还得爬起来，胡乱穿上衣裳。那时候胡同里没路灯。于是，就摸着黑，嚓嚓嚓地朝粥厂走去。那一带靠打粥来贴补的人家有的是。黑咕隆咚的，脚底下又滑，一路上只听见盆碗磕碰的响声。

粥厂在羊倌胡同一块敞地的左端。我同家人一道各挟着个盆子站在队伍里。队伍已经老长了，可粥厂两扇大门还紧闭着，要等天亮才开。

一九二一年冬天的北京，寒风冷得能把鼻涕眼泪都冻成冰。衣不蔽体的人们一个个跺着脚，搓着手，嘴里嘶嘶着；老的不住声地咳嗽，小的冷得哽咽起来。

最担心的是队伍长了。因为粥反正只那么多，放粥的一见人多，就一个劲儿往里兑水。随着天色由漆黑变成暗灰，不断有人回过头来看看后尾儿有多长。

就在两天前的拂晓，我听到后边吵嚷起来了。“‘大鼻子’混进来啦！中国人还不够打的，你滚出去！”接着又听到一个声音：“让老头子排着吧，我宁可少喝一勺。”

吵呀吵呀。吵可能也是一种取暖的办法。

天亮了，粥厂的大门打开了。人们热切地朝前移动。这时，我回过头来，看到“大鼻子”垂着头，挟了个食盒，依依不舍地从队伍里退出来，朝东正教堂的方向踱去。他边走边用袖子擦着鼻涕眼泪，时而朝我们望望，眼神里有妒嫉，有怨忿，说不定也有悔恨——

一九三九年九月初。

法国邮轮“让·拉博德”号在新加坡停泊两个小时加完水之后，就开始了它横渡印度洋六千海里的漫长航程。离赤道那么近，阳光是烫人的。海面像一匹无边无际的蓝绸子，闪着银色的光亮。时而飞鱼成群，绕着船头展翅嬉戏。

船是在欧战爆发的前一天从九龙启碇的。多一半乘客都因眼看欧洲要打大仗而退了票。“阿拉米斯”号开到西贡就被法国海军征用了。这条船从新埠开出后，三等乘客就只剩下我、一位在阿姆斯特丹中国餐馆当厨师的山东人和一个亚麻色头发、满脸雀斑的小伙子。餐厅为了省事，就让我们也到头等舱去用饭。

在我心目中，一艘豪华邮轮的餐厅理应充满欢快的气氛。侍者砰砰开着香槟酒，桌面上摆满佳肴和各色果品。随着悦耳的乐声，男女乘客像蝴蝶般地翩然起舞。乘客中间如有位女高音，说不定还会即席唱起她的拿手名曲。

很失望，这是一条阴沉的船，船上载的净是些愁眉苦脸的人。在餐桌上，他们有时好像不知道刀叉下面是猪肝还是牛排，因为他们全神几乎都贯注在扩音器上，竖起耳朵倾听着他们的母亲法兰西的战争部署：巴黎实行灯火管制了，征兵的条例公布了——是的，这是对大部分男乘客切肤的事，因为船一靠码头，他们就得分头去报到，然后，换上军装，进入马奇诺阵线了。女乘客也有自己的苦恼：得忍受空袭，物资的短缺，守着空帏去等待那不可知的命运。他们的眼睛是直呆呆的，心神是恍惚的。一位女乘客碰了丈夫的臂肘一下，说：“亲爱的，那是胡椒面！”他正要把小瓶瓶当作糖往咖啡杯里倒。

正因为大家这么忧容满面，就更显出三等舱里那个有雀斑的小伙子与众不同了。他年纪在二十岁左右，是个最合兵役标准的青年。可他成天吹着口哨，进了餐厅就抱着那瓶波尔多喝个不停。酒一喝光，他就兴奋地招呼侍者：“添酒啊！”船上虽然没举办舞会，他却总是在跳着探戈。

每天早晨九点，全船要举行一次“遇难演习”。哨子一吹，乘客就拿着救生圈到甲板上指定的地点去排队，把救生圈套在脖颈上，作登上救生艇的准备。我笨手笨脚,小伙子常帮我一把。因为熟了一些,一天我就说:“这条船上的乘客都闷闷不乐,就只有你一个这么欢蹦乱跳。”

“是啊,”他沉思了一下,朝印度洋啐了口唾沫说:“他们都怕去打仗。我可巴不得打起来。我天天盼!从希特勒一开进捷克就盼起。唉,(他得意地尖笑了一声)可给我盼到了。”

我真以为是在同一个恶魔谈话哩,就带点严峻的口气责问他为什么喜欢打仗。

“你知道吗?我是个无国籍的人,”他接着又重复了一遍,“无国籍。我妈妈是个白俄舞女,(随说随在胸前划了个十字。她可能已不在人世了)我爸爸吗(他猴子般地耸了耸肩头,然后摊开双手)不知道。他也许是个美国水兵,也许是个挪威商人。反正我是无国籍。现在我要变成一个有国籍的人。”

“怎么变法?”他肯于这么推心置腹,使我感动了。于是,对他也同情起来。

“平常时期?没门儿。可是如今一打仗,法国缺男人。他们得召雇佣兵。所以(他用一条腿作了个天鹅独舞的姿势)我的运气就来了。船一到马赛,我就去报名。”

我望着印度洋上的万顷波涛,摹想着他——一个无国籍的青年,戴着钢盔,蹲在潮湿的马奇诺战壕里,守候着。要是征求敢死队,他准头一个去报名,争取立个功。

然而踏在他脚下的并不是他的国土,法兰西不是他的祖国。他是个没有祖国的人——

一九四九年初,我站在生命的一个大十字路口上,做出了决定自己和一家命运的选择。

其实,头一年这个选择早已做了。家庭破裂后,正当我急于离开上海之际,剑桥给我来了一封信:大学要成立中文系,要我去讲现代中国文学。当时我已参加了作为报纸起义前奏的学习会,政治中从一团漆黑开始瞥见了一线曙光。同时,在国外漂泊了七年,实在不想再出去了。在杨刚的鼓励下,就写信回绝了。

一九四九年三月的一天,我正在九龙花墟道寓所里改着《中国文摘》的稿子,忽然听到一阵叩门声。哎呀,剑桥的何伦[①]教授气喘吁吁地来了。他握着我的手解释说,是报馆给的地址。然后坐下来,呷了一口茶,才告诉我这次到香港他负有两项使命,一个是替大学采购一批中文书籍——他是位连鲁迅这个名字也没听说过的《诗经》专家,另一项是"亲自把你同你们一家接到剑桥"。口气里像是很有把握。他认为我那封回绝的信不能算数,因为那时"中国"(他指的是白色的中国)还没陷到今天的"危境"(指的是平津战役后国民党败溃的局面)。他估计我会重新考虑整个问题。

在剑桥那几年,这位入了英籍的捷克汉学家对我一直很友好,我常去他家吃茶,还同他度过一个圣诞夜。他一边切着二十磅重的火鸡,一边谈着《诗经》里"之"字的用法。饭后,他那位曾经是柏林歌剧院名演员的夫人自己弹着钢琴就唱了起来。在她的指引下,我迷上了西洋古典音乐。

可是当时他所说的"危境"正是我以及全体中国人民所渴望着的黎明。我坦率地告诉他说,我是个土生土长的中国人,中国在重生,我不能在这样时刻走开。

两天后,这位最怕爬楼梯的老教授又来了。一坐下他就声明这回不是代表大学,而是以一个对共产党有些"了解"的老朋友来对我进行一些规劝。他讲的大都是战后中欧的一些事情:玛萨里克[②]死的"不明不白"啦,匈牙利又出了主教[③]叛国案啦。总之,他认为在西方学习过、工作过的人,在共产党政权下没有好下场。他甚至哆哆嗦嗦地伸出食指声音颤抖地说:"知识分子同共产党的蜜月长不了,长不了。"随说随戏剧性地站了起来,看了看腕上的表说:"我后天飞伦敦。

---

① 何伦(Gustav Haloun),英国剑桥大学中文系教授。

② 捷克解放后第一任外交部长,后跳楼自杀。

③ 匈牙利红衣主教敏岑蒂被控叛国,株连多人。

明天这时候我再来——听你的回话。”对于我说的“我不会改变主意”的声明，他概不理睬。他只伸出个毛茸茸的指头逗了一下摇篮里的娃娃说，“为了他，你也不能不好好考虑一下。”

西方只有一位何伦，东方的何伦却不止一位。有的给我送来杜勒斯乃兄写的一部《斯大林传》，还特别向我推荐谈三五年肃反的那章。有的毛遂自荐当起“参谋”：“你进去容易，出来就难了。延安有老朋友了解你？等斗你的时候，越是老朋友就越得多来上几句。别看香港这些大党员眼下同你老兄长老兄短，等人家当了大官儿，你当了下属的时候再瞧吧。受了委屈不会让你像季米特洛夫[①]那么慷慨激昂地当众讲一通的，碰上了德雷福斯[②]那样的案子，也不会出来个左拉替你大声疾呼。”

于是，参谋出起主意了：“上策嘛，接下剑桥的聘书，将来尽可以回去作客。当共产党的客人可比当干部舒服。中策？当上半客人——要求暂时留在香港工作，那样你还可以保持现在的生活方式，又可以受到一定的礼遇，同时静观一下再说。反正凭你这个燕京毕业，在外国又呆过七年的，不把你打成间谍特务，也得骂你一顿‘洋奴’！”

那一宿，我服过三次安眠药也不管事。上半夜是那一句“忠告”像几十条蛇在我心里乱钻。后半夜我只要一阖上眼，就闪出一幅图画，时而黑白，时而带朦胧彩色，反正是块破席头，下面伸出两只脚。摇篮里的娃娃似乎也在做着噩梦。他无缘无故地忽然抽噎起来，从他那委屈的哭声里，我仿佛听到“我要国籍”。

天亮了，青山在窗外露出一片赭色。我坐起来，头脑清醒了一些。

---

① 保加利亚共产党员，20 世纪 30 年代在柏林国会纵火案中被诬，他在法庭上慷慨激昂地痛斥诬陷者。

② 德雷福斯是犹太血统的法国军官，1894 年被法国军事当局诬告，作家左拉因而写了《我控诉！》一文，1899 年德雷福斯被政府宣告无罪。

两小时后，我去马宝道[①]了。临走留下个短札给何伦教授：“报馆有急事，不能如约等候，十分抱歉。更抱歉的是害你白跑三趟。我仍不改变主意。”

八月底的一天，我把行李集中到预先指定的地点，一家人就登上“华安轮”，随地下党经青岛来到开国前夕的北京。

三十个寒暑过去了。这的确是不平静也是不平凡的三十年。在最绝望的时刻，我从没后悔过自己在生命那个大十字路口上所迈的方向。今天，只觉得感情的基础比那时深厚了，想的积极了——不止是不当白华，而是要把自己投入祖国重生这一伟大事业中。

一九七九年五月

（选自1979年5月28日《人民日报》）

在洋山洋水面前

我这一生，路走得不算少。十八岁以前确实几乎没出过北京城圈。有一阵子我常赶着一群瑞士羊去放牧。羊贪婪地吃着草，我坐在土坡上，从树隙里望着天空缓缓移动着的白云和偶尔飞过的鸟群，就幻想自己长大了也有那么自由自在地飘荡翱翔。那时我特别喜欢“天涯海角”这四个字，看到它们，心里就感到豁亮宽敞，仿佛越是渺茫，越合乎我这个少年漂泊者的心意。

一九二八年冬天，我真的离开了古城，而且一下子就流浪到海棠叶的边缘——广东汕头，真可以说到了天涯海角。那并不是一次自愿的旅行，不过那次出去毕竟打开了我的眼界。从那以后，旅行背包好像就没离开过我的肩头。我简直是马不停蹄地走啊！从华北平原到滨海的闽粤，从黄浦滩走到大西南。正当欧洲天空战云密布、旅客们纷纷在轮船公司门前排队退票之际，我登上了一条空荡荡的邮轮，

① 《中国文摘》编辑部所在地，在香港北角。

茫然地向西方航去。这一去便是七年。我是在纳粹轰炸华沙那天上的船，第二天英国的张伯伦和法国的达拉第就相继对德宣了战。一九三一年日本侵略者在沈阳燃起的战火，终于烧遍了东西两半球。

七年间，先是经历了纳粹对伦敦进行的空前规模的大轰炸，接着，一九四四年希特勒又动起更尖端的杀人凶器——导弹和火箭。第二战场开辟后，我穿上一套不合身的棕色军装，成为欧洲战场上唯一的中国记者了。我冒着炮火，踏访了满目疮痍的西欧，又去北美转了一圈。战火熄灭后，我跑了一遭南德，去瑞士享了十几天清福，然后就搭上一条以上海为终点的英国货轮，漂了回来。

把这条船比作蜗牛一点也不刻薄，从东伦敦到黄浦滩，它足足走了三个多月。这怪不得它。一路上，码头的设施都被战争破坏得稀巴烂，有些港口布的水雷还没捞净。对我来说，航程的缓慢毋宁是一份好运道：战地的倥偬以及新闻业务的忙碌使我在伦敦压根儿也腾不出手来记下自己的一些见闻和感受。船“扭”出了地中海、红海，光在印度洋上它就足足漂了九天。这就容许我补写了几篇通讯。船到新加坡，一停就是一个月，这又为我提供机会去访问一下战后新兴的马来半岛。

在英国那些年，我也跑了不少地方。一九三七年抗日战争全面展开后，英国的进步友好人士组织起一个援华会(China Campaign Committee)，他们曾往解放区运送过医疗器材，也是当时由斯诺及艾黎等人发起的中国工业合作运动在英国有力的赞助者。这个组织很重要的一项工作就是应英国各地的要求，派人去宣传中国的抗战。一九三九年我一到英国，立即成为这个团体的一名特约讲员。这样，教课之余，我就不时地赴英伦三岛大城小镇去从事这种义不容辞的宣传工作：一下子是苏格兰北端的阿伯丁，一下子又是南威尔士的矿山；在这里讲讲中国新文艺运动，在那里谈谈滇缅公路。演讲当然是尽义务，没有也不应有报酬；但援华会照例给买好一张往返的火车票，抵达后有人招待膳宿，负责接送。最初，一个月只旅行一两次。一九四一年后，中国同学陆续走光了，我几乎成为全英唯一来自国内的中国人。这种“演讲旅行”就更加频繁了,很少有一个星期不走一两趟的。

这种工作很累人。首先,得准备讲稿。当时手头除了《大公报》,带去的书不多,讲稿都得七拼八凑,反正统统都是宣传抗日。写出几篇之后,每篇都可以用上几遍,甚至十几遍;而且越讲越熟,讲上一两次就用不着看稿了。最麻烦的是讲完之后,还不得不应付听众的提问。碰上不友好的、甚至别有用心的家伙,会死死纠缠,几乎能把人气炸了肺,可还得捺住性子,用英国讲坛上通用的那种不亢不卑的语言应付。例如一九四〇年丘吉尔为了讨好日本侵略者,竟悍然封锁我国在抗战中唯一的对外通道——滇缅路。我曾采访过那条公路,所以援华会多次要我去讲。提问时,居然有人起来为这种国与国之间赤裸裸的不义行为进行狡辩。可喜的是,听众中间主持正义的也总不乏其人,他们有时甚至抢在我前头去痛斥那些为虎作伥者。

通过这种方式,我在英国踏访了许多地方,也在英国社会各阶层结识了不少朋友:医生、牧师、工会积极分子以及政府公务人员。但这种工作来去匆匆,一般是不便游山玩水的。总是一下火车就直奔会场,离去之前也只浏览一下市容。但那毕竟比守在伦敦公寓或剑桥书斋里更能增加对英国社会的了解。

英国人也喜欢利用名胜作会议地点,尤其举办艺术性的活动。我参加过两次音乐节,一次在英格兰首府爱丁堡,一次在英国西海岸一座名叫达廷吞堂的古堡里——戴爱莲就是在那里学习舞蹈的。坐落在艾冯河畔的莎翁故乡斯特拉福德,每年都举行戏剧节。留英中国同学会也总是选个名胜古迹来开年会。

一九四〇年春天那段日子有些莫名其妙。欧战爆发已半年,但西线仍平静无事。希特勒的飞机炸完了华沙之后,好像就都入了库。据说戍守在马奇诺战壕里的法国士兵甚至种起玫瑰花来了。那阵子和平的谣言不断从欧陆上吹来。那是我出国后度过的第一个春天。经历了寒冷、阴暗而多雾的冬天,剑河两岸的石南和番红花怒放了,太阳把剑桥的中古建筑镀成古铜色。这时,牛津的杨宪益兄倡议去英国中部以湖畔诗人故居闻名的湖区旅行，我欣然参加了。这一行有杨兄的英籍女友戴乃迭和十来位中国同学，我们个个背上爬山背包，在葛拉斯密尔站下了火车，就攀登起那群崇山峻岭了。三七年春游雁荡，最想一睹的是山顶上的雁湖奇景，而这种山顶湖我们在英国湖区看到不知多少座。当我们正在温德密尔一带巉岩上挣扎时，遇上了一场暴风雪。那真是壮观！晴朗的天空本来只飘浮着小小几朵白云，顷刻间狂风大作，卷起的雪花铺天盖地，把宇宙变成白皑皑的一片。山路以及一切路标全埋住了，赖以指路的地图变成一张废纸。尤其严重的是旅伴被风雪吹散，相互失掉了联系。我孤身一人深一脚浅一脚地边走边爬，担心那天真要葬身乱石白雪间。夜晚大约九十点钟才远远望到山谷里有灯光。一杯白兰地下肚，真赛过仙浆。幸好客栈就在酒馆楼上，梦里还迷失在雪山中。

从湖区归来不久，纳粹就在北欧真的动手了。暴行势如破竹地闯进了法境，长驱直下，拿下巴黎，一气冲到西海岸。当时，英伦三岛已濒于兵临城下的境地。也正在这时，我看到一个民族临危不惧、破釜沉舟的英勇气概。

第二战场开辟之前那段日子，英国又沉寂下来。其实，战火那时正在伏尔加—顿河流域猛烈地燃烧着。我那阵子患起严重的神经衰弱，医生嘱我要多外出旅行。这时，朋友教给我一个廉价旅行的窍门。原来英国有个为便利穷学生和低收入职工而成立的全国旅游性组织，叫作“青年寄宿舍”(Youth Hostels)。每年只要交五先令就可以成为会员。它在英伦三岛大小城镇均设有寄宿点，大都是些简陋的房子，有时甚至是工业革命后荒废了的磨房。出发之前，凭会员证可以向沿途寄宿点预订床位——真只是“床位”，而且是木板钉成的上下铺，但供给早晚两顿简单饭食，只是必须帮厨，如削削土豆皮或端洗盘碟。有一点和旅馆不同的是：早晨八时必须走人。不过住一夜旅馆至少要十先令，而且还得付小账；寄宿点只收一先令，没有小账。在寄宿点上，可以遇到真正属于底层社会的英国人。他们不懂繁文缛节，不扎蝴蝶结，也不会打绅士派的官腔，还时常开些粗野的玩笑，但他们真挚爽快，一点不矫揉造作。一九四二年春，我就同林苍佑君（马来西亚独立后，任槟州首席部长）用这种方式走遍了苏格兰高原。

路走了不少，但东西写得确实不算多，这只能怪自己疏懒。身边一直保存了几本那个时期的日记，原是指望老到什么也写不出来时再拿出来“零售”的，不料在六六年八月那场大火中一道焚毁了。

这是我第三次整理自己所写的海外旅行通讯了。一九四七年在上海江湾编《人生采访》时，我着眼在“时间防腐剂”上，有些国外通讯由于时过境迁，就没收进去。一九七九年编散文特写选时，像《瑞士之行》那几篇也没收进去，选入的《南德的暮秋》等十篇，也作了程度不同的删节。四七年编集子时，手边《伦敦一周间》的剪报不全，所以改成《三日记》了。这次承香港的卢玮銮女士及北京的鲍霁同志帮忙，把其余的四天补齐，同时，还帮我从旧《大公报》上又复制了几篇。我在编此集时，还恢复了一些删节的部分。这里应向读者作个交代。

这套《现代海外游记》丛书的编者在约稿时曾特别向我强调，这不是文学丛刊，首先考虑的不是艺术性，而是要尽量真实地反映中国人在各个历史时期对外国的观察及印象，想从一些侧面或断面来记载和反映历史。第二次世界大战时期的欧洲以及战后最初的一年（也即是本书主要描述的七年）本身，可以说是一个特定的历史时期。我是当时生活在那里的一个中国人，又是个记者。在那七年间，我写下了那么一些通讯，把这份文字记录尽可能完整地保留下来，想必也有其意义。

一九七九年我编自己的散文特写选时，对收入的有些通讯所做的一些删节，大部分是为了使文章更紧凑些——年纪大了，对自己过去行文的松散越发感到不耐烦。然而有些删节则是出于对梁效先生的防范。这次重订旧作，多少也标志着几年来我个人在认识上所起的一点变化。

梁效这位仁兄并不是六十年代后期才突然自天而降的。他老早就躲在马列主义大旗后面，成天摩拳擦掌，吹胡子瞪眼睛，像鹞鹰在原野上空盘旋捕食猎物那样，在人民队伍里制造混乱。正如鹞鹰是食肉的禽类，梁效也是专靠在旁人脊背踏上只脚来发迹的。他不用辩证唯物主义的眼光看人论事，不理会文章的整体命意和逻辑，只截取其中一言半语，然后往他预先搭好的架子上这么一套，于是就完事大吉。他穿了一身特制的盔甲，总是豪迈地扬言要同一个被剥得赤条条的人较量。我砍掉那些议论，一半就是为了提防这位仁兄。

三年来党的文艺政策越来越使我相信，那位以捍卫党的事业为幌子而实际上在破坏党的事业的梁效先生，即便有时还会冒冒头，但他再也不能那么为所欲为地逞威风了。

编此书时，我重温了四十年前在海外写这些东西时的心境。那七年，我的心没有一天离开过故土，思念着老家以及老家的一切。在战场上，自然没有闲情逸致去描绘风景。我奇怪的是，战争结束后去游历像瑞士那样山清水秀的地方，自然美大有可描述的，可我写成的却像是一篇呼吁书，呼吁祖国争口气！两次访美，都有朋友慷慨地拿出时间，不吝惜汽油陪我去看他们心爱的景致。在康奈尔，八旬老教授谢迪克雨中开车陪我去一一观赏山间那一座座大小瀑布。在旧金山，友人江南和陈若曦花了一整天时间陪我去游览有名的“十七哩”。车子沿着太平洋犬牙交错的海岸朝南驰去。“十七哩”净是参差盘曲的山道，岩壁陡峭，林深丛密，松柏的清香缭绕着涓涓的溪流，隐在幽谷里多是些超级阔佬的别墅。一路上我忽而恍如置身雁荡，忽而又仿佛是在鼓山。归途，望着太平洋上绛紫色的暮霭，我只想朝彼岸嚷一声：我就要回来啦！

记得孙伏园写过一篇《丽芒湖上》，读了使人感到他虽身在日内瓦，心却徘徊在西子湖畔。他把大小丽芒比作里湖外湖，一下想到阮公墩，一下又记起三潭印月。徐志摩描写康桥时，也难免从克莱亚学院的环洞联想到西湖白堤上的西泠断桥口及庐山栖贤寺的观音桥。马可·波罗何尝没把苏州比作东方的威尼斯！

我初次见到黄河同初次见到多瑙河时，心境大不相同。我是在阿尔卑斯山麓驰行时跨过多瑙河的。河两岸都是巍峨的高山，那一带具有中欧景物的特点：既浓厚又妩媚。我怀着好奇的心情观赏了河景，哼起斯特劳斯《蓝色多瑙河》的曲调，想到屠格涅夫幼年过这条河时，他妈妈问他用什么来比喻这条名河的颜色。多瑙河引起我在文学和音乐上的一些联想，满足了我"曾到此一游"的虚荣心，如此而已。

黄河并不美——至少一九二八年冬天我跨过的那段一点也不美。衬着铅灰色的天空，河身黄惨惨的。那是华北大平原，两旁不但没有山，连棵树也不见。然而我扒在车窗里望着它，心里激动得怦怦直跳。想到自己远古的祖先就是沿着它的流域发展下来的，想到它世世代代灌溉了那片广漠的平原，养育了祖辈先人，我对它既是景仰，又是感激。我仿佛可以自豪地说，这河是我的——或者更确切地说，我是属于这条河的。

我曾两次去莎翁故乡参加戏剧节。艾冯河上的天鹅群，斯特拉福德镇上古老的教堂，尤其那次在露天草坪上《仲夏夜之梦》的演出，都给我留下了极其愉快的印象。然而一九四七年我第一次在成都踏进杜甫草堂时，我的心情就不仅仅是愉快了，同时还怀着见到自己的文学祖先那种激动。我虽不写诗，不懂诗，但从拿笔以来，我也继承了一份杜甫一生那种关心民间疾苦的衣钵。他的血流在我的以及每个中国文学工作者身上。

在洋山洋水面前，民族感情变得更为激切，这是极其自然的事。

世上真正宝贵的东西，往往是手摸不着、眼看不见的，民族感情就是这样。国籍更换起来很便当，那只要在一个本本上打几个图章就成。民族感情却是埋藏在灵魂深处的东西，它隐蔽得连本人也不易察觉。正像试管里某种液体，只要兑上那么几滴什么，立刻就会显出本色一样，民族感情也总是在同异族接触或发生抵触——大至民族间的战争，小至一场球赛——时，才会表露出来，而且往往强烈到难以自持的地步。海外旅行也是触动民族感情的一种契机。

我永难忘记一九四四年在布鲁塞尔人行道上遇到的那位青田朋友。我们完全是萍水相逢，但他死命地硬把我拉到他家去，在那食品奇缺的战争年月里，摆出他所能弄到的一切佳肴来款待我，恨不得留我住上几天，只因为我们同是来自中国。在各国唐人街上接触到的华侨中，这种亲骨肉般的感情是极其普遍的。

游子的心是飘荡在空中的风筝，它可以飞得很远，很远，然而总是紧紧系在生他养他的那片土地上。正因为这样，浪迹海外的旅人不仅常从洋山洋水联想到本国的景物，更无法抑制的，是从国外的事物联想到本国。看到好的，他恨不得立刻把它带回国去；看见不好的，总希望家里能以幸免。一个驻在国外的记者，心情就更是这样。

一九四四年，伦敦《泰晤士报》以及《新政治家和民族》先后在读者来函栏里发表英国进步知识界签署的长信，揭露战时中国戴笠一伙所搞的特务统治，我曾把信的全文作为电讯拍回重庆。自然一个字也没登出。从那以后，我就多次利用伦敦通讯声嘶力竭地呼吁民主。重读《瑞士之行》这篇东西，当时我哪里是在客观地报道一个中立国家的情况！明摆着是针对国内现状的。关于瑞士的“一本万利”我的分析可能全部谬误，我只是在衬托、在慨叹国内做着的“赔本生意”。一九七九年我没把它收入“散文特写选”，主要是由于三四十年后读起来有些莫名其妙了。但是如果对照四十年代的国内政局，就不难看出我的笔指向的是蒋介石的法西斯独裁统治。在《安南的启示》一文中，本来我甚至还提到过在西贡唐人街可以买到《共产党宣言》和《资本论》的译本；在《劫后马来亚》一文中，原先也提到马共可以自由地公开活动。拿到今天，那可真是替英法殖民主义者脸上贴金，是讴歌殖民主义了。然而在一九四六年我想说的无非是：蒋介石对自己的同胞甚至还不如帝国主义者对待殖民地的人民！在写海外通讯时，我往往喜欢这么借题发挥。

在编这个集子时，曾特意重读了写这种文章的先辈邹韬奋的《萍踪寄语》和《萍踪忆语》。他真不愧为一位带着精密地图的旅人；观察细腻而尖锐，分析精辟而准确。这么一比，就显出我这个不带地图的旅人之拙劣了。不带地图走路本来就够危险的了。一九四六年回到上海，我不仅没带地图，去国七年——而且是多么重要的七年啊，我几乎连东南西北也分辨不出。我是在伦敦《泰晤士报》上读到皖南事变的，而且也只是夹缝中的寥寥几行。当民族站在历史的十字路口时，再也没有比脱离祖国的现实更可怕的事了。

亲爱的读者，请千万不要把本书作者当作马列学院的一名毕业生，他只是一个普通的中国人，一个时刻牵挂着故土的游子。他手里什么地图也没有，有的仅仅是一颗蹦跳着的爱祖国的心。

一个漂泊在外那么长一段时日的游子，他所想的和所写的，很可能都是隔靴搔痒，本末倒置。当时就未必正确，如今就更显得荒谬可笑了。然而我心里希望的只是自己的祖国能摆脱贫困和愚昧，自己的民族不再低人一等，国外一切好的都变成自己的，躲开别人面临过的悬崖、跌进过的沟壑。

这颗心将永远这样跳动下去，直到生命最后一息。

一九八二年五月

（选自《萧乾散文选集》）

萧乾的散文

傅光明

一

散文最能真实反映作家的内心世界，它以散于外、精于内的品性，将作家对人生的深刻咀嚼，对心灵的细腻探微，对情感的真切寻觅，凝结在美的抒情形式里。它同时还应该是充满浓郁的诗意，富于色彩和情调，淳静质朴之中流溢出音乐的节奏。它的哲理性更具有一种寓言味，其中潜隐着某种生命哲学的底蕴。有关命运、生命的哲学命题，从来都是散文热衷关注的主题。“文以意为主，气为辅，以辞采章句为之兵卫”。萧乾的散文从总体上来看，大体是如此，简约、深邃、睿智，且富于哲理意味，又有和谐静闲的审美境界。萧乾以为写散文当随心所欲,得妙于心,意随笔转,而不必在结构上下功夫。他的散文也正是舒卷自如、优美流畅,以清新活泼、幽默风趣的语言,编织出情绪丰盈、瑰丽多姿的“印象与感想”。文中有神,动人心扉。

萧乾能潇洒地承继古典散文的美蕴,运用现代笔法,“凡文以意趣神色为主”,行文亲切自然,如至友对谈,推诚相与,易见衷曲。朴素中透出逸美,简约里闪烁锋芒,冲淡处寓有深味,达到一种苏东坡论钟、王书法之“萧散简远,妙在笔画之外”的意境。如果说萧乾的早期散文还有铺陈辞采的印迹,“为文当使气象峥嵘,五色绚烂”,如《雁荡行——山水游记》。那么,到了晚年则“渐老渐熟,乃造平淡”,有沉潜温厚之风,无轻扬诡异之态,如《关于死的反思》。

萧乾好比一位技艺高超的酿酒师,在丰富的人生阅历里发酵出心灵和情感的浓度,使得这酒烈而甘醇,浓而纯净,飘溢出人生滋味的酒香,令人迷醉神往。从他的散文里找不出呆板枯燥、索然乏味的篇什,也少有绮靡风华、色泽浓丽的。但无论托物言志,还是借景抒怀,都是那么有情调,有气氛,心境澄澈,悠然闲和,似一樽清冽雅淡的香茗,让人品入了神,之后久久回味。

萧乾的早期散文数量并不多,主要包括一系列有明显象征主义倾向的散文如《小树叶》《叹息的船》《破车上》《链》《古城》《跳出来说的》等,再有就是长篇山水游记《雁荡行》。

萧乾的这些象征性散文,无一不透露着强烈的民族意识和爱国情绪,使作品增添了耐人寻味的深刻现实寓意。他把象征性同民族性、时代性结合起来,使篇幅很短的散文,具有丰富的内涵。《古城》作于“九·一八”发生的次年,萧乾在郁闷中为当时的北平画了一幅素描:“如一位臃肿的老人,低头微微喘息着,噙着泪守着膝下这群无辜的孩子。”这又何尝不是遭受帝国主义蹂躏践踏的中国的缩影呢?萧乾后来说:“我自己的散文写得很平庸,往往眼高手低。动笔之前有一种憧憬,写成之后却很失望。但无论是《叹息的船》,还是《破车上》,我都不是客观地记录什么,而是想通过外在景物,抒写自己的一点心绪和感受。”《叹息的船》写的是全面抗战前,整个民族的瘫痪状态以及有些人对英、美的幻想,以为他们会出于“仗义”把我们从侵略者手中“搭救”出来。萧乾借一条为飓风所困、处在风雨飘摇中泊在江心叹息的船的境况和遭际,象征民族的命运已处在危难关头,并借船上各类人等意味深长地剖析了国人面对暴风雨的不同心态，反映出萧乾对国家前途命运的忧虑和对于出路的思考。民族不能在“叹息”中生存、挣扎，对英、美所代表的西方也不能抱任何天真的幻想。但萧乾对未来中国还是充满着乐观，“车破，它可走得动艰难的路。出毛病，等会就修好。反正得走，它不瘫倒，这才是中国。”在当时能像萧乾这样清醒地站在时代历史的角度，借助象征性抽象的客观物象，表达对国家命运和社会现实关注的作家并不多见。这类作品运用的是象征手法，表现的是作者对祖国的一片深情挚爱和强烈的民族忧患意识，具有深刻的现实感和民族性，产生了一定的社会影响。

《雁荡行》这组山水游记，无疑是一篇精致优美的散文诗，是中国现代游记散文中的瑰宝。香港的司马长风先生称誉萧乾的散文“畅而美，富于想象，语汇清新，描写生动。在三十年代兴起的新作家中，论才华仅有何其芳与他并比。以游记来说，读了他的《雁荡行》，郁达夫的山水记游便黯然无光了。”

萧乾自幼喜读游记，徐霞客和林纾曾引导他神游过不少山川名胜。当他面对千峰竞秀的雁荡山，他感受到大自然的伟岸瑰丽。他努力在人与自然之间寻觅一个契合点。因此，他没有单纯去描绘自然景物的美丽，而是把当代的人写进景物中去，在优美的自然山水画卷中交织人情世情，用生活中的丑点缀自然的美，寄情山水但不忘情山水。他常在静美、舒曼、惬意得令人神往的田园牧歌般的美景中，加进一声“细微的呻吟”。这是他有意打破幽逸安适的和谐，运用流畅、自然、形象化的语言，追求田园诗的意境美的同时，勾画出与自然山水不和谐的人生图景：“瑰丽的山水，晦暗的人间。”

萧乾的笔总是在自然与现实之间跳跃闪现，当旅人们在泽国换了车行于蜿蜒曲折如蛇的盘山公路时，不禁为造路者的伟大发出赞叹。及至雁荡的序幕拉开，又对大自然的鬼斧神工叹为观止。更用形象的语言描绘了双侠峰、老虎洞、云霞嶂的奇绝险峻，岩壁环耸，众壑纵横。作者依旅途所见，描述着周围的景观，仿佛是在一块画布上绘制着一幅壮丽的工笔写意山水。他用一支浓彩的画笔，把嶙峋怪石、峻峭巉岩呈现在读者眼前，使人产生亲临其境之感。他描写的瀑布奇观，飞流直下，各具神韵，使人兴奋得快要狂颠了。这饱含诗情的画卷，已经是人格化和艺术化了的大自然。萧乾的笔一经接触自然，便仿若丛林中的雏鹿，活泼灵活，洒脱自如，充满了奔放蓬勃的朝气，心灵毫无保留地与自然契合。艺术的生命，感情的性灵，一经大自然的亲切吹拂，便苏醒了自己那一份挚情，就浸润在自然万物的光华神韵里。以白话写山水至此者，在现代散文家中恐不多见。萧乾一扫旧式文人的陈词滥调，凭借新奇、丰富的比喻和想象，如把罗带瀑比为一位“震怒了的绝代美人”，运用全新的语言，创新了游记文学的写作。解放以后的游记散文，似乎难以找到一篇能在文采上压倒它。

这篇散文舒缓委婉，幽丽隽永，以娓娓道来的亲切语气，描绘了雁荡山引人入胜、变幻无穷的自然风光，和雁荡人多侧面的现实生活，抒发了作者吟咏自然的神奇美感，以及自然与人性的不和谐。词藻精美，色彩浓郁，富于音节的节奏感和绘画的色彩美，意境清澈秀逸，感情繁复真挚，具有强烈的艺术魅力，给人以高度的审美享受，实在是一篇难得的现代美文。

二

萧乾晚年最擅长且最有特色的，是那些深刻探寻自我、开掘人生意蕴、反思历史教训的长篇回忆性散文，从中可以觅得他那一代人的文化碰撞与历史抉择。普鲁斯特式的追忆过去，使萧乾能以哲人的眼睛审视人生的蹉跎，以诗人的心灵感受岁月的流逝，把自己的人生体验、情趣和睿智的思绪揉织在一起，奉献出一颗虔诚而挚情热烈的灵魂。这些潇洒恢宏、富有哲理色彩的散文，儒雅而不失诙谐，俊逸而不失清新，以舒曼悠缓的调子，表现作者独特的人生体验，若行云流水般舒展自然，淡泊宁静处往往透出历史的厚重和人性的力度，感情深沉细腻，将古典的散文美韵化入现代的文字时空。生命体验和美学观照融为一体，充满诗的意境，他的散文中总有许多段落读来就像一首首优美的散文诗。萧乾的散文，大体上算是学者式，而且有着完全英国式的优美洒脱，同时，流露出亲切的豪爽和深刻的俏皮，这也是他活泼好动的天性使然。从他的散文里，分明能读出一位幽默风趣、满腹学问而饱含童真的老人在绘声绘色地谈天说地，忆述自己心灵的历程，描画历史的留痕，在散文的叙述笔调和内在情感力量的表现上，形成了自己独具魅力的风格。我总能从萧乾的脸上读出深刻和顽皮，文风如人，他的散文也如斯。

萧乾早年写小说有浓郁的曼斯菲尔德韵味，笔触轻灵飘逸，文字色彩素雅，充满了诗意。晚近的散文也一如以往保持着风趣的笔调，且有英国随笔的想象奇特、写作随意的特征。它们就像一条静静流淌的小溪，清亮、晶莹，没有峰回路转，也没有柳暗花明，只是舒缓地从心底流出，具有无穷的魅力，不由得引人追踪下去，与他一同抚今追昔，感叹岁月，反思历史。恬静的晨曦，辉煌的薄暮，自然带给他和谐与庄严，流溢出绮丽的智慧。阴霾的云层、森凉的细雨，同样会激发他创作的灵光。哪怕自然界的一只昆虫，溪谷里飞溅的一朵小水花，都会被他赋予无限的生命力。他善于把对现实生活的细腻感受，内心的瞬息灵悟，加以提炼，抒写成精巧的随感式散文，“如行云流水，初无定质，但常行于所当行，常止于所不可不止，文理自然，姿态横生”，达到一种散文的佳境。

晚年的萧乾对人生有了比较彻悟的认识，他变得超然、平静，在智慧的微笑里，揉进对人生的审视，发出心灵的呼唤、历史的省思和真诚的内心剖白，袒露自我的心路历程。《一本褪色的相册》文字鲜活，回忆往昔，意到笔随，自然有趣。《北京城杂忆》幽默、活泼、俏皮、利落，显示了京白独有的魅力。《搬家史》以个人搬家命运的坎坷，揭示解放以后三十几年的政治风云变幻和社会变迁，以及知识分子在政治浮沉中的心态。《负笈剑桥》追忆作者四十年代求学剑桥时的情景，它以舒曼感怀的笔调描绘了剑桥幽美的自然风景，雄伟的中古建筑，丰富的校园生活和剑桥大学探求科学真理的学术气氛，给人一种舒畅的感觉。

一段历史的往事，一个生活的细节，在萧乾笔底都成了上好的写作素材。文章写长了容易，写得既短又有味道就难了。萧乾晚年的许多散文，如《关于死的反思》《一对老人，两个车间》《从老黑奴说起》《直通人心的世界语》等，都是这方面的范例。它们表面上平淡无奇，读起来似乎也没有早期文字的凌厉洒脱，敏锐新颖，却更具朴素的神韵。比青年时那支充满想象、多姿多彩的笔，更增添了一份厚重、一种深沉，具有诚挚感人的力量。

萧乾散文叫人喜欢，重要的还在其思想性。在文学的优美、抒怀，富于情趣之余，让读者感受一种富于哲理的睿智思考。《改正之后》是萧乾为自己画的一幅心境素描，以清新、口语化、不事雕琢的语言，描写他在“反右”、“文革”中眼见亲历的苦难遭罹，并剖析获得平反、改正之后的复杂心态。

用记忆的手抚摸自己的童年，在与猫、狗的亲情中，在善良可爱的活物身上，交织出希望与失望、欢欣与感伤的人生回忆，并赋予活物以灵性、通过它们表现人性，是《透过活物看人生》的主题。自幼喜欢捉弄活物、亲近自然的萧乾，常能在纯真自由的活物身上悟出人性的道理。叫“花儿”的猫，叫“黑儿”的狗让他感到过一种可贵的品德；蜻蜓和蝴蝶纤细的腰肢、好看的色彩，最早培养起他的一点审美意识。最具讽刺意味的是，萧乾从活物的天性里觅出了人类的弱点：“很晚很晚，我才懂得一个道理。对于活物，不可任意去摆弄。最仁慈莫如让它们自由地生活着。鼓励它们去斗自己的同类，剥下它们的皮去装饰墙壁，其残酷并不亚于把它们的后腿剁下来饱餐一顿。”这何尝不是讲给人类自己听的。人类制造的战争，政治风暴中丧失人性的自我毁灭、自相残杀，那残酷要远远超出剁去青蛙的后腿。萧乾早年在不少小说里以诗的笔调，写过许许多多可爱的小生灵，其实那也是一颗颗单纯澄澈的灵魂。如《蚕》《俘虏》《小蒋》《花子与老黄》。读《透过活物看人生》，总令我脑际萦绕着意大利作曲家维瓦尔的那首著名的《四季》大协奏曲，我仿佛看到所有的活物都在这优美的音乐节奏里跳起了欢快的舞蹈，那是它们自己的节日。人类能有自由的节日吗？

读完《在十字架的阴影下》这篇行文漂亮、潇洒俊逸的散文，从中能感到一种强烈的宗教情感和基督教文化对萧乾的深刻影响。他从心底希望把人格化了的上帝和纯美的自然结合起来，那一定是个美妙的境界，流露出萧乾人性化的宗教思想。《跑江湖采访人生》则像史诗一般追忆了萧乾作为旅行记者采访人生的壮丽生涯，它真实记录了一个笃爱新闻事业的老报人艰辛的成长奋斗历程。他以记者的正义感和悲天悯人的人道主义情怀，用一管真诚的笔饱蘸心血写下了劳动人民的悲痛疾苦，为冤狱者伸张正义，真实观照、反映出民不聊生的旧中国急剧动荡的社会生活；写下了欧战风云中的壮观场面和体验思考，洋溢着执着的爱国情怀。萧乾深刻地站在历史交汇点，从文化学的角度对人类生活的各个层面，诸如战争、政治等，进行哲学高度的评判。

《我的医药哲学》是篇饶有情趣，充满象征味和思想性的散文，篇幅短而寓意深，以小喻大，表面上看是借自己几十年患病就医所悟出的个中妙谛，谈养生之道、健体之经，实则观照的是处在大变革时期一个民族肌体的健康。国家得了“病”，绝不能盲目崇拜哪派医法。“良医必根据‘病人’的症候和体质下药。一种药治不了病，就应该试另外一种，不然就是拿性命开玩笑。”换言之，即表明好的治国者应该从国情国力各方面衡量自己的施政策略，一种政策行不通，可以再试一种，切忌盲目“下药”。关键是先要“把五脏六腑理顺”，“治病之道，其实就是把五脏相互关系理顺而已”。也就是说，治国之本就是使政府各部门协调运转，肌理通畅，各项方针政策得以贯彻落实。萧乾假托“便秘”与“腹泻”的辩证关系，有点黑色幽默式地描绘对大陆改革开放的认识：一旦改革受意识形态上“左”的思潮严重束缚，产生便秘，“体内各种毒素杂质就排不出去，最后必然死于中毒”，国将不国。相比之下，改革伴生的阵痛犹如“腹泻虽让人衰弱，丧失元气，而且肯定会使体内一些有益的营养也一道付之东流”，未免可惜；但这样同时可把体内有害的积淀倾泄出去，然后“只消点滴输液，吃点补品”，理顺阴阳，元气自会上升，国力并不会受到太大影响。从这个意义上讲，萧乾希望国家进行更大胆激进些的改革，他虽不喜欢“腹泻”，可它确比“便秘”强。他对民族肌体的丰腴健壮，满怀信心。这样一篇有点寓庄于谐的妙文，年迈体弱的老年人可获收益，学到“医经”，豪情勃发的青年不该从中得到更深远的思想启迪吗？

像这样把艺术的象征手法和深刻的思想巧妙融在一起的散文，萧乾晚年写了许多，如《从心理学角度》和《梦游“永不在”乡》等，都是非常精彩的篇什。它们在内容上借助富有象征意义的客体形象抒写内心的精神生活，使言辞和意象达到一种和谐；艺术上，反复运用暗示、对比、烘托、联想以及心理描写等多种手法，使作品在风格上呈现出一种灵动之美。

萧乾散文在语言上也是相当有功夫的，他说“字不是个死板的东西。在字典里，它们都僵卧着。只要成群地走了出来，它们就活跃了。”“文字是颜料。每个文字绘画者在把笔尖点在纸上那刻，他心智的慧眼前已铺出一幅连环图画，带着声音和氛围，随着想象的轮无止息地旋转。绘画者的本领在调匀适当的颜色，把这图画以经济而有力的手法翻移到纸上去。”萧乾从一开始就把这种对语言的理解，几乎不差分毫地运用到他一生的写作当中。他在语言上追求简约温婉，力避冗赘散漫，讲究文字经济，力求以简约的文字表现丰富的智慧。他认为“经济的文字是最难写的。檀香岛乱蹦乱跳的野人舞不难学，难的是邓肯女士的表现舞，不伸一只无意义的手，连一个侧面姿势也有着美的动机。”他的语言简朴、机智（《古城》《小树叶》）；诗意、优美（《雁荡行》《初冬过三峡》）；凝重、深沉而又不失情趣（《改正之后》《八十自省》）；诙谐、风趣而又不失雍容（《唉，同性恋》《及时雨》）；情浓意浓、挚爱深深（《三姐常韦》），无一不显示出语言的艺术魅力和感染力。

萧乾散文以其独立的文化品位，丰富的艺术表现力，显示了独特而鲜明的个性风采。它的魅力来源于他对人生百态的深刻体察，对自我人性的揭示，向读者捧出一颗真实的心灵。我们从文中看到的，是一个透明的萧乾，他经历过太多人生的凄风苦雨，颐养天年却不忘咀嚼痛苦，并从这痛苦中提炼智慧和思想，启迪后人。他的文调、他的笔法，始终都是年轻的，“现实生活如生来生菜，回忆仿佛通过时间加了工，配了佐料，就更有滋味了。连往日的苦，今天回想起来，都别有风味。一个人在泥淖中走的时候，只觉其苦。走上干地之后，再回首一望：那么一摊烂泥，我居然深一脚浅一脚地走过来了。”尽管有时泥没了鞋帮，人也有时陷了下去，可萧乾对那摊泥硬是滋生出了感情，而且可以说，正是这样一种义无反顾的情感，使萧乾的文学生涯充满活力，也使他在晚年的主要创作形式——散文，跻身当代大家之列。

三

“人生最美的挽歌莫过于当你在一种有价值的事业中度过了一生”，对生命执著热烈的爱，远远超出了死亡的诱惑。人能在活着的时候，清醒认识到死亡的美丽，那可是对死亡的一种崇高追求。

现在，这位年至耄耋的老人，不再为什么所困惑，世间的一切对他都成了透明的，因为死亡这个人类终极的前景，使他“看透了许多，懂得生活中什么是可珍贵的，什么是粪土；什么持久，什么是过眼浮云”，显露出对生命的意义彻悟的领会，是一种乐观主义者的悲剧意识。有了这种认识，他才能在几次面对死神时，露出醉意的微笑，反而使他的生命力更加顽强、旺盛，才能在获平反复出的十几年间马不停蹄地爬格子，结出累累金秋的硕果。这种平和从容的心态投射到创作中，才使他的散文那么淡雅，那么宁静，却充满着一种内心的理智诚挚和情感的浪漫执著。

死亡的必然性使萧乾的晚年充满了和谐，也使他对那些弄权贪婪者满怀厌恶，“物质上不论占有多少，荣誉的梯阶不论爬得多高，最终也不过化为一撮骨灰”(《关于死的反思》)。这实际上是对政治玩偶的绝妙讽刺，默默无闻的人在自己的生活位置上尽了力，撒手西归时倒会心安理得，也算自慰没有枉度一生。

有了这种思想,达到这种境界,萧乾的人与文便都把一切看作身外物,仿若进入一种禅定忘我的状态,平平淡淡,从从容容,悠悠然然,流溢出精神思想的真诚。他自感人到老年,幻想少了,理想主义的色彩淡了。然而他仍坚信世界历史总是向前的。“它前进的路程是曲折的,有时或局部上还会倒退。但整个人类历史向我们表明,社会总是从不合理走向合理,从少数独裁走向多数的民主。凡迫使世界倒退的,终必一败涂地。”(《八十自省》)

是呵,由非理性走向理性,由愚蠢走向智慧。而今而后,还需要很多的改革,来证明我们的理性和智慧。当然,最重要的是任何时候都不能以可怜的忠孝替代理智的诚实。

1994 年 6 月于北京

端木蕻良

端木蕻良(1912—1996),小说家、散文家。辽宁昌图人,满族。原名曹京平,曾用笔名:黄叶、荆坪、罗旋、螺旋、京平、曹坪、叶之林、金泳霓等。1928年考入天津南开中学即组织“新人社”,出版文艺刊物《人间》《新人》,后因组织“抗日救国团”被学校除名。1932年就读清华大学历史系时参加北方左翼作家联盟,主编机关刊物《科学新闻》。1933年完成第一部长篇小说《科尔沁旗草原》,并开始用“叶之林”笔名与鲁迅通信。1935年到上海,写有长篇小说《大地的海》和一些短篇小说。“八·一三”事变后先后在山西临汾民族革命大学、重庆复旦大学任教,并编辑《文摘副刊》,写有长篇小说《新都花絮》《大江》等。1940年赴香港编辑《时代文学》等杂志,并写有长篇小说《大时代》。1942年后在桂林、遵义、重庆、武汉等地主编《文艺杂志》及《力报》《大刚报》副刊等,并将《红楼梦》《安娜·卡列尼娜》改编为话剧。1947年任长沙音专学科系主任兼教授。1948年秋到上海主编《求是》和《银色批判》,旋赴香港。1949年8月回北京参加市郊土改。新中国成立后历任北京市文联创作部、出版部副部长、副秘书长和作协北京分会副主席、中国作协理事等职。1980年后致力于创作长篇历史人物小说《曹雪芹》(已出版上、中卷),并领衔主编了《中国近代文学大系·小说卷》(七集)(上海书店出版社,1996年)。60余年间出版多部长短篇小说,并出版散文集5部:

《火鸟之羽》(香港文学研究社,1980年);

《端木蕻良近作》(花城出版社,1983年)

《花·石·宝》(湖南文艺出版社,1986年);

《端木蕻良散文选》(人民文学出版社、香港三联书店合版,1988年);

《友情的丝》(花城出版社,1993年)。

此外,《端木蕻良选集》(香港文学研究社,1978年)亦收有部分散文。

端木蕻良的散文，有《土地的宣言》被选入《中国新文学大系·散文卷一》(1937—1949)，《在内兴安岭原始森林里》被选入《中国新文学大系·散文卷二》(1949—1976)和《中国当代游记选》；《青岛之夜》《记一二·九》被选入《中国现代散文选》(1918—1949)第六卷，《有人问起我的家》被选入《中国现代文学史参考资料·散文选》第二册；《青萍》被选入《中国新文艺大系·散文集》(1976—1982)，《黎明的眼睛》被选入《十年散文选》(1976—1986)；《越冬的小草》被选入《1980—1984 散文选》，《旅杖》被选入《1988—1990 散文选》和《九十年代散文选》(1990)，《两种美国人》被选入《1991—1993 散文选》，《绿色的云》被选入《中国当代百家散文》，《耐力》被选入《中国当代散文精华》，《千山一叶》被选入《当代中国游记一百篇》，《雨后》被选入《雪浪花》，等等。

评论端木蕻良散文的文章主要有：

《读〈耐力〉——有关端木蕻良散文的浅见》(郭风)，《文艺报》1991 年 1 月 5 日；

《布谷声不住——略谈端木蕻良的散文》(单复)，《文艺报》1991 年 6 月 29 日；

《他和天地同在——读端木蕻良〈友情的丝〉》(王一桃)，香港《大公报》1994 年 12 月 6 日。

此外，《中国现代散文一百二十家札记》有端木蕻良的专节评论，可参阅。

我的创作追求

端木蕻良

世界上，水是很多的，它的覆盖面，又宽又广，人们站在海边，看到白茫茫一片，无边无沿，使人瞠目乍舌，不知所措。

其实，世界上最多的还数石头。海洋的底里，都是石头铸成的，大陆的底里，也同样是石头铸成的，只要掘地三尺，就会碰到石头上面。所以，石头可以说是一切的根基，即便是圣殿或者碑林，它被炸毁了，但石头还在。

晋代索靖，在洛阳宫门前，看到壮观的铜驼，他对铜驼说道："有一天,我会在荆棘中见到你。”

铜驼早已不见了,但是,洛阳宫的石头,还是当年的石头。如果去发掘洛阳宫,还会挖掘出宫殿的“房角石”。

不错,石头就是生活的纪录。一座金字塔被拆毁,也可以拼凑起来,又成为一座金字塔。撕碎的生活,捏合起来,也会成为好的篇章。

金字塔,是用六吨重的石块,一块块地堆垒起来的,万里长城是用砂石浇铸成的巨砖砌成的,有的地方,还保护“板筑”的遗迹,泥土也是石头化成的。

记录人类最早的生活,是泥板书,是岩画。在老子时代,就在石室里储藏历史资料。这些都是最古老的生活记录。

所以,人们都说文艺来自生活。有了生活,才会有生活记录。当然,就这一点说来,生活又像海洋一般,不厌其深,不厌其广,不厌其波澜壮阔……

我们现在尽管有纸和笔,花样繁多,但是点、划、线,也还都是脱胎于石刻文字的呢。

本来,我们赖以生存的这个小球,它就是在混沌初开的时候,迸裂出来的一块石头。

这是无话可说的。地球的出现和成长,也和灵长类的人出现和成长起来一样,都是演变而来的,既没有什么辉煌,也没有什么光彩。但除了太阳,又没有任何东西可以比得上它,所以,它也可以称得起又灿烂,又辉煌。同时,它还比太阳多一分智慧,不像太阳那样毫不吝惜地消耗热量,使一切生物没待育化就溶解在岩浆里。地球却意外地清醒,它用地壳包住了熔岩,既不太冷,也不太热,正适合生物孳生的热度。这样,这个小球倒成了宇宙的“中心”了。

这个小球自己成为一个世界,而且,无论比它大的星球,还是比它小的星球,都没有“文化”这一说,唯独它有。

这个小球自己形成一个文化,有了文化格局,又有了文化分类,很早就懂得“六艺”。这种文化懂得把有教育后人的话记录下来,成为册页。

就我个人来说，我很早就知道孔老夫子讲过一句话："绘事后素"，我还引用过多次。这句话似乎很容易懂，又似乎不易懂。其实，并不难懂。主要是说，一幅彩绘的画，最后在完成的时候，必须以朴素的面目出现在人间。

我认为孔老夫子的本意，和他的思想正相符合。所以这几个字也极其易懂，不必有意解释。

但我认为借用苏东坡形容写文章的话，来和孔子谈绘画的话，互相注解，这个问题就更容易迎刃而解了。

苏东坡说："绚烂之极，造于平淡。"意思就是说："写文章时，绘声绘影，神采飞扬，极绚烂之能事。但是这种神来之笔，都是创造于平淡之中。"

我认为苏东坡的艺术见解，是值得我身体力行的。我希望我没有错会他的原意。我希望不用"水词"就可以说明我的意思，是否能够做到，我还拿不准。

写了几十年文章，很少写有关创作经验的。就我记忆所及，上海成为孤岛时，不记得是通过巴人还是许广平先生，约我为柯灵编的刊物写一篇有关创作体会的文章。我写了，发表在 1944 年上海《万象月刊》4 卷 5 期上。1987 年 10 月，我在深圳和柯灵相会，谈起此事，他也记不得是通过哪一位的手得到这篇稿子并且刊出了。

《中华英才》在前年约我写有关我怎样选择了"写作"这门毕生课，这是第二次。现在，我拉杂写了几段话，是我第三次写有关我的创作追求的话了，就此，在这儿作个交待。

1994 年 5 月于北京

（原载《文学自由谈》1994 年第 3 期）

自选作品

永恒的悲哀

在行列里，我一个人悄悄地送你。没有人认识我，没有人和我说话。秋风瑟瑟地响着，大队散了，我因为风湿的腿又疼，走在最后。一排排的人去了，你也去了，我默默的回来。我仍然抑制不住眼泪。真理之灯已灭，正义之旗已折，中国第一个有国际意义的作家被三十年的迫害折磨死了……

十月十五号尚递到先生十四号的手书，而五天的工夫先生竟长逝了。我嘱咐先生不要写信，要静，而还来信说："但肺病对于青年是险症；一到四十岁以上，它却不能怎样发展，因为身体组织老了，对于病菌的生活也不利的。"是的，身体衰退，对于细菌的生存也是不利的，然而殉道者的精神对于细菌的活动倒是有利的噢。我说："譬如像校对《海上述林》，先生必定亲自经手，一个讹错也不许有，这固然是一种神圣的友情，然而……"然而，又为了亲自检点刚刚印出的书而……是田军说的吧，"先生不愿死，先生不愿死去而逃避他的责任"。先生来信也说："五十岁以上的人，只要小心一点，带着肺病活十年来，并非难事，那时即使并非肺病，也得死掉了，所以不成问题的……"我因为不会说话，信中就冒冒失失的回说："先生还有准备活十年的勇气……"后来想起那语气不对，就想去信更正，而结果竟连十天也没有活过去哟……

为了真理之灯的牵引，用着宗教的虔诚，我写了《红粮》的第一部、第二部，难得先生的颔首，而第三部先生竟永远不能看见了……而第一部也竟不能看见，我想时间总会长的，又在病中，何必把二十多万的方块字堆在先生面前呢？

短短的《祖父为什么不吃高粱米粥》，来信说："也好。"又说："一般的'时式'的批评家也许会说结尾太消沉了也许不定，我则以为缺点在开初好像故意使人坠入雾中，作者的解说也嫌多，又不常用的词也太多，但到后来这些毛病统统没了。”我回信说：“我写的人物上没有一个是 abe-bodied-man……难道必得使他们……寄回来吧，让我改一改……”来信说寄给《作家》了，不知能发表否，到十六号便可知道了……结果《作家》延至十八号才出版，而先生在十九号就……这是先生第一次发表我的稿子也是第末次了，是的，第一次也是第末次了……

记得是三年前，那时我躲在人生的暗角里，偷活着。忽的接到先生一封信，说是寄给我的。我去取时，说有人已代取去。他腿长，逃到东北加入义勇军去了。那信我便永远见不着了。我写信到上海去问，便又写来一信，皮上写着“叶之林小姐收”。从那时起，我便放下了生命的投资，写《红粮》第一部。等我费了一年的力气写完之后，正当郑振铎先生在北方，我便拿给他看。他回信说：“预期必可震惊一世人的耳目！”结果是三年血泪成飘渺，一世耳目作哑聋……三年了，又长，又无名，又有碍××，谁愿印呢！毕竟傻气，到今年又写出了第二部，摆在先生眼前了。虽然你是那样的匆匆就去了的噢！在那一次你病重时，我想你永远看不见它了，想不到先生又匆匆地瞥了它一眼就去了，原稿现在尚在先生处没有取回……那一次先生病中我还写了两首律诗，上边写着“讯师病中博一粲，平仄不调”，下署红莨女史。其中有两联是：“泪凝蒲剑诛小鬼，血渗毛椽扫大奸！”“凿齿愿着贼一口，铸字曾入木三分。”开着小玩笑，如今却成了挽联了。

而我终竟不得见先生一面噢！由于我的微小，由于我的不会说话，我常常是见不得人的。但是先生我是愿见的。然而我见先生时，却是在棺材中的你了。我在你面前默立了五次？最后我去时已盖棺了。而我知道你逝世的消息，竟延至二十号的下午六时，我因为穷独裸，没有人走来告诉我的。又加腿疼，反胃，一天半没有出去吃饭。弄中卖晚报的也例外的没来……我奔到先生面前的时候，依稀是磔倔的眉毛，斑白的头发，正直的鼻梁。但先生的嘴却是缄默的了。

行列到达公墓时，我抑制不住眼泪，安息吧，安息，叫他怎能安息呢？石板合上了，哀乐作起，我痛哭失声，人是那样的拥挤，我甚至附在别人的身上。哀乐止了，我竭力吞住声音，在肺中呛着：将手移开，天已黑了。我茫然四顾，我前边的那人，在用火热的眼盯住我，大概他想把我记住，我仓卒的逃开了。后来我记起那也是曾经震撼过我的一双智慧的眼。他也流泪了，他是压抑的，矜持的，而且他还不大方便，隔着一层眼镜。

我回来了，一个人悄悄的，我写第三部的《红粮》的稿子。

（原载上海《中流》1936 年 11 月 5 日一卷五期，选自《火鸟之羽》）

鸟　鸣

在我个把字还不识的时候，爸爸为了好玩，就教我几首唐诗。我随声唱影地念，没几遍，竟背下来了。家人们就认定我很聪明，也不问我是不是懂得诗中的意思。这些诗里，其中就有“春眠不觉晓，处处闻啼鸟。夜来风雨声，花落知多少”这一首。“春眠不觉晓，处处闻啼鸟”，经过点拨，我好像明白了，至于后两句，那就不太懂了。稍稍长大一点儿，又读到郑板桥写的一篇有关“鸟鸣”的散文，他反对养笼鸟，鼓吹种树招鸟，认为这种天然的鸟鸣，才是“云门”“咸池”之颂，堪称天上的音乐。他的观点很合我心，所以就和那首唐诗一样，留在我的记忆中了。

对于鸟鸣，我有各种体会。最可爱的鸟鸣，也是我无法忘记的鸟鸣，就是我家堂屋正梁上那一对筑巢紫燕的呢喃声和那刚刚出壳的小燕子的啁啾声，我百听不厌，常常会抬着脑袋痴痴听它半晌。还有大门洞里鸽子的鸣声，当时我家有一群鸽子，它们不会啼，也不会叫，它的声音就是“咕噜”。这两种喜欢依傍人家为邻的鸟儿，都是我母亲招待下来的，而且经常叮嘱我们，不许伤害它们，她告诉我们“鹁[illegible]燕鸽鸠”这些鸟儿，无论何时何地，都是不许伤害的！

燕子的呢喃声和乳燕的啁啾声，能听到的时间，只是一个夏天，等乳燕羽毛丰满了,它们便飞向南方了。唯有鸽子的咕噜声,不但常年可以听到,而且声势也越来越大,因为它们的家族也越来越兴旺了。不过,咕噜声传到耳朵里,似乎显得过于单调,但是,仔细想想鸽子的生活,它们飞起落下、觅食喂养,种种动作都是以"咕噜"作为传递信号来进行的。因此,这咕噜声就平添了无限的情趣和对群栖的欢乐。再想想鸽子柔顺的眼睛,光泽的羽毛和不知疲倦的翅膀,再把它的咕噜声用曲线记录下来,便会明白这简单的咕噜声里,有着多少生命的含意,传递出多少生活的节奏。这有趣的咕噜声,既是最简单的,也是最神奇的。

在我家乡,松辽草原上,每到清明,正是候鸟来临的时候,孩子和有些大人,都热衷于捉鸟。我哥哥是个行家,他有几面很考究的扣网,还有一些打鸟的伙伴,唯有我不是。我喜欢看鸟听鸟,不去捉鸟,我和那挨肩的哥哥各行其是。

我幼时生长的县城里,有一家大药铺,门前挂了十来个精巧的鸟笼子,养的都是百灵鸟,还有几只峨翎。鸟笼都是特制的,有三尺多高,提手都是铜的,迎着太阳闪闪发光。药铺里有专门的小伙计侍弄它们。那些鸟儿鸣哨起来,此起彼落,好像竞赛一般,婉转轻滑,互相观摩,互相争胜。

我哥哥喜欢养鸟,尤其爱养蓝靛颏红靛颏。这种精致鸟儿也叫做天鹨,是云雀家族的一个分支。这鸟儿生性娇嫩,要经常洗澡,还要吃活食,有时还要喂它鸡蛋黄、绿豆粉什么的。这种鸟儿鸣得都动听,以唱得套数多的为贵。我这哥哥还喜欢养画眉,画眉鸟儿至少能会三大套哨曲,才算得上是会唱的,否则就列入哑巴鸟儿被淘汰。养画眉不用笼子,而是用个金属架子,架子头上是个圆圈,比鹦鹉架子要小得多,架子下面是个长杆,可以插在地上,也是金属的。玩熟了的画眉,主人故意要它飞出一百来米远,它仍然会老练地飞回架子上来,还可以飞到哥哥肩上,在他手中吃食。画眉还会学猫叫,有时像故意捉弄人似的谎叫几声,很有趣。

只有一种鸟的鸣声,在我儿时,就给我留下厌恶的记忆。那就是北方叫它“呼巴拉”的。它的鸣声至今我都形容不出。这种鸟儿模样花色都不美，既不会鸣，也不套哨，它大致和画眉一般大小，性格残忍，而喜欢吃小鸟。有一种候鸟，非常娇小单薄，它有一个很动人的名字，叫作“媚眼儿”，家乡的孩子管它叫“柳叶儿”，因为它在风里也像柳叶儿似的被吹得抖动，但又不能像柳叶儿那样挂在柳条上下不来，它几乎是受不到保护的。而这个叫作“呼巴拉”的瘟神，偏偏喜欢吃“媚眼儿”。我见过一个打鸟的大孩子，还故意把媚眼儿捉来，喂呼巴拉，任凭它吃。所以，我对这个“呼巴拉”从心底里憎恨，我对那些捉鸟喂“呼巴拉”的人，就更加憎恨。

我老家有一把太师椅的靠背上，刻有“鹤”的图案，又常听大人把鹤称之为“仙鹤”，并说鹤的鸣声最不易听到。因此，我从小对鹤就有向往，对鹤的鸣叫就更想听到。我看到真正鹤的面目，是去天津读书后，假期到北京游玩，在中山公园的水榭那儿。从前在书本上，读到“鹤唳”这种记录鹤的特殊叫声，但是到底什么样的声音才算是鹤唳？却说不上来。而这一次，当我坐在北京中山公园水榭旁边养水禽的地方，我不仅看到了鹤，居然还听到鹤唳了。当时我目瞪口呆！我听到了鹤唳！我决没有想到鹤的声音像撕裂似的沙哑，似乎非常费劲的从它那长颈中迸发出来。声音并不很大，也不可能传播太远。我一直看着它，连哥哥叫我我都忘了答应，我只想在这独特的鹤唳声中琢磨出它能上闻于九天的道理来……

我真正体会到鸟鸣的乐趣，那是在40年代我流浪到贵州的时候。那时我住在黔南的一个小城里，每天早晨都可以听到啼鸟的早课，感受特别深。因为这个地方，花木葱郁，山峦起伏，正是鸟儿喜欢栖息飞鸣的地方。特别是这儿有成群的鸲鹆鸟，鸲鹆鸟就是曙光鸟，在天蒙蒙亮时，它就绕室飞鸣，好像告诉人们说，它们已经和曙光一起醒来，人们就应该起床了，再懒惰的人，也应该醒醒了！它们最喜欢的事，就是绕室飞鸣。不过，它们决没有想到，正是由于爱听这种鸟儿的叫声，我才故意赖在床上不起，一直要等到它飞远了，听不到它清脆的鸣声，才懒懒地起来呢。

如今，令我高兴的事就是我搬到香河园小区以来，每天早起都会听到鸟雀声喧，尤其是春天的早晨，鸟儿叫得更欢。近两年，这里栽种的树多了，鸟儿也就更多了起来。我从未起来看过这些鸣叫的鸟儿都有些什么品种，我估计不会有什么显赫的鸟儿参与其中，因为连布谷声声也没听到过。但是，我对这种平凡的鸟鸣，只有喜欢，每天清晨能在"处处闻啼鸟"中睡醒过来，有一种说不出的愉快！

1990 年 7 月于香河园

（选自《友情之丝》）

布谷声不住

——略谈端木蕻良的散文

单　复

借端木咏和陈迩冬《木兰花慢》词最后一句"布谷声不住"为题，意在端木也像一只报春的布谷鸟，嘹亮的啼声从不间断。多年来，多种疾病不依不饶地纠缠着端木，但他却在全力以赴地赶写长篇历史小说《曹雪芹》的同时，犹见缝插针地写了大量散文。已结集出版的有《端木蕻良近作》和《花·石·宝》二部。"布谷声不住"，似在影射他自己，就连卧床不起时，他也还是要歌唱的。

端木对散文作如斯观："散文出现的最初时刻，就冲出了骈体和韵文的套子，显露出它有着重表现语言的本色，感情的真挚和格调的自然等一些特色来。""散文正由于散，就必须短小、避免拖拉……短小、集中，有吸引力的文字，又非凝练结实不可(也可以说不散)，但这种凝练切忌走向对偶韵语的'公园'里面去；这种结实，千万不要'方砖铺地'。"(《散文散谈》)

他亮出的旗帜，正是他所追求的。

"生活使我不想说些水词儿，也不想千篇一律，因此，我写的文字未免就'四不像'。我们家乡有句很有趣的话：'像不像，着笔成样。'这话说得真妙。"端木的散文,不论是有感而发的,应约而写的;不论是回忆、追念文章都是“像不像,着笔成样”。岂仅成样,而且是笔走龙蛇,大家风度。端木是个文人兼学者的大手笔,他博古通今,学贯中西。其文知识性强,哲理性深,刻意“潜流”,让你读时如品佳茗,爱不释手。

最有意思的,也许是巧合吧,我读他最早写的第一篇散文,悼念鲁迅先生的《永恒的悲哀》和最近发表的《记陈迩冬》前后相隔半个多世纪。端木是个很重感情的人,前辈、老友相继而去,这在感情上给他极大的震动。情动于衷,发而为文,悼念、回忆之作,占他散文作品不少篇章。他五湖四海,和宋庆龄、柳亚子、鲁迅、茅盾、巴金、西谛、老舍、关山月……诸革命先辈和良师益友,都有过亲密的交往和接触。在他的笔下,他们的人格风范、道德文章(书画),都自然而生动地映现在读者面前。

鲁迅先生的逝世,给他带来了“永恒的哀”。他抑制不住眼泪,在心里悲愤地呼喊:“真理之灯已灭,正义之旗已折,中国第一个有国际意义的作家被三十年的迫害折磨死了!”这是对反动统治者愤怒的控诉,是后辈、学生对导师深沉的哀悼。

他怎能忘记,当时“既无名”,又“微小”的他,是先生对他的《祖父为什么不吃高粱米粥》短篇给予亲切的关注和评价。先生在病中亲自把稿子寄给了《作家》,但作品发表时,先生却看不见了,他哀痛地说:“这是先生第一次发表我的稿子,也是第末次了。是的,是第一次也是第末次了……”这“第末次”隐涵着多少未言的“潜流”啊。

先生在病重时,对他的《红粮》第二部原稿,“又匆匆的瞥了它一眼就去了,原稿现在尚在先生处没取回”……这“又匆匆瞥了它一眼”,仅一句话,把先生对《红粮》的关注和未及读完而感到遗憾的心情全表达出来了,这就是端木的传神之笔和“凝练结实”吧。

短短几个细节,就把鲁迅先生“不愿死去而逃避他的责任”,关心、爱护、提携后辈的崇高品格,画龙点睛地描绘出来了。而作者对先生的敬爱悼念之情,更溢于言表。

正如曹禺之不忘情于巴老,巴老之不忘情于圣陶老人一样,端木对西谛、茅盾先生,也总是带着敬爱感激之情。西谛先生在读了他的长篇《科尔沁旗草原》

全稿之后,写了一封热情洋溢的信给他,并说要抽空到天津来看他。"我年青,怎能让他来看我呢。"当时端木兴奋感激之情,是可以理解的。1935年端木参加了"一二·九"学生运动后,就去了上海,忙于写另一部长篇。"西谛先生亲切叮嘱我,先写一些短篇,由他拿给《文学杂志》。不久,我就写了《鴜鹭湖的忧郁》,这就是我在上海发表的第一篇小说。"

全国解放后,西谛先生又一再嘱咐他:"最好去东北把《科尔沁旗草原》第二部写完。"端木无限赞叹地说:"西谛先生是非常尊重别人的劳动,我从未听到他满足于自己的成果。他看到别人的成就,比他自己的收获更感高兴。"

端木对西谛先生严谨的治学精神,抢救、保护祖国珍贵文物,为版画和域外所藏中国古画印制图录,收集、研究中国民俗文学,编辑出版《文学大纲》以及和鲁迅先生合印《十竹斋笺谱》等,更是倍加钦敬。他对西谛先生的感情是很深的。

茅公的逝世,对端木又是一次沉重的打击。他哀悼说:"又一颗巨星陨落了!""这不是哪一个文艺工作者的损失,这是我们整个人民的损失,整个民族的损失,无法弥补的损失。"他这样评价茅公的贡献:"记得法国出于对左拉的尊重,将他的四部代表作宣布为'四福音书'。我想,茅盾先生的代表作《蚀》《春蚕》《子夜》《锻炼》等篇,则应该成为我国国土上前进道路的'计里鼓'。"

思念绵绵,端木想起第一次和最后一次与茅公见面的情景。1936年在上海:"有一天,胡风告诉我,宋之的约我去喝茶,我便和他去了。我们到'大东酒家'时,除了宋之的外,还有姚克,另外就是茅盾先生了。"最后一次见面是在1979年《红楼梦学刊》成立会上,茅公有事晚到,大家都站起来向他致敬。"待又重新坐定了。我憋不住,便拄着手仗,以偏瘫的步子,在众人面前,从会场这头,走到会场那头茅盾先生面前,与他默默握手后,又蹒跚地回到座位上坐下,因为会还在开着。"茅公的亲切、谦逊历历如眼前。回想鲁迅先生逝世后,茅公肩负起先生所遗留下来的未竟的事业来。想起抗战时期茅公亲自筹划创办联合刊物《呐喊》(后改名《烽火》),茅公亲自看稿、约稿、校对的认真负责精神。想起闸北大火时,他的第一部长篇小说《科尔沁旗草原》,经茅公介绍给开明书店这家印刷所排版,而他自己却不知道。

当他再次去茅公家时,茅公高兴地取出了二个小布包儿,说:"这是徐调孚先生得知华美印刷所起火，便亲自跑到火场中，把这两部稿子抢救出来。徐调孚先生说，无论如何不能让这两部稿子烧掉。”原来一部是茅公自己的，一部就是正在排版的《科尔沁旗草原》。

端木感慨地说：“我心头不觉一热。因为我和徐调孚先生并不相识，我相信他也没有看过这部原稿，只是从茅盾先生口中知道有这么一部稿子。徐调孚先生出于对一个青年作者的爱护，才这样做的。”“那时，我不过是个二十五岁的青年，但有了这些前辈们，以他们发出的光和热，来维护我的作品，才使它不致化为灰烬。”这是多么感人的一段文坛佳话，端木娓娓道来，笔端饱蘸着浓重的感情色彩。

在端木的散文里，还谈论老舍及其创作，关山月的画，傅青立的书法艺术，金静芬的刺绣，赖少其的黄山山水画，高剑父的《孤猿叫雪》；谈金砖，恐龙化石，三河马，寿山石，玉田胭脂米，宝石花洞，内蒙古草原，原始森林等等。由于他学问的渊博，知识的丰富，兴趣的广泛，艺术的精湛，他写作的题材也就多种多样，从不千篇一律。他的散文随时把你引入知识的殿堂里，让你吸饮智慧之泉；他的文字又是那么凝练结实，跳脱自如，让你享受美感的欢宴。我这里的取向是几篇悼念、回忆的散文，其中跃动着前辈文坛主将高尚善良的心，他们散发出来的光和热，照耀着后一辈青年作家远大的前程，也必将永远引导着我们前进。

（原载1991年6月29日《文艺报》）

刘白羽（1916—2005），小说家、散文家，北京通县人。1936年走上创作之路。1938年赴延安，加入延安文艺工作团，受到毛泽东同志的接见，并参加了延安文艺座谈会。抗战期间先后担任中华全国抗敌协会延安分会党支部书记、重庆《新华日报》副刊部主任。1946年后作为新华社特派军事记者，参加了解放东北、平津、进军江南等重大战役战斗。抗美援朝时期两次奔赴朝鲜战场。新中国成立后历任中国作家协会党组书记、作协副主席、中华人民共和国文化部副部长、中国人民解放军总政文化部长及《人民文学》主编等职，为中国共产党第八次全国代表大会代表，第一、二、三、五、六届全国人大代表，第一、七届全国政协委员。

刘白羽一生创作甚丰，1936年开始发表小说、散文，1937年21岁时即出版了第一个短篇小说集《草原上》，此后相继出版了《五台山下》（1939）、《无敌三勇士》（1949）、《战斗的幸福》（1955）、《火光在前》（1959）、《踏着晨光前进的人们》（1959）等小说集，20世纪80年代后出版了长篇小说《第二个太阳》（1987年获中国作协第三届茅盾文学奖）和《风风雨雨太平洋》（1998）。但其散文创作影响尤大，共出版散文、报告文学专集26部：

《八路军七将领》（与王余杞合著；上海杂志公司，1938年）；

《游击中间》（上海杂志公司，1938年）；

《环行东北》（上海新华日报社，1946年）；

《幸福》（上海新群出版社，1946年初版，1951年二版，1952年三版）；

《延安生活》（胶东新华书店，1946年）；

《时代的印象》（光华书店，1948年）；

《历史的暴风雨》（上海杂志公司，1949年8月初版，1949年11月二版）；

《伟大的战斗》(海燕书店,1950年);

《朝鲜在战火中前进》(上海新文艺出版社,1951年初版,1952年二版,1953年三版);

《为祖国而战》(上海新文艺出版社,1953年);

《对和平宣誓》(作家出版社,1954年);

《莫斯科访问记》(人民文学出版社,1955年;作家出版社,1960年);

《火炬与太阳》(作家出版社,1956年);

《熊熊的火焰——无脚拖拉机手李来财的故事》(工人出版社,1957年);

《万炮震金门》(作家出版社,1959年);

《早晨的太阳》(作家出版社,1959年);

《红玛瑙集》(作家出版社,1962年;多次重印);

《晨光集》(作家出版社,1964年);

《刘白羽散文选》(人民文学出版社,1978年初版,1984年增订);

《红色的十月》(上海文艺出版社,1978年);

《芳草集》(天津百花文艺出版社,1981年);

《海天集》(湖南人民出版社,1984年);

《大海——记朱德同志》(中国青年出版社,1985年);

《秋阳集》(人民文学出版社,1988年);

《刘白羽散文四集》(重庆出版社,1989年);

《心灵的历程》(中国青年出版社,1994年;解放军文艺出版社,2003年)。

另有《刘白羽文集》(10卷)收入以上全部作品。

刘白羽为我国现当代散文(报告文学)做出了重要贡献,同杨朔、秦牧一起被誉为"散文三大家"。其作品除《铁托同志》获首届全国优秀报告文学奖(1977—1980)、《心灵的历程》获首届中国优秀传记文学作品奖(1998),《长江三日》和《日出》被编入中学语文教材外,还有《海的幻象》被选入《中国新文学大系》(1937—1949)散文卷一,《从富拉尔基到齐齐哈尔》《日出》《长江三日》被选入《1949—1979散文特写选》一、二卷,《写在太阳初升的时候》《日出》被选入《1959—1961散文特写选》,《巍巍太行山》被选入《中国新文艺大系》(1976—1982)散文集,《春雪》《罗马》被选入《1980—1984散文选》,《海天夜话》被选入《十年散文选》(1976—1986),《白桦树》(外二篇)被选入《中国当代百家散文》,《日出》被选入《中国当代散文精华》,《漓江春汛》被选入《中国当代散文英华》,等等。

刘白羽散文报告文学的评论文章很多,主要有:

《新历史的记录——读刘白羽的〈时代的印象〉》(林谷),《天津日报》1949 年 7 月 23 日;

《〈熊熊的火焰〉读后》(李惠新),《北京日报》1957 年 6 月 18 日;

《读〈万炮震金门〉》(马铁丁),《文艺报》1959 年第 5 期;

《论刘白羽的报告文学》(朱承辉等),《杭州大学学报》1959 年第 3 期;

《为壮丽的生活和事业引吭高歌——漫读刘白羽同志十年来的散文特写》(张立云),《新观察》1959 年第 20 期;

《朝阳照耀下斗争生活的颂歌——读刘白羽的散文特写》(秦牧),《人民文学》1960 年第 10 期;

《激越的时代的凯歌——读刘白羽的报告文学作品》(易征),《人民日报》1960 年 12 月 7 日;

《长江的画廊——读散文〈长江三日〉》(邹荻帆),《人民日报》1961 年 7 月 17 日;

《〈红玛瑙集〉赞》(刘岚山),《大公报》1962 年 7 月 20 日;

《战士的豪情——刘白羽散文的风格》(曾华鹏、潘旭澜),《文汇报》1962 年 11 月 11 日;

《时代的礼赞,革命的凯歌——读刘白羽同志的〈红玛瑙集〉》(林志浩),《中国青年》1962 年第 23 期;

《革命的思考——读白羽同志的〈平明小札〉》(曹与美),《人民文学》1962 年第 12 期,《哈尔滨晚报》1963 年 1 月 21 日转载;

《政论、形象、时代精神——读刘白羽的报告文学》(吴中杰、高云),《文汇报》1963 年 5 月 7 日;

《评〈冬日草〉和〈平明小札〉》(井岩盾),《文学评论》1963 年第 3 期;

《刘白羽近年来的散文特写》(严子其),《北京大学学报》1964 年第 2 期;

《庄严的史诗,深情的颂歌——读〈红太阳颂〉》(顾骧),《诗刊》1977 年第 9 期;

《情感炽烈　意境清新——喜读〈刘白羽散文选〉》(梅子),香港《文汇报》1978 年 7 月 7 日;

《录时代风云,唱革命赞歌——读〈刘白羽散文选〉》(于凤瑞),《河北师院学报》1979 年第 2 期;

《政治方向的一致性与文学风格的多样性——读刘白羽、杨朔和秦牧的散文》(曾文渊),《文汇报》1979 年 3 月 29 日;

《杏花春雨与铁马金戈——谈杨朔和刘白羽散文的艺术风格》(李立波),

《河北师大学报》1980 年第 1 期；

《他歌唱红日和大江——漫谈刘白羽的散文创作》(郑金秋),《福建师大学报》1980 年第 1 期；

《雄浑壮美,独具一格——评〈刘白羽散文选〉》(刘景清),《齐鲁学刊》1981 年第 3 期；

《急凭战火草捷报,静听鼓角下敌营——试论刘白羽散文创作的特色》(朱兵),《解放军文艺》1982 年第 6 期；

《火光颂——浅谈刘白羽散文中“火”与“光”的描写》(汪诚国),《常州教育学院学刊》(文科版)1984 年第 2 期；

《大海情深——读刘白羽的长篇报告文学〈大海〉》(西南),《文艺报》1986 年 3 月 8 日；

《刘白羽散文的比喻艺术》(筱义),《湖北师范学院学报》1987 年第 3 期；

《刘白羽新时期散文概论》(何宗文),《重庆师院学报》1987 年第 4 期；

《刘白羽散文的语言风格》(陈启彤),《内蒙古民族师院学报》1988 年第 1 期；

《浑然一座壮美的散文雕塑——论刘白羽散文的审美品格》(胡良桂),《理论与创作》1989 年第 5 期；

《战士的思考 · 诗人的画笔——刘白羽散文的艺术特色》(吴周文),载《散文十二家》(人民文学出版社,1992 年)；

《刘白羽散文的时代美》(何宗文),《大庆高等专科学校学报》1994 年第 1 期；

《刘白羽散文的意境创造》(何宗文),《河南师范大学学报》1994 年第 4 期；

《新时期刘白羽散文论略》(范昌灼),《云南师范大学学报》1994 年第 4 期；

《刘白羽散文的美学思想——读〈心灵的历程〉》(杨栖),《文艺理论批评》1995 年第 4 期；

《浅谈刘白羽散文的不足》(段登捷),《山西师大学报》1997 年第 3 期；

《血与泪凝铸的壮美史诗——评刘白羽长篇系列散文〈心灵的历程〉》(潘涌),《解放日报》1998 年 6 月 3 日。

此外,《中国当代文学概观》《中国当代文学》《中国当代文学史初稿》《中国当代文学史写真》《中华文学通史 · 当代文学编》《新中国文学史》《中国当代散文史》《中国当代散文报告文学发展史》《中国当代散文英华》等均设有刘白羽散文(报告文学)专章(节)评论。《中国当代文学研究资料 · 刘白羽研究专集》(孟广来、牛运清编,解放军文艺出版社,1982 年)和《刘白羽评传》(牛运清著,重庆出版社，1995 年）中均有对刘白羽散文、报告文学的评论，可参阅。

答读者问

——《刘白羽散文选》再版前言

刘白羽

人民文学出版社要再版我的散文选，要我写个前言。正好，由于常常收到读者来信，要我谈谈散文，苦于无法一一奉覆，便趁此机会，就来信中涉及到的一些问题，跟散文爱好者谈谈心。

散文是心灵的歌。如果说，一篇散文真的留下作者的一双脚印、一声呐喊、一滴心血，那么，它总会留有那时代的光彩，那年月的心声，在人们心中就会唤起一种深切的感受。

这就是我在这本选集的第一版《前言》中所说的以下这段话的含意。

"从英雄的战争到沸腾的建设生活，我的心随同时代脉搏而跃动，我也就一直继续写下来。现在收集在这里的一些篇只是我所写的一部分，不过从中还略微看得出中国血的战斗的一点历史脉络、火热建设的一点闪光。"

从这段话也可看出，我写散文也并没有什么大志气，不过随着历史长河的流进，记述一点胸怀而已。不过，散文这一文学样式，虽然不像小说凭借人物、情节构成一篇作品，但它却如一面镜子，一直把作者的心臆照得透彻清明。

有人问：散文必须写人物还是不一定写人物？其实，文学既是创造，每一篇必依据其创造主旨之需要，该写人物就写人物，不该写人物就不写人物。实际上，每篇散文都有个人物，那就是作者自己。作者把整个心敞开来，展现在读者面前，这正是散文的妙处。比如，读

《荷塘月色》,里面没有写个张三或李四,但你读完之后,不觉得朱自清的美的心境吗?至于古代散文如《秋声赋》《赤壁赋》《陈情表》,亦无不如是。拿柳宗元来说,《钴鉧潭西小丘记》就没有人物,《捕蛇者说》就有人物。我自己的散文,《日出》《长江三日》就没有人物,《写在太阳初升的时候》《从富拉尔基到齐齐哈尔》就有人物。主要之点是在散文中,作者要以情动人。一篇散文,不论长短,读了总要有那么一点拨动心弦的地方,动人美感,引人幽思。在这一点上,我以为散文与诗相近。中国文化艺术历史悠久,很多流芳千古之作,总由于它有一点创新独到之处,在人们心中留下深深痕迹,给文艺宝库增添绚烂光彩。散文之所以叫散文,就在于它不像诗词有格律音韵的限制,但有些论者,总要给它定一些规格,划一些框框,大可不必。

还有浓与淡的问题,也是如此。《离骚》的雄伟瑰丽是美的,《诗经》的淳厚质朴是美的,散文从唐宋八大家到"五四"以来的新文学,有淡雅的,也有浓郁的。我看还是"若把西湖比西子,浓妆淡抹总相宜"吧!问题的核心,是看这文章的灵魂美不美,我认为艺术的风格、特色,是因人而异,因事而异,不要限死,就是同一作家,依其表现的内容不同,在手法上不一样,艺术效果也就不相同。朱自清的《背影》是淡雅的,《桨声灯影里的秦淮河》是浓郁的。但有一点是肯定的,没有色彩就没有艺术。因为大自然及人类生活是色彩纷繁的,艺术反映客观现实就不能没有色彩,色彩是构成形象的重要因素。就以石雕来说,好像没有色彩,但当我在罗马圣彼得大教堂欣赏米开朗基罗的《母爱》时,我悟到这种晶莹洁白的石雕的色彩,正透露出艺术的生命的光泽,给人以渗透心灵的美感,更不要说油画、水彩画了。在文学作品里,果戈理的乌克兰之夜、屠格涅夫的俄罗斯风光是何等迷人……美的形象,像一滴露珠,给朝阳照得那样光彩神奇,美妙夺目。丹纳在《艺术哲学》中说:"没有抽象的观念,所有的思想都是形象,所有的字儿都唤起色彩鲜明的形体。"

还有散文的长与短的问题。我觉得,散文要切忌冗长繁琐,力求简练精粹,这是散文的主旨。不过也不能削足适履,简单以长短为标尺来衡量散文。中国古代散文，如柳宗元的《永州八记》是短的，苏东坡的前后《赤壁赋》就是长的，至于更古远的《离骚》《史记》则长短错落不一。“五四”以来的散文，鲁迅的《秋夜》、巴金的《红海日出》，确是精炼典范之作。但也不尽如此，如前面已经说过的《背影》是短的，《桨声灯影里的秦淮河》是长的，至于郭沫若的《浪花七日》则更是长的了。冰心的散文是短小隽永的，而《寄小读者》却是一部长的散文。记不得是去年还是前年，我偶然读了国木田独步一篇散文《武藏野》，长而不觉得长，一口气读完，很美。从而我想起海涅的《哈尔茨山游记》，马克·吐温的《赤道环游记》，更不要说卢梭的《忏悔录》，赫尔岑的《往事与随想》了。我觉得我们当代新文学中还缺乏这一种样式的散文，好像我们还缺乏这样有魄力的散文家。当然，我这里绝无意提倡散文要写得长。不是，我以为只要形式与内容完美一致，可长则长，宜短必短。小溪有小溪之幽美，大海有大海之神魄，一朵花有一朵花之芳姿，大森林有大森林之苍莽。总之，散文必须精炼纯朴。至于上述各问题，我以为还是不拘一格，各极其致，方为上乘。

这样，我是不是艺术上的“折衷主义”，不偏不倚，无所主张呢？那倒不是。

我以为，文学艺术创作应该允许作家的想象与幻想的自由，那么，在散文创作中更特别需要想象与幻想的翅膀自由翱翔，用我们的话来说就是“百花齐放”，就是“雄伟和细腻，严肃和诙谐，抒情和哲理，只要能够使人们得到教育和启发，得到娱乐和美的享受，都应当在我们的文艺园地里占有自己的位置。”（邓小平《在中国文学艺术工作者第四次代表大会上的祝辞》）我以为贯彻这样的方针，散文才能繁荣昌盛，生机勃勃，郁郁葱葱。

说了风格、体裁、手法等问题后，我觉得散文最主要的是美，诗意，意境。

王国维是主张境界的。他在《人间词话》中开宗明义就说：“词以境界为最上。有境界则自成高格，自有名句。”他的关于三种境界之说，颇为人称道，他说：“古今之成大事业、大学问者，必经三种之境界：'昨夜西风凋碧树。独上高楼，望尽天涯路。'此第一境也。'衣带渐宽终不悔，为伊消得人憔悴。'此第二境也。'众里寻他千百度，回头蓦见（当作'蓦然回首'），那人正（当作'却'）在，灯火阑珊处。'此第三境也。"从一个作家创作经历讲，王国维确是道出了个中真谛。经过一番创造艰辛的作者，自可从中领略一二。但，王国维将诗人分为客观之诗人，主观之诗人，说："客观之诗人，不可不多阅世。阅世愈深，则材料愈丰富，愈变化，《水浒传》《红楼梦》之作者是也。"说："主观之诗人，不必多阅世。阅世愈浅，则性情愈真，李后主是也。"按这种说法，小说家要生活，诗人不要生活，仿佛只要"不失其赤子之心"，性情愈真，就是好诗人。这一议论实令人不敢苟同。

在这关系到艺术根本的问题上，我是欣赏马子才的见解的。在我的《芳草集》序《天涯何处无芳草》一文中，曾引过他的话。在这里，不妨再多引一些："子长（司马迁）生平喜游，方少年自负之年，足迹不肯一日休，非直为景物役也，将以尽天下之大观以助吾气，然后吐而为书。今于其书观之，则其平生所尝游者皆在焉。南游长淮，溯大江，见狂澜惊波，阴风怒号，逆走而横击，故其文奔放而浩漫；望云梦洞庭之陂，彭蠡之潴，涵混太虚，呼吸万壑而不见介量，故其文停蓄而渊深；见九嶷之芊绵，巫山之嵯峨，阳台朝云，苍梧暮烟，态度无定，靡曼绰约，春妆如浓，秋饰如洗，故其文妍媚而蔚纡；泛沅渡湘，弔大夫之魂，悼妃子之恨，竹上犹斑斑，而不知鱼腹之骨尚无恙者乎？故其文感愤而伤激；北过大梁之墟，观楚汉之战场，想见项羽之暗呜，高帝之谩骂，龙跳虎跃，千兵万马，大弓长戟，交集而齐呼，故其文雄勇猛健，使人心悸而胆栗；世家龙门，念神禹之巍功，西使巴蜀，跨剑阁之鸟道，上有摩云之崖，不见斧凿之痕，故其文斩绝峻拔而不可攀跻；……凡天地之间万物之变，可惊可愕，可以娱心，使人忧，使人悲者，子长尽取而为文章，是以变化出没，如万象供四时而无穷，今于其书观之，岂不信乎！"

我所以不惜篇幅摘抄此文，因为它是强调客观生活感受，而排斥闭门造车，这里涉及到一个美学的根本原则，从哲学上说，就是存在决定意识，还是意识决定存在的问题。事实正如毛泽东同志所说：生活是文学艺术的源泉。不仅小说家如此，诗人也不例外。散文在某种意义上接近小说，但我觉得似乎更接近诗。散文用以激发读者感情，给人以思想启迪的艺术力量，在于美、诗意、意境，而这些都是从生活中来的。对于有志于写作散文的人来说，马子才的议论，颇有参考价值（马文编入中国青年出版社的《历代文选》，那里有注释，易于理解）。

一个散文家最重要的是热爱生活。没有深深的爱，就写不出深深的美。只有热爱生活，才会观察生活，深入地开掘生活，然后，这些客观生活形象，方能触发作者的灵感，进入构思，这是一个方面；但还有另一方面，就是通过作者丰富的想象，用自己的思想、情感，给客观事物以灵魂与神魄。散文最怕平铺直叙，索然无味。应使人读了从中获得美感，诗意与深邃而优美的意境，才令人惊喜或惊叹，得到一种美的享受，哲理的启迪。意境美，需要作者对生活美有独到见地，并且艺术地表现出来，仿佛把隐蔽在生活中的美，一下豁然揭露出来，叫人意外地得到一种深切的领悟。这种美，就像温柔的春风吹动你的心底的涟漪，就像浩瀚的大海开阔你的胸襟，它使你陶醉，使你挚爱，使你感到一种说不出来，而又切切实实的美。当然，这还是意境的第一步。更重要的是，这种美唤起你一种沉思，使你得到鼓舞，得到启迪。从一株小草可以感到青春生命的勃勃生机，从一卷浪花可以引起奋勇进击的热望。这种从生活、从艺术中一闪而现的火花，通过散文的美的抒发，焕发人们的崇高的精神力量。

但，正如鲁迅所说："从喷泉里出来的都是水，从血管里出来的都是血。"每个时代，每个作家，通过他不同的探索而达到不同的意境。古人论文，有所谓阳刚阴柔之说。"采菊东篱下，悠然见南山"，"流水落花春去也，天上人间"，是一意境；"风雨如晦，鸡鸣不已"，"落日照大旗，马鸣风萧萧"，是一意境。我们是生在二十世纪，以马克思列宁主义、毛泽东思想为指导思想的人，我们当然有我们所追求，所爱的意境。对于我来说，更贴近我心灵的是高尔基的《海燕》，请看：

“暴风雨！暴风雨快要爆发了！”

那是勇猛的海燕，在闪电中间，在怒吼的海的头上，得意洋洋地飞掠着；这胜利的预言家叫了：

“让暴风雨来得厉害些吧！”

这是何等雄伟的心魄，达到何等深邃的意境。人们的审美观，是随着人的生活变迁、思想变化而有所不同的。我年青时，曾为“细雨梨花深闭门”而陶醉过，后来，才感觉“大江东去，浪淘尽千古风流人物”之美。但当我投身于革命洪流后，我所喜爱的是《海燕》《鹰之歌》那种意境。其中道理，是我的生活处境变了，我的思想感情变了。只有当我冲过硝烟战火，闯过狂风暴雪，或亲身经历了生与死的勇猛搏斗之后，我才能写出长江砰然而下、一泻万里的神魄。有人要我谈一下写长江的那篇散文《长江三日》的意境，我的回答概括为六个字，就是：激流勇进之美。

有同志要我谈谈写散文的经验。我一直还在探索之中，没有什么经验好谈；如果要谈，有一点也许可供参考。我写一篇散文一般是酝酿很久的。最初是思绪万千，枝蔓繁复，往往如置身茫茫大雾。只有当我苦苦思索，深入，再深入，一下获得那样一种深深打动我心弦的意境时，我抓住“这一点”，才能豁然开朗、融会贯通。到这时，不论怎样神游万仞，心驰八方，得到提炼，达到单纯，这篇文章才有了神骨，有了灵魂。当然，要把“这一点”艺术地表达出来，并非易事。回顾一下，我写的东西，还是所失多于所得，虽然苦苦经营，表现出来的，距离我所想表现的往往很远。

寄信、寄稿给我的同志，大多是对文学有热爱、有追求的，但往往不够成熟。因为光凭一股子热情是不够的，还需要修养、功力。创作，有欢乐，也有苦恼。认为这是轻而易举的事，是不会成功的。不要急于求成，急于发表。我写稿，除索稿甚急的特殊情况之外，一般是写完之后，总要在抽斗里压一段时间。因为刚刚写完，还处于创作的主观冲动中，不容易看出毛病；过一段时间再看，就比较客观，容易发现差误了。一篇稿子，一般从初稿到看校样，最少修改三至四遍，印发出来，还时时有一种难补的遗憾。总之，创作要有生活的积累，修养的积累，创作实践的积累。这样就需勤于观察生活，勤于读书，勤于动笔。简而言之，就是多看，多读，多思，多写。只有有了丰富精美的形象，深刻入微的哲思，前人说："胸中自有丘壑"，才能天马行空，落笔有神，达到上面所说的美的、诗的意境，作品才有思想的深度、艺术的深度。我在《文学青年》上写过一篇短文《天天动笔》，我劝人写日记，不是写流水帐式的，而是用形象的语言作一点描写，这就是练笔。比如，我写的《长江三日》，就是我乘"江津号"轮船顺流而下，三天三夜，不断观察，不断记载，然后经过整理而成为一篇文章。当然，当时不仅客观主义地纪录下目睹的情景，而是即景生情，自己长期生活、斗争中，积蓄蕴藏的思想、感情，在目睹那激流澎湃的一刹那间，壮观的自然，强烈的激情，一触而发，情景交融，自己的热爱与深思，便像火石击出火花一样闪亮起来。只有客观证实，经过主观能动性的加工，再把客观现实表达出来，它就比客观现实更高更美。

歌德在论画时，说过这样的话：

"记得我们在威尼斯时站在惕辛和维罗涅斯的作品前，立刻就感到这些画师的雄健精神，无论是在最初题材构思方面，还是在最后创作实践方面。他们的雄伟力量渗透到全幅画的每一部分。在欣赏时艺术家人格的这种雄伟的力量开扩了我们的心胸，把我们提升到从没有过的高度。"

歌德在论诗时，说过这样的话：

"不要说现实生活没有诗意。诗人的本领，正在于他有足够的智慧，能从惯见的平凡事物中见出引人入胜的一个侧面。必须由现实生活捉住做诗的动机，这就是要表现的要点，也就是诗的真正核心；但是按此来熔铸成一个优美的、生气灌注的整体，这却是诗人的事了。”

散文也一样。我们写作不容易达到歌德所说的境界，但要有这样一种追求。创作即是创造，我觉得关键在作者能不能从现实中把握美的意境，而后，把自己的生命灌注入客观现实，赋予客观现实以青春和光彩。我以为这是有志于散文创作的人要追求的根本之点。有雄伟的人格，才有雄伟的风格。作为一个作者要锤炼自己的真本领，正是通过人生的、艺术的、哲学的修养，造就自己成为一个有崇高品德、高尚精神的人。一个没有美的心灵的人，是唱不出美的心灵之歌的。

现在，我们处在一个宏伟的建设现代化社会主义的大时代里，生活中到处闪烁着美丽的火光，震响着英雄的呐喊。这是多么可爱的大时代呀！前不久，我发表了一篇题为《爱国热血在翻滚沸腾》的文章，是评介《在这片国土上》那篇报告文学的。里面讲到：“建设者们在祖国大地上创造的奇迹，应该在文学上开放出灿烂的花朵。”“我流了眼泪，我获得充实……我在若干年前写过一篇文章叫《血写的书》，《在这片国土上》就是血写的书。我们英雄的时代，英雄的人民，应该有英雄的文学。血是不会干枯的，它会深深渗入人们心中，在那儿开出希望的花朵，鲜明艳丽，馥郁芬芳。”

我衷心地盼望有志于写散文的同志，到四化建设第一线去，与人民结合，与时代拥抱，时代会净化我们的心灵，我们会抒发出时代的豪情。散文家们，弹起你们的弦琴，放声歌唱吧！

最后，我说几句与选集再版有关的话。

一、趁散文选集再版的机会，我对其中篇目作了调整，从选集初版后发表的散文中选出《昆仑山的太阳》《罗马》《翡冷翠》《春雪》《海峡风雷》等五篇增加在新的版本之内。

二、我写过几篇谈论散文的文章：《创作我们时代的新散文》《漫谈游记写作》《天涯何处无芳草》《形象之花是不会枯萎的》附录于后，连同这次选集再版前言《答读者问》，可作为我对散文的意见，供读者参考。

一九八三年十月三十日

（原载1984年第2版《刘白羽散文选》）

自选作品

长江三日

十一月十七日

……

雾笼罩着江面，气象森严。十二时，"江津"号启碇顺流而下了。在长江与嘉陵江汇合后，江面突然开阔，天穹顿觉低垂。浓浓的黄雾，渐渐把重庆隐去。一刻钟后，船又在两面碧森森的悬崖陡壁之间的狭窄的江面上行驶了。

你看那急速漂流的波涛一起一伏，真是"众水会涪万，瞿塘争一门"。而两三木船，却齐整地摇动着两排木桨，像鸟儿扇动着翅膀，正在逆流而上。我想到李白、杜甫在那遥远的年代，以一叶扁舟，搏浪急进，该是多么雄伟的搏斗，会激发诗人多少瑰丽的诗思啊！……不久，江面更开朗辽阔了。两条大江，骤然相见，欢腾拥抱，激起云雾迷蒙，波涛沸荡，至此似乎稍为平定，水天极目之处，灰蒙蒙的远山展开一卷清淡的水墨画。

从长江上顺流而下，这一心愿真不知从何时就在心中扎下根子，年幼时读"大江东去……"读"两岸猿声……"辄心向往之。后来，听说长江发源于一片冰川，春天的冰川上布满奇异艳丽的雪莲，而长江在那儿不过是一泓清溪；可是当你看到它那奔腾叫啸，如万瀑悬空，砰然万里,就不免在神秘气氛的“童话世界”上又涂了一层英雄光彩。后来,我两次到重庆,两次登枇杷山看江上夜景,从万家灯光、灿烂星海之中,辨认航船上缓缓浮动而去的灯火,多想随那惊涛骇浪,直赴瞿塘,直下荆门呀。但亲身领略一下长江风景,直到这次才实现。因此,这一回在“江津”号上,正如我在第二天写的一封信中所说:

“这两天,整天我都在休息室里,透过玻璃窗,观望着三峡。昨天整日都在朦胧的雾罩之中。今天却阳光一片。这庄严秀丽气象万千的长江真是美极了。”

下午三时,天转开朗。长江两岸,层层叠叠,无穷无尽的都是雄伟的山峰,苍松翠竹绿茸茸的遮了一层绣幕。近岸陡壁上,背纤的纤夫历历可见。你向前看,前面群山在江流浩荡之中,则依然为雾笼罩,不过雾不像早晨那样浓,那样黄,而呈乳白色了。现在是“枯水季节”,江中突然露出一块黑色礁石,一片黄色浅滩,船常常在很狭窄的两面航标之间迂回前进,顺流驶下。山愈聚愈多,渐渐暮霭低垂了,渐渐进入黄昏了,红绿标灯渐次闪光,而苍翠的山峦模糊为一片灰色。

当我正为夜色降临而惋惜的时候,黑夜里的长江却向我展开另外一种魅力。开始是,这里一星灯火,那儿一簇灯火,好像长江在对你眨着眼睛。而一会儿又是漆黑一片,你从船身微微地荡漾中感到波涛正在翻滚沸腾。一派特别雄伟的景象,出现在深宵。我一个人走到甲板上,这时江风猎猎,上下前后,一片黑森森的,而无数道强烈的探照灯光,从船顶上射向江面,天空江上一片云雾迷蒙,电光闪闪,风声水声,不但使人深深体会到“高江急峡雷霆斗”的赫赫声势,而且你觉得你自己和大自然是那样贴近,就像整个宇宙,都罗列在你的胸前。水天,风雾,浑然融为一体,好像不是一只船,而是你自己正在和江流搏斗而前。“曙光就在前面,我们应当努力。”这时一种庄严而又美好的情感充溢我的心灵,我觉得这是我所经历的大时代突然一下集中地体现在这奔腾的长江之上。是的,我们的全部生活不就是这样战斗、航进、穿过黑夜走向黎明的吗?现在,船上的人都已酣睡,整个世界也都在安眠,而驾驶室上露出一片宁静的灯光。想一想,掌握住舵轮,透过闪闪电炬,从惊涛骇浪之中寻到一条破浪前进的途径,这是多么豪迈的生活啊!我们的哲学是革命的哲学,我们的诗歌是战斗的诗歌,正因为这样——我们的生活是最美的生活。列宁有一句话说得好极了:“前进吧!——这是多么好啊!这才是生活啊!”……“江津”号昂奋而深沉的鸣响着汽笛向前方航进。

十一月十八日

在信中,我这样叙说:“这一天,我像在一支雄伟而瑰丽的交响乐中飞翔。我在海洋上远航过,我在天空上飞行过,但在我们的母亲河流长江上,第一次,为这样一种大自然的威力所吸摄了。”

朦胧中听见广播到奉节。停泊时天已微明。起来看了一下,峰峦刚刚从黑夜中显露出一片灰蒙蒙的轮廓。启碇续行,我到休息室里来,只见前边两面悬崖绝壁,中间一条狭狭的江面,已进入瞿塘峡了。江随壁转,前面天空上露出一片金色阳光,像横着一条金带,其余天空各处还是云海茫茫。瞿塘峡口上,为三峡最险处,杜甫《夔州歌》云:“白帝高为三峡镇,瞿塘险过百牢关。”古时歌谣说:“滟滪大如马,瞿塘不可下;滟滪大如猴,瞿塘不可游;滟滪大如龟,瞿塘不可回;滟滪大如象,瞿塘不可上。”这滟滪堆指的是一堆黑色巨礁。它对准峡口。万水奔腾一冲进峡口,便直奔巨礁而来。你可想象得到那真是雷霆万钧,船如离弦之箭,稍差分厘,便撞得个粉碎。现在,这巨礁,早已炸掉。不过,瞿塘峡中,激流澎湃,涛如雷鸣,江面形成无数漩涡,船从漩涡中冲过,只听得一片哗啦啦的水声。过了八公里的瞿塘峡,乌沉沉的云雾,突然隐去,峡顶上一道蓝天,浮着几小片金色浮云,一注阳光像闪电样落在左边峭壁上。右面峰顶上一片白云像白银片样发亮了,但阳光还没有降临。这时,远远前方,无数层峦叠嶂之上,迷蒙云雾之中,忽然出现一团红雾,你看,绛紫色的山峰,衬托着这一团雾,真美极了。就像那深谷之中向上反射出红色宝石的闪光,令人仿佛进入了神话境界。这时,你朝江流上望去,也是色彩缤纷:两面巨岩,倒影如墨;中间曲曲折折,却像有一条闪光的道路,上面荡着细碎的波光;近处山峦,则碧绿如翡翠。时间一分钟一分钟过去,前面那团红雾更红更亮了。船越驶越近,渐渐看清有一高峰亭亭笔立于红雾之中,渐渐看清那红雾原来是千万道强烈的阳光。八点二十分,我们来到这一片晴朗的金黄色朝阳之中。

抬头望处,已到巫山。上面阳光垂照下来,下面浓雾滚涌上去,云蒸霞蔚,颇为壮观。刚从远处看到那个笔直的山峰,就站在巫峡口上,山如斧削,隽秀婀娜,人们告诉我这就是巫山十二峰的第一峰。它仿佛在招呼上游来的客人说:“你看,这就是巫山巫峡了。”“江津”号紧贴山脚,进入峡口。红通通的阳光恰在此时射进玻璃厅中,照在我的脸上。峡中,强烈的阳光与乳白色云雾交织一处,数步之隔,这边是阳光,那边是云雾,真是神妙莫测。几只木船从下游上来,帆篷给阳光照得像透明的白色羽翼,山峡却越来越狭,前面两山对峙,看去连一扇大门那么宽也没有,而门外,完全是白雾。

八点五十分,满船人,都在仰头观望。我也跑到甲板上来,看到万仞高峰之巅,有一细石耸立如一人对江而望,那就是充满神奇缥缈传说的美女峰了。据说一个渔人在江中打鱼,突遇狂风暴雨,船覆灭顶,他的妻子抱了小孩从峰顶眺望,盼他回来,一天一天,一月一月,他终未回来,而她却依然不顾晨昏,不顾风雨,站在那儿等候着他——至今还在那儿等着他呢……

如果说瞿塘峡像一道闸门,那么巫峡简直像江上一条迂回曲折的画廊。船随山势左一弯,右一转,每一曲,每一折,都向你展开一幅绝好的风景画。两岸山势奇绝,连绵不断,巫山十二峰,各峰有各峰的姿态,人们给它们以很高的美的评价和命名,显然使我们的江山增加了诗意,而诗意又是变化无穷的。突然是深灰色石岩从高空直垂而下浸入江心,令人想到一个巨大的惊叹号;突然是绿茸茸草坂,像一支充满幽情的乐曲;特别好看的是悬崖上那一堆堆给秋霜染得红艳艳的野草,简直像是满山杜鹃了。峡急江陡,江面布满大大小小漩涡，船只能缓缓行进，像一个在丛山峻岭之间慢步前行的旅人。但这正好使远方来的人，有充裕的时间欣赏这莽莽苍苍、浩浩荡荡长江上大自然的壮美。苍鹰在高峡上盘旋，江涛追随着山峦激荡，山影云影，日光水光，交织成一片。

十点，江面渐趋广阔，急流稳渡，穿过了巫峡。十点十五分至巴东，已入湖北境，十点半到牛口，江浪汹涌，把船推在浪头上，摇摆着前进。江流刚奔出巫峡，还没来得及喘息，却又冲入第三峡——西陵峡了。

西陵峡比较宽阔，但是江流至此变得特别凶恶，处处是急流，处处是险滩。船一下像流星随着怒涛冲去，一下又绕着险滩迂回浮进。最著名的三个险滩是：泄滩、青滩和崆岭滩。初下泄滩，你看着那万马奔腾的江水会突然感到江水简直是在旋转不前，一千个、一万个漩涡，使得“江津”号剧烈震动起来。这一节江流虽险，却流传着无数优美的传说。十一点十五分到秭归。据袁崧《宜都山川记》载：秭归是屈原故乡，是楚子熊绎建国之地，后来屈原被流放到汨罗江，死在那里。民间流传着：屈大夫死日，有人在汨罗江畔，看见他峨冠博带，美髯白皙，骑一匹白马飘然而去。又传说：屈原死后，被一大鱼驮回秭归，终于从流放之地回归楚国。这一切初听起来过于神奇怪诞，却正反映了人民对屈原的无限怀念之情。

秭归正面有一大片铁青色礁石，森然耸立江面，经过很长一段急流绕过泄滩。在最急峻的地方，“江津”号用尽全副精力，战抖着，震颤着前进。急流刚刚滚过，看见前面有一奇峰突起，江身沿着这山峰右面驶去，山峰左面却又出现一道河流，原来这就是王昭君诞生地香溪。它一下就令人记起杜甫的诗：“群山万壑赴荆门，生长明妃尚有村。”我们遥望了一下香溪，船便沿着山峰进入一道无比险峻的长峡——兵书宝剑峡。这儿完全是一条窄巷，我到船头上，仰头上望，只见黄石碧岩，高与天齐，再驶行一段就到了青滩。江面陡然下降，波涛汹涌，浪花四溅，当你还没来得及仔细观看，船已像箭一样迅速飞下，巨浪为船头劈开，旋卷着，合在一起，一下又激荡开去。江水像滚沸了一样，到处是泡沫，到处是浪花。船上的同志指着岩上一片乡镇告诉我："长江航船上很多领航人都出生在这……每只木船要想渡过青滩，都得请这儿的人引领过去。"这时我正注视着一只逆流而上的木船，看起这青滩的声势十分吓人，但人从汹涌浪涛中掌握了一条前进途径，也就战胜了大自然了。

中午，我们来到了崆岭滩跟前，长江上的人都知道："泄滩青滩不算滩，崆岭才是鬼门关。"可见其凶险了。眼看一片灰色石礁布满水面，"江津"号却抛锚停泊了。原来崆岭滩一条狭窄航道只能过一只船，这时有一只江轮正在上行，我们只好等下来。谁知竟等了那么久，可见那上行的船只是如何小心翼翼了。当我们驶下崆岭滩时，果然是一片乱石林立，我们简直不像在浩荡的长江上，而是在苍莽的丛林中找寻小径跋涉前进了。

十一月十九日

早晨，一片通红的阳光，把平静的江水照得像玻璃一样发亮。长江三日，千姿万态，现在已不是前天那样大雾迷蒙，也不是昨天"巫山巫峡气萧森"，而是："楚地阔无边，苍茫万顷连"了。长江在穿过长峡之后，现在变得如此宁静，就像刚刚诞生过婴儿的年轻母亲一样安详慈爱。天光水色真是柔和极了。江水像微微拂动的丝绸，有两只雪白的鸥鸟缓缓地和"江津"号平行飞进，水天极目之处，凝成一种透明的薄雾，一簇一簇船帆，就像一束一束雪白的花朵在蓝天下闪光。

在这样一天，江轮上非常宁静的一日，我把我全身心沉浸在"红色的罗莎"——卢森堡的《狱中书简》中。

这个在一九一八年德国无产阶级革命中最坚定的领袖，我从她的信中，感到一个伟大革命家思想的光芒和胸怀的温暖，突破铁窗镣铐，而闪耀在人间，你看，这一页：

雨点轻柔而均匀地洒落在树叶上，紫红的闪电一次又一次地在铅灰色中闪耀，遥远处，隆隆的雷声像汹涌澎湃的海涛余波似地不断滚滚传来。在这一切阴霾惨淡的情景中,突然间一只夜莺在我窗前的一株枫树上叫起来了!在雨中,闪电中,隆隆的雷声中,夜莺啼叫得像是一只清脆的银铃,它歌唱得如醉如痴,它要压倒雷声,唱亮昏暗……

昨晚九点钟左右,我还看到壮丽的一幕,我从我的沙发上发现映在窗玻璃上的玫瑰色的返照,这使我非常惊异,因为天空完全是灰色的。我跑到窗前,着了迷似地站在那里。在一色灰沉沉的天空上,东方涌现出一块巨大的、美丽得人间少有的玫瑰色的云彩,它与一切分隔开,孤零零地浮在那里,看起来像是一个微笑,像是来自陌生的远方的一个问候。我如释重负地长吁了一口气,不由自主地把双手伸向这幅富有魅力的图画。有了这样的颜色,这样的形象,然后生活才美妙,才有价值,不是吗?我用目光饱餐这幅光辉灿烂的图画,把这幅图画的每一线玫瑰色的霞光都吞咽下去,直到我突然禁不住笑起自己来。天哪,天空啊,云彩啊,以及整个生命的美并不只存在于佛龙克,用得着我来跟它们告别?不,它们会跟着我走的,不论我到哪儿,只要我活着,天空、云彩和生命的美会跟我同在。

"江津"号在平静的浪花中缓缓驶行。我读着书,一种非常珍贵的感情渗透我的全身。我必须立刻把它写下来,我愿意把它写在这奔腾叫啸、而又安静温柔的长江一起,因为它使我联想到我前天想到的"战斗——航进——穿过黑夜走向黎明"的想象,过去,多少人,从他们艰巨战斗中想望着一个美好的明天呀!而当我承受着像今天这样灿烂的阳光和清丽的景色时,我不能不意识到,今天我们整个大地,所吐露出来的那一种芬芳、宁馨的呼吸,这社会主义生活的呼吸,正是全世界上,不管在亚洲还是在欧洲,在美洲还是在非洲,一切先驱者的血液,凝聚起来,而发射出来的最自由最强大的光辉。我读完了《狱中书简》,一轮落日——那样圆,那样大,像鲜红的珊瑚球一样,把整个江面笼罩在一脉淡淡的红光中，面前像有一种细细的丝幕柔和地、轻悄地撒落下来。

最后让我从我自己的一封信中抄下一段，来结束这一日吧：

夜间，九时余——从前面漆黑的夜幕中，看见很小很小几点亮光。人们指给我那就是长江大桥，“江津”号稳稳地向武汉驶近，从这以后，我一直站在船上眺望，渐渐地渐渐地看出那整整齐齐的一排像横串起来的珍珠，在熠熠闪亮。我看着，我觉得在这辽阔无边的大江之上，这正是我们献给我们母亲河流的一顶珍珠冠呀！……再前进，江上无数蓝的、白的、红的、绿的灯光，拖着长长倒影在浮动，那是无数船只在航行，而那由一颗颗珍珠画出的大桥的轮廓，完全像升在云端里一样，高耸空中，而桥那面，灯光稠密的简直像是灿烂的金河，那是什么？仔细分辨，原来是武汉两岸的亿万灯光。当我们的“江津”号，嘹亮地向武汉市发出致敬欢呼的声音时，我心中升起一种庄严的情感，看一看！我们创造的新世界有多么灿烂吧……

一九六〇年

（选自《刘白羽散文选》）

自选作品

春到零丁洋

上

美，有时是偶然得来的，我这次到零丁洋就是偶然的偶然。连广东人都埋怨今年天气反常。我从北京飞广州本来是去访问海南岛的，谁料到了广州，突然潮湿闷热，突然降温阴冷，我的腰痛病一下发作，不能走路了。经过抢治，略有好转。但是医生说既不能吹海风，又不能受潮湿，建议我回京治疗。命运既然作了如此安排，个人是无法违抗的。广州的朋友见我悒郁不乐，便劝我：反正要等机票，何不一游特区。我欣然从命，就此上道。

迷蒙细雨，给珠江三角洲增添了朦胧的妩媚，甚是好看。珠海可真是一个漂亮所在。木棉花红得那样浓，就像拼着一腔热血濡染了南天，任凭你遐思浮想，你可以从她联想到悲壮的畴昔，不过，我觉得她正象征着繁荣的今天。经过长途跋涉，住进珠海宾馆，中午躺在床上却睡不着，也许是特区的生活节奏影响了我，实在是这里紧凑的气氛令人兴奋。两个多月前，我参观了厦门经济特区，得诗两句："开荒辟莽嵘千古，姹紫嫣红染地天。"这里比厦门走得更快，一座新兴城市已经初具规模。宽敞的大街两旁清一色全是新的楼房，而旁边更新的建筑又在崛起，方兴未艾，实在喜人。我所住的市中心，珠海宾馆、九洲城、石景山宾馆则已连成一片繁华地带。前不久，我在《瞭望》上发表了一篇《赞武夷风格》，是称道武夷山庄建筑之美的，现在我却不能不赞美珠海宾馆，两者全是民族风格，不过，前者是淡雅朴素之美，后者是雍容华贵之美，华不流俗，难能可贵。几曲画廊，一潭湖水，朱砂黄的爆竹花逗来春意，确实很惹人喜爱。主人怜我行路不便，没有敦促我到九洲城去逛商场街，拱北宾馆也只一掠而过，在石花山度假村兜绕一圈，但真正引我出神的是湾泽花地。啊，一眼望去，遍地都是黄澄澄、紫艳艳的菊花，还有剑兰花，红的、白的花朵，像一只只大蝴蝶在翩翩飞舞。我们访问一家花农、其实也可叫花工，他们是培植自然美的植物学家，是创造人间美的工匠。是他们的智慧、血汗、生命，凝成一片花魂花魄，从天空采来万里彩霞，把人间装点得如此娇娆。不禁吟诗一首：

海裹银妆雾裹纱，
木棉红绽几枝斜，
楼台处处飞春雨，
十里人家尽种花。

谁想到，珠海之美，却在晚间以惊人姿态出现。车驰到被人称作“情人堤”的海堤上。啊！大海，啊！明月，我忍不住从车中出来伫立海边。一轮圆月清凉透彻，把无边的碧海照得浩浩荡荡，迷迷茫茫。大海正在涨潮，海水发出絮语，不太远的水面上，粼粼波光像无数金蛇在飞舞。我爱海，但这是凝聚着南天之美的海，今夕何夕，月光如昼，能不留恋？特别是堤上巍然耸立着一块巨岩，借着月光细细分辨，这石岩上留有波痕浪痕，仿佛正在回环波荡，当我想到这三千万年前凝聚而成的大海斑痕，这月的神魄、海的神魄，不觉心神为之一震。我感谢珠海设计家的诗人气质，把这块岩石保留下来，使我们从它身上听到千古之前的澎湃，听到千古之前的浩歌，实在令人幽思顿起了。几个青年攀缘而上，坐在石岩顶上赏月，一切无声，一切沉静、海洋的吸力把人生的尘烦吸得干干净净，月光是清洁的，海风是清洁的，人的心灵是清洁的。人们还透过虚无飘渺的月光，指给我看海湾中一座渔女珍珠的雕塑，它的雪白、圣洁，正像这美丽的城市，永远带着海的清澄、海的温馨。近揖零丁，远眺虎门，这片海在中华民族艰苦跋涉的历程中，曾经怎样火光盈盈，血泪盈盈，而今又是怎样灯火盈盈，笑语盈盈。此时此刻站在这里，我的心灵深处如波涛起伏，一下涌起悲哀，一下涌起欢乐。月光下，石景山宾馆白色的西班牙式建筑玲珑剔透，我在咖啡座里吃了一只芒果，得来一阵热带浓郁芳香，令人陶然欲醉。可是，这一晚久久不能入寐，待得辗转睡去，那海水，那月光，还在梦中萦回飘逸呢。

清晨，海上遮着一层薄薄银雾，我们连人带车上了海船，横渡零丁洋。我坐在驾驶台上，柔软的春风吹拂着我，镜面般的海水上，白鸥在空中划个弧线，渔帆在海上摇着绿的倒影。零丁洋、零丁洋，你突然闯入我的胸怀，击痛我的胸膛。我从幼小就爱读文天祥咏零丁洋的诗，每次诵到“皇恐滩头说皇恐，零丁洋上叹零丁，人生自古谁无死，留取丹心照汗青”，辄击节称赏，涕泪滂沱，从而为这种高风亮节所熏陶、所感染，从而对零丁洋也生发出多少神思妙想。我原来是说看看特区，也没查阅地图，不期而然出现在零丁洋上，这一邂逅相晤，使我深深地珍贵着这里的每一瞬息。这是不同凡响的海，是凝聚着浩然正气的海，而现在展现在我面前的是一个波光潋滟、雾影空蒙的平静的海。船长说：你运气好，逢上好天气，风平浪静，海一旦发怒起来，奔腾的涌浪会把轮船送上天，因为零丁洋是南海的一部分，万山群岛过去就是波浪滔天的太平洋了。我沉入深思，我不知文天祥当年过零丁洋是风雨如晦，还是天朗气清？想着想着，在波光雾影之中，仿佛看到这个气重千秋的人，正在驾飞云、御长风，悠然飘荡，漫漫行吟，也许是他的幽灵，也许是他的神魂，也许是他的一腔热血化为云，化为雾……当船长指给我看内零丁岛时，我才意识到，我朦胧中看到的是这岛上的高山，是的，这巍巍然、峨峨然的高峰不就是文天祥的化身吗?！内零丁岛在珠海到深圳的中途，由一群高山组成，烟雾笼罩，影影绰绰，十分幽美，使我一下想到去春游过的日本濑户内海的宫岛。内零丁岛上绿茵茵的全是荔枝树，四周遭都是细软的沙滩，我想如果开辟出来，长天大海，浩瀚无涯，北望虎门，南眺南海，东带深圳，西挈珠海，这里当是一片何等迷人的地方。

下

我从蛇口登陆，风掣电闪，疾奔深圳。深圳，不仅在全中国，在全世界，也是一个响亮的名字了。你管它叫新大陆也好、你管它叫新世界也好，都不过分。如果说哥伦布发现新大陆为人类作出新的贡献，今天，深圳正为创造具有中国特色社会主义开辟新的途径。从这个意义上来说，它像穿透茫茫雾夜的探照灯，照射着我们的明天。这儿一切都是速度、速度、速度；汽车在刷刷地奔驰，大厦在刷刷地矗立。当我驰入市中心，那密集的高楼群拔地摩天，已经像雄鹰展翅、初露神姿了。放眼一望，粉红的、绿的、雪白的，各种颜色的楼房，像春天原野上的百花争妍，像雪亮的眼睛在闪着咪咪笑容，市区里金碧辉煌，一片繁华，真是“车如流水马如龙，花月正春风”，在这里领悟到了这两句诗所含的新意。还必须看到，在从蛇口到深圳途中那大片空旷的土地上，插了牌子、搭了工棚，它预示着不久的将来，更新更美的建筑群会汹涌澎湃、奔腾叫啸而起。从蛇口到深圳几十里长街，日影灯影，人声车声将是怎样的气势，怎样的气魄。有人说现在是“深圳热”，我倒希望这股腾腾热气从这儿影响全国，推动全国。

一直到住处，走进雪亮的房间，坐在沙发上，窗帘是新的，地毯是新的，冰箱是新的，彩电是新的，我却有点迷惑不解，如入五里雾中，不知到了什么所在。经人指点，透过碧绿丛丛的芭蕉林、棕榈林，一树树火热的木棉花，一树树红艳的三角梅，在绿阴深处，我看到一座小桥，这时，我的记忆之门一下张开。那是建国第二年出访印度，途经香港，不就是踏着这小桥去，踏着这小桥回的吗？这时我才恍然大悟，原来深圳特区就是当年我走过的荒凉渡口。当然，深圳也不是凭空一跃而起的，我访问的渔村，那儿还保留着两座不蔽风雨的残屋，而旁边就是一片新式楼房，它们像是历史发展的明证。一束像太阳的溶液染得鲜红发亮的花，把我引进姓王的司机家，这个青年人也像满身映着灿烂的朝霞。他的家庭全部电气化了，一尘不染，富丽堂皇，一只柜橱上，几根碧绿葱葱的富贵竹插在磁花瓶里，昭示着春天，昭示着温暖。这个青年人说：是三中全会精神使我们取得一个飞跃。我说，好的政策要通过个人努力才能开花结果。他腼腆地笑着说：我们已经落后了，深圳有些农村住宅超过了我们。是的，我们的时代是创业的时代，万鼓齐鸣，万帆竞渡，你赶上我，我超过你。但不论后来如何居上，历史起点的脚印总是不可磨灭的。

我看了白日的深圳，又看了夜间的深圳，虽是初夜，却寂静无人。你不要以为这儿竟是灯红酒绿，享乐安闲，不，如果说杯中酒影照着一些游人的朦胧醉眼，而居室的灯光却照着聚精会神的读书人，深圳的青年人，浸沉在一股学习热潮中。因为在这里谁不学得一技之长，谁就将在竞争中被淘汰。我喜爱这种气氛，这气氛里透露出一种志气。出人头地有什么不好？力争上游有什么不好？我认为竞争是永远值得称赞的。夜游回来，在记事本上写下一首诗：

昔日过罗湖，荒沙点点愁。
小桥恋旧梦，平野跃新楼。
万岭天摩峻，大潮风劲流。
拓荒明远志，擂鼓战春牛。

对这最后一句，我乐于作点解说，一不是牛年话牛，二不是犁田赞牛，而说的是我所最喜爱的一座青铜雕塑，一头抵首挺角、奋着全身强劲，将铁硬的树根从荒土中拔出的“开荒牛”。我不想从香蜜湖、西丽湖寻觅美景幽思，我觉得比一切美都美的是这座雕塑，它是深圳的象征，深圳的缩影，它体现着深圳人激流勇进、奋发图强，给人以清新、给人以向往的开拓者精神。没有当年延安的开荒精神，就不会有新中国，没有今天荒地上铸造新城的开拓精神，就不会有二十世纪中华的飞腾。

柔软得像丝绸一样的春风，吹绿零丁洋，吹绿深圳，吹绿珠海。如果说渔女明珠的雕塑象征着珠海的清雅秀丽之美，这垦荒春牛的雕塑象征着深圳的粗犷豪壮之美，而它们的共同之处就是劳动创造新世界的美。想到这里，我的思路活了。春到零丁洋，不是只说今春到了零丁洋，更深的含意是一个新世纪的春天到了零丁洋。这不正寄托着我们的理想，我们的希望，我们的未来吗？

说来也巧，在深圳、珠海两日，晴空万里，一望无垠。黄金的海洋，黄金的大地，黄金的远景，都纷繁涌向我的心头。在这短暂的时间里，我竟围珠江三角洲绕了一圈，从广州经顺德到珠海，横渡零丁洋，而后过东莞回广州，一下是西江岸鲜花盈野，一下是东江里唱晚渔舟。这也算是一种速度吧！当然这是自我解嘲。观察生活，不能只求速度，还要求深度。不过，就仅仅这几十个小时，乘车看花，也从我心灵深处唤起永远难忘的春之赞歌。还是用一首诗结束我这一行，记下我对未来的憧憬：

零丁洋已不零丁，

梦断航笛三两声。
血泪孤臣千古壮,
浩歌赤子万方惊。
花藏荆棘甘心折,
风洒神州洗耳听。
预卜前程应似锦,
茫茫大海一天星。

(原载《光明日报》1985 年 3 月 30 日,
选自 1992 年 11 月 7 日《文艺报》)

战士的思考·诗人的画笔

——刘白羽散文的艺术特色

吴周文

刘白羽是当代著名的作家和散文特写家。他在战争年代创作的《为祖国而战》《政治委员》《无敌三勇士》等作品,曾经鼓舞着祖国人民为推倒头上的“三座大山”而冲锋陷阵。建国以后,他的反映中朝人民抗击美国侵略者的通讯特写集《朝鲜在战火中前进》《战斗的幸福》,反映社会主义建设的特写集《早晨的太阳》和短篇小说集《踏着晨光前进的人们》等作品,似号角和战鼓,一直激励着广大读者的斗志,唤起我们投身于社会主义革命和社会主义建设的热情和干劲。应该肯定,他的通讯特写和小说创作,是有一定成就和较大影响的。

但是,在刘白羽的创作中,散文占有显著的地位。1958 年以后,他致力于散文创作,成为建国以后有独特成就的散文作家之一。那一篇篇抒情散文犹如一颗颗鲜红透明的玛瑙,使人赏心悦目,低徊不已。这些散文结集而成《红玛瑙集》。打倒“四人帮”以后,他青春焕发、精神饱满,除编选了《刘白羽散文选》外,还陆续写作了《红太阳颂》《伟大的创业者》《巍巍太行山》《红色的十月》《伟大的洪流》《海歌》等散文。[①] 如果说,刘白羽解放后的通讯特写使我们感受到我军指战员身上闪耀的革命英雄主义光彩,“建设斗争前哨上新鲜的、锐进的生活图景,生活气息,战胜困难的激情,劳动创造的幸福”,[②]那么,他的抒情散文使我们领略到“中国血的战斗的一点历史脉络,火热建设的一点闪光”,[③]领略到作为一个革命战士为生活和斗争而歌唱的豪情壮志。刘白羽的散文,一方面,主题的革命性和时代感固然有动人心魄的思想力量;另一方面,作品的主题又是和多彩多姿的艺术手法辩证地统一起来的,构成了他独特的艺术魅力和风格。

一

读刘白羽的散文,我们像随着作者攀上时代的“高山之巅”,俯视我们整个生活的灿烂图画:千姿万态的长江,茫茫浩瀚的大海,雄伟苍莽的长城,以及五彩斑斓的旭日、朝霞、灯火……让你庄严地思索着昨天的道路是怎样开拓的,今天的道路又通向哪里,你会沉浸在一种对战斗的人生和美好明天的憧憬之中。

作者的哲理思索,是启霎读者心往神驰的思想力量。

刘白羽善于把诗的“触角”伸向光明、纯洁、壮美和富有象征意义的美好事物,如喷薄的红日、冲天的炮火、一往无前的江轮、熠熠放明的灯火,这使他的散文获得鲜明的美感和洋溢着一股浓郁的诗意。不仅如此,他能够自觉地从无产阶级革命与人民民主专政的高度,透过这些美好事物的表象,洞察底蕴,挖掘本质,借以展开一种严峻而深沉的哲理思索,这是刘白羽散文立意的一个显著的特色。

众所周知,刘白羽曾经是一位随军记者,一位驰骋千里战场的军人。“作为一个在尘土飞扬的行军道路上走过的人,在战火纷飞的前线上走过的人,今天回想起来,在最初一刹那,就像一下看到灿烂的阳光,心中说不出那么欢欣,鼓舞,幸福,喜悦。”[④]因此,社会主义建设中的一人一事、一景一物,一经叩击作者

---

① 打倒“四人帮”之后散文作品结集为《红色的十月》《芳草集》等。

② 刘白羽:《文学杂记》,第 181 页。

③ 《刘白羽散文选·前言》。

④ 刘白羽:《红玛瑙集》,第 52 页。

的心弦，便很自然地引起他对“血与火”的思索，从历史深处和革命高度进行艺术想象和艺术概括。从对闪光事物的捕捉、生活感兴的触发，到严峻深沉地展开哲理思索，这是刘白羽散文构思的一般过程。这种哲理思索像火花一闪，把作者立意的思路照得通明；同时，它也是照耀读者感受作品诗意的思想闪光。我们读《长江三日》吧。

这篇散文是刘白羽的代表作。作者用浓艳的画笔，制作了一幅五彩缤纷的长江的油画，热情洋溢地抒写了深邃的革命哲理。第一日，文章叙写江轮由重庆开出而未入三峡的一段历程，着重突出长江千姿万态的美。水天风雾、浩浩江流是作者的感触，从沉沉黑夜中冲破惊涛骇浪、昂奋前进的江轮，是作品捕捉的而又贯穿始终的主体形象，作者把它们与我们的时代、我们的生活联系起来了：“我觉得这是我所经历的大时代突然一下集中地体现在这奔腾的长江之上。是的，我们的全部生活不就是这样战斗、航进、穿过黑夜走向黎明的吗?”由于这一思想的熔铸，江轮便成为我们整个革命事业的诗意象征了，“战斗、航进、穿过黑夜走向黎明”的哲理思索，也便成为贯穿全文的内在思想红线。第二日，作者叙写了江轮穿过瞿塘峡、巫峡、西陵峡的惊险情状，以及三峡的雄伟壮观、妖娆绮丽。其中，突出渲染江轮与狂风恶浪、暗礁险滩的搏斗，并穿插对两岸层峦叠嶂的精描细刻及山川历史、优美传说的叙说，初看起来似乎全是实写，但读者从“看起来这青滩的声势十分吓人，但人从汹涌浪涛中掌握了一条前进途径，也就战胜了大自然了”数句，便能够领会哲理思索的“神”：领航人只有用智慧和胆量征服暗礁险滩，才能开辟一条无往而不胜的道路。显然，这一部分含蓄地把“战斗、航进、穿过黑夜走向黎明”的哲理思索引向深处，这种含蓄弥漫着一种诗的气氛。第三日，文章叙写长江“楚地阔无边，苍茫万顷连”的清丽景色和作者穿过三峡后的恬静心情。巧妙的是，其间穿插了卢森堡《狱中书简》中的两段话，用以表现一个无产阶级革命家的坚定信念和乐观主义精神，这把“战斗、航进、穿过黑夜走向黎明”的哲理思索推到新的境界。作者说：“我不能不意识到，今天我们整个大地，所吐露出来的那一种芬芳、宁馨的呼吸，这社会主义生活的呼吸，正是全世界上，不管在亚洲还是在欧洲，在美洲还是在非洲，一切先驱者的血液，凝聚起来，而发射出来的最自由最强大的光辉。”作者启发读者去思索，无产阶级在开辟革命道路的过程中，必须具备革命必胜的信念和乐观主义的精神，前仆后继，百折不挠，以生命和热血去“凝聚”“最自由最强大的光辉”。至此，文章的哲理思索进入高潮和顶峰。不难看出，哲理思索是作品立意和构思的“凝光点”，文章虽然落墨于山河画卷，却处处着眼于哲理的诠释，因此，气势壮阔，格调高昂，诗意浓烈，画意、诗情与哲理交融而浑然一体了。假如没有这个“凝光点”，这篇作品就失去了灵魂，失去了激动人心的思想力量和艺术力量。优美的散文总是在鲜明的形象中包含着一种哲理的诠释，它们可以通过写人、叙事、绘景、状物等形象化的文学手段，来蕴含曲包内在的思想和哲理。“当思维从具体的东西上升到抽象的东西时，它不是离开……真理，而是接近真理”①。艺术性散文区别于“哲理诗”的这种性质和特点，用高尔基的话说，是“把真理化为形象”。② 刘白羽散文的哲理思索有他的特点：常常命意于光明、纯洁、壮美和富有象征意义的事物，从中寄托着无产阶级的崇高理想和抱负。因此，在他的笔下，被描写的具体事物，就成为贯注生气、充满诗情、富有战斗美的艺术形象了。例如，《日出》中一轮晶光耀眼的旭日，是躁动于黑夜之中而终于战胜黑暗、夺取世界光明的大智大勇的形象；《长江三日》中的江轮，是冲破惊涛骇浪、开辟前进道路迎接灿烂灯火的“革命航船”；《樱花》中的樱花，不是那种象征武士道精神的樱花，而是傲雪怒开、迎接风雨的日本人民革命精神和革命热情的写照；《海歌》中波澜壮阔、旋卷向前的大海，则可以看成在打倒“四人帮”以后，我们社会主义祖国继续新长征的雄姿……这些富于个性的主体形象，分别活跃在散文篇章里，贯穿每一篇作品的始终。这样，作者的哲理，决不是抽象的呼喊，而是形象化的有层次的阐释，是哲理与诗的结合。

刘白羽还善于把对客观事物的哲理思索，凝成一两句诗句或一首诗，这是他哲理思索的特点，也是他在散文中创造意境的特点。如：

《日出》——“我们是早上六点钟的太阳”；

《灯火》——“灯火……”；

《青春的闪光》——“一个新世纪的早晨”；

《长江三日》——“战斗、航进、穿过黑夜走向黎明”；

---

① 列宁：《哲学笔记》，人民出版社，第 155 页。

② 《和青年作家谈话》。

《红玛瑙》——“地球是个红玛瑙，我爱怎雕就怎雕……”四句诗；

《火光照红海洋》——“火光照红海洋”；

《海歌》——“我爱海涛飞白雪”一首诗；

……

这一两句诗句或一首诗，是创造意境的“焦点”。《长江三日》，如果作者不是在描绘长江画卷中展开诗的哲理想象，那江天、风雾、礁石、恶浪、两岸青山、江轮的千里航程，自然不会组成一幅比现实画面更瑰丽、更雄伟、更理想的画面。《红玛瑙》，如果作者不是以“地球是个红玛瑙，我爱怎雕就怎雕”一首诗作为辉照全文的“眼点”，作品就会流于对回延安后一般见闻的叙写，意境就会显得肤浅苍白，那些至理诗情的抒写就失去了诗的“神经”。因为有了诗的“焦点”，所以，作者的哲理思索、主观理想和被描写的客观形象更完美的得到统一，散文的意境更深邃、更具有诗的情调和色彩。由此可见，刘白羽在散文的炼意上，活用了古人“立片言而居要，乃一篇之警策”[①]的经验，又有了自己多少独特的创造！

必须指出，刘白羽的哲理思索来源于对客观事物的深刻感受。他在回答如何捕捉和表现生活诗意的问题时，谈过《火光照红海洋》这篇散文的创作经过和体会。他说：“……我自己从生活中观察得来，成为我的一句诗，于是我写下了‘火光照红海洋’。这毫无神秘之处。很显然，这种诗意本来存在于我们的现实生活之中，但它要经过人们的观察、认识、想象，而后才能努力地把它表达出来。”[②]诗意来源于现实生活，哲理思索是作者对于现实生活的“认识、想象”。刘白羽善于通过哲理思索，进而把生活的诗意提炼为散文的诗意。

哲理的深处，是诗意的浓点。这是刘白羽散文中反复追求、努力创造的境界。正是这个原因，他的散文的基调总是雄壮的、昂扬的。

二

黑格尔说过：“艺术家一方面要求助于常醒的理解力，另一方面也要求助于

---

① 陆机：《文赋》。

② 刘白羽：《给人民作一个通信员》，见《作家谈创作经验》，中国青年出版社。

深厚的心胸和灌注生气的情感。”①意思是说，艺术家对生活要有深刻的理解和认识，还要在作品中渗透和饱含作者的感情。散文是文学体裁中一种长于抒情的文体，刘白羽很注重发挥散文抒情的特长，如他自己所说：“如果作者不把血、感情流注到文章里，文章又怎能有燃烧的热情，有光彩呢？”②

在刘白羽的散文中，革命的哲理是通过鲜明的形象来揭示的，不过这些只有与革命激情熔为一炉时，才能更深切地晓之以理，动之以情，给读者以思想上的启示和情感上的陶冶。由于作者是在“血与火”的战争中成长起来的革命战士，对于生活的热爱、对于未来的向往、对于真理的追求，总是情不自禁地诉诸他的笔端。感情奔放，气势浩荡，于文章的起承转合间见壮语的苍莽情味，在字里行间倾注着为革命事业而引吭高歌的热情，这是刘白羽散文抒情的基本特色，也是他“把血、感情流注到文章里”的生动表现。

刘白羽散文的抒情，不是架空的抒发，而是与所描写的客观形象取得内在的融合。对此，一般散文作家是容易做到的。但是，刘白羽有自己的个性，不少散文有这样两个显著的特征：

一是借助于壮阔的景象，抒写自己豪放的襟怀。

《长江三日》中，作者抒发的是为祖国壮丽河山而讴歌的激情，是“战斗、航进、穿过黑夜走向黎明”的哲理豪情。这种感情的抒发，是随着山河画卷的逐层舒展而逐渐吐露的。结尾描绘了这样一幅壮阔的景象：

> 夜间，九时余——从前面漆黑的夜幕中，看见很小很小几点亮光。人们指给我那就是长江大桥，“江津”号稳稳地向武汉驶近。从这以后，我一直站在船上眺望，渐渐的渐渐的看出那整整齐齐的一排像横串起来的珍珠，在熠熠闪亮。我看着，我觉得在这辽阔无边的大江之上，这正是我们献给我们母亲河流的一顶珍珠冠呀！……再前进，江上无数蓝的、白的、红的、绿的灯光，拖着长长倒影在浮动，那是无数船只在航行，而那由一颗颗珍珠画出的大桥的轮廓，完全像升在云端里

---

① 黑格尔：《美学》第1卷，第349页。

② 刘白羽：《文学杂记》，第136页。

一样，高耸空中，而桥那面，灯光稠密的简直像是灿烂的金河，那是什么？仔细分辨，原来是武汉两岸的亿万灯光。当我们的"江津"号，嘹亮地向武汉市发出致敬欢呼的声音时，我心中升起一种庄严的情感，看一看！我们创造的新世界有多么灿烂吧！……

作者用色彩明丽的语言，从远近上下不同的角度，描绘大桥、江面和武汉两岸的亿万灯火，摹写各种灯火变幻的情状，组成了一幅迷离惝恍、色泽飞逸的灯火世界，给人以开朗、奇伟、辽阔、壮美的感觉，是诗，也是画。前面提到，作品在引用卢森堡的两段文字以后，把哲理思索推向顶峰。至此，作者胸中奔突的感情也升腾到高潮。感情的高潮是借助于这一幅壮阔的灯火画面来表达的。正是通过这幅画面，展示"战斗、航进、穿过黑夜走向黎明"的"曙光"，展示"我们创造的新世界"。"思想越深刻，感情也就越深刻"。[①] 深刻的思想、革命的激情完全饱含在壮阔的画面之中，一个革命战士的豪放襟怀显露在我们读者的面前。

为了更好地抒写自己的襟怀，刘白羽在壮阔的景色描绘中，注意突出"动"的气势。武汉的灯火画面，是以江轮的"动"、江水的"动"，去写亿万灯火的"静"，因而灯火也随之而"动"了。这种"动"的气势，烘托着作者感情的"升腾"。《日出》中，作者描绘了另一幅壮阔的景象：开始是"游动着一线微明，它如同一条狭窄的暗红色长带"；接着，"那条红带，却慢慢在扩大，像一片红云了，像一片红海了"；尔后在"红海"上"簇拥出一堆堆墨蓝色云霞"，"突然间从墨蓝色云霞里矗起一道细细的抛物线，这线红得透亮，闪着金光"；最后"在几条墨蓝色云霞的隙缝里闪出几个更红更亮的小片"，"冲破云霞，密接起来，溶合起来，飞跃而出，原来是太阳出来了"。这一幅瞬息变化的风景画，是由若干幅连动的画面组成的，作者渲染日出的"动"，淋漓尽致地描绘这一轮旭日如何战胜"沉沉的浓夜"、冲破"墨蓝色云霞"，最后夺得世界光明的战斗美。虽然作者没有"直抒胸臆"，但从中寄托着作者革命的理想、优美的襟怀，读者似乎能够触感到作者大起大落的感情潮汐。是否能作这样的理解：作品描绘壮阔景象的"动"的气势，正是作者的思想在跃动，感情在奔突，诗兴在澎湃。

---

① 《别林斯基选集》第1卷，第237页。

二是熔情于理，情理并茂。

刘白羽的创作是从小说、通讯特写走向抒情散文的。在他的通讯特写中，体现了形象性与政论性的结合。这一特色在他的散文中又有所发展，即为融情于理、情理并茂。让我们随便举一个例子。《红玛瑙》这篇作品，是作者回革命圣地延安后写的。作为一个“真正的生命是在延安开始的人”来说，延安的一山一水、一草一木都和作者结下了不解之缘，萦回了多少革命的、战斗的情怀！当作者乘车驶近延安，看到窗外墙壁上的“地球是个红玛瑙，我爱怎雕就怎雕”一行朱红大字时，便浮想联翩、情思涌溢了。文章的结尾部分，当作者完整地看到这首诗的时候，这样写道：

> 这时，就像电炬一下照明了面前的大道，突然，像浮雕一样把我重来延安的全部思想、感情都刻画出来了。是的，正是在这里，正是在那庄严、艰巨的时代，我们的党，我们的毛主席就一步进一步地雕着这一个晶莹、透明、通红、发光的红玛瑙的新世界了。而为了塑造这一个新世界，首先就雕塑了一批又一批能创造新世界的人。他们给共产主义思想阳光照耀后，像血一样鲜红、像火一样明亮，他们的灵魂，像红玛瑙一样坚固、纯洁、闪光。而这一切不正象征着我们整个中国革命、战斗的形象吗？

这是在作者回忆了自己的成长过程，叙写延安的革命历史及其新貌之后得出的哲理性的结论。因此，虽是政论，又融入了作者炽热的诗情，诱发作者感情进一步倾吐：

> 我不禁进入沉思：“……如果说一个革命者，当他获得革命真理时才获得了真正的生命，那么，延安，在多少人心灵上点燃起那最初的一点火焰啊！而这火焰，从此便在你生活中永远熠熠闪光了……”……车轻快地奔驰着，奔驰着。我心中自言自语的勉励着自己：“让延安这个灯塔永远在我记忆中闪光吧！要创造一个红玛瑙一样鲜红、通明的新世界，那就先努力把自己锻炼成为永远鲜红、通明的红玛瑙一样的

人吧！”

这段抒情文字是前一段的发展。前者偏于议论，而议中有情，后者偏于抒情，而情中有议。前者的议论，把延安放在历史的深处去考察，让读者从理性上认识延安——她是革命的摇篮，是“整个中国革命、战斗的形象”；后者的抒情，让读者从“喝过延河水的人”异乎寻常的感情上去认识延安——她是革命者的母亲。请看，情以理动，理因情显，情与理的交融、抒情与议论的结合，使作者对延安的感情得到了有力的宣泄、深刻的抒发。在刘白羽的散文中，议论总是与描叙、抒情结合的，有时难以分辨，究竟是议论还是抒情。他常常是融情于理、情理并茂的作风。

一个有风格的散文作家，应该有他抒情的基本特色，还应该在不同作品里表现出多样的抒情风姿。刘白羽很注意抒情风姿的多样化。《红太阳颂》《红色的十月》《伟大的洪流》，似悬泉瀑布，飞流直下；《长江三日》《伟大的创业者》，似大江奔流，一浪高一浪地前进；《灯火》《青春的闪光》，犹如浪击礁石，有节奏地往复回环；《秋窗偶记》《冬日草》《平明小札》，好像轻风吹过湖面，漾起阵阵涟漪；至于《日出》，则随着画面的转换，感情步步积蓄，最后突然打开闸门，让洪水迸发……这种变幻的抒情风姿，画出了多种多样感情波澜的“图画”，使刘白羽的抒情具有一种独特的艺术的美感力。

三

杨朔的散文一般是围绕叙写一个人物、一件事情而层层展开的。刘白羽的散文则迥然不同。他以“意”为“帅”，以抒情为牵引线，散文中的人、事、景、物、情、理，是随着感情的发展变化而摇曳铺陈的。基于这个特点，徐迟说他的散文“以虚取胜”，[①]这是不无道理的。

刘白羽的散文在经营结构、布局谋篇方面，一般具有潇洒跳脱、严谨简练的特点。他以思想感情的红线作为经线，以生活剪影画面作为纬线，经纬互织，编

① 《说散文》，《笔谈散文》，第26页。

制成一幅幅五光十色的彩锦。

我们看《青春的闪光》这篇散文吧。作品是一首献给祖国第十个国庆的颂歌。在特定的时间——国庆十周年,特定的场景——我们首都的天安门前,作者抒发自己的一种特有的情绪:怀着中华民族自立于世界民族之林的自豪感,热情赞美、歌唱我们社会主义祖国和人民的革命青春。文章的开头勾画了一幅天安门前的素描画:"天将破晓,天安门工地上一片灯光、一片轰响。在这背景之下,我看到一个戴安全帽的青年人向我走来。他有着黑红的脸膛,明亮的双眸,他的一只手把一件上衣拎在肩头,他昂起胸脯,大踏步地行走。"这是一幅写生画,也是一幅写意画,作者把它与我们社会主义祖国的青春联系起来了,沉入了"是一首诗,一幅画"、"是一个新世纪的早晨"的思索,抚今追昔,浮想联翩,一连给读者摄下了好几幅历史和现实的剪影:飘着太阳旗的坦克在天安门前横冲直撞地碾过;人民英雄纪念碑破土施工;毛泽东同志 1949 年 10 月 1 日出现在天安门城楼上;火炮轰鸣的鸭绿江畔;冰雪闪光的大森林里;炉火熊熊的马丁炉前等。作者时写人,时写事,时是历史的回顾,时是现实的描写,笔墨酣畅,汪洋恣肆,走笔行文,不拘法度。这是结构潇洒跳脱的一个方面。另一方面,随着作者对祖国和人民的革命青春的纵情歌唱,随着感情的抑扬抗坠和往复回环,这些剪影画面由思想感情的牵引而井然有序地连接起来。思想感情红线的贯穿、与形象画面穿插的结合,又使散文的结构显得严谨而简练。虽然,看起来这些画面是伴随思想感情的跳跃而"带"出来的,一路写来,似漫不经心。但这些画面是经过精心安排的,从天安门前一幅素描画落墨,到以天安门前遥望全国的一幅壮丽图画收笔,每一幅画面都是围绕着"青春"的主题错落有致地展示的;同时,又以"红丹丹的笑脸"、"亮晶晶的眼睛",作为焊接每一幅画面的"焦点",因而显得形散而神不散。

刘白羽认为,"好的结构,应当不是平铺直叙,而是波澜四起"。[①] 他除了在散文的整体结构方面讲究潇洒跳脱和严谨简练的结合之外,还善于在布局中运用多种手法,以构成散文的波澜。

以"对照"造成波澜,在刘白羽散文中是多见的。历史和现实、今天和将来、

① 刘白羽:《文学杂记》,第 186 页。

战争和建设、创业的艰辛和新生活的芬芳，对照地出现在他的散文篇章里。《青春的闪光》中，在勾画天安门的素描后，接着，又把一幅飘着太阳旗的坦克横冲直撞的画面推到我们面前，旋即又展示人民英雄纪念碑破土施工的壮丽一幕，在历史与现实的对照中，文章开阖变化，波澜顿起。《冬日草·雪》里，就有两幅历史的素描，一幅是长安街的冬夜，风吹老树，雪打寒窗，乞讨者在哀号；一幅是汾河边的冬夜，燃着战火，响着枪声，音乐家伏身创作。这两幅情调不同、气氛殊异的历史画面交相辉映，结构上大起大落，意境也随之转深了。我以为，作者的这种对照手法，不能单单看成是结构上的特点，也是创造意境的特点。

刘白羽喜欢将一两句诗句、一种情思、一个形象在作品中多次出现。这种"反复"手法的运用，从结构上来说，使他的一些散文的波澜具有鲜明的形式美。《灯火》中"灯火……"诗句的多次反复，《青春的闪光》中"红丹丹的笑脸""亮晶晶的眼睛"的多次反复，结构显得很有龙骨，每一次反复给读者的印象由浅入深，由淡转浓，章法上显示着有节奏的起伏变化。《秋窗偶记》《冬日草》《平明小札》中的许多篇章，作者注重运用反复手法，主要表现在"尾音"与"起调"的圆合、呼应上。这些反复手法用得灵活自然，突出了散文波澜的和谐统一的形式美。

"对照"是相反相成、相辅相成，"反复"是异中求同，同中有异。二者都是于整齐中求变化，于统一中见波澜。此外，刘白羽还用抑与扬、疏与密、虚与实等辩证法，设计散文的波澜。

《日出》这篇代表作，以作者毕生看日出的理想作为线索贯穿全文，先后制作了五幅有关日出的图画。作品开头告诉读者，"登高山看日出，这是从幼小时起，就对我富有魅力的一件事"，"但很长很长时间，我却没有机缘看日出"，这在读者心理上造成一个悬念：作者到底看到没有？接着，作者从海涅的散文、屠格涅夫的小说中摘录了两幅日出的画面，神奇、优美的景象引起了读者的神往，加深了读者的悬念。尔后作者笔锋一转，分别叙写了在印度科摩林海角和黄山狮子林看日出的情景，眼看就要实现多年的愿望，然而未能看到，不禁使读者感到惋惜和遗憾。最后，作者描绘了在"没有一点准备、一丝预料"中看到的日出奇景，把"无与伦比的光华、丰采"展现在读者的面前。显然，作者先依次画出四幅有关日出的图画，不直写，而曲写，一抑再抑，欲扬故抑，酝成"千呼万唤"之势，在充分渲染以后，让第五幅画面才“始出来”。抑与扬相得益彰，布局也就曲折有致、富于变化了。因为运用了欲扬先抑、欲扬故抑的手法，所以画面之间的组接类似采用了电影叫“板式”蒙太奇和“错觉”蒙太奇的方法，简洁明快，流畅自然。作品的结构因此疏密相间，山回峰转中的“疏”与五幅画面(特别是最后的画面)的“密”，安排得有简有繁，浓淡得体。同时，主题因最后“点睛”而“虚”出，更因日出奇景的“实”写，而留给读者以无限的画外之意了。

总之，文章中的波澜，不是作家的主观臆造，是千变万化的客观现实的反映，是作家对生活题材经过反复提炼和深入发掘的结果。作家个性风格不同，文章的波澜也各呈异彩。同样是写日本的樱花，同样是歌颂日本人民不畏强暴的革命精神的主题，也在同一段时间创作，不同的手笔有不同的波澜。正如马克思所说：“每一滴露水在太阳的照耀下都闪耀着无穷无尽的色彩。”[①]如果说，冰心的《樱花赞》，是伴随着繁简得体、渲染有度的促膝絮语而见其波澜；如果说，杨朔的《樱花雨》，是在精心设计人物画的虚实、疏密、浓淡中而见平中出奇的波澜；那么，刘白羽《樱花》的波澜，是伴随着对日本人民的历史和今天的哲理思索而层层推开的，“樱花”主体形象的反复出现，又赋予作品的波澜以鲜明的节奏感。由此可见，刘白羽的波澜是有个性的。

四

凡是优美的散文都有文采。文采的风姿是多样的，雄浑是美，壮丽是美，清新是美，含蓄是美，绚烂是美，朴素也是美……有个性风格的散文，总是显示出有个性风格的文采。文采是通过语言来体现的。刘白羽散文的语言，就像一副色彩斑斓的调色板，展示出一种绚烂美。

刘白羽散文的语言风格与其作品的思想内容是统一的。深刻的哲理、磅礴的壮怀以及灿烂的旭日、灯火、山川，一经孕育成散文的意境，优美的文辞便奔涌于笔端了。试想，面对气象万千的大江，没有一支浓妆艳抹的彩笔，巨幅画卷是不能制作的；面对瞬息万变的旭日、雄浑苍莽的大海，没有丰富美丽的语言以

---

① 《马克思恩格斯全集》第1卷，第7页。

及驾驭这种语言的能力，战斗的诗情就不可能抒发得如此壮美。哲理、画意、诗情与绚烂语言的完美结合，散文的思想才会因此而色泽飞逸、大放光辉。

构成刘白羽散文语言的绚烂美的因素是很多的。

首先，刘白羽继承了古代散文语言的音乐性和绘画美。他的散文在炼意的同时，讲究炼句炼字，注意语音的轻重长短、抑扬顿挫，很有音乐感。如“江河冲开了银色的朝雾，山谷吹出了绿色的微风，‘当——当——当’一阵铁砧声，‘出钢了！’金红色的熔液喷射出灿烂夺目的火花，火花在飞在跳，在爆在响”[①]，“而今，披几点晨星，戴两肩霜冷，跨马渡冰河，风寒似箭，马停中流，饮几口河水，仰头嘶叫两声，践踏起一阵浪花，奔向前去”[②]等，像这样的例子，在刘白羽的散文中俯拾即是，作者注意在散文语言的多样性中求整齐，从变化中求和谐，读起来顺口、铿锵，富有较强的节奏感。其中作者还注意句子的声调、用词的大致对仗，因而奇偶相生，对句多出。这种“高下相须，自然成对”[③]的对偶，正是魏晋文章的作风。刘白羽是长于写景的，他的散文描绘了多种多样的图画，写动景、写静景都很注意语言的色彩，如《长江三日》，作者在江轮上刻画扑面而来的青山、险滩、暗礁、帆篷等等，采用“移步换形”的手法挥洒点染，眼前的山岩是“倒影如墨”，远处的山峦是“碧绿如翡翠”，红艳艳的霜草是“满山的红杜鹃”，江面上的帆篷就像“一束一束雪白的花朵在蓝天下闪光”，浓淡相宜，十分传神，情和景尽在言中又溢于言外，具有语言绘画美的特点。

其次，刘白羽恰当地从古今中外作家和诗人的作品中旁征博引，为他的散文润色添辉，这也是他散文语言绚烂多彩的一个方面。他的大量而又大胆的援引，不是精粗杂陈，堆砌没有内在联系的“七宝楼台”，而是严于取舍，经过再创造，成为文章不可分割的血肉。在《秋窗偶记》第一章中，作者用杜甫的“国破山河在，城春草木深”的诗句，概括第一次为长城画像的时代特征和自己伤时忧国之情；又用毛主席“天高云淡，望断南飞雁，不到长城非好汉”的词句，抒写自己在战争年代再次登上长城的激情壮怀。两次引用，两种情绪，两种境界，创造了一个动人的意境。《日出》中引用海涅和屠格涅夫作品描绘日出的文字，借以引

---

① 《青春的闪光》。

② 《秋窗偶记》。

③ 刘勰：《文心雕龙 · 丽辞》。

起读者观看日出的浓烈情趣、无限憧憬，在结构上造成了奇峰突起的波澜。《长江三日》中，引用许多诗人的名句、民谚、民间传说以及卢森堡的文字等，则兼有制造气氛、烘托环境、抒发感情、画龙点睛的作用，与全篇作品的格调相和谐。基于作者平素积累了大量资料，写作时又恰到好处的荟萃和点化，赋予它们以全新的意义，这样不仅给读者一种鲜明、生动的情趣，而且为他的散文增加了一层色调、一层诗意。

此外，刘白羽的语言中经常运用排比，以壮抒情气势；运用大量譬喻，形象地去描摹事物，以引起人们的深思和联想等，都是他散文语言的特色。

五

综观刘白羽的散文，于哲理思索中含深沉，于感情喷薄中露豪迈，于布局谋篇中显潇洒，于征辞选字中见绚烂，这些构成了他散文创作的基本特色：雄浑、豪放。

这是刘白羽散文的主导风格。

一个成熟的散文作家的风格，决不会单调划一，而是丰富多彩。刘白羽散文风格是多样化的。他早期的《同志》《记左权同志》等散文，是偏于写实的，有一种平实、明朗的特点。1958年和以后的《从富拉尔基到齐齐哈尔》《一幅灿烂的生活图画》《写在太阳初升的时候》等作品，勾画出一幅幅风景画、人物素描画，透露出浓烈的乡土气息，兼有一种朴茂的风味。打倒"四人帮"以后，缅怀毛主席、周总理、朱德委员长的三篇散文，在往事漫忆中流露出一种缠绵之情，而有"长歌当哭"的悲壮格调。

这里需要特别指出，《秋窗偶记》《冬日草》《平明小札》等三组近二十篇短文，是令人瞩目的作品。这些篇什，短则几百字，长则千字余，写法灵活，格调相近，玲珑剔透，是作者在风格化方面所作的一次艺术实践。如果把这些作品与他的其他散文比较，在风格上有两点尤为突出：

第一，创造抒情短诗的意境。

在这些作品中，窗外豆蔓瓜藤、绿叶扶疏的碧绿世界，飞舞着的漫漫雪花，记事本中残留着光泽的花朵，破晓时在空中闪耀的启明星，甚至一句优美的诗句，是打开作者思路的引起“感兴”的形象。同时也是附丽诗情的艺术形象。作者通过联想和想象，神与物游，随物赋形，把对形象的描绘，自己生活经历中的见闻、感受归为一道，开阖收纵灵变妖娆，总是把读者引入诗的境界。《平明小札》中的《急流》，从闽江的急流写起，笔墨淋漓地勾画了一只木船驾驶急流、勇敢前进的画面，无数礁石森然林立，水急，浪急，流急，但是小船“出没于惊涛骇浪间，一下埋入波涛之中，一下浮升波涛之上”。由此而引起作者的想象：“那江流上有一条平安的道路，这道路是属于勇士的。勇士乘那奔腾澎湃之势，追风逐电，翱翔自如，转瞬千里；而懦夫还没有进入急流，早已为那显赫的声势所威慑，丢魂丧胆，低头徘徊，而结果也只能使自己和自己所驾驶的船只一道击沉撞碎。”哲理的融入，感情的融入，急流、木船、礁石便成了富有思想感情的艺术形象，这幅“急流小船图”既有画意又有诗情，是一种远比现实画面更有思想的境界了。文章铺陈两渡天险急流之后，结尾说“生活在革命斗争浪涛中的人，应当做乘长风破万里浪的能手，因为急流是永远奔腾前进的”，就把作品归结到诗的高度，把意境升华，更有浓厚的抒情味。《急流》的意境如此，其他各篇也极为相似。经过选择的艺术形象、艺术形象特征的美感（如木船驾驭闽江急流从容镇定、追风逐电的战斗美）以及作者由生活斗争而唤起的独特感受，这三者融为一体，构成了这些短篇的意境。与刘白羽的其他篇幅较长的作品比较，作者力求意境的洗炼和诗意的浓缩，着意在短小的篇幅中容纳纵深宽广的内容。读这些制作，就像读着一首首抒情短诗，清新隽永，韵致蹁跹，别有一种诗意的感受。

第二，追求豪放与蕴藉的结合。

这些短篇，作者选取的是清晨、绿夜、急流、夜月、歌声等抒情的“细节”，状物取神，阐幽发微，从中寄托生活哲理，叙说作者的典型情绪和感受，告诉读者“物皆著我之色”。深沉的哲理思索，豪情壮意的抒写，以及不拘一格、脱口成章的抒情调子，仍不失为豪放的一面。同时，作者娓娓叙写的过程，是引导读者接受生活哲理和豪情壮意的过程，一般不是直说，而是曲写、托物言志。这是蕴藉的一面。《秋窗偶记》第二章，作者描述窗外“一片碧绿世界”的微妙变化。从孩子下种遇到天旱，作物病恹恹的不能生长，到瓜藤的“须蔓轻轻伸到窗纱上摇荡”，孩子、作家都与这“碧绿世界”发生了浓厚的感情联系。作者敏锐地发现了靠院落南半边的一株“得天独厚”的向日葵，“茎子长得竟有茶杯粗细，叶子也像蒲扇一般肥大，你感到它身子里充溢了生命的汁液”，“自有它的凌云壮志”。乍看起来，作者似乎与你促膝谈心，随意话来，可是再往下看，读者的心灵就激烈地鼓动起来了：

这时我忽然想到：它所以拼命钻天的长，是它在竭力超出这南屋遮着的阴凉，而超过屋檐，去寻找太阳。于是我打开窗门探身出去一看，果然在超出屋檐之后，这株向日葵的金黄花瓣怒放得简直像火焰一样，而花盘起码有一个面盆那样圆大。我欢喜极了。我知道它正是寻求阳光过程中把自己生长得如此茁壮、如此高大。

作者用向日葵这个“特写”形象，集中概括了多深刻的哲理，融进了多壮美的情思！文章写完了，含意没有完，说了几分，还留几分让读者去联想、去寻味：向日葵寻求阳光若此，一个青年人该怎样呢？一个革命者该怎样呢？难道不是启迪人们这样思索：胸怀追求光明、追求真理的凌云壮志，才能使人获得奋发前进、夺取胜利的胆识吗？不用多举例，在刘白羽的这些散文诗中，他把豪情壮志的独特感受与含蓄的托物明理巧妙地结合起来，追求一种“弦外之音”。这是一种豪放与蕴藉相结合的风格。

无庸讳言，刘白羽的散文在艺术上尚有不足之处。诚然，在他的作品里政论与叙事、描写、抒情取得较好的统一，不失很多融情于理、情理并茂的优美文字，但在一些篇章里，过多的政论难免会削弱散文的形象性，在一定程度上给读者产生繁冗之感。在语言上，重复运用一些豪言壮语和“像刚刚诞生过婴儿的母亲”等等比喻，本来具有很强的艺术感染力，用多了，味道就会渐渐减退。这些，仅仅是白玉微瑕而已。

（原载《散文十二家》，人民文学出版社，1992 年）

曾敏之(1917—)，散文家、编辑家，广西罗城人(祖籍广东梅县)。笔名丁淙、望云。十五岁出任小学校长，十六岁赴广州半工半读。1938 年参加中华全国文艺界抗敌协会桂林分会并开始文学创作。1939 年考入广西建设干校，毕业后相继任桂林《文艺杂志》助理编辑、《柳州日报》副刊编辑兼采访主任、桂林《大公报》特派记者、重庆《大公报》记者兼采访主任、香港《大公报》华南版主编及评论员。新中国成立后，于 1950 年任《大公报》《文汇报》、中国新闻社广州联合办事处主任。1957 年被错划为右派。1960 年后调任暨南大学副教授及写作教研室、中国现代文学教研室主任。1978 年后任香港《文汇报》副总编、代总编、评论委员会主任、文汇出版社总编。现任香港作家联会会长、中国当代文学学会台港文学研究会长，暨南大学、同济大学客座教授，广东社科院客座研究员、华侨大学名誉研究员，系中国作家协会会员。

曾敏之 1938 年后即开始在《文艺阵地》(茅盾主编)、《文艺生活》(司马文森主编)、《大公报·文艺》(杨刚主编)等报刊发表短篇小说、散文、报告文学等，其中《周恩来访问记》《闻一多的道路》有广泛影响。迄今共出版散文、杂文专集 17 部：

《拾荒集》(桂林萤社，1941 年)；

《鲁迅在广州的日子》(广东人民出版社，1951 年)；

《岭南随笔》(广东人民出版社，1953 年)；

《望云海》(人民文学出版社，1981 年)；

《文史品味录》(花城出版社，1983 年)；

《观海录》(香港林真文化出版公司，1984 年)；

《当代杂文选粹·曾敏之卷》(湖南人民出版社，1986 年)；

《观海录二集》(中国文联出版公司,1987 年);

《文苑春秋》(广西人民出版社,1987 年);

《曾敏之散文选》(天津百花文艺出版社,1991 年);

《听涛集》(香港三联书店,1992 年);

《春华集》(海峡文艺出版社,1994 年);

《温故知新》(香港获益出版公司,1994 年);

《遇旧》(中国文联出版公司,1995 年);

《四海环游》(广西人民出版社,1995 年);

《空谷足音》(北京新世纪出版社,1998 年);

《书与史》(中国文联出版公司,2000 年)。

另有《曾敏之文选》《香港作家散文选》《香港散文名家作品精选》及文艺论集《谈红楼梦》《诗的艺术》《古诗撷英》等多种著作问世。

曾敏之的散文、杂文中,有《观海录二集》获全国优秀杂文(集)奖(1989 年),《奇画遥牵两岸情》获中央人民广播电台优秀征文奖(1998 年),《桥》获广东秦牧散文奖(1998 年),另有《桥》《忆》《潇洒人生》等作品被选入《香港散文选》《中国新文学大系》(1937—1949)散文卷、《中国当代散文精品大观》等多种散文选集。评论曾敏之散文的文章主要有:

《〈望云海〉跋》(峻青),《广州日报》1981 年 6 月 23 日、《当代》1981 年第 2 期;

《苍茫云海寄所思——读曾敏之的散文集〈望云海〉》(丛培香),《文学报》1981 年第 31 期;

《一脉真情,明丽多彩——读曾敏之散文集〈望云海〉》(张绰),《南方日报》1983 年 1 月 5 日;

《曾敏之文集:知识与智慧之书》(黄维樑),见《香港文学再探》(香江出版有限公司,1996 年);

《曾敏之的杂文随笔》(周文彬),见《当代香港写实小说散文概论》(广东教育出版社,1998 年);

《曾敏之——集报人、诗人、学人于一身的作家》(曹惠民),见《台港澳文学教程》(汉语大辞典出版社,2000 年)。

《中华文学通史》(第十卷),《20 世纪中国文学通史》《中国现代文学史(1917—1977)》下册、《20 世纪中国杂文史》《中国当代文学史》《中国当代散文史》、插图本《中国当代散文史》《广西散文百年》(徐治平主编)均对曾敏之散文设有专章(节)评论。此外,有 1998 年纪念曾敏之文学创作 60 周年特辑《文传碧海》(香港明报出版社,2005 年),收有多篇评论曾敏之散文、杂文的文章,亦可参阅。

创作浅谈

曾敏之

如果要问我生平有什么嗜好?我会毫不犹豫地回答:爱读书,也爱写作。但是从读书通向写作却走了一条漫长而艰难的路。

数十年来与书结缘是特深的了。远在三十年代初期,我就与新文学、古典文学、史学……作了较多的接触,那时是在广州。

不知道是从哪一位前辈的著作中看到这样的警语,说读书要"博闻强记";后来又从司马迁的事迹中看到有"读万卷书,行万里路"的记载,不禁心向往之,从而形成了自己的读书观点。

我决心循着两条道路去探索书的奥秘——知识的奥秘:

一条是从新文学到古典文学与古典诗歌。

一条是从史学进入文史领域。

记得三十年代初期,我在广州过着半工半读的日子,生活书店与广东中山图书馆是我追求知识的两座宝库。

生活书店是邹韬奋先生创办的,总店设在上海,在广州的永汉路设有分店,销售社会科学、文学方面的书籍刊物,当年的生活书店辟有读者阅读的座位,我是常到的小客人。在书店中,我如饥似渴地浏览"五四"以来的文学著作。不久,我得到一套《世界文库》,视野从此更扩大了,因为这套文库刊载了英美重要作家的代表作,也有苏联作家的作品,狄更斯、杰克·伦敦、马克·吐温、泰戈尔、萧洛霍夫、果戈里、屠格涅夫都出现在我的眼前,我贪婪地读了他们的作品。因为对世界文学有了涉猎,兴趣更浓了,促使我进一步研读北欧、法国的文学作品。

由于对文学的兴趣不断增深，自然地萌发了从事文学创作的念头。为了要学写散文、小说，就研读鲁迅的作品、契诃夫的短篇小说，也研读中国的古典小说、古典散文。

中国的古典散文，从先秦诸子到明清的作家，作品真是琳琅满目，美不胜收。

《资治通鉴》是史书，也是散文，读了它，配合研读先秦诸子的文章就比较容易些了。有了历史的常识，对欣赏古典散文有很大的帮助，语文知识、写作技巧，都可从历史、散文的基础获得提高。

为了掌握语文知识、表现方法，我也大量阅读古典诗词及诗话、词话。我从友人处获得的一套线装的《全唐诗》就陪伴我十年。由于诗词是最精练的语言结晶，是千锤百炼、高度概括的艺术语言，多读，多理解，从而融会贯通，就有助于文学的运用，语汇的积累。写起文章来，设象形容，修辞比喻，抒发情感……都有帮助，所以鲁迅说“文章得失不由天”，意思是指勤与怠是重要因素。我记得鲁迅早就说过李商隐的清词丽句，对他很有影响，后来他写《白莽作“孩儿塔”序》，赞扬殷夫的诗：“这是东方的曙光，是林中的响箭，是冬末的萌芽，是进军的第一步，是对于前驱者的爱的大纛，也是对于摧残者的憎的丰碑”。鲁迅的抒情、比喻、形象的手法，简直就是诗呢！

说到鲁迅，他的文章真是集冷峭、精练、深刻于一炉。我从鲁迅的作品中领悟到许多写作上的奥秘，例如他的杂文，就极变化、简练、准确之奇致，几乎字无虚发。他的文章，有人说是从魏晋风骨的传统而来，这种观察是有根据的。就自己读书的一点经验而论，从早年的“博闻强记”开始，到了后来，就服膺于“由博返约”了。读书有如在人生浩瀚的海洋里游泳，不能老是随波逐流，俯仰浮沉，也要找到彼岸有所憩息，有所沉思，“由博返约”的约就是沉思的反映。正如昭明太子在《昭明文选》序文中所说的“辞归于翰藻，义归于沉思”。“辞归于翰藻”就是用文字表达，也就是写作。读书在乎运用。不求甚解也不是办法。荀子对读书、学习有句名言：“骐骥一跃，不能十步，驽马十驾，功在不舍”，是很有道理的。

我如今仍在读书、写作，却以“三余”自勉了，所谓“三余”，就是“冬者岁之余，夜者日之余，阴雨者时之余”，只求能抓住一点时间，就读一点，写一点，以驽马的精神从学从写了。

（原载散文集《遇旧》）

自选作品

周恩来访问记

四月二十八日是一个郁热的晴天。

周恩来从怡园回到曾家岩五十号已是午后三点半钟。在车上，他虽然回味与马歇尔将军长谈三小时的那种近乎僵持的难过，但是他却为那些切望中国民主团结和平而奔走的人们的热诚而感动。他想：“在今天跟文化界朋友话别茶会上应该把时局的关键告诉他们：政府坚持攻下长春再谈停战，多少天来大家所希望的谈判还不能无条件的乐观……”

重庆文化界人士应邀到会的有两三百人，他们在等着周恩来。当周恩来踏进会场时，大家用热情的眼光注视他，期待他带来一种为大家所期待的希望。

周恩来穿着派力司的西装，从他新理过发的容颜看，他显得英姿焕发。如果不是他那浓黑的眉宇间紧锁着忧郁，如果不是他的愁蹙感染了到会的人，今天茶会的气氛一定是很热烈的。

在一片静寂中，周恩来报告东北谈判的经过，他的声音是揉合了韵律的。当他说到一两天内就要离开重庆去南京时，他流露了沉郁的表情。

“重庆真是一个谈判的城市。”周恩来深沉地回忆着说：“差不多十年了，我一直为团结商谈而奔走渝延之间。谈判耗去了我现有生命的五分之一，我已经谈老了！多少为民主事业努力的朋友却在这样长期的谈判中走向监狱，走向放逐，走向死亡……民主事业的进程是多么艰难呀！我虽然五十之年了，但不敢自馁，我们一定要走完这最后而又最艰苦的一段路！”

一屋静寂中可以听到善感的人的叹息声。曾与张学良有过深厚历史关系的王卓然起来说话了，他以东北人的立场呼吁东北的内战快停下来，同时对周恩来的感慨致一番安慰，他说：

“周先生十年谈判的生涯，虽然太辛苦了，但将来的历史自有崇高的评价。只可怜那一个远在息烽钓了十年鱼的人①，他这十年钓鱼的日子不是容易过的呀……”

王卓然这一番话引起大家欲哭不能的难过，而在周恩来那严肃的脸上，却闪过一种悲凉的泪光。

新房子里开始了凌乱，中共代表团的人员纷纷收拾衣物，准备等马歇尔将军派来接周恩来的专机一到，就随着去南京。

这是周恩来离渝的前夜。窗外是如丝的春雨，嘉陵江上烟雾迷蒙。周恩来以富于文学感情的思绪在凭窗远眺。他对重庆这个城市所感受到的一切是太深刻了。他曾经在这里签下了几个历史文献；他曾经在这里经历了许多困惑而又悲哀的境遇，直到最近他还痛悼与他并肩奋斗二十年的战友王若飞、秦邦宪、叶挺、邓发等为和平事业，由重庆出发去延安请示而在中途遇难永不回来的损失。而现在，他要离开这个地方了，百忙中他抽出一点空闲，徘徊在这暗夜的城市的边沿。他在寻思如何排遣这寂寞的心境。正当他沉思的时候，有人来访问他了。访问他的是一个青年记者。平常友谊的接触使他们之间消失了拘谨的形式，他们于是纵谈起来。

“在此时，在此地，你对这多雾的城市一定怀有一种惆怅的感情。千万的人却很想知道你创造历史的经历，以及你最初从事共产主义革命时思想生活转变的形态。”

周恩来听了这青年记者的话，笑了一笑，他说：“那是平凡的经

---

① 张学良被禁于贵州息烽，每日以钓鱼消遣时光。

历,也是平凡的转变。”接着是一段时间的静默,在这静默当中,周恩来已沉浸在回忆的海洋里了。

回忆的海涛激荡着浙江的一个古城,在绍兴,周恩来脱离母体而睁眼开始接触了大千世界。时代环境,正当清朝政府腐败,革命思潮渐形澎湃。生活环境,当他下地的那天起,他的中产家庭已趋没落。

不过,他不失为一个世家子弟。他的年高祖父曾任淮安知县,他的外祖父曾任淮阴知事,他的伯父是幕府人才。他的父亲呢,却是一个郁郁不得志的人物。他幼年时代随祖父迁居淮安,以后就一直没有回绍兴,严格说来,他的家乡就是淮安。周恩来自己也承认他对绍兴已毫无记忆。

周恩来在幼年就饱尝了孤儿的痛苦,当他四岁时,他的生母就抛弃了他。他的父亲把他过继给他的四叔,而四叔母就变成了他的母亲。

母亲是一个知书识礼的人,她知道怎样使自己心爱的孩子得到家庭教育的好处。八年的母教使周恩来至今不忘:“直到今天,我还得感谢母亲的启发,没有她的爱护,我不会走上好学的道路。”

与一般小孩一样,周恩来得念四书五经,学做策论。幼年时的诗文虽已不可记,但他说那是颇得到长辈们的称许的。

十二岁,正是宣统初年,周恩来离开了淮安,他要去东北了,他的伯父在东北做事。当时像意味着一种永诀的难堪,他离家之日是挥泪别母的。经上海,去营口,他踏入了新的天地。想不到,这次离别就是和母亲(即四叔母)的永诀。

“三十八年了,我没有回过家,母亲墓前想来已白杨萧萧,而我却痛悔着亲恩未报!”周恩来感情有点激动地追怀他的母亲。

在那新天地里,他接触了新的人物,这些人物对他的思想有很大影响。在沈阳,他开始进小学,读新书。

小学教师中有一位教史地的高或吾先生,山东人,在宣统年间就剪了辫子,对章太炎的道德文章尊崇备至。高先生介绍章太炎主编的《国粹学报》给周恩来读,并把具有民族意识的顾亭林、王船山等人的学说向他贯注。他对常在《国粹学报》上写文章的黄季刚很为景仰。从学报上他读了邹容的《革命军》,知道了"三·二九"广州起义的意义。另一位教师姓林,教数学,曾介绍周恩来读《新民丛报》,因此他又接触了梁启超那种笔锋常带情感的文章。他十三、四岁时是十分喜欢学习新民体的,不过在政治意识上,他有他的判断。他认为章太炎的主张对。

在沈阳过了三年的读书生活,一九一三年周恩来从东北到了天津,他考进了南开中学。北方是中国新文化运动的温床,戴天仇(即戴季陶)当时主编的《民权报》曾为千万青年所爱读,周恩来是《民权报》的忠实读者,他保留有从天津及上海从创刊到被禁的全份《民权报》。白昼上课,晚间读报是他在南开中学一段最难忘的生活。戴天仇的论文如长江大河,一泻千里,尤以骂袁世凯包藏祸心、盗窃民国的文章更是有声有色,受到周恩来的赞赏。

一九一四和一九一五年,章秋桐(即章士钊)办《甲寅杂志》,讲逻辑学,提倡思想条理化。陈独秀办《新青年》,反对帝制,反对参战,反对借款和倡导文学革命。五四前后,北京有《每周评论》,上海有《星期评论》。这些刊物都是启发青年思想的前驱,而《星期评论》的主持者戴季陶鼓吹社会主义,更促进了周恩来思想的发展。一种革命意识的萌芽,周恩来说"是从这时候开始的"。

在南开中学时,母亲病殁于淮安,他不能千里奔丧,曾向友人借钱寄回去葬母。失了母亲对他虽然是一种打击,但他想到母亲的美德,生前期望他好学上进的殷切,却也鼓励他挺胸做人的勇气。

南开在当时受美国教育风气的影响,保有自由研究的作风,允许学生组织社团,参加社会服务并从事爱国运动。周恩来像同时代的青年一样,在民族意识觉醒的时代中被卷入了摇撼中国的社会革命运动。在学校时他是学生领袖,发起组织敬业乐群会,大谈政治。他任副会长兼智育部长。吴国桢当时任童子军部长,现任驻意大利大使于焌吉曾是会员。他在学校参加反对袁世凯的演说比赛。一九一六年反对袁世凯跟日本签订亡国的"二十一条",学校并未禁止他的爱国行为。南开中学毕业后,一九一七年,他到了日本,进行自修,他说:“在日本时也学会了一点日本话。”

一九一八年,他参加留日学生的回国运动。一九一九年,他回天津进南开大学,念了一年书。他在学校无心读书,却参加了当时如火如荼的五四运动。绰号杨转子的天津警察局长杨以德却把他和他的朋友马骏、郭隆真(女)等逮捕,监禁了半年。邓颖超也是当年的爱国分子,她在外面积极活动以营救被捕的同学。周恩来的出狱是得到曾任北平《晨报》董事之一的刘崇佑的帮助。刘先生侠肠义骨,好打不平,他为周恩来辩护。后来上海七君子案,刘也是辩护人之一,抗战初期病逝于上海。周恩来对刘崇佑的为人十分钦佩,说他是难得的好人。

在天津过了半年牢狱生活,这失却自由的磨炼使周恩来对中国社会问题加深了理解。他出狱后决心远游,于是在一九二〇年远涉重洋,到法国参加了勤工俭学的队伍(出国前曾组织觉悟社,邓颖超是其中的一员)。

周恩来游泳于思想的海洋,博览群书。初期,他对《克鲁泡德金自传》所提倡的无政府主义颇以为然,并对苏菲亚表示欣赏。待他研究一番之后,又渐渐觉得无政府主义走不通,讲暗杀,杀不完,不能解决问题,他的研究遂转向《共产党宣言》,同时涉猎英文本的关于社会主义的书籍,他于是相信了社会主义。他在巴黎遇见了李立三、王若飞、赵世炎等人,遂以世界公学社为基础,与张申府、刘清扬发起组织了旅欧中国少年共产党。周恩来还笑着追述他加入共产党,是张申府、刘清扬介绍的。

花都巴黎的繁华,他并未有所依恋,两年后他到英国伦敦,跟着去德国读了一年书。一九二四年,海天万里浮槎归国,已是一个革命组织者。孙中山先生在广东……准备北伐。周恩来抱着一腔热忱去广东赞助孙先生,他先任黄埔军校秘书,并成加仑将军[①]的亲信;他复

① 加仑是黄埔军校的首席顾问,苏联人。

任黄埔军校政治部主任,与邵力子恰是先后同僚。北伐开始了,在一九二五年至一九二七年间,奉命去上海组织暴动,援助革命军夺取上海。他那时二十八岁,既无军事知识,也缺乏和工人阶级接触的经验。当时他只凭一种决心和理论去工作,他在上海与工人领袖赵世炎、罗亦农等组成了五万人的纠察队,在法租界秘密训练干部二千人。一九二七年三月二十一日,共产党发动上海总罢工,立即转入武装起义,六千工人以有组织有斗争精神的声势起来做革命后盾,于是革命军到达上海近郊时便能长驱直入了。

中国近代史有声有色的一次工人运动,周恩来是策动人物。国民党在上海清党时,他却成了秘密的亡命者。

他先逃武汉,后逃南昌,接着走汕头,然后去广州。在这一串逃亡日子中,他仍以革命组织者的领袖资格,和其他同志一起发动过"八一南昌起义"。一九三一年他突破封锁线,进入江西的苏区。红军二万五千里长征去西北时,他亲身体验过"万水千山只等闲"的滋味。

根据名记者斯诺九年前到西北会见周恩来后所得的印象,说他是抛弃了中国旧哲学的中庸和爱面子,具有耐劳忍苦的能力,绝对忠于思想,始终不屈不挠,这一切造成了他这样的一个人物。

从西安事变到现在,已经十年了,从执行中共"统一战线"策略而营救蒋委员长时跟政府商谈团结算起,周恩来已经历了十年的谈判生涯。抗战八年中,他经常来往于渝延,成为中共与国民党政府间唯一的桥梁。抗战期间因皖南事变,团结濒于破灭,那时周恩来苦恼地住在重庆。他回忆说:"最无聊也在那个时候,朋友来访,常常闲谈一个整天。"

日寇投降后,为和平建国,国共间需要合作,今年一月政府召开了政治协商会议。在政协会上,周恩来为西安事变的主角张学良呼吁说,不论为了道义与友情,他有责任要求政府将张释放,言下几至唏嘘。

政协开幕后,国内的和平事业仍多险阻,内战阴影日益扩大。周恩来代表中共与政府及马歇尔将军虽然经过谈判协议方式签订了《国共双方代表会谈纪要》《停战协定》《整军方案》等文件，但到今日仍仅止于白纸与黑字。他却在商谈中忙得往往通宵不眠。他日常的时间用于开会与接见宾客，只有午夜后才获得空闲。他青年时代喜欢读小说，读报章杂志更十分细心，现在他的秘书每天帮助他用红笔圈好报章资料，让他晚间阅读，必要时更为他剪报。在重庆，他读的报纸(包括京沪平津的)，共计二十余种。

关于读书，他说除青年时读小说外，也研究过政治经济学，不过二十年来做事多于读书，这是以后要设法补救的缺点。

他总结十年谈判所得的教训，显得很沉痛地说："明天我要去南京，为东北和平继续与政府谈判了。但过去的教训却使我深怀戒心，我最怕两面派作法，因为两面派作法只有增加新纠纷，而不是诚意地解决问题。"

最后并感慨地说出他对中国民主事业发展前途的见解，他认为："中国人民已经起来，在我们这一生中还可以把艰苦途程走完而达到胜利。不过走最后这一段路是更艰苦更困难，需要我们克服就是了。"

夜深了，微弱的灯光照着周恩来那健康的手，他在一张白纸上为来访他的这位青年记者题字，作为他离渝去京前的临别赠言：

"人是应该有理想的，没有理想的生活会变成盲目。

到人民中去生活，才能取得经验，学习到本事，这就是生活实践的意义。"

一九四六年

(原载1946年重庆《新时代周刊》，选自《曾敏之文选》)

附：

追求光明的必然选择

——曾敏之的《周恩来访问记》

陆士清

一

今年是敬爱的周恩来总理诞生110周年，中共中央举行座谈会隆重纪念。中共中央总书记、国家主席、中央军委主席胡锦涛发表重要讲话，高度评价了周恩来的“卓著功勋、崇高品德、光辉人格”。胡总书记在论述到“周恩来同志始终信仰坚定，理想崇高”时，引用了周恩来所说的“人是应该有理想的，没有理想的生活会变成盲目”这句经典名言。

默念着这句名言，我不禁想到了尊敬的曾敏之先生，想到了他的《周恩来访问记》（以下简称《访问记》）。因为，这句名言，是62年前的4月28、29日曾敏之采访周恩来时，周恩来赠予的题字。题字的全文是：

人是应该有理想的，没有理想的生活会变成盲目。

到人民中去生活，才能取得经验，学习到本事，这就是生活实践的意义。

曾敏之访问了周恩来之后，写了《访问记》，原名为《谈判生涯老了周恩来》（后来更名为《周恩来访问记》），先刊登在重庆《新生代》周刊上，后又由上海《文萃》周刊转载。周恩来给当时只有28岁的青年记者曾敏之的题字，就记载在这篇《访问记》中。《访问记》在结尾时这样写道：“夜深了，微弱的灯光照着周恩来健康的手，他在一张白纸上为来访的青年记者题字，作为他离渝去京前的临别赠言。”下文即是题字的文字。题字是这篇访问记的结束语。

曾敏之访问周恩来和所写的《访问记》，在当时产生了很大影响，此后一直受到文史学界的重视。《周总理生平大事记》（四川人民出版社，1986年版）、《周恩来传》（中共中央文献研究室编，金冲及主编，人民出版社、中央文献出版社，1989年版，第626页）、《周恩来传》（金冲及著，中央文献出版社，1989年版，第二卷，第770～771页）都作为大事或重要事件予以记载。文学评论家陈辽先生在《八年抗战中的曾敏之》一文中评价《访问记》时说：“《周恩来访问记》发表后，在国民党统治区，在全国都产生了很大的影响。曾敏之也以此文为自己‘以笔为枪，投身抗战’的抗战文学画上了一个圆满的句号。”(《文传碧海》，香港明报出版社，2005 年版，第 18 页)

二

《访问记》在当时产生了很大的影响，此后又受到各界的重视，其原因是多方面的。

首先，曾敏之采访周恩来和《访问记》的发表，是当时新闻界、文化界、乃至国统区政界的一件大事。周恩来是中共领袖，是中国共产党与国民党进行了十年谈判的代表。被访人物的身份特殊。同时，这是周恩来第一次接受中国记者采访，也是他第一次系统地、完整地将他的家庭情况和他寻求救国之路、最后选择马克思主义、投身革命的个人经历公之于世(斯诺在《西行漫记》中写到过周恩来，但很简单)。

第二，曾敏之这次采访和《访问记》发表的时间点也不寻常。1946 年 4、5 月间，可以说是中国的光明与黑暗搏击的关键时刻。抗日战争胜利后，中国往何处去？中国共产党、各民主党派和中国人民希望团结起来建设一个民主、自由、和平、统一的新中国；而国民党顽固派则要坚持一党专政和独裁政治，一心想消灭共产党。迫于国际和国内舆论压力，国民党又不得不与中共进行和平谈判。国民党的主观想法是，一方面通过谈判使共产党屈服于国民党的统治体制，以达到“不战而屈人之兵”。如这招失败，即发动内战，在战场上消灭共产党。所以在谈判的同时，调兵遣将蚕食解放区，准备发动全面内战。共产党也知道和警惕着国民党的意图，但为顺应民意，所以也积极主张通过谈判，谋求建设一个新中国。抗战胜利的 1945 年 8 月，毛泽东、周恩来率代表团来重庆谈判，后来也签下了《双十协定》《停战协定》《整军方案》和召开政治协商会议，通过了政协决议；但是国民党拒不执行，声称一定要攻占长春后才停战，后来则公然撕毁五方通过的政协决议，挑起全面内战。就在国民党发动全面内战的前夕，曾敏之采访中共领袖周恩来，揭示他的人生道路、革命生涯和追求和平建国的愿望，其意义是自不待言的。

第三，更为重要的是《访问记》本身的所展示的具有特殊意义的内容。

——《访问记》真实、生动地塑造了一个共产党领袖的形象。多年来，国民党一直污蔑共产党是共产共妻的“共匪”，是所谓“人皆曰杀”的“草寇”。可是出现在这里的要为共产主义奋斗的中共领袖周恩来，却是世家子弟，是博览群书、渴求真理的知识精英；是反对帝国主义和封建主义的革命家；是可以不计前嫌、胸怀博大致力于国共合作抗日的爱国者；是民主、团结、统一、和平建国的不懈追求者；是光明磊落、重情重义、具有高尚人格魅力的时代英雄。

——《访问记》真实描述了民主、团结、统一、和平建国谈判的艰难，揭露了国民党的两面派作风，描述了中共追求和平建国的努力和决心。从“西安事变”营救蒋介石时跟国民政府谈判算起，周恩来与国民党已谈了十年。如周恩来自己所说：“差不多十年了，我一直为团结商谈奔走渝延之间。谈判耗去了我生命的五分之一，我已经谈老了！多少为民主事业努力的朋友却在这长期的谈判中走向监狱，走向放逐，走向死亡……”尽管民主、和平的事业如此艰难，但周恩来则要坚持奋斗。他向文化界袒露心迹：“我虽然五十之年了，但不敢自馁，我们一定要走完这最后而又最艰苦的一段路！”

——《访问记》在光明与黑暗搏击的严峻时刻，公布了周恩来给曾敏之的题字，其意义是很深远的。“人是应该有理想的，没有理想的生活会变成盲目。”当然，这首先是对曾敏之说的。曾敏之当时是《大公报》采访部主任，而这个采访部是一个进步的集体，他们的采访报道，常常与《新华日报》协同行动。特别是曾敏之，在采访报道中与周恩来有着“友谊的接触”，因而受到中共办事处的重视和关注。借着他的采访，给他题字，实际上也就是希望他树立革命的理想，为实现理想而奋斗。同时，周恩来的“人是应该有理想想的”，也是在严峻形势下，对国统区青年的号召，希望他们树立理想，走向进步，为缔造和建设新中国而奋斗。这个题字还有一层意思，那就是在和平建国形势危重的时刻，提醒与中共合作的朋友们，树立理想，坚持理想，风雨同舟，共度时艰，去争取胜利。虽然，时间已经过去了 62 年，历史和社会环境已经发生了天翻地覆的变化，但是周恩来的这一题字对今天中国特色社会主义的建设者来说，依然有着深刻的现实意义。

第四，《访问记》在文体上别开生面。这不是一篇典型的一问一答的访问记，而是一篇文学价值很高的报告文学。整篇文章内容展开的大部分时间里，被访人是隐藏于背后的，他只作为描写和叙述的对象出现在作者的描写或描写性的叙述中，只在关键节点上，被访主人公才出现在现场。比如国共和谈的艰难历程和形势，作品就是通过对周恩来出席“跟文化界朋友话别茶话会”的前后情景的描写来揭示的。这里有周恩来的所思所想，有沉郁的心境，有不屈的意志，有对朋友的深沉情义。在提到被蒋介石软禁“远在息烽钓了十年鱼”的张学良时，“周恩来那严肃的脸上，却闪过一种悲凉的泪光”。周恩来身世和追求真理经历的展示，则是通过作者的叙述来完成的。《访问记》笔墨凝重，饱含忧患沧桑，非常贴切地展现了周恩来彼时彼地的心境，很有感染力。如这一段描写：

这是周恩来离渝的前夜。窗外是如丝的春雨，嘉陵江上烟雾迷蒙。周恩来以富于感情的思绪在凭窗远眺。他对重庆这个城市所感受到的一切是太深刻了。他曾经在这里签下了几个历史文献；他曾经在这里经历了许多困惑而又悲哀的境遇，直到最近他还痛悼与他并肩奋斗二十年的战友王若飞、秦邦宪、叶挺、邓发等为和平事业，由重庆出发去延安请示而在中途遇难永不回来的损失。而现在，他要离开这个地方了，百忙中他抽出一点空闲，徘徊在这暗夜的城市的边沿。他在寻思如何排遣这寂寞的心境。

三

曾敏之为什么要采访周恩来，为什么要写这篇《访问记》？曾敏之在回忆中这样写道："抗战胜利后，国共两党谈判战后能否合作建国，但始终谈不拢。为什么谈不拢？谈判过程究竟问题在哪里？未来的局势会怎样发展？大家都很关心。在这种形势下，我就想到去采访周恩来。当时我是《大公报》的采访部主任，旧政协开会时，我参加采访，与周恩来常常见面，与中共代表团都很熟悉，也去过中共在重庆曾家岩办事处。所以，通过周恩来的秘书，约好了时间，谈了两个晚上。"(《中国评论》2007 年 8 月号，第 54～60 页)曾敏之这里说的是：这次采访，是为了解国共谈判的前景。但是，通读《访问记》后我发现，了解和谈前景确实是采访的议题，但不是全部，它还有一个更为重要的议题，那就是要深入了解周恩来的人生道路和革命生涯。

且看曾敏之的提问。整篇《访问记》中，曾敏之并未从正面提及和谈前景的问题(尽管在描写中也作为重要内容而触及)，这固然跟他行文的方式有关系，但也可以看出这个问题在他心目中所占的分量。而后一个问题，曾敏之则作为唯一的问题，从正面着重地提了出来。他问周恩来："在此时，在此地，你对这多雾的城市一定怀有一种惆怅的感情。千万的人却很想知道你创造历史的经历，以及你最初从事共产主义革命时思想生活转变的形态。"对曾敏之提的这个问题，周恩来作了真诚而坦率的回答，以至于这个回答占去了《访问记》三分之二的篇幅。这个提问有两点值得注意：一是曾敏之感受和反映了千万人民希望了解周恩来的要求；二是明显而强烈地透露了曾敏之对周恩来革命生涯的敬重和向往。关于第一点，这里不想展开论述，我只想进一步探讨一下曾敏之为什么会产生这种敬重和向往，以及对曾敏之来说又意味着什么。

曾敏之热爱祖国，热爱中华文化。他身上流注着中华民族志士仁人的血液和精神。抗战爆发，他从广州来到桂林，追随抗日“文化城”众多进步文化人。他以《大公报》为阵地，努力报道桂林文化界的抗日活动，健笔报国。他作为《大公报》的军事记者，转辗于湘桂前线，进行战地采访报道。他期望军民奋起，还我河山，把苦难的同胞从侵略者的铁蹄下解救出来；但是他失望了。在世界反法西斯战争节节胜利的“胜利之年”，我们中国的湘桂战场却遭受了大溃败。继衡阳失守，便是桂柳陷落，日寇千里追击，如入无人之境，直到攻占独山。在陷落的城池，日寇奸淫烧杀，生灵涂炭；在湘桂撤退途中，苦难的百姓啼饥号寒，惨不忍睹。凄惨情景，使曾敏之十分痛苦。局面怎么会变成这样？曾敏之想，到重庆后真的要问一问究竟是谁使得日寇如此猖狂，使得百姓遭此苦难和浩劫。然而答案早已存在，那就是腐败无能却又专制独裁的国民党政府。战时陪都，国民党高官阔佬照样笙歌不绝、纸醉金迷。抗战胜利后那些腐败无能的官员抢夺交通工具，赶往上海等城市，抢金钱，抢美女，大发接收财！“大厦连云华宴开，终宵歌舞醉金杯。美人脂粉将军印，都是无边枯骨来。”曾敏之将一腔愤怒凝聚在自己的诗中。他深深感到，这个政府必须承担历史罪责，否则必将自食苦果。他突破《大公报》的“不党、不私、不卖、不盲”的“四不”原则，毅然在重庆文化界关于时局的进言上签名。他采访中共代表团，采访政协会议，见证了国民党所谓和谈的虚伪。他在多次接触中，周恩来那革命理想和不屈意志、爱国热诚和博大胸怀、重情重义所凝聚成的高尚的人格魅力，深深地感染了他，吸引着他。两弹元勋钱学森曾说过：“许多党外人士说，我们是认识周恩来才认识中国共产党的，相信周恩来才相信中国共产党的。”李宗仁说：“周恩来作为国共和谈的首席代表，高瞻远瞩，立地生辉，抛开国共两党各自的信仰不说，仅以有这样的杰出领袖人物来看，中国共产党的胜利，也是天经地义的，顺乎情理！”（转引自《凤凰网》“纪念周恩来诞生110周年专题”）当时，曾敏之虽然不曾用如此明确的语言来表述他对周恩来的认识，但在他心目中，周恩来确是一座辉煌的灯塔。追求光明的曾敏之，在国共和谈行将破裂，全面内战即将爆发的前夕，作这样的采访，写这样的《访问记》，并将之公开发表，这是对周恩来的崇敬，是对周恩来人生道路的向往和追随。对曾敏之个人而言，这是他追求光明的必然选择。

对曾敏之的这个选择，周恩来是十分赞赏和礼遇的。在访问结束时，周恩来为曾敏之题字，作为他离渝去南京的临别赠言。周恩来离渝去南京前，曾敏之在重庆冠生园设宴，为周恩来的政治秘书宋平和外事秘书章文晋送别时，宋平曾郑重地转告了周恩来希望曾敏之去延安的意见。“如果你想去,可以跟周公一起乘马歇尔的飞机同行。”对此,曾敏之心怀感激,但考虑到自己立足于《大公报》,团结采访部进步记者,通过采访报道,在纷乱的政局中呼应中共的主张,则可以扬己之长,发挥更好的作用,因而未去延安。曾敏之的想法得到了两位秘书的理解和支持。从此,曾敏之遵照周恩来嘱咐,更自觉地为一个理想的实现而努力奋斗,矢志不渝。

1947 年 7 月,因反对国民党发动全面内战,李公朴和闻一多先后倒在了国民党特务的枪口下,激起了全国人民的愤怒。在追悼李、闻的大会上,周恩来眼里噙着泪水发表讲话,激昂慷慨地痛斥国民党反动派:“此种空前残酷、惨痛、丑恶、卑鄙之暗杀行为,实在打破了中外政治黑暗之记录,中国法西斯统治的狰狞面目,至今已暴露无遗。一切政治欺骗,已为昆明有计划的大规模的政治暗杀枪声所洞穿。”“中国法西斯暴行如此横行,虽极猖獗疯狂,实为法西斯统治之最后挣扎,自掘坟墓。”参加追悼活动的曾敏之也悲愤不已,回到报馆后还久久不能平静。他想到闻一多所说的:一个李公朴倒下了,千百个李公朴将站起来。现在,闻一多倒下了,我有责任将闻一多的真实情况,告诉社会,告诉人民,让千百个闻一多站起来。曾敏之知道,国民党已经举起了镇压人民的屠刀,白色恐怖的阴霾已经袭来,此时此刻来歌赞闻一多,明摆着是挑战国民党,是必遭忌恨的,是会有生死风险的。然而曾敏之想:有什么风险你就来吧,充其量也不过像前驱者一样,“走向伟大的休息”! 于是,在沉沉的重庆之夜,在嘉陵江的水呜咽流淌中,他奋笔抒写了《闻一多的道路》(后改题为《闻一多画像》),揭露了国民党对原本不问政治、贫困得近乎潦倒的诗人、学者闻一多都不能容忍的残暴。曾敏之在为实现理想而奋斗,而他的名字则进入了国民党的黑名单。一年之后,他被以“共谍”罪名抓进了监狱。国民党中央通讯社发布的新闻稿中点了曾敏之的名:重庆“共谍”曾敏之等 300 多人一网打尽。所幸的是,他被营救而得以幸存,继续追求光明之路。现在,高寿九十的他,依旧精神矍铄,笔耕不辍,令人钦敬!

(原载 2008 年 4 月 18 日上海《文汇读书周报》)

桥

我对桥有一种特别感情,这是童年时代培养起来的。家乡是一个偏僻的小镇，镇郊有一个平桥塘，一潭碧水，横架一座小木桥，每逢夏天，那儿就是我游泳嬉戏的地方。站在桥上，双臂高举，“扑通”一声，跳入碧潭之中，常常游个半天，让酷炙的太阳把潭水晒得烫了，才尽兴地和小伙伴们跳跃地归去。

就是这么一段童年旧事，几十年从未忘怀。“文革”后期，我在百无聊赖之中，忽然有还乡之想，于是轻装一袭，回到了故乡。因为离乡四十多年，中间又经历了无数动乱，叙旧之余，真是恍如一梦。我念念不忘平桥，踱步郊原，就到平桥觅旧。潭水清浅，桥还是旧的，似乎人世的沧桑变化，没有影响到这个小桥流水的地方，令我十分感慨，记得当时吟下了这样一首小诗：

休问浮沉身外事，且衔哀乐手中杯。
多情自有平桥水，照得天涯浪子回。

我这个浪游半生的浪子，在故乡只留了几天，就又投到繁嚣的都市中讨生活了。但是平桥流水的印象仍然是深刻的，那种带有宁静、古朴遗风的自然情趣，时时勾起我怀旧的情绪。我到过江南，也曾身历江南水乡情境。那些水乡多的也是桥，如今我也曾用想象去捕捉江南的游踪，从而联想到“二十四桥明月夜，玉人何处教吹箫”的杜牧，联想到“芒鞋破钵无人识，踏过樱花第几桥”的曼殊，更联想到波涛汹涌激流飞溅的钱塘江大桥……可是“江南旧梦已如烟”，我今天离开它更远了。

更是出于意料之外，是过了几十年之后，我又为桥拨动了感情的琴弦。

那是一九七八年的冬天，我离开深圳，跨过罗湖的时候。过了深圳进入罗湖，就进了香港的地界。深圳与罗湖只隔一座桥，却分开了两个世界。出境的那一天，我挽着轻便的行囊，伫立罗湖桥头，回头望着深圳——它代表着多难的伟大祖国的大地，不禁热泪盈眶。我说不出当时复杂的感情，似乎一刹那间集中了悲欢离合的滋味。回想三十年前，我从海外归来，踏上新生的祖国大地的时候，也经过这一座桥，那时候正年轻，青年的活力和幻想充塞于躯体、脑际之间，有循着一个明确方向勇往直前的勇气。当年我哼着“解放区的天是明朗的天”跨过桥，挤在人流中，奔上开往广州的列车，重返祖国的城市。从此以后，每个人有着不同的经历，而我却在悠长的岁月中老了，如今发已星星，却又重踏罗湖桥头来到香港这个地方。

记得离开朋友们的时候，曾为这次的远行写下告别的诗篇：

又将策舾向沧瀛，此夕樽前别有情。
湖海论交肠共热，风尘历劫眼犹青。
涛声入梦抒怀抱，海月遥看忆故人。
正是冬阳频送暖，驰驱岂问发星星。

似乎感情都寄托在诗里面了。我重到香港之后，这个城市于我已觉得陌生，三十年的时间使它的形貌变化得太大了。香港与九龙隔海对峙，现在已有地下铁路通火车，有地下隧道通汽车，可以畅通无阻地渡海了。但是渡海的天星小轮依旧行驶，乘客虽然减少了一些，依然是那么准时开航，从容不迫地乘风破浪。当我乘着天星小轮在海涛中渡海时，才依稀拾回三十年前的记忆，不错，三十年前我曾和许多朋友乘轮渡海，倚着小轮的栏杆，迎着海风在低声细语，谈诗、谈文、谈令人兴奋的形势。后来，朋友们都分飞了，有的北上，有的进入东江游击区……大家分手时心中充满了对新生祖国的激情，几乎不必用语言就能表达出各人的抱负，那就是为国家人民做一番事业。而我也曾以豪迈的感情随着朋友之后，跨过罗湖桥重回广州。三十年来，分飞的朋友有的重聚，有的远离，有的却在残酷现实中牺牲了。因此这重拾的记忆显得十分沉重，我几乎带着一种凄然欲涕的感情来回忆他们的。我既然来了，在经历一段时间之后，也就逐渐看清香港变化的轮廓，特别是今年暮春季节，乘缆车登上太平山游览的时候。太平山是香港的最高点了，登山眺海，香港、九龙尽入眼中，但是令我印象深刻的倒不是那些高耸入云的摩天大厦和那些有如石林般的钢筋水泥的住宅屋村，而是驰名世界的天桥建筑。也许我对桥有着特殊敏感之故罢。我觉得香港九龙的天桥，可说是饶有趣味的现代化的一种产物了。不论市区、半山、僻野，常有飞桥横空，构成立体的艺术形象。据说香港的天桥系统，被称为世界上最庞大最完善的系统，它的特色是附设有和行车天桥分隔的行人天桥，另有隧道的安全措施，藉以保障行人安全横过马路。

香港有六十一条天桥，建筑工程是浩大的，耗资港币达七亿元。天桥群贯通南北，为城市交通开辟了新的途径。车如流水，行人如鲫，蔚为壮观。我对桥有感情，因此常常偷闲去天桥漫步。我喜欢山道天桥，其中干诺道西一条天桥有支柱二十三条，长度达二万多米。踏上工地一看，海港风光历历在目。另有一条在中环，长廊逶迤，宽阔而整洁，最堪留恋的是它面向大海，海风拂面，令人心旷神怡。海上有艨艟巨舰，有点点风帆；在浪涛飞溅，卷起千堆雪的远处，则有海鸥飞翔，构成特有的海景。倚栏望远，颇有“我欲乘风归去”之概。

但是，也就在中环天桥这个地方，我却邂逅了吕进文。他是六十年代的大学生，出生于印尼，读完高中之后，因向往祖国社会主义的美好前景，于是踏上迂回曲折奔向祖国的道路。二十年来，他完成了大学文科的学业，后来分配到潮汕侨乡当中学教师，中间经历了“文化大革命”的劫难，只因有海外关系而受折磨……到了一九七七年，他毅然离开了祖国，像一个无根的浮萍一样，漂到香港来了，重返印尼暂难如愿，只好流落在这个“东方之珠”的地方。为了养家糊口，他在一个地盘(即建筑工地)当了工人。

这天天桥偶遇，于是我们在天桥的尽头倚着栏杆，打开了话闸。

“你在香港多年了，住在甚么地方呀?”

“不怕你笑话，我住的是属于观塘范围的一个猪圈地。”

经吕进文解释，才知道他住的木屋区原来是做猪圈用的地，因为老板看到把猪圈地修建木屋出售有利可图，于是吕进文就买了一间木屋而作栖身之所了。

"香港按每平方哩计算,是世界上人口密度最高的地方,连我这样的猪圈地也有寸土寸金的趋势了。"接着,他的声调转入深沉。"住这样的木屋区多危险呀,遇上台风防刮倒,遇上火警无处逃,我每天去地盘上工,都是提心吊胆的。"

但是,比较起来,吕进文总算有一栖之寄,已算幸运了。

吕进文在地盘做工,是一种危险的职业,因为缺乏安全保障,工伤死亡的事儿几乎无日无之。他在地盘认识了不少的人,包括有大学教师、工程师、医生……他说每人的经历都可写成故事和曲折的小说。

"香港不承认国内大学的毕业文凭,虽然地盘有不少是理工、医农或文科的专业人才,有些人也有专业经验,但都找不到合适的工作,为了养家糊口,只好到地盘出卖劳动力了。

"这两年来,我在思索、彷徨、苦闷中过日子,我这样活下去,究竟为甚么?在这里学非所用,挣扎在生活的底层,精神生活非常空虚。由于担心、搏命、苦闷、紧张,香港已有六十万患了各种精神分裂症的人,青山的精神病院有人满之患。我这样下去,有一天也会得精神病的。

"我思索的结果,有了重归大陆之念……"

"难道你没有余悸吗?"

"人民的觉醒是不会再容许历史车轮倒转的了。"吕进文似乎是经过深思熟虑之后才回答了这个问题。

自从在天桥和吕进文分手之后,我又日夜忙于工作,也没有去打听他的情况。有一天,我却收到一封寄自深圳的信,才知道他已把"重归之念"变为行动了。他说跨过罗湖桥进入大陆时,他哭了,也笑了。他这哭笑之间的感情,我很理解,也如我三十年前过罗湖桥时的那种纯真的感情,所不同的是他是怀了坚强的信念重归祖国的。

当我再到中环天桥踱步的时候,向着大海,我忽发奇想,想到有一天会有一座桥通过台湾海峡,让海峡那边的人跨海而来,涌向祖国的大地。因为我最近读到台湾报上刊登一则报道说,台湾同胞越来越炽热了，他们在唱着："虽不曾看见长江美，梦里常神游长江水。虽不曾听见黄河壮，澎湃汹涌在梦里……"

不论海峡、长江、黄河……都需要桥，桥可以沟通伟大民族不可分离的情感。

一九八〇年八月

（选自《曾敏之散文选》）

字挟风霜　声成金石

——曾敏之散文近作论

倪金华

在香港这个世界著名的现代化大都市，有一批文化人以自己的才情、学问与见识，在辛勤地笔耕，他们贯通中西，熔铸古今，在小说、散文、诗歌等文体方面，取得了可观的艺术成就。特别是那些直接而迅速地反映社会生活、文化动态，以及关乎人生智慧，纵横宇宙天地的杂文、小品，可谓香港文学的重镇，也是香港报业的一大特色，其"数量之多、篇幅之短、内容之百家争鸣，在中国文学史上，可说独一无二。"①

在香港这样一个特殊的文化空间，文坛宿将曾敏之，以"书生报国，秃笔一枝"自许，凭借其丰富的人生阅历，博古通今的深厚学养，发挥敏锐简劲的诗心史笔，或缅想故人，追怀往事；或讥弹时弊，针砭世风；或援古例今，阐发人生智慧，显示出崇高的社会责任感和深邃的历史洞察力。

在长达半个多世纪的文学生涯中，曾敏之以"记者敏锐的目光，学者深刻的思考，作家生花的妙笔"，②勤奋写作，纵笔所至，文情并茂，可谓成果丰硕。特别是近年他"伴着澎湃的海涛声"写下的一百多篇杂文、小品，"或梦故人，或怀往

① 黄维樑：《香港文学初探》，中国友谊出版公司，1987年版，第176页。

② 参见王一桃著《香港作家掠影》，香港现代教育出版社，1990年版。

事，或惊世变……把这种种反映于思想感情”，[①]视野开阔，析理透辟，既表现出一位中国知识分子赤诚的忧民报国之心，又抒发他对故人的怀念之情，显示出独特的艺术魅力。

直面人生的宽广视野

在曾敏之近作的一百多篇散文中，有的抒发作者人生感慨，表达对故人好友的真挚感情，展示坚贞正直的知识分子的高风亮节；有的讥刺现实社会的流弊，表露作者的隐忧；有的畅谈人生智慧，讲求人生哲理。虽然内容庞杂，角度不一，文笔多变，却并非是逃避现实，玩物丧志的“小摆设”，而是直面人生，关心国是，以表达作家“书生报国”心愿的篇章，显示其富赡的学识与高尚的人格。

作为一位饱经社会人生风云变幻的作家，曾敏之对于动乱岁月给人们带来的精神创伤，给国家带来的灾难，是有着切身感受的。他在《往事》《感旧抒怀》《静境》等篇章中，追怀“文革”那“匝地繁霜老白蘋，满园黄叶动秋声”的动乱岁月，慨叹那场“几乎斫断了民族生机”的人为灾难。时常萦绕心头的，是一种“感旧伤怀”的情绪，而这种情绪又往往与作者对于国家民族的忧患心绪交织在一起，形成了他的创作心境，因而奠定了他作品中沉郁的情感基调。作者通过自己的文笔，表现当代中国知识分子的人生艰辛，传达自己经历“文革”浩劫的生存体验，从中我们似可感觉到杜甫那“穷年忧黎元，叹息肠内热”的思想情怀。

曾敏之时常缅怀经历“文革”浩劫的文坛作家和友人，为中国知识分子所遭受的不公平待遇而扼腕长叹，同时又时常在笔下展现知识分子遭逢人生劫难时的高风亮节，读来真切感人。《正气在人间》第一组文章，作者为我们展示了文坛前辈巴金崇高的“爱国忧民情操”与“于发声处发金声”的作家良知；表现沈从文那典型的中国知识分子“君子坦荡荡的胸怀，俯仰无愧于天地之间的正气”，描述梁漱溟那“堪称风骨铮铮的一代大儒、刚直不阿的知识分子典型”。此外，《重话子冈》《悼荒煤》《绀弩三年祭》等文章，作者以深深的同情与凝重的笔触，追忆昔日友情，感叹人生遭际，笔端凝聚感情，读来感人肺腑。在这些文章中，

---

① 曾敏之著《听涛集·自序》，香港三联书店，1992年版。

曾敏之特别注意揭示人物的高尚人生情怀，高扬知识分子的典型个性与理想情操，常常是寥寥几笔，突出人物的精神风貌，以情感线索，串起与人物有关的种种回忆与联想。可以说，这类缅怀故人以彰显友情，追怀往事以寄托幽思之作，与他早年的怀人文章之笔法如出一辙，他总是以一腔真情展现人物的为人治学风范，表达自己对于文坛前辈的真诚敬意和对于友人的真挚情谊。

曾敏之另外一类关乎世情时事，以文明批评和社会批评为主的杂文，则更直接表现了他直面人生，感时忧国的心态。他博通文史，关注国事，对于发生在国内或香港的时事，常以史家手笔，以古论今，透视社会现状，揭示弊端，警策世人，表现出强烈的民主意识与社会参与意识。我们知道，随着国内改革开放事业的不断发展，社会上一些不法分子钻改革开放的空子，党内也出现腐败分子以权代法、贪污腐化的现象，一些人热衷于金钱利禄，求虚名、重实利、学子向学无心等等。面对种种社会现状，曾敏之以敏锐的目光追踪社会变化，灵活地运用杂文武器，发表了一系列与时代同步，颇有分量的杂感时评，继承与发扬了鲁迅杂文的战斗精神。诸如：提倡民主的《一言堂考证》《议政风》；反腐倡廉的《明暗之间》《廉贪述古》；谈任贤使能的《不要“屯才成朽”》《青史是非分》；批评世风浇漓的《从树碑立文传说起》《忧思》等等，剖析犀利，一语中的，匡正时弊，张扬真理，进行广泛、尖锐、巧妙的文明批评和社会批评。

曾敏之不愧是具有丰富学识与人生阅历的老作家，我们读他专门谈人生智慧的一类小品，犹如在与一位智慧长者促膝谈心，聆听他那关乎宇宙人生、文史书联、学问德行、交友养生的至理名言，受益匪浅。诸如：谈为学之道的《读书心细，炼句功深》《天道酬勤》，谈养生之道的《谈运动》《何妨乐以忘忧》；强调做人要讲究德行的《勿忘秋实》，做事要无愧我心的《成龙的楹联》；论交友之道的《友谊篇》等，融汇作家丰富的学识经验，显示睿智的人生智慧。文笔类似英国随笔体散文，自由不拘地漫谈人生经验，记录读书心得，反省道德问题，袒露个人心怀。

总之，曾敏之散文的审美视野不可谓不广，大凡国家前途，民族命运，知识分子的人生遭际，现实的忧思，人生的哲理，莫不统御于他的审美观照之下，显示出丰富多彩的审美意蕴。

学养深厚的诗心史鉴

读曾敏之的散文，给人一个突出的审美感觉，就是作者“以诗入文”的艺术表现方式，及其以古鉴今的思维模式。在短小的千字文中，或融汇作者自撰诗句，或引述古人诗词，或援引史书古训，诗情洋溢，古今对证，开拓出一片独特的审美空间，表现出作者深厚的学养，给人以强烈的审美愉悦，诗的价值与史的价值同在。

我国有许多古今传诵的诗词名篇，从《诗经》《楚辞》、汉魏乐府到唐诗宋词元曲、明清诗歌，为我们提供了丰富的艺术美感。曾敏之对中国古典诗词有着独特的喜好，常常亲知亲炙，沉潜其中，涵濡讽咏，含英咀华，悉心体会古人精心结撰、灵光独运之处，接古人思绪于千载之上，得名理慧解于艺海之中。他精心撰写《诗词艺术欣赏》《诗的艺术》等书，为读者指引进入古代作家艺术之门的津梁。他也常以诗抒怀，作诗赠友，穿插于文章之中。在散文集《听涛集》的自序中，作者即引述自己十几年前与友人惜别时的一首诗篇，表达“涛声入梦抒怀抱，海月遥看忆故人”的情怀。他在另一散文集《观海录》自序中，谈及十年“文革”动乱时期的悲愤心情，以诗表之：

看云倚石枕，读史费疑猜。
借问东流水，谁扼济世才？

同时他还在文中援引苏东坡的一首绝句表达当时的心境：

阴晴朝暮几回新，已向空虚寄此身。
出本无心归亦好，白云还似望云人。

另外，他置于案头的刘禹锡诗集句：“人世几回伤往事，山形依旧枕寒流”，亦堪为作者历经沧桑的心境写照。通过这些诗句，我们可以真切地聆听到一位经历政治劫难的中国知识分子的心声。

曾敏之也常以诗赠友、赞友。例如他探望四十年代在重庆《大公报》时的同事子冈女士，看到她的凄凉晚景，曾吟诗以记：

驰骋文坛战士姿，可堪久卧气如丝。

相看洒泪声声唤，肠断斯人似卷葹。

另外，他在《周而复的书法艺术》一文中也引述自己的赠诗一首，赞赏作家周而复虽遭劫难，仍然壮志未销的气概。他在忆念老友聂绀弩的文章中，也引用自己给绀弩的赠诗："遥望京华忆离骖，风霜半纪换朱颜……"曾敏之以诗入文，诗文并茂，显得寄意遥深，回肠荡气，给他的小品散文带来更为强烈的审美效应。

曾敏之曾在自己书斋中悬挂史可法的一幅对联："煮酒纵谈廿四史，焚香静对十三经。"表明他对经史的嗜读。他不仅精于诗词，更兼博通文史，写起文章来，常常旁征博采，故实迭出，给人以丰富的历史感。更可贵的是，他决不是为了炫耀知识而罗列故实，而是自觉地以兴衰治乱为借镜，思维穿梭于古今之间，时时关心社会现实，常常将历史的追溯与现实的剖析熔于一炉，以古喻今，述古证今，让人想起鲁迅杂文犀利的史笔风格。

在曾敏之的笔下，有史鉴、史考、史喻、史辨。以古鉴今的文章，他常常是列举社会现状，追溯历史渊源，两相对照，引为借鉴。例如《廉贪述古》一文，针对社会上的廉贪分野，借鉴晋代的廉洁官吏吴隐之"虽渴不饮贪泉水"的廉洁自励，与贪官邓通终沦赤贫饿死的史实对照，以古鉴今。历史考证的文章，例如《一言堂考证》，他从历史上找寻"一言堂"为患的踪迹，究其历史教训，以为今用。以史喻今的文章，如《古训今谈》，引述古人治天下"在德不在险"和"文治武功"的古训，表现古训对于现实的讽喻意义。史辨，是对历史人物的考辨。如《想起了张之洞》《蔡邕的悲剧》《青史是非分》等，作者抓住历史人物的功过是非关节点，加以考辨，加深开掘，注意历史的因果关系，这可以视为曾敏之思想方法论的重要特点。例如《忧思》一文，作者面对"学子向学无心"的社会现状慨然长叹之余，追溯中国历史上曾有过的重商时代，呼吁社会重视事关民族素质的教育问题。

总之，以诗心史笔著文，是曾敏之散文创作的重要美学特征，它显示了作者丰厚的古典文史学养。以诗入文，给文章增添诗意，使作家那浓郁的情感结晶在文中闪烁；从史的角度观照现实，述古证今，旁征博引，独具透辟的历史视角，使他的散文显示出浓厚的诗学史论色彩。

灵活不拘的艺术笔触

从我国悠久的散文发展历史来看，艺术形式以及表现手法的丰富多样，是一个重要的传统。从先秦诸子长于论辩的哲学散文、清峻通脱的魏晋文章，到散文发展极盛时代的唐宋散文、明清小品，近代至五四以降的现代散文，经历了漫长的道路，形成了我国散文独特的文体样式。曾敏之散文形式与表现手法的灵活不拘，就是对自己民族传统的继承与发展。他研究过文艺理论和古典文学，写过游记特写、报告文学、杂文、小品等文学品类，不拘一格，随物赋形，显示出广阔自由的创作天地，展示了绚烂多姿的艺术风采。

诗文品评，或评点欣赏钱钟书、张漱菡、叶嘉莹的诗词，或指疵北京某报刊登的浮华不实之文《飞雪赋》；楹联欣赏，谈的是电影演员成龙的楹联、著名艺术家刘海粟的赠联；杂感时论，可以从修墙谈起，可以从美国参议员杜尔的事件说起。不管是悲愤交织的悼文，或是引经据典的史论，每每借题发挥，短语成篇，好似信笔写来，漫无主旨，没有什么固定的格式和章法，却是敏捷灵活，短小精悍，既能透彻说明问题，又能发人深思，耐人寻味。类似鲁迅杂文信笔所之的海阔天空，灵活自由，不拘成法，独辟蹊径。

有时，结构布局，层次井然，逻辑严密，首尾呼应，无懈可击。例如《友谊篇》，全文围绕"友谊"这一古老的命题，层层深入地展开论述。先由一位从商的朋友之"重友道"，谈到培根的"尽友道"，再引述孔老夫子"益者三友、损者三友"的标准和古人交友的多种形式，把"势倾则绝，利散则散"的"市道交"与"推诚相与""与人为善"的交友之道对照，强调"真诚的友谊通过考验而得来"。融汇了作者丰富的人生经验与学识，显示了睿智的人生智慧，环环相扣，论述透彻。

有时，信笔写来，援古例今，即兴发挥，谈天说地。例如《化泥精神》一文，从诗人鲁藜的以泥土自喻，想到清代诗人龚自珍"化作春泥更护花"的诗句，又谈到巴金“以化泥自期”的精神，归结出知识分子热爱祖国，眷恋人民的高尚情操。看似不经意的娓娓而谈，却是形散而神聚。此外如《古训今谈》《谈引退》等篇，都是结构随主旨之所之，信笔由缰之作。

有时，起笔扣题，亮出论述对象，使人一目了然。例如《“特殊夫人”可乱政》一文，开头语是：“一个新绰号出现了：‘特殊夫人’”，接着文章联系社会现实，点明“这是封建特权在中国又一形式的发展”，再谈历史上吕后发迹带来的祸害，引人警觉。

有时，以点题式的语言收束全文，简要总结文章主旨，加深读者印象。如《读〈通鉴〉二题》，全文谈自己穷年累月通读史书的收益，论及司马光之为文与为人，姚文元的善用权术，文末写道：“正确的读法，还是以兴衰治乱为借镜之为得计。”这句话，是全文中心的收束，也是作者的读书心得，概括简洁有力。类似的文章如《从树碑立传谈起》《勿忘秋实》等，结尾用语都是全文精华的提炼，具有高度的概括性。

曾敏之散文语言的独特性，是善于根据表现题材与思想内容的需要，将诗词、警句、文言、口语、反问、设问句法，穿插运用，熔为一炉，形成凝炼、隽永的语言艺术风格。

曾敏之文章的标题用语，的确值得读者吟味。诸如《思人风云变态中》《修文德以来之》《食叶春蚕笔有声》《读书心细，炼句功深》，或文言，或对偶，简洁凝炼，富于诗的韵味，很有艺术吸引力。再如《做“蠢才”》《谈引退》《赞乡校》等题意明晰，使人一目了然。

曾敏之善于把自己的生活体验与人生智慧，用隽语、警句的形式表达，点缀于文章之中，以收警策之效。例如他对郭沫若想为曹操翻案却不为民间接受一事进行评判：“可见忠奸之辨，民间有自有尺度的。”再如他在《议政风》一文中议及民主的前途问题，认为“民主的真谛正在于人民谋政”，可谓一语中的。还有他由读史得出的反思隽语如：“成败之机却在于人事，用人得当，天下归心，反之，必败。”给人以深刻的启迪。

曾敏之经常在论辩性杂文中运用反问、设问句式以构成论辩气氛，把问题的探究引向深入，增强文章的说理性与说服力。例如《“特殊夫人”可乱政》一文，作者认为“特殊夫人”是封建特权在中国又一形式的发展，文中提出设问：“有了这类产物，是国家之幸还是不幸呢？答曰：‘不幸’。”巧用设问，突出问题的严重危害性，令人强烈地感受到作者对于江青、叶群之类特殊夫人给中国带来严重危害的痛恨。此外，诸如《数字游戏》《拥有什么？》等文章，作者也常在文中运用反问、设问句式，把论辩引向深入，表现出运用辩证法的思想才能。

杂文的讽刺性，在曾敏之的笔下也有着鲜明的表现。他善于把现实生活中存在的可笑、可鄙的事物放在一起加以比较，从而达到批评的效果。例如《修文德以来之》一文，介绍鲁迅之孙周令飞回北京能得到正常的对待，与钱穆之女钱易到台北的遭遇对比，显示出台湾当局在处理大陆人员赴台探亲方面一些做法的愚蠢可笑。另外，他在杂文中常用的讽刺手法还有“反语”。比如针对港英政府在香港即将回归祖国时的所作所为，曾敏之明察秋毫，对其“国际化”的做法提出质疑，运用反语给予批判否定：“国际化，不是很冠冕堂皇的名衔么？有什么可忧可虑呢？”文章戳穿英国殖民统治者妄图继续保持其在香港影响力的卑劣用心，笔法尖锐、辛辣，讽刺效果十分尖刻。此外，对于社会上的一些腐败现象，诸如以巨资建造梁山泊水寨、红楼梦大观园、谀文成风等社会现象，曾敏之也是常以尖锐、辛辣的笔触加以嘲笑讽刺，斥妄显正，显示出他善于抓住社会典型的方法，使我们看到了当年鲁迅那冷嘲热讽的战斗文风。

曾敏之散文艺术形式及其表现手法的丰富多样，显示出他广博的学识以及卓越的艺术才能。他的散文技艺已臻得心应手的境地，“百炼钢化为绕指柔”，他那不拘一格、笔势纵横、挥洒自如的气度与文风，可谓字挟时代风霜，声成铿锵金石，奠定了他在香港文坛的突出地位。

（原载香港明报出版社 2005 年版《文传碧海》一书，略有删节）

单　复（1919—　），散文家、编辑家，福建晋江人，祖辈为菲律宾华侨。原名林景煌，曾用笔名旭旦、梦白骷。1946年在上海文化生活出版社与巴金、靳以等人编辑《少年刊物》和《文群》杂志。1948年返故乡，旋即到香港，靠写作为生。1949年回北京，入华北革命大学政治经济研究所学习。1950年到沈阳，先后担任《群众文艺》《东北文艺》《处女地》《鸭绿江》等刊的编辑、理论组长、编辑部副主任、副主编等。1956年加入中国作家协会，曾任中国作协辽宁分会专业作家、常务理事和辽宁省散文学会名誉会长。

单复1936年开始创作散文，第一篇散文《替——乡村的故事》发表于上海《大公报·文艺》，迄今已出版散文集4部：

《金色的翅膀》，收入《文学丛刊》第17辑（巴金主编，上海文化生活出版社，1946年）；

《玫瑰香》（花城出版社，1984年）；

《多棱集》（大连出版社，1990年）；

《单复散文选》（春风文艺出版社，1991年）。

单复的散文，有《海岛上》《生命》和《忧郁的侨乡》被选入《中国新文学大系·散文卷二》（1937—1949），《李金芝》（与人合作）被选入《散文特写选（1953—1955）》，《蜗牛》被选入《散文选（1957）》，《近访巴金》被选入《1988—1990年散文选》，《“狗爬径”入画》被选入《大陆生活小品精选》（香港新亚洲出版社，1991年）；有《黑心树》获1981年辽宁省人民政府文学创作奖，《姐姐》获1982年《鸭绿江》优秀作品奖，并选入《当代散文名篇赏析》（海峡文艺出版社，1989年）；《光明颂》获1982年《芒种》文学奖，《槐树花开》获1982年《海燕》优秀作品奖，《逍遥游》获1984年《鸭绿江》优秀作品奖；散文集《玫瑰香》获辽宁省1979—1989年散文创作一等奖。评论单复散文的主要文章有：

《到生活中去捕捉诗情——读单复散文近作随感》(张启范),《辽宁日报》1983 年 8 月 21 日；

《海的浪花》(端木蕻良),《玫瑰香》代序(1984 年出版)；

《心智既形　美华乃瞻——谈单复散文集〈玫瑰香〉随想》(张启范),《作家生活报》1985 年 9 月 8 日；

《真情 · 知识 · 文采——读单复散文集〈玫瑰香〉随想》(张启范),《当代作家评论》1985 年第 6 期；

《单复和他的〈玫瑰香〉》(于宗信),《散文世界》1986 年第 10 期；

《文山云霞　编海风帆——单复论》(孙继国),《沈阳师范学院学报》1990 年第 4 期；

《单复散文选 · 序》(萧乾),载《单复散文选》(1991 年出版)；

《北国南雁的情结——〈单复散文选〉读后》(延青),《泉州晚报》1991 年 7 月 4 日；

《强烈而深切的感情体验——读〈多棱集〉〈单复散文选〉》(林建法),《辽宁日报》1991 年 8 月 20 日；

《单复的世界》(孙郁),《芒种》1992 年第 6 期；

《单复散文创作散论》(王建中),《绥化师专学报》1999 年第 2 期。

生活的浪花

——我如何写《逍遥游》

单　复

如果说，生活是个海洋，那么，散文应该是这海洋里溅起的一朵浪花。

这浪花飞溅开来，又轻轻地落到海洋里。

它来自生活，又给生活以美的享受和启迪。

我的意思和郁达夫说的差不多，他曾说过，散文应是“一粒沙里见世界，半瓣花上说人情”。这“世界”，不也就是现实生活吗？我们不都在这大千世界里生活着；这“人情”，也应该是现实生活的折射，我们的主观感情，喜怒哀乐，向往追求，不都和生活这个万花筒般的现实分不开吗？

正因为散文这一独特的形式，和小说、报告文学等艺术形式有所不同，所以它只能是一朵浪花，而不是一个海洋；只能是一颗沙粒，而不是一个戈壁；只能是半瓣花朵，而不是一树红梅。但它的“见世界”，却应该是时代风云，社会生活的反照和折光；“说人情”，也应该是我的感情寄托于事物之中，融汇于人民之情，时代之情。

生活之树常青，只有扎根于生活深处，蔓伸于沃壤之中，才能开花吐蕊，结出丰硕之果。

尽管散文和小说、报告文学的艺术形式不同，前者轻快灵活，犹如轻骑兵，后者篇幅繁复，则似辎重部队，但反映生活，植根于生活的沃壤之中，则是一样的。

我认为就是山水游记散文，历史掌故小品，知识性散文，杂感随笔，也离不开作者生活的实践和阅历。因为生活，赋予他观察和评价事物的智慧，给予他历史感和知识的积累。他对客观事物的感受和爱憎，以及这种感情的蕴育，追其根源，也还是生活对他的陶冶和影响，浸透着作者的美学观和人生观。

我探索、思考散文应如何反映纷繁复杂的现实生活。我们的现实生活变化得多快啊！三中全会的精神，像一阵和煦的东风：“忽如一夜春风来，千树万树梨花开”，新生事物如雨后春笋；改革的浪潮，有如大海的波涛，涉及广大的城镇和乡村。昔日买不起毛驴的贫苦农民，现在居然买起了飞机；几代人挤塞在破茅屋里的农民，现在住上了瓷砖铺地的楼房，过去糠菜半年粮，现在讲究吃好、吃精、吃细；过去只能跟在牲口屁股后面捡粪蛋，现在要求知道什么叫商品、价值规律、信息和电脑。随着经济地位、物质生活的变化，家庭观念、伦理观念、道德观念、思想情操、精神境界、人与人之间的关系，也随之起了变化。农村如此，城市亦如此。生机勃勃，日新月异，绚丽多姿，急速变化的现实生活，在向着我们召唤。作为散文作者，该怎样来反映它呢？我们不能像小说家那样深刻地概括和反映生活，只能在生活的激流里捕捉一个人物、一种思想、一个有意义的生活片断，以散文的独特的角度，反映这个时代的侧影。对自然和社会的美的感受，主要靠自己的体验和观察，如果离开了生活实践，灵感就会枯竭。我希望在生活中选取的这一个"侧影"，能在读者心目中映照出时代的面貌，"一叶落而天下秋"，我希望我的散文就是这么一片叶。

最近，我写了篇题为《逍遥游》的散文，不自量力地想从生活的一个侧面，来反映我们这个时代的风貌。我是这么思考和追求的，但我这个南方人的扁脑壳和一支笨拙的笔，却不一定听使唤。

我以大伙房水库的湖光山色为衬景，以在黄金的星期日到水库来游玩的人们为烘托，着意刻画几个年轻的矿工和他们正热恋着的"女神"，想写出新一代的年轻工人的风貌。湖光山色、苍松翠柏也好，金色的沙滩、暖洋洋的阳光、欢乐的人群也好，所有这些都是为了主题思想和艺术构思服务。

这是一段亲身的经历，两年前的一个夏天，我和作协的一些同志，来大伙房水库开会和休憩。水库的绮丽风光，熙熙攘攘的游人，都吸引了我。但更使我感兴趣的，是我看到了在游客中，有几位男女青年，他们打扮入时，穿着漂亮，骑的是嘉陵摩托和二六新凤凰；挎的是海鸥照相机，手里还提着三洋收录机，正放着香港歌星张明敏的《我的中国心》，他们低声地随着歌星哼哼着，青春焕发的脸上，洋溢着欢乐和幸福的光彩。我看着他们，心里猜想：这是些什么人物呢？高干子女？不像；工人？不像；大学生？不像；发了财的农民？也不像；赶时髦的"业余华侨"？更不像，越是什么都不像，越使我想接近他们，了解他们。好奇心驱使我凑近他们选好的一处沙滩，这里较为僻静，上面是松柏的华盖撒下来的绿荫，下面是几块耸立的礁石作为屏幕，金色的沙滩宛如细软的地毯，微微涌运的湖水闪着波光，倒映着蓝天的云朵，他们就在这样一个美丽的舞台上活动：照相，欣赏音乐，追逐，嬉闹，游泳，充满生命力的笑声，向蓝天白云、浩渺的湖水，宣示他们青春的美好和金色的年华。

我和他们一起游泳，有意识地瞟着一个体型健美，臂力强大的小伙子向远处游去。湖水温柔地托着我们的肢体，我们舒展四肢，轻快地游着，边游边攀谈起来。大概是我友好亲切的态度和熟练的游技，博得了他的好感，我们谈得很投机，就在水面上结下了友谊。生活往往就有这么巧妙的安排，萍水相逢而能终身难忘。我告诉他猜测了好久，却猜不出他们是什么人物时，小伙子调皮地反问我："你是怎么猜的?"我坦率地把我的猜想告诉他，他听了朗声笑了起来，差点被湖水咽住了。他也坦率地告诉我，说我用旧眼光看待新事物。他们么，不过是千米竖井下普普通通的矿工，那几个女伴，也是普普通通的工会播音员、职工食堂服务员、矿灯房的矿灯姑娘。他们串休来游水库，想好好享受一个黄金的假日。他还大方地告诉我，他和那位矿灯姑娘正热恋着，其他几位也都正在"嘤嘤求友"。（我当时听了不觉一震:你读过《诗经》!）他们都是优秀的综合采煤机手，挣钱比市里的部长还要多;父亲是退休老矿工，家里用不着他们的工资，他们就弄台轻骑、收录机、照相机玩玩，弄套西装穿穿。但他们一下井，却是一身油垢的工作服，顽强地向着煤层开火！月月超产，挣得一大把奖金，又光荣又实惠，姑娘看了还喜欢……

是啊！小伙子说得对，我是在用旧眼光看新事物，我脑壳里储存的信息:是"千金寨"埋葬矿工尸首的万人坑，是在黑暗狭窄的掌子面上，佝偻着身子刨矿的"煤黑子"，是"冒顶"事故后守在坑口呼嗬的矿工家属……变化再大，也想不到今日的新一代矿工，却是出现在我眼前的这些"时髦"的年轻人。

他还告诉我，他们虽然一天得在井下干八小时体力劳动，但他们却想做一个有教养，有文化的工人。他们利用业余时间，参加业余大学、电大和创作中心学习。他还写诗、读古今中外诗人的作品。当我催他快游回去陪伴他的"女神"时，他居然脱口吟道"两情若能久长时，又岂在朝朝暮暮"。我对他更瞠目而视，刮目相看了。

最精彩的一幕，是上岸后，我正双臂当枕，仰卧在暖洋洋的沙滩上，闭目反思时，他拉我起来，把我介绍给他的伙伴们，并请我参加他们的“野宴”。金色的沙滩上铺着一块淡绿色的塑料布，他们像变魔术似的，每人从提兜里“变”出了一份丰盛的食品。那位圆脸蛋爱笑的食堂姑娘，“变”出了两大饭盒小小巧巧的饺子，扬起眉毛声明说：“这是我昨晚特为今天的盛会，给‘哥们’包的三鲜饺子，不好吃不收票子！”看着她调皮而幽默的神色，把我也逗乐了。压轴戏是我新结交的那位小伙子唱的，他竟“变”出了一瓶系着红绸带的茅台（不知他从哪个宾馆走来的后门，我这个所谓作家，过新年也弄不着），一只油汪汪的金黄色的大烧鸡。他把茅台双手高高擎起，如我国运动员在奥林匹克运动会上高高擎起的奖杯，说了几句充满诗意的祝辞，然后庄重地给我斟了一小塑料杯。“野宴”是极为丰盛的，在轻快的音乐声中（收录机正放着《蓝色的多瑙河》），我们都举起杯来……

生活是多么丰富多彩，生活中的美像大自然的美一样，是到处都存在的，就等待着你去寻觅和发现。在书斋里你苦苦寻思不到的，生活却慷慨地奉献给你。我本来以为来大伙房水库，只是开开会，游游水，欣赏湖光山色，休憩休憩。回沈阳后，最多也只能写篇一般的游记。没有想到生活这般厚待我，让我结识了这些年轻的矿工，分享了他们的爱情和青春的欢乐；让我在生活的激流里，看到了几朵耀眼的浪花；让我有机会选取生活中的这么一个“侧影”。我意识到这个“侧影”处理得好，是能够映照出我们这个时代的风貌的。

在大自然和现实生活里，有些新鲜的印象，是应及时写出来的。不然，时间久了，印象就会褪色，甚至淡忘了。但我回来后，却没有趁印象新鲜时写这篇散文。我想让它在脑子里沉淀沉淀，思考思考。也就是像妈妈生孩子那样，孕育孕育。我想以我对生活和自然美的独特感受，以真感情、真风景、真人物，来“为情而造文”，而不是“为文而造情”，我希望读者在我的散文里，能听到生活前进的脚步声，感受到时代跳动的脉搏。当然，这只是愿望而已。“说话的巨人，行动的矮子”，在创作上，有时我还不如罗亭。

1984 年秋于北陵

自选作品

姐　姐

舷窗外云海茫茫，团团银花似的白云，时而把蓝天都遮没了，飞机航行在浪涛汹涌的大海上；时而白云像轻纱扯成丝丝缕缕，飘然远去，飞机又在万里蓝空上翱翔。下面蜿蜒起伏的群山、林莽、河流、田野，虽然小得像玩具，但都清晰地映入眼帘。我一直凭着舷窗眺望，思绪像缕缕云烟，飘得很远很远。

“妈妈死后，在这世界上，就剩下咱俩是亲人了。”三十几年前姐姐从缅甸来信，倾诉其远离祖国，思念亲人的情怀，邀我去仰光探亲。我也很想念她，但由于种种原因，在漂泊到香港前夕，给她寄去一张放大的照片，权当和她会面。

“雪拥蓝关马不前”，白云又一团团、一簇簇涌来，但我们乘坐的“骏马”，却蹬蹄扬鬃，穿云破雾，升腾到万米高空。团团银花在机翼下浮动，头上却是辽阔无垠的蓝天。

这次姐姐从香港来信，约我春节在家乡——著名的南国侨乡泉州会面。

空中小姐含着微笑，彬彬有礼地端来一杯香茶，我礼貌地接过来，呷了一口，又凭着舷窗眺望，远处漂浮的云朵，像水天交接处的一座座珊瑚岛屿，瞬间又变幻成莽莽苍苍草原上的羊群。白云深处，目力达不到的地方，是不是就是我要与姐姐会面的地方？

那里，甘蔗林在晨风中摇曳，洒下串串晶莹露珠；芭蕉正肥，荔枝未红，东西古塔上的风铃，丁当……丁当，应和着开元寺晚祷的钟声。鸽子在塔尖上飞翔，清源山上的相思树，正开着金黄色的小绒花。卖花姑娘挎着一篮鲜花——含笑和茉莉，走一路洒一路芬香。蚵埔阿姨挑着蚝担，走街串巷叫卖，闪动着矫捷的身姿。谁家窗口飘来南曲清音，还有用厦门话对台的广播，召唤着他乡游子，叶落归根。

这就是我的家乡，文化名城泉州。

爸爸在菲律宾杳无音讯，妈妈经常到关帝庙抽签问卜，祝愿海外亲人平安。传闻他又娶了个番婆，我还有没见过面的同父异母弟妹。

妈妈遵循侨乡传统习惯，苦守着我们林家香火，抚养我和姐姐。一个妇道支撑一个家庭，如一头毛驴拉着一个磨盘。中国的妇女就是这么坚贞、勤劳、忍耐、善良。

夜里，一灯如豆，熏蚊的苦艾发出淡淡青草味。在昏黄的灯下，妈妈粗糙的手灵巧地穿着竹针，教姐姐编织渔网。她的手指飞快地一伸一缩，竹针来回穿线，一个网眼一个网眼往前延长，很快就织了一大段。然后放慢下来，手把手教姐姐织网。姐姐低着头，乌黑的刘海遮着前额，专注地用小手指拿着竹针，慢慢地编织着。她聪明、懂事，知道织一张网可换回多少柴米。没有多久，她很快就学会了，熟练了，她的小手灵巧得赶上妈妈了。夜里，守着一盏灯，总是织得很晚，很晚。开头我坐在姐姐旁边，复习功课。不一会就腻味了，悄悄溜到院子里，坐在石阶上看星星。

南国秋夜的星空又高又远，银河像一条真正会流动的小河，星星像河水流过冒出来的小水珠，千颗万颗，数也数不清。有的亮得发蓝，像姐姐的眼睛；有的发黄，像快熬完油的灯光。老师说，年轻的星星发蓝，岁数大的星星昏黄，老师真有学问。看了一会星星，我又困了。我怕耗子，不敢一个人回屋去睡。就去缠姐姐，要她陪我。其实姐姐也困了，她的眼睛蒙上了倦意，不清亮了。但她要陪妈妈多织点。她比我懂事，才十来岁，就会体贴妈妈的辛劳，小小的心里，就知道生活的艰难。

姐姐的小手搂着我的肩膀，我们总是这么搂着，贴着身子睡。只有姐姐在身边，我就感到温暖，就有一种安全感。耗子再闹我也睡得很甜。

睡梦里，只要闻到一股幽幽的含笑花和茉莉的香味，我就知道妈妈也上床了。临睡前，她从发髻上解下花串，洒了一点水，把花挂在帐钩上。于是，屋里就漾着一股幽幽的香味，沁入我的梦里。直到现在，有时在梦里，我也还会闻到这股幽幽的香味，就好像妈妈仍然在我身边……

飞机保持着六、七千米的高度，平稳地在蓝空里飞翔着，没有一朵云彩，整个空域一碧如洗，明净透亮。旅客们都在闭目养神，机舱里安静舒适，像坐在宾馆的客厅里。

凌晨，睡梦里传来敲门声，叫喊声："鱼来啦，挑鱼罗……"本来就很晚才上床的妈妈，睁开惺忪的睡眼，一咕噜爬下床，蒙上一块头巾，摸黑操走了竹篮和扁担，轻轻掩上房门。远处传来了犬吠声，门户的开关声，错杂的足步声，家家的妇女都起来挑鱼了。我们村靠海，随着潮水的涨落，渔船一回来，渔行就招呼大家去挑鱼。一担一百多斤，挑到城里渔行，来回十多里路，每百斤二、三角钱挑运费。这是我们村妇女的一笔收入。

我们村的妇女，挑百十斤不算一回事。赤着个大脚丫、挺着腰身，一路上挑着重担，还吱吱喳喳互相打招呼，谈家常，说说笑笑。妇女群中，妈妈是最要强能干的，累死也不叫苦认输的人。她挑起担来，轻轻快快矫健的步伐，优美的身姿，颤悠悠的扁担，似乎都有节奏和旋律。看我们村妇女挑担的行列，就是舞台上的挑担舞，也没这么带劲。

十二、三岁，姐姐就帮母亲挑起家庭的重担。她有心计，除了织网，还悄悄准备了副扁担和竹篮。一天清晨，她暗暗跟在妈妈后面，直到在渔行装鱼过秤时，妈妈才发现她，怎么撵也撵不回来。从此，挑鱼的妇女行列中，就闪现着姐姐俊俏的身影。第一次得了二角工钱，她给我买了薯粉捏的油炸小鸡和小狗。一到家，扁担还未下肩，就高兴地喊我的小名："阿煌，来——给！"她把一包油乎乎的东西塞给我，本来就很清亮的眼睛闪着欣喜的光芒："我自个挣的钱给你买的。"这些小鸡和小狗吃起来特别香，我好像从来没有吃过这么好吃的东西。姐姐自己却不吃，只在一旁抿嘴笑。

平日，早晨起来，姐姐淘米做饭，切菜，我烧火。我们村做饭烧稻草，烧不好就冒烟，呛人。姐姐教我用火棍子稍稍把草挑开点，留着空隙通气，火就上来了。吃完饭，姐姐把饭菜放在锅里热着，等妈妈回来吃。把书包给我理好，塞给我一枚铜板，用爱怜的目光看我蹦蹦跳跳地上学去。路过福伯的小铺，我把铜板放在福伯肥润的手心里，抓起一堆花生。一边走，一边剥着吃，再美不过了。

然后，姐姐卷起裤腿，跪下来用麻袋片擦洗地板。闽南都用红方砖铺地，妇女们爱干净，总是把红砖擦得锃亮。一切都收拾干干净净了，才坐下来织渔网。她那姿势，那巧劲，完全像妈妈。她长得又俊，又要强，也完全像妈妈。

端午节，家家包粽子。各式各样的粽子：有桂圆、桂林干、莲子、红枣包的甜粽子；火腿、叉烧肉、红焖肉包的咸粽子；什么佐料也不加的淡粽子。我们家日子虽过得艰难，但这三种粽子都要包，不然，好邻里会给送来的，妈妈嫌寒碜。姐姐包粽子手也巧，两片竹叶子一叠，一裹，变魔术似的，一个精精巧巧的三角形粽子就出来了。再系上一根五色丝线，就更好看了。这一天，村里赛龙舟，嫁出去的姑娘都回娘家，一个个打扮得漂漂亮亮的。妈妈给姐姐穿上淡蓝色的细布小褂，黑香纹纱裤子，素素净净，配上细细的腰身，俊气的脸蛋，谁见了谁说姐姐标致。打扮好了，女伴们各撑着花花绿绿的阳伞，吱吱喳喳，结伴去看龙船竞赛。

孩子们从这一天起，开始下海游泳，叫做游“龙王水”，取个吉利。平日，妈妈不让我去游泳，怕淹死了，我们林家就绝嗣断后。我爱海爱得要命，明明知道被发现要挨打的，也偷偷跑了去。我们在海里玩捉贼的游戏。我总爱当贼，游到海中心，贼在中间，隔个十米左右，被兵团团围住。一声令下，兵们扑了上来，我这个贼不慌不忙往水里一钻，渺无踪影了。憋足气在水底潜游，透过玻璃般蓝色的海底，看得见兵们扑过来的身影。待我的小脑瓜从水里冒出来，被张眼搜索的兵们一发现，又呼啦扑过来，我又往水底一钻，又无影无踪了。直到再也潜不住，被捉到为止。孩子们在水里似一条鱼，总是玩个没完没了，像在陆地上一样。

大海啊，在摇篮里你就用温柔的涛声，给我唱催眠曲，你给我的童年，带来多少欢乐，多少爱抚。

蓝空就像大海，我们的飞机像快艇，仍然平稳地在碧蓝海空里航行。空中小姐甜甜地，微笑着给旅客送来糖果，我挑了块巧克力放进嘴里……

女孩子是不让游泳的，姐姐没有这个福气。但她也爱海，潮退时，我们在沙滩上拾贝，捉小鱼小虾，赤脚在沙滩上奔跑，追逐浪花。我游泳时，她守在岸边，张着一对羡慕的眼睛，看我们在海里玩。她总是给我打掩护，想点子缠住妈妈。有一次，我被妈妈发现了，回来被诱进屋子里，插上门，用竹板子打屁股。我钻到床底下，她拉出来还打，我拼命哭喊。姐姐听了，在外边擂门，妈妈就是不开。姐姐只好把锦姑找来。锦姑擂着门，妈妈才放我出来。她数说妈妈："老虎虽凶，也不吃自己的犊子，看你打得多狠！"妈妈眼圈一红，掉下了眼泪，姐姐把我搂在怀里，给我揩泪痕，她温柔的小手，像灵丹妙药，揩净了我心上的伤痕。

六月荔枝红，翠绿的荔枝树上，挂满了红色的小灯笼，我们村家家户户都有三、五棵荔枝树。屋前屋后，小小庭院，都挂满了红色小灯笼。清晨，我爬到树上，把带露珠的鲜荔枝摘下来，姐姐把果子放到吊桶里，沉到古井里去。中午，天头正热，蝉在树上热得知了知了地乱叫。我游泳回来，姐姐就把荔枝从古井里吊上来。我们坐在院子里含笑花树下，闻着浓郁的花香，剥开一颗颗冰镇一样的鲜荔枝，吃到嘴里，一汪果水，又冰又甜，暑气全消。贵妃杨玉环，也吃不到这样冰甜的荔枝。童年生活，这是最美最美的，姐姐在我记忆里，就像荔枝一样美，一样甜。

十六岁，才十六岁，姐姐出阁了。一台花轿，一串鞭炮，一阵鼓乐，人们前呼后拥，把姐姐抬走了。临上轿前，姐姐一次又一次的搂着我，滚烫的泪珠滴在我脸颊上，抽泣着再三叮嘱说："乖、乖……要听妈妈的话……不要让……妈妈……生气。"过了一会儿，又低低地说："爸爸没有良心……妈妈活着不容易……姐不在身边……要乖……听妈妈……的话。"她把我搂得更紧。

望着被抬走的花轿，“姐……姐……”，我哭喊着，眼泪像断线的珠子，追赶着花轿。妈妈走过来，把我搂到怀里，像怕我也会飞走。这两天，妈妈像突然苍老了。

按我们村的风俗，出阁的姑娘，三天回门。

姐姐变样了，我几乎认不出她了；我姐夫是个华侨，姐姐变成一个番客婶了。

她穿着新娘子漂亮的衣服，刘海梳了上去，换成一个大发髻，上面斜插着镶翡翠的金钗，戴着一朵红花，金耳环一走一颤悠，腕上的手镯金灿灿，食指上戴着三股纽的金戒指，眉毛绞得长长细细的，新开的脸红扑扑，笑起来很妩媚，完全变成一个新人了。但我认真一看，她还是我的亲姐姐，她那黑亮黑亮的眼睛，看着我还是一片温情，一汪泪水。

两年后，姐夫从仰光回来接姐姐出国。

我和妈妈一直送她到厦门，送她登上太古公司的轮船。离别时，妈妈和姐姐哭得像个泪人儿。这时我已上了中学，有点小男子汉的气概，我已经能够忍住眼泪，还能劝慰妈妈和姐姐。但我的心却随着远去的客轮，飞到姐姐身边，陪伴她漂流在茫茫的大海上。

……就这样，一别四十几个春冬。人世沧桑。妈妈在抗战期间去世了，姐姐没能归国与遗体告别；姐夫前些年因缅甸排华，财产荡然，一直悒悒寡欢，忧伤病逝了。姐姐和外甥们客居香港。她来信说：孩子们都孝顺，生活也好，就是感到寂寞。在仰光时，虽然也思念故国、思念家乡、思念亲人，但侨居久了，乡亲、朋友也多。傍晚拿只小藤椅，在门前乘凉，和乡亲们谈谈家常，回忆家乡种种，心里也就敞亮了。香港就不同，一家人“吊”在空中八层楼里，寸土寸金。两间十来平米的住房，房租就占去生活费用的三分之一，狭窄得喘不过气来。同楼的人老死不相往来。天地就只有那么一巴掌大，看不见一寸土，一叶稻秧。白天，孩子们都上班，拼命干活，不拼命就不能多挣钱，还有被解雇的危险。她一个人守在半空中的楼房里，除了看电视，还是看电视，没有人和她说一句话，连耗子也没有；有只耗子还可听它叫两声吱吱,回忆回忆家乡的夜晚。自己一个人又不敢出门,电梯里发生过打劫,乔装漂亮的贵夫人从手提包里拿出迷魂枪,从从容容,不声不响地把一个归侨的钱包抢走了……寂寞啊!寂寞,一个老华侨的寂寞,她多么思念祖国的土地,思念家乡的田野、大海、渔网和扁担,思念我这个四十多年没见过面、远隔重洋的亲弟弟。往往夜里睡不着,悄悄流眼泪……

飞机的速度慢慢降低了,翠绿的稻田,弯弯的河流,起伏的山峦,成行的树木,清晰地从舷窗掠过。扩音器里传来空中小姐柔润的声音:“旅客们,泉州快到了,请大家作好下机准备……”双乳山的峰峦,东西古塔的塔尖,青翠的甘蔗林,荔枝和龙眼的果树园,公路两边的马尾松,都映在眼前。飞机慢慢地降落了。姐姐啊,离别了四十多年的亲弟弟,就要像儿时那样,扑到你怀里来了……

一九八二年七月于沈阳

(选自散文集《玫瑰香》)

逍遥游

毫不夸张地说,我结识这几位新朋友,是颇有点传奇式的味道。就好像是亲爱的“上帝”,有意巧作安排,想来开导开导我这个看似开明,其实是相当保守的冬烘老头。

盛夏,骄阳似火,枝繁叶茂的老槐树,捧着一簇簇散发淡淡香味的白花,引来蜜蜂在花间嗡嗡嘤嘤,惹得蝉儿“知了!知了”不耐烦地噪唤;天高云淡,柳丝如烟,北国夏日的风光,并不亚于岭南春色。我们几位平日“无丝竹之乱耳,有案牍之劳形”的脑力劳动者,乘一辆丰田乳白色空调小面包车,来到抚顺市郊的大伙房水库。想于繁重的劳作之余,“偷得浮生半日闲”,看看山,玩玩水,观观树,赏赏花。“赤条条无牵挂”地躺在沙滩上晒晒太阳,看蓝天浮云,观湖上风光。而更令我神往的,是高高站在水边岩石上,来一个“鲤鱼跳龙门”,飞身跃到蓝汪汪的湖水里，享受一番“天高任鸟飞，海阔凭鱼跃”的乐趣。虽不能任意地“水击三千里”，却也可消受一天鲲鹏展翅的自在日子。权当这煤都郊外的明珠，作为庄子向往的“南溟”，逍逍遥遥，净一净大脑皮层褶缝里积累的尘灰。

可惜，我们没有邀请《太阳岛上》这支名歌的作者，前来同此一游。不然，他或许会诗情奔涌，谱写出另一首脍炙人口的新歌子。你看，这里哪一点不如那“绿水载白帆，两岸花万朵”的松花江？那条像醇酒一样迷醉过多少游客的北方大江，若说像一泻千里的碧色玉带，那么，这里却是一颗晶莹璀璨的明珠。松花江四周，有这样苍苍茏茏的翠峰叠峦吗？更不用说那临镜似的婀娜多姿的山岚的倒影，在微波中摇摇曳曳，顾影自赏，又能引起你多少遐思；那一碧万顷潋滟的波光，映着天上的云彩，飞莺的翅膀，彩蝶的花裳……又平添多少风流和妩媚；那时浮时沉，拍着翅膀在水面上嬉戏的水鸭子，那骤然跃出水面金翅银鳞的鲤子，又引来多少惊喜的目光。这宛如林中女神梳妆的明镜般的人工湖，正怀着处女的柔情，伸开双臂在迎接着游客呢。

真没有想到，我们“起了个大早，赶了个晚集”。当我们漫步来到湖边时，金色的沙滩上，已盈眼尽是一幅幅安格尔杰作《土耳其浴室》的画面，当然这里没有浴室氤氲的蒸气，而是艳丽的阳光和绿盈盈的湖水；更不是清一色裸体的浴后娇慵的妇女群像，而是穿着五颜六色游泳衣裤的男男女女。青丝银发，酡颜霜鬓，掺杂其间，东一簇西一团的，有如漫山遍野的花朵。白皙的、黝黑的、红润的、紫铜色的健美的肢体，在阳光下闪着光彩。有的把头枕在肘弯里，舒舒服服地晒太阳；有的侧着身子半卧地躺着休息；有的四肢伸展仰面躺着，观赏蓝天白云；有的抱着双腿，面向湖水，作哲人的沉思。轻歌，漫语，喧笑，打闹，谱成一曲青春的乐章。青年男女头靠头，膀偎膀，尽情地享受阳光和湖水的爱抚，脉脉含情地让心电交流内心的衷曲。绿得像透明的玻璃一样的湖面上，一双双有力的臂膀，劈开碧波，犁出一道道白花花的水影，像鲨鱼一样奋然疾游；或悠然自得地仰面浮在碧波上，任温柔的湖水轻轻托着，双臂微微摆动，保持着心境和躯体的平衡；或侧身蛇游，不紧不慢地享受自由自在的乐趣；或身子直立，双脚踩水，两肩露出水面，表演踩水的技艺。这里溅起朵朵浪花，撒出一串串银铃的笑声；那里挥起一只胳膊，召唤伙伴迅游追上……沙滩上，湖面上，一派勃勃生机，人们都来享受这黄金的星期日，亲昵亲昵这里的湖光山色。

我们想找个幽静的地方，就沿着湖边向前走。顺着羊肠山道，转下一个小斜坡，脚下芳草离离，头上松柏青翠，四周黄鹂啼鸣，迎面山花照人。斜坡下面是一片金色的沙滩，这沙滩成一个半月形。

"这地方真不错！"我对同伴们说。突然传来一阵歌声，侧耳细听，是《我的中国心》这支让青年人喜欢的歌子。香港歌星张明敏正充满炽热的爱国之情唱道："……长江、长城；黄山、黄河，在我心中重千斤……"歌声是从礁岩下传来的。我们顺着歌声来到礁岩边，噢！原来是一群快活的年轻人，三男三女，正好三对。他们（她们）真会找地方啊！沙滩为他们铺下金色的地毯，绿树为他们撑起葱翠的华盖，礁岩为他们列开彩屏，湖水为他们低唱浅吟。一驾红色的嘉陵轻骑后座上，三洋收录机正放着我们刚才听到的歌曲。另一驾轻骑旁边，排着几辆崭新的二六小凤凰，车把上挂着精巧的女式小提包。一位大背头，小胡子，着花格子夏威夷衬衣，银灰色派里士西装裤，火箭头皮鞋的小伙子，正在给姑娘们拍照。她们一式穿着淡青色布拉吉，肉色丝袜，白色皮凉鞋，看样子是有意这么打扮的，好让人觉得她们是亲密的小姐妹。她们肩靠肩紧紧挨着，拿着姿势，涌着浅浅的笑窝。另外两个打扮得也很时髦的小伙子，在一旁作"现场"指导："笑一笑——笑一笑！""眼睛睁大点——好！"姑娘们扬起眉毛，灿然微笑，"咔嚓"一声，曲腿蹲着的小伙子按下快门，轻快地站了起来，转着照相机的胶卷……

收录机放着另一支曲子，那是《话说长江》的主题音乐《长江之歌》，亲切热情的歌声，飘荡在湖面上："你从雪山走来，春潮是你的丰采；你向东海奔去，惊涛是你的气概……"

看着这一群漂漂亮亮、快快活活的年轻人，我心里纳闷了："他们（她们）是哪来的？干啥的？干部？不像！农民？也不像！工人？更不像！大学生，有点边，但也不像！高干子女？那气派和风度也不像！华侨？也不太像……"我真纳闷了，我这个走南闯北、见多识广的老头子，就看不出他们是哪个行当的，岂有此理！我又扫了他们一眼，他们正一边随着收录机哼着："我们依恋长江，你有母亲的情怀……啊！长江……"一边正围上浴巾，躲到屏风后面（就是礁岩后面）更换衣服。我的目光落到那两驾嘉陵轻骑上，落在那几辆崭新的小凤凰上，落在那精巧的女式手提包上。心里捉摸："高档商品，小工人，小农民，就是有钱也掏不起啊！更何况一驾轻骑得一千多元……"但又一转念："农民们不是富起来了吗？万元户不有的是吗？报上不是报导过农民买了飞机，买了汽车吗？不是坐飞机旅游，大逛北京城和西子湖吗？还出现了姑娘出嫁不仅不要财礼，随着还带着上千元的银行存折，而传为佳话吗？……"

我正在分析着，捉摸着："也许这些快活的年轻人，就是先富起来的新一代的农民？"他们（她们）已穿着游泳衣裤，从礁岩后面蹦蹦跳跳地转了出来。啊！又是高档商品，纯细毛时兴的进口游泳衣，衬出高高的胸脯和细细的腰肢；男的则露出结实的肌肉和宽阔的胸膛。

他们嘻嘻哈哈，唧唧喳喳，像一群散落在湖边的天鹅，挥臂、踢脚、弯腰、跳跃，轻快地做着下水前的运动，这又有点像体校的游泳健儿了。啊！这帮小青年，还是猜不透。

我们也换好了游泳裤，也学他们的样子，挥臂、踢腿、弯腰、跳跃。不过，我们的动作一定有点滑稽，因为我看那位穿嫩绿色游泳衣的姑娘，正抿着好看的小嘴在笑我们；而那个高个子宽胸脯的小伙子，也停止了动作眯着眼睛在瞅着我。

他们的笑意和眼神，是天真而善意的，好像在说："这几位老头真逗！"看样子，这些年轻人，并不因为我们侵入他们的"王国"而不乐意。相反，还觉得我们这几位糟老头挺有趣，也许在捉摸我们是些什么样的人？于是，我迎着小伙子善意的目光走了过去。

我们攀谈起来,小伙子很直率,他说:“你们也是抚顺的?在哪个单位?”我说:“你猜猜看!”他又眯起眼睛,瞅瞅满头银发,胖乎乎的、和蔼可亲的A同志,说:“你们准是沈阳来的,大城市派头。这位是个大干部,部长级的,一月二百多块,没跑!”我说:“你眼光不差!”他得意地笑笑,又指着肚子突了起来,已开始发福了的B同志说:“这位级别也不低,若是在部队里,起码是个正师级,一个月也得拿二百来块,没跑!”我说:“你倒挺有眼光,也差不离。那么,敝人呢?”他上上下下打量了我一会儿,不大有把握地说:“你老,瘦里疙叽的,黑黑的,看样子像个打鱼的,一个月也就是拿个六、七张大票吧!”他又仔细打量我一下:“不对,物以类聚,打鱼的怎么和大干部在一起?那你准是个干吃饭不长肉的干巴老头!”我们俩都同时哈哈笑了起来。多有趣的年轻人,刚见面就谈工资、问职别,这在我们知识分子中间,是会被认为不礼貌和庸俗的。

现在轮到我来问他了。我说:“你们好快活啊,成双成对的,在闹恋爱吧?你们都是端铁饭碗吃大锅饭的吗?”他又眯起眼睛,神秘地说:“你老也猜猜,考考你。”我正要提起刚才心里的疑问,他的伙伴们已在招呼他下水了。他说:“先不用猜,咱们游泳吧。你老的水性怎样?”我说:“试试看吧,打鱼的哪有不会泅水的?”

艳阳当空,它把全部的光和热,毫不吝啬都倾泻在湖面上。碧绿的湖水,波光粼粼,多诱人的湖啊,一看到它,暑气就全消了。那三个姑娘和两个小青年,轻轻盈盈地扑到水里,像鸳鸯戏水似地嬉闹着,互相泼溅着水,吱吱咯咯地笑着,闹着,笑声里飞出一朵朵映着虹彩的水花。我们那几位老伙伴,也把多脂肪的白胖胖的身子泡在湖水里,试探着慢慢往前游去。小伙子伸出双臂,两腿一蹬,飞身一个鱼跃,湖面上冒出一串水花,浪里映出一条白色的身影,他潜游二丈来远,才冒出头来,甩掉发上的水珠,踩着水向我招手。我也飞身一个鱼跃,像离弦的羽箭潜到他身边,待我故意撞着他的大腿时,他才惊喜地叫了起来:“啊!你老果然是个打鱼的,没跑!”我学着他的腔调说:“没跑,你是去找她们‘鸳鸯戏水’呢?还是和我这个打鱼的游一环?”他向正嬉闹得起沸的姑娘和小伙子望了一眼,说:“玩起水来,她们是幼儿园的水平,没意思,咱们兜它一环。”我目测一下,这一环该有五、六百米。我们肩并肩像鲛鱼似的侧身向前游去,湖水温柔地顺着我们四肢划动的拍节,轻轻地唱着歌:“哗——哗——哗”,多么好听而令人陶醉啊!我们保持着一定的速度和耐力,在阳光和微风的爱抚下边逍遥自在地畅游,边亲切地交谈。

我放慢速度,四肢舒缓,头微微仰出水面,呼吸均匀地说:“你不要考我了,咱们好好聊聊,结个忘年交吧!”他变换了一下姿势,踩着水,晃着肩,说:“你老是不是在捉摸:这些小青年,工人不像工人,学生不像学生,农民不像农民,倒像是……”像是什么,他没有说出来,却顽皮地抬起右胳膊,伸出手掌,五指并拢成个唧筒形,一张一缩,遂即喷射出一束束水花,洒向空中,幻为彩虹。这玩意儿我从小就玩过,它勾起我多少童年美好的回忆。我不由得也玩起水来,喷射出的水花,在空中怒放,比他的更加烂漫。这使他大为喝彩:“啊!真棒,你这个打鱼的!”他又侧身拢近我,四肢优美地摆动着,宽阔强健的肩膀冲破蓝盈盈的湖面。他说:“你老或许还会想:这些小青年,流里流气,像个公子哥儿!”我连忙掩饰说:“不!不!”他不以为然地说:“可你为什么猜不出?从你老的眼神里,从很多人的眼神里,我敏感到,你们是把我们看作动物园里的‘四不像’!”这一下我有些尴尬了,下意识地蹬了几下腿,速度加快了,他追了上来,说:“你们看不惯,是吗?在老一辈人的心目中,对青年人总有个框框。其实我们三个小伙子,不过是普普通通的小矿工,共青团员,说不定在这水库底下,就是我们千米竖井的一个掌子面。我小时候在院子里踢皮球,爷爷就常忧戚地说:‘轻点!小顺子,不要震了你爸爸的耳朵,他就在你脚下的地层里刨煤。’我们家三代都是矿工,所不同的,他们是被人瞧不起的‘煤黑子’,而我们这一代的新矿工,赶上了好时候,开着综合采煤机,驾上了嘉陵轻骑。”他继续说:“我们几个小伙子,是同一台综合采煤机的机手。又都是高中毕业,脑袋瓜灵些,干起活来谁也不让谁,你追我赶,月月超产。不瞒你老说,我们都被评为先进采煤机手,连奖金带下井费，月月拿二十多张大票子。我们都还没有结婚，家里老人又都是退休老矿工，住职工大楼，五大件齐备，又用不着花我们的工资。你老说，不买辆轻骑玩玩，干啥花钱啊！”

他的话对我来说，真是振聋发聩。确确实实，在我的心目中，“煤黑子”的形象，怎样也和这些大背头、骑摩托车的小青年连不到一起。我曾参观过千金寨（过去的抚顺）的万人坑，那被日本鬼子、国民党把头扔进荒山野岭的千万具矿工的尸骨，任风吹雨淋，惨不忍睹。没想到变化会这么大，我不禁瞅一瞅他那张稚气而黝黑的脸孔，一双大眼睛亮得就像眼前闪耀在阳光下的湖水，神采飞扬，英气勃勃。我突然觉得他是那么可爱，真想托起他那浮在水面的原来看不惯的大背头，亲昵地摸一摸那乌黑的头发。

湖水温柔多情，轻轻托着我们漂浮的肢体。我们逍遥自在地游着，整个身心都溶化在这一片茫茫渺渺之中，不知不觉，沙滩已离我们几百米远了。我们掉转身子回游。他说：“你老六十好几了吗？怎么还游得这么好？”我开玩笑地说：“打鱼的么，从小喝海水长大的。”他认真地说：“你老别逗我了，打鱼的说话这么斯斯文文？还和大干部一起来游山逛水。”我说：“是个拿笔杆子的，你看像不像？”他说：“你老要说我像矿工，我就相信你是拿笔杆子的，人不可貌相，海水不可斗量嘛！”我说：“你算发现真理了。”我们快活地笑了起来，没提防满满地灌了一口水，仰起头，湖面又荡起了我们欢乐的笑声。

我们仰卧在水面上休息，天空蓝得像浩瀚的大海，白云宛如片片归帆，阳光灿烂得令人睁不开眼，湖水像慈母的怀抱，我们像她怀抱里幸福的婴儿。静静地舒展着四肢休息了一会，他又开口了：“老师傅，你老既是拿笔杆子的，知道辽大的函授大学，和《鸭绿江》的函授创作中心吗？”我心里一震：“怎么，你们是它的学员？”他说：“是啊！我们虽然一天要在井下干八小时强体力劳动，她们也都在矿上工作，但大家都想学点东西，都珍惜业余那一点时光。我还是《鸭绿江》创作中心连续三期的老学员。”我热切地望着他：“你写东西吗？”他腼腆地说：“我学习写诗，写我们的矿井、采煤机、伙伴，也写‘光明女神’

……”他犹豫一下：“噢，就是矿灯房的姑娘，每天下井时，她总是微笑着把‘光明’递给我。我在千米井下总觉得有一颗明亮的星，在头顶上闪烁，把我的心都照亮了。”我觉得他是在写诗：“她来了吗？”他深情地说：“来了，就是刚才我给拍照的，那位嘴角上有颗黑痣的姑娘。”我说：“那你怎么把她扔下，来陪我这个打鱼的老头？”他说：“不要紧，我们是青梅竹马，彼此都很了解，她知道我看到水就没命，非游个畅快不可。你老记得秦观这两句词吗？‘两情若是久长时，又岂在朝朝暮暮’，离开一会，她不会生气的。”他还告诉我，创作中心的教材，还评点过他的习作。在他亲切的追问下，我也告诉他，我原来就在编《鸭绿江》，现在搞起写作来了，回去我一定看看他的大作。这一下把他高兴得不得了，他搭着我的肩膀说：“真是有眼不识泰山，我居然在孔子庙前卖经了！浅薄，浅薄，你老收我这个不知深浅的小伙，做个小徒弟吧！”

我心里闪出一道灵光，言非所答地说：“不，我这个打鱼的，今天在生活的海洋里，意想不到地打了一网像普希金童话诗里那样的金鱼。”他皱起眉尖，若有所思，忽然眼睛一亮，像悟出来了。我则觉得他的眼睛是那么聪颖而深沉。

离沙滩越来越近了，小伙子变换姿势，用蛙式加快速度往回游，作最后的冲刺。我也用蛙游紧紧跟着。拢岸时，他的伙伴们已伸展着四肢，在沙滩上晒太阳了。我用眼睛寻找那位有黑痣的姑娘。唔，我真愚！那位触电似的突然仰起身来，妩媚一笑迎着他深情目光的，不就是她吗。

我走到老伙伴身边，在暖洋洋的沙滩上躺下来，把头枕在肘弯里，微微闭上眼睛。灿烂的阳光在我眼皮上跳动，像无数金蚊在眼前飞舞，我的心里充满了美好的感情。啊！生活是多么丰富多彩，她开阔你的视野，启发你的才智，纠正你的偏颇。她给你诗，给你美，给你灵感，给你无穷无尽的恩惠，只要你不闭着眼睛远远躲开她。

我正舒舒服服地躺着，逍逍遥遥地任思绪像游丝一样飘忽。突然小伙子把我拉起来，热情地说：“走，老师傅，我们的伙伴欢迎你去赴宴!”不由分说,他拉着我就走。小伙子和姑娘们早已一字排开,在礁岩前列成仪仗队,未待我走到跟前,就热烈鼓起掌。这下把我闹懵了:“开什么玩笑!”我心里有点不高兴,但看到他们一张张青春焕发的面庞,一双双热情闪亮的眼睛,我莞尔笑了。这是善意的玩笑,也是年轻人热情的表现,而导演者准是我新结交的这位《光明女神》一诗的作者。

野宴是丰盛而别致的。金色的沙滩上,铺着一块粉红色塑料布。阳光透过繁茂的叶缝,洒下朵朵金花,像变戏法似的,这个喊一声“来哉!”从挎包里拿出一只油亮亮的烧鸡;那个喊一声“看我的!”就捧着一个大牛皮纸包,打开一看,面包、广东香肠、花生米、糖果;这个用女高音的银嗓子喊道:“小伙子们,看我给包的三鲜饺子!”遂即两个大饭盒端了上来;那个则不声不响地送来几盒罐头:午餐肉、茄汁青鱼、香菇竹笋、水蜜桃……最后还是我们的诗人,他提来一个沉甸甸的大帆布包,用朗诵的调门说:“清凉饮料,又凉又解渴!”原来是满满一兜的啤酒和汽水。啊,居然还有一瓶颈上束着红色丝带的真正贵州茅台。小伙子像捧着奥林匹克的金质奖杯似的,把它高高举起,向四周拱一拱,然后恭恭敬敬地放在我的面前。就这样,每人奉献自己的一份,凑成了满满的一席。

我预感到今天是他们喜庆的日子。

收录机放出立体声的《青年矿工之歌》,曲调舒展而豪放:“当你戴上矿灯,走进沸腾的矿井,年轻的矿工,你是什么心情……”伴着男女小合唱的歌声,小伙子举起杯:

“今天是喜上加喜,首先,我们迎来了一位高贵的客人,这位作家同志,他慨然答应收我做徒弟。其次,庆贺小李的矿灯房荣获‘文明窗口’的称号……”话音未落,姑娘们格格笑了起来,小伙子则鼓起掌:“乌拉,我们的‘光明女神’!”那位嘴角有颗黑痣的姑娘,双颊飞出红云,使劲地捶打坐在她身边的那个喊“乌拉”的小青年。宴会沉浸在欢乐的气氛中,我好像也变得年轻了。

原来这三位姑娘,一个在矿灯房,一个在职工食堂,她们服务的窗口，均被评为“文明窗口”，另一个则是工会优秀的播音员。这三大员和我们三位年轻采煤机手，正如一支歌里唱的：“亲爱的人儿，你可曾知道，有一颗心在为你燃烧……”他们早已心有灵犀，而现在又正燃烧得炽热。他们星期日轮休，平常休不到一块，好容易和伙伴们换休，今天才能凑在一起，怎能不尽情地玩，尽情地笑，尽情地欢乐，尽情地庆贺他们所得的荣誉，尽情地祝福他们的爱情呢！

一个小伙子好像为了表达他此时此刻的心情，他换了个录音带，歌声飞出了：“青春啊青春，美丽的时光……它带着爱情，也带着幸福，更带着力量……”他们轻快地和着歌声唱了起来。阳光在湖面上跳动，微风轻轻吹拂，彩蝶翩翩起舞。歌声像漪涟似的，在蓝空里荡漾。

啊！青春，爱情，幸福，力量，这一切应该属于你们：属于我们先进的年轻采煤机手，属于我们“文明窗口”的姑娘，属于优秀的女播音员，属于所有为四化建设奉献宝贵青春的年轻同志们。

而我这老头子，在分享着他们的青春，爱情，幸福和力量的美酒时，突然像被谁猛击了一掌，从酣畅的微醺中醒悟过来。我们这些老一辈人，对青年人是多么不了解，我们脑子里储备的那些陈旧的信息，不及时地到生活里去更新，我们就真的要成为可笑的冬烘老头了。若说是有所谓“代沟”的话，那就应该用我们的双手来把它填平。未来毕竟是属于这新一代的年轻人！

（选自《单复散文选》）

单复的世界

孙　郁

不久前收到单复先生寄来的《单复散文选》，一口气读下来，对这位老人的文与人有了更多的了解。单复与我在四川“巴金国际学术讨论会”上相识，后同游都江堰、乐山、峨嵋山,相处很好,谈得亦投机。在大致浏览了他的代表作品后,联想与他暂短的友好交往,我忽然感到,这位文学前辈的生命足迹,实在带有一种磁石般的诱力。

读单复的作品是轻松的。他的文章不像学者型散文那么古奥,也没有时下流行的一些作品那么多的理趣。严格说,单复的心还像个孩子,他的纯真与乐天派精神,使作品带有很浓的抒情色调。汪曾祺曾反对老人写散文时情感的过于直泄,认为这像写情书的样子,有些不庄重。对于超然于物象的文人,这种看法是有道理的。持平,老成,散淡而富悟性,的确是一些老散文家进入某种境界后的一种风范。但对于那些非学者型的文人而言,单纯的歌咏与吟唱,将心灵赤诚地袒露给世人,也未尝不是一条途径。单复当然属于后者。他的散文虽然有时失之于浅,却成之于真。在他的个性之中,我常常体味出一种纯真的人情味来。

早期的单复带有一种感伤的浪漫精神。这位1919年出生于菲律宾华侨世家的人,很小就饱受过生活的苦难。因此,表现在早期作品中的,很多是思乡的咏叹,孤独的絮语。那些笔触尽管还带几分稚气,但流溢于言词间的,一直是那扯不断、理还乱的苦恼思绪。《望夫塔》讲的那个感伤的故事,《忧郁的侨村》里困苦的场景,尤其是《寒夜》里压抑得令人喘不过气来的痛楚的独白,使我读后感到极度的惊讶。他的艺术感觉真是太细了,在极细小的事物与场景之中,他捕捉到了那么多令人神伤的意象。我仿佛感到巴金式的忧患在他那里隐伏着。残花、衰草、孤岛、野村,这些空寂的图景缭绕在作品里,形成了一种哀戚的格调。单复早期的作品视野还是狭小的,他的整个思想大概还停留在一种单纯的价值判断上。像《上水船》中怜悯之情的表露,《春天里的残花》对美与丑的思考,深深印着作者和善的目光。这些尚带着学生腔的文字,可以看出我们的作者的精神特点:温和、真诚、拘谨。这一方面构成了他的深情脉脉的艺术风格,另一方面表明他尚未能把视野由自身转向对社会与历史的深入的反思上,从而影响了他创作的深度。虽然如此,今天读起40多年前的旧作,我感到十分真切,因为它毕竟没有教条的模式,文章朴实、自然,毫无雕琢之处。“五四”散文的真实精神,在单复早期作品中留下了长长的投影。

《寒夜》的境界是最使我欣赏的。在我看来,这是他早期最好的一篇作品。

散文的整个基调是阴郁的，这里完全是作者个人的自画像，那么消瘦、清冷，他的心就像漂泊在天边黑暗中的小舟，不断颠动着。《寒夜》所描写的事情十分简单，“我”从出版社回到自己的宿舍，那里除了一铺床，一张桌，一只椅，一盏电灯，别无所有。“我”孤独的心只好浸淫于诗人的梦境里。可当“我”从诗人作品的罗曼蒂克的幻象中走出，面对那寒冷的夜晚时，面对将要毙命于街头的苦难的人，一切都改变了。单复的心被黑暗的现实震撼了。他意识到了生存与死亡、快慰与幸福间的背谬而又一致的一面。在“我”的自慰之中，你不能不感到，这微薄的幻影所带来的希望是怎样令人神伤。单复的幼小的心，正是常常被这种难言的情绪包围着。留在他青少年视野里的悲惨的故事，和逃离这一悲剧的天真的幻想，大概是他走向文学之路的一种心灵的动因吧。

少年的单复是痛苦的，侨乡的贫困，战争的骚扰，父母的离散，这些显然影响了他的性格。后来到泉州平民中学读书时，有幸受到巴金、丽尼、陆蠡、吴朗西诸人的熏陶。这些感伤色调较浓的作家在单复那里引起的共鸣是可想而知的。许多年来，巴金的某些风格一直保留在他的作品里，那种对故乡复杂的情感，对人世间不幸的感慨，对“精神幻象”的追求，在他那里俯拾即是。单复提起笔时，涌动在笔端的往往是自我的冲动，和一种道德直觉的力量。《金色的翅膀》的童话般的意境，交织着作者超越苦难，寻找精神的伊甸园的冥想。单复以童年人的目光审视着世界，把金色的梦幻展示给苦海中的人类。在这淡淡的哀愁和善意的憧憬中，我感到他深深地陷进了对世界无可奈何的困境中。这些写于40年代的作品，留下了作者探索的痕迹。

这种机敏、灵秀而又无不负载道德义务的艺术个性，一直影响了他后来的道路。单复像他的老师巴金一样，是一个没有太多的个性变化的作家。他所承担的不是一种思想与文化的东西，因为他的确缺少思想家透彻的悟性与深邃的理念，缠绕他精神王国的，永远是人的道德情感、社会风俗、自然景观等等。这些身边琐事与日常生活，构成了他作品的主要内容。可以说，“童话意象”一直是他创作中无法挣脱的情结。在对生活现象进行了大致的勾勒后，他内心深处的那个神圣的幻影很快就把尘世的杂色吐掉了。回到洁净的“童话意象”中去，使他终于无法深入到对社会结构与人的心理结构入木三分的拷问中。在经历了50年代末的那场政治厄运后，长达20年的屈辱生活，并没有在认识论的领域里强化他的理性能力，他对生活的体味依然保持在价值的层面上，其视野与思维空间还停留在旧有的天地里。单复的这个特点，使他一直拥有着纯真、完好的艺术感觉，而没有被世俗的东西所改变。这是他难得的一面。在读过他近十几年的作品后，我尤为体会到了这一点。

单复的世界始终被一种道德信念，以及这种信念的人格化的典型所吸引。即使是对尘世恶的力量的批判中，他也一直保持着对美好精神的景仰。他认为人类终究可以在种种逆境中找到赖以生存、发展的思想力量。他对陈嘉庚的热爱，对巴金、端木蕻良、马加诸人的敬佩，表明他的思想单纯得可爱，热烈得真诚。他也许不愿意过多地回忆、咀嚼那些不幸的苦难，而常常从记忆中筛选动人的东西。像《思念绵绵》中对妻子美德的刻画，《风雪红梅图》中善与恶的对比，《姐姐》的高尚的自我牺牲精神，读来令人心灵为之一动。他对与自己共患难的妻子的描写，是最令我激动的一章。《思念绵绵》是作者用饱蘸情感的生命之牍写成的。在沉郁的氛围和入情于理的叙述里，在苦苦的相思的温情之中，我看到了一个善良、柔和、美丽的女性形象。单复是幸运的，他的妻子对他的体贴入微的关怀，不能不说是他的个性没有被灾难扭曲、破碎的一个原因吧！单复经常在细小琐碎的事情里组合动人的乐章，《春之歌》中曲折扣人心弦的故事，于紧张之中见真情，读罢令人释卷长叹。作者对人世间的宝贵的爱的力量的描绘是细致入微的，寥寥几笔，就把蕴于人心灵之中的珍贵的情操点染出来。每当这时，作者就沉浸在一种心灵的冲动与热烈的神往之中，这是他最惬意的时候，因为他感到，只有找到了这种甜蜜的感觉，他的作品才会在读者那里扎下根来。

因此，对真善美的追求，对人间友情的笃爱，对他来说永远是一个核心的精神主题。单复一生四处漂泊，菲律宾、香港、台湾、上海、北京、东北、西南……他一直生活在朋友之间，朋友间的情谊培养了他的艺术情趣，也因此影响了他的创作。这一点，与他的启蒙老师巴金太相近了。巴金一生中与沈从文、茅盾、冰心、叶圣陶、曹禺等人的友谊，使他的寂寞的心常常燃起温暖的火。他曾亲切地感到这一无私的情感对自己潜移默化的影响。单复亦是如此。在创作之中，他经常陶醉于这种弥足珍惜的兄弟之爱。《二访永玉》是一篇很有特点的散文，文中对这位画家的气质、个性描绘得有滋有味。在香港这个金钱社会里，能够获得黄永玉那种具有无私奉献精神的人的关照，实在是难得的。单复叹道："人啊！在漫长的人生的旅途上，经历了坎坎坷坷的折磨之后，就会觉得真挚的友谊，比什么都珍贵，都美，尤其是在尔虞我诈，人情淡如水的当今时世。"单复的感慨是真诚的。惟其如此，他才那么注意蕴藏于人身之中的闪光的因素。无论是在作者遭难的时代，还是离休的今天，他时时感到人的这种精神纽带的重要性。从《在陈嘉庚先生铜像前》《近访巴金》到《理想的化身》《鸳鹭湖的欢乐》等，我感到，其中融进了他的许许多多的爱与快乐，也融进了他淳朴的人生哲学。单复的散文深处，响动着一个悠久而长恒的主旋律：让人们变得更善良些！让世界变得更美好些！这几乎近于儿童般的憧憬，不仅统领着他写作时的心境，而且也时时影响着他认识事物的视角。从苦难中寻找希望，在平凡中体察非凡的人格力量，这是他创作中最主要的东西。他的天真和理想主义精神，的确大大增强了作品感人的效应。

认真地读过单复的作品后，可以看出他的散文在许多领域与巴金是相似的。单复的第一本散文集是由巴金先生在40年代为他编辑出版的，他们师生间的友谊直到今天依然保存着。巴金的神经质的、热情而不与世俗为伍的人格，深深地感染着他。他早年关于流浪，关于乡情，关于异域风俗的文章，与巴金散文集《生之忏悔》《点滴》等，在韵律上有着某些一致的地方。他们都没有哲理性的随想，没有书卷气，也没有现代主义极度的变形与骚动。单复的作品把调子一直控制在一种纯粹的情感的直露上，并且将责任感与信念位移到作品之中，形成了一种温存的，怨而不躁、伤而不厌的风格。巴金的散文情感直泄，天然成趣，没有一点贵族气，单复则单纯可爱，仿佛一个虔诚的少儿，在神圣的精神信念下，忠诚地恪守信念的天地，不越规矩半步；巴金是热情的、幻想的，单复是执著的、乐观的；巴金往往通过心灵的忏悔而达到精神的涅槃，而单复则将自己委身于平静祥和的艺术王国，通过健全理性的启迪而寻找人生的彼岸。尽管单复没有巴金精神上的丰富和艺术修养的深刻，但他凭着一种良心和义务，把自己的一切都献给了他崇尚的理想事业。单复的这个精神发展过程，对当代散文作者而言，不能不说是一种启示，当世俗的风气浸染着文坛，把个人的私欲与浅陋的理想奉为圭臬的时候，我们多么需要巴金式的精神！单复创作中可贵的一面，正是表现在这一方面的。

他众多的散文把自我与社会、与自然，都统摄到同一的精神秩序里。看他的游记，无不使人欣赏到这种物我为一的传统审美境界之美。《青岛三题》《悬在太平洋上的孤岛》《江南春色》《长白行》《黑心树》等，集中体现了作者的审美情趣。这是一个个令人销魂的美的世界。在自然的山水之间，在少数民族的风情之间，在历史与现实之间，我们的作者寻找着，发现着尽可能使人愉悦的事物。当单复被自然之景的优美的氛围包围的时候，他表现出了一种传统文人的道德激情。自然的一切被统统人格化了，他从沧海桑田中，感觉到了人的永恒的精神之美。这里没有尼采式的狂飙突进，没有卢梭式的神经质的低语，也没有鲁迅式的历史主义的苍劲风骨，单复的心被一种宁静的美，淡雅的美征服了。主人公们不是超越于这一自然形象的无限发展的自我，而恰恰是与其和谐共体的一员。人的情感与理念，与这些安详、伟岸的对象世界契合无间，处于一种共振之中。单复的人生情趣、人格特点和价值理想，在这里被自塑着，合成着。读到这些，我突然感到由衷的喜悦，在关于自然山水的散文中，他的个性特点可以说被全部地剖露出来了。我特别要提的是《黑心树》，这篇关于西双版纳的散记，在他的创作中占有重要的地位，也是表现其审美理想的代表篇章之一。那些历经刀斧砍伐，斑痕累累的黑心树树林，在作者笔下显得很敦厚、庄严。看到这片罕见的、触动人心灵的树林，作者把一种对傣族同胞的敬意，热情地表达出来。惊奇、神秘、体悟、喜悦，不同层次的情感在作品中交织着，形成了动人的艺术韵味。作者的才华在《黑心树》里得到了充分的发挥，平静之中见突兀，自然之中多寓意，文笔也十分娴熟。在大自然里，他简直像个儿童，对一切都有着浓厚的兴趣。看来他的确更适合写这种清新雅致的作品，而不属于那种学究型的散文家。他对生活的认识大多凭着一种纯粹的情趣和伦理尺度来进行的，而不去做形而上的思考。他热爱恬淡、纤美、和谐的事物，而不涉足于心灵剧烈的创痛和非理性领域。他真淳、明朗，而缺少雄浑悲壮之美；他往往站在对象世界之外，凭着自我的移情来直抒胸臆，而不是燃烧自我，将生命之火消散在作品的深层结构之中。这既是他的长处，又限制了他的发展。凭着这种审美精神，他始终保持了中国知识分子温和的性格和安谧的人生境界，但另一方面，他的思想往往停留在简单的情绪的层次上，而缺少力度和新意。同样是老人散文，汪曾祺老到洒脱，出神入化；孙犁洗练清奇，讥刺与礼赞相汇；巴金则悲慨热忱，声摧肺腑。单复与上述诸人相比，依然显得稚气，但也恰恰是这种稚气，使他终于形成了自己特有的风格。说他是一个天真的顽童，也许并不过分吧。

散文是作家人格的记录。从单复的近半个世纪的创作中，我们是不是看到了一个执著地追求真理，热爱祖国的华侨的形象呢？在这里，让我为这位热忱的文学老人祝福，并希望看到他更多的佳作问世！

1991.11.22 于北京

（原载《芒种》1992 年第 6 期）

野　曼(1921—　)，诗人、散文家，原名赖澜，广东蕉岭人。曾用笔名赖也曼、耶曼、林子。1927年至1933年在蕉岭县狮山乡小学读书，后在梅县梅北中学、东山中学、国光中学学习。1939年与蒲冈主编《中国诗坛岭东刊》，1940年参加全国文协桂林分会。1941年至1944年在湖南北平国民学院中文系、粤北中山大学哲学系学习。1946年在广州主编《新世纪》，与张铁生主编《自由世界》，与司马文森主编《文艺新闻》，均被国民党政府封禁，即与黄宁婴等编辑出版《中国诗坛》，与于逢、易巩合编《文艺世纪》。1949年秋参加粤赣湘边区纵队，10月调广州参加接管工作。1956年至1966年，任《广州日报》"珠江"组长、《羊城晚报》"花地"组长。1979年后一直在《广州日报》工作，并主持广州市文联专业文学创作，现为《华夏诗报》总编辑、编审。系中国作家协会会员、中国诗歌学会副会长、国际华文诗人笔会执行副主席。

野曼1942年即出版诗集《短笛》，新中国成立后又相继出版了《南国诗情》《爱的潜流》《迷你情思》《花的诱惑》及《浪漫的风》《风流的云》《野曼诗选》《野曼短诗选》(中英文对照)等9部诗集和诗论集《诗，美的使者》。同时出版散文专集2部：

《妻爱》(花城出版社，1984年初版，1986年再版)；

《诗的约会》(花城出版社，2001年)。

其中《妻爱》和《徐迟的悲剧》分别获广州市文艺创作两届"红棉奖"一等奖(1985、1998)，有《流花湖是流诗湖》被选入《中国新文艺大系》(1976—1982)散文集，《为孩子提名》被选入《中国当代散文精华》《粤港澳百年散文大观》等，《徐迟的悲剧》在南京《东方文化周刊》发表后即被上海《劳动报》《香港作家报》、上海《读者参考》和广东《作品》相继转载，另有《悲歌送徐迟》《诗人的眷念》《北京初秋的诗意》《缪斯约会在前桥》《郭风和他的散文之乡》等多篇被香港《文汇报》《香港文学》等报刊转载。

评论野曼散文的文章主要有：

《魅力来自深情——谈野曼的散文创作》(岑桑),《作品》1984 年第 5 期；

《野曼热情抒写〈妻爱〉》(晓英),上海《文学报》1985 年 4 月 18 日；

《散文集〈妻爱〉》(书茵),香港《明报》1985 年 6 月 17 日；

《爱的歌唱》(黄虹),《广州日报》1985 年 8 月 23 日；

《东方女性的心灵之美》(司马玉常),《羊城晚报》1985 年 11 月 7 日；

《散文,在于真诚——我读〈妻爱〉》(晓霞),《花地》1986 年第 3 期；

《生命力的再现》(孟之龙),《广州日报》1986 年 4 月《珠江》。

散文得力于诗

野　曼

好些人读了我在《星海》版发表的《诗与散文絮语》一文(见香港《新晚报》5 月 19 日副刊),问我:“就创作实践而言,诗是否特别有利于散文?”我自知浅薄,不敢为人“咨询”;但是,作为对一个问题的探索,我还是毫不犹豫地回答:“散文得力于诗。”

这是去年秋天在武夷山“散文笔会”上,曾经接触过,却又没有认真议论的问题。我在散文集《妻爱》的《后记》中曾这么写道:“散文虽然是无拘无束,自由自在,但它与诗,同样都是以凝炼的、富于诗意的语言,借助深挚委婉的抒情,才能完成的艺术。它们的价值,都是同等的;如果说这两者之间有什么轻重、高下之别,那主要还是要看它们是否够得上真正的散文和真正的诗,而最为重要的,又在于它们是否具有金子般贵重的:真情。真情乃是诗的生命,也是散文的生命。岑桑热情洋溢地为我近年来的散文创作写了评论,题为《魅力来自深情》,抓住了一个‘情’字,可谓真知灼见。一篇文情并茂的散文,也就是一首情采达于一体的优美的诗篇。我写散文,究其实常常也就是在写诗。尽管两者形式不同，但我确乎在我的散文中，追求诗的形象、诗的语言、诗的意境，一句话，追求诗的意义。当然，我也从未忘记，首先赋予散文以深刻的思想和深挚的感情。”

这就是我的“诗与散文”观。

也许有人会以为：我是写诗的，因而特别强调了诗对散文的作用。非也。散文家岑桑在评论我的散文时写的《魅力来自深情》一文中，对诗与散文两者的关系，就曾作过颇为精辟的论述。他说：“诗与散文的亲缘关系是显而易见的，它们生命的原质同是真实、深情、优美。”因而他要求“散文家应该有一副诗人的心肠”，这句话，我特别欣赏。所谓“诗人的心肠”，按照岑桑的说法，就是“深情与优美”所构成的。而据我理解，所谓“深情”，就是为情造文，以情动人；所谓“优美”，就是铸炼诗意美，也就是诗化了的感情、形象、意境和语言。这些因素，是优美的散文所不可或缺的。时下有些散文情寡意薄，平板乏味，语言空虚，多是像武夷山“散文笔会”上石英所说的，是属于“采访对话式”或“诗词掌故堆积式”一类的东西；此外，我也见过不少“流水记帐式”“浮光掠影式”和“卖弄风情式”等等，这些散文既无“深情”也不“优美”，何以言诗？所以，我认为，既然诗人在悉心按照美的规律创作美的诗，那么，散文家就应该以“诗人的心肠”创作美的散文。诗人往往就是一个散文家，而散文家也应该是一个“诗人”。诗与散文这种至亲的血缘，还可以从我国历代散文家身上找到它遗传的“基因”。

我国散文艺术传统是优秀而浓厚的。大诗人兼优秀的散文家的，可谓不可数计。就以《唐宋八大家文钞》的流传而得“八大家”之名的韩愈、柳宗元、欧阳修以及“三苏”等人而论，他们同时又是以异彩纷呈的诗词而闻名于世的。说他们是以《文钞》的流传而得名，却不能说他们散文的成就都在诗词之上。就说“三苏”，我认为，他们的诗词的影响，倒是在他们的散文之上的。此外，还有许多诗人的名篇如陶渊明的《桃花源记》和《归去来兮辞并序》、杜牧的《阿房宫赋》、欧阳修的《秋声赋》和《醉翁亭记》、范仲淹的《岳阳楼记》、李清照的《金石录后序》、龚自珍的《病梅馆记》等等，不只具有诗的意境，而且像诗一样，结构严谨，语言凝炼，形象生动。到了近代，诗人兼散文家的，更不可胜数。郭沫若、朱自清、俞平伯、谢冰心、王统照、郑振铎、徐志摩等等，他们的诗和散文，在我们的文学库藏中，都占了一席显赫的位置。即使是很少写诗或从未写诗的散文家，他们也是深受诗的熏陶的。

散文家郭风和何为，我在武夷山"散文笔会"上，同他们第一次聚会，一见如故，无所不谈，很自然地也谈到了诗与散文的关系。福建许多人还不知道郭风原来就是一个诗人。1942 年我在粤北主编《诗站》，他就常常寄诗给我。最近，我发现《诗站》第三期刊登了他于 1943 年写的一组诗作，题为《穆罕默德像前》。这些诗意境深沉，短小凝炼，且语多机警，直到今天读来，还不失为一组佳作。他的散文含蓄、凝炼、优美，有的清丽透明像一块水晶。这说明郭风的散文或散文诗，都是得力于诗的。而何为散文的语言、意境、音韵和色彩也是诗的。但是，人们从未见过他写诗。在座谈会上，我问他："你过去也喜欢诗或写过诗?"他笑着回答："是的！是的!"遗憾的是，当时疏忽，没有追问他与诗结缘的细节；使我高兴的是，最近他忽然寄来了刚刚出版的《何为散文选》，我拜读了主要篇章，才发现他与诗之间，也有过颇多不寻常的瓜葛。原来他年轻时就是一个诗词迷。那时女教师送给他的一本《饮水词集》，"就像一个伴侣一样"，曾经长期陪伴着他，他说："我喜欢词有甚于诗。"一本《新月诗选》，也曾在他"身边陪伴了 11 年，也许是 12 年"。当时他就认为："这些诗人们除了'为艺术而艺术'，被人所非议以外，出现在他们诗篇里也另有其光彩。而且不乏若干首可爱的小诗，圆熟透亮，不容人否认诗人在艺术上的造诣。"显然，何为的散文之所以诗情洋溢，圆熟透亮，那是和诗有密切的关系的，从中也可以窥见他这方面的追求和艺术上的造诣。

还有散文家杨朔，人们评论他的散文，总是说它结构谨严，精炼别致，富有诗的意境，或者说它就是动人的诗。可是，许多人并不了解他和诗有什么关系。有人还以杨朔为例，反驳我关于"散文得力于诗”的说法。最近，读老诗人林林《忆杨朔》一文，才知道杨朔对旧体诗造诣颇深，还写过好些七绝，可惜未见发表。林林抄录了杨朔于1940年冬在延安写的一首题为《雪夜遣怀》的七绝，诗曰：“四山风雪夜凄迷，夜色浓中唱晓鸡。自有诗心如火烈，献身不惜作尘泥。”从这首七绝中，不只可以窥见杨朔“如火烈”的诗心，而他的散文得益于诗歌，也是十分明显的。他直截了当地说过：“我向来爱诗，特别是那些久经岁月磨炼的古典诗章。这些诗差不多每篇都有自己新鲜的意境、思想、感情，耐人寻味，而结构的严密，选词用字的精炼，也不容忽视。我就想：写小说散文不能也这样么？于是就往这方面学，常常在寻求诗的意境。”究其实，许多是散文家都是这么“学”、这么“寻求”的。杨朔的《〈海市〉小序》中，袒露过他的诗心，说：“好的散文就是一首诗。”他的《茶花赋》《樱花雨》《荔枝蜜》和《香山红叶》等一些名篇，都是色彩鲜明，意境优美，想象丰富和遣词精炼的散文。林林在《忆杨朔》一文中还说：“杨朔总是像写诗那样来写散文的。”写了一辈子散文的碧野，也说他的散文介于小说与诗歌之间：“一方面，我在自己的散文上注意像写小说那般的进行剪裁；另一方面，我又在自己的散文中追求诗的意境。”而且说：“我的散文不仅得力于现代诗歌的学习，而且得力于古典诗歌的熏陶。唐诗、宋词，都是我所喜爱的。”

这些事实说明，诗与散文确乎是一对血肉相连的孪生姊妹。

自选作品

妻 爱

画家黄永玉捎来了他的诗集。那首爱情诗《给妻子们》，使我想得很多很多。能不能也像写母爱一样写妻爱？该！神经正常的人都无法回避妻爱……

——摘自一九八二年三月十八日《随意录》

妻子去外地探亲。刚刚把她送走，心里还依依不舍，有一点儿离愁，一点儿怅惘。正巧，这时画家黄永玉的妻子梅溪来了。她一见我就笑着说："紫群姊走了，你孤孤单单的，行吗？"我只好苦笑："你一个人到南方来，永玉也未必好过。"

"是呀，都是患难夫妻！"

梅溪的话，撇动着我的心。是的，共患难，同甘苦，才给夫妻的爱以花岗岩般的根基。我们彼此夫妻间的爱，就是于蒙受屈辱的时日，在忿恨的烈火中熔炼，在悲痛的泪水中淬火的，因而一往情深，爱且弥坚。这使我一下想起了永玉在一首《献给妻子们》的诗里，所表达的对妻子的深情，也是在歌颂体贴入微、长相厮守的妻爱。我几乎能够背诵它：

我自豪有个妻子，
一个斑鬓的妻子，
一个长相厮守的妻子。
……
我们都曾经年少过，
我们都曾追逐和奔跑过。

这动情的诗，霎时把我们牵引到那烽火连天的岁月。多么令人怀念的一九四四年冬天，我们几个文艺工作者，因为战争的离乱，邂逅于赣南的一个山村。那时我们都还是花蕊一般的年华，爱神提前叩开了我们幼稚的不设防的心闸。我和紫群，永玉和梅溪，都在公开地相爱着；谷斯范也有了未婚妻；只有我们的长者雷石榆显得有点孤独，常常在咬着烟斗沉思，可他却是那么厚道，总是以欣喜的目光微笑地望着我们。那时虽然时常囊空如洗，我们却因热烈的爱情而感到自己无比富有。记得当时我曾悄悄地把莎士比亚的话写在书签上："忠诚的爱情充溢在我的心里，我无法估计自己享有的财富。"的确，我们从不为穷困发愁，而常常在山野间敞怀大笑，追逐和奔跑，同时常常在寒冷的夜晚，四个人聚集在通红的炉火旁边，用潮湿的木头生火，烤着红薯。浓烟往往呛得我们落泪，可是从那哔哔卜卜的火花里，却可以望见爱情的微笑。未来的年轻的妻子们，接受了这“寒酸”的夜宴，是那么欢喜，仿佛红薯的滋味远远超过了山珍海味。只听她们叠声地说：“真香！够甜呢！”我想，她们这么欢喜，是因为她们所获得的，并不止红薯，还有比红薯更为甜美的爱情。这是她们心甘情愿的。我知道，我的妻子抗拒了封建的买卖婚姻，拒绝与一个华贵门第的对象结缘，而悄悄出走，终于爱上了一个她称之“穷秀才”的名不副实的诗人；梅溪呢，也大胆地背叛了她那以大汉族至高无上的显赫的家族，毅然委身于一个含苞待放的土家族画家。这一切，需要多大的勇气，又需要付出多大的牺牲！永玉当时曾以赞叹的口气，向我叙述过梅溪这种敢于向封建势力挑战和勇于自我牺牲的精神。真爱，确乎能给人大勇大智，在同一切摧残爱的恶魔的较量中欣然获胜。

记得当我对爱情还处于蒙昧阶段的时期，就曾经对一个伟大的女性深深敬仰，这就是燕妮·马克思。作为一个女性，她追求爱和美，我自然理解；而作为一个妻子，她背离了自己显赫的家族，爱上一个并不是门当户对的丈夫，同时“以毫不动摇的英雄气概，在最艰苦的坎坷生活中矢忠于她所选择的人”(这是梅林对燕妮的评价，见《马克思传》)，我却感到迷惑，甚至奇怪地认为，这种爱——妻爱，是一个妻子的天性。时间到底能使人慢慢变得聪明一些。当我和永玉处在这困难的时刻，忽然发现未来的妻子们，居然以“毫不动摇的英雄气概”，像天仙一样降临到我们的身边，她们美好的心灵就像绚丽的花束展现在我们眼前，这时我才算开始理解这种爱，是妻子们深深理解丈夫的事业和追求，而铸炼成的一种坚毅的信念。在这一点上，永玉的觉悟显然比我早。我发现他在赞叹梅溪之前，就悄悄地在为梅溪造像，这是一幅特写镜头的彩色粉画像，永玉为它不知熬了多少个夜晚。我看见画中的梅溪比维纳斯还要美。我想，维纳斯如果是爱和美的化身，那么，一切善良的妻子们都应该享有维纳斯的美称。

曾使我为之苦恼的是，当我对爱情还来不及“反刍”，第一个孩子便匆匆赶来敲门。年轻的妻子很快地便成了年轻的母亲。梅溪不算落后,她也很快地有了黑蛮和黑妮。可是,使人惊诧的还是紫群,她叹自己命苦,儿女竟一个又一个接踵而来。多少次沉重的十月怀胎,多少次痛苦的分娩,还有儿女出世后的拖累,她毫无怨言地承担了这一切。我常常以沉痛的目光望着她拖着孱弱的步伐,向充满恐惧的未来迈步。每次,当她分娩,从惊惶和痛苦中挣扎过来的时候,我望见她眼里闪动着泪光,惨然一笑,仿佛是说:"我又从死亡边缘脱险回来了!"我握着她冰凉的手,也酸泪盈眶,说不出一句话来。我知道跟着孩子一起诞生的,还有无穷的忧怨。她身子荏弱多病,而我又是囊空如洗,无法让她补养。我就像欠了她一笔无法清还的债务,心里深深感到负疚。这使我想起了许许多多的妇女悲剧。年轻时我曾读过女作家罗淑的《生人妻》,尽管当时我还只是个"妻盲",但是看见那忠实的汉子因为养不起妻子,而终于屈辱地把妻子卖掉的悲剧,不禁为之戚然。那时还读过一个作家写的《有妻之累》和《无妻之累》,对现实社会把妻子们被置于可"有"可"无"的从属于男人的地位,也曾感到愤懑。后来年纪稍长,才知道妻子的苦难,几乎是与生俱来的。人世间有无数骇人听闻的悲剧都发生在妻子身上。在历史上,妻子就曾经是"最先做奴隶的人类",她们的命运被掌握在丈夫的手里。据说过去在斐济岛,丈夫就有吃掉妻子的权利,在一些古老的国度里,丈夫死了,妻子还得跟他走进坟墓,或者把妻子烧死在丈夫的坟场上,妻子还成了剥削者可供享乐和使唤的工具。阿西亚基野蛮民族的王,就有三百个妻子;古老印度的王侯,也以能娶几百个妻子而自豪。妻子,成了血泪塑造的悲剧的主角。在《创世纪》第三章第十六节里,公然教训妻子:"你必须恋慕你丈夫。你丈夫必须管辖你。"《创世纪》还宣称,上帝用泥造了亚当,他的妻子却是以他的肋骨造的。希腊的亚斯契鲁士的悲剧《复仇的女神们》中,就有那么一个鼓励儿子杀害母亲的家伙,在法官面前还为他这么辩护:

母亲不是子女的制造者。

她不过是包藏已经唤醒的生命而已。
制造子女的是父亲,假使神不加妨碍,
她只是代朋友保管委托物的女友而已……
我以确实的证据,主张如此。
因为人没有母亲,也可以做父亲。

这一切的一切,是多么荒唐、野蛮和无知。这是赤裸裸地在宣扬吃人的男权和夫权。幸而历史的发展并没有屈从那比豺狼还要豺狼的丈夫们的意志,在文明人类主宰的土地上,已经用无上尊严的彩笔写上了“夫妻平等”四个大字,而女性——妻子和母亲,又成了爱、美和慈爱的象征。在古希腊的历史上,女性就曾经是最初的艺术之神和最初的医神。当时人们虽然天经地义地认为:“土地是一切生命的源泉。土地和妇女都能给予生命,创造生命,生产生命。”这是一个平凡的真理。无须证明,任何胎生动物,都是从母体中呱呱坠地的。没有母亲的孕育和哺养,人类将在地球上绝灭。但是,没有妻子,就根本不会有母亲;没有真正的妻爱,也就不会有真正的母爱。这一切是血肉相连的。显然,永玉对此是深有体会的。他在诗中这么写道:

不是好女儿,
哪来的好情人?
不是好情人,
哪来的好妻子?
不是好妻子,
哪来的好母亲?

这是对妻子诚挚的颂歌。它像闪闪发光的珍珠,是当纷繁的感情经过大浪淘沙以后才获得的。绚丽的爱情,往往是萌发于风和日丽、鸟喧花繁之时,却成熟于颠沛流离、饱尝忧患之后。时间最无情也最公正。它为此作客观的见证,也记录了这一切。曾消几番风雨。

我们和永玉夫妻离开了赣南山地，又在香港重逢，然后各散西东。雷石榆和谷斯范却一直不知去向。眨眼间，三十七个春秋在闪电中过去了。梅溪和紫群都像永玉的诗中说的，已经成了“一个斑鬓的妻子”。然而夫妻们在风雨雷电中甄别过的爱，却在酿造着蜜。这奇异的蜜，是蜜蜂世界不可能有的；是用苦汁酿造的，因而它的甜显得分外的浓烈。

现在，毕竟我们都一齐老了，
脸上的皱纹历尽煎熬……

也许只有“历尽煎熬”、喝够了苦汁的人，才能理解这诗句中所埋藏着的巨大的创痛和辛酸。

那是当我们不幸的祖国面临着正在兴起的“横扫一切”的风暴猛烈袭击的时刻，一个偶然的机会，紫群去到了北京站街京新巷四号永玉夫妻家里。真不凑巧，这天永玉和一群北京著名的画家们，正被江青的打手们押到汽车上，挂了黑牌游街示众。他们一家此刻充满了不安的气氛。梅溪见了紫群，眼里不禁闪动着泪花。呵，她蒙受屈辱的心正在哭泣！但是，她像相信自己一样相信永玉。真爱不会动摇。在此时此刻，妻爱显示了任何武器所不能有的力量。她坚定地说：“永玉没有罪！”拂去了感情上的灰尘，悲戚一扫而空。她跑进厨房，在认真地准备一顿丰盛的午宴招待客人，同时迎接永玉的“凯旋”归来。在那“精神富有”而物质奇缺的日子，她还是从橱柜里挖出了香肠和腊肉，还叫小黑蛮买来了鲜鱼和猪肉。当佳肴摆上餐桌的时候，永玉回来了。开头他一言不发，神情疲乏。梅溪以怜爱的目光拥抱了他，劝他看开一点，鼓励他吃饭。她深情的声音使浓重的阴云为之溶化。永玉终于坐到了餐台旁，很快又有说有笑了。熟悉他的人都知道他那开怀的笑声，常常如雷贯耳。一次在广州迎宾馆吃饭，席间他忽然问我：“喂！你的耳朵是不是有问题？”他见我茫然不知所指，才又问我：“那你为什么说话这么大声？”我这才发现一个人高兴的时候很难控制声量的扩张。他就同样常常听不到自己的笑声。不过，他确乎很善于笑，而且有时并不比侯宝林逊色。他幽默的智慧，迸射着笑的光芒，使人的心既明亮而又欢欣。对他这一点，我只能以"鬼才"名之；梅溪则说这是惹祸的根源；而他却满不在乎。此刻，笑神又回到了他的心中。他的笑是无所畏惧的。讽刺、谐趣构成了永玉豁达的性格。他曾在诗中这么写道：

人家问我
受伤时干吗不哭？
我说是因为
妻子在我旁边！

这就是永玉"受伤时不哭"而在朗笑的秘奥。妻爱，就是信心和力量！紫群目击了这一切。她从北京来信，对梅溪所表现的罕有的坚定表示赞赏。可是，她没预料到，就在她回到广州以后不久，我也被押进了"牛栏"。在被"女皇"煽动起来的疯狂的人流中，我险遭没顶。

我被"造反派"的"车轮战术"，连续"轰炸"了一天一夜之后，终于"低头认罪"，承认自己在诗作中写"我"，是"资产阶级的自我扩张"；此外，又挂上了一个"吸血的资产阶级分子"的黑牌，罪状的根据是：一九四六年在广州，我与一些作家们编辑出版的《新世纪》等杂志，"都是印刷厂的工人印刷的，因而必然地剥削了工人"。尽管这些杂志出版后都先后被国民党反动派封禁了，但是，审判者认为："剥削的本质不变"。

完了！我已经在这份"认罪书"上签了名。这奇耻大辱，几乎使我痛不欲生。那晚，我扑倒在那床头贴满"打倒野曼"的标语的床上，伤心地哭了。朦胧中我看见妻子蹒跚地走来，手里晃动着一条金链，送到我的面前。一瞬间，这闪亮的金链忽然化成了彩色的书刊，在漫天飞舞；可是一眨眼，金链又化成了铁链，缠住了我的脖子。我感到自己快要窒息了，在挣扎着狂呼“救命！”我终于从噩梦中醒来。

想起妻子的金链，我还不免耿耿于怀。这金链是她父亲临终时留给她的纪念品，多少次呵，因为生活的穷困，她要把它卖掉，我制止了；当她知道我要筹办《新世纪》文学杂志社而缺乏经费的时候，她又把这条金链塞到我的手里。谁知《新世纪》第一期出版以后，便马上被国民党特务封禁了，她的金链也霎时化为乌有。我想安慰她几句，可是她却坦然地说：“我决不后悔！”她还自告奋勇，马上到香港去筹措出版经费。杂志带着抗议的呼声又继续出版了，但是国民党特务却以百倍的疯狂进行了反扑，不但扫荡了所有杂志，而且对革命文艺工作者伸出了血手。我和妻子被迫抛弃了一切，奔到了香港。“完了！一切都完了！”杂志的“全军覆没”，加重了我们生活的沉重的负荷，妻子不只为过去一笔尚未清还的债务发愁，而且还常常要低声下气地去亲友那里借贷。“我使你受苦了！”我不由在她面前谴责自己，而她总是压抑着内心的愁苦，什么话也不说。我能看见的，只是她由于痛苦而无法压抑的和掩饰不住的泪光。更多的时候，她总是反过来安慰我，说：“这也不能怪你。”妻子的宽厚，化成了爱的暖流，在我的心头沸腾。我知道，这爱正是以她的愁苦凝铸而成的。每当夜深人静，想起妻子常常把一腔辛酸铸成的欢乐，捧给了我，真不禁为之痛心疾首，怨恨自己这无用的七尺须眉，使善良的妻子饱受忧患之苦；还眼睁睁地望着她消瘦下去的脸颊，和急剧增添的皱纹里填满了酸泪，我真要“掩泪怨穷途”了。

这一切，都随着岁月的飞逝，远了，远了！解放后，我和妻子在阳光中聚会，在春风中迈步，刚刚开始了金色的旅程，铺花的路正在眼前展开，展开……可是，曾几何时，人造的风雨，统治了大地；呼风风就来，唤雨雨就到。我一次又一次在风雨中被迫离开了妻子。最令我意外的是，妻子的爱凝铸的、被国民党反动派吞噬了的金链，竟忽然变成了无情的锁链，勒住了我的脖子和双脚，我哭了！

我已被隔离于人群之外，只有对妻子的思念，无法隔离。此时此刻，也只有妻子甘心承受无尽的凌辱，三番几次的闯到门禁森严的

“牛栏”门外，送来经久常新的无瑕的爱。

曼：我和孩子来看你，未能一见，使我难过。我不在你的身边，千万要保重呵！我和家里一切都好，无须挂念。

紫　八月十日

在妻子留下的这张纸片上，我窥见了闪动泪光的妻爱，是那么揪人心肺。千言万语，都汇集于这几句话中。谁能想象，她站在“牛栏”门外，只是一板之隔，却是咫尺天涯，内心是多么悲痛。“我和家里一切都好，无须挂念。”这句安慰的话，却像一把尖刀在挖着我的心。

记得那是我进入“牛栏”的前一天晚上，街道的纠察队，个个头戴钢盔，手持棍棒，深夜“砰砰砰”的敲我家的门。他们气势汹汹地拥了进来，手里擎着手电，敌意地照射着每一个角落，连老鼠和蟑螂出入的洞口，都没放过，几乎把全家的东西都翻了个底，还掀开蚊帐，用手电照射着刚从甜睡中惊醒的孩子；而且故意把棍棒在这里、那里敲击得“砰砰”作响。

“听着！你们不准乱说乱动！”那群家伙咆哮着，然后大摇大摆地走出门去。

“我们到底犯了什么罪？要受到这样的待遇？”妻子关起大门，就扑倒在床上，嘤嘤地哭泣……

“我对不起你和孩子……”我的心也碎了。

妻子发现我心情沉重，在抱头啜泣，她忽然来到我的身边，声调柔和地说：“你就把心放宽一些，事到如今，难过也没有用。”我发现她转过脸去，悄悄地抹着泪水。

更大的打击是，我突然被“勒令”隔离审查，从此就再没见过妻子。在“牛栏”里，我昼夜想念着苦难的妻子，不禁悲痛欲绝，度日如年。她因为我而受尽了奚落，揶揄，恐吓，甚至人格的污辱；而且，我进“牛栏”以后，家庭沉重的负担又落到了她的身上，真是忍辱负重呵！“我和家里一切都好，无须挂念。”这安慰的话，是用悲痛的泪水写的。为了给丈夫安慰和欢乐，而隐藏着自己的痛苦，这是痛苦的爱，也是真爱。真爱，在泪光中显得绚丽而动人！

紫群与梅溪，正是在这痛苦的爱中奔过来的。但痛苦的遭遇却是千差万别。永玉因为应一个青年的请求，热情地在他的画册上，画了一个“一只眼开一只眼闭”的猫头鹰，又一次被诬为“恶毒攻击党和社会主义”，继续遭到了江青的打手们的“坚决反击”；而我，却因为诗作中写了“我”而又被强加以“自我扩张”等罪名，正在被“清算”。梅溪和紫群都成了“牛鬼蛇神”的家属，这是多么可怕的事呵！那年冬，我忽然收到了永玉和梅溪坐在天坛之前的合照。一抹斜阳，拂拂霜风。夫妻俩面容憔悴，身上穿着厚重的棉大衣，头上的棉帽压到眉边，彼此瑟缩着，紧紧偎依在一起。画面晦暗、萧索、凄清。看了令人心酸。但是，我窥见两颗受伤的心依旧浑然一体，跳跃于凛冽的寒风之中，显出“大难临头比翼飞”的坚贞，而令我为之肃然。不久，梅溪因事从北京来到了广州我的七株榕住家，满腔悲愤地倾诉了她的心曲。对那以怨报德、出卖“猫头鹰”的青年，和那煽动青年的私欲而诬陷永玉的打手们，她自然是恨之入骨的。“那是一群野兽！”她的心燃烧着火焰。而对永玉胸怀坦荡，诙谐百出，豁达大度的性格，即使有时因此惹祸，她却一直是那么谅解。最后她还是那句话：“永玉没有罪！”真是知夫莫若妻了！多少个不眠之夜，她陪着永玉厮守在那四平方米的画室里，分担着永玉的烦忧。那晚永玉正在作画，忽然门外传来那群打家劫舍的“野兽”们的吼叫声，没想到梅溪竟以罕有迅疾的行动，帮永玉收藏了那幅画。噢噢，妻爱成了他的甲胄，他的胆。她成了他的保卫者。紫群细细听着梅溪的倾诉，激动得酸泪盈眶。可是，梅溪还没完全知道，她们彼此都“同是天涯沦落人”，心上都有累累的伤痕。紫群为了不忍加重梅溪心灵上的负荷，一直压抑着自己心头的苦楚，而不愿提起我被放逐粤北山区垦荒的遭遇。

那是当我被押送去粤北垦荒的前夕，紫群闻讯赶来了。“管牛队”实行大赦，给“牛”们同亲人五分钟的会面时间。她送来了一个布包，在“管牛队”的监视下打开了：还是当年她送我去东江游击区时的

那几套春夏秋冬的衣服、两盒针线和胃药;最后,还是那两句话:

“我不在你的身边,千万要保重……”妻子悲泪盈眶,哽咽着说不出话来。

“时间到了,快走开!”“管牛队”对妻子咆哮着。

我已成为不容于天地的“罪人”。望着伤心的妻子,我无法抑制自己内心的悲痛,几乎哭出声来:“我一切都完了,我对不起你!”我霍然把手上戴着的“77JEWELS”梅花表,摘了下来,塞到妻子手里:“这表给你留念。趁你还年轻,快想办法走自己的路……”

“你别胡思乱想,你没有罪。我和孩子等着你回来!”她放声哭泣着,把手表塞回我手里,便扭转身向前奔跑……

我泪如泉涌,万念俱灰。仿佛陷进了汹涌的漩涡,只觉得天旋地转,就要倒下去了,我耳际蓦然响起了妻子的呼唤:“你没有罪。我和孩子等着你回来!”这也是梅溪对永玉呼唤过的声音。是这声音唤醒我抓住脚边一棵小树,才没有摔倒……

妻爱,在人们危难的时刻,竟能唤醒已经休克的神经,发出奇异的求生的力量。正是在妻爱的护卫之下,使我们度过风雨交加的岁月,走完了那漫长的苦难的历程,才活到了这春光明媚的时辰。

在人们蒙受屈辱的时日,多少妻子们集沮丧、忧怨、悲戚、恐惧于一身,而成了痛苦的象征;但她们却又是给予丈夫希望和力量的女神。忧患摧毁着爱,也铸炼着爱。永玉“自豪有个妻子”,这是“历尽煎熬”而“长期厮守的妻子”。而妻子们自然也为这“长期厮守”的丈夫而自豪。这事古今皆然。《后汉书》上记载,东汉之初,有个官僚宋弘,升任大司空,封宣平侯,当时光武帝刘秀曾经劝诱他易妻,说什么“贵易交,富易妻”;可是,宋弘听了不以为然,曰:“臣闻贫贱之交不可忘,糟糠之妻不下堂。”这患难相爱的美德,一直为人们所传诵。前不久,见《读者文摘》刊载:埃塞俄比亚为表彰对妻子忠诚不贰的男子,当局设计了忠诚勋章。凡是和妻子生活达二十五年的人,都能得到忠诚勋章;和妻子生活了四十年的男子,则可获得更高一级的“骑士勋章”;一个男子能和妻子共同生活五十年,就可以得到最高级的“大骑士勋章”。不过,很遗憾,截至现在为止,还没有一个人获得这种勋章。而在我们的土地上,我想,能够获得这种勋章的,当是难以数计。更何况我们许多的夫妻间忠诚的爱,是在苦难的生活中炼成的。而我和永玉,自然为获得任何类似这种最高级的勋章而无愧。但是,谁也没有权利忘记,我们获得的任何赞誉,都是附丽于妻子的美德,附丽于一往情深的、多情多义的妻子的爱。

现在,当我和梅溪相逢于珠江之畔,彼此望着对方的一头霜发,谈起已经飞逝的苦难岁月,不禁感慨万端,浮想联翩。永玉那《给妻子们》的颂歌,又从我已经苏醒的心上飘起:

> 我骄傲我的祖国,
> 有数不尽坚贞顽强的妻子,
> 　年少的,
> 　中年的,
> 　白发的,
> 跟丈夫共同战斗的妻子。

一九八三年三月八日于流花湖畔

(本文初刊于1983年6月19日香港《文汇报》,1984年1月广东《作品》转载;选自散文集《妻爱》)

徐迟的悲剧

著名诗人、作家徐迟的不幸逝世,是在老朋友邹荻帆不幸逝世之后,又一次把我受创的心无情地撕裂。

徐老曾以家喻户晓的《哥德巴赫猜想》一书喧腾人间,如今竟以自尽告终,不只震撼了海内外文坛,引发了人们许多的“徐迟猜想”,而且带给我除了怨痛,还有更大的惋惜和遗憾!

最后的遗书

在徐老逝世的悲痛日子,我一次又一次翻阅他近几年写给我的几十封信,一切一切,都历历在目,恍如昨日。

读着这些信——这些遗书,我的双眼不时为悲痛的泪水所封闭。

我后悔,收到他于1996年11月13日的来信,也是最后一封来信,看着他又一次在谈生论死,我只预感到他的情绪失态,却没有意识到这是他正在走向最后的日子,因而没有猛烈地向他敲响生命的警钟。他在给我的这封最后的来信中,一开头就这么说:“生与死是两个问题,而生死却是一个问题。前者是分别论述,后者是共论,放在一起论述。”“老子谈有无,未谈生死,其实有无即生死。他也谈了生死问题的。当他谈论着有无时。”“且逍遥潇洒,然后飘去太空,目的地:火星。”

鉴于半年前——即1996年5月13日,他在给我的一封长信中,也曾这么说过:“这个人间状况不佳,即去那个仙境如何?全是疯话,说着好玩儿。”

为此,我也把他后来说的且“飘去太空”的话看成是他的“疯话”,是“说着好玩儿”的。尽管如此,我还是对他这疯话提出了异议。我在11月25日的回信中说:“您对生与死的看法表现的豁达态度,令我敬佩;但您多次在信中谈生论死,又使我感到深深不安。这种心态对您的健康显然是没有好处的……”

信发出以后,我一直在等候他的回信。按常规,他每次收到我的信,马上就会回信。去年7月,我应邀访问新加坡与马来西亚,行前给他写了一封信,他马上回信,说:“你已飞往新加坡和马来西亚了。这封信要在你家里等15天才看到的。”同年8月,我去日本参加第十六届诗人大会,行前也给他写了信,他还是马上回信说:“此刻大约你在飞往日本途中。我还是复你的信,复了就没事了。”而这一次却是例外,久久不见回信,令我惦念不已(据后来他的小儿子反映,他曾收到我这封信，而且特意拿给他的小儿子看）。谁料就在12月13日上午8时多，诗人曾卓从武汉来了电话，说："向你报告一个不幸的消息，徐迟已于今日凌晨1时半逝世！"这简直是晴天霹雳，悲哉！悲哉！

显然，那封说要"飘去太空"的信，就是他最后的遗嘱。最近从他的电脑软件中也发现了他留给儿女的类似遗嘱的信，虽然内容并未提到上述"飘去太空"的话，但它说明，徐迟早就去意已定，因而一切都处之泰然，一切都进入了"化"境！呜呼！

晚年的升腾与失落

徐迟晚年，创作上可谓空前的升腾。从1978年64岁出版《哥德巴赫猜想》一书起，就佳作、力作迭出，震撼了我国文坛。1989年75岁起，又在我国文学界第一个用电脑写作，而且启用Superpclyt电子计算机，开始写自传体长篇小说《江南小镇》，只是两年时间，就完成了第一部60万字的写作。跟着又从1992年78岁起，开始翻译一万六千行的荷马史诗《伊里亚特》等等。这些创作和翻译，都在电脑的彩色屏幕上交叉着进行，并以高速度闪烁飞驰向前！与此同时，从1990年起，他还开始了600万字的《徐迟文集》的编辑工程。难怪他于1995年12月2日给我的来信中说："我正进入八二妙龄。"

但遗憾的是，徐迟晚年却出现了多次的接踵而来的不幸的遭遇，最不幸的是1985年1月，他那50多年患难与共的妻子，因患癌症不幸去世，这对他精神上是致命的打击。他的邻居、诗人洪洋，对他十分了解。洪洋告诉我，徐迟对妻子的感情忠贞不贰，在极度悲伤之后，多少年来他坚决拒绝续弦。别人也不敢轻率给他提亲。但是，已经七八年了，日日夜夜伴随他与他对话的，只有一台电子计算机，生命的年轮却在无情地增加，稀薄的感情生活开始使他感到孤独无奈，确确实实他在生活上需要帮助和抚慰。

1992年的春天，也是他的爱情苏醒的春季，一个陈姓女士，终于闯进了他的禁区。他已经79岁，又开始拥有青春如火的爱情。如诗如梦的事实证明，要求爱、温馨和侣伴，老人也不能例外，这乃是最灿烂的人性。我自然为他的爱神的光临，感到无比欣喜。1992年8月22日，他忽然寄来一首题为《情诗一首——献给B》的诗，这么写着：

> 每天一封信，/每天一包火。//撩人的火，/撩人的信。//但是只有信，/就是不见人。//……这里有清清的泉水，/这儿有醇醇的美酒。//……快来吧，//月亮快要圆了，快来吧，/岁月可不饶人！……

多么真挚、浓烈的感情！他在给我的信上还说："近有新诗一首，可否在《华夏诗报》发表，地位可以给个优异的版面吗？"

1992年10月15日，也是徐老80寿辰那天，他与陈女士终于在武汉宣布结婚。1993年1月22日，他忽然送来了一封信，说："我再三考虑，还是不发表这样的情诗为宜。作为交换，我想回深圳后抄上一段荷马史诗的译诗给你，较有意义。"又说："此事还是比个人生活中的私事重要一些。"同年4月，徐老偕妻子兴高采烈地参加了我们在惠州举行的"第一届国际华文诗人笔会"。在会议期间，徐老与许多朋友促膝交谈，十分开心。没想到，他的妻子在第二天的早餐席上，发现出席"笔会"的贵宾名单上，漏掉了她的名字，突然放声哭了，说这是对她的不尊重，也是对徐迟的不尊重。回到小岛宾馆，她还威胁徐老，要他立即离开惠州。徐老为此既焦急又难堪，跑来找我，说："野曼，你看怎么办？"他不断摇头、叹息，说"真没办法！"幸而邹荻帆、曾卓兄等从中调解，才使这场风波平息下来。谁知一波接着一波，第二天在公园举行著名国际华文诗人诗歌朗诵晚会，她又递给我一首急就章，要求参加朗诵，徐老两次跑来找我，他摊开两只颤抖的手，说："你和白桦商量一下，看怎么办？"白桦和洛夫等认为，既然是著名诗人诗歌朗诵会，她就不应该参加朗诵。我只好跑去劝她，要她理解我的困难。她终于又嘤嘤地哭了。

显然，她这两次意外而又公开的“哭泣”，不只把徐老推到了十分狼狈和尴尬的地位，而且使他的心灵受到了非同小可的打击，他沮丧地跟我诉苦，说：“你看，以后的日子怎么下去？！”

不久，徐老终于提出和她离婚。徐老当时表现得十分坚决，1994 年 12 月 30 日，第二届国际华文诗人笔会在深圳举行，他提前赶来报到，见了我高兴得又是拥抱，又是握手，然后把我拉到一旁，低声说：“她还说要来参加，如果她真的来了，你坚决把她挡住！”

据说，就在 1995 年 1 月间，他们在武汉办理离婚手续，徐老付给对方七千元作为生活补助，从此分道扬镳。1995 年 2 月 19 日徐老来信说：“我的事已妥善解决。但是前景苍茫，主要是老了，不知如何方好！”

越过了“苍茫”的栏栅

幸而徐老很快就越过了“苍茫”的栏栅，又坐到闪烁的电脑屏幕之前，为多种已经开笔或即将完成的著作，向前冲刺；还跨出了门槛，奔向火热的生活中去了。他让生命又一次向上升腾。

多么好！他于 1995 年 4 月 17 日来信说：“我去了一次三峡大坝工程，刚刚回来，葛洲坝建成已使青滩、泄滩和鬼门关化为温驯的水波，三峡大坝建起来，又将有温和的柔波荡漾在夔峡、巫峡和西陵峡上。愿振兴了我中华后，人间的险滩、暗礁和鬼魔俱消弭。全球弥漫着温馨的秋波！”

多么好！1995 年 4 月 29 日他又来信说：“我在《更立西江石壁》文中，居然写了我是八十妙龄，你以为如何？一组三峡的诗，要放长时限，我想可能会有一次井喷的，过去我已经写了不少，无疑这次一定会泉涌、瀑坠、井喷……”

在同一天，他还为我主编的《国际华文诗人百家手稿集》写了 304 字的《徐迟简传》，他宣告：“终身被诗爱着，也爱着诗。到八十岁时还是妙龄，被计算机和高科技迷住了。”

多么好！他又在为我们的第三届国际华文诗人笔会出谋献策，建议邀请美国著名的华文诗人纪弦参加，说："他年事已高，要好好研究如何接待，果能成功，将成为轰轰烈烈的一个大笔会。"还说让"我和他四只手紧握在一起"。

多么好！他于1995年6月7日来信，说他已回到了浙江南浔水镇老家。决定学《文心雕龙》的写法，写50篇章，名曰《诗学》，而且已开始写了4章。令人高兴的是，这封信的后面署名，居然是"小老头徐迟"。

徐老生命的不断升腾，青春的火焰不断在他心中燃烧，我自然不胜欣喜。为他的"八十妙龄"，我构思了一篇散文，已经写了个开篇。我以他为例，论述了一个人的生理年龄的不可逆转，但心理年龄却可以天马行空地超越，八十可以转化为十八。我把这篇文章的构思告诉了他。1995年6月7日他来信询问："《八十妙龄》的妙论何日写出？先读为快。"可惜的是，我苦于杂务缠身，这篇散文终未脱稿，而成为千古憾事。

想不到陷入了重重困境

1996年，是徐老生命历程中的多事之秋，首先是在生活上，他陷入了重重困境。

新年刚过，他的第一封信，就捎来了一片阴云："九六年的到来，我只过了元旦的一个好日子。元月二日，武汉市开始了从未有的停电生活……连停电半个月，便觉得生命几乎到了尽头。……这时，停电又开始了，我也不再抱什么希望，山穷水尽已无路，更无柳暗花明村。"(1996.2.27)读着这信，我的心也在颤栗，而且在谴责自己，对不起徐老。

近几年来，每逢寒冬，徐老都到广东避寒。去年——1995年11月3日，他也曾写信给我，要求到广东避寒，说："绕树三匝，无枝可依，你能提供可依的一枝吗？我想能进不进得了温泉，你有妙计否？

现在搞市场经济，必然进不去了。诗人腰缠万贯是没有的事，只好怅望而已。”在这封信上他还说，人家“全部住上了暖气房，我已提出要求，可是，七年来未能解决，今年怕也解决不了，就写几首发热的诗来烤烤火吧”！借诗烤火，这也许将成为千古奇谈！徐老啊！您虽非“腰缠万贯”，却为人民献出了1000万字的心血结晶，其价值又何止“万贯”?！诗文贱价人无价，字字血凝亮千秋。历史将记载您的功勋！而我为之深深负疚的是，虽然，当时我也曾马上为徐老与从化温泉联系，但他们只答应提供住宿，而膳食则要自理。徐老曾于1995年12月2日回信说：“从化温泉，我看还是不要安排了，因为吃喝自理，在武汉还可以，在广州、珠江，我想是无法做到的。我月入也不少，但与南窗相比，远远不够资格，暂且作罢。”为此，我也没有进一步争取，为他“提供可依的一枝”栖身之地，而终于令他在天寒地冻之中，身临“生命几乎到了尽头”的困境，我是多么的内疚呵！幸而这时诗人熊召政亲自开车子赶去，把他抢救过来，送到了有暖气的电网招待所住下。他说：“我的寒冷的骨头，要经过四、五个小时方才全部恢复正常。”直到2月1日才又把他从电网所转送到北京姐姐家里。我接到了他从北京的来信，马上给他挂了电话。他第一句就说：“野曼，我在逃难，已到了北京姐姐家里。”

谁知他到了北京，因为旅途奔波就马上病倒了，进医院住了20多天；接着是“在京养病两个多月，什么事也没做”。回到武汉家，已是1996年春天。但他还是为寒冷叫苦不迭。他于5月13日来信说：“我很怕冷，立夏已过，而偏又阴雨不止。室外还比室内热。但我不能到室外去，只好在室内熬，忍受阴森森、冷冰冰的气象。丝棉袄穿在身上，还是咳嗽不止。”他终于又住进了医院。

精神一步步走向崩溃

因为寒冷，因为病（高血压和支气管炎）的肆虐等等，徐老的情绪已陷入了极端的苦恼和紊乱。

苦恼之一：是无法进行创作。1996年3月24日他从北京来信说："因病至今未能复元，几天里想写点什么，没有写出来。"同年4月13日他还在北京来信说："不知为什么，一直不能恢复我的良好的自我感觉。"同年5月13日，他已回到了武汉，仍然无法写作，心里十分焦急，说"想写的东西很多，而不能写了，不能不感到伤感和不安"。

苦恼之二：他最怕寒冷。他曾经7年渴望住上暖气房而不可得，而悲叹要"写几首发热的诗来烤烤火"；而向广东求援，寻找"可依的一枝"栖身之地；而又为此"逃难"，而终于逃不脱"阴森森、冷冰冰"的寒冷的困境。

苦恼之三：也许是由于对"国际华文诗人笔会"情有独钟，他因病未能参加"第三届笔会"而显得十分伤心。远在1995年11月3日，他就在来信中说："现在赶紧要养好身体，到时才能飞入南窗和你们见面。"之后，几乎每信必问举行"笔会"的事，甚至在数着开会的日子。1996年10月6日他来信说："我一直在努力疗养，心里非常想出席'两山诗会'。今已10月上旬过半，情况并未改善，再则，曾卓已出国远行，无人陪我。"到了10月23日下午，"笔会"举行前夕。他忽然来了电话，声音悲凉，说："我气力不足，已断定不能参加'笔会'了，实在令人伤心。"我的心也为之黯然。过去，举行的两次"笔会"，他都是活跃分子，又是跳舞，又是朗诵。老诗人吴奔星曾为此写过一首诗《向舞池寻找徐迟》："年逾八十的徐迟/舞步翩翩/仿佛十八九岁的潇洒风姿。"那次在深圳，他还悄悄地抄了我的诗《南风窗》，又诵又吟，神采非凡，博得了最多的掌声。显然，他争取参加"笔会"，是由于友情与诗情的渴望，最终未能参加，而显得分外伤心，则是这一"渴望"的破灭。这对他的精神上无疑是一种打击。

苦恼之四：是对医院完全失却了信心，对病几乎绝望。1996年5月13日从北京回到武汉不久，在来信中谈到"咳嗽不止"时说："我所属的医院(不是医院属我，而是我属医院)……给最贵重的药，而公费医疗证已不能用，买药要拿现款，虽可以报，而手续烦琐，经常不报，省点事而负担就很重。去冬六十七天住院，花费达三万元之巨，并不能把病治好。"同年 11 月 13 日，他在给我的最后一封来信中又说："我的病不见好，恐怕好不了啦。现在医院不是为病人服务的，为奖金的，故不能去住。"以上实情如何，不得而知，但他对医院的失望情绪，却无疑加剧了他负面的走向。尽管他希望过"要活得好点，寿长一点"(见 95.8.16 信)；"要好好休养，老当益谨"，"尽量的保护好自己"(见 95.11.9 信)；而且还说过："我也有情绪低落的时候，然后回到正常状态，而且又升腾到兴奋状态，主要是兴奋状态不断地升腾"(95.12.2 信)。但是，事情的发展却朝着相反的方向运行，从 1996 年 2 月 27 日他从家中转移到电网招待所，又转移到北京，然后，同年 5 月回到武汉，他的病一直是缠绵不断，而且为种种苦恼所纠缠、所折磨。这时他确确实实需要人们的热情抚慰，尤其是关心他的冷暖，他的疾患，然而此刻他却是孑然一身，真是四顾茫茫，孤独无援啊！从此，他的正常情绪再也没有回升，而是相反，且不断下降到悲观失望的低谷。他的精神在一步一步走向崩溃。很不幸！在徐老从北京回来以后的六个月时间中，他居然两次说要离开这个世界，到别的星球上去，能不令人歔欷?!

第一次是在 5 月 13 日的来信中，他在数说医院"不能把我的病治好"，以及为不能写作而"感到伤感和不安"之后，忽然说："荻帆！方敬！艾青！下一个不知是谁？反正是总有的啰！其实这也不是悲观主义，其中亦有极大的一份乐观主义在。这个城市不爱住，就住那个城市啊。这个人间状况不佳，即去那个仙境如何?"又隔不折不扣的 6 个月，他又于 11 月 13 日，在给我的最后一封信中，数说了医院"不能去住"之后，又说："且逍遥潇洒，然后漂去太空，目的地：火星或者木星卫星，你说我多么可喜啊！"

这就是徐老发出的最后信息，也就是他从高空飘落之前，向人们发出的不幸的噩耗。据接近徐老的一些朋友，还反映了他去世前夕的两件事情。

一是，告诉他家里已于前几天(12 月初)安装了暖气，他听了显得异常冷淡，说："安装，也没有用。"

二是，徐老对国际华文诗人笔会念念不忘，说："如果我去参加了两山诗会，对我的病可能会好些。"

前者说明，他对人世早就去意已定，对"暖气"的渴望已完全破灭；后者说明，他对诗情与友情，仍然萦萦于怀，溢满眷顾之情。

还有，对他说的"这人间状况不佳"的话，我也认为不难理解。对于像他这样一个终生为"振兴我中华"，渴望"全球弥漫着温馨的秋波"而呕尽心血创作的诗人，这话显然是为他个人生活上碰到的某些冷遇，而发出的回应。而他以这样的方式辞世，自然是我们无法同意的，但却是对我国文学界发出了一个带血的警示。这代价太沉重了，令人无比痛心！

如今徐迟已到达了他渴望的"火星"，但是，他留下的巨大的心灵，却将永远在人间跃动，与日月同辉！

安息吧，敬爱的诗人！

1996年12月25日初稿，1997年1月22日重改

（本文初刊于1997年3月南京《东方文化周刊》第4期，被同月上海《劳动报》、同年8月上海《读者参考》和同年7月22日《香港作家报》转载；选自《作品》1997年第8期）

魅力来自深情

——谈野曼的散文创作

岑　桑

诗与散文的亲缘关系是显而易见的，它们生命的原质同是真实、深情、优美。真实，是指肇始于生活的真实以及升华为艺术的真实。这是诗与散文乃至任何文学艺术形式都赖以为生的根本。然而，仅仅是真实还是远远不够的。文学艺术还需要鲜明地体现于作品中的作者的深情和表现形式的优美。我以为：

深情和优美，对于诗与散文来说是尤其重要的。

我们也许可以这样说：作品是读者跟前的荧光屏，读者需要从那上面看见真实世界之一角，从中获致教益和引发出自己爱憎之情的共鸣。读者如果不是为了要从那所谓共鸣中得到某种满足，他们何不去读教科书和听大报告呢？而要引发读者内心的强烈共鸣，所依靠的不是别的什么，而是作者自己的深情。在文学上，魅力来自深情。我一直认为：动人以情应是文艺家永远衷心奉行的信条之一。

是的，动人以情，是需要优美的表现形式的。所谓优美，应该包括感情上的优美和技巧上的优美。在文学艺术中，深情的作品常常是优美的；优美的作品，也往往流露着作者的深情。深情和优美，共同构成了某些传世之作的艺术魅力的光环。这两者是分不开的。它们是一切文学艺术作品的灵光所赖。诗与散文，尤其如此。诗与散文要是不让读者感受得到作者那份深厚的爱憎之情，以及从中得到某种美的享受，还有多大意义呢？我想再说一遍：诗与散文的亲缘关系，是显而易见的。诗有别于散文，这自不待言。但是，对诗所要求的那种深情和优美，却应该同样要求于散文。散文家应该有一副诗人的心肠。

野曼是诗人，偶或也写散文。近年他的散文作品不少。过去我撰文谈过他的诗，对他的“心肠”，也可谓颇知其底蕴了。读过他的全部散文近作，我感到他的诗与散文在风格上纯然是相通的。深情与优美，同样是他在散文创作方面的追求。正是这样的一种感觉，引出了我在这篇短文开头时的那一点点议论来的。

我曾欣喜于野曼早年诗作的深情和优美。爱的追求，使得那颗年轻的心显得如此美丽通灵。那些诗篇，是诗人在漫漫长夜中的祈求和呼唤，虽然还带着稚嫩的童音，然而因其真挚而感人了。那副灼热的情怀是真能令人为之怦然心动的。从野曼早年的诗作中，我确实感受到那种以四野狼烟、满目疮痍为背景的，一个原始的觉醒者在苦苦追寻和殷殷探索时的姿态。使我感到遗憾的是那种可贵的深情和优美，在野曼日后的好些诗作中为某种形式上的和技巧上的熟练所挤掉了。当我捧读着他近年来那一大叠散文作品时，我十分留意野曼是否寻回了自己的失落。我像衡量他的诗的得失那样，仔细地衡量了他的散文。

结论是叫我高兴的。我从野曼的散文中读到了诗，寻找到了自己所期待的那种我称之为作品的原质的东西。

《妻爱》不就是一首款款情深的爱的颂歌吗？它写出的岂止是一个女子对于自己长相厮守的伴侣自始至终绵绵无尽的爱恋而已，它还生动而形象地写出了这爱情赖以永不枯槁的根基。那是在战争年代里从寒伧的红薯夜宴开始的一段漫长的爱情。悲欢离合，都写得真挚动人。在这篇几千字的作品里，妻子的忠诚之爱是写得淋漓尽致的，然而这篇作品之所以赢得读者，除了因为它写出感人的妻爱之外，恐怕还因为它同时写出了作者自己对爱妻的那份深切的感念之情吧？试看——

> ……多少次沉重的十月怀胎，多少次痛苦的分娩，还有儿女出世后的拖累，她毫无怨言地承担了这一切。我常常以沉痛的目光望着她拖着孱弱的步伐，向充满恐惧的未来迈步……

再看——

> ……妻子的宽厚，化成了爱的暖流，在我的心头沸腾。我知道，这爱正是以她的愁苦凝铸而成的。每当夜深人静，想起妻子常常把一腔辛酸铸成的欢乐，捧给了我，真不禁为之痛心疾首……

这一类爱的“反刍”，在篇中处处可见。所以我说：《妻爱》不仅仅是妻爱的颂歌而已，而且是一曲蔑视风霜雨雪的常绿的恋歌。《妻爱》也不仅仅是两个异性生命浮沉与共的罗曼史而已，而且是这双爱侣与时代命运休戚相关的沧桑史。这里面有一份优美的深情。

《爱着是美丽的》写的也是爱，然而那是另一种爱——对党和革命理想的执着的爱。野曼在写这篇作品的时候分明是动了情的。因为这里写的纯然是他自己的亲身经历和在漫漫岁月中涌荡于胸怀的心声。爱和恨，思慕和怨愤，这些深情的经纬编织成一面优美的旗帜。

> 义愤出真诗。没有爱与憎，决不会有诗。诗人在刺刀夹缝里写

> 诗，在黑云压城的墙角发出心灵的呼唤，或是义愤填膺，或是凄凉悲怆，总是牵魂动魄的，不能没有鲜明的爱憎……

对了！我看《爱着是美丽的》就是这样写出来的。

> 爱，是铭心镂骨的；恨，更是难于忘怀。由于恨，才深化了爱。从而使人们爱得更深沉，也更坚决……

从这篇宣言式的激情涌溢之作中，我看到的是“真诚”二字，而真诚恰恰是爱的脊梁。

有好几篇游记，都是作者以诗的语言为之的。《情满匡庐》纤巧、细腻、圆熟，是一幅纤毫毕现的工笔山水画。《流花湖是流诗湖》箫声袅袅，恍如一曲柔情飘逸的民谣。《西苑，美的絮语》主要是写西苑的盆景之美的，却被作者有意无意写成一篇颇有见地的美学小品了。

> 他们追求作品的个性，也倾心于美的创造。因为有个性的未必都美，但美的都各有个性。
>
> 在艺术处理上，他通过繁简、疏密、聚散等手法，着力突出主体；而对枝干的处理，则是有藏有露，露中有藏，因而显得错落有致，景外有景；特别是讲究平中见奇，初看平常自然，细看却是形象独特。这“奇”寓于“平”中……

这都是从盆景中悟出来的艺术真谛。文学界、读书界不知道从什么时候起引进了“可读性”这样的“行话”，忖测这是指作品中耐人寻味的品质之意。那么，让我袭用一下吧！我以为《西苑，美的絮语》的可读性，也许正在于那些“絮语”既是感性的，又是理性的。作者把自己的美的感受、美的理解，有机地熔铸在一起了。

野曼收进这个集子中的散文作品，大都是近年写的。总的来说，我以为这些散文要比他近年的某些诗作要高出一筹。有好些篇章可以说是他的力作，从中可以看到他所倾注的深情，以及作者在长达数十年的磨砺中逐渐形成的挥洒自如的笔锋。真情实感与他作品中流丽的表现形式相得益彰，构成了可喜的艺术美。

诚然，这个集子还不能说已经臻于完美了。仍有一些与深情和优美缘分不深的篇幅。它的构思和剪裁虽巧，但是由于毕竟并非出于真情实感，所以并不动人。例如《彩色，在流淌》，通篇都显得色彩斑斓，从头到尾都紧紧扣住五光十色的颜彩，但是由于作者过分地着意追求围绕彩色这一中心而形成的效果，反而冲淡了倾注于篇中的感情。这是得不偿失的。我以为在散文创作中，精巧的构思和剪裁当然不能不讲究，但对于“巧”的追求要是不能做到恰到好处，反而会使作品变得牵强，难以感人至深，因为正如野曼自己所说的那样：“美都是和谐而自然的。”

捧读野曼近年来的散文新作，欣喜之余，写下了几千字的感言，未必都是中肯的，然而全都是自己的不加矫饰的感觉。我始终觉得任何文艺作品的得失，在很大程度上要看它是否真能动人以情。野曼这些散文在艺术魅力上是有参差的，其得失，也应以此来衡量。

魅力来自深情。愿野曼写出更多动人以情的新作。

1983年11月28日于顺德

（原载《作品》1984年第5期）

江波

江　波(1926—　)，散文家，山东海阳人。小学毕业后入山东省立第六中联中读初中。1941 年参加革命工作，翌年入胶东公学学习。1944 年到胶东大众报社(兼新华社胶东分社)，1947 年后调华东野战军第九纵队、第三野战军政治部，1952 年调解放军总政治部，主要从事新闻、秘书工作。1986 年离休，系中国作家协会会员。

江波自幼喜爱文学，中学时代开始习作，第一篇散文《秀姐》发表于《胶东青年》(1943)。20 世纪 80 年代后进入散文创作高峰期，迄今已出版散文专集 3 部：

《涛声集》(百花文艺出版社，1985 年)；

《半岛集》(与丁宁合集；上海文艺出版社，1987 年)；

《回声集》(解放军文艺出版社，1992 年)。

其中《野草》被选入《中国当代百家散文》，《匡庐八月》被选入《十年散文选》(1976— 1986)，《永恒的主题》被选入《1988—1990 散文选》，并有多篇被《散文》选刊选载。评论江波散文的文章主要有：

《挚热与深沉绵密的和谐统一——谈江波的散文》(石英)，《文艺理论与批评》1992 年第 6 期；

《胸中波涛　笔底浪花——读江波的散文集〈涛声集〉》(叶公觉)，《散文世界》1986 年第 10 期；

《谢君带我去观海——读江波散文集〈涛声集〉》(朱春雨)，《解放军报》1986 年 9 月 24 日。

有感而发

江　波

我写散文只有一条经验:有感而发。

十七岁上中学时,在《胶东青年》上发表了第一篇散文《秀姐》,写我的一个堂姐。她在家原是参加劳动的,后来去了烟台的教会学校半工半读,再后来烟台沦陷,她嫁给一个伪军小队长,境遇很惨。我听了很生气。她在家时恨日本人和汉奸,可为什么出去却又嫁给了汉奸?于是想到她读的《圣经》上的信条:“人家打你的右脸,你连左脸也让他打;若是要你的外套,你把衬衣也脱给他,就可不争吵。”我既恨她,又可怜她,就写了那篇小文章。那时文字幼稚,感情却真挚。

由于工作性质的关系,隔了三十多年之后,解脱了“四人帮”的文化禁锢,才又提笔写散文。离开工作岗位,卸却繁重的事务,夜深人静时,半个世纪的往事,特别是青少年、战争年代的,便一齐浮上眼前。因而我最初提笔写下的,多是往事回忆的文字,都是在感情上受到过震动、留下印象最深的,有些是终生都不会忘记的事。写时往往辍笔,感情不能平静。

在后来的创作中,我也始终不渝地信守这一条,只是逐渐地感到,作为一件艺术品,不能只是素材的复印,感情需提炼、升华,文字要锤炼、简洁,而这功夫就难了。有时为了赶某项任务而挤出来的作品,发表之后自己也看着不顺眼。

1983年秋天,我参加中国作协组织的参观团到湖南地质队去。在南下的列车上,遇上一位曾在哈尔滨军事工程学院工作的老教授,从北京到长沙,卧车的软卧间只我们两人。虽然职业不同,经历不同,但因为都穿了军装,都年近花甲,也就很容易找到共同的话题。从当时社会上正传看的电视片《第三次浪潮》到中东、马尔维那斯岛的小型战争，海阔天空地聊，作为军人，都流露出心中的紧迫感。有时都沉默着，看车窗外的秋色。瑰丽般的晚霞对于我们这种人，似乎具有特别的诱惑力。相处一天，回到北京我写出了散文《晚车急》。

1989 年的秋天，我国周围的气氛依然有黑云压城之势，我的心情一直不能平静，忧患多于欢乐。那天随单位的同志们一同去圆明园，为的是散散心，居京近 40 年我竟是头一次去。在如画的风景中，我的心情并未感到轻松，在远瀛观的断垣残壁之前，脚步沉重得拖不动了，心感到震颤。1989 年之后，世界上的“列强”们又在剑拔弩张地对着中国了。圆明园是个很大的园，秋色十分宜人，我却无心看。看着那些断垣残壁，便想到了小学课本上读到的英法联军、八国联军，想到一个伟大民族的屈辱。返回城里的车要开了，只得默默地离开。过了一个月，我又一个人乘公共汽车去了，独自在断垣残壁前往来徘徊，看这历史残踪面前各种人的表情，看一位画家在画布上重重地涂着油彩，竟忘记了腹中的饥渴。

我写《永恒的主题》这篇散文时，心情依旧是沉重的。

感情、感觉，有时稍纵即逝，要善于捕捉。思想感情的精华，有时是淹没在大量纷杂的现象之中。有感觉，却捕捉不到。只能去粗存精，苦苦思索。正是，“众里寻它千百度。蓦然回首，那人却在，灯火阑珊处。”（辛弃疾）

自选作品

永恒的主题

圆明园中断石残碑的图片，在小学的课本上就见过。心头的压抑，几乎是与生俱来。然而，居京近四十年，竟没有去过圆明园，说来令人难以置信，自己也说不清为什么。

过了“耳顺”之年，我终于迈进那朱漆大门。十月的北京，秋光正好。园中湖畔，枫叶如丹，游船摇动着一池一池色彩缤纷的细浪。一百多年前，我国成千上万的艺术家和能工巧匠们，移天缩地，把全国最美好的风景名胜，都浓缩到这里。那原是只为帝王享乐的，却给我们的民族留下了举世无与伦比的文化财富。如今，人们只能见到一处处苍凉的“遗址”，从荒野乱石中寻找昔日的景象。

我无心留恋那诱人的秋光，便直奔“西洋楼”景区。在整个占地5200余亩的园中，那儿只是很小的一个角落。那里当年曾从西洋“引进”的一组西式建筑，包括“远瀛观”“大水法”“观水法”，从图片上看，颇为壮观。1860年英法联军入侵北京时，同整个园林一起，被西洋人洗劫之余，一把火烧个精光。如今只有断缺的石柱立在蓝天下，雕花的残破石碑卧在荒草中。虽然这景象自幼便镂刻在心上，一旦真的展现在面前，我的两脚竟如钉在地上，觉得心在微微地颤栗，思维也仿佛停止了。

当我从沉思中醒来时，眼前又是熙来攘往的人群。有些盛装艳抹的男女，在轻歌嘻笑中，挤到断柱下频频拍照，我便忽然想到鲁迅小说中刑场上的看客，那麻木的心。一丝淡淡的悲哀袭来，便转身离开。

当天夜里醒来，仍觉眼前杂陈着断石残碑。

再过一个月，已届仲冬，便一个人又去圆明园。园中万木萧疏，游人寥落。没有风，空气中弥漫着一层淡淡的雾霭。远处的景物，都只在有无之中。听见有凿石的声音，走近看时，石工在修复一座残破的单孔拱桥，是园中原有的一百多座桥中仅存的一座。我心想，就照原样保留下来，不更好些吗？如果需要，就在旁边另建一座。

湖水已经结薄冰，湖与湖间的溪流里，还能看见水在冰下涌动。林中红叶早已落尽，只剩下光秃秃的枝桠。唯有松柏，依旧墨绿，傲然挺立。

我还是循着上次的路，直奔“西洋楼”景区。蓦然觉得，那雕饰着美丽花纹的断石残碑，是一幅惊心动魄的画，是一部读不完的书。

在“远瀛观”遗址旁，果然有人在作画。上次来时，也看到端着调色板的画家，一个围观的年轻人说："画家老到这儿来。""永恒的主题！"画家没有抬头，像对自己说。此刻，画架就支在乱石中，画家正用浓重的油彩往画布上涂抹。我看他蓬松的头发，不修边幅的脸，严肃而隐着痛苦的神情，便觉得有些像梵高。作品似快要完成，背景是远处落了叶的丛林，浓重而灰暗，近前是衰草中裸露的断石，隐隐地闪着灰白的光。画家已过中年，穿一件旧了的军大衣。我想：他也是从战场上回来的吧？便轻轻走过去，站到他的背后，想搭讪几句。可他旁若无人，依旧全神贯注，只管涂那浓重的油彩。于是，我又轻轻地离开。

这儿极其宁静，湖水、苍松都已陷入沉思。我默默地在废墟中站了一会儿，然后沿着草丛中细小的路走下来。那些路，是一百多年来，由沉重的脚步踩出来的。

废墟旁边有园史展览。几间平房中摆着的，没有照片，没有实物，几乎全是复制的图画及文字说明，画工都极精细。但我无暇细看，只在一部翻译过来的历史书前，看那些用红笔标出的文字，那儿记载着法国文豪雨果在1861年写给友人信中的一段话。正是英法联军劫掠烧毁圆明园的第二年。他在信中提到了这次暴行，然后写道："我们欧洲人是文明人，我们眼中，中国人是野蛮人，可是你看看文明人对野蛮人干了什么。在历史面前，这两个强盗，一个叫法兰西，一个叫英吉利。不过，我要抗议（所以我感谢你给我抗议的机会）。为什么要抗议呢？因为治人者所犯的罪恶的是与治于人者不相干的。政府有时会做强盗，但人民是永不做强盗的。"

站在玻璃柜前，我似乎听到，超越时空，一颗伟大的心在悲愤地搏动。

我又一次悻悻地离开废墟。走了一段路，停下来，回头看看，觉得这座露天的博物馆给我们留下了无尽的宝藏。这自然不是指珠宝和建筑，那都早已被劫掠焚毁，我想到的是一个伟大民族心灵上的创痛。珠宝可以重新制造，建筑可以原样修复，而心灵的创痛，要平复却很难。但，创痛也可以化为力的宝藏。

循原路返回时，路过“万花阵”，这是仿照欧洲的迷宫建造的。上次来，听几位年纪大的同伴说，不敢进去，怕走不出来。的确，那四尺高的卍字图案雕花砖墙，分隔成若干道迷阵，常常使进去的人走投无路。不过我想，不去走，既到不了终点，也无所谓出来，只能做个旁观者。便花五角钱买了票，走进迷宫。左转右拐，前进后退，碰了好几次壁，又改弦易辙继续走，终于登上了中心的石亭。

坐在石亭的栏杆上小憩，俯瞰迷宫，顺着来路，辨认那扑朔迷离的巷道。生活中常会遇到这样的迷宫，身临其境，往往迷糊，站到高处，则一目了然。记得解放战争最艰苦的时候，我们华东野战军在山东中部的山区，夜夜行军，即如走进迷宫。后来知道，西北野战军在陕北的山区，也牵着敌人的鼻子转迷宫。那时，下面的干部战士有些迷糊，走得多了，便啧有烦言。可党中央、毛主席、野战军的首长站在高处，看得清楚。我们华东野战军走出山重水复的鲁中地区，便是广袤千里的淮海平原，柳暗花明时节，到达长江边。那时，英国军舰“紫石英号”“黑天鹅号”虽然横陈江中，妄图阻止我军渡江，却终于带着遍体弹痕逃到太平洋去了。1949年，毕竟已不是1860年。从那时到现在，又过去了四十年……战争似乎离我们已经很远了。不过，从战争中走过来的人，该不会忘记，有时枪炮声并不可怕，而寂静却使人不安。何况，天空已经聚起乌云，风雨在滚滚而动了。

走出圆明园的大门，似乎了却一桩半个世纪的心事。脚步却还是沉重的。

1989年岁末

（选自《散文选刊》1990年第6期）

晚车急

火车站永远那么拥挤，匆忙，教人目眩。虽秋高气爽时节，也还是觉得燥热。

我拎着行李踏进车厢，一看，对面的铺位还空着。把随身携带的小旅行箱往上铺一放，便凭窗向车外浏览，对在月台上熙来攘往的人群审视、揣测。旅途往往会感到寂寞，总希望能有个好旅伴。我的旅伴是个怎样的人呢？

离开车的时间只剩下两三分钟了，有人匆匆进到包间来。抬头一看，是一位身材不高的老军人，着装整齐，一丝不苟。后面跟着个穿军装的姑娘。他们朝我点点头，就紧张地把带来的箱子、竹篮搁到上铺去。在这些杂物中间，有一篮诱人的柿子，无疑，这是京郊昌平县的特产。那金黄的颜色，会引起人们许多遐想。

车已徐徐开动。月台上的一切逐渐退去，转弯时，送别的人群，喧嚣的市声，随着汽笛的一声长鸣，全都消失在列车的后面。

穿军装的姑娘十分利索地帮老军人安顿好，又泡了茶，说声“我到那边去”，就退出到另一个车厢去了。我猜测，我的旅伴大概是位离休的老干部，由女儿陪着，外出旅行。如今离休的人多了，最近外出，好几次都遇到这情形。

列车出站不远，我便同我的旅伴聊起来，一开始他就给我一种直爽、热情的感觉。原来他还在工作，是位电子学教授，刚从北京把一批进口的科技资料复印回来。

我这个人大概算是个“科盲”，但对许多问题关心，便情不自禁地向这位老专家提出一些常识性的问题请教。他忽然问我是不是也在科研单位工作。我摇摇头，笑了起来。看得出，他希望同路的也是一个同道者，能在漫长的旅途上找到共同的话题。其实，不管是什么职业，隔行也好，隔山也罢，往往一上路就能谈到一起。生活在同一个社会里的人们，总会有共同关心的事，何况包间里只有我们两人，又都穿了军装。

列车沿京广线飞奔，车轮同钢轨撞击的节奏是急促的。当我们暂时沉默，我的旅伴凝视窗外景物的时候，我便隔着小茶几细细端详他：还不到七十的人，已经谢顶，虽然脸上皱纹不多，鬓角却完全白了。他曾在美国宾夕法尼亚学习过，当时能够筹措到的学费只够学三年。经济上的拮据，使他无力把学业继续下去，一九五〇年回到刚刚解放不久的祖国，不久，就到一所军事工程学院去执教。

年纪大的人，多半喜欢怀念往事。我们谈到那所学院的时候，他告诉我，学院第一期的教学计划是毛主席亲自批准的。十多年，培养了成千上万的专门人才，至今许多部门仍在靠这些中年人工作，大都成了骨干。谈起往事，教授的眼里像有火在燃烧，闪着兴奋的光。但那火花没有亮多久，便消失了。他在自言自语："十年动乱，暴风急雨，像火车遇上意料不到的障碍，脱离了轨道。"老人陷入沉思。

"一九六九年战备时，你没有随学院南迁内地？"

"你知道，那时对人的要求是纯而又纯。有我这样经历的人，还能再搞教学吗？直到一九七七年才回来。"

在早已成为过去的年代，一个曾在敌对的资本主义国家受过教育的知识分子，他的遭遇，不用问也能想象得到。我没有再探询他那些年的经历，何必再去戳那结了痂的创伤？

穿军装的姑娘又悄然进来，轻轻地坐在教授身边，似乎把老人单独丢在这里放心不下。她清瘦的脸上，嵌着一对大眼睛，脑后弯着两条羊角小辫儿。教授对我说："她是七九届的学生，现在留校当助教。"

我心里笑自己判断的失误，竟不是他的女儿！

姑娘低下头，那腼腆的神情，同身上的军装似乎有些不相称。教授转身问她："你是一九六一年生的吧？"

"是的。人家都说我们这一代是生在困难年代，长在动乱年代，学在调整年代，好像什么都赶上了。"

"赶上也好嘛，多长些见识。"我顺口说了这么一句言不由衷的话。是对青年的安慰吗？完全是多余的，这一代人付出的代价太大了。

餐车服务员来喊开饭，教授说他等一会儿吃，要梳小辫儿的助教先去。

姑娘朝我点点头走了。教授望着她瘦削的身影，眼里流露出的光，分明是父亲的慈祥和爱怜。

“她身体比较单薄。我给他们的压力大了点，不这样不行。我们已经耽误了二十年，谁知道如果明天打起仗来是个什么样子！自己年近古稀，心里总有种紧迫感。我把能搜集到的新理论、新资料，都灌给了他们。要靠他们这一代去赶。”教授有点激动，不时看看窗外。

夕阳金色的光，透过路旁杨树叶儿的孔隙，射进车厢。教授眯缝着眼，凝视远处灰蓝色的群山，阳光从他脸上一道一道闪过去。

一望无际的平原上，暮霭已经升起。太阳在加速向地平线下沉。悬在天边的椭圆形的红球，顶部还是明亮的，下部已经昏暗。看起来离我们很近，就在村庄的那边，穿过小树林，向前直驰。它的速度与我乘坐的火车是同步的，因而不必转头，便总能在车窗的同一部位看到它。

我曾在哪儿看到过这样落日的平原呢？哦，记起来了，是在淮海战场上。冬天，日落前的原野，溃散的国民党军队，狼奔豕突。我们几个留在机关的干部，只能顺手操起身边的卡宾枪、左轮手枪，伏在村边小茔盘的坟头上，瞅着敌人的坦克落荒而逃。后来，骑兵迎着落日，扬起尘土，追了过去……在电影上看到的，拿破仑在奥斯特里茨大战时，那战场的黄昏，也像是这情形。

许多许多年过去了，太阳依旧每天从平原落下去，明天又从山的背后升起来。生活却发生了难以预料的变化。往昔的情景只能作为历史去回忆了。

车轮急速地转动着。扩音器里，广播员宣布：“列车现在大约晚点 30 分钟。”

我下意识地翻着一本小说，却没有看进去。教授还在凝视窗外，一动不动。我翻书时掉出一张全家的照片，教授弯腰替我拾起来。于是，我们谈到了各自的家庭。教授唯一的儿子目前在工厂里当钳工。

“现在人们都在为下一代操心，你没有亲自指点一下他的学习？”我问。

教授没有立即回答，却又去看窗外模糊了的景物。过了一会儿，才慢慢地说：

“不能工作的时间，我倒是有空闲，可那时他在北大荒，鞭长莫及。后来回到我的身边，已经荒废了十多年，基础又太差，得从 ABC 赶起。我自己能工作的时间已经不多，精力也不够，顾不上了。”

我看见，有一丝隐隐的忧郁，在教授的眼中闪过。他忽然指指上面的那个篮子，说是带给儿子的，他生长在北方，爱吃冬天的柿子。我知道，从前北方的冬天，没有任何水果了，只有冻柿子。那东西，吃到口里凉，落到肚里却是暖的。

夜已降临，车窗外面除了远处的两三点灯火，一切都隐入暗夜中。我多么希望，趁着这夜色，火车的速度再快些。早年行军时，夜里是走得快的。

晚了的时间不知是否能赶上来。我有点着急，明天还得转另一班车。有时候，一步晚了，会步步赶不上。

“我去北京总是坐这趟车，这个乘务组的青年有股干劲，能赶上。”教授说，似乎猜着了我的心事。

夜深了，我还很久不能入睡，心里像有什么在冲击，不久前看过的那部录像片《第三次浪潮》，那些镜头还浮现在眼前。新的浪潮正冲击着整个人类的全部生活，当然也在冲击着旧的战争方式。中东、马尔维纳斯岛的那种小型战争，已经引起了人们的深思。对于一位电子学教授，他的焦虑，他的紧迫感，似乎比别人更甚。

对面，隔着茶几，教授也在翻身。

车轮与钢轨撞击的声音，比白天更清脆，也更急促。

“在抢点。”教授自言自语。

我终于在急促而均匀的节奏中睡去。

早晨，列车正点到达终点站。我帮教授从上铺取下行李，还有那篮金黄色的柿子。

穿军装的姑娘又过来，提了行李，搀扶着教授下车。我们像老相识一样握手道别，我站在车厢旁，看这一老一少，迎着晨曦，走进匆忙的人群。

（选自《解放军文艺》1985 年第 2 期）

挚热与深沉绵密的和谐统一

石　英

我对江波同志的散文并不陌生，早在十年前编《散文》月刊时即读到他的散文稿，但在这次通读了他的《涛声集》和《回声集》及其它主要散文作品后，又有了进一步的了解与领悟。在这以前，从他作品中所表现出的那种与人民血肉相连的感情、对革命传统的深沉的怀恋和挚爱，贴近时代、呼唤生活中的真善美等强烈意向，是很有印象的，而现在则又看到了他那细致绵密的情思，非同凡俗的艺术感受以及与此相适应的笔路。所有这些，均应视作一个散文家必不可少的可贵的特质。

江波同志出生于本世纪 20 年代的胶东半岛。那里一方面是山青水秀、临近大海的桑园果乡，另一方面又是阶级、民族矛盾尖锐，下层人民饱受欺凌的土地，前者无疑对青少年时代的江波是一种得天独厚的滋养和熏陶，后者也促使他很早就走上了革命斗争之路。在中国共产党领导下的如火如荼的大搏战中，他和胶东大地的许多“小八路”一样，成为转战沂蒙山区、胶济前线以至渡江南进行列中的一员。从他的许多散文中，我们不难发现他的那种挚热的革命感情不是硬贴上去的，而是自然灌注并出自胸臆，且表现为一以贯之的执著。我读他的《大江东去》，不禁为他那浩瀚澎湃的激情所震荡。我在想，这就是平时那位内向而温和的江大哥吗？看来对人对事都不能仅就表面上的一种印象就括其全部。当一个人为客观氛围所烘染，便会唤起他心灵深处那最与之合拍也是最本质的信息密码，从而引燃起激情之火，这在表面上深沉温讷的人身上，或许体现得更为明显，更加炽烈！于是我们便听到青年时期的江波在扬子江心的木船上哼起京剧《借东风》的唱词：“领人马，下江南兵扎在长江”，于是我们也看到他和纵队司令员等人一起豪爽地吃火锅，喝口子酒……这是一种真，一种纯美，一种不能装饰更不能编造的特定环境中的感情。这种感情在他另一本散文集《回声集》中,特别是《在战友墓碑前》《沙砾》《倾斜的广场》《寄意寒星》《历史的回声》这一组散文中表现得最为饱满,最是感人。在这里,作者始终是以一个血与火的战争的"幸存者"身份出现,或高扬,或低抑,或悲恸断续,或娓娓道来,诉说着过去,表白着心迹。在这里,"幸存者"不是侥幸,不是自得,而是自甘负重的责任,答报不尽的嘱托,终生誓承的信念。这一切,在他的散文作品中表现得尤为鲜明。

写已逝的斗争岁月,怀念过去的战地和战友的文章可谓多矣,然江波同志却有他自己的感情"色素",他自己的抒情角度,他自己的表达方式和语言风格。他不是以一个"你们皆不知而我知之"的居高临下者向众人进行说教,更没有丝毫炫耀者的意味。从他的文章中,似乎觉得他心中有读者也无读者。有读者自然易于理解:文章发表出来总是要给人看嘛!"无读者"是说他不是为给人看才写散文,而只是要表达一种感情,要说一些话,而且是非说不可,不吐不快。不吐不写,就有负于"幸存者"承担的使命。好像那些死难的战友,那些已逝的沉甸甸的时光,每天都在促使着他,暗示着他,生发起他创作的灵感,说出不仅是属于他自己也是属于那些战友那些时光所要表达的共同声音。这样,他便不问这些文章发表出来能否引起时髦的"轰动效应",也没那闲心事先去打听一下行情。

我谈江波是以自己的抒情风格和表达方式,还决定于他的性格特点。一般说,他平时绝少张扬,因此表现在他的文章中也绝无卖弄、搔首弄姿之弊。他总是以他自己的亲历,选择与时代本质相一致的场景与情节抒发审美品位最高的情愫。他实实在在,但不流于平板。个中"秘诀"在于他深含意蕴的气质与经过锤炼的语言功夫,于是便在同类散文中不趋于一般,而使人觉得耐读有回味余地。可见,相应必备的素质尤其是语言手段对于一个散文作家说来显得多么重要!

与此相联系的是,江波散文的情感内涵是深沉绵密的,这与上述那种挚热昂扬看似有些矛盾,实则在他的有机"调理"下已达到和谐的统一。或者也可以这样说,他的散文创作也是发展的。尽管他在《涛声集》后记中说他青少年时在海边曾开始了习作,尔后三十年间被其它工作挤掉了,直至"知命"之年才又拿起可称为文学创作之笔,但艺无止境,何况他又在自觉追求中。因此我的印象是,他早些时候的散文风格偏重于昂扬舒放,随后由于人生际遇加深,有更多的潜心思考,文笔也更为老到,成文也更加精致绵密。在这方面,思路与笔致是同步前进的。我们不妨看一下他的《永恒的主题》。写圆明园的散文,在这几年可谓多矣,但江波这篇无疑属于同类中之上乘。他写得沉郁细腻,荡气回肠,不在表面愤慨填膺,而在如泣如诉中透出一种扼腕喋血的力度。一切围绕着这个"永恒的主题",是一幅残破的画,但也是一幅永远画不完的画,一幅超越时空的画,正如作者点染的那样,这个园的本身仿佛就是物化了的梵高!

此文更难能的还在于:绵密精致而其势跌宕,每有出人意料的峰回路转之妙。如因"万花阵"之迷宫,联想到解放战争最艰苦段在鲁中山区牵着敌人的鼻子转迷宫。在园中左转右拐,终于走出迷宫登上中心的石亭;而在战争中山重水复终有柳暗花明驰骋江淮平原之豁朗。这种感受充满哲思,颇耐人寻味。出迷宫后又添一笔,在一个"静"字上滴下了浓重的墨渍。"不过,从战争中走过来的人,该不会忘记,有时枪炮声并不可怕,而寂静却使人不安。何况,天空已经聚起乌云,风雨在滚滚而动了。"思路、文气,起伏跳荡,一波三折,不循俗规,读者和作者一样,"脚步还是沉重的"。

从总体来看,窃以为《回声集》中诸篇佳作较之《涛声集》更见精思,意味浓重。至少我个人觉得,江波散文创作的这一发展势头是很值得珍重的。不论在审美价值还是在现实意义上都有新的探进,是一个品位,也是一种深度。

如果人们看了上面所说的这些话,以为江波的散文写的只是沉湎于追思往昔,留连过去,那就是笔者的贻误了。江波对新的生活,神州大地在解放后特别是党的十一届三中全会以后的巨大变化,是由衷喜悦并投以热情的笔墨。他写熟悉的胶东故城莱阳的奋进景象,写湖南山区勘探队的劳绩与成果,写长江葛洲坝的水利枢纽工程,写新疆天池对新的生活景象的映照都同样是情景交融,非常感人的。只不过他写人、叙事、状景,仍是以一个革命老战士的眼光,出于一个大地之子的胸臆,因而便别有一番深意和情味。他的对照,不是由于某种惯性,而是自然的融悟;他的跳越,更不是不拘章法,而是艺术思维的合理驰骋。

看来,任何一个作家,尤其是作为一个散文家,他的一鳞半爪,他的笔踪走向,都离不开他自己最熟悉的生活,布笔与他最深刻的感情印痕紧相关照,都是他心路历程的自然闪光。

这是这个散文家与那个散文家所不可能完全相同之处。反过来说，假若完全相同，那作为这个“家”的独特意味也就不复存在。江波的选材角度和他的笔致风姿，正说明了这种艺术表现的必然规律。我在想，江波同志有的散文篇章，肯定是来自某次笔会或群体参观中的印象，但可以断言，他所写的与同行者别的作家纵然是同一内容，成文后却决不会是一个模子刻出来的样儿。

这也正是江波散文的可贵之处。只不过他平素就不喜张扬，人们的视线也较少被吸引过去，当然便无从谈到对他的作品进行认真细致的烛照。

挚热昂扬与深沉绵密的和谐统一，我认为这是江波在散文创作上运用得非常得心应手的一招。如上所述，这里有他性格特点之使然，也是他潜心揣摩散文真谛努力进取的结果。

作者的《回声集》中有一篇散文名曰《皓首归来》，是他重新到四十多年前随军自安徽荻港渡江旧地的感怀。我由此引申开去，觉得他不仅是回到了万船齐发的江口，也回到了散文创作思想与艺术的本源。当日的火力固然炽烈，而今他的笔底火力虽不甚密集，弹着点却甚准，这里不应以自我秉性谦和而稍有低估的。我的评价是：“皓首归来不为迟，正是奋笔未竟时。”

（原载《文艺理论与批评》1992 年第 6 期）

余光中

余光中（1928—　），诗人，散文家、翻译家、文学评论家，福建永春人，生于南京。1947 年毕业于南京青年会中学，入金陵大学外文系，1949 年转厦门大学外文系。1950 年考入台湾大学外文系三年级，1952 年毕业后服役，任少尉编译官，1956 年退役后相继在东京大学、师范大学兼课。1958 年赴美国，1959 年获美国艾奥瓦大学艺术硕士学位，返台后任师范大学英语系讲师、副教授、教授。1972 年任政治大学西语系主任，1974 年到香港中文大学任教授。1985 年返台后任“中山大学”教授、文学院长兼外文研究所长。2005 年接受北京中央电视台著名主持人白岩松专访；为厦门大学、东北师范大学、华中师范大学等高校客座教授、同济大学顾问教授。

余光中 1949 年开始发表诗作，1953 年与覃文豪等创办“蓝星”诗社。先后主编《蓝星》周刊、《现代文学》及《文星》诗歌部分、《中外画刊》文艺版、《蓝星》丛书 5 种、《近代文学译丛》5 种、《中外文学》诗专号、《中华现代文学大系》15 册。其创作曾获“台湾文艺协会”新诗奖、第七届吴三连文艺奖散文奖、金鼎奖歌词奖、高雄市文艺奖等。

余光中著作极丰，除在台湾出版了《舟子的悲歌》《莲的联想》《白玉苦瓜》及《余光中诗选》(1949—1981)、《余光中诗选第二卷》(1982—1998)等 23 部诗歌集，《凡・高传》《英美现代诗选》《不可儿戏》《土耳其现代诗选》《温夫人的扇子》等 13 部译著，《掌上雨》《分水岭上》《蓝墨水的下游》等 6 部文学评论集；在大陆亦出版了《余光中诗选》《与海为邻》等 5 种诗歌选集、《连环妙计》《缪斯的左右手》等 4 种文学评论选集、《温夫人的扇子》等 2 种译作及《中国结》《余光中集九卷》等合集 6 种；余氏散文则共出版了 30 部专集，其中台湾出版了 14 部：

《左手的缪斯》(文星书店，1963 年；大林书店，1970 年；时报出版公司，1980

年)；

《逍遥游》(文星书店,1965 年;大林书店,1970 年;时报出版公司,1984 年)；

《望乡的牧神》(蓝星诗社,1968 年;纯文学出版社,1974 年)；

《焚鹤人》(纯文学出版社,1972 年)；

《听听那冷雨》(纯文学出版社,1972 年)；

《余光中散文选》(香港文化生活出版社,1975 年)；

《青青边愁》(纯文学出版社,1977 年)；

《记忆像铁轨一样长》(洪范书店,1987 年)；

《凭一张地图》(九歌出版社,1988 年)；

《隔水呼渡》(九歌出版社,1990 年)；

《日不落家》(九歌出版社,1998 年)；

《余光中精选集》(九歌出版社,2002 年)；

《青铜一梦》(九歌出版社,2005 年)；

《余光中幽默文选》(天下文化出版社,2005 年)。

大陆出版了 13 种 16 部：

《鬼雨》(花城出版社,1989 年)；

《桥跨黄金城》(人民日报出版社,1996 年)；

《世界华人散文精品・余光中卷》(广州出版社,1996 年)；

《余光中散文》(浙江文艺出版社,1997 年)；

《高速的联想》(百花文艺出版社,1997 年)；

《余光中散文选集》(共 4 册)(时代文艺出版社,1997 年)；

《记忆像铁轨一样长》(山东文艺出版社,1997 年)；

《满亭新月》(上海文艺出版社,1999 年)；

《大美为美》(海天出版社,2001 年)；

《海缘》(贵州教育出版社,2002 年)；

《左手的掌纹》(江苏文艺出版社,2003 年)；

《余光中散文精选集》(广西师范大学出版社,2003 年)；

《金陵子弟江湖客》(华艺出版社,2005 年)。

此外,大陆出版的《中国结》(长江文艺出版社,1993 年),《余光中选集》(5 册;安徽教育出版社,1999 年)、《余光中集》(9 册;百花文艺出版社,2004 年)、《余光中经典作品》(北京当代世界出版社,2004 年)等合集中均含散文。

评论余光中散文的文章亦多,主要有：

《余光中的散文世界》(何龙),《当代作家评论》1986 年第 5 期；

《诗人心中的天籁——余光中散文集〈鬼雨〉读后》(朱丽),《新疆军垦报》1992年3月8日;

《缪斯的延长——谈余光中的散文》(楼肇明),《台港文学选刊》1993年第1期;

《余光中散文创作初论》(刘小新),《镇江师专学报》1996年第2期;

《余光中与台湾当代散文的创新》(方忠),《文学评论》2001年第6期;

《余光中作品乡国情的文化解读》(龙协涛),《南通师范学院学报》2002年第1期;

《论余光中写景散文的人文关怀》(张黎黎),《江西社会科学》2003年第12期;

《余光中散文创作论》(李立平),《哈尔滨学院学报》2004年第3期;

《解读余光中散文的"乡愁"情节》(蔡菁),《唐山学院学报》2004年第2期;

《艺术表达与追寻生命文化之根——论余光中散文的文化情结》(何锡章),载《火浴的凤凰 恒在的缪斯——余光中暨香港沙田文学国际学术研讨会论文集》(黄曼君、黄永林主编;湖北人民出版社,2002年);

《"散文的辫子"在哪里?——余光中散文的误区》(徐光萍、卞新国),《台港与海外华文文学评论和研究》1997年第4期。

此外,《火浴的凤凰——余光中作品评论集》(黄维樑编,台北纯文学出版社,1979年)选有多篇余光中散文评论文章,《火中龙吟——余光中评传》(徐学著,花城出版社,2002年)、《香港文学初探》(黄维樑著,中国友谊出版公司,1987年)、《台港澳文学教程》(曹惠民主编,汉语大词典出版社,2000年),《中国当代散文史》(徐治平著,中国文联出版社,2001年)、插图本《中国当代散文史》(人民文学出版社,2003年)、《中华文学通史》第10卷、《中国当代文学史写真》《新中国文学史》等均有对余光中散文的专章(节)评论,可参阅。

我写散文[①]

余光中

我写散文比写诗要晚七八年,开始只当它是"诗余"的骋笔,未曾

① 本文节选自《连环妙计·自序》(上海文艺出版社,1999年版),标题为编者加。

预期它会与诗齐驱。几经放蹄驰骋，作品渐多，风格崭露，才发现这种文体在五四以来的新文学中尚有广阔的沃土可以开发。于是我双管齐下，一方面探索新的文体，锻炼新的语言；一方面在观念上鼓吹革新，发表《剪掉散文的辫子》一类的文章。其结果，我在散文上虽然起步晚了几年，但是凭了诗的巧力，四两拨千斤的杠杆作用，竟然进展较快，功力早熟。

在《剪掉散文的辫子》一文中，我指出当时(六十年代初期)积习已久而迄仍流行的三种病态散文：伪学者的散文（又分西而不化的洋学者文体与文白夹缠的国学者文体)、花花公子的散文、浣衣妇的散文；并且鼓吹兼顾弹性、密度、质料的现代散文。

所谓弹性，不但是指句法的长短相济、正反互补，节奏的可快可慢，音调的可重可轻，也指语言的兼容并铸。口语的自然生动当为白话文的基调，如能佐以文言的严整简洁，英文的主客井然、虽长不乱，甚至俚语的偶然穿插、亲切坦率，文体必然多元而富弹性，不致沦为单调、刻板。其理正如多元合金往往胜过单纯金属。

知性与感性的把握与调配，也是散文的一大艺术。知性重客观，感性凭主观。知性重分析，感性凭直觉。知性要言之有物，持之成理，感性要言之有情，味之得境。散文佳作往往能兼容二者，而使之相得益彰。诸葛亮的《出师表》本是公文，却写得真情流露；杜牧的《阿房宫赋》显为美文，却由感性转入知性，以史为戒，力贬奢华。而同一散文大家之作，知性与感性的比重也变化多姿。例如苏轼论人之作，《晁错论》绝少抒情，至于《范增论》《贾谊论》《留侯论》，则抒情一篇浓于一篇。《方山子传》又别开生面，把抒情寓于叙事而非议论。而《喜雨亭记》《凌虚台记》《超然台记》《放鹤亭记》《石钟山记》等五记，却在抒情文中带出议论，其间情、理的比重各有不同，但知性与感性均有交汇。

所以太硬的散文，若急于说教或矜博，读来便索然无趣。而太软的散文，不是一味纵情，便是只解滥感，也令人厌烦。其实不少所谓“散文诗”或“美文”之类过分纯情、唯感，溺于甜腻的或是凄美的空洞情调，结果只怕是美到“媚而无骨”，雅到“俗不可耐”。这种阴柔的风气流行于我年轻时代的文坛，所以早年我致力散文，便是要一扫这股脂粉气。我认为散文可以提升到更崇高、更多元、更强烈的境地，在风格上不妨坚实如油画，遒劲如木刻，宏伟如建筑，而不应长久甘于一张素描、一幅水彩、一株盆栽。当时我向往的不是小品珍玩，而是韩潮苏海。我投入散文，是“为了崇拜一枝难得充血的笔，一种雄厚如斧野犷如碑的风格”。

《满亭星月》是我自编的散文选，依文类性质，分为抒情散文、知性散文、小品杂文三辑，约占我散文产量的三分之一。

自选作品

听听那冷雨

惊蛰一过，春寒加剧。先是料料峭峭，继而雨季开始，时而淋淋漓漓，时而淅淅沥沥，天潮潮地湿湿，即连在梦里，也似乎把伞撑着。而就凭一把伞，躲过一阵潇潇的冷雨，也躲不过整个雨季。连思想也都是潮润润的。每天回家，曲折穿过金门街到厦门街迷宫式的长巷短巷，雨里风里，走入霏霏令人更想入非非。想这样子的台北凄凄切切完全是黑白片的味道，想整个中国整部中国的历史无非是一张黑白片子，片头到片尾，一直是这样下着雨的。这种感觉，不知道是不是从安东尼奥尼那里来的。不过那一块土地是久违了，二十五年，四分之一的世纪，即使是雨，也隔着千山万水，千伞万伞。二十五年，一切都断了，只有气候，只有气象报告还牵连在一起。大寒流从那块土地上弥天卷来，这种酷冷吾与古大陆分担。不能扑进她怀里，被她的裾边扫一扫吧也算是安慰孺慕之情。

这样想时，严寒里竟有一点温暖的感觉了。这样想时，他希望这些狭长的巷子永远延伸下去，他的思路也可以延伸下去，不是金门街到厦门街，而是金门到厦门。他是厦门人，至少是广义的厦门人，二十年来，不住在厦门，住在厦门街，算是嘲弄吧，也算是安慰；不过说到广义，他同样也是广义的江南人，常州人，南京人，川娃儿，五陵少年。杏花春雨江南，那是他的少年时代了。再过半个月就是清明。安东尼奥尼的镜头摇过去，摇过去又摇过来。残山剩水犹如是，皇天后土犹如是，纭纭黔首纷纷黎民从北到南犹如是。那里面是中国吗？那里面当然还是中国永远是中国。只是杏花春雨已不再，牧童遥指已不再，剑门细雨渭城轻尘也都已不再。然而他日思夜梦的那片土地，究竟在哪里呢？

在报纸的头条标题里吗？还是香港的谣言里？还是傅聪的黑键白键马思聪的跳弓拨弦？还是安东尼奥尼的镜底勒马洲的望中？还是呢，故宫博物院的壁头和玻璃橱内，京戏的锣鼓声中太白和东坡的韵里？

杏花，春雨，江南，六个方块字，或许那片土就在那里面。而无论赤县也好神州也好中国也好，变来变去，只要仓颉的灵感不灭美丽的中文不老，那形象，那磁石一般的向心力当必然长在。因为一个方块字是一个天地。太初有字，于是汉族的心灵他祖先的回忆和希望便有了寄托。譬如凭空写一个“雨”字，点点滴滴，滂滂沱沱，淅沥淅沥淅沥，一切云情雨意，就宛然其中了。视觉上的这种美感，岂是什么rain 也好 pluie 也好所能满足？翻开一部“辞源”或“辞海”，金木水火土，各成世界，而一入“雨”部，古神州的天颜千变万化，便悉在望中，美丽的霜雪云霞，骇人的雷电霹雳，展露的无非是神的好脾气与坏脾气，气象台百读不厌门外汉百思不解的百科全书。

听听，那冷雨。看看，那冷雨。嗅嗅闻闻，那冷雨，舔舔吧那冷雨。雨在他的伞上这城市百万人的伞上雨衣上屋上天线上雨下在基隆港在防波堤在海峡的船上，清明这季雨。雨是女性，应该最富于感性。雨气空濛而迷幻，细细嗅嗅，清清爽爽新新，有一点点薄荷的香味，浓的时候，竟发出草和树沐发后特有的淡淡土腥气，也许那竟是蚯蚓蜗牛的腥气吧，毕竟是惊蛰了啊。也许地上的地下的生命也许古中国层层叠叠的记忆皆蠢蠢而蠕，也许是植物的潜意识和梦吧，那腥气。

第三次去美国，在高高的丹佛他山居了两年。美国的西部，多山多沙漠，千里干旱，天，蓝似安格罗·萨克逊人的眼睛，地，红如印第安人的肌肤，云，却是罕见的白鸟。落基山簇簇耀目的雪峰上，很少飘云牵雾。一来高，二来干，三来森林线以上，杉柏也止步，中国诗词里“荡胸生层云”，或是“商略黄昏雨”的意趣，是落基山上难睹的景象。落基山岭之胜，在石，在雪。那些奇岩怪石，相叠互倚，砌一场惊心动魄的雕塑展览，给太阳和千里的风看。那雪，白得虚虚幻幻，冷得清清醒醒，那股皑皑不绝一仰难尽的气势，压得人呼吸困难，心寒眸酸。不过要领略“白云回望合，青霭入看无”的境界，仍须回来中国，台湾湿度很高，最饶云气氤氲雨意迷离的情调。两度夜宿溪头，树香沁鼻，宵寒袭肘，枕着润碧湿翠苍苍交叠的山影和万籁都歇的岑寂，仙人一样睡去。山中一夜饱雨，次晨醒来，在旭日未升的原始幽静中，冲着隔夜的寒气，踏着满地的断柯折枝和仍在流泻的细股雨水，一径探入森林的秘密，曲曲弯弯，步上山去。溪头的山，树密雾浓，蓊郁的水汽从谷底冉冉升起，时稠时稀，蒸腾多姿，幻化无定，只能从雾破云开的空处，窥见乍现即隐的一峰半壑，要纵览全貌，几乎是不可能的。至少入山两次，只能在白茫茫里和溪头诸峰玩捉迷藏的游戏，回到台北，世人问起，除了笑而不答心自闲，故作神秘之外，实际的印象，也无非山在虚无之间罢了。云缭烟绕，山隐水迢的中国风景，由来予人宋画的韵味。那天下也许是赵家的天下，那山水却是米家的山水。而究竟，是米氏父子下笔像中国的山水，还是中国的山水上纸像宋画，恐怕是谁也说不清楚了吧？

雨不但可嗅，可观，更可以听。听听那冷雨。听雨，只要不是石破天惊的台风暴雨，在听觉上总有一种美感。大陆上的秋天，无论是疏雨滴梧桐，或是骤雨打荷叶，听去总有一点凄凉，凄清，凄楚，于今在岛上回味，则在凄楚之外，更笼上一层凄迷了。饶你多少豪情侠气，怕也经不起三番五次的风吹雨打。一打少年听雨，红烛昏沉。二打中年听雨，客舟中，江阔云低。三打白头听雨在僧庐下，这便是亡宋之痛，一颗敏感心灵的一生：楼上，江上，庙里，用冷冷的雨珠子串成。十年前，他曾在一场摧心折骨的鬼雨中迷失了自己。雨，该是一滴湿漓漓的灵魂，窗外在喊谁。

雨打在树上和瓦上，韵律都清脆可听。尤其是铿铿敲在屋瓦上，那古老的音乐，属于中国，王禹偁在黄冈，破如椽的大竹为屋瓦。据说住在竹楼上面，急雨声如瀑布，密雪声比碎玉，而无论鼓琴，咏诗，下棋，投壶，共鸣的效果都特别好。这样岂不像住在竹筒里面，任何细脆的声响，怕都会加倍夸大，反而令人耳朵过敏吧。

雨天的屋瓦，浮漾湿湿的流光，灰而温柔，迎光则微明，背光则幽暗，对于视觉，是一种低沉的安慰。至于雨敲在鳞鳞千瓣的瓦上，由远而近，轻轻重重轻轻，夹着一股股的细流沿瓦槽与屋檐潺潺泻下，各种敲击音与滑音密织成网，谁的千指百指在按摩耳轮。“下雨了”，温柔的灰美人来了，她冰冰的纤手在屋顶拂弄着无数的黑键啊灰键，把晌午一下子奏成了黄昏。

在古老的大陆上，千屋万户是如此。二十多年前，初来这岛上，日式的瓦屋亦是如此。先是天暗了下来，城市像罩在一块巨幅的毛玻璃里，阴影在户内延长复加深。然后凉凉的水意弥漫在空间，风自每一个角落里旋起，感觉得到，每一个屋顶上呼吸沉重都覆着灰云。雨来了，最轻的敲打乐敲打这城市，苍茫的屋顶，远远近近，一张张敲过去，古老的琴，那细细密密的节奏，单调里自有一种柔婉与亲切，滴滴点点滴滴，似幻似真，若孩时在摇篮里，一曲耳熟的童谣摇摇欲睡，母亲吟哦鼻音与喉音。或是在江南的泽国水乡，一大筐绿油油的桑叶被啮于千百头蚕，细细琐琐屑屑，口器与口器咀咀嚼嚼。雨来了，雨来的时候瓦这么说，一片瓦说千亿片瓦说，说轻轻地奏吧沉沉地弹，徐徐地叩吧挞挞地打，间间歇歇敲一个雨季，即兴演奏从惊蛰到清明，在零落的坟上冷冷奏挽歌，一片瓦吟千亿片瓦吟。

在日式的古屋里听雨，听四月，霏霏不绝的黄梅雨，朝夕不断，旬月绵延，湿黏黏的苔藓从石阶下一直侵到他舌底，心底。到七月，听台风台雨在古屋顶上一夜盲奏，千哼海底的热浪沸沸被狂风挟来掀翻整个太平洋只为向他的矮屋檐重重压下，整个海在他的蜗壳上哗哗泻过。不然便是雷雨夜，白烟一般的纱帐里听羯鼓一通又一通，滔天的暴雨滂滂沛沛扑来，强劲的电琵琶忐忐忑忑忐忑忑，弹动屋瓦的惊悸腾腾欲掀起。不然便是斜斜的西北雨斜斜，刷在窗玻璃上，鞭在墙上打在阔大的芭蕉叶上，一阵寒濑泻过，秋意便弥漫日式的庭院了。

在日式的古屋里听雨，春雨绵绵听到秋雨潇潇，从少年听到中年，听听那冷雨。雨是一种单调而耐听的音乐是室内乐是室外乐，户内听听，户外听听，冷冷，那音乐。雨是一种回忆的音乐，听听那冷雨，回忆江南的雨下得满地是江湖下在桥上和船上，也下在四川在秧田和蛙塘下肥了嘉陵江下湿布谷咕咕的啼声。雨是潮潮润润的音乐下在渴望的唇上舐舐那冷雨。

因为雨是最最原始的敲打乐从记忆彼端敲起。瓦是最最低沉的乐器灰蒙蒙的温柔覆盖着听雨的人，瓦是音乐的雨伞撑起。但不久公寓的时代来临，台北你怎么一下子长高了，瓦的音乐竟成了绝响。千片万片的瓦翩翩。美丽的灰蝴蝶纷纷飞起，飞入历史的记忆。现在雨下下来下在水泥的屋顶和墙上，没有音韵的雨季。树也砍光了，那月桂，那枫树，柳树和擎天的巨椰，雨来的时候不再有丛叶嘈嘈切切，闪动湿湿的绿光迎接。鸟声减了啾啾，蛙声沉了阁阁。秋天的虫吟也减了唧唧。七十年代的台北不需要这些，一个乐队接一个乐队便遣散尽了。要听鸡叫，只有去诗经的韵里寻找。现在只剩下一张黑白片，黑白的默片。

正如马车的时代去后，三轮车的时代也去了。曾经在雨夜，三轮车的油布篷挂起，送她回家的途中，篷里的世界小得多可爱，而且躲在警察的辖区以外。雨衣的口袋越大越好，盛得下他的一只手里握一只纤纤的手。台湾的雨季这么长，该有人发明一种宽宽的双人雨衣，一人分穿一只袖子，此外的部分就不必分得太苛。而无论工业如何发达，一时似乎还废不了雨伞。只要雨不倾盆，风不横吹，撑一把伞在雨中仍不失古典的韵味。任雨点敲在黑布伞或是透明的塑胶伞上，将骨柄一旋，雨珠向四方喷溅，伞缘便旋成了一圈飞檐。跟女友共一把雨伞，该是一种美丽的合作吧。最好是初恋，有点兴奋，更有点不好意思，若即若离之间，雨不妨下大一点。真正初恋，恐怕是兴奋得不需要伞的，手牵手在雨中狂奔而去，把年轻的长发和肌肤交给漫天的淋淋漓漓，然后向对方的唇上颊上尝凉凉甜甜的雨水。不过那要非常年轻且激情，同时，也只能发生在法国的新潮片里吧。

大多数的雨伞想不会为约会张开。上班下班，上学放学，菜市来回的途中，现实的伞，灰色的星期三。握着雨伞，他听那冷雨打在伞上。索性更冷一些就好了，他想。索性把湿湿的灰雨冻成干干爽爽的白雨，六角形的结晶体在无风的空中回回旋旋地降下来，等须眉和肩头白尽时，伸手一拂就落了。二十五年，没有受故乡白雨的祝福，或许发上下一点白霜是一种变相的自我补偿吧。一位英雄，经得起多少次雨季？他的额头是水成岩削成还是火成岩？他的心底究竟有多厚的苔藓？厦门街的雨巷走了二十年与记忆等长，一座无瓦的公寓在巷底等他，一盏灯在楼上的雨窗子里，等他回去，向晚餐后的沉思冥想去整理青苔深深的记忆。前尘隔海。古屋不再。听听那冷雨。

一九七四年春分之夜

（选自散文集《听听那冷雨》）

我的四个假想敌

二女幼珊在港参加侨生联考，以第一志愿分发台大外文系。听到这消息，我松了一口气，从此不必担心四个女儿通通嫁给广东男孩了。

我对广东男孩当然并无偏见，在港六年，我班上也有好些可爱的广东少年，颇讨老师的欢心，但是要我把四个女儿全都让那些“靓仔”、“叻仔”掳掠了去，却舍不得。不过，女儿要嫁谁，说得洒脱些，是她们的自由意志；说得玄妙些呢，是因缘，做父亲的又何必患得患失呢？何况在这件事上，做母亲的往往位居要冲，自然而然成了女儿的亲密顾问，甚至亲密战友，作战的对象不是男友，却是父亲。等到做父亲的惊醒过来，早已腹背受敌，难挽大势了。

在父亲的眼里，女儿最可爱的时候是在十岁以前，因为那时她完全属于自己。在男友的眼里，她最可爱的时候却在十七岁以后，因为这时她正像毕业班的学生，已经一心向外了。父亲和男友，先天上就有矛盾。对父亲来说，世界上没有东西比稚龄的女儿更完美的了，惟一的缺点就是会长大，除非你用急冻水把她久藏，不过这恐怕是违法的，而且她的男友迟早会骑了骏马或摩托车来，把她吻醒。

我未用太空舱的冻眠术，一任时光催迫，日月轮转，再揉眼时，怎么四个女儿都已依次长大，昔日的童话之门砰的一关，再也回不去了。四个女儿，依次是珊珊、幼珊、佩珊、季珊。简直可以排成一条珊瑚礁。珊珊十二岁的那年，有一次，未满九岁的佩珊忽然对来访的客人说：“喂，告诉你，我姐姐是一个少女了！”在座的大人全笑了起来。

曾几何时，惹笑的佩珊自己，甚至最幼稚的季珊，也都在时光的魔杖下，点化成“少女”了。冥冥之中，有四个“少男”正偷偷袭来，虽然蹑手蹑足，屏声止息，我却感到背后有四双眼睛，像所有的坏男孩那样，目光灼灼，心存不轨，只等时机一到，便会站到亮处，装出伪善的笑容，叫我岳父。我当然不会应他。哪有这么容易的事！我像一棵果树，天长地久在这里立了多年，风霜雨露，样样有份，换来果实累累，不胜负荷。而你，偶尔过路的小子，竟然一伸手就来摘果子，活该蟠地的树根绊你一跤！

而最可恼的，却是树上的果子，竟有自动落入行人手中的样子。树怪行人不该擅自来摘果子，行人却说是果子刚好掉下来，给他接着罢了。这种事，总是里应外合才成功的。当初我自己结婚，不也是有一位少女开门揖盗吗？“堡垒最容易从内部攻破”，说得真是不错。不过彼一时也，此一时也。同一个人，过街时讨厌汽车，开车时却讨厌行人。现在是轮到我来开车。

好多年来,我已经习于和五个女人为伍,浴室里弥漫着香皂和香水气味,沙发上散置皮包和发卷,餐桌上没人和我争酒,都是天经地义的事。戏称吾庐为“女生宿舍”,也已经很久了。做了“女生宿舍”的舍监,自然不欢迎陌生的男客,尤其是别有用心的一类。但是自己辖下的女生,尤其是前面的三位,已有“不稳”的现象,却令我想起叶芝的一句诗:

一切已崩溃,失去重心。

我的四个假想敌,不论是高是矮,是胖是瘦,是学医还是学文,迟早会从我疑惧的迷雾里显出原形,一一走上前来,或迂回曲折,嗫嚅其词,或开门见山,大言不惭,总之要把他的情人,也就是我的女儿,对不起,从此领去。无形的敌人最可怕,何况我在亮处,他在暗里,又有我家的“内奸”接应,真是防不胜防。只怪当初没有把四个女儿及时冷藏,使时间不能拐骗,社会也无由污染。现在她们都已大了,回不了头,我那四个假想敌,那四个鬼鬼祟祟的地下工作者,也都已羽毛丰满,什么力量都阻止不了他们了。先下手为强,这件事,该乘四个假想敌还在襁褓的时候,就予以解决的。至少美国诗人纳许(Ogden Nash,1902—1971)劝我们如此。他在一首妙诗《由女婴之父来唱的歌》(*Song to Be Sung by the Father of Infant Female Children*)之中,说他生了女儿吉儿之后,惴惴不安,感到不知什么地方正有个男婴也在长大,现在虽然还浑浑噩噩,口吐白沫,却注定将来会抢走他的吉儿。于是做父亲的每次在公园里看见婴儿车中的男婴,都不由神色一变,暗暗想道:“会不会是这家伙?”想着想着,他“杀机陡萌”(My dreams,I fear,are infanticiddle),便要解开那男婴身上的别针,朝他的爽身粉里撒胡椒粉,把盐撒进他的奶瓶,把沙撒进他的菠菜汁,再扔头优游的鳄鱼到他的婴儿车里陪他游戏,逼他在水深火热之中挣扎而去,去娶别人的女儿。足见诗人以未来的女婿为假想敌，早已有了前例。

不过一切都太迟了，当初没有当机立断，采取非常措施，像纳许诗中所说的那样，真是一大失策。如今的局面，套一句史书上常见的话，已经是“寇入深矣”！女儿的墙上和书桌的玻璃垫下，以前的海报和剪报之类，还是披头、拜丝、大卫·凯西弟的形象，现在纷纷换上男友了。至少，滩头阵地已经被入侵的军队占领了去，这一仗是必败的了。记得我们小时，这一类的照片仍被列为机密要件，不是藏在枕头套里，贴着梦境，便是夹在书堆深处，偶尔翻出来神往一番，哪有这么二十四小时眼前供奉的？

这一批形迹可疑的假想敌，究竟是哪年哪月开始入侵厦门街余宅的，已经不可考了。只记得六年前迁港之后，攻城的军事便换了一批口操粤语的少年来接手。至于交战的细节，就得问名义上是守城的那几个女将，我这位“昏君”是再也搞不清的了。只知道敌方的炮火，起先是瞄准我家的信箱，那些歪歪斜斜的笔迹，久了也能猜个七分；继而是集中在我家的电话，“落弹点”就在我书桌的背后，我的文苑就是他们的沙场，一夜之间，总有十几次脑震荡。那些粤音平上去入，有九声之多，也令我难以研判敌情。现在我带幼珊回了厦门街，那头的广东部队轮到我太太去抵挡，我在这头，只要留意台湾健儿，任务就轻松多了。

信箱被袭，只如战争的默片，还不打紧。其实我宁可多情的少年勤写情书，那样至少可以练习作文，不致在视听教育的时代荒废了中文。可怕的还是电话炸弹，那一串串警告的铃声，把战场从门外的信箱扩至书房的腹地，默片变成了身历声，假想敌在实弹射击了。更可怕的，却是假想敌真的闯进了城来，成了有血有肉的真敌人，不再是假想了好玩的了，就像军事演习到中途，忽然真的打起来了一样。真敌人是看得出来的。在某一女儿的接应之下，他占领了沙发的一角，从此两人呢喃细语，嗫嚅密谈，即使脉脉相对的时候，那气氛也浓得化不开，窒得全家人都透不过气来。这时几个姐妹早已回避得远远的了，任谁都看得出情况有异。万一敌人留下来吃饭，那空气就更为紧张，好像摆好姿势，面对照相机一般。平时鸭塘一般的餐桌，四姐妹这时像在演哑剧，连筷子和调羹都似乎得到了消息，忽然小心翼翼起来。明知这僭越的小子未必就是真命女婿（谁晓得宝贝女儿现在是十八变中的第几变呢?），心里却不由自主升起一股淡淡的敌意。也明知女儿正如将熟之瓜，终有一天会蒂落而去，却希望不是随眼前这自负的小子。

当然，四个女儿也自有不乖的时候，在恼怒的心情下，我就恨不得四个假想敌赶快出现，把她们统统带走。但是那一天真要来到时，我一定又会懊悔不已。我能够想象，人生的两大寂寞，一是退休之日，一是最小的孩子终于也结婚之后。宋淇有一天对我说："真羡慕你的女儿全在身边!"真的吗？至少目前我并不觉得自己有什么可羡之处，也许真要等到最小的季珊也跟着假想敌度蜜月去了，才会和我存并坐在空空的长沙发上，翻阅她们小时的相簿，追忆从前，六人一车长途壮游的盛况，或是晚餐桌上，热气蒸腾，大家共享的灿烂灯光。人生有许多事情，正如船后的波纹，总要过后才觉得美的。这么一想，又希望那四个假想敌，那四个生手笨脚的小伙子，还是多吃几口闭门羹，慢一点出现吧。

袁枚写诗，把生女儿说成"情疑中副车"；这书袋掉得很有意思，却也流露了重男轻女的封建意识。照袁枚的说法，我是连中了四次副车，命中率够高的了。余宅的四个小女孩现在变成了四个小妇人，在假想敌环伺之下，若问我择婿有何条件，一时倒恐怕答不上来。沉吟半晌，我也许会说："这件事情，上有月下老人的婚姻谱，谁也不能篡改，包括韦固，下有两个海誓山盟的情人，'二人同心，其利断金'，我凭什么要逆天拂人，梗在中间？何况终身大事，神秘莫测，事先无法推理，事后不能悔棋，就算交给二十一世纪的电脑，恐怕也算不出什么或然率来。倒不如故示慷慨，伪作轻松，博一个开明父亲的美名，到时候带颗私章，去做主婚人就是了。"

问的人笑了起来，指着我说："什么叫做'伪作轻松'？可见你心里并不轻松。"

我当然不很轻松，否则就不是她们的父亲了。例如人种的问题，就很令人烦恼。万一女儿发痴，爱上一个耸肩摊手口香糖嚼个不停的小怪人，该怎么办呢？在理性上，我愿意“有婿无类”，做一个大大方方的世界公民。但是在感情上，还没有大方到让一个臂毛如猿的小伙子把我的女儿抱过门槛。现在当然不再是“严夷夏之防”的时代，但是一任单纯的家庭扩充成一个小型的联合国，也大可不必。问的人又笑了。问我可曾听说混血儿的聪明超乎常人。我说：“听过，但是我不希罕抱一个天才的‘混血孙’。我不要一个天才儿童叫我Grandpa，我要他叫我外公。”问的人不肯罢休：“那么省籍呢？”

“省籍无所谓，”我说，“我就是苏闽联姻的结果，还不坏吧？当初我母亲从福建写信回武进，说当地有人向她求婚。娘家大惊小怪。说：‘那么远！怎么就嫁给南蛮！’后来娘家发现，除了言语不通之外，这位闽南姑爷并无可疑之处。这几年，广东男孩锲而不舍，对我家的压力很大，有一天闽粤结成了秦晋，我也不会感到意外。如果有个台湾少年特别巴结我，其志又不在跟我谈文论诗，我也不会怎么为难他的。至于其他各省，从黑龙江直到云南，口操各种方言的少年，只要我女儿不嫌他，我自然也欢迎。”

“那么学识呢？”

“学什么都可以。也不一定要是学者，学者往往不是好女婿，更不是好丈夫。只有一点：中文必须精通。中文不通，将祸延吾孙！”

客又笑了。“相貌重不重要？”他再问。

“你真是迂阔之至！”这次轮到我发笑了，“这种事，我女儿自己会注意，怎么会要我来操心？”

笨客还想问下去，忽然门铃响起。我起身去开大门，发现长发乱处，又一个假想敌来掠余宅。

1980年9月于厦门街

（选自散文集《记忆像铁轨一样长》）

艺术表达与追寻生命文化之根

——论余光中散文的文化情结

何锡章

引　言

余光中是一位享誉海内外的诗人，亦是一位成就卓著的散文家。阅读余光中的散文，不同的人，因阅读兴趣、审美观念和生存经验的差异，所获取的意义自有不同，享受到的美当然也不会一致，这是作家给读者提供的广阔阅读空间所致，语言的弹性、内容的张力、风格的多样性，为接受者的解释留下了极大的余地。但，对于我这个读者来说，最令我激动、令我击节、让我沉思的是他笔下的一组对中华文化苦恋的散文，他那悠悠不绝、情感深至的对文化生命之根的追寻，一言之，他永远无法割断的民族文化情结。他的艺术话语，他的情感系统，塑造了一个典型的"寻根者"的自我形象；浪漫情怀与现实境遇、孤独游离与热切执著的内心冲突，展示了一个"寻根者"的焦虑与渴求。

文化之"根"：寻觅者显在与潜在的中心意象

每一个人都有自己的生命之根。生命之根主要有两个层面：一是自然生命之根，由种族、种姓的血缘基因的遗传所决定，这是一个人无法选择的自然法则，也是确定一个人种族、种姓归宿的自然规定，它从外观、形体等方面决定着个体自然生命的类属。一是文化生命之根，这是由民族文化建立起来的迥异于他民族文化的价值精神结构，是一个人从内心认同文化的根本依据，也是一个人气度神韵、行为方式、思维指向、情感呈现的内在源泉，这是人超越自然人的动力所在。如果说，自然生命的遗传是个体无法把握和选择的话，那么，文化生命的遗传同样具有自然的法则性。从表面看，个体对文化的认同是可选择的，生在某一文化系统的个体似乎完全可以放弃自己文化的价值，从而接受另一文化，从语言到行为以至价值观念，看起来都可以使个体真正在文化上“脱胎换骨”。其实，这仍是一种现象。我有这样一个信念：文化是可以遗传的，与自然生命的遗传相比，不同的是遗传路径不同，文化基因的复制对每一个人的程度不同。因此，我认为，即使一个人从出生之日起就与本民族文化隔绝，生活在另一文化系统之中，但他的骨子里，血液和灵魂中，从父辈那里就已接受了本体文化的某些基因。虽然他与在本体文化群中出生的人相比，文化基因也许要少得多，但他的父辈身上所带有的本体文化的基因总是在有形无形地影响着他，因而，只要是在同一种族成员结合中诞生的生命，无论是生活在本文化系统还是异文化系统，他都会以不同的方式，不同的程度，接受本体文化的暗示。要不然，多数旅居海外数代的华人子弟，为什么心中总会有炎黄子孙的情结呢？这自然是一个难以实证的命题，也许仅仅是一种暗示，但这又是一个客观存在的事实。文化的暗示力量是无处不在的。

余光中出生在祖国内地，长大成人后才到台港及海外。在他的身上，不仅仅流淌着中国人的血液，而且回荡着中华民族的文化精神。对于他而言，对民族文化的认同，是真正的宿命，是谁都无法更改的价值选择。美国著名文化人类学家露丝·本尼迪克特在其名著《文化模式》中指出：“个体生活历史首先是适应由他的社区代代相传下来的生活模式和标准。从他出生之时起，他生于其中的风俗就在塑造着他的经验与行为。到他能说话时，他就成了自己文化的小小的创造物，而当他长大成人并能参与这种文化的活动时，其文化的习惯就是他的习惯，其文化的信仰就是他的信仰，其文化的不可能性亦就是他的不可能性。”这就是文化的力量，正是这种力量，使人获得了文化生命之根，余光中，也正是在中华文化的系统里，为自己的生命，确立了位置，中华民族已深深植根在他的生命之中。

然而，人为的力量使余光中失去了文化之根赖以生长的土壤。他一度飘流在海外，犹如无根之浮萍，就像一印第安掘根部落的谚语所表达的情绪：创世之初，上帝赐给每人一杯土，人们从杯里吸取生命的养料，但现在这只杯子破了。

当余光中离开文化生命之根存在的土地，民族文化所给予他的生命之杯也就破碎。然而，他又想极力修复这只破碎的文化之杯，要想方设法续接他生命的支撑点——民族文化之根。文化之“根”，既是他生命的寄托，又构成了他散文中的显在与潜在的中心意象。在其散文里，“根”，可以用实体之根来暗示文化之“根”，但更多的则是以一种思念企盼的情思构造成“根”的潜在意象。“根”对余光中而言，无处不在，尤其是存在于他的心灵深处。在《伐桂的前夕》里有一段话，便是余光中寻根意识的真切显现：“他也是一柯桂一张枫叶，从旧大陆的肥沃中连根拔起。这岛屿，是海波镶边的一种乡愁。在新大陆无根的岁月里，他发现自己是一棵植物，乡土观念那么重那么深的一棵树，每一圈年轮都是江南的太阳。”是的，一棵被连根拔起的树，离开了生命存在的土壤，自然是不幸的，于是，对那块土壤的怀念也就成了余光中这棵离土外迁的“树”的中心情结，也就是对中华文化苦恋的情结，《莲恋莲》中表达的情绪正是这种情绪。莲恋莲，这是一个主谓宾结构，“恋”的主人自然是作者，是前一个“莲”，是余光中自我人格、处境的物化符号。以莲自喻，既显示出了余光中对“莲”这一具有丰富中国文化式人格气质内涵之植物的钦慕与崇敬之情，表达的是作者自身对爱、美、神的追求，又恰当地以连茎拔起飘飞而去的“莲”的状态，传递着一个飘泊者的生存境遇。后一个“莲”，自然是中国，是中国的文化，是中国那片广袤而深厚的土地。显然，这一题目的结构形式正是余光中内心寻根的形式化，这是一个对他而言真正有意味的形式。从语音角度看，“莲”与“怜”同音同调，“莲”与“恋”，音同而调异。这三个字连在一起就具有了丰富的意义。“莲乎莲乎，恋乎，怜乎？”这是余光中的追问，而答案他通过文词已经给出。他认为，莲不仅仅是一种君子，还是爱、美、神三位一体的象征物。在他的心中，爱，就是中华文化对人的一种博大的终极关爱，美则是莲体现出的高洁气质，而“因莲通神，而迷于莲”，核心在于“神”是中华文化的精气和神韵，是余光中本人赖以生存的根本养料。“怜”，在古汉语中，既可当“可怜”讲，这也许是余自身境遇的一种曲折表现，是自然悲悯睹莲思根的一种失落、一种悲悯的情绪；又可作“可羡”解，因此，“怜”，又成为他崇敬倾慕“莲”——中国文化的一种心态。“恋”，自然是动词，是作者主体之“莲”对客体之“莲”——中国文化的爱、美、神特征的怀念与期盼。由“莲”而生“怜”，生“恋”，生命在这里获得了多重体验，而核心则是对文化的苦恋,是对“根”的寻找。余光中在文中说到:“移情作用,于莲最为见效”,而“莲心甚苦,十指连心……今年的莲茎连着去年的莲茎连着千年前的莲茎”。所以在他 36 岁的“莲之旅”的时候,他写下了这篇《莲恋莲》。这是一篇文化寻根的宣言,也为他一系列“寻根”散文定下了情感主调。请看下面的文字:

迷失的五陵少年,鼻酸如四川的泡菜。曾经啊,无寐的冬夕,立在雪霁的天空下,流泪想刚死的母亲,想初出世的孩子。但不曾想到,死去的不是母亲,是古中国,初生的不是女婴,是五四。

当我怀乡,我怀的是大陆的母体,啊,诗经中的北国,楚辞中的南方!当我死时,愿江南的春泥覆盖在我的身上,当我死时。

《逍遥游》

他抚摸二十年前自己的头发,自己的幼稚,带着同情与责备。世界上最可爱最伟大的土地,是中国。踏不到的泥土是最香的泥土。这些岂能当归,岂能当归?……乌鸦之西仍是乌鸦是归巢的乌鸦。惟他的归途是无涯是无涯是无涯。

一个幼婴等认她的父亲,有一个父亲等待他的儿子。因为东方的大蛛网张着,等待一只脱网的蛾,一些街道,一些熟悉的面孔织成的网,正等待你投入,去呼吸一百万吞吐的尘埃五千年用剩的文化。

《咦呵西部》

前,无古人,后,无来者,一任苍老的风将我雕塑,一块飞不起的望乡石,石颜朝西,上面镌刻的,不是拉丁的格言,不是希伯莱的经典,是一种东方的象形文字,隐隐约约要诉说一些伟大的美的什么。

《登楼赋》

我立在湖岸,把两臂张到不可能的长度,就在那样空无的冰空下,一刹那,不知道究竟要拥抱天,拥抱湖,拥抱落日,还是要拥抱一些更远更空的什么,像中国。

《丹佛城》

在异域形成的迷惘与失落,在他乡产生的孤独与无归,一种典型的天涯沦落人的无根之情绪，是多么浓厚。然而，余光中更热烈更渴望的是一种回归，一种思乡，一种对故土的怀念之情，在他的生命里，必须有自己的文化之根才能使生命有存在的理由，个体的价值必须依赖文化的价值才能成立和显现，于是，他苦恋着，寻觅着，苦恋着寻觅着生命的根——中国文化，这就是他散文中传达出的一个漂泊者的文学意义。

生命文化意象：强化再现寻根意识的艺术内核

文化不仅仅是写在书上的人和事，文化存在于每一个活着的具体人的生命经验中，人实质上是生存其中的文化系统中的历时与共时的文化动物。民族文化的欢乐与痛苦，幸与不幸，都会在每一个活着的成员中留下或显或隐、或大或小的印记，在记忆的屏幕上，文化的既有存在是谁都难以一抹而净的，记忆便成为人与文化的过去相联系的最重要的一种中介，历时性的文化通过人的记忆在现时中获得共时的表现。

记忆，在余光中的散文里，与联想一道，构成了他展现中华文化，追寻文化之根的艺术中介，并且是不断地以强化的形式复制着记忆中的母体文化，而中国文化中的种种生命文化意象，也就成为他从文化记忆库中源源不绝地输往笔下的艺术内核。在其散文中，艺术手段可谓多种多样，抒情、说理、叙述、象征、比喻、对比等等常见手法随处可见，这一切，都可以说是为了表达他内心的文化情结，以此企图暂时消解因地理的隔绝造成文化联系相对中断所形成的内心愤懑怅惘。不过，余光中最突出的艺术思维是以记忆为中心，并通过联想与对比，以密集的富有生命文化质感的意象，来实现他的寻根之梦的。

这是完全可以得到合理解说的方式。由于离开内地，定居孤岛，又曾离开台湾，到更遥远的异域生活过，于是，海峡的空间隔断与浩瀚太平洋的无涯之距离，使之与本土文化的主要载体——内地形成了双重的空间隔离。要调整自己因空间距离造成的文化孤独和生命寂寥的情绪，必然要以记忆的方式，以时间（隐含着历史和文化）的记忆来弥合、缩小由空间导致的文化疏离，时间的记忆——文化历史的记忆，显然是消释空间疏远构成的情感忧郁和异化的不二法则，普通人如此，对一个诗人式的散文家而言，更是无法选择。余光中散文的意义，就在于他以凸显的方式，将其转化为艺术创作的思维形态，且把它推到了读者的面前。于是，他思接千载，视通万里，悠悠千载的历史上的人与事，在他的笔下不绝如缕，辽阔万里故土中的种种物象，在其字里行间奔涌而出，繁复的生命文化意象，强化了生命文化寻根意识，并构成了余光中散文独特的艺术个性。在作者笔下，历史名人和文化事件，古典诗词的显引与隐化的运用，地域名物，在对照与联想中，在追忆与现实的对比中，将乡情、乡愁、乡思表现得淋漓尽致，把作者现时内心的情怀与记忆中历史文化联结得紧密无间，完成了作者与文化的历时与共时的统一。

在“龙种流落海外，诗经蟹行成英文”的异域的境遇里，“谁谓河广，一苇杭之”(《逍遥游》)。余光中企图在陌生空间和异质文化的氛围中，找到飞渡大洋，回到本土和母体文化的“一苇”。他找到了，找到了不是实体的“苇”，而是虚拟的“一苇”，即记忆中的文化生命意象，从而实现了他心灵中的飞渡，也可以称之为意念暗渡。在《逍遥游》这篇散文里，密集的中国生命文化意象的显现，展现的正是作者的“寻根”的意识。其笔下的人物、地名、事件已经超越了自身，而具有丰富的生命和文化质感。李白、李贺、徐光启、圣人、吹箫客、苏武、五陵少年、长安丽人、遣巫阳招魂的帝，海南岛上的苏轼、宋朝的第一任天子、范蠡、王国维、董卓、安禄山、黄巢、始皇帝、庄周、唐寅、杜牧、王粲、楚客、北京人，这是人物类意象；平旷的北方、瘴疠未开的云梦、有吹箫客的吴市、江南、嘉陵江、后湖、蜀江、海南岛、衡山、长安、长城、运河、不周山、扬州、嘉定、卢沟桥、重庆的山洞、四川、高淳古刹、拉锯战的地区、太湖的芦苇丛中、宝丹桥、上海法租界、赴香港的海上、滇越路的火车上、富良江岸、昆明、海棠溪、悦来场、巴山秋池、吴江、楚天、北国、南方、东南、昆仑山、黄河，这是地名类意象；云梦的瘴疠、梅、蔓草、凤凰、麒麟、龙、八佾、龙种、一苇、鹧鸪、黄鹂、雁阵、孔雀、驼队、朝菌、裹脚巾、阿Q的辫子、鸦片、冥灵、蟪蛄、泡菜、骨灰、铜钟、桃花、黄鱼、渡船、山路、草鞋、油灯、桐油灯、巴山雨、萧萧红叶、木兰舟、碧云天、黄叶地、春泥，这是物类意象；逍遥游、“摽有梅野有蔓草”、“谁谓河广，一苇杭之”、“人人尽说江南好，游人只合江南老”、“哀江南”、“雁阵惊寒”、“知晦朔的朝菌”、“南有冥灵，以五百岁为春，以五百岁为秋”、“上有青冥之长天，下有渌水之波澜”、“长风破浪，云帆可济沧海”、“行路难，行路难”、“巴山秋池”、“无限长的楚天”、“冷碧零丁的吴江”、“悲哉秋之为气也，憭栗兮若在远行”、“碧云天，黄叶地”、《登楼赋》《诗经》《楚辞》、“维北有斗，不可以挹酒浆”，这是诗文类意象。意象之密集可说前无古人，后无来者。虽然过于繁复的意象缺少了一种单纯明净之美，给人以“浓得化不开”和压人喘不过气来的感受，但对于一个要着意寻根的漂泊者而言，这也是可以理解的情理中事。

值得注意的是，作者不是简单地罗列，而是一种有意的安排，或者说，是记忆释放的压力不得不如此的艺术表达。这些意象，每一个都有一段故事，它们体现的是中国的历史和文化，它们记录了中国历史和文化的幸福与苦难、欢乐与忧伤，表现了中国人的生命历程。历史和文化正是由这些活生生的人、事、物构成的，离开了它们，历史就是一具没有生命之气的僵尸，而文化也就没有了精气神韵。这些意象，每一个都能唤醒炎黄子孙的文化记忆，都能强化人们对母体文化的追思怀想与反省之意识。诚如作者所言，这些意象回答的正是“我是谁”这样一个生命的疑问：“五千年前，我的五立方的祖先正在昆仑山下正在黄河源濯足。然则我是谁呢？我是谁呢？呼声落在无回音的，岛宇宙的边陲。我是谁呢？我——是——谁？一瞬间，所有的光都息羽回顾，猬集在我的睫下。你不是谁，光说，你是一切。你的魂魄烙着北京人全部的梦魇和恐惧。只要你愿意，你便立在历史的中流。”(《逍遥游》)比如“江南”这一概念，在他的短短的一段文字里就出现了七次：“人人尽说江南好，游人只合江南老。今人竟羡古人能老于江南。江南可哀，可哀的江南。惟庾信头白在江南之北，我们头白在江南之南。”(《逍遥游》)自魏晋南北朝以来，江南一带就成了中国文化的又一中心，因此，“江南”成为文人骚客流连忘返之地，也是诗情美感之源，“江南”在一定意义上讲，超越了地理概念，而具有了文化的特殊所指。你可以想到莺飞草长、湖光山色的江南，也可以联想到嘉定三屠、胡马渡江时的国破山河碎的江南，自然，你也可以想起秦淮歌舞、人杰地灵的江南，于是，这一概念与中国文化的荣辱兴衰发生着联系，似乎已成了中国文化的又一代名词，犹如“龙”这个物名概念一样。当余光中在使用这类意象时，表达的正是这样的意义，其意象的显在和隐在的指向都朝着一个目标：中国文化。再如《四月，在古战场》这篇散文。他在文中说道：“我的春天啊，我自己的春天在哪里呢？我的春天在急湍险滩的嘉陵江上，拉纤的船夫们和春潮争夺寸土，在舵手的鼓声中曼声而唱，插秧的农夫们也在春水田里一呼百应地唱，溜啊溜连溜哟，咿呀呀得喂，海棠花。他霍然记起，菜花黄得晃眼，茶花红得害初恋，嘤嘤的蜂吟中，菜花田的浓香熏人欲醉。更美，更美的是江南，江南的春，江南春。春水碧于天，画船听雨眠。”故乡的物事意象大密度的出现，目的只有一个，表现出“他的中国不是地理的，是历史的”这样的文化意识。在《鬼雨》《塔》《下游的一日》《焚鹤人》《丹佛城》《山盟》《听听那冷雨》等文中，这种意识和上面的散文一样浓烈。听雨联想到故乡之雨，登塔忆及故国之塔，爬山登高则想到家乡之山，在对比与联想中，情感升华为追寻文化之根的境界，思想超越了时空，回到了历史和他生命植根的疆域。

结　语

“文化寻根”意识是中国文化的一个传统。从孔子“吾从周”，祖述尧舜就定下了这样的文化基调，老庄对原始时代的羲黄之风的钦慕；《诗经》里的颂诗对周王朝祖宗历史的记述以及对血缘的追溯，屈原对彭咸遗则的身殉，都带有“寻根”的意义。因此，从思想到文学层面，这一传统在中国是经久不息的。换一角度看，“寻根”是人类的一种本能性的意识，是一个民族强化我族意识、传递民族精神价值的必有和应有的文化心态，不过这一特征在中国人和中国文化身上表现更为突出罢了。所以，“寻根”的文学意识的建立，并不是余光中的独创。他的价值在于，在现代以文学形式强化了这种意识，以突出集中的方式，为漂泊者立了言，展现了失根者的“寻根”情绪。因此，余光中的价值是应当充分肯定的。然而，在其浓厚的母体文化情结里，也体现出了某些与现代人相逆的观念。过于浓烈的本土文化意识往往冲淡了对异质文化的接受，极度的乡土观念自然也就有意无意地表现出对现代工业文明的怀疑乃至否定，深入一点看，从“中体”思想到新儒家的理论再到新保守主义的一些观念，似乎都与之有一些联系。再进一步看，与中国文化的向后看的时间历史意识，与中国文学家的“复古”情结，也有难解之缘。自然，在余光中的散文里，也有理性的清醒，他向往前封建时代的“诗经”时代的多神、歌唱、自由恋爱，他也曾表示要“攻打中国人偏见的巴斯底狱，解放孔子后裔的想象力和创造的生命”（《塔》）。但从整体上讲，其现代意识较淡，缺少一种现代人应具备的世界文化胸怀和世界人的气度，结果，自然是对本体文化中的不适宜现代人生存的人和事，以及他们体现的文化价值，给予了整体的肯定，其理性的批判意识就几乎见不到。这也许是苛求，或者是笔者的偏见，但作为一个现代人，能否完全以“亡灵”和“过去”来支撑发展自己的生命呢?

（原载《火浴的凤凰　恒在的缪斯》，黄曼君、黄永林主编，湖北人民出版社，2002 年版）

贺抒玉

贺抒玉(1928—　),女小说家、散文家。原名贺鸿钧,陕西米脂人。5岁入女子小学,1941年春考入陕甘宁边区米脂中学,在校刊上发表第一篇文章《我的奶奶》。1944年上高中不久,和姐姐贺鸿训一起被调到绥德分区文工团。翌年12月加入中国共产党。1953年到北京中央文学讲习所学习。1955年回到中国作家协会西安分会参加《延河》文学月刊的筹备工作,历任编辑、副主编,为编审。系中国作协全委会委员、陕西作协名誉理事、陕西延安文艺学会理事。1988年5月获全国文学期刊优秀编辑奖,1995年8月获西安市女作家奖,1999年6月获陕西省首届优秀编辑奖。

贺抒玉长期坚持业余创作,除出版小说集《女友集》《命运变奏曲》等,另出版散文集6部:

《琴姐集》(含小说;陕西人民出版社,1983年);

《爱的渴望》(与李若冰合作;上海文艺出版社,1989年);

《命运变奏曲》(华岳文艺出版社,1990年);

《乡情·人情》(陕西人民教育出版社,1993年);

《山路弯弯》(陕西人民教育出版社,1993年);

《旅途随笔》(中国华侨出版社,1996年)。

其中,《女友》获1980年《鸭绿江》月刊文艺奖;《我心中的石油河》《大自然之子》等4篇被选入《西部的柔情——西部女作家写西部散文精编》(陈长吟选编,花城出版社)。评论贺抒玉散文的文章主要有:

《贺抒玉散文论》(韩梅村),《唐都学刊》第11卷(1995年增刊);

《贺抒玉散文读后漫笔》(张学义),《延安文学》1998年第6期。

真实是散文的生命

贺抒玉

大约人在心灵难以平静的时候,很想找一种文体能够直抒胸怀。有人也许去写诗,而我就想写散文,因为文体的自由更便于表现作者个人的心态。散文并非只适合写天边的彩霞,大海的波涛以及鸟语花香的轻音乐。她也可以装得下时代变幻的风云;可以撑得起暴风雨中的风帆;可以抒写最美好的记忆,也可以表达最悲愤的感情;她最善于表达爱,也可以充分地宣泄恨。问题就在于作家是否将那颗真诚的心溶进散文里去,还在于如何用有限的文字展现无限的魅力。

我以为人类生活中最丰富最复杂的便是人的感情世界。人们常常说爱的海洋,苦海无边,可见人的心灵世界之博大。许多作家力图在文学作品中揭示人物感情心理的变化历程,但面对更丰富更博大的现实,时常又难免望洋兴叹。

我对散文发生兴趣也是最近几年的事,我觉得散文很难写,要写好更难。我深知艺术上的追求永远是无止境的。我很赞赏巴金说过的一句话:"我主张文学的最高境界是无技巧。"的确,自然天成的艺术美也许是作家们最难企及的艺术境界。

1991.7　雍村

自选作品

山 乡 情

火车发出沉重而有节奏的声响。车窗外,被严寒剥光了衣裳的树木，在寒风中昂然挺立；田野上柔嫩的麦苗，显出一股不畏风雪的顽强劲儿。冬日的旷野，似乎并不那么迷人。然而，对我这整天只看到满墙大字报的人，却是格外新鲜。我的心也像收割过了的田野，变得开阔而又坦荡。我像一匹挣脱了缰绳的马，如此迷恋这广阔的原野！

车厢里挤满了各色旅客，我环视了一眼，庆幸没有相识的人。这儿，谁也不知道我曾经挂着"顽固不化走资派"的牌子游过街。难怪没有人用冷漠和凶狠的目光盯着我。我心里顿觉舒坦起来。我可以专心致志去听别人闲谈，听到有趣的地方，就畅怀大笑。我更可以闭目凝思，轻轻哼着曲儿，抒发胸中的积悒。

瞬间，眼前出现了小儿子那满含期望的眼光和稚气的声音："妈妈，你过年前能回来吗？"我当时不知道该怎么回答他。他又说："妈妈，听姐姐说，你解放了，以后谁再叫我狗崽子，我就揍他！"我睁开眼，小儿子那握着拳头的小手，愤怒的小脸，顿时消失了。我才意识到，自己两小时以前就离开了家。

此刻，也说不清心里是沉重还是轻松，兴许是带着隐痛的一种松弛感吧。

我刚刚从隔离室"解放"出来，又接受了一项任务，到边远的山县调查隔离室另一位难友的材料。临行前，那位马司令一再警告我："你过去执行过修正主义黑线，对人民是有罪的。这次让你单个出去外调，对你是一次重大考验，看你是否真心想回到毛主席的革命路线上来！"我呢？越发弄不清楚眼前这些名堂算不算是毛主席的革命路线。更无法预料沿途会有什么重大考验在等候着我。我只是实在难以忍受那成年累月的批判、斗争，以及无穷无尽的检查、交代。巴望着出外能见见阳光，呼吸点自由的空气。长期失去正常生活的人，是多么强烈地向往着人的尊严、友爱和自由呵。

只坐了两个小时的火车，就到了普镇。前边的路要改乘汽车。我一打听，才知道因为一场激烈的武斗，去山县的交通断了。怎么办呢？想来想去只好去找文化馆借宿。

文化馆的郑馆长，瘦高个儿，文静得像个姑娘。他一见我，微微一笑，像见到久别的朋友似的，紧紧握住我的手。我向他说明了来意，他为难地挠着头说："普镇离山县还有一百二十里地，要翻两架大山，路上很不安全。你一个女同志，怎能冒这个险！"

我望着郑馆长，讲了我的难处。大概是我流露出的眼光使他勉为其难了，他将我安排到一个小屋子里休息，就走了。

直到这时，我才有些省悟，那些自称有革命胆略的掌权者为何把这项任务交给刚刚走出隔离室的我，而对于我这个刚刚"解放"了的老兵，派往武斗地区去完成一项调查任务，名曰考验，倒也冠冕堂皇。而我呢，心里倒很坦然，只要能帮着查清楚另一位同志的历史问题，冒这个险也是值得的。

片刻，郑馆长领着一个壮实的小伙子进来了。他指着那小伙子对我说："贺同志，这是文化馆新来的炊事员小吴。你要走的这条路他最熟，他家离山县只有四十里地。他媳妇快生孩子了，我们提前给他放假，让他送你一程。"

我喜出望外地握着郑馆长的手："这……这……"

郑馆长不介意地说："你既然来找我们，我们就要对你负责。不要多心了！"

我又仔细地打量了一下小吴，顶多不过三十岁，头发蓬松着，脸颊上涂了一片煤灰，还带点孩子气。我向他笑笑，只见他眨动着伶俐的眼睛，马上拉过脖项里的白毛巾，在脸上抹了一把，他大概以为我是笑他脸上的煤灰吧。他说："同志，你放心，不是吹哩，骑车子带人，咱是万无一失！"

我来到这人生地不熟的小镇上，还不到一个小时，就遇到了这位好心的郑馆长和豪爽的小吴，一颗刚刚陷入困境的心又得到了宽慰。虽然，我读过不少古今中外的名著，常常被书中高尚的情操所打动。然而，我敢说，这一瞬间，我从郑馆长和小吴的眼睛里，看到了人类最美好、最纯洁的心灵。尤其是和那些我已经厌恶了的奸诈、狠毒、卑污的眼光相比，同志的情谊，竟是这样感人肺腑，动人心弦！我实在痛恨自己拙嘴笨舌，当我紧紧握着小吴伸过来的双手的时候，又是不断重复着一个字："这……这……"

他俩走了，我从窗口望出去。一个颀长瘦削的中年人，一个低矮壮实的小伙子。他俩的背影，渐渐消失在昏暗的夜幕之中。尽管我来到了武斗地区，一切都是乱糟糟的，可我在这个小屋里，获得了一个意想不到的宁静夜晚。

天上的星星还在眨眼，我就起来了。刚刚梳洗完毕，小吴就端来了稀饭、馒头。吃过饭，我把碗筷送到厨房。小吴正好收拾停当。他抹了把脸，用十个手指头梳理了一下蓬松的头发，又围上了那条白围巾。黝黑的脸上稚气不见了，倒显得有些严肃。借他去里屋的功夫，我扫视了一下厨房。一切都井井有条，打扫得干净利落，案板上放着擀好的宽面条，刚下笼的馒头，还散发着热气。他为文化馆的同志们想得多周到。他大概一夜都没来得及合眼吧？我刚刚转过身，小吴从里屋出来了，手里还拿着一块四方的红包袱皮，递给了我。

我有点不明白："这为啥？"

小吴说："贺同志，你就听我的吧！这一路武斗很凶，子弹、石头、瓦块可不长眼。万一叫人家把你当成对立面的奸细，把你打伤，那可不得了！"说着，他就动手将我的挂包裹在红包袱里，中间挽了个十字结儿，让我提着上路。

我忽然灵醒了，看看自己棉袄上罩着的蓝格子大襟罩衣，头上包着咖啡色的方头巾，肘上再挂着这个红包袱，活活像个农村走亲戚的大婶儿。

我们离开文化馆不远，就上了公路。路两旁排列整齐的白杨，灰蒙蒙的枝条在寒风中摇曳。大路上行人稀少，越发显出严冬的肃杀景象。小吴骑上了自行车，招呼我跳上后座。我时常看到别的女同志轻快地乘上后座，也就试着往上跳去。谁知，我是那样地笨拙，跳了几次都没有坐上去。我作难地笑了。小吴露出雪白的牙齿，嘻嘻笑着，又是一脸孩子气。他跳下车来，把着车头，让我先坐上去，他轻轻一跃，就骑车向前驰去。他准是见我羞红了脸，又说："甭心慌，锻炼几次就会了。”

路旁的树木、田野、村庄、不断向后移去。我坐在小吴身后，仍然觉得凛冽的寒风，把脸颊吹得冰冷。小吴头发吹乱了，他毫不在意，越蹬越有劲儿。

不一阵，朝霞簇拥着太阳从东边地平线上露出脸儿，还笑眯眯地望着我们。万道金丝给大地涂上了一层亮光，烧红的朝霞在我的想象中变成了火舌。我不由得活动了一下僵直的两腿。搓揉着冻疼的手指，仿佛暖和了许多。

小吴身子向前倾去，蹬得又轻快又自如。渐渐地，路旁的树木稀少了。不觉已来到了山脚下。小吴说：“今天真运气，风小，日头红。”说着他放慢了车速，缓缓下了车。我也跟着跳下来。

小吴解下脖项的毛巾，擦了把脸，数九寒天，他额头上竟冒着微微的热气。我怀着深深的歉疚，走过去抓住车把：“小吴，前边要上山了，让我推着车子吧。”

小吴转动着两只明亮的眸子，笑得很天真：“贺同志，说实话，郑馆长把你这一路的安全责任交给我了。不怕你是从小参加革命的老干部，这一路得听我的。”他不由分说，硬从我手里夺过红包袱，挂在车头上，朝前走了。

我心里有些不解，问他：“你怎么知道我是老干部？我和你一样，也是群众嘛！”小吴说：“郑馆长对我说，他以前在省上开文化工作会议的时候见过你，知道你的情况。你大约忘了，普镇文化馆过去是开展群众文化的先进单位。”

我是一点印象都没有了，我真恨自己粗心大意。

小吴又说：“郑馆长他舅舅也是老干部。老干部都是为革命出过力的人。世上还是好人多嘛！不管是山里人还是城里人，只要是好人，谁都见不得踩着人家的头爬上去的家伙！”

我们一边爬山，一边交谈。在这混乱的年月里，遇到了值得信任的同路人，该有多么惬意。尽管我比他大一个年轮，在他眼里又是老干部，可我已经真心诚意地把他看作我的保护人了。

我们一口气就爬上了山顶。小吴让我坐下歇一阵儿。我像个听指挥的老兵坐在一个树墩子上。

小吴坐在我对面。他一点也不疲乏，还兴致勃勃地指山话水，说不完他家乡的美景。从他的言谈中我仿佛看到了即将来临的春天。桃花的鲜艳，梨花的洁白，柳枝的温柔，槐树的繁盛。公路上又是拖拉机，又是大卡车、大轿车。运山货的、拉煤的、载客的，可以想见这条通往山县的公路上穿梭般忙碌的景象。可是眼下这清冷、荒凉，路断人稀的现实，也使这位乐天的小伙子长长地叹息了一声。

他得知我去山县一所学校去调查，就说："这下妥了，我叔叔是那学校的老门房，他会帮你的。"

此刻，我这个信奉唯物主义的人，也不得不惊叹命运的造化了。这次孤身出行，遇到了郑馆长的精心安排，小吴的热心帮助，对我来说，犹如饥饿的人得到温饱一样满足。我眼里的毛孩子，原来是一个早就懂得了生活中酸甜苦辣的青年。他从小失去父亲，生活的重担早就压上他稚嫩的肩膀。他本来在山县煤矿当临时工，因武斗停产，又不得不临时到文化馆当炊事员。别看他只有二十七岁，已经有一身的本领了。

我们说话的当儿，不觉日头已悄悄移到中天。小吴一见拉长的人影缩短了。赶快站起来推着车子又起身了。我们绕过山县，就要下山了。小吴说："下山后不远，又该爬一架大山，两山之间这个村子武斗最凶，伤过几个过往行人。我们最好在晌午饭的时节通过这个村子。"

下坡路，前边没有人，他把车子放行很快，简直是飞也似的冲下去。我心里忽然出现了童年时的幻景，好像我在睡梦中长出了翅膀，正在山坳中飞翔。

我们谁也不吭声，一口气飞下了山坡。车子不停地向前冲去。穿过那个武斗村子的时候，远远看见几个带红袖章的小伙子，不停地侧过头来瞅着我们，我有意把红包袱从右肘移到了左肘，连我自己都觉得，在严冬的一片褐黄色的景象中，这鲜艳的红包袱是很耀眼的。

我们终于顺利地通过了武斗场地。

天黑以前,我们就赶到了小吴家里。这是一个小小的山村。小吴家在村头上。

一听见车铃声,小吴的妈妈就扑出屋来,她满头的银丝向后梳了发髻,带笑的嘴唇紧抿在一起,像个弯弯的月牙儿。额头上几条皱纹,像雕刻家的笔锋着意刻出来的。她笑微微地瞅着小吴。瞬间,那慈祥的眼光又移到了我的身上。听了小吴介绍以后,吴大妈一会儿摸摸我的手,问我冷不冷,一会儿又摸摸我的背,问我饿不饿。小吴的媳妇也挺着大肚子端了个热水瓶,进屋来了。一对水灵灵的眼睛,喜眉笑眼地给我倒了一杯水,又是忙着扫炕铺毡,又是往灶里添柴,生怕把我冻着。我一点也不觉得陌生,好像我们是久别的亲人。

一会儿,小吴就端来了一碗细挂面,碗底还有两个荷包蛋。我明知道是给产妇准备坐月子吃的,怎能吃下去呢?我接过碗,递给了吴大妈:"你老人家吃吧!"

小吴说:"这是我妈的命令。贺同志,我早对你说过了,这一路你得听我的。"

吴大妈又把碗放在我手里不容推辞:"你就趁热吃吧!"

我只好接过了碗。吴大妈还在一边絮絮不停:"可怜见的,一个妇道人家,怎敢在这兵荒马乱的年月里走险。眼看快过年了,冰天冻地的!娃娃在家里有人照管吗?唉!公家人也有难场呵!"

我本来有许多话想对她说,可是喉咙眼里发哽,半天说不出一句。我低着头每吃一口,就像有一股暖流在全身融化。没想到经过两年多屈辱的精神生活,竟使我在这一家人真挚、温暖的体贴下,激动得不能自已。若不是影影绰绰的小油灯的遮掩,我眼里的泪花是不难被她们发现的。我才懂得,经得起冷酷的人,特别经不起温暖。我含着泪,尝到了人世间最有味道的一顿珍餐。我深有所悟,这次出行的任务虽然还没有完成,但我已寻觅到了生活中失去了的那些最宝贵的感情。尽管这间小厢房,被灶烟熏得乌黑,但溢满这间小房的真挚情谊却使它显得如此温暖可爱。

第二天早饭前，我们顺利到达了山县。

送别小吴的时候，我解下了红包袱皮："小吴，你媳妇快坐月子了，这块红布留给孩子用吧。"

小吴严肃地说："咱家这块红布不值钱，是我娘亲手织的，不嫌弃的话，留个纪念。"

我不由得激动了："小吴，这是拿钱买不到的纪念呀！"我把四四方方的红包袱皮叠好，珍惜地装在挂包里。我又在挂包里摸来摸去，急忙找不到一件能表达我心意的礼物，眼看小吴要骑车走了，我猛地抓出一支常用的钢笔，把它插在小吴上衣口袋里："你不嫌弃的话，也留个纪念吧！"

小吴高低不肯接受，说我调查材料用得着。直到我又拿出一支圆珠笔给他看，他才收下了。还说："咱文化不行，我回去把它送给郑馆长，你们都是爱写文章的人。"

我本来还想对他说些感谢郑馆长，感谢他一家人的话，却一下子说不出来。我又一次体味到，人间有些最珍贵的感情，还是把它收藏在心底吧。不然，出口的语言，再动人，也会随风飘散的！

小吴骑车子走了。我站在土坡上，看着那蓬松的头发，脖项里的白毛巾，以至那向前倾去的矮壮身影，眼前渐渐模糊了。

此后，那块四四方方的红包袱皮，就跟我一起度过那艰难的岁月。不论什么时候，只要我一看到那块红包袱皮，郑馆长那文静的面影，小吴黝黑脸上那孩子似的笑容，善良的吴大妈和贤惠的小吴媳妇，就一个个清晰地显现在眼前。我终于明白了：即使是在那个疯狂的年代里，我日夜思念的那些最美好的情操，依然珍藏在淳朴的山乡人民的心里。

一九八〇年五月

（选自《北京文学》）

闲话搬家

人们通常用乔迁之喜来祝贺搬家,而我却尝够了搬家之苦,一提起搬家就犯愁!从成家到现在,一次次的搬家中渗透着我多少酸甜苦辣。

一九五三年六月六号,我在西安东关杨家花园一间小屋里举行了简朴的结婚仪式,从此算是有了家。一个多月以后,我带着自己的铺盖去北京中央文学讲习所学习,他带了自己的行李奔赴大西北戈壁滩,投入石油勘探者的行列。新婚的小屋里只留下了公家的桌椅板凳。我们除了各自的衣物铺盖,一无所有。这个家搬得痛快利落。我在东,他在西,相距千里之遥,每礼拜一封厚厚的书信传递着彼此的信息。当理想、事业、爱情在心中融为一体的时候,新婚后的长久分离又算得了什么!当我完成了学业,他带着戈壁滩的风沙来北京接我的时候,我们的第一个女儿已经整整一岁了。

我们带着孩子和简单的行李,回到了刚成立的作协西安分会,搬进有两个小套间的平房,每间小屋不到十平方米,又是西房,屋里的墙和地一样潮湿,可小院的环境十分优雅。窗外一棵玉兰树亭亭玉立,每年早春,它最先绽开一树洁白的花朵,满院清香,在窗下桌前读书的时候,一阵阵香味扑鼻,沁人肺腑。到了夏季,院里石榴花开,树上一片火红。秋天,石榴咧开嘴笑看一池子金菊。待到天上飘起了雪花,腊梅花傲放了,一树黄灿灿的小花漾起温暖的光泽,使你忘记了严寒。

据说这地方原是国民党一位高级将军的私人别墅,一进大门,鱼池、喷水头,接着就是一个不小的花园,各种树木、果木、葡萄架搭成了一个自然的环形走廊。走进园门,就是几个四方院,当年陕西省委的领导同志为作家们选择了多么好的环境!

每年玉兰花开放的时候我丈夫便准备启程了,他说自己是一位勘探者。春暖花开之时出发待到腊梅怒放时归来。我每天到后院的办公室里看稿，参加《延河》的编辑工作。人常说，身安不在居室小。就在这两间潮湿斗室里，我开始学习写小说。冬天，丈夫几乎每天晚上在外间写作到深夜，《柴达木手记》里的篇章，就是这两间斗室里的产物。那时，真可以说是身居斗室，视野开阔。在这个小院里，约有十年的时光可以称得上是安居乐业！十年之后，我们从两间小屋搬进同院的两间大屋，因为这期间，我们又添了两个儿子，已是五口之家了。

灾难的一九六六年来临了，一场狂虐的风暴席卷了祖国大地。面临的已经不是小家庭的安全问题，而是整个作协西安分会的安危存亡问题。省委被夺了权，我们机关被迫大搬家，从城里搬到城外，我们的地方变成了西北局省委走资派们的临时“监狱”。

我们全体人员出动，从早到晚，架子车、三轮车、卡车、自行车……川流不息，忙了一个月，才在小南门外的一个大院里暂住了下来。从此，频繁的搬家伴着厄运降临在我们身上。开始我们按干部住房标准分到了三间房，随着运动的步步深入，我们的住房也愈来愈少，从三间搬到两间，又从两间搬成一间，待运动发展到斗批改阶段时，我们简直连那一间房都不能栖身了。全省六个文艺单位集中到城内一个老庙大院里，过着军营般的集体生活。男女同志分开住着通铺，一个人一个床板的位置，从早到晚几乎全是批斗会，有时夜半，突然响起了高音喇叭，最高指示不过夜，大家迅速起床整队，上街围钟楼转一圈，去喊叫，去欢呼。

我们的孩子，天天晚上像小鸟似的，趴在床上，翘首等盼爸爸妈妈的归来，谁知他们的爸爸妈妈虽在一个大院里，却分别住在男女集体宿舍，即使开饭和上早操时，在院子里相见，也只是如同路人，相视不相言。

一九七〇年元月，运动还在继续深入，作家协会被冠以裴多菲俱乐部的罪名，彻底砸烂后，我们又面临着一次大搬家，去实践广大干部下放劳动接受再教育。我们的家，又因此被一分为二，我丈夫去干校劳动，我则带着孩子们去户县农村插队落户。

这次搬家正遇数九寒天，北风呼啸着，街道两边的枯枝瘦叶在寒风中摇曳。被下放的广大干部一家一家被分别装在一个个大卡车里，一辆接着一辆，仿佛一条长长的游龙在大街上缓缓穿过。路两边站满了被动员出来欢送下放干部的居民和在职干部、学生，一个个被冻得缩头缩脑，张着灰色的眼睛，目送着一辆辆卡车穿过大街，出了古城。

这是一次长途搬家。我抱着小儿子坐在司机棚里，我丈夫和大孩子坐在卡车上，还有两位来送行的至交好友也坐在卡车上。他俩和我丈夫都是一九三八年一起投奔延安的苦孩子，在革命队伍里学习成长。一位是张焰手，从演员到文艺行政领导工作的行家；一位是刘烽，从演员到音乐家。几十年来，社会生活千变万化，他们之间的友谊却源远流长，被人们誉为三兄弟。这珍贵的情谊，足以使我们抵御三九天的严寒！凌晨出发，下午到达目的地，朋友们和社员帮助我们把书架、书箱子、衣柜、桌子、铺盖、锅碗瓢盆卸下卡车，送行的朋友们随便吃了点我们带的馒头、咸菜，喝了点开水，就随卡车返回城里了。

大队支书是位复转军人，他对下放插队来的三户干部都十分热情。他看到我们带了十多箱子书，又多少知道一点我们的经历，产生了恻隐之心，队干部们商量以后，决定分给我两间土屋，各带一间小屋，又请来泥水匠给我们砌好了风匣灶火，盘好了炕头。我的十多箱书也上了房东的阁板楼。这个村子离公社五里路，离买煤买粮的地方各五里路，离县城二十里路，生活还算方便。

一切安排就绪，我丈夫便返回单位，去指定的“五七”干校。我带着孩子们过起了社员生活。

农村的家，炕上是泥土，地上是泥土，矮屋低墙，小门小窗，屋外不远处有水井，每天用辘辘绞水。门口不远处有一条渠水，村外便是一大片麦田、稻田，从绿色的田野望过去，就是连绵不断的尖山。半夜鸡叫狗咬，黎明时上工的钟声伴着宣读最高指示的高音喇叭声。离开了那个贴满大字报的灰色大院，这儿一切都充满生机，空气清新，又有乡亲们诚挚的关切，我的心情突然变得平静而充实起来。

一天三晌，跟着女社员们下地锄麦，稻田拔草，听着她们张家长李家短的闲谈。我的小儿子和村里的孩子们在田埂上抓蛐蛐、斗蟋蟀。我在这里学会了走镰割麦，认识了稻田里的稗子，麦田里的莠子；我还学会了蒸馒头，擀面条，烧风匣灶火，扳辘辘打水。遇到下雪天不能出工的时候，就去社员家串门拉话，或者躲在屋里读书，那时节我身边经常带着鲁迅先生的杂文，人在处境艰难的时候，越能体会到鲁迅精神之可贵！

说也奇怪，我自己几年来在无穷无尽的斗批改中被压抑的心境渐渐开朗起来了。我在劳动者中间获得了友谊和信任，仿佛如鱼得水了。看来物质生活再艰苦，也比精神上被折磨好过多了。

尽管社会舆论对下放干部有不少误解、贬辱，而这三年里，我没有丝毫消极情绪，仍然充满了自信，并且做好了足够的准备，迎接人生的各种考验。

三年之后，发生了“林彪事件”，政策变得宽松了些。一批批下放干部调回原单位，被砸烂的四个协会合成一个文艺创作研究室，我也接到了调令。一年前，我丈夫已由干校分回省群众艺术馆，他又来接我和孩子，又是满满一卡车，我将回城用不上的风匣、大水缸、席子等分别送给了邻居们。告别了热心肠的乡亲们，在秋高气爽的日子里，离开了尖山脚下那个有水、有树的村庄。

下放前，将房子交了公，回来后全家只好在一间半简易房里栖身。这儿的环境如老舍笔下的龙须沟。何止我们，在我们下放期间，柳青同志一直就住在这排简易房里。不久，下放在其他地方的作家和同志都回来了，胡采、杜鹏程、王汶石等同志的家也都在这种一间半房里安身。在仅有的一张桌子上，我丈夫又开始了《神泉日出》等散文的写作。他已经学会了在嘈杂的环境里工作。我也开始重操旧业，又编起刊物来了。

一年之后，总算分到了市内一座简易楼上四层的一个单元，大小三间房。这次搬家从城外到城内，多亏了亲友们帮忙。最沉重的家当便是十多箱子书籍。搬到新楼以后,我们才做了几个书架,把压了多年的书请出来,谁知竟有十多套世界名著不翼而飞了。

有位朋友来看望时说:"你们真是一步登天!"岂不知在西安住简易楼高层的苦处。上面屋顶很薄,一到盛夏,屋子里如大蒸笼,屋顶、墙壁、桌子、床铺的温度比人体手掌的温度还高,让你走进家来无处躲藏。小时在家乡尝够了寒冷的厉害,现在又在尝受酷热的煎熬。下放三年,劳动和紧张的工作使体质变弱了,再加上四楼上暑热煎熬,我开始生起病来了。

粉碎"四人帮"以后,陕西作协分会才正了名,机关搬回原来的四合院里。

我们怀着喜悦的心情回院里探视,一走进大门,一派衰败景象映入眼帘,鱼池砸破了,美丽的花园失去了色彩,很多珍贵的花死掉了,葡萄架没有了,院里冷落而萧条。围墙上泥皮脱落,不少"打倒"之类的标语口号历历在目。有同志说:"简直像是被抄后的大观园。"

走进圆门,进了四合院,总算看到那棵玉兰树还活着,石榴树、腊梅树也还健在,只是那池子菊花不见了。

我们又从四楼上搬下来,搬回自己的四合院,住到了上房,屋子比原来那两间西房大了不少,只是一年四季不见阳光,仍然又阴又潮。

十多年的时光流逝,我们也和院里的树木一样苍老了许多,其时,我已被疾病纠缠。十年动荡,失去的东西太多了!

春夏秋冬,院里花开花落,大自然永远遵循它特有的规律,而社会的正常规律发生了变化。那时候我已不操心我丈夫启程离家了,他已兼任了许多行政职务,忙开了机关里的日常工作。没有了分别之苦念,也淡了团聚的欢乐,生活中仿佛失去了点激情。没有激情的生活,犹如没有浪花的河流。

三中全会以后,生活又以新的步伐向前迈进了。结束了文化专制主义的统治,一股热流又重新回到我们心间。这时,我们协会也开始盖起了新的宿舍大楼。一九八二年,我们又搬到了同一个院里的新楼房里,虽说距离很近,搬家反变得麻烦了,几乎是采取了马拉松的方式搬家,一天搬一点,像蚂蚁搬家似的,半个月才上了楼。这时才倍感搬家之苦,最麻烦的是平时全家最珍爱的书,一本一本放回书架上,费去了多少时间和精力。不管怎样,总算住进了自己机关的新楼房,心情是舒畅的。我以为这是我们最后定居的地方了,应该好好地建设一下了。于是又添了新书架,买了沙发,我丈夫大半生从事专业写作,都没有过单独的书房,此刻他也有了一间单独的书房了,我也有了自己的一个小小的工作间,年过半百的人,也该居安思定了吧!难道人一生都得居安思危吗?谁料我丈夫又被抓了“官差”,担任了省上的文化官员,刚刚有了书房,他每天却忙于上班,连节假日都不得休息,不是开会,就是接待来访的客人,每天晚上是各种各样的演出观摩等等活动,忙得不可开交,书房变成了会客室、办公室。我真为他遗憾!

别说他不能写作,就连我也要陪进去不少时间。门铃、电话铃交替呼叫,而古城现代化水平有限,串线电话能占一倍以上。不接怕误事,一接又哭笑不得!

可惜我们新楼房没有暖气,每年冬天感冒不断,一感冒慢性病反复发作,病情渐渐加重,真是懊悔不已!

直到一九八五年初夏,又分到了一套带暖气的宿舍。谢天谢地,这下可以免除我每年冬天端煤倒灰之苦!当然,这次搬家心情还是复杂的,这儿的文学环境是令人留恋的,有许多朋友,可以随时随地地交谈文学方面的信息,可是为了健康的原因又不得不搬走。

这次搬家我正在住院,我丈夫在亲友和同志们的帮助下,费了好大的气力,把家搬好了,才把我从医院接出来。他让我住进一间较大的向阳房子,自己选了个背房作书房。搬住新房不久,他便辞去了官职,又回到了作家队伍里,书房虽小,总算可以发挥它的职能了。

住房条件改善了,而我的健康状况却在走下坡路,这是令人最痛心的事。这两年,我常常想着从这儿飞出去,飞到我亲爱的故乡,或者到祖国各地去畅游。只有人自身的创造才能得到充分体现的时候，居住条件才会体现它的价值。一旦房子变成束缚人的牢笼，就是住进了宫殿，又能带来多少愉快呢？

今年遇上了闰六月，在酷热的煎熬下，我的慢性病又在迁延发展，真是愁煞人！其时，年到花甲的老伴又一次西行，去看望他思念已久的勘探朋友们，酷暑时节，他正在戈壁滩和大沙漠跋涉。

我身边放了那么多书和刊物，我想埋头书海，忘掉病痛，但总也难以排遣心中的苦闷和抑郁！我常常站在阳台上，出神地望着天上的鸟儿，它们成群结队飞得那么快活。我不禁想，如果自己有一双健全的翅膀，自由地飞向广阔的天地，该有多好！人是崇尚自由的，只有拥有自由的人，才会得到快乐。

（选自《飞天》）

贺抒玉散文论

韩梅村

贺抒玉同志在与丈夫李若冰同志的散文合集《爱的渴望·后记》和她的散文专集《乡情·人情》的《后记：真实是散文的生命》中曾反复申明，“开始写散文”“是最近几年的事”。我以为，这只是作家指她自觉将散文作为一种艺术传达方式而言。其实，作家的第一篇人物特写《姜庆林入党》和《李师傅》《今日的西安大学》等短小散记早在报纸副刊和读者见面了，只是她未收入散文集。

历史进入新时期，伴随着社会大环境的宽松与和谐，贺抒玉那长期遭受压抑的苦闷感情终于寻找到了宣泄的豁口，于是小说和散文双“管”齐下，不仅产生了一批艺术价值较高的优秀小说，而且出现了一批堪称精粹的散文佳作——这是一批与作家的小说同样值得重视的散文艺术珍品。

追踪生活中那些触动心灵的人物和事件
——内容表现上的一个突出特质

贺抒玉散文所撷取的题材并不重大，从一定意义讲，可以说只是一个普通人物所经历的“普通事情”。然而正是从这些“普通事情”中，我们却分明感知到了其中所蕴含的时代意义和作家心灵世界的怦然跃动。

作家本人从一个瘦弱的中学生成长为一名坚强战士和优秀文艺工作者，这无疑是一个巨大的令人企慕的变化，同时也一直是作家引为欣慰的事情。正是怀着这种激动感情，作家深情回忆了幼年时期从家庭、特别是从父母亲身上所接受的潜在影响；进入中学后，老区社会环境的熏陶，米脂中学的良好教育和语文老师的正确引导，不仅使其人格系统得到了全面培养，而且艺术才华也开始显露；调入绥德分区文工团后，经过多方面努力和实践，不仅人格系统得到了更为严格的磨砺，而且才华稳定地表现在了文学艺术作品的创造上(社会需要与个人兴趣的有机融合)。《路》《我的母亲》《艰辛而迷人的事业》《盘龙山下——米脂中学生活片断》《掬几朵浪花——绥德分区文工团生活片断》《少年的梦幻》《唱出人民的苦和乐》《珍贵的记忆》《鲜红的枣儿》等，就是这种深情回忆的艺术结晶。

新中国成立后，贺抒玉去北京中央文学讲习所深造，学成返回西安，即参加《延河》筹备工作，从此开始了长期文学编辑生涯。围绕这一生活历程，诸如师友之间的交谊，外出访问学习，深入基层体验生活，和《延河》作者的联系等，便构成了贺抒玉这一时期生活的基质。其中《悼老师——丁玲》《柳青与〈延河〉》《我心中的石油河》《教授 · 诗人 · 编审》《短暂辉煌的一生》《根》《窗口》《隧道“医生”——记老工人李振田》《深山里的光和热》《他从山谷走来》《闪光的年华》等，即艺术地记录了那些足以触动作家心灵的珍贵历史镜头。

荒唐的十年文化大革命不仅使国家蒙受了巨大灾难，而且给许多家庭和个人带来了深重不幸。贺抒玉不仅亲身经历了这场灾难，还亲自体验了这场灾难带给人们的种种不幸。《山乡情》《无形的长城》《闲话搬家》和《苦涩的回忆》《大浪淘金》等，就直接或间接地表现了这一时期人们的精神历程。

改革开放的跫跫足音在贺抒玉的散文作品中也有着突出的表现。《故乡行》《山村素描》《女经理的魅力》《共产党人的风采》《我爱簕杜鹃》，以及《旋转餐厅与哈哈镜》等，就是这方面的生动例证。

此外，作为贺抒玉丈夫的李若冰，对于事业和人生的追求，对贺抒玉也有着明显影响。《远方来客》和系列散文《高原情屐》就是这方面的绝好写照。

显而易见，由于贺抒玉将生活中那些触动了她的心灵的人物和事件，通过散文体式及时予以艺术的观照，所以如果将这些散文作品有序地排列起来，便会清楚地显示出作家个性心理下独特的人生轨迹。也正因为如此，我们读贺抒玉的散文，常常会产生这样一种感觉：似乎从这些散文作品中读到的，不只是被作家对象化了的一幅幅生动艺术画面，而是从中清晰地看到了作家自己，看到作家正在那里声情并茂地向人们真诚地叙说着她那独具风采和魅力的人生历程。

着眼于人的命运的关注和传达

——作为小说家散文的一种表现倾向

贺抒玉散文同小说一样，也是将她对人的命运的关注作为散文创作的一个最基本的支撑点。

表现人的生存状态和命运遭际，历来就是一切文学艺术创作中的一个恒常性主题。然而，作为小说作家，当其从事散文创作的时候，心态则是不完全相同的。作为小说作家的贺抒玉，写作散文，也自有她的心理驱动力。她说："大约人在心灵难以平静的时候，很想找一种文体能够直抒胸怀。有人也许去写诗，而我就想写散文，因为文体的自由更便于表现作者个人的心态。"[①]这段话再明白不过地昭示了，作家写作散文，是想让这一文体样式负载其心灵的全部重量，传达出人生经历中所结识的各种"人"的不同命运和对不幸命运的抗争。由于贺抒玉的散文创作承担了同小说一样的重任，所以读她的散文作品，同样会有一种沉实的感觉。

---

① 见贺抒玉《乡情·人情》"后记"，陕西人民教育出版社，1993年。

贺抒玉散文创作中的一个突出表现，是通过散文创作，对她生长的家庭、社会环境，以及人生道路所作的反复顾盼。作品以生动感人的形式，真实描述了作家在特定时代氛围下，在家庭、社会和个人的合力中，所走过的人生道路。作家叙述人生道路，是以个人命运为主线，掘现出更深层的生活内涵。所以阅读这些作品，不是仅仅让人感受到一种“人”的外在行为的轨迹，而是直接摸到了作家情感世界的细微变化。在《闲话搬家》中，像搬家这样一个极易被人们忽略的普通生活现象，一旦和时代风云结合起来，便会闪射出一种复杂的色彩，使人们从中又骤然窥见，在这一表象背后所深藏的社会底蕴，以及所折射的搬家者的命运变迁。作家正是紧紧抓住了搬家这一现象下深层社会内涵的描写，才使这篇散文显得跌宕起伏，一波三折，不仅从中透示出了人的命运变化，而且凝缩了几十年社会发展的曲折印痕。

贺抒玉散文的又一突出表现，是写了许多忆人的作品。

在这些作品中，有的着眼于人物一生命运的描述。《我的母亲》在这方面就是一篇很有特色的作品。在这篇作品中，作家将母亲放在一个漫长的历史过程中加以展示：幼年时代即坚决反对“缠足”，经过一番不屈不挠的斗争，终于有了一双“解放脚”；青年时代在丈夫“手把手”的指导下，克服烧饭、养育子女等多重困难，从一个目不识丁的县城妇女成长为一名能读书识字的新型知识女性；八路军进驻米脂后，更以极大热情协助开展群众工作，并且登台参加演出，其家也成为了“八路军兵站”；不惑之年，又毅然冲破传统习俗，“参加地方干部训练班学习”，成为一名国家正式干部；全国解放后，愈加勤勤恳恳，任劳任怨；过了花甲之年，又和全国人民一道，经受了荒唐岁月的严峻考验。作家以史为经，将一个个生动感人的典型细节织入其中，从而使一个自强不息、牢牢掌握命运的缆索、敢于与不公正或不幸命运坚决抗争的“母亲”形象鲜明突出地屹立在了我们面前。在《教授 · 诗人 · 编审》中，作家以玉杲意识到其“生命之火即将熄灭时，竟发出一声悲凉的恸哭，随即停止了呼吸”的奇妙生命现象，推测这可能是玉杲“想用这哭声掀开岁月的沉重；或许他心中还有许多歌儿未来得及飞出胸口；要不就是舍弃不下妻子孩儿们”为切口，展开了对和玉杲近四十年交往的动情回忆。写其“为了写诗放弃大学教授”职衔的执着心态；“看到好稿子时，情不自禁地大喊大叫，甚至像小孩似的狂喜”，“把新作品新作家及时推向社会……视为刊物的神圣职责”的事业追求；在被错划为右派分子、并宣布开除其党籍的大会上，泣不成声地诉说自己把每月缴纳党费的那一天视作其“最幸福的时刻”的崇高信念；平反昭雪后则“高声谈论”、发出“琅琅笑声”的兴奋感情等，如数家珍般地叙述出来，使我们从中不仅看到了诗人玉杲几十年的生命历程和坎坷命运，而且看到了他的心性人格。

有的则只截取人与人物接触中感受最深的那一幕。贺抒玉在回忆已故著名作家柳青的妻子马葳时，虽然也写及马葳的几乎全部人生经历，但却将回忆的重点放在了荒唐岁月，柳青被诬为“黑作家”，身心遭受严重摧残，马葳痛苦心态的描述上。在那个是非被严重颠倒了的岁月里，本来为我国当代文学发展作出了重大贡献的柳青同志竟被反诬为反党作家，其史诗性的长篇小说《创业史》也被打成了“大毒草”。面对充满荒谬感的社会现实，马葳只能将希望寄托于未来。“工宣队”进驻机关和“九大”召开，马葳满怀希望，充满激动。然而当其发现，柳青问题的解决仍然毫无希望时，一下变得绝望起来，于是便以悲愤的“跳井”，表现了一位善良女性对荒谬现实的最坚决抗争。这里，作家只截取人物全部生命历程中一个最悲壮的片段予以描写，不仅深刻折射了当时那段社会现实的荒谬，而且透示了人物个性中的正直、善良和单纯。(《苦涩的回忆》)

贺抒玉散文的另一个突出表现，是对现实生活的热切关注和对那些时代先进人物的深情礼赞。

《故乡行》就激情讴歌了陕北榆林地区进入历史新时期后的可喜变化。《我爱簕杜鹃》则通过对深圳市花簕杜鹃的礼赞，颂誉了深圳这座新兴城市的诱人魅力。

然而在我看来，贺抒玉对现实生活的关注，似乎更喜欢通过那些时代先进人物加以体现。其五六十年代创作的《隧道“医生”——记老工人李振田》《深山里的光和热——访齐兰英》和《纺织城散记》等，就是这方面的生动例证。新时期以来，作家更是精神抖擞，通过她手中那支饱蘸激情的笔，热切追踪着生活的迅疾发展和变化。《女经理的魅力》堪称这方面的代表作。这篇作品以改革大潮为背景，颂扬了宝鸡金台商业综合公司女经理黄杰在坎坷多艰的人生之旅中所表现出的巨大人格力量。作品也为笔下人物唱赞歌，却将着重点放在人的性格的发掘上，将黄杰在事业上经过千辛万苦终于盼到公司开业和心爱儿子突然丢失同放在一个时空之中，让人物心灵世界在“悲剧和喜剧同时演出的时候”接受最严酷的拷问。黄杰个性的巨大魅力在于，关键时刻能够理智地去处理她所应当处理的一切事情，悲凄之情不形于色地坐在主席台上，声音洪亮铿锵地发表讲话；“给每个桌上的客人们斟酒、答谢、碰杯”，“答谢的话更是动人心扉”，十分得体；这样直到宴会结束，回到办公室里，才“再也无法忍受思念儿子的痛苦”，放声恸哭了一场。刚强而又充满柔情，这正是黄杰个性的魅力所在。正是依靠这一性格上的巨大魅力，她才能让大家心悦诚服地和她一起共渡难关，创出一番让世人瞩目的壮丽事业。写榆林治沙英雄的《大浪淘金》也是一篇相当感人的散文文学。

贺抒玉散文中还有一部分是反映和李若冰事业相联系的。

李若冰贺抒玉夫妇多年来在事业上相互鼓励和相互支持。诚如作家王世雄在《洒向人间一片爱——序〈乡情 · 人情〉》中所说：“贺大姐……在家里作为主妇，要抚育子女，操持家务，全力支持若冰同志创作，使若冰同志早年蜚声文坛，披一身柴达木的风沙堂而皇之地走进了中国当代文学史。”然而事情还有另外一个方面，即贺抒玉在对李若冰事业的支持中也结识了油田的朋友。《远方来客》和系列散文《高原情屐》就是这种收获的真实记录。在《远方来客》中，作家讴歌了李若冰五十年代初期任酒泉地质副大队长时结识并长期交往的青海石油管理局总地质师顾树松。作品通过娓娓叙述，写在接待这位“远方来客”过程中，作家不仅获得了有关“戈壁滩的气息”和“石油勘探方面的信息”，还被这位远方来客“精力过人的活力”所感动。正是在和顾树松们这些“远方来客”的一次次接触中，作家意识深处形成了稳固的柴达木情结，居然在65岁的时候，不顾疾病缠身，和李若冰结伴西行柴达木，写下了包括《一份加急电报》《车过乌梢岭》《新型的石油城》《最高的奖赏》《宝地之宝》《柴达木的车星》《穿越盆地》《大写的人》《昆仑泉边留影》和《李小为印象》等十篇散文在内的《高原情屐》。《高原情屐》的出现，不仅拓宽了贺抒玉散文的表现空间，而且强化了其散文的审美内涵。

值得留意的是，即使这部分散文，作家也依然将对人的命运的关注放在艺术传达的中心位置，诸如对顾树松被不公正地划为“右派分子”后所出现的人生坎坷，以及对与李若冰同去柴达木深入生活的著名诗人李季的不幸命运的描述等就是适例。这些描写恰如一根根丝线，贯串于作家散文作品的始终，使作家散文于多样化的艺术表现中始终不离开关注人的命运这个中心。

阅读贺抒玉的散文，我心中忽然闪过一个念头：这才是小说家的散文！

在散文这块园地里，有终其一生矻矻于此道的，有小说、散文并重的，有或以小说为主、或以散文为主而进行散文创作的，还有以诗人身份、诗人气质而闯入散文园地辛苦耕耘的。由于专攻方向不同，所以散文总是染着他们专攻方向所带来的种种痕迹。贺抒玉是一位以小说创作为主而进行散文写作的作家，所以从散文中，便不难发现其小说路数的诸多痕迹。其中对人的命运始终如一的关心就是一个十分突出的特征。由于有了这一特征，我们发现，其散文表现方向便明显地倾向于对人的命运的描写。即使像《拥抱大海》《我爱簕杜鹃》《旋转餐厅与哈哈镜》这样一些描写景观、抒发情怀的篇章，也清晰刻记着对人的心态行为的种种具体表现。其次，在表现方式上，诸如情节、细节、性格刻画，以及人生命运的展示等，这样一些基本属于小说和剧本的表现手法，也被作家移进了散文作品的建构中。而这就使她的散文作品少了一点消遣况味而给人以厚重的质感。

浓郁的抒情意味

——一个重要的审美品性

贺抒玉散文中浓郁的抒情意味不是局部的，更不是外加的，它是贺抒玉散文的一个整体品性，是读者在对本文的阅读中被触发出来的一种情感，是作者与读者双向交流的丰硕果实。

贺抒玉的散文之所以会有这样一种审美品性，一个根本原因，是表现对象都经过了作家感情的长期浸染，然后在感情的强烈驱动下物化为审美对象的。其中，无论是作家那些具有自传性质的散文作品，观光访问时印入心底的人物或事件，还是对师友晚辈的回忆，可以说都是在一种强烈的感情驱动下写作出来的。这就决定了她的散文作品必然地具有一种浓郁的抒情品质。

而作家在艺术传达过程中着意于人物命运的深层发掘，则是使散文作品具有浓郁的抒情意味的内在原因。人的命运是人在和社会的相互撞击和融合中形成的;而随着人生命的向前延伸,人与社会不断发生撞击与融合,从而形成了一个人的命运史。由于每个人的个性不同,也由于社会一直处于一种运动发展之中,所以不仅人与人之间会出现不同的命运轨迹,而且即使在同一个人身上,命运也会频频发生转换,这种转换有时甚至是戏剧性的。毫无疑问,这是一个十分神秘而又饶有趣味的现象,必须引起人们的普遍关注,并且千方百计地要去破解它。贺抒玉的散文中对人命运的传达,不仅表明了作家对人命运的关心,而且也是一种破解和评价,其中必然注满了对作品主人公的情感体验。

贺抒玉散文抒情意味的生成,还由于作家在写人过程中紧紧抓住了那些能够打动人感情的心理和行为,作家在怀念诗人玉杲的作品中,有两个细节特别感人。一是玉杲被错划为右派分子后,在宣布开除其党籍的大会上,玉杲声泪俱下的一席话:"在等待上级批复的这几个月里,我已没有资格参加党的会议和活动,唯一和党保持联系的,就是每月缴纳一次党费。这一天是我生活中最幸福的时刻,每月我就盼着这一天。"一方面是要开除玉杲的党籍,一方面是玉杲对党的深深眷恋:正是依靠这种主客观上的强烈反差,才产生了一种艺术上巨大的抒情效果。二是写玉杲在意识到自己的生命行将结束时,竟在发出悲哀的一声痛哭后,立即停止了呼吸。作家在描述完这个细节之后所作的合理推测虽未有只字抒情,却给人以强烈的感情上的震撼。在《旋转餐厅与哈哈镜》中,作家分别记叙了其在深圳国贸大厦第53层楼上的旋转餐厅里吃早茶和在去蛇口的海轮上看哈哈镜时的内心感受,其中充满了冷峻的沉思。作家正是在这种沉思中抒发着自己的感情。

自然天成,不嗜装饰

——一种高品位艺术的矢志追求

贺抒玉认为:"自然天成的艺术美也许是作家们最难企及的艺术境界。"[①]正因为如此,她在进行散文创作时,始终将其作为一种很高的艺术目标而矢志而加以追求。

---

① 《乡情·人情》"后记"。

在我看来，所谓"自然天成"应当是一种艺术品位。它质朴无华，准确传神，自然流畅而看不到任何人工缝合的痕迹。它不是不要提炼和选择，而是需要依靠作家深厚的艺术内功，将所搜索到的生活素材用浸满人生识见的感情加以浸染、搅拌、提炼和蓄积，然后在一定外物的触发下，自然而然地外化出来。苏轼所谓的"大略如行云流水，初无定质，但常行于所当行，常止于所不可不止，文理自然，姿态横生"，[①]我以为说的就是这样一种自然天成的艺术境界。

阅读贺抒玉的散文，很难看到华丽的词藻和故作高深的诗意思辨，更看不到她对写作技巧的刻意追求，然而却亲切、真实、平易、自然，在平实的外壳下蕴藏着深邃灿烂，于自然的叙述中常会让人感受到一种熨帖传神。

小说家贺抒玉，从事散文创作，之所以取得了成功，很大的原因是小说创作的思维惯性玉成了她。而作家充分意识到"散文很难写，要写好更难"。[②] 因此，自觉将"自然天成的艺术美作为一种崇高的艺术境界"加以追求，则是使其散文创作取得成功的更直接原因。

（原载《唐都学刊》第11卷1995年增刊）

① 《答谢民师书》。

② 《乡情·人情》"后记"。

凌行正

凌行正(1930—　),诗人、散文家,河南潢川人。幼时在家乡读私塾,后在潢川高中毕业。1949年5月参加中国人民解放军,在野战部队任文工团员、文化干事,先后参加抗美援朝、西藏平叛与民主改革和中印边境自卫反击战。1964年调成都军区政治部文化部任创作员、文化科长。1980年调解放军文艺出版社任编辑组长、副社长、社长兼总编辑,编审。系中国作家协会会员,国务院特殊津贴获得者。

凌行正1954年开始发表作品,著有诗集《高原短歌》(合集)、《洛桑丹增颂》(合集)和话剧《边哨风云》(合作),其中有诗歌(歌词)《咱是七手八脚的活神仙》《一壶水》《活着的黄继光》等获成都军区文艺创作二、三等奖及总政治部优秀创作奖。同时出版散文专集7部:

《关山情》(四川文艺出版社,1986年);

《江河赋》(解放军文艺出版社,1992年);

《神圣的珊瑚礁——南沙纪行》(海潮出版社,1994年);

《岁月留痕》(西苑出版社,1998年);

《感念西藏——一个金珠玛米的回忆》(解放军文艺出版社,2001年);

《铁血记忆》(解放军文艺出版社,2004年);

《初踏疆场》(解放军文艺出版社,2006年)。

其中《感念西藏》获第十届中国人民解放军文艺奖(2001年),《初踏疆场》获2006年度军旅文学优秀作品奖,另有《高处不胜寒》《绿色的诗行》《杨建章》获1982年成都军区优秀创作奖,《西域两章》获1992年纪念毛泽东《在延安文艺座谈会上的讲话》发表五十周年征文优秀作品三等奖,《"龙头"纪胜》被选入《十年散文选》。评论凌行正散文的文章主要有:

《军旅散文的崇高美——凌行正散文论》(曾绍义),《西南军事文学》1988 年第 2 期,《解放军文艺》2006 年第 5 期重刊;

《豪发落尽见真谆》(陈先义),《人民日报》1992 年 9 月 15 日;

《大海深处写海魂》(元辉),《解放军报》1994 年 6 月 7 日;

《从江河走向海洋——读凌行正长篇纪实散文〈神圣的珊瑚礁〉》(黄国柱),《文艺报》1994 年 12 月 17 日;

《守礁官兵的一曲颂歌——读〈神圣的珊瑚礁——南沙纪行〉》(黎品纯),《解放军报》1996 年 11 月 21 日;

《〈感念西藏〉给我的教益与启示》(丁临一),《解放军报》2000 年 5 月 22 日;

《征尘拂去尽是诗》(朱秀海),《解放军文艺》2000 年第 7 期;

《银光闪闪的纪念章——读凌行正的〈铁血记忆〉》(崔道怡),《解放军报》2005 年 2 月 28 日;

《奉献中的快乐青春》(路侃),《人民日报》2007 年 1 月 4 日;

《军旅青春的纪念——凌行正"军旅青春三部曲"读后》(杨泽明),《中国文化报》2007 年 3 月 3 日;

《革命化的个人史——读凌行正的〈军旅青春三部曲〉》(贺绍俊),《光明日报》2007 年 3 月 23 日。

抒发一点"阳刚之气"

凌行正

到目前为止,散文集已经出版了三部,它们是《关山情》《江河赋》《神圣的珊瑚礁——南沙纪行》。若以题材来分类,它们当属于军事题材的作品。因为,它们有的描绘了西藏高原上边防战士的风貌,有的抒发了戈壁沙漠中从事国防科研的指战员的情怀,还有的刻画了大海深处守礁官兵的形象……这些作品发表之后,不断地收到朋友们和读者们的来信,也看到一些报刊上的评价文章,他们有一个使我感到欣慰的说法,就是认为这些作品有一股"阳刚之气"。

"阳刚之气",当然是一件作品的一种艺术氛围,也是一个作家的一种审美追求，同时又是一个读者对一件作品的一种艺术感受。人们的审美观点是多种多样的，有的喜爱“阳刚之气”，有的喜爱“阴柔、纤细之美”；同一个人，在这件作品上主张应有“阳刚之气”，在对另一件作品上则主张应有“阴柔、纤细之美”；更何况对一件具体作品来说，有时又很难用“阳刚” 或“阴柔”来概括其艺术氛围的。那么，我的一些散文作品，何以使朋友们、读者们感到有一股“阳刚之气”呢？我想，可能有以下这些情况使然。

回想起来，我的第一篇散文是1954年发表在《解放军报》副刊上的《冰化雪消》。那时候，我们正在被炮火烧焦的骄岩山下帮助朝鲜人民重建家园。我们用弹药箱子加石块为“阿巴吉”“阿妈妮”搭起临时住房，把未爆炸的炸弹壳悬吊起来当作上工下工的钟鼓，在刚刚填平的累累深坑上播撒庄稼的种子，将还发烫的战壕改修成水渠引来清泉……在这块停战不久的土地上，强烈地感受到战争与和平的反差，侵略与反侵略的较量。因此，我蹲在“掘开式”的洞口外，在膝盖上一口气就把那篇散文写出来了。从朝鲜回国后，我随着部队来到西藏高原。我在羌塘草原的夜晚第一次跨上马背，差点没摔断了腿；我在东拉雪山下赤脚踏过冰河，脚底板沾在河边的鹅卵石上；藏族老阿爸、老阿妈在牦牛帐篷里教我抓糌粑、喝酥油茶；在喀喇昆仑山、冈底斯山的行军路上，我和战友们用石头砸碎已冻成棒棒硬的干粮，我还抓把雪一块咽下去……这一切，在我的散文《遥远边疆的黎明》《边巴甲波》《热火溶化风雪寒》中可能留下了感情烙印！后来，我又去了新疆，特意探访了天山南麓、罗布泊附近的国防科研基地。这里比起西藏来，更使人感到干燥、荒漠、空旷，仿佛从人间到了月球。然而，就在这远离人间的旷野里，世上最先进的科学技术烁烁闪光，一次又一次锻造着我们国家、我们民族的钢铁的脊梁。为此，有的人是几代人在这里默默奉献，他们“献了青春献终生，献了终生还献儿孙”……这一切，又使我的散文《望月戈壁滩》《过干沟》《喀什噶尔的明珠》等涂上了粗犷的色调。不久前，一次一生难得的机会，使我能够远航南沙群岛，领略了与陆地边防战士既相同又不相同、更具有独特生活方式的守礁官兵的风采，这里绝对是男性的世界，雄性的天下！他们在珊瑚礁磐上的高脚屋上，敢于抗击强劲的台风和恐怖的风暴潮，能够顶住赤道附近烈日的曝晒和海风的抽打，不怕缺乏淡水缺乏蔬菜带来的艰难困苦，更为了不得的是，能够耐住年轻人最难耐得住的寂寞、寂寞、寂寞……这一切，又使我的散文《风急浪高登南薰》《在曾母暗沙上》《赤瓜壮，东门美》等饱含着海水的苦涩！总之，在几十年的军旅生活中，即使由战争年代到相对和平时期，我在军营中看到的、听到的，在战友们身上看到的、听到的，似乎硬硬邦邦的东西多，软软绵绵的东西少，我不知道，这是不是影响我的散文作品有一点“阳刚之气”的一个因素！？反正，我在写作中有个极为简单的感觉，就是面对“硬硬邦邦”的东西，我是无法把它弄成“软软绵绵”的。

其次，我阅读文学作品，也有自己的偏爱。小时候，上私塾的时候，在背诵古诗文的中间，特别喜欢一些边塞诗，一些描写古战场的诗文。像《左传》中的《曹刿论战》，可谓百读不厌，每当读到“夫战，勇气也。一鼓作气，再而衰，三而竭。彼竭我盈，故克之。夫大国，难测也，俱有伏焉。吾视其辙乱，望其旗靡，故逐之”，就觉得被这大智大勇鼓动得浑身是劲。还有那脍炙人口的《吊古战场文》，可谓千古绝唱！“浩浩乎！平沙无垠，夐不见人。河水萦带，群山纠纷。黯兮惨悴，风悲日曛。蓬断草枯，凛若霜晨。鸟飞不下，兽铤亡群。亭长告余曰：此古战场也。长覆三军；往往鬼哭，天阴则闻。”我看再找不到比这更好的描写战场的文字了。它有情有景，情景交融，字句铿锵，朗朗上口，敲击人心，神鬼嗟叹。至于描写将帅出征时凝重心志的《出师表》，更是过目难忘：“受命以来，夙夜忧叹，恐托付不效，以伤先帝之明，故五月渡泸，深入不毛。今南方已定，兵甲已足，当奖率三军，北定中原……”此外，《赤壁赋》中一段战场怀古，也写得有声有色：“方其破荆州、下江陵，顺流而东也，舳舻千里，旌旗蔽空，酾酒临江，横槊赋诗，固一世之雄也……”了了数句，将当年赤壁之战的曹操一方的气势勾画得淋漓尽致。当然，我还喜爱“金戈铁马入梦来”“醉卧沙场君莫笑”……这些堪称我国军事文学、战争文学中空前绝后的佳作。那时候，我吟诵着这些文章穿上了军装，走向了战场，我从中汲取了力量，汲取了营养，很可能，它们对我的散文写作洒下了一片阳光……

当然，散文是个百花园。它应该而且能够容纳芳草百花。“阳刚”是美，“阴柔”也是美。至于一个作者的艺术追求，他尽管走自己的路好了。

1994 年 8 月 27 日

自选作品

大别山深处

来到大别山腹地的新县山区，见到每一户农民盖新房，宅基旁总竖着一根杆子，杆顶上悬挂着一块红布，在翠谷浓荫间飘飘扬扬，非常耀眼。我好奇地问：这是当地的习俗吗？答道：是的，但也表示大别山红旗不倒哩！

“大别山红旗不倒”，这在革命战争年代是用鲜血和生命证明了的。仅就新县而言，这里是鄂豫皖苏区首府和鄂豫皖中央分局所在地，是红一军、红二十五军、红二十八军等工农红军的摇篮，是刘邓大军千里跃进大别山到达的纵深地带；这里，在 20 多年间有 35000 多人为革命流尽最后一滴血……到新县，人们都会告诉你，电影《五更寒》就是描绘这里的人民，在极端的艰难困苦中，坚持革命斗争的事迹的。

然而，岁月在匆匆流逝，硝烟也早已散去，人们谈论的话题也在悄悄转移。于是，传来了老革命根据地依然贫困的信息。山高路远，交通闭塞，这些昔日开展游击战争的有利条件，变成了今日发展经济的桎梏。人们在关心着老区的建设，党和国家在支援着老区的建设。但我想知道的，却是今日老区人民的心态究竟如何呢？那鲜血浸红的土地，难道开掘不出新的矿藏吗？因此，当我又听到“大别山红旗不倒”，心里轰然一震，似乎一下子触到了当今老区人民的心弦。回想这些天在新县山区的所见所闻，眼前的确闪动着一面不倒的红旗……

桂竹婆娑

在邱家店村的村头山坡上，我们走进一间类似连队俱乐部的房子。房子正面墙上挂着毛泽东、周恩来、朱德的画像，四周摆着报刊、图书，贴着红红绿绿的各种图表。这种场所，在今天的农村里似不多见，难道是村的办公室？

一位身穿白布衫、黑布裤的老农民，操着一口浓重的鄂豫边区的口音（被北方人称为“蛮子”的口音），向我们介绍说，这是村的党员活动室。这个山村党支部有26名党员，60岁以上的还有9人。别看他们年纪大，每人每年要为群众办5件好事。老党员邱德作68岁了，是五保户，还能为群众干些什么呢？他就在农忙时帮助村里人放牛，不收分文。计划生育工作，党员要包户，年轻党员一人包7户，年老党员一人包两户。有个老党员包了自己两个儿媳妇的计划生育。他对儿媳说：“二毛！”“么事？”“你两个归我包了。”“爹，莫担心，我们登记去就是了。”

给我们介绍情况的这位老农，是支部书记邱德纯。他也64岁了，还有点偏瘫，但因他模范作用好，抓生产有一套，大家还是选他。他说，脱贫致富，好几年前就放在支部日程上了。老区可以穷一时，不能穷一代。我们一是发展集体经济，二是发展个体经济。我们搞了五个企业12项，榨油呵，木材加工呵，建筑材料呵，一年收入5万元。我们用3万元为群众办福利，像全民用电；修灌溉渠道，能灌700多亩；翻修25间教室，给教师们发资金；天灾人祸，到县里住医院的给50元，死一口人给30元，群众感到了党的温暖。我们还拿出1000元买了20万株杉树苗，分给大家栽种，10年后就值200多万元了……讲到这里，邱德纯站起来说，走，到村里看看。

村子里，土坯茅草房见不到了，换成一栋栋红砖青瓦的新房。荷塘边的场院上正在收打麦子，狗吠鸡鸣，一片忙碌；油坊正在榨油，飘来一股股油香。我们走进路右首的一家，见正堂上一幅年画的两旁，贴着对联：新春如意人寿家昌，盛世升平幸福绵长。桌子上放着电视机、录音机，旁边还立着一台电扇。这家主人叫邱德久，6 口人，承包 6 斗田（合 4 亩 2 分），每年收一二吨杂交水稻，另外搞建筑收入 1 万多元。我们又来到照相个体户邱文澜家里，三间房有两间布置成了摄影室，风景画、美人彩照贴了满墙。邱文澜不在家，他爱人抱着小孩接待我们，她颇得意地说，她丈夫是全国个体劳协的会员，他的摄影作品获地区“光彩杯”奖第一名。我问：每月收入多少？她答：千把块吧！

走出村子，沿着村外的晏家河河滩，钻进了一大片竹林。顿时觉得天是绿的，地是绿的，空气也是绿的。竹雀在不远处飞着，叫着。乡党委书记黄成奇告诉我们，这片竹园有 100 多亩，全部栽的是桂竹，也叫五月季竹、麦黄竹，每年可卖 17000 多元。再把竹子加工成各种器具，收入更可观。我在一杆嫩绿的新竹前站住了，久久凝望着那从深深的土壤中节节拔高的枝干……

杉木葱茏

吉普车在大山脊上颠簸爬行。爬上一个陡坡又一个陡坡，拐了一个急弯又一个急弯，坑坑洼洼，曲曲折折，严格地说这不能算是公路。但我们终于爬上了大山顶，到了陡山河乡武战岭林场的场部。

虽说在山顶，但满山都是郁郁葱葱的杉树林，加之下着蒙蒙细雨，场部房子里显得潮湿阴暗。有人拉电灯，但是停电。场长曾庆发说，咱们先到山上转转吧，外边还亮堂些。

刚才在车里，视线不广；现在走出来一看，呀，满山遍野尽是杉树，茫茫苍苍，遮天蔽日。我不禁惊呼一句：钻进原始森林了吧？曾庆发说,这可全是人工林呵,一棵一棵都是我们栽的。他指指一排排参天大树的根部,可明显看到梯田一样一层层一行行的土垄,全是人工痕迹。曾庆发谈起林场的春秋来:

十多年前,这一带的山头还是光秃秃的。当时的老场长寇绍周带领 30 多个能吃苦的年轻人,上山造林。他们头年整地,二年栽苗,住在山上,吃在山上,老场长最后也死在山上。一共造了 3900 多亩山林,种树 100 多万株,除了水杉、枫杨之外,主要是杉木,有 3100 多亩。十一届三中全会以后,大家的劲头更足了,成立了林业科技组,办绿色企业,开绿色银行。提出“要想富,多种树;要脱贫,多造林”的口号。林场每年要间伐、砍伐 600 亩,栽种 600 亩,从 1985 年以来,已经收入 110 多万元了……听着他的介绍,我们对这位年轻场长感到兴趣,问起他个人的身世来。原来他才 33 岁,烈士的后代。他太爷曾广科,是一个区的苏维埃主席,1930 年牺牲了。曾庆发十几岁就跟随老场长寇绍周上山造林,风里来,雨里去,挖沟垄,栽树苗,学了一手好功夫。但他并不满足,先后拜河南农学院杨有乾教授、中国科学院亚林所赵军年教授为师,和他们通信,向他们索取科技资料,逐步成了林业土专家。他被评为全国新长征突击手,老场长介绍他入了党,老场长去世后他接了班。1989 年,林场被林业部评为全国先进乡村林场……

沿着林间小路,我们穿过一片又一片杉林,微风习习,鸟鸣啁啁。猛抬头,一座石碑立在面前。碑正面刻着:寇绍周同志纪念碑。

我们在碑前肃立。曾庆发满怀深情地说,老场长是为林场累死的。那天白天,他领着我们在山上干了一天活,晚上回来他还亲自给大家烧洗澡水。第二天早上没见他起床,喊也不应,推门一看,已经不行了……这块碑,是全林场的人给他立的。

离开武战岭林场,又走了一段更崎岖更险恶的山路,来到了八角寨林场。只见整座整座的大山,从山脚到山顶,被一道道绿色线条环绕着,像木刻刀雕刻的一般。是茶园?是梯田?走近一看,都不是,而是一株株嫩绿的杉树苗,其间间种着花生、黄豆。我们明白了,刚才看到的武战岭的今天，就是这里的明天啊！老区人民大约悟出来了：优势在山，希望在山，潜力在山。温饱靠田地，致富靠林场。一手抓千斤亩，一手抓万宝山。

“红田”碧翠

悠悠倒淌河水从村前静静流过，青青鲶鱼山在村后蜿蜒起伏，葱绿的秧田围绕村庄，这就是红二十五军创始人之一的吴焕先同志出生地——箭场河乡四角曹门村。

我们满怀敬意跨进门来，见堂屋正中摆着吴焕先同志遗像，两旁是领导人的题词条幅。吴焕先同志的侄媳妇肖荣华迎出来接待我们。她看上去有50多岁，普普通通的农妇。她告诉我们，吴焕先同志的父亲、大哥、大嫂、二哥、小弟均被敌人残杀，住房也早被地主恶霸以火焚之，现在这房子，是解放后照原样复制的。我们问起她现在的生活情况，她说，一家人都在种田，日子勉强过得去。她叹息一声说，我叔要不牺牲就好了……说着说着，难过地流下泪来。

从吴焕先故居出来，走不多远，来到一片秧田的旁边，在茵茵芳草地上，一株粗大的乌柏树下，矗立着一块碑，上刻“三百烈士英勇就义纪念碑”。这是1927年黄麻起义失败后，敌人屠杀革命人民的刑场，这片黄泥水田变成了“红田”！

看着“红田”里茂茂盛盛的秧禾，看着不远处簇簇的茶园，我心情很不平静。陪同我们的县负责同志大约看出了我的心思，走到我身边，沉沉地说：新县人民，对革命贡献太大了。这地方，的的确确是烈士鲜血浸红的。我们在县里乡里工作，常常在夜里，在刮风下雨的时候，好像能听见烈士们牺牲前的呼喊，这时候我们就感到心惊肉跳，不禁自问，我们没有背叛他们吧？我们今天的工作是他们昨天的希望和理想吧？他们过去利用大别山开展革命武装斗争，我们今天就不能利用大别山来发展经济吗？……这个县，人均只有7分耕地，7亩山场。我们一手抓“七分田”，解决全县30万人口吃饭问题，一手抓“七亩山”，脱贫致富。这些年我们摸出点路子了，发展以杉木为主的用材林，以板栗、油茶为主的经济林，以茶叶为主的多种经营，开展乡、村、组、联户、个体5级办林场，现在，5级林场已有1300多个，营林面积27万多亩……

这时晚霞似火，茶园那边，采茶姑娘的歌声随风飘来；“红田”旁边，列宁小学校的学生们举着少先队旗欢乐地走过……

呵，“大别山红旗不倒”——它在今天似乎又增添了新的含意……

1990年夏，于新县烈士纪念馆旁

（选自1990年8月22日《人民日报》）

遥远的华阳礁

——南沙纪行

进入南沙群岛之后，在南中国海的一片汪洋中，我们先由北向南，乘着强劲的东北季风直下我国领土的最南端曾母暗沙；在曾母暗沙上，海南省巡视慰问团庄严地举行了投放主权碑的仪式，然后掉头北上，穿过曾母暗沙，直奔华阳礁而去。

这几天，用船员们的话说是“来寒潮”的天气，东北季风每天都在七八级左右，大海上狂涛翻卷，涌浪起伏，乱云飞驰，鸥鸟绝迹。只有那一排排的飞鱼，像一支支利箭，从这一疋大浪中穿出来，向那一片波谷里跌进去，更增添了深海远洋的那种神秘而又惊险的氛围。我们乘坐的“向阳红5号”科学考察船虽说是一万三千吨级的远洋巨轮，但在这样的大风大浪中也开始摇晃起来。前几天由北向南顺风行驶时，它是左右摇晃；现在是由南向北顶风逆行，它又增加了前后摇晃。夜间，我们在舱位里像躺在摇篮里一样，前后左右被旋转着摇晃着，那舷窗外夜空中的几颗亮星，也在跳着华尔兹舞，有位开始晕船的同志说话了：“大海母亲啊，你这样来摇晃你的儿子，我可有点受不了了……"

1月16日下午1时40分,我们到达了华阳礁附近。左侧海面上像有一艘军舰停在风流里,那便是华阳礁上的高脚屋了。同船的一位海军上校向我介绍说,这华阳礁是尹庆群礁东端的一个珊瑚暗礁,退潮之后,便露出一个新月形的礁盘平台,有五六公里长,它的东端外侧急陡下降,连着深海。因为它的形状又有些像个大炮筒,自古以来南海的渔民又称它为"铜铳仔"。

现在,风浪仍不见小,我们从小船换乘小艇能否登礁,尚无把握。巡视慰问团的领导们决定,先下去一个小艇,装上慰问物资,登礁试试,如无问题,人员再乘第二艘小艇跟上去。第一艘小艇满载着蔬菜、水果、电视机、图书以及性急的随行记者们,从大船上放下了大海。前几天登礁,都是两只快艇同时下海,我还从未站在大船上看小艇在惊涛骇浪中历险的情形;眼下,我像站在高楼上看一片树叶落进深渊,只见那小艇在波峰浪谷里一会儿抛上来,一会儿跌下去;一会儿露出点影子,一会儿连影子也不见了,简直把人心都提到了嗓子眼上。进而一想,自己坐小艇上礁,不也是这样危险吗,不觉后背生出一股冷气!正想到这里,舱里铃声响了:第二艘小艇的人员上艇了。我早已穿好了鹅黄色的救生衣,换上了防珊瑚礁的铁板胶鞋,戴上墨镜,从船舷跨上了悬吊在大船外侧的小艇,谁知上艇之后,小艇的机器出了故障,两名水手立即动手抢修起来。修了好大一会儿也没修好,两个水手急得满头大汗,而我们坐在艇上的人虽然都没说话,但心里嘀咕,即便勉强修好了,放下大海,在中途又坏了怎么办?正在这时,突突突几声震响,喷出一股浓烈的柴油味,机器修好了。于是绞车把小艇放下大海,小艇摇晃着向华阳礁冲去。我回头仰视了一下大船,大船的船舷上站着许多人,大概也像刚才我站在船上看第一艘小艇一样,正为我们捏着一把汗吧!

尽管操艇的两个水手选择了最佳的顺风航向,尽管有一位海军上校在艇首指引航道,那狂风巨浪仍然扑面而来,涌浪一个接着一个,顷刻间,我们浑身上下都被海水浇个透湿。我戴的墨镜上一片模糊，口腔里灌满了海水，那滋味是又咸又苦又涩。尽管这里处于亚热带，我们从北京出发时穿的毛衣大衣早已脱掉，但那海水泼在身上，仍然打了几个激灵。小艇接近礁盘时，风浪略小了一些，我们见第一艘小艇已经靠岸，礁上的海军战士们正在向我们招手哩！

华阳礁的轮廓已经完全可以看清了。碧波荡漾中矗立着一栋白色的水上楼堡，洁净、漂亮，这当然是新一代高脚屋了。紧挨着它的，是一溜工棚，工棚的另一端则是低矮的第二代、第一代的简陋的高脚屋。在工棚上方，有三个风力发电机的螺旋翼在迎风转动，使人又觉得这华阳礁像是落在海上的一架大型直升机。

我们这艘小艇也靠岸了。这水上楼堡的"岸"，是钢板和混凝土结构而成，有台阶。由于礁盘上水浅，小艇离台阶还有一截子高度，我从小艇一步没能跨上台阶，是岸上的战士们一把把我拽了上去，当然，膝盖上碰破了一块皮，也好，算是在南沙留下的一个小小纪念吧！

上礁之后，我们来到新楼堡与工棚之间的一个平台上，举行慰问会。这个水上平台是钢管架与木板条在礁盘上构筑而成，缝隙很大，可见平台下绿的海水、白的珊瑚沙、彩色的鱼群，人们踩在上面发出咯吱咯吱的响声。南海舰队政委周坤仁少将讲了话，赠送了慰问品。我也把从北京带来的《解放军文艺》等书刊送到副礁长来波平手里。接下来应该演出节目了，但由于平台摇摇晃晃，缝隙又大，无法演出，于是大家又返回到楼堡前的狭窄的小场地上。

抓紧时间，我和来波平副礁长聊了起来。他是位年轻的海军军官，那脸色被风吹日晒得黑里透红，似乎表层上还挂了一层盐霜，大海强加给他的皮肤以过早的粗糙；那双海鸥似的眼睛烁烁放光，似乎是一双全天候的望远镜。我开玩笑地说："你的名字有点怪，来波平？是到南沙群岛以后才改的吧？"他微笑着说："恰恰相反，或许就因为这个名字，命运才把我送到南沙来了。"我说："在岛礁上带兵，是不是比在陆地上带兵更难些？"他想了一下，说："不见得。我们到了礁上，不管是干部，还是战士，好像是一下子降落到一个特殊世界，这里没有了城市的喧闹，没有了熙攘的人群，甚至没有了山，没有了树，没有了庄稼,只有那像歌里唱的‘一片海蓝蓝’。我们这些年轻人一下子安静了下来,思考的时间猛然增多了。我们摊开地图,在远离大陆的地方找到了南沙群岛,又在南沙群岛的密密麻麻的岛礁中,找到了我们的华阳礁,我们就想了:我们的海军工程部队,为什么要克服那么多的困难,在礁盘上建筑了这么坚固而又漂亮的水上楼堡?我们的船运部队为什么不怕风吹浪打,常年来往于大陆与岛礁之间,给我们运送淡水、给养?我们这些守礁战士,为什么又心甘情愿地忍受着寂寞艰辛,把青春送到海洋上来奉献?……”说到这里,他忽然停住了。我在等待着他的下文,他却一挥手,领我走进楼堡,在一个房间的墙报栏前。他说:“你看这个——”

这是一篇诗歌墙报稿,上面写着:

脚踏海浪,头顶蓝天,
我们响应南海的呼唤,
我们舍弃大学门坎金色梦幻,
　　选择了南沙礁盘;
我们舍弃灯红酒绿摇滚音响,
　　选择了孤独艰辛和危险;
我们舍弃花前月下绵绵情话,
　　选择了面对北斗遥望海天……
因为,我们的心愿早已山盟海誓:
要捧起珊瑚珍珠装点母亲的桂冠!

接着,来波平又领我参观他们的“三小工程”:小菜地、小花坛、小猪圈。那小菜地,是用几个木箱子装上些大陆运来的泥土,里面长着绿油油的小白菜、小葱、韭菜、芥菜;那小花坛,是十几盆外号叫“干不死”的花,正开得红红火火,娇娇艳艳;那小猪圈,是利用旧的高脚屋养了两头小白猪,那小猪大概也感到了大海的寂寞,竟对着弯腰给它拍照的摄影记者“亲吻”起来……

看着守礁战士们在极端困难的条件下开展的这些“三小工程”，想着他们袒露心迹而写的“舍弃和选择”的诗篇，我的心情久久难以平静。我提起笔来，在他们的纪念簿上写道：“唯我南沙第一哨，堪称中华民族魂!”

眨眼间已到下午 5 时 10 分了，我们登上小艇离开华阳礁，经过 30 多分钟的航行，靠上了“向阳红 5 号”母船。由于涌浪太大，小艇过轻，艇上人员无法从大船上放下的舷梯登上大船，因为那小艇刚靠近舷梯的终端就被一个涌浪推开了，再靠上去，又被推开了，小艇上的人们仰看着近在咫尺的大船就是上不去。最后，大船上放下两条缆绳，要连人带艇直接吊上去。两条缆绳的终端是两个几百斤重的大铁钩，摇晃着的小艇上的人们要埋下头去，以防大铁钩砸在脑袋上。小艇上一前一后两位水手开始往小艇上挂钩了。的确，不是身临其境，是不会想象到往小艇上挂钩还有什么困难的。首先，那水手要把摇晃着的几百斤重的大铁钩抓住，稍有不慎，就会被沉重铁钩的惯性摔到海里。抓住铁钩后，要在一瞬间把它挂在晃动着的小艇上的铁扣里。第一次，一前一后两个水手都失败了，谁也没有把铁钩挂在小艇上，小艇被涌浪推出去好远。小艇突突突地重新向大船靠近，只听哐当一声巨响，小艇尾部的铁钩挂上了，而小艇前面的那个水手又失败了。复杂的情况出现了：艇尾被缆绳挂住，艇首仍在自由晃动，搞不好小艇就有倾覆的危险！这时，那个大铁钩又到了我们的头顶上，艇首的那个水手再一次拼力去捕捉它，抓了几把终于抓住了铁钩，但是，怎么也挂不进铁扣里去，一阵涌浪推来，大铁钩又晃走了。乘坐这艘小艇的有 20 多人，但谁也帮不了那位水手的忙。大家只能眼巴巴地看着那大铁钩一次次晃过来，又一次次地晃走。如此这般十多次，看到艇首那个水手大约无能为力了，这时艇尾那个水手嗖的一声从艇尾跨到艇首，几乎是从我们头顶上飞过去的，一把抓住又晃过来的大铁钩，哐当一声牢牢地挂在了艇首的铁扣上，一场惊险的海上表演总算结束了。这时，听见大船上有人向下面喊叫：“水手长，顶呱呱喽!”哦，原来在艇尾为我们操舵的，是位水手长呵！我们一齐向那个名叫张泽兵的黝黑黝黑的壮小伙子，投去了钦佩的目光。

两条缆绳将小艇徐徐地拉起海面，吊到半空，然后渐渐靠近船舷。这种海上荡秋千的感觉，将和华阳礁一起，长久地长久地留在我的记忆中……

军旅散文的崇高美

——凌行正散文论

曾绍义

崇高，作为一大美学范畴，该是描写革命战争、人民军队及军人生活的社会主义军事文学的共同审美特征，但由于军事文学中亦有诗歌、散文、小说等诸种文体之别，各文体表现崇高美的方式也不尽相同，而且我们还认为，“军旅散文”也只是军事文学中“散文”家族的一个分支，它应该特指“军旅中人”创作的散文，不能与常见的“军事题材散文”画等号，因为前者固然可直接取材于军事生活，也可以非军事的人事景物为表现对象，而后者却必须写“军事题材”，其作者可以是部队作家，也可以是地方作者；虽然两者都以揭示人民军队的本质、表现其崇高美为己任，但它们在表现的范围、角度等方面仍是有所区别的，所以本文所论仅于前者。一九四九年参军并在部队成长为作家的凌行正同志所写的散文，正是通过他南征北战驻守边疆的见闻，以人民战士特有的襟怀抒发了对人民军队、对祖国、对人民的深切挚爱和无比忠诚的感情，同时紧扣时代前进的脉搏，颇有针对性地发掘出具有现实意义的人生哲理，在一定程度上反映着军旅散文的美学特征，因而本文即对他的散文作专题分析。

崇高，亦称壮美、伟美，或阳刚美，刚性美，是艺术作品对客观存在的崇高事物真实而深刻的反映。这就是说，要使读者从作品中感受到崇高之美，作家选取的题材首先应当是具有崇高特质的那些事物，如对爱国主义、国际主义、集体主义、共产主义英雄战士的讴歌，对坚持真理、勇于斗争、百折不挠、顽强进取等高尚情操、品格的颂扬，或者对高山大漠、天风海潮等一类辽远、壮阔的自然景物的赞叹，总之是那些显示出“大”和“力”的事物。

凌行正同志在为笔者主编的《中国散文百家谭》一书写的创作经验《抒发一点阳刚之气》中写道：“大约是戎马生涯的缘故吧，我愿用散文来抒发一点人民军队的阳刚之气。阳刚美，这就是军人的美。它包含着军人的牺牲，军人的英武，军人的品格，军人的追求。”难怪翻开他的散文集《关山情》，每一幅画面都令人赞叹，每一个声音都划破云天——面对巍巍长城，身经百战的老师长向接任的新师长讲述着民族的历史，“移交”着心中的长城，为固我“大好河山”而语重心长(《塞上松风》)；——“我学过开车！”“指导员！让我上去！”被誉为平时干活不要命，打起仗来也不要命的杨建章烈士是“喊”着这样的话语冲向敌寇密集的炮火、留下遗言(《杨建章》)……如果说在狂风暴雪终年不断的高原，那位只身一人、夜以继日地维护着电话线路的小战士赵志，展示了革命军人的另一种牺牲精神(《高处不胜寒》)，那么，一位在川陕革命根据地入伍的老红军傅泽攀至今仍在看守高台烈士陵园，不是使人倍生敬意吗(《高台凭吊》)！还有“我”专程探望的老战士张成良，一个退休的“半条命”，依然“在生活中战斗”(《探望》)；还有成多、小彭他们，为了走爱民模范普布扎西没走完的路，在继续“不怕出它一身汗，磨破一双脚”地战斗着(《普布扎西和他的战友们》)……哪一个不是钢铸铁打的英雄好汉，哪一个不激荡着一股令人热血喷涌的阳刚之气！在他们面前，我们除了感动和引为自豪外，不是更可以由此提高自己的人格力量么！

凌行正的散文，虽未以直接描写革命战争的题材为主，却有诸如《月落祁连》写战士栽杨树、《饮马柳川河》写战士放马等并非“军人天职”的“例外”，还有不少作品是以工人、农民、知识分子为对象的，甚至还有吟诵绿树、飞鸟一类似与“军”不沾边的题材，但字里行间依然跳动着刚健、奔放的主旋律，多层次、多角度地展现着人类永远需要的崇高美，读来令人精神振奋、心潮激荡！就拿《绿色的诗行》来说吧，作品写的仅仅是春日植树这一些细微事，但因作家仍以阳刚美的军人气质去感受它、领悟它，从中探视到人民军队的新老将士处处胸怀社会主义祖国这一真谛，再通过形象的比喻、深沉的抒情，使我们眼前看到的不单一排排小树，而是“孕育着生命”“蕴藏着希望”“生长着力量”的“绿色的诗行”——“力之美”(鲁迅语)，在看似普通实则崇高的“小”事中充分显示了出来，不能不是作家刻意追求阳刚、壮美的又一具体体现。总之，由于“我穿上军装，参加到人民解放军的光荣行列，有幸成了一名‘背着背包的旅行家’‘业余的爬山运动员’，在战友倒下的山冈上，分外感到祖国山川的壮丽；在双脚打泡的征途上，更体味到中华大地的辽阔”(《关山情·后记》)，有了这种独有的“体味”，也就有了对题材的真正“掌握”，因而无论写什么，作家都可以使它们“升华”到崇高的峰端，借以表现包括作家自己在内的人民军队的美的本质。

散文就是作家的心灵历程的描述，是作家人格的最直接、最鲜明、最具体的展示，这已是中外散文史上一条铁的规律，也是散文艺术同其他姊妹艺术的重要区别。优秀的军旅散文，之所以着意表现崇高美，无疑是作者在革命军队中长期形成的特有人格美所决定；有了这种卓越崇高的人格，也就使他们无论观察事物、捕捉题材，还是谋篇布局、运思走笔，都自觉地追求崇高美、表现崇高美。

很显然，凌行正同志亦谙熟个中道理，他在《抒发一点阳刚之气》的创作谈中，不仅认定散文起着“号角和战鼓的作用”，盛赞“刘白羽、杨朔、魏巍等人的篇章”，而且深深体味到：“即使在相对的和平时期，我们的陆海空三军将士，我们的国防科研工作者，不依然出没在边防海岛，遨游在蓝天大海，不依然是我们民族勇武精神的象征，阳刚之美的集中体现吗？这不正是以抒情见长的散文的最佳的审美对象吗？”所以，他把表现阳刚美、崇高美作为“不懈的追求”。有了这种追求，他的作品便与其他军旅散文一样，抒情写意、形象描写都给人以崇高的美感——

崇高的感情。散文首先要以情动人，但军旅散文与一般散文不同的是，由于它多以崇高事物为对象，而感情又是客观事物作用于人的心理反应，所以它抒发的也总是热烈、博大、雄壮的感情，或者以“崇高”为主调，伴之以深沉、细腻和绵长，使“崇高”真实而牢固地印入读者心灵，加强审美效果。

这种感情，我们不仅可从凌行正为他的散文集所取的书名感受到——“关山”，气势磅礴；“关山”之情也自然深广浩大，从所有的作品中我们也无一不被这种感情所激荡。首先是作品中人物的感情：杨建章英勇献身、老师长“移交”长城等壮举中包含的崇高的感情不用说是撼人心魄、感人肺腑的，就连植树造林，也是干部战士以“树是咱们的孩子，孩子就是未来”这种宽阔、博大的胸怀造就着长长的林带……

凌行正同志不单是把所见所闻跃然纸上,更通过种种艺术手段把自己的一腔热情倾泻在字里行间。读他的散文,眼前就不仅是一幅幅壮美的图画,同时可以听到作者那颗怦然跳动的心。散文本来就贵在情深意挚,展示“赤裸裸的自己”(王西彦语)。当然,“赤裸裸”的展示不等于直通通的叫喊,表现自己也不同于“自我表现”,也正是由于“情”与“景”融、“我”与“人”合,使凌行正的散文往往形成一种感情浓烈、思想崇高而亲切的意境。读着这样的作品,不仅不会望高而生畏,反而加深了我们的崇敬之情,同时“认识”到可望可及亦该及也!例如《“龙头”纪胜》,一开始就以排比、设问的形式,在比喻、想象中,缓缓摇出引滦工程的“龙头”工程潘家口水库的全景,使人仿佛身临其境,意惹情牵,由现实的壮美联想到历史的久远,激起了读者的民族自豪感。接着借“身着军装”的段工程师之口,勾画着引滦工程长长的画卷,倾吐着每一位参战者的心声,也积蓄着“我”的感情,当“我”登上曾是抗日战场的喜峰口、鸟瞰燕山的秀色与潘家口水库的磅礴时,感情的潮水更是如闸门启开,奔涌而出。感情的深刻来自思想的深刻,在散文作品中,如果没有思想的光芒,没有启迪人生的哲理,感情再强烈,也不可能赋予读者强大的精神力量。凌行正散文的另一显著特点正是包含着——

崇高的思想。关于散文要不要表现崇高的思想、深邃的哲理,似乎还有过争议,其实是不言而喻的,不单是散文,思想性、倾向性乃是一切文学艺术作品的基本特征,问题在于“怎样”表现。著名散文家姜德明同志说得好:“一篇散文有哲理的内涵,又不摆出哲理的架势来,这才是高手。”也许是凌行正同志长期兼事小说创作的缘故,他的散文形象性很强,且大都有一定的故事情节,因此他的抒情也总是含而不露,思想哲理差不多被浓烈的感情浸泡、包容,达到了情理统一、形神谐和的境界。《汇入大海》就是这样。把一个人比作“一滴水”或许不算新鲜,个人要“汇入”国家、集体的“大海”也常成为人们的口头禅,但要真正领会其中的涵义却并非人人已经做到,因为它必须经过实践验证。作家先借一位同船的老教授的“自言自语”引出话题,而后便通过“我”的大段回忆“现身说法”,其中既有革命前辈当年对“我”的言传身教,又有“我”在朝鲜前线、青藏高原的思想经历,为要揭示的题旨做了事实上的铺垫。接下来也本可以按一般写法来个直抒胸臆似的“篇末点题”，但作者不，仍借那位“花甲之年”加入党的老知识分子的“自言自语”，道出作者想说而不直接说出的人生哲理：“一滴水，流过长江口，就算‘汇入大海’了。而一个人‘汇入大海’，却没有那么简单。有时候，需要多次……”既与老教授“受过委屈，也有过偏见，但他还是投入了大海的怀抱”的经历相契合，也表现了作者自己追求不懈的品格——这不，“我回味着他的话……心在向远方呼唤”，呼唤曾给我“革命启蒙”而“真正‘汇入大海’”的鄂城，呼唤奔腾不息的万里长江“快在我心上‘合龙’”！这样，“大道理”就不是说教式的空泛乏力了，读者从“他”（老教授）的切身体会与“我”的深沉情感中去细细品味人生的真谛、得到实实在在的哲理启示，就顺理成章、十分自然了。

凌行正散文中的崇高思想还表现在作家敢于触及时弊、正面回答一些为群众普遍注意的问题。如近些年人们对“高干子弟”议论较多，《饮马柳川河》便通过几个老战士的对话，既描绘出一个全团“年龄最小，性子最强，技术最拔尖”的青年连长形象，更从他的身世中深深感到：“‘高干子弟’，‘临时工’，难道不能在一个人身上统一起来吗？哦哦，其实，早已在这位年轻的坦克连连长身上，成为浑然一体了！”作品还借这位连长要给新战士讲历史的缘由，一针见血指出了另一个发人深省的问题：要“继往开来”，“对‘往’一无所知，怎么去开‘来’？有些人，缺乏自信心、自尊心，没志气、没理想，我看与不知道中国的‘往’有关。不晓得过去的战马，会热爱今天的坦克吗？”道理并不深奥，可联系到现实生活中并非绝无仅有的“有些人”及有损人格、国格的有些事，其针对性就颇强烈了；它不仅指出了弊端，而且找到了症结，的确值得思之再三！这种有现实意义的回答，差不多成为凌行正同志第一篇散文共有的特点，这不能不是作家人格的又一鲜明体现。

在美学上，“崇高”与“美”（优美）是两个相对应的概念，艺术的美则应是两者的结合。“结合”不意味刚柔参半，一般说来，它们有主有从。从内容上看，在以表现崇高思想感情为主调的军旅散文中，恰当描写“我”（作者）或作品中的人物细腻、柔婉一类属于“优美”范畴的感情，不但不会损害形象的崇高感，倒正是为增强作品的真实感、感染力所需要。从审美心理讲，“崇高”首先给人以惊愕、敬畏与痛感，“优美”则始终给人以和谐、宁静等赏心悦目的快感；尽管崇高经过“霎时的抗拒”（康德语），最后仍要转化为快感，但毕竟不如“优美”来得直接，崇高伴之以优美,就可以缩短这种"霎时的抗拒"的距离,加深对"崇高"的理解,因为崇高感对读者引起的想象,侧重于在矛盾冲突中求取伦理上的感情和哲学上的思维。再说,一个人的思想感情并不是单一的,崇高与优美的结合,既能使人物形象更丰富、更真实,因而也就与读者更亲近,这样也才可能让读者乐于接受崇高引起的惊惧、压抑之感,尽快进入自由、愉悦的欣赏境界。

凌行正同志的散文抒情写意大都包容在具体形象中,很少直露,这种含蓄的"包容",本身就属于艺术上的"优美";"身与事接而境生,境与身接而情生",这种境界就是优美的境界,也就是人们常说的"诗的意境"。《壮哉,嘉峪关》更有代表性地证明了这一点。作品开首就道出了军旅作家的特殊感情:"多年的戎马生活,对于祖国的险关要隘,总有一种血肉之情"(着重号为笔者加)。但接下来作者却未单刀直入地勾画嘉峪关的"壮",而把笔锋转向兰州某招待所前庭的油画,并"独独在描绘嘉峪关的这幅油画前站住了",虽然用语言"再现"了这幅画上的雄关漫道,但毕竟是艺术,是"优美",然后再顺着游踪,缓缓托出"天下雄关"的全景图,而且一路说古道今、纵横铺写,不离一个"黄"字,并未对嘉峪关的"雄"与"壮"作浓彩重墨的渲染,直到沿长城而走,"心儿又飞到了山海关",作者的感情闸门才全部启开:"万里长城啊,你横贯祖国大地,就像一双手臂紧紧地护卫着祖国,护卫着中华民族!你的一东一西两座雄关,不就是两只拳头吗?啊,两只多么有力的拳头!"原来,作者赞叹嘉峪关,就是赞叹万里长城,就是赞叹威武雄壮的人民军队啊!——我们不是常常把人民军队比作巍巍长城、把以人民军队为柱石的人民民主专政比作"铁拳头"嘛!末尾再引古诗与开篇油画相呼应,既开阔了视野,深化了感情,又起着承上启下的作用,最后由眼前的新气象引出的新体验也就十分准确、十分自然了:没有像"金色的"嘉峪关、坚不可摧的万里长城一样的人民军队,哪有新中国、新时期这"一片温暖的人烟"?!作品给予我们的是一条永不"过时"的真理,却又是在优美的旋律中唱出"崇高"的颂歌,像《十五的月亮》那样深情、厚重……凌行正同志的散文虽然写作时差较大,有新作,也有写于"文革"前的,但一本《关山情》却都能把"关山"的崇高与抒情的优美融为一体,使我们在亲切、和谐的情调、氛围中,去自然感受作品崇高的思想力量,这不能不表明作家遵奉了作文须"有益于天下,有益于将来"(顾炎武《日知录》)这一正确圭臬!

不过，作为一位有长期戎马生活的作家，凌行正同志的散文似乎数量还不太多，特别是我们的英雄战士正在革命化、现代化、正规化道路上阔步前进，更需要我们的作家用散文这一“轻武器”及时地把他们的崇高形象、崇高思想、崇高品格展示在全国人民面前；同时也有感于当前的文艺作品（尤其是散文）缺少阳刚之气，而“只有当崇高与美相结合，我们对这两者的感受能力得到同等的培养，我们才是自然的完美无缺的公民”（席勒《审美教育书简》），所以我们既祝愿凌行正同志能多为人们奉献更多的佳作，也企盼一切有志于散文创作的军旅作家，像魏巍同志当年那样，把“最可爱的人”深深地、长久地印在亿万读者的心上！

（原载《西南军事文学》1988 年第 2 期，

《解放军文艺》2006 年第 5 期重刊）

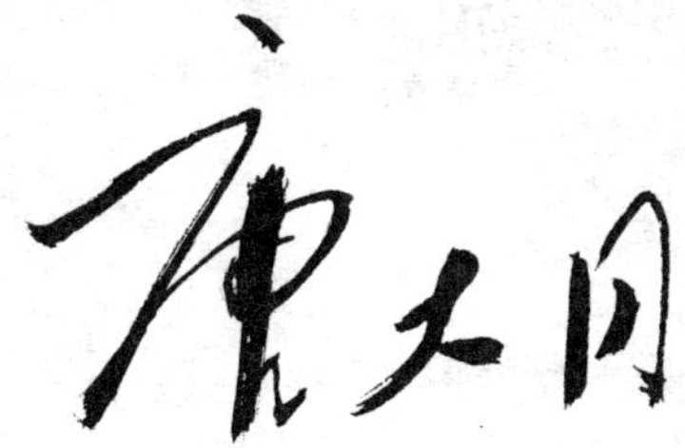

唐大同（1932—　），诗人、散文家，贵州贵阳人，祖籍四川南川。1945 年随父到重庆读中学，1949 年回南川参加党的地下工作，解放初做农村基层工作，担任过乡长、区委宣传委员、区委代理书记、土改工作队长等。1953 年调南川县委宣传部，1958 年调四川省文联，历任《星星》编辑、《四川文学》编辑部副主任、《四川文艺》代理副主编、中国作协四川分会副秘书长及党组副书记等，系中国作家协会会员、中国散文诗学会副会长。

唐大同 1953 年开始发表诗作，出版有《绿叶集》（合著）、《日照大江流》《希望的国土》等诗集，同时出版散文、散文诗专集 5 部：

《大江东去》（四川人民出版社，1988 年）；

《严寒，冻不僵的旗》（广西民族出版社，1992 年）；

《大旗在风中飘逝》（成都出版社，1994 年）；

《唐大同散文诗选》（百花文艺出版社，1994 年）；

《山川·乡土·远方》（四川文艺出版社，1996 年）。

唐大同的散文，有《巍巍剑门》获《散文》优秀作品二等奖，并被选入《新时期优秀散文精选》《西部风景》，《临邛之恶》被选入《西部风景》，另有多篇被选入多种《散文精选》和散文诗选集。评论唐大同散文及散文诗的文章主要有：

《诗化的散文与散文的诗化——唐大同散文略论》（曾绍义），《当代文坛》1986 年第 6 期；

《大江东去，水涌浪叠——序〈唐大同散文诗选〉》（耿林莽），载《唐大同散文诗选》（1994 年）；

《略论唐大同的散文诗》（蒋登科），《当代文坛》1995 年第 2 期。

插图本《中国当代散文史》有唐大同散文的专节评论，可参阅。

初　衷

唐大同

说句老实话，我从未有写散文（包括散文诗）的打算。我总想写诗！我是在我的诗处于彷徨、苦闷的时候，像一个徘徊在五彩缤纷的文学大街上的流浪者，不自觉地敲了一下散文的门。

藤蔓般摆不脱的工作事务，缠绕着我的身心。没有条件去广泛浏览而今丰富多姿而又有点光怪陆离的诗歌天地，没有条件去探索八十年代神圣的缪斯给我们的宝贵启示……而生活中那些一时还形不成诗句的感受，像夏夜天空中点点时隐时现的星儿——不很明朗却已闪烁出几缕光芒的星儿，总召唤着我虽然粗疏但却真诚的情感，虽然笨拙但还不甘心死亡的笔。

只有若干零碎的业余时间可以利用，怎么办？我以为散文更自由、随便……

然而错了。像一个孩子羡慕、向往江河中游泳者自由自在的舒畅，没有经过严格的基本功训练，便贸然脱了衣服，一掉进水里便被礁石碰破了脚杆，被浪花灌进了腥涩的苦水……

为诗不易，为散文亦不易也。

我追求散文的诗意美。我像酝酿、构思诗一样去酝酿、构思散文。我发现，诗有时还可以用她美丽的形式、铿锵的音韵和节奏，或所谓“朦胧”等等，掩盖自己的单薄、肤浅，甚至贫乏、苍白……而散文却没有伪装的外衣可穿，是否具有引人入胜的意境，是否具有给人以遐想、启迪的韵味……都是硬逗硬，货真价实，来不得半点虚假的（当然，那徒具诗的外表而无诗的内涵的“诗”，也已不是真正的诗了）。

我甚至把散文的诗意美，当成散文的生命。当我一进入创作过程，现实生活给我的那一个能发创作冲动的契机，宛如一位聪明的向导，牵引着我的整个思绪，喜怒哀乐，在不断发展着的情思、意趣、境界中，或奔驰飞翔，或漫步徜徉。这时，我过去的整个生活经历，都站出来支持我、帮助我，为我激动的思绪铺路搭桥……原来没有想到的句子出来了，没有想到的意趣出来了，感情上荡漾起新的涟漪甚至波涛，自己的灵魂因得净化而进入一个崭新的天地……于是我得到一种高尚的满足，一种不能用语言形容的享受。经过这一番痛苦中又有无限惬意的过程，自己首先陶醉在那个思想艺术的境界之中（并相信也能陶醉别人），最后的产物就是一篇诗意浓郁的散文。如果没有使自己进入那一番或欢乐或悲伤、或沉思或遐想、苦恼与惬意交织的过程，便不可能找到散文的诗意，笔下的情思便干枯了。

我到八达岭远眺长城的气势、到山海关寻找历史的沉思，到剑门关、到金沙江……朋友们说，写点散文吧。已经有不少人写过，还能写出新的属于我自己发现的诗意吗？有小桥流水般的诗意，有大江东去般的诗意……我要寻找的是哪一种呢？我的诗意，就是散文世界里和别人不同的那个“我”，就是未来汹涌澎湃的散文江潮中，那朵属于我的浪花（有点夸夸其谈之嫌了，为朋友们所知道的，我目前主要是写得太少，谈不上别的）。没有属于我的那朵浪花，便没有属于我的散文。我能在散文中找到自己吗？我不知道。

啊，我的诗意美——我的散文的上帝！

1985 年 12 月 22 日

自选作品

滚滚金沙江

我跟着古老传说的足印走来

我跟着一个古老传说的足印向你走来，金沙江。

记得小时候，在一个偏僻的小镇上，一位白胡子老爷爷讲起过你。

说是在遥远的年代，在遥远的崇山峻岭之中，在只有风悲怆地叹息、只有浮云和苍鹰栖息的峡谷之中，奔腾着一条如咆哮着的猛兽的大江。那浑黄的江水遮盖着的河底，在层层浪涛之下，埋藏着闪闪发光的粒粒金子，埋藏着发财的希望。那亮晶晶的金沙之多，就像江底有个神话中的金子国，原来碧绿的江水也被染成金黄金黄的了。一天，有两个镶着金牙的大肚皮老板，用皮鞭驱赶着一群戴着脚镣手铐的奴隶，来到江中淘金。于是，峡谷里第一次传来了人的吆吼和呻吟……

金沙江，遥远的金沙江啊。

沉闷得太久太久的历史的天空里，忽然几道闪电、几声霹雳——在一个风雨交加的夜晚，奴隶们起义了，砸碎了脚镣手铐和江边监工用棍棒和罪恶筑起的威严……

然而，带血的刺刀镇压了赤手空拳的起义。

悲壮如血的残阳映照的江流上，以后只剩下几根白骨在浪上漂流；但那些不屈的灵魂，从此便日夜在深长的峡谷中高声呼吼……

啊，长上了翅膀的巨浪……

来到你穿流的峡谷中，才懂得了什么叫惊涛骇浪。

没有一丝一毫的平静，一分一秒的犹豫，一湾一泓的回旋……你告别了洪荒远古，呐喊着、蹦跳着、飞溅着，惊涛追赶着惊涛，骇浪覆盖着骇浪，似千军万马争先恐后蜂拥着奔腾而来，然后又朝远方腾跃而去。

过去没有、现在也没有帆的影子，船夫的影子，没有沉重的桨声和悠长的号子声。气势的粗犷磅礴里，只有几只苍鹰，不时从高空俯冲而下，贴着浪尖作短暂的盘旋，忽然又一下展翅腾空而起，箭一般嗖嗖嗖直上云端，似乎大江的惊涛骇浪要驾上鹰的羽翼，去遨游太空，去冲击高远的苍穹。

啊，长上了翅膀飞腾的巨浪，骑上了骏马驰骋的狂涛啊。周围的一切，仿佛都处在波浪般动荡汹涌的节奏之中，都有了跳跃不息的生命，那树、那云、那逶迤起伏的群山……

这是何等壮丽、宏大、动人心魄的力量的展现，力量的拼搏，力量的呼号啊……

软弱的、胆小的、停滞的……像冰凌一样凝固僵化的、像死水一样冷漠静止的……都会因你而重新奋起。

极目往上远眺，雪山脚下云蒸霞蔚的源头上，你原来也是一泓涓涓细流，温柔而娴静，但一来到这崇山峻岭之中，却变得如此奔放、豪壮、激越。是对道路艰险、坎坷的愤懑的反抗，还是对追求辽阔大地和浩淼海洋、追求远方旭日升起的壮丽的执著和顽强？哦，你开辟的是曲折漫长、然而又是浩浩荡荡的伟大事业啊！

金沙江，你长上了翅膀的巨浪和骑上了骏马的狂涛组成的激流，不也是一个古老民族奔腾的血液吗?!

多么雄壮的轰轰隆隆

轰轰隆隆的涛声，涛声的轰轰隆隆，十里外就能听见，压迫得一颗对你敬佩的心灵也为之紧缩、战栗。

是你在擂动千万面急促、宏亮的战鼓吗？

是你在吹奏万千支高亢、激越的军号吗？

峡谷，把你的声响传向高空；长风，把你的声响传向山外。千山万壑都在回应，我们的万里江山，都是你辽阔的回音壁啊。这是真正的激流在呼喊，无与伦比的激流在呼喊；是巨浪的冲击和飞腾在呼喊，前赴后继的拼搏在呼喊。

哦，这轰轰隆隆，不就是你的一篇震天撼地的宣言吗?!

——你是在宣告

永远向前冲击、决不后退的决心和胆识吗？

——你是在宣告

劈开了群山奔向平原、海洋的胜利和骄傲吗？

你是光辉的——你有生气勃勃、充满活力、不会干涸的惊涛骇浪；

你是不朽的——你有大无畏的、藐视一切的气概和声势；

你是永恒的——你有冲锋不息、汹涌不止的精魂。

啊，让我们也驾上你的浪涛，去轰轰隆隆地开拓，轰轰隆隆地飞翔吧！

——原来，你是在用涛声的轰轰隆隆，呼唤驾驭巨浪狂涛的勇者啊。

勇者来了，来了

看——

勇者来了，来了！从上游远方奔腾直泻而来的滔滔江流之上，闪动着几个时隐时现的小黑点。

是贴水飞翔的鹰吧，难道会是船吗？

转瞬间黑点愈来愈大。啊！不是鹰，是船，是真正的船！

几艘木船组成的不寻常的船队，居然在人类从未留下胜利的足迹的狂涛怒浪之上，相互招呼着、激励着顺流而下。桨声、号子声、吆吼声引起峡谷的第一次豪迈的回声，惊飞了悬崖绝壁上片片浮云和只只飞鸟。船随着浪涛急剧地起伏，时而被激流埋进浪里，时而又从浪下喷射而出。惊心动魄的搏斗啊，搏斗的惊心动魄，天地都为之变色，鬼神也为之惊叹。风，这时霍霍霍霍地呼吼着扑向峡口；云层从高天压向河谷，酝酿着一场暴风雨……

是峡谷之外，而今绿茵茵的盆地和巍巍夔门在召唤船队吗？是辽阔大平原上，宽宽的、明亮的航道和那千帆竞发、百舸争流的世界在召唤船队吗？是已经建好的大坝、船闸和希望中的大坝、船闸在召唤船队吗？是托着一轮红日上升的浩淼大海，和大海的滚滚烟波拥戴而出的一轮红日在召唤船队吗？是揭开金沙江古老、神秘幕帷的崭新时代车轮的轰鸣，和理想中驶向灿烂、辉煌彼岸的那声声汽笛在召唤船队吗？

箭一般神速的船队，转瞬间又已变为几个时隐时现的小黑点，又抛下劈波斩浪的回声在峡谷飘荡——勇者留下的生命的呼喊，像一支汹涌澎湃的战歌。

我想起所有的开拓者

夜色降临了，把白天的一切眺望、想象都淹没进黑色的波涛里。能感觉到的，只有你——奔流不息的金沙江的呼吼。这呼吼比白天更粗犷、豪放，更震撼着大地和所有不眠的心灵。

但白天那惊心动魄的一幕，还清晰地展现在眼前。虽然只有短暂的一瞬，却在心上矗立起一座永恒的开拓者的雕塑——勇敢不屈的惊涛骇浪组成的勇者群像。

生命的价值，不取决于时间的长短。平庸、停滞与波纹起伏的日子，即便比从雪山到海口的江水还长、留不下一点永恒的启迪，一点值得纪念的永恒。

心灵上不倒的丰碑，属于充满生命光辉的那短暂的一瞬，属于开拓者、勇者。

午夜，寂静中浪涛的声响更似千万个霹雳从群山之间滚过，把已沉睡的心灵重新唤醒，牵动着人们激流般澎湃的思绪，从现实奔向历史，又从历史奔向现实。

迷迷糊糊的梦中，我寻找着探索金沙江的前人的足印，和留给后人的指路碑；寻找着了解金沙江汹涌奔腾的奥秘和真谛的钥匙。

我终于来到一个古老的渡口。在一盏古老的晃晃悠悠的油灯下，听一位船夫出身的老人又讲起金沙江的传说——闪烁着粒粒金沙的传说，以及一九三五年渡江北上的那几只驮着历史光荣的小船……于是我又想起，小时候在那个偏僻的小镇上，第一次讲起金沙江的那位老爷爷。两位老人多么相像,又不完全相像。而只有今夜灯下的老人,才是我要寻找的了解金沙江的向导。

老人虽已白发苍苍,但从那双炯炯有神的目光和还未失去力量的双臂上,仍让人想起当年他在浪上翱翔的鹰一般的身影……

金沙江是自豪的,老船夫是自豪的。

我想起所有的开拓者……

1984 年 8 月追记

美丽的痛苦 · 痛苦的美丽

——九寨沟黄龙游兴摘抄

1

那美丽被埋没了多少年代多少世纪……

埋没是一种痛苦。

一旦被发现被当成稀世珍宝,就又怀念起过去虽然寂寞然而安宁、恬静、自由自在的年代。

人类的干扰是另一种痛苦。

路途的遥远、崎岖已挡不住纷繁杂乱的脚步。古老的青苍生命在现代生活的喧嚣、烦躁中颤栗。

连无忧无虑的云也失去了安详。

美丽的痛苦。痛苦的美丽。

2

是大自然的命运之神

悲痛于那不可逆转的毁灭而挣扎着留下的青青苍苍的梦幻五彩缤纷的梦幻吗?

原来有多少个九寨沟黄龙及其兄弟姊妹——原始的郁郁葱葱原始的绿水汪汪原始的勃勃生机……

多少青青苍苍的梦幻五彩缤纷的梦幻凋谢了!

——沉重的消失是历史前进的代价。

自己的脚步践踏了郁郁葱葱践踏了绿水汪汪践踏了勃勃生机,而今又给所剩无几的郁郁葱葱绿水汪汪勃勃生机竖起“自然保护区”的神圣栅栏。

——我们的愚蠢!

——我们的聪明!

3

门票——一尊如巍巍高山的守门神。

不知羞耻,屹立在自然保护区的沟口,用价格的高昂支撑起自己的威严。

现代意识的无情,将大自然造化的美妙、神奇和伟大青苍的辉煌也蜕变为商品了。

——对大自然贞洁的侮辱、强奸。

光荣时代中的一缕合情合理的悲哀。

4

森林青峰、海子溪流、瀑布高岩和蓝天白云组成的美的和谐——森林青峰的深幽、海子溪流的明净、瀑布高岩的雄奇和蓝天白云的高远组成的美的和谐。有悠扬的旋律从美的和谐中飘来,一组滴翠的交响乐。

森林青峰的茂密苍郁里蕴藏着神话传说，海子溪流的清澈晶莹里漂浮着神话传说，瀑布高岩的轰响壮阔上奔泻着神话传说，蓝天白云的透明缥缈上飞翔着神话传说……

——全都是真善美战胜假丑恶的记载。经幡在风中倾诉着胜利的喜悦。

物质的美和精神的美交融成美的极限，自然的美的哲学的美拥抱成美的高度。

画家、诗人已成为多余，在美的和谐中失落了自己的灵感。

5

原始意义上的水——从亿万年前的洁净纯贞中奔流而来的水——以水的清澈为外形的处女般的精灵，九寨沟黄龙精华中的煌煌精华！

这天下已所剩无几的圣洁的碧蓝碧绿、碧蓝碧绿的圣洁；这人间早已失去了的没有一丝一毫污浊、没有一丝一毫邪恶的崇高、明亮和真诚……

敢跳下去吗？

让人生赤裸着跳下去吧，在水的碧蓝碧绿中现出自己的原形。

6

千百个大大小小的海子和彩池的明亮，是神秘的云空撒下的照耀命运的明镜。

明镜的公正、无情令心灵颤抖。

照一照各自的嘴脸吧,

照一照不能公诸于世的隐秘吧,

照一照还被层层雾纱般的朦胧遮盖着的或善良或丑恶的欲望吧……

能照耀出你的我的他的她的风风雨雨的命运吗?能照耀出泱泱国家民族风风雨雨的命运吗?

愿水下美丽的倒影,不是虚幻缥缈的梦……

7

瀑布多姿溪流多姿和水中灌木丛多姿的独特风韵中,仿佛有隐藏的精灵的目光闪烁。

磨房的古朴、神秘,小桥的神秘、古朴;以及从山腰飘浮而下的那朵白云的舒展和潇洒……构筑起心旷神怡的遐想。

在滴翠的遐想中徜徉,失去的只有从人间带来的忧烦、苦涩……

那个隐藏的精灵在遐想中微笑。

当我沾染上山光水色的灵性之后,在梦中也听见,隐藏的精灵在嘲笑人类自寻烦恼的愚蠢。

8

骑马游原始森林的快乐,诱惑着追求现代时髦的少男少女。

马上的少男少女披戴着藏族服饰的艳丽,洋洋自得;牵马人只穿着汉族服装的单调,为马上的快乐搭起安全的桥梁。

驾着骏马奔驰的民族并不羡慕甚至厌恶马背上的矫揉造作。有人指着马上的快乐说:

“全是假冒伪劣商品!”

这时，真正的骑手正奔驰在高原兴旺的辽阔上。

9

自然保护区的堂皇有两个迥然不同的世界——

山山水水的多姿多彩和自然纯朴连成的令人流连忘返的天地；

宾馆餐厅商店真诚的笑靥和虚假的笑靥，以及撕破了脸皮的狰狞等等围起的令人厌恶甚至令人恶心呕吐的人间。

我愿变作一株小草，在青绿天地的永恒里逍遥自在地歌唱。

能不回到有邪恶吞噬善良有肮脏猥亵美丽的人间吗？

痛苦的人生在迥然不同的两个世界之间挣扎，在美与丑之间挣扎。

10

篝火的热烈驱散了半轮下弦月的冷淡。未经提炼的歌声在火焰的奔放中飞扬。粗犷的烤羊肉芳香的诱惑在黑夜的安谧上升腾起缕缕藏族风情。

可惜并非自然朴素的真情袒露——

金钱买来的篝火，

金钱买来的歌声，

金钱买来的风情……

还有莫名其妙的牺牲者——那只为现代旅游献身的羊的活蹦乱跳的生命。

11

远眺中的雪峰似崇山峻岭上一尊永恒的偶像，是经幡传播的那个至高无上的信仰的化身吗？

一个民族匍匐在山脚。

牧场的绿草伸延出海拔三千四千米以上高度的宽广。牦牛骏马驮起那个信仰的辉煌。帐篷点点扩展着高原空旷中的温暖。缓慢蠕动的羊群铺开一片雪白雪白的兴旺。

信仰的化身——雪峰，是仙境般的山山水水神奇美丽的源泉吗？让双手合十，祈祷山水自然和人间都吉祥如意。

我心上也有一条雪白的哈达。

12

路途的坎坷、漫长上有纪念碑神圣的矗立。闪烁的红星、雄壮魁梧的石雕群像上升起庄严、肃穆，连过路的飞鸟和流云也低下被庄严肃穆震撼的头颅……

——向一程峥嵘岁月的光荣致敬！

以它作背景的摄影并不意味着没有背叛历史。侵吞股票的肮脏现实能在碑前忏悔吗？

13

从美妙神奇仙境般飘逸梦幻中苏醒之后，又不得不回到有商品叫嚣的疯狂有股票被侵吞的现实。

青翠的思索在彷徨中发呆，像一株麻木的树。

沉重的灵魂想笑，更想哭。

痛苦的美丽。美丽的痛苦。

1993年9月中旬

（选自《唐大同散文诗选》）

诗化的散文与散文的诗化

——唐大同散文略论

曾绍义

夜阑人未静。此刻，诗人唐大同正带我行走在祖国广袤无垠的大地上：才告别《浪花中的重庆》（《人民日报》1985年4月25日），又《在呼伦贝尔草原上》（《奔流》1986年1月号）分享大自然的宁馨；剑门关下的笑语还在心间萦绕（《巍巍剑门》，《散文》1983年1月号），一片片“北方醒来的森林”又使你醉入梦境（《献给北方醒来的森林》，《散文》1986年2月号）……我同诗人一起面对《滚滚金沙江》（《当代》1985年第3期）领悟着“开拓”的涵义，诗人邀我一道在《放歌山海关》（《中国西部文学》1985年第7期）的旋律中思索着历史前进的足印……

这些散文作品原本是“诗”呵，章章伫立着诗的形象，节节流淌着诗的情韵，诗的语言包容着诗的哲味，启人联想、促人遐思。若问作家是怎样写出这“诗化”了的散文，请听唐大同同志的自述吧——

“我追求散文的诗意美。我像酝酿、构思诗一样去酝酿、构思散文。……啊，我的诗意美——我的散文的上帝！”

这是诗人在为笔者主编的《中国散文百家谭》写的创作经验《初衷》里的话。由于这种对诗意美的刻意追求，这种把散文仍当作“最高的艺术”——诗来写的严肃创作态度，使他的散文具有诗的特质，产生诗的魅力；一句话，唐大同以诗人之心培育散文之苗，收获的必然是饱含诗意的佳果——诗化的散文！

诗意,即诗的意境,它不仅要求"写情则沁人心脾,写景则在人耳目,述事则如其口出"(王国维《宋元戏曲考》),更要求情景交融、形神兼备,做到主观之"意"(情与理)与客观之"境"(形与神)的和谐统一,把读者带入一个具有强烈感染力和启示力的美的艺术世界,所以没有意境即没有诗,优秀的散文也总具有诗的意境,即如苏联作家巴乌斯托夫斯基所说:"真正的散文是充满着诗意的,就像苹果饱含着果汁一样。"(《散文的诗意》)作为诗人的唐大同,由于把诗意美同样当成"散文的生命""散文的上帝"(《初衷》),所以在他的散文作品里,无论写什么样的题材,都不止于形象的描绘,而是借此生发开去,驰骋联想,调动全部生活积累与感情积累深挖细掘,创造出诗的意境。例如《浪花中的重庆》,将镜头对准山城的"浪花",写朝天门的"拥挤"、写长江大桥雕像的深意,再通过对山间缆车、空中索道这些小事物的点染与联想,便把一个"青春焕发的重庆"活脱脱地展现在我们面前。一开始,作者在极度喜悦地勾画出朝天门的外貌、盛赞其"拥挤"这一新时期特有的景象后,接着写道:

> 犹豫、观望、等待等等,在拥挤中已没有立锥之地。
>
> 在拥挤中发展、蔓延的,只有潮一般汹涌澎湃的无限生机与活力。

这是诗的议论:有了它,即把形成船舶如梭、人头攒动的繁忙景象的缘由点示了出来,"拥挤"的外在形象便有了深邃的内涵,也使"船长和水手的视线、追求拥挤着""商品红红绿绿的商标和竞争的诱惑拥挤着"这些幻化的形象有了时代的根基而真实可感。作者接着描绘了这样的画面:在各种声响交织的繁忙港口上,"虽然没有一时一刻的安谧,人们还是喜欢在水上旅馆度过起航前的一夜",因为他们都有一颗"腾飞的心灵";上船下船的人们,尽管"在匆匆忙忙的一瞬中,只能默默会意地相视而笑",那笑意又分明传送着"改革的信息"……前面鸟瞰"拥挤"之形,这里特写改革之心,点面结合、动静相衬,前后借汽笛的"嘀——嘀"声响,涌出包括作者在内的"人们胸中共同的诗情",从而创造了一幅完整统一的有声有色、情理交融的美的意境,让人既看到新山城急促前进的脚步,又听到作者对这种变化,对改革的深切赞颂。由此可见,有无诗的意境固然是诗化散文的重要标志,但诗意美的核心不在形象,也不是感情,而在于哲理的光芒。

别林斯基说过:“诗和哲学不仅已经不彼此排斥,而且不断地相互帮助,相互支持,甚至融合到这种地步,有些哲学著作你会首先把它称作是诗的,而把诗的作品称作是哲学的。”(《别林斯基论文学》)对于重在抒情明理的散文,最要紧的是要写出作家对现实生活的“感应”,即从客观事物中发掘出既合乎其发展规律又启人思考、耐人寻味的真谛。换言之,诗化散文中的意境创造要以哲理的开掘为中心。在这篇“浓缩着一个新的历史时期”的千字文中,不单是抒发了作家对山城剧变的欣喜之情,更充满着对祖国腾飞的欢呼和对加快改革步伐的热望!而这,正是当前中国人民的共同心声。一篇优秀作品的真正价值就在于此。

总之,诗人唐大同在他的散文里依然展示的是“诗”的世界,而且注重独特诗意的发现,注重新鲜哲理的昭示,形成了自己的艺术风格。用他在《初衷》里的话说,就是——

“我的诗意,就是散文世界里和别人不同的那个‘我’,就是未来汹涌澎湃的散文江潮中,那朵属于我的浪花……”

请你注意这个加引号的“我”字。我们尽可以把它当成“文贵有我”中那个抒写真情实意的“我”,把它看做是作家对艺术个性的追求;但若寻根究底,结合唐大同的散文继续考察,便不难发现:这个“我”的真正涵义则是经过艺术构思而“诗化”了的生活,是作家展现在读者面前真诚、高尚的人格!换言之,散文的诗化实质上是对生活的诗化,关键即在于作家具有“诗化”了的人格。这是唐大同散文给予我们的一个重要启示。

诗源于生活是毫无疑义的,但罗列生活、抄袭生活并不就是诗,诗是诗人对生活长期认识,反复思考后所进行的高度概括,是诗人运用丰富的想象与联想,将全部感情在生活中发酵而酿造出来的无比芳香浓烈的美酒。这种从生活到诗的提炼、酿造过程便是诗的构思过程。也就是说,经过艺术的构思,“诗使它触及的一切变形”(雪莱《诗辨》)了,诗中表现的生活是作家诗化了的生活。如前所述,唐大同是“像酝酿、构思诗一样去酝酿、构思散文”的,因而在他的作品里,写人叙事总是在诗情画意的背景中托出人物的美好灵魂,绘景咏物亦给“人化的自然”(马克思语)注入诗的情韵,让读者在艺术欣赏中去领略被诗人浓缩了的生活美，品味诗人着意创造的意境美、哲理美。星期天提着一篮红桔看望病中老师的小姑娘，“身穿红彤彤的棉袄，围着红彤彤的围巾”，行走“在灰暗的冷飕飕的天幕下，在平原的一片快要冻结了的绿色之中”亦“显得分外耀眼和美丽”；再通过对严寒程度的渲染（“她从炊烟也挂着冷霜的严寒里走来”，“她从鸟儿的翅膀上也吊着薄冰的严寒里走来”）、对桔子来历的强调（“才从自家房前桔子树上摘下来的桔子，闪耀着新鲜的红色光泽的桔子”）；通过“是桔子映红了她带着几丝忧郁的脸？还是冻红的脸蛋映红了篮里的桔子”的设问，和“她因提着鲜红的桔子而更显得可爱，桔子因她的天真而愈加显得嫩气、明亮”的衬托，把“一颗童贞，一朵火焰，一团温暖”的动人形象送到了读者面前——《提着一篮桔子的小姑娘》（《人民日报》1984年12月7日）多像一幅“万绿丛中一点红”的水墨画啊！如果说小姑娘的形象是在“巧”的背景下显现出全部动人的美的话，那么这正是作家“巧”的构思所至，是作家诗化生活之一法。十分明显，本文并不只是赞颂“这一个”小姑娘，而旨在大片冷色调的铺陈中深沉地呼唤“跳跃的火焰”“流动的温暖”，是对整个人间“都感到热乎乎”的渴求，是对人类都应“有桔子般鲜红的纯洁与美丽”的企盼。这种“巧”既真且准，是值得提倡和借鉴的。

由现实追溯历史，由历史回应现实，在现实与历史组成的坐标上找出题材的对应位置，再以此点为核心统帅全部内容，是唐大同构思散文、诗化生活的另一重要方法。一条金沙江不知写秃过多少支笔了，要不重复别人也不重复自己是不易的，《滚滚金沙江》别开生面，运用在现实中思考得来的崭新思想去驾驭历史内容，又将历史的画幅与眼前所见本质地联系起来，纵横交错、气势宏大地描绘出金沙江巍然屹立的勇者——开拓者的形象，帮助我们找到“了解金沙江汹涌奔腾的奥秘和真谛的钥匙”！作品一开始就把我们带进那令人心颤的古老传说中，既暗示了“金沙江”得名的来历，又欲扬先抑地为歌颂“不屈的灵魂”铺展了辽远深沉的历史背景；继而抓住金沙江的特点，即景生情、夹叙夹议，浓墨重彩地抒写惊涛骇浪像“长上了翅膀”“骑上了骏马驰骋”的宏伟气势和动人心魄的内在力量，意在比喻我们“曲折漫长，然而又是浩浩荡荡的伟大事业”，生动地描绘出我们这个古老民族激流勇进的伟大形象。但作者意犹未尽，又以不可遏止的激情歌赞“轰轰隆隆”的涛声，进一步以“声响”丰富金沙江“雄壮”的形象，抒写出“激流在呼喊”的特质，并引出作家发自心底的呼唤——“呼唤驾驭巨浪狂涛的勇者”！勇者来了，在人类从未留下胜利足迹的狂涛怒浪之上，出现了顺流而下的船队，作家欣喜若狂，惊叹叠起，将这峡谷内的“小黑点”放到峡谷外的大世界去透视，劈波斩浪的船队就愈加威武雄壮。这里成了历史与现实的结合部，成了作家构思中“自然”（金沙江）与“人”（船队）的交汇处，亦即诗化生活的聚光点：写“江”实写人，歌赞金沙江的浩荡激流，就是歌赞历史前进的步伐。作家为了更深地揭示出历史与现实的内在联系，加重作品的思想容量，由此又铺写开去——《我想起了所有的开拓者》引出了另一位既讲“粒粒金沙”的传说、也讲三五年红军渡江北上斗争故事的老人，道出了“无论多么曲折，历史终究像金沙江一样奔腾前进”的不易之理，道出了有革命先辈的开拓者们奠基，就有后人“勇敢不屈的惊涛骇浪组成的勇者群像”出现的必然规律。可见，只有作家站在现实的高度上，回首过去，展望未来，用作家“自己”的但又符合读者要求的审美意识去审视生活、研究生活，才可能发现美、提炼美，创造比生活更美的诗意美。

马雅可夫斯基说：“真正的诗人会从朦胧的火星中吹出明亮的思想。”我国宋代大诗人陆放翁也说：“诗无杰思知才尽。”要“吹出明亮的思想”，要有“杰思”，除了对生活保持旺盛的热情、具备敏锐的观察力和丰富的想象力，以及广博的知识储备等重要因素外，最要紧的是作家自己必须具有高尚的情操、卓越的人格。“要撒播阳光到别人心中，总得自己心里有”（罗曼·罗兰语），因此艺术构思的“主体”——作家本人的灵魂高尚与否是会像镜子一样直接显露在读者面前的。通观唐大同的散文，我们从作家创造的诗的生活、诗的意境中，从作家抒发的动人心弦的情感和揭示的促人深思的哲理中，自然看到了他那颗与读者相通、与时代合拍的真挚、忠实的心。唐大同的绝大部分散文都写的是一些极为平常的事，大力颂扬普通人，并从这些“凡人小事”中掘发出与时代大潮不可分割的内蕴。如《礼物》拾取蜀人送北方亲友的豌豆尖儿这个小得不能再小的细节大加抒写，就借“盆地新生的翠绿”暗示了四川同祖国同步前进的题旨；《夜》也是借大肚皮伯伯给孩子讲完故事安然入睡、梦中还击蚊虫袭击的细节，富有情趣地活画出一位爱孩子、恨“蚊虫”的可敬可亲的长者，寄寓着作家的情怀，即不能忘记前辈的“坎坷经历和喜怒哀乐的色彩”。在一些写景咏物的作品中，我们也同样可以清楚地看到作家的爱憎和理想是与读者同脉搏的，如《八达岭上有一只骆驼》(《散文》1983年10月号)一方面赞美骆驼,启迪我们“像它那样,从不夸夸其谈,不吹牛,不问路途还有多远,不管前头还有多少坎坷曲折,沉默着走,沉默着走……”;一方面又愤懑于骆驼被用来拍照、为虚假的“勇敢”作饰的事,面对此时骆驼被辱后的“沉默”,作家“大声疾呼”:该“打破”这种沉默了! 睿智的思辨、鲜明的情感,显示了作家敢于针砭时弊的可贵品格。王国维说:“词人之忠实,不独对人事宜然,即对一草一木,亦须有忠实之意。否则游词也。”(《人间词话》)我们可以说唐大同不仅对所写的人事景物“有忠实之意”,而且对读者也是十分忠实的,他对诗意美的刻意追求与潜心创造,本身就表现了对读者的忠实。

唐大同同志在《初衷》中真切地体会到——

“为诗不易,为散文亦不易也”,虽然“散文更自由、随便”,其意境、情思等却“都是硬逗硬、货真价实,来不得半点虚假的”……

他认为“诗有时还可以用她美丽的形式、铿锵的音韵和节奏,或所谓‘朦胧’等等,掩盖自己的单薄、肤浅,甚至贫乏、苍白……而散文却没有伪装的外衣可穿”! 这种实事求是的严格自我剖白道出了“散文易学难工”的苦衷。下面简要谈谈唐大同散文存在的不足。

散文要正确处理“自由、随便”和“真”与“实”的矛盾。散文多“实”,主要表现为形象具体、说理明晰,抒怀表意多直指,不像诗歌那样越凝炼含蓄越好,语言的速度也不像诗歌那样有很大的跳跃性,总之“文出正面,诗出侧面”(吴乔《围炉诗话》),“诗是跳舞,散文是走路”(瓦雷里《诗》),散文有很强的随意性,自由灵活、舒卷自如是它的突出特点。诗化的散文仍是散文,自无例外。唐大同的有些散文似乎多一些诗的凝缩,少一点散文的“散漫”,多一些诗的跳跃,少一点散文的徐缓。如《淘金记》既是“记”体文字,即可把有关“淘金”本身的故事记叙得更详尽些,把那位黑龙江朋友“证实”的具有历史变迁性质的内容写得更“实”在、更具体些,因为它在全文中起着承上启下的鼎力作用,是作家驰骋联想、溶化思想的重要依据;倘若也像赞美森林、油田一语而过,下面的抒怀就有些力不所支了。又如《湖畔鱼宴》也有必要交代一下为远方来客举行“别致”鱼宴的别致主人、别致环境，以及宾主共宴的别致情景，才能与作家抒写的强烈主观感受更紧密地结合起来，在“情”与“景”融为一体的具体画面（即“意境”）中，让读者既细细品味其中的诗意，并可了解到异乡民情，或许“别有一番滋味在心头”的感受正需要来自这人事景物都很“别致”的生活图画吧。“除风景画以外，还有风俗画。”高尔基的话是很中肯的。散文也需要节奏感，但跨度过大，浓缩得过紧，就会失去散文“随兴所至”的特点，使读者有些“眼花缭乱”，不及玩味寻索了。此外，某些篇章在结构上、语言上也因内容过紧而较少变化，一些抒情短章尤因其“短”而显得不够灵活，如《冬色青青》《夏的礼赞》，大都即物起兴，用“我听见”“我想象”“我梦见”一类句式抒情言志、揭示题旨，就有些类同了。如果联系作家“像酝酿、构思诗一样去酝酿、构思散文”的陈述，我们似乎又可得到这样一条启示：散文和诗尽管是“文学”家庭中最亲近的两姊妹，但毕竟各有其貌，散文吸取诗的情韵、诗的意境成为诗化散文，但若构思太“像”，也会限制“散文”自身特点的发展。

当前，散文的繁荣兴旺已开始露出了希望之光，唐大同同志亦为此奉献了自己的汗水，相信他必将在新的实践中为人们捧出更香甜的散文佳果！

（原载《当代文坛》1986 年第 6 期）

陈　肃（1933—　），散文家，江苏武进人。1950 年参加中国人民解放军，1963 年转业后长期从事宣传文化工作，历任常州市文联《翠苑》杂志编辑、文学艺术研究室副主任和主任等职，为编审。系中国作家协会会员、中国散文学会理事，常州市散文学会会长。

陈肃在 1956 年中国人民解放军建军三十周年征文活动中即参与组稿、编稿并开始业余创作，以散文为主，先后在《雨花》《十月》《散文》《人民文学》及《人民日报》《光明日报》等全国 30 余家报刊发表散文 200 余篇，迄今共出版散文专集 4 部：

《毗陵散笔》（江苏人民出版社，1988 年）；

《春云秋品》（百花文艺出版社，1990 年）；

《绿的回旋》（人民文学出版社，2000 年）；

《常州名士撷英集》（合著；江苏文艺出版社，2000 年）。

其中《绿的回旋》获 2000 年常州市“五个一工程奖”，《常州在飞》《少女》被选入《中国新时期抒情散文大观》，《到秦川才识江南》被选入《1991—1993 散文选》《大西北写真》（太白文艺出版社，1998 年），《废祠访古》被选入《1996 中国散文精选》（长江文艺出版社，1998 年），《少女》被选入《中国当代散文精选》（甘肃人民出版社，1995 年），《常州在飞》《只缘秋色淡》和《运河，女儿河》被选入《中国当代散文大系》，《迈入新世纪大门》被选入《历史定格》（新世纪出版社，2000 年），并获佛山出版总社“2000 年第一天”征文奖；另有《绿的回旋》《古窗》等多篇被《散文选刊》选载。

评论陈肃散文的文章主要有：

《努力追求自己的特色——评陈肃的散文》（邵健），《新华日报》1984 年 5 月

23 日；

《醇美似琼浆，清风扑面来——读〈毗陵散笔〉》(亦均)，《博览群书》1989 年 8～9 期；

《情深意切，质朴淡雅——读〈春云秋品〉小札》(红霜叶)，《天津书讯报》1990 年 3 月 31 日；

《城市风情审美化与系列散文新体式》(朱净之)，《常州教育学院学刊》1990 年第 3 期；

《陈肃散文的语言艺术》(王文强、王国娟)，《常州教育学院学刊》1991 年第 2 期；

《乡土的芬芳——陈肃散文简论》(陆士清)，《镇江师专学报》1991 年第 3 期；

《论陈肃散文的美学追求》(曾绍义)，载《散文趋向的沉思》，香港正之出版社，1992 年；

《谈谈陈肃的散文》(林非)，载《散文趋向的沉思》，香港正之出版社，1992 年；

《物境·心境·诗境——评陈肃第二本散文集〈春云秋品〉》(朱净之)，《常州教育学院学刊》1992 年第 3 期；

《陈肃散文的美学意蕴》(屠岸)，《书与人》1996 年 3 期；

《读陈肃的散文〈绿的回旋〉》(屠岸)，《文论报》1997 年 5 月 15 日；

《气势磅礴、哲理深邃——评陈肃的散文集〈绿的回旋〉》(毛定海)，《常州教育学院学报》2000 年 3 期。

灌园琐话

陈　肃

古人称三十步为畹。我只有半畹小田，便是散文的园地。它是我心中的净土，我挚爱着它，耕耘它，播种它，不亚于勤劳的农夫。我在这半畹小田里播种生活，播种真情，播种幽思，寻求生活的清馨，寻求散淡自乐，营造心神怡然的乐园。但是，“草衣不是避秦人”，我并不避世，我只是在那纷繁嘈杂的俗世里，经常走进这个园落，一求宁静散闲，一求清新淳朴，一求至真至善。那薄薄的一篱之外，仍然是喧嚣繁杂的世界。

我以为每个人都有自己的生活，都有自己的真情实感，但不一定每片生活，每则真情，都能进入散文。能进入散文的只是那些属于自己的独特的真切感受。这种感受通常具有朴实的美质和诗的意趣。当然作品的诗意还有待于自己作一番尽兴、尽势的生发和营构。所以我以为作为散文的灌园客，既需要热情地感受生活，捕捉生活的诗意，亦需要冷静地忖度生活，咀嚼生活；既需要深情，亦需要冷眼，更需要机智。

我以为作文如作画，不应只是一个单层的平面的自然的再现，满足于一般的生活情景的介绍。散文是一个境界层次的创构，是一个多层次的复合。它不仅应有“写实传神”的层次，还应有“奇思妙想”的层次，“哲思深悟”的层次；既有“实写的景象”的层次，还有“虚写的韵味”的层次。灌园客的使命乃在培植情景一体、情理一体、虚实一体、疏密一体，跌宕多姿的心灵之花。

散文张扬“真善美”是对的。但“真善美”又是通过个性化的描写才能体现，所以无个性化即无“真善美”，散文的至美乃在个性之美，人格之美。散文在“真、善、美”这外，似乎还要加个“新”字，因为“真善美”若无新意，仍难激起人的美感。清新亦散文之根本。

话又说回来了，我耕耘了十余载的半畹小田，园地里极少笔直摩天的大树，不登大雅之堂的小花小草有之，弯腰曲背的歪脖子树有之。这歪脖子树，用以建屋作大梁当然不行，但我想可以制作犁辕。犁是曲的化身，唯其能曲，故能翻松泥土。我想翻松心灵之土的犁，亦须借助“曲”的力量。

1994 年 11 月 15 日于品云斋

自选作品

常州在飞

我何时曾想到过飞呢？虽然明知道飞是一种自由，一种快乐，一种美妙的境界；但飞，似乎与人类绝缘。有人说，人类的使命是制造飞的翅膀；这是诗的想象，而不是现实。何况我生活在一个朴朴拙拙的古城里，一个像古城垣一样沉重的古城里，怎么会想到飞呢？

这是一个古老的书香城池啊！
陆放翁盛赞过它的“儒风蔚然”；
龚自珍叹服过它的“名人辈出”。
书香是它的荣耀，也似乎是它的包袱。

我是解放前夕进过这座古城。它给我的印象确实是简朴的，庄重的，古雅而冲淡的。那鳞次栉比的木结构矮楼古屋，那街道两旁清清瘦瘦的骑楼式、立贴式的清代建筑，那逼仄的、拘谨的，坐在黄包车上咯登咯登蹦屁股的小石片碎砌铺道。那运河岸上一溜溜临水建筑的纤巧居屋，那春杨柳下挨门叠户的书香宅第，那深深的寂静的青石皮巷陌，都说明它是极古老而保守的城池。

那时，城内小桥流水边的春杨柳特别多，泡桐花满城开着。红红紫紫的泡桐花影里，袅娜着芬芳的香韵，悠扬着寺庙清越的钟韵；临水茶肆里茶客满座，在紫砂壶畔闲嗑闲聊着幽闲。它留给我的是一幅淡墨山水画的幽味，幽味里又似乎凝聚着几千年的积重。

那时，怎么会想到一个“飞”字呢？脑海里没有飞之思，生活里没有飞之影，所感到的只是沉甸甸的古味。说句实话，我为它的古老反感到自卑。我的姐姐在一家织布小厂做工。这座古城只有几家破破烂烂的纺织小厂。与早染上“海派浮华”的左邻无锡相比，实在显得有点寒酸。

我徜徉于东门舣舟古亭，那是苏轼十一次来到这座古城，常在这儿系舟的地方。运河岸上一抹葱茏的小土山上，有一翼亭，虽有振翼之势，但几百年还是那个老样。穿城而来的运河水啊，在这儿突然打弯，绕着亭子缓缓流淌。

"你知道常州人，为什么要在这舣舟亭下筑起这道'文成坝'吗？"亭内的一位穿长衫的年老书生，指指左岸的拦河堤说，"自唐宋以来，常州历代出的状元多，文人多，名人多，宋大观三年，会试天下贡士，一科三百名进士中，常州人就有五十三名哩。到清初年间，常州人就在这儿筑起'文成坝'来了，挡住常州的文气流到无锡去。说也巧，自筑起这道文成坝，到乾嘉盛世，常州文气果然又鼎盛起来了呢。"

"你说的鼎盛，是指龚定庵赞美常州的那个时代吧。"那穿西装的年青人说，"可是，无锡现在比我们强哩，人家是'小上海'了。我们常州还在小桥流水边消磨着幽闲，听梵宇钟声，回忆祖宗的荣耀……"

"无锡是靠做生意发迹的哩，无锡人做生意真有点贼心眼，我们常州人要自愧不如……"

我从那悠闲自在的闲谈里，既感受到常州人的自负，又感受到常州人的自卑。古城就像脚下的运河水，在"文成"古坝的弯环中悠悠地流着，流着，怎么会有飞流直下之势呢？

我曾经远离于这个城市。飞离得越远，思念得越深。总觉得它那文弱的身躯，一如那逼仄的青石皮巷道，只适合作缓缓的斯文的漫步，不适合现代车轮轱轳的飞旋……

一只在赤红的天空中盘旋的雄鹰，嚓唳地鸣着，展开那强劲的翅膀。忽地枪弹飞鸣，红火舌般的弹迹擦过它的羽毛，它颤动了一下身子，却仍安详地，没有停止那雄气十足的翱翔和飞驰……

我正是在动乱的年代里感受到这只雄健的鹰。

什么"唯生产力论"的"黑样板"啦、"黑典型"啦，一古脑儿由批判的枪口向它喷射。

刚从外地铩羽归来的我，却听到了一种坚定的带幽默味的回答：

"嘿,臭豆腐闻闻是臭,吃起来可是香的哩!"

是啊,一座古老的城池,一年的产值,相当于一个福建省哩,这是一个多么惊世骇俗的飞啊!我正是在这个数字里感受到它的雄飞,一种在枪弹飞鸣中的雄飞!

当时左邻无锡还纠缠在派性的胡闹里,我想起舣舟亭内书生的议论,心里萌动起自豪感来了,以前总觉得常州人不如无锡人精明,现在才觉得常州人还有它特殊的机智。我每天出东门,到离城二十里的铁路工厂劳动,每天往返于铁路和运河之间的那条狭长地带。那时,常州的工厂,大都密集在这块东西绵延数十里的水陆两便的宝地。我看过东门运河岸上几家色彩华赡的纺织工厂、西门铁路沿线数家黑褐色的机械工厂,也参观过市内的一些弄堂小厂,都感受到飞的鼓舞!那时,全国的工厂烟囱,很多并不冒烟哩,可常州确实在踏踏实实地干着,有股热劲儿哩。

但是,看看常州的街道、店面,自卑感又潜滋暗涨。最繁华的南大街、东大街,没有一幢高层建筑,那骑楼式、立贴式的清代古屋店面,一式掩映在浓密的梧桐枝荫里。常州的梧桐树倒长得特别繁茂,这倒要感谢常州的妇女,她们每天清晨的刷马桶水,滋润着这些梧桐树,五十年代的幼树苗早茁长成枝丫交错、像拱道似的绿廊了。绿廊下的新华书店,是平平的古屋;绿廊下的影剧院,没有一家有冷暖设备;绿廊下的最大百货公司,也只是略高出梧桐树梢的三层楼房。常州人在绿廓里、矮檐下,熙熙攘攘,似乎过惯了那低矮平淡的生活。

"嘿,你们常州真怪,凡外地调到常州来的,一律要有技术,要有特长的。那些有技术专长的,外地受批判,调到常州就香起来了。"

他点头:"常州人踏实哩!"

"嗯,是精明。"他思索着说,"过去常州人骂无锡人做生意刁钻,现在你们办工业比无锡人还刁钻哩!"

这是一个严寒的冬天,我上舣舟亭听到的又一片议论。闲聊的是两位刚刚转业的军人。其中的一位大概已成了常州人。那一天,亭外飘飞着雪花,运河两岸都盖起白白的雪褥,但在我的心里却升腾起一股春天的温意。我已经感觉到常州人的心胸里，并不只是装着空洞标语，还隐伏着悄悄拼搏的雄心，一种"插柳不让春知道"的机敏。

我终于看到一种腾飞的影儿，在渐滋暗涨，满城飞舞。昨天是一爿不起眼的弄堂小厂，由于经营得当，今天便腾出古楼矮屋，向郊外飞迁，盖起幢幢新楼，成了庞然大物。昨天是一片荒地，现在成了林立的厂房，热闹的市街。

于是我惊异起来，迷离起来，便去寻觅它的飞迹。

我专访过一家弄堂小厂，那四百多人的制药小厂里，竟有个五十多人的科研所，还办了一张信息报。科研人员半数为外地调回的铩羽游子，集聚为开发产品的智囊团。我突然像迷梦里看到一片星光灿烂的世界：科研向生产靠拢，科研和生产双翼齐飞！

也有人说，他们熔铸着科研的翅膀，让信息导航，悄然腾飞！

飞，除了强劲的飞翼，还要有轻灵的身子。这些弄堂小厂，不像巨舰那样稳成持重，却像风帆那样轻便灵活，它们看风使舵，穿行于浪峰波谷——作乘风破浪的飞！

它们不像家鸡那样享有口福，懒于飞动，而是像飞禽那样，凭飞翼才能觅食——作绝处求生的飞！

我还看到那"若垂天之云"的大鹏一般的飞翼。常州的工厂，大都密集在铁路和运河之间的狭长地带，这是两扇硕大无比的飞翼啊，西翼是庞大的机械工业，像苍黑色的长翅；东翼是翱翔世界的轻纺工业，羽毛丰满腴润，像灯芯绒一般美丽。

现在，运河南岸、铁路以北的广漠田野，也变得公路纵横、厂房盘踞了，那令人眼花缭乱的电子工业、化学工业，是翼羽的延伸。

在通衢大街的两旁，矗立起幢幢摩天高楼来了，它们的阴影投到长街上，使冬天的积雪久久难化；我在这阴影里漫步，虽阴气袭人，却感觉到掠过天宇的"若垂天之云"的飞翼，在地上的投影。

在飞，在不断地飞，悄悄地飞。

我看到那彩色东翼长翅上，有一颗蓝宝石似的一星，像蝶翅上的光点。八三年还只是三家弄堂缝纫小厂拼成了它的雏形,不到三年,已是两千职工、两亿产值的工厂明星了。

外国人惊异于它的像电子信号灯那样迷幻变化的斐然产品,惊异于它无与伦比的化纤加工能力,称它为"东南亚的明珠"。

我由一条矗立巍然高楼的街道,进入一条小小的数字巷道里了,终于看到常州飞驰的轨迹。这条巷道说短不短,说长只有几十个数字的排列,但字字珠玑,璀璨晶莹:

常州用三十二年时间,创造了五十二个"四九年的常州城"。

与全国六十九个同类型城市相比,人均产值、财政收入、劳动生产率,它均名列第一。

一位法国朋友,把视线贯注于这条数字的巷道里。他说:"这像是一个窗口,从这窗口里,可以看到整个中国的起飞!"

一个露珠盈盈的清晨,我重登舣舟古亭。我忽然觉得运河岸上的这抹小土山,似乎矮小了一截。过去站在舣舟亭上,可以南眺运河对岸一片碧郁郁的稻田,听蛙声一片。现在是林立的厂房,障住了我的视线。在脚下展现的运河,已用块石驳岸,配以镂花水泥栏杆,岸上遍植春杨柳,间列凉亭,照影清浅。

愚昧的"文成"古坝早已拓开,涛涛运河水已有飞奔之势！它好像常州人的一腔热烈情感,正向江南姐妹城无锡迅飞。朝西望去,市内幢幢华楼美厦,使平实的古城新添巍峨雄姿。一簇簇雄伟的脚手架畔的塔吊,正在悠悠转动。

运河,意识之流,记忆之流。

我仿佛看见当年苏轼来常州,兀立船头,细览常州丰采,他微捋美须,嘴角边浮着笑容。苏轼,不是也梦想过飞吗?他那"我欲乘风归去",就是一种飞。

唱过大江东去的苏轼啊,你本该有雄浑豪迈的气势,可是你却放弃了洪涛滚滚的雄浑,爱上了小桥流水边的冲淡,你既不同意王安石的"飞",又不同意保守势力的倒行逆施,这就铸成了你一生的坎坷,十几年的颠沛流离。你知道吗?在另一个倒行逆施的年代,一批又一批的铩羽游子也归宿到常州来了。他们却重振羽翼,抖落一身寒酸颓唐的书生气……

常州,终于从那个保守的幽闲里挣脱出来了。

常州,古老的常州才像系在舣舟亭下的船,现在才是扬帆万里的舟!

(选自《散文》1986年第9期)

绿的回旋

我案头置山石一盆,长满金丝绒般的碧苔。大姨子从塞外归来,颇欣赏它,我有心馈赠,她却摇头说:“这苔我可养不活,我们那儿是不生苔的。”我心里一悸,原来江南的绿是搬不动的。

正值炎夏酷暑,我有幸到塞外出席学术会议,火车越过中原大地向朔方奔驰,越往前行,越觉得好远,好旷,好荒。江南的绿,浓绵厚积,浓得化不开,到北方就渐渐地淡起来,化开来,到长城塞外就化解得稀稀落落的了。而气候却一步步凉爽,身子也从粘腻汗濡的躯壳里蝉蜕出来,抵包头跨黄河,到达鄂尔多斯,简直像进入了清凉爽快、弥漫着冷梦清辉的天堂。

到落脚地,见莽莽的沙丘,像巨大的蒙古包,一包叠着一包,黄橙橙、光溜溜的。也有的长着沙柳、沙蒿、猪毛菜和骆驼草,它们的叶子很小很小,有的还长着小刺。谁也说不清这些绿色生命有多么坚韧刚悍!它们一丛丛,一簇簇,星星点点,星罗棋布在沙丘上。现在有人反对写花花草草,以为花草纤弱,且来看看这些灌木小草吧,它们坚定地向沙丘荒漠行进着,可能被沙漠吞没,也可能在沙原上牢牢地扎下绿色的营垒。我看着这些小草,心里也充满了绿色。

这沙原上,我还看到一排排青松白杨,湛青碧绿地围拥着高大雄伟的烟囱水塔机房,以及雅致的住宅小区、灯光球场。还居然看到姹紫嫣红的花坛和玲珑透漏的太湖石,饶有江南秀致。只是所有这些都整列在松松软软的沙滩上，据说烟囱水塔的底脚也不是太深，一般不超过六米。这真是一个令我振聋发聩的奇迹！“万丈高楼建筑在沙滩上”，本是形容“不稳固”的熟语，王朝的政客们都盼望一个稳固，都忌讳这句熟语；现在看来，沙滩上还真可以耸立起巍然巨构，那耸入云霄，高达二百四十米的烟囱，竟像一支支丈量天宇的彩色标杆。我仰望着，惊叹着，灵府里消失了一层愚昧。我在沙漠里大胆地走着，拎着鞋，赤着足，爬了一坡又一坡，走得好远好远啊，但无论怎么走，回头一瞥，总能看到那酷似海市蜃楼般的美景，不用担心迷失归途。

建筑群里还有一条贯穿大漠的钢轨和蛛盘网结的水泥马路。两千年前昭君出塞的车辙和六百年前成吉思汗西征铁骑的蹄迹，都给松软而无情的黄沙淹没了，唯有这钢铁、水泥之路，以强劲的力度躺卧着，黄沙淹没不了它们。建筑群里的绿树红花，也是建楼造塔的人们亲手栽植，他们从百多公里外引来黄河乳汁，用胶皮管浇灌成活。蓊翳佳木是那样地逗人喜爱，给人以温馨的气韵，这气韵融和了高高低低的建筑群，组成了绿树成荫、花影袅娜的沙漠新城！

我们的会议就在这工程未竣的漠城里召开。这儿虽看不到江南城市的弯流曲溪，看不到解缆问桨的水光波影，也听不到若断若续的蝉嘶虫唱，但黄沙滚滚里，却暑气消释，清凉宁静，给我以心身的慰藉。高原将我们托到海拔一千五百米的高空，夜晚星星也离得近，特别的亮。我想天上有个星勺，地上有个河套，何等奇巧，何等对应！是否是大河母亲按照星勺模式，有意打了个躬，将这块宝地紧搂在自己的怀里呢？天上的星勺给我以方向的指示，地上的河勺不同样给我的心灵以启迪么？这儿的荒山沙丘，虽不如江南的绿山翠岭那么美，那么秀，却五内丰厚，蕴涵敦实，是“败絮其外，金玉其内”的丘！这大片大片的沙丘下面，便是乌光闪闪的煤——高原大力神！这座沙漠新城就是要让黑脸金刚的大力神，将一腔豪气迸发出来，化成比成吉思汗的铁骑还要强悍的力量，去驱赶沙漠草原上的荒凉和冷寂，并沿着阴山燕山东放直驰，使我们的首都也增色添辉！

我在漠城漫步，看到一块路牌："重载车请勿通过"。原来路基下正在挖着巨大的深坑，挖了十三米，还是深不可测的沙层。这儿要建造一个泵房，房基埋得比烟囱水塔的底脚还深，可见泵房将有多么大的震动力量，将要引动多么大的水量，我们的大力神是如何地狂饮着大河母亲的乳汁！我仿佛听到汩汩的涛声，不知怎么，我由这涛声又忽地想起沙原的绿来。怪不得离新城越近，绿就越茂密，越滋润，越森蔚，那绿仿佛是由这新城里溢出去的，像墨水一样慢慢洇开去的。有道是"青山不可无绿水"，山之青以绿水为源。我忽然敏悟，新城里有的是大河母亲的乳汁，水汽淋漓，有些沙凹里还积下小小的水塘，有水，还怕没有绿吗？有水之濡养，还怕江南那浓绵厚积的绿爬不上这"黄沙滚滚黄入天"的朔漠高原吗？

多少万年以前，这儿本是一片森林，一片浓浓的绿，绿包裹着河套人的一帙青史。由于地壳变动，绿被埋入地下，沙漠侵吞了这片土地。但绿只是痛苦地转入地下，经历了坎坎坷坷的旅程，才磨砺了性格，改变了绿色的柔婉细腻，变成了黑色的粗犷、雄健和桀骜不驯，焕发了一派济世的伟力和犷悍豪迈的气概。如若人生，有此一变，也属风韵可喜。是的，大力神一刻儿没有忘记大河母亲的意愿和自己的前生，真可谓万年一觉高原梦，梦的就是绿色，梦的就是绿的回归，绿依然是它的灵魂。原来大自然的变幻竟是这么巧妙，这么神奇啊！"绿了黄，黄了再绿。"多少万年旋了一个周而复始，旋出一层新的天地。"旋"才是天地之规，星球在旋，大地在旋，大气在旋，地貌在旋，人生、人世也在旋，谁也逃不脱老子说的"正复为奇"的变幻，我正是在这天地韵律里，感受到高原的脉搏，同时也感受到一颗现代星辰的闪烁。

我由鄂尔多斯归来，见案头的那盆拳石的顶部碧苔已经枯槁憔悴。原来我离家半月，老伴上班早出晚归，顾不得给它以水的濡养滋润。但我相信，只要水汽氤氲，绿仍能复原。绿在大地上有它的回旋，在一块小小石上也同样有它的回旋。

（选自《当代》1994 年第 3 期）

陈肃散文的美学追求

曾绍义

美的追求不等于美学的追求。“爱美之心，人皆有之”，对美的追求更多出于人的本性，因而不免有层次高低以至正确与错误的质的区别，美学追求则是从作家艺术家依据“美的规律造型”，有意识有目的地创造出真正具有审美价值的艺术作品的过程中表现出来的。也就是说，作家艺术家只有创造了自己认为美，鉴赏者也感受到美的作品，我们才能称赞他的创作活动表现了美学的追求。

读完陈肃同志已出版的散文集《毗陵散笔》和《春云秋品》，给人最强烈的印象便是这种严肃而成功的美学追求。

超越乡土的情感源于深入的思考

陈肃的散文绝大部分是以他的故乡为题材的，这就使作品自然而然地带上了浓重的乡情，具有乡土味。但是，真正的乡土文学必须超越乡土，超越乡情，只有从“生于斯，长于斯”的那片土地上放眼看去，深入思考，才能将故乡的一草一木，一人一事置于广阔的社会环境和时代潮流中，发现蕴含其中的深意，也才能由此使笔下的人事景物获得真正的艺术生命。作为直接描述作家心灵历程、展示作家人格情操的散文艺术，则更有赖于这种“超越”，首先是乡情的超越，才能使作品获得美学意义。即如陈肃同志自己所说：“散文的真情，如果抓不住‘理’的根据，常常是零散的、庞杂的、肤浅的、空泛的……真情一旦与哲理融合，‘理扶质而立干’(刘勰)，‘理发而文现’(陆机)，作品的思想和感情，就会显得凝练而深沉，隽永而有余味，充盈出浓郁的诗味，启人心灵，发人深思。”(《做一位美的追求者》，以下出此引文，不再注明)

陈肃同志的“常州”散文正是这样，它们既“蕴藏着一股质朴而又清新的韵味，流淌着一道深深眷恋故土的情感”(林非《毗陵散笔·序言》)，又得力于“反复的构思，甚至几易其稿”才获得如此魅力。《常州在飞》是其中“最难产的一篇”，也是这类散文最有代表性的一篇。按“常规”，用三四千字写一个城市的历史性巨变，几乎是不可能的，作者却在尺素之间浓缩出一幅幅旧貌换新颜的动人图画，而且“尺水兴波”，将“我”的情感抛洒在那昔日的纤巧古屋——如今的摩天高楼，更将“我”的思绪萦挂在舣舟亭上那一次次仰天俯地之中，从而找到了古城常州从“保守的幽闲里”走向扬帆万里、蜚声中外的今天的历史规律。从结构上讲，作者用三次登古亭作线索是有眼力的，一来易于触景生情，由“古”思今；二来便于引用人们的不同议论与时代变迁联系起来，进而铺写开去，但根本上还在于作者自己的“感灵”，在于作者的深入思考。你看，“我”解放前夕到舣舟亭，尽管小桥流水、泡桐花香，“留给我的是一幅淡墨山水画的幽味”，但“幽味里又似乎凝聚着几千年的积重”，因而“我为它的古老反感到自卑”，“古城就像脚下的运河水，在‘文成’古坝的弯环中悠悠地流着，流着，怎么会有飞流直下之势呢”？如果说，“飞”是此文的“文眼”，这里通过对解放前的常州的否定性设问，则为后面的“飞”作了烘托，增强了对比的反差，开篇即引导读者撩开“江南水乡”的迷雾，从历史的深层去认识古城变迁的意义。接下来也许该写今日常州腾飞之势吧，但作者不，却把我们的视野带到“文革”的动乱年代，因为“我正是在动乱的年代里感受到这只雄健的鹰”——“一只在赤红的天空中盘旋的雄鹰”啊！尽管“忽地枪弹飞鸣”，它“却仍安详地，没有停止那雄气十足的翱翔和飞驰……”我们当然知道其中的寓意，邓小平同志1975年顶住四人帮的“批判”大抓生产发展，国民经济不是才开始有了好转吗！在这种情况下，也才有了常州“一年的产值，相当于一个福建省”的奇迹！也只有在这时候，作者才感受到“飞”的艰难，“飞”的“惊世骇俗”——“一种在枪弹飞鸣中的雄飞！”请不要以为这只是一个小插曲，一个“过渡段”，它不仅符合认识事物的自然逻辑，也符合与认识紧紧相伴的情感逻辑（认识的程度加深，情感的浓度增强；情感越浓，认识越深），更是全面表现题旨的需要，因为本文并不是对“常州在飞”的事实作简单描摹，而是要写出“这个城市在我心灵上的投影”，写出“飞”的过程，“飞”的渊源及其发展规律，而这正是本文的艺术价值所在。所以，作者在实行改革开放后常州的腾飞之时，除了“惊异”，便是“寻觅它的飞迹”，而且终于“看到了一片星光灿烂的世界：科研向生产靠拢，科研和生产双翼齐飞”，“终于看到常州的轨迹”,即“常州用 32 年时间,创造了 52 个‘四九年的常州城’”。这是历史的巨变,这是中国的缩影,难怪外国朋友也要说从常州“这窗口里,可以看到整个中国的起飞”! 文章到这里似乎可以结束了,但作者没有停止“寻觅”的目光,第三次把我们带到舣舟古亭上:“愚昧的‘文成’古坝早已拓开,涛涛的运河水已有飞奔之势!”在总览城貌的对比中,又巧妙地引出苏轼当年到常州的回想,将历史与现实结合起来,从而留下偌大的艺术空间,驱使读者从“常州”这个古老而崭新的窗口去窥探从历史到现实的种种真谛。这种“欲说还休”的写法,与其说是一种技巧,毋宁说是作家的一种“发现”。“发现”是认识的结果,而认识固然首先是认识写作的对象,同时又必须认识对象的写法,任何艺术技巧都是作家独有的。十分显然,陈肃同志既从对象上不断加深了对“常州在飞”的实质性认识,故而超越了乡情故土,也同时从写法上努力探索,思考着如何“超越”才会产生美的魅力。

令人回味的诗意来自反复的锤炼

诗的意境虽然不为散文所必备,但好的散文常常富有诗意之美。陈肃散文在这方面追求的一个突出特点便是反复锤炼,包括剪裁构思、艺术表达等多个方面,首先则是情感的锤炼,亦即情感的“积淀”。他说:“我们强调散文的真情,而‘积淀’正是经过了长期酝酿和时代锤炼的真情。”读《牛》,我们就感到了这种“长期酝酿和时代锤炼的真情”,感到了由这种真情铸造出来的“牛”的形象、“牛”的性格之美。作品恰到好处地将祖孙三人与“牛”的关系(放牛、饲牛、夺牛)融为一体,层层深入地写出了牛的温厚、倔强与不屈,既富天然意趣,又带着几分神奇,有滋有味,究其根本,乃因它“让人从牛的性格里看到我们民族的影子,明写牛,实写我们民族的性格”啊! 如此看来,情感的“积淀”的确需要“长期酝酿和时代锤炼”,需要认识的不断深化,才能使情感达到本质的真与美,继而成为诗意创造的动力与元素。没有写牛即写民族性格的认识,没有“我”与父亲、祖父对牛的感情,或曰:没有“我”今天对牛的回想与思索,这《牛》即便写了五脏六腑,恐怕也难传其神,了“吾”心,至多让读者知晓“我”家曾有过“一条体魄雄壮,性情温良的牛”而已,哪有诗意叠出、耐人寻味的艺术美呢?

诗意美的创造当然还有赖于独特的艺术表达，对语言的再三锤炼更有其重要意义。陈肃同志认为散文的语言，无论是浓妆、淡抹，“都必须蕴含作者的情韵意趣，读起来像少女的皮肤，有它丰腴的弹性，而不是一段枯木”。这确是经验之谈。他的作品正是饱含情韵意趣，经过反复锤炼，使其语言具有“丰腴的弹性”，为创造诗的意境起了重要作用。

第一，清新淡雅的素描浓缩着生活的诗意。“千古文章重白描”，用看似叙述的语言描绘出动人形象，真情实意蕴含其中，是我国散文的优良传统。陈肃的散文运用此法展示了许多清新淡雅、情意绵长的图画。如《梧桐树下》写到“蔡奶奶又佝着腰，挺有精神地”打扫落地桐花之后，紧接着有这样一段文字：

一夜杏花春雨，我睁开惺松的睡眼，眺望那晨曦乍照的窗户。只见那细密的横枝上，已爆出黄豆般的拳芽，星星点点，碎玉似的，映着湛蓝蓝的天空，煞是好看。那细袅柔嫩的枝条，闪着绿幽幽的微光，显得格外清新明丽，似乎像一团温善的情思，一篇朦胧的诗吟。我的心被春的图案，春的疏影打动了。

文字是素朴的，“图案”是淡雅的，诗意却是浓郁的，它既运用象征（“杏花春雨”象征新的时代，春枝嫩芽象征蔡奶奶的精神）写出了“春的图案”的内在意义，又融合了“我”的一片赞美之情，于是被作家创造出来的一种“春的疏影”的诗的境界，就不单“打动”着“我”的心，也使我们每个读者不能不为这来自生活又经过艺术“浓缩”而酿造出来的诗的美酒所陶醉了。

第二，引人联想的比喻强化了生活的诗意。新颖、贴切的比喻不仅能增加文采，还可以使表现对象更加生动形象，从而使生活中的诗意得到强化。例如《运河，女儿河》，把弯弯曲曲、纤波细流的江南运河比喻成“披着一身秀气的女儿河”。你看——

女儿河对故乡常州，似乎更多一份柔情。它……温情脉脉地绕着古城旋转，柔波轻轻地吻着短格古窗下的岸壁，像有抒不尽的绵绵情意，实在像女儿离别自己的慈母……

这种不拘泥于实的比喻看似反常，却分明写出了故乡与众不同的美，写出了作家对故乡的绵绵情意，有了这种深挚情感浸泡出来的新奇比喻，便使故乡一草一木的新变化被凸显得格外夺目！或许这就是《运河，女儿河》受到欢迎并获奖的原因吧，因为全文正是以这一比喻为轴线，通过纵横交错的回忆对比，来礼赞常州的。

第三，精彩的对话描写丰富了作品的诗意。尽管散文不像小说，人物对话主要用来刻画人物性格，但选择恰当，描写精彩，常常可以起到集中诗意、丰富诗意的作用。像《乘车即景》中那位为两位老太占座位的后生的喊声，的确"犹如霹雳"，在众人对他不解的责骂声的强烈对比中，便把一种特殊环境下的"利他"精神渲染得十分浓烈；像《霞岭小客店》那位胖大嫂店主对"记者"不轨行为的严厉斥责。也的确使人感到生活中毕竟正可压邪，而听着《引车卖浆女》中卖浆少妇与老人们的对话，简直如坐春风——

> "你的浆怎么这般好喝啊？"
>
> 她擦一下汗滋滋的头发，喜盈盈地回答："豆子要新的，又严格筛选，不存一粒霉豆，浆才会发甜。"
>
> "你不好多做一点吗？"
>
> "忙不过来啊。我每天下午筛豆、拣豆，起四更磨浆。每天磨十斤豆，每斤豆出十三斤浆。"

别看这些都是大实话，却像卖浆女"严格筛选"的新豆，使作品"磨"出的浆汁格外甘甜，它不仅进一步传神地画出了卖浆女的美好形象，也展示了生活中良好的人际关系及个中之义，读来特别温暖人心！

总之，无论采用哪种表达方式，散文的语言都必须在朴实中见真情，在简洁中显力度，做到"字少意丰"、"一以当十"，给读者留下更多的联想空间，让人回味无穷。这便是"语言的张力"，亦即陈肃同志所谓"有丰腴的弹性"的语言所产生的艺术效果。

浩瀚恢宏的文气需要广博的视野

自从有了“文以气为主”(曹丕《典论·论文》)的说法之后,“文气”遂成为我国古典文论中的一个重要范畴,“文气”论也成为一种具有民族特色的文学理论。尽管人们对“文气”的理解有所不同,但从曹丕之说源于哲学上的元气论(汉魏时盛行的元气论认为,“气”是一切事物的根本所在),从它将文之气与人之气统一起来看,即可知道“文气”是就文章整体而言的,指作家的思想、感情、个性及表达技巧诸方面的总体特点,表现了作家的某种气派和胸襟。我们提倡散文要有浩瀚恢宏的文气。展现激人奋进的阳刚之美,这就需要作家有广阔的视野、博大的胸怀,努力从历史与现实的结合上,从人类认识的制高点上,俯仰古今,思索未来,既准确揭示大千世界各种事物间的复杂联系,又科学预见其发展方向,并用启人智慧的新形式表达出来。这无疑会大大促进散文艺术质量的迅速提高。

如前所述,在陈肃同志的散文中,已有如《常州在飞》的代表作出现,而且从整体上说,像《毗陵散笔》这样的合集,也不仅限于“风情漫录”,它已开始“注意去剖析常州风土人情的渊源及其发展线索,表述出常州这一地域性的文化源流”,尽管与“提供出一部常州地区文化心理状态演变的报告”,以“作为中国广义文化史的实例或佐证”(林非《毗陵散笔·序言》)的要求尚有距离,但毕竟经过了从“古代的风威”到“现代的荣誉”,常州“总在民族历史长河里熠熠生辉”的“沉思”,毕竟看到了常州“高亢英爽的气概,精深博大的襟胸”(《毗陵散笔·小跋》)。就是像《春云秋品》的一些抒情短章,也尽可能让人看到其中“轮滚当代”“轮滚未来”的历史辙印,看到作家自己的“认真、老实和真诚”(吴周文《春云秋品·预言》)。

诚然,纵观陈肃同志的散文,还需要继续扩大视野,力求将所写的每一件小事,每一个人物都放置于大千世界中,放置于历史前进的长河中,写出他(它)们的“典型性格”及其“典型环境”,写出广阔的社会意义——窃以为,散文同样应写出真人真事的“典型”,写出真、善、美的“范本”,便更能成为“引导国民精神的前途的灯火”(鲁迅语)!比如“屐痕篇”中的一些文字,就还可以写得更开阔、更深入、更厚重些：像《庐山月》虽然立意不错，但未及突出“庐山月”与他山月的不同之处，以一次黄山观日出“扫兴而归”的失望类推“红日的跃出，架子实在很大”，似乎也缺少力度；像《蜀道如笛》，将宝成铁路的连串隧道比作笛孔，虽不无新鲜感，但亦觉着“空濛”有余、“沉思”不足，倘能纵横开阖、联想广阔，从铁路与人（如筑路大军）、与地域（如大西南）、与时代前进的脉搏等多个方面写深写透，这“如笛”的蜀道“吹奏”的就不仅仅是当年武侯的“挥兵征战”，而主要是“天府之国”飞速前进的豪迈步伐……

既然陈肃同志是一位认真、严肃，对散文艺术有“偏执精神”的作家，既然他的作品已有如《常州在飞》的广阔视野，那么这些近乎“苛责”的意见，我想陈肃同志是能接受的，因为多方开拓视野、提高思想冲力是当今散文发展的要求，也是每一位散文作家使自己的作品更贴紧时代、更有崇高美的需要。我衷心地祝愿陈肃同志在“人生的秋天”里，为人们奉献更多的如秋日硕果一样的佳作！

1991 年 2 月于成都

（原载《散文趋向的沉思》，香港正之出版社，1992 年）

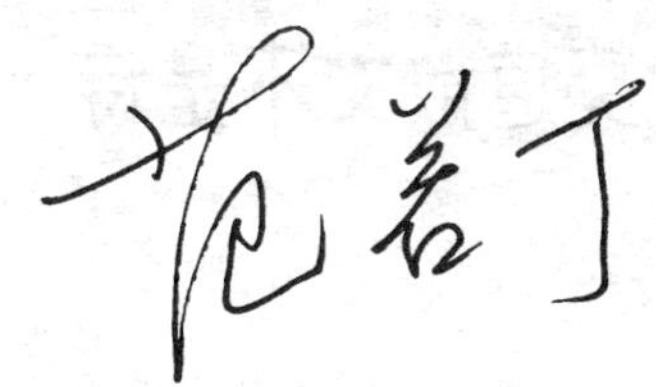

范若丁(1934—　),散文家、小说家,原名范汉生,河南开封人,祖籍河南汝阳。1949年2月参加革命,入中原大学学习,后到中共中央华中局社会部、中南军政委员会公安部任干事,1952年10月调广东省商业厅系统任主任监察员等职。1980年6月调任广东人民出版社编辑,后任花城出版编辑部主任、副总编缉、社长兼总编辑及《花城》主编。现任广东省出版工作者协会副主席,系中国作家协会会员、广东省作家协会理事、广东省文艺批评家协会副主席。

范若丁自幼喜爱文学,16岁时即在《中南青年报》发表文章。曾写有长篇小说《开矿》《遽骤的潮浪》及中篇小说《在宁静的广交会大厅》等,1974年后开始发表《春来早》等散文作品,已出版散文专集4部:

《并未逝去的岁月》(广东人民出版社,1977年);

《相思红》(花城出版社,1987年);

《暖雪》(上海文艺出版社,1989年);

《莫斯科郊外》(广东旅游出版社,1998年)。

其中《暖雪》获广东省第三届鲁迅文学奖(1990),《寻梦街》获广州市朝花文学奖,《皂角树》《我和父亲》分别获得第一、二届秦牧散文奖;有《纸上罗曼斯》被选入《新时期优秀散文精选》,《小院》被选入《中国新文艺大系》(1976—1982)散文集,另有《夜嫁》《神胎》等多篇被选入多种重要散文选集。评论范若丁散文的文章主要有:

《迷蒙烟雨听歌吟——范若丁散文的艺术特色》(缪俊杰),《散文选刊》1988年第5期;

《远去的岁月——读范若丁的〈暖雪〉》(饶芃子),《羊城晚报》1990年7月23日。

插图本《中国当代散文史》有对范若丁散文的专节评论，可参阅。

莫道散文不是诗

范若丁

早先，人们把文学作品分为两大类：诗与散文。这里所说的诗，即韵文；散文则是与韵文相对而言的。如今我们关于诗与散文的概念，其内含与外延都更具体了，更明确了。韵文不一定是诗，诗也不一定押韵；而作为一种特定文体的散文，它不仅相对于诗，也相对于小说、戏剧。更狭义的散文概念，连随笔、笔记之类的杂文，也不包括在内。

但我认为，在各种文体中，再没有比散文与诗更接近的了。就散文的抒情特点来讲，它应该是诗，只是不分行罢了。一篇好的散文，应该同诗一样，不仅要文笔凝练，而且要有情感的蕴含。写一篇散文，无论是直抒胸臆，即景生情，托物言志，或发幽阐微，总离不开一个“情”字。情发于心，一个散文作家应该有一颗激跳的心，一篇散文也应该有一颗激跳的心，这颗心就是“诗心”。我不知道有什么不掺和作者感情、不抒发作者感情的文章而可以称作散文的（就狭义的散文而言）。王国维在《人间词话》中说过：“有我之境，以我观物，故物皆著我之色彩。”有了“我之色彩”，状物写景，才能情景交融，才能抒发独特的感受，才能以己之情，动人之情。如果一个散文作家，善于捕捉与开拓生活中的诗意，善于抒发自己心中的深沉的、激越的、含蓄的、热烈的诗情，并且善于在文字中造成一种诗的氛围，我想，他是不难给他写的散文一颗诗的心，不难写出好的散文的。

岭南是散文作家荟萃之地，散文创作土壤丰厚，渊源很深。但近年来，能在读者中传诵的散文作品却不多。究其原因，可能是如下“三病”使之：

一曰，程式记游。我国京剧等戏剧艺术，是程式化了的艺术，人们倒能接受，但写文章如果程式化，就只能写出八股文，味同嚼蜡，是没有人要看的。如今交通发达了，生活水平提高了，文人雅趣多了，因之，游记文章兴盛起来，则为情理中事。好的游记，可壮山河，可发故物，可抒新风，可扬国威，是读者所需要的。但有些游记文章却如八股，大凡是一记行程，二写山水，三谈历史，四请古人，五引典故，六录旧诗，七记碑文，八发感慨。或八股俱全，或择其几股而用之，语言平淡，感情苍白。《文心雕龙》云“神与物游”，这类游记缺的就是“神”。不把主观的思想感情渗透到写景、状物、叙事中去，就不能形成独特的艺术境界，就不能把一种独特的感受传导给读者。读者对浮光掠影的描写，索然无味的记述，空洞浮泛的感叹，总之，对一般化的东西，是不感兴趣的。

二曰，知识堆砌。散文的知识性和知识性散文，不同于知识堆砌。广征博引，虽然不失为一格，但应该注意材料的生发。如果只是罗列材料，而不能驱使其为情所用，这材料就活不起来，更谈不到生发开去了。活的材料，注入作者感情的材料，才可以变成诗。

三曰，道理文章。归根结底，写文章都为了讲明一种道理，但具体到写散文来说，往往不应直白道理。可我们一些散文，就怕道理讲得不明白，如写特区，就写特区发展速度快、为什么发展速度快等等。文学是靠形象说明问题的，写散文要注意形象性。欧阳修说：“状难写之景，如在目前；含不尽之意，见于言外。”精辟地道出了文学的规律，他的《醉翁亭记》就是这种艺术主张的实践。一个散文作家要努力去开掘生活中蕴含的美，透过这美在自己心中激发的爱，去打动人们。

以上三病，说得可能不太准确，但我确实感到目前的散文创作存在着诸如上述的一些问题。这些问题在我的散文习作中同样存在。但我将努力在散文创作中追求诗，努力捕捉生活中的诗意，并把这种诗意化成胸中的诗情，再把这种诗情泼洒或凝聚在文字中，变成散文的诗的氛围、诗的境界和诗的心。

我希望有许多诗意盎然的散文出现。

我愿以此与同好共勉。

一九八四年十月七日夜

自选作品

皂角树

那棵老皂角树没有了。

那棵老皂角树，原先立在大宅墙外东北角。大宅的院墙已很残破了，但它仍喘息着立在那里。除了此墙，大宅的旧物已不复存在，连墙外那棵老皂角树也已不复存在了。

据说皂角树是一种长寿树，它能生长百年、数百年。四十八年前记忆中的那棵皂角树，说是老，当时也不过二三十岁吧。四十八年前我离乡时，在那个阴晦的下午，从那棵老皂角树下经过，秋风正摇着一树皂角。毕竟是孩子，还不深识亡命天涯的苦况，竟在树下拣了两个被秋风摇落的皂角，心想到歇宿地剥出皂籽儿玩耍。今春，我离乡四十八年第一次回去，本想一进村就会看到那棵皂角树，却没看到。不仅皂角树没有了，记忆中的别的树也没有了，记忆中的其他景物也没有了。一切都很陌生，竟一时令我茫然不知身处何地。

在故乡水井旁边，
有一棵菩提树……

每唱这首歌，我就想起那棵老皂角树。但如今，它不复存在了。

我停下脚步。忽然泪水涌上眼眶。

堂哥轻声说："老皂角树三十年前就没了。"

我望望天空，灰色的院墙像一条幡带，在天空中抖动。

过去，皂角树在乡间是很有用处的。那时乡里人把肥皂叫作洋碱或胰子，是金贵的东西，很少人使用。乡下人洗衣服就用皂角树结的皂角。皂角形似弯刀，有近尺长，坚硬，嫩时青绿色，成熟后转为褐黑色。洗衣时，用棒棰把皂角在石上捣碎，放入衣内揉搓，泡沫四溢，去污力颇强，且有一种好闻的气味。乡人有时洗澡也用它。每当雨后，西河发水，陈干娘带上皂角到河边洗衣，我常跟去捡皂角籽。皂角捣碎后，状如花生仁的籽儿掉入河中，在清澈的水下闪着金黄色的光亮，样子十分好看。我专注地望着水底，见到皂角籽儿赶紧跳下水去。到河边捡皂角籽儿的孩子不止我一个，一群孩子不断争逐，有时为了一颗夹在石缝中的皂角籽儿，还免不得开一场水仗。从河边回来往往衣裤尽湿，被陈干娘嚷一顿，但暗数着口袋里滑溜溜的皂角籽儿，心里仍是乐滋滋的。

皂角籽儿对孩子们很有用，大多用在赌输赢上。玩抓子、走老憋，一盘输赢是十个八个籽儿。也有用在正经地方的，譬如演算。那时不知韩信点兵为何事，否则用皂角籽儿摆阵图倒也轻便。我不常与别的孩子赌输赢，我缺乏这方面的灵气，几乎盘盘皆输。我喜欢自己把玩它们，还把形状稍有奇特的安上名字，配成一个家庭、一个学校，编出许许多多的故事。后来我想，这大概是我最初编的小说吧。皂角籽儿对孩子们来说，还是一笔财富，每个孩子都攒了许多，陈干娘给我缝了一个小布袋，我装了满满一布袋。但这些金黄色的籽儿毕竟不是黄金，没有什么价值。只是在嘴馋又无东西可吃的时候，将它用水泡胀，除去硬皮，吃它的仁。这仁我们叫膔子，因它很像脚膔子。

乡人不把皂角树上的皂角据为私有：树是私人的，但树上结的果实却不是私人的。无论谁家的树，人们都可以去采皂角。有人临洗衣服，才捡一块石头往树上一投，打下几个来，方便得很。这意思好像是说，虽然人们没有吃饱饭的权利，却有洗干净衣服的权利。多亏乡人洗衣服不多，一个百十户的村庄有几棵皂角树已够了。祖母暴发之后，脱胎换骨，由一村妇摇身变为人人敬畏的老太太，似乎已不知道从哪里来,也不知道到哪里去,浑浑然自成一尊。但这条乡规她还是遵守的。我没听说她禁止别人采我家老皂角树上的皂角。老皂角树下有条石条,将近黄昏时,她喜欢坐在石条上抽她的胡茄烟。她默默抽着,满是皱纹的脸,像地壳刚刚凝固的那一刹那,冷漠而庄严。她的眼睛直直地望着前面,不知是望她儿子捐款建立的学堂,或是更远处她家的坟地。风水先生说过,这棵老皂角树的风水好,远处的祖坟风水也好。每次父亲回家,祖母都要父亲找风水先生看茔地。祖父的惨死,叔父的被杀使她在下意识里总联想起某种冥冥的力量,内心里总有某种恐惧。但不同的风水先生得出了相同的结论:我家的祖坟风水很好,宅地风水也好,特别是这棵葱葱茏茏,枝干刚劲,布满硬刺,像金刚一般的老皂角树。祖母对风水先生的话,将信将疑,只好默默抽她的胡茄烟。胡茄烟的烟雾绕着她冷漠而庄严的脸,模糊了她眼前的真实世界;她望着另一个世界,想象着死的奥秘与辉煌。路人同她打招呼,她漠然不答。但有人来打皂角,她却起身让开,并不责怪来人的打扰。有一次,一个汉子用石块打皂角,投来投去,打掉很多树枝,祖母说:"别伤了树。"还要我回院里拿支竹竿给这汉子用。祖母是爱这棵老皂角树的。

祖母比老皂角树去得早。

一晃四十多年,家乡音讯全渺。直到前几年,才不断有家乡人来访,都是后辈人,说半天我也不知其父是谁。他们谈到大宅、学校,谈到从老一辈听来的故事,话语中充盈着乡情。我家乡是产杜康酒的地方,真是乡情浓如酒呵。

有一次我问乡下来的一位青年:

"大宅东北角那棵老皂角树还在吗?"

"那里有一棵皂角树吗?"他诧异地望望我,"那里从来就没有一棵皂角树。"

那里从来就没有一棵老皂角树?也许那里从来就没有一棵老皂角树……

"我家坟地上那些柏树还在吗?"

他又诧异地望望我。

呵，也许那里从来就没有柏树。

“他们没有告诉你那件事？”他犹豫一阵问。

“谁？”

“早先来过的那些人。”

“什么事？”

“老奶奶的墓被掘了。”他迟迟疑疑地说。

他比我小一辈，故称我祖母为老奶奶。

“啥时候？”我问。

“两年前的事。”他说，“这两年掘墓成风。传说老奶奶口中含朵金花，有人就起了坏心。”

“后来呢？”

“听说掘墓的没有找到金花，撬掉了老奶奶的两颗金牙。”他说，“墓掘开后，很长时间才封的，因此我也去看过，其实老奶奶的墓葬很平常。”

“她死在我家被日本人洗劫之后，故未能给掘墓的留下些什么，连一朵金花也没有留下。”我努力笑了笑，又说，“那两颗金牙必定是黑的，是被胡茄叶烟熏黑的。村上还有皂角树吗？也许用皂角可以洗净它。”

我又笑了两声，笑得很干涩。十九世纪西班牙名画家戈雅的一幅铜版画——《狂想曲》之一——的画面浮现出来：一个妓女正在抠一个被处死的囚犯口中的金牙。

惨烈的人生，如酒的乡情呵！

当年，祖母坐在老皂角树下，是否已因预感而悚惧了这种报应了？那个始被轻侮，后被敬畏的农妇，当时果有某种预感吗？

如今，那棵老皂角树没有了。

堂兄和族人陪我去看祖母的坟墓。坟周围的树没有了，却多了许多坟包。

“村上的人以为这里风水好，都往这里埋人。”一位本家嫂子向我解释。

我淡然一笑。

堂兄说，打算在这里再种几棵柏树。

我说，如果允许在这里种树的话，就种一棵皂角树吧。

我希望有几个皂角，洗白我的记忆。

1992 年 9 月 20 日广州

头　　颅

在冬宫广场中央，有一个比冬宫约高一倍的巨大而巍峨的石柱，这就是亚历山大纪念石柱。

许多电影和美术作品都有这样的画面：透过冬宫广场穹隆形的大门，朦胧中一个高柱矗立在冬宫前面，一道凄冷的探照灯光斜刺夜空，同高柱交叉成一个乘号，好像在计算世上的光荣与苦难，在天地间打一个深深的悲壮的印记。

那时我不知道这个高柱就是亚历山大纪念石柱，但我在普希金的诗中却早已读到过它。

现在，我正站在它的前边。

我同达莎、小赵从涅瓦大街转入赫尔岑大街，来到冬宫广场大门前。小赵提起电影《列宁在十月》，孩子气地作了一个冲锋的姿势，逗得我和达莎笑起来。走进广场，望着中央的纪念柱，我不禁暗暗吃惊。这根纪念柱，基本上是用两块完整的暗红色花岗石建造的。基座是一块方石，柱体是一块锥形石。整座石柱高 47.5 米，用整块花岗石琢成的柱体，重 600 吨，全靠自重稳固地立在基座上，不以任何方式粘固或衔接。据说当年涅瓦河畔那些肥马轻裘的达官贵人们都不敢接近它，唯恐石柱倒下而丧命。纪念柱的基座上，有青铜镌刻的战士、俄国军队战胜法国军队的浮雕和一块铸有铭文的铜匾。铭文是："光荣属于伟大的俄罗斯皇帝亚历山大一世。"柱顶站立一个一手持剑、一手扶着十字架、背有双翅、颔首下望，满脸悲天悯人神色的和平女神像。

建立这座纪念柱，为的是纪念1812年至1814年俄法战争中俄国的胜利，故又名凯旋柱；在那次战争中，俄国军队击败了不可一世的拿破仑。俄罗斯人民为击退侵略者，付出了沉痛的代价，但胜利的光荣包括俄罗斯劳动人民建造这座纪念柱的智慧，统统属于了亚历山大皇帝。

这座纪念柱建成于1826年，亚历山大一世病死于1825年，大概他老人家生前对这座宏伟的纪念石柱该有个印象并满意了吧。

普希金却对这座纪念柱投来了忿懑与蔑视的目光。

这位出身贵族，写了《鲁斯兰和柳德米拉》《自由颂》《高加索的俘虏》《茨冈》《给恰达耶夫》《叶甫盖尼·奥涅金》《暴风雪》《上尉的女儿》等不朽名作，开创了俄罗斯文学新纪元的伟大诗人，一生坎坷，因为他讴歌自由，诅咒黑暗。1820年他21岁时，被亚历山大一世流放到南俄，1824年又被押解到普斯科夫省他父母的领地米哈伊洛夫斯克村，交地方当局监视。我经常默诵普希金的诗，而最常默诵的是戈宝权翻译的普希金那首提到亚历山大纪念石柱的诗：

我为自己建立了一座非人工的纪念碑，
在人们走向那儿的路径上，
青草不再生长，
我抬起我这颗不肯屈服的头颅，
高耸在亚历山大的纪念石柱之上。

不，我不会完全死亡，我的灵魂
在我的诗歌中
将比我的灰烬活得更久长，
并逃避那腐朽灭亡，
我的名字将成为永久的记忆，
只要还有一个诗人，活在月光下

的世界上。

我被流放到海南岛去开垦荒山时，也是20岁出头的年纪。在密林里、在橡胶园里、在香茅田里；在炎热的正午和寒冷的夜晚；在汗水濡湿双眼和冷雨浸入骨髓的时候，我常望着迷茫的远方，默诵这首诗。在以后的岁月，在牛栏与游街阵里，我也无数次地默诵过这首诗：

我所以永远能同人民亲近，
只因为我用我的诗歌唤起了人们的善心，
在这严酷的时刻，我讴歌过自由，
并为那些受难的人们，祈求过怜悯同情。

啊，缪斯，听从上帝的意旨吧，
既不要畏惧欺凌，也不必希求桂冠，
赞美与辱骂都要冷漠地对待，
也不必同愚妄的人空作争论。

普希金这首诗是我的“圣经”，多少年在我困苦的人生跋涉中，是它给予我无限的抚慰与激励；是它令我在任何屈辱中，都昂起自己的头颅。也因此，亚历山大纪念石柱和那座非人工的纪念碑一直萦绕在我的心间。

我终于来到亚历山大纪念石柱旁边，它的雄伟确实令我惊叹，但与此同时，那座非人工的纪念碑，更高更高地竖立起它的崇高与伟大。

彼得堡是名人的渊薮，名人多如星斗，如果给他们排座次，彼得大帝、普希金、列宁坐一排的话，那位战胜拿破仑、组织过“神圣同盟”的亚历山大一世最多坐第二排。俄罗斯人崇尚艺术，普希金和其他有成就的文学家、艺术家，历史地位很高。少年普希金在那里读过书的皇村，早已更名为普希金城。仅在莫斯科，以普希金命名的博物馆就有两处。彼得堡与莫斯科不少楼宇门旁墙壁上有纪念性标志，说明某某作家、画家、音乐家、人民演员曾于某某年月居住于此；写《大雷雨》的奥斯特洛夫斯基在老柯尔巴特街的住处早已不存在，但原址上仍立牌铭示；写《钢铁是怎样炼成的》另一位奥斯特洛夫斯基在高尔基大街的一幢楼房里仅住了一年多时间，门旁也镌有头像及说明。用这种方式纪念政治家的不多，即使有，也多是受迫害致死而后恢复名誉的人物。俄罗斯人具有高雅的艺术气质，他们对艺术的尊重与热爱还表现在他们对艺术品的收藏与保护方面。很难令人相信，莫斯科普希金造型艺术博物馆和莫斯科画廊的许多稀世艺术珍品，原先竟是个人的收藏；对来自喜欢“砸烂”的民族的我来说，看到人家祖先几百年前留下的艺术雕塑，还完好地立在公园、街边和其他公共场所里，就只能惊讶和惭愧了。试想我们历代列祖列宗留下的那些石像，有几个还长着脑袋的呢？中国人喜欢砍头，砍别人及被人砍，最后连石头也不放过。

建筑是艺术，是凝固的历史。从这个角度来说，亚历山大纪念石柱不啻为一件艺术精品。我感到它与建于19世纪中叶的伊萨基辅大教堂的那些也是浑然一体的大石柱，蕴含着俄罗斯雄浑、坚韧的民族精神，蕴含着俄罗斯之谜。它有一种震撼人心的力量。彼得堡这座美丽的滨海城市，是一个建筑艺术博物馆，华丽的带葱头状尖塔的拜占庭建筑、峻峭的直刺长空的哥特式建筑、典雅的托个半圆屋顶以示天国降临的罗马建筑、高贵的雕饰繁复的巴罗克建筑，还有土生土长的俄罗斯建筑，一应俱全，美不胜收，但最吸引我的，却是那些石柱。这是何等样的劳作与才智创造的艺术品呵！在这一点上，石柱和普希金的诗融合而一。

我离开石柱想以石柱为背景拍张照。走了很远，达莎说，走那么远干啥！我指指石柱笑笑答，我要高过它。但石柱太高大了，我们走来走去找不到那样的角度。这时，我忽然看到了另一座纪念碑。

“我找到了！”我惊喜地说。

“什么？”达莎问。

“我找到了那座高过亚历山大纪念石柱的纪念碑。”

一座光彩夺目、抚云系雾的真比亚历山大纪念石柱还高的纪念碑屹立起来。

我久久凝视着那颗高昂的、不肯屈服的头颅。

1994年6月18日广州

（选自散文集《莫斯科郊外》）

迷蒙烟雨听歌吟

——范若丁散文的艺术特色

缪俊杰

我仿佛听到一位纯真的赤子在回首童年的往事；我仿佛见到一位阔别的友伴在诉说坎坷的经历；我又仿佛在迷蒙烟雨中听到一曲深沉的歌吟……这就是我在读了范若丁同志这一组散文和他的散文集《相思红》以后的印象。

我和若丁同志相识好些年了，过去也曾陆续读到他在报刊上发表的散文。1979年，广东人民出版社曾出版过他的散文集《并未逝去的岁月》。但在我的印象里，他是一位勤劳而执著的编辑，他多少年来都把自己的心血倾注在“为他人作嫁衣裳”的编辑事业中。这回集中读了他的《相思红》，以及收入即将由上海文艺出版社出版的《暖雪》中的作品，才真正发现，若丁确是一位有成就、有自己独特风格的散文家。

散文无定格。鲁迅先生说：“散文的体裁，其实是大可以随便的，有破绽也不妨。”[①]散文是一切文学样式中最自由活泼，最没有拘束的。它既可以是激越的风暴，也可以是迷人的小夜曲；既可以是嬉笑怒骂的呐喊，也可以是浅斟低唱的歌吟；既可以是深沉的咏叹调，也可以是轻妙的风俗画。它完全是由作家的

---

① 《怎么写》，《鲁迅全集》第4卷22页。

阅历、禀性、美学趣味所决定的。因此，很难说若丁的散文像哪一位散文大家，他的风格应归到哪一个流派。但我确实感到，若丁的散文有他自己的个性，有他自己的风格，有他自己的艺术天地。

若丁自己说过："写一篇散文，特别是抒情散文，追求一种调子是很重要的……这调子有欢快的，有深沉的，我爱深沉；这调子有晴空万里，有冷雨敲窗，我爱冷雨敲窗。这中间没有孰优孰劣的问题，只能说是偏爱与个性。"(《文艺百家报》总第41期)这是很有见地的。在他的散文中，我看到了他的偏爱，也看到了他的个性。作者的少年时代是在伏牛山区度过的，由于战祸，他曾跟随家人溯汝水而上，穿越伏牛山腹地，走到白河岸边。伏牛山的岩浆和白河水的冷波，像梦魇一样长久地残留在他的记忆里。几十年后，往事依依，他的这些散文延宕着历史的回声，也淌漾着他感情的泉水。浓重的文化色彩和古老的文化心理，都在作品中得到重新审视，他所熟悉的人物也再度呈现在他的眼前。他是怀着挚爱和痛苦的感情来回味这段历史，对往事进行反思的。在《夜嫁》中，通过对他的表婶改嫁的场面的描绘，展现了伏牛山区一幅悲凉凄楚的风俗画，他的老舅爷那穷酸、潦倒的无赖相，跃然纸上。在对那落后的文化心理的揭示和对作为活寡的表婶的凄楚的命运描绘中，袒露了作者淡淡的哀愁。《陈干娘》是一篇有特色的忆旧之作。作为范家奶妈的陈干娘，比起表婶没有更好的命运。处于范家"上等仆人"的地位，她似乎有过自己的欢乐，"她也认为自己是有功之臣。功在带大了我们三兄弟"，"等我儿当了大官，敢情我不是老太太"！"她性情豪爽，敢顶撞我祖母，敢同我大娘吵架，更敢同我妈妈吵架"。但是，她终究也是悲剧性人物。她寄人篱下，丈夫死了一年多才得到消息。后来，当她与厨房的大师傅相好，却传出许多闲言碎语，说她"不干净了"。作者在深沉的反思中，不由反问道："谁干净呢？那些贬责陈干娘的人们干净吗？我这个吮吸陈干娘的乳汁长大的孩子干净吗？多少年，我在寻找着答案。"在这痛苦和挚爱的感情反思中，分明是在对落后的文化意识作有力的控诉。我想这篇作品的感情力量也正在于此。《过阴》《神胎》也是对中原落后的文化意识的深刻的反思。《过阴》所表明的是残存于民众中的封建迷信的落后意识及人和人之间那种冷酷的功利主义，怎样戕害着人们的心灵；《神胎》在冷峻中又带有一点调侃。村北破庙里的玉皇大帝，明明是几个顽童的恶作剧，一人一泡尿，和泥造出来的泥胎，但却被村民尊为“神明”供奉起来，对它惊惧万分，诚惶诚恐，生怕遭到报应。这个故事有力地揭示了落后的群体意识。若丁的这些散文带有浓郁的文化色彩。时下有所谓“文化小说”，反映群体意识中的“文化积淀”和“文化心理”。我看上面谈到的几篇散文就有点类似“文化小说”。这正是若丁散文的一个鲜明特色。我在读这一组散文时，突然想起了居住在台湾的作家林海音先生的《城南旧事》，那“长城外，古道边……”的历史回声，唤起了多少人的记忆。若丁的这些散文，又何尝不是在唤起人们对往昔的回忆呢？我想，这些作品对于熟悉或不熟悉伏牛山区生活的读者，都会或多或少地引起感情的共鸣。也许，这正是它的价值所在。

在若丁的忆旧作品中，我最喜欢，也许是最能动情的《纸上罗曼斯》。我相信，这作品寄寓了作家丰富的真情实感。在人的感情世界里，往往会出现这样的情景，那些一闪即逝的感情的火花，经历了时间的烟雨，在某一个时刻又会复燃起来，像流萤，像彗星，像火光，又重新闪耀起来。这篇作品正是作家深沉的、美好的感情的再度闪现。一本叙述外国人爱情纠葛的书信集《萧伯纳情书》，勾起了作家一段动情的往事。那位穿黑衣服、脸色苍白的小女孩，曾向他借过这样一本书，并因而沟通了他们之间的感情。严格地说，这还不是爱，但却又蕴含着深沉的爱，那么纯真，那么执著。在那“留下月光和这本书”的字条里，包含着多么深沉的感情，多么真挚的爱，以至多少年后都难以忘却。在作者充满诗意的描写中，不免流露出一丝悒郁和惆怅，甚至是淡淡的哀愁和惋惜。但这种感情确实在激起读者感情的共鸣，读者的感情和作者的感情交融在一起了。散文的抒情能达到这种境界，不说炉火纯青，也是十分难能可贵了。也许作者说的“冷雨敲窗”的感情正是指的这些吧。而这正显示了作家鲜明的个性和独特的风格。

如果据此就认为范若丁的散文缺乏热情，那显然是一种误解。在他的散文集《相思红》里，除了少数同上面所谈到的作品的怀旧意识有某种相似之外，大部分作品都充满着对美好人生的礼赞和对生活的如火的激情。作者虽然出身于原为旧军人、后为起义高级将领的家庭，但却是在革命的红旗下长大的。十五岁参加革命，不料在 1957 年的“风暴”中被打入了生活的最底层。他被放逐到海南岛劳改，历经坎坷，几乎饿毙路旁。我们的国家、我们的党历经劫难，终于在 1976 年斗转星移，阳光重新普照大地。此后，范若丁写了一系列热情洋溢的“忆旧”之作。经过冷峻的反思，爆发了纯真赤子的激情。在《桥的梦》一文中，他这样写道：“我无法忘却年青时的梦想——那激励人心的梦想。如果生活的大江能够倒流，我愿意重新体验一下那个时代的激情。如果灾难再一次在江那边降临，我愿意跨过那座大桥（鸭绿江大桥），即使这次注定该我永远躺在那边的土地上。”多么执著的感情，多么崇高的心灵！

正是这种炽热的火一般的感情，使他写下了不少回忆四、五十年代战斗岁月的关于生活、友谊的散文。《我们这一代人呵……》《胜利的遐想》《桥的梦》《灯塔与歌的回忆》《积雪》《车站》等等，都带着深深的爱和崇敬，回忆起革命的激浪和难忘的岁月。作者在追怀往事时，总是寻找那些失落过的美好的东西：友谊、情操、理想……我在读他的《我们这一代人呵……》时，心情不免有些酸楚。尽管我没有若丁同志那种坎坷的生活体验，但我们几乎是同龄人，熟悉五十年代的生活。对廖贻训那样的青年，我们当时是很崇敬和钦慕的。可是有谁想到，这位我们作为学习榜样的战斗英雄，二十多年来，他那“为祖国战斗剩下来的残躯忍受了那么多的凌辱……”。作者满含悲愤，为此大鸣不平。但作者并不怨天尤人。经过痛苦的反思，他向人们，也向自己，发出热情的呼喊：“即使你脸上还留有屈辱的爪痕，鬓发过早地染上了白霜，难道你就能玩世不恭，对一切漠然视之吗？难道你就有权整日发牢骚，骂大街吗？即使生活虐待过你，即使你曾像廖贻训那样被错误地开除出党，难道你就能心安理得地不为党过去工作中的失误承担责任吗？”这是一个正直的共产党人的高度的社会责任感，是我们时代真正的忧患意识和忏悔意识。作者通过对廖贻训的赞美，也表明了一个同样受过不公正待遇的人的心曲。这不是“傻劲”，而是崇高的品格。

除了这类怀旧之作，若丁还写了感物抒情的散文。不过，他同过去那些吟风弄月的文士不同，他写景是为了抒情，写物是为了怀人。情景交融，物我交融，以达到感物吟志的目的。在这方面，我觉得写得最有韵味的是《梦系桃金娘》。桃金娘不是皇宫御苑中的名卉，而是荒原上的野花，俗称山棯、棯子，果可食，可入药。作者对于山棯之所以有深厚的感情，是因为它对他有过救命之恩。1959 年，正是作者待罪海南时期，饥饿的灾难降临到了人间，也降临到他头上，有一回他因饥饿、水肿，倒在路旁，两个女农工，顺手摘下一些山棯，救活了他这个濒临死亡线上的年轻人。"从此我认识了山棯。它貌不惊人,它没有栀子那种香溢十里的清艳,也没有杜鹃染红群山的绚烂,但它那朴拙的银绿色的叶子和淡红色的花朵,却蕴藏着山野的淳厚;在它深紫色的像串串小风铃的浆果里,蕴藏着博大的爱。"由物及人,赋予自然界的"物"以社会上的"情",达到情景交融、物我交融。这在感情上是一个重要的升华。

若丁的游记体散文写得也有特色。在他的笔下,无论是松花江,还是北大营;无论是旅顺口,还是庐山……山川景物,总带着浓郁的感情。你看,在《终识庐山真面目》里,作者借游历庐山,发"思古"之幽情,怀前辈之忠烈,从岳飞到彭德怀,纵横恣肆,浮想联翩。"风声飒飒,一切都在粼粼的月波中摇曳着,一座巍峨的纪念碑矗立起来……"这不正是作者在为老一辈革命家彭德怀树立的心中的丰碑吗?有些游记散文,主要是讲些知识掌故,这也不失为一格。若丁渊博的学识也可以见于其中。

作为一个老编辑,作者也同许多作家,包括一些大家、名家有过交往,接触中也不免写些"印象""速写"之类文章。我很坦白地说,除了《淡淡的记忆》描写他始终未见过面的老编辑萧也牧,富有浓烈的感情之外,其他篇章似乎都显得缺乏应有的光彩。作者同这些被采访、被描写的对象,虽不无感情的冲撞,但毕竟没有像回忆五十年代的战友那么强烈,作品的感人力量也显得较为逊色。由此也可以反衬出这个道理:散文必须抒发强烈的感情,必须有韵味,否则就达不到理想的效果。

我最近没有直接同若丁交换散文写作的意见,但从他发表的少量谈散文的体会文章中,可以看出,他很注意生活的积累和感情的沉淀,这固然可以使作品写得更厚实,更深沉,更冷峻。但这只是美学追求的一种。散文毕竟不同于小说。它更多的是需要追踪时代的辙印,撞击感情的火花,激发读者的追求。在若丁的散文中,我似乎更多的是透过"迷蒙烟雨听歌吟",也许有朝一日,他会超越自我,创造出一个更新的艺术世界!

1988 年 3 月

(原载《散文选刊》1988 年第 6 期)

王充闾(1935—)，散文家，辽宁盘山人。幼年读私塾八年，十四岁接受学校教育，1958 年毕业于沈阳师范学院中文系。做过中学教师、新闻记者、报纸副刊编辑，后在省市领导机关工作，相继担任营口市委宣传部长、秘书长、副书记兼政协主席、辽宁省委宣传部长、省人大常委副主任，为沈阳师范学院、辽宁大学、辽宁师范大学中文系兼职教授，系中国作家协会主席团委员、辽宁省作家协会主席，一级作家。

王充闾 1958 年开始文学创作，除出版有诗词集《鸿爪春泥》和学术著作《诗性智慧》外，已出版散文专集 11 部：

《柳荫絮语》(春风文艺出版社，1986 年)；

《人才诗话》(春风文艺出版社，1987 年)；

《清风白水》(作家出版社，1991 年)；

《王充闾散文随笔选集》(沈阳出版社，1993 年)；

《春宽梦窄》(春风文艺出版社，1995 年)；

《沧浪三水》(香港三联书店有限公司，1996 年)；

《面对历史的苍茫》(辽宁教育出版社，1998 年)；

《无梦时节》(合著；海天出版社，1998 年)；

《中国当代散文精品文库·王充闾散文》(华夏出版社，1999 年)；

《沧桑无语》(东方出版中心，1999 年；台湾尔雅出版社，2000 年)；

《何处是归程》(东方出版中心，2001 年)。

其中《柳荫絮语》获辽宁省第一届散文创作“丰收杯”奖一等奖(1989)，《春宽梦窄》获“东北文学奖”一等奖和中国作协鲁迅文学奖优秀散文奖(1997)，《面对历史的苍茫》获辽宁省“辽河杯”散文奖一等奖(1999)，《沧桑无语》获辽宁省第二届散文创作“丰收杯”奖特等奖，有单篇作品《长岛诗踪》获 1991 年“五彩城”全国散文大赛一等奖，《情满菊花岛》获 1993 年《人民日报》“中国匹克”杯精短散文大赛一等奖。

王充闾的散文，有《清风白水》被选入《现当代中华散文名家名作》，《土囊吟》等多篇被选入《中华散文百年精华》《1998 年辽宁散文精品赏析》《二十世纪中国散文英华 · 东北卷》等多种重要散文选集。评论王充闾散文的文章亦多，主要有：

《博观约取　厚积薄发——〈柳荫絮语〉序》（单复），载散文集《柳荫絮语》；

《劝君参透短长理　自有人才涌似云——评〈人才诗话〉》（徐竹心），《沈阳师范学院学报》1989 年第 1 期；

《王充闾散文的精神追求》（孙郁），《社会科学辑刊》1990 年第 1 期；

《散文的个性——〈清风白水〉序》（郭风），《人民日报》1990 年 9 月 5 日；

《王充闾散文的情 · 理 · 趣》（陈辽），《辽宁教育学院学报》1991 年第 1 期；

《生命之美的提炼——漫谈王充闾散文的艺术特色》（沈虹），《营口师专学报》1991 年第 2 期；

《论〈柳荫絮语〉与〈人才诗话〉》（颜翔林、李士金），《丹东师专学报》1992 年第 1 期；

《王充闾散文的内在风韵》（栾俊林），《芒种》1992 年第 3 期；

《王充闾散文的美学风韵》（梅敬忠），《辽宁教育学院学报》1992 年第 4 期；

《读〈清风白水〉记》（雷达），《文艺报》1992 年 6 月 2 日；

《王充闾的清风白水世界》（李下），《中国文化报》1992 年 7 月 22 日；

《如江上清风山间明月——读〈清风白水〉》（徐中玉），《人民日报》1992 年 10 月 8 日；

《散文文体的个人风貌——读王充闾散文》（谢冕），《当代作家评论》1992 年第 4 期；

《王充闾的散文世界》（张毓茂），《作家》1992 年第 12 期；

《诗人型也是学者型——读〈清风白水〉》（阎纲），《当代作家评论》1992 年第 6 期；

《在古今之间沉吟——评王充闾散文创作》（蓝棣元），《沈阳师范学院学报》1993 年第 1 期；

《〈清风白水〉显性情》（彭安定），《辽宁大学学报》1993 年第 2 期；

《书生本色　诗人襟怀——评〈清风白水〉》（冯牧），《文学自由谈》1993 年第 2 期；

《自省、自励与认识自我——读〈清风白水〉随想》(张韧),《芒种》1993 年第 3 期;

《留一片绿地给读者——王充闾散文的美学观》(春容),《沈阳日报》1993 年 5 月 12 日;

《散文的审美化境创造——评〈清风白水〉》(王向峰),《辽宁大学学报》1993 年第 5 期;

《学者 · 作家 · 官员——评王充闾散文》(甘以雯),《作家报》1993 年第 10 期;

《冰雕银钩绘蓝天——王充闾游记读后》(胡河清),《当代作家评论》1993 年第 4 期;

《自然和人:精神的岁月——王充闾游记创作漫论》(丁亚军),《当代作家评论》1993 年第 4 期;

《意理融会　别具一格——读王充闾散文》(石英),《当代散文》1993 年第 11 期;

《真情与理趣——读王充闾的散文》(吴俊),《文学舟》1994 年第 1 期;

《读王充闾散文漫记》(曾镇南),《沈阳日报》1994 年 3 月 9 日;

《王充闾散文的艺术风格》(天风、戈力),《蒲峪学刊》1994 年第 4 期;

《思想者与诗人的冲突与协调》(谢中山),《锦州师范学院学报》1996 年第 1 期;

《诗情 · 哲理 · 美感——评王充闾散文集〈春宽梦窄〉》(仇敏),《益阳师专学报》1996 年第 2 期;

《在古典精神与现代意识的交汇处开掘》(王科),《锦州师范学院学报 1996 年第 3 期》;

《王充闾及其散文中的道家生命意识》(石杰),《苏州大学学报》1996 年第 3 期;

《儒家人生理想的自觉追求——论王充闾及其散文创作》(石杰),《许昌师专学报》1997 年第 1 期;

《〈沧浪之水〉及其书卷气——王充闾散文管窥》(周政保),香港《文汇报》1997 年 5 月 18 日;

《历史在哲思与诗情中复活——评王充闾历史文化散文》(古耜),《特区文学》1997 年第 6 期;

《大地无言草自春——读〈沧桑无语〉》(李晓虹),《中华读书报》1999 年 9 月 22 日;

《永久的对话——读王充闾〈沧桑无语〉》(康启昌),《文艺报》1999 年 9 月 28 日;

《历史的审美超越——读王充闾散文集〈沧桑无语〉》(许香凝),《辽宁日报》1999 年 11 月 16 日;

《从容品味历史的风景——我读〈沧桑无语〉》(古耜),《文汇报》1999 年 12 月 11 日;

《论王充闾历史文化散文的审美超越》(吴玉杰),《沈阳师范学院学报》2000 年第 1 期;

《王充闾创作心路探论》(李作祥),《社会科学辑刊》2000 年第 1 期;

《读书和思想的快乐》(李洁非)及周政保、吴俊、谢有顺等 4 人的文章,作为"《沧桑无语》评论小辑"刊《当代作家评论》2000 年第 1 期。

此外,有《王充闾散文创作论集》(编入郭风、冯牧等人所写多篇评论文章,文化艺术出版社,1994 年)、《历史与美景的对话——王充闾散文研究》(颜翔林著;学林出版社,2001 年),《中国当代散文史》、插图本《中国散文史》《中国当代散文审美建筑》亦有对王充闾散文的专节评论,可参阅。

我与散文

王充闾

穿越历史的隧洞

近年来,我有机会到全国各地和世界上十来个国家走一走。每到一地,都愿意把所见所闻所思所感写出来,这就是一些纪游文字。这类东西在我的散文创作中占的比例很大。

大凡我们特别向往的名胜古迹,总是古代文化积淀深厚、文人墨客留下较多屐痕、墨痕的所在。我们在读自然时,实际上也是在读书,读史。首先是读了古往今来许多文人墨客留在这里的神思遐想,从一个景点走入历史的沧桑。这是自然的漫游,也是由一个景、一件事出发，做一次悠长的艺术巡礼。

我从六岁开始接触书籍，先是“三、百、千”启蒙，而后读四书五经、诗古文辞，到了“志于学”的年龄，逐渐与书卷结下了不解之缘。以后，举凡左史庄骚、汉魏文章、唐宋诗词、明清杂俎，以及西方一些代表性著作，都综罗博览。书犹三江五湖，汇而成海，浩无际涯。数千年来，我国无数文人、骚客、旅行家，凭着他们对山水自然的特殊的感受力、丰富的审美情怀和高超的艺术手法，写下了汗牛充栋的散文，为祖国的山川胜迹塑造出画一般精美、梦一样空灵的形象。一篇在手，可以心游象外，悠然神往，把心理境界、生活情趣和艺术创造的第二自然作为三个同心圆联叠一起，不啻身临其境，而又能免却鞍马劳顿，解除风尘之苦。未出斗室，而先极四时之娱，揽八方之胜，卧游、神游、梦游、醉游，是那样的空灵浪漫，富有诗意。总之，我把闭门读书、面壁求索作为徜徉山水、寄兴林泉之前的必要准备。在此基础上，再去实地考察，亲临感受。这时，面对自然景观，只要伫立片刻，人文、历史、自然就会浑然聚在一起，你会觉得中国古典诗词的名章妙句如春风扑面，纷至沓来，启动着内心的激情、联想，简直到了欲罢不能的地步。

这样，虽然是在读现实的景，看现代的事，却又是漫步在一个丰满的有厚度的艺术世界。这些已经尘封了的历史记忆被拂去了时间的尘埃，自然而贴切地走进了一个新的艺术天地，鲜活起来，生动起来。我得心应手地拈来这些佳句，或保存其原形而新用，或摄取其神韵而重构。这些古典诗词名句在作品中，已不是可有可无的点缀，作品的沧桑感从这儿流出，时代感也从对历史的感悟中引发出来。

由于我对历史有浓烈的兴趣，或者如尼采说的，存有过量的历史意识，因而常常不自觉地沉湎于过去的经验，在写游记散文时，总习惯于一边记述自己的游踪，一边对眼前所见的名城胜迹作历史的考察与观照。也就是说，不满足于一般的纪游、述感，只写耳目所及的事物，只写一个横断面，而是追求历史与现实的有机结合，既写现在，又写过去；既写现实的发展，又写历史的变迁，尽力写出一种纵深感、凝重感、沧桑感。

今年初夏，我有中州之行，访问了三座历史名都，回来后给香港《大公报》写了一组题为《面对历史的苍茫》的散文。

开封、洛阳和邯郸这些曾经繁华绮丽的历史名都，历经世事沧桑，许多当年的胜景已荡然无存，但在故都遗址上，却有沉甸甸的文化积存在那里。漫步在这些地方，我脑子里翻腾着很多诗文。这些作品记叙了曾经发生过的一切，更道出了作者对具体生命形态的超越性理解。

“陈桥崖海须臾事，天淡云闲今古同”，三百多年的宋王朝留在故都的是一座历史的博物馆，更是一面文化的回音壁，是诗人们从中打捞出来的超出生命长度的感慨，是关于永恒与有限的探寻。

邯郸古道上，既有燕赵悲歌，也有黄粱美梦，墨家道家入世出世的人生意旨竟和谐地汇聚在一起，这不能不引发对于悠远的中国文化深入探究的兴趣。

在《话到沧桑句便工》中，我写到洛阳的魏晋故城遗址。虽然也写了《黍离》《麦秀》那孑遗的悲歌和荆棘铜驼的预言警语，写了废墟，这悲剧文化，历史的读本，岁月年轮留下的痕迹，但着眼点在于引出它是搏斗后的虚无，成功后的泯灭。魏晋时期留给后人咀嚼的东西太多。一方面，是真正的乱世，统治集团内部斗争激烈，政治腐败，社会动乱，民不聊生，“名士少有存者”。而另一方面，这个时期又是继春秋战国之后又一思想大解放的时代。儒学独尊地位动摇，玄、名、释、道各派蜂起，人们思想十分活跃。部分文学家呈现出十分自觉自主状态和生命的独立色彩，敢于荡检逾闲，抒发真情实感。一时诗人、学者辈出，留下了许多辉耀千古的诗文佳作。恰如清人赵翼所言，“国家不幸诗家幸，话到沧桑句便工”。这也许正是时代塑造伟大作家所要付出的惨重代价。

尤其是魏晋时期文人以艺术风度所造就的诗性人生，给文化发展留下了一笔太宝贵的财富。他们将审美活动融入生命全过程，忧乐两忘，随遇而适，放浪形骸，自达性情。完全置身生命过程之中，畅饮生命之泉，在本体的自觉中安顿一个逍遥的人生。他们的人生、他们的创作为后世留下了一个永远说不尽的话题。

饱蘸历史的浓墨，在现实风景线的画布上去着意点染与挥洒，使自然景观烙上强烈的社会、人文印记。我的体会是，游记散文中如能恰当地融进作家真切的人生感悟，投射着史家穿透力很强的冷峻眼光，便能把读者带进悠悠不尽的历史时空里，从较深层面上增强对现实风物、自然景观的鉴赏力、审美感，也使略嫌单调的丛残史迹平添几分情趣。

当然，写游记散文，既要把历史收在笔下，把读自然、读书、读史融为一体，又不能为历史所累。当我们面对自然景观，同时又是面对人文山水的时候，对自然与历史的多情，就往往加重人生的负载。这时，走出古人，找出一片“阶前盈尺之地”，来创出自己的辉煌，就是一个非解决不可的课题了。

把山水捧起来读

山水是自然景观，也是诗人们以丹青妙笔绘出的一幅幅绵长浩渺的书画长卷。要跳出古人、他人的窠臼，画出自己心中的山水画，实在是需要巧思、气韵和独到的用笔之功。在写作游记散文中，我坚持一个总体把握的路子，设法写得超越、空灵一些，努力从大处落墨，做全景式叙写。不侧重当时、当地每一个具体景物的描摹，不局限于个人所见事物本身，不停留在某件具体事物上，不着意于刻画个别情节。而是把山水当作一部大书，捧起来读。

比如《读三峡》这篇游记散文。关于三峡的名篇，从郦道元的《水经注》到刘白羽的《长江三日》，都是大手笔，很难超越。我想，不能那么细写了，必须换一种写法。首先，我立足天半，俯视山川，把四百里长的三峡奇观，当作一部大书来读。就是说，我不是由点到线，移步换形，而是着眼宏观，进行总体把握，从现实有限的形象转入绵邈无际的心灵境域，开拓出溶心理境界、生活体验、艺术创造的第二自然于一体的多维向度。我写“一些峭拔的石壁，由于亿万年风雨剥蚀，岩石呈现出许多层次异常分明的轮廓，或竖向排列，或重叠摆放，或向两侧摊开，使人想起‘书似青山常乱叠’的诗句”。我进而感慨，“三峡，这部上接苍冥、下临江底、近四百里长的硕大无朋的典籍，是异常古老的……它的每一叠岩页，都是历史老人留下的回音壁、记事珠和备忘录。里面镂刻着岁月的屐痕，律动着乾坤的吐纳，展现着大自然的启示，里面映照着尧时日、秦时月、汉时云，浸透了造化的情思与眼泪”。“假如三峡中壁立的群峰是一排历史的录音机，它一定会录下历代诗人一颗颗敏感心灵的摧肝折骨的呐喊和豪情似火的朗吟”。作品中讲述了与三峡紧密相联的悠悠岁月，从大溪文化讲起，联想到几千年的历史、人物，不惜笔墨，大写特写。这些虽然不是三峡本身的景物，但与三峡关系密切，写得好，可以增加历史感，使人深思遐想。

我觉得这种游记写法，即以一种博大的胸襟，尽量把它放到历史的流程中去进行宏观把握，可能增强深度与力度。在散文创作(包括游记)中，愈是自由地联想、概括，省略一些事物的特殊过程、众多细节、微妙差异，形象往往愈是鲜明。没有概括，就难以进行形象的净化与情思的聚焦。通过宏观把握，通过概括与联想，可以凝聚历史、凝聚哲学、凝聚生活。当然，概括不是空泛的议论，不等于大而化之，还必须体现感情客体的特殊点，否则你笔下的滕王阁就与岳阳楼没有差别了。

写游记散文，并不单纯为了写景，亦是感情的自然流洒，是一些难剪难理的情怀的疏通；是在寻求内宇宙与外宇宙的沟通，唤回对自然的感受，以此来丰富现实生活的内在性、多样性的心灵欲求。这种充满苦累的心灵跋涉，并非得之于红灯绿酒，舟车簸荡之间，多是成于心境沉酣之际。它的生命力就在于迸发于内心深处，是具有自己个性的独特的思想感受。就这个意义说，散文是为自己而写的。

有了独特的生活感受，就往往可以找到独特的切入点，即一个“以心灵映射万象”(宗白华语)的独特的艺术视角。它是艺术构思的起始点、切入点，是感染读者的最佳导向，是作家与读者的心灵交流的焦点的最佳选择。

我写游记，不论是写景、抒怀，面对着感情的客体，总习惯于找一个独特的视角去认识它，把握它，表现它。在纪游中，种种意蕴、情态，往往以一个独特的意象，以直觉的形式表现出来。黑格尔说，美是理念的感情呈现，就是把视点归结到直觉形式上。直觉形式看似很简单，但它背后所包罗的几乎是作家的整体生命。以我的游记散文《青天一缕霞》为例。萧红是我喜爱的一位女作家，幼时读她的《呼兰河传》，记忆最清晰的一个意象是“火烧云”，七八月的巧云。后来读到聂绀弩的“何人绘得萧红影，望断青天一缕霞”的诗句，更强化了这个意象。待到访问萧红的故居，一下子又想到了当时她双手支颐，仰望云空的情景，想顺着她的视角看一看北国的云霞。这里也加进了我个人的喜好，就是常常把天上的云和地上的人联在一起思考。云，成了这篇游记散文的独特的视角。我也考虑过，如果不是这样构筑这篇游记散文，这篇作品很可能写成一篇平庸的泛泛的文字。

再如，《祁连雪》，这是我游览河西走廊后写的一篇游记。千里河西走廊，该给人们留下多少玄思遐想！每一个面对这大漠戈壁的作家，相信都会发思古之幽情，射出无数支向往的神矢，鼓振着玄想的羽翼，设法观察、描绘它的历史现实与未来的诸般色相。这里，奔驰过出使西域的张骞的车骑，勇探虎穴的班超的鞍马，也展现过隋炀帝会见二十七个国家君主的盛大场面，这里有大漠孤烟，瀚海行旅，悲笳互动，驼铃丁冬的动人图景。这一切，“前人之述备矣”，我还从什么角度去选取艺术题材呢？经过苦苦思索，我找了一个贯穿全局的特殊视角，就是祁连山的雪。通过它的连缀，把我对河西走廊的历史感、沧桑感、亲近感描绘出来。正如毕加索所说：“观念与情感终于在他的画幅之内成了俘虏。无论怎样，它们不再能逃出画幅了。”如果把画幅作散文理解，即作为视角的直觉造型来理解，真是确切不移的了。

总之，散文作家心中要拥有一片属于自己的绿洲。记得过去看过这样一则趣话：有位农夫好心地询问一位正在林中潜心作画的风景画家："先生，这大片森林都在您的庄园里，您已经拥有了它，为什么还要在画布上画那些枝枝杈杈的老橡树呢？"画家一边涂着画彩，一边漫声答道："名下所有与心中拥有不是一回事。"艺术是心中拥有的东西，写作，进行情感交流，让精神的灵苗自由自在地湍动往还。在这一份自由无他里，敞开"本我"。或收心内视，独与天地精神往来，或迳情直遂，与知心朋友开怀纵谈，无忧无虑地披露心迹、个性，把襟怀、气质、追求、取向赤裸裸地交出去，而且是以自己的方式，这毕竟是一件十分惬意的事。

走向大自然

我走过许多名山大川，游过不少奇观胜境，每当徜徉于大自然赐予我们的这一片敞开的大地上，总有一种生命还乡的欣慰与生命谢恩的热望。我把这种感觉写下来，于是有了那些写景抒情的文字。

"人诗意地居住在大地上"，荷尔德林这句诗因海德格尔的阐发而在世界上广为流传。

悠悠万物，生息繁衍，无始无终，而每一个人只是这世界上的短暂的过客，人在大地上的居住只是匆匆过客的短暂居停，而要使这短暂的存在超越瞬间而走向永恒，走向自由，就理应把存在审美化，使之与自然和谐，融为一体，用海德格尔的话讲就是"通过原一，大地和天空，神圣者和短暂者四者统一于一"。由此便产生了原根意义上的诗性。

其实，在中国，从庄子、屈原到李白、杜甫、王维、苏轼，从诗经、乐府到唐诗、宋词，诗人们一直行进在寻求存在的诗化和诗的存在化的漫漫长路上。这些诗哲留给我们的绝不仅仅是一幅幅风景画，它是一种人与自然和谐的情绪，即海德格尔所说的，它是人"诗意地居住"的情怀，是对自然的审美观照。世界上没有哪个民族能与中华民族对于自然美的虔敬与敏锐的审美感受力相比。

当我面对自然山水时，前人对于自然的盛赞之情便从心中涌出。这些美的诗文往往成为我精神上的导游，引我走向那些人与自然互相交流互相融合构成的审美境地，从古老的文明中寻求必然，探索内在超越之路。

曾经游黄山，走西湖，看绍兴禹陵，追长岛诗踪……在那些留着千百年来许许多多诗心墨痕的所在，我往往是“因‘蜜’寻‘花’”，并不想按照景点导游图的指点挤在熙熙攘攘的人群中，为“到此一游”而排队拍照，而宁愿在景深人静处长久伫立，脚踏在实实在在的自在的敞开的大地上，一任尘封在记忆中的此一景的诗文涌动起来，与那些曾经在这里驻足的诗人对话，心中流淌着时间的溪流，在冥蒙无际的空间的一个点上，感受着一束束性灵之光。“仁者乐山，智者乐水”，在山水间，大自然与那一个个易感的心灵共同构成了洞穿历史长河的审美生命、艺术生命，“天地精神”与现实人生结合，超越与“此在”沟通。大自然，成为人们的生命之根、力量之源、艺术之泉。

当我站在大自然的一座座时空立体交叉桥上，任心中滚滚波涛翻腾的时候，常有一种凿穿了时间隧道、生命隧道的欢愉，有一种超拔的愿望和飞腾的觉悟，有一种走向自由、自在、自为的轻松。渐渐地也有了对于儒、释、道以不同的方式界说的“天人合一”的深思。

当我沿着历史的长河漫溯，极目望去，也常会感到生命之“重”，前思古人，后望来者，天地悠悠，周而复始，在自然的这一个点上，作为地球上的暂住者，“我”又能想些什么，说些什么？难道仅仅是匆匆一“过客”？于是，我也留下了自己的心音。“鸿爪春泥”，可它，却是我在这自然的怀抱中“自由”居住的宣言书和身份证，是我探寻的心迹和走出有限的深深的渴望。

当我仰望星空，俯瞰大地，许多人生感慨也会从心底涌荡出来。正如清人方熏所说，“云霞荡胸襟，花竹怡性情”，面对自然，“目既往还，心亦吐纳”（刘勰），宣泄心灵深处的欢乐与悲哀，沉重与轻松，物我双会，见物见心，还一个真实的完整的生命，这实在是一个召唤，一个诱惑。正是从这里出发，我读懂了许多作家，也读懂了自己。青天云霞，让我看尽了女作家萧红的风景线，也隐约展现了自己内心的风景。绍兴沈园，梦雨潇潇，写下陆游一生“爱别离”“求不得”之苦痛，半个多世纪的爱之梦和沈园那雅淡、萧疏的韵致一起走到我心灵深处，触发着我的情思。七夕牛女鹊桥会凄绝千古的动人传说和“巫山云雨”恍兮惚兮的爱情神话，同样是在自然中倾注心声，也使我“思与境偕”(司空图)，一展寓意之灵。

我也曾经来到许多前人未曾涉足的山水之中。在那些未经开发的、原始粗犷的自然景观中，蕴藏着一种野性的力量，一种蓬蓬勃勃的生机，并且总是在熏染着、启迪着、暗示着人们，给人以旺盛的、健朗的生命活力，给人以生生不息的奋斗精神，给人以冬春相继的乐观信念。千里瀚海、万顷荒原、巍巍高山、莽莽苍穹，这样一些在时间上悠远，在空间上浩大的景物，往往成为可以与之直接对话的生命之灵。

在九寨沟，我惊叹造化神工，“清风白水”般的“自然天籁、荒情野趣”令人忘情，“那淙淙飞瀑，飒飒松风，关关鸟语，唧唧虫鸣；那水中五光十色、迷离扑朔、绚丽多姿的碧波，山上宛如娇羞不语、情窦初开的少女的笑靥的杜鹃花萼；那隐现在水雾氤氲的瀑面上，酷似七彩神龙夭矫天半的虹彩；那原始森林中绿茵茵、暄蓬蓬，绒毛地毯般的地衣和悬挂在枝头的一丝丝、一缕缕，随风飘荡，如新娘头上轻柔的婚纱的长松萝；那五角枫、高山栎、黄栌木、青榨槭的如霞似火、燃遍天际的醉叶；那充盈着质朴的美、粗犷的美、宁静的美的梦之谷、画之廊，都在人类感情的琴弦上奏起美妙的和声，不期而然地淹入了你的性灵。在这里度过一个假日，真像裸体的婴孩扑入母亲的怀抱，生发出一种重葆童真，宠辱皆忘，挣脱小我牢笼，返回精神家园，与壮美清新的自然融为一体的感觉”。(《清风白水》)

在新疆，行进在茫茫瀚海之中，才真正感到生命有涯而天地无涯。“坦坦荡荡的大戈壁，无丘无壑，无树无草，平展展一直伸向天际，苍茫的大地托着浩渺的天穹，显得格外开阔”，至此，才真正有了“春宽梦窄”和“百年一瞬，万古如斯”的感慨，才在灵魂深处与千百年前的那个声音和鸣:"哀吾生之须臾,羡宇宙之无穷"。

在西藏,独特的社会历史、民族风情,神奇的自然环境和高原风光以及那随雅隆河一起流淌的带有传奇色彩的史事给人以更多的遐思,而美丽动人的神话又增加了它的神秘感和诱惑力,使人渴望融入这色彩纷呈的大"一"。

"保护、保存"大自然给我们的恩赐,是我们"诗意地居住"的前提,是我们以性灵之光驱逐黑暗,让大地不再被遮蔽的路径。然而,作为自然之子的人类却往往忽视和忘却了大地的恩泽,野蛮地践踏它,当大自然失去了青春、活力和平衡时,它会痛苦而愤怒地对人类实行报复,这种报复又立即会使人类陷入尴尬的困境。我曾经对践踏和破坏大自然的行为表示愤怒,为那些戕害大地也贬低自己的人感到沉重。有时,我甚至想,假如工业文明的物欲满足是以破坏生态平衡为代价,那么,宁愿让自然美景再沉睡百年,直到人类的"居住"真正成为"诗意地居住"。

无论如何,山水万物与我们同在。诗人何为?诗人使人达到诗意的存在。似乎读懂了庄子,也读懂了海德格尔。又似乎与荷尔德林长谈,吟着他的诗,"我们每人走向和到达/我们所能到达的地方"。

自选作品

青天一缕霞

从小我就喜欢凝望碧空的云朵,像清代大诗人袁枚说的:"爱替青天管闲事,今朝几朵白云生?"尤其是七八月间的巧云,如诗如画如梦如幻,对我有极大的吸引力,我能连续几个小时眺望云空而不觉厌倦。虽然眺者自眺,飞者自飞,霄壤悬隔互不搭界,但在久久的深情谛视中,通过艺术的、精神的感应,往往彼此间能够取得某种默契。我习惯于把远望中的流云霞彩同接触到的各种事物作类比式联想。

比如，当我读了萧红的作品，并了解其行藏与身世后，便自然地把这个地上的人与天上的云联系起来。看到片云当空不动，我会想到一个解事颇早的小女孩，没有母爱，没有伙伴，每天孤寂地坐在祖父的后花园里，双手支颐，凝望着云空，而当一抹流云掉头不顾地疾驰着逸向远方，我想这宛如一个青年女子冲出封建家庭樊笼，逃婚出走，开始其痛苦、顽强的奋斗生涯；有时，两片浮游的云朵亲昵地叠合在一起，而后又各不相干地飘走，我会想到两个叛逆的灵魂的契合——他们在荆天棘地中偶然遇合，结伴跋涉，相濡以沫，后来却分道扬镳，天各一方了；当发现一缕云霞渐渐地溶化在青空中，悄然泯没与消逝时，我便抑制不住悲怀，深情悼惜这位多思的才女——她流离颠沛，忧病相煎，一缕香魂飘散在遥远的浅水湾……这时会立即忆起她的挚友聂绀弩的诗句："何人绘得萧红影，望断青天一缕霞！"

正是这种深深的忆念，和出于对作品的热爱而希望了解其生活原型，即所谓"因蜜寻花"的心理，催动着我在观赏巧云的最佳时节——八月中旬，来到这神驰已久的呼兰，追寻女作家六十年前的岁月。

呵，呼兰河，这条流淌过血泪的河，充溢着欢乐的河，依然夹带着两岸泥土的芬芳，奔腾不息，跳搏着诱人的生命之波。穿过大桥，满目青翠中，一条宽阔的马路把我们引入县城。东二道街，十字路口，茶庄、药店，一切都似曾相识，一切又都大大地变了样。但是，可能因为期望值过高，当我踏进萧红故居，却未免有些失望。寥寥几幅灰暗模糊的照片，一些作家用过的旧物，疏疏落落地摆在五间正房里。原有的两千平方米的后花园，这印满了萧红的履痕、泪痕和梦痕的旧游地，如今已盖上了一列民宅。更为遗憾的是，留下百万字作品的女作家，陈列室中竟没有收藏一页手稿、一行手迹。联想到坐落在列宁格勒的普希金就读过的皇村学校，虽然经过一百七十年沧桑变化，包括战乱与兵燹，但普希金当年的作业簿和创作诗稿，依然完好无损地保存在那里。相形之下，深感我们在搜集、保存作者的手稿、遗物方面没有完全尽到责任。当然，也可以顺着另一条思路考虑：这位叛逆的女性的前尘梦影原本不在家里。在她自己看来，这块土地沦于敌手之前，“家”就已经化为乌有了。她像白云一样飘逝着，她的世界在天之涯地之角。“昔人已乘白云去，此地空余黄鹤楼”，如此而已。云是萧红作品中的风景线。手稿没有，何不去读窗外的云？

“白云犹是汉时秋”，仰望云天，同女作家当年描述的没什么两样，天空依旧蓝悠悠的，又高又远。大团大团的白云，像雪山，像羊群，像棉堆，像洒了花的白银似的。我想，如果赶上傍晚，也一定能看到那变化俄顷，令人目不暇接的“火烧云”。记得沈从文先生说过，云有地方性，各地的云颜色、形状各异，性格、风度不同。在浪迹天涯的十年间，萧红走遍大半个中国，而且曾远涉东瀛。她不会看不到沈先生盛赞不已的青岛上空的彩云，肯定领略过那种云的“青春的嘘息”和轻快感、温柔感、音乐感；她也该注意到关中一带抓一把下来似乎可以团成窝窝头的朵朵黄云；透明、绮丽的南国浮云；素朴、单纯，仿佛用高山雪水洗涤过的热带晴云；樱花雨一般的东京湾上空的绮云，这些恐怕都能引发她的奇思玄想。然而她全没有记在笔下。当豪爽的江湖行、亢奋的浪游热宣告结束，“发着颤响、飘着光带”的胸襟和“用钢戟向晴空一挥似的笔触”渐次消磨，而难堪的寂寞、孤独与失落感袭来的时候，她便像《战争与和平》中曾是战斗主力的安德烈公爵，受伤倒在地下，深情地望着高远的苍穹，随着飘飞的白云，回到梦里的家园去寻求慰藉，慢慢地咀嚼着童年的记忆——这人生旅途中受用不尽的财富。对萧红来说，尽管童年生涯是极端枯燥、寂寞的，家园并无温馨可言，但“人情恋故乡”，就像一首诗中描述的：“满纸深情怀仆妇，十年断梦绕呼兰。”一颗远悬的乡心，痴情缱绻，离开得越远，回音便越响。于是，“一篇叙事诗，一幅多彩的风土画，一串凄婉的歌谣”，便在“永久的憧憬与追求”中孕育诞生了。

时代造就了萧红。难能可贵的是，她不仅在“五四”新文化运动影响下，冲破了封建枷锁，离家出走，成为中国北方的一个勇敢的娜拉；而且由于接触到反帝反封建的民主主义精神和得到一批革命作家及其作品的滋养，她在从事文学创作伊始，就显示了崭新的精神世界,以稚嫩的歌喉唱出了时代的强音和民众的愿望。她“以女性作者特有的细致的观察和越轨的笔致”,通过散化情节、淡化戏剧性、浓化情致韵味的艺术手法,揭露帝国主义、封建势力造成的弥天灾难,展示病态的人生、病态的社会心理的形成,以引起人们救治的注意。

同那些跨越时代的文坛巨匠相比,萧红算不上长河巨泊,不过是清流一束。她失去的很多,而所得有限;她的生命短暂,而且遭逢不幸。她像冷月、闲花一样悄然陨落,却长期活在人们心里;她似乎一无所有,却又赢得了许多许多,她以自己的传世之作在中国文学发展史上留下一串坚定而清晰的脚印。她是不幸的,但也可以说是很幸运的。

像萧红一样,呼兰河既没有长江的波澜浩荡,也不像黄河那样奔腾汹涌;呼兰县城更是普通至极的一个北方城镇。但是,地以人传,河以文传。由于这里出了一个著名女作家,她又被镌刻在文学碑林上,因此名闻遐迩。这里的小桥流水、窄巷长街,便一一注入了生命,鲜活起来,充溢着灵性,吸引着无数中外游客。而前来寻访的客子、学人,又对照萧红的作品去“按图索骥”,探本溯源。这样,人文与自然相成,历史和现实交映,就益发强化了景观的魅力。

流光似水。如今,那被女作家诅咒过的岁月,远逝了;那没有人的尊严和独立人格的牛马般的生活,远逝了;女作家及其作品中的主人公血泪交迸的“生死场”,早已照彻了社会主义的阳光。十字街头拐弯处,当年萧红读书的小学校还在。微风摇曳中,几棵饱经风霜的老榆树似在发出岁月的絮语。下课铃声响起,一群闪着澄澈、亲切的目光的活泼可爱的女孩子,野马般地拥向了操场,有的竟至和来访的客人撞了个满怀。我蓦然想起,《呼兰河传》中老胡家的团圆媳妇,不也是这般年纪、这样天真吗?可是,只因为她太大方了,走起路来飞快,头天到婆家吃饭就吃三碗,一点也不知害羞,硬是被活活地“管教”死了。从“两眼下视黄泉,看天就是傲慢,满脸装出死相,说话就是放肆”的死寂无声的黑暗年代,到能够在阳光照彻的新天地里自由地纵情谈笑,这条路竟走了几十年!我想,如果萧红有幸活到今天,故地重游，看看呼兰翻天覆地的变化，听劫后余生的王大姐讲讲她的苦尽甘来，再赏鉴一番故乡的"火烧云"，也许会用她那珠玑般的文字写出一部《呼兰河新传》哩！

一九九〇年于沈阳

（选自散文集《清风白水》）

读三峡

"船窗低亚小阑干，竟日青山画里看。"我满怀着四十余年的渴慕，放舟江上，畅游三峡，饱览着山川胜景。

伴着船行激起的沙沙澌澌的水声，迎来又送走那峥嵘、嶙峋的山影。江轮在危岩绝壁间宛转穿行，眼看要撞在迎面横过来的陡壁上，却灵巧地一闪，辟出一片生面别开的天地。真是"山塞疑无路，湾回别有天"，不能不由衷地佩服古诗用字的贴切。老杜笔力的雄健更是令人心折，群山万壑，的确像无数匹高高低低的骏马，脱缰解辔，挤挤撞撞，奔赴荆门。谪仙作诗，惯用夸张手法，但他刻画三峡之险峨："上有六龙回日之高标，下有冲波逆折之回川。黄鹤之飞尚不得过，猿猱欲度愁攀援"，则全是写实。峡中景色变化无常，适才还是"高江急峡雷霆斗"，令人目骇神摇，霎时烟云浮荡，一变而为惝恍迷离，幻成一幅绝妙的米家山水。游人也随之从现时的有限形象转入绵邈无际的心灵境域，玲珑相见，灵犀互通，开掘出溶心理境界、生活体验、艺术创造的第二自然于一体的多维向度。

一些峭拔的石壁，由于亿万年风雨剥蚀，岩石现出许多层次和异常分明的轮廓，或竖向排列，或重叠摆放，或向两侧摊开，使人想起"书似青山常乱叠"的诗句。船过兵书宝剑峡，这种"书"的观念更加浓重了。相传诸葛亮入川时，路过三峡，曾把神人赐给他的兵书藏在峭壁之上。清代诗人张船山煞有介事地咏叹道："天上阴符定不同，山川终古傲英雄。奇书未许人间读，我驾云梯欲仰攻。"而另一位诗人则从另一个角度去做文章:“兵法在一心,兵书言总固。弃置大峡中,恐怕后人误。”平日嗜书如命的我,座前、案边、眼中、心上,无往而不是书卷。孤寂时,有书相伴,会觉得“书卷多情似故人”;夜阑人静,手倦抛书,也习惯于“三更有梦书当枕”。此刻,面对着峡江胜境,书痴自然要把它捧起来当书读了。

三峡,这部上接苍冥、下临江底、近四百里长的硕大无朋的典籍,是异常古老的。早在语言文字出现之前,不,应该说早在“混沌初开,乾坤始奠”之际,它就已经摊开在这里了。它的每一叠岩页,都是历史老人留下的回音壁、记事珠和备忘录。里面镂刻着岁月的屐痕,律动着乾坤的吐纳,展现着大自然的启示,里面映照着尧时日、秦时月、汉时云,浸透了造化的情思与眼泪。我们不能设想,在自己有限的一生中读尽它的无限内涵,但总可以观嬗变于烟波浩渺之外,启哲思于残编断简之中。作为现实与有限的存在物,人们徜徉其间,一种对山川形胜的原始恋情与源远流长的历史激动,会不期然而然地被呼唤出来。

在这锦山绣水之间,早在五千年前就曾闪烁着大溪文化的异彩。两千年前,扁舟一叶从那条唤作香溪的小河里,载出一位绝代佳姝。“昭君自有千秋在,胡汉和亲识见高”,不独闾里之荣,也是邦家之光。两汉之交,公孙述枭踞白帝城,跃马称帝。过了三周甲子,这里又成了吴蜀争雄的战场。年轻的陆逊创建了“火烧连营七百里”的赫赫战功;刘先主永安宫一病不起,将他的嗣子、未竟事业连同未来的千般险阻一股脑儿托付给他的军师;诸葛公神机妙算,在鱼腹浦摆下了“八阵图”。“自从归顺了皇叔爷的驾,匹马单刀取过巫峡”,老将黄忠的行迹,至今还留在《定军山》的戏文里。但是,“卧龙跃马终黄土,人事音书漫寂寥”。今日舟行访古,不仅史迹久湮,而江山亦不可复识矣。

假如三峡中壁立的群峰是一排历史的录音机,它一定会录下历代诗人一颗颗敏感心灵的摧肝折骨的呐喊和豪情似火的朗吟。“屈平词赋悬日月”,船过秭归,人们面对着万树丹橘,总要联想起那以物拟人的不朽名篇《橘颂》;而当朝辞白帝,放舟三峡,又必然记诵起李白的流传千古的佳什。在这里,杜少陵经历了创作的极盛时期,二年时间写诗四百三十七首,占了他全部诗作的三分之一以上。刘禹锡出守夔州,在当地民歌的基础上,首创了文人笔下的充满浓郁生活气息和地方特色的竹枝词。前后相隔二百余年,白氏兄弟与苏家父子的诗章,使三游洞四壁增辉,名闻遐迩。洎乎现代,"江山仍画里,人物已超前",陈毅元帅的三峡诗,蕴藉沉雄;毛泽东主席"高峡出平湖"的雄词,堪称千古绝唱。面对着意念中的历代诗屏和眼前的山川形胜,我也情不自禁地写下一首七绝:"轻舟如箭下江陵,高峡急江一水争。短梦未成千嶂过,巫山何处听猿声?"布鼓雷门,非敢附骥,也不是要作谪仙的翻案文字,纪实而已。

就诗而言,巫山十二峰可以说是一部不是靠语言文字而是由境界氛围酿成的朦胧诗卷。两岸诸峰时隐时现,忽近忽远,笼罩在云气氤氲、雨意迷离的万古空濛之中,透出一种"悠然心会,妙处难与君说"的朦胧意态。"一自《高唐赋》成后,楚天云雨尽堪疑。""神女生涯"为人们留下了无穷的想象空间,成了所谓"象外之象,景外之景"。也许这样远远望着那万古烟云,谛听着她的模糊的默示,更富迷人的魅力;如果过于刻板、认真,率性攀到峰头去睇视一番神女的芳姿,恐怕那风化的睇岩会令人意兴索然,大失所望的。比之于绘画,巫山十二峰无疑是整个三峡风景线上一条最为雄奇秀美的山水画廊。在这里,钩皴点染、浓淡干湿、阴阳向背、疏密虚实等各种表现手法兼备毕具。那群峰竞秀,断岸千尺的高峡奇观,宛如刀锋峻劲、层次分明的版画;而云封雾障中的似有若无、令人神凝意远的万叠青峦,则与水墨画同其韵致。

整个三峡,也并不都是怡情悦性的画境诗笺,它还是一部描绘奋斗人生、满布着坎坷与风浪的惊险之作。我看到过一幅题为《巴船下峡图》的古画:在狭窄湍急的滩口中,船工们全神贯注、高度紧张地使篙撑船,同无情的礁石、激流作殊死的决斗。际此"天下至险之行,行路极危之时","摇橹者皆汗手死心,面无人色"。白帝城中一幢古碑上也有着“瞿塘峡口波涛汹涌，奔腾万状，舟行至此，靡不动魄惊心”的记载。至于流传在两岸世代人民口头上、记忆中的，更是举不胜举。今日舟行江上，耳畔还仿佛鼓荡着古老的黄牛峡歌和滟滪滩谣。在这种生死系于顷刻，战战兢兢，提心在口的情势下，赏玩江峡奇景，根本无从谈起。正如《水经注》引袁山松所述：“峡中水疾，书记及口传悉以临惧相戒，曾无称有山水之美也。”解放后，三峡航段经过了彻底整治，出川入川，流缓波平，从容稳渡，再不用“愁水又愁风”了。但事物总是复杂的，有人却又感到刻尽崎岖，平淡寡味，嗒然若有所失。这从审美的角度来说，也自有他的道理。

清末民初著名学者王国维有过“古今之成大事业，大学问者必经三种之境界”的说法，还有人把绘画分为写实、传神、妙悟三个层次。我以为，读三峡可能也有三种灵境：始读之，止于心灵对自然美的直接感悟，目注神驰，怦然心动。这种灵境，有如晋人袁山松对三峡的观赏：“仰瞩俯映，弥习弥佳，流连信宿，不觉忘返。”再读之，会感到主观的生命情调与客观景物交融互渗，物我溶为一体，亦即辛弃疾词中所说的：“我见青山多妩媚，料青山见我应如是。情与貌，略相似。”卒读之，则身入化境，浓酣忘我，“冲然而澹，翛然而远”，进入《易经》上讲的那种“天地絪缊，万物化醇”的灵境，此刻该是“此中有真意，欲辩已忘言”了。（现在，我还能刺刺不休地饶舌，说明离这种“化境”尚远。）

读三峡，有乘上、下水船两种读法。乘上水船，虽然体味不到“轻舟飞过万重山”的酣畅淋漓的快感，但颇有利于从容玩味，沉思遐想。“读书切忌太慌忙，涵泳工夫意味长”。读三峡，也是如此，不能心浮气躁，囫囵吞枣。下水船疾飞如箭，过眼烟云，留不下深刻印象，其弊正在于此。但下水船又有其独特的美学效应。本来两岸的青松、丹橘、翠峦、粉堞，彼此相距甚远，但由于船行疾速，拉近了它们的距离，造成眼前多种物象重合叠印的错觉，从而丰富和充实了视觉形象，即使物象渐渐消失，也能留下一种雄奇的意境与奋发的情思。鉴于两种读法各有得失，我们通过双程往返，兼取了二者之长。

人说大宁河上的小三峡是三峡的聚珍版和缩印本，景色绝佳，而且由于滩险岩奇，还可以补偿三峡惊险场面的失落。惜因时间有限，交臂失之，说来也是一桩憾事。但是，也还有另一面的道理。美学上讲究余韵悠然，有余不尽，因而有“不到顶点”的说法。怕的是到达顶点就到了止境，捆住了想象的翅膀。

龚自珍有诗云：“未济终焉心飘渺，万事都从缺处好。吟到夕阳山外山，世间难免余情绕。”踏不上的泥土总认为是最香甜的。何妨留下一片充满期待与想象的天地，付诸余生忆念，纵使他日无缘踏上，也尽可神驰万里，向往于无穷了。

一九九一年于沈阳

（原载《人民文学》1992 年第 8 期，选自《散文选刊》1993 年第 4 期）

散文文体的个人风貌

——读王充闾散文

谢　冕

王充闾的散文创作路子比较宽广，他写的是各式各样体式的文章，但看《清风白水》这本集子中的作品，便有令人信服的证明。《老窑工的喜悦》纪实的特点浓郁，散文中融进了人物经历的描绘和性格的刻画；《东风染绿三千顷》把报告文学和小说的写法引入散文；这些作品都写在 80 年代初期，带有过渡期文学转型的印记。这个时期的散文有许多具体的人物和情节，切实的叙述中蕴含了鲜明的装饰性，是那个转折时代的文学纪念。

到了《小楼一夜听春雨》一类，已显出不拘泥的意态飘逸的倾向。这时期的散文超脱了以某一人物事件为主线展开情节的模式，而具有更多的灵动的意绪，更广阔的飞腾的联想，更自如的活泼的征引，以及漫不经心的随意穿插，使文章于婉转多姿，貌似散漫中见出结构的严整。在一片春雨声中，作者情思绵邈，从辽南果园枝头的香雪想丰收的期约，从《喜雨亭记》到杜甫、陆游的雨诗情怀，再到亲身经历的雨中风情，丝丝缕缕都被这无边细雨所撩拨，而缝缀成一篇多姿多彩的文章。这篇散文，已经显露出作者更为从容和洒脱的创作心态。除了内容因撷取的广泛而益显丰满，情感的表达也因摆脱了单一的择取而更为自如，由春雨引发的国事民瘼的牵怀，抒发的是一种积极的信念，但此中也嵌入这样的文字："也有人从点点滴滴、淅淅沥沥、飒飒潇潇的雨声中，领悟到一种前尘如梦、人生易老的悲凉意绪"，该文甚至以这种情绪结篇。这从一个侧面折射出这个时代以及人的心灵日趋繁复丰裕的氛围和境界。

王充闾以散文家的敏感摄取、包容了这个时代的丰富性，并鲜明地体现在他的作品中。这种对于社会、人生、文学的敏感，在别的作者那里可能需要较长的调整和适应的过程，王充闾很快便达到了，郭风说他由于理解并把握了散文的品质和性格，因而使他的散文闪现出"独特的个人散文文体的光彩"，这是很中肯的评价。读王充闾的散文可以看到他一贯追求的目标，正是建立一种属于个人的散文风格。

王充闾在《清风白水》之前，出过《柳荫絮语》《人才诗话》等集子，正如评家已经看到的那样，他的散文创作进行过多向的实践，在各种散文文体的写作方面取得了显著的成绩。除传统的抒情散文外，诸如随笔、札记、杂感、游记等他都有创作实绩。但若论及他多年追求所已达到的目标，则是一种属于他所擅长并且表现了他个人风格的文体的形成。《清风白水》这本集子中的大部作品是这种风格的最为集中的展示。

王充闾博学多识。他走的地方多，见闻广，读的书也多。他征引那些古代诗词达到随心应手的地步，这使他的散文具有相当浓厚的知识性，几乎可以说，他在每一题散文中所写的都具有知识汇粹的特点。以《送穷》这样的题目为例，有的作者易于干巴巴地就题作文，他却能围绕题意体现出开阔的思路和丰实的知识。文章从人望幸福树望春谈起，中国的年俗，春联、祭灶都祈愿摆脱贫困追求富裕，从《四时宝鉴》的记载、扬雄的《逐贫赋》、韩愈的《送穷文》谈到全国以富命名的县份，其间还锲入时事的感兴。《茶余漫话》也有这样的特点：平生与烟酒无缘，唯嗜饮茶，从陆羽的《茶经》，引出天下名泉二十品，从第二泉到《二泉映月》，说二泉品茗乃江南一大雅趣，最后由廉泉说到贪泉，发表了对廉士与贪官的臧否感慨。文章做得活脱，起伏迭宕，不拘一格，又处处闪射着知识的光辉。

王充闾的散文佳品当推此类文字，此类文字中拔萃之作当推《陆放翁为海棠鸣不平》。海棠很美，西府海棠尤美，经雨之后的花则极美，"秾艳最宜新着雨，娇娆全在欲开时"。所以，它是花中神仙，古人评价："其花甚丰，其叶甚茂，其枝甚柔，望之绰约如处女"，因此，诗人才说"只恐夜深花睡去，故烧高烛照红妆"。要是平常的抒情散文，写到这里也许意思已尽，略加发挥便当收笔。而在王充闾这里，事情却才刚刚起始。作者的文字很是自由婉转：海棠如此佳美，却有人讥弹它徒有姿色而无香。这才引出题旨所标陆游的不平来："蜀地名花擅古今，一枝气可压千林，讥弹更到无香处，常恨人言太刻深！"而即使这样也仅仅是切入话题的开篇，由此往下占全文四分之三的文字就"求全之毁"展开，方进入正题。从即景抒情入手，旁征博引，归及议论，主题非关花事风月，却是知人论世的宏旨。由空阔的赏心悦目的话题转入切实社会人生，一番由海棠花的美丽引起的议论，画出了一道相当开阔的由感性而理性的思考的弧线。上面这样深沉的思想、渊博的学识，却是由一篇短文完成的。我们据此可以把王充闾这样的创作实践看作是通往散文学者化的一个进程。

王充闾在散文创作方面的贡献，是把平日思考与读书心得结合起来，把知识的积累与实际运用引入各种体式的散文中，而使这些散文展现出浑厚的文化氛围。它的好处是能在保全散文体式的前提下，使它具有作者致力追求的知识的进入。读王充闾的作品可以发现，在一些别人看来可能是纯粹的抒情篇章诸如《读三峡》《冰城忆》，特别是堪称他的散文代表作的《清风白水》这样的作品中，都有了对上述那些精神的专注。请看《读三峡》，在别人，一般总是从三峡的景观开始"读"的。而作者一开始便是"古人有诗云"，是"船窗低亚小阑干，竟日青山画里看"，是真"读"，诗词读过才让人听到水声，看到山色。

他改造和充实了这些山水游记的内涵。他把自然和人文材料加以组合，对于风光景物的描写，夹以诗词书画和文章典籍的佐证，从而使那些即景抒情的空间大为扩充，而具有了人文价值。《读三峡》便是如此，眼前的风物加上杜甫、李白的诗意，再加上米家山水的韵味，再归到"从现有的有限形象转入绵邈无际的心灵境域，与其玲珑相见、灵犀互通，开掘出融心理境界、生活体验、艺术创造的第二自然于一体的多维向度"的结论。这既是他"读三峡"的心得，又是他自己确定创作散文的目标和他全力追求的艺术宣言。王充闾的散文不停留于一般的景物描摹抒发，而是由于知识化的渲染以及理性思考的渗透，从而极大地拓宽了散文的想象天地。

他的这种努力并不以失去抒情散文的固有特性为代价。像《读三峡》《冰城忆》一类文章，仍然不失山水游记的一般品质。有别于人的是，他按照自己的意愿使这些文章添加了新成份，拥有了新特色。对于散文文体的这种"加入"，使王充闾笔下的各种散文拥有了随笔、杂感、笔记相综合的特性，最后都突出地加强了这些散文的知识容量。这是《清风白水》的作者对散文创作的引人注目的贡献。

王充闾是一位勤奋的作者，他的创作都是在繁忙的公务之后，在极少的业余时间里，或者可以说是休息和睡眠的时间挤出来的。他有一首《自嘲》诗谦虚地讲："情知宦后诗怀减，俗吏偏思作雅人。"艺术本身所具有的魅力使他无法拒绝那份清风白水似的雅致。他有自己分内的工作要做，但似乎更有诗人的兴味和责任心。艺术的诱惑对他来说是那样的崇高，他说过，"一遇到催人奋进、引人遐思、令人感慨的风物人情，心潮便会不期然地荡起感情的波澜"。于是他写作，并且从中得到"一种欢愉，一种享受，更是一种责任"。我们有理由为这位虽然是"业余"的，但却是非常辛苦和认真地躬耕于散文园地中的作家表示敬意。

1992 年春 4 月于北京畅春园

（原载《当代作家评论》1992 年第 4 期）

陈焕展（1935—　），散文家，广东潮阳人。童年在上海读小学、中学，1948年随家迁居汕头。1950年入伍，任市文教局工农教育科视导。1957年调《汕头日报》任编辑，1965年加入中国作家协会广东分会并出席全国青年文学创作积极分子代表大会。"文革"中被当作"汕头小秦牧"遭到批判。"文革"后任《汕头日报》文艺部主编，连任作协广东分会四届理事，并相继被聘为《羊城晚报》《现代人报》特约记者。1986年起任《汕头日报》副总编辑（后兼党委副书记），1992年调任《汕头特区报》党组副书记、第一副总编辑。系中国作家协会会员，汕头市作家协会主席、汕头市新闻工作者协会副主席。

陈焕展13岁在汕头《光华日报》副刊发表处女作《路》（笔名萍踪），参加工作后所写诗歌《真挚的友谊》获汕头市1956年文艺创作奖。后以散文创作为主，已出版散文报告文学集4部：

《韩江拾翠》（花城出版社，1983年）；

《乡恋》（合著；湖南人民出版社，1986年）；

《窗口的白云》（广州文化出版社，1989年）；

《潇洒走向前》（香港天成公司，1995年）。

其中《窗口的白云》获汕头市建国40年文艺创作特别奖，有《在悄悄的小巷里》《蔚蓝色的开拓》《彩霞漫天》获《南方日报》优秀征文奖，《份量》和《金黄色的乡恋》获《羊城晚报》优秀征文三等奖，《宝剑锋从磨砺出》获《汕头文学》优秀作品奖，《潮汕鱼丸》获《潮汕旅游》优秀征文一等奖；有《竹竿》等多篇被选入《广东散文特写选》《岭南散文80篇》等多部散文选集。评论陈焕展散文的文章主要有：

《生活美的再现》（岑桑），载《韩江拾翠》；

《生活美的再现》（黄莲中），《羊城晚报》1987年3月5日；

《深情的〈乡恋〉》(郭小东),《广州日报》1987 年 10 月 7 日;

《"番薯味"的反思——重读陈焕展前期散文杂想》(彭妙艳),《汕头日报》1989 年 4 月 6 日;

《窗口的一朵白云》(邱昶),《汕头青年报》1989 年 6 月 8 日;

《新潮汕之窗》(华强),《汕头特区报》1989 年 6 月 10 日;

《新潮汕的窗口》(郑明标),《羊城晚报》1989 年 6 月 20 日;

《白云驻足的窗口——评陈焕展新著〈窗口的白云〉》(郭小东),《南方日报》1989 年 8 月 26 日;

《岭南文学个性存在之一脉——陈焕展创作述评》(郑明标),《岭南文报》1992 年 1 月 28 日。

另有《新潮汕之窗——陈焕展创作述评》《灵气之根——陈焕展文学创作与岭南文化》两篇论文(作者均为郑明标)分别在"海内外潮人作家研讨会"(1991 年 9 月在汕头大学召开)、"中国当代文学学会第十届学术年会"(1991 年 10 月在广州召开)宣读。

一点感想①

陈焕展

旧社会里,我是个苦孩子,没读多少书,只读到初中,还是靠考前三名免缴学杂费读下来的。中间,我还停学两年当小贩和童工,卖过油豆腐干、马铃薯和洋葱,也排过铁钮扣(排成一盘盘去喷漆)和包过糖粒。寒风凛冽的夜晚,我抱着一篮常州芝麻糖在上海街头叫卖,挨过警察的打,称东西的秤也曾让凶神恶煞的警察拗折过,以致睡眠时常常做噩梦。

我现在是中国作家协会会员,而且评了高级职称,这是过去做梦也梦不到的。临解放时我才十四五岁,因为家庭经济拮据,我辍学想

① 本文是作者为他的第三本散文集《窗口的白云》写的后记,录入本书时略有删节,标题为编者所加。

去当校工，校长却嫌我过于瘦小拒不接纳，害得我哭了一场。但解放不久我就入了伍，1957 年初我当上了记者，以后除“文革”间歇了一段短时间，我一直做编辑工作到现在。

如今回顾自己的成长道路，我深深体会到了我能有今天，首先得归功于新中国和共产党的培养，是组织上交给我一个版面，让我在实践中学习、在实践中提高，从不十分称职到称职，从称职到胜任愉快。在这个过程中，有关怀，有鼓励，有信任，有期望，有倚重，特别是在开始的时候，并不因为我脚步有点踉跄而叫别人把担子接过去，终于使我的肩膀能够承受相当的重量。

其次，自然在于自己对事业的锲而不舍了。记得读小学三年级时，有一次作文的命题是《希望》，同学们有的希望长大了当科学家，有的希望当飞机驾驶员和建筑师，我却写道“我希望当作家”。我这样写，并非自己在这方面有什么天才，仅仅因为我读了冰心的《寄小读者》、巴金的《夏夜》……对他们很仰慕，由此产生了一种单纯的甚至是幼稚的愿望而已。

但是，也就是从那时候起，特别是从我的一篇作文《可爱的孩子》被选入《全国中小学生作文精华》起，我开始了一种朦朦胧胧的努力。我学写的并不多，只是完成作文作业而已；但是，我读得很多。在学校的时候，我在老师的指导下组织了同学间的业余诗书小组，读了《文心》一类作品，甚至还读《毁灭》之类的翻译小说；辍学做童工、小贩时，我积攒少得可怜的钱，去买《红楼梦》《西游记》这些传统名著，囫囵吞枣地阅读。直到我将随家人从上海迁居汕头时，我竟有两纸箱书可以卖掉，这使一直过着穷困生活的家里人为之大吃一惊。

1948 年间，失学兼失业的我，在斗室中写出了一些愤世嫉俗的诗和短文，用“萍踪”的笔名（取无根漂泊之意）投给当时汕头的《光华日报》副刊，居然多次得到采用。1950 年 10 月我参加了工作，以后调到报社，接触了新的生活，从事了新的事业，我就更加握紧了手中的笔。

我没有出众的才华，却能以勤补拙。婚前我没有花前月下的散步谈心，节假日也从未带过家人去名胜古迹漫游，稍有空隙我都利用来读书写作。在担任副刊编辑的时候，我仍然争取时间下乡。1961年，沿海战备形势十分紧张，在星月无光的夜晚，我去到惠来神泉镇，不听别人的劝阻，坚持前往海边观察潜伏哨，因为不谙口号，黑暗中民兵拉响了枪栓，险些出事，但我事后却写出了感情充沛的《神泉海哨》，发表在全国性的刊物上，后来这篇散文又被收入《广东散文特写选》。至于深入山区农场、滨海沙田，睡地板、盖棉絮、挨蚊咬虫叮更是经常的事，而文思也就源源不断了。对比起来，近些年倒是产生了怕艰苦的情绪，缺少蹲下去的决心。当然，承担了一定的领导职务少有空闲也是一个重要原因。

前面说过，我的创作是同我的编辑工作结合在一起的，采访和组稿使我走过不少地方，这些地方的人和事推动我在完成本职工作后进一步写文艺作品。少年时代还有为作文而作文的情况出现，独坐桌前冥思苦想，堆砌词藻，无病呻吟；进入青年时代，再没有坐下来硬想写点什么的现象存在了。现实中，人物的生动，事物的繁复，往往感染了我，催促我思考，思考的结果又使感情得到了升华，终于到了不能自已、非动笔不可的地步，文章也就自然而然地写出来了。

秦牧、岑桑、易征等老作家都曾赞许过我的一些文章，有的同行也表扬过我的文字比较美。大概在前些时候，我雕琢文字的功夫下得多些，如今随着年岁的增加，我已不十分着意这一方面了，文字显得比过去朴实了。有文友说什么“返朴归真”，这是溢美之词。但我觉得写文章能把自己想说的说清楚，且尽可能说得生动些就算完成任务了。评价作品的好坏，最重要的一条还在于有没有感情。

我虽然挂着地方作家协会主席的头衔，但我是新闻队伍中的作者，我的文艺作品也就难免会带着一点记者味，这既是特点，也是缺点吧！

自选作品

“窗口”的“白云”

“铃铃铃、铃铃铃……”

“喂，您好！我是龙湖宾馆总机，请问有什么事?”她坐在小总机前，脸上漾着亲切的笑。

“我是特区锦龙厂，厂里有间厕所塞住了，请通知有关单位来修理一下。”

“好的！好的！我记一记。”

“铃铃铃、铃铃铃……”

“您好！我是龙湖宾馆总机……”

“我想问一下，金新北路怎么走?”

“哦，请沿着金砂东路往西走，到第×条路口拐弯就是。”

“铃铃铃、铃铃铃……”这个电话亭，那个电话又响，询问的，吩咐的，很多都不是小总机业务范围内的事。本来障碍台是指宾馆内电话障碍报修，可宾馆外的客户连厕所发生障碍都找来了；本来，询问台主要是接受查询电话号码，可人家连问路都问到小总机来了。尽管这样岔三捣四，她还是耐心地、尽可能地提供服务，像一股温馨的春风轻轻地拂动着人们的心扉。

“铃铃铃、铃铃铃……”

“您好，我是龙湖宾馆……”

“哦，你是龙湖妹吗？你的声音真好听……”

“对不起，我正在工作!”她含愠地收线了。

“铃铃铃、铃铃铃……”

“您好，我是龙湖宾馆……”

“哦，龙湖妹，今晚我们一起到公园去散步好吗？……”

“龙湖妹，我们一起开个房间吧！”

“……”

她气得说不出话来，可还是克制着没有骂人，只是“啪”地把电话挂上了。

起初，她委屈得眼角噙着泪滴，像白荷缀着露珠。可慢慢地，她习惯了，社会那么大，怎没有杂七杂八的人，怎没有污七八糟的话，最好的对付方法是不理他们。排除干扰，不要让它影响自己的心情，不要让它影响自己的工作质量。

她的姓名叫蔡瑜洁，的确名副其实，雪白的肌肤，整齐的发着瓷光的牙齿，缟素的连衣裙。看她轻盈地走动，就似一朵白云飘过来又飘过去。她一笑，你会感到眼前骤然亮了，好似明月从云絮里探出头来。

实际上，不只外表，她的心灵也纯洁得像一朵白云，几乎没沾一丝杂质，没染一点尘埃。三年前，她高中毕业，成绩蛮不错，她哼着歌去参加高考，出乎意料之外，差两分才入围。落榜了，人们担心这朵“白云”会洒落“雨滴”，可她的眼神只黯淡了一刹那，迅速又明亮照人了。

在广州外语学院当教师的姐夫暑假来丈母娘家探亲了。

“How do you do?”

“How are you?”

“I'm very well，thank you！”

“……”

小洁缠住姐夫，整天是英语对话，实用英语的训练。陌生人看到她那亲热劲，几乎误认她和姐夫是两口子了。

“小洁，瞧你！该让姐姐和姐夫一起出去玩玩啦！”母亲实施干预了。

“OK！”她快活地答应着，可随即又在纸上划豆芽菜，“阿兄（她这样称呼姐夫），这个句子是过去式还是进行式？”

家里人无可奈何地摇头，姐夫笑了，姐姐笑了，她也笑了。

几个月后，她当上龙湖宾馆的餐厅服务员了。她是考进来的。

英语对话是面试的重要内容，她那像白云悠悠、小溪淙淙的流利的英语使主考官连连点头："very good，very good!"

"当端盘子的姑娘，你就那么高兴？"有人轻蔑地撇撇嘴。

她却响亮地笑，挑战般地朗声说："I'm very happy!"(我很快乐)

她像一朵轻快的白云在餐厅里飘过来，荡过去，端过来佳肴，捧过去美酒，递过来热毛巾，送上去香茶……

宾馆小总机缺人，领导看上她这朵干一行爱一行的"白云"。

征得了她的同意，她坐到机台前，立即从"动若脱兔"的状态中脱离出来，进入了"静如处子"的意境。

习惯么？从充满欢声笑语的餐厅转到除了电话机还是电话机的环境。这小小的十来平方米的密封的总机室，拉上了窗帘，光线就那么淡淡的、幽幽的，甚至有点扑朔迷离的感觉，电话铃此起彼伏地响着，初时会弄得她惶惶然不知所措；间或很静，骤然又似有一串铜钱撒到地上簌落落地响，使她感到心悸，这是总机自动交换接线的声响。这种乍然响起的声响，她很久也无法习惯。

然而，她认识到话务工作的重要，咬着牙挺下来了。她喜欢这有点拗口的说法："经济特区是我国开放的窗口，龙湖宾馆是汕头特区的窗口，那么宾馆小总机就是窗口的窗口的窗口了。"她跟人家谈自己工作的意义，谈着谈着就因这个绕口令笑得透不过气来，欢乐的情绪也感染了对方。

于是，笑声把不习惯的感觉冲走了。

于是，笑声把委屈的情绪冲走了。

去年九月初的一天，龙湖宾馆116房的客人要挂上海的长途电话，小洁马上同长途台挂了号。可因为与上海通话的客户多，电话老是占线，一时接不通。116号房的客人等得不耐烦，几分钟就打一次电话来催问。她想：他大概急于知道亲人的病情吧？或者，他是急着要催家里人寄钱来给他？于是，她每隔十五分钟就催促长途台一次，催得长途台的同志也火了："我们又不是在睡觉，怕我们睡过头还是怎么的?”116房的客人却又埋怨说:“这么久,我要是坐飞机都到达上海啦！你的电话老接不通,你是怎么搞的?”她仿佛被夹在一条夹缝里。可这朵“白云”却化作温暖的气体,烘熏着客户和长途台同志的心,她一次又一次地向双方道歉,并婉言解释。一个多小时后,电话接通了。客人通话后,不好意思地向她赔礼:“我太心急了,错怪了您。对不起！您真耐心。”

又一次,有位杭州经理住到龙湖宾馆,他有急事要与住在友谊宾馆四楼的客商通话,可友谊宾馆四楼的电话却坏了,电话老打不进去。杭州经理试探地向龙湖宾馆总机说明情况,请求帮忙。正在值班的小洁立即打电话给友谊宾馆总服务台,请他们上四楼去找那位客商。友谊总台说电话正在修,快修好了,等接通了才找。小洁焦急了:“快好,快好,谁知几时才好。”她大眼珠一转,央班长代她顶班,自己蹬上一辆自行车像箭一样奔向友谊宾馆。两个宾馆相距二十华里左右,她半个小时就蹬到了。她跑上四楼,按房号找到那位客商,请他马上给龙湖宾馆的杭州经理打电话。当她看到他们开始通话了,才又像朵白云一样轻盈地从四楼飘下来。她是哼着歌儿往回蹬的。她觉得这一天天气特别好,天,分外的蓝;云,分外的白,白得同她的连衣裙一样。……

再一次,香港有人打电话来龙湖宾馆找王某。这位姓王的客人往常总是住在龙湖的,这次却住到别处去了。“哎呀！这咋办呀?”打电话的人急了。“请放心,我帮您找。”小洁显得热情、主动。她由近而远地往各个旅店、宾馆打电话,先是鮀岛宾馆,然后是华侨大厦、中国旅行社,终于在侨联大厦找到了那位客人,使在香港打电话的人及时同他通了话。客人感激地表扬小洁:“现在像你这样的服务员,在香港是难找的。”

岂止是香港难找,大陆的服务员也不是人人都能做到这样。于是,在新近的一次评选中,小洁被评选为“最佳服务员”。

当经理向她祝贺,问她个人有什么要求时,她忽闪着眼睛说:“我们这台半自动机赶不上形势啰,该换一台自动的电话总机啰！我们话务员也该轮训轮训了吧?”

这哪里是个人的要求呢?分明是整个宾馆总机的要求。她的心,如同她的名字一样整洁,不沾半点灰尘啊!

愿更多的白云横空出岫而来!

(选自《窗口的白云》)

钓鱿之夜

正是捕鱿的季节,远离大陆的小岛顿时热闹起来,渔民们纷纷带来了灯具、钓具等物,划着竹筏来到小岛,就像无数蜜蜂飞向散发着芳香的花蕊。

渔民们在小岛上搭起了一个个棕色的小帐篷,在艳阳的映照下,大海簇拥着棕红色的小岛,恰似蓝缎上缀着一块红宝石,小帐篷像宝石上的棱角,反射出日头的光辉,看上去甚至有点炫目。第一次捕鱿之后,小岛专辟的一个个水泥场地上就晒满了剖开摊平的粉红色的鲜鱿鱼,这些密集的鲜鱿鱼带着水光,闪闪熠熠,更增添了小岛的珠光宝气。而空气中又蒸腾着一股鲜甜的微带腥味的鱼香,深吸一口气,你就会像喝了醇酒一样感到有点微醺。帐篷前,渔民们有的修整着钓具、灯具;有的用小刀剖取鲜鱿墨囊中的发光体,集中起来,以便夜晚作为钓饵去钓取更多的鱿鱼;有的劈柴烧火煮饭,炊烟袅袅升起,空气中又充斥着饭菜的香味。他们一边劳作,一边闲谈,海边人粗响的嗓音里充满着由衷的欢乐。

大海把太阳吞没了,西天的红霞由鲜艳而逐渐变成淡褐,夜幕在不知不觉间遮盖了小岛。渔民们用防风灯编织出遍岛的星网,在“流星”的照耀下,他们推动竹筏下海,一时间,像秋风骤起,“落叶”纷飞在海面上,诱捕鱿鱼的鱼灯一处接一处地亮起来,抖动着的蓝黑的绸缎上布满着椭圆的、点状的大大小小的光斑,大海立即变成一个神奇莫测的童话世界。

海珠率领着组内的阿花、小柳两个姑娘，把竹筏划到一处海面抛了锚。阿花和小柳把鱼灯点着，竹筏上好像霎时升起了一轮明月。海珠就把缀着钓饵——鲜鱿肉和发光体的钩从一支支放下海去。阿花和小柳把准备装鱼的竹筐朝身边挪了挪，看着海珠那熟练的放钓动作，相视着笑了。她俩对于自己的组长是十分钦佩的。海珠自幼随父兄闯惯了海洋，懂得看风流水势，懂得掌握渔汛渔情，同她一道组成一个钓鱿包产小组，她们觉得超产很有把握。不是么？昨晚，第一个夜晚，她们就钓了八十斤鲜鱿，而这个月的定额才六担，超产大赚——这是千斤大碇抛落海，稳稳的了。

海珠，这个今年二十七、八岁的俊俏渔姑却蹲在筏边，托着下巴愣神哩。她望着那蓝黑海面，海面上那晃动着的椭圆形光斑被拉扯成细碎的光点，荡漾开去，她的思绪也被拉扯到已经消逝的年代去了。

在海珠的眼里，那椭圆的光斑变成了阿舟那英俊的长脸。这个家在紧邻的小伙子，在自己读小学时曾经同坐过一张凳，在一个暑假里，她同小舟一起到海里游泳，小舟突然脚腿抽筋，身体不由自主地往下沉，是她用有力的臂膀挽着小舟，游回岸边。……那天晚上，她听到窗户笃笃地响，一开窗，窗外丢进来一团东西，她向窗外望去，一个熟悉的身影兔子般地跳走了。她拾起那团东西，竟是一方新的抽纱手帕，在当地的习俗里送手帕意味着定情，她不禁失声骂了句："该死的！"顿时脸颊热辣辣起来。后来呢？后来，小舟到城里去念中学了，自己却留在家乡，织网、捞贝、捕虾，随船出海，什么都干。小舟放假才回到家乡来，见面也没说多少话，抽纱手帕渐渐被压到箱底下去，几乎都忘记了。

是在什么时候，那方抽纱手帕又鲜明地浮现在脑海里呢？那已经是小舟初中毕业下了知青农场，又被侥幸分配到县水产局工作之后的事了。

海珠把下巴磕在膝头上，海面的光斑摇曳着，似乎出现了一条黑影，使海珠颤抖了一下。

那时候,正“四害”横行,渔民们不只被迫取消了自留鱼,连自食鱼也规定不能上市场。为了给家里找点零用钱,海珠偷偷下海去。有一天,她正在深水礁石边采贝,忽觉侧面有水声响动,转眼看时,竟是一条鲨鱼箭一般地向她冲来,她的心悬到半空,料定自己得葬身鱼腹了,却也凑巧,在她面前浮游着的墨鱼为了自卫,喷射出一股浓墨,使鲨鱼看不清目标。海珠趁机浮上水面,那鲨鱼打了个回旋,又赶了上来,在这千钧一发的当儿,一艘快艇驶到她身边,一只有力的臂膀把海珠一把拉了上来,接着是一支锐利的鱼叉射向了恶鲨。海珠清醒过来时,看到扶着她肩膀的竟是变得陌生了的小舟,不觉满脸绯红。……

“鱼上钩了!”看到绳子晃动,阿花和小柳大声嚷起来。海珠从驰思中清醒,手脚敏捷地同她俩把鱼钩一一拉起。那鱼钩上果然缀满了大大小小的鱿鱼。海珠她们把鱿鱼摘落竹筐,又再装上钓饵放下海去。

海珠看到水光猛晃,泡沫翻滚,赶紧招呼姐妹俩:“鱼群来了,快用网捞!”说完,拿起早就放在身边的长竹柄小网打捞起来。淡红色的透明的鱿鱼一小网一小网地被戽起来,连同水珠、光斑、微腥气息一齐泻落竹筐。忙了两个来钟头,带出来的两担竹筐差不多都满载了。晶莹的汗珠从海珠的额角上滴落下来,从阿花和小柳的脸颊上滴落下来。水影,笑脸,满载的鱼筐,光滑的竹筏,网具,钓具一起闪光。渔民们在欢笑,哈哈哈哈,大海也在欢笑,哗哗哗哗。

海珠和姊妹俩划着竹筏凯旋了。阿花喜悦地说:“海珠姐,今天又是丰收了。”小柳兴奋得声调都颤抖了:“一百多斤啊,一百多斤啊!”海珠望着憨厚的姐妹笑了,笑得脸颊上出现两个小酒窝。

“小舟兄的新竹筏立了功啦!”阿花冲着海珠装鬼脸。

海珠啐了一口:“立个屁功!”

阿花和小柳都吐了吐舌头。

海珠不完全是佯装嗔怒,她看着这闪着水光的碧绿碧绿的新竹筏,手里划桨拨动海水,心头的潮水也随着翻动。

那已经是六年前的事了：

海珠的母亲卧病不起，海珠咬了咬牙砍掉屋后的老竹，绑成竹筏，偷偷下海捕虾换钱。

海风呜呜，像是谁在吹着悲凉的笛子。海珠在风浪里挣扎，捉到了一篓虾，把竹筏靠岸的时候，有个壮汉把她拦住了："你，怎么来做这样的事情?!"

声音很熟悉，海珠吃了一惊，抬头看，颤声说："是你啊，小舟！妈病得厉害。"小舟慢慢地放下手臂，可猛地又拦住了她："你这是搞自发，我是工作组长，不能放过你！"那声音生硬刺耳，就像铁锹翻着水泥地。海珠仰起头，眼睛喷出火来："那，你说该怎么整?"小舟从海珠手里夺过虾篓，却从口袋里掏出一卷钞票塞给她："你去请医生给妈看病。这些，走资本主义道路的东西我没收了！"

海珠把那卷钞票掷到小舟脸上，双手掩住脸号啕着走了。

小舟在海滩上愣了愣神，他大声吼喊："这是两条道路、你死我活的斗争，我，不能退却！"

他指挥着工作组员在沙滩上当众把海珠的竹筏浇上煤油烧毁了。

在小舟示意下，大队请了医生给海珠妈看病，还送药上门。

夜晚，海珠用石头砸碎了小舟的窗玻璃，将那块抽纱手帕丢进屋子里。……

粉碎"四人帮"之后，小舟上门来道歉，海珠不理睬他，给他尝闭门羹；三中全会后，小舟找来竹子，扎成竹筏，扛上门来，海珠背转脸去，不同他说话。……

小舟陷入深深的痛苦之中。渔队支书可怜这个后生仔，附耳给他出主意。憨厚的小伙子笑出声来。

小舟去央求海珠的好朋友阿花和小柳，要她们撺掇海珠组织钓鱿包产小组。钓鱿的灯具、钓具都是小舟送上门来。

海珠妈早就动心了，她帮着说服女儿；渔队支书也帮着摊牌，他向海珠解释小舟是受了"左害"，他的心地还是好的。

……

海珠划动着双桨，心头荡起了感情的涟漪。海面上椭圆形的光斑似乎都变成了小舟那英俊的长脸。

背后响起了小火轮的托托声，一个熟悉的声音拨动了海珠的心弦：

"乡亲们，你们辛苦了！我们送淡水、粮食和蔬菜来啦！"

凯旋归来的竹筏群上响起了一片欢呼。

小舟帮海珠她们挑鱼回来。趁着阿花和小柳走出帐篷，他塞给海珠一包东西。海珠打开一看，是一对凤凰双飞的枕套，她脸唰地绯红了，赶紧把它塞回给小舟。

小舟捧着枕套，窘迫地望着她："你……"

"我不要，这是走资本主义道路。"

"你到今天还不能原谅我吗？"小舟几乎要哭出声来了。

她噗哧一声笑了："放在你那里不是一样吗？傻瓜！"说完，她像金凤一样飞出帐篷去了。

（选自《韩江拾翠》）

白云驻足的窗口

——评陈焕展新著《窗口的白云》

郭小东

这里曾经那样令人焦灼。它拥挤，蚁群一般的人类聚集在狭小的土地上，争夺那有限的空间。人们渴望无边际的原野，充足的阳光和流淌富足的河流。渴望与企盼只有在远古的追忆中淡淡地怀旧。到处是人，到处是狭小的空间和沸腾的人之声。于是，从上个世纪开始，不断有人迁移，连60年代末大规模的政治性的上山下乡运动，在这里也无可奈何地注入了人口大迁移的经济考虑。可是，这里的人又是世界上最为怀乡的，浓得化不开的乡情曲，幽幽怨怨地唱着斩不断的历史；淤积着车站、码头那永远挥不去，拂不走的离愁别绪。

这就是古文明极为发达的不似苏杭、胜似苏杭的潮汕。人们想离开它，又永远无法离开它，它如胶似漆的魅力粘住了每一个远行人的脚跟，这就是潮汕的神奇与诡秘之处。

你永远无法走出你，有一天，窗口飘起了白云，于是，你兴奋复光明地觉悟到，我们无须远走他乡，或者远行千万里却永远记着这驻守窗口的白云，在同一片白云下，天下处处是潮汕。只要窗口有白云。

——陈焕展的散文报告文学集《窗口的白云》使我有了如是的联想。作为潮汕平原的子民，他深知历史的阴霾给潮汕平原以太多的凄楚。长长的历史和过分丰饶的土地繁殖了太庞大太密集的人群，于是丰饶向历史讨还它的无私的奉献。人们终于感觉到丰饶的贫困，感觉到空间的窘迫，感觉到昨天已经古老，感觉到天赐也是一种沉重的负担。于是，渴望变革建树一个新的世界，在古老的土地上审慎地走向未来。陈焕展是捕捉到这种新文明诞生时，潮汕平原的人们的普遍社会心态的。他是一个记者，又是一个作家，一个于潮汕平原的现代化过程中与之同步躬行过来的目击者和建设者。所以，收在这个集子中的散文报告文学，在一定的意义上，便画出了潮汕城乡历史与现实现代化过程的轨迹。虽然质朴，但是真实而有感情，像潮汕民间的水布，既有历史的拙朴，又有其悠长的韵致。他以其朴素的新鲜记述古旧的风情、晚近的物事，关于人与人生，关于新文明到来之时，大潮讯中人的叫啸人的呻吟。他把所有的热情都奉献给这刚刚开始的历史：推开窗口之后，飘荡着白云的历史。

他与这历史一起追逐着寻找着建树这历史的人与他们的人生。这是一个记者坚实而又匆匆的行脚。遍及粤东大地有多大潮的弄潮儿，他的笔墨跟踪着这些人物，他的文字簇拥着素净而圣洁的人生。他以追求光明憧憬神圣的眼光，塑造了一个又一个时代的优秀产儿。他写李嘉诚、肖玉科，写他们对故乡建设的无私奉献和热忱；他写特区女厂长林一娜，她那百折不挠的创业精神和负责的态度；他写普通的女秘书，孜孜不倦，完善自我、设计自我以迎合大时代的要求；他写新体制下人的能量得到充分的舒展，才智得以充分的扩张，从小地域走向大世界的政府工作人员，是如何搏击过来的，诸如海洋音响公司的李国俊的蔚蓝色的开拓；他写乡镇企业家们，如何从艰难走向艰难，在政策变动和风云突变的经济斗争中求生存求发展，从无到有的历程，诸如李科生等等。这些人物构成了潮汕新文学新的人物格局的组成部分。我之所以说潮汕新文学，乃是这些人物塑造都已经溶入了文学的因素，也即他们已成为文学格局中的某种考虑，从现实走进文学，从单纯报告走向文学的纪实。他们在不同程度上接受了文学的艺术升华，这无损于他们本质上的真实。纪实的文学化过程使这种人物格局拥有更广大的读者，同时发掘了人物本身的文学想象。当然，并非说作家这一类作品全都将现实真实的文学化过程完成得十分精微，不尽然之处间或可见。散文化描述固然使文气通畅、辞章华采，但作家观念上只要一偏移现实之卑污一面，有时便滑入矫情的边缘。热情讴歌的同时便遮蔽了人生复杂与多难一面，作家若能看取生活严酷的一隅、卑污之处同时描状其人性的冲突，他笔下时代的风潮及其骄子将更撩人魂魄。这也许是描状改革风流人物的共同课题。对于许多生活于基层的作家来说，宽阔地看取历史生活中的人生，显然是很必要的，它终将从根本上提高作品的品位。

趋向的强烈和由此产生的文学的钟爱也许是无须指摘的。我们常常处于这现实与理想的牴牾之中。

在这部集子里，更能表达陈焕展的文学优势和潜质的，也许是他那些类似小品的生活素描和风情小札。在这里，他是自由地信马由缰。像许多土生土长的潮汕文化人一样，深厚的地域文化熏陶和古风俗的影响，使他在表现这一类事物时，笔尖浸润着一种乡土文化和天然的灵钟之气。工夫茶道所包含的文学文化意识以及那深奥繁琐的含义层次，非道中人难以悟觉。这种悟觉一旦渗透进他那些写人记事的文章里，则物事便活转起来。《四乡八里试新茶》诸篇，这种玄妙的茶道已经超然自身而获得一种时代意义，参与了时代大风云的大举动："茶运长久"乃是与时代变迁共着命运的。对之的描状是超越一般的比附而融为一体，形成实现主题的必然过程。问题不在于对潮汕风物的谙熟，而在于这种谙熟位移到文学格局中它所能发挥的作用，它在人文意识中所占有的位置和价值。陈焕展是极为注意这种位移的文学意义的。在他的作品中，他大量地征引了潮汕文化物事，工夫茶、鱼丸、鱼头芋等等。这些饮食文化与人格嬗变之间有着一种极为微妙的关系。强调这种关系事实上便是一种文学人生化的实现，强调这种关系的历史演变同时也就凸现了时代变革中人格的变异。在《乡恋》《彩霞漫天》等篇什中，这种关系发挥得相当精彩。睹物思人及其饮食习惯自然也透视着时代与人的精神。潮州柑、工夫茶、鱼丸等等，在特定的文学世界里和人物性格中，它们都有着无可比拟的人文价值。

风情小札也有大时代的精气流淌，陈焕展应说是极为注重这一点的。所以他并不每每去单纯地独立地体现或描状那些乡土文化的特别之处。他的这一类文章，大体都写得较为自然，虽未能全然摆脱某种预定的设计痕迹，但力求天然已属不易。

集子中一组“生活素描”写得小巧，水汪汪的，诚如潮汕街头的青菜，大都是写人物一瞬，写瞬间的辉煌，写静态中无限流动着的色彩。《路边的彩虹》，雨幕中卖雨衣的小姑娘，没有言语的快慰和豁达；《晚霞》里与死亡赛跑，视死如上归途的知识分子等等，善于把握人瞬间的神情和悠远的风格之间的契机，所以即使是短短的小品，已把隽永嵌于画格，使有一番回味的文学品格。作为生活素描，这些篇章无疑怡情益智启迪，我想，于文学精品计较，有的似还可以写得更具底蕴。

陈焕展是个记者兼作家的人物，长期在基层，致力于粤东乡村生活的写作。近年涉足于城乡企业界，写出了相当数量和质量的反映改革开放新物事的篇章。这些篇章俱追逐着积极的时代精神。作为文学家，他是较早感知粤东潮汛对于文学的报春的。这本《窗口的白云》是他多年文学耕耘的收获之一，也是粤东新文学的主要收获之一。作为年届不惑、在文学道路上耕耘了许多个春秋的作家，我们有理由期望透过这窗口的白云。看到粤东雨后霓虹闪烁的大世界。

1989 年 6 月 21 日 · 广州

（原载 1989 年 7 月 10 日《汕头日报》）

柳　萌(1935—　),散文家、编辑家,天津宁河人。20 世纪 50 年代即开始做报刊文学编辑,同时从事业余文学创作,发表过散文、诗歌作品,1957 年被错划为"右派",先后在北大荒、内蒙古种地、做工。1979 年重新走上工作岗位,历任《乌兰察布日报》文学编辑,《工人日报》文艺部编辑组长,《新观察》杂志社杂文组长、编委,作家出版社编辑部主任、副社长,中外文化出版公司总经理,《小说选刊》杂志社社长,为编审,系中国作家协会会员,已出版散文集 6 部:

《生活,这样告诉我》(中国青年出版社,1982 年);

《心灵的星光》(四川人民出版社,1985 年);

《岁月忧欢》(华龄出版社,1990 年);

《寻找失落的梦》(中国工人出版社,1990 年);

《消溶的雪》(河北少年儿童出版社,1997 年);

《当代散文名家精品文库·柳萌卷》(四川人民出版社,1997 年)。

其中,有《生活,这样告诉我》获 1986 年全国首届优秀青年读物一等奖,《寻找失落的梦》获 1992 年全国第三届纪实文学优秀作品奖;有《往事的启示》被选入《十年散文选》(1976—1986),《安居不忘流浪时》被选入《1985—1987 散文选》,《腕上晨昏》被选入《中华人民共和国五十年文学名作文库·散文杂文卷》,等等。评论柳萌散文的文章主要有:

《散文领域的新尝试》(林非),《文汇报》1984 年 3 月 20 日;

《假如每个人都是颗星》(韩天雨),《中国青年报》1986 年 5 月 9 日;

《忧欢交替的优美弹奏》(梁南),《文艺报》1991 年 2 月 23 日。

《中国当代散文家审美建构》有柳萌散文的专节评论,可参阅。

写在河上的散文

柳　萌

我出生的那个小镇，在河北省冀东平原，当时是县城所在地，它的名字和县名一样，人们习惯地叫它宁河县城。这里留给我的记忆，除了一座古老的文昌阁庙，就是过年时家家门上的红对联，其它的什么再无印象，噢，要说还有的话，那就是邻居院子的枣树了。童年时的许多个秋天，都是在打枣摘枣中度过的，说笑声跟枣儿一样甜。

后来跟随母亲离开家乡，到距外祖母家不远的乡村孟旧窝庄，在那里居住读书几年以后，又搬到后来改为县城的芦台镇。芦台镇有条叫蓟运河的河流，不舍昼夜地流向远方，让我一下子就喜欢上了。我常常独自坐在河边，看随着水流远去的点点白帆，一种说不出来的莫名情绪，这时悄悄袭上我的心头。不知是为宽慰自己，抑或是寻找欢乐，凭着一个孩子当时的想象，记忆中文昌阁、红对联、枣树，以及孟旧窝庄的田野、柴禾篱笆，都让我把它们串到了一起，统统放在了这条河流上，在我的眼前静静地流过。别提多么开心多么惬意了。这大概是我用心写成的第一篇散文。当后来我喜欢上文学，并偷偷地学着写作，这早年给我的情绪，如同阵阵微雨春风，撩拨着我的表达欲望。这种情绪一直到现在，都不曾完全消失过，只要这种情绪袭上来，要写的东西，就会顺顺畅畅地吐出，反之费了九牛二虎之力，许久都难成章。

有位作家朋友说过，许多人从事写作，都是从写诗开始的，这种说法也许不完全对，然而我却是先喜欢诗，后来才钟情散文的。我年轻时的50年代，是个充满激情和幻想的年代，更有着忘我的革命理想，因此，无论是读书还是写作，总是向这些方面靠近。我在天津一中读书时，由于喜欢文学特别是诗歌，在暑假参加市里的文学活动，第一次听老诗人鲁藜先生谈诗，讲述和朗诵他的诗《生活》，觉得这种文学形式很好（好在哪里并不知道），也就真的喜欢上了，便有意识地找来艾青、闻一多、田间、普希金、海涅、雪莱等诗人的诗来读。当我开始学着写诗时，总想融入革命的理想，一些不该属于诗的语言，也就自觉地被我拉了进来，结果也就完全失败了。我的诗歌习作只发表了几十首，在完全失去了写诗信心之后，从此再没有了写诗的欲望，诗歌这种文学形式，成为我最崇敬的神圣的东西，永远永远地珍藏在了心中。尽管没有写成诗，更没有成为诗人，但是却从中受到了启示，这就是，文学还是要写心中所有，凭借某一种概念写作，没有真情实感，无论有多么高超的文字能力，恐怕都不会写出让人足读的作品。

在我最初写作的散文中，同样有着思想先行的毛病，当然也就很难看见自己的影子。直到最近几年我的思想感情，从模式的桎梏中解脱出来，说自己想说的话，写自己想写的事，我的笔才显得流畅了，写出的散文也才好看些。比如像《寂寞的童年》《腕上的晨昏》《无言的等待》《雨天》《那条小胡同》《风的怀念》等，之所以还让人觉得读得下去，并得到圈内朋友们的鼓励，都因为无一例外地有真情实感。没有心灵的解放，没有宁静的心情，很难写好散文。散文写作和诗歌写作一样，只有掸去飘浮的情绪尘埃，才会写得纯净而淡远。这会儿关于散文创作的说法很多，但从个人的欣赏趣味来说，我依然比较喜欢像《背影》这样的作品。

我国的文学巨匠巴金老人，把他晚年的散文集，所以直书为《真话集》，并且一再地叮嘱人们要说真话，我想这同他前些年吃过亏有关。其实那些年这样写作的，又何止一位巴金老人呢？比如杨朔先生的散文作品，倘若不是受当时条件的限制，他也许会写得更好，所以当后来有人对杨朔散文提出这样那样的微词，我是不以为然的。心想，在那样的政治环境里，能写得这样优美实属不易，我们不能过多地责备作家，应该批评那个虚伪矫情的年代。当然，这样说并非认为讲假话就对，这是两个不同的概念和意思，如果混起来讲就难讲通了,而是应该设身处地地想想看,杨朔的散文作品比之当时的,诸如“红旗飘战鼓擂”一类的假大空泛的范文,岂不是好上千百倍?正也是因为有了杨朔先生的脚印,实实在在地摆在我们眼前,使我们这些后来者才好把路走正。

这几年散文随笔写作比较活跃,不仅长期从事散文写作的作家没有停笔,而且一些小说家和诗人也参加了进来,这是为什么呢?原因也许有好多,但是最基本的,也是主要的,我认为是人们的心灵放松了,没有心灵的放松,提笔之前顾虑重重,怎么能写出好的作品呢?散文随笔这类体裁,跟小说、报告文学相比,似乎更多一些自我色彩,因此也就更自由更活泼,更能坦诚地面对读者。散文中的“散”字和随笔中的“随”字,照我的理解和认识,绝不是完全指的文体,恐怕更多是指思想感情。就以鲁迅、朱自清、何其芳、梁实秋、林语堂等作家的作品来说,我之所以比较喜欢,正是因为读他们的作品犹如读他们的人,无论是怒骂痛斥,抑或是倾诉道情都能使读者真真切切地感受到。从事散文写作的人,如果没有这份情怀,还未提笔就先端起架子,十有八九是写不好散文的,当然也就不被读者接受。从这样的意义上考虑,散文又是一种平实的文体,只有用心灵面对读者,读者才会用心领会。

我这几年的散文随笔写作,尽量力求平易、坦诚,把真实的自己交给读者,多多少少地取得了些效果。从而也就更实在地领会到,巴金先生提倡的“讲真话”的文风,对于一个散文作者的重要性。如果说,在近几年里我的写作,还算有些小进步,就是因为在这些方面,自觉地学习前辈作家,在写作时“把心交给读者”。这也许算不得创作经验,更不是我自己的体会,但是我却实实在在地尝到了甜。今后我想沿着这个路子走下去。

1998 年 3 月 12 日于北京亚运村

自选作品

寂寞的童年

风 筝

朗日晴空,微风托起片片风筝。在孩子的眼里,这便是春天了。别的甚么,譬如河解冻,譬如树发芽,都算不上春天。我的童年也是一片风筝。

那时乡间的生活,贫困,单调,几乎没有什么好玩的,给孩子欢乐最多的,当属父母的风筝。

风筝在蓝天上悠悠地飘忽,没有烦恼,没有忧愁,多像孩子童年的心境啊。倘若不是有根绳子拉扯着,风筝任着性子荡向远方,那该多好,趁寻找风筝的时候,不就可以逛逛世界吗?孩子们常常这样想。那时想象的世界,就跟风筝一样飘忽不定。

每逢放风筝的孩子凑到一起,空旷的原野上便会响起说笑声,尖细短促的声浪,使原野越发显得空旷。这时一场隆重的风筝比赛,马上就要热闹地开始了。比赛中风筝的式样并不重要,谁的风筝飞得高才是好样的,风筝手自然也成为英雄。孩子们的竞争意识,在放风筝的时候,渐渐地在心中蕴育,今生今世就再不会忘记了。

我的童年的风筝,早从岁月的天空消逝,留下的只是记忆。这记忆如同一条长线,拴着童年生活的风筝,在寂寞的回忆中飘荡,有时生活中遇到种种烦恼,我常常想,心境永远像只风筝该多好,哪怕依然被长线拉扯着。

河　边

总是忘不了故乡的河。那条名为蓟运河的水流，童年时给了我不少的欢乐，这会儿只要回忆童年生活，就会情不自禁地想起她。她的长长流水，如同母亲的乳汁，滋养了我的身体和灵慧。长大以后无论走到哪里，面对怎样的名川大流，或许会有一时的激动，而当沉静下来，总还是心倾故乡的河。

故乡的蓟运河弯弯曲曲，两岸丛生着密密匝匝的芦苇，夏天暑热难当，这凉爽的芦苇塘，就成了孩子们的乐园。在碧绿的苇丛中追逐，百顷河滩翻起瑟瑟波浪；用苇叶编成轻巧的小舟，放在河里随水流漂向远方；轻手轻脚地掏出巢穴中的小鸟，把玩一会儿再送它回家。这些只有乡间孩子才有的欢乐，充满无限甜蜜的圣洁天趣，孩子们善良纯朴的性情，就在这时形成。

然而更让我喜欢的玩耍，是吹芦苇哨。好像是老天有灵，知道乡间孩子不善言辞，示意用苇哨作嘴巴，倾诉对故乡的深情。每当夏天来临，芦苇茂长的时候，在故乡蓟运河的河边，总会听到美妙的苇哨声。这苇哨声委婉，清丽，悠长，透着水灵灵的潮润气息，飘散在故乡的土地上。这只只小巧的苇哨，大都含在孩子们的嘴里，就越发显得单纯而深情，谁听了都会动心。

我记忆中的孩子，如今都已经老了。再无心思掏鸟，追逐，吹苇哨，但是我相信，他们对故乡的眷恋，永远都不会衰老。因为，在他们血脉里流淌的血液，早就溶入故乡河流的长长的流水中……

冬　夜

乡村冬天的夜晚是漫长的。袅袅炊烟刚刚熄灭，村街处处就响起呼唤声，于是，玩耍的孩子们就会循声而归，吃过晚饭再不会出来。那一盏如豆的灯光，陪伴一家老小度过长夜，欢声笑语随着灯花跳跃。至今想起来依旧很温馨。

孩子们的心，总是向往自在。在这漫长的冬天夜晚，大人们或许会感到惬意，尽情地享受这难得的宁静，对于跑疯了的孩子们，却难以忍受这寂寞。他们在炕上地下打闹，大人们连说话都不可能，更不要说做什么针线活。要想拴住孩子们的心，只有讲那些好听的故事，他们才会安静下来。其实乡下人又哪里有什么故事好讲呢？无非是《封神榜》《小八义》之类的评书。就是这些老掉牙的故事，总是让孩子们着迷不已，他们想象的翅膀，就从这时开始舒展。

那时候冬天雪多，有时一场大雪来临，把房舍封得严严实实，人们只好在屋里闲坐聊天儿。这漫长冬夜的话题，许多都是关于雪的。大人们自然会想到庄稼，这场雪乐得他们心花怒放；孩子们自然会想到玩耍，这场雪让他们早起许多时辰。我的关于雪的记忆，最美好的，同样大都来自童年。因此，在后来的生活中，经历那么多暴风雪，我依然保持着一份平和的心性。

乡村冬天的夜晚，总是那么平静。这会儿想起来，我浮躁的心，立刻便会沉静下来。

榆树钱儿

记忆中故乡的树，品种并不多，常见的有柳树、杨树、枣树，还有就是榆树，它们都以不同的风姿，装点着故乡的土地。我的故乡是一抹平原，倘若没有河流和树木，故乡绝不会那么美丽。这会儿只要想起故乡来，首先走来的就是河流和树木，别的什么有时也会出现，那要比这两样逊色得多了。

在这种类不多的树木中，柳树，枣树，杨树，固然都给过我欢乐，至今想起来依然难忘。但是更让我感念的还是榆树，特别是那串串鲜嫩欲滴的榆钱儿，在荒年时节它救过我们的命，所以故乡人格外钟爱榆树，长辈们都把榆钱儿当命根子。

生活渐渐好起来以后，不再吃榆钱儿度荒了，可是每年榆钱儿挂串时，人们总还是想尝尝鲜。吃的时候断不了说起过去，荒年往事也就随之传了下来。

我故乡的榆树都长得很壮实，可能是得利于蓟运河的水，树长得好，榆钱儿也就肥大。

榆钱儿的吃法也许有好多种，我知道的和吃过的却并不多，主要的有榆钱儿饼子、榆钱儿粥、榆钱儿炒疙瘩、榆钱儿菜团子，等等。尽管这些都是乡野吃食，不可能做出什么讲究花样，可是我的乡亲们，还是要精心制作，端到桌子上来总是有模有样的。样子一好看了，再难吃的食品，就有了诱惑力。何况榆钱儿还有甜味儿，在当时贫困乡村的孩子，一年难得吃到一两块糖，这点榆钱儿的甜味儿，就足让他们享受不尽了，哪里还管得了别的什么。

这会儿榆树不大见了，自然也就很难吃到榆钱儿，有时还真有点想它呢。

蝈蝈儿

乡村的孩子，不玩蝈蝈的，几乎没有。

别说是我们那会儿了，就是现在，土生土长的孩子，又有几个有玩具呢？要想寻找欢乐，就得自己想办法，这办法就是就地取材。春天放风筝，夏天学游泳，冬天玩冰雪，各有各的乐趣。然而，最好玩的季节，还是金色的秋天，处处都有乐趣，钻高粱地，斗蛐蛐，捉麻雀，掏螃蟹，打野鸟，每一项都很惬意。

在这些玩耍中，最有意思的，还是捉蝈蝈。

秋天，暖洋洋的太阳，照在高粱地里，蝈蝈被晒得舒舒服服，便会自由自在地唱起来，田野里就有了秋之声。孩子们寻着这声音，就在高粱地里捉蝈蝈。把随处撕下的高粱叶子，卷成一个小筒拿在手中，见到鸣叫得最欢的蝈蝈，轻轻地走到跟前，并起弯曲的手指，然后毫不留情地捂过去，一个快乐自在的小生命，就成了筒中的囚禁之物。

捉到的蝈蝈，我们从来不糟蹋，把它们放在蝈笼里，挂在屋檐下听叫声。到时还要给它们菜叶吃。一时若听不到叫声,会以为它们死了,立刻就跑过去看,见它们只是一时热得慌,就赶快找来清水喷洒。那种尽心尽力的劲头,我敢说,只有乡村的孩子才会有。

他们实在太喜欢这些大自然恩赐的小伙伴了。

我故乡的蝈蝈,叫声非常好听,带着清灵灵的水音,像唱小调一样。后来在别处的田野里,我也听过蝈蝈叫,总觉得没有那么诱人。如果把它们放到一起,从它们的叫声里,我一定会找出来,哪一只是故乡的蝈蝈。

照螃蟹

故乡的蓟运河,像一条长长的绸带,抖落在大平原上,它的支脉水流,形成无数沟沟渠渠,便成了水中动物的家园。所以在我的故乡,除了远近闻名的水稻,还出产银鱼、紫蟹,以及芦苇的纺织品。它的水乡风物风情,丝毫不亚于江南。在华北地区小有名气。

我的童年在这里度过,自然有机会接近水,也就少不了水中乐趣。游泳摆船我不会,摸鱼捉蟹倒在行。捉蟹的办法有多种,例如钓,例如摸,但是最为简便的,还是用马灯照螃蟹。当太阳渐渐隐落,天色开始暗淡了,河水清静如镜,这时就有盏盏灯火,在河岸上明暗闪动。这是人们布置的捉蟹阵,正张开灯网在等待螃蟹。螃蟹很喜欢灯光,见到亮光就往上爬,等它不慌不忙地上了岸,大人孩子便在岸上捉,不一会儿,布袋子里筐篓里,便装了许多大小螃蟹。

傻螃蟹还没有醒过闷儿来,此刻就乖乖地成了俘虏,再过一会儿就要被放上饭桌。当然,守着螃蟹的淘气的孩子们,螃蟹也绝不会很快入口,他们总要把玩许久,让螃蟹夹得乱哭乱叫时,这才会听从大人们把螃蟹送进锅中,等橙黄的热蟹端上饭桌,一家老小欢欢喜喜动筷子时,总会说起照蟹的情景,又会有一番的喜悦好说。

如今市场上也有卖河蟹的,只是价钱过于贵,每次都是问一问终不敢买。价钱贵是主要的原因,不过偶尔吃一次总还可以,更主要的是怕那蟹的味道，不如故乡的蟹鲜美。我故乡秋天的紫蟹，实在太肥太鲜，想起来就会口水难禁。

端午节

再过几天就是端午节，这大都市里的民间节日，终归没有乡村热闹，只是吃点应节的食物罢了。在我的家乡过端午节，可不光是吃粽子，它还有不少的讲究。端午节也算是个大节日哩。

在端午节的前几天，人们便结伴到野地里，采集最好的艾草。回到家编成艾辫子，在节日的头天夜晚，用火点着在院里燃烧，据说它可以去邪避妖。是不是真有这么大的法术不得而知。反正在这天夜晚，家家都是清烟缭绕，村子里处处有艾草香。家家户户的门框上，这天也都挂几枝艾草，有的还用红布条拴上，这有什么说法，我从未听大人们讲过，可能也是驱凶化吉吧。

母亲很重视这个节日，她总是天不亮就起来，用一盆清水泡几枝艾草，让我们起床后用它洗眼睛，说是一年来就不会得眼病。然后端来两盆粽子，让我们一样样地尝，因为粽子的馅总有好几种，这两盆也是分为凉热的，谁愿意吃什么样的都行。平日对孩子管教再严的父母，在节日里也要放松些，尽量让孩子们高兴，孩子们也就放开肚子吃。

端午节做荷包，也是故乡的风俗。年轻的女人们，找来各色的丝线，在布上绣着花样，然后缝成小巧的荷包。荷包的样子有多种，常见的还是心形的，再有就是八角形的，不管是什么花样的，荷包里边装的，都是艾草和各种香料。当然，年轻女人们做的荷包，倘若是送给情人的信物，里边更要装上一颗痴情的心。

吹糖人

“堂——堂——”几响清脆的锣声，划破村庄宁静的氛围，街上立刻飞起忙乱的脚步。乡下的孩子很少有新鲜玩艺儿,听到这锣声脚板都要生风,哪里还顾得上大人的阻拦。孩子们从四方八面跑来,不一会儿就把小小的糖摊围住,眼珠子睁得滴溜溜转,随着吹糖人儿师傅灵巧的双手,看一个个小玩艺儿怎样降生。

担子担着铁锅、糖稀和木炭,是糖人师傅的全部家当,一双巧手不停地飞旋,造出的气象变化万千。一会儿是孙悟空,一会儿是大公鸡,一会儿是小兔子,一会儿是老母猪,糖人师傅用嘴一吹,手上就托起了这些生灵。"这吹糖人的嘴,咋这么神啊?"孩子们在好奇地疑问,伸长脖子瞪圆两眼,恨不得撬开他的嘴看看。然后掏出母亲给的几个钢镚儿,选自己最喜欢的一个糖人儿,高高兴兴地举着跑回家去。没有买糖人儿的孩子,羡慕地跟随在后边,说说笑笑地走出老远、老远……

一个糖人儿一个故事。孩子们凭借想象,讲述糖人的趣事,这个这么讲,那个那么编,凑在一起才更好听,嘻嘻哈哈地说个不停,忽然发现糖人就要溶化,这时才想起应该吃掉。可是谁吃第一口,这又成了难题。大家让掏钱的孩子先吃,掏钱的孩子又坚持别人先吃,推让好久只能用猜拳决断。猜胜的孩子拿起糖人,端详一会儿用舌尖轻轻舔舔,然后郑重地让给别人,别人依然用舌尖小心地舔舔,谁也不想咬碎这个糖人儿。这个糖人儿就这样渐渐地溶化了、消失了。

我的童年早就消失了。有时想起这件事情,就自然想起那些小伙伴,原来糖人儿还未从我心中溶化。

(选自《散文》1997年第10期、《人民文学》1998年第2期)

腕上晨昏

平日很少去逛商场。偶尔上街办事,信步走进钟表店,那些五光十色的钟表,让我悦目,更让我动情,不禁想起关于手表的往事。苦涩的滋味儿,如同反刍的食物,重新咀嚼以后,实在难以咽下。

我这辈人年轻那会儿，可不像今天城里的年轻人，几乎人人戴着手表。我自己能赚钱许多年之后，伸出胳膊来还是光光的，要想干点儿有钟点的事情，要么同有表的人结伴同行，要么询问戴表的陌路人，总之时间掌握在别人那里。攒钱买块手表，在我当时的生活里，无形中成了最大的愿望。

那么，我是什么时候戴上手表的呢？

具体时间实在记不得了。反正这么说吧，在30岁结婚之前，我没有戴过手表。我那时每月几十元的工资，有三分之一寄回家孝敬父母，有三分之一用于吃饭穿衣，余下的三分之一用在购书看电影上了，再没有钱考虑干别的事情啦。何况那会儿的手表大都是进口货，价钱很贵，只能像我这样想一想罢了。

有次跟一位年长的同事一起出差，在卧铺车上早晨起来洗漱，他怕手表丢了，摘下来让我给他照看，这是我生平头次摸表。可能是出于好奇和羡慕，我不时地把表贴在耳边倾听，那清脆的滴嗒嘀嗒的走动声，在我听来简直像音乐一样美妙。这位同事从洗漱间回来，我把手表交给他时，顺便问了些有关手表的知识。他见我对手表这么感兴趣，就说："你也买块表吧。当记者的，走南闯北，没表怎么行？"我想，他说的倒是对，总不能老麻烦别人哪，只是他不知道我的难处。不过他的话还是让我动了心，打那以后我就开始省吃俭用，硬从每月的工资里挤出十块八块存下，有了稿费更是当作额外收入不花，目的就是想买块手表戴。这也算是我那时的唯一物质追求。

俗话说，天有不测的风云。

我要买手表的想法刚刚萌生，攒的钱也许将够买条表带的，1957年突然来了一场政治上的"龙卷风"。我这二十出头的小青年，由于说了几句真话、实话、心里话，也被这场"龙卷风"卷了进去，然后戴上"右"字荆冠送北大荒劳改。攒钱买表的念头，成了死在胎中的美好愿望，我依然晃着光光的胳膊，不知所措地走向亘古荒原。

从常人沦为"罪人"，这意味着失去自由，许多事情不是你想不想做，而是看人家让不让你做，乱说乱动就会"罪"上加"罪"。不过当

“罪人”也有当“罪人”的好处，说句苦中找乐的话：省心。起床、睡觉、吃饭、劳动、学习，甚至于拉屎撒尿，都有人吹哨子掌握钟点儿。“罪人”的时间同“罪人”本身一样，被严格地管制起来了，自己有手表也是个摆设。后来在全民饥饿的年月，北大荒的“右派”饿得连路都走不动，有表的老“右”为了保住自己的命，干脆忍痛拿表换点可怜的吃食。我没有手表之类贵重的东西，自然也就换不来果腹之物，比这些人要多受些饥饿的折磨。但也会少些失掉爱物的痛惜，因为他们中有些人的手表，不是爱情的信物就是生日的纪念，如今为了填饱肚皮，不得不割爱换给别人。我猜不出他们此刻矛盾的心境，从那一张张无奈的脸上的苦痛表情，却也可看出他们的灵魂正在经受着拷打。

两年半的北大荒囚徒生活结束以后，在告别这块充满原始形态的土地时，望着那红花绿草的原野，听着那婉转动听的鸟鸣，我一度沉郁了的心仿佛又有了生机，青年人富于幻想的纯真天性，此刻在我的生命重新复苏。

在从牡丹江开往北京的列车上，我跟几位有家室的人一起闲聊，有位同我相处甚好的难友问我：“你这小光棍儿，摘了‘帽子’（右派）啦，回去最想干的事情是什么？”我几乎未假任何思索，脱口便说：“攒钱买手表。”他听后一下愣住了，脸上挂着无限疑惑，我猜想他满以为我会说找对象结婚，所以才对我的回答不解。是啊，一个二十郎当岁的年轻人，倘若不是遭逢这飞来的政治横祸，本该是成家立业的好时候，这会儿好容易解脱了囚徒生活，自然要把结婚作为首要大事。发现他的疑惑不解，我就说：“这些年不问早晚的日子过惯了，回去到机关上班，再不能这样了，我总得买块手表吧，没有表万一迟到，人家会怎么看呢？”他微笑着点了点头，似乎表示理解和赞同。我对自己的未来也充满着希望。

可是没过几天的时间，我的天真和诚实，再次被无情的事实愚弄，原来“右派”摘帽不过是个形式，在对待上没有丝毫的实质性改变。

在天津家里跟父母团聚了几天，我满怀喜悦的心情，比规定的时间提前到了北京,希望早日到原单位报到工作。谁知人事部门只给我换了个调动手续,又再次把我发配到内蒙古,而且是安排在一个工程队里当工人,终年在大漠荒原里埋电线杆子。得,这又是个无须自己掌握钟点的地方,上工下工,吃饭睡觉,都有领班的师傅吆喝。我要买表的想法再次打消,继续过起不问晨昏的日子。只是有时想起这件事情来,心里的滋味儿总是酸溜溜的;我的命也真够苦的,且不说买得起买不起表,竟连戴表的机会都没有,这老天爷待我实在刻薄。

还好,我跟妻子结婚一年以后,我总算戴上了手表,而且是正儿八经的“梅花”牌,这着实让我臭美了一些时候。

这年夏天,在内地教书的妻子,暑期到内蒙来找我,享受我们婚后第一个探亲假。动身前她特意拍来电报让我接站。她乘坐的火车凌晨到达,夜里不便向别人问时间,我一下睡过了点儿,醒来匆匆赶到火车站,见妻子正坐在提包上焦急地张望。看到我来了,她面带愠色,说的头句话就是:“怎么这么晚才来。”待我说明了情况,她才知道,我这个穷丈夫,连块表都没有,害得她等了四五十分钟。幸亏这是夏天,这里的气候还算凉爽,要是在冬天,这塞北的寒风冷雪,准得给她个下马威,说不定怎么抱怨我呢。后来妻子又买了块手表,就把她戴的“梅花”表让给我,这时我的腕上才不空荡,平生总算第一次戴上了表。倘若有谁问我这戴表的感觉,说实在的,我真无法说得清楚,喜悦和苦涩的滋味儿都有,唯独没有如愿以偿的满足感,因为这表毕竟不是我的。过去那些关于手表的往事,此刻又重现在我的眼前,这就更加使我心神不安。

就是有着这种来历的手表,在我的腕上停留不过一年,谁知又回到了它的真正主人的身边。留给我的只是失去自尊的记忆。即使今天想起来,脸还是火辣辣的,追悔当初不该那么轻率,只是为了一时的需要,便放弃了男子汉的尊严,实在不值得。

那是在次年的暑假,我陪妻子去北京她奶奶家,她那80岁的姥爷,突然跟妻子说:“我给你的那块手表,还在吗?要是在,给我吧,我想戴。”妻子看了看我，然后跟老人家说：“还在，在家里。过些时再来北京，我给您带来。”回到家妻才告诉我，我戴的这块“梅花”表，就是她姥爷的，是她上大学时给她的。这会儿老人经常自己出去遛弯儿，没有表也实在不方便，考虑外孙女已工作几年，怎么也会买块新表的，就想把这块表要回去戴。多亏当时我未理解妻看我一眼的意思，要是知道我戴的这块表是她姥爷的，以我这种犟脾气，说不定马上摘下来，那该多么尴尬，岂不是大家都会不愉快。即使是这样，在把表还给妻子时，我仍然有种受辱的感觉，在递表的一刹那，觉得脸发烧，悔恨当初不该戴这块表。有了这番经历以后，手表对于我不仅是掌握时间的需要，而且无形中成了荣辱的标志，我下决心要用自己的钱买块表。可是说起来容易，做起来并不那么简单，那时我同妻子两地分居，辛辛苦苦挣的一点钱，两人一探亲，七花八花就全用光了，买表的愿望很难真正实现。这样又过了许多年，我的胳膊还是光光的，外出办事照样向别人问时间，表依然是个吊我胃口的诱饵。

在城市里生活，毕竟不同于农村，没有表的确不方便。有年我从内蒙回天津家里过春节，在北京换车，签了时间最近的车次，还要等待一段时间，想买些东西带回去。在商店里买了一些东西，满以为时间还富裕，就大包小包地背着往车站晃悠。到了火车站一看大表，立刻愣了，距开车的时间还有十来分钟，检完票就匆匆赶上火车，不小心把手提的糖果撒了，在我拣拾的时候，开车的铃声响了，我眼巴巴地望着火车渐渐远去。没辙，只好跟车站说好话，重新换签，乘下班车走。所幸的是那会儿旅客不多，要是像现在这样人挨人，那张通票八成签不上，我岂不是得另掏钱买票。这件事弄得我心里很别扭，这时对于表已不是什么一般的渴望了，而是有种极其强烈的占有欲，因为它太刺激我啦，无论如何我得有只手表。

我们国家这时候开始生产手表了，市场上随处可见的有“上海”牌、“东风”牌，款式性能都很不错，价钱更比进口表低得多。经过一番努力，终于从牙缝里剔出一些钱，在回天津探亲时，买了一块“东风”牌手表，这时我已是个三十大几的人啦。说起来也真有意思，这块“东风”牌手表，还真体谅我可怜我，戴在腕上许多年未进过表店，今天还是走得那么欢实，只是时间不怎么准确了。它同我一样，老啦。

不管怎么说，我总算有了真正属于自己的手表。再不会听别人手表的声音取悦了，我成了表的主人，我也成了时间的主人，这块表伴随我度过许多年。它提醒我的不只是时间的长短，它还告诉了我许多别的事情，跟时间一样准确无误，我一直在严格、诚实地信守着……

（选自《江南》1997 年第 3 期）

且品人生这杯茶

——漫说柳萌的散文

古　耜

俗语说：“冷水泡茶慢慢浓”。柳萌先生的散文确不以强烈的抒情取胜而以深含的意味见长。读这些作品恰恰就像品味冷水冲泡的香茗一样，其醉人之处是需要慢慢生发、细细品味而渐入佳境的。那么，柳萌的散文作品何以会形成这样一种“冷水泡茶”的艺术特性和阅读效果呢？换言之，柳萌散文的这种艺术特性和阅读效果，是由作家怎样的精神因素和文体追求所促成，所决定的呢？我们如果从知人论世的前提出发，深入作品内在的精神、情感与表现空间，做一番细致的体味与分析、生发与概括，即可发现至少有三点值得特别重视：

首先，柳萌散文在很大的程度上，是作家坎坷生命历程的折光和独特苦难意识的显现，是一种打上了人格印记的审美范式。大凡比较系统地读过柳萌先生散文的人都能从中得知：作家在涉世之初，是堪称幸运的五十年代前期，即在北京一家报纸当上了文学编辑，并开始发表文学作品。可此后不久就交上了厄运，先是在“反胡风运动”中由于受文学的牵连，而被审查批判，继而在“反右运动”中因为说了一些真话实话，而被戴上了“右派”的荆冠，发配北大荒劳动改造。后来又作为摘帽“右派”，流落到内蒙古当工人，下干校。前后长达二十二年之久。这期间，他饱尝了命运的颠沛，生存的窘困。精神的压抑，人格的凌辱，乃至情感的煎熬和筋骨的磨难，直到“文革”结束后平反回到北京，才算迎来了人生的转机。按说，这样一种苍凉苦涩的生活经历，是很可能在作家内心深处酿成一种“苦难”情结的。它使作家有充分的理由和动力，在一旦走出命运阴影，恢复言说权力的情况下，迅即把郁积已久的心声，化为义愤填膺、怒不可遏的声讨和悲凄哀怨，声泪俱下的控诉。在这一方面，若干“文革”后“复出”作家的“伤痕”散文，恰恰提供了生动的例证。然而，柳萌先生却偏偏不曾如此。一种性情中特有的豁达与宽容和一种风浪里铸成的成熟与睿智，使他虽然几乎饮遍了生活的苦酒，但是却没有被这苦酒所迷醉、所击倒，而是在充分正视苦酒难咽的基础上，适时地走出了“苦酒气”的笼罩，开始寻找这苦酒中亦有的人生营养。反映到散文创作上便是，不少涉及苦难的篇章，不是仅仅满足于对苦难的深恶痛绝，而是在此同时，把苦难当作生命接受砥砺和灵魂经历洗礼的一种过程，将其推到一定的心理与情感距离之外，加以超然性的观照和审美化的咀嚼，以求从中引申出浓郁、悠远而深邃的人生况味或发掘出具有普遍启示意义的生活真谛，从而化苦难为财富。不妨读读《无言的等待》。此文写的是作家被错划“右派”，下放北大荒后，母亲在天津老家所经受的牵挂、担忧与思念。其字里行间虽然负载了浓重的极左年代的历史投影和一代人的悲剧色彩，但作家表现的重心却始终在于探照和呈示苦难之中母爱的深沉、丰厚与博大，于是，通篇作品滋生出一种深深且浓浓的，苦中有甜的生命意味。同样，一篇《关于风的记忆与怀念》，从自然界的“风”入手，直接追述了作家身处逆境时的不幸遭遇和痛苦体验。在通常情况下，这样的作品很可能是一派萧瑟悲怨，伤感凄凉。然而，该文却偏偏让暗淡冷酷的记忆，平添了若干生命的暖色。正如作家所写：“那带着雪花的北大荒的风，那夹着沙粒的内蒙古的风，在记忆中总是那么强悍，在怀念时又是这般宁静。即使记忆中有多少关于风的恐怖，在顷刻的怀念中都会化解成温馨的回忆。”而正是这种对具体生活情境的精神与情感的超越，使得作品形成了一种形而上的人生意蕴。此外，《腕上晨昏》《只有遗憾》《烟酒琐忆》《难哑人生回味酒》等篇，或将昔日遭遇款款诉说，或就生命感怀娓娓道来，其笔墨所至虽终不离人生的艰难与坎坷，但在这有关艰难与坎坷的抒写中，都显现了一种不惊不乍的心灵的安详和曾经沧海的精神的泰然，这便把作家特有的苦难意识和人生态度展示在读者面前。显然，诸如此类的散文作品，是很容易凭借作家在讲述苦难时保持的平和沉静的语调和这种语调所浸透的丰富深刻的人生体验之间的明显反差，而酿成一种似淡实浓、淡而有味的叙述风格的。唯其如此，读者从中获得一种"冷水泡茶"式的美感享受，便是自然而然，顺理成章的了。

其次，柳萌散文所具有的"冷水泡茶慢慢浓"的艺术特性和阅读效果，从根本上说，还是作家自由心态，散淡性情，坦诚胸怀和率真意趣的本色挥洒与天然外化，是一种非常个性化的生命释放。任何一位用心的读者在欣赏柳萌先生的散文作品时，都会清晰地感觉到在它那流畅而又舒展的叙述中，时时倾注着一种属于作家特有的精神气质和人生涵养，这就是：在领略了世事沧桑和超越了一时功利之后的自由心态与散淡性情，在明悟了人生极限和卸却了精神负累之后的坦诚胸怀与率真意趣。它作为作家的生命原色，无形中浸染着散文作品的语言基调，并在终极意义上规约着、推助着这些散文作品，自然生成一种"散而庄、淡而腴"的艺术韵致，请读读《冒充足球迷》《难得随意》《城市叹路》《茶馆》《聚会》诸篇吧！它们虽然全部取材于五光十色的当代北京生活，但作家在展开具体的行文谋篇时，却是既无心刻意追逐所谓的现代意识，也懒得一味搜求诱人的奇闻趣事，而是一任笔触徜徉于寻常物事，行居闻见、普通生活、日间经验，就中兴致勃勃，津津乐道地讲述一些人们早已司空见惯，但却又每每不加深究的问题，从而使一种或许与"深刻"之类没有太多关涉，但却不时让人心动的人生滋味，跃然纸间。《寂寞的童年》是记叙作家童年生活情景的系列散文。这样的题目，在有些作家笔下，总喜欢寻找一点哲理或文化的意涵，然而让柳萌写来，却始终是老老实实地讲述着自己记忆中尚存的儿时的境遇和感触。这境遇同惊心动魄远不搭界，那感触更谈不上博大精深，相反，它只是诸如"滚铁环"、"打水漂儿"、"许愿"、"渡河"以及"童心永驻"、"少年无忧"这样一些小场景、小思绪。作家对这些平凡的小场景，小思绪加以纯静的表现，既不企求它一定影响社会，更不在于它能否流传千古，而只是为了把生命之中某些单纯、美好和本质的东西保存下来。然而，正是这种几乎全无功利目的的写作态度，无意中成就了作品亦淡亦浓、先淡后浓的人生意味。同上述篇章相比，《没有书读的时候》《猫儿眼》《难为布衣人》《市场拒绝斯文》《在王府井书店旧址》诸文，包含了较多的指点生活缺憾和批评社会风气的意思。然而，即使如此，作家也没有像某些创作类似作品的作家那样，做焦虑和峻急状，而只是毫无保留地敞开心灵的大门，心平气和而又入情入理地表述着自己对问题的理解与评价，以期同读者构成平等的对话和诚挚的交流。这样写成的作品，自然极易飘逸出醇厚绵长的审美意味，令人如饮香茗、回味再三。似乎无需再做更多的引证了，仅凭以上示例，我们已经可以看出：柳萌散文所具有的"冷水泡茶"般的艺术特性，与其说是来自文本营造的成功，不如说是源于作家人格的魅力，而这样一种艺术事实，无异于又一次提示人们：散文是最靠近作家生命境界与灵魂国度的文体；散文之美说到底，是一种性灵之美、人格之美。

最后，柳萌散文所具有的"冷水泡茶慢慢浓"的艺术特性和阅读效果，又是作家在语言叙述和文体建构上崇尚朴实无华、本色自然之风格的艺术必然。柳萌的散文作为一个立体完整的艺术世界，需要论者从不同的视角进行观照和把握。只是论者的这种观照和把握，如果是从最具整体意义的风格视角加以切入的话，那么，恐怕任何人都无法否认其最突出的艺术特征，即从语言叙述到文体建构的朴实无华和本色天然。不是吗？在语言叙述上，柳萌的散文不尚藻饰，不施雕琢，不讲究语出惊人，不追求镂金错彩，而是坚持以清新素洁、朴实平淡的文学，进行"我手写我口"的不懈实践，努力使作品形成本色自然的语流，呈现洗尽铅华的天籁之美。关于这一点，我们无论读作家《繁星在天》《晶莹的雪花》《秋天怀念着春天》等早期篇什，抑或看作家《人生之旅》《永远的月季》《寂寞的童年》等晚近之作，都会有很深的感受，其中后者尤显得精纯老道。与此同时，柳萌的散文还把质朴自然、尽弃斧凿的主体追求，由语言叙述上升为立体营造，力求在更高的层面强化平淡本色之美。具体来说便是，作家笔下的散文篇章，既不见煞费苦心的结构安排，也难找立异标新的技巧运用，而是用一种毫无矜持和卖弄的态度，尽量让文本叙述做行云流水、无拘无束的伸展，以求做到"行其所当行"，而"止其不可不止"。应当承认，作家的此一番努力是收到了相应效果的，今天，我们读柳萌的散文，总有一种坐观云霓的感觉，其重要原因之一即源于此。而具备了如此语言和文体特征的散文作品，一旦同作家自由、舒展而又淡泊、平静的心态世界相叠合、相融汇，就必然会生成似淡实浓、先淡后浓的艺术韵味，也必须会将一种“冷水泡茶”式的阅读欣赏效果，留给广大读者。

在散文创作中，追求“冷水泡茶”，淡而有味的境界，虽然不是什么新鲜话题，但要真正达到此种境界并不容易，“作诗无古今，惟平淡难”，其难恐怕就难在它必须是文之“淡”与人之“淡”，作品之“有味”与人品之“有味”的统一。令人欣慰的是，柳萌先生的散文，恰恰在较高的层次上，做到了这种统一，显示了淡而有味、“大作如茶”（梁实秋语）的审美特性。正因为如此，我以为：对于当代散文创作来说，柳萌的散文作品，不仅表现出独特的阅读欣赏价值，而且包含了重要的创作启示意义。让我们珍惜柳萌先生的这份贡献吧！

（原载《特区文学》1998 年第 4 期，有删节）

郭建英（1936— ），女散文家，江苏徐州人。在家乡读小学，1950年入伍并参加中国人民志愿军入朝。1956年归国后入徐州师范学院中文系学习，毕业后在徐州一中任教，后调北京解放军艺术学院讲授文学。1971年艺术学院解散，先后到河北军区政治部、北京军区文化部从事宣传、文化工作。解放军艺术学院恢复后调回该院任教，为研究员，中国作家协会会员。

郭建英1973年开始发表文学作品，兼及小说、歌词、电视剧，以散文创作为主，在《人民文学》《解放军文艺》《散文》《西南军事文学》《随笔》《文论报》等多种报刊发表散文、报告文学百余篇，出版散文专集4部：

《长城望不断》（河北人民出版社，1976年）；

《关山集》（花山文艺出版社，1983年）；

《星光集》（合集；湖南人民出版社，1983年）；

《遥远的感觉》（解放军出版社，2001年）。

其中有《遥远的感觉》获1992年"全军女作者散文大展"优秀作品奖，《老龙头和大炮》被选入《1949—1979散文特选》，《国香》被中央人民广播电台配乐广播。评论郭建英散文的文章主要有：

《献给祖国和战士的二重奏——读散文集〈关山集〉》（金辉），《解放军报》1983年10月21日；

《撷取战士生活的浪花——读王中才、郭建英、郭米克的散文》（金江），《解放军文艺》1982年第11期。

《中国当代散文史》《中国当代散文报告文学发展史》有对郭建英散文的专节评论，可参阅。

我的追寻

郭建英

人,总是有点害怕寂寞。我也曾想在其他天地里试试自己的歌喉,但是又有许多割不断的依恋,熄不灭的散文的情绪。

回想起来,我原是向往诗歌的。在朝鲜战场上,我一面时刻准备牺牲,一面阅读卫国战争中的诗歌。诗人们在战争中燃烧的真情,也抚慰着我的战士的热忱,也呼唤着我的文学意识,于是,我的心灵中也常常涌动着诗的情思,诗的激动。这时期,我那些在日记本上的拙作,都是我的真情,都是自我的灵魂里流出,都是从来不打算发表的少年时代的秘密。可是,现在翻开读一读,还让我感动。

我不知道别人是怎样起步的,而我却是那种文学的真情,开拓了我心田的蒙昧,培育了我的文学素质。不论诗歌创作,还是散文创作,都应是主体心理的倾诉和描叙,是作家性灵的表现,因而,它也能开启别人的性灵,引发出别人心灵中的诗、文。但是,当我执笔为文的时候,却是真情的失落和断裂,人的性灵被遏制,真情被歪曲,不管诗与文以及其他类别,都去图解最简单的政治概念,把心灵的历史表现得像看图识字那么稚拙,把文学变成最单一的工具。自然,我心中没有了诗,也找不到自己的意识、情绪,摸不着自己的性灵,自己那些真实的苦闷、感伤和欢乐。这时,我选择了散文。当然,还是因为散文和诗十分接近。爱它的情美、意美、语言美的这样一种美文。于是,我在散文中立意、造境、锤炼语言;在其领域内思古、探幽、寻胜,寄托一些社会思想,写了一些篇什。虽然竭力避俗、求新、免粗,但最终也不过说明、引申一些经过规范的政治概念,看不到个性色彩,也寻不见个人的意识。

粉碎四人帮之后,创作上出现了一些自由空气,我也开始产生了一种打算超越某种藩篱、自我追求的愿望。于是，面对中国社会的大变动，面对五千年的文明史，我开始了自己的思考，自己的寻找。一种飞动不安的情绪要有依附，要有寄托。于是，我走向长城的起点——屹立于大海的老龙头，造访驻守老龙头的军营，谛听海岸古炮的陈述，凝视被八国联军轰毁的老龙头的残迹，领受夜海的悲叹、啼泣、怒号，一种深沉的历史感和强烈的现实感在我心中倏然融合，于是，产生了一篇《老龙头和大炮》的散文。现在读起来，还觉有了一点自己的东西。这篇作品，仿佛拓宽了我的情怀，开启了自己的境界。我便告别熙熙攘攘的闹市，也告别了令人眼花缭乱的时尚，以及氤氲的烟花芳草，我去探望大漠、边塞、古战场，去拜访西陲、戈壁、帕米尔的岚光映照的古城喀什。在夜半时分我惶悚地倾听维族婚礼的古乐，伊斯兰教堂上阿訇悠长的呼叫……我在这广漠的寥廓中踽踽行走，感到我的心中释放了许多，又获取了许多；胸怀被拓空了，又感到被填满了；一种意识和感觉苏醒了，琐屑、尘埃荡涤了。在这宏阔悠远的世界里，我看到了历史在硝烟中的绵亘，看到了人与自然在坚韧鏖战中的人的位置、人的创造、人的胜利；我也从大戈壁的断垣中看到大自然的暴烈、无情。我也从主客的对比中，感到生命的短暂、缥缈，也实实在在感到了自己的存在和搏动，哪怕走在大戈壁上，已经听不到自己的足音，看不到自己影子的时候，我仍然骄傲地行走在戈壁的背脊上。这一切，都给我一种苍凉感、悲壮感，让我体味人类的悲剧和喜剧，让我领悟深藏于环宇、大地的哲理；也让我涌起难以平息的情绪，而这种情绪，又是那样纷纭、紊乱和难以平息，哪怕我分明参加了欢乐的维族婚礼，而竟伤怀得直想流泪，以至很久才理清这复杂的情绪。这一切对散文创作多么需要。作为一个散文作家，他多么应该"读万卷书，行万里路"呀！假如你感觉不到那悠悠时间与浩浩空间，你的笔下该是怎样的浅薄、狭窄和贫乏啊；假如你不从广漠中、深邃里走来，你笔下的现实该是怎样的苍白、脆弱和虚假呀。在一个阶段里，这种沉重和苍茫的感觉、情绪，这种不可名状的思维状态，给了我许多散文，从我近期的散文看，似乎也克服了一些单薄，增加了一些厚重，染上了一些苍苍茫茫的色彩。在这种阔大里，荒漠中，人能够灵敏地感觉到自己。会惶悚、会悲哀，也会自豪和骄傲。而散文创作，也就是作家自我心境的开拓。

当我走在西陲广袤的大地上的时候，我常感到我只是一个微茫的黑点，但同时我又感到作为一个人，我又是时间与空间的运动中交互凝聚的一个黑点。“我”在宇宙的发展中，收览了怎样的蕴藏，才铸成自己的生命，“我”不是可以无穷地开发吗？为什么要把“我”失落了，隐藏了，“以求当众之意”呢？没有这样丰富而又独具色彩的“我”，“当众”能承认、能接纳？这便是我的追寻和在广漠中给我的感悟和启迪。散文要写“我”，不如此，将是散文的消亡，也是作家自己的陨落。

一个散文作家尤为可贵的素质，就是那易感的心境。他的感知、触觉都应该特别发达，对人生的悲欢要有独到的体验，对大自然的氛围、气韵、色彩、线条也要有入微的感受，这样，才可写出具有艺术魅力的散文来。而这种素质的提高，也要不断地追寻。我有时因条件所限，不能再走向那些给我的散文染上边塞诗风色的地方，我也要沐秋风，听远雷，在沉静、岑寂的地方体味自己，捕捉倏忽即失的思绪，咀嚼浓浓淡淡的悲欢酸苦，使自己常有心恸、心热、心悸、心伤不平静的心态，这样，我才有散文。

一个散文作家的使命，仿佛就是追寻，追寻那失落的人性的真，追寻境界的扩大，追寻情感体验的入微，追寻新的表现形式。

我从自己的失落中起步，而走向大山大水，进入空灵和深沉。这是我目前的心境，我也这样期望我的散文。

1986 年 8 月于北京

自选作品

寄至何方

一

记得我写过许多信。我年轻时最爱写信，那个年龄仿佛需要和空间对话，需要默默地向远方倾诉。但有些信却不曾寄出，因为没有地址。

后来想，不是因为疏忽，因为炸弹把一座城市、一座村庄都夷为平地了，我不能寄给废墟。而且那残破的土地，尽管弹坑累累，只需要经过几场饱酣的雨，弹坑里便托起荷花，长满野苇，便一片娉秀，一片苍绿，即使断垣折梁之间也会探出一丛凄红的杜鹃。这个世界似乎它自我治愈的能力出奇地强大。尤其战争留下的创伤，仿佛一夜之间就被一双硕大而温馨的手掌抚去了。我常对那些自生自落的花朵不无悲伤地想，大地并不情愿为你单单留下什么纪念。

有时，我竟怔怔地痴迷那段生活是否存在过。但仔细理一理思绪，做一点理性的推演，战争原也如一场大梦。只是你醒来之后，你的某位亲人，你的某段肢体已从这个世界永久消失了。可是又往深里一想，你的身后又有什么不是梦呢？即使你一身伤残还滋滋地疼痛着，却还多半走不出自己的梦，就像人总是踩着自己的影子。

这段话，原无需对谁絮絮叨叨，嘈嘈切切，但我常常觉得心中抱着一把琵琶，十个指头急骤地从心弦上抹过。我也许真的老了，正日益走向幽冥的过去，执着地向回忆讨日月了。昨天我去医院探望一位老友，他竟睁着干枯而惊惶的眼睛对我说："怎么这辈子就收不到小许的信呢？"怔怔的眼神仿佛正抱憾终生，正含恨走向死亡，即使最可信赖的永恒的时间也悄在窗外一片苍白。人，都有些傻气，尤其解脱了得失的羁绊，更不掩饰自己的傻。

但我却懵懂地安慰他：“再写封信，寄寄看……”同时，我的眼睛仿佛一只灰白的鸽子，茫然穿过暗凝的晴空，在无尽的郁蓝中疾飞，可是，竟连那荷田苇丛也找不到了。唔，你的信该寄至何方，寄至何方呢？过去，我一直对自己说。我已经走过了大半生，该洒脱自如，从心所欲了。现在看来竟难走尽自己的执着。

人们对一场战争距离越大，对自己青春的奠祭也越虔诚悲悯，尤其不少人心中还潺潺流动着一泓不可枯泯的初恋。它的澄鲜、绚美的流动的确鸣响了一生。

测定一个人的醒与寐仿佛全看你的感觉。历史在漆黑的夜里从大路上滚动过去，留下的也只是从自己身上轧过去的沉重而疼痛的感觉。我很难抹去自己跨过鸭绿江的那个夜晚，就在那一瞬间忽然熄灭了所有的灯火，世界就在这一瞬间失去了所有的颜色，而自己也被巨大的黑色推了一把向幽深中坠落。我记得那双脚一直向倾斜喑哑和悸颤的隧洞里走，我的双脚已疼痛得像钉了无数钉子还不住地走，若不是路旁蓦然出现一群朝鲜姑娘，我会永远孤独而疑惧地走一生。

我不知道她们从什么地方出现的，因为这个国度已经没有城市和村庄了。目之所及，除了弹坑，便是废墟，你无法想象弥天的弹雨里怎会藏着如此美丽的生命。那时的炸弹仿佛恣意地毁灭母亲、孩子、少女和老人，而如今的导弹反倒专心致志准确无误地针对一个军事目标，好像断臂爱神在指挥战争。而我年轻时却和恶魔相遇。那时姑娘们缭绕如流泉的歌，闪烁如星光的眸，立刻把我润湿了，照亮了，救活了。片刻，她们又带着自己纤细的歌和零落的笑走远了，消失了。但是从这刻让你自信你的一切仍然存在，而且第二天大宇宙还会慷慨地还给你一轮鲜亮的太阳。这群朝鲜少女好像拯救过我——从此我又从倾斜走向平衡。

就在那样一个晚上，我的这位老友宿营在一座坍塌的茅屋里，他睡得很酣，但第二天他一睁眼，发现一位朝鲜姑娘正蜷缩在他的身旁。他年老了总看见身旁蜷缩着一只美丽的羔羊，一只可爱的猫咪。那时他猛然坐起来，看见自己身上除了盖着自己的军被，还盖着一床朝鲜的厚重的棉被。他迷迷离离地认定这是一个童话般的梦，转而一阵心慌，竟怀疑自己是否荒唐地发生了什么。

这个故事美丽非凡，带着另一个民族的山野气息，始终让你呼吸着清新与自然。只是我们的心里始终潜流着一脉圣贤们开掘的沸沸汤汤的文化流泉，而我们生下来就在河里受了“洗”，深谙人生要义。于是，他不顾对方的美好与善良，大叫：“去！去！”像驱赶一只讨厌而乖巧的小狗。她哭了，泪从俊秀的腮上滚落下来，竟像晨光里落下的晶亮的雨珠。他望着这明灭不定的物质，第一次痛楚地理解了“亵渎”。从此，他的梦里总是星星点点地飘洒着太阳雨。

第二天，我的老友踏上征程，但是，这位少女一直跟随着他。行行宿宿，虽保持着一段距离，她执拗地跟到目的地。

因为她的父母都被炸死了，家园也变为废墟，我们部队收留了她，从此这个朝鲜少女就不曾停歇自己的歌唱。每首歌都明亮而柔美，它落在你身上，就像她用少女的肌肤去温暖一支赴死的军队。而我从她的歌里，认识了这里曾经存在的山山水水，花花草草，情情爱爱，让我们在纯净的明朗中陶醉，又让我们在朦胧中忧郁，最终找到了诗神与酒神的结合点，接受作为一个浴血奋战着的最后归宿。我一直自审，我假如不藏这缕温润，一个生命将会冷酷而干瘪。那时我还不曾怀疑自己另一半早已化为异己，后来展开自己的记忆，才深谙那纷繁的色彩原来是人的另一半的赠与。不然，生命大概不可能走出敌机联翩轰炸的后半夜。

但小许却病了，每晚体温很高。而发烧使得她双颊艳丽如桃花，眼神水灵如秋波，整体像一株猩红的野罂粟，但歌却丝一般羸弱与纤细了。每次行军，我的老友总背着她，也像负着一个十分美丽的梦；一派感人的真真幻幻，生生死死。后来医生经过认真诊断，小许得了极为可怕又极为凄艳的肺结核。可是这破碎的山河未留给她一块休养地，领导决定把这位朝鲜姑娘送到中国去。

他们生离死别的一幕戏剧已在我心中淡释了,后来也不过对这战地浪漫曲付之一笑。年轻时代的花蕾往往开得也匆匆,谢得也匆匆。人面对的多是琐琐碎碎无法逃脱的现实。谁知他竟拿着一叠未寄出的信,伴和着满头白发吁出一声浩叹:“寄到何处去呀!”

是啊,苍穹下竟亘定着灰濛一片,你难找到那扇属于心灵的窗子,以及可用手指叩击的木门。大概,人在这样永恒的存在面前总是无可奈何,尤其那只人生的返程的船,永远找不到。不过,我们还是应该感谢生活,因为在我们的生命正浴血沐火的时刻,它不但没有冷落我们,反而曲蜷起自己青春的躯体伴着你的梦。

二

而我,当时还不曾长大,仿佛还没有匆忙地谱写自己的浪漫曲。但是告别朝鲜后,我时常面对铺开的信纸而出神,而且那是一张特意从荣宝斋买来的“十竹笺”信纸。那时我特别喜爱精致的信纸与信封,接到友人的信首先不读信上的语言,而是把信纸贴在自己的鼻子上深沉而悠远地呼吸。直至今日,我仍从这芳香而氤氲的气味去体验情谊,并且我从这飘散而又凝郁的气息中认定,世界就在自己的感觉之中。

我铺开一张十竹花的信笺,难以遏制自己的思念,但是提起笔心中又升腾着一片茫然,因为我的信是寄给一只老山羊和一座未曾谋面的大山。

假如谁能够一重重揭去你的情怀,最终将发现人都有些怪异,尤其在那阴晴难猜的年龄上,更藏着自己猜不透的秘密。我执拗地要给老山羊写信,因为在那些放夜哨的日子,它始终伴在我的身旁,用它夜一般的颜色遮挡一切诡谲,给予我一个安全的掩体;用它不熄的身温烘烤我的手、足和膝。我没有像我的一位战友因风湿病而早殇,也没有像另一位战友因风湿病使全身关节畸形,而且竟从零下三十多度的严寒中享一份泉一般涌流不息的暖意,全靠这老山羊脉脉的体恤。但老山羊是孤独的，它从哪里来？有无子女？被驻军一次次移交后的归宿又在哪里？都很迷茫。不但不谙它的身世，而且追思起来，除了它留给我温馨的沉默以外，甚至没人提起它的性别，我们还不懂得关切这些自然本色。在与我们相处的日子，它始终把"咩"那一声天籁含在紧闭的嘴里，它只用秀美的眸子，修长的睫毛与我们对话。它喜爱专注地凝视着你，只要抬起头就不肯轻易眨动那微翘的双目，好像有什么祈求，也好像有什么暗示。你望着它的眼，竟悸颤地感到它望透了你的一切，包括你的许许多多不能吐露的心事及这个世界很难预测的悖迹。你望着望着就禁不住长长吁一缕叹息，而一瞬间，一切青春的物质都被你吐露了，便觉得情怀顿然一亮一灼，像划了一道夜闪。

我们要移防上甘岭了，这老山羊的命运也如几个月前一样要作为营地的物件——交给接防的部队。而后，我们出发了，老山羊一直靠在我的腿旁，让我最后一次感受了生命的悠悠的温热，生命对生命的体恤。它靠得很紧，好像领会了人间的生离死别。当我们要最后跨出这个营区时，老山羊终于离开我，定定地站到路旁，像一位伤别的母亲一样把浓郁的悲哀化为一眼顷刻就要倾流的泪水赠给他的儿女，但是老山羊理智地含着它，品味着它的苦涩，它的饱满，而最终又暗暗地咽下去了。以后，我便认定不倾流的泪是最感人的。

我哭了。后来我几乎以一生的经验体味了谁能为你湿润了自己的眼睛，谁才可溶化你心中的冰雪，谁才可获得你最真诚的信赖，你才可把自己交给他。在他的胸怀里痛哭，而且这种哭是完全必要的。人生的公式也煞似数学的公式，最后简单得让你怀疑数学家有意捉弄你，但谁知那追寻的过程爬了多少山，涉过多少河，几经沉浮？

我们已经走到山下了，融进暮霭了，一切都苍苍茫茫，但忽然听到山坡上一声悲怆的"咩"！

就此，这音符，这音乐便刻在我的心里了，像我一生都钟爱大乐队中的小号，那嘹厉、柔美而又忧伤的音乐，化为青春时代的一个永久鸣响的符号。

从那时起我便渴望寄给老山羊一封信，但铺开信纸又窃笑自己的荒唐无稽，不过到老还未泯这缕情思，可见当年那真诚的感动多么深融。是的，在那样的岁月里，谁能把生命所蕴含的一切都毫无保留地与你共享，谁就在你的生命中化为永恒。因此，我此刻必须以苍老的童心发出一缕吁叹——“这信又该寄向何方？”想来，老山羊若活到今日，也一定像个深山的精灵那般孤独地在深山里游荡着。

三

当我们从上甘岭移防西海岸的时候，我又结识了一位女友，她姓柳。说来战争中人与物都同样悲惨，她亦如那只老山羊的命运一样，自从被一支志愿军部队从西海岸的一片废墟里捡来后，便被一次次移交。而且从移交中由一个孩子出脱为一位美丽的少女。她的眼睛与老山羊的眼睛迥异，她经常半睡半醒，半阴半晴，很难让你窥透心窍里所含的情思。一个从废墟上生长的生命，大概一面仰视阳光，一面又承受苦难吧？她是在冰冷与燃烧之间带着自己灼炙的伤痛而生活的吧？从她的眼睛里我看到一个少女不该背负如此宁静的沉重，不该看见如此骇人的惨烈。她总是不苟言笑，所以你很难走入她的感情。但是，有一天，她忽然为我表演了一个独舞，名曰《金刚山》。她手持一把折扇，以或散或合，或低或昂的形式，表现了一位旅者的情致和大自然的色彩。朝鲜舞是我认识的诸种民族舞中最富有大自然的节奏和内心的律动的。她一招一式，一收一展都负着生命的千斤的沉潜和世界的万幅变幻，让你无法不一起吟哦吁叹，让你无法不在无边的旋律里醺醉和驰骋。她完全沉湎于音乐中了，她只要一抬步便走进了音乐的时空，与你的现实时空隔开了。她遵照自我，或翘思或俯视，或流连或暇憩，即使一扬臂一蹲伏，看去都是躯体的律动，但又无不让你望见金刚山的流泉、飞瀑、行云、散雾、鸣禽、暗花。而只有这个完善的世界才能容纳一个旅者的逍遥与狂放。我倏然惊异一个人竟还存在这样一个美不胜收的境界。看完小柳的表演，我一天都失去了语言，因为我不知道自己在想什么，也不知道该说什么。直到晚上我又看见红绿信号弹划出的弧光，出膛子弹绘出的赤红的流线，以及千万发炮弹汇成的光的白昼，我才知道原来应该属于我们的美被战争的色彩生生代替了，竟使我们对美陌生起来。但是从那天起，我理解了金刚山是我与小柳全部追求的象征。我暗暗决定有一天我要走入这个象征，一览金刚山的美景。可是，生活给予我的仅仅是一次艰难的夜行军中我借着朦胧的月光恍惚走进那个旅者为我暗示的一切，从而在我的心里泼染了一幅参差而斑驳的泉瀑岚霭之外，我没有机缘走进金刚山。只记得那个夜无比的寂静，月无比的高朗，朦胧中一切都美得令人心颤。然而，我不知道那是什么地方。

谁知，我归国后，走过了祖国的名山大川，我仍然不可遏制的思念金刚山，但我也担忧——或许某一天我与真实谋面，很可能落得连自己的梦也从此消散了。

可是我依然暗暗呼唤着，因为女友的《金刚山》是在战争的尖锐对比中向我舒展的情感，但令人遗憾的是我与这女友一别三十多载，竟断绝了一切信息。我的确给她写了许多信，都无处寄，我不能寄给朝鲜西海岸的废墟，况且，时间早催促着鲜花青草夷平了历史的创伤，你可能连一点痕迹都找不到。我也不能寄给金刚山，因为那只是一种美。

是的，往事如烟，经过一次次缓缓沉淀，一次次寂寞思考，我方感悟——人对战争的记忆也往往超越历史真实而徜徉在自我生命里。人走在战争中，即使回顾自己的故园，也仅仅是自己的全部灵魂，实际上，我们保存至今的回忆都是自己的感觉，而真实可靠的地址是没有的。

（选自《人民文学》1992年第8期）

感谢月光

每晚熄了灯，我几乎都怀念昨夜的月光。

尽管,今夜的月光本来就是昨夜的月光,尽管窗外就悬着举首可见的月光,我还是执著于自己的怀念。正像每年秋季,大雁在夜空里嘹呖着南行,我才可能忧郁地听见它留下了什么。我枕在枕上总思念月光下大雁飞去的影子。

尤其,当城市的灯火把你照得通亮,你举起头来竟怪异地发现自己的视线生生被桔红的光层剪短了,你痛感从此失去了童年的星空,失去了昨日的月亮。也许我们可以创造太阳,但是,我们绝不能失去月亮,因为我们生命的一半常常归宿于一种幽色里。

最近,常关在窗子里读书。一天,我一推窗户,竟然被满墙的爬山虎,满树的石榴花吓了一跳。这绿与红都仿佛带着气息,闪着眼睛,隐着幽秘,让人说不出的惊悸。我一个人常慑于走近这强悍的颜色。

我一直以为人的心里都闪烁着不可名状的思绪,你愈渴望着解释愈觉得扑朔迷离。那情致就像你伸手去捉夏夜的流萤,你本以为那明明灭灭的一点翡翠就握在你的掌心里,可是一抬眼它竟恍惚着飞逝了。面前只有夏夜潮湿的雾,参差的树影,一团拂不散的暧昧。于是你便走入诡秘的氛围,你在这种思绪里徜徉,困恼而迷惑,带有某种说不清的审美意味。

人,常常不能解释自己。也许,人本来就不该把自我与世界看得过于透彻,过于明晰,过于裸露。放眼便看到了那个无色无嗅的终极,你还有什么兴趣往前走?所以童心珍贵,诗心高雅,它们都可以把天真与浪漫放在来路上。远方竟是一团迷迷离离,闪闪烁烁,蝶翅一样颤动的光,什么都不明白,但你竟不回顾后路了。

可是,那絮絮地半吐着气缕的红与绿更让我惊悸了。我仿佛听见柔软的脚步踩着叹息从窗前走过。人应该拥抱寂寞,这个独处时刻你会聪颖起来。你可听见细微,精妙,深远。支撑起一副听觉的不仅是一双耳朵,还有你的肌肤。假如你愿意恢复自己的感觉,最可选择的就是寂寞。

当晚,停电了,我们这个生活区顿然只留下一片空洞。所有的窗户，只剩下方方正正的形，漆黑漆黑的色，木刻似的给绘成一个久远的世界。此刻，好像人们都随着灯光一起逃亡了，只剩下我的一双眼睛。此刻假如你进入审美，最幽静的小路就是寂寞。一个提笔写作的人终生都是不幸的，因为他不可认真地追求幸福，幸福里太空洞又太实在。

月色纯然漏洒下来，一种古老而纯净的光挂满了天地。这光没有层次，但你仔细分辨，那光里确实又微响着青郁、柔美，像纷落着稠密的雨丝，而雨声正流动在有无中。因此，一切都被月光浸湿了，抹亮了，油润润地显示着明暗、光影、隐显的对比。唔，月光并不古老，月光中的层次就是一种青春的思绪。于是一切远远近近的物体都幽幽暗暗，又都锃锃亮亮，都立着，听着，又都哑着，凝着。即使白天我不曾在意的一棵柳，也都富有了跌跌宕宕的节奏，那幽雅地垂着的是缤纷的长发？衣袖？韵律？意识流？情绪流？怎样确认这种存在的形式，全在你的感觉了。不是吗？“万物静观皆自得”，假如你能走入凝神观照，那物物类类也都如你一样自有一番月光中的情致。你会觉得它们都断然割开了与太阳的联系，都走入了自己，都无干无碍地消受这一份月下的世界。

这时我又借着明媚的月光瞅一瞅满墙的爬山虎，满树的石榴花，那绿与红都贴着你的眼睛凝立着，但却罩着雾濛濛的情绪。月光突然从薄云里一闪，似乎给我带来一个机遇，我似乎像捕一只夜鸟那样扑到了一个亮度，扑到了一句诗——“红是寂寞绿是愁”。至此，我方明白，无数个白日不可名状的感受便是这个诗句，那灵魂的惊悸也是这个诗句。

是的，这个世界越是生满了红，铺满了绿，你越是孤独，越是忧愁。正如你行色匆匆穿过静静白昼，总觉失去了自己。因为那强烈的色彩，拥挤的人世对于人的灵魂显然是一种对比和重压，一种侵犯与消损。而月光的宁静和寂清却能补偿你，安慰你，抑或浴洗你，还你以滑润、慧敏。噢，月光，又给了我阴森的真实。

唔，杜鹃鸟又啼叫了，大概我与这鸟相别已有许多岁月。那时每夜隐约听见这鸟啼，便觉枕上的思绪有些发湿。这算是一位城市的稀客，乡村的乐师了。一听便走入雾濛濛的惆怅里，想起外婆、田园及春夏错动中苦艾的滋味。于是你一面谛听悠远与凄惶的啼叫，一面痴迷、悲伤地丢去了魂魄，一时竟不知身处何处，心系何方。一个晴丽的正午，突然掠过一阵杜鹃的啼叫，我的女儿竟惊奇地问："什么鸟叫得这么欢快？"她仅仅在古典诗词中与杜鹃擦身而过，而这个大院的年轻人都欢快地昂起头寻找陌生的啼声。顿时，你更孤单了，更失落了，仿佛你一直怀恋的色彩、情调和温馨都被时间携去了，连杜鹃也改变了角色，只有你还在梦里。这使我想起一个人难以摆脱的状态——孤独。固然你的女儿改变了杜鹃的忧郁，于是更增添了你的忧郁，但仔细思索一下，你的杜鹃不正在一声声啼叫"不如归去，不如归去"？假如你跟随这歌儿一起走，你仍茫然不知归于何处，走到何方。你离开了家园，那扇门便关死了，你只有流浪，可是谁不在流浪呢？而唯能追寻的还有这片月光。还可醒着做梦，醒着梦游，带着自己的魂，牵着自己的手。

若往深想一想，那白尽虽然辉煌，总是公共的，而夜晚才是自己的。尤其头上横着一轮月亮，那上下六合立刻温柔地归顺于你。你的感觉再没有干碍，没有骚扰，你才可以开始凝视自己，谛听自己，才开始自我体验，自我确认。记得《诗经》里有首名为《月出》的诗，它爽朗地唱着"月出皎兮"、"月出皓兮"、"月出照兮"，在叠唱之后，那个赤裸的魂便"芳心悄兮"、"芳心怪兮"、"芳心惨兮"。这"悄"、"怪"、"惨"也都坦坦诚诚，淋淋漓漓，仿佛都沐浴着饱满的雨。其实，月光下的心窍都像夜间滩涂上的蚌，那紧咬的硬壳都恣肆而舒朗地开放着，你的感觉吐纳自如。

月的出现仿佛宣告了睡眠，但饱满的月光里，那被白日板结了的欲念、愿望、忧愁、痛苦都夜鸮一般的恢复了目光，从而也发出一派野意苍苍的嚎叫，正如曹操的《短歌行》中那月光下浓黑而痛灼的绝唱："月明星稀，乌雀南飞，绕树三匝，何枝可依？"这种急节奏，短句子，击鼓一般把一种无可归附，无可追寻的感情撞醒了，割破了，人，抬起头来凌厉地注视自己的现实。此刻读一读,人性中固有的野莽莽的攻击欲还会从你颓萎的精神里释放出来,首先展开一场自我搏斗。

人在月光下总是寂寞的,又是不甘寂寞的。人在月光下总是看见种种可能,总是恣情纵意地毫无保留。"对影成三人"也罢,"起舞弄清影"也罢,都不需装模作态。甚至还可以"水中捞月"。这出戏剧所创造的极致,你再不可重复。

月常使人蜕下重重叠叠的世故,还给人一种晶晶莹莹的真纯。人便惊疑了,好奇了,信任了,惶惑了;人又可从清晰的世故的逻辑中走进混沌的境界,人才可以写诗、歌唱,才可以审己、审美。至此,我忽然思念那华灿的《春江花月夜》了,唔,"春江潮水连海平,海上明月共潮生……"这些潮润的诗句使你蓦然捉住了自己久违的青春,感受自己淡忘了的激动,禁不住那心上一卷一卷涌来的轻叹微吟和那一重一重弥漫的迷惘和惆怅。你一时脱去了岁月的硬壳,你的心跳和诗的节奏重叠,你又会少年一样地发问:"江畔何人初见月,江月何年初照人,人生代代无穷已,江月年年只相似……"这世人不再关注的童话又摆在你的面前,你又要重复一遍古老的疑惑,宇宙是什么?人生是什么?虽然明天你还不能摆脱那个根本状态,无法逃脱那个悲惨结局,你无法真正忘我,而且只要你活着就要拖带着自己过下去。你心灵的枝叶接受了今夜的露水,洗去了生活蒙给你的苍黄的盲点,露出你本质的绿色。

也许还要"文以载道",还要"卡拉OK",也许月光与诗篇都淹没在灯光华彩里,也许田园与乡愁都还给了杜鹃的啼叫,也许今日注定来临,昨夜必须离去,但只要你在月光下默读《春江花月夜》,便弥合了语言的断裂,浸润了思维的枯索,拯救了创造力的衰颓。唔……

当我们在像候鸟匆匆飞驰的时候,也许我们会自认飞在了时间的前面,把自己的生命点抛在了后面。但是,仔细想想,在永久流动的时间里,逝去的恰恰是我们自己,因为前面就是生命的最后结局——死亡。这点大概难以改变,不过,假如我们离开太阳,借一片月光歇憩自己的翅膀,借那一份清纯和宁静与灵魂作一番晤谈,也许我们可以获得一个美妙的瞬间。

唔,感谢月光!

(选自《散文》1994 年第 1 期)

郭建英的散文①

佘树森　陈旭光

郭建英是在部队里成长起来的女散文家,现在解放军艺术学院文学系任教。她也是受杨朔散文的感染与鼓舞而开始散文创作的。她出版于七十年代和八十年代初的散文集《长城望不断》《关山集》,基本上保持着杨朔散文的审美风范:观照客观生活中的美,从某种政治理念出发,将这种美提炼、升华为诗意,然后寓情于山川风物,抒写革命情怀。像《老龙头和大炮》便是这类散文的代表作。作者由山海关、老龙头之自然景观,写到雷达、高炮、古炮等人文景观,再引出守卫海防的战士,谈起民族的耻辱与苦难,最后落笔于对今日国防现代化的歌颂,这构思及写法都不禁使人想起杨朔的《雪浪花》《海市》等散文的路子。但是,郭建英的可贵处在于:在散文变革的序幕拉开不久,她便相当及时而且成功地作出了审美调整。自《关山集》而后,她已有近百篇散文新作。如果说她的《月蚀》较早地透出这种调整的信息,那么,《秋潮》则显示出这种调整的成熟。《秋潮》而后的《听叶》《无题》《我们的憩园》《信物》等等,都是她调整中的散文代表作。所谓"审美调整"的核心,就是自我意识的觉醒和复归。这也是新时期散文从观念到形式变革的基因。作者不再停留在从既定政治理念、时代精神出发,对某种客观现象予以阐释和评价;而是从自我感受出发,写自己对人生或自然的感悟。这种自我意识的复归与强化,必然导致感受方式与表现形式的变异。我们看到:深刻的、富有哲理性的人生感悟,细腻的、深微的艺术感觉,内心独白式的夹叙夹议的抒写笔调,构成郭建英审美调整后的散文特色。例如《秋

① 本文节选自佘树森、陈旭光著《中国当代散文报告文学发展史》,标题为编者所加。

潮》《听叶》等散文，作者哲学思考和艺术感觉的锐敏触须伸入于自然世界，对于那秋与叶之声、容、色、味，她亦"以心去领悟，以神去契合，以思去发掘"；由于这"触须"里本来就蕴含着她对人生的悟性，因而在她所探取与传达出的那异常新异微妙的秋与叶的信息里，便也透出许多人生的哲理。例如：

生，有一种生观，与之相伴随的也有一种死观，死总在徘徊，留连，便会造成生的沮丧，灰暗。①

这是作者从落叶那里得到的感悟。

有时，落叶的声音十分温和柔美，从树上缓缓脱下，轻轻坠地，一拍接一拍，仿佛徘徊的脚步，这是熟透的黄叶在无风的深夜里陨落的情景。……而有时，深夜的落叶又十分的凄清和哀婉，一片掉下来，你要等待，凝思，才能听见落下另一片，这声音仿佛是压抑的叹息，忍俊的泪珠。这样一片一片，都让人惊悸、颤栗，仿佛听到了柴可夫斯基那第六交响乐，在无限的人生悲怆中隐含着对生命的回顾和依恋。……最令人不安的，让人整夜难眠的大风中的落叶，满天跌落着的飞瀑，星空下呈现着两军决战的气势，一切都在铮铮撞击，尖厉鸣叫，仿佛一切都要此刻撕碎，摧毁，最后陨落。然而，第二天拉开窗帘，到处却是一片净朗、宁馨和静美……②

这是作者从落叶那里听到的生命的信息。我想：论境界，论文体，以上描写都可看作落叶之绝唱。作者近期发表的《我们的憩园》《信物》等，表明她的散文创作又进入一个审美新层。《我们的憩园》《信物》，都是对当年抗美援朝战争生活的片断回忆。前者写的是幽藏于战争废墟中的一片小园林，以及暂时栖憩于这里的人们对于美与爱与生命的渴求的深沉与忧郁。后者写的是作者"嵌在情感深

---

① 郭建英《听叶》。
② 郭建英《听叶》。

处的隐秘”:战争中,包括作者在内的十几个女文工团员,“格外珍爱着自己的双腿”;不幸在一次通过封锁区时,一位女友被弹片割断了优美的右腿;后来她们各自将拾取的弹片收藏起来,成为“信物”,同时将那段经历深藏心底,成为“隐秘”。不难看出:这两篇散文在选材、立意和写法上都一洗过去那种战争散文之窠臼。作者是带着当代意识进入历史时空的,她从人性、生命和美的视角来对那段战争生活经历作深刻的自我反思。作者说:“一个人参加了一场战争,经历了一场生与死,便有了一条自己的生命通道,也有了自己的对生活的解释,以及自己嵌在情感深处的隐秘。”[①]但是,这里还必须补充说明:要将这特殊的“生命通道”打通,重新发现和理解这种“隐秘”,那还决定于作者自我意识的觉醒,以及人生阅历和学养的积累,八十年代中期以前的郭建英,是难以进入这一哲学的和艺术的审美层次的。

(原载《中国当代散文报告文学发展史》)

① 郭建英《信物》,《解放军文艺》,1991年第1期。

凌渡

凌　渡（1936—　），散文家。本名凌永庆，广西扶绥人，壮族。1956年毕业于龙州师范学校，从事小学教育。1963年毕业于广西师范学院中文系，分配至广西文联民间文学研究会工作。1972年调《广西文学》编辑部历任编辑、散文诗歌编辑组长、编辑部副主任、副主编，编审。系中国作家协会会员、中国散文学会会员，广西散文创作与研究会副会长、会长、名誉会长。1994年被广西壮族自治区人民政府授予"有突出贡献科技人员"荣誉称号。

凌渡1962年开始文学创作，以散文、散文诗为主，迄今共出版散文及散文诗集5部：

《故乡的坡歌》（广西人民出版社，1984年）；

《南方的风》（漓江出版社，1988年）；

《听狐》（广西民族出版社，1996年）；

《视线中的彩蝶》（辽宁民族出版社，1997年）；

《广西当代少数民族作家丛书·凌渡卷》（漓江出版社，2002年）。

其中，《故乡的坡歌》获首届广西文学创作铜鼓奖（1988），《南方的风》获全国第四届少数民族文学优秀作品奖（1993）；另有《留香》被选入《中国新时期抒情散文大观》，《草地》被选入《20世纪中国散文英华》；《里湖，不是湖》被选入《中国少数民族文学经典文库》，此篇和《故乡的坡歌》同时被选入《世纪遥望》（潘琦主编，广西人民出版社，1998年），此篇和《红水河之歌》《听狐》被选入《广西散文百年》《徐治平主编，民族出版社，2004年》。

评论凌渡散文的主要文章有：

《一幅多彩的民族风情画——读凌渡的散文集〈故乡的坡歌〉》（叶公觉），《广西文学》1985年第4期；

《论凌渡〈故乡的坡歌〉的民族特色和艺术成就》(郭辉),《民族文学研究》1987年第2期;

《浓郁的乡情　生活的赞歌》(顾林光),《民族文学》1987年第4期;

《诚挚的乡情　感人的坡歌》(李育孙、邓日红),《广西师院学报》1987年第3期;

《南方的风　穿越萧条的散文之巷》(黄绍清),《南方文坛》1989年第3期;

《凌渡的散文》(谢冕),《民族文学》1989年第12期;

《南方的清风——读凌渡散文近作》(邹红、芦苇),《南方文坛》1992年第4期;

《民俗、历史、自然——读凌渡的散文》(叶公觉),《文艺报》1994年1月1日;

《走出大山——论凌渡散文创作的嬗变与突破》(严小丁),《广西文学》1998年第4期;

《从民族生活中开采诗情哲理——读凌渡的散文集〈听狐〉》(陶文鹏),《民族文学研究》1999年第2期;

《且听狐声悠悠来——凌渡〈听狐〉及其美学特质》(蒋登科、姚尧),《南方文坛》1999年第3期;

《坚实的一步——读凌渡的〈听狐〉》(敏岐),《南国早报》1999年5月10日;

《听狐·序》(林非),《广西文学》1999年第6期。

《中国当代散文史》、插图本《中国当代散文史》及《广西散文百年》等对凌渡散文有专章(节)评论,可参阅。

我写散文

凌　渡

我写散文,想得较多的是景真和情真。景真,即生活的真实;情真,即感情的真实。并尽可能追求对生活的认识与心灵的感受(理性的或感性的)两者的自然与和谐。

丰富多彩的生活,要求多样的审美视角。因而我常想,散文不应囿于某一个窄小的层面。这是源于它在艺术创造的自由和选择题材的自由。我曾经说过，散文写作的自由，不仅是撷取题材的开放，当然也是模式和单一规范的叛逆，是丰富想象的广阔天空，是标新立异最无拘无束的驰骋领地。关于题材，生命，人生，社会，大自然等等，都应进入自己的视野，都应得到热情的关怀。

作为社会人，必须遵循一定的生活规范。这便是社会责任感的必然。至于写散文，有没有责任感？我觉得应该有吧。不过不能一提起责任感，非指散文（和其他文学类）必定承担起改造社会风风雨雨的重任不可。其实如散文，它传递的是真、善、美，让人在潜移默化中思考，使其心灵受到某种美好的感染。这本身就已经达到了散文作家的道义和责任的目的。所以，难道创造散文美的诱惑力，还不应该是散文作家自己自觉地去追求？如果不趋时，不媚俗，写作时，应该对社会负有一定的责任。我是这样想，也是这样去做了。

要使散文具有较好的艺术性，我努力想把散文写得美一点。我在自己的一个散文集的《后记》曾表白过："散文终究以它的美来感染别人，给读者以某种美的满足，一点美的感受。所以我要力求写得美一些。美是很广泛的，不能只理解在形式或对叙写语言的驾驭上。譬如人性美、生命美，又如悲壮美等等，这种带有文化色彩的东西，都很会叫人感动。"

自选作品

听　狐

很难得这故乡宁静的夜了。窗外月色很美，幽幽的月光中听得见落叶在风飘摇里触地的窸窣声。仔细听着，仍是那些不知疲倦鸣叫的蟋蟀和纺织娘，它们得意的歌咏很快就把我的童心从遥远的地方呼唤了回来。尽管夜已深，我还在听着，我明白我一直在寻觅另一种声音，听听，没有，再听听，也没有。为什么没有了呢？也许它们还没有出来。月色很美，山很幽谧，它们该活动了，夜，是它们的自由世界，是它们嗥鸣欢叫的广袤舞台。

我每次回乡，都住在乡村中学里朋友的宿舍，因为母亲辞世，老父早随我们移居城中，老屋就空着没有人住了。这里靠近郁郁葱葱的油茶山，那是狐经常出没的地方。

可是今夜，狐没有来，没有狐的叫声。对我来说，那是久违了的声音了。细听，思量，久久不能成寐，这野性的声音，如今更觉得十分美妙和珍奇，心也就急切地等待着了。终究没有，狐都去哪儿了呢？

然而母亲关于狐的故事永远是美丽的。孩提时代，深夜一听到狐嗥，母亲总会说起狐来。我家虽离中学稍远，但却在一座叫神农的山下，那时夜里，狐的叫声久不久就是从那儿传过来的。声音有时觉得格外凄楚，有时又觉得相当平和恳切，有时听起来还觉得它们仿佛是在欢呼。山村静极，狐的声音也就传得相当遥远。起初我害怕极了，母亲就一边轻轻抚摸着我，一边温存地对我说，孩子，别怕，狐在呼喊它的兄弟姐妹一道去看望它们可怜的母亲呢！它的母亲怎么了？我不明白。但狐的可爱，狐的善良，一下子就在我的心灵慢慢浸润开了。我同情狐，问："妈，它们的母亲是不是病了？"母亲长长地叹了一口气，说："不，它太劳累了！"有一回夜间，风清月白，小半夜，狐便早早来到山上，"喔呼呼"，"喔呼呼"，声音急促而诚恳，仿佛是在乞求什么。我躲在蚊帐里侧耳倾听。狐的哀声一遍遍传来。我怜悯起它来了，可怜的狐，是迷路了吧？没有母亲在身边都是太孤独太冷清了的。可母亲说那是狐在拜月。狐觉得月亮太漂亮太漂亮了，是一面很美很美的镜子，它在央求月亮将镜子送给它呢，好让它带回去孝顺给它勤劳的母亲。又有一次天快亮了，山上狐声骤起，一声比一声高。狐怎么啦？我问母亲。母亲却这样说，是狐骂露水的呀，露水将它早早出门做工的母亲打湿了……母亲一遍又一遍对狐的评语，对狐的附丽，都将一个母亲和一个儿子的美好心灵热切地沟通了起来。而母亲也许不太知道，她所说的这一切，在流光中，却一次比一次深埋进了我童年纯稚的心底。

等我成了少年,认识了狐,才知道真实的狐比母亲所说的相去甚远。我明白了母亲通过她的想象美化了狐,也许是母亲暗暗对我寄予希望,在呼唤一颗永远圣洁永远充满对母亲的爱的心魂。

乡人最恨的是狐为非作歹,偷他们的鸡。鸡在山脚下刨食,突然给它叼走了。有时狐还悄悄潜进村巷,如果有什么人突发地惊呼一声,十有八九是狐作案了!紧接着,“狐吃鸡啦”的喊叫声就在村里响成一片,我们和一些大人便不约而同立刻迅速集中在一起,唤狗追逐。那是人与狐、狗与狐的激烈角逐,但往往是狐以它的机智而获得胜利。狐机警、刁猾,在逃亡途中,它在这土堆那草丛里撒尿,泄出狐臭,摆下迷魂阵迷惑狗,让狗在它施放狐臭的地方团团转,延误了战机,致使它有更多的时间逃之夭夭,潜行得不知所去。有时,明明见它叼着鸡在山沟沟的沙圹里转悠,做出藏鸡的勾当。但当我们赶去,挖遍了沙圹松土,寻完附近的树丛草墩,就是不见死鸡的影子。狐不知将鸡埋在何处,它一定在等我们“鸣金收兵”后,夜里再来偷偷将其赃物拿走的。好乖好巧好狡猾的狐!

而这些时候听狐,其声音似乎总隐着掠人之美的杀机,令人十分厌恶……

朋友见我辗转反侧,不能入眠,因而问了我。我说起缘由,他说如今狐也很少见了。他又喟叹说先是熊,后是虎,现在的劫难大概要轮到狐了。我心里一阵悲怆,难道乡野之大,已包容不住狐安全生存之余地了吗?

我这次回乡,是为了给母亲寻找一块长眠的墓地,不想母亲已长逝多年,但她关于狐的故事仍鲜活着。联想今天狐的销声匿迹,我不觉又忆起童年听狐的情景,只是依稀记不清我是否有过这样的感觉,当年狐声的凄楚是否狐已预感到它们对未来生存的绝望?

我原谅了狐。它偷鸡是它生存的本能,是为了维持它生命的亮丽。大自然应该有狐,大自然会因为狐和赖它以生存的其他生命而能永远保持着它的博大与美丽。人们不是也还需要我母亲那些关于狐的故事?

夜宁静极了。但宁静中的所盼也落空了。狐没有出来，长夜里始终没有狐的嗥叫。

窗外的月色依故，很美，很幽，月光中，却只有落叶在风飘摇里死去的窸窣声，和蟋蟀、纺织娘的一声声愁鸣。

1994.12.18

（选自散文集《听狐》）

乡野的日出

在我的生活经历中，最容易见得到的是乡野的日出。用不着苦苦渴盼，也用不着久久期待，她自然而来，像突然间邂逅一位好友，让你好一阵惊喜好一阵兴奋。她太美了，嫩鲜鲜的。像初生的婴儿，粉红纯真，圣洁可爱；像山浴的少女，娇艳十分，光彩照人。她钟情我们这片地，钟情我们耕耘这片土地的人。所以她离乡村很近，离田野很近，离我和你都很近。这种美好感人的景象也许就这么短暂的几分钟，但一轮新鲜的充满活力的旭日从此便永远藏在你的心间了。像这样的日出，我曾在好几座名山梦想过、希冀过、等待过，但都叫我落空了，一次也看不到。因此我想，乡野的日出才是我的至交，一位平易近人、坦诚相见的好朋友。

我不知迎接过多少次乡野的日出了。有时候在故乡，早晨走进野外，不知不觉间，太阳出山了，红彤彤的，一尘不染，净洁至极。她每天都以如此光鲜整洁的仪表莅临世界，来到我们中间。她亲近我们，向我们投来温顺善意的目光，在向我们嘘寒问暖，为我们祈祷，为我们祝福。而此刻，我们呢，犁田的，锄地的，抽水的，割草的，放牛的，牧鸭的，那些劳作的人，都因为她的美丽她的热情不约而同地站起来欢迎她，心里都一齐欢呼，多美好的旭日啊！似乎每个新生的太阳，都宛如我们一个新的憧憬新的希望，让我们激动，让我们接纳。有时候在山里，清晨，我们在崎岖的山道结伴而行。红日刚刚探出头来，我们有人就惊喜地大叫了："达魂！达魂！"（天眼！天眼！）天不是活生生具有生命了吗？天开了眼，天不是潜藏着无限的力量了吗？因而我们崇拜天的眼睛，崇拜太阳。所以每当朝阳初生，我们无不为之肃然起敬。而天的眼睛总是那样安详、随和，总是那样叫人看了就充满了信念，充满了追求的躁动。有时候，在广袤的乡野里穿过的河川上，我们的船迎着晨风行进。忽然间，朝阳从江中冉冉升起。浴洗过江水和晨露的太阳，犹如一块晶莹圆润的红玉，鲜艳夺目。俄而，她给江面铺上了一条赤红的地毯，让我们乘坐的客轮，让渔民的舴艋，让运输的木船，一个个像尊贵的国宾那样，款款地从红地毯上滑过，导引我们驰向光明。这是旭日给我们最隆重的礼遇了。我还欣赏过草原的日出。早晨的太阳由草原的繁花拥簇着出现在草原的地平线上，她犹如一面张开着的金色大门，呼唤草原上的一切生灵，一起来分享她生命的光辉。而草原的羊群、马群、牛群，和它们的主人，好像都听见了她的召唤，正慢慢朝着这一轮新生的红日走去呢。这生命与太阳的亲密，这庄严而生动的画面，深刻得叫我终身难忘。

这就是乡野的日出啊，你感受到她的热情和挚爱了吗？

但与乡野的日出有霄壤之别的是名山的日出。名山的日出骄矜、冷漠，往往对慕名而来的人们不屑一顾。那是我在屡次三番对她的膜拜失望以后得到的刻骨印象。一次是在道教名山青城山，因为山中一句"登临勿谓苦，会当绝顶看朝阳"的鼓动，我们奋然爬上山的最高处上清宫住了一晚，为了观日出，第二天一大早，我们就抱着极大的希望拥进了跑马坪。然而，她始终隐于云幔，避而不见。一次在黄山，天刚破晓，大家便呼朋唤友从玉屏楼出，此是"黄山的绝胜处"，自然也是观看黄山日出的最佳选择了。可是她深藏于茫茫云海，呼而不出。我三次上庐山，两次去含鄱口盼日出，而每一次她都销声匿迹于迷雾，求而不得。人们登名山，谁不希望一睹初升的太阳，那喷薄而出的辉煌风采呢？但始料不到的是，我们心中的热切的企盼、仰慕，甚至馨香祷祝的真诚，都一次次在失落中破灭了。名山的日出，真像是那些孤寞和超然物外的显贵啊，住则重门紧闭，深居简出；行则藏于车舆，踪迹诡秘。你，麻衣芒鞋小民，也想随随便便看得见他的尊容吗？

所以我说，乡野的日出是寻常的日出，寻常的日出最贴近寻常百姓。

1998.10.5

（选自《广西当代少数民族作家丛书·凌渡卷》）

且听狐声悠悠来

——凌渡的《听狐》及其美学特质

蒋登科　姚　尧

《听狐》是凌渡的第三本散文集，收录了他从1987到1995年近十年的散文作品68篇。作者在《后记》中说："我以为这些文字，感情是真实的，真诚的，是我多年以来一段心灵的历程。"读完整部作品，方知此话不虚。作者以其丰富的生活阅历和长期的艺术积累作为基础，无论就他的生命感悟还是就其语言表达来看，《听狐》都体现了凌渡散文独特的艺术个性。我们当然不能说已经窥得了个中堂奥，只能说我们在努力寻求作者的"心灵的历程"。

关于生命的感悟与思考

宋人严羽以禅喻诗："大抵禅道唯在妙悟，诗道亦在妙悟……唯悟乃为本行，乃为本色。"诗歌很强调诗人的生命体验与感悟，而在这一点上，散文与诗歌可以说是殊途同归的。散文家如果没有对人生的深思妙悟，其作品就没有深刻隽永的动人魅力。散文也可以看成一种悟道的文体，作家无论是对社会生活的审美观照还是对个人人生遭际的思考，无论是表现世俗人生还是描绘山水自然，都主要是从主观感悟出发，找寻外在世界所包含的生命意蕴和美学质素，以期引起读者的心灵共鸣。因此，尽管散文的题材涵括“宇宙之大，苍蝇之微”，笔法灵活自由，但其核心主要还是对历史、现实、人生、自然等的主观感悟。没有悟性的散文家不是优秀作家，没有悟性的散文不是好散文。深思妙悟的散文，幽雅芳醇，耐人寻味；缺乏悟性的散文，败人胃口，索然寡味。

凌渡的散文是有悟性的。

凌渡体悟最多最深的是生命，生命的价值、意义、呈现状态、存在方式等等，是他的散文创作用笔最多之处。在他看来，宇宙间的一切存在都是生命的呈现方式，只是无心人对此熟视无睹，有心人才具有洞悉生命的愿望和努力。花开花落是生命，登山临水是生命，坎坷曲折是生命，孤寂沉思也是生命。生命无处不在，无时不有。不是社会和自然中缺乏生命，而是人们缺乏对生命的发现。凌渡有伶俐的眼睛、聪敏的耳朵和善于感悟的心灵。他期望用自己的心灵去发现和把捉生命的奥妙，并且用自己的笔将它记录下来。他的心灵几乎始终处于一种沉静状态，以静观动，“万物静观皆有得”，静思之时，他的散文便自然流出，这种观照方式使他的不少作品显得意态从容而又曲径通幽。

作为书名的《听狐》是一篇优秀作品，虚实相生，明暗交织，一波三折，余味悠长。明线是“我”回乡寻找母亲的墓地，住在乡村中学朋友的宿舍里，暗线揭示不同人生阶段谛听狐声的感受。童年在母亲的怀抱中听狐声，母亲的叙说是美丽的，像童话一样晶莹透亮；年龄渐长，成了少年，认识了狐，它的勾当颇令人厌恶；转眼间到了中年，那狐声，“听听，没有，再听听，也没有。”作者处处写狐声，但其主旨却不在此，“狐”是一个象征性的意象，寄予其中的是物是人非的沧桑感慨，是对美丽生命的呼唤和追忆。在作者的心目中，世道可以变，而对美好事物的向往和追求却是保持始终的。

凌渡对生命的感悟，除了用含蓄的笔调加以暗示之外，有时候还以直白的方式一吐为快，不过，这种直白并非逻辑上的推理或者对既有观念的阐释，它往往是在对外在世界的叙述中不经意地流泻出来的，因而可以在一定程度上提高作品的境界。比如，“不可能挡住逝去的年华，然而珍惜自己，不断地再生自己，让每一寸光阴充实自己的生命，却完完全全可以去追求的。”(《年流如水》)“渴望是生命勃发的动力，追求是生命成功的希望，坚忍不拔是生命立于不败的源泉。”(《孤草》)“人啊，珍惜那生命的绿色吧。”(《望绿》)等等。作者在每一篇作品中几乎都表达了对生命的思考，生命给他感动，给他以执笔为文的动力。

凌渡在80年代中期踏进中年的门槛，由于长时间为生计而奔波劳碌，他缺少悠闲雅趣，几乎是咬着牙一直坚持着，他的内心好像充满愧疚：负于父母养育之恩，未尽人伦孝心之德；妻子终年劳作，而自己却不在身旁、寒暖问候不周。凡此种种，尽管他为人为事问心无愧，但总觉得于心不安。这是他性格脆弱的一面。虽然他的作品中很少透露，但倘若我们细心探寻，还是不难发现这种隐藏的伏笔。人到中年，有些东西越来越远，也有些东西越来越近，少年度日如年，中年度年如日，任何人都不免对以前的一切反躬自省。梁实秋说："中年的妙处，在于相当地认识人生，认识自己，从而做自己所能做的事，享受自己所能享受的生活。"基于这种普遍的人性，凌渡在其作品中所表现的对生命的挚爱，对事业的执著，也就顺乎天理人情了。同时，作家自身的生活经历似乎也告诉他，人之所以活着，就是为了追求美好，而追求美好的旅途是充满痛苦的，因此，遭受的痛苦越多，心灵的承受力越大，对人生的体悟也就越深刻。对生命的言说是生命沉思的必然结果。在这方面，凌渡的散文回避了冗长的叙事写景，只是用粗线条对外在事象进行勾勒，其重心则集中于对生命的感悟与思考，这一特征让我们觉得他的散文会越来越趋向于智慧的表达而不仅仅是激情的喷发。

下面的这些文字也许比我们的推测更具有说服力：

> "我觉得人世间多一瓣同情心，就多一份纯真的美，少一份冷酷和一份无情的苍凉。""默默承受就是，默默抗争就是。我觉得人没道理终日溺沉在伤感中过日子。"(《闲楼说梦》)"我只求在寂静的平凡中，忠诚于生活，忠诚于土地，忠诚于自己。"(《鼠爷娘们》)"我热爱生活，喜欢工作，但生活的美丽，工作的神圣，也总掩盖不了衣食住行的困惑，生活中碰碰磕磕的苦恼。"(《枫蛾》)"谁都没有回天之力来改变生命的自然轨迹，但我们没有失去，是永不衰落的敬业精神，它是我们信念的旌旗。"(《我们，蓦然回首》)

这些感悟与思考都是作者的肺腑之言，是作者性灵的自然流露，不夸饰，不做作，见情见性，既是作者生命体验的提升，也是他与读者交流的桥梁。凌渡的散文对现实和人生的看法既不浪漫，也不悲切，而是坦然面对人生赋予他的酸甜苦辣，不卑不亢，不屈不挠，不违忤自己的本色。因此，他对生命的体悟也就较为具体真切，深深地打上了自我的烙印，刻下了自己生命的留痕。

中国的文学批评中有知人论世之说，反过来，我们也可以知文识人。人总是文本的潜在意义。从凌渡的散文中，我们可以相当自信地猜测，他是一个善良温和的人，不会金刚怒目，他逆来顺受的多，体己恤人的多，内省修炼的多，对世上一切弱小者不幸者怀着脉脉的温爱，他的心灵和大地上的人与事胶结在一起，苦其所苦，乐其所乐，哀其不幸，怜其不争。他执著于生命的美丽，追求着事业的神圣，应该说这是一种较高的生命境界和人格风范。

凌渡散文的情感维度

散文是叙述性文学样式，但我们也不能忽略它的抒情特性，特别是对于那些抒情散文。在西方文学理论对文学样式的三分法中，抒情文学与叙事文学相对应。这里的“抒情文学”自然应该包括抒情诗和抒情散文，它们的区别主要在于表达方式上的差异，而不在其情感内质。

凌渡的散文除了对生命的思考之外。还在表达民族情、乡情亲情和山情水韵等方面显示了自己的特色。

民族情。凌渡散文所体现的民族情感凸现了他作为一位少数民族散文家的独特身份，这不仅是了解他的情感世界的一个基点，也是把握其散文美学特质的一扇窗户。

较之当今文坛上流行的油滑甜腻的小女人、小男人散文，凌渡散文中那些直接或间接表现少数民族生活的作品就显得与众不同，令人瞩目。我们并不是要拔高这些作品的艺术质地，从散文的文体特征来考察，其中的有些作品是经不起严格的苛责与挑剔的。我们的意思是，凌渡对最本真的生活方式、生命存在的揭示显示了他的与众不同，打个比方，萝卜白菜红薯土豆这些土生土长的山野之物，较之快餐泡饭甜点巧克力，更有益于健康，让人品味到自然纯正的滋味。

对于少数民族的生活，凌渡不是从历史和教科书中翻检思想，而是从具体的生活实感中体会真味。“我不是民族学家，我不可能去更广泛地涉猎和探究。但我也是少数民族，我喜欢到兄弟民族中间来，愿意分享他们的喜悦和甜蜜，了解他们的艰辛和苦难。”(《里湖，不是湖》)这是作家的夫子自道，也正是我们理解他作品中的民族情感的注脚。

“里湖，不是湖……里湖是一个民族生生不息的湖，是人生酸甜苦辣的湖。”《里湖》山里的黄昏，黄昏中女人们“又缠绵又悲凉的山歌”(《山里的黄昏》)，《巴地寨》沉重的背篓，《龙脊世界》的木楼和梯田，沉重而悲壮的《蛙葬》，等等，把我们带进了神奇而美妙的世界，让我们体会民族的文化与精神。我们敢说，一个没有民族情感的人，一个不在少数民族地区长期生活过的人，一个没有对少数民族人民充满关切和挚爱的人，写不出这样的篇章。

在凌渡笔下，无论是古岩洞葬，还是砍牛奠祭，无论是情话悄语，还是迎娶送嫁，他所描写的壮乡瑶寨的民情风俗，都是亲见亲历，源自作家心灵深处涌动的激情，以及他对现实和生命的沧桑感受和温情关爱。他甚至以同样的心态去全心打量布达拉宫的阳光，呼伦贝尔的草原，冬不拉的弦音，写下了不少令人回味与沉思的作品。

乡情亲情，一个作家终其一生欲罢不能的是他的童年情结，也可以称为乡土情结，文学的地域性便缘此而生。凌渡自然难以免“俗”，他说：“市井的尘嚣，无论如何也不能湮没我对乡土的缱绻。这个养育我长大成人的山与水，和我心心相印的乡亲……我虽然去乡三十年，但故乡那袅袅的炊烟，那坎坷弯曲的小道，那广阔沃美的田园，那善良仁慈的母亲，以及那浪浮于耕耘者其间的酸甜苦辣，都一直萦绕在我的日思夜梦。”(《乡忆》)他的《春雨又潇潇》《乡忆》《长明灯在秋日点燃》《关于父亲》《闲楼说梦》《携妻远行》《惊飞的鸽子》等作品构成了作家的家史或家族史的横切面。淳厚善良的祖父、亡夫守寡的祖母、命运多舛的父亲、勤劳慈祥的母亲以及凄苦无助的伯娘等等，在凌渡的笔下一一复活，既是纪念，亦是寻根，他所思考的是自己生命的源头。

凌渡在这些作品中的哀婉的笔调使我们无法掩饰心情的悲切。“他们是芸芸众生的寻常百姓，是悄然坠落的枯叶”，叶落无声，万物归土，悄悄地来，默默地去，终身守护自己的乡土，死后归于祖先的坟茔。就这样，一代又一代，繁衍生息，殊途同归。这是生命的演进规则，作家通过自己身世的忆念，表达的是对普遍的生命规律的揭示。这些作品大多可以称为怀旧散文,对于人到中年老年的作家,回忆是重走来时路,也是对自我生命的一种总结与评判,而对于读者尤其是年轻读者,这种作品是对作家生命的再感受甚至是提前感知生命的可能流向。

爱情也是一种至真至纯的亲情。“爱是一种神圣的责任”,这是凌渡对忠贞不渝的爱情的界定。他的妻子是个农妇,长年务农不辍,“从早到晚,忙里忙外,一头是土地,一头是家庭和孩子”,“沉重的劳动,生活的压力,使她几乎喘不过气来”,为了儿女,为了家庭,什么重活粗活她都能干,什么苦累她都能承受,柴米油盐成为他们夫妻间的共同语言。就这样,一年又一年的分居生活熬过来了,而爱的信念不熄,秉着道义、良知与责任,他们患难与共,恩爱有加。结婚28年后,夫妻才最终朝夕相守,然而贫寒依旧,窘困依旧,但他们并没有沮丧、怨艾,对于他们而言,生活本身就是这个样子,也只好受命顺意贫贱不移了。《携妻远行》就像一幕悲喜剧,沉痛作笑语,笑中闻悲声。对于他们,生活困厄之外的任何一点温馨,就足以使他们心满意足,别无他求了。这并不是缺乏生命的追求,而是体现了作家在深深洞悉了生活真谛之后的超然境界。

山情水韵。在凌渡的散文中,真正的山水游记并不很多,但却较有特色。在这类作品中,作者不是尽其能事地描摹山水胜景,而是将自己的人生情怀寄托其间,我们分明可以感受到在山光水色之间作家生命的跃动。

《绝唱》就写得舒展洒脱,曲径幽澜。作家笔下的黄山之游,充满情趣。雨中登山,游兴不减;五月飞雪,天下奇观;云海雾涛,神秘莫测;月色清凉,宵夜迷人。黄山,真是“大自然的绝唱”。作家所看重的景致迥异于常人,这源于他独特的心态,而他的那种投入之情,实在是把自我与山水融为一体了。凌渡对大自然的深情是他在摆脱了生活的羁绊之后作为一个文人的本性使然。作为生活着的人,他是一个普通平常的人,怀抱一颗平常心,平淡唯真,很少大悲大喜,大起大落;但是作为文人,他敏感、脆弱、多情,他把笔捉文是为了记录自己的生命痕迹,他珍惜生命,执著人生,这是他散文创作的原动力。因此,凌渡眼中的山水,既是自然的山水,也是文化的山水,更是他寄托生命感慨的山水。只要有机会,他就会陶然于山水之间,每有所得,便成佳作。

中国文人同山水的关系历来都非常密切。物我同一,返朴归真,天人合一,是中国文人所追求的最高的生命境界和审美境界之一。山水因文人而灵秀，文人因山水而风流，名山胜水大多包含着浓厚的文化因子。“仁者乐山，智者乐水”（《论语》），“览四海名山以奇其文”（司马迁），性耽山水、情系田园的中国文人，每每从大自然中获得灵感与顿悟，或禅或诗，无不性灵独出。

饱经生活艰辛的凌渡也许没有古代文人那种忘情山水的超迈高蹈和风流自赏，但他不乏神往山水自然的闲情逸致与浪漫情趣。他生活在一个充满物欲、名利、喧嚣和浮躁的现代社会里，作为他“真实生活的一个侧面”的山水游记，他感慨系之的是生活的艰辛和对美丽生命的渴望。“同样的心情，同样的如痴如醉。我的心不在佛，而在山水”，“那是一支充满生命活力的歌”，“我只看见一片绿色”。奔走东西南北，面对名山大川，野花小草，佛殿禅院，作家无意考证蕴涵其中的文化意蕴，而是让深山幽谷的气韵荡洗心灵的尘垢，听泉声鸟鸣，看云烟烽岚，陶醉于大自然的和谐静谧里，坦然释怀，灿然忘忧，感受真切的生命跃动，体会超然的神游之境。

凌渡散文的语言个性

凌渡的散文在语言的创造上也具有自己的特色。他善于将现代汉语和文言语词杂糅调和，化而用之。这就使他的散文语言既有口语的自然流畅，又有书面语的清新优美，还有文言语言的古朴典雅，形成了一种细腻亲切、温馨动人的优美文调，再加上他对散文的抒情性的看重，使作品充满浓郁的诗意。

文言语词的白话化，也就是在白话文中化用文言语词，形成现代散文语言的“涩味与简单味”，在五四以来的散文创作中是比较普遍的，早在五四时期，冰心就提出“白话文古文化”的主张，并且认为“这‘化’字大有奥妙”，其后，周作人也主张散文语言“以口语为基本，再加上欧化语、古文、方言等分子，杂糅调和，适宜地或吝啬地安排起来”，从而形成一种使人“耐读”的“涩味与简单味”。（《燕知草·跋》）林语堂则主张“冶文言白话于一炉，炼出一清新简洁富表现力的文字”（《怎样洗炼白话入文》）。大凡具有较为深厚的传统文学修养的散文家，都比较注重化用文言语词来洗炼白话文，除了上面提到的几位，朱自清、俞平伯、梁实秋、柯灵、孙犁、贾平凹、余秋雨等的作品，也大多既具有自然流畅的

“谈话风”，又具有耐人咀嚼的“青果味”，常为文界学界所提倡。

阅读优美的散文，往往可以产生如饮陈酿，如品香茗，余香满口，滋润在喉的审美快感。这除了作家对生活的真知灼见和独到颖悟之外，也包括作家娴熟的驾驭语言文字的技巧和能力。凌渡在长期的散文写作中，有意识地化用文言语词中具有生命活力的因素，甚至恰到好处地援引古典诗词，由此苦心锤炼语言，形成一以贯之的自觉追求。

试读下面这段文字：

> 吸足了水的桂树，花的确灿烂得不得了。树冠很浓，远远看去，花藏得很深，只觉得花香一缕一缕从枝上绕出来，漫上走廊，走廊香了，流进门缝，房里香了；人从树旁过，香气就拽你的衣襟，挽你的手臂，人亦被熏香了呢。“风流直欲占秋光，叶底深藏粟蕊黄。共道幽香闻十里，绝知芳誉亘千乡。”那香极不规矩，还悠悠地溢出了街巷，遍地流香，这风光也让路人占去。（《留香》）

这段文字充满诗情画意。作者描写桂花香，感觉灵动，体物入微，或虚或实，时近时远，细腻贴切，迷人醉心。以口语为基调，锤字炼句，巧妙比拟，“绕”“拽”“挽”“熏”“溢”“流”等单音的动词把桂花香味的四散流溢描绘得活灵活现，再加上引用的一首古诗的衬托，整段文字就像绿色草地上零星点缀着五颜六色的小花，美丽又朴素，风致楚楚，充满浓郁的诗意。作者虽然运笔较工，多面渲染，但丝毫不给人雕琢涂饰之感，相反，给人一种“清水出芙蓉，天然去雕饰”的清新之感。

杨朔把散文“当诗一样写”，“寻求诗的意境”，追求散文的诗化效果。这种追求对凌渡的写作产生了一定影响，但他对此有所突破，并非机械模仿。较之杨朔的散文，凌渡的作品既“入乎其内”，又“出乎其外”。所谓“入乎其内”，是说凌渡的散文同样着意于营造诗的意境，精心剪裁布局，注重炼字锤句；所谓“出乎其外”，是指凌渡的散文不像杨朔的散文那样美化一切，而是注重对人生复杂况味的表达，没有富贵气，较多苦辣味。其人不同，其文也异，性情使然。

散文常常是“闲谈”“絮语”的别称，是“说话”的艺术。小说以情节的离奇引人入胜，诗歌以意境悠远而令人遐思，散文则往往以作者的侃侃而谈或娓娓倾诉来深入人心，因此散文的妙境主要在于自然、活泼、精炼、优美的文字融合作者的个性、气质、修养于一体所形成的隽永耐读的文调。

下面是从凌渡散文中摘录的两段文字：

> 莲池不大，丈许之宽，在“濂溪堂”对面，一脉濂溪水清清莹莹从池边蜿蜒而过，又潜进了风雨桥下。池中碧水，浮卧些许田田莲叶，挺起些许婀娜莲花。莲不多，花亦少，但青翠欲滴的叶，或粉红或皎白的花，灿然夺目，光彩照人。是热情的春雨吧，此时又把那莲叶莲花，直吻得美艳姣好，楚楚动人。远远望去，其翩翩姿态，其倜傥风流，尽在这盈丈之间了。(《春雨莲池》)

> 始于此，我向书法家李雁求字。问曰：何字为好？答：心静。我一直自信在如蝇蛆追腥逐臭的名利场中，怀揣“心静自然凉”这几个字，就可以从容大度，不惊，不怒，亦不大悲，亦不大喜，沉实地走着自己的路了。(《我们，蓦然回首》)

在这些文字中，作家将文言语词杂糅调和，形成一种别致的语调语气。好比几个螺丝钉，将几块或方或圆或长或短的木板木条装订成一件完整美好的家具，既有条不紊，又结实紧凑。作者化用文言语词，使作品的语句参差错综，又以短句为多，形成自然和谐的节奏，语言也更加简练，既优美亮丽又古色古香。

凌渡的散文语言颇得古典文学的涵养，特别是在现代散文的诗意的营构方面独具特色，这就使其散文语言自然流畅，如行云流水，又曲以致深，细腻灵动，又言文糅合，骈散兼用，体现出一种陈言务去、言必己出的艺术追求。

我们并不是说凌渡的散文已经达到了炉火纯青的境界。他的有些作品在结构上不够精简，遣词造句不够精炼，有冗长散漫之感。汪曾祺在和友人谈到创作经验时说：“我牺牲了一些文字，赢得的是文体的峻洁。”(《说短》)对文体建设的看重是任何文体的作家在创作上取得成就的重要基础。凌渡有时候把多种素材和感受都放置于作品中，使作品显得较为臃肿，或者说，不舍得割爱是造成凌渡散文失之精炼的主要原因。

散文文体要求作家笔简意繁，惜墨如金，达到一种“字挟风霜”“声成金石”的境界。凌渡也许对其散文的某些不足已经有所认识，他在《听狐·后记》中说：“如果再奋力笔耕，我的散文恐怕又是别样的一番情味了。”我们有理由相信，在不久的将来，我们可以读到凌渡更加优秀的散文篇章。

（原载《南方文坛》1999 年第 3 期）

孙绍振(1937—　)，著名学者、诗人、散文家，江苏盐城人。在上海、江苏读完小学、中学，1955年考入北京大学中文系，1960年毕业后先后任教于北大中文系、华侨大学中文系，“文革”中下放农村。1973年调入福建师范大学中文系，历任讲师、副教授，破格升为教授，博士生导师，北京大学文学研究中心特约研究员、美国比卡罗来纳州传记研究所顾问。中国作家协会会员，中国文艺理论学会副会长、中国中西文论比较学会常务理事、福建省作家协会副主席、福建省写作学会名誉会长。

孙绍振1954年在上海发表处女作诗歌，有诗集《山海集》(合著)出版，尤以《恢复新诗的根本艺术传统》(1980)、《新的美学原则在崛起》(1981)等诗论影响为大，同时出版了《文学创作论》《论变异》《美的结构》《中国当代文学的艺术探险》《审美价值论与情感逻辑》《幽默学全书》《挑剔文坛》等近20种理论著作。其中《文学创作论》《美的结构》均获福建省优秀社科成果二等奖，又以教学效果“特别优良”获国家教委所属曾宪梓基金会颁发的高等师范优秀教师二等奖。上世纪90年代中期致力于散文创作，迄今共出版散文专集3部：

《面对陌生人》(福建人民出版社，1994年)；

《美女危险论》(知识出版社，1999年)；

《灵魂的喜剧》(辽宁大学出版社，2000年)。

评论孙绍振散文的文章主要有：

《在幽默与严谨中漫游——孙绍振散文创作的两翼》(曾焕鹏)，《福建学刊》1998年第2期；

《一个富有魅力的散文世界——读孙绍振散文集〈面对陌生人〉》(祝立)，《安徽教育学院学报》1999年第3期；

《幽默、智性和抒情的平衡——评孙绍振的幽默散文》(彦君),《名作欣赏》1999 年第 3 期;

《孙绍振的散文品质》(吴励生),《文学自由谈》2000 年第 2 期;

《戏谑中的冷峻——读孙绍振幽默散文〈潇洒骂一回〉和〈满脸苍蝇〉》,《名作欣赏》2000 年第 3 期;

《试析孙绍振散文的诡辩幽默艺术》(李颖伦),《宁德师专学报》2002 年第 1 期;

《幽默的美感——评孙绍振的散文集〈美女危险论〉》(黄绮冰),《长春师范学院学报》2004 年第 4 期。

散文当以非诗的追求为上

孙绍振

编辑先生要我写一点关于散文写作的想法,最先跃出记忆的是九十年代初为香港读者写的一篇文章:《散文当以非诗的追求为上》。当时散文中诗化、美化的抒情占据主流。杨朔那种把散文当作诗来写的观念,还有相当广大的市场,但是其狭隘性已经暴露无遗。我自己在德国那种干什么都一丝不苟的教条主义氛围中,忍受着精神孤独的折磨,我无法用抒情的方法把自己的孤寂来加以诗化。我采取了自我调侃的办法,把孤寂的痛苦化为轻松的享受。我体会到抒情并不是散文唯一的出路。

从一开始,我的散文就有一点反抒情的倾向。

把旧稿找出来,原文是这样的:

有时我为散文而感到大惑不解,为什么那么多人几乎是不约而同地追求诗呢?远的不说,就说中国当代散文,在 60 年代几乎是追求诗意的散文占据了主导地位。刘白羽、杨朔都自豪地宣称,他们是把散文都当作诗来追求的。

> 然而从文体来说，这是一种怪事。
>
> 散文之所以能存在，能够成为独立的文体，就是因为它不是诗。
>
> 散文与诗，在一切文体中的区别是最根本最不可混淆的，有如人可分为男女，文可分散文与诗。二者是性别的区分，把二者混同起来的两性人是畸形的，是不健康的。

然而在丧失了散文本性的“两性散文”却一直占据要津，以致许多读者，甚至许多作者都误以为散文的本性就是抒情的，散文命中注定就是要追求诗意的，散文的生命就在于诗。

这是一种幼稚的天真的误解。

散文的生命不在于诗，而在于非诗。

真正的散文、本色的散文是排斥诗的情感渲染和文字夸张的。许多在诗里是令人感动的语言到了散文中就显得做作，甚至令人作呕了。50年代贺敬之回到延安，他写道：“几回回梦里回延安，双手搂定宝塔山。”看到欢迎的人群，他写道：“白羊肚手巾红飘带，一头扑入亲人怀。”作为诗的想象，读者接受起来毫无困难。但如果翻译成散文，用写实的笔法，描写他一看见欢迎的老乡，不管男女老少，一律拥抱一番，这就不成其为诗，也不成其为散文了。事实上，他在写同样的事情的散文中，就写得很实在：“人们蜂拥着我走上大街”，并没有“一头扑入亲人怀”那样的浪漫姿态。

许多年轻的散文作者对于散文的这点子奥妙，至今还未被参透。他们总是不由自主地把想象用在浪漫的、夸张的、情感的强化方面，而不知道不浪漫的、煞风景的、毫无诗意的东西，也可能成为艺术性很高的散文。

几年前，散文家梁衡在一篇文章中这样说：

> 有一种理论，认为散文必须创造出一个美好的意境才称得上好散文。许多评论大谈意境，我觉得这可能是画地

为牢,人为地束缚散文的手脚。

梁衡还认为,散文刻意追求诗的意境可能产生虚假和做作:

> 事实上,那些刻意追求的意境也常常因为其虚假而讨嫌。朱自清并没有让他父亲过铁道时去拣花,而是伛偻着肥胖的身子。先放下手里的橘子,再爬上爬下(《背影》)。这个意境大概不美,却催人泪下。

梁衡先生是内地少有的散文理论家,他的理论确实抓住了散文的要害。他的文章已经发表好几年了,内地散文比他发表文章的当年也发生了许多变化。一个明显的迹象是诗的追求在散文中已经显出了局限,倒是非诗的自我调侃、冷峻的写实、人情的练达和世事的洞明成了散文艺术追求的主导倾向。以杨绛、孙犁为代表的一批老一辈散文家的隽永的雍容,正在为散文恢复五四散文艺术的正宗风骨作出贡献。以余光中为代表的台湾幽默散文,正在丰富着我们的兴趣。

散文从抒情的诗化的狭小天地中走出来的前景已经展示了它广阔的地平线。

以上是当年的文字。因为香港报纸篇幅的限制,我的话并没有说完。下面要说的是,抒情的散文是审美的,而审美并不是当代散文的惟一出路。非抒情的散文中,有的是审丑的,如幽默散文;有的是审智的,如学者散文中杰出的一部分。

张洁可以因为一个孩子在马路上乱吐甘蔗皮而感叹,可爱的孩子无罪,成人缺乏文明修养才是根源。

而梁实秋却可以用自我嘲弄的方法把自己写得很不堪:把在大街上吐甘蔗皮当作人生一大乐事。幽默散文的特点,恰恰与抒情散文相左,不是处处美化诗化自我,而是恰到好处地“丑化”、贬抑自我。

诗化散文讲究情趣，幽默散文则讲究理趣，它与智者散文不同的是，是讲究歪理之趣。

歪理歪推，歪打正着，正是我要追求的境界。

自选作品

美女危险论

1996年4月的一天，我在福州大学科学报告厅作完演讲，照例留下一点时间回答问题。递上来的问题足有一公斤，我只能随机挑选一点作答。那一天我印象最深的是一张字条上字体娟秀，这样写着："读书使人变得充实，这好像并不中肯。生活中好像缺少了什么，你对大学生的谈恋爱有什么看法？"

我的感觉是字里行间充满了爱情的渴望。的确，对于这些从幼儿园到大学都把生命奉献给无休无止的考试的青年学生来说，缤纷的梦幻和单调的现实之间反差太大，残忍的考试使得许多孩子没有童年，很多青年失去了青春的风采。对这样的问题，我难以圆满地回答，最好的办法是尽可能轻松一点、幽默一点，用笑声来沟通陷于困境的心灵就行了。于是我就信口胡诌起来。

我说，此时此刻，我突然想起何其芳先生在《夜歌与白天的歌》中所写的诗句：没有爱情的人，为没有爱情而苦闷；有了爱情的人，又为有了爱情而苦闷。他忍不住要喊出一句口号："打倒爱情！"我的话显然有一点耸人听闻，有些小伙子开始鼓掌了。我说，这些鼓掌的人显然都是吃了爱情的苦头的。下面活跃起来，那些没有鼓掌的人幸灾乐祸地笑了。我说，你们不要笑，那些鼓掌的因为吃的苦不大，所以还能从痛苦中解放出来；而没有鼓掌的，其中就包含着一些苦头吃得太大，以至于有永远失去笑容的可能。

鼓掌的继续鼓掌，没有鼓掌的也有一些开始鼓掌。

我说，我不知道你们这些新加入鼓掌派的人，究竟是为了我的演讲艺术还是为了你们的心灵得到解放，但是我注意到还有一些同学，特别是那些漂亮的，漂亮得耀眼的姑娘，根本就是按兵不动。于是小伙子们不但更热烈地鼓掌，而且像美国大学生那样欢呼、尖叫起来。

我请他们平静一下，然后说，我认为这些美丽的姑娘按兵不动是完全正确的。她们的策略不但证明她们是漂亮的，而且是成熟的。做一个美丽的少女的起码的自卫能力就是不为掌声和奉承所动，哪怕痴情的、讨好的、狗一样驯顺的目光都一概要硬着头皮顶顶住。

这下子轮到女孩子热烈地鼓掌了。

我说，谢谢你们，但是你们的鼓掌说明你们还不够成熟，还顶不住奉承。越是美丽的女孩子，越是不能轻易为人所打动，不管你内心如何，在外表上，都要绝对冷若冰霜。在金庸的小说里，这叫“冷艳”，要冷到像大政治家一样，喜怒不形于色。你们不但不能随便鼓掌，而且不能随便微笑。实在憋不住，也只能抿着双唇。绝对不能笑得很灿烂，你这么一灿烂，有些小伙子做梦就更灿烂了。(鼓掌)《女儿经》上说，“笑勿露齿”，其深刻的历史经验和传统的智慧至今还没有被我们理解。现代中国女性的智商，至少在这一点上，不如古人。也许你已经忘了自己曾经对什么人灿烂过，可那个什么人老是没完没了的对你灿烂，那对你说来就是灾难了。这时，你只能用满脸的冰霜去残忍地扑灭他的灿烂。这将是一场艰苦卓绝的持久战，不能心慈手软，不能有半点人道主义的同情心，面对他那可怜相，不管他是真的，还是装出来的，都要有战略家的果断，就像蒋介石炸毁黄河大堤所说的一样：不可有“妇人之仁”。

美丽的少女必须心狠手辣，快刀斩乱麻，一刀子下去，不管它三七二十一，面不改色，心不跳。这才不愧是巾帼英雄。(女生鼓掌)这可以说是美女最理想的性格。如果你拖泥带水，看他太可怜了，形容憔悴了，就赏他一个微笑，突破一下《女儿经》上的规范，把你锦贝灿然的牙齿露一下，这只能导致他更大的空想，本来已经熄灭了的火，已经只剩下一堆冰冷的灰烬了，又可能重新燃烧起来。(笑)

这样你就不但毁了他，而且可能毁了你自己。（鼓掌）

首先你就被动了。你既然给了他一点颜色，他就更加厚脸皮，更加不要脸，更加耍花招了（鼓掌），更加摸准你软弱的穴位（笑）。其结果不是你重新变得心狠手辣起来，就是你不得不和他灿烂来，灿烂去，最后，造成既成事实，一面吃着后悔药，一面却不能不笑着和他一起去领结婚证。（笑）

正因为这样，美丽的姑娘是危险的，（鼓掌）越是美丽，越是危险。（笑）张洁在《方舟》中说过：女人长得丑陋是不幸的，长得美丽也是不幸的。中国有句古话，叫做“红颜薄命”，还有“巧妇常伴拙夫眠”，看来有点宿命论的色彩，其实很深刻的。

根据法国雕塑家罗丹的说法，一个女人最美丽的时刻是很短的，短到只有几分钟，几小时，这话说得有点过分挑剔。但女性的美最易凋零，这也是不争的事实。女孩子的青春期是最美的，但少女又是最单纯、最幼稚，最没有头脑，心理防线也是最容易攻破的。（掌声四起）四面倾慕的目光的包围，更可能使他们失去正常的智商，甚至人格。

就是智商正常，人格健全的女性也很难抵挡住曲意逢迎，何况还有狗一样驯顺的目光。自然，这些家伙并不都是花花公子、色狼、草包、绣花枕头，其中也有好样的。但好样的，常常自尊心较强，他们往往不会演戏，不会做多情事，不屑于到十九世纪作家那里去抄形容词，写情书，更不习惯于作奴才状。他们是金子，常常被沙埋住了，即是拿水来冲，也是沉在底下，哪怕拿火来烧，也是积在炉底。而被鲜花和掌声，倾慕的笑容和驯顺的目光宠得没了心眼的女孩子，她们最大的缺点就是弄不清多情种子和花花公子的区别。她们怎么会有杜十娘那样饱经风月的老练，保留一个百宝箱，选择死亡的自由呢？

美女是危险的。西施因为美而被当作政治工具，而那个丑陋的东施却活得好好的。美是可以害死人的，海伦因为美而引起了特洛埃之战，死了十万人，那个打开了邪恶盒子的潘朵拉，把全世界的精神都污染了一下，反而没事。王昭君因为美而被弄到内蒙古插队，那些因为不够漂亮而落选的宫娥却能终老故乡。林黛玉的美毁了她的生命,而傻大姐却活得十分滋润。

我这样讲,本来是开开玩笑。信口开河,歪理歪推,是我的拿手好戏。可没想到,越讲越感到歪理正在变成正理。我的思路突然从古老的故事向我亲身的经历过渡。我联想起一个人。

那个华侨大学中文系的女生,是1960年印尼排华时期回国的。那可是我们的系花。黑油油的眼睛里充满天真无邪的光彩,像童话中的白雪公主一样,只是比白雪公主多了两个酒窝。现在想来,她笑起来不但比眼下的那些女影星灿烂,而且比她们高贵、纯洁。六十年代是禁止大学生谈恋爱的,华侨大学禁令尤烈。校党委书记伍治之每次做报告都要警告恋爱"不得转入地下"。然而,还是暗潮汹涌。这位系花就被包围在汹涌的暗潮之中。羊一样,甚至狗一样的驯顺的目光像乱箭一样射来,她小小年纪,不可能身如磐石,心如枯井,也许春心不能自持,也许只是觉得好玩,她并不十分认真地软弱地招架。她知道只能选择一个,不能同时拥有多个。但是她又感到,以一个为主,多一两个作辅助,也挺好玩的。她满园里拣瓜,拣得眼花,选择的标准绝对混乱,不管是羊一样的、狗一样的、还是狐狸一样的驯顺她都接受。在她看来,这真是一场有趣的游戏。小伙子们不期而然地展开了驯顺的锦标赛,冠军就不断任意地更迭。当然,所有这一切,都是在地下进行的。

到了文化革命开始以后,地下的河流迅速泛滥到了地上。偷偷的游戏是有趣的,公开的游戏却失去了惊险的刺激。她有点厌倦了,想结束这种幼稚的调皮,终于她和我的一个朋友定情了。那时他们在福州华侨大厦参加武斗,两人各拿着一个手榴弹,对着月光发誓,日后谁变心,就用手榴弹把对方炸死。

他们秘密交换了手榴弹。

虽然这还有点游戏性的残余,但却是走向成熟的一个契机,然而,克服顽皮的稚气是需要时间的。可在浩劫期间,道德的无政府状态却不可能给他们时间。带着灿烂的笑容,摄人心魄的魅力,她走出了校门，自然招来更淫邪的目光。出于轻信和无知，她和同派的一个有妇之夫去了漳州。回来以后，他们之间的关系就更没法说清了。少女的羞愧使她终日闭门不出，而另一个追求者又来安慰她，把她带回他的故乡，一个小镇，“休息了一个月”。等我的朋友回来时，她就更是无法说清了。

她唯一的办法就是回避。

然而，在华侨大学那样一个小校园，她怎么可能和他不打照面。终于有一天，下午四点多钟，校园里惊天动地一声轰响，两个人同归于尽了。他使用了他们盟誓时的手榴弹。我是在两天以后才去现场的。为了入殓，必须为他们穿上较为整齐的衣服。

那白雪公主腹部炸空了，可眼睛却还睁着，只留下一片蓝膜，一只金头苍蝇从容地在上面爬来爬去。我可以想象得出，当那导火线嘶嘶作响时，她可能第一次体验到紧张和绝望。她手举过双肩，作投降状，手心朝天。

正是七八月毒热天气。我一蹲下来，苍蝇一轰而起，一股腐肉的恶臭熏得我的肠胃翻江倒海。我的任务是把她的手扳回，平放到两侧。那手彻骨冰凉，而且带着阴湿的地狱气息。我的手还是第一次触到这种死亡的冰凉，不免心头一颤，多少有点退缩的想法，然而又不愿失去大男子的自尊，愣是硬着头皮坚持着。

她的双手已经僵硬了。我用足了力气扳动她的手臂，关节里发出咯吱咯吱的响声，我也不管她那里的筋或纫带断了，用尽全力，以便另一个朋友替她把衣服穿好。

就在这时，两头苍蝇忽然飞上我的咀唇，苍蝇口部的吸盘还是湿湿的，我的神经猛地一震，双手不由得一缩，她那僵直的双手倏地反弹起来，冰凉的手掌击在我的脸上。恐怖的痉挛使浑身的神经和肠子一起纽成一团，喉咙一下像冒出烟来。我立即想起童年时代听过的僵尸复活的故事，全身毛孔一根根竖立起来，每一根都带着透入骨髓的冷气，那可真是不折不扣魂飞魄散。

在我记忆中，那是我一生中最恐怖的一刹那。

至今,我还不明白那么美丽的女郎怎么会造成这么恐怖的震悚。从那以后,每当我回忆起这样的时刻,都不禁要想,如果那个女孩子不是那么美丽,也许我当时的恐怖就不至于那么强烈了。人们都习惯于认定美是幸福的,然而却闭眼不看美的悲剧。物质文明越是进步,有些人,尤其是一些女性,越是追求外表的美。每当我走过发廊,着那些浓妆艳抹的女郎,每当我立在女性化妆品的广告牌下,都不禁为世间男女对容貌美的迷信而感到悲凉。……

当我把这个故事对着报告厅里的大学生讲完了以后,那些平时很爱激动的青年男女全都怔住了,一个个都陷入了沉思。甚至在我宣布"我的报告完了"以后,他们还是没有反应,连礼貌性的鼓掌都没有。为了提醒他们,我加了一句:"谢谢大家!"

还是没有人鼓掌。

向来,我的演讲富有轰动效应,以结束时的掌声达到高潮。这是唯一的一次,没有任何一个人鼓掌。

(选自《美女危险论》)

论美女难逃英雄关

一、花木兰是英雄吗?

我这个人生来老实巴交的,舌头大,嘴巴笨,什么都敢,就是不敢辩论,虽然很羡慕人家吹得如佛祖讲学的最佳效果——"天花乱坠",顽石点关,很想体验一下辩论胜利万人仰望的滋润,但是临场话到舌尖,打了九个转弯,又吞了回去。我相信古人的智慧:满招损,谦受益,更信奉毛泽东主席的格言:谦虚使人进步,骄傲使人落后。虚度许多年华,至今不敢狂妄,自以为是。

但是,我也反对用过分的谦虚掩盖自己怕窝囊。平时爱好照镜子,反复调查研究,结论都一样:长相平常,在异性面前没有什么太强的吸引力。但是,在特殊情况下,比如在街上看到残疾人跪在地上乞讨,就觉得没有必要掩饰自己的优越感。比起他们来,我长得唇红齿白,横有眼睛竖有鼻子,会跳华尔兹、探戈,也可踱方步进入掌声四起的会场。如果有人不许我可用《水浒传》上的话形容自己:端的是一表人才,我就敢和他辩论,不怕他说我“狂”,“狂而不枉”,是我个性中最光辉的亮点。

然而身居书斋,残疾人难得一见,享受狂而不枉的欢乐的机遇实在太少,也没有什么人热爱和我就这个论题进行辩论。我常常因此陷于情绪沮丧。幸而天无绝人之路,如今出了一批女权主义者,而且其中不乏有一些“美女”,一个个性格泼辣,用美国话来说,就是aggressive,用中国话来说,则是有侵略性,特别爱好和男人辩论。说也奇怪,本来我很笨的嘴巴,很沉重的舌头,一旦有美女与我抬杠,对方越是美丽,我越有了特异功能,妙语连珠,孟夫子之“浩然之气”与本人自豪之感如王勃所喻:如落霞,如孤鹜,身与心有比翼齐飞之感。

说起来也真叫人笑话。我们的辩论竟是从一个最简单的常识开始的。

花木兰是不是英雄?

女权主义的小姐和老姐们说,当然是。

我说,不但绝对不是,而且荒谬得很。

她们的理由是早已说滥了的那一套:身为女子,代父从军。朔气金柝,寒光铁衣,出入燕山胡骑,驰骋黑水大漠,明堂策勋,衣锦还乡,岂非真正名牌之盖世英雄?

我的理由,很简单:孔子云,名不正则言不顺。必先正名乎。用当今流行的西方话语学说,首先要从话语的表面揭示出潜在的、隐秘的、深层的文化荒谬来。

“英雄”之“英”,花之谓也。伟大诗人屈原天天晚餐就吃这种东西,这是他在《离骚》里公开宣布了的:“朝饮木兰之坠露兮,夕餐秋菊之落英”。这个“英”(读 yang),就是花瓣,当然这不是减肥秘方。相信美女和我一样都景仰屈原。只是，这个偏方，大概美女不敢贸然一试。光是早上喝一点饮料，晚上吃一点花瓣，不但可能导致厌食症，形容憔悴，而且可能饿丢了小命。饥饿对男人和女人是公平的。“英”字也一样，男人是花瓣，女人也是花瓣。但是，“雄”就不然了，雄，具有男人的性别中的象征性，男人能够“雄起”，女人就缺乏雄起的条件了。

英雄，英雄，大前提不言而喻：必须是雄性。谁能证明，花木兰实行了变性手术呢？如果要保卫她的女权，她的雌性的尊严，就不该称为“英雄”，而应该称之为“英雌”。可是，在我们伟大的汉语里，“英雄”，令人联想到楚霸王，“力拔山兮，气盖世”；令人想到张翼德，在曹操追兵面前，手执长矛，长坂坡，一声吼，吼断了桥梁水倒流。而“英雌”，能令人联想起什么呢？是“英雄”的变性，像泰国的“人妖”，不男不女，半男半女，用上海话来说，叫做“雌半雄”，是骂人的话。

英，作为花，是植物中最美的，英作为人物，就是最杰出的。英雄，英雄，英杰之上是雄的，花木兰是雌的，所以她不是英雄。如果对这样的三段论推理，还有什么怀疑，智商就不在一个档次上，请找逻辑学的鼻祖亚里斯多德去辩论。

伟大的命名中显示了隐蔽的成规：英雄和雌性是水火不相容的。

就是男性英雄，一旦和雌性有太密切的关系，其英雄的指数就可能贬值了。楚霸王是英雄，他和那个虞姬，情感上如何如胶似漆，司马迁是有意回避的。只有在自杀的时候，才让虞姬亮了一下相。年纪轻轻，美貌绝伦，居然自刎得那么轻松，还带一点舞蹈的潇洒，一点没哀哀欲绝意味。不是司马迁太残忍，而是他缺乏胆略。如果让她和项羽缠绵悱恻一番，像希特勒和爱娃一样来个临终前的婚礼，那项羽英雄的霸气就煞风景了。

儿女情长，英雄气短：二者的因果关系昭然若揭。英雄难逃美人关，美人是英雄的关卡。过得了这个关卡的是英雄，过不了的呢？中了美人计的呢？成为狗熊，成为汉奸、贪污犯、车匪路霸，不齿于人类的狗屎堆，在历史上，在公安局的档案里，已经堆成了山。

正是因为这样,第一代圣人才把坐怀不乱的柳下惠,抬举为旷世的英雄。

更英雄的,则是为了伟大的事业、恢宏的理念,先把坐在怀里的美人给宰了。

有一齣戏叫做《吴汉杀妻》,说的是刘秀为了把王位夺回来,去挖王莽的大将吴汉。而吴汉的妻子是王莽的女儿。作为公主的她,天天在佛堂里求菩萨保佑忙于公务的丈夫平安归来,而吴汉为了表现他忠于刘家王朝正统的决心,一回来就把老婆给杀了。杀人的现场就在经堂里,所以又叫《斩经堂》,血溅慈悲的佛像才够刺激。如果不杀,吴汉会成为流传千古的戏剧的主人公,或者英雄吗?这一点英国人和美国人比我们理解得更深。主人公和英雄,在英语里是同一个字:hero。

中国古典小说和西方不同,没有一个是凭着和女孩子谈恋爱而成为英雄的。没有《当代英雄》中的皮巧林,没有《红与黑》中的于连。像贾宝玉那样,虽然也是国家级恋爱专家,大不了“混世魔王”而已,但是,要说英雄气概,只能是等于零。拿他和水浒传上的真正的英雄比,十八般武艺没有一样有及格的水平。到忠义堂上去排座次,恐怕第一百零九位都排不上。

二、杀虎不算英雄,杀美女才是英雄

就是那些排上座次的英雄,对美女常常是并不崇拜的,不但不崇拜,相反是敌视的。

武松算是英雄了罢,全体女权主义者和美女主义者,在这一点上和我没有争论。但是他成为英雄,是因为杀死了一只老虎吗?

未必。

从整个打虎过程来看,他在绝大部分时间,谈不上英雄。

首先,施耐庵强调,他的英雄之处,就在于他的大吃大喝。人家喝三碗就要“倒也,倒也”的酒,他一口气喝了十八碗。如果是公款吃喝,或者为进入吉尼斯世界纪录,还有一点意思,可是武松当时还没有当上阳谷县的公安局长,无处报销;又没有人和他比赛。可在我们祖传的观念中,仍然充满了理想主义的色彩。水泊梁山上有断金亭,这是柏拉图式的理想国:大块分金银,大碗吃酒肉。法国人拉伯雷《巨人传》中的高康大也是能够海吃海喝的。但是,那是虚拟的,而且喝到最后,他的所谓"喝罢",实际上,所指的是文化知识。

中国人口膨胀太快,土地又太少,吃饱肚子是个问题,所以有民以食为天的信条;连毛泽东青年时代在《湘江评论》都说,什么问题最大? 吃饭的问题最大。

孔夫子比较全面一些:食色,性也。这是人生的两大要素。但是食比色重要。连鲁迅都说,一要生存,二要发展。也就繁衍生命。没有美色,除了个别的登徒子,三天五天,十天八天都能活得下去,不过是看见异性心里有点乱而已。只有胸怀特别宽广的大人物,才偶尔想到小尼姑骂阿Q时的"断子绝孙"的危机。没饭吃的感觉比没有女人的感觉要难以坚持得多,据科学统计,不吃不喝,生命不会超过一万四千四百分钟,也就是240小时。所以古语云,饥寒起盗心。一到饿得发慌,就不要脸,什么坏事都敢干了。

吃得饱,是一种理想。在中国英雄传奇中,吃得多,就是力气大,志气豪。吃牛肉的胃口和打老虎的精神胆略成正比。

但是,吃有一个缺点,肚子的容量非常有限。超过了肚皮的弹性限度,有爆裂的危险。所以谁能吃得多,肚皮的弹性没有限度,就很了不起,很值得崇拜。

武松的英雄气概和吃喝的程度成正比。尤其是喝醉了,能醉打吊睛白额大虎,能醉打蒋门神。如果不醉,头脑清醒,打蒋门神,其了不起的程度,就要差一些。

当然,这一切充满了中国式的肚皮理想主义的天真烂漫。

如果纯客观地琢磨一番,海吃海喝并没有增加武松多少的精神能量和聪明才智。

首先,武松打虎的方法就很不科学。施耐庵描写,武松是一只手按住了老虎的头部,用另一只手握成拳头,把老虎打死的。这简直是开玩笑。用这种傻办法,只配送死。老虎属于猫科,脊椎骨特别长。不像狗,你按住它的头,它的后腿就无所作为了。我曾经按住猫头试验过,它的前爪确是无所作为了,可是猫的身量长,它的后腿就翻过来乱抓。按住老虎脑袋的武松,唯一的办法就是用另外一只手按住老虎的屁股。如果武松有第三只手,这场战斗,必胜无疑。很可惜,上帝在创造人的时候,并没有考虑到人中英杰有时会遇到猫科动物,也许,上帝还有顾虑,给了人类第三只手,私有财产的神圣性就没有保障了。正是因为没有第三只手,武松就只能两只手按着,和老虎僵持下去,直到筋疲力尽为止。如果真是这样,武松就化为老虎的营养,不但是蛋白质、脂肪、微量元素等等的营养,而且是武松的气概也可能化为老虎精神,如果真是这样,盖世英雄就不是武松而是老虎了,那就不是中国小说史要改写的问题了。

当然,说话不能太刻薄,平心而论,本着毛泽东一分为二的教导,金无足赤,人无完人,武松勉强还能算是英雄,不过是一个犯了错误的英雄。

充其量,他不过有半小时左右的时间暴发出超人的神力和勇敢。可以说是真正的英雄,其它时间,平凡得很,卑微得很,一个接着一个地犯错误。

店家好心好意,告诉他山上有老虎,让他住下,他偏不相信,以为是人家要赚他的住宿费。后来证明,他错了,从错误的性质上来说,是不相信群众。

等到了山神庙,发现阳谷县政府的红头文件贴在那里:近日景阳岗有吊睛白额大虎伤人,行路客商人须等于“巳、午、未三时结伴过岗”(上午十时到下午二时)。当时已经是落日酉时(六点)。如果他实事求是,就该踅回去。可是他想,这面子上太难堪——“须吃店家耻笑”。这就犯了第二个错误,用上海话来说,死要面子活受罪。走了一段路,并没有发现什么老虎,酒气又涌起来,干脆就在一块青石板上呼呼大睡起来。这就是他的第三个错误了,叫做麻痹大意。等到真的老虎来了，他在一切方面，都处于劣势，唯一的优势是他手中有武器——哨棒，而老虎却没有。按马克思的说法，劳动工具，是手的延长，这是人和动物唯一的区别。但是，他又犯了第四个错误：违背了毛泽东在《中国革命战争的战略问题》的原则，叫做“慎重初战”，他仓皇之间举起哨棒猛地打过去，克察一声，老虎安然无恙，原来是打松树上，把松树老大一截树枝打折了不算，自己唯一的武器也打断了，没有足够的长度了。从心理上来说，这就是第五个错误，从一个极端走向另一个极端：麻痹大意变成了惊惶失措。

可是恰恰到了这个最不英雄的极限上，黑格尔—毛泽东对立面转化的哲学起了作用，他却突然爆发出一种超常的神力。居然用非常经不起推敲的方法，三下五除二地把老虎打死。应该承认，在这不超过半个小时的时间里，他是真正的英雄。当然，不排除其中有某种偶然性。例如，当时老虎得了感冒什么的，发烧到四十二三度，也许，用今天奥林匹克运动员的行话说，由于麻痹轻敌，而不在状态。

历史决定论可以休矣，人世间充满了偶然性。武松半小时的英雄超常发挥，转化为永恒不朽的英名。

虽然如此，武松心理气质的软弱性并没有因此而有所改变。

那时，还没有野生动物保护法，卖老虎皮、老虎肉、老虎骨头，没有今天这样坐牢乃至掉脑袋的风险。他想把死老虎拖下山去，多少也可以卖几两银子。可是他活老虎可以打死，死老虎却拖不动了。这更可以证明，武松在体力方面，也有我们小百姓的局限。更加好笑的是，他莫可奈何地放弃了死老虎，独自一个人“挣扎下岗子”去，恰恰又碰到枯草中两只老虎，这个千古英雄居然绝望起来：“今番罢了”（这下子完蛋了）。幸而，这两只老虎是假的，是猎户扮的。

这算什么英雄呢？比起我们样板戏的英雄，在牺牲生命关头，面不改色，心不跳，真是要惭愧死了，这样的货色充其量不过如文革中大人物陈伯达先生所说，小小老百姓。

但是，武松头上还是数百年来不改其神圣的光辉。

连聪明绝顶的金圣叹都称赞他为“神人”“天人”。

毫无疑问，光是杀虎，是不够资格成为天人、神人的。施耐庵写杀虎花了整整一回，觉得不过瘾，又让他去杀了一个送上门来的漂亮女人，也花了整整一回。这不是偶然的。用俞平伯评论《红楼梦》中林黛玉和薛宝钗的话说，是“遥遥相对，息息相通”。

武松之所以英雄，更主要是因为他在老虎面前心里七上八下，在美人的勾引面前却无动于衷，端的是，面不改色，本来应该“心不跳”，但是，我想心如果真的不跳了，也就很难成为英雄了，所以用科学的语言来说，应该是：血压、脉搏，一概正常。

不管潘金莲如何勾引，就是没感觉。甚至任潘金莲将“酥胸微露，云鬟半散”，将自己喝了半杯的残酒连同自己的身体一起投怀送抱的时候，他不但没有男人的内心骚动，而且产生一种厌恶，突然严词痛斥：“不识羞耻！”

英雄就英雄在特异感觉系统的伟大和坚强。能不能把他叫做“反男性感觉”呢？待有暇到图书馆去向弗洛依德先生请教。

正是在这种“反男性感觉”的驱使下，他“两只脚踏住她两只胳膊，扯开胸脯衣裳，去胸前只一剜，口里衔着刀，双手挖开胸脯，抠出心肝五脏，供养在灵前”。

这个手伸到女性胸脯中去，口里还衔着刀的武松，才是顶天立地的英雄。

杨雄杀老婆，用的方法和武松是一样的，他先用刀“挖出舌头，一刀便割了，一刀从心窝里直割到肚子下，取出心肝五脏，挂在松树上”。

起初，我不太明白，杨雄这个家伙有什么资格配称为英雄？太太偷和尚，戴了绿帽子，被女人灌了迷魂汤，冤枉了义弟石秀，这样的窝囊废还偏偏名叫杨“雄”，他雄个什么？枉了雄字的光彩。应该叫做杨“熊”才对。看到杨雄杀女人的利索，我才明白了，传统英雄主义的真谛。

这种杀女人的办法大概是施耐庵的好戏，他不由自主地重复着使用。就连比较文雅的卢俊义，也是用同样的方法处置了他的老婆：

"卢俊义手拿尖刀,自下堂来,大骂泼妇贱奴,就将二人剖腹剜心,凌迟处死。"

年青的读者可能不知道什么叫做"凌迟"。要直接详细说明是相当野蛮的。大体上相当于生炒鱼片——把活鱼一片一片削下来,直到它不挣扎为止。不过要在想象中把鱼改为美女。

凡是英雄,都是雄的,打老虎倒在其次。关键在于,对付美女时,以"口里衔刀"的姿态,进行"切美女片"的操作,才叫真好汉。

怪不得中国人把厉害的女人叫做"母老虎"(上海话叫做"雌老虎"),不然杀女人的成就怎么能超过杀老虎?

武松后来血溅鸳鸯楼,杀了人家一大家子,刀口都杀卷了。他在墙上用布醮着血写道:"杀人者,打虎武松也。"行不更名,坐不改姓,端的是英雄。

我时常感到还不够全面。多年教师的职业习惯,使我时常有一种冲动,想去替他改成:"杀人者打虎并杀嫂武松也。"现在看来,毕竟是施耐庵老到,"打虎武松"中的"虎",并不简单是指景阳岗上的吊睛白额大虎,而且包括潘金莲那样的美丽的母老虎也。

如果只会打山上的老虎,却杀不了美丽的母老虎,就和英雄无缘了。《水浒》上,矮脚虎王英虽然号称"虎",但是个色鬼,见了美丽的母老虎,就流口水,就只有受嘲弄的份。最后当了"一丈青"(是一丈长的蟒蛇吗?)的俘虏。

万恶淫为首,女人是祸水,所以对她们不能心慈手软。

但是在《水浒传》中对于女人也并非一味残忍,有时也宽容到让她们杀人放火,如菜园子张青的老婆母夜叉孙二娘,以杀害饭馆里的客人做人肉包子为生,还有以母大虫为绰号的顾大嫂,都可以列入梁山英雄的正式谱系之中。但是,对于好男色的则不断重复着残杀的老套。

毛宗岗在评论《三国》时说过罗贯中,写了许多次火攻,容易重复、甚至雷同,这在艺术上叫做"犯"。但是,火烧新野,火烧博望坡,火烧赤壁,火烧濮阳,火烧盘陀谷等等,都各有特点,没有雷同,这就叫做“同枝异叶，同花异果”。而《水浒》杀潘金莲、杀潘巧云、杀贾氏，实在是基本雷同，可以说是“同枝同叶，同花同果”，但是为了突出英雄本色，施耐庵也就顾不了许多了。

食色，性也，对于好吃鬼可以宽容，甚至可以给他一个“美食家”的头衔，对于好色的按构词法类推，本该给好色者一个“美色家”的称号，但是，不但不把他当成什么“家”，而且不把他当人，干脆把他当成鬼，创造了一个“(好)色鬼”的称号。在这方面，闽南人比较幽默，他们把色鬼叫做“猪哥”，表面上是很客气，当作自己的亲兄弟，但是，“猪哥”同时也指专门用来配种的猪。

色欲是诱惑力中最强大的，英雄难逃美人关，人性使然，《水浒》英雄不乏多么纯洁，与色欲有所沾染是很难避免的。

宋江不是包了一个年青的二奶吗？施耐庵就处处维护他，反复强调他是被动的，不是为了色欲难熬，而为了解救二奶阎惜娇的经济困难。这样写总是有点勉强，有点骗鬼的嫌疑，为了维护天下英雄都无条件崇拜的宋江的光辉形象，最后还是让宋江把她给宰了。

本来是英雄难逃美人关，可是弄到了，常常是相反，美人难逃英雄关。

想想武松的榜样是最为典型的：嘴巴里咬着刀。

金圣叹在评语中说：本来武松杀虎，是赤手空拳，杀一个小女子，“举手之劳焉耳”，应该是没有什么写头的。但是，施耐庵却写得淋漓尽致，手伸到漂亮女人胸脯中去两次。性的刺激本来应该比之饥饿的刺激是更为强烈的，更疯狂的，更不要脸的。武松和中国古典小说中之许多英雄，之所以是超越凡人的“天人”“神人”，就是因为他是无性的。

由此也可以看出中国古典小说的伟大，西方中世纪骑士小说把为女人献出生命作为光荣，拿到中国来，不是渺小、可羞之极，就是神经病，热昏了头。

《水浒》英雄如此，《西游》《三国》莫不如是。

《西游》中的英雄都是无性的，见了漂亮女性，从唐僧、孙悟空到沙和尚,都没有雄性的感觉,不会有雄起的危险。而惟一感到性诱惑的猪八戒,则像矮脚虎王英一样,受到反复嘲笑,弄得洋相百出。《三国》中关公犯了那么多错误,先是投降曹操,后是破坏和孙权的统一战线。这一切作者都原谅了。浓墨重笔强调的是,他陪着义兄刘备的两位太太,长夜漫漫,夜观《春秋》。什么书不好读,为什么偏偏要读《春秋》呢?因为这是孔夫子编的书,要不然他的心就会乱,血压脉搏就不会正常,长年征战积压下来的性苦闷就压抑不住。

把关公写得没有性感,是不是失去人性,是不是有艺术上失败的危险呢?非也。这是为了他在结束了为人的历史以后,不变成鬼,而是供奉到神龛里去作铺垫。

作为人,他下岗了,但是,“下”到了比人高的岗位上。

也许,这不仅仅是中国特别的国情,苏联小说《这儿的黎明静悄悄》中说得很明白:军人是中性的。这是因为人性太脆弱,在战场上,性的诱惑太危险,可能压倒对敌人的仇恨。在果戈里的小说《塔拉斯一布尔巴》中,英雄的儿子在攻城的时候居然与敌人——一个波兰贵族小姐谈起恋爱来了,英雄塔拉斯就大义灭亲,把他给宰了。拉甫列涅夫的《第四十一》,最仇恨白军的红军女战士玛柳特加,一旦到了荒岛上,只剩下两个人,就忘记了阶级仇恨,和那个年青的白军军官谈起恋爱来了。

性别感觉的还有一个特点是,胆子特别大,中国人所谓“色胆包天”真是说到了点子上。和希腊神话中小爱神丘比特是盲目的,相比起来,异曲同工。

本来是,英雄,英雄,都是男性,就是因为男性有“雄起”的本钱;弄到最高境界,变成不灭掉性的感觉,英雄就“雄”不起来。

伟大革命要求有伟大英雄,伟大英雄就必须无性。

也正是因为这样,到了二十世纪,只有中国到了最高潮,才产生了样板戏现象:所有的男英雄都没有老婆,所有的女英雌,都没有老公,所有的母亲都没有儿子。《红灯记》中,李玉和没有老婆,李铁梅没有妈妈,李奶奶并不是李玉和的亲生妈妈。有了血缘关系,有什么危险呢？血缘关系是性交的铁证。性的诱惑，前面说过了，是最强烈的、最危险的，它随时随地有可能超越革命豪情。好在革命英雄们对于这一点都无所谓。阿庆嫂一个人住在沙家浜，做地下工作，这是违反地下工作的起码常识的。周恩来指出了这个漏洞，编剧就让胡传魁问一声，阿庆呢？阿庆嫂说，和我拌了几句嘴，到上海去跑单帮了，说是不混出个人样来不回来。

从《水浒》时代到二十世纪，中国的文艺毕竟有了世界任何国家都没有的伟大创造，为了保持英雄的纯洁，不但是不能有性感（有性的叫做“淫”），而且不能有血缘关系。

但是，善良的读者们不要有中国人会断子绝孙的忧虑。

生物学上的无性繁殖应运而生，革命越是发展，无性繁殖必然越是繁荣昌盛。

再说，最近又发明了克隆技术。

三、英雄难逃美人关，还是美人难逃英雄关

这个问题，有相当的严峻的现实意义。因为，让英雄无性，是不可能的。

毛泽东善于用兵，在抗日解放战争期间，军纪规定，士兵不许谈恋爱，尤其是不能和驻地的小姑娘谈恋爱，违者军法从事。的确，对于英雄的纯洁性来说，女人是个坏东西，一旦迷上了，就不顾一切，不要性命，不要革命。往往是一点小感觉，就造成一场大事故。所以他在亲自制定的“三大纪律八项注意”中，特别规定“洗澡避女人”。因为那时，战士没有澡堂，只能在小河、小溪这样的公共场所。双方只要对看一眼，星星之火，可以燎原，把革命的伟大事业烧毁。爱情的力量太大了，用契诃夫小说中一个人物的话来说，就是“用大炮也攻不破”。我要补充一点，大炮有时也要被它攻破。毛泽东早就指出糖衣炮弹的危险，夸张一点说，女人、美女，是原子弹。可惜我们没有遵照他老人家的教导，天天讲，月月讲，年年讲，以至于如晚报上天天都

有大批干部纷纷阵亡的消息。

贪污腐败，技艺越来越高，道高一尺，魔高一丈，风险成本极低，破案率也极低。胡长清、成克杰等等，技艺高超，痕迹不留。天知地知，你知我知；出将出相，一呼百诺，气宇轩昂，旁若无人。可是，一旦有了任性的小蜜，就海船翻到了阴沟里。中国古语：万恶淫为首，女人是祸水，实在是天经地义的真理。

究竟是英雄难逃美人关，还是美人难逃英雄关呢？

让英雄无性，是不可能的吗？是可能的吗？

这是人性学上的哥德巴赫猜想。陈景润已经故去了，让我们稍微有点耐心，等待他转世投胎来解答这个难题。

2001 年 4 月 15 日

（选自《香港文学》2001 年第 9 期）

幽默、智性和抒情的平衡

——评孙绍振的幽默散文

彦　君

在中国当代的幽默散文家中，孙绍振先生的优势是：他同时又是一个幽默理论家。在他幽默逻辑研究的成果中，最为核心的是：幽默逻辑不同通常的理性逻辑，不严格遵守概念的统一思路的一贯，它以概念的转移，思路的错位为能事，在此基础上，他确立了他的逻辑二重错位律的学说。我国相声艺人有经验之谈云：理儿不歪，笑话不来。他逻辑错位以通俗的歪理歪推来命名。虽然学者的理论与散文家的实践并不一定同步，但是读孙先生的散文，常常可以发现他的散文中的幽默与他的幽默理论有异曲同工之处。他常常借助歪理歪推调侃最为亲密的朋友，揭示他们的可笑、不智、糊涂，甚至昏聩。他嘲笑挚友的太太为儿子进重点中学,赞助三万元学费而心疼不已。他以长驱直入的歪理作幽默的推导:进入重点高中,才有可能去美国留学,从而为娶美国总统的女儿创造了条件,如果不花三万元,就可能后悔终生,由此而患癌症,岂不悲哉!花了三万元不但不应该痛苦,反而要开庆祝会,庆祝之法当以请他到大酒店小酌为上。他在太太面前认输,承认孩子智力不佳是自己的遗传基因问题,但是,由此而推论孩子的父亲是母亲选择的结果:“当年你如花似玉,满园里拣瓜,拣得眼花,拣了半天,拣了个傻瓜。你不怪自己,还要怪孩子他!”不管什么天经地义的事,一到他笔下逻辑都会发生奇妙的错位,理儿虽歪,却绝非无理取闹,歪而有理,其中融合着雄辩和诡辩。他常常出奇制胜地对常识作翻案文章。在白骨精面前,孙悟空的不为所动,按他的逻辑,是无性的表现,为现代男性所不屑;猪八戒的好色,恰恰是现代男性阳刚之气的勇敢表现。他的诡辩和逻辑错位并不给人以耍贫嘴的感觉,因为他的幽默中含有智性。他的幽默常带书卷气。美国的女权主义者动不动就修改英语中的有男权色彩的文字,如把 chairman 改为 chairwoman 或者 chairperson。他对他的美国朋友唱反调:文字中有些男权主义,才有历史价值。中国的汉唐太祖、高祖,那个祖字,今日看来很是神圣,其实,在造字之初,那偏旁是祭坛,是表意的;那个“且”字,在古代是男性生殖器的象形,当中的那两横,就是包皮。但是,今天说到汉高祖的时候,哪怕在潜意识里,都没有什么汉朝第一生殖器的意思。

他作为学者的幽默不像钱钟书那样犀利,也不像李敖那样残忍。这是因为他的幽默常常并不具有钱钟书和李敖的进攻性,相反常常带着自嘲。他诉说自己太太的“专制”——吃饭定时,洗碗定时,不容分说。但当太太因事离家,他和女儿又弄得饭也吃不成了,亏得太太风闻,及时归来。不管亲人还是友人有什么样的专制,都出于情意,因而越是不智,越是可亲。更重要的是,他的嘲弄,在逻辑上牵强附会,强词夺理,并不显出自己有多少精神优势,读者自然从他的故作蠢言中感到心灵的沟通。

把嘲人和自嘲结合在一起,是他的幽默的一大特点。

他嘲笑自己童年的挚友是“超级大馋鬼”,馋得把抓过五香豆的手指轮流舐过一遍。可是他在《哀悼门牙》中并不回避自己馋到把粘着哥哥口水的水果糖,吃得津津有味。甚至到了中年还因为顶不住美食的诱惑,损失了门牙。

孙氏散文常常有情节性，他利用情节的层层推进幽默和抒情的效果，夸张地表现自己的狼狈，这种狼狈全系亲友所造成，但是，全是出于一片好心，但是越是好心越是使他陷入狼狈处境而不能挣脱。最能表现这种特点的莫过于《尴尬礼品》（一名《无处可藏的礼品》）。一个很知心的学生送了他一支补肾的鹿鞭，弄得他心怀鬼胎，千方百计隐藏，仍然难保安全，最后忍痛牺牲，丢弃于垃圾箱中，可还是给一个纯洁的少先队员拣了回来。整个情节的逻辑是：越是要保全面子，越是面临失去面子的怪圈；越是失去面子，就越是显出周围的人，对他的好意。这样的情节完整到如喜剧小品，在孙氏作品堪称上品。

正是因为他无畏地放低了自己的姿态，幽默的笑就成了心理最短的距离，创造出一种情感亲和的境界，一种心灵不设防的心理环境。幽默自嘲、自贬的“丑化”色彩，带上了对于亲情和友情的“美化”情趣。从字面上看，是对亲友的挖苦，在实质上却渗透着欣赏。将幽默的丑化和抒情的美化二者之间的矛盾消解到相互融合的地步，正是诗化幽默的境界。他善于把诡辩的机智和诙谐的诗意混为一体。在这方面他和舒婷有些相像，不但挖苦中期待着欣赏，而且也得到了欣赏。

这种心灵和谐的境界，不能简单地当成一种自然流露，而是一种创造，一种理想化了的创造，人与人心灵境界的创造。这种境界的特点是自由，他时而狂放，时而狼狈，时而故作蠢言，时而歪语藏机。答非所问有之，偷换概念有之，自相矛盾有之，无理而妙有之，歪曲经典有之，引人就范有之。生活中的孙先生的谐趣、机智的风貌无疑在散文中得到了充分的表现；但是，如此放言无忌，却从未引起误解、引发冲突，他的调侃和嘲弄，得到的完全是赞许的目光，无条件地享受到人生的自由、自如、自然、自得。这无疑是一种抒情的诗化。

他把通俗歌曲《潇洒走一回》改成《潇洒骂一回》，骂人和唱歌，粗野和诗意联系得越是紧密，反差越是巨大，荒谬感越强大到占了优势，幽默感就压倒了抒情性：“作慷慨赴死、义无反顾状亦可，作白眼看人、藐视群小状亦可，作诗人激情暴发状，锦心绣口状，字字珠玑状亦可。作大法师参禅状，偶发一言，机锋无限亦可，挥当头棒亦可，作狮子吼亦可。”

虽然狂放到如此的极端，但是并不给人疯狂的感觉。这是因为，在这样的狂放中，情感得到了彻底的解放，同时理性又保持着清醒和冷峻。这是因为其中包含着对于自我本真的、深层的探索。由于日常生活的实用价值的优势，人的真实的自我都包装在荣格所说的“人格面具”之下。不进入超常的癫狂的境界，不能破除人格面具。这就有了一种内在的理性，并不仅仅针对自我的内心，也是向着社会现实的。他的狂放，对外部世界、社会的精神堕落（贪污腐败、物欲横流精神猥琐、数典忘祖，出卖朋友、叛变爱情）是一种挑战：幽默散文之大忌，就是油滑，光有表面的歪理，缺乏深刻的内涵，就难免沦为滑稽。孙氏的幽默风格，以狂放、戏谑见长；但过分狂放、戏谑，可能陷入柏杨式的油滑。他对于这一点颇有警惕，他追求在狂放的表面下，有严峻的深思。在《美女危险论》的序言中，他说：“我所追求的是幽默、智性和抒情三者之间尽可能的平衡。这样的要求不是一下子就能达到的，但是，至少可以避免幽默的泛滥，导致思想深度方面的损失。”幽默并非注定肤浅，但是需要控制，控制之道在于以智性的和抒情的渗透。在这里，他的狂放中包含着对于国民精神萎靡的忧愤。这样，幽默就和智性的沉思取得了平衡。

孙氏幽默批判的矛头还指向了自我的主体。这种自我批判带着自我解剖的色彩。骂得很是淋漓，但是却只是满足于骂骂而已，愤激之后，便是“和衣蒙头沉沉睡去，享受人间至高幸福。不到日晒屁股，不知东方之既白。晨起仔细认真梳洗完毕，昨日之豪情早已忘尽，仍循惯性恢复一本正经的面孔，十分庄严地，更加潇洒地，开始稀里糊涂、浑浑噩噩的一天”。

在这里，充分表现了对于当代知识分子精神状态的揭露：“语言的巨人，行动的矮子。”至此，幽默的戏谑性和智性均已饱和。

在当代美学中，热情和冷峻是一对矛盾，热情和浪漫联系在一起，是属于古典美学的，而冷峻和智性则是现代艺术的特点（不仅是文学）。孙先生最好的作品，常常能把这二者结合起来。不过，结合的方式常有不同。戏谑性的幽默在孙先生的作品中常常是占据优势的，但是，有些作品则相反，冷峻的智性和幽默的戏谑平分秋色。这种倾向在一些文化意味比较浓的散文，如《说不尽的狗论》《面具优越论》中表现得比较突出。在《说不尽的狗论》中，他比较了汉语和英语中关于狗的说法，发现了一系列文化心理上的反差。西方人把狗当作朋友，当作比儿子还可爱的家属，而中国人却把狗的每一个部位，每一个器官都化为骂人的材料。狗一样的（dog-like），在英语里是幸运儿的意思，而汉语里却是带有侮辱性的。更加奇妙的是,中国人,包括作者自己又把自己的孩子叫做“小狗”。

这样的趣味,不是抒情的情趣,而是带着幽默感的智趣。情趣所揭示的是感情的奇迹,而智趣则智慧的奇妙。

孙氏常常在司空见惯的事情上发掘出趣味来的同时,表现出智慧。《面具优势论》可以说是幽默和智性达到平衡的代表作。作者先是发出疑问:自己在文化革命浩劫期间,绝望得要发疯,要自杀,遗书都寄出去了,为什么坐在照相机面前却要笑容满面?这似乎并不仅仅是为了欺骗自己和鼓舞自己。他反复思索的结果是:

“往照相机面前一站,就意味着变换角色。明明是一肚子苦水,也要做出满脸笑容来。即使觉得这个社会害了他,也不会放在脸上。绝对不会有一个伪君子在照相时做虚伪的笑容来,也不会有任何一个大淫棍露出一脸色狼的贪婪。正是因为这样,就连在贪污犯的通缉照片中,也常常有一些英俊小生,着实气宇不凡。”

照相是一种面具,已经被作者所确认,但是当他自己把一张很潇洒的照片印到著作上去,并且自以为得意的时候,远方的读者来信的第一句却是:“敬爱的孙奶奶”——完全把他当成了老太婆。

如此深刻的思绪,一本正经地说出来,难免枯燥,而在这里,睿智的深邃和荒谬形成了错位,在读者完全出于一片真诚的敬意,在作者却是无可奈何的失落。这反差就使得智慧获得了趣味,智趣和情趣达到了融洽无间。类似的还有《满脸苍蝇》,作者写那五十年代青年的政治浪漫主义,在大跃进的蛮干中昏倒了,还幻想自己为伟大事业而死亡应该是带着笑容的。他甚至去问一个孩子,自己刚才昏死过去的时候,脸上有没有幸福的笑容。而这个孩子贫困得穿不起裤子,完全不懂这种政治浪漫主义,他的回答是:

“什么笑容,满脸的苍蝇。”

这就把冷隽的智性引入了幽默。从这个意义上说,这里的幽默,不但渗入了开头的抒情的诗性,而且还闪烁着冷峻的智性的光芒。

也许在这里,孙先生所追求的幽默、抒情和智性都有了,不过由于智性的冷隽,带着某种恐怖色彩,冲淡了抒情,幽默就有点接近于灰色,甚至是黑色幽默了。

孙绍振先生是个学者，他并不怕散文中缺乏智性的深邃。孙绍振先生年青时是诗人，因而他为文时也不怕缺乏诗性的抒情。他近十年来，一直执着于幽默，但是他害怕一味的幽默，可能导致油滑。治油滑之道，光凭抒情是不够的，因为情感毕竟不如智性有深度。他在散文集《美女危险论》的序言中说“我所追求的是幽默、智性和抒情的统一，”追求的是把幽默、智性和抒情结合起来。

在孙先生的心灵中，诗性的激情和幽默的温情肯定是绰绰有余的，智性也堪称丰富，但是要把冷峻的智性和幽默水乳交融地结合起来，却是难得。把冷峻的智性和情感的诗化结合起来更是难得。应该公平地说一句，多元复合的情趣和智趣不但对于孙先生来说有很大的难度，而且对于许多幽默散文作家来说也属难能可贵。正是因为这样，苛刻的读者不难发现孙先生的作品，有不少幽默有余而智性的冷峻不足的作品，甚至还有一些纯粹智性的作品。要真正做到把幽默和智性的冷峻，把幽默和激情的诗性结合起来，孙先生还有很长的艺术道路要走。

（原载《名作欣赏》1999 年第 3 期）

许淇

许　淇(1937—　)散文家。原名许明杰，上海人。自幼爱好文学艺术，曾从刘海粟、林风眠、关良学画。1956 年为支援边疆建设到内蒙古包头市工作，当过山区煤矿工会干事、文化教员，后调《包头青年报》任记者、编辑。1961 年到包头市文联工作，历任《包头文艺》编辑、包头市文联组织联络部副主任、文联党组书记、主席，包头市政协常委。系中国作家协会会员，内蒙古作协常务理事，中国散文诗学会副会长，一级作家。

许淇 1958 年在《人民文学》发表处女作《大青山赞》，迄今共出版散文、散文诗专集 6 部：

《第一盏矿灯》(内蒙古人民出版社，1974 年)；

《呵，大地》(上海文艺出版社，1981 年)；

《北方森林曲》(湖南人民出版社，1982 年)；

《许淇散文选集》(内蒙古人民出版社，1986 年)；

《许淇散文诗近作选》(青海人民出版社，1990 年)；

《在我自己的灯下》(内蒙古人民出版社，1994 年)。

其中《采风记》获内蒙古首届优秀作品散文一等奖，《北方森林曲》获内蒙古首届索龙嘎文学创作一等奖，《我和我的驯鹿依肯》获内蒙古索龙嘎文学创作二等奖，《森林湖泊的朋友们》获第九届陈伯吹儿童文学奖，《伞语》获《人民日报》"燕舞"散文征文二等奖，《西洋画册》《掀开世界画册》获《星星》1981—1982 年优秀作品奖；有《读书、藏书和书斋》被选入《1980—1984 散文选》，《细砂集》《别》《致惠特曼》被选入《中国散文诗选》，《琴手》被选入《草原草》(人民文学出版社，1978 年)，《森林湖泊的朋友们》被选入《龙风》(少儿出版社，1990 年)。评论许淇散文、散文诗的文章主要有：

《草原生活的画廊——评许淇的散文创作》(郭超、丁尔纲),《草原》1963 年第 8 期;

《真切 · 精粹 · 蕴藉——读许淇的〈呵,大地〉》(张广达),《鹿鸣》1982 年第 3 期;

《盛开塞外草原的鲜花——读许淇的散文诗》(马白),《文学报》1984 年 10 月 18 日;

《文学,时代脉搏的感应——〈许淇散文选集〉读后感》(钟丞闻),《民族文艺报》1987 年第 4 期;

《写城市的散文诗》(陈少松),《城市文学》1988 年第 2 期;

《许淇文体风度浅议》(班澜),《文论月刊》1990 年第 8 期;

《许淇的散文诗艺术》(耿林莽),《文艺报》1991 年 3 月 23 日。

“纯”散文的形式

许　淇

目前的散文园地已经成为主张传统文本的逃避所。

诗歌方面:格律的、赋体的、浪漫主义的已经不大有读者和作者了,连普希金的诗亦无销路。小说方面:用传统现实主义的手法去讲一个有头有尾的故事,刻画典型人物之类,也不大听到喝彩。舞台剧走向低谷。唯有散文被“炒”热了,“繁荣”了;小说家、诗人、理论家都纷纷下散文的“海”以示时髦;有的应约开辟副刊的专栏。似乎集体地在那里,无意识地踱方步。

散文理论未越雷池。过去讲一根思想红线,散串“珍珠”,“形散神不散”……近又有新框架,主张“流出来”,不要“做”文章,要清淡自然。真情流露,一个“真”字,老师们每一次读散文都强调一番,仿佛一“真”便什么也解决了。接着,提倡“大散文”。我以为文学向无大小之分,宇宙之大,苍蝇之微;“假大空”也有个“大”,彼大和此大如何区别?当然,大的含义不同,倡导者不会简单到指散文形式的大(或长)，但响应者角度不一，他主张大题材(偏于政治经济、国计民生)；另一位主张大范围(人人都可参与写，各行业动笔写行业的"真"，范围甚至扩大到广告词亦无不可)；第三位主张大思想("历史的""哲学的"；"道"与"易"当然归于"大")。以上三位一致攻击风花雪月、小摆设，殊不知也可引申到生态平衡、"环保"、消长篱虚的"道"，悲欢离合的人生哲理等等。王国维说的，一切景语皆情语也。直到今天，主张"大散文"者无法指出哪一篇是"大"的样板，或哪一篇属于"小散文"。再则，谁也不乐意自己的散文被划归为"小"。于是，"大"便是"全"；写好了都"大"，写不好贬"小"。我的所以写不好，大概源于"小"的缘故？

文学概论中关于散文的普遍定义和界限还可分"抒情的、叙事的、哲理的"或者包括"随笔、小品、杂感、遊记……"等等。民族的、现代的、独创的，散文也当如是。散文在古代含"散淡"之意，西方文论也认为诗是桎梏，散文是解放，是自在的散步。

我自己在学习阶段，什么都想尝试，虽觉得应该以抒情散文为主，但又爱晚明小品，从浩瀚的笔记中吸取简古的笔法，加之五四新文学的几位散文大师的影响，时常在各报刊发表一些文艺随笔、读书札记、生活杂感。近将出版的随笔集《在我自己的灯下》，便是那样的小品文字。

但我喜欢的散文形式仍偏于抒情的。我始终认为散文是灵魂的独白。

法国象征派诗人马拉美和后来的瓦雷利都提倡"纯诗"。我想，抒情散文是当今广义散文中的狭义散文，一般狭义散文即指此；是散文的"正宗"，或曰"纯"，是大范畴中的一方净土——群芳圃里的奇卉。"纯散文"包括抒情散文，也包括"美文"。"纯诗"既然追求诗的语言的"绝对纯洁"，"纯散文"也当重视散文形式的再造，以倾吐灵魂的独白。当然不必那么绝对、那么纯(也不可能)，但强调散文的形式感，应是散文家和理论家探索的目标。

纯散文——抒情散文——灵魂的独白——我将这三者划上等

号，但必须明确这里的抒情和独白，不必线性思维式的感情倾泄。抒情和独白要写意造境，借助于意象的象征暗示，所以抒情离不开描绘和叙述，即叙事的成份。故“纯散文”的形式似应由两方面组成：一是结构——文章的章法——意象的材料组织；二是语言，其实语言是第一位的，文学是语言的艺术。

古人文章是很讲究章法的，起承转合模式，实不可学不必学，但计白守黑、虚实相生，以无胜有、以少胜多……这些中国美学法则，都是诗文之真髓。西方美学近有所谓“结构主义”，现代派小说多有应用，散文的章法结构不等于结构主义，是无结构的结构，起落之若“无”中隐含着“有”。有结构“魔方”的组配，如同一事件的不同叙述点：全知的、半知的、我知的、低能变态的不知……展示这一叙述对象的立体结构。法国立体派画家莱热(Fernand Léger)说：“现代人生活在‘几何秩序中’。”犹如一栋建筑，立方体量向三面敞开，可略离开中轴线却勿远离中轴线，立体和配套建筑之间，共享和互渗。我们的散文也不妨采取两维结构和多维结构的章法。

纯散文的抒情，如上所说，既是借助于意象结构，便必用描绘叙述的抒情法而尽量避免或少用直抒胸臆的抒情法，如此，纯散文的表现力将反而强烈，可叙，可议；亦不妨采用小说第三人称或人称变换，可借鉴电影剪辑，可诗的意象并置，可心理刻画，可意识流动……

随手举一个我自己文章的例，未免有“老王卖瓜”之嫌，且我的散文销路不畅，少有人读过。《箫》是十年前的旧作，其中一段写道：“她曾经吹箫送别她偷偷恋着的青年，据说他是去投奔新四军的。明窗洞开，她倚楼吹着、吹着，仿佛天际长江的波涛全涌入她羸弱的胸怀(是时代的洪流么?)。而他，在杨柳堤岸，忽回首凝眸(呵！“楼上黄昏，马上黄昏”)。她除了用箫，还不曾和他说过一句话。”(《许淇散文选集》169 页)文章并不好，也并不“纯”，不过这一段有叙述，有描绘，有虚笔象征，有蒙太奇剪辑，有空镜头和特写镜头……再引一段五年前的题为《江南的蔷薇园和散文诗的森林》的旧作：“我年过半百，还像一个初恋的年轻人。散文诗仿佛那红的雪、冰屋前的篝火！在篝火上烤肉，磨砺我坚实的牙床和我的消化承受能力。我如同一个激情的炼金术士，在密室里因不眠熬红了眼，燃两炷火炭。我曾经困惑、失望地痛哭，有时又快乐地笑，竟完全是个顽少年而不同于一个中年人。”(《中国新时期抒情散文大观》第708页)在一气呵成的独白中夹杂时空跳跃的“块”状结构，犹如读毕加索的画，调子是统一的，多维空间的立方块组合，刷新了造型语言。

第二，谈谈散文的语言。

凡人活着总是要用语言表达的，即使没有文字的民族也有本民族使用的语言。语言本身是生命存在，如海德格尔的所谓“语言言说”。文学的语言表达，主要用以准确地捕捉感觉和直觉，以日常口语为基础(活在口头的语言才具有生命力)，然而又经过提炼的作家创新的语言，具有弹性、多义暗示和张力的纯净的语言。

散文语言应具声象之美。其音乐性虽不同于诗歌，但也是主要的。方回《瀛奎律髓》中说：“工而哑，不如不必工而响。”将音乐性放在准确之上，故散文中用比俪偶排，有助于加强文理气势，我以为散文的特点要求音乐性纯出于“天籁”，犹如人的呼吸，血的循环，蟋蟀的振翼发声，鲜花的开合伸欠……一种内在的节奏、韵致和音响。

和音乐性同样重要但互相消长的是语言的绘画性。中国象形文字本身的空间性决定了散文语言的绘画性和字的独立性，自古以来作诗文一直讲究炼字，到现代，学拼音，学外语，改变了汉字的凝固状态，促使其向时间性流动的变革，从炼单字炼句到句法的节律音响。但作文精炼语言的技巧，我们决不可忽视：凡虚词、浮词、现成用滥的词、过多重复的词均有所忌，有所规避。不仅诗要炼字，文又何尝不如此？因为“句工只在一字之间”。《文心雕龙·炼字》中提出“重出”“同字相犯”为作文的忌讳。古文中有所谓“句眼”，即句中的好字：“必显，必确，必响。”(清·钱澄之语)。欧洲文学家也有此议。著名的福楼拜“一字说”众所周知了。极端的如意大利唯美主义者邓南遮(D'Annunzio)甚至叫嚷：如果同一个字在三页以后重复出现，应该拿刀捅他(指作者)！但字炼得佳妙与否，应讲整体效果，如同一幅油画的每一色块每一笔触要安排妥贴，勿使其“跳”出画布，找到自己最稳当的位置，便能读来似不经意而自然天成，却最见作家的修炼功夫。

我本人在散文创作中亦染此瘾。如《微雨，润涸了观前街》一文，有句：“微雨浸淫着绿，绿了人面和衣袖，又吐纳银白的春凉。”绿需要调一点银灰淡白，那色调才“高级”。春凉为什么是“银白”的呢？是所谓“通感”吧？凉爽决不能用红黑，凉——银白是一致的，中间有“春”这一过渡色调。绿加银白等于春。仿佛碧螺春茶叶，在幽绿的茶色中浮沉银毫的茸毛……又如“早绿的微风吹送”，句中含着个“春”字不写。又如“……掌鸣泛起红潮”(以上均见《许淇散文选集》)，以声转换成色和形的通感，改变人们习惯性的叙述，达到汉语意象的特殊效果。

不过炼字炼句，适可而止。文有新意，则相得益彰，否则，从陈旧的时代产生一些陈旧的感想，炼来炼去，仍是一股陈旧味，我的散文经常会落下这毛病。

自选作品

采风记

爬山歌的搜集整理者老郝同志，又到河套农村采风来了。

当他踏上这阔别十年的土地，觉得自己不再是个五十岁的老汉，倒像个精壮的小后生那样甩开大步走。逢到这种心情，他照例嗓眼发痒想唱，想唱一支山曲儿，唱一支此地乡亲们都爱唱的山曲儿，唱一支这后半生朝夕厮磨并为之醉心的山曲儿。乘左右没人，老汉拉长声音唱了：

南有黄河北有山，
中间夹个珊瑚湾。

这里的变化多大呀！有些村子他几乎认不出来了。就说这条骡马大车、卡车、拖拉机穿梭的大路吧，原先是为草莽掩蔽的小道，从这里通向珊瑚河。现在这条路还通珊瑚河吗？可不！前面出现了一座桥，桥下珊瑚河的波流还是这样清这样亮。他在桥堍止步，走向河床，掬起清水洗他两鬓的霜发，冰他灼烧的脸颊。当他再次掬水，忽听得背后麦田里，一只百灵放开珠玉圆润的歌喉，上下腾跃。水从他的手指缝里漏尽了。

人生是多么奇妙！老郝前半生过的是戎马倥偬的生活。他曾经在河套地区打过游击，和老乡沐风栉雨、休戚与共。他熟悉此地老乡的思想感情，风土习俗，更熟悉他们从心里流出来的歌。可是，在两种命运的决战中，在马背上战壕里，哪有余暇想到将这些歌子记录下来？哪会想到在他的后半生临近晚年，会成为一个爬山歌的搜集研究者呢？记得少年时，瓜棚豆架下，曾一度记录过爬山歌。放下枪杆的那一天，偶然发现那本磨损破烂的笔记本，翻阅那模糊褪色的字迹，骤然唤起他从少年时代起就萌生的愿望。战争年代的生活场景，塞北山野的苍凉寂寞，农民受的苦、说的话、唱的歌……那纯朴真挚的感情、美的语言，感动他，迷住他，于是，他利用业余时间开始重新搜集整理了，一沾上手，再也放不下了。从捏枪杆到捏笔杆，虽然是不同的生涯，但却由一条红线贯穿，那便是对劳动人民深厚的爱；与其说他爱爬山歌，毋宁说他更爱唱爬山歌的人民。

不久，组织上成全他的志愿，让他以全部时间投入这新的工作。连续十几年间，老郝一走河套，二走伊盟，三走固阳后山，住了三百多个自然村。那些地方真是诗山歌海，山曲之多，不可胜数，他一共收了三万多首民歌，出版了厚厚一套民歌选集。

无论盛夏溽暑，被杲杲烈日炙烤；无论数九腊月，被黑风黑雪袭击，老郝总是一方豆腐干行李，肩挎医药包，跋山涉水去采风。塞北山高水长，天远云淡，往往数十里才见一家人家；有时候，为了获得一首有价值的歌，走草地，跨沙漠，老郝并不觉得辛苦，他边走边唱，路程不知不觉缩短了。

在一个村子住下，老郝打开药包，给患病的孩子、老人治病送药。人们初以为他是走方郎中，却不收费，天底下哪有这样的大夫呢？只见他叼一根羊棒烟，喝一碗苦叶茶，谈着庄稼、年景，东家长、西家短，立刻和群众惯熟了。惯熟后，说出来意，群众都乐意帮助，告诉他这一带谁最会唱，谁会唱什么歌。歌子在佃农、羊工、磨倌、拉骆驼人、守场打更者、鳏夫寡妇童养媳的生活的底层，犹如石油一样喷涌，倾吐他们诉不尽的悲欢。有时，媳妇正唱得酣畅，门外进来了个老娘娘，那歌手立刻哑口了。原来她不愿意让自己的心事被婆婆觉察。这样，只得中断搜集，另安排合适的环境。而最合适的环境是麻阴阴天，下蒙生生雨，或者是恼人的春上刮起一股游游沙。由村子里的妇女代表串连几个歌手，找个僻静人家，妇女们盘腿在炕上纳鞋帮，缝一针就是一句，将歌子织进密密的针线中去；有时，也会有歌会式的群众场面，屋内外都拥塞着人群，孩子们把门窗都挤破了。

老郝跑久了，所有村子里的狗不再对他吠叫了。群众一见他就说："收山曲的人来了！"整个河套、武川、后山、中滩一带，都知道老郝的名字。

现在，老郝踏着十年前的足迹，又到珊瑚河两岸来了。他知道过了珊瑚河，便有一个名叫蓝湖的村子，十年前只有十多户人家。可是怎么啦！为什么眼前却是百来户人家的大村子呢？这是当年的蓝湖村吗？凑巧滩里有一个羊倌吆喝着一群羊，他大声问询，那羊倌瞅了他一眼，答道是。他迫不及待地大步进村。加宽的村道两旁全是经改造的新屋，门窗油着红漆，每家八个八孔的窗子，糊满五彩的窗花。他找到队部办公室，室内哑然悄声，只有一个小会计在拨弄算盘。他掏出介绍信，说明了来意。小会计偷偷地从头到脚打量他，涨红了脸呐呐地说："我知道，我知道。我读过你编的民歌选……那套书我们都翻烂了……队长、支书都去公社开会了，稍等会，让我结完账领你去找歌手……"

账算完，小会计和老郝一前一后走出村子。迎面一顷平畴，一片葱绿，只有远处乌拉山青色的曲线划破大地的单调。小会计略略迟疑了脚步,问道:“先找谁呢?”老郝说;“要数妇女的山曲儿多,最爱唱了。先找妇女队长,了解了解情况,好吗?”“好! 我们的妇女队长就是个歌手!”小会计翕动嘴唇,似乎还想多介绍介绍,可是却不知说啥好,结果只是脸色绯红,默默地在前面引路。

忽然,一支响亮的山曲飞来耳边,老郝听清那歌词是:

一溜山湾汽车、马车、火车道,
小妹妹回家乡来到了后大套。

咱村村原在山野草地马莲滩,
到如今成个花果山来米粮川。

天上的云彩风摆开,
头顶阳婆婆锄小麦。

锄头自带三分雨,
锄罢麦子再锄糜……

面前田野里有一群妇女在锄第一遍小麦,她们争先恐后都不分上下,一齐到了田头。其中一个姑娘的红袄在油绿的田野中显得特别鲜亮。

小会计老远就喊道:“唱得好! 谁唱的? 再来一个!”

她们停锄擦汗,七嘴八舌地嚷嚷:

“嗨! 看呀! 鄂秀才来了!”

“喂! 秀才! 来作甚哩?”

小会计走近她们:“别吵吵,你们再唱吧! 我引来个收山曲的,把你们唱的山曲都记下来。”

“收山曲的?”她们面面相觑,然后好奇的目光全都集中在会计后面的陌生人身上。是一个戴眼镜的长眉毛的老汉! 有的姑娘用手背掩住嘴想笑。

“刚才谁唱的？兰女子，准是你！”会计指着穿红袄的姑娘。那姑娘可泼辣，一扭头、啐了他一口说：

“灰秀才！谁告诉你的？不是我，是她！”

“去你的，我才不会唱呢！是她，秦地女！”

“瞎说！是她！”

“不！是她！”

吵得小会计头昏脑胀，说：“不唱就不唱！我才不找你们呢！兰女子，你妈呢？”

“我妈在柳林修渠。……哎呀呀，光顾逗嘴，我们任务还没完成呢！”红袄姑娘这一说，提醒了她们，全都转身继续锄地了。

他俩沿着渠道走，迎来一片绵亘的高大的柳林，穿过柳林，民工正在修渠，干得红火。小会计一路和人招呼，打听妇女队长在哪里。有人指点给他。在一伙妇女中间，有一个剪短发，穿深蓝、浅蓝、湖蓝三蓝花布衫，条绒裤，浑身显得整齐利落的妇女，正在铲土，刚装满两筐，她展起腰，用毛巾扇风。一个妇女喊：“队长，有人找你！”她抬头像在倾听，疑疑惑惑地动了动脚步。小会计抢上前去向老郝介绍。

啊！面前站着的竟是个瞎子！两眼罩着层白雾，瞳仁是银白的，多么熟悉的面孔！老郝记起来了，不禁失声喊道：“是你呀！陶杏花同志！”

杏花听到老郝喊她的名字，怔了怔，接着，唇边传出两眼所不能表达的惊喜：“呵！稀罕！是收山曲的老郝同志吗？”

“是我，是我。有十年了吧……”

“十年了。十年前你收过我的山曲……长流水长短流水短，新朋友新旧朋友旧……”杏花摇摇覆额的短发，吁一口气说：“快！快到我家歇息去吧！”

她转身向伙伴们交待几句，接过旁人递给她的发黑的拐杖，敲着路回村。她走在前面，竟不像是个瞎子，道是那么熟，步伐轻盈，不乱也不绊跌，逢到渠沟，很自然地跳过去，好像脚底下长了眼睛。路旁田埂上，一对百灵鸟被人声惊扰蓦地飞起，唧唧喳喳，比翼窜上蓝空。杏花停住，若有所思，回过头来说："百灵子过河丢下一根翎，收山曲过村留下一股名……老郝，我闺女闲时给我念过你编的山曲儿'经'，我们一面念，一面唱。"

小会计在后面插嘴说："她闺女就是我们刚才碰到的兰女子。"

"噢，都这么大了呀！有十八、九了吧？记得十年前我来的时候还是个娃娃哩！"老郝记起十年前遇见陶杏花，她二十多岁，孤零零地住在村西头。娃娃整天价一声不吭在炕头捻麻线，是她收养经佑的闺女。

那次老郝到蓝湖村，照例打听歌手，村里人告诉他有个双目失明的童养媳，从小卖给人家，在公婆手下受尽虐待，一场大病，瞎了眼，婆家更嫌她白吃饭了。解放后，正如村里人唱的："阳婆底下开红花，人民政府宣布婚姻法。辰起参落天河白，展开个翅翅放开个翎……"她坚决离婚回到娘家住，娘家已经没有一个亲人了。她虽然瞎眼，但参加互助组搞副业很积极，据说还和一个过去相好的羊倌快成亲了。"一对牛耕田并肩拉，共产党来了成了家。"可惜老郝没赶上喝他们的喜酒，没瞅见她的对象。

老郝记得初见杏花，说明来由，她雾茫茫的两眼很久很久瞪着天空，摇摇头，吐出两个字："不会！"碰了个钉子，老郝并不灰心。有一次，上她家去，她娃娃病了，老郝打开随身携带的药包，拿出药来灌了一剂，说："如今的娃娃多幸福，有人疼了，要在过去呀，有娘有老子的还凑合，没娘没老子的命难逃，特别是童养媳，真所谓：绿茵茵白菜空筒筒葱，苦了小命命谁心疼？……"三言两语，触着她的痛处，那时，她正在拉风箱烧火闷捞饭，落山的阳婆从门框外探进来柔顺地摩挲她的头发，一股暖流冲激着她，她饮泣起来。

这地方孤雁常时落，
受苦人害下个常难活。

窗棂棂上拴马扎了一根刺，
年轻轻办下一件伤心事。

霜打的黑豆叶叶稀，
枉枉价活了二十几。

泪蛋蛋本是心中的油，
我不难活它不流。

泪蛋蛋本是心中的血，
我不难活它不滴。

她唱了，一首接着一首。后来，她又唱了几支情歌：

为朋友为上个放羊的哥，
谁的豆荚荚也没我的多。

山羊绵羊踩下一道洼，
打住哥哥头羊说上一句话。

前半夜想你梳了一梳头，
后半夜想你熬了一灯油。

一颗星星满天亮，
亲亲挂在我心上。

唱着唱着，她竟忘记撇米汤，捞饭成了稀粥。

现在，老郝来到了陶杏花的新居，这已经不是十年前的旧屋了。进豁口围墙，院里一窝啁啾的小鸡团团绕住母鸡转。一口肥猪哼哼哧哧地躺在当道,被杏花的拐杖敲了一下,不耐烦地挪动身子。屋檐下紫燕正在来回衔泥垒窝。窗前立一株大叶杨,巴掌大的叶子挡住阳光,在糊窗纸上投下一片错杂的阴影。

杏花忙着刷锅烹茶。老郝在炕里坐定,摸出烟荷包吸旱烟,见三节节红躺柜上挂着照相框,他仔细端详,中间有一张“全家福”,杏花、兰女子,还有个比兰女子小的娃娃,大概是兰女子的弟弟,还有杏花的爱人,一个饱眉饱眼的壮汉,咋这般面熟呢?一定在哪儿见过的,老郝思忖着。

“那是你小小子吧?上学了没?”

“在公社上小学呢!每星期六才回家一次。”

“哦,你爱人的眉眼我好像很惯熟,使我想起另外一个人,也是个歌手,”老郝吱吱地吸烟,慢腾腾地说,“也是十年前,我到黧湖村收山曲儿,村里人告诉我,有个歌手唱得好,住在离村十多里的羊场,是个无根无叶的光棍。阳婆落,他赶着羊路过村子打尖,和我照了面,我问:‘会唱山曲吗?’他说:‘咋不会,你带来几瓶墨水写?几个口袋装?’我听了很高兴,便邀他唱几曲,他说:‘今儿个黑夜你上我那儿,我给你唱一黑夜。’说完,扭头走了。不料,一会儿跑马云彩满天布,哗啦一个雷声哗啦一个闪,下起大雨来了。我思谋,去呢不去?去吧,下这么大的雨走十几里路。不去吧,不知有多少好歌子会漏掉呢!还是决定去!我借了把伞、一根手电,摸黑去了。弄得浑身泥水。到羊场,只有一间小屋一盏灯光,门吱呀一声开了,他说:‘我估划你不来了,没料想你来了……’他烧旺一盆火,让我烤衣服,又烧了锅羊奶茶,我们喝着。他说:‘孤身人睡不了安然觉,我给你唱吧!’前半夜他唱了一百多首,第一句都是野鹊鹊落在什么什么上作比,后一句诉他过去当长工的苦,咒财主的黑心肠。后半夜,他诉说自己的经历,说他八岁就在财主家放羊,扛长工,说了就唱:

风扫院,月点灯,
苦年苦月几时尽?

不是毛主席来得早,
一辈子冤枉谁知道?

一对对盘羊头对头卧,
共产党来了解放了我。

杏花正在切砖茶,留神听老郝说话,刀子渐渐下得慢了,嘴里喃喃地在重复背诵那些歌词。

"唱完那几句,他露着白牙牙朝我笑,他告诉我他快成亲娶媳妇了。他解放前就和邻村一个童养媳相好,相好了许多年,老不能在一块。他唱:

墙头上跑马扭不回头,
咋好的妹妹人家的奴。

三十三颗荞麦九十九道稜,
小妹妹咋好也是人家的人。

老郝沉入回忆中,没注意到杏花愣住了,握刀的手微微颤抖。他继续说:"从前是:白马青鬃大路上站,要一回壮丁把人害!有一次反动派又来抓兵,他在山药窖里躲了四天四黑夜,被地主婆告密抓住了。保甲长和两个匪兵押着他到营部去,他要求朝那姑娘家的方向走。那姑娘在窗里瞭见了,不敢声张,瞒住家里人翻墙追出来,拼命地跑,登上一座山圪梁。这时,他正走到珊瑚河边,口渴了,趴下身子喝水,喝完扭回头,忽喇叭看见山脑头心上人手搭凉棚正瞭他,站不稳脚倒在山坡上。他心如刀扎,随口唱:

一出珊瑚河喝了一口水,
也不知道你扔我呀我扔下个你。

瞭见山圪梁瞭不见你，
瞭见珊瑚河长流水……

杏花不切砖茶了，猛转身跌坐在炕沿上，头顶着墙壁，两手在腿上不住地搓，发出低得几乎听不见的声音："是他，就是他……"

老郝却觉得被一声闷雷惊醒，明白是咋回事，心里很激动，想不到他说的那歌手真就是杏花的爱人。

此时，忽听见外面传来一阵清脆的羊铃铃响，一个粗嗓门慢悠悠地在唱爬山歌，在薄暮中丝丝然然逼近来。

要唱山曲拉长音，
十里路上有人听。

沙地里栽葱把根扎，
东南风送来党的话。

踩开黄土踩开雾，
踩开机械化的光明路。

乌拉山上放红光，
莜麦谷子渗金黄，

豌豆开花红点点，
今年又是个丰收年。

山泉泉不大汇成海，
石块块虽小堆成山。

绿狮狮滚的一颗红绣球，

好活的日子在后头。

门槛上出现一个肩披白楂羊皮袄，头扎羊肚肚手巾，手提羊铲的中年羊倌，边进屋边喊：“杏花！我家今天来客啦？”

杏花答道：“永栓，来了稀客，看是谁来了？”

“哎哟！稀罕！稀罕！是收山曲的老郝么？怪不得我在滩里放羊，见一个陌生人问路，好眼熟，原来是你呀！”

“原来是你呀！我也不估划在杏花家碰到你呢！”

“老郝呀，这次你带来几瓶墨水几个口袋装山曲呢？”

“你有多少我收多少。”

“十年前我给你唱了一黑夜，今天我再给你叨拉一黑夜，唱一黑夜，咋样？”

“好啊！你娶了个好媳妇，逢到个好年成，歌子恐怕更多了。”

“多了！多了！当然多了！”

杏花见他俩谈得热闹，不打扰他们，安顿下永栓吃饭，从墙角拿了拐杖，又去修渠了。

永栓腌菜就酸粥，三口二口吃得锅底朝天，放下碗筷，从羊皮绌绌里倒出小兰花烟，点亮油灯，请老郝吸羊棒。

“我那老婆子山曲可多哩！你没让她唱？”

“你们两个歌手合一个家，省得我收山曲的跑腿啦！……那年我收过她的山曲……”老郝想到带领妇女生产的杏花，这十几年的生活，定有一组最新的歌，不由得心绪翻腾。“不简单哪！现在的妇女……她瞎眼摸黑走道不会摔坏吗？你放心？”

“才不呢！她没瞎眼！比明眼人眼更明。白日黑夜她都一样干。这一带的路，她都摸熟了，有时上公社开会，她自己走着去。老郝呀，这几年，我这小家庭都靠她支撑哩！今年冬闲公社说让她到呼和浩特去治治眼病。老郝呀，下回你再来，兰女子她妈没准能看清你的模样儿了呢！”

这时，村外渠道边已经人声鼎沸。不一会，一个妇女的歌声飞翔在夜空，那么直率、坦爽，朴素得不加丝毫装饰，却能立刻钻入人心。永栓说："这是兰女子她妈在唱！"老郝抓住永栓的胳膊夺门往外走。

乌拉山呀漫山山青，
遮野盖顶的劳动大军。

手捉住犁拐拐鞭喝上牛，
不刨闹个丰产不罢休！

排子井，网子渠，
掐住珊瑚河随我意。

放进一股股水，挖开一道道渠，
春耕地莜麦顺垅垅绿。

一对对鸿雁嘎嘎叫，
口唱山曲心里头笑。

一车车粮食一车车歌，
幸福的年月好红火！

充满了生机的令人心跳耳热的春夜呀！柳林后面几片炽热的灯火，炽热的歌子此起彼伏从那里传来，有女声也有男声。老郝急急在前追赶歌声，耳朵边响着的虽然还是以前的山曲儿调门，可是歌声里贯注了新的血液，新的生命，新的内容，以不同于往年的更强有力的信心，淳厚浓烈的抒情，赞美公社的生活和劳动。老郝尽量捕捉每一句歌词，觉得周身凉爽、舒畅，脚步像飞也似的轻快，仿佛被一股巨大的风所推动。

我国历来将收集民歌称为"采风"，是多么有意思！采风，不仅仅是收集几首歌词，而是了解历史的“风”在人民生活中激起的波澜，时代的“风”在人民心中产生的动力，“风”是时代的晴雨计！而现在，老郝在今年再次深入采风的过程中，深深感受到目前农村掀起的东风，正跨过一切阻拦，吹拂着祖国大地，使万物滋长繁荣。

（选自《人民文学》1963 年第 11 期）

现代人的传奇

现代人的传奇，平凡而可怜的传奇。

六朝志怪唐宋小说聊斋阅微，都不及城市万花筒光怪陆离百色瑰丽。无数故事编织着历史，经线和纬线，交叉寻找“自我”的坐标。每一个扣都平凡而又可怜。

忽一天发了财气壮如牛。

忽一天鞭炮齐鸣婚丧嫁娶。

忽一天到火葬场排队拥挤，犹如抢购紧俏物资港货外币……

每一方格每一单元每一家庭细胞，都守着自己的位置，超越本属虚妄。研究人本、际遇、主客；生物基础、生命价值、心理动机；马斯洛罗杰斯和荣格……像崭新的货币一样，贪嗜者热衷于藏匿。

现代人的传奇，平凡而可怜的传奇。

引进竞争机制，楼，便显出高低；争高比高高高低低忽高忽低，有的摩天有的啃地。

哗哗地流，是车潮奔河喷泉麻将单据？

有的住在城里却仿佛原始森林：他还是穿老式服装吃馍就着开水，认为中国的茶比可口可乐强得多；他觉得对城市没有迫切的需要。而另一个他却为买不到电冰箱睡不好觉，托孩子的舅舅的舅舅，托外贸分局五金公司贸易货栈四通电脑供销总社土产日杂……挑来拣去，争来吵去，和老婆不共戴天，为扣掉每月的纸烟钱。

现代人的传奇，平凡而可怜的传奇。

改革者入狱。步鑫生浮沉。又成为强人，照片登上报刊。明星变成流氓又变成明星。诗人剪裁时装又当公司经理。世界大循环。命运逸出了轨道又返归。

在西北一个闭塞的小城，一个女干部渐渐老去，十分正常合乎情理天经地义。忽然有一天她失踪了，吵架的丈夫也搞不清她到哪里？问过爹娘婆姑亲友故交，谁都以为她死得神秘。一年、三年、五年、八年……对不起，还得用一个"忽然"流传着关于她的奇闻，有人在深圳碰到她，起初怀疑自己的神经和眼睛：只见她一身的珠光宝气，派头十足洋味十足傲劲十足，胸脯高了屁股大了皮肤白了，说是怎么一来跑到新加坡，嫁给一个种植园主当阔太太；她失去了西北的风单调的日子愚骇的亲稔，拾得了白狼丈夫汽车别墅空虚的眼泪……

蒙马尔特曾经有一则褪色的胭脂染过的枯萎的茶花般的故事。这太古老了，未免太古老了。

我们需要粗鄙的嗓门讲的是——

现代人的传奇，平凡而可怜的传奇。

（选自《许淇散文诗近作选》）

许淇的散文诗艺术

耿林莽

许淇是当代中国富有开拓精神的散文诗家之一。从森林、草原到现代都市；从画家、音乐家、作家到牧民、工人，他的散文诗的触角广泛延伸，拓宽了散文诗的审美空间。他早年学画，深谙音律，又长期生活于内蒙古草原，使他有优越条件写出许多色彩鲜明乐感优美并富地方风情的篇章。但是他未囿限于此，新时期以来，他的突出贡献是：一、以散文诗为世界著名艺术家"立传"的人物散文诗，包括《掀开世界画册》《音乐有时漂我去》等系列作品。二、以"城市交响"为中心为祖国的著名城市"立传"的地域散文诗。他在这些作品中，生动地表现了现代化这个时代主旋律在人民生活和精神风貌上所引起的变化,并由此为散文诗的现代色彩镀染了新的光辉。

写人,而又不是纪实小说、传记文学,而是精炼优美的散文诗,这就需要艺术的概括、提炼、精炼、精巧构思、捕捉意象等等,非大手笔不能为。我们且看他的《齐白石》,这是曾获《星星》诗歌创作奖的一篇代表作。白石老人晚年,几乎成天滞坐在藤椅上"昏迷",每当清醒,便站起来画上几笔。许淇写老人,便以他京华旧居晚年生活中摄取了一个慢镜头,大师的精神风貌,艺术自然的关系,人物的境界全出。

"古都深深的四合院",平淡无奇,接下来却是:"蝉鸣像树的发声,招引着蔚蓝的鸽哨",运用通感和意象转移,色彩与声响交相辉映,蝉声隐于浓荫,仿如树声;而以蔚蓝形容鸽哨,乃是将蓝天作了空间叠合,采用的是立体绘画的手法。鸽群的飞落,猫的打呼噜,这静中之动,动中之静,全是为了衬托那个坐在藤椅上的艺术大师。"时间几乎不存在","仿佛已经坐了许多许多年"。这种静的极境,乃是为了铺垫和突出那只窗台上的小甲虫,这位引出人物的动态、化境,成为全章散文诗的核心动作的一个关键情节。

"比他颜料盒里最昂贵的朱砂还要鲜红。他的眸子因自然美的发现而闪亮,犹如贪婪的守财奴……"这是绝妙的手笔。从画家的视角看甲虫,色彩鲜丽的敏感,甲虫动态的敏感,老人的童心,画家的意识,全为之唤醒,他的生命因之而颤栗了。白石老人全部的美学思想、美学价值都在于从普通的自然中发现美并形诸笔端;宇宙之大,苍蝇之微,纳须弥于芥粒,求永恒于瞬间。许淇恰恰也是"求永恒于瞬间",捕捉了"甲虫"这样一个艺术细节,便将老人的晚景以至毕生的艺术生命的光华,突现于纸上。

"老人支撑着站起身来,缓缓地走了几步,轻轻地捉住甲虫,放到他布满寿斑的象一方皱巴的虎皮宣的手背上"。

老人的神态与步履毕现,尤其是甲虫在他的手背上蠕动,何其细微,写他的手之枯槁则用了"皱巴的虎皮宣"的意象,切合画家的身份,许淇观察与构思之微细奥妙,于此可见一斑。

许淇对于每一章散文诗的结尾,总要费尽匠心,辛苦经营,这一章也不例外。"白石老人的眸子儿童般地半是惊讶,半是新奇;视网膜里尽是他一生笔底的草虫世界。”一下子由具象到抽象，概括了画家的一生，作品的空间迅速地扩展开去……

许淇的艺术修养深厚，视野辽阔，于绘画、音乐、小说、散文均有所涉猎，这使他在散文诗的领域内，既敢于创新，敢于开拓，又有充分的艺术技巧供其驱遣，每能得心应手挥洒自如地处理一些高难度的题材。《德彪西》写的是法国印象派音乐家，通篇是德彪西钢琴曲的音乐意象，“童年的蝴蝶，斑斓纷坠的蝴蝶”反复出现，造成了统一和谐的音乐效果，色彩鲜艳蝴蝶纷飞的画面，恰是德彪西音乐风格的具象化身。《广州》《现代人的传奇》都是表现现代都市生活的，许淇的散文诗将许多琐细事物、日常口语，纷呈的社会生活动态摄入诗的万花筒中，不是枯燥的罗列，而有诗意的内光，这是异常艰巨的课题。许淇不拘泥于诗的外在形体，而重在诗意内容即诗的精灵的猎取，而在表现形态、叙述手段、语言风格上大幅度地跳跃，放开，有些地方几乎完全放到散文化的边缘，这是很有魄力的。他取得了一些突破和成功(当然也有些难以尽如人意的小疵)。《现代人的传奇》较为典型，它现实主义地抓住当今社会的若干现象，立体地组合构成行动着的画面，长句子和快节奏相联系，滚珠般的拗口令似的语言，造成心律的速跳和意象交叠的效果。

许淇善于将现代手法和传统技巧融汇于一体。《降雪・室内》《音乐和乐队指挥》《中秋如梦令》各具特色却都有很强的意境感。《音乐和乐队指挥》写的是音乐会的感受。“我们同时走进一家小吃店。他狼吞虎咽筷子如棒尖席卷一碗面”，这极富机趣的细节将乐队指挥的乐棒与吃面条的动作凝为一体，耐人玩味。《降雪・室内》则写下雪天对亡友的怀念。陶制烟斗，乌木书桌，紫砂壶和碧色茶，纷飞的雪如幽灵自天而落。无言，无形，如梦，如烟，造成了极为幽深的诗境效果。

(原载 1991 年 3 月 23 日《文艺报》)

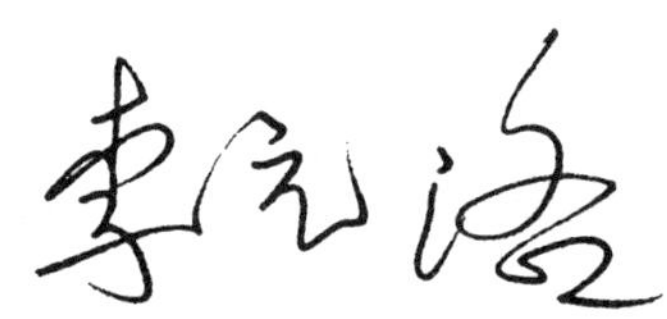

李元洛（1937— ），诗评家、散文家，湖南长沙人。1956年考入北京师范大学中文系，毕业后先后在青海西宁一中、湖南湘阴一中、岳阳师专任教，1979年调任《湘江文艺》评论组副组长、编委，1980年加入中国作协，现任湖南省作协副主席、研究员，为湘潭大学、岳阳师专、益阳师专及西南师范大学中国新诗研究所兼职教授，湖南师范大学名誉教授。

李元洛在大学时代即开始发表诗歌及诗歌评论，著有《诗歌漫谈》《论郭小川的诗》《诗学漫笔》《楚诗词艺术欣赏》《诗美学》及《李元洛文学评论选》等。上世纪90年代转向散文创作，现已出版散文专集5部：

《凤凰游》（台湾三民书局，1995年）；

《吹箫说剑》（湖南文艺出版社，1995年）；

《怅望千秋——唐诗之旅》（东方出版中心，1999年）；

《高歌低咏——宋词之旅》（岳麓书社，2000年）；

《书院清池》（山西人民出版社，2000年）。

李元洛的散文，有《信笔说“信”》获《散文天地》优秀作品奖，《夜读岳飞》获《散文》精短散文大赛优秀作品奖，同时被选入《1991—1993散文选》，有《少年游》被选入《中华人民共和国50周年文学名作文库·散文杂文卷》。评论李元洛散文的文章主要有：

《怀君子之志，为学者之文——李元洛散文论》（龙长吟），《理论与创作》1996年第3期；

《江南江北送春归》（贾宝泉），《文学报》1995年2月28日；

《落笔湘云楚雨》（余光中），见散文集《凤凰游》（台湾三民书局）、《吹箫说剑》（湖南文艺出版社）；

《箫心剑气——读李元洛〈吹箫说剑〉》(吴新宇),《湖南教育报》1996 年 3 月 29 日；

《选词如选将——〈吹箫说剑〉语言艺术鳞爪》(张鹄),《新闻出版报》1996 年 7 月 1 日；

《文人情怀和理性散文——读李元洛的散文集〈吹箫说剑〉》(贺绍俊),《文艺报》1996 年 5 月 10 日；

《声满东南几处箫——读李元洛散文集〈吹箫说剑〉》(〔新加坡〕蔡欣),《云梦学刊》1997 年第 3 期；

《文化散文的一座高峰——评李元洛的散文集〈怅望千秋——唐诗之旅〉》(郝雨),《理论与创作》2000 年第 1 期。

我的散文观

李元洛

我以前在从事诗论研究与诗歌评论之时,曾给自己订下一条戒律:不得写诗,以免理论与实践脱节而贻眼高手低之讥。现在以散文创作自娱,照理也不宜高谈散文理论,但“潇湘散文精品丛书”的体例,是以“我的散文观”一文弁于卷首,适逢我曾应《散文》主编、散文家贾宝泉先生之约写过一篇短文,故尔随手拈来而略作补充。

艺术创作与艺术欣赏是一个广阔的领域,审美趣味也因时因人而异,春兰秋菊不同时,不必也何必强求一律? 但就我个人而言,我最欣赏的是有思想、有情怀、有才气、有学问、有个性、有文采的散文,而那些蹩脚的伪劣散文之作,则往往是四大皆空而六有俱阙。

综观古今中外的散文,那种上选之作或无上妙品,非哲人、学者、才子集于一身者莫办。

它们有哲人的对人生与世界的思考和关怀,深远如哲学的天地,启人思索与顿悟,让人得到灵魂的净化与升华。有的散文或就事论事而意平境浅,如同浅水沙滩一眼见底,或只顾咀嚼身边琐屑与一己之悲欢，如同过路流云随风而逝。

它们有才子的锦心与绣口，高华如艺术的殿堂，使读者心醉神迷，留连其中而不想或不忍退场。有的散文则平庸粗浅，使读者只能喟然叹息：这样的作者来写散文，真是一个美丽的或不美丽的错误。

它们有学者的素养与风度，厚重如文化的黑土，令人感到人类文明的覆深载厚，教人远避浮躁与浅薄。有的散文则捉襟见肘，左支右绌，如一朝暴富而旋即破产的皮包公司经理。

它们极具个性，羞于与他人雷同。我们读到的千人一面、千部一腔的作品已经太多，而世上的烦恼已经不少，所以不想再读此类大同小异之作而增添新的痛苦。

它们颇具文采，其作者必然是驱遣文字的"武林高手"，一招一式足见深湛的内家功力。有的作品则只能以平庸乏味冒充淡远，以陈腔滥调说明无能，以滑调油腔伪装幽默，以作势装腔故显深沉。

念天地之悠悠，观众生之芸芸，那种众美并具而历经时间考验的杰作究竟有多少呢？古今中外的高手在前，大师在上，我虽永不能至，然而心向往之！

自选作品

万里长城万里长

——朝山海关记

一

万里长城万里长，
长城外面是故乡。
高粱肥，大豆香，

遍地黄金少灾殃。

还是在杏花春雨的江南，还是在初谙人事的孩提时代，还是在抗日战争的烽火灼痛烧焦了我的童年的流浪岁月，万里长城就从万里之外蜿蜒翻飞在我的心中，山海关就跨山越海巍然雄峙在我的梦中了。我的故乡不在长城外面，但幼时我也知道和许许多多的大人一样，引吭高唱唱遍了大江南北唱彻了八年岁月唱红了千万管枪膛的《长城谣》。啊，万里长城万里长！

斗转星移，悠悠的半个多世纪过去了。我今天终于从南方来朝拜长城，瞻仰山海关，走进《长城谣》的歌词里，补读六十多年前那一章血与火写成的悲壮历史。

汽车离开北京，便心急火燎地朝东奔驰。我的家乡在南方，水秀山明，明山明在杜甫的"祝融五峰尊，峰峰次低昂"中，秀水秀在谭嗣同的"半勺洞庭水，秋寒欲起龙"里。而现在扑入视野的，却是另一番迥然不同的景色：莽莽苍苍的沃野平畴，像燕赵豪侠的大氅一样无遮无拦地迎风抖开，在天的尽头，大氅"唰"的一声卷起，化为陡峭入云的石山峰峰相连拦在挡在镇在你的面前，如一群壮士倚天按剑而立，撞痛而且压弯你的眉睫。车行幽燕大地，你自然会想到古往今来的战争。蓟县在车窗外，你难道不会忆起杜甫在四川喜极而作的《闻官军收河南河北》？"剑外忽传收蓟北，初闻涕泪满衣裳"，一千多年的风雨过去了，饱经丧乱而热爱黎民的杜甫，他滂沱的涕泪该也流干了吧？车过卢龙，王昌龄那首大声鞺鞳的《出塞》，也会越过历史的长河敲响在你的耳边："秦时明月汉时关，万里长城人未还。但使龙城飞将在，不教胡马度阴山。"一千多年的风沙过去了，我能不能邀这位诗家天子来和我们把袂同驰？远逝者已矣，我不知到何处才可以找到他们，而"山一程，水一程，身向榆关那畔行"之时，已再也见不到清词人纳兰性德笔下"夜深千帐灯"的景象，但脚下的田园阡陌，迎面而来的满面风霜的老人，都可以一齐向你诉说当年，诉说当年日军如何像黄蜂如野兽从山海关闯入，土地在它们的坦克履带下呻吟，城镇在它们的炮火下成灰，百姓的鲜血在它们的膏药旗下汩汩流淌……

汽车朝前急驰，我的思绪却向后飞翔。五十年前，在湘西的崇山峻岭中流亡几年之后，我们一家终于在洞庭湖边的汉寿县城停留下来而稍事喘息。忽然，一纸降书出芷江，一排降将立南京，一个战败的敌国在东瀛，在长达八年的正义与邪恶的角力之后，在长达八年的人性与兽性的苦斗之后，我们终于赢了，赢了，赢了！当时年纪虽小，但至今仍然记得一天晚上喜讯传来后满城如沸的情景：噼噼啪啪的鞭炮呵，笑个通宵；高挂的大红灯笼呵，笑亮了家家户户的门楣；敲锣打鼓彻夜不休的游行队伍呵，将黑夜笑成了红霞满天的黎明。胜利了！胜利了！胜利了！及至年岁已长，我每读父亲当时写的一首七绝"声声爆竹沸湖城，闻缚苍龙喜不胜。扶醉还来窗际立，错将星斗当花灯"（《喜闻日寇投降》），总是不免旧梦重温，五十年前全民族大喜大庆的节日景象宛如昨天。

在南方时，我常常读出生于江苏的清代诗人黄仲则。他在《将之京师杂别》中说："自嫌诗少幽燕气，故作冰天跃马行。"这位江南才子嫌自己的诗作缺少幽燕的博大沉雄之气，所以特意去北方的冰天雪地跃马而行。我喜爱杏花春雨江南，我也向往白马秋风塞上，在悠悠历史浩浩时间芸芸苍生莽莽大地之前，我的笔不免柔弱而苍白，这回万里北上，去朝拜万里长城和长城之头的山海关，幽燕的朝阳沧海，北国的峻岭雄关，能赠我满腔热血凛然风骨和健笔一支吗？

二

万里长城之首是山海关，山海关之首是渤海湾边的老龙头。

有一年从西北的新疆回来，在夕阳斜照汉家陵阙时分，火车轰然从嘉峪关之侧驰过。那是夭矫巨龙之尾，万里长城的终点，而长城的起点神龙之首呢？我凭窗远望，怎么也看不到万里之外的"老龙头"如何吞吐渤海的潮水呼吸东方的霞光。如同朝圣者要溯流而上，去巴颜喀喇山穷极长江与黄河的源头，而今，我终于伸开双臂，把万里长城那蓝天碧海之间的起点抱入胸怀。

明代万历七年，即公元1579年，蓟镇总兵、爱国名将戚继光为防止女真和蒙古骑兵沿海滩入侵关内，便在山海关城之南燕山支脉松岭的入海处，砌石为垒，修筑了一座高三丈有余而伸入海中七丈，其上有巍峨敌台的石头城。这样，宛如一条巨龙的长城从山海关往东南奔腾而来，到达渤海之滨的高岗上，略一踟蹰，便一头扑进水中，溅起四百多年来也不曾凋谢过的水花，这，便是代代相传遐迩闻名的"老龙头"了。

我从岸边高阜上的澄海楼前，直趋这座镇于海中的石头城。只见它全部用巨型花岗岩条石垒砌，沉重如久远的历史，坚强如不屈的意志。几百年来，它始终兀立在那里，傲对苍茫的大海时间的风霜与入侵的劲敌，而高峙的敌台却如同一位威严的守将，双目炯炯地凝视海上居心莫测的风云，而每一个箭垛后面呵，至今似乎仍然醒着一支支弦上待发的箭矢。你站在城上如同凌波海上，前面是万顷汪洋，尽管你目眦尽裂，它也只把天边的一条水平线和一轮朝阳交给你；后面是巨龙尽舞，尽管你侧耳细听，也听不到落日撞到嘉峪关城楼上的砰然之声。天风浪浪，海山苍苍，你振衣于万里长城的第一座城堡之上，那历代英雄志士经略过的边防要塞，虽然你是一介文弱书生，也不免会豪性奔涌，几乎要像古代的壮士一样把剑起舞，喑呜叱咤起来。

然而，你如果回眸身后高阜上新修复的澄海楼，你就难免悲而且愤。澄海楼原为明代的守城箭楼，到清代成为观海胜地，人称"长城连海水连天，人上飞楼百尺巅"，其上有明代抗清名将孙承宗所题"雄襟万里"横匾。1900年八国联军入侵中国，镇守山海关的叶志超竟然奉旨仓皇退兵，不速之客们和潮水一起在老龙头登陆，先是炮轰继之火烧，澄海楼与其侧的宁海城均毁于一旦。次年《辛丑条约》既成，这一带故国山河，竟然成了烧杀抢掠的日、德、意、俄、英、法六国驻军的营盘，直至第二次世界大战结束之后，日军才最后撤走，如同清末刘文临《哀澄海楼》诗所说："宁海城头衰草秋，残垒夕阳相向愁。国旗拔去张新帜，夷歌互答声啾啾。”

澄海楼边，有一尊铸有王冠标志的英国巨炮锈在那里，当年口吐凶言恶语制造灾难血泊的炮管，今天已经哑默，任你如何敲打，它也不发一言。我登楼望海，眼光翻阅海波像翻阅一叠叠并未远去的历史，只见老龙头上游人如织，而近处沙滩上浅海里避暑消夏的男男女女笑语喧阗，而我独立楼头，抚今思昔，把栏杆拍遍，心中轰响的却是《长城谣》悲壮的旋律：

自从大难平地起，
奸淫掳掠苦难当。
苦难当，奔他方，
骨肉流散父母丧。

三

在万里长城的许多名关险隘之中，山海、居庸、嘉峪名冠古今，被誉为三大名关，而山海关地处长城之始，是拱卫京城的第一道关隘，所以历来又有“天下第一关”的美誉与壮称。

从滨海的老龙头西去不远，一道高大的城垣便从明代飞来，而一座雄关便锁着许多传奇许多英雄的故事许多悲壮的历史镇住了我们目不转瞬的眼睛。呵，山海关，儿时的梦寐中的山海关，抗日战争烽火中的山海关，唱遍了关外关内塞北江南的《松花江上》中的山海关，这就是你吗？

山海关，原在临榆县境内，故古称“榆关”，而今在河北省秦皇岛市之东北。明代大将徐达在历代长城的基础上重新整修，在此创建关城，设立卫所，因地处高山大海之间，始名“山海关”。它北倚巍巍之燕山，南襟滔滔之渤海，长城纵贯，重关锁隘，东有角山蔽天，是天设藩篱，西有石河行地，乃地设壕堑，前扼辽冀之咽喉，后为平津之屏障，所以明代人曾形容它是“幽蓟东来第一关，襟连沧海枕青山”，而

“两京锁钥无双地，万里长城第一关”的联语，更写尽了它的胜概雄风。

上海关城，周长八里。与长城衔接处建有奎光楼，与东罗城交会处建有牧营楼，北有临闾楼与威迈堂，再北有北翼城和旱门关，而“天下第一关”镇东门则雄踞其中。老远老远，那高峙的关楼与楼头高悬的“天下第一关”的横匾，就来震慑我的心魄了，及至登临其上，放眼四望，蜿蜒而去的长城烽火台上，仿佛仍有报警的狼烟，而渤海的浩渺烟波间，似乎仍有入侵的舰影。五代时契丹从这里长驱直入，“刍牧于幽平之间”。窥视的清兵当年曾在关外牧马，七次绕过山海关从其它关隘入口，使得京师为之戒严，而李自成与吴三桂和多尔衮的联军也曾在关下激战。你在关城之上倾耳细听，似乎仍有战马的长嘶箭矢的飞啸刀剑的交鸣燃烧的呐喊，正穿过悠悠的岁月穿过厚厚的明史与清史叩击你的耳鼓。

然而，我来山海关不是为发思古之幽情，不是为凭吊阅尽兴亡的古战场，而是前来重温每一个中国人都不应该忘却的“山海关抗战”那一章血泪交迸的痛史。

1931年“九·一八”事变之后，东北沦亡。1933年1月1日，日军开始向驻守在山海关的中国军队挑衅。次日上午，日军炮轰山海关南门，并开始攻城。3日，从秦皇岛调来的三艘炮舰向城内发炮，从东北增援的第八师团铃木旅团担任主攻，日军六千余人在飞机、大炮、坦克的掩护下从南面猛攻关城。中国守军则是原隶属东北军的五十七军第九混成旅，只有二千多人，主要武器是步枪、大刀片和手榴弹，虽然奋勇杀敌，但这却是一场众寡悬殊优劣判然的战斗。激战三日，守军伤亡过半，山海关终于陷落。但是，这场血战却打响了华北抗战的第一枪，揭开了长城察哈尔抗战的序幕，是中国抗日战争史中重要的一章。半个多世纪之后我伫立城头，历史的烟云荡开，当年令人心血如沸的情景在我眼前一一重现：

“愿与我忠勇将士，共洒此最后一滴之血，于渤海湾头，长城窟里。为人类张正义，为民族争生存，为国家雪奇耻，为军人树人格，上以慰我炎黄祖宗在天之灵，下以救我东北民众沦亡之惨！”——这是在相片上大书“国破如何不尽忠”的第九混成旅旅长何柱国将军的《告士兵书》，今日读来，字里行间浩浩乎仍奔迸一股忠义之气，片纸之上飒飒然仍飞扬那个时代的烈风豪雨。

“日本人真把我们欺侮到家了。我们不能一让再让，连中国人的一点血性都没有。我们要和他们决一死战，与山海关共存亡！”——这是安德馨在何柱国召开的团营长会议上的慷慨陈辞，他是回族人，626 团一营营长。他率营苦守南门，在巷战中中弹牺牲，全营官兵几乎全部战死。

刘虞宸，一营二连连长，辽宁省丹东人；关景泉，二连连长，河北省宛平人；王公元，四连连长，山东省即墨人；谢镇藩，五连连长，辽宁台安人——他们正当青春岁月，却都义无反顾地将年轻的生命交给了中国的大地山川，碧血染红了城头也染红了青史。

还有那许许多多以身报国的国殇，他们连一个名字也没有留下就慷慨赴死了。他们姓甚名谁？他们有没有妻室儿女？我问巍巍雄关问莽莽大地问茫茫岁月，今天的后来者到哪里去为他们招魂？

伫立在山海关城头，我不禁神驰今昔。血泪浸渍的伤口可以结疤，民族的巨痛深悲撕心裂肺的往事难道就真已如一抹烟痕吗？数十年岁月过去了，1970 年西德总理勃兰特出访波兰时，曾在华沙犹太人牺牲纪念碑前屈膝跪倒，哀悼希特勒横行时波兰死难的六百万生灵。一位记者发出电讯：“不必这样做的他，替所有必须这样做而没有下跪的人跪下了。”日耳曼民族是一个勇于自省的民族，朝野上下对二战普遍怀有深重的负罪感，对纳粹德国的战争罪行的忏悔既深且广。反观昔日的宿敌今日的邻邦，1988 年文部省审定教科书，就将日本对别国的侵略一律改成“进驻”；时至 1994 年，环境厅长官樱内竟说“与其说侵略战争，毋宁说所有的亚洲国家托日本的福”，通产相桥本也信口雌黄：“能否把那场战争称侵略战争，我个人怀疑。”一个人要知道自省与忏悔，一个民族难道不需要自省与忏悔吗？长崎广岛原子弹之下的死魂灵固然可哀，中国死伤了三千五百万军民，几占二战中参战国军民死伤人数总数的一半，那难道不是日本军国主义者的罪孽吗？经济上富裕和强大，难道欠了债不仅可以不还而且还可以颠倒黑白趾高气扬？

法国巴黎有一座宏伟的凯旋门，在当今竞争激烈的世界，在未来的新的世纪，中华民族繁荣富强的凯旋门建立在哪里呢？雄关在眼前，长天在头上，历史在身后，未来在远方，《长城谣》啊《长城谣》，那永恒的旋律又一次在我心头轰然鸣响：

万里长城万里长，
长城外面是故乡。
四万万同胞心一样，
新的长城万里长！

一九九五年五月，抗日战争胜利五十周年前夕于长沙

（选自散文集《吹箫说剑》）

夜读岳飞

窗外，江南的春雨潇潇。远处高楼上五彩霓虹灯明灭不定，近处有流行音乐在卡拉 OK 厅里泛滥新潮。我独坐书房，像独守汪洋大海中的一座孤岛，挑灯夜读八百年前的岳飞。

我读岳飞手书的诸葛亮前后《出师表》。丞相祠堂何处寻？多年前有缘去四川成都，刚刚从杜甫《蜀相》诗中走进去，便在武侯祠的回廊上被镇住了。回廊壁上嵌着两块硕大的青色石碑，镌刻的正是诸葛亮的前后《出师表》。我平日也读过不少碑帖，最令我五内如沸的莫过于这一方了。那遒劲奔放的行草，喷自一管八千里路云和月中的凌云健笔，涌自一位英雄待从头收拾旧山河的激烈壮怀。巴山楚水，万叠千重，我无法将那碑文搬回家去，只能将它藏在心中。数年

之后，我专诚拜谒谭嗣同的家乡浏阳，竟然在浏阳的书店买到新出版的《岳飞书前后出师表》。谭嗣同是封建末世的奇男子，岳飞是名标青史的伟丈夫，我的遇合冥冥之中有什么天意吗？我庆幸我的夙愿于斯时斯地如愿以偿。

今夜，窗外是潇潇的江南春雨。我没有去凭栏，我耽读岳飞书于《出师表》之后的“跋”：“绍兴戊午秋八月望前，过南阳，谒武侯祠，遇雨，遂宿于祠内。更深秉烛，细观壁间昔贤所赞先生之词、诗赋及祠前石刻二表，不觉泪下如雨。是夜，竟不成眠，坐以待旦。道士献茶毕，出纸索字；挥涕走笔，不计工拙，稍舒胸中抑郁耳。”我的耳边，敲响岳飞八百年前在南阳武侯祠听到的雨声，我的眼前，红起岳飞当年夜深不寐时点燃的烛光。岳飞他瞻仰武侯祠而泪下如雨而坐以待旦而挥涕走笔，这不是一种精神人格上深刻的领悟、沟通和激动吗？一位，少年时母亲就在他背上刺下了“精忠报国”的叮咛；一位，在危急存亡之秋向历史和苍生作出“鞠躬尽瘁，死而后已”的表白，虽然异代而不同时，这却是一个心忧天下的灵魂和另一个心忧天下的灵魂的隔代相呼，是一颗高贵的心和另一颗高贵的心的遥相感应。八百年后的今日春夜，我侧耳倾听的是江南夜雨，更是那英雄二重奏的铿然和鸣。

稍后于岳飞而呼吸在同一个时代的陆游，对《出师表》也赞美不止：“出师一表真名世，千载谁堪伯仲间。”(《书愤》)，“出师一表通今古，夜半挑灯仔细看。”(《病起书怀》)，《出师表》的具体指涉，也许离我们已经太遥远了，今天夜半我挑灯仔细看的，是和我们仍然十分亲近的岳飞的事迹。有一回，岳飞和一群文人学士谈及纷乱的时局，有人提出“天下纷纷，不知几时才可太平”，岳飞有名的回答传于后世，直到今天仍然掷地作金石之声而发聩振聋：“只要文官不爱钱，武官不怕死，天下自然就会太平！”当今之世，钱潮动地，欲浪拍天，芸芸众生对财神的尊敬不是远远超过了对其它所有的神明？岳飞登坛拜将，身居高位，但自奉仍然甚俭，全家仍然是布衣粗食，他无论平时或战时也仍然和士卒同甘共苦，这样，岳飞的部队上下一心，真正是“战无不胜”,连强敌也无可奈何地惊呼“撼山易,撼岳家军难”! 今天,人欲与物欲一起横流,穷乡僻壤仍然饥肠辘辘,酒楼宾馆有的人却挥公款如挥泥土。去年国家还有多少个亿财政赤字,但全国用公款吃喝旅游的钱不是已经过千亿了吗?

窗外,今夜已潇潇雨歇。在商品狂潮的惊涛拍岸声里,在现代的滚滚红尘之中,我再一次夜读八百年前的岳飞。我读人的傲然脊梁,读民族的浩然正气,读历史的巍然丰碑。

(选自散文集《吹箫说剑》)

怀君子之志　为学者之文

——李元洛散文论

龙长吟

文学创作与评论研究虽然是文学的两个轮子,可它们常常在同一个作家笔下滚动。搞创作的人转而写评论,少有框框,生动活泼,要言不繁,直捣神髓;搞评论研究的转向创作,大都视野宽,起点高,作品严肃而纯正。有的干脆就是将评论研究与创作穿插进行的。研究与评论一身而二任,古今中外不乏其人,现在,湖南的李元洛也进入了这一行列。他向来以诗评家之名行于世,可是在研究诗学的同时,心有旁属,常念念于散文。自1979年以来出版了10本诗评与诗论著作之后,1994年开始,正式移情散文创作,先后在新加坡、菲律宾、中国台湾和内地共发表了百十篇散文,且有不少载于报刊的显著位置;最近,又将其辑成散文集《凤凰游》《吹箫说剑》,相继在大陆和台湾推出。在此,我就其散文略作评说。

"人文风景"——李元洛散文的主要材料

散文的材料是所有文体中最不受限制的。大到国家兴亡、民族苦难，小到一星爝火、一丝冥想，雅到琴棋书画，俗到吃喝拉撒，都可以堂而皇之地进入散文的殿堂。近年来，商潮勃兴，小报丛生，散文走红。在以往按表达手段分成叙事散文、抒情散文、议论散文的基础上，以散文的题材和内容分类，文学评论家又标举出生活散文和学者散文。生活散文着重表现个人生活中的细故微澜、身边琐事，显现生活的情趣和乐趣；学者散文以文化、学识为主要材料，或针砭时世，或传达理性，或表达个人的情怀与志趣。如果说抒情散文主情，议论散文主理，生活散文主趣的话，那么学者散文则重在抒写境界与情怀。虽然任何一篇散文都离不开情、理、智、趣、境、文诸项，但学者散文则相当讲究材料的文化档次，更注重情怀与境界，追求散文的思想、学识、情志与文采。改革开放搞活了经济，也带来了文化交往的频繁和学术界的活跃。或因山水之邀，或应友朋之请，或得文化交往之利，或趁学术会议之便，李元洛先后游历了新加坡、菲律宾、香港、台湾和大陆的许多名山大川、风景胜地，湖南省内有名的和实至而名未归的自然风景区，也有不少留下了他的踪迹。他的散文大都为游历之作或忧时感世之篇。其一写台湾、香港、新加坡的境外之旅，兴趣不在山水而在人物与友情；其二写省内之旅，所到之处多为尚未被开发，知名度不怎么高的景区与景点，为文之旨也不在推介新的旅游风景区，而在赞美山河、欣赏自然美的同时批评现代城市文明中的庸俗面，表现出对城市文明的某种程度的厌倦；其三述说自身经历及与亲人、老师、友朋之间的关系，亲情、师情、友情溢于言表；其四忧时感世而作，虽散见于各篇之中，但也有集中批评不良社会风气的，如《方城之战新说》等；其五为记述大陆名胜古迹访游盛况与观感，显示出中国传统知识分子的气节与情怀。所到之处，多为文化之旅，行万里路，如读万卷书。名山大川、文化胜地的文化积累和文化遗存大大地开阔了作者的视野、襟袍，也充实了散文的内容，提高了散文的思想境界，升华了散文的内在精神。李元洛的记游之作与刘鹗的《老残游记》完全不同。《老残游记》虽也涉及民风民俗，但着重写所到之处的山川形胜，以奇为美，具有地理学和民俗学的重大意义；李元洛的兴趣不在山水风光,而在人文风景,它所具有的是文化学,特别是人文文化方面的意义。李元洛笔下的人文风景,由两部分构成:一是名胜古迹的历史沿革,名人题咏,诗、词、联、赋、文、典故。虽写境外之旅的散文,也多处涉及或引用古今诗文,《来自远方的好音》一文引述人文风景的篇幅几占三分之二。这类材料的组接和集纳,使作品内容丰厚,富有知识性和较深厚的历史文化色彩,而且较好地表达了作者的思想和情志。第二类人文风景是由作者自身的文化活动构建的。作者的文学友人,也多为名人或新秀。他们毕生与文学结伴,文化档次较高。这类人文风景至少告诉我们:在物欲日旺、世风日下的年头,还有一大批精神自守的文学艺术家在建造和守卫着人类的精神文明,他们用可贵的操守和创造性的精神劳动,像蜜蜂酿蜜一样,辛勤地酿造着人们所需要的精神食粮。

学者情怀——李元洛散文的境界

“怀古壮士志,忧时君子心”。李元洛的散文少思古之幽情,常着眼于现实,对世俗庸风怀着鄙薄与忧思,一派君子之心,满腔学者情怀。所谓学者情怀,就是尊师重傅、推重斯文、清贫自守、忧国爱民的情怀。作者既饱受中国传统文化的涵咏,又深得现代思想观念之熏陶,他的性格情怀不同于古代山林知识分子的孤傲与清高,也没有那种不明世情,不懂社会的十足书生气。他尊师重傅——“文革”中,回长沙一师拜会胸挂黑牌在走廊上扫地的赵老师,趋步而前,恭恭敬敬地鞠躬口称“老师”,以弟子之礼和师生之情温暖老师冰冷的心。他推重斯文——首为重书。宋人韩驹说:“惟书有真乐,意味久犹在。”《书架、书角、书屋》一文如实纪录了他大半生乐在书中的情景。“爱乌及屋”,他由爱书而尊重那些传播文化的书店和书店经营者,称台湾三民书局的文化大楼为“琅玕福地”,赞美那些在人欲物欲横流的商业社会中仍坚持书香事业的出版家为造福众生的人。在“万般皆上品,唯有读书低”的时候,他常作书店之游,心中洋溢的仍是永恒的书香。他乐与高雅的文友相交,谈文说艺,放言古今中外,不亦乐乎。“秀才人情纸半张”,他很看重朋友们的纸上人情。他曾专门写了《信笔说“信”》《托“线”之福》两篇散文。西人称信为“温柔的艺术”,他以突发的奇想表达对书信的推重:“假如我拥有李白书信的手迹,哪怕只有一封,即使有人用一座银行来和我交换,恐怕我也不会出手。”

他甘于知识分子的清贫,常以诗文自娱,以精神的丰富自乐。当今虽然钱潮澎湃,物欲高涨,但他说:“艺术无价,灵魂无市,心内怀一方净土,手中握一管彩笔,纸上挥一派烟霞,这难得的清雅与精神的丰富未始不富甲王侯,笑傲大款?”他写散文,是因为文字可以挽留体验过的美的事物和美的感情,留下生活中和生命中稍纵即逝的雪泥鸿爪,又有一番为逻辑思维所难有的审美创造的愉悦。清风出袖,明月入怀,娱己而可娱人,何其快哉!他不因时风流俗而乱其心志,他的心灵不只是贮满了诗词文赋等文化材料,而且常忧时愤俗,君子之心溢于言表。散文主情,但不排斥“理”。我国先秦诸子散文大都负担着建造思想、宣传政见的重任。现代散文中不乏理性色彩的篇章。人称大散文的余秋雨的《文化苦旅》,就是这类作品。散文说理,无须严密的逻辑论证,它托以物,假以事,寄以情,即将“理”物化,外化,体验化,趣味化,辅以语言的生动和气势,讲究理趣和理直而气壮。李元洛的散文也是主“理”的,但不是向抽象的哲理掘进,也不是向具体的事理发展,更不是向自我主体开拓,而是着眼于涤荡社会现实中的污泥浊水。他的每一篇散文,或顺手牵羊,或有意引申,或旁敲侧击,对社会风气和学风中的不良倾向和不良现象进行抨击。对于全国一年用于吃喝旅游的公款,远远超过全国的教育经费的现状,对于“从政之路红彤彤,经商之路金灿灿,从教之路黑沉沉”的俗谚口碑,对于“风声雨声读书声不吭一声,家事国事天下事关我屁事”的当代知识分子的麻木心态,作者心存极大的忧虑。游岳麓山禹王碑时,他向同行者发问:“人间仍然常常水灾为患,当今之世,更是钱潮动地,欲浪拍天,人欲与物欲一起横流,谁是当代治水的大禹呢?”这个问题,大得像历史,严肃得胜过宗教,除了空山鸟鸣,谁能作答呢?可贵的是,作者并不只是责人而不责己,他和他的朋友在瞻仰民族英烈、志士先贤和他们的遗迹时,一方面有一种精神人格上深刻的领悟和沟通,有一种心忧天下的灵魂的隔代呼应和遥相传感,但另一方面又生出愧对历史人杰的愧疚感,觉得我们生活得是多么的委琐!以至常默然心祭,久久不能释怀。

李元洛的散文明显地透露出一种仁者胸怀。仁者胸怀虽不是学者所必有或专有,但作为人文学者的他,大半生研究中国传统文化,中国传统文化的核心“仁”,长期熏陶着他的心灵。故这种仁者胸怀既来自先天,也来自后天的学问修养。作者云:“对杜甫‘堂前扑枣任西邻,无食无儿一妇人’的菩萨心肠,李白‘安能摧眉折腰事权贵,使我不得开心颜’的白眼王侯的气概,陆游、辛弃疾‘王师北定中原日,家祭毋忘告乃翁’‘醉里挑灯看剑,梦回吹角连营’的英雄气盛,李后主、李清照‘问君能有几多愁,恰似一江春水向东流’‘帘卷西风,人比黄花瘦’的儿女情长,都令我幼小的心灵心向往之。”作者后来既未从军,也不从政,英风胜概的一面未得发展,大半辈子从教从文,受中国传统文化的熏陶,处事克己重人兼中庸,而仁自至。仁爱之心,慈善之心,怜悯之心,如影之随形。这在写妻子、老师、母亲等带自传色彩的散文中,人间真情、仁者胸襟尤见其自然真切。

散文的灵魂即作者的精神人格。最动人的散文是挺直的风骨所撑起的一片天宇,是高尚的人格所迸发出来的一股精神力量。从血管里流出来的都是血,从水管里流出来的都是水;从学者情怀中流溢出来的文字既充满激情,也充满着理性的尊严和人格魅力。

文化情结——李元洛散文的精神

从诗评家转向写散文,其取材就离不了诗、书、文、画和历史上的文化名人、民族英烈、志士仁人,以及与此相关的文化胜地;当代文化名人,也是他吟唱书写的对象。庄周、屈原、杜甫、朱熹、岳飞、谭嗣同以及他们的历史遗迹;长城、洞庭、赤壁、南岳、芷江、凤凰、桃花源、台湾的日月潭乃至不少文朋诗友……都活跃在他的散文里。他去朝山海关,不是为了凭吊古战场,而是为了重温“山海关抗战”那一章血泪交迸的痛史。他去游凤凰城,其意不在城内外的许多古迹,而是因为那里是文化名人沈从文和黄永玉的家乡。文化情结,是李元洛创作散文的内在动力,也是他散文的内在精神。

道德、艺术和科学,是人类文化的三大支柱,也是人类文化的基本精神。中国传统文化中,由庄周代表的道家、孔子代表的儒家和后来传入的佛教组成主流文化,其基本精神就是道德向“善”,艺术崇“雅”,科学求“真”,一切追求自然、和谐与中庸。李元洛的绝大多数散文,几乎都可以在真、善、雅、自然、和谐与中庸上找到自己的思想落点。或者说,复兴民族雅文化,强化道德意识,净化社会风气和人类的生存环境，建立自然和谐的人际关系，是他散文创作的动力，也是贯穿他全部散文的四大主题。

从某种角度说，李元洛散文中存在着现代俗文化与古代雅文化的对立。大概是出于对雅文化的推崇，他对现代俗文化似有些许排斥心理。在《读杜甫》《崩霆琴》等文中都提到舞厅、卡拉OK，几乎都略有微词。而散文中引述的历史故实，凡属肯定的，也多属雅。《"盗亦有道"的联想》，连续引用了两个强盗重诗文的故事。一是唐代诗人李涉遇盗，听说是李博士，盗首客气地请求题诗；二是群盗窜入清代藏书家刘源之宅，见刘爱书如命，肃然起敬，对其秋毫无犯。古代强盗尚且知道尊重文化，尊重文化人，何况今人，何况肉食者？

作者并不是为文化而文化，也不是为雅而雅。他推崇雅文化，落脚点就在于批评人心不古，世风沦落，从而强化人们的道德意识，净化当代社会某些庸俗甚至污浊的风气。文化是全人类智慧的结晶。因需求对象的不同而有雅俗之分。适应较高精神层次需要的为雅文化，满足欲望要求的为俗文化。动物纯粹只有欲望，而人是有精神的动物，人除了动物式的欲望之外，还有精神的需求。凡智者都重视书香与诗香对社会大众心理的潜移默化作用，都承认知识和精神产品在社会与众生心目中的地位。如果一味引诱欲望，刺激欲望，满足欲望，一切唯欲望是举，欲望满足率成了价值判断唯一的或终极的标准，那还成何世界呢？难怪作者忧心忡忡："今天，历史的积弊未除，现实的祸患旋至，过度的物欲化、功利化使不少人人格蜕化，道德沦丧，文化失落，精神低下，一言以蔽之，整个民族的精神素质下降，社会风气和国民心态出现严重的危机。"作者提倡雅文化，无疑是给世人奉上一碗消解不良欲望，充实精神，解除心态危机的"健心汤"。他那胸中的正气和深沉的忧患意识，使其呼唤精神人格的散文，本身就具有较高的文化品格。不过，在批判文化堕落的时候，还是需要科学的分析和细致的区分。庸俗不可有，世俗不可提倡，但能给大众生活带来快乐而又无伤大雅的东西，虽也叫做"俗文化"，却是需要的。雅，导致洁、导致纯、导致清，但不能太过，水至清则无鱼，人只有精神没有物质也不能生活。其实，谁又能完全只是呼吸纯粹的氧气呢？当然，作者复兴雅文化的愿望也并非反对健康的现代生活方式；只因管理不善，城市生活中负面的东西登堂入室，堂而皇之，这就不能不使作者像许多人一样，对现代都市文明产生某种厌倦与警惕。

《礼记·王制》云:“广谷大川异制,民生其间者异俗。”这说明地理环境对人的心性和社会风气存在一定的影响。出于对人类的生存环境的终极关怀,作者在《八月洞庭秋》《雪峰灵泉》《古樟二重奏》等篇中反复强调,“青山大地和森林,是自然赐予人类的乳汁,现代都市文明的繁荣,一定要警惕以自然美的破坏和丧失为代价”。“忧也是歌谣,乐也是歌谣……”作者以笔以口,对人们无知地破坏人赖以生存的自然环境抒发了自己深深的忧虑。

人生活在世界上,需要好的自然环境,更需要好的社会环境,需要建立和谐的、良好的人际关系。唐代安史之乱时,社会的大环境不好,但民间古风犹存,人情淳厚,友谊真挚,社会小环境还是不错的。可是,当今之世,社会的商业化功利化和生活节奏的加快,使人际关系越来越疏离,人情日趋冷漠虚伪,那种真正肝胆相照的高情胜谊已经不可多得了。对此,作者显出极大的惋惜与明显的不安。在《一勺灵泉》中,李元洛大发感慨:“人情关系淡化,人常常像一桶一引即爆的炸药,稍有冲突即可恶语相向,大打出手。更不要说在现代文明社会里,处处可见的贪污、盗窃、抢劫、卖淫等等不文明的社会邪恶。人啊人!人既有善良、向上、创造的一面,也有以自我为中心的贪婪利己的特征。”进而呼吁:“对自然环境固然需要尊重和保护,人与人之间也要互重、互爱、互信、互利,建立我为人人,人人为我的和谐的新秩序。”作者对年长他三十多岁的老诗人臧克家,赠他条幅时以“诗友”相称的事实,无比珍惜;对臧老“平生风义兼师友”的长者风范,贤者风范,更是无限的敬重和景仰。

才情学问——李元洛散文的艺术包装

李元洛很有才。他主张散文除有思想、有情怀、有学问和个人性之外,还应该有才气,有文采。他的才气从他小学四年级写的一首律诗《破庙》中可见一斑:“碧苔围宝座,佛面绕蛛丝,鼠咬禅房角,蝉鸣高树枝。”他以后的诗评诗论,一律写得丰厚华美而波俏,旁征博引,的确伏案功深。他的散文仍然保持了这方面的优点,充分发挥出他熟知中国古典诗词的长处,诗词学问成了他散文最主要的艺术包装。故他的散文文采焕焕,学有功底,很得文化人特别是学子们的喜欢,是名副其实的学者散文。

李元洛的散文大量地引述了诗词特别是古典诗词的材料,《海上生明月》《来自远方的好音》《信笔说“信”》《佚名之憾》《客舍并州》《怅望千秋一洒泪》《万里长城万里长》等篇的引述尤见其多。其中有的引述非常精辟,非常必要。引臧克家老人绝句:“自沫朝辉意蓊茏,休凭白发便呼翁。狂来欲碎玻璃镜,还我青春火样红”,显现了臧老童心勃发的精神风貌,并以末句为题,标举了全文的灵魂。有的引述几乎集结了某一问题或某一方面的古典诗词,把知识性、思想性、文学性、趣味性、学术性糅合在一起,廓大了读者的眼界,无疑是一种享受。《信笔说“信”》几乎可以看成“中国书信史简编”。学者情怀与学者习性,使他好些散文有着明显的学术色彩。写杜甫,涉及《登岳阳楼》时,他说:“那是一首极具沉郁顿挫的艺术个性而又表现了对宇宙苍生的终极关怀的诗篇,显示了一种深邃博大的精神范式与文学范式,它为大历767年冬末的风雪压卷,为诗人自己的作品压卷,也提前为整个唐代诗歌压卷。”就有很深的学术论断色彩。一般来说,其学术性与文学性是结合得比较好的。文化材料与个人感悟,历史掌故与现实体验互相映照,情、景、事、理,融于一体;容量和密度使他的散文并不单调。

但是,学者的思维与作家的思维在特点与方式上毕竟有些不同。学者求实求是,语言表达力求准确明快,重在发现;作家意在形似与神似之间,笔下之境,亦真亦幻,重在创造。换言之,一个用逻辑思维,一个用形象思维,尽管两种思维都落脚于真实地认识世界和表现世界,乃至改造世界,但两种表达方式的差异决定了学者的思维对于创作,会呈现出某种局限。李元洛学者思维的特点较显豁。他十岁所题《破庙》一诗,的确难得,但基本上是写实的,如他父亲当时所批评的,“围”字太呆板,“绕”字太人工气,“咬”字太生硬,用词也实。这求实求是的思维特征,对散文创作所需要的“空灵”难免有所扼制。这在他散文创作的初期并未完全改变。与王开林“春泛南洞庭”,他吟有题兜率寺的联语:“揖石轩轩窗揖千山碧翠,兜率寺寺门兜万顷汪洋。”对仗工整,“千山”“万顷”也颇得气势之雄,但还是失之于“实”。开林将其改成“千环”与“一捧”,成为“揖石轩轩窗揖千环碧翠,兜率寺寺门兜一捧汪洋”,千山环水,门内看湖,联语兼得灵动之妙。散文与诗歌一样,才气之外,还得仰仗灵气。作者写山水之胜的散文妙语迭出,巧思时来,有些篇章却少了一点机趣。《白马山游记》在几个文人走走停停、看看说说间,若多一点联想与想象,穿插一点草中的兔,天空的鹰,林中的猛兽,它们甚至与平日罕至的人发生点若即若离的关系,文章岂不更有天机野趣?也许,我这样要求,反把作者散文的个性冲淡了,但尽可能地减少语言包装中的学术遗风仍有必要。如:“然而,如果说中国古代诗歌的天空屈原、李白、杜甫这三颗星最为灿烂,那么,是幸还是不幸,是必然还是巧合……”四十几个字中,连词和判断系词就有七个之多,显然是学术论文的余韵遗风了。李元洛由诗转入散文,语言自然很见功力。语言作为思想的载体和抒情状物的工具,对于文学,简直太重要了。元洛从来十分注重语言的锤炼。他的词汇阵容很庞大,随手拈来都是成语典故、名家名句,平添文采;他常把名词、形容词动词化,现代派的修辞方法更拓宽了他的文思,有时,句中连用几个排比而不带标点,增强了文章的气韵,显得很气派,很生动,很丰腴。当然,如果引用太多,会喧宾夺主,有掩没自己思想的危险。“纸上得来”与“心中涌出”相得益彰,是他散文艺术表达上的独特个性,这一个性还在完善与发展之中。

当前的散文界的确很热闹。披沙拣金,涤除那些伪作、劣作和过分稚嫩之作,我们欣喜地看到许多严肃的散文家,正用自己的心智建造着当代散文的殿堂。有表现生命意识的散文,有表现文化意识的散文,有表达终极关怀的散文,有探索人生意义和价值的散文,有抒发个人情怀的散文,有寻找精神家园的散文,还有消闲解闷的休闲散文。李元洛的散文从人文的角度入手,复兴雅文化,正风气,纯风俗,内含传统的道德意识和现代人类意识,从材料到思想指归到艺术都有着自己的特色。这是很可宝贵的。但是,时代呼唤思想,呼唤思想家,当代散文缺乏振聋发聩之作,还不能担负起铸造思想的使命。李元洛的散文也不例外。廓清风气需要政治力量,也需要思想的力量,谁能担负起制造思想养料,提供思想武装的重任呢?

李元洛由诗论研究转向散文创作的时候,“白发的叛军已经开始攻城”,但秋日胜过春朝,金秋的丰收在等待着他。写作生命的第二个青春期的大躁动,必将生产出更多更好的散文精品!

(原载《理论与创作》1996 年第 3 期)

李华章(1937—　)，散文家，湖南溆浦人。1959年毕业于华中师范学院中文系，先后在宜昌师专、宜昌二中任教。1972年调宜昌市文艺创作室，历任创作室创作员、副主任、宜昌市文联秘书长、副主席、主席、党组书记、《三峡文学》主编。系中国作家协会会员，湖北省作家协会理事，中国散文旅游文学研究会副会长、湖北省散文学会副会长。

李华章1972年开始发表文学作品，发表散文300余篇，除与人合作出版《鲁迅论文艺》及《三峡游览志》《长江三峡》等书籍外，出版个人散文专集8部：

《绿韵》(长江文艺出版社，1988年)；

《文苑漫步》(长江文艺出版社，1990年)；

《湘西，我的梦》(百花文艺出版社，1993年)；

《告别三峡之旅》(上海少年儿童出版社，1993年)；

《生命的风景》(成都出版社，1995年)；

《追赶日出》(珠海出版社，1996年)；

《人生四季》(长江文艺出版社，2001年)；

《缠人的乡情》(长江文艺出版社，2004年)。

其中《绿韵》获湖北省散文学会优秀作品一等奖(1993)，《湘西，我的梦》获首届中国散文旅游文学研究会优秀作品一等奖(1995)，《千年屋》获《散文》月刊"中华精短散文征文大赛"优胜奖(1990)，《信号台，三峡的风采》获宜昌市"三峡风韵"征文二等奖(1996)；另有《梦里的溆水》《千年屋》等多篇散文被选入林非主编的《中国新时期抒情散文大观》《中国当代散文精选》和《中国现当代散文300篇》、涂怀章主编的《中国当代美文300篇》和《湖北新时期文学大系·散文卷》，以及王宗仁主编的《2003年我最喜爱的中国散文100篇》等。

评论李华章散文的文章主要有：

《朝圣者的心灵历程——读李华章散文集〈绿韵〉》(公然、晓苏)，原载《长江文艺》，收入《缠人的乡情》；

《绿景取意　翔实自然——读李华章散文集〈湘西，我的梦〉》(涂怀章、方蔚林)，《张家界报》1994年7月11日；

《发掘山川风物的“神韵”——评李华章的〈湘西，我的梦〉》(傅德岷)，《文学报》1995年5月18日；

《〈湘西，我的梦〉序》(孙犁)，载散文集《湘西，我的梦》第1～3页；

《真情·善意·美感——读李华章〈生命的风景〉》(晓苏)，《中国旅游报》1996年3月24日；

《篇篇章章赤子心——李华章散文集〈生命的风景〉读后》(楚梦)，《东江晚报》1996年3月26日；

《三月华章更艳丽——评散文家李华章散文集〈生命的风景〉》(罗壹邻)，《宜昌日报》1996年5月2日；

《借得江山数风流——李华章散文创作谈片》(古耜)，原载《西南经济日报》，收入《缠人的乡情》；

《诗情：在山水之间凝聚——李华章〈生命的河〉审美欣赏》(张道葵)，原载《三峡晚报》，收入《缠人的乡情》；

《妙笔洒真情——〈人生四季〉漫评》(金道行)，原载《湖北作家》《三峡文学》，收入《缠人的乡情》。

历尽人生写华章

李华章

从读中学时起，就开始做“文学梦”；圆了文学梦后，又向往静静地坐下来专门写作。可遗憾的是，我始终只是个业余作家，也许这是命中注定的吧！

学写散文已十有五年了，出版过五六本散文随笔集。对我影响很深的当数朱自清、沈从文等几位老前辈的散文作品。记得学生时代从语文课本上读到朱自清的《背影》时，曾深深地被文中的真情、深情、至情所打动，禁不住热泪盈眶。《背影》既有诗一般的情味，又有画一样的形象，浓缩了人生的一瞬间。本来，父爱亲情人人心中皆有，但朱自清的《背影》却是人人笔下所没有的。感情不真挚不深笃，则不会产生出如此惊心动魄的艺术感染力。后来，我也写了关于父亲的散文《晚景》、关于母亲的《千年层》、关于姑妈的《凝固的瞬间》和《山里舅舅》，因为都是自身的经历，写的时候又动了感情，自有自己的面目在，故也感动过不少同我有类似经历的读者朋友，受到过好评。只有真情实感才能写出美文，好散文是从心田里流淌出来的心血的结晶。

我生于湘西，长在湘西，对于这块生我养我的神奇的土地，在心灵深处一直都没有忘怀过，即使是遇到过不少坎坷和不如人意的痛苦事，也总是珍藏着故乡情。因为，美不美故乡水，亲不亲故乡人。自从读了沈从文的散文《湘西》《湘行散记》之后，更加感觉到故乡是属于自己的一方园地，是创作的热土。沈从文的散文是写他年轻时在湘西山乡、在沅水流域跋涉的历程。他开初是作为书信写给爱人的，一路上所见所闻所感极其真实自然，没有矫揉造作之痕迹。品读这些散文，就像沿着他的足迹行进在沅水上，一草一木，一滩一湾，一城一镇，一个个人一件件事，都历历如在目前。这是沈从文生命的一部分。正如居里夫人所说，“在成名的道路上，流的不是汗水而是鲜血，他们的名字不是用笔而是用生命写成的。”沈从文的散文，闪耀着作家的生命之美，燃烧着他的生命之光！从十多年的创作实践中，我体会到散文应当写出自己的人生经历、人生体验、人生感悟。只有历尽人生，才能写出华章。

我的散文主要可分为四类：一类是写三峡的散文游记；二类是写湘西之恋的回忆；三类是描写自己足迹所到的山川及风物；四类是记同自己有过交往的文坛前辈和文朋诗友的印象。概言之，我的散文就是自己半辈子的人生经历、人生感悟，凭着自己的眼睛和自己的心思，表达我对人生对世界的真实感受，追求质朴清新的美。比如，《梦里的溆水》《赶考记》等篇，就是真实地描写自己上中学、考大学的艰难历程的,每篇都有作者“自己”,融进了作者的“个性”。那青山郁郁、绿水悠悠之情,之境,莫不自然而然地流露在笔下。这些真景真情、真人真事,是作者自己所经历过的,是作者自己所发现的,而不是虚构和随意编造出来的。诚然,散文也忌从正面铺写一个人的经历,这样写容易流于平板、干枯、冗长,而缺少文采和意境。古人论文,有“文采派”与“本色派”之区分,两相比较,我更喜欢“文采派”的作品或者“本色”“文采”兼备的散文。言而无文,行之不远也。

每一个成功的作家都有自己的领域。散文作家要有属于自己的“一方园地”。这方园地因人而异,各具特色。比如沈从文的“一方园地”就是神秘的湘西,就是豆绿色的沅水。那漂泊的人生历程,构成他散文的特色。冰心的《寄小读者》就是她童年时代放飞的“风筝”、小小的“橘灯”和纯洁的“童心”。巴金的《随想录》就是真实地写他“文革”十年的坎坷遭遇,以自己的耕作方式,敢讲真话,袒露心迹,解剖自己,不愧为大家风范。他的一篇《哭萧珊》赢得万千读者的眼泪,感人至深。这些散文的成功,无不与作者有着一段同他命运攸关的人生经历密不可分。可见,一个散文作家需要关注人生,关注社会,关注时代;而贫弱的思想、表面的生活和浮浅的人生,是难以产生出优秀散文作品的。我的《绿韵》(1988 年)、《湘西,我的梦》(1993 年)、《生命的风景》(1995 年)、《追赶日出》(1996 年)、《生命的河》(2000 年)等散文集中,几乎每一篇都是我生命长河中的一朵浪花,漫漫人生历程中的一级石阶。

散文作家需要诸多的修养,其中重要的一条是,要有一个高尚、美好的人格。文品同人品密不可分,具体表现在作家对生活的执著、对光明的向往、对真理的追求和对未来的憧憬等方面。“散文的力量,归根到底是人格的力量,而非技巧的力量”(谢大光语)。因此,作为一个散文作家应当孜孜不倦地追求美的高尚的境界,拥有一份高洁的纯真的情愫。倘若作家的思想境界低了,就容易产生媚俗的平庸的散文,这就势必会败坏热心的千千万万散文读者的胃口。散文是作者灵魂的写照。作家的灵魂倘不高尚,又怎能写出高情操、高品位的好散文呢？“有第一等襟抱，第一等学识，斯有第一等真诗”（沈德潜《说诗晬语》）。诚哉，斯言。这句古话也很适合于散文作家。

人生路漫漫，创作无止境。

人生似战役，需要勇气，需要拼搏，需要顽强的攻坚。人生斑驳迷离，尤需从迷离中明辨是非，捕捉其闪光的亮点。我将穷毕生之精力，去攻读人生这部有分量的大书，去追求散文创作的高度，继续拓宽创作的领域，开阔艺术的视野，历尽人生写出更多更美的华章来！

1996 年 2 月

自选作品

水灵灵的秧苗

阳春时节，我千里迢迢地回到了阔别多年的家乡。村子因坐落在燕子岩的石门下，故名岩门村。这个名称已沿用了十几代人，至今没有更改。原先，有首民谣流传方圆几十里：“岩门村，岩门村，乱石多得满天星，耕地耙田真要命。”做小孩时，跟着大人在乱石堆里割麦子，点包谷，往往是点一升，收半斗，只长石头，不长庄稼。此情此景，还仿佛记得一些影子。

这次回乡，我又爬上了燕子岩，登高处一望，眼前的自然面貌全变了模样：山腰，层层梯田，就像祖宗额头上那一条条深深的皱纹；山脚，一丘丘水田，碧波荡漾，好似镶嵌在村里的无数面梳妆镜子，晨光映照，灿烂夺目，好看极了。

“四月八，秧门开”。一场春雨，犁耙水响，迎来了插秧栽田的日子。插秧栽田，要起早摸黑，抢农时，累得人腰发酸，背发痛，可大家又像盼望喜庆日子一样，盼着四月秧门开。因为，它栽下的每株秧苗是农民的一颗心，是农民一年的希望。有春种才有秋收。三嫂家插秧这一天，天色刚刚蒙蒙亮，母女俩就分头忙开了。珍意搞后勤，赶场办酒菜。照例插秧栽田要办招待,否则,被人视为小气。三嫂自已当"先行官",作好插秧准备,不顾冷浸浸的水刺骨,她先下秧田"怀秧"(拔秧苗),即把秧苗拔出来,洗净根部的泥巴,用稻草捆成一把一把的,然后装在高脚竹箕里,挑到已经耘好的水田去栽。好多年没看过插秧的热闹了,我起早赶到了秧田,还跃跃欲试,可三嫂婉谢了,不让我下田,说是怕弄脏了衣服。实际上,因为"怀秧"是技术活路,下手要轻,捆的秧把子要大小匀称。三嫂怀好了满满一担秧,就往责任田挑去。她站在田边,一边分秧把子,一边对我说:"既要摔得远,又要摔的位置适当,以免插秧人就近拿不到秧把子,在田里来回走动,脚印多了,会影响质量。真正里手摔的秧把子还要在田里站得起来。"我暗暗地佩服着三嫂的熟练技术。水田里,照出她多少次笑脸……

特意来帮忙的秧把式,是远房叔伯,虎彪彪的三条男子汉。他们下到水田,一字排开,人插五行,距离相等,手脚麻利。霎时,田里摆开了擂台,你追我赶。我瞅了个空子问:"喜子叔,插秧有什么讲究?"外号"喜巴子"笑着说:"嗨,讲栽田我比你学问多。栽下的秧苗,行株要匀称、整齐,横看一条线,竖看也是一条线。最怕插的'浮脚秧'。"他还示范给我看,五指要并拢,秧苗要竖着插进泥里,不深不浅。插得东倒西歪的,多半是"浮脚秧"。浮脚秧成活率低,难得茁壮成长,以后还得费功夫补秧才行……因为讲话,"喜巴子"的进度拉后了。忽见插在前头的七叔,伸直腰,打起一声"啊——嗬",高亢悠扬,它像风,飘过河,飘上山。听到"啊——嗬"声,"喜巴子"收住了话匣子,埋头追赶起来了。这种鼓动的方式,别有一番家乡的风味。

两个时辰不到,水灵灵的秧苗已栽下了一大片,株成行,行成线,美极了。他们真正称得上是高等画家。一丘丘新栽的秧田,不就是一幅幅结构完美的水彩画吗?

三月四月,时晴时雨。突然,天色变了,飘洒起细微微的春雨。只见珍意姑娘从远远的田坎上朝这边走过来了。她头戴一顶光油斗笠,身穿一件棕皮蓑衣,手里还拿着几件雨具,走路像小跑,先声夺人："喜子大伯，给您们送斗笠、蓑衣来了。"

"珍女子，毛毛雨不当紧，不湿衣。中午准备有好酒菜吗?!"三位长辈趁机伸直了腰，逗着她说笑。

"都办齐了。难为您们发扬风格，急人所急，先帮我家开秧门。"珍意的声音，像银铃一样脆亮。

三嫂抬头揩了把汗，也招手喊道："珍女子，快下田来，跟大伯们学会插秧，往后靠你开秧门!"

珍意听出妈妈的话里，倾注了多少深情和厚意啊!

霏霏春雨里，我望着她那苗条的身影，她裤腿卷得高高的站在田中间，多像一株水灵灵的秧苗……

1988 年 5 月

（选自《人生四季》）

三峡的滋味

千秋万代，不尽长江滚滚来，流至三峡，绝壁对峙，雄奇险峻，峡谷幽深，峰回路转，滩多流急，惊涛澎湃，呼啸东去，数山水世界之最，而名胜古迹，风土人情，文化遗产，源远流长，沉博绝丽，乃举世闻名。

三峡之奇山奇水，孕育了屈原诗魂、昭君丽质，哺育了历代名人大家、勤劳百姓。他们莫不品尽了三峡的滋味。曾记否，三国诸葛亮驰驱过峡，退守夔府，巧布水八阵、旱八阵；刘备困住白帝城，托孤永安宫，机关算尽，用心良苦，功绩卓绝，到头来，"江流石不转，遗恨失吞吴"（杜甫），无限心酸在心头。唐代诗人杜甫流寓夔州花溪，蘸三峡水，吟秋风诗，饱尝人间萧瑟孤寂的滋味，在三峡，他体味尤深，写诗最多，却依然"归心异波浪，何事即飞翻"（《长江》）、"夔府孤城落日斜，每依北斗望京华"（《秋兴八首》），于凄清哀怨之中，寄寓着诗人沉雄博丽的心境。李白流放夜郎，途经三峡，突然遇赦，欣喜若狂，写下了千古绝唱《早发白帝城》，被后人赞为惊风雨而泣鬼神矣。另一位大诗人白居易从江州谪徙忠州，怀才不遇，满腹惆怅，行之西陵峡口，与其弟白行简、友人元稹相会于下牢溪，策步幽径，始游山腰一古洞（三游洞因此得名），触景生情，借眼前“斯境胜绝，天地间其有几乎”的古洞，而无人涉足，无人游览，来寄寓他自己的缕缕情思，无疑诗人是饱尝了三峡之真正况味的。宋代的欧阳修生性旷达，贬谪夷陵（宜昌之古称）当县令，他因此踏遍了三峡的西陵山水，以写景而抒情言志，流露出“万树苍烟三峡暗”的愁肠哀绪和愤懑之情。秭归屈原大夫，行吟泽畔，昂首天问，慷慨悲歌，悲愤欲绝，而三峡又是他的故里，留下了他许多传说故事，儿时的记忆，乡情和亲情洋溢胸间。王昭君别乡出塞，泪洒香溪，眼泪化作桃花鱼，三峡故里的滋味，足够她品味一辈子。历史上这许许多多的名人大家，都同三峡结下了深远悠长的缘分、千丝万缕的情结，种种酸甜苦辣，尽在各自的心头回旋、翻腾……

人民创造历史，沿着三峡走的历代船工、纤夫、舟人，他们品出来的三峡滋味，更具有普遍的共性。从前人的诗文中可以窥见其一斑。“水从天上来，船向地中行”（姚夔《下峡》），山高水急，行船危险；“波头未白人头白，瞥见春风滟滪堆”（郑谷《下峡》），其愁怀亦可见：“船头半没船尾高，水花作雨飞鬓毛”（《下瞿塘》），真实地写出了船过三峡之惊险；陆游曾在《瞿塘行》中写道：“浪花高飞暑路雪，滩石怒转晴天雷。千艘万舸不敢过，篙工舵师心胆破。”此种惊心动魄的感觉非亲身经历难得道出。我因工作在三峡，为尽地主之谊，常陪文友游“三游洞”。其中的“至喜亭”是游客必到之处。立于亭内的《峡州至喜亭记》石碑，令文友驻足颂读。此亭仿古建筑，此碑系重刻石碑，为欧阳修撰写，极其生动形象地记叙了船工纤夫舟人过往三峡的情景，那从岷江而来，汇合蜀之众水，入三峡后，“倾折回直，捍怒斗激，束之为湍，触之为漩，顺流之舟，顷刻数百里，不及顾视。一失毫厘，与崖石遇，则糜溃漂没，不见踪迹……其为险且不测如此。夷陵为州，当峡口，江出峡，始漫为平流。故舟人至此者，必沥酒再拜相贺，以为更生……以为行人之喜幸”。每读《至喜亭记》，古代舟人过三峡之险，历历如在目前，至今令人怵目惊心！三峡，不废江河万古流，可流的却是千年万代三峡儿女的血和泪。这块历史石碑是可以作证的。

长江流过悠悠岁月，三峡穿过漫漫历史，中国人民经过一个世纪的探求奋斗的历程，把征服三峡、开发三峡的理想变成了现实，宏伟的三峡工程动工了。长梦终于成真。举国欢腾，世界瞩目。短短几年，涌现出三峡旅游热，三峡考察热，三峡投资热。在这种种热风吹拂下，却引出一个热门话题：三峡移民、三峡百万大移民。据专家论断，移民是决定三峡工程成败的一个关键，多少年来，三峡移民梦绕魂牵着党和国家的高层领导，机遇与成功并存，困难与信心同在。在这中国现代化之希望，宏伟的经国大业面前，他们将要操尽心，倾尽力，日理万机之中，必有三峡议题。个中滋味，自非一般百姓所能品味得出的。梦想的三峡，希望的三峡，决战的三峡，辉煌的三峡！春来冬去，万千游客纷纷赶来游三峡，自有一番告别三峡的滋味、依恋三峡之真情。殊不知，告别了旧三峡，更有新三峡！名目繁多的三峡考察的有志之士，以其睿智的眼光，居高临下，雄视万里，放眼百年，既有惊喜，也有顾虑，运筹帷幄，成竹于胸，久久回味着三峡这块流油的硬骨头。海内外的投资者，匆匆而来，匆匆而去，怀着淘金梦，发财梦，开发梦，兴奋一时，思虑再三，然后明智地一锤击在西江石壁上！

而一百万移民，生在三峡，长在三峡，祖祖辈辈，既吃尽了三峡之苦，又渴望三峡之甜，明知道只有先苦而后才甜，但真欲先尝尝苦头，谈何容易啊！苦，意味着要告别自己的热土，谁能不依恋？苦，要挈妇将雏去重新安家，能不窝火？苦，要丢掉飘香的橘园菜地，重走愚公移山之路，能不心疼？一句话，三峡儿女要牺牲自己利益，牺牲眼前利益，服从百年千年大计，服从全国大局需要。人都是血肉之躯，说不流泪是假的。但流着泪也要唱着走、挺身走。党有号召，不能不动。哪怕矛盾重重，心如浪咬，也要欣然前行。三峡儿女就是通情达理，能以国家长远利益为重。首当其冲的三峡坝区移民已经全部完成。他们或由低山搬至高山，或由县镇迁移他乡，或由田头走进车间，重新安家，重新创业，重新开拓。这前所未有的开发性移民，是一条艰辛的路，开发的路，辉煌的路！全国人民向三峡儿女致意，向三峡移民致敬！三峡移民已奏响了序曲，威武雄壮的交响乐将随之而起，响彻云霄！

伟大的造物主，造就了长江三峡的雄奇、壮丽、惊险，人民曾受害于三峡，人民也寄希望于三峡。三峡给人民带来过悲哀和黑暗，三峡将给人民带来喜悦和光明。三峡以其沉博的胸怀融汇了人世间的百般滋味，留给炎黄子孙、三峡儿女以无穷的品味！

1996 年 1 月

（选自《人生四季》）

妙笔洒真情

——《人生四季》漫评

金道行

李华章先生的《人生四季》是他 20 年创作的 6 部散文随笔集中精选的自选集。我向来爱读作家的自选集，珍视作家的自选集。自选集往往凝聚着作家自己的偏爱，鲜明地标举着作家的审美标准，因而足以当作作家的代表作。本来，社会心理学认为，人们是从他者那里认识自我的。然而，心理上的人格烙印却无法改变。我以为自选集恰恰是沉淀在作家心理深层的最动情的华章。《人生四季》正是这样。

《人生四季》所选的 100 多篇作品真实地记录了作者数十年的人生历程，湘西——武汉——三峡；少年——青年——老年。尤其是从屈原所终的溆水来到屈原所生的长江三峡，经历了风华正茂，到社会动乱，到柳暗花明，作品抒写了丰富的人生体验，多么真切，多么深刻！有春的温暖，夏的热情，秋的深沉，冬的冷落——这不就是“人生四季”么！《回乡的滋味》与《三峡的滋味》两篇写尽了人生的酸甜苦辣，令人回味无穷。《人生四季》文短而情长，平实而意深，是一本人生的大书。

散文究竟不是叙事文学，它的审美品格是抒情，叙事也是为了抒情，而且要抒真情，抒真情便成了散文的审美标准。我认真读了华章的《人生四季》，最为感动，最难忘怀的就是作者的真情。以《晚景》为代表的一组抒怀亲情的作品，生活的真实仿佛我们亲历，文中的真情透过了纸背。父亲默默地承受着厄运，看了儿孙一眼，病重的他又活了10年；母亲把自己爱惜的“千年屋”让给了操劳的儿媳妇；海外的舅舅离别大姐40年，别梦依依写信回。可是作为儿子的“我”还来不及念给她听，她便离世了。《舅舅的梦》写道：“五千年文明古国，世代呼唤真情。真情含有一种神秘的力量，别具一种纯洁永恒的魅力。”作者的体验多么深刻！

写真情就要写真实的自我，这是散文的审美性决定了的，华章的散文忠实地做到了这一点。最典型的如《晚景》。文章从父亲病逝写起，亲戚们都回去了，唯独“我”这个长子没有赶回去，心里很不是滋味。接着回想起在“同家庭划清界限”的年月，10年不敢回家一趟，信也不敢写，因而多么内疚。三中全会以后，“我”回家探望病重的父亲，他的病刚好一点，就怕“我”耽误“党的工作”，顿时，“我”的热泪刷地掉了下来。哪里会想到，一个月后，便接到父亲病故的噩耗。于是，“我出声地痛哭起来”，“心里重又充满了人生中那浓浓的‘五味’”。读罢《晚景》，我也不能平静，心里也充满了人生的“五味”。我自然想起了朱自清的《背影》，都写父子之情，写法也一样。恰巧作者在《历尽人生写华章》中也说到了《背影》，他说，“感情不真挚不深笃，则不会产生出如此惊心动魄的艺术感染力”。同是至情的人，才写得出至情的文。作者真实地袒露了自我，这正是《晚景》的成功之处。而林非先生说它欠“深”，我是不同意的。散文忌直露，该写的事写了，该抒的情抒了，人生五味蕴含其中，再一“深刻”下去，岂不成了直白的议论，还能是散文吗？

书中不少散文写到心情的矛盾，看出了性格的冲突。如《凝固的瞬间》里写“我”以前因心里余悸未消，不敢去看望姑妈，而心里却带着深深的愧疚。作者写到：“看来，人的自私会使人违心，会失去传统的礼性。”再如《昙花林记》，这是一篇脍炙人口的名作，我很早就喜欢它，还因为我的老家正在昙花林的后门口，我自小听惯了钟楼的钟声，常去大操场看电影。华章的大作勾起了我的回忆和感情。尤其是文中写到自己崇拜的老师被打成“胡风分子”、“右派分子”，感叹昙花林“也有过受伤的岁月”；学者兼诗人的许清波老师蒙受了冤屈，而在作者心里，那瘦弱却有火一般激情的形象“常常走进我的文学梦里，而且日渐高大”。这复杂的感情多么真实，又多么感人！人的感情往往是复杂的。写出“复杂”更见真情。

这本散文真情感人，还与作者善于运用“再度体验”有关。“再度体验”是列夫·托尔斯泰在《艺术论》里提出来的。他把人们“再度体验到他所体验过的感情，以之感染了听众，使他们也体验到他所体验过的一切”，看作艺术的定义。这就是说，自然情感虽然强烈，但还不是艺术；只有经过“再度体验”，即等情感冷却以后，使其远离功利，净化为艺术情感，才能供人享受。艺术情感也就是审美情操。华章的许多佳作都是从回忆里取材，因而对当年的自然情感能够进行充分的“再度体验”，《梦里的溆水》与《赶考记》再度体验40年前考大学的那种纯真的感情，情也美，文也美，我们享受的不就是艺术么！还有的作品虽然写的当即发生的事，但笔触马上又宕到从前，对原先的原始情感进行再度体验，同样使真情具有了审美的心理功能。

作者叙事抒情笔墨集中，善于运用典型细节。如《秋的记忆》里写九叔背板桶，由“扯旗风”，到“打排风”，再到“驮乌龟”，三个细节描写就把九叔一生被生活的压力压到人生的秋天的情景写得如在目前，咀嚼出无限的况味。《一枝一叶总关情》写老作家骆文身处逆境还托人把两盒进口药带给“我”，使“我”一用到它，心里总是热乎乎的。典型细节给人的印象恒久难忘，情感更是挥之不去。

李华章先生的《人生四季》抒真情，写自我，平实，随和，形成了他的散文风格。我国的散文从明代的“独抒性灵”，到“五四”时的“我手写我心”，形成了优良的传统。我以为华章先生继承了散文的正宗。难得的是他数十年坚守阵地，他把这看作是“坚守作家的本分”，“摆脱外界的种种诱惑”，“不为叠叠钞票所动心，不为出头露面而钻营”，真正做到“万物招引无动于心”。现在可以说，华章先生身体力行，他完全做到了。文如其人，作家以作品说话，《人生四季》就摆在我们的面前。

（原载《湖北作家》，录自《缠人的乡情》）

肖凤

肖　凤(1937—　)，女散文家。本名赵凤翔，北京市人，曾用笔名赵真、小久等。1959年毕业于北京师范大学中文系，即任教于北京广播学院(即今中国传媒大学)，现为电视系教授，中国作家协会会员。2000年被评为北京市“十佳”老电视艺术家。

肖凤长期从事业余创作，主事散文，除编有《萧红散文选集》(百花文艺出版社，1982年)、《中国20世纪散文精品·冰心卷》(太白文艺出版社，1996年)、《萧乾名作欣赏》(中国和平出版社，1998年)，已出版散文、传记文学8部：

《萧红传》(百花文艺出版社，1980年)；

《庐隐传》(北京师范大学出版社，1982年)；

《冰心传》(北京十月出版社，1987年)；

《文学与爱情》(辽宁人民出版社，1987年)；

《萧红·萧军》(中国青年出版社，1995年)；

《庐隐·李唯建》(中国青年出版社，1995年)；

《韩国之旅》(北京燕山出版社，1996年)；

《肖凤散文选》(学苑出版社，2001年)。

其中《鹿回头夕照》被选入《中国当代散文精选》《中国风景散文三百篇》和《当代散文精品·心灵独白》，《萧红传童年》被选入《中华人民共和国五十年文学名作文库·散文杂文卷》，《回眸》被选入《当代散文精品1998》，《没有母爱的幸福童年》被选入《20世纪中国作家学者艺术家谈童年》，《三宝树》被选入《文化名人庐山畅想》，《鸟巢》被选入《随笔集萃》，等等。

评论肖凤散文的文章主要有：

《肖凤：走向心灵世界，追寻美好人生》(李晓虹)，载《中国当代散文审美建

构》(海天出版社,1997 年);

《心灵历程的真实写照——读〈冰心传〉》(丁亚平),《人民日报》1987 年 12 月 26 日;

《写出中国女作家对文学的贡献——读〈冰心传〉》(宋家玲),《光明日报》1988 年 3 月 11 日;

《她写出了真的冰心——读肖凤〈冰心传〉》(张永泉),《文论报》1988 年 4 月 5 日;

《一位长寿女作家的故事——简介肖凤新著〈冰心传〉》(黄俭),《文汇读书周报》1987 年 12 月 26 日;

《高山可仰·清芬可挹——读〈冰心传〉》(袁野),《郑州晚报》1989 年 2 月 13 日;

《爱的绿洲——肖凤著〈冰心传〉感言》(陈学超),《书林》1987 年 12 期;

《喜读〈冰心传〉》(王一桃),香港《文汇报》1995 年 7 月 2 日;

《〈萧红传〉与〈庐隐传〉简评》(丁洋),《世界图书》1983 年第 3 期;

《清歌一曲忆才女——读〈萧红传〉》(徐柏容),香港《大公报》1984 年 1 月 6 日;

《肖凤与“萧红热”》(鲁冀),《文摘报》1992 年 6 月 11 日;

《女作家写女作家》([美国]葛浩文),《漫谈中国新文学》,香港文学研究社出版;

《萧凤〈萧红传〉》([日本]罔田英树),日本京都大学《中国文学报》第 36 期,1985 年 10 月;

《喜读〈萧红传〉——一部生动翔实的传记》(朱力),香港《新晚报》1981 年 6 月 25 日;

《一本真挚朴实的传记——〈萧红传〉读后》(梅子),香港《文汇报》1981 年 7 月 25 日;

《读〈萧红传〉》(东瑞),香港《大公报》1981 年 7 月 27 日;

《肖凤新著〈庐隐传〉》(竹立),香港《新晚报》1982 年 10 月 14 日;

《肖凤的〈文学与爱情〉》(竹立),香港《新晚报》1988 年 5 月 5 日;

《情缘回想——论中国当代抒情忆旧散文》(王兆胜),《东岳论丛》2000 年 11 月号。

散文与我

肖 凤

(一)好散文对我的教育

如果问我此生有什么嗜好,那我唯一的嗜好就是读书。我不会弹钢琴,不会绘画,不会打扑克,不会做女红,我的唯一的正业和唯一的消遣,就是读书。几十年来,就在读书中度过了自己的前半生光阴。表面上看来,这种生活方式似乎很单调,但是,当我在书海中游弋,面对着中外古今的文学家、哲学家、心理学家、教育学家们的各种各样的闪光的思想而领悟、而感受的时候,生活就显得极其绚丽而又丰富多彩了,可以说是充满了无穷的乐趣。

记得童年的时候,深爱我的祖母,看着我痴迷地念书的模样,目光中总是流露出格外的慈祥与怜爱;她老人家去世之后,我就住进了学校的集体宿舍里,而我的爱书的嗜好,也就进一步发展成为我的第二生命了。

回想起来,在浩如烟海的书籍中间,我最早接触的是文学。而在众多的文学种类中间,我最早读到的文学作品是诗和散文,然后才是小说、剧本,等等。

我还清楚地记得:当我在少年时代,第一次读到高尔基的自传三部曲时的情景。

那时我是一个初中女学生,我坐在集体宿舍的木板床上,手捧着他的《童年》,深深地为书中小主人公的命运所激动。我反复地端详着扉页上印着的高尔基的照片,这位老人长得并不漂亮,但是从他的眼神里流露出来的那股慈祥而又忧郁的神情,却深深地吸引了我,我一边端详着他的面容，一边读着他在书中写下的文字。尤其是读到他回忆自己的慈祥的外祖母的篇章时，总有一种真切的身世之感，使我的眼前立刻浮现出了我的亲爱的祖母的身影。因为她在不久前刚刚离开人世，她的离去，使我这个尚未成年的孩子，处境发生了天壤之别的变化。我赞颂那位把无私的爱给予了高尔基的俄国老太太，我更赞美把无私的爱给予了我的中国老妇人。在高尔基的自叙传里，我看到了坚韧的高尔基，如何用他那颗稚嫩的纯洁的心，区分善和恶，鉴别高尚与庸俗，之后，又如何在他祖国的土地上，在那个到处都充斥着贫穷、愚昧、麻木、野蛮的沙皇俄国，遇到了许许多多勤劳、善良、正直、有学问的人，正是他的这样的一些同胞，这样的一些"盐中之盐"，帮助他、鼓励他正视惨淡的人生，使他努力学习，奋发向上，为了在他的祖国消除丑恶与不义，而终于贡献出了他的心、他的头脑和他的一生。我觉得他为人类文明所做的贡献，各国有良知的知识分子，都绝对不会忘记。大概正是由于高尔基的伟大人格的感召，才使我选定了文学这一门智力投资最大的学科之一，作为我终生学习与从事的专业。

后来，当我成了一名大学中文系学生的时候，我又读到了出自另一位大智大仁的中国文豪之手的散文作品，那就是我国伟大的思想家鲁迅先生的散文和杂文。现在回想起来，当我在少年和青年时代，读鲁迅作品的时候，虽然也曾惊异于这位智者的用词犀利，但是，由于自己当时的幼稚，无知，头脑简单，阅历太浅，可以说是读而未懂。而随着我的年纪逐年增长，对我们祖国的历史进程逐渐加深了了解，对我所生活的环境逐渐学会了观察和理解，鲁迅作品中所表现出来的真知灼见，就逐渐地令我折服。他对我国历史所作出的精辟剖析，他对我国民族精神所作出的深刻解剖，他的坚定的彻底的反封建的精神，以及他为自己的信仰始终不渝地战斗到底的崇高人格，都使我对这位民族的伟人深深地景仰。我在少年时代曾为高尔基的奋斗精神流出过纯洁的泪水，而在成年之后，则为鲁迅先生的高尚思想，激动得热血沸腾。直到过了不惑之年以后，我才真正懂得了鲁迅先生为何要在青年时代弃医学文，为何要为了改造中国的国民性而奋力呐喊，为何要对封建专制制度深恶痛绝，为何不愿意去苏联养病。

像鲁迅先生这样，具有高深的学问和深厚的文化修养，把满腔的才学和热情，都用于忧国忧民的深沉思考之中，为了拯救自己的民族和祖国，呕心沥血，坚韧奋斗，只有这样的人，才是我们民族的脊梁，才具有最伟大的人格。

除去鲁迅与高尔基的散文作品之外，还有许多中外作家的优秀散文作品及散文理论著作，也都给我留下了深刻的印象。——像司马迁在《史记》中对那些具有献身精神的英雄人物们的赞颂，像范仲淹在《岳阳楼记》中所表现出来的思想光芒；还有像我国的一些现代作家的作品，如李大钊笔下的那些充满了凛然正气的政论，像刘半农笔下的那些嬉笑怒骂的论争文字，像冰心笔下的那些充满了至情的清新优美的散文和散文诗，像瞿秋白笔下的那些热情奔放的通讯报道，像郁达夫笔下对帝国主义侵略和封建主义压迫所表现出来的苦闷和愤慨，像许地山笔下那别具一格的佛教宿命哲学，像叶绍钧笔下的那些朴素流畅，语言规范的篇章，像郑振铎笔下流露出来的民族气节，像王统照笔下的那些充满了激昂高亢的热情和饱含着哲理思索的散文诗，像朱自清笔下的绵密而深厚的情致，像茅盾笔下的那些优美的散文和诸作家论，像庐隐的大胆自我剖白，像拍案而起的闻一多笔下的激昂慷慨的壮丽热情，像沈从文笔下的湘西风貌，像巴金散文特有的纯朴而清新的笔调，像沙汀笔下的栩栩如生的贺龙将军，像艾芜笔下的绮丽的边塞情调，像吴伯箫笔下的明朗而幽远的气氛，像萧红笔下对自己身世的白描，等等。此外，还有外国作家，如弗朗西斯 · 培根、卢梭、蒙田、雨果、歌德、海涅、屠格涅夫、列夫 · 托尔斯泰、柯罗连科、马克 · 吐温、惠特曼、富兰克林、佩特瑞克 · 亨利、萧伯纳、茨威格、泰戈尔等人的，各具特色的作品。另外，许多优秀的西方传记体散文，如罗曼 · 罗兰的《贝多芬传》等伟人传记，莫洛亚的《屠格涅夫传》等诸作家传记，也都给予了我教育和启迪。美国新闻记者威廉 · 夏伊勒的长篇散文巨著《第三帝国的兴亡——纳粹德国史》，由于他用极其具有说服力的大量史实作依据，得出了彻底否定封建法西斯专制制度的科学论断，并且由于他的目光锐利，以及叙述、论辩的公正无私和朴实无华，而令我钦佩。

积半个世纪读书的经验，使我概括出了这样两个浅显的道理：

(1)凡是能够超越时间和空间的界限，获得读者爱戴的作品，都是包含着真知灼见的作品。这种真知灼见，是作者通过对历史、现实的观察，经过缜密的思考，而得出来的科学的论断。这要求作者具有较为丰富的知识，具备文学的、历史学的、哲学的、社会学的、教育学的等等方面较为深厚的修养，然后再植根于自己民族的土壤上，对民族、国家的前途做出深沉的思考。鲁迅的散文和杂文，在这方面给我们树立了范例，这可以说是他的作品为何能够不朽的原因。他对于中外历史、文化都有扎实的研究和分析，因而才能写出像《拿来主义》等篇章那样深刻而又深入浅出的文章。

(2)凡是具有真知灼见的大作家的作品，虽然他们各自具有独特的思想艺术风格，但是，他们却有一个共同的特点，那就是：他们的思想虽然都是深刻的，然而他们所使用的语言表达方式，却又都是质朴的，明白如话的，他们最会选择出那些能够让别人容易领会的词汇和句式，表达出他们经过深思熟虑而得出的结论。他们的思想的光芒，总是寓意于朴实无华的文句之中。常言道：真理总是最朴素的，最易让人理解的，最易让人接受的。凡属大师，都从不生造某些艰涩的词汇，他们从不有意地故弄玄虚，哗众取宠。大师们都是最质朴的人，他们总能做到深入浅出，让人一看就懂，在质朴中流露出深刻的思想。中国的大作家是这样，外国的大作家也是这样。像法国大艺术家罗丹的《艺术论》，他的艺术作品可谓登峰造极，为全世界所公认，但是他的那些论及艺术的言谈，却朴素纯洁得像个孩子。大师们的最大特点是朴实，真知灼见的最大特点是质朴，我认为这是称得上大家和大家作品的最重要的条件。

我个人钦佩这样的作家。我认为一切有志于散文写作的人们，都应该首先学会去芜取精，把朴实无华的大家作品，当作自己学习的榜样。

（二）我对自己的要求

（1）要有真情实感。

要想写好散文，必须有真情实感。只有当我觉得自己的思想、感情、观点、议论，等等，已经达到了非要一吐为快的程度，不写不行了的时候，才可以拿起笔来，写作散文。

比如，假使要写一个人，只有当我对他产生了强烈的感情（或是爱，或是憎，或是尊敬，或是蔑视，等等），这时候，才能够把他写好。如果对他不感兴趣，或是非常淡漠，或是非常隔膜，就不可能把他写好。我看到过很多写人物的优秀散文，都是作者对他的写作对象有着强烈的感情的。他或是非常地尊敬他（如高尔基写的关于列夫·托尔斯泰、契诃夫的文学回忆录），或是非常地爱他或他们（如鲁迅写的《为了忘却的纪念》），或是非常地憎恨他与蔑视他（如夏伊勒在《第三帝国的兴亡》中对于希特勒的描写），等等。

同样，假使你要发表一篇议论，也必然是你时时关心，时时观察的事物，你对自己的观点必须经过反复地论证与深入地思考，否则，你就无法发表出令人信服的意见来。我们看到过孟德斯鸠在《论法的精神》里，是如何地怀着满腔的热情，来抨击封建专制政体的弊害，并严谨论述民主与法制对人类发展的必要性，并且把专制与民主严肃地进行比较的；我们也看到过鲁迅在《灯下漫笔》中，是如何地剖析中国封建社会的本质的。

因为只有有了真情实感，才能写好散文，所以，反过来说，写好散文就有一忌，那就是忌矫揉造作。假如你在此时此地，心中没有什么特别令你激动的感受，你就千万不要拿起笔来，硬要写作。挤出来的文章一定不好。而没有感受却硬要动笔，就难免会在思想感情中掺假，加水份。而在思想感情中掺假，可是做文章的大敌。鲁迅曾经在《怎么写》一文中说过这样的话：使得文章失败的原因，“多不在假中见真，而在真中见假”。巴金在《随想录·把心交给读者》一文中，回答那些问他创作散文有何秘诀的人们时，这样写道：“倘使真有所谓秘诀的话，那也只是这样的一句：‘把心交给读者。’”大概每一位热爱文学的人，都既读到过富有真情实感的散文，也会偶尔读到因为缺乏真情实感而显得矫揉造作的不成功之作，读这两种文章之后的感受绝不相同。——有真情实感的散文会引起你的同感和共鸣，而矫揉造作的散文只会使你感到不舒服。你一定有这样的体会，即：你希望你的朋友对你说真话，与你诚恳地交心；而绝不喜欢他与你谈话时言不及意，或者对你说假话。这种体会与读文章的感受完全相同——言不及意的谈话与说假话，就像矫揉造作的文章一样，只能引起听者或读者的反感。

(2)要有个性。

文学是通过个性表现共性的，它时常要求作者不回避表现自己。散文和诗，在这方面对作者的要求，更加显著。在直抒胸臆和倾泻感情的时候，如果一个作家回避表现自己，就不可能写出精彩动人的文字，也不可能给人任何亲切的感受。因为他只能讲一般的道理，用一般化的语言，而不能写出个性的见解，具有独特风格的语言。而没有独特风格的文学作品往往是缺乏生命力的。真正动人的散文，那个作者的音容笑貌，是总会浮现在读者面前的。比如你看了鲁迅的《朝花夕拾》，眼前就会出现童年、少年、青年时代的鲁迅的生动形象。由于每一个作者，都有自己特有的经历、性格、思想、感情、人生观，所以，每一个人的感受，就都有他自己的特点，这是区别于其他任何人的，属于这一个作者独有的思想和感情。会写散文的作者，正是要学会捕捉住发生在自己心灵之中的，有个性的，独特的真情实感，来加以表现，才能产生出令人难以忘怀的佳作来。比如，以回忆鲁迅先生为题材的散文，我们看得很多了，这些散文的作者，有的是他的妻子，有的是他的弟弟，有的是他的同学，有的是他的好友，有的是他的学生，有的是他的儿子，而在这些为数不少的文章里面，与众不同的，也是给人印象最深的，却是女作家萧红写的那篇《回忆鲁迅先生》。原因何在呢？就在这篇散文特别有个性。文章作者并没有把它写成一般的回忆性质的或悼念性质的文章，而只是通过自己与鲁迅先生的接触，把自己眼睛中的鲁迅先生的形象，极富有人情味儿地刻画了出来。她把记者轻轻地引进了鲁家的大门，让读者看到了鲁迅先生怎样做丈夫，怎样做父亲，怎样对待朋友，他平时爱吃什么食物，喜欢什么衣履，如何起居，如何工作，从头至尾，没有发表什么严肃的议论，只是细腻地描写细节，娓娓道来，使你认识了一位极其幽默风趣，又极其和蔼可亲的鲁迅。这种在散文中利用捕捉生动的细节来刻画人物，笔端带有浓郁的人情味儿的笔法，正是萧红散文的长处，她在这篇《回忆鲁迅先生》的文章中，充分地发挥了自己的所长，也就充分地表现了自己的个性，因而完成了一篇对她来说，是不可多得的佳作。这类的例子还有很多。比如朱自清的散文《绿》，就充分地表现了作为朱自清这一个散文作家的个性——心灵格外善感，而感受格外细腻，词汇运用得异常优美，读了他的这一篇以及其他写景的散文，就仿佛看到了江南的春色，是那样的清新，那样的令人难以忘怀。

(3)应有思想的光芒。

大凡一篇好的散文，不论篇幅长短，都总是蕴含着一定的哲理，提供给读者去咀嚼，启发读者去思考。有的散文家就指出：散文并不只是善于抒发情怀的，并不只是善于描绘山水风景的，并不只是善于絮语不已，娓娓不倦的，好的散文家必须同时也是思想家。这个意见很正确。这样的例子很多，脍炙人口的鲁迅杂文，可以算作是这方面的最优秀的代表。半个多世纪以来，中国的有识之士，无不惊叹鲁迅杂文的纷繁丰富，博大精深，又无不赞叹鲁迅杂文的思想光芒。正是他的思想光芒，他对中国封建历史的深刻总结和概括，他对中国现实社会的精深观察与剖析，擦亮了一代接一代的优秀知识分子的眼睛，赢得了一代接一代的青年读者的崇敬和热爱。我们现在再来读读《我之节烈观》《我们现在怎样做父亲》《"友邦惊诧"论》《论睁了眼看》和《捣鬼心传》等名篇，仍然会为它们的思想光芒所震慑，并能悟出鲁迅杂文所以高出于其他一切杂文，经久不衰之原因。

要想使散文具有思想的光芒,作者就必须努力学习,使自己具有广博的知识,不仅包括广博的书本知识,同时也包括广博的社会实践知识。除此之外,还要在广博知识的基础上,进行艰苦的思想劳动——思考,冶炼出作者本人对于生活的见解,通过大脑,发自肺腑,提出自己的看法来。

(原载《女子文学》刊授月报,略有删节。)

自选作品

没有母爱的幸福童年

我出生在北京市西四牌楼大红罗厂的一个世代读书之家。童年时代印象最深的就是大书房里的许多樟木书柜,那里面装满了曾祖父和祖父的珍贵藏书:有线装书,有洋装书,有外文书,还有刻着书稿的木板。我最喜欢其中的先曾祖父大人的著作。自从我懂事之日起,慈祥的祖母就常指着这些大书柜,和书房正中的墙壁上悬挂着的巨大条幅,谆谆地教育我说:"好好读书"。虽然我是一个女孩子,祖母却从来不让我学习女红之类,她老人家教给我的做人原则是"以学问立身",成为像我曾祖父和祖父那样优秀的知识分子。

祖母的家是一座典型的北京四合院,黑漆院门的左右两扇门扉上,分别用红漆写着十个醒目的大字,左边写的是:"忠厚传家久",右边写的是:"诗书继世长"。门内是典型四合院所有的典型三进院子。然而对于我这个小女孩来说,只有第三进院子的后院,才是天堂。

后院有一溜儿排开的八间坐北朝南的正房,还有三间坐东朝西的东厢房。不过这个后院最吸引人的地方是它有许多可爱的植物。

在一个又一个绿色的大花盆里,都种植着夹竹桃,它们有棕色的树干,绿油油的肥厚的叶子,每逢春季到来,就开满了粉红色的花朵。

背阴处,在靠近院墙的土地上,种着长长的一排玉簪花,绿色挺拔的叶茎，托住绿油油的肥满的大叶子，在一圈圈的绿叶中间，会长出来纯白色的花朵，花朵的造型既窈窕又秀气，在花心的中央，还有几条细细的米黄色的花蕊，实在幽雅。更为难得的是，每当玉簪花开放的时候，就散发出一股沁人心脾的幽香，经久不散，它们真是花之精灵。

在后院的一隅，还有一个小小的藤萝架，绿色的枝条攀沿向上，在头顶处支起了伞盖，淡紫色的小小的藤萝花，开在四周，仿佛是一个半露天的小屋。

除了夹竹桃、玉簪花、藤萝花之外，还有碧绿碧绿的爬山虎，淡红色和淡紫色的喇叭花。方块石砖铺砌而成的甬道旁边，长着绿茸茸的小草。

这个绚丽多彩，郁郁葱葱，充满了勃勃生机的后院，就是我童年时代的天堂。

我常常一个人在庭院里悠闲地散步。我会走到夹竹桃树的绿色大花盆旁边，仰起头来，望着那一朵又一朵粉红色的夹竹桃花，与它们对话。尤其是正房台阶下面左右两边的那两棵夹竹桃树，碧绿碧绿的叶子，粉红粉红的花朵，艳丽可爱，我觉得它们好像两位大姑娘，就把她们认作自己的姐姐。我也喜欢走到南墙下那一排长长的玉簪花前，嗅着它们特有的幽香，那些绿油油的肥厚的叶子，那些造型幽雅秀气的洁白的花朵，花朵中心那些小巧窈窕的米黄色的花蕊，都使我流连忘返。玉簪花的个头比我稍微矮一点儿，像一个又一个的小小姑娘，我便把她们当成自己的妹妹，散发着香味的妹妹。

下雨的时候，我不能再到院子里玩耍，就费力地把一张老式藤椅搬到正房外面的廊子上，然后再自己半躺半坐在这张藤椅上，静静地观看从天空的深远处，直飘下来的密密的水帘，和落在地上形成的圆圆的水泡。台阶下面的甬道，被雨水冲刷得很干净。透过雨帘望一望南墙下的玉簪花妹妹们，它们的身体显得更加洁白，脆弱的花朵在雨水的冲击下坚强地挺立着。再看看就在眼前的夹竹桃姐姐，粉红色的花体上缀满了透明的雨珠，显得更加娇媚。远处，从院墙的外面，传来了胡同里的淘气的小男孩们唱出来的童谣声：

下雨喽，
冒泡喽，
王八带个草帽喽！

除了这些男孩子们的童声偶尔飘进院门之外，一切都是安静的。只有雨，哗，哗，哗地，间或变成滴答，滴答，滴答地，下个不停。

仰首看看天空，天空是一片灰色，想要探究这灰色的尽头到底是什么，不得而知，便带着困惑请教祖母："天上的雨是从哪里掉下来的？"祖母总是回答我说："雨是老天爷给我们的仙水！"可是老天爷又是谁呢？他是一位慈蔼的老公公吗？他为什么知道人类何时缺水，何时不缺水呢？他是什么都知道的万能人吗？

冬天来临的时候，就有洁白的雪花从天空飘落，一片一片地，纷纷扬扬地，潇潇洒洒地，把大地，把屋顶，把万物，都罩成一片雪白。我趴在窗前，看见飘到玻璃上的一朵一朵的雪花，有的六瓣，有的八瓣，每片花瓣上还有齿形的花纹，非常好看。大自然的神工鬼斧，是谁的巧手，谁的匠心，雕琢了这样美丽的花型和这样美丽的颜色呢？可是它们一贴上窗户，屋内的热气就让它们渐渐地变形，化成为水珠，这令我的心颤动，惋惜。无数的雪花飘落至地上，汇合成一块厚厚的雪毡，柔软，洁白。它们的每一片都失去了自己原有的形象，组合成一片茫茫的纯静。知道它们是大地，但是无论如何舍不得用脚去踩。如果不是那么凉，躺在它们身上打打滚，该有多么好！

我也常常一个人坐在椅子上游戏，把祖母为我购买的许多连环图画铺在桌面上，一张一张地端详。那时候的连环画与后来的连环画很不相同，它们不是一本一本的小人书，而是一大张一大张的，像现在的地图，每一大张上面都是一个故事，由一小块一小块的图画组成，每一小块都像现在的彩色照片底版那般大小，上面画着各种各样的人物和动作、行为，旁边还有几个简单的字做说明。画上的人物绝大多数穿着古装，我从这些图画上面认识了关公，认识了诸葛亮，认识了淘气的孙悟空，认识了可笑的猪八戒。但是他们为何总是在打仗，我认真地左右端详，也不明白其中的道理。

我既没有兄弟，也没有姐妹，是家中唯一的孩子，虽然天性开朗快乐，有时也觉得孤独寂寞。

当我幼小，而祖母健在的时候，我最喜欢做的事情就是与她厮守在一起。

白天，我愿意坐在她的怀抱里，与她对话，我把心中的所想、所感、所思，都滔滔不绝地向她倾诉。我喜欢睁大自己的双眼，与祖母对视，祖母的目光里流露出无限的慈祥，这目光挥洒在我的身上，就像阳光一样的温暖。我一边与祖母对视或者对话，就一边用自己的双手轻轻地抚摸祖母脸上细密的皱纹，我希望能把祖母脸上的皱纹抚平，让祖母的脸面与我自己的脸面同样光滑。

不过，即使祖母的脸上刻满皱纹，我也认为她是天底下长得最美丽的人。儿童评论美丑有自己独特的标准。善良的、慈祥的、给予了自己无私的爱的人，是最美的。我爱祖母饱满的天庭，我觉得在她宽阔的前额里，装满了智慧和慈爱；我爱祖母那双不大不小的眼睛，我觉得她那充满了爱意的目光，就是我情感停泊的港湾；我爱祖母那张不薄不厚的嘴唇，从那里面吐露出来的语言，总能滋润我的心田。我爱祖母那张端庄而秀丽的面庞，在我的眼中和我的心中，没有哪一张面庞，比这张面庞更美丽，更慈祥，更令我留恋。

夜晚，我更喜欢睡在祖母的臂弯里，享受着她对我的爱抚——她常常用手轻轻地抚摸我的头发，有时又用手轻轻地拍打我的背，她还会哼唱自己编织的不知名的歌曲，她的声音亲切而醇厚，像是女中音，从她嘴里吐露出来的歌词，似乎只有我们祖孙俩才能领悟其中的深意。祖母的怀抱，是我最好的摇篮，我把头靠在她的胳膊上，就像一条船停靠在没有风暴的港湾里，安全、信赖、松弛。每天晚上，我都在这个宁静的港湾里，这个温暖的摇篮中，进入甜蜜的梦乡。

夏天的傍晚，正房前面的廊子上，会摆满凉爽的藤编椅子，我和祖母坐在藤椅上，透过廊子上的灯光，欣赏院中的夜色。白天还是绿油油的树叶，晚上显得有些黝黑。粉红色的夹竹桃花和浅红色的石榴上，都闪着金黄色的点子，这是灯光和闪烁的星光在它们的身上绘制的。唯有白色的玉簪花小妹妹依然显得纯白，骄傲地站立在墨绿色的花茎之上，远远望去，南墙下的花坛晃如舞台，而玉簪花们宛如翩翩起舞的芭蕾仙女。抬头仰望夜空，是一道永远无法看到它的边际的夜之幕，那上面的一颗又一颗银色的星星，老在神秘地眨着它们的眼睛。月亮姑姑有时候瘦弱，有时候胖得滚圆，有时候弯弯的像一条小船，有时候鼓鼓的像一只芒果。我常常望着月亮里面的有时清晰有时模糊的线条和图像出神，就问祖母：

"奶奶，月亮里头有人住吗？"

"有人住呀。"

"是谁住在月亮里头呀？"

"是嫦娥呀。"

于是祖母就给我讲述关于嫦娥奔月的故事，关于后羿射日的故事。

冬天的夜晚，屋子里的炉火烧得很旺，红红的火苗，把室内的温度烘烤得暖暖的。炖在火炉旁边的开水壶发出滋滋的响声，一股白色的水蒸气从壶嘴中袅袅地飘出来，滋润着屋内的空气。我依偎在祖母的怀抱中，觉得既温暖又惬意。窗外常有北风或西风在呼啸，但是我觉得这些呼啸声离开自己很远很远。只有偶尔从院墙外面的胡同里，传来小贩们的叫卖声，才能吸引住我的注意力；

"好吃的萝卜，赛过梨呀！"

"铁蚕豆——"

"硬面饽饽！"

"热馄饨——开锅！"

他们用北京的、山东的，各种不同的乡音吆喝着，故意拉长着尾音，好像唱歌一样。

5岁半的那一年夏天，祖母为我买了一件崭新的丝绸连衣裙，淡紫色的底色上面点缀着米黄色的小花，领口处镶着白色的纱边，领着我去黄城根小学报名考试。从此我就成了一名小学生。

黄城根小学是一所古老的学校，它的校园是由一所古代庙宇改建的，种满了参天的大树。每间教室都很高大，是前出廊后出厦的老式大屋顶房屋。前后几层院子，在院子的中心都有小小的假山，其中一座最大的假山前面，还有一个用石头堆砌而成的金鱼池，池中有几尾金鱼在自由地游弋。在校园的西侧，开辟出来了一个方圆不小的操场，那是当年的洋学堂必备的设施，是学生们上体育课和开大会需要用的地方。

我每天早晨背着书包去上学，中午背着书包放学回家，吃过午饭，再背着书包去上学，下午再背着书包放学回家。日复一日，兴高采烈，乐此不疲。我最喜欢读书，所以除了家以外，学校就是我最喜欢去的地方了。

老师们教给我许多新的知识——国文、算术、珠算、自然、公民、音乐、美术、手工。每门功课我都喜欢。每天吃过晚饭以后，我会立刻从书包里拿出作业本，仔仔细细认认真真地写，我要求自己写出来的每一个字，都要规规矩矩工工整整正确好看。有时笔画写得不够理想，就用橡皮擦掉重新来过。

每逢我做功课的时候，祖母总是坐在桌子旁边，手里拿着一件女红，一边编织缝纫，一边陪伴着我。有时她看见我写了又擦，擦了又写，就用轻柔的声音劝慰我说：

“行了，别擦了，写得挺好了！”

可是我往往不听，什么时候我自己看着满意了，像那么一回事了，方才罢手。看着我如此认真的样子，祖母总是很心疼，她会俯下身来，轻声地问我：

“累不累呀？”

每到一个学期将近结束的时候，学校都会发榜。发榜的那一天，在挨近校门不远的大告示牌上，会贴满大红纸张，上面用黑色墨笔楷书，按班级，把全校学生的名字写在上面，每班学生的名单，都以成绩为序。我在这所小学读了六年十二个学期，每次发榜，我的名字都排在第一位。

每逢发榜的这一天，一放学，我就立刻奔到祖母的怀抱里，把那张令我欣喜的成绩单，交到祖母的手中。不论哪一次，祖母看过了上面写着的内容后，她的那张慈祥的面孔上，都会渐渐地洋溢开灿烂的笑容，就像一朵盛开的鲜花一样。她会舒展开自己的双臂，轻轻地把我搂紧。我知道自己书念得好了，就是她最大的安慰，而她脸上欣慰的笑容，就是对我最大的奖励与鼓励。

每一个孩子都有自己的母亲和父亲。可是我自从懂事之日起就不曾见过自己的母亲。也很少见到自己的父亲，因为他自从给我娶了一位继母之后，就搬出了祖母的家，住到了不知什么地方。幸亏我有祖母，她使我的童年充满了欢乐，在我的既没有母爱也没有父爱的童年时代，祖母的温馨的家园让我享受了平静的幸福。在我童稚的心田里，祖母就是天使，祖母就是照耀着我生命的太阳。

不料，在我11岁的那一年，一个霹雳从天而降——最爱我的祖母突然病逝了。她患的是脑溢血，没有来得及与我告别，也没有来得及给我留下一句遗言。那一天，清晨我上学离家时，她还像平时一样地微笑着送别我；可是等到我下午放学归家时，她已经安详地平躺在停尸床上了。我没有丝毫的心理准备，我实在难以接受这个现实，我反复地抚摸着她的冰冷的脸庞和双手，泪如泉涌。

从这一天开始，照耀着我童年生活的太阳就熄灭了。以往的生活与未来的生活之间，就划出了一条深深的鸿沟。我的没有母爱的幸福的童年，就这样结束了。

（选自《20世纪中国作家学者艺术家谈童年》，中国和平出版社，1999年）

纽约地铁

几十年前就从欧·亨利的小说里认识了纽约。后来又从许多中外作家的笔下认识了纽约地铁。很多人都说纽约地铁是罪犯活跃的地方,暴力事件层出不穷,“知名度”极高。因此这次到纽约,一定要看看纽约地铁的真实面目。

纽约地铁已有一百年左右的历史,是世界上最早建成的地铁,很古老,很旧。除去像曼哈顿世贸大厦下面的站台外,几乎所有其它的站台都很狭窄,比北京地铁的地下站台窄得多了。有些站台及地铁入口处的墙上,还涂抹着乱七八糟的字或者画,这些都是无聊者的“作品”,清洁工人尚未来得及清扫,就像有的美国电影或电视连续剧中所展现的那样。

然而它的线路却四通八达,纵横交错,在地下组成了一个完整的交通网,坐着它可以抵达纽约市的任何地方,包括郊区。它的速度又快;上一趟车与下一趟车之间的间隔又短;换车又方便,连挪动一下地方都不必,只须看准用英文字母和阿拉伯数字标志的线路就行了。它的价格很便宜,而且实行“卡”制,不需次次买票,你可以随意地买一张卡,交多少钱卡上就会记录多少钱,每次进站时,只需用卡在入口处一划,拦路的铁杠子就会自动让开,让你进去。如果你卡上的钱用光了,任凭你怎样划,铁杠子都一动不动坚不可摧不放你进站,你就知道应该“续钱”了。续钱也很方便,铁杠子旁边就有卖卡室。站台虽然古老,车内却是又干净又漂亮的,硬塑料的座椅摆得很艺术,有两人座的,有三人座的,有五人座的,供各种人群挑选。椅子有杏黄色的,有土黄色的,有粉色的,五彩缤纷,显得很活泼,可以打破身处地下的沉闷感觉。分布在地上各条街巷里的地铁入口处非常显眼,凡是竖着两支绿色的灯杆,灯杆上面装着圆形灯饰的即是地铁入口。当你往下走时,迎面看到的是入口处横梁上面的英文字母,它明确地向你标识着线路,告诉你下了这个入口能够乘坐哪几条路线。进入地下后,站台前的卖卡室内备有印刷得既精确又漂亮的纽约地铁线路图,是向乘客免费赠送的,对纽约地铁不熟悉的游人看过之后就能一目了然。由于上述的种种方便之处,纽约地铁就成了平民百姓和上班族的首选交通工具。

大概是因为线路多车辆也多的缘故,除去上下班的高峰期外,地铁车上的乘客很少。在这稀稀落落的乘客里,肤色却是多种多样的,有白人老头,白人老太太,有黑人青年,黑人中年,有亚洲人(如果不说话,就难以分清谁是中国人,谁是日本人,谁是韩国人了),有拉丁美洲人,还有的辨不出是什么种族人,大概是什么族与什么族的混血后裔。

我觉得纽约地铁是安全的。只有一次发生了险情。我们的朋友兼向导的 W 君,因为是书生,只认得从他的家至哥伦比亚大学往返的一条路,此次领着我们游逛,只能边看地铁图边走,竟然把我们带入了一条被废弃了的地铁路线之中。这段路很短,但是很恐怖,立刻令我想起了在北京电视里看过的美国警匪片。这里的站台格外窄,地面上积着水,交错纵横的铁轨上长满厚厚的铁锈,墙面上满目疮痍,让我的神经紧张到了极点。又忽然听到,从不知道什么地方传来了"咔嚓"、"咔嚓"的皮靴声,我想:"糟了! 好在我们有三个人!"想到这里,就见远远地走过来三条大汉,走近一看,原来是三位穿着制服的美国警察,与我们在狭窄的站台上擦肩而过,互相礼让,我的神经才松弛了下来。再定睛一看,斑驳的墙壁上有一块木制的路牌,上面写着五个繁体中文字:"华埠坚尼街",原来此处的头顶上就是纽约唐人街。W 君的误导,使我有幸看到了纽约地铁中最破旧的一段,体验了美国现代警匪片里的真实地理环境,应该算是一次极其难得的经历。

不过 W 君本人确曾有过一次惊险的遭遇。那是三年前他刚到纽约时,一天午夜两点多钟,他与另一位中国留学生坐着地铁回家,一节车厢里只有他们两位乘客。另一站上忽然上来了十几个黑人青少年,立刻有其中的四人上前分别卡住了 W 和他朋友的脖子,让他们交出所有的钱财。W 君的朋友英文很好,好言好语地与他们交涉,正在紧张得不可开交的时刻,从另一列车厢里走过来两名持枪巡逻的警察,黑人青少年立刻做鸟兽散,因为在美国的法律里侵犯别人人身是触犯刑律的事情,W 君和他的朋友才侥幸逃脱了此次劫难。事后朋友们都说他俩"命大"。从此以后,他们再也不敢于深夜乘坐地铁了。

据 W 君告诉我，近两年来纽约的治安状况已经得到了明显的好转。我在纽约呆的时间不长，不过在地铁车厢里也亲眼目睹了两位讨钱的黑人乞丐。他们讨钱的方式很文明：一位是先在车厢里发表演说，说明他是无家可归者，请求有人帮助他，上帝会祝福帮助他的人，等等。另外一位似乎是盲人，戴着墨镜拄着拐棍，先唱了一首大概是他自编的歌曲，然后也发表了类似的演说。车厢内的乘客都坐在椅子上静静地听着，有的人拿出了纸币或者硬币放在求乞者的口袋里，他们说过“谢谢”之后就会走向另一节车厢，即使无人给钱也不在一处纠缠。据住在美国多年的中国朋友说，这些所谓无家可归者都是酗酒者，或不务正业者，甚至是吸毒者，总之都是有恶习的人。美国有义务教育，可是他们从小不好好念书，领到政府救济金后也不好好过日子，老大不小了也不愿意从事正当职业劳动挣钱，是一群没有出息的家伙。华人中间就没有这样的人，在美华人是以勤劳向上、重视教育、珍视家庭著称的。

1998 年 6 月于纽约

（选自《肖凤散文选》）

永久地追求温暖和爱

李晓虹

一个作家选择什么文体，以什么方式进入创作，有相当大的偶然性，但在偶然中却往往有一种人生指向起着作用。女作家肖凤最早是以传记文学与读者见面的。20 世纪 80 年代，她先后出版了《萧红传》《庐隐传》和《冰心传》等传记文学，这些作品的写作过程，伴随着肖凤本人的心路历程。在写作中，她不仅融入了强烈的情感色彩，在与这些女作家的碰撞中，其心灵也在不断提升。这些优秀女性的作品和她们永远不倦的精神追求，首先使肖凤的精神世界受到了一次又一次的洗礼，肖凤敬佩她们，认同她们，尤其是她们对于人类精神生活中的温暖与爱的渴求成为肖凤的自觉追寻。

20 年前，萧红的名字对于一般读者还是完全陌生的时候，肖凤即开始从尘封的历史中，打捞关于萧红的资料。“文革”后期，在偶然的阅读中，肖凤敏感地意识到，萧红这位在相当长的时间内几乎被遗忘了的女作家，有其独特的价值；她的早慧和艺术天赋，她的坎坷命运和在不幸与冷漠中不倦的追求，都深深感染了肖凤。肖凤决定写一本《萧红传》。特别是当她“费了九牛二虎之力”，从堆积如山的旧期刊中找寻到萧红发表在 1937 年 2 月 15 日《月报》上的一篇短文《永久的憧憬和追求》，看到其中这样的几句话：“从祖父那里，知道了人生除掉了冰冷和憎恶之外，还有温暖和爱”，“所以我就向这‘温暖’和‘爱’的方面，怀着永久的憧憬和追求”。肖凤的心为之深深打动了，觉得找到了解读萧红一生的情感和创作历程的钥匙。永久地追求“温暖”和“爱”，正是肖凤和她所要走近的女作家心灵上的契合点。

之后，肖凤的《萧红传》《庐隐传》相继出版，打动了许多读者。萧红和庐隐这两位有着超人的艺术才华的女作家，尽管曾经被蒙上厚厚的历史尘埃，她们的作品长时期静静地躺在图书馆某一个被遗忘的角落里。尽管英年早逝的不幸命运使她们无法在已经享有盛名的文学道路上走得更远，但“才华这种东西，仿佛就是永不熄灭的火种，一旦和暖的春风吹来，它就会仍然闪烁出动人的光彩，恰似天空中永远不落的星辰”(《庐隐传·前言》)。肖凤带着读者走进她们的世界和她们所表现的艺术天地，在人们心中引起波澜。许多读者是在这种引导下走进这些才女的世界，更深入地探究这些不平凡的女性身后掩藏着的历史内容。

再往后，肖凤又陆续出版了《冰心传》《萧红与萧军》等传记。

肖凤的女作家传记之所以有众多读者，首先在于她在写作中融进了自己真切的情感和对人的深刻认识。她说：“人，是一个多么值得研究的课题。几乎每一个人都有自己不同的爱好、禀赋、气质、情操和性格。有的人战胜了生活，战胜了自己，替自己插上了翅膀，在美好的境界里翱翔；有的人却无法做到这一点，他为生活的阴影所腐蚀，为自己内心的阴影所腐蚀。为什么会这样呢？怎样才能够使自己清除掉腐蚀，使自己升华起来呢？对于这样的问题，也许不会有人不关心的吧。”(《冰心传·代序》)关心人,关心人的心灵世界的健康发展,创造美好的人生境界,这是肖凤写作的目的,更是她的人生追求。

肖凤以一颗易感的心灵,为她笔下这几位女作家倾注一腔真情,除了作为一个学者对于研究对象有理性思考,还有更深的一层原因,这就是作者本人的坎坷人生使她对这些才女有着内在的情感沟通和心灵共鸣。在她的《天若有情天亦老》《我要读书》等作品中,详细地讲述了自己的身世:从懂事起,就不曾见到过自己的生母,11 岁时,最疼爱自己的亲人祖母又突然病逝。从此,她饱尝“无所依傍的孤苦与茫然”,在痛苦中发奋读书,在孤寂中与文学结缘。在生存方式与生存意义的统一中开始了文学道路上的漫长跋涉,或者说,她是以文学为出发点,踏上了建筑人生真善美的途程。因此,她的传记文学作品更多融入了自己的声音。

她说:“那些有才能的女性身上,总是压着一座习惯势力的大山,就像被埋在冰封的土地底下的蓓蕾,要想冲破重重的阻力,而傲然地开放出绚丽的花朵,就需要经受得起种种精神上的与肉体上的磨难。然而,坎坷的命运往往又是磨练才能的最好的机会,一个具有十足的艺术气质的女孩子,常常就是在接踵而来的冷漠、孤寂、不幸、迫害等等的遭遇之中,充分发展了她的敏感的天性,和对于爱的憧憬、对于善的珍视、对于理想境界的追求。”(《萧红传·跋》)

在为别人写传的同时,肖凤也不断咀嚼着自己的人生故事。每个人的生活都是一部书,有着坎坷经历的人,这部书更容易写得曲折好看。书好看往往是因为有故事,但是,生活的大书仅仅好看是远远不够的,只有耐人寻味的书才能给人留下更大的精神空间。肖凤在自己的经历中,发掘那些既能吸引读者,又能引发思考的故事。《回眸》是对“文革”那段痛苦经历的回忆。这是一个知识分子,一个母亲,一个妻子从个人的角度进行的。被贴大字报,被剪辫子,去农村,离夫别子,种种揪心的感觉和身不由己的无奈与痛苦,虽然仅仅是发生在一个普通的家庭,只是“文革”中无数情感悲剧、生活悲剧中的一个,但在这样的故事中,不能不使人想到时代给每一个无辜的人,给每一个家庭留下的究竟是什么。其中,对亲子之爱的描写更加动人。孩子出生不久,肖凤和她的丈夫就被迫分别到了河南农村“劳动改造”,儿子只好托一位农村大嫂照看。一年半后,夫妻两人辗转在京汉铁路上的一个车站会合,一起回北京看望不认识父母的儿子。在《回眸》中的“思念”一节，她回顾与儿子离别时的苦苦思念及见面后面临又一次离别的悲凉心境：

> 我真想念我的儿子。
>
> 他那白里泛红的小胖脸蛋，他那一双又大又黑又清亮的眼睛，他那两个又大又深的小酒窝，他那漆黑如墨的小头发，他那又胖又好动的小脚丫，他那又圆又胖的小屁股蛋子，都是我常常要抱吻的。他是我的快乐神，是我生活的希望。可是，现在，我却被迫与他分离，在千里之外的农场。想看他却看不见，想抱吻他却抓不着，我的心里常常感觉空荡荡的，不知如何是好。

等到儿子终于由“阿姨”、“叔叔”改用“甜甜的奶嗓子叫着‘爸爸’、‘妈妈’”的时候，短暂的探亲假已经到期，“我们不得不与他含泪告别，再一次将他托付给农村大嫂，也再一次将我们的命运托付给未知数”。母爱，这最动人的感情，流淌在对孩子的大眼睛、小酒窝、小头发、小脚丫、小屁股蛋子动情的描写中，而最让人忘不了的是渗透其间的离别的痛苦，以及那种“人”不能掌握自己的命运，任由别人摆布的无奈与悲哀。

这几年，肖凤去过国外的不少地方，去韩国讲学一年半，是在国外呆得最久的一次。之后，又去过美国、意大利、瑞士、荷兰、德国、法国等地。回来后，她写成多篇作品。从这些文字中，可以感觉得到，肖凤永远睁着一双明亮的眼睛，仔细观察、品味、欣赏着，同时，也冷静地思索着那些与人的精神追求有关的东西。

作为一个高校教师，人文学者，她的域外写真远远超出一般的介绍性的游记作品。精神上的追求使她从自然、从眼见的许多风物人情中走入心灵，最后又使心灵走向更广大的空间。因此，在她对异国风情、文化景观的描绘中，带着明显的指向性。在纷繁多彩的景象中，她对与文学艺术有关的东西情有独钟。可以说，她是沿着一些世界大师的作品所描绘的图景，或是他们作品所蕴含着的意蕴去对应现实的。去巴黎的卢浮宫、巴黎圣母院，去戛纳、罗马、梵蒂冈……在她心中，都浮现着文学艺术大师的故事和他们所展现的艺术世界，当眼前的实景与这些早已蕴蓄心中的故事相交流时，所产生的碰撞必然激起新的思想火花，而这火花散落在作品中，就产生了超越现实图景的意蕴。所以，读肖凤的域外散文，从中获得的绝不仅是对未知世界的了解，在平实的描述中，会给你留下一个更大的空间，使你和作者一起对人类文明表示极大的关注，从异国所见所闻，自然联想到国内的文化状况，对一些不文明现象表现出关注与焦虑。从总体上看，肖凤这时的文字风格已经发生了很大变化，逐渐趋于冷静，体现出了更多文化蕴含。

肖凤的游记散文非常注重表现色彩，而这其中，同样体现着一种对真善美的执着而自觉的追寻。

肖凤1883年写了一篇旅游散文《鹿回头夕照》，其中有这样一段充满诗意的描写：

> 那是一片异常明媚的蔚蓝色，而在这片蔚蓝色的色彩上面，还闪着两条尤其耀眼的金黄色的带子。……没有黑浪，没有涛声。只有一片极为明亮、极为柔媚的彩色，在我的前面闪烁。……只有一层又一层雪白色的海浪，薄薄地、慢慢地、轻轻地朝着我游来……我久久地伫立在海水之中，激动得说不出话来，也动弹不得。周围静极了，除了薄薄的海浪时而发出的絮语之外，什么干扰都没有。

对自然美景，尤其是对色彩特殊的感受力，使肖凤把自己融入景色之中，在她描述自然美景的时候，总是忘不了从色彩上多用些笔墨。例如：写瑞士的琉森湖：

> 湖水的颜色乍一看去是湛蓝的，像蓝宝石一样蓝，再一看去又像是深绿的，像翡翠一样深绿。它随着时间的推移和光线的变化而变幻出不同的色彩，在阳光的照射下它有时显得金黄，而有时又显成银金色，或淡紫色。湖面上停泊着彩色的游船，随着风儿在轻轻地摇曳。湖水中有多只雪白的大天鹅在慢慢地游……

在这些自然与生命交汇而构成的图画中，让人受到强烈的色彩冲击。这些新鲜活泼的颜色，是大自然赋予的。蔚蓝色、金黄色、雪白色、淡紫色和象征生命的绿色，共同构成了自然和人生的丰富色调，从中，也透露出作者生命的消息。

（原载《中国当代散文审美建构》）

那家伦(1938—),散文家,云南大理人,白族。幼时到个旧,后随家迁居昆明。1951 年在读初中一年级时参加中国人民解放军,当过卫生员、门诊部医生。1964 年转业到大理文化馆,主持编辑《洱海》。1979 年借调到北京《民族文学》编辑部工作五年,任编辑、编辑室主任、编辑部副主任。1984 年到大理人民广播电台任文学节目编辑,副研究馆员。系中国作家协会会员、中国散文学会理事、中国散文诗研究会副会长,大理白族自治州作家协会副主席。

那家伦 1954 年开始发表文学作品,以散文创作为主,迄今已出版散文专集 7 部:

《篝火边的歌声》(上海文艺出版社,1965 年);

《澜沧江边》(百花文艺出版社,1965 年);

《放歌春潮间》(云南人民出版社,1980 年);

《红叶集》(花城出版社,1981 年);

《孔雀集》(湖南人民出版社,1983 年);

《花海集》(文化艺术出版社,1985 年);

《那家伦散文选》(四川民族出版社,1986 年)。

那家伦的散文,有《花的世界》《大江歌》分获第一、二届全国少数民族文学优秀作品奖,《开拓者》获第三届全国优秀报告文学奖,《心与心的鸣奏》获第二届全国煤矿文学乌金奖,《花的天地》获全国民族团结征文奖,《苍郁的大青树》获全国残疾人优秀作品奖,《天池秋思》获全国"东湖杯"游记精品大赛三等奖,《风城赋》获全国民族团结进步征文三等奖,《陋斑素描》获人民日报"燕舞"征文三等奖,《三月三》获《光明日报》"天涯杯"征文三等奖,《高原的热望》获"绿色三明杯"环境文学征文三等奖,《信息社会》获《信息日报》"威达杯"经济文学征文三等奖,《茶 · 兰 · 紫陶情》获《大连日报》全国“五彩城”散文大赛二等奖,《舞的遐思》获《云南日报》“美与生活”征文奖。有《长城赋》被选入《中国当代散文精华》,《沃土》被选入《中国当代百家散文》《中国散文鉴赏文库 · 当代卷》,《夏天颂》被选入《新时期优秀散文精选》,《火的节日》被选入《中国少数民族文学经典文库 · 散文报告文学卷》,等等。

评论那家伦散文的文章主要有:

《表现工人阶级最可宝贵的东西》(高扬文),《人民日报》1984 年 4 月 17 日;

《那家伦的〈然米渡口〉》(邢莉),《当代少数民族作家作品选讲》;

冯牧、唐达成、谢永旺、玛拉沁夫谈《开拓者》,《民族文学》1984 年第 4 期;

《那家伦的散文世界》(舒家骅),《大理文化》1995 年第 2 期。

此外,《中国当代少数民族文学史》有对那家伦散文的专节评述,可参阅。

美的文学

那家伦

散文,直接反映生活本身。

在所有文学部类中,较之小说、戏剧、诗歌,散文是最直接反映生活的。

它自由自在,不受拘约,纵横驰骋,轻捷灵活。

是生活的美,给它翅羽,使它飞翔自如。

生活的美,在散文园圃里,勃放得最为繁茂。

散文,美的文学。

散文的写作过程,是美的表现历程。

散文,质朴地揭示出生活的美。

从生活提炼出美的本质,这便是功力所在。

把美,变为画面,变为音响,变成诗韵;甚而,比美术更富于色彩,比音乐更富于旋律,比诗歌的诗意更为自如。好的散文,把美完全透彻地呈献出来。

没有美,艺术是不存在的(谢林)。

失去美,散文就失去生命。

美——散文的本质。

不美的"散文",它常常是别的什么东西——新闻通讯,小说素材,风物资料……

而不是散文。

不能给人以美感享受的作品,不是艺术品。

不能让人们的生活和人们的精神风貌变得美好一些的所谓艺术,不是艺术。

照天性来说,人都是艺术家。他无论在什么地方,总是希望把美带到他的生活中去(高尔基)。

散文家之所以是艺术家,就是他无论写作什么样式的散文,都力求忠实美学理想,把美体现于文章中。

这种美的发现,这种美的创造,使人们在美的享受中,发出美的赞叹。

散文家是以美学思想为指导的自觉的美学家。

凡是散文家认为美的,他就以自己认为满意的形式反映出来。

美学思想愈成熟的作品,作家的风格就体现得愈鲜明。

美学思想指导着创作。散文的创作实践,也在不断地丰富与发展着作家的美学思想。

达到炉火纯青的地步的散文家,是他应用自己的美学思想指导写作的自觉性很高的一个结果。

美学思想实践得愈彻底、愈熟练,艺术成就也就愈大。

我们说散文直接反映生活,不等于说,生活可以不经过文学熔炉的熔炼,就能成为散文。

散文，更忌自然主义。

因为种种艺术追求，散文更要求熔炼。

比如：单纯。这就要求更精。

从生活中发现美，再经历艺术创造，把美呈献给生活。

这，就是美的文学。

创作，是“对社会生活的富有诗意的分析”（别林斯基）。

散文家的美学理想，形成了作品的思想。

思想深邃的作品，能让人深刻地认识现实生活，能使人精神昂奋，当然，也能给人美学理想感染，给人道德情操的陶冶。

时代风云，笔底波澜；强烈地散发着浓郁的生活气息，跳动着时代的脉搏。我们的时代首先需要这种具有生命力的散文。这样的散文，才最能揭示生活的美。

但是，一篇时代感非常强烈的作品，还必须有新颖动人的艺术手法，这样，才能增添它的美的魅力。

散文要发展，必须破除手法雷同、千篇一律的问题，必须创散文艺术之新。

同时代的作家，手法雷同，会障碍散文的发展与繁荣。

就是同一个作家，手法雷同，也难不遭非议。

美，包含着新。

作家，应避免与别人的雷同，也应战胜与自己的雷同。

其实，生活是没有雷同的。

生活，总是以千差万别的形态呈现它的美。

生活的每一个美，都是“这一个”，都具有明显的个性。

问题是我们要去发现。

问题是我们要艺术地表现。

发现了，又创造了最能表现的艺术手法，美，就成功地表现出来了。

（节选自《散文创作手记》，载《邢家伦散文选》）

自选作品

夏天颂

一

江河，混浊而汹涌；土地，被火热的太阳晒得发烫；大雨，有时能连续下几天；田野，一片生机蓬勃……

一切都在成熟，一切都充满生气，一切都这么热烈。

夏天。充满艳丽的色彩的热情的夏天。我激动的心，紧紧拥抱着明丽的阳光，在祖国大地上飞翔。

由北到南，有多少缤纷的色彩往我的记忆的画板上涂抹，有多少发光的音韵在我的心灵的空间里闪熠。

呵，充满盛情隆意的可爱的夏天……

二

将要去拜谒海洋的前夜，我去向灯的银河告别。

居于北京，我爱上了北京的灯火。

五月，春夏交替的时际，北京街头花红柳绿，漫天里纷飞着柳絮，时时还能闻到阵阵馨人的花香。

在这初夏的傍晚，迎着电报大楼在晚霞里敲响的钟声，我向天安门走去。

霞霭，钟鸣，香飘，絮舞。车队像江流在奔泻，行人像浪花在飘浮。

生活的旋律在鸣奏，时代的音韵在交响。

每次到长安街，仿佛都能集中地倾听到时代的声音。仿佛都能强烈地感受到时代的脉搏。

用心捕捉那一个一个伏于自行车上，双脚用劲猛蹬，额头上沁满汗水、眼眸直视前方，像电一般飞闪而过的身影，我才实际感触到我们负着沉重的生活节奏。它有力得让人动心。

这，许是许多居留北京的人共有的感情吧，才会有这么多的人徜徉过长安街，汇聚到天安门广场。

五月，这里是个鲜花的广场。花坛里，丛丛鲜花怒放了；广场上，姑娘们鲜艳的花裙子旋开了；天空中，一只只风筝让花儿开放在云里……

我的眼前，是一张一张闪烁着青春光彩的笑脸。广场上，最多的是青年。伴友相挽，情侣依依，姊妹并行。

晚霞，把一张张脸儿映得这么端庄俏丽，把一个个场景映得这么似画如锦。

天渐渐黑了，人变得更多。像我似的，有的人把头扬起来。我笑了，有这样多的人在等待一个时刻。

像天庭蓦然降落万颗星辰，广场和大街的灯火突地亮了。一个一个灯盏向四面展开来的兰花灯柱，使天上开放丛丛银花。长安街，更是满街流彩，满街泻银……

灯火下，我看见许多人的眼眸里都流露出一种兴奋的光熠。

我想，如若能把人们这顷刻间的意念显聚起来，那将是能发出强劲光热的。

我缓缓行到人民英雄纪念碑下。这时，整座高耸直竖的碑体，都被强烈的聚光灯照得通体发亮。它，宛若在宣告着一种精神、一种信念、一种力量……

这时，是的，就在这时，一个生动的画面突然映入我的眼帘。它是那么强烈，竟深深地嵌入我的心灵：

纪念碑下色彩缤纷的花坛旁，一个端庄美丽的年轻的母亲，怀抱着一个婴儿，正仰颈深情地凝视纪念碑。

母亲生动的脸透出凝重的情感，她的眼眸透出晶莹的光熠。

她修长的身材和有力的手臂，透出了力量和美丽。

婴孩的头紧贴于母亲的心窝。她黑珍珠似的眼睛闪眨着，她甜甜地微笑着。

蓦然闪现一个什么念头，还是深沉的思索升华到一个什么境界，年轻而美丽的母亲，突然把婴孩抱得更紧。她的脸，紧紧贴在婴孩的额头上。

这是雕塑的诗。

这是诗的雕塑。

我敞亮的心灵，一下涌入那么丰沛的内容，变得激浪奔涌了……

呵，我们辽阔沃土上的美好的一切，已经抱在我们怀中。

可是，这怀中的美好，来得多么不易呵。长长的孕育，久久的阵痛。流血和牺牲。她才在秋风飒烈中诞生。

千年不朽的纪念碑上的一幅幅浮雕，可以作证：多少奋勇催促美好诞生的奋起者，在“风雨如磐”的年代，成为牺牲者。

圆明园的断柱残垣，可以作证：落后与腐败，就会被严峻的历史羞辱。

五星红旗在天安门广场飘扬三十多年的历史，可以作证，世界上没有神明的先哲，共产党人也只能在实践中祈求真理：我们每前进一步，都要在曲折中作出牺牲，甚而付出惨重的代价。

多少人铺砌了坦途，用身躯，更是用信念。

母亲，才怀抱起像鲜花般美好的婴孩。

今日的孱弱不见得明天不会强壮，现在稚嫩不见得未来不会成长。祖国母亲坦荡的胸脯是丰沃的。问题是，我们该怎么爱她，无私地向她倾献汗水，甚至鲜血……

美好呵，不都是在辛勤的耕耘中成长的么，不都是在尽心地卫护中发育的么？

良久,那座诗的雕塑屹立不动。

良久,雕塑的诗在我心里掀涌。

在夜风送来的一阵花香沁入肺腑时,我迎眼看到怀抱婴孩的年轻母亲,笑了。她,正扬颈张望天空。

夜空,还有一只风筝在翱翔。呵,一只很大的雄鹰,它,飞得多么矫健呵!

迎着生活,明天我将开始我的飞翔。翅羽不力,也许仅是一次超低空的滑翔。我仿佛已经听到了生活的交响乐章的奏鸣了……

今夜,在我心里响起的是什么呢?

一支轻抒漫卷的序曲吧。

三

当我驻足望海的亭阁,把辽阔的北戴河海域尽揽眼眸时,我是激动的。

我生长的高原自然没有大海。小小一个湖泊,就被尊呼为:洱海。

渤海,仅仅在这儿弯了一个湾,就留下这么坦荡的海疆。整个渤海,该有多大呵。整个海洋呢?……

这时,正是黎明前的曙色。鲜红色的海水,层层交叠,泛动着粼粼闪闪的金光银光。

红波,越来越光亮。

金银,越闪越夺目。

大海,忽而隆起一座金山,忽而隆起一座银山,忽而卷起一丛鲜花……富丽的色彩宛若把人带入到一个幻境里。

平静,仅是一会。紧接出现的情景,使我惊异得想把大海当作无边的草原。草原上,奔驰着千万匹狂烈的马儿。

一群不驯的烈马跃上山岗。

一群鬃尾直竖的马儿驰入草原深处。

一匹飞蹄腾空的马，跃上峻崖，但却随即消失得没有踪影了。

无边的草原。无边的骏马。

生动的大海呵，显得更为辽阔。仿佛天有多远，海就能伸延多远。

就在这掀涌奔腾的海面上，一轮鲜艳的红日从水波里升起了。她，像洗涤过似的鲜美，像锦染过似的水灵。

冉冉升着，冉冉升着。红鲜鲜的太阳，终于跃离水面了。

我就这样迎接了海洋的第一个日辰。我就这样投入了海洋的怀抱。

在永不止息的碧波面前，在日夜喧涌的涛浪声中，我感到宇宙的永恒，我感到人的渺弱。

与恒伟的海洋相比，人，不就像一跃即逝的浪花么。直到在潮浪声中入寝，这个思想还冲击着我惆怅的心灵……

这种淡淡的怅惘，一直延续到我接触到一种强有力的心的跳荡。

从早到晚，美丽的海滩上总是聚满了人：戏水，游泳，晒太阳，拣海物。盛情的大海，敞开胸怀尽情赐予。

可是，他们从不下海：宽肩厚胸，身躯高大，黑红红的脸膛，充满豪情地说笑，每天一连几小时在海滩散步。要是挺立礁岩，他们真像一排古松。

"怎么不下海游泳？"我这样开始谈话。

他们不能下海。原来，他们是来疗养的煤矿工人。长年累月隔绝阳光，在地层深处劳动。阴冷与潮湿，使他们都有关节炎。医生不许他们下海。

然而，他们是多么热爱阳光和大海呵，连同海滩上的彩色的贝壳，连同北戴河的葱绿的树木和繁灿的鲜花……

"我们，身在漆黑的地下，可我们的心是亮堂的！"

一位鬓角现白的老矿工说的这句话，使我的心灵蓦地鸣响起来。他们，双手捧出一颗颗亮堂的心呵，把大地都照亮了。

老矿工，是来自西藏高原的藏族。他受过五次工伤，左胸有两根肋骨断了。一次重压，使背部留下大大一块淤血，时时疼得拧眉……

可是，他不仅不后悔当了采煤工，而且天天下井，用药顶着也下井劳动。

“我们，献出的是光，献出的是热!”

这句话，像诗一般的话，我抄自一位年轻采煤工的本子上。那天，他就立在藏族老矿工的身旁。他微笑着，一直没出声。他英俊的脸膛红润得会冒油。

晚霞里，我见他一个人坐在礁岸上写什么。走近去，我才看清了他写的内容。我永远不会忘记这两句真正的诗了。

他合上本，腼腆地笑了。他有点像女性，羞涩地不愿谈自己。

是他的同伴告诉我：他的父亲，在一次井下奋勇排险中，不幸被炸伤，牺牲了。在井上工作的他，立即申请到井下去，继续劳动在父亲原先的岗位上，他成了矿山最年轻的劳模……

又是晨曦。我又在海边敞开心扉迎接日出。

晨风吹拂。波涛涌动。缕缕清淡淡的雾，飘在天地间……

远远地，我看见了他们的熟悉的身影。采煤工们，也在海滩上迎接日出。

今晨的大海，分外汹涌，如成群的呼啸着奔驰而来的烈马，撞碎在礁岩上。

浪尖上，海空里，成群的海鸥，飞翻着，鸣叫着，使日出显得更壮美。

当我扬眸再看采煤工们，他们，迎着旭日走去，越走越远，渐渐，消失在汹涌的大海与旭日的红晕中了……

他们，融入大海。

大海，不也正像他们么?!

我仿佛更清楚地听到采煤工们的心的跳动。他们，像大海的呼吸一样强大而有力。

采煤工们的情怀，不就是一个宏大的海洋么……

站立海边，良久思忖着。

一阵豪放的笑语声，使我回首张望。采煤工们已经朝我走来。朝阳升起了。他们，浑身挂彩披金，显得那么绚丽。

仿佛顶天立地的他们的身影，给了我新的启示。不正是我们的人民改造着大地与海洋么？在无知的自然面前，人是多么崇高呵。

于是，我眼前仿佛呈现了另一个大海。那是更浩荡的人民的大海。它有比大海更大的浮载力。它自觉地浮载着历史，让历史在它的航道上前进。

海的情怀，多么深沉，多么丰美……

四

当我辞别大海的时候，我的胸臆中，已经装满了大海盛意赐予的情愫。

我们的海洋，多么辽阔；我们的大地，更为宽宏。当列车飞驰过丰富多彩而又变幻无穷的山岳湖泊时，谁不会为祖国大地的美好而动情？

于是，在大地的深情里，我来到武汉，我捧起了长江水。

从城市当间滚滚流过的祖国的母亲呵，宛若为这座重镇，戴上一条银练，系上一条彩带，使它十倍地俊美起来。

沿着江城两岸满植鲜花与高大树木的林荫道，我迎着馨香，走访了这座名城的一处处胜境。

我漫步碧波万顷的东湖之滨，行吟阁中缅怀屈原的不朽精神，长天楼前浸沉于“秋水共长天一色”的诗境之中，九女墩下仿佛还能听到太平军女豪激战疆场的呐喊……

在归元寺里，精巧的殿阁堂亭，清澈的泉流滋育的锦丽花卉，那让人惊叹的雕塑如生的各具姿容的五百罗汉……

掩映于湖光山色和疏林繁花之中的琴台，则永远奏鸣着千秋不朽的真挚友情的乐章。龟山脚下、月湖侧畔，曾有过心心相印的知音呵……

知音！

人生，需要知音。

田野和森林，江河和湖泊，峻岭和草原，祖国丰沃的大地，也需要知音么？

我居留的宾馆，就在凌空飞峙长江的武汉长江大桥下。凭窗望长江，出门上大桥。闹市中一个幽静去处。

每天傍晚，我都随着人流从大桥底下登上高达几十米的公路桥上。桥上，花团锦簇，林荫浓布，馨香飘溢。

难怪武汉的长江儿女愿乘着江风，在大桥上散步、谈心、望灯火……

呵，惹人醉心的长江灯火……

伫立大桥，真像凌空云中。宽阔的大江在脚下缓缓流过，龟蛇二山和街道都变得缥缈了。朦胧中，暗夜降临了。

“妈妈，别眨眼睛，等着亮灯的一刹那！”

这清脆的话音刚落。像大地上落下千万颗星星，灯蓦然亮了，长江里闪烁起一江的金波银液。

“妈妈，快看，江上的灯火更美！”

呵，一江繁忙的船舶，船上都闪亮着彩色的灯火。

赞美曳金流银的长江的，是凭栏伫立江风中的一个美丽姑娘。她欢情地依偎于妈妈怀里。

我们相识于长江灯火里。我们挚谈于长江大桥上。原来我们都同住于桥下长街中。我们熟了。

于是，我听到了一曲衷心献给祖国的知音歌……

生活的波涛，已经开始洗白妈妈的头发。当妈妈像女儿一样年轻时，她正生活于大洋彼岸的动荡日子中。正要准备奔回解放了的祖国，父亲却蓦然病卧不起：

临闭目永别时，父亲嘱她三件事：一定要回到祖国，一定把毕生精力献给祖国，将他的骨灰倾洒在长江波涛里……

然而，就在父亲永别人世的前夕，他接待了一个华侨青年。青年是父亲的学生。青年,在穷困中,在绝望中,正准备自杀。

善良的父亲,征得女儿的同意,把积蓄的钱分一半给青年……

带着父亲对祖国的眷恋,她把赤诚的心,紧紧贴于祖国大地上。

她成为一个尽职尽责的科研人员。

多年后的今天。那个先前穷困潦倒的华侨来找她了。他已是一个富豪的商人了。

正是用她父亲的接济作资本,他才走上致富之路。

听到在那段动乱的历史中的她的惨痛的经历,知道她心爱的丈夫被活活折磨死,他落泪了。

看到她简陋的居室和简陋的摆设,他连连叹息。

他是来接恩人出国享福的。他说他已经备好一切,能让她过上头等的幸福日子。如她执意不去,他愿把她的女儿接走。

谈话是在她那间陋室内进行的。在旁凝神倾听的女儿,一下接过话头问道:

“什么时候走?”

看到女儿天真急切的样儿,她心里涌起一种莫名的怅惘。她责备女儿对一个陌生的人的轻信,对养育自己的祖国的薄情。

“你了解母亲吗?”

静夜里,这样的问题是震撼女儿心灵的。女儿怔住了:

“妈妈,我能不了解么?!”

“是的,是不了解。”

母亲拿出积蓄。她带着女儿从江南启程。到了黄山,到了庐山。现在来到长江边。

“不了解,怎么能爱呢?”长江灯火里,母亲这样对我说:“我们还将北上,到北京去。”

现在,母亲的形象愈来愈具体地深深印在女儿心灵里了。黄山的松,庐山的瀑,江南的垂柳,长江的鱼虾……一切一切,都变得这么美好。

这,不仅仅因为她从未出过远门,而且因为她开始用妈妈那样深沉的眼睛看望大地。一草一木,都值得她倾献无限的感情;每个地方,都值得她倾洒几滴山河之泪。

当她把热泪洒进长江水时,她已经把一颗热爱母亲的感情的种子深埋入心底了……

而她们母女俩的两双明亮的眼睛,也像长江灯火一样,永远闪烁在我心里了。

五

告别武汉。仅是几分钟时间,我乘坐的火车,就从北岸驰往南岸。离开大桥很远了,当我回首眺望长江时,我仿佛还能看到千百双长江儿女的眼眸,它们在夜幕中深情地闪烁。

"妈妈,别眨眼睛,等着亮灯的一刹那!"

"妈妈,快看,江上的灯火更美!"

列车飞驰中,我心灵里响起运甜润的声音。我看到,长江已是一江灯火。灯火,把大桥装饰得更辉煌。

我相信,这辉煌的光熠里,有两双感情深沉的眼睛的光辉……

一闪而过的城镇和村庄,哪怕仅是一个小小的车站,都有一片灯火闪过。有时,是一片望不到边的灯的海洋……

凭依车窗,迎着夜风,聚神凝视窗外,让我的心在大地上飞翔。田野里,飘来因为庄稼成熟才有的香味。路过工厂,总有一阵火光或一阵机鸣。静静的,是原野。

我感到心里有着极深的情愫,脑海突然闪现艾青的两行诗句:

为什么我的眼中常含泪水,

只因为我爱这土地爱得深沉……

我喜欢这两行诗。艺术总是这样:看来极平易的句子,可却包含了很深沉的内容。我想到的,是天安门前的灯海,是北戴河明丽阳光里的笑声,是在长江波涛上流泻的激情……

眼前,已经有鼾声了。

我们这一组铺位，最上面相对的两个，是从军事院校毕业、前往边防报到的青年军人。中铺，一边是一位研究地震的年轻姑娘，常年奔波山野，她透出的是健与美；她对面，是一位身材纤柔的年轻女画家。我在下铺，对面是一位颇具学者风度的老人，他的头发几乎全白了。

轻轻的鼾声是两位军人发出的。毕业考试的紧张，把他们累坏了吧。

地震工作者一上车，就把全身都洗换得干净透亮，正伏于枕上读一本小说。

姑娘的生动形象吸引了画家。画家正默默地为她画一幅速写。

老学者像我一样，凭窗凝视原野。烟雾不停地缭绕。在窗外一闪而过的灯火光亮里，我一次次看到他那双充满感情的眼睛。染白的眉毛下，眼眸里透出的是智慧之光。

旅途，是最能结识朋友的。学者转眸朝我看了一眼，微笑了。

他，是一位植物学者。翠绿的大地的深情，往他心里注入了浓浓的情感，从年轻时候起，他就把心献给了丛林与沃野。

他，像一株坚挺的松树，扎根于一个边远的原始丛林里。

原始丛林被唤醒了。新生的植物园地里，响荡起豪放的笑声。

他多么年轻，他有着多么丰美的抱负。

可是，历史的逆流，使他一下落进漩涡里了。他几乎被打成右派分子。对他宽容，是因为确实离不开。然而，紧接着掀来的涛浪，就不饶他了！

狂热的全民点火炼钢。

烈火，吞没了一片又一片可爱的森林。炼钢，要旺火呵！

挥着利斧利锯的队伍，开进了他用心血浇灌的园圃苗地里了。

他是瘦弱的。可是，他挺起了能以承受重负的胸膛。他动情的眼眸闪烁起泪花：

“别砍吧！不能砍呵！”

“这种办法炼不出钢来，只会制造一堆堆废铁……”

“森林，可是大地的生命呵！”

一切，都没有用。当他在斧锯声中真诚奔走呼号的时候，他被一棵朝他直倒下来的树木砸晕了……

在医院中苏醒过来。他的一条小腿早已经断了。而且，他被戴上了吓人的帽子。

一次次真诚的解释与申辩，带来的是更大的灾难。生活，是无尽的黑涛苦浪。最后，他到了一个劳改农场。

我们都被这紧扣着历史的命运吸引了。地质队姑娘放下了小说，画家停住了画笔，连两位军人也早醒了，他们从上铺跳下来，听得入神。

列车飞速地前进着。沃野的风直灌入车厢内。人们鼓满了愤激的心，在迅然地飞翔。

“我有过轻生的念头。说来让人难以相信，是一张照片救了我。”

他生活了多少年的小茅草棚的梁柱上，已经牢实地系好一根藤绳。只要踮起足尖……

从残破屋顶上流曳下来的淡淡的月光，刚好投射在一张贴于墙上的旧画报上。整幅画面是一片生机勃勃的森林。林梢上落下的一朵阳光，把一丛美丽的小花照亮了。一角蔚蓝的天空，飞翔着一对白鹤……

蓦然，他的心，随着白鹤的翅羽飞翔起来，飞到那些难忘的岁月里。

“我心里涌起了生的渴望。沃土，丛林，山花，白鹤……一切，都在我心里活了。我实在留连它们呵。我从死的深渊，登上了活的堤岸。”

车轮飞转的声音。长鸣的汽笛撕破了夜空。仿佛，能听到历史在飞翔中正有力地扇动羽翎。

我能听到我的心脏跳荡的音响。它，多么有力。

大地，用有力的音响，在奏鸣。

“您的腿？”画家深情地问。

“左边小腿是假的。”

植物学家挽起左裤腿，露出一截假肢。

“它很灵活。还能登山过岭。”

就靠这样一条假腿，他仍然工作在他那僻远的植物王国里。跋涉，攀越，是生活中的常事。假腿，支起了重负。

每一点成果，不仅要用汗水，还要用意志，才能取得。

我的眼前，出现了一幅幅剪影：在雄鹰才能越过的峻岭，一个瘦弱的身影扬手揩去满额热汗；在孔雀歇息的花的峡谷，一个瘦弱的身影轻轻采下一朵鲜花……

森林，是大地的生命。

他呢，是森林的儿子。

多年不见的母亲病危，正遇他没法抛下手头的工作。左拖右延，母亲在他赶到前夕故去了。他这独生儿子，带着母亲的骨灰，又立即返归森林。他，离不开更伟大的母亲的怀抱……

是升起在中天的启明星把我唤醒的。我看到，柔丽的星光，为他的身影镀了一层银。他，又伏窗凝望原野。转眸微微一笑，他说话了。

“你有过乘船过三峡的机会么？那一带岩层是十分坚硬的。但是，我们祖国大地上的那股长流水，不畏艰危，不计日月，经过几百几千万年的啃咬，终究切出了世界著名的峡谷。尽管航道艰险，但阻挡不住奔涌向前的长流水。我们的民族不也和长江一样么？尽管苦难千重，但是始终不屈地开辟着航道，奔涌向大海。一个漩涡，几段浅滩，不值得悲叹，淘尽泥沙，江流更壮美！”

呵，已经有一朵朝霞，轻轻披于他的身上。

六

当太阳从远远的一片森林后面升起时，列车，正驰过秋日成熟的辽阔大地。

我想，被灿烂朝阳照耀着的原野上，正燃烧着我们民族的可贵的信念。

我们美好的大地上，有整整两条澎湃不竭的大江，有无数拔地而起的峻岭，还有十亿个胸膛。十亿呵，是一片无边的森林，是一片无边的海洋。

十亿颗心的光能，这，不就是照耀祖国沃野的阳光！

只有在阳光里飞翔，我的心才贴到了大地心口上。我们的大地，有着多么强大与欢畅的心音呵……

迎着阳光，我心中飞起阵阵旋律。诗情，在萌动：

让我用坚贞的心承负起祖国。

永远在不尽的阳光里飞翔……

（选自《长江丛刊》1983 年 1 期）

火的节日

——大理火把节漫记

火把花开了，火把梨红了，一切都在成熟，一切都向往丰收。

在这充满生机的碧绿的世界里，我的美好的民族的心灵变得火热热的，我的民族生活的大地燃起欢腾的火……

火呵，到处是热烈的火，到处是炽烈的火，到处是从欢乐的心儿里飘起来的火。

——欢快多彩的火把节，来临了！

连日阴雨，今晨突然晴了。洗涤过似的天空，飘着几朵被朝霞浸染得悦目的白云；田野，一片清绿，田边摇曳的花卉上，闪烁着黎明前最后一场风雨留下的雨珠。

我们，从洱海西岩越水赶到东岸，去那里参加火把节的白天的活动。

走着走着，偶一回头，蓦然看到苍山的难见的奇景：玉带云。我惊呼起来。看到的人们都欢喊起来。

这时，巍峨的苍山腰际横挂上一条洁白耀眼的云带。这云带凝然不动，深情地缠绕着苍山。这原本是久雨骤晴后，地面蒸汽上升、高空气压下降，使云朵形成带状凝住于山腰的一种自然现象，但在白族的美好传说里，这若玉的云带却成为一位坚贞于爱情的少女的精灵，她深沉地爱恋苍山，被魔怪溺死洱海后，她也要化作一朵圣洁的云，紧紧拥抱着自己的爱人……

是欢快的歌声笑语惊扰了我们的凝望。呵，随着太阳升高，大大小小的道路上全是人流了。人山人海的码头，处处是笑脸，处处是欢声。在欢歌漫唱里，还有三弦和唢呐的伴奏。

一阵汽笛长鸣，轮船驶来了。

上船人多，超载的轮船把我们载到宽阔的洱海上，天高气爽，洱海一片碧绿。静静的水上没有一丝波纹。船像在绿得晶莹的水晶石上滑行。清澈的水里游着很多不惧声响的鱼儿，尾尾大鱼还时时跃出水面，引得人们发出阵阵欢声。

立于船舷，仰望高阔的天空，凝视深沉的洱海，我的心不禁飞到幽古的年代，想到神奇感人的火把节的传说。

色彩壮丽的火把节的传说，把南诏王皮罗阁描绘为一个不义的、贪色的、凶残的暴君。为兼吞疆土和霸占美色，他设毒计，用易焚的松明木料修造了壮观的“松明楼”，在他盛情邀来邻近的五个诏王都前来祭奠先祖时，他用毒酒把他们灌醉，燃起烈焰，焚烧大楼，使五个诏王活活葬身火海。他垂涎已久的邓赕诏的妻子柏洁夫人，聪慧、机敏、英武而又极为美丽。她早看穿皮罗阁的黑心，曾苦劝心爱的丈夫拒绝赴宴，未成。临别时，她洒泪把先祖传留的圣品铁镯戴于诏王的脚脖上。于是，当其他诏王夫人，面对烧得焦黑的尸体无法辨认时，柏洁夫人强抑深恸，亲自用手刨夫，直到十指鲜血淋漓，才刨出一具焦黑尸体，而凭着脚脖铁镯认出亲夫。皮罗阁更为她的聪敏所倾倒，定要与她成婚。在暴君不断胁逼下，她毅然高举火把，亲率义军，直指暴君巢穴。苦苦搏斗，但终因孤寡力弱，不敌强暴，她失败了。但是，柏洁夫人宁死不屈，怀着正义和爱情，毅然投身洱海自殉。传说，这天是农历六月二十五日。

于是，每到这个日子，白族人民就接过柏洁夫人手中那象征正义、光明和爱情的火把。代代燃烧的火把呵，终于形成一个欢乐而又盛大的节日。

白族儿女赞美柏洁夫人这一充满光焰的形象，自然包含了对黑暗与反动的诅咒。一切反动者总是仇视光明的，当然有时也就仇视“火”。史无前例的十年里，火把节就被禁绝了。今年，航程已经通了。瞧，洱海上，一湖的笑语，一湖的歌声，一湖的欢乐。宽阔的洱海呵，竟仿佛难以盛下这节日的欢腾了！

轮船驶入港湾，海东到了。岸上已是人山人海，水上响遍欢欣的弦乐，一只只彩船披红挂绿，还时时响起一串爆竹……洱海，仿佛每一朵浪花都在歌唱，仿佛每一湾水都在欢笑。

海东的白族兄弟十分好客。人们新衣新帽新容颜地伫立于乡前村口的大青(榕)树下。白族村落前面，都要栽植一株粗壮葱茏的大青树。据说，远古游牧时代，白族的祖先要栽下这株关系兴旺发达的“风水树”，方能定居。万一这棵树不能滋荣繁盛，后代就又须搬离这个“风水”不旺的处所。今天，座座村落的人们都集聚在村前榕树下，期待亲朋好友的到来。火把节是纪念柏洁夫人的，这天，出嫁的姑娘大都要回娘家过节，而姑爷是不能来的。许多男子把妻子儿女送到村外，就得离去，到别的朋友家里过节。朋友到来越多，才越光彩，因此招待也越热情。这时，每户人家几乎合家大小全在村前接客。

这里海滩斜对金梭岛，由于岛似长条形，像一个梭子，才被人取了这样一个雅号，它是与赤文、玉几齐名的洱海三岛之一。除三岛外，洱海里尚有四洲(赤沙鼻洲、大贤洲、鸳鸯洲和马帘洲)和五湖(太平湖、莲花湖、星湖、神湖和潴湖)，自然景致都很美。

站在面对苍山的洱海东岸滩头上，才更能看到这里湖光山色的秀丽。洱海，古称叶榆泽，又名昆明池。因这高原湖泊的形状如人耳，才被取名洱海。我们正面对点苍山几座最高的山峰。越过波涛清澈、碧波粼粼的湖水，西望点苍山，那著名的十九座山峰高耸入云端，山顶白雪皑皑，耀人眼目，山腰云雾弥漫，十分神秘。在望远镜里，还能看到山峰之间流淌而下的十八条溪流，它们细如银线，闪闪烁烁，时隐时现，湖光山色，相互辉映，既雄伟又壮丽。于是，我不禁想起素有的"银苍玉洱"的称誉。

今日的苍山洱海正敞开它的胸怀，迎接四乡八寨、远州近县前来过节的客人。回族兄弟戴着白帽，藏族姊妹骑着大马，傈僳姑娘一身银饰叮咚作响，彝家小伙肩上挂着新买的猎枪……最多的，自然是全身崭新盛装的白族儿女。洱海岸畔已是人山人海，十里湖滩上，是一张张笑脸，是一片片歌声，是密集的人群中发出来的不会歇落的欢声，此起彼落的欢声，在银亮的浪头上跳跃着、飞荡着……

欢乐的洱海浪丛上，已经端庄地停泊着一、二、三、四、五、六艘威武的战舰般的高大龙船。每条龙船，都足有十五六丈长，一丈余宽，船舷两边都重彩精绘着两条大龙，张牙竖角的龙头直昂在船头，金鳞斑斓的龙身横贯船身，尾翅耀眼的尾翼翘起在船尾。龙船上，彩幔飘舞，红旗飞扬，高高的桅杆下，是一个民间乐队：皮鼓猛击，唢呐昂鸣、铜锣脆响，三弦齐奏。每条船上都有五六十名强悍的水手，从船头一排排坐到船尾。船尾压阵的，是一位德高望重的指挥和一位手执一株青青杨柳的英俊青年。这杨柳朝前后摆动与乐队的不同曲调的变化，指挥着身穿彩衣的水手们前进、后退或转弯。最惹人眼的，是一个升起在桅杆顶端的五彩的方形大斗，叫做"升斗"，它象征着吉祥和丰收：装不完的粮食，装不尽的吉利。

一阵欢乐清脆的鞭炮声响过，各龙船上的乐队吹奏起了白族大本曲《耍海调》。这是一个欢快而又热烈的抒情曲子。附着响彻水面的乐声，一位站在海滩礁岩上的白族姑娘，端庄地走出人群，腼腆地笑着，对着人们深深一躬。她，壮实，健美，红滋滋的肤色，丰满苗条的身材，一看便知是在风雨、阳光和湖水里长大的渔家小妹。面对青山碧水和欢乐的人潮，她放声高唱起来。她唱节日欢乐，她唱人欢水跃；她唱五谷丰收，她唱年华添秀；她唱爱情甜蜜，她唱生活美好。

歌声未落,一阵排炮响过,早已整装待发的龙船划到一条线上,像离弦的箭似的飞向前去。每只船上的水手穿着同一颜色的背心,赤露着肌腱隆起的、古铜色的上膊,每两个共同划一只特制的方形大桨。所有的桨,都按照船上指挥和挥动杨柳的人的口令和手势,一齐起落,使大船飞快地驶向前去。船上的乐队,则用力吹奏出激昂热烈的乐曲,鼓舞着水手的斗志。水手们如注的汗水,在阳光下闪烁着,使赤裸的肌肉像涂抹了一层油彩似的,更显刚劲强壮。乘小船在水上和拥挤于岸畔的观众们,随着桨的起落和乐曲的节拍,使劲大声呼喊着:

"挨硬!挨硬!"(加油!加油!)

在正午的阳光下,洱海变得金灿灿的。一串串闪着金辉的浪花,飞溅起来;一个个融荡金辉的涟漪,扩串开来。洱海水波上,是欢乐的笑声,是激情的呐喊,是豪放的歌唱。人们把心间欢乐的感情,全都倾倒出来,仿佛要把整个洱海注满,还要把整个洱海都端举起来,要让洱海里欢乐的浪花撒满世界……

这时,条条龙船奋力划到海上插着红旗的处所,但还不算竞赛结束,还必须绕过红旗,转回头来,又划到原出发处。绕红旗转头,是最费功夫的。有的龙船由于配合不灵、口令错乱,只只方桨马上变得七起八落了,蓦然落于后面。而一艘水手全着绿色衫衣的龙船,由于中途渐渐领先,现在趁绕旗转头时,始终保持着极为齐整的步调。那鼓锣响起,执杨柳的把杨柳朝前挥去时,水手们全都一齐划下木桨,船舷边顿时溅起一片水花;那鼓锣顿止,挥杨柳的把杨柳朝后挥时,水手们全都挥起木桨。桨起桨落,协调一致,力的和谐,美的舞姿。

起风了,起浪了,洱海波涛更涌更激了。一层一层的浪涛从远处奔涌而来,那雪白耀眼的浪花怒卷着,像多少匹白鬃烈马尽兴驰骋。但是,一层一层的波涛都被龙船碾压下去;浪花在船舷溅得很高很高,却又不得不退却向一边。破浪前行的人是豪情的,这种豪情感染了观众,岸边的人群在尽兴欢吼着……

在震荡着苍山洱海的欢情的吼声里,驶行在最前边的龙船,以压倒一切的气势勇猛地首先冲过终点线！

“胜利了！胜利了！……”

许多人欢跳起来，鞭炮响起了，鼓乐更欢了，岸上密集的人丛中的张张脸儿都笑得那么开心。

而即将起锚驶向对岸的轮船，已经鸣笛在呼唤我们了。我们还要乘船过洱海，赶到大理县城，并从那里乘车赶往十余公里外的周城，去那里参加火把节的夜晚的活动。

在乘车前往周城的路上，在一个紧依苍山的村落旁，我们看到白族火把节的另一仪式：跑马。

苍山安谧、庄严，显出了一种恬静的美，落日即将藏入山后了，巍峨的山梁上洒下一片夺目的金辉。突然，响起一阵尖昂欢乐的唢呐曲。这时，我才看到村旁高崖上屹立着一排唢呐手。他们正欢情吹奏的金唢呐，在夕阳下闪闪发光；他们一个个鼓起腮，涨红的脸都被夕阳抹上一层金辉，真像金铸的一般……

“快看！”

是谁一声呼唤，我扬眼望向前方。起初，在那山林葱茏的地方，迷蒙一片。蓦然，跃出一团雪白，紧接着许多雪白的色团滚跃而来。这时，传来了越来越清楚的马蹄飞驰的声音，一阵风驰电掣般的气势扑面而来。急促的蹄声，紧扣心弦；飞奔的马群，腾起烟尘。那一团一团的雪白，是骑于马上的健儿。他们，全身是素洁的白色：白包头、白披巾，白衣白褂白裤子。呵，传说中的柏洁夫人的义军出征，就是这样白衣白甲的马队吧？

随着马群奔近，村头的观众欢腾了，高崖上的唢呐曲吹奏得更激昂了。人们拥挤着，千万只眼睛紧盯着飞驰的马群。人们爆发出一阵阵喊声，高扬起一只只手臂。

只有几个端庄美丽的白族姑娘十分安静。她们一色节日盛装，一律手捧鲜花，在终点线旁站立着。细细端详一下，才看到：她们的眼神的变幻是那么急速，映出她们的内心比谁都更不平静。骑手里，有她们的兄弟？有她们的情人？怪不得马蹄的一起一落是那样紧紧地牵动着她们那急促跳动的心……

首先策马冲过终点线的，是一个精壮剽悍的小伙子。他一收缰绳，就飞身跃下马来，不喘不累地牵马朝大家走去，朴实地笑着接受人们的欢呼。

这时，那群执花的姑娘们全都推拥一个姑娘。她却害羞地藏到伙伴们身后去了，还用握着花束的手把脸儿掩藏起来。直到夺得冠军的小伙子大方地走近前来，她才抬起头，羞涩地一笑，这才把鲜花递到小伙子手里。小伙子微微低下头，对她讲了句什么，她飞快红了脸，轻轻点点头。人们不禁爆发出一阵欢乐的笑声。姑娘惊得飞快地跑开了……

我们，也急忙登车继续朝周城驰去。因为太阳快落山了。

周城，是洱海周围白族人民聚居的一个大村落，有一千四百多户人家，共七千多人。它伴依苍山，面对洱海，从山脚一直伸延到公路两边，一些房舍已经修盖到山腰。

这时，葱翠的田野里落满夕阳，开始抽穗的禾苗和已经结实的包谷地弥散着阵阵庄稼的清馨。黄昏的朦胧中，到处飘荡着歌声与笑声。村头，一群打扮得十分漂亮的小姑娘，正叽叽喳喳讲着没完没了的开心事；一对对有情人正唱着说着从田野里走向苍山竹林和洱海滩头。这是个历史悠远的大村落，所以大青树特别多，也分外高大壮实。有的五六个人都围不过来，足有七八层楼高。这里也像许多白族寨落一样，有火把节的欢乐的白天，也有有趣的火把节的夜晚……

迎着一张张笑脸，我们走入村落。呵，整个村子充满着喜庆的气氛。村子上空此起彼落地响着鞭炮声和锣鼓声；到处飘动着彩旗，到处闪烁着红灯，到处飘荡着彩绸。人们还用竹木、松柏和素净的白绸与蜡染布，搭起一座座牌坊。每座牌坊都有对联，有的抒发豪情，有的描绘江山，更多的则是赞颂柏洁夫人。

最惹人眼的，是在村落的中心广场上竖立起来的足足有三层楼房高的巨型火把。这全用细竹和松枝扎结起来的大火把，三四人都难围抱过来。在村子里四面八方的各个打谷场上，还各竖起许多高大的火把。这里的白族兄弟为保护树林，不砍伐整棵的松树作火把，而是用细竹子、松枝和稻草捆扎火把。

夜幕刚合，星斗刚露，喝足了用距此很近的蝴蝶泉水酿制的酒浆，吃饱了用洱海水煮出来的洱海肥鱼，户户白族儿女倾家出动了。所有村边都挤得水泄不通。笑脸迎着笑脸，欢心连着欢心。几乎人人手上都有一支小火把，每支小火把都捆扎得这么精细，爱美的姑娘在上边缀上一朵白花，爱甜的青年在上边吊上一串火把梨，刚结婚的贴着喜字，老年人的却有一个寿星……这里走出来一支挥舞霸王鞭的舞蹈队伍，舞步合着唢呐和三弦，鞭梢上的红缨像一只只蝴蝶在飞腾；那里走上台一个大本曲老艺人，按风俗年过六旬得穿红鞋，他正是新衣红鞋，精神抖擞地弹起三弦，为人们唱起本子曲……

最隆重的仪式是点火把。按礼节，人们要恭请德高望重的人，去点燃那高大的火把。于是，在鼓乐与欢呼中，几个精壮的汉子扶着一个老人，登上梯子，又登上架得很高的高台，用一束燃着的小火把去点燃大火把。火把上及置于火把上的“升斗”里，都有许多火把梨，随着火把的不断燃烧，梨也不断纷纷掉落，青年和娃娃们都忙着去拣去拾，笑声在火星四溅中飞扬。今年梨果丰收，多得吃不完。拾到火把上掉落的梨，是一种“福气”，它会让你“四季甜蜜”。如果有谁仰脸一张口，就有梨掉入嘴里，那是最幸福的人；如若一个梨儿擦过一个姑娘的脸，又掉入一个小伙子的怀里，说不定这就是一段姻缘的开始。怀抱婴儿的阿妈和领着孙孙的阿奶也来了，她们抱着、领着小孩在大火把下转圈，她们让孩子来接受这象征光明的火的洗礼，在光明中成长的孩子会得到幸福……燃烧的火把“哔剥”“哔剥”地爆响着，炽烈的火苗把整个村子上空映得一片火红……

这时，人们手中的千束万束火把早已点燃。于是，人们开始了古老而又有趣的“撒火把”的节日活动。傣家人在泼水节互相泼水，是水的洗礼；白族儿女在火把节“撒火把”，则是火的祝福。火把节前，人们便将松油凝成的透明的松香，碾成粉面，又加入枯朽不腐的松木的细碎粉末和碾细了的香叶面粉，做成“火面”。这个夜晚，人们都带着火面袋，见人即可抓一把火面，稍离火把远些，朝人撒去，火把前面立即会燃烧起一蓬夺目的火星，喷散出一阵袭人的清香。祝福的火星，惹得人们急忙躲闪，更逗引人们尽情地欢笑……

这别致的礼遇，青年对长辈自然是敬祝健康长寿，老人对小辈则是祝愿吉祥，小伙子对姑娘不能说不是含着爱恋之情，娃娃们之间互撒也含着亲切的嬉戏。人们追逐着，嬉乐着，火花飞溅处，正有束束心花在怒放！

片片熠熠的火花闪灭之后，有几对青年男女，避开人们的眼目，依偎着走向盛开于苍山脚下的花丛里。火把节含融着对忠贞爱情的歌颂，这正是定情的一个良辰吉日，当小伙子握起姑娘的手时，他会看到姑娘的十个手指都被凤仙花染红了。这，既是为纪念柏洁夫人双手刨夫尸刨得鲜血淋漓的习俗，同时，也表达姑娘赠予小伙子的将是坚贞不渝的爱情。而小伙子常会把手中的火把熄灭，他要留下最后一截，用在丰收的婚宴上煮新米饭与新娘共享，据说这才会年年丰收，而他们的爱情也才能如火把的烈焰永远炽热。

在随着炽烈火焰升腾的欢乐声里，我走上苍山的一座高崖，迎着喷香的夜风望去，呵，苍山洱海已经是一个燃烧的天地。大地上，多少支火把联结成一条火龙，一条条火龙汇聚成火的海洋。火海掀起波涛，火浪溅起火花。火，烧红了天；火，烧红了水；火，烧红了山。水天一色，一片炽红。水如绣、山似锦的苍山洱海，变得这么热烈、这么神奇、这么丰美、这么迷幻……

于是，我的身心仿佛进入一个美妙的境地，我觉得我的勤劳勇敢而又多才多艺的民族，仿佛跨上一条灿烂的火龙，正欢乐地向着明天飞腾！

燃烧吧，我们热烈的生活……

起飞吧，我们美好的理想……

（选自《中国少数民族文学经典文库》散文报告文学卷）

那家伦的散文世界

舒家骅

那家伦是有着独特生活经历与艺术个性的白族知名作家。他曾这样说过："渐渐地我喜欢上散文这种体裁，而且边疆的生活似乎极便于用散文来反映，美丽神奇的自然风光，逾越历史的飞跃，一日千里的变化，丰富多彩的风土人情，多么便于抒发情怀，多么需要迅捷反映，多么应该采笔描绘！"在短短的几年中，他写下三个集子，出现第一个创作旺盛期，赢得文坛好评。经过十年动乱的折腾与积聚，那家伦更趋成熟。此后至1985年的六七年中又辑有四个集子，并有《那家伦散文选》问世。近些年来一直笔耕不止。

散文是一种笔随足迹、缘情而发，崇尚"个性"的文体，综观那家伦三十多年的足迹，虽踏遍寰中，但长期驻足过的有云南的西双版纳边境线上，故乡苍洱名城大理及曾工作过的首都北京。他的作品，十之八九取材于这三地的社会生活、风土人情、人生际遇，抒写出自己的情感体验。他的作品，在确立主题与表现方式、审美观点与情趣方面都有其连贯性和个性特征。他热爱生活、热爱人民、热爱乡土，数十年来，一直激情满怀地歌颂新生活，歌颂美好事物与时代新人，尽管他的心灵上也曾被蒙上灰尘，有过创伤，但他始终对生活寄托着无限厚爱与希望。他曾在自己散文中借人物之口说过："没有希望的文学将是没有希望的，没有光明的文学也就是没有希望的"(《那家伦散文选》271页，以下引作者文不再注)岂止文学如此，人生也一样，那家伦的散文贯彻始终地体现出一种清新明丽、进取向上的美的风格，这是他对艺术与人生积极追求的体现。

散文的小说化，是那家伦在结构布局与表现方式上的第一个特点。他的许多散文都包含有小说因素，有奇妙生动的故事，传奇式的人物，出人意料的情节及特定的边疆社会与自然背景。他善于从现实生活中提炼出具有丰富性、生动性和典型性的情节，展现人物的美好心灵与高尚情操，歌颂新社会培养起来的民族新人的新品质。但是它又不完全同于小说，因为它没有像小说那样去全面描写性格，塑造人物与典型，他也不追求故事情节的完整性和因果关系，而只是摄取能够透视人物思想品格的简单情节与精彩细节的几个镜头，给以艺术的审美观照，探索生活深邃的历史内涵，挖掘出人物丰满的精神世界，流注入作者的思想与情感，达到散文所要达到的抒情写意的目的。这又是他的散文有别于小说的地方。这正是散文小说化的一种写法。这在那家伦前期散文中表现得特别明显，那些写“琵琶鬼”故事的篇章就是如此。

“琵琶鬼”是傣族迷信中凶恶的女魔，土司头领对于那些不愿忍受他们荼毒压迫敢于反抗的妇女，经常诬为琵琶鬼，把她们逐出村寨，逼进深山野岭。解放军进入边疆后，不断发现“琵琶鬼”和听到“琵琶鬼”的故事，曾经帮助她们重返家园，并把她们中的许多人培养成民族干部。这些都是作者的亲身经历，因此各式各样琵琶鬼的故事，极其自然地成为作者散文表现的内容。《沿着翡翠的边疆》写一个琵琶鬼聚居的村寨，旧社会她们藏身于深山岩穴，是人民政府把她们寻找归来，为她们修新竹楼，建新寨子，过上安居乐业的生活。当作者一行路过她们寨子时，受到社长的热情接待，临出寨还摘了两个大椰子供路上解渴。作者并没像小说那样写出故事的全过程，也没有更多地去刻画人物，只是突出地叙写他们在社长家里受到的热情接待和分别情景，以此展现边疆民族的新生活，表现军民情谊。《猎山行》中的玉露和玉温母女俩被诬为琵琶鬼逐进山林，母亲被迫拿起丈夫留下的弩弓谋生，练就一手好弩法，解放后成为农场神射手，是为国家动物园捕获过大象的先进人物。从内容上看也倒像篇小说，在表达方式上却采用散文惯常采用的衬托手法，通过写新成长起来的玉温去衬托母亲玉露，玉露只是在作品结尾时才亮了相，作品便戛然而止。《不落的天鹅》中拖拉机手依娜、《舞剧》中舞蹈演员依莹、《美丽的树梅》中林业干部依燕等，她们都是解放军从深山野岭里、残匪手中、病魔之下拯救出来并培养成为民族新人的，她们的故事离奇而真实，生动感人，体现出一种献身于革命事业的道德情操美。这些篇章，在写法上作者通常采用前后对比的方法，把解放前与解放后人物的命运进行鲜明的比较，抒情讴歌新人物、新时代。而在题材处理上，打破了事件的连续，十分讲求概括性与跳跃性，删削去许多枝节材料与铺陈记叙，给读者留下较多的思索空间和补充空白，这样写是充分注意到情节在构成作品中的作用，使之与表现主题，抒发感情和谐地结合在一起，既避免了随意走笔的“形散”，也避免了支离破碎地堆砌生活片断，而是通过对比达到精炼与集中，所以那家伦的散文一般都写得短小精悍，我们说它兼有散文与小说的特质，是一种散文的小说化。

浓郁的地方色彩和深厚的民族文化意识是那家伦散文的又一个特点。作者把美丽的边疆和苍洱地区的自然景色，纯朴的风景民俗，欣欣向荣的社会生活与善良美好的人情人性完整地结合在一起，表现出独特的地域文化特色。鲁迅说过：“现在的世界，环境不同，艺术上也必须有地方色彩，庶不至于千篇一律”（《致何白涛》）。鲁迅说的地方色彩对散文来说，就是乡土化，民族化。从这个意义上看，那家伦的许多散文都属于乡土散文。

我们知道，一个民族的气质和性格与其所赖以生存的自然环境有着密切的联系，独特的地理环境是民族创造历史文化的背景与舞台，必然给生活于其中的人打上特有印记。普列汉诺夫说：“每一个民族的气质中，都保持着某些为自然的影响所引起的特点，这些特点可以由于适应社会环境而有几分改变，但是决不因此完全消失”（《普列汉洛夫哲学选》第3卷第274页）。就是说，民族性格、民族心理素质是由自然环境与社会环境共同铸造的。社会环境的变迁，历史文化的发展，可能逐渐改变民族的某些素质，但不可能完全改变，而且这种改变也是渐进的。因为地理环境制约着民族素质，地方色彩又与民族特征紧密相连。那家伦的散文所呈现出的是亚热带的奇丽风光，原始林莽，荆棘藤萝，险峰峻岭，湍急河流，幽深峡谷，珍禽异兽，异叶奇花，蕉浓稻香，瓜果树木等等奇观。美好的自然环境孕育出美好的人情人性，那些水色姣好、精光灵秀的妇女，那些勤劳憨厚、热忱古朴的男子汉，他们都是优美的生机勃勃的大自然钟灵毓秀的精灵。作家擅长写景，抓住事物的特征，把自然景物描绘成人的精神的对应物，人的性格的喻指。几乎所有作品的开头，结尾和情节转换的地方，作者都精心安设了与情节、人物紧密相连的自然背景，表现出人与自然的和谐，多姿多彩的大自然，神秘蕴藉的大自然，培养出人物丰富的心灵世界，善、恶分明的人情人性，知恩必报，忠于民族的美德。《然米渡口》的女摆渡工漂茜，她宁可放弃爱情，也不愿放弃祖传的为乡邻摆渡的工作。这种热土难离，热爱家乡的思想感情，正是被土地培养起来的民族文化意识的表现，而那些歌颂民族团结与友谊的篇章，无不表现出边疆兄弟民族与整个中华民族不仅在地理环境上的联系，更主要的是表现出在历史文化意识上的联系与融合。

其次，说到风俗，它是民族文化性格的外化，一个地方的生活基调与精神特征，总是通过风俗民情流露出来的，乡土小说作家汪曾祺说“风俗是一个民族集体创作的生活抒情诗”，又说：“所谓风俗，主要是指仪式和节日！”(《谈谈风俗画》，《钟山》1983 年 3 期)。通过风俗我们具体化地看到隐藏在内核的地域文化与民族心理特征。

假若说我们从傣族节日的篝火晚会里看到青年人狂热的舞蹈，听到老哈赞诉说民族苦难的哀歌，品尝到满场满坝摆着的瓜果与新酿的美酒和军民同庆的狂欢，我们便看到傣家人的生存形式，看到人情的醇美和对生活的追求。那么，我们从白族节日仪式里看到的却是另一种生命形式。也许作者在边地生活时被那些激动人心的新人新事所打动，而醉心于谱写民族解放的新乐章，无暇顾及对风俗民情作更多的扫描与思考，经过十年动乱，在全民族的反思中，才把视点转移到中华民族丰厚的历史文化意识上来，而且首先是移到自己最熟悉的母亲民族上来。长篇散文《火的节日——大理火把节散记》向我们展示了一个民族悠久浓厚的地域文化特色与民族意识。白族，是一个花的民族，火的民族，也是从神话里诞生又生活在神话世界里的民族。白族生活的每一座山峰，每一个龙潭湖泊，乃至于天上的流云，海里的礁石，都孕育着一出美丽的神话故事。在作者笔下，苍山腰际终年飘缈的玉带云，是一个对爱情忠贞的少女精灵所化，她永远偎依在自己恋人——苍山身旁。望夫云是云弄峰顶上的一朵乌云，石骡子是洱海里的一块骡背形礁石，它们演化成甫诏公主与苍山猎手追求自由爱情遭到妖魔罗刹破坏而形成的悲剧故事。南诏王利用火烧松明楼之计灭六诏，柏洁夫人举着火把寻夫，后来又殉情殉节而死的传说，演变出了火把节。火把成了正义、光明和爱情的象征物。在云南，火把节是白、彝、纳西和撒尼等众多民族的共同节日，传说的具体内容和过节的时间不尽相同，然而燃放火把的仪式是一致的，而反抗强暴，歌颂正义，向往美好爱情生活亦是共同主题。从这些传说和节日、仪式里，各民族找到了对生活的特殊理解，找到了前进的精神力量。然而火把节和民族的其他一些节日，在那鬼蜮横行的时代被禁止了，拨乱反正后开禁，却出现了空前的盛况。我们跟随作者的足迹，看到洱海之滨的龙舟竞渡，苍山山麓赛马场上骏马奔腾，看到燃放火把的隆重仪式。火把节，是白族人民的狂欢节，在苍洱大地，到处是火把的海洋，欢乐的海洋，人们从节日里感到“热烈的生活，美好的理想”。火把节把民俗与历史、风情与地域、礼仪与艺术融合在一起，体现出边疆民族独特的文化色彩和民族的美好心灵。

“云南茶花甲天下，大理奇茶冠云南。”《山茶记》《花海》等篇，写的是大理的朝花会；农历二月初九至十五是会期。这期间，古城大理“已成为一个花的海洋，花的世界……家家都把最得意的花精心装饰后摆到门前。遍街漫道的茶花，似串串彩球腾空，似朵朵红霞落地，又似琥珀玛瑙在闪烁。”作者笔下具体描写的茶花就有几十种，朝花会上观花的人忘情得不忍离去。在这个花的王国里，“你会觉得茶花竟成为一种有灵性的东西，像身边的密友伙伴那样多情。这时我才猛悟，为什么白族儿女的秀名却难离开‘花’了，茶花、金花就是叫得最响最多的。电影《五朵金花》唤起了多少人感情的波浪！白族儿女英勇战天斗地，傲泳于社会主义建设的激流中争上游，夺红旗，佳良的优胜者才能得到‘金花’的光荣称号……谁说白族儿女的心灵不像鲜花那么美好?”茶花是傲霜斗雪中开放的花，是一种品格坚毅的花。茶花的生存环境与地域特色和白族人民的品格与生存观念是一致的。作者咏花，也就是在歌咏民族，白族的花文化也是一种民族文化的象征。作为一个追求善与美的散文家，那家伦独钟情于花，笔者读到的他写花的散文不下二三十篇，这大约与他目睹过的“文革”中“刨根毁花，放火烧尽”的灭花邪风有关。在当时别说养花有罪，“连茶花的名也成了罪犯”，“甚至异想天开地开过茶花批判会”。热爱民族和爱花的作者与毁花灭花的愚昧行为的鲜明对立，在强烈的文化与文明反差中使作者的民族文化意识唤醒，感悟到张扬民族文化意识与美好人性的重要。因此，那家伦的散文与那些单纯描写大理风花雪月的文章相比，前者深邃，地域文化意蕴深厚，后者则使人感到飘逸有余而底蕴不足。他能较好地把自己意识到的地域与民族文化意识的意念灌注到作品中，把民族的生存方式与生命形式灌注于艺术描绘中，使人们从民族风情与习俗中感受到民族与人生哲理的意蕴。

第三，那家伦的散文，从内容到形式还表现一种诗意美。他是从散文诗创作进入散文领域的，因此在他的散文里，不仅有着诗意的构思，而且也有散文诗的韵味与意蕴。但可以这样说，他的许多散文都写得像散文诗。

诗意是散文家对生活进行艺术提炼的结果，是发掘事物本身意义后而被激发起来的一种美好感情。杨朔认为生活中遇到“动情的事”,经过“反复思索”便“形成文章的思想意境”(《东风第一枝小跋》)就是散文的诗意。

那家伦散文的诗意,首先表现在奇巧的构思及其内容的提炼上。俗话说“无巧不成书”。他喜欢去发掘生活中那些“巧”的事件反映现实。《火把》写边防军医疗队战士为抢救傣族小姑娘用火把引开敌人英勇献身。医疗队留下半截火把作纪念,当医疗所(当年的队改建)老所长向新所长举行交接仪式时,竟不料接火把的却是十三年前那个被救的小姑娘,而今她已成长为医疗干部。《不落的天鹅》中的依娜,被截肢后装上假腿,所以能重返田野驾驶拖拉机,表现出顽强毅力和忘我劳动精神,是因为老支书也有一条假腿,当年拯救小伊娜而致残,在今天成为鼓舞依娜战胜困难的力量。《叶报》是在当时困难的物质条件下刻写在树叶上的连队小报,而恰好与过去的连长、现在的将军办过的《叶报》不谋而合。像这类散文的构思突出的是“巧合”。奇特的巧遇,往往表现出生活中经常发生的意外情况和曲折复杂的变化情境,艺术中的“巧”本来就是生活中的“巧”的反映。在解放云南的斗争中,解放军从土司头领、境外敌人残害下拯救出许多同胞,又把他们送进各类学校培养,后来都成长为民族干部,和解放军共同建设保卫边疆,这就造成生活中许多奇特动人的巧遇。所以说,那家伦散文中的“巧”不是虚构,而是巧思,是巧合,是生活真实的反映,也是作者善于从生活中进行艺术提炼与概括的结果。因为有了这种巧,才能使生活在艺术中得到浓缩,主题得到概括与提炼,产生出浓郁的诗意美。

其次,那家伦的散文大多是记人的,在写人时他还善于挖掘人物的性格的诗意美,抓住人物性格的闪光之点,体现出一种诗的意趣。《无声的旋律》中那个忘情于春雨中作画的画家,他专注于捕捉湖光水色、鲜花小桥之美,把对生活的诗意追求用画笔涂抹在画布上,由于沉浸在诗的意境里,天上淅沥飘洒的细雨竟被忘顾。当他倏然发现画布上没有了雨滴时,却回眸看到一个撑着尼龙绸伞的陌生姑娘,为了保护他和画幅,浑身被雨淋湿了。姑娘把方便让给别人的举动,充分展现出时代青年的道德情操美。《种子》里那个手不释卷,把时间视如生命而闭门谢客的青年学者,当他面对着开电梯女工送还遗忘的书,又用标准日语道一声晚安时,他惊异地发现她不只有一颗金子般的心,还有奋发精进的性格,于是他俩像在茫茫大海里突然碰到插着相同旗帜的航船一样,产生心灵感应的激动，立即萌生出一颗爱情的“种子”。这不过是人生的邂逅，然而作者却挖掘到人生的真谛，生活前进的足音。这样的篇什，在他的作品里屡不乏见。《微笑》中那个有着强烈职业责任感的书店营业员，从她对读者周到的服务中，我们感受到一颗美丽的心灵在跳动；《静夜的旋律》中那个下夜班后坐在公共汽车上还埋头于课本的女工；《春潮赋》描写的晚餐后长安街上出现的背书包上学的洪流，都只不过是生活中一个个闪光的镜头，然而却给人一种盎然的诗意美。高尔基说：“热情地用散文来写人物，使得散文也自然而然地变成为诗。”那家伦笔下的人物，被安置在诗化的背景里，对生活贮满热情，对人生贮满诗意，这就表现出馥郁的诗意美。

再次，那家伦的散文，一般篇幅不长，短小精悍，写得像散文诗一样浓缩，且具有散文诗的简约性与跳跃性，感情醇厚，节奏鲜明，常用相同句式排列成段，增强了音乐感和诗的情韵。他在论散文诗时，讲到散文诗与诗和散文的区别时说散文诗是“舍弃了诗与散文的一些拖累，为了抒情，汲取了它们二者的优点而发展起来、丰富起来”。如果仔细读他的散文便会发现，除了具备散文的一般特质外，又像散文诗一样地舍弃了散文的一些“拖累”，诸如拖沓散漫，插叙频繁，议论过多，无节制地挥洒。因此，读他的那些短小篇什，大有读散文诗的感觉，这是因为他的散文中有意识地汲取了一些散文诗的表现技巧，有了散文诗的意蕴。如《芳草青青》《古城的诗》《秋山红叶》《东湖美》等篇章，不过是千多字短文，结构上却划为二三十个段，跳跃之大，在其他人的散文里实属少见，而在散文诗里却经常出现。这就是他不仅追求诗意美，而且还追求形式美的表现。这正是他清新明丽散文风格的体现，也是他对艺术与人生积极追求的体现。那家伦的散文世界，是一个美的世界。

（原载《大理文化》1995 年第 2 期）

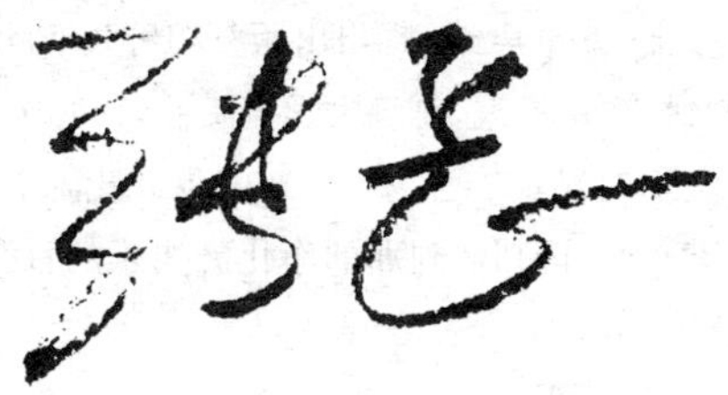

张　长(1938—　)，诗人、散文家、小说家。原名赵培中，云南云龙人，白族。1952 年初中毕业后考入昆明医士学校，1956 年毕业后自愿申请分配到西双版纳当乡村医生。1960 年调景洪县委文艺办公室，1963 年调西双版纳州人委文化科工作。1973 年调云南省文化局创作室任编辑，后为云南省作家协会驻会专业作家，文学创作一级。系中国作家协会会员、云南作家协会理事。

张长 1957 年开始文学创作，在《红岩》发表的组诗《傣寨速写》即有 3 首被选入当年的全国《诗选》。第一篇散文《泼水节》发表于《人民文学》1959 年第 8 期。继 1960 年与蒙古族诗人纳·赛音朝克图合出诗集《我握着毛主席的手》后已出版诗集 5 部、小说集含长篇小说 7 部，同时出版散文专集 6 部：

《紫色的山谷》(含小说)(上海文艺出版社，1980 年)；

《凤凰花与火把》(百花文艺出版社，1985 年)；

《宁静的淡泊》(广西民族出版社，1994 年)；

《另一种阳光》(河北教育出版社，2002 年)；

《远去的船》(云南人民出版社，2003 年)；

《感受记忆》(云南教育出版社，2005 年)。

其中，有《爱尼人的老师》获《羊城晚报》1960 年全国业余文学创作二等奖，《蚯蚓》获 1981 年云南省少数民族文学创作奖，《石青》获 1982 年云南文学创作奖，《永远的文学》获《云南日报》1995 年第二届云南文学创作二等奖，《另一种阳光》获《云南日报》1997 年第四届云南文学创作一等奖，《不敢说出的美丽》获《人民日报》2002 年全国新游记征文一等奖；有《泼水节》被选入《1959—1961 年散文特写选》，《爱尼人的老师》被选入《新花集》(秦牧编选，广东人民出版社，1963 年)，《太阳花》和《爱尼人的老师》被选入《云南散文选》(云南省作协编，云南人民出版社 1979 年),《泼水节的怀念》被选入《1981—1984 散文选》(人民文学出版社)和《走过四季 · 夏》(陶丰一编,语文出版社,1997 年),《平民的日子》被选入《中国百年散文选》(顾骧编,浙江文艺出版社,1995 年),《阳光和船》被选入《当代散文精品》(周彦文、萧重声编,广州出版社,1997 年),《凤凰花与火把》被选入《中国散文英华》(吴欢章等编,复旦大学出版社,1998 年),《新的节日》被选入《当代著名作家短文示范精品》(王蒙编,湖南少儿出版社,2001 年),《约会》《无名鸟祭》等被《作家文摘》选刊,《刹那的净化》《快乐的百合花》等被选入多种中小学语文教材。

评论张长散文的文章主要有:

《序〈紫色的山谷〉》(谢冕),《边疆文艺》1980 年第 2 期;

《以诗笔写散文》(邵燕祥),《文艺报》1980 年第 8 期;

《略论〈紫色的山谷〉的艺术特色》(吴德辉),《云南日报》1980 年 11 月 6 日;

《张长散文的抒情美》(邢力),《滇池》1982 年第 1 期;

《如诗如画,情深意美》(吴德辉),《云南社会科学》1982 年第 3 期;

《序〈宁静的淡泊〉》(王蒙),载《宁静的淡泊》,广西民族出版社,1994 年;

《凝望窗外》(陈慧),《文艺报》,1997 年 9 月 4 日。

《中国少数民族当代文学史》《中国当代散文史》、插图本《中国当代散文史》及《20 世纪中国少数民族文学百家评传》有对张长散文的专节评论,可参阅。

我看散文

张 长

商品经济促使“社会”这个大机器越转越快,作为社会人,被这个大机器带着,生活节奏也变得越来越快是必然的。偶有闲暇,都希望找点轻松的、刺激的东西看看,目的是消遣。一次性的,快餐式的商品文艺因之应运而生。当今坐下来认真读点真正的文学作品,特别是捧一大厚本长篇小说细读的人恐怕很不多了。文笔爱好者为节省时间把目光转向散文随笔,就是这个缘故。

为适应散文读者不同的精神“口味”,散文的写法创新图变,相关的散文理论也层出不穷是很自然的事。散文作为一种精神产品，也是商品。读者的选择和喜爱，所反映出来的也是市场的一种供求关系。

同样的，和其它任何商品一样，外表的包装再漂亮，推销商叫得再响亮，消费者只认准一点：是否是真货？他不说，但心里有谱。

我以为，这个“真”，于散文尤为实在。它不仅是一般商品意义上“货真价实”的“真”，最重要的是，所表达的情感是否真？在当今伪劣产品充斥社会的时代，精神产品的假货、水货也比比皆是。虚张声势的新潮诗，无病呻吟的散文，注水猪肉般的小说，越吹越大的肥皂剧……所有文学形式都可以搞伪劣，唯有散文不行。因为散文是一种直面人生、直面心灵的东西。福楼拜曾说“小说家的任务是力求从作品后面消失”。套用这句话，我以为散文家则要在作品中真诚地表现自我。散文家不应该也不可能在作品中打扮和掩饰自己。为人或真诚，或虚假，见识或深刻，或浅薄，只要你写了，不管你愿不愿意，都将无一例外地表现出来。哪怕你文字功底再深，如果你是个冷酷的、具有强烈惩罚意向的人，或者是个玩世不恭者，一个虚伪的人或一个没有独立人格的人，你无法写出情真意挚的散文。写了，也绝对是矫揉造作，虚情假意，无病呻吟。虽也成篇，成书，甚至乍一看文章还很华丽，细一琢磨，全是经过包装的假、大、空话、口水话，没有一点作者的真情实感，无非是一个巧伪人“为赋新词强说愁”而已。

难怪评家曰：“无情的散文。”

散文之“无情”就在于它无法造假，一造假就暴露造假者自己。

近有“另类散文”之说。毫无疑义，当今读者视野开阔了，“口味”多样了，过去风行一时的“杨朔模式”已远远不能满足读者多方面的精神需求，“另类散文”的出现是必然的，这种形式上的探索也值得肯定。但是，也应看到和传统散文中那些空洞无物的作品一样，花拳绣腿于“另类散文”更是常见。

我写散文，也常看散文。传统，另类全看。我的标准是，不管是传统或另类，只求一个字：真。然后再看它能给予多少我未曾体验过的情感和未知的知识，即所含的情感信息量和知识信息量。简言之，一个“真”字可以判断散文的真伪而文字中所含信息量则可检验散文的优劣。

缺少真情实感的艳词丽语，只是伪劣散文的华美包装；上乘之作恰恰是朴素无华的，你能一眼就看到作者那扑腾跳动的心。自然，这中间有语言的表达功力。但不管你朴素也好，华丽也罢，散文的“真”就是灵魂，它是无法掩饰的。

自选作品

泼水节的怀念

泼　水

傣家过泼水节的时候，也就是凤凰花开的时候。

泼水节是傣历的新年。凤凰花是热带的花。凤凰花开起来一片火红，一株这样的乔木，到花期竟然找不到一片绿叶，全是红花、红花……开得那样热烈、慷慨！

为什么这里的芒果蜜甜，凤凰花火一样红？这全是因为这里的阳光是那么灿烂，露珠那么大，雨水那么足。特别是泼水节的水，老人说，这吉祥、幸福的水，泼到草木上，草木会开出最美的花朵，泼到花朵上，花朵会结出最甜的果实，泼到人身上呢，人就会得到最大的幸福。难怪节日每个人总要给别人泼更多的水，也想别人给自己泼更多的水，因为人们都想把幸福多给别人，也愿意自己得到更多的幸福。

幸福啊！一对傣族青年夫妇回忆起一九六一年的泼水节，到今天两颗心还泡在甜甜的幸福里！

她只记得那一天空中满是盛开的水花,一朵朵晶莹耀眼,当水花和那红艳艳的凤凰花瓣一齐飘落时,便激起一串串笑声,沿着大街小巷滚流。啊,到处是欢笑的人群!她和他结成了同盟:他用脸盆供水,她用口缸舀水泼。她泼啊、笑啊,泼到哪里,她忠实的后勤也就跟到哪里,遇到"劲敌",她的后勤会突然变成尖兵,半路"杀"出,把一大盆水突然迎面泼去,常使他的被保护者转败为胜,这时她便格格地笑个痛快。

记得是在一个翠绿的橡胶林边。她"追击"着一个省里来的客人,把一缸净水向他泼去,但是人群里一个魁伟的傣家人突然出现在她面前,欢笑着把一个银钵里的水向她迎面泼来,水花遮住眼睛,什么也看不清楚,她笑着逃跑了。幸福追赶着她。自然,她的"后勤"又猛地冲出来,放过她,把一大盆水,还带着这一对年轻人的欢乐和祝福,向后面的那个傣家人泼去。然而银色的水花在空中被一把伞挡住了。

"小心受凉,"那撑伞的人说,"总理……"

"总理!"她和他都站住了,愣住了。眼前泼水的傣家人可不正是敬爱的周总理!

他显然感到惶恐。总理笑着说:"我们是来过泼水节。"他特别强调"泼水"二字,随行人员把伞收了起来。

总理笑着向她说:"你的保镖不错啊!"浓眉下那睿智的目光透出一片慈爱。

"总理什么都知道了。"她想,心跳得像有头小鹿子撞,脸比凤凰花还要红。偷偷看看他,却只是冲着总理憨笑。真憨!难道不能跟总理说点什么吗?

还是总理先开口:"这橡胶林子真好,你们种的?"

他说:"再过几年就割胶了。"

"好!"总理点点头,"有人卡我们,八斤大米换一斤胶还不想换。要多生产橡胶。"突然,总理想起来了,又用泼水的银钵舀了满满一钵净水,欢笑着,拉开他的衣襟,顺着脊梁浇了半钵。又把半钵从她头上轻轻浇下去。有什么比总理的祝福更可贵呢，她闭上眼，一任喜悦、幸福的热泪滚滚地和着净水流着流着……

泼水节又到了，你想问问这对幸福的青年的名字？想访问他们是谁？这就像问我们哪一个蜜甜的芒果，哪一朵火红的凤凰花承受过阳光雨露。瞧，今天那早已开割的葳蕤茂密的橡胶林，你能说出在总理当年大盆大盆泼出的清水中，哪一棵蒙受过恩泽么？

但有一点是清楚的：那年有幸和总理过泼水节的一代青年，今天有了新的党中央，更加茁壮成长，他们有的是生产队的铁姑娘，有的是企业里的模范工人，有的是边防战士，有的上了大学……而据寨子里的老人说，这一切又是因为当年总理把祝福的水泼到他（她）们身上的缘故。

凤凰花又开了

凤凰花开了！泼水节到了！

记得那年泼水节，一朵凤凰花就像一小团火焰，一树凤凰花就像一支燃烧的火把。满街盛开的凤凰花呀，照得整个黎明城[①]都红彤彤的。寨子里最有学问的老康朗[②]说这是一个最吉祥的日子。孔雀在今天开屏，白象在今天走出森林，月亮和星星也在今天获得光辉。吉祥的日子里，傣家人的心花啊开得比凤凰花还好看——开在孩子的笑靥上，开在小伙子红红的脸庞上，开在姑娘的黑眼仁里，甚至老咪涛[③]眼角上滚落的激动的泪水也仿佛是盛开的心花上洒落的露珠呢。人们为什么这样高兴？这样喜欢？因为敬爱的周总理从北京来和傣家一起过泼水节了。“咚——咩！”“咚——咩！”一大早，象脚鼓就响着一种欢乐的鼓点，大瓣大瓣的凤凰花瓣在鼓声里颤抖着，飘落着，

---

① 西双版纳首府允景洪意译为黎明城。

② 傣族把还俗后的大佛爷叫“康朗”，这是表示受过宗教教育的学位。“康朗”因此是傣族中的知识分子。

③ 老大娘。

和着一串串的欢笑，很快就撒了一地，像是专门在敬爱的总理脚下铺下一张美丽无比的大红地毯。总理来了，他踩着鼓点，踩着为他铺撒的花瓣，在欢歌笑语中和我们跳象脚鼓舞，和我们一道泼水。总理端着大盆的水，笑啊、泼啊，把他的祝福撒向群众、撒向人民……然后，他走了，凤凰花落英缤纷，他仍然踏着那红彤彤的花的地毯走了，他说，十年后他还要回来和我们再过一次泼水节。

凤凰花开了，泼水节到了。

老波涛[①]带上他那用麻绳系着的老花眼镜，一个音节一个音节地读着傣文版的《西双版纳报》，看看总理到昆明没有，到允景洪了没有——总理没有来……

凤凰花开了，泼水节到了。

老眯涛托寨子里的老康朗写信问在中央民族学院的女儿：看到总理的飞机起飞了么？那飞机是朝着我们的版纳飞的么？——总理没有来……

凤凰花开了，泼水节到了。

寨子里有学问的老康朗告诉波涛、咪涛说：听收音机里讲，总理到外国访问，今年顺路怕要来我们寨子过泼水节的。咪涛于是连夜做了"豪洛索"[②]，波涛带上他自己酿的糯米酒，一大早就到澜沧江边，说要迎接总理——总理还是没有来。但这一年从北京开会回来的州委书记却带回了总理的问候：总理记惦着傣家人哪！他还记得，老咪涛有个女儿在州文工团……

凤凰花开了又谢了，泼水节来了又过了；凤凰花开了十四次，泼水节过了十四次，敬爱的周总理啊，终究没有来。有学问的老康朗解释说：总理是勤劳的酿蜜人，他不光为傣家，还为全国各族人民酿造最甜的蜜，他忙啊！但老咪涛却坚信他会记得西双版纳的凤凰花的，他会回来，一定会回来！不知为什么，这一年的冬天特别冷，多热的

① 老大爷。

② 傣族年糕，用米粉、红糖制成。

坝子还下了霜，连凤尾竹也冻死了。就在咪涛耽心泼水节凤凰花是否还会开时，一阵撕人心肺的哀乐在阴霾的天空里回响着。冬雨，像悲哀的泪水落下来，落下来，溪流、森林……每一株草都在哭。咪涛双手合十，喃喃低语着"总理啊，您不是说还要和傣家过一次泼水节吗，我们等着你啊，总理……"泪水，像呜咽着的溪流似的从两个老人脸上的皱纹里滚滚流下……

……

凤凰花又开了！泼水节又到了！

今年的凤凰花又像火把似的开得多么热烈啊！今年那绽在人们笑脸上的心花儿又像总理来那年似的开得比凤凰花还要好看啊！一切都和那年一样：飘落的红花瓣、鼓声、笑声、空中晶莹的水花……

"总理来了！"老康朗高兴得像孩子似的在寨子里奔跑着，叫着，波涛、咪涛一听，慌得奔下竹楼去问。老康朗兴奋地连说带比，给大伙解释着什么，两个老人一听就朝城里跑。

晚霞升起的时候，两个老人笑容满面地回到了家里。咪涛胸前捧着什么，一步步，虔诚地走上竹楼。

"我知道你们进城买什么来着，"小孙女偏着个脑袋得意地说，"赶摆的时候，我看见你们顶着大太阳在新华书店排了两小时的队。"

老咪涛严肃地纠正她："奶奶和爷爷是去请总理来我们竹楼上过节。"

小孙女扑闪着大眼睛，但是，她也惊喜地叫了："周总理？"

老人轻轻抖开了捧在胸前的卷轴，那是一幅精制的、敬爱的周总理一九六一年和西双版纳群众一起泼水的画像。全家人惊喜地围过来，老波涛郑重地说：

"每间竹楼都有了。周总理永远和傣家在一起！"

画面上腾起一片红光。站在晒台上的小孙女眯起眼睛，她看了寨子一眼，仿佛寨子里也是一片通红。

凤凰花又开了……

（选自《人民文学》1978 年第 3 期）

门　镜

门镜，有叫“门眼”，有叫“猫眼”，即城镇单元楼住家安在门上，用以窥视门外来人的那个小玩艺儿。

此物和电子门铃一样，是改革开放后才出现于市场的家庭必须品。说是“必须”，是因眼下城镇人口多，治安欠佳，家人都上班去了，家中只剩下老人小孩，有不速之客叩门时，可先于门镜中窥视，以保安全；或有不受欢迎者来访，看清楚后亦可飨以闭门羹。

我看门镜的用处就这两条。

我不喜欢门镜。一个亮闪闪的东西安在一扇棕色或别的什么颜色的门上，就像一只白多黑少的小眼睛贼兮兮地盯住你，一开始就把你置于一种被审视、被验证的尴尬处境。我知道门镜后面是主人的眼睛。他或她的目光被聚焦了，透过门镜会使人感到更加尖锐、逼人。自然，人们拜访别人时心地是坦然甚至是虔诚的。但只要一想到你在明处他在暗处，你正从头到脚被人审查（特别是第一次叩访），那绝不是一种愉快的感受。任何人都不喜欢被人从一个小洞洞里窥视。特别你拜访的若是熟人，或者高官富贾，名流府第，明知他在家，可那门铃“叮咚”多次，录好的音乐磁带反复演奏多次，主人全不理睬，最后你还得在一曲怪声怪调的电子乐《献给艾丽思》或《友谊地久天长》声中灰溜溜地离开，那份屈辱实在叫人窝火。有了门镜，你再也享受不到一开门“有朋自远方来”的那份“不亦乐乎”的激情了。有如惊喜，一经窥视，门镜也会把它泄漏殆尽。我那在外地上大学的女儿似乎也懂得这一点，假期归来，按了门铃之后便淘气地用手掌遮住门镜，我便只看到一片粉红。开始以为眼花，待开门见她笑嘻嘻地立于门外，那蓦然的惊喜确乎是先于窥视之后再开门所得不到的。

再，于小孔孔内偷看别人，此举既不尊重客人，也不尊重自己，于“爷们儿”实在不是光明磊落的行为。

可我自己后来却安了门镜，这是很有讽刺意味的。

我的安门镜并非为家财万贯，防偷防盗；也不是因为门庭若市，不堪其扰；更不会为了傲慢地拒绝某些来访的客人。实在是因为受到了一次如孙犁在《小贩》里所写的情景而惊吓得不得不采取的措施。那是好几年前的事。我那时没安门镜。一日午间，听有笃笃叩门声如啄木鸟然，想是远方来客，快步趋前，门才打开，一壮汉突地冲我扬起一把寒光闪闪的菜刀，大吼一声：

"要菜刀么！"

历此惊险，恐怕谁都会考虑要采取一些防范措施的。于是我安上了门镜，并且染上了于门铃"叮咚"之后鬼头鬼脑地在那小孔孔里瞄人的恶习。自然每次都多此一举。因为门外站着的多是亲朋好友，熟人同事。我开始怀疑这贼兮兮的玩艺儿安在门上是否必要？它实在是一个防君子不防小人的东西。试问若有歹徒登门，会彬彬有礼地先按门铃之后再来翻箱倒柜么？我想不会。然而这次又书生气了。

正当我考虑要取下门镜时，有一天门铃再次叮咚作响，我又下意识地于门镜中窥视。这次站在门外的是一个陌生的年轻人。廿五六岁，结实的个头，穿一件暗红花格衬衣，戴一副眼镜，很斯文的样子。才看清了这不速之客的面容，我便警觉起来：不是怀疑他的身份，而是怀疑自己有无决心改掉被商品异化了的人性和由此形成的于"门缝里看人"的坏毛病。我想，来客不是外地来组稿的编辑，便是远在珠海工作的大女儿的同事。思忖间，门铃又急促地叮咚乱响。这年轻人也忒性急。我不由自己地又看了一眼。这一看我愣住了：那年轻人正独自微笑呢，并且居然竖起了一个大拇指摆动着：

"OK！"他只差没叫出声来。

同时，只见他迅速地从随身携带的一个大挎包里取出一把小螺丝刀，一块有弹性的塑料板，很敏捷地，塑料板已从门缝里插了进来，开始拨锁。"小偷！"意识到这一点我怒不可遏，突地拉开门一声大喝：

"你干什么!"

正在放心大胆作案的小偷怎么也没料到于门铃响起之后主人还"埋伏"于门后,一下子震住了。他忙不迭地说"没事儿! 没事儿!"抱头鼠窜而逃,留下作案工具和那个装赃物的大挎包。

看来这是个有经验的小偷。那平光眼镜,那花衬衫,一副打扮作斯文状。我知道我要是应声开门,他便要胡诌什么找张三李四之类,敲错门,对不起。若迟迟不开门,他便"OK"。岂料这次碰上我蹑手蹑脚先于门镜中窥视,然后出其不意一声怒吼,反倒把他吓坏了。然而有识者曰:这恰恰说明这小偷还"嫩",要是有经验,受到惊吓,他手里的螺丝刀早给你肚皮上留下个窟窿了。他说,坏人的自我保护意识是很强的,信哉斯言。

无疑,这是安了门镜的好处。

于是我决定还是留着,就这样直到今天。

事情过去很久了,但这件事老使我回忆起五六十年代在西双版纳工作的那些日子。那时我长年累月在乡下工作,不论是坝子里的傣寨或高山上的拉祜山林,从没见到谁家门上挂着锁。柴扉随手一掩,只防猪鸡入内而已。走进一个寨子,看那些竹楼的门或虚掩,或洞开,很少见主人出入,静静地,只有野花在路边摇曳。"花径不曾缘客扫,蓬门依旧为君开",刹那间会使人产生一种莫名的亲情。进得竹楼,主人不在,自己可以拉过小篾凳坐下,拨开火塘烧开水沏茶,拿过火塘上的小箩筐卷毛烟抽,幸许竹筒里还有酒,也可以倒一杯来喝,总之,真正的"宾至如归"。甚至无端地会以为自己就住这儿,抄起扁担为这个家挑一挑清泉水,要是主人还不回来,走时把门轻轻带上就行。便这样,从来没听说过谁家丢了东西。偶有不慎自己遗忘在路边田头的农具、衣服什么的,别人也不会捡走。我就曾把手表忘在井边,人来人往,第二天照样在那儿。"路不拾遗,夜不闭户",这种古风犹存的社会我确曾在其间生活过,自己觉得那段时间也是灵魂最为纯净的时候。

我曾把这些经历和一位内地的朋友聊起,他认为这没有什么可奇怪的。在“共同贫穷”的社会里，贫富悬殊极小，你有的那几件东西我也有，这就使私有观念、占有欲几近于零。一旦物质丰富，人们学会了享受，再把贫富距离拉得很大，这时要没有偷盗，没有腐败那才真正是新鲜事。所以，“社会治安综合治理”是必要的，门镜这小玩艺儿也是必要的。这种情况下，你若“顾礼制，是犹开门而揖盗，未可以为仁也”(《三国志》)。只能说，那是一种书生气。

如此引申开去，会得出一个很可怕的结论：物质生活越丰富，道德就越沦丧。是这样吗？我不同意。可卢梭在他的《论科学和艺术》这本书里又明确无误地宣告：当“我们看到随着科学技术的光芒在我们天边上升起，德行也就消失了。”这真是悲哀。

我讨厌门镜，自己又不得不安门镜；我讨厌别人从一个小洞洞里窥视我，自己又不得不从这个小洞洞中窥视别人。这算哪门子的勾当？什么德行？

现在，每当我进入城市里那一幢幢单元楼，看到前后左右由门镜、保险锁、防盗门构成的一张张冷冰冰的门脸，我会不寒而栗，就会想起边寨那一扇扇向每个人敞开的柴扉，那些“采椽不刮，茅茨不剪”的心灵的居所，十多年了，不知是否也安上了门镜？

（选自《随笔》1993年第2期）

序《紫色的山谷》

谢　冕

那个夜晚，在允景洪：晶莹的繁露，喧闹的虫吟，飘忽的萤火，蓝宝石般的天宇里镶嵌着熠耀的星星。尽管节令已是深秋，但西双版纳仍然有着在北方只有盛夏才能见到的美好景象。我们说话的时候，远处，澜沧江梦一般轻轻地唱着。此刻，当我读着《紫色的山谷》的时候，我想起了和它的作者那次最初的相会。

当时，我们围坐草坪之上，张长用他的诗人的语言向我们这些来自北方的客人讲起了他所挚爱的边疆风物。我永远记着,就在我们第一次晤面的那个夜晚,他谈到西双版纳的太阳花。他是那样动情地爱着这些平凡得不能再平凡的小花,并把它珍重地介绍给了远方的来客。在西双版纳,我认识了张长,也认识了白族另一位诗人晓雪。我们分手的时候,也许是由于醇酒般的友情给我壮了胆,我居然提笔写了一首多年不写、那时更是怕写的小诗,送给这两位一见如故的朋友。就在这首诗中,我引用了张长描绘过的、而我还没有机会见到的太阳花的形象。

可以想象,当我在这本散文集子中,看到《太阳花》的名字时,会是多么欣喜!我恍若遇见熟悉的友人,自然地,我想起了在西双版纳的日日夜夜。张长显然是以他所喜爱的花来比喻那些建树着辉煌业绩而又默默无闻的劳动者。他以多彩的笔墨写云南神奇的风光,从中寄托着他对人民和劳动的讴颂。他不写那种神一样站在云端上的人,他只写先进的但又是平凡的人。这种人,当他单独出现时,有着惊人的光彩;当他处身群众之中,又平凡得令人分辨不出来。他的"太阳花"就是如此:"花虽小,却红得耀眼。不开花时,朴素得像一丛小草,路边,墙脚,不注意根本认不出来。可只要一见太阳,哗一下,一片草地全红了!"这小花让我们驰想,让我们想起人民的平凡和伟大。从一朵太阳花身上,可以看见无数的太阳花,他们都一样地不起眼,却一样地有着火焰也似的红。

我从《太阳花》的艺术形象中,感到了张长的散文中一种明显的美学追求。他总是给具体的物像以寓意,他总是又写具体的人,又由此出发去作更大范围的概括。例如,当他终于揭示出那位傣家少女就是"太阳花"时,他的眼前出现的不只是一朵、而是千千万万朵"哗一下"迎着太阳怒放的"太阳花"——他又认不出她来了。《柚木》也是这样。开始他也如不认得太阳花一样,不认得柚木。后来,他不仅认识了一棵真正的柚木,而且他还确信,当那个黄昏他遇见那位伐木工人时,他实际上是已经闯进一片葳蕤茂盛的柚木园里。置身在这样无边无际的太阳花和柚木丛中,他眼花心迷。他的文中总是出现这样的境界,他遇见了,而当他回过头去,却辨认不出来了:"再也找不见那人的影子。明亮的天幕上只有一排排参天的大树在晚风里摇着它们粗壮的枝柯。"多么含蓄,我们英雄辈出的时代,我们无可辨认的无数向着太阳盛开的太阳花,我们无可辨认的无数质如铁坚的柚木!

张长笔下的人物是让人钦敬的，但绝不是超凡入圣的。即使在“三突出”鼓吹得最狂热的时候，张长也写人的真实和平凡，把光辉和伟大放在普普通通的形象之中。他不仅刻意写新型的人，而且刻意写英雄的群体，他有意地把一朵花和无数朵花、把一棵树和无数棵树混淆起来，让你分辨不清。“今天从这条箐沟钻下去，明天又从那个山头钻出来”，默默无闻地劳作在地层下的“蚯蚓”，有着惊人的光彩；“就在他登上山顶的时候，刮起了一阵山风，他敞开了的白上衣频频地搧动着”，这是展翅于高山的“鸿雁”，那个普通的乡邮员，崇高得令人起敬。张长长期生活在西双版纳美丽的土地上，他爱那里的人民，他为各族儿女唱出一曲又一曲赞歌。就是这些“蚯蚓”和“鸿雁”，构成了他的散文中美妙无比的人物画廊。

在这个画廊中，《爱尼人的老师》有非凡的美丽。它用一种非常自然、非常朴素的语言，讲述一个乡村女教师紧张而又清苦的一天。这位女教师，她单独一人在异乡办学。一勺山泉，一把野菜，却觉得胜似琼浆玉液。在这里，她有着许多真诚地关心她的朋友和亲人，她快乐得像一只鸟儿，不停地唱着歌。那些即时送来的青菜，以及用芭蕉叶子包着拌以糊辣椒的捣碎鲜青果，包容着爱尼山里的亲人们一颗多么热烈的心！我有幸在爱尼山寨中作过短期的客人，我亲自感受过这些纯朴的人民的伟大的爱。因此，我怀着感激的心情，阅读着张长的这些蘸着浓郁的情思的笔墨。我也深信，那位“爱尼人的老师”想到的“我是永远也不离开这里了”的话，是真诚的。张长长期生活在西双版纳，生活在爱尼山上，从事文学工作之后，他仍然经常到那里去深入生活。他爱那里的一切，他自己就曾经像这位乡村女教师那样，在年纪很轻的时候，在一个小小的版纳作过医生。因此，他能够以不加雕饰的语言，来表达他的挚爱之情。他的描写有时显得朴素而恬淡，但却传达出这种浓郁的生活情趣。

但就基本的特点而言，与其说张长的散文风格是朴素而恬淡的，不如说他的风格是华彩而柔美的。他的散文有着诗一样的情调——他的确把诗带进了散文中来。他总是像写诗那样写散文。他的散文描绘了从西双版纳到苍山洱海的迷人风光和边疆傣、白、布朗、拉祜、爱尼等各族人民的各有特色的生活和文化。他的笔，为我们画出了让人眼花缭乱的五彩的云霓，如那些百褶裙上的花绣，如那些头巾上的流苏，如那些闪光的耳环和银镯，如那些“筒巴”上的图案。环珮丁当，五彩乱目。张长的笔墨，为我们写出了祖国西南边疆这块土地的美丽、丰富、神奇。

读他的散文，不仅是耳目上的满足，更主要的是精神上的满足。张长的每一幅画，都写边疆的美，而且是着意写边疆的新美。他总是在他的多彩画幅中，织进了朝气蓬勃的社会主义时代的精神气质。白族的望夫云的故事，是十分古老的；张长笔下的"望夫云"，却是十分年轻的。他改造了旧日故事的凄恻情调，而使之变为白族阿花姑娘的无忧无虑的快乐。他甚至改造传说中的望夫云的性格："望夫云暴怒的性格不见了。现在的望夫云是多么温柔和善良，她给人带来了吉祥和幸福。"《紫色的山谷》也有这种奇异的"改造"：原来是"琵琶鬼"聚居的村寨，人们在绝望和悲哀中幻想过山顶飘来紫色的云；这种幻觉却真的成了现实："这时，正好一片玫瑰色的朝霞升起在天边，山顶上那些紫穗高粱突地像着了火似的一支支都燃烧起来"……

这本散文集给人以美的享受。《泼水节的怀念》肃穆中透出优美；《连理枝》新颖而精巧；而《孔雀的故乡》和《节日的欢乐》的抒情诗般的情调，更使我想起了如海的虫鸣，凤尾竹的倩影，以及无边无际的、无所不在的西双版纳的绿。我为《爱尼山的春色》所迷，我酷爱它那最末一段的文字，那是最纯真的、不分行的诗。

当我写到这里，我发觉了我的偏爱。（当然，这种偏爱是无罪的。我敢担保，不论是谁，只要他到了云南，他总会为这片土地和人民生活的丰富多彩所迷恋。）我想到：张长是写诗的，但又写了许多散文，他是用写诗的心情和方式来写散文的。张长当然没有从诗中走出来（我也不希望他走出来），但他毕竟把诗带到了散文王国中来。这种诗的"移民"我是赞成的。因为想到我所欣赏的张长散文的长处，而想到由此而带来的他的散文的短处。因而，我记起我十分欣赏的海涅于1826年说过的一段话。后来，我把它抄送给我和张长都认识并且同样尊敬的前辈诗人。这段话，现在我也把它转送给张长：

> 我作为一个诗人和歌手来说，已经完结了，我投入了散文的宽大的怀抱里；在最近就要出版的几卷《旅行杂记》中，你们可以看到许多毫无诗味的粗暴，激动和愤怒的词句，而主要是论战性的词句。时代

是极其卑劣的时代呵！

张长无疑是生活在美好的时代里。但是他所生活的时代，在某一时期（例如林彪、“四人帮”横行的时期）、某些地方，也有着卑劣。张长用抒情诗般精美的调子来歌颂他所热爱的生活，这是理所当然的。他善于构思，而且有时显得精巧而睿智（如《望夫云》《茉莉信》和《鸿雁》）。作家应当各有艺术个性，但我还是觉得，张长的散文中似乎少了些刚强的气质。有时，我甚至觉得他应当“粗暴”些，而且应当出现“愤怒的词句”。例如同样优美的《泼水节的怀念》，凤凰花影中，像脚鼓声里，要是掺和着“愤怒”，那将更有力量，也更能体现出时代和人民的情感来。

张长从遥远的春城寄来了即将出版的《紫色的山谷》大样。他是一位诗人，为诗之余，竟然写了这么多的散文，我庆贺他的丰收，也分享了他的喜悦。他殷殷嘱我阅后为序。挚友深情，却之不恭，只得勉力为之。但愿我的这些读后有感，于作者、于读者，却不至于完全无所助益。

一九七九年十月三十日第四届文代会开幕之日，于北京。

（原载散文集《紫色的山俗》）

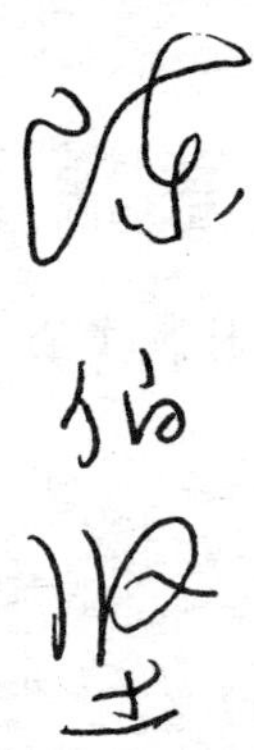

陈伯坚（1938— ），小说家、散文家，广东信宜人，出身华侨家庭。幼年习古文。1950 年读初级农校，1951 年读中级师范，1956 年被选送入广东教育行政学院。1955 年加入中国共产党，曾任中学校长 20 余年。1981 年任珠海市文艺创作室副主任，1985 年任珠海特区报文艺部主任，为主任编辑。系中国作家协会会员。1992 年被珠海市委市政府授予"优秀专家，拔尖人才"称号。

陈伯坚除出版中短篇小说集《素月》（香港千秋出版社出版；陕西人民出版社改名《泪美人》）、长篇小说《滨海城的俊女们》（香港千秋出版社出版；吉林时代文艺出版社改名《滨海城的公关小姐》）外，亦已出版散文、报告文学集 3 部：

《闲话集》（广东旅游出版社，1991 年）；

《边城纪事》（广东人民出版社，1993 年）；

《尽意潇洒——陈伯坚散文选》（人民文学出版社，1997 年）。

散文《边城纪事》获中国首届报纸副刊好作品二等奖，《外祖太》获 1993 年第四届全国报纸副刊好作品二等奖。

评论陈伯坚散文、报告文学的主要文章有：

《唯有坚持，才能突破》（岑桑），《羊城晚报》1986 年 4 月 14 日；

《并非闲话的"闲话"》（郭风），《南方日报》1991 年 6 月 5 日；

《建立自己的文学特区》（张斤夫），《文艺报》1989 年 11 月 8 日；

《彩色斑斓的特区生活画》（黄培亮），《文艺报》1992 年 7 月 5 日；

《富有"特味"的艺术切入》（黄伟宗），《南方日报》1992 年 8 月 10 日；

《特区心灵的"文字雕像"——评陈伯坚的散文和报告文学》（曾绍义），《特区文学》1996 年第 4 期。

尽意潇洒

——为《中国散文百家谭》而作

陈伯坚

我的散文，多属即兴之笔。兴之所至，味道上口，有一种像在大热天喝冰镇蜜糖豆腐花的快感。摇着笔杆，实在是个享受。前年暑假，我一家人往广州，车入中山，见田间有埋头劳作大水牛，长尾巴被绑紮成团。孩子不解所以然之故，答问间，文兴来潮，奔突于胸臆脑际，数日后成篇，是为《尾巴小论》，漫画大师方成先生欣然绘图，同《羊城晚报》刊出。《尾巴小论》殊小，600 字而已，却牵动了我几十年的生活积累和思想体验。我少年曾有牧童生涯，目睹过无数次虻侵牛背的情景。那是一个刺心的画面，一个奇特的战斗场景。透着墨光的水牛背，肉丰皮厚，却经不住小小敌手的进袭。大群山虻密布一方，利喙似剑，气势汹汹，在尖角与硬蹄无法顾及的地方，反弱为强，发疯地吸血。水牛喘着粗气，抖着皮肉，无可奈何般在忍挨。忽然，天鞭骤降，血肉横飞，那是牛尾巴发威的结果。形势突变，心里那种奇妙的凉快感，真难用语言表达。我在《尾巴小论》中，只用了两行字："当山虻死死叮在牛背上吮血的时候，壮猛身躯下沦为弱肉，牛尾巴这根光棍，就大显神通了。"由此引发，笔端从牛尾展开，触及人"尾"，而以豹尾结束。人"尾"，是文章的躯干部份。根据平日观察所得，抓住"尾"的动作与高度，把意思大胆放开，又精心提炼，"夹尾巴示小心，摇尾巴示宽心，翘尾巴示荡心"。"夹着尾巴做人。"我想到了毛泽东给友人不多的临别赠言中这迷人的一句。其最迷人之处，则在"夹"字。它引出了"做人的一个大难处，是难在处理尾巴，而最佳的处理方式，则是放得越低越好"，"即如豹尾，劲力十足，在竞斗当口，仍是夹着为上”的全文意旨。

此小文，动笔至完篇，不过两小时。

身处新闻界，能完整地抽出两小时，已算很不短了。我喜欢写这类短文。这类短文除了写作顺手，我还觉得，它特别方便集中表达点滴感受。我以为，从事文艺创作的人，生活中的点滴感受是很重要的。哪里有那么多完整的成熟的思想！敏捷地抓住点滴感受，认真地体味、融会、消化，有利于个人思想的积累、提高、成熟。日常生活中偶然生发的点滴感受，也有很精彩，以至很深刻的，如跳跃在海面上的浪花，往往是更有高度、更有亮光的部分。思想浪花的载体，应该是越精短越好。它宜于阅读，宜于明白，宜于读者调动时间。当代社会，人们生活在市场经济之中，能一次拿出读完几千字文章的整段时间的人，比顺手捡来可读完几百字“豆腐块”的人，少之又少，后者才是大多数的，广大的。我曾经在香港茶楼里，作过小小的调查。我的茶位附近，眼睛所及，有 13 位“同茶”在读报纸。他们几乎都是在先翻阅新闻(多数是浏览标题)，然后有 8 人曾经打开“豆腐块”版，如大公报《大公园》，文汇报《笔汇》之类，片刻折报，离座后一律扔进垃圾箱。他们是把读报同饮茶(早餐)相结合，除了新闻，有趣有味的短文才入涉猎范围之内。有趣有味的短文为何受欢迎？在紧张节奏中生活的人，要读得潇洒，也许是一个主要原因。

因此，我以为，散文有三大优势，可以尽意潇洒，即：趣，味，短。

著名散文作家秦牧同志曾经在给我的信中说：“多写短篇，很有好处……一部长篇小说出单行本，读者只得几千，而报端作品，读者动辄十余万，数十万，此种情况，不可不加注意。”我领会，报端宜发短稿，短稿通过报端比长篇作品有更多机会同更多读者见面，这实在也是短文的一个客观优势。

我主观上是很珍惜短文这些优势的。然而写短文之难，也真可以说好多话。又要好读，又要有味，又要字少，三者具备的散文，我自己还没有写出来，或者说，正努力争取写出来。在《闲话集》这本小集子里，共收入 80 多篇短文。著名作家、散文巨擘郭风先生曾给我来信，说这是一种新型的散文，方成大师选去 12 篇，配了画。我感到写得颇顺手。我把自己限制在两页纸里做文章，悭用着每一句话，每一个字，我却为畅述了每一点滴感受而感到愉快。

我写作叙事散文，用心重在写人。我平时喜欢写小说，注意力习惯放在人物上。对于一些富有个性的人物，真人真事，足可成篇，无需做太多甲头搭乙足的拼凑功夫了，写出来的短篇，我以为，就不是小说了，而是散文。《外祖太》就属于这一类。我妻子的外祖太劳碌一生，守了 60 多年的寡，外太公年轻时去泰国当油漆工，从高处摔下不治，以后就靠替人家洗衣度日，在一间蚝壳砌成的小屋里，养大了她身下的三代人。这位目不识丁的老太婆，最后竟能拨弄现代家庭电器，适应开放潮流。她的以"韧"制胜的顽强精神，十分令人敬佩。由于经常接触，我有很深印象，落笔写她，真不情愿写成小说。我要原原本本地写，要写出"原汁原味"，给读者一个完完整整的"真"字。我感到只有这样，才对得住这位经历了清朝、民国和解放后的多次运动，最后终于尝到了改革开放新时期的甜头，很有些中国老一辈劳动妇女代表气质的老人。

我把这类散文，叫做人物散文。意在写出写活真实人物。写这类散文，似乎很需要有一个非常熟悉的写作对象。这有点像为一个人搞雕塑，对那个人不是很熟悉，就难以塑出似样的雕像来。而且，好的雕像，还应该富有个性，那个人物原型，那个写作对象也应该富有个性的，因为这类散文的要求有些特别，这类人物原型是不大好找的。广泛接触社会生活的各个层面，经常的留心观察、体验，在大有意中，往往能无意碰上。

我觉得现代社会生活的色彩十分丰富，越来越丰富。社会生活的色彩又大都体现在活生生的人物身上。作家多做一些"文字雕像"，是很有意义的。有一些人物，你从他(她)身上"搜刮"到的素材，只是些琐屑的细节，片言只语，一鳞碎事，不是报告文学的材料，小说当然用得着，却失了"真"——抽离那个原型了，这时候，最好是写人物散文。让它尽量多些带着生活的原色留给读者。这是一种深沉的笔乐,也是一种为文者的潇洒。

我喜欢在散文中尽意潇洒。

1994 年 1 月 23 日于珠海光明书斋

自选作品

边城纪事

朱南水,大个子,方脸,有两道气度不凡的剑眉。他在珠海工作二十多年了。初来时,被派到邮电支局送报。一个人把报纸往腋下一夹,个把小时就完工。那时候,香洲还是个很小很小的镇子,喝的是带咸味的井水,夜里十点钟熄灯。不少人住不下去,朱南水却把在省城的老妈妈和小娇妻接了来。

一年四季,除了大雨天,每天早晨六点钟,朱南水就要步行到风波山脚,然后小跑上山顶。风波山过去在香洲镇背后,可算“郊野”。现在是市中心的风景区。妻子阿杏不明白丈夫何以天天上山,以为山顶有比她更适心的女子。在这个缺少娱乐的地方,他的心被分散到那山上,也是不足为奇的。阿杏曾经做过“密探”,侦察丈夫在山上的举动。山上并无别人,风景颇诱人,可以一览澳门全景,可以看见香洲每日的哪怕是小小的变化。朱南水在这里除了读外文,还爱静静地躺在巨石下,让思绪随意飘飞——珠海,哪一天能赶上澳门呢?那块丁点儿大的地方,不过五点六平方公里,几乎都是中国人,咱们中国人……

经济特区建立了,实行开放政策,渔港码头大大热闹了,却有些乱。有关领导要找一个外形有点“威慑力”的汉子去把码头秩序整治好。于是朱南水被调到码头管理所。对这件事,阿杏很有些想不通,因为那是个得罪人的差使。当阿杏说出自己的想法时,朱南水不回应妻子,只是掉头瞪了她一眼。后来阿杏也认同了领导的看法,不再吭声。这时风波山已修整了一条千级石径，早上登山人也多了。有人笑着问他："朱南水，你怎么总是一身腥？昨天晚上不洗澡么？"朱南水没有停步，喘着气爬山。这时候，他是不说话的。在呼哧呼哧的喘气声里，跟在他后面的人，还能听到叮叮的响声——他皮裤带上，一串钥匙在相互碰击。

一年后，朱南水爬山的形象却"洋"了起来：西装革履，衬衫的领子俨然白雁的一对翅膀。风波山后面，宽阔的光明街大马路也开通了。那里有一个宾馆员工上下班专车的候车站。早上六时正，朱南水从风波山正面爬上，在山顶停留十分钟，七点二十分下山，到站时七点四十分，正好遇上宾馆的车。他被旅游公司"借用"，任宾馆的副总经理，掌管公共关系和港澳海外员工有关事务。据说，是在一个偶然机会，朱南水被发现具有相当高的英文、日文水平，加上风度翩翩，公司正好需要这样的人才。阿杏对这次"借用"十分高兴，她的工作岗位也在宾馆公关部。每天，他们双双爬山，双双到站。

朱南水夫妻"晨爬"，在宾馆曾传为佳话。一九八六年七月的一天早晨，朱南水和阿杏在风波山顶上发生了一场争论，焦点是澳门美，还是珠海美？澳门高楼林立，但楼林深处，却有许多残破不堪的木屋、铁皮屋。珠海二十层左右的高楼不太多，但建筑物多姿多彩——阿房宫式的，大观园式的，西班牙式的，平坦笔直的现代化大马路纵横交错，园林处处。好一个漂亮的海滨新城！阿杏认为澳门美，老朱认为珠海美。两人都发自内心。但阿杏说话有些尖刻，竟说老朱是"站稳立场车大炮"（广东话吹牛之意），老朱有些生气。晚上回家还争执不下。

一九八六年底，朱南水被调到G岛一个大型对虾养殖场当场长。他原来是水产学院毕业的，工作正对口。又过了大半年，朱南水的骨灰盒，被极简单地埋在风波山顶的那块巨石下。但仪式极隆重，参加的人排满了千级石径。邮电局、码头管理所、宾馆、对虾养殖场的员工，能抽得出身的都来了。他是在探测滩涂时，被蚝壳割伤脚患了破伤风，没及时看医生去世的。几十亩待收的对虾突然发病大批死亡，他只顾抢救对虾。一天,阿杏来探望他。夜里,他突然全身痉挛,查查原因,才记起脚下有一个未愈的伤疤……临终,他嘱咐阿杏怎样处理他的骨灰,他说,我要在那里看下去。

那场争论看来还没有结束。

1985 年 11 月

(选自散文集《边城纪事》)

外 祖 太

外祖太去世时,年纪八十八岁半。家乡习惯计虚龄,子孙邻里对她又十分尊重,为好说好听,给她弄了个整数:九十。

外祖太姓许,名二。开追悼会那天念出这名字,我们大家都感到有些别扭。妻问她妈:"外祖太干吗安这个名字?"岳母说:"你外祖太自己喜欢。解放后,我们几次要替她改名,她都不肯。她说,用开了就让它用下去呗,做人不是靠名字吃香!"

外祖太实际上是小真的外祖太。那年夏天,我和小真还在恋爱,小真一定要带我到她家去一趟,我明白她想的是什么,就问:"你家里有些什么人?"

她说:"妈妈、弟弟,还有个外祖太。"

"行!什么时候方便,你告诉一声就是。"我充满自信。

"你不要目中无人,我外祖太的眼睛能看透你的心窝!"

但是,我每一次见过外祖太以后,得到深刻印象的不是她的眼睛,而是她那双粗大的手。她当时正站在一张擦得闪亮的旧木桌旁,那双大手往摊在桌面的黑布裤上不住地抹。那种均匀的,轻快的,反复不已的动作,任何目击者都会立刻明白,她是要用手把裤上的折皱抹平。她是做到了的。我发觉她瘦小的身躯上,那件无领大襟灰布衫背后渗出了大朵大朵的渍斑,并且很快连结成团成片。当小真使蛮要她停止这种无效劳动时,她笑着把裤子拎了起来,说:"看看,熨的，还不是这样?”

我点头了。我是向那双顽强的手点头。外祖太家一向很穷，没置熨斗。那张光滑的旧桌子是吃饭，“熨”衣服，放茶壶、文具等多用桌子，像旁边黑黑的蚝壳墙壁一样古老。饭后，小真用水洗抹，想加点肥皂粉，外祖太把装肥皂粉的瓶子夺走了。她从后院找来稻草，折成小团，蘸饱水，颤着大手压住，重重地刷，如是者用去稻草三小团，每团都至稀烂告终。

外祖太对肥皂、肥皂粉之类的东西有特殊的感情。她替别人洗过好多年衣服。那时，她才二十多岁，外祖公在泰国当油漆工，从房顶上摔下，重伤不治，断了家用，她是带着几岁的外婆去做“洗衣婆”的。据说每月肥皂钱有个定数，由主家出。主家一家的脏衣服的浆、洗、熨她全包了，没有薪金，只供吃饭。外祖太为送外婆上学，只有从那点可怜的肥皂钱上打些主意。她到咸杂店里买便宜的碱水代替肥皂。碱水不能多用，过了头就会烧手。她的手，就是长年累月泡在含碱的脏水里腌坏的。一年到头难得用一次肥皂或肥皂粉，不得已要用，那是指头发炎，实在受不了碱水浸刺又不能停止工作的时候。

外婆也没有过过幸福日子。她结婚三天，外公就去南美当制糖工，一去不返，直到她去世，也不知外公下落。外婆向来同外祖太住在一起。实际上是外祖太养了外婆一生，还有小真她妈和小真，因为外婆生下了我岳母后就瘫痪了，躺在床上二十年，外祖太除了养她还要服侍她。岳父长居香港，据说他有七、八个“家”，澳门、悉尼、夏威夷、新加坡……他是死在从香港到夏威夷的飞机上的！小真从未见过她爸爸。外祖太不止一次对我说，小真是碱水养大的。“文革”那些年，外祖太又悄悄过着用碱水帮别人洗衣服的生涯。一年分得两张肥皂票，可买两块肥皂或一包肥皂粉，那是外祖太的“命”。

临近八十岁时，外祖太住进了我的家，是岳母让她来的。当时我的孩子刚出世。岳母说：“特区生活比内地好，外婆去享享晚年福吧!”

“你们家，洋货多不多?”外祖太突然问道。

“有一些，洗衣机就是进口的。”我答道，一时弄不明白她的意见。“肥皂粉也保证供应。”我笑着补充说。

外祖太蚶壳一般的皱嘴巴习惯地鼓囊几下。

小真对她妈遣来外祖太这块“花岗岩”是很有些看法的。出于礼貌，也出于对老人的尊重，言语间倒没有什么，她只把外祖太作为客人，从未指望她帮什么忙。开始，外祖太也甘做客人，小真干着家务，她在旁站着看。

外祖太做出第一件惊人壮举，是在我家做客两个月后的事。那天中午小真下班回来，见厨房里有两扎鲜芦笋，她高兴得跳起来，问外祖太是怎么回事。外祖太说：“我去买的。两元一斤。”“便宜着呢！我在市场见过，但人多，争不上份，还要三元一斤。”小真高兴时说话像放机关枪，“你怎么买得这样便宜？外祖太。”她说过又接着问。“我先站着慢慢看，让人家讲好了价才买。”

又过了两个月，岳母来，要接外祖太回去。小真坚持不肯。她这才真正觉得外祖太有用。这时，外祖太在厨房里已正式掌镬，每餐上桌小菜，什么蚝油扒鲜菇、网油腰肝卷、百花酿鸭掌、姜芽炒鸡片……色香味俱好，真像在酒楼出的菜式，弄得我们胃口大开，每餐吃饭如同有人请客。看着小真脸颊由瘪变鼓，由黄转红，我心花大放，诚心认为外祖太是个深藏功夫的老人。

“你知道外祖太那些小菜，是怎么弄出来的吗？”小真问我。

“不知道。”

“全是打电视里学来的。”

“她自已会开电视么？”

“何止电视！所有电器她都会拨弄了。”

我忽然明白：外祖太那套“慢功”（其实是韧功）的厉害。她就习惯于站在一边慢慢地看，慢慢地磨，几十几百个日子过去，要懂的全懂了，电子瓦罉、电子消毒柜、微波炉、吸尘机、音响组合，还有那个新款录像机，看着这台录那台，半夜录电影用不着起来……

“外祖太，你该是我们市最老的电器通。”有一次，我对她说，“你可以办老人家电器培训班了。”

“叫我教那些老家伙?”

“是。”

“很难的。老人的眼睛都不怎么行。”

“那你的眼睛……”

“我是泪水浸亮的。”

1992年2月

(选自散文集《尽意潇洒》)

特区心灵的“文字雕像”

——评陈伯坚的散文和报告文学

曾绍义

如果说珠海作家陈伯坚同志的小说是通过“寻求一个富有‘特味’的艺术切入点去透视特区的世态风情”(黄伟宗《读陈伯坚的〈滨海城的俊女们〉》),那么,从他的散文报告文学作品中我们更能直接看到特区人那“富有‘特味’”的心灵世界,从而更真切地感受到支撑特区特大变化的根本点乃是特区人的特有精神品质,或者说社会主义特区的经济腾飞必然促使作为“自然物”的人“向人生成”(马克思语)的全面发展!这无疑具有重要的启示意义。

先说报告文学。从数量看,陈伯坚的报告文学作品不算多,但几乎每一篇都可视为特区的“窗口”,所描绘的每一个代表人物都可当成开拓进取的“旗帜”——无论是《兴业之歌》(《人民日报》1993年6月2日)中“紧抓机遇”的徐刚毅、“敢闯世界”的李超亮,还是《横琴,瑰丽的热土》(《人民日报》1994年8月11日)中“大胆构想,科学决策”的周英尧、面对挑战“决心豁出去”的胡金明等,无一不给人以奋进的激情,催人去激情地奋进!

产生这样的艺术效果,我以为首先来自作家自身的生活激情,来自他对“特区”本质意义的深刻理解:“特区生活,五光十色。开拓的劳苦,成功的喜悦,摸索的烦恼,进展的欢欣……而一切的主体,是人。特区人的丰富色彩、深厚蕴涵,那种易读难知的特质,我是颇有感受了”;“20世纪80年代、90年代,是奇迹的年代,是中国经济特区崛起,中国崛起,是中国奇变震撼世界的年代,生活在特区这个‘窗口’,实在饱了眼福,沐尽薰风。”(《岸尽日风》)作家这些自白已让我们看到了涌动在他心中的深情挚意,所以他写“特区人”,总是大开大阖,将火热的现实与沉重的历史结合起来,将祖国的命运与个人的品格融为一体,从而着力描绘出代表人物宏阔深邃的心灵世界,勾画出更加美好的未来前景。例如写周英尧受命开发横琴岛,谋划“扩展”地盘的一段心思就是这样:作为横琴开发区主任,周英尧经过10天“访山问水,求师结友”,对这方圆47平方公里的海岛已了如指掌,并“觉得充实、自信”,尽管隔海相望,相距不过300多米,可“那边”的变化令人感叹,这时——

> 他脑筋似乎跳了一下,是350米。退潮时,可以走过去。这个海峡,这块海面,却有一个并非寻常的深度,只有胸怀民族、指点世界的伟人眼光,才可以期及的深度,这就是一国两制的交汇点。这就是一国两制交汇点的深广内涵与历史意蕴。老县长就是被这交汇点的深广内涵与历史意蕴吸引着……

通过这段饱蘸激情的描写,即从“改革开放”、“一国两制”的深远意义的揭示中,将周英尧勇挑重担、乐于“苦行”的高尚品质升华了出来。接着,作家又集中笔力“抚今追昔”,写历史战乱,写列强侵略,写“宏伟而艰难的目标”,写眼前暂时的困难,写这一切与横琴岛紧紧相联的“今”与“昔”所形成的“压力”,便使“周英尧意识到自己的重任”,最终喊出了最为感人的心声:“‘用武’之地还可以扩展”,“而且非扩展不可。围海造地创基业,推山填海建新城。全横琴可以从原来47平方公里扩展到70至80平方公里!”就这样,在富有“深广内涵和历史意蕴”的时代背景下,在珠海特区横琴岛的特殊地理位置上,凸显了周英尧最具“特味”的思维方式和最闪闪发光的精神品质——特区人勇敢开拓、锐意奋进,着着实实是在为祖国的强盛、民族的振兴做贡献啊!

陈伯坚的报告文学不仅让我们看到特区人心灵深处的美，而且还善于从中提炼出“由点及面”的哲理意义，使人在受到“美”的感染的同时更得到力的鼓舞、智的启迪。例如《兴业之歌》表现李超亮别一种“精神”，就紧紧围绕“机遇”二字层层铺写，以“成功者都需要机遇”起首，以“兴业每一步都伴着机遇，伴着一曲奋进的歌”作结，使人们清清楚楚看到了“险些儿‘跳海’”的李超亮是怎样凭着“自信”，一次次紧抓机遇、利用机遇不断开拓进取，最终“走向世界”的全过程；通过这一“过程”，我们既认识了又一个“特区人”的特殊心灵，更对其中蕴含的人生哲理、发展规律有了新的领悟。你听：“兴业的道路，必须是一鼓作气，劲弩强弓，多举多捷；望而却步，或者犹豫缓步，则时机错失，优势易手……”这难道不是一条对于任何兴业者、奋进者都有启示意义的规律么？

描写典型环境、巧用背景材料，以使人物形象更加光彩夺目，是陈伯坚报告文学的又一显著特点。由于报告文学的真实性要求，如何写好人物心灵赖以生成的环境，不能不是对作家“眼力”的测试。而陈伯坚笔下的人物，即便着墨不多，只因环境选择典型，也闪闪发光。例如写徐刚毅“独到的眼光，满腔的热情”，就只写了两件“小事”，一是“看红头文件”，得知我国汽车工业要用安全玻璃而“忽发奇想”，最后将制造安全玻璃的机遇交给了李超亮；二是李超亮取得巨大成功后，徐刚毅在“欢乐节”上对他寻求新机遇的肯定和鼓励：这一“头”一“尾”，对李超亮来说都是最关紧要的时刻，而徐刚毅正是在这样的时候向他“招手”——典型的社会环境，即使一个基层干部的“特区”形象耀人眼目！胡金明敢迎“挑战”的感人形象则主要是通过自然环境烘托出来：是热气腾腾的横琴开发区的建设场面，使他和周英尧“做着同样的梦”，下定了“我要在这难得的工作环境里试试自己”的决心；是横琴周围水面的吸引，使他“相思似觉海不深”，在认定其中隐含的贵重价值后，“调动了自己所有的能耐”……通过这一动一静的环境描写，既展现了胡金明的“一颗心”，也通过这颗“外省人”在特区所拥有的“心”，显示了特区建设的同时造就特殊人才的深刻意义。

再说他的散文。散文是最自由最便于抒写心灵世界的文体，这就使得陈伯坚能在更为宽阔的天地里驰骋笔墨，纵情挥洒，所以读他的散文，让人时而惊喜于南方特区的新人新事，时而为北国山水的新景新貌赞叹不已，既给人豪气，又促人思索——在这种“力之美”(鲁迅语)的陶冶中，不仅使我们再次感受到改革开放的深远意义和历史发展的必然规律，同时也表现了作家多方面的艺术才能。

总体说来，陈伯坚的散文具有以下显著特点：

第一，内容丰富，“尽意潇洒”。“文以意为主”，这是自古以来的创作规律，散文尤其如此。尽管散文也需情的渗透、文的潇洒，但其艺术质量的根本在于“意”的高下。任何优秀散文总要表达作者对社会生活的独特认识，做到意新理深。陈伯坚在为《中国散文百家谭》写的创作经验中也如是说：“我以为，从事文艺创作的人，生活中的点滴感受是很重要的……日常生活中偶然生出的点滴感受，也有很精彩，以至很深刻的，如跳跃在海面上的浪花，往往是更有高度，更有亮光的部分。”(《尽意潇洒》)因此，在他即使三五百字的短散文中，也有“更有高度，更有亮光”的思想的“浪花”。比如收入《边城记事》的《尾巴小论》，不足500字，但因“牵动了我几十年的生活积累和思想体验”(同前引)。即从眼前所见牛尾扫山虻写到人“尾”——“夹着尾巴做人”；“夹尾巴示小心，摇尾巴示宽心，翘尾巴示荡心。”因为“小心做人亦严于克己也，众所称道”，因为“尾巴夹在腿间……不会妨害别人”；“倘是不太干净的尾巴，暂时割不掉，夹着，也许就是上策”，就要像农人田中驶牛，“为使免除脏牛尾巴的干扰”而将牛尾扎而“夹”之一样……经过作家“细心推敲”，得出最后的结论是：“做人的最难处，是难在处理尾巴，而最佳的处理方法，则是放得越低越好”；“即如豹尾，劲力十足，在竞斗的当口，仍是夹着为上”！环环紧扣，层层深入，老话翻出了新意，在“一切向钱看”而人情冷漠起来的当今世风中是颇有警示作用的。如果说此文是“小题大作”，另一篇《人生》则是“大题小作”的范例：作品仅从巴金老人那段“我终于明白生命的意义在于奉献”的话中，拣出一个“独到的论据”，进行了独到的发挥，对“奉献”做出了新鲜的令人无不首肯的解释，这就是：“把自己那些‘多余的东西’拿出来，为别人，为社会花费掉，让它开花结果，就是奉献。”——是呵，“每个人都有条件作奉献(因为巴金老人说：“每个人都有更多的爱，更多的同情，更多的精力，更多的时间，比用来维持我们个人的生存所不要的多得多……”)。不奉献者，是不为也，非不能也。”为何“不能”呢？值得“不奉献者”扪心自省：“明明是你‘多余的东西’，你偏要用来为自己，到头来连你自己也受害，正如过多的营养对于身体一样。”愿人人都乐于成为奉献者吧！

不仅这类偏重于议论的散文意味深长、令人遐思无尽，另一类记事写人的散文也为“意”所摄，“意”蕴其中。如《星的陨落》(《闲话集》)说的是一位“中国文坛50年代的大作家”最终因再无作品“陨落”的事，事情简单，作家引出的“窃以为”却是事关人生命运、社会发展的大道理：“那样地易于沉落，恐怕你本来就是一盏高悬着的纸扎的灯！”结论也许有些尖刻，但事物的规律就是如此严正——我们都要避免此类悲剧的发生才是啊！又如《望林海》(《闲话集》)，写作家几次在黑龙江“望林海”的情景，由于所处位置不同，所见即有差异，这道理本不深奥，但因插入“我”在飞机上所见到的黄泥、秃岭和“我”那位“古怪老同事”担忧只砍不种，“看见好些人植树造林态度苟假，他完全失控”的回忆，就不仅使“是否身在高空与身处山头，角度的不同，会使所见大异?”的设问有理，更使“我相信，我站在一个适当的高度看大兴安岭，当会比眼前的更浩大”的结语有力！就这样，我们从中既可悟到看事物需要寻找“一个适当的高度”才能全面准确的道理，也可再次感受诸如“植树造林”与“林海”、确立目标与开拓视野以及真诚与苟假等方面的“应有之义”，内涵是很丰富的！

第二，追求“个性”，精写细节。散文艺术价值的核心是“意”，但艺术的基本特征是形象性，倘无生动可感的艺术形象，立意再新再深，也容易成为读者不易接受的枯燥说教，失去它得以存在的意义。由于散文不像小说需要完整的故事情节，且一般篇幅不长(陈伯坚尤好写短文，下文将论及)，所以写人记事常常是选取那“顶儿尖儿”的部分；要写出人物的个性，更要在细处用力。陈伯坚是深知个中三昧的，他说：“我写叙事散文，用心重在写人……对于一些富有个性的人物，真人真事，足可成篇”；“写这类散文，似乎很需要有一个非常熟悉的写作对象。这有点像为一个人搞雕像，对那个人不是很熟悉，就难以塑出似样的雕像来”(《尽意潇洒》)。所以，他写这类散文不仅写了他“非常熟悉”的对象，而且以精彩的细节描写取胜。《外祖太》(《羊城晚报》1992年3月8日)就是其中最突出的篇什。不用说，外祖太的个性是极其鲜明的，她精明、顽强、勤劳一生，旧社会依靠帮人洗衣养活一家，并成了用碱水代替肥皂的“花岗岩”，改革开放后的特区生活使她很快成为“我们市最老的电器通”，从她“这一个”反映了时代的巨变、中国社会的巨变。而这一切，都只是写她“那双粗大的手”，且主要通过若干细节的精写表现出来的。如写“我”第一次见外祖太时，就只写了外祖太“那双大手往摊在桌面的黑布裤上不住地抹”，直到她穿的“那件无领大襟灰布衫背后渗出了大朵大朵的渍斑，并且很快连结成一片”——原来，老人是在“把裤上的折皱抹平”，而且还笑着说：“看看，熨的，还不是这样?”动作微小却出自女人天性，话语淡淡则分明显示“精神”，形神俱有，十分感人，我们不禁也要同作者一样向老人“点头”了，“向那双顽强的手点头”……“一年到头难得用一次肥皂或肥皂粉，不得已要用，那是指头发炎，实在受不了碱水浸刺又不能停止工作的时候”……这是概括描写的细节，既表现了老人的“心计”，也反映了旧社会劳动人民的疾苦，起了“一箭双雕”的作用。还有对话描写，如老祖太“在我家做客两个月后”买了便宜菜，与小真的那段对白，一句“我先站着慢慢看，让人家讲好了价才买”，既从另一方面展示了老人坚持勤俭持家的美德，更表现了她“慢慢看”的好学精神，为最后成为“电器通”埋下伏笔，做了铺垫——果然，老人不仅“打电视里学来”那么多“色香味俱好”的菜式，而且会拨弄所有的电器了。“我”与小真的对话以及“我”的“忽然悟明”，即进一步从侧面烘托出外祖太的可敬形象，而这些都是通过“细节”实现的，连篇末那段与开首相照应的闪光对话，也依然显出艺术细节的魅力——“做人不是靠名字吃香!”这位“姓许，名二”的外祖太以勤劳的一生，以她独特的“个性”实践了她自己创造的格言：“我(的眼睛)是泪水浸亮的”，则充分表达了老人对自己到特区后发生的意想不到的变化的极度喜悦，从而使我们感受到作家通过“这一个”所要表现的情与“意”，即对“特区生活”的赞颂，对改革开放的讴歌!

第三，创新文体，语言幽默。陈伯坚好写短文，短而有味，情真意深，被著名散文家郭风先生称为一种“新型的散文”。换言之，由于陈伯坚坚持以“尽意”为潇洒，以“个性”为追求，还要让读者“读得潇洒”为己任——他说：“思想浪花的载体，应该是越精短越好。它宜于阅读，宜于明白，宜于读者调动时间”(《尽意潇洒》)。这种“新型散文”，除了如前所论及的“以意为主”、“尽意潇洒”及精写细节、显示“个性”等特征外，还有出语机俏幽默、描写妙趣横生等，以使在短小篇幅中同样充满情趣、意趣、理趣，读来更加耐人寻味，陈伯坚谈及这种散文时，也说：“我以为，散文有三大优势，可以尽意潇洒，即：趣、味、短。”(《尽意潇洒》)显然，在短文中求“趣”求“味”，也才能做到真正的“潇洒”，这样的短文才叫“短而精”！请看《洋媳妇》(《边城纪事》)，不过410字，道出的却是大问题：“中国姑娘怎么总是嫁出去的多?”作家的慨叹不是因为婚姻本身,而是因为“民族情绪”——“不是说中国姑娘当了洋人的老婆,我们就吃了亏;而是说,我们这块土地,应该有更多的吸引力!”,“意”已明却未“尽”,接着引述瑞典姑娘凯丝婷嫁给安徽农村青年程美圣的故事进一步写道:“倘有成千上万的凯丝婷,一批一批,千方百计,争着要嫁到中国来,中国的人口负担,是要加重些的。但我以为,也值得,中国不妨多些‘引进’洋媳妇。”不用说,这样的语言因系平常文字用到“特殊”场合而显得格外有味,让人在会心的微笑中领略其中的深意。就连介绍程、凯相爱成婚的“过程”,也写得奇妙有趣:仅因凯丝婷向程美圣买画,“程美圣答得干脆:‘送给你!’”——“姻缘就这么开始,两情相悦,鸿雁传书,终成眷属,而且‘成’的地方,是皖南绩溪县的一条山村。”——“凯丝婷爱上了程美圣。但似乎还不止于此,凯丝婷也喜欢程美圣所在的那一条中国的山村。”很明显,这里的“趣”有情、有“意”更有“理”,既抓住了生活细节,又点石成金,从凯、程结合的个例中“点”出了它应具有普遍性意义,加之前面已有“如花似玉的中国姑娘,嫁了个又丑又老的洋丈夫”,且“总是嫁出去的多”的鲜明对比,便使全文的意旨更为丰富、深远。由此看来,这种“新型散文”,既“新”在立意新,同时也“新”在作家善于调动多种艺术手段写出艺术形象所应有的情味、意味和趣味,其中最重要的一条便是将平常字句“化”为幽默感很浓的精彩语言。巧妙地运用语言,是作家的才能,而幽默,更是人的“一种优美的健康品质”(列宁语)。正是有了这种“优美的健康品质”,陈伯坚的散文才使我们“味之无极,闻之动心”。

这些年来,我国的散文创作虽然有了多方面的探索、发展,但能像陈伯坚这样从生活实际出发,从读者需要出发,在坚持“以意为主”的同时坚持“趣、味、短”,从而在文体的变革和创新上取得令人瞩目的成就,并不多见。在此,我衷心祝愿陈伯坚同志作为中国作家中的“特区作家”,在特区生活的滋润和光照下,写出更多反映特区人民的宝贵精神品格的优秀作品,为社会主义文艺的繁荣做出更大贡献!

(原载《特区文学》1996 年第 4 期)

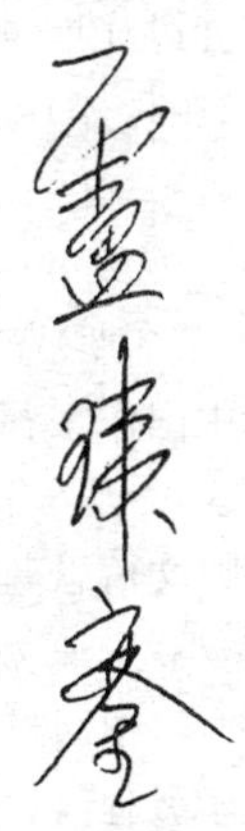

小　思(1939—　),女散文家,本名卢玮銮,香港人,原籍广东番禺,曾用笔名明川、卢飒。1964年毕业于香港中文大学新亚学院中文系,做过中学教师。1973年赴日本,任京都大学人文科学研究所研究员。1978年任香港大学中文系助教,1979年起任香港中文大学讲师、高级讲师,现为教授,曾受聘为香港岭南学院现代中国文学研究中心名誉研究员、香港市政局香港文学双年奖筹委员委员及散文组评判。

小思除以本名编辑出版了《缘缘堂集外遗文》(1979)、《香港的忧郁——文人笔下的香港(1925—1941)》(1983)、《茅盾香港文辑》(1984)、《许地山卷》(1990)、《不老的缪思——中国现当代散文理论》(1993)等研究资料和研究著作《香港文纵》(1987)和《香港文学散步》(1996)外,又以此名出版了散文集15部:

《丰子恺漫画选绎》(1976年一版,1991年修订四版);

《七好文集》(合著;1977年一版,1982年三版);

《路上谈》(1979年一版,1991年十四版);

《日影行》(1982年一版,1991年五版);

《七好新集》(合著;1983年);

《承教小记》(1983年一版,1990年增订三版);

《三人行》(合著;1983年一版,1986年六版);

《不迁》(1985年一版,1990年三版);

《彤云笺》(1990年);

《今夜星光灿烂》(1990年);

《人间清月》(1993年一版,1995年二版);

以上均为香港出版社出版,以下为大陆出版社出版:

《叶叶的心愿》(中国友谊出版公司,1985 年);

《小思散文》(浙江文艺出版社,1994 年);

《香港故事》(山东友谊出版社,1998 年);

《阳关三叠》(合著;海天出版社,2002 年)。

小思的散文,除了《香港文学》(第 3 期)辟有评论专辑,刊发黄继特《试谈小思——以〈承教小说〉为主》、也斯《中国作家看香港——读〈香港的忧郁〉》、林融《浅尝小思散文》、冬馨《小思见深义——从〈路上谈〉看小思的散文》、霍汉姬《我看〈日影行〉》等文章外,还有王一桃《文情思理得天然——评小思散文的思想与艺术》、黄维樑《〈七好新集〉研究》(“小思——秋菊”)等均做了中肯评论。

此外,《中国当代散文史》、插图本《中国当代散文史》《新中国文学史》《中华文学通史》第十卷,以及《台港澳文学教程》《香港文学初探》《当代香港写实小说概论》等都有对小思散文的专节评论,可参阅。

散文心事

小　思

金梅先生:

您我以文学结缘于千里之外,真有点意想不到。谢谢您细意读了我的作品,并写了那么详细深入的分析,更谢谢您的批评和鼓励。

我一向认为周作人和郁达夫对散文的特征,有精确的说法。周作人认为散文“兴盛必须在王纲解纽的时优”。郁达夫则强调作家“个性的表现”,验证于香港的散文,更佩服两位前辈的见解。

香港,是个外人不易理解的地方。许多人都知道它是国际金融、贸易中心,高度的现代商业城市,四方人士杂处——所谓中西文化交流。在港英当局长久的管治下,具有某种程度的放任自由——为了发展经济,就必然有较放任的自由贸易政策,跟着就有了其他各种自由。别的不谈,就谈文艺吧!百多年来,英国人对香港的文艺说好听点是自由发展,刻薄点就是由它自生自灭,正因为有了这种背景,香港文艺一直处于“王纲解纽”的情势中。加上香港报纸多达六十多家，为写作人提供了作品刊登机会。此外，香港又是个多元化社会，资讯发达，读者往往通过报刊获取都市人亟需的资讯，报刊也为争取读者而发展副刊版面，在这种情况下，“散文”形式，最符合需要。因此，香港报刊的专栏多，也就是说写散文的人最多。由于读者需要多元化资讯，所以在报上开专栏的人，不一定是专业作家——在香港，专业作家不多，靠稿费难以维生。他们从事各行各业：行政人员、商人、教师、广告从业员、律师、演艺界……都从他们的生活层面出发，写他们的专业经验、所思所感。由于没有任何管制（只要不犯诽谤法），文章可以说是个性生活大展现。一版之内，二十个专栏，二十种个性，二十种行业对某些问题的独特看法，这才能满足读者的需要。我如此先说了大堆背景资料，主要是让您知道我的生长土壤、空气与养分。也希望您理解，在香港，流行文学与严肃文学的分界很困难。看样子，读者需要决定版面需要，而读者需要的多是资讯或消闲的东西，严肃文学太伤脑筋，不受群众欢迎，它就只能求存于流行文字的隙缝中——著名的作家、也是香港著名副刊编辑的刘以鬯先生就以“挤”的（或称“夹带”）方式，在报纸副刊版面里，在流行文学队伍中，刊登了无数严肃作品，几十年来，培养了不少好作家。这种局势，很奇异，却十分真实地描绘了香港文坛的面貌。

说到我自己，严格来说，我不算是作家，一方面我写得很少，十多年来，与六个朋友合写了一个专栏，每星期只写一篇。另一方面，我的取材也没有多大资讯性，不是一般读者所喜读。加上我很自觉教师的身份，写起来过分执着于修辞造句，失去一种艺术的潇洒，更非一般读者喜爱的那种“有话直说，不要伤人脑筋”风格。如果说在香港，我还有一些读者，那是因为我的教师身份，特别是早年所写的《路上谈》，对学生还有点针对性，立论也较平稳——用你们的话说，就是对思想指导有点帮助，所以，中学教师较安心让学生读。近十年，我的写作题材已超越了中学生所能或所需理解范围，那恐怕就连这部分的读者也失去了。

说了许多话，我可以回应了您对我的作品的看法。您说我的散文

“不拘一路，不执一体”，那就是适应社会及读者需要的结果，同时也是生长在香港这多元化社会的我的性情反映。至于我的文章写得很短，“多数篇章在千字以内，有的仅仅三四百字”，这也是为了满足香港报刊专栏的要求，一版分成十多二十个专栏，有些字数只得一二百。香港读者生活节奏急，没有耐性看长文章，编辑策略就很有针对性了。长期为报刊写专栏，养成写短文章的习惯，我只努力做到：利用短小篇幅，说点自以为深刻的人生道理。我想通过一些寻常事物，或人人可见的社会现象，说一些较深沉的人生哲理，是因为我依然深信文学所具有的社会功能，同时，无法忘记自己那重教师身份。况且，我不必像其他作家一般要天天写一或多个专栏，故在取材下笔之际，总可以慎重考虑。您称许我有“精粹典雅的诗一般的语言”，我愧不敢当，但假如我写来果然有一点点“诗的语言”的特点，那是因为四年大学中文系的训练结果。在唐宋八家文、唐诗、宋词的浸润中，我对中国典雅文学韵致，已有了血脉相连的默认。但也因为这样，一般香港读者并不会喜欢我的作品，都市现代人，接受不到诗的蕴藉讯息，又是理所当然的事。你来信又说不知道我“是不是深入地研究过老庄哲学，并受其影响”。我在大学时，副修是哲学，选修了牟宗三先生的《道家哲学》，至于有没有受其影响，我倒不大清楚，因为我同时修了唐君毅先生的《儒家哲学》，而本质上，我倾向儒家入世务实的精神。由于您提起在我的作品中，明显地感受到了老庄哲学的存在，又说：“老庄是主张天人合一，人道归于天道。您的作品，善于用自然界的规律去表达人生哲理，这也是在把天道与人道统一起来。”这不禁叫我重新对自己的思想作了分析。的确，在许多作品里，我每每以天地自然与人的关系为念，但我想这恐怕不一定受了老庄哲学的影响。郁达夫在《中国新文学大系 · 散文二首 · 序言》中，提到“现代散文的第三个特征，是人性，社会性，与大自然的调和……作者处处不忘自我，也处处不忘自然与社会”，正中肯地展示了现代中国民族所关注的问题，而我却在不自觉中承传了这种特征。“一粒沙里见世界，半瓣花上说人情”，是我诚心向往的写作态度，能不能达至，我倒不敢奢望。

最后,我想提一提我作品的缺点,其中最重要的有两方面:第一,我是广东人,香港日常通用语言是广州话(严格来说应该是香港话,因为港式方言与广州话有差异)。每当我写作时,必须先把脑中广州话"译"成白话文,于是写成的往往带着港味的白话文词。我这写法,却又不一定得到香港一般读者接受,因为许多香港作家,特别是流行文学的作家,他们喜欢采用白话、粤语、夹带着英语的方式成文,这种文体的确十分传神地反映了香港人的语言习惯,读者读来感到亲切,也易引起共鸣。我很吃力,仍坚持用较纯正的白话文写作,为的是:一向不主张方言入文,恐怕方言会带来许多隔阂,减弱文学的沟通人际关系效能。第二个缺点,那问题更严重了,许多香港读者认为我的取材没有香港特色,也不像许多香港作家笔下,对港事港情有及时的反映。说人生哲理、说民族感情,太抽象太遥远了。他们无法在大都市生活的匆匆步履中,慢慢品味那些似乎与生活无关的东西。也许您不易明白,在分秒必争的香港生活里,哲理、诗情都是奢侈品。在这一点上,我实在不太像香港人。但可悲的是当我写祖国情怀的时候,其实也很抽象。香港土生土长的我,一切祖国感情,来自书本。唐诗宋词、历史文化,都只不过遥远而飘忽的纸面接触。一旦我面对真实的祖国——大地、人民、政治、文化……的时候,竟警觉有太多的陌生感,发现原来自己抓住的并不是有血有肉的民族实体,我徬徨恐惧,连一点点的自信都失落了。怎么办?在香港人眼中,我不太像香港人,在内地人眼中,我又不像内地人,这种尴尬身份,令我处于两难境地。

这是我第一次向人谈及自己的作品,也许很乱,也许还不够详细深入,但仍然希望让您多了解一些我在香港写作的处境和心境,至于能不能较客观地反映香港文学的状况,我想我已尽力而为,不过相信仍不够全面和深入,以后有机会再谈。匆匆!祝

文安

小思于香港

一九九一年七月七日

(原载散文集《香港故事》)

自选作品

香港故事

香港，一个身世十分朦胧的城市！

身世朦胧，大概来自一股历史悲情。回避，是忘记悲情的良方。如果我们说香港人没有历史感，这句话不一定包含贬斥的意思。路过宋皇台公园，看见那块有点呆头呆脑的方块石，很难想象七百多年前，那大得可以站上几个人的巨石样子，自然更无法联想宋朝末代小皇帝，站在那儿临海饮泣的故事了。

香港，没有时间回头关注过去的身世，她只有努力朝向前方，紧紧追随着世界大流适应急剧的新陈代谢，这是她的生命节奏。好些老香港，离开这都市一段短时期，再回来，往往会站在原来熟悉的街头无所适从，有时还得像个异乡人一般向人问路，因为还算不上旧的楼房已被拆掉，什么后现代主义的建筑及高架天桥全现在眼前，一切景物变得如此陌生新鲜。

身为一个土生土长的香港人，我常常想总结一下香港的个性和特色，以便向远方友人介绍，可是，做起来原来并不容易，也许是她的多变，也许是每当仔细想起她，我就会陷入浓烈的感情魔网中……爱恨很不分明。只要提起我童年生命背景的湾仔，就可说明这种爱恨交缠的境况。

说湾仔是一个与海争地的旧区，并不过分，因她大部分土地都是从海夺过来的，老街坊站在轩尼诗道上，就会咀嚼着沧海桑田的滋味。当初在填海土地上建成的房子已经残旧，给人一幢一幢拆掉，代替的是更高更遮天的大厦。偶然一座不知何故可以苟延残喘夹在新厦中间的旧楼，寒伧得叫人凄酸。有时，我宁愿它也赶快被拆掉，可是，又会庆幸它的存在，正好牵系着我的童年回忆。洛克道、谢菲道，曾经是有名的烟花之地，自从那苏丝黄故事出现之后，湾仔这个名字，在许多外国浪子心中，引起无数蛊惑联想。每逢维多利亚港口停泊着外国舰只时，我就很怕人家提起湾仔。我曾经厌恶自己生长在这个老区，但别人说她的不是，我又会非常生气，甚至不顾一切为她辩护。在回忆里，尽管是寻常街巷，都具温馨。现在，湾仔已经面目全新了，新型的酒店商厦，给予她另一种华丽生命。我本该为她高兴才对，但随着她容貌个性的变易，仿佛连我的童年记忆也逐渐退色，湾仔已经变得一切与我无干了。

文化，是一座城的个性所在。香港的个性呢？有人说她中西交汇，有人说她是个沙漠。是丰腴多彩？还是干枯苦涩？应该如何描绘她？可惜，从来没有一个心思细密的丹青妙手，给她逼真造像。文化沙漠，倒是人人叫得响亮，一叫几十年，好像理所当然似的，也没有人认真地查根究底。难道几百万人就活在一片荒漠上么？多少年来，南来北往的过客，早然未尝以此为家，毕竟留下许多开垦的痕迹，假如她到如今还是荒芜，那又该由谁来负责呢？这样说罢，香港的文化个性也很朦胧，不同文化背景的人为她添上一草一木，结果形成奇异园地。西方人来，想从她身上找寻东方特质，中国人来，又稍嫌她洋化，我们自己呢？一时说不清，只好顺水推舟，昂起头来接受了“中西文化交流中心”的称誉，又逆来顺受人云亦云地承认了“文化沙漠”的恶名。只求生存，一切不在乎，香港就这样成为许多人瞩目的城市了。

不知不觉，无声岁月流逝。蓦然，我们这一代人发现，自己的生命与香港的生命，变得难解难分。离她而去的，在异地风霜里，就不禁惦念着这地方曾有的护荫。而留下来的，也不得不从头细看这抚我育我的土地，于是，一切都变得很在乎。但，没有时间回头关注过去的身世了，前面还有漫漫长路要走。

远方朋友到香港来，我总喜欢带他们到太平山顶看香港夜景。不是为了旅游广告的宣传：“亿万金元巨制的堂堂灯火”，而是——

乘缆车上山，我们不能不注意那种特殊感觉。车子自山下启程，人坐在车厢里,背靠着椅子,必须回过头来看山下的景物。在一种要把人往下吸拉的力度中,就看见沿途的建筑物都倾斜了,尽管我们不自觉地调校了坐姿,把视线与建筑物平行起来,但其实我们是用倾斜角度看山下一切。到了终站,当满城灯火在我们脚下时,我往往保持沉默,可以用什么语言来描述香港呢?倒不如就让在黑夜显得十分璀璨的人间灯火去说明好了。说实话,我也正沉醉在过客的啧啧称奇中。

香港的夜里风光,可谓最为耐人寻味。层层叠叠深深浅浅的闪烁,演成无尽的层次感。我总爱半眯着眼睛看山上山下的灯光,就如一幅迷锦乱绣。正因看不真切,那才迷人。过客也不必深究,这场灯火景致,永留心中,那就足够记住香港了。

我常对朋友说,香港既是一个朦胧之城,生长其中的人,自当也具备这种朦胧个性。香港人不容易让人理解,因为我们自己也无法说得清楚。生于斯长于斯,血脉相连着,我们已经与香港订下一种爱恨交缠的关系。对于她,我们有时很骄傲,有时很自卑,这矛盾缠成不解之结,就是远远离她而去的人,还会时在心头。

倾城之恋,朦胧而缠绵,这是香港与香港人的故事。

1992 年 4 月

(选自《小思散文》)

洋葱问题(含续集)

我爱吃洋葱,为了它,也流了不少泪。

要吃洋葱,就得切开它。切洋葱,大概不必讲究刀章。高矮肥瘦,都可去头去尾(?),拦腰一刀分成两半,外衣很容易剥落。其他工序,看你要吃丝还是粒,都得细细去切。

麻烦就出自此工序上。

熟了的洋葱很甜,生的洋葱却很辣。越新鲜的辣气越呛人,一两刀切下去，无形的辣气就冲进鼻子，避无可避，泪水老涟涟下来。没戴眼镜的人，这时候还可以提起手臂，让衣袖揩去泪水，架了眼镜，就没有这个方便。于是，一边切一边忍受泪水流下——从脸颊，流到嘴角、流到脖子，痒得像蚂蚁在爬。眼睛更休说了，辛辣如针，毫不留情，视线迷糊起来，又怕刀法不灵，手指当灾，心里一急，往往快刀乱麻，草草了事。

内行的人一定笑我，为什么不会在水喉下切洋葱，冲着水切，就驱去辣气。我知道这窍门儿，只是厨中设备无法如此安排，非干切不可，泪水只好照流。

看过一套纪录片，日本一家食店，专卖洋葱薄饼，每天靠十多个女人在厨房努力切洋葱，由早到晚，不停地切。镜头对准她们，人人眼泪汪汪，却切得如痴如醉。哪里来如许泪水？她们怎样抹去眼泪？眼睛不会给辣坏了？可惜采访人没有一一追问，到如今，仍是个谜。

仍然爱吃洋葱，只好仍然流泪。

其实，不吃洋葱，没什么大不了，又不会因此营养不良，何必如此“受罪”？不吃就是。但每逢上菜市场，总忍不住买几个洋葱，这样，那天厨中，又难免流泪场面。煮好一盆带洋葱的菜，抹干眼泪，又是一顿好饭。于是，一切都是自讨自受，没话说。

(1995.11.14)

洋葱问题续集

在《洋葱问题》里，你想说什么问题？

我在说洋葱问题。

只是洋葱的问题，没有说别的问题吗？

没有别的问题，你认为有问题吗？

我就是不知道，但好像不单是说洋葱问题，我认为你不会单单说洋葱问题，应该还有些别的问题。真的没有别的问题？

真的没有别的问题，只是洋葱问题。

以上不是一段相声，是《洋葱问题》刊出后的那天晚上，朋友打电话来，与我的一问一答。

放下电话，愈想愈有趣。

朋友总觉我写文章，又重又实在，字里行间，还得隐含着一点点什么微言大义，才合个人风格。洋葱，大概又要说道理了，于是翻来覆去，想看出些端倪来。一片又一片，洋葱给剥了，最后，什么都没有，它已经化成一层一片，还是洋葱本身。剥的人有点落空，总觉得还该有些什么，才叫人放心。但毕竟，洋葱就是洋葱。

我不知道朋友会不会不忿气，一定要从文字里找出问题来。阅读，总有各种策略，用心的读者，天南地北，驰骋于别人的文字里，那儿就变成他自己的天地，也许，会比作者原来的天地要宽阔得多。

假如，题目只是《洋葱》，朋友就不会那么在意，看来还是“问题”一词惹的祸。有问题，自然要思考，要解决，洋葱，可能象征这象征那，问题太大。

又假如，我一向写饮饮食食的，或者烹饪菜谱之类，洋葱问题，就变成专门探讨，也不成问题了。

不料，第二天，朋友再打电话来：“我想到了，你在说爱情问题。是呀！真是这样的呀！”我听后呆了一呆，因为她说的问题，大出我意料之外，而比我设想的，有趣一百倍！

(1995.11.23)

(选自散文集《阳关三叠》)

小思的散文[①]

张　炯等

在香港那样推崇物质、讲求实利的社会风气下，小思是少数固守精神家园、

① 本文节选自张炯、邓绍基、樊骏主编的《中华文学通史》第10卷，标题为编者加。

钟爱文学缪思的文人之一。颇受中国传统文化尤其是儒家思想的濡染。其散文创作，几乎处处可见儒家思想的弘扬和传统道德精神的闪光。

譬如，儒家倡导“先天下之忧而忧，后天下之乐而乐”，这在小思作品中便化为对劳动创造、敬业献身精神的颂扬。《彤云笺》对为新造一种能体现黄昏瞬间天边的颜色而呕心沥血的造纸师崇高形象的刻画，《桃山》《巨富》这类对普通劳动者默默劳作、用肩膀和双手创造和美化生活的行动的赞许，都是小思崇尚“大我”和奉献精神的佐证。与此相关，小思心中和笔下是容不得横逆和残暴的。在《日影行》这组游日随笔中，她记下自己参观一八九五年中日签订《马关条约》的割烹旅馆，“感到一股热血向胸口上涌”（《割烹旅馆》）以及在东京铁塔仍然读到两张报道“九·一八”和“七·七事变”的《朝日新闻》竟然记有当年日本军国主义者歪曲侵略真相的卑劣行径的激愤心情，严正写道：“是的，两张旧报纸，一副野心相，包在里头了！我们真的要打点精神，不要傻才好！”（《两张旧报纸》）。

小思是一位感情丰富的学者、作家。她爱国、爱人，以其彩笔抒写一切美好之情。儒家尊师重道思想的引导，使她敬爱自己的老师，并感念他们的教育之恩，如对编订补充国文读物的小学校长莫俭溥先生（《悼莫俭溥先生》），对介绍她到日本京都大学去当研究员的新亚学院业师唐君毅先生（《承都小记》），对教育自己“做人要认真”但“得失随自然”并以其处世态度深深感染自己的冯康侯老师（《悠然去矣》），作者都为文予以深切的悼念。从读小学起就受着“仁义礼智信诚”教育的小思，格外推重人间的真情。在《珍重珍重》中，她对宾四师所说的“你们应该知道，学识是一回事，但人最重要的是有情感”的话赞不绝口，认为“在十分理智的冷眼注视下，毅然不脱当‘傻瓜’的情怀，那就更见有情”。她甚至视“有情”为一肩担尽古今愁的“支撑力”。正是这种重情重义，使她对张充和信守三十年前的承诺将黄裳托靳以致书求他“写几个字留作纪念”的话永记心间并践约写下一幅书法长卷附上短札托卞之琳转交给他的事称赞有加，认为“一幅字，蕴着人类的光辉：情谊与信义，它……来自人的内心”，“一个承诺，就守它一生一世……这是人值得骄傲的事”，“一幅长卷，不是文人的酬酢，而是一卷珍贵的人间情谊。”（《一卷情谊》）小思同样反对两性间的“薄情”，对流行歌词“不在乎天长地久，只在乎曾经拥有”发表意见：“我不是跟大家唱反调，而是深深相信人间有情。就是最情薄的人，终会遇上一个人、一件事，他在乎曾经拥有，也在乎天长地久。”（《在乎的，天长地久》）小思的“有情观”使她看重亲情，《文华门外》对父亲的感念，《故事》写姐姐、表姐对童年的“我”的关爱，都是的。这种“有情”在她又表现为敬老，如《阳光内外》对老人问题的挂牵；爱幼，如《璞玉》对小学生教育方法如何得当的关切。此种“有情观”推而广之，又表现为对香港普通女性生活状况的体恤，如《真的很冷》和《香港故事》集中的多篇。

小思推崇人间的真善美，尤喜对事物作出价值判断。她相信人性本是善的，人性恶是后天环境污染所致。为此，她呼唤正义，向“在极多罪恶的社会里，敢挺身而出、提起改革救危责任”的勇者致敬（《向勇者致敬》）；她呼唤真情，批评自私冷漠、薄情寡义的人并向香港社会一再倡扬“人情味”（《谁欠付了人情味》《再说人情味》《三说人情味》）。关怀现实的小思，在看到香港“令人头痛”“不可救药”的毛病太多的同时，也会情不自禁地挖掘记忆中的美好的人情物议。《怀旧十题》《旧和新》等一批忆旧的文章，即源于此。

小思散文也有一些取材于旅外生活（如《日影行》集和《别矣康桥》文所记的游日访英观感），或记下读书心得（《龙的故事》《春风到草庐》等），参观影剧文物展览有感（《三岔口》《不记恨》《昨夜》《细雪》和《衣钵》等）、文艺杂谈（《香港无歌》《谈书评》等）、治学之见（《掘文墓者言》《口述历史》等），乃至于赏景咏物，等等。

小思继承了中华散文托物言志、情景交融的传统手法，形成了恬淡飘逸、温柔敦厚的个人风格。她的咏物抒怀篇什，最能体现这种风格特色。

以咏物小品而言，《红豆》一篇自“此物最相思”脱出其本意，而借那个“天地不宁的时代”红豆树被砍、已无“相思”可寻一语，寄托了深深的忧国之情。但笔锋一转，又写到许多年过去在不再寻的野外“我拥有一颗”，却没有听人所劝将它当作饰物，而只是“把红豆紧紧收拢在掌心里”，隐隐地透出自己对这一“天地赐给人间柔情的印记”有所寻思的心迹。其文意婉转，抒情也是淡而耐人寻味的。《小酒杯》则将咏物与怀人结合起来：一只日本式的小酒杯，土黄色釉，状如小饭碗，当中一道大裂痕，除了杯外壁绘有一双日本男女农民的舞姿外，实在普通得很，但因它“系子恺于一九四八年从台湾购得，生前常以此饮酒”，便被敬爱丰子恺文品人格的小思视为心爱之物置于书橱之内，且睹物思人，激起澎湃的文思：以为这小酒杯虽“没有显赫的故事，没有数字惊人的身价，但它却深知一个老人二十七年来的情怀”。作者骋怀驰想：“也许在冉冉消沉的夕照中，在红了樱桃、绿了芭蕉的窗下；也许，在风雨如晦的日子里，它伴着老人，默默看几页书，抄一首诗，画数笔画。或者，它更清楚在没有纸没有笔的岁月，在焚画如焚心的可怕时光，老人如何把愁苦压成碎片，然后和酒吞下，它感到前所未有的苦涩，它感到老人无力的唇的冰冷。”作者最后淡淡地写道：这小酒杯，“它如今，温和如一个沉思的老人，躺在我的书橱里。”小酒杯，以及红豆，本是自然物，作者却赋予其强烈的主观色彩，写来可谓“以我观物，物皆着我之色”了。

小思散文喜用象征，且在象征之中寓入哲理意蕴。《盆栽》写作者一时来了“雅兴”买回经过人工左盘右曲、强迫树形依随人意改变的一盆罗汉松、一盆榆树，远看确有“老树虬枝”的妙处，然而近观数月下来“却愈看愈难过”，因为“恐怖和凄凉，都尽在这微妙处”：树不知自己该有选择自由的权利还在生长，“有甚么比受了摆布束缚，还以为很自然很自由来得更恐怖？更凄凉？”即使树觉醒了要求自由，而栽种者以“生命掌握在你们手中……自己争取呀”加以回答，又“有什么比自己不争取生存权力，人家又说你活得十分适意，来得更恐怖，更凄凉？”作者明写树，暗喻人，从而有了象征的意味。

小思擅长捕捉瞬间的感觉，并且善于以想象和心理分析为文。《惊雷》写雷雨交加时“我”撑一把伞孤身一人走在山路上，从未有过的惊惧与一闪的电光同时掠过心头，“我”想到如遭雷殛、来不及告别亲友交待未完工作就猝然死了，那会怎样？那条短短的山路，忽然变得好长好长。作为唯一的依靠，“我”紧紧握住被狂风翻折了的伞骨，“忽兴彼此共生死的承诺”。路仍很长很长，“我”走着又想到人说遭雷殛者为不孝的人，“我”没做不孝的事，若死了来不及分辨怎么办？或是“我真的做了不孝的事”，而自己又不知道，遭此惩罚又没让“我”明白过错，那怎么办？……《惊雷》之妙，就妙在对人在生命危殆之际会有的惊恐、孤独、困惑等心理活动作了扣人心弦的真切刻画，使人如临其境、过目难忘。

小思散文选材严，构思巧，开掘深，立意高，文笔优雅，形式也是多样且有创新的。有人评她的散文“太雕琢”（司马长风语），笔者倒以为在文学商品化倾向浓重的香港文坛上，像她这样刻意求工、追求完美的文品风范，甚是难得。

（原载《中华文学通史》第10卷第339～343页）

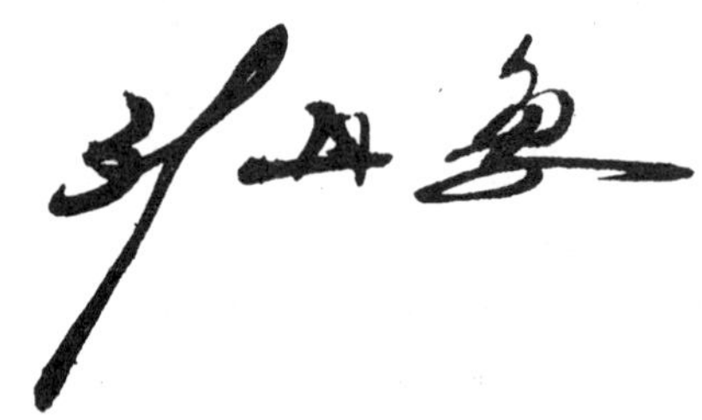

刘再复(1941—　)，著名学者、散文家，福建南安人。在家乡读小学、中学，1963年从厦门大学中文系毕业后到中国科学院哲学社会科学部任《新建设》编辑，1977年转入中国社会科学院文学研究所鲁迅研究室，曾任该室研究员及副主任、《鲁迅研究》副主编、鲁迅研究会理事、文学研究所所长、《文学评论》主编，以及全国青联常务委员、全国政协委员等，系中国作家协会会员、理事。1989年旅居美国，先后在芝加哥大学、斯德哥尔摩大学、香港城市大学以及台湾中央大学、东海大学担任访问学者、客座教授、讲座教授，现任美国科罗拉多大学客座研究员和香港城市大学荣誉教授。

刘再复著述甚丰，1977年起即与人合著出版了《鲁迅和自然科学》、文艺评论集《横眉集》，1981年后又相继出版了《鲁迅美学思想论稿》《性格组合论》《传统与中国人》《文学的反思》《放逐诸神》《罪与文学》(合著)《现代文学诸事论》，以及《红楼梦悟》《共悟红楼》《红楼人三十种谈读》《红楼哲学笔记》等近20种学术著作，同时出版了散文、散文诗集16部：

《雨丝集》(上海文艺出版社，1979年)；

《鲁迅传》(合著，中国社会科学出版社，1982年)；

《告别》(福建人民出版社，1983年)；

《深海的追寻》(湖南人民出版社，1983年一版，1985年二版)；

《太阳·土地·人》(百花文艺出版社，1984年)；

《洁白的灯心草》(香港天地图书公司，1985年)；

《人间·慈母·爱》(人民文学出版社，1988年)；

《漂流九卷》(包括《漂流手记》《远游岁月》《西寻故乡》《独语天涯》《漫步高原》《共悟人间》《阅读美国》《沧桑百感》《面壁沉思录》)(香港明报出版社，2008

年)。

刘再复的散文,有《读沧海》被选入《1980—1984 散文选》《十年散文选》《现当代散文名家名作》《中国百年文学经典文库》散文卷等,《奋斗之歌》被选入《中国新文艺大系(1976—1982)散文集》,《榕树,生命进行曲》被选入《1980—1984 散文选》,《他的思想像星体在空中运行》被选入《中国当代百家散文》等等。

评论刘再复散文的文章主要有:

《从自己的血管里流出来的——刘再复散文诗评述》(杨健民),《当代作家评论》1985 年第 2 期;

《他的世界与世界的他——刘再复散文诗人格意向初探》(王强),《当代作家评论》1986 年第 2 期;

《散文诗浅见——兼评刘再复散文诗的特色》(冬馨),《星岛晚报》1986 年 4 月 3 日;

《故乡的恋歌　追寻的强音——读刘再复〈洁白的灯心草〉》(王永志),《厦门日报》1986 年 4 月 23 日;

《哲理的闪光　热爱的火苗——读刘再复散文诗》(陈学超),《人民日报·海外版》1986 年 6 月 7 日;

《主体的情,心灵的诗——读刘再复散文诗一得》(叶公觉),《文论报》1986 年 6 月 21 日;

《岂止优美——读刘再复的散文诗集》(桑妮),《书林》1986 年第 11 期。

我爱,所以我沉思

刘再复

最真挚的爱,仿佛是一种自身没有意识到的爱。当你被这种爱所激发的时候,你会全身心扑向爱的对象,勇敢地把这种爱象征出来,对她诉说久藏于心中的悲歌与恋歌,什么力量也阻挡不住。我这两年写散文诗,体验到这种爱的力量。

七十年代后期,一种爱的力量在我身上觉醒,但我并未充分意识到。那时,我只觉得眼前的太阳、土地、人,都变得更加温柔,更加可爱，于是，我开始感到一种朦胧莫辨的东西在心中蠕蠕地攒动。接着，我觉得自己情感世界中多年积累下来的欢乐与痛苦，幸福与忧伤，憧憬与忏悔，纵横交错成平行四边形的合力，在撞击着胸脯，呼吁我打开闭塞的心灵大门，让它们痛痛快快地流向世间。因此，我又一次充满着倾吐和诞生的渴望，又一次燃烧起写作散文诗的火焰。与此同时，我也产生疑虑，我害怕这种情感的激流会冲淡我宁静的学术性思考，侵夺我本职工作的时间，然而，不容我把纠葛解开，心就扑通扑通地跳，它像战鼓似的催我遐思，催我歌吟，催我着笔，情感的波涛随之汹涌而至，一种神奇的力量驱使我一篇接一篇地写。停顿，就会感到痛苦。这样，我就在一九八二年写下了《深海的追寻》《告别》和《太阳·土地·人》这三个集子。今天，我冷静下来，想想昨天这种情感澎湃的现象，终于意识到当时还未能充分意识到的东西，这就是我终于了解了，那种迫使我倾吐的力量，正是爱的力量。是的，是我太热爱了。太热爱我们的生活，太热爱我们的太阳、我们的土地、我们的人民。这种爱恋，就是我的散文诗的原动力，我的散文诗的血肉与灵魂。我今天在写这本集子的《跋》时，回想起创作过程，觉得我创作时，支配我的不是我平常背熟的诗歌原理，也不是我借鉴过的诗歌技巧，而是这种从脉管里流出来的爱的血液。

我的爱是有缘故的。我在童年时代经历过一个祖国的早晨，在中年时代又经历了一个祖国的早晨。我在经历了十年的大苦闷之后，在七十年代后期，感受到了告别夜晚重新迎接黎明的大欢乐。我用撒在自己身上的阳光，等待得很久的阳光，悄悄地擦干了心中的血痕，又把炽热的眼光投向黎明后的太阳、土地和人群，我满目眼泪地看到我们伟大土地上所发生的一切，看到那灿烂的再生，壮阔的复苏，迷人的变迁。从心灵深处爱着未被艰难命运所击倒的伟大祖国，从心灵深处爱着这种充满温暖的复苏与变迁，我渴望用自己的歌，歌吟我的所爱，助长我们土地上那些付出巨大代价换来的光明与希望。

我的爱不是盲目的。在爱中也积淀着我的思索，关于历史的思索，关于社会人生的思索。在爱中也包含着我的理性，包含着我的带着理性的批判，对于野蛮与邪恶的批判，对于守旧与落后的批判，以及对自我的批判。诗不是理念，但诗也并不反理性，带着理性温热与理性赤诚的诗，我想是不会背离文学的情感性的。我相信理性可以使情感获得更韧长的生命。我常对朋友说，我爱，所以我沉思；我沉思，所以我爱得更深。在理性与爱回到我们土地上的时代里，我在自己的散文诗中决不堵塞理性赤热的喷射。因此，我在扑向祖国人民的怀抱时，也追溯了它的过去，理性地对待母亲的昨天，而且把曾在昨天行走过的一些历史人物也放在爱与理性的批判台上，进行我的抒情评论。这样，我就写起一点历史题材的散文诗。我想，这种题材的拓展，也可以增加散文诗的思想容量。

我喜欢散文诗，正是因为散文诗不仅给人以感性的满足，而且可以给人以理性的满足。我在中学时代就狂热地爱过泰戈尔的《飞鸟集》，他那些哲理散文诗总是对我的幼稚世界发出谜一样的微笑，谜一样的诱惑。尽管我做不到像他那样平和静穆，但我相信，他那样诗意的沉思形式，我们新时代的青年也可以借鉴的。屠格涅夫把散文诗称之为“诗意般的思索”。诗意般的爱是美的，诗意般的思索也是美的。我羡慕他们，觉得能体验到这种思索真是一种幸福。泰戈尔、波德莱尔、阿左林、普列什文等人，尽管他们命运不太相同，但都在自己的人生中注满了“诗意般的思索”，使我深深向往的思索。于是，我在大学读书时，就把写散文诗当作一种生活乐趣，以至作为生活习惯，就像人们写日记、写读书笔记和下围棋一样，是对生活的一个补充，也可以说是“补偿不足”。日积月累，写散文诗的习惯便成了我的第二天性。从事社会科学工作是很有意思的，它具有巨大的吸引力，但毕竟不像文学艺术那样可以驰骋自己的情感，这也可算是一种“不足”。而写散文诗，便给我的不足以“补偿”。它使我的心理得到平衡，使大自然赋予我的赤子的热情不会退化，甚至还帮助我的思维也免于僵化。总之，它使我的心能够总是扑通扑通地跳着。我觉得，一种文体，它既然能使人的情感丰富，境界提高，心灵纯化，它就会有生命力。也许正是这个缘故，我爱上了散文诗文体。

近年来，我和一些写散文诗的前辈、朋友交谈时，彼此都有一种共同的快乐，这就是都感到自己确实找到一种抒发情感的最方便的文学形式，都感谢聪慧的前人，为我们积淀了这样一种富有诗意、而且可以自由地表现时代情绪与自我情绪的文化物。在劳动十分紧张的现代社会环境中，方便、自由的审美感受形式，也是一种价值。散文诗作为诗体的一种变形和解放，它的出现本身，就对诗的外在形式的束缚，构成一种挑战。因此，它确实比诗赢得更多的自由，而这种优越性恰恰是散文诗拥有未来的根据。早在一九二三年，郑振铎就说："人的情绪决不能被范围于一种小区域内，正如江河之流，决难被拘于方池之中一样。形式愈自由，则人的情绪愈能自由倾注在里面，近代自由诗与散文诗之勃兴，原因即在于此。"（《文学的分类》）与这个意思相同，黑格尔在他的《美学》中也提出这种观点："真正的诗的效果应该是不着意的，自然流露的，一种着意安排的艺术就会损害真正诗的效果。"散文诗既然更少"着意"的人工痕迹，既然能使人的情绪更自由、也更自然地倾注于它的形式中。那么，更多的心灵就能从这种文体中吸收美好的光热。我们从事散文诗创作，在不背离散文诗基本审美特征的前提下，也可以充分地发挥散文诗的长处，多方面进行探索，多样化地进行尝试，让情感倾注得更自由一些，而不必自我钳制，把散文诗固定于某种模式。我的集子，在形式上也作了某种尝试，以至写出像《他的思想像星体在空中运行》《榕树，生命进行曲》《读沧海》等篇幅较长的东西。然而，尝试总是不成熟，而且总是意味着对成熟的期待。我热切地期待着诗友们更灿烂的创造，愿他们那些成熟的、很美的诗意思索常常流入我的心中与青年们的心中。

一九八三年五月一日　北京

（原载《太阳·土地·人》）

自选作品

读沧海

一

我又来到海滨了，亲吻着蔚蓝色的海。

这是北方的海岸，烟台山迷人的夏天。我坐在花间的岩石上，贪婪地读着沧海——展示在天与地之间的书籍，远古与今天的启示录，不朽的大自然的经典。

我带着千里奔波的饥渴，带着长岁月久久思慕的饥渴，读着浪花，读着波光，读着迷濛的烟涛，读着从天外滚滚而来的蓝色的文字，发出雷一样响声的白色的标点。我敞开胸襟，呼吸着海香很浓的风，开始领略书本里汹涌的内容，澎湃的情思，伟大而深邃的哲理。

打开海蓝色的封面，我进入了书中的境界。隐约地，我听到太阳清脆的铃声，海底朦胧的音乐。我看到了安徒生童话里天鹅洁白的舞姿，我看到罗马大将安东尼和埃及女王克莉奥佩屈拉在海战中爱与恨交融的戏剧，看到灵魂复甦的精卫鸟化作大群的飞鸥在寻找当年投入海中的树枝，看到徐悲鸿的马群在这蓝色的大草原上仰天长啸，看到舒伯特的琴键像星星在浪尖上频频跳动……

就在此时此刻，我感到一种神秘的变动在我身上发生：一种曾经背叛过自己、但是非常美好的东西复归了，而另一种我曾想摆脱而无法摆脱的东西消失了。我感到身上好像减少了什么，又增加了什么，感到我自己的世界在扩大，胸脯在奇异地伸延，一直伸延到无穷的远方，伸延到海天的相接处。我觉得自己的心，同天，同海，同躲藏的星月连成了一片。也就在这个时候，喜悦突然像涌上海面的潜流，滚过我的胸间,使我暗暗地激动。生活多么美好呵!这大海拥载着的土地,这土地拥载着的生活,多么值得我爱恋呵!

我仿佛听到蔚蓝色的启示录在对我说,你知道什么是幸福吗?你如果要赢得它,请你继续敞开你的胸襟,体验着海,体验着自由,体验着无边无际的壮阔,体验着无穷无际的渊深!

二

我读着海。我知道海是古老的书籍,很古老很古老了,古老得不可思议。

为了积蓄成大海,造化曾经用了整整十亿年。十亿年的积累,十亿年的构思,十亿年吮吸天空与大地的乳汁和眼泪。雄伟的、横贯天地的巨卷呵!谁能在自己有限的一生中,读尽你的无限内涵呢?

有人在你身上读到豪壮,有人在你身上读到寂寞,有人在你心中读到爱情,也有人在你心中读到仇恨,有人在你身边寻找生,有人在你身边寻找死。那些蹈海的英雄,那些自沉海底的失败的改革者,那些越过怒涛向彼岸进取的冒险家,那些潜入深海发掘古化石的学者,那些耳边飘忽着丝绸带子的水兵,那些驾着风帆顽强地表现自身强大本质的运动健将,还有那些仰仗着你的豪强铤而走险的海盗,都在你这里集合过,把你作为人生的拼搏的舞台。

你,伟大的双重结构的生命,兼收并蓄的胸怀:悲剧与喜剧,壮剧与闹剧,正与反,潮与汐,深与浅,珊瑚与礁石,洪涛与微波,浪花与泡沫,火山与水泉;巨鲸与幼鱼,狂暴与温柔,明朗与朦胧,清新与混沌,怒吼与低唱,日出与日落,诞生与死亡,都在你身上冲突着,交织着。

哦,雨果所说的“大自然的双面像”,你不就是典型吗?

在颤抖的长岁月中,不知有多少江河带着黄土染污你的蔚蓝,也不知有多少巨鲸与群鲨的尸体毒化你的芬芳,然而,你还是你,海浪还是那样活泼,波光还是那样明艳,阳光下,海水还是那样清澈。不是吗?我明明读到浅海的海底,明明读到沙,读到礁石,读到飘动的海带。

呵！我的书籍，不被污染的伟大的篇章，不会衰朽的雄文奇彩！我终于读到了书魂，读到了一种比风暴更伟大的力量，这是举世无双的沉淀力与排除力，这是自我克服、自我战胜的蔚蓝色的伟大的奇观。

三

我读着海，从浅海读到深海，从海面读到海底——我神往的世界。但我困惑了，在我的视线未能穿透的海底，伟大书籍最深的层次，有我读不懂的大深奥。

我知道许多智勇双全的科学家、工程师和探险家也在读着深海，他们的眼光像一团炬火，越过黑色的深渊去照明海底的黄昏。全人类都在读海，世界皱着眉头在钻研着海的学问。海底的水晶宫在哪里？海底的大森林在哪里？海底火山与石油的故乡在哪里？古生代里怎样开始生物繁衍的故事？寒武纪发生过怎样惊天动地的浮沉与沧桑？奥陶纪和志留纪发生过怎样扣人心扉的生存与死灭？海里有机界的演化又有过怎样波澜壮阔的革命的飞跃？

我读着我不懂的深奥，于是，在花间的岩石上，我对着浪花，发出一串串的海问。我知道人类一旦解开了海谜，读懂这不朽的书卷，开拓这伟大的存在，人类将有更伟大的生活，世界将三倍地富有。

我有我读不懂的大深奥，然而，我知道今天的海，是曾经化为桑田的海，是曾经被圆锥形动物统治过的海，是曾经被凶猛的海蛇和海龙霸占过的海。而今天，这寒荒的波涛世界变成了另一个繁忙的人世间。我读着海，读着眼前驰骋的七彩风帆，读着威武的舰队，读着层楼似的庞大的轮船，读着海滩上那些红白相间的帐篷，读着沙地上沐浴着阳光的男人与女人。我相信，二十年后的海，又会是另一种壮观，另一种七彩，另一种海与人的和谐世界。

伟大的书籍，你时时在更新，在丰富，在进化。我曾经千百次地索思，大海，你为什么能够终古长新，为什么能够有这样永远不会消失的气魄。而今天，我懂了：因为你自身是强大的，健康的，是倔强地流动着的。

大海！我心中伟大的启示录，不朽的经典。我在你身上体验到自由和伟力，体验到丰富与渊深，也体验着我的愚昧、贫乏和弱小，然而，我将追随你滔滔的寒流与暖流，驰向前方，驰向深处，去寻找新的力和新的未知数，去充实我的生命，去沉淀我的尘埃，去更新我的灵魂！

（选自《人民文学》1984 年第 4 期）

他的思想像星体在空中运行

——爱因斯坦礼赞

一

你又乘着如水如烟的月华走来，来到我旖旎的梦中，来到我薄明的窗前。

我向你问候！含着烟斗沉思的老人，一回回激扬起我胸中热血的老人。

我仿佛看到你满头的白发在无涘无涯的云空中飘忽，你手中的烟斗吞吐着彩霞，顿然变成司天的巨杖，打开了紧锁千秋万载的茫茫碧落的大门。于是——

太极变了，宇宙的结构变了。

不是天柱的倾斜，不是驮地“海龟”的浮沉，不是元气的飘动聚散。是在大地儿女深邃的心中，原来那个需要上帝之手的推动才能运转的三维机械宇宙消逝了，而另一个真实的宇宙——四维时空相对协变的宇宙，带着朗朗的大辉光出现了。

繁星依旧安详地闪烁，天空依旧是蔚蓝色与翡翠色。然而，辽夐的太空却按照一个新的排列像阶梯似的展现在人类的面前。天上的街市既已揭开它的厚幕，地上聪慧的生命便踏上往昔梦幻中的青天大道，开始壮阔的遨游，并在银河岸边，播撒自己的歌声与星光。

二十世纪的宇宙征服，令人惊心动魄。而展示那些在遥空中隐藏了无数年月的宇宙图像的科学家，就是你呵——

含着烟斗沉思的老人，热烈而沉静的犹太人，思想像美丽的天体在太空中运行的爱因斯坦！

二

你又乘着如水如烟的月华向我飞来，还是带着颤动的缄默，还是带着跳荡的沉思。

于是，我看到了你那大海般的前额，那里跃动着物理学大师理性的波涛，光芒万丈的质能公式就在这波涛中诞生，像海平面上那壮丽的日出。

于是，我看到了你那暖融融的巨大的心。你的灌满良知的心比头颅还要大。你的沸腾着的良知，你的酷爱人类母亲的至情至性，你的孩子般的天真、纯朴和憨厚，支持着你的头颅在蓝天碧空中飞旋，也支持着你对社会的那些像大柱般正直的信念。

于是，即使你的名声像风雷一样响亮的时候，你也带着柔软的情怀，铭记着社会深广的慈母般的恩惠，人间厚重的大地般的爱。

你时时缅怀着社会，心上不会熄灭的是这永恒感念的火焰。是社会用她的面包，她的乳汁，她的语言，她的课本与诗篇，她的眼泪与热血，喂养着你的头颅。风中雨中汗水中，辛勤的工人与农民为你准备好稻粱、衣服与房屋；漫漫岁月里，奋发的祖先为你准备好登上巅顶的阶梯。可惊叹的一代代描天写地的绝世文章，可仰慕的一群群能书能剑的风流人物，在你生命中注入创造的颗粒。阿基米德、亚里士多德、伽里略、牛顿、斯宾诺莎、笛卡儿这些非凡的学者与哲人，海涅、歌德、席勒、贝多芬、莫扎特、巴哈这些超常的歌者与诗人，都在你灵魂的原野中，撒下了种子，使你开始了伟大的萌动。

正是今天与昨天辛勤的他人，采集了天地的精英，一点点，一滴滴，掺和着，积淀着，繁衍着，汇聚成你心中的沧海，掀起运海中神奇的浪群。

社会，人与人所连结的社会，早已为英雄的千秋功业，举行了盛大久长的自然形式的奠基礼和历史形式的奠基礼。没有醉心的鲜花美酒，却有厚实的泥土砖石。

你时时感激着社会，永远像孩子那样赤诚地承认，所有的人都像群居动物依赖着大自然那样，依赖着他人，依赖着社会。

他人纷纷，纷纷他人。他人有时确实是自我的地狱。他人的模式，他人的偶像，他人的习惯与偏见，常常会把活泼的自我羁囚，把茂美的风华埋葬。但他人也是自我的母亲，自我的摇篮，自我的天堂。没有他人，自我决不会活泼，决不会壮大，决不会闪光，他只能在阴寒的岩窟里像动物那样颤栗，却谈不上什么明媚的憧憬，雄伟的创造，人生的辉煌。

于是，当你洋溢着智慧的自我本质丰富到使世界震惊的时候，你也未曾作过唯我论的俘虏。你的身躯成了一种绝缘体，与自私、虚伪、野蛮、专横、巧滑刁钻绝缘。你从自己身上拂去了这些世界胃肠里排泄的糟粕，历史仓库中剔除的秕糠。

三

你常常感到无以报效社会的不安与忧烦。在时而淡淡、时而浓浓的忧烦中，你寻求着解脱。

像找到打开宇宙千重门户的金钥匙一样，你找到了解脱的哲学——

短暂而有风险的人生能够获得意义，只有一条出路，那就是献身于社会。

你献身。像蜜蜂和蚂蚁那样忙碌着，开采着。用坚韧的心，吞食着被神秘的外壳包裹着的最坚硬的知识，咀嚼着天才的前人犀利的牙齿难以啃碎的未知数。

你献身。像阿波罗一样灿烂的思想，纵横驰骋，碾碎了太空的黑暗、寂寞与傲慢，征服了那些庞大而顽固的千古之谜。

没有足够沉重的劳动负荷量，没有用新鲜的知识填满饥渴的灵魂和求索的岁月，你就不会安宁，梦世界就缺少柔和的芬芳与曼妙的景色。当你发出休息的信号——拉起小提琴时，总是在万籁俱寂的深宵。

你连散步时也没有轻松过。在明净的伯尔尼大街上，在从阿尔卑斯山那边吹来的徐徐清风中，你一边推着婴儿车，尽着父亲的天职，一边还从上衣口袋里掏出铅笔和纸片，记下随风闪出的数字与公式。小小的铅笔还在继续叩打着那些陌生的大门。

四

为了一种伟大的报效，时时叩打陌生大门的科学家，抛掉身上的一切负累，包括那些使人陶醉的奇珍异馔，锦衣玉食，富丽的楼宇，华贵的陈设。

“每一件财产都是绊脚石！”他对自己说。

他不允许任何锁链来绞死自己泉水般喷涌的思想，哪怕是最美丽的锁链。以色列国第一任总统的桂冠曾经要献给他，但他拒绝了。他确信，迷恋黄金的宝座，企求高雅的桂冠，生命就会枯萎。身外一万种价值连城的珍珠宝石也不能使空虚的心灵得到充实。

在柏林那些弥漫着战争风暴的日子里，他处在病危中。死神带着狰狞的面孔威胁着他。然而，他坦然地面对死亡：“我觉得我和一切生灵和谐一致，个别生灵开始和终了，对我都是一样。”在心脏作最后悸动的时刻，人们问他如何评价即将终结的一生：是成功还是失败？他淡然苦笑了。无论是将死或未死，他都对成败、荣辱、毁誉漠不关心。他把自己看作大自然的一个极微小的部分。而大自然不是企业家,他也没有企业家那种兴衰浮沉的苦恼和忧伤。胜利与失败,都未能汩没科学家雄伟的本性。

他只顾往前开拓。他只做开拓者,不做占有者。开拓者手中只有开山的大斧,而占有者身上却有累累的包袱。只有开拓者,才拥有真正的驰骋天地的大自由,像星体在太空中运行的自由。

五

向社会献身时,他是以一个人的资格,而不是以一个奴才的资格。

有血有肉的人,心游万仞的人,有理想有情怀的人,他们的献身,才献予社会以万物之灵长的高价值。奴才的灵魂无价值——无真,无善,无美。

以人的资格而献身,是壮丽的献身。它使人想起在高耸的崖角上奋飞的鹰,想起扑向岩顶的狮虎,想起拔剑起舞的英雄。以奴才的资格献身,是卑微的献身。它使人想起残冰的破碎,泡沫的溃灭,败叶的飘落,使人想起老鼠自我啃啮的可怜的惨相。

呵,壮丽的献身,你使人变得像草原似的充满着绿色的壮阔,而卑微的献身,却使人生变得像沙漠似的充满着死色的残酷。

爱因斯坦的献身,是大写的人的献身,是带着人的脊梁独立支持的头颅和内心生命的大激流去献身的。当生命的激流被专横的力量堵塞了的时候,他痛苦到极点,以至决定,如果逝去的岁月可以像飞去的燕子重新飞来,青春的年华可以复归,他可以再度选择人生之路,那么,他宁愿做一个管子工或沿街叫卖的小贩,而不愿意做一个血液未能自由流动的科学泰斗,被关在笼子里的、鹦鹉似的泰斗。

六

献身，多么美丽的字眼呵。然而，只有献身于整个社会，而不是献身于一个人的时候，这个字眼才会灿灿生光。爱因斯坦从不为一个人献身，哪怕是叱咤风云的人，顶天立地的人，一时称雄于天下的人。

希特勒雄视世界时，要求爱因斯坦为他献身，他断然拒绝了。恼怒的德国元首，以两万美元悬赏获取爱因斯坦的头颅。

爱因斯坦也从未为一个大人物鞠躬尽瘁。声名赫赫的总统、国王、王后，都是他的一个个普通朋友。

科学家永恒燃烧的信念，是无私地为全人类造福。

把身许给一个人求一尊神，许给一个人间的豪杰或一个非人间的上帝，都是和远古一样的祭在神坛上的牺牲。

把身许给山青水秀的大地，许给波腾浪涌的大海，许给所有善良的母亲和孩子，才是崇高的献身。

为一个人慷慨赴死，钉上十字架，是悲哀的英雄。为全人类赴汤蹈火，钉上十字架，才是悲壮的英雄。

爱因斯坦不是奴仆，而是公仆。不是君主驯服的臣民，而是世界伟大的公民。他决不把内心的光焰，仅仅献给一颗星，一朵云，一片早霞和晚霞，而是献给整个广袤无垠的蓝天，整个壮阔伟丽的星空。

七

爱因斯坦是真正爱着人间的。他未曾用虚无的景色去戏弄社会诚实的眼睛，也未曾用艳丽的空话去让社会自满自足，头晕目眩，蹒跚醉步。

空话消磨着世界的锐气，山河的雄心。空话使社会瘦弱，哲学贫困，艺术荒凉。没有什么比空话更使爱因斯坦感到厌恶。

成功,等于诚实的劳动,加上正确的方法,加上少讲空话的沉默。这就是他的著名的人生公式,不朽的事业法则。他在紧迫的沉默中发明,在拚搏的沉默中走进布满危岩沙碛的思想荒漠,给社会偷来了隐藏得最深的秘密,巨大的、激动所有的大陆与海岸的秘密,光量子,相对论,分子运动论……就像辽阔的夜空,在深广的沉默中爆发出满天璀璨的星斗。

这些秘密使社会聪明、强大、繁荣,使世界发展它的雄奇的抱负,使山川唤醒它沉睡的才能,使人类的知识开始新的爆炸了,这是未曾有过的人类文明的盛典。

八

在一个芳草吐香的日子,爱因斯坦向年轻的科学家呼吁:在你们埋头于图表与方程时,不要忘记关心人。

人,就是爱因斯坦心目中永在的太阳。

科学释放着生命太阳所埋藏的智慧的核能量,自己也有了光明的、伟大的魂魄。

科学让人生,不是让人死——让人生得更加美满,不是让人死得更加沉重。

当他的故国利用科学的大火,制造惨重的死亡,发动战争的时候,他声明,宁肯千刀万剐,也不能支持这种大黑暗。

社会上一切贫穷与屈辱,都和未知世界上那些躲藏的秘密一样,无情地折磨着他的灵魂。

他向社会呼吁,不要再让那些辛苦劳动的人们继续着提心吊胆的生活,时时唯恐失去一点可怜的收入,没有安宁,没有希望。

他含着泪,看到旧中国苦难土地上的男男女女,为了五分钱的工资,从早到晚地敲着石子,没有一丝笑影,没有半点光波。

在他的名声像战神一样在四海之内发出棱棱的威光时,还上台拉着小提琴,为贫苦的人们募捐救济款。忧伤的琴声里,没有祈求,也不是怜悯，但低诉着爱，凝聚着宇宙炽热的爱。

他的心里全是温柔的阳光，使人靠近他，就觉得和暖。难怪孩子们喜欢围着他转，他到孩子群里也成了孩子。他常常耐心地回答着孩子们简单、浅显的问题。

老人，青年，孩子，男人，女人，地球上这一方的人，地球上那一方的人，都感受到他的生命的暖流，就像东方与西方都感受到太平洋那热烈的波涛。

九

社会爱他，崇拜他。庞大的世界为他而倾倒。

世界的每一角都在邀请他，渴望听到他的声音，渴望自己的土地留下他的脚印。

记者、画师、雕塑家把他包围。人们争先恐后地要他签字。许多人想从他的衣服上拔下一个钮扣或夺去他的衣领作纪念品，甚至讲学用过的粉笔头也被珍藏起来。

崇拜形成了风暴，足以摧毁科学脊骨的大风暴。

但他的头脑里蕴含着征服大风暴的核力量。大风暴未曾搅乱他那坚强的神经。他的真理之鹰也未曾在风暴中折断美丽的翅膀。

他报效社会，并不要社会这样的奖赏：狂热的迷信，华贵的冠冕，巍峨的纪念碑。

迷信是科学之敌。科学在与迷信的抗争中，有凯旋，有壮大，也有衰老，有死亡。迷信神的人总是冷淡真理。

真正的科学家不承认任何偶像，包括不承认自我的偶像。

当社会把爱因斯坦当作膜拜的偶像时，他为科学感伤，也为自己感伤。他觉得自己受了屈辱，变成了招揽生意的模特儿与怪物。

人不是物。他不能容忍社会把一切都变成商品，甚至把神圣的人——地上的太阳、月亮与星星，也当作商品，在天底下廉价地拍卖。

他那能够穿透物质微粒的眼光看清了，看清了偶像崇拜正是变形的金钱拜物教,地位拜物教。

他从崇拜者的迷信中,看到人类最宝贵的珍玉——人的尊严,正在沉沦。

他到处逃避崇拜,像逃避瘟疫。在五十寿辰的时候,他提前远远地躲到柏林市郊的一个花匠的农舍里。他的死是保密的,骨灰安葬的地方也是保密的。一个给亿万人带来大光明的人,只有十二个亲人与友人和他作最后的告别。

在没有人焚香祷告的地方,才是天堂。在长眠的地下,没有人朝礼、瞻仰、献花、哭泣,唱着颂歌,疲倦的旅人才得以安息,一生负重的大劳累才得以消泯。

十

他拒绝社会庸俗的爱,但期望着社会真挚的爱。

这种爱,是社会把他作为一个普通的人来尊重他,作为一个卓立于大地的人来尊重他。

这种爱,是社会用它的有形与无形的臂膀,支持他在地狱口上巡行,支持他在禁地里垦殖、开拓、垒造崭新的大建筑,支持他在前人足迹未到的大陆、海洋、沙漠、巉岩上自由地追逐真理,自由地热恋。

没有命运的嘲弄,没有专横的压迫。没有用人的权威铸造的锁链,也没有用神的名义编织成的牢笼。

十一

爱因斯坦发现了地球和许多星球的奥秘,也发现了自我在天地间的位置。

自我,只是宇宙中的“一星半点尘埃”。

一星半点尘埃并不遍体闪光。他也并不遍体都是光明。他批评《爱因斯坦传》的作者,忽视了大自然为了取乐而埋藏在他性格里面的世人的弱点："那些不在严重考验时刻不会流露出来的非理性的、互相矛盾的、可笑的、近于疯狂的方面。"

一粒大一点的尘埃与一粒小一点的尘埃，都是很微小很微小的尘埃。

尘埃是微小的。尘埃也是强大的。

正是尘埃生生不息的运动，正是物质的微粒、生命的基因滔滔不尽地涌流，竟存于地上的亿万生物才不断繁衍变迁，像烧不尽的野火在天内与天外燎原。

进入宇宙境界的人，不会因为自己是一粒小尘埃而悲叹，也不会因为自己属于大一点的尘埃而骄横。所以，爱因斯坦总是严正而谦逊的。

他从来也没有觉得小一点的尘埃对大一点的尘埃的膜拜是合理的，也不觉得小一点的尘埃有义务为大一点的尘埃去垒筑金碧辉煌的纪念塔，只觉得大小尘埃应当汇合在磅礴的气流里，去托起历史大鹏的羽翼，作更豪壮的奋飞。

十二

爱因斯坦呵，含着烟斗沉思的老人。我又看到你乘着明艳的七彩光波向我飞来，来到我旖旎的梦中，来到我薄明的窗前。

我听到你对我的年轻的朋友和拥有未来的孩子们说：

"让我们希望！"

你抛开颤动的缄默，又一次表明你那久久回荡于心中的信念："年轻的一代将使老一代相形见绌！"你相信年轻的一代将超越自己所缔造的山峰。

你确信：天地无穷，宇宙无穷。每打开一个新的微粒，都会发现一个苍穹和太阳，每占领一个星系，都会发现更加遥深的星河与星海。你意识到自己只是跨进了第一个门坎，滚滚不尽而来的后代，眼光将比自己伸延得更远，他们青春的长剑将剖开大自然胸脯中更壮丽的无穷奇观。

宇宙在作大流动，人类在作大流动，没有一种高山的堤坝可以阻止这种大流动。人类在流动中，摆脱着自然形式与社会形式的奴役，将一天比一天离兽类更远，一分钟比一分钟更加完善。

爱因斯坦的山峰是峻拔的，但不是高不可攀。

人间一代强过一代，世上自有新的爱因斯坦像早晨的日出，领受新世纪的风骚，展示更奇妙的万千景象。

十三

爱因斯坦呵！你属于全世界。我和我的祖国一起怀念着你。欢迎你乘着明艳的七彩光波常常飞来。我的日益强大的祖国，已经深深地爱上了，爱上了科学。

你曾在我们的扬子江畔沉思，在那动荡的二十年代，对着呜咽的波浪。你感受到这古老而痛苦的母腹中，正孕育着伟大的孩子。于是，你断言，“未来的中国青年对科学应有伟大的贡献”。半个世纪后的今天，我和祖国仿佛还听到你先知般的声音，那被小提琴优雅的旋律所伴奏的声音。

是的，天地的精英，山海的精英，不仅在欧洲、美洲，也在我们祖国的土地上飘忽着，掺和着，凝聚着。无限生机的精英在长江与黄河里奔流，在西子湖与洞庭湖里泛着恬静的碧波，在黄山、庐山、峨眉山和其他山山水水中，化着典雅、绮丽、肃穆、雍容、神秘；化作奇石、古松、清溪、幽壑、云崖、雾岩、歌鸟、鸣禽，还有花花树树的红香绿浪，丘丘壑壑的千娇百媚。

我在祖国的地上向往。我的伟大而复苏的土地，既已积淀了千秋万载的精英，就一定会，一定会凝聚成许许多多扭转宇宙哲学乾坤的人，头颅像星体在太空中运行的人。一定会，一定会有许许多多自己的爱因斯坦和东方的曙光一起崛起，立在厚实的泥土上，呼吸着大江南北清新而带着松香的风，倚着长城与天安门城墙思考，倚着昆仑山与喜马拉雅山思考，倚着辽阔的蓝天与素洁的白云思考……

（选自《中国当代百家散文》）

从自己血管里流出来的

——刘再复散文诗评述

杨健民

读过刘再复的力著《鲁迅美学思想论稿》的人，除了击节于其中钩源攫微的探索，逻辑严谨的思辨外，无不为它的行云流水般的流畅，龙瀑穿石似的激情以及充满哲理的机警所折服。这要得力于什么呢？我可以说，应该得力于他的散文诗创作。

他被钉在散文诗的十字架上了。当他背上这个十字架，走在学术研究道路上时，我们同时在他的论著中感受到了理性的炽热和激情的奔泻。

他是勤奋的。短短的几年，就出版了《雨丝集》《深海的追寻》《告别》三部散文诗集，第四部《太阳，土地，人》即将出版。此外，香港正在编印他的另一部散文诗集《洁白的灯心草》。

他的散文诗是一个学者的诗。作为一个在学术道路上蹒跚学步的我，确实喜爱这种学者的诗。写这篇评论，对我来说很可能是力不从心的，但我却始终静不下心来。因为首先使我深深受到触动的是，他——

在大地母亲的怀抱里歌唱

我们都是炎黄子孙。我们都是在大地母亲博大、仁厚的怀抱里成长起来的。睥睨今古，我们不知多少次听到了关于母亲的礼赞。而现在，我们又听到这样一种礼赞：

大地母亲呵,听我说。

无论是翡翠色的今天还是虹霓色的明天,我都不会灰心,不会沉沦。我知道,即使一切都抛弃我的时候,你是不会抛弃我的。任何时候,你都会用你深广的仁慈负载我的心灵,舐干我的眼泪;任何时候,你都会用你暖烘烘的胸脯把我拥抱,让我在你的怀中驰骋自己旖旎的幻梦,雄奇的展望。任何时候你会等待着我,等待着我强健与勇敢的消息,前行与探求的足音,即使是我的死,我的残骸,你也会把它亲吻,把它珍藏,并在你的绵绵青山上,赠给我许多芳草,或者把我化作幽香的尘泥,护卫着那些洁白的小花。

这是刘再复的礼赞。我甚至觉得与其说这是一曲礼赞,倒不如说它是一支人生组曲。因为它既包含着对母亲的怀念,也包含着对母亲的希望和期待。刘再复曾经谴责自己,他有过“忘记自己是大地的儿子”的时候,他“追随过那种淹没‘生’的、制造‘死’的狂潮,在追随中失落过爱,失落过正直,失落过故乡纯洁的泉水所润泽的同情心”,在那种理性哭泣的岁月里,他的躯壳只负载着一个精神荒凉的世界。虽然,他向无辜者呐喊过,而且这呐喊也留下了深沉的思索,但是,那种积淀下来的思索毕竟还是静止的,而尚未向内心的理性世界展示出富于启发意义的伦理思考。只有在十年动乱之后,我们的民族发生了深刻转换,刘再复自己也“不仅从青年时代迈向中年时代,而且从盲目的时代转向较为自觉的时代”。在这个人生旅途的转换站里,他经历了“思想情感上的一次切实的扬弃,感受到内心苦乐参半的挣扎”。这是一条从现实生活过程走出来的轨迹,标志着不仅是刘再复而且是我们所有走过那段路程的人的一次理性的发展、进化。正如马克思、恩格斯在《德意志意识形态》中所说的,从人的“现实生活过程中我们还可以揭示出这一生活过程在意识形态上的反射和回声的发展”(《马克思恩格斯全集》第3卷,第536页)。

于是,刘再复向大地母亲深深地忏悔了。但这决不是宗教徒那种无条件的忏悔,也决不是灰心和沉沦,而是一种向过去告别的恳切内省的自觉,一种勇于解剖自己的内心世界的自觉。他“告别了幼稚、脆弱、愚昧,告别了盲目的狂热,荒唐的迷信,以及缺乏学识、创造性、独立性的空洞的人生”,甚至彻底告别了孩提时代的稚嫩和冲动。他一面抚慰受伤的大地母亲"需要休息";而另一面,他知道,"明天有许多动人的憧憬需要安排"。就这样,他把"告别"推向"此去的人生"上来认识,决心与生活争夺自己的思索,自己的权利,自己的职责;"偷来时光",咬住每一个白天与夜晚,拼命提取前人留下的精华,补充着被生活蒸发掉的一切。确实,这是一种真正的"熟了的告别"。

正因为这样,刘再复才深切感到大地母亲的仁厚,相信她不会抛弃他的;他才会深切感到大地母亲是真正的"爱之神",相信人间总有流不尽的光明与温暖。因此,他决心以"一腔报国的鲜血",一种独立的人格去献身社会;他热爱生活,拼命开拓,让自己的生命"随时发出芬芳"。在这个庄严而宽阔的音阶上,他唱出了一支支关于太阳的歌,关于土地的歌,关于人的歌。渗透在这些诗篇中的伦理思考,并非情绪的无意识拼凑、堆积,而是富于深刻的启发意义,具有内在的思想脉络。例如,刘再复也评述人,尤其是评述历史人物、学者。他比较侧重于人的具体的内在崇高价值。但有一点他是牢牢记住的,他决不去抽象地谈论人的价值,而是把人放在大地母亲这一角度上进行评说。对于在特定的历史条件下对祖国、人民和人类作出卓越贡献的如鲁迅、马寅初、孙冶方、傅雷等,他就尽情歌颂;对于落后于时代的如辜鸿铭等,他怀着善意地进行严峻地鞭笞;还有,对于那些"人生只有半截子辉煌"的人如严复,他就将其放在革命理性的审判台上认真审视。由于他在大地母亲的怀抱里歌唱,这些诗篇中所焕发出来的理性的激情就不能不使人感到澎湃而深邃。

刘再复为什么对大地母亲如此一往情深呢?因为他是——

在榕树下澄清的空气中呼吸

刘再复是福建人。他对故乡有着一种特别深厚的感情。倘若说,每一个思念故乡的人,心里都装着一个故乡的灵魂,那么,刘再复思念的是怎样一种故乡的灵魂呢?

他说:榕树。

对于一个富于民族自豪感和民族自信力的人来说,热爱故乡,也许是顺理成章的。我们过去往往习惯于将那种对于故乡的爱,仅仅停留在表面化的心理意识上，这确实难于挖掘出更加深沉、因而也更富有诗意的对于故乡的爱，从而也就难于在对大地母亲的爱恋的灵魂中，注入一些更臻清新的气息。刘再复如何？他从辽阔茫茫的闽乡大地上感受到了一种充满生命的活力的美，于是，他找到了不倦地在演奏着“一支青绿色的”、“铁流似的”生命进行曲的灵魂象征——榕树。他这样描述一位北方朋友对于榕树的印象：

> 他感到自己的生命被另一种强大的生命所照明，所溶解，所征服。他觉得自己完全被这种强大的生命所俘虏，并且被剥夺了身上的渺小、卑琐、颓唐与消沉。在树下澄清的空气中，他觉得自己的灵魂升腾起来了，仿佛也变成一只扇动着翅膀的绿蝶，也在这个充满生命的葱茏世界中快乐的翔舞。

我们似乎也可以将此看作是刘再复的印象，尽管他“比这位北国的友人更了解榕树，生命里积淀着更多的榕树的碧叶”。他们对于榕树有着一种共同的感觉:生命。

这样，刘再复就找到了一个归宿:“凡有生活的地方，都有生命的金字塔。”

在榕树下澄清的空气中，他拼命地在呼吸。这是一个强大的生命在对另一个生命的吸引。但这不仅仅是一个灵魂对另一个永恒的灵魂的崇拜，而且是一个渴望正直、渴望不屈的人对生命的真愫的追求。于是，他踩着这一支充盈着青春活力的生命进行曲，行进了。他无暇叹息，无暇回头欣赏自己的脚印，而像一头牛那样，“只管噗哧噗哧地往前走。”

无疑，诗人从鲁迅身上吸收了那种锲而不舍的拥有超常韧性力量的“过客精神”；他还从爱因斯坦身上摄取了那种“良心比头颅还大”，“不承认任何偶像，包括不承认自我的偶像”的独立人格。这就使他在向“此去的人生”的行进途中，每一步都是这样的神圣：

> 可以踏着沙去，可以踏着水去，可以踏着霜去，可以踏着雪去，但不能踏着无辜的花草而去，更不能踏着别人的身躯而去。

只有具备独立人格的人,他才能呼吸到这种生命的芬芳,使自己的灵魂升腾于这个充满活力的葱茏世界。

诗人的心灵之所以崇高,不仅在于他“在品格和智慧的宝玉所建筑的世界里选择我心头的星空”,还在于他透视了古远与今天,荒凉与繁华,野蛮与文明,原始与现代之间的一座神奇的千秋桥梁之后,终于看清这个世界的两种特质:一是鲁迅所说的路是人走出来的;二是奴隶创造了世界。他把开垦大地的奴隶看作是“勤勉而仁慈的母亲”。他由衷地盛赞道:“你确实是力量和智慧之神,任何英雄豪杰,离开你的博大而深广的爱,都是弱小的”。

这已经不是单纯的对于古希腊英雄安泰那支歌的复沓,而是一种着眼于像母亲那样“生长与创造”的变奏了。因为诗人觉得自己的“血脉里也奔驰着母亲给我的强大的生命与爱情的基因”。正是这样,他感应到了:“站立着生活,毕竟是我的天性;创造着生活,毕竟是我的气质;为一切正在萌动的生者和一切正在孕育的方生者呐喊,毕竟是我内心深处燃烧的渴望。”我们说他的散文诗处处洋溢着生命的芬芳,并不过分。

作为一个学者,刘再复的散文诗确实具有一般学人的气质,同时具有一种独特的思维结构。他与一般散文诗人所选择的美学镜角是不同的,老作家聂绀弩在题《太阳,土地,人》的诗中称赞云:“家数自成始丈夫”。这是为什么呢?因为他对生活的思考的角度是为他所独具的。他说他——

“倚着长城和天安门城墙思考”

有人曾对这句话解释说,刘再复是把我们民族的历史和我们国家现实的精神需要结合起来思考的。这是很有见地的。确实,一个有才华的诗人,他不能把诗的触角一味伸向历史而不顾社会现实雄壮的跫音;而同时,单纯地把诗的触角探进现实,无视历史的进程,则往往容易流于平面,不能向纵深拓展。这似乎是一个不成问题的问题,然而它又往往被许多人忽略了。在当代散文诗理论还没腾出足够的精力,详细探讨如何在散文诗创作中贯彻这种艺术辩证法时,也许我也无法在这里把这个问题阐述清楚。但我想从刘再复的散文诗,特别是他的《太阳,土地,人》中的部分作品,来谈谈我对这个问题的一点理解。

我们并不因为许多散文诗人对散文诗创作中的历史与现实这一问题的注目不够，而觉得它是无关紧要或者是难以圆说的。恰恰相反，我认为这是一个饶有趣味而且关系到散文诗命运的比较重要的问题。如果说刘再复的散文诗在思考角度上有戛戛独造的东西的话，无疑，这种东西就是历史与现实在诗人意象结构思维中的新的组合。

由于生于斯、长于斯的缘故，我很爱读刘再复的那一组《故乡人物志》，这不仅因为它对活跃在中国近代历史舞台上的一些福建籍的著名人物，从外表到心灵作了深刻的解剖，而且因为它在把握历史与现实的关系上，有一副新的艺术视角。它直搏内核、一针见血地深刺了历史的“宵小”，发掘了感应现实的警世意义。写《辜鸿铭的辫子》，是一条“几千年编织成的根”。这种传统的“盘根错节”，使他自己禁锢起来，做着“冗长而残缺的梦”。诗人由此向现实敲了一个警钟：中国要改革，首先要改革那种旧的民族意织和民族性格，只有这样，改革才能彻底。写林则徐虎门销烟，“烧掉了沉醉、麻木与屈辱”。但诗人所坚信的是，“即使民族处于醉与麻木的时候，也总有不醉不麻木的儿女，举着大火，去作真实的拼搏，用肝胆的光明，去照耀母亲前去的道路”。这不是使我们很自然地想起我们曾经有过的那一段狂热、愚昧、荒唐的岁月吗？在那样的岁月里，确实是不乏清醒的马列主义者的。因为“拥有这火的民族，永远不会沉落”。写李贽“看熟了丑恶的世态，对从来如此的观念无情地怀疑，写下的文字不去准备收获桂冠。为了真理，他把生死置之度外”。这又是一种独立的人格。它告诉我们：“思想家死了，但思想并未同死”。因而，诗人在李贽墓边看到，“这郊外坟前的小径上，不是依然走来踏着小草的一代又一代的人吗……”这就是现实，一种从历史深处看出来的现实。

历史与现实，在刘再复的散文诗里，是如此的融合无间的。这不是生硬地在历史的画像里签上现实的名字所能达到的，这是艺术思维通过意象的组合，情理的默契，把历史转化为现实，同时把现实融入历史的结晶。当然，历史毕竟是历史，尽管它的本质是深刻的，但它还不可能把诗人的独特思维结构完全囊括进去或替代起来，这就需要在历史深处找出能够感应现实神经的某些本质的东西，移入诗人独特的思维结构的框架。这是不容易做到的，尤其在容量很小的散文诗里，要做到这一点，以“一叶”反映“一世界”，不付出相当的代价是难以奏效的。

艺术是需要克服困难的。历史与现实在作品中的完美结合与否，对于艺术创造者的思维结构是一场十分严峻的考验。这场考验不仅关系到作品的艺术生命问题，而且关系到艺术创造者能否创造出一种脱颖而不俗、富有前途的新的艺术内质问题。同样，这些问题也已经郑重地提到了刘再复的散文诗面前了。人们该如何看待呢？

有人说刘再复的散文诗继承了鲁迅《野草》的一个曾经被忽略了的方面，即以理性的光辉照耀诗的情思，增强散文诗的艺术感染力。这个评价我表赞同。但是，说刘再复的散文诗"理胜于辞"，并且说这"理胜于辞"的缺点，"在于他急于要告诉读者蕴藏在生活中的真理"（见《读书》，1983 年第 11 期楼肇明同志文章），这似乎与诗人的意图及他的作品的本来面目有点相左。关于这个问题，我们接下去还要讨论。这里，请先看刘再复在《榕树，生命进行曲》里这样道出了他怀念故乡的榕树时的情景——

"情感的潺潺，思想的潺潺……"

这句话也许容易被人忽略。但它几乎可以原封不动地搬来说明刘再复散文诗的特点。我想，没有更恰当的字眼能比这更准确地描述他的散文诗的特点了；而这，当然也可以作为对"理胜于辞"这类微词的最好回答。情感和思想的合流，潺潺注入了刘再复散文诗的充满着生命力的叶脉。这是刘再复的散文诗所展现给我们的一个事实。

曾经有不少同志问过刘再复写散文诗的感受。他总是说：写自己血管里流出来的东西较容易，当然，从自己心中流出来的，也不能是心理自然主义，还应当经过理性的整理，所以我的散文诗总是带着理性的炽热。

刘再复是研究鲁迅的学人，跟一般人比起来，他对鲁迅可能更怀有一种赤诚的爱。鲁迅说过："从喷泉里出来的都是水，从血管里出来的都是血"（《鲁迅全集》第 3 卷第 408 页）。而刘再复说他是"写自己血管里流出来的东西"，可以看出鲁迅的伟大人格在他的研究者身上所萌发的新的人格力量。而我们现在的主要任务是，从刘再复的本来意图，去看他的作品的艺术内质，以及这种艺术内质对于开拓散文诗的新的创作领域和散文诗的发展前途将起到多大的的作用。

在谈这个问题之前,有必要先讨论一个已经摆在我们面前的比较复杂的问题,即艺术创作中的的情与理问题。从这几年的散文诗创作来看,这个问题已经越来被明显地表现出来了。

过去,我们曾经被一些作品中空洞的、乏味的说教所恼怒,这似乎也给人们造成这样一种习惯性心理;凡是作品中的理性成分,就可能是说教了。这种习惯性心理至今还比较顽固地存在着。应该说,作品中的理性成分,可分为有哲理内涵的和干巴枯燥的,同时还可分为有情感因素的和失却情感因素的。如果作品中的丰富的哲理内涵和充沛的感情色彩是并行不悖而且互为补充的,那么,可以说这样的作品有一定的价值意义。刘再复的散文诗,特别是他后几部散文诗集留给我的一个深刻印象,就是作品中的情感温度随着理性的赤热而升高。

从心理学来看,艺术家在创作过程中的心理状态是整一的,也就是说,他的心理结构完整、丰满而充实,审美注意中心也高度集中。这种心理结构的完整性,不仅表现在对外界事物的感性认识上,而且表现在由此而上升的理性认识上。感性认识和理性认识越统一,情感和理智越统一,作品中所流露出来的情感就越深厚、稳定,同时具有较高的效能。特里·伊格尔曾在《马克思主义文学批评》一书中指出:杰出的作家总是以一种“统一的”但“不一定是自觉的”独特方式,把他们所属的阶级或集团的世界观转化为艺术。这说出了情理统一的问题。当然,不管怎么说,在文学创作中,“情”应是第一性的;但是,有理性的温热,不仅不会影响“情”,反而会使“情”趋于深化。

现代脑生理学研究证明,人的思维、情感、意志在大脑是分别有控制中枢的。大脑左右两半球具有侧重语言概念和形象活动的不同特点,它们之间并非“老死不相往来”,而是有海马回、胼胝体把它们联系起来,从而保证了大脑两半球的协同活动。从这点上看,文艺创作中融情入理、寓理于情的现象是正常的。刘再复说他的诗是从自己血管里流出来的,这里,情感的流泻就有一定的连贯性。但它与心理自然主义的区别在于,前者是经过了理性的“整理”。这种“整理”,也是在脑生理的正常协调下进行的,它不可能超越脑生理活动的制约。因此，简单地用“理胜于辞”来解释这种现象，容易出现以偏概全的毛病。

为了更加具体地说明这个问题，我想以刘再复的“爱因斯坦礼赞”这组散文诗为例。在这组散文诗中，诗人在形式上所作的新的尝试，无疑就表现在情理统一上。在大海般奔涌的激情中，升华起来了许多深刻的社会人生哲理。诗人大胆摒弃了过去散文诗创作中的传统描绘手法，而在对那位“思想像美丽的天体在太空中运行”的老人的礼赞中，不断地将那一回回被激起的“胸中的热血”浓缩为一种奇警的思想，从而升华到哲理的高度，它是那样的凝炼而富有层次。爱因斯坦是“以人的资格而献身”的，但诗人却没有停留在对爱因斯坦为这一献身所作出的种种可歌可泣的行为的一般性礼赞上，而是在感情喷发的最高峰处，凝结了一个极为深沉的哲理：“科学释放着生命太阳所埋藏的智慧的核能量，自己也有了光明的、伟大的魂魄。”这种睿智，使我很自然地产生了这么一种意识：散文诗中的哲理，不是也可以像喷薄的感情在散文诗的太空中自由运行吗？在这里，“理胜于辞”似乎是难以自由运行的。因为“理胜于辞”在某种意义上说是一种说教，它是游离于艺术感情之外的。

高尔基曾经就契诃夫的《万尼亚舅舅》和《海鸥》给作者写了一封信，信中称赞这两个戏剧“把人从现实中吸引到哲学的概括上面”（高尔基：《文学书简》第19页）。我想，这个评价，完全可以借来作为对刘再复散文诗的评价。无疑，不论从刘再复的“爱因斯坦礼赞”来看，还是从他的其他作品来看，哲理性都比较强。但这是否就是“急于要告诉读者蕴藏在生活中的真理”呢？我想应该不会是这样的。因为哲理内涵是艺术对现实的一种哲学概括，同时也是艺术感情升华到一定高度上的一次凝结。它与说教是完全不同的。只有说教，才是急于向读者宣布蕴藏在生活中的真理的。说教把情与理相分出，而哲理内涵是情理统一的。

散文诗创作发展到今天，领域不断地在扩大，艺术手法也日趋多样化。但刘再复的散文诗，特别是他那组“爱因斯坦礼赞”，已经在向散文诗创作走向一个更加广阔的领域，透露了“春的消息”。我认为，刘再复的尝试显然是成功的。这种成功的标志，并不在于朗朗在目地去昭示生活中的真理，而在于从现实的描绘升华到哲学的概括，思想的潮水与感情的潮水同时走向一股新的艺术意象的合流。历史已经走到知识爆炸、信息爆炸、科技发展的当代时期，人类的大脑思维也已经越来越具有丰富而充实的高级智能结构。因此，人们对艺术的欣赏要求，包括对散文诗的欣赏要求，必将不会满足于传统的描绘手法，而是逐渐涉入哲理与描绘、思想与情感同步渗透的新的意象领域。这是历史发展的一个必然现象，也是人类思维发展的一个必然现象。

在黑格尔看来，对杰作的真正体验比创造杰作的行为更为重要。然而，对于刘再复散文诗的欣赏和评价，我可以说自己还没有完全从“体验”的氛围中挣脱出来。也许，是大脑中的信息反应迫使我不得不写作这篇文字。情之所钟，看来是难免的。只好也等待着人家去评说了。

（原载《当代作家评论》1985 年第 2 期）